拿破仑 圣赫勒拿岛回忆录 I

[法]拉斯卡斯 辑录
李筱希 译

Napoléon

LE MÉMORIAL DE
SAINTE-HÉLÈNE

吉林出版集团股份有限公司

图书在版编目（CIP）数据

拿破仑圣赫勒拿岛回忆录 /（法）拉斯卡斯辑录；李筱希译. — 长春：吉林出版集团股份有限公司，2025.5. — ISBN 978-7-5731-4699-1

Ⅰ. I565.54

中国国家版本馆CIP数据核字第2025NN8682号

拿破仑圣赫勒拿岛回忆录

NAPOLUN SHENGHELENADAO HUIYILU

作　　者	［法］拉斯卡斯
译　　者	李筱希
出 版 人	于　强
总 策 划	韩志国
策划编辑	齐　琳
责任编辑	赵利娟　聂福荣
责任校对	李适存
封面设计	王秋萍
开　　本	710mm×1000mm　1/16
字　　数	2390千
印　　张	191
版　　次	2025年5月第1版
印　　次	2025年5月第1次印刷
出　　版	吉林出版集团股份有限公司
发　　行	北京吉版图书有限责任公司
地　　址	北京市西城区椿树园15-18号底商A222
	邮编：100052
电　　话	总编办：010-63109269
	发行部：010-63106240
印　　刷	河北赛文印刷有限公司

ISBN 978-7-5731-4699-1　　　　　　　定价：680.00元

版权所有　侵权必究

总 目

第一卷

1815年6月—1816年1月

前言、拿破仑年表等

第一章至第三章

第二卷

1816年2月—1816年6月

第四章至第六章

对意之战残篇分散在本卷三章

第三卷

1816年7月—1816年10月

第七章至第十章

第四卷

1816年11月—1821年5月

第十一章至第十四章

拿破仑遗嘱

第五卷

人名表、地名表

第六卷

人名表、地名表

目　录

前言：回忆录中的拿破仑 / 001

导论：回忆录的由来 / 014

拉斯卡斯生平简介 / 038

拿破仑年表 / 049

告读者 / 163

法语第一版前言 / 166

绪　论 / 001

第一章　皇帝退位，离开法国 / 007

　　1815 年 6 月 20 日：皇帝在滑铁卢战役后回到爱丽舍宫 / 007

　　21 日：退位 / 009

　　22 日：贵族院代表团—科兰古—富歇 / 010

　　23—24 日：临时政府参见皇帝 / 011

　　25—26 日：皇帝离开爱丽舍宫 / 011

　　27—28 日：海军部长来到马尔梅松 / 012

　　29—30 日：临时政府派贝克尔将军来保护皇帝—拿破仑离开马尔梅松，前往罗什福尔 / 013

7月1—2日：从奥尔良到雅纳克 / 016

3日：桑特险事 / 016

4日：抵达罗什福尔 / 018

5—7日：皇帝镇定如常 / 019

8日：皇帝登船 / 020

9日：皇帝参观艾克斯岛上的堡垒 / 021

10日：柏勒洛丰号上的首次会谈 / 021

11日：皇帝没有拿定主意 / 023

12日：皇帝再登艾克斯岛 / 023

13日：扬帆起航 / 024

14日：柏勒洛丰号上的第二次会谈—拿破仑给摄政王储写信 / 024

15日：皇帝登上柏勒洛丰号 / 029

16—19日：皇帝登上霍瑟姆司令的舰船—驶向英国—皇帝指挥英军操练 / 032

20—22日：皇帝对柏勒洛丰号上英国人的影响——一份总结 / 034

23日：韦桑岛—英国海岸 / 038

24日：在托贝抛锚 / 039

25日：人们成群结队地坐船来看皇帝 / 039

26日：在普利茅斯抛锚—暂留 / 041

27—28日：海军上将基斯—普利茅斯的英国人看到皇帝后一片欢呼 / 043

29—30日：内阁对我们做出决定 / 045

31日：萨瓦里将军和拉勒曼德将军不能再跟随皇帝 / 048

8月1日：皇帝问我是否愿意陪他前往圣赫勒拿岛 / 049

2—3日：皇帝值得注意的言论 / 051

4日：在普利茅斯准备起航—游弋于拉芒什海峡—抗议信 / 054

5日：皇帝对我信任有加 / 056

6日：在斯塔特角抛锚—陪伴皇帝的人选 / 057

7日：和基斯勋爵谈话—检查皇帝随身行李—皇帝离开柏勒洛丰号—忍泪挥别—拔锚前往圣赫勒拿岛 / 061

8—9日：对诺森伯兰号上皇帝住所的细致描写 / 067

10日：陆地消失于眼前—反驳英国内阁的辩词 / 068

11—14日：皇帝在船上的生活细节和作息习惯 / 077

15日：命运古怪的垂青 / 079

16—21日：航线—千篇一律的日子—日常消遣—和皇帝家人有关的记载—他的出身—趣闻逸事 / 080

22—26日：马德拉群岛—遭遇强风—玩牌 / 093

27—31日：加那利群岛—穿过回归线—投海者—皇帝的童年—拿破仑在布里埃纳—皮什格吕—拿破仑在巴黎军校—拿破仑在炮兵部队—他的社交圈子—拿破仑在大革命初期 / 094

9月1—6日：佛得角群岛—一些小事—土伦之战中的拿破仑—杜洛克和朱诺开始崭露头角—和国民特使代表的争执—和奥布里的矛盾—葡月事件中的一些小事—拿破仑成为意大利军总司令—廉洁治军—大公无私—他为什么被称为"小伍长"—督政府和意大利军总司令之间的思想分歧 / 111

7—9日：千篇一律的日子—皇帝决定写回忆录 / 133

10—13日：信风—赤道线 / 134

14—18日：暴雨—攻击皇帝的小册子—核实真伪—总体论述 / 135

19—22日：每日时间安排 / 144

23—25日：偶然事件—穿过赤道线—洗礼 / 145

26—30日：抓住一只鲨鱼—翻阅《反教宗权限制主义者》—威尔逊将军的作品—雅法的鼠疫患者—埃及之战的行为—埃及之战的思想—贝尔蒂埃—士兵的嘲笑—单驼峰—克莱贝尔之死—年轻的阿拉伯人—菲利波和拿破仑—命运弄人—卡法雷利对拿破仑的忠诚—法军在东方国家的声誉—拿破仑离开埃及，回国统治法国—远征英国—克莱贝尔和德赛 / 147

10月1—2日：皇帝的口述方法 / 175

3—7日：离奇独特的巧合 / 176

8—13日：对上将的埋怨—审查另一本书—反驳—思考 / 177

14日：望见圣赫勒拿岛 / 180

15日：抵达圣赫勒拿岛 / 181

第二章　暂住荆棘阁 / 183

1815年10月16日：皇帝登上圣赫勒拿岛 / 183

17日：皇帝定居在荆棘阁—寒碜的环境 / 184

18日：对荆棘阁的描述—阁楼花园—遇到屋主的女儿 / 187

19—20日：法国年青一代—皇帝拜访隔壁邻居—一个老实人 / 188

21日：上将前来拜访皇帝 / 190

22—24日：流亡的悲惨和苦难—皇帝大怒—向英国政府递交信函 / 190

25—27日：荆棘阁的生活—奥斯特里茨战役中的随身箱—皇帝的大行李箱—杜伊勒里宫中发现的无数关于拿破仑的诽谤短文和小册子 / 195

28—31日：皇帝和大元帅开始记录埃及之征—雾月事件中的一些小事—里尔伯爵的信—美丽的吉什公爵夫人 / 199

11月1—4日：白天的安排—参政院—形势危急—1813年立法院被解散—元老院 / 206

5日：激烈的言论—典型的小事 / 217

6日：意大利军众将领—古代军队—成吉思汗等人—现代入侵行为—征服者的特点 / 219

7日：和政治有关的观点、方案和影射 / 223

8日：麻烦和精神反思 / 225

9日：皇帝把马还了回去 / 226

10 日：尊重挑夫 / 228

11—13 日：朗朗月色下的夜谈—两位皇后—和玛丽 - 路易丝的婚姻—她的家族—蒙特贝洛公爵夫人—蒙泰斯鸠夫人—默东学院—奥地利家族对拿破仑的情感—我回到欧洲后从德意志那边听来的一些事 / 228

14 日：一件小事—沉思 / 240

15 日：非常私人的一些小事—古怪的相似经历 / 241

16 日：圣日耳曼区—皇帝不带任何偏见和恨意—皇帝典型的谈话风格 / 243

17 日：1814 年他的侍卫的表现—请愿书草稿 / 247

18 日：皇帝曾想回科西嘉岛—他对罗伯斯庇尔的看法—他对公共舆论的观点—皇帝对法国大革命受害者的补偿 / 249

19 日：荆棘阁的山涧 / 253

20 日：暂居荆棘阁期间，我们第一次也是唯一一次远足—上将的舞会 / 254

21—24 日：皇帝待在厄尔巴岛期间我的所作所为 / 256

25 日：皇帝的身体—各地奔波—医学思想 / 263

26—28 日：荆棘阁的生活—我首次拜访朗伍德—爆炸案及其叙述 / 265

29—30 日：乔治、皮什格吕等人的阴谋—昂吉安公爵事件—奴隶托比—拿破仑的个人感想 / 270

12 月 1—3 日：开路兵的起源—拿破仑的其他危险—一个大个子德意志军官—一条狗 / 275

4—5 日：战争—理念—实践—对几位将军的评价 / 277

6 日：西班牙诸王在瓦朗赛的处境—教皇在枫丹白露—一些思考 / 281

7 日：谈《新爱洛依丝》和爱情—令人气恼的一件事 / 282

8—9 日：英国中尉—一件奇事—决定前往朗伍德—法国状况—内伊的辩护书 / 284

第三章　定居朗伍德 / 289

1815 年 12 月 10 日：搬至朗伍德—沿途所见—来到住地—第一次泡澡 / 289

11—14 日：对朗伍德的详述—房屋细节 / 292

15—16 日：皇帝仆人的安排—众人在囚禁中的精神状况—皇帝的一些可贵品质—被翻成英文的普腊德作品中拿破仑的形象—反驳 / 295

17 日：我的生活条件得到改善—人们换了我房里的一些家具 / 303

18—19 日：皇帝的生活作息—他对两位皇后的称呼——些小事—皇帝在警务上的准则—皇帝渴望建立一个稳定温和的政府 / 304

20—23 日：皇帝首次骑马出游—内阁欺人太甚—我们的愤怒和抗议—皇帝的话—粗鲁的回复 / 312

24 日：皇帝不屑于争取民望—他的理由和论据—我的妻子—古尔戈将军的母亲和姐姐 / 314

25 日：皇帝在战场上经常受伤—哥萨克骑兵—《被拯救的耶路撒冷》 / 318

26 日：我和一个英国人的谈话 / 320

27—28 日：论流亡集团—英国人的善意—流亡贵族的生活来源 / 321

29 日：艰难远足—我们第一次探索山谷—凶险万分的沼泽—幡然醒悟的英国人—解毒的毒药 / 326

30 日：皇帝犁地—寡妇的最后财产—和上将会面—新的安排—波兰人皮翁科维斯基 / 330

31 日：副总督斯凯尔顿 / 332

1816 年 1 月 1—3 日：新年—猎枪—总督威尔克斯一家 / 333

4—8 日：朗伍德的生活—皇帝的骑马线路—我们的林泽仙女—岛屿布防工作—直布罗陀要塞—岛上文化及法律—狂热的水手 / 335

9 日：皇帝非常气恼—与上将再次发生争执 / 340

10 日：马尔尚的房间—皇帝的内衣和外套—马伦哥大衣—尚波贝尔的马刺 / 343

11 日：上将泰勒 / 345

12—14日：皇帝被人用枪指着—打发晚上的时间—罗曼小说—政治观点 / 346

15日：戈登史密斯写的《波拿巴政府秘史》—一些小事 / 350

16日：皇帝打算学英语 / 353

17日：第一节英语课 / 354

18—20日：我们的日常生活—和总督威尔克斯的谈话—军队—化学—政治—印度详事—斯塔尔夫人的《苔尔芬》—内克尔和卡洛纳 / 355

21日：我的新房—房间描述—清晨的访客 / 360

22—26日：皇帝读书—塞维尼夫人—查理十二—《保尔与维吉妮》—韦尔托—洛兰—韦利—加尼尔 / 362

27日：克服困难—皇帝在埃劳、耶拿等地遭遇的危险—俄国、奥地利和普鲁士军队—小吉贝尔—科尔比诺—拉纳元帅—贝西埃尔—杜洛克 / 365

28日：学习英语——些小事—骑马散步—马匹陷入泥潭中 / 372

前言：回忆录中的拿破仑

今天大家都已经知道，当初这个一身蓝衣、手拿一顶海狸皮帽、"如一只鬈毛狗一样"跟在皇帝身后、把他的一言一语都悉心记下来的小小侍从，他的话并非全是实情，他这个人也并非毫无私心。这本回忆录向我们展现了拉斯卡斯的天真、虚荣，对那位曾经顶住天穹却沦落如斯的巨神一片愚忠，对一道流亡的伙伴心怀妒忌。欧克塔夫·奥布里先生[①]笔下的拉斯卡斯则是被迫背上忠诚的枷锁，而且最后还故意让哈德森·洛韦把自己从圣赫勒拿岛赶走。不过这个小人物还是写出了一本巨著。也许是为了消弭宿怨或迎合当局，他在书中或歪曲或抹消了一部分事实，但这本书基本上是真实可信的，毕竟作者很难在人物的谈吐风格上作假。只有拥有过统领千军、权倾天下经历的人，才说得出如《拿破仑圣赫勒拿岛回忆录》主人公那样的话。皇帝的确和书中圣赫勒拿岛上的那个他一样，既在乎"全世界的目光"，又很注重自己在听话者面前的形象，其一举一动都是摆给后人看的。不过此时的他还是更加放任和自在一些，和当初杜伊勒里宫和枫丹白露宫里的那个皇帝一比，反而更显真实。

[①] 欧克塔夫·奥布里（Octave Aubry，1881—1946），法国历史小说家，出版过数部与拿破仑有关的著作。——译者注

I

人皆擅长伪饰。一个谈吐无忌、待人蔼然、隐遁世外的曾经的当权者，很容易就能博人好感。拿破仑当初高居帝位的时候，就一直表现得很有人情味。司汤达曾说："他之所以充满魅力，是因为他坦率、和善，说起话来滔滔不绝、闪烁着智慧的光芒，可谓神动色飞、议论风生，有时甚至一针见血、鞭辟入里，虽然他的措辞中时常有些错误，总给人一种奇怪的观感——毕竟他的法语和意大利语都说得不太规范。"

但凡是天才人物，只要他表现出平常人的一面，都能让我们心生亲近喜爱之情。拿破仑也不例外，他身上一些小细节就很博人好感：他每到激动的时候左小腿肚就会微微颤动，像个孩子似的喜欢泡热水澡，打招呼时喜欢拍人肩膀以示友好，在圣赫勒拿岛上跟人打趣时还喜欢捏捏对方的耳朵。有一次，他实在被一个参政院议员气到了，对对方说："请您注意，我的好脾气快被您磨没了……最近您实在有些过分，让我很是头痛。我在对您发出严肃的信号，以后别再这样挑战我的忍耐力。"流放期间，有一次他拿古尔戈的母亲和姐姐开玩笑，后者听了眼圈都红了。皇帝瞥到他这副样子，语气立刻软了下来："我竟这样随便触碰别人心中最柔软的地方，这不是蛮横的恶人才干得出来的事吗？"如果他伤害了谁，事后总会想尽办法安抚对方的情绪，就像利奥泰①一样。但凡身居高位者，都知道人的底线在哪里。

皇帝还有其他一些讨人喜欢的地方：他很喜欢和孩子待在一起，或许是因为只有孩子才会在他面前表现自己天真烂漫的一面吧。在圣赫勒

---

① 利奥泰（Hubert Lyautey, 1854—1934），法国政治家、军事家、元帅。——译者注

拿岛时，他总让特里斯唐·德·蒙托隆给孩子讲狼和羊的故事，和几个英国小女孩一起没大没小地在花园里玩游戏。拿破仑还喜欢给身边的人和东西起绰号：他把自己经常散步的那个山谷称为寂静之谷，把初到岛上所住之处的英国屋主称为安菲特律翁①；心情好的时候，就把乔治·科伯恩爵士唤作海军上将阁下，情绪不佳的时候就叫他大白鲨。后来哈德森·洛韦来了，被取绰号"西西里的打手"。

司汤达一直坚信，若想了解拿破仑，我们应记得他是意大利人，是卢卡的暴君，但也别忘了他还是一个来自科西嘉的小伙子。拿破仑每次翻阅地图册时，一看到科西嘉地图，就会凝视许久。那里的一切都是最好的，连泥土都比其他地方更加芬芳。他说过，就算蒙着眼睛，只要闻到了这股独有的泥土味道，他就知道自己是在科西嘉了。他走遍世界各地，都再没闻到过类似的味道……1780年时，他还是个迷信的科西嘉小伙子，满口宗教戒律……"读到攻击自己的诽谤短文时，他总是满脸憎恶，一边在胸前画十字，一边一口一个'耶稣啊'地喊着。"

那个后来被他打造成帝王家族的普通科西嘉家庭，在他心中就是世界的中心。每次谈到他的母亲，拿破仑总是一副毕恭毕敬的样子。他说："在她内心，高尚的情操占了全部。她人的确吝啬，却自重，高尚才是她最大的品格。"皇帝有极强的家族感："我的妹妹埃莉萨有着男人般强大的头脑和精神；卡洛琳很精明，也很有能力；保琳也许是当今世上最美的女人，曾经是，也永远会是上帝最美好的创造物。"

他对两任妻子的爱同样不减分毫："约瑟芬是美惠三女神的化身，魅力非凡；玛丽-路易丝则一派纯洁，光彩照人。"可对于自己的诸多

---

① 希腊神话里的一个人物，因莫里哀戏剧，后被视为"殷勤好客的主人"的同义词。——译者注

情妇，拿破仑的态度很是轻慢，从骨子里瞧不起她们。和约瑟芬皇后在一起的时候，他觉得他们就是世间无数平凡夫妻中的一对，两人感情甚笃、如胶似漆，很长一段时间里都同居一室、同寝一榻。皇帝说："严肃的道德环境对家庭影响甚深，稳固了妻子的地位，保证了丈夫的依赖感，维护了家庭的亲密感和良好风气。"他还说："婚姻就应该是如胶似漆的样子。"

他一直都在反驳自己是为了攀附帝门才去追求玛丽-路易丝这个说法："有人责备我，说我为和奥地利家族联姻而扬扬自得。难道我还该为此生气不成？我遇到一个年轻、美丽、可爱的女子，难道就不能表现出一丝欢喜？我在这段婚姻中犯下的唯一错误，就是秉承太过正统的家庭观念去经营婚姻。"不过就如司汤达描写的一样，拿破仑这种普通市民的特点被拔高到高乃依的高度。保利曾对青年时候的波拿巴说过一句话："拿破仑啊拿破仑，你根本没有一个现代人的样子，从里到外都像普鲁塔克那个时代的古人。"

当初那个科西嘉小伙子和年轻少尉，在拿破仑身上一直没有死去。他先后当上了总司令、执政官、皇帝，他的床榻上睡着奥地利皇帝的女儿。然而，拿破仑仍像个撞了大运的普通士兵似的。正因为保持了自然纯朴的一面，到了圣赫勒拿岛后，他才能坦然接受从画阁朱楼到陋室简棚的骤然改变。看到拉斯卡斯给他上菜时一脸局促不安的样子，拿破仑说："朋友，直接用手端过来就行……我们之间再用不着那套繁文缛节了，反正以后大家都是吃大锅饭。"滑铁卢战役的一天清早，皇帝走到桑布尔河畔营地中一处篝火旁，火上正支着一口锅，里面煮着土豆。他拿了一个，默默地啃了起来。吃完土豆后，他挤出几句话，话中透着浓浓的忧伤："还别说，这也挺好……好歹咽得下去……有了这些吃的，人在哪儿都能活。也许这一刻已经不远了……就是地米斯托克利……"说完这话，他继续上路。后来，站在海边悬崖上的他经常想：自己向往的生活，不过是住在巴黎、每天有12法郎的生活费就够了；吃饭花30苏，整天都泡在图书馆和文人聚集的小酒馆里，去花园散步，去剧院看戏，住着每月租金为一个路易的房子。他和司汤达之间没有多大的不同，而且司汤达也是这么认为的。

拿破仑身上还有一个博人好感的特点，那就是嗜书如命，而且他挑的书绝非流俗之作。他叫人给自己读《新约全书》，听到"山上宝训"这段内容时，他坦言自己被里面道德训诫的美感深深吸引住了。他对高乃依的著作烂熟于心，对里面的句子信手拈来。他指责拉辛的作品过度渲染永恒的爱情和其他陈词滥调，却很欣赏他的《勃里塔尼古斯》和《安德洛玛克》。拿破仑本人不也总是一副文人的样子吗？他的文字有时甚至有点卢梭那种玄奥而又热情四溢的风格。有一次，一个掷弹兵为爱殉情，正担任第一执政官的拿破仑把下面这段话传给执政府护卫军："身为士兵，应当懂得如何战胜情爱引发的痛苦和忧郁；真正的勇敢，是既能咬牙忍受灵魂的痛苦，又能在炮火轰鸣的战场中保持镇定。"在另一篇文章的结尾处，他写下了这几句颇有塔西佗风格的铿锵有力的话："可在英国，人们是怎么回应这种宽宏大量的呢？他们假装向对手伸出热情好客的手，可当对方满怀好意地握住手时，他们将其诛杀。"这个结尾写得甚是漂亮，带着粗粝的美感。

有意思的是，在听人朗读名篇佳作时，皇帝总会忍不住站在军事和政治角度上对其点评一二。读《米特拉达梯》时，他对书中的一个作战计划大加批判："这里虽然文字精彩，可从军事角度上看毫无意义。"读《新爱洛依丝》时，他留意到梅耶里悬崖这个地名，插嘴说："当初我打通辛普朗山口，把此地一举捣毁了。"读《圣经》时，他每遇到一个地名就要停下来，讲述自己在那里发动的某场战役。他很喜欢《奥德赛》，对《尤利西斯》却不以为意，说："他不该把君王的交战写得跟乞丐斗殴一样，这有损君威。"

II

由于天性以及所受的教育，拿破仑从心底是个君主派。他在布里埃纳的一所皇家军校中度过了自己的少年时光。君王、宫廷、贵族，这些词在他看来充满了意义和分量。然而，拿破仑虽然内心是个保皇主义者，思想上却是个雅各宾分子。在《拿破仑圣赫勒拿岛回忆录》中的许多地方，我们都可看到这两个政府体制在他身上长期交战留下的痕迹。从意大利和埃及回来后，拿破仑曾犹豫自己到底该当大革命的卫士，还是一个王朝的奠基者。他说过一些充满革命思想的话："王位不过是块铺着天鹅绒的木板子而已。"即便神圣联盟在滑铁卢战役之后取得胜利，他依然相信大革命没有结束："什么都不能摧毁或抹消大革命留下的那些伟大思想，我们已经用荣耀把它们身上原有的一些污点冲掉了。从此，它们永世不倒。它们在布列塔尼落地生根，在美洲大地绽放光芒。它们已融入法国民族的骨子里。它们就是法国的灯塔，照亮并统治了世界。它们将是所有民族的信仰和道德准绳。无论别人怎么说，我都将是这个不朽时代的一部分。"

既然他有此想法，为什么又成了反大革命的第一帮凶呢？"朋友啊，难道你们不知道吗？这不过是时局使然罢了！"喊着要实现民族复兴，这怎么看都是痴人说梦。皇帝有两条路可选：要么继续当雅各宾分子，要么成为君主制的中流砥柱，与众王平起平坐。他选择了第二条路。有时，拿破仑也会为此感到后悔。他为了那群忘恩负义的贵族做出多大的牺牲啊，这些人在他权势滔天的时候归附于他，可一到落难的时候，转头就将他抛弃了！然而，除了走这条路，他又能怎么办呢？没错，雅各宾派的确把他推上了独裁者的位置，对他恩情不浅，可难道他们会乖乖听命于他吗？"和他们一道取得胜利后，我又得马上转头对付他们。一个俱乐部绝不会有一个固定的头领……然而，'狡兔死、走狗烹'，这也绝非我的行事准则。"

所以，他想建立一个宫廷，因为这个东西能分散众人的注意力；他想采用头衔勋章这套机制，因为这些东西能对最危险的野心家产生持续性的安抚作用："若想让人无暇分心，使蠢招比讲正理更管用。"这套说辞有理有据，至少后来他是这么解释自己当初的选择的。尽管如此，《拿破仑圣赫勒拿岛回忆录》中的谈话内容却折射出他潜意识里的其他想法：讲究家族出身，渴望赢得当时不认可他的人的敬畏，以及懊恼于为什么自己不能是那群奴颜婢膝之徒的服侍对象。

但为什么这个人非得是拿破仑呢？在研究他那波澜壮阔的一生的过程中，我们有时也倾向于如他所说的那样，把他成功的一部分因素归结为机遇使然。他曾说："是成功造就了伟人。"在滑铁卢战役中，惠灵顿的战略布局乱七八糟，甚至根本就没什么布局可言。可奇怪的是，这么糟糕的布局最后反而救了他。皇帝也曾经常一开局就抓得一手好牌。"朋友，许多时候，我都是因为走了运才青云直上。"

然而，机遇是最不可靠的东西。所有伟人之所以能成为人中龙凤，似乎都有些共同特征。首先，他们并不看重追求享乐的庸俗之辈所觊觎的东西。担任意大利军总司令期间，即便他身边全是莺莺燕燕，波拿巴仍然慎言慎行、恪守节操。"我拥有足够强大的灵魂，故避开了这类迷魂阵。我之所以幸运，是因为我足够明智。"当时他可谓坐拥一切，却比谁都懂得克己自制的道理。

他有什么个人资产吗？从埃及回来后，拿破仑倾尽囊袋，在马尔梅松以约瑟芬的名义买了一栋房子。他从骨子里厌恶商人，绝不会涉足任何生意之事。"您知道我真正的财富在哪儿吗？我给您算一算吧：安特卫普港，威尼斯海事工程，从安特卫普到阿姆斯特丹、从美因茨到梅斯、从波尔多到巴约讷的公路，贯穿阿尔卑斯山脉的辛普朗山道、塞尼山道、蒙热内夫尔山道、科尔尼什路，单单这些就花了我8000多万。"

但凡获得实际成功的人，几乎都是实用主义者。他们中一些人一开始还会摆出一副理论家的样子，因为理论能替他们吸引到第一批追随者。可一旦涉及现实利益，他们就开始在理论上讨价还价了。皇帝曾说："说到智慧，有一点要记牢：永远不要在今天嘲笑自己昨日的想法。"还有这句话："我从未想过靠歪曲事实来迎合我的理念；相反，我经常歪曲自己的理念，以应对突发情况。"在这点上，拿破仑还说过另一句精彩而言简意赅的话："大革命应该学会顺风扯帆。"他还说，他比世上任何人都更懂在退无可退的情况下安时处顺的道理，还说这才是让理性寻到安身之所、让精神取得真正胜利的关键法宝。

干实事的大人物观察人，看到的是他们实际的样子，而不是他们应该成为的样子。拿破仑就说过："普遍而言，人既不是善类，也不是恶鬼。"他从未想过谁是完美无缺的，故能宽厚地包容别人犯的错误。如果有人恃宠而骄，在信里写了些对他大不敬的话，他做的第一件事就是收回恩宠，之后才令人将信件悉数销毁，还叮嘱"最好别叫人知道"。拿破仑从未向拉斯卡斯表达过对背叛自己的人的恨意。哪怕谈起这些人，他也很是淡然，觉得他们是顺势而变罢了，认为这些都是人性弱点所致。"您不了解人。即便有谁想公正地看待别人，可人心哪会那么容易就被洞穿？而且，人又了解自己多少呢？他明白自己是怎样的人吗？如果我没有倒台，当初抛弃我的大部分人也许绝不会有变节的念头。人是恶是善，这是视环境而定的。"

"有人说，人皆薄情寡义。其实，人并没有他说的那般薄情。若有行善者抱怨人心凉薄，那通常是因为他的要求多过了他的付出。还有人会告诉你，只要了解了一个人的性格，你就抓住了他的行事准则。这话也不对。再正直的人也会干出瞒心昧己的事，为非作歹的也并不一定就是大奸大恶之徒。"他瞧不起塔列朗和富歇，却依然起用了此二人。二人为他效力期间，他是否仍看不起他们呢？答案是肯定的。

拿破仑身为军事统领，却像萧伯纳笔下的那个士兵[①]一样，是个彻头彻尾的现实主义者。他认为，如果一个炮兵连遭到敌方开火攻击，炮手先得把威胁到自己的敌军炮兵给解决了，然后才有心思去掩护己方步兵，而且谁都拦不住他们这么做。

拿破仑身上的现实主义经常会发展成犬儒主义。他之所以一会儿站在雅各宾派，一会儿又站在君主派，归根结底是因为他只相信力量："要当统治者，就必须是个军人；只有靠马刺和马靴才能统治国家。"他有一句马基雅维利主义的箴言："侵略者在天上是罪人，在人间却是法理。"他觉得为达目的可不择手段，正己守道的意义不大。谈到洗劫全城这种事，拿破仑只冷血地说他曾经对此很犹豫；他还说，他若觉得此事有利，就会把它当作嘉奖全军的一个手段，"何况那时军队上下纪律

---

① 萧伯纳的戏剧《武器与人》中的主人公布朗奇里上尉。——译者注

涣散；在有机会抢点东西时，士兵哪里顾得上什么军纪呢？"

拿破仑告诉拉斯卡斯，他之所以在法国重兴天主教，是出于维护国家安定的考虑。"我若宣布拥护新教，能得到什么好处呢？我的确不想法国再有什么教派了。可若支持新教，我相当于在国内扶起了两个势均力敌的对手。这两派若是撕扯起来，法国可就完了。"相反，他在法国恢复天主教，此举让大多数人都满意，还能让他保留实力去保护少数派。拿破仑说这些话的时候一脸真诚，不像在撒谎。

III

拿破仑头脑灵活、见识广博、为人正直、对人心从不抱幻想，还深谙无须逢迎就收买人心的手段。照理说，这样一个人应该一直都是命运的宠儿才对。可是，他却沦落到了圣赫勒拿岛。那么，他是在手段方法上有什么软肋吗？

当然，拿破仑之所以失败，主要因为他想象力太丰富了。他在战场上和参政院中杀伐决断，是个令人敬佩的人物。可许多时候，他会把自己信奉的箴言抛在脑后，构想出许多不切实际的方案出来。那时的拿破仑，简直就是现实版的比克克尔①。不过任何企图将遥远的未来揉捏成形的人，最终都会变成比克克尔。

拿破仑提出的许多大胆设想，后来都证明了他是何等独具慧眼。他猜到了英国接下来的历史走向，预料到英属自治领的出现和它们在近代的政治地位："英国今天是海上霸主，这点无须多说。可在当今日新月

---

① 拉伯雷《巨人传》里的勒赫尼国王，生性好斗，以拒绝向塞耶国王和高康大的父亲提供一种特制的烤饼为由，掀起比克克尔战争。——译者注

异的环境中，它为何要抱残守缺呢？它必须想个办法，让殖民地重获自由。若继续拖下去，许多殖民地迟早会离开它。那何不做个顺水人情，和这些国家建立一种更密切的新关系呢？如此一来，英国宗主国减轻了负担，好处又照拿不误；它的面子保住了，双方的利益也得到了维护，何况它们语言相通、习俗相近。另外，它还能以保护两国利益为由，在那里建立自己的军事基地和军舰港口。它又有什么损失呢？一根毫毛都没少。而且它不用再干吃力不讨好的事，给自己免了许多麻烦，更省了一大笔行政费用。"拿破仑还向拉斯卡斯透露了他对未来欧洲重构局面的设想，料定意大利、德意志、斯拉夫将实现统一，一个欧洲联盟将会崛起，把欧洲民族团结为一体。

他甚至还替俄国想出一个征服欧洲的方案："要是俄国出了一个骁勇善战、性格强势又颇有能力的皇帝，欧洲就尽在他手了。他可以在德意志某个地方展开行动，只要此地离柏林和维也纳两座首都的距离不超过100古里①就够了。要不了多久，他就能杀进德意志腹地，闯到德意志那些二等君王的身边。登上阿尔卑斯山后，如果情况需要，他可在山上朝意大利境内投下火石，为爆炸做好准备，然后一路凯歌，奔向法国，再次宣布自己是它的拯救者。当然了，那个时候，我肯定已经日夜兼程地在定好的时间里赶到加来，然后我就成了欧洲的主人和救星……我的朋友，也许你会像某个大臣问皮洛士一样问我：'可这么做究竟是为了什么呢？'我的回答是：'为了建立一个全新的社会，为了消弭巨大的苦难。'"

可无论他多么英明神武，这一切都非人力可为。他纵有高世之智，

---

① 法国已废除的计量单位，1古里约合4000米。——译者注

却百密一疏；他渴望建功立业，却操之过急。他以帝国为中心，严格死板地建立起法国行政机构。司汤达批评拿破仑通过巴黎去统治法国的这种做法："他当初最该做的，是像英国那样重振地方机构。"当初拿破仑若这么做了，他的帝国也不会如此不堪一击。其实拿破仑本人看得十分清楚："我的那些省长手执地方大权和资源，简直就跟土皇帝一样……我认为，它（法国）的主要动力源自专制机构和军队本身。等到时机成熟了，我松开手中的缰绳，其他绳子也会跟着松开，那时我们就可以着手建设和平和法律制度了。"

可他还是和平建设的主宰者吗？这里，我们可借用拿破仑的一句话来形容他："一开始，人可以为某件事添把力；之后，他就是被这件事推着走了。"

IV

"苦难也带有它们英雄、光荣的色彩。我这一路太过顺风顺水。要是我在权势滔天的时候死在了王位上，我在大多数人眼里会是不完整的。如今，由于苦难的关系，人们才能评价这个真实的我。"真实？这是不可能的。因为人在审视自我的时候，不可能保持绝对的中立和客观。陀思妥耶夫斯基和卢梭即便在自我忏悔的时候，都不忘记自我辩解。站在拉斯卡斯和《拿破仑圣赫勒拿岛回忆录》所有读者面前的那个拿破仑，也在极力想讨人喜欢，而且他做到了，以出人意料的坦率洒脱和不知从何处重获的少年锐气俘获了众人的心。

在法国本土作战期间，他曾说："现在只有波拿巴将军才能救下拿破仑皇帝了。"在《拿破仑圣赫勒拿岛回忆录》中，救下拿破仑皇帝的却是波拿巴中尉。在这块充满失败和敌意的荒漠中,他经常后悔自己没有死在莫斯科。拉斯卡斯劝解他说:"陛下,从厄尔巴岛重返法国,此事在历史上是绝无仅有的,这是任何人都未曾做到的伟大壮举。""唉,我也知道,"皇帝说,"那件事虽说干得不错,可说到滑铁卢……我真该在那场战斗中死了。"利奥泰也说过类似的话:"我应该死在1924年,死在人生巅峰的时候。"这些追求荣耀的伟人以超脱的精神,如审视作品一样审视自己的人生。但拿破仑在他最清醒明澈的时候清楚地认识到:圣赫勒拿岛就是他人生必经的收场,纵然收得狼狈,但也收得漂亮。

安德烈·莫洛亚[①]

---

① 安德烈·莫洛亚(André Maurois,1885—1967),法国著名小说家、传记作者、文论家。——译者注

导论：回忆录的由来

拉斯卡斯写这本回忆录，初衷是为了向参政院说明他陪同拿破仑的一路经历。至于从巴黎到罗什福尔的这一路行程，拉斯卡斯原来只简短概括了一下，后来经过增补才变成现有版本。

从罗什福尔到柏勒洛丰号舰上，从他这一路上写的日记来看，作者当时另有心事。拉斯卡斯身为公职人员，对英国十分了解，并负责和梅特兰舰长展开谈判工作，每次会晤后都必须记下详细的会议笔录。他把这些笔录悉数抄进了《拿破仑圣赫勒拿岛回忆录》，再加了些自我辩解的话——因为不管怎么说，他的任务失败了。在第二次谈判中，由于双方发生一点儿误会，最后皇帝登舰，拉斯卡斯对此负有一定责任。其实他无须担心自己背上什么责任，因为拿破仑本就是逃不掉的。在此期间，这位侍从将皇帝的口述一一记录下来，以证明皇帝完全出于自愿、抱着高尚的动机才登上柏勒洛丰号。讽刺的是，这份口述像极了三个月前路易十八离开巴黎时发表的那篇宣言，后者也是"出于自愿"、想避免生灵涂炭才逃往国外的。

今天，我们无须再去复述柏勒洛丰号上的那些争执和控诉。富歇和临时政府里那些再正派不过的官员，口口声声说什么给了美国护照，他们一道欺骗了皇帝，这已是板上钉钉的事实。英国政府其实并未做出任何承诺，惠灵顿将军6月22日在阿韦讷发表的那份宣言已经说得再直白不过了。要不是因为富歇的关系，拿破仑本可以在向英方投降之前就知道惠灵顿当时说了什么：

"我现告知法国人，我率领一支胜利之师进入他们的国土，可我并不是他们的敌人（但那个世人皆知的篡位者和人类公敌除外，我们不会和他谈和或休战）……"

很明显，这就是要剥夺皇帝的法律权利。此外，梅特兰舰长还拒绝让皇帝的护卫舰挂谈判白旗离开。梅特兰和霍瑟姆做得一点儿也没错，因为他们知道：英国可以特赦拿破仑，但不会让他行使权力。当然，英国内阁谈不上公正宽厚；可从严格的法律角度来看，它的司法立场比《拿破仑圣赫勒拿岛回忆录》的诡辩之词更令人信服。

和帕斯卡的《致外省人信札》一样，这本回忆录既是一项伟大事业的辩护书，也是一桩普通小案子的诉状。

之后，拉斯卡斯为着其他的计划而继续写日记，但对未来没有任何规划。他作为唯一能阅读英国报刊、和欧洲保持部分联系的人，其任务就是每天摘抄一些新闻提要供皇帝阅览；当然了，他也会在日记里加上一些个人看法。拉斯卡斯心细如发，从不漏掉任何细节。如果某天他在日记中几乎只讲自己的事，就说明那天他没怎么见到皇帝，也没打好他的伟大计划的草稿。甚至刚上诺森伯兰号时，他也只知道把抗议书抄进日记里。而且他的抗议书写得文绉绉的，很是正式，就像某个律师读书时候写的练习诉状一样，一直没舍得丢掉，之后将其略微修改一番就拿过来用了。

在诺森伯兰号上，拉斯卡斯开始收集皇帝的谈话。他还提醒读者，书中关于波拿巴青少年时期的内容是全书最完整的部分，而且经过了无比仔细的复校和修订。

难道真如他暗示的那样，《拿破仑圣赫勒拿岛回忆录》（或者说是拿破仑语录）并非拉斯卡斯的首创想法？有篇文章能消除我们的疑窦，文章说，拿破仑退位后不久就曾想过写一份个人回忆录。我是在1815年7月3日的《总汇通报》（官报）（*Moniteur Universel*）中发现这篇文章的。在7月2日的会议中，议院达成一项决议，要把皇帝在特里亚农宫藏书楼里的2000册书交由皇帝支配。报告人波黎士[①]说：

"皇帝还是希望自己在闲暇时候能做点什么，以追溯法国的那段记忆。"

拉斯卡斯在诺森伯兰号上的日记内容中，除了正式文件，拟写难度最低的就是记录拿破仑青少年时期的这部分内容，因为它无须详细时间和参考资料作为佐证。不过我们也不能因此就说它是无凭无据的。拿破仑被流放至厄尔巴岛后，市面上突然涌现出一大堆讲述拿破仑少年时期的懦词怪说。原因很简单：纵观拿破仑的一生，只有青少年时期无史可查，所以人们编出许多闻所未闻的野史秘闻，宣传这个篡位者的卑贱出身，这么做也能讨得各国世袭君主的欢心。幸好，拿破仑在诺森伯兰号上开始回忆旧事；当时船上有几个英国历史学家，按其都记了下来，其中一个人就是威尔逊将军——后来，拉斯卡斯把这些记录抄进日记里（1815年9月26日至9月30日内容）。

这部分内容写得非常仓促，而且内容经过了修饰（尤其在回忆祖上的部分，皇帝和他这个书记官一边极力夸耀自己祖上的尊贵出身，一边又装出一副对此不以为意的样子），但全文口吻真诚、语言简练、内容

---

① 波黎士（François Daniel Polluche，1769—？），百日王朝时期代表菲尼斯泰尔省进入议院。——译者注

翔实。当代历史学家在里面补充了大量细节，但并未修改其基本笔调。

拿破仑以土伦战役打头，在舰上开始讲述过往人生；下船住进荆棘阁后，他回忆到了意大利之战。不过搬进荆棘阁后，在10月28日至31日这几天里，皇帝的其他随行人员也开始参与回忆记录工作（而且据拉斯卡斯所说，这还是他的提议）：大元帅贝特朗负责埃及部分，古尔戈负责雾月政变前后。我们知道，拉斯卡斯犯了错，虽然他也是出于好意。我们也知道，拿破仑终于下了船，在这里开始了他另一段命运。从这时起，一部卷帙浩繁的著作才翻开了第一页。拉斯卡斯只是这本书的记录人之一罢了，穿插在《拿破仑圣赫勒拿岛回忆录》中的大小战役也只能算作草稿的一部分。拉斯卡斯离开圣赫勒拿岛时，人们还就手稿归属这个问题起了争执。欧克塔夫·奥布里认为《拿破仑圣赫勒拿岛回忆录》著作权归皇帝所有，并充分阐述了为何这个侍从并非作者，而只是一个记录员；不过他不仅记录了大大小小许多场战役，更记录了囚禁的这段历史。

我们对此却持相反看法，根本原因是：虽然拉斯卡斯不是皇帝口述的唯一记录者，但他写的并不是一份单纯的囚禁日志。他会把断断续续的交谈串起来；他会提出疑问，谨慎地展开某个话题；他会把这些谈话重新整理一遍——虽然拿破仑在诺森伯兰号上就对这种只记些"蝇头小事"的题材嗤之以鼻，表示自己更青睐传统经典式的回忆录。而《拿破仑圣赫勒拿岛回忆录》之所以独特，就是因为这些谈话内容；因为它们，拉斯卡斯才为我们呈现出了拿破仑的另一面，才让我们了解到他那比口述内容更活泼跳跃、更扣人心弦的思想；因为这些即兴之谈、这些无意而发的慷慨陈词，拿破仑的谈话才会再一次颠覆了欧洲。

圣赫勒拿岛时期的拿破仑思想

想了解拿破仑在圣赫勒拿岛上的思想,除了《拿破仑圣赫勒拿岛回忆录》之外,我们还可参考其他文献。这些文献虽不完整,但几乎都是第一手资料,记录内容和拉斯卡斯的回忆录一样,都以收集皇帝的口述和谈话为主。其中最值得关注的就是古尔戈男爵将军的日记。最近,欧克塔夫·奥布里发表了此书中一段从不曾公开过的内容,它们深刻地改变了人们对拿破仑的性格认知。

《拿破仑圣赫勒拿岛回忆录》和上述作品有些共同点,但它仍不失自己的独特个性。这些书之所以有共同点,是因为它们讲的都是皇帝其人其事、所思所想。而接下来我们将要讨论的是,我们为何要将本书的个性之处归为拉斯卡斯的功劳。

拿破仑在圣赫勒拿岛上陈述了某些政策,例如,法兰西帝国和法国大革命的一体性、两者之间的血亲关系、舆论自由,这些手稿在这些方面的记录内容并无二致(虽然在《古尔戈日记》中,拿破仑说话没那么直截了当,更有帝王之风,但在上述政治策略上的看法是一样的)。

但我们就能因此认定,这些资料真实反映了拿破仑从1800年到1813年间的想法吗?当然不能,因为和拿破仑的实际行动、统治理念以及他在1800年至1813年间发出的公文一比,它们实在是大相径庭。不过书中拿破仑的思想,是在他从厄尔巴岛回来,在茹昂湾向军队和全国人民发表声明之后才提出来的。此外,根据梯也尔整理出的各份手稿的前后关系,我们也不排除一个可能:这些主张和当时向拿破仑大力提倡实行自由主义的他的智囊团——其中包括那个可怜的拉贝杜瓦耶——不无关系。不过,如果我们手头有本《厄尔巴岛回忆录》就好了,这样我们就能了解皇帝看着波旁王朝东山再起又倒行逆施后是如何改变想法的，我们也会知道他是怎样产生把法国所有非保皇党的人团结起来的念头的。可惜的是，这段时期的资料很不齐全，让我们实难窥到历史真貌。

不过一旦采纳了这个思想路线，拿破仑就必须认识到其中的先进之处，并成为它的忠实拥护者，所以，他回归到人民传统路线中。他似乎也并不在乎调整某个实际有效的政策，好争取到大众的情感认同。正因如此，《帝国宪法补充条款》并没有多少拿破仑的个人风格。所以，除了《拿破仑圣赫勒拿岛回忆录》，我们找不到其他任何资料来充分解释拿破仑采纳这一政治路线的理由。

相反，在军事行动方面，《拿破仑圣赫勒拿岛回忆录》的内容则和其他所有相关资料的记叙相差无几。

回忆录提到了拿破仑的战略战术，但这几乎是件毫无意义的事：拿破仑在其他地方已经把他和他的伟大先辈参加过的大小战斗条分缕析地讲解过了。他没分析应该如何对一处要塞发起攻击、将其一一捣毁，也没讲何时该按兵不动、静等开战，更没说明何时该率先开火、直扑敌军。相反，拿破仑更注重行军布阵之术：他会占据一个国家的政治经济命脉所在之处，或者直接杀向敌人重兵集结之地，或者干脆切断对方的粮草之路。对于同一个案例，腓特烈二世也许会采取防御战术，但拿破仑会选择进攻之道。在战略上，他喜欢在几支敌军中间布兵；但从战术上看，他又认为由于现代武器装备的发明，军队若处在敌军的夹击下，在火力上就已处于下风了。战场上若有敌军来袭，拿破仑觉得全面防守才是一贯有用的招数，而不是重点防御敌人的进攻点。由于敌我炮兵团经常和对方死磕，双方处于胶着状态，所以他在每场战役中都会用预备炮兵团来阻止敌方步兵的进攻。在《拿破仑圣赫勒拿岛回忆录》里，虽然拿破仑经常提到这套战术，却很少对其展开理论阐述——似乎他和拉斯卡斯认为这只是个人习惯罢了。可实际上，这套兼具政治和军事意义的作战系统可追溯到大革命时期的卡诺头上；意大利军在战争实践中灵活运用这套战术，正因如此，和最开始在意大利作战的共和国军相比，后来波拿巴将军手下的那支军队已不可同日而语。至于炮兵部队地位的提升，这也是有因可循的：早在共和国刚刚建立的时候，法国在这个兵种上就比其他大陆国家更有优势了。

拿破仑之所以被封为一代军神，是因为他擅长战术实践。

所有记载于圣赫勒拿岛上的书籍都给出了大量的作战细节描述，供读者用心寻找、一窥究竟。正因为这些资料的存在，我们才能从正确的角度出发，展开基本考证工作：毕竟，它们都出自皇帝的亲口所述，而且负责记录的还是他那几个以忠诚和英勇而为人所知的部下。

那这些资料中存在弄虚作假的成分吗？或者说，存在皇帝无心而为的谬误吗？

我们倒认为，对于写于圣赫勒拿岛的这些资料——尤其是这部回忆录，我们应当抱有敬意。尽管里面存在一些事实错误，但作者已经尽力做到了不偏不倚、秉笔直书。

其实，在圣赫勒拿岛期间，拿破仑一直都在研究公报和官方资料。一方面是因为这些资料关系到他的身后之名，另一方面是因为他必须重视这些他本人曾亲自认证过的文字（1815年后，对国内那些依然忠于他的拥护者而言，这些资料就是权威指南）。

不过，这些官方资料在许多地方都有违事实。我们用不着把整段拿破仑战争史搬出来，只需举一个例子就可证明我们说的都是事实。

在马伦哥会战中，德赛曾收到命令，带着部队往某个没有敌人的地方前进。听到远处的炮火声后，德赛停下来，一下子明白过来是怎么回事。他连忙收兵，掉头增援拿破仑，回来发现战场已经失守（甚至拿破仑也是这么认为的）。但德赛说："我们还有赢取下一场战斗胜利的时间。"他做到了，以自己的生命为代价。

但1805年（法国）国家印刷局出版了一份有贝尔蒂埃（马伦哥会战中的军事参谋长）签字的马伦哥官方资料，里面是这么说的：

"早上十点，（波拿巴）就把全天的作战行动想好了……

"波拿巴多次奔向左翼，给德赛将军争取时间，助他攻下他负责的那块阵地……

"在德赛发起进攻后，贝尔蒂埃宣布：'就在那时，人们才明白他先前构思的布局是何等精妙。'"

不过，《拿破仑圣赫勒拿岛回忆录》至少承认了法军在那天乱成一团，也根本没说什么德赛事先收到命令，必须打赢这场仗、收缴战利品这种事。这比贝尔蒂埃的讲述可信多了。

拿破仑在圣赫勒拿岛上提出了许多战略战术方面的主张，其中有个很有意思的论断，它不仅揭示了帝国历史，还在当代史界中得到一再阐释。拿破仑在回顾1814年战争末期时下了这个断言，并委婉地暗示此法同样适用于1815年战争。他认为，虽然当时敌军日渐逼近巴黎，但如果把首都及附近地区都利用起来，法国仍有可能击溃敌人。这个想法先前只在小规模作战中得到证明（如1815年埃克塞尔曼斯的增援行动）；可在当时那个环境下，拿破仑的这个提议更像是负隅顽抗、不肯承认败局已定。然而，1914的那场战役①推翻了马尔蒙和伟大的卡诺的想法（他

---

① 1914年9月的第一次马恩河战役。——译者注

也认为拿破仑在1815年是不可能取胜的），验证了拿破仑的观点。

然而我们也说过，《拿破仑圣赫勒拿岛回忆录》之所以独特，并不是因为它记录的军事内容，也不是因为它是在皇帝本人的口述下写成的，更不是因为拿破仑的口述中带有民法特征——就像一篇为证明法国君主制本质上一直都有选举制特点而展开的论述文似的，以辩解第四王朝，即拿破仑王朝的合法性。《拿破仑圣赫勒拿岛回忆录》的特殊性在于，那位流放者在书中对自己的人生和政治生涯给出了定义，对世间的人和事做出了评价。

在《拿破仑圣赫勒拿岛回忆录》中，不同时期的拿破仑对人的评语也有所不同。他在大革命时期只是个低级军官，直到督政府时期才结识了大部分共和国领导人。也许是因为在执政府时期和西哀士这类人打过交道，他才能对国民公会里的人有所了解。在《拿破仑圣赫勒拿岛回忆录》编写期间，任何关于法国大革命的讨论都带有抨击小册子的特点。所以，读者若要理解拿破仑的评语，就得考虑到当时那个尚无历史评价的特殊环境。在我们今天的人看来，他的那些评价看上去并不全面，还略显古怪，但它们是当事人付出极大的努力，经过深入的洞察，秉持公正不倚的态度得出的结论。

虽然他对某些人——例如拉扎尔·卡诺——的评价有失公允，但他之所以出言刻薄，主要是因为这些人先对帝国态度不善。

拿破仑对他在执政府和帝国时期认识的人的评价之所以失之偏颇，主要有两大原因：

拿破仑很少因为某人对自己不友好，就大大低估此人的能力。例如，他从未贬低过贝纳多特的军事才干。

对于别人的任何动作，拿破仑的第一反应都是找到一个解决问题的办法，但他从不愿接受一个事实：别人也可以有不同的想法，有时它们甚至是可被采纳的。这是实干家特有的一种偏执，正因如此，他才对莫罗等和他一样善于用兵、但秉持不同理念的将领做出许多并不全面却发自肺腑的评价。

谈到平民、政坛人物、政府人员、亲王贵胄时，拿破仑的点评则随意许多，经常一针见血。不过，他在圣赫勒拿岛上的评语常有贬低人性的倾向。

当然，因为政坛失意，拿破仑才会给出普遍悲观的评价。读者应当学会区别性地看待他的评语：对于那些死在1800年至1813年之间的人，他的评价几乎都是正面的；可那些在两次帝国覆灭中充当推手的人，无论他们已经作古还是依然健在，都没逃过拿破仑的严厉抨击。甚至陪他流亡的同伴也成了皇帝的怀疑对象。对比《拿破仑圣赫勒拿岛回忆录》和《古尔戈日记》，我们觉得谨小慎微的拉斯卡斯很有可能弱化了大部分这类评语的语气色彩。而且和第一版《拿破仑圣赫勒拿岛回忆录》相比，后来的版本语气和缓了许多。作者这么做倒也不是为了修正错误论断，而是不想去招惹东山再起的波旁家族罢了。

相反，对书中提到的外国君主，尤其是法国国王，其评语中都带着一丝轻鄙。不过也有例外，那就是关于昂吉安公爵和塔列朗的那部分内容，读来催人心肝，但话说得很是狡猾。它既是对前者迟到的致歉，也是对后者无情的报复。

《拿破仑圣赫勒拿岛回忆录》中岛上的大小事

关于拿破仑及其同伴在圣赫勒拿岛上发生的事，欧克塔夫·奥布里在他最近新出的一本书中为我们公布了大量从未披露、无比宝贵的资料。

拉斯卡斯曾说，岛上气候恶劣，不利于人体健康，但在圣赫勒拿岛上住过一段时间的欧克塔夫·奥布里先生反驳了他的这个论断。谁也不能在那里活到颐养天年的岁数，此话纯粹是子虚乌有。何况，英国人根本不可能诚心要让他们这个囚犯在漫长的痛苦中死去。不过拉斯卡斯之所以这么说，也有他自己的理由：首先，他的儿子在圣赫勒拿岛身染重疾；其次，一个世纪前，殖民地的恶名在外，是所有人眼中的穷山恶水之地。

他说皇帝物质生活上是如何艰难，这有点夸大其词，不过拉斯卡斯也是出于好心。我们可以根据这本书的其他内容，修正作者的夸张论断。再加上欧克塔夫·奥布里写的书，真相更是呼之欲出了。虽然哈德森·洛韦本人把拿破仑及其随从每年的开支限定在1.2万里弗之内，但这笔钱可相当于今天的150万里弗呢。皇帝身边还有30多个随从；自第一次世界大战之后，任何法国元帅都没有这么多的随从。唯一不好的地方是住得不太舒服，《拿破仑圣赫勒拿岛回忆录》里说住处的噪声让皇帝不堪其扰（不过也有可能是作者故意想把住处写得很糟糕，以便抱怨几句），可见其住宅没有多大，生活设备也不太完备。拉斯卡斯抱怨皇帝的生活条件一落千丈，连洗澡水都从科隆水变成薰衣草水了。这些控诉十足可笑，虽然它们都是一个廷臣的心里话。

圣赫勒拿岛的生活是辛苦的，但那苦痛完全属于精神层面，并具有不可小觑的威力。除去心绪不佳的时候，拿破仑虽有怨气，但那怨气是隐忍、悲怆和带有人情味的，也只关乎精神层面。这和他那位好心侍从在物质方面的抗议形成鲜明的对照。

《拿破仑圣赫勒拿岛回忆录》绝不是一份完整的忏悔录。当然，这和拉斯卡斯在写到起伏的情感、过激的言辞时往往过分小心谨慎有关系。所以我们永远也无法知道，拿破仑在圣赫勒拿岛期间，对玛丽-路易丝到底是何想法。但说到自己的儿子时，他丝毫没有掩饰自己的情感；关于罗马王的那些文字，成了这份被囚日志中感人至深也最为人所知的篇章；这本诞生于圣赫勒拿岛的巨作，完全就是为罗马王而写的。

欧克塔夫·奥布里在他书中得出的重要论断，无不参考了《拿破仑圣赫勒拿岛回忆录》里作者对哈德森·洛韦的人物性格、行为态度的描写。由于《拿破仑圣赫勒拿岛回忆录》的原因，我们才敢大胆猜测：洛韦并非一个彻头彻尾的坏蛋。也许他只是严遵命令，也许他只是太害怕这个囚犯会逃走，所以才如此折磨拿破仑。这位总督主要是因为过于蠢笨，才对皇帝粗暴相待。

即便《拿破仑圣赫勒拿岛回忆录》在上面这些地方没有做到客观公正地讲述事实，但在大部分要事方面，它的记叙至少是真实可信的。拉斯卡斯并没有欺三瞒四，没有严重地歪曲事实——只有两件事除外：一个是内部产生的罅隙（其严重程度不亚于他们和总督之间的冲突），一个是拉斯卡斯离开的真正原因。

可作者在这些地方有所隐瞒，也是因为他生性谨慎的原因。在私事上对周围人不吐恶言，这是绅士的操守。说到离开圣赫勒拿岛，没错，拉斯卡斯的确是自己主动提出要走的。不过我们不会像雅克·班维尔①那样，猜测拉斯卡斯是因为得到他想要的东西了才一心要走。他当初之所以来到这里，并不是因为他对记录和报道历史怀着忘我的热爱，毕竟他

---

① 雅克·班维尔（Jacques Bainville，1879—1936），法国记者、历史学家。——译者注

离开法国时并不知道自己能否有机会和拿破仑说上话，更别提和他一道工作的事了。另外，他应该也能料到一件事：自己的手稿被哈德森·洛韦查到后，必然逃不掉被没收的命运。事实上，直到拿破仑死后，他才拿回自己的日记。即便拉斯卡斯在岛上待到最后，他的书也能早早问世。而且我们别忘了，拉斯卡斯当时即便回到欧洲，也只能流亡各国。可他仍选择离开，是因为他牵挂家人，更担心自己儿子的身体，所以不得不离开。拿破仑猜到了他的想法，故对他毫无苛责，还给他写了一封文采斐然的告别信。所以，这才是最合理的解释。

《拿破仑圣赫勒拿岛回忆录》中的谈话内容以及拉斯卡斯的性格特征

夏多布里昂在《墓畔回忆录》中说："我们很难分清哪些文字属于拿破仑，哪些属于他的书记官。所以很有可能，他们各自都有各自的说法，读者大可根据个人喜好进行挑选，在未来造出许多个自己心中的拿破仑……《拿破仑圣赫勒拿岛回忆录》写得不错，全书笔调真诚质朴得令人惊讶。"

读《拿破仑圣赫勒拿岛回忆录》的时候，我们也可以尝试把有着拉斯卡斯——这个既是本书编写者，又是拿破仑想要说服甚至迷惑的对话者——个人风格的文字整理出来。

拉斯卡斯出身于旧制度下的一个贵族世家，如旧时贵族忠于君主一样对皇帝忠心耿耿；而且在诸多改投帝国麾下的前朝贵族中，他算是最积极狂热的一个了。然而他仍会质疑，而且这质疑是发自内心的；哪怕在皇帝面前，他也从不掩饰自己的吃惊。他和皇帝两个人之间隔着巨大的思想鸿沟，这种情况也属罕见。

这本书和他的《勒萨日的历史学、系谱学、编年学及地理学图鉴》（*Atlas historique, généalogique, chronologique et géographique de A. Lesage*）一样，具有非主观、非个人的味道。《勒萨日的历史学、系谱学、编年学及地理学图鉴》是一本内容广博的概述性学术书籍，是这个从前的流亡贵族在投奔帝国之前写成的。根据作者切割、划分问题时采用的方法，我们很容易就能发现此书深受孟德斯鸠的影响，带有一点儿实证精神和温和主义，但没有一丝卢梭思想的影子：作者给出了许多琐碎的分析，还以为这样就构成了一部分体系。

另外，拉斯卡斯在流亡期间去过国会制的英国。大革命结束后，他回到法国，发现国家拨乱反正、重建秩序，但他从未想过这一切动荡是否会产生对等的有益结果。

论性格，拉斯卡斯称得上温文尔雅。他既有贵族的道德感，又有公职人员的使命观。他充满勇气，但这份勇气是他自己咬牙撑起来的，而非生来就有。

要得到古尔戈的喜欢，拿破仑只需摆出士兵的样子就行。要得到拉斯卡斯的喜欢，他就得这么说：说白了，我就想建立秩序，我就代表秩序；我想建立一个合法的政府组织，并通过合法手段做到了；我还想建立和平。我们都知道，拿破仑从厄尔巴岛回来后，就想向法国上下证明这一点。为了说服站在客厅对面的这个对话者相信自己的话，拿破仑就得选择这个过激的办法，这一点十分重要。他得稍微冒犯一下对方，才能让他理解过来——但不是理解整场大革命，而是理解脱胎于大革命的民法。可这个对话者虽然性子温顺，实际却是个很挑剔的人。他挑剔的不是对方的政治直觉和治国才华，而是对权力机关的管理、平衡等细节。可是，他又非常容易被人说服，真相信了自己看到的一切创立、组建、兴盛于执政府及帝国时期的东西，都是拿破仑一个人的功劳。

至于拿破仑，这个拉斯卡斯心中的传奇人物，虽然他在《拿破仑圣赫勒拿岛回忆录》开篇就出场了，而且一直是作者浓墨重彩的描写对象，我们却仍无缘近窥和直观其人。要想挖出真相就得摒弃传奇，但这依然不够。已经出版的拿破仑的最后手稿，尤其是他和玛丽-路易丝的通信，让我们看到了他淡泊宁静但非褐衣蔬食的私人生活。司汤达写的《拿破仑》中有一个少有人知的补编［马蒂诺①在司汤达的《政治历史杂集》（*Mélanges de politique et d'histoire*）中也提到了它］，作者在里面收录了一张1813年的拿破仑画像，以反对一些把拿破仑美化或者丑化的画师作品。司汤达指责那些画完全没有反映出"他天赋上的一个特点，即专注力"；他还称赞拿破仑，说"他相貌俊美，气度不凡，但这是因为他身上有一股静气。他全身上下唯一动得飞快的，就是那双眼睛"。而《拿破仑圣赫勒拿岛回忆录》记录了一件事：拿破仑和杜洛克两人曾默契地采用粗暴的手段，向他们的对话者施压。拉斯卡斯想借此告诉世人，拿破仑的粗暴性格其实是他故意表现出来的。这让我们透过表象，看到了一个少了几分反复、多了几分厉害的拿破仑皇帝。

在圣赫勒拿岛期间，拿破仑也会有意无意地埋怨几句，但他从不抱怨过去。纵观自己的政治生涯，他没有后悔，也不抱幻想；在讲述往昔战斗的时候，他更不会做异想天开的美梦。梦——逻辑意义上的梦，只在讲述结束之后才会展开，因为一切似乎仍未结束。

---

① 马蒂诺（Henri Martineau，1882—1958），法国记者。——译者注

当然，幸好拿破仑断断续续地对拉斯卡斯闲聊了些东西，而且是在他鲜衣怒马的璀璨人生刚刚结束的时候。因为这些无所事事的闲聊，我们才能在许多地方窥到他最真实、最直接的想法。在讲述自己的一生时，在阐释他的政治及战略理论时，拿破仑会咒骂计划：这是一个真打实干的人的真实想法，也是一个构想了许多伟大计划，最后却只能看着它们统统落空的人的坦言。取道埃及进攻印度的计划在阿克之战中化为泡影，伟大的海上计划因为特拉法尔加海战而胎死腹中，另外别忘了以占领西班牙和荷兰为跳板的大陆封锁计划，还有远征俄国计划。总之，拿破仑的所有伟大计划都失败了，这些失败还导致计划制订者走向穷途末路。可拿破仑一边咒骂计划，一边又翻寻着记忆，拼凑出一个类似计划的东西，好让他的整个人生变成一个连贯的整体。听他讲话，人们会觉得1800年到1813年间发生的所有事都是他预先的设想。

拿破仑不仅在闲谈时强调他制订的军事作战计划都是一体的，在口述回忆录时更是如此。在执政府和帝国成立之初，拿破仑的一系列政治行动可谓紧凑连贯，让人不得不怀疑他的所有举动——甚至包括细节上的政治动作——都无不遵循了同一个计划和策略。例如，重建国家和国家行政体系，重建世俗社会、精神风气、宗教信仰，乃至重建经济体系的一砖一瓦，让国家经济在短短几年里全面兴盛起来。

就这样，在这个对话者面前，拿破仑的谈话录（而非口述录）被造了出来。这个创造物不算有心之作，但也不是无意而成的作品。

通常而言，所谓间接性作品——由书吏俯仰唯唯地记下的某个伟人的言谈录——是一个很神奇的存在。读者读到喜欢的地方，很容易认为这是伟人自己的神来之笔；读到不喜欢的地方，就觉得这是记录者的问题。另外，富有创造力的伟大天才在口述思想时，也许会讲得乱七八糟、前后不搭，因为他也许只需要做到审视自我，在灵感的推动下表述自我。他的信徒则只把他最完美的一面保留下来。他在情感上仰慕这位伟人，但又无法摒弃自己的批判思想，这两个因素的冲突常令他左右为难，不知该保留什么内容才好。此外，书吏的写作是按部就班、有条不紊的，不能放任自己被灵感左右。可伟人的天才思想往往是孤标傲世的，故不被普通人所喜。于是，同为普通人的书吏在下笔之前，就已把伟人的这种风格给抹消甚至忘却了；他只替世人保留了伟人身上最能令人信服的一面。信徒在主的面前越是卑微，就越能忠实传达主的信息。

这类间接性作品中的集大成者，便是《苏格拉底语录》。《拿破仑圣赫勒拿岛回忆录》也将依照同样的方式，将彪炳日月的伟大功绩传播四海。尽管它的篇幅过于宏大，难被广泛流传。

拿破仑本人的文风很有卢梭和大革命的色彩。他喜欢大量使用简短紧凑、念出来铿锵有力的箴言，可惜过多的重复、排比和夸张削弱了他的文字气势。

另外，拿破仑写惯了官方报告之类的文件，其口述内容比《拿破仑圣赫勒拿岛回忆录》还要拖沓冗长。由于他曾经身居高位，经常发号施令，养成了一张嘴就是长篇大论的坏习惯。拉斯卡斯生性柔顺被动，没有创作才能，其文学品位却是毋庸置疑的；他虽没有天赋灵感，但文笔不失巧妙、简练和精准。真要说谁能用自己的才华为拿破仑这个天才的即兴之谈增色，拉斯卡斯无疑是最佳人选。

还要留意的是，谈话录毕竟不是记史，所以那几个合作者有所疏漏和遗忘，也属正常。拿破仑在回顾往昔的同时，把自己琐碎的谈话变成史诗和传奇。

《拿破仑圣赫勒拿岛回忆录》中曲解历史之处

我们在这里就不去关注细节上的描述和评价了：我们以可靠资料为参考，把本书中许多已被证明有错或存疑的地方标注了出来。现在我们只关心一点：本书中拿破仑及拉斯卡斯非有意所致的许多错误，其起因是什么？

古往今来，这类错误并不少见。由于视角的不同和不可避免的删节修改而造成的各种谬误，在几乎所有回忆录中可谓比比皆是。写回忆录这个行为，本就趋向于把行动整体化，把一个群体和某个个人同一化。正因如此，在这本书中，建立了整个执政府的是波拿巴，打造了整个帝国的是拿破仑。

拿破仑的确要对他签署的法令负责（他一天要签30多道法令）。他有时要对法令内容提出建议，有时要将其改写，有时只需接受就好。可在回顾一生时，拿破仑认为所有通过自己决定的东西都是他的作品。不过这么想也无可厚非：一些聪明的廷臣想办成某事的时候，不就经常诱使主上认为此事是他自己的想法吗？

此外，即便是拿破仑一人接过督政府的烂摊子，拨乱反正，对大革命一无所知的拉斯卡斯也不会把他的主人视为继承人，而是把他看作开创者。我们今天都知道大革命造出了一支军队，知道它是何其神速地搭起了一个新的骨架。无数回忆录告诉我们，拿破仑手下将士有着何其重大的价值。可在《拿破仑圣赫勒拿岛回忆录》中——更准确地说，是在这部传奇中——这些耀眼的先驱不再是跟在主角身边的二号角色，而是成了被一个神揉捏而成的作品，或被造就或被丢弃，或被祝福或被诅咒。

说到民法，拿破仑在这本书中俨然成了唯一的立法者。可我们都知道，是西哀士为执政府宪法奠定了基础，并构想出了参政院这个帝国基本的行政工具；我们都知道，是康巴塞雷斯把自己当初为革命共和制度而设计的民事法典稍加改动，套用在复生的君主制身上；我们都知道，是他在执政府时期尝试了许多办法，才让宪法和权力机关调和一致。

说起行政管理，我们都知道达吕为此做出了多大的贡献。《拿破仑圣赫勒拿岛回忆录》虽把他褒扬了一番，却似乎并不认为他有什么功劳。拿破仑很喜欢在杜伊勒里宫担任主管的杜洛克，不过他把宫廷资产管理得当的原因都归结到杜洛克头上，这就失之偏颇了。

让人觉得不可思议可又合情合理的是，所有这些小错误都在奔着一个方向努力：把《拿破仑圣赫勒拿岛回忆录》打造成一部杰出的艺术作品，为读者打造一个超人的权力之梦。在这个梦里，时间似乎再不能让宝剑生锈、英雄白头；在这个梦里，主人公超脱万物、参透人事、毅然决然、锐气不竭。《拿破仑圣赫勒拿岛回忆录》通过不带吹捧的叙述，打造出了这样一个集智、勇、哲于一身的人物，所以它才在许多事情和主张上予以改写。似乎少了那个人，19世纪和我们现在的历史都得不到解释似的。

《拿破仑圣赫勒拿岛回忆录》在19世纪的地位

1815年后，《帝国宪法补充条款》已不足以替拿破仑在自由派那边博得美誉了。人们回想帝国，只觉它急似暴雨，瞬若昙花。

在拿破仑统治时期，自由遭到了比1814年《钦定宪章》出台时还要严酷的压制（例如，审查制度）。自由派中第一个站出来反对拿破仑的人——保尔-路易·库里埃①，对拿破仑厌恶至极，认为他是国家连年兵祸的罪魁祸首。库里埃曾说："啊！要是他们（法国人）没有把那个大人物推为领袖，要是法国平民没有丧失身份，要是贵族阶级没有走向没落……"

拿破仑之死平息了一部分人对他的仇恨，查理十世的倒行逆施更把波旁王朝的敌人团结到了一起。然而，自由派能和波拿巴派走到一起，《拿破仑圣赫勒拿岛回忆录》功不可没。多亏这本书的出现，两派间策略上的结盟才平稳过渡为意识形态上的结盟。一个共和党人而非波拿巴党人，阿尔芒·卡雷尔②，在1830年10月4日的《国民报》上发表了这段话：

"……1802年，法国最没有自由思想的人不是第一执政官……如果法国在这15年里恪守的不是自己制定的那些法律，而是受大革命精神影响孕育而生的法律……那法国不可能在接下来的15年中做好准备，迎接那场有决定性意义的斗争的到来；因为那场斗争，政权才和国家一样，成为法律的附庸。在波拿巴的统治下，我们学会了热爱秩序、遵守法律，并靠自己最后制定了法律。就凭这点，我们就应该感激他，也许这是个人为集体能做出的最大贡献……这位创造者给我们留下了无数有用的伟大工程，它们直到今天依然繁荣兴茂，成为法国的点缀和荣耀；他的伟大精神被人口口传颂，我们在这15年略微取得的一点儿成就，皆是受了他的启发。圣赫勒拿岛上的口述内容向我们展现了一个无人能与其比肩的创造者，一个独具慧眼的历史学家，一个曾经叱咤风云的霸

---

① 保尔-路易·库里埃（Paul-Louis Courier，1772—1825），法国古希腊语研究学者、政治作家。——译者注

② 阿尔芒·卡雷尔（Armand Carrel，1800—1836），法国记者、政治作家。——译者注

主……一个直到最后一刻都在为法国、为他那个伟大帝国遭受的痛苦和屈辱而创巨痛深的人，愿他得到安息……"

这段文字可谓《拿破仑圣赫勒拿岛回忆录》的一篇忠实简介了。除了卡雷尔，其他人也在赞扬拿破仑。维克多·雨果写了许多诗篇去歌颂拿破仑；梯也尔为此做出的贡献更是不可小觑，虽然他很晚才发声，但由于其人严肃可靠，反而引起了更大的反响。他在《执政府史》（*Histoire du Consulat*）第三卷中，秉持政治家的务实思想（梯也尔那时已经是个政治家了），通过披露大量细节，讲述了一个生动、伟大、引人入胜的传奇史诗。在这个故事里，主人公依着自己的设想塑造了一个国家，根据自己的直觉和杀伐决断的帝王气魄，让它走上强大、繁荣、幸福之路。

不只如此，许多看似最坚定地反对着拿破仑思想的学说，也在扩大他在精神上的影响力。社会主义一开始是怎么介绍自己的？它说自己是自由主义思想，是大革命的直系后代，是互助精神和自由理念的升华。因为它，之后又诞生出一大堆和政治行动毫无关系的合作社，无数在创造者思想基础上建立的制度，以及许多理想主义者和学者成立的社团组织。

执政府和帝国力挽狂澜，为法国带来秩序和进步的这个神话，一下子冒了出来。某种观点还逐渐渗入社会主义思想中，人们开始认为：政治权力机构采取连续几年的合理约束措施，此举有利于维护稳定。

即便是法国国王，都不能引发人们的这等信任：毕竟国王无须创建体制，他只要维护好上帝创立的秩序就行了。《拿破仑圣赫勒拿岛回忆录》率先提供了一个伟大的范例：在社会治理领域里，天才伟人取代了神的位置。而且这种取代还呈现出扩大化的趋势：人们重写神圣罗马帝国史的时候，甚至都参考了《拿破仑圣赫勒拿岛回忆录》。

圣西门在自己的著作中，走的是自由主义思想路线。可到了1829年，他的几个门生写的《圣西门思想录》（*La doctrine de Saint-Simon*）包含了一些专制思想。《拿破仑圣赫勒拿岛回忆录》解释了拿破仑在法国重立天主教为国教的动机，可他当初若另立国教，这些动机也是行得通的。奥古斯特·孔德支持十二月二日政变事件①时，他觉得自己并未偏离他所理解的实证主义路线。究其原因，是拿破仑在谈话中从实践、经验和治国方面对"实证"一词展开的诠释，对孔德提出的部分"实证"主张产生了深刻影响。与此同时，《拿破仑圣赫勒拿岛回忆录》还很有可能在另一个国家、在另一个领域（纯文学领域），催生了另一本伟大的回忆录。这本回忆录是人类思想的一座高峰。歌德肯定在《拿破仑圣赫勒拿岛回忆录》刚刚问世的时候就读过它，因为他从不漏掉任何与拿破仑有关的文献资料。歌德和拿破仑其实有过对话。1822年，两人谈话的主要报告人——掌玺大臣穆勒②，在报告中对所有与歌德个人无关的地方都一笔带过。但就在该年年末，也就是《拿破仑圣赫勒拿岛回忆录》出版后不久，穆勒宣布，他已决定让歌德把他和拿破仑的谈话写下来。第二年，年轻的埃克曼③来到魏玛，这个小伙子和他的老师都是名人雅士，不可能大张旗鼓地宣告说他们要续写一部伟大的作品。不过，两人接下来都没再做其他什么事，只写了《歌德谈话录》。读过《拿破仑圣赫勒拿岛回忆录》和《歌德谈话录》的人都觉得这两部作品文风颇为相

---

① 路易·拿破仑·波拿巴在1851年12月2日发动政变，宣布恢复帝制，成立法兰西第二帝国。——译者注

② 弗雷德里克·冯·穆勒（Friedrich von Müller，1779—1849），萨克森-魏玛-艾森纳赫大公国的掌玺大臣，和歌德关系非常亲近。——译者注

③ 《与晚年时的歌德的谈话录》的作者约翰·彼得·埃克曼（Johann Peter Eckermann 1792—1854）。——译者注

似，坚信它们之间确有关联。

就这样，《拿破仑圣赫勒拿岛回忆录》把大革命思想混进皇帝的回忆中。拿破仑遗体被迎回巴黎后，此书更是风靡一时，还出了一个精美插图版。该版本虽有删节，但书中插图都出自当时专业的军队制图员之手。讽刺的是，这本为帮助罗马王即位而写的帝王之书，却在19世纪中叶帮助了另一个正担任共和国总统的拿破仑称帝。至于此事后续，我们就不多说了。

第二帝国灭亡后，《拿破仑圣赫勒拿岛回忆录》并没有被束之高阁。相反，它依然左右着我们对拿破仑的看法。它以动人而又平常的口吻延续了拿破仑的传奇，把他打造成了治国定邦的伟人、一代盛世的造就者。这本书就像普鲁塔克的《希腊罗马名人传》一样，为我们呈现出一个盖世英雄的形象：他是在国家危难之际将全民上下团结起来的独裁者，他是为战友带来无上荣耀的一代战神，他是年轻人心中永远的楷模。除了拿破仑，似乎当今世上再无人能企及这个高度，哪怕我们可以找出事实驳倒这部史诗，驳倒《大军团公报》和各位元帅的说辞。其实更准确地说，是人民和军队几乎已经接受了世上再不会有第二个拿破仑的这个现实，所以他们不需要类似的传奇了。各国领袖在第一次世界大战期间取得的荣耀，看上去是多么黯淡无光啊。

当各国人民陷入怠滞、各国利益遭到损害时，他们忘了：哪怕是在今天，许多东西也是不可战胜、难以理解的；人若想控制它们，就必须先了解它们。人们觉得，一个人仅需天赋，就可一下子参透万事；人们觉得，天赋异禀的人定能飞黄腾达，踏上人生的通途大道；人们觉得，有的人一声令下，就能整顿社会和经济秩序。他们希望军队与社会行政机构能逐渐减少对彼此的干预，又希望借助军队的威力实现社会的复兴。直到今天，这个从圣赫勒拿岛谈话录中诞生的伟大传奇，依然帮助着一个又一个独裁者飞身上位。

更可怕的是，和所有宗教一样，拿破仑这门信仰也推出了它的一系列奇迹。在这门信仰中，科学、权力、智慧和劝告统统无效，人们抱着信任和理念塑造了一个第一执政官，造出一个记挂帝国安危、出手重建秩序的主宰者，他把自信和无畏赋予每个人——这两个东西，是人们在自己和同伴身上怎么都找不到的。新的恺撒无须亲自动手就能赢得胜利；他们可以在人们身上施加某个慢性的理性行为，将其改头换面，让最不接受理性的人也成为它的狂热拥趸。

这本书出色地打造了一个传奇。它只是一部半口述作品，文风混乱，一会儿摆出拉家常的语气，一会儿又拿着官方腔调，既像文学作品，又像官方备案。但在众多由拿破仑口述写成或受拿破仑启发写成的作品中，本书一直都是最生动的那一个——就像朗伍德的那个石膏面具一样，以俊美威严的风姿，把其他雕像衬托得格外灰头土脸。[1]

让·普雷沃[2]

---

[1] 拿破仑在朗伍德府邸过世后，依照当时的传统，工匠要在其遗体盛殓前，用调制好的石膏敷在他的面部，拓下其面容，再将蜡熔化灌入石膏模，为其制成死亡面具。由于当时圣赫勒拿岛上找不到石膏，为了得到原材料，人们只能打碎仓库里的石膏像。——译者注

[2] 让·普雷沃（Jean Prévost，1901—1944），法国作家、记者、"二战"抵抗运动成员。——译者注

拉斯卡斯生平简介

　　这部"在有的放矢的热情的驱使下写出来的不同寻常之作"①，其作者却少有人知，成了自己笔下主人公的陪衬。然而，他的名字还是被传了下来，而且这是他应得的。作者拉斯卡斯，就是拿破仑的一个创造物。文学作品中向来都是作者创造人物；可到了这里，反而是人物通过作品创造了作者。不过既然按着主人公的意志被造出来了，《拿破仑圣赫勒拿岛回忆录》作者当然有权宣告自己的存在。自然而然，我们也该花点笔墨，把他给读者简单介绍一下。②

　　拉斯卡斯曾费了许多功夫，去考证自己的家族渊源和祖上名士。据他本人所说，他这个家族姓氏起源于亨利·德·勃艮第伯爵的一个手下，后者在1089年加入了攻打葡萄牙的军队。因为《拿破仑圣赫勒拿岛回忆录》作者的这位祖先在一场死战中表现勇猛、立下奇功，所以亨利伯爵就把该场战役发生地附近摩尔人住的一块地赏赐给了他，这块地叫托达斯拉斯卡

---

　　① 语出马塞尔·迪南为贝特朗将军的《圣赫勒拿岛录事》（*Cahiers de Sainte-Hélène*）写的前言（8~9页）。——编者杰拉德·沃尔特注（"编者注"后文不再标明）

　　② 拉斯卡斯去世后，人们在报纸上发表了一些悼文；另外，莱娜赫-福斯玛涅（Reinach-Foussemagne）伯爵夫人还写了一篇关于拉斯卡斯年轻时候的简短论述，于1911年发表在杂志《历史疑谈》（*Revue des questions historiques*）上。除此之外，再没人给他写过任何人物传记了。不过菲利普·贡纳尔（Pierre Gonnard）在他的《拿破仑传奇之溯源考》（*Les origines de la légende napoléonienne*）一书中，花了一章的篇幅去讨论拉斯卡斯，该文给我们提供了许多有价值的参考信息。

斯（Todas las Casas）。就这样，这个家族姓氏在西班牙传承了下去。

1200年，布朗歇·德·卡斯提尔前往法国，嫁给圣路易的父亲。拉斯卡斯家族中的一个人受召加入送亲使团。后来，他在阿热奈定居下来（他那个英雄祖先是否出身此地，这就无从考证了），在那里建立了拉斯卡斯家族在法国的分支。拿破仑的这位侍从应该就是这一分支的第十七代后人。

这个家族历代祖先都不甚有名，似乎很习惯这种受王室庇佑的朴素的外省生活。他们世代从军，但无人担任过什么要职。在很久以前的一次战斗中，拉斯卡斯家族有人获得了圣路易十字勋章。偿清这个"荣誉债"后，他们重回封地，"家底和他们离开的时候一样简薄"。①

1745年，中尉让·德·拉斯卡斯（《拿破仑圣赫勒拿岛回忆录》作者的祖父）离开妻女，加入战争，他13岁的儿子与其同行。在1756年的德意志战役中，这位年轻小兵左眼受伤，于是离开战场，当上勒韦城②的一个小指挥官，在一座城堡里安家，迎娶了郎尚家族（Ranchin）的一位小姐，和她育有三子：两个儿子、一个女儿。1766年6月21日，长子埃马纽埃尔呱呱坠地，开始了他那漫长而曲折的一生。

虽然这个孩子体弱多病，不像能活到高寿的样子，但依照当时的传统，身为贵族家庭长子的他必须参军。于是，父亲把他送进了旺多姆军校。到了那里后，他一开始被派到了医务处。由于看上去实在资质平庸，他并没得到什么重用。后来拉斯卡斯也坦言，当时他只有在百无聊赖的时候才会去上课。由于老是遭到同班同学的蔑视和嘲笑，他的性格变得阴郁、暴躁和敏感起来。不过，这也让他磨炼出了坚韧的意志力。

---

① 此话出自拉斯卡斯日记，后被莱娜赫-福斯玛涅伯爵夫人引用。
② 法国南部的一个小镇。——译者注

晚年的拉斯卡斯在日记中写道："我躲过了命运的裁决，虽然它没有赐予我一个长命百岁的健康身体。"最后他发愤图强，在学业上取得极大的长进，14岁时以全校唯一的荣誉生身份被派到巴黎，在巴黎军校学习。

到了那里，拉斯卡斯一开始又被分到了医务处。由于个子不高，他的成绩总是倒数。不过他在那里遇到两个比他还要差劲的同学，由于他们的关系，有时他也能"光荣地往前蹿一两名"[1]。两年后（其间他的父亲去世），年轻的拉斯卡斯被派进骑兵队，但他最后选择了海军，并在1782年7月晋升到海军警卫队中。在驻守直布罗陀海峡的法国舰队中，有一支就是他所在的军舰。没过多久，拉斯卡斯就经历了战火的首次洗礼。他当时奉命守在海上，若有军舰被英军开炮击中，他就指挥小艇营救落海船员。有一次，由于海上风浪太大，他差点儿连人带船葬身海底。但没过几周时间，英法两国就坐下谈和了。这位年轻海兵回到家中，过了一年悠闲惬意的生活。1784年，他被派去巡视殖民地，在一座座岛屿上度过了四年的快乐时光。

这位温柔腼腆的小军官很受社交圈的欢迎，深得贵族夫人们的疼爱。尤其是老塔谢尔男爵夫人，如慈母一般地照顾着这个年轻人。男爵夫人的侄女——比他年长四岁的约瑟芬，很喜欢把他打扮成女孩子。拉斯卡斯还记得，有一次他在一场晚宴中男扮女装，和当地驻军的一个军官跳了很久的舞。这位军官对他的"女伴"倾心不已，差点儿没惹出祸来。还有一次，拉斯卡斯在《塞尔维亚的理发师》这出喜剧中扮演罗西娜，并大获成功。[2]

---

[1] 语出拉斯卡斯日记。

[2] 这些男扮女装的经历深刻地影响了拉斯卡斯的性格。他在日记中写道："13岁的时候，我就已懵懵懂懂地在脑子里体验了真爱的酸甜苦辣、坎坷波折；而且更准确地说，都是在迥异于我本身性别的角色中体会到的。"

1788年11月，拉斯卡斯回到法国。1789年5月，他拿到了中尉军官证，告假回家。在那个动荡不安的6月，他一直和家人待在一起。拉斯卡斯的封地和沃德勒伊的领地相邻。当时，除了波利尼亚克家族，就属沃德勒伊家族最遭人憎恨。所以，他们只能流亡国外。走吧！离开这个被"无政府主义者"弄得乌烟瘴气的可怜的法国，到国外和阿图瓦伯爵会合吧！当时，类似的这种口号回荡在一座又一座城堡中。如果一些贵族没有立即表现出流亡国外的意愿，立马就有邻居来积极地做他们的思想工作。其中女人的催促最管用，对年轻贵族而言更是如此。和许多年龄相仿、背景相似的贵族小伙子一样，才和青梅竹马的儿时伙伴[①]订完婚的拉斯卡斯也被说服了，只好离开。他还能怎么办呢？难道要成为未婚妻眼里的懦夫吗？在《拿破仑圣赫勒拿岛回忆录》[②]中，作者非常详细地描述了自己在流亡期间的遭际和苦楚。然而，命运还是垂青他的。孔代亲王的军队被解散后，他终于辗转来到了伦敦。

拉斯卡斯有个亲戚曾在朗巴勒王妃身边当过侍女，当时她也来到伦敦。由于其特殊的身份，这个亲戚很快就进入了英国上流社会，交往人物非富即贵，其中一位便是托马斯·克拉弗林爵士。克拉弗林夫人是法国人，便成了这个不幸同胞的庇护者，也成了拉斯卡斯的保护人。有些长舌妇在那里捕风捉影，说拉斯卡斯和克拉弗林夫人有过一段非常亲密的关系。对于这种隐私之事，我们还是不要人云亦云为好。不过，拉斯卡斯总算不用再像从前那样过着颠沛流离的日子，甚至还得到了一些不错的机会：有人曾推荐他去牙买加任职，或去印度担任一个颇有油水可捞的

---

① 珂嘉丽欧（Kergariou）小姐。为了和她结婚，拉斯卡斯在1799年偷偷返回法国，婚礼结束后又立刻离开。

② 见本书1816年8月2日日记。

职位。然而这个曾经的水手已经厌倦了海上漂荡的历险生活，故婉言谢绝了。此时的他还抱着回国的一线希望，想待在离祖国偏近的地方。

在此期间，拉斯卡斯决定出版他的《勒萨日的历史学、系谱学、编年学及地理学图鉴》。有人说，这本书其实是另一个不久前去世的贵族写的，拉斯卡斯花了50路易把他这本书买了下来。许多人都相信这个传闻，其中包括凯拉尔。[①]这也许是真的，但没得到任何官方证实。可以肯定的是，这种作品往往需要作者进行长期的调查和大量的阅读。拉斯卡斯有能力完成这等繁重的任务吗？我们不能言辞凿凿地立下定论。不过除了《拿破仑圣赫勒拿岛回忆录》，拉斯卡斯就再没写出其他有分量的作品了，而且《拿破仑圣赫勒拿岛回忆录》也不需要作者有多么广博的学识。说不定是因为他背后有个合稿人，也许此人负责给他提供资料，或者为他整理先前写好的一些素材。无论事实如何，拉斯卡斯——或者说他那个"代笔者"——虽然没有什么创新之处，但他把世界历史大纲清楚列了出来，把检索工作变得更加容易了。无论怎么看，这本书都有巨大的商业利益。正因如此，拉斯卡斯得到第一执政官的赦免，回到法国后，没有一心追求某个配得上自己身份的职位[②]，而把心思都花在《勒萨日的历史学、系谱学、编年学及地理学图鉴》一书上。此书六年里被再版四次，算得上非常畅销了。

1809年，拉斯卡斯"回归仕途"。根据他本人的说法，由于他在弗

---

① 请看他的《文学法国》中关于拉斯卡斯的文章。——编者注
凯拉尔（Joseph-Marie Quérard，1797—1865），法国传记作家。——译者注
② 根据掌玺大臣帕斯基耶的说法，当时拉斯卡斯是个狂热的反波拿巴分子。帕斯基耶在回忆录中说，拉斯卡斯表现得非常激进，连其同伙都觉得他疯了。（《帕斯基耶回忆录》第一卷第405页）

利辛恩①表现英勇，故引起了皇帝的注意。②他在这里夸大其词，不过我们不会对此多加苛责，只是觉得实际情况肯定没有他说得那么惊心动魄。和玛丽-路易丝结婚之前，拿破仑想增加宫廷侍从数量。塔列朗失势后，接替他担任宫廷侍卫长的是蒙泰斯鸠伯爵。后者接到命令，要增选137个新侍从。考虑到这个岗位的难度和敏感性，皇帝决定将其派给贵族出身的人。许多有预见性的贵族都拒绝了这份会惹来池鱼之祸的差事（他们已经猜想到之后会发生的事了）。和蒙泰斯鸠伯爵有私交的拉斯卡斯却没有顾虑太多，接受了这个职务。六个月后，他被任命为参政院审查官。当局考虑到他曾进过海军，"虽然20岁之后就再没下过海，在军务上完全是个新手"（这是拉斯卡斯自己的原话），还是把他派到了海军部。对于派给自己的所有任务，他还算干得尽心尽责。③就这样，两年过去了。

1813年，联军逼近巴黎，参政院"后撤"，但拉斯卡斯没有随其同僚一起大逃亡。当局发下全民动员令，拉斯卡斯被派到军中，在巴黎国民自卫军第十军团担任副指挥官。由于指挥官一时到不了位，于是暂时由他负责指挥这支临时拼凑起来的杂牌军。但拉斯卡斯在这个岗位上并没干多久，差不多也就几小时吧。听闻巴黎投降的消息后，他把指挥权交给手下，打算去投奔当时还在枫丹白露宫的皇帝。当时路上全是往外逃的马车，他逆流而行，走了一小时后体力不支，只好返回巴黎。

在巴黎东躲西藏，过了一段有家不能回的日子之后，拉斯卡斯决定

---

① 荷兰南部的一座城市。——译者注
② 当时该城遭到围困，法军前来增援，而拉斯卡斯就在援军队伍中。不过他是否上了战场呢？这就不好说了。拉斯卡斯本人说，他被编入军队参谋部里，还说自己是第一批破城人员之一。姑且算是真的吧。不过法军进城时，英国人早走了。
③ 拉斯卡斯在《拿破仑圣赫勒拿岛回忆录》中花了很长的篇幅来讲述这段时期。

再度前往英国。可这一次，他在英国处处碰壁。面对斗转星移、物是人非的现状，他不由得怀念起了从前流亡的"好日子"。

回到巴黎后，拉斯卡斯不问世事，全心全意地扩编他的《勒萨日的历史学、系谱学、编年学及地理学图鉴》。保皇党几乎没把他放在心上。拿破仑回到法国后，拉斯卡斯毅然决然地抛弃了自己平静的编书生活。作为少数没转头倒向路易十八的前帝国官员之一，拉斯卡斯立刻官复原职，甚至还得到了晋升。然而，他这次的飞黄腾达并没持续多久。之后，他的命运因为滑铁卢战役而被彻底改写。

法国战败后，拉斯卡斯主动来到爱丽舍宫，愿为皇帝所驱使。四天之后，拿破仑准备离开巴黎，他要求追随其后。拿破仑允之。

人们一直都在讨论拉斯卡斯这么做的原因：要知道，依照他的年纪和性格，这个决定实在令人费解。他的职责其实很简单——一直陪在皇帝身边就行了。吕西安·波拿巴退隐到讷伊后，拉斯卡斯曾担任亲王的府邸侍从。按理说，他应当待在吕西安身边，陪他前去意大利才是（后者于1841年在意大利寿终正寝）。然而，拉斯卡斯没有选择这条相对平顺的道路，反而不顾自己50岁的年纪，也不顾自己有妻有女，毅然决然地选择了未知的命运。至少，他本人是这么解释自己这个行为的。据说拿破仑在接受他的效忠时，曾问过他是否知道此举会有什么后果。对此，拉斯卡斯的回答是："从未想过。"①

---

① 拿破仑的传令官普拉纳上校，在1815年6月26日的一封私人信件中写道："看到皇帝几乎被整个皇室抛弃，人们实在感到愤慨。然而仍有两名侍从，其行堪称高风亮节……他们说，只要皇帝需要，他们将追随他到天涯海角。而且他们这话没有任何矫揉造作的成分。其中一名侍从是蒙托隆伯爵……另一个是拉斯卡斯伯爵……两人在法国都有家室，本可以过着平静舒适的生活。拉斯卡斯先生大约50岁，很有学识，谈话时总给人如沐春风的感觉，有着少年的热血，对皇帝抱着无尽的敬仰和爱戴。令人震惊的是，他居然还是流亡贵族。"

我们没有任何理由去质疑他这句话的真诚，然而大家可以想一想：要是拉斯卡斯当初知道这个请求最后把他带到了圣赫勒拿岛，他还愿意跟随皇帝左右吗？毕竟，当时大家都觉得去美国的这个计划没有任何问题；这么看来，离开法国也不是一件多么令人不快的事。更何况，包括拿破仑在内的所有人都没想到：当时才45岁的拿破仑，说完最后一句台词后，就真的告别历史舞台了。① 所以，虽然拉斯卡斯打定主意要追随拿破仑，但他最多以为这是一次短暂的放逐而已。哪怕后来拿破仑向英国政府投降，此事已成定局，但拉斯卡斯甚至拿破仑都依然以为他们只会被软禁在英国本土——这在拉斯卡斯看来也不算什么难熬的折磨，何况他还希望自己能继续利用英国上流社会的人脉关系呢。所以，当拉斯卡斯最后得知拿破仑被流放到圣赫勒拿岛后，无论他那时是否愿意，命运的齿轮已经转动起来，他再没办法回头了。

　　有些人认为，《拿破仑圣赫勒拿岛回忆录》作者料到本书的出版会让他获利丰厚；再者，他也不希望主人在遗嘱中把自己给漏掉了（顺便提一句，后者还比他小四岁呢）。这些猜测纯属子虚乌有，都是旁人的无端臆断罢了。我们只需拿出一个事实，就能反驳这些人：拉斯卡斯拥有一笔数目极其可观的财产，他如有需要，随时可将其取出。

　　人们还讨论过另外一个问题：拉斯卡斯到底是被总督赶出圣赫勒拿岛，以儆效尤的呢？还是他故意犯错，以求离开这个他已待不下去的地方的呢（要知道，他们在岛上的一举一动都会被随时上报）？

　　我们知道，拉斯卡斯把所有的不愉快都归咎为哈德森·洛韦。可以想见，这两人相处得并不融洽。不过，一切迹象表明，拉斯卡斯和他

---

① 在罗什福尔，直到登上柏勒洛丰号的前一天，拉斯卡斯都坚信拿破仑会再次统治法国，波旁家族是不会被法国接受的。（请看古尔戈1815年7月7日日记）

的同伴关系也不是太好。这又是谁的错呢？谁又能把其中内情说个清楚呢？或许，在这些把皇帝搅得不得安生的纠纷、争执、摩擦中，拉斯卡斯也有自己的问题。也许这个"含羞草"（这是拿破仑给拉斯卡斯取的绰号）的神经太过敏感，抗压性不如其他人那么高。总而言之，他的主人烦透了心，最后放他离开。虽然根据拉斯卡斯的叙述，皇帝本人给他写了一封简信，希望他能继续留在圣赫勒拿岛上，可最后他还是让皇帝放自己走了。

在《拿破仑圣赫勒拿岛回忆录》最后两章里，拉斯卡斯非常详细地讲述了自己离开圣赫勒拿岛后经历了哪些苦难。当然，也许他说得太夸张了。由于英国已经待不下去了，拉斯卡斯就去了德意志，在那里生活了三年，其间频频游历比利时。直到拿破仑死后，他才被允许回到法国。

拉斯卡斯返回欧洲后，以皇帝代言人的身份为其上下奔走。他给诸国国王、大臣、外交官发去无数封长信，并给亚琛会议[①]写了封陈情信。可谁都不理睬他。但他对拿破仑依然忠心不改。他通过各种途径筹集资金，将其辗转交到那位赫赫有名的囚徒手中，并给他寄去书籍、生活用品等各种各样的物资。然后，他就开始写书了。

拉斯卡斯曾说，离开圣赫勒拿岛时，他的手稿全被英国人收走了。但这个说法并不全对。即便英国人搜查得很严格，拉斯卡斯仍然偷偷带走了大量笔记和草稿。所以，他才能在1818年之后陆续发表一些旨在呼吁释放拿破仑的文章和小册子。拿破仑去世后，英国政府把当初收走的资料全都物归原主，于是拉斯卡斯在1821年年末开始编写《拿破仑圣赫勒拿岛回忆录》，并把自己曾经发表的文章全部一字不改地收进书中。

---

① 1818年秋，俄国、奥地利、普鲁士、英国四个战胜国在普鲁士的亚琛召开会议，商讨从法国撤军的问题。——译者注

1823年，此书问世，总共有八卷内容。这本书写得很是仓促，除去必需的印刷时间，作者大概只花了18~20个月就写完了。

根据《拿破仑圣赫勒拿岛回忆录》中许多地方留下的痕迹，我们可以把作者的写书方法还原出来。拉斯卡斯说，他最初打算"将讨论同一个话题的许多散乱细节整理成一体"①。但他放弃了这个想法，说"他的身体和能力实难胜任"这项工作。也许还有一个原因：这种工作要花去他大量时间，而拉斯卡斯急着给书收尾，以防突然冒出一个竞争者，抢先出版一本同一题材的书，抢占市场先机。所以，他写书时仍采取了原来的日记格式，并保留了里面"不多的条理、许多的随性"。然而拉斯卡斯还得考虑一个严肃问题：书中皇帝提到的人，许多当时都还在世。于是他打定主意，不把任何会给当事人造成影响的东西传出去。所以，据他所说，他对全书做了"大量"删减。在同一个附注中，拉斯卡斯说："我可以肯定地说，书中当事人谁都不能抱怨什么，他们甚至还得感谢我呢。"话虽如此，这本书再版时，他依然不得不顾及——至少稍稍顾及——许多人的抗议之声。②

拉斯卡斯一边删减，一边还给本书内容做了扩增，硬生生地给《拿破仑圣赫勒拿岛回忆录》添了许多增补（其中最明显的就是对意之战中的大段内容，它和原书是完全脱节的）。他大段大段地引用珀莱、拉雷等人的回忆录，连篇累牍地讲述自己离开圣赫勒拿岛后受了哪些屈辱，还在书中加了许多述要，里面废话连篇，勾不起任何阅读兴趣。但他靠

---

① 请看1816年8月11日至12日日记下的附注。
② 我们可以看看凯拉尔在《文学法国》中的这段话："第一版里，拿破仑针对他统治期间的风云人物发表了一些意见，结果给这些人造成负面影响。所以在第二版问世之前，这些人跑到拉斯卡斯跟前，或者为了自己的名望，或者为了其他什么原因，请他把拿破仑给他们下的评语改得稍微好听点。"（第四卷第589页）

这些办法，硬是把一两卷就可写完的内容扩展到了八卷。尽管如此，他的书依然大获成功，第二年就再版了。1832年六月革命结束后，第三版也旋即问世。①

在此期间，拉斯卡斯开始竞选议员，并被选为塞纳省圣德尼区的代表议员。进了议会后（1831—1834），他靠在台上贩卖自己狂热的波拿巴主义倾向，吸引人们的注意。他冲奥尔良家族说过些毫不客气的话，被人视为"极左派"，所以没能赢得连任。不过，1839年，拉斯卡斯再度进入议会。虽然年事已高、眼睛几盲、身体多病，但他依然坚持反对派立场，极度仇视七月王朝的内政外交。1842年5月12日，拉斯卡斯去世。一年半以后，他主人的遗骸被葬进荣军院。

杰拉德·沃尔特②

---

① 作者在世期间，《拿破仑圣赫勒拿岛回忆录》在1835年和1840年又出版了两次。
② 杰拉德·沃尔特（Gérard Walter，1896—1974），法国历史学家，主要研究领域是法国大革命。——译者注

拿破仑年表

1769
8月15日：拿破仑·波拿巴诞生在科西嘉岛的阿雅克肖。

1771
7月21日：拿破仑接受洗礼。

1778
12月15日：父亲把他带到法国。

1779
1月1日：拿破仑在奥顿读中学。

5月15日：被布里埃纳军校录取。

1784
10月22日：拿破仑被选送到战神广场皇家军校。

1785
10月28日：拿破仑·波拿巴获得少尉军衔，被派至拉费尔皇家炮兵团。

11月3日：前往炮兵团所在的瓦朗斯驻地报到。

1786

8月12日：拿破仑随其部队被派往里昂。

8月30日：向里昂学术院递交了一份参赛论文，标题是《你认为哪些情感最能让人感到幸福》。

9月1日：首次告假，回到科西嘉。

1787

4月21日："由于家庭原因"，波拿巴从阿雅克肖发出第二封请假信。

9月12日：回到巴黎。

11月22日：第一次和女人睡觉，对方是罗亚尔宫的一个妓女。

12月1日：获得六个月的延长假期。

1788

1月1日：拿破仑回到阿雅克肖。

6月1日：重返部队，前往欧索讷驻地。

1789

4月1日：波拿巴少尉和一支100人的分遣队一道被派至瑟尔，前去镇压一场骚乱。

7月19日：参加欧索讷一场骚乱的镇压行动。

8月21日：又得到六个月的假期。

10月31日：参加了阿雅克肖的一场政治集会，受与会人员的带动，在一封写给国民议会的请愿书上签下名字。

12月26日：阿雅克肖指挥官在写给陆军部长的报告中告发了波拿巴少尉，说他是骚乱传播者。

1790

4月16日：波拿巴在阿雅克肖向上校申请延长假期，理由是"身体不适"。

1791

1月31日：波拿巴归队。

6月1日：被任命为瓦朗斯驻地第四炮兵团中尉。

9月30日：离队休假。

1792

1月1日：应1791年12月11日法令要求，全军进行人数查核，当时不在军中的军官被从军官册中除名，其中就有波拿巴。

1月14日：科西嘉军队司令官（他是波拿巴家的一个朋友）将其任命为自己的副官，使其负责阿雅克肖国民自卫军中的一支部队。

4月1日：波拿巴升至该军的少校。

4月8—11日：阿雅克肖发生激烈争斗，波拿巴表现积极。

5月28日：抵达巴黎，针对"阿雅克肖主要骚乱煽动者"的这个罪名替自己辩解。

7月10日：重返炮兵团，被擢升为上尉。

10月10日：收到重新掌管科西嘉军队的命令，回到阿雅克肖。

1793

5月27日：保利将军流亡回来，由于波拿巴家族成员告发他意图使科西嘉独立，故把波拿巴全家永远赶出科西嘉岛。

6月13日：波拿巴一家抵达土伦。

6月26日：波拿巴上尉回到军队在尼斯的驻地。

7月25日：由于马赛联盟派占领阿维尼翁，波拿巴奉命将其驱逐出城，他没有遇到任何抵抗就进入新城，亲自勘探出要向教皇城开炮的开炮点。

7月28日：进入阿维尼翁城。

9月16日：应国民公会特使代表要求，在土伦之战中出任炮兵指挥官。

10月28日：担任营长。

12月6日：国民公会宣读了迪戈米耶将军的一封信，信中他赞扬了"炮兵指挥官——公民波拿·巴特（Buona Parte）"。

12月17日：波拿巴在攻打马尔格雷夫要塞时被刺刀刺伤。

12月22日：被提升为准将。

12月26日：负责组织马赛保卫战，并视察普罗旺斯海岸沿线。

1794

2月12日：波拿巴给公安委员会写信："人们在为共和国做无用的努力……大家伤亡惨重，却一无所获。"

2月25日：公会议员格拉内（马赛人）告发波拿巴，说他曾建议修复"马赛的巴士底狱"。

3月24日：波拿巴被任命为意大利军炮兵指挥官。

4月5日：代表公会视察意大利军的奥古斯丁·罗伯斯庇尔给哥哥马克西米利安写了一封信，信中对"一个才华出众的将军——公民波拿巴"大加赞扬。

5月21日：波拿巴制订了对意之战的作战方案；后来方案得到奥古斯丁·罗伯斯庇尔及其同僚里科尔、拉波特的签字通过。

8月6日：被控和十天前已被处死的罗伯斯庇尔兄弟相勾结，波拿巴被解除军职、遭到逮捕。

8月20日：获释。

8月30日：恢复原职。

1795

3月29日：波拿巴奉命在歼灭旺代乱党的西线军中担任炮兵指挥官。

4月21日：待在南部地区，和德茜蕾·克拉里订婚。

5月2日：收到回归西线军的命令，返回巴黎。

6月13日：被任命为西线军步兵将军，但他拒绝接受任命。

6月15日：请病假。

8月18日：在公安委员会测绘局任职。

8月30日：主动请缨去组织土耳其军，无下文。

9月15日：由于"拒绝前往指派岗位报到"，波拿巴被从现役将领名册中除名。

10月5日：时任内防军总司令的公会主席巴拉斯在卡诺的推荐下，让波拿巴率领军队镇压保皇党叛乱。

10月6日：凌晨两点，波拿巴写信给哥哥约瑟夫："大功告成……如往常一样，我毫发无损。"

10月10日：巴拉斯在公会中赞扬了"波拿·巴特将军"，请公会同意将其晋升；请求通过。

10月16日：波拿巴被晋升为师级将军。

10月26日：取代巴拉斯，成为内防军总司令。

1796

3月2日：波拿巴将军被任命为意大利军总司令。

3月9日：与约瑟芬·德·博阿尔内成婚。

3月11日：奔赴前线。

3月14日：在尚索给约瑟芬写信："亲爱的，每过一刻，我离你就又远了一步；每过一刻，我离开你的勇气就少了一分。"

3月27日：抵达尼斯，接手军权，首次向部队发表宣言："勇士们，你们过着衣不蔽体、食不果腹的日子……我要把你们带到世上最富庶的平原上……"

3月29日：一个营拒绝前行，波拿巴下令逮捕该营营长，把他和主要闹事者一道移交给战争审判所，把该营的军官、下士统统遣回，把士兵解散到各个部队中。

3月30日：总司令下令："十天内要给军队提供现在五倍量的鲜肉。"

3月31日：命令在占领区收敛钱财的战争特派员和军官立刻将他们放在军队总发饷官那里的钱悉数吐出来。

4月3日：波拿巴给约瑟芬写信："倘若哪天我失去了你的心，我的人生将是一片荒原，寒冷萧索。"

4月4日：下发命令，为部队征收600袋面粉："各村镇若在24小时内没有听从物资征收令，如数交上面粉，将以每袋100里弗的价格，按缺少的袋数对其处以罚款。"

4月5日：写信给约瑟芬："你就是我存在的意义，给我写信吧，否则我不知该怎么活下去。"

4月6日：波拿巴向督政府禀报："我在韦耶这个地方发现一些大理石，应有一定价值。我已令人将其估价后拍卖。这能给我们带来3~4万里弗的进账。"

4月10日：向奥地利军队发起攻击。

4月12日：蒙特诺特战役。

4月13日：米莱西莫战役。

4月14日：科塞里亚向法军打开城门。

4月15日：波拿巴报告督政府，他将把缴获的敌军军旗押送至巴黎。

4月16日：他给先遣部队第一师师长拉阿普将军写信："我批准你以借用的名义征收葡萄酒、牲口和其他你军必需的物资。"

4月21日：蒙多维战役。晚上七点，波拿巴进城。市政厅被勒令当即交出39,500份干粮、8000份肉、4000瓶葡萄酒。

4月22日：总司令在军报中称："他非常厌恶地发现部队里有些道德败坏的人，等到战斗结束后才赶到军中，打着法国军队的名义，穷凶极恶地实施抢劫。"当天，元老院发布决议，称"意大利军一直都是祖国的骄傲"。

4月24日，发布军报："总司令要对占领区征收重税，好向全军上下发放一半的现银军饷。无论军官还是士兵，都依着这个比例领饷……若有人继续抢劫，就剥夺他的一切，包括军衔和荣誉。"

4月26日：向部队发表讲话："士兵们，你们在15天里取得了六场胜利……但如果事情没做完，那就相当于什么都没做。"同一天，波拿巴向督政府禀报："明日我们将枪决一些士兵，以及一个抢了一座教堂里的花瓶的下士……他犯下的暴行令人发指；幸好皮埃蒙特的军队在边打边撤的时候，在那里干出了更恶劣的行径。"

4月27日：波拿巴接待了撒丁国王派来的特使，并在没有事先询问共和国政府意见的前提下就签了停战协议。

4月29日：他给督政府写信说："我的部队还在前进。博利厄逃跑了，但愿我能抓住他。我要向巴马公爵要几百万的赔款。他将向你们提议谈和，但先别急着答应，给我点时间。我能让他替我们的战争出钱，给我们的粮仓出粮，给我们的马车出马。"他给约瑟芬写信："带着你的侍女、厨娘、马车夫过来吧；我已经在这里替你备好了四轮马车，车厢非常漂亮。只需带上你的个人必需品即可。我给你备了一套银餐具和瓷器。"

5月2日：为了满足部队需求，向弗鲁加罗洛和卡西诺分别征收5000份和2000份面包。

5月3日：卡斯特拉-诺沃市政府、周边街区和村镇收到命令，得在24小时内交出3万份面包。

5月4日：向佩雷蒂埃将军发布命令："你留在塞拉瓦莱待命……你得采取措施，在48小时内筹到以下物资：向各领主征收25万法郎、200头带角牲口、200头带马鞍的骡子……你向托卡塔的领主强行征收5万里弗。他若筹不到这个数目，就拆他的家，毁他的地；这是一个性格狂暴的寡头统治者,是法国和法军的敌人。"

5月6日:波拿巴请督政府向立法院转达部队的谢意,感谢它不久之前对军队的"荣誉称赞",还说:"至于我,一切都将证明我对宪法和政府怀着无上的敬意和忠诚……誓死拥护政府,这永远是我不变的座右铭。"

5月7日:波拿巴穿过波河,进入普莱桑斯。

5月9日:他和巴马公爵签署了停战协议。后者将支付200万里弗的赔款,送上1700匹马和20幅画供总司令挑选,给法军粮仓中送上1万担小麦、5000担燕麦,给总司令献上2000头牛,以供法军享用。

5月10日:洛迪大捷。波拿巴被他的士兵亲切地称为"小伍长"。

5月11日:他请督政府组建一个委员会,整理出艺术品清单,方便他从意大利各博物馆中将艺术品直接带走。

5月14日:督政府提议让他和克勒曼一起统率意大利军,拿破仑拒绝。他向督政官写信说:"每人都有自己行军打仗的一套方法,克勒曼将军经验更为丰富,这点他比我强;但我俩共事,只会造成不便。"

5月15日:波拿巴进入米兰。撒丁国王派出特使在巴黎签署了比先前的停战协议更加屈辱的和平条约(割让萨瓦和尼斯两地,赔款300万里弗,表态绝不参加法国的任何敌对联盟)。

5月16日:波拿巴向伦巴第发布命令,要求它在24小时内呈交投降书,并发誓听命和效忠于法兰西共和国。

5月17日:米兰人被强征2000万法郎;摩德纳公爵签署停战协议,赔款750万里弗,此外还要提供价值250万里弗的弹药,并从他的画室或领地中找出20幅画献上。

5月18日:波拿巴向督政府禀报:"明天我将给巴黎送去20幅价值

不菲的画，其中最珍贵的一幅画就是柯勒乔大名鼎鼎的《圣母和圣杰诺米》，根据我得到的确切消息，它一度被卖到了20万里弗的价格。随同送来的还有我在米兰获得的藏品，里面有米开朗琪罗的好几幅作品。我经过托尔托纳的时候，得到了价值至少200万的金银珠宝，这都是各地交上来的。"

5月19日：波拿巴向伦巴第人民发表讲话："我们要向奥地利的伦巴第各省征收2000万法郎的税，以维持军队开支……但对于这个如此富饶的地区来说，这些只是九牛一毛而已，而且你们要想想这么做会有哪些好处。"

5月20日：波拿巴向军队发表讲话："战士们，你们就如同亚平宁山的激流，一路奔涌而下……你们将创造不朽的荣耀，你们将让欧洲最美的土地发生翻天覆地的变化。"

5月21日：向米兰征用2000匹马、1.5万套衣服、5万件上衣、5万条裤子、10万件衬衣、2万顶帽子。

5月22日：波拿巴向督政府报告，说他手上现持有价值800万的金银珠宝。

5月24日：米兰人民起义。

5月25日：波拿巴镇压起义，把比纳斯科焚为焦土，并向伦巴第居民发话："所有人须在24小时内交出武器，再次发誓忠于共和国，否则我军一律按乱党身份处理，并烧毁其所在的镇子。希望比纳斯科这个血淋淋的例子能让你们清醒清醒；任何还要坚持反抗的城镇，都会是这个下场。"

5月26日：帕维亚被攻破，由于拒绝投降，市政府全体官员被枪杀，全城被洗劫一空。

5月27日：波拿巴进入布雷西亚。

5月28日：波拿巴再次向伦巴第居民发话："总司令宣布，任何不遵守他命令的村镇皆以乱军处置；它们将被大军横扫，被焚为焦土，当地所有持有武器的人都将被枪决……胆敢当场敲响警钟的村镇会被烧得一干二净……每个发现藏有武器的农村地区都将支付三分之一的岁入以做惩戒。任何房屋内若发现枪支，一律烧毁，除非屋主能交代枪支的所有者是谁。任何贵族富绅若被确认有煽动人民造反的行为，将一律以人质身份扣押和移送法国，其家产半数将被充公。"

5月29日：波拿巴向威尼斯共和国宣布法军即将进入它的领土："希望人民不要害怕，我们将严格遵守军纪；所有参军者当即就可拿到现银。"

5月31日：波拿巴亲自出征，镇压托尔托纳农民起义。在他给督政府写的、于6月21日汇报上去的当天报告中，拿破仑说："我令人调查了最有窝藏犯罪分子嫌疑的六七个镇子的政府官员，把他们全都关在托尔托纳城堡中，限他们在一刻钟内交代乱党去向，并说：如果到时我还没拿到他们镇子的乱党名单，就要把他们统统毙了。很快，我就拿到了一份人数惊人的名单。我当即组织了一支骑兵纵队，让副官长勒克莱尔担任指挥官。凌晨两点，所有村镇都被调查完毕，当天天黑之前，所有被揭发出来的乱党都在自家门口被枪决。"

6月1日：波拿巴向督政府禀报："200万金币已在押运途中，不日将被送到巴黎……财政部还会在里面发现一批价值四五百万的汇兑券，它们会被准时结清。明天，100匹马将从米兰运出，这是伦巴第地区最好的骏马；你们马车上套着的劣马可被换掉了。"同日，拉纳将阿尔夸塔村夷为平地。

6月3日：法军进入维罗纳。

6月6日：法国和那不勒斯签署停战协议。

6月7日：波拿巴接见教皇特使。

6月8日：波拿巴派人告知财政部部长："（热那亚）有价值1000多万里弗的财宝可供您支配，不久之后，这笔财产还会成倍增长。"

6月10日：给财务拨款主审官朗贝尔下发命令："当下我们应该尽可能地从威尼斯身上攫取利益，而且不用掏一分钱出来，只需表示感激就够了。"

6月11日：他向军队发表讲话："总司令得知，虽然他一再强调军纪，可军中仍发生抢劫事件，农村地区的住宅大批被抢和被毁……士兵们，爱国者们，共和国的公民们，请把这些恶棍统统逮捕起来，让他们受到法律的制裁吧。"

6月12日：波拿巴发下命令，要在帕维亚城堡中搭起2000张床。为此，战争审判所要求帕维亚城准备好床垫、床单、被罩等必需品。

6月14日：给贝尔蒂埃将军下发命令："请在一天之内组织好一个军事审判所，审判昨晚被捕的囚犯。根据线报，这些人全都动手杀过法国人。明天中午前，把他们给了结了。另外，把博斯科政府官员关起来。告诉他们，如果市政府不交代当地杀害法国人的凶手，不立即交出一份至少有12人的名单，我就立刻把他们统统枪毙。"同日，给约瑟芬写信："我们多么不幸啊，才刚结为一体、新婚燕尔，就得含泪分离。你的小像上沾满了我的泪水，它是我唯一从不离身的东西。"

6月16日：波拿巴给诺维地方长官写信说："您是在庇护那群匪盗！杀人凶手就藏在您的地盘上，现在已经躲进每座村镇里去了。我要求您在今日之内，把本地发现的所有从帝国封地逃过来的人全部抓起来，并向我报告上述命令的执行情况。任何窝藏凶手的房屋，任何没有实施抓捕行动的城市，将一律被烧毁。"

6月21日：波拿巴给督政府报告说："巴马交给我们的20幅画已被运送上路……摩德纳的画也已送走。巴泰勒米现在正忙着挑选博洛尼亚送上来的名画，计划从中挑出50幅来，里面包括拉斐尔的代表作品《西斯廷圣母》。蒙日、贝托莱、图因都在帕维亚，忙着丰富我们的植物园和自然史陈列馆的内容……我想，他们后天应该就能赶到博洛尼亚，他们在那里将大有收获。"

6月22日：在博洛尼亚和圣座签订停战协议，教皇将支付2100万法郎，其中1550万是现金或金银币，剩下的以粮食、货物、马匹、牛羊的形式结清。

6月23日：波拿巴给奥热罗将军下发指令："请带领军队赶至法恩扎，把当地所有居民的武器统统收缴，把他们的钱柜以及当铺里价值200里弗以上的东西统统搬走，200里弗以下的可以还给原主人。另外，向罗马涅全省征收120万里弗的现金、价值120万里弗的粮草，另外再加1000匹马。"

6月26日：给约瑟芬写信："你深谙如何叫别人为你动情，自己却能全身而退，那么告诉我，你知道如何治愈爱情的创伤吗？为了治愈情伤，我愿意付出一切代价。"同一天，在写给督政府的报告中，波拿巴列出清单，清点了从教皇属地征收的现金（条约规定应收1550万，其中900万由博洛尼亚、费拉拉和法恩扎出）及物资（条约规定为550万，其中470万由上述三城出）。

6月27日：法军占领里窝那。

6月29日：命令拉纳将军返回马萨-卡拉拉，督促该城政府要员宣誓效忠法兰西共和国，收缴所有武器，把卡拉拉政府名下的所有财产和当铺里的东西悉数带走，价值200里弗以下的东西可以留下，无偿还给人民。

6月30日：给法兰西共和国驻里窝那领事贝勒维尔发布命令，让他做好准备，查封英国人、俄国人和奥地利人名下的所有商店，进行财产清算。

7月1日：卢戈镇反抗法军。

7月2日：波拿巴给督政府写信："我把要运给你们的所有金银细软都集中放在托尔托纳，单单这批货估计都价值五六百万里弗，还不算里面同等价值的钱币。我将把我们能搜集到的东西陆续送回来。"

7月6日：卢戈被攻破，相关人员被惩办。

7月25日：娄德雷尔在《巴黎日报》发文，他虽没有点名批评波拿巴，但要求当局要对敌国沦陷区征收的赋税数目予以控制。同一天，警务部也出了一份报告，说"要尽量保持仁慈的美名"，直言不讳地说波拿巴"做事只为自己、不为共和国"，说他"没有把在意大利聚敛的财产悉数汇报上去"，说他"只在乎金钱美色"。

7月26日：才回国的波拿巴躺在约瑟芬的膝上，就在这时，奥地利新任总司令武尔姆泽尔对法发动进攻。

7月28日：波拿巴离开约瑟芬，火速归队。

7月29日：奥地利军夺回布雷西亚。

7月31日：奥军重新占领曼图亚，朝卡斯蒂廖内进军；督政府给波拿巴写信，斥责了"一些居心不良的穷酸文人对他含沙射影的攻击"，对他表示完全的信任。

8月3日：马塞纳在洛纳托告捷。

8月4日：奥热罗在卡斯蒂廖内告捷。

8月6日：法军向卡斯蒂廖内居民发布命令，要求他们立即把从法国士兵手中买来的皮鞋还到军队物资部。

8月8日：波拿巴向督政府禀报："在卡斯特拉-诺沃，有人杀了一个志愿兵；我令人烧毁此地的房屋，并在残破的墙上写了一行字：一个法国人在这里遇害。"

8月14日：波拿巴"要对卡萨尔-马焦雷省的居民在法军撤退期间做出的恶行进行惩处"，于是发布命令：1.令其在24小时内将所有武器悉数上缴；2.卡萨尔-马焦雷省赔款100万；3.所有城镇中，凡是敲响过警钟的钟楼，将其大钟卸下，送往亚历山德里亚，运费由该地居民负责；4.犯事者将被逮捕和移交至军事审判所。

9月4日：罗韦雷多告捷。

9月8日：巴萨诺告捷。

9月14—15日：圣乔治战役。

9月17日：摩德纳、雷焦、博洛尼亚和费拉拉组成奇斯帕达纳共和国。

9月19日：卡诺写信给波拿巴："巴萨诺之胜完全超乎了我们原先的期待。不朽的波拿巴啊，您创造了多么卓著的功勋！"

9月20日：塔列朗从美洲回国。

9月22日：波拿巴在米兰庆祝法兰西共和国建国纪念日。

9月25日：他建立了一支护卫队，内有136人，他们将是未来帝国护卫军的核心成员。

10月2日：波拿巴向奥地利皇帝提议谈和。

10月8日：摩德纳公爵没有如期交上赔款，波拿巴撕毁停战协议，宣布该国独立。

10月9日：热那亚和法国签署条约：热那亚所有港口将对英国人关闭，并缴纳400万里弗的贡税。

10月10日：那不勒斯签署条约，缴纳价值800万里弗的物资。

10月19日：波拿巴向博洛尼亚居民发表讲话："我痛苦地看到，因为一些不配当博洛尼亚人的刁民，这里发生了一些极端暴力事件……我是暴君的对头，但首先，我更是恶人、强盗和无政府主义者的死敌。如果我的士兵抢劫民居，我就把他们给枪毙了；那些敢破坏社会秩序的人，那些只给世界带来耻辱和不幸的人，我要把他们统统枪毙。"

10月25日：他命令政府特派员把从意大利教堂得来的金银细软卖掉，以支撑法军日常开支。

11月1日：奥地利人再次发动攻击。

11月9日：马塞纳在巴萨诺战败。

11月12日：波拿巴在卡尔迪耶罗战败。

11月17日：阿尔科大捷。

11月24日：给约瑟芬写信："我狂热地爱着你……我一切安好，勿念……你的丈夫唯一没有的东西，就是能让他幸福的约瑟芬的爱情。"

12月5日：奇斯帕达纳共和国发表建国宣言。

12月6日：卡拉拉城试图反抗，但立刻遭到镇压。

12月27日：贝加莫和费拉拉的革命派宣布两地合并，组建"奇萨尔皮尼共和国"。

1797

1月11日：波拿巴从里窝那撤出，后者赔偿100万里弗。

1月14日：里沃利大捷。

1月16日：法沃里塔战役。

1月24日：奥军从巴萨诺撤走。

1月31日：和教皇撕毁停战协约。

2月1日：波拿巴进入博洛尼亚。

2月2日：武尔姆泽尔在曼图亚投降。

2月9日：安科纳城被攻破。

2月10日：洛雷特圣母院中的圣母像被运至巴黎，存放在国家图书馆中。波拿巴写信给约瑟芬："我要给你无数个吻。我已经烦透了这场无聊的战争。"

2月12日：教皇向波拿巴宣告，他将派出全权代表与其谈和。

2月13日：波拿巴下令：米兰要向曼图亚的法军军需处上缴1万担小麦、5万品脱白兰地、20万品脱葡萄酒、2000担大米；摩德纳上缴10万品脱白兰地、50万品脱葡萄酒；费拉拉上缴1万担小麦、10万品脱白兰地、20万品脱葡萄酒、1500担大米；博洛尼亚上缴3000担小麦、2.7万品脱白兰地、10万品脱葡萄酒。从各罗马主教的领地中获取的所有小麦、葡萄酒和白兰地，也将被悉数送至曼图亚。

2月14日：和圣座召开议和大会。

2月15日：波拿巴发布命令，允许拒不向法国宪法宣誓的反叛教士留在被法军攻陷的教皇属地上。

2月19日：和教皇全权代表特使在托伦蒂诺签署和平条约。除了还未支付的1600万赔偿金之外，教皇要再支付1500万补充金。

2月20日：罗马法兰西学校得到重建。

3月9日：波拿巴将他的司令部转移到巴萨诺。

3月12日：法军穿过皮亚韦河；法奥双方再次开战。

3月16日：塔利亚门托战役。

3月19日：法军攻下格拉迪斯卡。

3月22日：波拿巴给的里雅斯特城的官员写信："法军蒙受了莫大的冤屈。你们的百姓四处逃散，为了自己的财产、生命、宗教信仰而在那里杯弓蛇影。请让你们的同胞放下心来，法国军队绝不会和良民开战。"

3月23日：法军进入的里雅斯特城。

3月24日：波拿巴将他在格里茨军火库中得来的枪弹、粮草列成清单，交给督政府，并禀报说："我们控制了伊德里亚各处的矿山，在里面找到了价值200多万里弗的矿，接下来我将考虑如何用大车将其运走；如果被万无一失地送到，它们对我们的国库会大有用处。"

3月25日：波拿巴下令：格里茨伯爵领地上的所有居民必须在24小时之内将他们手上的火枪弹药悉数上缴；此令颁布后十天，若还发现谁持有武器，他将被立刻逮捕，扭送到军事委员会受审。

3月26日：波拿巴下令：的里雅斯特城需赔款300万里弗；若有延迟，就在上述的赔款金额上再加三分之一。

3月31日：波拿巴向查理大公表示出谈和意向。

4月1日：波拿巴向克恩滕人民发表宣言："克恩滕的居民们，我知道你们恨我们，恨这场战争中的唯一获利者——英国人，也恨你们那卖国求荣的内阁。算了，别管英国和维也纳宫廷的内阁大臣了，让我们结为朋友吧！"

4月5日：波拿巴给威尼斯政府下令，以摩德纳拖欠法国3000万赔款为借口，要它扣押威尼斯境内摩德纳公爵名下的所有财产。

4月7日：波拿巴和奥地利军方高层代表在尤登堡签署了五日休战协议。

4月9日：波拿巴向威尼斯总督写信："您武装和煽动农民，让他们再次集合起来。'杀死法国佬！'的口号此起彼伏……您若不把在不久前杀了法国人的那些杀人犯统统逮捕，交到我的手上，就别怪我开战了。"

4月13日：休战协议延长到4月20日。

4月15日：和奥方全权代表在莱奥本召开会议。

4月16日：复活节；维罗纳主教在祭坛上诵读圣座命令，宣布圣座允许甚至嘉许人们杀害雅各宾分子。

4月17日：维罗纳发生屠杀法国人的惨案。

4月18日：法奥在莱奥本签订预备性和平条约。

4月26日：波拿巴派人给维克多将军传话，说维克多在特雷维兹城"毫无作为"，不去驱逐聚众造反的农民，他为此"深感震惊"，并说："如果在城镇中遇到持武器的抵抗者，你有权将这些城镇悉数焚毁。"

5月3日：波拿巴请法国驻威尼斯共和国大使"离开上述城市"，命令意大利军将领"以敌军身份处置威尼斯共和国军队，并把城中所有圣马可飞狮像统统砸毁"。

5月6日：波拿巴下令：维罗纳城赔款17万西昆①，提供可制作4万双皮鞋、2000双靴子的皮革，以及1.2万条裤子、1.2万件外套、4000套衣服、1.2万匹马、1.2万件护腿套、1.2万顶帽子、1.2万双长筒袜；教堂和公共机构的所有钱财甚至画作，一律充入法兰西共和国国库；之后，维

---

① 当时威尼斯流通的一种金币。——译者注

罗纳全面禁武；在大屠杀中杀害法国人的50名要犯被流放到圭亚那；这50人中的贵族被就地枪决。

5月14日：波拿巴向督政府禀报："我在组建奇萨尔皮尼共和国……我先前向你们禀报的为土伦筹集的100万里弗，明天就会发出。另外100万里弗则在后天送出，好帮助建设我们的布雷斯特海军基地……教皇给我们送来了号称价值800万法郎的珠宝，可根据摩德纳的估价，它们最多只值450万法郎……之后的一千三四百万法郎将以国家资产的方式进行偿付。"

5月15日：法军占领威尼斯；总督逃走，临时政府成立，取代总督行使职权。

5月16日：波拿巴和威尼斯签署和平协议，威尼斯将向意大利军缴纳300万法郎，另外提供价值300万法郎的海军军需物资，向法兰西共和国上交三艘风帆战列舰、两艘三桅战舰，并向特派员送上20幅指定名画，另收集500本手稿供总司令挑选。

5月19日：波拿巴命令罗马涅加入奇萨尔皮尼共和国。

5月22日：在热那亚，以菲利普·多利亚为首的1.2万名工人要求废除贵族统治政府、重建民主制。

5月25日：奥地利和以拿破仑、克拉尔克为代表的法兰西共和国在蒙贝洛展开和平谈判。

5月26日：波拿巴向威尼斯政府写信："在任何情况下，我都会尽我所能，向你们证明我有多么渴望看到你们的自由得以巩固。"

5月27日：在向督政府呈交的蒙贝洛谈判报告中，波拿巴写道："威尼斯也许很难从我们的打击中恢复过来。这里的人愚蠢、懒惰、一身奴性……我们要把他们的船只全部抢走，把他们的军火库统统搬空，把所有大炮悉数拉走，我们要摧毁他们的银行，把科孚岛和安科纳握在自己手中。"

6月6日：波拿巴在法兰西共和国和热那亚共和国之间达成的秘密协定上签字。根据协约规定，热那亚政府放弃执政，交出临时政权。

6月7日：波拿巴向热那亚总督送去一份由他亲自敲定的临时政府成员名单。

6月8日：波拿巴命令组建一个由1000名波兰人组成的营队，军队开支由布雷西亚临时政府负责。

6月13日：波拿巴给亚德里亚海上的法国海军指挥官佩雷写信说："请您告诉威尼斯临时政府，如今法兰西共和国和威尼斯共和国已经达成一致，且法兰西共和国马上要向它提供保护，请它务必立刻让它的海上军队乖乖听命于法军……请您以此为由，将它的全部海上势力占为己有，不过尽量做得聪明点，同时把威尼斯共和国所有的海上雇工全拉过来供我们驱使。当然您张口闭口都得说，这是为了让两个共和国齐力同心，说您会永远为威尼斯海军效力……根据威尼斯签下的秘密条约，威尼斯人得向共和国的土伦海军基地提供价值300万法郎的军需品；但我的想法是：为了共和国，干脆把威尼斯的所有船队、所有物资都给土伦搬过来。"

6月14日：热那亚宣布建立利古里亚共和国。

6月16日：波拿巴对威尼斯地区的政治机构予以改建。

6月22日：瓦尔泰利纳人民想从格里松共和国独立出去，后者请求波拿巴以调停人身份介入此事。

6月23日：迪莫拉尔在五百人院中告发了督政府以拿破仑为工具而展开的"秘密外交"，提议议会质问政府，要它"就波拿巴将军发表宣言后发生在威尼斯的事件"做出解释。

6月29日：波拿巴向伦巴第人发表宣言，宣布伦巴第取得独立并建立一个督政府，其政府官员全由波拿巴亲自挑选。

6月30日：在一封写给督政府主席的信中，波拿巴对迪莫拉尔的提案表示抗议。"我是在代表8万将士说话。现在再不是从前，卑鄙的律师、无耻的讼棍再不能动动嘴皮子就把勇士送上死路，如果您非要坚持，在意大利作战的勇士可以和他们的将军一道退到克利希防线后面，但你们将大难临头！"

7月2日：波拿巴回复格里松共和国："我愿意代表法兰西共和国，克服心中的抗拒，接受这个很是棘手的任务。"

7月3日：在写给法兰西学院的一封陈情书中，塔列朗宣称法国的确应该努力提升国力，但理应采取远攻而不是近伐的手段，例如，埃及就是一块很适合被征服的殖民地。

7月5日：波拿巴给法国驻热那亚大使费普尔写信说："您可把罗马交上来的那批珠宝抵押给圣乔治银行，让它给我们提供贷款，这么做对我们甚有好处，甚至意义重大。罗马说那批珠宝价值1000万法郎，可我们的估价只有500万；不过如果把它们一点一点卖掉的话，我们可以进账700多万法郎。所以我希望圣乔治银行能以这批珠宝为抵押，借给我们500万。"

7月9日：奇萨尔皮尼共和国发表宣言。

7月14日：7月14日纪念日，米兰城举办了一场豪华庆典，波拿巴也出席了。波拿巴向督政府写信说："您若想拯救共和国，只需一个动作，那就是逮捕流亡贵族、摧毁外国势力。如果您需要武力支持，有军队任您驱使。请把已被英国收买的新闻界捣个粉碎吧……至于我，我是绝对无法忍受自己被拉扯在两种矛盾的情感之间的。如果找不到拨乱反正的良策，如果不能制止暗杀行为，消除路易十八的影响力，我就递交辞呈。"

7月16日：塔列朗成为外交部部长。

7月20日：第一期《意大利军通讯报》在米兰问世。

7月23日：波拿巴发布命令，招募意大利兵，"我们在德意志作战时，他们可起到人质作用，以保证威尼斯对我们忠心耿耿"。

7月24日：塔列朗写信给波拿巴，宣布自己已经进入内阁，并说："一想到自己肩上职责之重大，我真是满心惶恐。而您的功勋让我们在外交斡旋中进退自如，这才让我产生了安心感。单单波拿巴这个名字，就是冲云破雾的一把利器。"

7月26日：波拿巴给巴黎音乐学院督学写信说："为了丰富音乐学院的收藏，我是费尽了心力。在所有高雅艺术中，只有音乐最能激发人的感情，它应当得到立法者的大力推崇才是。"

7月27日：奥热罗离开前线，回巴黎"料理私事"，随身还带着波拿巴交给他的写给督政府的军队请愿书。

8月3日：波拿巴拜托教皇颁布一道谕旨或指令，命令教士发誓效忠政府并竭力帮助政府巩固现有宪法。

8月5日：他给塔列朗回信："当局选择您来担任外交部部长，这是它慧眼识珠的缘故，它意识到您是国之栋梁，具有纯洁的公民责任心，而且从不曾误入歧途、干出抹黑大革命的事。"

8月6日：他下令恢复威尼斯雕塑家卡诺瓦曾经享有、后被新政府取缔的补贴。

8月9日：他将贝纳多特派回巴黎，理由如下：他上次在里沃利战役中缴获了一批军旗，后一时疏忽把它们给忘了，故今特令贝纳多特将其送给督政府。

8月16日：波拿巴再度考虑塔列朗的建议，向督政府谏言征服埃及，"以达到真正摧毁英国的目的"。

8月22日：由于不久后法奥双方要在于迪诺展开谈判，波拿巴启程前往此地。

8月24日：拿破仑途经帕多瓦，向当地居民宣布该城将被并入奇萨尔皮尼共和国。《巴黎公报》说："他离开后不久，一个军官折回该城，以他的名义宣布对帕多瓦征收4000西昆的税，并要求它在几小时内筹到这笔钱。"

8月25日：波拿巴经过特雷维兹，令该城拿出20万里弗。

8月31日：法国开始和奥地利展开和平谈判。

9月4日：果月十八日政变。

9月6日：塔列朗向波拿巴报告了事变经过。

9月10日：波拿巴下令：军队将在葡月一日（9月22日）举办庆典，以欢庆共和国成立纪念日，而且要"风光大办，让人永远记得那段光辉岁月"。

9月12日：波拿巴给塔列朗写信说："望我辈能有一腔热血却不狂悖无道，能胸怀理念却不蛊惑人心，能亢厉为能却不冷酷无情；望我辈不再胆小怯懦，无愧于共和国人的这个身份；望我辈能移除法国头上的奴役枷锁；望共和国政府、内阁和要员唯以后辈的福祉为念。至于欧洲，它命数已定。"

9月13日：波拿巴向塔列朗告知了他远征埃及的计划。

9月15日：《巴黎公报》发表了一封日期是8月27日、来自米兰的信：**"这里和周边地区冒出无数强盗，他们拦在大路上，逼迫农民捐税，还在多个农村地区恶意纵火。人们逮捕了大约38个强盗，他们都是法国人和意大利人，其首领的名号是波拿巴，马塞纳、奥热罗等将军都是他的手下。昨天，人们绞死了一个自称波拿巴第二的罪大恶极的米兰人。还有6名法国人几天前被枪决，其他被捕的强盗今天也逃不过同样的惩罚。"**

9月19日：在写给塔列朗的一封私信中，波拿巴要求他让西哀士前往意大利，觉得也许只有此人才能替热那亚和奇萨尔皮尼共和国制定出适合它们的宪法。

9月22日：在葡月一日纪念日中，波拿巴向军队发表宣言：**"勇士们！你们远离家园，在欧洲各地所向披靡；你们都知道，你们都在说：人民觉醒了，已经把叛徒定罪了，他们已经练就一副钢铁之躯了。"**

9月23日：波拿巴向弗朗索瓦·德·讷夫夏托①和梅尔林·德·杜埃写信，祝贺他们进入督政府。

10月6日：给总财务官哈勒写信：**"劳您费心，赶紧给我们送些钱过来，这对我们有大用处；无论您使什么手段，哪怕把钱库搬空，只要能够立马帮我们筹到钱就好。12天后，我们就要出征了。"**

10月7日：波拿巴给塔列朗写信：**"我承认，为了得到和平，我可以无所不用其极。您不太了解这里的人民，他们不值得那4万名战死的法国将士为他们付出生命。"**

10月10日：他向督政府告知了他所接受的和平条件，并说：**"我现在

---

① 弗朗索瓦·德·讷夫夏托（François de Neufchâteau，1750—1828），法国作家、政治家、农学家，当时顶替卡诺进入督政府，任职时间为1797年9月8日至1798年5月20日。——译者注

唯一要做的事，就是挂印归田、重拾犁铧、以身作则，一则表示我对行政官员的尊重，二则表示我对曾毁灭了无数共和国、让许多国家走向覆亡的军人执政制度的憎恶。"

10月17日：《坎波福尔米奥条约》签订。

10月18日：波拿巴写信告知塔列朗和约签订一事，并说："我们的政府应当摧毁英国圣公会君主国，否则它只能坐以待毙，被这个岛国的阴谋权术、行贿收买等手段给毁了。当前可谓天赐良机。我们可以把所有海军集中起来，一举歼灭英国。之后，踏平欧洲指日可待。"

10月26日：波拿巴被任命为英国方面军总司令，并在第二天成为法兰西共和国在拉施塔特会议中的全权代表。

11月7日：波拿巴对伊奥尼亚群岛进行行政重组，把它分为三个省：科基拉省、伊萨基省和爱琴海省。

11月9日：要求哈勒拿出财库里的320万里弗，用于英国之征的军队开支。

11月11日：波拿巴对奇萨尔皮尼共和国人民发表讲话："几日之后，我将离开你们……但是，在那块祖国把我召去的土地上，我仍将一如既往地牵挂着你们及共和国的幸福和荣耀。"

11月17日：波拿巴离开米兰，前往拉施塔特。

11月20日：途经尚贝里，波拿巴做出如下决议："勃朗峰、伊泽尔、德龙、安河、上阿尔卑斯、罗讷等六省，需在本月尽快把各省钱库里的所有钱款送至意大利军出纳处，它们在霜月中（从11月21日至12月20日）接收的钱款也是如此；如此一来，六省就能为军队出纳处掏出250~300万法郎了。"

11月21日：在日内瓦，波拿巴当着当地要员的面，承诺将尊重这个共和国的独立。

11月26日：波拿巴抵达拉施塔特。

11月28日：波拿巴和菲尔逊会面。后者曾是玛丽-安托瓦内特的情人，如今是拉施塔特会议的瑞典代表。波拿巴身为法国代表，当着他的面说了这句话："对于那些谁都知道他们曾和法国前朝关系过密、说不定如今还在流亡贵族名单上的人，法兰西共和国绝不能容忍他们在世界第一民族的公使面前耀武扬威。法国人民不是不懂谋略、不重利益，他们只是更在乎自己的尊严。"

12月1日：波拿巴签署撤兵协议，离开拉施塔特。

12月3日：他在南锡受到耶路撒冷的圣约翰共济会会所的接待。

12月5日：波拿巴抵达巴黎。

12月6日：和塔列朗首次会面。后者对他的印象是："我看到的波拿巴是个美男子；人们怎么也想不到，那个立下赫赫战功的人竟会如此年轻。他有着一双美丽的眼睛，脸色苍白，看上去略带疲态。"

12月10日：波拿巴在卢森堡受到正式接待。

12月25日：波拿巴接替卡诺，被选入法兰西科学院（果月十八日政变后，卡诺的院士位置空缺出来了）。

12月29日：塞纳省决定，波拿巴住宅所在的尚特雷纳街从此更名为凯旋街。

1798

1月3日：塔列朗隆重接待了波拿巴。

1月4日：波拿巴在公众见证下正式进入法兰西科学院。

1月12日：波拿巴向督政府阐述了入侵英国的计划。

1月21日：波拿巴以院士身份参与了处死路易十六的纪念活动，活动就举办于圣苏尔比斯教堂旧址上。

2月5日：立法院为了纪念阿尔科战役，向波拿巴献上一面锦旗，波拿巴将锦旗转赠给了拉纳。

2月8日：波拿巴离开巴黎，视察从加来到奥斯坦德一段的拉芒什海峡海岸线。

2月14日：塔列朗向督政府提交了一份"关于埃及的报告"。

2月20日：波拿巴返回巴黎。

2月23日：他向督政府提交了一份报告，表态反对入侵英国，建议和这个强国和谈。

3月5日：督政府批准了波拿巴的埃及之征。

4月12日：督政府下令组建一个叫东方军团的军队，由公民波拿巴担任远征军总司令。

5月4日：波拿巴来到土伦，亲自监督此次远征的筹备工作。

5月16日：他在每艘军舰上组建了一个战争委员会。

5月18日：他颁布规定，明言逃兵将面临怎样的起诉和惩罚。

5月19日：法国舰队离开土伦。

6月10日：抵达马耳他岛。

6月12日：马耳他首府象征性地抵抗了一下，然后开城投降。

6月13日：法兰西共和国国旗在马耳他岛的所有堡垒上升起。波拿巴下令在24小时内捣毁所有纹章，所有60岁以下的骑士必须在三天之内离开马耳他，马耳他政府所有的金银财宝一律被充入法军军库。

6月14日：耶路撒冷的圣约翰骑士团宣布解散，该组织中的2000名柏柏尔奴隶得到解放。

6月15日：波拿巴命令法国驻突尼斯领事将马耳他兵团已被歼灭的消息传给贝伊，"好让他明白，如果他胆敢对共和国生出二心，那支在三四天里就打下了马耳他的强军会让他吃尽苦头"。

6月17日：向督政府禀报攻占马耳他的消息时，波拿巴说："我们在地中海的中心建立了欧洲最坚固的堡垒；谁若企图把我们从这里赶走，必将付出巨大的代价。"

6月18日：波拿巴在马耳他岛上组建了一个新政府，然后离开该岛。

6月30日：在东方的海岸边上，波拿巴给埃及帕夏写信说："法兰西共和国决定派出一支强大的军队，以终止埃及贝伊的抢劫行为。你身为各位贝伊的主人，却大权旁落，屈居开罗。所以，我能来，你应当高兴才是……前来见我，跟我一道惩罚这群大逆不道的贝伊吧。"

7月1日：抵达亚历山大附近的海岸。当晚，拿破仑在马拉布特海滩登陆。

7月2日：早上八点，拿破仑进入亚历山大城，向埃及人民发表讲话："和我们同路的人是何其幸运！他们将过上发财晋升、飞黄腾达的好日子。那些中立者，他们也算是幸运儿……不过，有些为了马穆鲁克①而拿起武器和我们作对的人，他们才叫倒霉，倒了天大的血霉！他们没有了任何希望，等着他们的只有死亡。"

7月6日：波拿巴命令埃及军财政总长普西耶尔格："今天六点，把亚历山大城最富有的20个商人叫过来，给他们透露这么一个意思：我的钱柜需要大量的金银锭，他们从今天到明天早上这段时间必须给我筹到

---

① 马穆鲁克是中世纪服务于阿拉伯哈里发的奴隶兵，后逐渐形成一个独特的军事贵族集团。——译者注

30万里弗，以当地流通的货币为方式兑换成等价的金锭和银锭……告诉当地海关和税收官员，鉴于当前军队急需用钱，我必须马上拿到15万里弗，这部分钱就从海关的开年税收中扣除。"

7月7日：波拿巴离开亚历山大，挥军杀向马穆鲁克军队驻扎地。

7月13日：早晨，在舒布拉希特和马穆鲁克军队打了一战；当晚，部队在尼罗河边扎营。

7月21日：金字塔战役大胜。

7月22日：拿破仑从位于吉萨①的司令部给开罗城里的酋长贵族写信："派一个代表团过来，好让我了解你们投诚的诚意。为我们的军队准备好面包、鱼肉、大麦、干草，也请你们放下心来，因为没人比我更希望为你们带来幸福。"

7月25日：进入开罗城。

7月27日：波拿巴给留在亚历山大的克莱贝尔写信："我们要在开罗发财了。当初我们不是在亚历山大得了些金锭银锭吗？是我们用当地商人给我们的钱兑过来的。现在，我们需要这批金银锭，全部。我请您把当初筹备金银锭的所有商人再召集起来，再次提出相同的要求。我可以用小麦大米跟他们换，现在我们手里这些东西多得要命。"

7月30日：波拿巴"不满亚历山大居民的表现"，下令："1.所有居民，不论他属于哪个种族，都得把武器交至当地指挥官处；2.48小时内没有交出武器者，一律斩首；3.杀害法国炮手的人，其房屋一律拆毁；4.选出50名人质随法国舰队同行，亚历山大居民什么时候表现好了，他们什么时候才能获释。"随后又颁令："法军将向亚历山大的富商巨贾征

---

① 尼罗河西的一座城市，离开罗只有20英里。——译者注

收30万里弗的税，最好是金锭和银锭。赛义德·穆罕默德-卡拉伊姆需交30万法郎。他若在五日之内没有交上这笔钱，将被斩首。"随后又颁令："罗塞达的商人必须如开罗商人一样，协助军队的正常行动。他们需缴纳10万法郎的赋税，而且要在48小时内付清。""达米埃塔的商人需缴纳15万法郎的税，并提供1400担大米、500头羊。""大马士革的商人需缴纳36万塔拉里[①]。"给司令部的出纳员写信说："请在晚上八点把这48小时内收到的欠款总额汇报给我。没有我的命令，不得把钱交给任何人。"

7月31日：波拿巴下令开罗居民全部解除武装。颁布命令，三天以后，谁家若还有火枪武器，将处以一百军棍，并缴纳等同一年收入的罚款。他给默努写信说："我每天都得在开罗街上砍掉五六个人的脑袋。先前，我们必须对平民宽厚相待，以破除部队进城前就传开的恶名。可现在则不同往常，我们必须采取适当措施，好让这些民族乖乖听话；要他们听话，就得叫他们害怕。"

8月1—2日：阿布吉尔海战。

8月8日：波拿巴离开开罗，追击易卜拉欣贝伊。

8月14日：由于追上敌军无望，波拿巴折回开罗，路上得知法军在阿布吉尔海战惨败的消息。

8月16日：贝纳多特迎娶了拿破仑的前未婚妻德茜蕾·克拉里。

8月22日：波拿巴创立埃及学院。

8月23日：他参加了埃及学院第一次会议，并对研究领域提出意见。

---

① 当时流通的一种银币。——译者注

8月25日：波拿巴下令："由于阿依卡姆村的居民杀害了16个法国人，该村将被焚毁……村里所有牲口、粮食将被没收充公，归共和国所有……村子将打开大门，任由他人掠夺，务必让它一所房子都留不下来。"

8月27日：波拿巴下令："埃及各省依照送礼习俗，须给法军提供2100匹马。"

8月29日：波拿巴在开罗建立的《埃及通讯报》出版了第一期报纸。

9月4日：波拿巴下令：埃及所有居民都必须佩戴三色帽徽，尼罗河上所有船只都必须挂三色旗，开罗及所有省会的清真寺里最高的光塔塔尖也必须插上三色旗。

9月6日：根据波拿巴的命令，"立下忠誓书后又被证实背叛共和国"的赛义德·穆罕默德-卡拉伊姆被枪决。法军顶着他的头在开罗街上游街示众。

9月16日：根据波拿巴的命令，法军从埃及人手中抢来的珠宝、金币、名贵绸缎被拍卖。

9月22日：开罗隆重庆祝了法兰西共和国建国纪念日，全城灯火通明。

9月25日：波拿巴给财政审核官普西耶尔格写信说："今天白天，把您能找到的、没有继承者的亡者留下的钱财，以及棉花、咖啡等物资，全都拨到军队出纳员这里，军队现在已经捉襟见肘，需要大批钱财物资。"

9月26日：波拿巴给迪加将军写信说："尽快把武器收缴上来；绝不要听信他们（当地居民）跟您说的什么没了武器他们就只能坐等阿拉伯人入侵之类的鬼话。这些人全都沆瀣一气……逮捕一切可疑人员，扣留人质，命令各城镇把所有火枪都交上来。"

9月27日：波拿巴给迪皮伊将军写信："把两个间谍的头砍下来，贴出告示，把他们的头挂起来示众。"

10月6日：波拿巴给维亚尔将军写信："是时候拿出点严酷手段，给您所在的省瞧一瞧了。如我先前命令的那样，您可扣押人质，将他们押往开罗。"

10月9日：波拿巴给普西耶尔格写信："公民先生，请尽快把钱粮送过来，我好在葡月二十一日至三十日（10月12—21日）发出军饷……卖掉不久前清查出来的咖啡、香料、绸缎、象牙，然后加紧征收拖欠的税款。"

10月21日：开罗人民起义反抗法军，该城总督迪皮伊将军遇害。

10月22日：波拿巴取缔了开罗大国会。

10月23日：他给贝尔蒂埃写信："请您给当地（开罗）指挥官下令，把所有拿起武器反抗我军的囚犯的脑袋全都砍下来。今晚就把他们押到尼罗河边，处决后把无头尸体直接扔进河里。"

10月28日：波拿巴给德赛写信："一切又恢复秩序、风平浪静了。我们这些天一直都在忙着砍头。"

10月30日：这边开罗人民的头颅纷纷落地，那边波拿巴正在开罗参加一座音乐厅的落成典礼，音乐厅取名蒂沃丽，以纪念巴黎一座类似的音乐厅。在典礼中，总司令邂逅了他一个手下的妻子——宝琳·弗雷斯。

12月18日：宝琳·弗雷斯的丈夫被派回法国，理由是给督政府呈送急件。他还得到了一笔3000法郎的津贴，"以支付沿途公务开销"。

12月19日：波拿巴向西奈山的僧侣承诺免除所有赋税和纳贡，他们还享有彻底的宗教自由。这么做，"是为了表达对摩西和古老的犹太民族的尊重",也"因为西奈山修道院虽地处野蛮的荒漠,里面住着的却都是开明博识之人"。

12月21日:开罗大国会重新开庭。

1799

1月9日:波拿巴创立了一支骆驼队。

1月11日:波拿巴命令缪拉包围一座村子,当时两个阿拉伯部落正在那里扎营。他令缪拉"逮住他们所有的骆驼、家畜、女人、孩子和老人"。之后他又发来一道命令:"把所有您抓不住的男人统统杀掉。"

1月15日:波拿巴给普西耶尔格写信:"我们非常需要钱……尽量给我们筹到20~30万里弗。"

1月18日:波拿巴给韦迪耶写信:"米特玛莎哈尔村的酋长是个罪大恶极的人物;您可威胁他说,如果他还不告诉您马穆鲁克藏身何处,就得吃上几十军棍了。去了解一下住在他村子里的阿拉伯人养了多少牲畜,然后砍下他的脑袋,将其挂出去示众,并贴出告示,告诉众人这就是私藏大炮的下场。"

2月10日:波拿巴离开开罗,深入沙漠,往叙利亚方向前进。

2月20日:阿里什要塞经过三天的抵抗后,开城投降。

2月25日:波拿巴进入加沙。

3月3日:波拿巴来到雅法城下。

3月7日:雅法城陷落,之后被大肆洗劫了两日,4000守军全被杀死,部分居民被屠杀。

3月9日：波拿巴从雅法给耶路撒冷的酋长、乌力马①和指挥官发出一封信："耶路撒冷的居民可以选择和平或战争。如果他们选择和平，那就派一个代表团到雅法来，承诺绝不和我为敌；如果他们愚蠢地选择战争，我就亲自让他们体验一下战争的滋味。他们应当知道，我对待敌人就如天火一般无情。"

3月11日：波拿巴探望了雅法医院的鼠疫患者。

3月19日：部署军队围攻阿克要塞。

4月16日：塔伯尔山战役；这是法军在埃及取得的最辉煌的一场胜利。

4月21日：约瑟芬在巴黎买下马尔梅松。

5月11日：波拿巴决定放弃围攻阿克要塞的计划。

5月24日：波拿巴返回雅法。

5月27日：第二次探望雅法城里的鼠疫患者。

5月28日：波拿巴颁令："请克莱贝尔将军把沿途经过的田地统统烧为焦土，再调整一下行军速度，派出几支平素就无恶不作的骑兵巡逻队，加上几支步兵队当后援，把沿途的村子抢个一干二净，把骡马、牛羊等牲口通通带走。"

6月14日：波拿巴返回开罗。

6月19日：波拿巴给迪加将军写信："不管是马格里布人、麦加人还是其他什么民族，只要持武器反抗我们的，都统统枪决了事。"

6月23日：波拿巴给克莱贝尔写信："您需要的那6万里弗，可从达米埃塔的四五个商人那里借。他们有的是基督教徒，有的是土耳其人。

---

① 即穆斯林学者的统称。——译者注

我认为最好再多要一点儿。选出六个土耳其商人和两三个信基督教的商人，让他们平摊这笔钱。"

7月20日：塔列朗递交辞呈。

7月25日：阿布吉尔战役。

8月17日：波拿巴向开罗国会宣布："明日我会离开开罗，前往米努夫①，去三角洲视察民情，亲眼看看那里有什么不公，顺便加深对这个国家人民的了解。我也叮嘱你们，一定要保住人民对你们的信任。"

8月22日：在亚历山大写信给默努将军，向他透露："我今晚要启程返回法国。"

10月1日：载着波拿巴的那艘战舰驶进阿雅克肖港。

10月6日：波拿巴离开阿雅克肖。

10月9日：在圣拉斐尔靠岸。

10月16日：波拿巴抵达巴黎。

10月17日：督政府在公开会议上接见了波拿巴。

10月23日：他会见了莫罗和西哀士，启动政变准备工作。

11月1日：西哀士和波拿巴展开一次意义深远的交谈。

11月6日：两院在圣苏尔比斯教堂旧址、如今的胜利殿里，为波拿巴举办了一场欢庆宴会，宾客足足有700人。

11月7日：塔列朗在波拿巴家中进餐。

11月8日：波拿巴在康巴塞雷斯家中进餐。

11月9日：雾月十八日政变。

11月10日：圣克鲁宫的五百人院议员被赶出议厅，元老院组成总理

---

① 尼罗河三角洲的一座城市。——译者注

事会。午夜，五百人院的一群议员颁布法令：1.督政府不复存在；2.议会里61位议员被解除职务；3.由西哀士、罗歇·迪科、波拿巴组成的行政执政委员会成立；4.立法院将休会至风月一日（1800年2月20日），在此期间，其成员津贴照领。波拿巴向全国发表讲话。

11月11日：三位执政官举行首次会议。

11月12日：波拿巴腾出45分钟，参加了科学院的一次会议。《外交报》评论说："他什么都没忘。"

11月13日：共和七年穑月二十四日（1799年7月12日）法令被撤销；先前，根据该法令，当局有权将流亡贵族的家属以及旧贵族扣为人质。

11月15日：波拿巴搬出坐落于凯旋街的住宅，住进了卢森堡宫。

11月16日：警务部部长要求喜剧歌剧院的管理人员撤下《圣克鲁的船员》这出戏，因为"戏中大量情节辛辣地影射了旧事"。

11月18日：督政府针对富人发行的强制性公债被废，取而代之的是"直接税本金中的每1法郎可享受25生丁的额外津贴"这一政策。

11月19日：警务部发布一份通函，命令警务中央局"对扰乱人心的喜剧绝不能有任何姑息"。

11月20日：国库中只剩16.7万法郎的现金。

11月22日：塔列朗重任外交部部长。

11月24日：波拿巴传唤了巴黎的大银行家，立刻签署通过了一笔1200万的贷款。当局出台法令，对直接税的管理细则做出规定。

11月28日：当局颁布法令，设立了执政府护卫军。

11月29日：当初被迫发誓遵守宪法但没履行誓言的教士，其放逐令全被撤销。

12月1日：警务部收到命令，禁止在大街小巷、公共场合中传唱任何和雾月事件有关的、涉嫌侮辱国民代表的歌谣。

12月2日：罗亚尔宫被突击搜捕：300个妓女被关进拉佛尔斯和圣佩拉吉监狱。

12月3日：雕塑家穆瓦特开始创作一尊自由像，该塑像后来被放在了卢森堡广场。

12月4日：多努负责编写宪法草案。

12月5日：人们在圣日耳曼-奥赛教堂旧址、如今的感恩殿里庆祝宗教宽容。

12月8日：波拿巴将军携其夫人前往歌剧院观看演出。根据《外交报》所述，他们的住宅里"满是花枝招展的美貌女子"。

12月11日：当局发布命令，任何人若聚众赌博，一律被捕。

12月12日：50个特派员前往波拿巴的私人沙龙，波拿巴让人读起了由多努起草的宪法草案，让在场特派员立刻接受该草案。

12月14日：旺代人在普昂赛签署休战协定。

12月15日：巴黎各区宣读《共和八年宪法》。

12月16日：前督政府服装师向波拿巴展示了一套执政官官服，服装由大卫亲自设计。

12月18日：波拿巴给塔列朗写信说："热那亚的商人需在最短时间内缴纳200万里弗至军队财政官处……热那亚各大领主已经出了不少血，但这座城市的商人的负担还不算太重。"

12月22日：波拿巴建立了参政院。根据他的建议，议会通过法令，给西哀士颁发了一块价值48万法郎的地产，以资奖励。

12月24日：波拿巴被任命为第一执政官。同日，每4磅的面包价格上涨了5生丁。

12月25日：波拿巴向法国国民发表讲话。在接受"出任第一行政官"的同时，他也"扛下了义务"，"要把共和国打造成一个于公民可亲、于外邦可敬、于敌人可惧的国家"。

12月27日：元老院成立。

12月28日：政府命令旺代叛军在十日之内就地解散、上缴武器，并保证他们会得到一份停战协定，"前事过往不究"。同日，当局颁布法令，要求教堂除第一旬的最后一天（礼拜日）之外，其他天一律开放，废除先前要求神职人员立下誓言的规定，他们只需简单表态、承诺遵守《共和八年宪法》即可。

12月30日：当局颁布法令，哀悼于四个月前（1799年8月29日）在瓦朗斯逝世、遗体尚未正式下葬的教皇庇护六世。

1800

1月1日：《共和八年宪法》中构想的各权力机构纷纷得以建成。

1月9日：第一执政官收回市政机关任命警务特派员的权力。

1月14日：大卫把从罗马得来的布鲁图斯雕塑像装在杜伊勒里宫。

1月17日：当局颁布了一道法令（标注日期为共和八年雪月二十七日），巴黎73家公开发行的报刊被取缔了60家，被取缔的报刊"直到社会安定后"才可恢复营业。得以保留的报刊有《总汇通报》《论报》《巴黎报》《及事报》《政论报》《法律之友报》《君王内阁要事报》《法兰西公民报》《法国官报》《自由人报》《晚报》《祖国卫士报》《哲学半月刊》。另外，国内不得再开办任何领域内的新报刊。

1月18日：法兰西银行建立。

1月21日：保皇党在路易十六去世九周年纪念日举行游行示威。

1月25日：当局颁发了一道密令，成立一支6万人的预备军，该军由第一执政官亲自指挥。

2月7日：在一份写给共和国全体军队的军报中，波拿巴颂扬了前不久逝世的华盛顿。在未来十天里，全国各地在共和国国旗边悬挂黑纱以示哀悼。

2月15日：执政府颁令："警务部部长必须正式通知所有记者，他们不得在报纸上发表任何和海陆行动有关的报道。"

2月17日：立法院以217票对63票通过了共和八年雨月二十八日法令，内容涉及法国新行政体制的组建工作。

2月18日：全民投票结果被公示：3,011,007票赞同，1562票反对，故《共和八年宪法》得以通过。

2月19日：波拿巴搬进杜伊勒里宫。

2月20日：普罗旺斯伯爵给波拿巴写信说："我们可以保障法国的荣光。我说的是我们，因为在这件事上我需要波拿巴；而波拿巴没了我，也不可能干成此事。"

2月25日：大革命时期被禁的歌剧院面具舞会重新开张。

3月2日：98省的省长人选被敲定（其中15个是前制宪议会议员，16个是前立法议会议员，19个是前国民公会议员，5个是前元老院议员，21个是前五百人院议员）。

3月3日：波拿巴指派鲁日·德·李尔[①]和诗人勒布伦[②]创作一篇《战

---

① 鲁日·德·李尔（Rouget de Lisle，1765—1836），法国作曲家，法国国歌《马赛曲》的作者。——译者注

② 勒布伦（Lebrun Pindare，1729—1807），法国诗人，曾是波拿巴的反对者，写诗说他是"嗜血的蛆虫"，后来却为其大写赞歌。——译者注

斗颂歌》，"旋律要像《马赛曲》和《别离赋》一样朗朗上口"。

3月8日：波拿巴设立了巴黎警察局（由杜博瓦担任第一任局长）。

3月12日：波拿巴给莫罗写信："我不知道自己是否曾写信告诉你，有些人还欠美因茨出纳处150万法郎，而法庭给了一个近乎荒唐的延期还款日。派些驻军士兵到那些欠款人的家中，用武力手段让他们还钱。"

3月16日：波拿巴在战神广场上视察了由不同兵种组成的1.8万人的军队，约瑟芬和其他两名执政官则在军事学院的阳台上观看了阅兵式。

3月18日：颁布共和八年风月二十七日法令，对法庭重组做出规定。

3月20日：四旬斋狂欢节。

4月5日：从这天起，所有报纸的每一期都必须有主编的签名。剧院的任何剧目，无论从前演过还是首次上映，都必须得到政府的许可。

4月27日：波拿巴给奥热罗写信："将军及公民先生，我听说，我们表现得越是客气，巴达维亚共和国的个别政府官员就越是得寸进尺。立刻叫这个政府把欠我们的钱全都交上来。"

5月4日：执政府颁布法令，为在法国避难的意大利人在布尔格设立了一个集中安置营。

5月6日：波拿巴离开巴黎，赶赴军队。第二次对意之战开始。

5月9日：波拿巴抵达日内瓦。

5月10日：接见海尔维第共和国领导人，从日内瓦商人手中获得100万法郎。

5月14日：法军先头部队开始攀登圣伯纳德山口。

5月18日：在阿尔卑斯山脉脚下的马蒂尼城，波拿巴给共和国执政府写信："我们在和寒冰、白雪、暴风、雪崩做斗争。圣伯纳德山看到无数人比肩接踵地来到这里，以锐不可当之势要把它征服下来，于是它震怒了，给我们设了些阻碍。"

5月20日：波拿巴翻越了圣伯纳德山口。

5月24日：他从奥斯塔给共和国执政府写信："我们一路下来势如破竹，希望15天后我就能回到巴黎。"

5月26日：基乌塞拉战役。

5月30日：缪拉攻下诺瓦拉。

6月2日：波拿巴进入米兰。

6月3日：奇萨尔皮尼共和国得到重建。

6月5日：波拿巴向米兰教士发表讲话："我们之间起过一些争执，但眼下已经握手言和，言归于好。"

6月6日：向军队发表宣言："第一场战斗已经落下帷幕。"

6月9日：蒙特贝洛战役。

6月14日：马伦哥大捷。德赛阵亡。克莱贝尔在埃及遇刺身亡。

6月16日：法奥两军统帅签订协约：皮埃蒙特、伦巴第要塞以及热那亚、萨沃内和乌尔比诺三城被割给法国，奥地利退守到奥廖河以外。

6月17日：波拿巴下令：米兰设立法国政府临时公使一职，后者负责监督法国政府或总司令指定数目的赔款缴纳情况。

6月18日：米兰为庆祝奇萨尔皮尼共和国从奥地利的铁掌下获得解放，特在大教堂组织了《感恩赞》合唱，拿破仑也出席了。

6月21日：法军进入都灵。

6月23日：絮歇占领热那亚。波拿巴在米兰颁布命令："可免去奇萨尔皮尼共和国本应缴纳的200万的额外战争赔款，这笔钱将由奥地利政府前官员以及该政府的公开支持者来承担。"

7月2日：波拿巴返回巴黎。

7月14日:"协和节"欢庆典礼。众将士披着从敌军那里缴获的军旗,列队走过战神广场,接受第一执政官的检阅。

7月22日:波拿巴给马塞纳写信:"现在必须采取杀鸡儆猴的办法。皮埃蒙特地区哪个村镇率先叛乱,就将其洗劫一空后放火烧毁。"

7月26日:当局颁布法令,规定第一旬最后一天为政府公职人员的休息日。从此,商人和个体户可在礼拜日停工休息。

8月12日:一个委员会开始负责起草民法。

9月2日:波拿巴给塔列朗写信说:"我很遗憾地发现,皮埃蒙特没有如约缴纳赔款;它必须在最短时间内付清法国向它征收的150万法郎。"

9月5日:英国人夺下马耳他岛。

9月7日:波拿巴给普罗旺斯伯爵回信说:"您不该希冀回到法国;您要回来,得先踩过10万具尸体。"

9月23日:民众欢庆葡月一日纪念日。在胜利广场上,波拿巴为德赛和克莱贝尔的纪念碑撒上第一抔土。

9月27日:设立国库主计局(财政部被一分为二)。

9月30日:执政府颁布决议,让卡米尔·德穆兰的儿子进入法兰西陆军子弟学校学习。

10月3日:梅特日被捕,原因是他写了一份秘密诽谤小册子,在里面明目张胆地煽动大家刺杀波拿巴。

10月9日:波拿巴给意大利军总司令布律讷将军写信:"请把热那亚的事做个了结,叫它那里再没有什么宪法社团或俱乐部。告诉所有党派,这是您本人的意思。"

10月10日:雕塑家赛拉奇组织刺杀行动,意图在波拿巴离开剧场时将其刺死,但当场被捕。

10月16日：保民院向第一执政官发来贺信，庆祝他逃过暗算。

10月20日：政府颁发法令，赦免了流亡贵族名单上的5.2万余人。

10月22日：波拿巴告知陆军部长拉古耶："布律讷将军必须尽快在托斯卡纳清缴武器，再抓些人从严治之，以儆效尤。另外也请告诉布律讷将军，政府令他切勿染指佛罗伦萨画廊里的雕塑和名画，眼下只把《梅第奇的维纳斯》这尊雕像运回即可。此外，他在言行举止上一定要分外小心，别让人觉得我们要在托斯卡纳建立共和，否则欧洲几大强国会立刻发兵。"

11月5日：教皇密使斯皮纳主教抵达巴黎，双方展开了和政教协议相关的谈判。

11月8日：化学家舍瓦利耶涉嫌策划"毒计"，被警察逮捕。

12月3日：莫罗在霍恩林登击败奥地利军。

12月24日：圣尼凯斯街爆炸案。（此事件造成22人死亡、56人受伤，但波拿巴毫发无损）

12月25日：莫罗抵达维也纳附近，和查理大公达成《施泰尔停战协议》。

1801

1月5日：元老院颁布决议，未经审判就把130个被控参与圣尼凯斯街爆炸案的雅各宾分子流放出国。

1月7日：圣尼凯斯街爆炸案展开审理。执政府颁布法令，宣布包括贝勒、勒古安特勒、莱涅洛、塞尔让等前国民公会议员在内的52名公民将一直处在监视之下，且不得住在塞纳及周边各省。

1月9日：赛拉奇和德梅维尔、阿莱纳、托比诺-勒布伦被判死刑。

1月11日：舍瓦利耶被枪决。

1月18日：圣尼凯斯街爆炸案主谋之一、王党分子卡邦被捕。

1月20日：梅特日及其两个同伙被枪决。

1月28日：保皇分子圣雷让被捕。

2月6日：波拿巴发布命令，宣布政府只承担3万名流浪儿童的赡养义务，取缔从前单亲母亲享有的救助金，因为这等事"有违社会风气"。

2月7日：当局颁布法令，设立特殊刑事法庭，该法庭无须陪审团出庭，即可对煽动、叛乱、暗杀、抢劫等类似案件进行审判，且当事人不得上诉。

2月9日：法国和奥地利在吕内维尔签订和平条约。

2月13日：《吕内维尔条约》签署之际，波拿巴给元老院、立法院和保民院发了一封信："这正是法兰西人民想要得到的。他们最大的心愿，就是守住莱茵河的底线。军队败北，他们不曾动摇半分；前线告捷，他们也没有生出其他的贪念。"

2月27日：波拿巴给保罗一世写信："英国人简直狂傲到无人能及的地步。"

3月6日：法俄两国在巴黎展开谈判。

3月8日：莱茵河左岸四省被并入法国。

3月10日：波拿巴要求汉堡的夏波鲁日家族归还"它当初乘人之危、从共和国那里抢走的"400万法郎，勒令汉堡官员立刻把这笔钱交出来。

3月15日：政府颁布法令，要在巴黎建立三座大桥（它们的名字分别为奥斯特里茨桥、圣路易桥和艺术桥）。

3月21日：巴马公国被并入法国。

3月23日：保罗一世在俄国被刺杀，亚历山大一世继位。

3月28日：一个委员会开始负责起草刑法。

3月29日：法国和那不勒斯签订协约，那不勒斯王国接受法国驻军，其港口向英国人关闭。

4月1日：巴黎刑事法庭开始审理卡邦和圣雷让的案件。

4月21日：两人走上绞刑台。

5月12日：法国和斯皮纳主教就以后的政教协议展开预备性会谈。

5月13日：奇萨尔皮尼共和国被划分为12个省。

6月21日：教廷国务秘书康萨尔维主教抵达巴黎，替代斯皮纳主教，全权负责政教协议的收尾和签字工作。

6月22日：执政府颁布共和四年穑月三日法令，在巴黎证券交易所附近建立了60所商业中介所。

6月29日：巴黎举办了一场全国主教会议，其宗旨是让教会内部恢复和平和团结，但无果。

7月12日：执政府颁布法令，任命约瑟夫·波拿巴、参政员克来泰、主教贝尼埃负责政教协议的谈判和签署工作。

7月14日：7月14日纪念日，波拿巴在报纸上发表讲话："享受吧，国人们，享受你们的地位、荣耀和未来的希望吧！"

7月15日：政教协议签字。

7月19日：大批群众涌入凡尔赛，聚集人数创下新高（当天既是礼拜日，又是休息日），全城当晚烟花齐放。

7月23日：公民里波担任第一执政官的图书管理员，工作内容是每天把和政治、宗教、舆论有关的报纸内容做成一份分析报告，交给第一执政官。同时，他还要阅读所有的书籍、小册子、戏本、海报、公示等，给第一执政官呈交一份分析概述。

7月31日：当局颁令，成立国家宪兵队。

8月3日：一个委员会开始起草商法。

8月6日：第一执政官下令：所有记者不得谈论任何关于宗教、神职人员和各教派的话题。

8月10日：一个委员会开始起草农村法。

8月24日：巴伐利亚选帝侯①接受《吕内维尔条约》，放弃了自己在莱茵左岸的封地。

9月3日：占领埃及三年后，法军撤兵。

9月6日：政府颁布法令，设立公共国库总督察长一职，总督察长负责核查财务员的总账和其他个别账目，以及军队发饷官的账面。

9月7日：波拿巴搬至圣克鲁。

9月8日：法俄两国签署和约，确立友国关系。

9月9日：执政府颁布共和十年风月十七日法令，设立卡斯蒂廖内大街，并开始改造杜伊勒里区。

9月16日：政府颁布法令，在海关署设立总署长一职、办事员4位。

9月26日：参政院讨论民法中的婚姻部分时，第一执政官坚决主张一点：法律要明确规定妇女"从夫"的这个婚姻义务。

9月27日：当局设立公共国库部部长一职，撤销了原来的公共国库总管这个职位。

9月29日：法兰西共和国和葡萄牙王国签署和平条约。

---

① 选帝侯是具有特权的贵族。——译者注

10月4日：政府颁布法令，敬神博爱教的教徒不再拥有占用从前是教堂的公共建筑的权利。

10月6日：波拿巴令人打造一把"尺寸中等、方便易携、可带着出席重大典礼"的剑；剑上嵌有先前归奥尔良公爵所有的王冠钻石以及其他许多名贵宝石。

10月8日：法兰西共和国和俄国沙皇缔结和平条约。

10月11日：当局颁布法令，以索邦大学安置文人。

10月23日：热拉尔德在沙龙中展示了一幅约瑟芬画像；第二天，《君王内阁要事报》说此画"线条轻灵，画中人栩栩如生，和真人别无二致，其他画作实难与之相比"。

10月29日：费多剧院改名为国家剧院。

11月4日：四座从威尼斯运来的青铜马雕像被安在了督政宫大门的门柱上。

11月7日：在科学院会议中，波拿巴提议向物理学家伏特颁发金质奖章一枚，以褒奖他在直流电实验中做出的贡献。

11月9日：在雾月十八日两周年纪念日上，波拿巴向国人发表讲话："从某个角度上看，一个充满希望和幸福的远大前景展现在我们眼前……"

11月12日：执政府颁布共和十年雾月二十一日法令，在杜伊勒里宫设立了一个主管、四个行政官，并明文规定了大使接见仪式及其他严肃场合的礼仪制度。

11月30日：格雷古瓦神父作为拥护宪法的神职人员代表，被选入元老院。

12月6日：保民院重新开院议事，25名议员出席会议；在该届会期结束时，议员人数达到了78人。

12月17日：第一执政官和阿尔及尔摄政政府续签了条约，法国要继续向台伊履行义务。

12月29日：当局颁布法令，维持死刑，直到另有相关法律出台为止。

1802

1月4日：警察局递交报告："如今有人在暗地里传播流言，说第一执政官曾要求国库部为他的里昂之行拨款400万法郎，国库说自己拿不出这么多钱来；这些人说，当初路易十四类似规模的出行开支也不过160万法郎；他们还说，他很快就发现自己此举不妥，向政府递交辞呈，但被后者拒绝。"

1月8日：波拿巴来到里昂，主持意大利共和国议会会议。

1月25日：他被选为意大利共和国总统。

1月31日：波拿巴回到巴黎。

2月4日：从里昂回来后，第一执政官首次公开亮相，出席了卡鲁索广场上的大阅兵。

2月20日：警察局报告称："最近一段时间里，城中到处都在举办假面狂欢，特别是圣奥诺雷街和附近地区，戴着假面具的人更是成群结队。这类娱乐活动在今年狂热流行，一时蔚然成风。"

2月25日：警察局报告称："虽然城中莺歌燕舞、热闹无比，但昨日巴黎及附近街区依然安然无事。"

2月27日：警察局报告称："大量群众参与假面狂欢；从昨日起，租借马车已被预订一空；圣奥诺雷街、圣德尼街、圣马丁街、圣安托万区以及各桥码头上，到处都是人山人海。"

2月28日：警察局报告称："在城中的大街、广场、码头、桥梁上，假面派对一直持续到日落时候……郊区也和城里一样笙歌鼎沸，工人阶级也在尽情狂欢。"

3月1日：警察局报告称："昨日和前些天一样，大家在狂欢和舞会中度过一天。今年人们对假面舞会的狂热劲头，已非笔墨所能描述。"

3月8日：当局设立了公共教育总部（以取代科学艺术行政部）。

3月17日：第一执政官将11位大主教和主教的名字从流亡名单上划掉。

3月18日：元老院通过决议，决定立法院的240名议员、保民院的80名议员不得连任，其中包括多努、伊思纳尔、本杰明·贡斯当等主要反对党领导人。

3月19日：波拿巴陪同约瑟芬及家人参观了卢浮宫里的国家图书馆。《法国官报》说："他非常仔细地参观了藏于馆中的勋章，对亚历山大和恺撒的奖章格外感兴趣。另外，他还兴致勃勃地看了看亨利四世的武器，摸了摸其中一把剑，量了量剑身。"

3月24日：当局成立了一个委员会，以起草民事诉讼法。

3月25日：法国和英国签订了《亚眠条约》。

3月27日：波拿巴首次身着便服出现在公共场合（他穿着白底镶边外套，脚蹬一双带扣皮鞋）。

4月4日：波塔利斯向立法院递交政教协议，并发表讲话，大力主张被国家接受和认可的一门宗教存在的必要性，并陈述了天主教在这点上有何优势。

4月7日：政教协议在保民院以78对7票的绝对优势得以通过。

4月8日：立法院以228对21票通过了政教协议；同日，共和十年芽月十八日法令开始生效。

4月9日：波拿巴接见了教皇特使红衣主教卡普拉拉，并同意向每个新上任的大主教和主教分别拨款1.5万法郎和1万法郎，"权当安家费"。

4月10日：92岁高龄的贝鲁瓦主教担任巴黎大主教，在巴黎圣母院正式就职。

4月11日：波拿巴在马尔梅松组建了一个临时委员会，让它起草流亡贵族大赦令。

4月18日：复活节礼拜日。这是执政府建立以来的第一个宗教节日，政府在巴黎圣母院举办庆典，三位执政官皆有出席；当局借此正式向全国上下宣告了政教协议。

4月20日：波拿巴下令把自己的浴室改造成礼拜堂，"镜子上要挂上一幅画或一张挂毯"。

4月26日：元老院颁布决议，赦免了所有仍在流亡贵族名单上的人，但前提是他们必须在1802年9月23日之前回到法国，发誓效忠新政府。

5月1日：共和十年花月十一日法令，建立了公共教育规章制度。

5月4日：波拿巴在参政院中宣布："军事政府体制在法国不可能立足，除非国民遭到了50年以上的愚化教育……我之所以掌管政府，不是因为我是一员武将，而是因为人民觉得我有些行政才能，适合从事政府工作。"

5月6日：保民院表明心愿，希望"波拿巴将军、第一执政官能接受国民为表感激而献上的一份大礼"。

5月7日：戴尔马将军、富尼埃上校①以及骑兵队队长多纳迪厄②由于涉嫌参与刺杀波拿巴的阴谋而被捕。

5月8日：元老院中，莱斯皮纳斯③提议任命波拿巴为终身执政官；元老院以61票对2票通过决议，宣布波拿巴"在担任十年的第一执政官后，可立即再连任十年"。

5月9日：在一封写给元老院的致谢书中，波拿巴宣布："人民通过普选，授予我最高行政官的位置；但如果我的连任不通过普选，恐怕难以服众。"

5月10日：执政府颁布法令，就下列问题展开全民投票："拿破仑·波拿巴是否该当终身执政官？"

5月14日：当局通过一道法令，赦免了法军士官和士兵在国内犯下的逃兵罪。

5月18日：当局颁布法令，招募6万新兵。

5月19日：旨在设立荣誉勋章的一道法令草案以166票对110票得以通过。

5月20日：政府颁布共和十年花月三十日法令，恢复黑奴贸易，维持法国殖民地的奴隶制度，只要它"符合1789年之前出台的法律规定"。

5月28日：警察局局长告知波拿巴贝纳多特正在暗中策划一桩针对他的阴谋。

---

① 富尼埃（François Louis Fournier，1773—1827），帝国时期的将军，当时担任奥热罗的副官，由于卷进针对拿破仑的一个阴谋而被捕，被富歇关进佩里格的一座修道院里。——译者注

② 多纳迪厄（Gabriel Donnadieu，1777—1849），保皇党军官，当时公开仇恨波拿巴。——译者注

③ 莱斯皮纳斯（Augustin de Lespinasse，1737—1816），法国军人、政治家，1814年支持拿破仑退位。——译者注

5月30日：警务部部长向各省省长下发通函："省长公民，如今有人在各省散播流言，引得人心惶惶，我认为你们有必要对其有所防范。巴黎现在一派平静，没有生出一丝风浪，任何阴谋都不曾也不会威胁到第一执政官的生命安全，他唯一需要注意的，就是别为了共和国而太过操劳。"

6月24日：贝纳多特的东线军参谋长西蒙将军以及几个军官，以试图煽动军队反抗"僭主波拿巴"的罪名，在雷恩被捕。

7月2日：执政府颁布法令，修建奥赛码头。

7月8日：在第一执政官的要求下，根据政教协议第十六条内容，教皇任命了五位法国红衣主教，其中一位便是波拿巴的舅舅费施主教。

7月14日：波拿巴向法国人民发表宣言："经历13年的辛苦劳作后，7月14日成了你们心中愈加珍贵、在后人心中愈加神圣的一个日子。你们克服了所有障碍，完成了自己的使命。"

7月27日：波拿巴给阿尔及尔台伊写信说："贵国有些公使行为放肆，胆敢侮辱我方的官员；贵国有些建筑气势凌人，竟敢压倒我国的宫宇。您若不能对此等现象进行制止，我就要派出8万人登上您的海岸，把您的国家一举摧毁。"

8月2日：元老院宣布拿破仑·波拿巴为终身第一执政官。

8月4日：元老院通过决议，修改《共和八年宪法》，授予波拿巴更多的权力。政府颁发一道公文，请各省省长在8月15日向第一执政官庆贺生日。

8月15日：人们举办了一场无比盛大的庆典，以庆祝第一执政官的生日。

8月20日：法兰西剧院上演《安德洛玛克》，第一执政官陪着波拿巴夫人坐在为他特地布置的一个包厢里观看演出。

8月21日：波拿巴首次主持了元老院会议。

8月27日：厄尔巴岛被并入法国。

8月31日：阿尔及尔台伊满足了波拿巴的要求。

9月11日：元老院通过决议，宣布皮埃蒙特被并入法国。

9月13日：圣多明哥黑奴大起义。

9月20日：波拿巴住进圣克鲁宫。

9月23日：维莱特正式启动了乌尔克运河修建工程。

10月4日：始创于大革命的国民自卫军民兵组织被"市卫队"取代。

10月25日：波拿巴得到国库部10万法郎的拨款，供他接下来巡游诺曼底所用。

10月29日：在约瑟芬的陪伴下，波拿巴早晨离开圣克鲁，下午到达埃夫勒。

11月14日：巴黎，夜至，几声大炮宣布第一执政官巡游归来。

11月19日：博物馆总管理处成立。

11月22日：第一执政官选出四位"女官"来服侍约瑟芬，她们分别是吕赛夫人、塔露艾夫人、劳里斯顿夫人和雷缪撒夫人。

11月27日：执政府颁布共和十一年霜月五日法令，规定警察局局长有权"监督和主管共和国剧院及艺术剧院（法兰西剧院和法兰西歌剧院）"。

11月29日：由乔治小姐①出演的拉辛的《伊菲革涅亚》在法兰西剧

---

① 即玛格丽特-约瑟芬·魏美尔（Marguerite-Joséphine Wiemer，1787—1867），法国女演员，据传是波拿巴的情妇之一。——译者注

院首演。

12月4日：第一执政官观看了《伊菲革涅亚》。

12月5日：英国大使在一次正式接见中向第一执政官呈上国书，后者当时炫耀地拿出他的佩剑，剑柄上嵌着名为"摄政王"的那颗王冠钻石。

12月7日：直接税税务员有了统一制服，每人还配有一把剑。

12月10日：政府颁布中学教育的相关法令，规定以后学校主要教授拉丁文和数学。

12月23日：政府颁布法令，官员可穿从前的官服。

12月24日：旧制度下著名律师的儿子——在雾月政变后回到法国的让-马修·塞吉耶，正式担任帝国法院首席大法官。

12月27日：大法官雷尼埃就职典礼，典礼结束后，在巴黎大主教的主持下，全体穿袍法官在皇宫大厅做了弥撒。

1803

1月8日：政府宣布不得克扣主教津贴。

1月17日：五位法国红衣主教向执政府发表宣言。

1月23日：波拿巴离开圣克鲁宫，返回杜伊勒里宫。

1月26日：他任命弟弟吕西安为科学院院士。

2月19日：波拿巴通过一个联合防御条约，将瑞士变成法国的附庸国。

2月20日：在写给立法院的一则公报中，波拿巴宣布："政府无比骄傲地宣布，英国如今已是孤家寡人，不会再和法国为敌了。"

2月26日：执政府颁布共和十一年风月七日法令，向每个法国红衣主教许以4500法郎的安家补贴费，另外每年还享有3万法郎的额外津贴。

2月28日：波拿巴骑马视察了乌尔克运河的修建情况。

3月10日：政府颁布共和十一年风月十九日法令，整顿医药业。

3月13日：波拿巴向海军部提出一个问题：在当前的情况下，如果在海上开战，如何才能让英国贸易业蒙受最大损失？

3月16日：政府出台共和十一年风月二十五日法令，整顿公证行业。

3月18日：英国国王发出简报，要求国会筹备资金，以应对法国的备战工作。

3月28日：政府出台法令，要求所有新制货币的正面都必须印上第一执政官的头像。

4月1日：从这天开始，在民事登记处登记的新生儿童姓名，只能选圣人和历史著名人物的名字（共和十一年芽月十一日法令）。

4月8日：省议会得到授权，"在必要情况下"可投票，决定是否提高本省主教区大主教及主教的待遇（共和十一年芽月十八日法令）。

4月9日：参政院设立了第一批助理办案员（人数为17人），他们身穿天鹅绒或黑缎质地的法式外套，腰佩宝剑，年薪为2000法郎。

4月11日：六所药学院建立。

4月12日：共和十一年芽月二十二日法令，对制造业和作坊的经营做出规定，禁止成立工人同盟组织，出台制造商标保护法。

4月13日：波拿巴返回圣克鲁。

4月14日：政府颁布法令，使法兰西银行获得15年的印发流通货币专属权。

4月26日：当局颁布法令，招募6万新兵。

4月30日：路易安娜被以8000万法郎的价格卖给美国，其中2000万法郎用来赔偿美国人在海上军事行动中蒙受的损失。

5月3日：根据第一执政官的特别要求，法兰西剧院重新上演了《波利厄克特》。

5月7日：波拿巴做出决定：他那位于不久前担任法国驻罗马大使的红衣主教舅舅享有15万法郎的津贴，另外还可获得10多万法郎的安家费。

5月12日：《亚眠条约》被撕毁，英国大使离开巴黎。

5月13日：英国政府发表宣言，挑明英国要在未来十年保卫马耳他，并要求法军从荷兰撤兵。

5月14日：波拿巴访问了战神广场军事学院，随后观看《波利厄克特》。

5月16日：英法断交。

5月17日：英国政府发布声明，禁止法国和荷兰的所有船只出港，英国借此获得了超过1200艘船和价值2亿法郎的货物。

5月20日：第一执政官向元老院、立法院、保民院发布公报，宣布对英开战。

5月22日：法国下令逮捕法国境内的所有英国人。

5月23日：英国宣布对法开战。

5月28日：法国成立128个海岸警卫炮兵连。

5月30日：政府命令所有请假军官立即归队。

6月4日：政府命令塔列朗告知汉堡所有官员：只要《审查官》这份报纸的任何一个写稿人出现在汉堡城中，而且表现出一丁点儿仇法倾向，就对其处以15日的监禁、查封其报纸；如若不然，汉堡市元老院将以通敌罪被处置。

6月10日：政府颁布决议，对中学做出规定。

6月12日：圣克鲁宫私人剧院落成，法兰西剧院演员在那里演出了《爱斯苔尔》。

6月13日：政府颁布决议，命令已被并入法国的地区即日起必须用法语写所有公文。

6月14日：英军整装待发。

6月20日：政府颁布决议，所有粮食和货物，只要来自英国和英国殖民地，一律不得进入法国港口。

6月22日：公众举办数场公开祈祷活动，祝福法军在英国旗开得胜。

6月24日：第一执政官离开巴黎，视察法国北部及比利时地区。

8月12日：巴黎礼炮齐鸣，宣布波拿巴回到圣克鲁。

8月15日：杜伊勒里宫举办宴会，波拿巴接受了文官武将的祝贺。

8月19日：英国拒绝了俄国的调解。

8月21日：一支英国船队帮助乔治·卡杜达尔等朱安党人在贝维尔险滩偷偷登陆。

8月31日：神学院学生被免去兵役。

9月10日：政府拨款1500万法郎，以修建桥梁堤坝、挖掘和修缮运河、疏浚沼泽。

9月20日：第一执政官给夏普塔尔写信说："部长公民，不得不说，我对巴黎城的工作不太满意。共和十一年都过完了，可巴黎的本年预算仍没有结果（共和十一年结束于1803年9月23日）。我希望这种拖拖拉拉的事别再有下一次。"

9月24日：葡月一日，即共和国成立纪念日；杜伊勒里宫灯火辉煌、乐声不断，波拿巴身着国民自卫军军装出席音乐会。

9月27日：执政府颁布决议，宣布："为了保障出版自由，出版商若未将书籍上报给审查委员会审查，则不得将其售出。"

9月29日：拿破仑在法兰西剧院观看由塔尔马和乔治小姐主演的《西拿》。

10月1日：波拿巴发布决议："我们要在巴黎旺多姆广场中心修建一个纪念柱，以罗马城图拉真纪念柱为原型……该柱上方要有一个台座，用来安放查理大帝的雕像。"（共和十二年葡月八日法令）

10月5日：翻译向导团得以成立，为法军在攻打英军期间提供服务。

10月8日：第一执政官点名让塔尔马、拉腾、乔治小姐和杜谢努瓦来圣克鲁演出《安德洛玛克》。

10月11日：波拿巴为登陆艇船员亲自撰写须知令。

10月12日：政府颁布决议，设立11个兵站，用来关押犯了逃兵罪的新兵。

10月14日：政府颁布决议，把让·巴特①的一尊塑像放在敦刻尔克市政厅的大厅里。

10月15日：斯塔尔夫人被逐出法国。

10月19日：巴黎各中学免费生竞考结束，第一执政官将两个银行家之子、一个商人之子和一个政府官员之子收入军校。

---

① 让·巴特（Jean Bart，1650—1702），出生在敦刻尔克，17世纪活跃于荷兰、法国海域的著名海盗，后来在法荷海战中加入法国海军，被晋升为上将。——译者注

10月23日：吉约坦医生代表种痘中心委员会，向第一执政官递交了一份新式种痘报告书。

11月3日：波拿巴来到布洛涅，参观军舰，视察军队。

11月18日：波拿巴回到圣克鲁。

11月21日：波拿巴住进杜伊勒里宫过冬。

11月23日：政府下令将所有英国国籍的战俘和平民关在凡尔登，将英国水手和士兵关在查尔蒙特城堡和瓦朗谢讷城堡。

11月24日：波拿巴给塔列朗写信："我非常需要钱：一笔1600万法郎的款项在葡月一日（9月24日）就已经到期了。西班牙国库曾签给我们一批汇票，我希望公共国库部部长能把价值1600万法郎的汇票调出来……无论这些汇票是否被接收。如果不能，我们自然就有理由向西班牙开战了；如果能，那就在八日之内把它们卖掉，我们在霜月月底（12月22日）之前就能拿到钱了。"

11月25日：政府决定预先将枫丹白露军校里超过18岁的40个学员晋为少尉，将圣西尔陆军子弟学校里年满17岁的60名学员晋为下士。

11月29日：波拿巴给内务部部长夏普塔尔写信说："请您找些人来，根据《别离赋》的旋律，创作一首歌颂登陆英国的歌曲……我知道，当前以此为主题的戏剧大量涌现，请对其进行筛选，然后在巴黎各剧院中上映，军队所在的布洛涅和布鲁日更是重点上映地。"

12月2日：政府下令，对曼恩-卢瓦尔省、旺代省和德塞夫勒省带头逃避服役的人执行死刑。

12月12日：波拿巴下令手下给他提供一份报告，报告需详细介绍元老院和立法院候选人的为人、家产、资质、政治观点等情况，"如果其中有品行恶劣或名声不佳的人，我好插手干预"。

12月20日：立法院被剥夺了任命立法院主席的权力。

12月24日：波拿巴被选为纽约艺术学院院士。

12月25日：夏尔·诺迪埃①主动向第一执政官坦白了自己是小册子《拿破仑》的作者，被巴黎警察局传去问话，后被关进拉佛尔斯监狱。

12月30日：波拿巴再次来到布洛涅视察战舰，并参观了昂布勒特斯和维姆勒这两个新建港口。

1804

1月6日：波拿巴回到巴黎。

1月15日：缪拉被任命为巴黎总督（拿破仑特地为他的妹夫恢复了这个属于旧制度时期的官职）。

1月16日：在发给元老院的一份公报中，第一执政官阐述了共和国的国内外形势。同日，35个受雇于英国政府的保皇党人偷偷登陆法国，准备刺杀波拿巴。

1月24日：英国国王正式宣布，他绝不放弃捍卫波旁王朝的利益。

2月11日：从该日起，所有法庭判决书的抬头都要变成以下格式：以法兰西人民的名义，共和国第一执政官波拿巴向该文件所有相关人士致以问候，并在此申明……

2月15日：莫罗将军被捕。

2月17日：大法官递上一份阴谋告发书，莫罗、皮什格吕、乔治·卡杜达尔等人的名字赫然在列。

---

① 夏尔·诺迪埃（Charles Nodier，1780—1844），法国颇有影响力的作家、小说家，法兰西科学院院士，为推动浪漫主义做出了重大贡献。——译者注

2月18日：元老院、立法院、保民院来到杜伊勒里宫，向第一执政官表示庆贺。

2月19日：奥尔良主教贝尼埃发布主教训谕，号召教士为第一执政官的平安而祈祷。

2月22日：第一执政官接见了法兰西学院的代表。

2月23日：巴黎神职人员在红衣主教贝鲁瓦的带领下来到杜伊勒里宫，觐见波拿巴。

2月25日：波拿巴决定，未来两年里，任何涉及危害第一执政官人身安全和共和国安危的谋杀案，其审判过程无须陪审团参与。

2月28日：皮什格吕被捕，关押在圣殿监狱。

3月9日：乔治·卡杜达尔被捕。

3月10日：由富歇、塔列朗和大法官雷尼埃组成的政府委员会颁布决议，决定劫持昂吉安公爵。同日，波拿巴命令300名龙骑兵穿过莱茵河，直扑埃腾海姆，包围该城，将昂吉安公爵及他的所有随从强行带出城。

3月15日：昂吉安公爵被捕。

3月20日：傍晚五点，公爵抵达樊尚，六小时后被带至军事审判所。

3月21日：凌晨三点，公爵被枪决处死。波拿巴发表讲话："昂吉安公爵暗怀异心，非我族类。既是异族，我们便可用对待异族的方法来处理他。我是国家政府要员，我就代表法国大革命，我永远支持法国大革命。"

3月27日：根据富歇的提议，元老院请求波拿巴将他的职位改为世袭制。

4月6日：皮什格吕在狱中被人勒死。

4月13日：议会私下里接受了波拿巴将军的皇帝称号。

4月23日：保民院议员居雷递交一则动议，提议将拿破仑·波拿巴的头衔改为法兰西人的皇帝，建立皇位世袭制，并由波拿巴家族继承皇位。

4月30日：保民院开始讨论居雷的这则动议。

5月3日：该动议得到通过，仅有一票反对。

5月10日：波拿巴表示希望由教皇给自己加冕祝圣。

5月16日：波塔利斯代表参政院，向元老院递交了一份元老院决议草案，草案宣布拿破仑·波拿巴为法兰西人的皇帝。

5月18日：元老院以仅仅3票反对的压倒性优势通过决议，授予拿破仑·波拿巴皇帝头衔。

5月19日：波拿巴将14名手下封为帝国元帅，他们分别是：贝尔蒂埃、蒙塞、马塞纳、奥热罗、茹尔丹、贝纳多特、布律讷、缪拉、莫蒂埃、贝西埃尔、苏尔特、拉纳、内伊、达武（按年龄排序）。

5月20日：政府官员列队穿行于巴黎城中，在各大公共场合宣布帝国建立。

5月21日：《总汇通报》发表一份礼仪告示书，宣布内阁大臣和元帅应被尊称为"大人"，且亲王贵胄也应被尊称为"殿下"。

5月22日：拿破仑在接见保民院代表团时宣布："我的一切都是人民所赐；单因这份感情，我也会珍惜自己新得的荣誉。"

5月26日：意大利议会下令修建一座纪念碑，以表对拿破仑皇帝的敬意。同日，拿破仑皇帝给海军部写函，说："意大利共和国还欠我们12艘小艇、2艘护卫舰的款项。我已算过了，这笔钱有240万里弗。"

5月28日：乔治·卡杜达尔及其同谋的案件、莫罗将军的起诉案在塞纳刑事法庭开庭，无陪审团出席。

6月6日：普罗旺斯伯爵在华沙发表一封正式抗议书，抗议拿破仑称帝。

6月7日：特别法庭法官任期被延长。

6月10日：卡杜达尔和19个同伙（其中包括阿尔芒·德·波利尼亚克公爵）被判死刑，莫罗被判两年监禁。

6月11日：拿破仑将他的军校同窗——波利尼亚克公爵的死刑减为监禁，后者在不危害社会治安后方可获释。

6月12日：共和十二年牧月二十三日法令，规定丧事由教会独家承办。

6月21日：拿破仑赦免了乔治·卡杜达尔7个同伙的死刑。

6月25日：乔治·卡杜达尔及其11个同伙被执行死刑。

6月26日：政府颁布政令，规定改换货币，把货币上的"第一执政官波拿巴"改为"拿破仑皇帝"。

7月3日：法兰西剧院被下令更名为皇帝御用剧院。

7月6日：即将对战英军的"水上兵"在荣军院前面的塞纳河中操练。

7月8日：皇帝首次从圣克鲁宫正式移驾巴黎，接受各国外交使者递上来的新国书。

7月9日：拿破仑即位后首次在巴黎阅兵。

7月10日：文化部创立；富歇被任命为警务部部长。

7月13日：当局颁布法令，对公共场合下的礼仪规格和出场顺序做出规定。

7月14日：拿破仑带领法兰西帝国大鹰勋章获得者、部长大臣、帝国元帅、皇室要员来到荣军院，坐在宝座上向众人授予第一批荣誉军团十字勋章。

7月17日：拿破仑告诉公共国库部部长："我希望公共国库里的钻石珠宝能被镶嵌在皇后佩戴的首饰上。"

7月18日：拿破仑开始巡游和视察各地军队，其路线是从布洛涅走到特里尔，沿途经过加来、敦刻尔克、奥斯坦德、阿拉斯、蒙斯、亚琛、科隆和美因茨。

10月12日：拿破仑返回圣克鲁。

10月16日：人们开始修建方尖碑，以歌颂皇帝在上阿尔卑斯省蒙热内夫尔山创造的伟绩。

10月26日：拿破仑列了一张加冕典礼参加人员的清单。

11月2日：教皇离开罗马，前来巴黎为拿破仑祝圣。

11月9日：吕西安·波拿巴被任命为大东方总会长。

11月18日：皇家的年轻新侍从在阅兵式中首次亮相，他们都是政府从将军和政府高官的子女中选拔出来的。

11月22日：根据统计，巴黎有103,454名穷人接受济贫会的救济。

11月25日：教皇抵达枫丹白露，拿破仑亲自前去迎接。

11月28日：皇帝和教皇坐同一辆车抵达巴黎。

11月29日：午夜，红衣主教费施在杜伊勒里宫小教堂中为拿破仑和约瑟芬补办了宗教婚礼。

11月30日：教皇接受国家主要部门的致敬。

12月2日：拿破仑在巴黎圣母院接受加冕。

12月3日：巴黎警察局呈交报告称："证券交易所今天和昨日一样，没有任何收益上的好转。那里的人寥寥无几，生意萧条，证券所的条款规定一直都不利于公债的发行。"

12月5日：战神广场举办大鹰勋章正式颁布典礼，皇帝出席。一个叫尼克拉斯-让·佛尔的学生穿过人群，一边跑向皇位，一边高喊："不自由，毋宁死！"他当场被捕。

12月6日：在国家要员、内阁大臣和帝国元帅的陪同下，拿破仑在杜伊勒里宫的王座大厅中接见了帝国108个省的省长和选民代表团主席。

12月8日：拿破仑在卢浮宫长廊里接见了海军和国民自卫军代表团（代表多达7000余人）。

12月9日：学生佛尔被关进沙伦顿医院"治疗疯病，直至完全康复为止"。

12月11日：法兰西学院院士前来向拿破仑致敬。

12月12日：警务部部长命令手下搜查追缴一幅皇帝登基雕刻画。该画下方刻着"庇护七世脏了自己的手"，并被人遮盖着在保民院院前售卖。

12月13日：警察逮捕了前朝官员博涅·德·拉博姆莱，因为后者到处传播一本名为《昂吉安公爵的死亡祷告》的秘密小册子。

12月14日：警察局呈递报告，称巴黎有人玩弄文字游戏，把"拿破仑，法兰西人的皇帝"这句话改成"这疯狂的帝国长不过一年"，并将其四处传播。

12月16日：拿破仑在巴黎市政厅正式召见市政官员。

12月17日：拿破仑在自己的佩剑上镶了块大鹰勋章。

12月18日：共和十三年霜月二十七日帝国公函，规定内阁官员可在雪月十一日，即1月1日休假。

12月20日：大卫担任皇帝的首席画师，并被要求画出4幅以皇帝登基为题材的画。

12月22日：教皇在圣苏尔比斯教堂做弥撒。

12月25日：面包商把1磅面包的价格提高了1里亚。

12月26日：教皇在巴黎圣母院做弥撒，拿破仑也参加了。

12月27日：立法院开院，拿破仑发表演讲："我从我的人民手中接过王冠的时候，也立下了承诺：我要竭尽所能，为自己留住这份荣耀，因为它关乎他们的后代、他们的荣耀，也关乎我的荣耀。"

12月30日：拿破仑向参加加冕典礼的每位主教赠送了一个鼻烟盒，盒上刻有他的头像，价值1200法郎；举办典礼的司铎和教士还得到了一笔5万法郎的奖赏。

1805

1月1日：拿破仑参加了杜伊勒里宫小教堂举办的一场弥撒。随后，亲王贵胄、内阁大臣、帝国元帅和政府要员得到接见，向他表达新年祝福。

1月4日：一个叫德尼斯，自称是法律人士的人被捕，原因是"有人揭发他对皇帝陛下出言不逊，且为人狂悖无道，甚至建议一个女人自我了断"。

1月5日：警察局呈交报告称："几乎每家每户都在欢庆三王来朝节，小酒馆里挤满了群众和工人。"

1月6日：众元帅每人出资2万法郎，在歌剧院大厅里为约瑟芬举办了一场舞会。

1月7日：证券交易所情况汇报："生意依然惨淡，行市快要跌至谷底了，而买主人数仍不见涨。"

1月8日：歌剧院举办假面舞会，拿破仑据说也化装参加了舞会；共济会成员举办宴会，庆祝"拿破仑会所"的落成。

1月14日：立法院大厅里立起一座拿破仑雕像。

1月17日：政府招募6万新兵。

1月19日：煤炭商决定将每袋煤炭的价格从6法郎25生丁提到7法郎。

1月20日：一些商人听从煤炭行会的决定，想提高煤炭价格，他们以"投机倒把、引发人心慌乱"的罪名被捕；煤炭提价的决议被撤销。

1月21日：一大群人身着丧服，来到从前是纳博讷公爵府邸的建筑中，纪念路易十六去世11周年。

1月26日：国玺式样被制定出来，玺上一边刻着头戴王冠、坐在王位上的拿破仑像，另一边刻着脚踩闪电的帝国雄鹰像（共和十三年雨月六日法令）。

1月28日：匹高·勒布伦①的《热罗姆》被禁，原因是里面含有"嘲讽基督教仪式的下流玩笑"。

1月30日：荣誉军团大勋章制作完成。

2月2日：共和十三年雨月十三日，48人被授予荣誉军团大勋章。他们中包括：皇帝的兄弟，帝国元帅，内阁大臣（其中包括富歇和塔列朗），红衣主教费施（里昂大主教），红衣主教康巴塞雷斯（鲁昂大主教），红衣主教贝鲁瓦（巴黎大主教）。

2月4日：共和十三年雨月十五日政令，拿破仑将沿街建筑一律编号，沿塞纳河两岸将建筑群划分为左右，右边建筑为双号，左边建筑为单号。

---

① 匹高·勒布伦（Pigault-Lebrun，1753—1835），法国小说家、剧作家。——译者注

2月22日：警察局局长收到命令，对参加化装舞会的人群进行严格监控，禁止有人打扮成教士模样招摇过市。

2月23日：举办肥牛狂欢节，节日一直持续到25日。

3月9日：当局设立"新闻署"，该部门负责对报纸、戏剧、印刷品和出版社进行监督。

3月15日：意大利议会成员来到巴黎，将意大利王的称号授予拿破仑。

3月18日：拿破仑将皮翁比诺公国赐给他的妹妹埃莉萨。

3月24日：《阿塔莉》在圣克鲁宫上演（罗库尔小姐扮演阿塔莉，塔尔马扮演阿布内）。

3月26日：拿破仑命人从"富得流油、储蓄可观"的荣军院的钱库中抽出400万法郎，用来修建军事建筑和修缮港口。

3月28日：即日起，宗教类书籍必须得到本主教区主教的许可后才能刊印或再版，而且每本书的扉页都必须印上主教的书面许可令。

3月30日：大卫创作的拿破仑肖像画被挂在元老院的长廊中。

3月31日：拿破仑离开法国，前往意大利。

4月15日：拿破仑途经里昂时，把他的两个妹夫巴克肖齐和博盖塞封为"亲王"。

5月15日：拿破仑抵达米兰。

5月26日：拿破仑在米兰大教堂被加冕为意大利王。

6月4日：热那亚和利古里亚被并入法国。

6月7日：政府颁布政令，划出法兰西帝国和意大利王国之间的国界：以波河往东直至提契诺河口、塞西亚河往南到入河口为两国国界。拿破仑的继子欧仁·德·博阿尔内亲王被任命为意大利副王。

7月11日：拿破仑回到枫丹白露。

7月14日：攻占巴士底狱纪念日，但这天没有举办任何庆典活动。

7月15日：《论报》更名为《帝国报》，编辑留言称"这更符合我们政府的本质"。

7月17日：拿破仑离开枫丹白露，来到圣克鲁。

8月2日：拿破仑前往布洛涅军营。

8月9日：奥地利加入英俄公约。

8月27日：布洛涅军队拔营，拿破仑将15万士兵从拉芒什海岸调至莱茵河河岸。

9月3日：拿破仑返回圣克鲁宫；奥地利皇帝公开发表反法宣言。

9月9日：共和十二年果月二十二日元老院决议，规定从共和十四年雪月十一日（1806年1月1日）起采用格列历。

9月10日：奥地利军进入巴伐利亚。

9月16日：奥地利大使发表公函，称奥军将坚守巴伐利亚。

9月21日：那不勒斯王公开表态，称本国将在法奥战争中保持中立。

9月23日：拿破仑向元老院宣布和奥地利断交。1806年达到服役年龄的青年将被召入军队（6万人）。

9月24日：拿破仑亲率大军离开法国。

9月25日：法军穿越莱茵河。

9月28日：巴伐利亚军和法军会合。

10月6日：战斗打响。巴伐利亚军和荷兰军加入法军，军队取名为"大军团"。

10月7日：穿越多瑙河。

10月8日：法军在威斯汀根获胜。

10月9日：法军在金茨堡获胜。

10月10日：法军进入奥格斯堡。

10月11日：法军来到慕尼黑。

10月13日：迈宁根城投降。

10月14日：埃尔欣根战役。

10月15日：哈格战役和瓦塞堡战役。

10月16日：拿破仑督促麦克将军交出乌尔姆。

10月17日：乌尔姆开城投降。

10月18日：讷德林根战役。大军向元老院送去40面缴获的敌军军旗。

10月20日：被俘的奥地利军列队接受拿破仑的检阅。

10月21日：法军在特拉法尔加海战中惨败。

10月28日：法军设立征收处及特税部，专门接收占领区缴纳的战争赔款。

10月30日：法军进入萨尔茨堡。

11月1日：朗巴克战役。

11月2日：法军攻下帕斯林要塞。

11月3日：法军攻下埃伯斯贝格。

11月4日：法军攻下施泰尔。

11月5日：拉夫茨战役，法军穿过布伦塔河。

11月6日：阿姆施泰滕战役。

11月7日：法军进入因斯布鲁克。

11月8日：玛利亚采尔战役。

11月9日：法军攻占沙尔尼茨和诺伊施塔特。

11月11日：杜伦施坦战役。

11月12日：法军夺下莱奥本。

11月13日：法军进入维也纳，拿破仑进入美泉宫。

11月16日：普莱斯堡向奥热罗开城投降。

11月18日：缪拉占领布伦。

11月28日：拿破仑对一处平原进行地形勘探，这里将是奥斯特里茨战役的发生地。

12月2日：奥斯特里茨大捷，这是拿破仑取得的第40场胜利，这一天也是他加冕一周年纪念日。

12月4日：拿破仑会见了奥地利皇帝。

12月6日：双方签署停战协定。

12月26日：法奥签署《普莱斯堡和约》，日耳曼民族神圣罗马帝国宣告覆灭。

12月28日：塞纳省议会投票通过决议，决定建立奥斯特里茨广场，并在广场中竖立一座皇帝骑马像。

12月30日：拿破仑根据保民院的提议，接受了"大帝"称号。

1806

1月1日：元老院接受了从奥地利战场中缴获的军旗。

1月5日：巴黎市长通过投票，要为拿破仑建造凯旋门。

1月26日：拿破仑回到巴黎。

1月28日：元老院颁布法令，要为皇帝建立一座纪念碑。

2月13日：拿破仑给教皇写信："教皇陛下是罗马的主人，但我是罗马的皇帝。我的所有敌人，也正是您的敌人。"

2月17日：政府颁布政令，下令修建雄狮凯旋门。

2月19日：政府颁布政令，要在每年8月15日大举欢庆，以纪念"神圣的拿破仑和法国重建天主教这一喜事"。

2月20日：拿破仑命令将圣德尼大教堂改作波拿巴家族墓地。

2月22日：政府颁布政令，禁止法国进口外国棉织品。

2月26日：拿破仑颁令，要在卡鲁索广场上修建一座凯旋门，以纪念法军立下的辉煌功绩。

3月1日：立法院开院，拿破仑发表讲话，宣布："要不是我颁布命令、停止作战，我的军队还会势如破竹、一往直前。我已替那些备受压制的弱国主持了正义；前来投奔的联盟军无论实力还是人数都越来越大；我的敌人大受挫折，已是一盘散沙。"

3月3日：政府颁令，在音乐学院中新增了专门的朗诵培训课程。

3月12日：内务部部长尚帕尼在一份呈给皇帝的报告中，提议把计划中的旺多姆广场纪念柱上的查理大帝像替换为皇帝像。

3月21日：庇护七世给拿破仑回信（拿破仑的信请看上文2月13日内容）："陛下在原则上是罗马的皇帝，但我必须代表教廷向您坦诚相告：教宗自古以来就是罗马之主，其在位历史之久，实非任何君王可比拟。教宗绝不承认，也永远不会承认，自己的属地上有任何高过他的权力。"

3月30日：政府颁布法规，明确规定了皇室家族成员对皇帝的权利和义务。

4月4日：一本得到红衣主教兼教皇特使批准的教理书问世，该书成为帝国内部所有天主教堂的唯一通用教理。

4月11日：下莱茵省、上莱茵省、杜省、汝拉省、科多尔省、安河省、索恩-卢瓦尔省和上索恩省的一半支出将被用来修建运河，该运河将把罗讷河和莱茵河连接起来，人们给它取名为"拿破仑运河"。

4月14日：一个波尔多贵族代表团来到巴黎，请求政府允许他们在波尔多竖立一座皇帝骑马像。

4月22日：法兰西银行成为国家机构。

5月2日：今后的荣誉军团徽章的顶部要加上皇冠图饰。

5月24日：拿破仑取缔了荷兰的共和体制。

6月5日：拿破仑将自己的弟弟路易任命为荷兰王。

6月8日：政府颁布政令，对剧院做出规定，并把奥德翁剧院更名为皇后剧院。

6月10日：英国货物被禁止销往意大利王国。

6月21日：由于教皇拒绝将英国人逐出罗马城，拿破仑令法军占领了奇维塔韦基亚港。

6月24日：政府颁布政令，在法兰西帝国内全面禁止开办赌场。

7月10日：拿破仑向意大利派去两个法兰西剧院演出团。

7月12日："莱茵河同盟"成立，拿破仑将是它的保护人。

7月16日：政府设立"公务出纳库"，税务官收上来的战争赔款将被存于此处，以做他用。

7月24日：步兵有了新制服。

8月1日：在雷根斯堡国会中，14个德意志邦国宣布永远、彻底地脱离德意志联邦体，并宣布加入莱茵河同盟，接受法国皇帝的保护。

8月3日：1806年年度征兵。

8月6日：弗朗茨二世放弃神圣罗马皇帝称号，从此以奥地利皇帝自称，名号为弗朗索瓦一世。

8月11日：奥地利大使梅特涅伯爵向拿破仑递交国书。

8月15日：皇帝生日，众人载歌载舞，巴黎全城灯火辉煌，烟花绽放；凯旋门第一块奠基石安置完毕。

9月6日：普鲁士国王在一封写给俄国沙皇的信中，宣布俄军发兵、英国援款到位后，他要好好教训一下"那个搅得天下大乱的捣乱分子"。

9月10日：普鲁士军队整装待发。

9月12日：普鲁士军队进入萨克森。

9月17日：法军首次行动：贝纳多特的部队开始朝拜罗伊特进发。

9月19日：达武和内伊收到两军会师的命令。

9月20日：拿破仑给受他保护的德意志同盟国发出号召信。

9月24日：帝国护卫军离开巴黎。

9月25日：凌晨四点，拿破仑离开圣克鲁，亲赴战场。

9月30日：莱茵预备军建立，以保护在德意志作战的大军团的内部联络工作并提供兵力支援。

10月1日：普鲁士发出最后通牒，要求法军离开德意志。

10月6日：拿破仑抵达班贝格，检阅帝国护卫军，向军队发表讲话。

10月8日：法军穿越萨勒河，进入科堡。

10月9日：在拿破仑的亲自监督下，首场战役于施莱茨打响。

10月10日：萨尔费尔德战役，奥地利的路易亲王被击毙。

10月11日：法军的先锋军赶到莱比锡附近。

10月12日：法军夺下瑙姆堡；拿破仑给普鲁士国王写信，劝他放弃战斗。

10月14日：耶拿-奥尔施泰特大捷。

10月15日：拿破仑假释了6000名在前天被关入监狱的萨克森人。

10月16日：1.4万名被困于爱尔福特的普鲁士士兵向缪拉投降。

10月17日：哈尔战役，该城被法军攻下。

10月18日：法军进入莱比锡。

10月19日：法军进入哈尔伯施塔特。

10月20日：法军进入维腾贝格。

10月21日：法军参谋部抵达波茨坦。

10月22日：拿破仑在维腾贝格接见了代表普鲁士国王前来议和的卢切西尼侯爵。

10月23日：法军指挥部搬到了夏尔洛滕堡。

10月24日：拿破仑游览了无忧宫和腓特烈二世的寝殿。

10月25日：拿破仑在波茨坦检阅帝国护卫军。

10月26日：拿破仑参观了腓特烈二世之墓，宣布要把腓特烈二世的宝剑收为战利品、送往巴黎。

10月27日：拿破仑进入柏林。

10月28日：霍恩洛厄亲王在普伦茨洛带领1.7万人投降。

10月29日：斯德丁投降。

10月30日：布伦瑞克公爵的属国被攻陷。

10月31日：黑森-卡塞尔地区被攻陷。

11月1日：达武占领屈斯特林。

11月4日：法军进入波兹南。

11月5日：贝纳多特占领申贝格。

11月6日：德鲁埃占领吕贝克。

11月7日：布吕歇尔手下残部投降。

11月8日：法军进入马格德堡。

11月9日：拿破仑要求普鲁士同盟国缴纳1.5亿战争赔款。

11月10日：汉诺威选帝国被攻陷。

11月11日：俄军前来援助普鲁士。

11月16日：法国和普鲁士在夏尔洛滕堡暂停开火。

11月19日：拿破仑在柏林皇宫接见了法国元老院代表团。

11月21日：拿破仑宣布封锁大不列颠群岛。

11月25日：拿破仑离开柏林。

11月28日：法军进入华沙。

12月19日：拿破仑抵达华沙。

12月22日：达武的骑兵队渡过了维斯图拉河。

12月27日：法军在普图斯克扎营过冬。

1807

1月1日：拿破仑和玛丽·瓦莱夫斯卡相遇。

1月5日：布雷斯劳投降。

1月7日：针对柏林法令（请看上文1806年11月21日内容），英国宣布对法国和法国殖民地的所有港口执行封锁政策。

1月13日：俄军从波兰全面撤军。

1月29日：军队拔营离开冬营。

1月30日：拿破仑离开华沙。

2月8日：埃劳战役。

2月12日：马林韦尔德战役。

2月15日：施韦德尼茨被法军攻陷。

2月16日：奥斯特罗文卡战役。

2月19日：纽卡特战役。

2月23日：格拉茨战役。

2月25日：彼得斯瓦尔德战役。

2月26日：法军夺下布劳恩斯贝格。

3月6日：威廉贝格战役。

3月7日：泽歇伦战役。

3月12日：丹齐格包围战打响。

3月20日：拿破仑设立五个预备军团，用来保卫帝国边疆、训练1808年新兵。

4月1日：拿破仑把法军司令部设在了芬肯斯坦城堡。

4月7日：招募的1808年新兵提前进入军队（8万人）。

4月15日：拿破仑给富歇写信："我们要对舆论施加更强有力的引导……人们可以一直不停地讨论和平。不过最好的手段不是获得和平，而是拥有在每寸土地上捍卫和平的自卫能力。"

4月25日：普鲁士国王和俄国沙皇在巴滕斯坦签署新的联盟协约，表示在法军退到莱茵河外之前，绝不和拿破仑议和。

5月4日：拿破仑在芬肯斯坦和波斯签署停战协议。

5月17日：腓特烈大帝的佩剑被送至巴黎，正式移入荣军院中。

5月26日：丹齐格向列斐伏尔元帅投降。

6月6日：拿破仑离开芬肯斯坦，重回战场。

6月14日：弗里德兰战役。

6月16日：法军进入哥尼斯堡。

6月19日：拿破仑抵达提尔西特。

6月21日：法俄两国签署一个月的休战协议。

6月25日：两国皇帝在涅曼河上的一艘木筏上会面。

6月28日：普鲁士国王抵达提尔西特。

6月29日：三国君主展开了友好协商。

7月4日：夏多布里昂在法国《墨丘里报》发表文章，说："拿破仑现在春风得意，其实只是一场空罢了；国内众人对此都是心照不宣。"

7月6日：普鲁士王后露易丝抵达提尔西特。

7月8日：三国签署《提尔西特和约》。

7月9日：拿破仑离开提尔西特。

7月21日：抓捕叛逃新兵的数目成为帝国省长政绩考核的依据。

7月27日：拿破仑回到圣克鲁宫。

7月29日：拿破仑下令"立即"在巴约讷集合一支2万人的军队。

8月11日：英国政府督促丹麦国王加入反法联盟。

8月15日：拿破仑生日，他来到巴黎圣母院倾听了《感恩赞》，以示庆祝和平。

8月18日：他将弟弟热罗姆任命为威斯特伐利亚王。

8月19日：元老院颁布决议，取消保民院，其职权转移到立法院中。

8月27日：在写给内务大臣的一份公函中，拿破仑下令："留心一下皇家图书馆，先做好相关筹划工作，总负责人的挑选更是重中之重。"

9月2日：英军炮轰哥本哈根。

9月3日：政府颁布法令，对贷款最高利率做出限制：民贷最高不得超过5%，商贷最高不得超过6%。

9月7日：哥本哈根向英军投降。

9月11日：发布商法。

9月16日：成立审计法院。

9月21日：拿破仑带领众臣来到枫丹白露。

10月10日：法奥两国签署协约，确定了奥地利和意大利王国之间的国界。

10月12日：拿破仑命令朱诺在24小时内穿越西班牙边境。

10月14日：他要求法国的所有同盟国采取措施，执行大陆封锁政策。

10月15日：拿破仑向葡萄牙大使宣布："如果葡萄牙不按照我的意愿行事，两个月之后布拉干萨家族就别想在欧洲大陆称王了。"

10月17日：法军翻越比利牛斯山脉。

10月20日：英军偕同丹麦军舰离开哥本哈根；在拿破仑的命令下，葡萄牙正式向英国宣战。

10月22日：葡萄牙和英国达成秘密协约。

10月27日：法国和西班牙在枫丹白露签署了一项瓜分葡萄牙的协议。

11月1日：拿破仑设立了剧院总监一职，以管理首都四家最大的剧院。

11月11日：英国政府命令所有中立国船只驶进大陆港口前必须在英国靠岸。

11月16日：拿破仑来到米兰。

11月23日：拿破仑向米兰颁布政令：所有准备驶向英国或要经过

英国港口的船只，无论是何国籍，米兰政府都一律将其按照英国船只对待。

11月29日：葡萄牙摄政王及其家人登上一艘英国船，前往巴西。

11月30日：法军进入里斯本。

12月3日：里斯本20个最富裕的商人、银行家被迫向法国提供200万克鲁扎多①的贷款。

12月14日：法国国旗在里斯本升起，引发骚乱。

12月23日：拿破仑向葡萄牙征收1亿赔款。

1808

1月1日：拿破仑回到巴黎。

1月4日：拿破仑和约瑟芬一起参观了大卫的画室，欣赏了他创作的加冕画。

1月9日：皇家宫廷剧院在杜伊勒里宫落成，地址设在原来的公会大厅中。

1月11日：行政会议开幕，拿破仑亲自主持会议。

1月16日：政府颁布政令，最终确立了法兰西银行的地位。

1月21日：1809年新兵提前被召入伍（8万人）。

1月22日：凯尔、卡塞尔、威塞尔、弗利辛恩四城并入法兰西帝国。

1月28日：拿破仑命令法军入驻加泰罗尼亚。

---

① 葡萄牙从阿方索五世统治时期开始流通的一种金币。——译者注

2月1日：朱诺将军在里斯本建立政府理事会，担任葡萄牙王国总督。

2月2日：法军进入罗马，占领了圣昂热城堡；拿破仑向亚历山大提议：组织一支法俄联军，朝亚洲进军，"好令英国屈服"。

2月4日：法军进入西班牙。

2月15日：潘普洛纳要塞被攻陷。

2月16日：巴塞罗那要塞被攻陷。

2月20日：缪拉被任命为"皇帝在西班牙的代理人"。

3月1日：法兰西帝国建立贵族世袭制度。

3月17日：设立法兰西大学代替原来的公共教育总部；政府颁布法令，对犹太教活动做出规定。

3月18日：在王储的煽动下，西班牙人民发动起义；费迪南王储被拥为国王。

3月23日：法军进入马德里。

3月27日：乌尔比诺、马切拉塔、安科纳、卡梅里诺四个原属于教皇国的省并入意大利王国；教皇将拿破仑革除教籍。

3月29日：塞维利亚政务会号召西班牙人民拿起武器反抗拿破仑。

4月2日：拿破仑以巡查南部各省为借口，来到巴约讷，在那里等待西班牙国王的到来。

4月3日：教皇特使、红衣主教卡普拉拉离开西班牙。

4月7日：一支法国分遣队渗进教皇宫，制服了守卫王宫的瑞士士兵。

4月14日：拿破仑抵达巴约讷。

4月20日：西班牙国王斐迪南七世抵达巴约讷，拿破仑登门拜访。

5月1日：被废的查理四世携其妻子抵达巴约讷；拿破仑与他们共进晚餐。

5月2日：马德里人民起义反抗法军。

5月5日：查理四世签署一道宣言，将王位一事交由拿破仑处置。

5月10日：斐迪南和他的兄弟宣布支持父亲的决定。

5月18日：西班牙众王来到瓦朗赛，住在拿破仑为他们安排的城堡里。

5月22日：教皇禁止主教遵守法国政府的命令。

5月23日：奥维耶多的议事司铎拉诺·彭特号召当地居民拿起武器反抗侵略者。

5月24日：巴马公国、普莱桑斯公国、托斯卡纳公国并入法兰西帝国，更名为托罗省、阿尔诺省、地中海省和昂布隆省。

5月27日：巴伦西亚掀起反法狂潮。

5月28日：加的斯人民起义。

5月30日：格勒纳德大屠杀。

5月31日：巴利阿多利德起义。

6月2日：拿破仑向西班牙人发表宣言："我希望能成为你们的民族兴复者。"

6月3日：塞哥维亚发生流血骚乱事件。

6月6日：拿破仑将他的哥哥约瑟夫任命为西班牙王。塞维利亚政务部向法国宣战。

6月11日：卡贝松战役；法军进入巴利阿多利德。

6月12日：一个设在巴约讷的亲法"西班牙政务部"召开首次会议。

6月13日：西班牙宗教裁判会要求巴约讷政务部将机关设立在兴复后的西班牙国内。

6月14日：海军上将罗西利带着舰队在加的斯城前向西班牙军投降。

6月16日：萨拉戈萨战役。

6月18日：拿破仑向新的西班牙王约瑟夫介绍了巴约讷"政务部"，后者正负责起草西班牙新宪法。

6月10日：法军在西班牙放弃科尔多瓦，退守安杜哈尔。

7月2日：法军向萨拉戈萨再次发动一轮进攻，被击退。

7月15日：缪拉当上那不勒斯王。

7月20日：约瑟夫·波拿巴抵达马德里。

7月21日：被困在安达卢西亚的法军向贝伦投降。

7月25日：约瑟夫·波拿巴在马德里正式成为西班牙王。

7月30日：约瑟夫迅速离开首都马德里；英军在葡萄牙登陆。

8月1日：法军从马德里撤退。

8月4日：法军进攻萨拉戈萨，占领了一半城市。

8月14日：法军放弃了萨拉戈萨驻地。

8月21日：朱诺在维米埃鲁被英军和葡萄牙爱国者联手击败。

8月30日：法英两国在辛特拉签署公约，法军从葡萄牙撤兵。

9月8日：元老院通过了16万新兵的征召令，将1807年到1809年免除兵役的人以及1810年的新兵都召集入伍。

9月22日：凌晨五点，拿破仑离开圣克鲁。

9月27日：拿破仑抵达爱尔福特；同日，与俄国沙皇会面。

9月30日：拿破仑和亚历山大观看了由罗库尔小姐和塔尔马主演的

《西拿》。

10月1日：歌德首次拜访拿破仑。

10月2日：歌德二次拜访拿破仑。

10月12日：拿破仑和亚历山大签署两国继续联盟的一项公约。法国政府颁布政令，将"德意志大军团"改名为"莱茵军"，将其士兵数量减至10万人。

10月14日：拿破仑和亚历山大友好告别。

10月15日：英军进入西班牙，而法军的先锋军也在同时抵达该国。

10月18日：拿破仑返回圣克鲁。

10月29日：拿破仑离开法国，前往西班牙。

11月5日：拿破仑临时造访维多利亚，"约瑟夫国王"和他的"宫廷"正在此避难。

11月6日：拿破仑令人放出消息："皇帝将亲自领军出征。"

11月7日：法军命令托洛萨和维多利亚的所有医院统统清空，好为之后的伤兵腾出地方。

11月10日：西班牙在埃斯皮诺萨吃了败仗。

11月11日：英军穿越葡萄牙边境，进入西班牙。

11月13日：拿破仑从布尔戈斯给战争行政处处长德让写信："这个地方的军队供给之丰富，远超我在其他任何地方之所见。不过我们现在还缺少鞋子和军大衣。"

11月14日：拿破仑又给他写信："我两手空空，一无所有；我的军队急需物资，而你的手下在看我们的笑话……管事的人不是白痴就是坏蛋！"

11月16日：拿破仑给苏尔特元帅写信："我很晚才得知您进入桑坦德

的消息。请将英国人所有财产统统没收，把英国及其殖民地的所有毛织品和其他货物统统查封。"苏尔特当天进入桑坦德。

11月17日：拿破仑给德让将军写信："我的军队什么都缺。我必须采取非常手段了，但这总会造成恶劣影响。你的军服供应部的人全是一堆废物！"

11月19日：拿破仑向内务部部长克来泰写信："在那不勒斯王国，单单因凡塔多公爵和其他西班牙最高贵族就占了该国一半财产；估计他们在这里有2亿法郎的资产，这绝没多算。除此之外，他们在比利时、皮埃蒙特和意大利等地还有大批地产；我打算把它们统统没收。"

11月22日：内伊进入索里亚，其部下朝马德里进发。

11月23日：图德拉战役。

11月28日：英军折回葡萄牙。

11月30日：索莫谢拉战役。

12月2日：法军抵达马德里城下。

12月4日：马德里开城投降；拿破仑下令：西班牙境内废除封建特权，撤掉宗教裁判法庭；修道院的数目要减至现在的三分之一；取消各省之间的关税；废除卡斯蒂利亚国会，逮捕国会所有议员。

12月5日：拿破仑通知刚被任命为马德里总督的贝利亚尔将军："请把军官都安置在外逃贵族的住宅中，同时把最奢华的一座宅子设为将军府，在修道院和外逃贵族的家中设好马厩。"

12月7日：拿破仑向西班牙人发表讲话："我已进入马德里。凭着我在战场上赢来的胜利，我大可严肃处置，用鲜血洗清你们对我和我的国家的冒犯。然而，我只愿宽大为怀，只对煽动你们起来闹事的始作俑者做出处理。"萨瓦里被特地从巴黎招来，主持物资征用工作。

12月9日：拿破仑接见了马德里市长，并向他宣布："只要首都马德里的30万公民能表达他们对国王（约瑟夫·波拿巴）的爱戴和忠心，我完全可以放弃对国王的控制权，并助他在马德里站稳脚跟。"

12月10日：拿破仑下令将《马德里报》已出版的所有报纸都整理呈送上来。

12月11日：英军再次出现在西班牙境内。萨瓦里向皇帝呈交报告："由陛下亲自钦点的十大家族首批征物工作已经结束。昨天，发饷官收到5000多银圆及60万法郎现银。还有一部分物资待交上来。另外还有一些金饰、珠宝、钻石，我还没来得及做统计。"

12月14日：贝利亚尔向拿破仑汇报说，从宗教裁判所钱库中搜到钱财，折合法国货币总计为613,493法郎；拿破仑下令："把这批钱财即刻交到发饷官处，并继续搜寻宗教裁判所名下的其他财产。"

12月15日：拿破仑令人在马德里和外省城市组建一支西班牙国民自卫军。

12月18日：拿破仑给西班牙王约瑟夫写信说："若想活过一年，先得活过今天；若想活过今天，那先得有钱……已经过去15天了，这15天的每分每秒都无比宝贵，因为这每分每秒都是我们咬牙挺过来的。所以我们没有时间可浪费，必须马上拿到3000万里亚尔银圆。"萨瓦里禀告皇帝："奥苏纳老公爵夫人的亡夫遗产清查工作已经结束。我们不久之前向发饷官移交了十五六担的银圆，府邸管账人也已呈交了一份年收入报告，报告称该家族每年有900万里亚尔的收入。"

12月20日：萨拉戈萨包围战再次打响。

12月21日：拿破仑下令将300担的西班牙金鸡纳皮分发给法兰西帝国的42个城市。

12月22日：拿破仑亲率军队和英军作战，并带着自己的一部分帝国护卫军渡过瓜达拉马河。

12月27日：英军主力在贝纳文特集合。

12月29日：拿破仑在贝纳文特击败英军。

1809

1月1日：在阿斯托加的皑皑白雪中，拿破仑收到法国信使火速送来的一封康巴塞雷斯的急报，称奥军又有所行动。

1月4日：拿破仑告诉陆军部长克拉尔克："为庆祝两大皇帝联手合作，我想在爱尔福特建起一座纪念碑；其开支可算在我个人头上。"

1月6日：拿破仑给哥哥约瑟夫王写信："谢谢您对我的新年祝贺，我别无所求，只愿今年欧洲能继续太平无事。可我觉得希望不大，昨日我已发布政令，征召10万人入伍。"

1月7日：向海军部长德克莱斯颁布命令："从今以后，把土伦的俄国船只以及舰上的军官和设备全都扣留下来，一律当作法国船只设备进行拍卖及其他处理。"

1月11日：拿破仑从巴利阿多利德给约瑟夫写信："您若觉得时机成熟了，就可进入马德里。"

1月16日：拉科鲁尼亚战役；英军统帅约翰·摩尔勋爵阵亡，其手下残部从西班牙撤退。

1月17日：拿破仑离开西班牙。

1月22日：约瑟夫回到马德里。

1月23日：拿破仑抵达巴黎。

1月28日：杜伊勒里宫中召开内阁会议，拿破仑训斥塔列朗："你就是个强盗、懦夫、墙头草！你不信上帝，一辈子从未想过'义务'二字，你欺骗、背叛了所有人！在你眼中，没有什么是神圣的。你连自己的父亲都能给卖了……你想得到什么？你在渴求什么？说啊！对你这种人，我就应像摔个杯子一样砸个粉碎，我有这个能力，但我实在是瞧不上你，都懒得费这个功夫。"塔列朗对此的回答是："一个如此伟大的人却如此没有教养，真是令人遗憾！"

2月6日：拿破仑给他的哥哥西班牙王约瑟夫写信："我本欲改变马德里的制度，让那里的人过上富足的生活，可如今我已心灰意冷……我觉得你有必要拿出一点儿铁血手腕出来，不能让任何人抱有不切实际的希望。"

2月7日：拿破仑给弟弟威斯特伐利亚王热罗姆写信："由于我的西班牙军开销巨大，又光出不进，再加上我有其他军队要养，眼下我已被各种开支弄得焦头烂额，你实在不该在这个时候提出金钱方面的要求。"

2月21日：经过60天的包围战后，萨拉戈萨开城投降。

3月7日：拿破仑请莱茵河同盟国诸王在3月20日集合军队。

3月9日：拿破仑命令海军部长给莱茵军补充1200名水兵。

3月11日：拿破仑命令大军在多瑙河边集合。

3月19日：皇后举办宴会，法兰西剧院在马尔梅松上演了《蓓蕾尼斯》；这也是法兰西剧院最后一次在这里演出……

3月20日：皇帝下令为自己建立一个流动图书馆，要求该图书馆"有很高的选书品位，书籍要版本优良、装潢精美"。

3月22日：拿破仑给弟弟荷兰王路易写信："战事逼近，你最好将所有军队都集合起来，以捍卫自己的国家，为我们的共同大业做出点贡献。"

3月24日：拿破仑给公共国库部部长莫利安写信："眼下奥地利形势严峻；请发布命令，在最短时间里从斯特拉斯堡那里筹到400万现银，其中200万将用于战争期间的各种开支，另外200万则归我支配……如果您能从奥格斯堡收得汇票，将其变为现银的话，那就再给我筹100万。"

3月27日：奥地利发布反法宣言。

3月30日：拿破仑向他的参谋总长贝尔蒂埃做出大规模作战的详细指令。

4月1日：拿破仑给外交部部长尚帕尼写信："把维也纳对法兰西民族的所有挑衅冒犯之词发布在各大报纸上……发表这些文章，是为了明确地发布一个信号：这场仗是对方先打起来的。"

4月7日：奥地利在巴伐利亚边境大规模集合军队。

4月8日：奥地利军在布劳瑙附近渡过因河。

4月9日：查理大公的一个副官向列斐伏尔元帅发出正式宣战书。

4月12日：拿破仑晚上八点在巴黎收到贝尔蒂埃的加急电报，得知奥地利正式宣战。对此，他的回答是："我两小时后立即上路。"

4月13日：凌晨四点，拿破仑离开巴黎。

4月16日：拿破仑抵达斯图加特。

4月17日：拿破仑从多瑙沃特向法军发表宣言："我会如雄鹰一样迅速来到你们身边……胜利在等着我们，我们先前赢得的辉煌战绩就是取胜的坚实保障。"

4月19日：坦恩战役。

4月20日：阿本斯贝格战役；拿破仑给马塞纳写信："敌军边打边退，一路丢盔弃甲，战场上堆满了他们的尸体……我骑马亲自前去探察先锋军的实时战况。"

4月21日：奥地利军溃逃；兰茨胡特之战，该城被攻破。

4月22日：埃克缪尔战役。

4月23日：法军进攻并夺取了雷根斯堡；拿破仑左脚被敌人子弹打伤。

4月24日：纽马克特之战；拿破仑向军队发表讲话："一个月之内，我们将夺取维也纳。"

4月26日：拿破仑军队朝维也纳进发。

4月30日：列斐伏尔元帅的军队进入萨尔茨堡。

5月3日：厄伯斯贝格战役。

5月5日：拿破仑向达武元帅写信："我估计你今天能抵达林茨……无论在哪里，只要发现奥地利的军队，一律将其击溃；如果市民自卫队人数不多，那可放过他们。请发布全民解除武装的命令，并把钱库、仓库里的所有财物一律查封。"

5月10日：乌迪诺一师进入维也纳郊区。

5月11日：拿破仑进入美泉宫。

5月12日：拿破仑下令炮轰维也纳；马克西米利安大公放弃首都，丢下军队逃走，奥地利军举白旗投降。

5月13日：凌晨两点，维也纳签下投降书；六点，乌迪诺夺下各大城门；拿破仑向法军发表讲话："洛林家族的各个亲王已经放弃了他们的首都，但他们不是由于形势逼迫、战场失势，以战士的身份有尊严地放弃守城，而是临时变节而逃，以后他们想到此事，内心一定万分内疚……勇士们，请善待这里的穷苦农民，善待这个值得我们尊重的善良民族！请不要为我们的胜利而骄傲自满；看看吧，正义在这里是怎么惩罚那些忘恩负义、背弃誓言的人的！"

5月14日：拿破仑颁布指示，详细规定了奥地利人要向法军提供多少军队补给；法军成立了几支"流动特遣队"，负责各个地区的巡查工作。

5月15日：拿破仑向匈牙利人民发表讲话："你们重获国家独立的机会到来了。我给你们带来了和平，维护了你们和你们国家的自由、你们宪法的完整……我对你们别无所求，只愿看到你们的国家走上自由独立之路。"

5月16日：阿尔马克特和玛利亚采尔两地掀起抵抗运动。

5月17日：拿破仑在"他的维也纳皇家驻地"签署了一条政令，将一众教皇国全部并入法兰西帝国；罗马城被称为皇帝之城、自由之城。

5月20日：莫利托一师渡过多瑙河，占领了格罗斯阿斯佩恩和埃斯林两个阵地。

5月21日：埃斯林战役的第一天。

5月22日：埃斯林战役的第二天；多瑙河上的桥梁被奥军破坏；拉纳元帅受致命伤。

5月23日：拿破仑途经雷根斯堡，险些遇刺。

5月25日：法军在多瑙河重新搭起浮桥。

5月26日：意大利军和日耳曼军在塞默灵会师。

5月27日：拿破仑向意大利军全体将士发表讲话："欢迎来到这里。我很高兴能看到你们……意大利的奥地利军队用他们的铁蹄践踏了我的国土，意欲摧毁我的钢铁之冠，但他们已被打得七零八落、元气大伤，这都是你们的功劳。他们就是一个例子，证明了一个颠扑不破的真理：Dio me la diede, guai a chi la tocca！"[1]

---

[1] 意大利语，即"此乃上帝赠我之物，染指者最好小心为是！"——译者注

5月29日：拿破仑给"讷沙泰尔亲王、亚历山大"——贝尔蒂埃写信："我的兄弟，请发布命令，把林茨桥前面的村子夷为平地，在原地建一座隐蔽工事。"

6月5日：克拉根福战役。

6月10日：法国国旗取代了教皇旗，在圣昂热城堡上空升起；教皇将拿破仑开除教籍。

6月19日：拿破仑给同时任那不勒斯王和两西西里王的缪拉写信："如果教皇鼓动教士造反，那就直接把他活捉过来。"

6月26日：达武朝普莱斯堡投去4000发大炮，把该城多个地方焚为焦土。

7月1日：拿破仑离开美泉宫。

7月5日：恩策斯多夫战役。

7月6日：瓦格拉姆战役；教皇在罗马教皇宫中被逮捕，之后被押送到萨沃内。

7月11日：战后，拿破仑在兹奈姆接见了奥地利皇帝派来请求休战的特使。

7月12日：签署《兹奈姆休战条约》；奥地利需赔款1.96亿法郎。

7月13日：拿破仑返回美泉宫。

7月18日：拿破仑给富歇写信："我对教皇被扣的消息感到很是恼火，此举实在愚蠢至极……不过木已成舟，已经无可挽回。"

7月21日：拿破仑把汉诺威赏给法兰西帝国的将军和政府要员，他们凭这块封地一年可赚得232.3万法郎。

7月30日：英军在安特卫普附近登陆。

8月3日：拿破仑对来自加利西亚的一个贵族使团说："此时此刻，法国根本无力重建波兰……我不想对俄宣战。"

8月9日：安特卫普做好准备，对抗英军的包围战。

8月13日：英军炮轰弗利辛恩。

8月14日：弗利辛恩开城投降。

8月15日：皇帝生日庆典；当局颁布政令，在瓦格拉姆公国、埃克谬尔公国和埃斯林公国内建造香波城堡、布吕厄城堡和图阿尔城堡，这三个公国分别被赏赐给了贝尔蒂埃、达武和马塞纳。

9月4日：英军放弃了安特卫普。

9月10日：8万新兵被召入伍。拿破仑给总军务长达吕写信说："如果我没记错，依照约定，下奥地利州应在9月10日缴纳1200万的赔款才是；可根据你们最新交上来的清单，它只交了800万；请告诉我相关原因。而上奥地利州居然只交了20万法郎，这未免太匪夷所思了。"

9月25日：一个叫弗雷德里希·斯塔普斯的奥地利小伙子告诉他的父母，上帝命令他刺杀拿破仑，他要离开家乡，完成使命。

10月13日：斯塔普斯在美泉宫行刺皇帝未遂。

10月14日：签署《维也纳条约》，1809年战争结束。

10月17日：斯塔普斯被处死。

10月20日：签署《维也纳条约》的消息被传至巴黎。

10月26日：拿破仑回到枫丹白露。

11月15日：拿破仑住进杜伊勒里宫。

11月16日：政府建立了一个主教委员会，由红衣主教费施担任委员会主席。

11月19日：富歇被封为奥特朗特公爵，雷尼埃被封为马萨公爵，尚帕尼被封为卡多雷公爵，戈丹被封为加埃塔公爵，克拉尔克被封为费尔特雷公爵，马雷被封为巴萨诺公爵。

11月30日：拿破仑向约瑟芬提出离婚。

12月15日：在皇室成员聚会中，拿破仑和约瑟芬宣告婚姻破裂。

12月16日：元老院宣布决议（第一条）："拿破仑皇帝和约瑟芬皇后解除婚姻。"

12月17日：拿破仑给约瑟芬写信说："你一直都很有勇气；你得重拾勇气，继续生活下去，切勿让自己陷入忧郁和悲伤中；你要开心一点儿，更要保重自己的身体，因为你的健康是我最在意的东西。"

12月19日：拿破仑给约瑟芬写信："萨瓦里跟我说你终日哭泣不止，这很不好……希望再见到你时，你能告诉我，你已经恢复了理智，拿出了勇气。"

12月21日：拿破仑选出37名侍从。

12月24日：他给外交部部长尚帕尼写信说："是时候把德意志那边的事给了结了……我可以把萨尔茨堡、奥地利割让的因河右岸所有地区以及拜罗特伊公国都交给巴伐利亚，但条件是我得保留萨尔茨堡价值1000万资产的地产以及拜罗特伊公国价值2000万资产的地产……给我列一个谈判草案，你可根据草案，先提要求，再有所松口，不过绝不能超过此信列出的底线，这也是我能做出的最大让步。"

12月29日：皇帝宣布伊利里亚各省被并入法兰西帝国。

1810

1月1日：政府下令，将八位战死沙场的将军塑像立在协和桥上，以作纪念。

1月5日：玛丽-路易丝女大公给父亲弗朗茨写信说："我今天在报纸上读到拿破仑和他的妻子离婚的报道；亲爱的父亲，坦白说，我对此深感不安。"

1月9日：巴黎宗教裁判所宣布拿破仑的离婚在宗教上是无效的，并对皇帝处以9法郎的罚款。

1月11日：拿破仑对主教委员会提出三大类问题，其中一类是：1809年6月10日将他开除教籍的教皇谕旨是否违背了基督教的爱德精神？是否不利于皇位的独立和荣誉？他可采取何种措施，好让教皇不在乱世灾年里享有此等大权？

1月17日：拿破仑给约瑟芬写信："奥德纳尔德①跟我说，你自从去了马尔梅松后，精神一直萎靡不振。不过，这个地方充满了我们爱的回忆，这份爱是绝不会也绝不能改变的，至少我对你是如此……如果你怀疑我的真心，那你也太无情了。"

1月28日：拿破仑询问枢密院，应该选俄国公主、奥地利公主、萨克森公主，还是"一个法国女人"，来当他的妻子。

2月6日：拿破仑收到科兰古的急报，得知亚历山大沙皇拒绝把他的妹妹嫁给拿破仑。

2月7日：拿破仑和奥地利的玛丽-路易丝的临时婚约在巴黎完成签字仪式。

2月16日：婚约得到维也纳的认可。

2月23日：拿破仑给玛丽-路易丝写了第一封信。

---

① 奥德纳尔德（Charles Eugène de Lalaing d'Audenarde，1779—1859），法国大革命和帝国时期的将军。——译者注

2月25日：政府颁布法令，为未来的皇后造府。

3月5日：玛丽-路易丝给拿破仑回信："我恳请皇帝陛下相信一点：从现在开始，我会努力学习，以讨得陛下的欢心和垂怜。这也是我的责任。"

3月11日：玛丽-路易丝和拿破仑在霍夫堡教堂中接受降福，结为夫妇，查理大公代表奥地利出席婚礼。

3月13日：玛丽-路易丝离开维也纳。

3月25日：政府在皇帝新婚之际宣布，法国全境内的6000退役士兵将娶年轻女子为妻，嫁与他们的女子将由皇家御赐嫁妆。

3月27日：新婚夫妇从贡比涅出发，拿破仑的车队走在玛丽-路易丝前面；但两人在库尔塞勒大教堂前会合后，拿破仑坐进了玛丽-路易丝的马车。

3月30日：拿破仑和玛丽-路易丝离开贡比涅。

4月1日：圣克鲁宫举办了两人的世俗婚礼。

4月2日：红衣主教费施在卢浮宫的四方厅中主持了两人的宗教婚礼。

4月27日：拿破仑和玛丽-路易丝外出旅游（游历法国北部地区、比利时和诺曼底）。

6月1日：两人回到圣克鲁宫。

6月3日：富歇被任命为罗马总督，不再担任警务部部长一职。

6月10日：皇帝夫妇在市政厅正式亮相；人们摘下从1793年起就立在市政厅门楣上的弗里吉亚帽，把正门上一直留着没动的这行字刷掉了：共和国统一而不可分割，自由，平等，博爱，抑或死亡。

6月13日：拿破仑探望了约瑟芬。

6月14日：保琳·波拿巴在讷伊为哥哥举办了一场庆典。

6月21日：拿破仑和玛丽-路易丝一道参观了特里亚农宫和凡尔赛城堡。

6月29日：任命富歇为罗马总督的那道政令被撤销；富歇退隐到艾克斯。

7月3日：由于荷兰王路易·波拿巴退位，拿破仑下令将荷兰并入法国；阿姆斯特丹将成为帝国的第三大城市。

7月23日：拿破仑和玛丽-路易丝一道参观了帝国图书馆；在勋章收藏室中，他试戴了一下神圣罗马帝国皇帝弗朗茨一世的头盔。

8月10日：皇帝夫妇在小特里亚农宫花园中观看了弗朗科尼马戏团的表演。

8月15日：皇帝生日；旺多姆广场的纪念柱完工。

8月25日：皇后在圣克鲁宫举办宴会。

9月25日：皇帝夫妇来到枫丹白露。

11月4日：皇帝和皇后为元帅、将军和部长的25个孩子举办洗礼。

11月12日：拿破仑给元老院发出讯息，告知玛丽-路易丝怀孕的消息。

12月30日：瓦莱夫斯卡夫人被正式引荐给皇帝。

12月31日：俄国沙皇禁止法国货物进入俄国。

1811

1月1日：拿破仑把一个缀满钻石、上面有他画像的纪念章当作新年礼物，送给玛丽-路易丝。

2月17日：元老院颁布决议，提前把"罗马王"的头衔颁给还未出世的皇帝继承人。

3月20日：罗马王诞生。

4月26日：召集主教召开全国主教会议。

5月7日：夏约山开始修建罗马王宫殿。

6月9日：罗马王受洗。

6月17日：主教会议在巴黎圣母院开幕，95位高级教士出席，其中42位是意大利人。

7月10日：拿破仑下令解散主教会议。

7月27日：政府颁布政令，拨款100万用于罗马城的美化工程。

9月19日：拿破仑离开巴黎，前往荷兰。

9月30日：玛丽-路易丝在安特卫普与他会合。

10月18日：拿破仑在阿姆斯特丹取缔了王室联盟勋章，用皇家团结勋章取而代之，以纪念荷兰并入法国。

11月11日：拿破仑和玛丽-路易丝回到圣克鲁宫。

12月19日：法国政府征兵12万。

1812

1月18日：政府颁布法令，抽调2000名工人去修复罗马的古建筑。

1月26日：加泰罗尼亚被并入法国，并被分成4个省。

2月24日：拿破仑强迫普鲁士国王给他提供一支2万人的军队。

3月14日：奥地利皇帝也被催促提供一支3万人的军队。

4月18日：拿破仑给驻扎在德意志的军队发布命令，让他们准备作战。

4月22日：俄国沙皇来到威尔诺，统率三军作战。

4月24日：俄国发出最后通牒。

5月1日：陆军部一个官员被怀疑向俄国偷送法军在德意志的驻军情报，当即被处死。

5月9日：拿破仑来到德累斯顿。

5月21日：拿破仑下令将教皇转移到枫丹白露。

5月29日：拿破仑离开德累斯顿，以指挥军队作战。

6月19日：教皇到达枫丹白露。

6月22日：拿破仑向大军团发表讲话。

6月24日：大军渡过涅曼河。

6月28日：法军和俄军后卫几次交火后，拿破仑进入威尔诺，并住在亚历山大几天前住过的屋里。

6月29日：普拉托夫将军从格罗德诺撤退。

6月30日：热罗姆·波拿巴进入格罗德诺；俄军后撤。

7月1日：拿破仑在威尔诺设立了立陶宛行政委员会，该机构负责立陶宛和白俄罗斯的政府工作，并负责征收地主的地产和农奴。

7月2日：拿破仑下令：凡是抢劫、偷盗百姓财产的士兵，一律将其逮捕，交与军事法庭审判，判决下来后枪决。

7月8日：达武占领明斯克。

7月16日：拿破仑朝维捷布斯克进军。

7月28日：拿破仑进入维捷布斯克；他对缪拉说："和俄国的第一场仗已经打完。1813年我们就能到达莫斯科，1814年就能进入圣彼得堡。征俄之战只需三年。"

8月14日：大军团穿越第聂伯河；克拉斯诺亚尔斯克战役。

8月16日：斯摩棱斯克战役。

8月17日：俄国人从斯摩棱斯克撤出。

8月18日：拿破仑进入斯摩棱斯克。

8月25日：拿破仑离开斯摩棱斯克。

8月26日：拿破仑在多洛格博伊给玛丽-路易丝写信："我的先锋军离莫斯科只有40古里了。"

8月29日：拿破仑进入维亚济马；库图佐夫被任命为俄军总指挥官。

9月1日：法国，1813年新兵被召提前入伍（13.7万人）。

9月2日：拿破仑进入格杨斯克，给玛丽-路易丝写信："我行军打仗已经19年了，在欧洲、亚洲、非洲打了无数场战役，赢得了无数场包围战的胜利。我要赶紧结束这场战事，好尽快和你重逢。"

9月5日：俄军先锋队遭遇法军进攻，退至博罗季诺。

9月6日：拿破仑占领博罗季诺；他在自己的军帐前挂出刚送来的一幅由热拉尔德画的罗马王画像，向军队发表宣言："勇士们，接下来就是那场你们期盼已久的战役。能不能取胜，这取决于你们；我们必须打赢这场仗，因为唯有打赢了，我们才能得到丰富的物资、严冬里温暖的营地，最后衣锦还乡。"

9月7日：拿破仑又发表讲话："勇士们，你们渴望已久的这一天终于到来了，溃逃的敌军眼下就在你们对面。不要忘了，你们是法国的将士。"战斗开始。

9月8日：库图佐夫命令俄军朝莫斯科撤退。

9月13日：在菲利村的一次会议中，库图佐夫决定放弃莫斯科。

9月14日：拿破仑进入莫斯科；俄国人放火烧城。

9月15日：拿破仑住进克里姆林宫；莫斯科火势蔓延。

9月16日：拿破仑从克里姆林宫的一扇窗子，眺望已化为一片火海的莫斯科；日落时分，他决定离开莫斯科城，住进城外的彼得罗夫斯克宫。

9月23日：拿破仑在莫斯科给玛丽-路易丝写信："天公作美，我们已经扑灭大火，火势已被遏制。"马莱在巴黎发动政变。

9月24日：拿破仑在莫斯科向亚历山大提议停战议和，但后者没做任何答复。

9月29日：在巴黎，马莱和其同伙被移交战争审判所。

9月30日：马莱一伙人被枪决。①

10月5日：拿破仑准备离开莫斯科；他下发命令，让伤员先撤。

10月13日：莫斯科入冬以来下了第一场大雪。

10月15日：拿破仑签署了《法兰西剧院基本建设法》，人称《莫斯科法令》。

10月19日：拿破仑下令撤退，离开莫斯科时命令属下炸毁克里姆林宫。

10月24日：小雅罗斯拉韦茨战役。

10月25日：拿破仑在戈罗德尼亚险些被哥萨克骑兵擒获。

10月31日：皇帝到达维亚济马——就在两个月前，他以胜利者的身份走进该城。

11月3日：内伊负责断后工作。

11月6日：拿破仑表现出抛弃军队的意图。

11月7日：他得知了马莱政变的消息。

---

① 此处马莱的枪决时间与《人名表》中的12月发生冲突。据查实，马莱是在1812年10月29日被枪决。——译者注

11月9日：拿破仑到达斯摩棱斯克。

11月16日：俄军重新占领了明斯克。

11月19日：大军团重渡第聂伯河；拿破仑在奥尔沙把一切不能带走的东西统统烧毁，防止它们落到敌人手上。

11月21日：俄军占领了鲍里索夫桥。

11月23日：拿破仑下令在别列津纳河上修桥，并命令将领把各自的大鹰勋章交上来，将其统统烧毁。

11月24日：拿破仑下令把所有货车和马车烧毁。

11月27日：皇帝、帝国护卫军和炮兵部队穿过别列津纳河。

11月28日：剩余军队向俄军发动战争，人称别列津纳战。

12月5日：拿破仑将军队指挥大权交给缪拉，自己前往华沙。

12月10日：拿破仑抵达华沙，并在同日离开该城。

12月18日：拿破仑回到杜伊勒里宫。

12月20日：他手下的残军到达柯尼斯堡。

12月25日：圣诞节，皇帝在御座厅中接见众人。

12月26日：皇帝在马利猎场打猎。

12月27日：皇帝参加了一场在卡鲁索广场上举行的大阅兵。

12月28日：皇帝参观了卢浮宫里的年度艺术展会。

12月29日：皇帝在凡尔赛树林里打猎。

1813

1月1日：新年之际，皇帝在御座厅接见众人；缪拉离开哥尼斯堡。

1月11日：元老院颁布决议，给陆军部提供35万人，其中15万人是1814年的新兵。

1月19日：拿破仑以打猎为借口来到枫丹白露，和教皇进行了一次交谈。

1月25日：在枫丹白露签署了一项新的政教协议。

1月26日：拿破仑接见缪拉，责备他擅离军队。

2月1日：普罗旺斯伯爵在哈特韦尔写了一封致法国人的信。

2月5日：拿破仑颁布元老院摄政决议。

2月10日：普鲁士国王下令在国内大量征兵。

2月18日：俄国人进入华沙。

3月1日：普鲁士国王和俄国签署了一项联盟协约。

3月4日：俄军进入柏林。

3月11日：普罗旺斯伯爵发表宣言，表示自己有权继承王位。

3月17日：法军从德累斯顿撤兵。

3月22日：俄军进入德累斯顿。

3月23日：拿破仑向立法院宣布他要再次率军亲征。

3月24日：教皇让人转告拿破仑，他收回前言，不承认政教协议。

3月27日：普鲁士大使递交了普鲁士国王宣战书，并要求拿到离法通行证。

3月29日：俄国和奥地利达成秘密协约。

3月30日：拿破仑将摄政权交给玛丽-路易丝，并让康巴塞雷斯担任秘密资政顾问。

3月31日：俄军进入莱比锡。

4月3日：元老院颁布决议，又给陆军部提供18万人，并下令前线保卫工作由常驻那里的国民自卫军负责。

4月15日：拿破仑奔赴军队。

4月25日：拿破仑抵达爱尔福特，指挥军队准备战斗。

5月2日：吕岑战役。

5月8日：反法联盟各国君主离开德累斯顿；拿破仑进入该城。

5月10日：在拿破仑的指挥下，法军渡过易北河。

5月21日：包岑战役。

5月27日：反法联盟军队朝布雷斯劳后撤。

5月29日：达武夺回汉堡。

6月4日：交战双方在普莱斯维茨达成为期两月的休战协议。

6月14日：英普两国签署《赖兴巴赫条约》，英国向普鲁士提供666,660英镑的援款，帮助普鲁士继续作战。

6月15日：英国给俄国提供1,333,334英镑，支持其继续作战。

6月29日：布吕歇尔担任普鲁士军总司令。

8月10日：拿破仑预料到敌军很快会再度发动进攻，故提前在德累斯顿庆贺生日，并组织了一场4万人的阅兵式，萨克森国王和各亲王都有参加。

8月11日：奥地利和普鲁士会军，休战协议被撕毁。

8月12日：拿到英国50万英镑援款的奥地利对法宣战。

8月14日：布吕歇尔开始有所行动。

8月26日：德累斯顿战役的第一天。

8月27日：德累斯顿战役的第二天；布吕歇尔后撤。

9月3日：拿破仑追击布吕歇尔。

9月23日：普鲁士军队一直退到了施普雷河。

10月8日：巴伐利亚脱离了拿破仑的掌控。

10月9日：1815年新兵被召提前入伍（16万人）。

10月16日：莱比锡战役的第一天。

10月17日：战斗第二天。

10月18日：战斗第三天；萨克森军被击溃。

10月19日：法军边打边撤。

11月2日：法军撤出法兰克福，渡过莱茵河。

11月3日：符腾堡国王抛弃了拿破仑。

11月7日：皇帝离开美因茨。

11月9日：皇帝回到圣克鲁。

11月12日：联军进入杜塞尔多夫。

11月16日：阿姆斯特丹人民起义，反抗法国。

11月22日：俄军进入阿姆斯特丹。

11月25日：巴登大公抛弃了拿破仑。

11月30日：奥兰治亲王在荷兰登陆。

12月2日：联军穿越莱茵河。

12月9日：法军从布雷达撤兵。

12月10日：英军在托斯卡纳海岸登陆。

12月12日：签署《瓦朗赛条约》，波旁家族在西班牙复辟。

12月15日：丹麦国王和俄国达成休战协议。

12月21日：联军进入瑞士。

12月23日：奥地利军到达阿尔萨斯。

12月26日：元老院、参政院派出23名议员充当特使，以督促征兵工作、组织国民自卫军。

12月29日：立法院以229对31票通过决议，请皇帝宣布他今后只在维护法兰西人民的独立和领土完整的前提下才发动战争，并哀求他充分、切实地维护能保障国人自由行使政治权利的法律。

12月30日：奥地利占领日内瓦。

12月31日：立法院被解散。

1814

1月1日：布吕歇尔穿过莱茵河，朝南锡进军；拿破仑在杜伊勒里宫接受新年贺拜时斥责众议员："你们是人民的代表吗？我是，我才是人民的代表……我有这个头衔，可你们没有……滚回你们各自的省去！"

1月3日：联军进入蒙贝利亚尔。

1月4日：巴黎组建自由军团。

1月7日：联军进入多勒。

1月11日：缪拉和奥地利达成协议，承诺提供3万人帮助意大利人把法军赶出祖国。

1月13日：拿破仑在卡鲁索广场阅兵。

1月14日：内伊从南锡撤兵。

1月16日：朗格勒被攻陷。

1月17日：丹麦对法宣战。

1月18日：拿破仑在卡鲁索广场阅兵。

1月19日：联军进入第戎；拿破仑在卡鲁索阅兵。

1月21日：下令将教皇带回意大利。

1月23日：拿破仑把他的儿子带到国民自卫军军官面前。

1月24日：他任命哥哥约瑟夫·波拿巴为皇帝总代理人，把摄政权交给玛丽-路易丝。

1月25日：拿破仑回到军中。

1月26日：拿破仑命令贝尔蒂埃从维特里调来20~30万瓶葡萄酒和白兰地，将其发给众将士。

1月27日：拿破仑在圣迪济耶朝敌军发起进攻。

1月29日：布吕歇尔在布里埃纳被"玛丽-路易丝军"击败。

2月3日：法国和反法联盟在塞纳河畔的沙蒂隆展开双边会谈。

2月4日：布吕歇尔再次发动进攻，进入拉费尔-尚普努瓦斯；麦克唐纳撤退到蒂埃里城堡。

2月6日：法军朝诺让后撤；拿破仑考虑政府从巴黎后撤，并命令约瑟夫将枫丹白露的所有贵重物品一律带走。

2月7日：联军要求法国退回到大革命之前的国界，拿破仑知晓了他们的这个条件。

2月9日：俄国要求取消沙蒂隆双边会谈。

2月12日：昂古列姆公爵在圣让-德吕兹向法国人发表讲话。

2月17日：重启沙蒂隆双边会谈。

2月18日：拿破仑在蒙特罗取得胜利。

2月19日：拿破仑的妹妹埃莉萨在卢卡表示和帝国彻底断交。

2月22日：反法联盟在特鲁瓦召开作战会议，决定撤军，向拿破仑提议休战。

2月24日：拿破仑回到特鲁瓦。

2月25日：双方在吕西尼展开休战谈判，沙蒂隆那边对停战与否仍存争议。

2月28日：吕西尼双边会谈结束，但未达成任何结果。

3月1日：反法联盟在肖蒙签署协约，表态各盟国要联盟20年，继续反法。

3月4日：法国政府颁布政令，要全民上下拿起武器保家卫国。

3月9日：拉昂战役的第一天。

3月10日：拉昂战役的第二天；拿破仑朝苏瓦松后撤；塔列朗派出的维特罗勒男爵抵达盟军司令部。

3月12日：昂古列姆公爵到达波尔多；路易十八在那里被拥立为王。

3月19日：沙蒂隆谈判彻底破裂；阿图瓦伯爵抵达南锡。

3月20日：奥布河畔阿尔西战役；帝国军队后撤到奥布河后；阿尔西大桥被砍成两段。

3月23日：反法联军渡过奥布河，直奔巴黎。

3月28日：俄国沙皇站在塞纳山谷的高地俯视巴黎。

3月29日：玛丽-路易丝及其儿子离开首都。

3月30日：凌晨六点，巴黎城下之战打响；下午四点，马尔蒙提议"停火"谈判；次日凌晨两点，签署投降书。

3月31日：上午十一点，联军进入巴黎；拿破仑搬到枫丹白露。

4月1日：元老院建立临时政府。

4月2日：元老院宣布"拿破仑·波拿巴及其家族失去帝位，法兰西人民和军队解除对他的效忠誓言"。

4月3日：立法院赞同拿破仑退位。

4月4日：拿破仑在枫丹白露签署了退位声明，但前提条件是保留其儿子和摄政皇后的特权。

4月5日：拿破仑检阅了帝国护卫军剩余残兵。

4月6日：他和手下元帅召开会议；元老院在巴黎"直言不讳地"请"路易·斯坦尼斯瓦夫·塞维尔"继承王位。

4月7日：拿破仑宣布他及其家族放弃法国及意大利的统治权。

4月8日：临时政府宣布：从元老院发表退位宣言开始，拿破仑签署的所有法令统统无效。

4月10日：巴黎协和广场，人们在路易十六和玛丽-安托瓦内特被处死的地方举办了"净化"仪式。

4月11日：联军允许拿破仑拥有厄尔巴岛的一切主权和统治权。

4月12日：瓦莱夫斯卡夫人来到枫丹白露宫，但没被接见；午夜时候，拿破仑企图自尽。

4月13日：拿破仑接受了联军的条件。

4月15日：阿图瓦伯爵正式现身元老院。

4月19日：负责陪同拿破仑前往厄尔巴岛的一众联军特派员到达枫丹白露。

4月20日：皇帝向他的帝国护卫军郑重告别。

4月28日：在圣拉斐尔海边，拿破仑登上了英国"无畏号"战舰。

5月3日：拿破仑抵达厄尔巴岛；路易十八进入巴黎。

5月24日：教皇返回罗马。

5月29日：约瑟芬在马尔梅松去世。

5月31日：保琳来到厄尔巴岛，和哥哥会合。

6月1日：巴黎缔结和平条约。

6月4日：在厄尔巴岛的"首都"费拉约港，拿破仑参加了英国军舰上为庆祝乔治国王的生日而举行的一场舞会。

8月3日：拿破仑的母亲抵达厄尔巴岛。

8月15日：岛上庆祝拿破仑的生日。

9月1日：瓦莱夫斯卡夫人带着她的儿子来到厄尔巴岛。

11月3日：维也纳会议召开。

1815

1月3日：联军签署《维也纳条约》。

1月25日：拿破仑在他的费拉约港城堡中举办了一场盛大的晚宴；他决定加速回到法国的计划。

2月12日：他接见了马雷派来的一个特使，后者督促他尽快回国。

2月26日：晚上九点，拿破仑离开厄尔巴岛。

3月1日：拿破仑在戛纳登陆。

3月5日：中午，拿破仑到达锡斯特龙；晚上十一点，他进入加普城；路易十八政府在巴黎得知拿破仑登陆的消息。

3月6日：在一场由路易十八主持的内阁会议中，大家就拿破仑回归一事展开讨论；国王要求传召议会，下发谕旨，称拿破仑·波拿巴是叛徒、乱党，命令军队全体出动，将其生擒后移交战争审判所，确认身份后直接枪决。

3月7日：维也纳得知拿破仑离开厄尔巴岛的消息。

3月10日：拿破仑到达里昂。

3月11日：拿破仑在贝勒库尔广场上检阅军队。

3月13日：拿破仑颁布政令，解散路易十八的议会；他又发布一条命令，下令所有在1814年1月1日以后回到法国的流亡贵族立刻离开帝国。中午，拿破仑离开里昂。维也纳会议发表宣言，宣布"剥夺拿破仑·波拿巴一切公民身份和社会身份，把他以世界的敌人和捣乱分子的身份交给社会制裁"。

3月18日：议会宣布全国参战，反抗拿破仑·波拿巴。

3月19日：路易十八向军队发表讲话，劝告全军上下要保持忠诚，并承诺会原谅"那些误入歧途的孩子"。午夜，路易十八离开杜伊勒里宫；当晚，拿破仑到达蒙特罗。

3月20日：凌晨四点，拿破仑到达枫丹白露；晚上九点，他的马车驶进杜伊勒里宫。

3月21日：拿破仑组建政府。卡诺被任命为内务部部长，并被封为伯爵。

3月23日：路易十八在里尔发布命令，禁止任何法国人听从拿破仑·波拿巴发出的动员令。

3月24日：皇帝颁布政令，取缔了出版审查部。

3月25日：政府颁布政令，恢复了大革命时期议会针对波旁家族而颁布的系列法令。

3月26日：皇帝自命为巴黎国民自卫军总司令。

3月30日：参政院颁布政令，撤销拿破仑的废黜令。

3月30日：政府颁布法令，恢复了路易十八在2月17日取缔的帝国大学。

4月17日：拿破仑入住爱丽舍宫。

4月20日：100门大炮齐鸣，向巴黎人宣布三色旗在法国所有城市上又升起来了。

4月22日：拿破仑公布了《帝国宪法补充条款》，下令召开五月广场会议。

4月25日：反法联盟发誓，没有击败拿破仑，决不休战。

5月2日：路易十八在根特发表一份宣言，劝说法国人民与篡位者划清界限。

5月12日：联军再次发表宣言，进一步肯定了4月25日声明。

5月15日：旺代保皇党起义。

5月26日：沙皇俄国、奥地利皇帝和普鲁士国王离开维也纳，亲率"解放之军"向法国袭来。

6月1日：五月广场会议盛大开幕；拿破仑宣誓效忠帝国新宪法。

6月2日：英国下议院通过投票，拨款3,169,622英镑以支持1815年战争。

6月9日：维也纳会议签署最终条约，敲定了欧洲版图。

6月12日：拿破仑离开巴黎，赶赴军中。

6月14日：马伦哥会战和弗里德兰战役纪念日，拿破仑向全军发表讲话。

6月15日：法军渡过桑布尔河。

6月16日：在利尼镇附近的弗勒吕斯平原上，法军让敌军蒙受重大损失，但没能将其全歼。

6月17日：惠灵顿部署军队，准备作战。

6月18日：滑铁卢战役。

6月21日：拿破仑回到爱丽舍宫。

6月22日：出于对拿破仑二世的考虑，他签署了退位书。

6月24日：拿破仑离开巴黎。

6月25日：路易十八回到法国。

7月16日：拿破仑离开法国。

10月15日：拿破仑抵达圣赫勒拿岛。

1821

5月5日：拿破仑在圣赫勒拿岛上去世。

1840

12月15日：拿破仑的遗体被迎进荣军院。

告读者

在把话语权交给《拿破仑圣赫勒拿岛回忆录》的作者之前,编者认为有必要提醒读者注意几个问题。由于本身的一些原因,此书内容前后不一,甚至有出入。故编者此处为读者略作提示,也是为了方便阅读。

拉斯卡斯在世之际,《拿破仑圣赫勒拿岛回忆录》共计出版了五次,而且各个版本之间大有不同。有些章节在一个版本里被删得一干二净,又出现在另一个版本里;有的评语在这版里用词和缓,在那版中却很严厉;作者在一版里出于谨慎,只用首字母代替人名,在另一版中却把人名全拼了出来;版本迥异之处,不一而足。

编者认为,各个版本之间的出入之处应详细告知读者才是。因此,在本书中,我们采用脚注的方法来对版本出入进行说明。这个版本以1830—1832年版本为底版,该版是作者在世时的第三版,问世于六月革命爆发前不久。当时波旁家族已经逃离法国,所以拉斯卡斯一改复辟时期的小心谨慎,也再不用为了避免书稿被禁而给旧制度大唱赞歌了。基于这番考虑,我们才决定把这个版本献给读者。我们可在脚注里看到拉斯卡斯在连续五版中对自己这部作品所做的全部改动。

《拿破仑圣赫勒拿岛回忆录》既是拿破仑的言行记录簿,又是拉斯卡斯的个人回忆录;它既是皇帝的军事思想文集,又是好几个人的作品摘录合集。无论在文笔还是结构上,整本书都没有多少条理可言(拉斯卡斯本人也承认过这一点）。另外，由于这本书是写给同时代的人看的，他们都或远或近地经历过《拿破仑圣赫勒拿岛回忆录》中讲述的大小事件，所以拉斯卡斯觉得没有必要在细节上多做纠缠，觉得读者已经明了。然而今天的读者需要了解这些详细信息，需要对《拿破仑圣赫勒拿岛回忆录》中存疑的人和事有更加清晰的认识。而且，因为急于结稿，拉斯卡斯在写这本书时不可避免地犯下一些错误，造成一些混淆。这一切都需要得到调整和更正。

基于上述原因，我们不得不在拉斯卡斯原文上添加注解。我们也不愿消耗读者的耐心，在《拿破仑圣赫勒拿岛回忆录》中的每个句子后面都加注。只有在需要更正或需要展开解释以方便读者迅速理解原文的时候，我们才会添上注释。

至于《拿破仑圣赫勒拿岛回忆录》中涉及的众多人名地名，烦请读者翻至《人名表》《地名表》[①]查看详细。里面附有相关的解释以及简短的参考书目，以探讨问题，澄清疑惑。

最后，笔者想再就前文的《拿破仑年表》简单说两句。近半个世纪以来，人们几乎都用出行线路图来展示拿破仑的年表。其中最著名的是1908年舒尔曼的《拿破仑一世总路线图》（Schuermans, *Itinéraire général de Napoléon Ier*，第二版增补版出版于1991年），以及1947年伽罗斯的《拿破仑·波拿巴出游图》（Garros, *Itinéraire de Napoléon Bonaparte*）。多亏这两本书（特别是第一本），我们才能确切地知道皇帝的所有出行，而且精准到何日何时。不过本书中，我们更关心的不是拿破仑在哪一天去了哪里，而是他在那天里做了什么。

[①] 请看本书第五、六卷。——译者注

《拿破仑年表》并非《拿破仑圣赫勒拿岛回忆录》本来就有的内容。我们之所以把它放在《告读者》之前，并强烈推荐读者大致浏览一下这条令人眼花缭乱的时间线，只因它是法国有史以来最辉煌的一段岁月的浓缩。

杰拉德·沃尔特

法语第一版前言

3①因为那段不同寻常的岁月，我才有幸在那位最是不同寻常的、堪称一百年才能出一个的大人物身边侍奉了很长一段时间。

在了解他之前，我就已对他心生敬仰，因此才甘心追随其后；和他熟悉了之后，我对他更是敬上加爱，唯愿余生相伴左右。

全世界都知道他的光荣、他的事迹，各地到处都立着为他建的纪念碑。然而，没有一个人了解他真正的性格、他私下里的为人、他骨子里的禀赋。不过，我现在就要把这一大块空缺给填补上，也望此书能为探明历史带来独到之益处。

我在拿破仑身边待了18个月。这18个月里的每一日，我目睹的他的举动、亲耳聆听到的他的讲话，全部悉心记录了下来。他的话虽已是来自另一个世界的寂寥之谈，却仍可充当一面镜子，从各个角度、各个方面照出说话人的模样，供人自行参考研究，也免去了因资料原因而造成的各种谬误。

我在本书中讲述的一切都是混乱、毫无条理可言的，但很贴近我当时写下这些文字时的心境。不久之前，英国政府才把手稿还给了我。失而复得之后，我一开始本打算着手将其大改一番，让它看上去好歹平

---

① 以下页码为本书法文底本（1965年杰拉德·沃尔特编辑批注版）页码。此外，脚注及文中一切提到的本书页码，均为法文底本页码，而非中文版页码。——译者注

头正脸些。然而我还是放弃了这个想法,一方面是因为我的身体每况愈下,再不能过度操劳;另一方面是因为我发现自己已到了岁月不等人的年纪,只想尽快把这本书出版出来,也算完成了一个神圣的义务,并借此表达追思之情。所以,我马不停蹄地着手开干起来,好达成夙愿。另外,我之所以如此着急出版,也是顾及了同时代的人:我希望这本书能为爱他者提供些许慰藉,也让仇他者改变一些想法。第三个同样重要的原因是,如果书中涉及的当事人觉得自己蒙受不公,他大可站出来替自己辩解。至于公众是否接受、历史是否认可,一切自有定数。

拉斯卡斯
1822年8月15日作于帕西①

---

① 在这个新版本中,我本打算把第一版里许多我觉得或幼稚或平淡的内容统统删去,因此对书稿做了大幅删减。然而在许多人的大力坚持和说服下,我最终还是保留了原稿全部内容。有人安慰我说,我若真的删减内容,定会曲解书中人物的本来面貌;保持本真才能取得读者的信任,才是书籍获得成功的坚实保证。我内心其实也有些顾虑,怕一些人觉得前后两版截然不同,想方设法要在第二版本里揪出些错来,这也是我极力想避免的。基于这些考虑,我才决定将第一版重印。我认真修正了一些先前旁人指出来的疏忽之处,对排版印刷也格外用心,并在一些地方加了绝非毫无意义的补充和声明,除此之外,再没做其他更改和删节。——辑录者注

绪　　论

[5]在陪伴拿破仑皇帝的那段时间里，我着手开始了一项工作：把皇帝每天的一言一行都记录下来。不过，在开始讲述之前，我得先拿一篇绝非无用的绪论来烦扰读者，希望诸位切莫见怪。

我每打开一本历史著作之前，都要先去了解一下作者的为人性格、身份地位、政治关系和家庭背景，总之就是要知道他的人生大环境。我觉得唯有这样，才能抓住文字的核心，也才能做到心里有谱，知道该对作品存几分信任。现在轮到自己写书了，于是我赶紧把自己的底细交代出来。

所以，在把这本书呈献给读者之前，我要先说说关于我的一些事。

大革命爆发之时，我刚满21岁，根据部队高级军官的相应军阶规定，于不久前被擢升为海军上尉。由于家族世代效劳宫廷，我去了宫中述职。我虽家境清寒，但只要肯拼搏上进，假以时日，通过婚姻的助力，再加上我的姓氏、社会地位、仕途前景，我定能得到自己想得到的东西。可就在那时，国内爆发了政治动乱。

我们行政部门选拔人才的体制有一个很大的弊病，那就是让我们失去了接受完善、健全的教育的机会。

我们14岁从学校出来，然后一下子就没人管没人问了，可那时我们脑中仍是一片空白，对社会制度、公共体系、公民义务的想法很容易流于表面。

所以，我是第一批追随亲王贵胄流亡出国的人员之一。但我这么做，与其说是为了履行义务，还不如说是受了贵族阶层特有的成见的驱使，更是因为自己心底渴望干出点成仁取义的事。那时人们都说，我们这么做，是为了把君主从可怕的暴乱中解救出来，是为了捍卫我们誓死不能放弃的继承权。再加上从小接受的思想熏陶，那时意志坚定却思想软弱的我，根本无力抵抗这股洪流。

国内很快就掀起一股流亡狂潮。此举何其有害，相信欧洲对此体验深刻。[6]说它是个政治上的下策也好，是国家的过错也罢，都不足以解释当时我们做出这个选择的原因。我们只能说，那时选择流亡的人大多心怀正义，却没能洞察时局。

当时我们在前线连连失利，被敌国驱逐，又被祖国通缉，所以大部分人都去了英国。不过没过多久，英国又把我们扔到了基伯隆海岸上。我很幸运，没有成为登陆贵族中的一员。此事也反过来促使我反思一个问题：站在外国旗帜下为祖国奋战的我们，处境是何其凶险。从那时起，我的思想、理念和人生规划就被动摇、改变乃至改写了。

那时的我心灰意冷，于是不问世事，放弃上流社交圈子，一心投入到学习中。我更换姓名，重拾学业，努力钻研起学问的事来。

然而过了几年，由于《亚眠条约》和第一执政官颁发的大赦令，我们纷纷踏上了回国之路。那时我一无所有，家产都被充公了。然而和远离家园、不能呼吸到祖国的空气相比，这又算得了什么呢？

于是，我迅速启程回国。此次赦免于我而言是一个万分宝贵的机会，我对政府此举也是万分感激。我敢骄傲地说："从接受赦免、选择回国那一刻起，我从来都没后悔过。"

没过多长时间，君主制又在法国建立起来。于是，我从处境和感情上又成了异类，就像一个因获得某场胜利而被惩罚的战士一样感到手足无措。每一天，都有人摒弃现在的思想，重拾我们从前的旧理念。那些曾被我们看得比生命还要珍贵的成见，如今起死回生，成为主流。可由于荣誉感和高尚情操使然，我们甘愿成为边缘的异类。

新政府公开宣布合并各党的时候，我没有归顺；新政府领导人吁喊着法国国土上的人都是法兰西人的时候，我没有归顺；我的旧时好友和同僚向我许以好处、要帮我铺展前程的时候，我仍没有归顺。我无法压倒内心那个苦苦折磨着我的灵魂的不同声音，所以我只能执拗地强迫自己忘记自我、躲进工作中，化名写了一本历史著作，靠它再次发家。就这样，我度过了人生中最幸福的五六年时光。

然而，一系列古今未有的大事件如疾风迅雷一般陆续发生在我们身边，令整个世界为之颤抖和震惊。[7]任何一个人，但凡他心中还向往着伟大、崇高、壮美的东西，绝不会对这等恢宏壮阔的伟业无动于衷。

那时，祖国一时盛极，国力达到了史上任何民族都不曾企及的一个高度。论朝气、论成果，那个政府都是前无古人的。全国上下一派欣欣向荣之景，各行各业蒸蒸日上，所有人的积极进取之心都被激发了出来。我们那支世间无双、无人能敌的军队，对外打得他国闻风而逃，对内大大激发了民族自尊心。

各种各样的战利品源源不断地被送了进来，把我们国家填得满当当的；大量的纪念建筑如雨后春笋般立了起来，以彰显我们的辉煌功绩；奥斯特里茨大捷、耶拿大捷、弗里德兰大捷、《普莱斯堡条约》和《提尔西特和约》让法国一跃成为世界第一强国，成为所有国家的命运主宰。那真是国人最幸福的一段时光！然而，这一切成果、这一切功绩、这一切奇迹，竟都是一个人缔造出来的。

所以，虽然我心怀成见，但对他依然满心钦佩。我们也都知道，从钦佩到爱戴，从来只有一步的距离。

正是在这个时候，皇帝从名门望族中选了一些人来服侍左右，并传出消息，剩下那些仍然坚持远离朝堂的贵族将被他视为包藏祸心之人。我毫不犹豫地应征了。我说过，我已彻底履行了自己生来背负的誓言，已履行了我的出身、我的教育告诉我应尽的义务。我对旧制度一直忠心耿耿，直到它最后覆亡。那时，王子王孙都已失去音信，我们甚至怀疑他们是否还活着。盛大的宗教仪式、法国取得的辉煌成就、诸王联盟乃至整个欧洲都在告诉我：从此我们有一个新王了。我们的前人在归顺卡佩王朝第一位君主之前，可曾拿出过同样坚忍的意志去抵抗一个如此强大的帝国？所以我想说的是，我当时其实很高兴能够受召入宫。如此一来，我也能体面地摆脱自己所处的尴尬位置，从此我可以自由地、全心全意地把自己从前对旧主一直抱有的热忱、忠心和爱戴奉献给新王了。此次行动的结果是，我立即被选入宫廷。

然而，我迫切地渴望履行誓言、干出些事来。当时英军入侵弗利辛恩，并直扑安特卫普。我以志愿军的身份加入了弗利辛恩保卫战；[8]英军从弗利辛恩退兵后，我身为侍从，又回到君王身边。我当时脑子里的想法是，我要在这个光荣的岗位上做点有意义的事情。所以我毛遂自荐，进了参政院。之后，承蒙陛下不弃，我担负起了一连串的任务：我在荷兰并入法国的时候被派至该国接收海军物资，我去过伊利里亚清算公共债务，曾跑遍半个帝国去视察公共慈善机构。在帝国屋梁起火的时候，我也算略微尽了绵薄之力，并在我曾工作过的地方赢得了一些薄名。

然而，天不佑我帝国。接下来的事大家都知道了：莫斯科失利、莱比锡惨败、巴黎被围。我当时在巴黎城中负责指挥一支军队作战；3月31

日，许多公民用自己的鲜血为这支队伍赢得了荣誉。巴黎投降后，我把指挥权交给一个手下，然后离开队伍。我这么做，是因为当时我觉得自己还背负着另一层身份，还要在君王身边履行其他义务。然而我没能及时赶到枫丹白露，皇帝就退位了，国王被迎回巴黎、统治法国。

于是，我的处境变得比十二年前还要奇怪。保皇大业终究还是成功了，我为之牺牲了全部家产、在外流亡十二年、回国隐居六年的保皇大业，它终究还是成功了。然而，考虑到个人颜面，再加上理念方面的原因，我没有从复辟政府那里收过任何好处！

我的选择非常古怪吧？我经历了两次彼此敌对的革命，为第一场革命耗尽家产，为第二场革命献出人生，却没有从任何一场革命中谋到什么好处。看到我这番话后，庸俗之辈会觉得我是在推诿躲闪、顾左右而言他，阴谋家会说我是个连续两次都站错队伍的傻瓜，只有极少数人才会懂我，明白我这两次选择都是为了履行伟大、光荣的使命罢了。

旁人不会因为我的所作所为而体谅我、尊重我，这我都知道。尽管如此，如今已经发达了的一众旧友依然想要提携一下我。可我是不可能接受他们的好意的，因为我已成了万人厌恶、打击的对象。所以我打定主意，终结了自己的政治生命。难道我就该让别人对我指指点点、品头论足、妄下定论吗？又不是每个人都能读懂我的心！

[9]我身为法国人，爱国成痴，却看着国家在敌人的刀剑中慢慢地倒下去，心中悲愤得难以自抑，只能远远地躲开，掩面不看祖国蒙受的厄难。所以我在英国待了几个月。那时我眼中的英国，已非记忆中的旧时模样！但那是因为我的关系，我已非昨日之我了！

之后，我回到了祖国怀抱中。没过多久，拿破仑就又现身在法国的海岸上。只一眨眼的工夫，他就来到首都，而且没费一兵一卒、一枪一炮。我整个人都在战栗，仿佛看到外国列强被赶出国门，我们的光辉岁月又回来了。可惜啊，命运却另有安排！

我一得知皇帝要去滑铁卢，就主动请缨，去他身边效力。他退位的时候，我就待在他的身边；他要被流放的时候，我也执意要和他休戚与共。

我做这些事时并没想过自己，动机也非常单纯。有些人也许说我傻，因为虽然当时我和他朝夕相处、当上了他的侍从、成为他议院中的一员，他照样不太认识我。他也不无震惊地问过我："你可想过此举会有什么后果？"我的回答是："从未想过。"于是他接受了我的请求，带我去了圣赫勒拿岛。

我已做完自我介绍。读者手中的这本书，字字属实。一部分同代人依然健在，我若说了半句假话，他们必然会站出来否定。现在，我要开始我的讲述了。

第一章

皇帝退位,离开法国

皇帝在滑铁卢战役后回到爱丽舍宫
6月20日[①],星期二

*11*我得知皇帝回到爱丽舍宫的消息后,自愿到宫中服侍皇帝。回宫后,我发现蒙塔朗贝尔和蒙托隆也在那里,他们抱着和我一样的想法。

皇帝刚吃了一个大败仗。法国未来的命运寄托在代表国民的议院身上,取决于议院的人是否还有信心和热情。皇帝还没来得及洗去一身沙尘,就想着去议院那里,告诉众人我们现在面临的危险和可采取的对

---

① 拉斯卡斯从6月20日开始写日记,但他一开头就把日期弄错了。亨利·胡赛耶(Henri Houssaye)在他的《1815》一书中,参考了费因男爵编写的《皇帝暂留时期的日志》[*Fain, Journal des séjours*(转下页)

策，去提出抗议，并告诉他们：他的个人利益从来都不是阻挠法国取得幸福的障碍。他想立刻就去。然而，许多人说议院现在正是人心骚动之时，说服他放弃了这个念头。

另外，我们尚不知外面是怎么议论那场邪门的战役的。有人说肯定出了内鬼，还有人说这就是命数。格鲁希率领的三万大军没能及时赶到，没有出现在他们应该出现的地方。有人说，军队在白天还连接取得胜利，可晚上八点左右突然陷入慌乱之中，士气一下子就涣散了。*12*克雷西、阿赞库尔①的历史重演了②……每个人都在发抖，大家都觉得大势已去！

---

de l'empereur]，确定皇帝是在6月21日早上八点到达爱丽舍宫的。让·蒂里在他的《拿破仑一世的第二次退位》（Jean Thiry, *La seconde abdication du Napoléon I*ᵉʳ）、马塞尔·杜南（Marcel Dunan）在他的《圣赫勒拿岛回忆录》批注版中都采纳了这个日期。不过根据古尔戈的记叙（他的证词也非常重要），拿破仑确实在20日晚上十点到达巴黎。（请看欧克塔夫·奥布里编辑的《古尔戈日记》第一卷29页）不管怎样，我们可以确定，拉斯卡斯只可能在21日早晨才知道皇帝回来的消息。此外，他此处的记叙明显缺乏细节。我们需要配合《弗勒里·德·夏布隆回忆录》（*Les mémoires de Chaboulon*）第二卷165～178页一起来看，方可得出具体时间。在这本回忆录里，编辑蒂里还非常用心地概述了此事。

① 英法百年战争中的两场战役，分别发生在1346年和1415年，结果均是英国取胜。——译者注

② 原文后面本来还有一句话："那天堪称是马刺战役的再现。"我之所以把这句话删掉，其实另有内情，对此我不想隐瞒。

在圣赫勒拿岛时，皇帝是唯一知道我在写日记的人。有一天，他让我给他读一读里面的部分内容。当我无意中念出"马刺"*这两个字的时候，皇帝的反应十分激烈："啊！您疯啦？竟然这么写！删掉，先生，请马上删掉！……马刺战役的再现？……这是胡说！这是诽谤！……马刺战役！"他反复念叨着这个词："啊！我可怜的将士！勇敢的士兵啊！你们从来没受过这么大的打击呢！"他顿了一刻工夫，接着说："我们中许多人一生悲惨！愿苍天宽恕他们！然而法国，它是再不能从苦难中站起来了！"——辑录者注

* 发生于1513年的吉内加特战役中的第二场战斗，在这场战斗中，路易十二的军队被英德联军击败。此仗之所以战败，是因为法军骑兵团突然陷入慌乱之中，骑兵在战场上使用最多的是逃命的马刺，而不是抗敌的武器，故此战得此名。

退 位

6月21日①，星期三

昨天，从晚上一直到深夜，有人在不断游说议院代表中还支持皇帝的人以及最有威信的议员。据说，这些游说者正在起草有法律效应的文件和几近正式的文书，以保障法国不被灭国。他们说，唯一的办法就是皇帝退位。

今天早上，持这个观点的人已占多数，看来已是大势所趋。议院主席、政府要员、皇帝最好的朋友都纷纷哀求他为了挽救法国而退位。皇帝虽然内心不服，但依然大度地表示：他可以退位！②

这个消息一传出去，爱丽舍宫大乱。无数人急匆匆地跑了过来，关切地留意着事情进展。有些人都冲进宫来了，一些老百姓还是爬墙进来的。大家本是为给皇帝献计而来，结果有的人恸哭不止，有的人语无伦次。皇帝当时正在花园里平静地散步，只有他一人泰然如常，对谁都是一个回答：请他们从此把这份热忱和感情献给祖国。③

这天，我把代表团引荐给了他。他们来，是为了感谢他对国家大计的忠诚。

¹³据说，那些造成此等轰动效果、导致今天爱丽舍宫大乱的文书，

---

① 拉斯卡斯此处记录的日期依然需要更正。拿破仑其实是在22日退位的。请参考《弗勒里·德·夏布隆回忆录》。

② 拿破仑在下午早些时候签署了退位书，之后卡诺立刻将其送至贵族院，向众人宣读。

③ 当时也在爱丽舍宫的奥坦斯·德·博阿尔内在她的回忆录中讲道："一大群人一直围在花园周围，许多人迫切想要见到他们可怜的皇帝，还有一些人催着他快逃。他们此起彼伏的呼喊揪痛了我们的心……有些军官看到皇帝来到花园，立刻翻墙跑过来，跪在地上对他苦苦哀求：'不要丢下我们！'"（《奥坦斯回忆录》第三卷第22页）也是这幕场景见证人的巴黎警察局长雷亚尔，后来私底下跟奥坦斯说："夫人，您信吗？我当时收到临时政府的命令，四处撒钱，好压住这场群众骚乱。"（出处同上）

是富歇和梅特涅在频频通信中定下来的。梅特涅在信中保证：只要皇帝愿意退位，拿破仑二世的继位权和皇后的摄政权都可以得到保障。这些都是两人背着拿破仑进行的，而且他们通信已经有段时间了。①

肯定是富歇在背后积极捣鼓这些事。大家都知道，他几年前第一次失宠，就是因为他在皇帝毫不知情的情况下和英国人展开谈判。②每到关键时刻，他总会搞些背后的小动作。

上帝保佑，但愿他今天暗地里的这些勾当不会在将来给我们国家带来什么恶果！

贵族院代表团—科兰古—富歇
6月22日，星期四

我回家待了几小时。③今天，有人把贵族院代表团引荐给了皇帝。

晚上，临时政府的部分人员名单已经敲定。科兰古和富歇赫然在列。此二人和我们一道出现在行政大厅。④我们向科兰古表示祝贺，不过说的都是台面上的客套话罢了。面对众人的庆贺，他有些诚惶诚恐。我们说，让我们为已经公布的人选鼓掌庆祝。富歇此时轻声说了句话："我

---

① 此处仍请参考《弗勒里·德·夏布隆回忆录》。大厦将倾的前几天，弗勒里就已得知了富歇的全部阴谋。（请看《弗勒里回忆录》第二卷第1～34页）拉斯卡斯说富歇和梅特涅两人背着拿破仑通信，他实则弄错了。请看马德林的《富歇》（Madelin, Fouché）中第二十五章内容。

② 这里说的其实是富歇第二次失宠。第一次失宠发生在1809年10月27日，富歇成功躲过这一劫。当时拿破仑在枫丹白露狠狠斥责了富歇一顿，他差点儿因此下台。请看马德林的《富歇》第二卷卷末的梗概整理表。若要获悉更多细节，请看《富歇》第二卷中第十八章后半部分和十九章的内容。

③ 这里纠正了1823年版本中的一个打印错误，1823版原文为"回家待了几天"，但这明显于理不合。

④ 政府委员会成员于6月22日被选出来，里面除了科兰古和富歇，还有前任内务部部长卡诺、格勒尼耶将军、议员摩泽尔和前公会成员基内特。富歇担任委员会主席。

可没有什么可疑的。"在场的代表布莱·德·拉莫尔特冷不丁地回了一句："如果您真有可疑之处，请相信，我们是不会选您就任的。"

临时政府参见皇帝
6月23—24日，星期五至星期六

爱丽舍宫外面的人仍吵闹不休，对这里关注不减。我把临时政府成员引荐给皇帝，他让德克莱斯公爵把这群人打发走了。¹⁴ 皇帝的兄弟约瑟夫、吕西安和热罗姆白天多次入宫，和他谈了很久。

不过一到晚上，爱丽舍宫周围就聚集了大量群众，而且人数越来越多。他们喊的口号、他们对皇帝的关心，都让反对阵营担心不已。首都的骚乱已经白热化，皇帝决定明天离开这里。

皇帝离开爱丽舍宫
6月25日，星期日

我陪着皇帝来到马尔梅松，并恳请他允许我在这段新的人生旅途中追随左右。我的请求似乎令他震惊，而且此时他只知道我担任何职，其他一无所知。他同意了。

6月26日，星期一

我的妻子①来找我，她看穿了我的心思。我实在没法开口向她坦白，更没办法说服她接受此事。我只能说："亲爱的，我满脑子想的都是自己的义务，在完全投身其中的同时，我唯一感到安慰的，就是没有伤害到你的利益。要是拿破仑二世能统治国家，他必定会因为我而厚待你；如果上天另有安排，我的荣耀也足以庇护你的后半生，我的姓氏也

---

① 请看本书《人名表》中拉斯卡斯夫人的词条。

能让你受到世人几分尊敬。无论是哪种情况，我们若能重逢，定会过上更好的日子。"

妻子哭了一场，低声责备了我几句，然后离开。她要我立下我会尽快和她重逢的承诺。从那一刻起，每当我软弱的时候，一想到她，我就重获自己应有的毅力和勇气。

海军部长来到马尔梅松

6月27日，星期二

我和海军部长[①]一道去了巴黎。他为了给皇帝准备军舰一事，特地来到马尔梅松。海军部长给我读了皇帝发下去的指令[②]，说皇帝信任我，要带我一起走。他向我承诺，如有危险，他定会照顾好我的妻子。

15立法机关宣布拿破仑二世的头衔。[③]

我去学校找到我的儿子[④]，决定带他跟我一起走。我们只带了一个小小的包裹，里面不过装了些换洗衣服罢了，然后我们回到了马尔梅松。妻子一路陪着我们，当晚就回去了。前路艰险，令人不安；敌人已经逼近。

6月28日，星期三

我想再看妻子几眼，于是罗维戈公爵夫人把我和儿子带到巴黎。韦迪亚克、吉特里也在家中，这是我看到的最后几位朋友，他们个个都很

---

① 即海军上将德克莱斯。（请看《人名表》）

② 6月26日，临时政府委派德克莱斯上将把罗什福尔港口的两艘军舰配好武器装备，好应拿破仑本人的要求，将他送到美国。（普拉纳上校后来非常吃惊："为什么是罗什福尔呢？这是个陷阱！"）只要英国政府向富歇承诺过的安全通行证到了，拿破仑立刻就走。富歇借口普鲁士会在马尔梅松增派援兵，让德克莱斯转告拿破仑：军舰可以起锚出发。换言之，把被废皇帝交给英国人，此事已成定数。

③ 在退位书中，拿破仑称他的儿子为"拿破仑二世，法兰西人的皇帝"。第二天，议院代表认可了他儿子的皇位继承权，之后贵族院仿效议院代表，沿用了这个称谓。

④ 请看《人名表》中埃马纽埃尔·德·拉斯卡斯的词条。

慌乱。敌人已至城下，巴黎乱成一团，大家都已六神无主。回到马尔梅松后，我们发现沙图桥着火①，周围又多了一些哨兵。都到这个时候了，我们得有所戒备才是。我去见了皇帝，给他讲述了我所看到的首都情况，并告诉他：公共舆论普遍认为富歇厚颜无耻地背叛了国家大义，善良的法国人都希望他——拿破仑——能在今晚奔赴军中，军队需要他。皇帝若有所思地听完我的话，什么都没说，就让我退下了。

临时政府派贝克尔将军来保护皇帝——
拿破仑离开马尔梅松，前往罗什福尔
6月29—30日，星期四至星期五

整个早上，圣日耳曼大道上都响彻着"皇帝万岁"的呼声，那是军队经过马尔梅松高墙时的呼喊。②

大约中午时候，临时政府派来的贝克尔将军到达马尔梅松。他一脸愠色地告诉我们，他得到的任务是：保护并监视拿破仑。③

---

① 陆军部长（达武）发布命令，让担任马尔梅松宪兵队队长的贝克尔将军摧毁此桥。将军在古尔戈的帮助下办成此事。（请看《古尔戈日记》第一卷第31页以及《奥坦斯回忆录》第三卷第42~43页内容）

② 这支分遣队刚从旺代回来。其指挥官布拉耶尔将军在宫殿门口见了拿破仑，并代表他的部队恳请拿破仑重回军中、执掌军权。[请看蒙托隆的《拿破仑皇帝被囚记》（Monthoron, Récits de la captivité de l'empereur Napoléon）第一卷第47页]

③ 我回到欧洲后，在机缘巧合之下拿到了当时的相关文件。我觉得公众应该还不知道这件事，故将文件摘抄如下。里面一字一句都出自原文。在这件事上，我无须去恶意造谣。——辑录者注

政府委员会发给陆军部长埃克缪尔亲王的公文副本
1815年6月27日于巴黎

元帅阁下：

眼下情况已至如此地步，拿破仑离开巴黎，前往艾克斯岛，此事已成定局。如果他还没下定决心，可令人向他告知此信内附的政府决议，并由您负责在马尔梅松监视他，（转下页）

¹⁶只有最卑鄙的人才做得出这样的决定。富歇知道贝克尔将军个人对皇帝心有怨言，以为他肯定是那种睚眦必报的人。¹⁷他这么想就大错特错了：这位将军品格高尚，对皇帝一直尊敬有加、忠心耿耿。

以防他逃跑。因此，您可将宪兵队及其他必要的军队交由贝克尔将军负责，牢牢守住每条通往马尔梅松的大道。为了干成此事，您可向宪兵队督察总长发布命令。这些行动必须尽可能地秘密进行。

元帅阁下，此信是写给您的。不过负责向拿破仑传达决议内容的贝克尔将军，还请阁下对他特别指点一番。请让将军明白：此举关乎国家利益，也关系到他个人安全；他必须尽快执行命令；为了拿破仑的利益，也为了他自己的将来，他得抓紧才是。

签字人：奥特朗特公爵等

政府委员会决议副本，摘抄自国务秘书处原稿
1815年6月26日于巴黎

政府委员会在此做出如下决议：

1.海军部长下发命令，在罗什福尔港准备两艘配有武器装备的军舰，将拿破仑·波拿巴送到美国。

2.如果他提出相关要求，负责保护其安全的贝克尔中将可发布命令，为他配备一支人数足够的护卫队，护送他一直到登船为止。

3.哨兵队总负责长负责和驿站相关的所有治安工作。

4.海军部长发布命令，拿破仑一下船，军舰即刻回国。

5.在安全通行证到手之前，军舰不能离开罗什福尔停泊地。

6.在执行该法令的过程中，海军部长、陆军部长、财政部部长每人要各司其职。

签字人：奥特朗特公爵

政府委员会、副国务秘书，签字人：贝利埃伯爵

奥特朗特公爵写给陆军部长的信函副本
1815年6月27日中午于巴黎

元帅阁下：

我不久前就拿破仑一事给海军部长写了一封信，现将其转抄给您。读罢信后，您定会认为有必要给贝克尔将军发布命令，让他在拿破仑暂留停泊地期间时时刻刻紧跟在后者的身边。

祝好

签字人：奥特朗特公爵

（转下页）

*18*然而，时间越发紧迫了。皇帝离开的时候，还派贝克尔将军给临时政府传信，表示他愿意以普通公民的身份率领军队与敌作战，承诺打败布吕歇尔后自己马上就走。然而临时政府没有答应。①于是，我们离开了马尔梅松。皇帝和他的部分随从走图尔那条路前往罗什福尔，我和我的儿子、蒙托隆、普拉纳、雷西尼一道，坐另外两三驾马车，走奥尔良

奥特朗特公爵写给海军部长的信函副本
1815年6月27日中午于巴黎

公爵阁下：

委员会提醒您，别忘了它一小时前传达给您的指令。请您按照委员会昨日的要求，严格执行决议。根据决议内容，拿破仑·波拿巴可在艾克斯岛停泊地停留，直到拿到通行证为止。

这关系到国家利益，他不可能对此无动于衷，何况他和他家人的命运已成定数了。我们可采取一切手段，在谈判中尽量满足他的要求，毕竟这也关乎法国的脸面。然而在等待期间，我们必须采取一切预防手段，以保证拿破仑的人身安全，并确保他绝不离开眼下临时逗留的暂居地。

祝好

政府委员会主席
签字人：奥特朗特公爵

陆军部长给贝克尔将军的信

此信内附一封政府委员会请您转达给拿破仑皇帝的决议，烦请将军详阅。还请将军提醒陛下，眼下时局紧迫，他必须做出决定，前往艾克斯岛了。委员会采取这个决议，既是为了他的人身安全，也是为了国家利益。相信后者在他心中分量不浅。

如果陛下对决议告知的内容不能下定决心，请将军执行政府委员会的另一层意思：启动必要的监督手段，谨防陛下逃跑，并预防所有企图不利于陛下人身安全的事件发生。

将军阁下，我向您重申一遍：执行这个法令是为了国家的利益，也是为了皇帝陛下的人身安全；为陛下及其家人的将来考虑，政府委员会认为必须即刻采取相应的必要措施。

祝好

注：此信没有签字，埃克缪尔亲王在发出此信时告诉秘书："我是不可能在这封信上签字的，你去签就够了。"而这位秘书又觉得自己无权在上面签字。至于这封信有没有被发走，那我就说不好了。

① 临时政府之所以拒绝拿破仑的提议，全是因为富歇的关系。[请看1841年菲利克斯·玛尔塔-贝克尔的《贝克尔将军》（Félix Martha-Beker, *Le général Beker*）中贝克尔本人的讲述，马德林的《富歇》以及《古尔戈日记》第一卷第32页]。

这条路去和皇帝会合。①

30日早上，我们到达奥尔良，快到午夜时到达沙泰勒罗。

从奥尔良到雅纳克
7月1—2日，星期六至星期日

7月1日，我们在下午四点左右到达并离开利摩日。

2日，我们在拉罗什富科吃过晚餐，七点到达雅纳克。我们本要连夜赶路，可是一个坏心肠的驿站老板硬要我们在那里过夜。

桑特险事
7月3日，星期一

[19]直到早上五点，我们才能继续赶路。驿站老板居心不良，不仅留了我们一夜，还想耍些小手段继续拦住我们，我们以近乎乌龟的速度到达科涅克驿站。那里的驿站老板和围观群众对我们则友善许多。我们开始感觉到：这一路走来，引发了许多骚乱，而且在这个乱局里，不是所有人都是一个心思。到达桑特后，大约上午十一点的时候，我们差点儿成了一场群众暴乱的受害者。后来有人告诉我们，是当地一个狂热分子设了个圈

---

① 拿破仑在6月29日下午快到五点的时候，从猎场侧门离开了马尔梅松。古尔戈回忆说："他当时穿了一件栗色燕尾服。"贝克尔、贝特朗、萨瓦里三位将军和他同坐一辆马车，其他马车紧跟其后，组成一支车队，然后上路了。普拉纳上校也在车队中，一副怒气冲冲的样子。"跟我们一道走的居然还有一大帮子的仆人。皇帝如今已到这个境地，如此安排，简直荒谬至极。可大元帅无论走到哪里都想展示宫廷气派，他的妻子也抱有这种想法。他们在皇帝的车队中塞了一大堆无用的人和东西。如果有人对此提出异议，他们就说这是皇帝的意思，以堵住别人的嘴。可我们非常清楚，完全不是这回事。很久以前，皇帝就把这类琐碎小事一应交给大元帅去负责，对马尔梅松完全不管了。皇帝只有一个要求：把和美国有关的所有书籍和地图都打包带走。"（《普拉纳回忆录》第226页）

套①，企图把我们一行人都给谋害了。当时我们被群氓团团围住，靠国民自卫军帮忙才逃过一劫，又像囚犯一样被关进一家客栈里。②人们说，我们携带着国家财产，我们这群人罪恶滔天，唯有一死才能赎罪。③

在喊着处死我们的人群中，吼得最大声的就数那些自称是该城地位最为尊贵的人——尤其是一些女人。

她们一群接一群地来到旁边屋子的窗户下，用最恶毒的话辱骂我们。她们个个怒气冲冲，看到我们气定神闲的样子后，在那里气得龇牙咧嘴。然而，那可是上流社会的夫人小姐啊，那可是该城最有教养的一群女人啊！④……雷亚尔在百日王朝时期曾开玩笑地跟皇帝说：说到雅各宾分子，他有一套辨认他们的好办法。他还宣称，真要说黑人和白人有什么不同，不过是前者穿的是木鞋，后者穿的是绸缎袜罢了。

我们并不知道，当天约瑟夫亲王也经过该城。他的出现，把这个乱局搅得更乱了。约瑟夫亲王也被扣留下来，被带到省政府中，不过人们

---

① 1823年版本为"后来有人告诉我们，是当地的一队保镖设了个埋伏"。

② 即法兰西阿尔莫客栈。（请看《普拉纳回忆录》第230页）一个警察特派员在客栈各门口都安排了哨兵，但这么做其实是为了避免这群旅客再遭攻击。普拉纳说："不过仍有一大群人留在那里，打量着窗子下的这群先生，凭空猜测着他们的名字。个头矮小、气色不好的拉斯卡斯先生被认成了罗维戈公爵。保皇派的人纷纷说：'是他，就是他，他就长着这副凶残的下流样儿。'我们可说清楚了，罗维戈公爵可是我们见过的最英俊的人。"（《普拉纳回忆录》第230~231页）

③ 当时桑特城中谣言四起，说逃亡国外的奥坦斯王后的马车会经过此地；还有人信誓旦旦地说，她出逃时卷走了几百万法郎的财产。一支由12个保皇分子组成的队伍在去罗什福尔的路上看到了蒙托隆夫人的马车，于是一路跟在后面……普拉纳在书中说，人们还搜查了伯爵夫人的马车。"这群暴徒的头领说：'我们很清楚，您就是奥坦斯公主。我们不想伤您分毫，稍后自会让您离开，但首先，您得把那几百万财产交出来。'"（《普拉纳回忆录》第231~232页）不过，人们似乎并没要求拉斯卡斯及其同伴交出他们携带的"国家财产"。

④ 比他们早到两个小时的普拉纳也看到了这幅场景。他在1815年7月4日的一封信中说："许多夫人站在窗户前，仪态万千地挥着白手帕，喊着：'杀死他们！绞死他们！'"

对他倒是格外尊敬。①

我们客栈正好对着一个广场，广场上满是骚动难耐、充满敌意的人，对我们极尽威胁羞辱之词。正好本区区长认识我，站出来替我们的身份做担保。人们搜查了我们的马车，把我们当成一群神秘人物查来查去。大约下午四点时，我受允见了约瑟夫亲王。

[20]去省政府的路上，虽然有个士官在身边保卫我，然而许多人依然寸步不离地跟在我身边。有的人偷偷给我塞便条，有的人凑到我耳边跟我讲悄悄话。所有人聚在一起，向我保证我们不会有事，说真正的法国人都瞪大眼睛保护着我们的安全。

接近晚上时候，人们放我们离开。不过那时再不同于白天，我们是在响彻云霄的欢呼声中离开客栈的。人群中，女人们一边哭泣，一边亲吻着我们的手；我们每个人身边都密匝匝地挤满了人，他们自告奋勇地要跟在我们身边，说要帮我们避开皇帝的敌人在城外给我们设下的埋伏。前后待遇之所以截然不同，是因为此时大量村民和联盟军赶到城中，逆转了舆论局势。

抵达罗什福尔
7月4日，星期二

快到罗什福尔的时候，我们遇到了一支宪兵队。他们听闻我们前面的遭遇，特地前来保护我们。我们凌晨两点进城，皇帝则在昨晚

---

① 此处描述有误。约瑟夫一到达桑特，就主动去见了本区区长，人们对他也是礼遇有加。对于此事，博纳富男爵在他的回忆录（*Les Mémoires de Bonnefoux*）中是这么说的："约瑟夫经过桑特时，听到窗户下有一些波旁家族的拥护者在高喊'国王万岁'。当时城市上空仍飘着三色旗，约瑟夫便以为这些人是在欢呼他这个曾经的西班牙国王，于是来到区长那里，请他别让那些年轻人再这么大张旗鼓地向他表示致敬，以免惹祸上身。"

到达此地。①约瑟夫亲王也在当晚到达罗什福尔,我将其引荐到皇帝身边。

我利用空闲时间,向参政院主席解释我缺席议会的原因。我在信中跟他说:"由于一连串大事件迅急发生,我现在只能没有请假就离开巴黎。此次行事不合规矩,是因为时局紧迫。从皇帝上路那一刻开始,我就在他身边效力了。这位大人物曾给我们带来无上的辉煌,他是为了祖国才遭流放的;法国能成为天下一霸,全仰仗了他的荣耀和名字。我不能看着他就这么离开,是的,我不能压抑追随他的渴望,看着他就这么离开。[21]他在叱咤风云的时候,曾纡尊降贵赐了我一些恩典;如今为了报恩,我只能在一切情感中都向着他、一切行为中都为着他……"

皇帝镇定如常
7月5—7日,星期三至星期五

在罗什福尔时,皇帝没有再穿军服,住在省政府里面。不计其数的人成群结队围在他的屋子周围,呼声此起彼伏、经久不息。皇帝在阳台上②露了几次面。一些将军或者亲自前来见他,或者派了特使过来,给他出谋划策。

抛去这些地方不言,皇帝在罗什福尔暂留期间,日子过得和在杜伊勒里宫里没太大差别。他只见了贝特朗和萨瓦里两人,我们其他人都

---

① 皇帝的路线是:6月29日离开,睡在朗布依埃;30日,睡在图尔;7月1日,睡在尼奥尔;2日,离开尼奥尔;3日,到达罗什福尔,并在那里一直待到8日;15日,登上柏勒洛丰号军舰。*——辑录者注

* 此处记载有些许不实,不过我们可以借用舒尔曼(Schuermans)和伽罗斯(Garros)的路线图加以修正。

② 1823年版本为"走廊上"。

没见过他，只能靠外面疯传的相关揣测和谣言来获取消息。①不过在这纷纷扰扰的环境中，皇帝依然沉着镇定，看上去一副根本就不着急的样子。

我们一个海军上尉②还开着一艘丹麦商船来到罗什福尔，表示愿意为解救皇帝而肝脑涂地。

他提议只带皇帝一人走，保证会把皇帝藏得好好的，逃过外面的天罗地网，之后立刻扬帆起航，前往美国。他只求得到一笔微不足道的钱款，在东窗事发之后以弥补他家产上的损失。贝特朗同意了他的请求，以我的名义提出了一些条件。我就当着海军军区司令的面，签下了这份假合同。③

皇帝登船
7月8日，星期六

快到晚上的时候，皇帝被全城人夹道欢迎，在欢呼声中走进弗拉斯城。晚上八点，他登上萨勒号军舰④，当晚在上面过夜。⑤我之前带着贝

---

① 拉斯卡斯漏掉了拿破仑还见过古尔戈的这个事实，他很有可能还不知道，皇帝和这位副官交谈时提到了他的名字。实际上，古尔戈在7月5日的日记中写道："陛下就身边的随从名单咨询了我的意见。我说，反正我和蒙托隆要当他的副官。之后他让我起草一个单子，问我是否认识拉斯卡斯，说此人看上去有几分可用之处，想让他去管账。"

② 这里说的正是罗什福尔海军参谋官让-维克多·贝松。（请看《人名表》）

③ 即罗什福尔海军军区司令卡西米尔·德·博内夫。我们在蒙托隆的《拿破仑皇帝被囚记》第一卷第82~85页中找到这份合同正文。若想知道事情始末，请看1949年版的R.加洛的《一个昂古穆瓦海员——贝松-贝伊》（R. Garreau, *Un angoumois homme de mer, Besson-Bey*）。

④ 临时政府给拿破仑安排的两艘护卫舰中的一艘，目的是带他前往美国。[请看高德因男爵1933年发表在《拿破仑研究杂志》（*Revue des études napoléoniennes*）上的《萨勒号船上日志》（Gaudein, *Journal de bord de la Saale*）中1815年7月8日至9日的内容]

⑤ 古尔戈的日记为《拿破仑圣赫勒拿岛回忆录》此处的漏记提供了一些细节补充："五点十分，拿破仑离开了法国……那时，海中恶浪滚滚，登船实有危险。七点零几分的时候，陛下登上萨勒号，得到了符合其身份的礼仪接待，但没有鸣炮，不过我也早就料到船上的大炮没有火药。"

特朗夫人坐船从另一个地方出发，快到深夜才登上船。

皇帝参观艾克斯岛上的堡垒
7月9日，星期日

[22]一大清早，我就陪同皇帝在艾克斯岛下船；他参观了岛上所有的堡垒①，回船吃了早饭。

柏勒洛丰号上的首次会谈
7月10日，星期一

从星期日晚到星期一，我和罗维戈公爵一道得到任务，前去拜访英国巡航舰指挥官②，想打听他是否已拿到了临时政府向我们承诺的美国安全通行证。③他给出了否定的回答，不过表示他会立刻去请示海军司令官。我们问皇帝护卫舰是否能挂谈判旗，得到的答复是：这会让护卫舰遭到攻击。我们又问，我们能否乘中立国的船离开。他说，所有中立国的船只都会被严格搜查，甚至还要驶进英国港口接受检查。不过他提议

---

① 这些堡垒是拿破仑在1808年为完善该岛的防御工事而下令修建的。

② 古尔戈7月9日的日记内容比拉斯卡斯此处的记录要详细得多。他写道："我们同意把拉斯卡斯和罗维戈派到英国人那边，以摸清对方的意思、询问通行证是否发下、我们能否离开。拉斯卡斯会说英语，不过他说他最好装作不懂英语，好进一步了解身边英国人的想法。"英国舰队有2艘战列舰、2艘护卫舰、10多艘轻型船，在基伯隆岬角和纪龙德河口之间巡航，舰队司令是海军准将亨利·霍瑟姆勋爵。接待这两位拿破仑的使者的是柏勒洛丰号军舰船长弗雷德里克·刘易斯·梅特兰。

③ 梅特兰是这么回忆当时的情况的："7月10日黎明时分，值班军官向我汇报说，有一艘船从法国舰队中驶出，朝我们开了过来。我立刻下令升帆，把它赶回去，因为我以为这艘法国船是来侦察军情的。船离我们越来越近，船上挥舞着一面休战信号旗。早上七点，它靠在了我方军舰边上。"这份回忆录被博尔雅恩收进他的《柏勒洛丰号上的拿破仑》(Borjane, *Napoléon à bord du Bellérophon*)一书中，此段见书中第12页内容。

我们前往英国，并保证我们在那里不会受到任何委屈。①下午两点，我们启程回来。

我们昨晚待过的英国舰柏勒洛丰号一直跟在我们后面，并在巴斯克港抛锚，寸步不离地跟着我们。两个国家的船只一直都靠得很近。

登上柏勒洛丰号时，英国船长用法语跟我们交谈。我并没有告诉他：我能听懂他的话，也能勉强说几句英语。要是他知道我能听懂英语，知道他和其他几个英国军官当着我和罗维戈公爵说了什么，可能会不利于此次谈判的进展。②过了一会儿，他们问我们是否懂得英语，我没说话，罗维戈公爵回答不会。在这样的政治环境中，我又何必拘泥细节，为我这个无伤大雅的谎言而感到难堪呢？[23]所以，和这群人待了15天之后，我才开始慢慢说些简单的英语句子。在这段时间里，我一直死死约束着自己，以防有人发现我是假装的。后来在前往圣赫勒拿岛的路上，一个英国军官发现我英语进步神速。③其实我会用英语阅读，但在听这方面很是费劲。毕竟，我已经有13年没用过英语了。

---

① 梅特兰在接待拉斯卡斯和萨瓦里的时候，有人给他递来一封信，里面写着霍瑟姆司令的秘密指示。第一条指示是："我给您送来四份很有意思的法国报纸，您看后就会发现：他们已经精心设计好了一切，好保证波拿巴顺利逃脱……我绝不怀疑，艾克斯岛的两艘护卫舰就是奔他而来的，也希望您能尽最大努力，把他拦下来。"

第二条指示是："海军司令部不无道理地认为，拿破仑·波拿巴想要带着家人逃离法国，抵达美国，我要求并命令您执行司令部的指示，对其进行最严密的监控，截断他的去路。您可将他和他的家人都带到您的船上。请密切地监视他，并将其尽快送到离您最近的英国港口。"（《柏勒洛丰号上的拿破仑》第13～15页）

② 拉斯卡斯的这种小把戏没有骗得了梅特兰多久。他在叙述中说："拉斯卡斯先生登上柏勒洛丰号和我们谈判时，掩饰了自己懂得英语的情况。我说法语时舌头打结，别提有多费劲；可是他说英语时，分明是在我面前特意装作英语不好的样子，好探听到我以及参与这次谈判的其他英国军官的说话内容。甚至在他和波拿巴都来到我方军舰上以后，虽然他能读英文，还把英语报纸翻译给他的主子听，可他仍然装出一副不会用英语交谈的样子。"

③ 1823年版本中没有从"后来"到句末的这两句话。

皇帝没有拿定主意
7月11日，星期二

坐英国船只离开的所有途径都被堵死了。皇帝似乎依然犹豫不决，不知该做何决定。中立国船只、年轻军官准备的商船①，这些看来似乎都可行；还有人提议走陆路离开。②

皇帝再登艾克斯岛
7月12日，星期三

皇帝力排众议，在众人不安的惊呼声中登上艾克斯岛。③他离开了护卫舰。护卫舰拒绝帮助皇帝突围，也许是因为指挥官胆小怕事，也许是因为他从临时政府那边收到新的命令吧。④有些人认为，当时如果放手一搏，或许还有几分成功的可能。但我们必须承认：逆风已起，如何翻盘？

---

① 那是几艘带甲板的两帆两桅小船。

② 拉斯卡斯在这里交代得很不清楚，漏掉了大量信息，很有可能是因为他并未参加这次秘密会议。在这件事上，还是《古尔戈日记》弥补了《拿破仑圣赫勒拿岛回忆录》的空白。他在书中写得很清楚："陛下问我有何想法，是坐三桅帆船离开，还是坐在附近待命的丹麦船走，还是向英国人投降？我的回答是，我不敢贸然告诉陛下自己的想法，不过无论如何，我们都有很大的逃跑机会。陛下仍催我回答。我只好说，在我看来，和坐三桅帆船走的这个方案相比，我更倾向于向英国人投降，因为英国有许多人对他仰慕已久。可一旦那艘三桅帆船被控制起来（这是很有可能发生的），这个方案的性质就完全变了，那时三桅帆船不是带着陛下前往美国，而是驶向伦敦塔。也许他更想靠两艘护卫舰强行冲破防线，或者争取贝亚戴尔号的支持（该船船长博丹的父亲是前公会议员）。罗维戈则倾向于三桅帆船方案。"最后，拿破仑似乎选择了三桅帆船方案。另外，请看蒙托隆的《拿破仑皇帝被囚记》。

③ 当时，担任该岛总指挥官的将军不在，故拿破仑住进他的府邸中。1928年以后，这栋建筑成了拿破仑纪念博物馆。[请看L.格拉西尔的《最后的避难所——拿破仑在艾克斯岛》（L. Grasilier, *Le dernier asile. Napoléon à l'île d'Aix*）]

④ 美杜莎号的船长珀内曾表示，虽然他这艘船装备落后，但他愿意向柏勒洛丰号发起进攻。即便两船实力悬殊，可美杜莎号在交火时可以拖住对方，让萨勒号带着拿破仑逃走。但萨勒号的船长菲利贝尔一口拒绝了这个方案。

扬帆起航
7月13日，星期四

约瑟夫亲王白天来到艾克斯岛，看望了他的弟弟。①晚上快到十一点，起航时间已到，皇帝登上三桅帆船。两艘帆船扬帆起航，上面载着他的行李和随从，普拉纳也在里面。②

柏勒洛丰号上的第二次会谈—拿破仑给摄政王储写信
7月14日，星期五

凌晨四点，我和拉勒曼德将军一道再次登上柏勒洛丰号，想知道有没有什么新的消息。[24]英国船长告诉我们，他一直在等海军司令的回复。他又说，如果皇帝想马上登船去英国，他的船倒有权送其前往。船长还补充了一句：他个人觉得（而且船上其他许多军官也持相同想法），拿破仑在英国肯定会得到他希望的尊重和厚待；这个国家的国王和大臣不会摆出那副大陆专制统治者的架子，英国人民也是古道热肠，

---

① 约瑟夫·波拿巴非常反对弟弟向英国人投降。他给拿破仑提议，他可以重返大陆，率领卢瓦尔军队作战，也可以接受贝亚戴尔号船长的提议。拿破仑拒绝了这两个建议。于是，约瑟夫又建议，他可代替拿破仑，待在艾克斯岛上这栋屋子里拖延一段时间，让拿破仑有机会偷偷登上人们替他准备好的丹麦商船；约瑟夫知道弟弟躲过英国人的监视后，再自行离开。然而拿破仑仍然拒绝了。（请看《约瑟夫·波拿巴回忆录》第十卷第231~233页）

② 拉斯卡斯此处又出现了信息错误。萨瓦里去了三桅帆船，他回来后做了报告，于是坐这艘船走的计划就被搁置了。古尔戈在日记中写道："八点的时候，罗维戈公爵回来了。他报告说，本应登上三桅帆船和他们同行的军官开始打退堂鼓了；他们说，即便英国人放他们的船下海，他们也很难穿越大洋。陛下问我是何意见，我努力打消了他坐这艘船离开的念头。"所以，三桅帆船计划作废。拉勒曼德将军到达。古尔戈写道："他做了大量的秘密谈判工作。"不过古尔戈本人并未参与其中。最后，贝特朗告诉他，拿破仑决定坐丹麦船离开。夜幕降临后，人们开始将行李扛到丹麦船上。但接近午夜，大家又改变了主意，离开的准备工作被叫停。皇帝把拉斯卡斯和拉勒曼德两人派到萨勒号上，让他俩坐这艘船去和英国人谈判。

有着比君主还要大度的胸襟。我回答,我会转达船长的提议,把他的话一五一十地告诉皇帝。我也说了,依照我对拿破仑皇帝的了解,他不会拒绝先去英国,但目的是在那里找到办法前往美国。我描绘了法国现在的情况:卢瓦尔整个中部都陷入战火之中;只要拿破仑一现身,人民就会把希望都寄托在他的身上;每时每刻,都有各派人士前来给他出谋划策;然而他已经打定主意,绝不以任何理由或借口发动内战;他之所以选择退位,是因为他有一颗大仁大爱之心,是为了让国家迅速恢复安宁;他决意要自我放逐,是为了尽快地、彻底地实现和平。

已被判处死刑的拉勒曼德将军此时非常关心自己的问题,他鼓起勇气问梅特兰船长(我觉得他和梅特兰船长是旧相识,他在埃及曾被后者俘虏过[①]):像他这种被卷入内战的人,如果自愿前往英国,是否会被移交给法国政府呢?梅特兰船长拍着胸脯保证这种事绝不会发生,打消了拉勒曼德将军的疑虑。我们离开之前,向对方重申了此次谈话内容。我再次表示,根据当前情况和皇帝的想法,皇帝可能会接受梅特兰船长的邀请,前往英国,在那里拿到安全通行证后再去美国。梅特兰船长希望我们能明白他的意思,这些要求能否获批,他也不能打包票。[②]然后,我们打道回府。[③]其实,我心底已不再相信我们能拿到安全通行证了。[25]然

---

① 梅特兰说:"这次重逢在我看来很是神奇,因为拉勒曼德在埃及时曾被俘虏,在我所指挥的变色龙号军舰上待了三周。"(《柏勒洛丰号上的拿破仑》第23页)

② 梅特兰的话却完全是另一个版本。据他所说,拉斯卡斯当时的话是:"皇帝迫切地渴望制止流血事件,愿意通过大不列颠政府可以接受的方式,坐法国军舰、军需品运输船、商船甚至大不列颠的军舰前往美国。"梅特兰回答:"我没得到任何授权,无法安排此事,我也并不认为我的政府会同意这个安排。不过我认为我可以冒险接收拿破仑,把他带到英国;但是,即便他接受了这个方案,我也不能保证他在那里会得到什么接待。"(《柏勒洛丰号上的拿破仑》第24页)

③ 根据梅特兰的说辞,拉斯卡斯离开军舰前还说过这句话:"不管怎么说,我认为您十有八九会在柏勒洛丰号上见到皇帝。"(《柏勒洛丰号上的拿破仑》第24页)

而皇帝此时别无他想，只愿安安静静地了此一生，他已决意远离政治纷争。所以，虽然我们认为到英国后我们就难以离开了，但我们根本没料到这还不是最坏的结果。当然，梅特兰也持有和我们相同的看法。我相信当时他和其他军官的真诚和善意，他们给我们描绘英国的情景，是因为他们从心底是这么认为的。①

我们十一点时回来了。然而此时风暴逼近，时间不多，必须做出决定了。皇帝把我们召集起来，开了一个会。我们讨论着各种机会：坐丹麦船走是不可能的；坐三桅帆船走也不行，我们没办法冲破英国巡航舰的防线。②眼下只剩两条路：要么回到大陆发动内战，要么接受梅特兰船长的提议。大家决定采取最后这个办法。③人们说，只要登上柏勒洛丰号，就意味着站在大不列颠的土地上了；从那一刻起，英国人就被神圣的宾客权利拴住手脚，得对我们热情相待，毕竟最野蛮的民族都认为这

---

① 马塞尔·杜南在拉斯卡斯这段话后加了一段评论，里面对梅特兰没说任何好话。他讥讽地说，这件事充分证明了英国军官"信口雌黄的高超本事，他们满口都是谎言"。（《圣赫勒拿岛回忆录》批注版第一卷第27页注释2）一个博学之士用词如此激烈，说出这种过于武断的话，还真令人有些惊讶。当然，梅特兰作为英国军官，也不可能冒着被打成叛徒的危险，把他从本国政府那里得到的秘密指示告诉拿破仑的手下。

② 梅特兰船长完全不是这么认为的。他在7月18日写给上司、海军司令基斯的报告中坦诚地说："我能力有限，再加上和基伯隆湾的亨利·霍瑟姆爵士沟通不便，他们若企图逃跑，至少是可行的，甚至是非常可能成功的……如果柏勒洛丰号遭遇战斗，船身损坏，我根本没有多余的军舰去有效打击一艘护卫舰。根据我从封锁加斯科涅海湾各大港口得到的经验，我们根本不可能阻止小船向大船靠拢。"（《柏勒洛丰号上的拿破仑》第62~63页）

③ 依照博纳富男爵的说法，人们之所以做此选择，和贝特朗夫人的苦苦哀求也有关系。贝特朗夫人当时觉得皇帝别无出路，只能寄托于英国人的宽宏处置。"据说，夫人生出这个想法后，脸色苍白、惊惶不安的她连续三次在房间里进进出出，一脸绝望的表情。她来到拿破仑身边，跪在他的脚下，对他倾心吐胆，把大不列颠人民描绘成一个高尚的民族。她跟他说起自己在英国暂居的一段日子，说这个民族是如何伟大、如何重情重义，让她对英国的那段时光充满美好的回忆。"（《柏勒洛丰号上的拿破仑》第410页）拉斯卡斯也持相同意见。古尔戈虽然有些抵触，但也倾向于"英国方案"。贝特朗没有其他意见，支持妻子的看法。至于蒙托隆夫妇，他们似乎也给不出其他办法，只希望结束讨论，做出个决定来。

个权利是神圣不可侵犯的;从那一刻起,我们就受着该国法律的保护;英国人再怎么不讲情义,也不可能不考虑他们自己的名声,贪婪地利用这个大好机会来对付我们。于是,拿破仑给摄政王储写了一封信①:

亲王殿下:

鉴于我的国家被乱党所困,四分五裂,又为欧洲各大强国所仇视,四面受敌,我结束了自己的政治生涯。我来是要效仿地米斯托克利,和大不列颠人民坐在一起②,把自己置于它的法律保护之下。这就是我对殿下——我最强大、最顽强、最仁慈的敌人的请求。③

下午四点,我带着儿子,和古尔戈将军一起再度出发,去了柏勒洛丰号,要在上面待一阵子。我的任务就是在第二天早上宣告陛下的到来,并把皇帝写给摄政王储的信的副本转交给梅特兰船长。④

---

① 威尔士亲王,即未来的乔治四世,其父亲精神失常后,他从1811年开始摄政。——译者注

② 似乎早在23天前,拿破仑就开始想这件事了。13日,他向古尔戈宣布,昨天晚上他生出了前往英国的想法,想站在英国人面前冲他们高呼:"我和地米斯托克利一样,不愿祖国因为自己而四分五裂,我恳请从你们这里得到庇护。"对于拿破仑的这句话,博纳富男爵是这么评价的:"无论在谁看来,他自比地米斯托克利的这个比喻似乎都不太恰当。因为地米斯托克利并没有被波斯人打败,而是被驱逐出了祖国。拿破仑却恰恰相反,他在滑铁卢战役后过着四处逃亡的生活:先是被困在罗什福尔,发现自己无力冲破英军巡航舰后,他才不得不向英国人投降(可他的哥哥约瑟夫成功逃脱)。汉尼拔落到相同的处境后,宁愿服毒自尽,也不要落到罗马人手中呢。"

③ 在拉斯卡斯的原文中,这封信没有日期。他认为此信写于7月14日。古尔戈也在那天的日记中写道:"陛下给我看了一份他才拟好的草稿。"而梅特兰船长坚称此信的抬头日期是13日。若按这个说法,拿破仑在13日就做出了决定,而不是如拉斯卡斯所说的那样,在14日开会后才拿定主意的。对于"这个非同一般的谜题",杜南写了一段翔实的注释,不过他在里面也非常谨慎,没有给出确切答案。(《圣赫勒拿岛回忆录》批注版第一卷第28页注释3)

④ 拉斯卡斯既然负责将皇帝写给摄政王的信的副本带给梅特兰,他应该也把贝特朗将军的一封信交给了这位船长。此信是这么写的:"船长阁下,拉斯卡斯伯爵已把他今天早上在船上与您的谈话内容汇报给了皇帝陛下。明日早晨涨潮的时候,即四五点时,陛下将登上贵方军舰。我把参政员拉斯卡斯派给您,让他料理我方在贵舰上的住宿问题,他还带了一份陛下的随从人员名单。根据您向海军司令发出的请求,如果司令把前往美国必需的安全通行证发给了您,陛下会非常高兴地踏上美国之旅。但如果通行证还没拿到手,陛下也愿意以普通人的身份(**转下页**)

^{26}古尔戈将军的任务是带着皇帝的亲笔信立刻出发，亲手将其交给英国摄政王储。对拿破仑仰慕已久的梅特兰船长读了这封信，将副本交给了另外两个船长，在消息公布之前先暂时保密，并立刻准备送古尔戈将军去斯拉尼号巡航舰。①

没过多久，斯拉尼号就离开了柏勒洛丰号。于是，船长室里就只剩我和我的儿子了。梅特兰船长本来出去发布命令，没过多久他就匆忙地跑了回来，脸色大变、声音慌张，喊道："拉斯卡斯伯爵，我被骗了！就在我和你们商谈、撤去船上必要警备的时候，有人告诉我：拿破仑刚刚从我手中逃走了！这让我在我的政府面前怎么交代啊！"我听了这话，整个人都呆住了。我比世界上任何人都希望这个消息是真的。皇帝没有许下任何诺言，虽然我是世上最守信用的人，但在这件我全然不知情的事情中，我愿意去背那个黑锅。我冷静地问梅特兰船长，人们是几点告诉他皇帝已经离开的。梅特兰船长当时太过慌张，完全忘了去问详细时间。他跑回甲板后，又跑回来告诉我："是中午！"我说："如果事情果真如此，您什么都没做，只是让斯拉尼号离开罢了，您没有任何过错。但请您放心，我是在四点离开艾克斯岛、离开皇帝的。""您能肯定

前往英国，在贵国法律的保护下宁静度日……"上述人员名单上有50个人，其中有四位将军（贝特朗、萨瓦里、拉勒曼德和蒙托隆），三位中校（普拉纳、雷西尼、舒尔茨），三位上尉（奥特利克、梅泽内、皮翁特科夫斯基），两位中尉（里维埃、圣凯瑟林），一位参政员（拉斯卡斯），七名仆人，九个脚夫，一个服饰主管，两个膳食总管，一个办公文员，一个内廷总管，两个厨师，两个掌门官；另外还有五位夫人（贝特朗夫人、蒙托隆夫人以及她们的三个侍女），四个孩子（三个是贝特朗夫人的孩子，一个是蒙托隆夫人的孩子）。

① 古尔戈写道："柏勒洛丰号把我们招待得非常周到……拉斯卡斯一直装作听不懂英语的样子。梅特兰船长和他的两个手下看上去一脸诚恳，似乎笃定了我会立刻被派到伦敦。这两个军官说，皇帝写给摄政王储的那封信让人读了久久不忘。拉斯卡斯听到这两人的话，一时间心花怒放。他建议我给皇帝写一封信，说他会得到很好的款待。我则表示反对，说我根本没听懂身边人说的什么意思。"

吗？"他问。得到我的郑重承诺后，他转头走向几个跟着他的军官，用英语跟他们说消息有误，说我太镇定了，看上去又很信得过的样子，而且我还发誓了呢。

英国巡航舰在我们这边安排了许多内线。我可以证明，[27]它对我们的所有动作都了解得一清二楚。①

眼下，我们只需操心明天的安排了。梅特兰船长问我，是否要派英方舰队去迎接皇帝。我回答，和皇帝分开这件事已经够让法国海军难过的了，我们还是满足他们的夙愿，让他们保护皇帝到最后一刻吧。

皇帝登上柏勒洛丰号
7月15日，星期六

白天，英方发现我们的双桅船艾佩韦耶号打出谈判信号旗，朝柏勒

---

① 后来我们去了诺森伯兰舰，朝圣赫勒拿岛出发；其间，科伯恩海军上将让我们随意使用他的书库。我们中有一个人在《大不列颠百科全书》的其中一卷中，无意中翻到了一封从拉罗歇尔寄出、写给英国巡航舰船长的信。信中详细讲述了我们打算坐丹麦船逃走的这个计划，还说了该船的计划起航时间、其真正意图等内容。我们将这封信带了出去，小心地抄写了一封，再把它放回书中。其实此信并没告诉我们太多东西，我们本来就知道船上里里外外到处都有内奸。但我们好奇的是，这封信是怎么来到诺森伯兰号上的呢？梅特兰船长把我们带到这艘船上的时候，肯定把和我们有关的所有文件一并转交过来了，其中就包括这封信。我们也不无道理地猜想，当初，我还在他的船上时，也许梅特兰船长就是从这封信中得知了皇帝逃跑的消息，所以才方寸大乱。*——辑录者注

* 根据所有迹象来看，拿破仑抵达罗什福尔后，其实一直处在路易十八的密探的监视下。萨瓦里在回忆录第八卷205页中宣称，实际上那些密探是临时政府（也就是富歇）派到拿破仑身边的。"理查德男爵（他是富歇在公会期间的旧时同僚，在奥拉托利会上上过学）受其雇用，布下了这个监视网。"杜普雷-德图什（Duplays-Destouches）在1893年8月3日的《德夏朗特报》（*les Tablettes des Deux-Charentes*）上发表了一篇文章，称他在拉罗歇尔城发现了一封信，写信人是一个叫古皮尔的先生，他在信中"为自己逼迫波拿巴离开艾克斯岛、前往美国"的这份功劳争取嘉奖。儒勒·西尔维斯特勒把这封信全文抄进他的《从滑铁卢到圣赫勒拿岛》（Jules Silvestre, *De Waterloo à Sainte-Hélène*）180页中。

洛丰号驶过来。①当时海上正刮着逆风，梅特兰船长就派了一艘小艇到前面去。②小艇回来的路上，梅特兰船长忍不住好奇之心，拿起望远镜，想看看船上是否真是皇帝本人。他一直叫我也去看看，可我也给不出确切答复。最后，答案水落石出，那的确是皇帝。他在手下军官的簇拥下登上了柏勒洛丰号。我把梅特兰船长介绍给陛下，他对梅特兰说："我登上贵船，把自己置于英国法律的保护下。"③梅特兰船长把他带进自己的房间，使他处在自己的控制之下。④过了一会儿，皇帝来到甲板上，船长把

---

① 若要了解拿破仑在艾佩韦耶号上是怎么度过的，请看艾佩韦耶号船长奥利维尔·茹尔丹·德·拉帕萨迪耶（Olivier Jourdan de la Passardière）的叙述，该文发表在1897年《新闻回顾周刊》（*La nouvelle Revue retrospective*）第七卷中；另外请看管账员博诺（Bonnau）、旗手佩勒特罗（Pelletreau）的证词。（《新闻回顾周刊》第二卷，1895年）

② 实际上还有另一个原因。当时就在柏勒洛丰号上的海军学员乔治·霍姆在他的回忆录中说："早上六点左右，桅杆顶上的瞭望台发出信号，说一艘大型战舰正径直朝我船驶来。大家想，说不定这是海军司令亨利·霍瑟姆爵士所乘坐的超级号。所以，梅特兰船长立即放下小艇，让二副催促小艇赶紧驶向法军的双桅船。他担心由于超级号在双桅船抛锚之前突然横空而降，导致拿破仑既不向司令投降，也不向我们投降。那时，我们就只能眼看着一个扬名天下的好机会从身边溜走了。"（《柏勒洛丰号上的拿破仑》第154页）梅特兰也承认，他从心底"非常渴望"在事情快要了结的这个时候，由他亲自画上句号。

③ 贝特朗是第一个登船者，他向梅特兰宣布："皇帝就在船上。"然后，拿破仑登船。梅特兰："来到后船甲板上以后，他摘下帽子，语气坚定地对我说：'我来到这里，接受贵国王储和法律的保护。'"（《柏勒洛丰号上的拿破仑》第70页）上文那个学员回忆道："按理说，任何阶层的人登船时都有欢迎仪式，但我们没有任何仪式，就这么接待了他。护卫队和全体船员也没有以军礼相迎……按照规矩，在大不列颠的军舰上，早上八点天亮之前以及日落就寝之后，我们不组织欢迎仪仗。我借口当时还是早晨（那时六点多），没有前去看他登船的场景。"（《柏勒洛丰号上的拿破仑》第39页）

④ 我们必须再次参考梅特兰船长非常准确、没有漏掉任何细节的记叙。他说："我把他带到船舱里，他（拿破仑）扫了房间一眼，说：'挺漂亮的。'我回答：'还行吧。先生，您在我所负责的这艘船上停留期间，这间房归您使用。'他看了看隔板上的一幅画像，问：'画中这个年轻女子是谁？''我的妻子。''嗯，她很年轻，也非常漂亮。'"

他的所有手下都引荐给皇帝。①我告诉他，昨天梅特兰船长听到他逃走的消息时被吓成什么样子。但皇帝并不和我一个看法，他严肃而又郑重地说："他有什么可害怕的？您当时不是和他在一起的吗？"②

²⁸大约下午三点的时候，我们来到了超级号所在的六十四号锚地，当时这片警戒海域归霍瑟姆司令所管。司令前来拜访了皇帝，留他吃了晚饭。皇帝提了些和他的军舰有关的问题，司令便说皇帝可在明日纡尊前来参观，我们所有人可在那里共进午餐。③

---

① 海军学员霍姆记下了这个很有特点的小细节："拿破仑穿着那套所有人都认得的军服登上甲板，不过他脚上穿的不是靴子，而是绸制长筒袜，搭配的是带金扣的低帮鞋，露出他线条完美的小腿。"（《柏勒洛丰号上的拿破仑》第162页）梅特兰也注意到拿破仑"踝骨秀气""脚相当小"。在英国军官看来，拿破仑"看上去心情很好，因为他在船上一直都穿着低帮鞋和长筒袜"。（129页）在梅特兰船长的陪同下，拿破仑与其手下一起参观了前后甲板。霍姆说："他遇到谁都会问几个问题；当时，一个几乎还是孩子的年轻学员站在他面前，直愣愣地看着他。拿破仑拍了拍他的头，揪了揪他的耳朵，然后把他推到边上去了。这个小伙子说，这是他有生以来最光荣的时刻。"（《柏勒洛丰号上的拿破仑》第163页）除此之外，我们还找到了当时同在船上的一个不知名军官写的一封信，里面非常详细地记录了拿破仑的外形。令人遗憾的是，少有人知道这封信的存在。这位军官在里面说："我非常仔细地观察了他的面貌，才有资格在这里说：他大约五英尺七英寸那么高，身材非常魁梧，比例很好。他胸肌发达，大腿和小腿都很有力量，线条也很对称，脚小且宽，生得很好。虽然他面色憔悴，像人们说的中了暑热一样，然而他仍是我见过的最威风凛凛的一个人，一双褐眼仿佛能看透你内心最深处的秘密。他一头深棕色的头发，没有一丝花白。即便已至中年，他依然很是英俊，可见他年轻时是一个非常漂亮的小伙子。不过他身材有些走样，大腹便便；即便如此，他看起来依然精力充沛，举手投足之间无比庄重。人们猜他四十四五岁。"［这封信上的落款日期是1815年7月27日，后被人用法语翻译发表在1815年的《大杂烩》（*l'Ambigu*）L卷第302～305页］

② 请看《柏勒洛丰号上的拿破仑》中第72～83页梅特兰船长的叙述。

③ 拉斯卡斯的讲述太过笼统，我们可以通过梅特兰提供的消息进行补充。霍瑟姆司令当时在一个军官和一个秘书的陪同下，被贝特朗带进拿破仑住的后舱。两人有过一次时间相当长的谈话，内容主要涉及军事领域。谈话中，拿破仑展示了他放在旅行箱里的流动图书馆。然后，大家开始进餐。梅特兰船长讲述说："到了晚餐时间，波拿巴还像个皇室之人一样……走在人群最前面，来到餐厅。他在一侧桌子的中间坐下，并邀请亨利·霍瑟姆爵士坐在右边、贝特朗夫人坐在左边。"进餐过程中，拿破仑说了很多话，不见一丝消沉（转下页）

皇帝登上霍瑟姆司令的舰船—驶向英国—皇帝指挥英军操练
7月16日，星期日

皇帝来到霍瑟姆司令的船上，我当时就陪在他身边。①该船举办了一场礼仪齐全的欢迎仪式，不过没有鸣炮。②我们仔仔细细地参观了船上各个部分，连最细小的地方都没漏掉，发现该船秩序井然、管理得当。霍瑟姆司令表现得优雅十足，举手投足无比讲究，表明此人出身尊贵、受过很好的教育。③我们下午一点回到柏勒洛丰号，然后扬帆起航，驶向

之气。晚饭结束后，他站起身来，邀请各位——包括女士——随他一道前往他睡的后舱。梅特兰说："他兴致勃勃地宣布，他要给我们展示一下他的行军床。他把首席侍仆马尔尚叫过来，后者听到命令后，马上从一个大皮箱里掏出两个小箱子，其中一个里面叠放着一张最多只有75厘米宽的铁床，另一个箱子里装的是床垫和绿色丝质床罩。不到三分钟时间，一切摆放完毕，一张大约75厘米宽、极其雅致的小床立在众人眼前。"之后，人们又回到甲板上。拿破仑很快就回屋了。司令在回船之前，想向他告辞。皇帝则让贝特朗出来致歉，说现在已是他的就寝时间。第二天，亨利·霍瑟姆爵士发来邀请，请拿破仑、各位女士和其随从中的主要军官前来共进午餐。

① 当时，拉斯卡斯又穿上了海军军装。拿破仑非常惊讶地看着他，高兴地说："瞧啊，拉斯卡斯，您还是个军人？我还是第一次看到您穿军装呢。"这位侍从恭恭敬敬地答道："陛下说笑了，在大革命之前，我曾是海军上尉。在外人面前，一身军装总能引起人们的尊重，所以我又把它翻了出来。"（《柏勒洛丰号上的拿破仑》第54页）拉斯卡斯还在胸前别了一枚荣誉军团勋章。古尔戈从未见过的这枚勋章，当时大为惊异，想知道他是怎么拿到的。拉斯卡斯说，他在前往柏勒洛丰号之前，曾请求拿破仑封他为荣誉军团骑士，"好让他在英国人面前更体面一点儿"。根据古尔戈的说法，拉斯卡斯后来还在马尔尚那里买了一枚荣誉军团金质勋章。

② 此处有些夸张。梅特兰说："亨利·霍瑟姆爵士把一支船舰护卫队集合在甲板上，在那里接待了拿破仑。"（《柏勒洛丰号上的拿破仑》第55页）

③ 我们在《大杂烩》中可以找到一封信的部分摘要，它是超级号上的一个军官在1815年7月18日写的。里面说："世界捣乱分子就跟我们在一起。他在船上的时候，我作为陪同人员，陪了他好几个小时，还跟他说上了话。当我们看到他私下的性格后，再想想他声震寰宇的名气、帝王之尊的做派，不由得大感惊讶，讶异于这一切居然会集中在这么一个身材矮胖、暮气沉沉、长相平平、毫无特色、毫无表情、让人看不出他有何想法的人身上。他说话简短、语速很快，想法源源不断，跟所有人都能说点儿什么。"（L卷，1815年，第306~307页）

英国。从我们离开巴黎算起，已经过去12天了，不过还算平安无事。

早晨，皇帝去霍瑟姆司令的军舰之前，在柏勒洛丰号的甲板上停留了一会儿，站在向他致敬的士兵面前，花了挺长时间指挥他们操练，还让他们演习拼刺刀。由于最后那个动作和法国军队的招式完全不同，皇帝就生气地走到士兵中间，直接用手拨开刺刀，抓住最后一行里一个士兵的枪，用我们的方式给他做了一次示范。当时，士兵、军官和旁边所有人脸色大变，震惊地看着皇帝站在英国人的刺刀中，而且有几把刀离他的身体只有几寸距离。[①]这幕场景深深地震撼了我们。从超级号回来的路上，人们说起此事，委婉地问我们皇帝是否经常和他的士兵这样演习，对他如此心大的行为深感震惊。他们中从未有任何人想过，一个君王竟会这样手把手地指挥军队演习，还亲自给他们解释和做示范。[29]我们一下子就意识到，他们没有一个人真正认识眼下就站在他们面前的这个人，哪怕他在整整20年里吸引了他们的所有注意力、耗费了他们的所有精力、成为他们唯一的谈话对象。

7月17—18日，星期一至星期二

依旧无事，我们的船缓慢地前进着。[②]不过，我们已经看不见陆地了。

---

① 此处，我们得把拉斯卡斯的叙述拿来和海军学员霍姆的文字进行一番对比。霍姆的讲述更加朴实，但也更准确："他（拿破仑）走过甲板，仔细查看了'海员们'的武器和仪容。他让他们的队长马歇尔叫士兵演习一两种演练方式，演习结束后，又问能否让士兵演示上膛。在我们军队里，只有最前排的士兵才能这么做。我猜，法国军队里第二排士兵可以把刀架在战友的脖子上？不过这么做的话，他们会有失手杀人的可能。拿破仑拨开第一行里一个士兵的刺刀，抓住后面那个人的火枪，示意他往前面两个士兵站着的空当处刺枪。同时，他还问马歇尔队长，是否发现这个方法更适合我们。队长回答，也许如此，但军中普遍认为我们的上膛手法也很管用。听了这个回答，皇帝深深地看了'海员'队长一眼，似乎在说：'我对此深有体会。'"（《柏勒洛丰号上的拿破仑》第166~167页）

② 1823年版本中没有"我们的船缓慢地前进着"这句话。

7月19日，星期三

起风了，风势猛烈，不利前行。我们的航速每小时还不到9海里。

皇帝对柏勒洛丰号上英国人的影响——一份总结
7月20—22日，星期四至星期六

风势稍减，我们继续赶路。

虽然周围都是和他不共戴天的死敌，而且这些人长期以来一直被和他有关的最荒谬、最惊悚的谣言所蒙蔽，然而皇帝没花多长时间，就把他们全都征服了。船长、军官乃至全体船员很快就接受了他随从的行为方式，对他毕恭毕敬，连用语都变成一样的了。船长只称他为陛下；他一出现在甲板上，每个人就会摘下帽子、站在原地，直到他离开为止。这些在他最初登船的时候都是没有的。人们要先通报他的手下，然后才进入他的房间。船上所有人员除非得到邀请，否则不会和他坐在同一张桌子上。最后，拿破仑俨然成了柏勒洛丰号上的皇帝。他经常来到甲板，和我们或者船员中的某个人交谈。①

在所有随从中，他对我也许了解最少。我也说过了，虽然我跟了他一段时间，但我先前和他并没有直接接触。离开巴黎后，他也很少跟我说话。然而在这次航行中，他开始频频跟我交谈起来。

[30]当时我是占尽了天时地利的好处：我懂英语，能把周围人的话翻译给他听。

---

① 我们在1815年7月27日的《泰晤士报》上读到一篇和拿破仑有关的文章："他每天大部分时间都待在艉楼上，背着手来回回地散步，就像我们在铜版画商店里看到的一些雕像一样。他通常都是一个人，贝特朗和拉勒曼德远远地跟在后面。有时，他会挥手让其中一个人过去，把某个东西指给他看，然后又继续一个人散步了。梅特兰船长和他一起的时间比他的任何随从都要长，对他无比恭敬、殷勤。"

我当过海军，每当皇帝对船只操作有疑惑的时候，我都可以一一向他解释，给他大讲风势、水势等问题。

我在英国待了十年，对这个国家的法律、风俗、习惯都有所了解，所以无论皇帝在这些方面屈尊向我提出什么问题，我都能给出合理的解释。①

更重要的是，我因为编写过《勒萨日的历史学、系谱学、编年学及地理学图鉴》一书，对许多事的发生年代、具体时间和前后关系都了如指掌。②

这段时间里，我在闲暇里写了一份总结，内容涵盖了我们在罗什福尔时的处境以及皇帝最后为何会做此决定。我得到的都是准确的第一手资料。全文内容如下：

总　　结③

被派出来的英国舰队并不算实力强大：两艘轻巡航舰守在波尔多前面，把一艘法国巡航舰封锁在了那里；它们还要负责驱逐美国人，而当时每天都有大批美国人离开。在艾克斯岛的时候，我们有两艘装备良好的护卫舰，锚地还有装备一流的伏尔甘号轻巡航舰；更重要的是，我们有一艘重型双桅横帆船。可这些船全被一艘只有74人的舰船、一群英国海军小艇和一两艘破破烂烂的轻巡航舰给锁死了。如果冒险牺牲一两艘

---

① 梅特兰在这一天的记录是："他经常向我和拉斯卡斯提问，问题都和英国风俗、习惯和法律有关，此时的他和才登船时给人的印象完全不同。他说，既然他可能余生都要在我们中间度过，那他就该尽量地了解我们、适应我们。"

② 拉斯卡斯不放过任何机会去炫耀他的《勒萨日的历史学、系谱学、编年学及地理学图鉴》。请看本卷书开篇部分关于拉斯卡斯的介绍。

③ 这份总结来自拿破仑的口述。——辑录者注

船，我们肯定能走。可有个船长是个胆小鬼，拒绝出手；另一个船长倒是有破釜沉舟的决心，想尝试一下。很有可能第一个船长从富歇那里收到指示——当时富歇已经公然背叛了皇帝，想把他给卖了。无论如何，海上是没什么指望了。所以，皇帝当时才去了艾克斯岛。

皇帝说，如果此次护送任务的负责人是沃胡尔元帅（他离开巴黎之前，人们是这么给他承诺的），[31]他很可能早就走了。这两艘护卫舰的海兵都是热血忠心之士。

艾克斯岛上的卫戍部队由1500名海兵组成，是一支相当优秀的队伍。①众军官为护卫舰不肯突围一事而气愤不已，提议把港口里两艘15吨重的三桅帆船武装起来，年轻的众士官也愿意当水手。然而涉及具体操作时，他们说："如果途中不能在西班牙或葡萄牙殖民地靠岸休整，船只恐怕很难抵达美国。"

在这种情况下，皇帝把他的随从组织起来，开了一个讨论会。会中人们说，他们不能再指望护卫舰或武装船只了，三桅帆船也不太可能成功，它们一开到茫茫大海上就会被英军截获或落到联军手中。于是，那时只剩两个选择：一个是返回国内，走兵变之路；一个是前往英国避难。若选择第一条路，我们有1500个热血沸腾、绝对可靠的水兵打头阵，岛上指挥官从前参加过埃及之征，对拿破仑忠心耿耿；我们可以带着这1500人在罗什福尔登陆，该城支持拿破仑的驻军若加入进来，我们的势力就更大了；罗什福尔驻军由四支联盟军组成，他们定会前来效力；此外，波尔多军首领克洛泽尔将军是

---

① 即海军第14团。这支部队的军需官J.-M.费耶于1841年在《海员历书》（J.-M. Feillet, *L'Almanach du marin*）中，讲述了皇帝在罗什福尔最后几天的情形（后来博尔雅恩将这部分叙述收入他的《柏勒洛丰号上的拿破仑》第201~212页）。

皇帝的坚定拥趸，曾率领旺代军立下赫赫战功的拉马克将军更是如此，只要拿破仑振臂一呼，此二人定会听命于他；这样，我们就能轻而易举地在法国发动内战。不过巴黎已经沦陷，议院也被解散，帝国内还有五六十万敌军；如若爆发内战，只会造成一个结果：法国国内支持拿破仑的忠勇之士全部玉碎。这个牺牲是令人痛心、无可修复的，它能毁掉法国未来的所有希望，带来的唯一好处是：让皇帝有资本和敌人谈判，把局面尽量扭转到于自己有利的方向。³²然而，拿破仑已经没有什么帝王之梦了，只想安安静静地度过余生。他不愿为了一个微不足道的好处，就让所有朋友为之殒命，让全国为了自己而再遭践踏，或者坦白地说，就把国家的中流砥柱抽离掉——这些人迟早能让法国再次获得独立、走向辉煌。他只愿作为一个普通人继续生活下去，而美国是能去的最合适的一个地方。根据我和梅特兰船长的首次面谈，此人可能会把他和全部随从带到英国，他们在那里能过上体面的生活；从此，皇帝及其随从可受到大不列颠法律的保护。这个国家的人民极好面子，从不错过任何送上门来、能帮他们打造一段伟大历史的机会。所以，我们决定：只要梅特兰明确地表达愿意收留我们的意思，我们就向英国舰队投降。我们回头又找了梅特兰；梅特兰船长的确表示，他得到本国政府授命，只要皇帝愿意来柏勒洛丰号，他就有权收留皇帝，将他带到英国。①所以，皇帝之所以登上柏勒洛丰号，并非形势所逼之下的不得已而为之，因为他本可转

---

① 《拿破仑圣赫勒拿岛回忆录》出版四年，也就是此事过了十年后，梅特兰船长也出版了他的回忆录，讲述拿破仑是如何登船，又是如何留在柏勒洛丰号的。他的证词大抵和《拿破仑圣赫勒拿岛回忆录》的内容对得上，但只有一点有所出入，所以我们必须站出来进行反驳。

反驳的文章被附在本书最后，它出自巴尔特之手，后者在1830年七月革命后当上了司法部部长。*——辑录者注

*这条注释是在1830年加进来的，影射的是1830年版第二十二卷中的梅特兰叙述节选。

头回到法国①；他之所以这么做，是因为他想过普通人的生活，不想再卷入世事纷争之中，更不想再掺和进法国的事情里了。当然，他也担心过别人是否会待他不公，但在那里生活过的每个人轻轻松松就说服了他。他给摄政王储写信，开诚布公地表达了自己的信任和信心；此信的正式接收人——梅特兰船长也知道，[33]皇帝对柏勒洛丰号没做任何试探就直接登船，单单这个举动就能让他明白和相信皇帝在信中表达的诚意。

韦桑岛—英国海岸
7月23日，星期日

凌晨四点，我们看到了昨夜绕过的韦桑岛。②随着离英吉利海峡越来越近，我们随时都能看到英国军舰或护卫舰在英国和各地之间来来往往。③夜里，我们看到了英国海岸。

---

① 拿破仑其实已经无法继续待在法国。早在7月10日，新任海军部长若古尔就下发命令，要动用各种手段去监视"篡位者"。

② 我们最好读一读海军学员霍姆回忆录中这段令人动容的叙述："四点，我起床值班。船员们这时才刚刚开始冲洗甲板，我却惊讶地发现，皇帝早早地离开了后舱寝室，径直朝通向船尾的梯子走去……由于甲板潮湿，他每走一步都可能摔倒。我摘下帽子，向他伸出双臂，他也带着微笑和我拥抱了一下。他指着船尾，用一口蹩脚的英语跟我说：'船尾！船尾！'我扶着他爬上梯子。上了甲板后，他丢开我的手，坐在一座大炮的炮架上，微笑着打着手势以感谢我的关心，并指着陆地问：'韦桑？韦桑角？'我回答：'是的，陛下。'然后他掏出一架袖珍望远镜，无比眷恋地望着对面那块陆地。之后，我就离开了。从早晨五点到接近中午的时候，他一直站在那里，连续几小时完全没注意身边经过的人，也没对站在他身后的随从说一句话。"（《柏勒洛丰号上的拿破仑》第171~172页）

③ 梅特兰船长回忆道："那天天气晴朗，波拿巴大半个上午都站在甲板上，忧郁地望着法国的海岸，却什么话也没说。"（《柏勒洛丰号上的拿破仑》第66页）

在托贝抛锚

7月24日,星期一

大约早晨八点的时候,我们在托贝抛锚。皇帝早上六点就起床了,他登上艉楼,观察着锚地的海岸线。①我一步都没离开他,好给他解释他看到的东西。

梅特兰船长立刻派出信使,去见正在普利茅斯的海军上将基斯勋爵。②从斯拉尼号回来的古尔戈将军前来和我们会合,他应该把那封信交给摄政王储了。但在斯拉尼号期间,人们不准他下船,也禁止他和旁人有任何交流。在我们看来,这是一个噩兆,它率先向我们预示了之后无尽的苦难。

皇帝在柏勒洛丰号上的消息一传出去,锚地上就挤满了小船,大家都好奇地望着我们。对面一所美丽的乡村别墅的屋主,还特地把当地的水果采来送给皇帝。③

人们成群结队地坐船来看皇帝

7月25日,星期二

船照样没少,人照样很多。皇帝在自己房间里望着他们,有时也会

---

① 他当时感叹道:"这个美丽的地方让我想起厄尔巴岛的费拉约港。"(《柏勒洛丰号上的拿破仑》第67页)

② 其实这里说反了,是海军上将基斯派出信使,把一封令函带给梅特兰船长,令函内容如下:"我正式命令您,除了船上的军官和海兵,其他人等一律不许登岸。"令函内附一封信,里面基斯勋爵说:"别让波拿巴缺什么东西,他的随从也是……您可私下里告诉拿破仑,当初我的侄子被囚在滑铁卢,他对我侄子照顾有加,我欠他一份很大的恩情……"(《柏勒洛丰号上的拿破仑》第67~68页)

③ 一位妇人把一筐水果和一封信送到梅特兰身边,请求第二天早上派艘小艇接她上船。梅特兰说:"我礼貌地回答,我收到命令,不能满足您的这个要求。结果以后这个地方就再没人送水果过来了。"

去甲板上露露脸。①梅特兰船长从陆上回来了，把C女士②的一封信转交给我，信中还附有我妻子的手信。一开始我又惊又喜，[34]然而念及此次路途遥远，国内报纸肯定有足够时间来报道和传达我们的消息，所以我也就不惊讶了。与此同时，所有和皇帝及其随从有关的消息已经传遍英国。所以，在我们到达英国前的五六天，人们就已在托贝等着我们了。我的妻子迫不及待地给C女士写了一封信，后者又很聪明地给梅特兰船长写了信（虽然她并不认识船长本人），如此才把我的两封信送到我的手中。

妻子的信勾起了我的无限柔情，然而人在伦敦、已经预料到我们未来命运的C女士在信中非常激烈地责备了我："知道自己并非自由身，做事不能全由着性子来，可依然抛弃自己的妻子孩子不管，这简直就是犯罪。"唉，这就是我们现代教育造成的可悲结果。如今的教育几乎不可能升华人的灵魂，所以人们既不知道何为美德，也根本理解不了慷慨的决心和高尚的牺牲有何魅力！只要个人利益和家庭之乐遭到了威胁，人们什么都敢说，还觉得自己的话都是对的。他们想不到，男人对妻子的最大责任，就是让她体面地活着；他们也无法理解，父亲留给孩子的最大财富，就是为他们树立某种美德，就是光耀他们的姓氏。

---

① 我们在《大杂烩》L卷第305页上可以看到一封日期为1815年7月25日的信件摘要，写信人是普利茅斯的一个居民。信上说："这天我可谓是心满意足。我看到了波拿巴，而且看了近两个小时。我的几个朋友租了一艘引水船，几个人一起前往托贝。我们在柏勒洛丰号附近抛了锚，那里的船是真多啊。波拿巴好几次在船长室大敞开的窗户前现身，看上去很憔悴，脸圆圆的，但神色严峻，似乎总在沉思什么。"另一个来自达特茅斯的英国人也记下了拿破仑给他留下的印象，他在一封同被收进《大杂烩》（L卷第307页）的信中说："我非常清楚地看到了波拿巴。他一直在甲板上散步，直到六点才回去就餐。他频繁地出现在被看客围着的军舰上，回去时摘下了帽子。他总用望远镜看远处的东西……他一出现在船上，甲板上的所有法国人和英国人都脱下了帽子。编辑先生，我看了这个情景，心中很不高兴。他身边的人对他如此卑躬屈膝，看了真叫人不舒服。"

② 即克拉弗林夫人。

在普利茅斯抛锚—暂留

7月26日，星期三

昨夜收到命令，我们的船要立刻前往普利茅斯。所以一大清早①，我们就扬帆起航了。下午四点左右，我们到达了新的目的地，这离我们驶离罗什福尔已有十天，离我们离开巴黎已有27天，离皇帝退位更有35天的日子了。地平线那边愁云惨淡；装有武器的小艇围在军舰旁边，把好奇的看客赶得远远的，甚至还对人群开枪警示。基斯上将虽然人在锚地，却从没有来过我们的船上。②两艘护卫舰打出立即离开的信号旗；人们告诉我们，早晨一个信使给两船传来命令，要它们去远方执行任务。我们中的一部分人员被安置到了另外几艘船上。③身边所有人似乎都预感到我们前路已经乌云密布，[35]船上到处飘着各种各样最可怕的传闻；从传到我们耳朵里的嘀咕声来看，我们的命运似乎有许多个版本，而且一个比一个凶险。

被关进伦敦塔似乎都是最好的下场了，有几个人还提到了圣赫勒拿岛这个名字。④就在这时，两艘护卫舰突然扬起了帆（就是这两艘船上

---

① 即凌晨三点的时候。（《古尔戈日记》第一卷第46页）

② 船抛锚后，梅特兰去见上司之前，问拿破仑是否要委托自己给基斯上将传什么口信。皇帝说，如上将能前来拜访，他会深感荣幸。梅特兰说："我把这则口信捎给了基斯勋爵，他的回答是：'我很乐意前去看他，但老实跟您说，我尚没收到应该如何待他的任何指示。所以，我现在很难登门拜访。'"在得知基斯勋爵的回答后，拿破仑对梅特兰说："我非常渴望见到上将；所以，我请他不要准备任何仪式。在英国政府还没做出明确指示，指明该以何种方式对我之前，我不介意人们如普通人一样来待我。"（《柏勒洛丰号上的拿破仑》第75~78页）

③ 根据司令部1815年7月25日的指令，他们是在27日而不是26日被分散到各个船上的。（梅特兰给出了指令全文，请看《柏勒洛丰号上的拿破仑》第143~145页）

④ 没过多久，英国报纸就在公开谈论拿破仑将被流放到圣赫勒拿岛上的事。（请看《萨瓦里回忆录》第八卷第249页，以及《柏勒洛丰号上的拿破仑》第69页上梅特兰的讲述）然而，拉斯卡斯仍然持乐观想法。古尔戈在这天的日记里写道："他大赞英国的自由，还和好心邀请他一起散步的拉勒曼德激烈地辩论起来。"

的人的讨论引起了我们的警觉），而此时海上正刮着逆风，出海困难重重。它们驶到我们船的侧面，抛出大铁锚，钩住船的左右侧，锚还差点儿撞到了船身。这时，有人悄悄告诉我：这两艘船得到任务，要连夜带走我们，驶向圣赫勒拿岛。

我从未听过比这更可怕的话，全身立刻被冷汗浸透：这就是令人猝不及防的死刑啊！冷酷无情的刽子手把我抓住，要用酷刑慢慢折磨我；我所眷恋的生命中的一切，都被人猛地夺走了。我痛苦地伸出双臂，想抱抱我最爱的人；没用，死神已在逼我上路了！这个想法，以及身边人群乱哄哄的声音，让我的情绪一下子爆发了。我的灵魂想要抛下嘈杂的人世，它已是支离破碎了！我几乎一夜白头！……幸好，这次发狂很快就过去了，我获得了精神上的胜利，是的，真正的精神上的胜利。就是从这一刻开始，我对他人施加的所有伤害都可淡然处之了。我觉得从此以后，我可以蔑视一切不公、一切暴行、一切痛苦。我甚至还立誓：从此以后，我再无怨言，再无诉求。在那个残酷的时刻，我不得不表现出一脸平静的样子，回到同伴中间。但他们并未因此责怪我，说我心肠冷酷。他们的痛苦是缓缓铺开的，而我的痛苦是猛烈爆发的。

想一想我的人生，还是可笑。20年前我流亡英国，那时我身无分文，即便这样，我仍然拒绝去印度寻宝，发一笔横财，因为这个国家太远了，也因为我觉得自己年纪太大了。20多年后的今天，我却离开了家人朋友，抛弃了财富，放弃了享乐，就为了把自己流放到2000古里之外，茫茫大洋中的一块礁石上，而且什么都不为。[36]不对，我说错了！支撑着我走到那里的那份精神，远远高过我从前就不屑得到的财富。而且我所追随、陪伴的那个人，还是个曾统治世界、会流芳百世的大人物啊！

皇帝如往常一样去了甲板散步。之后，我在他的房间里陪了他一会儿，但没有告诉他我刚得知的这个噩耗。我想当他的宽慰者，而不要成为制造他的痛苦的元凶之一。然而，所有风声最终还是传到了他的身边。他完全以自由的身份、带着好意来到柏勒洛丰号，在船上的时候还对英国人起了浓厚的兴趣；他觉得由梅特兰船长转达的写给摄政王储的那封信，就相当于双方心照不宣地达成一致。他就是这么慷慨大气，还生气地斥责了别人对他命运的担忧之词，也不允许我们对英国有任何怀疑。

海军上将基斯—普利茅斯的英国人看到皇帝后一片欢呼
7月27—28日，星期四至星期五

我们当时的焦虑和痛苦，实难用笔墨言之一二；我们大部分人仿佛死了一样，彻底陷入消极情绪中。当时，陆上的一丁点儿风吹草动、同船人发表的一丁点儿普通意见、报纸杂志刊登的有一丁点儿真实成分的报道，都能成为我们热烈讨论的主题，勾起我们无尽的希望和失望。我们不放过任何风声，把听到的好消息不加筛选地搬过来，心中升起虚幻的希望。尽管我们骨子里有着法国人民情感外露、性格多变的一面，但当时变得隐忍不发、不露辞色起来，只在一旁静观默察。这些性格只源于孩提时代就已养成的不拔的意志、坚韧的品格。

新闻界——尤其是支持政府的报纸杂志——开始对我们落井下石了，但它们这么做，不过是因为背后准备对我们发起迎头一击的英国内阁的授意罢了。你们很难想象，当时我们身边充斥着多少诽谤、谎言和诅咒。大家也很清楚，无论民众是多么善意，他们身上依然存在着某些流弊。所以，我们当时的日子开始不太好过了，[37]遇到的人都是一副虚与委蛇、游移不定的样子。

在我们的再三要求下，基斯上将总算现身了。①很明显，他对我们的前途不抱希望，没对我们做出任何承诺。报纸报道了欧洲打算处置我们的各种办法；但由于当时没有任何官方消息，所以许多新闻都是自相矛盾的。我们处在风浪的中心，前途未卜（这比知道结果更折磨人），但也只能在那里自我安慰了。

而另一方面，我们在英国现身后，又引发了一阵奇怪的骚动。皇帝到达英国的消息传来后，大大地引发了人们的好奇心。这还是我们从公共报纸上读到的。报纸一边报道这个现象，又一边对其大肆批判。全英国上下的人都拥到普利茅斯去了。我刚到英国时，有个友人就立刻从伦敦出发，想赶过来看我一眼，结果沿途的车马、住宿都被订购一空，他被拦在路上，一步都前进不了。我们的船周围漂满了小船，据说其租金价格一度飙升到了60枚拿破仑币。②

皇帝听了我读的所有报纸，在公众面前如从前一样不失冷静、不变口吻、不改作息。他依然在五点左右登上甲板散步③；在这个时间之前，所有船全都跑到船舷一侧等着他出来。海上总共差不多有几千艘小船，它们密密匝匝地挤在一起，根本不怕海上的风浪，仿佛这群看客不是在

---

① 前天晚上，基斯收到指示，里面详细说明了应该怎么处置拿破仑：他作为将军，可得到这一级别应当享受的尊敬和待遇，但除此之外就再无其他优待了。梅特兰上将带拿破仑所在的套房中后，立刻退出房外。"所以，我不知道他们之间说了什么。但不久之后基斯勋爵跟我说，波拿巴迫切地希望知道英国政府是否已经对他有所决定。"（《柏勒洛丰号上的拿破仑》第83页）不过在梅特兰看来，这位海军上将虽然嘴上说自己"完全不知道这件事"，可他明显已经知道拿破仑未来命运的走向了。

② 古尔戈写道："军舰周围全是好奇人士的船，其中一艘船还演奏起了音乐。军舰执行命令时也没有昨日那么严格了。"（《古尔戈日记》第一卷第47页）

③ 实际上，我们可以在梅特兰的叙述中发现这句话："我们进入英国海域后，波拿巴下午五点之前几乎没出过房间门。他在船后舱来来回回地踱步，读了很多书，还经常坐在沙发上叹气。"（《柏勒洛丰号上的拿破仑》第84页）

海上，而是在某个公共广场上似的。皇帝一现身，人群就开始喧哗、骚动，比画着、惊呼着，那个场面真是独一无二。①我们一眼就可发现，人群的行为完全没有任何恶意，虽然他们都是受好奇心的驱使才赶过来一睹究竟，可这好奇中也夹杂了一定的关心。我们甚至还觉得，后面这种情绪在与日俱增。大家一开始只看看皇帝就够了，后来他们会向他致敬，有些人还会脱帽，有几次人群中甚至传来欢呼声，有人甚至戴上了我们国家的象征物——例如，有些女人和年轻小伙子头上插着红色康乃馨。然而这一切被内阁和内阁支持者看在眼里，只让我们的处境变得更加艰难，³⁸只把我们的末日衬得更加凄凉。

就是在这个时候，一直保持冷静的皇帝在听到所有风声后，向我口述了一份文书，好让法学家在对他的真正政治处境展开讨论和辩护的时候可以有所依据。我们想方设法地把这份文书传到陆上，但我没有存下它的任何副本。

内阁对我们做出决定
7月29—30日，星期六至星期日

24小时前，更准确地说是两天前，有个消息传了过来：一个副国务秘书从伦敦过来，要正式向皇帝告知内阁对他的处置结果。此人最后终于出现，他便是班伯里骑士，是和基斯上将一起来的。他递来一份文件，宣布皇帝将被终身流放海外，而且身边只能有三人同行，这三人还不能包括罗维戈公爵和拉勒曼德将军，因为他俩都在法国通缉名单上。②

---

① 我们看看海军学员霍姆是怎么说的："每当拿破仑出现在舷门那里，小艇就争先恐后地冲上来，和一直在柏勒洛丰号下面巡游的几艘重型护卫舰重重地撞在一起。女人们惊恐的尖叫、男人们恶毒的诅咒，让拿破仑更觉无聊。"（《柏勒洛丰号上的拿破仑》第182～183页）

② 通缉令的发出日期是1815年7月24日。

我并未被叫到皇帝身边,因为那两个英国人会说法语;皇帝也只见了他俩。我知道的是,皇帝当时愤怒而又有理有据地表示拒绝和抗议,认为这是对他个人的严重冒犯。他说,他是英国的客人,而不是囚徒;他以自由人的身份来到这里,接受英国法律的保护;英国这是在侵犯他神圣的宾客权利;他绝不接受这等冒犯,只有武力才能让他屈服;等等。①

皇帝把内阁文件递给我,让我把它翻译出来。全文如下:

基斯勋爵代表英国内阁发出的声明

鉴于当前不用再做拖延,可直接向波拿巴②将军告知英国政府对他的处置打算,烦请阁下将以下几点信息转告于他:

如果给波拿巴将军留下机会或手段,[39]让他再度扰乱欧洲和平,这着实违背了我们在祖国和陛下盟国那里的义务;所以,他的个人人身自由必须遭到限制。这是第一个重要缘由,他只能照办。

圣赫勒拿岛被选定为他将来的栖息之地;那里气候宜人、条件齐备,鉴于我们必须采取必不可少的预防措施来保证其人身安全,他在那里可以得到比别处更加仁慈的处置。

---

① 此次对话发生于31号。(这里拉斯卡斯再次犯下时间上的错误)上将和亨利·班伯里爵士在上午十点半登上柏勒洛丰号,在皇帝的房间里待了半个小时左右。基斯勋爵在他的回忆录中,就此次谈话给出了许多细节。全程似乎都是拿破仑一个人在说话。上将把他当时说的话几乎原原本本地写了下来。(博尔雅恩把讲话全文收进他的《柏勒洛丰号上的拿破仑》补编中,请看第231~234页)除了基斯爵士的话,我们还可参考《古尔戈日记》里的相关内容,内含此次谈话的准确日期。古尔戈说:"皇帝宣布他绝不会去圣赫勒拿岛,哪怕用自己的鲜血染红柏勒洛丰号也在所不惜;他说,自己愿意来英国,是对英国民族的最大尊敬,可他们现在的举动将为英国的未来罩上一层阴影。上将请他就此写一封信,陛下写道:他宁死也不去圣赫勒拿岛,他根本就不是战争犯。"(《古尔戈日记》第一卷第49页)

② 1823年版本为"Buonaparte",而非"Bonaparte"。

波拿巴将军可以在陪他来到英国的随从中挑选三个军官，但他们不能是萨瓦里将军和拉勒曼德将军；此外，他还可以有自己的外科医生。①这些人可陪他前往圣赫勒拿岛②，但他们未得英国政府允许，绝不可离岛。

海军准将乔治·科伯恩爵士很可能已经做好准备，在几天之后起航；所以，波拿巴将军必须立刻选定陪他同行的人员。③

虽然我们已经知道要被放逐到圣赫勒拿岛，可得到官方消息后，我们所有人还是大受震动、呆若木鸡。④然而，皇帝依然如往常一样前往甲

---

① 曾跟随拿破仑前往厄尔巴岛的宫廷医师富罗·德·博勒加尔，当时主动请命，要陪他流亡国外，然而由于他在百日王朝时期进入了议院，当时因为公务在身，留在了巴黎。后来，富罗在路上又被一个普鲁士特使抓了起来。临时代理医师曼戈只打算陪同拿破仑前往美国，不愿陪他前去圣赫勒拿岛。柏勒洛丰号上的外科医生——来自爱尔兰的奥米拉表示愿意同行，该请求获允。（请看蒙托隆的《拿破仑皇帝被囚记》第一卷第119~120页的内容）

② 后来，我们在蒙托隆的《拿破仑皇帝被囚记》第一卷第107页上也看到了这份声明，但里面此处的内容是："这些人及12个仆人可陪他前往圣赫勒拿岛。"

③ 上将离开后，拿破仑把梅特兰船长叫了过去，把基斯勋爵的这份声明递给他，让他看看。梅特兰在叙述中说："我读完后，波拿巴（原文如此）激动地控诉把自己送到圣赫勒拿岛的这个决定。他说：'一想到要待在那里，我就心底生寒。我要老死在这个离大陆有万里之遥的热带岛屿上，而且要斩断和世间的所有联系，离开我热爱的一切东西，这简直比帖木儿的那个铁笼子还要可怕！我还不如落到波旁家族的手上！我遭此奇辱，再被你们尊为将军又有什么意义？那声将军叫得没有任何理由！你们为什么不称我为大主教呢？因为我除了是军队之主，还曾是教会之主呢。即便你们不承认我是皇帝，那也应该认可我第一执政官的身份。当初我就是以这个身份，接见了各国大使。你们国王在他的信中还称我是他的兄弟呢。哪怕被囚禁在伦敦塔或英国另外某座监狱里（虽然我曾料想善良的英国人民不会这么对我），我都不会像现在这样发出这等强烈的控诉。可一座热带岛屿！这是在就地判处我的死刑，因为像我这种性格的人，在那种气候中是活不了多久的！'"（88~89页）

④ 拉勒曼德在蒙托隆和古尔戈的陪同下，来到梅特兰那里，宣布："您心里应该清楚，皇帝是绝不会去圣赫勒拿岛的；他宁可死了算了。他也是有性格的人，向来说到做到。"对此，梅特兰问："他当真说过自杀的事吗？"拉勒曼德回答："没有，但他说他绝不会去，这是一回事。此外，就我个人来说，即便他同意去那里，我们所有人也会坚决阻止他的。"（转下页）

板散心，脸色一如寻常，举手投足没有任何异样，冷静地打量着迫切渴望看到他的人群。①

萨瓦里将军和拉勒曼德将军不能再跟随皇帝
7月31日，星期一

我们的境况恶劣至极，我们的痛苦也已非言语可描述。我们得离开欧洲、祖国、家人、朋友，放弃我们的欢乐和熟悉之物。⁴⁰实际上，我们也可以选择不追随皇帝，然而这个选择是壮士断臂，它意味着或者放弃自己的信仰，或者选择死亡。还有一件事更让我们揪心不已：萨瓦里将军和拉勒曼德将军不得同行，可他们已是恐怖政府的牺牲品，回去只有死路一条。我们终于相信，英国才不管你是革命中的政治人物还是和平时期的民事罪犯，反正把你引渡给你的敌人就了事了，哪管你之后会遭遇怎样的酷刑。此举是对一切法律的践踏，更是英国自己的耻辱，只会遭人冷眼。可我们当时人在屋檐下，这些话是不能讲的。此外，我们都不改初心，想留在皇帝的随从名单上。我们只害怕一件事：被剥夺陪同他的资格。

梅特兰没有再多说什么，只请对方"权衡一下他们行为的后果，再决定要不要冒险做出这等事情"。之后，他把这几位法国将军的想法告诉了基斯勋爵。上将跟他说："您可以告诉这几位以拿破仑的死来做威胁的先生，说英国法律对杀人犯一律处以死刑。他们若真这么做，那就只有一个后果：洗净脖子，等着绞索套吧。"（《柏勒洛丰号上的拿破仑》第95~96页）

① 梅特兰说："我到现在都没见过像7月30日那个星期日里那么多的、密密匝匝挤在一起的小船。"他估摸有1000多艘，而且每艘小船上至少装着8个人。特地来看"这个怪胎"的女人，其数目更是惊人。为了出席这个场合，她们中许多人还特地穿上了礼拜日才穿的漂亮衣裳。拿破仑让梅特兰叫人跟自己说说"那些女士的本身长相"，她们一个个打扮得花枝招展，使得他完全分不清谁是谁。

皇帝问我是否愿意陪他前往圣赫勒拿岛

8月1日，星期二

我们的情况和前几日无异。早晨，我收到一封伦敦寄来的信，写信人严厉地谴责了我一顿，说被放逐出国就等同罪犯了。她还给梅特兰船长写了信，请他站在自己这边，阻止我做出这等疯狂的决定。①梅特兰船长刚刚开口，我就拦住了他的话，跟他说："人活到我这个岁数，任何决定都是经过深思熟虑的。"

我每天都给皇帝念各种新闻。今天，他在众多报纸中发现了这么两条报道：一条报道好心替我们发出吁请，另一条说公众舆论出现分化，大声为我们鸣不平。这些话稍稍弥补了其他报纸上的辱骂之词带给我们的伤害。我们就这样陷入由敌人激起来的希望和仇恨中，紧接而来的又是众人的关切，虽然这份关切引发了一场巨大的海啸。我们只能告诉自己，英国也有一些人是善良和高尚的，他们肯定会大声为我们求情。

周围的船只数目与日俱增；⁴¹皇帝每天都在固定时候出现在公众面前，大家对他的态度也越来越友善。

我们内部的大部分人依然如在杜伊勒里宫时候一样服侍着皇帝。我们一直都整齐地跟在他后面，而且按品级、军衔站得好好的。只有大元帅和罗维戈公爵能定期见他；某人在巴黎时若不能靠近他、跟他说上几句话，来了这里也照样如此。白天里，只要有报纸需要翻译，皇帝都会把我叫过去。而且在不知不觉中，皇帝开始养成习惯，在每天晚上大约八点的时候把我传召到身边，陪他聊上一阵子。

今天也是如此。我们聊了十多个话题后，他突然问我是否愿意陪他

---

① 这里的写信人仍是克拉弗林夫人。

去圣赫勒拿岛。①我非常坦诚地给出答案，言辞诚恳，所以打动了他。我跟他说，我离开巴黎、追随其后，无论前路如何，我和他都已是唇齿相依；去圣赫勒拿岛也好，去其他什么地方也罢，都没有什么区别；可是我们一大群人跟着他，他又只能带走三人；另外，有人指责我抛弃妻子等同犯罪；所以，考虑到同伴的期盼和我自己的良知，我需要知道：我是否对他真的有用，是否讨他喜欢；简而言之，我希望他选择我；此外，我说的这番话，完全没有任何不可告人的想法，因为从此我要把自己的生命毫无保留地献给他。

我们正说着话，贝特朗夫人未得允许和通报，就突然闯进皇帝的房中。她已经完全失去了理智，高喊着皇帝不要去圣赫勒拿岛，更不要把她的丈夫带去那个地方。看着皇帝惊讶、冷静、镇定的样子，贝特朗夫人如匆匆闯进来一样仓促地掩面离开。这时，外面传来全体船员的惊呼声和慌乱的跑步声，船尾吵成一片。皇帝一脸震惊，问我："这是怎么回事？"②然后，他令我按铃，唤人过来了解外面到底怎么了。原来，贝特朗夫人离开皇帝的房间后，意欲投水自尽，大家好不容易才把她拦了下来。⁴²由此可见，我们当时过着怎样的日子啊。③

---

① 根据蒙托隆所述，拿破仑曾跟他说，要他陪自己去圣赫勒拿岛。蒙托隆说："拉斯卡斯伯爵也曾恳请我把他选上去，您知道他吗？""跟他说话挺开心的。"蒙托隆接着说："此人看上去很有学识呢，我也十分相信他的忠诚。"拿破仑叹道："他也真是命途多舛！24年前流亡国外，还乔装成马车夫跟在路易十六的家人后面；今天，他又成了我的侍从，还心甘情愿地随我流亡异乡！把他放进名单吧。"（《拿破仑皇帝被囚记》第一卷第115页）

② 在1823年版本中，拿破仑后面还加了一句："有人疯了吗？"

③ 在古尔戈笔下，此事发生在31日，星期日。在这天的日记中，他写道："晚上，贝特朗夫人像疯了一样，未经通报就跑到皇帝房间，在那里大喊大叫，之后又回到自己房间，做了一件骇人的举动：她打算投海自尽。"梅特兰也是相同记叙。在他的回忆文第94~98页，梅特兰非常详细地讲述了贝特朗夫人意欲寻死这件事；但据他所说，拿破仑对她寻死的决心很是怀疑。

皇帝值得注意的言论

8月2—3日，星期三至星期四

早晨，罗维戈公爵告诉我，我已被定为圣赫勒拿岛随从。皇帝在交谈时跟他说：哪怕只有两个人能陪他同行，我也会在这个队伍里；他觉得我有所用处，也能给他带来些许宽慰。多亏罗维戈公爵的善意转达，我才知道皇帝说了这些话。我因此对他感激不尽；没有他，陛下也许永远都不会知道我这号小人物。但后来我们说起这件事的时候，皇帝什么都没回答。他行事风格就是如此，后来我也有机会多次看到他的这一面性格。

跟随皇帝的那些人，从前和我都谈不上认识。非要说有所交往的话，那也只有贝特朗将军和他的妻子了。我去伊利里亚执行任务的时候，贝特朗将军正好担任那里的总督，我因此得到了夫妇二人的盛情接待。

在此之前，我几乎没怎么跟罗维戈公爵说过话；先前因为对他抱有成见，我对他一直是敬而远之；但我们俩才走到一起，这些成见立刻就消融不见了。

萨瓦里从心底爱戴着皇帝；我了解他的为人和心灵，知道他是多么正直和知恩图报，我们几乎成了至交好友。他若没走，我们俩肯定会变成非常亲密的挚友。多希望他能够知道，他的离去让我感到多么伤感和遗憾啊！

皇帝今晚照例召我前去谈话[①]，零零散散聊了许多事情后，他把话题转到圣赫勒拿岛上，问我：真在那里勉强生活会怎样，以及其他类似的话。他说："不过说到底，难道我真的要去了吗？一个人如果不再是同胞中的一员，他还会有依附感吗？"

[①] 1823年版本没有"照例"二字。

我们在他的房间里走来走去；他很平静，但这平静是强装出来的，有的时候他都走神了。

他继续说："我的朋友，我有时曾想过离你们而去，而且这并不难办①；只需哪个时候气血冲上脑门，我就能立刻离开你们，一切就结束了，您也可以和您的家人团聚了……⁴³更何况，我内心的道德感对我没有任何约束作用。有些人觉得人们大肆渲染另一个世界的惩罚，只为抵消那个世界对人不可抵抗的吸引力罢了，我就是这么想的。上帝绝对不会惩罚世人，更不会惩罚世人的这种行为，因为这有违他对世人无限的爱。而且说到底，这种事算得什么呢？它只让我们更快地回到上帝身边罢了。"

我为他的这种想法大声惊呼。诗人和哲学家都说过，人被困顿于厄难之中，这是一幕众神才有资格观看的戏；他连连受挫，但咬牙坚持，苦难便是他的光荣；一颗高尚而伟大的灵魂，是不可能堕落到和粗俗之

---

① 我们只能肯定一件事：拿破仑当时真的想过自杀。然而有谣言传了开来，称皇帝只是假意如此。后来，诺森伯兰号上的外科医生沃登就此大胆地问了皇帝。皇帝答道："不，没这回事，我不像罗马人那样动辄自我了断。在我看来，自杀是最令人厌恶的一种犯罪。"［出自《沃登书信》（*Lettres de Warden*）第45～46页］再后来，皇帝于1820年在圣赫勒拿岛写下《谈自杀》（*Réflexions sur le suicide*），在里面说："一生中，当灵魂抵挡不住精神的病魔时，每个人都多次起过自杀的念头。然而过不了几天，由于其心境和状况突然发生一些变化，他又会懊悔自己有过这个想法。周一想自杀的人，可能到了周六又想活了；可惜，人只能自杀一次。"他还在结尾处说，"（把自杀）比作为保住性命而切除一条已经坏死的胳膊，这个比喻实不恰当……人从来不会为自己一条胳膊被切除了而后悔，然而他若寻死，那他定会悔恨不已，而且会一直悔恨下去。"［该文被收进《拿破仑一世书信集》（*Correspondance de Napoléon Ier*）第485～486页］在同样写于圣赫勒拿岛的《尤利乌斯·恺撒战争概论》（*Précis des guerres de Jules-César*）中，拿破仑自问："人可以并应当自我了断吗？有人说，是的，在他万念俱灰的时候。然而，在这个瞬息多变的舞台上，任何一个或自然或人为的死亡，都会立竿见影地影响到舞台的环境和局面。那谁能在什么时候、在什么环境中，才敢说自己已经真的万念俱灰了呢？"（《拿破仑一世书信集》第三十二卷第837页）

辈同流合污的；这位曾给我们带来无上荣光的人，这个曾令世人拜倒、左右世界走向的人，他不会像走投无路的赌徒、情场失意的恋人一样结束自己的一生。真若如此，所有那些对他还抱着信心和希望的人该怎么办？他就这样头也不回地离开，让敌人轻易得逞吗？想想那时他们该多么得意，难道这还不够让他决意咬牙反抗吗？此外，谁能窥到时间里藏着什么秘密？谁敢言辞确凿地说未来会如何如何？内阁变动、某个君王或某个君王心腹的死亡、某次放纵的激情、某场琐碎的争吵，这都保不齐之后会发生什么事呢。

皇帝说："您的有些话是说得没错，可我们现在已经陷入绝境，又能做什么呢？""陛下，我们可以靠过去活着，里面肯定有足以宽慰我们的东西。我们不是津津乐道于恺撒、亚历山大的一生吗？陛下，我们现在掌握着更好的素材，您可以重读自己的一生！"他说："那好！我们就动笔写自己的回忆录。①没错，我们应该干点什么，工作就是时间的粉碎机。说到底，人应当走完自己的天命；这也是我人生的一大信条。②很好！"那就走完我的命劫吧！"那一刻，他脸上又复现出轻快活泼的表

---

① 一年前，在枫丹白露和帝国卫军告别的时候，拿破仑就曾说过："我想把我们一起经历的那些大事都写下来。"

② 因为上文那件事，下面这份写于很早以前的文书显得弥足珍贵。当时，执政府护卫军中一个掷弹兵自杀身亡，第一执政官就此事写了一份军报。——辑录者注

共和十年芽月二十二日军报

近日，一位非常优秀的公民、掷弹士兵戈班为情自杀。近一个月里，军中类似事件已发生两起了。

第一执政官就此特向护卫军颁令：

身为士兵，应当懂得战胜情爱引发的痛苦和忧郁；真正的勇敢，是既能咬牙忍受灵魂遭受的痛苦，又能在战场的炮火轰鸣中保持镇定。

未经抵抗就沉溺于忧伤中，为了解除痛苦而自杀，这就相当于不打仗就放弃阵地。

情，把心思都放在那些与周围环境格格不入的事情上了。

在普利茅斯准备起航—游弋于拉芒什海峡—抗议信
8月4日，星期五

　　昨晚船只得到命令，要在第二天清晨拔锚起航，可临行了船又收起了帆，这让我们非常好奇。通过各份文件、官方声明和私下交谈，我们得知了这么一个消息：诺森伯兰号将负责把我们送到圣赫勒拿岛。[①]可大家都知道，这艘船现在还在沙塔姆或朴茨茅斯进行装备工作呢。所以我们预计，我们可得到八到十天的休整期。柏勒洛丰号过于老旧，无法承担此次护送任务，也完全不具备必需的生活条件。何况这个时候去圣赫勒拿岛，完全是逆风而行，对船只有极高的要求。另外，我们看到拉芒什海峡东边方向开始涨潮了。我们又没了把握，开始胡乱猜测起来。但无论怎样，这种情绪还是缓解了被流放到圣赫勒拿岛的那份惊惶。

　　不过，我们还是觉得，皇帝应该在这个关键时刻正式表态，抗议此等侵犯行为。对他来说，此事已经无关紧要，他也无心再多说什么了。然而我们说，这么做可以为那些关心我们的人提供武器，让舆论有追忆他、捍卫他的由头。我大着胆子给他读了一篇我拟写好的抗议信，此文很对他的胃口。于是皇帝删掉里面一些句子，在个别用词上略作纠正，签字后将其转交给了基斯勋爵。这封信全文如下：

---

　　① 英国政府决定把拿破仑打发到圣赫勒拿岛，临了才意识到柏勒洛丰号无力完成这次漫长行程。当时，诺森伯兰号还没有配备任何武器装置，甚至桅杆都还没装上。但在不到十天的时间里，诺森伯兰号就被修缮得焕然一新，帆缆索具、武器装备一应俱全，从朴茨茅斯的船坞厂直接开到了斯塔特锚地。（请看蒙托隆的《拿破仑皇帝被囚记》第一卷第120～121页）

抗议信

苍天在上，世人为证，我在此正式抗议自己遭到的侵犯行为，抗议我最神圣的权利遭到冒犯，抗议我的人身自由遭到无礼侵害。

我是以自由人的身份登上柏勒洛丰号的；我不是囚犯，而是英国的客人。而且，我是在船长的煽动下来到这里的。他说，他已经得到政府命令，可以收容我；如果我愿意的话，他还可以把我和我的随从人员带到英国。我已经表达了自己的良好意愿，愿意将自己置身于英国法律的保护下。一登上柏勒洛丰号，我就成了英国人民的关注重点。如果政府一边颁令给柏勒洛丰号船长，让他接收我和我的随从人员，一边又布好陷阱，那它是在抹黑和玷污自己的声誉。

真若干下此等行为，英国人民的忠诚、法律和自由从此都无从谈起；大不列颠的信仰将在热情好客的柏勒洛丰号上沦丧。

我打开史书，寻找佐证。历史告诉我，一个敌人和英国人民打了20年的仗以后，在厄难之中，以自由人的身份寻求它的法律的庇护；还有什么能比这更加昭昭地彰显他对英国的信任和尊重呢？可在英国，人们是怎么回应这种宽宏大量的呢？他们假装向敌人伸出热情的手，可对方满怀好意地握住他们的手时，他们却将其诛杀。

签字人：拿破仑

写于海上，柏勒洛丰号①

---

① 拉斯卡斯在这里又讲得不清不楚，留下许多空白。为了填补这些空白，我们只能参考蒙托隆的《拿破仑皇帝被囚记》（第一卷第108～111页）和《萨瓦里回忆录》（第八卷第248～249页）。我们发现，基斯上将离开后没多久，拿破仑就亲笔写了一封信。蒙托隆和萨瓦里将此信全文收进书中，但拉斯卡斯很可能为了更好地衬托出自己这封"抗议信"，所以完全没有提到拿破仑的那封信。不过，把皇帝的信和出自拉斯卡斯之手的这封抗议信拿来对比一番，相信这会是一件很有意思的事。拿破仑在信中说："阁下，我非常仔细地读了您带给我的（转下页）

罗维戈公爵告诉我，皇帝曾想过把我派到伦敦去见摄政王储，但有人坚决反对，于是此事作罢。

海浪越来越大，海风也越来越猛，我们大部分人都出现了晕船症状。要是身体的不适可以驱走精神的苦闷，那该多好啊！可惜在这样的天气里，我竟然没有晕船，这似乎也是我人生中唯一一次没有晕船。

离开普利茅斯时，我们一开始是向东顺风而行；但没过多久，风向就变成了侧风，船只直线航行了一段距离后，就开始走"之"字形了。我们完全不明白为什么要遭这样的罪。

皇帝对我信任有加

8月5日，星期六

[46]5日一整天和昨天没有任何区别。皇帝照例晚上找我谈话，托付给

那封信的副本。我已把自己的想法告诉您；我根本就不是战争犯，而是英国的客人；我把写给摄政王储的那封信给柏勒洛丰号船长看了，并得到了他的保证（他说他已得到命令，可把我留在他的船上，把我和我的随从带去英国——如果我愿意的话），之后我才登上了柏勒洛丰号战舰，来到这个国家。奥瑟姆上将（原文如此）也跟我反复重申过相同的话。当我自由地来到柏勒洛丰号上的时候，我认为自己已处在贵国法律的保护下。我宁死也不要去圣赫勒拿岛，也不要被关在某座城堡里（这句话只出现在萨瓦里的回忆录中，蒙托隆的《拿破仑皇帝被囚记》里并无此言）。我渴望在英国人民中间、在法律的保护和监视下自由地生活，并可通过一切适当的誓言和行动来表明自己的态度。我不想和法国保持任何联系，也不想再卷入任何政治事件中。自我退位以后，我就只想住在两个国家里，美国或英国都行。我现在为了证明自己的立场，把自己所有想法都推心置腹地告诉了您。阁下，我非常希望您和国务副秘书将其原原本本地汇报上去。我是因为尊重摄政王储、相信贵国法律，才把自己交托出来。"这封信没收到任何回复。等了三天后，拿破仑听从了贝特朗和萨瓦里的建议，向拉斯卡斯口述了另一封信。但这封信还没写完，梅特兰就告诉贝特朗：他要前去给上将汇报工作，如果拿破仑有话想转达给上将，他非常乐意代劳。大元帅请他稍等片刻。一个小时后，这封信被交到梅特兰手上，他将其转交给了基斯勋爵。梅特兰在他本人的叙述中反驳了皇帝信中的控诉。（《柏勒洛丰号上的拿破仑》第108~109页）

了我两件要事；但这里我不能透露分毫。①

在斯塔特角抛锚—陪伴皇帝的人选
8月6日，星期日

⁴⁷中午，我们在斯塔特角抛锚。船只留在那里并不安全，而且我们明明再行驶一小段距离，就可在托贝舒舒服服地休息一下了。所以，我们很惊讶为何在此抛锚。不过后来我们得到消息，诺森伯兰号才是我们此行的目的。这艘船经过加班加点的赶工，已被催促着离开了朴茨茅斯。它当时和另外两艘护卫舰一起到了斯塔特角，护卫舰上的人正是圣

---

① 其中一件事，现在我倒可以讲出来了。在这天的老时间，皇帝跟我一道在军舰过道上散步。他上衣露在外面，跟我说着一个跟他做的事毫不相关的话题，然后把一根腰带状的东西递过来，说："替我保管一下这个东西。"我没有多问，把它揣在我的马甲里。后来他告诉我，这是他离开马尔梅松时奥坦斯王后强迫他收着的一根项链，价值20万法郎。到了圣赫勒拿岛后，我多次提出要归还项链，却没得到任何答复。有一次在朗伍德，我大着胆子又提了这件事，皇帝非常冷淡地问我一句："您拿着它很别扭吗？""没有，陛下。""那不就得了？继续收着吧。"后来，这条项链一直被我贴身保管着*，没离开过我半步，几乎成了我身体的一部分，我都不怎么想着这件事了。后来，我离开朗伍德好几天了，偶然才想起它的存在，吓得浑身发抖！我离开了皇帝，还带走了这么贵重的一个东西！可是，我该怎么把东西还给他呢？当时我是重点防范对象，身边全是哨兵和看守，完全不可能传出任何消息。我想了各种办法，都没能成功。时间一天天流逝，我在岛上只能待几天了，可要是这么离开，那简直比杀了我还叫我难受。在这个情形下，我只好冒险孤注一掷。当时有个英国人经常跟我聊天，会定期来看望我。于是，我在这个总督的眼线甚至是他最信任的心腹身上赌了一把。

我偷偷跟他说："我相信您是一个高尚的人，我想考验您一番……这绝对不会损害您的清誉，也不会违背您的原则……您只需将一个贵重物品还给拿破仑就可以了……如果您愿意的话，我的儿子会把它放在您的口袋里……"

他什么都没回答，只放慢了脚步；儿子一直跟在我们后面，我给他递个眼色，于是项链就在哨兵的眼皮子底下溜走了。离开圣赫勒拿岛之前，我得知它已被妥善交到皇帝手中，心里如释重负。一想到一个敌人在当时那种环境下竟能有此义举，我心中就倍感温暖！**——辑录者注

* 1823年版本还补加了一句"放在我的法兰绒背心里"。
** 在奥坦斯王后的回忆录第三卷第37页里，我们也读到了这个关于项链的故事。

赫勒拿岛卫戍部队。几艘船在我们附近抛锚，各船之间沟通非常密切。人们依然采取各种预防措施，以避免有人跟我们谈话。然而，我们为何仓促地在普利茅斯起航，想尽办法也要赶到这里，这个谜底终于隐隐揭晓。据说，基斯上将收到电报，里面说：一个公共官员马上就要离开伦敦，赶赴这里，身上背着《人身保护法》，要代表法律或某个法庭为皇帝请命。此人行动的动机和事情详情，我们都无从核实。①人们还说，基斯上将好不容易才甩掉了这个麻烦，从自己的军舰躲到了一艘双桅帆船上，在我们从普利茅斯起航的那天玩起了空城计。正因如此，我们才没去托贝。

基斯上将和科伯恩来到柏勒洛丰号，后者正是诺森伯兰号的指挥官。②他们和皇帝商谈了一阵子，把放逐我们前往圣赫勒拿岛的相关指令的副本交给他过目。上面说，第二天，他们要检查我们所有人的随身行李，以防我们携带任何金银、纸币和珠宝（哪怕它们是我们或皇帝的所属物）。我们还得知，第二天，他们要收走我们的武器，把我们带到诺森伯兰号上。相关文书是这么写的：

基斯上将给柏勒洛丰号船长梅特兰的命令

⁴⁸凡在您指挥军舰上的所有法国人，无论他们是何身份，其武器都必须全部上缴。在他们还在您船上期间，请您小心将这些武器收集在一起，妥善保管，之后再将其移交到他们接下来要去的那艘

---

① 此事详细内容，请看梅特兰的记叙。（《柏勒洛丰号上的拿破仑》第103~105、234~236页）

② 我们在科伯恩指挥官的秘书J.R.格罗韦尔当天的日记里发现了这段话："基斯上将在乔治·科伯恩爵士的陪伴下，来到柏勒洛丰号，告知波拿巴：他们得到命令，必须让他尽快登上去往圣赫勒拿岛的诺森伯兰号。对此，波拿巴非常激烈地表示反对，抗议英国政府无权支配其人身自由。乔治爵士只回答，他是军人，只知道执行命令。"

军舰的船长手里。

斯塔特湾，1815年8月6日①

内阁发给科伯恩上将的指令②

波拿巴将军从柏勒洛丰号转至诺森伯兰号时，烦请G.科伯恩爵士上将找到合适时机，检查将军随身携带的行李。

将军携带的家具、书籍、酒，G.科伯恩爵士上将可允其带上船来。（酒？这话真配得上英国内阁的德行！）

家具中可能藏有金银细软，但鉴于他们不可能在里面藏下大批财宝，估计只是日常开支和兑换现金所用，可不予追究。

总督会跟他解释，英国政府完全无意没收他的财产；这么做纯粹是工作需要，以防他利用财产策划出逃。

行李检查必须在波拿巴将军指定的几个人面前进行，且必须列出行李清单，让这些人在清单上签字，准将也要在上面签字，或者让他指定的清查参与者签字。根据物件总价值的核算金额，这批财产的本金及产生的利息可被用来满足他的经济需求，他也可自行决定其处置问题。在这方面，总督到达后，他可将自己的需要告知总督。49只要这些要求没有反对的理由，都可予以满足，并用国王陛下

---

① 第二天，梅特兰又收到另一道详细的命令，上面说"将军离开该船时，可以不用收缴他的佩剑"，但其他军官除外。请看梅特兰叙述中的详细内容。（《柏勒洛丰号上的拿破仑》第114页）据萨瓦里所说，是基斯上将扛下此事的责任，让拿破仑保留了自己的佩剑。他派人告诉乔治·科伯恩爵士，一个军官在战场上被敌军俘虏，都可留下自己的佩剑；在这样的情况下，他更有理由这么做。（《萨瓦里回忆录》第八卷第253页）

② 拉斯卡斯书中的这份指令略有删节，全文请看博尔雅恩的《诺森伯兰号上的拿破仑》（Borjane, *Napoléon à bord du Northumberland*）第45~48页内容。

国库里的现金来支付。

将军死后（真是深谋远虑啊！！！），将依照其遗嘱来处置他的财产。其遗嘱内容将得到严格执行，对此他大可放心。如果他要把其中部分财产转赠给他的随从，这些财产也应按照相同规矩来处理。

除了波拿巴将军指定的人选外，他的其他随从人员一律不得登上前往圣赫勒拿岛的军舰。也请上将向他解释清楚，请将军遵守人们为了保护其人身安全而制定出来的一切规定。也请人告知将军，如果他企图逃跑，他将被打入监狱（监狱！！！），被发现协助他逃跑的随从人员也将遭此惩处。（后来议会通过法令，把这些人的处罚改成了死刑。①）

任何写给他及其随从的信件，都必须先交给上将或总督过目，之后再转交收信人。将军及其随从写的信件也要依照相同的程序处理。

将军应该知道，总督或上将已经收到明确命令，可将他能提出的一切要求或抗议转达给国王陛下的政府；在这方面，总督及上将无权决定任何东西。不过抗议文书应当保持开启状态，这样他们也可在上面添加任何他们觉得合适的意见。

在最后这个时候，面对此等冒犯、不公和侮辱，我们心中的愤懑实非三言两语能讲清楚的！

皇帝由于只能带三个随从同行，于是他选定了大元帅、我、蒙托隆

---

① 这里指的是1816年4月11日出台的《为有效执行拿破仑·波拿巴的监禁措施而颁布的法令》（*L'Acte pour render plus efficace la detention de Napoléon Bonaparte*）。

和古尔戈。①指令上说皇帝只能带三个军官,他就把我说成文职人员,以此据理力争,把三个随从变成四个。

和基斯勋爵谈话—检查皇帝随身行李—皇帝离开柏勒洛丰号—忍泪挥别—拔锚前往圣赫勒拿岛

8月7日,星期一

⁵⁰皇帝又给基斯勋爵写了一封新的抗议信,抗议英国冒犯其人身自由,将其强行带离柏勒洛丰号。我把这封信带到了雷鸣号上。②基斯上将是一位非常友善的老人家,仪容举止优雅十足。他彬彬有礼地招待了我,却小心翼翼地避开话题,只说自己会写信回复。

但这并没让我打退堂鼓。我跟他讲述皇帝的现状:他身体非常不适,手脚都浮肿了。我明确告诉基斯勋爵,皇帝现在的身体不适合立即上路。他回答说,我也当过海兵,应该知道船只抛锚过久有多危险。这的确是事实。

我跟他说,皇帝是多么反感自己的随身行李被人打开检查;我敢肯定,就如他先前声明的那样,真若如此,他倒宁愿把这些东西都丢进海里。基斯上将回答说,他也是奉命行事,不能违抗指令。

最后我问他,人们是否真会收走皇帝的佩剑。上将说,人们不会动他的佩剑,但也只有拿破仑一人有此待遇,其他人的武器都得被统统没收。我把浑身上下亮给他看,说我已经被收走武器了。他们收走了我的

---

① 拉斯卡斯一开始写的是:"皇帝选定了大元帅、我和蒙托隆。古尔戈绝望地发现自己的名字没在名单上,反复商量后,终于成功把他加了上去。"但在1823年版第四卷中,提到古尔戈的名字时,拉斯卡斯加了一条补充脚注:"在第一卷95页中,我说他经过商量才能去圣赫勒拿岛,此事不是真的,是我弄错了。是皇帝主动选了他。"

② 基斯上将把这封抗议信全文抄进了他的回忆录中(Allardyce版)。

佩剑，才放我登上了雷鸣号。

在一旁工作的一个秘书①用英语告诉基斯上将，根据命令，拿破仑也必须被收缴武器。对此，上将生硬地反驳了他，说的也是英语，我听到的话是："先生，顾好您自己的工作就行了，我们知道该怎么做自己的事。"

我们继续谈话，我又转回话题，继续说起我们的遭遇。我说，我是双方之间的协商者，按理说我是最遭罪的那个人，我最有权利要求得到理解。基斯上将带着明显不耐烦的神情听我说完话；我们俩站起来后，他的每一声问候似乎都在急着把我打发走。我跟他说，梅特兰船长说过自己得到政府授权，可把我们带到英国，没想到却把我们变成了战争囚犯，这个船长也完全没有否认；[51]我们是以自由之身、怀着好意登上船的；皇帝写给威尔士亲王的那封信，梅特兰船长先前也知晓其内容，当时他并没有发表任何意见。上将的不悦和怒火终于突然发作；他激烈地说，真若如此，梅特兰船长就是个蠢蛋；因为他收到的指令中根本就没有这些内容；他对此非常清楚，因为他就把这些指令带在身上。我争辩说："可是阁下，我得替梅特兰船长说一句话；您现在语气如此强硬，是为了掩饰一件责任在您的事情吗？因为不仅是梅特兰船长，还有霍瑟姆上将及与我们一起生活过的所有军官，他们当时对我们的言谈举止都表达了相同的意思。难道他们真的收到了某个说得非常清楚明白的指令吗？"言尽于此，我拂袖而去。上将也没有任何要继续谈一谈的意思，也许他在内心深处也觉得自己良心上有些不安吧。

---

① 即梅克。（请看《人名表》）

一个海关官员和科伯恩上将检查了皇帝的随身行李[①]；他们在里面发现了4000枚拿破仑币，从中抽了1500枚来支付相关人员的服务费。要知道，这可是皇帝的所有财产了。[②]

　　虽然我们被要求配合英国人的行动，可在具体执行中，大家都摆出拒不合作的态度。对此，上将看上去十分难办。我们的表现清清楚楚地告诉他，皇帝遭到了何等的冒犯，而冒犯者又在干一件多么不光彩的事。[③]尽管如此，离开柏勒洛丰号的时间还是到来了。[④]皇帝和大元帅在房间里待了很长时间，我们则聚在前面的套间里。后来，大门打开，罗维戈公爵满脸泪水，哽咽着扑在皇帝脚下，亲吻着他的手。皇帝依然一

[①] 萨瓦里在他的回忆录第八卷第253～254页中说："科伯恩先生身边是一个他从伦敦带过来的、我觉得和他有一定亲戚关系的人；此人负责检查皇帝的随身行李。他什么东西都没漏掉，一件衣服一件衣服仔细地翻着，甚至连内衣都不放过。当然了，检查人员表面还是做出一副恭敬有礼的样子，因此才减缓了人们对此事的抵触心理。"但古尔戈断然地说："我们中谁都不愿当此事的见证人。"（《古尔戈日记》第一卷第51页）这点就和上述萨瓦里的回忆内容完全不一样了。

[②] 要是我们相信非常了解内情的蒙托隆的话，此处就说得不对了。在蒙托隆的书中，他说："我们偷偷藏了40多万金法郎，价值三四十万的珠宝钻石，以及价值400多万的债券。"（《拿破仑皇帝被囚记》第一卷第114页）

[③] 1823年版中没有"对此，上将看上去十分难办。我们的表现清清楚楚地告诉他，皇帝遭到了何等的冒犯，而冒犯者又在干一件多么不光彩的事"这段话，取而代之的是"他们（海关官员和上将）检查时，只有皇帝的一个仆人（马尔尚）来配合他们的工作，这似乎大大刺伤了科伯恩上将的尊严。我们虽然得知此事，但没有一个人愿意露面。我们用实际行动表明，我们觉得此举是多么卑鄙、多么侮辱人"。

[④] 早上约十一点的时候，基斯勋爵、科伯恩上将和诺森伯兰号的指挥官罗斯船长登上了柏勒洛丰号，并派人告诉皇帝：他们已经准备好将他带往诺森伯兰号了。霍姆说："拿破仑拖延了一会儿，没有立刻前去。科伯恩等得不耐烦了，说他们应该再次通知皇帝。基斯勋爵反驳说：'别了，别这样！要知道，他从前曾让比你我地位尊贵得多的许多大人物等了更长时间呢。我们还是让他自己慢慢来吧。'"（《诺森伯兰号上的拿破仑》第189～190页）

脸冷静、面无表情，抱了抱他，就登上小艇，踏上前路。①前往诺森伯兰号的途中，他还非常友善地向众人点头告别。其他不得不留下的人哭成一片；我当时正在和基斯勋爵交谈，忍不住对他说了这句话："您看，阁下，在哭的那些人都是要留下的。"

^{52}我们登上了诺森伯兰号，当时已是下午一两点。皇帝待在甲板上，和周围的英国人亲切友好地交谈着。②

劳瑟勋爵和一个叫里特列顿的先生③，就政治和高等行政管理事务和他攀谈了很长时间。④我没听到任何谈话内容，因为皇帝似乎希望我们能让他独处一会儿。后来，英国报纸报道了这次谈话。皇帝读了报道后颇有微词，觉得报纸曲解了自己的话。⑤

拔锚起航的时候，在军舰边上游荡的一个英国富绅想避开好奇的围观群众，结果他的船把一艘离我们很近的船撞翻了，而且那艘船上坐满了看客。这些人本来老老实实地坐在船上，没想到突然天降横祸。有人

---

① 当时正好站在边上的霍姆说："他没怎么整理仪容，就这么直接过去了。他没有刮胡子，脸色惨白惊惶，步履缺少往日的稳健；他低垂着眼皮，神色看上去无比悲伤……"（《诺森伯兰号上的拿破仑》第190~191页）

② 议员里特列顿说："众军官表现得相当可笑；他们有八个人，却没有一个人会说法语。他们站在边上，凝神望了他一会儿，冲他微笑；拿破仑也对他们笑了笑。一看到拿破仑对自己笑，他们就向他敬礼，然后离开了；或者更直白地说，是赶紧溜走了。"

③ 这里指的是下议院议员威廉·亨利·里特列顿，和上一条注解中的里特列顿是同一人。

④ 请看威廉·亨利·里特列顿写的《拿破仑·波拿巴1815年8月7日登上诺森伯兰号之纪事》（*An account of Napoleon Buonaparte's coming on Board H.-M.S. Northumberland, 7 Aug. 1815*）第3~39页，此文1836年被翻译成法语，并被收进博尔雅恩的《诺森伯兰号上的拿破仑》。

⑤ 1823年版中没有"后来，英国报纸报道了这次谈话。皇帝读了报道后颇有微词，觉得报纸曲解了自己的话"这段话，取而代之的是"我利用这段时间，给我的妻子和朋友写了最后一封告别信"。

告诉我,有两位女士在此次意外中丧生。最后,我们的船扬起帆布,向圣赫勒拿岛驶去。这天离我们到达普利茅斯已经过了13天,离我们离开巴黎已经过了40天。①

皇帝无法带走的那些随从,直到最后一刻才离开军舰。皇帝对他们又是抱歉,又是遗憾。又到挥泪送别的时候,那情景真是让人不忍细看。②大约七点的时候,皇帝进了他的专用房间。

---

① 《伦敦邮报》在它1815年8月10日的报纸上报道说:"就这样,一个禀赋非凡的人永远地消失在欧洲政治舞台上(希望他这次能遵守命令)。我们看着他崛起和倒台,见证了他不世出的天才,见证了他招揽天下大批有才之士,见证了他犯下的于其无益的累累暴行,见证了他不得不克服的重重困难,见证了他动用哪些手段来攻克难关,见证了他施展伟力去匡扶江山,见证了他以更可怕的力量颠覆了权力。古往今来,没有任何暴君能和他相提并论……得知这个世间无二的暴君倒台后,每个英国人心中应该都充满了欣喜和感激……欣喜这个男人终于被自由英国的铁臂击垮,欣喜于在他搅起的恐怖风浪中,我们一直立在肖然不动的高山顶上,和怒号的狂风、如注的暴雨做着斗争;欣喜于我们是如此坚韧不拔、英勇无畏、独出手眼。正因为我们有一部生机勃勃的宪法,正因为我们善于利用自己的各项资源,我们才能为人类立下这等不世之功。后代人每提到大不列颠这个名字,定然都是满口称颂和祝福。"

《英国人》则在它1815年8月6日的报纸上为拿破仑写下这段话:

"我们要么把他定义为战争犯、外国危险分子、整个欧洲的害群之马,要么从招致他诞生的环境中来看待他,认为这个环境让人只能采取普通法律框架之外的某些非常手段。但无论如何,根据一切政治和道德原则,我们都必须把他囚禁起来。这个想法如果仅以个人的性格为考虑基础,那我们应该为此感到耻辱,因为任何人都没有危险到要采取这种必要手段的地步。我们之所以囚禁他,是因为他是欧洲腹地里一股蠢蠢欲动、意欲祸害世人的势力的头领和代表人,这股力量想借助他勃勃的野心和军事才干来闹事,所以我们不得不暂时将他囚禁起来。要是过了几年,各国人民得以休养生息,要是人间大地重获和平安宁,反对将他释放的阻力自然会不复存在。我们今天的行为,绝不是出于报仇心切,而是为了履行义务。我们不是在惩罚他,而是在采取保障手段。"

② 我们在梅特兰船长的叙述中找到了这段话:"下午,我陪伴萨瓦里、拉勒曼德两位将军前往诺森伯兰号,让他们在那里向他们的主子做最后的道别。我自己和他只简短地说了几句话,但两位将军在那里待了很长一段时间。后来,返回柏勒洛丰号的时候到了,我来到船舱中,告诉他们得跟我走了。当时,波拿巴站在房间后面,两人向他走去,依照法国人的方式深情地拥抱他,双臂环绕、脸颊相依。波拿巴表情冷静坚定;回去的路上,萨瓦里和拉勒曼德两人满脸都是泪水。"(《诺森伯兰号上的拿破仑》第128页)

柏勒洛丰号因为对皇帝表现出各种尊重礼遇，因而遭到英国内阁的大力抨击，内阁还为此特地颁布了一些后续法令。所以在诺森伯兰号上，人们对皇帝的称呼和待遇完全不同了：英国人一看到他，就连忙把自己的帽子戴回去，一副非常可笑的样子；英国政府颁布严格规定，命令众人只能称呼他为将军，其待遇也必须依照将军的规格来处理。英国内阁在外交上也只会耍这点小聪明和小心思，它就这么去称呼那个曾被它承认为第一执政官、被它长期视为法国政府领袖人物的人。想当初，在劳德代尔勋爵代表英国来到巴黎的时候，甚至在塞纳河畔的沙蒂永签署条款的时候，英国都尊他为皇帝。所以，皇帝盛怒之下，说了这句硬话："他们爱怎么称呼就怎么称呼，[53]反正无论怎样，我依然还是我。"英国内阁如此重视这个头衔问题，只肯称那个曾经的欧洲霸主为将军，想想也真是古怪和可笑。哪怕他曾在欧洲造了七八个君王，而且其中好几个人现在依然待在他赋予的王位上；哪怕他当了十多年的法兰西人的皇帝，而且这个身份得到了教会最高领袖的祝圣和加冕；哪怕他经过了两三次法国人民选举，才走上皇位；哪怕他得到了整个欧洲大陆的承认，以这个身份和所有君王进行过谈判，并和他们缔造了无数血肉之约、利益之盟；哪怕他一人揽下了凡人在宗教、民事、政治领域上能拿到的所有头衔，是第一领袖、开国君主，其称谓甚至比欧洲其他任何在位君王都要多（这着实匪夷所思，但也是事实）。然而，皇帝本就打算去了英国后化名为杜洛克上校或缪伦上校，过上隐姓埋名的生活，所以即便人们坚持不以其真正的头衔来称呼他，他很快也不以为意了。

对诺森伯兰号上皇帝住所的细致描写

8月8—9日，星期二至星期三

船上一片狼藉，到处挤满了人，东西放得乱七八糟的。因为上路仓促，甲板上所有东西都没来得及归位；都到扬帆的时候了，人们还在匆匆忙忙地给军舰装备武器。

我们所在的船舱情况是这样的。船后桅那块区域有两个公共活动区和两个房间。第一间是饭厅，宽约10尺，长几乎和船身宽度等长，两端的舷门和玻璃屋顶极大地改善了室内采光。剩下的地方拿来做了大厅，大厅后面左右各有一个房间，每个房间各有两扇门，一扇门朝向饭厅，另一扇门朝向大厅。皇帝占了左边那个房间，他的行军床就放在那里。右边那间房则成了海军上将的寝室。船上有明确命令，[54]规定大厅必须是公用的，不能作为皇帝的私人活动空间。英国内阁对皇帝可真是关照啊，连这种细小之处都如此斤斤计较。

餐桌是依照饭厅形状定制的。吃饭时，皇帝坐在大厅上席处，面对着舰船前进的方向；他左边坐着贝特朗夫人，右边坐着上将，上将右边是蒙托隆夫人。餐桌拐角处坐的是诺森伯兰号指挥官（罗斯船长），他的对面，也就是餐桌另一个拐角上，是蒙托隆的座位，他旁边是贝特朗夫人，然后是上将秘书[①]；坐在皇帝对角处的人，从船长那边起，分别是大元帅、将军、第53步兵团指挥官[②]、我和古尔戈男爵。上将每天都会邀请一两个军官入席，让他们坐在我们中间。我几乎就坐在皇帝对面。不怎么排练的53步兵团军乐队在每次晚餐时候都会演奏音乐——出演费

---

① 这里说的是科伯恩上将的秘书格罗韦尔。
② 即乔治·宾汉爵士。

由我们自己掏钱。桌上摆着两道菜，多的就没了。此外，我们的口味也和船上的英国人很不一样！老实说，船上的厨子已经尽力了，可那饭菜对我们来说仍是难以下咽。我和儿子一起住在船的右舷，在主桅后面的一个小隔间里。这个隔间是拿来放帆布用的，里面还有一尊大炮。

我们的船张起帆，借着风力驶出拉芒什海峡，沿途在英国海岸上歇脚。每到一个港口，军舰就派人下去寻找和补充船上必需的物资。我们用的许多东西都来自普利茅斯，是那里的许多大型海轮提供的；有的物资甚至产自法尔茅斯。

陆地消失于眼前——反驳英国内阁的辩词
8月10日，星期四

10号，我们已经完全离开了拉芒什海峡，再也看不到陆地了。我们新的命运之途开始了！当这一刻来临的时候，我仍是悲不自胜。某些情绪涌上心头，在那里肆意作乱；我的内心被自己亲手摧捣和撕扯，这竟让我品味到一种苦涩的痛快感！"啊！我那么深爱的、为之奉献一生的一切啊！[55]我已经证明了，我没有让你们丢脸！也请你们支撑我走下去，千万别把我忘了！"

我们一路前行，很快就离开了欧洲。就这样，在不到六周时间里，皇帝退位，向英国人投降，被流放到茫茫大洋中的一块孤岛上。此中命运的起伏、心态的落差，实非普通人能体会的！然而，历史会以比我们更加超前的眼光来看待这三件大事。它会站在一个完全超脱的高度，做出自己的判断。而我们呢，我们都被浮云遮住了眼睛。

拿破仑看到自己的祖国惨遭蹂躏，方才选择退位；可他刚刚离开帝位，就有人把他这个巨大的牺牲说成是一着错棋。人们一得知他成了普利茅斯的囚徒，就责备他不保名节。他才被丢弃在前往圣赫勒拿岛的漫漫长路上，就有人迫不及待地跳出来，对他各种指责非难。他们都是一群庸人！只知道根据当前自己能看到的东西发表言论。不过，面对非人力可以预防的不幸，我们也该思考一个问题：如果当初采取相反决定，会带来怎样的后果。

拿破仑退位时，身边有一大群爱国人士，他们只有一个共同目标：拯救祖国！所以他才当着所有民族的面放弃了法国，只提出一个要求：保障民族独立的神圣权利。他揭穿了联军企图蹂躏和瓜分我们国土的所有借口，扼杀了一切和他个人野心有关的想法。他就是国家大业的英雄和救世主。哪怕他没能以公民身份发挥自己的天才伟力，因而让人感到失望，但这完全是因为继他之后组建的临时政府无能①甚至无信。他来到罗什福尔后，护卫舰船长拒绝出港，可难道他就该把自己退位得来的成果给糟蹋掉？难道已经放弃军队指挥权的他应该回到内地，去当一帮杂牌军的头领？难道他应该打响一场没有结果的内战，让战争毁掉我们国家最后一批栋梁和未来的希望，只为来个鱼死网破之争，给自己争取一点儿好处？不，在那个环境下，他做出一个崇高的、无愧于心的抉择，哪怕结果只换来世人20年里对自己品格无尽的、荒谬的诽谤中伤。[56]不过，那个自由民族的内阁，它身为人民权利的卫士和保管人，渴望招纳如科里奥兰纳斯那样的人，却用锁链把卡米卢斯死死捆了起来。历史对此又会有何评判呢？

对于世人责备他甘心沦落到圣赫勒拿岛的这个指控，我甚至都懒得做什么回应。难道他要像海盗那样，在军舰上的小房间里肉体相搏，

---

① 1823年版本中把"无能"改成"愚蠢"。

亲手杀几个人，给火枪上膛，开上几枪？身处逆境而不失尊严，顺应局势，这也不失为一种荣耀，一种被命运击垮的大人物的荣耀。

英国内阁觉得自己成了拿破仑人身自由的控制者。它这么做，不是因为考虑到什么司法或政治问题，纯粹是被激情冲昏了头脑。它忘了自己辉煌的律法，践踏了宾客权利，忘记了自己的荣耀，也抹黑了自己国家的盛誉。他们把自己的客人流放到茫茫大洋中，把他囚禁在离欧洲有2000古里远的一座孤岛上，让他和这个世界断绝往来、孑然一身地活着。我们甚至可以说，英国内阁就是存心想要利用流放之苦、颠沛之路、绝望之境，在燃烧的天空、噬人的烈焰下，达到他们不敢亲自动手的摧毁性的目的。然而，它又想把自己说成是顺应民意、顺应局势。因此，在英国内阁的授意下，公共报纸开始不留余力地煽动大众，在谎言和流言的烂水沟中翻搅水花。此外，英国内阁又在那边宣说自己完全是受联军之托才做此决定。当时，我们成了万人攻讦的对象，眼睁睁看着有人居心叵测地四处传播一切荒诞不经的传闻，报纸上全是恶意不实的报道，我们的一举一动、一言一行都被人以恶毒的口吻写上报纸。在整整20年里，这些文字一直在挑衅着我们的民族尊严，一再激起人们的仇恨之心。可是，当初我们待在普利茅斯的时候，那些只为一睹我们真容而争相来到南部的英国人，他们的行为、态度和情感让我们觉得，这场被人刻意煽动起来的怒火总会自动消退的。甚至在离开的时候，我们依然心存期盼，但愿英国人民能够在某件和他们再无关系的事情中变得日渐淡然；[57]但愿随着时间流逝，舆论最后能得到反转，转而反对内阁；但愿我们为他们做好了日后的准备，为他们备好了可怕的武器和伟大的责任心。

当时，英国上议院一个议员站出来，说了下面这番话，也不知内阁是如何回应的：

我们刚刚获得了前所未有的巨大成功！命运把我们不共戴天的死敌丢给了我们，任我们随意处置。我们一下子发现，法兰西民族和他们君王的命运被攥在我们的手中。我们可以决定未来，或者至少能让他们在很长一段时间里在苦难中打滚。我们的内阁大臣想必会趁机坐收渔利吧？他们会保障我们的利益、我们的幸福、我们的荣耀吗？他们会保证实现我们最大的心愿和最重要的诉求——长期稳定的和平吗？他们会止住欧洲骚乱不安的乱局，遏制所有已经拿起武器的民族崇武嗜战的精神吗？他们会致力于维护眼下这个可贵的政治平衡局面，做到未雨绸缪，不再动不动就掀起战事吗？他们会巩固、推广我们的民族理念吗？他们会珍惜我们努力争取来的欧洲各族人民的善意和友好，将其视为珍宝吗？他们会让世人看到我们法律和制度的优秀卓越之处吗？唉，可惜啊！对于这些问题，我只听到一个回答：不会的！不会的！不会的！恰恰相反，有人告诉我，欧洲被置于前所未有的一场大火上，而眼下最多不过是休战期罢了；每个列强都在想方设法地增强军力，政治平衡已经完全被打破和摧毁；我们在邻国中，消灭了堪称是我们政治理念神圣基石的信条；整个大陆对我们普遍生起了忌妒之心；我们的民法遭到践踏，我们的国家被抹上了一个永远无法消除的污点。

对于这一切问题，我们的内阁大臣会得意地回答：我们的对手已经被摧毁了！可这和我们的利益又有什么关系呢？仔细想想，这个对手的存在，不是更能衬托出我们的光荣和昌盛吗？我和许多人都是一个想法：害怕我们沉溺在锦簇繁华中，变得得意忘形了。我说什么来着？[58]这个对手的存在对我们来说是必要的，无论他是我们的盟友还是敌人。如果我们真认为斗争已经结束，觉得大陆强国再不会对我们的海军虎视眈眈，哪怕这是扼杀他们利益的一把利剑，那简直是愚不可及！它们眼下假心假意地站在我们这边，只是为了躲避一场火烧眉毛的祸患罢了。要不了多久，局面又会再次变得复杂起来。那个曾让我们吃尽苦头的君主大国，在从南往北扩张的时候才被我们击溃；如果它从北方收手，掉头杀向南方，再度威胁到我们，我们有何应对之策？为了耗死法国，我们就把一个政府强加给法国，还不得不派出军队去保护和捍卫这个政府，这么做是何其盲目啊！更要紧的是，为什么我们会因为他争取到的巨大民望而对他个人如此仇恨？如果拖垮法国、摧毁法国，此事关乎我们的切身利益，那我们直接去做就好了：哪怕此举有违道德，可政治自会为我们脱罪。可我们得坦承一件事：民族和个人一样，都懂得"人在屋檐下，不得不低头"的这个道理。我们若简单直接地告诉战败者，我们要履行胜者的权利，那他们再怎么骄傲，也只能接受命运的沉浮。可如果我们一边说着冠冕堂皇的话，一边去掠夺他们，那他们心中就会生起无尽的骄傲和愤怒。如此一来，我们既冒犯了他们，又犯下了暴行。所以，我们为什么要一边说着什么只希望为法国人挣得幸福，一边又让他们扛上沉重的赔款呢？我们为什么要一边说着什么不想看着他们落到暴政手里，一边又让他们承受无数难以背负的苦难呢？我们为了对付一个人，发动了这场战争，并把整个民族践踏在脚下。我们占领了他们的要塞，夺走了那些象征胜利的战利品。如果说是因为我们反过来打败了他们，那这么做尚且合情合理。可如今我们告诉他们，我们这么做，是因为他们先前自己种下苦果，去洗劫和掠夺了别人。我们为什么要如此言行不一呢？

这么做的时候，我们离一个无人敢指出来的终点越来越近；我们的行为被一个不得人心的思想主宰；我们在为欧洲的某个党派做事，而不是在为某个不朽的理念效劳。我说这话，绝非出自任何个人的原因。[59]现在，我只想不抱成见、不带情绪地说话；在这一刻，祖国的利益是我唯一的考虑。但愿我们的内阁大臣也持同样的想法！但如果情况如此，他们又怎能让大不列颠变得和其他国家一样，肆无忌惮地在各国面前践踏民族独立这一神圣权利呢？而且还让英国成了这桩暴行的带头国！既然这么做了，他们又怎么有脸去扮演正面角色，惩罚别人的类似行为呢？仅因为出席了维也纳会议，喝了一口陈腐大陆教条的酒，他们就感到飘飘然了？众多外国君王来到那个国家，就能把绝对统治理念灌输给那里的人民，并一举摧毁国家民权准则了？是什么让他们觉得自己能推翻一个民族认真做出的选择？

拿破仑回来后，致力于建立和我们类似的公共制度及基本法律。因为这个举动，他赢得民心，东山再起。如果他触犯了这些律法，那他就再也算不得什么东西。不过如拿破仑这般聪明、强大的人，自然很清楚这点，所以这个假设是不成立的。当时，两国之间纵有隔阂，却在制度上是遥相呼应的。那时，一个全新、未知的局面被打开，这也未可知。先前彼此疏远、相互仇恨的两国人民也许最终能结为一体，因为不可分割的共同利益而联手合作。可我们不仅没这么做，反因为鼠目寸光、灭德立违，导致大不列颠做出有违自己的风俗、法律、信仰、原则的事。我们身为自由民族，却将锁链加在我们邻人的身上！我们身为主权民族，却毁灭了我们边上那个民族的主权！我们作为自由理念的卫士，却动用武力把他们禁锢起来！我们身为新教先锋军和捍卫者，却任由我们的法国兄弟在英国国旗下惨遭屠戮！内阁大臣打着为我们着想的名义，在大陆那边布置重军，难道此举花不了我们多少钱吗？且不说这个做法会惹来哪些祸害，我对它能带来哪些好处都心存怀疑。我们的士兵去了异乡的土地，成了我们的异乡人；他们最后会变得再无祖国，只有战场。我们青年一辈的精神理念，将在外国风俗思想的包裹下遭到腐蚀。[60]内阁大臣身为我们宪法的保卫者，如果他们当真继承了父辈的思想，那他们不应该花大力气去养一支军队，而是赶忙减少军队人数才对。难道内阁为了反法联盟的需求而做出让步，要一劳永逸地把革命精神从思想中根除了？可照这么说的话，革命本来已经结束了，是反法联盟让它再次发作的。

各国君王追求特权、对贵族派宠信至极，激起了人民的忌妒和愤怒。欧洲很快就要产生分裂，被分为马略和苏拉两大阵营。君王和他们的宫廷本来大业已定，如今自食其果，使其势力再度遭到挑战。这股浪潮把我们也卷了进去！在欧洲国家中，当数法国受到法国大革命烈焰最深重的灼伤。这个不幸的国家，难道注定要成为几股对立势力凶狠搏斗的战场？有一个谬论得到庸人的信奉，且因为我们采取的某些做法，这个谬论被越传越远、越传越烈。人们说：那个今天被当作动乱分子革出教门、为天下人所痛骂的人，实际上在革命中，是他凭一己之力将横刀拦住的。他就像个大力士一样，在驯马场上死死抓住了一匹脱缰的野马。是他让法国重新回到欧洲的圈子里，是他重塑了我们现代文明的风气、理念和语言，是他用最显赫的荣耀洗掉了这场革命的污点。联军进入法国的时候，看到他竖立的纪念碑、他开创的国家制度和他治下的行政工作，也不由得叹服，觉得那是人们见过的最生机勃勃、人才济济的一届政府。如果他进入维也纳和柏林的时候，煽动那里的人民起来革命，那些国家的君主该怎么办呢？可我们都知道，他并没这么做，只把自己在那里找到的种子埋回原地。当时，革命派都因此把他视为大革命的叛徒。那为什么我们今天要愚蠢行事，造出这么一个环境出来，让他成了这些民族心中的殉道者和救世主呢？在他还是我们心头大患的时候，我们的确应该和他相斗。但达到我们的首要目的后，我们该立刻和他联手合作才对。[61]我真希望我们的内阁大臣没有跟我们说什么他们此举是不得已为之、是为了顾及王室正统这一重要原则之类的话，以此为自己的行为做辩护。他们说这些话，想表达什么意思呢？

是为了不惜一切手段，阻止任何新王朝的崛起吗？有谁不知道，这些在理论上说得通的原则，放到政治世界里，不过就是成王败寇这个道理罢了？有谁不知道，王位既是上帝的恩赐，也是沙场刀剑拼出来的成果？要是滑铁卢战役是另一个结局，他们又该怎么解释王室正统这个重要原则呢？那时，他们会不会又说这个原则并非必要条件？谁敢断言，如果一个新王朝诞生，那欧洲就完了？谁敢声称，如今统治欧洲的各大家族独占上天恩泽，各族人民必须接受这个关系到他们福祉的事实？此外，我们的内阁大臣是从何时开始抱有这个新信仰的呢？他们为什么在这个原则上变得如此不近人情、谨慎多虑呢？维也纳会议的密谈和不计其数的秘密文件，它们难道不仅关乎君王之间的联盟，还关乎一场大臣在理念上的联盟？它们难道成了一份驱魔咒文，势要抵抗命运的捉弄？照这么说，那我们的立场就很尴尬了，因为我们当初认可了他第一执政官的身份，并接受了他派遣过来的大使；后来哪怕和他开战了，我们依然承认他是法国政府领袖；当我们派劳德代尔勋爵到巴黎谈判时，他是和法兰西皇帝谈判的；而且后来，如今在任的这些内阁大臣也是以此为出发点，在塞纳河畔沙蒂永和他展开商谈并签署了条款。如果当初这个条款得到了对方的批准，我们内阁大臣的新信仰又该如何立足呢？先前西班牙发生了子夺父位这种事，我们的内阁大臣为什么不插手干预呢？先前瑞典正统君主被驱逐出国，一个外国人被叫来登基为王，我们的内阁大臣又为什么反而和瑞典结为盟国呢？更要紧的是，他们接受这个新理念的时候，怎么不想想统治我们的那个家族呢？怎么不想想它是因为光荣革命才走上王位的呢？怎么不想想那部承认了这个家族、直到今天依然深刻影响着我们的崇高法律呢？

关于我们内阁大臣对外犯下的错误，我暂且就说这些。接下来，[62]我要再谈谈他们干出的一桩践踏我们的法律、使其遭到抹黑的行为：流放拿破仑。

这位高尚的敌人，他心雄万夫，不屑求助于那个口口声声说是他的朋友的俄国沙皇，不屑求助于他的岳父奥地利皇帝。他挑中我们的岛屿、我们的国家为他的庇护所，哪怕我们和他打了20年的仗。虽然他在欧洲已是众矢之的，深陷厄难之中，但他依然宣称保有自己的独立，宣称在我们亘古不变的律法国度中找到了这份独立。这难道不是我们法律取得的最辉煌的胜利吗？这难道不是我们制度得到的最无上的致敬吗？然而，内阁大臣给他设了一个圈套，利用他的这种想法去诱惑他。一旦他处在他们的掌控中了，他们就立刻给他披上枷锁。有一个事实不容我们否认：拿破仑的确是以自由身份、怀着好意登上柏勒洛丰号的。他当时得到的消息是：该船已经得到授权，可接受他，将他带往英国。他把这些话视为热情东道主发出的誓约，他写给摄政王储的那封信也相当于一份承诺，而且他认为这承诺已是落到实处了。他在登船之前就发出这个信号，他的信却石沉大海。我们的内阁大臣跟我们说，他们是被逼无奈，只得把他交给诸国君王，让他们将其流放海外；他们说，自己出于契约精神，不得不这么做。可这些都是废话。我们只消采用一个两难推理法，就能把他们驳得哑口无言：如果这个契约立在他来之前，那你们还把他诱骗过来，此举有违你们的荣誉；如果这个契约立在他来之后，那此举就有违你们的义务，因为你们竟把我们的法律和尊严置于外国礼仪准则之下。所以，我要求带回拿破仑，请他来到我们国家，把这里选为他的避难所；我要求通过这个措施，正式弥补我们法律蒙受的践踏。虽然它遭到一时的侵犯，可在这场胜利之后，它会变得更加强大……

皇帝在船上的生活细节和作息习惯
8月11—14日，星期五至星期一

我们继续赶路，即将穿过加斯科涅湾、绕过菲尼斯泰尔岬角。海上顺风，但风力很小。这几天天气炎热，我们的生活也变得越发单调无聊起来。[63]每天的固定时候，皇帝在他房中吃早点。我们这些法国人在十点时按照我们的生活方式吃早点，英国人则在八点依照他们的习惯吃饭。

早晨，皇帝会时不时叫我们其中一人过去，以了解船上发生了什么新闻、赶了多少路、风势如何、最近报纸报道了什么消息。他读了很多书，每天大概在下午四点穿好衣服，之后就待在公共大厅里，跟我们其

中一个人玩会儿国际象棋；五点，上将会在他的房间里待上一小会儿，问他有何需要。

所有人都知道，皇帝在餐桌上待不过一刻钟。可来了这里后，仅有的两道菜要花一小时到一个半小时才能被端上来，皇帝对此极不适应，虽然他什么也没说。他的表情、姿势和整个人，依然是从前冷静泰然的样子。对于新的菜式、口味的变化、饭菜质量，他没有过任何抱怨，没表示过任何拒绝。他从未提过自己有什么要求或不满，只让他的两个仆人站在后面服侍自己用餐。一开始，上将一再表示愿意为他提供一切服务，但皇帝只淡淡地说声多谢，所以上将也不好多说什么了。之后，上将一如既往地周到相待，但他只跟皇帝的两个仆人说话，让他们告诉他皇帝喜欢吃什么。于是，这两个仆人包揽下皇帝的饮食安排。而皇帝对此毫不在意，对看到的、听到的一切都漠然待之，一副无欲无求的样子。他基本上沉默地坐在交谈的人群中央，仿佛听不见我们说话似的，虽然餐桌上的谈话用的都是法语。哪怕有时他打破沉默，也只是提几个和科学技术相关的问题，或者跟被上将偶尔邀请过来一起就餐的人说上几句。皇帝提问的时候，我基本待在他的身边，充当他的翻译。

我们都知道，英国人有个习惯：他们吃完甜点后，会在桌上逗留很长时间，继续喝酒聊天。漫长的进餐本就把皇帝弄得疲乏不堪，他已经没有精力来适应英国人的这个习惯了。所以，从上船后的第一天开始，他喝完咖啡后就离开餐桌，前往甲板；大元帅和我跟在他的后面。上将最开始有些不知所措，跟身边的人稍有微词；[64]英语说得如母语一样溜的贝特朗伯爵夫人回应说：

"上将先生，请别忘了，您是在跟一个曾经的世界之主打交道，当初各国国王挤破脑袋也想在他的餐桌上有一席之地呢。"

"这话倒是没错。"上将回答。①

这位军官其实是个正直之人，言谈举止也颇为得体，就是有时候有点表现太过，反显得矫揉造作。从那天开始，他想方设法地去迎合皇帝的习惯。他叫人加快上菜速度，让他们提前把咖啡给皇帝和要与他一道离开的人端上来；皇帝离桌时，所有人都会起立，直到他离开饭厅为止；剩下的人再继续喝上一个多小时的酒。

皇帝之后就待在甲板上，和大元帅、我一道散步到深夜，这成了他每天雷打不动的一个习惯。

散步结束后，皇帝回到大厅，我们开始玩二十一点。他一般在半小时后回房。

命运古怪的垂青

8月15日，星期二

早晨，我们恳请皇帝接见，大家一起进入他的房间。他没猜到这是怎么回事：今天是他的生日，可他完全把这事给忘了。往常的这一天，他都是在比这个船舱宏伟无数倍、最能彰显其权力的地方，接受众人的朝贺。可我们今天对他的祝福比从前更加真诚，心中对他的情感也比往日漫溢得更加厉害。

这些日子里，每天都跟前一天没什么区别。每个晚上，我们都会玩

---

① 在整个吃饭过程中，秘书格罗韦尔一直都在观察皇帝，对方再微小的动作都没逃过他的眼睛。拿破仑8月10日第一次坐在餐桌前吃晚饭（他前一天晕船，所以一直待在自己的房间里）。格罗韦尔说："第一次用餐期间，他（拿破仑）看上去非常拘谨，但喝了几杯葡萄酒后，就把那套矜持的态度丢开了。"第二天"他吃得很香，甚至都不用餐叉，直接上手"。11日，拿破仑晕船，没有离开房间。12日，他"胃口不是很好"，等等。（请看《诺森伯兰号上的拿破仑》第51～56页）

二十一点，有时上将或几个英国人也会加入进来。皇帝输了十一二枚拿破仑币后就回到房中，每天都是如此，因为他一直很想看看到底能赌多大。今天，他赢了80~100枚拿破仑币；上将跟进，皇帝还想再跟，想知道自己能赢到什么程度，但又觉得上将不希望自己再跟牌了。最后，赌注一连翻了16倍，也就是说，他通过这一盘就能赢下6万拿破仑币。大家都惊呆了，感叹命运真是格外垂青皇帝。一个英国人提醒说，今天是8月15日，是他的生日。①

航线—千篇一律的日子—日常消遣—和皇帝家人有关的记载—他的出身—趣闻逸事

8月16—21日，星期三至星期一

16日，我们绕过菲尼斯泰尔岬角；18日，我们经过圣文森特角；19日，我们穿过了直布罗陀海峡。在接下来的日子里，我们扬帆沿着非洲海岸前行，朝马德拉群岛驶去。一路无事可记，每天都在重复昨天的生活，按照相同的作息过着日子。唯一不同的，也就是我们的谈话了。

皇帝整个上午都待在自己房中。天气实在热得厉害，他就干脆不穿衣服，几乎全裸。他睡得很少，夜里多次醒来。读书成了他打发时间的最主要的途径。几乎每个早晨，他都会把我叫过去；我给他译读《英国百科全书》，或者读船上能找到的和圣赫勒拿岛及沿途经过地区相关的书籍。自然而然，我提到了自己那本《勒萨日的历史学、系谱学、编年学及地理学图鉴》。在柏勒洛丰号上的时候，皇帝只偶尔翻了翻这本书，先前对它

---

① "旁观者"格罗韦尔说："今天是波拿巴的生日；他的所有随从都穿上了自己最好的衣服……我们所有人为他的健康干杯，这个礼节性的举动让他非常高兴……晚上，他玩性大发，兴致勃勃地玩起了二十一点，而且颇有牌运。"

还抱有成见。后来，他将此书连续读了三四天，对它爱不释手。虽然本书卷帙浩繁，但他依然对全书呈现的结构安排和具体内容起了兴趣。他说，他先前的确不太了解这本书。不过他只浏览了地理图鉴部分，其他内容都只翻了一下。他看得最仔细的便是世界地图这个部分，并对其内容赞美有加。我不敢跟他说，其实这本书的地理图鉴是写得最糟糕的一部分，我在这上面也没有放多少心思和精力；整体图鉴和系谱图鉴实际上要写得好得多：论分类方法、对称结构和深入浅出的语言，少有书能够超过我的整体图鉴部分；⁶⁶系谱图鉴单独展现了相关国家的概括性历史，在各个方面进行全面的分析，并对最基本的材料做了整理。

皇帝问我，这本书是否被用在了教学上。他说，要是他早点知道此书的存在，一定会把它引进中学和大学。他还问我，为什么我要化名为勒萨日（Le Sage）①出版此书。我说，先前流亡英国期间，我把这本书非常不成熟的草稿出版出来；那个时候，一旦我们在国外暴露了自己的真名，我们国内的亲戚也会被曝光。我还笑着告诉他，也许我这么做还有一个原因，那是我从小就被灌输的一个颇有布列塔尼贵族风格的想法：为了不损害自己的贵族身份，布列塔尼贵族在做交易的时候，通常都把自己的佩剑存在法院书记室中。

如我先前说的那样，每天晚饭后，皇帝都会早早地离开众人，大元帅和我此时定会跟着他前往甲板。许多时候甚至只有我一个人陪着他，因为大元帅经常要下去陪他那个老是身体不适的妻子。

在对时辰、航速、风力有了初步了解后，皇帝通常会展开这方面的谈话，有时甚至还会回到昨晚或者前几天的谈论话题上。绕着甲板散了

---

① "智者"的意思。——译者注

10多天的步以后，他开始养成一个习惯，喜欢靠在军舰左舷桥楼附近倒数第二个炮座上。年轻水手们很快就注意到了他的这个癖好，从此船上的人就把这尊大炮戏称为"皇帝之炮"。

就是在那里，皇帝通常一连说上好几个小时的话。我也是在那里第一次听到了接下来我要讲述的这部分内容。不过我也要提醒读者，我在这部分文字中还同时转述了后来我从大量零碎杂散的谈话中收集到的信息，因为我觉得：只要那些内容和这个话题有关系、值得被记录下来，那它们大可被规整到一起。也许我得在这里再强调一遍：读者也许会觉得这本日记前后混乱、毫无条理可言，但这是因为时间仓促。我的同代人都在期盼着、催促着本书能早日问世，[67]而且我的身体状况也不允许我多做操劳——我甚至害怕自己来不及把它写完就一命呜呼了。这些就是我的理由，虽然它们听上去是在自圆其说，但我仍恳请读者能以宽容的态度来看待本书的讲述风格和内容安排，原谅我仓促地把自己后来发现的东西复述出来，原谅我几乎没有改动就把原手稿出版了。

意大利人都知道，波拿巴这个姓可被写成"Bonaparte"，也可被写成"Buonaparte"。拿破仑的父亲把自己的姓写成"Buonaparte"；而拿破仑父亲的一个叔叔——寿命比拿破仑的父亲更长、在拿破仑及其兄弟成长过程中扮演父亲角色的主教代理吕西安，则一直把自己的姓写成"Bonaparte"。拿破仑在青少年时期跟父亲一样，把自己的姓写成"Buonaparte"。当上意大利总司令后，他还非常小心地不把自己的姓拼错，因为"Buonaparte"更有意大利的味道。但后来，他身边都是法国人了，他便希望让自己的名字更法国化，于是从此签字都写成"Bonaparte"。

很长一段时间里，这个家族在意大利中部都是声名显赫，在特雷维兹很有势力；这个姓氏甚至还被收进博洛尼亚的金皮书中，和佛罗伦萨许多名门望族的姓氏摆在一起。

当担任意大利军总司令的拿破仑以胜利者的身份进入特雷维兹的时候，全城要员兴高采烈地来到他跟前，拿出各种文书契约，向他证明他的家族在那里拥有多么尊贵的地位。①

在攻打俄国前的德累斯顿会晤期间，有一天，奥地利皇帝弗朗茨告诉他的女婿拿破仑皇帝，他的家族曾是特雷维兹的王。他说，此事千真万确，因为他仔细查过了所有文献资料。拿破仑笑着说他对此毫不知情，还

---

① 根据第二帝国谱系学家的考证，意大利有四个家族姓波拿巴。拿破仑所属的那个家族，其历史可追溯到一个古老的伦巴第家族那里。其祖先是一个叫库内拉多（Cunerado）的人，生于922年，是卡多林吉家族（Cadolinghi）的族长。特雷维索的波拿巴家族便来自卡多林吉家族，该家族在1447年绝嗣。一个姓波拿巴的人在佛罗伦萨定居，但由于他是皇帝派的支持者，这一派遭到打击后，他就登上了通缉名单，不得不流亡出国。于是他来到圣米尼亚托，让波拿巴家族在这里开枝散叶。1278年，另一个姓波拿巴的家族在萨尔扎纳定居，后来这族人于1490年搬到了科西嘉岛。1799年，圣米尼亚托的波拿巴家族彻底绝嗣。"波拿巴"这个姓本来是卡多林吉的绰号（Bonaparte→bona pars→bon parti，意为"好党派"），因为这个家族的人投身人民运动，故有此名。特雷维索有一个叫乔瓦尼·波拿巴（Giovanni Bonaparte）的人，曾是反抗日耳曼帝国的伦巴第各城联盟的头领，因此声名大噪。就此，我们可参考1847年发表于佛罗伦萨的《起源于圣米尼亚托一个已绝嗣的家族的波拿巴家族家谱历史——由一个叫萨米尼亚特斯的人所写》（Storia genealogica della famiglia Bonaparte dalla sua origine fino all'estinzione del ramo già esistente nella città di San Miniato, scritta da un Samminiatese）；F. 德·斯特凡尼1857年发表于威尼斯的《古老的波拿巴》（F. de Stefani, Le antichità dei Bonaparte）(此文献非常重要）；P. –N. 拉博蒂1857年发表于巴黎的《浅论波拿巴家族的起源》（P. -N. Rapotti, Quelques mots sur les origins des Bonaparte）；L. 昂布罗西尼和A. 于阿尔1860年发表于巴黎的《从起源到1860年的波拿巴家族史》（L. Ambrosini et A. Huard, Histoire de la famille Bonaparte depuis son origine jusqu'en 1860）；C. 雷纳迪耶的《1050至1848年的波拿巴家族史》（C. Leynadier, Histoire de la famille Bonaparte de l'an 1050 à l'an 1848）[此书被拉布吕耶尔（La Bruyère）续写到了1866年]；德科勒1898年发表于佛罗伦萨的《波拿巴家族家谱考证》（De Colle, Genealogia della famiglia Bonaparte）；P. 佩基亚伊1942年发表于罗马的《托斯科尼塔·德·波拿巴》（P. Pecchiai, Tosconità di Napoleone）。弗雷德里克·马松在他的《少年拿破仑》（Frédéric Masson, Napoléon dans sa jeunesse）中，给出了波拿巴家族从900年到1784年的详细谱系图。

说他更希望自己能成为波拿巴家族的鲁道夫一世。①弗朗茨对此事却看得很重，说人是穷是富都不要紧，但有一个当过君王的祖上，这可是无上的荣誉；他还说，皇帝应该把这件事告诉玛丽-路易丝，她听了肯定会很高兴。

攻打意大利期间，拿破仑进入博洛尼亚城后，在法国大名鼎鼎、当时正担任本城元老院议员的马雷斯卡尔基、卡普拉拉、阿尔蒂尼为了向他大献殷勤，把他们的金皮书献给拿破仑，上面就记载着他这个家族的姓氏和徽章。

[68]在佛罗伦萨，许多建筑或住宅都证明波拿巴家族在那里留下了痕迹。很多宅子上至今都还刻有这个家族的盾形纹章。

有这么一个人，我忘了他是科西嘉人还是波伦亚人了，只记得他叫切萨里。波拿巴将军初入执政府时，给英国政府递了一封求和书。当时人在伦敦的切萨里非常不满英国政府对这封信的处理态度，于是发表了一份家谱考证报告，在里面称波拿巴家族和古老的埃斯泰家族、威尔夫世家有姻亲关系，而后者被公认为现在的英国王室的始祖。②

法国驻托斯卡纳大使费尔特雷公爵，曾在美第奇家族的画廊中找到一幅画，将其送到巴黎，画中人是一位嫁到这个家族来的、姓波拿巴的女子。教皇尼古拉五世还是保罗·德·萨尔扎纳来着，其母亲就是波拿巴家族出身。

---

① 即哈布斯堡伯爵。（请看《人名表》）

② 我对这段话的手稿出处存疑，本来想将其删除，最后又将它保留下来。我为何要这么做呢？是因为我想把资料都保留下来。不过，我也可以说说自己是怎么得来这份材料的；我可以随便说我是从某次谈话中听来的，然后胡乱说上一通，曲解原话的意思，故意让人看出这不可能是真的，然后我再进行考证，对其加以修正，这样不也能达成目标吗？另外，我现在也在做多方求证；如果我不能及时得到结果，读者也可以在本书末尾处的勘误表或附录中找到相关内容。——辑录者注

在里窝那对萨尔扎纳展开贸易协议的谈判过程中，负责人便是波拿巴家族的一个人；创作于文艺复兴期间，后被收入巴黎公共图书馆的一部很老的喜剧作品——《寡妇》，其作者就姓波拿巴。①

当拿破仑带领意大利军朝罗马挺进的时候，他在托伦蒂诺收到教皇的议和书。对方派来的一个谈判人评价说，自波旁家族成立王室军事统帅以来，他是唯一一个朝罗马进军的法国人；此人又说，但此事有些奇怪，因为史书记载的第一次远征罗马事件，其记录人恰好是这位第二次远征发起者的一个祖先，其名为尼古拉·波拿巴，[69]而且他还把罗马遭到波旁家族王室军事统帅的洗劫这件事写进了史书。②也许就是从那时候

---

① 此处信息得到了皇家图书馆的核实；这份手稿实际上就藏在这座图书馆中，甚至还有印刷版本。*——辑录者注

* 国家图书馆中的确藏有这本书的1568年佛罗伦萨版本，上面写着"再版于1567年10月30日"。此外，此书1592年在佛罗伦萨又得重印，1803年在巴黎出版。拿破仑知晓此书的存在后，立刻叫人把它翻译成法语。此事交给内务部的一个叫奥热（Auger）的人负责（后来此人进了法兰西学院）。虽然他竭尽全力，"力图展现原书中肆意洒脱的自由之气"，可最后还是对自己的译作不够满意，觉得不能把它发表出来。［请看由勒康特所写的《拿破仑和戏剧界》（Lecomte, *Napoléon et le monde dramatique*）第398页中的奥热报告书］奥热的手稿现藏于国家图书馆中。

② 此处信息得到图书馆的资料证明，上面的确讲述了洗劫罗马一事。但叙述人是雅各布·波拿巴，而不是尼古拉。雅各布就活在罗马被洗劫的那个时代，是此事的亲眼见证者。1756年，他的手稿首次在科隆出版。书中还收录了波拿巴家族谱系图，我们由此可知，波拿巴家族有着非常古老的历史，而且还是托斯卡纳最显赫的家族之一。

当然，书中也有一些离奇的巧合之处：例如，书中家族谱系图中的第一个波拿巴人，据说是因为隶属皇帝派而被驱逐出祖国。难道这个家族在整个历史时期都注定要被教皇派所害，蒙受他们加诸的厄难吗？

科隆在编辑此书的时候，把作者一会儿写成"Buonaparte"，一会儿又写成"Bonaparte"。

上文提到的那位历史学家尼古拉·波拿巴，其实是雅各布的叔叔。此外，根据那份家族谱系图的描述，他是一位声望卓著的学者，而且是比萨大学法学课的奠基人。*——辑录者注

* 这份由阿默兰（Hamelin）翻译成法语的叙述于1809年在巴黎出版。1830年，后来的拿破仑三世令人把新的法语版本在佛罗伦萨出版。这两个版本都被藏于国家图书馆中。

起，在某些抨击小册子里，皇帝的名字就变成了尼古拉，而不再是拿破仑。这本史书在各个图书馆中都有收藏。还有一本书与波拿巴家族历史有关，比这本史书早四五十年问世，撰写人是比萨大学的一位教授——瓦恰博士。

巴伐利亚使臣赛托经常跟我说，慕尼黑档案馆藏有许多用意大利语写成的、讲述这个家族是多么兴旺发达的文件资料。

当初在他权势滔天的时候，拿破仑一直拒绝在这个话题上多做交谈。执政府期间，他一口回绝了第一个提出要在这上面多做挖掘的献殷勤者，所以之后没有人再敢提起此事。有人发表了一份家谱书，把他的家族和北部古老王室牵扯在一起。拿破仑让人写了一份公文，在里面大肆揶揄了这种奉承之举。作者在文章最后立下一个结论：第一执政官的贵族血统只始于蒙特诺特或雾月十八日。

这个家族和众多世家一样，在无数场让意大利城市惨遭蹂躏的革命中，成了牺牲品。因为佛罗伦萨之乱，波拿巴家族的人被迫流亡在外。其中一个人最开始隐退到了萨尔扎纳，又从那里辗转去了科西嘉。[70]他的后人一直都把自己的孩子送到托斯卡纳，从那里出来的一个家族分支则住在圣米尼亚托。

世世代代以来，这支家族的二儿子一直都叫拿破仑。这个名字源于一个叫拿破仑·德·奥尔西纳（Napoléon des Orsina）的人，是意大利年鉴中一个响当当的人物。①

在征战里窝那后，拿破仑回到了佛罗伦萨，住在圣米尼亚托一个叫

---

① 请看F. 德·桑索维诺1565年出版于威尼斯的《卡萨·奥尔西纳的故事》（F. del Sansovino, *Historia di Casa Orsina*）。

波拿巴的老神父①家中，后者非常热情地接待了他的整个参谋团。②把整个家族史通盘相告后，老神父说要给年轻将军看一份非常珍贵的文书。拿破仑笑着说，他还以为对方要给自己看某部漂漂亮亮、能极大满足人的虚荣心的家谱书呢。然而，那并不是什么家谱书，而是一份非常正式的陈情书，里面赞扬了博洛尼亚的嘉布遣会里一个很久以前被封为"真福者"的名叫博纳旺蒂尔·波拿巴的神父，要不是考虑到举办相关仪式要耗费巨资，他早被封为圣人了。这位善良的神父说："只要您提出这个要求，教皇肯定不会拒绝的；哪怕需要掏钱，可如今金钱对您来说已经不是问题了。"

拿破仑经常笑话自己这位老亲戚是多么天真，他已经不太了解当今的世道了，甚至都不知道如今世人哪里还关心什么封圣的事。

到达佛罗伦萨以后，拿破仑想到老神父只是骑士品阶，故想给他颁发一枚圣埃蒂安勋章。然而老神父并不怎么关心俗世红尘里的这些头衔，一心记挂着自己先前的提议。不过，他说的那件事并非毫无依据。教皇来到巴黎给拿破仑皇帝加冕的时候，让人也把博纳旺蒂尔神父的头衔绣在了地毯上。他说，肯定是这位神父从真福者的安息之国走下来，牵引着自己这位后人走进他曾留下脚印的人间的英雄堂中，肯定是这位圣人保佑他在无数场战役中避开了危险。皇帝就像个聋子似的，任由教皇在那里大肆吹嘘博纳旺蒂尔这位真福者。

老神父后来把他的遗产留给了已是皇帝的拿破仑，后者则将其捐赠

---

① 即菲利普。（请看《人名表》）
② 此事发生于1796年6月29日，请看舒尔曼的《拿破仑一世总路线图》（Schuermans, *Itinéraire général de Napoléon Ier*）。

给了托斯卡纳的一所公共学校。①

*71*其实，我们在这里很难仅通过谈话就把所有家谱列出来。皇帝曾笑称，他从未见过自己家族的任何一张羊皮卷，它们一直都被保管在他的哥哥约瑟夫手上（他经常开玩笑地说约瑟夫是"家族的家谱研究者"）。为了防止遗忘，我在这里就此还要再补充一句：皇帝离开艾克斯岛的时候，曾将一个文件夹留给约瑟夫，里面包含了所有欧洲君王写给他的亲笔信。我不止一次地在皇帝面前跌足长叹，遗憾他竟然放弃了这么珍贵的历史手稿。②

---

① 拿破仑也给医生安托马尔基（Antommarchi）讲过此事，不过给出了更多细节。（请看安托马尔基的回忆录）根据马塞尔·杜南所述，文中的这位神父在1799年去世，他好像将遗产赠给了一个叫博纳科尔基（Buonacorsi）的亲戚。（《圣赫勒拿岛回忆录》批注版第一卷第82页，注释1）

② 我回到欧洲后，一直都在打听这份珍贵寄存物的下落，并迫切地建议约瑟夫王将其备份，以保证它们能得以传世。得知这份珍贵的历史遗物已遭遗失时，我倍感痛心。也不知道它们后来都去哪里了？到底落到哪些人的手里？这些人是否知道这份藏品的珍贵之处，将其悉心保存下来？

《拿破仑圣赫勒拿岛回忆录》首次出版后，我在奥米拉先生1822年在伦敦出版的书中（416页），找到了相关信息：

"约瑟夫王在离开罗什福尔、前往美国之前，妥善地把这些珍贵资料交给一个他觉得为人正直、值得信赖的人手中；然而，他似乎被此人卑鄙地背叛了。因为几个月后，这些原信就被带到伦敦，以总额3万英镑的价格被人买走。此事立刻传到国王陛下的大臣和外国大使耳中。我有确切的消息渠道证明：俄国大使花了1万英镑，把里面他主子的信件买了回来。有幸读过这些亲笔信的人给我复述过里面许多内容。我记得其中普鲁士国王的一封信，他在里面说他一直像慈父一样爱着汉诺威。总的来说，从这些信来看，各国君主基本都在想方设法地获得更多国土。"

虽然奥米拉先生向我们揭露了某人的背信弃义，但如果我得到的消息是确切的，那我们也并没有完全失去这些珍贵资料的下落。有人跟我保证说，那个文件保管人对两边都是一肚子坏水，他在所有买主都不知情的情况下偷偷地留了一份副本，之后还跟一个编辑取得联系，马上就要把这些信出版出来了。*——辑录者注

* 请看马塞尔·杜南就这个辑录者注而写的评注，出自他的《圣赫勒拿岛回忆录》批注版第一卷813页。

拿破仑的父亲卡洛·波拿巴，[72]身材魁梧高大，生得仪容不俗、相貌堂堂。他先后在罗马和比萨接受了教育，攻读法律，是一个热情似火、精力充沛的小伙子。在科西嘉临时议会中，当有人提议归顺法国时，他发表了一份激情洋溢的演讲，把所有人说得满腔热血。当时，他才20岁。他说："如果仅靠空想就能获得自由，那所有民族早就自由了。然而历史只告诉我们一件事：只有极少数人享受到了自由的果实，因为只有极少数人拥有必需的精力、勇气和品德。"

科西嘉岛被占领后，他想追随保利流亡国外；他年迈的叔公、当时在家里扮演严父角色的主教代理吕西安，把他强逼了回来。

1779年，卡洛·波拿巴作为科西嘉岛贵族代表，被派到了巴黎。当时，他把年仅10岁的拿破仑也带了过去。卡洛·波拿巴路经佛罗伦萨，在那里拿到了大公利奥波德写给他的妹妹——法国王后玛丽-安托瓦内特的推荐信。之所以能拿到此信，是因为他的姓氏和托斯卡纳的出身为他在佛罗伦萨争取到了极高的名望和威信。

这时候，两个法国将军来到科西嘉岛。此二人政见不合、罅隙已深，分别代表了两个派别。他们一个是立场温和、深得民心的马尔伯夫，一个是高高在上、性格暴躁的纳博讷·佩莱。纳博讷·佩莱出身显贵、势力庞大，自然而然成为马尔伯夫的危险敌人。幸好马尔伯夫在科西嘉岛更受百姓爱戴，故进了该省代表团，去了凡尔赛。卡洛·波拿巴作为代表团的带领者，对马尔伯夫十分热情，让后者有了底气。马尔伯夫的侄子当时正担任里昂大主教，可决定有俸圣职名单人选，想向卡洛表达自己的感激之情。所以，当卡洛把自己的儿子带进布里埃纳军校时，大主教给了他一封特别推荐信，让当时大半年都住在布里埃纳的波拿巴家人过得舒心点。所以，波拿巴的孩子们从马尔伯夫和布里埃纳人那里得到许多关照。然而，有的人居心叵测地把这番照拂解释成另一个原因①，但我们只需核实一下事情日期，谣言自然不攻而破。

当时，科西嘉岛指挥官——年事已高的马尔伯夫住在阿雅克肖。波拿巴家族成了该地数一数二的大家族，波拿巴夫人是全城最亲善可爱、最美貌动人的女子；指挥官习惯定居于此，对她多有偏爱，这也是再自然不过的事。

卡洛·波拿巴38岁时死于胃癌。②他来到巴黎后，病症曾有所好转；然而在蒙彼利埃时，他的病情再次发作，最后被葬在该城一个修道院的墓地里。③

执政府时期，蒙彼利埃的要人显贵通过他们的同乡——当时正担任内务部部长的夏普塔尔，恳请第一执政官允许他们为他的父亲竖立一座纪念碑。拿破仑感谢他们的一番好意，但还是婉言谢绝了。他说："我们切莫去惊扰亡者的安宁，就让他们安安静静地长眠地下吧。我的祖父、曾祖父也都去世了，难道我还要再为他们做点什么事不成？这就过了。我要是新近丧父，那我自然应该做点什么，以表追思和哀悼。可是他20年前就去世了，此时再来纪念他，公众肯定会觉得奇怪。我们别谈这件事了。"

后来，路易·波拿巴在拿破仑不知情的情况下，将他父亲的遗骸挖掘出来，带到了圣勒，并在那里为他竖立了一座纪念碑。

卡洛·波拿巴和虔诚的宗教信徒沾不上任何关系，他甚至还写了几首反宗教的诗。可他临死前，把蒙彼利埃许多忏悔教士都叫了过来。拿破

---

① 人们所说的"照拂"原因，是指拿破仑是马尔伯夫的儿子。
② 是癌性肿瘤。
③ 卡洛·波拿巴被葬在科尔德利神父修道院的地下墓室中。

仑的叔公、主教代理吕西安则恰恰相反，他身为教会中人，是一个非常虔诚、真心实意拥护天主教的信徒，享受高龄后才寿终正寝。在咽气之前，他对费施极为不满。当时已是教士的费施披着圣带，穿着白色法衣，前来为他送行，但他恳请费施让自己安安静静地死去。最后，他在所有亲朋的簇拥中，为众人做出智慧的人生指引和主教祝福，然后合上了双眼。①

^{74}皇帝经常提到自己这位叔公。此人是他人生中第二个父亲，长期以来一直都是一家之主。他是阿雅克肖的主教代理，是岛上数一数二的尊贵人物。由于他精打细算、节省持家，波拿巴一家人才能熬过难关，摆脱当初卡洛大手大脚花钱造成的财政危机。老主教代理很受众人敬仰，在当地堪称真正的道德权威。每当农民、羊倌和别人发生什么争执，都会前来听取他的裁决；他做出明智的决断，给予众人祝福，将他们送回家。

卡洛·波拿巴迎娶了莱蒂齐娅·拉莫利诺小姐。拉莫利诺小姐的母亲②常年孀居，后来改嫁给了费施，后者当时在热那亚驻科西嘉岛的瑞士兵团中担任上尉。在这二次婚姻中，红衣主教费施诞生了，他是皇太后

---

① 我收到红衣主教费施的请求，他想在这里做点小小的纠正，虽然更正内容不多，但此事对他来说至关重要。对此，我也找不到更好的办法，只好把他为此写来的书信内容原原本本地摘抄到书中。

他说："如果您还要再出一个版本，我恳请您能够在提到主教代理的时候，添加几句关于他临终场景的话。我当时问他是否愿意让自己的忏悔神父进来。他回答说，自己对他没什么可说的。不过那个时候，他已经受了所有临终圣事。我出于虔诚，也出于谨慎，不能让人有揣测的空间，以为主教代理一点儿也不关心履行宗教义务这方面的事。的确，皇帝不太记得事情的整个经过了，因为他当时不能理解我在主教代理去世之前说的那些话。实际上，皇帝在某几次交谈中也对我说过类似的话，却从来不愿听我的解释。然而我能当着上帝的面证明，哪怕他听到了一些话，也误解了我的要求和我叔叔的回复。不过这并不重要，已故的主教代理不会因此遭受任何损失；我们也不可能指望皇帝为他立誓发愿。"——辑录者注

② 即安吉拉-玛利亚·拉莫利诺。

同母异父的弟弟，也是皇帝的舅舅。

皇太后①是她那个时代数一数二的美女，整个科西嘉岛都知道她的芳名。保利执政期间，曾接待了一个不知是来自阿尔及尔还是突尼斯的使团。他想向这些蛮人炫耀一下自己美丽的同胞女子，就把全岛所有美女都叫了过来，皇太后当时站在第一排。还有一次，皇太后出门去看望自己在布里埃纳的儿子，其美貌引起了众人的注意，甚至在巴黎时都是如此。

在科西嘉岛独立战争期间②，由于自己丈夫积极踊跃地参与战争，皇太后和他共同经历了无数危险。75有几次，她还骑马陪他四处打仗，连怀着拿破仑的时候也不例外。皇太后眼界不俗、性格坚韧、思想崇高、极有自尊，她生育了13个孩子，要不是因为30岁就守了寡，之后一直孀居到50多岁，她肯定能生出更多孩子来。在这13个孩子中，只有五个男孩、三个女孩活了下来，他们全都在拿破仑统治期间扮演了重要角色。

长子约瑟夫，在有权决定有俸圣职名单的里昂大主教和马尔伯夫的帮助下，一开始本打算进入教会，因此在教会学校里读了一段时间的书。但在即将得到认可的时候，他毅然决然地选择脱离教会。后来，他先后当过那不勒斯国王和西班牙国王。

路易曾是荷兰国王，热罗姆当过威斯特伐利亚国王；埃莉萨是托斯卡纳女大公，卡洛琳是那不勒斯王后，保琳是博盖塞王妃。吕西安由于第二次婚姻的关系，再加上一时失足，故丧失王位。但他敢反对和顶撞自己的哥哥，还在他从厄尔巴岛回来后担任其左膀右臂，哪怕皇帝那时已经江山不稳，这些事无不彰显了他高贵的品格。皇帝说，吕西安年

---

① 法文为"Madame Mère"，是"皇帝陛下之母亲大人"的简称。
② 即1768至1769年。

轻时脾气火暴，15岁时就被赛蒙维尔带到了法国，在后者的影响下成了一个狂热的革命党人和俱乐部会员。说到这里，拿破仑还说，在当时出版的许多反对他的诽谤小册子中，有些诽谤信的署名人是布鲁图·波拿巴，有的人说这些信是他本人所写；他还说，他不能肯定这些信是否出自家里某人的手笔，但它们绝不是他自己写的。

皇帝从厄尔巴岛回来后，我距离非常近地见过吕西安亲王几次。他有着全面的政治视野、坚定的政治头脑，为人无比忠诚，品格善良，这些都是少有人比得过的。

马德拉群岛—遭遇强风—玩牌
8月22—26日，星期二至星期六

22日，我们遥遥地望见了马德拉群岛。当夜，我们抵达港口前的海域，[76]只有两艘船在港口抛锚，以补充舰队生活物资。当时风很大，海面上波涛汹涌。皇帝觉得有些不舒服，我则产生了严重的晕船症。风遒劲地刮着，燥热难耐的空气中似乎还夹带着从极远之地刮来的沙子。这些劲风是从非洲沙漠吹过来的，它们卷起那里的尘土，将其一直携到我们跟前。第二天一整天都是这种天气，船只和陆地之间的通信变得非常艰难，但英国领事还是来到了船上。他告诉我们，这种天气多年难遇，城里所有的玻璃窗都被打碎了，走在街上的行人都无法呼吸，葡萄酒的收成也毁于一旦。在此期间，我们一直走"之"字路线，在城市前方航行。就这样，整个夜晚和24日白天过去了。人们购买了几头牛和其他一些肉类，还有几筐不太成熟的橘子、几筐烂桃、几筐寡淡无味的梨，不过无花果和葡萄非常甘甜爽口。晚上，我们快速航行，风力依然极大。25日和26日白天的一段时间里，船只停止航行，各船分配生活物资。剩

下的时间，我们都在全力赶路。

没有发生任何可以打断我们单调生活的事情。每一天都和昨日没有区别，它们慢慢地叠加起来，把过去变得一团臃肿。但回过头来看，这段日子又仿佛很短，因为它们毫无颜色，每一天都是面目模糊的。

皇帝玩皮克牌的时间长了许多，经常一玩就是三小时。玩完了皮克牌后，他会和大元帅、蒙托隆或其他人下国际象棋，一直玩到晚饭时间。船上没有谁特别擅长下国际象棋，皇帝也下得不太好，跟这个人下会赢，跟那个人下会输。有天晚上，他问："为什么经常赢我的那些人几乎没有赢过我的手下败将呢？这不是很矛盾吗？这个问题怎么解释呢？"他一边说，一边眯着眼睛，想知道自己是否被某个象棋高手给骗过去了，人家其实一直都在让着他而已。①

我们晚上不再玩二十一点了，因为我们为了讨皇帝欢心，总是不要牌，这让皇帝这个极度厌恶牌类游戏的人很不高兴。晚餐结束，从甲板上散步回来后，拿破仑还会再玩两三局国际象棋，然后早早地回屋。

加那利群岛—穿过回归线—投海者—皇帝的童年—拿破仑在布里埃纳—皮什格吕—拿破仑在巴黎军校—拿破仑在炮兵部队—他的社交圈子—拿破仑在大革命初期

8月27—31日，星期日至星期四

27日星期日，我们白天从加那利群岛中间穿行而过，航速为10~12节（每小时三四古里）。我们并没看到著名的特内里费峰；不过哪怕在

---

① 请看格罗韦尔8月29日的日记："波拿巴将军很恼火地抱怨天气炎热；他身着衬衫，坐在自己房间里，房门大开，一直读书到差不多下午两点的时候，之后洗漱，再来到大堂，和众人玩国际象棋，直到晚饭时间的到来。"

天朗气清的时候，人们也很难在远隔60多古里的地方瞧见它。

29日，船只穿过了回归线。我们看到许多鱼在舰船周围游来游去。31日晚上十一点，有人掉入海中。这是个喝醉酒的黑人，由于犯了错，他遭到双倍的鞭刑惩罚。晚上，他多次有轻生的念头，最后猛地跳出甲板，投入海中。但他立刻就后悔了，发出巨大的呼叫声。这是一个游泳好手，可人们派出一艘小艇找了他很久也没看到人。就这样，他消失在茫茫大海里。

在船上，有人投海这件事通常会引来全船人的关注。当时全体船员的情绪都很激动，躁动不安地在船上各个地方走来走去。外面吵成一片，如同一锅沸腾的热水一样。就在那个时候，我穿过正对皇帝卧室的一扇门，来到甲板上的公共大厅里。一个十一二岁的海军学员正在厅里，满脸关切的表情。他以为我要去找皇帝，伸手把我拦了下来，用关切的语气低声说："先生，别去惊扰他！就跟他说，外面没什么事，只是一个人掉海里去了。"真是个善良天真的孩子。这话中令人感动的地方不是他的想法，而是他的善意。

总体上，船上许多年轻小伙子非常尊重、也非常关心皇帝。[78]每天晚上，他们都会做一件让人每每想来无不动容的事。所有船员早晨都要把他们的吊床收在船边上的大网里；晚上约莫六点时，他们又在哨子声中将其取出来，动作慢了的人会遭到惩罚。所以，他们得加快手脚才行；可是这时，我们总会看到五六个孩子围在皇帝身边。这个时候，皇帝要么在甲板上，要么靠在他经常待的那座炮台上。这些孩子一边好奇地打量他的一举一动，一边停下脚步，推搡着让后面着急了的水手先走。皇帝每次让我看这个场景的时候，都会高兴地说，孩子永远是最富同情心的。

我要继续讲讲我在这些零碎谈话中了解到的皇帝童年时期的事迹。

拿破仑生于1769年8月15日①，圣母升天日的中午。[79]他的母亲，一个精神强大、身体健康的女人，怀着他的时候经历了重重战火。她本打算在这盛大的节日里去做弥撒，但最后不得不急急忙忙地返回家中，甚至没能赶回卧室就分娩了，把她的孩子生在一张绣有伟大人物（好像是史诗《伊利亚特》中的英雄）的旧地毯上。这个孩子，就是拿破仑。②

小时候的拿破仑是个很不安分、聪明伶俐、异常活泼好动的孩子。他说，他对他的哥哥约瑟夫各种捉弄，对他又打又咬，连母亲对此也是头疼不已，经常责骂他，弄得可怜的约瑟夫都没机会开口向母亲告状。③

---

① 下面是阿雅克肖圣母大教堂和教区出具的洗礼登记文件，上有阿雅克肖省王室法官和国王参议员弗朗索瓦·屈内奥的盖章签字，日期为1771年8月27日（在第五页背面）。

文件译稿

1771年7月21日，卡洛先生（约瑟夫·波拿巴的儿子）和他的妻子玛丽娅·莱蒂齐娅女士在合法婚姻中诞下的儿子拿破仑，接受圣礼和祝祷。他诞生于1769年8月15日，其洗礼在家中举行，并得到了德高望重的吕西安·波拿巴的认可。参加圣礼的人中，有他的教父——声望显赫的国王检察官洛伦索·吉贝卡·德·卡尔维，教母——尼古拉·帕拉维奇尼先生的妻子格特鲁德女士，以及其父亲；所有人和我签字如下。

附注：他和他的妹妹——生于1771年7月14日的玛丽-安妮一起受洗（后者后来夭折），其洗礼文件就在他的文件后面。

这份文件是1822年爱德华·法旺·德·阿莱（Édouard Favand d'Alais）从阿雅克肖抄来的，1824年他通过他的叔叔博耶·佩尔洛（Boyer Peyreleau）将其交给拉斯卡斯伯爵。*——辑录者注

* 拿破仑本人证实，他的实际出生日期是在18个月前，他的父亲把年纪改小，好让他符合军校的年龄要求，进入布里埃纳军校。我们知道的是，为了缩减自己和约瑟芬之间的年龄差距，他还造了一份出生证明，上面说他生于1768年1月5日。

② 后来，莱蒂齐娅·波拿巴听到这个故事后，反驳说："我们在科西嘉岛的家里根本就没有地毯，何况当时还是夏天，不是冬天，就更不可能有地毯了。"

③ 后来在圣赫勒拿岛的时候，拿破仑告诉蒙托隆："我的母亲是一个很讲规矩、很守道德的人。但是她和所有母亲一样，对孩子有所偏爱。她更喜欢我和保琳；喜欢保琳，是因为她长得最漂亮；喜欢我，也许是因为她心底有个声音在说，这个孩子将会是一个缔造者，让她的血脉变得高贵。"（《拿破仑皇帝被囚记》第二卷第17页）

拿破仑在大约10岁的时候进入布里埃纳军校。由于他说话带科西嘉口音，把自己的名字"拿破仑"念得很像"拿破罗恩"，同学们就给他取了个绰号，叫"带鼻音的麦秆子"。就在这段时间里，拿破仑性格大改。但和所有对他的人生各种编排的不实传闻相反的是①，拿破仑在布里埃纳的时候性情温和，安静本分，专心读书，心思非常敏感。拿破仑说，有一天，一个性子粗暴的军校导师不顾孩子们在体格和精神承受力上的差异，罚他在晚饭时候跪在食堂门口。这实在是件羞辱人的事。拿破仑是个极有自尊心的孩子，跪着跪着突然剧烈呕吐起来，两侧太阳穴如针扎一样痛。修道会会长②碰巧路过这里，免了他这个体罚，并斥责导师没有判断力；他的数学老师帕特罗也跑过来，抱怨这个导师如此羞辱自己的得意门生。

80③ "青春期的拿破仑变得忧郁起来，如痴如狂、不加选择地读着各

---

① 各种和拿破仑青少年时期有关的传闻已经被出版了，甚至在拉斯卡斯准备出版回忆录的时候，它们在法国依然大行其道。我们可以看看其中最主要的一些书籍（按时间顺序排序）：由他的一个同窗用英语写成、由C.B.在共和六年翻译成法语的《波拿巴早年事迹》（*Quelques notices sur les premières années de Buonaparte*）；F.-B.蒂赛出版于共和六年的《波拿巴将军的私人生活》（F.-B. Tisset, *Vie privée du general Buonaparte*）；出版于共和十年的《从出生到雾月十八日，波拿巴的人生》（*La vie de Bonaparte...depuis sa naissance jusqu'au 18 brumaire*）；出版于共和十一年的《法兰西共和国第一执政官波拿巴的故事》（*Histoire de Bonaparte, premier consul de la République français*）；出版于1816年的《波拿巴及其家人——他们一位故友倾吐的隐情》（*Buonaparte et sa famille, ou confidences d'un de leurs anciens amis*）；出版于1817—1818年的三卷本的《布里埃纳学生，一个嘴不严的侍从》（*L'écolier de Brienne, ou le chambellan indiscret*）；出版于1822年的《未曾出版的政坛上和私下里的拿破仑皇帝历史回忆录》（*Mémoires historiques et inédits sur la vie politique et privée de l'empereur Napoléon...par le comte Charles d'Og..., élève de l'école de Brienne*）。

② 即雷鲁神父。（请看《人名表》）

③ 以下是皇帝的原话，我们会在后面看到他是在什么时候、什么环境中讲出这些话的。*——辑录者注

* 请看1816年10月5日日记。

种书籍。皮什格吕是他的军校导师和算数四则运算的辅导老师。

"皮什格吕来自弗朗什-孔泰，父亲是个农场主。当时，负责布里埃纳军校教导工作的是香槟省最小兄弟会的修士，他们生活清贫、缺少人脉，所以很难收到学生，进而导致他们自己也师资不强。所以，他们就向弗朗什-孔泰地区的最小兄弟会修士求助，请他们派些人手过来。来到布里埃纳的人中，就包括帕特罗神父。皮什格吕的一个阿姨是爱德会的嬷嬷，她跟着神父来到这里，在军校医疗室工作。她的侄子跟她一道来到这里，由于年纪甚小，得允在那里免费读书。皮什格吕天资聪颖，年纪轻轻就当上了军校导师和帕特罗神父的教学辅导秘书，在帕特罗的推荐下开始教授数学。他想进入最小兄弟会，这既是他当时的心愿，也是他阿姨的意思。但帕特罗神父打消了他这个念头。他告诉皮什格吕，他想投身的这个职业最多只有一个世纪的寿命了，他最好想点别的更好的出路。于是，皮什格吕在帕特罗神父的推荐下进了炮兵部队，在法国大革命时期成为一名士官。他在战场上得到命运女神的青睐，成功攻占了荷兰。于是，帕特罗神父又多了一个可骄傲的资本：他教出了当代法国最伟大的两位将军。

"后来，因为担任桑斯大主教的红衣主教洛梅尼·德·布里埃纳的一道政策，帕特罗神父还俗[1]，并成了布里埃纳的副本堂神父，后者把许多管理实务都交给他打理，并让他得到了不少好处。

"法国大革命时期，帕特罗神父虽然和他的大主教政见不合，但在后者落难后依然热心地设法营救，去找当时住在附近的丹东求情。然而他白白忙活了一场。有人说，他唯一能帮的忙，就是依照古人的办法，

---

[1] 还俗可以免除僧侣的宗教身份，让他们摇身一变，成为不受修道誓约约束的在俗僧侣。

给布里埃纳带了一瓶毒药，让他免去了断头台之苦。[①]

"拿破仑对皮什格吕的印象一片混乱。他记忆中的皮什格吕个子高大，脸色赤红。[81]可皮什格吕并不长这个样子，而且他清清楚楚地记得拿破仑青少年时候的样子。皮什格吕和保皇分子勾结后，有人问他，他们能否把意大利军总司令也拉拢过来。他说：'别浪费时间了；我是看着他长大的，这是个性格坚忍不拔的人，一旦选择了一个党派，他就绝对不会改投他党。'"

这一大堆得到拿破仑允许才得问世的不起眼的书籍，给人提供了许多和皇帝童年有关的逸事传闻。皇帝对此只是一笑了之，几乎从未说过其中哪个传闻是真的。不过，有一件事和他在巴黎军校接受坚振礼有关，皇帝承认确有此事。当时，做坚振礼的大主教听到"拿破仑"这

[①] 1823年版本在后面还有一段话："红衣主教的侄女洛梅尼夫人被革命委员会处死之前，把她两个年幼的女儿托付给了帕特罗神父。恐怖统治结束后，她们的阿姨逃过一劫，家底依旧丰厚的布里埃纳夫人想把她们接过去。帕特罗神父一直拒绝，理由是她们的母亲曾一再叮嘱，要让女儿过普通农妇的生活。但他也觉得完全遵循这一叮嘱也说不过去，于是想把她们嫁给自己的两个侄子。拿破仑说：'我当时是内防军司令，就成了中间人，为了让这两个小姐回家而费了不少劲。帕特罗神父一直拿各种理由来推托。这两个小姐，就是您以前认识的玛尔内西亚夫人，以及美丽的卡尼西夫人，即后来的维琴察公爵夫人。'帕特罗神父靠着他从前的这个学生，随他去了意大利军。到了那里后，他发现自己更适合计算数学问题。在蒙特诺特、迭戈、米勒西莫的时候，他像个孩子一样胆小。一遇到打仗，他不像摩西那样把时间用在祈祷上，而是一直哭个不停。总司令就把他留在米兰，负责行政管理工作，他在这方面倒表现得不错。拿破仑从埃及回来后，他去见了自己这个学生。那时的帕特罗神父再不是香槟省的最小兄弟会修士了，摇身一变成了一个胖乎乎的、家产百万的金融家。两年后，他来到马尔梅松拜见第一执政官。那时的他身体羸弱、衣着寒碜、精神不振。执政官问：'您怎么了？''您眼前的这个人已经破产，在世上一无所有了。''为什么呢？''唉，因为一场前所未有的不幸。'第一执政官通过警察核查事实真相，发现帕特罗神父做的是高利贷生意。这个大金融家破产后失去一切，靠借钱为生。第一执政官把他叫来，对他说：'我已经替您还清债务，以后再不能为您做什么了。我不能让一个人靠我发两次财。'他给了对方一小笔年金，以维持必要的生活开支。"

名字后非常吃惊，说他从不知道历本里有这个圣人名。还是孩子的拿破仑非常机灵地回答说，这也在情理之中，因为历史上圣人太多了，可历本只有365天。①

在签署政教协议之前，拿破仑从不过生日；他的教父并不熟悉法国年历，所以人们并不确定他准确的出生日期。教皇想向皇帝示好，就把它定在了8月15日，从此这一天既是皇帝的生日，又是政教协议的签署纪念日。

②"1784年③，拿破仑通过了布里埃纳军校的学校会考，取得了进入巴黎军校完成学业的资格。每年都有一个督学访遍12所军校，从中挑选人选。那一年，负责此事的是凯拉里奥骑士，他是一位将官，曾撰写了一本兵法书。巴伐利亚现任国王还是双桥公爵的时候，凯拉里奥骑士曾当过他的老师。这是一位非常和蔼可亲的老人家，也是选拔工作的最佳负责人之一。他很喜欢小孩，每次考试后都会把自己看得顺眼的孩子留下来，和他们玩一会儿，并留他们在最小兄弟会中吃饭。在众多孩子里，他对年幼的波拿巴青眼有加，很喜欢逗他玩儿。虽然那时拿破仑还没到规定年纪，但凯拉里奥骑士还是把他送到了巴黎。这个孩子只擅长数学，僧侣们建议最好让他第二年再去巴黎，这样他就有时间巩固其他学科的学习了。但凯拉里奥骑士不喜欢听这种话，说：'我知道自己在做

---

① 天主教会把某个身份不明的拿破仑列为殉教者，根据米涅在《圣徒传记辞典》（Migne, Dictionnaire hagiographique）中的记载，此人出身尊贵，"最后位列要职"。在戴克里先大迫害时期，这个拿破仑在亚历山大城，以积极传教、不惧任何严酷刑罚而名扬天下。

《圣徒传记辞典》记载："他被丢进一座可怕的监狱中，满身鲜血地死去，其尸首还遭肢解。"请看1933年的《拿破仑研究杂志》第三十六卷第233页的注释部分：路易十四时期"拿破仑"这个人名。

② 以下内容出自拿破仑本人的口述。——辑录者注

③ 1823年版本是"1783年"。

什么；哪怕我所做之事不合规矩，那也不是因为偏私某个家族的缘故，因为我都不知道这个孩子来自哪里。我这么做，完全是因为我喜欢他：我在他身上发现了一股不可受到过多人力干预的火花。'①没过多久，这位善良的骑士就去世了；他的继任者莱尼奥虽然也许没有老先生那样慧眼如炬，却还是遵循了他留下来的建议，于是小拿破仑被送到了巴黎。

"从那时起，他身上所有优秀的品质——例如果敢的性格、深入的思考、快速的领悟能力——开始展现出来。在拿破仑还小的时候，他的父母就把自己的所有希望寄托在这个儿子身上。他的父亲在蒙彼利埃去世时，虽然当时有约瑟夫陪在病榻前，可他陷入昏迷后一直念着拿破仑的名字，可后者当时远在学校，无法赶去。父亲一直喊着拿破仑，要他带着他的巨大宝剑来救自己。后来，年迈的叔公吕西安去世之前，在所有家人的簇拥下，对约瑟夫说：'你是家中长子，可别忘了，他，'他指着拿破仑说，'他才是家里的老大。'

"皇帝高兴地说：'这相当于丧失了继承权，简直是雅各和以扫的故事的重演。'"

我也是巴黎军校出身，不过比拿破仑早一年离校。②后来我从国外流亡回来，跟我们共同的老师也说过此事。

我们的历史老师德莱古耶曾骄傲地说，人们要是去翻一翻巴黎军校档案室，会找到他的一份笔记。他在里面预言自己这位学生将来前途会

---

① 布里安在他的回忆录中全文抄录了凯拉里奥的证明书："波拿巴（拿破仑）生于1769年8月15日，身高四尺十寸十二法分，成绩是第四名；身体良好、非常健康，性格服从上级、正直向上、懂得感恩，行为非常规矩，在数学上成绩非常优异。他的历史和地理成绩一般，艺术和拉丁文成绩则非常糟糕，所以才只得到第四名的成绩。他会是一个非常优秀的海兵，建议让其进入巴黎军校学习。"

② 请看拉斯卡斯生平介绍。

不可限量，称赞他思考深入、独具慧眼。他跟我说，第一执政官经常邀请他去马尔梅松，老跟他提起过去上课的情景。有一次，他跟老师说："我印象最深的是讲波旁家族王室统帅叛乱的那堂课，虽然当时您对此事没有做出公正不倚的评价。在您看来，他最大的罪行是犯上作乱。可在那个群雄割据、各自争夺领土的时代，这种事根本没什么大不了的，[83]更何况他还是不公的受害者。您在一个方面没说到点上，他唯一、最大、真正的罪行，就是伙同外国人攻打自己的故土。"

我们的美文教授杜麦龙跟我说，拿破仑奇怪的夸张修辞法总让他深感惊奇。他还一再说，这个学生的文字是"火山中一块滚烫的花岗岩"。

只有一个老师看走了眼，他就是肥胖臃肿的德语老师鲍尔。小拿破仑对这门语言一窍不通，鲍尔不知道他的其他学科表现，因此对他很是鄙夷。有一天，这个学生没来上课，鲍尔问他去哪儿了，有人说他现在正在准备炮兵部队的考试。

粗笨的鲍尔讽刺地说："可他会什么东西吗？"

对方回答："怎么不会，老师？他可是我们学校数学学得最厉害的人。"

"行吧，我对此一直有所耳闻，可我总觉得，数学只是笨蛋才学的东西。"

皇帝跟我说过："我很想知道，要是鲍尔活得够长，他会对自己当初的看法做何感想。"

拿破仑才满18岁，其学识就已让雷纳尔神父震惊不已了。雷纳尔神父非常欣赏他，想把他变成自己科学早茶会中的一个装点。后来，大名鼎鼎、曾被他长期视为精神偶像的保利想以损害法国为代价去亲近英国，却发现这个小伙子突然成了反对自己的一个党派的领导人物，所以他总说：这个年轻人是个思想上的古人，从里到外都像来自普鲁塔克那个时期似的。

1787年，拿破仑成为炮兵部队的见习生，同时获得军官头衔。他离开军校，以少尉身份前往拉费尔兵团。① 后来他从拉费尔转到了格勒诺布尔军团，当上了中尉。

拿破仑离开军校，前往瓦朗斯驻地。在那里度过的第一个冬天里，他和在同一张桌子上吃饭②的许多人成了好朋友。其中有拉里布瓦西埃，在拿破仑当了皇帝后被任为炮兵总督察长；*84* 索尔比埃，后来成为拉里布瓦西埃的继任者；小埃杜维尔，在法兰克福担任过全权代表；马莱，其哥哥1813年在巴黎发起一场小规模交火③；马比勒，从国外流亡回来后被皇帝聘进邮政管理局；罗兰·德·维拉索，后来成了尼姆省省长；小德斯马济，拿破仑在军校的同学和早年从军的战友，他当了皇帝后被任为王室动产主管。

部队军官大多家境优渥，拿破仑在里面算是日子过得最滋润的一批人。他家给他寄来1200法郎，这几乎都赶得上许多军官一年的年金了。④ 在他那个军团中，只有两个人有马车，这已是相当奢华的生活了。

---

① 这是七个皇家炮兵团中的一支队伍。从1783年10月开始，该炮兵团驻守在瓦朗斯，里面有五个旅，每个旅有四个连。第五旅由四个轰炸连组成，波拿巴隶属第一连。请看许凯的《青少年时期的波拿巴》（Chuquet, *La jeunesse de Bonaparte*）第一卷第272～274页，以及马尔卡吉的《拿破仑的诞生》（Marcaggi, *La genèse de Napoléon*）第113页。

② 他们在"三只鸽子"旅店中吃饭，饭店经营人是厨师夏尔·热尼，坐落在佩洛勒里街上。

③ 拉斯卡斯此处把马莱这场"小规模交火"错写成了1813年，实际上是1812年12月。

④ 此处叙述不实。许凯曾非常精细地列出了波拿巴在瓦朗斯当少尉期间的个人收支。他每年薪水为800里弗，省政府给他提供120里弗的住宿补贴；此外，所有国王特招生在当上中尉之前，还可以从军校基金中拿到一笔200里弗的年金。有时叔公吕西安会给他一小笔零花钱，不过这种情况并不经常发生。所以，他一年可支配的钱大约是1200里弗。许凯说："这笔钱很是微薄，只勉强够一个年轻军官的基本生活。"（《青少年时期的波拿巴》第一卷第282页）

其中一个有马车的是索尔比埃，他爸爸是穆兰城里的一个医生。①

拿破仑去了瓦朗斯不久，就成了杜科隆比耶夫人沙龙的座上宾。杜科隆比耶夫人50多岁了，是一个有大德大爱的人，在瓦朗斯城德高望重。当时，她非常喜欢这个年轻的炮兵军官，只要人们在城里或乡下举办宴会，她都会把他带过去。她还把他带进了一个叫圣鲁夫的神父的私人圈子里。圣鲁夫神父家产雄厚，有一定年纪了，经常把当地名人要员请到家中做客。拿破仑之所以深受圣鲁夫神父和杜科隆比耶夫人的欣赏，是因为他在待人接物时表现出了渊博的学识、随和的性格、强大的思想和爽直的个性。这位夫人曾预言，他以后将大有作为。她去世时，正值法国大革命爆发之际，当时她对大革命非常关注。她临死前曾对人说，要是年轻的拿破仑在未来没有遭遇不测，他定会在大革命中扮演一个极其重要的角色。皇帝每次谈到这位夫人，都对其无比感激和缅怀。他觉得，是这位夫人把他早早带进了上流社交圈，那里的人脉和环境也深刻影响了他的人生际遇。

[85]拿破仑的这等运气，引来许多军中战友的忌妒。因为他成天不和他们扎堆，这些人心里很不舒服，哪怕他这么做并没有损害到他们的任何利益。幸好军队指挥官于尔图比是个善解人意的老人家，非常了解拿破仑的为人。他一直都很偏袒拿破仑，给他大开方便之门，让他去社交圈结识贵人，享受人生的欢乐。

拿破仑当时很喜欢杜科隆比耶小姐，后者对他也是芳心暗许。从两人的年纪和接受的教育来看，这是他们的初恋。皇帝回忆说："我们当时单纯得不得了；我们约会，但没有做任何越矩的行为。我还记得有一次

---

① 索尔比埃的父亲是宪兵队的首席医生，其人品德高尚、医术高明，故在当地很有地位，甚至路易十五都对其欣赏有加，赐了他圣米歇尔荣誉绶带和封爵书。——辑录者注

约会是在夏天，当时曙光初起。说出来大家也许很难相信，可我们当时只是坐在一起吃草莓而已，而且两人都觉得非常幸福。"

我还听过这么一个并不属实的传言：当时杜科隆比耶夫人想促成这桩婚事，可女孩的父亲表示反对，他的理由是：他们如果结为夫妻，对彼此是有害无益，因为他们各自都有自己的前程。如果把这个传闻放在和克拉里小姐——也就是后来的贝纳多特夫人，今天的瑞典王后——的婚事上，看上去倒更说得通。

1805年，在登基成为意大利王的前夕，皇帝在里昂遇到了杜科隆比耶小姐，那时她已是布雷西厄夫人了。当时各国君主把皇帝团团围住，杜科隆比耶小姐费了好大的功夫，才有机会见到他。皇帝非常高兴与她重逢，虽然发现她和从前已是判若两人。在她的请求下，皇帝给她的丈夫谋了一份差事，并安排她当上自己一个妹妹宫里的女官。

当时，洛朗森小姐和圣日耳曼小姐都是瓦朗斯城数一数二的美女，追求者不计其数。圣日耳曼小姐后来成了蒙塔利韦夫人，其丈夫深得皇帝的信任，曾当过内务部部长。拿破仑说："他为人正直，对我一直满心爱戴。"

皇帝十八九岁时，已经拥有了渊博的知识、强大的思考力和严密的逻辑能力。他阅读了大量书籍，好学深思。他说，和当初相比，后来的他在这些方面的能力已经算是退化许多了。他思想机敏、反应迅速、精力充沛，无论走到哪里都很引人注目。所以，瓦朗斯人，无论男男女女，都很喜欢他；尤其是那些本就最喜欢这个年纪的小伙子的人，对这个思想新潮、脑瓜灵敏、敢想敢说的年轻人更是青睐有加。他对自己的才华有着天然的自信，如果有谁胆敢跟他辩论一番，定会被他缜密的头脑和伶俐的口齿所震惊。[86]

许多很早就认识拿破仑的人，都预言他将来会有锦绣前程。后来他果真出人头地了，他们谁都不为此感到惊讶。当时，里昂学术院举办了一项学术竞赛，雷纳尔在里面提了一个命题作文："你认为向人灌输哪些理念和教育，最有可能让他变得幸福？"①拿破仑就此写了一篇文章，在比赛中脱颖而出，拿了奖。这篇匿名论文写得非常出彩，而且很符合当时的时代思想。②文章一开始，作者就开门见山地探讨什么叫幸福，并回答幸福就是在最大化地融入当前思想精神环境的前提下尽情地享受人生。后来，他当上皇帝了。有一天，拿破仑和塔列朗讨论起了这个话题。八天后，塔列朗这个精明老练的廷臣派人从里昂学术院档案室中找到这篇论文，将其呈给皇帝。当时正是冬天，皇帝拿起来读了几页，就把自己青年时期写下的第一份作品丢进火中。拿破仑说："人不可能预料到一切，塔列朗事先肯定没想过留篇副本当备份。"③

有一天，孔代亲王来到欧索讷炮兵团。这位武将出身的亲王能来此视察军队，这于全军上下来说都是一件值得骄傲的大事。虽然军中存在等级规定，指挥官④却排除了其他军衔更高的人，让年轻的拿破仑负责指挥射击场演习工作。就在亲王抵达的前一天，射击场上的所有大炮火门

---

① 准确标题是《向人灌输哪些重要的真理和情感，能让他获得幸福》。

② 实际情况和拉斯卡斯此处所说的完全相反。波拿巴这篇编号15的论文，被考官认为平平无奇。考试委员会的一个委员读了这篇文章后，做了如下评价："第15篇文章不能长久地吸引评审员的注意。此文作者也许是个心思敏感之人，但他的文笔太过杂乱，前后脱节、缺乏条理，故文章写得非常糟糕，难以引人注意。"请看科斯东的《拿破仑·波拿巴早年生平传记》（Coston, *Biographie des premières années de Napoléon Bonaparte*）第二卷150页，我们还可以在154~171页找到这篇文章。

③ 古尔戈也把拿破仑讲的这则小故事收进自己的日记中（第二卷第252~253页）。马塞尔·杜南就这篇文章给出了极其有用的细节说明。（《圣赫勒拿岛回忆录》批注版第一卷第103页，注释2）

④ 即杜泰伊上校。（请看《人名表》）

都被钉住了。然而拿破仑是何其聪明警惕，面对队友耍出的这个卑劣伎俩（说不定这是有人为那个著名访客布下的陷阱），他巧使手段，化险为夷。

世人普遍认为，皇帝进入军队后的前几年，一直都沉默少言、碌碌寡合、乖张孤僻。可实际上，他在那段时期里非常开朗大方。他经常眉飞色舞地跟我们讲述自己在炮兵学院里干的那些调皮事。[87]每次他沉浸在那段幸福快乐的少年时光的回忆中时，我们都会一时忘记眼下的惨淡处境。

军中有一位80多岁的老指挥官，一直深受众人敬仰。有一天，他让众人演习开炮射击。他戴着望远镜，想看看炮弹射向哪里，发现根本没射中目标。他有些疑惑，问旁边的人是否有谁看见目标被击中。没有人知道，这帮年轻人一边装炮弹，一边偷偷把它卸下。老将军也很聪明，开了五六次炮后，他突然让人去数一数炮弹数量。纸里包不住火，这个把戏暴露了。老将军觉得这个恶作剧很逗人，不过依然让所有人吃了处罚。

这群年轻人还时不时去招惹军营里的几个上尉，也许是因为他们不喜欢这几个上尉，又或许是两帮人从前有点过节吧。他们当时的做法是：把这几个人赶出社交圈，给他们下"封杀令"。四五个年轻小伙子天天跟在那几个可怜的"被驱逐者"身后，只要这些人出现在哪个社交圈中，他们必然也在那里。人家刚刚张嘴说话，他们就立刻展开诙谐又不失逻辑的反驳，表面还装出彬彬有礼的样子。最后，可怜的"被驱逐者"别无他法，只好灰溜溜地离开。

拿破仑说："还有一次，有个睡在我上铺的战友，他特别喜欢吹号角，那声音震耳欲聋，让人根本干不了别的事。有一天，我在楼梯口碰到了他。

"我说：'老兄，您已经把那号角吹烦了吧？'

"怎么会呢，完全没有。

"好吧，那您也把其他人给弄烦了！

"您这么说我挺生气的。

"可您最好也找个远点儿的地方吹啊。

"我在自己的房间里做什么事，别人管不着。

"谁都不能对此提出疑问吗？

"我不觉得谁有这么大的胆子。

"于是我们俩结下梁子，差点儿决斗。这时，部队的理事会对此事做了调查，[88]宣布以后吹号角的那个人要去远点儿的地方吹，另一个人也应该多多忍让一下。"

在1814年的法国本土战争中，在苏瓦松或者拉昂的某个城市附近，皇帝又遇到了这位号角手。此人住在自己的庄园里，前来为他提供敌方阵地的相关重要情报。皇帝把他留了下来，让他当了自己的副官。他，便是比西上校。

待在炮兵队的这段时期，拿破仑广交朋友，很受社交圈的欢迎。当时，男人的思想是女人最看重的东西，也是俘获芳心的最大武器。那个时候，皇帝来了一次从瓦朗斯到勃艮第塞尼山的旅行。他称此次出游为"情感之旅"，还打算效仿斯特恩，把它写下来。好友德斯马济和他同行，当时两人关系亲密到几乎形影不离的地步。德斯马济曾出版了一本讲述拿破仑私人生活的书，在书中描述了皇帝私下里的样子。如果把德斯马济笔下的拿破仑和他的公众形象结合起来，人们会更加了解他的整个人生。我们也会发现，拿破仑虽然一生跌宕起伏，可我们若真的了解了他的人生事迹，会发现他不过是一个再简单随性不过的人。

拿破仑的性格当然也受到了环境和自省的极大影响。他原本说话不像现在这么简短精悍，而是追求华丽繁复的辞藻。但从立法议会时期开始，拿破仑变得沉稳持重，也不太爱多说话了。统率意大利军期间，他的性子又得到进一步的打磨。由于年纪轻轻就当上了总司令，拿破仑为了服众，在言谈举止上变得格外审慎严肃。他说："为了镇住那群年纪比我大的人，我必须如此。我也必须在行为上做出示范，让人挑不出一丝毛病来。当时的我就像加图一样，大概我在所有人眼中就是加图的样子；我几乎成了一个哲人，一个贤者。"他便以这样的面目，登上了世界的舞台。

法国大革命爆发时，拿破仑正在瓦朗斯驻军部队中。过了没多久，就有人开始不遗余力地劝说炮兵队军官流亡国外，军官内部对此也是意见各异、莫衷一是。拿破仑深受时代思想的熏陶，从心底渴望干出一番伟业来，又迫切地渴望为国家争得荣誉，所以他选择了大革命这个阵营。他的这个决定影响了军营里大部分人。[89]制宪议会期间，拿破仑成了一个狂热的革命党人，但他的思想观点应该是在立法议会期间被定型的。

1792年6月21日①，拿破仑人在巴黎，在临水露台上亲眼见证了骚乱的群众穿过杜伊勒里花园、闯进宫中的情形。当时参与的民众只有6000人，乌泱泱地乱成一片。从其言语和打扮来看，他们就是一群最底层、最下贱的群氓。②拿破仑还见证了8月10日事件，参与此事的都是一群最

---

① 拉斯卡斯指的是"6月20日"。他显然并不太熟悉法国大革命年历。
② 那天，布里安正好和波拿巴一起在罗亚尔宫附近的一个饭店里吃饭。他在自己的回忆录中说，拿破仑发现一大群示威群众经过，就跟他说："我们跟着这群流氓，看看他们要干吗。"之后，他通过宫殿的一扇窗户，看到国王也戴上了红色弗里吉亚帽，失声（转下页）

可怕、最暴虐的攻击者。①

1793年，拿破仑回到科西嘉岛，在那里指挥一支国民自卫军。②他怀疑保利意图将科西嘉岛卖给英国，于是起身反抗他，虽然自己先前对这位老人无比敬仰。所以，但凡有传闻称拿破仑或他的任何一个家人先前去过英国，它肯定是谎言。还有一个广泛流传的谣传，声称拿破仑曾提议组织一支科西嘉军队为英国卖命，这当然更是荒谬得离谱。

英国人和保利把他赶出了科西嘉爱国派，把阿雅克肖化为焦土。波拿巴家族的房屋被烧毁，全家人不得不前往大陆寻一个安身之所。后来，他们在马赛定居下来，拿破仑从该城去了巴黎。当时，正是马赛联盟派打算把土伦交到英国人手中的时候。

喊道："蠢货！怎么能让这群流氓进去呢？直接用大炮干掉四五百人，剩下的自然会落荒而逃！"（《布里安回忆录》第一卷第49页）塞居尔伯爵在回忆录中谈起此事时，也说拿破仑有过类似言论，并称这得到了自己父亲的证实。塞居尔伯爵的父亲回忆道，拿破仑曾大声跟他说："懦夫！对付这群流氓，就该用大炮清除掉四五百人，剩下的自然会落荒而逃。"（《塞居尔回忆录》第一卷第89页）布里安这话大约写于1825年，塞居尔的记叙则晚于布里安几年。除了参考此二人的事后记录，我们也可看看拿破仑本人在事发两天后写下的内容。1792年6月22日，他给哥哥约瑟夫写信说："前天，七八千人手持长矛、斧头、刀剑、手枪、铁钎、削尖了的木棍，来到议会门口举行请愿活动，又从那里来到国王王宫。杜伊勒里花园全部封闭，1.5万名国民自卫军守在那里。他们从下面推开门，闯进宫中，用大炮对准国王寝殿，把四扇大门推倒在地，交给国王两枚帽徽，一枚是白色的，一枚是三色的。他们跟他说：'挑吧，要么在这里统治国家，要么去科布伦茨。'国王很识时务，戴上了红色弗里吉亚帽，王后和王太子也跟着这么做了。他们为国王干杯，他们在皇宫里待了四个多小时（又是'他们'；布里安和塞居尔笔下反复出现的'流氓'这个词，在拿破仑写给哥哥的这封信中却完全消失了；然而，波拿巴给哥哥写信时，从来都是有什么就说什么）。此事为斐扬派的贵族宣言提供了大量素材。不过毫无疑问，这一切都是不合宪法的，而且他们做了非常危险的示范。"此文被弗雷德里克·马松收录在《扬名前的拿破仑》（Frédéric Masson, *Napoléon inconnu*）第二卷第393页。

① 这里说的是《拿破仑圣赫勒拿岛回忆录》中花了长文描写的八月十日事件。
② 请看许凯的《青少年时期的波拿巴》第三卷第25~152页内容，另可补充参考一下米蒂尔的《阿雅克肖的拿破仑》（Mirtil, *Napoléon d'Ajaccio*）。

佛得角群岛——一些小事—土伦之战中的拿破仑—杜洛克和朱诺开始崭露头角—和国民特使代表的争执—和奥布里的矛盾—葡月事件中的一些小事—拿破仑成为意大利军总司令—廉洁治军—大公无私—他为什么被称为"小伍长"—督政府和意大利军总司令之间的思想分歧

9月1—6日，星期五至星期三

9月1日，根据纬度，我们白天就可以看到佛得角群岛了，但地平线尽头仍是一片汪洋；直到晚上，我们依然什么都没看到。上将觉得我们把纬度弄错了，打算向右朝西航行，看能不能找到群岛。此时舰队前方的一艘双桅帆船打出信号，告诉我们佛得角群岛就在我们的左手边。[90]当夜，海上西南方向起了一场暴风雨。要是我们当时搞错，走了相反方向，要是上将当真向右航行，那我们很可能已经葬身海底了。此事证明，虽然我们在科学技术上取得了巨大进步，可运气仍是非常重要的。当时风高浪急，上将想继续航行，而不是原地休整、让船吃水，因为吃水量已经够了。从一切迹象来看，我们这一路很是顺畅，走得比预想中的要快得多。接下来仍是航海的好日子，一路上天朗气清。我们甚至可以说，这是一趟愉快的海上之行——如果我们是依照自己的想法和心情开始此次航行的话。然而，我们怎能忘掉自己的痛苦，怎能不去想我们的未来呢？

唯有工作才能打发漫长而无聊的日子。我打算教儿子英语，并无意中跟皇帝提起儿子的学习进度；皇帝听了，表示也想跟着学。我绞尽脑汁，给他想出一套学习方法，还画了一幅非常简单的图画，以应对学习中的各种无聊。这套办法在头两三天里很管用，可是学习终归是枯燥的，而且其程度不亚于我们要对付的一日复一日的无聊。所以，英语学习很快就被丢到了一边。皇帝好几次责备我没有继续教课，我回答：我已经把药都准备好了，只要他愿意硬着头皮将其吞下。另外，皇帝的行为方式、生活习惯仍和从前毫无区别，在英国人面前时更是如此。他从没有任何抱怨，没有表达过任何诉求，永远一副沉着冷静、无喜无悲的样子，对什么事都持无所谓的态度。

我觉得，才上路的时候，上将对我们的确严加防范，但他的戒备在不知不觉中被瓦解，对自己这个囚徒越来越关心。离开餐厅的时候，他会提醒皇帝外面地湿路滑；皇帝有时候会拉着他的手，延长两人的交谈时间，此举似乎让乔治·科伯恩爵士很是高兴，因为他看上去有些受宠若惊的样子。有人言辞确凿地告诉我，上将曾把他知道的一切都悉心记了下来。如果此事为真，那就好了！皇帝有一天曾在餐桌上发表了和海军有关的观点，谈起了他已经创立和尚在构思中的法国南部海上资源，并对地中海各个港口和锚地发表了意见。91当时上将听得津津有味，生怕有人打岔。如果上将当真把它们都记下来了，对一个海兵而言，这会是一份多么珍贵的资料啊。

我再回过头来，讲讲我从日常谈话中整理出的一些小事。现在，我先说说土伦之战吧。

1793年9月，在这个他即将大展身手的世界里，24岁的拿破仑·波拿巴仍是寂寂无闻。他当时是炮兵中校①，几周前刚从科西嘉岛回到巴黎。由于科西嘉岛上的政治气氛，他再难只身对抗保利那派人了。英国人不久前夺下了土伦，法国当局急需一位优秀的炮兵军官来指挥土伦包

---

① 拉斯卡斯这里弄错了。拿破仑当时在炮兵团里才升成上尉；但他在上次暂留科西嘉岛期间，在志愿军的一个营里被选为中校。

围战。①于是，拿破仑被派了过去。②历史就是在那里把他挖掘出来，从此再没放他离开；他就是在那里开始了自己的不朽伟业。

为了弄清拿破仑在土伦之战中采用的进攻方案、为发挥方案的作用而展开的具体操作，我参考了他的对意之战回忆录内容。人们读了后就会发现：拿下土伦的是他，也只有他。土伦之战毫无疑问是一场辉煌的胜利，但我们要想进一步了解这场战役，就应当把进攻计划和撤退计划的会议记录都找出来，仔细研究一番。拿破仑在进攻方案中的预言最后统统成了事实，他的撤兵方案也得到了有条不紊的执行。从那时起，这位年轻炮兵指挥官开始名扬天下。皇帝每每谈起土伦之战，言辞中都充满骄傲，说这是他人生中最幸福的时刻之一。夺下土伦是他取得的第一个成就，让他记忆尤为深刻。说到土伦之战，就不得不提起依次登场的三位总司令，他们分别是愚昧至极的卡尔多、阴郁暴躁的多佩和英勇的迪戈米耶。这里我对这三人先略过不言。

当时正是法国大革命爆发初期，时局动荡，许多人莫名其妙就被迅速升迁了，所以军中行政工作混乱，大家谁也不认识谁。下面这件事，能让人更加了解当时军中的情况和风气。

拿破仑来到司令部后，找到了卡尔多将军。他说，此人盛气凌人，从头到脚打扮得花里胡哨的。他问这位年轻军官来此有何贵干，⁹²拿破仑就一脸谦逊地把派遣信递了过去，上面说要把炮兵团的所有指挥事宜

---

① 当时多玛尔坦将军（Dommartin）在奥利乌勒受伤，需要有人接手他的工作。
② 国民公会特使加斯帕林和萨利切蒂把他们的军队随员——来自科西嘉岛的塞沃尼派到马赛，想找一个炮兵军官。塞沃尼在街上遇到了约瑟夫·波拿巴。这两个科西嘉岛老乡就找到了当时正在俱乐部的拿破仑，把他带到一家咖啡馆里，喝了几杯潘趣酒，波拿巴上尉就接受任命，顶替了多玛尔坦将军。貌似塞沃尼还央求了他一阵子，因为波拿巴对即将成为其上司的卡尔多印象不佳。请看许凯的《青少年时期的波拿巴》第三卷第171页内容。

交给他负责。这个打扮得光鲜亮丽的男人摸着胡子，说："这没有任何意义，因为我们什么都不做，照样可以打下土伦。不过我还是要欢迎您的到来。明天，土伦自会变成一片焦土，而且不劳您亲自动手，您只管坐享其成就好。"然后，他留了拿破仑吃晚饭。

当时桌子上坐了30个人，只有卡尔多将军一人像国王一样坐在那里，让人服侍自己进餐，其他人饿得前胸贴后背，在一边站着。在当时那个讲究平等的时代，这个怪异的场景让我们这位初来乍到的军官大感震惊。第二天早晨天亮时，将军把他叫到自己的马车中，说要带他去欣赏阵地的进攻部署实况。马车翻过一座山岗，来到一处平地。这几人下了马车后，置身于一大片葡萄园中。此时，炮兵指挥官听到几声炮响，大地微微地震了几下。老实说，拿破仑根本猜不着人们在做什么。

将军高傲地问他的一个副官兼心腹："D***[①]，这是我们的大炮吗？"

"是的，将军。"

"我们的炮场呢？"

"那儿，就在不远处。"

"我们的炮弹呢？"

"在边上的小屋里，从早上开始就有两个连在那里忙着把炮弹烧得通红。"

"可我们怎么把这些烫手的炮弹搬过去呢？"

他俩似乎被这个问题彻底难倒了，转头问炮兵军官，根据他的理论知识，他能否拿出一个解决办法。要不是这两人满脸真诚的样子（毕竟当时他们离攻击目标只有不到一里半的距离了），拿破仑还以为这两人

[①] 1823年版本是"杜帕斯"（请看《人名表》），但从1831年版开始，此人名字一律被D***代替。

是在故意捉弄自己呢。于是，他谨慎地选择措辞，婉转而又认真地告诉他们，他们其实可以不用烧红炮弹，直接发出冷弹，以保证其射程。他费了好一番功夫，还小心地提出了"试验性开炮"这个他们中意的技术方案，才让他们接受了自己的观点。于是，人们试验性地拿烧红的炮弹开了一炮，可炮弹射程只有正常的三分之一。[93]将军和他的副官在那里破口大骂，说肯定是马赛人和贵族在炮弹中做了手脚。就在这时，国民特使代表骑马到来，他便是加斯帕林。这是一个很有见识的人，之前也参过军。拿破仑立刻看清形势，当机立断，叫住了国民代表，请他把炮兵团的绝对领导权交给自己，并毫不客气地指出身边这些人的愚昧无知。就这样，他夺下了土伦之战的指挥权，开始了统领军队、征战沙场的一生。

卡尔多极其无知，根本不明白一个道理：攻下土伦的最简单的办法，就是从锚地着手展开进攻。有时候，我们的炮兵指挥官要在地图上解释战略部署，就指着某个地方说土伦就在这里，可卡尔多居然怀疑他地理不好，把土伦的位置弄错了。后来，国民特使代表不顾卡尔多的反对，采取拿破仑的攻击方案。这位将军又开始怀疑出了叛徒，还一再忧虑地说：土伦不在那个地方。

有一天，卡尔多想强迫拿破仑把一组大炮安在一座房子前面，可这栋建筑前根本就没有大炮的活动空间。还有一次，他早晨散步回来，又把这位指挥官叫了过去，跟他说自己发现了一处地方，如果把6~12尊大炮放在那里，攻下土伦指日可待；他说，那是一个小山丘，他已踩好点，我军可在那里同时对土伦城三四个要塞和多个地方发起攻击。拿破仑指出，即便我军可在那里发起多处进攻，可自己也会因此成为被攻打的焦点；到时候，我军的12尊大炮就要和对方的150尊大炮对抗了；任何人只需做一下最简单的减法运算，便可知此计有多凶险。由于他拒绝采纳卡尔多的这个方案，后者大为恼怒。工程兵指挥官被叫来当和事佬，可他也完全赞同炮兵指挥官的意见。卡尔多说，自己拿他们这些有知识的人没有任何办法，因为他们已经抱团，站在旁边看自己笑话。为了避免日后两人再起纠纷，[94]国民代表让卡尔多向炮兵指挥官阐述自己的大体进攻方案，炮兵指挥官再按照自己军队的规矩自行决定细节操作。而卡尔多那个令人记忆深刻的计划是这样的：

"炮兵指挥官连续三日向土伦开炮，三天后，我领兵从三个地方发起攻击，将土伦一举捣毁。"

然而，巴黎工程兵委员会觉得这个方案太过草率，简直视战争为儿戏。加上其他一些原因，卡尔多被召回。我军当时并不缺进攻方案；由于攻打土伦已经成了全社会关心的一件大事，所以各门各派纷纷献策献计。拿破仑说，打包围战期间，他收到了600多份建议书。但不管怎样，拿破仑还是给国民代表加斯帕林看了他的攻打方案。加斯帕林顶住了公会各委员会的反对，土伦最后被攻破。拿破仑对此一直心怀感激，说："是加斯帕林为我的事业打开了大门。"①

卡尔多和拿破仑争执不断，而且在大部分争吵中，卡尔多的妻子都站在旁边。每次，卡尔多夫人都力挺拿破仑，她天真地跟丈夫说："就让这个年轻小伙子放手去做吧；他懂的比你多，因为他从来不咨询你的建议。你还不明白吗？荣誉还是你的。"

卡尔多夫人并不是一个头发长见识短的女人。她随丈夫回到巴黎

---

① 皇帝还在自己的遗嘱中提到了国民代表加斯帕林；他说，加斯帕林对自己的特殊照顾，令他没齿难忘。

他对炮兵学院的长官杜泰伊、土伦之战总司令迪戈米耶也是感激不已，他们先前对自己的关切和照顾，他一直都铭记于心。——辑录者注

后，马赛的雅各宾派为这对已经失势的夫妇举办了一场盛大的欢迎会。在晚宴上，人们谈到那个平步青云的炮兵指挥官，卡尔多夫人说："你们别笑话他，这个年轻人很有头脑，不可能一直都是个无套裤汉。"听闻此话，将军一脸严肃地高声问道："夫人，那我们就是一群笨蛋咯？我们所有人？""不，亲爱的，我不是这个意思；可是……我必须说，他和你们不一样。"

[95]有一天在司令部，一辆豪华马车突然出现在从巴黎过来的路上，马车后面还跟着2、3、4……11、12……十五六辆马车！当时大家都崇尚简单质朴的共和风气，所以看到这个架势，所有人又是震惊，又是好奇，毕竟国王出行都不会有这么大的阵仗呢。所有马车都是从首都那边过来的，大部分是宫廷马车。60多个军人从马车中走出来，他们穿着一身整整齐齐的军装，要求见总司令。他们就像大使一样，一脸高傲地向他走去。为首的一个人说："公民将军，我们来自巴黎，那里的革命党人见您无所作为、办事拖沓，心中很是愤慨。共和国的国土长期遭到侵犯，它在为无人替自己报仇而气得发抖，它在问为什么土伦还没被攻打下来，为什么英国舰船还没被烧毁。震怒之下，它向勇士发出召唤，所以我们来了，我们迫不及待地想要实现它的期许。我们是巴黎志愿军的炮兵，把大炮交给我们，明天我们就要朝敌人扑过去。"对于这番唐突的言辞，将军很是惊讶，转头向旁边的炮兵指挥官求助。拿破仑低声跟他说，明天自己就能帮他摆脱这群狂傲之徒的纠缠。大家对这群人一顿称赞，把他们迎进营中。第二天日出时候，炮兵指挥官拿破仑把他们带到一处沙滩上，给了他们几尊大炮。这些人惊愕地发现自己从头到脚都被暴露在敌军面前，赶紧问附近有没有什么遮蔽物或者护墙。他们得到的回答是：从前是有的，可现在已经不时兴用护墙了，它们全被爱国者

拆了。他们还在那里唠唠叨叨，此时一艘英国护卫舰开了一炮，这些所谓勇士立刻吓得作鸟兽散。军营中全是他们哇呜哇呜的哭喊声，有的人脚底抹油逃走了，还有些人畏畏缩缩地躲在后面。

当时，全军上下毫无秩序，如同一盘散沙。拿破仑说："总司令身边那个挑事者①没有任何能力，还天天装出忙个不停的样子。他总来炮场和炮台找炮兵们的麻烦。有一次，我们以为可以轻轻松松把他甩开，对他百般揶揄，可气氛越来越紧张，最后大家气得昏了头。这时，他突然摆出平素自信满满的样子，在那里发号施令，问东问西。我们粗野地答了他几句话，然后开始扯着嗓子指桑骂槐。两方吵成一团，几乎到了剑拔弩张的地步。所有人都在高喊他是贵族，威胁要把他吊死在灯柱子上。人们还果真搬来了两根灯柱，此人立刻骑马逃走，再没出现在炮场上。"

炮兵指挥官在军中忙个不停，人们在哪里都能看到他的身影。他的果敢和才识迅速俘虏了全军上下。每次遇到敌军试图出城或守军必须迅速采取行动的情况，各分遣队的队长都说："去找炮兵指挥官，问他我们应该怎么做；他比任何人都更清楚当地情况。"所有人都一致赞同这个做法，没人提出任何异议。拿破仑在战场上毫不顾及自身安危，他的战马死了好几匹，自己左大腿也曾被一个英国人刺伤，伤势一度严重到差点儿截肢的地步。

有一天，炮台上的一个装炮手在战斗中牺牲，拿破仑直接拿起送炮棍，亲手发了十几炮。几天后，他浑身上下得了恶性疥疮，人们怎么也想不通他从何处染上这个病。后来他的副官缪伦才发现，死去的那个装炮手也患有此病。仗着自己年轻，再加上事务繁忙，这位炮兵指挥官只

---

① 1823年版本为"杜帕斯这个挑事者"。

随便处理了一下病患处就返回战场，最后疥疮自己就好了。然而，疥疮引起的毒症已经深入体内。之后很长一段时间里，这个疾病一直在损伤他的身体，甚至一度差点儿让他丧命。从那时起，这位后来的意大利军及埃及军总司令都是一副瘦削、孱弱、一脸病色的样子。①

直到后来，他住进了杜伊勒里宫，科尔维沙给他开了许多专门的胸部发疱药，他才完全恢复健康。从那时起，他渐渐长胖，变成后来人们眼中的那副模样。

拿破仑作为一位小小的土伦炮兵团指挥官，直到包围战接近尾声的时候才成为总司令。在攻打小直布罗陀的那天，已把此次行动拖了好几天的迪戈米耶将军还想再延迟一日发起进攻。下午三四点，国民代表派人找到了拿破仑。他们对迪戈米耶本就不满，此刻他推迟进攻，更是惹得他们大怒，于是他们要找人把他替换掉，便选中了炮兵团指挥官。拿破仑婉言谢绝，前去找到将军。他非常尊敬和爱戴迪戈米耶，向他指出当前的局势，促使他决心发动攻击。晚上八九点，所有人摩拳擦掌，正要发动攻击，此时又生意外：国民代表突然叫停进攻行动。可迪戈米耶听了炮兵指挥官的劝告，坚持按原计划发起了攻击。当初此战若是失败了，他定会万劫不复、人头不保。毕竟在当时，人们就认"成王败寇"这个道理。

---

① 古尔戈在1817年1月28日的日记中（当时拉斯卡斯已经离开），记下了拿破仑的这番话："疥疮病是个很可怕的疾病；我在围攻土伦期间得过这种病。当时两个炮手患有此病，他们死在我面前，血溅得我一身都是。此病很难调养好，我在意大利军和埃及军中的时候饱受其折磨。回到法国后，科尔维沙给我在胸部敷了三次发疱药，才把它根治了，让我一下子健康起来。我年轻时身体瘦弱，之后身体一直都挺好的。"马塞尔·杜南参考了布里斯医生的《拿破仑的秘密》（Brice, *Le secret de Napoléon*）第138页内容，对拿破仑在土伦之战期间"毫无诗意"地患上疥疮病的这一"英雄式的原因"提出怀疑。（《圣赫勒拿岛回忆录》批注版第一卷第115页，注释3）

因为土伦之战，巴黎委员会在炮兵处发现了不少评价他的话，人们开始留意这个年轻人了。拿破仑虽然年纪轻轻、军衔不高，可他刚在巴黎登场，就成了众人关注的焦点。在众人迷茫的那个时候，拿破仑凭借自己的学识、活力和坚忍不拔的品格脱颖而出，这是再自然不过的事。虽然他的名字在陈述报告中鲜被提及，可实际上是他攻下了土伦。当全军上下想都不敢想自己能拿下土伦时，他已经掌控了这座城市。夺下小直布罗陀之后（他认为攻下此地是整场战争的转折点，意味着战争即将结束），年事已高的迪戈米耶当时深感疲乏，拿破仑就跟他说："您休息去吧，我们定会夺下土伦，您后天就可以在城里睡觉了。"后来，土伦之战圆满结束，迪戈米耶回顾当初这位年轻炮兵指挥官跟自己说的一切，发现他说的每句话都变成了现实，一下子又是钦佩又是欣喜，为他说了许多好话。我们也在当时的一些文件中找到了他对拿破仑的称赞之词。他告诉巴黎委员会，说他身边有个值得留意的年轻人，无论此人站在哪一边，都必然会对当前的局势产生巨大影响。后来，迪戈米耶被派到东比利牛斯军中。他本想把这个年轻炮兵指挥官也带走，最终却没有成功。尽管如此，他一直都念叨着拿破仑。法西两国签订和约后，东比利牛斯军被派去增援意大利军。没过多久，拿破仑成了意大利军总司令。他抵达军中后发现，要不是迪戈米耶先前替他说话，自己身边那一大帮军官根本不会拿正眼瞧他。

[98]拿破仑虽然在土伦取胜，但他自己并没为这次成功感到喜出望外。他说，他的确高兴，但没因此得意忘形。土伦之战后的第二年，他被派到了索尔日，在那里依然表现出色，短短几日就做成了别人两年竭力都没做成的事。后来皇帝说："葡月事件，甚至是蒙特诺特战役，都没让我生出自己是人上人的感觉；直到洛迪之战以后，我才惊讶地发现：我居然可以登上政治舞台，扮演一个关键角色。直到那时，我的雄心才

第一次被激起火花。"不过他记得很清楚，葡月事件之后，当时担任内防军总司令的他制订了一个作战方案，却因为西梅林那边达成和解而被叫停；可没过多久，他在莱奥本实践了这个方案。人们说不定还能在某个部门的档案室里发现这份方案的相关文件呢。

那个时候，豺狼横行，土伦城墙下更是如此。那里聚集了附近地区的民众协会的200多个代表，煽动人们干了许多残暴的事。因为他们，土伦发生了许多连军人都看不下去的流血事件。后来拿破仑成了大人物，有人开始给他泼污水，荒谬地声称这些事都是他干的。皇帝只说："回应此事无异于自降身份。"实际上，拿破仑当时利用自己在部队、港口和土伦军火库那边的威信，救下了不少不幸的流亡贵族，其中还有夏布里朗家族的人。按照当时的法律，流亡贵族如果返回法国，会被立刻处死。这些人无力地辩解，说自己只是凑巧回来，绝非有意为之，恳请人们大发慈悲，放他们离开。谁都不信他们这番话，要立刻取了他们的性命。是我们这位炮兵团的将军冒着危险把他们救了下来，并借口要把相关物资送往外省，把他们藏在一辆送货的军需车（或是一艘军需船）中，将他们送了出去。他登基称帝以后，这些人对他的救命之恩感激不尽，[99]说终身都会铭记这份恩情。①

拿破仑一当上土伦的炮兵团指挥官，就立刻利用职权，把一大批由于出身或政见问题而被排斥的战友召回军中。他推荐加森迪上校，让他当上马赛军火库主管。我们都知道此人做事是多么一板一眼，他因此多次遭遇生命危险，多亏拿破仑屡屡及时出手相救，才让他没有成为愤怒暴乱者的牺牲品。

---

① 此事有许多当事人为证，它不仅千真万确地发生过，而且这些被救者还提供了更多详细的信息，而拿破仑在谈话中似乎把它给忘了，对此事只字未提。——辑录者注

拿破仑本人也不止一次身陷险境，遭到革命派刽子手的威胁。每次他安装新炮座，炮场上就聚集起了一大群爱国派代表，恳请他用他们的名字为大炮命名，拿破仑便把其中一尊大炮命名为"南方爱国派"。就因为这件事，他遭到联盟派的告发和控诉。要不是他在军中颇有威望，他早就被逮捕了（那时候，逮捕就意味着没命）。当时那风声鹤唳的恐怖环境，用笔墨也难以描述一二。皇帝有一次跟我们说，他在负责加强马赛海岸沿线防御期间，曾亲眼见证了一个叫乌格斯的商人遭到怎样可怕的审判。乌格斯当时已经84岁，双耳全聋，双目几乎失明，却仍被那些残酷的刽子手认定犯了阴谋罪。可他真正的罪过，不过是有1800多万法郎的家产罢了。乌格斯摸摸索索地走上法庭，表示愿意把自己的所有财产捐出来，请人们给他留50万法郎的养老钱就行，反正他也活不了多久了。然而没用，他还是被斩首了。皇帝说："看到此情此景，我真觉得世界末日到了！"每次说到那些匪夷所思、令人愤慨乃至发指的事情时，他都会发出这句感慨，而这群代表就是这些暴行的始作俑者。

皇帝还还了罗伯斯庇尔的清白，说他曾读过罗伯斯庇尔写给弟弟、当时被派到南方军的国民特使代表——小罗伯斯庇尔的信，[100]信中罗伯斯庇尔严厉抨击了这些过激行为，说它们抹黑了大革命，还会扼杀大革命。①

拿破仑在攻打土伦期间，和几个人非常要好（这些人后来都成为人们口口相传的大人物）。他在炮兵队末等兵中提拔了一个年轻军官，此人乍一看无甚出奇之处，后来却为他立下了汗马功劳，他就是杜洛克。杜洛克看上去极不讨人喜欢，实际上稳重踏实，是个可造之才。他爱

---

① 我们并未找到这些信。

戴皇帝，正直向善，善于直言进谏。后来，他被封为弗留利公爵和大元帅。皇宫在他的治理下，变得井井有条、规规矩矩。杜洛克死后，皇帝如断臂膀，许多人也有此感。皇帝跟我说过，和他最亲近、得到他全部信任的，只有杜洛克一人而已。

拿破仑到达土伦后，为抵抗英国人而开始修建炮台。有一次在阵地上，他问谁会写字。这时有人出列，靠着护墙记下他的口述。信件刚刚写完，一枚炮弹就打了过来，把信纸上弄得全是泥土。这位书记官说："饶了我吧，我写字用不着土啊。"此人身处险境却不改颜色，甚至还有心思开玩笑，于是吸引了拿破仑的注意力。就这样，这个中士开始走运了。他就是朱诺，也就是后来的阿布朗蒂斯公爵、骠骑兵上将、葡萄牙军指挥官、伊利里亚总督。他在伊利里亚时患上精神错乱症，回到法国后病情日益严重，甚至出现自残行为。由于精神病严重损害了他的身体和精神健康，他很快就离开了人世。

后来，拿破仑成为炮兵团将领，在意大利军中指挥炮兵，迅速在军中树立起了威信——就如当初在土伦一样。然而，其间并非一帆风顺、毫无危险。他在尼斯时因为不肯屈服于国民代表拉波特，后者下令把他逮捕了。还有一次，另一个国民代表甚至剥夺了他受法律保护的权利，只因为他不肯把自己炮兵队的所有马匹交出去替驿站送信。甚至有一次，因为一道法令没被执行，他就被召到公会面前，[101]要对与马赛防御工事相关的某些军事行动做出解释。

在尼斯军和意大利军中的时候，他深得国民特使代表小罗伯斯庇尔的欣赏。他认为后者在许多地方很不同于他的哥哥，虽然他从未见过罗伯斯庇尔。热月九日前不久，小罗伯斯庇尔被他的哥哥召回巴黎，他动用一切手段，想说服拿破仑跟自己一道走。后来拿破仑说："要是当初我没有拒绝他的一番美意,迈出这一步后,谁知道我会走向哪里,又会是怎样一番际遇呢?"

当时尼斯军队中还有一个无名的国民代表,他有个妻子,生得美貌如花、楚楚动人,经常参与甚至指导丈夫的工作。这位夫人是凡尔赛人。①夫妇俩非常喜欢拿破仑这个炮兵指挥官,给予了他无微不至的照顾。拿破仑说:"这给我带来了巨大的好处,因为在那个法律缺失抑或说是法律失效的年代里,国民特使代表才是真正的权力者。"这位国民代表和其他人一道,在那场葡月危机中向公会力荐拿破仑。不过也因为这位年轻将军性格出挑、能力出众,才给他留下了如此深刻的印象。

皇帝回忆说,当上一国之主后,有一天,他和这位故人——美丽的尼斯特使代表夫人重逢了。她已变得面目全非,几乎叫人不敢相认。她的丈夫已经去世,自己一人孀居,生活贫困潦倒。皇帝满足了她提出的一切要求。他说,她的所有心愿,甚至包括那些她想都不敢想的愿望,他都统统帮她实现了。这位夫人虽然一直住在凡尔赛,却在好多年后才能见到他。为了见他,她还写了无数封信和请愿书,到处找人牵线帮忙,白费了许多心力。皇帝说,见到君主是多么困难的一件事啊,哪怕君主本身并不拒绝相见。有一天,他去凡尔赛打猎,无意中提到了这位夫人。也住在凡尔赛的贝尔蒂埃恰巧当初也认识这位夫人,但先前一直不敢在他面前提到她,更不敢把她的请愿书送上来。听了皇帝的话,贝尔蒂埃第二天就把她带了过来。皇帝问她:"您既然认识我们尼斯军中的许多旧人,为什么不早点请他们帮忙,前来见我呢?[102]当时尼斯军的许多人现在和我一直都有联系啊。"

---

① 这里说的就是公会成员图罗。图罗夫人当时23岁,是军医高蒂尔的女儿。(请看《人名表》)

这位夫人答道："唉，陛下！我已是一个毫无价值的小人物，他们飞黄腾达后，我们之间就再无往来了。"

有一天，皇帝跟我谈起了和这位故人相关的几件事。他说："那时我非常年轻，侥幸小有成就，自己对此很是沾沾自喜。我渴望吸引她的注意力，让她认可自己的成功。下面件事会让您发现滥用权力的后果，以及人的命运被什么决定：说到底，我不是一个比任何人都要坏的恶人。有一天，我和特使代表夫人一道散步，顺便在滕达山口附近视察阵地。我突然心血来潮，想给她展示一下我们是怎么打仗的。于是，我下令军队发起进攻。没错，我们最后赢了，但此次进攻纯粹是突发奇想，还导致几个人长眠此地。后来我一想到这件事，心中就很是自责。"①

热月事件后，公会委员会内部人员巨变，前炮兵团上尉奥布里成了战争委员会的领袖，开始大刀阔斧地改革军队。不过他也有私心：他自己当上了炮兵将军，把自己许多旧友提拔上来，却损害了低级军官的利益。刚满25岁的拿破仑成了步兵指挥官，被派到旺代战场上。拿破仑离开意大利军，找到奥布里，对这个怎么看都有失妥当的人事变动决定提出了激烈的抗议。奥布里态度强硬，甚至对拿破仑这番义正词严的申诉大感恼火。见此情形，拿破仑递交了辞呈。②但没过多久，就在凯勒曼战场失利的时候，拿破仑立刻被军事行动委员会起用。③这个委员会负责制

---

① 请看布维耶1900年7—8月出版的《记忆与回忆录》（*Souvenirs et Mémoires*）第五卷的《拿破仑的一段爱情》（Bouvier, *Un amour de Néapoléon*）。

② 此处记录不实。共和三年果月二十九日（1795年9月15日），公安委员会发布一道法令，宣布："由于拒绝前往指派给他的岗位，波拿巴旅长从现役军官名单中被除名。"

③ 波拿巴并非"立刻"得到起用。布里安在回忆录中说："在一段时间里，他什么也没做成，所有计划都没成功，人们根本不听他提的任何方案。"那时，他甚至生出离开法国、为苏丹效劳的想法。

订许多军事行动方案和作战方针。他便是在那里被人挑中，在葡月十三日去执行任务。

在拿破仑和奥布里的这场争执中，两人大吵了一架。拿破仑毫不让步，是因为他是占理一方；奥布里固执己见，是因为他手握大权。[103]奥布里说拿破仑太年轻了，应该多历练历练，成为一员老将；拿破仑则反驳说，人到了战场上就会迅速变得老练，他已经经过战场的磨炼了，而奥布里还从未见过开炮的场景呢。两人在那里吵得不可开交。

我告诉皇帝，我从国外流亡回来后的很长一段时间里，曾频频出入圣弗洛朗坦街的一个沙龙聚会，在沙龙中无数次听人讲述他和奥布里此次闹翻的场景。其实讲述者都是他的仇敌，但他们绘声绘色地描绘着此事的个中细节，仿佛自己当时就在现场似的，其口述翔实得就像检察官报告一样，连当事人说某句话时是什么动作、什么语气都没漏过。

接下来，便是对大革命和拿破仑的命运均有深远意义的著名的葡月事件。我们可以从他的讲述中发现一件事：拿破仑在扛起保护国民公会的重任之前，曾犹豫了一段时间。①

葡月事件发生后的当天晚上，拿破仑来到常驻杜伊勒里宫的四十人委员会，想为默东申请一批迫击炮和弹药。委员会主席康巴塞雷斯非常谨慎，哪怕白天的那场危机才刚过去，也不愿签署发放军需品的命令，只肯提议将这批物资交由将军处置。

葡月十三日后，担任巴黎内防军司令期间，拿破仑要应付的最大难题，就是引发了多场暴动的大饥荒。有一天，粮食短缺了，大批群众聚集在面包店门口。当时拿破仑带着他的一个参谋官出来视察公共治安，

---

① 请看第三卷的葡月事件。——辑录者注

恰好经过此地,一下车就被一大群暴民包围了。暴民中大部分都是女人,她们推搡着他,高声喊着要面包。堵在那里的人越来越多,对他们各种威胁,气氛变得紧张起来。人群中有个身材异常肥胖的女人,在那里大喊大叫,撒泼打滚,指着这两个军官的鼻子大骂:"你们就是一群戴着肩章的奸商,根本不把我们放在眼里;[104]你们只管自己吃好喝好,根本不理会快要饿死了的穷苦人民。"拿破仑质问她:"好心肠的大婶儿,你看清楚了,我们俩到底谁更胖一点儿?"当时非常瘦弱的拿破仑还说:"和你一比,我薄得像一张羊皮纸。"此话把众人都逗笑了,大家各自散去。之后,拿破仑和他的参谋官继续赶路。

葡月事件的那段回忆录,让我们知道拿破仑是如何认识博阿尔内夫人[①]、两人又是如何成婚的(在当今许多作品中,此事一直被扭曲得面目全非)。他才认识博阿尔内夫人,就几乎每晚都要去她家做客。当时,许多社会名流都在博阿尔内夫人家中出没。夜深了,许多人纷纷告辞,只有大侍卫的父亲蒙泰斯鸠、以风度和才识所著称的尼维尔内公爵和其他一些人还留在那里。[②]他们有时会起身检查所有门窗是否紧锁,然后说:"我们坐下来聊一聊旧王朝吧,我们去凡尔赛转一转吧。"

当时的共和国一穷二白,现银短缺。波拿巴将军离开巴黎前往意大利军的时候,他和督政府想尽办法,也只筹到了2000路易装车带走。他就带着这笔钱,开始了征服意大利、主宰世界的旅程。说到这里,我要提一件很有意思的小事:总司令到达位于尼斯的意大利军司令部后,让贝尔蒂埃签署了一道军令,向众将发放了总额4路易的现金,以鼓励他们继续作战。这在当时已算很大一笔钱,因为人们很久都没见过现银了。

---

① 请看葡月事件那一章内容。——辑录者注
② 请看马松的《约瑟芬·德·波拿巴》第263~265页内容。

这4个路易的故事，比其他好几卷长的著作更入木三分地揭露了当时残酷严峻的形势。

拿破仑一到意大利军，就立刻表现出统帅之才。从那一刻起，他站上了世界舞台，让整个欧洲为之注目。他如同一颗灿烂的流星，一下子撕破了天幕，成了所有目光、所有思想、所有谈话的关注焦点。从那一时刻起，[105]所有报纸、书籍和纪念碑上都记载着他的功绩[①]，每张纸上都印着他的名字，每个人的嘴里都念叨着他的姓氏。

他横空出世后，其习惯、行为、言语也发生了彻底的转变。德克莱斯经常跟我说，他在土伦得知拿破仑被任命为意大利军总司令这个消息。他先前在巴黎和拿破仑经常碰面，和他非常熟悉，"所以，得知这位新上任的将军要经过该城时，我立刻跟我的所有战友打包票，说要把他们介绍给他认识，向他们炫耀我和他的交情。我满心欢喜，焦急难耐地去找他，客厅大门打开后，我正打算扑过去，如从前一样亲密地拥抱他，可他从态度、眼神和语气上制止了我。其实他没有表示出一丝轻

---

①

皇帝生平概述

1769年8月15日	出生
1779年	进入布里埃纳军校
1784年	进入巴黎军校
1787年9月1日	在拉费尔第一炮兵团中当上少尉
1792年2月6日	当上上尉
1793年10月19日	担任营长
1794年2月6日	担任旅长
1795年10月16日	担任师长
1795年10月26日	担任内防军总司令
1796年2月23日	担任意大利军总司令
1799年12月13日	担任第一执政官

（转下页）

鄙，可从那一刻起我就知道，我们俩之间已经隔着一条我再也别想跨越的鸿沟了。"

拿破仑当上将军后，在治军上表现得十分老练、坚韧和清廉。他非常痛恨侵吞公款的行为，从不考虑个人利益。他曾告诉我们："我从意大利军回来后，身上只带着30万法郎，虽然我只需动动指头，就可让1000多万法郎滚进我的荷包，¹⁰⁶把它变成自己的私有财产。我从未交过账本，从来也没人问我要过账本。我以为，回来后国家会重重地奖励我。当时大家都说，政府要把香波堡赏给我——我对这种赏赐是来者不拒的，然而督政府打消了我的美梦。尽管如此，我还是把至少5000万法郎押回法国，交给国家处置。一支军队不仅没花国家一分钱，反而给它赚了好多钱，我想，这在现代历史中算是首例吧。"

拿破仑和摩德纳公爵谈判期间，有一天，与他素来不和的政府专员萨利切蒂突然来到他的军营里。他跟拿破仑说："公爵的弟弟埃斯泰骑士带着装满四个柜子的400万金币，现在就在外面。他代表他的哥哥，恳请您接受这笔钱。我则想给您提个建议。我也是法国人，知道您的家庭状况，也知道督政府和立法院从来没替您着想过。这些钱全是您的，您就偷偷地、放心地接受吧；您只需把公爵的战争赔款金额略降一降就行了。能有您这样的保护人，公爵也会非常高兴的。"

拿破仑冷淡地回答："谢谢您的一番美意。我不想为了这笔钱而被摩

1802年8月2日	担任终身执政官
1804年5月18日	登基称帝
1804年12月2日	加冕
1814年4月11日	在枫丹白露第一次退位
1815年3月20日	夺回王位
1815年6月21日	在爱丽舍宫第二次退位

德纳公爵拿捏。我想保持自己的自由。"①

意大利军的一个行政官员经常说，他也曾见过类似的事。当时威尼斯政府想花钱免灾，便给拿破仑送了700万金币，可他居然断然拒绝了。

皇帝笑话这个管财务的官员大惊小怪：自己的将军不过拒绝了一笔钱，居然就被他认为是一件多么非凡、多么难能可贵的事，甚至觉得此举比打下一场仗还要难。对于这类讲述他如何大公无私的逸事，皇帝从来都是笑一笑表示赞同。不过他也说了，不管他以后想当一呼百应的党派领袖，还是只想当个普通人，他当时的做法其实都是错的，失了远见；因为他回来后依然过着贫穷的苦日子，说不定要继续穷下去，而他手下最末等的将士和财务官都趁机狠狠赚了一笔。但他还说过："不过话说回来，如果这个财务官看到我接受了那笔钱，天知道他会侵吞公款到什么地步。至少，我的拒绝遏制了他的贪欲。"

"后来我当上执政官，成为国家领导人，那时我必须拿出大公无私、严于律己的作风，才能改变政府风气，遏制督政府时期非常严重的贪污公款的现象。我费了很大功夫，才治好了国家要员身上的各种流弊。如人们后来看到的那样，他们都以我为榜样，变得清正廉洁起来。我还得时不时地敲打他们，在各个会议中反复强调：哪怕自己的兄弟犯了错误，我都会毫不留情地把他抓起来。"

当时他可谓坐拥天下财富，却比谁都更克己自制。拿破仑说，他单在杜伊勒里宫的地下室里就放了4亿法郎的现金。他有着广袤的封地，价值

---

① 关于摩德纳公爵和萨利切蒂的这件事，我们可参看当时正担任意大利军秘书处处长的副官长劳德柳的回忆录（*Mémoires de Laudrieux*）第一卷第90页注释1，另外还可看戈德肖的《督政府时期的军队特使》（Godechot, *Les commissaires aux armées sous le Directoire*）第一卷第426~429页，不过戈德肖似乎不知道《拿破仑圣赫勒拿岛回忆录》中的这段内容。

高达7亿法郎。他说,他在军队身上投了5个多亿。可令人敬佩的是,这个财富遍布天下的人居然从来没有任何个人资产!他把无数价值连城的艺术珍宝送给博物馆,自己家里却从来没有一幅名画、一件珍品!

从意大利回来后,在去埃及之前,他耗尽所有,买下了马尔梅松。他是以妻子的名义买下这块地的,而后者比他要年长几岁,要是她先走一步,他就一无所有了。他自己也说过,他没有什么财富观,从来不追求金钱;他一直都没有钱,也从未想过去赚钱。

他还说:"即便我现在手上有点儿钱①,[108]但它该怎么花,这取决于我那个远在天边的保管人。即便如此,我也敢把脑袋放在刀片上说,我在世上别无一物。此外,每个人都有各自的想法;我喜欢建功立业,他喜欢赚钱发家。在我看来,我的财产就是荣誉和名声:为人民修建的辛普朗道路,向外国人开放的卢浮宫,这些东西在我眼中不是我的私人

---

① 他存在拉菲特家族那里的财产。

皇帝第二次退位时,一个非常爱戴他、知道他在金钱上向来没有打算的人,跑来问人们是否采取了某些措施,以保障他的将来。当时谁都没考虑到这一层,拿破仑更是想都没想过这方面的事。要解决这个问题,就需要找一些绝对信得过的人来帮忙。总之,人们最后为他备下了四五百万法郎,由拉菲特代为保管。

离开马尔梅松的时候,拿破仑的许多挚友对他非常关心,为他帮了许多忙。其中一个朋友看到我们当时乱七八糟的情况,于是亲自打点各项事宜,以确保人们做好了万全的准备。他非常吃惊地发现,一辆装满物资的马车竟被人大意遗忘在马尔梅松的一间车库里。人们想把马车取出来,可钥匙又找不到了。这个麻烦事耗去许多时间,我们的行程也因此被耽搁了一下。

拉菲特当时来到马尔梅松,把财产委托收据交给皇帝,可拿破仑根本不想拿,跟他说:"我了解您,拉菲特先生,我知道您一点儿也不喜欢我的政府,但我相信您是一个正直的人。"

此外,拉菲特似乎命中注定要扮演落难君主的财产托管人似的。路易十八离开巴黎逃往根特的时候,也把数量不菲的一笔钱交给他保管。3月20日,拿破仑回到巴黎,把拉菲特召了过来,过问路易十八这笔钱的下落。拉菲特也没有否认,但害怕自己会惹来皇帝一顿责备。皇帝却回答说:"完全不会,这笔钱是国王的个人财产,与家事和政事是不沾边的。"*——辑录者注

*请看拿破仑1821年4月25日写给拉菲特的信(已被全文收进第三卷卷末),以及《拉菲特回忆录》第67~78页内容。

封地，而是我的财产。我为王冠购买钻石，花费巨资修缮皇宫，在里面摆满家具。有好几次，我还为约瑟芬在温室和画廊上花的钱感到心疼[①]，觉得这笔钱可以拿去修建我的植物园或巴黎博物馆。"

当上意大利军统帅后的拿破仑虽然非常年轻，却一开始就在军中树立了威信，取得了将士们绝对的信任和忠诚。他能征服军队，靠的是自己杰出的军事才华，而不是笼络人心，毕竟他从来都是一副严肃模样，少有感情外露的时候。拿破仑素来很鄙夷那种为了赢取大众欢心而使用的雕虫小技，甚至对此等做法表示反感，哪怕这么做会给他惹祸上身。

不知道是因为他过于年轻还是其他什么缘故，这位意大利军总司令还在军中引发了一个独特的习俗：每次战斗结束后，军中最老的那批士兵就会坐到一起开会，给他们年轻的将军封一个军衔；拿破仑回到军营后，这群长胡子的老兵就会出来迎接他，把他的新头衔颁给他。在洛迪战役之后，他是下士；卡斯蒂廖内战役后，他成了中士；之后很长一段时间里，他一直被士兵们推为"小伍长"。谁能想见，这些最微不足道的小事汇聚起来，成了他成就霸业的最大推力！他能在1815年隆重回归，这个绰号也许也是原因之一。他登陆后，向遇到的第一支国王军队发表演讲，按理说他应该费好大一番唇舌才能说服众人，可军队中登时响起了这句口号："我们的小伍长万岁！我们决不和他作战！"[②]

[①] 约瑟芬最大的爱好就是布置画廊。她花了三年时间（1807—1809），在里面收藏了大量名画、雕塑和各种古董。请看马松的《皇后约瑟芬》第356~375页内容。

[②] 这个绰号是否真从洛迪大捷后开始叫起来，这点已无可考证。任何同时代的叙述作品都没有提及此事，甚至当时在波拿巴手下当过护卫的军官在回忆录中都没有提及它。不过在帝国时期，大约是1808—1810年，军中士兵开始普遍拿"小伍长"这个绰号称呼拿破仑。不管怎么说，拉斯卡斯这么写，是为了维护拿破仑死后的名声。这和我们今天的艾森豪威尔、蒙哥马利将军的情况很相近。

督政府和意大利军总司令部就像两个不同的政府似的，在行政工作上没有任何相似之处。

督政府在法国处死了大批流亡贵族，可意大利军从未取过任何流亡贵族的性命。督政府得知武尔姆泽尔被围困于曼图亚城后，给拿破仑写信，提醒他武尔姆泽尔是流亡贵族。①拿破仑虽然把他囚禁起来，却对这位老人热情相待，尽可能地保全了他的体面。

督政府对教皇各种羞辱；意大利军总司令却一直称呼他为"至圣圣父"，给他写信时从未失了礼数。

督政府想推翻教皇；拿破仑却保住了教皇。

督政府把教士通缉和流放出国；拿破仑则告诉他的军队，如果遇到教士，别忘了他们也是法国人，是自家兄弟。

督政府想把各地的贵族杀得干干净净、一个不留；拿破仑则给热那亚的民主人士写信，谴责他们对贵族的过激行为，并斩钉截铁地告诉他们：如果他们还想得到他的尊重，就得尊重多利亚家族和那些曾为他们共和国争得荣誉的机构。

千篇一律的日子—皇帝决定写回忆录
9月7—9日，星期四至星期六

我们继续航行，日子依然千篇一律，一路无事发生。我们每天都过得跟昨天一样，¹¹⁰只有日记上的准确日期在提醒我现在是几月几日、星期几。万幸的是，工作占据了我的所有时间，所以日子也过得相对快一

---

① 奥地利元帅武尔姆泽尔并非流亡贵族。虽然他出生于斯特拉斯堡（1724年），但很小年纪就进入奥地利军队。请看菲利克斯·布维耶的《波拿巴在意大利》（Félix Bouvier, *Bonaparte en Italie*）第534～536页内容。

点儿。每次从饭后谈话中积累下的大量素材，让我在第二天晚饭前都没时间做其他事。

皇帝知道我一直在忙个不停，开始怀疑我写的东西和他有关。为了证实自己的猜想，他读了几页日记，对我的记叙内容倒没什么不满。不过，说到题材，他认为日记这种记叙方式的趣味性大过实用性。例如，在某些军事事件上，如果仅以日常谈话为基础，这份记录必然是残缺不全、没头没尾的，充满琐碎的细枝末节，缺乏宏观层面上的战斗行动和结果。我立刻抓住了这个千载难逢的好机会，顺着此话的意思，大胆提议由他向我讲述对意之战："这将是祖国的一件幸事，国民的一座荣誉的丰碑。我们现在反正也无事可做，有大把大把的时间，做点事打发时间的话，日子就不那么无聊了。"于是，我们谈了好几次口述回忆录的事。

最后，也就是1815年9月9日星期六，皇帝把我叫到他的房中，首次向我口述了土伦包围战中的一些事情。读者可在对意之战这个单独章节中读到他的口述内容。所以，除非有更合适的机会，否则我就不再把它穿插在我要继续讲述的日常小事中了。

信风—赤道线
9月10—13日，星期日至星期三

船只离热带越来越近，我们遇到了人们所说的信风，也就是不断从东方刮来的一种风。这种现象已经得到了科学的圆满解释。从欧洲过来的人都会遇到这种风，它们是从东北方向刮过来的，在更接近赤道线的海域，信风就改成了东向。此时人们最需要担心的，就是赤道线上的无风带。[111]穿过赤道线后，继续朝南行驶，信风就变成了东南风向。船只离开热带地区后，信风现象消失，海上风向又变得乱起来，就跟我们欧

洲附近的海域一样。从欧洲过来、驶向圣赫勒拿岛方向的船只，都会被这股东风往西带着走上好长一段距离。所以，如果走直线，我们会很难抵达圣赫勒拿岛。不过我们也没想过要走直线，船只都是先一路朝南行驶，然后朝好望角驶去，这样才能碰到东南信风，在它的风力下开往圣赫勒拿岛。

到了南半球，要想遇到乱流风，可走两条路线。一条是直接从本初子午线也就是零度经线穿过赤道线。喜欢走这条路的人说，这样一来，遇到赤道无风带的概率就会小许多。虽然它也有一个弊病，就是船只经常被带到巴西，但这个办法会节省很多时间。不过科伯恩上将觉得这个方案只是前人的经验之谈，便采用了第二条路线：往东多行驶一段距离。根据他从别人那里得来的先例，上将决定在东经2度或者3度的地方穿过赤道线。他觉得，只要一路朝乱流风海域驶去，路上肯定可以碰到刮往圣赫勒拿岛的风，这样就可大大缩短行程时间；即便碰不上，船只也可以在信风带走"之"字航行。

令我们大为惊讶的是，风居然是往西刮的。上将跟我们说，这种情况比我们想象中的要更常见。从实际情况来看，上将想得没错。上将放弃了舰队中的慢船，让它们在后面慢慢行驶。现在他脑子里只想着一件事：尽快到达目的地。

暴雨—攻击皇帝的小册子—核实真伪—总体论述
9月14—18日，星期四至星期一

[112]经过几场小风和一段风平浪静的行驶后，一场暴雨倾盆而下，全体船员都高兴不已。风雨带走了炎热的天气，空气瞬间清凉了许多。我们可以这么说，除了马德拉群岛那几天，我们一路驶来，天公一直作

美。不过船上淡水已经非常紧缺,为了以防万一,趁着这次暴雨,大家赶紧多储水,每个船员都在忙着这件事。暴雨降临的时候,皇帝刚吃完晚餐,正打算如往常那样去甲板上散步。这场暴雨并没把他困在房中,不过他外面披着那件人人都识得的灰色军大衣,引得英国人无不注目。大元帅和我寸步不离地跟着皇帝。瓢泼大雨噼里啪啦地下了一个小时;皇帝回屋后,我费了好大劲才把湿透了的衣服脱了下来,那身衣服是再不能穿了。①

接下来几天一直都在下雨,我的工作也稍微受到点儿影响。在我那个破旧的船舱里,什么东西都是湿漉漉的。另外,我们也不能再在甲板上散步了。自打船只起航后,我们还是头一次遇到这种天气,真是让人心烦。既然不能工作,我就和船上的军官聊天解闷。我和他们中任何一个人都不熟,但所有人都礼貌客气地跟我聊了一阵子。他们特别喜欢听我们讲关于法国的一些事;我们也很难相信,他们对法国和法国人竟会不了解到这个地步。我们两边人都异常惊讶:我们惊讶于他们退化的政治理念,他们惊讶于我们新生的思想风气。交谈后,我们更加确定了一点:在他们眼里,法国是个比中国还要陌生的国家。

聊熟了以后,船上一个军官说了句话:"我想,要是我们把您丢到法国海岸上,您肯定会吓得要死吧。"*113* "为什么呢?"他答道:"因为国

---

① 在格罗韦尔的记叙中,拿破仑这次散步时间为9月6日。他在日记中说:"上将好心向他建议别出去,然而他完全不听,坚称他看见水手们还冒雨穿行在甲板上呢,这点儿雨对自己来说肯定也没问题。"当时在一边的科伯恩回忆说:"自然而然,我没有再做坚持。他带着自己的两个法国朋友淋雨出去了……很明显,将军希望表现出勇敢的样子,好激起我们的敬佩。可我们谁都没有再关注他。我想,他也发现淋雨远比他预想中的要难受,没过多久就匆匆结束了散步活动。他浑身上下都湿透了,当然,他的两个同伴也是如此。他迅速离开甲板,进了自己的房间,当晚我们再没见过他。"

王会重重地惩罚您呀，毕竟您为了追随另一个君主而离开了祖国，还因为您戴着一枚被他禁止的帽徽。""但是英国人有资格说这话吗？看来你们的确已经退化了！那场被你们正确定义为'光荣革命'的革命，于你们而言已是遥远的过去了。但我们的'光荣革命'才发生不久，并从中收获良多。我们可以告诉你们：你们说的每句话都是荒谬的。首先，我们是否受罚，这不再取决于国王的心情，只取决于法律。现在并没有任何针对我们颁布的法律；如果有人为了对付我们而触犯法律，你们也有义务来保护我们，因为你们将军在巴黎投降的时候已经就此立下誓言。我们已经得到你们公开郑重的保护誓言，如果有人被杀，这将是你们政府永远的耻辱。

"此外，我们不是在追随另一个君主。拿破仑皇帝曾是我们的君主，这点毋庸置疑；但他退位了，再不是一国之君了。您这里混淆了个人行为和党派措施，把爱、忠诚、温情这类情感和政治观点混为一谈了。最后再说说我们的帽徽，虽然它在你们看来很是碍眼，但这不过是我们从前服饰的残存之物罢了。我们今天之所以还戴着它，不过因为我们昨天曾戴过它而已。我们做不到满不在乎地丢掉自己热爱的东西，除非是在迫不得已、无可奈何的情况下。当初你们解除我们武器的时候，怎么不把它一道撕下来呢？既然武器可以收，帽徽当然也可以。我们以私人身份来到这里，并没有戴着它去煽动暴乱。我们珍惜这枚帽徽，这点不可否认；我们之所以珍惜它，是因为我们曾佩戴着它走进欧洲各国首都、登上世界第一民族的位置。人们可以把它从法国人民的帽子上撕掉，但无法把它从法国人民的心中撕掉。它永远存在我们的心中。①"

---

① 1823年版本没有这句话，是1835年版本添加的。

还有一次，一个跟我一样经历了这一切巨变的军官①跟我说：*114* "谁知道呢？说不定我们的使命就是修复我们给你们造成的不幸呢！如果有一天，惠灵顿勋爵把拿破仑带回巴黎，你会大感震惊吗？"

"啊！当然了！"我说，"我肯定会震惊的。不过首先，我可能无福成为见证它的一员；因为这样的话，我就得先离开拿破仑！但我可以放一万个心，而且我敢跟你打包票，拿破仑不会让我承受离开他的这等痛苦。他身上承载着我的所有情感，是他治愈了我，让我摆脱了有害的思想理念，也就是我常说的年轻时候接受的谬论。"

英国人还非常好奇地问了许多和皇帝有关的问题。他们自己也承认，他们对皇帝存在先入为主的印象，结果发现它们全都错得离谱。他们说，这并不是自己的错，因为他们对拿破仑的认识都是从英国的报纸书籍中看来的，里面对他各种夸张丑化，把他写成了洪水猛兽。这种书在船上还有不少呢。有一天，我想看看一个军官在读什么，他一脸尴尬地合上了书，跟我说：这本书全在说皇帝的坏话，自己哪怕出于良心，也不能让我看到它。还有一次，上将跟我谈了很久，问我就他收藏的许多书籍里对皇帝的非难指责作何感想；他还说，其中有些书在国内还很受欢迎，极大地抹黑了拿破仑在英国人心中的印象。由于这几次谈话，我不由得生出一个想法：把船上的这类书籍找出来读一下，把我对它们的观点写进日记里。我有着别人享受不到的有利条件：在某些存有疑云的事情上，如有需要，我可得到澄清和解释；换作其他人，也许要费许多心力才能弄清真相。不过，在展开这项工作之前，我必须先进行一番总体论述，它足以解释我所知的世人栽赃嫁祸给拿破仑的大多数罪名。

---

① 在马塞尔·杜南看来，这人就是科伯恩上将。(《圣赫勒拿岛回忆录》批注版第一卷第137页，注释3)

无论在政坛还是民间，在国内还是国外，谎言和诽谤历来都是敌人的最大武器，是败者、弱者、仇恨者、恐惧者的惯用伎俩。它是社交沙龙的养分，是公共场合的食粮。被诽谤者越是伟大，诽谤人的嘴皮子就动得越是起劲，没有什么话是他不敢讲、不敢传的。[115]讹言谣传越是荒谬、可笑、匪夷所思，它们就越受欢迎，传得越是厉害。被诽谤者获得的荣耀和胜利，只会进一步刺激它们。众口铄金，积毁销骨，等那人身陷厄难了，积攒起来的谣言就变成一股排山倒海的风暴，加速和完结他的毁灭，让他在舆论中永远也翻不了身。

然而，谁也不像拿破仑，被泼了那么多脏水，遭到那么严重的诽谤；谁也不像拿破仑，成了那么多荒唐的诽谤小册子的攻击对象，遭到如此红口白牙的凶残污蔑，被人如此以讹传讹。但他也不可能逃过此劫。拿破仑出身平凡，却登上至尊之位，带领被他开化了的大革命昂首阔步地前进着，被两股势力拖进一场和整个欧洲相抗的殊死斗争中——他最后在这场斗争中之所以败下阵来，纯粹是因为他想迅速结束这场争斗。拿破仑，这位天赋异禀、主宰命运的强者，所有邻国的征服者，他在某种程度上可说是宇宙之王；他就是贵族眼中的马略，民主人士眼中的苏拉①，共和党人眼中的恺撒。为了对付他，国内外同时刮起飓风，朝他迎面打来。

在所有国家看来，他是恐怖的化身，象征着绝望、权术和天火。所以，无论他被人丑化成什么样子，我都不会吃惊。唯一能让我吃惊的，就是人们对他丑化得不够，谣言没发挥出更大的威力。拿破仑当权期间，从不允许身边任何人去回应传闻。他说："你越是在乎流言，就越给你想遏

---

① 1823年版本此处为"他就是贵族眼中的马略，煽动家眼中的苏拉"。

制的流言增添影响力。到时候人们肯定会说，我雇人来替自己辩解。身边人的拙劣颂扬给我造成的损害，有时候比这些污蔑之词加起来的全部影响还要大。流言止于事实：一栋恢宏的建筑、一部优秀的法律、一场显赫的胜利，足以击退成千上万个谣传。言随风逝，行动才是硬道理！"

对后人来说，这话说得极其在理。从前那些曾遭同代人恶意诽谤的伟大人物，如今已在我们面前洗脱了曾甚嚣尘上的流言。可对在世者来说，情况却不是如此。[116]1814年，拿破仑通过残忍的事实才知道，言语具有抹杀行动的可怕力量。他退位后，流言织成一张密不透风的网，罩在他的身上。然而，有着如此强悍旺盛的生命力的他，最终克服了命运的险阻，在万众瞩目之中杀回到他那已成废墟的王国中。无论从过程还是结果来看，他此次回归都是前无古人、后无来者的。他荡起的激流甚至还漫延到邻国，那里的人们或者公开，或者隐秘地祈祷他能获得成功。1814年这个如瘟神一样被各国人民围追堵截、惨遭击溃的人，1815年突然出现，成为他们的希望。

谎言和诽谤做得过了头，反而失去了攻击性。明辨事理的人民做出正义的宣判，再也不肯相信那些鬼话了。几天前，皇帝读到新出的一篇攻击他的文章，跟我说："毒药遇到万能解毒剂，就失去效力了。嗬！从1814年就开始的流言，今天无法再伤我分毫。"

不管怎么说，在那场于他执政之时就掀起的浩浩荡荡的诽谤狂潮中，英国人永远都冲在最前面。

在英国，两大流言制造坊一直都处于火力全开的状态：一个是流亡贵族集团，里面一个个都是造谣好手；一个是英国内阁，它则有组织有系统地散播谣传，它会定期组织诽谤行动并考察每次行动造成的影响，会花钱在欧洲各地雇来穷酸文人和小册子作者替它干活，他们一切行动都听它指示，会把各种攻击之词网罗过来，写成文章。

英国内阁诽谤行动的重点宣传对象，则是英国人民。英国人民比其他民族更加自由和开化，所以被煽动起来的难度也更大。英国内阁唆使公共舆论仇恨他们共同的敌人，通过引导造谣者对另一个人的行为性格极尽抹黑，把民众的注意力从国内转移到国外，这么做可谓一石二鸟。如此一来，英国内阁可转移注意力，其一言一行不再处于民众的监督之中，免掉了会给它带来许多麻烦的尖刻指责。所以，保罗一世在圣彼得堡遇刺，我们的特使在波斯遇害，[117]内珀-坦迪在汉堡这座自由城市中被绑架，西班牙两艘豪华护卫舰在和平时期被扣留，印度举国沦陷，马耳他和好望角无视协议进入武装状态，《亚眠条约》被不择手段地撕毁，我们的船只在非战时情况下被无辜扣押，丹麦舰队被冷酷阴险地攻占，等等。类似侵犯协约、背信弃义、丧尽天良的事，就这样被淹没在英国内阁为抹黑另一个人而巧妙煽动起来的全民躁动的乱流中。

为了公平评价这一大堆为抹黑拿破仑而写的书中的无数诽谤之词，我们必须考虑里面哪些是情绪的宣泄、哪些是情节事实，轻蔑地把所有虚假、匿名而作、纯属夸张的东西丢到一边。我们应当去找找那些把他推翻了的人，他们手上掌握着真实资料、政府档案和法庭记录。总之，我们要去找真实可靠的资料，它们定能提供确凿的事实和证据，而这才是我们唯一看重的。可惜的是，这些人从未发表过什么言论，我们一无所寻。如果这个如怪物一般巨大的脚手架倾倒在了地上，将抖出多少文件资料啊！为了做到公正不倚，我们也可以只把拿破仑和他的同类——他们要么是王朝奠基者，要么借助乱世爬上王位——拿来相对比。就算这样，我们也敢断言：他是世间无二的，无论人们把谁拿出来和他比较，他依然那么熠熠生辉。古今历史中有无数帝王，如果我们一个个看过去，必然会耗费大量时间。既然大家都熟悉历史，那我们就只挑出两个和我们最有关系的国家，去那里看看吧。

拿破仑有像于格·卡佩那样和他的君王对战吗？他有把前朝旧主关在一座塔里，将其囚禁至死吗？

拿破仑有像英国当前王室的某些君主在1715年和1745年做的那样，把无数人送上断头台吗？而且依照今天朝令夕改的英国内阁当前宣传的政治理念来看，那些被害人完全就是为他们的正统君主而死的忠诚臣子啊！[①]他们就是烈士啊！！！[②]

拿破仑有像前不久跑到法国、把他赶下台来的那些君主那样[118]施展毒计、组织暗杀行动、雇用杀手，以各种方式成千上万次地要取他们的性命吗？在此之前，反革命集团一直在暗地里为鬼为蜮、插圈弄套。那些罪大恶极、狼狈为奸之徒曾在法庭面前矢口否认自己犯下的罪恶，如今却在那里吹嘘自己在推倒帝位中立下的功劳，扬扬自得地接受封赏。而法国国王口口声声说要继承路易十二的祖训，却听取了里尔伯爵的建议，肆无忌惮地嘉奖这些罪人。

其实，拿破仑登上帝位，这完全是再简单、再合理、再无可指责不过的一件事。在历史中，此事还属开天辟地的头一遭，我们敢说，从他崛起的环境来看，此事也是世间无二的。皇帝曾告诉一个参政院议员："我根本不是皇位篡夺者；我是在一股洪流中登上帝位的，是人民把皇冠戴在了我的头上——我总得尊重他们的选择吧！"

他不仅实现了个人的崛起，还让法国回归到欧洲社会中，结束了我们惶恐无依的日子，重扬了国人的精神。他把我们从黑暗危机中遗留下

---

① 1823年版本中没有这句话。
② 下面这段话没出现在1823年版本中，1835年被加了回来。

来的所有糟粕涤荡一空，将我们的所有精粹悉心保存下来。他说过："我登上皇位的时候，没沾染任何在这个位置的人都带有的罪恶。哪个朝代的君主敢说这样的话？"

纵观古今历史，我们从未见过哪个时期如当时那样，全民上下均享恩泽，国家唯贤是举、广纳人才，公共钱款被用于正途，艺术、科学得到欣欣向荣的发展；祖国从未如当时那样声震寰宇，享得无上荣光。皇帝跟一个参政院议员说过这话："我希望法兰西能成为世上最美丽、最令人向往的一个名字，希望每个法国人在出游欧洲时都有身处家中之感。"

即便自由看似遭到一些侵犯，即便权力有时似乎跨越了界限，但在当时的情况下，那也是事出有因、必须如此。如今我们饱受苦痛，方才明白了这个道理；时过境迁，我们才迟迟地明白了当时那些手段体现出何等的胆量、睿智和先见之明。从这一层来看，拿破仑在政坛上的失势反倒助他成为精神领域的霸主。[119]如今谁都不会再质疑这个说法：他的荣耀，他的光泽，通过厄难得到了无尽的彰显！！！

我翻看过的那些书籍虽然给我提供了许多事例，证明我上文所言不虚，但现在我依然要仔细检查它们一番。此外，我要申明一点：我做这些工作，不是为了发起政治论战。我的话绝不是说给党派之人听的，因为利益和偏见已经提前决定了他们的看法；我只向一个冷静淡漠、追求真理的真理之友发声，只向一个不带偏见、会在未来秉承公正不倚的态度搜寻资料的作家发声。是的，我只向他们发声。在他们看来，我的证词定高过那些匿名证词，可被归到可信资料的行列中。

我拿起的第一本书，就是《反教宗权制限主义者》（*Anti-Gallican*），我会在后文谈到它。

每日时间安排

9月19—22日,星期二至星期五

在同样的风速、同样的蓝天、同样的天气下,我们继续前行。此次航行虽然令人倍感单调,却一路都很顺畅。白昼很长,不过倒可用工作打发过去。皇帝定期跟我讲述他的对意之战,我已记下许多内容了。首次口述后接下来的那几天,皇帝虽然表现得不是特别热心,但由于我每天早晨都会将自己的工作按时快速地汇报给他,皇帝见我进展神速,也不由得全情投入回忆录的创造工作中。很快,他口述的时间拉长,一连讲上好几小时才行。我已经养成习惯,每天在大约十一点的时候等他的传唤,而他似乎也在迫不及待地等着这一刻的到来。我向他朗读他昨晚的口述内容,他做些修正,然后我们继续工作。一眨眼的工夫,四个小时就过去了。然后他把仆人叫过来更衣,之后前往饭厅,晚饭后玩玩皮克牌或国际象棋。

[120]皇帝口述时的语速非常快,我必须全神贯注地跟上他的思想和节奏。于是,我自创了一套速记符号系统;之后,我再反过来向儿子口述我的笔记内容。非常幸运的是,我很快就适应过来,可以把皇帝的所有言论一字不差地记下来了。我一刻钟的时间都不肯浪费,每天大家都在吃饭了,我才在别人的再三催促下来到饭厅。幸好,我的座位就在餐厅大门边上,所以匆匆忙忙刨了几口饭后,我可以在无人察觉的情况下偷偷溜回来继续工作。很久以前,在罗斯船长的请求下,我换了餐桌座位。罗斯船长只会说英文,但能猜到某些法语单词的意思。现在吃饭时,我坐在他和大元帅中间。船长为人善良敦厚,观察力很强。我会依照他们的习俗,端一杯酒祝他夫人身体康健;他也会回敬一杯,祝福我

的妻子。这已成了我们每日吃饭的一个习惯。

晚饭后，皇帝一般都会回头再看看他早晨的口述，一则让自己有事可做，二则他也是乐此不疲。这时，他会跟白天里和我交谈那样，用开玩笑的口吻反复说道："哎呀！智者拉斯卡斯！……多亏我这个聪明的活地图，大名鼎鼎的回忆录专家！圣赫勒拿岛的苏利！"除此之外，我在他口中还有其他许多头衔。之后他又多次说："我的朋友，不管怎么说，这本回忆录会和那些抢在它前面出版的回忆录一样一炮走红；您会活得跟那些回忆录作者一样长寿；谁若想写写我们干下的那些大事，写写我这个人，肯定都要参考您这本书。"接着他又恢复了开玩笑的口吻，欢快地说："人们会说：不管怎样，我们也该知道这个作者才是；毕竟他是那个人的参政院议员、侍从和忠诚的伙伴。人们会说：我们应该相信他的话，他不会撒谎，这是一个正直的人……"

偶然事件—穿过赤道线—洗礼
9月23—25日，星期六至星期一

[121]让我们惊讶的是，海上仍然刮着东风。在这片海域中，这真算一个奇观了。可见到此为止，我们都非常好运。另外，在23日，一个极其少见的偶然事件发生了。那天，我们穿越赤道线，处在零度经线、零度纬线、零度赤纬的位置上，这简直是百年难遇的一个偶然事件，因为要处在这个坐标上，就必须刚好在正午时候抵达本初子午线和赤道线，而且春分线也必须在同一时间刚好落在此地。

这一天，全体船员都陷入狂喜中。我们的水手称这一天为洗礼节，而英国人称它为大胡子节。所有人都打扮成稀奇古怪的样子，其中一人乔装成尼普顿，没有穿越赤道线这个经历的人排好队，来到这位尼普顿

身边；后者拿着一把巨大的刮胡刀，抹点沥青，把他们的胡子刮干净；之后，周围的人立刻朝他们泼来几桶水；水手们狼狈逃走，引得所有船员哄堂大笑；最后，这个神秘祭礼宣告结束。没人能免掉此劫。在某种程度上，军官被整蛊得比下等水手还要惨。上将为我们体贴着想，替我们挡掉了这个可怕的欢庆典礼，所以整艘船上只有我们没遭到如此捉弄。我们在众人的注视下，被人恭恭敬敬地带到那个大胡子神跟前，每个人都得到了他的一顿赞美。这就是我们受到的所有劫难。

在这场无尊卑之别的纵情狂欢中，众人仍毕恭毕敬地对待皇帝。得知英国人的节日传统后，看到大家对自己这么客气，皇帝就说要赏100枚拿破仑币给那个打扮滑稽的尼普顿和那帮海员。上将表示反对，一方面是出于谨慎，另一方面也许是出于礼貌。[①]

---

① 蒙托隆在他的《拿破仑皇帝被囚记》第一卷第138~139页，古尔戈在日记第一卷58页，马尔尚在回忆录第二卷第24~25页都记录了这件事。蒙托隆说，皇帝赏了那个尼普顿扮演者500枚拿破仑币。他说："此举一出，众人顿时发出欢呼声，兴高采烈地高喊着'拿破仑万岁'的口号。"马尔尚的内容和蒙托隆的完全一样，也说了拿破仑赏赐了500枚拿破仑币。但古尔戈的说法就完全不同了，他说："陛下把我叫过去，想知道发生了什么事，然后让我代表他赏赐尼普顿500枚拿破仑币。我找大元帅拿钱，后者觉得赏得太多了，犹豫着不想给这笔钱。过了一刻后，我们去询问上将的意见。上将回答，要是赏给尼普顿的是5枚拿破仑币，那就非常合适。最后，由于贝特朗拒绝掏钱，尼普顿一分钱都没拿到。"现在，我们再去听听英国人是怎么说的。贝特朗最开始问过格罗韦尔的看法，格罗韦尔在日记中说："贝特朗元帅早晨来找我，问：依照惯例，乘客是否可以向船员送点儿礼物。我回答说，依照惯例，送点儿小礼品是可以的。当时他跟我说，皇帝并不是普通人，他送的东西也不是寻常之物。之后他又去问上将，他是否反对波拿巴向水手赠送500枚拿破仑币。上将毫不犹豫地表示反对，说这是明令禁止的。"科伯恩就此做出解释。他在日记中说，因为"将军有所盘算，企图表现出慷慨大方的样子，找个说得过去的借口把一大笔钱赏给船员，目的就是要笼络众人"。

抓住一只鲨鱼—翻阅《反教宗权制限主义者》—威尔逊将军的作品—雅法的鼠疫患者—埃及之战的行为—埃及之战的思想—贝尔蒂埃—士兵的嘲笑—单驼峰—克莱贝尔之死—年轻的阿拉伯人—菲利波和拿破仑—命运弄人—卡法雷利对拿破仑的忠诚—法军在东方国家的声誉—拿破仑离开埃及，回国统治法国—远征英国—克莱贝尔和德赛

9月26—30日，星期二至星期六

¹²²天公依然很照顾我们。穿越赤道线后，我们时常遇到东风或东南风；西风极少有，就算碰上了，刮风时间也不长。当初上将决定往东多航行一段距离，这个决定看来是让行程顺上加顺，我们只剩很短一段路要走了。

有一天午后，船员们抓住了一条巨大的鲨鱼。皇帝听到外面突然传来一阵喧嚣和巨响，想知道发生什么事。听到这个消息后，他突发奇想，要去见识见识这个海中巨怪。皇帝便登上舵楼，站在离它非常近的地方。鲨鱼拼命挣扎，把四五个船员扫在地上，差点儿把皇帝胳膊都打折了。他走下楼，左边胳膊全是血，我们还以为他受伤了，结果那是鲨鱼的血。①

我依旧如从前那样，每日忙于工作。②

---

① 根据蒙托隆的记述，此事发生于10月6日。而在格罗韦尔的日记中，此事则发生于9月12日。格罗韦尔说："我们抓住了一条鲨鱼，波拿巴像个小学生一样对其很感兴趣，爬上船尾，要亲眼看一看这个家伙。这条鲨鱼不算大，只有三米五那么长；可这足以惊住我们的法国人了。"

② 拉斯卡斯这里在含糊其词。蒙托隆和古尔戈的记叙，为拉斯卡斯没说的话做了补充。蒙托隆说："皇帝异常认真地投入工作中，想通过回忆旧事淡去导致自己走向圣赫勒拿岛的一系列事情的痕迹。大元帅、古尔戈将军和我每天都要把他的口述记下来，古尔戈的工作最为辛苦。拉斯卡斯还没有习惯和皇帝一道工作，因为皇帝脑子和语速都很快，跟上他的节奏不是件容易事……"（《拿破仑皇帝被囚记》第一卷第143—144页）根据古尔戈9月30日的记载，在此期间，皇帝的这个侍从想在其他地方上出点儿力："陛下把我叫过去，说拉斯卡斯跟他汇报，我昨天跟上说，陛下在葡月十三日实际上不是总指挥官。皇帝跟我发了（转下页）

我读的第一本书是《反教宗权制限主义者》，它有500多页厚。当初英国面临法军入侵威胁，就把所有反法文章收进这本书中。①当时英国人写这些东西，是为了把法军入侵这个举动上升为国家大事，好激起全民上下的斗志，让大家共抗劲敌。自然而然，那些文章要么是公开演讲稿，要么是向狂热公民发出的号召书和倡议信，此外还有刊登于报纸杂志上的许多歌谣、讽刺诗和夸张的文章，全都在极力地抹黑丑化法国人民和第一执政官。英国人看到第一执政官是这等英勇神武、天赋异禀、靡坚不摧，所以他们开始恐慌了。自然而然，^{123}两军在战场相搏之前，这些文章就成了敌人射来的无数利箭，被裹挟在狂风中，冲我们呼啸而来。所以，对一个有头脑的人来说，这些东西根本算不上什么证词，我们甚至都没必要去反驳它们。

我很少关注抨击短文，因为了解其特性后，它们的文字就再没攻击性了。看一个历史学家的作品也是如此：某个历史学家的文字和抨击短文，要是他摒弃了自己职责应有的公正不倚，那他就只会在那里鼓噪大叫，把文字当成自己宣泄怨恨的途径。

读了《反教宗权制限主义者》这本书后，我又读了威尔逊将军的一些书。这就是我的读后感。这位作者对我们越有偏见，他的同胞就越认可他的才华、勇气和他立下的许多显赫军功。但他的书之所以在船上很有知名度，我们之所以很早就听说了他的名字，这跟另一件广为流传的事颇有关系。威尔逊将军有一个孩子在船上当海军学员，我的孩子和这群年轻人差不多年纪，于是天天跟他们待在一起，这也算是我们了解

很久的脾气，说自己就是指挥人，而且这事跟我无关，他才是那个决定该跟上将说什么的人；即便这件事不是真的，我也不应该把它说破。"

① 此书出版于1804年。

这些年轻人对我们做何想法的一个直接途径。自然而然，这些孩子对我们很没有好感：皇帝登船后，他们完全把他当成了童话里的吃人妖怪，一口就能把他们给吞了。但没过多久，和船上其他人一样，在实际接触中、在了解事实之后，他们的想法有所动摇。可因为其父亲写的东西，小威尔逊就成了同伴的排斥对象。他们说，他得代父赎罪。

附注：从此处开始，我删了好几页的手稿，并在边上空白处写明了其中原因。现将原因抄录如下：

"我从威尔逊将军的书中收集整理了他的许多不公指摘，并对此做出回应，我的用词也许过于辛辣了些。但因为最近发生了一件事，我便把这部分内容统统删去了。

"不久前，威尔逊将军在一桩诉讼案中登庭做证，引发轰动。此案便是牵动人心的拉瓦莱特案件。一些人被牵连了进去，但这只进一步证明了他们光明磊落的为人。[124]威尔逊将军当时被传召到法国法庭前，法官问他是否出版过关于法国的书籍，威尔逊给出肯定的回答，说他只把自己当初认为是事实的东西写了出来。有了他这句话，我就再不用多说什么了。所以，我赶紧把自己写的这部分内容删掉。虽然我曾在愤怒中质疑过他的意图，但最后能对威尔逊先生公正以待，对此我深感庆幸。"①

---

① 我离开朗伍德后，哈德森·洛韦爵士发现了我的手稿，经我同意后读到了这份日记，觉得里面的许多文字对他不利。他沉默了一会儿后，对我说："伯爵先生，您可真为我的孩子备下了一份厚重的遗产啊！"我答道："先生，这不是我的错，事情能否变得有所不同，这完全取决于您。要知道，就在前不久，我把跟威尔逊将军有关的部分内容都删掉了。"他问我对威尔逊将军写了什么，然后跳过了这个话题。读完跟威尔逊将军有关的所有内容，又了解了我删除手稿的原因后，总督一脸可怜、悲伤、若有所思的样子，说："嗯，我知道了，但我无法理解……因为我很了解威尔逊，他曾是波旁家族的狂热支持者啊。"

得知拉瓦莱特重获自由的消息后，我们心中的大石终于落地，大家高兴极了。（转下页）

所以，我把威尔逊的书放到了一边，对书中各种对拿破仑的控诉不做回应，并删掉了自己写的一大堆反驳之话。我只想说一件事，就是所谓毒杀雅法城鼠疫患者事件。[125]我之所以要澄清此事，是因为它成了无数本书中津津乐道的话题，而且传遍欧洲，甚至法国都有人在极力宣传此事。①

要证明诽谤之词是如何大获成功的，此事就是最好的例子。造谣抹黑这套手段，只要造谣者够无耻、够大胆，就能引发无数反响。只要他

有人说，助他逃走的威尔逊跟先前写了皇帝无数坏话的那个威尔逊简直是两个人。拿破仑说："这样有什么可惊讶的？您真是不懂人心！为什么威尔逊将军不可以是个被热情和激情主宰的人，当时信什么就写了什么呢？何况我们当时还是敌人，两国处于战时状态。今天我们被打败了，他却更了解我们了，发现自己弄错了、被骗了，为此深感抱歉。那他现在努力为我们做点好事，就如过去他一心要跟我们作对一样，这也是可能的事。"

拿破仑到底是对人对事看得无比通透，还是只偶尔才有如此洞见，我们只需再往下读一读就知道了。罗伯特·威尔逊其实还是个作家；他无比痛惜地发现一个伟大民族被剥夺了自然权利，便站起来大声疾呼，反对联军，仿佛联军的锁链不是缚在法国人民身上，而是缚在他自己身上似的。对于拿破仑的遭遇，他表现得比任何人都更义愤填膺，比任何人都更渴望这一切能早早终止。——辑录者注

① 威尔逊写了一本书，标题是《英军远征埃及史》（*History of British Expedition to Egypt*）。此书于1802年在伦敦出版，第二年法语版也在伦敦问世。拉斯卡斯所抨击的那段原文是这样的："波拿巴发现雅法医院塞满病人，就把一个医生叫过来。这位医生的名字应被写进金皮书，被人供奉起来才是，可由于各种原因，我们这里只能将其名字隐去。这位医生到了后，波拿巴开始询问疾病传染等细节问题，最后切入主题，说：人们应该采取某些措施，以阻止疾病的蔓延；而当前唯一适合的手段，就是毒死医院里的病人。医生听闻此话，大为震惊。他秉承良心和人道精神，强烈反对这个做法。然而波拿巴坚持己见，甚至开始出言威胁。医生无奈，只得拂袖而去……波拿巴是一个从不为道德思想所束缚的人，坚持自己的观点，并找到一个药剂师来负责此事。此人迫于他的淫威，不敢不从。然而他最后坦白事实，承认自己是这桩暴行的从犯，给患者灌了毒药。他当晚就把鸦片混进患者的饭里面，一无所知的受害者吃下最后一餐晚饭。过了几个小时，580个为他们祖国浴血奋战的士兵，就这样成了他们所崇拜的偶像的可怜牺牲品。"（法语版第一卷第128～129页）另外请看拉荣基耶的《埃及之征》（*La Jonquière, L'expédition d'Égypte*）第四章第547～583页，卡巴尼斯的《一个英国人眼中的拿破仑》（*Cabanis, Napoléon jugé par un Anglais*）附录5。

敢想敢说，只要内容足够耸人听闻，只要他完全不在乎这话是否违背了道理、常识、真相，他的谣言肯定效果十足。

一位将军、英雄、伟人，先前备受命运的垂青和世人的尊重，在这个所谓毒杀雅法城鼠疫患者的事发生前，全世界四分之三土地上的人都在关注着他的一举一动，连他的敌人都对他敬佩不已。可突然之间，他被控干了一件闻所未闻、史无前例、惨无人道、残暴不仁的丑恶罪行！哪怕他没有这么做的任何动机！

这个天下第一大谎言中充斥着虚妄荒诞的细节、天方夜谭般的背景环境、离奇可笑的细枝末节，可它传遍欧洲上下，更有居心险恶者在里面添油加醋。它被刊登在各大报纸和书籍中，被人极力渲染。事情发展到最后，所有人都觉得这是件板上钉钉的事，一下子众人哗然，群情鼎沸。即便有人试图跟愤怒的群众讲道理，想止住这股可怕的流言狂潮，他也无能为力。哪怕他指出此事无凭无据，里面多少细节自相矛盾；哪怕他拿出毋庸置疑的反驳证据，搬出那些谣传中的灌毒药者或拒绝参与此事者本人说过的话来做证词，这都没用。哪怕他肯定地说，这件灭绝人性的投毒案的被告人不久前还做出最崇高勇敢的行为，正式拜访了那些鼠疫患者，以打消患病者的胡思乱想，一举让雅法城的那些医院名垂青史，这都没用。哪怕他确切地指出，此人曾拜访过卫生部官员，想知道患病者的衣服该被烧掉还是只需清洗消毒就可以了，让他们去评估先前采取的应对手段引发了多么巨大的损失，对他们说："诸位，我来到这里，是为了让欧洲关注和报道这个古老世界的腹地城市，而不是为了积攒财富。"这都没用。哪怕他指出，这桩罪恶完全没有任何目的和理由：难道这位法国将军还用得着害怕这些鼠疫患者被人煽动起来？用得着害怕他们联手来反对自己？[126]难道他会无知到以为采取此举就能彻底摆脱鼠疫？哪怕他告诉众人，这位将军还采取了严格的禁令，不允许鼠疫患者窜进敌军营中，这都没用。哪怕他证明，这位将军如果真的是个毫无同情心、自私自利的人，他只需任由这群不幸的患者跟在自己队伍后面就行，到时候他什么都不做，也可以摆脱麻烦：最后这些人是死是残，都不会有任何人来指责他。可这些话统统都没用。

上面这些论证无论多么无懈可击，也发挥不了作用。在偏见这股劲风的煽动下，谣传和谎言呼啸而来，淹没了一切理性的声音。所有人都在谈论这件莫须有的罪行，都在想象剧情、把它渲染得越来越可怕。在庸人和大众看来，此事已经彻底、永远地盖棺论定了。

我在这里还要讲一件事，以再一次证明历史有时会被歪曲到何种程度。那些不知道谣言有多厉害的人，听了定会大吃一惊。这件事就是，连曾经参加过埃及军、当时在里面是个低级军官、没有机会直接接触到总司令的大元帅贝特朗①，在抵达圣赫勒拿岛之前，都相信了60多个鼠疫病患者被毒杀的这个故事。可见当时谣言是何等厉害，甚至都渗透到了军队内部。如果有人一脸笃定地告诉你："此事千真万确，我是从那些法军军官那里得知的。"实际上，这些人根本不了解内情。对此，我们的回应是什么呢？

我从最可靠的资料中，甚至从拿破仑本人那里得到以下几点信息：

1. 根据总司令得到的报告，鼠疫患者实为7人。

2. 在疫情加重后，有人曾提议用鸦片处理掉他们，但提议者不是总司令，而是一个权威专家。

3. 没有任何人被灌鸦片。

---

① 贝特朗当时还是营长。

4. 大军慢慢撤出，只有一支后卫队留下来，在雅法城中待了三天。

5. 后卫队离开的时候，鼠疫患者已经死亡，最后英军只发现一两个人还有气息。

*127*附注：我回到巴黎后，没费多大的功夫，就联系上了因为身份或职业而在此事中扮演过重要角色的人。他们的证词，总归是正式、可靠的吧？由于我对此事非常关注，所以连他们证词中最细节的地方都没漏掉。以下就是我收集到的信息：

归首席外科医生管的病人，也就是伤者，由全体参谋团甚至总司令的马匹驮着，被一个不落地撤了出去。总司令也跟部队其他人员一样，步行走了很长一段路。这些事是确凿无误的。

根据首席外科医生的说法，当时另有大约20个伤者，其情况极不乐观，完全无法被转移出去，而那时敌军已经越来越近。拿破仑的确问过首席外科医生，能否采取人道方法，让这些人服用鸦片，好让他们得到解脱。但这位医生当时的回答是：他的职责是治病，而不是杀人。这句话听上去很像是对某个命令的回答，而不是对某个正在讨论的问题给出的看法。也许就是这句话遭到了奸人的利用，导致那个无稽之谈被编造出来，越传越广。

最后，根据我掌握的所有细节，我得出以下几个不容置疑的结果：

1. 没有人发布给患者灌鸦片的命令。

2. 当时部队医疗所中一点儿鸦片都没有，如何拿来给患者服下？

3. 即便有人发布命令，且有这么多鸦片，考虑到当时的情形和当地的情况，此事没有任何可操作性，所以我们无法得到下毒的这个推论。

有些人坚持不肯相信事实，下面这些事也许在某种程度上解释了他们为何如此坚信谣言。

我们一些伤员被送上船，后来落到了英国人的手上。当时我军中没有任何药品，[128]军医只能提取植物汁液来进行治疗。这些草药很难闻，看上去也非常恶心。这些英军俘虏要么是为了让英国人可怜自己，要么是听信了鸦片的传闻（军医给他们用的这些草药，从外观上看的确很像鸦片），就跟英国人说：他们是靠老天显灵才逃出生天，否则早被自己的军医给毒死了。

上面这些，是军队外科医生那边给出的解释。

我还找出其他一些原因。当时，我军总药剂师[①]这个混蛋，受命负责领着5匹骆驼，把大批出征必需的药品运往开罗。可这个卑鄙小人私自把这些东西换成了糖、咖啡、酒等食品，再把它们卖掉，发了一大笔财。后来，他偷盗军资的行为被发现，总司令大为震怒，要立刻枪决这个混蛋。然而，所有英勇无畏、深受军队爱戴的军医都跑来哀求将军，说这么做的话，他们这群人的名声会跟着遭到玷污。于是，这个罪犯逃跑了。后来，英军攻占开罗，他投靠了英国人，跟他们共事。然而此人故伎重演，结果被英国人判处绞刑。于是，他对波拿巴总司令破口大骂，散布了无数不利于他的可怕谣言，还言辞确凿地声称，自己曾得到他的命令，要给鼠疫患者灌鸦片。这番造谣诽谤后，他得到了报偿，被免除死罪。而这，就是那些先前对拿破仑没有任何恶意的人散播谣言的源头。

和其他许多谣言诽谤一样，这桩荒谬的指控在时间的洗刷下终于现出原形。我没想到真相如此快就水落石出，重读往日手稿时，看到自己

---

① 他就是鲁瓦耶。（请看《人名表》）

当初如何孜孜不倦地破除一个今天谁都不敢再出声附和的谣言，我都不免替自己感到尴尬。尽管如此，我仍想把自己当时的笔迹保留下来，就当是自己当时心境的一种证明吧。虽然今天我又在里面加了一些细节，但这是因为我翻出了这些证据，[129]并觉得它们是珍贵的历史记录。

威尔逊将军在他满是谬言的书中，得意扬扬地自居为让欧洲知晓这桩离奇惨案的第一告发人和传播者。据我所知，他的同乡西德尼-史密斯也在争这个荣誉。不过总体来说，这个诽谤创始人的光荣头衔，还是应该颁给威尔逊将军：正因为他在书中各种造谣编排、以讹传讹，欧洲才到处充斥着这些抹黑我们光荣埃及军的谎言。

我们都知道，西德尼-史密斯爵士的目的不过是消解我们军队的士气。在他眼里，在欧洲各地传播虚假传闻也好，损害总司令名誉也好，贿赂军官士兵、让他们误入歧途也好，只要能管用，它们就是好东西。他所有文章都已公开发表，他在里面做了什么声明，我们一看便知。有段时间，连法国总司令读了他的文章后都深感不安，想消除它们造成的恶劣影响。他能做的，就是禁止法军和英国人有任何接触，并在军报中说这个海军准将已经完全疯了。这个消息传遍军中，让西德尼-史密斯大感愤怒，于是他给拿破仑寄过去一张挑衅书。拿破仑回答：自己有太多正事要忙，没空理这些芝麻大点儿的小事；要是这封挑衅书是莫尔伯勒公爵送来的，他也许会瞟一眼；不过，既然这个英国海兵如此热衷于决斗，他可以在沙滩上划出几个土瓦兹①那么大的一块中立地，把军中的一个勇士派过去；疯狂的准将先生可以下船踏进这个圈子，迎接挑战，以满足自己的心愿。

---

① 法国大革命前沿用的一种长度单位，约合1.98米。——译者注

不过，既然说到了埃及，那我就把自己从零散对话中得来的、拿破仑向大元帅口述埃及之战时没有提到的所有消息都写到这里来吧。

对意之战充分证明，一个人是如何凭借自己的军事才华和军事思想横空出世、夺人眼球的。外交家的眼光、行政官的才干、立法者的手腕，这三个品质被完美地糅合在拿破仑一个人的身上，让他犹如战神降世一般威风凛凛。更令人震惊的是，这个年轻将军还拥有如暴风雨般令人难以抵挡的影响力。平等引发的混乱、共和带来的忌妒，这一切都在他面前烟消云散了。[130]在他面前，看似不会被立刻颠覆的督政府权力机关甚至都显得可笑起来：督政府从未让意大利军总司令做出什么交代，因为它只需等他上报军情就行了；它从未给他制订过任何方案，没给他下达过任何战略部署，它只需在那里坐等他送来战报、停战协约，看着从前的王国被颠覆、新的王国被创立就行了。

得了！接下来，它又指望着自己能从埃及之征中收获如对意之战那样的好处。任何懂得观察和思考的人都会发现，此战的难度远甚于先前。此次征战中法军遇到各种各样的困难，总司令必须更有计策和创造力。这里的一切都和欧洲大不相同：气候、土壤、居民、他们信奉的宗教、他们的风俗习惯、作战方式，等等。①

---

① 关于埃及之征中两场死亡率最高的战役，要得到它们最准确的数据，我们就得去看埃及军的每日军报，以及总司令与众军官及军队财政官的日常通信。人们为此在巴黎出版了一本多卷版的书，书名为《拿破仑·波拿巴等人未曾发表的官方及绝密书信集》（*Correspondance inédite, officielle et confidentielle de Napoléon Bonaparte, etc.*）。在很长一段时间里，这本合集都将是军校学生手头最有用的教材。——辑录者注

附注：1822年，有人在斯图加尔出版了一套更齐全的书信集，在里面增添了大量先前从未被公开的文件资料，还有两位知识渊博的德意志教授林德（Linder）和勒布莱（Le Bret）用心撰写的有趣评注。这两位教授虽是外国人，却把大量精力投放在拿破仑的研究及出版工作上，让人了解到被世人误读的他的实际性格和为人。

关于埃及之征的回忆录，我们把关注点放在当前引来一部分社会人士的揣测和讨论的几个问题上：

1. 埃及之征完全是在督政府和总司令的共同意愿下展开的。

2. 攻克马耳他，此事和其他人毫无关系，完全是总司令智慧洞察的缘故。皇帝曾跟我们说："我是在曼图亚把马耳他攻下来的，由于先前对武尔姆泽尔宽厚相待，我才能让大团长①和他的手下骑士投降。"

3. 夺下埃及，¹³¹这也是精心规划、巧妙部署的结果。要是阿克要塞向法军投降，东方将会发生改头换面的变化，总司令将在那里建立帝国，法国的命运也就会是另一个样子了。

4. 从叙利亚之战回来后，法军几乎没有遭受任何损失；它当时依然生机勃勃、令人生畏。

5. 总司令离开埃及，回到法国，是最庞大、最了不起的计划规划出的结果。有人视此次离开为一种逃避和背弃，他们简直蠢得可笑。

6. 克莱贝尔是伊斯兰教狂热思想的牺牲者；有人企图将这个不幸事件归结为前任总司令施展手腕、玩弄阴谋，不管他们说了什么，这等荒谬的污蔑之词都是完全站不住脚的。

7. 最后要说的一个几乎无须证明的事是，要是后来镇守埃及的人不是默努，而是别人，埃及早就是法国的一个省了。我们之所以失去埃及，完全是因为默努严重失策。

皇帝说，没有一支军队比他带的那支部队更适合扛起埃及之征的任务。他说的，就是意大利军。初到埃及时，全军上下对这个地方有多么憎恶、多么不满、多么思乡情怯、多么绝望，这实非笔墨可以描述。

---

① 即洪佩施。（请看《人名表》）

皇帝曾见过两个龙骑兵脱离队伍，狂奔向尼罗河，投河自尽。贝特朗曾见过最优秀的两位将领——拉纳、缪拉——陷入狂暴情绪中，当着众人的面，把他们的帽子狠狠摔进沙子里，用脚狠狠地踩着。皇帝非常理解大家的这种情绪，说："这支军队已经完成了它的使命。当时，所有人都富得流油、军衔加身、享乐十足、声望倍增，他们再不适合在沙漠中奔袭，再扛不住在埃及的那种人疲马乏的状态了。而且，"他继续说，"哪怕此战是别的军队来打，它的人也会难以控制自己的暴躁情绪，因此遭到诟病。"

当时在埃及，有人不止一次企图夺下军旗，将其带回亚历山大。其他类似的事也时常发生。只有他们的领导人靠自己的威望、个性和荣耀，[132]才能镇住他们。有一天，拿破仑自己也情绪不佳，冲进一群满心不快的将领中间，抓住其中一个人，拿出最大的气势，言辞激烈地跟他说："你说过一些煽动暴乱的话，别逼我履行我的职责！就算你有五尺十寸那么高，也拦不住我在两个小时之内把你给毙了！"①

但拿破仑也说了，面对敌人，这支军队从未辱没意大利军的威名，它永远是值得钦佩的。其实最难驾驭、不可掌控的，是被皇帝称作"恋爱病"的这种情绪。沾染上这个情绪后，将士们就相当于在精神上生病了，他们会在夜里痴痴地望着明月，怀念自己远在欧洲的心上人的模样。这群人中症状最明显的就是贝尔蒂埃，他性格柔弱、缺乏主见。当初，就在总司令准备从土伦起航的时候，他派人从巴黎快马传书，告诉总司令自己生病了，不能陪他出征，哪怕他是埃及军的参谋总长。对于这个借口，总司令是一个字都不信。这时，贝尔蒂埃又发现自己再不能

---

① 1816年12月26日，拿破仑对古尔戈说："我曾痛骂过黑人将军杜马斯，威胁要把他毙了。"此人就是大仲马的父亲。

一亲芳泽了：那个把他迷得神魂颠倒的女人，找出各种理由想把他打发走。①贝尔蒂埃别无他法，只好登船。到了埃及后，因为日子无聊，他天天靠回忆度日。后来拿破仑准了他的请求，让他回法国。他向拿破仑辞行后不久，又满脸热泪地回来了，说他无论如何也不想自毁名声，从此要和他的将军生死与共。

贝尔蒂埃②近乎盲目地追求爱情。他的军帐旁总立着另一顶帐篷，里面被他精心布置得就跟优雅贵妇的小客厅一样，这个帐篷里放着他心上人的肖像画。有时，他甚至还在里面焚烧乳香。后来，这顶帐篷被丢弃在叙利亚的茫茫沙漠中。拿破仑笑称，其实，人们在里面偷偷摆了些异教神灵，他这座神圣的帐篷早被不洁的祭祀崇拜给玷污了。

贝尔蒂埃为爱痴狂，有时候那份痴狂甚至变成了痴傻。在贝尔蒂埃拟写的马伦哥战役原始作战草案中，他的副官——年轻的V***先生③（他当时只是个小小上尉）发现他竟在里面追忆自己的母亲，而且次数多达五六次。[133]皇帝说，马伦哥战役的确是因为贝尔蒂埃才获得胜利。即便如此，总司令也确实气得把这份草案扔在了撰写者的脸上。

皇帝很肯定，自己一辈子赏了贝尔蒂埃4000多万法郎。但他也说，贝尔蒂埃生性懦弱，做事毫无安排，对感情执迷到可笑的地步，这些缺点让他把大部分赏赐都挥霍掉了。④

在埃及苦战的士兵们虽然变得脾气暴躁，但他们通过开下流玩笑话

---

① 她就是贝尔蒂埃的情妇——维斯孔蒂夫人。（请看《人名表》）

② 1823年版本此处没有"贝尔蒂埃"，取而代之的是"这个阿玛迪斯一样的人物"。（这是骑士小说《高卢的阿玛迪斯》中的主人公）

③ 即维斯孔蒂。（请看《人名表》）

④ 除了固定军饷和他在担任元帅、陆军部长、狩猎大队长、王室副总管等职位时获取的薪水，贝尔蒂埃还可以从封地讷沙泰尔那里得到收入，并被赏赐了香波城堡。通过各种封赏，贝尔蒂埃年收入高达130多万法郎。请看马松的《往昔》（Masson, *Jadis*）第一章第227页。

发泄了自己的不满——法国人在困境中向来都是这种心态。他们经常开卡法雷利将军的玩笑，因为他们觉得他是此次远征的发起者之一。卡法雷利将军在莱茵河边的一次战斗中失去了一条腿，所以一直戴着义肢。有一次，将军在众人的窃窃私语中一跛一跛地走着。他们故意用他听得到的音调低声说："那个人才不介意接下来会发生什么事呢，反正他的一条腿永远留在了法国。"

连学者都没能逃过他们的嘲笑。驴子是当地很常见的一种动物，士兵几乎是人手一头，于是他们就老说驴子就是自己的半个学者。①

总司令离开法国前，曾向全军将士发表讲话，承诺要把他们带往一个所有人都能发大财的国家，他们每人在那里都能有7亩地。后来士兵们来到沙漠，陷入这片无边无际的金色海洋。那时，他们对将军先前的慷慨承诺起了疑心，觉得他当初肯定有所保留，才只承诺了7亩地。他们说："这小子也许是在他能给的范围内向我们谨慎承诺的，我们也别太贪心啦，7亩地就7亩地吧。"

当大军穿越叙利亚的时候，每个士兵都在念着《扎伊尔》里的这句诗：

法国人倦怠地寻找

找着命运尚未给他们造出来的某个国度。

---

① 跟随波拿巴来到埃及的一位学者——埃吉安·若弗鲁瓦·圣希莱尔，给父亲写信说："总司令每次都会参加我们的学院会议（波拿巴当时担任埃及科学院副院长，把院长位置让给了蒙日）。因为我们学院太受保护和青睐，一些军官甚至为此忌妒不已。他们戏称我们这个机构是将军的'小情妇'，因为他把自己的所有财产和感情都投到了我们身上。军官们通过开玩笑来表达对我们得以重视的不满。埃及的主要拖拉工具——驴子，现在都被人称为'半个学者'。"埃吉安·若弗鲁瓦·圣希莱尔书信的出版编辑阿米博士，还记得他小时候经常听人讲起的一个趣闻：一支军队被马穆鲁克骑兵包围了，指挥官赶紧下令："形成方阵，把学者和驴子围在中间。"请看《从埃及写来的信》（*Lettres écrites d'Égypte*）111~112页。

他们绝不会放弃家乡肥沃的故土，

　　就为在阿拉伯的荒漠中疲于奔命。①

视察各地期间，总司令有一次忙里偷闲，趁着海水低潮的时候，赤脚穿越红海，走到河对面去。他走回来后，夜幕突然降临，让他在涨潮的滩涂上迷路了。当时他简直是九死一生，差点儿像《出埃及记》中的法老一样葬身海底。[134]对此，拿破仑说："到时候，基督教传教者不知道会写出多么华丽的诗篇来讽刺我呢。"②

他抵达红海边上的阿拉伯地区后，接见了西奈山派来的一群修士。这群修士前来请求他的保护，恳请他在他们古老的名册中签下名字，成为他们的靠山。于是，拿破仑在阿里、萨拉丁、易卜拉欣等人的名字后面写下了自己的大名。③

---

① 出自《扎伊尔》第三幕第一景。拉斯卡斯有所夸张。

② 在攻打叙利亚之前，波拿巴想去看看威尼斯人在苏伊士运河上留下的遗迹，并派人四处调查运河残存痕迹。他从别人那里听说，这条运河曾把地中海和红海连在了一起。他让护卫队的一支骑兵陪同自己出发。穿越沙漠后，波拿巴兴致勃勃地一直走到了西奈山。曾去过亚洲的骑兵和他们从苏伊士招来的阿拉伯向导留在岸上，阿拉伯人请他们喝酒。萨瓦里在他的回忆录中说："这些卑鄙小人一滴酒都没沾，骑兵们却喝得酩酊大醉。将军远足回来后，他们已经成了一摊烂泥。"当时天色已晚，人们继续前进，但在夜幕中迷了路。而此时海水开始涨潮了，走在前面的骑兵吓得哇哇大叫，说他们的马在涉水前进。骑兵们本就喝醉了，当时更是慌成一团。波拿巴当机立断，迅速想出一个办法，救了大家的性命。萨瓦里在回忆录第一卷第158~159页中详细描写了此事。

③ 共和二年霜月二十九日（1798年12月19日），下面这道法令被颁布："总司令波拿巴想保护西奈山修道院，一是为了让它把我们的祖辈遗产传给后人，二是为了表示对摩西和古老的犹太民族的尊重，三是因为西奈山修道院虽地处荒凉的沙漠腹地，但里面住的都是学者和智者。因上述原因，故颁令如下：一是，向他们开战的阿拉伯贝都因人不能住在修道院中，不能请求接受它的保护，也不能从修道院中获取生活物资等物品；二是，信徒举办祭礼时，政府必须采取措施，防止他们的祭礼受到干扰；三是，他们可以不用缴纳任何赋税或贡金……四是，修道院为保障日常生活而运进运出的商品，可免除一切关税……八是，任何非同一修会的族长、主教或其他高级神职人员，不能对他们和西奈山修道院发号施令。"

说到这里，我们要提一件类似的事。有一年，皇帝收到来自罗马和麦加的信，教皇在信中亲切地称他为"我最亲爱的儿子"，说他是圣殿克尔白的保护者。

像他这么一个四处征战的将军，去过热带地区的烈烈沙漠，也去过寒冷北境的皑皑冰原。这个差点儿被淹死在红海的浪涛中，后来又在莫斯科的通天大火中几乎九死一生的人，从这两个极远之地对印度形成威胁。所以，教皇这么异乎寻常地向他套近乎，也不是什么稀奇事。

总司令也跟普通士兵一样，也会有疲倦的时候。有时候，军队物资极度紧缺，人们甚至不管自己的身份和军衔，为一点儿鸡毛蒜皮的东西吵到不可开交的地步。在苍茫大漠这种艰苦环境中，士兵根本不会礼让长官，大家只要找到一处水源，都会抢着把双手探进去，哪管这里面是否满是污泥。在经过培琉喜阿姆城遗址时，拿破仑热得喘不过气来了，那时有个士兵给他让出门口的一个阴凉地儿，让他暂时凉快凉快。拿破仑说："他这么做，已经是很大的让步了。"拿破仑站在那里纳凉的时候，无意中拨弄了脚边的几块石头，结果发现了一块当今学者无人不识的精美古董文物。①

法军当时想要前往亚洲，[135]于是他们就必须翻过隔在中间的那片沙漠。当时担任先锋军指挥官的克莱贝尔迷失方向，在沙漠里走丢了。拿破仑当时跟在他后面，和先锋军只有半日的路程。夜幕降临，他身边只有一小队随从人员，无意中闯进了土耳其人的军营，然后遭到后者一路

---

① 那是古罗马皇帝奥古斯都时期的一块浮雕玉石，虽然只是毛坯，但也十分精美。因为安德烈奥西将军对古董很有研究，拿破仑把它交给了他。德农当时不在，他直到后来才见到这块浮雕。他一见此石就大感惊讶，因为上面刻着的那个人和发现它的拿破仑本人异常相似。后来，拿破仑将它赠给了约瑟芬，从此德农再不知道这块石头的下落。（此事个中细节是我回到法国后从德农那里了解到的）——辑录者注

追击。幸好土耳其人怀疑夜色中肯定藏有伏兵，于是仓促收兵，他才能逃了出来。可克莱贝尔的部队去哪里了呢？在忧心忡忡中，大半夜时间过去了。最后，他们在沙漠里遇到几个阿拉伯人，从他们口中得知队伍的消息。总司令骑着单峰驼，跑去寻找自己的士兵。找到他们时，他们一个个心胆俱裂，几乎快要渴死和累死了。为了取暖，一些年轻士兵甚至把他们的步枪都烧了。一看到总司令，他们似乎一下子重获生命力和希望。拿破仑告诉他们，水和食物会跟着送过来。他也问他们："可即便我再拖上一会儿才找到你们，难道这就是抱怨和失去勇气的理由吗？不，将士们，你们要学会光荣地死去。"

拿破仑在沙漠里的大部分时间都以单峰驼为坐骑。[①]这种动物特别耐饥耐渴，基本上不用吃东西；它异常胆小敏感，但凡主人待它不好，就会变得又凶又怒。皇帝说，它扛着人小跑的时候，人就像在一艘摇晃的船上似的，被颠簸得恶心想吐，但它每日能走20古里路。皇帝创立了几个单峰驼军团[②]，把这种动物投入军用。骑手们在单峰驼背上蹲着，牵着它的鼻环来控制它。这种动物非常温驯，骑手一发令，它就跪在地上，让他爬上背来。单峰驼善负重荷，赶路期间都不用卸重以减轻负担。晚上到达休息地后，人们就用撑架支着行李，骆驼直接跪下睡觉。第二天，它又站起来继续赶路。单峰驼就是一种役畜，只管勤勤恳恳地扛东西，但不适合拉重物。可在叙利亚的时候，人们还是把它们拴在炮

---

① 拿破仑把他骑的那匹单峰驼带回法国，把它送给了植物园。后来它被做成标本，被存放在艾克斯岛博物馆中。

② 共和七年雪月二十日，埃及军军报发布建立单峰驼军团的命令。军团制服非常亮眼，是克莱贝尔参考东方服饰设计出来的。后来，根据共和九年果月十八日的法令，单峰驼军团被整编到多个宪兵队中。详情请看若马尔的《东方军单峰驼军团》（Jomard, *Le Régiment des dromadaires à l'armée d'Orient*）。

座前，让它们拉着大炮前进。单峰驼可谓为法军立下了汗马功劳。

^{136}拿破仑被埃及居民称为凯比尔苏丹（意思是"烈焰之父"），在那里很受人民爱戴。大家待他毕恭毕敬，只要是他出现的地方，人们都会起立欢迎，也只有他才有此特殊待遇。他对阿拉伯酋长们尊敬有加，深谙如何攻取他们的心。正因这个缘故，他几乎成了埃及真正的王，而且因此多次保住性命。许多次，要不是各位酋长事先报信，他早就像克莱贝尔那样，死在狂热信徒的手下。克莱贝尔的做法和他截然不同，他曾让某个酋长吃了一顿军棍①，因此和各位酋长的关系日渐疏远，最后丧命于此。贝特朗是克莱贝尔被杀案的法官中的一员，有一天晚饭时，他跟我们说了这件事。皇帝听了，说："有些造谣者说是我制造了克莱贝尔的惨死，他们要是知道了您刚说的这件事，肯定会说您是凶手和同谋，并得出一个结论：您得到大元帅的头衔、被流放圣赫勒拿岛，这些都是您从这件事上得到的好处和惩罚。"

拿破仑很喜欢跟当地人攀谈，他在言语中透出的正义观总令他们惊讶不已。从叙利亚回来后，一个阿拉伯部落派人来到他跟前，向他表示致敬，并说他们愿意为其驱使，帮忙运送东西。皇帝跟我说："他们的首领病了，就让儿子代替自己过来，那人跟您差不多年纪，体型和您也很像；他骑在自己的单峰驼上，跟在边上侍奉我，一路上亲密地跟我说了

---

① 他就是开罗之乱的发起人——阿拉伯酋长萨达特（El-Sadat）。此人的家族和先知有血缘关系，被囚禁在要塞中，后来他承诺把自己的金银财宝都交出来，才被勒令待在自己家中，但绝对不能离开家门。由于献出的财产没有达到先前承诺的金额，于是其住宅遭到抢劫。萨达特被带回监狱，吃了一顿军棍：早上15棍，晚上15棍。可即便如此，人们依然不能从他口中套出财产藏匿地点。请看法军占领埃及期间，阿布杜·拉赫曼·亚巴蒂（Abd Al Rahman Djabarti）写的日记。1838年，此书被A.卡尔丁（A. Cartin）翻译成法语，在巴黎出版。卢卡斯·迪布勒东在他的《克莱贝尔》（Lucas-Dubreton, *Kléber*）一书中313~314页大致讲述了这件事。

许多家长里短的事。"

他跟总司令说:"凯比尔苏丹,既然您现在要回开罗,我就给您提一个明智的建议。"

"行啊!说吧,我的朋友,要是真有道理,我定会采纳。"

"我要是您的话,我会这么做:到达开罗后,我会派人到最大的奴隶市场去,给我挑20多个漂亮女人,然后再把最富裕的珠宝商叫过来,把一大批珠宝搞到手,再用类似手法获得其他东西。要不是为了占领财富,当统治者和最强者还有什么意思呢?"

"不过我的朋友,为别人留住这些东西,这不是件更高尚的事吗?"

这个年轻人开始思考这个道理,但没被说服。[137]那个阿拉伯人相信拿破仑这个年轻人大有前途,因为他一身朝气、英勇无畏、从严治军、战术高明。说不定某一天,他会采纳自己的建议,在开罗广场和市场上为自己谋取利益呢。

有一次,一群亲近法军的阿拉伯人闯进边境的一座村子,杀害了一个可怜的农民。凯比尔苏丹闻讯大怒,命令军队在沙漠中搜寻这个阿拉伯部落,将其灭族,发誓要为那个农民报仇。许多大酋长把这一切看在眼里,都在背地里笑话他小题大做。其中一个酋长甚至当面嘲笑他的愤怒和决心。他跟拿破仑说:"凯比尔苏丹,您这么做实在不划算。别跟这些人闹翻了,否则您伤他们一分,他们会伤您十分呢。而且为什么要弄出这么大的动静呢?就因为他们杀了一个可怜人?难道这个人是您的亲戚吗?"

拿破仑气冲冲地回答说:"我们不止这层关系。我治下的所有人都是我的孩子。我得到权力,就是为了保护他们的安全。"所有酋长听闻此言,不由得弯腰致意,说:"啊!多么高尚的一个人啊!您说起话来就像先知似的。"

对法军极其有利的开罗大清真寺决议，是总司令众多英明决策中的一个杰作。他引导大酋长会议发布了一道公共法令，宣布穆斯林应遵守法国将军的命令，向其缴纳赋贡。这里面有许多珍贵的细节描述，我们可以在埃及之战回忆录中查看详情。

至于阿克包围战，一个欧洲人为了巩固自己对一部分非洲地区的统治权，就跑到阿克，去攻打这个破旧的亚洲边陲要塞，此事想来很是奇怪。更离奇的是，和他对战的人和他竟是一个民族、一个年龄、一个阶层、一个兵种，来自同一所学校。

阿克能得解围，英国人和土耳其人得把功劳归到菲利波头上。菲利波和拿破仑一样，都是巴黎军校出身，在被派到各自所在的队伍之前，他们还一起参加过考试。[138]皇帝在口述埃及之战其中一个篇章时，谈起自己在那里遭遇的一切险阻，之后跟我说："他个子和您差不多。"

我回答道："陛下，我们俩还一度意气相投，在军校是形影不离的至交好友。后来他帮助西德尼-史密斯从圣殿监狱中逃出，两人一道经过伦敦的时候，我还到处找过他。我赶到他住宅时，他刚走半个小时，我俩因此擦身而过。我本要追随他而去，因为当时我无所事事，冒险在我看来是很有吸引力的一件事。可惜，命运就是如此阴错阳差！！！"

皇帝听了我的话，说："正因为我很清楚人的政治决定在各方面都深受偶然性的主导，所以在那场大动乱中，不管人们曾是什么立场，我都持不计前嫌、宽容以待的态度。只要他是个好的法国人，或者想当个好的法国人，对我来说就够了。"皇帝把当时动荡不安的环境比作一场夜战，人在黑暗中想攻击敌人，却经常误伤战友；可到了白天，这一切都是可以原谅的，那时云开雾散，一切都被拨乱反正了。他说："就拿我来说吧，虽然我心底有自己的主见，但难道我就敢言辞凿凿地说，在当时那种环境下，管他是逃往边境的邻居、亲密的友人还是我尊重的师长，谁都不可能说服我流亡国外？在革命中，人不可能确定自己的行为。谁若信誓旦旦地说自己不会那么做，实在不是明智之举。"说到这里，他还举了一个例子，以证明偶然性对人的命运的影响：塞律里埃和小埃杜维尔曾离开部队，打算逃往西班牙。他俩在逃跑路上碰到了一支巡逻队伍，只有年轻机敏的埃杜维尔成功穿过边境。埃杜维尔当时还以为自己是个幸运儿呢，结果去了西班牙，过着吃了上顿没下顿的潦倒日子。塞律里埃当时被迫折回国内，天天为此哀叹，后来却当上了元帅。人生就是如此无常，管你有多少算计和智慧，最后仍拗不过命运！

在攻打阿克的时候，总司令失去了卡法雷利这个他最为重视的爱将。卡法雷利对总司令有着近乎崇拜的热爱。这段感情是如此深厚，甚至在他死前的几天，哪怕他已经神志不清了，但只要一听到人们通报拿破仑来了，[139]他就立刻清醒过来，恢复神志，还能跟总司令说上几句话。总司令一走，卡法雷利立刻再度昏迷。总司令每次去看望他，都会发生这种事。

在阿克包围战期间，将士们向拿破仑证明了他们是多么忠心耿耿、奋不顾身。有一次在壕沟里，一枚炮弹落到他的脚边，附近的两个掷弹兵[①]立刻向他扑去，用身体护住他，胳膊死死抱住他的脑袋，整个人都压在他身上。幸好这枚炮弹没有爆炸，无人受伤。

这两位勇敢的掷弹兵，其中一个就是后来的多梅尼尔将军。他一直深受士兵爱戴，有个"木腿"的绰号，因为他在莫斯科战役中失去了一

---

① 其实是两个骑兵，我们可在马塞尔·杜南的《圣赫勒拿岛回忆录》批注版第一卷第165页注释2中看到此事详情。

条腿。1814年帝国遭到入侵的时候，他在樊尚指挥军队作战。①当时，首都已经被联军攻下好几周时间了，可多梅尼尔依然守城不降。他坚持抵抗的事迹传遍巴黎，所有人都记得俄军劝降时他给出的回答："你们什么时候把我的腿还回来，我就什么时候把要塞交给你们。"②

这句玩笑话展现出他的铮铮硬骨。当时，敌军对樊尚城中一批价值超过1亿法郎的庞大物资觊觎不已。既然硬的不起作用，那就来软的，于是敌人给多梅尼尔送来100万法郎。他只冷冰冰地回答："你们真够走运的，我正好是个穷鬼。可我什么都不想要，我的拒绝就是留给自己孩子的最大一笔财富。"

谁敢相信，他做出这么一件令国人无比自豪、为我们历史增光添彩、令无数人纷纷效仿的英雄之举，可后来有人提议对他予以嘉奖和全民表彰的时候，当局竟连续两次拒绝了！我们怎么解释这件事？无论什么时候，它都是匪夷所思的！尽管国民代表的喉舌不愿嘉奖他，人民却向他颁发了勋章。许多人替他偿清了他欠公共国库的债，让多梅尼尔的清誉死后没遭到半分损害。

¹⁴⁰法军在埃及声名远扬，他们也无愧于这些赞誉。是他们驱逐和打击了臭名昭著的马穆鲁克骑兵。③在东方国家的民兵组织中，最可怕的就是马穆鲁克骑兵。土耳其的一支军队从叙利亚撤出后，在阿布吉尔登

---

① 另一个掷弹兵叫苏雄，曾三次获得军队荣誉嘉奖。——辑录者注
② 1823年版本中没有下面两段话。
③ 马穆鲁克骑兵团原是埃及苏丹的近卫兵，其历史可追溯到13世纪。圣路易十字军东征时期，他们夺取了政权。马穆鲁克骑兵团人数为1~1.2万，其核心成员由囚徒组成。他们还通过在外购买奴隶来扩大军队（主要购买地是高加索）。击溃马穆鲁克骑兵团后，波拿巴把里面的一些人编进法国军队。成立于1804年的帝国卫军，里面就有一个马穆鲁克骑兵连，士兵身着东方服饰。（共和十二年雪月三十日法令）

陆。当时，马穆鲁克骑兵中的一员悍将——穆拉德-贝伊，离开了他在上埃及的藏身之处，绕路来到土耳其人的司令部。土耳其人登陆时，法军分遣队正要撤退，好和大军集合。当时的统领帕夏①见此情形，还以为法军怯战了。他瞥了眼穆拉德-贝伊，得意地说："哟嗬！你不是打不过这些可怕的法国人吗？可我一现身，他们拔腿就跑！"穆拉德-贝伊怒气冲冲地回答："帕夏，感谢先知让这些法国人撤退了，要是他们折回来，你就会像朔风中的一粒尘埃一样，立刻不知被刮到哪儿去了。"

他预料得分毫不差：几天后，法军对这支军队发起突袭，把它打得溃不成军。土耳其人溃逃后，穆拉德-贝伊跟我方大将进行多次会晤，惊讶地发现他们竟然一个个身材矮小羸弱。东方人非常注重人的体格，他们怎么也想不明白，这些小个子法军将领的身体里怎会蕴藏着如此惊人的力量。只有克莱贝尔那种长相才合他们的眼缘，他看上去的确相貌堂堂，可举止太过粗鲁。埃及人通过观察外表，猜他不是法国人。的确，克莱贝尔虽然是阿尔萨斯人，但早先几年在普鲁士军队中打拼，是个彻头彻尾的德意志人。我们中有个人曾说，克莱贝尔年轻时候曾是土耳其禁卫军士兵，皇帝闻言大笑不止，说这纯属玩笑。

大元帅跟皇帝说，在阿布吉尔战役中，他首次进入总司令的军队，和他有过近距离的接触。他说，自己当时很不习惯他的大胆作风，而且听不懂他的命令。他说："陛下，尤其是那一次，我听见您在对护卫队的一个军官高喊：'前进，我亲爱的赫拉克勒斯！②那25个人，给我向这群恶棍冲过去！'说真的，我当时完全糊涂了——陛下当时手指向的是1000个土耳其骑士？"

---

① 即穆斯塔法帕夏。（请看《人名表》）
② 即黑人约瑟夫·多明戈，绰号"赫拉克勒斯"。

此外，考虑到异国作战的原因，埃及军的损失其实根本没有人们想象中的那么大。别忘了，当地气候有害健康，祖国不能及时提供援助，鼠疫横行。面对这些困难，埃及军依然咬牙打下了无数场战役。单凭这一点，这支军队就应被历史铭记。登陆时，埃及军有3万人；阿布吉尔海战后，他们接收了法军残部，法国又零零星星派来了几支部队，人数因此壮大起来。但从展开战斗到总司令离开两个月后的这二十七八个月里，法军死亡人数总计也只有8915人①，这是该军总审核官出具的正式数据。

拿破仑还干了一件在历史上绝无仅有的事，但因为他那波澜壮阔的人生中发生了太多奇迹，所以这件事就被人忽略了。恺撒渡过鲁比孔河，最后夺得独裁大权的时候，他有一支军队傍身，而且是出于自卫才前进。年轻气盛、雄才伟略的亚历山大闯进亚洲，打算向那个伟大的国王发起战争的时候，他贵为国王之子，自己也是国王，所以有机会率领自己王国的军队一路挺进，实现他的雄心壮志。可如今，一个三年前还名不见经传的普通人，他身无一物，不过取得过几场胜利罢了，但他仅凭自己的名字和一身的才华胆识，就敢独自扛起3000万人的命运，把他们从对外溃败、对内失和的惨境中拉出来。[142]读到别人描绘的国内的动荡场景后，一想到自己预料到的灾难即将发生，他忍不住激动地高喊

---

①

战死人数	3614
因伤死亡人数	854
意外死亡人数	290
普通疾病死亡人数	2468
鼠疫死亡人数	1689
总计	8915

共和九年霜月十日，作于开罗

总审核官：萨尔特龙——辑录者注

着："那些说空话的演讲家和饶舌者害了法国！救国的时刻到来了！"就这样，他丢下了自己的军队，冒着失去自由、声望扫地的危险，横渡大洋，到达法国，直奔首都而去；就这样，他夺下了国家大船的舵柄，猛地拦住了那个已经狂乱失智的民族的脚步；就这样，他把国人猛地拉回到理性和原则的正轨上；就这样，他在那一刻为法国民族凿开了一口活泉，开始带领他们走上前所未有的强大昌盛之路，而且没让任何人流一滴血、一颗泪就实现了政变。这难道不是我们有史以来听到的最伟大、最卓越的一桩功绩吗？干出此等令人敬佩、令人称奇之举的那个人，难道不是如开了天眼一般，拥有冷静客观的预判能力吗？然而，现在有些人居然说这是彻底的背弃、可耻的叛逃。可即便如此，他离开后，他的军队依然在埃及硬守了两年。皇帝认为将士们完全不是被迫坚守在那里的，最后才从埃及撤离的大元帅也是这个观点。

总司令回到法国后，接任他的克莱贝尔听了一部分肇事者的谗言，考虑从埃及撤兵。收到敌军的拒绝回答后，他渴望斩获一场辉煌的胜利，好让对方见识见识自己的厉害，让他们向自己屈服。①于是他一下子改弦易辙，成了坚守埃及的狂热支持者，全军上下也普遍接受了这个主张。克莱贝尔既然一心想着坚持不退，便疏远了那些曾牵着自己鼻子走的煽动者，只把主张死守的人留在身边。如果他还活着，埃及绝对安然无虞；可是他死了，埃及也就保不住了。当时法军分裂成默努和雷尼埃两派，再也不是一个整体了。虽然法军依然实力不减、勇猛如初，可行军用兵之法跟当初总司令的那套战术已经完全不一样了。

默努根本就是百无一用。英国人仅有2万人，就敢来攻打他。当时他

---

① 这里说的是基斯勋爵拒绝《阿里什协约》这件事。请看卢卡斯·迪布勒东的《克莱贝尔》第十章"阿里什的骗局和赫利奥波利斯的报复"，第278~314页内容。

手下兵力是敌军的数倍，将士的士气也是英军完全比不了的。可默努一时糊涂，[143]一听说英军出现，就赶紧下令全军散开。英军大军压阵，只在局部地方遭到攻击。对此，皇帝说："命运是多么难以参透啊！要是我军当时采取相反的措施，英军早就被击溃了。多好的机会啊！可我们竟败得这么惨！"

大元帅说，英军是突然登陆的。他们就像变戏法似的，五六分钟之内，战场上就突然冒出了5500个英军士兵，之后还有两批同等数量的士兵接连到来。当时，我方只有1200人在抵抗英军的登陆行为，因此死伤惨重。没过多久，这支有1.3~1.4万人的军队遭到拉努塞将军的猛烈冲击。拉努塞只有3000人，但他雄心满满，认为靠自己的兵力肯定能达成目的，所以没有等其他部队前来增援。一开始，他的确打乱了敌军节奏，给对方造成巨大损失。但他还是没能扛到最后，光荣战死。要是他再有两三千人，肯定能够拦住英军。

后来，英国人摸清了法军在埃及的实力，因此大吃一惊，觉得自己此战着实是侥幸得胜。

当时负责接收战利品的哈钦森将军回到欧洲后，说：要是他们事先知道我军实力，绝不敢贸然登陆。当时，英国通过截获信件得到错误情报，普遍认为埃及只有6000法军。皇帝说："法国人的性子就是这样，喜欢夸大事实和抱怨诉苦，一有不满就颠倒黑白。英国获取的那一大堆信件，完全是国人在情绪糟糕或陷入病态谵妄时写下的东西。他们说，自己在埃及什么吃的都没有了；疾病带走了所有人的性命，一个幸存者都没有；等等。"

这类消息听得多了以后，皮特终于被说服了。他怎么可能不被说服呢？当时因为是非常时期，克莱贝尔写给督政府的前几封急报和军报，实际接收人却是于不久前干成雾月政变的前任埃及总司令。*144*谁也不能解释这些文件中相互矛盾的说辞；谁也不能仅仅根据汇报人的职位高低，来决定该相信哪一边的话。总司令克莱贝尔告知督政府，他只有6000人了；可在同一份包裹中，审核官又在报表上说法军还有2万多人；克莱贝尔说自己没钱，可财务官给出的账目上有一大笔钱；克莱贝尔说炮兵只剩一个炮场，一颗炮弹都没了，可物资清单上显示军中弹药储备充足，足够再打好几场仗。拿破仑说："如果克莱贝尔按照自己最初的设想，签订了协议，从埃及撤兵，我肯定会在他回国之后立刻让他接受审判。我已经把这些相互矛盾的文件全部交给参政院，由它进行核查。"

总司令克莱贝尔的汇报都是如此，我们可以想见军队内部普通士兵在信中写了什么内容。这些就是英国人当时截获的东西，这些就是他们的出版内容①；就是这些东西左右了他们的决定，害得他们差点儿付出惨痛代价。皇帝说，他经历了大小无数场战役，在每场战役中都见过被截获信件引发的这类效应，它们有时候甚至给他帮了大忙。

通过这些落到自己手里的信件，拿破仑发现有人在阴毒地攻击自己。他读到这些信的时候，大抵是很痛心的吧，毕竟自己待这些人不薄，对他们信任有加，还以为他们都是爱戴自己的。其中有个人，靠着拿破仑才青云直上。拿破仑本以为这个人绝对靠得住，没想到他却在写给督政府的信中声称：总司令在不久之前逃跑，并从军队财务处卷走了200万法郎。幸好这些急报中有财务官出具的账簿，证明总司令把自己应得的所有军饷都留在埃及军中了。皇帝说："读了这些信后，我对那些

---

① 这里说的是英国出版的《纳尔逊军队在埃及截获的法国军队书信集》（*Correspondance de l'armée française en Égypte interceptée par l'escadre de Nelson*），注释的编者对法国抱有极大的恶意，所以1799年此书的法语版在巴黎问世后，人们都称其注释是"报复心切"。

人感到无比恶心。这是我第一次对人性感到失望。虽然我深知人心的丑恶，但也许那是我反应最为强烈的一次。军中每个人都觉得我完蛋了，大家已经迫不及待地要踩着我的身体往上爬了。"后来，那个人还企图重获宠信。皇帝说，自己一点儿也不介意别人给此人指派个低级职位，145但再不想看到他出现在自己眼前了。他一直坚称自己从不认识他。他的全部报复也仅限于此。①

皇帝一再重申，埃及本来可以一直附庸于法国，要是当初是克莱贝尔或德赛保护埃及，它肯定是守得住的。这类话，皇帝都快说腻了。他说，他们是自己最得意的大将，尽管两人性情迥异，但都是稀世之才。在埃及之战那部分回忆录中，我们会再来详细讲讲此二人。

克莱贝尔的军事才干是上苍赏赐的，而德赛的才干是从学校和实干中获得的。克莱贝尔的天才思想是间歇迸发式的，他会在重要时刻惊醒振作，可之后又立刻归于放纵享乐之中。德赛的才华却一直保持稳定状态，他心中无时无刻不怀着崇高的抱负，身上无时无刻不闪烁着高贵的荣光；他就完全是一个古人的性格。拿破仑说，德赛之死，是自己蒙受的最大损失。他们俩有着相似的教育背景和理念追求，本来可以成为永远的惺惺相惜的知己。德赛甘心成为他的陪衬，永远忠于他、爱戴他。要是他没有死在马伦哥，第一执政官肯定会把德意志的军队交给他指挥，不会让莫罗一直把持此军。此外，这两人的离世也是巧合得不可思议：同年、同月、同日、同一时间里，克莱贝尔在开罗遇刺身亡，德赛在马伦哥中弹战死。②

---

① 此人就是埃及军财政总长J.-B.普西耶尔格。（请看《人名表》）
② 德赛是被一枚子弹击中胸口，而不是炮弹。请看屈尼亚克1934年发表在《拿破仑研究杂志》上的《德赛之死》（Cugnac, La mort de Desaix）。

皇帝的口述方法
10月1—2日，星期日至星期一

一样的海风，一样的汪洋，一样的天气。一开始为我们航行助力很大的东风，开始跟我们过不去了。我们被带着往西行驶，本打算遇到信风；可现在，由于东风继续刮着（其持续时间之长，令所有人都惊掉了下巴），它已经变成了逆风，全体船员对此忧心不已。

¹⁴⁶皇帝依然在每天早晨的固定时间开始口述回忆录，他对这份工作越来越喜欢，觉得时间越来越不够用了。

在劲风的操纵下，船只被迅速推离港口，许多维修工作都只能在海上完成。不久前，人们把船身粉刷了一遍。皇帝嗅觉非常灵敏，被这油漆味弄得非常不舒服，于是待在房间里，两日都没出去。

每天晚上是他最喜欢的时间，他会在甲板上一边散步一边回顾白天的口述内容。从一开始，他就觉得自己的回忆录就像那本蹩脚的《法国人的对意之战》一样，没有主题、没有目的、没有年表。①皇帝把它通读了一遍，根据记忆做了补充。我觉得它一下子变得好多了，就像某个订购商品一样终于达到了客户的要求。

皇帝每天刚开始工作的时候都会抱怨，说他很不熟悉这类东西。他似乎对自己不太自信，说他不可能做成此事。那时候，他会让自己的大脑放空几分钟，然后站起身来，一边踱步，一边口述。从那一刻起，他就变成了另一个人，仿佛灵感突至似的，在那里侃侃而谈，提到时间、

---

① 这里说的是曾在1792年当过陆军部长的吉伦特派成员约瑟夫·赛尔旺写的《高卢人及法国人的对意之战历史》（Joseph Servan, *Histoire des guerres des Gaulois et des Français en Italie*）。全书有五卷，出版于共和七年，书中收有对开地图。当然了，拿破仑手中的那本肯定没有地图。

地点等具体表述时也不会卡壳。

第二天，我会把誊清后的口述内容念给他听。他指出里面的错误，把这件事复述一遍，仿佛自己昨天根本没讲过它似的。但这第二个版本和昨天的大为不同，它往往更加切实、更有条理。有时候，它在某些地方和第一版本会有轻微不同。

第三天，经过第一次校对，他再进行第三次口述。这个版本把先前两次的口述内容整合在一起，让它们相协调。不过在这一版之后，哪怕他还要做第四次、第五次、第六次甚至第十次口述（这事不是没有发生过），各个版本也都是一样的思想内容，用词甚至几乎一样。这些版本没必要被记下来；哪怕我整理后念给皇帝听，他也不再关心，只管继续往下讲。如果漏听了什么，[147]我不可能让皇帝重述一遍。他会滔滔不绝地一直讲下去，而且语速极快。我更不敢冒险请他重复，唯恐会漏掉更多东西，而这些东西都是失不再得的。

离奇独特的巧合

10月3—7日，星期二至星期六

持续不断的东南风已经成了十足的灾难。我们不仅没有前进，反而离目的地越来越远，一头栽进几内亚的海湾里。我们在那里看到一艘船，根据对方打来的信号，这是一艘法国船，也跟我们一样偏离航道，在海上迷路了。它从英国的一个港口出发，目的地是波旁岛。皇帝担心自己书不够读了。我笑着告诉他，说不定这艘船上还有我的一箱子书呢，因为几个月前，我曾往波旁岛寄了一批书籍。实际上，它就是那艘船，因为第二天我就从拜访此船回来的军官那里打听到了它的名字。这未免也太巧了！要是我特意去找这艘船，哪怕寻遍大海，肯定也是空手而归。该船的船长——一个法国老人从那位军官口中听说拿破仑皇帝就在眼前这艘船上，要前往圣赫勒拿岛后，大感震惊，悲伤地摇头叹息，跟英国军官说："你们夺走了我们的一个珍宝，你们把那个会根据我们的习惯喜好来治理法国的人从我们身边绑走了。"

对上将的埋怨—审查另一本书—反驳—思考
10月8—11日，星期日至星期三

这种天气持续时间之长，简直是前所未有的怪事。每天晚上大家都在安慰自己，第二天也许就变天气了，也许今天夜里就会变天了；可每天早晨醒来后，大家又陷入沮丧中。我们几乎都要看到刚果了，确信船只已经越跑越偏。天气一如既往，没有丝毫要变的迹象。[148]大家个个气馁、无聊到了极点。英国人开始责备他们的上将，说要是他当初走大家都走的那条路，我们早就到目的地了；正是因为他刚愎自用、无视道理，才把我们带到这个看不到尽头的旅程中。不过，和当初船员对哥伦布的指责相比，这埋怨已算客气许多了。我们则在一边看笑话。上将为了摆脱困境，甚至不惜求助一个圣萨尔瓦多人。对我来说，工作就是我的全部，所以我不太关心这个横生的波折。何况，此地和彼处，哪里不是囚牢呢？皇帝似乎也是漠不关心的态度，觉得日子该怎么过就怎么过。

继威尔逊将军的作品后，我要审查的另一本书，就是《拿破仑·波拿巴回忆录——一个十五年里和他寸步不离的人所作》（*Les Mémoires de Napoléon Bonaparte, par quelqu'un aui ne l'a jamais quitté pendant quinze ans*）。这本书是匿名作品①，单从这点看，它第一眼就给人不可

---

① 这个匿名作者是个非常平庸的剽窃者，名叫夏尔·多里斯（Charles Doris）。我们可在《文学法国》（*France littéraire*）第二卷第581页中读到这句话："那个孜孜不倦（转下页）

信的感觉。任何一个懂得思考、对书籍有审视习惯的读者，只要打开此书，定会对它的内容和风格提出疑问。哪怕一个很少接触皇帝、对他不太了解的人，他只需读本书的前几页，就会斩钉截铁地得出结论：此书完全是供人消遣的杜撰故事，作者根本就不了解，更不曾接近过皇帝，书中他的说话风格、措辞习惯和实际的皇帝相差甚远。皇帝从来不会跟一个大臣说："伯爵，做这个；伯爵，干那个。"大使绝不会参加他的晨间接见礼。拿破仑14岁时，也绝不会对认识的某个女士说出关于德蒂雷纳子爵的那番话，因为他从10岁到18岁一直都待在军校，根本没机会被人介绍认识什么夫人。提拔他的人也不是佩里尼翁（后者当时根本就不认识他），而是将军迪戈米耶，是他非常积极地向督政府推荐拿破仑。在一个军官写给第一执政官的一封信中，写信人也不是要求重建民主，而是要他扶持波旁家族。书中类似的谬误简直不胜枚举。欧洲上下都知道皇帝在计划设想方面是多么严守秘密，旁人根本看不透他在想什么。他根本没有什么会出卖自己想法的习惯性动作，更不可能在那里自言自语，然后被人听到。[149]无论多么愤怒，他也从不会做出丧失理智、近乎癫狂的事。人们曾流传过一些和他有关的无稽之谈，这些东西在很长一段时间里都是巴黎一些沙龙里的谈资，可最后谣传者自己都觉得没意思了，因为他们发现拿破仑在重大场合里从没有过半分失态。毫无疑问，这本书该怎么写，已是早被定好的事。某些书商为了迎合市场，再给它安了个标题。人们也许会想，毕竟皇帝和他身边的人都是公众人物，作

地攻击着拿破仑及其家人的作者（他为此写了足足二十卷书），一直像个神秘人物一样隐遁不出。他的这本书更像是1814年到1818年人心大乱时的一个投机品，根本不是作者摸着良心写出来的。此外，作者还化名为B**男爵，发表作品攻击皇帝一家（如此一来，公众就会觉得作者是布里安），玩弄公众对他的信任，自己却躲在暗地里偷笑。有些人知道，夏尔·多里斯当时根本就不是什么男爵。"

者既然敢写，好歹也许真的知晓什么内情吧。他当然知道自己是在胡扯一通。所以为了自圆其说，他只能勉强辩解，说自己必须隐去那些人的名字，说他不想把某些人写得太具体，否则人们一猜就知道是谁了。可是，他甚至在讲具体某件事时都是语焉不详，谨慎到让人根本猜不出他在说什么的地步，而且大部分内容完全是他自己凭空捏造出来的。例如，那份所谓从埃及传来的文件，作者说什么总司令从中得知埃及沦陷，满心惶惶不安；例如，那封所谓一个年轻英国人写的推荐信，作者说什么拿破仑拿到信后欣喜若狂，因为此信为他在君士坦丁堡的发迹打开了大门；例如，那幕所谓在马尔梅松上演的现实戏剧，作者说什么波拿巴夫人就像亚马孙女战士一样英勇和坚韧，为了拯救自己的丈夫而表现出伟大的巾帼气概。最后这桩奇谈让我们知道了一件事：这个作者既不了解皇帝，也完全不了解约瑟芬皇后。此外，作者时而赞扬皇帝的某些行为，时而揭露他的某些行径，时而控诉他的某些欺骗手段，摆出一副公正不倚的样子，再加上他那所谓跟了皇帝足足15年的履历，普通读者看了后，还真觉得煞有介事呢。船上大部分英国人都很喜欢看这本书，简直把它奉为权威之作。回头接触了皇帝后，他们发现实际生活中的他和这本小说中描述的那个人简直是云泥之别。于是他们自然而然地得出一个结论，认为是逆境和变故改变了他，却从未想过这本书谎话连篇的可能性。我也跟他们辩驳过，可他们每次听后的回答都是："可作者是个不偏不倚的人啊，他跟了皇帝整整15年呢！"

我逼问："可这个人叫什么名字呢？要是有人在书中如此辱骂你们，你们会不会把他拖到法庭前以自证清白？[150]那我们的那位大人物呢，难道他就只能吃个哑巴亏不成？"

当然，听闻此言，无人再作反驳。可是我们耗费多少功夫，才消除了他们对皇帝的第一印象啊。庸人往往如此，对印在书上的谎言总是深信不疑！

话至如此，我就不再对这本根本不值一提的书多做评论了。其实我还写了一些反驳，不过后来我把它都删了，就算放这个作者一马。回到欧洲重读旧稿时，我发现舆论已经取得十足的进步。我若今日还去和那些许久以前就已被明理之人摒弃、如今只有蠢货才会相信的传闻断言苦苦相斗，那岂不显得太可笑了？

不过，那个匿名作家孜孜不倦地加到拿破仑头上的臆想是被破除了，可人们也许会想：我是不是也在把自己对拿破仑的臆想强加在他头上呢？为了极力避免此事的发生，我只写自己亲眼所见、亲耳所闻的东西。我把他的谈话写下来；至于其他东西，我给不了。

10月12—13日，星期四至星期五

在几股转变风向的微风的缓慢助力下，我们终于接近了终点。虽然没遇到季风，但我们总算朝目的地驶过去，甚至离它已经很近了。随着我们一路向前，天气也越来越好，最后风向完全变成了顺风。不过，在我们离终点只有24小时航行距离时，才等来了这等好运。

望见圣赫勒拿岛

10月14日，星期六

人们预计今天就能看到圣赫勒拿岛，上将把此事告诉了我们。我们一离开餐桌，就听到有人惊呼："看！陆地！"此时离人们的预计时间只差了一刻钟。船员在茫茫大海中竟能提前预报抵达某个地方的准确时间，这简直是个奇迹，它绝佳地证明了我们在航海领域取得了多么巨大的进步。实现预报，[151]靠的是船只和某个固定点之间的精准距离数据，

以及对处于流动变化状态中的总体环境的精准判断。

皇帝来到船只前方,想看看陆地在哪里。他发现了那个小点,可我什么都没看到。整个晚上,我们激动得难以入眠。

抵达圣赫勒拿岛
10月15日,星期日

今天白天,我非常清楚地看到了这座岛屿,它离我们已经很近了。一开始,我觉得它面积很大;可我们走得越近,它就变得越小。离开英国70天、离开巴黎110天后,我们终于在中午抛锚。扎在海底的船锚,就是把当代的普罗米修斯囚在悬崖上的第一圈锁链。

抛锚处停着的那几艘船,正是先前因为被嫌弃走得太慢而被抛下的货船,它们和我们所乘的军舰分开后,在几天前就到达了目的地。这件事足以证明,到了海上,在强大多变的风神面前,人的一切计算都是不确定的。

皇帝一反常态,早早地穿戴整齐,出现在甲板上。他朝步桥走去,想更清楚地看到海岸。在几座怪石嶙峋、寸草不生的参天悬崖中间,架着一座差不多算是小镇的村子。岛上的每个平台、洞口和山脊处都布有大炮。皇帝拿着望远镜看了一遍,当时我就站在他的身边,密切关注着他的神色,但我在那张脸上看不到任何一丝细微的表情。然而,从此这里就是他永远的囚牢了!甚至还是他的坟墓!而我在他身边又能干什么呢?是为了感受一切,还是见证一切?

皇帝很快就回了屋。他把我叫过去,我们如往常一样开始工作。

上将很早就下了船,大约在六点时回来了,看上去异常疲倦。他跑遍全岛,总算找到一些他觉得还过得去的东西。船只需要维修,得在那里停留两个月。[152]我们已经在这座木制囚牢中度过近三个月了，可英国内阁的准确指令是：我们得继续留在船上，直到这块囚禁之岛做好了万全的准备为止。老实说，这种野蛮行为和上将没有丝毫关系。他向我们宣布，他可以让我们第二天就登上陆地。说话时，他的语气中透出一丝小小的欢喜。

第二章

暂住荆棘阁

皇帝登上圣赫勒拿岛
10月16日，星期一

¹⁵³晚餐后，皇帝和上将、大元帅上了小船，准备登岛。①此行甚是引人注目，立刻引来艉楼上所有军官和步桥上大部分船员的注意。不过人们对他已不再是好奇，而是关心，毕竟我们都已经认识三个月了。

登上小艇之前，皇帝把船长叫来，跟他告别，请他把自己的感谢转达给船上全体军官和船员。听闻此言者或者经别人翻译后明白他在说什么的人，无不激动难抑。

---

① 根据格罗韦尔所述，"波拿巴提出等到晚上再下船，好躲开聚在码头上的大批好奇看客的关注"。

八点，我们这些皇帝随员也在一大群军官的陪伴下登岛了。离船的时候，还在船上的人似乎对我们格外同情的样子。

我们找到皇帝的时候，他正在一个指派给他用的客厅里。没过多久，他就来到自己的房间，并把我们叫了过去。这里的环境并不比船上好多少；我们被安置在客栈或有接待条件的旅店中歇息。①

圣赫勒拿岛城里除了一条很短的街道和街后的住宅，其他就什么都没有了。城市居于一座狭窄的山谷中，¹⁵⁴两头是两座耸起的高山，头上就是悬崖，崖上寸草不生。

皇帝定居在荆棘阁—寒碜的环境
10月17日，星期二

早晨六点，皇帝、大元帅和上将骑马参观了朗伍德（就是"长林子"的意思）。那里的一座宅子被选定为他的居所，坐落在离城市两三古里的一个地方。②回来的路上，他们看到山谷后面的农田里坐落着一栋小房子，离城市有2英里③远。皇帝极不愿意回到自己昨晚住过的地方，觉得它简直就是一座比船上囚室还要糟糕的监狱：门口有哨兵把守，窗户外面还挤满了好奇的看客，所以他只能待在卧室里。他们在路上看到

---

① 马尔尚在他的回忆录中，就拿破仑在圣赫勒拿岛上的首次过夜提供了更多细节。据他所说，拿破仑住的地方是"一座小房子，归波尔蒂斯所有，房间里里外外非常干净。然而这座住宅太过狭小，所处位置也不好，皇帝在房中的一举一动都能被外面的行人看到，而且他一出门，就会一下子撞见住在这座所谓城市里的附近居民……客厅在一楼，寝室在二楼……皇帝睡得很不踏实，干脆让我把蜡烛点上，穿上寝衣，看起书来"。

② 古尔戈说："六点半，上将前来，问将军是否准备就绪。我前去告知皇帝，他走下楼来；那时上将已经上马，根本没有耐心等他的意思。陛下惊呼：'上将简直就是一个粗人！'我帮助他登上一匹准备好了的马，他扬鞭就走。但由于不认识路，陛下不得不停下来等上将。"

③ 英制长度单位，1英里折合1609.334米。——译者注

的那座小房子边上有个小小的阁楼，皇帝很中意这个地方，想搬到这里来。上将也觉得，他待在这里会比留在城里舒服许多。于是皇帝在这里先住了下来，并让人把我叫过去。他当时一心沉浸在对意之战的回忆录工作中，无暇顾及其他。我立刻上路，前去和他会合。

圣赫勒拿岛小镇所在的那个山谷，在两座峥嵘险峻的山峰的夹挤下，蜿蜒曲折地探向岛屿腹地。山谷中有一条车道，被维护得很好。往后走大约2英里，这条路就变成了盘山路，左侧是高耸的山峰，右侧是深不见底的悬崖。但再往前走一点儿，路就开阔起来，路边有一小块平地，平地上建筑耸立、花木繁盛。一路行来，看腻了悬崖怪石，此景简直让人眼前一亮。岛上有一个商人（巴尔科姆），在这里建了一栋朴实无华的小房子。主屋右边三四十米远的地方有一座小山丘，小山丘的高处建有一座看上去像小咖啡馆①的阁楼。从外观上看，屋主一家大抵会在天朗气清之时，来此品茶赏景。上将租下了这座简陋的阁楼，供皇帝临时居住。早晨，皇帝已去了阁楼。沿着陡峭的山坡攀爬时，我远远地瞅见一个人，看上去很像皇帝，便停下来凝神细看。他略微弓着背，双手负在身后，穿着一件非常简单的便装，戴着一顶叫人一眼就能认出来的小帽子——楼中人正是皇帝无疑！我朝他走过去的时候，他正站在门槛口，吹着口哨，听旋律是一首讽刺民歌。

他看到我后，说："啊！你总算来了！为什么没把你儿子一道带来？"

我回答道："陛下，出于恭敬和谨慎，我把他留在了城中。"

他说："你离不开他的，把他带过来吧。"

---

① 小咖啡馆（Guinguette）是18世纪的词语，指的是城郊小房子。

皇帝在任何时候、在任何战役中，都没住过比眼下更加寒碜狭小的房子。这栋楼就是一座四四方方的小平房，两面墙上各凿了一扇门，另外两面墙上各有两扇窗户，窗上没有装窗帘或百叶窗，仅仅有个窗框。①皇帝当时一人站在那里，他的两个仆人②正忙着为他安放床具。由于山势陡峭，这栋小阁楼边上四面没有任何土台，到处都只看得到怪石峭壁。皇帝突发奇想，想在周围走一走。他挽起我的胳膊，跟我兴高采烈地说起话来。此时夜幕降临，四周万籁俱寂，毫无人烟。一瞬间，我心中是五味杂陈、百感交集！我仿佛一人置身在荒漠之中，对身边那个人不由得产生出相依为命之感。他可是曾经的世界霸主啊！他可是拿破仑啊！！！这就是我当时心头全部的想法和感受！人们若想理解我的心境，可以想想当初他权势滔天的时候是何情景：那时他只需颁布一道法令，就可推翻一个王朝，就可造出一堆国王！人们也可以想想，当初杜伊勒里宫里围着他打转的人在他面前是多么俯首帖耳，他手下的文官武将对他是多么敬仰和畏惧，各国大臣乃至君主对他是多么诚惶诚恐！我正是想到了这些，今昔对比，才会如此感慨！

皇帝准备就寝时，[156]发现房间一扇窗户正对着他的床，外面的人可以把他看得清清楚楚。我们尽量采取补救措施，把它封了起来，不让外面的空气进来。皇帝对空气十分敏感，一点点对流风都会让他感冒或牙疼。我住在顶楼，恰好就在皇帝寝室的正上方。这间房间长宽都是七尺，里面只能放一张床，除此之外，连多放一张凳子的空间都没有了。

---

① 拉斯卡斯在这里又有所夸张。我们可以听听马尔尚是怎么说的："一间小小的前厅，一间有四扇窗户的大房间，房间顶上还有两间不算大的阁楼，我们可以走前厅旁边一个狭窄的楼梯爬到阁楼里。"

② 即马尔尚和诺韦拉。（请看《人名表》）

这里就是我和儿子的住处,儿子只能打地铺睡觉。可我们怎会抱怨呢?因为这里离皇帝多近啊!待在房间里的时候,我们可以听到他的响动,甚至能听到他在说什么!……

他的两个仆人待在门口,裹着外套席地而睡。

这就是拿破仑在荆棘阁第一夜的详细情况。是的,这座阁楼就叫荆棘阁。

对荆棘阁的描述—阁楼花园—遇到屋主的女儿
10月18日,星期三

我和皇帝一起吃了早饭,桌上既没有桌布,也没有餐巾,餐食就是昨天晚餐吃剩的东西。

一个英国军官[①]住在旁边的一栋房子里,好看住我们;两个士官在我们眼皮子底下迈着军步走来走去,监视着我们的一举一动。[②]吃完早餐后,皇帝投入工作中,忙了几个小时。之后,他兴致勃勃地要探索一下新环境,去周围踩踩点,宣示主权。

我们从主屋背面走下山丘,眼前有一条小路,路边被仙人掌做成的树篱围了起来,再边上就是悬崖。我们沿路走了两百米,来到一座小花园中,花园门是敞开的。这座花园位于一处高地上,园中地势很不平整,一条小道蜿蜒曲折地穿梭其中。进园处的角落里有一个摇篮状的东西,另一角有两个窝棚,料理花园的黑人就住在那里。园中有几棵果

[①] 即托马斯·格里特利上尉。(请看《人名表》)
[②] 马尔尚此处记叙的场景不像拉斯卡斯写的那样过分,他说:"他(格里特利上尉)费了些心思,想遮掩自己的存在,极力避免出现在皇帝经过的地方,但这拙劣的掩饰依然产生了不好的后果。从那时起,上将和皇帝的关系就开始转淡了。"

树和一些花。*157*我们一进花园，就遇到了屋主的两个女儿①，十四五岁的样子。其中一个性子活泼，一副被宠上天了的样子；另一个看上去更加稳重，不过太过憨厚。两位小姐会说一点儿法语。她们跑遍花园，把自己觉得最新奇古怪的东西找来送给皇帝。看到她们自来熟的样子，皇帝也甚觉有趣。向她们告别时，他跟我说："我们刚参加了一个假面舞会呢。"

法国年青一代—皇帝拜访隔壁邻居—一个老实人

10月19—20日，星期四至星期五

皇帝把我的儿子叫来一起吃早饭，你不知道这孩子当时有多开心！他还是第一次这么近距离地看着皇帝，听着他说话，甚至跟他交谈呢！想到这里，他就激动得无以复加。

此外，餐桌上依旧没有桌布，食物都是从城里采购来的，只有两三道难以下咽的菜。今天，桌上有盘鸡肉，皇帝亲自动手把它切开，分给桌上众人。他非常惊讶自己竟然还能切得这么好。他说，自己很久都没干过这种事了，自从在意大利统率三军开始，他要劳心的事太多，已经忘了餐桌礼仪方面的事。

咖啡是皇帝的必需品。可这里的咖啡极其难喝，他甚至怀疑里面有毒药。他把咖啡倒了，让我把我的那一份也退回去。

当时，皇帝把玩着一个鼻烟盒，盒子上镶着一些古代勋章，勋章周围还刻着希腊文的铭文。皇帝对其中一个勋章的人名存有疑问，让我把那些字翻译出来。我回答，这实在超过了我的能力。他笑了，说："你在学问上也没比我强多少嘛。"我的儿子颤抖地举起手，说上面刻的是米

---

① 即巴尔科姆家的简和伊丽莎白，后者的乳名是贝琪。

特拉达梯六世、德米特里一世等人的名字。①看我儿子如此年幼就能识希腊文,皇帝对他立刻另眼相看,惊讶地问:*158* "什么?你儿子已经学到这个地步了?很不错嘛!"他开始细问儿子在哪里读的书、老师是谁、上过什么课,再回头跟我说:"我竟把这么小的孩子留在自己身边!可他就是我的作品!这年青的一代,他们会用自己的方式为我报仇雪耻。看到作品以后,人们自然会让造它的匠人重获清白!蜚语恶言在我的成果面前自会消遁于无形。要是真如那些居心叵测的人一再宣扬的那样,我心里只想着自己,只顾着争权夺势,心有他图,不以理性治国,那我大可采取愚民政策,扼杀知识。可我不仅没有这么做,反而竭尽全力地推广知识教育。而且,这些孩子还没得到我曾希望予以他们的一切教育呢。我所构想的大学应当把各个学科都综合起来,它是一个教育界的杰作。可一个恶人②通过险恶算计,让这一切毁于一旦。"

晚上,皇帝想去邻居家拜访一下。男主人由于痛风发作,正穿着寝衣躺在沙发上,身边围着他的妻子和我们早晨见到的那两个女孩子。早晨中断的假面舞会又继续起来,两位小姐就自己知道的一切畅所欲言。人们谈小说,其中一个小姐读过科坦夫人的《玛蒂尔德》,发现皇帝也

---

① 25年后,拉斯卡斯的儿子在日记中讲述他在圣赫勒拿岛的经历时,说:"距离(巴尔科姆)住宅50步远的地方是一座小亭子……10月20日,我就是在那里第一次有幸和皇帝一起进餐!当时在场的只有皇帝和家父。我睁大眼睛看着眼前的一切,但没说一句话。皇帝心情很好,和家父谈笑风生。为了向家父解释某件事,他让人把一个箱子搬过来,里面有几个鼻烟盒,所有盒子上都饰有勋章。勋章上的铭文是希腊语,家父看了也摸不着头脑。皇帝笑了起来,对家父说:'您也没比我强多少嘛。'他肯定从我眼神中看出我想说点儿什么,于是把鼻烟盒递给我,说:'你知道写的是什么吗?'我给他念了上面的铭文和其他文字;之后,他还拉着我问了许久。"原文出自《写于美姬号上的日记》(*Journal écrit à bord de la frégate La Belle-Poule*)第180页。

② 即后来成为大学校长的诗人封塔纳。

知道这个人后，大家非常高兴。客厅里有个方脸大个子的英国人，看上去很老实正直。他竖着耳朵，想借助自己掌握的为数不多的法语单词来弄懂大家在说什么。之后，他壮着胆子，拘束地问了皇帝一句：他很仰慕玛蒂尔德那个当王妃的女友，想知道小说最后她是否还活着。皇帝一本正经地回答："不，先生，她死了。"此人一听说这个噩耗，立刻呆住了，眼睛瞪得大大的，流出滚滚热泪。要不是看他如此真挚的样子，皇帝还以为他在戏弄自己呢。

这两位小姐已经失去了天真质朴的童真本色，不过这也是可以谅解的。但我敢说，她们并没认真学过年代学。一位小姐读过弗洛里昂的《埃斯特勒》，为了证明自己会读法语，她还提到了加斯顿·德·富瓦的名字，认为他是个杰出的将军。她还问皇帝，他对富瓦在军队里的表现是否满意，[159]他是否躲过了战争，是不是还活着。

上将前来拜访皇帝
10月21日，星期六

早晨，上将前来拜访了皇帝。他敲了敲皇帝房间的门，要不是当时我正好在那里，皇帝就得自己去开门了，否则上将就得一直在那里等着。

我们这个被打散了的流亡群体所有成员也来到这里，大家都聚齐了。每个人都讲述着自己遭遇的无数难事，皇帝对此深感愤慨。

流亡的悲惨和苦难—皇帝大怒—向英国政府递交信函
10月22—24日，星期日至星期二

英国内阁践踏了我们全情信任的宾客权利，还无所不用其极，用更

加残酷冷血的手段来对付我们。我们被流放到一个与世隔绝的地方，缺衣少食，受尽折磨，几乎什么东西都没有，可它还想逼我们把这杯苦酒杯底的渣滓也一饮而尽。圣赫勒拿岛跟西伯利亚没什么区别，只不过一个热、一个冷而已，而且前者的面积要小得多。

拿破仑皇帝曾权倾天下，当过好几个国家的君王，如今却沦落到住在悬崖边上一间只有几尺宽的破败茅屋中，房中窗帘、护板、家具一应全无。①他就在这个破地方睡觉、更衣、吃饭、工作、休息，仆人要打扫房间的时候，他必须出去。在饮食方面，他吃的是从很远的地方带过来的劣质饭菜，质量几乎跟单人囚室里罪犯的伙食差不多。他没有任何必需生活品，例如面包。葡萄酒也跟我们平素喝的不一样，简直难以下咽；水、咖啡、黄油、食用油等生活物资在那里是稀缺品，质量差得让人难以忍受②；连面包这种必备的健康食品都没有；[160]他还不能骑马。

他的同伴、仆人都住在离他2英里远的地方，在一个士兵的陪伴下才能到他那里去。他们被剥夺了武器，要是晚上回得太晚，或在交换口

---

① 拉斯卡斯在这里又有夸张，所以我们又得参考马尔尚在回忆录中的描写："房屋女主人和她那两个讨人喜欢的女儿把她们能找到的家具都翻了出来，想尽量把皇帝居住的那个房间布置妥当。我得到了几把椅子、一张扶手椅和一张桌子……桌子被放在房间中央，下面垫着地毯……巴尔科姆先生坚要给我一个五斗柜，我推辞不过，只好接受了……我让人从城里运来一个带梳妆台的银质柜子，这是我们当初从爱丽舍宫带出来的，是著名金银匠比昂内的作品。这件银质家具极其精美，价值高达1万法郎，巴尔科姆一家看了啧啧称赞。墙上挂着罗马王和玛丽-路易丝皇后的几幅小像，窗户上挂着几张细亚麻布床单，权当窗帘，这就是这间房子里的所有家具。"

② 我们可以把马尔尚的证词拿来对照看看，并应该格外关注他讲述的私下生活中一些极其珍贵的细节："饭菜都在城里做好，由几个奴隶带到荆棘阁来，送来的时候都凉了……皇帝有一天睡觉前跟我说了这事，我就跟他说：我们在城里有一个管家和配膳主管，可以让其中一人到荆棘阁给他当厨子……如此一来，他就能吃上热饭菜了。第三天，配膳主管皮尔龙和厨子勒帕热进了荆棘阁，还送来足够多的银质餐具和餐巾。皇帝的餐桌上总算有像样的餐具了。"

令时出了什么差错（这种事几乎每天都有），就会被罚一整晚的哨所禁闭。①所以，在这座峥嵘险峻的悬崖顶上，我们不仅要忍受苛刻的自然环境，还要遭受严酷的人为禁锢！可他们明明可以对我们客气点，让我们住得舒服点。

当然了，既然欧洲各国君王要流放拿破仑，他们定是暗含恨意地执行这个决议的。如果仅仅是因为政治原因才不得不采取这个行动，在迫不得已之下才侵犯法律、违背原则，为了向世人证明自己的无奈，他们应当对那个声震寰宇的受害者以礼相待、对其尊重有加、对他好生弥补才是啊。

我们所有人都跟皇帝一个想法。对于这些事，他每次想起都是愤懑不已。他曾高呼："他们对我们使了多么卑鄙下流的手段啊！让我们活在濒死的恐怖中！除了不公的对待、粗暴的行为，他们还侮辱我们，慢慢地折磨我们！既然我在他们眼里是洪水猛兽般的人物，那他们为什么不想办法摆脱我呢？朝我脑袋或心脏来一枪，一了百了，而且这桩犯罪花不了他们多少精力！要不是你们和你们的妻子也在这里，我说不定只拿得到一个普通士兵的口粮呢。欧洲君主们就这样允许别人来侵犯我所代表的神圣君权？难道他们没看出来，他们在圣赫勒拿岛上做的事相当于在自我毁灭？我曾以胜利者的姿态走进他们的首都，要是我当初跟他们现在一个想法，那他们会是何下场？他们曾经一个个和我称兄道弟，我也通过人民的选举、胜利女神的裁决、信仰的力量、政治与鲜血的结盟，成为他们中的一员。难道他们觉得，有脑子的人民会对他们这等有失道义的行为无动于衷，就这样抱臂旁观？先生们，控诉你们的不平

---

① 我们在马尔尚的日记第二卷第42～46页中找到了《治安条例》的完整24条规定，该条例还被交与皇帝，让他了解一下。

吧，让愤怒的欧洲听到你们的话吧！但我出于尊严和骨气，不会有任何抱怨：我要么发令，要么沉默。"

第二天，一个军官直接打开房门，毫不客气地闯进皇帝房中。[161]当时，我正在那里跟他一道工作。其实此人的本意倒是好的：他是跟我们一道前来的一艘小船的船长，眼下要重回欧洲，故前来听取皇帝的口令。拿破仑当时正在回顾昨天的回忆录内容，用越来越激烈的语气，把自己最崇高、最强硬、最瞩目的思想宣泄出来，让他转达给英国政府。我语速极快地进行了实时翻译。这个军官似乎被这一句句铿锵有力的回答给震惊了，他离开房间，承诺一定会一字不改地转达原意。然而他真能传达出我所见证的那些措辞、那份气势吗？皇帝令人把自己这番回答写成信函。和皇帝洋洋洒洒地写下的这封信相比，军官的转达内容定会显得格外蹩脚。信函内容如下：

皇帝通过回航船只传话，要求得到妻子和儿子的消息，要求知道儿子近况如何。与此同时，他要向英国政府重申他当初就自己的离奇遭遇已经发出的抗议：

1. 英国政府宣称他是战俘。皇帝根本不是什么战俘，在登上柏勒洛丰号前，他由梅特兰船长向摄政王储写了一封信；那封信充分地向全世界证明，他是以自由的身份、怀着满腔的信任，将自己置于英国旗帜之下。

因为相关条款规定，皇帝才同意离开法国。但他不屑于将自己的个人私利和他所心系的国家大利绑在一起。他本可以去找他的朋友沙皇亚历山大，也可以把自己交给岳父皇帝弗朗茨，然而他出于对英国民族的信任，前来投靠这个国家，而且只想接受法律的保护，除此之外再无其他要求。他已放弃公共事业，只想找到一块处在亘古不变的法律统治下、不受个人意志干扰的土地，在那里度过余生。

2. 要是皇帝是战俘，照样有公共法律去限制政府对战俘拥有的权利；而且战争结束后，政府对战俘就再无任何权利了。

3. 即便英国政府武断地认为皇帝是战俘，[162]可它的政府权力当被公共权力所束缚；此外，英法两国在当前战争中没有任何联盟关系，它大可像野蛮人那样，直接杀了俘虏了事。哪怕这样，也比把他流放到一块荒凉孤岛上的这种做法更加人道、更合乎正义。哪怕当初在普利茅斯锚地的柏勒洛丰号把他处死，英国都算做了一件善事。

我们也曾去过欧洲最穷苦的地方，可它们都比不上这块荒凉之地条件艰苦。我们没有任何可以让生活稍微令人满意的东西，每时每刻都在半死不活中度过。唯有在基督教精神的首要理念的支撑下，想着每个人在命运中必须尽到的第一义务，他才能阻止自己终结这可怕的人生。但要是英国政府继续对他施以不公、粗暴的待遇，那还不如做做好事，把他杀了。①

载着这封信回到欧洲的那艘船是红极号，其船长是德斯蒙。②

希望读者能谅解我们没完没了的抱怨。你们也许会觉得这些控诉太千篇一律，可我真希望你们能知道，你们觉得读这些话很无聊，可我们更觉得翻来覆去地讲这些话很无聊。

---

① 我们觉得，在这封由他亲笔拟写的公函中，拉斯卡斯有所删节。至少，这是我们读古尔戈1815年10月22日的日记时产生的想法。"我们来到皇帝房中，他让拉斯卡斯给我们读了一封信，信中详细记录了陛下遭到怎样的对待。这封信得让贝特朗来签字。皇帝询问我们的意见。我觉得，它若作为正式文书的话，其中的细枝末节未免太多了，例如这话：'陛下房中的仆人本出身于巴黎优渥的资产阶层，却只有一件外套可穿。'（《拿破仑圣赫勒拿岛回忆录》中并没说到这件事）这种事根本不值得陛下去开尊口，然而此信依然被交给贝特朗，由他誊抄给上将，因为这么做才有效果。"

② 是邓曼，而非德斯蒙。（请看《人名表》）

荆棘阁的生活—奥斯特里茨战役中的随身箱—皇帝的大行李箱—杜伊勒里宫中发现的无数关于拿破仑的诽谤短文和小册子

10月25—27日，星期三至星期五

皇帝很早就起床更衣了，他在外面转了几圈，我们在约莫十点的时候吃早饭。之后他继续散步，然后我们一起工作。我跟他读昨晚他口述下来、第二天早晨由我儿子重新抄好的笔记，他略作更改，然后再跟我口述当天的内容。我们五点再度出门，六点回来吃晚饭，^{163}不过，所有饭菜依然是城里做好端过来的。白天非常漫长，晚上的时间更是过得奇慢无比。很可惜，我不会下国际象棋。我曾想过趁晚上的时间学学下棋，可是怎么学呢？跟谁学呢？我自告奋勇，想学一点儿皮克牌。皇帝很快就发现我在这方面一窍不通，他知道我有心学习，但还是没再跟我玩了。有时候他闲得难受了，就到隔壁邻居家去，那两位小姐会跟他玩一会儿惠斯特牌。但更多时候，晚餐结束后他就留在餐桌上，坐着聊天——这个房间太小了，他没法一边踱步一边交谈。

有个晚上，他让人把自己的旅行随身箱拿过来，将其仔细检查一番后，把它交给我，说："这东西跟了我很长时间，奥斯特里茨战役发生的那个早晨，我还用它洗漱呢。"他看着我的儿子，继续说："把它传给小埃马纽埃尔吧。朋友，当他三四十岁的时候，我们已经不在人世了。那时，这个东西会更珍贵的。他看着它时，会说：这是拿破仑皇帝在圣赫勒拿岛时送给我父亲的东西。"我接过这个珍贵的礼物，把它视为圣品，像保存圣骨一样将其悉心珍藏起来。①

---

① 1921年，撒布勒塔什出版社（Sabretache）出版了《拿破仑逝世百年纪念合集》（*Centenoire de Napoléon*），里面也讲了这件事。

接下来，他又搬出一个大箱子，将其细细检查了一番。他在里面找到家人的肖像画，还有他们送给自己的一些礼物：其中有皇太后、那不勒斯王后、约瑟夫的几个女儿、他的兄弟、罗马王等人的画像，有非常少见的一张奥古斯都大帝及其妻子利维娅的画像，有教皇送给他的油画《西庇阿的节制》和另一个同样价值连城的古董，一个小匣子上画着一张彼得大帝像，另一个匣子上是查理五世像，还有一个匣子上是德蒂雷纳像。他每天使用的其他匣子，上面则饰以有恺撒、亚历山大、苏拉、米特拉达梯等人头像的勋章。① 之后，他又掏出几个鼻烟盒，上面绘有他的肖像画，并装饰着许多珠宝。他当时心血来潮，想找一个没有装嵌任何珠宝的鼻烟盒，但没有找到。他把仆人叫过来，让他帮自己找。可惜，这个鼻烟盒仍跟大件行李一起被存在城里。我对此倍感懊丧，像自己丢了什么东西似的。

皇帝当时翻来覆去地看着几个鼻烟盒，它们都是路易十八仓促逃跑时留在杜伊勒里宫书桌上的。*164* 其中一个是深黑色的，质地和象牙很像，造型极其独特，上面画有路易十六、王后和伊丽莎白公主的画像，三张画像都是月牙状的，一个个背靠背地叠起来，形成一个等边三角形的形状，外围是一圈小天使。另一个匣子是一幅速写水彩画的打猎图，此画无甚出奇，因其绘者才显得珍贵，据说它出自昂古莱姆公爵夫

---

① 请看F. 布瓦耶1925年发表在《拿破仑研究杂志》第171~182页上的《J.-N.普利莫里伯爵在罗马的拿破仑博物馆》（F. Boyer, *Le Musée napoléonien du comte J.-N. Primoli à Rome*）。作者在文中也描述了圣赫勒拿岛上的两个鼻烟盒：其中一个上面有出自伊萨贝之手的保琳·波拿巴的肖像画；另一个的外壳上饰有三枚古代勋章，勋章上分别是奥古斯都、庞贝和恺撒的画像。1803年，当时还是执政府时期，拿破仑生出想法，想在国家图书馆中找到三枚分别代表恺撒、西庇阿和汉尼拔的勋章。由于没有找到西庇阿和汉尼拔的勋章，古董保管处就把庞贝和恺撒的勋章献了上来。

人之手。第三个鼻烟盒根据外观来看，上面画的应当是普罗旺斯伯爵夫人。① 这三个鼻烟盒造型朴素，样子也很常见，因为它们背后的历史才显得弥足珍贵。

3月20日晚到达巴黎后，皇帝发现国王书房还保持原貌，所有文件都还放在桌子上。皇帝令人将这些桌子搬到宅邸角落搁着，再抬几张新桌子过来。他要求人们不许动桌子上的任何东西，等他有空的时候再来检查这些文件。由于皇帝离开法国后就再没回过杜伊勒里宫，国王回来后，肯定觉得他的房间和东西仍是自己离开前的样子。

皇帝翻了翻其中一些文件，在里面发现了国王写给阿瓦莱的几封信，收件地址是马德拉群岛，也就是阿瓦莱病逝的地方。这些信是国王手笔，而且肯定已经寄出去了。他还发现国王其他一些非常私密的信，也是他亲笔所写。然而这些东西怎么会在那儿呢？它们是怎么回到他的手中的呢？此事实在匪夷所思。皇帝说，这些信有五六页那么长，文笔优雅，但内容深奥难懂。在其中一封信中，亲王给收信人说：夫人，看看我多爱您吧，您让我走出了哀伤。皇帝说，"哀伤"二字之后，就是大段大段学究气十足的文字。皇帝猜不到此信是写给谁的，也不知道他因何"哀伤"。我对此也完全摸不着头脑。②

皇帝曾批准让某人担任一个重要机关的领导人，过了两三天，他在其中一张桌子上发现了此人写的一封陈情书。[165] 由于他在里面提到皇帝

---

① 这个箱子里面有路易十八的妻子——普罗旺斯伯爵夫人的一张肖像画，1815年路易十八逃离巴黎的时候，将它留在了杜伊勒里宫。拿破仑获得此画，将它一道带去了圣赫勒拿岛。请看F. 布瓦耶179页上的记载。

② 我不知道此信最后是何下落，收信人已不可考。路易十八的这封"情书"应当写于1810年之前，因为他的妻子在同年11月13日去世。

及其家人时的语气不佳、态度轻蔑,此人后来没有得到任命。①

这类东西还有许多。尤其是锦衣库总管、王室总管布拉卡的办公室,那简直是一座卑鄙、谎言和诽谤的档案馆!里面堆满了各种各样的方案、报告和告发信。②写这些文章的人,基本都想踩着拿破仑往上爬,以为他反正远在天边,再也看不到这些话了。后来皇帝发现了布拉卡的这类文件,因为其数目过于庞大,最后不得不专门成立一个委员会,将其清理干净。皇帝现在想来,觉得自己此事处理不当,应该将这项工作交给一个人去做才对;如此一来,里面的许多东西也就不会被人盗取出来了。他不无道理地猜测,后来他从滑铁卢回来后遭遇了那么多阴险的攻击,其中大部分都是受了布拉卡这些文件的启发。

在众多文件中,人们发现了保琳王妃的一个侍女写的一封信。她在这封长长的信中对王妃及其姐姐们说尽坏话,把这个人(也就是皇帝)写成一个十恶不赦的坏蛋。但读信人觉得这写得还不够过火,把信中一部分内容删了,另加了一段话,把最耸人听闻的事都推到拿破仑头上去。信的空白处有几个字:"可出版。"字迹和添加内容的笔迹一模一样。说不定没过几天,这本诽谤小册子就出版了。③

一个甚有地位的贵族夫人曾经受了无数皇恩,后来见形势不对,连

---

① 杜南认为此人应该是米雷尔伯爵。(《圣赫勒拿岛回忆录》批注版第一卷第194页,注释1)

② 我们可看弗勒里·德·夏布隆的回忆录:"布拉卡把许多文件留在一个文件夹中,皇帝让奥朗特公爵检查一番。但他没过多久就后悔了,让奥朗特公爵将文件夹交上来。我们得到了一部分文件,剩下的则被交给维琴察公爵。我们没有找出什么值得关注的东西。皇帝很是失望,指责富歇将里面的重要资料调包了。"原文出自L.科尔内(L. Cornet)编辑版的第一卷第324页。

③ 我们可对照看看奥米拉的回忆录中写于1816年11月25日的这段话:"我从厄尔巴岛回到巴黎后,在B先生(布拉卡)的私人文件中发现了一封从厄尔巴岛寄出的信,(转下页)

忙给另一个也是新晋被封为贵族的女友写信，把元老院废黜和流放拿破仑的那道著名决议告知对方，她说："我亲爱的朋友，我的丈夫才刚回来，累得要死；不过他的努力总算有了回报，我们终于摆脱了这个人，即将迎来波旁家族。感谢上帝，我们将是真正的伯爵夫人了！"

这些信件中的许多极其不当的人身攻击，让拿破仑看了倍感耻辱。而且写信人昨天还跑到他这里来，取得了他的信任。[166]震怒之下，他的第一个念头就是把这些文章全都刊登出来，收回自己的恩宠；然而细想之后，他改变了主意。他说："人就是如此意志不坚、首鼠两端、易被煽动，要不是因为这些信，我根本不会知道这些人其实并非真心投靠于我。如果他们故伎重演，我也许会惩罚他们，但当时，我觉得最好还是装作并不知情的样子。于是，我叫人将这些东西悉数烧毁。"

皇帝和大元帅开始记录埃及之征—雾月事件中的一些小事—里尔伯爵的信—美丽的吉什公爵夫人

10月28—31日，星期六至星期二

我和儿子两人高度默契地一起工作。他生病了，觉得肺不舒服。我

写信人是我妹妹保琳身边的一个侍女，看得出她写信时充满戾气。保琳生得美丽动人。信中详细透露了她的生活起居、穿着打扮和一切平常喜好，说我无微不至地关注着她的幸福，还亲自操办她的客厅家居。之后，写信人笔锋一转，谈到了我的私人生活。她说我是一个不同寻常的男人；说有一天晚上，我的手指被严重烧伤，我灌了几乎整整一瓶酒下肚，表现出再痛也不皱一下眉头的样子；另外还有其他一些鸡毛蒜皮的小事，也许它们是真的，但根本没有记下来的价值。B先生（布拉卡）篡改了这封信，在里面添加了一些恶心的故事，甚至说我和我的妹妹睡觉，还在这段荒诞不经的谣言边上写道：可出版。"弗雷德里克·马松在他的《拿破仑和保琳在厄尔巴岛期间的乱伦之恋》（*L'inceste de Napoléon et Pauline à l'île d'Elbe*）中说了这件事（请看1913年《拿破仑研究杂志》的第一卷20页），但把出处引错了（《奥米拉回忆录》第一卷248页）。杜南不经更正，也在他的《圣赫勒拿岛回忆录》评注版第一卷第195页注释1中摘录了这段话。这段话写于1816年11月25日，实际上出自《奥米拉回忆录》第一卷第215页。

的视力也有所下降，为了我们的工作，我俩实在吃了很多苦。① 但我们进展飞速，快把对意之战写完了。②

然而，皇帝仍觉得自己的时间排得不够满。工作成了他打发时间的唯一手段，他在口述回忆录时变得神采飞扬，越来越喜欢这份工作了。很快，他就讲到了埃及之征。[167]他经常说要让大元帅负责这部分内容。另一方面，我们住在城里的那部分伙伴在那里待得很不习惯，对远离皇帝的这个现实倍感痛苦。在这个环境中，他们的性子日渐暴躁，被各种各样的矛盾和困难弄得沮丧不已。我向皇帝建议让所有人都参与这项工作，大家一起完成对意之战、埃及之征、执政府时期和离开厄尔巴岛这些内容。如此一来，他会觉得时间流逝得越来越快，这本堪称法国之光的伟大作品能取得神速进展，同伴们也不会觉得生无可恋了。他听到这个提议后笑了，当即就做出决定：让其中一两个人定期前来记录口述，

---

① 在11月5日和6日的夜里，拿破仑第一次把拉斯卡斯的儿子叫过来记录口述内容。后者在他的日记中回忆道："当时我和家父已经睡下了，我们的寝室就在皇帝房间上面的小阁楼里。深夜，一个叫阿里的狩猎跟班过来把我们叫醒，让我下楼。我们最开始还以为出了什么岔子，结果是皇帝体谅家父眼疾发作，明确说让我来接班。我很快就下楼了。皇帝当时站着，身上穿着一件白色布纹的寝衣，头被一张马德拉斯布乱七八糟地包着。他大声严肃地说：'您就站在那里，留神记录。'然后，他开始语速飞快地回忆历史，话中带着一丝怒气，语调很重（这是我唯一一次听他用这种语气说话）。他在那间狭窄的房间里来回踱步，走得不快，但脚步坚稳有力。我们清楚地听见他踩在地板上的声音；他右臂时不时地大力甩动着，把寝衣都带了起来。"（出自《写于美姬号上的日记》第181页）

② 我还保留了皇帝第一次口述的部分内容。虽然它们和后面几个扩展开来的版本有所出入，可初版也是一份珍贵的历史资料，哪怕和后面的定稿相比也是如此。所以，我毫不犹豫地把它们放进书中。这部分内容被混杂地穿插在这本日记中，可惜，我只留下了一小部分内容。我带着手稿离开朗伍德后，皇帝派人传话，要我把对意之战的那部分手稿留下，以免它被哈德森·洛韦扣留。于是，我把手中的存稿交了上去。后来我又找到了几页内容，在离开之时便人问皇帝，我能否将这几页留在身边以做纪念。他回答说，他欣然同意，知道东西放在我手上就等同于仍留在他身边。所以，我得以保留这部分内容，并心存希冀，希望我能再拿到和对意之战相关的那部分回忆录内容。——辑录者注

第二天再把笔记带过来给他过目，大家一起吃晚餐，这也能给他提供更多的消遣。

我们自己也拿定主意，要从各个方面慢慢地让皇帝心情好转起来。我们在皇帝的住处边上支起了一个大帐篷，帐篷是第53步兵团上校提供的。就这样，皇帝的厨子搬到了荆棘阁。我们从行李箱里拿出一些棉织物和银质餐具，举办了我们的第一场晚宴，这差不多就是我们的晚会了。即便如此，夜晚仍是漫长而又难挨的。皇帝去了邻居家几次，有时他还试着离开屋子，出去散步；但更多时候，他仍待在屋里跟人聊天，努力拖到十点或十一点再睡觉。他不想睡得太早，因为他当时经常在午夜时分醒过来，为了不让自己胡思乱想，只能半夜起床读书。

有一天吃晚饭时，皇帝发现桌上一个本来归他所有的盘子上居然刻着王室徽章。他非常气愤地说："他们把我这套东西全糟蹋了！"他还说，国王就是迫不及待地想把皇室的餐具都占为己有。人们绝不能说他是从国王手中抢来这套餐具，因为它们本来就归他——拿破仑所有。当初他登上帝位时，没在国库发现一丁点儿王室财产；可退位时，他留下了价值500万的银器，以及价值差不多四五千万的家具，[168]这些都是他用自己的俸禄买的。

在某天的夜谈中，皇帝说起了雾月事件。这里我就不讲述此事的详情了，因为古尔戈将军会在日记中将其全盘托出[①]，人们可在已出版的拿破仑口述回忆录中[②]知道这件大事的全部事实。

[①] 它被收在《与拿破仑一道被囚的将领在圣赫勒拿岛上写的回忆录合集，用以研究其统治期间的法国历史》（*Mémoires pour servir à l'histoire de France sous Napoléon écrits à Saint-Hélène par les généreux qui ont partagé sa captivité*）第一卷中。

[②] 1823年版本此处不是"在已出版的拿破仑口述回忆录中"，而是"在《拿破仑圣赫勒拿岛回忆录》"中"。

和拿破仑一道担任临时执政官的西哀士，在第一次会议中看到拿破仑在财政、行政、军队、政治、法律等领域侃侃而谈的样子，不由得傻了眼，跟他的一个密友说："先生们，你们有个指挥者了！此人无所不懂，无所不想，无所不能。"

当时，我人正在伦敦。我跟皇帝说，那时我们在伦敦的流亡贵族都生起了巨大的希望，对雾月十八日和他的执政府寄予了厚望。我们中许多从前认识博阿尔内夫人的人都回到了巴黎，想通过她牵线搭桥，为焕发新生的祖国尽绵薄之力，略略指一下方向。

当时，我们普遍认为第一执政官希望从大亲王这里得到建议；我们做此判断的依据是，他很长时间以来都没对后者发表过任何意见。后来虽然他一反常态地在一次宣言中表现得十分强硬，但我们认为这是阿拉斯主教太过愚蠢、耐不住性子的结果。此人是我们行动的高层领导和谋士。①他亲口承认，他当时完全就是闭着眼睛瞎指导，还说什么自从报纸杂志只报道这些可怜虫的成功或谎言后，他就再没读过一页报纸了，甚至以此为荣。

执政府时期，有个人给阿拉斯主教提议，让他以博阿尔内夫人为中间人，尝试和执政官展开对话。主教愤怒地拒绝了这个提议，还冲对方骂了许多不堪入耳、粗鲁至极的脏话。提议者不得不提醒他，这些话实在不该出自一个主教之口，难道他是在日课经里学到这些骂人话的吗？

阿拉斯主教还曾当着大亲王的面粗野地斥责了舒瓦瑟尔公爵，结果反被大亲王狠狠训斥了一顿。¹⁶⁹他之所以斥骂舒瓦瑟尔公爵，是因为公爵是在执政官的好意帮忙下才从加来监狱中逃了出来，免去一死。之

---

① 即孔泽耶主教。（请看《人名表》）

后，大亲王问公爵有没有关于波拿巴的情报，公爵拒绝回答，说自己不能做恩将仇报的事。

皇帝说，他从来都没想过要去理睬大亲王。我影射的那份宣言其实是另一个执政官的发言，而且他这么做没有任何个人动机。我们在国外，似乎完全不了解国内的舆论，哪怕有时舆论倾向看上去倒向大亲王，那也绝非他做成的。不过在那段时间里，他的确收到了来自米塔瓦和伦敦的许多提议书。

他说，国王给他写过一封信，信件由勒布伦转交过来，他则是从这个亲王在巴黎的秘密眼线——蒙泰斯鸠神父那里拿到此信的。① 在这封文笔精美的信中，大亲王说："您迟迟没有把王位归还于我。我不得不担心您已经错失了有利时机。没了我，您无法打造法国的幸福；没了您，我对法国也是无能为力。所以请您抓紧机会，把您的朋友扶到您希望的位置上去吧。"②

第一执政官回信说："我收到亲王殿下的来信；对于他及其家人遭受的不幸，我一直深表关切。但请殿下别想再在法国现身，除非踏过10

---

① 普罗旺斯伯爵和勒布伦相识甚久，而且对他印象很好。要知道各种详情，请看杰拉德·沃尔特的《普罗旺斯伯爵》（Gérard Walter, Le comte de Provence）第339页和431页（注释25）内容。

② 普罗旺斯伯爵写给波拿巴的信实际上是这样的："将军，您应该知道，我很久以前就对您甚是欣赏。您要是怀疑我这番赞誉只是随口说说，请看看您的位置。请您决定您朋友们的命运吧。从理念上看，我是法国人；虽然我生性温和，但我在理性上还是明白自己的法国人身份。但您不同，您这位洛迪、卡斯蒂廖内、阿尔科尔的胜者，意大利和埃及的征服者，您不能抛弃荣光，追求虚妄的名声。但您错过了一个宝贵的机会。我们可以保障法国的荣光。我说的是我们，因为在这件事上我需要波拿巴；而波拿巴没了我，也不可能成功。将军，欧洲正关注着您，荣耀在等着您伸手采撷，我也迫不及待地想让我的人民重获和平。"普罗旺斯伯爵最开始写了一封更长的信。伯爵在伦敦的联系人安德烈·德·拉马雷神父，当时特地来到米陶。根据神父的建议，普罗旺斯伯爵将此信重写，把它大幅缩短。（出自杰拉德·沃尔特的《普罗旺斯伯爵》第336~338页）

万人的尸体。除此之外，若有什么能减轻您的厄难，让您忘记自己的不幸，我定会积极效力。"①

阿图瓦伯爵采用了更加高明、更加精巧的手段。他迅速把一个非常迷人、身世清白、风姿绰约、极善口舌的女人——吉什公爵夫人派回了国。吉什公爵夫人轻而易举就打进了波拿巴夫人的圈子（所有前朝人员都能和她来往），她在马尔梅松吃了一顿早餐，餐中不经意地提到伦敦，提到我们亲王的流亡集团。吉什公爵夫人说，几天前还有人来到阿图瓦伯爵家，谈论当前的国事，170建议亲王如果想恢复波旁王朝，可对第一执政官做做工作；这位亲王的回答是："如果他愿意，我可以立刻让他当陆军统帅和其他职位。但这还不够，我们要在卡鲁索广场上竖立一座高大华丽的纪念柱，在上面装一个波拿巴给波旁家族加冕的雕像。"

早餐后没多久，第一执政官来到马尔梅松，约瑟芬立马把这件事告诉了他。她的丈夫问："你有没有回答，这个纪念柱的柱台会是第一执政官的尸体？"②

美丽的公爵夫人还是没有离开。她的俏丽妍姿、蛾眉曼睩、莺声燕语，助她朝她的目标越来越近。她说自己很幸运，因为她从来没有承受过此等宠信，竟能在波拿巴夫人的垂怜下，有幸目睹一个大人物、大英雄。不过她还是功败垂成，某天夜里，吉什公爵夫人收到立刻离开巴黎的命令。约瑟芬为这个魅力十足的密使心神大乱，甚至积极为她求情。

---

① 波拿巴的回信原文是这样的："请您切勿再抱有任何回到法国的希望，除非您踏过10万人的尸体。请您为了法国的安宁和幸福，牺牲自己的利益吧。历史会为您留上一笔的。我对您家人的不幸深表同情，并非常乐意为您隐退后过上安静平和的生活而积极效力。"（《普罗旺斯伯爵》第341、353、354页）

② 有些人听此回答，深感反感，觉得这是在嘲讽好心的中间传话者。但第一执政官想问题时，只以时代思想和时事环境为重。他在这本书中，不止一次地用不同词语表达了这个意思。——辑录者注

可第二天，吉什公爵夫人还是踏上了前往边境的大路。

拿破仑说："后来还有谣言传开，说其实是我接近法国亲王，在放弃王位和贵族权利这些事情上和他们讨价还价。人们编排出各种所谓的拿破仑宣言，津津乐道地在欧洲上下传播这些谎言。可事情根本不是如此。而且，我为什么要这么做呢？我之所以能统治国家，倚靠的是下面这个曾将亲王贵胄逐出法国的信条：人民才是至高无上的。我怎么可能想着利用这些亲王掌控已被废除的特权呢？这么做太愚蠢了，明显会引来公愤，让我被舆论的唾沫星子淹死。何况，我从来没有以任何直接或间接、长远或临时的手段，做出任何会导致此事发生的行为。[171]任何一个心智正常的人仔细想想，都会赞同我的观点。

"然而，这类谣言越传越凶，我不得不采取手段，调查是谁在背后兴风作浪。以下就是我收集到的信息。

"法普两国交好的那段时期，普鲁士想讨得我们的欢心，于是派人来问：法国是否不愿看到亲王留在普鲁士国境。我方给出了否定的回答。普鲁士又大着胆子问，我们是否不愿普鲁士向他们提供救济。我方的回答依然是否定的，我们说，只要普鲁士能保证这些人会老实本分地待在那里，别掺和进任何阴谋诡计中就行了。

"两国在这件事上达成一致后，恐怕只有上帝才知道是不是柏林政府一时头脑发昏，给这些亲王传错了话，提了什么我们没有承诺过的建议！如果真要追究路易十八为何会写下那封文采斐然、读来令人惊叹、得到他所有家人公然支持的信，也许这就是理由和动机。①这些亲王贵胄

---

① 有人会想，拉斯卡斯居然借拿破仑之口如此称赞路易十八，是不是想借此向国王献殷勤呢？皇帝对路易十八又是蔑视，又是厌恶，基本不可能大肆称赞后者写的一封信。哪怕普罗旺斯伯爵以坚定严肃的语气，在信中说："我，圣路易的后人，将以先人为楷模，（转下页）

贪婪地抓住这个机会，想吸引欧洲的注意和关切——毕竟当时欧洲被一系列大事件分神①，对他们不再关注了。"

白天的安排—参政院—形势危急—1813年立法院被解散—元老院
11月1—4日，星期三至星期六

我们每一天都过得百无聊赖，像当初在船上一样。皇帝会把我叫来跟他一起吃早饭，时间是十点到十一点。在早饭后的半小时谈话时间里，我跟他诵读昨晚记下来的内容，他再跟我口述新的东西。皇帝早晨不再更衣了，也不再在早餐前出门散步了。如此一来，白天就像脱了线一样，变得漫长无比。现在，他只在下午四点才更衣出门，因为那时候仆人要清理床铺、打扫房间。我们在花园里散步，他很喜欢那里，因为它很清静。[172]我让人把花园里那个摇篮状的东西盖上帆布，又添了一张桌子、几把椅子。从那时起，但凡谁从城里赶来为他工作，都是在这座花园里聆听皇帝的口述。

屋主住宅的正对面，也就是我们房屋的上头，有一条被树围起来的小道，道上本来设有两个英国哨兵，好看住我们。不过在我们屋主的要求下（他觉得他们的出现是对自己的冒犯），哨兵后来被撤走了。不过，不知道是因为好奇，还是为了摆出完成任务的样子，这两人仍会时

身披镣铐也绝不自轻自贱。作为弗朗索瓦一世的继承者，我希望死后见到他时，至少能告诉他：我们失去了一切，除了荣耀。"不过，素来出语谨慎的帕斯基耶公爵却认为这封信并非出自普罗旺斯伯爵之手，而是拉马雷神父所写。帕斯基耶说，拉马雷神父"存有国王亲笔书写的草稿，但草稿内容和此信完全不同，充斥着浓厚的火药味"。（出自《帕斯基耶回忆录》第一卷第167页）1803年4月23日，波旁家族中九个住在英国的成员"公然支持"（这是拉斯卡斯的原话）路易十八的这道宣言。奥尔良公爵和他的两个兄弟还在上面签下名字。（《普罗旺斯伯爵》第366～369页）

① 1823年版本到这里结束。

不时地回来看上一眼。不过，自从他们撤出后，皇帝慢慢成了这条林荫小道的主人。如此一来，他的地盘大大扩张。每天结束工作后，他离开花园，来到此地，一边散步，一边等着晚餐时间的到来。两位小姐和她们的母亲也会过来，跟他讲讲最近的新鲜事。晚饭后，如果天气允许，他有时也会回到小道上，在那里转悠着打发晚上的时间，这样就不用去邻居家了（除非是无聊到了极点，他才会让我去窗户看一看，确保在邻居家没有外人的情况下再去拜访）。

在一次散步过程中，皇帝讲了许多关于元老院、立法院以及参政院的事。他说，在他的整个治国生涯中，参政院帮了他很大的忙。考虑到这点原因，再加上当时巴黎沙龙对参政院不甚了解，所以我很乐意在这里详细写写这个机构。由于今日的参政院已与往昔大为不同，所以我在叙述的过程中会稍稍插入一些内容，讲讲它的机制和职权。

皇帝说："参政院成员基本都由学识广博、工作勤勉、声誉良好的人组成，例如，费尔蒙①、布莱等。虽然这些人处理过大量诉讼案件，而且报酬丰厚，可他们如今过着只算勉强过得去的生活，对此我丝毫不感到惊讶。"

皇帝说，他对每个参政员都做到了知人善用。这些人作为一个总体，*173*成为他真正的幕僚团，为他出谋划策，部长大臣则负责具体执行。

参政院把法律起草好后，皇帝将其交给立法院。由此看来，参政院是立法中不可或缺的重要一环。皇帝的许多法令和行政制度都是在那里被拟定出来的，部长大臣的方案也是在那里得到审查、讨论和修改的。

参政院还负责处理上诉案件，对其进行行政判决。这些案子是其他

---

① 此处指德费尔蒙。（请看《人名表》）

法庭递上来的，偶尔也有最高上诉法院的案子。另外，它还要负责审核和部长大臣有关的投诉案；甚至皇帝本人要提起申诉，也得走这条路。所以，一直由皇帝主持、经常跟大臣意见相左、有权勒令后者整肃错误的参政院，自然而然就成了某些权力受害者的庇护所。每一个坐在里面的人都心怀热血，深知这里是捍卫公民利益的殿堂。参政院设有一个委员会，后者专门负责接收来自帝国上下的请愿书，并把其中值得关注的内容交给皇帝过目。

然而，除了法律人士和行政工作人员之外，其他国人——尤其是社交圈的人——对我们自己的政法体系是极其无知的。我们对参政院、立法院、元老院根本就没有任何正确的认识。例如，大家会想当然地认为立法院的人就是一群哑巴，只会被动地接受所有提交给它的法律条文。它颁布的许多法令都完美地体现出我们制度的性质和优越性，却被人视为对皇帝巴结讨好、屈膝逢迎的结果。

参政院制定的法律草案，将由内部选出的专员呈交给立法院一个专门的委员会。参政院专员和立法院委员会在友好的气氛中讨论草案，如需修改，再悄悄将其返给参政院。即便两边不能达成一致，帝国大书记官或财政官也会定期主持召开会议，在会议中协商这类问题。如此一来，法律草案被正式递给立法院之前，[174]就已经获得了两边的赞同。如果还存有争议，两院各自的委员会会在立法院全体议员面前展开辩论，扮演类似陪审团角色的立法院议员如果觉得自己已经了解足够多的信息，就宣布进行不记名投票。任何人都不会知道议员投的是支持票还是反对票，这样所有人就能自由表态了。皇帝说："没有哪种模式能比这更适合用来矫正我们在政治自由上过于躁动、毫无经验的状态。"

皇帝问过我，参政院的讨论是否自由，他的出现是否会妨碍大家议政。我提醒他不要忘了，在一次时间极长的会议中，只有他一人坚持某个观点，最后他只好让步。他一下子记起来了："没错，此事涉及一个被判死刑的阿姆斯特丹女人，皇家法庭三次宣判她无罪，但最高上诉法院坚持原判。"

在这个案子里，皇帝希望两院倾向于被告人，有人立刻反驳说，他有宽大为怀的心，这是好的；然而法不容情，必须按照它自己的轨迹运行。人们讨论了很长时间，米雷尔慷慨陈词，说得有理有据，把所有人都说动了。皇帝仍然坚持己见，却不得不承认他的发言很精彩："诸位，多数人已经表明态度，只有我持不同观点，我必须让步；但我想说句心里话，我只是在表面上让步了。你们让我无话可说，却完全没有说服我。"

世人都不知道参政院是什么东西，却认定那里没人敢发表任何和皇帝意见相左的言论。有一次，我在沙龙里讲了一件让众人大跌眼镜的事。我说，有一天，在一场激烈的辩论中，皇帝发表意见时三次被人打断讲话，于是他转头跟那个极不礼貌地打断自己讲话的人生气地说："先生，[175]我还没讲完呢，请您让我继续说话。我想，这里的每一个人都有权说出自己的观点吧。"虽然参政院当时气氛严肃，但此话一出，大家都大笑起来，皇帝本人也是如此。

我跟他说："的确，有些时候演讲者明显在试图揣测圣意。如果和陛下的想法刚好一致，他会深感庆幸；如果和您意见相左，他会左右为难。您也曾遭人诟病，说您设计陷阱来探知我们的想法。"然而一旦展开辩论了，因为自尊心的驱使，在热烈的讨论气氛的带动下，再看到皇帝提倡自由讨论，几乎所有人都会提出自己的真正观点。皇帝说："我根本不介意有人反对我的观点，我希望了解实情。如果遇到敏感问题，或者有人在顾左右而言他,我会一再恳请人们大胆发言,把他们的想法都说出来。毕竟这里都是自己人,我们就是一个大家庭。"

有人曾告诉我,在执政府时期(也可能是帝国初期),有一次,皇帝在议政时跟一个议员①意见相左,由于此人言辞过激、倔头倔脑,最后两人激烈地吵了起来。拿破仑控制住自己的情绪,没再说话。几天后的一次公开接见中,他这个敌人来了。皇帝半开玩笑半当真地跟对方说:"您太冥顽不灵了,要是我也跟您一样固执的话……无论什么时候,您都不应该把权力置于考验之中!不要轻视人性的弱点!"

还有一次,他被一个参政院议员气得够呛,对对方说:"当心,我的好脾气快被您磨没了。最近您做得实在有些过分,让我很是头痛。我现在对您发出严肃信号,以后别再这样挑战我的忍耐力。"

皇帝每次出席会议并讲话,都会引来参政院上下的一致关注。只要他人在首都,都会一周参加两次会议,那时我们任何议员都不会缺席。

我跟皇帝说,有两次会议给我留下了极其深刻的印象。其中一次是讨论国内治安的会议,那时他把一个议员驱逐出议院;还有一次是宪法决议会议,那时他解散了立法院。

当时,一个宗教派系在国内煽风点火,到处秘密传播教皇的谕旨和信件。这些东西传到一个虔诚信教的参政院议员②手中,虽然他没有传播这些东西,但也没有阻止它们的蔓延。此事被人发现后,拿破仑在参政院中突然向他发起质问:"先生,您的理由是什么?是因为您的宗教信条吗?既然如此,您为什么要到这里来?难道当初是我摁着您的脖子,硬让您当参政员的吗?不是,是因为您苦苦哀求,我才给了您这个位

---

① 1840年版本点名此人是德费尔蒙。
② 他便是参与过政教协议谈判工作的约瑟夫-马利·波塔利斯。(请看《人名表》)

置。您在这里年纪最轻、资历最浅，您能站在这里，纯粹是子承父业的关系。您曾对我发下个人誓言，可如今公然违誓，这符合您的宗教信条吗？您说话呀，您可放心大胆地为自己辩解，您的同事会做出审判。您犯下大错，先生！如果这是一桩实质性的阴谋，我们只需抓住拿着匕首的那只手，一切就结束了。可这是一桩精神上的阴谋，会对公共精神产生无尽的危害。它如同吹散开来的火药，说不定哪天全城人就会因为您的错误而命丧黄泉。"被告羞愧难当，无言以对。实际上，在听到第一句质问的时候，他已经默认了这个事实。此事猝不及防地发生在一众议员面前，大家大为震惊，全场陷入沉默中。

皇帝继续问道："既然您立下誓言，又为什么没向我告发罪人和这桩阴谋呢？你们每个人不是随时都能找到我吗？"

被质问者战战兢兢地插嘴说道："陛下，他是我的亲戚。"

皇帝激烈地反驳："先生，那您的过错就更大了。当初因为您上下奔走，您这个亲戚才被任用，从那时起，您就担负起了对他的一切责任。我若觉得某人如您这样，对我是绝对忠诚的，从那时起，所有和他有关系、他对其有担保责任的人，我都会对他们放下心来，绝不会挖地三尺地展开调查。这是我的做事信条。"

[177]被告仍没有说话。

皇帝最后说："身为参政院议员，您背负着巨大的责任，可您没有尽到这些责任。先生，您再不是参政院议员了。请离开，不要再让我看到您！"

此人离开时，经过皇帝身边。皇帝看着他，说："先生，我非常痛心，因为我深深记得您的父亲做出的贡献。"他离开后，皇帝又说："希望这种事不要再发生了，这让我深感痛苦。我不是一个杯弓蛇影的人，可这种事多了，我会变得疑神疑鬼！我身边各式各样的人都有，我甚至把流亡贵族、孔代军队的士兵都放在自己身边，哪怕有人想让他们刺杀我。他们没有辜负我的信任，对我忠心耿耿。自我掌管政事后，还是第一次遇到身边的人背叛我。"他转头跟负责记录参政院会议的洛克雷说："把'背叛'这两个字写下来，您听到了吗？"①

洛克雷的会议笔录呢？它去哪儿了？如能找到这份笔录，人们会发现我在这件事上讲得分毫不差。②

说到解散立法院这件事，1813年12月的最后一天（抑或倒数第二

---

① 洛克雷遵命。我们去看一看这场惊心动魄的会议的笔录内容吧（1811年1月3日）："波塔利斯事件：此事和教皇发出的一封煽动性极强的信件有关，人们在巴黎一位颇有名望的副本堂神父——达斯特罗的文件夹中发现了这封信。陛下语气激烈地斥责了波塔利斯伯爵。伯爵知晓此信的存在，却不将其告知陛下。陛下将他这等行为斥为背叛，勒令他离开议会，两天之内离开巴黎。陛下命令参政院秘书将他所说的话和刚刚发布的命令写进会议笔录中。"洛克雷在他的《参政院议政汇编》（*Registre des délibérations du Conseil d'État*）中，大致记录了拿破仑的原话梗概。但要理解拿破仑为何反应如此激烈，我们就得看看帕斯基耶在他的回忆录中是怎么讲述此事的。（请看第一卷第442~445页）讲完此事后，帕斯基耶说："拉斯卡斯在他的《拿破仑圣赫勒拿岛回忆录》中，把这幕场景描述得像严父训子一样，读来尤其令人感动……可惜，当时有80多人见证了此事，随便找其中两个人出来，我们便会发现其证词和拉斯卡斯的记叙相悖。"他还在注释中说，"第二天，对陛下的雷霆之怒已经习以为常的康巴塞雷斯，对因身体抱恙而没在现场的欧特里沃说：'您真走运，我到现在还为此难受着呢。'"另外请看A.加齐耶1903年3月1日发表在《巴黎杂志》（*Revue de Paris*）上的《参政院中的拿破仑，根据洛克雷男爵未出版的会议笔录而作》（A. Gazier, *Napléon au Conseil d'État d'après les procès-verbaux inédits du baron Locré*）。

② 波旁复辟期间，这些笔录要么流散四处，要么被毁。但洛克雷保存了有皇帝发言的会议原稿，并将拿破仑的言辞尽可能忠实地誊写了出来。他将其整理成268页的手稿，把它传给儿子——同样也是参政院议员的小洛克雷。小洛克雷在1893年去世，临死前将这些文稿托付给了学者奥古斯丁·加齐耶，后者本打算将其全部出版。但不知道为什么，他最后放弃了这个计划。不过他在《巴黎杂志》上发表的上述那篇文章中披露了一部分摘要，我们还是应该感到庆幸，至少眼下应当如此。在夏尔·杜朗的重要作品《对拿破仑时期参政院的研究》（Charles Durand, *Études sur le Conseil d'État napoléonien*）中，作者也转述了一些发生在参政院中的辩论，为我们提供了许多有用信息。

天），参政院被召集起来。我们知道此次会议非常重要，但并不知道会议内容是什么。当时形势越来越严峻，敌人已经进入法国领土了。

皇帝说："诸位先生，你们都知道当前情况，清楚祖国面临着怎样的危机。我曾以为应当和立法院议员密切沟通，尽管我并没这么做的必要。我曾想让他们明白和他们休戚相关的东西，可他们利用了我的信任，反手拿刀捅向了我，换言之，就是捅向了祖国。他们不仅不用心辅助我，反而百般阻挠我。我们只有团结一心才能阻止敌人的前进，可他们在行动上把敌人召唤过来。他们不给敌人看我们的钢铁盔甲，反而向他们指出我们的软肋。他们向我高声吁喊和平，可获得和平的唯一办法，就是劝我投入战争之中。他们对我心存怨言，诉说着自己的种种不满。然而他们是在什么时候、什么地方表达不满的呢？[178]这些话难道不应该关起门来对自己人说吗？可为什么他们要当着敌人的面这么说呢？难道我曾对他们闭目塞听？难道我不能理性地和人辩论？现在必须采取措施了：立法院不仅不帮着拯救法国，反而加速了它的毁灭，它背弃了自己的义务，我则要尽到自己的义务，将其解散！"①

随后，他让人给我们宣读了一份法令，里面说：立法院中五分之二的议员任期已满，另外五分之一的议员也将在1月1日结束任期；到了那时，立法院多数议员实际已没有资格留院；鉴于这种情况，立法院即日起进入休会状态，直到展开新的选举，为它补充血液。

读完这份法令后，皇帝说："这就是我提出的法令。有人言辞确凿地跟我说，它会旋即召来大批巴黎人民，他们会赶到杜伊勒里宫，将我杀害。即便如此，我依然要提出这份法令，因为这是我的义务。当初，法

---

① 请看埃米尔·德·佩瑟瓦尔的《拿破仑的一个敌人：莱内子爵》（Émile de Perceval, *Un adversaire de Napoléon: le vicomte Lainé*）第一卷第205~220页莱内对此事的相关叙述。

国人民把他们的命运托付给我的时候，我细查了相关的统治法律。我若觉得这些法律有缺陷，就不会接受它们。人们可别把我想成路易十六！也别想我做出朝令夕改的事！我是皇帝，但我的第一身份是公民。要是混乱再度成为常态，我宁愿退位，回到人民群众中，去享受人民至高权力中属于我的那一部分，也不愿当个名存实亡的领袖，成为个拖累，谁都保护不了。"最后他说："此外，我的决定符合法律规定；如果今天所有人都履行了义务，我有了法律的保护盾，将在敌人面前无坚不摧。"可惜啊！没有一个人履行他的义务！

大众总把皇帝想成一个刚愎自用的人，实际上他根本不是这种人。他给参政院提交过许多提案，非常乐意在议院中做出让步，有时候甚至推翻自己先前的某个决定，就因为某个议员事后单独找到他，给他提供了新的思路；而皇帝也会对议院多数派的观点产生影响。你们去问问参政院各部的主席①，自会知道我讲得没错。

皇帝每在科学上有了点子，就总会告诉科学院的院士；同样地，他若在政治上有什么想法，也都会一一告诉参政院议员，虽然里面经常夹杂一些个人乃至私密的想法。他说，这是直达问题核心、判断某人的能力和政治倾向、试探其人是否谨慎可靠的一个稳妥办法。我知道这么一件事，共和十二年，他向三个参政院议员提出一个非常要紧的问题：是否裁撤立法院。其中两人表示赞同，只有一个人激烈反对，并滔滔不

---

① 参政院被划分为五个部：财政部，民事及刑事法律部，陆军部，海军部和内务部。从参政院创立到帝国灭亡，德费尔蒙一直担任财政部主席。内务部主席一开始是雷尼奥·德·圣让·德·昂热里，共和十年果月，娄德雷尔担任该职。法律部主席最开始是布莱·德·拉莫尔特；共和十年果月，比高特·德·普里曼接任该职；1808年1月，特雷亚尔接任；1810年12月特雷亚尔死后，布莱·德·拉莫尔特再次当上法律部主席。陆军部主席一直由拉古耶担任，海军部主席一直是甘多姆。

绝地说了很久。皇帝一脸严肃、全神贯注地听着大家的讨论，没有漏掉任何一句话，也没有表露出任何情绪。最后，他用这句话结束了会议："这个问题太过严肃，需要多加思考，我们回头再说。"但之后他再没提过这件事。

在废除保民院的时候，如果他也是如此谨慎就好了。当时，此举引发了众多的抗议和指责。可在皇帝看来，他只是废除了一个开销巨大的流弊机构而已，还为国家节省了一大笔钱呢。

对此，皇帝说："保民院根本就是一个一无是处的东西，每年还花费近50万法郎，所以我要取缔它。①我当时其实知道，肯定会有人说此举侵犯了法律。然而那时的我实力强大，得到了人民的全情信任，我把自己视为改革者。我这么做是为了国家利益，这点毋庸置疑。我要是个伪君子或心怀鬼胎，大可成立一个保民院。在我需要的时候，它肯定会通过和批准我的想法。但在整个执政生涯中，我从未想过做这种事。人们从没见过我贿赂选票，也没见过我用甜言蜜语、金钱官位来拉拢某个党派。没错，从来没有！我要是任命谁当部长、参政院议员或立法院议员，那是因为他才德配位、有能力坐上那个位置。

"我敢这么说，在我的治理下，所有议会机构都是清清白白、无可指责的，都心怀信念地做着实事。蠢材或居心险恶者肯定不这么认为，但他们的指责是毫无根据的。有时候这些机构也会遭到抨击，[180]但那是因为抨击它们的人不知道或者不愿知道实情，也因为在糟糕的形势下

---

① 保民院被划分为三个部：法律部，内务部和财政部。在1807年8月19日的元老院决议中，拿破仑在立法院中设立了三个委员会，每个委员会各有七名成员，它们的职责是讨论法律方案、在全体会议中将其提交给议会。这三个委员会取代了保民院的三个部。之后，保民院议员被分到不同行政岗位上，相当多的议员进了立法院，直到其任期结束。从那时起，保民院就已不存在了。议会中只剩下两个机构：元老院和立法院。

人们需要找个对象发泄不满；更主要的原因是，法国人民天性就喜欢忌妒、诽谤和嘲讽别人。

"元老院经常成为众矢之的，人们总说它奴性十足、卑躬屈膝，可这些指控都是无凭无据的。人们希望元老院做什么呢？拒绝征召新兵？支持新闻界及个人的言论自由，让他们和政府大吵大闹？还是向1813年的立法院委员会看齐？①可看看这个委员会的行为导致的后果吧！今天的法国人真会对它心怀感激？事实上，当时我们处在动荡不安的非常时期，智者都察觉到这个现实，知道非常时期当用非常之手段。而且人们不知道，几乎在每个重大行动中，元老院议员在投票之前都会找到我，甚至拒绝把他们的质疑传达给我，有时态度还非常强硬。可最后他们要么被我说服，要么意识到局势的紧迫性，然后心服口服地回去了。

"我先前从未公开回应过这些事，是因为我是凭良心执政的，不屑于用那些江湖骗术去招摇撞骗。

"元老院许多时候都近乎全票地通过某项决议②，是因为那里的人有着共同的信仰。有人曾呼吁加大少数派的人数，可在居心不良的吹捧声中，少数派除了在虚荣心或其他反常性格的刺激下摆出无关痛痒的反对姿态之外，实际又做了什么呢？在最后的危急关头，反对派中可有人表现出清醒的头脑、正直的品性？我重申一遍，元老院一路走来都是无可指摘的，最后垮台的时候才晚节不保，犯了罪过。那时的它已名存实亡、毫无权力，践踏了所有理念，把祖国拱手让给敌人，导致法国彻底走向毁灭。它成了阴谋家手上的牵线玩偶，这些人就是想抹黑它、贬低

---

① 请看上文177~178页（原书稿页码，下同）内容。这里说的这个委员会曾拟写请愿书，交给皇帝。

② 1823年版本此处无"近乎"二字。

它,彻底摧毁现代体制中这块最重要的基石。他们的确做到了——元老院的确成了历史上最臭名昭著的一个机构。但我们必须指出,[181]这个污点和元老院多数派无关——让元老院蒙羞的多半是外国人,他们根本就不关心我们的名誉和利益。"①

阿图瓦伯爵回到巴黎后,参政院百般努力,想吸引伯爵的关注、求得他的照顾。参政院派出代表团,两次求见阿图瓦伯爵,恳请对方同意他们前往贡比涅面见国王。这个王国摄政官的回答是:国王应该很乐意接见议员个人,但这种派个代表团过去的事还是别想了。实际上,院里的大人物——也就是参政院各部主席——并不在代表团里。参政院此举也别无他意,只想争取不让国王砍掉议员的薪水,其原先待遇能够保留的话,那就最好不过了。正因如此,参政院后来才立马支持了元老院的决议,但它没有发表过任何侮辱皇帝的言论。

皇帝问我:"您在上面签字没?"

"没有,陛下。我拒绝在这项决议上签字。我觉得,先后担任两个敌人的参政院议员和心腹,这个举止实在是愚蠢至极;此外,只要胜利一方不是傻子,那引起他注意的最好法子,就是保持对失败一方的忠诚和尊敬。"

拿破仑评价说:"您说得非常在理。"

激烈的言论—典型的小事

11月5日,星期日

我们几乎所有人都来到花园,聚集在皇帝身边。从城里过来的那些

---

① J.西里在《拿破仑的元老院》(J. Thiry, *Le Sénat de Napoléon*)第二版(1949)第285~287页,大致介绍了元老院议员生平,里面有些是外国人(共计20人),其中7人投票支持拿破仑退位(西里认为是8人,但他把议员F.-G·冯·德邓·冯·盖尔德当成了两个人的名字:冯·德邓和冯·盖尔德)。

人一肚子的苦水，抱怨他们在那里的日子要过不下去了，说他们一直遭到冷待和侮辱。半个月前，皇帝立下一个规矩：以后遇到这种事，一概用书面形式表达不满。他认为，这才是最严肃、最合适、最能准确表达不满的方式。他就此写了一封信，此信本应在很久之前被送出去才是，可直到现在它仍在岛上。皇帝好几次提起这件事，语气很不愉快。[182] 他的这些话，其实都是说给大元帅听的。最后大元帅也被弄得一肚子火气[①]——但谁在这样苦难的环境里能做到心平气和呢？他激烈地表达了自己的委屈。他的妻子当时就站在大门口，怎么也无法让丈夫息怒，只好躲到一边去了。我当时留意到皇帝神色复杂，但他靠理性、逻辑乃至感性维持住了自己的风度，说："如果您没有把信寄出，是因为您觉得此信于我们有害无益，那您尽到了朋友的义务。但您应该告诉我，这事最多只会耽搁您一天的工夫吧？可是15天过去了，您居然对我只字未提。要是这个方案真那么糟糕，要是这封信的措辞真的有问题，您为什么不跟我说呢？您大可告诉我，然后我把你们所有人召集起来，大家一起商量商量。"

当时，我们所有人都站在摇篮附近的小道边上，皇帝在我们面前大步地走来走去。他稍微走远了一点儿后，大元帅低声跟我说："我害怕自己表达不当。我对此也深感抱歉。"

我说："我们留您跟皇帝单独待会儿，您很快就能让他把这事忘了。"

[①] 古尔戈在这一天的日记中写道："我们来到小花园的时候，陛下正在和拉斯卡斯玩国际象棋。一番日常寒暄后，皇帝跟贝特朗说起了我们的事，对他没有按照自己的意思写下这封信而略有抱怨……大元帅生气了，因为皇帝说他就是个笨蛋。"（《古尔戈日记》第一卷第71页）

然后我招呼其他人离开了花园。

当晚，皇帝跟我说起早晨发生的某件小事，说："这事发生在我和大元帅言归于好之后，还是发生在大元帅发脾气之前来着？"

可见，他根本没把这次争吵放在心上。

意大利军众将领—古代军队—成吉思汗等人—现代入侵行为—征服者的特点

11月6日，星期一

皇帝身体不适，却依然在房中坚持工作。他向我讲述意大利军中一些将军的人物性格。

马塞纳是个独胆英雄，性格坚韧。[183]情况越是危急，他越是如此。即便打了败仗，他也时刻准备重振旗鼓，接着再战，仿佛先前是自己赢了一样。

跟马塞纳完全相反，奥热罗也是个以一敌十的勇士，却很容易陷入萎靡不振的状态中，哪怕打赢了也是如此[①]；不过拿破仑也说了，奥热罗在很大程度上决定了卡斯蒂廖内战役的走向，虽然后来皇帝批评他犯过一些错，但是他也一直记得奥热罗为国家做出的巨大贡献，认为他总体上瑕不掩瑜。

塞律里埃身上保留了从前的步兵少校特有的雷厉风行的作风，为人清正廉洁、诚实可靠，可惜命途多舛。[②]

---

① 1823年版本中没有此段的剩余部分，取而代之的是："他的体型、举止、谈吐都给人一种虚张声势的感觉。可被名利财富冲昏了头以后（这正是他不计一切手段想要获得的东西），他整个人都变了模样。"

② 1823年版本中没有接下来的三段内容，该段最后多了一句话："在对意之战中，他的才能得到充分的发挥。"

斯唐热尔完全具备一个先锋军将军能有的所有素质。

拉阿普无论从身体和胆量来说都是个极好的掷弹手，可惜不幸战死。

还有沃博瓦等人，我们会在对意之战章节中看到关于他们的进一步评述。

在每天漫无边际的谈话中，皇帝对古代军队也有评价，我把它们都记了下来。他对史书中记录的伟大军队的事迹存有疑虑，认为大部分援引资料都是错误甚至荒谬的。

例如，他并不相信迦太基人在西西里有无数军队。他指出："让这么庞大的一支军队去干这么小的一件事，这毫无必要。如果迦太基真能召集到这么多人，那在更加重要的汉尼拔之征中，它应投入更多士兵才对，可实际上此次征战中迦太基最多只有四五万人。"

他也根本不相信大流士和薛西斯真握有百万雄兵，其军队被分成无数支下属队伍，遍布了整个希腊。他甚至对耀眼璀璨的整个希腊历史都心存怀疑，认为在那场赫赫有名的波斯战争中，双方都是犹犹豫豫，而且都说是自己赢了：薛西斯把雅典城付之一炬，大胜而归；希腊人颂扬他们的胜利，因为他们在萨拉米斯海战中没有被打倒。

皇帝说："至于希腊人的胜利、[184]他们无数敌人的失败，别忘了，这都是希腊人自己说的，这是一个狂妄虚荣的民族。而波斯人自己写的每一本编年史，都从反面印证了我们的判断。"

不过，皇帝相信罗马史。虽然他并不全盘接受里面的每个细节，但是认为其结果至少是可信的，因为它们都是如日月般昭然无疑的事实。他还相信成吉思汗和帖木儿大军的存在，无论其人数被渲染到多大的数字，都毫不存疑。他说，因为他们身后跟着一大群游牧民族，而且一路上还有其他民族的加入，队伍只会越来越壮大。皇帝说，欧洲某一天被这样灭掉，也不是不可能的。匈奴人曾经掀起的暴乱（由于他们的足迹被茫茫黄沙掩盖，我们并不知道暴乱的背后原因），有可能再度发生。

俄国人的存在使得这场浩劫的发生变为可能。他们手握无以计数的后备军，可随时将其放出来对付我们；他们知道这些四处游荡的民族在磨牙吮血、饥渴难耐，深知其祖先上一次把我们大肆洗劫、一路所向披靡的故事会激起这些人怎样的贪欲和渴望。

谈到这里，话题就转向征服者和被征服者上面来了。皇帝说，要当战无不胜的征服者，就必须残暴无情；要是他当初能做到如此，早就拿下全世界了。我觉得这是他一时懊丧才脱口而出的气话，大着胆子反驳——他，拿破仑，就是此话的最佳反例；他完全不是一个暴虐无道的人，却依然征服了全世界；他要是行事狼戾不仁，肯定无法走到后来的高度。实际上，如今的我们再不会因为恐怖统治的重压，屈服在某人的淫威下；只有完善的法律，以及执法者的伟大人格、无坚不摧的毅力，才能赢得民心。我还说，这恰好就是拿破仑赢得胜利、让各族人民纷纷归顺的原因。

国民公会残暴地实行恐怖统治，人们虽然屈服了，但是并不支持它。要是实行恐怖统治的不是组织，而是个人，[185]那他早就被推翻了。哪怕面对公会这只百斩不死的七头蛇，人们也冒险对它发动了多少次进攻啊！它虽神奇地躲过了无数劫难，却依然死在了它的累累胜利上。

一个征服者若要以残暴的手段取得成功，那他手下的将士也得是一群凶残之人才行，而且他统治的人民必须未得开化。所以这么看来，俄国比欧洲其他国家多一个巨大且少有的优势：它的政府已得开化，人民却愚昧无知；在这个国家，领导和发令的是智者，行动和劫掠的是蛮人。如今，任何土耳其苏丹都再不可能长久地统治文明的欧洲民族，因为智慧比他的权势更加强大。

在谈到另一个话题时，皇帝评价说：我们法国人虽不像俄国人那样刚强，却比他们更守礼仪规矩；我们做不到像他们那样在前几个沙皇面前宁死不屈，但也不会像他们那样在后几任沙皇的统治之下奴颜婢膝地苟且活着。

他说："哪怕在我们最堕落的时候，我们纵然自甘低贱，可仍没失掉自己的底线。例如，我们某些廷臣在君主御临的时候可以对其百依百顺，但在他起驾离开时绝不会下跪相送。"

我已经说过，当时我们手上几乎没有任何介绍帝国历史的资料。皇帝带过去的为数不多的书几乎都是古代经典作品，它们陪他经历了南征北战的所有时光。①我从圣赫勒拿岛的霍德森少校那里得到了一本叫《年度汇编》（*Annual Register*）的书，里面收录了从1793年到1807年的政治大事件，记录了每年发生的大事以及某些极为重要的官方文件。②在那段闹书荒的日子里，它让我们收获良多。

---

① 滑铁卢战役后，拿破仑曾打算隐居美国，计划让美国的一个家族将他图书馆中大约1万册书运送过去。由于条件所限，他只能带走其中很少一部分书，便意欲将特里亚农宫图书馆中的2000册书运至自己的隐退之地。临时政府将拿破仑的图书馆馆长巴比尔的请求转达给了议会代表，议会在1815年7月3日展开临时投票，决定把这批书捐赠给废帝。在巴比尔的指挥下，人们立刻开始将书籍打包运送出去。得知此事后，德意志军方高层立即向特里亚农宫派去一支骑兵分遣队，以阻止书籍的转移。第一辆马车离开后，士兵才抵达现场，但他们仍然扣住了剩下的书籍。所以，图书馆的1925册书中只有550本抵达马尔梅松，又从那里跟随拿破仑去了罗什福尔，被先后运上柏勒洛丰号和诺森伯兰号。详情请看A.吉瓦的《拿破仑的私人图书馆》（A. Guillois, *Les bibliothèques particulières de Napoléon*）。

② 《年度汇编》是从1758年开始出版的，其汇编官方负责人是埃德蒙·伯克，但他从不承认自己参与了此书的出版。1788年，他不再担任该书的主编工作。

和政治有关的观点、方案和影射

11月7日，星期二

¹⁸⁶皇帝一个人吃了早饭，白天在大元帅和蒙托隆的陪伴下工作了很长时间。

晚上，只剩我们两人。很晚时候，我们俩在内道上散步（此地成了我们新近最喜欢去的地方）。我跟他说，有这么一个重要人士，他的想法和言论可以成为我们和世界的中间调解人，继而影响到我们未来的命运；这人带着事先已经想好的重大问题，向我们中的一个人发问，想知道皇帝在政治层面上的主张。例如，皇帝在颁布最后那部宪法时，是否真心想要维护它；他当初是否从心底放弃了先前构思的帝国方案；他是否愿意看着英国称霸海上，不再觊觎英国对印度的统治；他是否愿意放弃殖民地，甘愿以实际市场价格从英国手上购买殖民地物资；如果美国和英国断交，他是否会和美国合作；他是否支持德意志联邦变成一个大的王国（而一旦年轻的威尔士公主①继承王位，英国王位会立刻落入德意志王室手中）；又或者说，即便不是德意志，换作葡萄牙，如果英国和正在巴西的葡萄牙王室就王位继承事宜达成一致，他是否会任由这个葡萄牙王国建立。

提问者并非根据空洞、无聊的猜想，而是以切实事实为基础，提出了这些问题。

"我们需要一个安宁和平的大陆，需要趁着当前的大好形势，平稳地摆脱我们面临的经济危机，减轻我们背负的无数沉重债务。不过，考虑到当前形势，如今的法国，"提问者又补充了一句，"还有欧洲，都不可能为我们取得这个结果。"

---

① 即摄政王储的女儿夏绿蒂公主。（请看《人名表》）

"我们的滑铁卢大捷让你们一蹶不振,[187]可它并没有把我们拉出泥潭。在我们国家,所有见识长远、不受一时情绪偏见影响的人都是这么想的,或者至少会这么想。"

皇帝对这位提问者的部分言论持怀疑态度,把剩下的其他言论统统批为白日说梦。然后,他突然改变口吻,问我:"您是什么观点呢?说吧,先生,您毕竟在参政院待过一阵子。"

我答道:"陛下,人在最严肃的事情上经常会犯空想的毛病。我们如今被囚在圣赫勒拿岛上,但这照样妨碍不了我们的空想能力。例如,我可以瞎想:为什么英法两国不可以结为姻亲呢?他们一个可以拿出海上舰队当嫁妆,另一个可以掏出陆军当聘礼。普通人肯定觉得这个想法荒谬十足;说不定在最有见识的人看来,此举也过于冒险,因为它没有任何先例可参照,完全偏离了以往的一切常规。然而,如果是陛下这等拥有巨大创造力的人说出这些话,人们肯定会听进去,相信它定会得以实现。"

我继续说:"我们还可以继续大胆地想下去:为什么陛下不卖出所有法国军舰,替法国把比利时和莱茵河岸的土地都买下来呢?您有这个能力呀。为什么陛下不拿出1.5亿法郎,赚取10亿法郎的巨额利润呢?这么做的话,不是能让英法两国同时达成所愿吗?要知道,他们为了这个目标付出多少代价啊,千百年里斗得你死我活。这么做的话,两国民族不就意识到他们实际上并非宿敌,而是唇齿相依的关系了吗?法国商人从此可以靠着英国人,踏上英国的所有殖民地,在世界各地毫无阻挠地贸易通商,这于法国而言难道不是一件美事?而英国人也可以放心大胆地维护自己海上霸主的地位,保持英国和四海通商的局面,这不正是他们心心念念、不惜为此付出巨大代价的目标吗?法国进入它这个贸易体系后,还能成为大陆的调节者甚至仲裁人呢,这有何不可?

"英国有了盟友的所有军队为后盾,从此高枕无忧,大可以把自己的军队解散了,[188]也算是弥补法国在海军舰队上做出的牺牲。它可以大量减少海军军舰数量,这样它既能还清欠款,也能减轻人民的负担,那时国家自会繁荣起来。只要摒弃了对法国的忌妒心(人们正确理解了形势后,偏见情绪自然让位于现实利益),英国自己都会为了大陆的强大而积极行动起来,那时法国就成了英国的前卫兵,而英国则变成法国的后备军。

"既然两国人民有了一致的利益关系,能获得如此巨大的好处,偏听偏信的统治者设立的阻碍和困难自然就迎刃而解了,一切都为实现这个计划而服务。"

皇帝听我侃侃而谈,没有发表任何意见。他很少让人窥到自己的内心,也很少对谁的政治谈话表示赞同。我担心没能清楚表达自己的想法,就请他让我把这些观点写下来。① 他同意了,没再多说话。夜深了,他回到了房中。

麻烦和精神反思

11月8日,星期三

皇帝在花园里先后向蒙托隆和古尔戈口述了回忆录,又从那里走到了他心爱的小路上。

今天他浑身不适,深感疲惫。有人愚蠢地想给他介绍一些女人,她们特地站在他要经过的路上,挡了他的道。他觉得心烦,折身返回,避开了她们。

我建议他骑马稍稍散心一下——不久前,我们得到了三匹马。皇帝

---

① 在1823年版本中,拉斯卡斯在此处加了一条脚注:"也许我应该把这些观点和其他我能找到的资料一道放在日记最后面。"但此事之后再无下文。

说，如果他骑马时身边必须一直跟着一个英国军官，他宁可放弃这个消遣。他还说，人生中一切行为都是计算的结果，如果被狱卒盯着的不适感大过骑马带来的愉悦感，那放弃骑马明显更加合算。

皇帝晚饭吃得很少。[189]吃甜点的时候，他专心欣赏着盘子上的绘图。这些都是塞夫勒产的精美瓷器精品，每个价值30拿破仑币，上面的装饰充满埃及风情。①

晚饭结束后，皇帝来到小路上散步。他说，他觉得一整天都百无聊赖。他随意地闲聊，然后看看手表，高兴地发现已经十点半了。

今晚的夜色非常宜人，不知不觉地，皇帝精神好了许多。他抱怨自己身体不行，虽然体格强壮，但是小毛病不断。不过让他感到庆幸的是，他在效仿古人逃避生活的无聊和困厄时，精神并没成为他的一个阻碍。他说，有时候一想到自己还要过好多年这样的日子，像个废人一样度过漫长的暮年，心中不是不感到恐慌；但只要他确信法国国泰民安，再也不需要自己，他就算活够了。

我们一路攀行而上，此时已是午夜时分。我们竟然熬到这么晚的时候，实在算是一场胜利。

皇帝把马还了回去
11月9日，星期四

有艘船即将离开，于是我一大早就来到巴尔科姆家中，请他把我的一封信带到欧洲。我在他家遇到一个被派来看管我们的上尉。昨晚看到

---

① 请看贝琪·巴尔科姆写的回忆录第七章内容；1921年3月撒布勒塔什出版社出版的《拿破仑逝世百年纪念合集》，列出了这部分瓷器的名单和外形；1921年4月23日的《名流场》（*Le Monde illustré*）也再现了这批瓷器的样子。

皇帝萎靡不振的样子，我心里十分担心，非常希望他能稍稍锻炼一下。于是，我把皇帝为何不愿骑马出游的原因告诉给了这个英国军官，同时还小心翼翼地表示这是我的猜测；我说，我愿意跟他坦率相对，因为我完全理解他因工作性质导致的尴尬处境。我问他收到了什么具体指令，如果皇帝想在房子周围骑马走走的话，是否应该遵守这些规定。我向他透露，皇帝很抵触他们的某些安排，因为它们无时无刻不在提醒他被囚的现状。[190]我还跟他保证，这些话绝对不是在针对他个人；我相信，如果皇帝想要远足，肯定很乐意和军官共游。上尉给我的回答是，他收到的命令就是跟着皇帝；但他以不冒犯皇帝为原则，愿意扛下责任，不待在皇帝边上。

吃早饭的时候，我把自己跟这位上尉的对话告诉了皇帝。皇帝说，我这么做的确是为他考虑，但他不能领情，因为他也有自己的原则——他不能为了自己舒服而连累一个军官。

皇帝这个决定实在是有先见之明。当天晚上，上尉就来到我的住处，把我单独叫到一边，说他白天去城里找了上将，把我们早晨的对话一五一十告诉了对方，上将要求他严格遵循指令行事。我一股怒气冲上头，脱口而出："我敢确定，皇帝会立即叫人将我们手上的三匹马还回去。"上尉听到早晨皇帝在这件事上的回答后，说他也觉得把马还回去更好，眼下也没有更好的法子了。从他气恼的语气来看，他也很不愿意干摊给自己的这个任务呢。

我离开巴尔科姆住处后，看到皇帝正在小路上散步，便把刚才英国军官告诉我的话转达给了他。他看上去毫不惊讶。我猜得没错，皇帝的确当即就让我找人把马还回去。当时我余怒未消，情绪仍然有些激动，说如果他愿意的话，我现在就去找那个军官，让他立刻照着皇帝的意思去做。皇帝格外郑重地说："不，切勿动怒；在这个环境下，行事得当是个难能可贵的品德。还是静等今夜的时光在昨日的侮辱中慢慢流逝吧。"

夜色柔美，我们一直聊到午夜时分才回去。

尊重挑夫

11月10日，星期五

[191]今天结束工作后，皇帝另走了一条新路，沿着通往城市的那条大道前行，直到望见锚地和船只才停了下来。回来路上，他碰到了我们住处的女主人巴尔科姆夫人。她身边有个20岁上下、相貌格外出挑的女子，是从孟买过来的斯图亚特夫人。皇帝跟她聊了聊印度的风土人情，说起乘船一路的辛苦（尤其对一个女人来说），说起斯图亚特夫人的老家苏格兰，两人还谈了我相。皇帝说，幸好印度的气候没洗去她苏格兰人的味道。

当时，一些搬行李的奴隶堵在了我们要走的路上，巴尔科姆夫人非常粗暴地叱喝他们滚到一边去。皇帝对这种行为有些反感，说："尊重一下挑夫吧，夫人！"听闻此言，一直都在偷偷观察皇帝的斯图亚特夫人忍不住低声对她的女伴说："上帝啊，他和我听说的那个拿破仑太不一样了！"

朗朗月色下的夜谈—两位皇后—和玛丽-路易丝的婚姻—她的家族—蒙特贝洛公爵夫人—蒙泰斯鸠夫人—默东学院—奥地利家族对拿破仑的情感—我回到欧洲后从德意志那边听来的一些事

11月11—13日，星期六至星期一

我们在荆棘阁的生活越来越规律：每天向我口述回忆录后，皇帝就出去转三四个小时。他先去花园，在里面一边踱步，一边向从城里赶来为他工作的随从讲述往昔；后者坐在一座小凉亭里，把他的口述记下来。大约五点半的时候，他绕过我们邻居的住宅，走那条他越来越喜欢

的内道回来。当时所有人都去吃晚饭了,所以他才能不受打扰地享受散步。我去那里找他,和他一起散步,直到人们叫他回去吃饭。

192 皇帝吃了晚餐后又会回到那里,有时甚至让人把咖啡也端过去。我儿子会去邻居家玩,我们则继续散步。我们通常一连走上好几个小时,有时甚至在清朗的月色下一直晃荡到午夜。我们沐浴在如水的月华中,呼吸着清润的空气,一时间忘记了白日的酷暑天气。这时的皇帝比平常要健谈和放松许多。在漫长随意的闲谈中,他提到了自己的童年,说起自己少年时期的前几年是怎样度过的,回忆起了想来就倍感美好的爱情和幻想,还提到了许多在他登上政治大舞台后发生的私人小事。我把觉得适合传出去的内容都记了下来。有时候,皇帝似乎为自己说得太多而感到难为情,觉得内容太细碎了,跟我说:"您为什么不讲讲自己的故事呢?您又不是一个纯粹的叙述者。"我没说话,是因为我害怕把自己刚听到的某句话给忘了。

在某一次的晚间散步中,皇帝说,他的人生被两个截然不同的女人占据着:其中一个是艺术和美惠三女神的化身,另一个则一派天真纯洁。他说,她们两人都值得好生对待。

无论任何时候,他的第一任妻子都在举手投足中展现出迷人的一面,身上没有任何令他不喜欢的东西。她可自如地应用一切技巧来增加自己的魅力,身上却没有半分矫揉造作的痕迹。他的第二任妻子则恰恰相反,她行为举止单纯烂漫,毫无心机。一个妻子从不展现真实的自我,她若说了或做了什么,你一定要从反面去揣测她的意思;另一个妻子则从来不懂得掩饰①,从来不会拐弯抹角。一个妻子从不会问丈夫要

---

① 1823年版本把"掩饰"改成了"撒谎"。

任何东西，但到处欠钱；另一个妻子想要钱就直接提，不过这种情况很少发生，因为她从没有赊账买东西的这种念头。除开这些，两位妻子都非常温柔可爱，深爱着自己的丈夫。读者应能轻易猜出上文说的分别是谁；[193]任何见过两位皇后的人，都能在这段文字中把她们认出来。

皇帝说，他觉得这两位妻子都十分温顺听话。

他到达贡比涅后，迅速和玛丽-路易丝完婚。当时皇帝把那套宫廷礼仪的规矩抛之脑后，径直去见她，乔装打扮后登上她的马车。看到皇帝后，玛丽-路易丝是又惊又喜。先前人们一直跟她说，之前受托来到维也纳迎娶她的贝尔蒂埃，其长相和年纪和皇帝十分相似。看到皇帝本人后，她不禁说，幸好两人长得大为不同。①

皇帝想替玛丽-路易丝免去一大堆婚礼方面的规矩，但她在维也纳时已经把那套规矩认认真真地学了一遍。皇帝问，她的父母有没有告诉她应该怎么对待自己的丈夫呢？皇后的回答是，要完完全全地忠于他，在一切事情上听从他。皇帝之所以打消了一切顾虑，是因为听到了这句回答，而非如一些人宣称的那样是因为听从了某些红衣主教和大主教的决定。何况，亨利四世在类似的情况下也是这么做的。

皇帝说，他在一日之内就完成了向玛丽-路易丝提亲和定亲的仪式，其婚书与玛丽-安托瓦内特的完全一样，直接以后者的婚姻契约为样板。和约瑟芬离婚后，人们曾和俄国沙皇洽谈，想为皇帝迎娶他的一个妹妹，但宗教信仰成了唯一的麻烦。欧仁亲王②和施瓦岑贝格亲王交谈后，从后者那里得知奥地利皇帝并不反对把自己的女儿嫁过去，于是他把此

---

① 贝尔蒂埃纯粹是以使者的身份前去维也纳的；查理大公充当拿破仑的"替身"，代替他参加了婚礼。

② 即拿破仑的继子欧仁·德·博阿尔内。

事告诉了皇帝。人们召开了一场会议，要在俄国和奥地利中做出选择，想知道和哪个国家联姻更有利。欧仁和塔列朗支持和奥地利联姻，康巴塞雷斯支持和俄国结亲。大多数人都赞同皇帝迎娶奥地利女大公。于是，欧仁亲王就此事开始和奥地利展开正式洽谈。外交部得到授权，只要对方点头就立刻签署婚书。这桩婚事就如先前设想的那样，一步一步地进展下去。

[194]俄国听闻此事大感恼火，觉得自己被耍了，可事实根本不是如此。皇帝对俄国根本没有任何承诺，双方都是自由选择。何况，政治利益高过一切。

皇帝让蒙特贝洛公爵夫人担任玛丽-路易丝皇后的女官，让博阿尔内伯爵担任她的荣誉骑士，让阿尔多布朗蒂尼亲王担任她的侍从武官。皇帝说，可惜在1814年国难之际，他们谁都没有对皇后尽到忠诚的义务：她的骑士侍从一声不吭地抛下了她，荣誉骑士不愿追随她左右；连最得皇后信任的女官都辜负了她，声称她把皇后带到维也纳就已尽到了自己的责任。

当时，蒙特贝洛公爵夫人是皇后女官的最佳人选之一，并得到了所有人的一致认同。她年轻貌美、品格端方，是前不久战死沙场的"军中罗兰"的元帅遗孀。因此，女官的人选得到军队的支持，让国民派也略微宽心了一些。当时，国民派对这桩婚事、侍从人选和数目大为不满，许多人都吵嚷着说这是在朝反革命迈出第一步；不少人也被鼓动起来，抱有相同观点。皇帝在女官侍从的人选上之所以作此决定，是因为那时他并不了解玛丽-路易丝的为人，很担心她在血统出身方面存有偏见，给皇帝宫廷带来不良影响。但了解了皇后的品性、知道她完全接受当前的新式思想后，皇帝立刻就后悔了，后悔自己没有选择另一个人当皇后女官，这个人就是博沃伯爵夫人。这位夫人纯良温和、与世无争，一言一行都以家人的叮嘱建议为重。如果选的是博沃伯爵夫人，她定能把许多值得提倡的传统风气带进来，让一大批得到力荐的下层军官进入宫廷。此外，她还能团结许多对帝国宫廷敬而远之的人。这一切还不会造成任何弊病，因为皇帝并不是一个任人愚弄的昏君，这些安排都必须经过他本人的首肯。

皇后对蒙特贝洛公爵夫人宠信至极。[195]蒙特贝洛公爵夫人曾差点儿当上了西班牙王后。当初斐迪南七世在瓦朗赛的时候，曾恳请皇帝把约瑟芬的同姓嫡亲塔谢尔小姐嫁给自己①（就像他当初让巴登亲王②娶博阿尔内小姐那样）。那时，皇帝已经生出和约瑟芬皇后离婚的想法，不愿因为这桩婚事让离婚变得难上加难，于是一口拒绝了。之后，斐迪南又请求把蒙特贝洛公爵夫人或其他皇帝觉得合适的法国女人嫁给自己。后来，皇帝把塔谢尔小姐嫁给了阿伦贝尔公爵，想让她当上低地国家的女主人，以弥补布鲁塞尔痛失旧朝的损失。皇帝曾想让纳博讷伯爵顶替博阿尔内伯爵的位置，担任皇后的荣誉骑士；前者在皇后婚礼中露过脸，不算生人了。可玛丽-路易丝听闻皇帝这个想法后大为抵触，皇帝只好打消了这个念头。皇后之所以如此反感纳博讷，纯粹是因为受了身边那些人的煽动：这些人完全不把博阿尔内放在眼里，但对威信极高的纳博讷忌惮不已。

皇帝告诉我们，如果他打算让谁担任某个敏感职务，通常会让人给

---

① 拿破仑或拉斯卡斯在这里搞错了，或者就是斐迪南七世自己闹了个乌龙，因为塔谢尔小姐一年前就已经嫁给了阿伦贝尔公爵。请看P.马尔默坦1931年发表在《拿破仑研究杂志》上的《阿伦贝尔和塔谢尔·德·拉帕热里的婚姻》（P. Marmottan, Le mariage d'Arenberg-Tascher de la Pagerie）。

② 即查理-路易-弗雷德里克·德·巴登。（请看《人名表》）

他报上一份人选名单,他根据这份名单和自己掌握的信息,反复权衡谁才是最佳人选。他跟我们提过皇后女官待选名单上的一些名字,其中有沃德蒙王妃、拉罗什富科夫人(也就是后来的卡斯特拉内夫人)。后来他还问我们,如果当初我们可以提名,那会推荐谁。我们想了一大堆宫廷夫人的名字,其中一人提到了蒙泰斯鸠夫人。他答道:"这个提议不错,不过她已经被安置在更合适的位置上了。这位夫人品行高洁、蕙心纨质、心虔志诚,我对她也是敬重不已,赐了她许多头衔。这样的人,我恨不得再来六七个,让她们拥有与其品德相配的地位。蒙泰斯鸠夫人曾陪我的儿子前往维也纳,尽心尽力地完成了使命。"

说到这里,他提起了蒙泰斯鸠夫人培养罗马王所采用的方法。[196]当时这位皇子的寝宫位于底楼,面向杜伊勒里宫正院。院外白天通常聚集着大批想看罗马王的群众,他们许多人都能透过窗户看到皇子。有一天,皇子无论怎样也不听蒙泰斯鸠夫人的话,在那里大发脾气。于是,蒙泰斯鸠夫人令人立刻把所有门窗都关严实了。孩子看到房间暗了下来,一下子愣住了,问"吉欧妈妈"为什么要这么做。她答道:"因为我太爱你了,不愿让世人看到你生气的样子。要是他们看到你耍脾气,有朝一日你当上一国之君了,这些人会怎么说你呢?他们要是觉得你是个淘气孩子,还会服从你吗?"孩子立刻道歉,承诺以后再也不这样了。

皇帝评价说:"所以说,她采用的教育方式和维勒鲁瓦对路易十五的培养理念完全不同。因为后者是这么对路易十五说的:我的主人,您看看这些人民,他们都是属于您的,您眼睛看到的所有人都是您的子民。"

蒙泰斯鸠夫人深得这个孩子的喜爱;她被要求离开维也纳后,人们不得不想尽办法哄骗孩子,一度害怕他因太难过而伤到身体。

皇帝在罗马王的教育问题上有很多新想法。他打算成立默东学院，已经颁布政令，明确了学院的一部分制度准则，准备得闲之后再将其好好完善一番。他打算把所有皇室后裔都送到那里读书，尤其是那几个坐在外国王位上的家族后代。他声称，这个学院将采集公共教育和私人教育的所有优势。他说："这些孩子生来是要继承王位、统治四海的，他们必须在那里接受一致的理念、习俗和思想的熏陶。为了更好地促进帝国下各个联盟国之间的团结和融合，这些皇室后代每人身边都得有十二三个年龄相近的孩子当伴读，他们都得是各自国家数一数二的大家族出身。等这些孩子回国后，他们会成为治理国家的顶梁柱！"皇帝顿了顿，继续说："我毫不怀疑，那些和我的家族没有任何血缘关系的外国亲王，最后都会求着把他们的孩子送过来，把进入学院视为莫大的荣宠。[197]对欧洲各国联盟人民来说，此举也能让他们受益无穷！这些年轻皇子王孙从小聚在一起，彼此间缔结下珍贵坚实的童年友谊，但之后又被分开，以避免这份感情被他们骨子里的欲望——如执迷、野心、爱恨——所毁灭。"

皇帝希望皇子王孙接受的教育，是建立在广博的知识、远大的谋略、全局的眼光的基础上。他想让他们习得知识而不是技术，学会判断而不是照猫画虎，懂得随机应变而不是纸上谈兵。更重要的是，他们绝不能过多地沉溺于某些学科中——皇帝觉得皇子王孙在艺术科学等领域中太有钻研、太有建树，这是有害无益的事。他说，如果让一个诗人、才子、博物学者、化学家、车工、锁匠来当国王，国家就完了。

玛丽-路易丝向皇帝坦承，最开始的时候，她一想到这桩婚事就满心恐惧，因为她身边的人都把拿破仑描述成一个穷凶极恶之徒。逼她赶紧接受这桩婚事的叔叔们对此的回答是："只有在他是我们的敌人的时候，这些话才是真的；但今天他已经不是了。"

皇帝说："此外还有一件事，证明这个家族对我们开始抱有好意了。他们家族中有个年纪很小的大公，以前经常烧他的洋娃娃，说他是在烧死拿破仑。可后来他说自己再也不这么做了，还说他现在很喜欢拿破仑，因为后者给了姐姐路易丝许多钱，让她给自己买了一大堆玩具。"

回到欧洲，听了许多事后，我更加相信奥地利家族后来对拿破仑抱有的感情是真挚的。我在德意志接触过一个地位尊贵的要人，他跟我讲了一件他亲眼见证的事：1816年，弗朗茨皇帝拜访意大利期间，单独接见了这位要人，并在谈话中提到了拿破仑，一说起拿破仑就满口赞誉。这位证人还跟我说，皇帝的谈话给人一种印象，[198]他似乎觉得拿破仑还在统治法国，不知道对方已去了圣赫勒拿岛似的；他说起拿破仑的时候，永远称他为拿破仑皇帝。

这个人还跟我说，约翰大公曾去意大利参观一栋圆形建筑，建筑天花板上画着一幅以拿破仑为主人公的著名战斗图；他抬头观摩壁画，帽子掉到了地上，随从赶紧把帽子捡起来递给他，他却说："不用，就这样，我们就应该以这样的态度去瞻仰上面这个人。"

说到这里，我想再说一说我回到欧洲后从德意志听到的一些消息。为了让读者明白这些事的重要价值，我得说明一点，它们都是我从高层外交官员那里得来的。人们都知道，这个圈子的人就像一个家族一样，待在同一堵墙里面，所以他们的消息是再真实不过的了。

玛丽-路易丝皇后曾抱怨说，离开法国时，塔列朗以官方代表的身份，请她将属于国家的皇冠上的珠宝钻石还回来，并核查她是否真的如数归还了。

1814年，法国遭逢巨变，欧仁亲王成了各派势力的拉拢对象，大家都向他许以各种令人心动的好处。一个奥地利将军代表联军表示，只要他肯加入他们的阵营，就可以坐上意大利的王位。联军上层也一再表达了相同的意思——毕竟皇帝统治期间，他就已经是葡萄牙、那不勒斯和波兰王位的候选人了。

1815年，欧洲外交界的一些重要人士又来试探欧仁亲王，想知道如果拿破仑被迫再次退位，百姓转头支持他当皇帝，他是否会接受王位。但亲王一如从前那样，坚定不移地履行自己的义务、维护自己的荣誉。"名节和忠诚"是他不变的答复，成了他留给后世永远的箴言。

1814年切割国土的时候，沙皇亚历山大经常前往马尔梅松拜访约瑟芬皇后，要把热那亚交给她的儿子统治。但由于某个外交官给了她更优厚的虚假许诺，所以皇后拒绝了。

[199]在维也纳会议期间，亚历山大皇帝非常敬佩欧仁亲王的为人，想为他争取一块至少有30万人的属地。当时他和欧仁亲王一度交好，两人每天都手挽手地出去散步。然而拿破仑在戛纳登陆一事，给这份友谊画上句号。即便他们的感情还在，可至少从俄国沙皇的政治利益和动作来看，他们也再难交好了。当时，奥地利这边想控制住欧仁亲王，把他囚禁在匈牙利的一个监狱中。但亲王的岳父巴伐利亚国王愤怒地告诉奥地利皇帝：欧仁亲王来到维也纳，就处在他的保护和担保下，皇帝绝不能辜负他的信任。因为岳父的斡旋和自己的承诺，欧仁亲王才得以享受自由。

直到1818年，米兰都一直流通着刻有拿破仑头像的金币，上面的铸造时间是1814年，价值为20法郎和40法郎。不知是出于经济考虑还是其他原因，人们没有再铸造新的货币。

拿破仑退位后，沙皇亚历山大曾多次表明自己对他的强烈反感。1815年，在反法联盟第二次起兵讨伐拿破仑的行动中，亚历山大是最积极的推动者和核心组织人物。他无比热忱地投入这次征战中，把它当作自己的事一样亲力亲为。他说，自己之所以如此憎恨拿破仑，是因为曾遭到他的欺骗和愚弄。如果他这份迟来的仇恨不是装出来的，那它定然和拿破仑曾经的一个大臣和心腹脱不了干系。[①]此人在维也纳会议期间使用鬼蜮伎俩，在几次私下谈话中向沙皇透露了拿破仑私底下对这位大名鼎鼎的朋友的看法，其言虽然真假难辨，但是依然刺伤了亚历山大的自尊心。

从亚历山大在1814年的态度来看：他并不反对让小拿破仑统治国家。但皇帝第二次退位后，他表现得比之前有敌意多了。

在第二次讨伐行动中，沙皇亚历山大亲自率领大军作战。据说，他预计这场战争要打三年，但就算要三年时间，他也要把拿破仑打得再也爬不起来。

得知弗勒吕斯战役的结果后，俄军各大将领随即收到坚守阵地的命令，而奥地利和巴伐利亚那边当即收兵，打算各自为伍、分开作战。我们几乎可以肯定，如果维也纳会议在3月20日破裂，第二次反法之战是再也打不下去的；如果在滑铁卢取胜的是拿破仑，联军肯定会立刻解散。

当初拿破仑登陆戛纳，这个消息犹如晴天霹雳一样，把法国在维也纳的全权代表给惊住了。实际上，此人还起草了那个著名的、措辞极为强硬的3月13日维也纳会议宣言。[②]其实他原来草稿的语气比正式宣言还要激烈，经过其他大臣的修改后，已经和缓许多了。拿破仑往前挺进的消息一个接一个地传了过来，这位全权代表的脸色也如晴雨表一样一

---

① 拉斯卡斯不愿明言此人是谁，但我们可以轻易猜出他说的是塔列朗。
② 请看本书开头《拿破仑年表》1815年3月13日维也纳会议宣言内容。

会儿一变。维也纳参会人员看到他那个狼狈样儿，一个个暗笑不已。

奥地利很快就知道了拿破仑的动作，并派出信使随时汇报事态进展。只有法国使团在那里将信将疑，还忙着把国王写的一封冠冕堂皇的信发给各国君主，信中国王说自己决意死守杜伊勒里宫。可那时人们已经收到消息：他早就离开首都，朝边境逃去了。

维也纳会议中的一个官员和惠灵顿勋爵，当时与法国使团进行了秘密洽谈，指着地图笃定地告诉他们：拿破仑在20日或21日就已进了巴黎城。

弗朗茨皇帝收到来自格勒诺布尔和里昂两地的官方宣言后，立即派人将消息告诉正在美泉宫的玛丽-路易丝，后者闻讯欣喜若狂。后来，人们还生出了绑架小拿破仑，将其带回法国的念头。

法国全权代表最后离开了维也纳，先后去了法兰克福和维斯巴登。如此一来，他进可以和巴黎对话，退可以和根特接洽。这个见风使舵的廷臣，当时恐慌和忧惧到了极点。当初他听到拿破仑登陆戛纳的消息时，态度还那么强硬呢；可一得知拿破仑已进入巴黎城，他整个人都软了。他联系富歇，想让后者为他在拿破仑面前求情；[201]他还拍着胸脯跟富歇保证，说自己会为他在波旁家族面前说好话。我们不无道理地相信，有人一而再、再而三地向重登宝座的皇帝提议再度起用这个全权代表，但愤怒的拿破仑一口回绝，说不想让他弄脏自己搞政治的那双手。

1814年，塔列朗在宣布效忠波旁家族之前是支持摄政的，但他想当地位最高的摄政者。由于拿破仑王朝遭逢巨变，混乱的局势没能走向清明。从一切迹象来看，这个结果绝非奥地利想看到的，它极有可能被欺骗、出卖或者暗算了。

在没有得到奥地利政府同意的前提下，联军依然进入巴黎。在没有咨询过奥方意见的前提下，亚历山大就发表了那篇反对拿破仑·波拿巴及其家人的著名宣言。就连阿图瓦伯爵都无视奥地利军方命令，偷偷溜回法国——奥地利当时拒绝向他发放通行证。

撤兵莫斯科后，奥地利似乎在伦敦做了很多工作，想和拿破仑缔结和约。然而俄国政府气焰熏天，根本不接受任何调解。后来人们签署了《德累斯顿停战协约》，奥地利表态参战。

在这段时间里，伦敦的奥地利谈判代表①的意见根本不被采纳。即便如此，他依然坚持了很久，直到联军攻入法国腹地后才离开。卡斯尔雷勋爵曾暗示说，拿破仑在尚波贝尔、蒙特罗获得大捷，胜利入驻特鲁瓦后②，人们曾一度以为可以重启谈判。

要是这位谈判代表没被派到伦敦，他定会被派到巴黎。在他的影响下，杜伊勒里宫和维也纳之间的谈判就不会发展到后来这个样子了。可惜的是，在形势最为紧急的时候，他被强行留在了英国。他迫不及待地想参与核心谈判工作，²⁰²于是不顾局势险峻，离开伦敦，去了荷兰。他刚走进旋涡中心，就在圣迪济耶落到了拿破仑的手上。可那时，法国已经再无翻盘机会了。当时法国司令部还不知道结局已定，而亚历山大已经进了巴黎城。

这位奥地利谈判代表曾想尽办法，打算在伦敦拿到通行证，经过加来前往巴黎，和自己的主上会合，可惜没能成功。这个或许意外、或许人为的突发事件，加重了法国的灾难。如果奥地利驻伦敦谈判代表走加来这条路，他完全可以在联军到达之前赶至巴黎，来到玛丽-路易丝的身边，挫败塔列朗的计划，想出新的办法来。

---

① 即魏森伯格男爵。（请看《人名表》）
② 1823年版本删去了"拿破仑在尚波贝尔、蒙特罗获得大捷，胜利入驻特鲁瓦后"。

当时奥地利政府中有两个声音,一个是和法国联手,一个是和俄国合作。也许是有人从中作梗,也许是天命为之,俄国派的意见占了上风,奥地利对其也只能听之任之。

一件小事—沉思
11月14日,星期二

今天早上,人们端上来的咖啡总算可以入口了,味道甚至还不错。皇帝看上去非常高兴,一口一口地品着。过了一会儿,他一边摸着肚子,一边说觉得胃舒服多了。听到这句再简单不过的感慨,我多么心酸啊。皇帝一反平常,对这么点儿微不足道的享受都禁不住赞叹。他没意识到,这反而让我发现他失去了多少东西,虽然他对此从不抱怨。

晚上的餐后散步结束后,皇帝在房里给我读起了他口述给蒙托隆的《临时执政府》这章内容。①读完后,皇帝亲自把散乱的文稿整理好。时辰已晚,寂静的夜色笼罩在我们周围,我就这样望着皇帝,看着他沉浸在自己的工作中。那一刻,我的心变得伤感起来。这双手曾经持过权杖,此刻却不紧不慢地做着整理文稿这类简单的工作,虽然动作依然尽显优雅。[203]这纸上留下了他永不会被遗忘的事迹,也留下了将成为不刊之论的评价。对书中被提到的人而言,它将决定他们的生死。我无言地思考着,思绪越飘越远。

我想,皇帝完全知道我内心的想法!他亲切地跟我说起话来,时不时还问我在想什么。我大胆地把自己的想法说了出来。啊!我毫不后悔自己来了圣赫勒拿岛!

---

① 拿破仑的这章内容出现在古尔戈出版的回忆录合集第一卷中。后来,《拿破仑一世书信集》的编辑将其收进书信集的第三十卷里,但没有给出原稿出处。

非常私人的一些小事—古怪的相似经历

11月15日，星期三

吃完晚饭后，皇帝就去了那条内道，让人把咖啡也端过去，一边喝咖啡，一边散着步。我们谈起了爱情这个伟大的话题。我大概说了些非常细腻感性的话，因为皇帝听到我在那里倾诉衷肠，不由得笑起来，说他根本理解不了我这种罗曼蒂克式的唠叨。之后，他装出一副不在乎爱情的样子，想展现自己更重感觉、不重感情的一面。我大胆地说，他是在努力把自己打造成一个比宫闱秘事中的他还要坏的恶人。这些广为流传的绯闻虽然讲的都是私隐，但是听上去十分真实。

他兴致勃勃地问："那他们是怎么说我的呢？"

"陛下，有人说您在权势滔天的时候，放任自己堕入温柔乡中；说您简直就像罗曼小说里的男主角。说有个女人没有从您，反而煽起了您对她的爱和欲望；您给她写了十几封信，完全被她迷了心智，甚至为了见她而乔装打扮，在夜里①单独出门，去她在巴黎的住处找她。"

他没有否认，只是边笑边问："那旁人是怎么知道这些事的呢？他们肯定还说，这是我人生中干过的最冒失的一件事。因为，如果她不是一个正经女子，那我一个人乔装打扮，来到布满圈套的那个地方，到时会发生什么事呢？他们还说了什么？"

"陛下，他们说，陛下的子女不止罗马王一个，他其实还有两个哥哥，一个是您在遥远他乡跟您深爱过的一个美丽异国女子所生②，另一个③是您在首都的一段罗曼史中结出的果实。人们说，我们离开前，这两

---

① 1823年版本不是"在夜里"，而是"秘密地"。
② 这里说的是玛丽·瓦莱夫斯卡。
③ 即艾蕾奥诺尔·德努埃尔·德·拉普莱尼。（请看《人名表》）

个孩子都去了马尔梅松,其中一个由他的母亲带来,另一个和他的监护人一起前来,两人跟他们的父亲①简直是从一个模子刻出来的。②"

皇帝笑了很久,说我未免也太八卦了。他心情好了起来,整个人沉浸在回忆中,直爽地回忆起自己早些年的事情,其中许多和情爱、冒险经历有关。我跳过情爱之事,在他的众多冒险中挑一件跟大家说说。此事发生在大革命初期的索恩河附近,当时他在忠诚的德斯马济的陪伴下,去了一个晚宴。拿破仑绘声绘色地跟我说,他当时真是闯进一个马蜂窝里,居然敢向在场宾客发表和他们信奉的理念格格不入的革命宣言,结果差点儿死在那里。③

他问:"你我两人当时肯定隔得很远吧?"

我回答说:"陛下,距离上不远,但思想上肯定很远。当时我其实也在索恩附近,在里昂城的一个码头上。聚集在那里的革命党人在一些小船上发现了一群教士,就用言语攻击他们,说其中一艘船上都是反革命派。我大着胆子说了一些不合时宜的话,说我们可让这些教士发誓忠于《教士民事基本法》,这样他们就信得过了。我这个冒失之举,也害得自己差点儿被吊死。您看,陛下,我和您也差不多,您在索恩的时候,也在一群贵族中差点儿遭遇不测。"

当晚,我们发现类似古怪的相似经历还不止这一次。[205]皇帝跟我说起1788年一桩有意思的小事,问我:"当时您在哪里?"

我想了想,回答:"陛下,在马提尼克,每晚都在未来的约瑟芬皇后

---

① 皇帝的遗嘱中有一份完全保密的追加遗嘱。人们说,这份遗嘱无疑证明了这些猜测的真实性。——辑录者注

② 这两个"从一个模子刻出来"的人,分别是亚历山大·瓦莱夫斯卡伯爵和莱昂·德努埃尔·德·拉普莱尼伯爵。(请看《人名表》)

③ 这里说的是1791年在尼伊的一次冒险经历。

身边吃晚饭呢。"①

这时下雨了，我们必须离开这里。皇帝边走边说："也许某一天，我们回忆起这条小路，也会倍感美好呢。"

我回道："这有可能，但我们只有离开以后才会觉得美好。在此期间，我们暂且将它唤作哲学之路吧，因为它肯定不是忘川之路。"

圣日耳曼区—皇帝不带任何偏见和恨意—皇帝典型的谈话风格
11月16日，星期四

今天，皇帝打听起了圣日耳曼区这个地方，就这个他口中的老派贵族最后的栖息地、陈旧狭小的庇护所向我提了许多问题。他还把这里称作"日耳曼同盟会"。我跟他说，在帝国覆灭之前，他的势力已经一点一滴地渗进了圣日耳曼区。此地已被蚕食，变得空有其名；它已经被帝国的荣耀撼动、击垮，被奥斯特里茨战役、耶拿战役、《提尔西特和约》的胜利攻陷。看到祖国取得无上荣光，任何有着高尚思想的年轻人怎可能无动于衷呢？他和玛丽-路易丝成婚一事，彻底击垮了圣日耳曼区的骄傲。除了不知餍足的野心家（这种人任何时候、任何阶层中都有），其他人对他再也挑不出什么毛病。当然了，那时仍有个别迂腐老朽之辈在那里哀叹自己风光不再。但所有理性明智的人都折服在了国家首领昂霄耸壑的气概下，心里只想着如何为子女谋个好的前程，以弥补他们自己遭到的损失。所以，他们把所有心思都放在自己的孩子身上。他们感激皇帝对旧朝贵族的宽厚相待，不过他们也知道这些姓氏已是气数将尽。他们无比珍惜皇帝对他们的信任，²⁰⁶把皇帝招募他们孩子加入

---

① 拉斯卡斯当时经常拜访塔谢尔男爵夫人府邸，后者正是约瑟芬的姑母。请看本书开头作者生平简介中的相关内容。

军队时说的那句话铭记于心："这些姓氏属于法国，属于历史；我就是这些姓氏背后荣耀的保护人，我决不会让它们消失于岁月之中。"这些话为他争取到了多少新的信徒啊。

皇帝说，他担心这一派人没有得到足够多的重视。"出于我的联合政策的需要，出于我个人的心愿和要求，他们应得到重视。然而那些部长、大臣作为中间管事人，从不曾切实有效地执行我的真正想法。这也许是因为他们目光不够长远，也许是因为他们害怕此举会给他们在争宠之路上制造更多对手。尤其是那个塔列朗，他一直都在和我对着干，总是反对我对旧贵族予以照顾。"我告诉他，其实许多得到他提拔的贵族对他都爱戴不已，全心全意为他效力，甚至到了最后的危急关头，大多数人也是忠诚于他的。皇帝没有否认，甚至还说：国王再度回来、他发表退位宣言，这两件事应该大大地动摇了一些人的想法；就他而言，同样一个行为，它发生在1814年还是1815年，其性质就完全不同了。

这里我得说一句，自打认识皇帝后，我从未见他对别人说过任何愤激之词，无论这些人对他做过多大的恶。他也从不因为某人做出高尚的行为就对其称赞有加，因为他觉得对方只是在履行自己的义务而已。若有人犯了错，他也不会对其发火，因为他已经猜中了对方的一部分心思，认为他们不过是屈服于自己的本性罢了；他会冷静、不带恨意地梳理他们的想法，把他们犯错的一部分原因归结为环境（他也承认，环境因素是很难克服的），把剩下的因素都归结为人性的弱点。他说："虚荣心毁掉了M***①；他将被后人烙上耻辱的印记，其实他实际为人并没有那么不堪。奥热罗落得如此下场，是因为他没有文化，身边的人又太卑

---

① 1823年版本点明是马尔蒙。

劣；贝尔蒂埃呢，是因为他无能、怯懦。"

我说，[207]贝尔蒂埃白白错过了扬名立万的最佳时机。他大可先向国王表达自己的真诚归顺之心，然后哀求对方体谅自己，让自己隐退乡野，表示自己余生都要活在孤寂之中，去哀悼那个曾让他的军队扬名天下、把他视为挚友的人。皇帝说："算了吧！这件事无论多么简单，他都是做不到的。"我说："人们对他的能力和才干一直议论纷纷；陛下对他如此青睐和倚重，对他存有如此深厚的感情，让我们着实感到惊讶。"对此，皇帝说："毕竟，贝尔蒂埃并不是一个毫无才干的人啊。我不是在否认他这个人，否认我对他的情感，但他的才干和长处只体现在某个专业技术上。出了这个领域，他就再没什么头脑了，甚至变得怯懦十足！"我说，贝尔蒂埃在我们面前倒是一副自命不凡的样子呢。皇帝说："他不过顶着宠臣的名号罢了。您觉得他一无是处？"我说，他非常苛刻和刚愎自用。皇帝只说："我的朋友，有比以强者为靠山的懦夫更跋扈恣睢的人吗？您看看女人就知道了。"

皇帝在征战期间，一直和贝尔蒂埃坐一辆马车。赶路途中，皇帝会翻阅文书，查看周围的地理环境，然后做出决定，敲定作战方案，发布军队行动任务。贝尔蒂埃在一边做笔记，到了下一个驿站或歇息处后，无论当时是白天还是晚上，都得立刻把他收到的指令和详细细节有条不紊、精准正确地发出去。在这项工作上，贝尔蒂埃一直勤勤恳恳、不辞辛劳。皇帝说："这就是贝尔蒂埃的长处；在这点上，他是我身边最得力、最可贵的一个人，谁都不能替代他。"

我还想讲讲皇帝身上某些典型的谈话风格。他说话的时候语气镇定，提到人生中发生的那些事、出现的那些人时，不夹带任何情绪、偏见或仇恨。毫无疑问，他可以和他的死敌成为盟友，也可以和那些恨不得生吞其肉的人和平共处。他说起自己的过往时，仿佛在谈一段发生在300年前的历史似的，其叙述和评论都带着谈古论史的味道。[208]他如一个已经作古的人一般，用亡者的口吻讲述发生在香榭丽舍的事。他经常站在第三视角谈论自己，提到皇帝的行为，说起一些会让他遭受历史指责的事，分析人们会用哪些原因或理由来替他辩护，仿佛正在说别人似的。

他说，他不会把自己犯下的任何错误推到别人头上，因为他行事从来只听从自己的声音；他最多不过因信息有误而替自己辩解，但绝不会把某事推托为旁人糟糕建议导致的结果。他身边有着世上最有学识的智者，但万事依然要靠自己拿主意。他绝不会为什么感到后悔，说："只有主事人优柔寡断、晕头转向，才会造成积弱、混乱的结果。"他还说："要以公正的眼光审视皇帝个人决定造成的过失，我们就必须把许多事情权衡来看，看看哪些正确行动是他力排众议的结果①，哪些失策是他一意孤行、没有听取正确建议而导致的。"

他倒台的时候正处在错综复杂的局势中，可他依然站在高处，以宏观的眼光看待事物，而非关注个人。我们从未见过他对某些人恶语相向，哪怕他完全有理由这么做。人们在他面前提到某个人时，如果他紧闭双唇、一言不发，这就是他最愤怒的斥责方式了（我注意到他经常这么做）。如果我们这些身边人一时克制不住，言语有所过激，他还会立

---

① 有一次，因为皇帝在一件非常要紧的事情上和别人意见不同，人们就把他的一个家人请过去，让他去说服皇帝。两人当时站在一扇窗子前，皇帝以人们能够想象的最大耐心，花了很长时间听他陈述反对的理由。然后，他突然打断对方，指着天空问："您看到那颗星星了吗？"当时正是白天，对方答道："没有。""可我看到了，而且看得一清二楚。所以，我的朋友，日安！回去做您自己的事，而且一定记得一点：要相信那些比您看得更远的人。"*——辑录者注

* 根据拉普将军在回忆录里的记叙，这个反对者就是红衣主教费施。拿破仑在《拉普回忆录》里说的话比拉斯卡斯的这番记载更加清楚易懂："既然我是唯一一个看到它（远方的星辰）的人，我就要坚持自己的路，不顾别人的批评。"（《拉普回忆录》1823年版第24页）

刻制止我们。他说:"你们不了解人。人是多么难以理解啊,哪怕你们希望公正地理解他们。[209]此外,他们就了解自己吗?他们就明白自己是怎样的人吗?如果我没有倒台,当初抛弃了我的大部分人也许不会生出变节的念头。人是恶是善,依环境而变。任何人都扛不住最后的审判。另外,与其说我是被背叛,不如说是被抛弃。我身边那些人,他们不是无义,而是软弱;他们就像不认主的圣彼得一样,站在门前一边后悔一边流泪。说到这里,纵观历史,还有谁拥有比耶稣更多的信徒和朋友呢?还有谁比他更得人心、更受爱戴呢?还有谁比他更让世人感到悔恨和怀念呢?连他都会被自己的门徒抛弃……现在,我们站在这里、站在这座孤岛上,去看看法国吧。①人们不觉得我仍是那里的统治者吗?许多君主贵胄和盟友都忠诚于我,直到我的帝国覆灭,他们才在人民的裹挟下被迫做了那些事。我身边的人也是如此身不由己,被卷进一场不可抵抗的旋风中……不!人可以有更加丑陋的一面,我也可以有更多抱怨的理由!但这没有意义。"

1814年他的侍卫的表现—请愿书草稿
11月17日,星期五

今天,皇帝问我对他的侍卫队有什么看法。里面遭人鄙视的最多只有两三个人,甚至接受他们投诚的那个阵营都瞧不起他们。至于其他人,我没什么可说的,他们绝大多数都表现出不渝的忠诚。皇帝明确提到了一些人的名字,非常仔细地倾听了我对他们的看法。我对这些人统统赞誉有加。我说到其中一个人的时候,皇帝急切地打断了我的话,

---

① 1823年版本不是"现在,我们站在这里、站在这座孤岛上,去看看法国吧",而是"就在这里,在我站的这个孤岛上,去看看法国当前的混乱吧"。

问:"您对他是怎么看的?我回来后,在杜伊勒里宫态度恶劣地见了他一次。啊!我真担心自己在无意中做出了不公正的事!当时我想当然地接受了别人告诉我的故事版本,根本没时间去核实真伪!我真担心亏欠了别人的恩情!我做不到凡事亲力亲为,这是多么不幸的事啊!"我答道:"陛下,实际上,如果您的侍卫队中某些军官犯下过错,那整个侍卫队都要背上责任;[210]实际上,我们整个民族都犯了这个让其他民族瞧不起的错。国王一出现,大家就忙不迭地朝他奔过去,仿佛这个人不是因您退位了才爬上王位,而是一直都是我们的君主似的。他们没有以履行义务为荣的高尚者的那份骄傲,像个呆头呆脑的廷臣一样局促不安地站在那里,每个人只想着怎么替自己辩解;那一刻,陛下就已被否认、被背弃了,皇帝这个头衔就已不存在了。那些部长、要员以及陛下的近友在一口一个'波拿巴'地喊着的时候,丝毫不替自己和自己的民族感到脸红。有人说,他们是被迫效劳波旁家族的,说他们别无选择,说他们害怕遭到报复,等等。"说到这里,皇帝发现我们国民有个甩不掉的特性:我们和高卢祖先一样轻浮、易变、虚荣。他感叹道:"我们什么时候才能拿虚荣去换回一点点自傲呢?"

我还说:"陛下的侍卫错过了一个既能光耀姓氏,又可取得民心的大好机会。侍卫队当时有150多个军官,其中大部分人出身显赫,一个个不愁吃穿。他们如果以身作则,引起他人的效仿,就能为国民树立浩然正气,为我们赢得公众的敬意。"[①][211]皇帝说:"算了吧,要是上流阶层能

[①] 一些军官本着这种精神,效仿其他机构,代表皇帝侍卫队给国王写了一封信。原文如下:

陛下:

我们,该信签字人,曾是拿破仑皇帝侍卫队成员。我们冒昧陈书,想恳请陛下略施恩泽,听我们一言。

(转下页)

这么做，我们今天就不是这个样子了。真若如此，老古董的编辑就不会在报纸上吹捧所谓从前的好时光，人们就不会跑过来跟你争个曲直，国王就会真心拥护他的宪章，我就不会想着离开厄尔巴岛，国民领导人就会荣誉加身、留名青史。总之，大家各得其所。"

皇帝曾想回科西嘉岛—他对罗伯斯庇尔的看法—他对公共舆论的观点—皇帝对法国大革命受害者的补偿

11月18日，星期六

²¹²结束了每日工作后，大约下午四点，皇帝带我去了花园。他刚

我们继承了父辈的义务。在那个时代，我们父辈是王位的忠实捍卫者，许多人还长期追随陛下于异乡，放弃家产祖业，以证明自己的赤胆忠心。

所以，当新的皇位诞生，需要有人保卫它的时候，父辈这份世人皆知的信念、这种深得认可的品性就成了我们的标签，无数眼睛开始投在我们身上。

把我们聚在他身边的那个人，我们没有辜负他的期待。我们怀着荣耀与忠诚，履行了新的职责。陛下，这份情感就是我们最大的担保，足以维护我们的自尊——如果我们可以清闲隐退的话。可身为忠诚高尚的法兰西人，哪会想着过清闲的小日子？我们中一些人因为生性谨慎，只能沉默地等待号召，盼着有朝一日履行我们新的义务。但保不齐谁会误解他们沉默的缘由呢？另一方面，那些因为听从内心的良知，方才迫切地想为陛下效力的人，他们会不会也遭到旁人的误会呢？

陛下，这就是我们当前微妙特殊的处境。但如果陛下愿意屈尊倾听我们的心声，我们哪还有委屈可言？陛下宅心仁厚，自会理解我们此时的尴尬处境，自会接纳我们的一颗真心，相信我们会怀着不曾熄灭的热血和忠心，效力于您，效力于国。

这封信写得如此节制、不失分寸，却几乎没有支持者在上面签字。人们大概很难相信，只因为它言辞恳切地陈述了我们本身的职责，只因为里面有"拿破仑皇帝"这几个字，于是引来侍卫队许多人的反对，每个人都在挑这封信的毛病（不过当时风气就是如此）。最后，人们只集齐了17个人的签名，有18~20人表示，如果签名人增加到25个，他们就签字。可谁都不想率先签字，凑齐这个数目。还有两人先前糊里糊涂地签了字，后来又借口自己没有理解信的内容，跑回来把自己的签名划掉了。这封信的原件应该在巴黎或凡尔赛，被保存在一个签字人的手中。——辑录者注

结束了科西嘉岛的回忆录口述工作,把自己对这个岛屿、对保利的想法都讲完了,还提到了他年轻时和保利在政坛上分道扬镳时在科西嘉岛上拥有怎样的影响力。他说,就在前不久,他仍坚信自己能在科西嘉岛争取到所有人心、所有舆论和所有势力的支持;要是他离开巴黎后回到故乡,那任何外国势力都别想干涉他。他为了儿子选择退位后,的确有回科西嘉岛度过余生的打算。而且他可以走海路回去,不会遇到任何阻碍。可他不愿这么做,想借此表达自己彻底退位、为法国谋得更多利益的决心。如果他继续留在地中海、留在欧洲,还待在一个与法国、意大利只有数步之遥的地方,反法联盟也许会以此为借口,不断骚扰法国。他之所以更愿去美国而不是英国,也是出于相同的考虑。他也说了,自己的确没有,也无法料到,他如此诚心正意,却遭遇不公、粗暴的对待,被流放到了圣赫勒拿岛。

稍后,皇帝回顾了大革命中的一些事,把话题转到罗伯斯庇尔身上。他说自己的确不认识罗伯斯庇尔,但绝不相信他是个毫无才能、实力和想法的人。皇帝觉得罗伯斯庇尔其实就是大革命的替罪羊,此人表现出阻拦大革命的意图后,立刻就被牺牲了。皇帝也说了,任何人,包括他拿破仑,只要胆敢试图阻拦大革命,都会落得相同的下场。罗伯斯庇尔死后,主张恐怖统治政策的人和他们的理念又苟延残喘了一阵子;他们的狂热思想之所以未得延续,是因为他们不得不屈服于公共舆论。他们把所有罪名都推到罗伯斯庇尔身上,但罗伯斯庇尔死前抗辩说他对最近的处决事件毫不知情,称自己有6周没去公安委员会了。拿破仑承认,他在尼斯军中时,曾见过罗伯斯庇尔写给弟弟的几封长信。[213]他在信中谴责公会特使的一些恐怖行径,说他们的专制和暴虐会毁了大革命。皇帝说,当时康巴塞雷斯也是当权者,后来皇帝问起他处死罗伯斯庇尔这件事时，他说了这句意味深长的话："陛下，这是个未经审理的判决。"康巴塞雷斯补充说道，罗伯斯庇尔比人们想象中要更有想法、更有远见；他耗费心力和难以遏制的乱党做斗争，打算把他们收拾干净后恢复温和稳定的路线。康巴塞雷斯还说："在他倒台前不久，他还就此发表了一篇演讲，在里面做了各种美好的展望。但《总汇通报》完全没有刊登此文，连我们言论中关于它的一丁点儿内容都被删除殆尽。"

这不是我第一次听说《总汇通报》干这种事了。[①]当时它完完全全被操纵在议会的手中，通篇都是不实报道，甚至刊登的会议记录都出自一个专门委员会的手笔，后者爱怎么写就怎么写。

有些人认为，罗伯斯庇尔当时对大革命已经懈怠了、腻烦了、灰心丧气了，决意将其拦下来。他们说，他直到发表了那篇著名演讲后才打算采取行动——他觉得自己这篇演讲写得太精彩了，议会肯定会深受感染，没想到结果大出所料。如果此话当真，那他就为自己的错误和虚荣付出了巨大的代价。

有些人持不同观点，反驳说，丹东、卡米尔·德穆兰秉持和罗伯斯庇尔相同的观点，可他们死在了后者的手上。对此，上面那些人的回答是：这算不得什么反驳理由，因为罗伯斯庇尔觉得结束恐怖统治的时机还未成熟，为了维持自己的民望才杀了此二人；或者还有一个原因——

---

① 《总汇通报》1789年由《百科全书》的编辑夏尔-约瑟夫·庞库克创立，经历了大革命的风风雨雨，却始终安然无恙，因为它匪夷所思地满足了大革命的所有要求。它不仅在波拿巴发动政变后得到他的支持，还在共和八年雪月之后成为政府的官方喉舌。《总汇通报》极擅长揣测逢迎当时统治者的意思，其领导班子会把当局所有的建议都老实地听进去。罗伯斯庇尔于热月八日晚上，在公会会议结束后，向雅各宾俱乐部发表了演讲。这篇演讲根本没被《总汇通报》刊登出来。罗伯斯庇尔在这次演讲中，不过原原本本地重复了他才在公会中做的发言罢了。请看A.布尔日瓦的《波拿巴将军和他那个时代的新闻媒体》（A. Bourgeois, *Le general Bonaparte et la presse de son époque*, 1906）。

他不愿让他们摘得终结恐怖统治的这个荣誉。

但不管怎样，人们越是谴责这场浩劫中的始作俑者和被利用者，就越觉得里面是一团乱麻。随着时间的流逝，人们更觉一切如雾里看花。除开这件事不言，其他许多事情不也是如此吗？所谓历史的真实，很有可能并非实际发生的史实，而是被记下来的史事罢了。

提起罗伯斯庇尔，皇帝说，他曾和罗伯斯庇尔的弟弟、当时意大利军的国民特使代表相交甚密。[214]小罗伯斯庇尔没说过皇帝的任何坏话，对他一直热忱相待、信任有加、敬佩不已。热月九日事变秘密策划期间，小罗伯斯庇尔被哥哥召回巴黎，当时他特别想把拿破仑一道带走。拿破仑非常艰难地拒绝了他的好意，请了对他无比欣赏、觉得军队少不了他的杜梅比翁出面，才没有离开意大利军。皇帝说："要是我跟他走了，我的人生轨迹将被彻底改写！之后，我的事业生涯会是什么样呢？我肯定会担个位置，说不定也会被派去镇压类似葡月事件的行动。可我当时还太年轻，根本不像后来那样有什么明确的想法。我只知道自己不愿接受他的提议。但要是我做了相反的选择，即便我获得类似葡月事变的成功，结果又能怎样呢？在葡月事件中，大革命的激情已经彻底退却；可在热月事变时期，大革命依然处在全盛时期，如上涨的潮水一样汹涌澎湃。"

皇帝后来还曾说过："公共舆论就是一股无形、神秘、却无可抵挡的力量，没有什么比它更变幻莫测、模糊不定，也没什么比它更有排山倒海之势。纵然它瞬息万变，却依然比人们想象中真实、理性和正确得多。"

"当上临时执政官后，我发布的第一道行政法令，就是将50多名无政府主义者流放出国。原本在疯狂攻击这些人的公共舆论，当时突然转向他们这边，逼得我不得不撤销政令。过了一段时间，这些无政府主义者又想兴风作浪，舆论这次站在了我这边，把他们一下子掀翻在地。复辟时期也是如此，由于当局愚蠢行事，不久前还受尽国民唾弃的弑君者一下子大得人心。"

皇帝还说："在法国，只有我才能让人忘了路易十六的死，替我们民族洗掉它因命运和狂热而沾染上的罪恶。波旁家族是个外国王室家族，[215]它只想替自己发起私人报复，导致法国人民背上越来越多的骂名。我却是人民出身，我要重振人民的荣耀；于是我以人民的名义，把让人民声誉受损的那些人清理出列。这就是我的打算，不过我在行动中格外审慎。在圣德尼修建三座赎罪祭坛，这只是我计划的序曲而已。为了达到目的，我在马德伦教堂遗址上建起荣耀圣殿，并举办了盛大的典礼。在那里，在大革命政治牺牲者的坟墓附近，我让人修筑了纪念碑，组织了宗教仪式，代表人民向他们表示哀悼。知道这个秘密的人不超过10人，不过这栋建筑的修建主持者应该隐约猜到了一些内情。按理说，这件事没个十年八年是干不成的；但我为此做了多少精心周密的准备工作啊，我小心谨慎地克服了多少困难、移除了多少障碍啊！所有人都热烈赞同我的方案，没有任何人察觉到此事有何不妥。这一切干得如此水到渠成，以至卡诺在我统治期间都不敢为国王写一封哀悼文，直到波旁家族复辟后才敢这么做。正因为当初我和公共舆论步调保持一致，所以卡诺若敢这么做，我就敢惩罚他；也正因为后来舆论站在了他那一边，所以他才如此有恃无恐。"

荆棘阁的山涧

11月19日，星期日

我和儿子一大清早就起床了。由于我们已在昨夜完成了工作，皇帝暂时又不会把我叫过去，所以我们决定趁着早晨空气清新，去探索一下周围的环境。

沿着詹姆斯镇所在的谷地往上，在我们荆棘阁这个巴掌大的平地右边，有一个极深的、被山峦切割成多段的隘谷。我们往下艰辛跋涉了一段路后，突见一湾清溪在山涧跳跃而下。我们一路游山玩水，一边采集植物标本，一边沿着蜿蜒曲折的溪水往上攀爬，很快就找到了它的源头。崖顶水源处有一块巨石将水流拦腰切断，[216]更高处的活水在岩石后面形成一汪水潭，溢出来的水从岩石高处跌下，化作我们一路见到的那条溪流，朝大海一路奔涌而去。现在正是枯水期，我们头上这条山涧只是一道雨帘，甚至可以说只是一层淡淡的水雾；但下暴雨的时候，它就化作湍急的水流，在隘谷中轰鸣着奔向大海。这幅山石溪水图，在我们眼里透着一丝阴沉、凄清、孤绝却又动人心魄的色彩，我们望了许久，才恋恋不舍地离开此地。

今天是星期日，所有人都来到皇帝这里共进晚餐。皇帝兴致勃勃地说，今天简直是一场盛宴。晚饭过后，我们围成一个小圈子，聚在一起解闷。皇帝问，我们今晚是想看喜剧、歌剧还是悲剧，大家决定看喜剧。于是他亲自给我们诵读起了《吝啬鬼》的部分篇章，其他人再接过台词继续念下去。①皇帝感冒了，略微有些发烧，所以早早地回到房中，让我晚些时候再去找他——如果他那时还没睡的话。我和儿子陪伴众人返回城中，回来后，皇帝已经睡下了。

暂居荆棘阁期间，我们第一次也是唯一一次远足—上将的舞会
11月20日，星期一

皇帝和城中一个同伴结束了每日的照例工作，约下午五点的时候把

---

① 主要朗诵者是古尔戈。（请看《古尔戈日记》里同一天的内容）

我叫了过去。他当时一个人待着,其他先生和我的儿子很早就进了城,参加今天上将举办的一场舞会。我们沿着前往詹姆斯镇的那条大道散步,一直走到能够望见锚地和船只的地方才停下来。左边的谷底处是一座漂亮的小宅子,皇帝良久地注视着它,用望远镜打量着那座看上去得到精心照顾的花园,花园中还有几个可爱至极的小孩子在母亲的眼皮子底下跑来跑去。有人跟我们说,这座住宅归岛上居民霍德森勋爵所有,[217]我正是从他手中借到了《年度汇编》。这座宅子坐落在我们荆棘阁旁边那个隘谷的谷底,边上就是我上文提到的那道山涧。皇帝突发奇想,要下去走走,虽然当时已经六点了。山路陡峭,比我们想象中要更难走、更漫长。最后,我们总算气喘吁吁地抵达目的地。我们绕着这座小宅子走了一圈,发现住在这里的人把它布置得格外别致,仿佛屋主不是一个异乡过客,而是打算在这里安家定居似的。我们得到房屋主人的殷勤招待,对女主人恭维一番后,皇帝打算离开这座可爱的小屋。可是此时天色已黑,我们又累又乏;屋主借给我们两匹马,我们才能立刻赶回自己住的那个茅草棚吃晚饭。我们已经很久没有远足和骑马了,此行似乎让皇帝精神好了许多。

他让我去城里参加舞会,可我不愿离开。当时才八点半,皇帝好心地注意到外面夜色已浓、道路难行,觉得我是时候上路了,于是回到房中脱衣睡觉。他又催促我快点儿离开,我只好打破自己的惯例,依依不舍地走了,留他一人在那里。

我走路来到城里。上将把他的舞会布置得披红挂绿,房间各处都是人声鼎沸。他似乎想告诉我们,这场舞会是特地为我们举办的,还向我们发来正式邀请函。那我们到底是该接受邀请,还是婉拒不去呢?这两个选择似乎都占理。我们纵然政坛失意,却没必要把懊丧之气带进个人生活中。和狱卒打成一片，这么做不仅没有任何不妥，反而证明我们识时务。所以，我们去或不去都是有道理的，大家便决定去。但我们在舞会中又该扮演什么角色呢？该强摆出傲然睥睨的架势，还是八面玲珑的态度呢？第一个做法有诸多不妥之处，若这么做了，我们日后只要流露出受伤的一面，就是徒增笑柄。若采取第二个做法，那也不应对谁都持这个态度。如果别人在我们面前维持表面的一点儿客套，我们也会客气相待，因为这是应有的社交礼仪；但对那些根本不待见我们的人，我们最好也淡漠以待。[218]我很晚才来到舞会现场，又早早地离开，不过对舞会的方方面面倒是非常满意。①

皇帝待在厄尔巴岛期间我的所作所为
11月21—22日，星期二至星期三

皇帝经常问我，他远离法国、居于厄尔巴岛期间，他的许多部长、幕僚、侍从是何表现。问着问着，他突然问到了我的头上，跟我说："不过朋友，您在国王统治期间做了什么呢？这段时期您经历了什么呢？说一说吧，您也知道，我只能用这个办法来辨别哪些是别人实际说的、哪些是别人想说的。而且，这还可以成为您日记中的一篇呢！啊！难道您没发现吗？您还没写过自己的人生经历呢，这不就成了嘛。"

"陛下，"我一字一句地清楚说道，"您若想知道，我定全盘相告，虽然我个人并没什么可说的地方。3月31日，我在巴黎国民护卫军第十军团，也就是立法院军团中当指挥官。我们在白天里损失了不少人。晚上，听说首都投降的消息后，我给跟着我的一个随员写了一封令函，把指挥权交给了他。我在信中说，我身为参政院议员，事先就得到前往

---

① 请看古尔戈就这场舞会的非常"写实"的描述。（《古尔戈日记》第一卷第75~76页）

他处的命令；我也不愿在危难之际离开军队，可当前情况有变，必须履行自己新的义务。

"天亮时刻，我朝枫丹白露前进，一路全是马尔蒙和莫蒂埃的手下残部。我步行前进，原以为可以轻轻松松就买到一匹马，可我很快就发现一些后撤的士兵是多么蛮横无理。由于国民自卫军遭遇惨败，我这一身军装就成了耻辱的象征，我自己也遭到了恶劣的人身对待。步行一个小时后，我已精疲力竭，再加上连续两三天没合过眼，没遇到一个认识的人，我觉得自己弄不到马匹了，只好万分沮丧地回到首都。

"那时，国民自卫军得到命令，要辅助敌人凯旋进城。²¹⁹将士们在胁迫之下，不得不列队欢迎那些把我们打败了的君主。为了避免遭此羞辱，我决定离开住所。一两周前，我已将妻子和孩子们安置在巴黎城中一个安全之地，请一位朋友临时照顾他们几天。之后，我披了一件破旧的外套跑出门，走遍街巷、咖啡馆、公共广场，见到形形色色的人。我想观察人事，尤其留意当前人民的真正想法。在那段时间里，我见证了多少离奇之事啊！

"我看到，在俄国沙皇下榻处的附近，一些地位尊贵、以法国公民自居的人使用各种手段，不遗余力地煽动民众，诱使他们喊出'我们的解救者亚历山大万岁'的口号。

"陛下，我看到，一些人民的渣滓在某些名头很响的人①的煽动下，把您在旺多姆广场上的雕像推倒，毁得面目全非。

"我还看到，在旺多姆广场一角的司令官公馆前，就在您离开的第

---

① 这些"名头很响的人"，分别是当时30岁的杜多维尔公爵索斯泰讷·德·拉罗什富科，他的同伙——23岁的阿尔芒·格里·德·莫布勒伊侯爵。米肖在他的《古今名人全传》中把他们形容为"可恶的拦路强盗"（他们的确也是匪徒和恶棍的最佳代表）。联军进入（**转下页**）

一晚，您的一个侍从就想着怎么遣散一批对您忠心耿耿的新兵，结果反被他们狠狠奚落了一番，灰溜溜地无功而返。

"根据我提到的这些事，您肯定会觉得当时我身边全是社会败类。但我要说的是，这些发生在光天化日之下的丑恶之事并非全部。实际上，这些行径不仅得不到众人的拥护，反而遭到正直、高尚、善良的群众的指责。要是我把自己听到的所有抨击都复述出来，那得说上三天三夜呢！

"陛下退位后，我拒绝在拥护参政院的决议上签字。但当时我觉得，也许我们可以补充一个附加决议以做弥补。《总汇通报》每天都刊登着类似的文章，可我写的提议从未有幸登报见公。

"最后，国王抵达巴黎，从此他就是我们的君主了。他指定了一个日子，要接见那些曾有幸被举荐给路易十六的人，我因此去了一趟杜伊勒里宫。[220]看到那些曾是您荣耀和权力象征的宫墙，我心底是多么感慨啊！不过，我还是老老实实地向国王做了自我介绍，短视的我根本没料到您还会再度出现在那里。

"前来参见国王的代表团越来越多。有一天，连从前的海军代表团都冒出来了。有人给我传话，让我也去。我的回答是：大家都盼着和旧日战友重逢，对此，我和他们的心都是真诚的；但因为我当前的身份太过敏感和特殊，我不得不谨慎行事；万一某位代表团主席因为一时狂热，说了些我无论从思想上还是立场上都不能亦不应赞同的话，那我该怎么办呢？

巴黎的那一天，这两人来到旺多姆广场，把一根绳子套到拿破仑雕塑的脖子上，但没能将它砸碎。他们只好在几天后叫来一队工人和一个铸铁工，才毁了雕塑。

"后来，虽然我满心抵触和反感，但是在一些旧友的再三央求下，我生出了做点儿事的念头。当时人们重组了参政院，许多旧日同僚跟我说，虽然我最近的行为惹人猜测，但是要保留我在里面的席位，也不是多难的事；他们还说，他们直接找了掌玺大臣，就成功入选了。我自觉身份卑微，不可能让这个大人物腾出时间来见我，于是我给他写了一封信。我说，我曾在上届参政院中担任审查官，要是阁下不因为这段过往就把我排除在新参政院之外，我请求他让我在国王身边担任一个小小的参政院议员。我还说，我不会以自己流亡11年的经历为央求的资本，也不会跟他哭诉自己曾为了王党大业而失去了全部家产，因为当时我只是在做自己觉得应该做的事情罢了；只要我心底接受某些信条，我就会忠诚于它，直到它灭亡为止。可以想见，就因为这句话，对方都懒得给我任何回复。

"尽管如此，留在物是人非的巴黎，看着满城的外国列强，听着各种各样的欢呼，我心中实感痛苦。于是我想着先去伦敦待一阵子，跟旧日好友重逢，从他们那里得到我需要的抚慰。然而重回伦敦后，我耳边仍是那些逼得我逃出巴黎的欢呼声。[221]是的，当时实况就是如此。伦敦到处张灯结彩、载歌载舞，所有人都在庆祝他们的胜利和我们的耻辱。

"我待在伦敦期间，人们在巴黎组建了新的海军军队。我有一个多年未见的战友——格里马尔迪骑士，当时进了新的海军委员会。他来到我的家中，跟我妻子说，他前来我家，是因为他惊讶地发现我没有提交请求书；而按照法律规定，我完全有权回归军队，或者请求带薪退休，享受稳定的抚恤金；我的妻子应当督促我做出决定，也应当信任他的友谊。他还催促我尽快动手，因为截止日期就快到了。我大为感动，这倒不是因为他要为我谋求好处，而是因为他表现出的那份旧情。我给委员会写了一封信，从心底希望能再次披上于我而言无比珍贵的军装，恳请它予以我海军上校的荣誉称号；但我对抚恤金只字不提，因为我觉得自己没有这个资格。

"我重回巴黎，觉得首都阋墙之衅、人心动荡到无以复加的地步。于是，我在很长一段时间里与世相隔，把所有心思都放在家庭身上，和妻子待在一起。我这一辈子，就数那段时间最有丈夫和父亲的样子，那也是我最幸福的一段时光。

"有一天，我在《论报》上读到阿尔冯斯·博尚的一篇文章，文中提到了3月31日聚集在路易十五广场、要求恢复王位的一批贵族的名字，我的名字赫然在列。当然，博尚这么做是出于好意。然而我并没做过这等事，即便别人相信了这话，我在实际参与者那里也会名声大跌。所以我给博尚写信，请他予以纠正，哪怕这个错误为我博得了许多我不配得到的赞誉。我说，且不论我当时是何政治立场，我都没有时间做这件事。我身为国民自卫军的一个指挥官，已经立有誓约，不能为物质诱惑而摒弃誓言。我把这封信交给了我非常敬爱的沙博-拉图尔议员；他虽是一家报社的所有人，但不能仅凭私人交情就刊登此信；我又给报纸编辑写信，[222]由于意见不合，他没有将信发表出来。

"与此同时，从公共思想的动向来看，一场无可避免的大浩劫即将发生，所有人都预感波旁家族要重蹈斯图亚特家族的命运。我和妻子每天晚上都在读休谟写的《英国史》，我们是从查理一世那部分读起的，还没读到詹姆士二世，陛下您就出现了。"听到这话，皇帝忍不住笑出声来。

我继续说道："当时，我们密切关注着陛下的行军进度，焦急地渴盼着您的到来。我当时根本没有料到，此事的后续竟是我心甘情愿地陪您踏上光荣的流亡之路。当时我根本就不太了解陛下，我只是在局势的推动下，才一步步走到那里。要是我在国王统治期间担任了一官半职，甚至只是频频进出杜伊勒里宫而已（这在当时是非常自然合理的事），我都不会出现在陛下身边。这些事本身没什么可指责的，我即便真这么做了，也不能因此就说我对陛下心思不纯。我当时不去杜伊勒里宫，不过因为我不愿去当宫廷的一个摆设，不愿为了一官半职而向当权者摇尾乞怜罢了。我希望得到任用，但不会自己跑过去请求任用。您抵达巴黎后，我觉得自己无比自由，认为此时是天时地利人和的大好时机，我应该参与这件大事。所以，我积极地迎着陛下的目光跑了过来，更觉自己得到陛下的垂青和信任是合情合理的事。您从滑铁卢回来后，我依然抱着和当初一样的想法和情感，心甘情愿地来到您的身边，再也没有离开过您。若说我当初追随您，是因为陛下光辉伟岸的公开形象；但我今日追随您，是因为您私底下的为人、性格。没错，我的确为此做出一些牺牲，但今日我能有幸将这一切告诉您，哪怕当初我再付出百倍的牺牲，那也值了。

"而且，您不在的那十个月里，我对人世已厌弃到难以描述的地步。我鄙夷所有人，鄙夷这个虚荣的世界，我的所有梦想都已破灭，我眼中的一切事物都是灰蒙蒙的。我觉得一切都完了，或者至少再不值得我为它付出一丁点儿努力了。流亡国外期间，我曾被授予圣路易十字勋章；[223]眼下只需一个新的公证证书，这个勋章就可得到法律的认可。可我根本提不起任何兴趣去申请公证。当局还颁发了一道法律，承认陛下颁布的头衔。可即便我在帝国时期获得的头衔不被认可，我也抱着无所谓的态度。后来我从海军部那里收到一封信，信里说海军部不久前拿到了我的海军上校公证书，我也让它一直放在那里，根本不管。

"陛下离开的那段时期，我简直就像一个鳏夫，也不向任何人掩饰自己的痛苦和伤感。所以，您回来后，由于您身边的人的做证，以及许多我几乎不认识的人的担保，我从那十个月的鳏居生活中得了些好处。陛下抵达巴黎后的第二天早晨，那个临时代理外交部事务的人①刚从您那里出来，就立刻把我拉到一扇窗前，让我整理行囊，说我有可能要立刻出发，执行任务。他说，他刚刚向陛下举荐了我；还说，他把我说成了一个疯子，但只为陛下而疯狂。我想知道自己将去哪里，但他不能也不愿告诉我。直到现在，我都不知道当时他到底要我去哪里、做什么。

"在那张由陛下选派到各省的帝国特使名单中，雷尼奥·德·圣让·得·昂热里把我的名字列了进去。我跟他保证我愿意做任何工作，但我提醒他，我曾是'贵族'和'流亡者'，无论何时何地，只要前面的人提到这两个词，就足以赢过我的一切努力。雷尼奥觉得此言在理，便再没想过这件事了。

"一个元老院议员②还曾恳请陛下指派我到他的故乡梅斯担任省长一职，请我做出牺牲，就在那里干三个月就好。他说，这是为了让地方事务步入正轨，安抚民心。后来因为德克莱斯和巴萨诺公爵的举荐，我当上了参政院议员，那时陛下抵达巴黎方才三天，就签署了我的任命书。"

11月23日，星期四

皇帝觉得非常难受，一直待在房中，不想见任何人。晚上九点，他把我叫过去。我发现他身体虚弱、一脸消沉的样子。他勉强跟我说了几句话，我什么都不敢跟他说。即便他只是身体不舒服，都够让我担心的了；但如果他还有精神上的痛苦，那我就更感悲伤，[224]因为无论我多

---

① 即亚历山大-莫里斯·德·奥特里夫伯爵，他被视为塔列朗的左膀右臂。1840年的回忆录版本中把他的名字写了出来。

② 即娄德雷尔。（请看《人名表》）

么爱他，也无法用任何办法减轻他的这个痛苦。半个小时后，他让我退下了。

11月24日，星期五

皇帝依然觉得非常不舒服，还是不肯见人。晚些时候，他让我和他一道吃晚饭。仆人在他歇息的那张沙发旁边放了一张小桌子，好让他吃得舒服些。皇帝说，他的身体需要一场剧烈的反应，之后就能好了。他还说，他很清楚自己的身体状况。晚饭结束后，皇帝拿起维拉尔元帅写的回忆录[①]，津津有味地读起来；遇到书中让他想起许多历史故事的段落，他还将其高声念出来。

皇帝的身体—各地奔波—医学思想
11月25日，星期六

拿破仑依然觉得不适，一整夜辗转难眠。他把我叫到沙发那里吃晚饭（他一直没有离开沙发），那时他看上去明显好多了。晚饭后，他想要读书。当时，沙发上堆满了书。也许是因为他脑子转得极快，也许因为他对这类主题生厌了，也许因为他不想重读已经看过的书，所以他拿起一本书后丢到一边，再拿起一本书后又丢到一边。如此循环往复，最后他选定了拉辛的《伊菲革涅亚》，把里面他觉得写得尽善尽美的段落挑出来欣赏，再指出另外一些不足之处，和我讨论一番，然后早早地让我回来了。

世人皆以为皇帝身体强健，连我先前也一直这么想，可事实并非如此。他骨骼粗大，肌肉却松松垮垮的；由于胸腔宽大，他很容易感冒；

[①] 这里所谓回忆录指1734年出版的《维拉尔元帅回忆录》，实际上是马尔贡神父的作品，他是一个卑鄙的剽窃者，经常伪造别人的回忆录。

再轻微的环境改变也会对他的身体产生影响；他一闻到油漆味就觉得不舒服，吃了略微不新鲜的饭菜立刻就会觉得身体不适。他根本不像别人想的那样有着钢铁之躯；真如钢铁般强大的，只是他的意志罢了。我们都知道他在外疲于奔波，回国后又有处理不完的工作，哪个君主都赶不上他那般辛苦。[225]我们可以举一个最有说服力的例子：他快马加鞭，从巴利阿多利德赶到布尔戈斯，5个半小时内赶了35古里路，也就是平均一小时走7古里多的路程。① 由于有遭遇游击队的危险，拿破仑便率领大批随从一道出发；他每前进一段距离，就把一部分人马丢下，最后几乎单枪匹马到达目的地。从维也纳到西梅林也是如此（两地相距18~20古里），他骑马来到西梅林，吃过早饭后又立刻赶回维也纳。他经常一打猎就走35古里路，最少的一次也是15古里。有一次，一个俄国官员从圣彼得堡带信过来，花了十二三天抵达枫丹白露。那时拿破仑刚好要出去打猎，就邀请这位官员加入狩猎队伍。后者无法拒绝，结果在森林里迷路了，人们花了好大功夫才把他找到。

我曾见过皇帝在参政院中一连八九个小时地讨论政事，离开会厅时依然如刚开会的时候那般反应敏捷、头脑清楚。在圣赫勒拿岛上，我见他拿起书一读就是十一二个小时，不管书籍内容多么抽象深奥，都没有一丝疲倦的样子。

他禁受得住常人根本扛不住的最强烈的冲击，哪怕大山崩于前都面不改色。从莫斯科回来，向参政院陈述前线惨败的事实后，他说："有人在巴黎传播消息，说我的头发都全白了；可你们看，我一丝白头发都没

---

① 这听起来似乎令人难以置信。今天我重读自己的手稿，对此也存有疑虑。但我清楚记得自己是在朗伍德的一次晚餐中听到此事的，而且人们就此还讨论了许久。所以我肯定没有记错这个数字。此外，当时桌上还有许多人，他们如今依然健在，可以做证。——辑录者注

有（他指了指自己的前额）；我希望自己还能扛住更多的事。"但他完全不顾自己的身体，才展现出这般惊人的耐力。他的大脑全速运转时，那副躯壳也跟着显得没那么羸弱了。

拿破仑饮食不规律，基本上吃得很少。他经常说，人通常是因为暴食而非少吃，才患上病痛。[226]他可以连续24小时不进食，就是为了让自己第二天更有胃口。他也很少饮酒，一杯马德拉群岛产的葡萄酒就足以让他恢复活力、振奋精神。他睡得也少，而且睡眠极不规律，经常做梦醒来后就干脆不睡了，直接起床读书或工作，直到困意来袭才重新上床。

皇帝不相信医学，从来不吃什么药。他自创了一套个人养生法，还跟我透露了这套养生法的秘诀：如果他觉得不舒服了，就一反先前规律的生活习惯，来一场剧烈的运动。这就是他所谓恢复自然的平衡。例如，如果他很长一段时间没运动了，就会突然骑马跑个60千米，或者打一整天的猎。但如果他觉得自己被累到了，就会强迫自己做24小时的绝对静养。这种生活状态的猛然改变势必会引起体内病症的发作。他说，这套疗法从来都没失灵过。

皇帝淋巴结肿大，血液流通不畅。但他说，老天爷赐予他两个极其难得的本事：一个是，无论何时何地，只要他需要睡眠，就可想睡就睡；另一个是，他不能酗酒暴食。他说："只要我多喝一口水，胃部就立刻被撑满了。"他很容易呕吐，哪怕突然一阵子的咳嗽都会让他呕吐不止。

荆棘阁的生活—我首次拜访朗伍德—爆炸案及其叙述
11月26—28日，星期日至星期二

26日，皇帝早早地穿好衣服，看上去完全好了。今日天朗气清，他

的房间也有三天没被打扫了，于是他想出门散散心。我们来到花园，因为他说想在那里的摇篮上吃早餐。皇帝看上去心情很好，很有说话的兴致，谈到了许多事情和人。

身体完全康复后，皇帝恢复了平常的生活习惯，[227]这也是他打发时间的唯一办法。他每天做的，不过是睡觉、阅读、口述、去花园散步罢了。他偶尔还会去内道上散心，但由于季节更迭，我们去那里的频率越来越低。许多好奇人士频频来屋主家拜访，想碰到皇帝，这让他觉得很不舒服，于是和屋主的关系也疏远了许多。我们画地为牢，被困在一个小圈子里。我们只在这里待了一小段时间，差不多才过6周吧，还远远谈不上适应环境。一直以来，皇帝都觉得格外憋闷，仿佛他还漂在海上没有下船似的。他只在拜访霍德森少校的那天来了一次远足，后来我们才知道，此行还引来英方高度警备；这个消息立刻传到上将的舞会中，引来人们一阵慌乱。

我们的新住处位于朗伍德，那里仍在施工。把我们从英国带到这里的那支部队，如今已在该地周围扎营。上校举办了一场舞会，我们也收到了邀请函。皇帝希望我去参加舞会，顺便看看那里条件如何。我和贝特朗夫人坐着6头牛牵着的一驾马车，就这么参加舞会去了。通过这种墨洛温王朝式的古老出行方式，我们朝朗伍德前进。这是我第一次看到圣赫勒拿岛的其他地方，一路上我都在感叹大自然的鬼斧神工，到处都是悬崖峭壁，怪石嶙峋，而且崖上没有任何植被。每次峰回路转后，我们都可看到远处的一抹绿色，仿佛那里有几丛树木。可走近后，这抹绿色如诗人笔下的幽灵一样消失不见了。一路下来，路边只有一点儿海草、几丛灌木以及几棵长得要死不活的小树，它们就是朗伍德唯一的装饰。大约六点，我骑马回来，想及时赶回皇帝身边。他问了我许多关于新住所的问题，发现我没有任何回答的兴致。他就干脆问，住在那里到底是赚了还是亏了。我绞尽脑汁，想出了这句回答："陛下，这里是囚牢，那里是圈禁。"

²²⁸28日，皇帝脱下当初为去柏勒洛丰号时穿的军装，换了一件绢丝燕尾服。①

在今天的几次谈话中，他提到了自己遭遇的好几场暗杀。说着说着，他谈起了那个可怕的爆炸案。这个只有恶魔才想得出来、曾引来无数谣传、造成无数死伤的毒计，是王党分子听取雅各宾党人的想法后一手实施的。

皇帝说，当时大约100个狂热的雅各宾党人，也就是九月屠杀、八月十日事变等事件的始作俑者，决定除掉第一执政官。为了达到目的，他们打算把足有十五六斤重的炸药放在马车底部，车一遭到撞击就会发生爆炸，把附近的人统统炸死。为了万无一失，他们还计划在路上设计一个机关，企图突然把马拦下来，叫马车一步都走不了。他们把机关设计图交给一个工匠，让他把它造出来。这个工匠对这群人起了疑心，把此事报告给了警察。当局很快就盯上了他们，没过多久，这伙企图干个大案子的人在巴黎城外的植物园附近被当场擒获。第一执政官虽然经历了多次暗杀事件，但是不想把这些事传播出去，对此事也打算不再深究，只把肇事者关了起来。可很快，人们对这伙人的看管工作就松懈了，还让他们有一定的自由活动空间。当时，这座监狱中还关了一些王

---

① 马尔尚在这一天的日记中写道："今天，皇帝脱下了他自从登上柏勒洛丰号就一直穿着的猎兵服，穿上一件绿色老式燕尾服，上面别着荣誉军团的铭牌，铭牌并不惹眼，不过他在背心和外套中间戴上了一条荣誉军团绶带。由于外套扣了起来，人们看不到里面的这条绶带。他下面穿的是一条白色开司米军裤，一条丝质长袜，脚上是一双带扣皮鞋，头戴一顶小帽，这就是他去朗伍德时的一身装备。"（《马尔尚回忆录》第二卷）

党分子,他们因为企图私买枪支暗杀第一执政官而被囚禁于此。于是,这两伙人迅速勾结起来。王党分子在外还有同伙,当时也在积极寻找其他的暗杀手段,于是监狱里的王党分子就把爆炸案的想法传了出去。

奇怪的是,在惨案发生的当天晚上,第一执政官突然很不想出门。当天要上演一出清唱剧①,波拿巴夫人和第一执政官的几个亲友很想前去欣赏。第一执政官本来都在沙发上睡着了,人们把他拉起来,一个给他带好佩剑,另一个替他戴上帽子,他就这样出门了。登上马车后,他本来已经再度睡着,却突然睁开眼。[229]后来他说,那时他梦见自己被淹死在塔利亚门托河中。说到这个梦,那还得说到几年前,也就是拿破仑还是意大利总司令的时候。有天晚上,他不顾众人反对,乘车渡过塔利亚门托河。那时他年轻气盛,不知困难为何物,打算让100多个人举着火把,借着火把的光亮摸黑渡河。突然,马车被水冲走,车里的他命悬一线,觉得自己死定了。梦到这里,第一执政官猛地惊醒,听到外面乱成一片,马受惊后发出巨大的嘶鸣声,一瞬间还以为自己仍在梦里的塔利亚门托河中挣扎呢。但在下一刻里,他听到了震耳欲聋的爆炸声,立刻清醒过来,对身边的拉纳、贝西埃尔大喊:"有人要炸死我们!"此二人想停车折返,但第一执政官让他们先别声张,依照原计划来到歌剧院,仿佛什么事都没发生似的。多亏他那个以忠心耿耿、恪尽职守而闻名的马车夫,也就是勇敢机灵的恺撒,第一执政官才逃过一劫。

一行人中,只有最后面一两个随从在爆炸案中受了伤。②

---

① 即海顿的《创世记》。

② 1823年版本在这段后面还说:"有时候,最寻常的一件事会产生最深远的结果。马车夫当时喝醉了,正因为他喝醉了,第一执政官才在那天躲过一劫。他醉得一塌糊涂,直到第二天才知道发生了什么。事后他得到一笔赏金,以示嘉奖。"这段话被删,也许是因为拉斯卡斯读了1830年出版的《孔斯当回忆录》,孔斯当在里面为这个马车夫做了辩护。

事后不久，雅各宾党人被认定是此次暗杀行动的预谋者。这群人一下子成了众矢之的，大批人员被流放国外。可实际上，他们并非真正的凶手。①因为一桩非常离奇的偶然事件，幕后真凶才露出了马脚。

当时，第一执政官的马车夫被同行视为他们的大英雄，于是三四百个出租马车车夫每人出了一点儿钱，要为他设宴压惊。宴会上，大家正喝得酒酣耳热，一个宾客站起来，要敬聪明的恺撒一杯，说他知道是谁在背后使阴招。人们立刻凑上来。这个马车夫说，有一天，就是爆炸案发生的前天晚上，他驾驶马车停在一个大门处，想让一辆运货马车先过，这辆车就是案发的那一辆。大家跑到那个地方，那里实际上是各式各样的马车的出租地。出租老板对此没有否认，还把众人领到那辆马车的修理车棚中。果然，地上还遗留着火药痕迹。老板说，他还以为这伙人租这辆车，是为了打击布列塔尼的走私犯呢。²³⁰就这样，人们轻而易举地找到了所有涉案人员，连事后负责处理马匹的人都没逃掉。根据各项证据来看，此案是保皇党中的朱安党人干的。当局立刻派了几个机敏的人，潜进朱安党在莫尔比昂的老巢中。朱安党人对此供认不讳，还说只恨此事没能成功。几个肇事罪犯被抓捕归案，受到应有的惩罚。有人

---

① 拿破仑的手下列出一张有132人的流放名单，将其呈交给第一执政官批准。里面有些人已经死了很久，还有一些人多年前就已离开法国，在殖民地担任公职。让·德特朗曾深入研究了执政府时期的流放现象，就此写了一本书，但书名有些不太贴切，叫《执政府和帝国时期的放逐》（Jean Destrem, *Les deportations du Consulat et de l'Empire*），其实里面几乎没多少帝国的事。他说："名单中除了一些有点儿知名度的名字，其他人完全是无名之卒，为了煽动民愤（为什么不干脆说是煽动民众反对波拿巴呢），他们把许多父亲、工人、人民出身的人列进名单中，其中许多人甚至都没听说过大革命这回事，更谈不上干出什么支持或反对大革命的事。里面还有一个人，从7岁起就身体瘫痪、智力低下，当时都77岁了。此外，名单中还有60多个残疾人。"（21页）

还信誓旦旦地说，朱安党领导人①后来进了特拉普派，过上苦行僧的生活，以弥补自己的罪孽。

乔治、皮什格吕等人的阴谋—昂吉安公爵事件—奴隶托比—拿破仑的个人感想

11月29—30日，星期三至星期四

我在整理这部分手稿时，发现自己记录了一些和乔治、皮什格吕、莫罗的阴谋事变及昂吉安公爵审判案件有关的珍贵细节资料。但由于我在日记中许多地方对这些事都有所提及，我就把这里的这部分内容放到后文中，好让它们各自成为一个整体。②

我们常去的巴尔科姆那座小花园，是一个老黑奴料理的。我们第一次碰到他时，皇帝依照惯例，让我向他提了许多问题。他给我们讲了许多非常有意思的事。这个黑奴是马来的印第安人，许多年前被一艘英国船从家乡绑走，被卖到了圣赫勒拿岛，之后一直是奴隶身份。他说话时一脸真诚，表情良善而又坦率，眼睛熠熠发光。他的举止不带有一丝粗俗，让人倍生好感。

听了这桩罪恶后，我们义愤填膺。过了几天，皇帝想替他赎身，放他回自己的家乡，并跟上将说起此事。可上将极力辩解，一开始声称老托比（这是这个不幸奴隶的名字）纯粹是个骗子，说这种事根本不可能发生。不过他还是展开了调查，结果发现此事千真万确。上将跟我们一样怒不可遏，承诺会亲自处理这件事。[231]后来我们离开荆棘阁，去了朗伍德。而可怜的托比和世间无数寂寂无名的小人物一样，很快就被人遗

---

① 即皮科-里莫埃朗。（请看《人名表》）
② 请看1816年5月30日日记（第660~663页）内容。

忘。我也不知道后来他怎么样了。

但不管怎样，每次我们来到花园，皇帝都会在托比身边待很久，由我当翻译，问了他许多问题，例如他的故乡和家庭是怎样的，他小时候是怎么度过的，他现在情况如何，等等。我几乎觉得，他是在细细研究托比的内心情感世界。每次结束谈话后，皇帝都会让我给托比送去一枚拿破仑币。

托比和我们关系甚是亲密。一看到我们前来，他就非常高兴，立刻停下手头的工作，靠在铲子上，望着我们俩，一脸心满意足的样子。虽然他听不懂我们的语言，可是每次我把话给他翻译过来的时候，他都乐呵呵地听着。他总称皇帝为"好好先生"，因为他目不识丁，说不出其他好听的话来。

我在这些小事上唠唠叨叨，是因为我们每次见了托比后，皇帝总会产生一些很有他个人特色的新的见解。我们都知道皇帝的思维发散性很强，每次都能从新的一面去看待事物。于是，我把他的一些言论记了下来。

有一次他说："这个可怜的托比，他失去了家人，离开了故土，被人卖到这里来。这是他人生中最大的酷刑！也是他人对他犯下的最大的罪孽！如果此事只是某个英国船长一人所为，那他就是豺狼虎豹。但此事是全体船员共同所为，那我们也只能说，这桩罪行是一部分人面兽心的畜生干出来的。因为恶向来都是个别性的，几乎不存在普遍性的恶。约瑟的兄弟们没办法狠下心把他杀死，可犹大就能冷血、虚伪、卑鄙地把他的主送上十字架。有个哲学家曾说，人性本恶。我们穷思极想，也搞不清楚他到底说得对不对。但可以肯定的是，社会整体绝非由恶人构成的。要是大多数人骨子里都是无视法律的罪犯，那什么才能约束和制止他们呢？[232]文明的成功之处就体现于此，因为这枚幸运的果实完全是从它的内核自发地生长出来的。人的情感是最具传承性的东西，我们能体会到这些情感，是因为我们的先人体会过它们。所以，让人类在智慧和理性上取得进步，这才是社会稳定的关键，这才是立法者的唯一秘诀。只有那些为了一己之私而愚弄和统治百姓的人，才想让人民大众永远活在愚昧无知之中。百姓越是开化，就有越多的人意识到法律存在的必要性，就有越多的人愿意捍卫法律，这样社会就越安定、幸福和繁荣。如果知识成了大众手中的一个危险东西，这只有一个原因：政府罔顾人民利益，用武力压迫人民，或者任由最底层的人在贫困交加中死去。在这种情况下，知识会把人民武装起来，让他们保护自己，或者走向犯罪之路。

"我的那部法典看似简单，可它为法国带来的福祉，是先前所有法律加起来都比不上的。我建立的学校和互助式的教学体系，将孕育未来一代又一代人。此外，我统治下的法国的犯罪率大幅下降，而我们邻国——例如英国——犯罪率飙升到吓人的地步。这足以让人看出两种政治体制孰优孰劣！①

---

① 这个事实在无数可靠资料中得到了阐述，而且这些资料展示的对比数据比我们想象中的还要惊人。例如，读者可看看蒙特维朗的《英国的形势》（Montvéran, *Situation de l'Angleterre*）。

年份	法国		英国	
	居民人数	死刑人数	居民人数	死刑人数
1801	34,000,000	882	16,000,000	3,400
1811	42,000,000	392	17,000,000	6,400

从中我们可以看出，1801年法国每100万人中有26人被判死刑；1811年，也就是十年后，法国死刑率下降了足足2/3，每100万人中只有九人被判死刑。

而英国恰恰相反，1801年，它每100万人中有212人被判死刑；十年后，这个数字却上涨了一半：1811年，每100万人中有376人被判死刑。

我们还可观察到，英国和法国的死刑人数比率为9:376，也就是1:42。（转下页）

^{233}"我们随便拿国强民富的美国为例吧。那里的人过着多么幸福安宁的日子，究其原因，是因为公共利益和意志在美国占据了主导地位。如果政府要和所有人的利益和意志为敌，你会发现各种争执、扯皮、骚动、混乱立刻就起来了，犯罪率立马飙升！

"说到最高政权，人们曾想让我当第二个华盛顿。动嘴皮子是最简单不过的事，随随便便就说出这话的那些人，根本不知道时间、地点、环境的作用。要是我生在美国，我可以当第二个华盛顿，哪怕无所成就也行。除此之外，我不知道自己还有哪条合适的路可走。可换作法国，而且还是在内部人心涣散、外有强敌入侵的时候，我不信谁还能当华盛顿第二。如果谁真有这个想法，那他就是蠢货无疑，而且势必会导致悲剧的延续。我觉得，我只能成为皇位上的华盛顿。而且，我还只能在被打败、被征服的各国君主参与的大会中，当上这个华盛顿。那时，也只有那时，我手握胜果了，才能表现得如华盛顿一般温和、无私、睿智。理性地看，我也只能走独裁天下之路。当初我就是这么打算的。难道这也算是犯罪？人们真觉得，任何人获得这种权力后都无法安然脱身其中？的确，恶贯满盈的苏拉放弃权力后，饱受众人的唾弃。而如果我只会收获满满的祝福，那我为什么要在独裁之路上停下来呢？……^{234}我离这个目标，只差一场莫斯科的胜利！……不知多少人为我的惨败和倒台扼腕叹息！可要我在一切还没发生的情况下就放弃莫斯科，只有愚蠢的庸人才做得出这种事。我即便这么说了，这么承诺了，也会被当成耍花腔和信口开河。这绝非我的行事风格……我重复一遍，我离这个目标只

法国乞丐人数和英国各大教区赈济穷人的数字对比更是惊人：1812年，法国4300万人口中只有3万穷人；而同年，英国各大教区赈济的穷人数目竟占了总人口的1/4，也就是425万人。（数据由蒙特维朗提供）——辑录者注

差了一场莫斯科的胜利！"

还有一次，经过托比身边时，他说："可怜的人类躯壳到底是什么东西啊！从外表上看，他和别人并无区别，其内在却大为不同！因为忽略了这个事实，人们犯下了多少错误啊！托比若是布鲁图，早就自杀了；他若是伊索，现在说不定已是总督的谋士了；他若是个狂热的基督教徒，就会举着身上的镣铐向上帝祈祷。而可怜的托比，他只会沉默地忍受苦难，面朝黄土背朝天，老老实实地干活！"皇帝默默地看了托比一会儿，一边往外走，一边说："当然，可怜的托比和理查王无任何相似！可他的遭际之悲惨，绝不亚于后者。这个男人本来可以享得天伦之乐，拥有自己的生活。可有人犯下令人发指的暴行，让他以奴隶的身份老死于此。"说到这里，他突然停住了话，跟我说："我从您的眼里看出来了，您觉得，这圣赫勒拿岛上不止他一个人遭此命运！"也许想到自己竟落到和托比相同的境地，他倍感受伤；也许他觉得应该反驳我这个大胆的想法，或者是因为别的一些原因，他语气激烈而不失尊严地跟我说："朋友，这两者之间没有任何联系。罪恶的程度再高，受害者依然有各自的对策。谁都无法使我们屈服于肉体的折磨，他们若不信，大可来试一试，我们会在精神上战胜暴君！……我们的处境甚至还有些吸引力呢！毕竟整个世界都在看着我们！……我们就是一个不朽大业的殉道者！……无数人在为我们哭泣，祖国在为我们叹息，荣耀为我们披上哀悼的丧衣！……我们在这里反抗着诸神的压迫，各国各民族都在为我们祈福！……"他又顿了顿，说："我真正的苦难并不在于此……要是我只想着自己，也许还能欣然享受苦难呢！……[235]苦难也可以是英雄的、光荣的！我先前一路顺风顺水！要是我死在了王位上，死在了权力的顶峰，我将成为许多人的一个难题；可如今，多亏苦难的原因，人们可以不加粉饰地对我品头论足了！"

开路兵的起源—拿破仑的其他危险—一个大个子德意志军官—一条狗
12月1—3日，星期五至星期日

我们这几天完成了许多工作。我把其中多余的部分删了，还有一个话题，我觉得还是不提为好。所以，我这里只把和意大利军总司令有关的一些新的事迹誊抄进书中。

拿破仑渡过明乔河后，勒令全军上下从各个方向追击敌军，他则停在了河左岸的一座城堡前。由于头疼发作，他在那里泡了一个澡。此时，一支迷了路的敌军分遣队正沿着河的上游方向前进，直扑城堡而来。拿破仑当时身边没有几个人，门口站岗的哨兵一边大喊着"拿起武器"，一边勉强把门抵住。取得赫赫战功的意大利总司令从后门狼狈逃跑，一只脚上穿着靴子，另一只脚不着鞋袜。要是他在扬名天下之前就被敌军俘虏去了，那他才立下的赫赫战功说不定都会付诸东流，世上的庸人会认为他是在小打小闹中侥幸取胜罢了。

法国总司令躲过一劫后，考虑到他的行事风格，此类事情以后肯定会经常发生，所以意大利军设立了开路兵，以保护他的人身安全。[①]这个做法引来其他军队的纷纷效仿。

在对意之战中，拿破仑还有一次也是命悬一线。武尔姆泽尔退守曼图亚城后，某天突然来到一处平原，从一个老妇那里得知，一刻钟前，法军总司令在几个随从的陪同下路过她家，一看到远处的奥地利军，他

---

① 请参考马塞尔·杜邦的《波拿巴的开路兵和护卫军猎骑兵》（Marcel Dupont, *Guides de Bonaparte et chasseurs à cheval de la Garde*）。

就立刻逃跑了。武尔姆泽尔意识到这是抓获拿破仑的难得机会，迅速派遣大批骑兵从四面搜寻他的下落。[236]皇帝后来说："不过有件事我必须说清楚：武尔姆泽尔当时下达了命令，要求众人不能杀了我，也不能伤我一根毫毛。"幸好拿破仑的坐骑跑得够快，这个年轻将军才逃过一劫。

拿破仑在对意之战中采用新型战术，打乱了所有人的设想。战斗刚刚打响，法军就从四面八方涌入伦巴第，混在敌人中间，朝曼图亚进军。总司令在皮齐盖托内附近遇到了一个大个子德意志人，他才被俘虏，军衔是上校还是上尉来着。拿破仑一时兴起，问他前面情况如何。对方没有把他认出来，说："唉！糟糕透了！我都不知道这一切什么时候才是个头，反正谁都看不透是怎么回事。我们被派过来和一个没头没脑的黄毛小子打仗，这小兔崽子一会儿打左边，一会儿走右边，一会儿从前面冒出来，一会儿又打后边儿现身，弄得我们都不知道该怎么办了。他这套战术真叫人扛不住，反正我是巴不得一切赶紧结束。"

拿破仑说，在对意之战期间，有一次，一场大型作战行动结束了，他和三四个人穿过尸骨累累的战场。皇帝回忆说："当时月光皎洁，万籁俱寂。突然，一只狗从一具尸体上方跃过，朝我们跑来，然后立刻返回原来的地方，发出凄厉的吠叫。它舔着已经咽气的主人的脸，再次跑向我们，不知是为了寻求帮助，还是想替主人报仇。"他继续说道："也许是因为当时的时间、地点、气氛让我思绪万千，也许是这只狗的行为让我万分感慨，又或者是出于其他原因，总之，我经历了无数场沙场厮杀，可没有哪件事比这更令我印象深刻。我不由自主地停下脚步，望着眼前这幕场景。那个男人也许有自己的朋友，他们也许还在战场上、军营里，而他眼下长眠于此，身边空无一人，只有他的那只狗！大自然通过一个畜生，给我们上了多么生动的一课啊！"

"人是多么奇怪、多么神秘的一个生物啊！我可以面不改色地发号施令，[237]虽然明知自己会决定军队的命运；我可以冷眼旁观军队行动，虽然明知我们中许多人会因此命丧黄泉。可那一刻，我深受触动，竟被一条狗的吠声和痛苦感动了……那一刻，无疑是我对哀告宾服的敌人最心软的时候。我终于明白，阿喀琉斯看到普里阿摩斯的眼泪后，为何将赫克托耳的尸体还给了他。"

战争—理念—实践—对几位将军的评价
12月4—5日，星期一至星期二

由于眼睛非常难受，我只好中断工作。当时我眼疾时常发作，甚至在写对意之战期间几乎完全失明。

这段时间气候一直反复无常。我们对这里的季节变换没有任何概念；因为一年里太阳会先后两次直照头上，我们只能说这里至少有两个夏天。更准确地说，这里的一切都和我们的常识、习惯不同。最让我们难以适应的是，因为我们在南半球，所以必须按照一套完全和欧洲相反的办法去计算节气。这里经常下雨，气候非常潮湿，天气也越来越冷。皇帝晚上再也不出门了。他一直感冒不断，总是睡不好。在帐篷中吃饭是再不可能的了，他只好在屋里进餐。他在那里会感觉好点儿，可是房子太小，让他根本伸不开手脚。仆人撤去餐盘后，他就继续在餐桌上口述回忆录。今天，他和留下来吃饭的古尔戈将军谈起了炮兵队的组成和操练问题。古尔戈也是炮兵出身，而且才从军校毕业。皇帝也不落下风，在技术问题上侃侃而谈，仿佛他才通过了军校考试似的。这场知识竞赛在欢乐的气氛中结束，大家都兴致盎然。

之后，我们谈到了战争，提到一些伟大的将领。皇帝说："一场战役的走向，是一瞬、一念的结果。敌我双方施展各种计谋往前冲，相互进攻，在某个时间点展开搏杀。[238]然后，关键的时刻到来。这个时候，士气是否高涨、细节上是否谨慎，这些都成了决定性因素。"他说了吕岑之战、包岑之战等多场战役。之后，皇帝提到了滑铁卢战役。他说，那个时候，他要是采取了转头攻击敌军右翼的战术，轻轻松松就能赢了对方；可那时他更偏向于采取冲击中锋、割裂敌军的办法。然而这场战役里的一切似乎都是注定的，甚至透着一丝诡异。要不然，皇帝是可以获胜的。他打了无数场仗，却怎么也想不通这场战斗，不知道怎么解释发生的一切。

他说："格鲁希迷路了。

"内伊不知所措。[①]

"戴隆成了个摆设。[②]

"总之，大家都没了该有的样子。"[③]

他还说，要是那天晚上他知道格鲁希身在何处，要是他能赶过去和对方会合，有了这支庞大援军为后盾，他完全可以在白天翻盘。只要某个环节稍有不同，他说不定都能一举击溃联军。这种战场逆转之事从前经常发生在他身上，人们甚至对此都见怪不怪了。可是这一次，他和格鲁希完全失去了联系，身边只有一群残兵败将。他说："在那个灾难性的夜里，你们很难想象法军处于怎样的情形。我们就如同落进一条激流里

[①] 1823年版本后面还有这句话："我们可以从他脸上看出，他对枫丹白露和隆勒索涅的事后悔了。"

[②] 即德鲁埃·戴隆。（请看《人名表》）

[③] 请看1816年6月18日日记内容（815~817页），以及拿破仑向古尔戈叙述的尤为重要的《滑铁卢战役之述》。拉斯卡斯将这部分口述抄进回忆录1816年8月26日的日记中。（见1087~1101页内容）

一般,这股洪流冲出河道,卷走了它遇到的一切。"

他转而说起其他话题,说今天的将领在战场上面临的危险程度根本是古代统帅比不了的。在如今的战斗中,无论将军待在哪里,都处在敌军炮火的射程范围内;换作从前,将军只有亲自冲锋陷阵时才会遭遇危险,这种事恺撒也只遇到了两三次。

皇帝还说,要求一员大将具备所有必要军事才干,这是强人所难,这样的人也属凤毛麟角。军队最需要且最能被提拔到统帅层的人,是那种在头脑、才干、毅力、胆识上均无短板的将才。皇帝说,这就好比一个长方形,其长宽决定了面积大小。要是一个将领单有胆识,那就是有勇无谋;[239]但若他单有头脑,无胆识和毅力,那就是好谋无决。皇帝还拿副王为例①,说他唯一的长处就是在各个方面都很平衡,正因如此,他才是个卓伟之才。

说到这里,皇帝又谈论起了血勇和神勇。说到血勇,皇帝说,我们不能说缪拉、内伊不算勇士,但他们——尤其是缪拉——比任何人都缺乏判断力。

他说,神勇则是一个极其稀少可贵的品质,在夜半酣睡之际,突有意外发生,神勇之士能立马拾枪跃床而起,遇到再始料不及的突发事件也能做到临危不惧、见出知入、当机立断。皇帝坦然地说,他觉得自己是最具神勇之气的人,而且他很少看到有谁在这方面能和他平起平坐。

他接着说,旁人很难想象,一个人得拥有多么强大的头脑,才能在充分考虑到各种后果之后,无所畏惧地发动一场能左右一支军队乃至一个国家的命运、决定王位最终花落谁家的战役。他还说:"很少有将领能

---

① 即欧仁·德·博阿尔内,被继父拿破仑封为意大利副王。

主动发起战斗。他们能做好阵线部署，构思和酝酿战略战术；可之后，他们就变得犹豫不决了。懂得杀伐决断，这是最最难得、最最可贵的一个品质。"

之后，皇帝提到了好几个将领，并屈尊回答了我的一些问题。他说："克莱贝尔忠心耿耿，实属高世之才。可他是个活在当下的人，纯粹为了贪图享乐才去追求荣誉。此外，他没有一丁点儿民族精神，可以随随便便地投靠他国。他少年时期是在普鲁士度过的，对普鲁士人很有好感。

"先前我说过，没有短板的综合性将才是多么可贵。德赛全是长板，其综合能力远超众人。

"莫罗几乎算不得一流将领；他身上气性未定，行事更靠直觉，而非天赋。

"拉纳一开始是胆识多过头脑，但他后来越来越有谋略，开始有了综合性将才的样子。他终于成了杞梓之才，[240]却在那个时候不幸殒命。我在他还是侏儒的时候发现了他，在他长成巨人的时候失去了他。"

而他起用的另一个人不同于拉纳，此人是头脑多过了胆识。当然，我们必须承认他也是英勇的，但他和许多人一样太惜命了。

说到毅力和勇气，皇帝说："对我手下的所有将领，我都清楚他们身上那个被我称为'吃水性'的能力。"他一边比画一边说："有的人可以吃水到腰部，有的人可以到下巴，还有的人可以没过头顶，但我敢跟你保证，最后这一类人极其稀少。"

絮歇是那种在毅力和谋略方面进步飞快、令人刮目相看的人。

马塞纳的确出类拔萃，但他有一个特点：只有在火烧眉毛的时候才能体现出平衡的素质；只有遇到危险，他才能大放异彩。

最后，皇帝说："有些将领有被提拔起来的可能，例如热拉尔、克洛泽尔、富瓦、拉马克等,这些人都是我未来的元帅人选。"

西班牙诸王在瓦朗赛的处境—教皇在枫丹白露—一些思考
12月6日,星期三

皇帝早晨跟我口述了回忆录后,紧接着又和其他先生展开工作,并和他们散了一会儿步,散步时间比平时略长了一些。众人离开后,我随他来到内道散步。他一路郁郁寡欢、缄默无言,板着一张脸,看上去很是气恼。回去吃饭的路上,他跟我说:"这下好了!我们在朗伍德的住处会有几个哨兵守在窗前;他们还想把一个英国军官强安在我的餐桌上、客厅里。我必须在有人跟着的情况下才能骑马。总而言之,我们的举手投足都会遭到旁人的冒犯!"

我跟他说,他们这么做,不过是在我们为他往昔的荣耀和权力而干杯的酒中多加了一滴苦艾酒罢了,他只要摆出平素淡漠处之的态度,以表示对敌人的蔑视,就足以让他们在各国人民面前为自己的暴行而羞愧得无地自容。[241]我甚至大着胆子说,当初,西班牙诸位亲王在瓦朗赛、教皇在枫丹白露,肯定都没遭到类似的对待。他说:"这我知道。诸王在瓦朗赛还能打猎、举办舞会,绝不会遭到身体上的虐待,而且在方方面面都得到人们的尊敬和照顾。老国王查理四世的意愿得到尊重,他可以从贡比涅去马赛,又从马赛去罗马。可这些地方和这里简直有着天壤之别!教皇来到枫丹白露后,也并未如世人谣传的那样遭到恶待,在生活起居上享有和从前相同的待遇。而且您不知道,即便他过着很是舒坦的日子,许多人也拒绝去当教皇的看守。这些人虽然不从,可是我丝毫没觉得自己遭到冒犯,原因很简单:这些工作本身就很棘手;而且依照我们欧洲的风俗,荣誉应当是权力的一个束缚。"他又补充说,他若是一介普通军官，也会毫不犹豫地拒绝看守教皇的工作。而且，他从未下令将教皇转移到法国来。

我听了后大吃一惊。他问："您被惊到了？您不知道这事？您日后还会听到许多类似的事，它们都是真的。此外我们应当区分，哪些事是君主代表集体做出来的，哪些事是他作为被情绪操纵的个人做出来的。有些事从私人角度上看毫无情理，可出于政治原因，君主不得不这么做。"

晚饭期间，我们又聊了一会儿天。皇帝心情总算好转，脸上露出了笑容。

不过，虽然料到搬进新居会带来诸多不便，皇帝还是认真考虑起了离开这座简陋窝棚的事。他让我当晚去屋主的家中，把一个刻有他姓名的匣子当作礼物送给对方，并为自己这段时间给屋主带来的诸多麻烦感到抱歉。

谈《新爱洛依丝》和爱情——令人气恼的一件事
12月7日，星期四

242 一大早，皇帝就催我下楼到他房中去。他开始读起了《新爱洛依丝》，时不时停下来欣赏里面打动人心的论点和优美的措辞，一连朗读了两个多小时。这次朗读给我留下刻骨铭心的记忆，让我生出无尽的忧伤，心里又感温馨，又是伤感。我一直非常喜欢这本书，每次读起它，都会沉浸在幸福的回忆中，为此不止一次惹来皇帝的笑话。早餐期间，我们一直都在谈论这本书。

皇帝说，卢梭把"爱"这个小说主题写得太夸张了，将其刻画成了一种癫狂；爱情应当是快乐的，而不是痛苦的。我反驳说，谁都经历过卢梭书中男主人公的情感之路；在这份感情中，皇帝所说的痛苦于他而言却是幸福。皇帝边笑边说："我倒觉得，您是把自己带入小说中了呢。情伤曾让您感到幸福吗？"我答道："陛下，我不会为自己的命运怨天尤人；哪怕人生再来一次，我也会做出相同的选择。"

早餐后，皇帝继续读书。但他越往后翻，读得就越慢，完全被这本书给迷住了。最后他干脆把书丢到一边，和我一起去花园散步。路上，他说："的确，这本书不是毫无波澜的，它充满骚动，扣人心弦。"

我们就爱情这个话题展开深入的探讨，发表了无数感慨，最后得出结论：完美的爱情就如同理想的幸福，两者都是飘忽、瞬逝、神秘、难以解释的；更重要的是，爱情可以是闲人的营生、战士的消遣、君王的软肋。

大元帅和古尔戈从朗伍德过来，和我们会合。大元帅这几天一直忙着搬家这件事，皇帝却一点儿都不急着动身。虽然荆棘阁的居住条件不佳，但是至少这里没有很重的油漆味。皇帝因为身体原因，一点儿都闻不得这个味道。[243]从前在皇宫的时候，他没有闻过一丁点儿油漆味。出行时候，人们往往因为这个原因而临时更换住所。在诺森伯兰号上的时候，他仅仅因为闻到船上有油漆味就生病了。昨天，有人来到荆棘阁，说朗伍德一切部署都已到位，而且房间的油漆味全都散干净了。听闻此话，皇帝才决心在后天星期六搬至朗伍德，以避免星期天工人进进出出扰他清净。可眼下，大元帅和古尔戈又跟他说，他们去实地考察了一番，发现那里根本就住不得人。两人汇报了许多事实，皇帝听了后非常生气，为自己先前做出的决定恼火不已。两位先生回去后，我们去内道散步，皇帝一直心情不佳。这时蒙托隆也从朗伍德赶过来，他得出相反评价，说那里一切都已准备就绪，皇帝可随时起身过去。听到前后收到的两份截然不同的报告，皇帝着实气恼，一下子脾气爆发。幸好这时仆人通报晚饭做好了，他才压下了怒火。仆人把餐具放在寝室中——皇帝感冒严重，不能再在帐篷里吃饭了。晚饭过后，他继续读《新爱洛依丝》。就这样，这一天在这本书的阅读中开始，也在这本书的阅读中结束。

英国中尉—一件奇事—决定前往朗伍德—法国状况—内伊的辩护书
12月8—9日，星期五至星期六

由于昨日大家对朗伍德有没有油漆味这件事没有一致的说法，我便打算亲自前去探查一番，赶在皇帝吃早饭之前回来向他汇报详情。所以，我一大早就出发了。由于那时候马厩还没开门，我就步行走完四分之三的路，在九点之前赶了回来。朗伍德的住宅的确没有多少油漆味了，可对皇帝而言，味道还是重了点儿。

9日，皇帝在花园里接见了明登号船长。[244]此人是从好望角过来的，几天后就要返回欧洲。12年前，还是执政府的时候，这位船长在巴黎曾有幸被人引荐给了第一执政官。今天在花园里，他大胆请求皇帝屈尊接见他手下的一个中尉[①]，理由在我们看来很是奇特。这个中尉生于博洛尼亚，他诞生的时候，法军刚好首次进入博洛尼亚。出于某些这个年轻人也说不清楚的原因，当时的法军总司令拿破仑参加了他的洗礼仪式，并把一个三色帽徽送给孩子当作贺礼，它从此成了这家人的传家之宝。

这班人离开后，大元帅从朗伍德过来了。他觉得那里的气味可以忽略不计。皇帝当时感到实在气恼！可是他的一部分行李已被送到朗伍

---

① 即哈雷。（请看《人名表》）

德，所以他还是决定第二天搬过去。我这边也松了一口气。几天前我无意中得到一个消息：人们打算采取一些措施，逼迫皇帝搬离现在的住处。我听到外面疯传的许多谣言，别人也私下里透露给我一些内情，但我都没让皇帝知道。我要采取自己觉得可取的办法，尽量让他免受烦心事的骚扰。两天前，人们没有过问我们的意见，就擅自把帐篷收走了。负责搬家的英国军官还同时接到命令，要摘除皇帝住处的外窗遮板。我对此坚决反对，叫他万万不可这么做，因为皇帝当时还在睡觉呢。然后，我把他打发走了。还有一次，为了吓唬我，有人装出一副掏心窝子的样子，偷偷跟我说：要是皇帝继续在这里住下去，英方有可能会派100个士兵过来，在院墙门口安营扎寨。我只回答了一句"好的"，之后再不理睬。

他们为什么这么着急地要我们搬过去呢？我怀疑原因无他，不过因为我们的狱卒行事专断，想借此彰显他们对我们的权威罢了。

我们收到了截至9月15日的报纸，对其做了一番讨论。皇帝分析了报道内容，觉得未来极不乐观、一片阴暗。他说，[245]不过他只能想出三个结果：要么法国遭到瓜分，要么波旁家族即位，要么另立新朝，并继续沿用当前国民组织机构。①他说：路易十八在1814年可以打出国民的旗号，轻松地统治法国；可如今形势凶险，他只能采取下下策，那就是施行恐怖统治。他的王朝也许可以续存，可其继任者能否坐稳宝座，就只有时间才知道了。我们有个人问，这个继任者会不会是奥尔良公爵呢？皇帝侃侃而谈，抛出许多论证，向我们证明了一件事：除非奥尔良公爵根据继承先后顺序登上王位，否则欧洲所有君王出于利益考虑，宁可选择他——拿破仑，也不愿看到奥尔良公爵凭借犯罪手段登上王位。

---

① 1823年版本没有"并继续沿用当前国民组织机构"这几个字，1835年版本又改了回去。

"否则，各国国王该拿什么理由来解释现今发生的事呢？他们只能说，他们是为了防止更多的人对我跟风效仿，是为了维护他们所谓王位正统性。可是，我这种例子几百年都不会出一个。奥尔良公爵这种和国王沾亲带故的人则不同了，每个王国里每一天、每一分钟都会冒出第二个奥尔良公爵来。每个君王在他的宫廷里随随便便走一走，就会在他那帮亲兄弟、堂兄弟、侄子外甥或其他亲戚中找到这么一个人，一不小心就成了奥尔良公爵的效仿者。"

我们在报纸上读到了内伊元帅的辩护书摘要。皇帝觉得这封辩护书写得拙劣至极，根本救不了他的性命，也完全没有维护他的名誉。里面的辩护之苍白无力，让人简直无话可说。不仅如此，它还一再强调内伊对国王是多么忠心耿耿、对皇帝已经多么疏远。皇帝说："这简直是愚蠢至极！在这段当被铭记的岁月里露过面的人，他们似乎普遍都采取了这个办法，却没留意到一件事：我已和我们的辉煌成就、纪念建筑、国家体制和所有国民行动化为一体，谁若想将我和它们剥离开来，那就是在侮辱法国。要接受法国的荣耀，就必须认可我。有的人企图靠谎言和皮里春秋的把戏，达到颠倒黑白的效果，可我的形象在法国人民眼中依然屹立不倒。"

246皇帝继续说："我们不难看出内伊的辩护路线，他不过是受了主流想法的煽动，以为自己是在捍卫祖国的意志和利益，不加多想就听从了别人的声音。他根本没有精心策划什么，更谈不上变节叛国。战败后，内伊被移交到一个法院前面。当时大局已定，内伊没什么好说的了。唯一能够保住他性命的就是名誉投降，它能保护每个人在任何政治观点和行为上享有的沉默权和赦免权。如果内伊在辩护的时候采取了这条线路，即便最后仍性命难保，但至少世人会认为杀害内伊一事侵犯了最为神圣的法律。这样,他好歹还能给世人留下一个伟岸的形象,引起正义人士的同情。杀害他的人将永远被钉在耻辱柱上,受尽世人的诟病。可内伊也许没办法扮演这等角色,他是百里挑一的勇士,可他所有的才干也仅限于此。"

内伊就是为了投奔国王而离开巴黎的,此事无可洗白。之后,他在手下将士催促的呼声中才转戈倒阵,这也是再确凿不过的事实。虽然后来他为了帝国而血战沙场,但那是因为他觉得自己要多立奇功,以得到皇帝的原谅。不过我们也必须指出一件事,向军队下达了那道著名的军令后,内伊给皇帝写了一封信,说他主要是为了祖国的利益才这么做,要是皇帝对他心存芥蒂,他恳请陛下让他解甲归田。皇帝召他前来,说自己会像莫斯科战役发生之前一样待他。内伊回到拿破仑身边,但依然跟他说:鉴于先前发生在枫丹白露的事,陛下肯定不会太相信他的诚意和忠心;所以,他只恳请陛下让他在帝国护卫军中当个小小的掷弹兵。皇帝向他伸出手来,如以前一样,称他是勇士中的勇士。后来,内伊跟皇帝说……①

皇帝把内伊和德蒂雷纳两人做了一番比较,认为内伊的行为值得理解,而德蒂雷纳做的事辩无可辩;可德蒂雷纳后来得到原谅、荣誉加身,内伊却很可能只有死路一条。

他说:"1649年,摄政王太后——奥地利的安娜将国王军托付给德蒂雷纳,让他担任军队统帅。他立下了效忠誓言,[247]却转头宣布自己支持投石党,煽动手下将士向巴黎逼近。他被判最高叛国罪后,他的军队后悔了,抛弃了他们的统帅。德蒂雷纳遭到通缉,投靠了黑森亲王,才躲

---

① 这话并没写完。

过司法裁决。可内伊就不同了。他是听取了部下的呼声，在他们的一致要求下才拥护我的。就在9个月前，他才投靠了新君。他的国王领着60万外国铁骑入侵法国，一口反悔了他回国前就谈好的官方条件，拒不接受元老院呈过来的宪法，还声称自己19岁开始就是法国国王，借此暗示先前所有的政府都是非法篡权者。内伊一直都以国民最高权力为上，为它足足奋战了25年，从一位普通的士兵升至元帅之位。他在3月20日的行为虽不光彩，但至少可以理解，从某些方面看甚至情有可原。可德蒂雷纳干的事才叫罪盈恶满，因为投石党是和西班牙勾结，向自己的国王挑起战争。最重要的是，德蒂雷纳是为了个人和家族利益才支持投石党，企图得到王位，哪怕以牺牲法国、损害祖国利益为代价。"

第三章

定居朗伍德

搬至朗伍德—沿途所见—来到住地—第一次泡澡

1815年12月10日，星期日

[248]大约上午九点，皇帝把我叫了过去，让我陪他去花园走一走。因为今早所有东西都要被搬到朗伍德，所以他只好一大清早就离开了自己的房间。来到花园后，皇帝把屋主巴尔科姆叫了过去，再叫人做好早饭，邀请巴尔科姆跟自己一起吃。他整个人看上去容光焕发，一直在那里谈笑风生。

大约下午两点，仆人宣告上将到来。然后，上将有点儿局促不安地走了过来。这段时间，由于皇帝在荆棘阁被招待不周，再加上住在城里的同伴们受尽折磨，两人之间有了些隔阂，皇帝一直都没有再接见上将。不过看此时两人谈话的样子，人们还以为他们昨晚才见过面呢。

最后，我们离开了荆棘阁，搬去朗伍德。皇帝骑着一匹人们为他从好望角运来的马。他是第一次见到这匹马，它个子矮小、性子活泼，长得十分可爱。皇帝又穿上了一身护卫军猎骑兵的军装，看上去格外英姿飒爽、神采飘逸，一下子吸引住了我们周围所有人的目光。听见众人的交口称赞，我心中好不得意。上将也对他不住打量。沿途聚集了一大批人，大家都想看看皇帝的样子。几个英国军官和我们一道，组成皇帝的扈从队。

要从荆棘阁前往朗伍德，我们首先要朝城市的方向回走一段路，然后突然右转，走完三四条蜿蜒曲折的小路，翻越过山谷一侧的山脊。[249]之后，我们就来到一处地势略微向上的平地，眼前一下子豁然开朗。我们身后一直到山脚处，都是寸草不生的山脊、荒凉萧索的乱石；前面则是一幅横向的风景画，蒂亚娜峰作为山峦中的最高峰，让这幅画一下子有了主题和核心。往左是岛屿的东面，那里离朗伍德很近，但视野被怪石嶙峋的山崖挡住了。这座山崖形成一道天堑，让人从海上就能清楚地看到圣赫勒拿岛的轮廓。远远望去，这里就是一处荒山野岭，全无人烟。但右边是一片非常开阔的平原，看上去也是乱七八糟，但至少装饰着点点绿色，屋舍俨然，田园千里。老实说，这处平原着实有点儿田园牧歌的宜人感。

我们沿着一条路况良好的大道继续前行，左侧有一块谷地，深深凹陷在地表之下。再走了2英里，道路突然左转。哈特门就坐落在这个转弯处，这是一座极其简陋的小屋，供大元帅及其家人居住。再往前走一点儿，左侧的谷地变得越来越深，形成了一个环形的深渊。由于这片深渊面积广阔、深不可测，看上去甚是巍峨，人们都称它为"魔鬼的酒碗"。由于右边是一座山丘，故此处道路异常狭窄，我们只好小心翼翼地贴着右边走，谨防掉进左边的深渊中。很快，我们就发现了坐落在道路右边的朗伍德。直到那时，路才宽敞起来。

朗伍德大门口站着一个武器装备齐全的哨兵。他按照规矩，朝这位身份尊贵的囚徒行礼致敬。但他那匹马野性未退，还不太适应这个场景，被鼓声吓到了，硬着脖子不肯跨过门槛走出来。骑手用马刺扎它，才把它牵了出来。这时我注意到，皇帝身边的英国随行人员彼此交换了一个意味深长的眼神。就这样，我们终于来到了新的住所。

上将事无巨细地忙活着，把院里大大小小的东西一一指给我们看。[250]他一直盯着所有工作，还亲自操办了一些事务。皇帝对这里的一切都很满意，上将看上去也非常高兴。看得出来，他非常担心皇帝来到这里后会摆出一副不满甚至鄙夷的样子，可皇帝看上去心情非常愉悦。

六点，皇帝回到自己的房里，并让我随他进去。他大致看了看房间的一些小家具，问我的房间是否也是相同布置。得到否定的回答后，他慷慨地要把那些东西都给我，说："都拿去吧，我什么都不会缺的，他们对我会比对您更加尽心。"皇帝觉得非常疲惫，问我他是否面有倦色。毕竟他已经连续5个月没怎么运动了，可今天早晨又是步行，又是骑马，走了那么长的路。

新住处里有一个浴缸，是上将特地请来木工装上的。泡澡是皇帝生活中必不可少的调剂品，可自打离开马尔梅松后，他就再没机会泡澡了。所以，他现在就想迫不及待地来一个。他请我暂且再陪他一下，然后开始仔细查看我们的新住处。由于指派给我的房间条件糟糕至极，他就让我暂时住在他书房旁边的一间屋子里——他称这里为自己的地形测绘工作间。他说，如此一来，我离他就不那么远了。话中透出的殷殷关切，让我倍感温暖。他甚至还多次表示我第二天也可以到他的浴缸里泡个澡，我连连推托。看我这么毕恭毕敬、克制守礼的样子，他说："朋友，在监狱中，大家就应该相互帮助。我又不会天天都泡在这个东西里，而且泡澡对你我都有好处。"人们也许会说，他是在努力弥补我将要遭遇的损失，因为我再不会是唯一陪伴他的人了。他的这番好意的确让我倍感幸福，但也让我略觉伤感。皇帝做这一切，当然是为了报答我在荆棘阁始终如一的陪伴；但这也预示着，我们因为孤寂至极而日日相伴的日子快到尽头了。

²⁵¹泡了澡后，皇帝暂时不想穿衣，在他的房间里吃了晚饭。他仍把我留在身边。房中只有我们两人，我们随兴而谈，说到一件非常私人、可能会带来严重后果的事。他问了我的意见，让我第二天把想法告诉他……①

对朗伍德的详述——房屋细节
12月11—14日，星期一至星期四

终于，我们在圣赫勒拿岛这块苦难的礁岩上展开了生活的另一个篇章。搬到新住所后，我们在监狱里的活动范围也被划出来了。

朗伍德原是东印度公司的一个农场建筑，后来成了副总督的乡间别墅。它坐落在岛上最高处的一个角落里。根据英国人温度计上的显示数字，这里的温度比我们原先居住的谷地要低上十来度。这是一处位于岛屿东侧的高原，离海边很近。亘古的长风飒飒地扫过地面，有时大有飞沙卷石之势，风向基本是定了的。天空似乎永远浮云蔽日，很少有阳光照下来，可太阳依然强悍地影响着这里的气候。要是人们不注意避暑，

---

① 拉斯卡斯要告诉拿破仑的这些"想法"，并没被他记进之后的日记中。

很容易出现肝脏问题。[①]高原上大雨通常突然而至，所以雨水充沛，让人很难辨别四季。朗伍德更是如此，永远疾风萧萧、乌云重重、雾气氤氲。这里虽然不冷不热，却没什么气候变化，不仅不利于身体健康，还容易让人心生怠乏。虽然这里雨水充足，可由于大风凛冽、烈日炎炎，地表上少有植物生长。雨水顺着一条沟渠，被导到了朗伍德。先前住在这里的副总督觉得水质不净，把水煮沸以后才肯使用，其手下也都是如此。[252]我们不得不采取相同的处理办法。眼前的树木不会给人带来任何愉悦感，一个个都病恹恹、歪歪斜斜的，我们一块阴凉地都没有。从一个角度望出去，我们可隐约眺到大海。但除此之外，我们目之所及，全是寸草不生的巨岩、深不可测的深渊，以及被切割得破碎不堪的谷地。远处的蒂亚娜峰点缀着点点苍绿，高耸入云。总而言之，谁都不会觉得朗伍德是个风景优美的地方——那些长期跋涉、风尘仆仆的海上旅客除外，因为他们看到任何一块土地，都会觉得它迷人至极。如果谁在天朗气清的时候来到这里，看到突然呈于眼前的这一切事物，他可能还会惊呼一声："这里多美啊！"但他只在这里停留一时，所以其感受也是错误的：他根本体会不到要在这里终老一生的囚徒们的痛苦！

　　两个月以来，人们一直修缮朗伍德，好把它收拾出来给我们住。然而，他们的努力并没收到多大的效果。

　　我们通过一间刚建不久的屋子进入朗伍德，这间屋子既是前厅，也是餐厅。穿过这间房，我们就进入了旁边一个房间，这里就是客厅。穿过客厅，我们来到第三间房，这里非常阴暗，用来存放皇帝的书籍和地图册，后来它成了饭厅。这个房间的右手边有一扇门，从它通向皇帝

---

① 请看奥米拉医生的回忆录。——辑录者注

的套间。皇帝套间由两个面积均等、非常狭窄的单间构成，它们分别是皇帝的书房和卧室。两个单间的外面是一条狭窄的走廊，被改造成了皇帝的浴室。这座建筑的另一头是蒙托隆夫妇及其儿子的住所，后来这里成了皇帝的图书馆。穿过一个还没建好的出口，我们就出了这座建筑，来到另一个房子里。房子一楼是一个四四方方的小房间，和厨房相邻，这里就是我的起居室。穿过一个活板门，爬上梯子，就到了我儿子的卧室，它其实就是一个阁楼，窄得几乎只摆得下一张床。我们的窗户和床上没有帷帐，房间里为数不多的一点儿家具，²⁵³一看就是从当地居民手里买来的。他们肯定很高兴能把这些东西脱手卖出，好换些更好的家具。

大元帅及其妻子被安置在离我们2英里的一个地方，那里完全就是一个破草棚，连当地人都称它为"哈特门"（"茅草房"之意）。

古尔戈将军暂时住在一顶帐篷里，医生①和被安排来看守我们的那个军官也住在里面，直到他们的房子完工为止。诺森伯兰号上的水手正在为此加班加点地赶工。

人们想把我们房子周围布置成一个花园，可惜由于缺少灌溉，再加上恶劣的气候因素，这个花园也是徒有其名罢了。我们正前方很近的一个地方便是第53团的军营②，营地被深深的谷地切割成两块，附近山头

---

① 这个医生就是诺森伯兰号上的奥米拉。他见拿破仑去圣赫勒拿岛的路上没有医生，就自告奋勇，担任此职。他的这个义举得到船上所有英国人的交口称赞，我们对此也是感激不已。似乎只有英国内阁大臣大感恼火。所有人都知道，后来这位高尚的英国人在冷酷残忍的英国内阁那里遭受了多少令人愤慨的不公待遇、羞辱和迫害，可他不过是发挥了人道精神，做了一件让他的祖国和良知增添光彩的事罢了。——辑录者注

② 即第53步兵团。请参考阿尔诺·夏普林的《圣赫勒拿岛名人录》（Arnold Chaplin, *A St Helena Who's Who*）第20~23页。

上都设有哨岗。这，便是我们新住处的情况。①

关于皇帝两天前说起的那件私事，我在12日把自己的个人想法告诉了他。他还没做出决定，觉得这是无用功。我大胆地认为他应该坚持下去，因为即便带着疑问去做这件事，我们也不会有任何风险或损失。这就像买彩票，还不用投入赌注。后来事实证明皇帝判断得完全没错：此事果然石沉大海，完全没有任何下文……

当天，威尔克斯上校前来拜访皇帝。此人是该岛前总督，如今上将接替了他的工作。我在两人之间充当翻译。②第二天（或是第三天），明登号扬帆起航，前往欧洲。我趁机托人向伦敦和巴黎带了几封信。

皇帝仆人的安排—众人在囚禁中的精神状况—皇帝的一些可贵品质—被翻成英文的普腊德作品中拿破仑的形象—反驳

12月15—16日，星期五至星期六

²⁵⁴离开普利茅斯时，皇帝的随行仆人有11人。我很乐意把他们的名字写在这里，以示对他们忠诚的感激。

侍奉皇帝人员构成

内仆

马尔尚，巴黎人，大侍仆。

圣德尼，又名马里，凡尔赛人，侍仆。

诺韦拉，瑞士人，侍仆。

---

① 请看奥米拉的讲述（《流放中的拿破仑》第一卷第15～16页），以及欧克塔夫·奥布里在他的《圣赫勒拿岛》书中的详细内容（155页及160～161页）。

② 威尔克斯和拿破仑之间的几次碰面（共有两次，分别发生在1816年1月20日和4月20日），后被J.科比特（J. Corbett）发表在1901年1月的《每月期刊》（*Monthly Magazine*）上。

桑蒂尼，科西嘉人，门房。

杂役

大阿尔尚博特，枫丹白露人，马夫。

小阿尔尚博特，枫丹白露人，马夫。

让蒂里尼，厄尔巴岛人，脚夫。

饮食

西普里亚尼，科西嘉人，死于圣赫勒拿岛，御膳主管。

皮尔龙，巴黎人，配膳官。

勒帕热，厨师。

鲁索，枫丹白露人，银器保管员。

虽然服侍皇帝的仆人看上去挺多的，不过老实说，我们离开英国后，在海上航行和刚到圣赫勒拿岛的这段时间里，绝大多数仆人都没法去服侍皇帝。我们被打散开来，连自己的住处、基本生活需求都得不到满足，过着颠沛流离的日子，什么事都乱成一片。

所以，我们所有人都搬去朗伍德后，皇帝想把管事工作好好分配一下，[255]力图让我们每人各尽其才。他把大管事的工作交给了大元帅，让蒙托隆负责管理所有的杂物小事，让古尔戈将军管理马厩[①]，让我管理家具和物资供应工作。管理物资供应，就意味着我要和宅子里许多细碎小事打交道。我觉得，把物资管理和杂物工作合到一起进行管理，对大家都有好处。这件事并不难做，耗不了多少功夫，很快我就完成了目标。

[①] 根据古尔戈的讲述，他是在12月12日得到任命的。（《古尔戈日记》第一卷第84页）若要了解拿破仑的马匹详情，请看J. 瓦基耶的《存于军事博物馆的拿破仑一世真品纪念物》（J. Vacquier, *Souvenirs authentiques de Napoléon Ier conservés au Musée de l'Armée*）第5357页，以及弗雷德里克·马松于1906年5月16日发表在《周刊》（*Revue hebdomadaire*）上的《马上的拿破仑》（Frédéric Masson, *Napoléon à cheval*）。

皇帝明确分工后，一切开始走上正轨，我们的精神状况当然也有所好转。然而，皇帝的这些安排虽然很合理，却在我们之间种下了隔阂的种子。后来这颗种子生了根，时不时探出头来。有的人觉得自己吃了亏，有的人觉得自己的活计光鲜亮眼，因此沾沾自喜，还有的人觉得分配的工作伤了自己的面子。大家若来自一个家庭，每人尚能一心一意地为家族繁荣而努力。然而，我们是因为环境使然而被迫走在了一起，还没培养出多深的情谊呢。所以，我们经常吵成一团，就为了赢得一点儿蝇头小利，为了维护自己仅存的一点儿野心。

我们是出于对皇帝的爱而聚集在他身边，把我们维系在一起的是危险，而不是共情。我们这个团体的形成纯属偶然，而非大家意气相投的结果。我们在朗伍德抱成一团，不是因为我们有内聚力，而是因为来自外界的压迫。事实不是如此吗？大家几乎还不怎么认识对方呢。艰苦的环境、不同的年龄、迥异的性格，是我们彼此疏离的重要原因。

这些都是点滴小事，却产生了令人不快的后果，让我们失了温情，导致我们之间缺少信任，没办法真心相待、亲密无间。要不是因为这些事的发生，我们本可以在最残酷的厄难中为彼此提供慰藉。不过，这些事也让我看到了皇帝一些可贵的品质。[256]他会想尽办法让我们团结一心、彼此友爱；他会努力解决造成忌妒的事端，消除我们的龃龉；对于不想知道的事，他就转移注意力，不去想它；虽然有时他会如严父一般责骂我们（但考虑到我们每个人的颜面，他会极力避免这么做），可我们也会恭恭敬敬地听着，就像从前听杜伊勒里宫传下的圣谕一样。

如今依然在世的人，谁敢夸口说比我更了解皇帝的私下为人？是谁在荒凉破败的荆棘阁中陪他度过了两个月孤寂难挨的日子？是谁在皎洁的月光下伴他长久地散步，与他一起度过无数时光？是谁聆听他回忆快乐的童年时光，听他讲述少年时一件件趣事，为他分担当前的苦涩和痛苦？我相信自己了解他的性格、为人。正因如此，我才能理解他的许多在旁人看来难以理解的行为。他在有权有势时，的确做了许多让人大跌眼镜的事；从前我怎么都想不通它们，可如今我都能明白了。例如，我终于明白了为何从不会有人在他那里彻底失势：哪怕谁的失势似乎已是定局，无论他掉进多深的深渊中，他都有希望重获皇帝的宠信。人们只要曾经得到过他的信任，之后无论犯下怎样的过错，都不会被皇帝彻底疏远。皇帝身上有两个难能可贵的品质：极其在乎正义，极其念旧。无论多么愤怒、多么激动，他仍受着内心正义感的约束。别人的话只要言之有理，他定会认真聆听；即便他当时没能理解其中的道理，之后一个人的时候，他也会一再琢磨。此外，他会牢记别人对自己的恩情，从不会忘记旧人。即便有些人惹来他的不悦，他迟早会再想起他们，想想他们当前的痛苦，觉得对方已经受到足够的惩罚，然后令人把那个已被世人遗忘的被罚者找回来。[257]这种事让所有人都大感惊讶，甚至当事人都没想到自己还能再被起用。这种例子实在太多了。

　　皇帝的感情并不外露，但它们都是真挚的。一旦他习惯了某人的存在，就很难离开他。如果他发现这人犯了些错误，就会批评他，责备自己识人不明，甚至会激烈地训斥对方。可那人无须害怕皇帝的斥责，因为它只会加固两人的情感纽带。

　　我用如此简单的笔触去刻画拿破仑的性格特征，读者见此也许会大感惊讶。但我认为，其他所有人对他的描写往往太过考究，他们总觉得必须采用各种修辞手法，多用一些华丽的措辞、夸张的描写，为了取得他们想要的文字效果而绞尽脑汁。可我只写自己看到的，只表达自己想到的。只有这样，我才能准确地反映事实。

皇帝今天跟我一道翻看英国报纸，有篇报纸刊登了马利纳大主教①的一篇文章。大主教在里面大谈特谈拿破仑其人其事，文字矫揉造作到了极点，充斥着无聊的对照、反比等手法。皇帝让大元帅把这篇文章一字一句地替他誊写出来，其内容如下：

（普腊德神父在他的《1812年出使华沙》中说）拿破仑有着广阔的精神世界，但由于他那身东方式的行事风格和矛盾的心理，他的头脑如负上铅球一样重重跌落，在腌臜的琐屑小事中打滚。他的第一个想法通常很宏大，第二个就尽显浅薄低劣之态了。他的思想就像他的钱袋，同时装饰着慷慨豪爽和斤斤计较的饰带。他的天资既能登上大雅之堂，也适合登上草戏班子的台子；他既穿着帝王的华服，又披着小丑的戏衣。这个人身上集合了两个极端：他曾让阿尔卑斯山低头，曾把辛普朗山口变成通途，曾分开大洋，可最后他在一艘英国军舰上投降了。

他生来就聪颖过人，有着无穷的智慧，绽放着思想的光华。在每个问题上，他都能独辟蹊径，抓住别人不曾察觉的关联之处。他有着生动的想象力，言辞激情四射，说着一口带有外国口音的法语，却能直击要害。他擅长诡辩，脑子灵活，思想多变，[258]能从常人看不到的角度看待问题。但他被成功冲昏了脑袋，习惯了酒池肉林的生活，迷醉在四方的朝拜中。您可以想象这么一号人：他可以是世间最高尚的君子，也可以是最卑鄙的小人；他可以威风凛凛地坐上帝位，可以统领三军，杀伐决断，但他也可以是最卑鄙无耻的凶手，制造可怕的杀戮；他取得了最伟大的成就，却又玩弄奸诈诡计逼人退位。人

---

① 即主教普腊德。（请看《人名表》）

们从未见过这样一个活脱脱的朱比特·司卡班。①

  这篇文章的确文辞考究、语言诙谐。但我姑且不说一个受人敬重的教士、一个曾得了皇帝的恩泽才位极人臣的大主教说出这番话，这是多么有失妥当、多么丢脸的一件事；我姑且不说此人在其主子春风得意的时候对他是怎么巴结讨好的，在对方深陷厄难时又对他发起怎样无聊可笑的侮辱性的语言攻击；我姑且不去关注"披着小丑的戏衣""一个活脱脱的朱比特·司卡班"这种话。我只想问普腊德神父，他凭什么做出如此评价："他的第一个想法通常很宏大，第二个就尽显浅薄低劣之态了。他的思想就像他的钱袋，同时装饰着慷慨豪爽和斤斤计较的饰带。他的天资既能登上大雅之堂，也适合登上草戏班子的台子；他既穿着帝王的华服，又披着小丑的戏衣。这个人身上集合了两个极端：他曾让阿尔卑斯山低头，曾把辛普朗山口变成通途，曾分开大洋，可最后他在一艘英国军舰上投降了。"

  普腊德神父想必很难理解皇帝在这个高尚之举中表现出的伟大胸襟、崇高情怀和宽宏品质。他不得不离开被奸佞小人蒙蔽双眼的国民，只为让他们在未来走得更顺些；他牺牲了自己的个人利益，只为阻止一场不会为国家带来任何好处的内战；他不屑于跑去接受其他安全且体面的庇护，只因他不愿过着仰人鼻息的日子；他宁愿寻求一个和他是20年死敌的民族的保护，只因他以为后者和他一样有着宽大的胸怀，以为他们会为了光耀自己的法律而保护他不受欧洲的放逐。这样的想法和决定，难道不能体现他伟大、光辉、高尚的形象吗？

----

① 司卡班是莫里哀的话剧《司卡班的诡计》的主角，普腊德给拿破仑取这个绰号，以讽刺他心思狡诈。——译者注

附注：我其实在这篇日记中还写了很多马利纳大主教干的卑鄙事迹，它们要么出自皇帝之口，要么是我通过其他人得知的。我把它们都删了，[259]只因为我听说，皇帝对普腊德在政教协议方面的工作非常满意。此外，能拿到许多同一性质、同一出处的证词，固然让我高兴不已；但一个人心甘情愿地当众认罪，比一大堆驳斥他的言论造成的效应要好上千倍。有些人，例如我，认为忏悔具有格外重的分量。

我写了这篇日记后不久，就读到了一篇出自普腊德神父之手的文章。这篇文章的措辞固然是美的，但更美的是文字中透露的事实真相。我将其摘录到下面，权当它是作者对上面那篇文章的修正。

诸国君王曾在莱巴赫发表一份声明，在里面斥责拿破仑是大革命的代表人。对此，马利纳大主教就说了这番话：

"拿破仑有能力惩罚别人的时候，人们十几年里一直跪在他的脚下；如今拿破仑无枪无炮了，此时再去羞辱他，为时晚矣……持武器的胜者应当尊重弃武器的败者才是。胜方是否取得荣耀，在很大程度上取决于他是否善待俘虏；何况对方不是因为技逊一筹，而是因为兵力不足，才输了这场战争。先前人们一直称拿破仑是法国乃至欧洲的拨乱反正者，如今才把他说成革命分子，这话说得太晚了。有的人先向他伸出友谊的手，以盟友的身份发下誓言，想方设法地和他结为血亲，以维护自己摇摇欲坠的王位；如今他们再向他射去一支毒箭，已经为时过晚。"

之后，他又说：

"他是大革命的代表人？

"大革命割断了法国与罗马的纽带，他却将其一一修复。

"大革命拆毁和关闭了上帝的圣殿，他却将其一一重建。

"大革命让两群教士变作仇敌，他却让他们重修于好。

"大革命亵渎了圣德尼修道院，他却涤除了里面的腌臜之物，向历代国王的遗骸做了赎罪祭礼。

"大革命推翻了王位，他却重立王位，增强了它的地位。

260 "大革命把法国上层阶级逐出祖国，他和他的宫廷却向这些人打开大门，哪怕他心里认定这些人是自己不可调和的死敌，却仍让他大部分敌人担任公职，让先前被暴力逐出社会的他们重新融入社会。

"这个如今被人贴上反社会标签的大革命代表人，却曾把教会领袖从罗马请过来，让他给自己涂抹圣油、戴上王冠。

"这个如今被说成诸王之敌的大革命代表人，却曾让德意志遍地都是国王，拔高了众王的头衔，恢复了高高在上的王权，修复了已遭损毁的王权模型。

"这个如今被贬为无政府主义拥护者的大革命代表人，却如同查士丁尼一世转世一般，在兵戈扰攘的乱世中，在一步一雷的外交险境下，起草了好几部至今看来仍无比完善的法典，建立了世上最生机勃勃的政府机制。

"这个被庸人斥为毁天灭地的恶魔的大革命代表人，却恢复了大学和公共学校，在他的帝国中堆满艺术佳品。他做成了好几个最庞大、最艰险的工程，令世人叹为观止：他一声号令，阿尔卑斯山变成了平地，肆意的汪洋在瑟堡、弗利辛恩、海尔德、安特卫普那里变作被驯服的绵羊，不羁的河流在耶拿桥、塞夫勒桥、波尔多桥、都灵桥下化为温柔的清波，一条条运河把各个大洋连作一体，让河流不再受海神的操控；就连巴黎，它也在他的手中彻底绽放新颜！这样一个人，却被人称作那场毁了一切的革命的代表人？究竟是哪些人没了辨别力，竟能说出这种话来？"

我的生活条件得到改善—人们换了我房里的一些家具
12月17日，星期日

[261]皇帝两点把我叫了过去，那时他已经开始洗漱了。他见我脸色苍白，就问我怎么回事。我说，可能是因为我卧室空气不好。我的卧室就在厨房边上，经常烟雾缭绕，完全成了一个蒸汽室。皇帝当即就让我搬进他的地理测绘工作间，白天在那里工作，晚上就睡在上将为他准备的一张床上。他说，他根本就用不到这张床，因为他已经睡惯自己那张行军床了。洗漱完后，他手上拿着两三个鼻烟盒，在那里挑挑选选，突然把其中一个递给侍仆（马尔尚），对他说："把它收起来吧，它总出现在我眼皮子底下，叫我看了心里难过。"我不知道那是哪个鼻烟盒，但我猜上面应该刻着罗马王的画像。①

皇帝离开房间，我跟着他一道走了出去。他围着房子转了一圈，想进我的卧室看看。他摸了摸洗漱镜，问这是谁给我的。然后，他又摩挲着厨房边上微热的隔墙，一再说我不能住在这里，强烈要求我以后睡在他测绘工作间里的那张床上，还友好地说那是"朋友睡的床"②。

---

① 马尔尚在回忆录中对此事的叙述和这里有轻微不同。根据马尔尚的讲述，此事发生在小拉斯卡斯认出勋章上的希腊铭文的那一天。（请参考前文）马尔尚说："我正准备关上箱子，这时皇帝让我把他从荆棘阁开始一直都在用的那几个鼻烟盒也收起来。其中一个上面绘有玛丽-路易丝皇后的画像，另一个上面画着罗马王肖像。他接下来打算用的鼻烟盒，一个画着恺撒像，一个画着蒂莫莱翁像，还有一个画着亚历山大像。"

② 拿破仑把他的两张行军床带去了圣赫勒拿岛。目前，这两张床被藏于军事博物馆中。我们可在J.瓦基耶的《存于军事博物馆的拿破仑一世真品纪念物》第100～104页中看到相关的详细描述。

之后，我们朝一个看上去破破烂烂的农庄走过去，路边是中国人住的帐篷。这些人都是手工匠和苦力，被英国船只从澳门招募过来。他们要在岛上为东印度公司卖命好多年，存了一小笔钱后才回家，就跟我们的奥弗涅人一样。皇帝有好多问题想问他们，可他们根本听不懂我们在说什么。

之后，我们去了一个被当地人称作朗伍德农场的地方。这个名字引起了皇帝的兴致，他还以为那里说不定同佛兰德或英格兰的农场一样风光旖旎。可实际上，它只是一个脏兮兮的烂泥潭。[262]我们从这个农场往下走，来到位于两座隘谷交会处的东印度公司的花园里。皇帝把园丁叫过来，后者的工作就是看管好东印度公司的牲口、监督中国劳工干活。皇帝请他帮忙，向劳工问了一大堆和他们工作有关的问题。之后，皇帝步行回来，看上去无比疲惫。我们差不多走了500米路，这就是他的第一次远足。

晚饭前，皇帝把我和我的儿子叫过去，继续往常的工作。他叫我懒家伙，结果发现我的儿子正躲在后面偷笑。皇帝问他为什么笑，我说肯定是因为陛下替他报了一箭之仇。他大笑："啊！我懂了！我在这里扮演祖父的角色呢。"

皇帝的生活作息—他对两位皇后的称呼—一些小事—皇帝在警务上的准则—皇帝渴望建立一个稳定温和的政府

12月18—19日，星期一至星期二

慢慢地，我们的生活变得规律起来。皇帝大约十点的时候，在他房中一张独腿小圆桌上吃早餐，有时会把我们中的一个人叫过去一道吃。我们差不多也在同一个时间去饭厅吃饭。皇帝为了让我们吃得开心点儿，还允许我们邀请喜欢的人过来一起用餐，只要我们自己觉得合适就行。

他没有固定的散步时间。这里白天酷热无比，晚上又突然变得阴冷潮湿。很久以前人们就说，好望角那边会送过来几匹马，马鞍和马车等配套一应俱全。可这事儿连影子都没有。皇帝白天会和我们几个人一道工作，晚上八九点吃晚饭，他通常会把我留下来一起进餐。所以，我和儿子得在五六点的时候就过去待命。由于眼疾发作，我不能再读书写字，于是我的儿子就代替了我的角色，替皇帝记录下他的口述内容。我待在那里，[263]纯粹是为了方便事后纠正儿子的潦草笔迹，把皇帝说过的所有话逐字逐句地复述一遍。

对意之战这部分内容已经结束，我们把它又捋了一遍。皇帝做了些改动，在某些地方重新讲了一遍。如我刚才说的那样，我们通常在八九点的时候吃晚饭。餐桌放在入门处的第一个房间里。蒙托隆夫人坐在皇帝右边，我坐在左边，蒙托隆、古尔戈和我的儿子则坐在他对面。餐厅里还有点儿油漆味儿，遇到天气潮湿，那味道尤其明显。而且，无论油漆味多么轻，皇帝闻了依然很不舒服。所以，我们待不到十分钟就会离开餐桌。仆人在隔壁客厅里备好甜点，我们在那里用了甜点，再喝一杯咖啡。大家聚在一起聊天，读莫里哀、拉辛、伏尔泰的一些戏剧节选，每次大家都会哀叹手头怎么单单少了高乃依的戏剧。之后，我们会玩一局翻转棋，皇帝说他小时候经常玩这个游戏。每想到童年时光，他都倍感温馨。他总说自己能在棋桌上玩很久，不过很快就自打嘴脸。此外，我们还会变着花样玩这个游戏，把游戏规则变得格外复杂，我甚至见过有人一口气拿了1.5万（或是1.8万）个筹码。皇帝几乎每走一步棋都想翻转，也就是吃别人棋子的意思。这很有难度，可他经常赢。他做什么事都是这个性格！之后，大家在十点、十一点的时候各自散去。

今天，19日，我来到皇帝身边，他递来一本落到他手里的诽谤小册子，让我把它翻译出来。作者在书中先是说了许多蠢话，之后又拿出一封所谓皇帝写给约瑟芬皇后的私人信件,信开头的称呼非常正式,是"夫人和亲爱的妻子";之后,作者又大谈特谈法国的间谍和警探,说皇帝依靠他们去窥视法国各大家族的私隐、掌握欧洲所有政府的秘密。皇帝不想再读下去了,把这本书丢到一旁,说:"这简直是荒唐至极!"

实际上,拿破仑在私下里一直亲切地以"你"去称呼约瑟芬皇后,把玛丽-路易丝叫作"我可爱的小路易丝"。

264 我第一次看到皇帝的亲笔信,还是在弗里德兰战役之后的圣克鲁宫。当时约瑟芬皇后一时兴起,把皇帝写给她的一封短信拿给我们,让我们辨认里面的内容。这封信的字迹非常潦草难懂,皇帝在里面说:"我的孩子们不久前又在战场上扬名了。弗里德兰之战和马伦哥战役、奥斯特里茨战役、耶拿战役一样,将被载入史册。你叫人鸣炮庆祝,让康巴塞雷斯发布公告……"[1] 后来,我还有幸读到了另一封他写在签订《提尔西特和约》时候的信,皇帝在里面说:"普鲁士王后生得很是迷人,对我各种卖弄风情。但你别为此忌妒,我就是一张抹了蜡油的布,沾不上任何花花草草。何况我若和她调情,这调情的代价未免也太过昂贵了。"[2]

---

[1] 拉斯卡斯给出的这封拿破仑写给约瑟芬的信(日期是1807年6月14日),内容实在有些简略和古怪。下面这封信出自《拿破仑一世书信集》,信中他是这么说的:"亲爱的,我不能写太多,因为我实在太累了。我已经连续露营好几天了。我的孩子们为马伦哥战役举办了盛大的周年纪念日,弗里德兰战役也会成为我国人民的光荣纪念日。俄军上下溃不成军,80门大炮被缴,3万人被杀或被俘,25个俄国将军被杀、受伤或被擒,俄国防线一溃千里。此战将和马伦哥战役、奥斯特里茨战役、耶拿战役一样,被载入史册。更多的情况,你可以从公报中读到。我没损失多少人马,成功把敌军耍得团团转。不要担心,放心吧。再见,亲爱的,我要上马了。拿破仑。"

附注:若此消息随军报一同抵达巴黎,那它可以公告形式被放出去。人们可鸣炮庆祝,康巴塞雷斯负责拟写公告。"(第十五卷,编号12758)

[2] 拉斯卡斯给的这个版本,如今成了此信的孤本。《拿破仑一世书信集》中收录的这封信,正是出自《拿破仑圣赫勒拿岛回忆录》。

当时约瑟芬的沙龙里流传着一件逸事：有一天，普鲁士王后拿着一枝美丽的玫瑰花，皇帝请她把花赏给自己。王后犹豫了片刻，把花递过去，说："为什么我能答应您的请求，可您对我的请求就无动于衷呢？"王后指的是马格德堡，她一直苦苦哀求拿破仑，想保住这个地方。此事基本为真，它将在后文中通过拿破仑本人的讲述得到证实。

某个英国文人写文极力扭曲皇帝和普鲁士王后两人私下的关系，把皇帝刻画成一个凶恶、专横、粗鲁的暴君，说他在自己的马穆鲁克骑兵的帮助下，意欲侵犯这位美丽的王后，而且此事就发生在她那可怜丈夫的眼皮子底下。[1]

但下面这封拿破仑亲笔信写于同一时期，他在信中也提到了这件事。我前不久才知道此信的存在。它不仅证明了拿破仑是怎么称呼约瑟芬的，还让人了解到两人之间是何等感情真挚、琴瑟和谐。任何人，无论敌友，读了这封信后肯定不会怀疑，这个被欧洲上下泼尽污水，受尽诬蔑，被说成世上最冷血残暴、铁石心肠的人，对妻子却是一往情深。约瑟芬先前在大军团公报上责备他对普鲁士王后几乎没有任何怜香惜玉之情，他对此做了如下回答：

> 我收到了你的来信。我先前跟你说女人如何邪恶，你似乎对此有点儿生气。没错，我最讨厌的就是那些玩弄权术的女人；我眼中的女人应当是善良、温柔、和顺的，我爱这种女人。要是这种女人腐化了我，那也不是我的错，而是你害的。另外，你会发现我对一个温柔感性的女人——哈特菲尔德夫人极好。当我把她丈夫的信拿给她看时，她带着一脸的柔情和纯洁，哽咽着跟我说，这的确是她

---

[1] 1823年版中的该天日记没有接下来的内容。

丈夫的笔迹。她的声音穿进我的内心深处，让我也难受起来。我对她说："算了！夫人，把这封信丢进火里吧，我没有足够强大的意志去惩罚您的丈夫。"她烧了那封信，看上去非常开心的样子。她的丈夫之后就平安无事，两个小时后离开了。所以你看，我喜欢善良、天真、温柔的女人，但这是因为这类女人和你很像。

1806年11月6日，晚上9点

我们刚才说的那本下三烂的书，其作者还提到了法国冗繁的警察和间谍机构。当时，这类机构引发了世人不少猜测，但哪个大陆国家敢说它养的警察间谍的人数比法国政府的要少？还有哪个国家比法国更需要这些人的存在？还有什么环境比当时更迫切地要求这些人的出场？欧洲所有诽谤小册子都瞄准这个问题，向它发起攻击，企图把这类机构变成一个令人憎恶的怪物，却绝口不提其他国家也有不少这类机构。从原则上看，这类措施有存在的必要性，但细究起来肯定都是上不了台面的。然而，皇帝只从宏观角度看待这类机构，严格依照自己不变的准绳去行动，而且只在不得已的时候才动用相关手段。我在参政院的时候经常听说，皇帝对这类事往往保持着高度的关注，会亲自过问，极力避免这类事导致的任何流弊；他还成立了专门的委员会，派他们去巡查监狱，[266]回来后直接向他汇报情况。我曾担任过巡查员这类职位，我相信下级定有各种违规越权的行为，但我也知道皇帝抱着多大的决心，以遏制这类事情的发生。

皇帝说，他也知道这个行政机构在一定程度上遭人白眼、不受舆论待见，曾想过当着人民的面，把它交给某个品性无懈可击的人来管理，以改善它在公众心中的印象。1810年，他把一个参政议员叫到枫丹白露。①

---

① 这里说的就是后来的帕斯基耶公爵。

此人曾是，或者说差不多曾算是流亡贵族。因为其家庭出身、所受的教育和先前抱有的理念思想，此人的性子比皇帝还要多疑。谈话中，皇帝问他："要是里尔伯爵①现在人在巴黎，而您负责警务治安问题，您会把他抓起来吗？"这个参政员答道："当然会，因为他违背了禁令，其出现还挑战了所有现存法律。"皇帝又问了些问题，都得到了满意的答复，最后说："很好，回巴黎去吧，您是我的巴黎警察局局长了。"②

说到拿破仑政府的信函监察制度，皇帝说，不管坊间是怎么传的，实际上邮局里被查的信只占极少数。即便个别私人信件有被打开和重新封上的痕迹，但大多时候当局并没有读信里的具体内容：如果每封信都要读，这工作就没个头了。当局采取信函监察制，是为了阻止而非发现勾结敌国这种危险事件的发生。即便当局真的读了某些信，也会非常小心地将它们恢复原样，不会留下任何可能被人发现的痕迹。皇帝说，早在路易十四时期，政府就建立了一个政治警察处，以监督法国人和外国的通信往来。从那时开始，波旁家族一直牢牢控制着这个机构。虽然外界都不知道机构人员构成和他们各自担任什么职位，但是这个政治警察处的确是存在的。这个监管部门的人在欧洲各大城市接受过最好的教育，有着明确的私人财产观，非常抵触去检查别人的私人信件。然而，他们依然要去做这些事。一旦某个人的名字上了这个重要部门的监视名

---

① 土伦事件失败后，普罗旺斯伯爵去了维罗纳。威尼斯元老院同意让他以私人身份住在那里。普罗旺斯伯爵接受了这些条件，化名"里尔伯爵"定居维罗纳。波拿巴进入威尼斯后，维罗纳最高行政长官收到威尼斯元老院的命令，让他告知"里尔伯爵"，当局不能再容忍他继续待在神圣的共和国中。请看杰拉德·沃尔特的《普罗旺斯伯爵》（Gérard Walter, *Le comte de Provence*）第224~263页内容。

② 帕斯基耶在他的回忆录第一卷第410~411页中，对拉斯卡斯的这段叙述提出正式抗议。他说："这简直毫无根据，我可以直截了当地揭穿这个谎言……他（拿破仑）不仅没有给我设置任何考验，还一个字都没多说，以免我多想。"

单，²⁶⁷该部门会立刻复制他的纹章和封印；之后，人们会拆读他的信件，再将其原样寄出，信封上没有一丝被动过的痕迹，当事人根本想不到他已被盯上了。考虑到这些事的敏感性，以及它们可能造成的严重后果，邮局总长可谓责任重大，其人选必须格外谨慎、精明、极有洞察力。说到这里，皇帝大大地赞扬了拉瓦莱特一顿。

皇帝说，他完全不支持监察通信这种措施。这么做固然会给外交带来某些好处，但他从不觉得政府为此花这么多钱就是值得的——要知道，该机构每年要花费60万法郎。至于监察公民信件，皇帝认为此举也是弊大于利。他说："通过这个途径被暴露的阴谋事件，其实很少很少。至于信中夹杂的个人观点，这对君主的害处远大于益处。尤其是法国人，依照他们的这种性子，面对国家扩张和全民动员，谁不会心存怨言？某个人在朝见我的时候受了我的气，回家后肯定会在信里把我说成暴君；可也许他昨天还对我大唱赞歌，明天说不定还会为我不顾性命呢。所以说，秘密查信这等侵害他人权利的事，只会让君王变得杯弓蛇影、疑神疑鬼，最后连他最好的朋友都失去了。何况，足以构成心腹大患的敌人一个个都狡猾十足，不可能在信里露马脚。我的一些大臣在这方面也无比谨慎，从不让我在他的信中查到任何不对劲的东西。"①

我在上文说过，皇帝从厄尔巴岛回来后，在杜伊勒里宫②发现了一大堆向他大泼污水的请愿书和诽谤信件。他叫人将它们统统焚毁了。皇帝说："它们简直组成了一本下流脏话大集。我曾想过把其中一部分文字刊登在《总汇通报》上，这么做的确能让某些人名声扫地，可人们绝对

---

① 杜南不无道理地猜想此人就是富歇。请看杜南的《圣赫勒拿岛回忆录》批注版第一卷第310页注释2。

② 1823年版本在此处后面补充了"在布拉卡房里"这几个字。

不会从中吸取教训——人从来都是一个德行！"

另外，警察的确以他的名义干预文学创作和私人生活，可皇帝对此并不知情——因为他没有时间，也没有办法兼顾这些事。[268]他每天要么是通过我们，要么是通过无意中看到的诽谤小册子，才知道哪些人被逮捕了，哪些他根本连名字都没听过的书籍被禁了。

说起在他统治期间被警察查封的书，皇帝说，他在厄尔巴岛期间无事可做，便浏览了其中一部分作品，发现许多时候连自己都无法从书中找出它们被封杀的理由。

皇帝又转而说到了出版自由及限制。他觉得这个问题讨论起来就没完没了，而且没有任何中间路线可走。他说，最大的麻烦不在于理念本身，而在于人们把这个抽象理念付诸实践时的那个环境。皇帝骨子里和大家一样，也渴望一个不受限制的自由。

后来我在谈话中发现，他在每个重大问题上都秉承了这个观点和论据。实际上，拿破仑堪称自由理念的典范、军旗和巨擘，相信后人也会如此认为。自由理念已经深入他的心灵、理念和思想。有时他的一些行为看似偏离了自由理念，但那是因为他受形势所迫，不得已而为之。下面这件事就充分证明了我的上述观点。如今我再看此事，比从前有了更深的体会。

有一天晚上，在杜伊勒里宫的一个聚会中，皇帝和三四个宫廷人士在一旁单独聊天（这种事经常发生）。说到一个重大的政治问题时，他用这句值得深思的话结束了交谈："我其实也从内心极其盼望建立一个稳定温和的政府。"一个参与聊天的人听了这话，面有惊色。皇帝问："您不相信吗？为什么？是因为我的实际行动不符合这番言论？可是朋友，您真是有些不谙世事啊！在您眼里，这世上就不存在迫不得已的事？一旦我松掉驾驭的缰绳，您就会看到这世间会乱成什么样，说不定后天你我都别想在杜伊勒里宫睡觉了。"

皇帝首次骑马出游—内阁欺人太甚—我们的愤怒和抗议—皇帝的话—粗鲁的回复

12月20—23日，星期三至星期六

²⁶⁹晚饭后，皇帝上马。我们沿着东印度公司农场那条路骑马而下，在花园里碰到了一个农民①，后者提出随我们前行。我们和他一道跑遍了这块土地，皇帝就农场各方面的事向他提了许多问题。皇帝跟我说，当初他在凡尔赛附近打猎的时候也是如此，通常会向农民寻问他对参政院的意见，之后他再把这些意见转述给参政院。我们沿着山谷往朗伍德外围走去，直到没有路才停了下来，然后往回走。我们穿越了山谷，登上了兵营所在的高地，往西尼奥山前进，从哨岗大门出去，翻过山顶，最后到了连接朗伍德和贝特朗夫人住处的那条路。皇帝一开始想去拜访夫人，可走到一半又改变主意，于是我们回了朗伍德。

英国内阁在圣赫勒拿岛上发布的针对皇帝的指令，其内容实在是欺人太甚。英方生硬粗鲁地执行指令内容，完全践踏了欧洲各国的法律。按照规定，皇帝吃饭时，餐桌上得一直坐着一个英国军官。他们就是为了剥夺我们聚在一起的温馨时光，所以才会采取这等野蛮的行径。此事后来不了了之，是因为如果英方真这么做，皇帝从此就只在自己房间吃饭了。我不无道理地猜想，皇帝也许后悔自己当初在诺森伯兰号上怎么没这么做。

皇帝骑马时，身边得随时跟着一个英国军官。这个碍眼家伙的存

---

① 此人名叫托马斯·布里姆。（请参考阿尔诺·夏普林的《圣赫勒拿岛名人录》第56页）

在，完全剥夺了皇帝在艰苦环境中偶尔放松的乐趣。不过幸好他们最后做出让步，只在某些限定范围里采取这个做法，[270]因为皇帝说了：他们若真这么做，他就再不骑马。

我们的处境已是凄凉至极，可每天仍有各种事情冒出来，一再挑战我们的神经，反复抠开我们的伤口。想到漫长的余生都会如此辛苦度过，我们更感痛苦。

自然而然，我们心中积愤不平，在什么事情上都表现得非常敏感。别人对我们干的许多事，看上去也都充满嘲讽的意味。例如，每个晚上，从皇帝卧室窗前到我们的大门口都布满哨兵，他们说这是为了保护我们的安全。他们不让我们和当地人自由交流，让我们过着闭门隐居的日子，还说这是为了保护皇帝不受外界骚扰。他们的指令和通行口令一日三变，我们对此又是恼火，又感茫然，总觉得自己一不留神就会遭到意外的羞辱。皇帝对这类事情憎恶至极，决定让蒙托隆给上将写封信。他在信中言辞激烈，说了这些值得留意的话："希望上将不要幻想我会在这些事情上和他展开任何口头商谈。要是他明天过来，虽然我心里会十分反感，但是依然会如往常一样，笑着跟他说些无关紧要的小事。这么做不是因为我为人虚伪，而是我吃过这样的亏。我还记得惠特沃斯勋爵，他在欧洲到处宣传和我的一次长谈，可满嘴没有半句真话。不过这也是我的错，我从中学到了谨慎从事这个教训。有过长期治国经验的一个皇帝，不可能不知道这么一个道理：他绝不能相信某人会严守秘密，让此人有机会跳出来说'皇帝告诉过我什么什么'这种话，因为皇帝没办法站出来予以承认或否认。要驳斥别人的话，那必须拿出其他证据。所以他必须找个人来做证，由他理直气壮地去反驳讲述人，指出对方在撒谎，皇帝不是这么说的，对方若想辩个清楚，他可随时奉陪。这些，都是皇帝不能做的。"

蒙托隆这封信语气非常激烈，对方的回复也是唐突无礼：我们不知道圣赫勒拿岛上有什么皇帝；[271]英国政府行事公正温和，定能得到后人的敬仰。除了这个回复，对方还让奥米拉口头传达了一些令人愤慨的话。例如，他们问，皇帝是否愿意看看上将手头一些写给皇帝的匿名攻击信，里面的话那才叫不好听呢。还有其他种种冒犯之词，不一而足。

收到这份回答时，我正跟皇帝在一起工作。听闻此话，我再难掩饰自己的震惊和愤怒。然而，我们也只能克制心中的愤怒，泰然处之。不过老实说，我们的要求也不可能得到满足。如果给摄政王储直接写信抱怨，只会让王储更加开心，让他对伤害到我们的这种行为予以嘉奖。放眼尘世，皇帝还能向谁控诉不平呢？除了上帝、各国人民和后人，还有谁能替他做出审判呢？

23日，从好望角出发的多里斯号护卫舰抵达圣赫勒拿岛，把人们为皇帝采购的7匹马带了过来。①

皇帝不屑于争取民望—他的理由和论据—我的妻子—古尔戈将军的母亲和姐姐

12月24日，星期日

皇帝读了一些对他百般赞誉的文章，对文中的错误惊呼连连："我怎么可能说这种话呢？这对我来说过于软绵、过于温柔了；大家都知道，我不是这种人。"我说："陛下，作者的初衷是好的，这书本身也没错，

---

① 这艘护卫舰是22日到达的，马匹在第二天被送到了朗伍德。蒙托隆在《拿破仑皇帝被囚记》第一卷第200页中写道："古尔戈将军收到命令，除非它们是精挑细选的良驹，否则不要放进马厩里。"他还补充说："这些都是好马。"

说不定能在外界取得良好的效果。您似乎对好名声不屑一顾，但它能对舆论发挥巨大作用，至少能略微洗刷掉有人在欧洲各族人民面前泼给陛下的污水。您和亨利四世一样善良。我了解您，却不了解亨利四世。可那又如何？他的美名已是家喻户晓，他已成了一个偶像。我还觉得亨利四世有点儿招摇撞骗的嫌疑呢。[272]为什么陛下不屑于去赢得美名呢？您甚至还对这类东西避之唯恐不及。说到底，统治世界靠的不就是骗术吗？只要它是无害的就行了！"

皇帝听了我这番唠唠叨叨，笑了起来。他问："朋友，何为民心？何为温厚？要论受民爱戴、纯良温厚，谁比得上不幸的路易十六呢？可结果怎样？他还是死了！君王应当不失威严地服务人民，而不是满脑子想着如何取悦人民。笼络民心的好办法，就是为他们创造福利。迎合民众是最危险的事：要是民众没有得到他想要的一切，他们就会恼羞成怒，觉得君王食言而肥；如果这时他们遭到抵抗，就会愈加仇恨，觉得自己被骗了。君王的第一义务，当然是实现人民的希望。但人民希望的和他们所说的从来不是一回事，民众的意愿和渴求不是体现在嘴上，而是体现在君王的心里。

"所有治国方法肯定都是可行的，怀柔治国如此，从严治国也是如此。每个方法都有各自的长处和弊端，这世上的一切是相互平衡的。如果您问我，我做事说话如此严厉肃然，这能给我带来什么好处呢？我的回答是：'能让我免去用惩罚去威慑他人。'说到底，我做了什么坏事呢？我让哪些人流了鲜血呢？换作别人站在我的位置上，谁敢吹嘘他能做得比我更好？历史上有没有哪段时期，情况和我所处的困境相似，且最后没有走向流血的惨痛结局？人们责备我什么呢？我的政府档案和官方文件都在他们手中，那为什么不把它们披露出来呢？所有坐到我这个位置上的君王，在充满党争、动乱、阴谋的环境中，哪个没有披上杀戮的血衣？可您看看，法国在我手上是不是变得安宁了许多？"他笑着继续说，"您这人有时天真善良得跟个孩子似的，听了这话是不是被震惊到了？"

我只能赞同他的观点，但也坚持所有治国方法都有各自长处的想法。我承认："每个人肯定可以通过后天训练习得个性，但他也应当在自然赋予的秉性上打好底子，[273]否则有可能丧失先天禀赋带来的优势，也得不到他想通过后天习得的个性带来的长处。归根结底，个性决定了每个人会经历怎样的一生，也通过这一生得到了真实诊断。所以，我有什么资格去怨天尤人、抱怨自己生逢不幸呢？我靠自己的努力，从苦难中崛起，得到了还算不错的生活；我从伦敦的马路上站起来，有幸侍奉君侧，进了参政院。我无须为这一切感到脸红，我在任何人面前，都无须为自己说过的话、写过的书、做过的事感到良心不安。这一切，不都是通过点点滴滴获得的吗？要是我是另一种性格，我能做得比现在的我更好吗？"

我们聊到这里，谈话被人打断。仆人进来通报，上将带着从多里斯号船下来的夫人们前来拜访，希望能有幸得到皇帝的接见。皇帝冰冷地回答说，他不想见任何人，希望他们别来扰他清净。[①]

我们的关系已糟糕至极，上将还故意摆出彬彬有礼的样子，这简直是对我们的另一种侮辱。那些跟他前来的人若要拜访我们，事先必须

[①] 文中这些夫人是不久前在印度去世的伯尔顿上将的妹妹和母亲。（请看后文276～277页的内容，以及《古尔戈日记》第一卷第88页，其中他还把对方名字写成了"布拉顿"）科伯恩上将把皇太后和保琳公主的信也一道捎了过来，这些信花了4个月时间才抵达圣赫勒拿岛。（请看蒙托隆的《拿破仑皇帝被囚记》第一卷第200页）

经过上将的允许，皇帝当然不愿意上将拿见到皇帝的这等荣幸做人情。如果他遭到囚禁，那英方就应该将此事明确告知拜访者；如果不是，他就有权接触任何他愿意接触的人，无须外人插手干预。他们最不应该做的，就是一边在欧洲吹嘘自己对拿破仑优待有加、敬如上宾，一边又对他做出种种失礼、冒犯的行为。

下午五点，皇帝离开房间，去花园散步。第53团上校找到皇帝，请求他在第二天接见自己的手下军官。皇帝答应了他的请求，把此次接见的时间安排在了下午三点。

之后，花园里只剩我们两人。皇帝继续散步，在一个花坛前停了下来，凝神看着里面的一朵花，问我它是不是百合。这朵花开得极美……

晚饭后，我们像往常一样下起了翻转棋，不过皇帝开始对它生腻了。

他突然问我："您觉得此时此刻拉斯卡斯夫人会在哪儿呢？"

我回答："唉，陛下，只有上帝才知道！"

他继续说："她在巴黎。今天是星期二晚上九点，她在歌剧院。"

"不，陛下，她是一个非常规矩的女人。我人在这里，她是不会去看戏剧的。"

皇帝笑着说："丈夫都是这样，永远这么盲目且轻信！"

之后他把话题转到古尔戈将军身上，甚至拿对方的母亲和姐姐开玩笑。①古尔戈非常难过，眼睛都红了。皇帝从边上看到他这副样子，语气立刻就软了下来："我竟这样随便触碰别人心中最柔软的地方，这不是蛮

---

① 古尔戈将军对他的母亲和姐姐有着非常深厚的感情，她们对他也是如此。他为了防止她们为他担心，在信中把圣赫勒拿岛描述成一个宜居之地，说那里有好多个长满橘子树和柠檬树的果园，说那里四季如春，完全是小说里才有的一个地方。可后来，英国内阁竟厚颜无耻地把他出于孝心才说的这些谎言搬出来，企图反驳他的证词。——辑录者注

横的恶人才干的事吗？"①

稍后皇帝问我有几个孩子，还问我是什么时候、怎么认识拉斯卡斯夫人的。我老实回答说，拉斯卡斯夫人和我是青梅竹马，婚姻就是个纽带，把孩童时候就已互生情愫的我们连为一体，不过我们也一同经历了大革命中的许多事。

皇帝在战场上经常受伤—哥萨克骑兵—《被拯救的耶路撒冷》
12月25日，星期一

皇帝昨日就不太舒服，今天仍觉得身体不适，料到自己不能如约接见第53团众军官了。大约中午时候，他把我叫了过去，我们重读了对意之战的几个篇章。我把阿尔科战役这一章拿来与《伊利亚特》中的一段相提并论。

晚饭前不久，众人来到皇帝房中，聚在他身边。²⁷⁵仆人过来传话，说晚餐已经备好，皇帝就让我们退下。我是最后一个离开的，他把我叫住，说："留下来吧，我们一起吃晚饭；我俩都是老头子，放年轻人走吧，我俩相互做伴。"然后他想穿衣，说打算晚饭后去客厅坐坐。

穿衣洗漱的时候，他的手摸过左大腿，那里有一个清晰可见的凹痕。他把手指伸进去，叫我看看这处伤口。见我不知道它是怎么来的，皇帝就告诉我，这是他在土伦包围战期间被刺刀刺中造成的。给他穿衣的马尔尚大胆插嘴说：诺森伯兰号上的人都知道这件事；一个船员在他

---

① 当时，拿破仑的态度很是不恭。他跟古尔戈说："您简直疯狂地爱着您的母亲，您觉得我就不爱我的母亲吗？但要理性地爱她，因为每个人都寿命有限。她多大年纪了？"古尔戈答道："67岁了，陛下。"于是，拿破仑说："那您肯定再见不到她了，您还没能回到法国，她人就没了。"古尔戈听了主上的这番话，在当天的日记中只写了一句话："我哭了。"（请看《古尔戈日记》第一卷第87页）

们刚登船的时候曾跟他说，第一个让我们皇帝受伤的是个英国人。①

提到这个话题后，皇帝说，许多人都惊叹和羡慕他在大小无数场战役中难得的好运气。他继续说："但他们错了，我只不过从来不说自己经历的一切危险而已。"他在土伦战役中死了三匹战马；在意大利的许多战役中，其坐骑更是不知道死伤了多少；在阿克之战中，他的三四匹战马都死在战场上。他多次受伤：在雷根斯堡战役中，他的脚后跟中了一弹；我忘了是在埃斯林还是瓦格拉姆，他被火枪击中，靴子全被炸碎了，左边小腿的长筒袜被炸得稀烂，腿上皮肤更是惨不忍睹；1814年，在奥布河边的阿尔西附近，他的战马牺牲，他的帽子都被打飞了；布里埃纳战役后，他当晚返回司令部，一路陷入忧伤的沉思中，却在路上意外遇到了从大军后面杀过来的哥萨克骑兵，他空手击退一个骑兵，然后拔出宝剑自卫，杀了好几个哥萨克骑兵。他说："但此事最离奇的地方在于，它发生在一棵树下面，我总觉得这棵树很眼熟。后来我仔细想想，记得自己12岁的时候，总在闲暇时候坐在一棵树下读《被拯救的耶路撒冷》。没错，这就是当初那棵树。"幼时的拿破仑，肯定是在那里第一次生出建功立业的豪情壮志！

²⁷⁶皇帝经常说，他以前征战沙场时，出入危险之境是常有的事，但人们竭力不把这些历险传出去。他对此也一如既往地保持绝对的沉默。他是这么解释的："哪场动荡和混乱不是源于和我有关的一些再小不过的传闻和怀疑？要知道，一个庞大帝国的命运、欧洲整个政坛的走向和未来，这些全都维系在我一人身上！"

说到这里，他又补充了一句：因为保持了对这些事缄口不言的这个

---

① 此事发生于1793年12月17日，法军朝英国驻守的马格拉夫要塞发起进攻的时候。请看1908年1—4月的《历史杂志》（*Revue historique*）第316页内容。

习惯，他从没有想过把战场上的事讲出来；所以到了今天，他几乎把它们都忘光了。他说，只有偶尔在谈话中，他才能想起其中某些事。

我和一个英国人的谈话

12月26日，星期二

皇帝仍觉身体不适。

岛上有个英国人，其妻子昨天随上将登门拜访，被皇帝拒之门外。他今早前来找我，想为见到拿破仑做最后一把努力。这个英国人说得一口流利的法语，整场战争期间都住在法国。当时他们这种人被称为"被扣押者"。这些人以旅人身份居于法国，《亚眠条约》破灭后，他们被第一执政官扣留于法国，以报复英国政府未向我们宣战就扣留我国商船的行为（这是英国政府的一贯伎俩）。此事引发两国政府之间无数场激烈的口水战，导致英法两国在整个战争期间彻底断交。英国内阁拒绝把他们的被捕同胞说成因徒，因为如此一来，就意味着他们得放弃所谓海上掠夺权。然而，他们的固执只导致本国同胞遭到长期囚禁，使得他们被扣留法国长达十年。这些人如特洛伊人一样遭到漫长辛苦的围困，却没得到后者的荣光。

这个英国人是伯顿上将的连襟。[①][277]伯顿上将是印度驻地指挥官，不久前离开人世。由于这层关系，他到达英国后，有机会直接接触到英国内阁。所以上将选定了他，让他把我们的一些事汇报上去。出于这个缘故，我没有拒绝此次谈话，还跟他聊了很久。此次谈话时长两个多小时，考虑到他会把一切转述给上将、英国政府及社交圈，我说话是句句斟酌、字字小心。我说了许多客套话，在话中概述了我们的控诉和

---

① 拉斯卡斯把伯尔顿（Burlton）的名字写成了伯顿（Burton）。

不满，一再强调我们的申诉和痛苦；翻来覆去说的，依然是人们心中最神圣的权利遭到侵犯、我们的一片好意遭到辜负等类似的话，再三抗议当局的狂妄、无礼和对我们无耻至极的侮辱。我着重强调了我们在这里遭遇的种种虐待，以及把我们禁锢于此的那个人的脾气是多么古怪。我说："制服我们算不得他的一件荣事，满足我们才是。他应该对我们礼遇有加，好让我们忘记政治的严酷和不公。他是何等幸运，有机会把自己的名字和那个时代巨子、历史英雄的名字连在一起。他承受得住世人的责骂吗？他能推托说自己是奉命行事吗？再者说了，依照我们欧洲的习俗，考虑到荣誉的重要性，他也应该采取更合适的办法来执行命令。"

这位英国人全神贯注地听着我讲话，有时候表现出浓厚的兴趣，对我的许多观点都表示赞同。但他真心认可我的话吗？他去了伦敦，会不会又换一套说辞呢？

每次有船只离开圣赫勒拿岛，抵达英国，各大报纸就会立刻对朗伍德的囚徒进行各种荒谬不实的报道，导致我们在公众心中的形象愈加可笑。每当我们对此表示愤怒，一些正直高贵的英国人就会跟我们说："你们别误会，说出这等冒犯之词的肯定不是那些拜访过你们的人，它们都出自我们的伦敦内阁之口。毕竟，统治我们的这个行政机关除了采取权力的暴力手段，还会施展各种最卑鄙无耻的下三烂手段呢。"

论流亡集团—英国人的善意—流亡贵族的生活来源
12月27日，星期三

[278]皇帝身体好了些，骑了一小时的马，回来后接见了第53团众军官，对他们无比亲切友善。

众军官离开后，他让我陪他去花园散步，我趁机把昨天和那个英国客人之间的谈话汇报给了他。之后，皇帝就流亡集团、伦敦和英国人提了许多问题。

我跟他说，流亡集团其实并不喜欢英国人，但这并不妨碍个别流亡贵族对部分英国人心生好感；英国人也并不喜欢流亡集团，但也有少数英国家庭接纳了一些法国人。正因如此，双方在情感上看上去才如此自相矛盾。我们实难用言语描述英国人对我们的善举，尤其是该民族的历来代表——中产阶级——向我们表现出的那份善意。对此，我们永远心怀感激。要把我们接受的个人捐赠、组织赈济和其他种种慈善行为一一列举出来，这实在太难太难了。是这些人以一己之力引导政府对我们展开官方援助；而且官方援助机构建立起来后，他们也完全没有中断对我们的私人救助。

皇帝问我，我是否也接受了这些救助。我说，我更喜欢靠自己的劳动谋得生活。何况英国的社会和工业发展到今天这个程度，任何人只要愿意努力，肯定会获得成功。

"但您就从未遇到过什么发财机会吗？"

"我有过两次机会。出生于苏格兰的罗德兹主教科尔伯特非常喜欢我，建议我跟他的哥哥去牙买加发展。他的哥哥是那里的政府首领，还是当地最阔绰的庄园主，他打算让我去帮他哥哥管理财产，并把他朋友的家产一道交由我打理。主教跟我保证，我三年内就能赚一大笔钱。我没能下定决心，[279]因为我宁愿继续过着贫困交加的生活，也不愿远离法国。

"还有一次，有些朋友想把我送去印度，我可以在那边得到任用和保护。他们也跟我保证，我能在很短时间里发笔横财。我也不愿意，因为觉得自己年纪大了，印度又太远了。那还是20年前呢，可我如今来了圣赫勒拿岛。

"说实话，我在流亡早期吃的苦比大部分流亡贵族都要多，不过后来获得的成功也比许多人都要大。我不止一次到了近乎山穷水尽的地步，但我从不曾气馁，甚至不觉贫苦。我找到了保持旷达心态的真正秘诀，因为我会拿自己和身边许多人做比较。那些老者、女人，那些没受教育、没有一技之长、没有学过任何外语、寻不到其他谋生手段的人，他们才更不幸呢。而我呢？我还年轻，还有精力，尚有能力谋点事情来做，我的人生充满希望。只要我有什么不懂的地方，只要别人提出新的要求，我就努力去学；第二天要教什么，我能在头天晚上熬通宵将其弄懂。后来，我冒出写《勒萨日的历史学、系谱学、编年学及地理学图鉴》这个好点子，因此凿开了一个金矿。当时我只有一个大概纲领，但在伦敦，人们对一切都持鼓励态度，什么书都卖得出去。后来，总算是天道酬勤。想当初我在泰晤士河下船，走路进了伦敦城，兜里只剩7路易，在那里人生地不熟，手里也没有什么介绍信。但我离开的时候，怀里揣着2500畿尼①，还交了许多我甘愿为之赴汤蹈火的至交好友。"

皇帝说："假如我是个流亡贵族，那命运将会如何呢？"他想了想，最后觉得还是该从军。他说："不管怎样，我仍会在国外做成一番事业。"我回答："陛下，话不能说得这么肯定，您可能会泯灭在人群中。去了科布伦茨后，在任何法国军队中，人们都会根据您的出身来决定您的军衔，您无论如何也跨越不了这个门槛，因为我们会严格遵守这个规矩。"

²⁸⁰皇帝接下来问，我是何时及如何回国的。

---

① 英国的旧金币，相当于21先令。

"《亚眠条约》签订后，您颁布大赦。当时我为了早点儿回到巴黎，就跟着一户英国人家偷偷坐船回国。①抵达巴黎后，我害怕连累这家人，就自己去警察局自首了。警察局给了我一张证明，我必须每周或每月持证前去报到。我没把这件事放在心上，警察也没有找上门来。我想，我行得正坐得直，有什么可怕的呢？不过有一次，我意识到此事会给我惹来大麻烦。那时正是乔治和皮什格吕事件后风声最紧的时候；我晚上通常会待在家中，和亲朋好友聚在一起，几乎从不出门；可有一次，不知道是鬼使神差还是怎的，大概是我在白天玩得太忘乎所以，快到宵禁时候了，我还在圣日耳曼区晃悠。到了往常我闭着眼睛都知道怎么走的路易十六桥后，我迷路了，不知怎么走到荣军院大街上，根本不知道自己身在何处。当时到处都是哨岗，警卫人数也大大增多。我向一个哨兵问路，结果听见几米外的另一个哨兵问他干吗不把我逮捕了，此人回答我并没干什么坏事。我双腿打颤地跑回家，为自己刚刚经历的危险后怕不已。我的流亡身份、姓氏、习性、思想观念足以引起旁人的怀疑，把我归到不满当局者的行列。警察局找出的一切信息都对我不利，我根本无法自证清白。要是他们翻看我的口袋，那我就更完了，因为里面还装着5畿尼。我回到法国已经两年，这5畿尼是我这番历险留下的最后财产。我把它们时刻带在身边，以提醒自己铭记过去那段艰苦生活。不过，这一切巧合加起来，事情会怎样，我会遇到什么事，我可能怎么也解释不清楚，没有人会相信我的话；我肯定会吃很大一顿苦头，哪怕自己完全无罪。然而，人间的司法裁决可不是这样的吗？！不过，我之后并没去劳烦警察解决自己的麻烦，[281]但其间也无事发生。

---

① 即克拉弗林夫妇。

"我进入陛下宫廷的时候,和我情况相近的流亡贵族向警察申请结束监视,终结了长达10年的提心吊胆的生活。我则打算用更加自然的方式结束被监视的生活。当时我收到陛下的邀请信,去参加举办于枫丹白露的一次宴会。我兴高采烈地来到警察局,申请通行证。警察局虽然觉得按照规矩我必须拿到通行证,但是拒绝予以发放。他们说,若发给我通行证,政府部门颜面何存。再后来,我成了陛下侍从。我又私下里拜访了警察局;这一次,他们直接给我免除了未来的所有手续。

"1815年陛下回来后,我想为先前和国王一道回国的流亡贵族帮点儿忙,于是去警察局替他们说话。我身为参政院议员,可翻看所有登记簿。看了朋友的文件后,我突发奇想,想看看我的资料,上面说,我在伦敦时是阿图瓦伯爵的一个大马屁精。我不由得想,时间的隔阂、骚乱的怪象会造成多少不可思议的事发生啊!我的资料根本就是错的;的确,我当初去过阿图瓦伯爵家,但顶多一两个月才去拜访一次。大马屁精?哪怕有心,我也根本不可能成为这种人。我每天都在为生计奔波,并为自己能自力更生而倍感骄傲,时间对我来说宝贵得很,我根本没时间去拍马屁。"

皇帝兴致勃勃地听我回忆往昔,我也非常乐于跟他讲述这一切。

今天,多里斯号扬帆朝欧洲驶去。

12月28日,星期四

荆棘阁屋主一家今天前来,想拜访皇帝;但皇帝身体又不舒服了,不能见客。他的健康每况愈下,这个地方明显不适合他居住。下午三点,他把我叫了过去;当时他发着低烧,觉得自己精神了些。他跟我讲了家务杂事的安排事宜,这没少让他烦心。之后,他洗漱穿衣,想出去散散步。我请他加一件法兰绒背心。[282]在这个天气潮湿、气候多变的地方，他先前就不该把背心脱下来。

我们在花园里散步，继续聊刚才的话题。皇帝随便走着，来到花园边上一排橡树下面，边走边聊我们当前的处境、和英方当局的关系，以及对欧洲政事做的一些思考。此时天空突降大雨，我们只好躲在一棵树下避雨。大元帅和蒙托隆也来了，跟我们待在一起。皇帝让我陪他一起回去。回去以后，他在客厅里和蒙托隆夫人玩起了皮克牌。空气异常潮湿，皇帝想点火。火刚点着，我们就被烟雾熏得够呛，只好逃到皇帝房间，在那里继续打牌。皇帝把牌拿在手里，一边打牌一边聊天。慢慢地，他牌都忘了出，聊天内容也越来越有意思，跟我们说起他家里的一些趣闻逸事。蒙托隆夫人和我把我们先前听说的一些传闻告诉给了他，再从他那里得到证实、修正或破除。今晚完全就是一次私谈，大家聊得开心极了。听到仆人提醒皇帝就寝时间到了的时候，我们都觉得意犹未尽。

艰难远足—我们第一次探索山谷—凶险万分的沼泽—幡然醒悟的英国人—解毒的毒药

12月29日，星期五

在我们被囚之地的一处地方，人们可远远望见大海，偶尔还能看到海上船只点点。那里有一棵树，我们可在树下一边乘凉一边观海。这些天，我养成了在那里打发空闲时光的习惯。我安慰自己，我是想看到宣告我们流放生涯得以终止的那艘船的到来。大名鼎鼎的穆尼赫在西伯利亚待了整整20年，每天都盼着能回圣彼得堡，最后终于盼到这一刻。我拥有他那般勇气，却不希望如他那般耐心、等那么久。

这几天，不断有船只进港。[283]一大清早，我们看到3艘船驶过来，其中2艘还是军舰。回来的路上，人们告诉我皇帝起床了。我去花园找到他，把自己的所见所闻告诉了他。他吃过早饭，让我骑马跟他走一趟。我们沿着那排橡树走到朗伍德外面，万般艰难地往下走，进了一片异常幽深陡峭的山谷中。路上全是沙石，道路非常滑，遍地都是荆棘。我们只能拉着马硬往下走。皇帝让古尔戈将军带上马队，和跟着我们的两个马夫走另一条路。他则坚持原路，在这条险路上继续跋涉。我搀扶着他，在一座座隘谷中爬上爬下。他开始怀念年轻时候身轻如燕的体格，抱怨我居然比他敏捷，觉得我们的身体差异比年龄差异还要大。我说，我恢复年轻，是为了能服侍他。赶路途中，他说，谁若在此刻看到我们的样子，肯定会觉得法国人生性焦躁、缺乏耐心。"实际上，"他说，"只有法国人才会想着去做我们此刻正在做的这种事。"最后，我们终于气喘吁吁地抵达了山谷底部。我们先前还以为谷底有一条路，走近一看，那不过是一条一尺半宽的小溪而已。我们一边等马匹到来，一边试图跨过溪流，然而溪流边上险象环生。它看上去是一块能支撑我们的干地，可一站上去，我们就像站上一块一下子碎掉的玻璃一样，身体迅速陷了下去，差点儿被大地吞噬。我想挣扎出来，可软泥淹没至我的膝盖，皇帝的小腿也陷进泥中。我转过身，帮着他使劲，他双手着地，努力往外爬。我们费了很大劲才回到坚实的地面上，浑身上下全是污泥。我忍不住喊出声来："这不就是阿尔科的沼泽嘛！阿尔科的沼泽！"我们几天前刚刚写到这个部分。拿破仑勉强站着，看着自己的一身衣服，念叨着："朋友，这次冒险真是晦气啊。"[284]之后，他又说，"要是我们在这里失踪，欧洲人会怎么说？那些伪君子肯定会说我们是罪有应得。"

马队总算到了，我们继续走路，越过篱笆，穿过障碍，经过一番艰险的跋涉，最后终于登上横在朗伍德和蒂亚娜峰之间的山谷。我们走贝特朗夫人家边上那条路回去，回去时已经下午三点了。有人过来告诉我们，今早那些船，其中两艘是英国的双桅横帆船和运输船，另一艘是美国人的船。

七点，皇帝把我叫过去。他当时和大元帅待在一起，后者正在给他念10月9日到16日的报纸新闻。新闻还没被念完，已到晚上九点。皇帝惊讶时辰已晚，一下子站了起来，气恼没人前来宣告晚餐；他径直走向餐桌，抱怨下人竟让他等饭。他们结结巴巴地给了一个非常蹩脚的理由。皇帝对仆人此等失礼之举倍感不快，但让他更感恼火的是，自己竟把这不快表现在了脸上。于是晚饭时，他一直脸色阴沉，一言不发。①

回到客厅用甜点的时候，皇帝打破沉默，谈起了报纸上的一些新闻，例如谈和条件、拱手交给外国人的要塞、各大城市的骚乱等。他如同一国之主一样评论时事，之后早早地回到房中。很明显，他心里仍对晚饭前的那件事有所芥蒂。

没过多久，他把我叫过去，想再读读报纸。我拿起报纸读起来，但他立刻想到我眼睛不好，把我叫停。我坚称自己眼睛没问题，说我看得很快，用不了多久就读完了。但他一边亲自把报纸收了起来，一边说："你的身体会扛不住的，我不准你这么做。明天再说。"他开始踱步，

---

① 那天晚上，贝特朗夫人很晚才到。古尔戈在日记第一卷第89页中记载：皇帝当时火冒三丈，当着所有人的面说："我可不是为了等人才来到这世上的。"第二天，拿破仑余怒未消，跟古尔戈说："他们（贝特朗夫妇）在厄尔巴岛也做过类似的事，他们只想着自己，却忘了对我的义务，把我这里当成了旅店，想吃饭了就过来，不想就不过来（前天晚上，贝特朗夫人受邀去了科伯恩家中参加晚宴，没有过来）。"回到自己房间后，古尔戈发现贝特朗正在等他。古尔戈说："他尖刻地向我抱怨皇帝对他和他妻子的行为，声称他很久以前就知道陛下是个自私的人。"（《古尔戈日记》第一卷第90页）

很快就对先前的事释怀了。他那抱怨诉苦的样子是多么可爱啊！那一刻，他看上去格外有人情味儿。其实他的发泄之词本来也说得没错！这于我是格外难得的宝贵时刻，让我在不经意中看到了他内心最深处的样子。离开房间后，我一直感慨着一句我在其他时候经常说的话："上帝啊，世人对皇帝是多么不了解啊！"

²⁸⁵不过，这里的人已经对他大有改观。许多英国人一直被错误报道洗脑，固执地抱着偏见去看他，这其实也情有可原。如今对他的为人产生更公正的看法后，他们发现拿破仑和那个被政治阴谋和谎言勾勒成怪物的波拿巴完全是两个人，于是慢慢醒悟过来。所有见过他、接触过他的人都是这么说的。哪怕和我们发生争执时，上将也不止一次地说，皇帝的确是最纯朴、最理性、最公正、最随和的那个人。他这话完全没错。

还有一次，一个和我们频频接触的、正直的英国人找到拿破仑，抱着一颗无比谦卑的心，像做临终忏悔似的向拿破仑坦白自己的错误，说他曾打心底相信和拿破仑有关的所有诽谤之词（说他心胸狭窄、杀戮重重、暴躁蛮横，甚至还说他外表畸形，长相无比丑陋），如今想来只觉羞愧不已。但他老实地补充了一句："可说到底，我又怎能不信呢？我们读到的所有书都是这么写的，我们身边所有人都是这么说的，而且我们听不到任何反驳的声音。"拿破仑笑着说："算啦！不过，我还得感谢你们内阁对我如此殷勤关照呢。他们为了对付我，把欧洲淹没在无数诽谤文章和小册子中。也许他们会搬出借口，说自己不过是对法国一报还一报罢了。不过老实说，我们中那些在自己祖国的废墟上又唱又跳的人，他们也没错过任何机会，在那里蹿上跳下地证明你们内阁所言不虚。

"不管怎样，我在位的时候，常有人来烦扰我，想让我站出来反击这些流言。我一直都没答应。争辩有什么用呢？旁人可以说我是在雇人替自己说话，这只会让我更加名声扫地。我经常说，一份新的捷报、一座新的纪念碑，才是真正的、最有力的反驳。谎言总会过去，唯有真相长存。智者和后人只会通过事实做出判断。这一天不是快来了吗？乌云已经散去，阳光穿透出来，我已见到了日光。过不了多久，[286]欧洲上下会争着还我公道的。接替我的那些人不是拿到了我的政府档案、警察局资料、法庭文书吗？他们不是找到了我的罪恶暴行的同谋和实施者吗？那好啊！他们怎么不把这些披露出来，将其公告天下呢？

"所以，第一代人之后，有思想、会判断的智者会重新站在我这一边，只有或蠢或坏的人才会继续反对我。我什么都不用做，只需保持泰然的心境就行了。跳梁小丑的诡辩、敌人不怀好意的文字攻击，只会让我那些有凭有据、满页写着荣光的史料为世人所知。所以他们耗费巨资，请人写那么多讽刺文章来抹黑我，这又有什么用呢？很快，它们全都会化为烟云；可我的不朽作品、我创立的机构制度，会得到后人的代代传颂。

"何况，今天他们已不能再用老一套的办法来对付我了。我个人已对诬蔑之词的毒液免疫，它们再也伤害不到我了。于我而言，它们完全成了解毒的毒药。"

皇帝犁地—寡妇的最后财产—和上将会面—新的安排—波兰人皮翁科维斯基

12月30日，星期六

还没到八点，皇帝就把我叫过去。他洗漱期间，我替他把昨日开了个头的报纸读完。洗漱穿戴好后，他离开房间，去马厩要来他的马。

在下人忙着准备随行人员马匹的当口，皇帝和我单独出去了。我们随便乱走，来到一处农田前，田里有人正在耕种。皇帝下了马，让我牵着马匹，然后从目瞪口呆的耕田人手中拿过犁具，亲手犁出好长一条沟。这一切发生得极快，之后他松开犁具，让我给那个人一枚拿破仑币①，然后重新上马，继续漫无目的地走着。随后其他人②陆续赶上了他。

²⁸⁷回来路上，皇帝说他想在花园里的一棵树下吃早餐，要我们都留下来。他一边骑马一边说，他给我们准备了一份小礼物，礼物虽然很轻，但能解决当下的燃眉之急。他还补充说，这于他而言已算得上是寡妇的最后财产了。这个礼物，就是他为我们每人定下来的月俸。当初我们背着英国人私藏了很小一笔钱③，它就是拿破仑在这里的唯一财产，而我们的月俸就从这里面出。大家都知道这笔钱是多么珍贵。我和他单独相处后，立刻向他表达了自己的想法，坚决不接受他的好意。他大笑起来，见我仍在坚持，就扯着我的耳朵说："好吧！如果您用不到这笔钱，就替我保存起来。等我要用钱的时候，也知道去哪儿找钱。"

早餐后，皇帝回到房里。我跟在他身后，打算把昨天的新闻读完。我念了一会儿后，蒙托隆请求接见。他先前跟上将谈了很久，后者迫切希望见到皇帝。皇帝示意我停止翻译，在房间里踱来踱去（这是他犹豫时候的习惯动作），然后拿起帽子，来到客厅，在那里接见上将。我为此倍感欣喜，因为这意味着我们之间的敌对状态结束了。我敢肯定，皇帝只需两分钟的时间，就能解决我们其他人花两天都解决不了的麻烦。很快我就知道，他凭借自己的逻辑、口才和友善的态度，达成了想要的

---

① 这句话最后，从"这一切"到"一枚拿破仑币"在1823年版中没有出现。
② 1823年版本此处是"古尔戈将军和马夫"。
③ "背着英国人私藏"的这笔钱可不是"很小一笔钱"。请参阅上文。

结果。有人告诉我，上将高高兴兴地离开了；皇帝看起来也非常满意，他不仅不恨上将，还有些偏袒对方。他跟上将说："您是一个非常聪明的海上能手，但您完全不了解我们的处境。我们没向您提任何要求；哪怕我们生活艰难，缺衣少物，也能自己想办法活下去。但我们的尊严是无价的，不容遭到任何践踏。"上将推托说他也是奉命行事。皇帝反驳道："难道我们不知道命令和执行之间有多大的操作空间？何况发令者远在天边，[288]除非有人死盯着命令的执行情况，否则谁会多说什么呢？而且只要发生一丁点儿纠纷或麻烦，一旦舆论有个风吹草动，内阁大臣就会立刻否认他们发放的指令，或者强烈谴责下面的人没有良好地理解他们的意图。这事儿谁不知道呢？"

上将态度很好，皇帝对他很是满意。我们之间的摩擦得到缓解，大家把所有事都谈妥了。他们还达成一致，皇帝从此可以去岛上任何地方；指令规定要有军官贴身监视他，但以后他们远远地监视即可，以免惹得皇帝心烦；前来拜访皇帝的访客，从此也不用经过朗伍德的监视人——上将的允许，只要大元帅同意即可，后者会负责接待工作。

今天，我们这块巴掌大的殖民地上多了一个波兰人——皮翁科维斯基上尉。他曾是我们随行队伍中的一员，后被留在了普利茅斯。他对皇帝的忠诚深深征服了英国人，于是他们准许他前来圣赫勒拿岛与皇帝会合。

副总督斯凯尔顿
12月31日，星期日

副总督斯凯尔顿上校夫妇先前一直对我们关怀有加，今天前来向皇帝表示敬意。皇帝和他们聊了一个小时，由我充当翻译。之后，他请我告诉斯凯尔顿上校，他邀请上校随自己一道骑马散步，上校欣然应允。我们走过大道，骑马跑遍了蒂亚娜峰和朗伍德之间的山谷。上校异常惊讶，因为他都不知道还有这条路。他觉得此行异常辛苦，走到一些地方时，直截了当地说那里是何其危险。皇帝留他们夫妇二人吃了晚饭，待他们很是亲切。

新年—猎枪—总督威尔克斯一家
1816年1月1—3日，星期一至星期三

[289]新年第一天，我们早上十点齐聚一堂，向皇帝表达新年祝福。过了些时候，他接见了我们，我们向他恭贺新年。皇帝希望和大家一起吃早饭，要所有人在这一天里像家人一样聚在一起。他说："在这个世界的尽头，你们这一小撮人要互亲互爱，才能从彼此那里获得慰藉。"我们所有人陪他来到花园，仆人准备早饭期间，他就在那里散步。这时，人们把他的猎枪送了过来。这批猎枪先前一直被扣在上将手中，如今上将把它们物归原主，以表示他的真诚态度。不过，这些猎枪勾不起皇帝任何兴趣。由于地形原因，再加上这里没有猎物可捕，皇帝根本没想过能有打猎这类娱乐活动。我们在花园的橡树上只看到几只斑鸠，古尔戈将军和我儿子开了几枪，它们纷纷逃散，我们只好悻悻地收兵。

上将虽然抱着最真诚的意愿和善意，但是他表面仍得装出一直把我们盯得很紧的样子，导致其行为反复无常，反而毁了他的一番好意。除了皇帝，我们也有两三支枪。我们的确拿到了枪，但有一个条件：每天晚上我们必须把枪支归还到看守军官的帐篷中。人们应该不难猜到，因为这个约束条件，我们婉言谢绝了这番好意。何况我们每次必须好说歹说，才能拿到猎枪。说到底，这件事也没什么重要的，不过是两三支猎

枪罢了。这些猎枪的主人，不过是一群隔绝人世、被哨兵团团围住、被整个军营死死看守的可怜人罢了！我提到这件微不足道的小事，[290]是因为它很有代表性，读者可从中清楚看出我们真实的处境和生活模式。

3日，我去贝特朗夫人家中吃早餐，然后和她一起去总督家里参加晚宴。从她的住处到总督府邸"种植庄园"有一个半小时的路程，我们必须套着六头牛才能上路。如果套马，那会很危险。我们得穿过或绕过五六个山谷，山谷中到处都是百尺之深的悬崖绝壁。在急速下坡的地方，车夫得卸去四头牛，爬坡的时候再把它们拴在车前。走了四分之三的路程后，我们停了下来，拜访了一位83岁高龄的好心夫人，因为她一直在无微不至地照顾着贝特朗夫人的几个孩子。这位夫人的住宅布置得非常舒服，她有16年都没出过家门了，但听闻皇帝到来，立刻启程赶往城中。她说，此行差点儿要了她的命，但只要能见到皇帝，她死也无憾，最后她也得偿所愿。

种植庄园坐落在岛上位置最好、风景最宜人的地方。从那里的城堡、花园和附属建筑来看，哪怕是在法国，也只有年收入25～30万里弗的人才住得起这种宅子。这个地方被料理得井井有条，看得出人们花了许多心力去维护它。若一直待在"种植庄园"的围墙里，人们会恍惚觉得自己置身欧洲，根本想不到岛上大部分地区是一片荒芜。住宅主人目前是威尔克斯上校，他是圣赫勒拿岛总督，上将即将接替他的职位。他说话温和，声音悦耳；其妻子待人亲切，令人如沐春风，膝下有个女儿，生得袅袅婷婷、绰约多姿。

总督请了30多个宾客。从规矩、言谈到礼节，这里都是欧式的。我们在那里度过了几个小时；自打我离开法国后，这是我唯一一次感到惬意和放松的时刻。威尔克斯上校待我格外亲厚和殷勤，我们两个作家惺惺相惜，对对方各种恭维。我们互换作品，他极力赞誉勒萨日的书，我也真心称赞了他的著作。[291]威尔克斯为了执行外交任务，曾在印度待了很长时间。他写了一本书，从许多有趣的新角度对这个地方进行解读。这本书文笔不急不缓，很有旷达之态，且内容丰富翔实，风格纯净，着实出彩。此外，从威尔克斯的政治观点来看，他是一个非常冷静的人，会客观、不带成见地判断人事，有着一个睿智独立的英国人当有的健全思想和自由理念。

我们坐上餐桌后，有人告诉我们，皇帝刚刚和上将经过"种植庄园"的大门口。我们听了后大吃一惊。一个宾客（多夫顿·德·桑迪贝）跟我们说，皇帝今天早上还在他家里待了45分钟，让那里蓬荜生辉。

朗伍德的生活—皇帝的骑马线路—我们的林泽仙女—岛屿布防工作—直布罗陀要塞—岛上文化及法律—狂热的水手

1月4—8日，星期四至星期一

我来到皇帝房中，跟他汇报我们昨日进城的见闻。他扯着我的耳朵说："好啊！您昨天竟把我丢到一边，不过我也过得不错。不要觉得我离不开您。"这话听来真是亲切，再加上他的说话口吻，根据我对他的了解，后来我每次想到这件事都倍感温馨。

这几天天朗气清，气候炎热干燥。但温度如往常一样，在五六点的时候骤降好几度。

自从来到朗伍德后，皇帝没再像以前那样讲述回忆录。他在房里读书打发时间，下午三四点的时候洗漱，然后和我们两三人骑马外出。早晨应该是最难熬的，但他的身体状况好多了。我们每次骑马外出，都要去旁边的山谷走一圈（没错，就是我之前说的那片山谷），有时走内侧攀上去，再从大元帅家那条路回来，有时先走后面一条路，然后一路往下跑完山谷。有一两次，我们还走斜路翻越山谷，^{292}穿过另一片看上去差不多的山谷。我们就这样把周围地区摸了个遍，还拜访了那里不多的几户人家，他们一个个都一贫如洗、食不果腹。有时候路没法走了，我们就得下马步行；我们要翻越树篱，爬过随处可见的石墙，但什么都拦不住我们前进的步伐。

过了些日子，我们在日常骑马路线上设了一个定点休息处。这个地方位于山谷中，周围全是荒凉的巨石，可我们意外地邂逅了"一朵美丽的花"：边上的一个矮棚下，每次都探出一张十五六岁的可爱脸庞。第一天，这个少女一身日常打扮，看到我们后吓了一跳；从穿着打扮来看，她应该出身富裕。第二天，我们又遇到了这位姑娘，这次她明显精心打扮了一番，可我们反觉得她变成花圃里一朵普通的鲜花，失去了原野花朵的迷人之处。不过，我们每日还是要在那里停上几分钟，那时她会走上前来，皇帝通过翻译跟她说上两三句话，然后我们重新上路，一路聊着她的美貌。从那时起，她在朗伍德有了一个专属绰号：我们的林泽仙女。[1]

皇帝在私下里有个习惯：他总忍不住给周围东西取个绰号。所以，我们现在经常去的这片山谷被叫作"寂静之谷"，我们的荆棘阁屋主被称为"安菲特律翁"，他的邻居——一个六尺高的少校的绰号是"大力

---

[1] 这位少女便是年轻时的玛丽-安妮·罗宾森。（请看《人名表》）据蒙托隆所说，还是拉斯卡斯在几天前——更准确地说，是在12月19日——让拿破仑注意到了这个女孩儿。为了接近她，他们必须跨过山谷中一条满是泥泞的溪流。拿破仑还差点儿掉进泥潭，费了好大功夫才从中脱身。蒙托隆说，晚餐时候，皇帝还拿自己早晨这个遭遇开玩笑："他告诉我们，只有年轻人为了接近某个漂亮姑娘才会做这种事。我亲爱的拉斯卡斯，要是我没了命，那都是您的错。为什么我鬼迷心窍，要去看您口中的这个'林泽仙女'呢？虽然她是挺漂亮的！"（《拿破仑皇帝被囚记》第一卷第199页）

士"；皇帝心情好的时候会称呼乔治·科伯恩爵士为"上将先生"，心情不好就叫他"鲨鱼"。

医生沃登写了一封如田园诗一般文辞优美的信，里面的女主人公便是我们的"林泽仙女"。他回欧洲之前，把信拿给我看了看，我指出里面的事实错误，说："如果您打算写一则故事，那没问题；但如果您想描绘事实真相，就得通篇全改。"但他明显认为故事更具有吸引力，于是没做任何改动。

有人后来跟我说，拿破仑给我们的"林泽仙女"带来了无数好运。[293]因为他的关系，她开始小有名气，吸引了旅客的好奇心，再加上天生丽质，故而交了好运——后来，她嫁给了一个非常富裕的商人（这人还是东印度公司的一个船长呢）。

我们骑马回来后，被皇帝邀来共进晚餐的宾客已经陆续到来，其中有第53团指挥官、他的手下军官及女眷、上将，以及美丽善良、温文柔顺的霍德森夫人——也就是我们那个"大力士"的妻子。皇帝先前有一天游览荆棘阁山谷，路上拜访过他们家，和他们的孩子非常亲近。

晚宴后，皇帝身边围着一群人，剩下的宾客另外聚成一团。

上将也参加了晚宴。皇帝端着咖啡，就岛屿部署这个问题和上将聊了一会儿。上将说，第66团将前来圣赫勒拿岛，以增强第53步兵团的兵力。皇帝笑话了这个安排，问他难道不觉得当前岛上的军力已经够强了吗。发表一些泛泛的评论后，他说："再来74人，这比派来一个团更管用；一个岛的安全取决于军舰，防御工事只能拖住敌方的进攻而已；如果距离太远、援军不能及时赶到、敌军在兵力上占了优势，那敌军登陆是迟早的事。"

上将问，他认为世界上最牢固难攻的要塞是哪个。皇帝回答，这个问题没法回答，因为要评价一个要塞的实力，一要看要塞本身有什么防御手段，二要看变化多端的外界形势。不过，皇帝提到了斯特拉斯堡、里尔、梅斯、曼图亚、安特卫普、马耳他、直布罗陀这些地方，说它们实力颇强。上将说，以前英国曾猜测他有攻打直布罗陀要塞的意图。皇帝说："我们太清楚这个地方了，把直布罗陀要塞留给你们，反而能给我们带来更大的益处。这个地方对你们没有任何用处，它没有任何防御功能，连只苍蝇都拦不住。英国人为了维护自己的国家自尊，付出巨大代价夺下此地，甚至不惜为此惹怒西班牙民族。我们再笨，也不会去夺下这么个地方。"

6日，我、贝特朗夫人及我的儿子应邀去荆棘阁参加晚宴。我们的前屋主请了不少人过去。我们很晚才回来，[294]回程不太顺利。由于天黑路难行，我们听了谨慎的贝特朗夫人的意见，下车走了一段路。

7日，皇帝接受了总督秘书和岛上一个议员的拜访。依着他一向的习惯，皇帝向两人提了许多与这块殖民地的文化、繁荣和改良措施等有关的问题。他们回答说，人们曾在1772年采用了一个办法，让当地商铺按原价一半的价格将肉类卖给该岛居民，结果导致一大批人无心工作，农田荒芜。5年后，当局换了个办法，重新引入了竞争机制，该岛才好了许多。如今人们担心的是，我们的到来会不会给该岛欣欣向荣的现状带来致命打击。

圣赫勒拿岛周长七八古里，差不多和巴黎一样大。它遵守英国基本法，但有自己的地方法律。地方法律先由地方议会制定，再被交给英国东印度公司法庭批准。地方议会由总督、两个公民和一个秘书组成，秘书负责登记工作。议会所有人都由东印度公司任命，且该公司可随时换人。议员既是立法者，也是行政官和法官；他们在陪审团的帮助下对民事和刑事案件做出裁判，且判决不可上诉。岛上没有检察官，也没有律师；议会秘书身兼数职，扮演类似于公证官的角色。当时全岛人口有五六千人，其中包括黑人和驻军。

　　这几天的一个下午，我和皇帝两人独自在花园里散步。这时，一个二十二三岁、看上去真诚老实的水手激动万分地向我们跑过来。我们从很远的地方都能看出他脸上急切的表情。他只会说英语，语速飞快地跟我说，他曾两次闯过哨兵，不顾严厉的禁止令，只为近距离看皇帝一眼。他望着皇帝，说如今他总算如愿以偿，死也无憾了；说他会向上天祈祷，祝拿破仑一切顺利；还说这是他最幸福的一天。[295]我把他打发走，留我们俩单独在一起，但他依然躲在树木和篱栏后面，只为了再多看我们一眼。这种情况并不少见，常有水手毫不掩饰地向我们表达善意。尤其是诺森伯兰号上的水手，他们觉得自己和皇帝已经建立了情感纽带，对我们格外关心。暂居荆棘阁期间，我们尚未遭到如后来那般严厉的监禁。水手们常在星期天在我们住处周围晃荡，说他们要来看看自己的船上伙伴（Ship's Mate）。我们离开荆棘阁的那天，我正单独和皇帝待在花园里，这时门口来了一个水手，问我他能否往前走一步，说他没有任何恶意。我问他来自哪个国家、哪个地区，他一边回答，一边画了好几个十字。此人看上去很聪明，也很友善。他站在皇帝前面，望了望天空，然后连比带画地向我们表达他想说什么，那样子看上去有些滑稽，但也很令人动容。然而，他很难把自己心底的敬仰、敬重、祝福和同情恰当地表达出来。他眼中流出大滴大滴的眼泪，跟我说："请告诉这位亲爱的人，我不希望他有任何苦难，我祝他幸幸福福的。我们许多人都是这么想的，他应该活得好好的，长长久久的。"他手里拿着一束从田野里采来的鲜花，看样子，他本想把花献给皇帝。可也许是忘了这事，又或者是他太过拘谨，他踉踉跄跄地后退，仿佛打了一场败仗似的，突然向我们鞠了一躬，然后跑开了。

皇帝想到这两件事，也不由得感慨万千。从这些人的神态、语气、动作来看，他们是多么真诚啊。皇帝当时说："但这纯粹是想象的魔力！是它在人身上起了作用！这些人根本就不了解我，从没见过我，只从别人口中听说过我。可他们为什么如此激动呢？他们为什么站在我这边呢？这种怪事在所有国家、所有年龄、所有性别的人身上都会发生！这不就是狂热的盲信吗？！是的，想象力主宰着这个世界！"

皇帝非常气恼—与上将再次发生争执
1月9日，星期二

[296]我们可随意绕着朗伍德周围散步，但骑马跑完朗伍德，最多只用半个小时。所以，皇帝为了探索更远的地方和打发时间，才想着走一条非常难走、有的地方还无比艰险的路，一直深入山谷谷底。

全岛周长只有30英里长，英方大可把我们的骑马限制范围扩大到离海边1英里距离的地方。这样一来，我们就有15~18英里长的散步区域，甚至还可走不同的路线。他们还可把监控岗哨设在海边和山谷出口处，使监视工作既不太繁重，又不会失去效果；他们甚至可以把皇帝的所有路线标记出来。我们的确被告知，皇帝可在一个英国军官的陪同下随意前往全岛任何地方。但皇帝的想法是，如果他不能独自一人或只在亲信的陪伴下散步，那他绝不出门。上将在和皇帝的上一次会面中善解人意地表示理解，并承诺，既然皇帝不愿受到束缚，他就会告知朗伍德的当值英国上尉，让此人去哨所那边知会一声，为皇帝打开出行的道路；之后即便还要监视，可皇帝在其他地方散步的时候，例如他去某户人家家里做客，或者在某个风景秀丽的地方工作，绝对不会发现任何破坏他美好时光的人的身影。

基于此，皇帝才在今天早晨提议七点骑马外出。他让人替自己准备了一份简单的早餐，打算往桑迪贝家的方向走。那里有一处泉水，他打算在那里享受一下朗伍德少有的清凉绿荫，利用上午的时间，稍稍工作几个小时。

我们的马匹已经备好。在上马之前，我前去告知英国上尉我们出行的计划。令我大吃一惊的是，他宣称自己要和我们同去。[297]他还说，对于自己后面跟着一个非仆人身份的军官这件事，皇帝肯定不会表示异议。我回答，皇帝的确不会表示异议，他只会立刻放弃出行的想法而已。我对军官说："您可以想简单点儿，不要觉得自己被冒犯了，他只是很反感有人在他身边看守着他。"军官一副非常苦恼的样子，说他的处境非常尴尬。我说："完全不是，您只是在执行命令罢了。我们对您一无所求，您也无须为自己辩解什么。所以，把限定界限推到海边，这于您、于我们都有好处。您再不用做一件费力又不讨好的事，还能完成任务，我敢大胆跟您说，您甚至能更好地完成任务。如果你们想看住一个人，就该守在他的房间门口或围墙大门那里，而不是守在里门，这完全是在做无用功。皇帝在隘谷探险的时候，您每天都看不到他的影子，只在他回来后才知道他人在哪里。那何不干脆做个顺水人情，把限制区域一直延伸到离海岸1英里距离的地方；这么一来，您只需从峰顶哨岗那里得到信号，就可随时追踪到他的位置。"

不管我怎么说，这个军官只翻来覆去地唠叨一句话：他不求皇帝看他、跟他说话，他要跟我们一起出去，我们就当他不存在好了。他不能理解，实际上也没想理解一件事：单单他的出现，就足以让皇帝难受了。我跟他说，每个人都有不同的心理承受范围，它不能用同一个尺度来衡量。他似乎觉得这些都是我们自己揣测皇帝想法后得出的结论，并认为只要我把他给出的理由向皇帝说清楚，皇帝自会理解。他甚至恨不得亲自给皇帝写信解释。我肯定地跟他说，从私交层面上来看，他跟皇帝说的话绝对没有我的多，故最好由我来转达他的话；我会把我们的谈话一字不漏地告诉皇帝。没过多久，我回到上尉那里，向他宣布我先前就料到的结果：皇帝当即决定放弃出游。

尽管如此，我还是希望避免讨论中出现任何令人不悦的误会。[298]所以，我问这位军官，他是否愿意把他即将汇报的内容告知我。对方表示没问题，但也说他只做口头报告。于是我把我们冗长的谈话概括起来，将其简化为两点：他跟我说他要加入皇帝的随行队伍；我告诉他，皇帝当即放弃出行计划，也不会再要求扩大限制范围。我们两人在这两点上没有任何异议。

皇帝把我叫去他的房间。他沉默地消化了刚刚发生的这个意外情况，脱下外套，换上寝衣。他留我吃早饭，并留意到天空已由晴转雨，不适合出行。由于严酷的条件限制，他再不能做这个聊胜于无的消遣活动了，现在我们只能用天气原因来略微安慰一下自己。

实际情况是，军官收到了新的命令。可皇帝之所以产生出门小逛的想法，完全是因为上将先前做出了承诺；皇帝因为得到这些承诺，才对上将和颜悦色。可如今没人知会他一声就突生变故，让他大感愤怒。他们要么是食言而肥，要么就是在戏耍他。上将的这次冒犯之举，大大地伤害了皇帝的情感。

皇帝泡了一个澡，没跟我们一起吃晚饭。九点，他把我叫去房间。他读起了《堂吉诃德》，然后我们聊起了西班牙文学、勒萨日的翻译作品等话题。他非常消沉，话也不多；45分钟后，他就让我回去了。

马尔尚的房间—皇帝的内衣和外套—马伦哥大衣—尚波贝尔的马刺
1月10日，星期三

　　大约下午四点，皇帝把我叫到他的房间里。他已穿好衣服和靴子，打算去花园骑马或散步。然而天空飘起了小雨。我们只好在室内边走边聊，等着天气转晴。[299]皇帝打开测绘工作间对面那个房间的门，这样他在房间踱步时就不会觉得空间那么逼仄了。他走到工作间里那张床的边上，问我有没有经常睡在这里。我说，我知道他习惯一大早离开房间后，就没再在这里过夜了。他说："这有什么关系？回来睡吧，真不行的话，我就走后门出去。"客厅大门打开后，他走进厅中。蒙托隆和古尔戈正在那里。人们在那里挂了一盏非常漂亮的吊灯，在壁炉台上放了一面小镜子。皇帝让人把这面小镜子放正，又把它往一边偏了一点儿。看到客厅被布置一新，皇帝非常高兴，虽然这是一件再小不过的事。想想不久之前，他的宫殿里摆放着无数豪华家具，这点儿小玩意儿在他眼里算什么啊！

　　我们回到测绘工作间，天空仍在下雨，皇帝只好放弃了出行计划。他想把大元帅叫过来，因为在中断工作15天后，他有了工作的兴致。等待贝特朗期间，皇帝想找点儿事做，好打发时间。他跟我说："我们去蒙托隆夫人家吧。"我向蒙托隆夫人通报皇帝的到来，他在夫人家里坐了坐，我们随便聊了聊家具布置和其他家务事。然后，他开始一件一件地盘点家具，大家得出结论，它们的总价值不会超过30枚拿破仑币。从蒙托隆夫人房间出来后，他把每个房间都看了一遍，然后停在过道的一架梯子前。这个梯子跟船上的悬梯一样又窄又陡，通向楼上仆人的房间。皇帝说："我们去看看马尔尚的房间吧，有人说他把它布置得跟藏娇的金屋似的。"我们爬了上去，马尔尚正在房间里。他的房间非常狭小，但很整洁，墙上贴着他自己画的画。[1]他床上没有任何东西，因为马尔尚根本不会睡在离主人寝室这么远的地方。在荆棘阁的时候，他和另外两个仆人一直在皇帝寝室门口对面打地铺，以至我夜深离开时，只能小心跨过他们的身体。皇帝让他打开衣柜，里面只有皇帝的内衣和其他衣物。皇帝依然为自己竟有这么多衣服而感到惊讶[2]，虽然实际上并没有几件。

300 我们在这里看到了他的第一执政官官服，它是紫红色的，边上绣着金丝。这件衣服是里昂城献给他的，正因如此，它才被带到了这里。皇帝的这位仆人很清楚他有多喜欢这件衣服。皇帝说，这是因为它来自他亲爱的里昂城。

我们还看到了马伦哥大衣。后来，人们虔诚地把这位不朽战神的遗骸迎回巴黎，当时灵柩上就放着这件光荣的战衣。如今，它是拿破仑传给他儿子的遗物之一。[3]

随便盘点了一下他的衣物后（这真让我开了眼界），皇帝拿起一双马刺问："我有多少双马刺？"马尔尚答道："四双。""能找出一双最好的出来吗？""它们都差不多，陛下。""那算了，我想送一双给拉斯卡斯。它们很旧吗？""是的，陛下，它们都快不能用了，这还是陛下在德累斯顿战役和巴黎战役中用过的那双马刺呢。"他把手头那双递

---

[1] 请参考《马尔尚回忆录》第一卷内容。

[2] 实际上，拿破仑衣物很多。（看《拿破仑研究杂志》上的清单）军事博物馆收藏了他的四件衬衣、两件短裤、三条领带、两双便鞋、两张被单。（请看瓦基耶《存于军事博物馆的拿破仑一世真品纪念物》第52页）

[3] 这世道是多么无常啊！这件马伦哥大衣后来被藏在奥地利皇宫，成了奥地利皇族的纪念物；可让这件衣服变得世人皆知的那场战役，当初却几乎把奥地利众亲王和他们的君主国逼上了绝路。——辑录者注

给我："拿着吧，朋友，这是您的了。"我几乎想跪谢这份赏赐。捧着它，我仿佛听到了尚波贝尔、蒙米拉伊、楠日、蒙特罗这一系列光荣之日里的战马嘶鸣声！哪怕阿玛迪斯①时代的纪念物，都不比它更能展现骑兵队的风采！我对皇帝说："陛下把我升为骑士，可我该怎么做才能不辜负这双马刺呢？我已再不能上马挥枪了；除了爱、尽忠和献身，我再无其他东西可回报陛下。"

大元帅依然没来，皇帝想开始工作了。他问我："您不能再写东西，您的视力完全不行了吗？"自从我们搬到这里来以后，我就中断了一切工作，眼睛完全看不清楚了。我因此感到万分消沉。我回答："是的，陛下，我已完全失明。[301]让我痛苦的是，我的眼睛是在您讲到对意之战的时候不中用的，可见我没有记录这段光辉历史的幸运。"他极力安慰我，说我只要休息一下，眼睛自会复明，还说："啊！他们怎么不把普拉纳留下来！这个好孩子如果在，就能给我帮上大忙了。"之后，他把古尔戈将军叫来，向他口述回忆录。

上将泰勒

1月11日，星期四

早餐后，就在中午十二点半的时候，我正在门口散步，看到一大队车马络绎赶来，走在最前面的是第53团指挥官。这是泰勒上将的马车队，昨日他率领其舰队从好望角出发，在圣赫勒拿岛稍作停留，明天就要重新启程，前往欧洲。众军官中有一位是他的儿子，只有一条胳膊。先前他父亲指挥雷鸣号的时候，在特拉法尔加海战中失去了一条胳膊。

---

① 阿玛迪斯是15世纪末西班牙骑士小说《高卢的阿玛迪斯》的主人公，该书在欧洲掀起了骑士小说的创作和阅读高潮。——译者注

泰勒上将对我说，他是为向皇帝表达敬意而特地前来；不久前有人对他说皇帝病倒了，他为此抱憾不已。我对他说，朗伍德的天气对拿破仑的健康极其不利。我挑错了说话时机，因为今天天气晴朗、风景宜人，很容易让人误以为此地非常宜居。上将也说他觉得这里风景秀丽。我只能带着悲伤而真挚的语气，勉强告诉他："没错，上将先生，今天，对于您这个只在这里待一刻钟的人而言，的确如此。"他有些窘困地道了歉，请我原谅他言语不当。必须承认，他当时表现得很有风度。

皇帝被人用枪指着—打发晚上的时间—罗曼小说—政治观点
1月12—14日，星期五至星期日

这些天，皇帝再没有骑马出去散步了。12日他又骑了一次马，但觉得兴致索然。我们这次没有走以前的老路，翻过以前惯走的那座山谷后，从朗伍德对面那个方向继续爬山。那里有座山头，先前一直没有设岗，山头一个士兵对我们又喊又叫。[302] 由于我们并没有走出限制范围，便对他的喊叫没有在意。结果这个人气喘吁吁地跑下来，边跑还边把武器上膛。古尔戈将军留在后面，看看他想做什么，我们则继续前行。拐弯的时候，我用余光看到他拎起这个士兵的脖子，把他给制服了。然后，古尔戈将军揪着他来到大元帅家附近的哨岗处，想把他拎进去，可这个士兵逃走了。他觉得此人就是一个喝醉了酒的下士，没有听清口令，还多次拿枪指着我们。[①] 这种事以后还可能经常发生，让我们为皇帝的人身安全捏一把汗。而他只将此事视为精神上的一次羞辱，觉得自己以后骑马出行是难上加难了。

---

① 请看《古尔戈日记》第一卷第99~100页内容，以及蒙托隆在《拿破仑皇帝被囚记》第一卷第208页的记叙。

皇帝不再请人前来共进晚餐，因为宾客回去时间太晚、路途遥远，还得注重服饰打扮，这对他们来说实在是件麻烦事。而且我们也为穿着头疼，因为我们根本拿不出一件看得过去的衣服。皇帝与我们一起的时间也少了，谈话再没有往日的随性洒脱。[①]

慢慢地，皇帝恢复了他的日常工作。他每天向大元帅讲述埃及之征那段历史；晚餐前的一段时间里，他会把我和我儿子叫过去，重读对意之战的相关段落，对其进行删改。翻转棋已经完全过时，皇帝早就不玩了。晚饭后，他会读些书，高声把内容念出来；如果他身体疲惫，就让别人读给自己听，但别人最多只读一刻钟的时间，他就睡着了。这段时间，我们开始阅读小说，拾起许多我们先前没读完的书籍。例如，曾被我们当作消遣小说、被束之高阁的《曼侬·列斯戈》，文笔风趣、但内容不符合当时上层道德风气的《格拉蒙回忆录》，以及直到近20年才被接受的《福布拉斯骑士》，等等。我们经常一口气读到十一二点。皇帝也是兴致盎然，称这些书是打发时间的利器，而且读起来完全不费精神。

303 有时我们也会聊政治。每隔三四周时间，我们都会收到一大堆欧洲报纸。拿到报纸后，我们一下子兴奋起来，接下来好几天里都废寝忘食地读着上面的报道内容。我们会连续好几天讨论上面的新闻，将其归类总结。可之后，我们又不知不觉地再度陷入萎靡不振的状态中。上一批报纸是几天前到达圣赫勒拿岛的勒夫莱特号给我们捎来的。我们整个晚上都在热烈讨论上面的时事，皇帝也一下子神采焕发，谈话间颇有当初慷慨激昂、指点江山的气势。我曾有幸在参政院中数次见到他这个样

---

① 1823年版中没有最后这句话。

子，可来了这里后，就很难再见到他这一面了。

他在我们中间大步流星地踱步，越来越兴奋，只在沉思的时候才会停止说话。

他说："可怜的法国，你未来将何去何从？你的荣耀今在何处？① 你的希望、出路又在哪里？在本应采取果断强硬的措施时，你的国王却无计可施、优柔寡断，只会采取一些权宜之计！在本应拿出魄力和才干时，你的内阁却成了行尸走肉！在本应齐心协力的时候，王室却成了一盘散沙！一个王族亲王竟是一个国民反对党的领袖！未来还会发生多少云谲波诡的事啊！谁能给出解决办法？除了议院那套办法，还有其他什么对策？我们刚才也看了议院在报纸上的发言，可之后我们谁还记得它说了什么？这些话语无比乏味，没有目标，也不提结果，把它们放在任何时候、任何环境中看上去都不违和。它们不过是罩在王权上的破烂华衣，摆在王位边上的无用装饰品罢了。这些愚蠢谄媚的逢迎之词，只会让我们显得更没尊严、更被外国人看不起！我想问，这些言论中有哪个字是国民之声？人们难道没发现，这些所谓反对声音反而有利于树立君王的尊严和威信？他们怎么好意思在那里说什么国王是多么伤悲，要和他一道抱头痛哭？他可是他们苦难的始作俑者啊！他可是联军的人，是他们刽子手的盟友啊！……他们说，他只需一句话，无论他要他们做什么牺牲，他们都绝不推辞……他们一再强调正统王位继承制，可连说这些话的人都不相信这个东西……不过这些话是梅特涅、涅谢尔罗德、卡斯尔雷说的，却不是法国人说的！……国王底下的议会又能干嘛？ *304*

---

① 1823年版本中，拉斯卡斯加了一条脚注："我删去了剩余的长段内容，这么做没错。"被删除的部分，从"你的希望"一直到"陷入僵直呆滞的状态中就行了"这两段话，又出现在了1835年版本中。

它的存在就是一个错误——在应该沉睡的时候，它只会让人清醒。人们说，议会里清一色都是国王的心腹，这无所谓。本来人们就不应对它有什么指望。真有人觉得它能增加国王在人民心中的威望？要是它站在国王这边，那就是与民心相逆；它会在与人民的对抗中变得狂暴，把国王裹挟到一个他并不愿被卷入的境地里。如果情况相反，它稍稍表现出一点儿反对国王的倾向，就会成为国王的绊脚石。议会从不能做到既谨慎又坚毅，既畏忌又刚硬，不过这正是今天国王需要的。

"去年，路易十八还有机会和国民上下融为一体；可如今，他已没有选择。他要顾及他那边人信奉的理念，只能尝试祖辈传下的体制……另一边，联军也非常清楚自己的利益所在。他们得削弱法国，但不能对它敲骨吸髓，得侵占它的国土，而不是向它征收赔款。但对待那2800万法国人，则不能靠这个办法。法国人只要缓过气来，或者得到了上天的庇佑，仍有机会挽回已失去的荣耀。所以外国列强又要羞辱法国人，又不能把他们逼上绝路，只要想方设法地让这个庞大的群体陷入僵直呆滞的状态中就行了。"①

皇帝最后说，他非常悲观，但也无能为力，他在未来中只看见了灾难、杀戮和鲜血。

---

① 1823年版本删除了上述内容后，在此处添加了以下内容："从报纸上看，英国想登陆法国，但俄国对此表示反对。皇帝说，他也是这么认为，这是自然而然的事；俄国应该很难接受法国的解体，因为真若如此，到时候它就该担心德意志团结起来对付自己了。而另一方面，英国贵族又盼着法国走向衰弱、在没落中受到专制政府的压迫。他转头对我说：'我很清楚，这并非您的想法，因为您是法国人。'我回答，我很难对此进行反驳；但我认为，即便在英国贵族阶层中，也许仍有一些精神强大、内心正直的人清楚地认识到：打败了那个威胁到他们生存的人以后，帮助一个他们再不足为惧的国家站起来，这么做大有好处。现在正是建立新体系的大好机会，这个体系从人们最在意的利益着手，能把两个民族团结起来，让他们彼此依存，而非继续相互仇恨。"

戈登史密斯写的《波拿巴政府秘史》——一些小事
1月15日，星期一

在诺森伯兰号上的时候，我就听说了戈登史密斯的《波拿巴政府秘史》这本书。来这里后，我一得了闲，就生出了读它的兴致，却很难觅到这本书。英国人一直不肯把这本书借给我，说它就是一本糟糕透了的诽谤小册子，他们自己都为此感到脸红，故不敢让我读到它。我求了很长时间，一再跟他们强调，我们对于这类刻薄的辱骂已是司空见惯，根本不会为其所伤，哪怕无意中读到这类书，也只笑话一番就过了，如果这本书写得真如人们说的那般蹩脚，[305]它也达不到羞辱我们的目的，根本不具有什么伤害性。我问作者戈登史密斯是怎样的人。人们对我说，他是个英国人，曾为了金钱而在巴黎长期从事卖国的勾当；回到英国后，为了逃过惩罚、顺便多赚点儿钱，他就转头对先前自己一直顶礼膜拜的那位偶像进行各种辱骂诅咒。最后，我总算得到了这本书。我得承认，前几页的文字之龌龊、文笔之恶浊，少有书籍能望其项背。作者把奸淫、投毒、乱伦、谋杀和其他所有他能想到的丑恶之事全都栽赃在本书主人公头上，还说他从小就是个坏胚子。至于文字是否可信，作者似乎根本不关心这种事。① 在这本书中，年代时间上的错误、避而不答的遁词、自相矛盾的说法比比皆是，让内容更加站不住脚。作者甚至在许多地方把人名都写错了或弄混了，闹出各种张冠李戴的笑话。例如，他说，拿破仑才十一二岁的时候，就被叫到军校律师公会前，承认自己犯下谋杀罪。作者至少也该动脑子想想，干这种事的凶手应该是成年男子的年纪，还得有一定的人身自由。再例如，作者笔下的拿破仑带着8000

---

① 在1823年版本中，此处为"连作者本人都不会相信这些鬼话"。

个从土伦监狱中逃出来的苦役犯，在意大利烧杀抢掠，无恶不作；之后，他让2万波兰人放弃奥地利军衔，让其接受法国军队的军衔制度。作者笔下的拿破仑果月就回了巴黎，可所有人都知道他当时一步都没离开过他的军队。他说拿破仑和孔代亲王有过密谈，曾向国王长女求过婚，以作为他卖国求荣的回报。还有其他许多荒诞不经的事，这里我就不一一列举了。很明显，书中那些荒谬恶心的传闻不过是作者道听途说得来的罢了。但是，他是从哪里听来这些谣言的呢？其中绝大多数肯定出自巴黎城中某些居心叵测之徒的口中；可我们再仔细想想，如果它们纯粹是巴黎制造，好歹该带有一些诙谐、风趣、尖刻的色彩，某些地方的用词也该有些文雅才对；它们明显是从沙龙流到路边的阴沟中，之后被人当宝贝一样捡了起来。英国人都认为这本书写得太过分了，觉得它看似是一剂毒药，里面却藏着解毒剂，只有最庸俗的人才看不出来其中不对劲的地方。

[306]读者也许会惊讶地问，我看了前几页后怎么没把这么一个无聊玩意儿丢到一旁。可正因为它写得实在蹩脚，所以才激不起我的一丝怒火；再说了，我在圣赫勒拿岛上闲得发慌，被某本书恶心到了又算得了什么？相反，我还挺高兴靠它打发时间呢。皇帝前几天开玩笑地说，我们这里唯有时间是最多的。所以，我才继续读了下去。后来，我还兴致勃勃地读了许多类似的荒谬的传闻、谎言和诬蔑，作者总在书中一口咬定自己的消息来源是多么切实可靠，可我最了解他们说的那些人、那些事的内情，对这一切熟悉得宛如自己的亲身经历似的。我甚至觉得，看一本全是谬论虚言的书，看看它们呈现的那个纯属虚构的人物形象，这也是一件蛮有意思的事。这么一来，我反能在那个活生生的主人公身边，从他那总有说不完的新鲜事和伟大壮举的口中研究事实的真相。

今天早上，皇帝用了早饭后把我叫了过去。我去的时候，他正穿着一身寝衣躺在沙发上。聊着聊着，他问我现在在读什么书。我老实回答，我在读当前抹黑他的书籍中最名声在外、穷凶极恶的诽谤册子，并把书中最荒诞不经的一些事告诉了他。他大笑起来，说自己也想看看。我把这本书拿了过来，两人一起读了起来。他越看越觉得不可思议，一边在胸前画十字，一边喊着："耶稣啊！"我知道，这是他在亲密的人面前，听到一些耸人听闻、冒失轻率、厚颜无耻的言论时才会有的一个小动作，以表达自己的愤怒或惊讶，但他绝不会为此发火。皇帝一边踱步，一边分析里面的一些事，对作者只知一二的一些事做了纠正。他有时会无可奈何地耸耸肩膀，有时会哈哈大笑，但完全没有动怒。读到别人栽赃给他的那些荒淫、暴虐、侮辱之事时，他说，作者肯定是想从各个方面把他打造成自己的小说主人公，但他又把打造主人公形象的工作交给别人，结果他们把他写成一个性无能，这些先生得先商量好该怎么写才对呀。[307]他还笑眯眯地补充了一句，没有谁会像那个图卢兹诉讼人那么倒霉。他说，但是作者不该从道德上来攻击他，因为全世界都知道他治理到哪里，那个地方的民风就会立刻变得淳朴起来；人们不可能不知道，他骨子里就不是一个喜好淫乐的人，何况他事务繁忙，根本没时间去做其他事。读到母亲在马赛的一段内容，看到母亲在书中被描述成一个人尽可夫的人，他停了下来，愤怒而又悲伤地反复叹道："啊！母亲！我可怜的母亲！她是那么自重自傲的一个人！……要是她读到这些话怎么办！上帝啊！"[①]

---

① 对于拿破仑的母亲，戈登史密斯写了这么一段话："她的私通之事在科西嘉岛上是尽人皆知。供养她的马尔伯夫离开这座城市后，她的日子过得很是艰难……她在马赛的时候，还把自己的亲女儿推出去接客。这个泼妇无比贪婪，买东西时大手大脚，掏钱时却抠抠搜搜。她手上有不少稀奇的宝贝，都是她那个亲爱的儿子打仗时抢来的……"更多详情，请看1814年法语版《拿破仑·波拿巴政府秘史》第一卷180~182页。

读着读着，两个多小时过去了。之后，他开始洗漱更衣。现在到了每日问诊时间，人们便把奥米拉医生请了进来。皇帝一边刮胡子，一边用意大利语说："医生，我刚读了你们英国人在伦敦出版的一本攻击我的书。"医生问是什么书，我把书的封皮给他看了看，这书就是他借给我的。医生一下子慌了。皇帝继续说："人们总不无道理地说，唯有真相才最伤人。所以我一点儿都没生气，还经常被这本书惹得发笑。"医生想说点儿什么，只好唠叨地说了些流于表面的话，说这就是一本下流、恶心的诽谤小册子，所有人都知道这点，没有谁会把它当真的；不过可能会有少数人相信里面的话，因为从没人站出来反驳它。皇帝问："可对这本书怎么做才好呢？要是今天某人突然异想天开，写书说现在的我浑身长毛、用四条腿走路，有些人信了他的话，说这是因为我像尼布甲尼撒二世一样遭到了上帝的惩罚。那我该怎么做？这个问题是无解的。"医生离开，从他的神情来看，他很难理解皇帝对此事抱有的这种轻松无谓的态度。可对我们来说，这类事早已稀松平常了。

皇帝打算学英语
1月16日，星期二

下午三点，皇帝把我叫了过去，一边洗漱一边跟我聊天。之后，我们绕着花园逛了几圈。^{308}他说①自己到现在都还不会用英语阅读，这让他觉得很丢脸。我信誓旦旦地向他保证，当初在马德拉群岛的时候，我给他上了两节课，要是他之后能坚持下去，现在已经能看各种各样的英语书籍了。他被我说服，当即让我每天强迫他学一节课。说到这里，我们又聊起了我不久前给儿子教授的第一节数学课。皇帝非常喜欢和擅长

---

① 在1823年版本中，此处是"他偶尔发表见解，说"。

这个学科。让他惊讶的是，我一没书，二没本子，居然能给儿子灌输这么多数学知识。他说他不知道我还有这等能耐呢，并威胁我说他会时不时突然过来抽查，看看我这个老师水平如何。晚饭的时候，他朝我这个数学老师发起突袭，一连问了好多问题，其中有些问题还很刁钻。幸好我对这个科目还算在行。此外，他一直为人们不再在中学低年级中教授数学而感到遗憾。他说人们把他就大学制订出的全盘计划都给毁了，对封塔纳各种抱怨，悲叹道当初自己在国外拼死拼活地打仗，这些人却在他的国家各种胡来。[①]

第一节英语课

1月17日，星期三

今天，皇帝开始了第一节英语课的学习。由于我的长远目标是让他能快速浏览新闻报纸，第一节课中，我就让他了解了一家英国报社，让他研究了一下它的版面，知道不同的新闻分别归到哪里，区分哪些是公告声明、哪些是人们从政客那里听来的流言蜚语；教他学会判断政治版面中哪些是切实消息、哪些纯属谣传。

只要皇帝有毅力，耐得住每天同一个科目的枯燥学习，我有信心让他在一个月后不靠我们任何人帮忙就能读懂英文报纸。之后，皇帝想做点儿笔译。他把我口述的句子写下来，将其翻译成英文。[309]我给他做了一个小表格，把句子需要的辅助动词和冠词列在里面，又给他找来一本词典，让他遇到其他词汇就查词典。靠着这两个工具，他完成了翻译。慢

[①] 1823年版本此处后面还有一段话："这让皇帝回想起他的青少年时代，回忆起他的数学老师帕特罗神父（他已经跟我们讲过此人的事，我也把它记在了前面，读者应在上文中读过了）。"

慢接触到句子结构和语法后，我向他一一解释其规则。之后，他造了几个句子。对比刚才的翻译练习，他明显更喜欢这种方式。上完课后已是下午两点，我俩来到花园。有人在附近开了好几枪，枪声大得仿佛是在花园里开的似的。皇帝说，我儿子似乎在苦练打猎（我们觉得开枪者是他）。我补充说，这应该是他最后一次在离皇帝这么近的地方练习射击了。他说："没错，走，去跟他说，他要跟我们保持大于射程的距离。"我跑过去，结果发现错怪了他，原来人们正在靠枪声训练皇帝的马匹。

晚饭后的咖啡时间，我站在壁炉边上，皇帝靠在我身上，手摸着我的头，好像在估量我头围大小似的。他还对我说："我在你面前都算是个巨人了呢。"我回答："陛下在无数人面前都是巨人，我才不会为此难过呢。"他立刻转移话题，谈起其他事情，因为他从心底不愿提起这话。

我们的日常生活—和总督威尔克斯的谈话—军队—化学—政治—印度详事—斯塔尔夫人的《苔尔芬》—内克尔和卡洛纳

1月18—20日，星期四至星期六

我们过着一成不变的生活。皇帝每天上午都不出门，下午两点是定时的英语学习，之后是花园散步，或者接见某人（但这种情况现在很少发生）；再之后，他会乘车出去跑一小段路，毕竟马匹总算抵达朗伍德了；① 晚餐前，他会审核对意之战和埃及之征的相关篇章，晚饭后是小说阅读时间。

20日，皇帝接见了总督威尔克斯，和他就军事、科学、行政和印度等话题进行了深入探讨。说到英国军队结构时，他提到了英国的晋升原则，[310]对一个崇尚权利平等的国家竟然很少有士兵升为军官的这个现象

---

① 请看上文271页内容。

表示震惊。威尔克斯上校也承认，他们的士兵并非天生就只是当士兵的料。英国人看到法国军队在这方面和他们大为不同，也大为惊异，因为法国军队中几乎每个士兵都是当军官的苗子。皇帝说："这是征兵制带来的一大良好结果，它大大地优化了法国军队的人员构成。"他继续说："这个机制是全民参与，蔚然成风，除了母亲，谁都不会为征兵这件事感到悲伤。征兵时间到了后，如果年轻女孩儿发现自己的恋人不听从国家的号召，不履行自己的义务，绝不会和他在一起。只有道德上升到了这个层面，征兵制才能发挥出它的最大优势。当人们不再视它为一种折磨或劳役时，当它成为每人都渴望获得的一枚勋章时，国家才能变得伟大、辉煌和强盛；那时，国家才有底气无视一切挫败和入侵，禁得住岁月的洗礼。"

他继续说道："此外有人说，法国人获得的一切，都离不开危险的引诱。这话说得没错。危险似乎反而赋予了他们勇气和智慧，这是他们的高卢精神遗产……骁勇善战、渴望功名，这是法国人的一种本能，一种类似第六感的东西。不知多少次，在战事激烈的时候，我停下脚步，望着我的那些年轻新兵第一次冲向战场的样子——荣誉和勇气从他们的每个毛孔里汩汩冒出。"

皇帝知道总督威尔克斯对化学非常感兴趣，就提到了这个话题。他对总督说，这门科学给我们所有制造业带来了多么巨大的进步啊。他还说，英国和法国当然都出了许多伟大的化学家，但化学在法国得到更广的推广，并被更多地投入实际应用中；在英国，化学是一门科学，而在法国，化学已经是一门实践了。总督对此表示完全赞同，[311]并语气轻松地补充说，这些进步还得归功于他呢，只要科学得到权力机构的引导，定会为社会带来巨大的收益和无限的幸福。皇帝说，近些年来，法国已能从甜菜中榨取白糖,而且在品质和价格上能和蔗糖相抗。总督大吃一惊,但完全没有质疑皇帝的话。皇帝对他说,此事已经得到多方证实,它直接挑战了欧洲甚至法国先前的看法。他还补充说,菘蓝也是如此,它已替代了蓼蓝;殖民地的所有东西,除了染料木,其他都是可以替代的。所以他得出一个结论:如果说指南针的发明在贸易业中掀起了一场革命,化学的进步也会在这个行业里掀起一场革命。

之后,两人谈起法国和英国大批劳工移民美国的现状。皇帝评价说,因为我们发疯,这个得天独厚的国家愈加有钱了。总督笑了,说,论发疯,英国可把其他国家远远甩在后面,正因为英国内阁的一连串失策,这块殖民地才掀起暴乱、获得自由。对此,皇帝说,美国取得自由也是大势所趋,孩子若是长得比父亲更强壮,就很难再一直对父亲毕恭毕敬了。

然后,两人的谈话自然而然地转向了印度。总督在印度待了许多年,在那里担任要职,并做了许多重大研究。皇帝就印度的法律、风俗和习惯,英国人的行政管理,当前法律的制定及性质等方面提出一大堆问题,总督一一作答。

英国人在印度接受英国法律的制约,印度人则接受当地法律的约束。印度地方法律是由议员——也就是东印度公司代理人制定的,这些人起草法律时要遵循一个基本原则:他们制定的法律要尽可能地贴近这个民族原来的法律。

海德·阿里很有头脑,其儿子蒂波却傲慢自大、无知至极,做事有欠考虑。[312]海德·阿里统治着10万多人,蒂波手下最多只有5万人。印度民族不乏勇气,但他们的身体素质赶不上我们,而且毫无纪律、不懂战术。英国军队在那里有1.7万人,而且里面只有4000个欧洲人;即便如此，英军也照样一举摧毁了这个迈索尔帝国。但总督还是倾向于认为，印度民族迟早会把这个国家从大不列颠的统治中解放出来。欧洲人和印度人所生的混血儿成为一个新的混血种族，考虑到其庞大的人数和生来的品性，这群人肯定会在未来酝酿一场大的革命。不过，这个民族如今过着比英国占领印度之前要幸福得多的日子——目前，严格的司法管理和怀柔的政府措施成为宗主国权力在那里的最大保障。人们还想过另外颁布法律条款，禁止英国人和欧洲人在那里购地、成立任何有世袭性质的机构。这就是我从威尔克斯的有趣谈话中搜集到的最主要的内容。①

今晚我们读的是斯塔尔夫人的《苔尔芬》。皇帝分析了这本小说，觉得它简直不值一提。全书逻辑混乱、构思无章，引来他的严厉批评。他说，就是因为存在这些缺点，他才一直疏远本书作者，不管她做出多大的让步、对自己如何奉承迎合。

当初，年轻的意大利总司令刚刚取得胜利，斯塔尔夫人在根本不了解他的情况下，就宣称自己对他是多么狂热痴迷，就如同《柯丽娜》里的女主人公一样。拿破仑说，她给自己写了许多充满文采、想象和哲思的长篇诗体书简；她对他说，因为世人都有的一个错误的习惯性想法，他才会觉得自己应该与温柔和顺的波拿巴夫人这种女人结合；可大自然造出她这颗跟他一样滚烫不已的灵魂，就是要让她成为一个如他那样的英雄人物的人生伴侣。

我再次提到对意之战，是为了告诉读者一件事，热情大胆的斯塔尔夫人并未因为拿破仑的冷淡而打退堂鼓。她生性执拗，不会轻易放弃，最后终于有所回报，[313]被允许见到了拿破仑。皇帝说，她大肆利用自己

---

① 1823年版本中没有最后这句话。

给予她的这个特权，最后几乎到了令人厌烦的地步。社交界里流传过一件真事：将军想让她意识到自己对她已经生厌，于是有一天借口说自己衣冠不整，不能出来见她；斯塔尔夫人却轻快地说，这没什么大不了，天才是无性别的。

自然而然，我们的话题又从斯塔尔夫人转到她的父亲内克尔身上。皇帝说，他在去马伦哥的路上，曾顺道在日内瓦拜访了内克尔，并极力劝他重回内阁，说他的政敌卡洛纳后来在巴黎也曾表达了类似的意思。后来，内克尔就法国政治写了一本极其危险的书，在里面力图证明，这个国家既不能走君主制道路，也不能走共和制道路。他还在书中称第一执政官为"必需之人"。

第一执政官禁了这本书，此事当时很有可能给内克尔造成了巨大打击。皇帝说，他把内克尔的反驳信交给了执政官勒布伦，后者写了一封文采斐然的书信，为封杀此书做了充分的解释。①内克尔小集团为此恼羞成怒；没过多久，斯塔尔夫人因为策划阴谋的关系，被当局勒令离开法国。之后，她就成了拿破仑不共戴天的仇敌。可皇帝从厄尔巴岛回来后，斯塔尔夫人写信（又好像是请人传话）给他，向他表达了自己对这桩不可思议之奇事的热烈仰慕之情，说她完全被他征服了，说这种事不是凡人之举，说此事足以让他永垂不朽。在信的末尾处，她隐晦地问，皇帝能否宽宏大量，把国王先前已经批给她的200万法郎付出来。皇帝派人回答说，听了她的赞颂，他着实觉得受宠若惊，因为他也非常欣赏她的才华；可说实话，为几句赞颂之词就掏这么大一笔钱，他现在还真没富裕到这个地步。

---

① 这里说的是内克尔1802年在日内瓦出版的《对政治财政的新看法》（*Dernières vues de politique et de finances*）。

我的新房—房间描述—清晨的访客

1月21日，星期日

  我终于搬进了人们为了让我远离厨房烟尘而新近修好的房屋中。[314]人们在潮湿的地上铺了一层地板，地板长18尺、宽11尺，周围砌了一圈一尺厚的墙，墙高7尺，是用黏土或柴泥踩实后堆起来的。人们在屋顶架上木板，在上面盖了一层焦油纸。就这样，我的新"宫殿"建成了。房屋里面被分成两个房间，其中一间刚好能摆下两张床，中间摆着一个五斗橱；另一间则是我的客厅兼书房，厅中只有一扇窗户。由于这里时常狂风暴雨，窗户一直被关得死死的；窗户左右两边各摆了一张桌子，这便是我和儿子的书桌，书桌对面有一张沙发和两把椅子。这就是室内的所有家具布置。真要我对这个屋子再做点儿补充，那就是，由于大风总朝一个方向吹，房间两扇窗户老被刮开；再加上这里大部分时候都是暴雨，倾盆大雨极其常见，迅猛而至的雨水经常顺着门窗飘进来。我们搬进来之前，天花板和墙壁还在渗水呢。好了，以上便是我的住处的完整描述。

  昨晚，我在这个新住处度过了第一夜。我睡得不好，由于换了张床，我一点儿都没睡着。大概七点的时候，仆人告诉我皇帝要出去骑马。我说自己身体不舒服，想休息一下。没过几分钟，就有个人突然闯进我的房间，一把拉开床帐，还以为我在偷懒，说他要修理我的翅膀了。之后，他闻到房间刺鼻的油漆味，又发现房间无比窄小，两张床又靠得那么近，说他无法容忍两个人这么靠着睡，这太不利于健康了；我就应该搬回测绘工作间去住；我当初就不应该因为不好意思而拒绝这个提议；如果我在这里真住得不舒服，就告诉他。读者也猜到了，这个人便是皇帝。

当然了，我很快就起床，穿好衣服。不过当时皇帝已经走远了，我只能去原野上追他。和他会合后，我们谈起了昨晚和威尔克斯总督那场漫长的聊天。³¹⁵他非常高兴地说，我那本书①似乎很得威尔克斯的器重，博得了他许多好感。皇帝还说："不过当然了，这也是相互的。文人只要不互相批评，通常都能保持友善和气的关系。他知道您和令人尊敬的拉斯卡萨是亲属关系吗？"我说我不知道。不过，站在皇帝另一边的古尔戈将军给出了肯定的答复。②皇帝当时对我说："您怎么知道和他有亲戚关系呢？这该不会是您自己编的吧？""陛下，我的证据如下：我们在法国扎根200年后，巴泰勒米·德·拉斯卡萨在西班牙成为妇孺皆知的大人物。但所有西班牙历史学家都说他来自我们离开的那座城市——塞维利亚；他身上的所有证据都表明，他的祖上是法国人，他来到西班牙的时候，我们正好搬回了法国。""所以说，您不是西班牙人咯？您和他都是法国人？""是的，陛下。""跟我们讲讲这事儿；来吧，城主大人，游侠骑士，让我们看看你们家族有什么荣誉，把你们古老的羊皮纸亮给我们看看吧。""陛下，大约1100年的时候，勃艮第伯爵亨利率领几支十字军去征服葡萄牙，我的一个祖先在那时随他出征……他是著名的欧里基战役中的一个旗手，此战奠定了葡萄牙的君主制。后来，布朗歇王后嫁给圣路易的父亲为妻，我们家族随她回到法国。陛下，这就是我们家族的所有故事。"③

---

① 这里说的还是拉斯卡斯的《勒萨日的历史学、系谱学、编年学及地理学图鉴》。
② 1835年和1840年版本中没有后面的话。
③ 请看拉斯卡斯生平简介。

皇帝读书—塞维尼夫人—查理十二—《保尔与维吉妮》—韦尔托—洛兰—韦利—加尼尔

1月22—26日，星期一至星期五

这几天全被连绵不绝的大雨给毁了。皇帝在某天早晨绕着围栅骑了骑马，在一个下午试图翻越我们常去的那座山谷，[316]可由于天气恶劣，最后都仓促而回。坐马车出门也是不可能的事，所以他只能绕着花园散散步，心情跟天气一样惨淡。不过我们在工作上倒取得了不少成就。皇帝每天都会大量学习英语，而且进步迅猛。他养成整个上午都读书的习惯，接连看了好几部鸿篇巨制，还丝毫不觉得疲惫。在开始学习英语之前，他还会跟我朗读一点儿书中的内容。

他读了《塞维尼夫人书信集》，这本书文笔流畅，非常生动地描绘了当时的风气习俗。读到德蒂雷纳之死和审判富凯的篇章时，他注意到塞维尼夫人对富凯的关切太过炽热和强烈，简直是一腔柔情，他们之间绝对不可能是简单的友谊之情。[①]

他还读了《查理十二》。看到查理十二在自己的地盘——本德尔抵抗土耳其人时，他忍不住笑了起来，反复叹道："死脑筋！真是死脑筋！"他问我，查理十二是怎么死的，此事是否已经盖棺论定。我说，古斯塔夫三世亲口对我说过，查理十二其实死在了自己人手里：古斯塔夫曾拜访过他的地下墓室，认为击中他的那颗子弹来自一支手枪，而且是从后面近距离地射过来的。大革命爆发后不久，我在亚琛温泉经常碰到古斯塔夫三世，虽然那时我还很年轻，可也有幸跟他聊了几次天；他

---

① 关于塞维尼夫人和总督富凯的关系，请看保罗·梅纳尔在《法国文豪》（Paul Mesnard, Les grands écrivains de France）第一卷第64~75页中写的人物生平概述。

甚至还承诺，要是我们在法国的处境每况愈下，他可以把我安排进他的海军军队。

还有一天，皇帝读起了《保尔与维吉妮》。他力赞里面的感人情节，说这些地方的确文笔清新朴实；可作者为了迎合当时的读者，在某些地方用词矫揉造作，内容故作高深，读来很是冰冷、生硬、无趣。皇帝说，他小的时候对这本书还非常入迷呢。①

不过皇帝也说了，虽然他喜欢《保尔与维吉妮》，可对同一作者写的《自然研究》只能摇头抱憾。他说，博纳尔丁是个优秀的文学家，却和几何学家沾不上边。他这本书写得糟糕至极，连艺术圈子的人都不屑于对其做出回应。博纳尔丁大叹自己这本书是明珠蒙尘。著名数学家拉格朗日在与科学院提到此书的时候，只说了一句话："如果博纳尔丁是我们这个圈子的人，如果他说着我们的语言，317那我们还能呼唤他回归正道；可他是学术院的人，和我们完全不是一个路子。"有一天，博纳尔丁如他一贯的那样，向第一执政官抱怨学术圈对他这本书保持缄默。第一执政官便对他说："博纳尔丁先生，您懂微分计算吗？""不懂。""那不就得了？去学学吧，您自己心中就有答案了。"后来登基为帝后，他每次看到博纳尔丁，都习惯性地问他："博纳尔丁先生，您什么时候能再写出如《保尔与维吉妮》和《印第安人的茅屋》这样的书出

---

① 1823年版本此处后面还有一段话："但他不能原谅别人利用自己的善良。他说：'我从意大利军回来后，博纳尔丁·德·圣皮埃尔找到我，聊了没多久就开始哭诉自己的悲惨日子。我早些年里，几乎满脑子都是保尔和维吉妮的故事。眼下看着这本书的作者对我如此推心置腹，心里高兴不已，觉得这是因为自己盛名在外。我立马拜访了他。当时我站在壁炉边的一个角落，谁都没看到我；然后，我看到那里的每个人都在嘲笑我听了他的哭诉后一脸悲伤的样子。我因此对博纳尔丁·德·圣皮埃尔一直略带恨意，他甚至再没进过我的家门。不过约瑟夫给了他很大一笔年金，路易也一直在给他发钱。'"

来？您得每半年就写一本出来给我们看啊。"

皇帝从前非常喜欢韦尔托的《罗马史》，如今读来却觉里面全是冗长的夸夸其谈。他每读到一本书，都会发出类似的抱怨。他说，他年轻时写文章也有这个弊病；当然，之后他把这个毛病纠正过来了。读韦尔托的这本书时，他很喜欢把自己认为多余的句子划掉。他觉得经过这番删减后，这本书会更加凝练、精悍和利落。他说："抱着鉴赏力和判断力，去用心缩减用我们的语言写成的重要作品，这项工作非常重要，也值得人们耗费如此多的心力。我发现，几乎只有孟德斯鸠的作品可做到一字不删。"他经常翻阅洛兰的作品，觉得他文笔啰唆，其人也过于轻信。至于其接班人克勒维耶，此人的书在他眼里更是不堪卒读。他抱怨我们的古典作品良莠不齐，说我们年轻人从小就被迫去读这些垃圾书籍，为此浪费了太多时间。他说，写这些书的人都是些修辞学家或普通的教授；然而那些不朽的题材、我们对人生的基本认知，这些东西应该请政治家和入世之人来编写才是。拿破仑在这方面有着非常独到的见解，可惜他没有时间把它们一一写下来。

皇帝对我们的法国史也不太满意，几乎找不出一本可读的：韦利的书满篇赘词，空无一物；之后的许多跟风之作写得更是佶屈聱牙。他说："我们的历史要么就写成四五卷，要么就写成上百卷。"他认识韦利和维拉雷的继承者加尼尔，此人就住在马尔梅松附近。[318]这是一个80多岁的老人家，住在沿街一栋二层小房子的底楼，房子前面有条长廊。第一执政官每次经过这里，这个看上去很和气的老人家总会一直盯着他看。第一执政官问此人是谁。得知他是加尼尔后，拿破仑明白了对方为何如此关注自己。他轻快地说："加尼尔肯定觉得，自己只是一个历史学家，竟能住在第一执政官的隔壁。不过，他若看到众执政官出现在他曾以为只有国王才能出入其中的地方，那他会多么惊讶啊。"有一天，在召见加尼尔、给他颁发抚恤金的时候，第一执政官也笑着把这话说给他听。皇帝还说："这个老好人感激涕零。从那以后，只要我喜欢听什么，他都会真心实意地写什么。"

克服困难—皇帝在埃劳、耶拿等地遭遇的危险—俄国、奥地利和普鲁士军队—小吉贝尔—科尔比诺—拉纳元帅—贝西埃尔—杜洛克

1月27日，星期六

五点，皇帝乘车出门。今晚夜色极美，我们一路飞驰，窗外的景色一晃而过。皇帝叫车夫慢点儿，想在外面多待一会儿。我们往回走的时候，他看了看与我们只隔着一道隘谷的军队营地，问我们为什么不直接穿过这块营地呢，这样可以大幅缩短回去的路程。车夫回答，那不可能。我们继续赶路。然而，皇帝仿佛被"那不可能"几个字挑起了斗志（他经常说"不可能"不是法国人的风格），下令马车往那边走，勘测一下那块地。我们所有人下车，让空荡荡的马车朝那块险地驶过去，看着它跨越一道道障碍。我们胜利而归，心情好得仿佛刚打下一大块封地似的。

晚餐中和晚餐后，我们说起了许多部队里的事。大元帅说，他陪了皇帝那么久，最让他后怕的一刻是在埃劳。当时皇帝和几个参谋军官一起视察战场情况，差点儿撞上了一支有四五千人的俄军特遣队。皇帝当时本来在步行，讷沙泰尔亲王让人立刻把马牵过来；[319]皇帝责备地看了他一眼，下令护卫军的一个营从后方即刻赶到前面。他则保持不动。随着俄军越来越近，他不断大喊："勇气！勇气！"俄军一看到护卫军的掷弹兵，立刻停了下来。贝特朗说："那一刻简直是千钧一发；皇帝一动不

动,他身边所有人都紧张得发抖。"①

皇帝听了大元帅的讲述,没有发表任何评论。不过稍后他补充说,他记得自己最得意的一次用兵是在埃克缪尔。很可惜的是,他没有继续多说,更没有透露任何细节。他还说:"战争的胜利就靠电光石火的一刹那,就看谁能抓住那个时机了。要是我在奥斯特里茨战役中早六个小时发起进攻,根本不可能获得全胜。②俄军当时出动的精锐部队之多,是后来未曾有过的;参加奥斯特里茨战役的俄国军队若去了莫斯科河,绝不会输掉那场战役。"

拿破仑继续说:"马伦哥战役是奥地利人败得最惨的一场战斗;奥地利军队的表现其实很令人钦佩,可惜他们在那里丢了士气,之后再也没有捡回来。

"普鲁士人在耶拿的表现,根本配不上他们先前在外的英名。而且,和他在马伦哥、奥斯特里茨和耶拿的战场上遇到的真正的勇士相比,1814年和1815年的大队人马完全就是一群流氓。"

皇帝说,他在耶拿战役的前天晚上遭遇了平生遇到的最大一次危

---

① 参加过埃劳之战的科瓦涅上尉后来写道:"眼看我方损失惨重,皇帝让我们把据守在教堂的左翼军带到前面的高地,他带领其参谋团亲自来到这座教堂附近,在那里观察敌军情况。他甚至还大胆地来到修道院附近,要知道当时此地已成了恐怖的修罗场。"详情请看1883年版的科瓦涅上尉的《录事》(Coignet, Les Cahiers)第201页。拉斯卡斯此处转述的贝特朗的话,极有可能被改写了。在贝特朗的叙述中,缪拉完全成了一个透明人(不过我们也很容易猜想到其中的缘由)。实际上,看到俄军大举逼近,拿破仑冲着"贝格大公爵"大喊:"你就看看我们被这些家伙给吞噬掉吗?"于是缪拉迅速组织起了一支纵队,一马当先地冲在最前面,发起了疯狂的反击。

② 这里应当说得更清楚些。早晨六点,突击部队(就是苏尔特的那个师)已做好冲锋准备。但由于周围人再三劝阻,拿破仑一直等到八点才给苏尔特下令,让他在八点半发起进攻。拉斯卡斯这里说的"早六个小时发起进攻",应该是没有根据的。无论怎么看,拿破仑也不会考虑在凌晨两点半发起战斗,毕竟那时是12月的寒夜。

险，差点儿就不明不白地死了。当时天色已暗，他偷偷靠近敌方的夜间岗哨，想打探敌情，身边只有几个军官陪着。那个时候，我军处在高度戒备中，以防普鲁士军发起夜袭。回来的路上，我军前哨误朝他开枪，枪声立刻传遍所有前线，大家都以为敌军打过来了，立刻操起武器。拿破仑当时没有任何办法，只好扑倒在地，全身紧贴地面，直到大家发现这只是个误会。其实他当时最担心的是离得很近的普鲁士军前线，害怕他们也因为听到枪声而开枪。①

在马伦哥的时候，奥地利士兵对这个卡斯蒂廖内、阿尔科、里沃利的胜者印象深刻，320一提起他的名字就如雷贯耳。然而，奥地利人根本不知道他人就在马伦哥的战场上，还以为他早就死了——有人在背后居心不良地宣传，说他已经死在了埃及，现在这个所谓第一执政官其实是他的哥哥。这个谣言被传得沸沸扬扬，拿破仑甚至不得不在米兰公开现身以破除传言。

之后，皇帝提到了他的一些手下军官和副官，对他们或贬或褒。他非常了解他们。他说，战场上发生的两件事最让他感到痛苦，一个是小吉贝尔之死，一个是科尔比诺将军之死。在阿布吉尔战役中，一枚炮弹击中吉贝尔的前胸，却没登时要了他的命；皇帝跟他说了一些话，实在看不下去他那副惨状，只好离开。在埃劳的时候，皇帝刚刚给科尔比诺

---

① 关于此事，我们在科瓦涅上尉的《录事》中找到了更加"贴近事实"的解释。当时，军队允许前线驻扎部队派"代表"去耶拿的当地居民家中搜寻吃食。士兵从百姓家找到大量食物，尤其是葡萄酒。现在，我们让这位上尉自己来说："每个掷弹兵都带着三个瓶子：两个用毛呢软帽兜着，一个揣在衣兜里。整个晚上，人们开怀畅饮，喝着热酒……我们大口大口地灌着，酒顺着胡子流在地上，但不能发出声响：我们不得说话，不得唱歌！所有人都喝得酒意朦胧。"（请看《录事》第184~185页）这群勇敢的战士都喝成这样了，所以我们也就不难理解为何一个哨兵开了一枪后，整支军队都开始开枪乱射。

发布了命令，后者就在他的眼皮子底下被一枚炮弹炸飞，尸骨无存。

皇帝还提到了拉纳元帅人生的最后时刻。这位骁勇善战的蒙特贝洛公爵，素有"军中罗兰"之称。他临死前，皇帝来到病床前看望他，可他仍不顾自身处境，满心关心着这位他在世上最爱的人。皇帝提到拉纳的次数最多。他说："不久前他还只是一个普通的冲锋员，后来却成为一流的将领。"有人当时说，拉纳如果没死，不知道他在帝国倾覆的时候会如何表现。皇帝回答："我们只能接受命运。如果拉纳没有死，我绝不认为他会偏离荣誉和义务的道路。可我又很难想象他继续活下去的样子。如他那么英勇的一个人，最后肯定还是会死在战场上，或者会因为身负重伤而不得不远离朝堂和军队，不再成为焦点人物，左右战局的走向。但如果他能躲过这些劫难，定能靠自己的影响和分量改变事态的发展。"

皇帝之后又说到了杜洛克，就后者的性格和私下为人谈了很久，最后得出结论："杜洛克看上去做事冰冷、一板一眼，实际上内心炙热而不失温柔，但他总把自己的情感隐藏起来。[321]我和他相处很久之后，才了解到他这一面。他做事认真细致，一丝不苟；我结束一天的工作，躺下休息后，他的一天才刚刚开始。我是在偶然之中，因为某件意外之事，才了解到他的真实品格，他是个纯洁无垢、恪守道德、大公忘我、不谋私利、慷慨大度、甘于奉献的人。"

皇帝说，在德累斯顿战役刚刚打响的时候，他就以最无法接受的方式，失去了两个对他非常重要的人。他们便是贝西埃尔和杜洛克。他说到这里，强装出把往事看淡的样子，可我们一眼就知道他实际并非如此。杜洛克受伤后命悬一线，皇帝前去看望他，骗他说他还有救。杜洛克知道皇帝是在善意地欺骗自己，求他令人给自己注射鸦片以求解脱。

皇帝当时太过悲伤，根本没办法看他受罪的样子，只好掩面离去。说到这里，我们中的一个人想起了一件事：皇帝离开杜洛克后，一个人在帐篷外面转来转去，当时谁都不敢走上前来；可第二天是至关重要的一天，最后人们只好大着胆子过来问他该把护卫军的炮座安放在哪里，皇帝只回答了一句，"明天再来问我"。

想起这件事，皇帝的情感匣子一下子被打开，他说了许多关于杜洛克的事。

有些人离开后，人们才知其珍贵。杜洛克就是这样的人。宫廷和巴黎城在他死后都是这么认为的，所有人都持这个想法。

杜洛克是默尔特省南锡人。在前文中，我们都知道他是怎么被提拔起来的。拿破仑在土伦之战中把他发掘出来，对他非常关注。之后，他们二人的感情越来越好，甚至到了形影不离的地步。我先前说过，皇帝曾亲口跟我说，在他一生中，唯有杜洛克获得了他无条件的信任和全部的爱。杜洛克在人群中并不亮眼，可是他有极好的判断力，做出了重大的贡献；由于他为人谦逊，再加上他的工作性质的原因，少有人知道他有过什么功劳。

杜洛克爱的是皇帝这个人；他忠诚于拿破仑，[322]不是因为他是君王，而是因为他是挚友。因为了解君王的私下为人，他深谙缓解和引导其情绪的秘诀——或者说，他掌握了皇帝愤怒时安抚和开导他的秘诀。不知道多少次，皇帝大怒，把旁人吓得不轻，他便在他们耳边说："随他去吧，他是在宣泄感受，而不是表达想法，更不是在说他明天就要这么做。"这是多么难得的一个忠仆和朋友啊！这是拿破仑身边多么珍贵的一颗明珠啊！不知多少次，他平息了皇帝的怒火，没有立刻执行后者被愤怒冲昏头后发布的命令，因为他知道第二天他的主上自会感激自己的这个做法。皇帝也习惯了这种心照不宣的苦心安排，有时发起火来更是无所顾忌，但是发泄完就好了。

杜洛克是在非常紧急的关头，以最为痛苦的方式去世的。他的离开，于皇帝而言无异于雪上加霜。

武尔岑战役结束后的第二天晚上，赖兴巴赫的一场小仗刚刚结束，双方停止射击。杜洛克站在一座山丘上，正跟基尔杰奈尔将军一边交谈，一边观察远处最后一批敌军的撤退。这时，一门大炮瞄准了这个黄金之队，两位将军死在了那颗该死的炮弹之下。①

杜洛克对皇帝的影响力是谁都无法想见的。从这方面来看，他的死甚至可以说是国家之不幸。我们不无道理地认为，要是他还活着，导致我们后来一败涂地的《德累斯顿停战协约》就不会被签署了，我们可以一举推进到奥得河对面，那时敌人只好求和，我们就能逃过他们的诡计；更重要的是，从长远来看，我们还可以逃过奥地利政府的那个害我们亡国割地的阴险算计。

如果杜洛克还活着，再后来，他还能对许多大事产生深远的影响，说不定可以改写结局。即便不能做到这些，拿破仑退位后，他也肯定会和我们一起来到圣赫勒拿岛；323只要他在，在他人加诸的种种极端折磨中，皇帝心里好歹能有所慰藉。

贝西埃尔来自洛特省，因大革命而参军。最开始，他只是路易十六宪法护卫队中的一个普通士兵，后来当上轻骑兵军官，因为骁勇善战，吸引了意大利军总司令的关注。总司令当时设立了护卫队，让贝西埃尔担任护卫队指挥官。贝西埃尔便这样冒出头来。从此，无论在执政官护

---

① 基尔杰奈尔将军是一个非常杰出的工兵军官，还是拉纳元帅的连襟，因作战勇猛、才干突出而得到后者的器重。——辑录者注

卫军还是帝国护卫军，他都是数一数二的人物，负责指挥预备军，起到决定胜利、巩固战果的作用。我们说起法军打下的精彩战役，都一定会提到他的名字。

贝西埃尔和那个把他提拔起来的人一道成长，皇帝对他厚爱不已，把帝国元帅、伊斯特利亚公爵、帝国护卫军骑兵队上校等头衔都授予了他。

随着时间的推进，贝西埃尔的才干也得到发展，从没有过德不配位的情况。人们眼中的贝西埃尔，一直都是那么善良、宽厚、仁慈、廉正、忠心耿耿。不管作为士兵还是公民，他都是一个正直的好人。他虽然备受皇帝器重，却懂得利用皇帝的厚爱去帮助别人，甚至还替一些和自己意见完全相反的人解困。我知道不少人对他心存感激，一提到他就满口赞誉，他们可以证明贝西埃尔为人是多么高尚。

贝西埃尔一生都是在帝国护卫军中度过的，在军中备受爱戴。瓦格拉姆战役中，一枚炮弹射过来，他所骑的战马被炸翻在地，他却毫发未伤。尽管如此，护卫军上下都响起惊恐的呼叫。拿破仑看到他安然无恙地回来，说：“贝西埃尔，看到那枚炮弹向您射来的时候，我的整个帝国护卫军都流泪了。感谢这枚炮弹吧，它于您而言是很珍贵的。”

可在萨克森之战开战时，就在吕岑战役的前一天，一个稀松平常的日子，贝西埃尔再没有上次那么幸运：一枚炮弹击中他的胸膛，他当即死亡。他生如巴亚尔，死如德蒂雷纳。

[324]这桩惨事发生之前，我曾短暂地跟他相处了一段时间。由于机缘巧合，我们在剧院的包厢正好彼此相对，所以有过几次交谈。他跟我谈了许多让他倍感痛心的事，唉，他对祖国的爱是多么深切啊！离开剧院时，他的最后一句话是，他要当夜赶至军队，希望我们日后还能重逢。

他补充说："毕竟如今国难当前，我们的士兵又年轻，我等将领当义不容辞。"唉！他最后却再没有回来！

贝西埃尔发自肺腑地爱戴皇帝，对他近乎崇拜。要说谁绝不会离开皇帝、会和他命运相系，除了杜洛克，贝西埃尔绝对也算一个。命运待拿破仑似乎格外残忍，在他快支撑不住的时候无情地夺走这两个真正的朋友，一来他失去了人生中最温情的快乐，二来他最忠诚的两位仆人也失去了他们本可获得的最可贵的荣誉——和皇帝在困境中相互扶持，不离不弃。

这两个他所深爱也深爱着他的挚友，其遗骸被皇帝葬进了巴黎荣军院。他意欲让他们享得最风光的葬礼，可惜由于后来发生的许多事，他们没能得到这等厚待。但历史的文字如大理石和青铜像一样不朽不灭，他们将永远为历史所铭记，永远不会被人们遗忘。

下面这段话出自奥德勒本男爵的《1813年萨克森之战》，他在当年8月10日亲眼见证了一件事。当时正是杜洛克去世两三个月后，法国和反法联盟关系再度紧张起来。

"从赖兴巴赫到格尔利茨的行军途中，拿破仑停在马尔克斯多夫，把杜洛克中弹的地方指给那不勒斯王看。大元帅的牺牲之地是个小农场；皇帝把农场主叫过来，给了他2万法郎，其中4000法郎用来建造一座杜洛克纪念碑，剩下的1.6万法郎供农场主一家自行支配。当晚，在马尔克尔斯多夫的法官和神父的见证下，人们进行了钱款捐赠仪式，这笔钱当着众人的面被点清，用来修建这座纪念碑。"

学习英语——一些小事—骑马散步—马匹陷入泥潭中
1月28日，星期日

[325]我们一天天地挨过去，大家可以想见我们的日子是何其单调无

聊。倦怠、忧虑和思乡病成了我们最大的敌人，于是工作成了我们最有效的也是唯一的逃避手段。皇帝的工作安排非常规律，学习英语成了他的每日重要事项。差不多15天前，他上了第一节课。之后，他每天下午都会花几个小时学习英语，有时候学习兴趣异常高涨，有时候又打不起任何精神，两种状态交替出现，让我非常担心。我是一个非常看重结果的人，每天都担心他昨日的努力付诸东流，害怕这全是因为自己教得太过乏味，让他看不到我先前承诺过的良好结果。但看着我们离既定目标越来越近，我也越来越激动。掌握英语，这对皇帝来说可是一个了不起的大成就呢！他自己也说，以前他每年单单花在翻译上的钱就有几十万埃居，还要担心翻译是否到位、是否忠实原文。如今，我们身边全是说英语的人，能读的东西也都是用英语写的。皇帝在大陆上做出的所有改变、提出的所有问题，都被英国人从相反方向给出阐释。皇帝掌握英语，就相当于看到了事物新的一面，了解到许多他从前一无所知的东西。

其实还有另一个原因：岛上的法语书籍实在太少，而且皇帝全都读过，甚至读得都快吐了。他若学会英语，我们就能给他提供无数他从未看过的书籍。而且，掌握一门外语就相当于获得了一个技能，既能让人充满成就感，也可带来许多实际的用处。例如，它有利于沟通，可让双方建立起一定的情感纽带。[326] 不管怎么说，我已看到学习这个苦海的尽头，已依稀看到皇帝终于克服初学者都有的反感劲的那一刻的到来。不过，不是每个人都能拿出钻研的劲头，去研究冠词、动词变位、性数格变化等烦琐的语法知识。要学有所成，学生得有钻研精神，老师也得有巧妙的授课技法才行。皇帝经常问我为什么不拿出戒尺监督他的学习，因为这个东西在学校应该很管用。他还开玩笑地说，要是我手上拿把戒尺，他说不定会学得更快。他抱怨自己没有取得进步，可无论谁看了都会觉得他已是进步神速。

　　人越是聪明，脑子动得越快，学识越广博，就越难注意到寻常的琐碎细节。皇帝轻而易举就掌握了和语言逻辑性有关的东西，可在具体实践方面，他的领悟能力就没那么强了。他非常聪明，记忆力却很不好，他自己也为这糟糕的记忆力头疼不已，觉得自己无所长进。每次我教语法规则或语法结构时，只要我把它们归类厘清，他都能立即理解；在实际运用和举一反三这方面，这个学生甚至是青出于蓝而胜于蓝。可是，要他背诵和记住英语中一些粗浅的东西，这是个大问题。他总是把某个东西和另一个弄混；可我若在一开始就太过死板地强调语言规则，那学习未免过于枯燥无趣了。还有一个麻烦的地方：同样的字母、同样的元音放到不同词语里，发音就完全变了；我的学生只肯用法语的发音规则来念单词；我这个老师要是要求稍高一点儿，哪怕是为了他好，学习就会变得加倍无聊。

　　而且我这个学生在说母语时，都有把词语掐头去尾的习惯；在念外语单词时，他就更是按照自己的性子随便读了。更糟糕的是，无论哪个词，只要从他嘴里冒出来，之后他就会一直按照这个发音读下去，因为他会把最初的发音深刻记在脑子里。他记的绝大部分英语单词都有这个问题，我这个老师只能暂且不管，安慰自己可以以后慢慢纠正所有发音错误（如果可能的话）。[327]于是在学习英语的过程中，他几乎是自创了一门语言，而且只有我听得懂。不过皇帝至少获得了读英语的兴趣，而且不管怎么说，他好歹可以通过书写让别人明白他在说什么。这非常重要，而且对他来说也够了。

　　与此同时，皇帝每日定时定点地继续和大元帅一起撰写埃及之征。对意之战这部分很早以前就已结束，我们对它再三润色，连印刷格式、章节安排和分段形式这些细节都没漏掉。读者在《拿破仑圣赫勒拿岛回忆录》这本书中，可读到我保留的部分残稿。

他有时会心血来潮地向古尔戈和蒙托隆讲述某些内容。除此之外，他还会做极少量的锻炼，他会时不时外出散步，偶尔乘车出行，几乎已经不骑马了。

30日，他突然想去已被我们遗弃许久的"寂静之谷"看看。我们陪着他一起前去，可人们为了拦住牲畜，把道路用干荆棘和木障封了起来。仆人（忠心耿耿的阿里）下马，给我们打开通路。他的马在他忙活的时候跑了，他想抓住这头畜生，便赶紧追了过去。由于先前天降大雨，马陷进沼泽中，情况和我们来朗伍德几天后皇帝的那次泥潭历险记差不多。马匹一旦陷在泥中，很可能就只能留在那里了。仆人向我们跑过来，说他要留在原地把马救出来。由于脚下这条路非常狭窄难走，我们只能一个个地过去；所以过了些时间，皇帝才从我们口中得知仆人遭遇的意外。他抱怨我们都不停下来等他，要大元帅和古尔戈将军回头找他。皇帝下马，在原地等他们三人。其间，他爬上一个状如雕塑底座的低矮山坡，立在破败的野外。他手挽着马缰，吹起一首小曲。口哨声回荡在死寂的大自然中，成了这荒凉原野的唯一装饰。我忍不住想："就在不久之前，他这双手拿过多少权杖啊！头上戴过多少顶王冠啊！脚底有多少国王向他跪拜啊！"[328]不过我转念又想："可在我们这些和他朝夕相对、每天都能记录其一言一行的人看来，此时的他比从前还要伟大！他身边每个人都是这么想的。我们侍奉他的心仍如从前一样炙热，我们对他的爱戴之情比过去更加深厚！"

这时，大元帅和古尔戈回来了，他们帮助皇帝重新上马，我们继续上路。这两位先生说，如果没有他们的帮忙，那匹马绝对不可能脱险。

他们三人合力，才勉强把它拖了出来。走了很长一段时间，在转弯的时候，皇帝注意到他的仆人仍没有跟上来，就说要停下来等他，以确保他还在后面。其他人觉得，他也许是留在后面，想稍稍清洗一下他的马。我们散步走到另一个拐弯处，皇帝又说要原地等他。我们来到大元帅家中，在那里休息片刻，皇帝走出门，打听他的仆人有没有路过这里，可没人看到他。最后他回到朗伍德，第一句话就是问这个仆人回来没有。其实这个人已经到家很久了，是走另一条路回来的。

我也许在这件小事上太过唠叨了，但我觉得这是一件非常典型的事例。看到皇帝对下人都如此关心，读者就很难再把他认作一个铁石心肠、不近人情、阴险歹毒、残暴冷血的怪物——简而言之，就很难再认为他是人们口中常说的那个暴君了。

① 《拿破仑圣赫勒拿岛回忆录》首次出版后，奥米拉读完这本书，向我透露了另外两件事。它们和我刚才讲述的那件事差不多发生在同一时期，并充分证明了我对拿破仑的看法和感觉没有错。所以，我把它们整理出来，放在下面。

奥米拉有一次在皇帝房中跟他聊天。他说："拿破仑正说着话，我眼前突然一片模糊，觉得房中一切东西都在打转，然后我跌在地上，失去意识。之后，我醒了过来。我睁开眼，看到了映入眼帘的第一个人的面貌，当时大为震惊。我直到现在都没忘记自己当时的心情。[329]那个人是拿破仑，他一脸关切和担忧地望着我，一只手解开我脖子处的衬衣纽扣，另一只手拿着嗅瓶让我嗅吸。他跟我说：'您倒地的时候，我一开始还以为您踩滑了；可您躺在地上一动不动，我立马担心您是不是中风

---

① 从这里到本章末，在1823年版中均未出现。

了。'这时马尔尚走了进来,拿破仑让他把橙花水拿过来,这是他很喜欢用的治病良药。当时拿破仑看见我摔倒,赶紧大声呼救,按铃时急得把线都扯断了。他说他把我扶起来,让我靠在一张椅子上,解开我的领带,给我灌了科隆水,并问我他的这种做法对不对。我离开房间后,他让马尔尚跟着我,因为他害怕我回去的路上又会发生什么意外。叮嘱的时候他还压低声音,不想让我听见。"

奥米拉还说:"拿破仑非常喜欢朗伍德的管家西普里亚尼,因为他是自己的同乡,又对自己忠心耿耿。西普里亚尼去世前,拿破仑忧心忡忡,经常过问他的病情。人们仍没放弃救回他的希望,可西普里亚尼的身体已经很虚弱了。他死的前天晚上,拿破仑半夜把我叫过去,过问病人当前的情况。我对他说,病人已经动不了了。他对我说:'可是,如果我去看望一下可怜的西普里亚尼,我的出现会不会激起他已经沉睡的求生欲,帮助他克服病魔?'他想让这个提议听上去言之有理,便补充说自己不止一次引发了类似的刺激效果。我回答,西普里亚尼仍有意识,我也相信他对主人的爱戴和尊重能让他回光返照,努力挣扎着从病榻上起来,可恐怕他熬不过今晚了。他沉思了一会儿,最后说:'好吧,我应该放弃;上面这些话,也只有搞艺术的人才会信。'"①

---

① 这两段话抄自奥米拉的《流放中的拿破仑》第一卷第224~225页(日期是1816年11月29日),以及第二卷第421~423页(日期是1818年2月25日)。最后这段话完全是拉斯卡斯随便翻译出来的。

拿破仑
圣赫勒拿岛回忆录

[法] 拉斯卡斯 辑录
李筱希 译

Napoléon
LE MÉMORIAL DE
SAINTE-HÉLÈNE

II

吉林出版集团股份有限公司

目　录

第四章　对意之战残篇 / 001

葡月十三日事件 / 002

蒙特诺特战役 / 014

第三章残篇 / 029

1816年2月1日：皇帝对圣赫勒拿岛的称赞—岛上物资紧缺 / 033

2日：我儿子第一次放血—皇帝给了我一匹马 / 035

3—6日：皇帝英语取得进步 / 036

7—8日：皇帝听闻缪拉之死 / 037

9日：波利埃尔，斐迪南—地理学图鉴 / 040

10日：谈埃及—尼罗河旧方案 / 042

11日：单调的生活—无聊—皇帝倍感孤独—讽刺画 / 043

12日：皇帝走了很长一段路 / 045

13—16日：圣赫勒拿岛的恶劣气候—对这本日记的重要说明 / 046

17日：皇帝对法国政事的观点 / 047

18—19日：皇帝回忆家庭的温馨—岛上两位小姐 / 048

20日：皇帝在厄尔巴岛上的工作—柏柏尔人对拿破仑喜爱有加 / 050

21—23日：皮翁科维斯基—讽刺画 / 051

24日：从厄尔巴岛回国——些小事 / 052

25—28日：对意之战和埃及之征—皇帝对法国伟大诗人的看法—现代悲剧—《赫克托耳》《吉斯公爵之死》—塔尔马 / 053

29日：大革命中的生意人—皇帝回国后的信誉—他在公务上以严格而为人所知—财政部、国库部等部门—地籍清查制 / 057

3月1—3日：谈入侵英国——些小事 / 061

4日：来自中国的船队 / 065

5日：皇帝的宫廷及其礼仪制度—塔拉尔山趣事—重要军官—侍卫—富丽堂皇的杜伊勒里宫—令人满意的宫廷治理工作—皇帝恢复问安礼的用意—公宴—宫廷和城市 / 066

6日：中国象棋—接见来自中国的船队船长 / 073

7日：骗局 / 075

8—9日：皇帝开始使用英语—谈医学—科尔维沙—定义—谈鼠疫—巴比伦医学 / 076

10—13日：内伊之案—丢失于滑铁卢的一辆马车—德累斯顿会晤—谈女人的小性子—保琳公主—皇帝的伟大举动 / 080

14—15日：对皇帝和威尔士亲王的侮辱—处死内伊—拉瓦莱特逃跑 / 098

16日：带给摄政王储的口信 / 100

17日：法兰西岛人的思想 / 101

18—19日：他对罗马的构想—恶劣至极的饮食—《布里塔尼居斯》/ 102

20日：去年今日—皇后分娩 / 104

21—22日：《喀提林的阴谋》—希腊人—历史学家—沙场酣睡—恺撒及对他的评论—各种军事思想 / 107

过去九个月的总结 / 111

23—26日：朗伍德的白天—德鲁奥案件—苏尔特—马塞纳—皇帝在炮兵团的

23—26日：朗伍德的白天—德鲁奥案件—苏尔特—马塞纳—皇帝在炮兵团的战友—皇帝觉得当初自己寂寂无名，甚至在巴黎期间亦是如此 / 114

27日：政治信仰—皇帝的准确财产报表—皇帝对党派的开明思想—马尔蒙—缪拉—贝尔蒂埃 / 120

28日：战场上的危险程度—字字真实的军报 / 126

29日：该岛为何有害健康 / 127

30—31日：皇帝对他的东方之征的看法 / 128

4月1—2日：皇帝套房的详细描述—腓特烈大帝的时钟—里沃利表—皇帝洗漱详情—皇帝的服装—关于他的荒诞之说—乔治的阴谋—赛拉奇—美泉宫狂热分子行刺事件 / 129

3—4日：滑铁卢战役后的决定 / 137

5—8日：一件典型的事 / 143

9—10日：政治—欧洲现状—自由理念的不可抵挡之势 / 144

11—12日：皇帝对一些著名人士的看法—波茨措·迪·博尔哥—梅特涅—巴萨诺—克拉尔克—康巴塞雷斯—勒布伦—富歇等人 / 146

13日：欧洲报纸—政治思考 / 153

14日：总督到达 / 155

15日：皇帝在英语上取得进步 / 155

16日：总督首次拜访—要求我们发表声明 / 156

17日：经典谈话—皇帝早在枫丹白露宫就知道自己会从厄尔巴岛回来—接见总督—上将当众受辱—我们对他心存不满—哈德森·洛韦的外貌特征 / 157

18日：和拿破仑有关的各国君主公约—值得注意的言论 / 164

19日：要求我们交声明书 / 167

20日：前总督前来告别—值得注意的谈话——个英国老兵 / 168

21日：皇帝捎给摄政王储的口信—极有个人风格的谈话—丢失于滑铁卢的文件夹—论各位大使—纳博讷—皇帝在莫斯科战役后差点儿在德意志

被捉—皇帝在梳妆打扮上的花费—住在欧洲首都的寻常人家的家庭预算—凯旋街的住宅布置—皇宫家具装备—拿破仑的查账方法 / 172

22—25日：总督拜访寒舍—对伏尔泰的《穆罕默德》的批评—谈历史上的穆罕默德—格雷特里 / 178

26日：我拜访"种植庄园"—哈德森·洛韦有所暗指，初现恶意—拿破仑的宣言—他在埃及的政治路线—他坦承执政府的一道法令违背了法律 / 181

27日：哈德森·洛韦爵士第一次野蛮无理的侮辱—经典语录 / 184

28日：普腊德神父—他的《出使华沙》—对俄之战—战争起源 / 187

29日：皇帝身体不适—彻底闭门不出的第一天—波斯和土耳其使臣—宫闱秘事 / 194

30日：遁世的第二天—皇帝在房里接见了总督—经典语录 / 199

第五章　对意之战残篇（续一） / 204

卡斯蒂廖内战役 / 204

阿尔科战役 / 218

里沃利战役 / 233

1816年5月1日：闭门不出的第三天—皇帝一生的简述 / 246

2日：闭门不出的第四天—《总汇通报》替皇帝说话 / 247

3日：闭门不出的第五天 / 248

4日：闭门不出的第六天 / 249

5日：论中俄两国—法国和英国两场革命的相似之处 / 250

6日：医生奥米拉的解释—执政府—流亡贵族对执政府的看法—皇帝对流亡贵族财产的观点—促成皇帝大业的有利时机—意大利的舆论思想—教皇加冕—提尔西特会议产生的效应—西班牙波旁家族—所谓名贵木材抵达岛上 / 255

7—8日：《伊利亚特》—荷马 / 264

9 日：皇帝的经典言论 / 265

10 日：奥什和其他几位将军 / 267

11 日：哈德森·洛韦发出的荒谬邀请 / 270

12 日：拿破仑在法兰西科学院—拿破仑在参政院—《民法》—对圣万桑勋爵的评价—谈非洲内陆—海军部—德克莱斯 / 271

13 日：我儿子身体状况不容乐观—发人深省的《吉鲁艾特大辞典》—贝托莱 / 283

14 日：接见来自孟加拉的船上的乘客 / 285

15 日：各罪等罚—皇帝让我仔细讲解《勒萨日的历史学、系谱学、编年学及地理学图鉴》的创作过程 / 287

《勒萨日的历史学、系谱学、编年学及地理学图鉴》小史 / 290

16—17 日：总督来访—与皇帝的激烈交谈 / 301

18 日：列斐伏尔元帅夫人 / 305

19 日：爪哇总督—沃登医生—皇帝拉家常地谈起自己的家庭 / 307

20 日：皇帝睡着了—论道德 / 317

21 日：总督亲自逮捕一个仆人—读《圣经》—谈《圣经》 / 319

22 日：英方的反复无常—巴登王妃斯蒂法妮 / 319

23 日：论君王—在参政院冲波塔利斯发火—皇帝在圣克鲁、欧索讷、马尔利等地遭遇的意外 / 322

24 日：谈政治 / 326

25 日：伏尔泰的《布鲁图》 / 329

26 日：法国人在圣洛朗河的地盘—皇帝若去了美国—卡诺在皇帝退位期间的表现 / 329

27 日：法国的工业现状—论相貌 / 333

28 日：皇帝经过英军驻地 / 335

29 日：科西嘉岛—保利的评价—皇太后的高尚品格—吕西安差点儿当上科西嘉岛总督—执政官期间—谢夫勒斯夫人—皇太后来信 / 335

30日：莫罗—乔治—皮什格吕—对布洛涅和巴黎驻军的看法 / 343

31日：论政治—论英国—被总督扣下来的信—皇帝的经典语录 / 348

第六章　对意之战残篇（续二）/ 351

塔利亚曼托战役 / 352

威尼斯的危机 / 367

莱奥本残篇 / 390

从拉施塔特归来 / 396

1816年6月1日：伏尔泰—卢梭—英法两国的差异—C***先生及他在法兰西学院的讲话—皇帝好几次佯装大怒—他在这方面的原则 / 408

2日：谈总督—皇帝一家在杜伊勒里宫的开销—论一个财务官的重要性—莫利安和拉布耶里 / 415

3日：谈女人—论多偶制 / 417

4日：皇帝重启回忆录口述工作 / 419

5日：军校—皇帝的教育计划—他为老兵的考虑—整顿首都风气 / 420

6日：对医学的抵触—《吉尔·布拉斯》—比扎内将军—法军的辉煌功绩—反思 / 424

7—8日：皇帝的想象—连拿破仑的家人都不太了解他—他的宗教思想 / 428

9日：几位督政官的形象描写—趣闻逸事—果月十八日 / 432

10日：论英国外交界—惠特沃斯、查塔姆、卡斯尔雷、康沃利斯、福克斯等几位大人 / 444

11日：拉克雷泰勒撰写的《国民公会史》—岛上牛群数量—双关语—宏观统计 / 448

12日：人物评价—巴伊、拉法耶特、蒙日、格雷古瓦等人—圣多明哥—遵循的体制—就国民公会发表的口述 / 450

13日：《总汇通报》—出版自由 / 463

14—15日：战争和西班牙王室—斐迪南在瓦朗赛—在西班牙问题上犯下的错误—相关历史纪事—一封拿破仑写给缪拉的精彩的信 / 464

16日：英国送来的物资—皇帝想过在法国禁止棉织品—提尔西特会谈—普鲁士国王和王后—沙皇亚历山大—一些小事 / 477

17日：各国特派员到来—拿破仑立下的礼仪规矩—参政院的相关细节—几次会议—加森迪—克罗地亚军团—大使—国民自卫军分级制度—大学制 / 484

18日：忆滑铁卢 / 500

19日：诺森伯兰号离开—对意之战的序言—副王的一个副官讲述的对俄之战 / 502

21日：预言—霍兰德勋爵—威尔士公主夏绿蒂—于我而言珍贵无价的私下交谈 / 505

22日：收到藏书—于波拿巴将军有利的霍内曼的证词 / 514

23日：谈记忆—商业—拿破仑就各个政治经济领域构思的思想体系 / 515

24—25日：谈炮兵部队—它的用处和弊端—学校旧事 / 519

26日：我在对意之战篇章上得到的最新指示—皇帝对德鲁奥将军的看法—谈霍恩林登战役 / 521

27日：我们的一大祸害：老鼠—卡斯尔雷勋爵的谎言—法国的女性遗产继承人 / 526

28—29日：总督要削减我们在朗伍德的开支 / 528

30日：我流亡期间的伦敦王室—乔治三世—皮特—威尔士亲王—逸闻小事—拿骚家族—拿破仑聊到自己的人生 / 531

4月至6月小结 / 546

第四章
对意之战残篇

^{330}我在前面某个地方说过,读者会在本书中读到我手头有的对意之战相关残篇。所以,写了一个月的日记后,我把这部分篇章放在了这里。

回到法国后,我的处境变得无比艰险。因为我再没理由把自己经过皇帝同意才留下来的这部分对意之战残篇私藏起来,不公之于众,再加上当时英国政府把我的全部手稿都扣留了,让我根本拿不出其他素材来讲述我在圣赫勒拿岛上的事,我便把残篇的部分内容出版了。当时我只有一个出版条件:出版商必须说明这只是我根据皇帝的首次口述记下的草稿,之后皇帝肯定会对它进行大幅改动。如今,我的手稿被还了回来,我可以出版我的《拿破仑圣赫勒拿岛回忆录》

了。我曾想过把对意之战的所有残篇都加进去，觉得这能吸引一些读者把草稿和终稿互做比较。我再考虑到这些手稿被保存在好几个人手中，又想到皇帝曾说他希望包括地图、作战方案等在内的所有手稿能被放到一起，精心出版，把这本书留给他的儿子，所以我不无道理地觉得：读者恐怕要等上很久，才能等到这本书的问世。[①]³³¹ 所以我把手头为数不多的一点儿手稿插入书中，它们要么被放在日记的每月月末部分，要么被放在日记中——如果当天我没有太多可说的东西的话。对意之战回忆录总共有二十二章，我回忆录中的残篇占了其中七章的内容。

下面就是对意之战残篇的第一部分：葡月事件、蒙特诺特战役，以及讨论意大利地形的第三章的部分内容。

葡月十三日事件
Ⅰ.共和三年宪法

5月31日，市政府的倒台，以及罗伯斯庇尔、丹东党派的覆灭，导致雅各宾党人走向衰落，革命政府走上末路。之后，公会先后被左右在

[①] 在重印版中，我最想删掉的就是对意之战残篇。我一开始觉得，既然当前人们已出版了整部对意之战回忆录，我的断编残简当然就没有存在的意义了。可我后来还是改变了主意，因为我个人也很想把这两个版本拿来互做比较，并相信许多人都持相同看法。实际上，书中有两页和终稿的内容一模一样；但之后，终稿中的一些用词产生了变化，一些修饰语被更正，一些句子甚至大段段落也被删去了。这么做不是为了优化文字，明显是为了改变意思。然而，我相信许多人会非常想知道这些删减更改的内在原因，探索其背后口述者的思想倾向，继而了解到他当时的观点变化，并从思想观点和相应推论之间的关系中彻底理解他当时的想法。

以这一章为例，其中就有多处变动：皮什格吕的相关部分遭到略微删减，镇压葡月事件的将领人选这个部分则有所增添；但最值得注意的是，口述者一段精彩的独白被完全删除了。为什么他要做此决定呢？这段独白本来就是口述者非常在意的一段内容，他还亲自做了些修改。(《拿破仑圣赫勒拿岛回忆录》中的便是修改后的版本)我觉得，单单这一处地方就足以替我证明：我书中的原文是一点儿都没动过的。——辑录者注。

一些不能长期占据优势地位的党派手中，公会奉行的理念每个月都要变个样子。那场激烈的对抗重创了共和国：地产买卖陷入瘫痪，发行的指券越来越没有信用；军队发不出军饷，只有《财产征用令》和《最高价格法》这些法令文书越垒越高；粮仓空空如也，[332]士兵吃了上顿没下顿；在革命政府中被执行得最为严格的征兵法令已成一纸空文；将士们继续在外面打胜仗，但这是因为那时军队人数达到了有史以来的最大数目；可与此同时，武器弹药日益减少，却没有补充军火的任何办法。

外国势力打着重建波旁王朝的幌子，每天都扩大兵力。沙龙敞开大门，人们肆无忌惮地在里面议论这些事。勾结外国成了件易如反掌的事，人们甚至敢公开策划颠覆共和国的阴谋。

大革命已经老了，它损害了太多的利益，个人被铁血手腕死死地钳制着。犯罪事件频频发生，而且越来越猖獗。所有曾参与政府管控和行政管理工作的人，所有曾为大革命的成功立下功劳的人，每天都被人骂得体无完肤。

皮什格吕被腐化了。他是共和国的第一大将，是弗朗什-孔泰地区一个农民的儿子，青年时期在布里埃纳军校最小兄弟会当修士。他投靠了保皇党，把自己军队辛苦取得的战果拱手送给了对方。

军队中其实并没有多少人投靠了共和国的敌人，将士们依然忠于自己为之浴血奋战、夺取胜利的大革命理念。

各党各派对国民公会产生了厌弃之心，甚至公会对自己都已经生厌了。它的任务是制定宪法，最后它意识到，为了拯救祖国、拯救自己，它得刻不容缓地完成自己的主要任务。1795年6月21日，国民公会通过宪法，这便是《共和三年宪法》。政府被交到五个人手中，起名为督政府；立法机构由两个议会组织构成，它们便是五百人院和元老院。这个宪法被交到初级议会中，等待人民的认可。

Ⅱ. 宪法补充法

333 舆论普遍认为，《1791年宪法》之所以失败，制宪议会颁布的法律要负主要责任，因为它把自己的议员逐出了立法机构。公会没有犯下相同的错误，它在宪法中添加了两条补充法，规定新立法机构三分之二的席位都得由公会议员担任，而且这一次，各省选举议会只能对两个议会机构中三分之一的席位进行提名。公会还另外规定，这两条补充法将作为宪法不可分割的一部分，交由人民批准。

之后，不满情绪蔓延开来。外国势力尤为着急，因为如此一来，他们的所有机会都得落空了。他们希望两个议会机构全由从未参与大革命的新人组成，甚至其中一部分可以是大革命的受害者。那时他们就有望看到反革命派翻身，而且是借助立法机构的力量。

这一派人还是很有头脑的，没有表露他们不满的真正原因。他们声称人民的权利遭到蔑视，因为公会的任务就是制定一部宪法，可它把属于立法机构的权力授予自己的议员，企图攫取属于选举机构的权力。他们说，公会也知道自己此举违逆了民心，证据就是它把一个专制条件强加到初级会议头上：它们若投票接受宪法，就必须同意补充法。公会只能想民之所想。为什么它不让人们对宪法和补充法分别展开投票呢？因为公会知道补充法肯定会遭到人民的一致摒弃。至于宪法，它当然比当前的宪法要好，得到了各方的一致赞同。的确，有些人希望用一位总统来代替五位督政官，还有些人希望成立一个更得民心的议会机构，*334* 但大家基本上都很期待这部新宪法的出炉。至于被秘密小圈子牵着鼻子走的外国势力，他们根本就对自己无意维持的政府体制没有任何兴趣。他们研究宪法，只是为了寻找机会掀起反革命的浪潮，任何能把权力从公会和公会成员手中夺过来的手段，都深得他们的欢心。

Ⅲ.补充法遭到巴黎各区划的反对

巴黎48个行政区划聚在一起，它们就像48个法庭，一大群最不怀好意的演讲家在里面上蹿下跳，其中有拉阿尔普、塞里吉、拉克雷泰勒、沃布朗、雷尼奥等人。煽动所有人反对公会，这事本来就不需要多少能力，何况这些演讲家中许多人还很有能力。

就这样，首都乱了起来。热月九日之后，人们组建了国民自卫军。人们想把雅各宾分子从中排除，可是他们做得过于极端，反让相当多的反革命分子趁机溜进队伍。

这支国民自卫军有4万多人，个个装备精良。巴黎各个区划把它们对公会的满腔怒火转移到国民自卫军的头上，全城抵制补充法。巴黎各区划代表陆续来到公会的大厅中，高声表达了自己的想法。然而公会依然觉得，只要各省接受了宪法和补充法，通过此举表达了自己的态度，这场骚乱自会平息。公会认为，这场首都之乱和伦敦那些常见的震荡并无不同，而且罗马在民会期间不也经常发生这种事吗？9月23日，公会宣布绝大多数初级会议认可了宪法和补充法，可从第二天起，巴黎各区划就任命自己的代表，要在奥德翁剧院召开选民中央议会。

Ⅳ.巴黎各区划的武装抵抗

³³⁵巴黎各区划评估着自己的实力，揣摩着公会的软肋。这个选民议会已然成了暴民大会。

公会取消了奥德翁议会，声称它是非法组织，并下令委员会强制解散议会。葡月十日，武装军队来到奥德翁剧院执行命令。聚集在奥德翁广场上的人听到风声，做了些冒犯性的动作，但并没有任何抵抗行为。

关闭奥德翁剧院的公会法令激起所有区划的愤怒。以菲耶-圣托马斯修道院为行政中心的勒佩勒捷区划，在这场行动中担起了领军角色。公会发布法令，下令关闭它的会议场所、议会就地解散、勒佩勒捷区放下武器。

葡月十二日（10月3日），晚上七八点，默努将军在一群国民代表和内防军特派员的陪伴下，带着一支为数不少的军队，来到勒佩勒捷区划的会议场所执行公会法令。步兵、骑兵、炮兵，所有士兵全被布置在维维安街上，街道尽头便是菲耶-圣托马斯修道院。该区划国民自卫军守在这条街上的住宅窗户后面，还有好几个营排列在修道院的院子里。默努将军指挥的军队陷入非常被动的境地。

该区划委员会自称至高无上的国民代表，声称它们在行使自己的职能，拒绝听从公会命令。一小时后，调解无效，默努将军和公会特使撤离现场，以示让步。他既没能解除该区划国民自卫军的武装，也没能解散议会。

V.默努被解除内防军指挥权

[336]大获全胜的勒佩勒捷区划站稳脚跟，向其他各区派遣代表团，大肆吹嘘自己的胜利，催促众人组建一个可以为其抵抗行动提供保障的组织。人们为葡月十三日做好了准备。

于几个月前进入共和国军队指挥层的波拿巴将军，当时正在费多一家剧院的包厢里听戏。他几个朋友把外面那场好戏告诉了他。对于这么大的一件事，他也是万分好奇。看到公会军队无功而返，他便来到议会的旁观席上，想看看此事后续会如何发展。

公会大为震动。先前随军队同去的议会代表为了洗清自己的责任，争先恐后地站出来指责默努。他最多不过是行事不周，却被安上叛国的罪名，当即被捕。

当时，许多代表站上讲台，描述当前的形势是何等危急。每时每刻都有人把各个区划的消息源源不断地传过来，让人更觉危机四伏。议员纷纷提名，推荐各自信任的将军。曾在土伦和意大利军中做过考察的议员以及和拿破仑有过日常接触的公安委员会把他推荐出来，认为他是当前最有能力的一位军官，能采取雷霆手段，大刀阔斧地把众人从这场危机中解救出来。于是，人们派人进城把他找来。

拿破仑已经了解了事情的详情，很清楚问题症结在哪儿。他在心里盘算了近半个小时，思考自己应该怎么做。

"公会和巴黎之间爆发了一场死战。这时站出来表态，代表法国上下发声，这么做明智吗？谁敢孤身冲进角斗场，去当公会的保卫者？哪怕取胜，这胜利也显得有几分可憎；[337]可如若失败，自己将永远受到后世的唾弃。

"如此的话，为什么要去当替罪羊，把和自己毫无关系的无数罪恶扛下来呢？为什么要去主动招惹危险，在短短几个小时之内使那些令人谈之色变的名字又增加许多呢？

"可是从另一面来看，要是公会倒了，我们大革命的伟大真理会怎么样？我们取得的无数胜利，我们抛洒的无数热血，岂不都成了笑话？无数次被我们击败的外国列强岂不赢得胜利，一辈子把我们踩在脚下了？一个傲慢、邪恶的群体会再度披上胜利的外衣，抨击我们的罪行，展开他们的报复，借由外国之手来统治我们，让我们坠入社会最底层。

"所以，公会若败了，只会助长外国势力，祖国会被贴上耻辱和受奴役的烙印。

"就这样吧！我才25岁，要相信自己的实力，无惧自己的命运！"他做出决定，前往委员会，向它大力陈述一个事实：在如此重要的一个行动中，和三个议会代表共同行事是断不可行的，因为他们实际上手握大权，会阻碍将领的一切行动。他还补充说，他目睹了维维安街上的事，特使代表对此事负有最大责任，可他们却转头来到议会中恶人先告状。

委员会听到这些理由后大为震动，但它又不能解除三个特使的职位。经过漫长的讨论后，委员会为了让众人意见一致（因为当时再没时间可浪费了），决定把将军带进议会。到了议会以后，委员会向公会提议由巴拉斯担任内防军总司令，把军队指挥权交给拿破仑。如此一来，他就摆脱了三个特使，他们还无从抱怨。

拿破仑立刻担起了负责保护议会的那支军队的指挥工作。他来到杜伊勒里宫中默努的办公室，想从他那里获得军队实力、队伍状况、炮兵部署等必要信息。[338]这支军队只有5000个全副武装的士兵和40门大炮，大炮都在萨布隆，被15个守卫看管起来。当时已是凌晨一点。拿破仑立刻让第21轻骑兵队长官缪拉带着300骑兵快马加鞭赶到萨布隆，把大炮带回来，将其布置在杜伊勒里宫的花园中。时间已经非常紧迫了。这个军官凌晨两点赶到萨布隆，撞上了勒佩勒捷区划的一支自卫军特遣队。特遣队想控制炮场，不过骑兵军官骑着马，而且当时地势开阔，便于马上作战，勒佩勒捷自卫军只好后撤。早晨六点，40门大炮被运进杜伊勒里宫。

Ⅵ. 杜伊勒里宫的防御及进攻部署工作

早晨六点到九点，拿破仑跑遍所有岗哨，把大炮安放在路易十六桥、皇家桥、罗昂街前以及多菲内胡同、圣奥诺雷街、图尔南桥等地，把看守大炮的工作交给信得过的手下。到处都是燃着的火线，零散的军队则被派到各个哨岗上，要么守在花园，要么守在卡鲁索广场上。

巴黎全城响起紧急集合鼓，国民自卫军堵在各个出口，把宫殿和花园团团围住。震天的鼓声给他们带来无尽勇气，声音甚至把卡鲁索广场和路易十五广场上的紧急集合鼓都给压下去了。

当前已到火烧眉毛之时，全副武装、组建已久的4万国民自卫军压了过来，他们气势汹汹，誓要反抗公会到底。负责抵抗的正规军人数很少，而且周围全是人民群众，士兵很容易被大众拉拢过去。公会为了增强军力，给另外1500人发放武器，他们便是人们口中的89爱国军。热月九日以后，这些人没了工作，在各自的家乡饱受舆论攻击，只好离开故乡，来到巴黎。他们组成3个营，听从贝吕耶的指挥，一个个作战极其勇猛。[339]他们带动起了正规军的士气，为这一天的胜利立下汗马功劳。

一个由40人组成的委员会（公安委员会成员也在其中），在康巴塞雷斯的领导下主持一切事务。大家讨论个没完，却做不出任何决定，而形势已经越来越紧迫了。

有的人想直接动武，像古罗马元老院对付高卢人一样对付区划自卫军；有的人想把驻扎在圣克鲁高地的军队撤到恺撒营地中，让该军和那里的海岸部队会合；还有的人想派代表团到48个区划中，向他们提出各种提议。就在他们毫无意义地讨论的时候，下午两点，一个叫拉丰的人率领勒佩勒捷区划的三四个营突然出现在新桥上；与此同时，另一支人数差不多的纵队也从奥德翁赶来和拉丰会合——两支队伍已在多菲内广场上集合。

率领400人并持有4门大炮守在新桥的卡尔多将军，理应守住桥的两侧，可他离开岗位，撤到了边门。在此期间，国民自卫军的一个营占领了王子花园。他们自称忠诚于公会，却擅自占领了这个岗哨。另一边，圣洛克大教堂、法兰西剧院和诺阿伊公馆已被国民自卫军武力占领，离对面的岗哨只有十几步路的距离。区划自卫军不停地把女人叫到公会军队那边，甚至自己也不持武器、不戴帽子地过去串门，看上去和正规军亲如一家的样子。

Ⅶ.葡月十三日之战

每过一刻钟，形势就更加恶化。下午三点，达尼康派来一个谈判代表，督促公会把威胁到人民安全的军队撤出去、解散恐怖政策主张者的武装。人们采取战时措施，把这个谈判代表的眼睛蒙上，才带他穿过阵地的各个哨岗。就这样，他被带到了四十人委员会面前。[340]听到这个谈判代表的威胁之词，委员会大感震惊。大约四点，人们把他送了回去。天色渐渐暗了下去，毫无疑问，夜幕的降临只会对人数众多的区划自卫军更加有利。杜伊勒里宫附近各条大街虽然已被封锁，可他们可以潜入沿街的屋子。差不多也在这个时候，人们把700支枪、弹盒及子弹送到公会大厅中，要把公会议员也武装起来充当预备军。许多人慌了起来，直到那时他们才明白自己已经大难临头了。

最后，四点一刻，诺阿伊公馆那里响起枪声，区划自卫军冲了进去。站在杜伊勒里宫台阶上，人们都能听见炮声。与此同时，拉丰的那支队伍在伏尔泰码头突然出现，朝皇家桥挺进。人们命令炮兵开炮。多菲内胡同中8门大炮开火，给所有岗哨发出信号。多次交火后，圣洛克大教堂被攻克。冲在最前面的拉丰队伍，被守在码头、卢浮宫边门、皇家桥桥头的炮兵一顿猛击，溃不成军。圣奥诺雷街、圣弗洛朗坦街和附近地区也遭到炮火的清洗。100多人企图在共和国剧院负隅顽抗，可几枚炮弹就把他们给逼退了。六点，一切结束。

夜里，远处仍隐隐传来爆炸声，这是在阻止居民用木桶搭建街垒。

区划自卫军那边大约有200人伤亡，公会这边伤亡人数也差不多。

他们中大部分人都倒在了圣洛克大教堂门口。

三个国民代表（弗雷龙、路韦和西哀士）表现得十分果敢。

第三百区划，即圣安托万区，是唯一一个给公会出了250人帮忙的区划。虽然公会直到最后在行动上依然摇摆不定，惹来所有阶层的不快，但是，即便该区划各街区没有站出来支持公会，至少也没有反对它。[341]公会不能在行动最开始的时候就下令开炮，因为此举只会鼓舞区划自卫军的士气，连累正规军，可战斗一旦打响，军队知道自己胜券在握后，就只开霰弹了。

VIII. 葡月十四日

勒佩勒捷区划中仍有人员聚集的情况。

14日早晨，几支纵队冲破聚集群众，通过各条街道对黎世留大街和罗亚尔宫展开肃清。几门大炮被拉到主要大街上，各区划人员立刻逃开。当天人们还搜索全城，对各区划的行政中心场所进行摸排，收缴武器，发布公告。当晚，所有地方恢复秩序，巴黎全城重获安宁。

这件大事结束后，内防军众军官集体来到公会，要求它任命拿破仑为内防军总司令，理由是巴拉斯不能同时兼任国民代表和军职。

默努将军被移交到陆军委员会，有人想让他以死谢罪。总司令跟法官说，如果默努论罪当诛，那三个负责一切行动、和区划人员展开谈判的国民代表也该被判处死刑；公会必须先审判那三个议员，之后再审判默努。就这样，他救下了默努的性命。他个人的呐喊，盖过了默努敌人的声音。

该委员会还缺席判处了多人死刑，其中一人就是沃布朗，但只有拉丰被处决。这个年轻人在作战时表现得无比英勇，他带着队伍一马当先冲向皇家桥，在炮火的攻击下连续三次重新组织进攻，直到队伍彻底溃败。拉丰是个流亡贵族，所以，不管人们多么有心相救，也没办法保住他的性命。他在庭上还一再犯浑，多次辜负了法官的好心。

Ⅸ.拿破仑当上内防军总司令

[342]葡月十三日之后，拿破仑必须重组国民自卫军。此事至关重要，牵涉到104个营。

他同时组建了督政府护卫军，重组了立法院护卫军。后来他成功发动了著名的雾月十八日事件，这些军队便是他此次行动的倚仗。他在这些军队中威望甚高，后来他从埃及回国，虽然督政府勒令士兵不得向未着军服的他行任何军礼，可无论他以什么样子出现在他们面前，无论发生了什么事，他们依然甘愿为他而战。

拿破仑统领内防军虽然只有短短几个月，却遇到了无数麻烦和阻碍。当时正值新政府建立之初，政府内部成员各种拉帮结派，经常和议会唱反调。在巴黎是多数派的前区划成员，内部暗潮涌动；重新集结在先贤祠社团中的雅各宾党人，在那边蠢蠢欲动；外国耳目和保皇党分子的势力也不容小觑；由于财政溃败、纸币失信，军队已是怨声载道；而最要紧的是，一场可怕的饥荒正朝首都席卷而来。

不知道有多少次，城中颗粒无存，政府不得不每日发粮，可这也是杯水车薪，而且时常中断。要解决这么多的问题，要在如此动荡严峻的时刻维持首都安宁，那就非得独辟蹊径，想出点儿办法才行。

先贤祠社团的存在，让督政府越来越坐立难安。警察不敢正面招惹这个组织，总司令派人查封了它的会议场所。他人在场的时候，社团成员还不敢有所动作，可他一走，[343]他们在巴贝夫、安东涅尔等人的撑腰下又冒了出来，还跑到格勒内尔兵营中大吵大闹。

他只好经常在市场、街道、区划和街区等地训话。值得一提的是，在首都各个地区中，就数圣安托万区最容易听进道理，也最容易被崇高精神驱使。

就在担任巴黎统帅期间，拿破仑认识了博阿尔内夫人。

当时，人们忙着在各个区划中收缴武器。这时，一个十一二岁的年轻小伙子来到参谋部，请求总司令把他父亲的佩剑还给他，他的父亲也曾是共和国的一位将军。这个年轻人便是欧仁·德·博阿尔内，也就是日后的意大利副王。拿破仑见他一片孝心，且小小年纪处事就如此得体，便答应了他的请求。欧仁看到父亲的佩剑，喜极而泣。拿破仑非常感动，对他颇为照顾。第二天，欧仁的母亲博阿尔内夫人出于礼节，上门表达感谢，没过多久，拿破仑也回访了她。

世人都知道约瑟芬皇后是多么亲善优雅、温柔迷人。两人结识之后，关系迅速升温；不久之后，他们结为夫妇。

X. 拿破仑被任命为意大利军总司令

人们责备意大利军总司令舍雷尔没能抓住洛阿诺战役的机会，之后，当局对他的表现也不太满意，发现他在尼斯司令部中的文员数目竟比武将还要多。这个将军要求政府发钱，好给手下士兵发饷，以及改组各个行政部门；他还要求政府提供马匹，好把手上这批因为没有粮草而快被饿死的马匹换掉。可政府既发不出钱，也给不出马，只能一拖再拖，给他开各种空头支票。于是他派人传话说，[344]要是政府还拖着不给马匹钱粮，他就只能把部队从热那亚河撤到罗亚河，甚至要撤到瓦尔省。督政府下定决心，要把他换掉。

作为一个只有25岁的年轻将领，拿破仑不可能在内防军总司令的位置上坐太久。但因为他拥有军事才华，又深得意大利军的信任，所以貌似只有他才有能力将意大利军从当前的困境中解救出来。他和督政府就意大利军的问题展开讨论，向督政府提供方案，打消了人们的所有顾虑。于是他离开巴黎，前往尼斯。60岁的老将哈特利则离开桑布尔-默兹军，代替他担任内防军总司令。不过，由于粮食危机已经过去，政府又能高枕无忧了，所以这个位置已经没有什么重要性了。

蒙特诺特战役

1796年3月28日—4月28日

从总司令抵达尼斯至切拉斯科停战协议的一个月

Ⅰ.共和三年宪法

从地理和军事角度来看，撒丁王国堪称阿尔卑斯山脉的门户。1796年，撒丁国王下令在通往皮埃蒙特的各个关口修建要塞。如果想在阿尔卑斯山强行打开一条路，借此深入意大利腹地，就必须攻克这些要塞。然而由于山路陡峭，法军根本没办法把大炮运上去；此外，山上一年四分之三的时间都覆盖着积雪，进攻方没有多少时间在这些地方打包围战。因此，我军想过绕过阿尔卑斯山脉，从这些高峰的终止处、亚平宁山脉的起始地进入意大利。阿尔卑斯山脉的最高山口便是圣哥达山口。翻过这个山口，之后就一路向下，再无须爬坡了。也就是说，圣哥达山口往下是布伦纳山口，布伦纳山口往下是卡多雷山，卡多雷山往下是塔尔维斯山口和卡尼奥拉山。[345]而走另一侧的话，则圣哥达山口往下是辛普朗山口，辛普朗山口往下是圣伯纳山口，圣伯纳山口往下是塞尼峰，塞尼峰往下是唐德山口。从唐德山口开始，阿尔卑斯山脉越走越低，最后在萨沃内附近止于圣雅克山，而亚平宁山脉则从这里延伸过去。再往后，亚平宁山脉按相反的走势一路升高，从低往高分别是博凯塔山口，以及附近横在利古里亚和巴马，托斯卡纳、摩德纳和博洛尼亚之间的山口。所以，萨沃内的马多纳山谷、圣雅克山和蒙特诺特境内的众多山丘，可以说是阿尔卑斯山脉和亚平宁山脉交界处最低矮的山峰。

萨沃内这座海港和要塞，由于位置关系，既可做仓储，也可提供补给。这座城市和摩德纳被一条3英里长的铁道相连，从摩德纳到卡尔卡雷还有四五英里的距离，炮兵只用短短几天就可走完后面这段路。卡尔卡雷城建有好几条车道，通往内陆的皮埃蒙特和蒙费拉托。

只有走这里，我军才可不用翻山就进入意大利。这里地势起伏不大，所以后来在帝国时期，人们曾计划在此地挖一条运河。这条运河可和波河、博尔米达河的一条支流形成一条通路（这条支流是从萨沃内附近的高地流下来的），把亚得里亚海和地中海连起来。

如果从博尔米达河发源处进入意大利，我们就能把撒丁军队和奥地利军分割和孤立起来，因为只要拿下此地，我们就可对伦巴第和皮埃蒙特同时形成威胁。我们既可朝米兰进军，又可朝都灵挺进。正因为有这层一损俱损的关系，皮埃蒙特人才必须保护都灵，奥地利人也得保护米兰。

Ⅱ.两军状况

敌军指挥官是博利厄将军。这位将军表现出众，在北方战役中积累了赫赫威名。[346]他率领的军队装备精良，补给充足。法军恰恰相反，他们什么都没有，法国政府也没有能力再提供任何物资。联军部队由奥地利、撒丁、那不勒斯人组成，人数是法军的三倍，而且教皇、那不勒斯、摩德纳和巴马还在不断增兵。

这支军队分为两大军团：一个是奥地利常备军，由四个师组成，其炮兵部队实力强大，步兵部队人数众多，还有那不勒斯一个师的兵力增援，总人数为6万；另一个是撒丁常备军，由皮埃蒙特三个师、奥地利一个师组成。单单奥地利一个师就有4000名骑兵，这支军队的统帅是奥地利将军科里，听从博利厄将军的指挥。撒丁的其他军队要么驻守要塞，要么驻守山口，和阿尔卑斯山的法军对峙，其统帅是奥斯塔公爵。法军常备军由四个师组成，各师师长分别是马塞纳、奥热罗、拉阿普和塞律里埃，每个师只有六七千战斗人员。① 3000骑兵虽然长期驻守罗纳河，很难被击退，可由于缺粮少弹，现状堪忧。昂蒂布和尼斯虽然拥有充足的军火，却没办法运过来，因为所有运输马匹都饿死了。³⁴⁷ 法国财政已是捉襟见肘，虽然政府做出百般努力，却只能从国库中凑足2000路易的现金，供军队开战。法军只能背水一战，把所有希望都寄托在此战的胜利上。只有到了意大利的平原地区，我们才能组织运输、调动炮座，让士兵有衣可穿，让骑兵有马可骑。只要闯进意大利，一切物资都不成问题。可法军只有区区3万人，却要和9万多敌军作战。要是采用常规打法，人数更少、炮兵和骑兵都不占优势的法军肯定抵抗不了多久。不过，我们可以靠迅速调遣兵力的办法来克服人数上的劣势，靠精心安排大炮的位置来弥补炮兵数目的不足。另外，我军士气极高，所有将士都在意大利或比利牛斯有过战斗经历。

---

① 对意之战回忆录已于前不久出版，我们可在相应篇章中找到下面的补充细节。法军可战斗人员总数为3万。没错，内阁清单上的法军实际兵员为10.6万，可其中有3.6万被俘、死亡或失踪；人们一直希望能对军队进行正式盘点，好把这些人从清单中抹去。此外，有2万士兵隶属第八师，被分布在土伦、马赛、阿维尼翁，只负责普罗旺斯的防御工作。分布于瓦尔河左岸的剩下5万兵力，其中5000人在医院养伤，7000人在兵站待命，8000人驻守尼斯、弗兰卡镇、摩纳科、索尔日等地，所以只剩3万人可以参加战斗。——辑录者注

Ⅲ.拿破仑抵达尼斯

3月26—29日，拿破仑抵达尼斯。舍雷尔把军队现状告诉他，情况比他先前想象的还要严重。军粮补给得不到保障，士兵很长时间都没吃到肉了，军中只有200头骡子可用于运输物资，它们最多拉得动12门大炮。更可怕的是，情况一日比一日糟糕，如今一刻都浪费不得，全军待在这里只能等死。所以人们只有两条路可走：要么前进，要么撤退。

总司令发布命令，让军队即刻行军。他打算在战争一开始出其不意地发起进攻，之后再势如破竹地攻过去，打得敌人措手不及。

开战后，法军司令部一直设在尼斯，如今总司令下令将其迁至阿尔本加。司令部的行政人员已经习惯定居于此，他们更在乎的是自己过得是否方便舒适，而不是军队的需求。[348]法军总司令检阅了全军上下，对他们说："勇士们，你们过着衣不蔽体、食不果腹的日子，他们亏欠我们太多了，而且什么都给不了我们。你们在这片悬崖间表现出令人敬佩的耐力和勇气，可它们不能给你们带来任何荣耀。我要把你们带到世上最富庶的平原上。那些富裕的地区、繁华的城池，都将落入我们手中，在那里，你们将获得财富、名声和荣耀。意大利军的士兵们，你们缺少勇气吗？"

这位年仅25岁的年轻将领因为前几年在土伦、索尔日、萨沃内的亮眼表现，已经取得了军队的信任，如今他的演讲更是得到全军上下的一片欢呼。

要想绕过一整片阿尔卑斯山脉，从卡迪波纳山口进入意大利，整支军队就必须集合在它的右侧。要是阿尔卑斯山脉出口处依然覆盖积雪，那这一行动就会非常冒险。由守转攻，这是最难办的事。塞律里埃率领他那个师守在加雷西奥，观察科里在切瓦那边的动静；奥热罗这个师充当后备军，被安置在洛阿诺、菲纳莱到萨沃内的这条线上；拉阿普出兵，直扑热那亚，该师先锋军在塞沃尼的指挥下占领了沃尔特里。与此同时，总司令向热那亚元老院提出取道博凯塔山口和要塞加维城的要求，宣布他要进攻伦巴第，希望热那亚能予以行动上的支持。热那亚一片哗然，议会不断开会讨论此事。

Ⅳ.4月11日，蒙特诺特战役

惊惶不安的博利厄仓促赶到米兰，以支援热那亚。他把司令部设在诺维，将麾下军队分为三支：右翼军交由科里指挥，士兵主要是皮埃蒙特人，其司令部在切瓦，负责守在斯图拉河和塔纳罗河上；中军交由阿尔让多指挥，直奔蒙特诺特，[349]扑向法军左侧，想把法军拦腰切断，在萨沃内的科尔尼什路上将它拦截下来；博利厄则亲自率领左翼军保护热那亚，朝沃尔特里行军。乍一看，这个安排非常合理，可我们若仔细研究一下当地情况，就会发现博利厄实际上分散了他的兵力，如此一来，他麾下的中军和左翼军之间的直线联系就断了，因为两军之间除了山后面的道路再无其他通路。法军则不同，它可以在很短时间内集合起来，集全军之力对敌人任何一支军队发起进攻。只要敌军一支军队溃败了，其他军队就不得不后撤。

敌军中军统帅阿尔让多将军，于4月9日在下蒙特诺特扎营。10日，他朝列吉诺山进军，想经由马多纳山谷发起进攻。负责守住列吉诺山三个棱堡的兰蓬上校得知敌军动向后，派出一支实力强大的侦察队去会会敌军。侦察队在中午到下午两点之间回到棱堡。阿尔让多企图迅速占领这几个棱堡，可连续三次进攻都被击退，只好放弃该计划。由于手下士兵十分疲惫，阿尔让多便占领了一个阵地，打算第二天再次发动攻击，攻下这几座棱堡。博利厄那边则在9日朝热那亚进军。10日一整天，拉阿普和他的先锋军在沃尔特里城前和敌军展开苦战，以争夺关口，保住沃尔特里。但10日晚，他突然后撤到萨沃内，11日黎明时分，他和麾下全师一道来到兰蓬后侧，也就是列吉诺山几座棱堡后面。10日到11日的那个晚上，总司令和马塞纳、奥热罗的两个师经由卡迪波纳山口，包抄到蒙特诺特后面。黎明时刻，阿尔让多四面受敌，前面遭到兰蓬和拉阿普的攻击，后面和侧翼又遭到总司令的进攻。阿尔让多此战一败涂地，全军被彻底击溃。与此同时，博利厄进了沃尔特里，却发现法军已经人去城空。直到12日，他才得知蒙特诺特惨败，法军已经进入皮埃蒙特的消息。^{350}他不得不迅速把部队集合起来，沿着原来那条难走的老路后撤。基于自己当初制订的作战计划，他也只能走这条路。三天后又是米莱西莫战役，可他只有部分军队及时赶到了战场。

V.4月14日，米莱西莫战役

12日，法军司令部移至卡尔卡雷。战败军队后撤，皮埃蒙特军撤到米莱西莫，奥地利军撤到迭戈。

占领比斯特罗高地的皮埃蒙特一个师，把这两个军队的阵地连在了一起。

米莱西莫的皮埃蒙特军骑兵控制了保卫皮埃蒙特的一条要道，科里率领他能从右翼军抽调出的所有兵力与其会合。

迭戈的奥地利军占领了守住阿奎之路关键所在的阵地，此路直通米兰。博利厄还把所有军队从沃尔利特调回来，陆续与其会师。只要坚守阵地，他们就能得到伦巴第派来的所有援军的支援。就这样，皮埃蒙特和米兰的两大门户被护得严严实实的，敌军甚至觉得自己有时间在那里修建工事、筑壕固守。

虽然我军在蒙特诺特战役后取得了一定优势，可敌人相信自己人数众多，足以弥补此战带来的损失。14日，米莱西莫战役为我们打开了通往都灵和米兰的两条通路。

奥热罗率领法军左翼朝米莱西莫挺进，马塞纳率领中军朝迭戈进军，右翼军统帅拉阿普则直扑卡伊罗高地。敌军占领了科塞里亚山丘，鸟瞰博尔米达河，依靠此地为其右翼提供支撑。但从13日起，没有参加蒙特诺特的奥热罗将军气势汹汹地逼向敌军右翼，攻下了米莱西莫的各个关口，包围了科塞里亚山丘。普罗韦拉和他那支有2000人的强大后卫部队被截断，身处绝境的普罗韦拉奋勇突围，后撤到一座废旧的古堡中筑垒坚守。[351]从这个高地，他看见撒丁军右翼部队在为第二天的战斗进行阵地部署。普罗韦拉能否脱困，就看这支军队的表现了。科里驻扎在切瓦的所有队伍会在当夜赶到。所以，法军能否在白天夺下科塞里亚城堡至关重要。然而这座城堡非常坚固，法军攻了几次都以失败告终。第二天，两军交锋。经过一番血战，马塞纳和拉阿普攻下了迭戈；梅纳尔和茹贝尔则夺下了比斯特罗高地。科里发动全面攻击，想为科塞里亚解困，却被击败，普罗韦拉投降。法军沿着斯皮尼奥峡口对敌军穷追猛打，在那里缴获了一部分大炮、大批军旗和战俘。从那时起，奥地利军和撒丁军被分割开来。博利厄把他的司令部设在阿奎，此地位于通往米兰的路边；科里则驻守切瓦，以保护都灵，并防止塞律里埃军队会合。

Ⅵ.4月15日，迭戈战役

不过，奥地利一个掷弹师在凌晨三点的时候，从沃尔特里经由萨塞洛赶往迭戈。当时，法军只有先锋军守在阵地上。奥地利掷弹兵轻而易举就夺下了村庄，法军司令部一片惊慌，想不通敌军是怎么在没惊动我们设在阿奎路上的前锋的前提下赶到迭戈的。经过两个小时的激烈战斗，我们夺回了迭戈，几乎俘虏了敌人整个师。

这段时间里，我们先后在米莱西莫和迭戈失去了博内尔将军和喀斯将军。这两位将军都来自东比利牛斯军，在战场上锐不可当，表现出众。令人敬佩的是，出自这支军队的军官都表现出过人的勇猛和锐气。在迭戈的时候，拿破仑首次注意到一个营长，将其提拔为上校。此人便是拉纳，未来的帝国元帅、蒙特贝洛公爵，此人极有才干，[352]后来在所有军事行动中都扮演着举足轻重的角色。

当时，法军司令把所有兵力都拿去对付科里和撒丁国王，对待奥地利军只求击败。拉阿普负责监视迭戈附近地区的动静，以保护我军后方，同时不能轻视博利厄的行动。博利厄已经元气大伤，只能把残部召集起来并重编。拉阿普那个师因为必须在阵地上坚守多日，故粮草物资奇缺，加上物资运输极其不便，驻军所在地的粮草全被耗尽，因此军中发生了好几起骚乱事件。

塞律里埃在加雷西奥听闻我军在蒙特诺特和米莱西莫战胜的消息，立即行军，占领了圣让高地，并在奥热罗抵达蒙特泽莫托高地的同一天里进入切瓦。17日，经过一番小小的交火，科里放弃切瓦城的防御阵地和蒙特泽莫托高地，退到库萨格利亚河后面。同一日，总司令将司令部迁至切瓦。由于时间仓促，故军把他们所有的大炮都留在那里，连留在城堡中的卫戍部队都顾不上带走。

抵达蒙特泽莫托高地后，法军眼前呈现一片壮丽的景色：脚下是皮埃蒙特无边无垠的肥沃平原，远处是蜿蜒曲折的波河、塔纳罗河以及其他河流；在地平线尽头，群山巍峨，白雪皑皑，如一条玉带一样围绕在这块富饶乐土的边上。这道高耸入云的天堑宛若隔开另一个世界的屏障，被大自然这双鬼斧神工之手打造得异常壮丽，得到艺术家穷极想象的歌颂。它仿佛是被魔法变出来的一样。总司令凝望着群山，感慨道：

"汉尼拔强行征服了阿尔卑斯山,我们却绕过了它。"这话说得很是中肯,寥寥数语就把战争的思想和结果概括了出来。

法军渡过塔纳罗河。我们第一次真正踏上了平原。这样一来,骑兵就能给我们提供一定的援助了。骑兵统领斯唐热尔将军渡过库萨格利亚河,抵达莱塞尼奥,在平原上追击敌军。[353]法军司令部搬到了位于库萨格利亚河右岸的莱塞尼奥,该城就在库萨格利亚河和塔纳罗河交汇处附近。

Ⅶ.4月20—22日,圣米歇尔战役和蒙多维战役

塞律里埃将军把他的兵力集结在圣米歇尔城,并于20日穿过圣米歇尔桥。马塞纳也于当天渡过塔纳罗河,对皮埃蒙特军发起进攻。科里发现自己处境危急,放弃了两河交汇口,亲自率军在蒙多维占领阵地。由于机缘巧合,他率领军队经过圣米歇尔城时,塞律里埃将军正好从桥上经过。科里停了下来,用数倍的兵力和塞律里埃对抗,逼得对方撤退。当时塞律里埃手下一支轻步兵团正忙着抢劫,没有参加战斗,否则他定能守住圣米歇尔。22日,法军总司令通过托雷桥,朝蒙多维前进。科里已在那里建起好几个棱堡,固守在阵地上。他的右翼军守在诺特达姆-德维科,中军守在比科克。当日,塞律里埃夺下了比科克的棱堡,决定了蒙多维战役的走向。该城和城中所有储备物资全都落在我军手中。

斯唐热尔将军率领1000多名骑兵在平原上追击敌军,由于离开大部队太远,遭到数倍兵力的皮埃蒙特军的进攻。那时,他做了一个老将能做的所有安排,指挥部下撤退,等待援兵到来。然而,他在突围时遭遇一处致命刀伤,不幸殒命。缪拉将军带领骑兵击退皮埃蒙特军,并追击了他们好几个小时。斯唐热尔将军来自阿尔萨斯,其人聪明伶俐、头脑活络,是一位优秀的骠骑兵军官,曾在北方军的杜穆里埃将军麾下效

力。他身上既有年轻人的长处，又有年长者的优点，是一位真正的冲锋将领。就在他去世前两三天，他还第一个进入了莱塞尼奥城。几个小时后，总司令进城，那时他已经把司令需要的一切东西都提前备好了：隘路浅滩全被探清，向导已经找好，神父、驿站老板都被问过话了；他还和当地居民打点好关系，朝四面派出间谍，拦截邮局信件，把可能含有军事情报的信件都翻译和分析出来，并采取一切措施去储备物资，让大军好好休整一番。只可惜斯唐热尔视力不佳，这是他军旅生涯的最大缺陷，并给他造成致命后果，导致他不幸丧命。[354]

蒙多维战役结束后，总司令朝切拉斯科前进；塞律里埃朝福萨诺进军，奥热罗则朝阿尔巴挺进。

Ⅷ. 4月25日，夺下切拉斯科

4月25日，三支部队分别在同一时间进入切拉斯科、福萨诺和阿尔巴。科里的司令部就在福萨诺，当天他就被塞律里埃赶了出来。位于斯图拉河和塔纳罗河交汇口的切拉斯科，其防御工事十分牢固，但由于不在边境，武器装备很差，里面一粒粮食都没有。法军司令非常重视这处要塞，在里面找到一门大炮，令人将其好生维修一番，让它在防御中派上用场。先锋军渡过斯图拉河，进入小小的布拉城。

塞律里埃打通福萨诺这个节点后，我们就可以通过蓬特-迪纳瓦和尼斯取得联系了。因此，我们从尼斯得到了许多炮兵补给以及其他一切它能拿出来的物资。通过大小战役，我们还收缴了许多大炮和马匹，它们在蒙多维平原上到处都是、任人拾取。进入切拉斯科后没几天，法军就缴获了60门大炮，骑兵的军马也得到补充。士兵开战时有八九天时间都处于断粮状态，但如今军粮总算得到了固定补给。闪电行军通常导致的抢劫作乱等现象，现今再没发生。我们重树军纪，军队上下在这块丰饶美丽的土地上变得焕然一新。我们的损失得到了弥补。因为快速行军，士气高涨，[355]统帅深谙激励士兵抗敌的艺术（许多时候是以少敌多，至少也是兵力持平），再加上我们接连取得的胜利，免去了许多人员上的伤亡。此外，我军取胜和斩获丰厚的消息一传开，无数士兵就从各条大路、各家医院中赶了过来。我们在皮埃蒙特找到了一处酒窖，里面有从蒙费拉托到法国的所有葡萄酒。先前，法军之贫困潦倒，实难用文笔描述其一二。不知多少年里，军官每个月只能拿到8法郎的军饷，参谋团都没有自己的马匹。贝尔蒂埃元帅的文件夹中还保存了一份发自阿尔本加的军令，里面说要奖给每个将军三个路易。这已经是很大一笔钱了。

Ⅸ.4月28日，切拉斯科停战协议

大军前进到离都灵只有10古里的位置。

撒丁宫廷完全慌了神，不知如何是好，全军上下士气低迷，部分兵力被全歼。奥地利军丧失一半兵力，如今只能想着怎么保住米兰。整个皮埃蒙特乱作一团，撒丁宫廷彻底失去公众的信任。它只好找到法军总司令，请求停战，总司令答应了。法军中许多人其实更希望军队继续前进，夺下都灵。可都灵城高墙厚，如果对方紧闭大门，我们要想攻开城门，就非得平地变出一排大炮来才行。此外，撒丁国王还掌握了无数堡垒。虽然我们取得了一系列胜利，可只要遇到一场小小的失败，只要命运稍稍向敌方倾斜一下，就足以改写全局。两支敌军虽然在战场上连连失利，但论实力，他们依然和法军不相上下：他们有一支强大的炮兵队，更重要的是，他们的骑兵队未损分毫。法军虽然接连取胜，可军队自己也惊讶于自己的胜利，害怕大规模作战。想到自己装备恶劣，我们自己也没有取胜的必然把握。[356]在这种心态下，再微小的不确定因素都会被放大数倍。我们大炮数目稀少，骑兵几乎没有，步兵也弱小不堪，还远离祖国，士兵病的病、伤的伤，可用兵力每日都在折损。以这样的劣势去征服意大利，是大部分军官甚至部分将领想都不敢想的事。从总司令后来在切拉斯科向全军上下发表的讲话中，我们也能体会到军中蔓延的这种情绪。

"士兵们！你们在15天内赢取了6场胜利，缴获了21面军旗、55门大炮，攻克了好几座要塞，征服了皮埃蒙特最富饶的地区。你们俘虏了1.5万战俘，给敌军造成1万多人的死伤。

"在此之前，你们为了一些荒地而战，这些不毛之地因你们的勇猛而为人所知，可它们于祖国是无用的。今天，你们凭靠自己的功勋，终于能和胜利之师荷兰军、莱茵军平起平坐了。你们缺衣少食，一无所有。你们没有大炮，却打赢了战斗；没有桥梁，却渡过了大河；没有皮鞋，却日行千里；没有酒喝，没有粮吃，却照样宿营。唯有共和国的儿女、为自由而战的战士，才能忍受你们忍受的一切！士兵们，我们因此感谢你们！祖国能够繁荣昌盛，离不开你们的功劳，祖国感谢你们。你们，土伦的胜者，曾在1793年告诉世人，你们将把那场战争载入史册；那么，你们今天取得的胜利，昭示了另一场更加伟大的战争的到来。

"先前打算给你们迎头痛击的那两支军队，现在一看到你们就屁滚尿流地逃走了。那些堕落腐化之徒从前嘲笑你们是穷鬼，为我们敌人取得的胜利而暗自窃喜，如今他们一个个惊慌失措，被吓得瑟瑟发抖。可是士兵们！我必须告诉你们，你们尚没做成什么，因为你们还有许多事要做。都灵和米兰还没被你们拿下来呢！逐走塔奎尼乌斯的胜者①的遗骸，仍受着杀害巴斯维尔的凶手们的践踏呢！开战之初，你们一无

---

① 即布鲁图斯。（请看《人名表》）

所有；今天，你们已粮足马壮。士兵们！祖国正期待你们干出一番大事来！你们能向它证明自己吗？我们已经克服了最大的困难；[357]可你们面前依然有许多场仗要打，有许多座城池要拿下，有许多条河流要横渡。难道我们的士气已经开始衰竭了？难道你们想回到亚平宁山和阿尔卑斯山峰顶上，忍着这群奴性十足的兵痞子的唾骂？不行，蒙特诺特、米莱西莫、迭戈、蒙多维的胜利者不是这样的人。他们所有人都渴望把法国人民的荣耀传到更远的地方，都渴望把那些狂妄自大、企图给我们套上镣铐的国王狠狠羞辱一番，都渴望缔造光荣的、祖国已为此做出巨大牺牲的和平。朋友们，我向你们承诺，我们肯定能打赢这场仗，但你们必须发誓做到一件事，那就是善待被你们解放的人民。也就是说，你们要制止可怕的抢劫行为，别像那些被敌人煽动起来为非作歹的暴徒一样。要不然，你们绝不是人民的解放者，而是人民的灾星。你们不仅不会成为法国人民的骄傲，反而会遭到他们的唾弃。你们的胜利、威名、功绩会变成一场空，我们战死沙场的兄弟们的血也全都白流了，甚至我们的名誉和荣光也全都得完蛋。而我，以及所有深得你们信赖的将军，都耻于去指挥一支目无军纪、肆无忌惮、只知暴力行事的军队。而我，代表国民权力、有着极强的正义心和法律感的我，会教会那一小撮无法无天、无勇无胆的人，让他们知道怎么尊重被他们践踏在脚底的人道之法、光荣之法。我绝不能容忍你们的桂冠被烧杀抢劫的行为玷污，我会严格执行发布下去的军规。抢劫者将一律被枪决，而且一些人已经被枪毙了。我也高兴地注意到，军中有许多善良的士兵在积极执行军令。

"意大利的人民！法军来，是为了打破你们身上的锁链。法兰西人民是各国人民的朋友，请满怀信任地走到它面前来吧。你们的财产、你们的宗教、你们的风俗，全都会得到尊重。我们会打出仁义之师的旗号发动战争，绝对无心成为奴役你们的暴君。"

停战会议在法军司令部，也就是萨尔马多里斯的府邸中召开。萨尔马多里斯当时担任国王宫廷主事，后来成为皇帝的宫廷主事。

358 皮埃蒙特将军拉图尔及上校拉科斯特代表国王来到切拉斯科。拉图尔伯爵是一位老战士了，是撒丁王国的陆军中将，对一切新思想都持仇视态度，学识浅薄，资质平庸。上校拉科斯特是萨沃内人，正是年富力强的时候，口齿伶俐、心思敏捷，能和所有人打成一片。法军开出的条件是：国王得退出反法联盟，派一位全权代表前往巴黎缔结最终和约；在此之前，两国暂时停战；无论谈和是成功还是破裂，在此之前，切瓦、科尼、托尔托纳（或亚历山德里亚）三地必须向法军打开城门，城里的所有大炮、军火必须立即交由法军处置；法军将继续占领目前受它控制的所有地区；所有军道必须向法军开放，让法军和法国联络无阻；那不勒斯军队必须立刻撤出瓦朗斯，把此地交给法军，直到法军渡过波河为止；更重要的是，地方民兵必须就地解散，正规军将被打散到各个卫戍部队中，以打消法军的怀疑。如此一来，奥地利军就成了孤家寡人，法军可将其一直追击到伦巴第腹地。阿尔卑斯军和附近的里昂军也可被调动起来，前来与意大利军会合。我们和巴黎的联络路程将缩短一半。最关键的是，我们取得了作战据点，打包围战必需的大炮等装备也有了存放之处。如果督政府最后没有缔结和约，我们仍可围攻都灵。

X. 上校兼副官缪拉穿过皮埃蒙特，把大军捷报带给巴黎

缪拉将军作为总司令的第一副官，把21面军旗和一份停战协议副本带至巴黎。拿破仑是在葡月十三日发现这个军官的，当时缪拉还是第21轻骑兵队的队长。*359* 后来，他迎娶了皇帝的妹妹，当上帝国元帅、贝格大公爵和那不勒斯王。缪拉参与了当时所有的重大军事行动，一直表现

勇猛，在骑兵队中格外亮眼。

法军行军经过的皮埃蒙特各省中，就数阿尔巴省反对王权的声音最大，革命的火种在这里也扎得最深。当时这里已经爆发了骚乱，后来也一直动荡不安。要是不议和，拿破仑继续和撒丁国王对战，那该省会是他最大的帮手，它也最有揭竿而起的意向。15天后，我军拿下了作战方案图上的第一据点，斩获了最可喜的成果，控制了阿尔卑斯山的皮埃蒙特各大要塞。反法联盟身边突然冒出5万法军，极大地威胁到了它的阵线，联军因此在兵力上落了下风。国民立法机构在4月21日、22日、24日、25日、26日的会议中连续五次颁布法令，称意大利军是祖国的骄傲。

撒丁国王同意了切拉斯科停战协议的条件，派雷韦尔伯爵去巴黎展开最终的议和谈判。5月15日，人们在巴黎缔结并签署了和约。根据和约规定，亚历山德里亚要塞将被控制在法军手中；叙兹要塞、拉布伦奈特要塞、流放堡要塞将被拆除。阿尔卑斯山门户大开，国王手头只剩都灵和巴德两处堡垒，只能对共和国俯首称臣。

附注：我们在此提醒读者，上述内容和官方报告之间有出入。官方报告是根据接连收到的军报而写的，可总司令有时候有意掩盖作战计划，以防敌人获知己方的真正兵力。我们必须考虑到他的这些顾虑。例如，官方报告说，博利厄亲自带兵攻打蒙特诺特。当时人们以为这是真事。报告还说，进攻沃尔特里的只有1万奥地利军，实际上它后面还有两支同等兵力的特遣队：[360]博利厄认为他会在该地和全部法军展开战斗，所以让这两支队伍负责第二天的进攻。报告还称，奥地利军只抽调了1.5万兵力去攻打蒙特诺特，因为另外1万兵力都在后面，和在切瓦的右翼军取得联系；可实际上，马塞纳在黎明时从卡迪波纳山口射出的第一枚炮弹，瞄准的就是这支队伍。

即便不考虑总司令的作战部署，也不考虑他和热那亚的谈判，我们也应知道被公布出来的报告只是官方通信中的一部分内容而已；另外，如我们先前说的那样，总司令不想让敌人知道自己的战斗方案和作战风格，所以官方报告和我们此处的内容才有所不同。

我们后来遇到的许多出入之处，都可用这些原因进行解释。我们想再强调一遍：上述结论适用于本书内容和官方报告之间的一切差异。

第三章 残篇
Ⅰ.留守提契诺河的理由

和约既已缔结，科尼、托尔托纳、切瓦要塞又被我军占领了，有的人自然会问：当前是不是渡过提契诺河的合适机会？人们觉得，停战协议的确发挥了作用，让我们获得了许多要塞，把皮埃蒙特军和奥地利军割裂开来。但他们也认为，在继续推进之前，我们若利用当前已经取得的条件，让皮埃蒙特和热那亚全境发生革命，那岂不更好？督政府有权拒绝议和，发出最后通牒以表明意愿。那些人怀疑，在后方未得保障的情况下就贸然远离法国，渡过提契诺河，是否太过冒失？撒丁国王如果站在我们这边，那他自然对法国很有用处；可只要他改变政治立场，就会极大地促进我军的挫败。这个时候，我们切不可对敌人抱有任何幻想：毕竟撒丁王国的宫廷被把持在贵族和教士的手上，共和国与后者是不共戴天的死敌。要是我们在前进路上遭遇一场挫败，[361]他们定会展开可怕的报复。热那亚也让我们十分头疼。该国一直受着寡头政治的统治，虽然许多热那亚人是法国的忠实拥护者，可他们在政治决策上没有任何话语权。热那亚的市民阶级虽然会表态站边，但也仅止于此。寡头统治者操纵军队大权，在封塔纳-博纳谷地和其他地方还有0.8～1万农民，只要情况危急，这些人会立刻应召前来保护他们。而且，我们该打到什么地方停下来呢？难道我们应该渡过提契诺河、阿达河、奥廖河、明乔河、阿迪杰河、布伦塔河、皮亚韦河、塔利亚门托河，把阵线一直推到伊松佐河才罢休？把这么多不怀好意的人留在身后，这么做是否明智？快速行动，不也意味着谨慎行动吗？不就意味着我们要得到一路所经过地区的支持，替换当地政府，把行政管理工作交到那些和我们思想一致、利益相同的人手上吗？要是我们一路杀到威尼斯，不是在把这个有5万人口的共和国逼到敌人阵营中去吗？

Ⅱ.占领阿迪杰河的理由

对于这些问题，我们的回答是：法军应当乘胜追击。敌军过不了多久就会反扑；守在最佳防御阵线上，这才是我们应该做的。这条阵线便是阿迪杰河。它覆盖了整个波河流域，把意大利中部和南部地区截断，围死了曼图亚城。在重新开战之前拿下曼图亚城，此举至关重要。只要布兵阿迪杰河，我们就有办法筹集到军队所需的一切费用，因为我们可以把筹备任务分摊到皮埃蒙特、伦巴第和教皇辖区这些人口大区。我们不是害怕威尼斯与我们为敌吗？最好的解决办法就是在短时间内将战火引到它的国土中。那时候，威尼斯被打个措手不及，根本没时间征集军队、做出决定；不过我们得阻止元老院议政。[362]但相反，如果我们留守提契诺河，奥地利人就能强迫威尼斯和他们站到同一艘船上，甚至威尼斯会出于利益考虑，主动向奥地利投怀送抱。撒丁国王已不足为惧，他的民兵已被解散，英国人也断了对他的援助，撒丁王国内部已乱成一片。无论宫廷做何决定，都只会加剧民众的不满，乱象之后，这个国家就会走向衰退。这个从前的强国，其军队如今只剩1.5～1.8万人，而且这点儿兵力还被分散在多个城市中，连维持国内治安都很勉强，忙得分身乏术。另外，奥地利对撒丁国王也日渐不满。它抱怨说，撒丁王国在首次战败后就弃自己于不顾。它还数落撒丁王国，说当初法国哪怕占据了都灵，撒丁祖辈仍是奥地利忠诚的盟友，可如今它没有损失一城一池，就放弃了两国的共同大业。所以，撒丁宫廷日后更害怕的应是奥地利，而不是法国。我们也无须惧怕热那亚的那些寡头政治家。对付他们的最好办法，就是让他们意识到保持中立的巨大利益。如果在皮埃蒙特和热那亚地区宣传自由理念，点燃内战的烽火，那里的人民自会被煽动起来反对贵族和教士；可暴力事件必然伴随斗争而生，我们必须为此担责。但相反，我们若前往阿迪杰河，就可控制奥地利王室在意大利、教皇在亚平宁山脉的所有附庸地，在那里宣传自由理念，鼓励意大利爱国者反抗外国的控制，挑起博洛尼亚和费拉拉对教皇统治的愤怒。到时，我们无须挑动市民阶层走向分裂；贵族、有产者、农民，所有人都会团结起来，为复兴祖国意大利而共同努力。"Italiam！Italiam！"的呼声将从米兰传到博洛尼亚，产生神奇的作用。它还会传到提契诺河，到时连那里的意大利人都会说："法军怎么不继续前进到我们这里来呢？"

Ⅲ.意大利的地形

[363]意大利北部是广袤的平原，四围是把它和法国、瑞士、德意志分隔开来的阿尔卑斯山脉，把它和热那亚、托斯卡纳分隔开来的亚平宁山脉，以及东边的亚得里亚海。境内有波河流域，有从波河北段注入亚得里亚海的河流流域，以及从波河中段流进亚得里亚海的河流流域。这些流域之间没有任何山丘阻隔，所以水路成了最便利的交通渠道。众多河谷构成世上最丰饶、广袤、肥沃的原野，大小城池如繁星点缀其中，拥有800～1000

万的人口。这块无垠的平原，由皮埃蒙特、伦巴第、巴马、普莱桑斯、摩德纳、博洛尼亚、费拉拉、罗马涅和威尼斯地区组成。

Ⅳ.波河流域

波河发源于维索山，从左岸流入波河的河流有：在都灵，是从蒙热内夫尔山口流下的杜瓦尔河；再往前流到基瓦索，是从大圣伯纳德山流下来的多雷亚-巴尔特雅河；在卡萨尔和瓦朗斯之间，赛西亚河注入波河；到了帕维亚，它又遇到从马焦雷湖和辛普朗高地流下来的提契诺河；在普莱桑斯和克雷莫纳，是从布伦纳山口流下来的阿达河；在博戈福泰，是起源于伊塞奥湖的奥廖河；在戈维诺罗附近，是从加尔达湖流过来的明乔河。从亚平宁山脉流下来的支流则从右岸注入波河，它们分别是：瓦朗斯和亚历山德里亚的下游的塔纳罗河，托尔托纳和卡斯特拉-诺沃的下游的斯克里维亚河，普莱桑斯上游的特雷比亚河，卡萨尔-马焦雷上游的塔罗河，在瓜斯塔拉附近汇入的克洛斯特罗河，在圣贝内德托附近汇入的塞基亚河，在费拉拉邻近地区汇入的帕纳罗河和雷诺河。最后，在离费拉拉30英里的地方，波河经多个河口注入亚得里亚海。这条大河就如同海洋一样，从四面八方把无数支流纳入怀中。由于河面高于沿岸地平面，河床边上筑有堤坝，[364]所以跟荷兰一样，这块意大利最美的土地全靠人工技术抵御河水的入侵。河左岸的每条支流都安静地流入波河，不怎么让人操心，甚至完全不用人操心。多雷亚-巴尔特雅河、提契诺河、阿达河注入波河时，也不会造成多大麻烦。河右岸的支流就没这么老实了，从塔纳罗河开始，所有河流都是一团乱流，造成巨大的水利问题。每年人们都得加高堤坝，在各地交界处，尤其是巴马、摩德纳、博洛尼亚、费拉拉接壤处，洪水问题尤为严重。由于大自然给出的这个难题，意大利非常擅长治水。在这个众所周知其重要性的领域中，意大利水利工程师们做出了非常重要的贡献。

波河两岸支流也各有不同，左岸支流几乎常年都可通船，几乎没有地方能直接涉水而过；右岸支流几乎不能航船，而且到处都是浅滩。有的还算是河流，有的只能说是溪流。

附注：本章到这里就结束了。不能拿出完整的手稿内容，我对此也非常遗憾，而且里面还有意大利应对奥地利的各种防御措施，有些地方甚至连皇帝本人都认为写得极好。他说，只要意大利半岛的地理外貌和地形细节不变，本书就是专业领域里的经典之作。[①]

皇帝对圣赫勒拿岛的称赞—岛上物资紧缺

2月1日，星期四

最睿智、最能让人快乐的人生哲学，教我们在最艰苦的环境中也要从最不悲观的角度去看待问题。皇帝今天也许就抱着这种思想，才在花园里散步的时候跟我们说：不管怎么说，论流放，圣赫勒拿岛说不定还是最佳去处呢。如果我们去了纬度更高的地方，365就要遭受严寒的折磨；若换成随便哪个热带岛屿，我们也会在烈日炎炎中凄惨丧命。他继续说道："当然了，圣赫勒拿岛这块孤岛是个寸草不生的穷山恶水之地，气候也十分单一，不利于健康，但我们得说，这里的温度还算温和与舒服。"[②]

说到这里，他问我，如果我们可以自由行动，我会更喜欢哪个地方？美国还是英国。我回答，如果皇帝想过清净生活，再不理会纷繁世

---

① 1823年版本此处后面还有一句话："人们肯定可以在对意之战的完整作品中读到这些内容。"

② 1823年版此处是"舒服宜人"。

事，那就选择美国；但如果他还对人世存有一点点情感或念想，那该首选英国。想到皇帝刚才描述我们这块苦难之地时为它说了些好话，我就想顺着这话往下说，还大着胆子指出，从某些角度上看，圣赫勒拿岛不算最糟糕的流放地①，我们好歹还能安居一隅，而世界上其他人正在经历一场暴风雨呢。一切冲突性的狂怒都影响不到这里，这么看，我们也算因祸得福，说不定未来还会更好呢。我想努力乐观地看待问题，所以才绞尽脑汁地想出点儿理由，说了这些话。

  在这段时间里，又有一件事让我们清醒地认识到自己的流放身份和处境。白天，有人跟我们说，我们在各项开销上得省着点儿了，说不定还得暂时受点儿委屈。他们说，咖啡已经奇缺，很快就要用完了；他们很久都没拿到白糖了，现在只剩一点点非常劣质的白糖，只能专供皇帝使用，而且要不了多久，这点儿白糖也快没了；其他许多基本生活物资也是类似情况。我们这座岛屿如同海上的一艘船，如果遇到航行时间延长的情况，或者船上要吃饭的人超过一定数目，它马上就会揭不开锅。我们的到来本就加重了圣赫勒拿岛的负担，而且最近再没有商船在圣赫勒拿岛靠岸。人们说，对海上商船而言，这个地方已成了一块被诅咒之岛，一块可怕的暗礁。难道他们不知道，是英国巡航舰在想方设法阻止商船靠岸？[366]其他物资若是短缺，我们尚可忍受，最让我们惊讶和气愤的是，岛上连写字用的纸都快没了。我们得到的说法是，我们在这里住了三个月，已经用完了殖民地的库存纸张。所以，要么是这里纸张的供应量通常很少，要么是我们消耗过大——朗伍德的纸张消耗量是岛上其他所有地区加起来的七八倍。

---

  ① 1823年版此处是"庇护所"。

不只如此，我们还被剥夺了肉体和精神上的一切娱乐。必须指出的是，岛上能去的地方本来就不多，我们还不能充分享受这些地方。因专横武断的人为规定，我们还被剥夺了许多物质享受。例如，人们不给我们栽培草坪和绿植，而这些东西在岛的另一侧俯拾皆是。上将跟皇帝承诺说他可以环游全岛，还说他会在不引起这个囚徒注意的前提下安排人对其暗中监视。可我们也看到了，上将已经打破了这个承诺——一个军官收到他的命令，我们每次出行他都要跟我们待在一起。从那时起，皇帝就不再远足了，我们和岛上居民的一切来往都被切断，被实打实地关了起来。

说到肉类供应，这也让人一言难尽。不知道是因为肉质无法改善，还是因为糟糕的饮食管理，反正那些肉简直让人无法下咽。葡萄酒粗劣无比，菜肴里的油根本就不能用。我刚才也说了，咖啡、白糖全都紧缺。我们在岛上过着近乎忍饥挨饿的日子。当然了，我们也可以不用这些东西，吃少点儿又饿不死人。可他们声称待我们极其大方，想让我们相信我们过得很好，逼得我们只好站出来大呼我们过得并不好，我们根本没有任何享受。如果我们保持沉默，外人还觉得我们在这里过着多么幸福的生活呢。所以我们至少要让外人知道，我们是靠着强大的意志才能抵抗那些用任何言语都无法言述的痛苦。

我儿子第一次放血—皇帝给了我一匹马
2月2日，星期五

儿子一直觉得胸部不适、心跳很快。我找到三个外科医生，[367]他们说得给他放血。英国人最喜欢用这个治疗手段，觉得放血包治百病，于是遇到大病小病都这么干。可这对我们来说还是个新鲜东西，我们吃惊的样子引来英国人好一番嘲笑。

大约中午的时候，我们乘车出去溜达了一圈。散步回来，皇帝叫人把新买的一匹马牵过来。这匹马腿蹄轻捷，非常俊美。皇帝让人试骑了一下，觉得很不错，当即就慷慨地把它送给了我。可我骑不了，因为它实在是太桀骜不驯了。于是皇帝把它转送给了古尔戈将军，他比我更精通骑马，是个马上能手。

皇帝英语取得进步
2月3—6日，星期六至星期二

3日那天的天气简直可以用"可怕"二字来形容，暴雨连着下了一整天，人们根本没法出门。糟糕的天气持续多日，我从没想过我们能在屋里待那么长的时间，一点儿冒雨出门的可能性都没有。

屋子里到处都是水，豆大的雨滴从屋顶渗进来，滴滴答答地打在地上。我们坐在屋里都能感觉到外面的天气有多恶劣，我的心情沮丧到了极点。

有天早晨，皇帝问我："您怎么了？这几天您像变了个人似的，是精神不好吗？您是想当塞维尼夫人笔下的那个德拉贡吗？"①我回答："陛下，我是身体不舒服。眼睛的状况让我愁死了。如果是精神问题，

---

① 德拉贡：忧郁，不安，思虑过多。索梅尔写了一本极有学术价值的《塞维尼夫人的语言词汇》（Sommer, Lexique de la langue de Mme de Sévigné），这本书被收入《法国文豪》的第八、第九册。他注意到，这位侯爵夫人在她的信中多次用到这个词。在索梅尔看来，这是"塞维尼夫人和格里尼昂夫人之间的一个私下用语，说不定在她们的词汇表中另有所指"。（请看《塞维尼夫人的语言词汇》第一卷307～309页内容）据索梅尔所说，"这个词在17世纪的所有词典中都是找不到的"。（出处同上）这话并不完全正确。1694年出版的《法兰西学术院大词典》（Dictionnaire de l'Académie française），就有"德拉贡"这个词条，解释是："'德拉贡'这个人物被用来指代那些瘦削、脾气暴躁易怒的人。"塞维尼夫人只不过借用了这个词，拓展了学术院赋予的意思而已。

我还能驾驭它，只要我有驾驭的缰绳——陛下赐我的那双马刺就是我的制胜法宝。"

不过，皇帝每天都会花上三四个小时去学英语，有时甚至会学五个小时。他取得了非常大的进步，有时候他自己都为此感到吃惊，开心得跟个孩子似的。有一天，他在书桌旁说他是因为我的关系才能攻下英语，说这是一桩大成就。后来，他还一再提及这事。其实皇帝学有所成，我并没多大的功劳，只是给他提了学英语这个点子，[368]并时不时跟他说起这件事罢了。开干后，我要做的不过是每天高效有序地帮他梳理学习内容，这是他保持学习信心的关键。要是他想学习的时候身边没人，必须把学习这件事推到第二天去，那他就会立刻倦怠起来，而且会一直倦怠下去，直到学习热情被某件事再度激起。有一次，我们在学习中途闲聊了几句，他偷偷跟我说："我需要被人推着走，只有感受到进步的乐趣，我才能坚持下去。朋友，说句你我都同意的话，这事根本就没什么意思。在我们当前按部就班的生活中，并没有什么消遣的东西。"

晚饭前，皇帝会下几盘国际象棋。晚饭后，我们恢复了中断已久的下翻转棋的习惯。由于先前输赢掏钱都不认真，于是大家商量一致，把赢的钱凑到一起，由我们一起商量该怎么花这笔钱。皇帝询问大家的意见，有人提议把它送给岛上最漂亮的女奴，该提案被全票通过。大家开始积极地玩起牌来，第一天晚上就攒了两个半拿破仑币。

皇帝听闻缪拉之死
2月7—8日，星期三至星期四

塞班纳号护卫舰从好望角抵达圣赫勒拿岛，把最近的报纸给我们捎了过来。在花园中散步时，我把报纸翻译给皇帝听。其中一份报纸上刊登了一个巨大的悲剧：缪拉和几个人在卡拉布里亚下船后，就地被捕枪决。听到这个意外的消息，皇帝打断我的阅读，痛苦地高喊："卡拉布里亚人真是比把我送到这里来的那些人还要仁慈和宽厚啊！"这就是他说的全部。我们沉默了几分钟，他再没说什么，我就继续读报。

皇帝从厄尔巴岛回来后，缪拉也许也曾回心转意，甚至有过自己可以再创奇迹的想法。[369]这个造成我们的悲剧的主要肇事者，如今凄惨地死了！1814年，他本可以凭勇猛无畏的气魄，把我们带离深渊，可他背叛了我们，加速了我们的毁灭。他在波河河岸牵制住了副王，和他交火，可如果他们两人联手，定可以拿下蒂罗尔的咽喉，从德意志一路杀下，攻到巴塞尔和莱茵河岸，从背后侵袭联军，一举摧毁它的后方，斩断它在法国的所有退路。

皇帝在厄尔巴岛的时候，不屑于和那不勒斯王有任何联系，但在回法国的路上，他给缪拉写信，说自己要夺回王位，并带着复仇的快感向他宣布他们之间再无纠葛。他原谅了缪拉在亡国时刻的所作所为。为了表示友好，他还会派人过去和缪拉签署国书，并劝他无论如何也要保持和奥地利的良好关系；如果奥地利要朝法国派兵，他只需牵制住奥军就可以了。缪拉当时仿佛又有了年轻时的血气，表示自己不要什么国书，也不要什么签字。他大喊，他有皇帝的承诺和友谊就够了；他会证明自己不是罪人，而是个不幸儿。他说，他可以通过自己的忠诚和勇气让皇帝忘记过去。

皇帝说："缪拉命中注定会成为我们的祸患。他先是抛弃了我们，导致我们走向毁灭；之后又太过热忱地支持我们，导致我们一败涂地。他做事毫无章法，在进攻奥地利的时候既没有合理的作战方案，也没有充足的应对之策，一下子就被对方击垮了。"

奥地利甩掉缪拉这个麻烦后，便以此为借口，说重返政坛的拿破仑依然野心不减。之后，无论他怎么向奥地利表明自己的温和态度，它都拒不接受。

缪拉开战这件祸事发生之前，皇帝其实已经和奥地利展开一些谈判工作了。一部分附庸国（我在这里就不用指名道姓了吧）派人传话，说它们定会保持中立。可那不勒斯王倒台后，形势便急剧逆转。

有人企图把拿破仑说成一个冷血无情的人。[370]可事实上，无论别人对他做了什么，他都从没想过报仇这种事，更不会记仇。他通常会用激烈的方式发泄怒火，可火气下去后就好了。了解他的人都清楚他的这个性子。缪拉曾变节背叛（我们刚才也说了，缪拉毁了他两次），可之后他依然跑到土伦寻求庇护。拿破仑跟我们说："我曾考虑过把他带去滑铁卢，但法军是何等爱国，我不知道他们能否忍下心中的反感和憎恶，接纳这个他们认为背叛和毁灭了法国的人。我并不认为自己有能力保护他，虽然他也许能帮助我们取得胜利。实际上，在战斗中的某些时候，缪拉能起到多大的作用啊！在那场战争中，我们若要取胜，需要做什么呢？要插入英军的三四个方阵。缪拉最擅长发起这种冲锋，是最合适的人选。在我们的骑兵队将领中，再找不到一个比他更有决断、更加勇猛、更加出众的人了。"

皇帝说："说到拿破仑和缪拉分别登陆法国、踏足那不勒斯，这两件事根本就没有任何相似之处。缪拉此举师出无名，只能走胜者为王、败者为寇这条路，而且他收回那不勒斯的方式和时机有问题，导致他的成功也只是镜花水月。我是被人民选出来的统治者，根据如今的思想，我是合法的君王，可缪拉并不是那不勒斯人，那不勒斯人也从没选他当自己的国王。他怎么可能取得那不勒斯的支持？何况他发表的讲话根本不切实际，言之无物。斐迪南·德·那不勒斯应该也完全可以把缪拉说成暴乱煽动者。他的确这么做了，并在最后以这个罪名处置了缪拉。"

拿破仑继续说道："他的情况和我是多么不同啊！我回国之前，法国上下有着一致的诉求。我登陆法国，发表宣言，表达的完全是国人的心声；每个人读到宣言，都觉得它把自己的心里话都讲出来了。当时法国民怨沸腾，我便是他们的出路。病疾配良药，效果立竿见影。这次史无前例的雷电行动得以成功，这才是关键。我们要从本质中追究此事的根源。并没有什么阴谋煽动，法国就掀起了滔天巨浪。人们没有相互沟通一个字，[371]全国上下就达成了一致，朝解放者所经之路奔了过来。我孤身打下第一场战斗后，立刻得到了所有军队的投奔。我来到巴黎，还没动手，现任政府和它的所有官员就像乌云遇到了太阳一般，立刻消失不见了。即便最后我栽在敌人的手上，我也绝不是暴乱头目；我是得到全欧洲承认的君王，有自己的头衔、旌旗和军队，大步向前，向敌人发起战争。"

波利埃尔，斐迪南—地理学图鉴
2月9日，星期五

在翻译给皇帝听的报纸中，我发现了关于波利埃尔的报道。他是赫赫有名的西班牙游击队中最杰出的领导人，不久前号召国民上下反抗斐迪南的暴政统治，可惜以失败告终，最后被逮捕和吊死。

皇帝说："我对西班牙发生这种事完全不感到吃惊。我从厄尔巴岛回来后，先前在我入侵西班牙时展开殊死抵抗、在抵抗运动中声望甚高的那部分西班牙人立刻给我写了信。他们说，他们先前反对我，是因为我是他们的暴君；如今他们恳求我，因为我会是他们的解放者。他们说，他们只求我一件微不足道的小事：帮助他们获得解放，让半岛如法国那样掀起一场革命。要是我在滑铁卢打了胜仗，之后就会对他们施以援手。此事让我明白了如今为何会发生这场起义。这种事肯定还会再度发生。斐迪南再怎么握紧权杖也没用，某个美丽的清晨，它就会像条鳗鱼一样从他手中滑脱。"

读完报纸后，皇帝闲来无事，就拿起了我的《勒萨日的历史学、系谱学、编年学及地理学图鉴》。我等这一天已经很久了，因为他以前总是翻一翻就放下。我给他分析英国地图，跟他讲著名的玫瑰战争。[372]对广大读者来说，要是没有类似图鉴的帮忙，他们根本看不懂这场战争。皇帝惊讶地发现这本书竟如此实用，开始翻阅其他内容。看到俄国部分时，他也说，要是手头没有这类书，他很难捋清历代沙皇乱七八糟的继位顺序。看到法国部分时，他更是惊讶于书中独到的论证——尽管很久以前《萨利克法典》就已问世，可路易十六继承王位后，这部法典仿佛从不存在似的。

皇帝经常停下来欣赏图鉴中精细完整的框架，惊讶这么一本小书竟能把这么多要点串联起来，里面有历代君王统治顺序图、亲缘关系图、家族谱系等内容。他反复念叨一句先前就跟我说过的话，大概意思是：要是他早点儿知道这本书，一定会让我再出一个更易携带、成本更低的版本，把它设为中学教材。

他补充说，他也曾想过以这类书籍资料为参考，以深入浅出的方式重写整部历史。我说，我也有此想法，而且休谟已经开始这么撰写英国史了；此外，普弗菲尔的德意志史、艾诺的法国史和北方三国史也即将问世，不过他们都没把我们最近发生的大事写进去。

下午四点，我把第二天就要启程返回欧洲的塞班纳号船长引荐给了皇帝。一同拜访朗伍德的还有锡兰军团上校麦科伊。这是一位勇士，站在那里时，就像一座伤痕累累的纪念碑一样。他只有一条腿，前额有道深深的刀疤，脸上其他地方也有无数疤痕。他曾在卡拉布里亚战役中坠马，被帕尔图诺将军俘虏。皇帝待他格外不同，看得出来，他对上校有着惺惺相惜之情。麦科伊上校还曾是科西嘉岛军团的少校，该部队的指挥官洛韦就是圣赫勒拿岛的新任总督。上校曾跟别人说，他觉得皇帝在这里受尽虐待。但他对洛韦将军赞不绝口，称此人为人高尚、拥护自由理念，[373]他来了圣赫勒拿岛后，肯定会想方设法地改善我们的生活条件。

之后，皇帝骑马出行。我们再度来到了以前常去的那座山谷，直到七点多钟才回来。回来以后，皇帝继续在花园散步。今晚天气凉爽，月色皎洁，天气一下子就好了起来。

谈埃及—尼罗河旧方案
2月10日，星期六

现在，皇帝已能说一口流利的英语。有时候，他甚至靠翻字典就可单独完成阅读。见自己取得了切实的进步，他着实感到高兴。今天的英语课是阅读《大不列颠百科全书》中"尼罗河"这个词条。阅读时，他时不时记点儿笔记，想把它加进他叙述给大元帅的回忆录。词条中有一段话，从前我和皇帝交谈时提过，他一直觉得那是天方夜谭，这段话是这样写的：伟大的阿尔布克尔克曾向葡萄牙国王提议让尼罗河改道，让它在进入埃及河谷之前注入红海，如此一来，埃及就会成为一片难以通行的沙漠，好望角就是印度贸易的唯一通路了。布鲁斯并不觉得这个庞大的计划完全不可行，皇帝看了也大为震惊。

五点，皇帝乘车出去散步，一路上甚感惬意。人们预先砍掉了一些树，把原来的道路扩大了三倍，造出了一个自然的观景道。回来后，我们看夜色动人，干脆又在花园里散步良久。大家说起了一些很有深度的重大话题，谈各派宗教，谈宗教思想，谈里面掺杂的许多荒谬可笑之事，谈于宗教有害无益的狂热主义，谈反对宗教的质疑之声。整场谈话妙趣横生，皇帝在那里侃侃而谈，如他一贯的那样提了许多过人的见解。

单调的生活—无聊—皇帝倍感孤独—讽刺画
2月11日，星期日

[374]皇帝今天读了《大不列颠百科全书》中的"埃及"词条，记了许多笔记，它们在他讲述埃及之征时会派上用场。他觉得学习英语是件非常令人开心的事，整天念叨自己对取得的进步感到多么骄傲。他现在已经可以靠自己阅读英语文章了。

下午四点，我陪皇帝去花园散步。最开始花园中只有我们两人，但之后陆续有人加入我们的行列。今天天气非常温和，皇帝感慨着我们平静孤寂的生活。今天是星期天，所有工人都在远处干活。他补充说，不过也好，这样人们就不会批评我们铺张挥霍、肆意享乐了。实际上，我们很难想象比现在更加单调、更没有娱乐活动的生活。

皇帝以一种令人钦佩的忍耐力扛住了这种日子。他比我们平和泰然得多，他自己也说了，少有人能比他更理智平静。他平时十点休息，直到五六点才起床，更准确地说，是才露面。他说，他待在外面的时间最多只有四个小时。一个囚徒每天被允许从单身监狱出去透气的时间，差不多也就这么长了。可是，他每天在室内忙个不停，在漫长的孤独中做了大量的思考。只要让头脑动起来，皇帝就觉得自己依然保持着思想上的活力，觉得自己的大脑在各方面还没有生锈。他甚至还惊讶地发现，尽管近一年发生了那么多事，可他这个主角竟然没怎么受到它们的影响。这就好比铅划过大理石，留不下任何痕迹，重压固然可以让弹簧收缩，却不能让它折断，弹簧总能靠自己的弹力恢复原样。皇帝还说，他不认为世上还有谁比他更能懂"能屈能伸"这个道理，这才是理性的胜利，才能体现灵魂的韧性。

375乘车出行的时间到了。朝马车走去的路上，皇帝看到了贝特朗夫人的女儿小奥坦斯。他非常喜欢这个小女孩儿，便招手唤她过来，温柔地抱了抱她，还让她和蒙托隆的小儿子特里斯坦一道跟自己乘车出游。大元帅把刚收到的报纸读完，在途中讲了他在报上看到的一些值得一提的句子和讽刺画。他跟我们描述了一张辛辣的讽刺画，该画由两幅图组成：第一幅画的是拿破仑把一封信递给哈特菲尔德夫人，让她把信烧了来救她的丈夫的场景，下面写着一行话——一个篡位者的暴虐之举。另一幅画则是另一个场景①，画中拉贝杜瓦耶夫人和她的儿子跪在国王脚下，国王转头不理，稍远处，人们正在枪决一个人。这幅画下面写的是：正统即位者的慈父之举。

说到这里，我们便跟皇帝提起波旁复辟之后冒出来的一大堆讽刺画。他兴致勃勃地听着我们的描述，有时甚至忍不住笑出声来。有一幅画叫"杜伊勒里宫殿"，画中一群鹅和火鸡大摇大摆地从正门走进宫殿，一群来自各个国家、拿着各种武器的士兵在后面吆喝着它们；另一边，一只老鹰从一楼窗户展翅飞出，冲上高空，下面写着：改朝换代。

---

① 该段剩下内容在1823年、1824年版本中均没出现。

皇帝说，虽然讽刺画有时能替落难者报一箭之仇，但是它们一直都让权力机关头疼不已。他说："人们也画了不少画来讽刺我呢！"他问我们看过哪些攻击他的讽刺画，我们就跟他提了一些。有一幅画让他拍手大笑，觉得它有趣而不失格调。在这幅画中，老乔治三世站在英国这边，愤怒地朝对岸的拿破仑扔过去一棵巨大的甜菜，喊道："你自己造糖去吧！"

皇帝走了很长一段路

2月12日，星期一

大约下午四点①，皇帝去花园散步。这天风和日丽，大家都说，这有了几分欧洲最和煦宜人的夜晚的味道。[376]自从来到这个岛后，我们还从未享受过这样的好天气呢。皇帝让人备好马车出去散心，打算在花园那排橡树下乘车，绕过一个海拔比我们常去的山谷要高一点儿的盆地，前往大元帅家中。如果可以的话，之后再在马松夫人的宅子附近停一停，此地就在朗伍德的背面。来到贝特朗夫人家中后，皇帝请她上车，我和蒙托隆夫人当时已在车上就座，其他人骑马，所有人都到齐了。在离贝特朗夫人住处几步远的地方，是个有士兵驻守的岗哨，这里地势高低不平，马匹不愿继续往前走，我们只好下马步行。路上的木障打开后，宽度也不够马车通过。不过英国士兵跑了过来，努力把木障搬开，看得出他们是真心想帮忙。来到盆地以后，皇帝觉得走路散步是件格外惬意的事，所以想继续步行一会儿。过了一段时间，夜幕降临，皇帝想让马车往前走到马松夫人家门口再折回，其间我们继续散步。夜色渐浓，月华如水。我们一路走来，不由得想起从前的美好：在欧洲的时

---

① 1823年版本此处是："天气恢复晴朗。大约下午四点的时候……"

候，我们也是如此，于仲夏夜里在城堡周围散步。

马车回来了，但皇帝依然不想乘车，就打发马车去贝特朗夫人家等着。走到贝特朗夫人住处后，他还想走回朗伍德。回来后，皇帝感到非常疲惫。今天他走了近6英里，这于他而言着实是个大数字，毕竟他向来不习惯走路。

圣赫勒拿岛的恶劣气候—对这本日记的重要说明
2月13—16日，星期二至星期五

我说过，圣赫勒拿岛没有四季之分，只有好天气、坏天气之别，而且天气说变就变，极不规律。这几天一直下雨，[377]我们只能偶尔出门。要说我们这四天一成不变的生活中有何变化，我可以用不到四个字说完。此外，我想在这里提前向读者说明一件事，而且只说这一次。读者在日记中会时不时发现我把好几天发生的事写在一篇日记中，那是因为我把已经成文的那几天的日记内容删了一部分。读者不难猜到我这么做的几个原因：有时是因为我觉得日记内容还不成熟；有时则相反，是因为我觉得话题过于严肃，需要日后更多的信息补充；还有的日记通篇都是人身攻击，这不符合我的为人，所以我把它们都删了。尽管如此，日记中还是有少量攻击文字，它们之所以能得到保留，只因为它们契合了我写这本日记的主旨，即展现皇帝的为人、性格。我只能这么安慰自己：这些文字只展现了某些人在公众面前的面貌，只说了些世人皆知的事而已。

此外，我也必须留意一件事：我写这本书会给自己惹来许多麻烦。但这是我的一个神圣义务，我必须尽自己最大的努力把它做好。至于其他事，随他去吧！

皇帝对法国政事的观点

2月17日，星期六

早晨六点，皇帝翻身上马。我们绕着围栅骑了几圈，然后朝山谷走去，走的是去大元帅家的那条路。在大元帅家门口，众人拉住马，排队站在路边，好让一两百个诺森伯兰号的水手先过，朗伍德和营地仍在修建，这些人每天都得往那里搬各种木材石料。皇帝跟军官攀谈了几句，友善地对我们从前的伙伴笑了笑，他们看到他似乎也很高兴。

我说过，我们时不时能收到欧洲报纸，[378]这些报纸能让我们暂时找点儿事情做，也能激起皇帝从前踔厉奋发的一面。今天，他留意到法国局势总体上没有好转，反复叹道："波旁家族这次别无他计，只能拿出铁血手腕了。四个月过去了，联军即将撤走，可政府仍只能拿出一些权宜之计，没办好任何一件事。一个政府要活下去，就必须有自己的原则。很明显，这届政府的原则就是恢复从前的陈腐理念。那它就干脆坦率点儿。在当前这个环境下，议院最是个祸害。国王错误地信任它，可它在人民心中根本没有什么分量。要不了多久，国王就会疏远人民，双方不再信奉同一个宗教、说同一门语言。到时候，如果有人向人民散播谬论，让他们相信了有人要往水源投毒、在地下布置爆炸这种事，任何个人都没办法在人民中破除谣言了。"皇帝最后下了一个结论：政府会动用司法处决一些人，会表现出强烈的反动统治倾向，可这只能引发民怨，而不能制服人民；①法国迟早会如火山爆发，把国王、宫廷以及王权支持者统统吞噬掉。他说："即便命运真的指定要波旁家族统治法国，能坐稳江山的也只是这个家族的前几代人而已。如今，他们的境况比去

---

① 该段剩下的内容在1823年、1824年版本中均没出现。

年还要难。先前情况紧急的时候，人们会把波旁家族视为外国列强和法国之间的调停者，纵然当时祖国山河破碎、国家威名扫地，可毕竟该家族对此没有直接责任。这一次倒好，他们成了我们敌人的盟友，踩过后者造出的尸山和废墟才回来的。他们还为此很开心。他们毁了我们的民族，毁了民族的实力、荣耀和历史，还厚颜无耻地和敌人分享祖国的残骸，分赃时只得到了羞辱和蔑视，他们对此却仍毫不在意。在任何民族看来，他们都已不算法国人了，他们自己剥夺了自己的公权。"

至于欧洲，皇帝觉得它和从前一样动荡不定。它的确让法国元气大伤，[379]可法国总有一天会在各族人民的暴乱中重获新生（所以各国君主才要采取各种措施，尽量避免此事的发生）；如果反法联盟内部发生龃龉（这也是极有可能的事），法国也可夺回从前的荣耀。

我们的处境只有通过英国才能得到改善。可英国是不可能帮我们的，除非是因为政治利益、内阁更迭或某个君主死了，又或者迫于舆论压力，使它必须顾及自己的国家荣誉。可是，政治利益靠的是阴谋，人事更迭靠的是意外。至于很容易理解的国家荣誉感，现任内阁似乎并不看重，但愿下届内阁不会对此漠不关心吧。

皇帝回忆家庭的温馨—岛上两位小姐

2月18日，星期日

十点，皇帝把我叫了过去。他刚从外面回来。人们跟我说他去打猎了，他却矢口否认，称自己大概六点的时候骑马出去，并吩咐下人别来打搅他这个大老爷的睡眠。我们开始学习英语。早餐被端了过来，味同嚼蜡，我忍不住提了提意见。皇帝对此表示同情，还说人得饿上好几顿才有胃口吃下这种饭。我们继续学了一个小时，之后，由于天气炎热，便稍事休息。

五点，皇帝去花园散步。他开始讲述自己在家乡无忧无虑的幸福时光，讲述祖辈居住的农屋，以及周围大片大片的农田。我敢肯定，再没有比这更恬淡悠然的生活了。想到这幅温馨无比的画面，我们脸上不由得浮现了微笑，皇帝看到我们的样子，立刻揪起其中一个人的耳朵。他继续说道："这份幸福如今只存在于法国民谣中了；380 大革命带来天翻地覆的变化，夺走了老一辈的这种生活，而年轻人对这种幸福是全然陌生的。我刚才描述的这一切已经不复存在了。"他说，被迫离开家园，离开童年时跑上跑下的那座花园，还失去了父亲的住宅，这就相当于没了故乡。有人补充说，惨遭失败后失去自己刚搭建好的家，离开和妻子一起生活、和孩子共享时光的那座房子，就相当于第二次失去故乡。不知道有多少人经历了这样的浩劫！今天的世道是多么变化无常啊！

　　我们乘上马车，如往日那样出去散步。

　　晚上吃饭时，人们提到了岛上的两位小姐，其中一个生得花容月貌、姿色撩人，另一个娉婷婀娜、风姿绰约。两人的美貌得到众人的一致称道。皇帝只见过第一位小姐，对她印象深刻。有人冒昧地跟他说，即便他看到第二位小姐，也肯定不会改变自己的看法。他便问对方会选择谁，此人说他非常喜欢第二位小姐。这听起来很矛盾，皇帝便问为什么。对方答道："如果我想买一个女奴，那我肯定选第一个；但如果我想获得幸福，我就会追求第二个。"皇帝生气地说："也就是说，您觉得我审美不佳、品位低俗喽？""不是的，陛下，我只是觉得陛下和我审美不同罢了。"他笑了笑，没再说什么。①

---

① 人们并不知道这两个女子的名字，杜南猜测她们是当时圣赫勒拿岛上颇有名声的"四大美女"中的两位。请看《圣赫勒拿岛回忆录》批注版第一卷第395页注释1。

2月19日，星期一

今天一大早，皇帝就起了床，准备骑马出去。当时才刚刚六点，但我先前就叫人把我唤醒，早就准备齐全地等在那里了。他看到我后非常惊讶，觉得我非常体贴。我们在林子里瞎逛到大约九点才回来，那时太阳已经很晒了。

下午四点，皇帝想试试自己的英语水平，[381]可结果不佳。他说，他觉得今天一整天都很不顺，什么事都做不成。即便去花园散步，他也没有恢复好心情，晚饭他也吃得不好，餐后也没有如往常一样下几盘国际象棋，看别人下了一盘棋就回屋了。

皇帝在厄尔巴岛上的工作—柏柏尔人对拿破仑喜爱有加

2月20日，星期二

今天天气非常糟糕。皇帝昨天一整夜都身体不适，早晨好了一些，下午五点以后才出房间。大约六点，我们趁着天还没暗，乘车围着围栅走了几圈。人们送来的这几匹马都老了，一遇到障碍物就不肯走，今天这么走走停停地弄了好几次。大雨导致路面泥泞难走，有一次，我们使出浑身解数才没让皇帝步行返回。当时，大元帅和古尔戈将军没有办法，只好下去推车。历经千辛万苦后，我们总算回来了。散步的时候，我们谈起了厄尔巴岛。皇帝说他在那里修了路，建了房子，最优秀的意大利艺术家都争先恐后地涌到那里，以能在那里做美化工作为荣。

他说，他的幡旗在地中海有着举足轻重的地位。他还说，柏柏尔人视他的旗帜为圣物，经常给他手下的船长献礼，跟他们说这是报答他在莫斯科对他们的恩情。大元帅补充说，这个民族的一些船还曾在厄尔巴岛抛锚，引起当地人的恐慌。人们问来者有何意图，甚至直接问他们是否抱有敌意，他们回答："和伟大的拿破仑为敌？啊，绝无可能……我们不会向上帝宣战！"

带有厄尔巴岛旗帜的船进入地中海港口后，[382]除了里窝那，其他港口都热烈欢迎它们，让船员有宾至如归之感。有些从布列塔尼或佛兰德出发的法国船只在厄尔巴岛停靠时，也得到了殷勤的接待。

皇帝总结说："我们通过对比来判断世上的一切事物。一年前，我觉得厄尔巴岛是个荒芜之地，如今和圣赫勒拿岛相比，我觉得它简直就是天堂。至于圣赫勒拿岛，唉！它才不在乎将来人们会不会怀念它呢。"

皮翁科维斯基—讽刺画
2月21—23日，星期三至星期五

皇帝依然起得很早，然后出去骑马散步。虽然散步也只是在围栅和橡树中间慢悠悠地走一走而已，不过略微运动一下于他也是件好事，至少看起来如此。他散步回来后，胃口会好一些，工作时心情也更畅快。他在花园里吃早餐，园中几棵树交错地长着，给他提供了一点儿阴凉。有天早晨往餐厅走的时候，他远远地看到了波兰人皮翁科维斯基，便把他叫过来和自己一起用餐。每次遇到他，皇帝都会问许多问题。

皮翁科维斯基出身不详，后来去了厄尔巴岛，以私人身份进入护卫队。从厄尔巴岛回来后，他被升为中尉。我们离开巴黎时，他被允许随行。后来在普利茅斯，许多人被迫留了下来，其中就有皮翁科维斯基。但在这群人中，就数他最为执着，抑或说是最为机灵，所以才能前来和我们会合。皇帝先前并不认识他，在圣赫勒拿岛上才第一次跟他说话。

我们中任何人对他都了解不深。看见我们对他的到来不冷不热的样子，他有些惊讶。有个素来不喜欢我们的人写信说，我们待他极差，这

纯粹是一派胡言，可英国内阁抓到由头，拿出他们最惯常使用的招数，在报告中说皇帝殴打他、我们排斥他。后来我还听说了这么一幅讽刺画：画中皇帝用利爪抓住皮翁科维斯基，我则跳到上面，做出要把他一口吞掉的样子，牲畜驱赶者把一根棍子卡在我的上下牙之间，才把我从他的肩膀上甩了下来。你看，他们把我们描述得多么优雅啊。①

从厄尔巴岛回国——一些小事
2月24日，星期六

晚饭后，皇帝端着咖啡，说他是在去年差不多这个时候离开厄尔巴岛的。大元帅跟他说，那天是2月16日，星期日。他还说："陛下，您甚至还让人提早结束了弥撒，这样您就有更多时间发布必要的命令了。"

---

① 在1840年版本中，拉斯卡斯在这里还补充了一段话："实际上，波旁家族也没能逃掉被画成讽刺画的命运，毕竟每个人都有朋友和敌人。其中有一幅画，画中路易十八坐在王位上，边上有个断头台，上面站着一大群被通缉者。其中一个人逃了出来，经过国王身边。后者竭力想把他拦下来，结果扑了个空，于是大喊：'啊！不幸儿！你逃掉了我的宽恕！'我们中有个人听了这个描述，说：'多么恐怖的场景啊！波旁家族传承的善良品质呢？哪儿去啦？'皇帝说：'没错啊！这就是波旁家族有口皆碑的善良！一句话一旦被人接受，会产生多大的威力啊！一个对他一无所知的历史学家贸然把这句评语写下来，其他人一传十、十传百，很快所有人嘴里都在念叨这句话，哪怕它和事实截然相反。我们可以就此举出一大堆例子来。亨利四世，不消多说，他算是波旁家族中最好的一个国王吧。他对他的军中伙伴、至交好友德比隆元帅说自己可以饶他一命，只要德比隆承认错误。后者执意不肯改口认错，淡然走向刑场。路易十三在处置他的一个宠臣时也是如此，当时他让一个冷血无情的人处死他，还盯着表，说："我亲爱的朋友已在一刻钟前去了另一个世界。"路易十四在打猎路上得知他的一个18岁的情妇马上就要死了，只遗憾地说了一句："她死得真年轻。"摄政王在他的狐朋狗友、心腹、首相红衣主教比博瓦中风（脑卒中）、马上就要死的时候，说："我马上就要摆脱这个坏东西了！"他在快要咽气时，对众多被他流放或车裂的不幸者中的一个人说："来吧，我今晚等着和你吃饭；畜生死了，蜂蛇也死了，很好。"路易十五失去他的一个年仅20岁的情妇、好友、心腹时，在送葬队伍中哭得很惨，哭完后对死者的亲人说："侯爵夫人死得真不是时候啊。"类似的例子数不胜数。不过新的格言总在形成，对无数见识浅薄、不会思考的人而言，它就是历史！'"

他们是当天下午坐船离开厄尔巴岛的。第二天上午十点多钟，岛上的人仍能看到他们，这让关心他们此举能否成功的人万分焦虑。

皇帝彻底沉醉在这场谈话中，就这件史无前例的勇事和奇事，为我们滔滔不绝地讲了一个多小时。我把这段内容整理下来，将其放在了后文。

对意之战和埃及之征—皇帝对法国伟大诗人的看法—现代悲剧—《赫克托耳》《吉斯公爵之死》—塔尔马

2月25—28日，星期日至星期三

我们这几天大多时候都聚在一起，虽然每天细过起来很是漫长，可过后再回想，仍觉白驹过隙①，只给我们留下模糊的印象。皇帝的英语越学越好，但他有段时间也有点儿懈怠。他跟我说，他有一阵子觉得自己身上没了那股法国人特有的热情。②我拿出一套学习方法，重燃起他的学习劲头。我的办法就是阅读和反复分析一页英文，直到彻底吃透为止。他觉得这个方法非常有效，是所有学习方法中最好用的一个。通过这个方法，他也顺带学到了语法规则。所以他再没浪费时间，一心扑在学习和背诵上。他一开始学得很慢，觉得自己无所进步，可这样学了50多页后，他突然就开窍了。于是，我们在每日课程之外又添了一页《忒勒玛科斯》的阅读任务，皇帝依然觉得非常轻松。到现在为止，皇帝只上了20多节课，却已开始浏览各类书籍，并能靠书写表达自己的意思。虽然他仍不能完全理解别人说的话，但是他相信将来自己定能彻底掌握这门语言。这已是一个巨大的收获，一个决定性的胜利了。

---

① 1823年版在后面还加了一句："日子过得既没有色彩，也没有滋味。"
② 原文为意大利语"furia francese"。——译者注

虽然缺少资料，但是皇帝和贝特朗依然完成了"埃及之征"这部分的述写。现在皇帝和另一个人一道，开始了另一份同样珍贵的回忆录编写工作，那就是从离开枫丹白露到返回巴黎，再到第二次退位的这段历史。由于短时间里发生了太多大事，我们都没有任何官方资料可以参考。但正因如此，我才央求他凭借记忆把当时的情形讲出来，以防它们在时间的长河里被人遗忘，被某些人刻意曲解和篡改。

皇帝经常跟我一道仔细校对"对意之战"的各个篇章，并通常利用晚餐前的那段时间来做这项工作。他让我把内容按章节、段落进行划分，把可起到例证作用的内容标注和整理出来。他把这称为编辑的消化性工作。有一天，他带着令我觉得暖心的亲切劲跟我说："这事儿您负责，之后它都是您的东西了，'对意之战'这部分会加上您的名字，'埃及之征'则加贝特朗的名字。希望这本书能给您带来财富和名望，让您赚到10万法郎，让人们一提到我经历过的战斗就提起您的名字。"

说到晚饭后的消遣，不久前才复宠的翻转棋又被我们玩厌了。玩了两三轮后，我们就把棋丢到一边，开始聊起天来。我们概括了最近看过的书籍：小说已经读完，所以我们主要读的是戏剧，尤其是悲剧。皇帝非常喜欢悲剧，还会兴致盎然地进行作品剖析，说起来头头是道、入木三分。[385]他记得许多自己小时候背过的诗歌。他说，他小时候知道的东西可比现在多多了。皇帝很喜欢拉辛，觉得读其戏剧简直是人生一大乐事。他也很欣赏高乃依，但对伏尔泰不怎么感兴趣，说他的作品过于浮夸、华而不实、矫揉造作，说作者对人、事、真相和伟大的激情都全无了解。

皇帝住在圣克鲁宫期间，曾剖析过才上映的一部戏剧——卢斯·德·朗西瓦尔的《赫克托耳》。他非常喜欢这部戏剧，觉得它充满热情和张力，称它为司令部必备戏剧，坚称读过这部戏剧的人能更加奋勇地杀敌，还说此书能极大地振奋士气。

说到这里，他又谈到了一些法国悲剧，并戏谑地称它们为闺阁剧，说它们最多只能上演一次，之后就泯灭于人群了。优秀的悲剧则恰恰相反，会越来越受人喜爱。他还说，杰出的悲剧能培养伟人，君主应当鼓励这类悲剧的创作，将其推广出去。他声称，并非诗人才能判断一部悲剧的好坏，只要有识人识事的能力，或者有高雅的审美，或者是个政治家，这就够了。他越说越兴奋，最后激动地说："悲剧能振奋灵魂、提升精神，可以且应该造出英雄。从这个方面来看，法国之所以出了这么多壮士，也许就是高乃依的功劳呢；诸位，要是他还活着，我会封他为亲王。"①

还有一次，差不多也是住在圣克鲁宫的时候，皇帝分析和批判了不久前在宫廷剧院中首演的《吉斯公爵之死》。然后，他在众多廷臣中看到以文采著称的勒布伦，于是问他对这部戏剧的看法。勒布伦当然站在作者这边，就小心地回答说它选材不好。皇帝反驳说："但这只是雷努阿尔犯下的第一个错误。他自己挑的这个题材，又没有人逼他，而且哪怕题材再糟糕，真正的文豪仍能从里面抽出有用的东西来。高乃依哪怕碰到这个题材，他依然是高乃依。至于雷努阿尔，他在什么地方都做得不够好。386在这本戏剧中，他虽然表现出了一点儿诗才，可其他地方都乏善可陈，甚至糟糕至极，构思、细节、结局，通通都有问题。他损害了真实的历史故事，笔下的人物性格完全不合事实，抱着危险甚至有害的政治倾向。此外，此次首演还进一步证明了一个众人皆知的道理：

---

① 埃德蒙·罗斯丹在他的戏剧《雏鹰》（Edmond Rostand, *l'aiglon*）中写了这么一句台词："我的父亲想把高乃依封为亲王，我则想把维克多·雨果封为公爵。"

阅读戏剧和上演戏剧完全是两码事。我一开始觉得这部戏可以上演，可今晚才发现其中的不妥之处——大肆歌颂波旁家族都不算什么了，更恶劣的是里面那些攻击革命者的话。雷努阿尔不仅把十六区总代会①的一个头目打造成如同公会成员嘉布遣教士沙博那样的人，还说了许多能把所有党派、所有狂热思想都煽动起来的话。要是我任由这部剧在巴黎上演，过不了多久就会有人跑来告诉我，50个人在剧场中被人抹了脖子。此外，作者还把亨利四世写成了费兰特②，把吉斯公爵写成了费加罗。如此歪曲历史，让人极为反感。吉斯公爵是他那个时代非常伟大的人物之一，品德高尚，才华过人，差点儿开创了第四王朝，而且他还和皇后有血缘关系，是我们的友邻奥地利家族中的一位亲王，这个家族派来的大使今晚还观看了这部戏的演出。无论怎么看，这个作者都太不知轻重了。"之后，皇帝坚定地说：他已下定决心，从今以后，任何新剧在公演之前都必须先在宫廷剧院中接受考验，并禁止《吉斯公爵之死》再度上演。③值得注意的是，国王统治期间，这部戏剧又被搬上舞台，还因为曾被皇帝禁演而大受追捧。可惜拿破仑先前看得完全没错：没过多久，它再度被人遗忘。

著名悲剧演员塔尔马经常为皇帝演出，皇帝非常欣赏他的演艺才华，常给予他丰厚的奖赏。拿破仑从第一执政官变成皇帝后，巴黎谣言四起，说他把塔尔马叫去，让后者在仪态举止和穿衣打扮上对自己予以

---

① 16世纪晚期，天主教神圣联盟在吉斯家族的领导下在法国反对新教。十六区总代会（Les Seize）是巴黎的一个理事机构，其成员由支持神圣联盟的市民阶层组成，皆由吉斯家族从巴黎十六个区中选出。——译者注

② 莫里哀的《厌世者》中男主人公的朋友。——译者注

③ 《吉斯公爵之死》于1810年6月22日在圣克鲁上演。1814年5月31日，法兰西剧院拿回剧本，当时拿破仑已去厄尔巴岛近一个月了。

指导。皇帝很清楚外面是怎么说自己的。有一天，他拿此事跟塔尔马开玩笑。[387]塔尔马听后慌张无比，不知如何是好。皇帝说："您错了，如果我有时间，说不定真会这么做呢。"真正的老师其实是皇帝，是他在艺术上指导了塔尔马。他跟塔尔马说："拉辛把俄瑞斯忒斯这个人物写得太笨了，您更是把他演成了一个蠢货。在《庞贝之死》中，您没有演出恺撒伟人的一面；在《布里塔尼居斯》中，您也没演出尼禄暴君的一面……"大家都知道，这位伟大的演员后来扮演这些著名角色时，的确做出了重大的调整。

大革命中的生意人—皇帝回国后的信誉—他在公务上以严格而为人所知—财政部、国库部等部门—地籍清查制

2月29日，星期四

六点，皇帝结束白天的工作，去花园里散步。之后，我们乘车出门。回来时，天已经完全黑了，还下着暴雨。

晚饭后，我们在饭厅里喝咖啡，聊着聊着就说起了大革命期间的一些"代理人"和他们一夜暴富的故事。这些人的名字、家庭，他们做过什么事、为人如何，皇帝全都清清楚楚。

他说，他才当上第一执政官不久，就和大名鼎鼎的雷卡米耶夫人发生冲突。当时，雷卡米耶夫人的父亲在邮局工作。拿破仑由于刚刚进入政府，只能放手签了一大堆人事任命的单子，但很快他就对各个部门展开严格的调查，发现贝尔纳德掩护朱安党人进行通信往来，而这个贝尔纳德正是雷卡米耶夫人的父亲。他立即被解职，还有可能被移交法庭和判处死刑。他的女儿跑到第一执政官面前求情。见她苦苦哀求，第一执政官表示：他可以在审判中网开一面，但在其他事情上爱莫能助。雷卡米耶夫人

已经习惯了别人对自己百依百顺①,狮子大开口地要求第一执政官把她的父亲官复原职。这种事在当时其实并不少见,可第一执政官偏偏是个铁面无私的人,在原则上毫不退让。³⁸⁸他的做法引得众人一片哗然,雷卡米耶夫人和她为数不少的支持者从此一直对拿破仑心存芥蒂。

这位新任第一执政官最不喜欢商人、生意人这个群体,称他们是民族的瘟疫和祸害。皇帝说,当时整个法国都不足以满足巴黎那些生意人的野心。他当上行政首脑的时候,他们已经势力庞大,对国家危害无穷。这些人和他们的走狗一道施展种种阴谋,四处搞破坏,制造麻烦。他说,实际上,他们也只能学学犹太人和高利贷者,只拿得出毒杀、破产这类下三烂招数。他们曾让督政府声名扫地,也想以同样的方式腐化执政府。我们甚至可以说,当时这些人牢牢占据了社会上层的位置,影响力不容小觑。

皇帝说:"为了重建社会秩序、整顿社会风气,我做过的最倒退的一件事就是把这群看似光鲜亮丽的人打发回家。我从不让他们中的任何一个人得到晋升或封赏,在贵族阶层中,我觉得这群人是最可恨的。"

皇帝说自己能够坚守这个原则,离不开勒布伦的支持。他说:"正因如此,这派人后来对我一直心存怨恨。他们更不能原谅我的是,我居然还派人严格调查他们和政府的关系。"

皇帝说,他还为此在参政院中设立了一个委员会。该委员会由四五个议员组成,他们个个都是正直有才之士。这几个议员向他提交报告,他们若觉得需要进一步调查,就在报告下方加一句话:交由大法官依法处置。到了这一步,被调查者通常都会妥协,他们宁愿大出血,掏出几

---

① 1823年版本在此处加了"有求必应"几个字。

百万法郎的罚款，也不愿接受合法调查。皇帝也知道，巴黎社交界在这些事情上以讹传讹，给他树立了一大堆敌人，让他背上"专制暴君"的恶名。[389]但他对社会大多数人尽到了责任，相信他们会体谅自己对这群公众吸血鬼的做法。

拿破仑说："人从来都是如此。从法拉蒙那个时代开始，商人一直都在这么干，人们也一直在这么对付他们。但在其他任何君主的统治时期，商人都不曾遭到我以法律为手段发起的猛烈的直接进攻。不过，生意人还是和沙龙里的那些人完全不同，其中一些有道德感的正义之士，觉得我的这些极端铁血手段能为他们提供更大的保障。我从厄尔巴岛回来后，他们的表现就是一个最明显的证据。当时，伦敦、阿姆斯特丹的各大经商家族私底下给我提供了0.8～1亿法郎的贷款，年利息仅仅7%～8%。它们存在巴黎国库部的钱，其公债定息才50%，而当时市面上的公债定息都是56%或57%。"

皇帝当时正处在危急关头，靠这笔钱解了燃眉之急，这着实是件令人高兴和得意的事，它也证明了当时欧洲对皇帝究竟是何看法、对他抱有多大的信心。当时很少有人知道这笔贷款的存在，它解释了当时巴黎人的一大疑惑：拿破仑回来后怎么就突然拿到这么大一笔钱。①

皇帝在所有办事员和会计人员中大名鼎鼎，他本人也很擅长财务。他说："我在他们中间打响名号，是因为有一次核查执政府一年收支的

---

① 我们得对拉斯卡斯的这番"解释"展开说明。离开厄尔巴岛时，拿破仑身上有250万法郎。请看内尔沃男爵在他的《复辟时期的法国财政》（Baron de Nervo, *Les finances françaises sous la Restauration*）第一卷第90～91页中的计算。但这笔钱只够他"展开羽翼"。抵达杜伊勒里官后，拿破仑几乎身无分文。但路易十八的财政部部长路易"很有见地"地在国库中留了5000万法郎。皇帝深谙生财之道，便求助于长袖善舞的金融家乌夫拉尔，让后者和贷款商行展开秘密协商，又弄到了4000万法郎。乌夫拉尔也接受了商行提出的360万法郎的定息（转下页）

时候，我注意到一笔200万法郎的错误，给共和国挽回了一笔损失。当时的国库总管——极其正直的迪弗雷纳，一开始都不相信这个数据是错的。然而事实就是如此，人们就是做错账了。人们在国库局忙了好几个月，想找出错误数据的来源，最后在供货商塞甘的账本上发现了问题。塞甘看了对账后，立刻承认自己账簿有误，说他不小心弄错了，把这笔钱还了回来。"

还有一次，拿破仑在翻看巴黎卫戍部队的军饷账簿时，[390]发现一笔6万多法郎的开支有问题。这笔钱被发给一支分遣队，但这支军队并不在首都。国库部长顺从地记下这件事，内心却觉得皇帝肯定弄错了。可最后事实证明他完全没错，这笔钱被追了回来。①

（商行以补偿为名，从原归波旁家族所有的国家林木中获得500万法郎的好处）。国库部长莫利安（他在拿破仑的再三邀请下又坐上了这个位置）同意了这个不能见光的要求，于是4000万法郎被汇到皇帝的账上。政府要求各省把它们手中的所有钱财都送到巴黎来，故各省又交了大约1000万法郎。当局号召国人为祖国慷慨解囊，靠社会捐赠，并将一部分无主财产充公，又得到1000多万法郎。马尔塞·马里昂在《法国财政史》（Marcel Marion, *Histoire financière de la France*）第四卷389页中讲了一件事：有一天，一个妇女请求觐见皇帝，向他递了一封请愿书，但装在信封里的并不是请愿书，而是2.5万法郎。就这样，拿破仑在短时间里凑到了1.1亿法郎。通过这些财政手段，皇帝回来后才有钱可用。详情可看《乌夫拉尔回忆录》（*Mémoires d'Ouvrard*）第一卷第192~204页。

① 《拿破仑圣赫勒拿岛回忆录》出版后，我收到了来自国库部的更加详尽的权威资料，进一步确认了上述内容。以下就是我得到的文件的详细内容，我将其原原本本地摘抄出来：

"每隔十天，国库总管，也就是后来的国库部长，都会向第一执政官汇报当前各方面的财政情况。他会递上一本厚厚的、有四五十页的对开报告，里面是十多个办事员通过多日工作整理出来的各项数据。第一执政官浏览报告，在许多地方会停下细看和仔细询问。在这堆密密麻麻又极其重要的数据中，他总能迅速捋清情况，这等能力着实令人叹服。有一天，他翻着翻着，在一项开支上停了下来，那是支付给一个团的6万法郎。他指给国库部长看，问：'这笔钱是付给巴黎的？''没错。''文件都核实过了？''当然。''得了吧，这是个重大的欺诈案，这支军队离这里有100多古里的距离呢。立刻追查此事，看是否有补救手段。'

"我后来收到报告：的确有人套用印刷模板，模仿他人的签字，胆大包天地犯下了这桩欺诈案。"——辑录者注皇帝认为，把财政部和国库部分开，此举至关重要。如此一来，两个部门的分工不仅明确了许多，还可以相互制约。他说，在他（拿破仑）的领导下，国库部长成为帝国最重要的一个岗位，这不是因为部长是国库之长，而是因为他成了财政总管：帝国的所有拨款都得经过他过目才能发出去。所以，他必须有发现各地窃取和滥用公款的能力，将其汇报给主上，为此，他每天都要觐见皇帝。

拿破仑还非常重视专用拨款的去向，认为这能为行政管理助力不少。

说到地籍清查制，皇帝说，[391]根据他的构想，这个制度能起到真正的帝国宪法的作用，可以切实保障财产、保护个人独立。立法机构敲定了某项赋税后，每个人都可自行安排交税，再无须担心遭到权力部门或捐税摊派员的粗暴对待——从古到今，税务部门为了让人们乖乖交税，向来都是这么做的。在今天的谈话中，皇帝还对戈丹、莫利安、路易和其他许多部长、参政院议员的才干、为人做了点评，最后说：他最终创立了欧洲有史以来最干净、最富活力的一个财政体系；他对这个体系的所有细节都一清二楚，只要《总汇通报》在手上，就能当场把他统治期间的法国财政部门的整个历史都讲出来。

谈入侵英国——一些小事

3月1日，星期五

今天有两艘船从好望角过来，其中一艘是威尔利斯号，有74门大炮，底舱载有另一艘还未组装的船只。这两艘船都是柚木质地，造于印度，价格是英国制造的船只的四分之一。柚木质地极好，由它制造的船只能比欧洲船只在海上航行更长时间，但人们仍对这种船有所抱怨。不过这种材料很可能会在英国的造船行业中掀起一场变革。

3月2日，星期六

今天早晨，一艘中国船抵达港口。白天里，几艘船只陆续抵达，海上还有许多船只向这里行驶。今天真是全岛的一个大日子、喜日子、丰收的日子：旅客在途中登岛歇脚，定会产生花销，这是岛上居民的主要收入来源。

下午五点，皇帝离开房间，来到花园，一直往下走，来到两座山中间的一条隘道上，看到许多船只扬帆，全速奔向这座岛屿。最后一艘船是从好望角过来的，给皇帝送来了一辆四轮敞篷马车。[392]皇帝今晚就想试试它，便和大元帅一起登上马车，绕着围栏走了一圈。他觉得这辆马车在这里完全派不上用场。晚饭后，皇帝觉得异常疲乏，他这几天一直都是如此。之后，他早早地回了房间。

3月3日，星期日

凌晨两点时，皇帝把我叫了过去，他当时正在洗漱。他跟我说，我眼中的他已是将死之人，行将就木，我对此应该有所察觉，因为他经常不得不在深夜把我吵醒。我的确听到他一直在打喷嚏和咳嗽：他得了烈性感冒。昨天晚上很晚的时候，外面雾深露重，他仍不回屋，所以才感冒了。皇帝满口承诺，说以后六点之前一定回屋。洗漱完后，他学了一会儿英语，但没过多久就觉得体力不支、头昏脑胀。他叫我坐在他旁边，让我跟他说了两个多小时我流亡国外期间在伦敦的经历。然后他问我："英国人害怕我的入侵吗？"我答道："陛下，这我说不清楚，当时我已经回到法国了。但是巴黎沙龙中的我们一个个都抱着看笑话的心态，那里的英国人对此也是极尽挪揄。人们说，连布吕内都在嘲笑这个计划，您还把他关进监狱，因为他竟敢在演出中拿此事开玩笑。他把一个黑色贝壳放在盛了水的脸盆里，说这就是他的小型舰队。"皇帝说："算了吧，你们还在巴黎嘲笑此事，可皮特在伦敦一点儿都没笑呢。他迅速权衡了其中的危险程度，然后弄来一支联军，在我准备放手攻打英国的时候让我腹背受敌①。英国寡头政治集团还从没遇到这么大的危险事件呢。

"我仔细估算了登陆英国的可行性。我当时拥有史上最优秀的一支军队——它参加过奥斯特里茨战役，其他就不用我多说了吧？只需四天，我就可进入伦敦，^{393}不是以征服者的姿态，而是以解放者的身份。我会成为第二个威廉三世，但比他更宽厚、更无私。我军纪律严明，它在巴黎是怎么做的，在伦敦还怎么做。英国人民绝不会有任何损失，甚至赔款都不用掏。我们不是他们的征服者，而是帮他们重获自由和权利的兄弟。我要告诉他们：他们要团结起来，靠自己实现民族复兴；他们是我们在政治立法制度上的兄长；我们来这里别无所求，只希望看到这位兄长走向幸福昌盛之路。这些都是我发自肺腑的想法。如此一来，要不了几个月，两个曾是宿敌的民族就会被他们共同的理念、信条和利益同化为一体。之后，我要在共和国的旗帜下（当时我还是第一执政官），从南到北实现欧洲的复兴。而后来，我以君主制为形式，从北往南地为这个目的努力。这两个体制都是好的，因为它们都能达到同一个目的，而且定然会得到坚决、温和而又真诚的贯彻。可怜的欧洲本可以免掉多少我们已知或未知的灾难啊！从没有哪个计划比我这个更能守护文明，比我这个怀有更加高尚无私的意图，它差一点儿就实现了。值得注意的是，导致这一宏图大业搁浅的不是人力，而是老天：在南方，大

---

① 这里说的是第三次反法联盟。1804年5月15日，皮特重掌政权。同年8月28日，反对拿破仑登基称帝的第一大国——俄国和法国断绝外交关系。没过多久，英国政府就和沙皇走近了，最后两国在1805年4月11日缔结同盟。奥地利在同年8月9日加入其中，第三次反法联盟成立。

海让我受挫；在北方，莫斯科的火灾、严冬的冰雪让我垂翼。水、风、火，整个大自然，也唯有大自然在号令它们，让它们成为天下复兴的敌人！谁能解开上苍设下的障碍啊！"

说到这里，他沉默了一刻钟，又继续谈起了他的英国入侵之举："原先有人觉得我此次入侵是故作威胁之态，因为他们并不觉得我有任何可行的入侵手段。[394]可我神不知鬼不觉地开展起来：我把我们所有船只分散开来，使得英国海军不得不在全世界疲于奔命地追着它们。而我们所有船只却能冷不丁地杀回来，全部集合在我们的海岸线上。拉芒什海峡上有七八十艘法国和西班牙的舰船，估计我可以控制它们两个月左右；我有三四千艘小船，只等我一声令下就可出海；我的10万大军每天都在练习上船和登陆，一个个摩拳擦掌、枕戈待命。我们此次出征得到了法国人的拥护，更得到了很多英国人的支持。我军登陆后，我估计一场激战就够了。此战根本不足为惧，我们很快就会以胜者的身份进入伦敦城。英国人民不会接受一场无端之战。接下来，我就用道德手段去解决。英国人民一直活在寡头政治集团的桎梏下，他们一看到这群人失去往日的张扬，就会立刻向我们奔过来。对英国人民而言，我们就是前来解放他们的盟友。我们向英国人民做自我介绍时，也会拿出'自由''平等'这些充满诱惑力的字眼。"

他又谈了和这次出征有关的许多小事，让人听了叹服不已。他还说，无数件小事累积起来，这一切才未得实现。之后，他突然止住话头，说："我们出去走一圈吧。"

于是，我们来到花园散步。先前连续下了三天的雨，今天天空完全放晴，但皇帝想起他说过六点之前一定回屋，于是立刻叫来马车，好早早地回去。我的儿子骑马跟在后面，这还是他第一次获得如此殊荣呢。

他首次骑马就表现得很好，得到了皇帝的表扬。

皇帝依然备感身体不适，很早就回了房间。

来自中国的船队
3月4日，星期一

[395]今天，皇帝见了一支从中国来的船队里的几个船长，跟他们聊了很久，提到了他们在海上的贸易情况、和中国人的关系、中国的当地风俗等问题。这支中国船队的船重1400～1500吨，高22～24尺，船上装的几乎全是茶叶，单单其中一艘船的甲板上的茶叶就有1500桶。昨天进港的6艘船，估计总共载了6000万桶茶叶，虽然抵达欧洲后这些船得交百分之百的关税，但是这批茶叶被带进欧洲市场后，价值将高达1.2亿法郎。

欧洲人在中国的广州出入极不自由，几乎只能在市郊活动。中国人很瞧不起他们，对他们一副爱理不理、高高在上的态度。中国人聪明机敏，很能吃苦耐劳，但戒备心极强。他们做生意用的都是欧洲语言，而且说得很流利。

这批船的到来既是岛上人的福音，也是旅客的幸事。岛上居民把食品卖给旅客，再从他们手中购买储备物资；旅客们可以呼吸到陆地上的空气，整个人恢复活力。他们通常可以在岛上停留两三周时间。可让所有人大感失望的是，此次上将只允许两艘第一批到达的船只在此歇脚两天，其他船只一律留在港外，两艘两艘地挨个进港。他大概收到了非常严格的命令，又或者是他非常不安吧，我们觉得肯定是这种原因。

皇帝在花园里散了一会儿步，然后乘车出行。穿过树林时，我们看到许多新来的军官在那边转来转去，想看到皇帝。能看到皇帝一眼，对他们而言已是莫大的恩赐。

皇帝的宫廷及其礼仪制度—塔拉尔山趣事—重要军官—侍卫—富丽堂皇的杜伊勒里宫—令人满意的宫廷治理工作—皇帝恢复问安礼的用意—公宴—宫廷和城市

3月5日，星期二

[396]今天，皇帝提到了他的宫廷及宫廷礼仪，在这方面谈了很久。下文便是我根据他的谈话记录下来的内容。

他说，法国大革命期间，西班牙宫廷、那不勒斯宫廷依然延续着路易十四宫廷极尽奢华的风气，还学会了卡斯蒂利亚人和摩尔人的虚浮和夸张，看上去可悲又可笑。圣彼得堡宫廷摆起了沙龙做派，维也纳宫廷变得庸俗市侩，凡尔赛宫廷也再不复往日的高贵和典雅。

拿破仑登基称帝后，发现这里就如俗话说的那样，"地上光光，房中空空"，便立刻产生了依照自己的意思再建一个宫廷出来的想法。他说，他想打造一个理性的宫廷，它既得体现君威，又得符合当前的新风尚，以达到改善宫廷风气、提升人民精神的目的。当然了，在一个人们曾依法处死现任国王、每年人们都会表达对君主的仇恨的地方重建王位，并不是件容易的事；在一个人民通过15年的奋战，终于成功把国王赶走的地方恢复勋章、头衔、家徽这套规矩，也不是件容易的事。然而，拿破仑似乎想做什么就能做成什么。他说，那是因为他深谙如何提出自己正当合理的意愿，懂得通过斗争来移除障碍。人们请他当上皇帝后，他造出了新的贵族阶级，建立了一个宫廷。没过多久，战场的捷报巩固了这个社会新阶级的地位，为他们争来了声誉。整个欧洲都认可了他的宫廷，甚至有段时间，所有大陆宫廷人士都跑到巴黎来，想成为杜伊勒里宫的一员。[397]杜伊勒里宫从来没有如当时那般门庭若市。宫中天天都在举办宴会，不计其数的芭蕾舞、戏剧轮番上演，那是何等豪华，何等气派，但只有皇帝坚持简朴至极的生活，这甚至一度成了他的标签。他说，这份奢华和排场是他刻意布置出来的，但他心底并不喜欢这些东西。他之所以要摆出这等阔气的场面，是为了刺激和发展我们民族的制造业和工业。在他和皇后大婚、罗马王受洗时，宫廷举办了隆重的庆祝典礼。人们先前从未见过如此盛大的典礼，也许以后也不会再见到这等盛况了。

皇帝对外尽量让自己的一切排面和其他欧洲君主的保持一致，对内则想方设法地让从前的礼仪和新式风气保持协调。

正因如此，皇帝才恢复了从前国王的早安礼和晚安礼，不过它只是个名义上的仪式而已，不像过去那样是实打实的问安。他不用穿得整整齐齐、头发一丝不乱地坐在那里接见众人，只是通过这个仪式在早晚接见宫廷人士，向他们直接传达命令罢了。这些人能在这些时候向他问安，于他们而言也是一大荣幸。

出于相同的原因，皇帝还恢复了将人专门引荐给君主、进入宫廷的规矩。但在这些觐见规矩中，个人出身不再是唯一的决定因素；他的财产多少、影响力大小、做出过哪些公共贡献，这些因素都要被纳入考虑。

皇帝还设立了贵族头衔，并借鉴了从前封建制度的称号，但这些头衔并无实际意义，只为达到一个纯粹国家层面的目的而设。获得头衔的人不享有任何特权，而且任何人，无论他出身如何、是何职业、做什么工作，都有机会获得头衔。皇帝说，这个办法很管用，它对外可以让法国在风气上和陈腐的欧洲贴近，对内又能满足人们的虚荣心，为他们提供一个可把玩的小玩意儿。皇帝说："说到底，许多大人物在许多时候就是个幼稚的孩子！"

皇帝恢复了勋章制，发了一大堆十字架和荣誉绶带，但他并没把勋章获得者局限在特权阶层中，[398]任何社会阶层的有才之士都有机会得到嘉奖，而且他发出的勋章越多，它们就越有价值。也许，也只有拿破仑才有这等魔力吧。根据人们的估算，他大概发了2.5万枚荣誉军团勋章。他还说，人们都非常渴望能拿到一枚荣誉军团勋章，这种渴望甚至变成了一种狂热。瓦格拉姆战役后，他向查理大公颁发了一枚荣誉军团勋章。拿破仑还考虑得格外周到：他发给查理大公的是一枚银质勋章，就是普通士兵佩戴的那种。

皇帝说，正因为他在行动上忠实自愿地贯彻了那些准则，他才能成为真正意义上的人民的君王，才能让第四王朝成为真正意义上的合乎宪法的王朝。他说："哪怕社会最底层的人，都从本能上意识到这个事实。"拿破仑为此讲了一件事：他在意大利得到加冕后，返回法国。经过里昂时，无数群众聚集在大道边上，等着他的车队的到来。在此之前，拿破仑心血来潮，想一个人去攀爬塔拉尔山，命令任何人都不得跟在自己身后。他混进围观人群，跟一个面善的老奶奶搭上话，问她大家为何都聚在这里；老人家说，因为皇帝要路过这里。他与她寒暄了一番后，问："可是老人家，先前您经历了卡佩暴君，现在又迎来拿破仑暴君，这一切能让您捞到啥啊？"拿破仑说，他这个问题让老人一时说不出话来，可她想了想，回答道："可是先生，他们之间说到底还是很有区别的。一个是我们自己选出来的，一个是老天爷塞给我们的；一个是人民的国王，一个是贵族的国王。这个人可是我们的皇帝呀。"皇帝说，这位善良的老人说得没错，她比许多受过教育、极有学识的人都有着更强的直觉，能把事情的本质看得更加清楚。

皇帝身边有许多重要的帝国军官。他选拔了一大批宫廷侍从、骑士侍从和其他侍从，他们要么是从大革命中崛起的后起之秀，要么来自毁于大革命的古老贵族家族。前者认为他们靠沙场打拼赢得了这项荣誉，后者则认为这是他们失而复得的特权。[399]皇帝把这两个群体混在一起，一是为了消弭仇恨，二是为了融合各党各派。但他也说了，他迅速察觉到这两群人从思想到行事风格都极为不同：前朝贵族做事更加殷勤贴心。一个姓蒙特莫朗西的夫人会弯腰替皇后系鞋带，换作一个新晋夫人，她则会犹豫片刻，担心自己被人当成侍女使唤，而蒙特莫朗西夫人完全没有这层顾虑。这些荣誉职位大部分都是没有报酬的，人们甚至得花上一大笔钱才能被选上。可之后，他们每天都能接触到那位权倾天下的主上，后者可决定他们能否得宠走红。皇帝还明确说过，他希望自己的宫廷侍卫遇到麻烦时去找他，而不是其他人帮忙。

和皇后大婚期间，皇帝从前朝贵族中又选出了一大批侍从。这么做既可以让欧洲知道法国上下已经凝聚成一个整体，又能让皇后身边多一些叫她备感亲切的人。皇帝甚至想过在这个贵族阶层中挑选女官；当时他并不了解皇后，他虽担心她存有出身上的偏见，但更担心前朝贵族因此膨胀起来，故打消了这个念头。

从那时起到帝国垮台，法国最古老、最显赫的显贵家族都争相把家中子嗣送到皇帝宫中。这么做也可以理解，毕竟皇帝那时可是世界之主，让法国和法国人民一跃站在了各国的最前方。能成为他的扈从，就意味着得到了权力、荣耀和地位；能笼罩在他的恩泽下，那是人们三生有幸；谁能直接接触到他，谁就能得到别人的尊重、敬佩和刮目相看，不管在法国还是在国外都是如此。

波旁复辟期间，一个在我心中一直都是谦谦君子的纯正保皇党人，曾无比认真地跟我说（毕竟我们立场不同，所以思想定然也不同），凭我的姓氏和先前光明磊落的行为，我要想侍奉国王或在某个亲王府邸中谋个事做，这绝非毫无可能。[400]我的回答令他哑口无言："朋友，是我自己斩断了这条路。我曾为世上最强大的主上效力，今后再去侍奉任何君王，都觉得这是一种降格。您知道吗？当我们把皇帝的命令带到远方时，在他的赫赫威名下，身处外国宫廷中的我们都能享有跟亲王贵胄平起平坐的待遇。我们曾见过七个国王在客厅里等着他，而且就跟我们待在一起。他大婚时，有四位王后替皇后拎裙，我们中的一个人在婚礼中担任荣誉骑士，另一个担任骑士侍从。所以朋友，这些经历足以满足我的野心了，我再无所求。"

此外，他的宫殿金碧辉煌、美轮美奂，在这世上恐怕再也找不出第二座来。如果来客想挑里面的纰漏和毛病，他会万分惊讶、无比敬佩地发现这座宫殿方方面面都被管理得多么井然有序。皇帝每年都会抽几次时间亲自翻看宫廷的账本。他的所有宅邸都会得到维护和修缮，里面的近4000万件家具、400万套餐具更是得到了精心打理。皇帝说，要是他在那里过几年静好无事的生活，天知道自己会变成什么样。

皇帝说，他曾有一个很好的点子：让一些人把最重要的请愿书整理出来。让他备感气恼的是，这个想法从没得到实施。他说："按照我的设想，他们每天要把三四个从外省过来的人引荐给我。这些人可在早安礼中得到我的接见，把他们在请愿书里讲的事直接告诉我；我也可以立刻跟他们展开讨论，还他们一个公道。"

我跟皇帝说，他很早以前设立了一个委员会，名叫"请愿书委员会"，其性质跟他的这个想法非常接近，也的确发挥了很大的作用。他从厄尔巴岛回来后，我曾担任过该委员会主席。上任第一个月里，我就处理了4000多封请愿书。

我说:"的确,由于最开始的一些原因,再加上后来的习惯因素,这个机构从来没能享有它在设立之初被赋予的权利,[401]即在星期日的接见礼中向陛下正式汇报这一周的工作结果,否则它说不定能对舆论产生极大的影响。"可惜由于政事不断,皇帝连连出征,再加上一些部长因为忌妒而从中作梗,这个委员会最终被剥夺了这个特权。

皇帝说,他还感到恼火的一点是,他应该在宫廷礼仪规定中加上一条:任何被引荐者或要求觐见者(其中主要是女人),都有在勤务厅等候的权利。皇帝每天要多次经过这里,可抽空满足他们的请求,如此一来,那些被拒绝引荐或者错过接见的人,也可以见到他了。

皇帝说,他还曾经想过恢复法国君主时期的公宴制,让皇帝一家每个礼拜日都当着公众的面用晚餐。他就此问过我们的意见,大家众说纷纭。支持的人说,皇帝一家共进晚餐的这个场景有利于改善公共道德,能极大地振奋公众的精神;而且如此一来,每个人都有机会见到他们的君主了。而反对的人认为这个仪式带有一定的封建色彩和神圣统治权的意思,容易让人民走向愚昧和奴性,这既不符合我们的风气,也有悖于现代人的尊严感;人们要看君主,去教堂或剧院就行了,他们至少可以和他一起做礼拜或看戏;可特地跑来看君主吃饭,双方看上去都很可笑。皇帝本人也明确说过,君王就是一个高级官员而已,只能让人看到他忙碌工作的一面,如嘉奖表彰、平反不公、外交谈判、检阅军队等。他切不可表现出常人的软弱和欲望。王权的功用性和有益性能为王权博得更多的威名;君王应当如上苍一样一直都在,人们可以和他不期而遇。这才是我们新的宫廷,或者说,曾是我们新的宫廷。

皇帝说:"没错,在当时的环境下,君王的确会被这一仪式束缚,[402]但君王只在少年时期才为其所累,因为他是全体国民的孩子,从那时起就得活在所有人的眼睛下，得承载起所有人的情感。"

从厄尔巴岛回来后，皇帝曾想过每个礼拜日在狄安娜走廊和四五百个宾客共进晚餐。他说，这说不定能极大地影响公众，尤其是在各省议员齐聚巴黎的五月会议期间。然而许多大事接连发生，让他无暇分身。也许他还有另一层顾虑：他害怕这个聚餐制造虚假的泡沫，造出民心所向的假象；他也担心外敌会扭曲此事，抹黑他的形象。

皇帝说，人们通常会说宫廷在一举一动中能对民族风气产生怎样的影响力。他坦诚地说，他的宫廷并没发挥这等影响力，但这是当时的环境使然，因为有太多令人猝不及防的事情发生；他其实对这方面做了许多构想，觉得假以时日，他的宫廷定能发挥这等影响力。

皇帝还说："总体上看，宫廷没有发挥出这个作用的原因只有一个，那就是构成宫廷的元素，也就是人，只在他们各自的圈子里传播他们在公共资源中的收获。所以，宫廷的作风要被传遍全国，就只能以社交沙龙为中介。可我们没有社交沙龙，也根本不可能有社交沙龙。那些令人愉悦、能让人充分享受到文明带来的好处的社交团体，在革命爆发时突然消失，直到风暴平息很久后才慢慢得到重建。社交沙龙必不可少的基础就是闲散无事、豪华奢侈的生活，可我们依然处在动荡之中，还没有什么豪门巨户。此外，一大堆剧场和公共机构向人们提供了更易获得、更有刺激性、更少束缚的娱乐方式。当前这一代妇女都还年轻，更喜欢在公众场合抛头露面，而不是老老实实待在家里，建立一个封闭的小圈子。但她们总会老的，再过段时间，局势安定下来后，一切都会恢复从前自然的秩序。还有，[403]以旧朝的标准来评判今天的宫廷，这也许是错的。从前的朝廷是真真正正的权力之堂，我们总说宫城宫城，先有宫，再有城。可如今，老实说，人们都是先说城，再谈宫。封建领主大权旁落，就干脆沉迷于声色犬马中聊以自慰。将来，也许君王们也会走上这条路。在我们的自由观念下，不知从何时起，王位就不再是领主之位，而成了一个纯粹的高级官员的职位。君王只能展现道德的一面，可这样的形象看久了令人觉得呆板无趣，所以他必须甩开这个形象，展现普通公民的一面，以享受寻常的社会娱乐。"

为了法国日后的国泰民安，皇帝还做了许多构想。他最喜欢的一个想法就是在法国取得和平、恢复安宁后，把所有心思都放在肃清行政队伍、改善地方工作这些事上。他打算在各省中长期巡行，慢悠悠地视察各地情况，在每个地方都暂住一段时间，而不是走马观花地看看了事。他可以骑自己的马一个人出行，也可以让皇后、罗马王和整个宫廷陪着巡查各省。不过，他也希望这支浩浩荡荡的队伍不给任何人造成负担，而为所有人谋得福利。到了一个歇息地，他就让随从拉起一张挂毯，再布置些小物件，权当他住处的家具装饰。他说，其他宫廷人士就住在市民家中，他们的造访绝不会为这些人家带来负担，反会使其受益无穷，因为他们肯定会给对方提供一些好处或便利。皇帝继续说："如此一来，我走到哪里，都会调查徇私舞弊的事，处罚贪污公款者，下令建造房屋、桥梁、道路，主持沼泽疏浚工程，把荒田变成沃土。要是上天再多给我几年时间，我肯定能把巴黎建成世界之都，让整个法国成为第二个罗马。"他经常念叨着最后这几句话。不知有多少人也说过这话，和他一道为此再三叹惋！

中国象棋—接见来自中国的船队船长
3月6日，星期三

[404]七点，皇帝上马，让我把我儿子喊过来陪我们出行。这真是犬

子的莫大荣幸！散步期间，皇帝五六次下马，借助望远镜观看远处的船只，认出其中一艘是荷兰船。荷兰船上的三色国旗总能勾起我们的无限思绪，让我们激动不已。在一处歇脚点，马队中最矫健的一匹马逃走了，人们追了它好长时间，最后我的儿子抓住它的缰绳，成功制服了它。皇帝说，这要是一场比赛，我儿子就赢定了。

回来后，皇帝在树荫下吃了早饭，并把我们所有人都留了下来。

早餐前后的时间里，皇帝把我拉到一边，跟我单独谈了些非常私人也非常要紧的事，我就不将它们写在日记中了……

今天天气异常炎热，皇帝便回到房中。下午四点半，他把我叫了过去，那时他已经洗漱完毕。因为皇帝先前说他想要一副中国象棋，医生不久前就在中国船队那里买了一副，今天把它给皇帝带了过来。这一副象棋花了医生30枚拿破仑币。医生很喜欢这副象棋，皇帝则觉得它看上去古里古怪的：它的棋子跟我们的国际象棋完全不同，上面画着线条粗笨的图像，以表示它们分别是什么棋子；此外，它的马可以配上所有棋子为武器，炮则架在象的前面，还有其他一大堆古怪的规矩。皇帝不知道怎么玩儿，开玩笑地说：他得搬来一座吊车，才能移动每颗棋子。

许多军官和中国船队中的雇员仍在花园四围晃荡。几个小时前，他们还在好奇心的驱使下溜进我们的房中。毫不夸张地说，我们简直被入侵了。有个人说，他平生最骄傲的一件事就是见到了拿破仑；另一个人说，他要是不能一睹拿破仑的风采，回了英国都没脸去见他的妻子；还有人说，只要能看拿破仑一眼，他可以放弃此次出海赚到的所有钱财。

皇帝让人把他们带了过来，这可是他们想都不敢想的事。他们一个个兴高采烈，那高兴劲简直难以用笔墨描述。皇帝按照惯例，问了他们许多和中国有关的问题，如中国的贸易业、居民人口、他们和中国人的关系、当地风俗、传教士等。这些人走后，我们跟皇帝描述了这些人离开时欣喜若狂的模样（英国军官可替我们做证），还把他们说的一切和他有关的话都复述给了皇帝。皇帝说："我信他们的话，你们发现没，他们都是我们这边的自己人。这群人全都来自英国第三阶层，也许连他们自己都没意识到，他们是英国腐朽傲慢的贵族阶级的天敌。"

皇帝晚餐吃得很少，身体不太舒服。喝过咖啡后，他本想下一盘棋，可觉得脑子昏昏沉沉的，就马上回屋去了。

骗　　局

3月7日，星期四

皇帝一大早去骑了马，并让我把我的儿子叫来陪他。昨晚皇帝看到他在马上的样子，就问我是否请人教过他照顾马匹，还说这是最实用的一个技能。他还曾特地叮嘱圣日耳曼军校让学生习得此技。我很懊悔自己竟不曾留意到这件事，连忙向皇帝请教，儿子也一副要积极学习的样子。当时他骑的那匹马根本不让其他任何人碰，只有儿子才能近身。我跟皇帝说了这件事，他听了很开心，打算稍稍考一考他。于是，我们出去骑了近两个半小时的马，绕着朗伍德奔驰。

回来后，皇帝在花园里吃早饭，把我们所有人都留了下来。

晚餐前，我照例来到客厅，皇帝正在那里和大元帅下国际象棋。这时，仆人在客厅门口给我递来一封信，信纸上方有一行字：十万火急。出于对皇帝的尊重，我站到一边去读信。这封信是用英文写的，写信人说，我写出了一本非常优秀的著作，但书中并非毫无错误；要是我愿意在新版本中更正错误，这本书肯定会更有价值；写信人祈求上帝，愿他能够垂怜我、保佑我。这封信让我又惊又怒，感觉热血一下子涌上脑门，甚至都忘了回信这件事。再读一遍这封信后，我认出了写信人的字迹（不过这字倒写得非常漂亮），一下子笑出声来。皇帝当时正站在一边看着我，就问我这封信是谁写来的。我说，这封信给我的第一印象和之后的完全不同。我装出一无所知的样子，皇帝得意于自己这个骗局做得滴水不漏，在那里笑得眼泪都出来了。没错，这封信是他写的。这个学生想要捉弄一下他的老师，拿他来取笑。我小心地把这封信保管起来。那份快乐和那个场景，让我觉得这封信比皇帝权倾天下时颁给我的任何文书都要珍贵。①

皇帝开始使用英语—谈医学—科尔维沙—定义—谈鼠疫—巴比伦医学

3月8日，星期五

皇帝一整晚都没睡着。失眠的时候，他又兴致勃勃地用英文给我写了一封信，盖上封印后交给我。我纠正了里面的错误，把信送回去，当然，回信也是用英文写的。他完全读懂了我的信，终于确信自己在英文上取得了可喜的进步。此事证明，他从此完全可以用这门新学的语言写信了。

---

① 这确有其事，但皇帝写给他的英语老师的那封信跟拉斯卡斯讲述的内容完全对不上号。另外，此信还反映了一个事实：这个学生并未取得令人乐观的"进步"，信中英文错字连篇，让人瞠目结舌。我在这里将其原原本本地抄下来："Count Las Cases.—Since sixt wek, y learn the english and y do not any progress. Sixt week do forty and two day. If might have learn fivty word, for day, y could know it two thousands and two handred. It is in the dictionary more of forty thousand; even he could most twenty; bot much of tems. For know it or hundred and twenty week which do more two years. After this you shall agree that the study one tongue is a great labour who it must do into the young aged. —Longwood, this morning, the seven marsh Thursday one thousand eight hundred sixteen after nativity the yors Jésus-Christ. —Count Las Cases, chambellan of the S. M. Longwood; into his palac: very press."

差不多从15天前开始，古尔戈将军就生病了。他本来只是身体微恙，最后却发展成严重的痢疾，让人非常担心。[407]上将把诺森伯兰号上的医生请了过来（就是沃登医生）。皇帝留医生吃饭，吃饭期间和晚饭后的很长一段时间，两人都在谈论医学，话题一会儿轻松，一会儿严肃。皇帝心情很好，在那里侃侃而谈，向医生问了一大堆问题，还狡黠地提了许多论证，让医生倍感尴尬。医生觉得皇帝话语中火药味十足，晚饭后把我拉到一边，问皇帝谈起这个话题时怎么这么强势，他觉得这完全就是寻常谈话啊。我老老实实跟他说："皇帝不是在所有话题上都是这个样子，只有在个别他完全不了解的领域里——其中包括医学，他才会一反常态，在谈话中这么咄咄逼人。"

皇帝根本就不相信医学，也不相信任何药物（他从不接受任何药物治疗）。他说："医生，我们的身体就是一个活着的机器，该怎样就怎样。让这部机器自由生长吧，它会做好自我防御的，效果比您给它注射麻药、灌一大堆药剂要好得多。我们的身体就如同一块结构精细的钟表，钟表商并没有把它打开的能力，完全是蒙着眼睛摸索着对它瞎捣鼓。谁如果非要用稀奇古怪的工具来折磨它，那才不是为它好呢。不知多少愚人曾毁了这部机器啊。"

所以，皇帝并不认为医学技术有什么功效——只有极少情况除外。只有已被攻克、其治疗经过了时间和实践的检验的病症，他才会接受医学的干预。他把药师的技艺比作正规军包围战中的军事工程师的技术：在战场上，沃邦的准则、实践的规定会把所有风险控制在已知守则的范围内；医学也应遵守类似的准则。皇帝还曾有一个想法：法国医师只能使用无害的治疗手段，不得采用过激的，即致死的医疗方案，除非医师在考绩表上已做到了三四千法郎的业绩。他觉得，这可证明医生受过教育，拥有医学知识和一定的社会威望。他说："这个做法非常正确有益，但不适合在当时实施，[408]因为那时知识尚没得到广泛的传播。我若颁布法令要求这么做，人民群众只会觉得我专断专制，哪怕这道法令能从刽子手的手中救下他们的性命。"

皇帝说，他从前经常和他的第一御医——名震天下的科尔维沙讨论医学。科尔维沙没有顾忌自己这个行业的忌讳，也不担心损害同僚的盛誉，向他坦诚说自己的想法与他差不多。科尔维沙还把这个思想带进实践中：他非常反对使用药物，治病时也很少用药。皇后玛丽-路易丝怀孕时妊娠反应很大，便缠着他想办法让自己舒服点儿，科尔维沙就开玩笑地给她开了一剂用蜂蜜和面包片做成的药丸，皇后说她服用之后感觉好多了。

皇帝说，在他的引导下，科尔维沙甚至承认了医学是特权阶级才有的资源，是富人的福音，却是穷人的灾难。皇帝当时对他说："难道您不这么觉得吗？您看，医学本身就是个没把握的东西，还被操控在无知之徒的手中，把这种东西用在大众身上，不是危害多过功效吗？"科尔维沙点头同意。皇帝问他："您本人从来没杀过人吗？我的意思是，难道从没有病人明显是吃过您开的药才死的？"科尔维沙回答："或许吧，但我跟陛下一样，都不是有意为之。许多骑兵不也因为陛下而丧命吗？但他们不是死在某个错误的军事行动上，而是在行军中没看到路上的悬崖深渊，而陛下根本不可能料到这些事。"

谈到这里，皇帝又向医生提了几个问题："什么叫生命？我们什么时候、以怎样的方式迎来自己的诞生？这些问题不仍是谜团吗？"

之后，他给一个无害的精神性疯病下了定义，即人在正确观念和实践之间出现的一种判断缺失或判断偏差。例如，一个疯子闯进一块不属于他的葡萄园里吃葡萄，对于葡萄园主的指责，他答道："这里只有我们俩，我俩都被太阳照着，所以我有权吃葡萄。"可怕的疯子是那种在判断和行动之间出现缺失或偏差的人。例如，有些疯子会趁人沉睡之际把对方的头砍下来，[409]还会躲在篱笆后面，想看看死者醒来后发现头不见时的窘样。

皇帝还问医生，睡眠和死亡之间有何区别，又自问自答地说："睡着就是我们暂时失去了接受意志控制的能力；而死亡不仅意味着我们永远失去了这些能力，还丧失了不受意志控制的那些官能。"

之后，两人谈起了鼠疫。皇帝坚持认为鼠疫是通过空气和肢体接触传染的，而且危害性最大、蔓延性最强的不是鼠疫本身，而是它引发的人心恐慌，人心才是鼠疫的主要攻击部位。在埃及的时候，被鼠疫吓破胆子的人最后都难逃一死。最保险的防御手段、最有效的治疗措施，就是保持精神上的斗志。拿破仑说，就拿他自己来说吧，他在雅法城接触了鼠疫患者，照样安然无恙；而且他在病情上隐瞒士兵长达两个多月，跟他们说他们得的不是鼠疫，而是腹股沟腺炎，因此拯救了许多人的性命。他还说，预防军队感染鼠疫的最好方法就是让军队保持行军，让将士们多活动。劳其筋骨、分其心神，就是最有效的保障措施。①

皇帝还跟医生说："要是希波克拉底突然出现在你们的医院中，他会不会大感震惊？会不会接受你们的主张和做法？他不会谴责你们吗？你们能明白他的话吗？你们能彼此理解吗？"[410]最后他兴高采烈地赞美起了巴比伦的医学做法。在巴比伦，人们会把病人放在门口，其父母坐

---

① 我们在拉雷的回忆录里发现一个现象，更准确地说，是一件非常值得注意的事：阿克战役后，法军撤兵；由于环境恶劣，伤员们只能吃点儿饼干补充营养，用盐水给伤口消毒。这些伤员安然无恙地穿过了60古里的沙漠地带，回到埃及后，大部分人的伤口甚至都愈合了。拉雷寻思这个奇事，认为这是因为伤员在炎热沙漠中得到了直接或间接的锻炼，这和伤员的心情也很有关系：一想到他们要回到那个近乎是自己的第二祖国的国家，将士们就欢欣鼓舞。——辑录者注

在他身边，拦下路人，挨个问他们是否见过类似的病症、谁治好了类似的病人。他说，这至少能帮人避开出过人命的治疗办法。

3月9日，星期六

上了英语课后，我正准备和皇帝一起吃早餐，这时有人把妻子写给我的一封信带了过来。我既高兴，又感激。妻子在信中告诉我，无论恐惧、距离还是舟车劳顿，都无法阻止她前来和我相会；只有跟我在一起，她才能感到幸福；她定要等待相聚的这一刻的到来。多么令人敬佩的坚贞之情啊！这份情义比我们这里所有人表现出的忠诚还要绵长，因为她非常清楚自己这么做的后果。我本来以为伦敦不会残忍地拒绝她的请求。何况她求了什么呢？是恩宠？是宽赦？不，她请求被流放，前往一块荒岛，去尽到妻子的义务，去表达她的深情厚谊。① 这封信是欧文-格伦道尔号从好望角送过来的，随它一同到来的还有截至12月4日的欧洲报纸。

内伊之案—丢失于滑铁卢的一辆马车—德累斯顿会晤—谈女人的小性子—保琳公主—皇帝的伟大举动

3月10—12日，星期日至星期二

⁴¹¹这几天天气极其糟糕，暴雨不断，我们几乎连花园都不能去了。幸好，我们还有报纸可打发时间。我非常高兴地发现：皇帝无须任何人帮助就可阅读英文报纸了。

---

① 我高看了监禁者的良知！拉斯卡斯夫人的要求不断遭到拒绝，人们要么给出一大堆拒绝的理由，要么干脆对她置之不理。最后为了摆脱她的纠缠，巴瑟斯特勋爵让人在1817年年初给她写了一封信，信中说她可以去离圣赫勒拿岛500多古里远的好望角，"要是圣赫勒拿岛总督（就是哈德森·洛韦爵士）不反对，她就可以经由此地，去往她的丈夫身边"。

毫无疑问，任何一个有良知的人都知道这是个多么恶劣的玩笑，我对此无话可说。——辑录者注报纸对当前的内伊元帅审判案进行了非常详细的报道。皇帝说，此事极不乐观，可怜的元帅会有大劫，不过现在还没到山穷水尽的时候。他说："国王笃定他的贵族院会听自己的，里面的人当然也表现出一副气势汹汹、下定决心、毫不留情的样子。可只要有一点儿风吹草动，发生一点点意外，那时你会发现，无论国王多么想让内伊死，只要贵族院发现自己的切身利益遭到牵涉，就会立刻掉转风向，向国王宣称内伊无罪，内伊就得救了。"

说到这里，皇帝开始感慨人性是多么轻率、善变和反复。他说："所有法国人都是投石党人，喜好闹事，却不会耍手段，更不会搞阴谋。他们天性轻率，想起一出就是一出，这甚至可以说是我们民族的一个劣根性。他们就是一群随风倒的墙头草，可他们之所以有这个缺点，是因为他们毫无城府，这是最好的理由。当然了，我们这里谈的是整体，谈的是那个构成舆论的群体。毕竟近来这段时间，违背这个国民特性的人可谓比比皆是，他们把某些阶级搞得臭名昭著、名声尽毁。"

皇帝继续说，正因为知道国民轻率的特性，他才迟迟没有成立高等法庭。虽然有宪法的规定，参政院都拟好了人选名单，可皇帝依然觉得此举会引得社会各界骚动不安。[412]他说："这个诉讼程序对公众有着莫大的诱惑力，但要是被告赢了，权力机关就被将死了。在英国，内阁即便败诉，也可毫无麻烦地全身而退；可在我所处的那个环境中，如我这样的君主若遇到这种事，定然会面临巨大的公共危机，所以我才一直坚持把案子交给普通法庭处理。常有些居心不良之徒在这件事上大做文章，可您去看看他们口中的被害者，哪个在我们国破家亡之际做过什么为国为民的事？他们谁都没经受住国家的考验，这足以证明我做得一点儿没错。"

皇帝拿起一张报纸，想跟我一起读一读。报纸上提到了一辆他在滑铁卢丢失的马车，由于文中有大量专业词汇，他读得磕磕绊绊。报纸非常详细地报道了这辆马车，为车中物品列了一张非常详细的清单。①作者时不时出语揶揄。例如，说到一小瓶利口酒时，他评论说，皇帝真懂照顾自己，身边什么东西都不缺；提到一些考究的生活必需物件时，他又来补一句，说皇帝当时居然还有心思去梳洗打扮（原文是法语）。最后这句话对皇帝的刺激，不亚于一件大事对他造成的冲击。他跟我说："难道英国人觉得我是一头野兽不成？他们竟抹黑我至此地步？还是说他们的威尔士亲王，这个有'神牛阿匹斯'之称的人物，跟我们这些受过教育的人不同，他就不梳洗了？"

当然了，我很难跟他解释清楚报纸记者为什么要说这种话。再说了，大家都知道皇帝是这世上最不在乎享乐的人，在这上面花费的精力也最少。不过他自己也承认，他的仆人出于忠诚和贴心，一直想方设法地让他过得尽量舒服点儿。由于他饮食极不规律，人们就找了窍门，在他出行旅途中，把晚餐规格布置得跟在杜伊勒里宫里的一模一样，413而且随时都可供应。他只需说一声，下人就立刻把饭菜端上来。连他自己也说，这就像变魔术似的。15年来，他一直都喝勃艮第产的一种葡萄酒（香培尔登葡萄酒）。他很喜欢这个酒，觉得它有利于身体健康。这个酒陪他跑遍整个德意志，陪他深入西班牙腹地，甚至陪他去了莫斯科。

---

① 拿破仑进了热纳普后，弃车骑马。仆人没来得及把马车上的生活用品带走，后来它们全部落到普鲁士人手中。其中有后来被布吕歇尔占为己有的拿破仑的佩剑（剑鞘的托架和附件都是金质的，1933年的《拿破仑研究杂志》第一卷第375页上有这把剑的复原图）、他的所有饰品（其中许多还是钻石打造的）、文件夹、旅行必需生活用品、酒杯、碗盘、餐巾、手帕等物品。详见吕西安·劳蒂发表在1933年《拿破仑研究杂志》第一卷第362~370页上的《滑铁卢战利品》（Lucien Laudy, *Le Butin de Waterloo*）中的物品详单。

的确，他身边全是艺术品、奢侈物，无不透着他高雅的审美、精致的品位，它们也的确给他带来一些享受。英国记者列举了车中一大堆东西，它们可能是真的吧，可皇帝对它们一点儿都不熟悉，不过他也说了，他也并不惊讶这些东西出现在马车上。

糟糕的天气把我们困在屋里，但它丝毫没影响到皇帝的心情。这些天，他比往常闲适了许多，比从前更加健谈，一说就是好长时间，还提到著名的德累斯顿会晤中的许多小事。以下就是我从中摘录的部分内容。

此次会晤，正是拿破仑势力最强之时。出席会议的都是王者中的王者，当然了，他得好生照顾他的岳父——奥地利皇帝。奥地利皇帝和奥地利国王都没有居住的行宫，亚历山大在提尔西特和爱尔福特的时候也照常没有。无论那时还是现在，大家都去拿破仑府中就餐。皇帝说，这些宫廷人士一个个小肚鸡肠，市井气十足，还是他敲定了相应礼仪，给众人立下规矩。他让人把弗朗茨一世的一切开销都记在自己账下，弗朗茨一世为此高兴坏了。看了拿破仑豪华的排面、大方的做派，众君王跟见了东方来的一个国君似的。跟在提尔西特一样，他给身边所有人赏了无数金银珠宝。我们告诉他，在德累斯顿的时候，他身边一个法国士兵都没有，法国宫廷一度非常担心他的人身安全。他很难相信我们的话，可我们言辞确凿地跟他说：事实的确如此，当时他身边只有一支萨克森军队充当护卫。他跟我们说："这就是了，当时我待的那个家庭是那么善良，来往的人又是如此正直，我当然毫无危险了。那里所有人都爱着我。我敢肯定，善良的萨克森国王每天都为我念一遍天主经。[414]我害了可怜、善良的奥古斯塔公主的一生，在这件事上我大错特错。从提尔西特回来后，我在马林韦尔德见了萨克森国王的一个侍卫，他把国王的一封信转交给我。国王在信中说：'我不久前收到奥地利皇帝的一封信，他恳请我把我的女儿嫁过去；我把这封信交给您，请您告诉我应当如何回复。'我回答：'我不久之后会去德累斯顿，到时再议。'抵达后，我反对并阻止了这桩婚事。"皇帝反复叹道："我犯下了大错。我当时担心弗朗茨皇帝把萨克森国王从我手中拉拢过去，可要是我没阻止这桩婚事，奥古斯塔公主反会把弗朗茨皇帝拉拢到我身边，我就不会沦落到这里来了。"

拿破仑在德累斯顿有许多工作，玛丽-路易丝非常珍惜丈夫的忙中闲暇，几乎足不出户，以免错过任何二人的幸福时光。弗朗茨皇帝无事可做，每天都无聊地在城里逛来逛去，根本不理解小两口闭门不出的这种生活，觉得这是在装模作样、故作清高。奥地利皇后①竭力想让玛丽-路易丝出一下门，固执到近乎可笑的地步。她在玛丽-路易丝面前总是不自觉地摆出继母的架子，玛丽-路易丝当然听不进去她的话，何况两人还年纪相仿。奥地利皇后经常在早晨玛丽-路易丝洗漱的时候登门，在她豪华奢侈的寝宫中东摸西摸，每次都不会空手而归。皇帝说："玛丽-路易丝坐上后位的时间并不长，但她应该很享受这个位置吧，毕竟她能把世界都踩在脚下。"我们中一个人斗胆问，奥地利皇后是否是玛丽-路易丝不共戴天的敌人。皇帝回答："不过就是宫廷的小仇小恨罢了，大家打心底讨厌对方，但还得把这份憎恶掩藏在四五页长的、满是甜言蜜语的日常通信中。"②

---

① 她是弗朗茨皇帝的第三任妻子玛利亚-露朵薇卡。（请看《人名表》）
② 这段话是原封不动地从杜兰德将军（Durand）1819年的回忆录中抄过来的，没有太多可信之处。

奥地利皇后对拿破仑非常上心，只要他在场，她就在他面前各种讨好献媚。可皇帝一转身，她就挖空心思地用最恶毒、最狡猾的伎俩去离间他和玛丽-路易丝的感情。发现自己没有成功征服他后，奥地利皇后恼羞成怒。皇帝说："不过她相当有脑子和手腕，把她的丈夫弄得狼狈不堪，415 后者也清楚她不怎么把自己当一回事。她长得很讨人喜欢，有点儿说不清道不明的魅力，像一个娇小漂亮的修女一样。

"至于弗朗茨皇帝，大家都知道他是个敦厚老实之人，所以总上阴谋家的当。他的儿子和他很像。

"普鲁士国王①私下里是个正直善良的人，但论政治能力，他很容易向形势低头。谁有实力、手上拿着武器，他就会听谁的话。

"至于俄国沙皇，他比上面两人高出许多。他有脑子，有才识，风度翩翩，很容易把人迷倒，但人们得提防着他才是。他一点儿都不坦诚，完全就是东罗马帝国里的一个希腊人。不过，他并非没有什么思想，且不论它们是真是假，说到底，这只是他从所受的教育和老师②灌输的思想中得出的浅薄之见罢了。你们知道我和他讨论过什么东西吗？他坚持认为继承制是君权的一大流弊，我花了一个多小时，绞尽脑汁，动用了我所有的口才，向他证明继承制是人民的安宁幸福之所在。不过可能他当时是在欺骗我，毕竟这人那么狡猾、虚伪和机灵。他能走得更远呢。我如果死在了这里，他就是我在欧洲的衣钵继承人。他若如鞑靼人一般向欧洲袭来，只有我才能拦住他。欧洲大陆永远笼罩在巨大的危机阴影中，君士坦丁堡更是如此：亚历山大非常渴望和我一道占领这座城市。亚历山大曾费尽唇舌，企图把我拉进去，但我一直在装聋作哑。

---

① 即腓特烈-威廉三世。（请看《人名表》）
② 即瑞士律师弗雷德里克-恺撒·拉阿尔普。（请看《人名表》）

这个看上去已日薄西山的帝国就应该一直横在我们俩中间，如同一片沼泽保护我右边不遭到进攻。至于希腊，那就是另一回事了！"他对这个国家发表了一些看法，说："希腊在等它的拯救者！……此人将戴上荣耀的桂冠！……他的名字会和荷马、柏拉图、伊巴密浓达一道永垂不朽！……也许，我差点儿就够到了这顶桂冠！在对意之战期间，我去了亚得里亚海边，给督政府写信，说我看到亚历山大的王国！……后来，我和阿里帕夏建立了盟友关系。后来联军夺下科尔多瓦，[416]他们定在城中发现了一批足够养活四五万士兵的军需品。我还曾让人把马其顿、塞尔维亚、阿尔巴尼亚的地图都搜集起来。

"哪个强国占领了埃及，希腊——或者说伯罗奔尼撒半岛——就是哪个强国的盘中餐。它本可以是我们的……之后我们可以在北面成立一个独立的王国，其中包括君士坦丁堡及其他各省，靠它来拦住俄国列强，就像人们当初为了对付法国而建立了比利时王国一样。"

有天晚上，皇帝说，他不喜欢女人耍小性子，因为他觉得温顺平和、惹人怜爱的性情最能彰显女性良好的教养、阶层和谈吐。他还说，女人应当学会控制自己，扮演她们应该扮演的角色。他说，他两任妻子就是如此。她们性情全然不同，可在这点上一模一样。他从没见两人发过脾气，她们都只想着如何讨得他的欢心。

有人大胆说，玛丽-路易丝曾夸口道，她想要什么东西，无论这要求有多难实现，只要哭一哭就有了。皇帝笑了，说这对他来说倒是个新鲜事，他相信约瑟芬可能会这么做，但玛丽-路易丝绝不会采取这种招数。之后，他问贝特朗夫人和蒙托隆夫人："夫人们，你们在一定程度上也同意我的看法吧？"

他又谈了许多和两位皇后有关的事，如他从前所说的那样，说她们一个纯洁、一个优雅。之后他提到自己的几个妹妹，说得最多的是保琳公主。毋庸置疑，他这个妹妹是巴黎最漂亮的女人。皇帝说，艺术家们都一致认为她美如维纳斯再世。大家也都承认她的优雅动人、花容月貌，之后他突然问大家，我们是否有公主……①

有人开玩笑地提起了一件事，417保琳公主在厄尔巴岛上时彻底征服了德鲁奥将军，虽然两人有一定的年龄差距，德鲁奥将军性子又无比严肃，但是他仍对公主发起热烈的追求。据说，在皇帝离岛八天前，公主从德鲁奥的嘴里得知了这个消息②，让他犯了德蒂雷纳犯过的错误。对此，皇帝说："女人就是这样，拥有这等危险的权力。"听闻此言，贝特朗夫人高声说，大元帅肯定不会犯这种错。皇帝微笑着反驳说："夫人，因为他是您的丈夫。"之后又有人说，保琳公主在尼斯的时候有一支专门车队，它每天从巴黎运来当前最时髦的饰品。皇帝说："我要是知道这事的话，肯定会把她狠狠斥责一顿，不准她再这么干。可这种事在所难免：人当上皇帝后，就不会知道这些事了。"

谈话结束后，皇帝问今天是几号，人们回答是3月11号。他说："那就是了。一年前的今天是个天朗气清的日子，我人在里昂，检阅了军队，和市长共进晚餐。③顺便说一句，市长之后一直说，这是他这辈子吃过的最糟糕的一顿晚餐。"皇帝一下子变得兴奋起来，大步地在房

---

① 1823年版本此处内容为："我们是否有公主能与其媲美。有人故意大声说：昂布莱姆公爵夫人在相貌上给人完全不同的感觉；她的美带着一份圣洁之气，透着善良、柔和与温情的慈悲，叫人忘却和原谅了侮辱。听了这话，皇帝往前探，想挂住这个反话正说的老滑头的耳朵。不过他被牌桌挡住了，没碰到对方。"

② 德鲁奥将军有理有据地反驳了这个不实传闻。（关于此事，请看9月14日星期六那天的日记附注）我之所以在此处没做更正，是想尽量让再版和第一版内容保持一致。——辑录者注

③ 即法尔格伯爵。（请看《人名表》）

间里走着，继续说："我当时重新回到了权力的巅峰！"然后，他发出一声叹息，但很快又接过话题，其语气之炽热、语调转换之迅速，让人一下子没回过神来。他说："我建立了世上最伟大的帝国，而且我于它是不可替代的，哪怕惊逢巨变，哪怕今天来到这块孤岛上，我似乎依然是法国之主。看看之后发生了什么事吧，去翻翻报纸吧，你们会在每行每字中读出这层意思的。只要我能回去，他们立刻会看到法国是什么样子，立刻会看到我能干出什么大事来！"哪怕到了这个时候，他满脑子依然装着为祖国谋取幸福和荣誉的计划和想法！他无比激动地谈了好久好久，整个人完全沉浸其中，[418]让我们都忘了自己身处何地、现已是何时。下面就是他说的部分内容。

"他们不肯让我从厄尔巴岛回去，这会带来多么巨大的灾祸啊！每个人都没意识到，我才是维护欧洲平衡和安宁最合适、最不可代替的那个人！各国国王和各族人民害怕我。他们错了，而且会为此付出巨大的代价。我是以全新的面目回来的，可他们不相信也不敢相信这一点：一个人的精神可以强大到改变其性格，让他学会顺应局势的地步。不过，我已经证明了这一点，做出了担保。谁都知道，我向来不走折中之路。我从前可以追求绝对强权，今天也可以是一个真心拥护宪法与和平的君主。

"我们稍稍思考一下，为何各国君王和各族人民对我如此畏惧？君主们在恐惧什么？恐惧我野心勃勃地攻城伐地，建立一大强国？可我的权力和实力已不如前，而且我哪次不是为了自卫才开战并夺取胜利？时间会证明我所言非虚。欧洲一直在与法国、与法国的理念、与我开战，所以我们只能迎战，否则就会被打败。反法联盟一直都或公开或秘密地存在着，无论它是否被承认，它永远都在。我们能否获得和平，这取决于反法联盟。我们已经倦了，法国人已经害怕再去夺取什么了。至于我，人们是不是觉得我对安宁平静的生活无感，哪怕我已不再需要争得什么荣耀和名气？靠两院的约束，人们也许会禁止我再跨过莱茵河。可我干吗要做这件事呢？为了称霸四海？难道我是疯了不成？疯病的最典型特征就是目标和手段不匹配，可我不是这种人。即便我先前想称霸四海，那也不是我想的，是人们一步步把我推到那里去的。最后，我离这个目的似乎只差了小小一步，傻子才不会想着尝试一下！但我从厄尔巴岛回来后已时过境迁，哪怕我再不聪明，也不会抱着一个疯狂的想法，去争取一个不可实现的结果吧？[419]所以，各国君主完全无须担心我会动武。

"他们害怕我在他们国内引发混乱？可看看历史，他们自会知道我在这点上的看法。他们都知道我占领他们国土后是怎么做的。我可曾频频在他们的土地上煽动革命、把市政权交给地方城市、煽动其子民造反？虽然他们都给我取绰号，说我是什么当代阿提拉、马背上的罗伯斯庇尔，可他们心底非常清楚我并不是这种人！要是我真那么做了，那现在我应该还坐在帝位上，而他们在很久以前就已被赶下王位了。

"在那项我把自己视为领头人和保护者的大业中，我们应该遵循下列两个思想中的一个：要么让君王倾听人民的理性之声，要么让人民在君王的带领下获得幸福安宁。但我们都知道，人民一旦被放出来，就很难被控制住了。更理性的选择就是相信君王的智慧。我本以为，欧洲各国君主肯定能想清楚这层明显的利益关系。结果我想错了，他们根本就没有多想想，而是被愤怒蒙蔽了双眼。我即便在反对他们的时候，都把一张牌攥在手里，没有打出去，他们却把它丢出来对付我。看着吧，有他们的好果子吃！！！

"最后，各国君主对一个普通士兵坐上帝位这种事如鲠在喉，他们害怕他会引起别人的跟风效仿。可我平步青云的环境因素，我登基的盛大场面，我表现出的向他们靠近、融入他们的圈子、和他们结为血亲和盟友的迫切心情，这些已经足以挡住后起的效仿者了。此外，即便正统王位继承权被打破，我也坚决认为：对他们而言，正统继承权由我这个普通士兵出身的人来打破，总比由他们家族中某个亲王来打破要好得多。因为得再过上几千年，另一个人才能遇到我这样的环境因素，从人群中脱颖而出。而每个君王只要在宫廷里随便走一圈，就能在他那帮堂兄弟、亲兄弟、侄子、外甥或其他亲戚中找到一个可将其取而代之的人。

"另外，各国人民有必要害怕吗？[420]害怕我来蹂躏、奴役他们？我可是他们的权利与和平的弥赛亚啊，这个新教理就是我的力量之所在。我若违背了它，就是在自取灭亡。可怜法国人也在害怕我。他们已经昏了头，在应该奋起作战的时候还在那里耍嘴皮子，在应该不计一切地团结起来时还在那里搞分裂。接受我的统治，总好过活在外国列强的桎梏下吧？甩掉一个暴君、独裁者，总比摆脱各个国家的联合绞杀来得容易吧？再说了，他们对我这种不信任的心态是缘何而来的呢？是因为他们看到我把所有气力凝聚在掌心，骤然发力，一拳定出胜负？今天他们通过惨痛的教训，应该明白我当时这么做的必要性了吧？当时国家处在前所未有的危难中，国内斗争不断、危机四伏。都到这种时候了，专制统治难道不是迫不得已之下的必需手段吗？从莱比锡回来后，为了拯救祖国，我才不得不公开宣布实施专制。从厄尔巴岛回来后，我其实也应该这么做。我不够坚持，或者更准确地说，法国人对我不够信任，因为许多国人已不再信任我，他们都误会了我。在眼界狭隘的庸俗之辈看来，我做的一切努力都不过是贪图权力而已。可那些有见识的人不应该站出来告诉大家，在当时那个环境中，我的权力和祖国就是一体的吗？为什么非要经历这场惨痛至极、不可逆转的厄难，众人才能理解我的苦心？历史会还我更多正义，它会让世人意识到我的大公无私、舍身忘我。我在意大利军的时候受过多大的诱惑！在《亚眠条约》签署期间，英国人要把我扶为法王。我拒绝了《塞纳河畔沙蒂永和约》，不屑于在滑铁卢的基础上签订任何个人条款，为什么？因为这一切都是为了祖国！我没有任何野心，只盼祖国能取得荣耀，国力上升，威震四海。正因如此，尽管经历了这么多苦难，我依然深受国人爱戴。因为他们从本能上后知后觉地意识到了这一点。

"这世上谁支配过比我更多的财产？我的地窖里曾放着几亿法郎，还有价值几亿法郎的特殊资产①，这一切都是我的。结果它们哪儿去了？被投到祖国需要的地方去了。你们看看我此刻的样子，我在这块荒岛上可谓一贫如洗！我的财产全被放在法国身上了！在命运把我托举起来的非常时刻，我的宝藏成了法国的国库，我毫无保留地和祖国融为一体。我这么做也是出于什么算计吗？可有谁见过我顾着自己的个人利益？我从来不懂什么享乐，也无心追求什么财富，只想让公众获得快乐、走向富裕。约瑟芬喜欢艺术到痴迷的地步，曾打着我的名号将一些

---

① 这些"特殊资产"都是通过对沦陷区进行征购、财产充公和其他手段得来的。在对意之战期间，拿破仑唯一要做的就是把他得到的钱财、物品运往法国，交由督政府处置。（请看上册的《拿破仑年表》）在执政府期间和帝国初期，这些"进款"则被移交国库。直到1810年，拿破仑才成立了一个专门的财务处来处理这部分财产，该机构名为"特殊资产处"，并请来在不久前被封为伯爵的德费尔蒙进行管理（1810年1月30日元老院决议）。请看亨利·德·格里姆亚尔1908年发表在《史问期刊》（*Revue des Quest. Hist.*）上的《"特殊资产处"的起源》（Henrie de Grimoüard, *Les origines du Domaine extraordinaire*）。

艺术品占为己有，虽然它们就摆在我的宫中，就在我的家里、我的眼皮子底下，可我仍备感受伤，觉得自己被抢劫了——因为它们没被放在博物馆中。①

"啊！法国人民当然也为我做了很多！世上再也找不出一个人，能得到他们如此多的厚爱了！可与此同时，再也没有谁为他们做过那么多事了！再也没有谁能如我这样和他们融为一体了！

"不过我们还是把话题说回来吧。说到底，法国人民在害怕什么？议院和新宪法难道在将来不足以形成有效的保障吗？遭到许多反对的补充法本身难道不是一种纠错机制和补救手段吗？我没有长1000只手，我只是一介凡人而已。舆论可以再次把我扶持起来，也可以再次把我打压下去。考虑到这个风险，我还求什么呢？

"而我们的邻国，尤其是英国，它又有什么可担心的？它有什么动机呢？它在忌妒什么呢？这点我们百思不得其解。我们有了新宪法，设了两院，未来不就以它的体制为法规吗？这不就是我们相互理解、建立利益共同体的最保险的办法吗？统治者被束缚起来，不能再任由自

---

① 博物馆的前身可追溯到制宪议会时期。1791年5月26日，根据巴雷尔的提议，制宪议会颁布法令："合并后的卢浮宫和杜伊勒里宫将成为国家宫殿，既是国王的住处，又要承担科学艺术珍品藏馆的功能。"议会建立了一个委员会，其成员由知识分子、艺术家和政治家构成，负责收集杰出的绘画雕塑作品和宝贵的科学艺术创造物。几个月后，君主制灭亡。公会期间，又是那个稍微有点儿眼光的巴雷尔向其同僚提出一个法令草案，说它定会"大获人心"，因为其主旨是建立一个国家博物馆。在1793年2月6日的议会会议中，全体议员未经讨论，直接通过了这个草案。督政府时期，博物馆更名为艺术中心博物馆。1803年，它又改了名。1803年7月22日，执政官康巴塞雷斯参观了博物馆，之后给博物馆馆长德农写了一封短笺："公民先生，我很乐意告诉您，我昨天参观古代雕塑作品长廊时非常满意……这么宝贵的一个收藏馆，如能以那位为这些藏品出力不少的英雄为名，那就更好了。所以我觉得有必要表达出人民的心声，请您派人在大门上方的中楣上刻下几个字：拿破仑博物馆。鉴于您的一腔忠诚，相信您定能迅速办妥此事。"

己的性子行事，人民就能毫无阻碍地争取自己的利益了。我们看看两国的商人吧，他们仍然继续合作、互做生意，哪管他们的政府斗得你死我活——两国人民已经先政府一步，实现了合作互赢。因为两国人民自己的这个议会，[422]两国人民成了彼此的担保人。谁都不会知道，两国人民在利益方面会相互团结和交融到何种地步。可以肯定的是，随着我们两院的建立、宪法的问世，英国内阁就相当于拿到了实现祖国的繁荣昌盛、主宰世界命运和利益的入场券。要是我打败了英军，取得了最后那场战役的胜利，不知道世上多少人会又惊又喜。第二天，我就会提议谈和，慷慨地和众人分享胜果。可这一切都没能实现，也许英国人有一天会为自己当初在滑铁卢取胜而痛哭流涕呢！

"我再说一遍，各族人民和各国国王都把我想错了。我恢复了王权，恢复了无害的贵族制度，没了我，王权和贵族制度迟早会再度陷入危机。我敲定了人民权利的合理范围，把它们奉为神圣，如今没了我，人民的权利又会坠入暧昧、模糊、专制的暗夜。

"如果各国君主真诚地接受了我的回归，让我重掌皇位，诸国君主和人民的利益也就被奠定下来了，双方都能得到他们想得到的东西。如今，他们又在做这个尝试，但很可能会一败涂地。他们本可以让一切尘埃落定，重新开始，他们本可以保障长久的和平，并且开始享受这份和平，然而如今，他们身边一颗小小的火星，都足以烧成燎原之火！人是多么可怜、多么可悲啊！……"

拿破仑在这块孤岛上发表的这些思想言论当然深深打动了我[①]，我也对他话中的真诚深信不疑。如果有其他人站出来证明这些话的真实

---

① 1823年版本此处是"拿破仑在圣赫勒拿岛这块孤岛上发表的思想言论对我大为受用"。

性，我当然是再高兴不过的了。实际上，在收集资料的过程中，我经常开心地发现这类佐证资料。

读者读了这一部分崇论闳议①，看到拿破仑在其中是如何表达他的观点、意图和感受的。这份记载于圣赫勒拿岛的文字内容竟在2000古里之外的欧洲、在一位著名作家的书中得到共鸣，因此更显珍贵！而且这位作家在思想上和皇帝略有分歧，他的这本书也写于不同时期，可其中的内容和上文高度重合，仿佛作者亲耳听到皇帝的口述似的。[423]这是一份多么宝贵的历史记录啊！所以，我忍不住把本杰明·贡斯当书中的一段内容原封不动地抄到这里。我这么做，一是因为他的文字蕴含了内在价值，这位作者本身的话语就具有足够分量；二是因为看到他的文字和我在另一个半球记下来的内容高度吻合，我内心也高兴不已。读者可在它们中发现相同的立意、相同的思想深度和相同的情感。

本杰明·贡斯当说："3月20日之后不久，我来到杜伊勒里宫，发现波拿巴独自待着。他率先打破沉默，跟我聊起天来。我们谈了很久。对于谈话内容，我只做分析，不做其他。我要做的，绝不是去描述一个悲剧性的角色。我绝不以失败的权力者为噱头来取悦读者，也绝不会把我曾因某个原因而为其效劳的那个人暴露给恶意的看客，去满足后者的好奇心。我只把他言语中不容错过的内容写下来，而且只记录他的原话。

"他并没企图在我面前隐瞒当前的状况或自己的观点，也并没表现出被厄难击垮的样子，更无意表现出自己本就希望挂印归田、重得自由

---

① 1822年问世的《关于圣赫勒拿岛囚徒的真本合集》（*Receuil des pièces authentiques sur le captif de Sainte-Hélène*）第三卷，就收入了这段"崇论闳议"。拉斯卡斯于1818年写了14篇拿破仑的政治谈话，它们都被放进这一卷中（第413～423页）。然而，人们很难从文字中看出拿破仑的说话风格，所以它们很有可能是拉斯卡斯的个人作品。尽管如此，它们依然迅速变得脍炙人口，成为拿破仑传奇故事中最牢固不破的一环。

的样子。在他关心的问题上，他只冷静地分析当前哪些是可行的，哪些是更可取的，言语中带着近乎冷漠的客观性。

"他跟我说：'国家已经过了12年毫无政治动荡的生活，一年没有兵革之祸的日子。这双重的安宁让它渴望动起来。它想要，或者以为自己想要公共讲台和集会——这并非它一贯的渴求。我进入政府后，它跪在了我的脚下。您应该还记得这事吧？当时您对此持反对态度。可谁来支持您了吗？完全没有。我获取的权力，比人们恳请我拿取的还要少呢……如今，一切时过境迁。一个软弱、违背国民利益的政府，让人养成了保持防御状态、在统治者身上吹毛求疵的习惯。追捧宪法、辩论、演讲的风气似乎又回来了……不过您不要上当，只有少数人想要这些东西。人民，或者换个您更喜欢的说法，民众，[424]他们只想要我。您没看到，您说的这群民众是怎样迫切地跟随在我身后。他们从高山上奔下来，呼唤着我，找寻着我，向我欢呼致敬。①从戛纳回到这里后，我没有攻打城池，一心治国……我不仅是人们口中的士兵的皇帝，还是农民的皇帝、平民的皇帝……所以，即便大局已定，您仍可以看到人民向我奔来，我们之间存在着一种共情。他们和特权人士不同——贵族阶层为我效劳，疯狂地涌进我的前厅。没有什么官位是他们不想要、不敢问、不会拿的。我的手下有姓蒙特莫朗西的，姓诺阿伊的，姓罗昂的，姓博

---

① 波拿巴花了很大气力去证明，他能回归，靠的不是打仗。为了证明这点，他写下或口述了六页纸的内容，还将其精心修改了一番。让我倍感遗憾的是，这份手稿现在并不在我手上。在这次谈话中，他把这份手稿交给了我，希望我能站出来反驳卡斯尔雷勋爵。此人在一次国会演讲中，宣称他是靠军队才取得一切成功。

当时我并没打算动笔，因为我并不确定我向法国展示的这个人到底是不是独裁者，于是拒绝了这个工作。1815年，我把拿破仑转交给我的这份手稿托付给一个前往英国的朋友，之后就把这件事忘了。这份手稿字字滚烫，文风奇特，措辞激烈，体现了他极其敏锐的思想，某些地方颇有雄辩之风。——本杰明·贡斯当注

沃的，姓蒙特玛尔的，但我们之间从来没有什么相似之处。他们就像正在表演马术的马匹，收起前肢，稳稳地用后腿站着，但我觉得他们在发抖。可和人民在一起，那就完全不同了。人民的脉搏和我的心弦是连在一起的——我是人民出身，他们会听我的话。看看这些新兵，这些农民的儿子吧。我从不对他们和颜悦色，待他们十分严厉，可他们照样簇拥在我身边，照样高喊着皇帝万岁！这是因为他们和我是同一类人，他们觉得我是他们的顶梁柱，保护他们对抗贵族……我只需一个手势，甚至一个眼神，各个省份的贵族就会惨遭杀害。人民在这件事上，已经悉心策划了六个多月了！……但我无意当扎克雷①的国王。如果能够通过宪法治理国家，那很好……我曾想建立一个一统天下的帝国。为了达到这个目标，我就必须获得无限权力。如果单单统治法国，一部宪法就够了……可我想建立一个一统天下的帝国，而且谁坐到我这个位置上以后不会有这个想法呢？全世界都求着我去统治它，各国君主和人民争先恐后地投靠在我的权杖之下。我在法国基本没有反对之声。不过，我在一些寂寂无闻、手无寸铁的法国人那里遇到的反抗，可远远大于在国王那里遭遇的阻力（这些国王今天还很得意，因为再没有君主能像我那样受到人民如此的爱戴了）……在您看来，什么是可行的呢？把您的想法告诉我吧。自由选举？公共讨论？责任内阁制？自由？这些也都是我想要的……尤其是新闻自由，扼杀新闻自由是荒谬的，我对此深信不疑……我是人民之子，要是人民真的想要自由，我就给他们。我承认了人民的至高地位，故应当聆听他们的心声，甚至有时得由着他们的性子。我从没想过因为自己的喜恶而去镇压他们。我曾有伟大的设想，但命运让它

---

① 1358年的扎克雷农民起义。——译者注

落空了。我再不是征服者，也再不能是征服者。我从此只有一个任务：振兴法国，建立一个适合它的政体……我一点儿也不仇恨自由，如果自由成为我的拦路石，我就把它挪开；但我理解自由，还深受自由思想的熏陶……此外，15年的辛苦筹谋已经付诸东流，我不可能东山再起了，除非再耗上20年，牺牲200万人的性命……我也渴望和平，却只能通过战场上的胜利来获得和平。我不想给您任何虚幻的希望——别人说我们在谈判，随便他们说去吧，实际根本就没有什么谈判。我料到会有一场艰辛的苦斗，一场漫长的战争。要挺过这场战争，我就需要全体国民的支持；作为回报，他们将获得自由，也定会获得自由……如今情况全然变了，我不求其他，只求能看清形势。我已经老了，人到了45岁的年纪，就再不是30岁时的那个他了。波澜不惊的君主立宪制可能适合我，肯定也更适合我的儿子。'"

《法国密涅瓦》第94卷，第八篇

《谈百日王朝的第二封信》

本杰明·贡斯当

（*Minerve française,* 94e livr., tome Ⅷ°；

IIe lettre sur les Cent-Jours,

par Benjamin Constant）

3月13日，星期三

[426]皇帝让人转告大元帅，叫他给上将写信，想知道他写给摄政王储的那封信被寄走了没。

大约下午四点，副总督斯凯尔顿夫妇请求拜访皇帝。他接待了二人，带他们去花园散步，之后还让他们随自己一道乘车出游。今天一整天都雾蒙蒙的。天空短暂放晴期间，我们看到一艘轻巡航舰（抑或一艘护卫舰）全速驶进港口。

对皇帝和威尔士亲王的侮辱—处死内伊—拉瓦莱特逃跑
3月14—15日，星期四至星期五

我们收到了上将的回复。他在开头按照社交礼节寒暄了一番，然后说自己并不知道圣赫勒拿岛上有一个叫皇帝的人，表明他当然会把上面那封信交给摄政王储，但他要恪守上级的命令——任何一封发往英国的信函都必须先经过他的拆阅。

老实说，这封信让我们大感震惊。上将提到的指令内容中有两点完全和他的军官的解释不一样。

第一条是，我们如写信申诉，当地政府可把它的观点附带申诉内容一道送出，英国政府会立即做出公正裁决，且不再朝圣赫勒拿岛派人进一步了解情况。所以，这点预防措施完全是偏向我们的。第二条规定是为了保障我们的通信不会危害英国政府或政策方面的利益，但我们是写信给君主、领袖，也就是这个政府、这些利益的代表人，即便有人在这里密谋某事，也不可能是给他写信的我们，而是把我们的信拦截下来或企图偷窥信中隐私的人。[427]他们在我们身边布置下全副武装的狱卒，完全不管这么做是否妥当，我们觉得这事尚且可以理解。但要是这些狱卒

凭借自己的身份反过来操纵他们的君主，我们觉得这事就有点儿不正常了。这不是公然地告诉大家他的君主是个毫无能力的昏君、是身居后宫的苏丹吗？按照欧洲习俗来看，这真是件咄咄逼人的怪事。

一直以来，我们和上将都少有交际，几乎一点儿往来都没有。有人觉得上将可能是心情不好，才会做此回复；另一个人则觉得，上将是担心皇帝在信中说了一些对于他不利的话。可上将非常了解皇帝，不可能不知道一件事：他真有什么控诉，也只会让由各国人民组成的法庭来仲裁。我清楚此信是何内容，心中倍感气愤：皇帝只想通过这个途径（他觉得只有走这条路才符合自己的身份）写信给他的妻子，打听儿子近况而已。不过大元帅也告诉上将：他要么逾权，要么误读了指令内容。他的这个决定，只会被视为另一个荒唐的冒犯之举。他强加的条件不仅大大触犯了皇帝的尊严，还触犯了威尔士亲王的尊严。

昨天抵达的那艘护卫舰是斯佩号，它把截至12月31日的欧洲报纸带了过来，也把可怜的内伊元帅被处决、拉瓦莱特逃跑的消息捎了过来。

皇帝说："内伊遭到恶劣的攻击、糟糕的辩护。他虽然已经退役，但仍被贵族院判处了死刑。他还被当众处决，这更是天大的过错。如此一来，他就成了烈士。他们不应该宽恕拉贝杜瓦耶，因为世人只会从这一宽大处理中品出偏袒腐朽贵族阶级的味道。可他们若能宽恕内伊，就是在宣扬政府的实力、国王的宽厚。有人也许会说，这么做是为了杀一儆百。但如果赦免他，那才能起到更大的示范作用：元帅通过这场审判案已经名声大跌，让他失去一切影响力，这才叫他生不如死呢。[428]那时，权力机关的目的达到了，国王满意了，示范作用也起到了。"

皇帝说："拒绝宽恕拉瓦莱特以及他的逃跑事件，让政府进一步大失民心。巴黎沙龙如俱乐部一样激动若狂，雅各宾主义在贵族阶级中死灰复燃了。此外，欧洲完全处于混乱状态，无政府主义者公然宣扬毫无道德可言的政治信条，任何一个落到君主手中的人都成了他们口中的好人。在我统治时期，我成了这些人大力抨击的对象。当时，各国君王张口闭口都是仁义道德，可今天呢，他们一个个得意扬扬、无法无天，忘乎所以地犯下各种先前他们自己大力批判的错误。那么，他们还能给人民、给道德留下什么出路、什么希望呢？我们法国人至少彰显了自己的品格：拉贝杜瓦耶夫人差点儿心碎而死，我们从报纸上得知，内伊夫人表现出最坚韧无畏的忠贞之情，拉瓦莱特夫人更是成了欧洲的女英雄。"

带给摄政王储的口信
3月16日，星期六

皇帝丢开《大不列颠百科全书》，开始通过读《年度汇编》来学习英语。他读了斯潘塞-史密斯的历险记，此人在威尼斯被捕，在被发配到瓦朗谢纳的路上逃跑。皇帝说："这件事本身非常简单，叙述者却把它写成了一段伟大的历史故事。我完全不知道这件事，这根本是个毫不重要的警务小事，所以没被呈递到我面前。"

大约下午四点，人们把从欧洲过来的斯佩号船长、即将启程前往英国的锡兰号船长①引荐给皇帝。皇帝身体不适、无精打采，很快就结束了对斯佩号船长的接见；[429]要不是锡兰号船长问我们是否有信要寄往英国，他也会得到相同的待遇。皇帝当即让我去问这个船长，他是否能见到摄政王储。得到肯定的回答后，我便请船长转告摄政王储：皇帝先前想给他写信，但因为上将提出匪夷所思的开信检查的要求，皇帝觉得这

---

① 即斯佩船长和汉密尔顿船长。（请看阿尔诺·夏普林的《圣赫勒拿岛名人录》第118页）

么做是对自己和摄政王储的莫大羞辱，便把信收回了。他先前听人如何夸赞英国的法律，但他完全没发现其中的任何好处。他如今只能等待，盼着来个刽子手，给自己一个痛快。这里的人残忍、无情地折磨着他，王储还不如坦率和干脆一点儿，直接杀了他。皇帝让我一再告诉船长，他会对这些话负责，之后就把他打发走了。这位船长满面通红、非常尴尬地离开了。

法兰西岛人的思想

3月17日，星期日

一个从好望角过来、家乡是法兰西岛的英国上校，早晨来到我的屋里，想向皇帝致敬。上将只允许他乘坐的船只在锚地停留两三个小时，且知道皇帝想在下午四点接见此人。这个上校语气坚决地告诉我，他宁可错过商船，也不愿失去这个千载难逢的机会。皇帝身体不太舒服，泡了很久的澡。四点，他接见了上校。①

皇帝就法兰西岛向他提了许多问题，该岛已在不久前被割让给了英国。由于政权变动，该岛贸易业貌似大受影响，萧条了许多。

上校离开后，我单独跟皇帝待在花园中，跟他说，法兰西岛的百姓似乎非常怀念他。上校告诉我，人们每次念叨着"拿破仑"这个名字，无不泣涕涟涟。当他离开法国来到普利茅斯的消息传过去时，这块殖民地本来在举办一场大型节日活动，到处喜气洋洋，好不热闹。消息是白天传来的，当天晚上，剧院里一个殖民地移民都没有，430只有英国人尴尬而又一脸恼火地坐在那里。皇帝听了我的话，沉默了一刻时间，说："这很简单，这说明法兰西岛上的居民仍觉得自己是法国人。我就是祖

---

① 在夏普林的记载中，拿破仑是在3月16日接见他们的。（《圣赫勒拿岛名人录》第118页）

国，他们热爱的祖国。有人通过伤害我伤害到了国家，他们当然会倍感痛苦。"我还说，统治者的更迭导致他们不便发声，不敢在公开场合表达对他的关切。但上校说，人们一直都在怀念他，喝酒时会说"为他干杯"，"他"指的就是拿破仑。听到这些小事，皇帝大受感动，深情地说："可怜的法国人！可怜的人民！可怜的国家！我经历什么痛苦都不要紧，我爱你们！可你们，你们不应该遭遇你们蒙受的一切苦难！啊！你们值得人们对你的一片忠诚！然而我必须承认，我身边有多少卑鄙、丑恶、恶心的事啊！"他看着我，又补充了一句："我这里说的不是您在圣日耳曼区的那些朋友，他们是另一回事。"

我们经常听到类似法兰西岛的这种消息，每次都被触动心弦。例如，我们附近的阿森松岛，先前一直处于荒废状态。我们来了后，英国人想在那里建一个基地。负责选址的船长回来后跟我们说，他在阿森松岛下船后，惊讶地发现海滩上写着一行大字：伟大的拿破仑永垂不朽！

在收到的第一批报纸中，我们可以看到一些俏皮话或充满善意的文字游戏，其中有这样一句话：人们只有把海伦还回来，帕里斯才会再度幸福。① 这话就如同几滴蜜，减轻了我们这杯苦艾酒的苦涩味道。

他对罗马的构想—恶劣至极的饮食—《布里塔尼居斯》
3月18—19日，星期一至星期二

八点，皇帝骑马出去。这段时间他一直闭门不出，今天终于出门，大概是因为屋里空间狭小，不能让他尽情踱步吧。他的身体明显衰弱了

---

① 这是一个双关语。在希腊神话中，特洛伊王子帕里斯（Paris）拐走斯巴达王后海伦，引发了特洛伊战争。此处"Paris"明指帕里斯，暗指巴黎，"海伦"指的便是拿破仑。——译者注

许多，^431 一个曾经每日都要进行剧烈运动的人一旦缺乏锻炼，身体就会遭受损害，这并不是件令人惊讶的事。回来后，皇帝在外面吃过早餐，把我们留了下来。我们谈起了赫库兰尼姆和庞贝城，讨论这两座古城被毁于何时、当时有何异象、它们留给我们的遗迹和无尽猜想。皇帝说，要是罗马还在他的掌管下，它定能从废墟中崛起。他打算清除城内的所有瓦砾，尽可能地将其重建起来。他坚信，这个办法也可应用在周围城市身上，说不定在赫库兰尼姆和庞贝那里也行得通。

早餐后，皇帝让我的儿子去把克勒维耶的一本书找出来，里面讲述了赫库兰尼姆和庞贝的那场浩劫。我们读了这段内容，也读了讲述普林尼之死和其人其事的相关篇章。接近中午的时候，皇帝回房午休。

六点，我们乘坐马车，如往常一样出去了。皇帝请登门拜访的斯凯尔顿夫妇一起乘车出游。

回来后，由于房中无比潮湿，皇帝被迫去了花园，在那里看到了身体正在迅速康复的古尔戈将军。吃过晚饭后，我们前往客厅，路上忍不住谈起了最近的餐食。老实说，它们根本不是给人吃的：面包是馊的，葡萄酒难喝得要命，肉类散发着令人恶心的变质味道。我们经常只能把肉原封不动地退回去。虽然我们再三提醒，可他们依然会把杀好的肉送过来，理由是这样我们就不用自己动手屠宰动物了。皇帝惊讶地看着桌上的饭菜，终于忍不住了，激动地说："也许还有许多人的生存条件比我们更加糟糕，但这并不意味着我们无权对自己的生活环境、自己遭受的可耻虐待发表感想！英国政府手段竟如此恶心，把我们送到这里来了还不够，连照顾我们、料理我们的生活物资的人选问题都要插手！只要我确定未来有人会把这些公之于众，让相关的罪人再洗不掉他们的耻辱污点，我就不会感到这么痛苦了！算了，说说别的吧。^432 今天是什么日子？"有人回答说3月19日。"什么？"他惊呼，"明天就是3月20日了？"停顿了几秒后，他又说："算了，我们谈点儿别的吧。"他让人把拉辛的戏剧找出来。最开始，他读起了喜剧《讼棍》，读了两三幕戏之后转而给我们念起了《布里塔尼居斯》。翻完此书，看到善有善报、恶有恶报的结局，皇帝说：有人批评拉辛在这里过于迅速地交代了结局，但他们看不到后面布里塔尼居斯被毒杀的事。他对作者真实地刻画了纳西斯的性格而大加赞赏，说人总通过伤害君主自尊心的办法来影响君主的决定。

去年今日—皇后分娩
3月20日，星期三

晚饭后，我们中的一个人说："一年前的此时此刻（3月20日），皇帝可不像现在这样过着孤独平静的生活。"拿破仑说："当时，我坐在杜伊勒里宫的餐桌前。我克服了千难万险，从刀光剑影的战场中走下来，才坐到了那里。"实际上，他人刚到，就被数以万计的百姓和军人团团围住。大家一拥而上，抢着要看他一眼。他不是自己走到宫殿的，而是被人群裹挟着到那儿的。现场混乱至极，几乎要把人都撕碎了，平常大众对他们敬仰的人恭敬守序的样子在那一刻荡然无存。可我们要理解群众这么做的原因和情绪：他们是对他仰慕和爱戴到了疯狂，甚至丧失理智的地步。①

---

① 详情请看亚历山大·德·拉博德的《1815年3月19、20日，一个国民自卫军掷弹兵守卫杜伊勒里宫的48小时》（Alexandre de Laborde, *Quarante-huit heures de garde au château des Tuileries pendant les journées des 19 et 20 mars 1815, par un grenadier de la garde nationale*）。

皇帝还补充说，他相信，今晚欧洲不止一个人会说起那一天，哪怕处在最严密的监视下，他们也会在内心为这一天干杯庆祝。

之后，他提到了罗马王，今天也是罗马王的生日，他满5岁了。皇帝由此又说到皇后分娩时的情景。他觉得那个时候的自己是世上最好的丈夫，他一整晚都扶着皇后慢慢走路。我们当时也在宫中，略微知道一些事。晚上近十点，我们所有人都被叫到皇后寝宫，一整夜都守在那里，并时不时听到几声喊叫。*433* 快到早晨的时候，助产士跟皇帝说，产妇已经停止阵痛，估计离诞下皇子还有一段时间。皇帝就去洗澡，并把我们打发走，同时命令我们不得离开各自家门。皇帝在浴缸里泡了没多久，皇后就再次阵痛发作。助产士惊慌失措地跑过来，跟他说自己简直倒霉透顶，说他在巴黎助产1000多次，还从未遇到这种难产的情况。皇帝匆匆忙忙地穿好衣服，一边给他打气一边说：从事他这种职业的人在这个时候慌神是不可原谅的事；这里没有任何会干扰他的东西，他就想象自己是在给圣德尼区的一个普通妇人助产，其他不要多想；大自然不会因为产妇的身份而制定两套法则；他敢肯定助产士能做到最好，且无须担心自己会遭受任何责罚。助产士之后又来汇报，说母子中有一人非常危险。他毫不犹豫地说："保大人，我可以再有一个孩子。您就当自己在给一个补鞋匠的儿子接生。"

之后，他来到皇后身边，发现皇后的情况的确非常危险，孩子看上去也极不乐观，很有可能会窒息而死。

皇帝问杜博瓦，为何他不助产。杜博瓦争辩说，他只能在科尔维沙在的时候才能助产，可后者尚未到达。皇帝问："可他能跟您说什么？要是您只是需要一个证人或辩护者，希望得到保障，我在啊，我就是。"于是杜博瓦把外套脱下来，开始助产。皇后已处在死亡边缘，

105

痛苦地哭喊，皇帝、蒙泰斯鸠夫人和刚刚进来的科尔维沙等人紧紧抓着她。①434蒙泰斯鸠夫人很贴心地抓住机会宽慰皇后，说她已经经历了不止一次这种事情了。

然而，皇后总觉得有人对她居心不良，反复说："因为我是皇后，有人想把我害了！"在皇帝的劝解下，她终于打消了自己的这层担心，最后成功诞下皇子。皇帝说，当时情况万分凶险，以致人们完全把宫廷礼仪丢到了一边，全力以赴地拯救母亲的性命，已经顾不得孩子，把他直接放在了一边的地板上。他安安静静地在那里躺了一会儿，人们都以为这孩子是个死婴，还是科尔维沙把他抱了起来，给他擦干净身体，让他发出第一声啼哭。

弗勒里·德·夏布隆男爵就皇帝回归一事写了一本有趣的书，其中有这么一段话："小拿破仑诞生的时候，人们都以为他死了。他浑身冷冰冰的，一动不动，没有丝毫呼吸。当外面陆续鸣放一百门礼炮以欢庆他的诞生时，宫中上下忙成一片，最后总算让他起死回生。皇子幼小的身体在隆隆礼炮声中微微震动，终于有了知觉。"

---

① 这幕场景发生在22人的面前，他们分别是：
皇帝、杜博瓦、科尔维沙、布迪耶和伊万；
蒙特贝洛夫人、吕赛夫人和蒙泰斯鸠夫人；
六名贴身侍女：巴郎、德尚、杜朗、于罗、纳布松和杰拉德；
五名宫女：奥诺雷夫人、爱德华、巴比耶、奥贝尔和热弗洛伊；
护理人员布莱斯夫人，以及两位看管衣物的侍女。
详情请参考《将军遗孀杜朗夫人回忆录》（Souvenirs de Mme Durand, veuve du général）第一卷98页内容。——辑录者注

《喀提林的阴谋》—希腊人—历史学家—沙场酣睡 —恺撒及对他的评论—各种军事思想

3月21—22日，星期四至星期五

一大清早，皇帝就骑马出去了，我们沿着划定的边界，往几个方向骑了一圈。途中，皇帝边骑马边温习英语。我走在他身侧，他说英语句子，我把它原原本本地翻译成法语。这么一来，他就能知道别人能否听懂自己的英语，自己是否要再做改正。他说完一句话，我又把它用英语重复一遍，好让他反过来理解句子的英语意思，以培养他的听力。

今天，皇帝读的是罗马史著《喀提林的阴谋》。他不能理解书中的阴谋部署，说："就算喀提林坏事干尽，[435]他总应该有所图吧。他图的不会是统治罗马，他还因为企图在罗马放火烧城而备受世人指责呢。"皇帝觉得，这更像是某个像马略党或苏拉党的新党才干得出来的事。这种人失败后，总网罗各种各样的罪名去攻击他们的领导人，引发国人的恐惧。当时就有人跟皇帝说，要是当初在暴风雨后他没来得及展现自己的惊人才华，就在葡月事件、果月事件或雾月事件中被人压制下来了，那他定会是相同的下场。

说到格拉古兄弟，他们在今天政治家心目中的形象几乎已盖棺论定了，皇帝却对他们存有疑问。皇帝说："史书上的格拉古兄弟就是乱党、造反分子、无赖，但在一些小事上，他们又表现出道德的一面，品性文雅、无私而又高尚。此外，他们还是大名鼎鼎的科妮莉亚的儿子，按理说，许多人一看到他们这层身份就会对他们心生好感。那么，众人为何对他们如此褒贬不一呢？原因如下：格拉古兄弟忠实捍卫被压迫民族的权利，反对剥削他们的元老院；他们令人惊艳的才华、崇高的品格

让贵族阶级的地位岌岌可危，后者取得胜利以后，不仅夺去了他们的性命，还抹黑了他们的名声。这个派系的历史学家自然也把他们描绘成十恶不赦的样子。到了罗马帝国时期，他们进一步遭到丑化和诋毁。在专制暴君统治的时代，仅仅提一下'人民权利'这个词都成了一种亵渎，是罪大恶极的事。后来，到了小独裁者如蝗虫一样漫天都是的封建社会，情况就更是如此了。如此一来，格拉古兄弟变得声名狼藉，这也是可理解的事。在过去的无数个世纪里，他们一直都是罪恶的代名词。但今天，我们有了更多的知识，敢去理性地思考了，我们对格拉古兄弟产生好感便成了可能且应该的事。

"在我们今天再度爆发的贵族派和民主派的可怕斗争中、古老土地和新兴工业之间的冲突中，即便贵族阶级通过武力获得胜利，也必然只会导致更多的'格拉古兄弟'的出现。^{436}这些'格拉古'对付敌人的手段绝对会跟罗马贵族派对付格拉古兄弟一样'仁慈'。"

皇帝还说，他一眼就发现了古代历史学家写的这段历史中的漏洞之处。至于现代历史学家，他们不过是在摘古人残剩的葡萄罢了。之后，他又回到以前谈过的老问题上，对老好人洛兰和他的学生克勒维耶展开批判[1]，说这两人既无才华，又无思想，更无个人特色。他说，我们必须承认，古人在这方面比我们优秀许多，因为在他们那个时候，政治家就是文人，文人就是政治家。他们将政治学和文史学糅为一体，我们却将其粗暴地分割开来。这种分工能让我们在机械学科上日臻完善，却给思想创造带来了致命的打击。毕竟，创作者的思想越是广博，他的作品就越是优秀。在这点上我们得感激皇帝，因为他遵循了这个原则，经常起

---

[1] 请看前文317页。

用一些人去做许多与他们本职工作似乎并不搭界的事。这就是他的用人风格。有一次，他让一个侍从去伊利里亚清算奥地利欠款。①这可不是件小事，而且非常复杂。这名侍从先前从没碰过财政方面的事，吓得不知所措。部长眼看这件肥差落到了别人手上，大为不满，便大着胆子跟皇帝说他指派的那个人是个新手，担心此人不懂如何完成任务。皇帝的回答是："先生，我看人很准的，我安排的人适合从事一切工作。"

皇帝继续批判，把许多在他看来是蠢作，却被译者和评论家大捧臭脚的史书狠狠批评了一番。他说，这些书极佳地证明了那些史学家对历史中的人和事做出了多么错误的判断。他说："例如，这些人极力赞扬西庇阿的禁欲，热烈讴歌亚历山大、恺撒等人的冷静，因为他们大战在即仍然睡得着。这都是什么鬼话？这就好比一个从没碰过女人的僧侣，一听到女人的名字就满脸赤红，看到她们走近自家的栅栏就大喊大叫。这种人之所以歌颂西庇阿的名节，437 只是因为他没有凌辱无意中落到他手里的一个女人。可他们忘了，他手头有无数女人可享用。照这个道理，一个饿得半死的饥民看到一桌丰盛的佳肴仍能淡然地掉头走开，而没有狼吞虎咽地吃掉菜肴，这不是更值得歌颂吗？"皇帝还说："至于在大战来临之际仍能呼呼大睡，我们的战士和将领哪个没做过他们口中的这等奇事？这种所谓的英雄主义，不过是因为他们战前太过疲劳了。"

说到这里，大元帅插嘴说，拿破仑不仅在战斗前夜睡得着，在战斗期间依然照睡不误，这是他亲眼所见。皇帝说："我只能这么做。即便我要打三天的仗，那也得遵循人的自然规律啊，所以我抓紧每分每秒去

---

① 这个人就是拉斯卡斯。

睡觉，能睡就睡。"在瓦格拉姆战役和包岑战役期间，哪怕外面战得正酣，炮弹都打到大门口了，他依然睡得着。他说，撇开必须遵守的自然规律，睡眠还能帮助三军统帅平心静气地等待报告，以及镇定地指挥军队作战，而不是一遇到某件事就慌了神。

皇帝还说，他读洛兰的书，尤其是读关于恺撒的那一部分内容时，对书中高卢人的许多军事行动很是不解。① 他完全不能理解赫尔维蒂亚人为何入侵，不理解他们在行军路线、作战目标、渡过索恩河的时间点等问题上做出的选择，更不理解恺撒为何大费周章地去意大利甚至阿奎莱亚召集军队，再转头赶回索恩河抵抗入侵者。他更无法理解，他们为何要把冬营地建在从特里尔到瓦纳的地方。我们觉得惊讶的地方是，将领为何让士兵修建壕沟、城墙、塔楼、地道等庞大工事。皇帝告诉我们，当时军队重点关注工事建造、筑墙固守这些工作，而不像我们今天这样注重粮草和兵力的运输问题。他还觉得，古代士兵实际上比我们的战士干了更多活。他打算将来在这个问题上继续深入探讨。②

438 皇帝继续说："此外，古代历史离我们太远了，战争思想已经变了。今天和从前德蒂雷纳和沃邦的时代大为不同。如今战争工事成了无用之物，将来说不定我们的所有要塞都会失去效力呢。大炮和榴弹炮的大量使用彻底改变了战争。打防御战时，人们面对的不再是水平线式的进攻，而是弧线和渐屈线式的进攻。从前建立的任何要塞，将来在大炮的进攻下都会如纸糊的一般脆弱。它们再不是铜墙铁壁，而国家又没有足够的财力去维护它们。以佛兰德防线为例，法国的国家收入根本支撑

---

① 拿破仑是在朗伍德评论的这本书，如今它被藏于梯也尔图书馆马松馆区中。
② 请看拿破仑口述给贝特朗的《论战场防御工事》（*Essai sur la fortification de campagne*），该文被收入《拿破仑书信集》的第三十一卷。

不住它的维护工程：它的外墙只能拿到$\frac{1}{5}$~$\frac{1}{4}$的必需维护经费；掩体、军火库、躲避炮弹的防御建筑的维修更是刻不容缓，加起来就是很大一笔钱了。"皇帝最担心的是现代泥水工程这块短板，工程学在这个领域上存在根本性的缺陷，他曾为此花费巨资，结果全都打了水漂。

这个新发现的事实让他十分震惊，于是皇帝一反先前那个被认为是颠扑不破的公理的战略，构思出一套完全相反的作战思想：弄一个火力威猛的主力大炮，使其射程远远大于我军向敌人前进的主线，再安排许多流动大炮去保护这条主线。如此一来，敌人若想进攻，就会被拦下来——因为它的大炮都被拿去对付我方的流动大炮了，而进攻路线又被那门威猛的主炮阻断了。另外，主炮周围还可安排上其他辅助性的军火和小型大炮，它们组成的小队伍具有高度的灵活性，可以如狙击兵一样前进一段距离，把敌军一切行动盯得死死的。如此一来，敌军就只能以火炮围攻，以求打开壕沟，我们就争取到了时间，防御工事也完成了它的真正使命。皇帝利用这个办法取得了许多场胜利，甚至在维也纳防御战和德累斯顿防御战中也采用了这套战术，让一众军事工程师大感震惊。他本想在保卫巴黎的时候也这么做，认为只有这样巴黎城才守得住，并坚信自己定能取得成功。

过去九个月的总结[①]

^{439}这本日记已经写了九个月了。我担心日记内容纷繁杂乱，让读者忘了这本日记的宗旨和唯一主题，那就是记录一切和拿破仑有关的、

[①] 在原版的《拿破仑圣赫勒拿岛回忆录》中，这份总结被放在了3月31日日记后面，这么安排明显更有条理。我们不无道理地猜想，拉斯卡斯应该是应编辑的要求，才从1824年的版本开始，把它挪到了这里。

有助于展现其性格特征的事。所以我才打算在这里写点儿总结，如有需要，也可趁机做点儿补充。此外，出于同样的理由，我打算今后每三个月就写一份总结。

离开法国后的第一个月里，我们被残暴冷血的英国内阁控制。之后，我们又花了三个月时间，远渡重洋来到圣赫勒拿岛。

下船后，我们在荆棘阁住了两个月。

之后我们搬到朗伍德，至今为止已在这里住了三个月。

不过，对我这个拿破仑的观察者而言，这九个月可被划分为四个不同时期。

在我们暂留普利茅斯的整段时间里，拿破仑表现得十分克制和乐观，只是要和消极惰性做斗争而已。他遭逢大难，且已无路可退，就干脆泰然应对发生的一切。

在远渡重洋期间，他对万事一直都是一个态度，整个人淡然无为、无欲无求、安于天命的样子。其实，船上的人非常尊重他，他也不动声色地接受了众人的敬意。他很少说话，就算聊天，通常也只说些与己无关的事情。谁若突然在甲板上摔倒，说不定还能得到他的一两句安慰，但摔倒的人可能根本就不知道站在自己面前的人是谁。我不知道怎么更好地描述他在那个环境中的样子，只能把他比作身份尊贵的乘客，船员从心底尊敬他，而不是做做表面功夫。

我们暂住荆棘阁这段时间，情况略有不同。拿破仑几乎孤身一人，不见任何人，把全部心思都放在工作上，似乎忘记了外面的世界，看上去挺享受这清净孤寂的生活，[440]不屑于去计较生活的不便和得失，对一切都是无所谓的态度。除非某个英国人欺人太甚，或者听说自己人遭到冒犯，他一时怒极，才会发表点儿意见。他整天都忙于口述回忆录，其他时间则和人闲聊，以解除乏闷。他对欧洲之事只字不提，也很少提到帝国的事，更鲜少谈起执政府，但说了许多自己担任意大利军总司令期间的事。不过他说得最多、几乎开口必提的，是他青少年时期的一些小事。那时，童年似乎成了他心中一段特殊的回忆。我们甚至可以说，是童年让他想起了许多本被彻底忘记的事，并从中体会到一丝快乐。他在月下散步时，这几乎成了我们唯一的话题，帮他度过了许多个孤夜。

第四段，即最近一段时期，就是搬至朗伍德后的这段时间。在此之前，我们觉得那些难处不过是暂时的、眼下的。可定居在那里后，那难处就有了一层绵延持续的险意。从此，我们的流放之路、我们新的命途才算真的开始了。历史将从这里开始书写，我们将在这里接受世人的眼光。皇帝似乎考虑到了这一层，故把家务人事工作都安排得规规矩矩的，拿出不屈于威武的自重架势。他再不向他的压迫者表达任何想法，只跟他们维持表面的客套，反对任何实质性的举动。英国人坚信，假以时日，双方总会亲密起来。可皇帝待他们就如第一天见面似的，一直都格外客气。

可在英国人的眼里和心中，皇帝现在的形象明显比从前要高大许多。我们不知道这是怎么造成的，又是因为什么。我们心里微微有些吃惊，但也略微有些高兴。我们甚至发现英国人对他的情感与日俱增。

皇帝和我们在一起时，又聊起了欧洲时事。[441]他分析各国君主的设想和行动，提出自己的想法来反驳他们。干净利落地给出观点后，他又谈起了自己的执政生涯和所作所为。总之，曾经的那个拿破仑又回来了。他一直知道我们对他的忠诚和悉心照顾，我们也从未在他那里吃过什么苦头。他在我们面前，从没有像现在这样平和、仁慈以及如此频繁地表达他的爱。因为和我们如家人一般地待在一起，他可以痛快地大骂我们共同的敌人。人们读到的激烈言辞看似是他暴怒之下的尽情宣泄，其实从来都是他在大笑声中、在欢快的气氛下说出来的。

在我们搬到朗伍德之前的那六个月里，皇帝的健康看似没有受到什么损害。然而，他的生活已被彻底改变！他的作息、饮食都和往日全然不同，习惯被完全打乱。他本来有大量运动的习惯，如今却整天都被关在一间房间里。泡澡是他生活中必不可少的一部分，然而他连这等享受都没有了。到了朗伍德后，他才重拾往日的部分生活习惯，可以骑马，也可以泡澡了。可那时人们开始察觉到一个事实：他的健康已经明显恶化。

这是一件多么令人唏嘘的事啊！他困顿于厄难之中时，没表现出一丝一毫的病痛迹象，等到环境有所好转，这些病痛才显现出来。因和果之间往往存在一段漫长的间歇期，于精神健康如此，于身体健康也是如此，不是吗？

朗伍德的白天—德鲁奥案件—苏尔特—马塞纳—皇帝在炮兵团的战友—皇帝觉得当初自己寂寂无名，甚至在巴黎期间亦是如此

3月23—26日，星期六至星期二

今天上午有段时间天气异常糟糕，豆大的雨点砸在地上，我们甚至都不敢探个脑袋出去[442]。皇帝翻看起了一个名叫威廉小姐的人写的一本书，内容和从厄尔巴岛回归一事有关，是不久前从英国传来的。看了没多久，他就对它厌恶起来。这也很正常，因为本书通篇都是恶言和谎话。它简直就是一本流言合集，把当时巴黎城中某些心思恶毒的沙龙臆想出来的传闻复述了一遍。

这些天的晚上，无论下雨也好，星朗月明也罢，我们对此都没有太大感觉。夜幕降临后，我们就成了一群真正的囚徒，此话绝无夸张。大约九点，我们的住宅就被哨兵包围了。看到这些人，我们心中着实气恼。此外英方还规定，除非有被预先安排过来监视我们的那个英国军官的陪同，否则皇帝和我们再不能在更晚时候出门。在我们看来，这种出门更像一种酷刑，而不是一种娱乐，而且这是这个军官所不能理解的。军官猜想恶劣的天气是皇帝拒绝出门的唯一原因，皇帝也不作解释。反正这种天气很快就会结束，到时候他看到我们仍坚持晚上不出门，不知会有何感想。

我貌似先前也说过，皇帝会在八点准时坐上餐桌，但从来只能坐上半小时，有时甚至不到一刻钟的时间。之后，他来到客厅。如果那时候他面有苦色或沉默不语，我们就只能想方设法地挨到九点半或十点，靠读些书来打发时间。但如果他心情愉悦，我们就可尽兴地聊天，有时甚至聊到十一点以后。那些时刻，就是我们的幸福之夜。之后，他会带着一丝满意的神情回房，并说自己很高兴，因为时间就被这么打发过去了。在这段时间，如果我们觉得无所事事，皇帝就会告诉我们，大家应该鼓起所有勇气，扛住这样的生活。

有天晚上，我们谈起了今天法国妇孺皆知的一起军事审判案件。皇帝没想到德鲁奥将军也会被审判，因为他不过是投奔了一位得到承认的君王，向另一个国王作战罢了。对此，有人说，我们觉得此举合情合理，可在正统君权看来，这就是他最大的当诛之处。

皇帝坦诚地说，今天的法理真是叫人一言难尽。[443]皇帝还说，人们若审判德鲁奥将军，那不也该审判流亡贵族吗？因为此举相当于在法律上认可了先前对流亡贵族的裁决。依照共和国的法理，任何一个武力对抗法国的人都应被判处死刑，可国王的法理不是这样的。要是他们在这件事上采用共和国的律法，那流亡贵族和保皇党都该接受审判。

人们基本认为德鲁奥的案子和内伊审判案完全不同。此外，内伊之所以惨遭不幸，是因为他曾有所摇摆，可德鲁奥并没这么做。所以内伊只引发了舆论上的关注，而德鲁奥得到了公众切实的关心。

皇帝说，他从厄尔巴岛回来的这件事让法院和司法部门陷入极其尴尬、麻烦的处境。当时有件事让皇帝大感震惊，这件事和正被审判的苏尔特有关。他说，他自己知道苏尔特是无辜的。然而，要不是因为那件事，他若以个人身份站在法庭陪审团中，也会认为苏尔特有罪，因为一切证据都于他不利。内伊在辩护时，不知出于什么想法，说了绝非事实的一句话：皇帝曾说，苏尔特向国王投诚后仍暗中向着自己。不过，根据苏尔特担任部长期间的行为表现，考虑到皇帝回来后对他信任有加，再加上其他一些事，这个说法是站得住脚的。皇帝说："但苏尔特并没这么做过，他甚至曾跟我坦诚，说他实际上是倾向于国王的。他说，他在国王手下做事和给我当部长完全不同，觉得效力于国王是件很愉快的事，国王已经彻底征服了他。"

皇帝继续说："新闻还提到马塞纳遭到放逐这件事。马塞纳这个人可能是下一个被判犯有叛国罪的人。整个马赛都在反对他，事情各方面都对他极其不利，然而在他公开表明立场之前，他一直都在履行自己的义务。"回到巴黎后，拿破仑问他，自己是否可以信任他。那时马塞纳甚至都没想过从皇帝那里讨得任何奖赏。皇帝说："事实上，当时所有将领都尽到了自己对国王的义务。[444]但他们无力涤荡人民的洪流，也没有一个人真正知道大众的想法，没意识到这个民族强悍的冲劲。卡诺、富歇、马雷、康巴塞雷斯都曾在巴黎跟我坦白，他们在这点上完全看走了眼,而且直到今天,依然没有一个人真正理解了人民。"

皇帝还说:"要是国王当初再晚点儿才离开法国,也许他会在某场暴乱中丧命。但他要是落到了我的手里,我相信自己有足够的力量去保护他,让他选一个喜欢的住处,给他提供一些优待,就像当初把斐迪南安排住在瓦朗赛一样。"

说到这里,正在一边聊天一边下国际象棋的皇帝发现国王的那颗棋掉地上了,他惊呼:"啊!我可怜的国王啊,你怎么滚下去了!"有人把摔坏的棋子捡起来递给他,他叹道:"唉!这个丑东西!当然了,我并不相信这是什么预兆,更不希望这个预兆成真……我并不希望他惨成这样。"

我无论如何也不想略去这件事。它看上去极其琐碎平常,但能在许多方面说明拿破仑的性格特征。之后,皇帝回房,我们也各自散去。我们都说,他在如此境地之下,竟然仍能保持快乐自在的心态。他的心是多么泰然啊!里面不带一丝敌意、愤怒和仇恨!谁会想到,像他这样的人都有居心不良的人散布谣言,把他描述成洪水猛兽!可即便是他身边的人,又有谁真正了解他呢?又有谁努力想让世人了解他呢?

还有一个晚上,皇帝谈起他在炮兵团和战友们同吃同睡的时光。他每次回忆起这段日子,都倍感开心。人们跟他说,他当年的一个战友曾先后在他和国王的统治下担任同一个省的省长,他从厄尔巴岛回来后,没能继续担任该职。①皇帝记起此人是谁,说,这个人曾在一段时间里错过了靠他青云直上的机会;他当上内防军司令后,把此人提拔上来,让这个人当自己的副官,打算将其培养成自己的心腹;但这个极得宠信

---

① 此人便是罗兰·德·维拉索(让-安德烈-路易)。(请看《人名表》)

的副官在他离开巴黎奔赴意大利军营的时候，对他做了一件极其恶劣的事——他背叛了自己的将军，转投督政府。⁴⁴⁵皇帝说："不过，我登基后，他依然可以找我，只要他愿意这么做。他和我的旧日情义是永不消逝的。如果我在一次打猎中和他不期而遇，我肯定愿意跟他回忆半个小时的往日时光。我会忘记别人对我做过的事，他过去是否站在我这边已不再重要——我可以和各个派系的人联手。任何对我性格足够了解的人都很清楚这点。他们知道，无论我从前怎么看待他们，他们都可以和我玩一种捉人游戏——谁能碰到目标物（也就是我），谁就获胜。如果我真的排斥一个人，就只有搬出一个对策：拒绝见他。"

他跟我们说起另一个旧日战友，因为其人颇有胆识和才干，他对此人几乎是有求必应。①还有一个旧友，要是他不那么贪婪，皇帝也不会疏远他了。②

我们心里有个疑问，即这些人是否已猜到这个诀窍，明白自己机会在哪里，否则他们怎么那么轻易地从扶摇直上、扬名立万的皇帝身上谋取到了那么多的好处。

说到皇家的威名和威仪，大元帅说，无论皇帝坐在帝位上时是多么高贵、不可逼视，可在他面前，皇帝从不摆高高在上的姿态，对他甚至比从前担任意大利军总司令时还要亲善。他说了许多事，充分证明了自己的这个观点，皇帝也在一边兴致勃勃地听着。不过我们仍说，之后又发生了多少大事啊！他是何等高贵，何等伟大，何等令人瞩目啊！皇帝听着这些话，说："别这么说，巴黎这么大，里面什么人都有，出

---

① 拿破仑的这个旧日战友是谁？我们没有肯定的答案。杜南怀疑是马比勒、德斯马济和马莱将军的弟弟其中一人。请看杜南的《圣赫勒拿岛回忆录》批注版第一卷第466页注释1。

② 此人便是布里安。（请看《人名表》）

了些从没见过我，甚至都没听过我名字的十足的怪人，这也是可能的。你们不这么认为吗？"他应该也知道这话有多站不住脚，所以才拿这么蹩脚的论据来做支撑。我们所有人立刻高呼，说在欧洲乃至世界的任何城市、任何村庄，人们都知道他的名字。有人补充说①："陛下，在《亚眠条约》签署期间，我还没回法国，那时您只是第一执政官而已。当时我想游遍威尔士地区，这是英国最奇特的一个地方。我爬上一座人迹罕至、高耸入云的山峰，看到山上有几座茅屋。我仿佛来到了与世隔绝的另外一个世界。我走进一座茅屋，跟我的同伴说：人们大概能在这里寻到一块安宁之地，躲过革命的喧嚣声。屋主听我们说话的口音，猜出我们是法国人，就立刻问我们法国最近有什么新闻没，它的第一执政官波拿巴怎么样了。"

还有一个人说："陛下，我们曾心血来潮地问从中国过来的军官，这个帝国是否知道欧洲发生的事。他们对实际情况有些吃不准（因为他们对此事一点儿兴趣都没有），回答说：大概吧！不过贵国皇帝的名号在那里可是响当当的，而且和征服、革命这些伟大思想连成了一体，名声响亮得就如同我们耳中的成吉思汗、帖木儿等改变了世界面目的中国人一样。"②

《拿破仑圣赫勒拿岛回忆录》出版后，许多人给我提供了无数事例，他们要么是当事人，要么是见证者。我们不是正在讨论拿破仑如何声震寰宇吗？对此，有人说：滑铁卢战役后，军队解散，他想去波斯军队效力，得到波斯君主的接见。他抬眼后大感震惊，因为映入眼帘的第

---

① 此人便是拉斯卡斯。
② 接下来的内容是以脚注形式出现在1823年版本里的，但在后来的版本中，它又被放回正文中。

一个东西就是一张拿破仑像。它就被挂在皇位上方，就在帕夏的头上。

另一个也去过这个国家的人言之凿凿地说："拿破仑的威名在整个亚洲都无人不知，在那里极有影响力。哪怕后来他退位了，国王派出的代替帝国官员的人也不得不经常借用他的名号，好在行路途中得些便利和好处，顺利抵达目的地。"

还有一个人给我写信，说博尔德莱号军舰船长R[①]在去美国西北海岸的路上，曾在桑威治群岛歇脚，^{447}并被引荐给了当地的国王。接见中，国王向他打听起了乔治三世和沙皇亚历山大的事。王位下面站着一位夫人，是国王的宠妃。她每听到一个欧洲君主的名字，就转头看着国王，露出倨傲以及明显不耐的微笑。最后她听不下去了，打断国王的话，喊道："拿破仑呢？他怎么样了？"

政治信仰—皇帝的准确财产报表—皇帝对党派的开明思想—马尔蒙—缪拉—贝尔蒂埃

3月27日，星期三

今天，皇帝和大元帅、我一道在花园里散了一会儿步。说着说着，我们谈起了各自的政治信仰之路。

皇帝说，他在大革命初期曾有极高的革命热情和信仰，但他逐渐获得更加正确、更加扎实的思想后，这股革命热情就慢慢淡下来了。他的革命精神最后之所以消亡，是因为他看到太多荒唐的政策，看到太多立法机构对公民的极端暴行。最后，在阿布吉尔海战期间，由于督政府违背了人民的选择，他对共和的信仰彻底消失。

———————
① 即罗克弗伊。（请看《人名表》）

而大元帅呢，他说他从来就不是共和党人，但曾是非常狂热的立宪主义者，直到8月10日的恐怖事件彻底粉碎了他的一切幻想：他那天在杜伊勒里宫保护国王，差点儿惨遭杀害。

至于我嘛，我一开始是最纯粹、最积极的保皇党人，这事众人皆知。皇帝开玩笑地接过话头，说："先生们，也就是说，这里只有我一个人曾是共和党人咯？""陛下，倒也不全是如此……"贝特朗和我同时答道。皇帝反复说："没错，我是共和党人，也是爱国党人。"我们中的一个人说①："说起爱国党，我也算，虽然我是保皇立场。而且最怪的是，我是在帝国时期才变成爱国党人的。""什么？您这个调皮鬼！也就是说，您并非一直热爱您的祖国咯？""陛下，我们这里不是在探讨自己的信仰之路吗？我要忏悔我的罪。⁴⁴⁸您大赦天下后，我才回到巴黎。我一开始怎么会觉得自己是法国人呢？那个时候，张贴在街上的每条法律、每道政令、每个命令，无不用最冒犯人的词语来形容我那不幸的流亡贵族身份！我刚回来的时候，甚至没想过自己能留下来。我纯粹出于好奇，抵御不了故土的芬芳，需要闻一闻故乡的空气，才选择回国。我在家乡已经一无所有——为了再看法国一眼，我在边境必须发誓放弃遗产，接受了相关的法律规定。我纯粹把自己视为一个普通旅人，来这块曾经的故土散散心。我成了一个名副其实的外国人，满腔怨气，甚至满腹恶意。之后，帝国建立，呈现了一番伟大的场景。在那一刻，我所信奉的习俗、成见、信念赢了，只不过换了个君主而已。奥斯特里茨战役爆发时，我惊讶地发现自己又变回了法国人。当时我感到十分痛苦，仿佛自己被四匹马往各个方向牵扯一样，在盲目的激情和家国之情

---

① 拉斯卡斯本人。

中间摇摆。听到法军和法军统领取得大捷，我心里不舒服；他们若败了，我又会觉得屈辱。最后，乌尔姆的奇迹和奥斯特里茨大捷让我摆脱了思想之苦，我被伟大的荣耀征服了。我敬佩、感激甚至爱戴拿破仑，从那一刻起，我就成了一个狂热的法国人。之后，我再无其他想法，再不说其他语言，再体验不到其他情感。于是，我站在了您的身边。"

皇帝又问了一大堆和流亡贵族有关的问题，如我们有多少人，有着怎样的思想。我跟他说了些和我们的亲王、布伦瑞克公爵、普鲁士国王有关的有趣事情。听到我描述我们当初毫无理智可言的抱负，皇帝哈哈大笑。我们坚信自己定能取得成功，做事却毫无章法，领导人又昏庸无能。我说："当时，人们再不是从前的样子。幸好，我们要对抗的那些人，其实在开始时不比我们强多少。我们无比相信并一直反复告诉自己：绝大多数法国人都是站在我们这边的。我自己对此也是深信不疑。后来，我们集合部队，冲到凡尔登及更后面的地方，却没有一个人跑来加入我们，大家反而对我们避之惟恐不及。我要是参加了此次行动，那时肯定就醒悟过来了。[449]然而，我依然在很长一段时间里坚持这个想法，甚至从英国回来后仍然如此。我们自欺欺人，还抱团给对方打气，执拗到近乎荒唐的地步。我们说，政府完全被操纵在一小撮人手中，靠武力手段才得以维系，深受国民的憎恨。有些人说不定一直都是这么想的。我认为，今天还在议院中用着这套话语的人，其中一部分是真心这么觉得的。我太了解科布伦茨这群人的思想、观念和说话方式了。"皇帝问："那您是何时醒悟的呢？""陛下，很久以后，甚至后来我归顺陛下，前来宫廷效力，也只是出于对陛下的崇敬和爱戴，而非因为我相信陛下实力强大、国运绵长。然而，自从进了参政院后，我看到人们在至关重要的法令上可以自由投票，不会惹来任何反对的声音；

我看到周围的人都信心百倍、踌躇满志。那时我才发现，陛下势力壮大之迅速、形势发展之日新月异，实在超乎我的想象。我力图寻找背后的根源，终于在某一天有了一个重大的发现。其实很久以前事实就是如此了，只不过我既不知道也不想知道实情罢了。先前的我就如一只井底之蛙，害怕阳光照进来。此刻我沐浴在阳光之下，当然会被它亮花眼。从那一刻起，我的所有成见都土崩瓦解，我头上的眼罩终于被摘了下来。

"后来，我受陛下所托，跑遍60多个省①，抱着最真诚、最谨慎的求知态度，去考证我仍存有疑问的事实真相。我询问了各省省长和地方机关，翻看了各种文书和登记簿，还隐藏身份，向普通百姓打听民情。我通过各种途径来查证自己的结论是否正确，最后依然认为：这个政府就是人民的政府，完全表达了人民的心声；反观历史，法国从没有像今天这样强大、昌盛、幸福、治理有方；^{450}境内的道路从没有像今天这样得到良好的修缮，连农产品都比往日增产了八倍、九倍乃至十倍。②

"所有人都不安于现状，抱着极大的热忱投入工作，相信自己的生活会越来越好。我们掌握了靛蓝染色法，蔗糖制作法就更不消多说了。我国在任何一个时期、在国内的任何领域都未曾有过工商业如此发达的时代。大革命时期，我们只能消耗400万磅棉花，而该时期的棉花消耗量已超过了3000万磅。虽然我们不能走海路进口棉花，但走君士坦丁堡这条陆路运输棉花，距离也是一样的。鲁昂更是成了制造业的一个

---

① 拉斯卡斯于1812年4月18日接受这个任务，任务大概持续了三个月。
② 这是一个相当独特的现象！得益于后来大名鼎鼎的维莱尔先生，我通过了解朗格多克省，才下了这个和农业有关的论断。——辑录者注

奇迹……

"各地纳税数目不断增长，全国上下都在招募新兵。但法国不仅没被榨干，反而在人口上创下新高，而且人口数据每天都在增长。

"我把这些数据拿给从前社交圈中的人看了后，他们一下子炸开了锅。有的人高声惊呼，有的人指着我的鼻子嘲笑我。可他们中还是有明理的人，何况我是有理有据的。许多人都被我说得有些动摇，还有几个被我彻底说服，我在那里大获全胜。"

皇帝总结说：不得不承认，我们能聚在圣赫勒拿岛上，这着实令人称奇。大家走的是不同的道路，却殊途同归，而且我们抱着真诚的信仰走完了这条路。他说，没有什么比这更能证明，在革命的迷宫里，正义的人也会受到偶然、变动、宿命这些因素的主宰。他还说，也没有什么比这更能证明，在长期动乱之后，宽恕和理性对重建社会是何其必要。他说，正因为秉承这些思想理念，他才能成为雾月事件的最佳人选，更能在后来法国的许多大事中扮演重要角色。他本着同样的思想，在用人方面从不先入为主地抱有任何怀疑或成见。各个阶层、各个党派的人都可以为他所用，他也从不在背后疑人，从不问他们做了什么、说了什么、想了什么。他说，他只要求他们从此真心向着同一个目标大步迈进，实现所有人的荣光和福祉，表现出真真正正的法国人的风骨。更难能可贵的是，他从来不采用擒贼先擒王的手法，通过打击党派领袖来达到打倒该党派的目的。恰恰相反，他打击的往往是党派中的大多数，之后，他也无须且不屑对其领导人下手了。他说，他治国时一贯采用这个办法。虽然后来发生了那些事，但他仍不后悔，哪怕回到过去，他依然会这么做。他说："有人抨击我起用贵族和流亡贵族，这根本就说不通！完全就是庸人之见！事实是，我治理下的法国只看人是什么主张和想法。波旁复辟并不是贵族和流亡贵族导致的，相反，波旁复辟只是再度抬高了贵族和流亡贵族的地位而已。在我们覆亡的大火中，他们添的柴火并不比别人多。真正的罪人是那些打着各种幌子、披着各种理念的阴谋家——富歇不是贵族，塔列朗也不是流亡贵族，奥热罗和马尔蒙更是和这两层身份搭不上一点儿关系。这两个群体不仅被大革命弄得伤痕累累，还遭到了无数不公正的指责。您还想得到更多的证据，那就看看我们这个屋子，里面四个人中就有两个是贵族，其中一个还是流亡贵族。我离开时，善良的塞居尔不顾自己年事已高，请求随我同行。关于这类事，我还可以举出无数例子来。有人责备我轻视了一些具有影响力的人，这就更没道理了。我既然如此强大，自然有底气无视大多数阴谋家惯用的伎俩和不道德的行为。而且把我打倒在地的不是其他，而是不测、难料的灾难。看看当时的形势吧：50万大军杀在首都城门底下，一场革命才刚过去，另一场可怕的危机又逼了过来。[452]更重要的是，我这个朝代没有悠久的历史。我要是投胎成我的孙子，哪怕被压在比利牛斯山下，也能翻身站起来。

"悠久的岁月就是有这等神奇之处！我是法国人选出来的，是他们自己造出了自己的崇拜对象。唉！看吧，旧制度一回来，他们就立刻朝从前崇拜的偶像奔了过去！

"说到底，即便我采用新的政策，就能阻止那些使我走上末路的事情的发生吗？我遭到了马尔蒙的背叛，可以说，他就是我的孩子、我的作品。我把自己的未来交到他手上，把他派到巴黎，最后却换来他的背叛和我的毁灭。我遭到了缪拉的背叛，我把他从普通士兵变成一国之君，让他迎娶了我的妹妹。我遭到了贝尔蒂埃的背叛，他就是一只麻雀，我却把他当成了雄鹰。我在元老院里也被人出卖，出卖我的恰恰是那个靠着我才得到一切的国民派。①这些事的发生和我对内采取的政策毫无关系。人们责备我太过大意地起用旧敌、贵族和流亡贵族，仿佛麦克唐纳、瓦朗斯②、蒙泰斯鸠这些人背叛过我似的，可他们都对我忠心耿耿。如果有人反驳说，缪拉和贝尔蒂埃背叛我，是因为他们太蠢，那我大可以说，马尔蒙够聪明了吧？所以，我对自己的对内治国政策没有任何后悔的地方。"

战场上的危险程度—字字真实的军报

3月28日，星期四

晚餐中，皇帝谈起了中国船只航行的危险程度。根据他从船长那里得到的信息，船上死亡率是三十分之一。说到这里，他又谈起了战场上的危险程度，说应该比这个数字要低。[453]以死伤惨重的瓦格拉姆战役为例，死在这场战斗中的最多也不过3000人，只占了作战总人数的五十分之一（我军人数是16万人）。在埃斯林战役中，死亡人数大概是4000人，我军人数是4万人，战死率为十分之一，而这已是伤亡最为惨重的一场战斗了。其他战役的损伤率和它相比，根本小得不值一提。③

说到这里，他又谈起了军报。皇帝说，军报上的内容字字真实，只有杀到敌军附近地区时才有所隐瞒，以防军报落入敌人手中，让对方

---

① 请看让·蒂里的《拿破仑元老院》（Jean Thiry, Le sénat de Napoléon）。

② 有一天，我们在朗伍德谈起在退位书上签过字的元老院议员，留意到其中一个人，就是瓦朗斯。他以秘书的身份在上面签了字。但此事还有一个版本：这个签字是伪造的，瓦朗斯曾拒绝签字、反对皇帝退位。皇帝说："这是实打实的事，我知道，瓦朗斯是份宝贵的财产，他属于整个国家！"——辑录者注

③ 请看阿尔贝·梅尼耶的《一个历史错误——大军团的死亡人数》（Albert Meynier, Une erreur historique, les morts de la Grande Armée）。

把自己的情况摸得底朝天。除了这种情况，其他所有军报的内容都是精准无误的。在维也纳和德意志地区作战时，我军就如同在国内一样，把一切都如实写在军报中。如果我军背上军情造假的污名，如果有人认为军报是满纸谎话，那也是因为这些人出于个人恩怨、利益在那里造谣生事。有人发现军报中漏了自己的名字，有人觉得或想当然地认为自己应该登上军报，看到里面根本没有自己的名字，因此自尊心受伤。说到底，这是我们国民的一个可笑的劣根性所致，我们在追求成功和荣耀的路上遇到的最大敌人其实就是我们自己。

晚饭后，皇帝下了一会儿国际象棋。今天一整天都下着瓢泼大雨，他又身体不适，故早早地回房了。

该岛为何有害健康
3月29日，星期五

天气一直都很糟糕，我们根本没办法出门。雨水和潮气灌进我们鸽子笼一样大的房间里，每个人都苦不堪言。这里的确气候温和，但天气于健康实在不利。当地人都知道，岛上少有人活到50岁，能活到60岁的人更是少之又少。除了恶劣的天气，我们还得忍受与世隔绝的孤寂生活、敝衣粝食的物质条件、无比压抑的精神虐待。我敢肯定，在欧洲，连囚徒都过得比圣赫勒拿岛上的自由人要好。

下午四点，几个中国船队的船长被下人带来，想拜见皇帝。这些人也看出我这间陋室是何其狭小、潮湿，环境是何其恶劣。[454]他们问皇帝的身体如何，我回答，他的健康状况明显恶化了许多。我们从没听到他叫过苦，他的灵魂伟大得足以抵抗一切，甚至让他对自己的身体产生了错觉，可我们一眼就发现他的身体每况愈下。皇帝正在花园散步，我把几个船长带过去，让他们和他待了一会儿。他一反往日的习惯，过了一刻钟就把他们打发走了，然后回屋泡了一个澡。

晚餐前后，他看上去有些虚弱和身体不适。他给我们读了《女学究》，可读到第二幕的时候，他就把书交给大元帅，之后一直躺在沙发上小憩。

皇帝对他的东方之征的看法

3月30—31日，星期六至星期日

今天，天气一如既往地糟糕，我们都觉得身体不适，再加上老鼠、臭虫、跳蚤的骚扰，大家都叫苦不迭。我们被这些东西闹得睡不着，白天晚上都是睁着眼硬挨过去的。

31日，天空突然放晴，我们乘车出游。在车上闲聊时，皇帝不经意地谈到了埃及和叙利亚，说他当初要是攻下了阿克要塞（他本可以打下这个地方的），就能在东方国家掀起一场革命。他说："可惜，千里之堤，溃于蚁穴。一个无能的护卫舰船长没有在港口死守住一条通道，反而出海去阻拦一些无足轻重的小艇和轻型战舰。这个世界因此没能实现天翻地覆的变化。阿克要塞若被攻下，法军就可攻占大马士革和阿勒颇，然后以迅雷不及掩耳之势向幼发拉底河。那时，叙利亚的基督徒、德鲁兹教派信徒，以及亚美尼亚的基督徒定会投奔法军麾下。如此一来，民心必然动摇。"我们中的一个人说，照此情形，法军可迅速得到10万大军的增援。皇帝回答说："一说是60万，谁数得清到底有多少呢？[455]之后，我就能占领君士坦丁堡和印度，改变世界的面貌！"

皇帝套房的详细描述—腓特烈大帝的时钟—里沃利表—皇帝洗漱详情—皇帝的服装—关于他的荒诞之说—乔治的阴谋—赛拉奇—美泉宫狂热分子行刺事件

4月1—2日，星期一至星期二

在我眼里，皇帝碰过的每个物件、他身边的每件东西都无比珍贵，许多人应该也是这么想的吧。出于这份情感和想法，我才非常细致地把他房间的内部格局、家具布置、他的洗漱细节——刻画出来。时间总会流逝，万一他的儿子有一天会想着把他住过的这座囚牢的结构细节复原出来，通过这些真实的细节再现飘忽而过的往昔呢？

如朗伍德平面图展示的那样，皇帝的套房由两间房构成，每间长15尺、宽12尺、高约7尺，地板上铺着一张质量低劣的地毯，两间房的墙壁上糊着米黄色土布，权当墙纸。

寝室中有一张小小的行军床，皇帝就在这上面睡觉。房中有一张沙发，白天大部分时间他都在这上面休息，靠许多书打发时间。沙发边上是一张小小的独脚小圆桌，他若在房里用餐，就在这里吃早饭和晚饭。晚上，圆桌上放着一盏三头烛台。

门对面的两扇窗户之间放着一座五斗橱，用以盛放内衣，五斗橱顶上放着他那个走哪儿带哪儿的大箱子。

壁炉台上有一面小小的镜子和几幅画。右边那幅画，画的是罗马王骑在一头山羊上的场景，是艾梅·蒂博所绘；左边挂着罗马王的另一张画像，画中他坐在一张方垫子上、穿着拖鞋，和上一幅画是同一个作者。下方的台上放着一尊罗马王的大理石半身小像。

[456]壁炉台上还有两盏蜡烛台、两个嗅瓶、两个镀金茶杯，都是从皇帝的那个大箱子里拿出来的，它们对称地放着。这就是壁炉的唯一装饰。

皇帝习惯躺在沙发上打发一天中的大部分时间，在那个位置，人们一抬眼就可看到一张出自伊萨贝之手的《玛丽-路易丝像》，画中皇后抱着儿子。这间寒碜窄小的陋室已然成了皇帝怀念家人的圣殿。

我还差点儿忘了，壁炉左边，就在那些画像的边上，放着腓特烈大帝的一座银质时钟，是皇帝在波茨坦得到的；右边挂着皇帝自己的一块表，他在意大利军和埃及军中戴的就是这块表①，表被放在一个镀金匣子里，匣子上写着他的姓氏首字母B。这就是第一间房的样子。

第二间房充作书房，窗户边上沿墙放着几个由粗木板搭起来的书架，就架在几张马凳上，上面摆满了各种各样的书，以及我们根据皇帝口述记录的所有手稿。

两扇窗户之间有一个壁橱，有点儿像图书馆书架的样子。壁橱对面是另一张行军床，和刚才那张一模一样，皇帝白天有时会在这里小憩；有时候他在深夜辗转难眠，就离开第一个房间，来这里工作或踱步，会在这张床上睡一会儿。

房间中央放着一张书桌，这里就是皇帝平常工作、向我们口述回忆录的地方。

皇帝在寝室中洗漱更衣。他脱下衣服后，要是房中没有仆人服侍，他就把换下来的衣服扔到地上。[457]我都记不清自己多少次看到他在更衣时把荣誉勋章绶带丢在地上，我会连忙跑过去，把绶带捡起来收好。

---

① 后来我了解到，这块如伙伴一样陪他经历了意大利和埃及大小战役的表，是皇帝从大元帅那里得来的。

当时，皇帝抱怨自己的表要么不走，要么走得不准，即便请人修理也无济于事。有一天，他发现贝特朗将军刚从好望角得到几块表，相中了其中一块，跟他说："这块我要了，我把我那块给您。现在它的确不走了，但在里沃利的高地上，我对白天的军事活动做出部署时，是它告诉我：两点了。"——辑录者注刮胡须是他洗漱的最后一步，在此之前，仆人会把他的长筒袜、鞋子等拿过来。他一直都自己刮胡子，刮之前先把衬衣脱掉，只穿一件法兰绒背心。先前，由于天气炎热，他会把内衣都脱掉。但来朗伍德后，他犯了几次剧烈的肠绞痛，穿上背心后腹痛立刻就缓解了许多，于是他养成了无论在什么时候都会穿件背心的习惯。

皇帝习惯靠在壁炉边的窗户上刮胡子，他的第一侍仆[①]在一边端着肥皂和剃须刀，另一个仆人则端着镜子站在他前面，好让皇帝看到自己的脸。要是脸颊后面没刮干净，这个仆人还会提醒一下。这边脸刮好了，大家再换个位置站好，让皇帝刮另一边脸。

之后，皇帝会在一个大大的银质洗脸盆（洗脸盆放在房间墙角，是他从埃及带回来的）里洗脸，而且经常一道把头洗了。然后就是刷牙，刷完牙，皇帝就把身上那件法兰绒背心脱下来。他身体十分肥胖，少有汗毛，皮肤很白，略带些我们男性没有的丰腴，他有时还会拿这个来开玩笑。刷了牙，皇帝会用一个粗硬的刷子刷身体和四肢，然后把刷子交给仆人，让他替自己刷背和肩膀，心情好的时候还会反复说："没事儿，大点儿力气，拿出刷毛驴的劲来。"在还有科隆水的时候，他接下来会用它泡澡。但很快，科隆水用完了，岛上也找不到更多的科隆水，他只好退而求其次，用薰衣草水洗澡，这生活条件实在是一落千丈。

他在心情愉快或无事操心的时候（这种时候还挺多的），会在刷完肩膀后，像刮胡子时要转身刮另一边脸一样，正面盯着仆人，拿塞子塞他的耳朵，还会说几句玩笑话。

[①] 即马尔尚。（请看《人名表》）

[458]说不定那些诽谤短文和小册子的作者就是以这些事为依据,说他残忍虐待身边的人!其实他对我们也是这样,经常拿东西塞我们的耳朵,或者给我们来一拳,可从他那时说话的口气来看,在他权势滔天的时候,谁能得到他这种待遇,那可是莫大的恩宠呢。

我突然想起一个前帝国部长说的一些话。这位部长(德克莱斯公爵)被委以重用后,非常渴望得到皇帝的恩宠。后来,他提到怎么得到皇帝的恩宠,跟我说了这句话:"哪天我要是被他揍上几拳,就得到他的恩宠了。"他大概注意到了我脸上惊讶的表情,意味深长地笑着说:"朋友,其实这事不像你想的那么严重,我跟你打赌,不知多少人想有这等待遇呢……"

皇帝穿戴整齐后,离开房间。他只在早晨骑马的时候才穿靴子。搬到朗伍德后,他脱下了那身绿色护卫军军装,一直都穿一件猎骑兵装,但肩上饰绦被摘下来了。这套衣服很不合身,而且都快磨破了。人们很担心这套衣服被穿坏后,再去哪儿找件衣服来替换它,而且他缺的不仅仅是一套替换衣服。好几天里,他都穿着同一双丝质长筒袜,叫我们看了真感到难过。我们向他表达自己这种心情时,他甚至开玩笑说,人们可以通过数拖鞋在袜子上留下的印子来计算过了多少天。其他时候,他都是寻常打扮:一件外套,一条白色开司米短裤,再加一个黑色领结。如果他要出门,跟他一道的人会带上他的一顶短帽。这顶帽子很引人注目,在某种程度上甚至成为他的象征。可自从我们到了圣赫勒拿岛,他少了好多顶帽子,因为每个拜访他的人都渴望带走点儿小东西。不知道多少次,我们被身份尊贵的访客缠着不放,他们一个个都想得到一点儿纪念品,哪怕是他衣服上的一颗扣子或其他再小不过的玩意儿也行。

我几乎每天都会陪他洗漱穿衣,[459]有时是因为我那时刚好结束工作，有时是因为我有事被他叫过去。

有一天，我正看着皇帝穿他的法兰绒背心，皇帝也许发现了我脸上的神情有别于寻常，问："阁下在笑什么呢？在想什么呢？"（他心情好的时候就喜欢这么称呼人）"陛下，我突然想起先前读过的一篇诽谤短文，作者在里面言辞确凿地说，陛下不管白天还是晚上都穿着护胸甲。①巴黎有些沙龙也说过类似的话，甚至还拿陛下突然发胖这件事当证据，因为他们觉得您胖得实在蹊跷。不过，我是知道相关原因的。刚才我突然想：我能站出来做证，证明您的丰腴身材是纯天然的；我还敢确凿地告诉他们，最起码在圣赫勒拿岛期间，陛下身上没有任何保护措施。""在他们编排我的无数蠢话中，这不过是其中一句罢了。我之所以说这谣言很蠢，是因为了解我的人都知道，我对自己的安防工作有多不在乎。自打18岁开始，我就习惯了战场上的枪林弹雨②，知道生死有命，这种事是怎么预防也没用的。后来，我坐上了统治高位，但仍有身处战场之感，阴谋诡计就是向我袭来的炮弹。我依然坚持原来的想法，把一切交给老天爷，把所有安防工作都交给警务部去管。也许我是欧洲唯一一个没有近卫队的君主吧。任何人无须绕过近身警卫，就可接近

---

① 奥米拉在他的《流放中的拿破仑》第一卷第29页中写道："我曾把威廉小姐写的《法国现状》（其准确书名是《从拿破仑登陆到路易十八复辟期间对法国突发事件的叙述》）借给他（拿破仑）看。两三天后，他一边穿衣服，一边跟我说：'您的同胞写的这本书蹩脚至极，通篇谎言。'他一边解开自己的衬衣，一边给我展示他的法兰绒背心：'您看，这就是我穿过的唯一一件护胸甲。还有我的帽子，她说什么里面是铁质内衬。'他给我展示了他平常戴的帽子：'这就是我戴的帽子。唉！这位小姐编排的这些谎话和恶言，说不定让她狠狠发了一笔财呢。'"应当注意的是，海伦娜·威廉小姐从1788年开始几乎一直待在法国，先前拥护共和理念，后来成为拿破仑的狂热崇拜者。但由于她在一篇蹩脚的颂歌中歌颂大不列颠政权，因此遭人讨厌。

② 拿破仑在23岁首次经历了战火。（是在科西嘉岛的马达莱纳，他当时几乎"弹尽粮绝"）

我。只要过了外面哨兵这个关卡，他想去宫里什么地方都可以。①玛丽-路易丝发现我身边几乎没人保护时，完全惊呆了。她经常跟我说，她的父亲在安防工作上做得多么到位，被荷枪实弹保护得多么严实。而我呢，我在这里怎样，在杜伊勒里宫仍是怎样。我甚至不知道我的佩剑在哪儿，您知道吗？"

他继续说："当然了，我也经历过许多危险。算算看，我经历过的、有确凿文件证明的阴谋刺杀事件就有30多件，更别提那些没被挖出来的了。别人在构想阴谋，我却想方设法地把我可以瞒住的所有阴谋暗杀的案子盖过去。②最凶险的时候，就是从马伦哥战役到乔治阴谋、昂吉安公爵事件的那段时间里。"

拿破仑说，在乔治被逮捕的一周前，乔治同伙中一个死士借口要给他呈递一份请愿书，和他有过近距离的接触。还有的人混进圣克鲁和马尔梅松，乔治本人甚至潜了进去，和他待在一个房间里，离他只有数步之遥。

皇帝不信天命，把自己的好运归结为环境使然。他说，他之所以能死里逃生，或许是因为自己能频频想出怪点子，他从不墨守成规，从不走别人走过的路。作为工作狂，他不是待在办公室就是待在家里，从不外出赴宴，很少出门看戏，人们几乎预料不到他会在什么时候出现在什么地方。

说到这里，他结束洗漱，一边往花园走，一边跟我说：他在两件行刺事件中差点儿丧命，一件是赛拉奇行刺案，还有一件是美泉宫狂热分子行刺案。

---

① 这里的叙述并不完全属实。拿破仑周围的警备其实非常森严。请看马松的《家中的拿破仑》（Massson, *Napoléon chez lui*）。

② 请看爱德华·吉永的《执政府及帝国时期的军事阴谋》（Edouard Guillon, *Les complots sous le Consulat et l'Empire*）。目前尚未有人专门研究和分析该时期的非军事阴谋。

赛拉奇像疯子一般，要置第一执政官于死地，打算在后者离开住宅前往剧院的时候取其性命。执政官收到警告，但还是照原计划出门，无畏地和企图暗杀他的团伙擦身而过，看着他们急急忙忙地赶到各自的位置上，直到戏剧演到中后段、快要收尾的时候才将他们逮捕。

皇帝说，赛拉奇曾对执政官爱戴有加，但后来他宣称执政官成了一个彻头彻尾的暴君，从此开始诅咒他走向毁灭。这个雕塑家曾经深得波拿巴将军的欢心，曾为他创作过雕像。后来他百般恳求，说他只想获得一次机会，为这尊雕像稍做改动，并声称这个改动极其必要。第一执政官既然觉得生死都是命中注定的事，自己也并非腾不出一刻钟的时间，相信赛拉奇仓促提出这个请求肯定是事出有因，他为此还给了后者6000法郎。他错了！赛拉奇根本没有其他打算，只想等他摆好姿势后一刀捅过去！

一个上尉揭发了这个阴谋，此人是赛拉奇的同谋。拿破仑说："此事足以证明，人心是多么善变、多么古怪，能疯狂和愚蠢到何种地步啊！他憎恶身为执政官的我，却又崇拜身为将军的我。[461]他极度渴望我被拉下高位，却又不愿看到别人夺我性命。他说，人们应当把我抓起来，把我毫发无伤地押回军中，让我继续在前线杀敌，缔造法国的光荣。其他同伙都在嘲笑他的天真。他看到众人分发匕首，意识到事态已经超乎他的想象，就跑来把事情一五一十地告诉了执政官。"

说到这个话题，有人跟拿破仑说，他曾在费多剧院目睹了一件事。听了他的讲述，客厅里所有人都后怕不已。当时，皇帝来到约瑟芬皇后的剧院包厢。他刚坐下，一个年轻人就沿着包厢后面的一个软垫长椅爬了上来，手里拿着一个东西，猛地向皇帝胸口送去。那一瞬间，边上所有观众都吓呆了。幸好，他送来的是一份请愿书。皇帝接了过来，一脸冷静地看完这封请愿书。

皇帝说，美泉宫的那个狂热分子[①]是爱尔福特一个新教牧师的儿子，在瓦格拉姆战役后，他决意在阅兵式中行刺拿破仑。他打算冲破士兵组成的隔在皇帝和人群中间的人墙，以靠近皇帝，但连续两三次都被推了回去。这时，拉普将军打算亲手把他弄远点儿，一出手就摸到他衣服里的某个东西——一把有一尺半长的双刃尖刀。皇帝说："我想到此事，心里一阵后怕。这把刀外面只裹着一张报纸！"

拿破仑令人把这个刺客带到办公室里，打算亲自见见他。他还把科尔维沙叫来，让他在问话期间把着犯罪分子的脉搏。刺客前后没有任何情绪变化，语气坚定地坦承了自己的行为，还经常引用《圣经》里的话。

皇帝问他："您想对我做什么？""杀了您。""我对您做了什么？谁给您定下我在尘世间的判决？""我想结束战争。""那您为什么不去找弗朗茨皇帝呢？""他？有什么用？他就是个废物！"刺客说，"而且，即便他死了，还有别人来继承皇位。可找您下手，法国人就能立刻在整个德意志境内消失。"

皇帝试图感化他，却无济于事。他问："您后悔吗？""绝不后悔。""还会再干？""是的。""可要是我恕您无罪呢？"拿破仑说。此话一出，人的天性一下子占据上风，对方的神情和语气发生了略微的变化，他说："即便如此，上帝也不会恕我无罪。"之后，他立刻恢复了先前凶残的面目。人们把他单独关押起来，断食24小时，其间再度展开审问，并有医生一直检查他的身体。然而这一切都是白忙活，他一直都是那副模样，不对，更准确地说，他一直都是那副凶残的兽样。人们只好放弃了他。

[①] 此人名叫弗雷德里克·斯塔普斯。请看《古尔戈日记》第一卷第281页内容。

滑铁卢战役后的决定
4月3日，星期三

早晨，皇帝在花园树荫下工作。今天天气好极了，天空湛蓝，阳光明媚。皇帝在读洛兰写的亚历山大之征，把许多地图展开，摆在面前。他抱怨这份史记写得干巴无味，没有任何大纲可言，作者对雄才大略的亚历山大也没有定下任何公论。他说，他真希望由自己来写这场远征。

五点，我去花园和他会合。当时他在所有人的簇拥下在花园里慢慢散步，远远地看到我后，冲我喊："过来，跟我们说一说您对我们花了一个小时讨论的一件事持何观点。您觉得，我从滑铁卢回来后，能够解散立法院，在没有它的情况下拯救法国吗？"

"不，"我回答，"立法院不可能被乖乖解散，除非动用武力。可这么一来定会引来抗议，引得社会一片哗然，政府内部的强烈分歧会扩散到国民中间。然而，敌军马上就到了。陛下被打败，遭到整个欧洲的抨击，落到外人痛骂、国人控诉的地步。说不定那时，全天下的人都会诅咒您，觉得您就是一个喜好讨伐、追求暴力的领导人。然而陛下清清白白地从乱局中脱身，成为所有追求人民大业的人心中一个永垂不朽的英雄。您通过温和节制的做法，保全了自己在历史上最大的美名，[463]因为您本来大可以孤注一掷，哪怕会引来骂名。没错，您的确失势了，但您取得了无上的荣光！"

皇帝说："是的！这也是我的一部分想法。可谁敢确定法国人民会对我公正以待呢？他们不是控诉我抛弃了他们吗？历史自有其论断。我无惧历史的书写，甚至祈求它的审判早日到来！

"而我呢，有时也会扪心自问，我是否为这个命途多舛的民族做到了它有权希冀的一切？毕竟，它为我做了太多太多！这个民族又能否知道，在做出最后决定的那个夜晚，那个充满不定和忧虑的夜晚，我是如何度过的？

"我面前摆着两个决定：要么用暴力手段拯救祖国，要么顺应大流。我不得不选择了后来我走的这条路，因为当时的朋友也好，敌人也罢，他们出于好意也好，歹意也罢，全都在反对我。我成了孤家寡人，只好放弃。而一旦做出决定，一切就木已成舟，再无回头路可走。我是个干脆的人，而且皇权岂能如同衣服一样说脱就脱，说穿就穿？

"若采取另一个决定，就得拿出极端的强硬手段才行。可这么一来，我就成了大罪人，势必受到巨大的惩罚。那势必导致流血，可谁能告诉我们血流到什么时候才是尽头呢？战火被再度点燃后，将是多么可怕的场景啊！如此一来，我不就同朝我泼污水的仇恨檄文、诽谤文字、攻击小册子中说的那样，亲手把自己推进这片满是鲜血和罪孽的渣滓堆中，死后受尽世人唾弃吗？真到那一天，我就验证了它们编造的一切谣言。后人和史书都会认定我是当代的尼禄和提比略。若以此为代价，我能救下祖国，那也就罢了！……我有足够的毅力，咬牙挺过一切难关！然而我能百分百地成功吗？我们的危险并非全来自国外，内部的分歧才是最危险的。在不知道胜利旗帜是何颜色之前，就为细节上的分歧吵得不可开交，这种蠢事还少吗？我怎么才能叫他们明白，我不是为了我自己、为了我的一己私利而奋战？我怎么才能叫他们相信，我毫无私心，是为了祖国才浴血杀敌？[464]我怎么才能叫他们理解，我在力图让祖国避免一切危险、一切苦难？我觉得这危险和苦难是再明显不过的事，可庸人除非到了大难临头的时候，否则永远看不到这一点。

"有的人会高呼：'他就是新的暴君、独裁者！他立誓后的第二天，就立马把誓言统统推翻了！'对此，我该如何回答呢？谁知道，在这个错综复杂的乱局和骚动中，我会不会在内战中死在某个法国人手里？到那时，天下人和子孙后代会怎么看这个民族？要知道，法国的荣光已经跟我绑作一体。没有法国人民，我不可能为它的荣耀和名声取得那么多的功绩。是法国把我推到一个太高的位置上！……如我先前说的那样，历史自有其公论！……"

这番倾诉之后，他收回话题，谈起了战场上的细节措施，提到最初取得的显赫战绩时面有喜色，说起最后一败涂地的惨况时又痛心疾首。

他总结说："不过，要是得到了自己想要的帮助，我尚不会如此绝望。我们唯一的出路在议院身上，所以我跑到巴黎，想说服它。可它立刻暴起，反对我，莫名其妙地搬出一个借口，说我要解散议院，真是荒唐至极！从那一刻起，失败已成定局。"①

465 皇帝补充说："也许我们不应当抨击议院，但这个人数不少的机构干了一件不可挽回的事，自己也因为不够团结而走向末路。它和军队

---

① 随着时间的推移，我们了解到导致大厦倾覆的一些细节。下文是我根据几个当事人的亲口讲述记下来的：

得知拿破仑从滑铁卢战役回来，抵达爱丽舍宫，富歇跑到议院中对那群坐立不安、杯弓蛇影、疑心重重的议员喊道："小心！他怒气冲冲地回来了，决意解散议院、实行专制。我们绝不能容忍专制暴政的回归。"说完这话，他又跑到拿破仑最好的朋友们身边，跟他们说，"你们知道吗？现在一些议员人心沸腾，反对皇帝的声音格外强烈，我们要救他，就只有一个办法：向他们露出利牙，让他们看看皇帝的所有实力，让他们知道他解散议院是件易如反掌的事。"

拿破仑那些易被愚弄的朋友一听这个突发危机，登时大乱，便采用了富歇的建议（说不定还做得更加过火）。这时，富歇又跑回议院，说："你们看，他最好的朋友都已经商量妥当了，眼下已到十万火急的地步。过不了几小时，这世上就再没什么议院了，我们将因为错失唯一的良机而成为千古罪人。"于是议院颁布法令，绝不散会，强迫拿破仑退位。就因为一些再低级和微小不过的阴谋，就因为一些人在前厅里搬弄是非、散播流言，一个伟大的帝国就这样陨灭了。啊！富歇！富歇！……皇帝曾说过，不管是谁的鞋子，富歇都要伸出那双肮脏恶臭的脚，进去蹭一蹭。皇帝把这个人看得多么透彻啊！——辑录者注

一样，应该有个领袖：军队由将帅来带领，议院和政府则由才华横溢、能力出众的人来把控。然而，我们缺少这类人，而且虽然大部分议员都有良好的学识，可他们那时照样慌张、昏乱和糊涂。背叛、堕落的幽灵在立法院大门口游荡，无能、混乱、摇摆的瘟神在它的内部徘徊，于是法国成了外国列强案板上的鱼肉。

"当时我也想过抵抗，我都准备在杜伊勒里宫、在部长大臣和参政院议员中间宣布我永久掌权，把我留在巴黎的6000护卫军叫过来，再加上为数不少的国民派和各区联盟派的支持，我可以让立法院休会，把它迁到图尔或布卢瓦。然后，我可以把巴黎的残余部队重新整编，以专制的手段去独力拯救祖国。可立法院会乖乖听命吗？即便我可以用武力强迫它听命，但这么一来，人们又会一片哗然，局势会变得更加错综复杂！到时候，人民还会跟我共谋大业吗？军队还会一直听我号令吗？在危机频发的环境里，人们会不会和我一拍两散？会不会想着牺牲我，来给自己谋条出路？有的人会说，大家付出这么多的努力、冒着这么大的危险，就只为了我一人。这个借口足以动摇许多人的决心吧？去年，许多人毫无负担地跟了波旁家族。[466]今天，难道他们不会再这么做？

"是的，对于其中的利与弊我权衡了很久。我反复踱步，思虑良久，最后得出结论：我无力抵抗国外的反法联盟和国内的保皇党，无力抵抗立法院遭到侵害后涌现出的各党各派，无力抵抗因动武才行动起来的多数派，更无力抵抗道德的抨击（当你深陷厄难时，这个抨击能给你带来无穷的痛苦）。所以，我只剩退位这条路可走了，一切都完蛋了。我早就料到了这个结局，早就警告过众人。如今，我再没有其他选择。

"联军一直都用同一个套路来对付我们。他们在布拉格就开始采用这个办法，并在法兰克福、塞纳河畔沙蒂永、巴黎和枫丹白露故技重施。

他们做事可谓深思熟虑！法国人在1814年已经吃了一次亏，又在1815年重蹈覆辙。后人应该很难理解这件事，会把那些任由敌军夺下首都的人永远钉在耻辱柱上。我在奔赴军队之前，就已经向他们预警了他们的结局。我说：'我们别学东罗马帝国的希腊人，攻城锤已在城门那里撞墙了，他们还在忙着跟自己人吵吵嚷嚷。'他们逼我退位的时候，我也跟他们说了，'敌人企图让我和军队分离；他们若是得手，接下来就会让军队和你们分离；那个时候，你们就完全成了案上的鱼肉、猛兽的猎物了。'"

我们问皇帝，要是立法院愿意合作，他觉得自己能否拯救祖国。他毫不犹豫地回答，他会信心满满地扛起使命，并相信自己定会用胜利回报国人的托付。

他说："在不到15天的时间里，在敌军出现在巴黎城下之前，我会完成巴黎的防御工作，把重编的残余军队、8万精锐部队和300门大炮部署在城墙下面。交火几天之后，还有国民自卫军、联盟派和巴黎居民来守住防地。这样的话，我手上就有8万人可用。"

他继续说："现在你们知道我可以利用的所有势力了。1814年的记忆还未淡去，跟我们对战的敌人，[467]对尚波贝尔、蒙米拉伊、克拉奥讷、蒙特罗这些地名记忆犹新。看到相同的场景，他们定会记起自己上一年在那些地方的惨败。据说，他们当时给我取了个绰号，叫'十万人'。我军的速度和实力为我在他们那里博得这一威名。事实上，我们的表现堪称可歌可泣。从来没有哪群勇士比我们创下更多的奇迹。虽然由于我们最终遭遇惨败，这些英勇事迹不为公众所知，但是至少经受了我们炮火轰炸的敌人深深记住了它们，给予了它们应有的评价。当时的我们简直像神话故事里的巨人一样！"

他继续刚才的话题："巴黎会在短短几天里变成一座固若金汤的碉

堡。国家的呼救、急如星火的局势、救国思想的蔓延、浴血奋战的壮烈场景，会把各方群众带到巴黎。到时候，我手上可操纵的兵力定会超过40万，我不信联军的人数能超过50万。那时，我们只能来一场血战了，而这是敌我都怕的事。对方要是稍有犹豫，我就能得到更多人的信任。

"与此同时，我会在身边组织起一个类似议会或国民政务会的机构，里面的人由我从立法院中提拔，个个都受民众爱戴、深孚众望。这样，借助民间舆论的力量，我的军事专制统治就会得到巩固。我会有自己的发言讲台，通过它向整个欧洲宣传我的理念法宝。各国君主会害怕地发现他们的人民都被感染了，一个个吓得不战而栗，只能要么谈判，要么倒台！"

我们大喊起来："可是陛下，您为什么不去做这件定然会成功的事呢？为什么我们来到这里呢？"

他继续叹道："算了！你们也是，你们也在抨击我、谴责我！可要是我反着给你们做一下假设，你们立马就会改弦易辙了；而且，别忘了我们讨论的这个假设的前提：立法院得依附于我。你们都很清楚它实际上是怎么做的。没错，我是可以解散它。也许法国和欧洲会谴责我，后人可能会指责我，[468]说我在立法院作乱后不敢大胆抛开它单干。人们也许会说，我对那个完全站在我这边的民族负有责任。然而，即便解散立法院，我最多也只能逼敌人稍作让步罢了。还有，我重复一遍，我还得付出鲜血的代价，把自己变成一个暴君！……其实，我在20日夜里已经决定去这么做了，准备在21日早晨就让众人看到我壮士断腕的决心，可在日出之前，所有有头脑、有智慧的人都跑来警告我，劝我千万别做此打算，说我已经再无任何机会，说大家现在都在盲目地随着局势行动。不说了，这件事是我们心中永远的隐痛，我们对此已经谈得太多了！我再说一遍，历史自有公论！"然后，皇帝回到房间，并叫我跟过去……

4月4日，星期四

五点，我发现皇帝在花园里。他泡了一个很烫的热水澡，对此他叫苦连连。我们坐车出去，今天天朗气清，不像前几日那样无比干燥和炎热。晚饭前，拿破仑和大元帅在工作。大元帅的妻子去了上将家中赴宴。皇帝吃完晚饭，回了他的房间。

一件典型的事
4月5—8日，星期五至星期一

这些天，皇帝每天早晨六七点都出去骑马散步，而且只让我和我的儿子作陪。

我敢拍着胸脯保证，我从未在拿破仑身上看到什么成见，也从未见他被情绪主宰。换言之，他对人对事的看法从来都建立在理性的基础上。哪怕所谓发怒，也只是情绪的暂时表达而已，绝不会影响他的行动。我实事求是地说，在和他相处的这18个月里，我从没见过他失去理智的样子。

我还想就自己知道的情况说一件事。现在我刚好想起来，所以在这里顺便说说。也许是性格使然，也许是心思缜密，也许是为了保持尊严，[469]在大部分时间里，无论别人给他造成多么巨大的痛苦，他都将其掩藏于心，甚少流露出内心的情绪。我经常看到他努力压抑自己感性的一面，他似乎认为感性的情绪会损及自己的性格。对此，我在后文会举出一些相关事例。现在，我打算向大家讲述一件典型的小事，它非常契合这篇日记的主题，能让人了解拿破仑是怎样的一个人。出于这番考虑，我才将它写下来。

这几天里，拿破仑一直闷闷不乐。他因为最近发生的一件事倍感受伤。这三天，我们每天早晨都在围栏边上漫无目的地散步，每次回去的路上他几乎都一脸焦躁，让我待在他的身边，叫我儿子走在前面。有一次，他终于忍不住说了这么一句话："我知道自己落魄了，身边的一个人的表现却一再提醒我这个事实！唉！"

他的这句话、脸上的神情、话中的语气，无不深深刺痛了我的心。我几乎都要朝他跪下，抱住他的膝盖了——如果我可以这么做的话。

他继续说："我知道，人都是不理性的、敏感的，会经常犯错。虽然我自己都不相信自己了，可我心里仍会想：要是换作在杜伊勒里宫，他还会这么做吗？这是我最痛苦的地方。"

之后，他谈了许多关于他、关于我们、关于我们相互的关系、在岛上的处境、我们个人的态度造成的影响等方面的事，他的想法如激流一样奔涌而出，而且它们都是正确的。我听了非常激动，忍不住高喊："陛下，请让我来处理这件事吧。我相信，对方并没有这么想。只要解释清楚了，我敢肯定他会多么悔恨和悲伤啊！只要您一句话，我立刻就去做。"皇帝恢复平素的样子，高贵地说："不，先生，我不允许您插手。我已经宣泄了情绪，万事万物自有其规律，我会忘了这件事，也请您装作从不知道它的样子。"

我们回来在花园吃早饭的时候，[470]他看上去的确比先前高兴多了。晚上，他在自己房间用了晚餐。

政治—欧洲现状—自由理念的不可抵挡之势
4月9—10日，星期二至星期三

9日，一艘船从英国抵达圣赫勒拿岛，把截至1月21日的报纸带了过来。皇帝每天早晨都骑马散步，其他时间就待在房间里看报。

我们刚刚收到的这批报纸报道的欧洲跟我们先前预料的一样纷乱不宁、一片动荡。法国骚乱日益升级；普鲁士国王在国内逮捕秘密社团，筹备战时后备军；俄国又掀起一轮征兵；奥地利和巴伐利亚纠纷不断；英国迫害法国新教徒，当权派采取暴力手段，反对派也随即拿起了武器，导致民心动荡、舆论哗然。欧洲从没像现在这般乌烟瘴气。

看到法国各省流血事件频频发生、百姓饱受战乱之苦，皇帝一下子从沙发上站起来，跺脚长叹："唉！我没能抵达美国，这是件多么遗憾的事啊！否则，即便我身处地球的另一侧，也能保护法国，对抗反动派！他们忌惮我的出现，在行凶和发疯时必然会有所收敛。人们只需提到我的名字，就足以遏制暴力事件、安抚群众的恐慌情绪。"

他在这个话题上继续侃侃而谈，最后满腔激愤地说了这句近乎神启的话："任凭反革命派怎么猖狂，它最终必然会被溺死在革命的海洋中。新的思想足以扼杀陈腐的封建思想，无论什么都不能在将来摧毁或抹杀我们大革命的伟大理念。这些伟大崇高的信条定会永立于世，何况它们还身披我们用无数荣光、伟绩和丰碑织成的华裳，已在我们荣耀的激流中洗涤全身，彻底洗去了身上最初沾染上的污点。它们定将永垂不朽！[471]它们离开了法国的演讲台，靠浴血奋战打下江山，戴上胜利的桂冠，被各族人民欢呼相拥，得到了各国君主联盟协议的加持，被诸国国王在口口相传中所熟悉，这样的理念是不会倒退的！

"这些理念在大不列颠扎下了根，在美国大放异彩，在法国得到举国的认可。这三个国家，将绽放世界文明的光芒。

"这些理念将横扫世界，成为所有民族的信仰、宗教和风尚。不管人们怎么说，这个值得纪念的纪元都和我本人大有关系，因为说到底，是我点燃了火种，把理念奉上神坛。今天我所遭遇的迫害，更是把我变成了弥赛亚。无论是敌是友，所有人都会说我是一流的战士、伟大的人民代表。即便我不在人世了，也依然会是人民心中权利的启明星①，我的名字将成为他们奋战的口号、希望的信条。"

皇帝对一些著名人士的看法—波茨措·迪·博尔哥—梅特涅—巴萨诺—克拉尔克—康巴塞雷斯—勒布伦—富歇等人
4月11—12日，星期四至星期五

皇帝每天早晨都骑马出门，回来后就在花园用餐，之后跟人无拘无束、兴致盎然地谈他的私人生活、公共事件、身边人员以及那些在其他国家数一数二的大人物。

他没有再上英语课，只在骑马或平日散步的时候练习英语。他不再那么注重语法规则，认为能把自己想说的意思清楚地表达出来就够了。

今天五点时，我们如往常一样乘车出游。晚上，大家的话题落在了内阁和一些著名人士的身上。

拿破仑跟我们讲了他的同乡波茨措·迪·博尔哥的故事，[472]此人曾是立法院议员。据说，是他向沙皇亚历山大建议别管追在大军后面的拿破仑，直接朝巴黎进军。皇帝说："这一件事就决定了法国和欧洲文明的命运，以及世界格局的走向。之后，他成了俄国政府中的泰斗级人物。"皇帝还说，"3月20日……"②

他还讲了卡波·德·伊斯特利亚的故事。

---

① 1823年、1824年版本中没有接下来的内容。

② 直到1840年版本，这串省略号才被以下文字代替："他让军队撤到比利时。回到巴黎后，他和各部长有过几次谈话。人们猜想，这几次谈话应该非常重要。稍不留神，战斗就会被拖长，成功的概率就更小了。"

然后，他提到了梅特涅，跟我们说，是他……①

再然后，皇帝提到了他的手下，其中有他认为忠心耿耿的巴萨诺，有会得到时间的公正裁决的克拉尔克，还有先后担任过维也纳大使、内务部部长、外交部部长等职的***。②皇帝说，塔列朗说起***时，诙谐而又狡黠地用了一句话来评价他：此人在得到任命之前，简直是个可胜任一切职务的万金油。

然后，拿破仑说起了康巴塞雷斯，说他浑身陋习，明显倾向于旧制度。勒布伦则不同，他是个现实主义者，极度偏向于另一阵营。他补充说，他们俩就像两块平衡锤，坐在中间的则是第一执政官，当时他还被人们戏称为三一债。③

之后，他谈起了***④和富歇，说了许多关于他们的事，顺便把法国行政官员、公务人员和其他职员中的败类大骂了一顿，骂他们没有政治信仰或国民精神，一个个在那里各行其是，今天你上任就这么干，明天他继任了又那么干。他说："这种轻率和反复是高卢人传给我们的，我们仍是高卢人，我们的品性永远不会达到至善至美的地步，除非我们学会用原则代替善变，用自尊代替虚荣，更重要的是，用对制度的热爱代替对地位的追求。"

---

① 我们依然得翻看1840年版本才能知道省略号里的内容："是他把此人提拔到高位。他经常为了个人小事向我抱怨，次数多得我都记不清了。没有人不知道他买卖官爵的事。确实，在维也纳会议中，一个大国君主一时气恼，忍不住高喊：'这个梅特涅让我损失惨重。'这话比那个著名的神圣联盟的任何报告、任何公文都更能说明问题。"

② 1823年版本在后面补充道："可惜从后面的事来看，此人不堪重用。"这里说的是卡多雷公爵让-巴蒂斯特·农佩勒·德·尚帕尼。（请看《人名表》）

③ 三一债是1797年法国政府发行的一种国债，只有三分之一的国债能得到保障。——译者注

④ 即塔列朗。（接下来三页里出现的***指的都是这个人）在1840年版本中，他的名字全用星号表示，在1823年中也仅以T**表示。

说完这话，皇帝下了一个结论：[473]我们战败之后，各国君王必然会对这个不把君王大权放在眼里的伟大民族生出轻鄙之心。"此外，"他说，"我们也许可以从事物本质和环境压力中寻到缘由。民主派取缔了君主制，贵族阶级却要保全君主制。我的君主制尚未扎下根基，也没有找到完全适合自己的体系。危机袭来时，它的政体依然是民主性质的。所以，它在人民群体中轰然倒塌，被洪流冲走，没能在风暴中充当拯救人民群众的锚石，在他们迷茫的时候为其照亮前路。"

他又说起了***和富歇。他时不时就讲回到这两人身上，我只能尽量不多做重复。①

---

① 这里我得为混乱随意的记叙风格再次表示抱歉。最开始，我也想过把分散在各处但属于一个性质和主题的零散内容整合到一处来，好让它们看起来更加连贯、更有说服力。这个工作看似简单，可由于当时我身体不佳、心力所限，对此实在是有心无力。

此书文风太过随便，语言表达不当，也是基于相同的原因。不过关于表达不当这个问题我倒不太在乎，因为我相信内容的重要性要远大于遣词造句。

我唯一有余力去做的，就是对内容进行删减。我在书中不同地方有多处删节，在涉及具体人物的地方，我更是做了大幅删节。我敢肯定地说，书中的当事人不该对我有任何抱怨，甚至还得感谢我。

展开删减工作后，我曾想过砍掉一切评论、思考以及我对拿破仑的情感和看法，只关注简单的事实。可我问自己，要是有人指责我有所夸张、失之偏颇，随便给我扣个罪名过来，这是否会让许多人觉得我这本书毫无价值，导致本书不能达到它的出版目的？我还问自己，我这么谨慎和保守，就能说服更多人抛弃成见、接受我的观点吗？不会！那么，我为什么要苦苦压抑自己善意的情感呢？我为什么要抑制真实的、发自内心的思想宣泄呢？我所说的，皆是我所信的。即便我可以在信仰中做到自欺，却定然无法在言说中做到自欺。更重要的是（这也是促使我下定决心的一个重要原因），那么多人都能以失之偏颇的文笔写出他对拿破仑的直接反对意见，大写特写他身上所谓恶的一面，那我为什么就不能反过来凸显他善的一面呢？何况这么做还能让我开心。我还告诉自己，无论在什么时代、哪个国家，冷静、睿智、理性的人若想探寻事实，定知道如何把这些过激的文字和它们的极端对立之声剥离开来，以呈现赤裸裸的事实。所以，我把充斥了自己想法的这部分内容保留在了手稿中。*——辑录者注

* 这个脚注在1840年版本中被删。拉斯卡斯在原文后面补充说："我力求尽可能少地重复。"之后又说："但愿读者不会觉得我这里是在迎合某些人。人们永远不会知道我删掉了什么，我甚至敢说，他们中任何一个觉得有资格向我抱怨的人，都不知道自己其实欠我一份人情。"

*474*皇帝说："***曾两次在维也纳等了全权代表24小时，打着我的名义去和他们谈判。我无法像他这样厚着脸皮兜售自己的政策谋略，哪怕我为此付出了被流放圣赫勒拿岛的代价。我并不否认他是个少有的奇才，无论什么时候，他都是天平上一枚分量极重的砝码。"

他继续说："***一直都是个叛徒，但运气向来很好。他非常谨慎，跟朋友相处时也像和敌人在一起似的万般小心。但他待敌人极其亲热，仿佛对方是他的朋友似的。在我看来，***一直都和圣日耳曼区为敌。在离婚事件中，他站在约瑟芬皇后那边。是他推动了西班牙战争，可在公众场合，他又装出一副反对开战的模样。"拿破仑之所以选择瓦朗赛来安置斐迪南，也是因为他在背后搞鬼。皇帝还说："后来在处死昂吉安公爵事件中，他也是积极推手，并扮演了主要角色。"

拿破仑说，一个著名女演员（罗库尔女士）曾生动形象地描述了他是怎样一个人："她说，您要是问他什么，他就成了一个铁匣子，您别想从里面套出一个字；您要是什么都不问他，很快他就会变成一个长舌妇，您都不知道该怎么止住他的话头。"

的确，***就是一个嘴不严的家伙，在担任部长期间犯下原则性的错误，辜负了皇帝的信任，让皇帝对他的看法产生动摇。拿破仑说："*475*我把一件非常重要的事吐露给了***，没过几小时，约瑟芬就把这件事一五一十地告诉了我。我立刻派人把这个部长召过来，跟他说，我刚从皇后那里得知了一件我只告诉过他一人的事，而且此事还是由四五个人的口中传过来的。"

皇帝说："***的那张脸从来都毫无表情，谁都不能从中读出什么东西来。拉纳和缪拉还曾拿他开玩笑，说他在跟你说话的时候，即便他后背突然被人踢了一脚，你从前面也看不出任何端倪。"

***性格温柔，甚至很招人喜爱，他的家人、朋友和属下都很爱戴他，对他忠心耿耿。

私下里，他很乐意跟别人谈起他在教会期间的生活[①]，他先前在父母和几个哥哥的逼迫下被迫选择了神职。有一天，身边有人哼唱起一首曲子，他说自己对这首曲子憎恶至极，因为它让他回想起自己当初被迫学唱素歌、在唱诗台上唱歌的日子。

还有一次，在吃晚饭的时候，他的一个常客讲起一个故事，***走了神，似乎并没有听对方在说什么。讲述者说到了一个人，讲得一时兴起，脱口而出："这人就是一个下流坯子，他是一个结了婚的教士。"***只听到这句话，登时激动起来，抓住勺子，将其猛地扔进面前的盘子里，摆出咄咄逼人的姿态，冲他大喊："这个谁，您想要点儿菠菜吗？"说话人一下子糊涂了，大家哄堂大笑，***也跟着笑了起来。

皇帝在签订政教协议期间，曾想让***当红衣主教，好让他在宗教事务中起到牵头作用。他跟***说，他的好运气来了，他可以趁机重回教会团体，洗清自己的名声，堵住大言不惭之徒的嘴巴。可***一直都不愿意走这条路，他对教会阶层有着不可抑制的反感。

拿破仑让普腊德担任法国驻华沙大使之前，曾想过让***担任该职。但他说，由于***干出过投机倒把以及其他卑鄙下流的事，他只好放弃了这个想法。也是出于相同的原因，后来拿破仑在德意志好几个君主的反对声中，[476]不得不把***从外交部部长的位置上撤下来。

皇帝说，富歇相当于俱乐部里的***，而***就相当于是沙龙里的富歇。

[①] 1823年版本中没有这段话的剩余部分。

他说："对富歇而言，阴谋就如同食物一样必不可缺。他无论何时何地，都在以各种方式跟各种人搞阴谋。无论什么事，富歇都定会为了某个东西而掺和在里面。他无事可做，天天跑上跑下，凡事都去插一脚！……他要把每个人的鞋子都蹚一遍。"皇帝经常说这话。

在乔治密谋造反期间，人们逮捕莫罗的时候，富歇已经不在警务部工作了，但他仍在那里上蹿下跳，企图让人觉得他的离去是个巨大的遗憾。他说："多么愚蠢啊！莫罗刚从战场上回到巴黎就被人逮捕了。此事足以把他打造成一个无辜的受害者。人们应该在他去格罗布瓦的时候把他抓起来，因为他当时明显是在逃跑。"

他在昂吉安公爵事件发生后说了一句妇孺皆知的话："这不是一桩犯罪，这是一个错误。"短短一句话，就比厚厚一本书更加清楚地勾勒出这个人的人品性格。

皇帝非常了解富歇，从来都没上他的当。

世人都指责拿破仑，说他不该在曾遭到富歇可耻背叛的情况下，还在1815年起用了他。拿破仑不是不知道此人心里的小九九，但他也很清楚，决定危险与否的是事而不是人。他说："如果我胜了，富歇会是忠臣。他会绞尽脑汁，为一切可能做好准备。我应该打赢那场仗的！"①

此外，皇帝很清楚富歇在玩弄哪些阴谋，后来我们也看到了，他并没有轻饶这个人。

皇帝1815年回来后，一个在巴黎数一数二的银行家②来到爱丽舍宫，提醒皇帝，说几天前，某个来自维也纳的人带着债券登门拜访，并

---

① 在古戈尔1815年11月29日的日记里，拿破仑对古戈尔说的话完全不同："要是我在滑铁卢获胜，我会立刻把他枪毙了。"

② 此人名叫雅克·拉菲特。

从他那里打听怎么接近富歇。也许是因为为人谨慎，也许是因为有所预感，银行家对这个访客起了疑心，偷偷把这件事告诉了皇帝。富歇竟敢背着自己玩弄手段，这让皇帝大感震惊。

^{477}没过几个小时，雷亚尔就查清了这个访客的身份①，立刻将他带到爱丽舍宫，关进一个小房间里。皇帝令人把他带到花园，问他："您认识我？"看到皇帝后，这个陌生人脑中一片混乱，再加上这个单刀直入的开场白，他的心理防线一下子就被击溃了。拿破仑严厉地说："我知道您的所有行径，要是您现在就一一交代，我还可以饶了您，否则我就叫人把您拖出花园给毙了。""我说，我什么都说！我是奉梅特涅之命，来这里找奥特朗特公爵的，目的是请他向巴塞尔派一位密使，在那里和梅特涅从维也纳派来的密使会面；他们俩有个能认出彼此身份的东西，喏，这就是。"他一边说，一边掏出了几页纸。"您已完成您在富歇身边的任务了？""是的。""他派出密使了吗？""这我不知道。"

这个人被再度关押起来，一个小时后，皇帝的一个心腹②启程前往巴塞尔。他和奥地利密使接上了头，甚至还和他进行了四次会晤。

然而，富歇发现那个维也纳人消失不见，心中倍感不安。有天晚上，他来到皇帝身边，装出一副轻松愉悦的样子，以掩饰自己内心的慌张。皇帝回忆道："我们散步的那个宫里装有许多面镜子，我偷偷观察他的神色，暗自感到好笑。那张脸真是令人厌恶。他不知道该怎么张嘴去提那件和自己切身相关的事。最后，他总算开口了：'陛下，四五天

---

① 此人名叫弗朗茨-克里斯蒂安·考克。（请看《人名表》）
② 1823年版本补充了"审计员F***"这几个字。这里说的是弗勒里·德·夏布隆。（请看《人名表》）

前，我遇到了一件事，担心和陛下有关……可我诸事缠身……我有一大堆报告要看，有无数阴谋要处理……我遇到了一个从维也纳过来的人，他给我提了些极其可笑的提议……但我再也找不到这个人了。'我当时就说：'富歇先生，您要是把我当成傻瓜，那是在自寻死路。几天前，我就把您说的那个人扣下来了，并知晓了他的一切阴谋。您有派人去巴塞尔吗？''没有，陛下。''您还算幸运。要是事情不像您说的那样，我又掌握了其他证据，您的项上人头就保不住了。'"

事实证明，皇帝就该这么处理他才对。但似乎富歇并没有向巴塞尔派人，于是此事就这么不了了之。

欧洲报纸—政治思考
4月13日，星期六

⁴⁷⁸皇帝早晨在花园用过早饭，并把我们所有人都叫到那里。他把我们早晨读过的报纸新闻做了一番总结，又详细地探讨了一些政治事件。下文就是我记录下的主要内容。

皇帝说："葡月十三日的巴黎，对当时的政府已经完全厌倦了，但军队、大部分省份、小市民阶级以及农民对它还是存有感情的。所以，大革命成功镇压了反革命派这次巨大的攻击，虽然四五年后新的威胁再度爆发。人们觉得自己已经走过最为艰险的一段路，相信美好的未来就在前方。

"可今天的情况完全不同了！① 对于这个靠武力手段让他们接受自己的政府，绝大多数法国人是又憎又恨，因为它夺走了他们的光荣、财富，改变了他们的习性，伤害了他们的骄傲、理念和信条，把他们置于20年

---
① 1823年版本中没有该段的剩余部分，它们是后来的版本添加的。

来一直对他们指手画脚的外国列强的桎梏中。这个政府是所有人的公敌，它没有一兵一卒，自己根本做不了主，一切决定、意志都以外国马首是瞻……可它面对的人民几乎全都诞生于大革命时期，接受的是如今有人恨不得让它彻底消失的思想理念的熏陶。而且，谁能料到一切结局？谁敢指明事情在未来的发展轨迹？1814年，全国上下都可以投奔国王而去。可今天，只有他的追随者会这么做，而且这还是一群谋求私利的追随者。1814年，人们尚能实现平稳的政权交接，而今天是一场可怕的、侮辱性的征伐。政府唯一拥有的军队，便是今天在法国人那里已经声名狼藉的外国军队，而且这群外国人根本不听它管束，它反而还得看他们的脸色行事。它若想建立一支国民军队，就相当于直接和他们翻脸。

"长夜漫漫，营房生活又百无聊赖，一个士兵只能靠谈论战争来解解闷儿。他无法谈丰特努瓦战役或布拉格之战，[479]因为他对这些所知甚少。他能谈的就是马伦哥战役、奥斯特里茨战役、耶拿战役这些他亲自参加过的战斗，再谈到被人们口口相传、活在所有人记忆中的我……

"这种情形在历史上是绝无仅有的。无论从哪方面，人们都只能看到不幸的结局。这一切会造成何种后果呢？这会使得生活在同一块土地上的两个民族成为不共戴天的死敌，在那里斗得你死我活、不休不止，甚至最后一起走向灭亡。

"要不了多久，这股愤怒的浪潮就会席卷整个欧洲。到时候，欧洲大陆就只剩两大敌对阵营，这两大阵营不是靠民族或地域，而是靠党派和思想来划分。谁知道这无数场风暴有多强烈？会持续多久？其中究竟会发生什么？但出路定是有的，历史和文明定是不会开倒车的！……多么遗憾啊，我竟倒台了！我本已把暴风收进羊皮袋，可这羊皮袋被敌人的刺刀割碎了。我本可以和平地实现天下的复兴，可这世界只有在历经风雨之后才能再度兴盛了！我的目标是天下大同。别的人呢，也许是想灭绝所有民族！"

总督到达
4月14日，星期日

这两天的天气又由晴转雨，简直糟糕透了。又有船只进港，根据打出的信号来看，它们把新总督哈德森·洛韦送过来了。

晚餐时，皇帝沉默无言，无精打采。他觉得不太舒服，很早就回到房中了。

皇帝在英语上取得进步
4月15日，星期一

中午，我收到来自欧洲的四封信，心情变得无比雀跃。

下午五点，我在花园见到了皇帝。大雨下了一整天，眼下天空暂时放晴，他便趁机出来透透气。我向他透露了我收到的几封信。我们每个人都有收到信，但所有信都被打开过，里面也没有任何新的消息。尽管如此，[480]它们依然证明我们还是有朋友的。对身居孤岛的我们而言，这也算是一种慰藉。

晚餐时，皇帝用英语给我们讲述了法语报纸上的一篇报道。他说，这份报道讲了拉彼鲁兹的结局，说了他在何地遭遇海难、他做的许多努力、他的死亡、人们找到的他的日记等内容。报道全篇写得妙笔生花、引人入胜，颇有小说之感，我们一个个听得津津有味。皇帝看到我们的好奇心被勾起来了，在那里哈哈大笑。实际上，这个故事是他自己杜撰出来的，他只想趁机给我们展示他在英语上取得的进步。

总督首次拜访—要求我们发表声明

4月16日，星期二

虽然近来天气恶劣，雨水连绵，可新总督还是在十点过来了。上将与他同行，负责将他引荐过来，说不定他还跟新总督说眼下是最适合见面的时间呢。

但皇帝闭门谢客。他生病了，即便他身体不错，也不会接见此人。新总督此次贸然拜访，一丁点儿最起码的礼貌规矩都没有。我们猜想，这说不定是上将在从中捣鬼。总督也许并非成心的，因为他看上去很是茫然无措，引得我们暗自嘲笑。至于上将，却是一脸得意的样子。

总督踟蹰了很久，明显心情不佳的样子，最后拂袖而去。

我们怀疑，有人成心想让我们在一开始就相互敌视，才把第一次会面安排成这个样子。总督是否表示过任何担心？他对这等安排是否有所疑问？时间自会告诉我们答案。

五点半，皇帝把我叫到花园。他一个人站在园中，跟我说，眼下形势大变，而且和我们每个人都有干系。英国人不久后就会向我们提出一个要求：我们必须发表个人声明，表示要把自己的命运和皇帝的连在一起，[481]如果我们不愿意，他们也可以放我们离开，让我们重获自由。

我们猜不到他们这么做的理由。英国内阁使出这一招，难道是想替自己省去办理正规文件的麻烦？可我们当初离开普利茅斯前往圣赫勒拿岛，不就已经接受了这个前提条件了吗？还是说他们想孤立皇帝？难道他们觉得我们真会弃他不顾？

他问我对此是何决定，我说：这毫无悬念。即便我曾为此感到有些悲伤，但那也是我第一次做出决定的时候，从那一刻开始，我的命运已经不可逆转地定了下来。当时，我是为了荣誉和自己的名节着想，才做此决定，可在皇帝身边的时间越长，我对他的感情就越强烈。皇帝的声音变得柔和了许多，这意味着他被感动了。我很了解他，也看得出他的感激。

我补充说，我做何决定都无关痛痒，这根本改变不了我们的处境。签字前我们是怎样，之后还是怎样。我们的命运完全由上苍决定，非人力可左右。即便料事如神、参透天机，也只会加剧自己的痛苦，那何必自寻烦恼？我们要做的，就是平静地接受无常的世事和未知的变数，在苦海中寻点儿快乐，让自己内心有所慰藉，不要自责。这份宽慰是任何人都无法抹消或摧毁的。

经典谈话—皇帝早在枫丹白露宫就知道自己会从厄尔巴岛回来—接见总督—上将当众受辱—我们对他心存不满—哈德森·洛韦的外貌特征

4月17日，星期三

九点，皇帝把我叫到房中，跟我一道读了《朴茨茅斯通讯报》上的一篇报道。这篇报道主要讲述了他暂住荆棘阁时的情形，高度还原了事实。

[482]中午，皇帝把我叫过去陪他说话。其中部分聊天内容无比珍贵，能助人了解谈话者的性格、为人，所以我将一些内容摘抄于此，以飨读者。

我们有时会发生冲突、口角或相互怄气，这让皇帝感到非常为难和难过。然后，他如一贯的那样，理性地分析了我们的处境。他知道我们被流放于此后忍受着怎样的精神折磨，并提出最好的缓解办法。他说，我们应当相互牺牲，把许多事情都看淡些。人若想过得快乐一点儿，就必须控制住自己的本性，或者接受教育、重塑性格，并学会在逆境中调整自己的性格。

他说："你们在这里唯一应当做的，就是尝试变作一家人。你们为了分担我的痛苦才随我来到这里，你们既然如此有心，为什么就不能为我克制一点儿呢？如果单靠共情心，不足以让你们约束自我，那至少也该理性行事，遇事多加权衡一下吧。人应当计算他的痛苦、牺牲和快乐，求出一个结果，这跟做数学的加减法是一个道理。人生的所有细则不都要遵守这个规律吗？人要懂得约束自己的恶劣情绪。你们在这里起争执、闹口角，这很正常，但你们应该向对方解释清楚，而不是在一边暗自怄气。把话说开了，一切自然就好了，怄气只会让事情变得更复杂。理智和逻辑，应该是我们在世间不变的向导。"说到这里，他还拿自己为例，说他自己有时遵循这些原则，有时也偏离它们。他补充说，我们应当学会宽恕，不要一直活在仇恨和愤懑中，因为这不仅会伤害到身边的人，还会让自己不开心。人应当认识到人性的弱点并接受它们，而不是向它们开战。

他说："要是我没把这些格言奉为圭臬，我将变成什么样子啊！人们经常跟我说，我为人太过善良，没有足够的防人之心。我要是太有防人之心，为人又不够善良，那才更糟呢！我被人背叛了两次，唉，说不定还会有第三次！但我根据自己对人心的了解，[483]再加上适当的宽容性格，所以才能统治法国。说不定正是靠着这两个因素，我才能在当时成为统治法国最合适的人选呢。我离开枫丹白露的时候，许多人都来问我他们该何去何从。我对所有人的回答都只有一句话：'去投奔国王，为他效力……'既然许多人会毫不犹豫地做那个选择，那我干脆亲口说出它，免去他们的负罪感。我绝不愿意看到一些正直的人为道德所困，在那里硬挺着，导致自己的人生走向不幸。后来我回来了，也没想过因此去责备谁。"

听到这里，我一反常态，忍不住大胆向皇帝发问，惊呼道："可是陛下，难道您在枫丹白露宫的时候就想过回来这件事了？""没错，而且道理再简单不过了。我告诉自己，如果波旁家族打算开启第五王朝，那我就无计可施，我的戏份就都演完了。但要是它坚持延续第三王朝，那我很快就会杀回来。人们也许会说，当时波旁家族完全拿捏住了我的软肋，我的一举一动都会受制于人——只要他们只满足于扮演一个大国的高级行政官的角色。他们如果真这么做，我就成了庸俗之徒眼中的野心家、暴君、捣乱分子和瘟神。到那时，只有最睿智、最能冷静思考的人才能了解我真正的为人，对我做出公正的评价！可波旁家族一叶障目，硬要回头继续当它的封建领主，非要做那个被全民憎恨的党派的可憎的领头羊。[①]多亏波旁家族身边那些人的帮忙，多亏他们自己蠢招不断，人们才渴望我的回归。我能收复民心、重返法国，都得归功于他们。要不然，我的政治生涯早在那时就已结束，我得一辈子待在厄尔巴岛了，如果这样，那就双赢了。我回去不是为了夺回王位，而是为了偿还一个巨大的亏欠。少有人能明白我为什么这么做，管他的呢。我背负着一个沉重的负荷，这是我欠法国人民的。他们的呼声传到我的耳中，难道我能置若罔闻吗？

"实际上，我在厄尔巴岛过着相当令人艳羡的太平日子。我很快就创建了一个全新的君主国，欧洲最高贵的一群人蜂拥而来。[484]我简直创造了史上绝无仅有的一个场景：闻名世界的人居然鱼贯而入，迫不及待地去觐见一个已经退位的君主。

---

① 1823年、1824年版本中没有这句话。

"没错，有人会反驳我说，联军可以把我从我的岛国中强行带走。我承认，这是我加快回国步伐的一大因素。但如果法国当时被治理得井井有条，人民过着称心如意的生活，我还能掀起什么风浪呢？我的名字将被尘封在历史中，维也纳的人也决计不会想着把我带走。正因为法国旧患未消、新乱又起，他们才考虑把我送走。"

说到这里，大元帅走进房中，向皇帝通报：总督已在上将及全体参谋团的陪同下抵达朗伍德。

我们又聊了一会儿，贝特朗留了下来，我退到前厅。厅里来了很多人，我们试着聊点儿什么。可大家与其说是在聊天，不如说是在相互观察。

半个小时后，皇帝走进客厅。仆人站在房间门口，请总督进去。上将紧随其后，想跟着进去，但皇帝只提了总督的名字，没说要见其他人，于是仆人直接无视了上将，一把将门关上了。上将在众目睽睽之下吃了个闭门羹，一脸狼狈地退了下来，站在窗户旁边。

这个仆人名叫诺韦拉，是个地地道道的瑞士人，老实而又机警。皇帝每次提到他，总会说他是多么忠心耿耿。

这件事发生得让人始料不及，把我们大家都惊住了。我们一开始还在猜想，这会不会是皇帝的意思。虽然我们对上将心存怨愤，但还是赶紧给他打岔解围。看他局促不安的样子，我们心里也不好受。这时，总督参谋也得到通报，被带了进去，上将的脸色更加难看了。过了一刻钟，皇帝遣退众人，总督出来了。上将立刻向他奔过去，两人热情地聊了几句，然后向我们告辞离开。

我们在花园里和皇帝会合，跟他讲了上将尴尬的遭遇。他对此事毫不知情，[485]整件事就是个大乌龙。但皇帝听了非常高兴，一边大笑，一边搓着手，像个孩子一样兴高采烈，仿佛他是一个刚从学监手中逃出来的小学生似的。

他说："啊！我这个老实巴交的诺韦拉啊，他这回还真是长脑子了。说不定是他曾听我说我再不想看到上将了，故觉得自己理应把这个人拒之门外。真痛快啊！不过以后可不能再和这个老实的瑞士人开玩笑了。要是哪天我一不小心说我想摆脱总督，他就要在我的眼皮子底下把这个人杀掉呢。"然后，皇帝一脸正色地说："而且，总督也有错。为什么他不把上将叫过去呢？他大可以跟我说，他只想通过上将得到引荐。他向我介绍其手下的时候，为什么没跟我说这件事呢？所以，这完全是他的错。不过，上将也没损失什么。因为我大可以当着他的所有同胞的面控诉他。我大可以对他说，我俩都是穿了40年军装的老兵，本着军人的荣誉感，我完全可以当着世人的面控诉他，说他无缘无故、昏头昏脑地冒犯一个欧洲资历最老的老兵，损害、玷污了他的内阁、他的国家、他的君主；我大可以指责他，说他像对待博特尼湾的苦役犯一样，把我赶到圣赫勒拿岛上；我大可以告诉他，我在这座孤岛上，定比我在军队的簇拥下坐在皇位上时更能得到真正的正直人士的敬仰。"

这番铿锵有力、发自肺腑的话语让先前的欢快气氛一扫而空，让此次谈话落下帷幕。

不过，既然说到上将，而且他又要离开了，我干脆就在这里尽量不偏不倚地做个总结，看看他犯下了哪些应当被拿出来历数的错误。之后，我对此再不多言半句。

我们无法容忍他平常对我们佯装出来的单方面的亲热劲，无法原谅他在皇帝面前也是这副随便的态度，更无法饶恕他把皇帝称作"将军"

时那副傲慢得意的样子。当然了，皇帝永远无愧于"将军"这个头衔，可上将称他时的那个口气、神态，只会让人觉得皇帝受到了冒犯。

[486]抵达圣赫勒拿岛后，他先是把皇帝丢在一间长宽不过数尺的屋子里，让他在那里一待就是两个月，可岛上明明有其他住处，他自己占据的那套房子更是舒适宜人。他还拐弯抹角地禁止皇帝骑马，连在荆棘阁那块方寸之地上转一转都不行。皇帝每天只能在他那个巴掌大的房间里转来转去，连英国军官看了都觉得尴尬和羞愧。

后来到了朗伍德，他在皇帝住处的窗户下安排哨兵，还声称是为了"将军"的安全。这简直是莫大的讥讽。任何人必须拿着由他签发的条子才能接近我们。他把我们秘密关押起来，还说是为了不让闲杂人等惊扰到了皇帝，说他身边有大元帅一人就够了。他组织了一场舞会，像邀请属下一样，直接手写了一张请柬送给"波拿巴将军"。大元帅给他递来记有皇帝口谕的文书，他竟将其揶揄一番，说什么他竟不知道圣赫勒拿岛上还有个皇帝，更不知道欧洲乃至世界范围内有这么一号人。他不让皇帝给执政王储写信，除非这封信以开启状态交给他，或者让他阅览其中的内容。他还想方设法地阻止别人向拿破仑表达尊重、敬仰和爱戴之情。有人确凿地告诉我们，他手下一些军官因为对皇帝用了敬语或其他类似的措辞，被关了禁闭。尽管如此，第53团的士兵仍然经常对皇帝使用这类敬语。皇帝说，也许这些勇士是受到一股不可遏制的情感的驱使。

专横跋扈的上将连我们往哪儿散步都要管，甚至都不问问皇帝自己的意思。两人关系还算亲近的时候，他曾向皇帝保证：他今后可以踏足全岛，而且他的视野里绝不会出现任何英国军官以护卫为名对他进行监视的画面。可仅仅过了两三天，拿破仑踏上马镫，准备离开我们常住的地方，找个阴凉地吃个早饭，一件令人大为不快、逼得他不得不回去的事发生了：一个英国军官声称他今后会跟着皇帝，绝不离开他半步。^{487}从那一刻起，皇帝再不愿看到上将。另外，上将从不遵守最基本的社交礼仪，老挑最不合适的时候前来拜访。每有达官贵人来到岛上想拜访皇帝的时候，他也总在不合时宜的时候把他们带过来。说不定他就是不想让他们见到皇帝，因为他很清楚，皇帝在那个时候定会拒绝接见外人。我们不是才看到他是怎么带着新总督首次登门拜访的吗？看到哈德森·洛韦扫兴而归，上将一脸高兴，其神色清楚地出卖了他的想法。

但既然我说过要尽量不偏不倚地对他予以评价，考虑到我们的情绪会发生变化，再想到他的任务是个烫手山芋，所以我还是得毫不犹豫地承认：我们讨厌的是他做事的方式，而不是他做了什么。皇帝骨子里也还是护着他的。我们只能说，科伯恩上将并不是一个恶人，甚至还算得上心思细腻、心胸宽广，我们对此也多有体会①；但与此同时，我们也经常看到他任性、急躁、虚荣、专断、跋扈、粗暴的一面，他习惯靠权力来压制别人，但他行使权力的手段过于粗鲁，以为这样就能体现自己的威严。若用三言两语把我们之间的关系概括出来，那我们只能说：作为狱卒，他是个温和、仁慈、慷慨的人，我们对此心怀感激；但作为东道主，他有时实在失礼，甚至经常做出无礼的事，因此引来我们的不满和抱怨。②

如今我重读这份评价，却不由自主地觉得他也许不是一个这么严酷的人，难道时间模糊了我对他的愤怒？还是说我不是一个能将别人记恨很久的人？抑或是因为有了他的下任做衬托，在后者那种无人能及的行事方法和手段的对比下，我们再想到上将，心中所有抱怨全都烟消云散了？

---

① 1823年版中没有"我们对此也多有体会"这几个字。
② 接下来的这段文字在1824年版本中是以脚注形式出现的，1832年版将其加入正文。

下午两三点，皇帝如往常一样出门散步。他在花园里和马车上跟我们聊了很久，说起早晨的种种事情。晚饭后，我们继续谈这个话题。⁴⁸⁸ 有人开玩笑地说，总督到达后的前两天都是开战日，因为我们得让他觉得我们有多么难对付，虽然我们本质上非常温和、很能忍耐。听到后面这句话，皇帝忍不住笑了起来，去揪说话人的耳朵。①

我们由此谈到了哈德森·洛韦的长相。他大概有45岁，中等个子，身材瘦削，红头发，脸色发红，上面长着雀斑，深栗色的眉毛非常浓密，看上去非常抢眼。皇帝说："他长得真难看啊！一张脸凶神恶煞的。但我们也别急着下结论，有些人的道德可以弥补他凶恶的长相，这事也不是不可能的。"

和拿破仑有关的各国君主公约—值得注意的言论
4月18日，星期四

前几天的天气糟糕透顶，今天却是天朗气清。皇帝一大早就出门去花园散步。下午四点，他乘车出游，散步时间比往常要长一点儿。晚饭后，皇帝让我给他翻译了各国君主制定的、和囚禁他有关的一道公约。全文如下：

大不列颠、奥地利、普鲁士和俄国公约
1815年8月2日，签署于巴黎

拿破仑·波拿巴已被联盟国君主控制，根据1815年3月25日协议条款的规定，大不列颠及爱尔兰联合王国国王、奥地利皇帝、俄国沙皇和普鲁士国王达成一致，要采取最合适的手段，使他再无任何手段来惊扰欧洲的和平。

---

① 此人不是别人，正是拉斯卡斯。

第一条：^{489}根据诸国3月20日签署的协议①，拿破仑·波拿巴被视为这些国家的囚徒。

第二条：英国政府特别负责其看守工作。

为了更好地保障该条款得以实行，囚禁地点和囚禁方式由英国国王陛下决定。

第三条：奥地利宫廷、俄国宫廷和普鲁士宫廷将委派特派员，前往英国国王陛下政府为拿破仑·波拿巴选定的居住地，在那里常住，但无须担负其看护工作，只确认其人仍在那里即可。

第四条：虔诚的基督徒——国王陛下受到上述四个宫廷的邀请，也派一位法国特派员前往拿破仑·波拿巴的囚禁地。

第五条：大不列颠及爱尔兰联合王国国王陛下保证自己会履行该公约规定的义务。

第六条：该公约将被签署，15天后各国互换签署文书，时间可尽量提前。

特此说明，相关全权特使代表已在该公约上签字盖印。

1815年8月2日，作于巴黎

读罢，皇帝问我对此有何感想。

我回答说："陛下，根据我们目前的处境来看，我宁愿把性命托付给一个国家，也不要仰仗四个国家联合做出的决定。英国明显早就把这份协议写好了。您看，它非常小心地列出其中一条，说由它单独负责看管囚徒。我觉得，既然它费尽心思地拿到了阿基米德的杠杆，就不会产生将其折断的想法。"

---

① 此处有日期错误，实际协议签署日期是3月25日，而非3月20日。

皇帝没有发表自己的感想，转换话题，谈起了他离开圣赫勒拿岛的各种机会，还说了这番值得注意的话："要是欧洲各国君主圣明，成功恢复社会的太平秩序，[490]他们就不会花钱花力地把我们扣在这里了，那时他们自会放了我们。可这得需要几年时间，也许是三年、四年或者五年。否则的话，去除人力不可预测的偶然因素，我们若想离开这里，我思来想去也只有两个毫无把握的可能。第一个可能就是各国国王需要靠我去对付反叛他们的人民，或者是叛乱的人民在和他们君主的斗争中请求我的帮助。在过去和现在的这场大型斗争中，我是最合适的仲裁者和中间人。先前，我经常被叫去充当这类争端的最高法官。我对内的行政手段、对外的外交策略，都无不在朝这个方向努力。本来这个问题不会如此棘手，可得到快刀斩乱麻的处理，然而命运安排了另外的结局。第二个可能的实现性更大一点儿，即人们要靠我去制衡俄国。根据目前的形势来看，用不了十年，整个欧洲就会处在哥萨克人的铁蹄之下，或者变成清一色的共和国。那些把我推翻的政客啊，他们就是如此短视！……"

之后，他继续谈论各国君主对他做出的这个决定，分析从中透出来的险恶用意。他说："我很难解释他们的行为。

"弗朗茨！他是个虔诚的信徒，是我的岳父。

"亚历山大！我们曾彼此交好！

"普鲁士国王！我的确给他造成许多不幸，但我完全可以做得更加过分。他难道不觉得宽容能给他带来真正的荣光和自我满足吗？

"至于英国，我把一切恶意都归咎到它的内阁头上。即便如此，摄政王储也没能察觉和进行干涉，这不是让自己落得一个昏庸无能甚至保护恶人的名声吗？

"可以肯定的是，这些君主这么对我，就是在自食其果、自甘堕落、自取灭亡。"

要求我们交声明书
4月19日，星期五

皇帝本打算在花园里用早餐，之后大元帅和贝特朗夫人也来了。[491]但因为皇帝昨晚睡得很不好，几乎就没合过眼，最后他在屋里吃了早餐。

总督正式通知我们，我们每个人都得交一份声明书给他，在里面表达我们是自愿留在朗伍德的，且我们愿意遵守为囚禁拿破仑而必须采取的所有限制规定。我的声明书是这样的：

声明书

声明人，我，重申先前在普利茅斯锚地已经做过的声明：我愿意和拿破仑皇帝命运与共，陪伴他，追随他，尽我所能地减少他因遭遇闻所未闻的人权侵害而得到的不公对待。我个人对此最感揪心，因为是我把柏勒洛丰号船长梅特兰的提议和承诺转述给他的，话中的意思是：船长收到命令，可接受皇帝及其随从，将他们置于大不列颠旗帜的保护下（如果他愿意的话），并将其带往英国。

拿破仑皇帝给摄政王储写了一封英国上下都知其存在的信，我事先已将信中的内容传达给梅特兰船长，他对此并未发表任何评论。此信比我的所有言语更加有效地向世人证明：皇帝是以自由人的身份接受了这份热情的邀请函，而后来人们是如何欺骗了他的信任和善意。

今天，我已亲身体验了居住在圣赫勒拿岛的可怕经历，深知此地气候完全不利于皇帝或任何一个欧洲人的健康，但这还不是全部。自从六个月前我们来到岛上开始，我的生活就困顿不堪。我每天忙于应付琐事，好让自己尽量忽略以我的身份和习惯应当得到的尊重。然而，我依然不改初心，无论是福是祸，都绝不离开拿破仑皇帝。我重申自己追随其后的渴望，并愿意遵守无端强加在他头上的限制规定。

前总督前来告别—值得注意的谈话——一个英国老兵
4月20日，星期六

[492]威尔克斯上校要回到欧洲，于是携其女儿[1]前来向皇帝辞行。贝特朗夫人将威尔克斯小姐引荐过去。我先前说过，威尔克斯上校是东印度公司派来的殖民地总督。后来由于我们被移送到圣赫勒拿岛，该岛就从东印度公司落到了政府手中，上将就代表国王顶替了他的位置。

皇帝今天早上看上去心情颇佳。他跟几位夫人聊了一会儿天，然后和威尔克斯一道站在窗户下面聊天，把我叫去充当翻译。

我可能还说过[2]，威尔克斯上校曾在很长一段时间里担任东印度公司驻印度半岛的外交官员，还写了一本关于印度的历史书。威尔克斯上校很有学识，在化学上更是造诣不浅。也就是说，他既是军人，又是文学家、外交家、化学家。皇帝问了他许多和这些领域有关的问题，并在那里高谈阔论，发表自己的观点。两人你一言我一语，讨论得热火朝天，聊了两个多小时。下面就是我能记得的谈话内容。也许它和前文有所重复，因为皇帝和威尔克斯上校几个月前也有过一次长谈，说的恰好也是一个话题。不过这也不打紧，因为这些话题本身就很有意思，我宁

---

[1] 其名是劳拉·威尔克斯。（请看《人名表》）
[2] 请看上文290～291页和309～310页内容。

愿多复述几次，也不愿意有所遗漏。

皇帝一开始谈起了英国军队的组织结构和晋升制度，将它拿来和我们的军队做了对比，并再次强调了我军的优良结构、征兵的先进之处和国人骁勇善战的品质。这些内容我在上文已经说过了。

之后，两人谈到了政治。皇帝说："你们走解放之路，因此失去了美国，将来你们会因为走入侵之路而失去印度。失去美国，这倒在情理之中：孩子大了后自然要另立门户。可印度人永远也长不大，永远都是孩子。"[493]所以，这祸患只可能来自外部。你们并不知道，我的军事行动和外交谈判曾给你们带来多大的危险。我的大陆政策可能还被你们当成笑话呢。"

上校回答："陛下，我们是装出来的，其实所有智者都察觉到了其中的危险。""好吧，"皇帝继续说，"关于我的大陆政策，谁都不能理解我。我只好在各地时不时采用武力手段。最后，人们终于开始理解我了，大树终于结出了果子。我起了个头，接下来就看时间了。

"要是我没有倒台，我能改变商业的面貌和工业的前景。我已经把蔗糖、靛蓝移植到了本土，还打算把棉花及其他许多东西搬过来。要是他们还坚持切断我们的殖民地物资供给，我能把整个殖民地都搬过来。

"我们有着无穷的干劲，国内一派欣欣向荣之景，各行各业都取得了巨大的进步。你们内阁在欧洲到处宣扬，说我们活在赤贫之中，说我们退化成了蛮夷之人。所以，当联军中的普通士兵看到我们国内真正的景象后，一个个惊得说不出话来，连更有文化的欧洲公众也是如此。

"法国在文化知识领域也取得了惊人的成就。由于我们极力推广科学，全国各地兴起求知若渴的风气，知识得到极为广泛的传播。举个例子吧，有人跟我说，您在化学上极有造诣。很好！最聪明的化学家出自海峡两岸的哪个国家，这就不用我说了吧……"

上校立刻补充说："当然是法国。"皇帝继续说："这不重要。我想说的是，法国民众对化学的了解也比英国民众要强十倍，甚至百倍，因为今天法国有许多行业和化学息息相关，这也是我成立的大学的一大特征。要是再给我一点儿时间，很快法国就不会有手艺行业了，一切都依靠技术。"

最后，他说了这番值得注意的话，结束了此次交谈："英国和法国掌握着欧洲乃至世界的命运，更掌握着欧洲文明的命运。494我们给对方造成多大的伤害啊！我们本可以给彼此带来多少福祉啊！

"皮特执政时期，我们把世界蹂躏成一片焦土，可结果如何？你们给法国加了15亿法郎的税，并通过哥萨克人割走了这部分钱。而我呢，我也给你们造成了70亿法郎的损失，而且借用了你们自己和你们内阁的手。即便今天你们获得了胜利，但谁敢说你们什么时候会被这沉重的负担压垮？

"若是福克斯执政，我们还能达成一致……①我们会完成和保护各民族的解放大业，维护理念的统治地位。那时，欧洲只剩一艘战舰、一支军队。我们将统治世界，以文治武功为手段，为五湖四海带来和平和繁荣……我想再说一遍：我们给彼此造成了多少伤害啊！我们本可以为彼此创造多少福祉啊！"

拿破仑从来没有这么健谈过。看到我竭力想跟上他的语速的样子，他不止一次笑出声来。上校离开我们时，已被自己听到的内容震得头昏眼花。

---

① 省略号的这段话在任何版本中都没被补充。

上校离开后，皇帝又在客厅里谈了很久。之后，他不顾外面天气恶劣，来到花园中，把所有人叫了过去，想向众人读一读我们立下的宣言。大家对此议论纷纷……

今天，四艘来自欧洲的船抵达港口，船上是第66团军队。[①]它们先于新总督哈德森·洛韦乘坐的法厄同号启程，却晚于该船抵达终点。

晚餐后，皇帝眉飞色舞地跟我们讲了第53步兵团一个老兵的故事。昨天，这个老兵第一次见到他，回到军营后跟战友说："我被别人骗了，他们拍着胸脯跟我说拿破仑是个糟老头子，可他根本就不是这样的：这个家伙年轻得至少能再打60场仗。"

我们都说，我们真羡慕他能得此评价。这个老兵的话很有法国腔调，很像出自我们的一个掷弹兵之口。我们也跟皇帝说，他离开法国去往厄尔巴岛期间，我们的士兵用了许多好词儿来形容他。[495]皇帝听得津津有味，还被一个里昂掷弹兵说的一句话逗得开怀大笑。

当时，里昂正在举办一场大型阅兵式。此时，拿破仑从厄尔巴岛登陆法国的消息传了过来。军队领导人[②]对士兵们说，他们吃得更饱、穿得更暖，现在是他们大显神通的时候。对于这话，掷弹兵答道："是的，这还用说？"军队领导人摆出稳操胜券的样子，信心满满地总结道："很好！你们之前不是跟过波拿巴吗？他有没有欠你们什么东西还拖着没给的？"掷弹兵诙谐地说："如果我们愿意让他赊账呢？这怎么算？"

---

① 该军是第66步兵团第二营。请看阿尔诺·夏普林的《圣赫勒拿岛名人录》第23～26页内容。该步兵团第一营于1817年6月到7月抵达圣赫勒拿岛。（请看《名人录》第26页内容）

② 1840年版本将此内容替换为："拿破仑从厄尔巴岛回来，登陆法国时，阿图瓦伯爵正忙着东奔西跑，到处大阅兵，他说……"

皇帝捎给摄政王储的口信—极有个人风格的谈话—丢失于滑铁卢的文件夹—论各位大使—纳博讷—皇帝在莫斯科战役后差点儿在德意志被捉—皇帝在梳妆打扮上的花费—住在欧洲首都的寻常人家的家庭预算—凯旋街的住宅布置—皇宫家具装备—拿破仑的查账方法

4月21日，星期日

下午四点，皇帝把我叫去花园充当翻译。一位叫汉密尔顿的军官，他是哈瓦那号护卫舰的船长，第二天就要启程回到欧洲了，便带着手下的军官来向皇帝辞行。

汉密尔顿船长会说法语。我到达花园的时候，皇帝正非常激动地说着话。

他说："他们想知道我想要什么东西？我想要自由或死亡！把这话带给你们的摄政王储。我再也不求得到我儿子的消息了，因为你们已经野蛮残忍到对我最开始提出的要求都置之不理的地步。

"我根本就不是你们的囚徒，哪怕是蛮夷之族都比你们更懂尊重我。你们的内阁卑鄙可耻地侵犯了我的神圣宾客权，让你们国家沾上永远也洗不掉的污点！"

汉密尔顿船长壮着胆子说，皇帝并不是英国一个国家的囚徒，而是整个反法联盟的囚徒。皇帝愤怒地反驳说："我根本就没向俄国投降，哪怕它说不定会接纳我；[496]我也根本没向奥地利投降，即便我也能得到它的优待。我是以自由的身份，基于我自己的选择，向英国投降，因为我相信它的法律和公共道德。可我大错特错！但苍天有眼，你们迟早会遭到惩罚，接受全人类的抨击！……先生，把我这些话转达给摄政王储吧。"说了最后这句话，他便大手一挥，把他们打发走了。

接下来，我陪他散了一会儿步。大元帅去送汉密尔顿，然后回来了。我觉得应该让他和皇帝单独待一会儿，于是退下。我刚回到房间，皇帝就在找我。他一个人待在自己的房间里，问我白天是否休息时间不够。我说，我只在出于尊敬或谨慎的时候才会离开他。听了这话，他说我不需要这么做，因为他在这里没有秘密可言。他还说："当然了，保持适当的自由和空间，也自有其魅力。"

从拿破仑嘴里自然流露出来的这句话，比任何连篇累牍的巨著都更能形象地勾勒出他的性格。

之后，我们读了一份英国报纸，里面报道了他在滑铁卢丢失的一个文件夹里的官方文件。① 让皇帝震惊的是，他当时居然同时发了那么多道法令，它们从细节上涵盖了帝国的各个方面。他说："不过说到底，这份报道也不会给我带来什么坏处。至少它能让许多人知道我不是个懒虫。即便他们拿我和正统君主做比较，我也不会输的。"

晚餐后，皇帝又东拉西扯地说了许久的话。他说起了他的许多大使，觉得只有纳博讷一人配得上"大使"这个称呼，并切切实实地尽到了他的职责。他说："因为他有许多优点，这不仅和他的头脑见识有关，还和他旧式的品格、做事风格和家族姓氏有关。如果只需履行大使的职责，那任何人都能担任这个职位，我的副官会是最好的人选。但如果要谈判，497那就是另外一回事了。面对欧洲宫廷中的古老贵族阶级，我们只能派这个阶级出身的人出马。这就好比共济会，里面的人只跟自己人打交道。如果是奥拓或安德烈奥西进入维也纳上流社会的沙龙，那会怎样？人们会立刻停止交谈。他们会把这两个人视作自己圈子的入侵

---

① 请看上文412页注释1。

者、异教徒，中止它的神秘仪式。可纳博讷不一样，他和上流社会意气相投、思想相通、身份相近。古老贵族阶级的女人可能会委身于一个平民，却绝不会把贵族阶级的秘密透露给他。"

皇帝非常喜欢纳博讷。他说，他对纳博讷感情很深，也非常想念他。他说，他让纳博讷担任自己的副官，是因为他身边发生了一起阴谋，导致玛丽-路易丝拒绝让纳博讷担任自己的荣誉骑士，哪怕他能胜任这个位置。皇帝还说："在他担任大使之前，我们一直都被奥地利欺着哄着。但纳博讷上任不到15天，就看清了对方的花招。梅特涅听说纳博讷担任大使后，简直寝食难安。"

但皇帝也说："也许是天要亡我吧！纳博讷的成功，可能反而导致了我的灭亡，他的一身才华对我是弊大于利。奥地利发现自己的意图被窥破，干脆扯下面具，加快行动。我们这边要是没有窥到它的意图①，奥地利也许还会犹豫不决一阵子。在这段时间里，我们说不定还有其他翻身的机会。"

有人提到了德累斯顿大使团和柏林大使团，他们对我们的外交官在莫斯科危机时期在这两个宫廷中的表现持责备态度。皇帝回答：在那个时候，问题不在于人，而在于事。任何人只需一瞥，就知道一场腥风血雨即将袭来。在这点上，他从没欺骗过自己。他之所以没有亲自率领军队杀回威尔纳和德意志，就是因为担心自己不能重返法国。他说，他当然想单枪匹马地迅速穿过整个德意志地区，靠风驰电掣的速度和所向披靡的勇气，挽救这个九死一生的险局。然而，他被拦在了西里西亚。*498*他说："但幸运的是，普鲁士军在应该果断行动的时候，还在那里纠结

---

① 1823年版后面还加了一句话："它就会更加谨慎，行动更加迟缓。"

思考。当初萨克森人放过了查理十二，让他出了德累斯顿；查理十二离开时高兴地说：'你们看吧，他们明天还会商议，是否该在今天把我抓起来呢。'那时的普鲁士人也是如此。"

晚饭前，皇帝把我叫去书房辅导他的英语笔译。他跟我说，他刚估算了一下自己在梳妆打扮方面的开销，发现自己每个月得为此花4枚拿破仑币。我们笑话说，他在这方面的开销实在太大了。他跟我说，他想叫人在欧洲从有他身材数据的服装商那里替他采购外套、皮鞋和靴子。我觉得此事肯定有诸多不便之处，跟他商量了一会儿，最后两人都觉得英方肯定不会允许他这么做。

他说："不过，我口袋里若没有钱，就会觉得很难受，因为我想在金钱上做到心中有谱。只要拿到了详细列出我们在这里的饮食起居的账单，我就要立刻着手安排，打算每年在欧仁那里借七八千拿破仑币。欧仁肯定不会拒绝我，毕竟他从我这里得到了4000多万法郎呢，而且我若怀疑他帮助我的诚心，那是对他崇高品格的侮辱。此外，我们的大账是算到一起的。我敢肯定，要是我让参政院委员会给我出具一份清算账簿，欧仁肯定至少还欠我一两千万法郎。"①

晚饭中，皇帝问我们，一个男孩儿，或者一户生活尚且过得去，甚至还略微富裕的人家，若要在欧洲的一座首都城市中生活下去，一个月得多少钱才够。

他很喜欢提这类计算问题，在讨论中表现出极强的洞察力，并会展开许多很有意思的细节探讨。

我们每个人都把自己得出的预算告诉了他。大家认为，要在巴黎生

---

① 请看本书1816年10月13日日记。

活，一年开销从1.5~10万法郎不等。对于为什么不同的人在不同的环境下会有这么大的开销差异，皇帝做了深入的分析。

他说："我在离开意大利军回到巴黎的路上，波拿巴夫人写信告诉我，[499]她让人把我们在凯旋街①上的一套小公寓布置了一番，用的都是当时能找到的最好的材料。这套房子价值不超过4万法郎。所以，当我拿起客厅家具的账单，看到那个在我眼里完全是天文数字的数目时，我又是惊讶，又是愤怒，又是不解，那可是十二三万法郎啊！可我再怎么质疑和喊叫也没办法，最后只能乖乖付钱。装修商把波拿巴夫人的信拿给我看，上面写得清清楚楚，说什么都要最好的。我们的所有家具都是新样式，还是根据我们的房间专门设计和赶制出来的。我若不付钱，治安法官肯定能给我定罪。"②

说到这里，皇帝又说起人们花在皇宫家具布置上的惊人开销，说自己在这方面是如何力求节俭，并把御座、皇家装饰等物品的价格一一告诉我们。从他嘴里听到这些细节，看他在那里算账，听他说自己省钱的秘密招数，真是再有趣不过的事了！我真后悔自己没有及时把这些信息记下来！但我可以跟读者讲讲他是怎么验货的：有一次，皇帝回到杜伊勒里宫，人们在他离开的时候把这里布置得金碧辉煌，急切地催促他前去看看，欣赏一下各处精美的装饰。他一副非常满意的样子，走着走着，他在一扇挂着华丽帷幔的窗户前停了下来，让人拿来剪子，一下将帷幔上的金色流苏剪断，一脸冷色地将剪下来的流苏放进口袋，继续视察下面的工程。跟在后面的人大吃一惊，心里七上八下的，不知道他为

---

① 1797年12月29日，尚特雷纳街更名为凯旋街。（请看开篇的《拿破仑年表》）
② 请看波尔和比加尔的《"雾月十八日"的房子》（Bord et Bigard, *La maison du « Dix-huit Brumaire»*）。

何要这么做。几天后的一个早晨,这段流苏在他起床时从口袋里掉了出来。他把负责家具布置的人叫过来,把流苏递给他,说:"拿着吧,朋友。看在上帝的分儿上,我不愿猜想是您诈取了我的钱财,但有人在借您的手中饱私囊,您为这东西多掏了三分之一的钱。人们把您当成大领主家的总管,把您宰了。要是他们不知道您的身份,您能以更便宜的价格把它买下来。"

实际情况是,有一天上午,拿破仑乔装打扮出宫散步(他经常这么做),走进圣德尼街的几家店铺中,打听在样式和质量上和他剪下来的流苏差不多的布料的价格,并询问了好几件和宫廷家具类似的家具的价格。所以,他才能那么了解内情。就这样,大家都知道了他的这个习惯。他说,他以此为手段,在宫里厉行节俭。虽然他的宫殿布置得富丽堂皇,但里面每个东西都没有注水,一切都是规规矩矩的。

^{500}虽然拿破仑要事缠身,可他依然会亲自查账。不过他有自己的查账方式:人们把物件分档归类,将清单交给他;他会细看清单上的某个物件。以蔗糖为例,如果他发现蔗糖买了几千斤,就拿笔标注下来,去问管账人:"先生,宫里有多少人?"管账人得立即做出回答:"**人,陛下。""那您每天给每人分配多少斤糖?""**斤,陛下。"他立刻进行计算,得出结果,把纸朝对方扔去,喊道:"先生,我把您给的每日数据再加了一倍,也远远赶不上您给的这个数据。您的账是错的!再算一遍,把最准确的数字交给我。"如此一来,他只需核算一个物品,就能起到最佳的整治作用。他有时说,管理家事就跟管理公事是一个道理:"我得把它治理得井井有条的,拿出某些制衡手段,才能不让自己被骗得太惨。如果我还是被骗,那就让犯罪之人自己良心发现吧。这种事不可能被彻底杜绝,水至清则无鱼嘛。"

总督拜访寒舍—对伏尔泰的《穆罕默德》的批评—谈历史上的穆罕默德—格雷特里

4月22—25日，星期一至星期四

这几天，天气糟糕至极。皇帝早晨不再出门散步了，其工作倒变得更加规律起来。他每天都在讲述1814年的事。

哈德森·洛韦来朗伍德拜访了一次，并在寒舍中待了一刻钟的时间。他跟我说，他很不满意我们的生活环境，觉得我们即便露营也比住在这种房子里强。他说得没错，由于天气炎热，人们拿来遮风挡雨的柏油纸已经片片剥落。天晴的时候，我的房间就成了大火炉；下雨的时候，我又会被淋成落汤鸡。

他说，他会令人将其修缮一番。[501]他还彬彬有礼地补充说，他还带了1500～2000册法语书籍过来，只要书籍清点工作完毕，他很乐意将其赠给我们。

这几个晚上，我们靠拉辛和伏尔泰得到丝丝凉爽。皇帝给我们读了《费德尔》和《阿达莉》，我们听得如痴如醉。他对这两部戏剧做的评价和感想，让读书变成一件格外有趣的事。

从人物性格和叙事手段上被皇帝批评得最狠的，就是伏尔泰的《穆罕默德》。皇帝说，伏尔泰在这本书中无视历史真相，更缺乏人道精神。他大大贬低了穆罕默德，把他说成一个施展鬼蜮伎俩的人。这位改变了世界面貌的伟人到了他的笔下，就变成了一个阴险卑鄙、哪怕被千刀万剐也不足以让人解恨的恶棍。欧麦尔也遭到了他的极度扭曲，被他写成了一个装腔作势的寇贼。

伏尔泰这本戏剧从根上就是坏的，许多事本来纯粹是舆论导之，可全被他说成是阴谋诡计的作用。皇帝评论说："那些改变世界的人能够

成功,从来不是因为有要人的帮忙,而是因为他们成功发动了群众的力量。走第一条路是借阴谋蓄力,而且效果微乎其微;走第二条路才是天才之道,能让世界产生天翻地覆的变化!"

谈到这里,皇帝又说起什么是历史真相,并对世人认为是穆罕默德所为的一切事情提出疑问。他说:"跟所有宗派领袖一样,他的事可能也是被人杜撰的。在他去世30年后才问世的《古兰经》,可能把许多谎言都奉为了圭臬。当时,这位先知创立的帝国,他的理念、他的传道已经打下根基,得到实现,这些事情应该并肯定不会有假。可还有些事令人无从解释,如我们认为肯定发生过的一件开天辟地的大事——征服世界,是怎么在短短五六十年里实现的?又是谁实现的?是我们口中那些人数稀少、愚昧无知、不善作战、没有纪律、毫无章法的沙漠部族。这些人要对付的可是富裕发达的文明世界啊!单单用宗教狂热思想不足以解释这件事,因为不管信徒多么狂热,新的事物要安身立命,总得需要时间,而穆罕默德竟只用了13年……"

[502]皇帝认为,撒开有时会导致奇迹发生的偶然因素不言,其中肯定有些事是我们不知道的。也许,欧洲是因为某个我们不知道的主要原因,才在伊斯兰教面前一败涂地。也许那些突然从沙漠腹地崛起的部族其实经历了长期的内战,才在战争中涌现出骁勇善战、所向披靡的大将之才。

总而言之,拿破仑对东方世界的许多事情存有独到的见解,其观点和许多书籍及大众的想法极为不同。他说,这是他的个人观点,虽然它们看上去很不成形,但都是他在征战埃及期间产生的心得感想。

他说:"我们继续说说伏尔泰。他的戏剧竟然不适合阅读,这真让人吃惊。一旦有鉴赏力和批判精神的读者不被他那华丽的辞藻、恢宏的场面所迷惑,他的文笔立刻魅力大减。也许有人很难相信,在大革命时期,因为伏尔泰太受欢迎，高乃依和拉辛的戏剧都没人读了。这两人的戏剧一直沉睡在故纸堆中，后来因为第一执政官才再度得到世人的关注。"

皇帝说得没错。的确，他不仅把我们带回文明世界，还让我们重新获得良好的审美能力。是他让我们国家所有杰出的戏剧诗歌作品重见天日，让先前那些因为政治原因而遭封杀的剧本再现于世。所以我们才能再读到《狮心王理查》，虽然该书会让人对波旁家族略微产生同情。

皇帝跟我们说："当时，可怜的格雷特里求了我很长时间，我就冒险答应了他，让这部人们谈之色变的戏剧试演了一场。人们警告我，说它会引起巨大轰动。可戏剧上演后并未引发任何麻烦，于是我下令让其重演八日，之后又加演了15天，直到人们都看腻了为止。于是，《狮心王理查》的神秘面纱被揭开了。它还在继续上演，可再也吸引不了人们的关注。后来波旁家族把它给禁了，因为人们一看到它，就会对我产生同情。"

世事真是变化无常啊！据说，^{503}同样的经历还发生在《爱德华王》这部悲剧上。① 由于波旁家族，皇帝把它给禁了；后来又因为皇帝，波旁家族将其封杀。

---

① 亚历山大·杜瓦尔的这部戏剧的全名是《爱德华王在苏格兰：废王之夜》（Alexandre Duval, Édouard en Écosse ou la nuit d'un proscrit）。该剧被提交到审查部后，让审查部很是头疼，多亏马雷（也就是后来的巴萨诺公爵）和当时的内务部部长夏普塔尔从中斡旋，它才得以上演。1802年2月18日，该剧公演，引发轰动。杜瓦尔在剧本中宣扬一个观点：政治仇恨从来都不能泯灭高贵的人性，也不能让宾客权利遭到侵犯。这个观点在当局看来很有刻意之嫌。富歇把剧中爱德华王的一句旁白给删了："我不会为任何人的死亡痛饮。"按照剧本的安排，演员要为王位觊觎者的死亡干杯，然后猛的把酒杯掷在地上。保皇党为这部剧的成功出力不少，打算借此招揽到同路人，一起策划反抗阴谋。波拿巴亲自观看了第二次公演。在应该说出上面那句旁白的时候，扮演爱德华王的演员没有念台词，可全场依然掌声雷动。波拿巴见此情景，下令终止演出。剧作家害怕第一执政官的雷霆怒火烧到自己身上，立刻离开法国，一年后才敢回来，写了一本应时的戏剧——《征服者威廉》，好让当局原谅自己当初的"莽撞之举"（当时波拿巴意欲攻打英国，这本戏剧便是要激发法国人对英国的仇恨）。1814年6月9日，法兰西剧院再次上演了《爱德华王在苏格兰：废王之夜》。

我拜访"种植庄园"—哈德森·洛韦有所暗指，初现恶意—拿破仑的宣言—他在埃及的政治路线—他坦承执政府的一道法令违背了法律

4月26日，星期五

我去拜访了"种植庄园"。我觉得洛韦夫人生得美丽动人，但略微有点儿装腔作势。哈德森·洛韦爵士在离开欧洲前不久与她结婚。据说，他这么做，是为了让自己在殖民地显得更体面些。据我所知，这位夫人是哈德森·洛韦爵士从前带过的军队中一个军官的遗孀，她的哥哥是个上校，死于滑铁卢战役。

总督待我格外亲切有礼，让我极不适应。他跟我说，我们就像认识了很久一样，我应该也有同感。他还说，他一直都特别喜欢我的《勒萨日的历史学、系谱学、编年学及地理学图鉴》，但他没想到会以这样的方式见到本书作者。他第一次看到我这本书还是在西西里，是他让人从那不勒斯偷偷带去的。他对这本书赞不绝口，说自己在耶拿和布吕歇尔将军一起战斗时，以及1814年在联军主营担任英国特派员期间，经常读这本书。他非常欣赏书中的自由观点与温和的思想，很喜欢作者讨论英国这个敌国时一直坚持的不偏不倚的态度。但他还说，书中有些地方写得语焉不详，书中的我似乎对当时的统治者持反对乃至仇恨的态度，让他非常惊讶。他先前认为，这和我前流亡贵族的这层身份、和我信奉的理念有关系；可如今我又出现在这里，和那个人待在一起，让他觉得格外矛盾。

我们不久前得知，哈德森·洛韦先前一直在意大利担任警察头子之类的角色，还曾从事过间谍工作。[1]老实说，我忍不住以小人之心度君子

---

[1] 他们是从拿破仑的仆人西普里亚尼那里得知这件事的。

之腹，怀疑他在这场谈话中有所暗指。要是事实果真如此，^{504}皇帝定然不会有任何疑心，那总督真算是旗开得胜。看在他对我如此礼遇有加的分儿上，我只能继续听他在那里侃侃而谈。但我还是反驳了一句：他把写得语焉不详的那些段落完全理解错了，它们针对的并不是拿破仑，要不然我现在也不会在这里了。

回来后，我在房中发现两本法语书籍，是哈德森·洛韦爵士早晨给我送来的，书中还夹有一张短笺，上面说希望皇帝能喜欢这两本书。不过你们敢信吗？其中一本书就是普腊德神父写的《出使华沙》！我敢说，这就是哈德森·洛韦爵士射来的第一支毒箭！虽然这本书是新版，可这仍掩盖不了它是一本纯粹攻击拿破仑的诽谤小册子的确凿事实。

至于第二本书，我一开始还以为它是一本宝书，觉得总算有本书能代替《总汇通报》给我们提供缺少的材料信息了。这本书便是《拿破仑的所有官方文件和宣言合集》（*Recueil des proclamations et de toutes les pièces de Napoléon*），它把拿破仑担任将军、第一执政官和皇帝时期发表的讲话资料都收了进去。然而，这本书的作者是诽谤写手戈登史密斯，而且内容极不完整，写得最漂亮的那些公报被删除得干干净净。①不过，此书虽有残缺，却仍算是一个人能留在世上的最伟大的纪念物了。

晚饭后，皇帝为了寻求消遣，就读起了戈登史密斯书中收录的他向意大利军发表的几篇宣言。读罢，他自己都情不自已、激动万分，说："看了这些，人们还敢说我不会写东西？"

之后，他又读了自己在埃及发表的宣言，还拿其中一篇开玩笑，说自己像得了神启似的。他承认："这其实是一种骗术，但也是最高明的

---

① 1823年版后面还补充说："他在立法院的演讲也被大肆删节。"

骗术。此外，我做这篇演讲，是为了让一个最聪明的酋长把它翻译成优美的阿拉伯语。法国人听了这种话，只会一笑了之。正因为他们抱有这种态度，在意大利和埃及的时候，为了把他们拉过来听几句宗教箴言，我自己只好在宗教话题上轻描淡写，好让犹太人跟基督教徒、犹太教拉比跟基督教神父能坐在一起。"

戈登史密斯在书中说，拿破仑曾扮成穆斯林的样子。[1]这完全是无稽之谈。[505]拿破仑说，即便他进清真寺，也是以胜者而非信徒的身份进去的（我在写对意之战的时候会说到此事）。他行事如此严肃、为人又如此自重，是断然不会这么做的。

皇帝轻快地说："不过，即便我因为一些事而改信伊斯兰教，这也不算多么稀奇的一件事。正如法国历史上一个王后说的那样，'随您说去吧'……但我必须有改宗的明确理由，它至少能助我把战线推进到幼发拉底河才成。为个人利益而改宗，这是件不可饶恕的事；但此举若能带来巨大的政治效益，也许是可谅解的。亨利四世有句话说得好：用一场弥撒来换巴黎，这很值。难道真有人觉得，东方帝国乃至整个亚洲，还值不上一块头巾、一条长裤？实际上，宗教不就这回事嘛。那些大酋长兢兢业业地为我们创造了有利环境，给我们消除了最主要的麻烦。他们解除了禁酒令，在所有世俗礼节上对我们也是宽容有加。所以，我们只会因此损失点儿帽子和短裤，这算得了什么呢？我说的是我们，因为根据军队当时的状况，大家不会认真看待改宗这件事，只把它当成一个玩笑而已。但改宗会

---

[1] 据布里安的说法，拿破仑曾一时兴起，穿了件土耳其式的衣服。他在回忆录第二卷第167页中说："有一天，他让我不用等他，直接去吃晚餐，说他晚点儿会到。一刻钟后，他穿着那套新衣服走了进来。人们一开始都没认出他来，之后哈哈大笑。他面不改色地坐下来。可是他裹着头巾、穿着东方长袍，觉得实在束手束脚，很是别扭，所以很快就换了衣服。之后，他再没想过以这身打扮示人。"

带来什么结果呢？我可以反手拿下欧洲，古老的欧洲文明将遭到围困。到时候，欧洲诸国已是泥菩萨过江——自身难保，谁还会操心法国的命运或欧洲的复兴？所以，谁敢改宗，谁就能成功夺下欧洲！"

皇帝继续翻看戈登史密斯的书，无意中看到了执政府的一道法令。执政府因为曼图亚投降一事，在这道法令中罢免了曼图亚城守军统帅①的职位。他说："这道法令无疑是违法的、专制的。但这是不得已而为之的下策，是在踩法律的漏洞。统帅纵然千错万错，我们也不能保证他定能得到法律的制裁。然而他若脱罪，定会造成极其恶劣的影响。所以，我们就以舆论和名誉为武器来打击他②。我再说一遍，这道法令是专制的，但也是大国在重要关头不得不采取的一记暴击。"

哈德森·洛韦爵士第一次野蛮无理的侮辱—经典语录
4月27日，星期六

506 下午两点，总督哈德森·洛韦过来了。他派人传话，请皇帝把他的所有仆人都叫过来。这是哈德森·洛韦第一次侮辱我们。

他可能是想核实一下，皇帝的仆人是否是自愿地发表效忠声明的。负责管理家务杂事的蒙托隆代表皇帝，回答哈德森·洛韦：陛下绝对想不到有人居然企图把手伸到他和他的仆人之间；即便他提出这个请求，皇帝也肯定会拒绝；要是总督得到的指令中有这条内容，他手上握有权力，自然也可以使用这个权力；反正英国内阁已对陛下有过诸多冒犯，再冒犯一次也不要紧。

这时，我插进他们的谈话中。我一眼就看出来了，这两人看彼此都

---

① 即拉图尔-富瓦萨克。（请看《人名表》）
② 1823年版此处为"用名声和舆论来打击他"。

不太顺眼。他们面色不悦，沉默了一阵子。然后总督转头跟我说，皇帝身边的人似乎只想着怎么制造龃龉和矛盾。我跟他说：这事很简单，皇帝的屋子是别人指定给他的，他对此没有提过任何要求。自然而然，他也从心底不希望任何外人插手自己仆人的事。总督若存有什么疑问，也有两个办法可选：要么他悄悄打听情况，这么做绝不会伤害任何人的自尊；要么他就动用自己的权力，采取强制手段。总督若采取后面这个办法，人们不会不从。但我也说了，他这个做法不符合我们的做事风格。我肯定地告诉他，皇帝被安置在这个新环境后，只想过上最清净的日子。①他闭门不出，没有任何想法，也没有任何需求，只希望别人别来烦自己。命运虽然把他从权力之位上拉了下来，却夺不走他的自尊。现在他唯一剩下的便是这颗自持自重之心，只有这样他才能觉得自己仍是自己的主宰者。

^{507}说到这里，仆人到了。蒙托隆和我避到一边，以免别人误会我们同意了总督的这等做法。总督跟仆人说了一会儿话，之后找到我们，说："我现在满意了。我将通过书信通知我国政府，所有人都是心甘情愿地发表声明的。"

但他心底的怒气仍没有得到宣泄，所以才哪壶不开提哪壶，故意跟我们称赞我们住处的风景是多么美丽，说我们过得似乎也没那么糟糕。我们说这里是多么酷热难耐，说我们一点儿能够乘凉的阴凉地都没有，住的地方连一棵树都没有。他只说了句："以后会种的。"这话真是欺人太甚！哈德森·洛韦第一次显露了他粗暴的天性！说完这话，他就走了。

大约五点，皇帝想乘车出去逛一圈。走出大门的时候，他跟我们

---

① 1823年版此处为"最最简单清净的日子"。

说:"诸位,这世上若少了一个人,我就会是世界之主!你们猜这人是谁?"我们的好奇心一下子被勾了起来。"哎,就是战神的牧师——普腊德神父。"我们一听,全都笑出声来。

他继续说:"我是认真的,这是神父自己在《出使华沙》中说过的一句话。你们不信,可以自己去看看。这本书向我发起穷凶极恶的攻击,是一本实打实的诽谤小册子,里面充斥着对我的各种诋毁、侮辱和抹黑。不过,也许是因为我读的时候心情很好,也许是因为如一些人说的那样,能伤到人的只有真相。总之,他的这本书引得我哈哈大笑,给我带来了许多乐趣。"

散步回来后,皇帝回到自己的房间,和我们中的一个人一起工作。①

我们中有两人时常发生争执。我在这里之所以提到这件事,是因为我们为之奉献身心的那个人对此发表了一些经典言论,能让人从中窥到他的内心和灵魂。当时的报纸报道过这两人之间的矛盾,后来其中一个人也因为这一系列误会而回到了欧洲,读者可从中知道究竟发生了什么。

我来到客厅等饭,发现皇帝正在就这件事激动地说着什么。他说了很久很久,言辞激烈而又令人动容。

"你们跟随我来,是为了让我在被囚禁的日子里过得舒心点儿,这是你们说的吧?那你们就要亲如手足!否则你们只会让我苦恼!……你们想让我高兴?那就要如兄弟般相处!否则你们就是在折磨我!

"你们打算就这么吵吵嚷嚷下去?还就在我的眼皮子底下?你们根本没考虑过我,更没顾忌外人的眼光……我想让身边所有人都开开心心的,希望大家能一起分享我们为数不多的快乐。我希望你们相互照

---

① 1823年版将此段删去。

拂，甚至对小埃马纽埃尔也要如此……"

直到仆人把晚饭端上来，他才结束这顿申斥。吃饭时，他一直都没说话。用甜点的时候，他让人把伏尔泰的书拿过来，读了里面几幕戏剧，但没过多久就停了下来。我们对伏尔泰是一日比一日腻烦了。

皇帝早早地回了房间，很快就把我叫到寝室。我在那里待到很晚才回来……

普腊德神父—他的《出使华沙》—对俄之战—战争起源
4月28日，星期日

皇帝又说到了普腊德神父和他的那本书，但只谈了谈书的开头和结尾。他说："在开头，他把自己塑造成唯一一个拦住了拿破仑步伐的人。在书的末尾，他说皇帝在从莫斯科回来的路上罢免了他的大使职位，这事没错。事实上，他是因为自尊心受到了伤害，才极力曲解事实，以此作为报复，所以才有了这本书的诞生。"

皇帝继续说："但我之所以将他解职，是因为神父在华沙成事不足，败事有余，弹劾他的报告从四面八方向我飘来。就连被他推荐进大使馆的一些年轻人都对他的行径看不下去了，对他大加指责，甚至抨击他勾结敌国。当然，我并不相信这种事。普腊德的确跟我有过一次长谈，不用多说，此次谈话的内容后来也被他歪曲得面目全非。谈话开始的时候，他在那里絮絮叨叨、啰里啰唆，说了一大堆让我觉得匪夷所思的蠢话，且言辞极其不当。我一边听他说话，一边靠在壁炉边上，草草地写了一道命令，当着普腊德的面撤销了他的大使职位，[509]让他尽快返回法国。①当时那场景别提多么好笑了，这应该是神父最想掩盖的一件事吧。"

---

① 请看《来自好望角的信》（*Lettres du Cap*）。——辑录者注

普腊德那本书中描写了拿破仑皇帝在德累斯顿的宫廷生活，我忍不住把这部分内容抄了下来。这段话写得的确亮眼，能让读者正确认识到当时的情况。

他在书中说："啊，您若想知道拿破仑皇帝在欧洲是多么权倾朝野，各国君主活得多么战战兢兢，那您就想象自己现在就在德累斯顿，去那里看看那个高高在上、荣耀至极，但马上就要狠狠跌下来的君主是什么样子吧！

"皇帝占着全宫上下最大的几座宫殿，把他的大部分仆人都安置在那里。他经常大摆筵席，只有第一个星期日除外，因为当时萨克森国王组织了一场盛会。各国君主总能收到宫中大元帅送来的请帖，带着家人前来赴宴。其他一些人也会收到邀请。我被任命为华沙大使的那天，就享受到了这等荣幸。

"皇帝跟在杜伊勒里宫时一样，都是在九点起床。那时，我们会看到好多王孙贵胄惶恐而又温顺地跟众廷臣站在一起，旁人几乎都不知道他们是什么身份。他们跟这些人一起，等着觐见这位能左右自己命运的新主。"

这段话以及另一段同样揭露了事实的内容，被湮没在大堆大堆颠倒黑白、恶意中伤的文字中。皇帝说，作者在书里面尽干些扭曲事实、断章取义的事。他对奥地利皇后百般谄媚，大肆称赞沙皇亚历山大是多么高贵亲善，趁机贬低拿破仑。拿破仑说："这人肯定不是法国的主教，而是东方的占星家，是拜日教的信徒。"

我本来还在这里记了和神父有关的其他言论，但我秉持着公正不倚的态度将它们都删了。[510]不过，因为作者宣称我们在对俄之战中是不正义的侵略者，我便保留了下面这段内容，以做反驳。

皇帝提到这场战争时说："于国家和君主而言，凡事绝无小事，它们有时能决定他们的命运。法国和俄国之间曾产生了许多误会。

"当时，法国责备俄国违背了大陆政策。

"俄国要求法国赔偿奥尔登堡公爵的损失，还提出了其他一些条件。

"大批俄军逼近华沙公国，一支法国军队也聚集在了德意志北境。其实，我们并没到开战的地步。可就在那时，另一支俄国军队突然凭空冒出，向公国扑来。俄国大使同时在巴黎递交了一封无礼至极、堪称最后通牒的公函，威胁说此函若得不到承诺和兑现，他就要在八天之内离开巴黎。

"我认为对方的这种行为就是赤裸裸的宣战，因为我太熟悉这种语调了。我不是那种坐等被人反制的人！我可以带领欧洲诸国攻打俄国，此战是民心所向，关乎欧洲大业。这是法国的最后一战，它和欧洲新体制是何命运，全在此举。英国已经黔驴技穷，俄国就是它最后的指望。世界的和平取决于俄国。此战成功应该是十拿九稳的事。于是，我离开了法国。俄国先前撤回大使，向我宣战。可抵达边境后，我仍觉得自己有义务派人（劳里斯顿）去威尔纳见沙皇亚历山大，然而我的人被拒之门外，于是战争爆发。

"可是，也许谁都不会相信，亚历山大和我都只是在虚张声势而已，我们并不想开战，只想吓唬对方。我打心底里不想打仗，觉得我军各方面的开战条件并不成熟。根据先前收到的信息，我敢肯定亚历山大更不想动武。

511 "当时罗曼佐夫和巴黎保持着密切的联系，俄军在对俄战争中吃了败仗后，罗曼佐夫遭到亚历山大的严厉追责。究其原因，是亚历山大听

了他的话，才摆出如此强硬的态度。罗曼佐夫曾信誓旦旦地跟亚历山大保证：拿破仑骑虎难下，最后肯定会让步，以避免开战。如今是亚历山大的大好时机，他只需装出强硬的样子，法国就肯定会补偿奥尔登堡公爵，让出丹齐格，到时候，俄国在欧洲就要风得风、要雨得雨了。

"正因如此，俄军才做出这等动作，库拉金亲王递来的公文才会这么盛气凌人。库拉金亲王也许并不知道亚历山大的真正意图，他又不太有脑子，会错上意，老老实实地执行了他收到的指令。因为同样的原因，劳里斯顿在威尔纳吃了个闭门羹。这就是我新的外交使团身上的弊病和不幸之处：在应该进行交际运筹的时候，他们却被隔绝在圈子之外，无法跟对方建立沟通和默契。要是我有一个身份高贵的前朝贵族给我当外交部部长就好了，他肯定能明白对方的意思，我们就不会开战了。此事若让塔列朗来办，也许还能成功。但交给从新学堂走出来的人，那是在勉强他们。我不可能做到神机妙算，何况我顾及自己的身份，不可能亲自挑破窗户纸。我只能根据文书做出判断，可无论我把文书翻来覆去看上多少遍，它们都是沉默的死物，不会回应我的任何攻击。

"我一开战，所有人立刻丢掉了他们的面具，展现了自己的真正意图。开战三四天后，我们初战告捷。亚历山大大惊，派人跟我说：只要我肯撤出被入侵的国境，退到涅曼河那边，他就跟我谈判。然而，我以为他是在耍花招。当时我被胜利冲昏了头脑。要知道，俄军遭到一顿痛击，乱得如同热锅上的蚂蚁。我重创了巴格拉基昂的军队，并认为完全可以将其一举歼灭。所以，我觉得敌军只想为巴格拉基昂争取时间，好让他整合军队。要是我知道亚历山大是真心想谈判，肯定会接受他的条件，退到涅曼河。[512]如此一来，亚历山大就不会渡过德维纳河，威尔纳就会宣告中立。然后，我们各自带上两三个营的护卫军，亲自和对方展开谈判。那时,我可趁机再提一些条件,亚历山大肯定会一一接受!然后,我们会友好地和对方告别……

"虽然后来形势急转直下,亚历山大的确赢了,但难道这就能证明和后来的收获相比,亚历山大从我刚才设想的提议中获利不多?没错,他的确兵临巴黎,但他是和整个欧洲一起杀进来的。他的确得到了波兰,可由于俄国士兵在新的征伐中越走越远,远离了祖国;许多异族人从外国逃到俄国避难,给那里带去新的知识,整个欧洲剧烈震荡,各族人民骚动不安,欧洲对俄国的影响力也越来越大。之后会发生什么事呢!

"俄国沙皇会满足于已经得到的东西吗?他们若被野心驱使,没有什么事是他们不敢做的!可他们也丢了莫斯科,首都和其他各大城市遭到巨大的财产损失,得用50多年的时间来愈合这道伤口!可惜啊,我们为什么就不能为了所有人——包括各国人民和国王——的利益,在威尔纳展开谈判呢?"

还有一次,皇帝说:"我原想过和俄国一起瓜分土耳其帝国,双方不止一次谈过这个事,但每次都因君士坦丁堡而作罢。这座首都是横在我们中间的最大障碍。俄国想得到君士坦丁堡,这我断然不能答应。毕竟君士坦丁堡的价值比得上一个帝国,是真真正正的权力之石,可谓得君士坦丁堡者得天下。"

皇帝总结对俄之战时,补充说:"那么,亚历山大当初在威尔纳能以比后来更划算的价格得到的东西是什么呢?"有人脱口而出:"陛下,是战胜我国、取得胜利。"皇帝喊道:"这是常人的想法,一个君主是不会持这种观点的。任何一个国君,他是自己亲政也好,因为无力治国而让能臣理事也罢,[513]在这么大的行动中,他考虑得更多的是胜利带来的结果,而不是胜利本身。就算情况真如常人想的那样,我也认为这个目标是无法实现的。就以这场战争为例，胜利的桂冠肯定该戴在败者头上。

"谁会把联军在法国的胜利拿来和我在德意志的大胜相提并论？任何一个智者、哲人和史学家都不会这么做。

"联军举欧洲之力来对付一个几乎无兵可调的人。他们调动了60万正规军，后面还有近60万后备军。即便他们打了败仗，那也没什么，直接撤兵就是了。可我在德意志的情况则完全不同，我离祖国有500古里的距离，手头的兵力只能勉强和敌军打成平手。周围的国王和百姓能被我镇住，只是因为他们害怕我，只要我吃了一场败仗，他们就会立刻起来反抗。我是踩在刀尖上取得一场场胜利的，我每时每刻都不得不保持坚韧的耐力、机敏的反应。在每一场战斗中，我都必须姿态坚定，摆出对我的作战计策高度自信的样子，不管它们遭到周围将士多么强烈的反对！

"联军做了什么，也配和我的功绩相提并论？要是我没在奥斯特里茨取得胜利，我就得面对整个普鲁士。要是我没在耶拿斩获大捷，奥地利和西班牙就会让我腹背受敌。要是我没打下瓦格拉姆那场仗（它还算不上一次决定全局的大胜），我就要担心俄国是否会弃我而去、普鲁士是否会揭竿而起，而那时英国人已经杀到安特卫普了。

"我取得这些胜利后，又开了什么条件呢？

"在奥斯特里茨，我大可以囚禁亚历山大，但我放了他。①

---

① 我回到欧洲后，有人言辞确凿地告诉我，他曾见到两张便条，根据上面的字迹，它们均出自沙皇亚历山大之手。在便条上，亚历山大苦苦哀求对方放过自己。要是此话为真，那这世事是何其无常啊！心胸宽广的胜者远离欧洲，失去家人，身披枷锁，直至老死。这一切，竟是拜那被他好心放走的败者所赐！——辑录者注

"耶拿之战后,我让败在我手上的普鲁士王族继续坐在王位上。

"瓦格拉姆之战后,我没有让奥地利君主国变得四分五裂。

"这一切,难道都能用简单的'宽厚大度'四个字来解释?若真如此,铁石心肠、城府深沉的政客的确有批评我的理由。当然了,我也不拒绝这个美誉,反正我又不是没有做过宽厚大度的行为,但我有着更高远的想法:我想把欧洲融合为一个伟大的利益共同体,就像我当初把法国内部各党各派团结起来一样。我野心勃勃地想在未来某天当上人民和国王利益的仲裁者。为了这个目的,我就得让各国君主欠我一份恩情,努力取得他们的喜欢。当然了,这么做定然会损失一些民心,我对此很清楚,但当时的我权力滔天,无所畏惧。我不怎么管人民当时在窃窃私语些什么,反正最后我肯定会再度赢得他们的支持。"

皇帝继续说:"不过我在瓦格拉姆犯了一个大错——我没有乘胜追击奥地利。奥地利太强大了,它在一日,我们就一日不得安生;最后就是它让我们一败涂地。瓦格拉姆战役结束后,我应当发表宣言,告诉世人:除非奥地利被拆成奥地利、匈牙利、波西米亚三个王国,否则我绝不与它谈判。而且你们知道吗?奥地利皇室里的一个亲王[①]还派人向我多次暗示,让我把这三个王国中的其中一个交给他统治,声称只有这样,奥地利才能真心待我。他说他可以把自己的儿子以人质身份送到我身边当副官,还开了许多你们想象不到的担保条件。"[②]

皇帝说,他也考虑过这个提议。在和玛丽-路易丝成婚之前,他还为此犹豫了一段时间。但皇帝说,成婚之后他就不能这么做了,因为他

---

① 即斐迪南。(请看《人名表》)

② 六周后,拿破仑跟古尔戈说了这件事。(请看《古尔戈日记》1816年6月16日的内容)此人是弗朗茨皇帝的弟弟斐迪南大公,即从前的托斯卡纳大公爵,后来的维尔茨堡大公爵。

以平常人的眼光来看待婚姻这件事。他说："奥地利成了我的家人，可这桩婚姻毁了我。要是我当时没有因为联姻而安下心来，甚至觉得自己有所依靠了，我就能把波兰之乱往后再推三年，就能等到西班牙得到平定、俯首称臣的那一天。我却一脚踏进一个表面覆满鲜花的深渊……"

皇帝身体不适—彻底闭门不出的第一天—波斯和土耳其使臣—宫闱秘事

4月29日，星期一

515 五点，大元帅来我房里看我。他没能见到皇帝。皇帝身体不适，一整天都闭门不出，谁都不见。天快黑的时候，我去花园散步。以前这个时候，皇帝通常会去那里，可今天我沮丧地发现园中只有我一人。晚饭时，我们仍没看到他。

大约九点，就在我觉得今天一天我都看不到皇帝的时候，他派人传我过去。我非常担心他的身体，他跟我说他很好，身体并无不适，只是突然想一个人待一下。他一整天都在看书，觉得时间一晃而过，内心无比安宁。

然而，他看上去仍然忧郁和消极。闲散无聊之际，他随手拿起了我的《勒萨日的历史学、系谱学、编年学及地理学图鉴》，正好翻到世界地图那一页，他便指着波斯，说："我对波斯曾有个绝佳的想法。无论我想震慑俄国还是入侵印度，波斯都会为我的杠杆提供极好的支撑点。我已经和这个国家建立了联系，并希望和它乃至土耳其交好。[①]我想，这两头猎物很清楚这会给它们带来多大的利益，定会接受我的提议。可在

---

① 拿破仑曾于1807年12月向波斯派去一个使团，该使团在那里一直待到了1809年2月。详情请看德里奥的《拿破仑的东方政策》（Driault, La politique orientale de Napoléon）。

关键时刻，波斯和土耳其一个接一个地逃出了我的手掌心。事实证明，英国人的金子比我的计谋更有诱惑力！一些大臣为了几个畿尼就干出卖国的勾当，牺牲了自己国家的利益。在沉迷后宫的君主、昏庸无能的国王的治下，这种事并不少见。"

说到这里，皇帝跳过政治方面的话题，转而说起了土耳其的宫闱秘事，还谈到了孟德斯鸠的《波斯人信札》。他觉得这本书文笔诙谐、描写细致，以入木三分的笔调讥讽时事。之后，他提到土耳其和波斯在他统治期间派往巴黎的两个使臣。① 他问我，巴黎对他俩是何印象，他们是否拜访过什么地方，是否得到上流社会的招待，以及其他诸多问题。

我说，他们待在巴黎期间很受瞩目，^{516}很长时间里都是宫廷的一个奇观，其中波斯人最为惹眼。波斯使臣一到首都就热衷于四处拜访，因为他出手大方，动不动就赠送香料甚至披巾，所以深得女人的喜欢。可讨要礼物的女人太多，没过多久，他出手就不再如往日那般阔绰了。此时人们的新鲜劲也过了，之后再没人关注他。陛下不在首都的时候，我们有时还拿他们寻开心（当然了，这种做法非常无礼）。有一天，约瑟芬皇后举办了一场音乐会，留着如画中人一样的长胡子的阿斯克尔汗许是觉得音乐有些无聊，就靠墙站着打起盹儿来。他一只脚靠在壁炉角落的一张扶椅上，有人恶作剧地悄悄把扶椅挪开，他整个人滑倒在地，发出巨大的声响。他本来很开得起玩笑，但这一次真的生气了。由于我们语言不通，双方只能比划着表达各自的意思，那场景真是滑稽极了。晚上，皇后问音乐会中的那声巨响是怎么回事，得知事情的前因后果后，

---

① 这两人分别是阿斯克尔汗和穆伊卜-阿凡提。（请看《人名表》）

也笑得前仰后合。皇帝评论说："这事很不好，不过他为什么要去那个音乐会呢？""陛下，他和他那个土耳其同僚对陛下百般谄媚，是希望陛下能知道他们，虽然您当时远在500古里之外。"我还说，他们异常积极地讨好献媚，皇帝去哪儿就跟到哪儿，恨不得能和陛下成为连体婴。我说："每个礼拜日的外交接见礼结束后，他们都会跟着陛下去做弥撒，跟红衣主教们站在同一座教堂的穹顶下。"皇帝喊道："这真是咄咄怪事！完全颠覆了他们的信仰和习俗！可我根本不知道他们的这些苦心。"

我们继续谈论这两个东方人。我说，我听说，司法大臣康巴塞雷斯有一天在家设宴，把他们俩都请了过去。[517]这两人虽然来自同一个世界，有着相同的信仰，但还是略有不同。土耳其使臣是奥玛尔的追随者，相当于冉森教徒；波斯使臣则是阿里的信徒，相当于耶稣教徒。有人开玩笑说，他俩在宴席上看到酒以后，立刻谨慎地打量着对方，就像两个在圣周五想吃荤肉的主教一样忐忑。

土耳其使者生性易怒、愚蠢无知，像头粗笨的野兽似的。波斯使者有点儿文学素养，非常健谈，看上去是个聪明人。有人注意到他吃饭的时候不用刀叉，直接用手拿食物，甚至帮旁边人拿菜的时候也是如此。他对我们的一个习惯也大感惊讶，那就是我们吃所有菜都会就着面包。他说，他无法理解我们为什么要用一个东西来搭配所有食物。

我先前也说过，最能吸引皇帝注意和兴趣的，就是我们沙龙里的风俗和小故事。

流亡贵族和圣日耳曼区是他最感兴趣的话题，我们在一起的时候，他经常兴致勃勃地就此向我提各种各样的问题。有一次，他跟我解释说："我很了解我所在的世界，但对那个圈子全无了解。"他补充说，他从小就对邻居的家事、邻村的闲话之类的事很感兴趣。他还说："我在执政期间，其实从别人口中知道了许多这方面的事。可如果别人跟我说流亡贵族和圣日耳曼区的好话，我心中会警铃大作，担心他意有所指；可如果他们跟我说坏话，我又会怀疑他们是在告密，继而对说话人产生鄙夷之情。不过来了这里，我就再没有这些顾虑了。您和我，我们已是另一个世界的人，我们就像在香榭丽舍街上一样随意聊天，您没有考虑利益纠葛，我也没有防范之心。"

所以，我会贪婪地抓住每个机会，给皇帝讲点儿和沙龙有关的小故事，给他提供一点儿消遣。皇帝也猜中了我的心思，会体谅我的聊天欲。有一天，我讲完自己的故事，他还揪着我的耳朵，用让我听了后心花怒放的语气跟我说，"我在您的图鉴中读到这么一个故事：北方有个国王[①]被囚禁在一座黑牢中，他的一个护卫恳求和他关到一起，^{518}听他说说话或跟他讲点儿什么，好让他心情好一点儿。这个护卫的请求被应允了。朋友，您不就是这个护卫吗？"

之后，我又给他讲了一个他从没听过的笑话，主人公是马尔布瓦。

有一天，阿斯克尔汗生病了，试遍了波斯疗法仍没有任何效果。于是，他让手下把巴黎名医布尔多瓦找来。可他的手下搞错了，跑到前国库部部长、当时正担任审计法院院长的马尔布瓦家中，跟他说："波斯大使病得厉害，想要见您。"马尔布瓦完全不明白自己和波斯大使有什么关系，可对方毕竟是一国之君的使臣，看在这层面子上，他就答应了。于是马尔布瓦盛装打扮，来到波斯大使的府邸。阿斯克尔汗一看到他，立刻伸出舌头让他看舌苔，撩起袖子让他把脉。按理说，马尔布瓦

[①] 即丹麦及挪威国王克里斯蒂安二世。

那时就该知道对方找错人了。他大惊失色,但转念一想,觉得也许这是东方的一个习俗吧,于是他握住对方的手,友善地搭在上面。这时,四个仆人一脸肃穆地走进房间,把一个装着污物的坛子递到前国库部长的鼻子底下,好让他进一步了解病人的情况。见此情形,性格沉稳的马尔布瓦气得满面赤红,问对方到底是何意图。事情最后弄清楚了,原来阿斯克尔汗想请的是布尔多瓦,由于两人名字相近,才闹了这个大乌龙。马尔布瓦因此在很长一段时间里都成了巴黎上下的笑柄,无论走到哪儿都会引来人们的讥笑。

皇帝评价说:"巴黎沙龙的俏皮话真多啊!不得不承认,他们的确是最尖刻、最诙谐的一群人。他们总能找到攻击别人的缺口,然后大获全胜。"我说:"这是真的,我们无所顾忌,甚至神灵都敢攻击。没有什么在我们眼中是神圣的,所以陛下也能猜到,您和皇后当然也会成为我们揶揄的对象。"皇帝说:"啊,我猜也是!不过不要紧,跟我说说看。""好吧,陛下。人们说,有一天,陛下读了一封从维也纳发过来的急报,心情非常糟糕,生气地对皇后说:[519]'您的父亲就是个蠢货!'玛丽-路易丝的法语不太好,她就抓住一个廷臣问:'皇帝跟我说我的父亲是个蠢货,这是什么意思?'这个廷臣没料到皇后会提这种问题,不知如何是好,支支吾吾地说'蠢货'是指一个人聪明睿智、地位尊贵、能谋善断。过了几天,皇后记住了她新学的这个单词。有一天,皇后主持参政院会议,发现现场讨论越来越白热化,她不想看到这种场景,决定干预,跟坐在她边上的康巴塞雷斯说了一句令人瞠目结舌的话:'在这样的重要时刻,我们能不能上下齐力,就全靠您了。您将是我们的神使,因为我视您为帝国数一数二、最最出众的蠢货。'"听了我这个故事,皇帝忍不住哈哈大笑,说:"真可惜啊,这事竟然不是真的!不过,我们可以想象一下那个场景：康巴塞雷斯呆若木鸡，整个参政院哄堂大笑，可怜的玛丽-路易丝一脸困惑，不知道自己这话怎会引起如此大的轰动。"①

我们又聊了很久，我跟皇帝待了两个多小时。^{520}我为了让他开心，绞尽脑汁地想出各种故事，最后总算达到目的。皇帝又恢复了生气，笑了起来。他叫我退下的时候，心情已经好了许多，我因此感到格外高兴。

遁世的第二天—皇帝在房里接见了总督—经典语录
4月30日，星期二

我要跟儿子一道去荆棘阁，去我们的前屋主家里赴宴。下午三点半，我得知了皇帝的日程安排。他跟昨天一样心绪不佳，没有外出的打算。

快到贝特朗夫人住的哈特门的时候，我和正往朗伍德过来的总督不期而遇。他问我皇帝近来如何，我说：我对他非常担心，他昨天没有见我们中的任何一个人，今早跟我说他好了；可从其脸色来看，我宁愿他告诉我他不好。

大约八点半，我们启程返回朗伍德。此时天色已晚，外面又下起了

---

① 我在校对新版回忆录的时候，有人建议我删掉这两个性质恶劣的玩笑，说当事人看到了会不好受。要是我在首次出版回忆录之前产生了这个想法，但凡我当时有一丝顾虑，都会将其删得一干二净。可如今书已经出版了，我若现在才把这两个玩笑删掉，不就相当于承认这两件事非常重要吗？可它们只是件小事。再说，我若删了，岂不是同时侮辱了可能会被这两个玩笑伤害到的当事人，以及说不定根本就不相信它们的真实性的广大读者吗？从前法国可以仅因几句玩笑话就把地位最为尊贵的人处死，可今时不同往日，我们再不会如此轻率行事了。换作心情好的时候，我们听了这种笑话也会笑得前仰后合，但它们再达不到抹黑清誉、诋毁壮举的效果，当事人的名声完全不会因此遭到任何损毁。我就是抱着这种想法，才不带恶意地把这两件事告诉给每个不会多想的读者。

此外，也请大家从我写这本书的背景环境出发来看待我的这些言论。——辑录者注

瓢泼大雨，豆大的雨点如冰雹一样砸在身上。我们偏又选了最难走、最曲折、最危险的一条路，一路冒险骑马疾驰，还看不清楚路况，觉得自己随时会跌入深渊。最后，我们浑身湿透地回来了。

皇帝命令仆人一看到我回来就把我带过去。他身体好了，但和昨天一样没有出门，也没有见任何人。他说他在等我，有很多话要跟我说。

听闻总督到来的消息时，皇帝衣衫不整，但因为他必须卧在沙发上休息，便在自己房里接见了总督。他说，他非常心平气和地把自己的所有想法告诉了对方。他对8月2日的协议表示抗议，因为反法联盟各国君主在这一协议中把他说成被放逐者和囚徒。他问，这些君主有何权利在不问过他意见的前提下就操纵他的人生？[521]况且他和他们还是平起平坐的，甚至曾是他们的主宰者。

他说，他若想隐退到俄国，自称是他的朋友、和他只存在政治纠纷的亚历山大即便不会让他继续当王，至少也会像对待一国之君一样待他。总督对此并未否认。

他还说，他若想寻求奥地利的庇护，弗朗茨皇帝若不愿背上不仁不义的恶名，定然不会让自己的帝国将他拒之门外，甚至还能接纳他的家族和家人，毕竟拿破仑也是他的家族成员。总督听了也表示赞同。

他跟总督说："更重要的是，从我个人利益的角度来看，要是我当初把军权牢牢握在手中，坚持在法国抵抗反法联盟，说不定联盟国会答应跟我谈判，向我许以利益，甚至在国土问题上做出让步呢。"曾在反法联盟待了很长时间的总督也明确承认，皇帝的确可以轻易地重获王权。皇帝继续说："我不愿这么做，我已决定抛下世事。我满腔愤懑地看着法国带头闹事的人背叛祖国，还无耻地声称自己是在为国家利益而战；我满腔愤懑地看着大部分议员为了保住性命，宁可将神圣不可侵犯的国家独立当作谈判筹码，忘了国家独立就和荣誉一样，是一座边缘陡峭、难以靠近的岛屿。在那种情况下，我做了什么决定呢？采取了什么办法呢？我向一个人们相信其法律有着无限权力的国家寻求庇护[1]，来到和我是20年的死对头的民族中间。而你们又做了什么呢？……你们的行径会成为历史中永远的污点！苍天有眼，你们迟早会遭到报应的！你们不会繁荣多久了，你们的法律会为这次的犯罪付出代价！……你们内阁发出的指令清楚不过地证明了一点：你们想摆脱我！为什么流放我的各国君主不敢公然下令处死我呢？反正流放和处死都是不合法的！他们若给我一个痛快，总好过现在这漫长的折磨，因为前者尚能彰显他们的果敢。卡拉布里亚人[2]都比这些君王、都比你们的内阁更加仁慈宽厚！我是不会自裁的，因为懦夫才会这么做。^{522}战胜不幸是高尚的勇士之举！每个人都应走完自己命定的人生之路！可你们意图把我拴在这里，似乎是想慢慢地把我折磨至死！你们在圣赫勒拿岛上划给我的活动范围太小了，我已经习惯了每天骑马走10～20古里路的生活。这里的气候跟法国完全不同，阳光、季节和我们惯有的完全不一样。这里的一切都和快乐、舒适绝缘。这环境且不说是否宜人了，简直是恶劣不堪，极不利于健康，连水都没有。岛上的这个角落就是一片荒漠，连当地人都不肯住在这里！"

总督当时指出，根据他收到的指令的规定，他只能圈定这块地方供皇帝活动，而且任何时候都必须有个军官跟着皇帝。皇帝立刻说："真要这么执行指令，那我绝不会离开房间半步。要是您在执行指令时不肯有半分宽松，从此我们就不劳您操心了。还有，我不是在要求什么。把

---

[1] 1823年版此处没有"有着无限权力"这几个字。
[2] 是他们枪决了缪拉。

我的想法转告给您的政府吧。"

总督忍不住说，这是因为指令是从很远的地方传来的，制定指令的人并不了解这边的情况。他还说，一批建造宫殿的木材家具正在运送途中，即将到来，到时我们的住处能得到极大的改善；船只会送来一大批家具和生活用品，相信皇帝定会喜欢；总之，英国政府在竭力改善他的生活环境。

皇帝反驳说，这点儿待遇根本就是在隔靴搔痒。他一直要求订上《年史晨报》和《政治家报》，想看看对他稍微友善一点儿的报刊是怎么说他的，可从没有人理睬他的这个要求。他一直要求得到更多的书，因为书籍是他唯一的慰藉，可九个月过去了，他一本书都没收到。他一直要求得到自己妻子的消息，可这个请求也是石沉大海。

他继续说："至于什么家具木材、房屋装饰，阁下，您和我都是战士，我们都知道这些东西算什么。您曾去过我的家乡，说不定还去过我的家。我可以毫不脸红地说，我家的住宅算是岛上最寒酸的了，您在里面几乎看不到任何装饰。唉！虽然后来我坐上宝座，还四处分赏王国，523可我完全没有忘记自己的出身。一张沙发、一张行军床，于我而言就足够了。"

总督说，这批家具和随同它们一道过来的东西，至少能证明英国政府是关心他的。

皇帝反驳说："也许你们只想演戏给欧洲看罢了。但在我眼里，这些东西完全无关紧要，与我毫无关系。你们最该送来的根本不是一栋房子、几套家具，而是一个断头台、一张裹尸布！前者于我是嘲讽，后者于我却是解脱。我再说一遍，你们内阁就是想让我死，我也渴望死亡。上将不是恶人，如今看来，他在执行指令时已经非常宽松。我对他的行为本身没有任何怨言，只是不满他的做事方式而已。"这时总督问，他是否无意中做了一些不妥的事。"没有，阁下，您来了后，我们没有任何怨言，只有一件事情伤害到了我们，那就是您盘查我们仆人的那件事。您是在羞辱蒙托隆，因为您相当于在质疑他的人品。此事虽小，却让我觉得难以接受、备受冒犯。一个英国将军跑过来干预我和我的仆人之间的事，这么做未免自降身份了吧？"

皇帝当时躺在沙发上，总督则坐在沙发对面的一张椅子上。夜幕降临，房间暗了起来，总督的脸被笼罩在黑暗中。皇帝对我说："所以，我无法研究他的表情，不知道他听了我那番话后脸色如何。"

皇帝早晨才读了阿尔方斯·德·博尚写的《1814年战争史》，发现书中所有英国公报下的署名都是"洛韦"。于是皇帝在谈话中问总督此人是不是他。总督的面色明显非常尴尬，他对此予以承认，但补充说这是他发表时事见解的一种方式。

哈德森·洛韦在谈话中多次把自己的医生推荐给皇帝，说他医术非常高明。离开时，他都走到门口了，又回头提起这件事，希望皇帝同意他把自己的医生派过来，但皇帝一眼就看出了他的心思，坚持不同意。

讲完这段经历后，皇帝沉默了一会儿，似乎在思考什么，然后继续说："[524]这个总督一脸阴险样儿，真是难看至极！我这辈子还从未见过这样一张脸！如果这种人和我单独在房间里待一会儿，我都不会碰自己的咖啡杯了！朋友啊，他们派来的不是狱卒，而是一个比狱卒更加可怕的人！"

第五章

对意之战残篇（续一）[1]

卡斯蒂廖内战役

1795年7月29日—8月24日

从武尔姆泽尔大举入侵到曼图亚城再度被封锁的26天

Ⅰ. 武尔姆泽尔元帅不再指挥德意志军，转去统领奥地利在意大利的军队

⁵²⁵早在4月，意大利军就开战了。眼下已至6月，北方军、莱茵军和桑布尔-默兹军却依然一动不动。这些装备精良、足有20万人之众、堪称共和国主力的

---

[1] 我们把《对意之战》中其他三个篇章放到了这里。

这26天里发生了许多大事件，其中最突出的便是卡斯蒂廖内战役，所以小节就以此战役为名。阿尔科战役和里沃利战役也是辉煌的历史篇章。——辑录者注

精锐部队，却龟缩在荷兰、默兹、莱茵河、阿尔萨斯，仿佛自己只负责地方卫戍工作似的。

法军渡过阿迪杰河、攻破曼图亚城的消息传来后，奥地利宫廷放弃了对阿尔萨斯和下莱茵省的进攻，命令正负责组织进攻的武尔姆泽尔元帅火速赶回，以解意大利的燃眉之急。武尔姆泽尔带领他手下最精锐的3万大军，[526]与从全国各地赶来的援军会合。所以，武尔姆泽尔手上有近10万兵力。

法军在意大利的军队幸不辱命，击垮了敌军。要是北方军也能拿出这等成绩，我们艰苦卓绝的战斗早就结束了。

尽管如此，奥地利宫廷准备派兵的消息在意大利全境传开来。从外交官员散布的小道消息和法国敌人放出的各种风声来看，德意志皇帝在8月底前控制米兰，将法军赶出意大利，这似乎已是板上钉钉的事了。

Ⅱ. 意大利军的布置

6月末，总司令密切关注着奥地利方的一举一动，意识到对方来者不善。他告知督政府：他当前手上只有3万法军，根本不足以对抗奥地利的强军。他请督政府调遣莱茵军前来增援，或者让莱茵军迅速投入战斗。他提醒督政府履行它在他离开巴黎时的积极承诺：莱茵军4月15日会行动起来。总司令抱怨说，两个月的时间已经过去，可莱茵军那边依然毫无动静。

6月初，武尔姆泽尔率领援军离开莱茵河。该月末，莱茵军和桑布尔-默兹军终于加入了战斗。即便如此，他们也并没给意大利军帮上多少忙，因为那时武尔姆泽尔已经杀过来了。

法军总司令把所有兵力集合在阿迪杰河和切萨河，没在教皇辖区或托斯卡纳留下一兵一卒，只在费拉拉要塞布置了一个营的兵站，在里窝那留了两个营。他还尽量削减了科尼、托尔托纳和亚历山德里亚的卫戍兵力，把所有可调遣的军队全都集合在自己手上。曼图亚城开始暴发疾病，尽管人们事先已经考虑到疾病因素，只留了很少兵力围在城前，[527]可我军依然损失惨重。

即便总司令从各处调兵遣将，也只有3万正规军可用。他就要带领这支军队，和奥地利宫廷的主力军队展开殊死决战。

意大利各地和蒂罗尔的联系极为密切，而蒂罗尔正是敌军所有兵力的集合点。可以想见，看到敌军这番紧锣密鼓的筹备工作，人们心中是多么惶恐不安。法国支持者慌了手脚，奥地利追随者则是扬扬得意、咄咄逼人。不过，法国这样一个强国居然会让一支曾给它争来无数荣耀的军队陷入孤立无援的绝境，此事让所有人都大感震惊。军中士兵平日里经常接触当地居民，连他们都隐约听到点儿风声。

7月末，索雷将军把他的营地设在了萨洛，一条连通特伦托和布雷西亚的道路经过该地，于是他负责守住切萨河的这个出口。马塞纳领了一个师来到布索伦哥，让茹贝尔的那个旅占领了科罗纳和巴尔多山，把剩下的兵力放在了里沃利高地。达尔曼尼率领一个旅驻守维罗纳；奥热罗带着一个师占领了波尔图-莱尼亚诺和阿迪杰河下游。纪尧姆将军领兵来到佩斯基耶拉；拉勒曼德舰长指挥六艘双桅战船，负责在那里守住加尔达湖。塞律里埃负责猛攻曼图亚城。凯尔曼尼则指挥步兵作战。

Ⅲ. 武尔姆泽尔的作战方案

武尔姆泽尔可经过布伦塔，走阿迪杰河边的维琴察和帕多瓦，由此突破法军的封锁。这么做的话，他能避免在山路行军，但他和曼图亚城就会被阿迪杰河分隔，而且经过布伦塔时势必要和法军苦战一番。他也可以在阿迪杰河和加尔达湖之间打破防线，占领巴尔多山和里沃利高地，让他的炮兵和辎重走阿迪杰河左岸的堤道，一路畅通无阻地到达曼图亚城。^{528}可如此一来，只有拿下里沃利高地，他的炮兵和骑兵才能与步兵会合，所以在与炮兵、骑兵会师之前，他必须拿下一场关键性的战斗。

他决定采取第二个方案，却没考虑到其中的不妥之处。武尔姆泽尔得知曼图亚城前面设防的阵地已被法军拿下，该城情况万分紧急，于是快马加鞭，一连赶了十天的路。他将军队分成三个部分：首先是兵力最强的中军，该军由四个师组成，有4万兵力。中军走巴尔多山突破防线，并占领了从阿迪杰河到加尔达湖之间的所有地区。其次便是左翼军，左翼军由炮兵、骑兵和辎重队组成，另外还有一个师的步兵，该师有1～1.2万人。左翼军沿阿迪杰河左岸堤道前进，依照计划，它应当或者走里沃利高地，或者走维罗纳的几座桥，穿过阿迪杰河，和大军会合。最后是右翼军，它由三个师组成，有3～3.5万人。右翼军沿着加尔达湖左畔前进，之后再走伊德罗湖右畔，穿过切萨河，如此一来，这支军队就绕过了明乔河，一举斩断了法军在米兰的一条主要干道，还包抄了整个曼图亚城。这便是敌军的方案。可惜敌军统帅太过自信和轻敌了：他笃定我们会失败，都开始想着如何斩断我们的后撤线了。觉得胜利在望的武尔姆泽尔提前包围了法军，以为法军定会死磕曼图亚城，围住这个固定点就困死了法军，仿佛法军离不开曼图亚城似的。

IV. 7月29日，武尔姆泽尔走巴尔多山、维罗纳的罗韦雷多堤道和切萨河堤道，突破防线

7月末，法军主营转移到了布雷西亚。28日晚上十点，法军总司令离开布雷西亚，视察前线岗哨。^{529}29日中午，他抵达佩斯基耶拉，得知科罗纳和巴尔多山遭到重兵进攻。下午两点，敌军轻骑兵登上维罗纳和

蒂罗尔之间的山峰，和我军发生激战。总司令一整晚都在后撤，把主营迁到了位于阿迪杰河和明乔河之间的卡斯特拉-诺沃。他在该地能更加便利地收到全军上下发来的报告。

当夜，总司令得知：茹贝尔在科罗纳遭到一支军队的进攻，经过一整天的抵抗后，不久前撤到了里沃利高地；马塞纳遭到猛烈进攻；加尔达湖和阿迪杰河之间的所有山地上发生了激战；根据法军在维罗纳高地发出的信号弹，敌军在天黑时往那里增加了兵力；蒙特贝洛-卡斯泰焦、维琴察、巴萨诺、莱尼亚诺这边尚无动静，也没敌军出现，但布雷西亚这边出现了敌军的三个师，他们冲出了切萨河谷。其中一个师占领了圣奥赛托高地，似乎直扑布雷西亚而来；另一个师在加瓦尔多布阵，对蓬特-圣马科和洛纳托虎视眈眈；而第三个师扑向萨洛，已经在那里开战。

没过多久，他又得知占领圣奥赛托高地的那个师已朝布雷西亚派出先锋军，由于当时法军只在布雷西亚留了300名伤员守卫医院，敌军轻轻松松就拿下了这座城市。所以，我军通过布雷西亚和米兰联络的这条线被斩断了，以后只能通过克雷莫纳和米兰城取得联系。

敌军沿着从布雷西亚到米兰、克雷莫纳和曼图亚城的所有大道行军，到处宣称他们有一支8万人的军队已在布雷西亚那边取得突破，而且另有一支10万人的军队也攻破了维罗纳的防线。

总司令还得知，直扑萨洛而去的敌军的那个师和索雷有过交手。索雷得知另外两个师正赶赴布雷西亚和洛纳托后，[530]担心敌军截断自己和布雷西亚及大军的联系，觉得眼下还是退守德让扎诺为好，于是他把居约将军留在萨洛，让他带着1500人守在一座暂时充当碉堡的旧城堡中。在加瓦尔多的敌军的那个师已向蓬特-圣马科派去了几支军队，驻守那里的一个轻骑兵连应该能阻止他们的行动。

V.法军总司令果断做出决定——7月31日，萨洛战役

这时，武尔姆泽尔的进攻意图已经很明显了。敌军如果把三支军队集结起来发动进攻，法军必败无疑，但如今法军不用同时对付左、中、右三路敌军，只需和其中一支军队对战，兵力就不存在太大的差距了。

法军总司令当即就做出了决定。敌军先下手为强，且想维持住"先手"的优势地位，于是法军总司令决定夺回先机，打对方一个措手不及。武尔姆泽尔以为法军会固守曼图亚城。拿破仑立刻决定放弃这座要塞，采取灵活作战的策略，丢弃阵地行装，带着集合后的所有兵力朝敌军一路军队迅速发起进攻，再回头把其他敌军各个击破。奥地利军中最好对付的便是走切萨河和布雷西亚突破防线的右翼军，于是他率先朝它发起了进攻。

7月31日晚到8月1日，塞律里埃把手中所有的攻城炮架和炮床一一焚毁，把火药丢到水中，埋好标枪，钉死大炮，放弃了对曼图亚城的包围。

奥热罗从明乔河边的莱尼亚诺赶到博尔盖托。马塞纳在30日这一整天都死守住阿迪杰河和加尔达湖之间的高地。达尔曼尼领兵奔向洛纳托。

总司令来到德让扎诺后面的山岗地带。[531]他让索雷返回萨洛，以解居约将军的燃眉之急。居约将军被困萨洛，和敌军整整一个师的兵力血战了48小时，遭到敌军的5次猛攻，路上的尸体堆得跟小山一样。索雷抵达萨洛的时候，敌人正发起新一轮的进攻。索雷朝敌军侧翼发起进攻，彻底冲破了敌军阵线，夺得对方军旗，将居约成功救出。

与此同时，正在加瓦尔多的奥地利的那个师朝洛纳托杀了过来，想

夺取高地阵地，和已到明乔河的武尔姆泽尔会合。总司令亲自指挥达尔曼尼的那个旅和该师作战，取得了辉煌胜利。第32旅为这场胜利也出力不少。敌军四下溃逃，损失极为惨重。

败在索雷和达尔曼尼手上的敌军两个师在加瓦尔多集合。索雷担心节外生枝，便回头把阵地设在了萨洛和德让扎诺之间的一处地方。

在此期间，武尔姆泽尔的炮兵和骑兵通过了维罗纳的各座大桥。他已完全控制了阿迪杰河和加尔达湖之间的所有地区，并把手下一个师部署在佩斯基耶拉的高地，以掩护佩斯基耶拉，保住他的通信线。他把另外两个师和一部分步兵安排在博尔盖托，以夺取明乔桥，突破切萨河，和右翼军取得联系。然后，他带着剩下的两个步兵师和骑兵朝曼图亚城前进，以帮助该城脱围。

但法军早在24个小时前就已全部撤离曼图亚。武尔姆泽尔来到那里后，只看到空荡荡的壕沟，大炮被丢在阵地上，炮座全被掀翻，火门全被钉死，火炮、炮床和各式军火武器的残骸撒了一地。武尔姆泽尔很高兴，看来法军是赶在自己到来之前仓促撤出的。他觉得眼前的一切完全证明了法军出逃得多么慌张，却没料到这是我军精心策划。

30日一整天，马塞纳牵制住了敌军。[532]当夜，他在佩斯基耶拉渡过明乔河，朝布雷西亚继续前进。守在佩斯基耶拉前面的奥地利的一个师发现明乔河右岸布满了狙击兵。这批狙击兵是总司令从卫戍部队和马塞纳留下的后卫军中抽调过来的，奉命争夺明乔河过河通路。如果打不过敌军，他们就在洛纳托集合。

在赶往布雷西亚的路上，奥热罗在博尔盖托渡过明乔河。他斩断桥，留下一支后卫军守在河岸。如果抵不住进攻，这支军队也可在卡斯蒂廖内集合。

7月31日到8月1日的夜里,总司令带着奥热罗和马塞纳的两个师朝布雷西亚前进,并在早晨十点抵达目的地。敌军在布雷西亚的那个师得知法军全军正从各方朝此地赶来,不敢多留,只能狼狈后撤。先前奥地利人进入布雷西亚城的时候,只在城中发现我们的伤员,他们在这里停留了没多久,就不得不赶紧离开,甚至都没时间辨认战俘身份,进行相关处置。

德斯皮诺伊将军和副官长埃尔班每人带着几个营的兵力,在圣奥赛托和切萨河各个出口围剿敌军。

奥热罗和马塞纳的两个师掉头从明乔河畔出发,往回急行军,以支援它们的后卫军。

Ⅵ. 8月3日,洛纳托战役

8月2日,右翼军奥热罗的军队控制了蒙泰基亚罗;中军马塞纳的部队镇守在蓬特-圣马科,和左翼的索雷连在了一起;索雷守在萨洛和德让扎诺之间的一个高地,以牵制敌军的整个右翼军队。

可奥热罗和马塞纳留在明乔河的后卫部队一看到敌军就后撤了,敌军几个师渡过了明乔河。奥热罗的后卫本应奉命在卡斯蒂廖内集合,却提前离开,和大军会合,整支队伍乱成一片。

拿破仑对指挥这支部队的瓦莱特将军大为不满,[533]认为他缺乏决断,当着全军上下的面将其解职。至于负责指挥马塞纳后卫部队的皮戎将军,其军队则依照命令整齐有序地回到了洛纳托,并在此地坚守。

由于瓦莱特将军的失策,敌军在2日占领了卡斯蒂廖内,在那里筑壕固守。

3日,洛纳托战役爆发。武尔姆泽尔手下的两个师从博尔盖托赶来,发起进攻,配合其行动的还有留在佩斯基耶拉那个师下面的一个旅。加上骑兵，敌军共有3万人，法军则有2~2.3万人。①从这里就可看出，此战胜败已定。武尔姆泽尔和被他带到曼图亚的那两个步兵师和骑兵都没有来增援。

拂晓时分，敌军朝洛纳托发起进攻，而且攻势甚猛。他们打算拿下此地，好和右翼军连起来。实际上，武尔姆泽尔开始对他的右翼生出隐隐的担心。马塞纳的先锋军被击败，敌军夺下了洛纳托。正在蓬特-圣马科的总司令亲自领兵，以夺回该地。奥地利军把阵线拉得太长，一直想击倒我军右翼，好打通他和萨洛之间的联络线，但最后战败了。我军在战鼓声中夺回了洛纳托，斩断了敌军阵线。一部分敌军退回明乔河，另一部分敌军朝萨洛后撤，但他们前有索雷将军堵路，后有圣希莱尔围追，很是狼狈。

由于四面受敌，敌军被迫放下武器。虽然我们中军遭到攻击，但是我们也让敌军右翼吃尽苦头。当天，奥热罗接近了占领卡斯蒂廖内的敌军军队，经过一番激战，以少胜多，将其击溃。敌人吃尽苦头，丢了卡斯蒂廖内，撤到了曼图亚，虽然那里有他们的大批援军，可是这一天的战斗已经结束了。我们在这场艰苦卓绝的战役中折损了不少勇士，表现极为突出的贝朗将军和普拉伊上校战死沙场，让全军上下倍感痛心。

VII. 敌军右翼三个师和部分中军投降

534当夜，敌军右翼三个师得知他们在洛纳托战败，在大炮的轰鸣声中，他们彻底失去了士气。眼下他们和大部队会合无望，法军好几个师又正朝他们所在的地方行进，直冲他们而来。他们觉得法军多得不计其

---

① 军报中说武尔姆泽尔只从莱茵河带来2万人，但本章说有3万，这个数据是有据可查的。当时两军兵力悬殊，法军总司令认为有必要在军报中把敌军人数报少一点儿，这样才不会影响法军士气。这也可以解释本书和官方资料在许多地方上的数据差异。

数，简直到处都是。

武尔姆泽尔先前为了追击塞律里埃，从曼图亚向马尔卡里亚派出一支军队。他这是在白费功夫，因为如今他不得不让这支军队回头赶往卡斯蒂廖内。4日，武尔姆泽尔完全乱了阵脚，一整天都在忙着集合军队，重组在洛纳托战败的部队，给他的炮兵部队提供补给。

下午两三点的时候，法军总司令前来视察军队的情况，发现我军仍有4万可战斗兵力，情况大好。于是他下令众人在卡斯蒂廖内修筑战壕，他则赶往洛纳托，亲自监督军队的行动，以保证大军能在当天夜里在卡斯蒂廖内周围集合。此事至关重要。白天一整天，索雷和埃尔班、达尔曼尼和圣希莱尔分别从两边追击敌军右翼的三个师，顺便围堵在洛纳托战役中和中军断了联系的军队。他们不给敌军留一丝喘息的机会，一路抓捕俘虏。敌军在圣奥赛托的几个营放下武器，在加瓦尔多的几支军队也弃械投降，剩下的一些则逃窜到附近的河谷中。

逃窜出来的这四五千人从当地农民口中得知，法军在洛纳托只有1200人，于是他们朝该城前进，希望打通一条前往明乔河的通路。下午四点，从卡斯蒂廖内赶来的拿破仑进了洛纳托城。属下向他通报说，敌军派了一个军事谈判代表过来。与此同时，他还收到敌军拿起武器的消息，几个纵队从蓬特-圣马科那边突出重围，[535]看样子是要进入洛纳托，逼迫法军投降。

然而，萨洛和加瓦尔多自始至终都在我军的控制中。很明显，这些败军是在虚张声势，想开出条路来。拿破仑让他的几个参谋官骑马把军事谈判代表带过来，在人来人往的主营中解开他眼睛上的绑带，跟他说："去告诉你们的将军，我给他八分钟时间投降。他已被法军团团包围，过了这个时间，他就无路可走了。"

敌军在这三天里东奔西跑，本就疲乏不堪、茫然无措，不知前路在何方，如今听了这话，更觉得自己被农民骗了，于是弃械投降。仅仅这一件事，就能看出奥地利这几个师当时纪律涣散到什么地步。他们先后在萨洛、洛纳托、加瓦尔多吃了败仗，又被到处追击，已经几近崩溃了。4日白天剩下的时间和整个晚上，我军都在忙着清点敌军投降的队伍，把他们押往卡斯蒂廖内。

Ⅷ. 8月5日，卡斯蒂廖内战役

5日，天亮之前，集合后总计2.5万人的法军整个军队——包括塞律里埃那个师——占领了卡斯蒂廖内高地这个绝佳位置。塞律里埃将军收到命令，带领围守曼图亚城的那个师连夜行军，在白天扑向武尔姆泽尔左路的后方，打响了战斗的枪声。此次出其不意的进攻只有一个目的，那就是振奋士气，而且为了进一步配合此次进攻，法军虚晃一枪，然后佯装后退。

很快，塞律里埃部队响起了第一声炮声。当时塞律里埃身体抱恙，于是菲奥雷拉代其指挥军队。我军勇猛地朝敌人扑过去，对本来就军心不稳、再无先前气势的敌军部队发起进攻。平地中间有一座小山丘，成了敌军左路的一个极佳的保护屏障。副官长韦迪耶奉命朝此处发起进攻。总司令副官马尔蒙指挥20门大炮猛烈轰炸这座山丘，[536]将其一举拔除。马塞纳从右边进攻，奥热罗从中间进攻，菲奥雷拉则从左边进攻。我军大获全胜，敌人溃不成军。要不是法军过于疲乏，武尔姆泽尔的这些残部根本就逃不出去。他们丢盔弃甲地退到明乔河，武尔姆泽尔还想在那里整顿军队，想留在此地，和曼图亚保持联系，然而奥热罗的那个师已经开始赶往博尔盖托，马塞纳也在向佩斯基耶拉挺进。

守在佩斯基耶拉的纪尧姆将军手上只有400人可用，为了更好地守住阵地，他让人将城门筑墙堵死。要清除城门障碍，至少得要48个小时。士兵必须越过障碍，才能向敌军发起进攻。围困佩斯基耶拉的奥地利军精神饱满、精力充沛，在很长时间里顶住了第18纵队的进攻，但最后他们依然被击溃，损失了18门大炮，许多人被俘。

总司令带领塞律里埃那个师朝维罗纳前进，并于7日夜晚抵达该城。武尔姆泽尔紧闭城门，想在当夜运出军队辎重。我军用大炮轰开城门，占领了维罗纳。奥地利军在这里损失惨重。奥热罗那个师在博尔盖托遇到许多困难，于是返回佩斯基耶拉。

为了保住明乔河阵线，武尔姆泽尔想守住巴尔多山和罗卡-丹福的重要阵地。圣希莱尔将军朝罗卡-丹福挺进，在劳登河谷击溃敌军，俘虏了对方无数士兵。我军占领了里瓦，武尔姆泽尔被迫烧毁他在那里的军舰。马塞纳扑向巴尔多山，夺回了科罗纳。奥热罗沿着阿迪杰河左岸往上游走，沿着山脊一直赶到了阿拉城的高地。敌军撤退时损失甚大，士气全无。

在洛纳托和卡斯蒂廖内两地连连战败后，武尔姆泽尔大概意识到，[537]他已再无力阻止法军占领他们为了保住阿迪杰河防线而誓要拿下的地方了。于是，他退到了罗韦雷多和特伦托，法军也需要休息整顿。武尔姆泽尔的军队经过连连惨败，兵力大减，但人数依然和我军持平。可即便存在兵力差距，意大利军的一个营照样能把敌军四个营杀得屁滚尿流。我军一路都在接收大炮、战俘和军用物资。

武尔姆泽尔的确给曼图亚守军补充了供给，但到了这个时候，他应该让自己的所有精锐部队——包括炮兵——返回曼图亚才对。此时他尚有4~4.5万人可用。不过因为连吃败果，这支虎狼之师已经士气大减，全军上下气馁不已，再不像开战时那般信心满满、志在必得了。

放在其他环境中，如果对手换作别人，武尔姆泽尔的作战计划还有几分成功的把握，如今这套方案反而让他走入绝境。乍一看，这支王牌之师之所以失败，是因为法军总司令灵活用兵：他随时都能想出巧计，来克制敌方统领事先制订好的计划。可细想之后，我们得承认：武尔姆泽尔的这个方案从根本上就是错的。他错误地把手下军队分割开来，之间毫无关联；可它们面对的是一支高度集中化、沟通良好的军队。

奥地利右翼军只能通过罗韦雷多和洛德罗纳两地和中军取得联系。把右翼军割裂开来，让它那几个师各自为政，这是武尔姆泽尔犯下的另一个错误。在布雷西亚的那个师根本无人理会。在洛纳托的那个师要对付的那支法军，昨晚还在维罗纳和奥地利左翼军对阵；这支法国军队第二天杀到洛纳托后，奥地利左翼军就无事可做了。奥地利军内部也是参差不齐：被武尔姆泽尔从莱茵河带过来的军队，一个个表现出众，渴望夺取胜利；已经吃过败仗的博利厄的旧部却消极悲观，拖累众人。武尔姆泽尔的一个安排更是让情况雪上加霜——[538]他的右翼军大部分都是匈牙利人，这支军队臃肿迟钝，迷路后都不知道怎么从山里出来，而且语言不通，连问路都问不了。

IX. 第二次曼图亚包围战

曼图亚解除封锁后的前几日，奥地利守城军忙着破坏攻城设备，把能用的零件军火都运进城里。但由于武尔姆泽尔连连败北，法军很快再度兵临城下。由于缺少大炮等设备，法军再无力发动围城战。原来那台大炮的零件本来就是法军千辛万苦从意大利各个地方搜来的，如今几乎全部丢失。此外，当时的天气极其恶劣，强行开凿壕沟是件极其危险的事。所以，法军总司令手上一台攻城装备都没有，根本不能保证在六周内夺下曼图亚。但他没把时间浪费在寻找第二门大炮这件事上，万一在此期间发生了什么变故，法军必须第二次从曼图亚拔营，新组装的这门大炮又会落入敌人手里。所以，他只进行了简单的封锁。萨于盖将军领命，开始进攻戈维诺罗；达尔曼尼负责进攻博戈福泰。就这样，这两位将军控制了整个塞拉格里奥地区，把敌军赶进曼图亚城，从外面封死了这座要塞。法军忙着在城外加修棱堡和防御工事，力图把布在这里的兵力减到最少。这么做事出有因：这些天来，热病在围城部队中蔓延；更令人不安的是，随着秋天的来临，热病会越来越厉害。实际上，守城方也遭到了此病袭击，人数大减。

X.意大利各族人民在这场危机中的表现

[539]在刚刚过去的这几天，意大利的态度很能说明问题。每个人都卸去了自己的伪装，亮出真正的立场。克雷莫纳、卡萨尔-马焦雷站在敌方阵营，帕维亚也略微有些敌对倾向。不过伦巴第总体上对法国持友善态度，尤其是米兰，几乎全体人民都对法军表现出极大的忠诚。他们争取到了我们的信任，并拿到了他们一直要求得到的武器。法军总司令非常满意，给他们写了一封信：

"我军边撤边打时，奥地利追随者和自由的敌人以为我军大势已去。当时，我们没办法告诉你们，此次撤退只是诱敌之术。可你们那时表现出了对法国的忠诚，对自由的热爱。你们凭着自己的热忱和品格得到了我军的尊重，更能得到法兰西共和国的保护。

"每过一天，你们的人民就愈加配得上自由的馈赠，愈加拥有活力。某一天，你们一定会光荣地站在世界舞台上。请允许我代表法兰西人民，满心欢喜地真诚祝福你们更加自由、更加幸福。"

博洛尼亚、费拉拉、雷焦、莫达讷的人民对我国大业表现出极大的关切之情。巴马老老实实地遵守停战协议，但摩德纳摄政政府宣称和我们为敌。在罗马，有人当众羞辱法国人，宣称要把他们赶出意大利。罗马政府拒不履行还未完成的停战协议条约。总司令大可严惩他们的这等行为，但他在操心更要紧的事，只好决定推迟对这些城市的惩治——如果它们不在谈判中表示忏悔的话。

担任费拉拉的大主教——红衣主教马泰听到曼图亚城解除封锁的消息后，大为欣喜，[540]立刻号召人民反抗法军。他占领了费拉拉的一座堡垒，在那里升起教皇旗。教皇立刻向他派来一个特使，违背了停战协议。卡斯蒂廖内战役之后，法军总司令派人逮捕马泰，将其押往布雷西亚。被解除职务的红衣主教只说了一句话："Peccavi！"[①]总司令就怒火全消，只把他在布雷西亚的一座神学院里关了三个月。之后，这个红衣主教还当上了教皇特使，被派到托伦蒂诺。红衣主教马泰来自罗马的一个贵族大家，他学识浅薄、才能有限，却被视为忠诚之士，一板一眼地践行着天主教教义。庇护六世死后，维也纳宫廷在威尼斯教皇选举会中不断闹事，意图把他推上教皇之位，最后没能成功。伊莫拉主教基亚拉蒙蒂赢了他，当上教皇，名号是庇护七世。

阿尔科战役

1796年11月2—21日

从阿万齐发起进攻到他的军队被彻底逐出的19天

Ⅰ.阿万齐元帅成为奥地利军新任统帅

这时，法国的莱茵军团和桑布尔-默兹军团在德意志吃了败仗，退到莱茵河畔。奥地利宫廷在意大利一败涂地，正丧气不已，听到传来的捷

[①] 我认罪。——译者注

报，心中宽慰许多，[541]觉得可以趁机杀杀法国人的傲气。奥地利发布命令，要再组建军队，以解困曼图亚，救出武尔姆泽尔，夺回他们先前在意大利的地盘。它在弗留利集合了4个步兵师和1个骑兵师，在蒂罗尔集合了2个师，总兵力多达6万人。这些军队的一部分人先前在德意志打过胜仗，一部分人从武尔姆泽尔军队整编而来，还有1.5万个被临时征召来的克罗地亚人。统领军队的大权被交给了阿万齐元帅。蒂罗尔那支队伍大约有1.8万人，是一支令人不可小觑的队伍，其指挥官是达维多维奇将军。威尼斯元老院暗地支持奥地利人，向他们暗示：法国胜利之日，就是奥地利贵族制度灭亡之时，原本封闭自守的奥地利人民已被法国腐化了，天天喊着要革命。罗马教廷的举动更是直白：武尔姆泽尔战败后，它意识到自身难保，把得救的全部希望都压在奥地利身上。它拒不履行《博洛尼亚停战协议》的一切条约，万分惊恐地发现：法军总司令表面采取缓和手段，延长谈判时间，实际上是在静等时机，等机会找他们秋后算账。听闻奥地利人在德意志获胜，再得知法军人数极少、军中暴发疾病的消息，罗马教廷喜出望外。它立即采取行动，调动军队，在修道院和教士的协助下煽动民心，鼓吹法军是多么不堪一击、奥地利人是多么不可抵挡。

Ⅱ.法军状态良好，意大利人民渴望法军战胜

法军总司令一直在等国内的增援。他向督政府大力主张让北方军再渡莱茵河，或者政府再给他派5万人过来。督政府满口承诺，[542]却只从旺代派来4个团，不过该省人民的斗志倒是不错。此次增援的8000人，两个月内陆续到达意大利。它们为法军提供了极大的支持，弥补了它前几个月遭受的损失，让法军可战斗兵力保持在3万人上下。与此同时，无数封信源源不断地从蒂罗尔、弗留利、威尼斯、罗马传来，一直说这

些地方如何摩拳擦掌，准备对付法军。然而这一次，因为意大利人民的支持，再加上其他许多因素，意大利局势大变，再不是洛纳托和卡斯蒂廖内战役前的样子。法军的告捷和奥地利的连连惨败扭转了意大利的舆论：先前有四分之三的意大利人认为法军不可能保住胜局，可如今四分之三的意大利人认为奥地利绝不可能再夺回从前的地盘。听到法军4个团从法国抵达意大利，民众顿时炸开了锅。这4个团以营为单位，分成12支纵队行动。我军采取各种手段，让当地民众和部分军队认为我们是得到了12个团的增援。

人们认为，曼图亚已陷入缺衣少食的境地，肯定守不到奥地利军再次发动进攻的时候。所以，即便我们军队听说奥地利自信满满地筹备开战，我军看上去依然胜券在握。我军粮草齐全，士兵待遇优厚、衣食无忧；大炮数量充足，一个个都上了膛；骑兵虽然数目不多，但兵强马壮，处在极好的战斗状态中。

我军控制下的所有地区里的百姓，如今已和我们形成了利益共同体，从内心深处期盼我军大获成功。波河外的地区也是类似态度，罗马国务秘书兼红衣主教呼吁各地组建教皇军，它们对此完全充耳不闻。可怜的罗马宫廷无智少勇、才疏气短，完全不足为惧。

III. 布伦塔战役，沃博瓦狼狈撤出蒂罗尔

[543]11月初，奥地利把主营设在科内利亚诺，并在皮亚韦河左岸设了大量岗哨。在蒂罗尔地区，敌人在拉维斯河对岸组成防线，和我军守军形成对抗之势。阿万齐的方案非常直白：他没有学武尔姆泽尔那样从蒂罗尔发起进攻，因为他担心自己被困山中，无法脱身。他认为法军之所以在洛纳托和卡斯蒂廖内取胜，是因为他们战术灵活，所以他决定在平原上发起主攻，经维罗纳、维琴廷和帕多瓦抵达阿迪杰河。11月2日，阿

万齐在皮亚韦河上建了两座行军桥，带领4.9～5万人直扑巴萨诺。马塞纳察觉到敌军的动向，牵制住阿万齐的所有纵队，逼得他不得不使出浑身解数来摆脱我军的纠缠。马塞纳为我军争取到了几天时间，然后退到维琴察，在那里和法军总司令会合。总司令带领奥热罗的一个师以及曼图亚的一个旅赶了过来，他手上有了2～2.2万兵力可用。拿破仑的计划是：打败阿万齐，随后前往特伦托，再突然掉头，朝蒂罗尔的奥军发动背后袭击。渡过布伦塔河的阿万齐在5日遭到攻击，被我军击败。他手下所有师都被驱逐到了布伦塔河之外。

沃博瓦从11月2日开始和敌军交战，但怎么也不能打下特伦托或中间某块阵地。他那个师再没争夺地盘的心思，狼狈地回到维罗纳。这一切让人觉得，科罗纳和巴尔多山的阵地已经拦不住敌军了。更糟糕的是，我军开始对曼图亚包围战没了信心。总司令不得不朝维罗纳撤军，并及时抵达该地，和沃博瓦会合，以保证巴尔多山和里沃利的阵地不会失守。他在里沃利高地上检阅了沃博瓦的那个师，严厉地对他们说：

"[544]士兵们，我对你们很不满意。你们没有表现出任何纪律和韧性。才吃了一次败仗，你们就放弃了。你们无力赢下任何一块阵地。你们居然从一块一夫当关、万夫莫开的阵地上狼狈撤退。第85纵队和第39纵队，你们不配当法国士兵。把你们的军旗给我，我要在上面写一句话：他们再不是意大利军！"一开始，全军上下一片沉默，所有人都愣住了。随后，人群中响起哽咽声，大家一个个泪流满面。这些老兵一时难以控制情绪，放下武器，抬袖子擦眼泪。总司令只好又跟他们说了些宽慰的话。他们高喊："司令，让我们去打前锋，到时你就知道我们到底是不是意大利军！！！"这支被斥骂得最惨的队伍，后来的确被派去冲锋，满载荣誉而归。

Ⅳ.11月12日，卡尔迪耶罗战役

阿万齐展开行动后，在天时地利人和的环境下，收获了好几场胜利。眼下他控制了整个蒂罗尔，还有从布伦塔到阿迪杰河的所有地区。然而他仍有道难关待克服：与法军激战，渡过阿迪杰河。从维罗纳到维琴察之间有条路，全程沿着阿迪杰河走，有3古里长；到了龙科镇那里，这条路才和阿迪杰河分道扬镳，直接90度左转，导向维琴察；到了维拉-诺瓦村，有条叫阿尔蓬的小河拦住道路；这条小河流过阿尔科，在龙科镇和阿尔巴雷多山之间的某个地方注入阿迪杰河。维拉-诺瓦村左边有一片高地，名叫卡尔迪耶罗，是极佳的军事阵地。占领这个地方，我们就相当于控制了一段阿迪杰河，掌握了维罗纳；敌人若朝阿迪杰河下游进军，我们也可以从后面攻他个措手不及。

法军总司令守住巴尔多山，巩固了沃博瓦军队的士气；随后，他打算立刻攻占卡尔迪耶罗，好让我军拥有更好的防御条件和更强的斗志。11日，韦迪耶那个旅打头阵，司令带领我军冲破了敌军在维罗纳的阵线，打败其先锋军，很快就攻到卡尔迪耶罗山脚下，[545]但阿万齐已经占领了这个阵地，并对维罗纳形成倾压之势。12日黎明，我军发现山头上全是阿万齐的军队，大炮架的到处都是。结束地形勘察工作后，马塞纳要向高地发起进攻，好制住敌军右翼。那座高地虽被敌方占领，但我们从对方的防守中寻到一个漏洞，打算在那里开战。劳奈将军带领半个旅冲了上去，夺下高地，却没能守住它，他本人还被敌军俘虏。此时天降大雨，道路很快变得泥泞不堪，我们的大炮根本派不上用场，还遭到敌人的火力压制。我们在各方面都处于不利地位，很难攻下敌人的阵地。于是，进攻方案被叫停。在这天剩下的时间里，我军只能勉强保持战争状态。由于大雨下了整整两天，总司令决定回到维罗纳的营地。

此战双方均有损失，不过按理说，还是敌军取得了胜利。阿万齐的先锋军打到了圣米歇尔附近，法军处境不妙。

V.影响法军士气的各种怨言和负面情绪

沃博瓦在蒂罗尔战败后，他的军队折损极其严重，手上只剩6000人了。另外两个师在布伦塔英勇奋战之后撤到了维罗纳，并没参加卡尔迪耶罗战役。所有人开始觉得敌军实力强大，沃博瓦手下的将士为了替自己的失败辩解，就说他们以一敌三，最后才败下阵来；士兵甚至在拿破仑的眼皮子底下抱怨敌军人数甚多。两个师吃了败仗后，我军战斗人员只剩不足1.3万人。

敌军当然也有损失，但还是略胜一筹，在士气上占了上风，而且摸清了法军的人数。他们觉得，解围曼图亚、夺回意大利已是十拿九稳的事了。[546]他们从各地收集大量云梯和其他攻城设备，打算一举拿下维罗纳。曼图亚城的守城军队也开始活跃起来，频频出城骚扰我军的围城部队。我军留在那里的队伍本来人数就少，根本无法牵制住强大的守城敌军。这些日子，人们每天都会收到消息，说敌军又得到援兵了。而我们呢，指望不上任何人！奥地利、威尼斯和教皇手下的官员更是在那里扯着嗓子吆喝阿万齐取得怎样的战果、对我军形成怎样的压倒性优势。我们也无法攻打任何一个地方：一边是卡尔迪耶罗，我们没办法将其打下来；另一边是蒂罗尔这个要冲，而沃博瓦不久前才从这里惨败而归。我们有向阿万齐发起攻击的阵地，可敌方在人数上比我们多太多了。无论怎么看，我们现在也不能主动进攻，只能把先手权让与敌军，然后静等时机。当前这个季节天气极其恶劣，我军完全在泥水里摸爬滚打。卡尔迪耶罗战役、蒂罗尔战役极大地影响了我军士气。倘若敌我兵力持平，我们尚有几分把握；可如今我军在人数上落了下风，大家便觉得再也抵挡不住敌军了。进入意大利后,许多勇士经历了许多场战斗,浑身上下伤痕累累。总之,大家情绪都很低落。

他们说:"我们不能独力完成所有的任务。阿万齐把军队布在这里,莱茵军和桑布尔-默兹军却往后撤兵,过着逍遥的日子。为什么我们要去做他们该做的事呢?他们还不给我们增派援军。要是我们被打败了,就得灰溜溜地返回阿尔卑斯山。即便我们打赢了,新的胜利又能给我们带来什么呢?奥地利还会派出第二个阿万齐来对付我们,就像当初阿万齐接替武尔姆泽尔一样。在这场实力悬殊的战争中,只有我们被击垮了,一切才有个头。"

[547]拿破仑的回答是:"我们再努力一次,意大利是我们的。阿万齐军队的人数的确比我们的多,但其中一半都是新兵蛋子。打败他们,夺下曼图亚城,我们就是意大利的主人,我们辛劳的日子也就结束了。要知道,曼图亚不仅关系到意大利,还关系到全局的和平。你们想回阿尔卑斯山,可你们再也回不去了。你们已从这片荒山中咬牙走了出来,征服了伦巴第的天府之地。一踏进意大利这片充满欢声笑语的花红柳绿之地,你们就再难忍受那个极寒之地,再无法长期忍受阿尔卑斯山的积雪和冰川了。我们已得到援兵,再等等,更多的援兵还在路上。那些本身就家境富裕、不愿再战斗的人,请他们别跟我们谈什么未来。打败阿万齐,剩下的事我自会给你们答复!!!"这段话回荡在所有勇士的心中,让众将士重燃斗志,把先前那些灰心丧气的情绪一扫而空。就这样,先前还一蹶不振、满脑子想着后撤的军队一下子变得满腔热血,喊着要拿起武器作战。

我军失败的消息传到布雷西亚、贝加摩、米兰、克雷莫纳、洛迪、帕维亚、博洛尼亚,当地的伤员不等身体康复就走出医院,站到队伍中，根本不理会身上的伤口还在流血。这幕令人动容的场景更是极大地激励了全军上下的士气。

Ⅵ.我军朝龙科连夜行军，走一座船桥渡过阿迪杰河

终于到了11月14日。夜幕降临后，维罗纳军营上下拿起了武器。各队人马悄然无声地行动起来，穿过城市，在城外河右岸集合。全军离开的时间点、后撤的行军方向、以往习惯通过发布军报告知众将士战斗在即的上层此刻一反常态的沉默态度、当前的局势情况，一切因素前前后后加起来，让人觉得这就是一次撤兵。[548]一旦撤兵，曼图亚城的法军定然也会撤走，这意味着我军彻底丢了整个意大利。完全寄希望于我军取胜来改变命运的当地居民，忧虑不安地跟在大部队后面，所有人的心都揪了起来，觉得军队也把他们的希望一道带走了。

然而，我军没有走佩斯基耶拉那条路，而是突然左转，沿阿迪杰河前进。日出前，我军抵达龙科。安德烈奥西已在那里搭起了一座桥。在早晨第一缕阳光的照耀下，人们震惊地发现一座简陋的桥从河左岸跨向右岸。见此情景，先前曾在此地跨河追击武尔姆泽尔的众将士开始猜测总司令究竟是何意图。他们发现，既然不能夺下卡尔迪耶罗，总司令便干脆绕过了这处地方；既然他手上只有1.2万人，不能在平原上跟敌军的4.5万人硬碰硬，他就干脆把敌军引到架在无边沼泽中的几条普通堤道上。如此一来，敌军很难发挥人数上的优势，我军先锋能否奋勇血战就成了决定胜败的唯一因素。于是，我军上下又升起夺取胜利的希望，每个人都发誓要一雪前耻、拼死奋战，以配合这个大胆漂亮的作战方案。

凯尔曼尼带领剩下的1500人留在维罗纳，紧锁城门，断绝和外界的一切联系。所以敌军完全不知道我们的行动。

在龙科临时搭起的那座桥位于阿尔蓬河右岸，离它注入阿迪杰河的

地方只有0.25古里的距离。要是该桥建在河左岸的阿尔巴雷多山下面，我军就置身在茫茫平原中。可根据我军的作战方案，我们得深入沼泽，好消除敌军人数上的优势。此外，我们也担心阿万齐收到风声后立刻赶到维罗纳，占领该城，到时在里沃利的军队必然会撤到佩斯基耶拉，进而连累到龙科的部队。所以，我军必须把桥搭在阿尔蓬河右岸。如果敌军进攻维罗纳，我们可从后面向它发起攻击，并从左岸对该城予以支援。可要是我们把桥建在了阿尔蓬河的左岸，这一切构思就无法实现了，因为敌军可以靠近该河右岸，以此为防护，夺下维罗纳。基于这两层原因，我们才把桥搭在了这里。搭建桥的地方还有从龙科城出来的三条堤道，[549]周围全是茫茫沼泽。第一条堤道往阿迪杰河上游方向通向维罗纳；第二条堤道经过阿尔科，通往维拉-诺瓦村，在阿尔科那里通过一座桥跨过阿尔蓬河，该桥离阿迪杰河有一个半古里的距离；第三条堤道则走阿迪杰河下游的方向，通向阿尔巴雷多山。

Ⅶ.11月15日，阿尔科战役第一天

三支纵队沿着这三条堤道往前行军。左路纵队逆阿迪杰河而上，一直前进到沼泽深处。到了那里，人们就可顺畅地和维罗纳保持联络了，这是最为关键的一件事。如此一来，我们能在后面盯住敌军，再不用担心对方进攻维罗纳。右路纵队朝阿尔巴雷多山前进，一直来到阿迪杰河。中路纵队则走中间那条路，朝阿尔科前进。我们的狙击兵已经神不知鬼不觉地赶到了阿尔科的那座桥边上。早晨五点，敌军仍被蒙在鼓里。这时，阿尔科桥上响起了第一声枪响。由克罗地亚人组成、有两门大炮的奥地利两个营接到侦察任务，他们的营地就在那里。这两个营负责守在大部队后面（那里全是军火库），并盯住莱尼亚诺城的卫戍部队，以防这支军队发动进攻。莱尼亚诺离此地只有3古里远。敌军大意

轻敌，把前哨设在了阿迪杰河，他们觉得前面是一块无法穿行的沼泽地带，完全不用设岗。从阿尔科到阿迪杰河的中间地区，敌军毫不设防，仅让几支骠骑兵侦察队每天沿着堤道巡逻三次，看看阿迪杰河的情况即可。从龙科到阿尔科的那条路，往前2英里就是阿尔蓬河，之后道路沿着这条小河右岸往河上游走1英里，那里有一座桥，上桥后直接右转，便进了阿尔科村。克罗地亚人的营地右面是村庄，左面是河口。他们营地的正前面就是堤坝，和他们仅隔了一条小河。我军开枪后，克罗地亚人从侧面拦住了我军直奔阿尔科的先头部队。我军不得不迅速撤到堤道口，因为在堤道侧面不会暴露。人们告诉阿万齐，阿尔科桥上响起几声枪声，[550]阿万齐并没将此事放在心上。但日出后，人们从卡尔迪耶罗和附近钟楼上看到了法军的行动。当时，骠骑兵侦查队依照惯例，在每日早晨出去巡逻，以保证昨夜无事发生。然而他们在整条堤道上都遭到了射击，被法军骑兵队围追堵截。阿万齐根据各方的消息，确信法军已经渡过阿迪杰河，现在正在整条堤道上开火。他觉得，法军把所有兵力都投放在寸步难行的沼泽地中，这简直是愚蠢至极。他还以为法军只派了一支骠骑兵过来，意在扰乱他的注意力，以掩饰法军在维罗纳那边将要发动的进攻。然而他的侦察兵向他汇报，说维罗纳那边一派平静。听到这个消息，阿万齐觉得必须把这些法国军队赶到阿迪杰河对岸，以保证自己后方平平安安。他带领一个师前往阿尔科堤道；另一个师则沿着阿迪杰河堤道前进，奉命把遇到的所有法军杀个干净，把他们全都丢到河里去喂鱼。上午九点，这两个师朝法军发起猛烈的进攻。守在左堤道上的马塞纳把敌军放过来，和他们直接展开肉搏，最后重挫敌军。对方伤亡惨重，许多人都被俘虏。阿尔科堤道上也是类似的情况，敌人一经过桥的拐角处，就遭到我军的迎头痛击，被打得溃不成军，许多人被生擒。

夺下阿尔科具有至关重要的意义，因为我军可以以此地为据点，朝敌军后方发起进攻，并在对方重整队伍期间建好防御工事。然而由于地形原因，我军迟迟未攻下阿尔科桥。拿破仑亲自发起最后一次进攻：他拿下一面旗，冲到桥上，将旗插在那里。他带领的那支纵队已经冲到了桥中央，可由于敌人从侧面开火，此次进攻也以失败告终。由于后面的队伍没跟上来，冲在前面的掷弹兵陷入孤军奋战的境地，被迫后退。但他们不想丢下自己的总司令，于是有的拉住他的手，有的扯着他的头发，有的牵住他的衣服，把他从尸体、伤兵和硝烟中往回拖。途中，总司令一头跌进沼泽地，一半身体都陷在泥里；[551]周围全是敌军。此时，法军发现总司令没跟他们一道回来，有人高喊："士兵们，往前冲，去救司令！"勇士们立刻转头奔向敌军，把他们赶下了桥，将拿破仑救了回来。这一天是奋不顾身的军人精神大放异彩的一天。拉纳将军先前在戈维诺罗受了伤，伤口还没好，就从米兰赶了过来。当时，他站在敌人和拿破仑之间，用身体保护着拿破仑，身上三处负伤。总司令的副官缪伦舍身保护司令，不幸殒命。他死得多么壮烈、多么可歌可泣啊！贝利亚尔、韦尼奥勒在带领部队重新杀上去时身负重伤，英勇的罗伯特将军战死沙场。

我军在阿尔蓬河河口搭了一座桥，好从后方迂回到阿尔科。此时，阿万齐终于明白我军的真正意图，意识到自己当前处在何其危险的境地。他连忙放弃卡尔迪耶罗，拆毁了那里的炮座，把所有军火、辎重和后备军撤回阿尔蓬河。法军站在龙科城的钟楼上，痛苦地看着猎物从手中溜走。可就在那时，看到敌军仓促后撤的样子，众人方才明白法军总司令为何制订这个作战方案。每个人都意识到，他这一盘棋布置得是多么大胆而深谋远虑。敌军为了防止全军被灭，只能仓促逃走。直到四点，居约将军才从阿尔蓬左岸赶至阿尔科。虽然他不费一枪一炮就拿下这座村庄，但此时这么做已没有任何意义了：他来迟了六个小时，敌军那时已经占据了天然的阵地。之后，阿尔科就只是两军前线之间的一个中间哨所而已。可早晨，这座村庄还处在敌军后方。

不过，我们在这一天依然斩获了丰厚的战果：敌军从卡尔迪耶罗撤军，维罗纳解除危机。阿万齐的两个师战败，损失惨重。战场上到处都是俘虏和大批战利品，我军上下狂喜不已，每个人又开始满怀信心，充满胜利的荣誉感。

Ⅷ. 11月16日，阿尔科战役第二天

[552]然而，达维多维奇和他在蒂罗尔的部队昨夜朝里沃利高地发起进攻，打败了沃博瓦，逼得他退守卡斯特拉-诺沃。敌军的先头兵已经出现在维罗纳城门口。由于敌军从卡尔迪耶罗撤兵，凯尔曼尼总算甩掉了阿万齐，对河左岸可以暂时放下心来，他把所有精力都放在了右岸。但仍有一件令人担心的事：如果敌军朝卡斯特拉-诺沃发起强攻，就能逼退沃博瓦，抵达曼图亚城，杀围城部队一个措手不及；之后，他们可和城中守军会合，斩断我军主力和龙科城守军的退路。所以，法军必须在天亮时支援沃博瓦，继续围困曼图亚城，保住军队联络线，击退达维多维奇——要是他在白天继续往前行动的话。为了保证这个方案能成功，就必须精确地算好时间。由于总司令并不确定白天会发生什么事，他只能假设沃博瓦那边已遭遇不测。他令人撤出我们用无数鲜血才换来的阿尔科，把所有军队都后撤到阿迪杰河右岸，只在左岸留下一个旅的兵力和几门大炮。到了这块阵地上后，他令众人煮点儿汤喝，一边喝汤一边等着沃博瓦那边的消息。要是敌军朝卡斯特拉-诺沃进军，我军就得捣毁阿迪杰桥，从阿万齐眼皮子底下直接消失，好在十点赶到卡斯特拉-诺

沃，支援沃博瓦，并在里沃利击败敌军。我们没有熄灭阿尔科阵地上的篝火，还在那里布置下警卫哨，看上去戒备森严的样子，以防阿万齐觉出不妥。凌晨四点，众将士摩拳擦掌，准备上路。就在这时，我军收到消息：沃博瓦依然坚守在里沃利和卡斯特拉-诺沃中间的一块阵地上，并保证能再守一天。当初武尔姆泽尔挥军突破法军在切萨河的防线时，达维多维奇便是切萨河上一个师的统领；他记得从前的教训，不愿再让自己的名誉受损。不过，大约凌晨三点的时候，阿万齐得知法军后撤的消息，当即令人占领阿尔科，并在白天派了两支纵队前往阿迪杰河和阿尔科的堤道，[553]气势汹汹地朝我军扑来。在离我军那座桥200土瓦兹的地方，两军发生交火；我军端着刺刀扑向敌人，把他们一一击溃，并在后面穷追不舍，把他们一直赶到沼泽地带，沼泽中浮满了敌人的尸体。这一天，我军又收获了军旗、大炮、俘虏等战利品，阿万齐新出马的两个师铩羽而归。

晚上，法军总司令运用同样的计谋，把昨晚使过的手段又用了一遍。他把所有兵力都布置在阿迪杰河右岸，只在左岸留了一支先锋部队。

IX. 11月17日，阿尔科战役第三天

此时，阿万齐被一个密探的消息误导了。后者信誓旦旦地跟他说：法军总司令已经再渡阿迪杰河，朝曼图亚城前进了，只在龙科留了一支后卫军。于是拂晓时分，他领兵出营，意图夺下龙科桥。天亮前，我军得知沃博瓦守住了阵地，达维多维奇也没有其他动作，便往阿迪杰河对岸走。走到堤道一半的地方，我军先头部队遇到了阿万齐的另外两个师，旋即展开战斗。我军时进时退，陷入苦战。炮弹都一度飞到桥上去了。第75纵队被击退后，总司令便让第32纵队打埋伏战，把它布置在阿

尔科堤道边上一块不大的柳树林中。这半个旅暴起，朝敌军猛烈射击，然后用刺刀肉搏，把敌军一支纵队绞杀在沼泽中。3000名克罗地亚人在此战中全军覆没。左路的马塞纳战事胶着，但他身先士卒，把帽子顶在佩剑上，挥舞着当作军旗，带领他那个师前进，和敌方进行殊死之战。

午后，总司令觉得结束战斗的时刻到来了。如果沃博瓦在这一天里还是被达维多维奇击败，他就得在当夜支援沃博瓦和曼图亚城。这么一来，阿万齐就会朝维罗纳前进，斩获胜利的荣耀和战果，[554]而法军这两三天的汗水就全白流了。他令人仔细清点战俘数目，统计敌军损失，最后得出结论：敌军在这三天里损失了2万多人，故其战斗人数最多只比我军多了三分之一。于是，他下令部下走出沼泽，准备在平原上发起进攻。

经过这三天的激战，敌我双方士气发生天翻地覆的变化。这个可喜的转变为我军取胜提供了保障。我军跨过架在阿尔蓬河口上的一座桥。总司令副官艾略特在搭建第二座桥的时候死于敌手。下午两点，法军投入战斗，左翼在阿尔科，右翼在前往波尔图-莱尼亚诺的方向直面敌军。敌军右翼背靠阿尔蓬河，左翼背靠沼泽地带。通往蒙特贝诺-维琴蒂诺的路上布满了敌人的骑兵。军士洛尔塞带领六七百人、4门大炮和200匹马从莱尼亚诺出发，以绕过敌军左翼所在的沼泽地带。

大约三点，在从莱尼亚诺出来的这支纵队冲向敌军的时候，全线响起震耳欲聋的大炮声。就在狙击兵快和敌军短兵相接的时候，法军总司令命令骑兵队队长赫拉克勒斯带领50个开路兵和四五个号兵穿过芦苇丛，朝敌军左翼最边上的军队发起进攻。与此同时，莱尼亚诺守军也开始从后面向敌军左翼边缘投射大炮。多明戈非常聪明地完成任务，为这一天的胜利立下汗马功劳。敌军阵线被破，只好撤退，留下大量战俘。

阿万齐把后面的七八千个士兵分成梯队，以保护大军撤退和辎重的运输。如此一来，他在战斗兵力上再不比我们有优势了。我军整晚都在追击敌军残部。阿万齐继续朝维琴察撤退，我军骑兵穷追不舍，一直追到了蒙特贝诺-维琴蒂诺。

抵达维拉-诺瓦村后，拿破仑暂停歇脚，好接收后卫军提交的追击敌军的报告。他走进圣博尼法斯修道院。这里的教堂被改成临时医院，里面有四五百伤员，其中大部分已经死了，发出腐尸的臭味。突然，他听到有人在喊自己的名字，吓得后退了几步。原来这是两三个法国伤兵，他们已在死人堆里躺了三天，其间颗米未进，伤口都没包扎。他们本已绝望，却突然看到他们的总司令，方才得救，并得到精心的照料。

法军总司令参观了卡尔迪耶罗高地，然后朝维罗纳前进。走到一半，他碰到达维多维奇派给阿万齐的一个奥地利参谋官。这个年轻人还以为遇到了自己人。根据他身上的急报来看，这两支队伍已经有三天没有联系了。达维多维奇对发生的一切仍然毫不知情。

X. 法军走河右岸，胜利进入维罗纳

拿破仑走威尼斯门进入维罗纳城。三天前，他们走米兰门神秘地离开了这里。我们实难描述当地居民再度看到我们后是多么震惊和欣喜，哪怕最仇视我们的人都难以保持镇定，对我们心生钦佩。法军总司令从阿迪杰河右岸渡河，朝仍在里沃利的达维多维奇杀过去。达维多维奇节节败退，一直撤到了罗韦雷多。据统计，阿万齐原来有六七万人，却在这几天里损失了3~3.5万人，而且都是他的精锐部队。

我军虽然获得可喜的胜利，却并不是毫无损失。全军上下比任何时候都需要休息。法军总司令觉得现在还没到夺回蒂罗尔的时候，认为打到特伦托就可以了。他已占领了蒙特贝诺-维琴蒂诺、科罗纳、切萨河及

阿迪杰河的要冲。阿万齐退到了巴萨诺，达维多维奇也撤到了特伦托。但我们有理由相信，在奥地利统帅得到援兵之前，我军能迅速攻克曼图亚城。武尔姆泽尔最近频频出城，以搜寻吃食。这一个月来，城中守军口粮减半，士兵面黄肌瘦，出现大量逃兵，[556]医院也是物资紧缺，大批伤员都盼着能快点儿投降。

里沃利战役

1797年1月1日—2月1日
从普罗韦拉发起进攻到曼图亚城投降的一个月

Ⅰ.意大利的情形

威尼斯又招募了几批新的斯拉沃尼亚士兵，每天都有新的军队抵达各个港湾，威尼斯的每座城市中都布有军队。维罗纳和布雷西亚要塞已落入法军手中。贝加莫近来发生骚乱，让法军觉得有必要占领这座要塞，于是巴拉杰-蒂里埃带兵将其控制了起来。

和罗马的谈判工作仍在继续，但并无进展。根据以往的经验来看，我们只有以威胁和武力为手段，才能在它那里有所收获。

法军总司令向米兰宣布，他要离开米兰，前往罗马。他让拉奥斯将军带领由4000个意大利人组成的军队前往博洛尼亚，又往那里派了一支由3000名法国士兵组成的纵队，并让人提前给托斯卡纳大公爵传话：他的队伍要从托斯卡纳借道前往佩鲁吉亚。他本人则动身前往博洛尼亚。曼弗雷迪尼来到博洛尼亚，想请总司令稍稍宽限一下他主子要付的利息。之后他打道回府，深信总司令会向罗马进军。这一次，罗马教廷可一点儿都没被这些表象给糊弄过去，一直按兵不动。它已得知维罗纳采取的作战方案，相信对方这次一定能取胜。然而，得知法军总司令人已在博洛尼亚的时候，罗马国务秘书还是慌了神。不过奥地利公使在一旁给它打气，让罗马觉得：眼下对自己最有利的[557]便是把法军总司令诱到意大利腹地；即便到了教皇必须离开罗马的地步也无甚要紧，因为法军定然会在阿迪杰河惨败。

Ⅱ.奥地利军的情形

这些天来，阿万齐一直援军不断，且人数相当可观。帕多瓦、特雷维兹和整个巴萨诺城布满了奥地利军队。阿尔科战役结束后，两个月过去了。奥地利趁着这段时间，把莱茵河的几个师抽调到了弗留利。莱茵河的法军仍无任何行动，还待在冬营中。奥地利全国上下掀起了一场民族运动，人们在蒂罗尔征召了好几个营的优秀狙击手，毫不费力地说服了他们，让他们相信：他们要保卫家园，帮助奥地利夺回意大利，此举关乎蒂罗尔的兴衰。奥地利最近在德意志取得的几场胜利，以及它在意大利的惨败，极大地煽起了公众的情绪。几个大城市出了几个营的志愿军，维也纳出了4个。就这样，奥地利招募到了一支由1~1.2万名志愿兵组成的援军。维也纳那4个营从皇后①手中领取了由她亲手绣制的军旗。后来他们虽然丢了军旗，但也曾光荣地捍卫军旗。奥地利军由8个师组成，每个师实力不等。这8个师里有好几个骑兵旅，还不包括另外两个骑兵师。人们估计，这支队伍的战斗人员多达8万。

Ⅲ.法军的情形

继阿尔科战役后，法军也得到了2个步兵团和1个骑兵团的增援。步兵团是从普罗旺斯调来的，其中包括第57纵队。援军大约有6000人，

---

① 她便是弗朗茨皇帝的第二任妻子玛丽娅-特蕾莎，父亲是两西西里国王斐迪南四世。

补上了我军在阿尔科战役和曼图亚包围战中的损失。茹贝尔带领实力强大的一个师占领了巴尔多山、里沃利和布索伦哥。雷伊带领另一支实力稍逊的师作为后备军，驻扎在德让扎诺。马塞纳人在维罗纳，其先锋军在圣米歇尔；奥热罗在莱尼亚诺，[558]其手下一支先锋军在贝维拉夸。塞律里埃负责封锁曼图亚城。科罗纳城外遍地都是战壕，维罗纳和莱尼亚诺戒备森严，佩斯基耶拉和皮齐盖托内的防御工作也做得很好。我军占领了布雷西亚、贝加莫的碉堡，富恩特要塞，费拉拉的堡垒和于尔班炮垒。由于我军在加尔达湖上有海军，我们夺取该湖也有了把握。我军在马焦雷湖和科莫湖上也有炮艇，能把这些地方牢牢控制在手里。

Ⅳ. 维也纳宫廷采取的行动方案

武尔姆泽尔曾分三路进攻：右路走加尔达湖上面的切萨河堤道，中路走加尔达湖和阿迪杰河之间的巴尔多山，左路走阿迪杰河左岸。几个月后，阿万齐兵分两路发起进攻：一路走蒂罗尔城，另一路走皮亚韦河、布伦塔河和阿迪杰河。然而由于洛纳托战役、卡斯蒂廖内战役、阿尔科战役，这两个作战方案均以失败告终，于是维也纳宫廷这次采取了新的行动方案，和罗马联手行动。根据敲定的计划，奥地利军要发起两次大的进攻：主攻是在巴尔多山（就如武尔姆泽尔先前做的那样），助攻是在阿迪杰河的帕多瓦平原。负责这两次攻击战的两支军队之间没有任何关系，各自单独行动；只要其中一支军队取得胜利，奥地利就达到了它的首要目的，曼图亚就能脱困。奥地利主要兵力从蒂罗尔向前推进；如果他们击退法军，就能抵达曼图亚城门口，在该城和那支在阿迪杰河上行动的助攻军队会合。但如果主攻方案失败，助攻部队取得胜利，它依然能解曼图亚城之围，给它送去补给。接下来，助攻部队还可以往塞拉格里奥挺进，和罗马取得联系。武尔姆泽尔担任罗马涅城军队的统领；在曼图亚的大批将官和骑兵则着手整顿教皇军队，[559]好打造出一个师来牵制法军。如此一来，法军总司令不得不把军队一分为二，其中一支盯着波河左岸，另一支盯着波河右岸。

维也纳派出一个非常能干的密探，此人一路前进，走到法军设在曼图亚城前的最后一道岗哨处才被一个哨兵抓住。人们用催吐法拿到了被他吞进肚里的一份紧急情报。这份情报被藏在一个蜡质小球中，里面有一封笔画极为纤细的短信，信件署名人是弗朗茨皇帝。他告诉武尔姆泽尔，他最近即可得救，要他千万沉住气，不要投降，只需撤出要塞，渡过波河（此事不难办到，因为他掌控着塞拉格里奥），去教皇属国指挥教皇军队作战即可。你们看，奥地利皇帝还以为武尔姆泽尔仍控制着塞拉格里奥呢。他的情报真是不准啊。

V.圣米歇尔战役

在执行维也纳宫廷方案的过程中，普罗韦拉负责指挥要在阿迪杰河展开行动的助攻军队，目的是渡过这条河，杀到曼图亚城。这支军队中有维也纳的那几支志愿军，再加上其他军队，总计有3个师、2.5万人。1月初，普罗韦拉把主营设在了帕多瓦。12日，他带领2个师朝蒙塔尼亚纳进军；奥热罗的先锋军驻扎于此，指挥官是勇猛的杜佛将军。与此同时，先前占领过卡尔迪耶罗高地的奥地利第三师也出动了，朝圣米歇尔进发，意图进攻马塞纳在那里的先锋军（马塞纳的主营在维罗纳）。此次进攻实在不算明智。日出时分，杜佛将军遭到普罗韦拉先锋军的进攻。这支队伍全由维也纳志愿军组成，他轻轻松松就把他们制服和击退了。但中午时，奥地利军倾巢出动，杜佛后撤，渡过阿迪杰河，去了莱尼亚诺。普罗韦拉的右翼军，也就是向圣米歇尔发动进攻的那个师，是实力最弱的一个。马塞纳将军出了维罗纳，前来增援他的先锋军。[560]奥地利那个师被击溃，丢盔弃甲地逃到了阿尔蓬河。

就在这个时候，法军总司令抵达博洛尼亚的岗哨口。他得知维也纳派来密探的这个消息，洞察了奥地利军在帕多瓦的动作。他把由意大利人组成的几支军队派到特朗斯帕当的边境，以抵抗教皇军；同时他指挥2000法军从博洛尼亚赶往费拉拉，在那里横渡波河，抵达蓬特-迪拉各斯库洛，和阿迪杰河畔的军队会合。他本人则在博戈福泰渡过波河，来到位于罗韦尔贝拉的主营，并在圣米歇尔战役打得最为激烈的时候抵达维罗纳。到了之后，他当即命令马塞纳在夜幕降临后把他的所有军队撤到维罗纳。

敌军看来已经展开行动了。我军上下全被调动起来，以便能赶到真正的进攻战打响的地方。当夜，人们收到从莱尼亚诺主营传来的消息，得知奥地利全军正朝阿迪杰河下游移动，其参谋部也跟军队走了，还携带了两套搭建浮桥的工具。为人可信的杜佛将军在他的报告中明确地说：大批军队已在他前面展开，他预计有2万人，并猜测这只是敌方的第一阵线。从科罗纳那边发生的事情来看，人们已经确定敌军在阿迪杰河下游展开行动。茹贝尔传来消息，称敌军在12日一整天里不断向他发起进攻，但他守住了阵地，敌军一切行动均以失败告终。

Ⅵ. 阿万齐将军占领科罗纳，在阿迪杰河上建起一座浮桥

法军总司令命令马塞纳一师再渡阿迪杰河，在河右岸集合。13日一整天里，总司令都在等着莱尼亚诺、阿迪杰河和科罗纳三地传来的消息。军队已经做好夜行的准备，于晚上十点整装待发。驻在德让扎诺的那个师已于11日来到卡斯特拉-诺沃，在那里静等命令。

[561]当时下着瓢泼大雨。我军虽然严阵以待，但总司令仍不知道该

把大军带往哪个方向。晚上十点，巴尔多山和阿迪杰河下游传来消息。茹贝尔报告说，13日早晨九点，敌军投入了大量兵力，他战斗了整整一天，虽然阵地大大缩水，但幸好他还是守住了。但下午两点，他发现奥地利一个师走加尔达湖，从左翼围了上来，企图一脚插在他和佩斯基耶拉中间，敌军另一个师也沿着阿迪杰河左岸来到离里沃利1古里远的地方，在河上搭起一座浮桥，渡河后在马贡山的山脚沿河前进，意在夺下里沃利高地。基于这些信息，他觉得当前主力军有必要派出一个旅，好保住里沃利高地这个牵一发而动全身的要塞。他还认为自己必须在四点时放弃科罗纳，好在当天赶到里沃利，且他在第二天九点前必须撤退。敌军已经在阿迪杰河下游登上左岸，而我们就在河右岸。就这样，敌军的计划已经很清楚了。毫无疑问，对方打算动用两大主力部队去攻打巴尔多山和阿迪杰河下游。论实力，奥热罗一个师足以击退敌军，守住阿迪杰河通道。巴尔多山那边的形势则是火烧眉毛，因为敌军夺下里沃利高地后，就能和它的炮兵及骑兵部队会合了。但在敌军夺下这一战略要地之前，我们若向它发起进攻，敌军就只能在没有炮兵和骑兵部队协助的情况下应战。所以，毫无疑问，敌军把里沃利高地选为它的主要进攻点。于是，我军上下直奔里沃利高地而去。总司令在凌晨两点到达此地。

Ⅶ.里沃利战役

当夜月色皎洁，夜空明亮。拿破仑登上各个高地，查看敌军营地的各个阵线。从阿迪杰河到加尔达湖，到处都可看到敌营的篝火，[562]它们把夜空照得一片赤红。从营地分布来看，敌军明显有5支军队，就是昨夜就行动起来的5个师。从篝火数目来看，敌军有四五万人。我军的2.2万人得在早晨六点才能赶到里沃利；即便如此，两军兵力依然悬殊。但我们有一个敌军没有的优势：我们有60门大炮，几千个骑兵。从敌军5个营地的分布来看，他们想在早晨九点或十点向我们发起进攻。右路营地离我军很远，其目标是从后面围住里沃利，所以它不可能在十点前赶到。中路第一师的目标是攻击我军左翼阵地。在巴尔多山山顶、圣马科附近扎营的第二师则意图攻下圣马科小教堂，从里沃利高地冲下来，为左路打开通道。左路的营地就在阿迪杰河边的高地附近，位于河谷中间。驻扎在敌军第五个营地里的好像是支后备军，位于后方。

根据这些信息，拿破仑制订了他的作战方案。他命令已从圣马科小教堂撤出、只让后卫军守住里沃利高地的茹贝尔，稍后再打一场进攻战，夺回小教堂，并在黎明时分把在山顶扎营的敌军中路第二师赶得越远越好。先前，100个克罗地亚士兵从一个战俘口中得知我军从圣马科小教堂中撤出，于是赶来将其占领。茹贝尔在凌晨四点杀回小教堂，提前夺下了这块阵地。

我军和克罗地亚的一个团交火。天亮时分，茹贝尔朝正前方的敌军中路第二师发起进攻，把它击退到巴尔多山的山腰上。奥地利中军第一师加快行动，在九点不到就赶到了里沃利高地的左侧山峦。但它没有炮兵，而驻守这座山峦的第14纵队和第85纵队各有一支炮兵队。第14纵队守在山峦右方，[563]击退了敌军进攻；第85纵队则被击败，阵线被撕裂。法军总司令立即赶往马塞纳师团，该师赶了整整一夜的路，几乎没有得到任何休整，在他的带领下，该师立刻朝敌人冲去。不到半个小时，奥地利中路第一师就被打得溃不成军，此时是上午十点半。奥地利左路的那个师团驻在河谷深处，它有3000步兵、五六千骑兵，还有设施齐全的野战医院和辎重队。听到附近山地传来的枪声后，这个师意识到1古里外的茹贝尔在圣马科小教堂再无一兵一卒，就立刻派出几个营的轻骑兵去抢占小教堂，从背后攻击茹贝尔。这几个营爬到半山腰后，敌军大着胆子投了12门大炮、两三个步兵营和1000多个骑兵上去。由于此地山路极其陡峭，敌军前进得十分艰难。茹贝尔识破了敌军的企图，急遣三个营赶回来。这三个营先敌军一步抵达小教堂，将他们赶回河谷深处。一个有15门大炮的炮兵队守在里沃利高地，朝敌军左路发起猛烈攻击，对方开始溃退。勒克莱尔上校率领300骑兵，分队向敌军发起进攻。骑兵队队长拉萨勒冲在第一队的最前面，由于他身先士卒、奋勇杀敌，我军锁定胜局。敌军退到河谷中，他们的大炮、步兵和骑兵也全被擒获。

十一点，奥地利右路军抵达指定阵地，碰到了我军的德让扎诺后备军一师。它留下一个旅来对付德让扎诺的后备军，另一个由4000人组成的旅守在高地上，骑马在里沃利高地的维罗纳大道上来回奔跑。它一个炮兵都没有，却以为自己已经把法军包抄了，而且它来得太迟了。一登上高地，它就发现自己中路和左路的三个师已经溃不成军，它自己也遭到了15门后备大炮的猛烈攻击。一番狂轰滥炸之后，右路军这支队伍被彻底击溃，全军被俘。还在后面对付德让扎诺师团的第二个旅也开始后撤，但遭到我军追击，大半人马或者被杀，或者被俘。[564]下午一点，敌军从四面撤军，被我军追得狼狈不堪。

茹贝尔追得甚猛，我们甚至一度觉得阿万齐的全部军队都会被生擒。茹贝尔赶到埃斯卡利耶，此地是敌军唯一一条退路。然而阿万齐察觉到其中的危险，带领后备军后转，遏制住茹贝尔的势头，甚至把他逼得稍稍后退了些。我们这一仗打赢了，缴获了大炮、军旗和一大批战俘。我们有两支纵队赶回来和大军会合，结果遇到了曾一度截断维罗纳大道的敌军师团。所以才有谣言传开，说法军已被包围和歼灭。

这一天里，总司令多次被敌人围住，死伤了好几匹战马。沙波以极少的兵力占领了维罗纳，但卡尔迪耶罗师团12日在圣米歇尔战败，最后一无所获，只能勉强保住自己的阵地。

Ⅷ.普罗韦拉渡过阿迪杰河—朝曼图亚前进

14日，普罗韦拉在安吉亚里搭起一座浮桥，在15日拂晓时分渡过阿迪杰河，朝曼图亚前进。奥热罗来到敌军搭建的这座浮桥处，俘虏了普罗韦拉留下殿后的1500人，并在15日白天夺下该桥。然而普罗韦拉的动作还是比他快了一步，曼图亚城危矣。

我军扼住通道的目的就是困住曼图亚，但我们很难防住一支带着齐全搭桥工具的敌军渡河。奥热罗将军应当提前采取措施，在他要防御的河岸和他要围困的要塞中间找个阵地，在敌军之前抵达此地。法军总司令正是这么命令他的。敌军一旦渡河，他就要赶在敌军之前抵达莫利内拉，在那里设好阵营，坐等敌军到来。结果，奥热罗忘了这个训诫，曼图亚城麻烦了。

下午三点，[565]拿破仑得知普罗韦拉在安吉亚里搭建浮桥的消息，当即料到后面要发生什么事。他叮嘱马塞纳、缪拉和茹贝尔仔细留神阿万齐第二天的动静，同时带领四个团赶至曼图亚附近。普罗韦拉抵达圣乔治的时候，他刚好抵达罗韦尔贝拉。16日黎明，普罗韦拉的先锋军指挥官霍亨索伦出现，带领身着白衣的一个团来到圣乔治城门。他知道此地完全没有设防，所谓防御工事不过是一条简单的野地战壕罢了，便打算速战速决，将其拿下。他很清楚，虽然我军一个师守在阿迪杰河边，但对圣乔治鞭长莫及。霍亨索伦的骠骑兵在打扮上很像法军骠骑兵第一纵队。幸好一个老下士正在城外200步路的地方砍柴，看到这支骑兵朝堡垒冲过来，心中怀疑，立刻把此事告诉了他的战友。他们看了后，觉得这些骑兵身上的白衣太新了，倒像是贝尔齐尼骠骑兵的大衣。这几个勇士虽然有些拿不准，但仍然立刻朝圣乔治城跑去，一边跑一边发出警报，放下路障。骑兵队策马加速冲过去，但已经来不及了。他们身份暴露，遭到霰弹攻击。我军所有人迅速来到城墙上。中午，普罗韦拉包围了这座要塞，英勇的米奥利率领1500人抵抗了整整一天。

Ⅸ.法沃里塔战役

不过，普罗韦拉还是通过一艘渡湖小船和武尔姆泽尔取得了联系。17日拂晓时分，武尔姆泽尔带领守城部队离开，在法沃里塔布阵。凌晨一点，拿破仑在法沃里塔和圣乔治中间安排了4个团的兵力，以防曼图亚守城部队和普罗韦拉军队会合。日出时，塞律里埃带领围城部队朝曼图亚的守城军发起进攻，总司令则向普罗韦拉发起攻击。在这场战斗中，第57纵队赢得了"虎狼之军"的称号：他们端着刺刀勇猛地向奥地利军冲过去，把所有企图抵抗的敌人统统干倒。下午两点，曼图亚守城军队被击退，[566]普罗韦拉弃械投降，我军缴获大批军旗、辎重和搭桥工具，俘虏了6000名士兵和多名将军。普罗韦拉那支2.2万人的军队只有12日被留下来进攻圣米歇尔，后继续守在卡尔迪耶罗阵地的那批人得以保存。此外，被普罗韦拉留在阿迪杰河左岸，负责看守营地和军火的1500人也侥幸逃过一劫。其他人或者被抓，或者被杀。此战史称法沃里塔战役。

15日，茹贝尔一整天都在向阿万齐逼近，而且攻势凶猛，一直打到了埃斯卡利耶，斩断了六七千敌军的退路。缪拉带着一支纵队赶到科罗纳，进了蒂罗尔城。① 马塞纳师团进了巴萨诺。阿万齐一个师团开始朝布

---

① 1823年版在后面补充了"主营被迁回维罗纳"这几个字。

伦塔后撤，但计划落空，被我军驱逐到了皮亚韦河对岸。奥热罗将军朝卡斯特拉-弗朗科进军，并从那里杀到特雷维兹，顺便当了一回先锋军。奥地利全军上下回到了皮亚韦河对岸。由于积雪覆盖了整个蒂罗尔峡谷，茹贝尔部队在山上攀爬得很是辛苦，但法军步兵依然克服了一切困难，茹贝尔进了特伦托。维克多将军被派去拉维斯河，并在布伦塔峡谷那里和主营在巴萨诺的马塞纳师团再度取得了联系。

我军在许多场小仗中又得了不少战俘，到处都是奥地利军留下的伤员和大批军火。法军还再度占领了我们在罗韦雷多和巴萨诺战役之后、阿尔科战役之前取得的阵地，贝西埃尔奉令将新得的战利品送往巴黎。圣米歇尔、里沃利、安吉亚里、法沃里塔战役之后，阿万齐损失了三分之二的兵力。他本有8万人马，最后却只能带着2.5万人回到奥地利。

X. 曼图亚城投降

之后，攻下曼图亚城已如探囊取物般简单。城中守军早就口粮减半，所有战马都饿得瘦骨嶙峋。[567]我军派人把里沃利战役的结果告诉了武尔姆泽尔，他再无其他指望。我们劝他投降，他却高傲地回答，城中口粮还足以让他再撑一年。没过几天，他的副官克勒瑙就来到塞律里埃主营，声称守军还有三个月的口粮。然而元帅并不相信奥地利能及时为曼图亚解困，所以他要如何行动，还要看我军给他开出怎样的条件。塞律里埃回答说，他得听取总司令的命令。

拿破仑来到罗韦尔贝拉，塞律里埃把克勒瑙传了进来。总司令披着斗篷、隐匿身份，参加了塞律里埃和克勒瑙之间的谈判。克勒瑙摇唇鼓舌，发表长篇大论，说武尔姆泽尔还有多少退路、城中物资是多么丰富。总司令走到书桌前，在克勒瑙还在和塞律里埃讨价还价的时候，提笔把他在这半小时里做出的决定写在武尔姆泽尔的提议书边上的空白处。写完后，他跟克勒瑙说："要是武尔姆泽尔在还有18~20天口粮的情况下就提出投降，那他就不配享受任何名誉投降的条件。"他把提议书递给克勒瑙，继续说，"这是我开给他的条件，您可以在里面看到：我念及他年事已高、享有盛誉，会让他获得人身自由；我也不愿他成为阴谋家的牺牲品，在维也纳被人给害了。要是他明天开城投降，就能享得我写下来的这些条件；要是推迟15日、一个月、两个月投降，条件依然不变。所以，他可以吃完最后一片面包，再打开城门。我即刻就要离开，渡过波河，朝罗马前进。您知道了我的意图，请将其转达给您的总司令吧。"

克勒瑙一开始听得云里雾里，但很快就明白自己在跟谁打交道。他明白了总司令这一决定的苦心，对他的宽大胸怀又是感激，又是敬佩，于是没再隐瞒，承认城中只剩三天的口粮了。由于总司令要渡过波河，武尔姆泽尔便请他走曼图亚城这条路，[568]这可省去许多路上的辛苦。然而行程安排已被传达下去，不能再改了。武尔姆泽尔又给总司令写了一封信，以表感激之情。几天后，他把自己的副官派到博洛尼亚，告诉总司令有人企图在罗马涅向他投毒，并把所有信息一五一十地告诉了他，好让他防范此事。他的警告起到了作用。塞律里埃将军主持了曼图亚投降仪式，老元帅和他的整个参谋团列队在他面前走过。那时，拿破仑已在罗马涅了。他没有参加如此彰显身份的仪式，哪怕一位享得盛名、堪称奥地利三军之首的元帅带领全体参谋团递上佩剑、俯首投降，也毫不在乎。此等淡泊名利的态度引得欧洲上下一片震惊、议论纷纷。

附注：第一，不管许多报告怎么说，阿万齐手下确实有8万兵力，其中包括普罗韦拉的人马。蒂罗尔的兵力就超过了5万人。普罗韦拉有

2.5万兵力，其中5000人参加了圣米歇尔战役，另有1.8万人组成两个师团朝曼图亚前进。这1.8万人中，3000人担任后卫，1万人赶至圣乔治，剩下5000人留在后方的莫利内拉，好拦住跟在后面的奥热罗，结果全体被俘。虽然我军在和普罗韦拉纵队战斗时只俘虏了7000人，但那是因为对方只发动了两次战斗：一次在安吉亚里，一次在圣乔治。之后，在法沃里塔战役中，我们把普罗韦拉整个队伍一网打尽。此外，许多进了医院的奥地利士兵并没被算作俘虏。报告中说我军在此战中只俘虏了2.3万人，实际上法军擒获了3万多战俘，但由于看管不力，最后逃了好多人。维也纳内阁还在瑞士和撤退沿线安排了专门机构，以帮助战俘逃跑。据估计，有四分之一的战俘在抵达法军主营之前成功逃脱，[569]还有四分之一虽被押往法国，但最后抵达终点的人数只有出发前的二分之一。另外，医院也收了大批战俘。

第二，虽然官方报道称，贝西埃尔只向督政府呈上了71面军旗，但那是因为众人误会了一个高级参谋官的意思，把另外13面军旗扣在了后面。曼图亚城投降之后，这批军旗和其他战利品一道被奥热罗呈递给了督政府。

第三，奥热罗向督政府呈递的60面军旗中，13面是里沃利战役和法沃里塔战役的战利品，另外47面则是从曼图亚城中得来的（根据军旗数目，我们可知当时守在城中的武尔姆泽尔军队人数）。之所以选择让奥热罗押送这批军旗，是为了表彰他为军队做出的重大贡献（他在卡斯蒂廖内战役中功不可没）。然而从情理上讲，让马塞纳押运军旗更为合适，因为他头衔更高。不过总司令当时更想让他在德意志之战中担任要角，不想放他走。有些人认为，拿破仑当时发觉当局打算提拔奥热罗，于是很乐意将他派往巴黎，让大家好好衡量一下这位将军的为人和才干,反正奥热罗必然无法通过这等考核。还有人说,总司令此举是为了让巴黎注意到他的这位手下干将,因为奥热罗是巴黎人。

闭门不出的第三天——皇帝一生的简述
5月1日,星期三

皇帝就昨天晚上出了一下门,其他时间都在屋里。我从荆棘阁回来后就生病了,略微有点儿发烧,浑身疲乏无力。晚上七点,皇帝让我去一下他的房间。他正在读洛兰——也就是一直被他评价为老好人的那个文人的书。他看上去并无病态,甚至跟我说今天感觉很好,[570]但这只让我更加担心他这种闭门不出的平静状况。他想晚些时候再吃饭,并把我留了下来。晚饭前,他要了一杯孔什坦西产的葡萄酒,而他通常在需要提神的时候才会喝这种酒。

晚饭后,他翻看了戈登史密斯那本内容极不齐全的《波拿巴政府秘史》,读了里面的一些信件、宣言或文件。看到其中一些篇章时,他心中大有感触。然后,他把书丢到一边,一边踱步一边说:"说到底,他们怎么掐头去尾、删删减减都不管用。他们很难把我的身影完全抹消掉。法国历史学家仍是绕不过帝国这一块。他若有胆,就该从我着手,复原我身上的某些历史,这样他的工作会轻松很多,因为他是在让事实说话。而事实犹如日光,是遮不住的。

"我拨乱反正,合上了混乱深渊的大口。我洗掉了大革命身上的污点,升华了人民的品质,巩固了国王的地位。我激发了所有人的上进之心,起用和嘉奖贤能之士,让法国荣耀至极!我也算是劳苦功高了吧!那么,人们无论用什么说辞攻击我,都自有历史学家站出来为我辩言。说我用心险恶?但他会在根本上替我洗脱罪名。说我专制?但他会证明我的独裁是不得已之举。说我阻碍自由？但他会证明当时放纵、混乱、无序仍在门槛边上徘徊。抨击我崇武尚战？但他会证明我才是一直被攻击的那一个。说我想独霸天下？可他会让人知道这是形势使然，我是被敌人一步步逼到这个地步的。说我野心勃勃？啊！也许吧，他也会发现我是有野心的，甚至野心太大，但我最大的野心就是建立理性之国，让人类发挥自己的所有长处，享受它们带来的幸福！说不定这位历史学家还会惋惜我这个野心未能实现呢！"说到这里，他沉思了一刻钟，又说："我的朋友，这寥寥数语，已经道尽了我的一生。"

闭门不出的第四天—《总汇通报》替皇帝说话
5月2日，星期四

⁵⁷¹皇帝依然如前几日那样闭门不出。我用过晚饭后，他在九点时把我叫了过去。他一整天都没见任何人，我陪他一直待到了十一点，他很开心，看上去身体不错。我跟他说，看不到他的日子里，我们觉得度日如年。他眼下很难察觉到闭门不出、不出去呼吸新鲜空气给他身体带来的有害影响。反正，我对此是深感担忧。实际上，在我离开的半个小时前，他就躺到了床上。他说，他的手脚不听使唤，跟我走了这么多路以后觉得身体很是疲乏，虽然他只是在房间里绕了几圈而已。

他谈了很久的荣誉勋章，又说了戈登史密斯的那本书，还提到了《总汇通报》。说到这份报纸的时候，皇帝说，世人都知道《总汇通报》平安度过了大革命的风风雨雨，这点是其他报纸很难做到的。他还说："它报上的每一句话都不容我多做删减；相反，我如果需要自我辩解，总能从它那里找到相关资料。"①

---

① 1823年版此段到此截止，1824年版添加了后面这部分内容。

他说，他设立的荣誉勋章制度不同于其他传统意义上的晋封，它不存在什么阶层之分，也不会依照等级来设立奖赏。荣誉勋章全长一个样，而且谁都能拿，这完全符合平等思想。传统晋封制度导致阶层相互分离和疏远，而荣誉勋章制度把所有公民都团结起来，它对法国这个大家庭的影响力是不可估量的。它就是团结所有人的那个圆心，它就是把各人的野心拧到一起的那个主动力，它就是激发众人努力拼搏的刺激物和奖励品。

……我们过去的教育和风气让我们变得越来越虚荣自大，而不是越来越有思想。所以，[572]看到鼓手都能拿到跟自己一样的勋章，看到教士、法官、作家和艺术家平等地拥抱彼此，许多军官才会如此震惊。然而，这等想法已陈旧了。我们大步流星地前进，要不了多久，军人就会骄傲地和一流的智者、各行各业的顶尖人才亲如兄弟地坐在一起，而这些人也会为自己能和世上最勇敢的人共聚一堂而倍感自豪，这场盛会将把全国上下最可敬的人真正凝聚在一起。

最后，他说了这番发人深省的话："人们一旦偏离最初的组织机构，伟大的思想就会被摧毁，我的荣誉勋章制度就不复存在了。"

闭门不出的第五天

5月3日，星期五

皇帝依然没有出门，这已经是第五天了，可他仍旧不见任何人。我们待在外面，也不知道他那里发生了什么事。他几乎总是私下里把我叫过去，我照例在晚上六点去他房间。

我又跟他表达了我们的担忧，以及看到他闭门不出我们心中的难过。他跟我说，他能扛住许多事。可这里的白天太过漫长，夜晚更是如此。他一整天都无事可做，心情恶劣；哪怕是现在，他仍然沉默寡言、郁郁寡欢、心情沉重。他开始泡澡，我在一边陪着，只在他擦拭身体的时候才回避一下。当晚，他讲了一些非常重要的事……

闭门不出的第六天
5月4日，星期六

皇帝还是没有出门。虽然他说他会在下午四点出门骑马，可突至的大雨打乱了他的计划。然后，他见了大元帅。

八点，他把我叫去和他共进晚餐。他说，总督去了大元帅家，[573]在那里待了一个多小时，还说了好多令人不悦甚至冒犯性十足的话，语气很是恶劣，对人少有尊重，可内容又不着边际，更没得出什么结果。他只在那里责备我们，觉得我们抱怨太多，而且毫无道理可言。他坚持认为我们过得很好，也应当为此感到满足。可我们仗着从前的身份，莫名其妙地在那里挑三拣四。此外（至少他是这么说的），他希望每天都能拿到明显的证据，以证明皇帝人还在这里。

毫无疑问，这才是他大发脾气的真正原因。这些天，他没能从手下军官或探子那里收到任何报告，因为皇帝根本就没出门，也没人进过他的房间。

然而，他会采取怎样的手段呢？这是我们最关心的一件事。皇帝是绝不会容忍定期探访这种事的，哪怕别人以性命为威胁也不行。这种定期探访很可能会变成任何时段的随意查探，不论是白天还是晚上。总督会动用暴力手段，跟皇帝抢夺这块可以说是他最后栖身场所的方寸之地，惊扰他不多的安宁时日吗？他的指令让我们预料到自己往后会过怎样的日子。以后，他再做出任何过分之举，再多么欺人太甚，再怎样残忍无情，我都不会感到惊讶了。

总督说我们仗着从前的身份莫名其妙地挑三拣四？我们很清楚这里不是杜伊勒里宫，而是圣赫勒拿岛，我们不再是主人，而是囚犯。那么，我们又怎会仗着从前的身份托大呢？

论中俄两国—法国和英国两场革命的相似之处
5月5日，星期日

早晨十点，皇帝上马，这还是几天来他第一次出门。当时，东印度公司驻中国代表正候在那里。这几天，他一直恳请得到皇帝的接见。[574] 皇帝让人把他唤了过来，满脸亲切地问了他好几分钟的问题。之后我们上路，去拜访贝特朗夫人。皇帝在那里待了一个多小时。他身体虚弱，整个人都变了样，说话声音都是虚的。随后我们回到朗伍德，皇帝说他想在外面吃午饭。

他把我们荆棘阁的屋主——善良的巴尔科姆，以及仍等在外面的东印度公司驻中国代表叫了过来。整个午餐过程中，他就中国这个国家提了许多问题，内容涉及它的人口、法律、风俗、贸易等。

代表说，几年前，俄国和中国发生了一场冲突，要不是欧洲的事情让俄国无暇他顾，这场冲突定会引发后续。

俄国旅行家克鲁森施滕周游世界期间，曾带着两艘船在中国广州抛锚。中国政府允许他临时停靠。在朝廷公令下达之前，他可拿船上的皮革换茶叶。公令直到一个多月以后才下达，等地方官府拿到它的时候，克鲁森施滕都离开两天了。公令上的内容是：他那两艘船必须立刻离开；当地不得和俄国人进行任何商业往来；中国政府已经同意俄国沙皇在帝国北境做陆上贸易，可对方竟然企图把手脚伸到南部海域，这简直令人难以置信；他们日后若再走这条路，中国政府定会表示强烈抗议。公令还说，这两艘船若在北京令函被送达广州之前就离开，英国办事处将通过欧洲把令函送到俄国沙皇手中。

此次出门时间虽短，但拿破仑仍深感疲倦，因为他已有七天没踏出房门一步了，今天还是他第一次再度坐在我们身边。我们觉得他前后明显判若两人。

下午五点，他把我叫过去。大元帅当时也在他身边。皇帝没有穿衣，想小憩一下，却难以入眠。他有点儿发烧，觉得浑身酸痛。因为他不愿意房中有光，就叫人把房间里的蜡烛都吹灭了。我们就这样在黑暗中漫无边际地谈到八点，[575]然后他把我们打发出去吃晚饭。

今天，我们讨论了英国和法国两场革命之间的相似之处。皇帝说："它们有太多的相同和不同，让人越想越有心得。"然后，他发表了许多令人深思的独到见解。我现在就把他当时的话整理出来，里面也许还有他在其他时候发表的言论。

"这两个国家的风暴，在软弱怠惰的詹姆士一世和路易十五执政期间开始酝酿，然后在不幸的查理一世和路易十六即位后爆发。

"两个君主成了牺牲品，在断头台上丢了性命，他们的家族遭到通缉和放逐。

"在此期间，两个君主国都转变成了共和国，两个民族都走向了极端，世风日下，人心不古。一幕幕恐怖、血腥、疯狂的场景成了他们身上的污点。他们撕掉了所有束缚，也推翻了所有原则。

"这时，这两个国家中站出两个人，用铁血手腕遏止了乱流，吹散了浮云。在他们之后，两大王位继承家族又被请了回来。然而这两个家族后来都治国无道，犯了许多错误，一场新的风暴骤然爆发，被扶持起来的这两个王族再度被赶出国境。面对推翻它们的两个对手，它们甚至连反抗的力气都没有。

"在这两桩奇特的相似事件中，法国的拿破仑既是英国的克伦威尔，又是英国的威廉三世。但和克伦威尔有相似之处，这话怎么听都有些刺耳。所以我得赶紧补充一句：虽然这两位风云人物只在一个地方相似，但少有人能发现两人在其他所有地方的不同。

"克伦威尔于中年登上历史舞台，完全靠欺诈、诡计和手段才走上高位。

"拿破仑早在少年时就开始崭露头角，大放异彩。

[576] "克伦威尔是在所有党派的反对声中、在众人仇恨的目光下，通过给英国革命烙下永远的污点，走上了权力的巅峰。

"而拿破仑完全不同，他洗净了法国大革命的黑点，在所有党派轮番表示想要推举他为领袖的共同拥护声中才坐上了皇位。

"克伦威尔的显赫军功都是用英国人的鲜血换来的，他的一切胜利无不披着国民的殇衣。拿破仑也是战功赫赫，但只有外国受到打击，法国人民则沉浸在胜利的狂喜中。

"最重要的是，克伦威尔死后，英国人人拍手庆贺，他的死亡成了公众欢庆的幸事；可换作拿破仑，这事就不一样了。

"英国的那场革命是全体人民推翻国王的一场起义。人民践踏了法律，篡夺了绝对大权，想夺回自己的权利。

"法国的那场革命是全体人民反对另一党派、第三等级反对贵族阶级的一场起义，是高卢人对抗法兰克人的一场起义。国王之所以遭到攻击，不是因为他是君主，而是因为他是封建制度首脑。人们根本没有责怪他违背法律，人们是想甩开旧法，再造一部新法出来。

"在英国，要是查理一世真心实意地让步，要是他像路易十六那样性格温和，优柔寡断，他就能活下来。

"法国则不同，要是路易十六公开表示反对，要是他如查理一世那般强硬、勇猛、凶狠，那赢的人就是他了。

"在整场内乱中，查理一世被困在岛上，身边只有一群农民和朋友，却没有任何宪法机构。

"路易十六有正规军队，有外国的援手，有国家两大合宪集团——贵族和教士相助。路易十六还有查理一世没有的关键性的第二选择：放弃封建制度领袖的身份，成为国民领袖。然而，他不知道自己到底该选择哪个身份。

"查理一世死于抵抗，路易十六死于不抵抗。前者从内心坚信他享有特权，但我们敢说，[577]后者并没有这等信念，甚至认为自己没有必要行使特权。

"在英国，查理一世之死，是一个人耍弄诡计手段的结果。

"在法国，路易十六之死，是多数派走向盲目、人民议会陷入混乱所致。

"在英国，人民代表还是略微有些羞耻心和谨慎感的，他们颁布法令，指定一个法庭去审判国王，但自己在这一谋杀事件中没有担任法官或其他任何角色。

"在法国，人民代表既是控诉人，又是法官，还是刽子手。

"在英国，一双看不见的手引导着事态的发展，所以它看上去更加冷静，也更有盘算；在法国，革命是被大多数人掀起来的，它成了一场肆无忌惮的大众狂欢。

"在英国，是国王的死亡导致了共和国的诞生；法国则相反，是共和国的诞生导致了国王的死亡。

"在英国,政治骚乱背后往往有极端宗教狂热思想在作祟;在法国,政治骚乱却发酵于不信教思想的讥诮的欢呼声中。两场革命有各自的时代背景和思想习俗。

"在英国,牵头革命的是阴暗的加尔文派的暴行;在法国,狂欢还伴随着新式思想在理念上的放任自流。

"在英国,革命和内战掺杂在了一起。在法国,革命则和对外战争形影相随:法国人认为他们之所以走上极端,是因为外国苦苦逼迫,事实也的确如此;而英国人找不到任何这类借口替自己解释。

"在英国,军队是所有暴力过激事件的罪人,是公民的灾星。

"法国则不同,人们所得的一切都离不开军人的浴血奋战。正因为法军对外取得胜利,国内的恐怖气氛才有所淡化,甚至被人遗忘。是军队让祖国拥有了独立、荣耀和胜利。

"在英国,旧朝复辟是英国人自己的选择,人们在震天的欢呼声中欢迎它的回归;人民摆脱了被奴役的枷锁,觉得自己重获自由了……①

"更重要的是,在英国,是女婿得到整个欧洲的支持,把自己的岳父从王位上赶下来,其行为得到世人赞誉,名垂青史。

"法国则完全相反,在国内外一致的赞同声中统治人民长达15年的民选之子,夺回了属于自己的皇位。整个欧洲却站出来反对他,剥夺了

---

① 1823年版后面还有一段话:"在法国,情况却完全不是如此。它的大革命是外国列强的阴谋导致的,给国人带来屈辱和死亡;国家看着自己的荣耀失去光泽,一切都退化到奴隶制中。在英国,詹姆士二世被赶走,此事是一个君主和一群外国士兵所为;其间,人们有过犹豫,但新君成功夺下王位后,就成了一个宗教团体的头目。在法国,赶走国王是一个人的作品;他一现身,就为法国带来了独立、荣耀和希望。他属于祖国,把所有心灵、所有誓愿都拧成一股绳;他的行动就是胜利,他的回归令万民沸腾。"

他的法律权利。为了对付他一个人,欧洲调动了110万大军。他倒下了,被人丢进铁笼子里,他们还打算让他永远背负污名!!!"

医生奥米拉的解释—执政府—流亡贵族对执政府的看法—皇帝对流亡贵族财产的观点—促成皇帝大业的有利时机—意大利的舆论思想—教皇加冕—提尔西特会议产生的效应—西班牙波旁家族—所谓名贵木材抵达岛上

5月6日,星期一

九点,皇帝把我叫了过去。一想到新总督的态度,尤其是他企图践踏自己最后一块清净之地的大胆想法,皇帝就忧心忡忡。他宁死也不要受此折辱,决意不管遇到怎样的危险也决不让步。一场灾难看来是躲不过了。他猜测英国政府早有此打算,他们眼下只是想寻个借口而已。既然对方成心找碴儿,那他们就肯定找得到碴儿。

他一度带着认命的语气说:"我料到了一切结局,他们要让我死在这里,这已是板上钉钉的事了……"

他把奥米拉医生请过来,想问问他的个人意见,并让我把这些话翻译给医生听:他目前对医生没有任何不满。恰恰相反,他认为医生是一个正直的人,否则他接下来也不会问医生这些问题了。①他要弄清楚:对方到底认为自己是他的个人医生,还是一个囚徒的医生,只是奉本国政府之命行事而已?他到底是自己人,还是监视者?他是否会把皇帝的情况报告上去,或者说,如有必要,他是否会这么做?若是前者,皇帝仍愿意接受他的帮助,并感激他从前的帮助;若是后者,他对医生依然心

---

① 拉斯卡斯在这里只做了简单的概述,奥米拉医生则在他当天的日记里(《流放中的拿破仑》第一卷第44~46页)给出了详细细节。

存感激，但也请他从此不用再来了。

[579]医生言辞恳切地做了回答。他说自己身为医者，从不管病人是何身份，他本人也和政治毫无瓜葛；他认为自己就是他的个人医生，其他事情一概不管；他没有交过任何报告，目前也没人要求他这么做；他从没想过泄露病患报告这种事，除非遇到了为治病救人而需要其他专业人士帮忙的这种不得已的情况。

下午三点，皇帝去了花园，准备骑一骑马。在此之前，他向古尔戈口述了回忆录。1815年这一部分的回忆录几乎快要完工了，他对自己这项工作甚为满意。

之后，我大着胆子请他谈一谈执政府那段波澜壮阔的历史，因为在那个时候，一个本已分崩离析的民族居然在短短时间里，在法律、宗教、思想领域，在真正的理念原则的启发下，在为人正直、才华横溢的前辈的引导下，神奇地重新凝聚在了一起。这一切，无不引起欧洲上下的震惊、赞叹和欢呼。

当时我人在英国。我跟他说，当得知教士、流亡贵族可以回国时，流亡贵族群体简直不敢相信这是真的。大家都觉得这是大恩，许多人都迫不及待地想回国。

皇帝问我，"大赦"这个词会不会刺激到我们的自尊。我说："不会，因为我们知道第一执政官为我们的事操了多少心。我们很清楚，我们能蒙此恩典，全得感谢他，只有他是想着我们的，他在为我们抗争的时候，迫不得已才出此下策。"我还补充说："过了一段时间，我们回到法国，发现商事裁判官在处理我们的财产事宜时，待我们的确比从前客气多了，他没有太过刁难我们，只是态度上有些消极怠工。单单这一点，就足以让各地的被洗劫者和国家财产购买者在友好的气氛中展开协议工作。"

皇帝说："我当然会这么做了。不过我能否充分相信流亡贵族呢？您说说看。"

我答道："陛下，现在我更了解当时的情况，也看得更长远了。所以我很容易理解您这么做都是为了政治。[580]近些年发生的事充分证明您当时的决策是何其英明。若不能满足国民的需求，那算不得好政策。国家财产一事，乃是国民精神和国民派别的第一支柱。"

皇帝说："您说到点子上了，不过也许我本可以把所有东西都还给你们的。我曾想过这么做，但由于失策，没能将其实现。当时我打算组建一个机构，让它处理流亡贵族财产方面的所有事宜，等流亡贵族回来后，按比例归还财产。但我没有这么做，而是一个个地进行偿还，很快我就发觉：我把他们喂得太肥了，只养出了一群傲慢无礼的人。有个人千求万求，对我各种谄媚，然后拿到了年金，大概5万或10万埃居吧。结果第二天见了我，他连帽子都不摘了。他不仅不心存感激，反而放肆地声称自己已在私下里回报了这份恩情。整个圣日耳曼区都有这个倾向。我把财产还给他们，他们却依然仇视政府和国民。于是，我不顾大赦法令①，叫停了未被拍卖的那部分财产②的归还工作，哪怕这牵涉到一大笔钱。当然了，根据法令条款，我这么做有失公平；但出于政治原因，我只能这么做。我在此事上之所以失策，既是因为先前拟定的法令有误，也是因为我们拟定法令的时候缺乏远见。我出尔反尔的这个做法彻底毁掉了我先前召回流亡贵族收到的良好效果，还引发了所有大家族对我的反感。我本可以预防这种事情的发生，也可以通过设立专门的机构抵消

———
① 这里指的是被通缉流亡贵族的赦免法令，出自1802年4月26日的参政院会议纪要。
② 1823年、1824年版本此处为"树林（Bois）"，而非"财产（Bien）"，很明显是打印错误。

它产生的恶劣影响。那时，即便我得罪了一个大家族，至少也能争取到一百个外省贵族的支持。所以，我实际上应该严格秉承公平的原则去做事。这也意味着，流亡贵族作为一个整体，就应该休戚与共，他们当初登上了同一艘船，承担了相同的遭遇，如今也应享有同等的补偿。"皇帝补充说："所以，我在这件事上的确犯了错，更让人难以原谅的是，我其实构思出了解决方案，也就是刚才我跟您说的那个组织。可当时我得不到任何人的支持，遇到无数反对和阻碍。所有人都仇视流亡贵族，与此同时，我还有其他事要操心。随着时间的推移，我就把注意力放到其他事情上去了。"

皇帝继续说："再后来，我从厄尔巴岛回来后，[581]也想过采取类似的措施。要是老天再多给我点儿时间，我就能争取到惨遭宫廷抛弃的可怜的外省贵族的支持了。最神奇的是，是路易十六一个前朝大臣建议我这么做的。他给我呈递了一份报告，阐述了我可采取哪些弥补手段，这么做能带来哪些好处。"

我说："流亡贵族中的理性之人也很清楚，流亡贵族之所以能得到些许宽容，完全是因为您的关系。他们没有自欺欺人，知道您身边的人是多么盼望看到他们走向毁灭。他们深知这些人有多厌恶贵族阶级的思想；但他们在意的是，您是不是也这么认为。您应该也知道，他们出于自尊，有时甚至会说您也是出自他们这个阶层，聊以自慰。"

皇帝问我，我们流亡贵族当时对他和他的家人都说了些什么。我回答，他当上意大利军总司令后，我们才第一次听说他的名字，先前我们对他一无所知。我们甚至都念不出他的意大利姓氏"波拿·巴特"。皇帝听了这些话，大笑不已。

我们继续聊天。他说，他经常思考一个问题：自己因为哪些独特的环境因素才在后来一鸣惊人、成就大业。

他说:"第一,我的父亲在40年前就去世了,要是他还活着,会被选进制宪议会,担任科西嘉贵族代表议员。一方面,他是贵族阶级的坚定拥趸;但另一方面,他又狂热地支持自由开明思想。所以,他定会成为右派中的一员,或者至少会加入贵族少数派。无论是哪种情况,不管我个人是什么思想立场,我都会追随他的步伐,那我现在的事业就会被打乱,再无实现的可能。

"第二,要是我在大革命爆发的时候不是这般年轻,说不定我也会当上议员。我生性躁动狂热,定会把自己的想法都展于人前。[582]可这么一来,我的从军之路就断了,因此断送了自己的事业。

"第三,要是我的家庭更有名望,要是我的家境更加优渥,是贵族大家,那即便我追随大革命,也定然得不到重用,甚至会被通缉。我绝不可能得到当局的信任,更不可能拿到军权,也绝无胆量去做我做过的事。就算先前每一步都成功了,我在后来也没办法在教士和贵族那边贯彻我的自由理念,也就不可能当上政府领导人。

"第四,我有一大堆很能帮忙的兄弟姐妹,他们扩大了我的关系网,提升了我的影响力。

"第五,我和博阿尔内夫人的婚姻,使我有机会接触到某个党派的人,他们为我团结各阶层的思想提供了必不可少的土壤,而这个思想正是我的行政制度的主要理念之一,更成为它的标志。要不是我的妻子,我绝不可能和这个党派有任何往来。

"第六,我的外国祖籍成了我身上一个可贵的特征,虽然法国也有人企图拿这件事大做文章。因为这层身份,所有意大利人才会把我视为他们的同胞,我在意大利才会轻松地斩获胜利。我初战告捷后,人们刨根究底，把我先前无人知晓的家庭背景挖了出来。意大利人对我的身份的认可深刻地影响了我后来在意大利的行动。他们觉得我就是来自一个意大利家庭。妹妹保琳和博盖塞亲王结婚时，罗马和托斯卡纳的博盖塞家族及其亲族都说：'太好了，这是我们自己人的联姻，双方都和我们有血缘关系。'后来，有人提议把教皇请到巴黎为我加冕，我的意大利身份在这件事中也发挥了至关重要的作用，扫清了巨大的障碍。当时，在教皇秘密会议中，奥地利代表强烈反对这件事。意大利方力压奥地利，认为此举不仅关乎政治利益，还关乎民族自尊。他们说，'说到底，[583]我们派了一个意大利家族去统治那些野蛮人：这将是我们对高卢人的报复'。"

说到这里，皇帝自然而然地把话题转到教皇身上。他说，教皇对自己其实略有好感。[①]后来他下令把教皇请到法国来，教皇也没有因此怪罪于他。有些书上说皇帝对他做了多么过分的事，教皇看了后还会大发脾气。他在枫丹白露的时候，人们对他是有求必应。后来回到了罗马，他对皇帝都没有丝毫恨意。得知皇帝从厄尔巴岛回到法国，他满心关切地对吕西安说："É sbarcato, é arrivato."[②]后来他还对吕西安说："您去巴黎吧，请替我向他转达和平之意。我人在罗马，我们之间没有彼此为难的任何理由。"

皇帝说："我非常确定，罗马会为我的家人提供一座天然的庇护所，他们会在那里备受优待，就像回家了一样。"他笑着结束了这个话题："毕竟，'拿破仑'这个在意大利并不常见、富有诗意、名头响亮

[①] 拿破仑对奥米拉说，"教皇想让我忏悔，对此，我一贯的回答是：'教皇啊，我现在太忙了。'等我年纪大了，我会很乐意向教皇倾诉的；毕竟这个倔老头子是个老好人"。（请看奥米拉的《流放中的拿破仑》第一卷第189页内容）

[②] 他登陆了，他到来了。——译者注

的名字，也通过我这波澜起伏的一生赚取了一点儿分量。"

我向皇帝重申：大部分流亡贵族绝没有对他抱有不公正的看法。古老贵族阶级中一些通情达理的反对派的确不喜欢他，但这纯粹是因为他们在他那里碰了壁。他们绝非不能公正地看待他的成就和才华，相反，他们也忍不住对他心生敬佩。哪怕狂热分子也只能在他身上挑出一个毛病。人们不止一次地听到他们感叹："啊！为什么他不是正统即位者！"奥斯特里茨战役虽然没能说服我们，可至少动摇了我们的成见；但《提尔西特和约》签订后，所有人都被您征服了。我说："陛下回来的路上，人们一直在欢呼、宣誓效忠和祝福，单从这件事上，您也能明白我所言非虚。"

皇帝笑着接过话头，说："这么说来，哪怕我当时懒散下来，生出追求安逸享乐的想法，让一切恢复原样，你们对我仍会爱戴不已咯？不过朋友，即便我有这个心思和想法（当然了，我生性不爱享乐），可形势也由不得我如此放肆。"

说到这里，皇帝又谈起了他一直以来都要面临的不计其数的困难。584提到西班牙之战，他说："这场不幸的战争毁了我。它分散了我的兵力，消耗了我的精力，导致我的理念遭到攻击。然而，我不能看着伊比利亚半岛陷进英国人的诡计，不能看着波旁家族在那里挟势弄权、死灰复燃、伺机而动。其实，西班牙的波拿巴家族根本不足为惧：从民族层面讲，他们觉得我们是异族，我们看他们也是外邦。我在巴约讷的马拉什城堡时，发现查理四世和王后甚至都不知道蒙特莫朗西夫人和新晋贵族夫人之间有什么身份上的区别①，因为新闻和官方公文，他们反而更

―――――――
① 1823年版本此处是"蒙特莫朗西夫人和B夫人（巴萨诺夫人）之间有什么身份上的区别"。

熟悉新晋贵族夫人的姓氏。在这方面非常讲究的约瑟芬皇后一直都没忘记这件事。这个家族还跪在我脚下，求我领养他们的一个女儿，把她封为阿斯图里亚斯王妃。他们恳请我把塔谢尔小姐，也就是后来的阿伦贝尔公爵夫人嫁过去。①但由于个人原因，我没有答应这桩婚事。我曾相中拉罗什富科小姐，也就是后来的阿尔多布朗蒂尼王妃。可我得选一个真正让我信得过的人，一个纯粹的法国人，其才识和头脑还必须配得上太子妃这个位置。我很难找到一个完全满足这些要求的人。"②

之后，他又继续谈西班牙之战："这个决定把我给害惨了。我的所有不幸都始于这场祸事。它毁了我在欧洲的名声，让我的处境变得更加麻烦，还培养出了一大群亲英分子。是我一手养出了伊比利亚半岛上的英军。

"事实证明，我用错了手段。是的，我错的是手段，而非理念。我坚信，在法国当时所处的那场危机中，在新理念的斗争中，在为了世纪大业而和其他欧洲国家相抗衡的过程中，我们不能把西班牙丢到一边，任它落入敌人之手。好意相劝也好，使用蛮力也罢，我们都得把它跟自己绑在一起。这么做也是为了法国的命运。民族的福祉和个人的幸福从来都不是一码事。此外，在我看来，这不仅有着必然的政治因素，还是正义使然。这个西班牙，在它以为我危在旦夕时，585在它以为我在耶拿战役中被擒时，立刻站出来向我宣战。此等侮辱，怎可一笑而过？我当

---

① 此处有错，已在上文更正。

② 接下来的这段话在1823年版本中因人为疏忽而被删，故被加进勘误表中。拉斯卡斯对这处误删做出的解释令人玩味："要弄清这一疏忽是怎么发生的，我只能说，我视力减退，已经不能看书了，只好让别人先读一遍，再纠正别人挑出的问题，而非直接阅读原稿。所以，我没能发现里面的这处删节。这种事经常发生，导致语句不完整，意思也遭到损害。在这里，我也想指出一点：刊印错误非常常见，我们也没有更正，所以我只能注意到那些语义不通的地方。"

然可以反过来向它宣战，且觉得胜利是十拿九稳的事。正因为此事看似简单，我才犯下错误。当时，西班牙人民瞧不起他们的政府，大喊着要实现国家复兴。命运把我抬上了高位，我便觉得自己受到了召唤，也有能力在和平中完成这桩伟大的事业。我想避免流血，不希望卡斯蒂利亚的解放事业被一滴鲜血玷污。所以，我把西班牙人从那荒谬的制度中解救出来，给他们带去了一部自由的宪法，还觉得有必要更替他们的王朝（可能我在这点上太冒失了）。我把我的一个兄弟任命为他们的元首，可他是他们中间唯一的外国人。我尊重他们领土的完整，尊重他们的独立、风俗和法律制度。新君主占据首都后，起用的都是清一色的前朝大臣，没有新设任何内阁部长、谋士、廷臣。这时，我打算把自己的军队撤出来。我跟自己说，我实现了一个民族有史以来能够得到的最大的福祉。直到今天，我仍是这么想的。有人确切地跟我说，连西班牙人自己都是这么认为的，他们只是对我做事的方式颇有微词而已。我希望得到他们的祝福，结果却让人大失所望：他们无视自己获得的利益，满心只觉得受到侮辱，因他们以为的冒犯而满心怨愤，为他们看到的武力手段而怒不可遏，全都拿起武器反抗我。西班牙人如同名誉捍卫者一样，共同行动起来。可即便他们胜利了，也因为这一胜利而受到严厉的惩罚，这是我唯一能说的！可怜的西班牙人……他们本值得更好的！……"

今天，皇帝跟我们一道用了晚饭。我们已经很久没有跟他共进晚餐了。晚饭过后，他给我们读了弗洛莱恩的小说《克罗蒂娜》，还读了《保尔与维吉妮》的一些篇章。他说，这些都是他少年时最喜欢的读物。

运输船阿达芒特号到了。这艘船本来和其他船只是一个船队的，其他船只早到了，唯独它和圣赫勒拿岛擦肩而过，一个月后才抵达港口。船上装的那些豪华建筑木材，相信英国甚至全欧洲的报纸已对此进行事无巨细的报道了。船上还装了许多精美的家具和大大小小的许多货物，不消多说，它们也成了各家报纸津津乐道的话题。[586]这些所谓的豪华建筑木材不过是未加工的木板罢了，圣赫勒拿岛上没有人知道怎么处理这批木材，它们需要好几年才能被组装起来。至于其他家具，它们倒很符合我们当前的生活环境。奢侈、浮华和显耀是欧洲的，圣赫勒拿岛只有贫穷和真相。

《伊利亚特》—荷马
5月7日，星期二

大约下午四点，总督来了。他绕着房子转了一圈，没跟我们任何人说一句话。他脾气明显大了许多，行为唐突，举止粗野。

五点，皇帝把我叫了过去。当时大元帅在他房中待了很久。大元帅离开以后，我们谈起了文学，大致回顾了一下古今史诗。皇帝谈起了《伊利亚特》，随手拿起其中一卷，高声朗读里面的诗句。他非常喜欢这本书，说："它和《创世记》《圣经》一样，是时间的标记和保证。荷马在他的作品中，集诗人、演讲家、历史学家、法学家、地理学家、神学家于一身，他就是那个时代的百科全书。"

皇帝对荷马赞叹不已，而老阿杜安竟敢狂妄地对这位被封圣的古人横加指责，把他说得跟10世纪的一个僧人似的。拿破仑说，此举简直愚蠢至极。他又补充说，他现在再读荷马，比从前更觉惊艳。他在荷马文字中体会到的震撼使他更加确信它誉满天下的盛名。拿破仑评价说，令他尤为震惊的是，里面的人物行为粗狂，思想却极其高尚。那些英雄可以一边宰杀和烹饪牲口，一边侃侃而谈、发表高论。

皇帝留我吃饭。他跟我说："不过，也许您最好还是去餐桌吃，您跟我吃的话会被饿死的。"

我回答："陛下在拿我打趣。但我最大的心愿，就是您能一直拿我打趣。"

他一整天都头痛不止。[587]他难受，我们心里也不好过。我很遗憾他没能出门，毕竟今天阳光是如此明媚。

晚饭后，他把所有人都叫进房间，把我们一直留到了十点。

5月8日，星期三

五点，皇帝出门骑马走了一圈。回来后，皇帝见了几个英国人，按照惯例问了对方一大堆问题。他们的船叫康沃尔号，要前往中国，并计划在明年1月启程返回欧洲。

晚餐结束后，我们中的一个人跟皇帝说，他白天整理滑铁卢战役的口述内容时，看到千里堤坝因一个小小蚁穴而被毁，心中格外难受。皇帝不置一词，只用飘忽的语气跟我儿子说："孩子（皇帝一贯这么称呼他），替我们把《伊菲革涅亚在奥利斯》拿过来，我们读了能舒心点儿。"然后，他给我们读起了这部文辞优美的戏剧。我们对这本书是越来越喜欢了。

皇帝的经典言论

5月9日，星期四

我和儿子、古尔戈将军一道去了荆棘阁，参加一场小型舞会。我在那里遇到了上将，他当时心情极好。自从上次诺韦拉把他关在门外后，我就再没见过他了。我知道他对此事耿耿于怀。但他马上要回欧洲了，我也清楚皇帝心中的想法，无数次想向他袒露心迹，劝他和拿破仑重归于好。我有这层考虑，也是出于事实、情理和我们的利益。然而，我因为一些琐碎的想法，最终没有说出口。后来，我不知多少次因此自责！可是，我并没有得到明示，不知道自己是否能处理这件棘手的事，不敢将其大包大揽在自己身上。我也担心自己这么做了以后，上将会当众说些让皇帝极其不悦的话，给我惹来麻烦。在这件事上，我想引用拿破仑说过的一些话。这段话具有极强的拿破仑的个人风格，叫人难以忘怀。

^{588}有一天，他向我提到君王轻信、软弱的恶习，向我痛陈其在宫廷滋生出多少阴谋、引发了多少无常的世事变化。他说，有这两个缺陷的君主定然逃不过被廷臣戏弄、被谣言中伤的命运。他说："我就举一个例子来说明吧。比如说您，您为了追随我而去国离家，这腔忠心也算得上令人敬佩和动容了。那您觉得别人会怎么看待您的行为呢？您觉得他们会如何评价您的品格呢？他们不过把您视为旧朝遗老、流亡贵族、波旁家族的耳目，或是与英国人串通起来的奸细。他们会说，您跑到我这里来，是为了把我出卖给他们。您跟随我到这里，不过是为了监视我，把我卖给我的敌人而已。哪怕您疏远和讨厌总督，这也不过是做戏罢了，这样您才能隐藏自己的真正意图。"听他在那里滔滔不绝、眉飞色舞地说着，我不禁笑了起来。他接着说道："您就笑吧。我敢跟您保证，我这些话可不是临时编排出来的，我只是把某些人一直试图传到我耳朵里的话复述了一遍而已……但您想象一下，若您遇到一个愚蠢、软弱、轻信的人呢？您能保证他不会被这些编排、这些耳旁风给说动？我亲爱的拉斯卡斯啊，若非我比大多数正统即位者更有头脑，您就不会出现在这里了。到时候，您纵有一腔忠心，也只能默默地承担无耻小人的造谣给您带来的伤害。"最后，他感慨道："人是多么可怜而又可悲啊！……无论在哪儿，在宫廷的屋檐下也好，在山野的荒岩中也罢，人性都是不变的！永远都是这个德行！……"

奥什和其他几位将军

5月10日，星期五

今天天气非常糟糕，我们根本没法出门。皇帝不得不在饭厅里踱步，舒展筋骨。他让人在客厅里点燃炉火，和大元帅下起了国际象棋。晚饭后，他给我们读了《圣经》中约瑟夫的故事，之后又读了拉辛的《安德洛玛克》。

昨天晚上，好几艘船驶入港口，是从孟加拉过来的。[589]印度总督莫伊拉勋爵的妻子劳登女士就在其中一艘船上。

我们在今天的谈话中提到了奥什。有人说，可惜此人英年早逝，否则他未来定会大有成就。拿破仑说："还不止于此呢，他已经大有成就了。"他说，他们两人从前打过照面，还有过两三次交谈。奥什对他敬重有加，甚至可以说是钦佩不已。拿破仑坦言，奥什不仅很有学识，还极有教养，在军队中可谓出类拔萃。他说："奥什一直想要建立自己的帮派，却只培养了一些心腹亲信而已；我从没想过去刻意争取人心，却收获了一大群追随者。此外，奥什野心勃勃，很容易引起人们的忌惮。他这个人可以干出从斯特拉斯堡带领2.5万人出来，以武力手段控制政府这种事；而我向来只采取韬光养晦的手段，一直谨记随机应变、顺势而动的行事准则。"

皇帝还说，奥什若没有早逝，要么会被他拉拢，要么会被他压制。由于奥什喜欢金钱享乐，所以他更有可能被拉拢过来。他说，莫罗在类似情况中，却既不知道投其麾下，也不懂得忍气吞声。拿破仑也没想过对他用这两种手段，因为它们对他都不管用。此外，皇帝认为莫罗是个无能的人，但他并不否定莫罗的军事才干。他说："可惜他意志薄弱，被身边的人团团操纵，对自己的妻子言听计从。他就是旧君主制下的一个将军罢了。"

皇帝还说："奥什去得突然，当时又是特殊时期，于是人们对他的死因有诸多猜疑。有这么一派人，他们总想把所有罪行都推到我的头上，声称是我让人毒死了奥什。那个时候，我简直成了所有恶事的主谋：我在巴黎指使人把远在埃及的克莱贝尔给杀害了，我在马伦哥把德赛一枪爆头，我把监狱里的囚犯掐死、割喉，我揪过教皇的头发，还做过成百上千件类似的荒谬之事。然而，由于我对这类传闻从不在意，[590] 它们被疯传一阵子后就被人遗忘了，我从没见到之后的继任者心急火燎地重提这些旧闻。要是其中某项罪恶真的发生过，他们早就把相关的资料、行动人、同谋等信息爆出来了。

"不过，再荒谬的谣言也总有人买账，庸俗之辈对它们深信不疑。大部分人觉得宁可信其有，不可信其无，觉得它们是极可能的事。幸好历史不会如此妄下定论，它还是讲道理的。"

之后，皇帝转回话题，说："有件事很值得注意。不知多少伟大的将军都是在大革命中横空出世的。其中有皮什格吕、克莱贝尔、马塞纳、马索、德赛、奥什等人，而且他们几乎都是普通士兵出身。然而，大自然仿佛耗尽了自己的气力一般，之后再无所出。我的意思是，至少它再未如此大规模地造出英雄。在那个时代，3000万人你追我赶，奋发向上，大自然也行使起了它的法则。可之后，人们被再度禁锢在更加狭窄的社会等级秩序中。有人曾抨击我，说我无论是在军队方面还是在行政领域都只肯挑些平庸之辈，借他们来衬托我的出类拔萃。即便他说的是真的，可今天的当局也没有任人唯贤，为有才之士敞开大门啊。您去看看，他们都挑了些什么人出来啊。"

他继续说："还有一件同样值得深思的事。这些将军大多都非常年轻，仿佛才被自然创造出来似的。他们的性格也极其相近，只有奥什除外。奥什干了些举座哗然的事，而其他人只以荣誉和祖国为念，活得跟古人一样。

"阿拉伯人称德赛为'正义的苏丹'；奥地利人为了哀悼马索并向他致敬而宣布停战；杜佛也得到了同样的赞誉。

"但我们不能说那些年纪更大的将军也是如此。他们只是虚长了年岁而已，M***、A***、B***①，还有其他好多人，他们就是一群有勇无谋的莽夫。

"他们中有一个人贪得无厌、利欲熏心，有人说，我为了警告他，曾佯装要把他吊死。[591]还有一次，我对他挪用公款的行为实在忍无可忍了，直接在他的银行账户上冻结了两三百万法郎。这事麻烦了！毕竟我的名号还是有点儿作用的。银行家写信，说自己若没得到M***的授权，就不能调出这笔钱。M***那边却立刻掏了这笔钱。如果我冤枉了他，他肯定会找法院讨回公道的。可M***什么都没做，直接掏钱认罚。

"O***、M***和N***②只有匹夫之勇。

"蒙塞为人正直，麦克唐纳忠心耿耿，至于B***，是我看走了眼。③

"S***④既有长处，也有缺点。他在法国南部的战场上表现极其出色。但让人难以置信的是，从S***的行事和治军风格来看，他也算一个

---

① 1823年版点明了这三人的名字，他们是马塞纳、奥热罗和布律讷。从1824年版本开始，作者均用首字母来代替其名。

② 即乌迪诺、缪拉和内伊。1823年版给了缪拉、内伊这两个名字，仍用首字母O代替乌迪诺。

③ 这里说的很可能是贝纳多特。

④ 即苏尔特。

铁汉了，竟然惧内。当初，因为可怜的约瑟夫采取了不合时宜的战术手段（那套作战方案老旧得像是出自苏比斯家族之手，一点儿都没有我的风格），法军在维多利亚惨败，痛失西班牙。我在德累斯顿得知这个消息，想找个合适的人挽救残局，然后瞥了一眼正在边上的S***。他跟我说，他已经做好奔赴前线的准备了，只求我跟他的妻子谈一谈，因为她肯定会强烈反对此事。我让他把他的妻子叫过来。她一脸敌意、吵吵闹闹地过来了，跟我说她的丈夫说什么也不能重回西班牙，说他已经操劳过度，应当好好休息一下。我跟她说：'夫人，我找您来，不是为了听您的一顿怒骂。看好了，我不是您的丈夫。即便我是，也不应该被您这么骂。'听了这话，她有些局促不安，态度软了下来，只趁机提了些要求。我没有理会她的要求，只说我很高兴她能如此通情达理。我说：'夫人，在危机袭来的时候，女性的慰藉能助我们减轻苦楚。回到您丈夫身边去吧，别再折磨他了。'"

哈德森·洛韦发出的荒谬邀请

5月11日，星期六

[592]下午四点，我来到皇帝房中。大元帅也进来了，递过来一张短笺。皇帝扫了一眼，还给大元帅，耸耸肩膀说："这未免也太蠢了，不要做任何回复。把它拿给拉斯卡斯看看。"

你们敢相信吗？这是总督发给大元帅的一张短笺，他在里面邀请"波拿巴将军"前往他位于种植之家的府邸赴宴，和莫伊拉勋爵的妻子劳登女士会面。看到他这失礼的言辞，我的火气一下子冒了上来。我简直无法想象世上还有比这更荒谬的事。哈德森·洛韦也许没有多想，可他毕竟在欧洲各国军队主营中待了那么长的时间，在各种外交场所都浸泡过啊！！！①

岛上的副总督斯凯尔顿和他的妻子即将启程前往欧洲，特地前来向皇帝辞行，被留下共进晚餐。

先前，由于我们的到来，这对身份尊贵的夫妇搬出了朗伍德（实际上这并非我们的意愿）。我们鸠占鹊巢，还抹去了他们留在这里的生活痕迹，给他们的个人生活造成很大的不便。然而在岛上所有人中，只有他们二人自始至终都对我们彬彬有礼、尊敬有加。我们也真心祝福他们回去的路上一帆风顺，并会一直记挂他们。

拿破仑在法兰西科学院—拿破仑在参政院—《民法》—对圣万桑勋爵的评价—谈非洲内陆—海军部—德克莱斯

5月12日，星期日

皇帝在花园里散了一会儿步，途中谈起好几件事，说起自己在法兰西学院的经历、学院的构成、院士的思想等话题。他从意大利军回来后，在科学院中再度露脸。②他说，他所在的那个科学院大约有50位院士，他觉得自己在里面能排第十。593 排在最前面的，当然是拉格朗日、拉普拉斯和蒙日。他还说，年轻的意大利军总司令和众多同僚一道站在法兰西院士的队伍中，当众讨论一些极其深奥难懂的话题，这幕场景着实吸人眼球，引来无数人的围观。当时，人们都把他称作"战场上的几何学家""胜利的力学家"。

当上第一执政官以后，拿破仑在参政院中引发的轰动依然不输从前。他一直都在主持《民法》的编写会议。③他说："特龙谢是《民法》

---

① 1823年版没有接下来的两段话。
② 即1798年1月4日。
③ 请看勒尼奥的《参政院史》（Regnault, Histoire du Conseil d'État）第261页。

编写的核心人物，而我则扮演起了法律的推销员。特龙谢在法律方面有着极其深邃、独到的见解，然而他的文字太高屋建瓴，不肯进行阐释。此外，他的表达能力欠佳，不擅长捍卫自己的提案。"皇帝说，一开始，整个参政院都反对特龙谢的提案。然而，独具慧眼、有着极强领悟能力、懂得以深入浅出的方式展开阐述的拿破仑发了言，其实他当时只理解了特龙谢发言的基本要义，但依然正确陈述了他的思想，打消了大家的反对之声，把所有人都说服了。

实际上，我们若去翻看参政院会议纪要，能发现第一执政官在不少民法条款上都做过即兴发言。读着里面的每字每句，我们不由得震惊于他独到的见解、长远的眼光和包容的思想。

正因如此，虽然有人持有不同看法，可人们依然将《民法》中的这个条款归功于他：所有生在法国的个人都是法国人。他说："我其实想问，承认所有生在法国的人都是法国人，这会带来什么弊端？此举只有一个好处，那就是扩大法国民事法律的影响力。而且，我们不是在说：生在法国、父亲是外国人的个人，除非他宣布自己愿意享受法国法律，否则不能享受法国民事法律的保护。我们的意思是，他不会被剥夺这一权利，除非他自己正式宣布放弃。

"要是于法国出生、父亲是外国人的人不被视为充分享有法律保护的法国人，那战争爆发后，我们就不能要求在法国结婚的外国人的儿子履行兵役和其他公民义务了。

"我认为，我们应当只从法国的利益层面去考虑问题。[594]生在法国的个人即便没有财产，至少他们也在精神上和习惯上是法国人，对法国有着每个人对出生国自然而然都会产生的依恋感。更重要的是，他们会愿意履行公民的义务。"

第一执政官还格外重视法国人的后代在异国享有的法国人的权利，并力排众议，扩大了他们的权利范围。他说："伟大勤劳的法国民族把他们的后裔播撒在世界各地，今后他们还会进一步开枝散叶。然而，法国人只是为了赚钱才跑到异国他乡去。他们某些时候看似是拥护外国政府，实际上只是为了替自己寻个保护伞罢了。要是他们赚够了钱，想回到法国，我们能够拒绝这个请求吗？即便他们进入了贵族阶层，我们也不应该把他们和那些拿起武器对抗祖国的流亡贵族混为一谈。

"要是有一天，某个遭到敌军侵略的地方立下协议，向敌国屈服，我们难道能理直气壮地跟辗转来到共和国境内定居的该地居民说，他们被剥夺了法国人的身份，因为他们没有在该地投降之前离开它，因为他们现在向新君主宣誓效忠，只是为了争取时间来变卖家产，将其携至法国？"

在另一次参政院会议中，在讨论战死烈士的后事时，人们因那些被留在异国他乡等死的战士的安置问题起了争执，第一执政官激动地说："将士们只要待在国旗下，就绝不是身处异国；国旗在哪儿，法国就在哪儿！"

至于离婚这个问题，第一执政官在原则上支持离婚。有人认为夫妻不和不应成为离婚的理由，他就此发表了很长一段讲话，阐述自己的观点。他说："人们说，离婚违背了妇女和孩童的利益，违反了家庭精神；然而最损害结婚人士利益的，莫过于性格不合的一对夫妻只能要么貌合神离地继续生活，要么大吵大闹地分居。最违背家庭精神的，莫过于一个四分五裂的家庭。[595]对妻子、丈夫和孩子而言，夫妻分居和离婚差不多是一码事。过去分居的比例和今天离婚的比例不是一样高吗？但它有个最大的弊端：水性杨花的女人可以继续抹黑丈夫的姓氏，因为她仍能继续冠夫姓。"

后来他还据理力争，反对政府起草一部标明哪些离婚理由可被接受的法律。他说："被迫把自己家中最私隐、最琐碎的家务事置于人前，这是何其可悲啊！

"此外，即便那些离婚理由是真的，但它们就一定能成为离婚的依据吗？就拿通奸这种事为例吧，如果有人想以通奸为由提出离婚，就必须拿出相关证据，可这类证据极难获得。那么，无法取得证据的丈夫就只好被迫跟一个他蔑视和痛恨的女人继续生活，这个女人说不定还会把跟别人生的孩子丢给他养呢。他只能选择分居，可这无法阻止他的姓氏继续蒙羞。"

再说回刚才那个离婚原则的话题，皇帝反对在这上面附加某些限制条件，他曾说过这番话："婚姻不是如人料想的那样，总是爱情的结晶。年轻女子因为盲从主流，为了获得独立或安身之所而选择结婚，这也是常事。于是她接受了一个比自己年长许多的丈夫，虽然两人的思想、品位和生活习惯完全不合拍。如果这样，等到她幻想破灭，意识到自己并不处在一个对等的夫妻关系中，发现当初自己是受了其他因素的诱惑才结婚的，那时法律还能给她留一条后路。

"婚姻形式取决于各民族的风俗、习惯和宗教。正因如此，各地的婚姻形式自然有所不同。在某些地区，妻子和妾能共处一室、一起生活。在那里，奴隶生的孩子跟其他孩子拥有相同的地位。所以，家庭组织并非自然法的衍生物。例如，罗马人的婚姻就和法国人的婚姻不一样。

596 "通过法律手段来防止人在十五六岁的时候草率地决定终身大事，这当然是明智之举，可是这样就够了吗？人们觉得，结婚十年后再离婚是不可接受的事，除非有非常要紧的原因。可是，绝大多数婚姻都是父母出于现实考虑而替子女缔结的，罕有少年夫妇自行决定结为夫妻的事发生。要是这对夫妇意识到他们并非天作之合，那他们自可破除这段并非出于自己意愿的婚姻。可人们不能因为草率或一时意气而去离婚，所以我们得想出各种合适的办法和措施来预防任意离婚的事发生。例如，我们可以成立一个家庭秘密咨询会，在法官的主持下听取夫妻的离婚理由。如果可以的话，我们还可以再补充一条：女人只有一次离婚机会。我们也可以规定她离婚五年以后才能再婚，以防出现因为下一段婚姻而导致当前婚姻破裂的情况发生。我们还可以增大结婚十年以上的夫妇的离婚难度。

"如果法院只在通奸之事闹得世人皆知的情况下才同意离婚，那相当于在坚决杜绝离婚。因为一方面，通奸很难被证实；另一方面，很少有男人愿意把妻子出轨这种事公之于众。此外，把家事拿出来说，这也有伤风化，有伤法国的颜面。人们会因此得出错误的结论，认为离婚这件事在法国蔚然成风。"

参政院一些一流的法学家提出一个观点：公民被褫夺公民权后，婚姻这个民事契约也旋即宣告破裂。这引起了非常激烈的讨论。第一执政官在一段生动的演讲中说了这段话，以表达自己的反对观点："这么做，相当于禁止女人从心底相信她的丈夫是清白的，禁止她追随与她结为一体的丈夫，与他风雨同舟。即便她笃信丈夫的无辜，誓要履行自己的义务，也只能以姘妇的身份与其相伴！我们为什么要剥夺这些苦命鸳鸯相濡以沫的权利，不让他们以合法夫妇的身份共渡难关呢？

⁵⁹⁷"要是法律允许妻子追随犯罪的丈夫，却不给她合法妻子的身份，那它就是在默许通奸。

"罪人已被剥夺家产，再不能和亲友相见，他的生活被毁了，他已得到了报应。难道我们还要把惩罚加在他妻子头上，用强制手段废除那桩标志着她和丈夫的生命融为一体的婚姻吗？她会跟你们说：'那还不如剥夺他的生命，至少这样我还能留下点儿回忆。可你们让他活着，又不让我去陪伴和宽慰他！'啊！不知有多少男人是因为太爱自己的妻子，才走上犯罪之路！所以，就让这些造成悲剧的女人去宽慰他们，和他们命运与共吧！要是一个女人尽到了这个义务，你们定会尊重她的品德，可你们把她和无耻的娼妇归为一类……"类似的话，我们还可以引用好几卷。

1815年波旁复辟后，我跟路易十六的前海军部长贝特朗·德·莫勒维尔有过一次交谈。这个人很有能力，在许多岗位上都表现突出。他跟我说："老实说，您的波拿巴·拿破仑是个非同寻常的人物。我们在海峡另一边的时候，没有真正认识他！没错，我们必须承认他骁勇善战、胜果累累，可金塞里克、阿提拉、阿拉里克也有此成就。所以当时对于他，我心中更多的是恐惧，而非敬佩。回来以后，我一时心血来潮，翻开了《民法》的会议讨论记录。从那一刻起，我对他就只剩深深的敬仰了。之后，我每次读起它，都有新的心得体会。啊，先生，您在为一个多么神奇的人效力啊！真的，他简直就是一个奇迹！"

五点，皇帝接见了第二天就要启程离开的拉萨尔赛特号护卫舰船长博文，态度极其亲善友好。提到"圣万桑勋爵"这个名字时，博文说此人是他的保护者。皇帝跟他说："您要去见他吗？很好，请您把我对他的赞美转达给他，他是一位优秀的水兵，一位勇敢、可敬的老兵。"

七点，皇帝开始泡澡。[598]他把我叫了过去，我俩对当前发生的事议论了许久，之后讨论文学，最后谈起了地理。让他大感震惊的是，人们对非洲居然没有任何具体概念。我跟他说，几年前，我曾向海军部长阐述了一个非洲出行计划。我说的不是一次走马观花、寻求新鲜刺激的远征，而是一次真正意义上的军事行动，它绝对不会枉费皇帝的时间和精力。部长听到我这个想法后，当面嘲笑了我一番，觉得我是异想天开。

我说，我想以四个地方为基点，向非洲发起进攻。我们或者从这四个基点往中间收，或者在非洲东部和西部登陆，朝中部地区进军，两支军队会师后再度分开，一南一北分头前进。我认为，我们若让葡萄牙宫廷交出手中所有的非洲情报，定会发现非洲东西部之间已有通路，至少道路已经近乎成形。以我们的时代精神，凭我们国人的一腔热忱、干劲和信念，我们轻而易举就能找出五六百位满腔抱负的优秀士兵、外科医生、医师、植物学家、化学家、天文学家、自然学家，他们定会不辱使命，完成这一伟业。

我们可使用牲畜工具和小型皮筏，一则是为了渡河，二则是为了穿过沙漠运输用水，再加上易于操作的小型炮台等设备，足以保障这场远征平稳顺利地进行下去。

皇帝说："我肯定会喜欢你的方案。我会抓住它的要义，把它交给某个委员会，然后静待结果。"

他说，他在远征埃及期间没时间完成类似的事，对此深感遗憾。他手上有不畏沙漠的精兵。他从达尔富尔王后那里收到一批礼物，并派人回了礼。要是再给他一点儿时间，他就能把我们在非洲北部的地理考察范围推得更远，[599]而且此事极易操作——他只需在每个沙漠商队中插进几个头脑灵活的军官就行了，为了保障这些军官的安全，他也会扣留一些人当人质。

之后，我们谈起了海军部。皇帝在这方面进行了深入的阐述。他不能说自己满意德克莱斯的工作。他认为，人们也许会责备他一直让德克莱斯担任海军部长。然而他是因为没有更好的选择，才一直把德克莱斯留在任上，毕竟此人是他能找到的最佳人选。甘多姆是一个毫无才干的普通水兵[①]，先后三次没能保住埃及。他说，他之所以觉得卡法雷利也不行，是因为有人故意在他面前把卡法雷利的妻子描述成一个惹是生非的女人[②]，我们知道，这么一来，卡法雷利在他心中就相当于上了黑名单。M***[③]这个人不太靠谱，他的家人曾出卖了土伦。皇帝曾考虑过E***[④]，可后来觉得此人没有坐到这个高位上的能力。他心里想过T***[⑤]是否能成事，觉得此人虽然没有多少才干，但还算是个不错的行政官员，可惜他在大革命中太不安分。[⑥]

历数完这些人后，皇帝说："我在任命其他部长的时候十分随意，几乎所有人都有机会在这些位置上坐一坐，只要他们略微表现出一点儿忠心、热忱和干劲就行。但外交部部长的人选就完全不同了，他必须以才德服人。"他继续说："其实，海军部长是个苦差事，说来说

[①] 1823年版中没有后半句话。

[②] 一些朋友跟我说，这些言论肯定会伤害到当事人。然而我敢拍着胸脯保证，我就卡法雷利写的这些话完全是出于好意，甚至是为了颂扬他。皇帝说这位优秀的官员因为小人的设计而没能当上部长，他明显没有说这些指控是真的。如果这段文字对卡法雷利造成伤害，那完全是我在编写上出了问题。那我定会惹上麻烦，毕竟卡法雷利一家和我往来密切，我对他有着深厚的感情。*——辑录者注

* 1823年版没有这个脚注。

[③] 即米西赛（Missiessy），1823年版给出了全名。

[④] 即埃梅里奥（Emeriaud），1823年版给出了全名。

[⑤] 即图里盖（Truguet），1823年版给出了全名。

[⑥] 1823年版本是"卑鄙"。1823年版本在这段的后面还说："之后，有件事加速了他的灭亡。那是很后来的时候，皇帝读到了他的秘密通信，里面依然充斥着雅各宾思想。"

去，德克莱斯也许仍是最佳人选。他领过兵、打过仗，[600]治军严明。他有头脑，甚至很有头脑，虽然他只是把这份聪明劲用在谈话上。[①]他脑子里没有任何计划，只知道一板一眼地执行别人的方案。让他走还行，但你别想让他快速跑起来。他应该把半辈子的时间都花在海上指挥军舰演习。他若真这么做，绝对不会失去我的半分宠信，然而作为廷臣，他太害怕走出自己的办公室了，这足以证明他有多不了解我的心思。其实他若待在军中，会比待在朝中更得人心。他若离开宫廷，反而更能得到我的欣赏。"

皇帝说，他最痛惜的是拉图什-特莱维尔，觉得他是个真正的天才，坚信这位上将能为我们打开全新的局面。他说，如果拉图什-特莱维尔没有死，他至少会尝试攻打印度、英国的方案，甚至将其彻底实现。

皇帝后悔当初进攻英国时采用了布洛涅的驳船。他说，他应该利用停在瑟堡的真正的军舰才对。他当时想，既然在菲尼斯泰尔海角的维尔纳夫表现出强烈的参战意愿，那这事应该可行吧。"我摒弃了周围人给我提供的常规海上作战思路，经过精心的部署和盘算，把维尔纳夫安排进我的方案。一切如我预料的那样顺利进行着，直到最关键的时候，无作为的维尔纳夫让我们前功尽弃。天知道德克莱斯给他下达了什么指令，天知道两人私下通信时都说了什么我从来不知道的事。[②]

---

① 1823年版之后还有一句话："只在私底下谈论政治时才闪现智慧的光芒。"

② 维尔纳夫上将的一个心腹手下读到拿破仑的这番话后，给我写信说：在领命前来替代维尔纳夫上将的罗西里到来之前，上将收到德克莱斯的一封信，对方在信末说："您一旦找到合适的机会，就立刻出港。不要绕开敌舰，相反，无论在哪儿，只要遇到敌军军舰，您立刻向其开火，皇帝并不在乎损失多少军舰，只要它们是光荣殒身的。"读到这则建议，我对皇帝的敬佩之情油然而生。在维尔纳夫上将打出投降旗的时候，船上所有文件都被丢进海中，此信是这位军官唯一救下来的一封。*——辑录者注

* 1823年版没有这个脚注。

虽然我权势滔天，又有无数眼线，可我对许多发生在自己身边的事仍然毫不知情。

"大元帅曾跟我说，[601]他在沙龙听你们说，我每次见了海军部长都没有好脸色。事情可不就是如此吗？我从他那里只能听到坏消息。在得知特拉法尔加海战惨败的消息时，我甚至都自暴自弃了。我不可能万事亲力亲为，欧洲大陆这边已经够让我焦头烂额的了。

"我一直渴望远征印度，一举将其夺下，却屡屡败北。我计划派出1.6万名士兵，所有船只都用风帆战列舰，每艘载500人，总计需要32艘战舰。我的计划是，船上用水可维持四个月，还可在法兰西岛、非洲沙漠地带、巴西和印度洋上得到用水供给，如有必要，他们还可以在船只抛锚地获得水源。抵达目的地后，船只把士兵放在陆地上，然后立即返航，路上丢弃了六七艘旧船来满足船队的补给，反正那些船也快寿终正寝了。这样的话，即便某个英国舰队立刻从欧洲出发，也无法发现我们的踪迹。

"军队下船后，在一个能力十足、值得信任的统帅的带领下，他们能在我们无数胜利的基础上继续缔造辉煌，欧洲会如当初惊闻埃及被攻陷一样，突然听到印度被攻占这个石破天惊的新闻。"

我非常了解德克莱斯，我们是一起进入海军的。我相信他对我抱有真挚的友谊，我对他也是感情深厚。我经常遇到有些人拿他开玩笑，对此，我的回答永远是：这些都是偏见。因为德克莱斯太不受人欢迎了。我经常想，从某些角度来看，他甚至是故意让自己不受待见的。和从前在欧洲一样，我在圣赫勒拿岛上几乎是唯一一个替他说话的人。皇帝在厄尔巴岛期间，我经常见到德克莱斯，他对皇帝一直都忠心耿耿。我把这一切都一五一十地告诉了皇帝，并相信皇帝完全相信了我的话。

我告诉他，"一听到陛下回到杜伊勒里宫的消息，德克莱斯立刻紧紧抱住我，喊道：'他回来了！我们盼到他了！'"[602]看到他那热泪盈眶的样子，我不由得也被他感染，激动得落泪了。他当着他妻子的面，对我说：'现在我确信，我先前冤枉你了，我要做出弥补。不过是因为你从前的身份，因为你和如今准备离开我们的那些人来往密切，我才觉得你迟早会跟他们重归于好。因为这个原因，我先前才不止一次地在言语上冒犯你，让你为难'。"听到这里，皇帝哈哈大笑，说："笨蛋啊，您真信了他这番话？这是廷臣最擅长的攻心之术，这话颇有拉布吕耶尔的风格。不过德克莱斯这么做也算聪明。在我离开法国的这段时间，即便他真没留意到别人冒犯我的言行，也可以用这种话为自己辩解，彻底杜绝可能的麻烦。"

我继续说："好吧，陛下，我刚才说的这件事可能不算什么，可接下来我要讲的才是最关键的内容。1814年，就在国难当头的时候，也就是巴黎沦陷之前，有人用非常隐晦的手段试探德克莱斯，想拉拢他干出于陛下不利的事，结果被他直接赶走了。德克莱斯很容易被人煽动，其言行还很有分量，若能得到他的支持，那一派人就成功有望了。于是，在国难之际，一个名气甚大的大人物找到了他，他就是那桩阴谋的主要策划者。①此人来到德克莱斯跟前，一瘸一拐地把他拉到壁炉前面，拿起上面的一本书，说：'我刚才在里面读到一句话，给我留下特别深刻的印象。您也听听吧。孟德斯鸠在某本书的某章某页上说：当君王凌驾于所有法律之上时，当暴政到了让人忍无可忍的程度时，被压迫者就只能……''够了！'德克莱斯一边大喊，一边捂住此人的嘴，'我不要再听了，把这本书合上。'对方平静地合上了书，一脸若无其事的样

---

① 这里明显说的是塔列朗。

子，转换话题，谈起其他事情。

"后来，一个元帅①惨败而归，公众对他在这场战役中的表现很不满意，舆论反应极其强烈。他非常不安，寻求身边人的支持和认可，很想请德克莱斯替自己说话。他对德克莱斯说：'我经常想起我们俩的一次谈话，您当时激动地陈述了祖国的遭遇和不幸。[603]您的慷慨陈词深深影响了我，让我下了拯救祖国的决心。''是的，我的朋友，'德克莱斯带着明显责备的口吻说，'可您也说过，您当时立刻跳上了战马，不是吗？'"

我又对皇帝说："若要正确看待这些小事，我就必须告诉陛下，它们都是德克莱斯在陛下离开法国期间亲口跟我说的，他当时完全不知道您能回来。"

这场"浴缸谈话"持续了近两个小时。皇帝很晚才吃晚餐，仍把我留下来陪他。我们谈论了巴黎军事学院。我出校的时候他才刚进校，我们拥有共同的教官、老师、同学，所以在这方面有很多共同语言。他觉得有校友陪他一道重温少年时光，回忆我们的课业、干过的恶作剧、玩过的游戏，这是一件多么美好的事啊。

说到兴头上，他要了一杯香槟酒，这可是少有的事。他很节制，所以只要了一杯。酒下肚后，他脸上染上一层红晕，谈得更尽兴了。我们都知道，他在餐桌上从来待不过半个小时，可那天我们那顿饭竟吃了两个多小时。当马尔尚告诉他已经十一点的时候，他大吃一惊，心满意足地说："时间过得真快啊！要是我每天都能这么愉快地度过就好了！"然后他一边让我回去，一边说："亲爱的拉斯卡斯，您把快乐留给了我。"

---

① 即马尔蒙。

我儿子身体状况不容乐观—发人深省的
《吉鲁艾特大辞典》—贝托莱

5月13日，星期一

沃登医生和他的另外两位同僚一道前来给我的儿子问诊，我对我儿子的身体状况忧心忡忡。

在我的请求下，皇帝见了这位诺森伯兰号上的旧人，和他谈了近两个小时，以拉家常的口气回顾了英国政府干出的那些挑拨仇恨、满是谎言、颠倒黑白的行径。[604]后来这位医生跟我说，皇帝的那些话说得真是正确、清楚、直接、妙趣横生，叫人长了不少见识。

谈到最后，皇帝说了这番发人深省的话："我并不太在乎有多少人通过书面诽谤朝我泼污水，因为我的言行和事实是比雄辩更有力的反驳。我是干干净净地坐上皇位的，身上没沾染任何曾玷污了各朝无数元首的罪恶。你们去历史中找一找，对比一下就知道了！真要说害怕后人和历史对我有何诟病，我只怕他们会说我太过仁慈，而非太过凶残。"

晚饭后，皇帝浏览了新到的《吉鲁艾特大辞典》①，这本书虽然写得不怎么样，但构思奇特。它讲述了从大革命早期就一直活跃在政治舞台上、如今依然健在的那些人物的故事，他们的语言、思想和行为无不体现了时代风向的转变。正因如此，这本书才取名为"吉鲁艾特大辞典"。②这本书不仅收集了他们的演讲节选，还讲述了他们不同于常人的一些行为。打开这本书的时候，皇帝问我们中是否有谁被收进这本书。

---

① 这本辞典出版于1815年，当年就被再版了两次，作者是阿历克西·埃莫里，另外还有几个合作者，如查尔平、塔斯蒂、热内·佩林、普洛瓦西·戴普伯爵等。请看凯拉尔的《化名发表的文学作品》（Quérard, *Les Supercherie littéraires*）第三卷第682页。

② "吉鲁艾特"是法语单词"风信旗"的音译。——译者注

有人开玩笑地回答说:"没有,陛下,书中只有陛下的名字。"①实际上,书中的拿破仑被称作共和国的缔造者、王权的行使人。

皇帝给我们读了其中一些段落。不同时期的不同人物在言行上形成鲜明对照,读来很有意思。作者在某些地方的文笔放肆到近乎无礼的地步,皇帝读着读着,忍不住笑出声来。但看了几页以后,他就把书丢到一边,脸上带着厌恶和痛苦的神情,说:"一言以蔽之,这本书通篇都在描述社会的丑恶,肆意抹黑我们的荣誉。"最让他难受的是"贝托莱"的那个词条。皇帝曾无比信任贝托莱,也认为自己有充足的理由去信任他。

所有人都知道这么一件被传为美谈的事:贝托莱曾遭受了重大的经济损失,一度生活困难。皇帝听闻此事,给他送去10万埃居,并告诉他:自己对他有怨言,因为他竟然忘了,拿破仑是永远乐于帮助自己朋友的。唉!后来我军一败涂地,贝托莱对皇帝翻脸无情。皇帝得知此事后,甚感悲凉,605反复叹道:"什么!贝托莱?我的朋友贝托莱?……就是我无比信任的那个贝托莱?"

皇帝从厄尔巴岛回来后,贝托莱又想为自己曾经的恩人效力。他大着胆子回到杜伊勒里宫,请蒙日向皇帝传话,声称要是皇帝不肯见他一

---

① 实际上,拿破仑在书中的篇幅极短,他被说成一个"效力共和、仇恨暴政"的人,之后"他在1814年4月退位。1815年3月20日,他宣称自己不曾退位。同年6月22日,他还是退位了"(321页)。据说,回答拿破仑的这个人是蒙托隆(古尔戈也在日记第一卷第136页中明说是蒙托隆)。他自己在回忆录中说:"我们边说边笑作一团,皇帝说:'要是你们谁的名字也在里面,那才叫好玩呢。'我大着胆子用相同的口吻回答说:'我在里面只看到了陛下的名字。''欤?请问为何?''因为陛下缔造了共和国,戴上了帝王的冠冕。'皇帝说:'您说得没错。但至少我绝不是忘恩负义之徒,我也从未忘记自己是因为法国人民才坐上帝位的。而实际上,帝国就是最好的共和国。'"(请看蒙托隆的回忆录第一卷第271页)说完这话,他继续翻阅辞典,读到"贝托莱"这个词条时,说:"写得很认真,但并不完整。"

面，他就立刻出门自尽。皇帝无法拒绝他的要求，只好在走过他身边的时候冲他笑了笑。

皇帝在位期间，一直对几个大制造商照顾有加。他想看看关于他们的词条，里面全在说他们的好话。

接见来自孟加拉的船上的乘客
5月14日，星期二

大约下午四点，我们这里来了一大批访客，他们都是从印度回来的。皇帝同意接见他们。访客中有一位先生，姓斯特朗日，是英国海军部长梅尔维尔勋爵的妻弟。有一位先生姓阿巴斯诺特。有一个叫威廉·布拉夫的爵士，在加尔各答高等法院担任法官。有两个是莫伊拉勋爵的副官。除此之外，还有好几位女性。当时，我们所有人都在会客厅里聊着天。皇帝离开了卧室，去花园里透透气。他一露脸，就在客人中引起极大的轰动，他们全都冲到窗户前想看看他。这情景跟从前在普利茅斯的时候一模一样。大元帅把所有客人带到皇帝跟前，皇帝带着无人能够抵抗的微笑，亲善友好地接见了他们。所有人都直勾勾地盯着他，好多人都是激动难耐的样子。

皇帝跟他们每个人都谈了几句，并如往常那样，一边听他们说话，一边提出一些跟访客身份有关系的问题。他和高等法院的法官在立法和司法等问题上谈了很久，和东印度公司官员聊了贸易和管理，向几位军官询问他们的从军时间和受伤史，又夸赞其中两位夫人一身孟加拉式的打扮十分别致。[606]之后，他转头跟莫伊拉勋爵的一个副官攀谈起来，跟对方说：大元帅曾告诉他，劳登女士也在岛上，要是她也在这道给他圈定出来的围墙里，他会非常高兴向她问好，可惜她身处围墙之外，于他而言，那里如孟加拉一样遥远。

在由我充当翻译的这场谈话中，先前跟我有过交谈的斯特朗日忍不住把我拉到一边，吃惊又满心欢喜地跟我说："啊！你们皇帝看上去是多么风度翩翩、气度不凡啊！就像在问安大礼中一样！""先生，问安这类礼仪，于他而言是司空见惯的事。"

我们把客人带到客厅。在好奇心的驱使下，他们还进了第二间套房，也就是皇帝的私人客厅。在政府中身居要职的威廉·布拉夫爵士，问我这里是不是饭厅。我跟他说，这是客厅，严格来说，这就是皇帝的整个房间。他大为惊讶。我给他看了看窗户边上的两件小家具，它们便是皇帝房中的所有家具。他整张脸都皱了起来，似乎在回忆往昔的场景。又看了看这一屋子寒碜的家具和这狭窄的空间，他一脸笃定地说："不过你们肯定会越来越好的。""怎么说，难不成我们还能离开这里？""不是，但你们将得到一批非常精美的家具和一座漂亮的住宅。""问题根本不在于我们在这里有什么家具房屋，而在于房屋下面的这块礁岩，在于这座岛屿所处的纬度。我们待在这里，绝对好不起来。"

我把皇帝几天前就家具这件事给总督的回答原原本本地复述给了布拉夫爵士。他一下子被感染了，紧紧握着我的手，激动地说："我亲爱的先生，这是一个多么伟大的人啊，有着多么惊艳的才华啊！我们有太多理由去害怕他了。"我反过来问他："可是，为什么我们不能赶着马车齐头并进，反而一南一北地相互撕扯、使绊儿呢？这么一来，我们谁都一步也前进不了。"他望着我，一脸沉思，都忘了松掉握着我的手，说："是的，这当然说得没错，可是……"

看到皇帝从容自若、气定神闲的样子，所有人更是惊讶不已。我不知道他们本来是怎么想拿破仑的。其中一个人跟我说，他不知道拿破仑得有一个多么强大的灵魂，才能承受如此打击。我回答："这是因为没人真正了解皇帝。他曾跟我们说，在所有重大事变面前，他就如同大理石一般坚硬，无论风吹雨打，他的精神和身体都不会有分毫折损。"

晚饭后，皇帝问了一个他经常问起的问题：我们今晚读什么？有人提议读昨天看过的《吉鲁艾特大辞典》，皇帝拒绝了，因为他不想让这个夜晚变得沉重。他说，他今天更想读点儿小说。然后，他要来《被拯救的耶路撒冷》，高声读起里面的段落，许多时候用的是意大利语，而不是法语。之后，他给我们读了拉辛的《菲德尔》和《阿塔莉》。他对拉辛越来越着迷了。

各罪等罚—皇帝让我仔细讲解《勒萨日的历史学、系谱学、编年学及地理学图鉴》的创作过程
5月15日，星期三

皇帝在散步中说起几个话题，其中一个便是犯罪和惩罚机制。皇帝说，大法学家——甚至那些深受时代精神影响的大法学家——都支持各罪等罚的原则。在《民法》的通过程序中，他本来想支持罪不等罚，然而由于各种因素，最后他不得不做出相反的决定。他问我对此是何看法。我回答："我完全支持罪不等罚。我们在理性上认为，惩罚和犯罪一样，也有轻重之分。从感性角度上来看，我仍持此观点。我完全没办法把弑父的凶手和撬锁的小盗归为一类人，[608]更别说对他们施以相同的惩罚了！

"但在这个问题上，我们最后才该考虑犯罪分子：他犯了事，就应得到该有的惩处。人类还发明了许多手段，减缓刑罚在身体上造成的痛

苦。在是否应各罪等罚这个问题上，立法者更大的目的是对潜在的犯罪分子预先进行敲打，对围观刑罚过程的看客以及整个社会的道德精神产生震慑。有人宣称判死刑就够了，具体怎么执行死刑，这并不能动摇犯罪之徒的犯罪思想及企图。这种观点是错误的。因为如果采取罪不等罚的措施，那每个犯人都会三思而后行——如果他有得选的话。假设每个社会成员都扪心自问一下，他定会惧怕某些死刑，却可能对另一些死刑毫不在意。罪不等罚和不同的刑罚手段属于司法及社会政治的范畴，可我觉得，今天的公共舆论不可能接受这个看法。"①

皇帝完全赞同我这个观点。我们谈起弑君这个行为，他认为：考虑到它会造成的后果，这也许是最严重的犯罪行为。他说："当初，谁若在法国把我刺杀了，他将颠覆欧洲格局。我不知经历了多少死里逃生的事！"

印度总督莫伊拉的妻子劳登女士这几天一直住在岛上，引起全岛的关注。这位夫人身份高贵，头衔可能和我们旧君主制下的公爵夫人差不多。英国军官对她毕恭毕敬，上将还把她邀请到了诺森伯兰号上，为她举办了一场小型宴会。他派人过来传信，请我把《勒萨日的历史学、系谱学、编年学及地理学图鉴》借给他一晚，他想让劳登女士看一看。[609]毕竟有传闻称她的丈夫是金雀花王朝的第一代表，换言之，他也算是英国王位的合法继承者呢。

来到这座岛上后，我和上将已渐行渐远，几乎形同陌路了。所以，与其说他想通过借书向我表达善意，还不如说他是在对这本书表示认

---

① 坦白说，我的观点可能是错的。有人后来给我提供了法国采取等罚措施后的国内犯罪数据，我们若将其拿来和旧制度下同期犯罪数据对比，会发现犯罪数目有所减少。——辑录者注

可。劳登夫人听人们谈起这本书，便想看一看，那上将自然要想方设法替她找来。然而，我无法满足他的请求：这本书现在正在皇帝房中。这就是我的回答。

皇帝笑话说，上将本来想为我谋一个喝彩。我则很同情那位夫人，因为人们竟想用这种娱乐方式去取悦她。因为这件事，皇帝谈起了《勒萨日的历史学、系谱学、编年学及地理学图鉴》。他说，他经常听到人们讨论这本书，知道它享誉国内外。无论在柏勒洛丰号、诺森伯兰号还是在圣赫勒拿岛，人们都在说这本书。无论走到哪里，他都能遇到读过或者想读这本书的人。

他兴高采烈地说："这就是我所说的真正的胜利，这才叫在文人圈打响名号。我想请您给我讲讲这本书的故事。例如，您是在什么时候、怎样把它构思出来的，又是怎么把它写出来的，它取得了什么效果，为什么您要化名写这本书，后来再版时为什么也不用真名。朋友，交一份真正意义上的报告上来吧！您明白了吗，参政员阁下？"

我回答，这份报告会很长很长，但我觉得此事倒也不失乐趣。我的《勒萨日的历史学、系谱学、编年学及地理学图鉴》虽占了我人生中大部分时间，但它让我今天有幸待在皇帝身边，我先前的心血全都值了。

下文便是我几天后写出来的一篇回忆文。它篇幅较长，为此我请求读者的原谅。里面虽是些点滴小事，可它们是我最温馨、最幸福的回忆。那时我正值少年，身体康健，精力充沛，总之，那是我人生最充实的一段时光，宝贵而又短暂易逝。[610]我重申一遍，读者会觉得它有些长，但看在它给我带来的快乐的分儿上，请原谅我的啰唆吧！经年之后，我重读这篇回忆文，仍能读出里面的蓬勃朝气。

《勒萨日的历史学、系谱学、编年学及地理学图鉴》小史

"这本《勒萨日的历史学、系谱学、编年学及地理学图鉴》的问世，既是偶然，也是必然。常言说得好，必然性是万事之母。我们流亡贵族集团初尝败果后，我被政治风暴抛在了伦敦的大街上，在那里举目无亲，无所依傍，却如初生牛犊一样无所畏惧，敢想敢干。任何人，只要有了这些品质，就能在当时的伦敦找到一个栖身之地。

"如无头苍蝇一样乱闯了一段时间后，我决意凭自己的双手谋得生计——像费加罗那样靠写书为生。有段时间，我全心全意地投入小说创作。一个出版商给我提了些建议，使我有了一点儿想法。然而写小说的要求太高了，相应的回报却很微薄。之后我决定转战史学，打算从前人身上汲取力量，得到精神上的愉悦。于是我灵光一现，决定写本历史学图鉴。我是在上苍的启发下才产生这个想法的。最开始，我只写了一份简单的草稿，它和今天书中的内容大相径庭，完全是术语的堆砌和罗列。然而它足以令我摆脱生活的困境，甚至还让我发了一笔小财（对当时潦倒的流亡贵族而言，这已是很大一笔钱了）。之后，《亚眠条约》签署，第一执政官大赦天下。于是，我萌生了去巴黎游玩一趟的想法。我打算以游客的身份回去，好呼吸一下祖国的空气，游览一下首都的风景。回到祖国后，我发现自己可不受限制地表达个人想法。我的研究工作进展顺利，我的思想和头脑得到扩大和充实，我还能自由安排自己的时间。于是，我开始修订《勒萨日的历史学、系谱学、编年学及地理学图鉴》，把它变成今天这个样子。我每个季度都定期发表四页内容。从那时开始，我真正享受到了精神和物质上的极大成功：人们的关注、认可、金钱、知名度，从各方源源不断地向我奔来。毫无疑问，那是我人生中最美好的一段时光。

[611] "在英国的时候,我之所以化名发表作品,是不想损害我的姓氏的荣誉。'勒萨日'这个笔名是我在勒布朗、勒格里、勒努瓦等一大堆名字中随便选出来的。其实,我不该选择这个平淡无奇的名字,因为它实在太大众化了。没过多久,我收到了寄给我——'勒萨日'的一封信,这封信经过好多个同名法国人之手,被先后寄给了20多个叫'勒萨日'的法国神父,最后才辗转寄到我这里。最后一个收到此信的神父明显发现这不是我的真名,把信转寄给我,还大为恼火地在信中加了一页短笺,说人们如果想改名,好歹也该避开别人已经取过的名字啊。

"回到法国后,我依然用'勒萨日'这个名字,因为它已成了《勒萨日的历史学、系谱学、编年学及地理学图鉴》的一部分。我若换个名字,可能会误导一些读者,让他们误以为这是另一个人写的新作。此外,我也不愿因为侥幸的成功就将自己的姓氏暴露于人前,说不定还会引来一些报纸的言语攻击,平白无故地陷入争端,给自己惹一身骚。所以,即便作品大获成功,我也没想过改回真名。也许,这是因为我身上还残存着一点儿古老成见吧。

"在文坛享有盛誉,于我而言这当然是件光荣的事。但我告诉自己,我是军人出身,应当追求另一种荣光才是。可大环境使然,我在这条路上是走不通的。我只想说,我并未忘记自己的义务。此外,我没有任何理由为化名这件事感到后悔,恰恰相反,我经常为此感到得意呢。由于没有现实因素的掺杂,我反而从中体会出一点儿浪漫冒险的愉悦感,而且这么做也很符合我的性格。这也经常导致一些有趣的误会和好笑的场景。例如,在英国的时候,我不止一次在社交圈里被人问起自己对勒萨日这本书的看法(当然了,他们都是善意的)。还有一次,在一所寄宿学校中,我因为说了一些批评这本书的话,还被人不依不饶地抨击了一顿。

"我不仅全心全意地编写这本书，还招待每位慕名前来拜访的客人，面对面地跟他们讨论书中的内容。就是在那个时候，我结识了一群极讨人喜欢的人，和他们相处起来如沐春风。我无须刻意迎合谁，[612]但我反复提醒自己要对外界的恭维保持清醒。尤其是在法国，我被一大堆赞誉彻底淹没了。那些甜言软语、吹捧恭维，真是雅致、甜蜜、温柔到了极点。有些人关注我，是因为他们知道我。有些人奉承我，则可能是因为他们对我一无所知。而有些人喜欢我，则是因为我跟他们每个人都保持着良好的关系。我享受着这类有趣的场景。他们若想请我在书的扉页上签字，就必须向我告知他们的姓名。所以，我见到了许多形形色色的人，开始了解他们，暗自观察他们。在那段时间里，我接触到许多不同的观点、看法，对此进行了思考。这个人觉得书中某个地方是老生常谈，那个人却对这段内容欣赏至极。这个人认为某段话是点睛之笔，那个人对同样的话却难以接受。每个人都会习惯性地认为自己的观点是普世法则，觉得巴黎乃至全世界都和自己一个想法。

"正因如此，我才格外信奉一个准则：人要做好自己的事，也要懂得和气待人、礼貌接物的道理，这会让人受益无穷。我愿意倾听任何人给我提的建议，乐于接受他们给我提供的一切微小线索。这种柔顺平和的态度给我带来了无穷的好处。有些人也许本没打算买书，结果不仅带了一本书走，还给我拉来十几二十个，有时甚至上百个的订购者。有的人向内务部部长力赞我的书，说它是经典之作；有的人在外交界极力推广它；有的人想推荐我拿到荣誉勋章；还有的人写了一篇文论称赞它，并把文章发表在报纸上。他们的好心和善意，有时甚至变成了狂热。我在这里只举一个例子：有个并不认识我的外省订购者给我写信，请我把我自己的肖像印在书的扉页上，我要是答应他的请求，他可支付一半的相关费用。还有一个是美丽的蒙特莫朗西城堡的主人，他每周都会登门拜访，理由永远是看看我是否有新的内容发表。可他自己也说了，实际原因是，他觉得待在我的沙龙中是自己最幸福的时刻。他甚至还想像买书一样支付和我聊天的费用，我只能拼命打消他的这个念头。[613]后来我才知道，这是一个实打实的怪人，性子跟拉布吕耶尔、让-雅克一模一样。在很长一段时间里，他给予我无微不至的照顾，如慈父一样关怀着我。他不止一次跟我说：'勒萨日先生，您应该结婚才是。您具有许多让一个女人幸福、让她的父亲放心的品质。'要知道，他只有一个女儿，而且家财万贯。后来，我和他失去了联系。直到很久以后，有一次，我和一群夫人一起在乡间出游，遥遥地看到了他的蒙特莫朗西城堡，这段往事一下子涌上心头。我把这个故事告诉朋友，在逐渐高涨的好奇心的驱使下，大家提议去参观这座城堡。然而，我们被拒之门外。我问守门人，城堡主人是否还在里面。对方回答，主人就在城堡里，正因为他在城堡里，我们才不能进去。我想起来了，他是一个十足的怪人，在城堡里过着闭门幽居的生活，这也不足为奇。我费了好大一番功夫，请人告诉他门外来拜访的是勒萨日。这个名字立刻发挥出它的魔力。先前，虽然我们乘的是骏马豪车，旁边有身着号衣的仆人开道，依然无人理睬。可一听到这个名字，城堡大门立刻打开，连守城堡的人见此情形都大吃一惊。城堡主人命令他的仆人把我们所有人都好生迎进来，不得有丝毫怠慢。我们本来随身带了一些干粮，打算随便充充饥，可主人不由分说，当即在一间豪华大厅里布置了一顿丰盛的晚餐。看到主人如此殷勤，我们若是拒绝，反而显得太无礼了。这位善良的老人家当时痛风发作，必须卧床静养，但他看到我后异常欣喜，仿佛和自己失散多年的儿子重逢了一般高兴。他坚持要见见我的同伴，在仆人的搀扶下来到大厅，陪我们用完甜点，以示对客人的尊重。很有意思的是，他并不知道这些夫人尊贵的身份，以为她们是普通市民出身。这位老人家不肯放我走，一再要求我再来看他，并说我和我的伙伴永远会是这里的座上宾。唉！可惜我没有机会享受他的这番好意。没过几天，我就在报纸上得知这位挚友溘然离世的消息。

"我有了从政的野心后，我这本书的黄金时代就从各方面宣告结束了。我进入宫廷，为陛下效劳，再也没有写类似作品的想法。[614]我把该书的版权托付给一个同窗旧友管理，他也跟我一样曾是流亡贵族，但之后这本书的出版利润就再不像先前那般丰厚了。

"转战到新的领域后，由于这本作品的关系，人们一开始对我仍是各种奉承。然而，我就像在舞会上揭下面具的人一样，只淡淡地回应几句了事。人们发现我从来不接这个话题，对其闭口不谈，不想对它多做评论，便不再跟我提这本书了。到了最后，有的人甚至开始怀疑我是否真写过这本书，我是否有资格自称是这本书的作者。"

皇帝说："朋友，哪怕在圣赫勒拿岛，怀疑的声音也从没断过。有人宣称，他有确凿的证据证明此书并非您的作品，您是从别人手里把它买过来的。人们还说，还有一个证据是，您对这本书的了解根本不深，所以您才从不谈论它。对于这些言论，我只想反驳一句：他们的哪个问题没有得到完整的回答？再说了，该书从语句、结构，甚至表达方式上，都无一不透着您的个人风格。"

我继续讲述道："许多人会说，我的缄默会毁了自己。可我素爱高洁之物，不喜招摇撞骗。而且，我之所以这么做，不过是遵从本性罢了。陛下曾跟我们讲过西哀士的一件事：有一次，西哀士辛辛苦苦拟了几套法律方案，把它们拿到议会中。可他刚开口，就有人站出来反对。他知道自己必须辩驳对方，但他什么都没说，收起方案就走了。我也是如此。我无法当众发表支持自己的言论。因为要这么做的话，我要么得位高权重，要么得放弃私人友谊。然而，我更宁愿保持沉默，除非有人当面质问我，或者把我逼急了。不管怎样，我在寂寂无闻的时候，曾感受到全世界的善意。得到晋升后，我有了敌人，感受到了旁人隐隐的忌妒和恶意。先前一直不遗余力地称赞《勒萨日的历史学、系谱学、编年学及地理学图鉴》的报纸，如今刊登了一些言论极其恶劣的、攻击我的文章。有人认真追究其缘由，作者坦诚地说，他们之所以对我恶语相向，是因为政治环境和他们的观点变了。

"法兰西学院曾向皇帝呈上一份报告，介绍近几年出版的书籍作品。《勒萨日的历史学、系谱学、编年学及地理学图鉴》在里面被好生折损了一番。

[615] "有一天，我无意中遇到了这份报告的起草人，他只知道我是本书作者勒萨日，并不知道我的其他身份。我跟他说，我对他如此贬低《勒萨日的历史学、系谱学、编年学及地理学图鉴》而感到不满。他向我坦承：他其实并没读过这本书，也不了解它的作者。只因为撰写报告的工作太繁重了，他就把其中一部分交给别人去做。他还说，报告原文中对勒萨日的评论，用词要过激得多，他已经把文字改得和缓许多了。他说：'我一眼就看出您在文坛中有不少敌人，这和您自己的做事风格和处境有关。您曾和一个我不知道名字的伯爵先生来往甚密，此人在宫中担任职位。要知道，廷臣和文人向来不和，这些人跟我们不是一个圈子的。有人说，在您和他的这桩交易中，您出才干，他出金钱。可您为什么要这么做呢？这位伯爵先生也许只是在利用您。您这本书写得是很好，您的书商应该靠它赚了不少钱吧。我在这里不过是复述自己听到的话而已，我是为您好，才跟您说这些。要是您想得到我们的选票，那您就应该跟我们走近点儿，接受我们的理念，别去理睬那些贵族老爷。'

"我极为小心地回答：我感谢他的一番美意，但恕我不能接受他的建议。他对我的朋友存有偏见。我们俩无论在钱包还是性命上都和对方共享，我们的友谊和关系是不可磨灭的。我们曾相互承诺，什么也不能把我们分开，我们要生死与共，谁都不能叫我们俩违背誓言。那场景，实在是很有喜感。

"过了一段时间，我去一位亲王家中做客，穿着华丽，坐在大名鼎鼎的东道主边上。我那位法兰西学院同僚也在宾客中间。看到我后，他眼中满是惊讶和不安。我想跟他搭话，但他总把头转到邻桌方向，跟他们低声攀谈，似乎在打听什么。晚宴过后，他找到我，非常聪明地说了些客套话，然后请我替他解答他心中的疑惑。他说，他记得自己曾有幸在家中招待过我，但当时我自称是勒萨日。他无法理解我为何要对他做这样的恶作剧，更想不通我为什么要欺瞒世人。我跟他说：'您看到的一切都是真的，[616]我跟您说的一切也都是事实。只不过您当时看到的是负责出学问的勒萨日，今天您看到的是负责出钱的伯爵先生。现在您明白了其中的渊源，就如我明白了那份报告是怎么写出来的一样。'

"在大名鼎鼎的《黄侏儒》中，勒萨日成了一个搞笑的丑角，扮演类似风向仪一样的角色，身份是家谱考证专家。作者还给他取了'Parvulus Sapiens'这个好笑的名字，也就是'小勒萨日'的意思。我后来才知道，我之所以得此殊荣，那是有根据的：国王在位期间，曾将陛下的家谱资料统统删了。据说，当初还是我各方考据，把这份家谱的历史往上推到了埃涅阿斯和阿斯卡尼尔斯那个时代。我不知道这个传闻是怎么弄出来的，因为哪怕人们拿着放大镜在《勒萨日的历史学、系谱学、编年学及地理学图鉴》中仔细寻找，也找不出任何类似意思的话。《勒萨日的历史学、系谱学、编年学及地理学图鉴》及其作者遭到攻击后，许多狂热的支持者跑来问我，是否愿意让他们站出来发声支持我。我一直央求他们什么都别做，因为在我看来，事情若被闹大，我就再无清净可言了。不管人们对勒萨日怎么冷嘲热讽，我都可以微笑应对。唯一让我倍感难过的是，许多同名同姓的人也因此遭了池鱼之殃，成为他人的攻击对象。

"另外，《勒萨日的历史学、系谱学、编年学及地理学图鉴》之所以大获成功，广为流传，也是有原因的。不论读者是哪个年龄阶段，来自哪个国家，身处哪个时代，持有哪种观点，出身哪个阶级，受过哪种教育，这本书都适合他去阅读。它集编年学、历史学、地理学、政治学等学科于一身，是求学若渴之人的良师、学富五车之人的益友，是学生的引路人、教师的进修书。

"要是人们能够读懂这本书，并能活学活用，它就成了一个活图书馆。这本书就是商人、教师、学者和上流人士的袖珍指南手册。

"它的销售量大得惊人。我估计任何一本文学作品都不可能像它那样，给作者带来如此大的收益。这本书刚刚问世，每天的订购金额就高达两三百路易。在我亲自打理出版事宜期间，根据估算，我一年至少从中赚到了6～8万法郎。这着实让我发了一笔大财。[617]其实我本身没什么钱，毕竟我在大革命中失去了全部家产，也没有希望把它拿回来了：因为后来，我必须发誓放弃这笔家产，才能重返法国。

"由于这本书，我在书商那边也有了一定的信誉。这种信誉是能拿去换钱的。有些书商一再找到我，请我收下两三百路易，我只需答应一个条件：允许他们把我的名字放在某本成书的扉页下方。见我一口回绝，他们还非常惊讶呢。后来我才知道，这是首都书商的一贯做法。一个知名作家可以趁机讨价还价，靠自己的名号赚一大笔钱。他单靠名声就能拿到巨额利息，而且不用押上赌金。这已算是作家收入中的一个大块头了。

"《勒萨日的历史学、系谱学、编年学及地理学图鉴》被多次翻印，每次再版都是0.8～1万套，其出售额已经超过八九十万法郎，说不定还超过了100万法郎。其中30万法郎用来支付印刷商那边产生的成本，剩余的便全归我所有。这就是我的全部家产，我的每一分钱都来自《勒萨日的历史学、系谱学、编年学及地理学图鉴》，都得归功于它的出版。估摸算来，我离开时，别人仍欠我15万法郎的书款，也不知这些变成了好账还是坏账。另外，我还有价值超过25万法郎的样书，由好多个贸易商负责销售。他们每人携带价值几千埃居的套装，把它们运到遥远的国度去售卖。他们跟我承诺，这批书今后肯定会赚钱的。可惜如今，无论它取得多么丰厚的回报，我也只能、只应靠手头上现有的钱过活了。其他售卖不知下落如何，我只能当是折本了。当时没人知道我的这些生意，我也来不及将其托付给旁人，个中细节曲折、琐碎、纷杂，在这里很难一言道尽。拖欠的债款都成了死债，欠债人或者离世，或者搬家，或者消失。那些书也或残或损，遗失不见了。

"不管怎样，这本书本来的确可以为我带来一笔巨大的财产。可由于最丑恶的琐事，我最后美梦落空。其中的细节，也值得我为陛下讲上一讲。

618 "1813年年初，两个商人发现我就是《勒萨日的历史学、系谱学、编年学及地理学图鉴》的作者勒萨日，于是来到我的家中，问我是否肯给他们提供价值200万法郎的样书，他们可以立刻支付我20%的现金，并无偿帮我把这批书运至伦敦，书到了伦敦后依然归我所有，其处置事宜全由我说了算。我惊得眼珠子都快掉出来了，无法理解他们为何要这么做，还一度怀疑他们是在戏弄我。两人竭力向我解释了一番，说这是正常程序，说什么是为了拿到许可证，总之说了许多我完全听不懂的话。我留了点儿心眼儿，后来找到一个朋友询问，才彻底了解这是怎么回事。去英国采购殖民地货物的船只拿到许可证的前提是，它从法国离港的时候必须携带和进口货物等价的货物，把它们出口到英国。在可出口货物的名单中，书籍赫然在列，而且商人青睐于运输轻便、价格昂贵的商品。如此一来，他们花不了几个钱就可获利丰厚。很明显，出于这番算计，他们才挑中了我的书。在开干之前，我拜访了海关总署长和出口委员会主席，以确保我理解无误，此事合乎法律规定。得到他们的肯定答复后，我立马开干。我这个工作做得可谓尽善尽美，任何人都挑不出毛病来。当时时间非常紧迫，我把30个对开版印刷模具交给巴黎30家最大的出版商，叫他们加班加点地开干。所有精制犊皮纸都被预订一空，价格也每日上涨，最后涨幅甚至超过了原价的一倍。这是首都印刷行业的一件大事，连警察局都被惊动了，跑来调查人们到底在印刷什么东西。我直接或间接雇用的工人，都多达400多个。21天后，我总算赶出了价值200万法郎的《勒萨日的历史学、系谱学、编年学及地理学图鉴》，并拿到了40万法郎现金。当今世上，也只有我才能干成这件事：当初，我为了以防万一，[619]把我的所有印刷模具都保存起来，还为此花了一大笔钱。如今，我未雨绸缪的长达十几年的投资总算有所回报。这简直就像玩牌时摸到顺子，可把我高兴坏了。唉！可惜啊，我是在白日做梦，这个短暂的梦却让我付出了巨大的代价。

"出版业总负责人①、我在参政院的一位同僚挖空心思要毁了我，虽然我到现在也不知道他为何要这么做。他一边拍着胸脯说绝对会给自己的同僚帮忙，一边又在背地里玩儿阴招。为了阻拦我，他还找来一批图书出版专家，把他们推出来反对我。我绝对没有冤枉他，因为有人偷偷给我看了他写给别人的密信，向我透露了实情。考虑到这件事的敏感

---

① 1823年版本此处是"无耻的出版业总负责人P***先生"。这里说的是波莫罗勒男爵。

性，我不得不打消和他对质的想法，没去揭穿他阴一套阳一套的行径。

"最开始，他反对我的理由是：我的图鉴不可能得到出口批文，因为法律只认可书籍。我问，法律是否认可以纸张为形式的商品的出口。得到肯定答复后，我提醒对方：我的纸张就是尚未装订的书籍。然后，我的同僚、参政院议员说，皇帝这个恩典的对象是书商，而不是作者。内务部部长——正直的蒙塔利韦见他如此公报私仇，站出来为我鸣不平，出版业总负责人才没再吱声。可他又说，我这套书的价格比以前要高。人们便拿出近十年来各大报纸上的数百则告示，以证明我这套书一直都是这个价格。然后，他又拿书的成本来说事，说我每本书卖100苏，可成本只要五六个苏。总之，他给我不断制造各种麻烦。那个时候，时间已被耽搁了，运货船只已经装满了，船东给的价格也没有那么优惠了，我还要应付各种委员会的乱七八糟的评估。面对这重重困难，我只能硬着头皮继续往前走，心里不知道是多么焦虑和悲凉。幸好经历了千难万苦之后我没有破产，收回了期间产生的开支费用，其数目大约是8万法郎。"

皇帝说："这太令人难以置信了。怎么可能发生这种事呢？您做的事完全是我当时提倡的。我这么喜欢这本书，定会大力促成此事。您在这件事中的细节安排和工作能力太让我震惊了。我平生最喜欢看到的，就是周围人以合法的手段赚钱。为什么您不来找我呢？为什么不把您的对手揪到我这里来呢？"我回答道："陛下，我当时完全没有想来惊扰您，毕竟那时您国事繁忙，您的时间太宝贵了。我怎能为这么一件琐碎的事来叨扰您，要您了解我的委屈呢？我又该怎么向您解释这本封面上写着别人名字的书是我写的呢？我觉得陛下对我了解甚少，我甚至还害怕此事传到陛下耳中呢。所以，我虽然尽力做了许多补救，但也竭力不想让这件事被闹到明面上来。哪怕最后落得最坏的结果，我也打算一个人默默承受算了。"

[620]皇帝说："您这么想就大错特错了。您在我面前太不会见机行事了，说不定在您对手面前更是如此。否则，我很难理解为何他对您如此穷追猛打……"①

整本《勒萨日的历史学、系谱学、编年学及地理学图鉴》，以及专门为学校教学而设计的四开本，目前存放在奥古斯丁码头的书商小勒基安、圣马丁街11号的书商勒克莱尔的手中。

总督来访—与皇帝的激烈交谈
5月16日，星期四

自从上次总督第一次露出獠牙，对我们各种羞辱之后，总督和我们之间的关系开始有了裂痕。我们日渐疏远，彼此之间的摩擦日益加剧，说话的语气也越来越尖刻。总之，我们的关系陷入冰点。

下午三点，他带着军事秘书出现在朗伍德，想拜访皇帝，说要跟他说些事。[621]皇帝当时其实身体不适，连衣服都没穿。但他还是跟我说，他梳洗打扮好后便接见总督。没过多久，他就到了客厅，然后我把哈德森·洛韦引了进来。

之后，我和那位军事秘书一道待在前厅，皇帝的说话声传到了那里。听皇帝的语气，他非常激动，场面非常紧张。此次召见时间非常长，空气中充满了火药味。之后，总督告辞。接到皇帝口令后，我连忙跑到花园中。这两天来，他一直身体抱恙，而这件事彻底把他的心境打乱了。他一看到我就说："我们大吵了一架。朋友，我很生气！他们给我派来的这个人不只是狱卒身份！哈德森·洛韦就是一个刽子手！不管

---
① 1823年和1824年版中没有接下来的这段话，是1840年版后加的。

怎样，我今天接见他的时候，实在掩饰不住自己的怒色，耳朵发红，头发都竖起来了。我俩就像两头公羊一样用犄角顶对方。我的情绪非常激动，因为我觉得自己左小腿的腿肚子都在颤抖。这是我发怒的一个重大信号，我很久没有这种体验了。"

总督来到皇帝身边后，一副局促不安的样子。他断断续续地说，那几船木材已经运到……他，拿破仑，大概已经从报纸上知晓了这件事……这批木材将用来建他的房屋……对此事他应该很高兴……还有其他类似的话。皇帝沉默以对，明显不想听这些话。之后，皇帝迅速转开话题，激动地说：他对总督别无所求，也不想他为自己做什么，只求他能让自己清静度日。虽然他先前对上将有诸多怨言，但一直对他心怀感激。他们之间也发生过一些令人不快的事，但他每次仍会满心信任地接见上将。可如今情况已然不同，这一个月以来，他，拿破仑，一直觉得自己受控于人。总督来到这个岛上后的这个月，他受到的冒犯比先前六个月的加起来还要多。

总督回答，他不是为了聆听教训才过来的。皇帝反驳："不过这并不能证明您不需要一顿教训。先生，您曾说，您收到的指令的内容比上将收到的还要严酷。难道上面说要一剑刺死我？还是用一瓶毒药毒死我？我等着，看你们内阁有什么动作！我就在这里！来啊，来把你们的受害者弄死啊！"[622]我不知道您会怎么使毒药，但若说拿剑杀我，那您已经找到办法了。只要您胆敢侵害我的地盘（就像您先前威胁我的那样），我就可以明明白白地告诉您，大胆的第53团若想闯进来，除非踏过我的尸体！

"得知您到来的消息，我还为新总督是个将军，曾在大陆征战，参与过诸多重大军事行动而暗自高兴，以为您会以礼相待。我完全想错了！"总督说，他是军人，但只为民族利益、按照国家程序行事。皇帝反驳："您的国家、您的政府甚至您本人，都会因为我这件事而蒙羞，连您的孩子、您的后代都会受到牵连。先生，几天前，您以'波拿巴将军'为开头，邀请我参加您的晚宴，意图让我成为您的宾客嘲笑或取乐的对象。您处心积虑地谋划这件事，还有比这更野蛮残忍的行为吗？您一时高兴，把这个头衔栽给我，难道这就是您所谓的尊重吗？我可不是您的什么'波拿巴将军'！我的尊严只属于我自己，还轮不到您来剥夺，世上任何人都没有这个资格！要是劳登女士来了这里，我当然会招待她，但我不会采取正式严格的礼仪来接待一个女人，向她表达尊敬就够了。有人跟我说，您把您的副官都献了出来，让他在岛上陪伴左右，而您在朗伍德只放了一个普通军官。先生，受过战火洗礼的士兵，在我眼里都是一类人。在这里惹我心烦的根本不是他们的军装是什么颜色，而是我抬头低头都会看到他们。他们的存在，相当于默认了我一再表示抗议的一件事。我不是战俘，所以我不用遵守针对战俘的相应规定。我之所以落到您手上，完全是因为我的信任遭到了可耻的辜负！"

总督离开时问皇帝，他是否可以把自己的军事秘书引荐过来。皇帝回答：此举毫无必要。这位军官如果情感细腻，定不希望得到接见。他若是这个军官，也不愿意被引荐。此外，狱卒和囚犯之间不应建立任何社会关系，所以这种事还是免了吧。然后，他把总督打发走了。

^{623}大元帅到了，他是从家里过来的。总督从皇帝这里离开后，即刻去了他家拜访。大元帅把此次拜访的详细内容汇报给了皇帝。

总督顺路过来的时候，情绪格外糟糕，对皇帝各种抱怨。不过，由于他口头表达能力有限，只好搬弄普腊德神父书中的观点（眼下这本书就在我们手上）。他说："拿破仑根本不满足于建立一个他想象中的法兰西、西班牙、波兰，还想建立一个他想象中的圣赫勒拿岛。"听闻此言，皇帝忍不住笑出声来。

之后，我们乘车出去逛了一圈。回来后，皇帝开始泡澡，把我也叫了过去。他叮嘱仆人九点再吃晚饭，让我一直陪着他。他又说起今天发生的事，说到他遭受的可恶待遇、人们对他的极端粗暴的态度。沉思了几分钟后，他说了一句日后常常萦绕在我耳边的话："朋友，他们要把我杀死在这里！肯定是这样！"多么可怕的预言啊！

十点半，他让我回去了。

5月17日，星期五

我一整晚都觉得身体不适。皇帝在花园里用早饭，把我叫了过去。他也是一脸消沉，浑身上下都不舒服。早饭后，我们围着房子绕圈散步，他一路都一言不发。一点，由于天气过于炎热，他只好回屋。散步的路上一点儿树荫都没有，这让他格外懊恼。

大约下午四点，皇帝派人过来问我是否仍觉不适。他刚乘车散步回来，为这次我没能陪他出去而感到遗憾。我去花园找他，当时他正和大元帅待在一起。皇帝依然心情低落，心不在焉，对什么事都提不起劲来。他给贝特朗讲述了自己在1796年逗留君士坦丁堡，游览雅典，走阿尔巴尼亚回来的一路见闻，讲了许多和塞利姆三世及其改良政策、托特男爵等有关的事。这些内容非常有意思，⁶²⁴遗憾的是，我只在我的手稿上找到一些零碎的记录。我的记忆力也大为减退，没办法将其复述出来了。

皇帝晚饭只吃了几口东西。饭后，他勉强为我们读了阿那卡雪斯的《柏拉图学园》这一章的内容。[①]他的语气和他的人一样软绵无力，再无往日的激情。他一改往日习惯，没有对其进行分析，也没有发表任何意

---

① 即巴泰勒米神父的《阿那卡雪斯年轻时候的希腊之旅》（Barthélemy, *Voyage du jeune Anacharsis en Grèce*）第二卷第七章的内容。

见，读完这一章就立刻回屋了。

列斐伏尔元帅夫人

5月18日，星期六

皇帝仍觉浑身难受。乘车散步回来后，他泡了个澡，把我叫了过去。泡过澡后，他心情好了许多，我们畅所欲言，一直聊到了八点半。然后，他想在自己的书房里用餐，并把我留了下来。我说，在这个地点，这样面对面，享受这样精美的菜肴，还有这样洁净的餐桌，这简直让我受宠若惊。这话把他逗笑了。他问了我许多问题，让我给他讲述伦敦的情景、我的流亡经历、我们的亲王、阿拉斯主教①等人。然后，他回忆了执政府期间发生的主要事件，讲了许多很有意思的趣闻逸事。之后，我们谈起了前朝、新朝以及其他许多事。不过这些都是旧谈，我觉得我已在前文说过了。此外还有些谈话在我的手稿中略有提及，但具体细节已不可寻获。

我在这里记录的都是些新的内容。我跟皇帝说了些小故事逗他开心，它们全都和列斐伏尔元帅夫人有关，不过是些东拉西扯的闲谈罢了。列斐伏尔元帅夫人一直都是我们沙龙乃至杜伊勒里宫的热议人物，大家都在取笑她。我说："我曾经也跟别人一样拿她打趣。但有一次，我听说了她的一个行为，从中看到了她高洁的灵魂和善良的内心，从此再不拿她的事做谈资了。

"列斐伏尔夫人的丈夫曾是自卫军的一个士兵②，两人来自相同的社会阶层。说到从前的事，她向来都是侃侃而谈，聊得非常开心，甚至

---

① 即孔泽耶，1840年版给出全名。
② 后来他当上了元帅。

毫不避讳自己曾干过体力活这件事。⁶²⁵她和她的丈夫曾在他们的上尉（瓦拉迪侯爵）家当仆人。此人是他们孩子的教父，在自卫军哗变一事中声名远扬，之后更是因为狂热拥护共和自由理念而为人所知。这个侯爵为人高尚宽厚，他身为公会议员，却反对处死路易十六，说这是一场真正的谋杀，恳请人们坚守世上最可贵的信条。他说，路易十六生在帝王家，当上国王，这已够悲惨了，何况他还遭受了那么多惩罚。因为这些言论，侯爵丢了性命。

"侯爵遗孀①流亡回来后，立刻得到列斐伏尔夫妇俩最热忱、最真挚、最无微不至的照顾。那时他俩已是地位显赫、声望卓然。

"有一天，列斐伏尔夫人跑到侯爵夫人家中，跟她说：'你们这些尊贵的老爷夫人中没有多少善良好心的人，对自己的同类都没有同情心。我们是粗人出身，都比你们更懂得'义务'两个字是怎么写的。我刚才得知，某某先生是我们从前的一个军官，也是您丈夫的同僚。他刚刚流亡回国，都快饿死了！这是一件多么令人齿冷的事啊！……我们想去资助他，又怕冒犯了他。不过如果您去，那就不一样了，他会乐意见到您的。请您把这个交给他吧，就说这是您自己的钱。'然后，她把一个装着100路易（或是1000埃居）的钱袋交给侯爵夫人。陛下，从此之后，我再不嘲笑列斐伏尔夫人了，对她只有无限的敬意。每次在杜伊勒里宫遇到她，我都会非常殷勤地向她致敬问好，并为能在沙龙中陪在她身边而自豪，完全不理会我身边的风言风语。"

然后，我们又谈起许多新晋贵族对前朝破产贵族的种种善举，还举了许多例子，其中有一件事最具代表性。有一位武将，军衔是元帅还是

---

① 即赛朗伯爵夫人。（请看《人名表》）

将军来着（我不太记得了），从前也是一个普通士兵。他出人头地后，曾邀请从前的上校和四五个军官来家中做客，尽心尽力地招待他们。[626]晚宴中，他穿着士兵的旧军装，在他们面前仍保持着士兵对军官应有的礼数。

皇帝说："这才是扑灭怒火的真正有效的办法，这类行为定能让对立的双方一笑泯恩仇。我们相信，最后受恩者会反过来成为施恩者，哪怕他只是为了'偿清恩情'才这么做。"

"偿清恩情"是皇帝的惯用语，所以我才在这里特地加重了这个词。

一位将军在公事上有违规行为，当按罪处理。如果他被告上法庭，他的声誉甚至性命就都保不住了。然而，这位将军在雾月事件中立下了汗马功劳。于是，拿破仑把这位将军叫了过来，斥责了他的无耻行径，最后说："然而您曾于我有恩，对此我没齿难忘。也许我会为此越过法律，违背自己的义务。先生，我赦免您，您走吧。但请记住一点：我偿清恩情了。今后小心点儿，我会死死盯住您的。"①

爪哇总督—沃登医生—皇帝拉家常地谈起自己的家庭
5月19日，星期日

沃登医生和我一起吃了早餐。今天，启程返回欧洲的爪哇总督（拉弗尔斯）带着他的副官抵达小岛。1810年我曾在阿姆斯特丹执行公务，在那里见了许多荷兰要人，爪哇总督和这些人全都很熟。皇帝跟我说，他也许会在三四点接见爪哇总督。在总督到来之前，我和沃登医生聊了

---

① 据蒙托隆所说，这天，拉斯卡斯向皇帝提了一个逃跑方案。古尔戈将军认为此计划能获得成功。"皇帝分析了成功的概率，最后干脆地说，哪怕机会难得，他仍拒绝逃跑。"（请看蒙托隆的《拿破仑皇帝被囚记》第一卷第278页）拉斯卡斯在日记中对此事只字未提。

很久，跟他讲了许多和皇帝有关的事，他似乎有兴趣将其写下来。①

下午三点，皇帝在花园里接见了从爪哇过来的这几个英国人。⁶²⁷之后，他乘车出行。

六点回来后，我随他进了书房。他叫人把大元帅夫妇也请过来，然后开始闲话家常，一直聊到晚餐时间。聊天中，他讲了他掌权期间发生的许多家庭小事。其中，他讲得最多的就是约瑟芬皇后。他说，他们就是一对平凡的夫妻，两人感情甚笃，如胶似漆，很长一段时间里都同居一室、同寝一榻。皇帝说："这能深深影响家庭的氛围，保障妻子的名声，让丈夫安心，有利于维护夫妻的亲密关系，让他们恪守婚姻道德。"他还说："一对夫妇就如同在夜里结伴而行的一对同伴，眼里要看着彼此，否则很快就会走散。只要我们保持一起生活的这个习惯，我的每个思想、每个举动都逃不过约瑟芬的注意，她能留意、领会和猜中我的一切心思。当然了，有时候这会让我觉得不舒服，也会给公务带来一定干扰。在布洛涅军营的时候，我们之间发生了一场争吵，导致这个亲密状态走向终结。"那是1805年，维也纳那边小动作不断，反法联盟再度形成的消息传了过来，第一执政官每天都忙得焦头烂额，经常工作至深夜。他一身疲倦地回家歇息，约瑟芬因为他长期不着家而大发脾气，理由（或者说所谓理由）就是吃醋。拿破仑一肚子火气，甩袖离开，再也不愿继续对她言听计从。他说，后来在第二桩婚姻中，他最怕的就是玛丽-路易丝也吃醋发火。说到底，她有发火的权利。他补充说，这是一个妻子才有的特权。

---

① 后来我很遗憾地发现，医生完全忘了把我为了澄清事实而提供的内容写进他的书里。更奇怪的是，我慷慨地告诉他的许多事实都遭到了他的歪曲。*——辑录者注

* 请看蒙托隆回忆录第一卷第281页内容。

皇帝继续说："约瑟芬要是生了个儿子就好了，这么一来，不管是从政治还是从家庭角度来看，我的人生就都完美了。

"从政治角度上看，要是约瑟芬生了个儿子，我就能继续坐稳皇位，法国人会像爱罗马王一样爱这个孩子，我也不会一脚迈进覆满鲜花的深渊，走上毁灭之路。人是算不过命运的！谁能保证自己的哪个安排会带来幸福，哪个计划会招致不幸呢？

628 "从家庭角度上看，这个孩子也能让约瑟芬平静下来，我再不用被她的忌妒搅得不得安生。她之所以忌妒，是因为无论是从情感还是从政治上而言，她都需要一个孩子。因为不能生育，约瑟芬都要急疯了。她非常清楚，有了孩子的婚姻才是完整的。她在和我的这段婚姻中没有诞下一男半女，很可能再也生不了孩子了。随着财富的增长、地位的上升，约瑟芬也越来越焦虑。她采用各种医学手段，有时甚至骗自己它们真的起作用了。后来她彻底绝望，向我暗示采取欺骗公众的应对之策，最后甚至直言不讳地向我提议采取某个办法。

"约瑟芬喜好奢靡，生活铺张浪费，全无规划。这并不奇怪，克里奥尔人都这样。她无法控制消费，欠款不断。每到支付账单的时候，我们都会大吵一顿。为了防止被骂，她经常让商人在账单上只写实际消费的一半金额。我去了厄尔巴岛后，都能收到从意大利各地寄来的约瑟芬的账单。"

有个人在马蒂尼克岛上时就认识了约瑟芬皇后，他向皇帝讲述了许多和约瑟芬皇后童年及其家庭环境有关的事。[1]早在她孩提时代，人们就多次预言她日后将戴上王冠，显贵至极。还有一件奇怪但值得注意的事：据说，在她第一桩婚姻的婚礼中，给国王祝圣所用的圣油瓶突然裂

---

[1] 此人仍是拉斯卡斯。

开，原本不受人民欢迎的博阿尔内将军还打算借此赚取声望呢。①

拿破仑为何与约瑟芬结婚呢？人们对这件事各种捕风捉影，荒谬的谣言传得满天都是。但我们可在回忆录的对意之战相关篇章中找到两人相识和结合的真正原因：这其实和约瑟芬的儿子——年幼的欧仁脱不了关系。葡月事件后，欧仁找到内防军总司令（波拿巴将军），恳请他把父亲的佩剑还给自己。629当时担任拿破仑副官的勒马鲁瓦把这个小孩子带了进去，他一看到父亲的佩剑就忍不住哭了起来。总司令见此情景，甚为感动，好生安慰了他一番。后来，欧仁把这位年轻将军接待自己的事告诉了母亲，约瑟芬便登门道谢。皇帝说："大家都知道约瑟芬相信预言。早在她很小的时候，人们就预言她会当上皇后，享尽荣华富贵。我们也知道，她心思多么敏感。后来在一起后，她经常跟我说，欧仁跟她讲了这件事后，她的心脏狂跳不已，在那一刻隐约窥见了自己日后的命运，料到预言终将成真。"

皇帝还说："约瑟芬还有一个特有的小毛病——她常常矢口否认。无论什么时候，无论我问她什么问题，她首先便是否认，口中第一句话便是'不'。但她并非有意撒谎，只是小心谨慎，防御心特别重。"他跟贝特朗夫人说："这就是我们和你们这些夫人之间最大的不同。从本质上讲，这是因为我们接受的教育不一样。你们哪怕喜欢什么，也被教导要说'不'。我们则不同，我们接受的教育告诉我们，要大声说出自己喜欢的东西，哪怕我们实际上并不喜欢。因为这个原因，男女才在行为上截然不同。我们不一样，也永远不会一样。

"恐怖统治时期，约瑟芬身陷囹圄，丈夫魂丧断头台，儿子被送到一个木匠家中当学徒。奥坦斯的情况也没好到哪里去，如果我没记错的

---

① 此事纯属捏造。人们以讹传讹，才传出这则故事。*——辑录者注
* 该脚注是从1824年版才开始有的。

话，她被送到了一个洗衣女工家。"①

第一个拨响与皇后离婚这根致命之弦的人，其实是富歇。他没得到皇帝的托付，就直接跑到约瑟芬那里建议她解除婚姻，说这么做是为了法国好。然而，拿破仑当时觉得还没到提离婚的时候。他们夫妇之间因此生出极大的嫌隙，家中再无宁日。630富歇此举引得皇帝震怒不已。可是，即便约瑟芬苦苦哀求，他也没将富歇赶出朝堂，因为他当时心底已经有了离婚的心思。如果富歇因此受惩，支持他离婚的舆论方就不敢站出来说话了。

不过我们必须说句公道话：皇帝决意离婚之后，约瑟芬还是遵从了他的想法。哪怕离婚这件事相当于给她的人生判了死刑，她依然咬牙接受了。她没多做纠缠，虽然她清楚，哪怕纠缠改变不了结局，但至少能给她带来一些好处。②她不哭不闹，表现得极有风度和手段，直接请副王

---

① 后来有人信誓旦旦地跟我说，这件事是假的，欧仁亲王在木匠家中当学徒这件事也有虚构成分。——辑录者注

② 我是从宗主教亲王殿下*口中得知两人结婚和离婚的相关细节的。博阿尔内夫人当初在一个没有宣誓的教士的主持下，嫁给了波拿巴将军。因为一时疏忽大意，这位教士忘了从教区神父那里拿结婚同意书。由于这不符合宗教婚姻的规定，红衣主教费施后来一直把这件事记在心里。最后，也许是出于谨慎，也许是出于其他原因，费施在拿破仑称帝之前说服夫妻俩，秘密地主持了婚礼，走完了宗教婚礼必须完成的所有流程。离婚时，元老院宣布两人解除世俗婚姻关系。但要解除宗教婚姻关系，就必须出动教皇才行。不过实际并没这个必要：先前红衣主教费施补办宗教婚礼时，并无旁人在场。于是，巴黎宗教裁判所宣布这桩宗教婚姻无效。听闻这个宣判结果，约瑟芬皇后把红衣主教费施请到马尔梅松，问他能否站出来做证，签字证明自己已经结婚并走完了所有婚礼程序。费施答道："没问题，我一定支持您，肯定签字发表声明。"他的确这么做了。

我当时问宗主教亲王殿下："不过巴黎宗教裁判所的判决书上是怎么说的呢？"亲王回答："就说了该说的。""可红衣主教费施的声明呢？难道是假的？"他说："从他自己的角度来看，他没有说谎，因为他是根据意大利的教条规定行事的，根据这个教条，红衣主教有权在无旁人做证的情况下主持婚礼。然而这条规定在法国并不受认可，所以我们才说他的声明无效。"

约瑟芬皇后虽然这么做，但她似乎只是为了替自己出口气罢了，并没趁机大做文章。——辑录者注

*即达尔贝格大主教。（请看《人名表》）

操办离婚一事。如此一来，奥地利王室便欠了她一个大人情。

拿破仑还说，约瑟芬曾想见见玛丽-路易丝。她经常提到后者的名字，对她和罗马王很好奇。[631]玛丽-路易丝待欧仁和奥坦斯极好，却对约瑟芬极为抵触，甚至表现出浓浓的醋意。皇帝说："有一天，我想把她带到马尔梅松去，一听到这个提议她就哭了。她跟我说，她不会拦着我去马尔梅松，只是别让她知道我去过就行。然而，一旦她怀疑我有去马尔梅松的想法，就会使用各种小伎俩拦着我，和我寸步不离。看到她这么难受，我便狠下心肠，很少去马尔梅松了。一旦我要去那边，玛丽-路易丝就各种哭闹。她说，约瑟芬在人们眼中就如当初亨利四世的妻子一样，哪怕离婚了，也依然住在巴黎，可以出入宫廷，参加国王加冕典礼。她还说，约瑟芬的处境比亨利四世的妻子还要好许多，因为她有自己的孩子，也知道自己再没有生育能力了。"

约瑟芬把皇帝的性格揣摩得一清二楚，且能不留痕迹地利用他的性格。皇帝说："举个例子吧，她从来不为欧仁求什么东西，哪怕我重用和奖赏欧仁，她都不会为此表示感谢。欧仁受封的那一日，她一脸淡然，没有一丝欣喜之情。她似乎想告诉我，这一切都和她没有任何关系，纯粹是我自己的事。我这么做，是因为这对我有利。她肯定觉得，反正我有一天会让欧仁继承我的皇位。"

皇帝坚信，他是约瑟芬一生的最爱。他还笑着说，约瑟芬为了等他，甚至可以把一切约会都推了。她很愿意陪他出行，哪怕路上舟车劳顿，缺衣少食，她都不会退缩。为了能跟在他身边，她甚至不惜耍一些小聪明。皇帝回忆说："有天深夜，我登上马车，准备赶好长一段路。令我大吃一惊的是，约瑟芬已经收拾妥当，哪怕我并没答应她参加此次出行。我跟她说：'你千万别来，此次出行路途漫长，[632]会让你吃不消的。'约瑟芬回答：'没有的事。''而且我马上就得走。''我也已经收拾好了。''但你肯定得准备一大堆行李。'她说：'根本不用，我都打包好了。'最后，我只好让步。"

皇帝说："总而言之，约瑟芬能为她的丈夫带来幸福，一直以来都是他最温柔的伴侣，在任何时候、任何场所都能做到顺从、忠诚和绝对的敬重。所以，我对她抱有无限的柔情和感激。"

皇帝还说："约瑟芬认为这些品质（柔顺、忠诚和敬重）是女性保持妇德和魅力的要素之一。她还经常批评女儿奥坦斯、侄女斯蒂芬妮跟她们的丈夫关系不好，有时甚至严厉地斥责她们，说她们行事任性、装出自己很独立的样子。"

谈到这里，皇帝说："路易被卢梭的书带坏了，只和自己的妻子勉强相处了几个月的工夫。路易太过计较，奥坦斯又粗枝大叶[①]，两人处不到一块儿。但他们刚结婚时的确爱着对方，想携手共度一生。此外，这桩婚姻能成也离不开约瑟芬[②]，因为她觉得此事对自己有利无害。其实我本想让路易和别的家庭联姻，还一度挑中了塔列朗的一个侄女，后来她嫁给了茹斯特·德·诺阿伊。"

有的人用最龌龊的语言诬蔑拿破仑和奥坦斯的关系，甚至说奥坦斯的长子是他的私生子。他说，他对这种私通之事反感到想吐的地步，依照他的道德品行，他根本干不出这种事来。他还说，造谣者根本不了解杜伊勒里宫的道德风气，想当然地认为他天天耽于声色、日渐堕落，自然觉得他会干出这等有违人伦的恶心事。皇帝说："路易当然知道这些谣言的真相是怎样的。但因为他自尊心太强，脾气又古怪，常常阴阳怪

---

① 1823年版本此处为"性格又轻浮"。
② 1823年版本此处为"也离不开约瑟芬的诡计"。

气地影射此事，好找个理由责备他的妻子。"

皇帝还说："不过，虽然奥坦斯善良、宽厚、忠贞，[633]但她在自己丈夫面前并非毫无过错。我的确疼爱她，也知道她从心底爱戴我，但我必须承认这个事实。不管路易性格是多么古怪和不可理喻，他依然是爱着她的。既然夫妻相爱，他们的婚事还牵涉巨大的利益问题，身为妻子，奥坦斯应当学会克制自己的情绪，巧妙地向丈夫表达爱意才对。要是奥坦斯懂得控制自己，而不是像后来那样大吵大闹，她的人生会幸福得多。她会跟随丈夫前往荷兰，在那里安心住下来。路易就绝不会从阿姆斯特丹溜走，我就不用走下下策，把他的王国并入法国，害得自己在欧洲声名狼藉。许多事也会有另一个结局。"

他说："巴登王妃就要聪明许多。看到约瑟芬离婚，她立刻认清了自己的处境，和丈夫亲近了许多。两人琴瑟和鸣，过上了幸福的生活。

"保琳太过招摇，挥霍无度。按理说，我给了她这么多东西，她应当攒了一大笔钱才是，可这些钱全被她花光了。母亲为此经常数落她，说她再这么下去，会老死于收容所中。不过母亲大人在生活上又过于节省。我每个月都会给她很大一笔钱作为生活开销。她说，她可以接受这些钱，但前提是这些钱得由她自己保管。这倒不是因为她看得长远，而是因为她太害怕自己某天再度变得一无所有。她经历过贫穷，一直记得那段苦日子。不过，公平地说，她暗地里其实为孩子奉献了许多，是一位伟大的母亲！"

皇帝继续说："我准备从厄尔巴岛回来的时候，平时一毛不拔的母亲把自己手上所有钱财都交给了我。滑铁卢战役后，她又要把自己所有家当都掏出来，帮我重振旗鼓。她为我奉献了一切，自己却默默地在一旁吃糠喝稀。①634她身上是有些缺点，可和她其他伟大的品格相比，它们根本算不得什么。她是吝啬，却不失自尊和志气。"

讲到这里，皇帝说：直到现在，他都清楚地记得母亲在他小时候教导他要自尊自强的训诫，这些话影响了他整整一生。皇太后性格要强，饱经风雨的锤炼。她经历了五六次革命，在科西嘉岛的时候，她的住宅三次被乱党烧毁。

"约瑟夫没帮到我多少忙，但他是个实打实的老好人。他的妻子，

---

① 皇帝是多么了解他的母亲啊！我回到欧洲后，荣幸地亲眼见证了他在这里说的一切。

我把皇帝在岛上的真实处境告诉皇太后后，她立刻让我动用一切手段去缓解皇帝困顿的现状。她派信使告诉我，她可以把自己的一切财产拿出来供儿子使用，还可以去给人当奶妈子赚钱。皇太后当时从未见过我，却说我可以立刻以她的名义、从她账户上支配任意数额的金钱，只要我觉得这些钱是皇帝必需的。红衣主教费施也不遗余力地帮了许多忙。所以，我想趁这个机会让大家知道，皇帝的家人对他也抱有同等的爱、忠诚和热忱的关心。在身体状况允许我和他们保持通信的那段时间，我收到皇帝家人的无数封来信，内容叫人感动不已。它们足以证明皇帝一家人的崇高品格。皇帝若是知道了，肯定会倍感温暖。可惜由于英方百般限制，我不能把这些信寄给他。*

在《拿破仑圣赫勒拿岛回忆录》本章和其他许多地方，拿破仑都提到过他的家人、亲戚。但相信读者也能看出来：我在这些地方的文字，远不如记录皇帝对其他人的点评时那般谨慎。我本来写得比现在这个版本还要直截了当。我的初稿写得仓促，里面还保留了许多不正规的用词，就被直接交到出版商手中了。这是因为我想在公众面前背书，让人们看到我为了这本书而甘愿冒什么风险：我可能会得罪一些大人物，而且其中许多还是我非常尊重的人。我对他们怀着真挚的爱戴、深深的尊敬，无比珍视和他们的友谊及情感！然而，如果我对他们只说好话，或者在应当指责他们的地方保持沉默，那我这本书在历史和后人眼里还有什么可信度呢？到时候，保不齐会有人批评我，说我为了一点儿利益而在那里歌功颂德、溜须拍马。我写这本书只为了一个目的：通过记录拿破仑本人私底下的言行，让世人真正认识他。如果我的文字在后人眼中的可信度大打折扣，那我还能达成这个目的吗？为了保证自己每个字的真实性，我必须充分证明自己的真诚，在最细节的地方也要做到如实叙述，即便这会给我惹来一些麻烦。我多么希望我在书中提到的大人物看到这里，能够体谅我的苦心啊！何况拿破仑评价他们的时候，总体上是褒大过贬。和他的褒扬带来的好处相比，这点儿批评又能让他们损失什么呢？我严格记录下他褒贬掺杂的点评，这不是对他们更有利吗？这种点评不是比纯粹赞扬的证词更有说服力，更能让人相信他们的品格吗？实际上，书中提到的那些人，大部分都在乎自己的名声，（转下页）

就是朱莉王后①，简直是世上最好的女人。约瑟夫和我一直兄弟情深、关系融洽。他发自肺腑地爱着我，可以为我做一切事，这点我毫不怀疑。然而，他的美德只适用于私人关系。约瑟夫极其温柔和善，学识广博，头脑聪慧，非常讨人喜欢。我把许多要职托付给他，他也尽心尽力地去做了，他的本意是好的。说起主要的失策，原因不在他，而在我，是我让他去做他能力范围之外的事的。他的位置太重要，背负的任务太重大，他是有心无力。"

皇帝说："那不勒斯王后经历了许多大场面，她很有头脑，性格刚毅，野心勃勃。倒台后，她心中大概万分痛苦吧，因为她几乎可以说是当王后的命。我们是从小人物打拼起来的，她则不同。我当上法国元首的时候，她、保琳、热罗姆还都是孩子呢，所以他们没吃过苦，从记事开始就享受着我带来的权势的滋味。

"热罗姆是个败家子，挥霍无度。②究其原因，大概是他年纪太小，又处在灯红酒绿的环境中。我从厄尔巴岛回来后，他似乎懂事了许多，让我对他生起许多希望。后来他过得还算幸福，是因为他有一个深爱他的妻子。我退位之后，他的岳父——冷血无情的符腾堡国王打算让

且从褒扬中得到了好处。他们也是这么认为的。《拿破仑圣赫勒拿岛回忆录》出版后，他许多人和我曾长久地讨论书中的敏感之处，最后基本都同意我的这个看法：他们在读《拿破仑圣赫勒拿岛回忆录》时并不关心里面和自己有关系的地方。相反，他们心存感激，知道作者在多么努力地捍卫那个伟人的身后之名。因为是这个伟人让他们的名字变得不朽，把他们打造成今天的样子，让他们有了如今的地位。如果有人怀疑他们的这份真诚，那是在侮辱他们崇高的品格和灵魂。如果书中提到的大人物为人公正，他们肯定会宽容地看待我这本书中的言论。如果他们不是这种人，我也许会因此遭殃。可即便如此，我已努力做到了自己应做的一切，这便是我最大的安慰。——辑录者注

* 1823年版中没有下面这段话。
① 即克拉里。（请看《人名表》）
② 1823年版本在这句话后面还有一句话："生活奢靡得近乎荒淫丑陋。"

两人离婚，可他的妻子做出的事叫人刮目相看。这位公主因此在历史上留下了自己的名字。"

让人大感遗憾的是，谈到这里，仆人便来宣饭了。皇帝整晚都在侃侃而谈，说的主要还是他离开和回到法国期间一些人的表现。午夜时分，他回屋休息前，用这句话为今天的谈话画上句号："这时的法国和巴黎在做什么呢？一年后的此刻，我们又在做什么呢？"

皇帝睡着了—论道德
5月20日，星期一

先前巴尔科姆偷偷向我透露，他得到英国政府的任命，从今以后负责为我们采办生活物资。我给巴尔科姆写信，说我眼下在经济方面尚能应付过去，就不用麻烦他替我买什么东西了。我只求他一件事，如果总督允许，请他替我把英国汇来的一张票据兑现（没有总督的允许，我们是不能使用汇票的）。我不愿平白欠人恩情，不过是担心吃人嘴软，失去不平则鸣的这个正当而又可悲的权利罢了。

皇帝一大早就乘车出去了。回来后，约莫下午三点时，他让我去他的房间，跟我说："我觉得心情低落，百无聊赖，浑身难受，您坐在这张椅子上，权当陪陪我吧。"[637]说完这话，他躺在沙发上，闭眼睡着了。我在一边守着他，离他只有两步远，他整张脸一览无余地呈现在我眼前。我凝神望着他的前额，在那里看到了马伦哥、奥斯特里茨和上百场不朽战役留下的厮杀痕迹。那一刻，我内心是多么百感交集啊！什么文字也无法描述那一刻我的复杂心情！

三点一刻，皇帝醒了，在房间里转了几圈后，心血来潮地说想参观我们所有人的卧室。进了我的房间后，他数落着我房间的各种毛病，最后怒极反笑,一边往外走一边说:"我绝不认为哪个基督教徒住得比您还要差。"

晚饭后,皇帝打算读一读萨拉辛的《沙漠客栈》。他大致翻了里面几个小故事,读了其中一页,说:"单看道德寓意故事,我们会觉得人是永远不变的,可这并非事实。人总在变,或者变好,或者变坏。作者搬出一大堆训诫,可它们全都是错的。他说,人都是忘恩负义的。不,人并非如他说的那般忘恩负义。我们经常听到这种控诉,说人是多么薄情,可这不过是因为做了好事的人想得到更多的报答罢了。

"他还说,只要了解了一个人的性格,就掌握了他行事的章法。这话错了:一个人,无论他多么诚实正直,也可能做坏事。一个人干出邪恶的行径,但这并非意味着这个人本身也是邪恶的。究其原因,是人的行为并非一直受他的性格的控制,而是被当时藏在他内心最深处的隐秘的激情主宰。他还说脸是灵魂的镜子,这话也没道理。事实是,人心难窥,若不想看错人,就只能根据他的行为来判断他的为人。但我们必须记住一点:我们看的是他眼下的行为,它们也只适用于眼下。

"实际上,人既有优点,也有缺点;既有英雄的一面,也有奸邪的一面。总体来看,人不好,也不坏,他们在这人世间会行善,也会作恶,这是人性的规律。此外,我们还要考虑不同的性格、不同的教育经历和偶然因素的作用。对此闭口不谈的道德训诫都是错的,都是在强词夺理。这便是我的信条,[638]我用它看人,基本没看错过。可我在1814年还是看错了。我以为法国国难当前,上下定会一心,与我联手抗敌。不过1815年,我从滑铁卢战场上回来后,就不再抱有这个幻想了。"

之后,皇帝觉得身体不适,早早地回了房间。

总督亲自逮捕一个仆人—读《圣经》—谈《圣经》
5月21日，星期二

皇帝依然浑身不适，但我们仍如往常一样乘车出门了。回来后，我们发现总督趁我们不在家，亲自过来把我们的一个仆人带走了。此人先前服侍过副总督斯凯尔顿，几天前才去蒙托隆将军家中干活。①得知这个消息后，皇帝气得大喊："卑鄙小人！这种无耻之徒都能当上总督？堂堂一个英国中将，连仆人的事都要管！这真令人恶心！"

大元帅来到这里，告诉我们，一艘在3月8日从英国启程的货船今日到达港口。

晚饭后，皇帝问："今晚我们读什么？"有人提议读《圣经》。皇帝说："这本书大有教益，欧洲根本没有谁能读懂它。"然后，他给我们念了《约书亚记》，几乎每念到一个地名，每提到一个城市或村子，他都会补加一句话："我在那里扎过营，我曾攻下了这块阵地，我曾在这个地方打过仗……"

英方的反复无常—巴登王妃斯蒂法妮
5月22日，星期三

白天，人们一直在为诺森伯兰号英国水手的事忙活着。英方先前把他们调来给我们当仆人，眼下又要把他们撤出去。实际上，他们之所以为我们干活，是因为我们双方签署了为期一年的雇佣关系。然而，我们哪找得到讲理的地方。总督说是上将非要把他们召回，[639]可上将说，总督要是愿意，他可以把他们留下来。就这样，一些水手被叫走，一些士

---

① 得知蒙托隆未经其批准就雇用了一个印度仆人后，哈德逊·洛韦亲自动手将其逮捕，立刻把他送到前往好望角的船上。（请看《蒙托隆回忆录》的第一卷第283页内容）

兵又被派来给我们做事。他们一会儿被召回去，一会儿被送回来，一会儿又被召回去，我们完全弄不懂英方在想什么。

我来到皇帝房中，一边聊天一边等饭。说着说着，我们提到了刚邦夫人，谈到她教出来的女子，以及皇帝为其中一些人安排的命运。皇帝说得最多的还是他非常疼爱的斯蒂法妮·德·博阿尔内，也就是后来的巴登王妃，他说了许多关于她的小事。

斯蒂法妮·德·巴登王妃年幼丧母。她的母亲临终前把她托付给自己在英国的一个女性挚友，请对方代为照顾。这位夫人家境富裕，膝下无子，便把斯蒂法妮领养过去，后来把她送到法国南部，让几个修道院的阿嬷负责教育她。我没记错的话，她是去了莫托邦。

拿破仑还是第一执政官的时候，无意中从约瑟芬口中得知她这个侄女的处境。他当即大喊："您怎么能允许这种事发生呢？您怎么可以把和您一个姓氏的人交到一个外国人、一个英国人手上呢？他们现在还是我们的敌人呢！难道您不担心将来某一天您的名声因此受损吗？"一位信使当即被派出，想把这个孩子带回杜伊勒里宫，然而修女不愿放她离开。拿破仑碰了这个钉子后，了解了领养的相关程序，立刻向当地省长派出第二位信使，当即合法获得了这个博阿尔内家族女孩儿的抚养权。

由于这番波折，以及女孩儿平素接受的教育，再加上此事引发的舆论风波，小斯蒂法妮并不乐意被带回来。见了那些自称是她的亲戚的人，听他们说把她接过来是为了她好这种话，她心中更害怕了。之后，她被送到刚邦夫人在圣日耳曼的女校，在那里接受了各种各样的教育。离开学校时，她已出落成一个楚楚动人、落落大方、娴雅贞洁的大姑娘了。

皇帝把她收为养女，把她嫁给了巴登亲王的继承人。①最初几年，两人的婚姻并不幸福。但随着时间的流逝，^{640}这对夫妻放下防备，过上了恩恩爱爱的日子。从那时起，他们一直都伉俪情深，只恨没能早点儿享得这等幸福。

爱尔福特会议期间，巴登亲王的姐夫——沙皇亚历山大待巴登王妃格外不同，对她异常关心。②后来此事闹得人尽皆知。1813年我军惨败后，联军为了避免横生枝节，防止巴登王妃对亚历山大产生什么影响，就采取各种手段，不让亚历山大和巴登王妃在曼海姆见面。他们还编排了各种流言和谎话，让她对沙皇的好心产生怀疑。所以，亚历山大抵达曼海姆，志在必得地往巴黎前进，对斯蒂法妮王妃没有表示任何她应得的尊重。他的行为伤害了巴登王妃的情感，但并没让她失去尊严。她的丈夫也在那个时候表现出令人敬佩的一面。当时，各种身份尊贵的大人物跑到巴登亲王面前，对他百般劝说，企图让他放弃拿破仑送来的这个女人。然而巴登亲王是何等高尚的人！他一口拒绝了别人的提议，郑重地说：他绝不会干出任何可能伤害到自己的感情和名誉的事。这位亲王先前在巴黎并未得到应有的厚待，但他依然对我们宽厚相待。后来，他被疾病长期折磨。王妃亲自担起照顾他的工作，一直陪伴他到人生的最后一刻，予以他无微不至的照顾。她也因此赢得了亲王家人及巴登人民的感激和敬重。

斯蒂法妮王妃在王位上绽放出美丽的光华。作为妻子，她发扬出了女性的美德。作为女儿，她一生都对在权力巅峰之际好心收养了自己的拿破仑怀有深沉的敬爱和无尽的感激。

---

① 即巴登亲王查理-路易-弗雷德里克。（请看《人名表》）
② 亚历山大一世1793年和斯蒂法妮·德·博阿尔内的姑姐成婚，当时他才15岁。

论君王—在参政院冲波塔利斯发火—皇帝在圣克鲁、欧索讷、马尔利等地遭遇的意外

5月23日，星期四

641 下午两点，皇帝让我到他房间里去。他觉得我脸色很不好。其实他也一样，因为他昨晚睡眠不佳。他开始洗漱，跟我说这能让他恢复一点儿体力。之后，我们从房间去了花园，在那里聊起天来。聊着聊着，皇帝说：我们习惯性地认为君主是绝对为子民好的，他只要略微宽厚一些，人们就会忘记他严酷的一面。仁慈，必须是君王的第一特征。他说，在巴黎，他的一些言论时常引来人们的诟病，大家觉得这种话不应该出自他口中。但皇帝又补充说：不过，由于他有自己的性格魅力，工作努力，还颁布了那么多法令，人们也就谅解了他的许多言行。皇帝还实事求是地评价了首都人民不同寻常的精致作风。他说，论才华和品位，哪个地方都比不上巴黎。他为自己有一次在参政院冲波塔利斯发火的事自责不已。作为此事的目击者，我安慰他，说我觉得当时的他像一位严父。① 他说："我也许还是太严厉了点儿。我在命令他离开之前应该控制住自己的脾气才是。我只需说一句'行了'，就可结束这场争吵。我明明可以让他回家等着接受惩罚。愤怒这个情绪从来不应该出现在君主身上。也许是因为我在参政院，觉得周围都是自己人，自己不用隐藏情绪。这么看，我倒值得谅解，但也许我还是应当接受批评。每个人都会犯错，所有人都处在自然的控制下。"

他说，他还有次在杜伊勒里宫冲G***②发火，而且是在礼拜日的大

---

① 请看帕斯基耶在回忆录中对这幕场景的描写。
② 1823年版用首字母G代替此人姓名，1824年版中则用***代替。这里说的是贡托伯爵（Gontaut）。

型接见礼中，当时所有朝廷人士都在场。①想起此事，他便深感内疚。他说："但我那次真是气到了极点。我一再按捺怒气，可最后还是发作了出来。不久之前，我把巴黎的一个团交到他手上。当时首都危机重重，他应当守住城门才是。后来我才得知，他竟为我们的惨败幸灾乐祸，还盼着我们一败涂地。不过我发怒的时候，并不知道他有这种心思。当时敌军压境，这个G***竟冷淡地给我写信，说他因为健康原因不能为我效劳。^{642}可在接见大礼中，他居然以朝臣的身份冒出来，看上去生龙活虎的。我当时内心大怒，但忍了下来，冷眼从他身边走过，可他竟一而再，再而三地殷勤地在我身边跟前跑后。我忍无可忍，终于爆发。先生，您怎么可以……"②

后文太长，我就将其删掉了。

皇帝讲完这件事，说："其实，此事最让我苦恼的是我该如何对待

---

① 1840年版在此处还有一段内容："当时的场面很是难看，被斥责的是圣奥诺雷区一个声名显赫的大人物，他的儿子还是官里一个深得皇帝器重和喜爱的侍从。"

② 这串省略号在1840年被以下一段内容所填补："我问他：'先生，您怎么可以给我写信称病、拒绝效力，眼下又以廷臣的身份若无其事地跑到这里来？我曾以为您的姓氏和祖国是连在一起的，所以才把首都的一个军团交给您，让您抵御敌军入侵，可您竟然拒绝了……您让我作何感想？先生，您是在让我尴尬，我有权利为此表示愤怒。今天，我就要把我的想法公之于众。您的行为要么是怯懦，要么是背叛。难道是背叛吗？……但先生，我不强人所难。不是我把您叫过来的。您还记得您先前那殷勤讨好、卑躬屈膝的样子吧？您还记得您说给我听的无数逢迎讨好之词吧？啊！把您的荣誉十字勋章扯下来！它不该出现在您这种人身上。以后，您再别出现在这座宫殿里，这里的高墙只会让您感到羞耻！'你们相信吗？我发了这通连自己都觉得不好意思的怒火后，他居然继续在我身边打转，在那里巴结讨好、后悔不迭、诅咒发誓，一副可怜巴巴的样子。我们中有人说，陛下干得很好，因为事实证明陛下没有看走眼。联军进入巴黎后，这个人立刻就跑到杜伊勒里宫，来到俄国沙皇居住的塔列朗府邸前面，在一大群人中间摇着白手帕，还对人群大喊：'来吧，我的朋友们，我的孩子们，跟我一起喊，亚历山大万岁！您就是我们的朋友，我们的救星！'众人大怒，不顾守在府邸门口的俄国士兵，对他破口大骂，这人只好灰溜溜地逃走了。老实说，他能保住一命就不错了。"拉斯卡斯在1840年版本中删去了省略号后面的话。

那个担任我宫中侍卫G***的儿子，毕竟他完全没做错什么。"

讲到这里，皇帝又说到了圣日耳曼区，问了我一大堆和那里的家族及个人有关的问题。①聊着聊着，我们提到了S**夫人。②我说，她对皇帝一直爱戴不已，因为这个原因，想必现在她过得很苦吧。皇帝从不怀疑S**夫人对自己的忠诚和真心，但最让他感动的，还是她坚持陪在约瑟芬皇后身边的这个义举。皇帝很后悔自己没有为她做点儿什么。后来她大概是被逼无奈，才来恳求皇帝让自己的丈夫进入元老院。

我自孩提起便和S**夫人相识，也算是她的近友了。我跟皇帝讲了她是怎么被任命为女官的事。有天早晨，她的丈夫把她引荐给了约瑟芬皇后，皇后感谢并接受了她愿为自己效劳的一番美意。S**夫人听了这话，当即呆住了，因为她从没想过要去服侍皇后。但由于S**夫人性格腼腆，她当时什么都没说。后来她瞒着所有人写了一封婉拒信，托我把它交给皇后。虽然我一点儿也不支持、不建议她接受这个职位，但还是把这封信扣了下来。有些人为了得到她这个位置而用尽手段，我的这个行为相当于重创了他们的阴谋。

皇帝问，为何她会如此抵触服侍皇后这件事呢？我说，是因为她和我们的亲王相识，有过直接联系。听了这话，他说："原来如此。她做得没错。她的丈夫怎么想着把她安排在这个位置上呢？这是在伤害她的感情啊！我选侍卫时也发生过类似的事，其中一个人辞而不受，并恳求我的原谅。[643]他说，因为他担任过路易十六和路易十八宫中的第一

---

① 1840年版本此处是："依照惯例，他又问了我一大堆关于那里的家族和个人的问题，他知道这些人的名字，但对其人了解甚少。"

② 即赛朗伯爵夫人。在《拿破仑圣赫勒拿岛回忆录》的每个版本中，作者均用S**来代指她。但在1840年的版本中，拉斯卡斯将和她有关的内容统统删除了。请看脚注1相关代替内容。

侍从。他这个理由非常合情合理。但我怎么可能一一倾听每个人的请求呢？这件事证明，是把他推荐过来的人没有考虑周全。我怎么可能知道一切事情的内情呢？我天天忙于要务，哪还有精力管这些琐事呢？"

皇帝接着说道："不管怎样，即便S**夫人真拒绝了，我也会答应她的请求，因为我非常敬重她。她从不利用我对她的信任谋取个人利益，只为一些不知感恩的人尽力求情。我记得她推荐过的一个人，此人后来进了国王的贵族院，我回来后又想继续为我卖力。他的女儿跑过来，信誓旦旦地跟我说：只要我肯信任他，他定然热忱相报、积极表现。他还说，自己并无阵营概念，只知国家利益。这话说得多漂亮啊。"①

下午四点，皇帝乘车出游。在我们常走的那条路上，他讲了几件差点儿让他命丧黄泉的严重意外事件。

有一次在圣克鲁，他想驾驶一驾有六匹马的马车。驾驶过程中，他的副官②无意中穿过马道，冲到马群面前。皇帝还没来得及拉紧缰绳，受惊的马匹就全速狂奔，拖着马车重重地撞到栏杆上。皇帝只觉得自己被高高地抛起，然后脸部重重着地。他说，在空中的那八九秒钟里，他觉得自己死定了，体验到生命一下子从身体中被抽离的那种感觉，这就是他平常所说的"负面"时刻。这时，有人从马上跳下来，摸着他，这抚摸一下子让他恢复知觉，把他救了回来。这就好比做噩梦的人，被自己

---

① 1840年版中这里和S**夫人有关的内容被删，取而代之的是如下内容："其实，皇帝很能理解这些行为。在选拔玛丽-路易丝宫中侍卫时，有人推荐了杜拉斯公爵。皇帝说：'我觉得最好还是拒绝这个路易十六、路易十八宫廷里的第一贵族。不过他说得在理，被推荐过来的人都少了点儿格调。不过我能怎么办呢？我能顾及这么多细节吗？我有那么多大事要操心，能分出神来考虑这些小事吗？'"

② 1823年版给出了名字，是卡法雷利（Coffarelli）。

的一声惊呼吓醒，方才摆脱梦境。①

他说，还有一次，他差点儿溺亡。此事发生在他1786年在欧索讷驻军期间。有一天，他一个人去游泳，突然浑身麻痹，无法控制自己的身体。当时他身边又没有任何人，水流一下子把他卷走了。他能清晰地感知到生命力在自己体内流失，甚至恍惚听见岸上的战友说他溺水了，说他们要去寻几艘船来找他的尸体。^{644}此时他觉得身体被猛的一撞，瞬间恢复清醒：是一个沙袋撞到了他的胸上。他的脑袋随即被顶出水面，这才摆脱水流的纠缠，爬到岸上，吐了好多水出来。然后，他穿好衣服，回到营中，此时人们还在寻找他的尸体呢。

还有一次是在马尔利打野猪，他的随从队伍仿佛一支溃败的军队，完全被野猪群冲散了。当时，他的身边只有苏尔特和贝尔蒂埃，三头巨大的野猪正朝他们逼近。皇帝说："我们三人猛烈地砍杀它们，我被野猪弄伤，差点儿手指不保。"直到今天，他左手无名指最后一根指骨处仍有一道深深的伤疤。皇帝说："当时，我们后面一大群人在猎狗的团团保护下，躲在我们三个英雄后面，还声嘶力竭地喊着：'皇帝！救皇帝！救皇帝！！'可就是没有一个人敢上前一步，那情景真是好笑呢！"

谈政治

5月24日，星期五

皇帝今天乘车出去了一会儿。我们散了接近一个半小时的步，大家走得很慢，所以此次散步时间比平素要长。皇帝一路都在谈论政治。最新一批报纸在三天前抵达该岛，给他提供了谈话素材。

在法国，流亡国外的爱国者越来越多。政府对此事似乎乐见其成，

---

① 请看《孔斯当回忆录》第一卷第182页内容。

因为它并没有将他们的财产充公。

皇帝看了英国国会的一番论战，万分痛心地发现英国有心分割法国。他说："任何一个心怀祖国的法国人应该都绝望了吧。法国绝大部分人现在不知道有多么痛苦！"他叹道："要是我待在某个遥远的地方，在一片真正自由、独立的土地上，不受任何外在势力的干预，那该多好！那时，我将震惊世界！我将向法国人发表宣言，对他们疾呼：'你们要是再不团结起来，那就完蛋了！可恨、无耻的外国人就要把你们分割、撕碎了。站起来吧，法国人，不惜一切代价地凝为一体，团结起来吧，[645]如有必要，和波旁家族联手都不要紧！祖国的生命安全高于一切！'"

但他又觉得，俄国应当会反对分割法国，因为它害怕德意志因此变得团结和强大。我们中有人说，奥地利应该也会反对此事，因为它也担心法国瓦解后再没有国家可助它牵制俄国。这个人还说，奥地利说不定还会趁机把罗马王推上位。皇帝反驳说："没错，可奥地利只会把他变成一个震慑工具，绝非真心为了他好。奥地利有太多忌惮他的理由。到时，罗马王会变成人民的儿子、意大利的胜者。然后，奥地利出于政治考虑，定会将他暗杀。也许他们不会在他祖父在世的时候动手——他的祖父是个好人，但他总有一天会离开人世。即便我们在道德风俗上不允许谋杀这种事的发生，他们也会想方设法地把他变成愚钝之人。即便他逃得掉身体和精神上的谋杀，即便他的母亲能护他周全，可到时候……到时候……到时候……"他一连说了好几声"到时候"，似乎在想接下来的话。"到时候……可是凡尘俗世中人的命运，谁又能说得准呢？"

皇帝转换话题，谈起了英国，最后立下结论：只有英国想彻底毁灭法国。他绞尽脑汁，想出英国为此可能采取的各种方案。皇帝说，英国不可能让比利时太过强大，否则安特卫普会如在它治下那样，变成一个不容小觑的角色。它肯定要在波旁家族留在欧洲腹地某个只有八九百万人的地方周围扶植一大堆诺曼底、布列塔尼、阿基坦和普罗旺斯的亲王、公爵或国王，把它团团包围。如此一来，瑟堡、布雷斯特、加龙河和地中海就要易主了。此举能让法国君主制倒退好几个世纪，把法国一下子打回卡佩王朝开朝时期，波旁家族又得辛苦经营好几百年了。皇帝说："不过幸好，为了达到这个目的，英国必须翻越几座不可逾越的大山：各省均等的地界划分、^{646}相同的语言、相似的习俗、我那套被广泛应用的法律体系、我在各地建立的学校、我传下来的荣誉和辉煌。我们有太多解不开的纽带，太多真正意义上的国家制度。有了这些东西，一个伟大的民族是不可能轻易分裂、解体的。即便分裂，它也能再度复活，获得新生。它就如阿里奥斯托笔下的巨人，哪怕四肢被斩断、头颅被砍下，他也能长出新的躯干，再度投入战斗。"这时有人说："可是陛下，巨人是否威力无穷，取决于他的头颅是否被割下啊①，万一拿破仑就是让法国获得生命的头颅呢？"皇帝斩钉截铁地回答："不！我的事迹和理念还依然活在世上。"然后，他接回刚才的话题，说："相反，如果法国仍在我的统治下，英国最后会慢慢变成它的一个附属。它和奥莱龙岛、科西嘉岛一样，本就是大自然造给我们的众多岛屿中的一座。古往今来，多少帝国的命运被琐碎的东西改写啊！在茫茫宇宙中，我们的苦心经营是多么可笑和微不足道啊！要是当初我没有远征埃及，而选择了远征爱尔兰，要是我的布洛涅之征没有毁在那几个小小的干扰因素

---

① 借用了阿里奥斯托的《愤怒的罗兰》（Ariosto, *Roland furieux*）第15节的内容。

上，那英国今天会是什么样子呢？大陆会是什么样子呢？世界政治又会是什么样子呢？……"

伏尔泰的《布鲁图》
5月25日，星期六

晚饭后，皇帝读起了他非常喜欢的《俄狄浦斯》，之后又读了《布鲁图》，并做了非常精彩的点评。①他说，伏尔泰在这本书中根本就不理解何为真正的情感。罗马人为爱国思想所驱使，就如我们今天被荣誉驱使一样。布鲁图为了拯救祖国，忍痛牺牲了他的孩子。可伏尔泰根本没描绘出他此举的崇高，把他写成一个骄傲自大的怪物，说他为了保住自己的地位、姓氏和威望而杀死孩子。皇帝还说，这部戏剧里的其他人物性格也都遭到极大的扭曲。图莉娅成了一个为了利益不择手段的女疯子，再不是一个性情温柔、因为受了恶人的唆使才犯罪的女人。

法国人在圣洛朗河的地盘——皇帝若去了美国——卡诺在皇帝退位期间的表现
5月26日，星期日

⁶⁴⁷大约下午两点，皇帝把我叫了过去。他觉得浑身疲乏，哪儿都不舒服。尽管如此，我们还是读了几张报纸。

---

① 贝特朗在他未出版的日记中原原本本地记录了拿破仑的分析点评。杜南在《圣赫勒拿岛回忆录》批注版的第一卷中引用了贝特朗的这段内容："这部剧有违道德，在大革命期间，就是它腐蚀了人心。"蒙托隆也在日记中概述了皇帝的点评，据他所说，拿破仑针对的只是"我若不是布鲁图，定会原谅你"这句诗而已。蒙托隆说："他宣称，在大革命时期，就是这句诗迷惑了好多人，凭那些人的身份和功勋，他们犯不着让自己的双手和公会一样沾满鲜血。也许人们还会认定，奥尔良公爵也是受了这句诗的影响，才投票赞成处死路易十六。"（《拿破仑皇帝被囚记》第一卷第288页）

我们从报纸上得知，他的哥哥约瑟夫在纽约州北部的圣洛朗河边买了很大一块地。此地附近住了许多法国人，俨然成了法国人的地盘。有人说，约瑟夫选中这里，符合美国的利益，却和英国政策相冲突。他若选择了南边的路易斯安那州，便说明这群避难者是真心打算安居乐业、了此一生。可他选了圣洛朗河，要不了多久，他们就会把一大批法国人从加拿大吸引过来，建立一个和外界高度隔离的社区，甚至会变成反英中心地，虽然英国才是这块地方的统治者。皇帝说，要不了多久，这里就会吸引大量人口，变得人才济济。他还说，要是他们履行自己的使命，这里将诞生多少优秀的作品啊，它们就是对当今在欧洲大行其道的体制的最佳反驳。皇帝当初在厄尔巴岛的时候，其实也有类似想法。

然后，他大概算了算自己留给家人的东西，得出结论：他们获取了令人咋舌的巨大财富，只有他一无所有。他说，即便自己在欧洲有点儿财产，也是多亏他的一些朋友有先见之明，为他做了些安排。

皇帝说，要是他去了美国，便打算把所有家人都叫过去。他们每人至少能拿出4000万法郎。这些人将成为一个民族聚集体的核心，第二个法国将在那里诞生。要不了一年时间，[648]法国和欧洲发生的那些事，能再给他送来1亿法郎和6万人口，其中大部分人还有钱、有才、有识。皇帝说，只可惜他不能实现这个梦想，创造新的辉煌。

他继续说："无论怎么看，美国都是我们真正的庇护所。那里土地广袤，思想风气也格外自由。你要觉得烦闷，大可直接坐车出游，跑个几千古里，像个寻常旅客一样享受美景。在那里，所有人都是平等的。你可以毫不费劲地融入人群，完全不用顾虑自己跟他们有着不同的风俗、语言和信仰。"

皇帝说，他在欧洲大陆再也当不上普通人了，因为他的名字在那里已妇孺皆知，以某种方式和每个民族连在了一起。他已属于各国人民。

他还边笑边对我说："至于您嘛，奥里诺科河和墨西哥才是您的幸运之地。那里的人绝不会忘记'正直的拉斯卡斯'，您能在那里得到您想要的一切。所有有名气的要人都是如此。就拿格雷古瓦来说吧，他要是去了海地，绝对是要风得风，要雨得雨。"

皇帝第二次退位后，一个在巴黎的美国人给他写信，说："当您还是一国之首时，您能造出一切奇迹，您有无限的希望。可如今，您在欧洲已道尽途殚。走吧，去美国吧！我很清楚那里的民众和国家元首的精神思想，它会是您的第二个祖国，让您获得无限的宽慰。"皇帝却不想这么做。他若依靠旁人的帮忙或乔装打扮，定可经由布雷斯特、南特、波尔多、土伦，最后抵达美国。然而，他的自尊心不允许他乔装逃跑。他觉得在这场危机中，自己应该在毫无护卫的情况下，以普通人的身份穿过法国的国土，以此向全欧洲证明自己对法国人民是多么信任，法国人民对自己是多么爱戴。但更主要的原因是，在那个紧要时刻，他仍有其他顾虑：他希望国人能认清形势的危急性，[649]转头向他求救，他便能拯救祖国了。正因如此，他才在马尔梅松一拖再拖，迟迟不去罗什福尔。正因他抱着这份高尚的情操，正因他心中从不忘救国救民，现在他才流落到了圣赫勒拿岛。后来他别无选择，只能接受柏勒洛丰号的好意。虽然他是为形势所逼才不得不登船，但是说不定他心中还为此隐隐感到高兴呢，因为他若去了英国，离法国就不算太远。他当然知道自己去了英国就不再是自由身了，然而他渴望人们听到他的声音，或者至少有机会让世人理解他的想法。他说："英国内阁就是英国的敌人，它干出的出卖国家的事还少吗？它非常恐惧我在英国出现，觉得我在伦敦一个人的声音都会高过所有反对派的分量。我若真去了伦敦，它要么得改变政治策略，要么就得下台。它不愿做出任何改变，又想保住自己的位置。于是，英国内阁置英国的真正利益于不顾，抹黑了他们法律的胜利荣光，把世界的和平、欧洲的昌盛、后人的福祉全都抛到脑后。"

当晚，皇帝又说到了滑铁卢战役，谈起他在做出再次退位这个至关重要的决定之前心中的忧虑和彷徨。我略过了谈话中许多和先前重复的细节，只把以下内容记了下来：

他曾就退位一事向大臣发表演讲，精准预言了后来我们亲历过的一系列大事。他极力反对退位，认为这会给祖国造成致命一击。他希望我们能展开死战，哪怕耗尽自己最后一口气。然而，只有卡诺一人赞同他的想法，其他所有人都支持他退位。大局已定，再无逆转。卡诺当时双手掩面，泪如泉涌。

皇帝曾说："我不是神，不能把所有事都扛在自己肩上。我要拯救民族危亡，就必须得到民族的帮助。我敢肯定法国人民也是这个想法，[650]所以他们今天的遭遇绝非自作自受，那些身居高位、玩弄权术的渣滓才是真正的罪魁祸首。迷惑住了他们，也毁灭了我的，是1814年复辟期间波旁家族的怀柔政策和亲善态度。所以他们觉得，国王这次定会对他们宽厚相待。然而他骤然翻脸，把他们的一番盘算变成笑话。他们当时每个人都以为，找路易十八或其他人顶替我之后，一切便能恢复到从前的样子。危机来临之际，这群愚蠢、贪婪、自私的家伙仍满脑子想着党同伐异，汲汲于个人私利，根本看不见一场恶仗将把所有人吞噬进去！我们也必须承认一件事：我提拔了一大群傲慢的恶棍，身边不少人都是这种德行！"然后他转头对我说："我不是在影射您的圣日耳曼区，它在某种程度上倒情有可原。何况1814年山河巨变之时，它里面没有一个人干过窃国的勾当。我对他们并无不满的理由。我回来后，他们也不亏欠我什么。之后我再度退位，国王回国，他们回到旧主麾下，继续效力……"

法国的工业现状—论相貌
5月27日，星期一

下午两点左右，皇帝出门。今天天气极好，空气格外清新。跟我们刚来的时候相比，老天完全换了一张脸。然而，皇帝依然倍感不适，心情烦闷至极。他一直走到树林最边上，在那里等马车来接我们。我们依照往日的路线散步。

我们谈到了法国当前的工业。皇帝说，在他的带动下，法国工业发展之快，令欧洲乃至法国都难以置信。外国人到了法国后，无不为我们工业的高度发展感到震惊。蒙泰斯鸠神父担任内务部部长后，看着手上的报告书，简直不敢相信自己的眼睛。

[651]皇帝在法国率先提出先发展农业，再发展工业（也就是制造业），最后才发展商业，因为只有在农业和工业产量过剩的情况下，商业才能成气候。他大刀阔斧地执行了这一政策，同时照顾到了各行各业的商人的利益。我们在制糖、染料和棉花行业取得的巨大进步，和他的努力不无关系。任何人只要能发明出织亚麻机，让人们能像织棉一样织亚麻，就可从他那里获得几百万法郎的奖励。他坚信我们能做成此事。可惜因为命运之神的阻挠，这项伟大的发明没能实现。①

他说："我们的敌人——腐朽的贵族阶层嘲笑我的这一系列做法，觉得这完全是痴人说梦。然而英国人立刻察觉到其中的厉害，他们可没有笑，而是感到坐立不安，直到今天都觉得后怕不已。"

---

① 实际上，最后是比利时人发明了亚麻织法。——辑录者注

晚饭前一段时间里，皇帝让我去他房间一趟。他浑身上下格外难受，想找个人说说话，可他连说话的气力都没有。他觉得自己之所以身体不适，全是因为新到的那批酒坏了。说到酒，他说：先前科尔维沙、贝托莱及其他化学家和医生曾一再叮嘱他，他喝酒时，只要觉得酒里有一丝怪味，就要立刻把它吐了。

说到这里，他谈起了人性格和相貌之间巨大的反差性，感慨地说："这足以证明以貌取人有多不可取。只有通过他的行为，我们才能真正了解一个人。我一生中看过多少张脸啊！遇到多少个面相学上的例子啊！又从别人那里听到多少相关的事例啊！我一直都告诫自己：切勿通过某人顶着的那张脸、说过的那些话来评价其人。然而我们不得不承认，有时候我们看一个人，会觉得他的脸部特征和性格有相似之处。就以我们那位阁下为例吧（总督），谁看他不觉得他一脸山猫相？再举个例子，我曾有个贴身服侍我的侍卫①，我很喜欢他，可后来不得不将其赶走，因为我好几次发现他手脚不干净，而且毫不悔改。你看他那张脸，会觉得他生了一双喜鹊眼。"

说到这里，有人提到了米拉波的一句话。他评价在历届议会中表现突出、后来进入元老院的帕斯托雷时，说："他身上藏着一只老虎和一头憨牛，不过憨牛占了上风。"听到这话，皇帝哈哈大笑起来，觉得米拉波说得实在在理。②

皇帝想一个人在房中用晚饭。十点，他让我过去。那时他感觉好了一点儿。他把沙发上的几本书都翻了一遍，然后读起了他非常讨厌的拉辛的《亚历山大》，之后又捧起了他最喜欢的《安德洛玛克》。

---

① 即布里安。（请看《人名表》）
② 下面这段内容在1840年版中被删。

皇帝经过英军驻地
5月28日，星期二

大约下午两点，皇帝出门。今天天朗气清，我们坐车出去逛了一个多小时。一开始，我们建议他骑马，觉得这更有利于他的身体健康。然而他不愿骑马出门，说这完全是在围着巴掌大的一块地打圈，和在驯马场骑马没什么区别，他受不了这种方式。不过回来的路上，我们好说歹说，才让他上了马。他让我们所有人都跟在后面，我们顺着山坡往上爬，登上横在朗伍德和镇子中间的一座山的山巅。回来的路上，我们经过了英军驻地。自打我们搬到朗伍德后，这是我们第二次来到这里。一看到我们，所有士兵都离开了各自的岗哨，全部涌到门口，站成一排看着我们走过军营。皇帝说："我走近后，哪个欧洲士兵不感到心潮澎湃呢？"正因为他清楚此事，所以才极力避免出现在英军驻地跟前，以免有人说他故意煽动士兵的情绪。此次出行虽然辛苦，但是所有人都很高兴。五点，我们回到朗伍德。皇帝觉得这一天过得无比漫长。这些天，他再没有继续口述回忆录的心情。他曾看到仆人为了自娱自乐而造了一套类似九柱戏的棋牌，[653]便叫人将其拿过来，和我们玩了一局。我输给皇帝一个半拿破仑币，他笑着让我掏钱，然后把钱赏给了一个替我们捡球的仆人。

科西嘉岛—保利的评价—皇太后的高尚品格—吕西安差点儿当上科西嘉岛总督—执政官期间—谢夫勒斯夫人—皇太后来信
5月29日，星期三

这段时间，在我们的苦苦央求下，皇帝每天晚上都承诺第二天早起骑马。可到了早上，他又没了骑马的兴致。今天，他八点半来到花园，并把我叫了过去。他谈起了科西嘉岛，一谈就是一个多小时。皇帝说："故乡总是可爱的。即便是圣赫勒拿岛，在生在这里的人看来也有其迷人之处。"所以，皇帝眼里的科西嘉岛别有魅力。他细细地讲述它身上粗犷的线条、豪放的气质，描绘岛民因为与世隔绝、不曾经历外族的入侵而依然保留的一些独有的气息，这在大陆上是没有的。那里深山中的原住民性格刚毅坚强，灵魂如同经过淬炼一样，显得格外独一无二。然后，皇帝谈起那块土地的可爱之处。他说，那里一切都是最好的，连泥土闻起来都格外芬芳。就算蒙着眼睛，只要闻到了这股泥土的味道，他就知道自己是在科西嘉了：他走遍世界各地，都没在其他地方闻到过类似的味道。科西嘉岛是他早年情感的寄托。他在那里度过了幸福的童年，天天在山丘和谷底奔跑撒欢，走到哪里都能得到人们的热情接待。他的家族在那里有很多分支，家族之间的恩怨纠葛甚至蔓及七族。他说，岛上每个女子出嫁时，嫁妆单子上的堂兄弟数目越多，她就越有面子。他还骄傲地回忆说，保利有一次视察波尔特蒂诺沃，他就是随行人员之一，当时他还不到20岁。此次出行队伍浩浩荡荡，有500多人骑马陪同，拿破仑走在保利的边上。保利把沿路的地标指给他看，告诉他，在科西嘉岛独立战争期间，科西嘉人在哪些地方做过抵抗、在哪些地方打了胜仗，[654]向他详细讲述这场光荣的战斗史。听到这个小伙子就此发表的过人见解，根据其人性格给他留下的印象，保利跟他说："拿破仑啊拿破仑，你根本没有一个现代人的样子，从里到外都像来自普鲁塔克那个时代。"

后来，保利想把科西嘉岛交给英国人，波拿巴家族继续狂热地支持法国派，并因此荣幸但又不幸地成为岛上一拨人的敌视目标，在民众起义时遭到攻击。

皇帝说："当时，12000多农民从山区向阿雅克肖发起猛攻。我们的住宅被抢劫和焚毁，葡萄树被悉数拔起，所有牲畜都被宰杀。在一小群支持者的保护下，母亲在海边过了一段居无定所的日子，最后打算前往法国。从前我们家和保利的关系非常亲密，他也一再表示自己对我的母亲是多么敬重。此时，保利打算说服母亲，如果软的办法行不通，他会不惜采取暴力手段。保利派人给母亲传话，说：'放弃抵抗吧，否则这会害了您和您的家人，让您家产尽毁。无数厄运将降临到您的头上，到时谁都救不了您。'"皇帝先前也说过，若不是大革命，他的家族绝无复兴的机会。拿破仑说："听了保利的话，母亲如科妮莉亚一样大义凛然地回答说：她、她的孩子、她的家庭只认两个死理，那就是责任和荣誉。"皇帝补充说："要是老主教代理吕西安当时还健在，看到自己的牛羊家畜一一被杀，得心痛成什么样子啊。他再怎么谨言慎行，也肯定会咒骂一通。"

皇太后因为热爱和忠于祖国而遭到迫害，还以为自己会以特殊流亡者的身份在马赛得到接待。然而她在那里再度落难，连生命安全都难以保障。她震惊地发现，只有穷困潦倒的社会最底层群体身上才有爱国精神。

拿破仑在青年时期曾写过一本介绍科西嘉岛历史的书，将其寄给雷纳尔神父。雷纳尔神父当时正春风得意，给他回了几封信，写了一些赞誉之辞。可惜这本书已经遗失，再无法寻获。

皇帝跟我们说，在科西嘉岛爆发战争期间，[655]岛上山民的性格特征让每个来到岛上的法国人都印象深刻。有的人觉得山民热情似火，有的人则觉得他们就是一群强盗。

有人曾在巴黎元老院中说，法国挑中的统治者来自一支连罗马人也不愿招惹的民族。皇帝说:"这个元老院议员本想侮辱我,但他这话是对科西嘉人的极大赞誉。他说得没错,罗马人从来没买过科西嘉岛人当奴隶,他们深知自己在这些人身上是什么便宜也讨不到的。什么都无法让科西嘉岛人屈服在奴役之下。"①

科西嘉岛独立战争期间,有人曾提出一个别出心裁的方案:把山民赖以为生的栗树悉数砍倒或焚毁。如此一来,山民就会被逼到平原上,求着要和平和面包。皇帝说,幸好这个方案无法实施,只是一纸空文而已。其实,拿破仑早些时候对栗树并无好感,因为当时岛上栗树泛滥成灾,对其他林木造成巨大威胁。所以,他希望人们能把栗树拔得干干净净。因为这件事,他还和他的叔叔——老代理主教吕西安发生了好几次争执。老代理主教有好几片栗树林,故在主教面前极力支持保住栗树。老代理主教吕西安在盛怒之下,还说他的这个侄子是个改革者,尽搬些哲学大道理,把他的栗树说得危害无穷。

保利后来老死于伦敦。在他去世之前,拿破仑先后当上第一执政官、登基称帝。让拿破仑倍感遗憾的是,保利再没有回过国。他说:"如果他能回来,我会非常高兴,因为这象征着我在他面前的胜利。然而我日理万机,几乎没时间去考虑个人的情感得失。"

皇帝1815年回来后,吕西安也来到巴黎。当时,约瑟夫向皇帝建议把这个弟弟派到科西嘉岛担任总督。此事快成定数的时候,由于山雨欲来、时局突变,该计划只好暂时搁置。皇帝说,要是吕西安真去了科西嘉岛当总督,就成了一岛之主。如此一来,我们那些受尽迫害的爱国者也能有所依傍了。科西嘉岛能成为多少不幸儿的庇护所啊!他反复感慨

---

① 罗马人觉得科西嘉岛就是一块蛮夷之地,上面住的都是野人。曾被流放到那里的塞涅卡还曾写书抱怨此地。(请看杰拉德·沃尔特的《尼禄》第42~43页的内容)

说,[656]他在退位时没有保留自己对有几百万人口的科西嘉岛的统治权,这也许是个失策之举。他也许应当把手上的宝藏珍品一道带走,前往土伦,到了那里,谁都拦不住他经由此地返回科西嘉岛。回到故乡后,那里的民众会如同家人一般待他,所有人都会向他伸出双手,向他敞开心扉。到时,三五万联军根本不可能将他制服,而且欧洲任何君主都不愿意扛起这个苦差事。然而,他也有自己的顾虑,没有走这条路。他不愿意落人口实,被人说他在法国大难之际还满脑子琢磨着自己该怎么抵达港口这种事。

这时有人说:所有人都觉得,他其实在1814年应该去统治科西嘉岛,而不是厄尔巴岛。皇帝说:"或许吧。对枫丹白露发生的事心知肚明的人,更加吃惊于我最后的选择!当时我其实可以选择自己想去的地方,由于一时意气,我决定去厄尔巴岛。然而,要是我真去了科西嘉岛,也许就不会想着在1815年回来的这件事了。哪怕去了厄尔巴岛,要不是因为他们治理不当,没有向我履行明文规定的承诺,我也是不会回来的。"

我们提醒皇帝别忘了他先前的打算,出门骑骑马。但他说,他现在更愿意边走边聊天。他叫人把早饭备好,早饭后我们又聊了很久,谈旧朝和旧朝贵族,谈他们目中无人的嘴脸,谈国王的奢侈生活,并将其和皇帝的宫廷做对比。

之后,我们转而谈起了他的执政府。当时杜伊勒里宫里养着一大帮人,这群人和先前的宫廷没什么两样。拿破仑在他们那里遇到了许多大麻烦。第一执政官搬进杜伊勒里宫以后,经历了各种风浪、波折,见识了无数他决定将其摒弃的思想。他先前一直待在军营中,当时又刚从埃及回来——要知道,他离开法国的时候,还是个毫无经验的小伙子呢。回国后,他谁也不认识,做什么事都阻碍重重。幸好勒布伦在他执政初期如同监护人一样领着他。那个时候，银行家（抑或说是生意人）是最有影响力的一群人。拿破仑当上执政官后，他们立刻围上来，要给他提供几笔巨额贷款。[657]这些人看似好心，实则打着自己的小算盘。他们基本上都品行败坏，所以拿破仑拒绝了他们的厚礼。

第一执政官从骨子里就厌恶生意人。他说，当时他立了一个规矩：什么方针都可以兴，就是不能兴督政府时期的方针。[①]他希望廉洁公正能成为自己这届新政府的标签和原动力。没过多久，商贾的妻女就向执政官围了过来，她们一个个生得千娇百媚、楚楚动人。娶一个迷人的女人，这似乎成了当时生意人的标配，她可在必要时扮演交际花的角色，帮助自己在投机活动中赚钱。然而勒布伦一脸凛然地站在那里，为这位年轻的"忒勒玛科斯"点拨迷津，坚决不让这些人踏进杜伊勒里宫。不过，要在第一执政官周围建立一个合适的圈子，并非一件容易的事。这里面不能有贵族，以避免让舆论界一片哗然。里面不能有生意人，以树立新的道德风气。这两个群体被排除在外后，杜伊勒里宫社交圈中就没什么台面人物了。有一段时间，杜伊勒里宫就宛若一盏走马灯，不同人轮番登场。不过，这个小圈子很快就有了自己的格调、特色和标签。

副王在莫斯科的时候，曾读到当时就住在巴黎的多尔戈鲁基王妃写给友人的一些信。她在信中讲了许多关于杜伊勒里宫的事，说它根本不像宫廷，但也完全不像兵营，总之是个全新的东西。王妃还说，第一执政官手不拿帽、腰不佩剑，但仍看得出他是个舞刀弄剑的人。听到这里，皇帝说："不过，我是因为收到一些人的恶意报告，才在她面前表现出这个样子。当时有些人在我面前说了她的许多坏话，因此王妃遭到

---

① 1823年版本此处为"什么方针都可以兴，就是不能兴舍雷尔、巴拉斯和督政府的方针"。

我不公的对待。我命令她在一定时间内离开法国。我们以为她仇恨新政府，但后来事实证明是我们误会了她。当时还没被外交部部长正式娶进门的格兰特夫人①，不遗余力地离间我们和俄国人的关系。"

皇帝说，从厄尔巴岛回来后，建立宫廷圈子于他而言就再不是件费力的事了。[658]他说："我有个现成的宫廷圈，就是被我称作'我的遗孀'的那群夫人，里面有伊斯特利亚公爵夫人②、杜洛克夫人、雷尼埃夫人、勒格朗夫人等第一代将军遗孀。几位公主曾询问我该如何重建她们的宫廷，我让她们照着我说的做即可，这是最合情、合理、合义的事。那些夫人虽然极其年轻，却见识不浅，而且她们中不乏美丽迷人的女子。虽然她们中许多人权势不再，还有些人改了嫁、换了姓氏③，我赏出去的那么多财富、地位乃至姓氏，也许已全都化为乌有。即便这是事实，这也只能证明选择的这些人存在根本性的弱点。这于他们而言更加糟糕，因为他们相当于让从前的旧贵族更有骄傲的资本，让后者以为最后终归是自己赢了。"

我们又提醒皇帝别忘了骑马的事。我们之所以如此坚持，是因为此事关系到他的身体健康。然而，我们根本就没办法让他走出花园一步。他总说："我们待在这里挺好的，干脆在这里搭三顶帐篷好了。"我们继续谈话，聊起了圣日耳曼区以及被他称作圣日耳曼区首府的吕讷公馆。然后，他讲述了流放谢夫勒斯夫人这件事。他说，谢夫勒斯夫人先前已犯了好几次错误，言行又傲慢无礼，他已拿流放这件事震慑过她许

---

① 1823年版本此处为"塔列朗的情妇格兰特夫人"。
② 即贝西埃尔元帅、伊斯特利亚公爵的遗孀。
③ 有人跟皇帝说，这些遗孀中身份最尊贵的两三位夫人在不久前改嫁他人，可这并非事实。——辑录者注

多次了。最后，皇帝忍无可忍，对她说："夫人，在你们的封建信条和箴言中，你们宣称自己是一方领主。很好，那按照你们的想法，我也可以自称是法国的领主，巴黎便是我的城堡。所以，我这里容不下任何一个令我不快的人。我用你们的法律给您下发判决：请您离开，永远别再回来了。"皇帝把她流放出去的时候，铁了心不会再许她回来。他说，他在决心惩罚她之前已经忍了很久了，他要严惩谢夫勒斯夫人，以儆效尤。这也是他的做事准则之一。

我告诉皇帝，我曾频频出入吕讷公馆，和谢夫勒斯夫人及她的婆婆是旧相识，[659]并对后者极为尊敬和爱戴。这位老夫人对她的儿媳妇疼爱至极，这份感情着实少见。谢夫勒斯夫人被流放出巴黎后，她甘心陪她离开，一路都陪伴在她身边。在伊利里亚执行公务期间，有天晚上，我在辛普朗山脚下的一家旅店里和她们不期而遇，她们看到我后喜不自禁。在这个偏僻荒凉的地方，我给她们讲起巴黎和宫廷的点点滴滴，她们贪婪地听着，不肯错过任何细节。我可以理解她们的激动，因为于她们而言，离开巴黎无异于给她们判了死刑，她们已经完全绝望了。

最后我还说，我一直都在关注吕讷公馆，后来它虽然没被征服，但至少也被安抚了，甚至对外界已经淡漠处之了。然而，我们国家突遭大难后，它的心思又活络起来。

至于美丽、聪慧、可爱，脾气还有点儿古怪的谢夫勒斯夫人，她也许是被名望冲昏了头脑，受到了身边奉承者、爱慕者的挑拨。[1]皇帝说："我听说，她还想再来一场投石党之乱呢。然而，我却不是那个幼王。"

---

[1] 1823年版本此处为"受了某些配不上她的人的挑拨"。

于3月23日从英国出发的莫斯基托号把截至3月5日的法国报纸、截至3月21日的伦敦报纸带了过来。皇帝一边往书房走，一边让我跟他过去。然后，他读起了《论报》。在读报的过程中，大元帅委托我把一封从欧洲发出、写给皇帝的信转交给他。我递过去后，皇帝读了一遍，叹了一口气，拿起来又看了一遍，然后将其撕碎，扔在桌子上。这封信竟然是打开的！皇帝再次拿起报纸，读了几分钟后突然放下，跟我说："是我那可怜的母亲，她一切安好，想要过来和我团聚！"说完这话，他又继续看报。这还是皇帝第一次收到家人的来信，是由红衣主教费施代写的。皇帝之所以大感受伤，是因为它事先被人打开了。

莫罗—乔治—皮什格吕—对布洛涅和巴黎驻军的看法
5月30日，星期四

[660]下午两点时，皇帝在我们所有人的簇拥下出门了。他谈起了自己收到的这几期法国报纸，有人在上面煽风点火，提议为莫罗及皮什格吕竖立雕像。他说："莫罗在1803年密谋叛乱，他的行径已得明证：1813年，他可是在俄军麾下作战时死的！人们居然要给这么一个人树立雕像？皮什格吕的罪行更是罄竹难书！他故意战败，害自己的士兵白白丢了性命，还和敌国勾结！有人一再宣称这两人是为国家浴血奋战的英雄伟人，最后一定会得到历史的平反，还说他们的敌人不过是些宵小之徒。谎言多说几遍，人们就信了。"

我们中有人说，这种事只会发生在愚昧时期。如今，由于大量法律文献、公共资料、回忆文录的存在，再加上民众广得开化，想要寻获真相的人总会发现事实。每党每派都有自己的历史叙述，智慧的读者多听多看后，总能得出不偏不倚的评判。

然后，皇帝又讲起了莫罗、乔治和皮什格吕的事（我先前写这几个人的时候，曾承诺会在后文给出更多相关细节）。皇帝告诉我们，第一个告发他们的人告诉他，有个大人物也卷入了这桩阴谋。此人身份非常尊贵，乔治和其他阴谋主事人每次跟他说话都会毕恭毕敬地摘下帽子。然而，这位告发者没有给出这个大人物的名字。一开始，人们怀疑此人是贝利公爵或昂吉安公爵。后来，一个阴谋参与者被打入大牢，因不堪牢狱之苦，在无意中吐露了真相。当时情况是这样的：此人被捕后没几日就企图上吊自杀，狱卒听到动静后赶紧跑过来，替他解开了绳索，把他放在床上。此人在鬼门关走了一趟，精神彻底崩溃，在那里疯言疯语地诅咒莫罗，指控他包藏祸心，把许多尊贵人士都害了。[661]他口口声声地说他们会得到自己的大力支持，结果他一兵一卒都不出。此人还提到了乔治和皮什格吕的名字。从那时起，人们才对莫罗起了疑心，并开始留意皮什格吕的动静。雷亚尔听到这个求死之人的坦白之词，立刻向执政府提议逮捕莫罗。

皇帝说："此事一出，民众哗然，舆论沸腾。由于这个阴谋案子牵连甚广，人们便怀疑政府拿到的证据是否可靠。政府确定还有40多个同党藏在巴黎。人们公开了这些人的名字，我身为第一执政官，赌上自己的名望，誓要将他们一一捉拿归案。我督促贝西埃尔着手处理此事，让军队守好巴黎各大城门，将首都围得严严实实的。在接下来的六周时间里，任何人都必须交代原因，得到官方批准，方可离开巴黎。全城人人自危，风声鹤唳。每天早晨，《总汇通报》都会报道说今天又有哪些人被抓了。随着阴谋分子一一落网，民众对他们的气愤之情日益高涨，舆论站到了我这边。最后所有阴谋分子都被抓获，一个漏网之鱼都没有。"

当时的报纸报道了乔治是如何落网的，他被抓捕之前还杀了两个人。好像是一个同党出卖了他：当时乔治躲在一辆马车里，而这个同党便是马车驾驶人。

皮什格吕也是因为遭到同党背叛才被抓获的。①皇帝说："想想真是人心险恶，他竟被自己最亲密的伙伴给出卖了。我不想说出此人的名字，但他的行为实在太卑鄙、太令人恶心了。"讲到这里，我们跟他说，《总汇通报》已经把这个人的名字登出来了，他听后大为惊讶，然后说："这个人从前是个军人，后来在里昂经商，为了1万埃居把皮什格吕告发了。他们前天晚上还一起吃了饭。皮什格吕每天早晨都会读《总汇通报》，觉得自己已穷途末路，便跟这个朋友说：'要是我和几个将军下定决心，站到军队前面，军队会不会跟随我们揭竿而起呢？'他的这个朋友回答：'不会，您错误估计了法国这个名字的威力，一个士兵都不会跟您走的。'他说得其实没错。当晚，这个背信弃义者把警察带到皮什格吕藏身地的门口，[662]并把房间的详细格局、对方的抵御手段都交代得一清二楚。皮什格吕的床头桌上放着几把手枪，房间灯还亮着，但他已经歇息了。人们拿着他那个朋友特地复制的备用钥匙，悄悄打开了房门，然后踢翻床头桌，吹灭蜡烛，把当即惊醒过来的皮什格吕死死揪住。皮什格吕力气太大，死命地挣扎，人们只能把他捆起来，把赤身裸体的他推出房门。当时的他宛如一头公牛，满脸赤红。"

然后，皇帝谈起当时执政府的情况。他进入执政府后，迫切地想安定西部各省。他说，最后他几乎说服了所有省领导人，有些人听到"为了祖国的利益和荣耀"这种话，甚至当场落泪。然后，他去见了乔治。

---

① 其实是一个受雇于警察部的情报机构搜到了他的马车。

皇帝说，无论他怎么动之以情、晓之以理，都无法打动对方。这个人的内心已经干涸，荡不起任何波澜，再崇高的情感也无法打动他的心灵。他就是一块冰冷的顽石，只有权力才能勾起他的贪婪之心。他满脑子只想着如何把他的炮兵部队挑拨起来。第一执政官跟他百般沟通无果，只好摆出元首的态度，把他打发回去，劝他回家老实本分地过日子，不要错会了自己说的那些话的含义，也别把他的温和宽大视为软弱。第一执政官告诉乔治，他最好向自己的属下强调一件事：第一执政官手握权力的缰绳，绝不会让任何胆敢谋反的人有得逞的机会，更不会姑息养奸。然后，乔治离开。后来发生的事证明，虽然乔治没有放弃毁灭拿破仑的计划，但此次谈话还是在一定程度上敲打了他。

一大批阴谋分子从伦敦过来，集结在巴黎城中。莫罗无疑是这群人的主心骨，拥有巨大的号召力。似乎他的副官拉约雷把这些人给骗了，他先前代表莫罗同他们接触，跟他们说整个法国都对莫罗极为拥护，说所有军队都听从他的号令。这些人到了巴黎后，莫罗却跟他们说自己无人可用，连副官都调不动。但他们若能杀了第一执政官，他就能获得所有人的支持。

皇帝说，莫罗本性善良，但很容易被人说动。[663]正是这个原因，他行事才如此反复。昨天他离开杜伊勒里宫的时候还满心欢喜，今天再回来就满心恨意了——因为他回去见了自己的岳母和妻子。先前轻轻松松就把他笼络到自己身边的第一执政官，又得再次和他重归于好，可他的话也只有三四天的效力。其实后来，人们曾多次试图修复两人的关系，然而拿破仑再也不愿意在此人身上浪费感情了①，觉得莫罗迟早会自尝苦

---

① 1823年版本在这里加了一句"执政官当时发誓绝不和他和好"。

果，犯下大错。当然，后来发生的事清楚地证明了第一执政官多有先见之明。

莱比锡战役爆发的前几天，人们在维滕贝格拦截下几辆马车，里面全是莫罗的私人物品，马车夫准备把这些东西送到英国，交给莫罗的遗孀。其中有封莫罗夫人亲笔写的信，她在信中告诉丈夫别再犹豫，别去管那些婆婆妈妈的小事，要大着胆子做出选择，帮助正统继位者——也就是波旁家族取得胜利。莫罗的回信就写在他死的前几天，信中让她别再拿那套不切实际的想法来烦自己了。他告诉自己的夫人："我现在离法国很近，能得到那边的所有消息……唉，我完全被套进一个马蜂窝里了。"

当时，皇帝令人把这些信件刊登在《总汇通报》上。即便如此，法国境内仍有些冥顽不灵的莫罗拥护者坚持认为他是暴政的牺牲品。他们宣称这些信件是假的，要求为莫罗平反。可连反革命派都没跳出来对它们予以否认。最后，皇帝心生恻隐，没再追究。他实在不忍为了自己的利益而旧事重提，惊扰亡者清净，毕竟此人刚刚在战场上丧命。

莫罗和皮什格吕的这桩大案审了很久，引得舆论沸腾。拿破仑说，直到今天，人们对此案仍是众说纷纭，而同期发生的昂吉安公爵事件更是让局面雪上加霜。皇帝说："政治家指责我在这桩案子中犯下大错，称它的严重程度不亚于路易十六时期的项链事件。路易十六当时就不应该让高等法院负责此案，直接把它交给一个审判委员会就行了。[664]在这些政治家看来，我也应该把罪人交给一个军事审判所，在24小时之内了结此事。我的确可以这么做，此举完全合法，我不用操心，更不用担什么风险。但我当时觉得自己权力滔天，何况正义都站在自己这边，我便想把这个案子彻底公开，接受公众的审视。正因如此，连各国大使和官员都能在法庭上旁听！"

这时有人站出来说，站在今天的角度来看，他当时做出这个决定，于历史、于他本人而言都是一桩幸事。这桩案子足足留下了三卷判决原件。

我们中有个人当时正在布洛涅的军队里，他说，那里的人觉得所有这些事——甚至包括昂吉安公爵案件——都是合乎法规的，所有人对他的做法都持认可态度。几个月后他回到巴黎，发现它们在首都引发巨大震荡，心中还大感惊异。

皇帝承认，这几件事——尤其是昂吉安公爵案件——的确极大地刺激了公众的神经。直到今天，人们仍然无法冷静地看待处死昂吉安公爵一事。他强调自己有权这么做，也有理由这么做。然后，他回顾了一下自己遭遇的无数暗杀未遂事件。不过皇帝也说了，他得讲清楚一点：他经历了那么多阴谋事件，却从没发现路易十八参与其中①，只听说这位亲王有什么理念层面的计划方案。皇帝还说："要是我熬过了1815年，定会公布最新几次暗杀行动的参与者的名字。尤其是莫布勒伊事件，当时帝国第一法庭已经把此事调查得一清二楚。欧洲要是看到我身边卑劣的暗杀事件猖獗到何种地步，定会吓得浑身发冷。"

论政治—论英国—被总督扣下来的信—皇帝的经典语录
5月31日，星期五

五点，我去花园和皇帝会合。他谈起了政治，665 并描绘了得胜的英国实际的凄惨处境。眼下它债台高筑、挥霍无度，又有那么多必要性的

---

① 这话读来很是奇怪，可能是拉斯卡斯采用了反话正说的手法，以讽刺路易十八。因为实际上，所有反波拿巴派的宣传活动和针对波拿巴的阴谋暗杀，背后都离不开这位当时流亡在外的亲王的资助和授意。详情请看我的《普罗旺斯伯爵》一书。

开支，已经无力跻身大陆诸强的行列。它的宪法也遭遇危机，内阁面临巨大麻烦，国内所有人已经吵成一团。英国军队人数高达15~20万，在国富民强的时候，英国豢养这支军队尚感到有些吃力，如今更是难以为继。而他手下的所有军队加起来，也从来没有超过50万人。他先前制定的大陆政策，如今已被所有欧洲强国沿用。它们的强国地位越是巩固，就越会坚持这项政策。他敢毫不犹豫地说（而且他有事例证明），英国当时若遵守《亚眠条约》的规定，它和整个欧洲都能有所得益，唯有他——拿破仑的荣誉将遭到损害，但最后撕毁条约的是英国，而不是他拿破仑。

皇帝还说，英国现在要摆脱困境，就只有一个办法：摒弃军事政治路线，重新回到它的宪法体制中，只利用自己在海上的势力给大陆制造麻烦，毕竟它在海上有着绝对的优势。它若走其他任何一条路线，定会大祸临头。然而，因为英国整个贵族阶层当推手，它定然会这么做。它的现任内阁又如此疯狂、傲慢，唯利是图，肯定会坚持现在的路线。

说到这里，皇帝结束谈话，回到书房，并示意我跟过去。他跟我说，有封信走普通邮政的线路从英国发出，我是收件人，然而它极有可能被总督扣下来了，因为信封上的收信人写的不是总督的名字。据说，大元帅的一封信也被扣了下来。皇帝说，要是事情果真如此，总督也未免太粗鲁和不近人情了：他完全不跟我们说一声，也不告诉我们是谁给我们写的信，就直接将信件打回。他说，这种程序上的错误若是发生在岛上，倒容易不少。然而此事发生在离我们有2000古里之遥的地方，那又何必死守程序呢？说到这里，我跟皇帝讲述了八九天前发生在自己身上的一件事："*666*一个人要回欧洲，一再表示想为我做点儿事。见他再三央求，我便让步了，把一双旧鞋交给他，请他依照它的尺码买几双新的。我又给了他一块表，请他更换零件，因为这里没人懂得修表。可是，就因为我没向总督通报此事，总督就严令禁止我这么做。陛下，我没跟任何人说过这件事，因为我有一则人生信条：蒙受屈辱时，不能反抗，那就忍受。不过，也许我应该找个机会把自己的想法告诉总督。此事发生后，无论他也好，我那位受托者也罢，都不能从我嘴里套出只言片语，哪怕后者曾为此事多次回来找我。"

晚饭后，皇帝谈起了我们当前的情况和总督的行为（他今天来了我们这里，在墙外转了一圈就走了），又谈起了他和总督上一次的谈话，并披露了许多宝贵细节。皇帝说："当然了，我当时待他极差，看看我如今是何境况，你们就可以想见当时的气氛了。可我那时心情恶劣，实在控制不住情绪。换作其他时候，我会为自己的恶劣态度而脸红。此事要是发生在杜伊勒里宫，我会下意识地去修复关系。在我掌权期间，哪怕我真对谁发火，也肯定会说点儿话来缓和气氛。可在这里，从没有谁让我如此愤怒，而且我一点儿给他台阶下的心情都没有，不过他也不怎么在乎，似乎一点儿都没感到受伤。为了煞一煞他的威风，我还想过当着他的面大发雷霆，做出摔门而去等类似行为。我本以为他会因此有所收敛，然而他完全没有。"

然后，他把谈话主题转移到政治上。当时的他如此意气风发、慷慨激昂，让我几乎忘了自己身处世上某个偏僻的角落，恍惚间以为我们仍在杜伊勒里宫或勃艮第街上呢。

第六章
对意之战残篇（续二）

[667]我把手上的对意之战手稿剩余篇章在这里整理出来，以免它和上文的相关内容太过剥离。这部分内容太引人入胜了，我在整理回忆录时不禁跌足长叹，为自己没能掌握更多手稿而深感痛心。读者应该可以注意到，莱奥本那部分篇章都是残缺的，但我另外注意到一件事：该篇最后的定稿和我的手稿并不完全一样，所以读者可将原文摘抄和定稿拿来做对比，这也是件有趣的事。正因如此，我的手稿才显得弥足珍贵。

此外，在《拿破仑圣赫勒拿岛回忆录》再版之前，原先的版本只花了一卷内容去叙述对意之战，且到里沃利战役那里就戛然而止。所以我想说的是，我在新版中加的这部分内容，里面仍有一些全新的东西，有些地方给出了更加翔实的细节。我的《拿破仑圣赫勒拿岛回忆录》和拿破仑的定稿有所出入，原因有二：拿破仑在空闲时，格外喜欢再三重述这段历史。此外他也会读欧洲当时出版的相关著作，并根据其内容调整他后来的口述内容。

塔利亚曼托战役

1799年3月13—28日①

从法军横渡皮亚韦河到进入德意志境内的17天

Ⅰ. 意大利在1797年年初的形势

《托伦蒂诺和约》的签署修复了法国和罗马的关系。看到法军对教皇的温和态度，那不勒斯宫廷深感满意，⁶⁶⁸以为这足以证明法兰西共和国无心干预自己的内政，更无意对那不勒斯国内的不满者予以支持。热那亚共和国处在我军掌控之中，那里的寡头政治集团大失民心，已是过街老鼠。奇斯帕达纳共和国和坦斯帕达纳共和国也是相同的情况，法军从各界人士中得到了无数支持。在皮埃蒙特大区，亚历山德里亚、费内斯特雷莱、凯拉斯科、科尼、托尔托纳城中都有法军卫戍部队；叙兹要塞、拉布伦奈特要塞、流放堡要塞被拆除。先前，生活在水深火热之中的人民早就怨声载道，许多省揭竿而起，反抗宫廷；撒丁国王集结正规军队，驱散起义人群。但法军总司令治理下的皮埃蒙特一派秩序井然。虽然他经常放言威胁，说要派部队去对付对法军不满的人，但由于皮埃蒙特和法国、奇斯帕达纳共和国、坦斯帕达纳共和国之间恢复正常往

---

① 此处原文日期有误，应为"1797年3月13—28日"。——译者注

来，这几个共和国的思想开始对皮埃蒙特产生影响。深受共和国理念熏染的法国军官和士兵，也将他们的信条传播到意大利的每块土壤上。但在这暗潮汹涌的局势中，为了保证法军总司令的计划平稳推进，法军要么得推翻撒丁国王的统治，要么得解决撒丁国王的后顾之忧，钳制住不满者。法军总司令打算和撒丁宫廷签署一个进攻及防御性的条约，于是克拉尔克将军和圣马桑侯爵签订了协议。根据协议规定，共和国要保住国王的王位，而国王要向奥地利宣战，并向法军提供1万士兵、20门大炮。这个协议具有深远的意义，能助总司令实现他的宏图大业。如此一来，他将得到援军，手上还握有人质，以保障自己不在意大利期间，皮埃蒙特仍能安分老实。然而督政府根本不理解这个协议的重要性，一再推迟批复程序。尽管如此，协议被公告天下后，撒丁国王仍重拾威望，不满国王者的信心也遭受重挫。唯一让人放心不下的就只有威尼斯了。布雷西亚、贝加摩、波莱西以及万桑坦和帕多瓦的部分地区都投奔到法军麾下。然而和威尼斯元老院狼狈为奸的奥地利仍掌控着维罗纳大部分地区，威尼斯城中还有1.2万名斯拉沃尼亚士兵。拿破仑想尽一切办法[669]也无法攻克这些难关，只好绕道而行，只求能占领维罗纳要塞，留下一支后备军盯住威尼斯，保障他不会后背受敌。读者将在下一章看到他进入德意志之前，在解决这些共和国的麻烦时遇到了哪些阻碍。

Ⅱ.德意志皇帝拒绝承认法兰西共和国，更拒绝谈判——法军总司令武力夺下德意志

在夺下曼图亚城前后，法国向维也纳宫廷百般示好，表达了和平谈判的意愿，却得不到对方任何回应。克拉尔克带着督政府写给德意志皇帝的一封信，全权负责和平预备条约的谈判及后续工作。里沃利战役爆发前，克拉尔克和皇帝的副官文森特男爵在维琴察会面。文森特男爵称，他的主人绝不承认法兰西共和国，也绝不会在没有盟国（英国）协助的前提下与法国和谈。曼图亚城被攻陷后，克拉尔克又做了一次尝试。他去佛罗伦萨拜访了大公爵，仍得到相同的答复。法军总司令见意大利安宁无事，便决定把奥地利军赶到阿尔卑斯山脉朱利安山段后面，再顺着德拉瓦河、穆拉河一路追击敌军，穿越西梅林，最后在维也纳逼迫奥地利皇帝签署和约。这个计划虽然宏大，但很有成功的希望。总司令向法国政府承诺，将在这个夏天拿到和约。

意大利军从未如此时这般兵强马壮、装备精良，它如今有8个步兵师、6000名骑兵、150门大炮。军中将士吃得饱、穿得暖，拿着可观的军饷，一个个身经百战、经验丰富，堪称精兵良将。这支大约有7万人的军队有本事拿下任何地方。

夺下曼图亚城后，[670]法军直接威胁到了奥地利王室的世袭地，它的先锋军已经压到边境上来了。法军把冬营设在莱茵河左岸的莱茵军和桑布尔-默兹军，此时离意大利军有100多古里的距离，中间隔着日耳曼诸国。意大利军离维也纳大概有180古里的距离，而莱茵军和桑布尔-默兹军离该城有200多古里远。所以，维也纳宫廷万分紧张地观察着意大利军的动向。先前曾在多瑙河赢得好几场胜利的查理大公率领4万援军赶至皮亚韦河，这是奥地利帝国最精锐的部队。

从1月开始，奥地利工程师就穿梭在阿尔卑斯山脉诺里库姆山段各个高地和山口之间，在那里绘制壕沟地形图，制订方案，以加强格拉迪斯卡、克拉根福、塔尔维斯的工事，然而一切工程都只能等到雪化之后才能实施。尤其是诺里库姆山段，直到3月末，这里的积雪才会消融。所以在敌军集结所有兵力、斩断通路、控制要塞之前，我们必须预判对方的行动，这具有至关重要的意义。于是，拿破仑决定在3月末前往德意志。

Ⅲ.法军挺进维也纳的作战方案

布伦纳峰是阿尔卑斯山在蒂罗尔段的最高峰,是德意志和意大利之间的天然屏障,也是因河、阿达河和阿迪杰河的源头。因河从西南流向东北,在蒂罗尔境内长50古里,从布伦纳峰山背处流下来,一路前进,最后注入莱茵河,把巴伐利亚和奥地利分隔开来。阿达河的源头离因河源头很近,从北至南流下,奔涌58古里后注入科莫湖,再从科莫湖流出,穿过伦巴第地区。阿迪杰河的源头离因河源头只有几古里的距离,从北向南,从布伦纳峰另一侧流下,在布伦纳峰奔涌50多古里后,在维罗纳流进意大利,并在波河河口处注入亚得里亚海。[671]这几条河流还有无数支流,河谷上方就是陡峭的阿尔卑斯山。谁想攻下这片地区,就必须先攻下山顶。但这是阿尔卑斯山最险峻、最难登的一段山脉,危峰兀立,高耸入云。

从意大利前往维也纳,只有三条大道可走,它们分别是蒂罗尔大道、克恩滕大道和卡尼奥拉大道。第一条大道经由布伦纳山口,穿过高耸的阿尔卑斯山;第二条大道在蓬泰巴和塔尔维斯之间,越过阿尔卑斯山脉的诺里库姆山段;第三条大道在离莱巴赫几古里远的地方翻过阿尔卑斯山的卡尼奥拉山口。根据阿尔卑斯山的总体走向,最高的是布伦纳峰,其次是塔尔维斯山口,最低的是莱巴赫山口。

蒂罗尔大道从维罗纳起,沿阿迪杰河左岸往上游走,先后经过特伦托、博尔扎诺和布里克森,在离维罗纳60古里的地方跨过布伦纳山口,顺着因河上游走9.5古里后经过因斯布鲁克,然后在拉登贝格折向库夫施泰因,走34.5古里后抵达萨尔茨堡,在那里穿过恩斯河,走32古里后便是多瑙河,再行36古里就到了维也纳。这条名为蒂罗尔大道的道路,从维罗纳到维也纳全程共计170古里。

克恩滕大道从圣丹尼尔出发，在塔尔维斯和蓬泰巴交界处翻过阿尔卑斯山脉的诺里库姆山段，此段长31古里；之后，它穿过德拉瓦河，抵达维拉赫，此段长80.5古里；然后它经过克恩滕的首府克拉根福，再走8古里后来到维拉赫，顺着穆拉河走上20.5古里后到达尤登堡，然后蜿蜒前行，沿河岸走上12古里后抵达布鲁赫。从布鲁赫开始，克恩滕大道不再沿着穆拉河走，而是往上攀爬12古里，抵达将多瑙河谷和穆拉河谷分隔开来的西梅林峰，过了西梅林峰后，来到平原，往前再走20古里就到了维也纳。这条大道从意大利边境到维也纳全长97古里，从圣丹尼尔到维也纳全程128古里。

卡尼奥拉大道从格里茨出发，走27古里后抵达莱巴赫，然后穿过萨瓦河和阿尔卑斯山，沿着德拉瓦河往下前进，并在离莱巴赫30.5古里远的地方穿过马尔堡；[672]出了马尔堡后再走4古里半，在伊兴豪森和穆拉河相遇；然后它沿着穆拉河前进，途经斯提里亚省省会格拉茨，来到布鲁赫，该段长26古里；最后，它在布鲁赫与克恩滕大道会合。该大道从格里茨到维也纳，全程103古里。

蒂罗尔大道和克恩滕大道之间有六条道路相连。第一条路叫普斯帖尔塔尔，它从布里克森上面出发，右转后沿着阿迪杰河的一条支流往上走，经过利恩茨与施皮塔尔，抵达菲拉赫，全长46古里半。第二条路从萨尔茨堡的一条大道延伸出来，在施皮塔尔和普斯帖尔塔尔路相交，然后抵达菲拉赫，全长52古里。在拉施塔特往上4古里的地方，第三条路从第二条路延伸出去，沿着穆拉河一直走到施埃菲因，在那里与克恩滕大道会合。第四条路从林茨出发，沿着多瑙河前进，在罗滕曼附近穿过恩斯河，跨过高山，再往下走到尤登堡。第五条路从恩斯河起，朝多瑙河前进，沿恩斯河岸向上游走20古里，然后往下来到莱奥本，全长28古里。最后一条路从多瑙河出发，经由圣波尔坦，抵达布鲁赫，全长约24古里。克恩滕大道和卡尼奥拉的三条横向道路相连。第一条路从格里茨起，沿伊松佐河向上走10古里后抵达卡波雷托，在那里和乌迪内大道相交，继续走6古里后到达奥地利的基乌撒，再走5古里后和蓬泰巴及克恩滕大道会合。第二条路从莱巴赫起，穿过萨瓦河和德拉瓦河，走17古里后到克拉根福。第三条路从马尔堡起，跨过德拉瓦河，走大约25古里后抵达克拉根福，和克恩滕大道、卡尼奥拉大道会合，之后两条大路分道扬镳，彼此平行前进，相距20多古里，再无相会。

拿破仑打算走克恩滕大道进入德意志，穿过卡尼奥拉和施蒂利亚，抵达西梅林。但查理大公手上有两支军队：[673]一支驻扎在蒂罗尔，另一支驻扎在皮亚韦河后面。所以，他必须腾出部分兵力盯住蒂罗尔军。法军总司令想采用调虎离山之计，向蒂罗尔的那个师发动进攻，把它引到布里克森，走普斯帖尔塔尔路将其诱至克拉根福。在此期间，我军主力向皮亚韦河进发，穿过塔利亚曼托，走克恩滕大道，穿过德拉瓦河和菲拉赫，在那里和蒂罗尔的边路军会合，大军会师后再朝西梅林进军。

茹贝尔负责指挥总计1.5万人的三个师，执行蒂罗尔计划。总司令将亲自指挥总计3.5万人的另外4个师，朝塔利亚曼托前进。第八师的部分士兵曾参加过挺进罗马的行动，该师负责侦察威尼斯，保障我军后方的安全。师长巴拉杰·蒂里埃和戴尔马的军队在蒂罗尔听从茹贝尔的命令，马塞纳、塞律里埃、居约和贝纳多特指挥4个步兵师朝塔利亚曼托前进，迪加将军则负责指挥骑兵作战。按照计划，莱茵军和桑布尔-默兹军要渡过莱茵河，进入德意志境内，在意大利军到达西梅林的时候抵达莱希河和多瑙河。本来皮埃蒙特一个有1万人之多的师也可为我们所用，可由于法国政府迟迟不批复，法军遗憾地失去了这支强军的支援。

Ⅳ.3月13日，我军横渡皮亚韦河

2月，蒂罗尔城中接连发生了好几次小规模的交火。那里的奥地利军表现得极其强硬和勇猛。查理大公在皮亚韦河上动作不断，想趁一部分法军撤离后做些部署（他还以为这部分法军在朝罗马前进）。守在特雷维兹的居约将军难以自保，撤到了布伦塔。然而消息灵通的查理大公得知法军总司令只朝罗马派了四五千人，[674]于是采取了以不变应万变的策略。两军之间只发生过几场小规模的交火。3月初，法军主营迁至巴萨诺。

总司令在军报上向全军发表了如下讲话：

"士兵们，不久之前曼图亚的沦陷宣告了一场战争的结束。这场战争让你们名垂青史，祖国感谢你们。

"你们赢得了14场会战和70次战斗的胜利。你们俘虏了10万敌军，缴获了500门作战炮、2000门重炮和4套架桥工具。

"被攻陷地区向我们缴纳军税，让你们在整场战争期间再不为吃穿和军饷的事发愁。你们还为财政部带来3000万法郎，使得国库钱财充盈。

"你们为巴黎博物馆送去了300幅意大利历时3000多年才造出来的艺术佳作。

"你们为共和国征服了欧洲最美丽的土地。因为你们，伦巴第共和国和坦斯帕达纳共和国才获得了自由。法国的旗帜首次飘扬在亚得里亚海岸上，飘扬在离古老的马其顿仅有24小时航程的土地上。撒丁国王、那不勒斯国王、教皇和巴马公爵退出了反法联盟，渴望和我们交好。你们把英国人赶出了里窝那、热那亚和科西嘉……可你们还没有结束自己的任务，更伟大的使命还在等着你们。祖国把它最宝贵的希望寄托在了

你们身上，你们要继续向它证明自己定会不辱使命。

"共和国诞生之初，无数敌人企图联手把它掐死在摇篮中。这些敌人被我们悉数消灭，现在只剩一个皇帝了。他们的国家从从前的一代霸主沦落为英国商品倾销地，他们也再没有自己的意志和政策，一切以卑鄙阴险的英国政府的意志和政策为上。英国政府自己没有遭受战祸，在一旁幸灾乐祸地看着大陆蒙难。

"督政府不遗余力地想为欧洲带来和平，但它的主张过于温和，[675]根本不考虑我们军队有多强的实力。它不问问你们这群勇士的意见，怀着妇人之仁，想让你们回家。可维也纳并未理睬它的建议。所以，除非我们打到奥地利皇室世袭领地的心脏去，否则我们没有和平的希望可言。你们将在那里遇到一个勇敢的民族，然而他们已被先前的土耳其战争和今天的这场战争压垮。因为他们政府的盲目而专制，维也纳和奥地利属国的人民苦不堪言，没有一个人不觉得皇帝的内阁被英国的金币腐蚀了。你们要尊重他们的宗教和风俗，要保护他们的财产，要给勇敢的匈牙利民族带来自由。

"近三个世纪里，奥地利王朝历经战争，实力大减，民族自尊心日渐低落，人民怨声载道。到了第六次战争的末期（是它逼得我们去打这个仗的），它已沦落到由我们决定和平与否的地步，实际降到了二等国家的行列。其实，在它把自己典当给英国、接受后者的支配的时候，奥地利就已经沦落为二等国家了。

"签字人：波拿巴"

大军开始展开行动。它必须渡过查理大公严防死守的皮亚韦河，还要征服前面的奥索普和蓬泰巴这两处关隘。这个重要任务交给了马塞纳的那个精锐师团。马塞纳从巴萨诺出发，在山岭间渡过皮亚韦河和塔利亚曼托河，绕过了查理大公的整支军队。查理大公派出一个师团，意在阻止马塞纳的行动。马塞纳迎头痛击敌军，缴获了好几门大炮，抓捕了几百名俘虏，其中包括吕西尼昂将军。先前武尔姆泽尔暂时占上风的时候，吕西尼昂在布雷西亚的医院里羞辱法军伤员，根本不念及从前的同胞之情。如今，他却落在我军手上。马塞纳一师乘胜追击，占领了费尔特雷、卡多雷和贝卢诺，且自己并没有太大损失。

3月12日，总司令带领塞律里埃师团向阿佐拉进发，[676]于拂晓渡过皮亚韦河，向奥军主营所在地科内利亚诺前进。这样一来，它就绕到了守在皮亚韦河下游的奥地利军的后面。居约的军队于下午两点在奥斯佩达莱托成功渡河。皮亚韦河在这个地方的水位很高，需要架桥方能过河，但士兵们用意志代替了桥梁，跨过了皮亚韦河。只有一个鼓手差点儿淹死，被一个随军的女商贩救起。总司令把一串金链子戴在女商贩的脖子上，以示奖励。12日，总司令带领塞律里埃师团和居约师团抵达科内利亚诺。次日，贝纳多特师团赶来和大部队会合。

查理大公选中塔利亚曼托平原，准备在这里开战。他觉得这里地势平坦，能让自己的精锐骑兵发挥优势。他的后卫军企图守住萨奇莱，可惜被居约将军打败。13日，居约进入萨奇莱城。

V. 3月16日，塔利亚曼托战役

3月16日上午九点，两军相遇。法军在河右岸，奥地利军在河左岸。居约、塞律里埃、贝纳多特师团构成左路，右路则和法军主营一道在瓦尔瓦索内前面布阵。河对岸的查理大公兵力几乎与法军相等，阵形和我军一样。但如此一来，查理大公就护不住蓬泰巴大道了。先前败在马塞纳手上的奥地利残部，再也不能阻挡马塞纳一师的步伐。要知道，蓬泰巴大道可是前往维也纳最近的一条路。要护住维也纳，就必须护住

蓬泰巴大道。我们只能这么解释大公的这种做法：也许他还不知道这里才是他的新战场，毕竟在近代，这里从不是战役发生地；又或许他并不相信法军总司令真大胆到朝维也纳进军的地步，所以把注意力全放在的里雅斯特这个奥地利主要海军基地上；又或许这并不是他的最终阵形，他想先以塔利亚曼托河为掩护，为自己多赢得几天的时间，[677]好让一个已经抵达克拉根福的掷弹兵师团及时赶到，去增援正在对抗马塞纳师团的奥军。

这一天，塔利亚曼托河两岸炮声隆隆。轻骑兵多次踏过山溪，发起好几轮进攻。总司令见敌军准备充足，便下令士兵停止射击，准备安营。这让查理大公产生错觉，以为赶了一整夜路的法军准备布置阵地，于是命令军队后退。但两小时以后，就在两边营地一派宁静的时候，法军突然重新整装出动。杜佛带领居约的先头军——第27轻骑兵纵队，缪拉带领贝纳多特的先头军——第15轻骑兵纵队，在各自师团的支援和后卫军塞律里埃师团的掩护下强行渡河。敌军慌忙拿起武器，可我军已经顺利过河，并在左岸列好战斗队形。一瞬间，四面八方响起了密集的枪炮声。第一声大炮打响后，马塞纳师团穿过圣丹尼尔，只遭到敌军的少许抵抗，轻松拿下奥索普（此地是蓬泰巴大道上的一个要塞，敌军却一时失策，没有注意到这个地方）。然后，他一举砍断了奥地利军的联络线，和他对抗的奥军和主力军被完全隔开。马塞纳师团把敌军一直追到卡萨索拉桥，敌军只好往克恩滕撤退。查理大公胜利无望。经过几小时的战斗，奥军的步兵和骑兵反复冲击无果，开始撤退，给我们留下大批大炮和俘虏。

VI. 查理大公的撤退方案

由于马塞纳已占领蓬泰巴，查理大公不可能再经圣丹尼尔大道和奥索普大道撤退了，于是他决定率领大军在塔尔维斯走上大道，经由乌迪内、奇维达莱、卡波雷托和基乌撒撤退。他将一个师团放在大军左侧，走帕尔马-诺瓦、格拉迪斯卡和莱巴赫，好护住卡尼奥拉。但马塞纳的军队离塔尔维斯只有两天行程，[678]而按照奥军新的撤退路线，他们到塔尔维斯有五六段路。因此，查理大公的这个决定使奥军陷入困境。他也意识到了这一点，故亲自赶往克拉根福，指挥驻在那儿的一个掷弹兵师团占领塔尔维斯前面的阵地。马塞纳将军在驻地耽搁了两天，但接到火速赶往塔尔维斯的指示后，他迅速赶到目的地，在那里和查理大公狭路相逢。查理大公带领从皮亚韦河退下来的残部及一个匈牙利掷弹兵精锐师团，和马塞纳展开战斗。

双方都认识到此战的重要性，打得极其激烈。倘若马塞纳占领了塔尔维斯通道，查理大公布置在伊松佐河谷中的奥军将全军覆灭。大公舍生忘死地冲在前面，好几次差点儿被法军狙击手俘虏。负责指挥马塞纳师团一个旅作战的布律讷将军在此战中表现突出，立下奇功。查理大公把所有兵力都投入战斗，最后还是败在法军手上，他的撤退行动也旋即宣告失败。他剩下的军队狼狈地退到德拉瓦河后面的菲拉赫集合。马塞纳占领了塔尔维斯，在菲拉赫和格里茨附近布下防线，将伊松佐河出口死死守住，连一只苍蝇都飞不出来。

Ⅶ.格拉迪斯卡战役，我军夺下莱巴赫和的里雅斯特

塔利亚曼托会战的第二天，法军把主营迁到了威尼斯的帕尔马-诺瓦要塞。查理大公先前占领此地，把它变作军用物资仓储地。但他考虑到奥军炮兵尚未就位，自己得抽出五六千人来保卫要塞，因此又撤了出去。法军立刻把这座要塞武装得严严实实的，以防敌军杀个回马枪。第二天，即19日，我军朝伊松佐河前进。

贝纳多特师团赶至格拉迪斯卡，打算在这里渡河。格拉迪斯卡城门紧闭，并朝我军开炮。我军想跟守城指挥官谈判，但遭到拒绝。拿破仑那时已带领塞律里埃师团离开，在蒙特法尔科内的山道前进，在伊松佐河左岸找到一个和对岸高度大抵齐平的地方停下，[679]架桥过河。架桥指挥官安德烈奥西上校身先士卒，跳进河中探测河水深度，各军官纷纷随他跳进河中。尽管河水齐腰，岸上还有两个克罗地亚营朝对岸开炮扫射，我军依然成功渡河。看到我军上岸，克罗地亚人逃之夭夭。那时是下午一点，我军占领左岸，登上高地，一直冲到格拉迪斯卡城前面，抵达时间是下午五点。就这样，这座要塞变成了瓮中之鳖，被我军围得严严实实的。塞律里埃师团正在火速前进，这时河右岸响起震耳欲聋的枪炮声：贝纳多特在那里陷入苦战。这位将军想迅速夺下要塞，心急之下一时疏忽，被敌人击退，让我军白白损失了四五百人。他之所以如此急躁冒进，是因为桑布尔-默兹军求胜心切，想在战斗中大显身手，赶在意大利军之前冲进格拉迪斯卡。格拉迪斯卡守城指挥官看到法军成功渡过伊松佐河，占领了高地，便开门投降，交出军旗和许多大炮。次日，我军主营迁至格里茨。贝纳多特师团向莱巴赫推进；迪加将军带领1000骑兵占领了的里雅斯特；塞律里埃从格里茨出发，朝伊松佐河上游前进，以支援居约将军，同时在塔尔维斯夺回克恩滕大道。居约将军从塔利亚曼托战场离开，朝乌迪内和奇维达莱前进，抵达伊松佐大道上的卡波雷托。这些日子里，居约将军天天都和查理大公的主军激战。奥军沿着同一条路行军，意在赶到塔尔维斯。居约将军重创敌军，杀敌无数，还俘虏了许多战俘。奥军将领在基乌撒留了一支后卫军，然后朝塔尔维斯赶来，还以为该城仍在查理大公的控制中。可他们不知道，它两天前就被马塞纳占领了。所以，奥军前有马塞纳的进攻，后有居约的围堵，实在是苦不堪言。哪怕是铜墙铁壁一般的基乌撒，也抵挡不住第四纵队的神速进攻。这支队伍犹如天降奇兵，控制住了基乌撒左侧的一座山。这个重要据点被包围后，奥军除了弃械投降，再无其他出路。[680]奥军的车队、大炮、辎重车和军旗全被法军缴获。但因为许多士兵已在先前许多战斗中被击毙、打伤或生擒，我们在基乌撒只抓住了5000俘虏。此外，自塔利亚曼托战役后，1万多个卡尼奥拉士兵及克罗地亚士兵见大势已去，便从峡谷中逃出，回到各自的家乡去了。

法军主营先后迁到了卡波雷托、塔尔维斯、菲拉赫和克拉根福。

Ⅷ.3月29日，进入德意志，渡过德拉瓦河，攻下克拉根福

格里茨省是奥地利皇室的第一批世袭属国，和意大利接壤，当地居民都说意大利语。法军进入该省后，当即展开治理工作，加固了格里茨的旧城堡，组建了一个临时政府。临时政府由七个在当地最有声望的要员组成，负责该地的行政管理工作。这一切措施都是为了安抚当地居民，减轻卫戍部队给他们造成的负担。

法军抵达的里雅斯特后，对伊斯特利亚也采取了相同的做法。法军没收了所有英国货物，修缮了年久失修的城堡，好让留在那里的少量守城军队有个栖身之地。当地居民对法军态度极其友好。

法军在卡尔尼奥的首府莱巴赫也延续了在格里茨和的里雅斯特的做法，组建了一个临时政府。该城进入防御状态，法军在原来的旧城墙上修筑棱堡，并拆毁了建在城墙脚下的房屋。

由于离阿尔卑斯山很近，这几个地方气候寒冷。当地居民一开始极为恐慌，后来却对法军赞不绝口，法军对他们也极为友好，军民关系极为融洽。

菲拉赫周围的居民对法军极有好感，一看到军队缺少什么东西，就

立刻将其送过去。这里已是德意志地区，风俗和意大利全然不同。[681]当地农民好客、敦厚的性格让我军深感温暖。这里的车马也比意大利更容易获得，让我军行动便利了许多。

克恩滕的首府克拉根福也被我军好生收拾了一番。我们照例在那里建立了临时政府。该城有一圈筑有棱堡的城墙，却年久失修，只能在维持城中治安方面派上点儿用场，城墙下面还有一大堆乱七八糟的住房。法军将住房拆毁，把这里打造成我军的一个驻点。

守在的里雅斯特的迪加将军将英国和奥地利的所有货物统统查封，这批货物数目庞大、品种齐全。我军还控制了伊德里亚矿山，在那里找到价值几百万法郎的水银，立刻将其运至帕尔马-诺瓦。

在进入克恩滕的时候，法军发布了下列公告：

"法军到你们这里来，不是为了征服你们，也不是要改变你们的宗教、风俗和习惯。法军是所有民族——尤其是英勇的日耳曼人——的朋友。

"法兰西共和国的执政督政府为了结束欧洲大陆的苦难，做出了不懈的努力。它迈开和平的第一步是让克拉尔克将军担任全权代表，到维也纳展开和谈。然而维也纳宫廷对其毫不理睬，甚至在维琴察通过文森特男爵宣布它绝不会承认法兰西共和国。克拉尔克将军要求和皇帝面谈，然而维也纳宫廷的内阁害怕了（它当然有理由害怕），担心克拉尔克的温和立场会说服皇帝接受谈和。这些内阁大臣已被英国的金子收买了，他们背叛了德意志，背叛了他们的君主，在那个阴险卑鄙的岛国面前唯唯诺诺，他们是欧洲的耻辱。

"克恩滕的居民，我知道你们同我们一样痛恨他们，痛恨这场战争的唯一受益者——英国人，以及你们那些被收买了的大臣。虽然我们同你们打了六年的仗，[682]但这场仗也违背了你们——英勇的匈牙利人、文明的维也纳人、纯朴的克恩滕居民——的愿望。

"总之，别去管英国和维也纳宫廷的大臣，我们结为朋友吧。法兰西共和国对你们拥有战胜者应有的一切权利，但我们被另一个条约维系在了一起，让战胜者的权利统统作废吧。你们别去参加违背你们意愿的战争，为我军提供需要的各种物资就行了。而我呢，我将保护你们的信仰、风俗和财产，不会向你们课征任何军税。战争本身已经够可怕了！你们因别人的愚蠢而被卷入战争，成为无辜的牺牲者，为此遭受的苦难难道还不够多吗？你们平常缴纳给皇帝的一切捐税，如今将用来维系我军必不可少的开支，转变为你们本应向我军提供的军队物资。"

IX.攻下蒂罗尔

塔利亚曼托战役后，法军总司令立刻向茹贝尔发布命令，要他朝和他作战的奥军发起进攻，夺下意大利境内的整个蒂罗尔地区，果断执行他制订的计划，走普斯帖尔塔尔大道进入克恩滕。

3月28日，茹贝尔将军展开行动，渡过拉维斯河，痛击敌军，俘虏对方数千人；然后他渡过阿迪杰河，在特拉曼和奥军激战，再夺下博尔扎诺；接着，他又在科洛赞打了一场仗，28日强攻下因斯布鲁克的碉堡，把奥军击退到布伦纳山口后面，给敌军造成不小的损失，抓捕了8000俘虏；最后，他挥师奔向克恩滕。在这场艰险的军事行动中，茹贝尔将军表现出极大的军事才华、坚韧和积极性。戴尔马、巴拉杰·蒂里埃和杜马斯将军的表现也异常亮眼。全军上下都无比勇猛。

X.总结

就这样，查理大公的两支军队在短短17天里遭遇惨败。敌军损失惨重，被赶到布伦纳山口后面，从蒂罗尔撤出。[683]奥地利失去了战略重地帕尔马-诺瓦,还失去了奥地利帝国仅有的两个港口:的里雅斯特和阜姆。我军攻下了格里茨、伊斯特利亚、卡尼奥拉和克恩滕,渡过了萨瓦河、德拉瓦河,翻越了阿尔卑斯山脉的诺里库姆山段,来到离维也纳只有60古里远的地方。大军踌躇满志,打算在3月末就抵达维也纳。

奥地利军溃不成军,再无力抵抗法军,而法军并未遭受任何重大损失,全军士气空前高涨。

威尼斯的危机

Ⅰ.威尼斯的情形

法国大革命时期,威尼斯共和国是意大利最有实力的一个国家。那不勒斯王国虽然在人数上比它略占优势,但论政府实力和地域优势,威尼斯比那不勒斯强了不少。威尼斯政府所在城市,无论从陆上还是海上都是个易守难攻的地方。除去陆军不言,它的舰队称霸亚得里亚海,整个地中海东部无不对其俯首称臣。这座城市始建于5世纪,当时弗留利人和帕多瓦人为了逃避蛮族压迫,逃到这处浅水海湾中,建立了这座城市。其后人一直保持独立,不受意大利诸多统治者的掌管。

美丽的意大利半岛经历过好几场革命,频频易主,只有威尼斯一直保持独立自主,从未曾受过外强的统治。

威尼斯是整个意大利位置最好的商业港口。从君士坦丁堡和地中海东方国家过来的货物,可以经由亚得里亚海这条最短的路直接进入威尼斯,从那里沿着波河往上走即可抵达都灵,然后走阿迪杰河到达德意志全境各个地方,到了包岑后走大道抵达奥格斯堡和纽伦堡。威尼斯坐落在波河和阿迪杰河的入海口附近,包揽了这两条河流的港口。威尼斯还在城市另一侧修建运河,和博洛尼亚相通。[684]如此一来,意大利平原生产的所有货物都将经过威尼斯流至各地。这座城市还是离奥格斯堡、慕尼黑最近的一座海港城。

大自然把威尼斯打造成地中海东方国家、意大利和德意志南部地区的商业集散地。在好望角被发现之前，人们要前往印度，就只能走亚得里亚海和红海，而这条商路也经过威尼斯城。所以，它才无比强硬地反对葡萄牙的海上计划。威尼斯在红海上有一支实力不容小觑的舰队，在苏伊士河附近也有自己的军火库、淡水补充站和仓储地。后来，葡萄牙人摧毁了这些花费巨资打造出来的据点，战败的威尼斯人才不得不放弃阻拦葡萄牙人的计划，眼睁睁看着他们不断开拓新的商业路线。

在皮亚韦河和布伦塔河的滋养下形成的浅水海湾，经由三条路和海上相连。

威尼斯一直受着几个贵族世家的统治，他们的姓氏还被收进了金皮书。它治下有400万人，分布在威尼斯周围最富裕肥沃的地区，它们分别是地处意大利平原的贝加莫、布雷西亚、维琴廷、维罗纳、帕多瓦、波莱西、特雷维兹、巴萨诺、卡多雷、贝卢诺和弗留利，亚得里亚海沿岸的伊斯特利亚和达尔马提亚，以及属意大利所有的爱奥尼亚群岛。这些省地势平坦、土壤肥沃，北面有阿尔卑斯山脉朱利安山段和蒂罗尔山段的保护。这段山脉从阿达河源头一直延续到伊松佐河源头，是难以翻越的天堑，把意大利和德意志分隔开来。阿迪杰河、塔利亚曼托河和伊松佐河边上的三条大道，便是意大利和德意志的唯一联络途径。威尼斯共和国完全占领了阿迪杰河、布伦塔河、皮亚韦河、塔利亚曼托河、伊松佐河的河谷平原。它有十几艘海军军舰，还有无数护卫舰和小型舰艇。柏柏尔人只能对其俯首称臣，让威尼斯称霸亚得里亚海，根本不敢觊觎它的浅水海湾区。威尼斯还有一支5万人的步兵，这些士兵均来自肥沃的平原地区或斯拉沃尼亚，⁶⁸⁵那里的人民英勇善战，对共和国一直忠心耿耿。如有需要，威尼斯还可扩充军队，征召10～15万的步兵、四五千骑兵。他们的马匹矮小，但精悍无比。斯拉沃尼亚军是元老院的心腹军队，因为他们拥有一个很大的优势，里面的士兵在语言和风俗上与平原军队全然不同。

威尼斯富甲天下，虽然它的商业开始走下坡路，可仍能维持表面的风光。只有金皮书里的那几个贵族大家能进入统治阶层，他们牢牢把控着元老院、参政院及其他行政机构，而平原贵族完全不能参与其中。平原贵族中大多数人都出身富裕家庭，姓氏显赫，然而他们屈居人下，被剥夺一切权力，没有任何影响力，对威尼斯的统治贵族阶层极为不满。

这些平原贵族的祖上或者是雇佣军首领，或者是最高行政官，或者在各自的共和国城中是数一数二的要人，由于他们长期以来一直抵抗威尼斯的扩张，最后成了这个共和国的政治牺牲品。所以平原贵族对威尼斯政府不仅是忌妒和敌视，还有着无法熄灭的世仇。平原各省基本上对威尼斯政府心怀不满，就更谈不上什么拥护了。大多数人民群众和平原贵族有着一致的利益，但也有一小部分人依附于威尼斯贵族，因为后者在各省都有自己的机构和地产。教士在共和国毫无威信和影响力可言，因为共和国在很早的时候就不受任何教皇势力的约束了。

奥地利皇室占据了意大利的米兰、曼图亚，并控制了亚得里亚海上的伊斯特利亚部分地区，和威尼斯有着千丝万缕的利益关系。威尼斯对奥地利向来忌惮不已，一直都在欧洲平衡政策和法国的保护下扮演制约奥地利的角色。

若想从蒂罗尔出发，经由伦巴第抵达曼图亚，就必须穿越从里沃利到曼图亚这一段属于威尼斯的地区。这段路需要走两天时间。⁶⁸⁶由于先前签订的一些条约，奥地利在这片地区有条军道，但奥军若想借道，必须解除武装，以小支分遣队的形式通过该地。从阿迪杰河到伊松佐河这段路，奥地利则无任何军道可用。先前在意大利作战时，奥地利不得不走海路，经由的里雅斯特进入波河，才能和军队保持联系。要穿过弗留利和平原地区，除了里沃利到曼图亚的那段路，再无其他道路可走。正是由于这个原因，在路易十四时期，福尔班骑士才只好从海上斩断的里雅斯特到波河之间的联络。

第一次反法联盟组建起来后，各国列强唆使威尼斯共和国也加入其中。但威尼斯参政院似乎并没认真讨论这则提议，所有议员都是一个态度：他们远离欧洲政治舞台太长时间了，觉得此事和自己毫无关系，只想保持中立。当初里尔伯爵想暂住在维罗纳，威尼斯拒绝了他的请求。直到后来公安委员会表态同意，说让这位王位觊觎者待在维罗纳总好过让他去其他地方，威尼斯才把里尔伯爵放了进来。

1794年，法军朝奥内伊前进，在萨沃内扎营的时候，人们认为意大利面临入侵的威胁。各国为此聚集米兰，召开会议。威尼斯却拒绝参会。它之所以这么做，并非因为它不反对法国的做法，而是因为它害怕自己被奥地利摆布。此外，它觉得这个危险离自己太远了，根本无须担心。

Ⅱ.元老院中亲奥派、老议员派和亲法派这三派的意见

然而，当拿破仑进入米兰，遭受重创的博利厄则退守明乔河，进入佩思卡尔，把他的右路军布置在那里，以期守住明乔河时，威尼斯共和国开始万分紧张。民主派和贵族派之间的争斗一下子变成短兵相接的对战，[687]共和国内部不仅面临理念之争，还遭到真刀真枪的战争的威胁。元老院中爆发激烈的争论，众议员分为三个派别。以佩扎罗为代表的元

老院年轻议员属于亲奥派，主张威尼斯表态反对法国。他们想要中立，但这中立是以军事武装为前提的。他们的想法是派遣重兵把守在佩思卡尔、布雷西亚、贝加摩、莱尼亚诺和维罗纳，宣布这些要塞处在战时状况；然后招募5万士兵，死守浅水海湾区，在那里布置重型大炮；此外，再把一支舰队放到亚得里亚海上。通过这番引人注目的动作，威尼斯表明态度：今后谁敢第一个侵犯共和国，它就立刻对谁宣战。亲奥派认为，战死总好过耻辱地死。通过武力手段，威尼斯不仅可以保卫自己的领土，还能阻止法国理念在各大城市蔓延开来。它越是摆出一副凛然不可侵犯的姿态，就越能得到两个敌国的尊重。相反，人们若打开门户，把法军放进平原各大城市，两大强国就会在共和国的土地上打响战争。一旦开战，威尼斯便失去了自己的主权。国家领导的首要义务是保护子民，他若任由战火在人民的土地上燃烧，那人民还会是、还能是他的子民吗？到那时，农村将成为一片焦土，城市也会惨遭两军的蹂躏。那个时候，处在水深火热之中的人民会对弃他们于不顾的权力机关失去信心和尊重，早就存在的不满和忌妒的种子将迅猛发芽成长，共和国将走向灭亡，且得不到历史的一丝怜悯。

所有元老院老议员的意见则是不要进行任何最终表态。他们承认现在情况危急，威尼斯既要忌惮野心勃勃的奥地利，又要对付法国传播开来的思想理念。可这些危机都是暂时的，人们只要谨慎行事、耐心等待，自能转危为安。法国人骨子里随和通融，很容易被安抚过去。只要政府随机应变，采取良策，[688]和奥地利皇室保持良好的关系，拿笔钱来做秘密开支，威尼斯就能打探到奥地利政府高层的想法，双方达成一致。如果在军事武装的前提下宣布保持中立，那无异于向法国宣战。威尼斯如果向法国关闭港口，又向法国的敌国打开门户，法国就有了开战的正当理由。又或者，人们可考虑派几千个斯拉沃尼亚人去抵抗法军！但共和国绝不可信任布雷西亚或贝加摩，这两个地方肯定会率先作乱。一旦爆发内战，威尼斯能在达尔马提亚招募到多少抵抗法军的士兵，法军就能立刻在平原地区亲法派中召集到多少反对贵族派的人。眼下的确情况危急，但还没危急到那帮慌了神的人描述的那个地步。共和国经历了多少风风雨雨，祖辈采取"静待时机"这个良策，不照样挺过来了？这次大家也应该这么做。上苍庇佑，祖辈把首都定在一座不可攻破的城市中。共和国应该为了一个目标努力：通过耐心、温和与时间来对抗一切，巩固首都的地位。

　　元老院中的第三派，为首的是威尼斯监督官巴塔格里亚。他说："共和国已到生死存亡的关头。一边是有违我们宪法的法国理念，一边是企图破坏我国独立的奥地利。两害相权取其轻，我认为被奥地利奴役才是更糟糕的事。让我们修订金皮书，把德配其位的平原贵族的姓氏也写进去吧！从此，我们内部再不会有分裂、不和。武装我们的碉堡，布置我们的舰队，再招募5万士兵，来到法军总司令面前，向他提议两国结成进攻防御性联盟。这也许会导致我们的宪法发生一些改动，但我们依然拥有独立和自由，而且，我们又不是第一次增补金皮书了。有人说什么在军事武装的前提下保持中立，以此去反对这两个国家。换作两年前，在暴风雨刚刚发生的时候，这套方案还行得通。那时这么做是正确的，因为这表明我们公平对待两个交战国；[689]那时这么做是可行的，因为我们有时间进行相关的准备工作。可如今你们若宣布在军事武装的前提下保持中立，那就是在向法国宣战。你们既然曾允许和容忍奥地利人进入威尼斯，如今就不能拒绝法军借道。法军如今形势大好，八天之内就能杀到城门口来，而你们根本没和奥地利缔结任何协议！有人还跟你们提议和法军对抗？你们可以试试和奥地利缔结协议，后者在两个月之内根本不可能给你们提供任何援助。在这两个月里，共和国和这支所向披靡的军队作对，会变成什么样子？第二派建议我们耐心等待，这和第一个方案一样糟糕。今时不同往日，当前的政治形势已经变了。我们面对的这场危机不同于古老共和国先前挺过的任何一场险情，祖辈们的办法已经行不通了。法国理念已经深入人心，如同一道倾泻而出的洪流，谁也别妄想用耐心、温和与灵活手腕筑成堤坝，将其拦下。法国派已在共和国各省站稳脚跟。只有我提议的做法才能拯救大家，而且它简单、高尚又不失宽厚。我重复一遍我的主张：我们到法军总司令那里去，和他缔结进攻防御联盟契约。奥地利已经疲软，我们无须担心自己会成为它的盘中餐。我们要积极帮助法军取得胜利，给他们提供一支2.5万人的军队，再留下必要兵力守住威尼斯。此外，我们还要动用自己的影响力帮助他们，为他们提供地方上的便利。这些不难做到，因为彼此不和的党派都将团结起来，朝一个方向一起前进。我们能保住国家的独立，保住我们宪法的根基。法军得到我们的援助后，将迅速攻下曼图亚，把战火转移到我们国土之外。即便在我们的帮助下，法军最后还是战败了，被迫撤到阿达河之外，我们大不了再去抵抗奥地利。奥地利在我们中得不到任何党派的支持，在布雷西亚和贝加摩，人们无一不是为了一个目标而拿起武器：不要变成奥地利人。有了法国的施压，再加上英国和瑞士那边的利益纠葛，我们就得救了。"

[690]他的观点吸引了所有人的注意，把所有有见识的人惊得哑口无言。然而到了投票环节，只有少数议员支持这个方案。威尼斯的特权阶层太过绵软！于他们而言，家族利益大过祖国利益。这个方案过于宏大，超过了这群腐朽、鼠目寸光的人的眼界。所以，威尼斯之所以被

毁，不是因为拿破仑入侵了意大利，也不是因为法国思想信条的蔓延，而是因为威尼斯政府自己做出的错误选择，是因为它那些政府成员过于短视。在危机袭来的时候，他们采取了最糟糕的做法，最后只好听天由命了。

Ⅲ.威尼斯监督官莫塞尼戈、弗斯卡雷里和巴塔格里亚

根据元老院的指令，监督官莫塞尼戈在布雷西亚正式招待了法军总司令。城中张灯结彩、歌舞升平，豪车骏马鱼贯而行。威尼斯成了法国最好的朋友，每个威尼斯贵族都想和总司令成为朋友。因为各地贵族都参与了这场盛宴，法国军官也可趁机结识威尼斯贵族大家。每个人在监督官家里结识了法国将领后，都迫不及待地把他请进自己家里做客。

监督官弗斯卡雷里也在维罗纳举办了好几场盛宴。不过，虽然此人八面玲珑，却没能掩饰自己内心的真实想法：在元老院众多议员中，弗斯卡雷里是最坚定的反法派。法军进入佩思卡尔后，他不能有任何不满，因为那时法军已经打赢博利厄了。可当人们要求他打开军火库，加强城市防御工作时，当苦役犯都被拉来作战时，他却抗议说，法军总司令侵犯了共和国的中立立场。实际上，博利厄进入佩思卡尔各大碉堡，躲在城墙后面向法军开炮的时候，用的是佩思卡尔军火库中的炮火！！！等总司令抵达佩思卡尔后，弗斯卡雷里却跑到他那里，请他如先前申明的那样掉头前往维罗纳，[691]还威胁要关闭城门，开炮守城。总司令看了看表，说："太晚了，我的军队已经进城了。我在攻打曼图亚，其间必须在阿迪杰河上建立一个防御阵线。就凭您那1500个斯拉沃尼亚士兵，您就想向我保证您的立场？就能代表您是抵抗奥地利的？您若真这么想，先前怎么不这么做呢？中立意味着双方有着同等的砝码，采取相同的举措。您若真是法国人的朋友，先前答应了法国的敌人什么，或者

说,先前您闭眼容忍敌人做了什么,如今也得给法军允诺什么。"当人们要求他拿出军火库和弹药储存所的钥匙,以加强维罗纳的武装时,当人们为了在维罗纳前面的维琴察大道上修建一座半月堡,要他下令拆毁几座征税办公楼时,弗斯卡雷里失去理智,要求和法军总司令见面,跟他说什么共和国至高主权遭到侵害。这些争执被传到元老院的耳中,让它意识到弗斯卡雷里的做法和当今的形势是多么格格不入。鉴于巴塔格里亚和拿破仑的关系更好,元老院就把他任命为阿迪杰河上所有省份的总监督官。此人长袖善舞,很有见识,不冒失激进,真心热爱共和国,而且十分亲近法国,对法兰西共和国的好感远高于奥地利。战火慢慢烧到威尼斯的每一寸土地上,但对威尼斯国土的安全一再造成威胁的不是法国人,而是奥地利人。是博利厄第一个占领了佩斯基耶拉和维罗纳;是武尔姆泽尔第一个进入巴萨诺,第一个穿过维琴察和帕多瓦;不久以后,阿万齐和查理大公又占领了弗留利、帕尔马-诺瓦,把战火一直蔓延到共和国的最东部。

Ⅳ.布雷西亚、贝加莫和维罗纳的乱党

然而,整个平原地区还是乱了起来,不满情绪迅速蔓延。除去威尼斯宪法的这层关系,这还和法军频频出现在平原地区有关,他们的新理念吸引了众人。[692]法军击溃武尔姆泽尔、战胜阿万齐的消息传开后,人们对他们更是敬佩有加。大家普遍认为意大利为奥地利而损失惨重,觉得驱逐奥地利人后就该推翻贵族统治了。法军总司令一直试图缓和人们这种激动情绪。他从托伦蒂诺回来后,把全部心思都放在朝维也纳挺进的计划上,但仍腾出精力,采取措施,以防自己不在意大利期间,这里爆发骚乱。威尼斯各地给他惹出不少麻烦:人们的愤怒情绪日渐高涨,布雷西亚和贝加莫差点儿爆发革命。这场运动的带领者是费纳迪、马尔

蒂南戈、莱基和亚历山大家族，这些都是富甲一方、当地数一数二的贵族大家。这两座城市在市政厅的名义下开始独立自治，它们掌控财库，自主决定公共开支，自主任命官员。虽然城中的圣马可飞狮像仍得保留，可人们之所以没将其砸毁，是因为他们尊重法军总司令的想法，而不是因为他们依然臣服于威尼斯的统治。到处都有人以现场演讲或发文登报的方式，呼吁大家站起来反抗威尼斯贵族。有人说："威尼斯凭什么统治我们的城市？难道我们不够勇敢，不够文明，不够富裕？若说一个身居首都的君主得到各省认可，这倒说得过去，因为这些省份在他眼里和首都是平等的，所有人都是他的子民，都享有相同的权利。可在这里，独独威尼斯贵族凌驾在我们头上，处处高人一等。这个怪象太令人愤怒和难以忍受了！"

此外，看着几百年来一直臣服于自己的平原派如今全然忘了尊卑之分，元老院也觉得自己的尊严遭到了冒犯。它反复提醒他们要尽到自己的义务，不断在斯拉沃尼亚招募军队，拿奥地利取得的胜利去威胁他们，把他们称作雅各宾派，让人在各地传播各种不利于法军的流言。根据所有迹象，巨大的冲突不可避免。

巴塔格里亚在发给元老院的报告中刻意淡化了布雷西亚的紧张局势，[693]又在布雷西亚人面前缓和了元老院咄咄逼人的愤怒语气。他上下协调，一直保持和法军总司令的联系，好让他时刻关注共和国的动态。可聪明的巴塔格里亚很清楚：想让这两股水火难容的势力和平共处，是不可能的事了。

Ⅴ.威尼斯局势引发的麻烦

法军总司令对当前的形势思考良久，觉得自己不能放任身后的这300万人处在混乱的无政府状态中。可他在亲法派那边的影响力并不比对元老院的影响力来得大。他能制止他们的某些行为，可他不能制止他们发声、写文，在行政管理的许多小事上挑衅元老院，何况这些事和他并无任何关系。所以，他必须选择一个立场。他若解除布雷西亚和贝加莫的武装，驱逐改革派，将其统统关进威尼斯的囚牢，以表明自己完全支持元老院，那人民和元老院的关系就会彻底断裂。如果法军总司令采取这个残暴的政策，他必然会跟当初的路易十二一样，激起威尼斯全民上下的反抗。修改威尼斯宪法，使其得到人民大众和平原贵族的认可，继而让元老院和法国结为盟友，这才是上上之选。法军总司令为此做了不懈的努力，他每打赢一场仗都会提出这个建议，可每次都遭到拒绝。不过他还有第三个办法：朝威尼斯挺进，占领这座首都，通过修改法律，扶持亲法派，采取强制手段展开必要的政治变革。既然局势已成一团乱麻，那就干脆一刀将其斩断了事。敲定这个方案后，他想明确最终执行的时间，却发现当前的形势已容不得他多做考虑。

只要查理大公还在皮亚韦河上，他就没办法朝维也纳推进。[694]所以，他必须先击败查理大公，将其赶出意大利。然而虽然当前我军形势大好，可人们愿意去冒险出击，丢失胜利的果实吗？可他又不能一直在威尼斯周围打转，推迟翻越群山的方案。这么做是在给查理大公时间，让他休养生息，重振旗鼓，修建更多障碍物。只有打败了横在前面的查理大公，我军才能进攻维也纳。可是我们又不能等到打败查理大公之后再朝维也纳进军，因为时间太过宝贵，一口气把敌人逐到维也纳去才是正解。此外，威尼斯实力强大，外有浅水海湾和许多军舰护卫，内有1.5万名斯拉沃尼亚士兵把守。身为亚得里亚海的霸主，它还能得到更多军队的增援。更重要的是，城中贵族统治世家为了捍卫自己的政治地位，还"畜养"了为数不少的府兵。我军若在这里苦苦纠缠，会再耗费多少宝贵的时间？这场斗争再拖长一点儿，保不齐意大利的其他地方全都保不住。如果再开一场战争，定会在巴黎引发轩然大波：威尼斯已经派了一个大使在巴黎斡旋，议院和督政府意见相左，督政府内部也是态度不一。即便拿破仑询问督政府是否要打下威尼斯，督政府只有两个反应：要么不作声，要么顾左右而言他。

如果他像先前一样，未得允许便顶着上头的名义继续打仗，只要出师不利，定会有人跳出来说他侵犯了一切理念。他身为总司令，唯一能做的就是打仗。没有政府的命令，他绝不能对一个独立国家发起新的战争，这么做相当于僭权。

我们之所以迟迟没有下定决心向威尼斯宣战，首先是因为我们无权这么做，其次是因为它和继续同德意志作战的计划起了冲突，后者才是当前最紧迫的事。威尼斯这个插曲处理得不好，会对庞大的维也纳计划产生重要影响。所以我们应当对威尼斯当机立断，采取简单的军事预防措施即可。布雷西亚、贝加莫及阿迪杰河右岸所有地区不会出什么问题，[695]毕竟我军还占据着这两座城市的要塞。维罗纳也能叫人放心，我军在城外不仅有几座戒备森严的碉堡，先前还在河右岸修缮了一座古老行宫，把它改造成位于城中心的一座堡垒，借此掌控了城中三座桥中的一座。先前反抗教皇的所有军队都被编作预备军，守在维罗纳，可随时被抽调出来，赶往需要的地方。

VI. 和佩扎罗的会谈

德意志开战在即，拿破仑仍对威尼斯的形势走向倍感不安，预感元老院可能会在背后搞些小动作，决定再做一次调停，和亲奥派代表、当时负责共和国一切事务的佩扎罗谈一谈。佩扎罗描述了威尼斯共和国当前的危险处境，表达了对人民思想倾向的忧虑，批评了布雷西亚、贝加莫及其他平原省中支持他们的人。他说，面对当前的危机，元老院必须拿出铁血手段，采取非常的军事动作，法军总司令无须为此感到不安；元老院必须在威尼斯和平原地区逮捕一批人，这是元老院对企图颠覆本国法律的骚乱市民进行的公正处置，若它被定义为针对亲法派发起的打击，那未免有失公允。总司令并不否认威尼斯当前处境堪忧，但他没浪费时间去探讨造成当前危机形势的原因，单刀直入地说："您想逮捕的人是您的敌人，却是我们的朋友；被您重用的人，大家都知道他们有多仇恨法国、亲近奥地利。您的军队人数大增，宣称自己要去对付雅各宾派。您现在是不是就差直接和我们开战了？和法国开战，您将迅速、彻底地走向毁灭。别指望查理大公，您的算盘打错了。[696]我八天之内就能打败他，把他逐出意大利。眼下倒有个办法能让我们摆脱目前的困境。因为我想替您解忧，所以才提议您和法兰西共和国结盟。我能保证您绝不会失去平原区的一块土地，还能继续维持在布雷西亚和贝加莫的统治。您要做的就是向奥地利宣战，调给我1万士兵。我虽觉得把平原贵族的姓氏写进金皮书是千妥万当的一件事，但我绝不会强求您这么做。回威尼斯去吧，让元老院商量一下，然后签下一个能够保护你们的国家、让我们达成一致的协议吧。"佩扎罗即刻上路，因为他必须争取时间。他承认总司令的提议非常在理，并前往威尼斯，承诺15天内回来。

在此期间，发生了许多事。3月13日，法军渡过皮亚韦河。佩扎罗一收到这个消息，立刻向贝加莫发布命令，要把该城14个要员逮捕，移交到十人委员会。这些人都是爱国派的领袖人物。他们事先从支持自己的威尼斯官员那里收到消息，拦截了传令的信使，把监督官本人都给逮捕了，并在3月14日宣布贝加莫独立。他们给法军总司令派去使团告知此事，但使团在塔利亚曼托战役期间才见到他。此事让总司令大感气恼，但木已成舟，他也无可奈何。贝加莫已和伦巴第共和国的首都米兰、坦斯帕达纳共和国的首都博洛尼亚结成联盟。没过几天，萨洛和布雷西亚也爆发革命。布雷西亚城中的2000名斯拉沃尼亚士兵被解除武器，人们未伤监督官巴塔格里亚分毫，只把他请回了维罗纳。佩扎罗依照先前的承诺回来了，在帕尔马-诺瓦和总司令重逢。那时，查理大公已在塔利亚曼托战败，帕尔马-诺瓦打开大门，塔尔维斯、伊松佐河、阿尔卑斯山脉诺里库姆山段的峰顶都飘着法国旗帜！

拿破仑说："我履行承诺了吧？威尼斯的国土上已全是我的士兵，奥地利人闻风而逃。要不了几天，我就在德意志境内了。您的共和国想要什么？我提议威尼斯和法国结盟，你们接受吗？"佩扎罗答道："不。[697]威尼斯为您取得的胜利感到万分高兴，它清楚自己离开法国是活不了的。然而，它忠诚于自己古老的智慧和政治路线，想保持中立。除此之外，我们对您能有什么作用呢？若是在路易十二或弗朗索瓦一世时期，我们在战场上还能帮点儿忙，可今天，您有了如此强大的军队，如此庞大的持武器群众，我们对您有什么用呢？""但你们也不会放弃武装？""那是自然，"佩扎罗说，"布雷西亚和贝加莫已经竖起了反叛的大旗。我们忠诚的子民在克雷马、基亚里和维罗纳遭遇生命威胁，甚至威尼斯都乱了。"法军总司令答道："这不进一步证明了您应当接受我先前的建议吗？只要您这么做，一切都会结束。您已被命运卷进这场战争，还是再考虑一下吧。眼下您的共和国处在一个比您想象中更加关键的关口上。我在意大利留下的兵力远高于正常需求，压制你们绰绰有余。我为了向德意志挺进而离开意大利。但要是因为您的失策而导致我后方不稳，要是因为您煽动您的反雅各宾派而导致我的士兵遭到攻击（这种事若发生在我待在意大利期间，还算不上什么；但若发生在我去了德意志之后，便是不可饶恕的重罪），您的共和国将不复存在。亲口宣告其死亡的人，就是您。你们若是把我惹急了，无论我最后是胜是败，都会牺牲你们去缔造和平！"

如料想的那样，佩扎罗在那里又是辩解又是保证，然后两人分开。

法军总司令的提议在元老院引发激烈讨论，最后还是没被通过。有人说："这种联盟会带来哪些后果呢？我们会失去1万斯拉沃尼亚士兵。只要一打仗，取得了第一场胜利，他们就不再属于我们了。拿破仑会给予他们荣誉和嘉奖，施展魔力迷住他们。他不就是靠这种办法把士兵拴在自己身边，让他们给自己卖命的吗？"于是，威尼斯决定和奥地利结盟，并火速往维也纳派去使者，以缔结联盟条约，哪怕查理大公才遭遇惨败。就这样，这个古老的共和国盲目地走向了毁灭之路，成为维也纳那群玩弄马基雅维利主义、阴险狡诈的政治家掌心上的玩物。

Ⅶ. 威尼斯暴乱，法国人在维罗纳惨遭屠杀

⁶⁹⁸负责在蒂罗尔招募反法起义军的人名叫劳顿。此人先前遇到茹贝尔的军队后就撤到了因斯布鲁克，故没有看到后者在普斯帖尔塔尔战役中表现得多么神勇。他回到蒂罗尔，继续招募反抗法国的起义军队，还负责盯住一支为保护维罗纳而撤到意大利防线的法军侦察小队。劳顿手上，并无多少兵力，因为当时几乎所有和茹贝尔师团打过仗的部队都收到命令，要火速前去和查理大公的军队会合。所以，他组织的蒂罗尔起义运动反响平平。这场起义完全在拿破仑的预料之中，只不过他当时忙着集结所有军队，无暇顾及罢了。

全心反法的劳顿为此事忙上忙下，还施展手段，在当地放出风声，宣称莱茵军和桑布尔-默兹军在企图渡过莱茵河的时候被打败，蒂罗尔已成为法国人的坟墓，茹贝尔的军队已经完蛋了。他想方设法地煽动威尼斯和

整个意大利站起来反抗法国，在法军后方制造大量骚乱事件。与此同时，佩扎罗的朋党也从威尼斯赶到蒂罗尔，散布类似的消息。就这样，这两帮人操着相同的说辞，导致流言在威尼斯全境越传越烈。加上上一年莱茵军本身就打过败仗，人们对这些消息更是深信不疑。在布雷西亚和贝加莫，自由党人的势力最大。他们听到这些风声后立刻拿起武器，聚在法国地方长官身边，并向米兰、摩德纳、博洛尼亚派出使团，好相互声援。

在维罗纳，元老院的势力最强，再加上佩扎罗一派的支持，当地人民、军队和官员都宣布反抗法国。许多法国人在自己家里被捕，我们400个不幸的同胞在医院惨遭杀害。法军别无他法，只好或死守在维罗纳城外的碉堡里，或死守在城中先前被修缮起来、坐落在第三座石桥桥头的堡垒中。

[699]为了避免和已从罗马赶过来的维克多的军队断了联系，凯尔曼尼率领堡垒中多余的兵力离开维罗纳城，撤到明乔河上。就这样，圣马可飞狮得意扬扬地在城中再次站了起来，发出恐怖的号叫。佩扎罗一派人不仅不制止这场危险的骚乱，还积极地参与其中。究其原因，或者是他们真的相信茹贝尔战败了的消息；或者是他们并不知道维克多的预备军正快马加鞭地赶过来，已到达维罗纳附近；或者是他们被仇恨蒙蔽，一心想要杀死所有改革派，达到杀鸡儆猴的效果；又或者是他们想为寡头政治集团报仇。总而言之，平原地区一下子涌入大批斯拉沃尼亚军队，他们敲着警钟四处追捕爱国者，厉声喊着要把改革派及其支持者赶尽杀绝。

法国大使在元老院斡旋，说它正在迈向毁灭的深渊，可没用。他极力破除谣言，否认法军在蒂罗尔全军覆没的消息，说桑布尔-默兹军和莱茵军根本没遭遇惨败，可没用。他甚至把我军的作战计划都透露给元老院，告诉它茹贝尔放弃蒂罗尔的行动是总司令故意安排的，眼下他正经普斯帖尔塔尔大道朝克恩滕前进，它不仅没有全军覆灭，反而完成了作战计划，可没用。人们太希望看到法军惨败了，根本不相信他的话。在最偏执狂热的激情驱使下，人们只会相信自己愿意相信的东西。

维也纳宫廷这边也没闲着，承诺会满足威尼斯提出的一切条件。此刻法军后方大乱会给自己带来多大的好处，维也纳宫廷对此太清楚不过了。

由于法军总司令在帕尔马-诺瓦留了一支预备军，再加上奥索普河那边还有法军驻兵，生性谨慎的监督官莫塞尼戈没有轻举妄动，故弗留利那里没发生多少暴力事件。也许是因为此地离法军更近，人们更能了解事实的真相。

不过，布雷西亚和其他平原地区，甚至意大利境内的所有共和国，都英勇无畏地站出来反抗威尼斯。另外，我军所有预备营悉数出动，炮兵团接连离开要塞。维克多师团最后终于从罗马赶来，维罗纳很快被我军包围。然而反叛者依然冥顽不灵，[700]在我军一而再，再而三的猛烈进攻下，4月24日才肯放弃行动。

Ⅷ.副官朱诺来到威尼斯元老院

法军总司令得知大军后方发生的骚乱和屠杀事件后，立刻将自己的副官朱诺派到威尼斯，让他向元老院宣读自己于4月9日在尤登堡写的一封信。全信内容如下：

"在整个平原地区，贵国臣民都拿起武器，喊着一个口号：杀死法国人！

"好几百个意大利军士兵被他们杀害，你们还装模作样地否认，声称那伙人并非得了你们的授意才做出这等事。难道你们以为我人去了德意志，就没办法叫人们去尊敬一等民族的士兵了？难道你们以为意大利军能容忍在你们的煽动下发生的杀害我们同胞的这等行径？我们会为同胞流下的每一滴血报仇，每一个肩负使命的法国将士都是义愤填膺，怀着高于先前数百倍的勇气和决心，要来惩罚你们。我们曾对元老院满心善意，可它以怨报德，对我们做出最卑鄙无耻的恶行。

"我决定让我一个担任旅长的副官把我的态度转达给你们：你们要战争还是和平？要是你们不能当即采取一切措施驱逐乱党，要是你们不能尽快把每个参与屠杀的人逮捕并交到我的手上，那就等着开战吧。

"你们的边境并未受到土耳其人的骚扰，你们没有遭到任何敌人的威胁，可你们通过精心的谋划，令人逮捕教士，召集群氓，拿他们去抵抗军队。我令你们在24小时之内将这支队伍解散。现在已不是查理八世的时代了。

"要是你们不顾法国政府向你们表达的善意，[701]你们就是在逼我向你们发动战争。别以为法国士兵跟你们武装起来的，大肆破坏平原地区无辜百姓的农田的群氓是一个德行。不，我会保护那里的人民。最后他们还会感激自己遭遇的这场劫难，因为这逼得法军被迫拿起武器，把他们从你们的暴政统治中解放出来。

"签字人：波拿巴"

副官奉命向整个元老院宣读了这封信，并向全体议员表达了总司令对他们行径的愤怒之情。其实在此之前，威尼斯已经陷入恐惧之中，政府威严尽失。威尼斯人已经知道奥军根本没把莱茵军拦下来，茹贝尔和他的军团已抵达菲拉赫，维克多部队离开罗马，正向维罗纳挺进，先前在巴黎执行任务的奥热罗已经回来，正带领一个师团在浅水海湾推进；更重要的是，拿破仑连连取胜，连维也纳都怕了起来；他刚同大公缔结了停战协定，奥地利已向他派遣全权代表求和。威尼斯已被这一系列消息吓得魂飞魄散。

法国大使把朱诺带到元老院跟前，后者卑躬屈膝地做自我辩解，极力想软化朱诺。但朱诺摆出军人强硬直接的态度，坚持完成他的任务。元老院这边听了他念的那封信，更是吓得战战兢兢。自由党人终于扬眉吐气，一下子得到全城的追捧。

元老院向法军总司令派去一个代表团，表示愿意满足他提出的一切赔偿条件，还承诺会把所有他想抓捕的人统统交给他处置。他们想尽办法，企图拉拢为拿破仑所信任的人。可惜这都是无用功。于是，元老院接二连三地派遣信使前往巴黎，交给威尼斯大使大笔款项，让他收买督政府领导人，好叫这些人站在威尼斯这边，向法军总司令发布命令，好救下威尼斯。他们的金钱攻势没对拿破仑起到任何作用，却拿下了巴黎。威尼斯大使送出1000万法郎的汇票，[702]终于顺利地得到了他想要的指令。可这些指令不具有法令的效果，而且威尼斯大使发给元老院的急报在米兰被我军截获，总司令在信中发现了对方的阴谋，得知巴黎那帮人拿了多少好处。于是，所有指令都成了废纸。

4月末，拿破仑取道格拉茨、莱巴赫、的里雅斯特和帕尔马-诺瓦回来，之后去了浅水海湾边上的特雷维兹，视察了运河的各个出口。然后，他于次日，即5月3日发布军报，宣布要以武力对抗武力，对威尼斯宣战。军报全文如下：

军报及宣言书

当初，法军在施泰尔马克苦战，把意大利和重要军事基地留在后方（这些基地中只有少量部队）。在此期间，威尼斯政府却是这么做的：

第一，它利用复活节这个星期，把4万农民武装起来，把他们和十个团的斯拉沃尼亚士兵并在一起,再把他们编成许多中队,分派到许多据点,以截断法军和后方的交通线。

第二,为了组建军队,威尼斯政府派出若干专门委员会,准备好大批枪支、大炮和其他各种装备。

第三,在威尼斯平原地区,所有欢迎我们的人都遭到逮捕,而极端敌视法国的人则得到政府的重用和信任。这些人中,还有三个月前因参与谋杀法国人的阴谋而被监督官普里乌利逮捕的14名阴谋分子。

第四,在集会地、咖啡馆和其他公共场合,威尼斯人公然侮辱和攻击法国人,把他们叫作雅各宾分子、弑君者、无神论者,[703]还把他们赶出城市,禁止他们进城。

第五,威尼斯政府竟号召帕多瓦、维琴察和维罗纳的居民拿起武器,加入战斗队伍,组织一场新的"西西里晚祷事件"。威尼斯军官还声称:"圣马可飞狮要验证一句谚语——意大利是法国人的坟墓。"

第六,教士在讲坛上宣传十字军远征,而且威尼斯的教士只讲政府想讲的话。各个城市都在印发攻击小册子、居心险恶的传单和匿名信,在那里煽动人心。在一个没有出版自由的国家,在一个让人又恨又怕的政府统治下,印刷商所印的、写手所写的,全都是元老院想说的东西。

第七,一开始,所有人都对政府的这个阴险计划拍手叫好。到处都发生法国人的流血事件,我们的辎重、信使和一切属于法军的东西在各条道上都被拦截下来。

第八,在帕多瓦,一名法军营长和两个法国人遇害;在卡斯蒂廖内-德莫里，我们的士兵被缴械和杀死；从曼图亚到莱尼亚诺，从巴萨诺到维罗纳的大道上，惨遭杀害的法国人有200人之多。

第九，法军两个营想和大军会合，他们在基亚里碰到威尼斯的一个师，后者企图阻止他们前进。两军发生激战，最后我们英勇的士兵击败阴险的敌人，扫清了道路。

第十，瓦莱焦发生交火，德让扎诺也有交战。法军在威尼斯各地的驻军人数虽少，但他们很清楚：全由杀人犯组成的敌军，人数再多都不算什么。

第十一，复活节第二天，所有法国人在维罗纳的钟声中惨遭杀害，连住院的病人和在街上散步的刚刚病愈的病号都没能幸免。他们或者被数刀砍死，或者被抛入阿迪杰河。惨遭杀害的法国士兵有400多人。

第十二，在八天里，威尼斯军队围攻了维罗纳的三个要塞，[704]但法军的刺刀赢过了他们的大炮。城市四处着火后，法军纵队及时赶到，把这些懦夫彻底击溃，并抓了3000个正规军士兵和几个将官。

第十三，法国驻赞特领事在达尔马提亚的住宅被焚毁。

第十四，一艘威尼斯军舰护住一支奥地利舰队，还向法国轻巡航舰拉布吕恩号开了几炮。

第十五，在元老院的命令下，仅有三四门小炮和40名船员的法兰西共和国军舰意大利解放者号在威尼斯港被击沉。年轻有为的船长——海军中尉洛基耶，发现敌方要塞和一艘离他只有一个射程距离的军舰都在朝他射击，立即吩咐船员下舱。他独自一人在枪林弹雨中登上船长台，向凶手发出呼吁，试图制止他们的暴行。没过多久,他就中弹倒下。船员们急忙泅水逃生,可威尼斯共和国的一些士兵分乘六只小艇,在他们后面紧追不舍,用斧头砍杀这些逃命的船员。有个水手长数处受伤,筋疲力尽。他幸运地游到岸边,抓住港口处伸到水里的一根木头,想爬上岸,可港口司令竟亲自拿刀砍断了他的手腕。

根据上述情况,考虑到情况的紧急程度,根据《共和国宪法》第十二章第三百二十八条内容,总司令发出如下命令:

法国驻威尼斯大使离开威尼斯城,威尼斯共和国在伦巴第及平原区的所有官员于24小时内离开该地。

法军各师长要把威尼斯共和国的军队视为敌人,将平原各城市的圣马可飞狮像悉数拆毁。[705]每个人会在明天的军报中收到详细指令,以展开后续军事行动。

总司令发自帕尔马-诺瓦主营

1797年5月2日

宣战书公布以后,威尼斯彻底绝望。每个人都放下武器,连自卫的想法都没有了。贵族大议会引咎辞职,把最高权力交给人民,权力接受方是市政厅。就这样,向来高高在上、曾备受总司令体恤、后者诚心与之结盟的寡头政治集团,如今彻底垮台。他们在绝望中向维也纳宫廷求助,这个宫廷对他们的一切呼声都置若罔闻,毕竟它还有自己的打算呢。

IX. 法军进入威尼斯,该城掀起革命

5月中旬,巴拉杰-蒂里埃师团进入威尼斯城,控制了浅水海湾区、各大要塞和城中堡垒,于16日在圣马可广场上升起了三色旗。自由党立刻召开国民大会,贵族政权被消灭,威尼斯的律师丹多罗开始主持政务。城中的圣马可飞狮雕像和著名的圣马尔谷群马雕像被运往巴黎。威

尼斯海军大约有12艘装有64门大炮的军舰、12艘护卫舰，还有其他小型舰船若干，它们均被送到土伦。

科孚岛是威尼斯共和国的要塞之一。曾被派去收复科西嘉岛的让蒂里将军带领4个步兵营和几个炮兵连，乘着威尼斯的军舰前往科孚岛，占领了这座历来有"亚得里亚海的钥匙"之称的岛屿，还顺带控制了爱奥尼亚群岛的赞特岛、基西拉岛、凯法利尼亚岛等地区。

佩扎罗及其党羽成了人人喊打的过街老鼠，[706]大家痛斥他们把祖国的命运交给奥地利人，因此毁了共和国，他们却从威尼斯安然脱身，躲到维也纳去了。巴塔格里亚为祖国的灭亡痛心疾首，他当初就反对元老院采取此路线，并预见到了这个可悲的结局，没过多久就抑郁身亡。

X.整个平原区掀起革命

得知法军总司令向威尼斯元老院发下宣言书的消息后，平原各省揭竿而起，反对首都。每座城市都宣布独立，并成立了自己的政府。贝加莫、布雷西亚、帕多瓦、维琴察、巴萨诺和乌迪内都各自组建了共和国。趁着这股风潮，奇斯帕达纳共和国和坦斯帕达纳共和国成立了。各地接受了法国大革命的理念，缩减修道院数量，把地产收为国有，废除了封建特权。贵族精英阶层和大地主加入了骠骑兵和猎骑兵，号称"荣誉卫军"；底层阶级的人则加入了国民自卫军。意大利有了自己的国旗，各地结成联盟。

尽管总司令极力遏制滥用职权、侵吞公物的风气，但在对意之战期间，这类事最为猖獗。国家分裂成两个极端党派，双方的仇恨已经达到白热化的地步，过激事件频频发生。

维罗纳投降后，城中当铺遭到洗劫，七八百万法郎的贵重财物下落不明。特派员布凯和骠骑兵上校安德琉被控告参与抢劫，遭到逮捕。更可恨的是，此次抢劫发生后，洗劫者还干出一系列恶行，以掩饰自己的行径，连穷苦百姓都不放过。人们在被告住所里找到赃物，将其还给原主。即便如此，此举依然造成了巨大的损失。

莱奥本残篇
VI.茹贝尔在蒂罗尔的行动

[707]3月30日，茹贝尔在拉维斯河得胜，俘虏敌军数千人。他把敌人一直追击到柏岑，并在克劳森再次打败敌人，于28日攻下因斯布鲁克峡谷。然后，他右转走普斯帖尔塔尔大道，沿着德拉瓦河前进，以便攻到克恩滕，从左翼支援中路。他把一支侦察队留在拉维斯河，以守住维罗纳。如果情况紧急，这支军队可撤到巴尔多山。

贝纳多特这边安排好卡尼奥拉的工作后也和大军会合，给弗里昂将军留了一支侦察队，让他守住正从侧面遭到克罗地亚军威胁的莱巴赫。克罗地亚人骁勇善战，是奥地利的重点招募对象。弗里昂虽在克罗地亚人跟前打了几场漂亮仗，但觉得自己守不住阜姆（里耶卡）了，便打算占领一块合适的阵地，以守住莱巴赫和的里雅斯特。此外，他还收到指令，可在必要时退到守备森严的帕尔马-诺瓦，以增援司令为了护住意大利而特地留在那里的守军。法军从克拉根福出发，朝穆拉河继续前进。

查理大公想守在纽马克特。能和萨尔茨堡、因河和蒂罗尔保持联系，这于他而言非常重要，毕竟他还指望能从这几个地方得到重兵支援呢。出于稳妥起见，他向法军总司令提议停战。总司令洞悉了他的想法，一口拒绝了。之后，我军朝纽马克特发起进攻，敌军不战而降，我军得了许多大炮和俘虏。一个掷弹兵师团从莱茵河赶过来，想掩护奥军撤退，结果在赫德森马克再次遭遇袭击，惨败而归。之后，我军主营转移到了尤登堡，先锋军前进至西梅林。由于我们将奥军通往蒂罗尔和萨尔茨堡的两条道路一刀斩断，查理大公获得援军的希望彻底破灭。[708]在蒂罗尔抵抗茹贝尔的军队，应查理大公的求援经由萨尔茨堡从莱茵河赶来的数支数目可观的援军，以及在这两条大道上陷入苦战的军队都不得不后撤。他们若想和查理大公的军队会合，就只能走西梅林后面的那条路了。

维也纳开始惊恐和混乱起来，因为如今没有什么能拦住这支可怕的军队。那么多人以为是铜墙铁壁的要塞，那么多人以为不可攻破的隘谷，一个个全都土崩瓦解，三色旗飘荡在西梅林的峰顶，此地离维也纳只有三天路程。一部分皇室成员离开首都，其中包括拿破仑后来的妻子、日后的法兰西皇后——当时只有5岁的玛丽-路易丝及其姐妹。皇室重要资料和财产被转移到匈牙利。贵族大家也效仿他们皇帝的做法，仓促地携带最宝贵的财物撤离首都，其中最有见识和头脑的人甚至觉得君主制已是大厦将倾。

法军总司令在前线打仗的时候，督政府向他承诺：只要他渡过伊松佐河，莱茵军和桑布尔-默兹军的15万大军①就会离开冬营，进入德意志境内。然而我军渡过伊松佐河很久以后，这支大军依然迟迟不动。由于塔利亚曼托告捷，再加上查理大公的错误指挥，总司令发布命令，我军跨越了阿尔卑斯山和西梅林之间的所有障碍，没有遭受任何损失。

Ⅶ.拿破仑写给查理大公的信

塔利亚曼托告捷第二天，拿破仑告知督政府：他要一鼓作气，紧紧追在查理大公身后；很快，法国旗帜就会在西梅林峰顶升起；希望莱茵军和桑布尔-默兹军正在赶来的路上，即便他们眼下还没到，但他相信他

---

① 1823年版本此处为"25万大军"。

们很快就会抵达西梅林了；[709]他还格外强调，他非常希望知道两军抵达西梅林的确切时间；如果他们只迟到12天，那还不太要紧，但他得知晓此事，好采取相应行动；他打算不断集结军队，眼下法军形势大好，而且能把这个优势一直保持下去；所以，他现在只需知道莱茵军和桑布尔-默兹军还要多长时间才能和他会合。可到了克拉根福，他才收到这份急报的回复。督政府在信中首先祝贺他在塔利亚曼托战役中取得胜利，之后宣布了一个让人猝不及防的消息：莱茵军和桑布尔-默兹军不会渡过莱茵河，意大利军不能指望驻守德意志的法军的支援了，因为在上一次战事中遭遇惨败，两支军队没有足够的船只和物资渡河。这封奇怪的急报引起人们许多猜疑。但不管怎样，大家都认为：拿破仑不可能凭一己之力完成计划中最困难的一环，三色旗不可能在维也纳上空飘扬了。出于周全的顾虑，翻越西梅林的计划也再不能实施。于是，得到急报两小时后，总司令给先前就表示出谈判意愿的查理大公写信，表示愿意让后者给世界带来和平，结束祖国的苦难。

总司令阁下：

英勇的士兵在战斗，但他们希望和平。这场战争打了六年了，这还不够长吗？难道我们杀的人还不够多吗？难道我们给不幸的人类带来的灾难还少吗？所有人都渴望和平。拿起武器反对法兰西共和国的欧洲已放下武器，只剩你们这个民族还在跟我们打仗，可你们为此流了比从前更多的血。一些险恶的迹象兆示第六场战事即将爆发，不论这场战争结局如何，你我双方都会有无数死伤。所以我们双方应当达成协议，毕竟万事都有个结束，仇恨亦是如此！

法兰西共和国督政府已向皇帝陛下透露了它的意向，[710]渴望结束这场将两大民族引入绝境的战争。因为伦敦官廷的干涉，这个目的才未能实现。难道我们没有达成协议的任何希望吗？难道为了一个未曾卷入战火的民族的私利和偏见，我们就得继续互相屠杀下去吗？总司令阁下，您有着尊贵的皇室血统，为人深谋远虑，断不会存有蒙蔽了许多政府和大臣的双眼的狭隘偏见。您是否决定为自己赢得人类恩人和德意志救主的尊号呢？总司令阁下，您别以为我是在暗示您不可能用武力拯救德意志。可即便战争之神站在您这一边，德意志也不会因此少遭受一分浩劫。总司令阁下，至于我，如果我现在有幸向您提出的这个建议能拯救世人，哪怕只能救下一个人的生命，我也会为之自豪。最能让我感到骄傲的，不是我在战场上得到的可怜的荣誉，而是我当之无愧赢得的和平的桂冠。

签字人：波拿巴

这个消息让维也纳松了一口气，心中燃起了一丝希望。那不勒斯大使加洛侯爵被立刻派到总司令那里。由于侯爵没有得到正式授权，他和司令谈了两小时后回去复命。第二天，贝勒加尔德和默费尔特两位将军来到法军在尤登堡的主营，承诺奥地利全权代表将从维也纳赶来缔结最终和约。两军停战，法军在此期间控制了已被它攻打下来、对其防线至关重要的地区。奥地利众将士很难理解法军总司令为何要在形势大好的情况下同意停战，只好解释说是因为莱茵河上的法军毫无作为。

然而拿破仑仍觉察到形势中的紧张气息，内心深感痛惜。他昨天还以为自己将取得重大胜利，可今天因为当局缺少谋断，抑或忌妒心作祟，让他遗憾地与胜利失之交臂。[711]他先前进入罗马城时都没觉得多么激动，可一想到要进入维也纳，他内心就掀起万丈波澜。什么都不能拦住他的步伐，除了督政府的一道宣言。

Ⅸ.在莱奥本签订预备性条约

为了签署协议，法奥双方把一个小村子设为中立区。各方秘书先草拟会议记录，然后双方的全权代表再来这里签署条约。奥地利代表在协议第一条说，皇帝认可法兰西共和国。拿破仑说："把它删掉。共和国的存在如日昭昭，这条协议只对瞎子才管用。我们是自己的主人，我们愿意在国内建立自己喜欢的政府，此事无须他人的重述。"法军在莱奥本的主营设在主教府邸中，那时正是复活节，人们在那里举办了盛大的宗教活动及复活节仪式。我军向来尊重当地的宗教信仰，在这场盛大仪式中，法军上下的表现跟奥地利军比毫不逊色，赢得了人民和教士的高度好感。

18日，双方在莱奥本签订了预备性条约。20日，总司令又收到督政府发来的几封急报，信中称莱茵军已经行动起来，即将渡过莱茵河，很快就要进入德意志腹地。几天后，人们就收到消息：桑布尔-默兹军在奥什的领导下，在19日，也就是莱奥本预备性条约签署的第二天渡过莱茵河，此时离与意大利军开战已过了40天。奉命把预备性条约带至巴黎的副官长德索勒还在半路上遇见了奥什和敌军交战。我们很难弄清楚督政府的态度为何发生天翻地覆的变化。要是拿破仑是在17日而不是20日得知这个消息，他肯定不会签署预备性条约，[712]或者至少也会多提一些要求。尽管如此，预备性条约中的内容仍然大大超过了督政府原先的期待。它在最新发来的指令中说，只要奥方认可共和国的法定疆域，总司令有权在任何时候与对方和谈。实际上，督政府在发出这些指令的时候，根本没猜到这支军队会取得如此辉煌的胜利，也没料到自己能提出更多的条件。

X

督政府的古怪行为引发了人们的许多猜测,许多人认为:法国国内很多人忌妒拿破仑一举扬名,忌惮他大胆果断的做事风格,害怕他在野心的驱使下产生更大的企图。他在意大利时为了保护被放逐的教士而发表的一份宣言,为他在法国赢得了不少支持者。他对教皇的尊敬态度,他拒绝摧毁圣座的坚定态度,他对撒丁国王、热那亚及威尼斯贵族阶级的体恤之情,全都给人留下了深刻的印象。于是,有些眼红的小人在背后作祟了。当法军在塔利亚曼托告捷,之后还连连取胜的时候,当法军翻越阿尔卑斯山诺里库姆山段、开辟新路进入德意志的时候,看到与自己不共戴天的仇敌耻辱地惨败,共和国上下一片欢腾。可一些人高兴不起来,他们害怕拿破仑再创辉煌,胜利进入维也纳,把共和国的所有兵权都掌握在他一人手中。他们说,面对如此非凡的荣耀功勋,谁能保证公共、独立、自由的思想不会受其干扰呢?莱茵军去年打了败仗,他们今年能取得胜利,全是拿破仑一人的功劳。他一人就能掀翻整个德意志,能比莱茵军提前15~20天进入维也纳。此外,早先加入了光荣的意大利之征的莱茵军和桑布尔-默兹军的两个师团,如今也狂热地崇拜着这位年轻的英雄,完全被他征服了。[713]所以,拿破仑进入维也纳的步伐之所以被人拦住,原因有很多。法军的三支军队不仅各自为政,军队之间还相互忌妒。这些小心思一开始的确影响了督政府的决定。不过,意大利军取得一连串辉煌的胜利后,莱茵军从报纸和敌人那里得知意大利军进入德意志的消息,恼恨自己当初懈怠无为,军中将士大声问道:难不成什么事都该让意大利军去做?除此之外,其子女在意大利军队效力的许多家庭也对另外两支军队的无作为心生不满。在广大公民纯洁崇高的爱国热情的推动下,舆论开始发酵,大家都在质问为何其他军队迟迟不动。声讨的声浪越来越大，最后莱茵军、桑布尔-默兹军不得不渡过莱茵河，进入德意志。当时桑布尔-默兹军的统帅是伯农韦尔，此人无论是作为公民还是作为军人都平庸无能。当局解除了他的指挥权，换年轻有为的奥什将军统领该军。奥什不仅有报国热情，还格外积极活跃、野心勃勃，费尽心思赢得了众军官的支持，有一大批支持者。他让一些人产生希望，认为奥什当上兵力最多的桑布尔-默兹军的统帅，背后还有政府的全力支持，定能和拿破仑分庭抗礼，分散士兵和公民对后者的关注，如此共和国就能高枕无忧了——虽然奥什一直都在各个场合中表达他对拿破仑的友谊、尊敬，甚至是崇敬。

巴黎社交圈中这番不加掩饰的顾虑当然传到了拿破仑的耳朵里，正处在荣耀和盛誉顶峰的他觉得自己四周全是悬崖。从此，他越是通过战争扬名，他的处境就越是艰险。于是他立刻在和平中寻求一条新的出路，以期让自己得到全体人民的欢心，为后者建立全新的秩序。国内思想因为一时走错路，使共和国陷入艰苦困境。从今以后，只有他才能使共和国摆脱困境。

从拉施塔特归来
Ⅰ.从拉施塔特回到巴黎

714 拿破仑从拉施塔特出发，回到法国。他一路隐匿身份，马不停蹄地赶到巴黎，回到他在尚特雷纳街那所不起眼的住宅。几天后，巴黎市政厅经过讨论，决定将这条街更名为凯旋街。市政府、各部机关和议会都发表致辞，以感谢他为国家做出的巨大贡献。有人提议元老院把尚博尔的一块地和巴黎的一栋豪华公馆赏赐给他，这份嘉奖完全合情合理。这两年时间里，意大利军总司令养活了他的军队，为大军开源创收，补

发亏了好几年的军饷，还让法国国库进账三四千万法郎，更带回价值数亿的艺术珍品。他一心扑在公共事业上，全然没考虑过一己私利。他拥有的银器、珠宝、现金、动产，全部加起来也不过十几万埃居。所以，国家为他提供一笔丰厚的奖赏，此举无可厚非。可不知是何缘故，督政府听到这个提议后大感慌张。其同党声称，将军立下的功勋和别人不同，不该予以金钱上的嘉奖。最后督政府拒不考虑该提议。

拿破仑一回来，各派领导人就纷纷登门拜访，然而所有人都吃了个闭门羹。公众迫切地渴望见到他，所有人都守在他会经过的街巷和公共场所，却连他的影子都没看到。

法兰西学院将他吸纳为科学院院士，拿破仑接受了院士袍。法兰西学院通常只接受如蒙日、贝托莱、博尔达、拉普拉斯、普隆尼、拉格朗日这种学者身份的人进入其中。里面的将军寥寥可数，只有克莱贝尔、德赛、列斐伏尔、卡法雷利·杜·法尔加，另外还有少数议员。

督政府想当众接见拿破仑，人们为了这场典礼，还特地在卢森堡广场上搭建了脚手架。在外交部部长塔列朗的引领和介绍下，拿破仑走进广场。[715]他发表致辞，说只有共和国拥有了完善的法律，它和欧洲的幸福才能得到保障。至于果月事件、当前的形势和远征英国的计划，他只字不提。

这份致辞虽然简短，却意味深长，且没给敌人留下任何把柄。督政府和外交部部长还为拿破仑举办了两场庆典，他一一出席，但打个照面就走了。他似乎并不看重这类庆典。外交部部长塔列朗举办的晚宴格调高雅、名流如云，整个巴黎社交圈的人都去了。一个名声响亮的女人①打

---

① 她便是斯塔尔夫人。

算和这位从意大利凯旋归来的胜者较量一番，当众问他：在已经作古和依然在世的女性中，他觉得谁最优秀。拿破仑的回答是：孩子生得最多的那个。

人们跑到法兰西学院旁听会议，以期见到将军，可他一次会议都没参加。他每次去剧院看戏，都坐在有隔栏的包厢里。歌剧院管理人员想为他大摆排场，也被他婉拒了。当初，萨克森元帅、罗文达尔元帅和杜穆里埃从部队回来后，哪个不是一副张扬得意的样子？

后来他从埃及回来，于雾月十八日在杜伊勒里宫现身，那时巴黎居民甚至都不知道他长什么样子。可这只会让人们对他更加好奇。

Ⅱ.督政府心生忌妒

督政府对拿破仑毕恭毕敬。每次它想咨询他的意见，都会叫一个部长把他请过来，并当即采纳他的想法。每次开会，他都和两位督政官坐在一起，就当前所议之事发表自己的意见。

回到法国的军队唱着歌颂拿破仑的歌谣，把他捧上云霄。歌谣甚至说，人们应当赶走律师，请他来当国王。

督政官对他也是推心置腹，连制定政策的相关绝密文件都拿给他看。可看到拿破仑声望大涨，他们又很难掩饰自己的不悦。在这样敏感棘手的环境里，意大利总司令却如鱼得水。当前政府昏庸无能，许多人转而把希望放在他身上。见此情形，督政府便想把他打发回拉施塔特，由他去负责会谈。但总司令拒绝了这项任务，称自己这双手使惯了刀剑，不适合案头文字工作。之后，督政府又把他任命为英国军总司令，在敌人看来，此举就是在为远征英国做准备了。

英国军下面的军队各自分布在诺曼底、皮卡第、比利时。它的新总司令走马上任后，打算隐匿身份去这几个地方视察。他这么做不仅能让敌人深感不安，还能替英国军在南部地区的准备工作打掩护。此外，拿破仑也很想亲耳听听民众对自己的名字和荣耀究竟是何看法。一路下来，他发现所有人都在谈论自己，对他寄予厚望。正是在此次出行期间，在巡视安特卫普的时候，他脑中第一次冒出了后来在此地实施的那个宏大的海上计划。就在那时，他发现圣康坦是个修建运河的绝佳之地，这为他日后的运河修建计划埋下伏笔。更重要的是，就在那个时候，他认为加来海峡的布洛涅具有得天独厚的海上优势，准备在那里采用小型驳船朝英国挺进。

Ⅲ. 让督政府决意摒弃《坎波福米奥和约》的第一桩意外事件

《坎波福米奥和约》中的政治条款极大地束缚了共和国的手脚，让督政府极不适应。一遇到该和约引发的后患，督政府就觉得如鲠在喉。首先让它头疼的就是瑞士。伯尔尼州和瑞士贵族向来都是法国的眼中钉、肉中刺。一直以来，所有跑到法国来搅事的外国分子，都以伯尔尼为跳板和据点。眼下我们在欧洲势头正好，大可趁机摧毁我们敌人在瑞士的势力。意大利军总司令非常理解督政府的恼恨情绪，认为眼下是巩固法国在瑞士的政治地位的大好时机，但我们并非一定要趁机在该地制造剧变。[717]由于要遵守先前和约的规定，我们只能在尽量少引发动荡的前提下达成目标。他的提议是：法国驻瑞士大使在萨瓦和弗朗什-孔泰两地军队的支持下发布一份公文，宣称法国和意大利出于政策和国家安全的考虑，再考虑到三个国家彼此的尊严，希望沃州、阿尔高州和意大利司法管辖区能走向自由独立之路，和其他各州平起平坐。虽然法国和意大利对伯尔尼、索洛图恩和弗里堡的某些贵族大家不满已久，但只要这几个州的农民能够复得政治权利，他们愿意放下旧怨。这些变革完全可以顺利进行，根本不用军队插手。然而在一些瑞士煽动家的唆使下，鲁贝尔毫不顾忌当地的风俗、宗教和地方特色，强迫整个瑞士都采纳和法国宪法一模一样的宪法制度。瑞士各州眼看自己自由不保，大感愤怒。看到这一强加于所有人头上的颠覆性制度，整个瑞士炸了锅，人们纷纷拿起武器，揭竿而起。我们的军队不得不进入瑞士，把整个地区控制起来。瑞士发生流血事件，欧洲为之震惊。

Ⅳ.第二桩意外事件

另一边，老眼昏花的罗马教廷不仅没在《托伦蒂诺和约》签署后吸取教训，反而变本加厉，继续推行仇法的错误政策，还想压制城中所有的亲法人士。这个软弱、老朽、昏庸的政府令人在罗马城内外制造不利于法国的流言，和奇萨尔皮尼共和国发生冲突，还糊里糊涂地把奥地利将军普罗韦拉任命为自己的军队领导人。城中骚乱四起，年纪轻轻、有着大好前途的杜佛将军当时正在罗马城，想止住混乱，却在法国大使馆门口遇害。法国大使约瑟夫，即总司令的哥哥，退到了佛罗伦萨。

^{718}督政府就此事咨询拿破仑的意见，他搬出自己一贯的格言，说：切勿借着事故来操纵政治，而应借助政治来操纵事故。不管昏庸无能的罗马教廷犯下何种错误，眼下最重要的是我们对它应采取何种态度。无论是教训它一顿（而非毁灭它），还是推翻教皇[①]，在罗马掀起革命，我们势必都会和那不勒斯开战，而这正是我们要极力避免的事。所以，我们应当命令法国大使返回罗马，要求政府处置凶犯；之后，我们派一个临时大使到卢森堡，请求对方的谅解；然后，我们要让普罗韦拉离开军队，把最温和的一批主教扶上位，逼迫教皇和奇萨尔皮尼共和国缔结政教协议。如此一来，罗马就老实了，再不会制造事端。它和奇萨尔皮

---

① 即庇护六世。（请看《人名表》）

尼共和国签署的政教协议还能起到预告作用，让国内为日后法国签署政教协议这件事有了心理准备。但拉雷维耶尔在一群敬神博爱教徒的簇拥下，决定反抗教皇。他说，打倒这个偶像的时刻到来了。这句话很有罗马共和国的风格，把大革命的所有狂热支持者都煽动起来。法军总司令非常谨慎，没有多说什么。后来法国和教皇起了冲突，这当然全是拿破仑的错。不过，也许他有个人的考虑吧。但当初，他的民事法律制度，他对教皇的尊重态度，对遭流放教士的抚恤和怜悯，的确曾极大地震动了法国人。

拿破仑担心罗马剧变会引发法国和那不勒斯的战争，人们觉得这是杞人忧天。大家觉得那不勒斯有许多亲法人士，这个三等国家根本就不足为惧。于是贝尔蒂埃收到命令，带领一支军队控制罗马，在那里组建了罗马共和国。人们扶植了三个行政官，着手负责行政工作；再设了元老院和保民院负责立法工作。14位红衣主教来到罗马圣彼得大教堂，唱起了《感恩赞》，以庆祝罗马共和国的建立（这也意味着教皇的世俗权力的让渡）。[719]不过，正为取得独立而狂喜不已的人民把大多数低级教士拉到了自己这边。然而，那个一直束缚着众军官、把控着军队管理的人，如今已不在罗马城了。于是人们在城中肆无忌惮地贪污公款，把梵蒂冈洗劫一空，在各地掠夺名画宝物。城市中混乱的风气还蔓延到部队中，士兵们本就对他们的将领不满，如今干脆哗变，反抗上司。士兵们这一举动很有煽动性和危险性，人们费了好大功夫才把他们控制起来。我们不无道理地怀疑，他们此次闹事是受了那不勒斯、英国和奥地利的挑唆。

V. 第三桩意外事件

贝纳多特被任命为法国驻维也纳大使，但他并不适合这个职位。

一个法军将领被派到一个连连败在法军手中的国家当大使，他在那里自然而然不会受到欢迎。政府应当选一个文官过去才是。督政府手上合适的人选并不多，而且他们要么寂寂无闻，要么被它疏远。总之，狂热激进的贝纳多特在担任大使期间犯了许多严重错误。有一天，他无缘无故地在大使府邸升起三色旗。人们猜想，他可能是受了某些唯恐奥地利不乱的阴险小人的煽动。实际上，在同一批人的唆使下，一群暴民立刻暴起，撕毁了三色旗，羞辱了贝纳多特。

督政府盛怒之下，把意大利总司令叫过去，想借助他的舆论影响力展开行动。它把一则写给议院的向奥地利宣战书拿给他看，又递给他一则法令，把他任命为德意志军总司令。但拿破仑并不赞同督政府的做法。他说："你们若想开战，就应当在不受贝纳多特事件干扰的前提下为战争做好准备，而不该把军队分散到瑞士、意大利南部和海岸沿线，更不该公布裁军草案，宣称要把军队缩减到10万人。虽然这个计划尚未执行，但它已经传开，严重影响了士气。[720]这些举措无不表明了你们求和的打算。贝纳多特的确犯了错误，可一旦宣战，你们就掉进了英国的陷阱。你们并不了解维也纳内阁的政策，这么做反会让它觉得它若想开战，直接侮辱你们就行了；它可以一边安抚、麻痹你们，一边调兵遣将，为战争做好准备。之后，奥军第一声大炮响起，你们才发现它的真正意图。奥地利肯定会给你们一个满意的答复。在诸多事情的推动下做出决定，这在政治上并非明智之举。"这番道理让政府冷静下来，奥地利也给出了令人满意的答复，双方召开了塞尔茨会议，但因为这件意外事件，埃及之征被耽搁了15天。

Ⅵ.埃及之征被耽搁

眼看政府无能，形势生变，拿破仑开始心生忧虑，不知在这险象环生的情况下展开远征是否会危害到祖国的利益。他把自己的想法告诉了督政府，说眼下欧洲依然暗潮汹涌，拉施塔特会谈又尚未结束，人们在军事安排上最好以国内为重，镇压西部几省的骚乱事件，以保障选举顺利进行。他提议取消远征，等到形势好转再说。

督政府心中警铃大作，怀疑拿破仑意图夺取政权，无比积极地催他上路，根本没想到自己此举会在政坛中造成什么后果。督政府觉得法国不仅不会在瑞士之乱中受到牵连，反而能趁机得到许多要塞和瑞士军队。此外，罗马事件已经画上句号，毕竟教宗已去了佛罗伦萨，罗马共和国也宣告成立了；贝纳多特一事应该也不会再留下什么后患，因为皇帝已经给予了补偿。所以，眼下正是以爱尔兰和埃及为跳板，向英国发起进攻的最佳时机，一切大可依照先前的计划进行。拿破仑又提议至少把克莱贝尔或德赛留下（尽管此二人迫切渴望参加远征），[721]他们品格高尚、才华过人，可在需要的时候帮上大忙，但督政府拒不考虑克莱贝尔（因为他不被鲁贝尔所喜欢），也不喜欢德赛。他们说，共和国又不是只有这两位将军，即便祖国遭遇危险，政府也可以找到一大群人为祖国赢取胜利。

Ⅶ. 共和国的安定遭到威胁

督政府正站在悬崖边上，但它不肯相信这个事实。国内形势并不乐观。督政府过分陶醉在它于果月取得的胜利中，没有及时把当时还未加入反法阵营、只是暂时误入歧途的人拉拢过来，因此未能争取到一大批有才之士的支持。这些人因为立场和利益，按理说应该亲近共和国才对，可在仇恨的驱使下，他们加入了反共和国的阵营。于是督政府只好起用一批寡廉鲜耻之徒，因此引起公众的不满，政府当局只好在国内布置大批军队，以保障选举的平稳进行，控制旺代不再生事。

不难料到，新的选举必将引发一场危机。新入选的三分之一的议会议员，肯定都是会给祖国引来许多祸患的激进分子。督政府拿不出任何治内政策，在几个督政官——或者说在从骨子里就坏了的五人执政政府的领导下，一天天地挨日子罢了。它没有洞察危险的眼力，看不到眼下切切实实的危机。有人问督政府："你们对接下来的选举打算怎么做？"拉雷维耶尔答道："我们会用法律来装备它。"可后来发生的事让人清楚地看到督政府构想的法律到底是什么德行。人们又问："为什么你们不重新起用共和国的朋友呢？他们在果月里不过是受了外国势力的挑唆和蒙骗罢了。为什么不把卡诺、波塔利斯、迪莫拉尔、巴尔贝-马尔布瓦等人召回来，[722]齐心协力对付外国势力和激进分子呢？"督政府根本不把这些批评放在心上，还觉得自己深受百姓爱戴，可以高枕无忧呢。当时有一派人，他们要么是在两院中颇有分量的议员，要么是渴望寻得一位保护者的果月爱国党，要么是最有影响力、最有眼光的将军，一直督促意大利军总司令采取行动，当上共和国的元首。拿破仑摆手拒绝，觉得自己还不具备单打独斗的实力。在治国方面——尤其是治理这么大一个国家，他的理念同革命派及议会那帮人完全不同，所以他担心与其共事后自己会反受其害。于是，拿破仑决定离开法国，去往埃及，但他暗下决心：只要形势需要自己出马，他就立刻回国。

VIII. 1月21日之盛典

外交部部长塔列朗是督政府的人。法国大革命期间，他担任过奥顿主教。当初有三个主教宣誓拥护《教士民事基本法》，并为宣过誓的高级神职人员举办受任典礼，其中一个主教就是塔列朗。他还在著名的1790年联盟节上做过弥撒。之后，塔列朗进入制宪议会，就教会财产一事向议会呈递了许多报告。立法议会时期，他被派到英国，和英国政府展开谈判。但后来大革命变得越来越激进，越来越暴力，塔列朗成为可疑分子，不得不前往美国避难。

葡月十三日以后，国民公会从流亡名单上划掉了前奥坦主教的名字，于是塔列朗重返法国，并得到以斯塔尔夫人为中心的一个小团体的大力保护。他为人谨慎，头脑活络，善于钻营，很快就得到督政官巴拉斯、梅尔林、鲁贝尔甚至拉雷维耶尔-勒博的重用。塔列朗如从前在凡尔赛时一样，对这些人百般逢迎。之后，他当上了外交部部长，自然和《坎波福米奥和约》的谈判人有了往来。从那时起，塔列朗极力想讨得总司令的喜欢，想吸引对方的注意。督政府一直把这个人放在意大利军总司令身边。1月21日前不久，[723]政府为处死路易十六纪念日举办庆典。督政官和各部部长议论纷纷，想知道拿破仑是否会参加庆典。他们既怕他不去，又怕他去：他若不去，就没人对这场庆典感兴趣了；可他若去了，就会吸引所有人的注意力，那谁还会关注督政官呢？尽管如此，他们最后仍觉得应该请他去。塔列朗如往常一样负责在中间传话，但总司令婉言谢绝，说自己没担任任何公职，并不觉得这场庆典和自己有何关系（实际上，几乎没人对它有什么兴趣）。他还说，在这个时候举办这场庆典实在不妥，它只会勾起人们的回忆，让人又想起那件上升到国家层面的灾祸和悲剧。他非常理解人们为7月14日纪念日举办庆典，因为人民在那一天里夺回了属于自己的权利。人民后来杀害了一个得到宪法承认、神圣不可侵犯的君主，让自己手染鲜血，可他们即便不这么做，也能获取自己的权利，甚至创立共和国。他没打算探讨此事究竟有无意义，但认为这是一件不幸的意外。在这场斗争中，人们可以庆祝取得的胜利，但也可以哀悼不幸殒命的亡灵。塔列朗身为外交官员出席这个活动，这是再合理不过的事。可他作为一个普通公民，实在不觉得此事和自己有什么关系。此外，政府怎可为某人之死而举办庆典呢？这种事只有雅各宾俱乐部这种乱党才干得出来啊。所以他实难理解，先前抓捕雅各宾党人和无政府主义者、今天又在和各国君主展开谈判的督政府，怎么就没发现这场庆典只会给共和国树立更多敌人而非结交更多朋友，只会激化矛盾而非缓和矛盾，只会动摇民心而非增强团结呢？怎么就没意识到此举有失一个泱泱大国的政府的身份呢？塔列朗摇唇鼓舌，企图证明举办庆典是正确的。他还说，这就是政治，因为所有国家、所有共和国都曾以胜者的身份欢庆专制的毁灭、暴君的殒命：雅典曾为庇西特拉图的死亡大肆庆祝，罗马曾在十大执政官倒台后载歌载舞。塔列朗还说，此外，统治国家的是法律，[724]每个人都应服从和遵守法律。最后他用这番话结束交谈：总司令在公众中有极高的威信，故应出席庆典才是；他若缺席，会伤害公共利益。双方经过好几次商谈，总算找到一个折中办法：法兰西学院将全体出席此次庆典。如此一来，拿破仑身为科学院院士，随同僚参加庆典，这便说得过去了。塔列朗将此事办得极为妥帖，让督政府大感满意。

然而，当各位院士走进庆祝典礼所在地时①，有人认出了拿破仑。一瞬间，所有人都把注意力放在他身上，督政府担心的事还是发生了：它一下子成了黯然失色的配角。庆典结束后，督政府成员灰溜溜地先一步离开。群众仍留在原地，只为一睹躲在院士群体中的拿破仑的真容，"意大利总司令万岁"的呼声响彻云霄。听到众人的欢呼，督政府更感

---

① 在首版《拿破仑圣赫勒拿岛回忆录》中，拿破仑说这场庆典举办于圣叙尔皮斯，后来有人向我指出其中的事实错误。或许是拿破仑弄错了地名，这事偶有发生。如果他的回忆录能出版，人们也许能在里面得知具体地点。此外，若有人非要纠结此处的确切地名，可去翻看1798年1月21日纪念日当天的资料文献，定能找到答案。——辑录者注

不悦。

塔列朗还办了另外一件深得督政府欢心的事。在加尔西开的一家咖啡馆里，两个年轻人只因为凑得太近，就被人栽上政治勾结的罪名，受到羞辱和攻击，最后惨遭杀害。①这其实是警务部部长索丹及其耳目故意设计的圈套。看着局势越来越紧张，意大利总司令虽然深居不出，但出于自身安全考虑，也在忧心忡忡地关注这类事的走向。他就此事表达了自己的愤怒后，塔列朗被派过来安抚他的情绪。塔列朗说，这种事在危急时刻很是寻常；革命时期不受常规法律的约束；725眼下我们必须让上流社会接受这个事实，把沙龙的狂妄气焰压制下去；他们都是有错之人，即便今天不死，日后也会被法庭处置或镇压；当然了，我们并不支持制宪议会把人吊死在灯柱子上的这种行为，但没有它，大革命绝对无法前进；为了避免更大灾难的发生，人们得先忍受一些坏的东西。总司令回答说，这种话只有在果月事件发生之前才站得住脚，因为那时各党相争，督政府的重心是自保，而非治国，在那种情况下采取此等行为，还可说当局是不得已而为之；可如今政府稳握大权，各界人士无不遵循法律，公民虽然称不上忠诚，但也算温驯，这种事若再发生，那定将是令人发指、惨无人道的暴行；如今大家言必称法律和自由，全体公民紧密地团结在了一起，若突然发生这种事，所有人定会大感惊骇，觉得自己置身在苏丹御林军的压迫之下，不知这种日子何时才是个头。如塔列朗这样有见识的人自然明白这些道理，然而他任务在身，只好极力为这个政府辩护，毕竟他还想获取它的信任和欢心呢。

---

① 读者可在共和六年雪月二十八、二十九日的《法律之友》（*L'Ami des lois*）中读到此事的相关细节。奥拉尔在他的《热月党人反噬下的巴黎》（Aulard, *Paris sous la réaction thermidorienne*）第四卷第530~531页中引用了这则新闻报道。

伏尔泰—卢梭—英法两国的差异—C***先生①及他在法兰西学院的讲话—皇帝好几次佯装大怒—他在这方面的原则

6月1日，星期六

皇帝把我叫了过去。他刚泡了三小时的澡，叫我猜猜他泡澡时读了什么书，答案是《新爱洛依丝》。我们住在荆棘阁的时候，他非常喜欢这本书。如今再读，却把它从里到外批了个遍。他提到了书中的梅耶里峰，并记得自己在取道辛普朗山口的时候炸毁了这座悬崖。我告诉他，梅耶里峰仍有残骸屹立在那里，成为这段历史的最佳见证。我还说，沿着悬崖下的路再往前走一点儿，[726]还能看到壮丽的勒卡德瀑布呢。

皇帝认为，英国人在法国之所以名声甚佳，很大程度上是因为卢梭在《新爱洛依丝》中把英国富绅爱德华这个人物刻画得极其高尚，但这也和伏尔泰的几本戏剧脱不了关系。让他惊讶的是，近代人竟如此没有主见，随随便便就被伏尔泰和卢梭的几句话说服了。这两人若是活在现在，定不能如此轻易地操纵公共思想。他说，尤其是伏尔泰，虽然他是那个时代的佼佼者和主人公，但这不过是因为其他人都是庸才罢了。

之后，皇帝谈起了英法两国人民的不同之处，说："英国的上流阶层拥有一颗骄傲的心；不幸的是，我们的上流阶层却只有一颗虚荣的心。正因如此，两国人民在性格上才如此不同。当然了，我们的人民大众从25年的革命中汲取养分，今天已一跃成为最有民族精神的一个欧洲民族。但不幸的是，被人民大众扶植起来的那个阶层的人，他们的表现根本就配不上他们的获得，一个个腐化堕落、朝三暮四。在最后几场

---

① 1840年版此处点明是夏多布里昂，接下来几页里的C***都是此人。从1840年版开始，他的名字在回忆录里不再以首字母代替。

危机中，他们是要才没才，要德没德，要骨气没骨气，在人民心中信誉扫地。"

有人向皇帝读起C***先生的一篇演讲，他在演讲中提出要把教士改造成世袭制。皇帝说，这与其说是一个立法院议员的提议，还不如说是一个法兰西学院院士的演讲。这篇演讲稿虽然文笔生动，却言之无理、空无一物。皇帝还说："就按他说的那样，把教士变成世袭制吧。反正无论是谁，死前都得赎罪。无论人生前是何想法，他都不知道自己离世之际会何去何从，而这才是最后、最重要的事。没有人知道自己在人生最后一刻是何感受，也没有人能站出来证明自己在这一刻展现了多么强大的意志。谁敢说自己临死前不会躺在一个忏悔神父的怀中，在他的诱导下为一些自己不曾犯下的罪孽向他忏悔呢？"

这时，有人认为，与其说C***先生是在陈述他的观点，不如说他是在支持别人的想法。我们有很强的理由怀疑，无论在宗教上还是在政治上，C***先生自己都不相信他提出的主张。

先说宗教。我们都知道，他撰写《基督教真谛》（*Génie du Christianisme*）之前，[727]曾在伦敦出版了有反宗教倾向的一本书。当时伦敦有个叫杜劳的书商，从前是索雷兹的一个本笃会修士，在大革命期间逃到伦敦。由于杜劳很有见识，C***先生便把这本书交给他，问他有何高见。杜劳说，考虑到此书出版的地点和时间，眼下不是宣扬反宗教观点的好时机，这些话已经是陈词滥调了。此时要吸引公众的注意力，就该反其道而行之，大力捍卫宗教。C***先生听了他的建议，写了《基督教真谛》。事实证明，这位本笃会修士的确眼光毒辣，因为《基督教真谛》若是在今天出版，我们很怀疑它还能否像当时那样大获成功，虽然这本书本身写得的确不错。

后来，《基督教真谛》的作者被任命为罗马公使秘书。当时人们认为此事能成，全因他向第一执政官大拍马屁。C***先生觉得自己从此会青云直上，在基督教世界的中心、在教会数一数二的要人中间混得如鱼得水。然而，很快他就意识到自己大大失算了，因为罗马人很反感他将宗教写成小说题材；许多经院人士也毫不留情地抨击《基督教真谛》，说里面全是异端邪说。

所以，觉得自己才华盖世的C***先生只好铩羽而归，写些无病呻吟的东西聊以自慰。过了一段时间，他当上一个小女孩儿的教父，给她取名阿塔拉。当地神父一口拒绝了这个名字，C***先生坚持不改。①此事引发争议，C***先生便把控诉信递到红衣主教兼地方长官那里。这位主教支持了神父的观点，觉得C***先生大大地冒犯了自己。因为C***先生觉得自己先前为基督教立下功劳，也算是教会内部人士了，就以亲近的口吻在信末说："人们竟这么待我，这么百般刁难我，真是可笑。讲句我们之间的私下话，红衣主教阁下肯定很清楚阿塔拉和其他所有圣女之间并没有太大的区别。"

皇帝第一次听人讲起这件事的个中细节，一脸饶有兴趣的样子。讲述者说，虽然他不能保证所有细节的准确性，但事情大致情节是确凿可信的，[728]因为他是从C***在罗马公使团的一个继任者那里得来的消息。

这个人还说，在政治方面，C***先生一会儿巴结拿破仑，一会儿又与其疏远，他这等反复的行为全被世人看在眼里。他为皇帝效力期间，皇帝见他居心不良、趋炎附势，心中大为不满。他进了罗马公使团后，在撒丁老国王面前的那副嘴脸简直不堪入目。②

---

① 1823年版后面还有"浑身上下充满作家的固执和大使的骄傲"几个字。
② 请看《来自好望角的信》第十卷内容。——辑录者注

1814年国难当头之际，C***先生写了一些充满恶意和偏见、颠倒是非黑白的诽谤小册子，据说他现在也悔不当初。① 如他这样有才华的人，如今自然再不会干这种出卖笔杆子的行径了。

有一天（那时离法国蒙难还有几年时间），皇帝读到这个作家写的几篇东西，奇怪这等人怎么没进法兰西学院。他的这番话成了最管用的推荐信，很快C***先生就以近乎全票的优势被选入法兰西学院。法兰西学院有个传统：新院士入院时要发表讲话，赞美前任院士。C***先生偏偏不走寻常路，花了长篇大论②去痛斥前任院士谢尼耶的政治方针，骂他是弑君者。这篇演讲完全成了一份政治辩护书，C***先生在里面大谈特谈君主制的复辟、路易十六的审判和处死。此事在法兰西学院引发轩然大波：有些人拒绝听其发言，觉得有失体统；有的人则站出来支持他，觉得应该听听他说了什么。这场争执从法兰西学院蔓延到了整个巴黎，成了首都所有社交圈谈论的焦点。此事传到皇帝耳中后，他想了解事情始末，便读了这篇演讲稿，觉得内容实在过激。他手下有位官员也是法兰西学院的院士③，此人表态支持C***先生的这篇演讲稿，还在一次晚安礼中向皇帝阐述了自己的观点。④ 皇帝正色道："阁下，法兰西学院什么时候变成一个政治机构了？它可以吟诗作词，729可以修正语言中的错误，但就是不能离开缪斯的国度，否则我会把它再送回去的。阁下，您

---

① 1823年版此处是"惹来众人反感，据说他现在也悔不当初"。
② 1823年、1824年版本在这里描写得更细致："C***先生（夏多布里昂）很清楚，公众一般对这种事提不起半分兴趣，若要一炮打响名气，最稳妥的办法就是不走寻常路，别人往北他就偏往南，花了长篇大论……"
③ 1840年版点明此人是塞居尔。
④ 拉斯卡斯在他的《与拿破仑的政治谈话》（Las Cases, *Conversations politiques avec Napoléon*）第12册中援引了上文这段话。

是不是认可这类诽谤册子？C***先生精神错乱也好，居心不良也罢，自然有相应的拘捕或其他惩罚等着他。再说了，就算他在这份演讲稿中阐述了自己的观点，他也无须赞同我的政治，因为他对此并不了解。而您的情况则完全不同，您一直待在我身边，知道我在做什么、想什么。所以，C***先生也许情有可原，您却不可原谅。阁下，我认为您才是那个恶人、罪人，您只想让国家再度陷入动荡、混乱、暴动和屠杀。我们是盗匪吗？我是僭位者吗？阁下，我可没有夺下任何人的王位。我在乱流中摸到了皇冠，把它捡了起来，之后是人民把它戴在我头上的。我们要尊重人民的决定！

"在我们当前的局势下，当众分析、质疑和讨论这些并不算久远的事，这是在不顾公共安全，意图煽动新的暴乱。君主制复辟这种事被掩下去了，它也应该被掩下去。况且，现在再提议给公会成员和弑君者定罪还有什么意义呢？为什么要去触碰这么敏感的话题呢？那些人类无法宣判的事，就交给上帝去判决吧！况且您还能比皇后更难受？这段历史于她而言的重要性，难道要比您要小？您能比她有更直接的感受？可您看看她，她从来不愿听到或知晓这类事。学一学她的温和大度吧！

"难道我的所有心血都付诸东流了？难道我的一切努力都白费了？要是我明天不在，你们就要自相残杀了？"他一边大步踱步，一边拍着额头，叹道，"啊！可怜的法国！都过了那么长时间了，你竟然还需要一个监护人！"

然后，他继续说："我做了能做的一切，想让所有党派和睦相处。我把你们聚集在一个屋檐下，让你们在同一张桌子上吃饭，用同一个杯子喝酒。你们的团结便是我悉心努力的目标，我也希望你们能够协助我。

"我成为政府元首之后，可曾调查过你们[730]以前是干什么的？说过什么、做过什么、写过什么？你们学学我吧！

"我从来只有一个目标，对你们只有一个问题：你们真心想和我一道为法国争取真正的利益吗？只要谁给出肯定的回答，我根本不考虑他是左派还是右派，直接把他推进那支如大理石般凝为一体、不可分割的大军，推着他走向我手指的另一个方向，在那里缔造祖国的名誉、荣耀和辉煌。"

他这番申斥是如此激烈，登时让那个身份尊贵、很在乎颜面的被训斥者抬不起头来，第二天就请求接见，递上辞呈。皇帝见了他，对他说："我的朋友，您是为昨天那场谈话而来的吧？您为此感到痛苦，我也是，但我是想借此向众人发出警告。要是它收到几分效果，那你我都可感到宽慰了。此事就此作罢吧。"然后，他把话题转到其他事情上。

皇帝经常这样做，通过申斥某个人来震慑众人，而且他还会弄出很大的声势，好达到更好的敲山震虎的目的。他当众发的这通火虽然让许多人胆战心惊，可这都是他佯装或故意设计的。皇帝说，他这一着棋把许多错误扼杀了在摇篮中，也免去了必要的责罚。

有一天，在一个重大接见场合，他冲一个上校大发雷霆，一副怒发冲冠、气到极点的样子，原因很简单：这个上校领兵返回法国的途中穿过一片居民区，引发了轻微的骚乱。上校觉得自己肯定会被重重地惩罚一番，一再想为自己辩解。皇帝语气缓和下来，但他仍继续当众斥责上校："话是没错，但别再说了。我相信您，可请您安静。"事后，他单独把这位军官召过来，对他说："我其实是想借您严斥在场的一些将领。我要是直接冲他们发火，他们就得接受降级和其他处分了。"

不过，皇帝有时也会被别人责问，我曾亲眼见过几次这类事情。

有个礼拜日，在圣克鲁的一个重大接见仪式中，[731]我边上站着皮埃蒙特的一个地方次级行政长官（或者是其他什么职位），他大声质问皇帝，想为自己被罢免职位的这件事讨个说法，声称自己是冤枉的。皇帝说："您去找部长吧。""不，陛下，我想让您来审判我。""我不了解这件事，我根本没有时间。我要操心整个帝国，所以才任命部长，让他们去负责人事管理。""可他们会判我有罪。""为什么？""因为所有人都恨我。""这又是为何？""因为我爱戴您。只要某人爱戴您，他就会成为众人憎恨的对象。"皇帝镇定地说："您说的这番话着实令人摸不着头脑，我想是您弄错了。"然后，他一脸平静地接见下一个官员。我们其他在场者则手足无措，尴尬得满脸通红。还有一次，在某个阅兵典礼中，一个年轻军官昏了头，站出队伍，说自己遭到恶待和降级，说上司待他不公，经常给他穿小鞋，说他已经当了五年的中尉，仍没得到升迁。皇帝说："您冷静点儿，我还当过七年的中尉呢，您看，这也没耽搁我走接下来的路啊。"所有人都笑出声来，这位军官一下子恢复冷静，站回队伍中。实际上，个别人士直冲皇帝而来，向他问责，这种事再常见不过了。

我还好几次看到因为抗议者太过激烈，让皇帝都没办法把话说完，于是他决定放弃解释，转而跟旁人说话，或者谈起别的话题。

无论皇帝看上去多么激动，他都是刻意为之。他说："如果我的一个大臣或其他某个政府要员犯下严重过错，我的确有发火的理由。我肯定会找个合适的机会，悉心安排第三者见证这个场景。我有一个规矩：[732]我若决定发起攻击，这棍子一定要敲在许多人头上才行。被敲击者对我的恨意不会因此有所增减，但旁观者就不一样了，从他慌张尴尬的神情来看，他之后肯定会把自己的所见所闻偷偷告诉给别人，然后一传十、十传百，某种良性的恐怖情绪将顺着一条条血管传遍社会这具躯壳的全身。如此更好，我不用惩罚多少人，也不用造成太多不幸，就可收到无穷的效果。"

在一次重大场合中，素来以耐心隐忍而著称的海军部长（德克莱斯）被皇帝挑中，充当他某次发怒的见证者，以达到一石多鸟的目的。德克莱斯从中得到有益的点醒，但皇帝安排他来，是为了让那个被骂得体无完肤的人更感羞愧难当。他疾言厉色地将此人痛斥了一番，对他进行各种敲打恐吓，然后突然转头对德克莱斯说："您也是，海军部长阁下，有人跟我说，您竟敢反对我。这简直不可理喻。我对此非常生气。可无论怎样，我知道您心中至少有荣誉和忠诚的尺度，您是绝不会越过它的。"

谈总督—皇帝一家在杜伊勒里宫的开销—论一个财务官的重要性—莫利安和拉布耶里

6月2日，星期日

八点，皇帝骑马出门散心。他好长时间都没踏出房门一步了。在爬山途中，他走进路边一个驻军军士家中，这家女主人是天主教徒。皇帝在那里停留片刻，和主人相处得非常愉快。然后，我们从军士家出来，朝贝特朗夫人家走去，在那里待了很长时间。其间，皇帝跟我们愤怒地谈起总督这个人，说他手段卑劣，不懂尊重别人，眼界狭窄，行为可笑，不识大局，不懂分寸。[733]他说："我们先前对上将也是满口怨言，但至少他还算是个英国人；而这个人呢，简直是个来自意大利的打手。①我们的文化习俗不同，彼此难以理解，情感也不互通。哪怕他送来

---

① 拿破仑在和奥米拉的聊天中，把总督称作"西西里的打手（losbirro siciliano）"（他和医生聊天时很喜欢在一句话里夹杂法语和意大利语，但和他的法国同伴交谈时从不这么说话）。请看奥米拉的《流放中的拿破仑》第一卷第163页。

一大堆钻石，也无法让我忘记他几乎在我眼皮子底下把我们的一个仆人抓走这件事。从那天起，我的整栋房子就被他罩上了一层阴霾。"

回来后，我们在花园里吃了早饭。晚上，我们再度乘车出行，一路谈论一年有15万里弗收入的家庭住在巴黎会有多少开支。皇帝说，这份收入的六分之一要花在车马费上，四分之一则花在餐饮上。

我说过，他很喜欢算这种账，每次谈到这个话题，他总会说出一些惊人的新见解。

随后，我们把话题延伸到皇帝一家日常吃穿用度的许多小事上。以下便是我记录下来的内容。

皇帝一家一年的伙食费是100万法郎，但皇帝每天的个人伙食只花100法郎。他很难吃上一口热食，因为他一旦工作起来，谁都不知道他什么时候才能从中脱身。为了解决这个问题，晚饭时间，仆人每半小时就烤一只鸡，直到烤到第12只鸡的时候，皇帝才有时间吃上一口。

然后，我们谈起好财务官带来的种种好处，皇帝就此高度评价了莫利安和拉布耶里。尤其是莫利安，他像管理普通银行钱库一样管理国库。皇帝说，他甚至只用一本小小的记账本来记皇帝的账，靠它记录收款、开销、过期未结款项、财政来源等信息。

皇帝说，他在杜伊勒里宫的地窖里曾堆着4亿金币，可这么大的一笔钱最后全部化为这个财务官小账本上的一串数字。这些钱都是慢慢没了的，尤其是在前线战事吃紧的时候，许多都被拿去补贴国用了。他说，[734]他已经完全和国家融为一体，怎么可以想着给自己留点儿东西呢？

他还说，他给法国带来20多亿的现金，这还没把许多在私人账户上的进账算进去。

皇帝说，1814年发生的一件事让他格外难受。当时拉布耶里人在奥尔良，负责为他保管1000多万法郎的私人财产。可后来拉布耶里没有履行自己的义务，违背了自己的良知，没有将其带到枫丹白露，而是把这笔钱献给了阿图瓦伯爵。皇帝说："其实拉布耶里并不是个坏人，我很爱他，也很尊敬他。我1815年回国后，他苦苦哀求我身边的人替他求情[①]，想为自己辩解几句。他也许想说，这是他的无心之失，而非故意之举。他很了解我，知道只要他见到我，被我骂几句，这件事就算过去了。但我也很了解自己，决意不再起用他。我拒不见他，这是我当时拒绝他和其他许多人的唯一办法。

"不过，拉布耶里的前任埃斯泰福就没做过这种事。他对我满腔赤诚，拼尽全力把我的财产带到了枫丹白露。即便他没办法送过来，也会把它埋了、丢进河里或分发给众人，而不是将其交出去。"

谈女人—论多偶制

6月3日，星期一

皇帝下午三点泡了个澡，约五点时在花园里散步。他神色抑郁、一言不发，看上去很是难受。我们登上马车后，他的脸色慢慢好了，话也多了起来。

[735]回来后，皇帝又散了一会儿步，想跟我们中的某位夫人好生辩论一番，还恶作剧地故意宣称自己是反对女人的。他说："我们这些西方民族完全不懂女人，她们眨眨眼，我们就觉得她们要使坏。我们就是因为对女人太好，所以才会一败涂地。我们犯下大错，把她们抬到几乎跟我们平起平坐的地位上。东方民族宣称女人是男人的财产，他们比我们

[①] 我秉承不偏不倚的立场，在此告知读者：拉布耶里先生站出来反对这一断言，并给出了相反的说辞。——辑录者注

更有头脑和智慧。实际上，大自然也把女人打造成了我们的奴隶。就因为我们太过宽容，女人们才敢声称是我们的主人。她们为了勾引我们、控制我们，施展了无数手段。如果有一个女人给我们带来美好，那就有100个女人害我们干下蠢事。"然后，他举双手赞成东方国家的一些格言警句，大力支持多偶制，宣称这符合自然规律。他非常聪明，搬出一大堆佐证，说："女人献身给男人，好怀孕生子。然而于男人而言，若要繁衍后代，只有一个女人是不够的。女人怀孕和哺乳期间，以及失去生育功能后，就再也扮演不了妻子的角色。男人完全不受自然及这些麻烦的限制，理应有好几个妻子才对。"

他一边偷笑，一边继续说："夫人们，你们究竟有什么可抱怨的呢？我们不是承认了你们也拥有灵魂吗？虽然你们也知道，有些哲学家对此持怀疑态度。你们想要平等？这简直疯了。女人是我们的财产，但我们不是女人的财产，因为是女人给我们生孩子，而不是我们给女人生孩子。所以，她们属于我们，就如同果树属于园主一样。要是男人对妻子不忠，他只要向妻子坦白和悔改，就可既往不咎；妻子不管多么愤怒，最终还是会原谅他，和他重修旧好，有时还能从中捞到点儿好处呢。但如果妻子不忠于丈夫，哪怕她供认不讳、发誓悔改也没用，谁能保证此事再无任何后患？这个过错是不可修复的，所以她不该也绝不能干出这种事来。所以夫人们，你们得承认，[736]只有缺少判断、没有常识、缺乏教育的女人，才会认为自己和丈夫是完全平等的。其实，男女地位的差异不是什么可耻的事，每个人都有自己的特性和义务。夫人们，你们的特性就是美丽、优雅和诱惑，你们的义务就是温顺和服从。"

晚饭后，皇帝让我的儿子把《格拉蒙骑士回忆录》和《伏尔泰戏剧》中的一卷书找出来。他说，他给自己布下任务，要坚持到十一点才上床睡觉。他花了很长时间去读《格拉蒙骑士回忆录》的第一卷内容，觉得里面有意思的地方屈指可数。至于伏尔泰，皇帝读了他的《穆罕默德》《塞弥拉米斯》和其他几本戏剧，更觉得他的作品糟糕，一再说伏尔泰不懂人、不懂事，更不懂伟大的激情。

皇帝重启回忆录口述工作
6月4日，星期二

约莫下午四点，皇帝把我叫去，我们一起乘车出行。他告诉我，他刚才又口述了一遍回忆录，觉得此事倒有点儿意思。他整个早晨都心情恶劣，本打算一点的时候出门，但很快就浑身犯懒、心生厌倦，对什么事都提不起兴趣，因此才生出再次口述回忆录的想法。

很久以前，皇帝就中断了口述回忆录的日常工作。我在好几个月前写完了对意之战，贝特朗也写完了埃及之征，只有古尔戈将军进度缓慢，导致工作出现断层，大家渐渐就怠惰了。皇帝也处在这种情绪中，无心继续口述。今天我便借着这个当口，说口述回忆录这件事于他意义重大，是他消磨、打发无聊时光的唯一办法，还能让我们获得一笔不可估价、关乎法国名誉和荣耀的精神财富，他继续从事这项工作，此事具有切实的意义。我向他保证，[737]只要能获得这笔财富，哪怕要我们每个人流血牺牲，我们也心甘情愿。为了他的声誉，为了他的家人，为了我们，他也应该把它写出来。否则，他的儿子能在哪儿找到关于他的正史呢？谁会严肃认真地追寻这段历史呢？如果没有这些珍贵的史料，有多少事会随拿破仑一道而去啊！我们这些曾陪伴他左右的人，除了清楚在这里发生的事情，又知道其他什么事呢？最后，皇帝说他将重启回忆录口述工作。然后，他就接下来的计划咨询我的意见，问到底应该把回忆录写成史作还是编年体。我们就此讨论了很久，没能得出确切答案。

皇帝在晚餐中说："我今天因为懒惰，被某人大大指责了一顿。所以，我要让自己再度忙碌起来，同时展开好几个部分的工作，每人都会有各自的分工。"然后，他转头看着我，说："我记得，希罗多德不是用缪斯的名字给他的书取名吗？很好！我也想把我的每本回忆录都冠上你们每个人的名字，连小埃马纽埃尔都不会例外。我将和蒙托隆展开督政府时期的工作，古尔戈负责其他时期及零散的战役，小埃马纽埃尔则负责准备登基时期的文献资料。"

军校—皇帝的教育计划—他为老兵的考虑—整顿首都风气
6月5日，星期三

皇帝在大约下午四点的时候出门。先前他觉得身体抱恙，三点时泡了个澡。不过，今天天气宜人，就像欧洲的傍晚一样令人惬意。我们所有人走路，陪在马车边上，按照以往的顺序轮番替换上车。我们谈到了历史悠久的巴黎军事学院，谈到了先前军校的奢华生活，以及皇帝执政后引入的朴素作风。

我们在巴黎军校中吃穿不愁[①]，在各个方面享受着几乎和一个军饷可观的军官差不多水平的生活，日子过得比我们大部分家人都舒坦，生活水平也比我们许多人以后的日子高出好大一截。[②]皇帝说，[738]他极力

[①] 晚餐有一份肉汤，一份白切肉，两份头盘和三份点心。夜宵有一份烤肉，两份餐后甜食，一份沙拉和三份点心。（请看1779年11月6日的王室法令，里面含有国王军校的膳食规定）

[②] 在蕾纳赫-福斯马尼伯爵夫人（Reinach-Foussemagne）公布的拉斯卡斯日记手稿残卷中，我们可以看到这句话："人们很难想象我们得到了多么精心的照顾，那简直近乎浪费……为了保证菜肴质量，早晨的菜单都是著名医生亲自看过的。我们戴着花边袖套的膳食主管会时不时过来看我们吃得怎么样，我们对他还各种抱怨和冷嘲热讽。"具体请看1911年的《史问期刊》。

不让自己创立的军校也沾染上这种弊病，希望有一天要去指挥士兵的年轻军官能以士兵的身份展开军旅生涯，有机会亲自尝试各种技术细节，这能教他们学会设身处地地站在听从自己命令的士兵的角度去观察细节，从而让他们终身受益。所以，圣日耳曼军校中的年轻人要亲自动手给战马洗澡擦身，学着给它们钉铁掌。在圣西尔军校，学生的操练完全和军队里的步兵是同步的，吃的是大锅饭，住的是大营房，反正什么都是一样的。与此同时，军校还制定了许多规章，好培养年轻人成才。总而言之，他们取得军官头衔、懂得如何带领士兵之后才能离开军校。皇帝说："从这些军校出来的年轻小伙子初入军队时，还会引来别人的不平和忌妒；但过不了多久，大家都会认可他们的能力和纪律。"

埃库昂学校、圣德尼学校等拿破仑为了照顾荣誉勋章获得者的女儿而特地建立的女校，都遵循了相同的教育理念。他亲自制定了校规，规定学生只能穿家里人或者自己亲手缝制的衣服，一应奢靡浮华之物皆遭禁止，学生不得打扮招摇，不得出入剧院。皇帝说，学校只有一个目的，那就是培养出一批娴雅良善的女子。

拿破仑掌权后，公众总把他想成一个铁石心肠、不近人情的人，实际上他是最有人情味的一位君主。可由于性格原因，他把自己的温情隐藏起来了，不像别人那样，总是想方设法地展现自己良善的一面。

拿破仑把在奥斯特里茨战役中战死的军人后代全都领养过来，其实他只要走个过场就行，可他真的出资把他们抚养成人了。

我回到欧洲后，遇到其中一个被他领养的年轻人。[739]他感激涕零地告诉我：他是何等幸运，刚刚成年就有机会向皇帝表达自己的忠诚。当时皇帝问他打算从事哪个行业，还没等他回答，皇帝就开始为他筹谋未来了。这个年轻人说，亡父只留了一笔微薄的遗产，他在前程这个问题上没有太多选择。皇帝听了这话,生气地说:"这有什么要紧?我不也是你的父亲吗?"和他一起生活过、了解拿破仑真实性格的人,能举出成千上万个类似事例。

他为军人和退伍老兵的未来反复筹谋,做了许多实事,几乎每天都有新的想法冒出来。

他曾在参政院提出一个法令草案,打算从今以后把海关、征税署、联税部等机构的职位提供给有相应工作能力的伤兵老兵,且下至普通士兵、上至高级将领都有机会获得。由于这个方案遇冷,皇帝便向其中一个反对者施压,逼他直面问题,把自己的真实想法说出来。马鲁埃说:"陛下,我之所以反对,是担心公民看到士兵受到照顾后会心生反感。"皇帝激烈地反驳说:"阁下,您是在无中生有,如今公民和士兵已是一家人了。在我们如今的处境中,没有一个公民能躲过从军的义务;入伍再不是一种选择,而是一种必然。参军的大多数人都为此放弃了原先的职业,理应得到一定的补偿。"反对者又说:"可是这个草案若出台了,人们会觉得陛下今后要把大部分这类要职都留给军人。"皇帝说:"阁下,可我就是这么想的啊。我现在只想知道我有没有这么做的权利,此举是否有违公道。不过,宪法规定我可以决定一切职位的人选,那让那些为宪法牺牲最多的人成为优先补偿对象,这看起来完全合情合理。"然后,他高声说:"诸位先生,打仗绝不是件轻松愉快的事;你们安心地坐在这里,[740]读着从前线传来的公报,听到我们又取得了什么胜利,才对战争产生一定了解。我们在外面风餐露宿、翻山越岭、缺衣少食、饱经风霜,但你们对此一无所知。可我知道他们有多辛苦,因为我是他们的见证人,有时还是分担者。"

尽管他极力支持,可这个法案经过多番讨论和改动后,跟其他许多草案一样再无下文。虽然他做了许多努力，想让法令得以通过，还在许多繁复的细节上捍卫自己的观点，可我认为，公众甚至都不知道皇帝的这番苦心。

有些人的反对理由是："陛下难道要让一个甚至都不知道怎么写字的人去担任这些职位？""为什么不行？""可他怎么完成职责，记录资料呢？""这有什么难的？先生，他可以求助他的邻居、亲戚，本来一个人独享的好处将惠及更多人。此外，您这个反对理由根本就不成立，因为我在这方面只设立了一个前提条件：此人必须有完成相应职责的能力。"

晚上，皇帝把我叫进他的房间。当时，他一个人坐在阴暗的房中，身边只有如豆的灯火相伴，只有隔壁房间亮着灯。他说，他在心情忧郁的时候很喜欢黑暗。此刻的他一脸悲伤，静默无声。

晚饭后，他又拿起了《格拉蒙骑士回忆录》，但一个字也读不下去。

然后，我们聊起巴黎人打发时光的种种办法，谈到了古今社交圈的风俗。皇帝说，他曾为如何丰富社交圈的娱乐方式而煞费苦心。他虽然组织宫廷人士一起看戏，时不时去枫丹白露远足，但这些娱乐不仅给宫廷人士造成不便，还无法对首都的社交圈产生影响。不同的社交圈之间缺少一股足够大的凝聚力，让它们彼此影响，但假以时日，它们总会结为一体。有人指出，这和皇帝采取许多措施大幅缩短了首都夜晚活动时间有关，所有政府人员都工作繁忙，必须在大清早就起床上班，只好早早地回家休息。

皇帝还说："[741]当第一执政官让将士脱下军靴，换上合适的服装，进入社交圈时；当武将开始学着穿长筒袜，注重起穿着打扮时，整个巴黎都惊呆了。这简直是风俗习惯上的一场革命，而于社交界而言，这无异于一场暴乱。"

皇帝又讲起了他青少年时期社交界温文尔雅的风气。他讲得最多的，还是当时让人在私人交际中倍感惬意的那些东西：当时人们的相互恭维都是适度的，即便彼此意见不同，大家也只是温和礼貌地点到为止。

对医学的抵触—《吉尔·布拉斯》—比扎内将军—法军的辉煌功绩—反思

6月6日，星期四

我直到傍晚六点才见到皇上。他躺在房间里，浑身不适，一整天滴水未进。他说，他觉得自己浑身上下哪儿都不舒服，靠翻翻伦敦城市雕刻版画打发时间。这本书还是医生借给他的。医生白天有幸见了皇帝一面，这让皇帝心情好了许多。皇帝说："得知我身体抱恙后，他立刻给我推荐了一个医学药方，可自打我记事以来，我还从来没吃过药呢。"

当时已经七点多钟了。皇帝说，人若还能感到饿，那就不是真病了。他叫人把吃的送上来，仆人端来了一盘鸡，他觉得味道好极了。吃完饭后，他身体好了一些，话也多了。他翻了几本法国小说。他今天大部分时间都在读《吉尔·布拉斯》，觉得这本书充满思想，可读起来是个苦差事。放下《吉尔·布拉斯》后，他又浏览起了一本编年体史著合集，看到了比扎内将军在贝亨奥普佐姆做出的壮举这个部分。

皇帝说："我们遭遇灾祸、陷入混乱之际，发生了多少可歌可泣的事迹啊，可它们都被人遗忘和忽略了。贝亨奥普佐姆事件便是其中一个例子。此地本有0.8～1万驻军，[742]可当时全城只有2700名战斗人员。一个英国将领在夜色的掩护和城里人的配合下，率领一支4800人的精锐部队闯进城中。他们占领了要塞,当地群众也站在他们这边。然而,什么都不能打败法军的军魂!我军在绝境之中毫不气馁,打起了巷战。英军全员要么被杀,要么被擒。这无疑是一桩壮举!比扎内将军是位真正的勇士!"

正如皇帝说的那样,在我们大厦将倾的时候,仍有一大群壮士义无反顾地站出来,纵身一跳,用自己的身躯去填堵灾难的深渊。

在于南格,英勇的巴尔巴奈格以少战多,奋力抗敌。①

在那慕尔,在城门被攻破的时候,泰斯特将军视死如归,带领一小队勇士挡住了普鲁士军的猛攻,格鲁希因此才能安然无恙地回城。

在凡尔赛,英勇的埃克塞尔曼斯立下奇功,要是他能得到援军,定能为扭转局势立下汗马功劳。这类事情还有很多,简直不可胜数。②

这些于危难之际涌现出的英雄事迹,为法军上下(而非个别主将)赢得了荣誉。在那个形势急如星火、危如累卵的时候,正因为我们将士这等英勇不屈的魄力、这等可歌可泣的壮举(我们当初正是因此才走向辉煌的胜利),人们才再度意识到:拿破仑管理军队的思想几乎已经刻进了我们的骨子里。无论结果如何,那些在绝境中破釜沉舟的孤胆英雄还是为我们争取到了民族尊严,让祖国略感宽慰。我们绝不能以平庸的姿态走向结局。

在那段想来都令人痛心疾首的日子里,我们放在国外的军队比国内军队的数目还要多:德累斯顿是重中之重,第二大军队守在汉堡,第三大军队守在丹齐格,中间还有无数地方驻军构成第四大军。这支大军里有多少我们的士兵啊!敌军费尽心机,只为了一个目的:⁷⁴³把这些勇士

---

① 1824年版中没有后面这一段。
② 该段在1840年版中被完全删除。

和法国分割开来，阻止他们杀回国内。在外奋战的将领心中只有一个想法：通过朝敌军国土发起进攻，逼迫敌人回到老巢，借此维护神圣国土的安全。难道我们没办法把这些军队团结成一个整体吗？难道集结在德累斯顿、托尔高、马格德堡、汉堡的大军不能在敌人的后方组成一支虎狼之师，一举打入敌人深处，将其撕毁吗？难道它们不能夺下柏林，解救奥得河守军，支援丹齐格，把本就有暴乱意向的波兰人煽动起来吗？更重要的是，难道它们不能干出一件英勇、辉煌、令人意想不到、无愧我军威名的壮举吗？

我们应该怎么做才能改变结局？反法联军进入法国之前，只要稍微遇到一点儿风吹草动，就会和我们在法兰克福缔结协议。哪怕后来敌军已经踏进国门，一路势如破竹，连续攻下尚波贝尔、蒙米拉伊、沃尚、克拉奥讷、蒙特罗，可只要敌军后方稍有风浪，联军难道不会火速撤兵？最后我军难道不会取胜，甚至摧毁敌军？反正我们已经亡国了，即便某个敢于冲向敌军后方的将军行动失败，这个失败还能造成什么更坏的结果不成？可这位将军不一样，他纵然失败，也会成为我们的民族英雄，青史留名。

可他们没有这么做，近10万大军规规矩矩地遵从指令作战，最后以身殉国。这种事在很长一段时间都没发生过。不过也许我只是在纸上谈兵，并不知道事情的前因后果。也许会有人来说服我，告诉我当时的状况，军队遇到的许多我不知道的阻碍。也许我军当时情况堪忧，弹药不足，又没有得到命令（皇帝也试图从这个角度来给予解释），害怕扰乱全局，害怕背负过重的责任，以及其他许许多多的原因。

可会不会还有另一种解释？这些英勇的壮举、崇高的理念，其实只和拿破仑一人有关？如我们后来看到的那样，他若不在，大家就只会规规矩矩地做事了。

[744]其实在丹齐格城投降之前，有人向该城指挥官给出了类似的建议。建议者虽然是个低级军官，但他有血性、有胆识，且屡斩胜果，故有此想法也并不奇怪。这个军官是尚布勒上尉，是在丹齐格包围战中一战成名的那个自由爱国连的连长。为了拿下这场包围战，人们从各个部队里抽出最英勇无畏的数百精锐战士，组成了这个连。他们不仅没有辜负人们的期待，还超额完成任务。因为这个连作战凶猛，城中守军都称他们为"地狱之连"。他们在夜色的掩护下包抄俄军，解决了哨兵，将敌军大炮钉死，烧掉了军需物品，摧毁了后勤组织，甚至对敌军将领的人身安全造成严重威胁，然后他们穿过敌营、夺下阵地，一路遇神杀神、遇佛杀佛。他们的英雄事迹和其他许多壮举被一道登在了当天的军报上。

当然了，即便在我们形势大好的时候，这些事迹也足以让每个当事人名垂千古；即便在我军所向披靡的时候，这种行为也是格外惹眼的。拿破仑从厄尔巴岛回来后，想见见在战场上身中百刀、已成血人，却依然屹立不倒的尚布勒。尚布勒被陆军部长带到他面前，之后被任命为一支军队的指挥官，前往法国东部前线作战，在那里依然表现优秀。后来，两个英国军官在法国腹地落到了他的手中。当时法国已不可避免地走向灭亡，大家都想拿这两个军官泄愤。可尚布勒从愤怒的属下手中救下了二人的性命，将其佩剑和随身行李如数归还。可谁敢相信，没过多久，这位忠诚、勇敢、高尚、理应被赐予桂冠的军官，竟被我们自己的一个法庭判罪，要披枷戴锁地当一辈子的苦役犯，理由竟然是他在大道上抢劫了两个敌军军官的财物！这就是那些党派所谓的正义？！这等荒唐的审判一出来，立刻引发了所有有良知、有判断力的公民的激愤！

[745]当时，尚布勒上校别无他法，只好立即逃出法国。他在异国告诉世人真相，两位英国军官甚至还当众站出来为他做证，以表示感激。可这些都于事无补。直到很久以后，政坛已经风平浪静了，他才能再度走到法庭前，要求重审此案。这一次法庭宣布，他受到的指控没有任何根据。这也算是时代的一个缩影了。

皇帝的想象—连拿破仑的家人都不太了解他—他的宗教思想
6月7—8日，星期五至星期六

上午，我和皇帝聊了很久。皇帝今天再度提到了我们当前处境的可怖之处，觉得我们未来已无任何转好的可能。

说完这些后（恕我不能将内容写出来），他沉浸在想象的世界中，说他先前只有两个地方可去：一个是英国，一个是美国。他说，他要是去了美国，就能真正得到自由。其实他的所有希冀，不过是过上不受约束的安宁生活而已。他开始想象去了美国的日子，仿佛自己现在就在哥哥约瑟夫身边，在一个微缩版法国的境内似的。

他说，出于政治考虑，他选择了英国。他也想过，自己也许会受制于人；但无论如何，法国民族为他所做的远大于他为它带来的，他要牺牲自己来偿还这个恩情。之后，他又开始假想自己去了英国会如何。

之后，我们继续聊天。让拿破仑大为惊讶的是，他身边许多宫廷人士对于大部分和他有关的荒谬无聊的传闻居然都信以为真，甚至对某些有人为了抹黑他而特地编造的恐怖传言都持将信将疑的态度。所以，我们才信了他同我们在一起时都要穿胸甲的传闻，觉得他生性多疑、杯弓蛇影，[746]随时都会暴怒疯魔，所以我们才信了他杀害了皮什格吕、派人砍掉了一个小小英国上尉的脑袋的类似传闻。我们也承认，他有时候把我们臭骂一顿，是因为我们活该。但我们仍梗着脖子说，这种事情多了，他身边也就只剩一群粗人了。我也说过，我们常能看到他，但从来不能跟他说上话，他身上的一切在我们看来都充满神秘。他成了一个谜，而且每有谣言传来，都没有人站出来替他反驳。时不时还有几个他最亲近的人说些居心不良的话，故意抹黑他的形象。我得承认，来到圣赫勒拿岛之前，我对他的性格、为人毫不了解，能偶尔猜中他的部分想法，就足够让我暗自高兴了。皇帝听了我这些话，不服气地反驳说："可是您先前经常在参政院见到我，听我发言啊。"

用过晚饭后，我们聊起了宗教。皇帝在这个话题上谈了很久。我悉心把其中最具代表性的言论整理出来，抄录在下面，相信许多人会对此深感兴趣。

慷慨激昂地陈述了一番后，皇帝说："毫无疑问，万事万物都证明了神的存在①，但我们的所有宗教明显是人造出来的。为什么世上有那么多宗教？为什么我们的宗教不能永存？⁷⁴⁷为什么它认为唯有自己这门宗教才是正统？如此看来，先前的那些贤者成了什么？为什么这些宗教要相互诋毁、相互撕咬，斗得你死我活？为什么这种事在所有时代、所有地方都

---

① 我回到欧洲后，从格雷古瓦主教那里得知一件事：在签署《政教协议》最紧要的关头，有一天，他得到命令，天没亮就赶到马尔梅松。他赶到的时候，第一执政官正在一条小路上散步，和元老院议员沃尔内展开了非常激烈的辩论。他对沃尔内说："没错，阁下，我们可以畅所欲言，但人民需要宗教，尤其是宗教信仰。阁下，我这里用了'人民'这个词，但我觉得我说得还不够，因为我，"讲到这里，他举起胳膊，仿佛要从此刻正好照在地平线上的万丈金光中得到某种狂热的启示似的，然后他激情四溢地说，"因为我看到这种情景，都会惊讶地发现自己也被感动、吸引和说服了。"他转头望着格雷古瓦神父，说："您呢，阁下，您怎么说？"格雷古瓦就此给出回答，先前的辩论场景再度上演，气氛变得更加严肃，他们的思考也变得更加深刻了。*——辑录者注

* 1823年、1824年版本中没有该脚注。

有发生？因为人从来都是一个样子，因为祭司永远都在撒谎，都在欺骗我们。然而，我掌权后依然立刻恢复了宗教。我利用宗教，把它视为我治国的底子和根基。在我看来，宗教就是良好的道德、真正的理念、端正的风气的支柱。再者，人常常是躁动不安的，他需要宗教为自己描绘一个不确定的奇迹。与其让人们在卡廖斯特罗或勒诺尔芒夫人这些招摇撞骗的吹嘘者身上获取这个东西，还不如让人们在宗教中探寻答案。"有人大胆地跟皇帝说，说不定他最后也会成为虔诚的信徒呢。皇帝一脸笃定地说：这不可能。他不信神，可这并不是因为他有什么小怪癖，也不是因为他思想放纵，纯粹是因为他更相信自己的理性。但他也补充说："不过谁都不能把话说得太死，尤其是在与人生最后时刻有关的问题上。当然了，我现在觉得我死时不需要向神父忏悔。可也许到时候，我会向我们中的一个人忏悔呢。当然了，我绝对算不上不信教。我只有变成一个虚伪的人，才能违背理智的声音，对别人告诉我的话通盘接受。

"在帝国时期，尤其是和玛丽-路易丝成婚后，人们想尽办法，想让我依照法国国王向来遵守的仪式，在极尽奢华的盛大典礼中去巴黎圣母院领圣体。我一口拒绝，理由是：我并不相信此举能让我受益，反认为自己会因此被栽上渎圣的罪名。"

讲到这里，有人提到了一个人，说他吹嘘自己从未领过圣体。皇帝说："他这么做不对。由此可见，他要么没受过教育，要么人们忽略了对他的教育。"之后，他继续刚才的话题，说："要解释我是谁、来自哪里、要去往何处，这超出了我的理解范畴，但一切问题都源于此。我就如同一块走动的表，却不知道自己的存在。然而，[748]宗教思想能给人带来多少宽慰啊，它是一份来自天堂的礼物。凡尘俗世中的我们能拥有它，这是多大的馈赠啊！如果是上帝主宰了我的失败和苦难，人世万物于我看来又算什么？反正我可以等到未来幸福的弥补！我难道没有这个权利？我度过了多么非凡而激荡的人生啊，却不曾犯下一桩罪恶，哪怕我有无数犯罪的机会。单凭这一点，我还没有资格得到弥补？我可以站在上帝的法庭前，平静无惧地等着他的宣判。他在我的内心绝对看不到任何行刺、投毒、暗害、预谋杀人的想法。历史中和我有着类似人生的人有很多，这些事于他们而言不过是家常便饭。我只为了法国的荣耀、昌盛和辉煌而奋斗，并为这个目标透支了自己所有的才干、精力和时间。这不是犯罪。在我看来，这是一种美德！要是我在人生最后一刻能清楚地看到未来，我就死而无憾了。"

他停顿片刻，又说："给我们布道的人大多都信口雌黄、行为不端，我们怎么可能被这种人说服信教呢？我身边有一大帮神父，反复说什么他们的王国不在人间，却把他们能够到的一切东西都据为己有。教皇作为来自天堂的宗教的头目，却只操心人间的事。他无疑是位正直的圣人，却为了能够回到罗马，什么承诺都敢说！在他看来，只要他能再度当上人世的君主，教会的信条、主教的规定又算得了什么呢？今天，他还成了新教徒的朋友。新教徒给他承诺了一切，因为他们根本就不怕他。他唯一的敌人便是奥地利天主教，因为后者威胁到了他的地盘。

"不过，我身为皇帝却不信教，这对百姓而言还是件好事。否则，要是我深受一门宗教的影响，又怎么可能实行真正的宗教宽容政策，怎么可能不偏不倚地善待所有对立教派呢？我又怎么可能在思想和行动上保持独立，不被某个忏悔神父操纵，不被他所宣扬的恐怖地狱吓倒呢？⁷⁴⁹一个恶人不管多蠢，只要他拿地狱说事，保不齐就会主宰国家统治者的心智。在幕后转换屏幕布景的人操纵舞台上的赫拉克勒斯，这不是件轻松的事吗？谁都认为，路易十四若是换个忏悔神父，他的晚年也不会如此了。正因为我深谙这些道理和事实，所以我才下定决心，要尽我的全力，用相同的宗教观去培养我的儿子。"

皇帝让我的儿子把《福音书》找来，然后结束谈话，读起了《福音书》，在耶稣于橄榄山上讲话的这段内容上稍有停留。他读得聚精会神，陶醉在这篇道德著作纯粹、高雅而充满美感的文字中。我们所有人都有相同的感受。

几位督政官的形象描写—趣闻逸事—果月十八日
6月9日，星期日

皇帝说了许多和成立督政府有关的事。他当过内防军总司令，正因为这层身份，他才能近距离地观察五位督政官，给我们描述他们各自的性格形象。他讲述他们因为采取哪些荒唐、失误的措施才导致果月事件的发生，还给我们讲了许多很有意思的事。下文便是我记下来的内容，其中一部分来自他随意的聊天，一部分来自他口述的对意之战的内容。

皇帝说："巴拉斯出身于普罗旺斯的一个名门望族，在法兰西岛军团中当过军官，大革命期间被瓦尔省选入国民公会担任议员。巴拉斯没有任何演讲才能，也没有什么工作能力。5月31日以后，他被弗雷龙任命为驻普罗旺斯意大利军的特派员。当时，普罗旺斯正是内战打得最激烈的地方。回到巴黎后，他成为热月党人一员。由于受到罗伯斯庇尔的威胁，塔利安和剩余的丹东党人联起手来，制造了热月九日事变。在这场危机中，巴拉斯奉国民公会之命，去对付支持罗伯斯庇尔的、暴乱的巴黎革命公社，并成功完成任务。

"[750]此事之后，他声名鹊起。罗伯斯庇尔倒台后，所有热月党人都成为法国的政坛要员。

"葡月十二日,危机再度袭来,巴拉斯为了迅速摆脱内防军中的三个特派员,打算独揽特派员的权力和内防军的军权。但当时的形势于他而言极不乐观,他也没有足够的实力去掌控局势。巴拉斯从未打过仗,离开军队的时候只是个小小上尉,甚至可以说对军队一无所知。

"热月事变和葡月事件后,他坐上了督政官的位置,然而他根本就德不配位。果不其然,之后巴拉斯干出来的事让了解他的人都大跌眼镜。

"他在自己家中过着声色犬马的日子,养了一支狩猎队,生活极尽奢靡。巴拉斯于雾月十八日离开督政府时,手上依然有一大笔财产,他对此倒是毫不隐讳。虽说他贪污的钱财远不足以造成国家财政混乱,但他侵吞公款的手段着实恶劣,并让许多商人从中渔利,对公共道德产生了极其恶劣的影响。

"巴拉斯身材高大,发言时声如洪钟,无论在多么混乱的场合中也能叫人听见他的声音。他才疏学浅,讲不出什么大道理来,但说话颇有气势,让人觉得他是个干脆果断的人,可事实根本不是如此。在公共行政管理方面,他完全没有主见。

"在果月事件中,他和鲁贝尔、拉雷维耶尔-勒博联手反对卡诺和巴泰勒米。事变之后,他成了督政府明面上最得势的人,可鲁贝尔才是幕后真正的操纵者。巴拉斯一直在公众面前扮演拿破仑挚友的角色。在牧月三十日那天,他使用小手段与议会中得势的那一派和解,全然不顾自己同僚的死活。

"拉雷维耶尔-勒博是昂热人[①],出身于一个小市民家庭。他个子矮

---

① 拉雷维耶尔-勒博生于蒙泰居,而非昂热。

小，弓腰驼背，长得要多难看有多难看，简直是伊索转世。[751]他写的东西只能说勉强能看，而且其人思想狭隘，不懂应时而变，也不会慧眼识人，先后被卡诺和鲁贝尔牵着鼻子走，满心只想着植物园和敬神博爱教（这是一门新冒出来的宗教，拉雷维耶尔-勒博极度渴望成为它的奠基者）。不过，他还算是个热忱真挚的爱国党人，为人正直，是个清廉诚实、受过教育的好公民。他进入督政府时身无分文，离任时仍是赤贫如洗。可惜上苍给予他的才华，只够让他当个低级官员。"

拿破仑从意大利回来后，莫名其妙就成了督政官拉雷维耶尔-勒博的重点照顾对象，后者对他极尽呵护、百般示好。有一天，拉雷维耶尔-勒博请他共进晚饭，严格来讲，那是一顿家宴，他说"好让我们走得更近些"。年轻的总司令接受了邀请。实际上，参加晚宴的只有督政官的妻女二人。皇帝说，这一家三口真是丑到极致了。用过甜点后，女眷退席，两人的谈话变得严肃起来。拉雷维耶尔-勒博大谈特谈我们宗教的弊端，但又认为宗教信仰是个必需品，然后开始吹嘘他意欲创立的那门宗教——敬神博爱教的种种好处。"正当我觉得这些话冗长乏味的时候，他突然心满意足地搓着手，满脸狡猾地问：'像您这样取得这么大成就的年轻人，如果能成为我们这个宗教的一员，那该多好啊！我们能从您的名字中收获多少影响力和威望啊！您也会走向荣耀的巅峰！您觉得呢？'"年轻的总司令根本没料到他会这么问，只好谦逊地回答说：他觉得自己受之有愧，配不上这份荣耀；在宗教方面，在崎岖的道路上摸索前进时，他的原则就是追随前人走出来的路，就像他的父母一样。这番恳切的回答让这位大祭司意识到自己多说无益，就此打住话题。之后，年轻的总司令就再没得到过他的任何照顾了。

皇帝说："鲁贝尔来自阿尔萨斯，原来是科尔马最好的一个律师。

他很有学识，是个经验丰富的律师，在几乎所有议政会议中都很有分量。但他很容易偏听偏信，[752]不太相信美德，是个相当狂热的爱国党人。他在督政府任职期间是否发了财，这点有待商榷。鲁贝尔身边当时的确围满了商贾，但也许他只是喜欢和敢闯敢干的人聊天，享受被人逢迎讨好的感觉罢了，从未为他们的奉承话掏过一分钱。他尤其厌恶日耳曼政治制度，就任督政官前后在议会中一直都非常活跃。他热爱工作，是个十足的行动派。他先后在制宪议会和国民公会中担任议员，后以特派员的身份被国民公会派到美因茨，但在那里表现平平，没有丝毫军事才干。仍有防御能力的美因茨最后交城投降，他也有一定功劳。他跟其他实干家一样，对军人很有偏见。

"卡诺来自勃艮第，年纪轻轻就进了工程兵队，非常推崇蒙塔朗贝特的工程体系。他在部队中，被同僚认为是个不合群的怪人。大革命时期，狂热支持大革命的卡诺得到了圣路易骑士勋章的嘉奖。后来，他进入国民公会，之后和罗伯斯庇尔、巴雷尔、库东、圣茹斯特、俾约-瓦伦、科洛·德布瓦等人一道成为公安委员会成员。他狂热反对贵族，还因此经常和罗伯斯庇尔发生争执，因为后者在后期保护了大量贵族。

"卡诺勤恳实干，但毫无心机，很容易上当受骗。茹尔丹被派去莫伯日，帮助该城脱围后，卡诺被国民公会派到茹尔丹那里担任特派员，在军队里发挥了一定的作用。去了公安委员会后，他负责制订作战行动方案。虽然他并无实战经历和经验，却做了许多实事。他一直都是个勇敢无惧的人。

"热月政变后，公会将公安委员会全体成员抓了起来，独独放过了卡诺，可他想和昔日同僚共担命运。此举着实彰显了他的高贵品质，何况当时正是舆论反对公安委员会最激烈的时候。葡月事件后，他被任命为督政官。热月九日之后,看到公众舆论把绞刑台上所有亡灵的惨死都归罪到公安委员会头上,对他百般指责,卡诺万分痛苦。[753]由于渴望得到世人的尊敬,自认为有足够自控能力的卡诺被外国势力的煽动者引诱过去了。当时,他被他们捧上了天,可盛名之下,其实难副。他也发现自己处境不妙,最后在果月事件中失势。

"雾月十八日后,卡诺被第一执政官召来担任陆军部长,其间和财政部部长兼国库总管迪弗雷纳多次发生冲突,但公平地说,有错的一直都是卡诺。最后,他觉得部里拿不到足够的经费,自己是巧妇难为无米之炊,于是辞去职务。

"在保民院的时候,卡诺投票反对拿破仑称帝。他虽性格刚毅,其仕途却并未因此受到任何影响。后来他担任总督察官,退休后还从皇帝那里领到2万法郎的年金。

"法国国运昌盛之际,皇帝再没得到卡诺的任何消息。但对俄之战之后,在法国蒙难之际,卡诺主动请缨,要为国效力。于是,皇帝把安特卫普托付给了他,他把此地治理得井井有条。1815年皇帝回国,几番犹豫之后,将卡诺任命为内务部部长。卡诺在任期间一直兢兢业业、忠于职守、清正廉洁、直言不讳,皇帝对他的工作挑不出任何刺来。后来,他进入六月临时政府委员会,但他不太适合这个职位,被人愚弄了。

"芒什省的勒图纳尔出生在诺曼底,大革命爆发之前是个工程兵军官。我们很难解释清楚他是怎么当上督政官的。在议会干过的众多怪事中,有一件就是任命他为督政官。勒图纳尔少有头脑、学识不多、性格狭促,却取得了500名公会议员的支持。不过他为人正直廉洁,离开督政府的时候仍是一身清贫。"

勒图纳尔在巴黎一直是众人嘲笑的对象。有人说，他离开本省，来巴黎担任督政官的时候，居然和他的管家坐一辆车过来，车里还装着厨具和家禽。首都社交圈对他恶意讥讽，他立刻就被如潮的讥诮声淹没。来到巴黎后，他最先去了植物园，754回来后给众人讲述自己在里面看到的各种珍兽异草。人们问他是否在那里见到了拉塞佩德，勒图纳尔猛拍大腿，说自己一个不留神就错过了这种动物，只看到了长颈鹿。①

"督政府刚刚成立，勒图纳尔就因为在性情、为人和做事手段上与旁人格格不入而声誉受损；在他人眼里，他做什么事都是错的，言行举止尽显荒谬。哪怕当着他的面，人们都毫不掩饰对他的轻鄙。几位督政官初登高位，未免有些头昏脑热，想极力表现出威风气派的样子。为此，他们每人还建立了各自的小宫廷，在那里接待达官显贵，其中甚至不乏失宠者和仇敌。与此同时，他们还疏远了旧日同僚，觉得他们难登大雅之堂。先前在大革命中比督政府官员更有革命激情的人，以及曾与他们并肩作战的战友，如今只让他们觉得厌烦，也被打入了"冷宫"。就这样，督政府对一群人笑脸相迎，和另一群人却渐行渐远。这五个小宫廷内部还建立了一套可笑的尊卑秩序，可由于时局及政府体制等原因，再加上五个督政官自身就不能服人，大多数人都没遵从这套秩序。

"督政府苦心孤诣地想把巴黎社交圈拉拢过来，结果却白费心机。它在巴黎社交界中没有任何影响力，那里依然是波旁党人的地盘。督政府意识到这个事实后，迅速鸣金收兵。可由于先前它冷落共和党人，如今后者再不肯与它为伍了。这种反复无常之举也在一定程度上反映了当

---

① 后来有人言之凿凿地跟我说，这里面有些戏谑故事和勒图纳尔并无关系，其主人公其实是当时的部长勒图尔讷。——辑录者注

时的人左右摇摆、茫然无措的心态,大家不知道前路在哪儿,该往哪个方向走。人们不接受恐怖统治,也不愿意看到君主制复辟,却不知道自己到底该走哪条路。

"督政府觉得,要根治这种迷茫的情绪,遏制摇摆的趋势,就得把两个对立派拉来各打五十大板,根本不管双方是否该被修理。[755]督政府要是抓了一个阴谋叛乱或蓄意扰乱公共秩序的保皇党分子,就一定要随便安个罪名,再抓一个共和党人。这套措施就叫'跷跷板政策'。由于行事不公、乱来一气,督政府名声大跌。大家反而因此吃了秤砣铁了心,再度走到一起,所有正直人士都在反对督政府。

"商人、投机者、阴谋家趁机攫取势力,可谓群魔乱舞。社会一下子成了恶棍、红人及他们身边那群鸡犬的活动舞台,贪污受贿的风气在所有行政机构中都滋长起来。一些人见此情形,开始肆无忌惮地侵吞公款。外交部、军队、财务部、内政部,所有部门都成了藏污纳垢之地。

"此等形势愈演愈烈,政治风暴的乌云很快就密布空中,人们大步迈向了果月政变。

"都到这个时候了,督政府依然如从前那样优柔寡断、游移不定、反复无常。眼看流亡贵族纷纷回国,各大报纸成了外国势力的玩物,爱国人士满腔愤懑。敌人猖狂至极,抹黑民族荣誉,令意大利军将士倍感气愤,强烈要求抵抗民族敌人。可议会这个时候张口闭口只谈教士、教会、流亡贵族的事,现在他们倒成了地地道道的反革命派了。部队里有些军官先前在各个省份、志愿军,甚至正规军中或多或少都有些惹眼,如今一下子成了众矢之的,却仍不知收敛,把士兵的怒火越煽越旺,已到众怒难平的地步。

"在这剑拔弩张的形势下,意大利军总司令该站在哪个阵营呢?他当时面临三个选择：

"一、站到议会的主流派那边。可为时已晚。军队已经表明立场，一直都在攻击他和他的意大利军的议会领导人和演讲家，也再容不得他选择这条路。

"二、投奔督政府派和共和派。这是最轻松的一条路，也是其职责所在，另外军队也更倾向于支持督政府，而他本身已经相当于介入了这一派中。[756]因为，当时所有忠于大革命的作家都自愿站出来声援军队及其领导人，声称是他们的狂热支持者。

"三、直接以共和国的拨乱反正者的身份站出来介入斗争，控制住双方阵营。可纵然拿破仑背后有军队的强力支持，在法国国内声望甚高，他仍不认为自己已是舞台的中心人物，成了公众舆论的宠儿，所以这步棋还是过于冒险了。此外，即便他内心更倾向于第三条路，也不能急于求成，在和其中一派联手之前就贸然行动，何况此刻双方人马在政坛上战得正酣。他必须在一开始就做出选择——到底站在议会还是督政府那边，哪怕他内心实际上更想走第三条路。

"因此，他看似有三个选项，可若实施第三个，实际上就又复归于前两个中的一个了。而在议会派再度起势，朝拿破仑发起攻击之后，第一条路已经被堵死了。只要对当时的法国形势进行深刻的思考，自然而然会得出这些结论。总司令别无他法，只能顺应形势，表态支持军队的选择。所以，总司令在军报中向意大利军发表了一篇著名演讲。

"他说：'将士们，我知道你们为祖国的不幸而忧心忡忡。但即便它被外国势力控制，我们也会如雄鹰一样迅速飞过阿尔卑斯山，捍卫我们为之付出巨大牺牲的祖国事业。'

"此话起到了一锤定音的效果：士兵们情绪高涨，想朝巴黎挺进。

他的宣言还立刻在首都引发了强烈反响。巴黎城炸开了锅，在世人眼里已经完蛋了的督政府，前一刻还是踽踽独行的孤家寡人，如今一下子成为舆论的强者，立刻摆出胜利方的姿态，把敌人击倒在地。

"意大利总司令委托奥热罗把他向士兵发表的宣言交给督政府。为何他选择奥热罗呢？[757]因为奥热罗当时就在巴黎，而且世人都知道他是何思想立场。

"今天的政治家们会猜测：要是当初是议会占了上风，要是它没有败下阵来，而是击垮了督政府，那拿破仑会怎么做呢？若是如此结局，他便打算带领1.5万人朝里昂和米尔贝前进，到了那里后，旋即和南部及勃艮第地区的所有共和党人会集起来。议会在胜利的宝座上坐不了三四天，内部就会分崩离析。虽然全体议员一致反对督政府，可我们都知道他们在最高目标上存有分歧：皮什格吕、安贝尔-科洛梅等议会领导人勾结外国势力，大力支持保皇党和反革命派；卡诺和其他人则完全是这两派人的死敌。波拿巴和共和党人一联手，国内势必会陷入无秩序的混乱状态。那时，所有公民、所有党派都会欢欣鼓舞地迎接拿破仑，视他为他们的救星，认为只有他才能把所有人救出保皇党和煽动家的火坑。如此一来，他不费吹灰之力就可进入巴黎城，在各派的拥护和支持下顺理成章地统领大局。议会中大多数人的确态度强硬，可那是对督政官。要是督政官下台，议会会立刻四分五裂。

"之后议会再选三个新的督政官，那时世人就可看清反革命派领导人的真实嘴脸了，而此时拿破仑高举国民大旗，定会把陷入恐慌的大部分公民吸引过来。说到底，只有极少数人才是真正的反革命派，他们的打算也完全是痴心妄想。所有人都会向拿破仑屈服，把他视为恺撒或克伦威尔转世。他将在信仰的加持下，在一个齐心协力、大得民心的党派的拥护中前进；他会得到士兵死心塌地的追随，他统率的军队钱粮充足，再加上其他资源手段，军队对他定会忠诚不渝。可问题是，拿破仑内心是否希望局势朝这个趋势发展？我们觉得答案是否定的。[758]我们从下面这件事中就可看出，他还是渴望议会多数派能得胜。

"就在两方斗得你死我活的时候，有一天，他得到一封有三位督政官签字的密令，要他送300万法郎过来，好方便督政府展开和议会的斗争。拿破仑百般托词，没有送上这笔钱，哪怕这于他而言是件轻而易举的事，而且世人都知道他在钱财方面从不抠门。

"斗争结束后，得胜的督政府到处宣称，多亏了拿破仑，它才得以存活。可它仍然心存芥蒂，觉得拿破仑之所以站在自己这边，是希望日后自己栽跟头，他好取而代之。

"不管怎样，果月十八日以后，全军上下狂喜至极，拿破仑取得了全面的胜利。可此时，督政府表面一副感恩戴德的样子，实际却在拿破仑身边布置了好多眼线，监视他的一举一动，想窥探他的想法。

"拿破仑的处境变得微妙起来，但他行事规矩本分，叫人挑不出半点儿毛病。正因如此，我们对他当时的许多行为只能做些猜测。不过我们觉得，《坎波福米奥和约》之所以能够签署，他之所以拒绝参加拉施塔特会谈，最后还远征埃及，主要原因就是他对当时的处境高度敏感。

"果月十八日事变后，败方一下子就销声匿迹了，胜方督政府开始耀武扬威。不过，这种事在法国发生得还少吗？督政府只手遮天，根本不把议会放在眼里。

"拿破仑因为结束了乱局，再度声望大涨。他觉察到当前法国取得和平的必要性。他唯一担心的就是战争会继续，正如某些人怀疑的那样，只要继续打仗，有些人迟早能找到借口把他拉下马。这些人就是想让他置身险境，并利用其他将领给他造成威胁。

"在这场果月事变中，两个著名将领展现出了他们的真本事，他们便是莫罗和奥什。

"莫罗公开反对督政府。[759]可他胆怯怕事，最后既没有尽到自己的义务，又损害了自己的清誉。

"奥什完全支持督政府。但他太过性急，过早地派出手下一支部队朝巴黎进军，最后因操之过急而痛失目标。他的军队被议会撤销番号，奥什本人也不得不逃出巴黎，以免被议会逮捕。

"所以，果月事变的成功和奥什没有半分关系。相反，他因行事莽撞，拖累了全局。可奥什对督政府忠心耿耿，深得后者的信赖，哪怕他鲁莽的性子差点儿害死了督政府。

"督政府对拿破仑则是满心怀疑，虽然后来是他助它赢得胜利。它总觉得这个将军打着小算盘，想看着自己倒在议会手中，这样他就能踩着自己往上爬了。

"然而，督政府的这番猜测和拿破仑的实际行动相符吗？别忘了，这位将军是孤注一掷、背水一战，才把它推上胜者的位置。要不是拿破仑在军报上向军队发表宣言，督政府早就倒台了。

"知道内情的人认为，拿破仑实际上对自己在国内的影响力并没有准确的认识，反而被攻击他的小册子和新闻报纸蒙蔽了。所以，他才采取了自己觉得正确的措施，而这么做并不完全是为了帮助督政府，更是为了把自己打造成共和国的救星和顶梁柱。这些人还说，拿破仑从被他派到巴黎的军官口中，以及通过和国内书信往来，得知自己发表宣言后国内局势一夜之间发生天翻地覆的变化，一下子就意识到自己做过头了。我们也更愿意相信这个观点，否则我们实难理解为何拿破仑会如此关心三个督政官的去留问题，毕竟这和他毫无关系。这三个人中，他最尊敬的卡诺和他立场相对，剩下两人一个腐化堕落，一个软弱无能，世人都知道他对这两人有多反感。

⁷⁶⁰"巴拉斯的亲信博多被派到拿破仑身边，肩负一个秘密任务：窥探拿破仑的想法，弄清为何当初他没送上督政府急需的那300万法郎。

"博多来到巴塞里亚诺，待在总司令跟前，开始试探拿破仑身边的人，发现他们一个个对总司令都忠心耿耿。博多也打着自己的小算盘，最后在几次私下谈话中承认了自己此行的秘密任务，透露了督政府对拿破仑的猜疑。博多说，看到总司令身边的人如此爽直，拿破仑如此坦诚，全军上下冲劲满满，甚至意大利都完全站在他们这边，他一下子醒悟过来。在当时的形势下，督政府的顾虑自有其道理。可看到意大利军对自己殷勤相待，众将领和自己谈话时如此简单朴实，博多打消了自己的所有猜疑。他给巴黎写信，说当局的顾虑毫无依据，拿破仑根本不像一些心怀不轨者跟政府说的那般危险。人们问他，那当初拿破仑为何要拒绝掏出300万法郎呢？博多说，拿破仑已经说了：当时他收到督政府的函令，觉得信中措辞并不正规严谨，内容含糊闪烁，再考虑到政府身边围着一群曾大肆洗劫国库的骗子^①，便觉得应该弄清事实，谨慎行事，于是立刻把自己的副官兼亲信拉瓦莱特派到巴黎。之后，拉瓦莱特跟他说清情况，他立刻送出300万法郎，可那时事情已经过去了。"

---

① 1823年版此处为"再考虑到自己身边围着如F**（富歇）这种曾大肆洗劫国库的骗子"。

论英国外交界—惠特沃斯、查塔姆、卡斯尔雷、康沃利斯、福克斯等几位大人

6月10日，星期一

今天聊天时，皇帝说，这世上最叫人感到如履薄冰、暗箭重重的事，就是和英国外交官的官方谈话。他说："英国内阁官员根本不像在代表本国和他国往来，反倒像在为了自己而和自己国家打交道。他们并不怎么提对方说过什么、在说什么，⁷⁶¹只会寡廉鲜耻地向公众强调他们的外交官说了什么，或者他们授意让外交官说了什么。这些外交官是公认的品性可靠之人，大家自然就信了内阁的话。英国内阁本着这个原则，曾打着惠特沃斯的旗号，把我和后者的一次长谈发表出来，可内容完全是一派胡言。"①

当时，这位大使恳请第一执政官亲自和自己聊一聊。第一执政官是个直来直往的人，便欣然同意。皇帝说："这是一场深刻的教训，它改变了我的做事方式。在此之后，我再也不正式处理外交公务了，除非有我的外交官员当中间人。大使至少可以在事后站出来揭穿谎言，道出实情，君主却不能这么做。"

皇帝继续说："他们根本就是在乱说一气，因为我们的这次私谈中根本没发生任何事，一切都符合正常的礼仪规矩。会谈结束后，惠特沃斯勋爵和其他大使在一起的时候，还跟他们说自己对此次会谈非常满意，并相信我们两国会走向友好的结局。所以不久之后，这些大使读到英国报纸披露的所谓惠特沃斯勋爵的报告，他们是多么惊讶啊。在这份

---

① 我们所有去过圣赫勒拿岛、曾亲眼见过英国国会借巴瑟斯特勋爵之手干出那些行径的人，都敢当着上帝和所有世人的面证明：英国内阁在惠特沃斯事件上一点儿也没被冤枉。许多英国人对此和我们观点一致，还说他们都为自己的国家感到脸红！——辑录者注

报告中，惠特沃斯指责我举止极端无礼。这些大使中有几个是我们的朋友，他们向这位英国外交官表达了自己的惊讶，说报告内容和他在会谈后跟他们讲述的大相径庭。惠特沃斯勋爵在那里闪烁其词，却依然坚持官方报告中的论述。"

皇帝还说："实际情况是，[762]所有英国官员都会就同一件事写出两份报告：假的那份给公众看，并存进内阁档案室中；真的那份绝密报告则只给内阁官员看。要是内阁觉得自己情况不妙，便把假报告拿出来，以堵住悠悠众口，掩饰实情。所以说，一旦国家机构不再以道德为基石，里面的官员全是一群自私、傲慢和无礼之徒时，再好的体制都会走上邪路。最高权力获得者没有必要撒谎，只会沉默。必须发声的担责政府，才会恬不知耻地在那里掩人耳目、指鹿为马。

"我在和英国苦斗的过程中还注意到一件事：它的政府一直动用各种手段抹黑我，企图把我打造成人恨鬼憎的模样；它甚至还冒冒失失地站出来抨击我专政、自私、野心勃勃、忘恩负义，其实它才是这些指控的被告。所以，世人肯定对我存有很大的偏见，我成了他们眼中的洪水猛兽，因为人们总能被轻易哄骗过去。各国国王和内阁政府有此想法，我尚可理解，因为他们得考虑自己的存活问题，可人民居然也这么想！！！

"英国内阁大臣一直都在说我如何欺瞒天下。可他们的马基雅维利主义的行径，他们为了一己之私而蓄意制造的惊恐骚乱，岂是别人能比得了的？

"1805年，他们把不幸的奥地利推出来当了牺牲品，只为躲过一劫，免去我的入侵。

"1809年，他们又一次牺牲了奥地利，只为了让自己有余力在西班牙半岛上对付我。

"1806年，他们牺牲了普鲁士，以期夺回汉诺威。

"1807年，他们没有声援俄国，因为那时他们更愿意保住远在天边的殖民地，还企图控制埃及。

"他们使用下作手段，在安静祥和的哥本哈根城中制造骚乱，设计圈套盗取了丹麦舰队。

"他们还故技重施，在英西两国相安无事的时候夺取了四艘载满珍宝的西班牙舰船，[763]其做法和绿林大盗根本没有任何区别。

"更重要的是，在整场半岛战争期间，他们极力企图延续动荡，在暗地里煽风点火，急不可耐地拿西班牙人的鲜血和欲求做买卖，强迫西班牙掏出金钱，做出许多让步，求着自己往半岛派兵，提供物资援助。

"当整个欧洲为了英国的阴谋利益而自相残杀时，英国人选择了隔岸观火，以保证自身的安全，保住自己的商业利益、海上优势和全球垄断地位。而我从没干过这种事，我敢说，要不是在哥本哈根事件后才得以发生的西班牙不幸事件，我的道德一直都是无可诟病的。我做事的确铁血果敢、专横独裁，但我从不做背信弃义的事。

"现在人们感到奇怪，为什么1814年英国摇身一变，成了欧洲的解放者，每个踏上大陆的英国人反而在各地遭到人们的憎恶、诅咒和仇恨？这其实就是种瓜得瓜，种豆得豆的道理。英国政府、伦敦城傲慢冷酷的内阁大臣以及他们遍布全球的眼线耳目干尽坏事，当然会落得这个下场。

"这半个世纪里，英国内阁的公共威信和声誉日渐下滑。以前，各大党派通过一番激烈的角逐才组建内阁，他们性格鲜明，各自有各自的执政理念。可如今的英国内阁完全成了一个寡头政治发生口角的地方，里面的人都是一个想法；即便有成员意见不合，也会做出让步和妥协，好在内部达成一致。他们已经把圣詹姆士的内阁变成一个商店了。

"查塔姆勋爵的政治方针的确有不公正的地方，但至少他敢赤裸裸地把它说出来，而且他的政策也有其伟大之处。皮特把奸诈和虚伪带进内阁，他所谓的继承者卡斯尔雷，更是将各种卑鄙可耻的手段发扬到了极致。查塔姆至少还为他商人的身份感到自豪，[764]而祸国害民的卡斯尔雷勋爵只要被人尊称一声'阁下'，就高兴得忘乎所以了。他牺牲了自己的国家，和大陆上几个大国打成一片。从此，他身上兼具了沙龙的放荡和商人的贪婪，既有廷臣不知餍足、八面玲珑的做派，又有暴发户冷酷无情、狂傲自大的嘴脸。

"如今，可怜的英国宪法已被严重毁损。今天的内阁官员和福克斯、谢里丹、格雷相比，简直是云泥之别。然而，反对派中这些有治世之才的伟人，反被得胜的寡头政治描述成了可笑的傻子。"

皇帝说："康沃利斯勋爵是第一个让我对他的国家产生好感的英国人，之后是福克斯。如果必须再加一个人的话，那就是今天的上将（马尔科姆）。

"康沃利斯是个高尚、勇敢、正直的人。《亚眠条约》签署期间，一切条款敲定下来后，他承诺第二天过来签字。虽然那天他被某封重要的急件拴住手脚，可依然履行了承诺。当晚，一个信使从伦敦赶来，要求他废除其中某些条约。他的回答是：他已在条约上签了字，盖了印章。我们俩关系极好，我还拿一支军队让他操练，让他过过手瘾。我对他存有美好的回忆。他若对我有所求，其话比一个君主的还要管用。他的家族应该猜中这一点，有时会打着他的旗号求我点儿东西，我都一一应允了。

"《亚眠条约》签署后，福克斯立刻来到法国。他当时想编写一本和斯图亚特家族有关的历史书，想借用我们的外交部档案室查询资料。我发下命令，档案室中一切资料任由他翻阅。我经常招待他，先前我就听说他才华出众，后来我发现，他还有着高尚的灵魂、善良的心灵、开阔的眼界、宽厚的胸襟和自由的精神。这是多么美好的一个人啊，我实在是太喜欢他了。我们经常在许多问题上不带成见地展开交流。有一次，我想逗弄他，就把话题转到爆炸案这件事上，说他的内阁大臣想害死我。他展开激烈的辩驳，最后用他蹩脚的法语跟我说：'第一执政官，请您把这件事从脑中拿走吧。'但他并不相信自己为之辩护的事情的正义性，[765]他想捍卫的是国家荣誉，而非自己内阁大臣的道德。"

皇帝最后说："只要来半打福克斯和康沃利斯，一个国家的道德水平就能迅速得到提升。如果和这些人共事，我的想法总会得到理解，我们能很快达成一致。我们不仅会和一个值得尊重的民族缔造和平，还能和它共创宏图大业。"

拉克雷泰勒撰写的《国民公会史》—岛上牛群数量—双关语—宏观统计

6月11日，星期二

今天狂风肆虐，大雨滂沱。哪怕在这个多风多雨的岛上，这种天气也实属罕见。下午三点，趁着风雨小了点儿，皇帝去花园散步，并把我叫了过去。他刚读了拉克雷泰勒写的《国民公会史》。他说，这本书也许写得不算糟，但内容令人难以消化，给读者留不下什么印象：全书结构平淡，没有任何一处能引起读者注意。作者没有深挖主题，既不替许多著名历史人物辩解，也没有浓墨重彩地描写其他人犯下的罪恶。

由于雨势过大，我们只好回到屋中，在客厅和饭厅里来来回回地踱步。

有人告诉我们，岛上有4000头牛，截至目前，今年岛上消耗了500头，我们吃了其中150头，殖民地居民吃了50头，剩下300头供给了来往船只。他还说，人们需要四年时间才能恢复牛群的数量。然后我们开始计算——大家都知道皇帝是多爱做统计。

牛群存活及消耗量对岛上人来说是件大事。如果没有得到总督的应允，人们一头牛都不能杀。我们中的一个人还讲了一件事：有一次，他来到岛上一座简陋的窝棚中。屋主跟他说："据说你们很有怨言，觉得自己过得不好（他说的是在朗伍德的时候）。但我们实在难以理解，因为你们每天都吃得到牛肉，而我们一年到头也只能吃到两三次，[766]而且一斤要三四十苏呢。"皇帝听完这个故事后哈哈大笑，说："当然咯！您可以这么回答他——我们可是用超过一个皇冠的价格买的牛肉呢。"①

后来我才注意到，这还是我第一次看到皇帝玩双关语的文字游戏呢。但跟皇帝讲这则趣闻的伙伴告诉我，皇帝在厄尔巴岛的时候也讲了一句双关语。当时，皇帝下令修建房屋。一个泥水匠被雇来干活，一不小心跌下去摔伤了。皇帝想安慰他，便说这点儿伤不算什么，说："我当初跌得比您还狠呢，可您看，我今天照样好好地站在这里。"

皇帝谈起了政治统计学。他经常称赞这门新生学科，说它取得了多大的进展，有着多大的用处，能助他看清事实，做出正确的裁决和决定。他把这称为"事态预算学"，还开玩笑地说：无预算，无福祉。

这时，有人提到了一个英国人（或者德意志人）干的一件奇特之事。

---

① 在英语和许多大陆语言中，一个皇冠（Couronne）还有"一个埃居"的意思。——辑录者注

此人耗费巨大的耐心和毅力，统计了《圣经》里出现的所有字母的重复次数。他还说起另一件同样耗费脑力、论奇特程度不下于前例的事：一个80多岁高龄的德意志人很喜欢计算自己一生吃掉了多少牛羊、家禽、蔬菜，喝了多少酒。这群牲畜加起来可不是一个小数字，而且里面林林总总，什么牲畜都有。进了他嘴里的牲畜堆起来，连一个公共广场都不够放。这位细心的统计学家并未止步于此，还满心好奇地探究了自己得分多少次才能再度吃完同样数目的牲畜。他审慎地说，毕竟在它们转变成自己身体一部分的这个过程中，牲畜能不断繁衍，以做补充。皇帝听了这件事，尤其是听到消耗及补充之间的转换问题时，大笑不止。

人物评价—巴伊、拉法耶特、蒙日、格雷古瓦等人—圣多明哥—遵循的体制—就国民公会发表的口述

6月12日，星期三

⁷⁶⁷这三天的天气都恶劣至极，皇帝只能趁着偶尔天晴的时候乘车出门。他读了拉博-圣埃吉安的《制宪议会史》，对这个作家的评价和拉克雷泰勒的差不多。然后，他评价起了书中的人物："巴伊不是坏人，却是个幼稚的政治家。拉法耶特则是第二个巴伊①，由于他在政治上坚持正义，一直遭到别人的愚弄。我从滑铁卢回来后，他在那里说什么我要解散议院，让我彻底走向败局。是谁告诉他我是为解散议院而来的呢？要知道，我能否得救，还得完全取决于议院呢！"

有人许是为了辩解或缓和气氛，说："陛下，不过后来也是他在和联军谈判时，听闻对方提出的交出陛下的要求大感愤怒，激动地质问：

---

① 1823年版本此处后面还补充了一句："他完全没有如他自己希望的那样，具有扮演重要角色的才能。"

他们怎敢向曾经的奥洛穆茨囚徒说出这些狂妄之词？"皇帝反驳说："可是先生，您说的是另一码事。确切地说，您是在赞同而非反驳我的想法。我绝不是在抨击拉法耶特先生的为人，而是在抱怨他引发了如此严重的后果。"

之后，皇帝继续回顾当代的历史事件，花了很多时间谈论法弗拉事件。

皇帝总结说："其实，这个时代人物的实际性格大大有别于他们在言行上给人的感受，这是再常见不过的事。就以蒙日为例吧，人们会觉得他是一个可怕的人物。战争爆发后，他登上雅各宾俱乐部的演讲台，宣布要把自己的两个女儿嫁给头两个在战场上受伤的士兵。他可以严格履行自己的承诺，这是他的自由，但他还强行要求大家都这么做，[768] 还喊着要杀死所有贵族。① 可蒙日平素性子最为温和，连一只鸡都不敢杀，哪怕别人在他面前杀鸡，他都看不下去。据说，这个疯狂的共和党人对我崇拜至极，就像爱情妇一样爱着我。"

皇帝说："另一个例子便是格雷古瓦。他反对教会，希望它恢复从前的单纯朴实。此人可被视为无宗教信仰的英雄了吧？可当革命派否认上帝、撤销圣职的时候，格雷古瓦登上讲台，高声宣布他的宗教信仰，说自己宁愿以神父的身份死去，还差点儿因此丧命。② 人们摧毁了所有教

---

① 这纯属传言，人们在俱乐部会议笔录中根本找不到任何关于这篇"嗜血的"演讲稿的记录。

② 这依然是拉斯卡斯编造出来的（我们不相信拿破仑对发生在大革命时期的人事无知到这等地步）。在共和二年雾月十七日的会议中，巴黎主教戈贝尔辞职。在此次会议中迟到了的格雷古瓦登上讲台，宣布："我刚赶到会厅，就从别人口中得知几位主教辞职的消息。这牵涉到宗教狂热思想这个问题吗？那就和我有关系了，因为我一直在和它做斗争。我的文字就是证明，它们还引起了国王和迷信者的仇恨。人们在讨论主教职位的问题？从前我赞同这些职位的存在，但如果人们愿意，我也接受废除这些职位的决定。"这就是他的全部演讲内容。请看《总汇通报》第18卷第371~372页。

堂的布道台，他便在自己家里搭了一个，每天在上面念弥撒。不过，人的命运是实难说清的一件事。要是格雷古瓦被赶出法国，肯定会前往圣多明哥避难，这位黑人的朋友、辩护人和颂扬者将被那里的人奉为圣人甚至神。"

然后，他把话题自然而然地转到圣多明哥。我年轻时曾去过这个殖民地，那时正是它最辉煌的时候。皇帝问了我许多问题，想了解那个遥远时代的各个细节。我一一回答后，他说："也许我说这种话会把您吓一跳，但听您描述后，我觉得现在这个岛并未贬值三分之一，二分之一就更不可能了。要不了多久，它就能恢复从前的繁华。"

实际上，他这番话并未让我感到惊奇。由于一些人在欧洲上下散播各种和法国有关的荒谬传闻，我们已经有了一定的思想准备，去面对一切和圣多明哥有关的言论。

皇帝说，波旁复辟后，法国政府朝圣多明哥派去几位特派员，并送去一份叫黑人看了哂笑大方的提案。他还说："我从厄尔巴岛回来后，和他们达成和解。我承认了他们的独立，跟在非洲一样，只在那里设了几个商行，努力想把这些国家拉到祖国母亲这边，和他们建立家人一般的关系。我觉得这是件不难实现的事。"

[769]他说："我在执政府期间对这个殖民地进行打击，之后每想到这件事都倍感自责。企图用武力逼其就范，这实在是大错特错。我应该通过杜桑来统治圣多明哥才对。毕竟那时，我们和英国尚未缔结和平约定。我强逼圣多明哥屈服，得到了这块富饶的土地，最后也只便宜了我们的敌人。"皇帝说，其实他料到远征圣多明哥的行动定会失败，心里很不愿意发动这场征战。正因如此，他才更感自责。他当时纯粹是向参政院及部长妥协了，才同意此事。而这些人又是听信了在巴黎为数不少

的一群殖民者的瞎喊乱叫，可后者几乎是清一色的保皇党分子，早就把自己卖给了英国。

皇帝言辞确凿地说，他只向圣多明哥派了1.7万人的军队，这个数目根本不足以镇压暴乱。虽然此次远征失败，可这也是一些意外因素造成的，如热病、总司令不幸殒命、他在那里的一系列失策①、新的战争的爆发等。②

皇帝说："海军统帅勒克莱尔抵达圣多明哥后，我军取得了全面的胜利，但他不懂巩固战果的道理。要是他遵循了我亲自起草的秘密指令，可挽救多少不幸战士的生命啊，他自己也不用忙得如此焦头烂额了。当时我在指令中告诉他：殖民地归顺后，其他可先不管，最重要的是要和有色人种联合起来，把所有黑人高级军官送到法国来，让他们听从陆军部长的调遣，后者会给予他们相应的军衔。此举不仅会让黑人变得群龙无首，还能安抚住他们，又无须因他们而破坏我们自己的法律及军规。可勒克莱尔完全没听从我的意见，他镇压有色人种，但又信任黑人将领。所以，该发生的还是发生了：勒克莱尔被黑人将领蒙蔽，被一大堆麻烦事缠住手脚，我们失去了这块殖民地。他从心底不愿把在军中担任要职的杜桑送到法国来。可没过多久，他就不得不将其逮捕，送到法国监禁。此事传到了忘恩负义的卑鄙之徒口中，经过他们别有用心的描述，770杜桑就成了无辜的被害者，得到社会各界的关注，可实际上他确实犯了重罪。

"杜桑虽然并非如现在有些人极力描述的那样神勇无双，但也不是

---

① 六个月后蒙托隆记录了拿破仑的话："圣多明哥远征行动是我犯下的最大错误之一，而且是约瑟芬让我犯下了这个错误。"（请看蒙托隆的《拿破仑皇帝被囚记》第二卷第52页）

② 1823年版中没有接下来这段话，它摘自下一页脚注中提到的《拿破仑回忆录》。

一无是处。老实说,论品行,此人不足为信。他很狡猾,也很贪婪,给我们带来很大的麻烦,我们根本就不该信任他。①

"一个工程兵军官(或者是炮兵军官),是圣多明哥各大要塞的总指挥(万森特上校),负责大部分工事。在勒克莱尔远征圣多明哥之前,这位军官就来到法国,一直以来深得人们的信任。他竭力想阻止这场远征,一语中的地指出了其中的困难之处,却未明确告诉我们此事根本是不可行的。"皇帝觉得,要是波旁家族采用武力,也能成功拿下圣多明哥,但现在要考虑的并非动武能带来哪些结果,而是贸易及上层政治的问题。法国朝此地送了三四亿法郎,如今尚未到收成的时候,果子却要被英国人及各场革命给夺走了,这才是问题的关键。皇帝最后说:"我们曾经见证过的殖民制度,如今已对我们和整个欧洲大陆关上了大门。我们只能放弃它,强迫自己接受海上自由贸易及全球自由贸易这个现实。"

我们在上文提过,拿破仑对《国民公会史》这本书有诸多不满。眼下他又想起了这本书,对拉克雷泰勒没一句好话。他反复叹道:"该书陈述太多,特色太少,根本没有深度。他是个学者,但绝不是个历史学家。"②然后,皇帝让我把儿子叫过来,向他口述了下面两篇笔记。我将其忠实抄录下来,连其中的瑕疵之处也未做半分改动(因为皇帝没有再读这两篇文章)。但我觉得,和他有关的一切东西,哪怕是瑕疵,都弥足珍贵。

---

① 1823年在巴黎由泊桑日出版的《拿破仑回忆录》,里面有拿破仑发表的一篇公文,内容和发生在圣多明哥的一件事有关。此文披露了关于圣多明哥远征行动的许多翔实细节,包括决定远征的缘由以及最终失败的原因。*——辑录者注

*1823年版中没有该脚注。

② 接下来这三句话在1840年版中被删。

笔记一

[771]"根据立法议会的一道法令，国民公会必须颁布宪法，建立共和。人们这么做，并非因为当时的能人杰士认为共和制度符合法国当前的风气，而是因为人们若想走君主制路线，就只能立奥尔良公爵为王。可如此一来，议会定将失去大部分国民的支持。

"为了让共和国正常运转，国民公会宣布建立一个由五位部长组成的行政机构。

"两派人为权力分配的问题，在国民公会中争执不休。它们分别是先前在立法议会中占主导地位的吉伦特派，以及由巴黎革命公社组成的山岳派。巴黎革命公社曾在8月10日和9月2日事件中扮演领头羊的角色，在首都民众中极有影响力。

"吉伦特派领导人是韦尼奥、布里索、孔多塞、加代和罗兰，山岳派领袖则是丹东、罗伯斯庇尔、马拉、科洛·德布瓦、俾约-瓦伦。两派人都积极拥护大革命理念，其领导人都是人民出身，都曾利用人民大众起势。

"吉伦特派人才济济，其成员在各省主要城市——尤其是波尔多、蒙彼利埃、马赛、康城、里昂中极得民心。

"山岳派激情四射、斗志昂扬，其成员在首都及各省的俱乐部中极有势力。

"从立法议会出来的吉伦特派本是大革命中最激进的一个党派，可进了公会以后，它的立场反变得温和起来，因为它要对付的党派比自己更加狂热。在立法议会期间，后者根本就进不了议会。

"吉伦特派成员把他们的对手称作九月乱党，一直攻击后者草菅人命、罪行累累。他们攻击这个党派，说它仇恨国民议会，[772]企图通过巴黎革命公社统治整个法国，但吉伦特派这么做只进一步刺激了各省雅各宾派，给自己树立了更多敌人。

"巴黎革命公社（山岳派）这边则把吉伦特派称为联邦派，控诉他们想把法国建成一个类似瑞士的联邦体制，抨击他们企图煽动各省反对首都。就这样，它把巴黎人民的仇恨之火引到了吉伦特派头上——巴黎人民知道，他们若想保持首都的辉煌，就必须维持法国领土的完整和统一性。吉伦特派指责山岳派犯下了9月2日屠杀案，山岳派又批评吉伦特派在立法议会期间昏头昏脑地向整个欧洲宣战。

"最开始在公会中占上风的是吉伦特派。他们把马拉拉到被告席上，要求就九月屠杀事件对其展开审判，然而马拉得到雅各宾派和巴黎革命公社的支持，最后趾高气扬地回到议会中。

"国王审判案成了引发争端的另一个由头。虽然两派人看似都支持处死国王，但吉伦特派大部分成员想投票听取人民的意见。我们实难理解，为何吉伦特派会在这个时候生出这种想法。要是他们想保住国王性命，大可直接投票将其驱逐、流放出境，或者延迟审判。可他们想处死国王，又要让人民来决定他的命运，这么做简直是前后矛盾、愚蠢失当。如果这么做，君主制覆灭后，法国定会陷入内战、走向分裂。

"一个自大革命开始就得到广泛认可的观点，即只有最狂热、最激进的党派才能一直占据上风，在那个时候得到了验证。吉伦特派在争辩中很是凶猛，并在3月、4月和5月成为议会的多数派，然而此时山岳派采用了一个它屡试不爽的办法。5月31日，[773]巴黎各区划爆发骚乱，这决定了吉伦特派的命运。27名吉伦特派成员遭到逮捕，被移交到革命法庭判处死刑，另有73人被关进监狱。从此，得胜的山岳派一家独大，在国民公会中再无敌手。但一部分吉伦特派议员逃到康城，在那里竖起反抗的大旗。里昂、马赛、波尔多、蒙彼利埃及勃艮第省的好几个城市宣布支持吉伦特派，武装反对国民公会。

"但这些零零星星的斗争根本影响不了首都，山岳派依然牢牢控制着国民公会的讲台。此时又发生了一件事，进一步巩固了巴黎的优势地位：政府发行指券。当时，这是让国库有所进账的唯一途径——要知道，国库很久都没收到税了。

"各省得知5月31日事件，又听闻吉伦特派中最有声望的人被悉数处死，于是爆发了大面积的骚乱。尽管灾祸接连发生，军队的立场却未动摇半分。它没有参加某些省的暴乱行动，完全站在公会和巴黎掌权派那边。

"某些城市为支持吉伦特派而爆发局部暴乱的消息传来后，所有军队都立下誓言，用行动表达对山岳派的支持。于是在法国人心中，巴黎成了法国的代名词。此外，共和党人主要势力所在地，如阿尔萨斯、摩泽尔、佛兰德、弗朗什-孔泰、多菲内等省，也并不支持联邦派城市的主张。

"5月31日，法国失去了许多才华横溢、狂热拥护自由和大革命理念的人。这个惨剧让正直人士大感揪心，但还不足以让他们难以忍受。一山不容二虎，一个曾把法国从绝境中拖出来的议会不可能容得下两个形同水火、势不两立的党派，所以它们中必须消失一个。毫无疑问，要是赢的是吉伦特派，它也会把对手送上断头台。"

皇帝依照惯例，[774]完全凭记忆进行口述，根本不管遣词造句的事。或许是因为他不太满意自己方才的叙述，又或许是因为其他原因，他讲到这里便停了下来，说要就同一个话题重新展开口述。

笔记二

"公会成立于1792年9月，结束于1795年10月。它统治法国的三年时间，可被划分为四个时期。

"第一时期，即从它问世到1793年5月31日吉伦特派被消灭。

"第二时期，即1793年5月31日到1794年3月巴黎革命公社瓦解。

"第三时期，即1794年3月到7月罗伯斯庇尔倒台。

"第四时期，即1794年7月到葡月十三日（1795年10月4日）督政府成立。

"它的第一时期八个月，第二时期十个月，第三时期四个月，第四时期十四个月，总计三年时间。

"在第一时期，公会一直保持分裂状态，对立两派为山岳派和吉伦特派。

"山岳派的领袖是丹东、罗伯斯庇尔、马拉、科洛·德布瓦、俾约-瓦伦、卡诺、埃罗·德·赛谢尔。

"吉伦特派的领袖是布里索、孔多塞、韦尼奥、加代、让索内、佩蒂翁、拉索斯、巴尔巴鲁。

"两派均是波旁家族和保皇党的敌人。

"第一派更有冲劲，第二派更有才华。两派人都支持共和，但山岳派倾向于把大革命之前的一切事物摧毁殆尽；吉伦特派则狂醉在新生中，大革命让他们有重回雅典罗马之感，勾起他们对古代文明的美好回忆。

"山岳派诞生于制宪议会时期，由大名鼎鼎的雅各宾派俱乐部狂热分子组成。当初，是他们策划了练兵场暴乱事件。

[775]"在制宪议会和立法议会期间,这个党派游离在议会之外。

"在立法议会中掌权的吉伦特派反对1791年法国宪法,也反对国王。他们根本不想保护国王,任由他在山岳派的百般运作下丧命,但山岳派也是他们的敌人。发生在6月20日、8月10日、9月2日的事件皆由山岳派一手造成。山岳派当时在议会中没有任何席位,却在取得胜利后强迫吉伦特派加入他们的队伍。

"在第一时期,公会上演了吉伦特派和山岳派的死战。吉伦特派成员由于才华横溢、能言善辩,再加上先前就打响了名气,在最开始占得上风。他们斥责山岳派企图摧毁国民议会,想建立一个巴黎专政机构取而代之,还控诉它在9月2日大屠杀中的暴行。

"山岳派则抨击吉伦特派企图建立如瑞士一样的联邦共和制,称他们是首都的敌人,先前无缘无故地让共和国和整个欧洲对战。

"山岳派控制了巴黎雅各宾派和绝大部分的共和国人民俱乐部,巴黎革命公社、各个区划、革命法庭、首都底层人民都对他们拥护至极。

"吉伦特派在大部分省份中威望甚高,深得国民中最有学识的那部分人的支持,在上流社交界有不少拥趸。先前在立法议会中扮演左派的吉伦特派,曾狂热反对国王、内阁和右派(温和派),如今却成了国民公会中的右派和温和派,反对左派——山岳派的极端暴力行为。

"山岳派继续充当它在制宪议会期间扮演的角色,不断煽动人们的情绪,厉喊着要处死国王。吉伦特派若公开替国王说话,也许还能保住他的性命。可他们采取了一个审判国王的独特办法:[776]在毁了君主制后,他们想先听听人民的意见,再去审判国王,这就相当于发起一场可怕的内战,会彻底毁了法国。由于这个失策,他们走上死路。吉伦特派的中流砥柱之———韦尼奥，则要求处死国王。

"由于吉伦特派在议会中势力极大，山岳派策划了好几个月，又发动了好几天的暴乱，才把他们赶出公会。

"如果吉伦特派行动更大胆直接一些，它就能掌控国民公会、主宰法国、碾死山岳派。可它受到太多来自空想家的影响。

"公会第二时期，是山岳派的掌权期。吉伦特派22个主要领导人或者自杀，或者命丧断头台，另有73人被打入大牢。山岳派夺取了大权，成立了革命政府，公会大部分成员都在公安委员会和革命法庭的控制下战战兢兢地度日。

"在第二时期，公会召开的会议已经全然不同于第一时期，会中再无讨论、再无自由，议会完全成了'罗马十大执政官'的一言堂。一部分议员控制了公安委员会、财政委员会等部门，另一部分人则被公安委员会派到军队和各个省份中，手握大权，成为名副其实的行省总督。

"每过一个月、一个星期、一天，政府都变得愈加凶残嗜血。还没逃往国外的社会上层人士都以可疑分子的身份被关进监狱，数百人被折磨致死。

"把所有贵族、教士、商人、大地主都视为可疑分子后，山岳派中的极端派把目光转向内部，控制了雅各宾派、巴黎革命公社，成为国民公会的主宰者，对公会构成极大的威胁。极端分子鼓吹无神论，摒弃了所有科学艺术，艺术家和学者以可疑分子的身份被打入大牢。人们觉得，他们接下来就要放火烧了国家图书馆和植物园了。

"罗伯斯庇尔和丹东两人对此等行为倍感愤怒，[777]准备联手制止狂热民众的暴行。于是，嘉布遣会修士沙博、巴奇尔、法布勒·戴格朗蒂纳、埃贝尔、肖麦特①、万森特及其同党在断头台上一命呜呼。

"自大革命爆发后,人民还是第一次看到极端革命分子被处死,而且并非因为他们企图阻止大革命。人民的思想被颠覆,开始酝酿一场真正的革命。

"监狱中塞满了无套裤汉和社会中的最底层人。人们注意到,里面还有不少背教的教士。

"看着自己先前追随的人被处以极刑,人民毫不诧异,甚至还满心欢喜。罗伯斯庇尔和丹东却忽视了人民情感上的这个变化,或者说,他们并不知道如何利用这种变化。

"第三时期全然不同于前两个时期:丹东和罗伯斯庇尔不费吹灰之力就止住了大革命的激进势头,剥夺了巴黎革命公社的权利。之后,两人却分道扬镳。

"丹东、卡米尔·德穆兰、埃罗·德·赛谢尔和拉克鲁瓦想再往前走一步,意欲剥夺革命法庭的生杀大权。丹东和拉克鲁瓦借公行私,把谋得的巨额财产转移到比利时。大革命之初就当上总检察官的卡米尔·德穆兰,拜倒在一个女人的石榴裙下。他们才收拾了埃贝尔及马拉党羽,就大着胆子要求终止打击行动,还说这完全是为了共和国的利益。他们主张不再让任何无辜的人蒙冤背罪,要求终止恐怖统治,呼吁成立宽容委员会。

"在公安委员会中执掌大权的俾约-瓦伦和科洛·德布瓦,以及大部分雅各宾分子,异常愤怒激动地反对这一系列举措。罗伯斯庇尔犹豫再三,还是不敢站出来支持丹东,便把他牺牲了。在整个公安委员会和愤

---

① 即巴黎革命公社检察官肖麦特。(请看《人名表》)

怒的雅各宾分子的推动下，丹东、卡米尔·德穆兰、埃罗·德·赛谢尔等人命丧断头台。人民傻了眼，破天荒地没有表现出一丝喜悦。

"罗伯斯庇尔若是保住了丹东，可以轻易做成他想做却不敢做的那件事。[778]丹东死后，他大着胆子独自开干。为了终结无神论，他授意旁人宣称上帝的存在，极力想复兴道德、科学和艺术。俾约-瓦伦、科洛·德布瓦和巴雷尔惊恐地意识到革命政府即将覆灭，于是团结了所有在执行公务时杀人如麻的国民代表，并把塔利安、弗雷龙、勒让德尔等公会中的丹东残余党羽拉拢过来。这时，罗伯斯庇尔又大着胆子透露了自己意欲终结'罗马十大执政官'一家独大的现状的想法，觉得应该公正处理在各省抹黑大革命的立场不纯者，于是他也站上了断头台。

"在热月九日事件中，比罗伯斯庇尔更加可憎、更加嗜血的科洛·德布瓦和俾约-瓦伦大获全胜。但若没有全体公民的参与，他们根本赢不了雅各宾派和巴黎革命公社。在市民阶级和人民大众看来，罗伯斯庇尔若死了，革命政府也就覆灭了。所以，那些意欲继续恐怖统治的人，那些因为罗伯斯庇尔想引导大革命走上温和路线，故而像牺牲丹东一样把他牺牲了的人，其实是被舆论主宰，被它裹挟着往前走罢了。

"在人生最后十个月里，罗伯斯庇尔频频抱怨，说人们把所有杀戮都栽到他的头上，让他成了人人憎恶的对象。没错，是最残暴嗜血的一群人把罗伯斯庇尔推上死路的。可一直都把所有罪行归到罗伯斯庇尔一人头上的全体国民在那里拍手欢庆，把这一天视为反抗暴政的日子。这个想法最终害了他们。"

附注：口述到这里就结束了，皇帝没有再往下说。由于他后来没有再提此事，我们便没有机会读到第四时期了。

《总汇通报》—出版自由

6月13日，星期四

皇帝翻了许多期的《总汇通报》，说："让人讨厌、名声不佳的《总汇通报》[779]只对我一个人是有用的。文人智者靠官方资料来书写历史，如今这些资料满篇都是我的统治理念，所以我才这么渴望得到它们。"他还说，他把《总汇通报》打造成自己政府的核心思想和实力的表现舞台，通过它向国内外的公众传达信息。之后的政府都或多或少效仿了他的这个做法。

皇帝说："如果政府内部的高级官员犯了某个严重的错误，三个参政员会立刻展开调查，向我呈递报告，阐明实情和起因。我只需在报告下方写一句话就行了：放出消息，按共和国或帝国的法律来执行。然后，我的内阁部长就完了，舆论知道了这件事，开始施行正义。《总汇通报》成了我最可怕、最厉害的一个审判法庭。如果涉及对外事务，如某些重大的政治阴谋或外交敏感事件，《总汇通报》会拐弯抹角地进行报道，立刻引来所有人的关注和讨论。这么做是在向政府支持者发出信号，同时能取得舆论的声援。有人抨击《总汇通报》抨击敌人时言辞太过直接、锐利和恶毒，可在抨击他们之前，我们会权衡这么做有什么好处：有时它能对敌人起到震慑作用，让躲在暗处的某个内阁政府惶惶不可终日，鞭笞某些和我们同行的人，激起我们战士的信心和勇气，等等。"

之后，他谈起了出版自由这个话题。皇帝问我们对此是何观点，大家畅所欲言，展开热烈讨论。有的人持反对观点。他们说，出版自由威力太大，能掀翻任何一个政府，扰乱任何一个社会，摧毁任何一个人的名声。另外一些人则说，禁止出版自由才是最危险的事，它就如同一个煤矿，若强行压制，定会引发爆炸，但若让它自行发展，它就成了一根松下来的弦，再也没有什么伤害性。皇帝表示他完全不相信这个说法。[780]但他也说了，这已不是问题的关键。对于今天的某些惯例——其中包括出版自由，我们要思考的不再是它们是好是坏，而是我们能否在舆论的裹挟下对它们说不。不过，一个执政府若明令禁止出版自由，那着实是件过时、落伍、愚蠢至极的事。所以他从厄尔巴岛回来后，让新闻媒体自由发展，并认为自己的再次退位和它们毫无关系。有人曾当着他的面，在参政院中提出采取某些措施保障出版自由。他开玩笑地说："诸位先生，很明显，你们想限制出版自由也好，保障出版自由也罢，都是为了你们自己，因为这些事和我再无关系了。我不在国内期间，新闻报纸拿我做尽文章。它已经黔驴技穷，再说不出任何和我有关的新的尖刻言论了，我犯不着怕它。"

战争和西班牙王室—斐迪南在瓦朗赛—在西班牙问题上犯下的错误—相关历史纪事——一封拿破仑写给缪拉的精彩的信

6月14日，星期五

皇帝昨天一整晚都身体抱恙，今天白天仍觉不适。他泡了脚，没有心思出门，在内室独自用了晚饭，晚上把我叫了过去。

皇帝谈起了西班牙之战，其中一部分内容在前文中已提及。由此我们可看出，皇帝对这场战争是多么介怀。接下来，我将尽可能不再重复先前的内容，只把我认为的新东西呈现给读者。

皇帝说："当时，老国王和王后①在国内不得人心，已到众叛亲离

---

① 即玛丽-路易丝。（请看《人名表》）

的地步。

"阿斯图里亚斯王子谋反后,老国王退位。王子获得国民的爱戴,被寄予厚望。然而,这个国家发生重大变革的条件已经成熟了,而且它强烈渴望变革。此外,我在那里还极有民望。正是在这种情况下,[781]我们所有人聚集在了巴约讷。老国王恳请我为他主持公道,替他报仇,年轻的王子则请求我的保护,央求我赐他一个妻子。我决定抓住这个绝无仅有的机会,好甩掉这支波旁家族,在我的王朝中延续路易十四的家族统治体系,把西班牙和法国的命运绑在一起。斐迪南被送到瓦朗赛,老国王则去了贡比涅,之后如他所愿,辗转去了马赛。我的哥哥约瑟夫在马德里施行统治,采用了由西班牙自己的一个政务会制定的、已在巴约讷得到承认的开明宪法。

"在我看来,欧洲甚至法国从来都不知道斐迪南在瓦朗赛过着怎样的日子。人们根本不知道他得到了哪些优待,更不了解他对自己当前的境况持怎样的立场和看法。实际上,他在瓦朗赛时并没被死死看守起来,而且他也没有逃跑的念头。如果有人策划阴谋,想助他逃跑,他还会第一个站出来揭发此事呢。一个爱尔兰人(柯利男爵)以乔治三世的名义潜进瓦朗赛,来到他身边,愿意带他走。可斐迪南不仅不答应,还向当局告发了他。

"他一直恳请我替他选一个妻子,还主动给我写信,一而再,再而三地恭维我,祝我鸿运当头。他还向西班牙人发表宣言,劝他们归顺法国,说自己承认了约瑟夫的王位。也许有人觉得他是被迫才这么说的,但他恳请约瑟夫给他颁发大绶带,还把他的弟弟卡洛斯推荐给我,让他指挥西班牙军队远征俄国,这些事可不是别人强迫他做的。他还迫切央求我让他进入我在巴黎的宫廷。我之所以没有应允,是因为当时形势不

第六章 对意之战残篇(续二)

容乐观,我必须在外奔波,常常不在首都,没有机会带他进入宫廷,哪怕我可趁机震慑欧洲,向它炫耀自己的江山有多牢固。"

某一年的新年伊始之际,在皇帝的早安礼中,侍从阿贝格伯爵站在我的边上,当时他正在瓦朗赛服侍西班牙诸位亲王。[782]轮到他问安的时候,皇帝问他这几位亲王近况如何,是否老实本分,随后又说:"您曾带给我一封写得极好的信。我偷偷问一句,是您让他们这么做的?"阿贝格伯爵拍着胸脯说,自己根本不知道信中是何内容。皇帝说:"算了!那封信写得着实讨人喜欢,儿子写给父亲的信也不过如此。"

皇帝说:"后来,我们在西班牙的处境日益艰难。我不止一次向斐迪南提议,把他送回西班牙,由他统治他的人民,然后我们堂堂正正地打一仗,由武力决定结果。这位王子像得到他人的点拨似的,当即回答:'不。政治动荡已把我的国家搅得天翻地覆,我若回去,定会让事态变得更加复杂。我宁肯成为政治斗争的牺牲品,死在断头台上。我要留下来。但如果您愿意给我指定一个妻子,用您的军队保护我、支持我,我将成为您忠实的盟友。'

"后来我们连连惨败,1813年年末,我又做此提议,并决定把约瑟夫的长女嫁给斐迪南。可当时情况生变,斐迪南请求推迟婚礼。他说:'即便您不能给予我军队上的支持,我也不能在我的人民面前背上抛弃妻子的罪名。'然后他抱着良好的意愿离开,至少表面看来如此。直到枫丹白露事件之前,他都坚守了自己离开时许下的诺言。"

皇帝毫不怀疑,如果1814年的战事是另一个结局,斐迪南定会和约瑟夫的女儿成婚。

皇帝提到该年发生的一系列事情,认为它们引发的后果给他造成了不可挽回的损害,但抛开命运的戏弄不言,他觉得自己在具体行动中也犯下了非常严重的错误，因此无比自责。其中最大的错误就是：他把将波旁家族赶下王位这件事看得过重，将它视为一个新君的统治基石。可这个新君凭借自己的才干和品性，理应忽略它才是。

[783]法西双方聚在巴约讷期间，斐迪南的前任教师兼主要谋臣埃斯科基茨迅速察觉到皇帝的宏大计划。为了捍卫自己主上的江山，他对皇帝说："您想建立如赫拉克勒斯一样的功绩，却玩着幼儿的游戏。您想摆脱西班牙的波旁家族吗？可为什么您要害怕他们呢？他们毫无价值，已经不再是法国人了。您根本不用把他们视作心头大患，他们完全和贵国的民族、风俗格格不入。这里的蒙特莫朗西夫人和您新封的其他夫人，他们全都不认识，根本分不清她们之间的区别。"可惜皇帝当时已有决定。我曾大着胆子告诉皇帝，一些西班牙人曾恳切地跟我说，如果我们顾及了他们的民族自尊，如果西班牙政务会召开地是在马德里而非巴约讷，如果我们把查理四世放回去、留下斐迪南，西班牙人民就会掀起革命，事情就会是另一个结局了。皇帝对此深信不疑，认为出征西班牙的确是一步错棋，本来许多事可以有个更好的结果。他说："不过，查理四世对西班牙人已经不顶用了，我还是应该好好利用斐迪南。在我看来，最稳妥、最合适的办法就是像处理瑞士一样，找个中间人出面调停。我应当赐予西班牙民族一部开明宪法，把它交给斐迪南去实施。要是他真心拥护这部宪法，西班牙将走向繁荣，从心底接受我们的新风气。如此一来，我们便达到了一个重大目标，法国多了一个亲密的盟友，取得了一个可怕的强国的支持。相反，如果斐迪南没有兑现承诺，西班牙人自己都不会接纳他，就会主动跑来恳请我给他们新找一个主人。然而，这场糟糕的西班牙之战成了法国的一处致命创伤，为日后的灾祸打开了第一道口子。我和亚历山大在爱尔福特结束会晤后，英国肯

定会在武力或道理的劝说下被迫接受和平。它在大陆上已经丧失信誉，势力大减，它对哥本哈根做的事还引起了世人的愤慨。[784]而我当时占据全面的优势，春风得意。然而这场倒霉的西班牙祸事让舆论猛然转向，向我发起攻讦，英国便趁机恢复了元气。从那一刻起，它就有理由继续开战了。它在美国南部已经打开出路，然后往半岛派兵。就这样，英国一下子握住了胜利的杠杆，又能继续在大陆施展阴谋、翻云覆雨了。这，便是我毁灭的开端！

"不过，当时人们对我的抨击其实是有失公平的，历史将还我清白。人们指责我在这桩事中背信弃义、居心不良，可事情根本不是这样。不管别人怎么说，我对西班牙也好，对其他任何一个国家也罢，都从没违背过自己的承诺，从没干过食言而肥这种事。

"总有一天人们会发现，在云谲波诡的西班牙，它的宫廷策划的阴谋和我没有半分关系，我从不曾对查理四世和斐迪南七世食言过。我从未对父子二人有过承诺，也从未玩弄谎言手段，把他们骗到巴约讷——实际上，他们都是自己巴巴地跑来的。我看到他们俩抱着我的大腿，一眼就看出这两人是何其昏庸无能，心中对伟大的西班牙人民产生深切的同情。于是，我抓住命运之神送上门的这个难得的机会，想让西班牙获得新生，帮助它摆脱英国，成为我们的亲密盟友。在我的构想中，这么做便是为欧洲打下了和平安宁的基石。可我根本没像别人宣扬的那样施展了什么卑鄙阴险的手段，相反，我最大的过错就是太大胆直接、说干就干。我在巴约讷设计的不是一个埋伏，而是一场声势浩大的大型政变。但凡我有一丝虚伪，哪怕我把拉佩亲王交到愤怒的西班牙人民的手中，我也不会落得后来的下场。但这个想法在我看来过于恐怖，无异于拿鲜血灌溉胜利的果实。后来因为缪拉的关系，我的全部苦心都付诸东流……

"不管怎么说，我瞧不起那些寻常的下作手段。我觉得自己非常强大，可以直接发动攻击。我想如上苍一样，随便伸手便可挽救不幸的犯人，[785]虽然有时手段有些暴力，但我不惧怕任何人的审判。

"然而，说老实话，我的确在这件事上大错特错。这里面有太多寡廉鲜耻、道德沦丧的事，一切都太过丑恶，让我招架不住了。当违背道德的丑恶之事变得不加掩饰后，我好意做出的所有善行也显得不再伟大。可如果我成功了，取得了好的、伟大的结果，后人定会大力宣扬我善良的品德。毕竟在人世间，是非曲直是靠结果来决定的。可是我要再重申一遍：我从来没有干过违背承诺、背信弃义、瞒天昧地的事，更何况我根本没有这么做的理由。"说到这里，皇帝继续谈西班牙，说了许多前文我们已经提过的事。

皇帝说："宫廷和摄政家族被分裂为两派人马：一派人拥护老国王，他们已被宠臣拉佩亲王彻底控制，后者当时几乎成了西班牙实际的王；另一派拥护王储，领导人是王储的老师埃斯科基茨，这人也渴望独掌大权。这两派人都想得到我的支持，对我施展各种手段。当然了，我也打算尽量从中获得好处。

"拉佩亲王为了保住自己的位置，也为了躲过老国王儿子的报复，打着查理四世的名号，表示愿意协助我拿下葡萄牙，我只要把阿尔加维留给查理四世养老就行。

"另一边，阿斯图里亚斯王子也背着他的父亲偷偷给我写信，求我为他选一个妻子，为他提供保护。

"我和前者达成协议，没有理会后者的央求。可我的军队进入半岛后，王子利用一场骚乱废黜了他的父亲，坐上王位。

"有些蠢人非说我参与了这一系列阴谋，但我对此毫不知情。阿斯图里亚斯王子即位一事，完全打破了我和查理四世敲定的所有计划，而我依照这些计划，已把军队调进了西班牙。[786]从那时起，两派人就觉得我应该且可以成为他们的调停人。被废的老国王向我求援，请我替他报仇。他的儿子也跑来向我求助，想获得我的认可。两人在我面前大打官司，极力替自己辩护。其实他们都是受了各自背后谋士的挑拨，而把父子二人完全掌控在手上的这些人只想着如何保住自己的项上人头，觉得投奔我是他们唯一的出路。

"老国王夫妇本就觉得自己在各方的角力下有生命危险，拉佩亲王差点儿遇害一事一下子说服了查理四世及其王后，让他们决定前往巴约讷。

"而这边的埃斯科基茨——西班牙所有祸乱的始作俑者，看到查理四世跑来抗议退位一事，心中警铃大作，觉得自己的学生要是不能取胜，他也难逃一死。这个僧人先前还对自己的做事手段很有自信，觉得凭借一张巧嘴就能左右我的决定，让我转而接受斐迪南。他为了自己的利益，向我保证斐迪南即位后会对我言听计从，而拉佩亲王也代表查理四世做出同样的承诺。必须承认的是，要是我当初多听听他的建议，采纳了他的某些意见，后来也不会如此狼狈了。

"在把他们所有人都召到巴约讷的那一刻，我在政治生涯上取得了从前想都不敢想的成就，它的意义比我人生中的另一件事还要重大（那件事为我的政治生涯谋得辉煌，可它完全是偶然达成的，而非因为我的刻意经营）。这时，面对这个难解的结，我一刀把它斩断了。我提议查理四世及其王后放弃西班牙王位，在法国安度晚年。他们接受了，我甚至可以说，他们是心甘情愿地接受的。他们已经和儿子彻底撕破脸，只想过上安稳平静的日子，他们的那位宠臣也是如此。阿斯图里亚斯王子也没有表示出强烈的抗拒，但他并非在暴力的胁迫下才被迫同意了我的决定。如果他是出于恐惧才这么做，在我看来，这就是他自己的问题了。

"我的朋友，这就是和西班牙有关的所有历史纪事，我已用寥寥数语把它说清了。无论人们怎么说、怎么写，[787]事情就是这个样子。您也看到了，在这件事中，我完全可以耍弄手段，颠倒黑白，食言而肥，出尔反尔。要把我说成罪人，人们只能毫无根据地诋毁我，但我从来没做过那些事。

"此外，我一宣布立约瑟夫为西班牙王，宫廷里那群唯恐天下不乱的阴谋家就如同先前对查理四世和斐迪南七世一样，立刻朝约瑟夫围了过来。可他们纵然精心布局、各种盘算，后来看到情况不妙，我军即将惨败，也只能悻悻收手。而如今，依然是这伙人控制着斐迪南。令人厌恶的是，他们为了维护自己的地位，心狠手辣地把这一切祸害的根由和罪名推到一群被他们通缉和流放的'傻瓜'头上。这些人生性高洁，为人正直，曾强烈谴责甚至反对斐迪南前往巴约讷一事。后来他们效忠约瑟夫，是因为他们认为他更能为自己的祖国谋得幸福和安宁。他们对他一直忠心耿耿，直到大难降临，约瑟夫被迫退位为止！

"这世上再找不出比这群阴谋家、这场大难的主要肇事者更厚颜无耻、更卑鄙下流的人了。顺带说一句，因为他们的存在，另一群卑鄙之徒当着欧洲的面对法国做的勾当看上去都没那么龌龊了。这种人并非某国独有，阴谋家、野心家、贪婪鼠辈到处都是，在哪儿都一样；有罪的只是个人而已，人民无须为他们担上责任。人民犯下的唯一过错，就是站在明面上对付暗箭：舞台中心的人，才是最不幸的！"

附注：如今，多亏僧人埃斯科基茨、大使塞瓦罗等历史要人的叙述，人们才得知西班牙之事的内情。对这段历史贡献最大的便是为人正直、值得尊重的略伦特。他化名纳雷托，根据自己搜集到的所有官方资料，出版了关于那段时期的回忆录。[788]埃斯科基茨和塞瓦罗之间的争论，他们互有出入的辩驳，他们同代人或支持或否认的声音，则让世人透过其中错误、虚假甚至遭到篡改的内容，认识到此二人的讲述具有怎样的历史价值。所以，任何一个冷静客观的人都能看出，它们相当于在无意中证明了拿破仑所言非虚。这不是因为它们再现了不同党派和利益阵营之间必然存在的差异，而纯粹是因为我们能因此确切地断言：他们任何人在控诉中都拿不出真凭实据，得不到任何官方资料的证明，而现存的所有官方资料给出的事实又和他们的说辞完全相反。

我们还可在这段历史中留意到一件真实可信的事：英国和这些事毫无关系，至少在一开始是如此。这和拿破仑的想法全然相反。他当时抨击英国人是一切阴谋的始作俑者，甚至在圣赫勒拿岛上仍然坚持这个观点，因为他习惯性地认为，在所有策划反对他的阴谋中，英国人都有份。

下文是皇帝就西班牙当时的形势写的一封信，它比某些长篇大论更能清楚地阐明事实。这封信写得非常精彩，后面发生的事充分证明了这一点。由此我们可以看出，拿破仑的眼光是何其锐利，他对人和事有着何其精准的判断。

此信也验证了一个道理：在大多数时候，最卓越、最高明的构思都毁在或坏在了下层办事官员的手上。从这个角度上看，这封信具有珍贵的历史价值。从信件日期上我们就能知道，写信人是多有先见之明。

贝格大公爵阁下：

我担心您在汇报西班牙的形势时骗了我，或者说您是在自欺欺人。3月20日事件明显让局面变得更加复杂，我对此深感担忧。

切勿以为您是在对付一个手无寸铁的民族，[789]也别觉得自己单靠军队就足以征服西班牙。3月20日革命事件证明，西班牙人还是有毅力的。您是在跟一个崭新的民族打交道，他们如同一群依然存有政治热情的人，勇气十足，满腔激情。

西班牙的主人是贵族和教士。他们若害怕失去特权和性命，便会召集民众反抗我们，而民众是可以打持久战的。我虽然也有支持者，但如果我成了征伐者，将得不到任何人的拥护。

拉佩亲王引人厌恶，是因为人们控诉他把西班牙卖给了法国。正因为西班牙人存有这种不满情绪，斐迪南才能趁机篡位。民众派是最势单力薄的一方。

阿斯图里亚斯王子资质平庸，没有一国元首必备的任何治国才干。尽管如此，为了对付我们，人们还是把他打造成了一个盖世英雄。我不希望我们动用暴力手段来对付这个家族的人，这么做没有任何益处，只会引发人们的憎恶和仇恨。西班牙有10万多个武装分子，把这批人拉去打内战都绰绰有余。他们割据各地，可成为推翻君主制的中坚力量。

我在总体上向您讲述了不可避免的障碍，您会意识到问题还不止于此。英国不会错过这个机会，肯定会给我们制造更多麻烦。它频频朝驻守在葡萄牙海岸及地中海的海军派去护卫舰，招募西西里人和葡萄牙人入伍。

王室根本没有离开西班牙，前往印度定居，只有一场革命才能改变这个国家——也许还有欧洲——的现状，不过欧洲对此完全没有做好准备。西班牙人中只有极少数意识到他们的政府存在巨大弊端，看清权力机构内部已是一盘散沙，更多的人则趁着乱局谋取私利。

为了我的帝国的利益，我可以为西班牙做许多好事。但最好的行事办法是什么呢？

⁷⁹⁰让我去马德里？在这对父子之间以宗主国国主的身份提供保护？我认为扶持查理四世是件难事，他的政府和宠臣太不得民心，连三个月都撑不下来。

斐迪南是法国的敌人，所以才被人扶上王位。他若登基为王，获益的是这25年来一直想要削弱法国国力的人。家族联姻也不可靠。当初人们进行残忍的报复，导致伊丽莎白王后和其他法国王妃悲惨丧命，凶手却没得到任何惩罚。我认为万事不可操之过急，最好看看事情的发展再做决定……我们得巩固驻守在葡萄牙边线的兵力，静待时机……

我并不支持阁下迅速夺取马德里的做法。我们应该在首都十里开外的地方扎营才是。您不能确保人民和官员会老老实实地承认斐迪南；拉佩亲王在政府机构中应该还有些支持者，人们对老国王也不是毫无旧情，这些都会造成变数。您进入马德里，惊扰到了西班牙人，只让斐迪南得了便宜。我已把萨瓦里派到新王身边，以静观事态发展。他将和阁下共商事宜，之后我再考虑应采取何种行动。在此期间，我认为有必要向您提出以下告诫：

除非您觉得事态发展到我必须承认斐迪南为西班牙国王的地步，否则不要劝我在西班牙和斐迪南展开会晤。您要善待国王、王后和戈多伊亲王，要对他们有求必应，要如从前一样尊重他们。别让西班牙人去猜测我接下来要采取什么措施。这对您来说并不难做到，因为我自己都不知道自己要怎么做。

您要让贵族和教士明白，法国虽然干预了西班牙事务，但会尊重他们的特权和赋税赦免权。您要告诉他们，皇帝希望西班牙政治体制得到改善，[791]让这个国家迎头赶上欧洲的文明水平，摆脱宠臣的政权统治……您要去告诉官员、城市有产者和开明人士：西班牙需要重建它的政治制度，需要用法律来保护公民，使其不受封建专制篡权者的侵犯，需要靠制度来复兴工业、农业和艺术。您去跟他们描述法国安宁祥和的现状，哪怕我们战事连连；您去跟他们说宗教在法国能得到发扬光大，还得多亏我和教皇签署的政教协议。您去给他们点明，西班牙政治复兴会带来哪些好处：国内将一派和平、秩序井然，得到外邦的尊重，成为一方强国。您在谈话和公文中一定要强调这些。凡事不可冒失。我会在巴约讷按兵不动；我会翻越比利牛斯山，巩固葡萄牙那边的兵力，再来对付这边的事。

我会考虑您的个人利益，所以您就别想这事了……葡萄牙迟早会在我的掌控之下。您别有什么个人想法，别让它主导您的行为，这会对我不利，更会大大损害您的利益。

您在14日的指令中操之过急。鉴于3月20日事件，您向杜蓬将军发布的行动太急于求成了，您要做出调整，重新布局。您会从我的外交部部长那里得到相关指令。

我要求您以最严格的手段去维护军纪，哪怕再小的过错也绝不姑息。如此一来，我们将赢得百姓极大的好感。我们尤其要尊重教堂和修道院。

我军要避免和西班牙正规军与游击队的一切遭遇战：无论和哪边开战，我们都是在点燃导火索。

您可任由索拉诺穿过巴达霍斯，但看好他；您自己得掌握军队的一切动向，让它和西班牙军一直保持好几里地的距离。^{792}要是战火被点燃，一切就完了。

决定西班牙命运的是政治和谈判。我建议您别向索拉诺等将领及西班牙政府官员多做解释。

您要每天给我传信两次。若有重大事件发生，您要派勤务兵给我传达信息。请在收信后当即把送来这封急报的侍卫T***派回来，并写一封详细报告，由他转交给我。

最后，我请求上帝保佑您，贝格大公爵阁下。

写信人：拿破仑

1808年3月29日[①]

6月15日，星期六

今天天气极好。我们乘车出游，在海岸附近发现了一艘正在操练的巨舰，其演习方法很有几分意思。从其外形来看，我们还以为它是前来接替诺森伯兰号的纽卡斯尔号，结果这只是一艘伴航舰而已。

白天，皇帝谈起了许多从前的事，最后提到了身边这几个即便重获自由也会跟随他来到圣赫勒拿岛的人，分析他们做此决定的原因。他说："贝特朗和我命运与共，这已是事实；古尔戈是我的第一勤务官，

[①] 这封信应该是伪造的。杜南在《圣赫勒拿岛回忆录》批注版第一卷第898~900页中做了非常详细的分析，并提供了极其有用的参考书目。

由我一手栽培起来，就像我的孩子一样；蒙托隆是赛蒙维尔的儿子、茹贝尔的妻弟，出身军营，由大革命孕育而出。至于您嘛，我的朋友，您呢……"他思考了一会儿，说："我的朋友，您实际上究竟因为什么才意外来了这里？"我答道："陛下，因为命运女神的幸运指点，为了流亡贵族的荣誉。"

英国送来的物资—皇帝想过在法国禁止棉织品—提尔西特会谈—普鲁士国王和王后—沙皇亚历山大——一些小事

6月16日，星期日

⁷⁹³今天晴空万里。大约十点的时候，皇帝进了我的房间。当时我已穿戴整齐，正在向儿子口述我写的日记。皇帝翻看了一会儿，不置一词，然后把它丢在一边，拿起了一叠草图：这是对意之战中某几场战争的地形图，由我儿子绘制，是我们给皇帝准备的一份惊喜。在此之前，这项工作一直都在秘密进行。

之后，我陪同皇帝去了花园。他在那里和我谈了很久，说起英国给我们送来的物资，里面基本都是家具，负责把这些东西送来的那些人也是那么粗野鲁莽。他说，在把这批物资——里面还有些很讨我们喜欢的东西——送过来的时候，他们都不忘触怒我们，所以他下定决心，碰都不要碰这批物资。不过里面有两支猎枪，一看就知道是特地为他送来的，对此他还是心怀感激。皇帝想在露天用早餐，并把我们所有人都叫了过去。

我们聊起了时尚和服饰。皇帝说，有段时间，他曾想在法国禁止棉织品，好进一步支持佛兰德省产的亚麻布。约瑟芬皇后对此表示反对，在那里大吵大闹，他只好让步。

皇帝非常健谈，今天又是惠风和畅的一天，让人倍感惬意。他在房屋前面一条笔直小路附近散步，聊起了著名的提尔西特会谈。以下便是我忠实记录下来的谈话内容。

皇帝说，要是普鲁士王后在谈判初期就来了提尔西特，将对谈判结果产生不利影响。不过她的到来反而大大加速了谈判进展，让皇帝24小时后就决定签署条约。[794]有人认为普鲁士国王是因为忌妒这个大人物才阻止妻子前来。皇帝说，这份忌妒倒也不算无缘无故。

她到达提尔西特后不久，皇帝登门拜访。他说，普鲁士王后非常漂亮，但已有些徐娘之态。

皇帝说，这位王后就像杜谢努瓦小姐在《熙德》里扮演的施曼娜一样，在那里呼天抢地，讨要正义。简而言之，那场景就像一幕戏，还是一幕实打实的悲剧戏。他当时倍感困窘，不知如何应对，只好像个喜剧演员一样在那里打哈哈，可王后仍是满脸的哀婉凄切。她说："普鲁士误判了自己的实力，自不量力地挑衅一位英雄，阻拦法国的道路，把它对自己的真挚友谊丢在脑后，它已为此遭到惩罚！腓特烈大帝的荣光、他留下的峥嵘往昔和庞大遗产，让普鲁士太过膨胀，它才因此走向毁灭！"她苦苦哀求，泣不成声，想保住马格德堡。皇帝不得不拿出所有气力来抵抗她的攻势。幸好，她的丈夫在这个时候来了。王后向他撒去愤怒的眼神，恨他突然冒出来坏事。皇帝说："国王企图在这个时候插话，实际上打乱了王后的计划，我也因此脱身。"

之后，皇帝和王后共进晚餐。他说，王后为了拿下他，使出了浑身解数。她本就是个极有手段的女人，举手投足荡人心魄，娇媚无限，很是勾人。"我心志坚定，不为所动。不过，我还是提高警惕，拼命提醒自己别给出任何承诺，也别说出什么授人把柄的话。先前亚历山大也郑重其事地提醒过我。"

这顿晚餐前，拿破仑走到一张小矮桌前，抽出一支娇艳欲滴的玫瑰，把它送给王后。王后一开始娇滴滴地摆手不要，但马上又摆出高兴的神色，说："好吧，但好歹再加个马格德堡嘛。"[795]皇帝对此的回答是："可是……我会告诉国王陛下，这花是我送的，您也接受了。"晚餐前后，王后一直都在拿马格德堡说事。

在餐桌上时，王后坐在两位皇帝之间，得到他们殷勤的照顾。亚历山大一只耳朵的听力不太好，但另一只耳朵把王后和拿破仑的对话听得清清楚楚。晚餐后，王后驾车离开。皇帝虽然从头到尾待她极为体贴，但已忍无可忍，决意了结此事。他把塔列朗和库拉金召过来，对他们劈头盖脸一顿臭骂。他说，这些人被骂了后才会知道：这个协议关乎一个大国的民族命运，绝不能也绝不应因为任何女人、任何一个温柔乡而被更改一个字。他要求人们立即达成协议，签署条约，一切如他要求的那样被安排下去了。皇帝说："就这样，我和普鲁士王后的一番谈话，把条约的签署提前了八天到十五天。"第二天，王后准备再度展开魅力攻势。得知条约签署的消息后，她怒不可遏，痛哭不止，决意再不见拿破仑皇帝，也不肯接受他第二次晚宴的邀请。亚历山大只好亲自前来，对她好言相劝。王后大喊大叫，说拿破仑对她出尔反尔。亚历山大站出来反驳，说拿破仑的每句话、每个举动都没向她承诺什么。他对王后说："他没有对您做出任何承诺。如果您能向我提供相反的证据，我定会以男人对男人的方式要求他对您履约。我敢肯定，他一定会信守承诺。"王后哭诉道："可他暗示我了……""不，他没有，"亚历山大说，"您没办法指责他半分。"最后，王后还是赴宴了。拿破仑再不用满心戒备，对她比从前还要殷勤。王后则时而流露出一个艳媚女子被辜负的神色。晚宴结束后，她想离开，拿破仑便把她送到台阶上。王后把手伸给他，说："我有幸能和一位天之骄子、历史英雄如此近地站在一起，不知我能否大胆地问您一句，您会终生对我念念不忘吗？"语气中道不尽的缠绵婉转。皇帝一脸正色地回答："夫人，我拒绝，[796]这是灾祸的兆头呢。"说罢，他告辞折回。

王后登上马车后恸哭不止，让人把她非常敬重的杜洛克请过来，向他哭诉了一顿，指着王宫跟他说："我就是在那里遭到了残忍的欺骗。"

皇帝说："普鲁士王后肯定是有些手段的，也很有见识和经验，实际统治普鲁士长达15年。虽然我反应快，还使出浑身解数，但她一直在谈话中占据上风，把控着话题走向，一而再，再而三地绕回她想谈的内容。也许她做得太过，但她从不会叫人感到丝毫不适，举手投足永远是那么得体。她当时之所以做得有些过头，是因为这件事于她而言非常重要，她又没有太多时间，每分每秒于她而言都非常宝贵。"

皇帝说："一个参与条约签署工作的高级要员一再告诉她，她应当要么在一开始就赶过来，要么就不来；他这边会尽量拖住谈判进程，让她迅速赶到。此人这么做，是想借此牟取私利；她的丈夫也是为着自己的利益，才反对她前往。"拿破仑觉得自己当时如对待好友一样对待她，已经非常客气了。

皇帝说："就在同一天，普鲁士国王请求接见，向我告辞。由于我私下受了亚历山大的请求，便借故在一天之后才见他。普鲁士国王为此耿耿于怀，觉得我的行为伤害了他的君威。

"还有一件事让他一直心存芥蒂：在奥斯特里茨战役中，我侵犯了他在安施帕赫的领地。后来我们每次会面，无论大家在讨论多大的利益纠葛，他都会把一切抛到脑后，一再说我先前确实侵犯了他在安施帕赫的领土。他的妻子则是恨铁不成钢的样子，气愤他没有更大的政治格局。"

皇帝说，他在提尔西特没有好好招待普鲁士国王，每次念及此事都深感自责，视其为重大失策。[797]虽然拿破仑一开始就打定主意拒绝见他，但他至少应当待国王客气一点儿。这么做的话，他就能控制西里西亚、壮大萨克森的实力，他的人生很有可能就是另一个结局了。他还说："我知道，今天的政治家强烈批评我签署了《提尔西特和约》。我惨败之后，他们发现：因为签了这个条约，我把欧洲变成了俄国的盘中餐。可如果当初我在莫斯科打赢了（大家都清楚此事和《提尔西特和约》根本没有多大关系），他们的说辞说不定就变了：他们会称道我签署《提尔西特和约》是个多么英明的决定，说它把俄国变成了任由欧洲宰割的猎物。我对德意志有着远大的构想……可我失败了，由果推因，所以我的做法就是失策。这就是他们的理由……"

拿破仑说，在提尔西特的时候，两位皇帝和普鲁士国王几乎每天都会一起骑马。国王总是一副笨手笨脚、可怜巴巴的样子，叫普鲁士人都看不下去。拿破仑骑马时，总是待在沙皇和国王中间。普鲁士国王要么很难追上他，要么时不时地撞到他的马，制造各种意外。回来后，两位皇帝翻身下马，手挽手一起走上台阶。拿破仑为了表示尊敬，每次都目送国王离开后才回宫。由于国王的马落后很多，每次都要他等上好长时间。当时提尔西特还经常下雨，于是两个皇帝因为这个国王，浑身湿透地站在外面，旁人见了都很不满。

皇帝说："亚历山大举手投足无比潇洒。在他的衬托下，普鲁士国王显得更加愚笨了。论风采，亚历山大跟巴黎沙龙中最优雅的人比都不落下风。有时他实在厌倦了我们这个总是晚归的同伴,又或者因为其他原因而心情烦闷,我们便默契地打破社交圈礼仪的约束,好早点儿回到自己房中。晚饭一结束,我们便以家中有事为由,早早离开;之后立刻去对方的府邸,两人一起品茶闲聊,经常坐到深夜甚至更晚才离开。"

过了一段时间,亚历山大和拿破仑在爱尔福特重逢,互诉情谊。亚历山大还在爱尔福特公开表达他对拿破仑真挚的友谊和敬佩之情。[798]他们共度了几日时光,两人亲密无间。皇帝说:"那时我们都还年轻,又兴趣一致,两人形影相随,对彼此没有任何隐瞒。"

拿破仑让人把法国戏剧界最优秀的演员送到爱尔福特来。一个声名远扬的女演员——B***小姐,引起了他这位宾客的注意。亚历山大一时心血来潮,想要认识她。他问自己的同伴,此事是否会让他感到不舒服。拿破仑回答:"完全不会。"但他又补充了一句话:"不过,这是让您扬名巴黎最迅速、最稳妥的一个办法。明天,巴黎各大报纸就会散布各种小道消息;再过几天,巴黎每个雕塑家随手就能造出您的雕像模型,把您从头到脚刻得清清楚楚的。"拿破仑说,一听闻会有曝光的危险,亚历山大才燃起的激情立马熄灭了:这个求爱者对这种事非常敏感。皇帝还开玩笑地说,说不定亚历山大非常信奉一句著名谚语:面具掉落后,英雄便消失了。

皇帝很确定一件事:只要自己愿意,亚历山大肯定会把他的妹妹嫁过来,这么做符合他的政治利益,何况他本身也愿意和皇帝结亲。后来,得知皇帝和奥地利联姻,亚历山大深感震惊,喊道:"我又被扔回到森林深处了。"他一开始对婚事推诿搪塞,看来是想过段时间再表态同意:他的妹妹年纪还小,他也要取得母亲的同意。虽然保罗在遗嘱中明确希望能结成这桩婚事，但皇太后①对拿破仑存有极大的偏见。当时人们四处散播于他不利的各种荒诞传言，皇太后信了这些话，说："我怎么可能把自己的女儿嫁给一个不能人事的人呢？要是他想要孩子，谁知道会不会让另一个男人爬上我女儿的床！我女儿才不要受这种罪呢。"亚历山大跟她说："母亲，您怎能听取伦敦小报和巴黎沙龙的攻击与戏言呢？要是这是唯一的障碍，如果您只对这件事耿耿于怀，那我向您保证，事情绝对不是这样子的，我还可拉出许多人和我一起做担保。"

⁷⁹⁹皇帝还说："亚历山大对我一片真心，但我们终因旁人的阴谋而彼此疏远了。因为T***的煽动，因为M**等人的挑拨，因为这帮人总在他耳边聒噪，说我当面一套，背后一套，总是在背后嘲笑他。他们还说，我们在提尔西特和爱尔福特时，他每次一转身，我就拿他百般取乐。亚历山大耳根子极软，一下子就被他们的话激怒了。在维也纳会议期间，他为此发出尖刻的抱怨。可那根本就是一派胡言，他敬我，我也爱他。"

《提尔西特和约》才得签署，拿破仑的一个副官②就被立刻派往圣彼得堡，跟在亚历山大身边，在那里被奉为座上宾。亚历山大为了得到新盟友的喜欢而做出各种努力，对他百般关照，令这位副官念念不忘。

后来，这位副官当上了警务部部长。1814年波旁复辟后不久，有人说，他一直都在回忆自己当初在俄国执行公务时的幸福日子。有一天，

---

① 即玛丽娅-菲奥多罗夫娜。（请看《人名表》）
② 即萨瓦里。（请看《人名表》）

他被一个深得国王信任的人①召进杜伊勒里宫。这位副官没做多想,直接进宫。人们问他:"现在尘埃落定,您可以把一切都说出来了。请告诉我们,您在哈特韦尔的眼线是谁(我们都知道,路易十八逃往英国后就住在那里)?"被质问者惊讶于对方粗鲁直白的发问,神色郑重地回答:"伯爵先生,皇帝视国王避难所为神圣不可侵犯的圣殿,我们自会听从他的叮嘱。如今还有人向我们透露,那边的人待他都没有这么尊重。而您,伯爵先生,您应当比别人更清楚此事才对。我抵达圣彼得堡的时候,您正代表国王留在该城。热心的亚历山大皇帝为了两国交好,把和您有关的一切事向我和盘托出,问我是否想把您赶出俄国。我当时没有任何表示,只是写信征求皇帝的意见。他的回复通过一个个信使传了过来,内容是只要亚历山大对他怀有真挚的友谊就够了;他不会干预对方的私人关系,与波旁家族也没有任何私人仇怨;如果他们愿意的话,他甚至可以在法国给他们提供一个庇护所,给他们寻一座舒适的城堡。"⁸⁰⁰R***公爵还说:"即便您当时不知道这封信的内容,今天您也可以去找一找,肯定能在外交部文件夹里翻到它。"

各国特派员到来—拿破仑立下的礼仪规矩—参政院的相关细节—几次会议—加森迪—克罗地亚军团—大使—国民自卫军分级制度—大学制

6月17日,星期一

皇帝很早就出了门,让马车夫在早餐前带他出去溜一圈。他刚登上马车,仆人就前来通报消息,说纽卡斯尔号军舰②和奥龙特号军舰已经驶

---

① 即布拉卡。(请看《人名表》)

② 从1817年6月17日至7月4日,纽卡斯尔号代替诺森伯兰号,成为圣赫勒拿岛海域的巡航军舰。

到港口前，走"之"字路线准备进港。这两艘船昨夜驶过了圣赫勒拿岛，只好顶风驶回来。它们于4月23日离开英国，把和监禁皇帝有关的一个法案给我们带了过来。英国立法机构已把内阁对此做出的决定落实成了一部法律。奥地利、法国和俄国这三大强国的特派员也在这两艘船上。①

今天白天，皇帝提到了由他一手立下的服装规定和礼仪要求，说："其实我内心很难接受这套东西，但因为我是人民大众出身，所以必须给自己打造一个外壳，让自己看上去有几分严肃。总而言之，我必须建立一套礼仪规定，否则人们会天天拍着我的肩膀来跟我打招呼。在法国，我们对别人动不动就拿出一副不合时宜的热乎劲。我经常提醒自己，一定要提防那些自来熟的人。我们很容易变成这种廷臣：一开始恭恭敬敬，谄词令色，阿谀奉承；但如果没人制止，要不了多久，我们就开始随便起来，甚至还蹬鼻子上脸，即便对国王也是如此。"然后，皇帝提到了发生在路易十五身上的一件非常典型的小事。有一天，国王起床时，问他的一个廷臣有几个孩子，该廷臣回答："四个，陛下。"白天，国王又拿这个问题当众问了他两三次："某某，您有几个孩子？"此人还是这个回答："四个，陛下。"晚上打牌的时候，国王又问他："某某，您有几个孩子？"这次他回答："陛下，六个。"国王反驳道："怎么可能，我明明记得您之前跟我说是四个。""老实说，陛下，我是怕老拿一句话来回答您，会让您感到无聊。"

听了这个故事，我们中的一个人对皇帝说："陛下，我也有个小故事和您分享。它发生在邻国，跟您刚才讲的那件事性质差不多。主人公

---

① 根据1815年8月2日协议的规定，四大盟国（奥地利、法国、普鲁士和俄国）向英国派出特派员，以确保由英国看管的那个囚徒的确在圣赫勒拿岛上。普鲁士貌似因为经济原因，只派了一个特派员。

是立宪君主下的一个廷臣，他对自己的国君毫不畏惧，甚至心怀怨愤。我们可将其拿来和专制君主手下那个放肆无礼的廷臣作对比。

"伦敦上流社会中有个人，不知什么缘故被一个大人物训斥了一顿，心生怨恨，向朋友宣称他要让这人为此当众付出代价。得知这个大人物要出席某次盛大的宴会后，他早早地来到宴会地，站在离女主人不远的地方。这个大人物到了后，客套地恭维了女主人几句。话刚说完，被他得罪的那个恶人就漫不经心地走到女主人身边，大声问她这个肥胖的家伙是谁。女主人尴尬不已，连忙用胳膊肘撑了他几下，压低声音跟他说：'别说了，您难道不知道他是亲王吗？'听了这话，这人更加高声地说：'什么？亲王？我拿自己的声誉担保，他胖得跟头猪似的。'"

我们畅所欲言，讨论起了这两个不驯之徒的品性，最后得出结论：两人都当受责罚。虽然我们法国的这个廷臣没有第二个人那样粗鲁，但我们必须承认，他这番无礼的举动简直是莫名其妙、无缘无故。

皇帝在白天的另一个时候谈了很多发生在参政院会议中的事。我向他提了几场会议，但我们都记不太清了。皇帝说："算了，[802]再过段时间，我对它们就只剩些模糊的记忆了。"这天晚上我辗转难眠，脑子里反复回荡着他这句话。既然失眠了，我便把自己还记得的和参政院有关的所有事在脑子里细细地过了一遍，如会议地址、日常习惯、会议程序等。反正我在圣赫勒拿岛上也找不到打发无聊时光的更好办法，便干脆将这些细节记录下来，如果偶然想起自己在里面的亲身经历，就赶紧加进去。希望对需要它们的人而言，这些内容能有些价值。

参政院会厅坐落在杜伊勒里宫，就是一间召开会议的普通大厅罢了。它紧挨着小教堂的侧面，是人们沿着教堂建筑外墙后建的。中间那堵隔墙下有几扇圆门，它们周日会打开，供人出入教堂。这座建筑虽是后来加修的，外形却格外漂亮。它面向皇宫的那个方向有一堵墙，墙上开有一扇华丽大门，平常从来不开，只有皇帝要参加参政院会议时才打开，方便他从宫中直接走这扇门进入参政院会厅。礼拜日，他也走这条路去小教堂听弥撒。参政院议员只能走另一边的两扇窄门进入会厅。

到了参政院开会期间，大厅里左右会纵向放一长排桌子。桌子离墙有一段距离，这样议员便有坐立的空间，进出也方便了许多。参政院议员的位置都是按照等级布置的；桌上放着写有名字的桌牌，方便议员找到各自的位置，上面还有他们需要的文件和办公用品。大厅尽头的正门不远处横向摆着一排桌子，这是审查官坐的地方。围观听众则坐在议员后面的椅子或凳子上。

再往前走一点儿，来到正门前，登上两三步台阶，便是皇帝的专座。那里摆着一张扶手椅和一张小桌子，桌上铺着一张精美的毯子，摆着纸、笔、墨水、小折刀等办公必需品，跟所有议员桌子上的东西并无不同。

⁸⁰³皇帝台子下面的右手边是国务大臣的一张单独的小桌子①，跟我们是一个台面。小桌子左边是财务大臣的位置②，但他极少参与会议。再左边是洛克雷的座位，他是参政院会议的笔录记录官。

如果皇家亲王偶尔出席会议，人们就根据他们的身份等级再摆一排桌子出来。但如果只有部长大臣出席（大臣如果愿意，也有参加参政院会议的权限），他们就坐在侧面两排桌子中最前面的那几张，参政院首

---

① 即康巴塞雷斯。
② 即勒布伦。

席议员则坐在他们后面。两排桌子中间空荡荡的，没有摆放任何东西，只供皇帝穿行，议员只有在誓忠典礼上才可从此经过。

开会议事的过程中，传达员可安静地进入大厅，为议员提供服务。议员可随便站在哪个地方，或者在外面晃荡，好从同僚那里得到自己需要的情报消息。

大厅四周过道上挂着象征着参政院职权范围——如司法、商业、工业等——的画像，台上则挂着热拉尔德的杰作——油画《奥斯特里茨战役》。拿破仑便站在描绘他为法国取得的最辉煌的一场胜利的油画下，管理国内行政事务。

我在这个地方度过了近18个月的时间，怀着难以形容的自豪感参加每周定期召开的两次会议，履行自己珍贵的职权。更令我感到幸福的是，我还能经常见到皇帝。他从不漏掉任何一次会议，几乎算得上是参政院的灵魂。有时他还会延长会议时间，从上午十一点一直开到晚上九点；那时我们所有人都又疲又累，可他的头脑仍如最开始那般机敏、振奋和活跃。

宫廷搬到圣克鲁后，参政院就在那里召开会议。如果会议在一大早召开，或者要持续很长时间，[804]皇帝会在中途叫停，让大家吃点儿东西。他像魔术师似的在旁边几间屋子里突然变出一些小桌子，上面放着丰盛的佳肴，好让议员填饱肚子。我们如同闯进仙境似的，那种美好是任何文字都无法准确描述的。

每次参政院的开会时间都写在发给所有人的开会通知函中，基本上都是十一点开会。

等参会人员差不多都到齐了，总是第一个到的国务大臣便宣布开会（皇帝不在，就由他主持会议），最开始讨论的是所谓的"日程小事"，只涉及简单的地方事务或程序问题。

通常一个小时以后，皇宫深处的广场会敲响鼓声，告诉我们皇帝即刻莅临会场。然后正门打开，宫人通报陛下驾到。参政院全体议员起立，皇帝走进厅中；他的侍卫和副官在前面开路，为他拉出扶手椅、接过帽子，然后站在他身后，准备随时接受和执行他的命令。

然后，国务大臣把日程要事呈报给皇帝，里面有详细的议事内容。皇帝浏览一遍，指出里面他意欲做出决定的事；议员拿到报告，细读一番，然后大家开始议事。

每个人都可发言，如果有好几个人都想讲话，皇帝就让他们一个个地来。人们坐在自己的位置上发言，但不能拿着本子照着念，而是即兴演讲。皇帝大多数时候会参与辩论，如果他觉得辩论结果已经出来了，就做陈词总结（他的总结永远都那么清楚直白，许多时候还会有新的见地，一针见血地指出问题所在），得出结论，开始投票。

我在其他地方已经说过，参政院向来都在自由的气氛下展开议事。大家展开积极的，有时甚至是白热化的讨论，还经常收不住话题，进入更深层的领域。[805]这种事大多发生在皇帝走神的时候，他也许心中装着其他的事，看上去似乎并不关心我们在讨论什么。这时，他要么在厅中踱步，要么漫不经心地用小折刀把铅笔折成好几段，要么拿刀在桌布或椅子扶手上戳划，要么用铅笔或羽毛笔在纸上画些乱七八糟的东西。他一走，这些纸就成了年轻人的觊觎之物，被他们疯狂争抢。人们企图根据纸上偶尔勾勒出来的某个地名或首都的名字，看出点儿眉目来。

皇帝通常用过饭后再来参政院。他经常在早上起床后觉得困乏，所以有时会坐在桌前，脑袋枕在胳膊上就睡着了。国务大臣这时就代他议政，大会照常进行。皇帝醒了后，会在他睡着之前正讨论的某件事上接着议事，哪怕我们已经把此事谈完，已在讨论下一个问题了。皇帝经常问人要一杯水和几颗糖；为了满足他的要求，隔壁房间的桌子上常备着这些东西及其他各种小零食，以备不时之需。

我们都知道皇帝有时不时抽根烟的习惯，这成了他闲暇的一大癖好。过不了多久，他的烟盒就空了，可他依然频频把它掏出来，或者干脆把打开的烟盒放在鼻子下面，这成了他发表讲话时的经典动作。这时，候在旁边负责服侍他的侍从就走上来，把空了的烟盒拿走，装满烟草。要知道，待在皇帝身边、负责照顾其日常起居的侍从有好多个，谁不想上去服侍他、照顾他、讨好他？不过，跟在皇帝身边的永远是那几个人，也许是因为这些人自有能留下来的手段，也许是因为皇帝喜欢他们，习惯了他们的照顾。这是多么令人眼红的一桩美差啊。当时，包揽了所有皇帝起居工作的人是大元帅杜洛克。

[806]说到照顾皇帝这件事，一个侍从发现，皇帝去剧院时总忘了带望远镜，而这是他看戏必不可少的一个工具。他便用相同的镜片做出一副一模一样的望远镜出来。有一次，皇帝又忘了带望远镜，这个侍从就把自己做的这一副递给他。皇帝还以为这是自己的那一副，回到宫中后却发现寝宫里有两副望远镜，谁都不知道这到底是怎么回事。第二天，他问给他第二副望远镜的那个侍从，后者简单地回答说：这是他为皇帝准备的备用望远镜，好派上用场。

皇帝从来没有把旁人的悉心照顾太过放在心上。当然了，如果这些举动是发自内心、发乎真情，那的确令人感动。这么做的并不是奴颜婢膝的廷臣，而是忠心耿耿的侍者。另外，不管巴黎沙龙怎么说，拿破仑其实非常尊重身边服侍他的人。如果他离开巴黎，前往圣克鲁、马尔梅松或其他被宫廷人士视为乡野之地的地方，通常会指定自己熟悉、常在晚上服侍近旁的人来负责他的饮食起居。所以，这项工作成了莫大的荣誉象征。他还会和侍从一起吃饭。有一天，在特里亚农宫的餐桌上，他因为得了严重的感冒，需要一张手帕。就在仆人去取的工夫，坐在边上服侍他的侍从——玛丽-路易丝的一个亲戚①，殷勤地递上自己早就备好的手帕，想把脏的那张收起来。皇帝说："谢谢，但别人会说我居然让某某先生碰自己用脏了的手帕，到时我就百口莫辩了。"然后，他把脏手帕丢到了地上。这就是我们社交圈说的那个无比粗野、鲁莽，虐待下人，甚至对宫中夫人都无礼至极的人。可上面的事例告诉我们，皇帝最重礼节，把别人对自己的用心照顾全放在心里，只不过他从不把自己的感受表达出来罢了。他的性格向来如此，我们若懂他，会从他更加专注的眼神、更加轻柔的语气中察觉到他的感激之情。[807]有些人不懂感激，却会说一大堆漂亮的场面话。拿破仑跟这些人完全相反，他经常为别人做的一些事而感动，却极力压抑或掩饰自己的情感。我先前说过他这种性子，但写到这里，我又想起几件更具代表性的事例。它们发生在朗伍德，那时的拿破仑更加放松，没有那么重的防备心。

当时，皇帝经常在自己房中一边踱步，一边向我的儿子口述回忆录，我则在旁边帮助儿子。许多时候，皇帝站在我身后，看看自己口述到哪儿了。不知道多少次，他看了我的记录后紧紧抱住我的头；我只觉得背后有一股轻微的力量，把我拉向他的怀抱。但他很快就制止了自己的这个行为，装出只想把手肘搭在我肩膀上的样子，或者开玩笑地把我往下压，然后惊呼我力气真大。

皇帝很喜欢我的儿子。我经常看到他想抚摸我的儿子，可伸出手的

---

① 即阿贝格伯爵，论资历，他算是第五侍从。此事具体内容请看1811年的《帝国年历》（*Almanach impérial*）第72页。

一瞬间，他似乎又不好意思如此直白地表达自己的疼爱，便立刻提高嗓门，一边说话一边生硬地靠近他。还有一次，我看到他走进客厅，看上去心情愉悦的样子；他亲热地拿起贝特朗夫人的手，准备亲吻它，却带着几分笨拙，猛地止住动作；一向落落大方的贝特朗夫人连忙不失优雅地主动上前，亲吻了皇帝向她伸来的手。我离题太远，聊得过多了，我们再回到参政院的话题上。

我们讨论后，所有报告、意见方案及法令都会被印出来，送到各位议员家中。许多议事内容——如大学一事——被草拟了不下20次，更多的则被放在档案夹里积灰，最后不了了之。

我从荷兰执行公务回来后，成为参政院的新成员，具体负责海军事务。当时参政院正在讨论征兵一事，由于我刚走马上任，热情很高，再加上自己通过荷兰一行得出许多看法，便发表了讲话。[808]我提议，所有荷兰新兵都可自由选择是否要去海军服役，而且这套办法可被推广到所有法国征兵活动中，让每个人都能自由选择喜欢的兵种。我指出先前征兵制造成的各种不便，陈述了我这个办法会有哪些好处。我说，我们再怎么扩充海军都不为过；我们有大量军舰设备，可船上的机组人员又当水手，又当士兵，还得兼职当炮手和架桥兵，一人身兼数职。本来说到这里，我的演讲进行得极为顺利，我自己内心也很是满意。可到了阐述结论的时候，我突然词穷，脑子里空荡荡的，整个人一下子愣住了，一句话都说不出来，不知道自己想要什么，甚至不知道自己身在何处。周围一片寂静，大家都望着我。我觉得自己这次演讲肯定搞砸了，只好承认自己的窘境，坦诚地对皇帝说：我宁愿上战场，也不愿请求他同意我照着本子念几句话来结束演讲。从此，我再也没有发言的欲望。我用一辈子时间来克服此事的后遗症，但我的演讲口才再也不能恢复如初。不过，虽然我狼狈退场，可皇帝却记住了我的发言。几天后，他的副官贝特朗伯爵告诉我，陛下有次玩桌球的时候，看到海军部长进来，便把他斥责了一顿，最后说："算了！拉斯卡斯在参政院发表了一篇很不错的演讲，讨论船员该如何构成。他完全不赞同您的观点，觉得不应当依照年龄来安排岗位。"

每到皇帝主持会议的时候，会场气氛就格外活跃。他在会上一直都在发言，而且他讲的每字每句都格外发人深省。我每次从会厅出来，都激动得不能自己。但令我万分惊讶、异常愤怒的是，每次会议结束后的当天晚上，沙龙里就总有人拿白天的事大做文章，在那里指鹿为马、颠倒黑白。这么奇怪的事是怎么发生的呢？[809]难道是有人以讹传讹？还是有人在那里恶意地编排事实？不管怎么说，我对这种事屡见不鲜。

我不止一次地想把自己的所见所闻写下来，可最后因为各种原因，我没有做成这件事。后来我每次想到此事，都深觉后悔。现在，我暂且把自己脑中一点儿零星的记忆记下来。

有一次，皇帝在讨论祖籍法国的外国人可享有哪些政治权利时，说："身为法国人，这是人在世间能享得的最大荣誉。这个荣誉是上苍的赠予，世上任何人都无权将其收回。我希望，每个祖籍法国的人，哪怕他的家族十辈都是外国人，只要他提出这个要求，那他就还是法国人。我希望，哪怕他站在莱茵河的对岸，只要他说'我想当法国人'，他的话就比法律还有效力，国与国之间的边境阻碍在他面前不复存在，他将以胜者的姿态回到我们共同的母亲的怀中。"

还有一次，在说到某件事情时，他说："制宪议会蠢笨地废除了纯粹只剩个空壳的贵族制度，大大羞辱了上流社会。我干得比它要好：我把所有法国人都封为贵族，每个人都因此感到自豪。"

还有一次（也许我在上文已经提过这件事了），他说："我想让法国的名字披满荣光，让它成为诸国羡慕的对象；我希望在上帝的帮助下，法国人将来在欧洲出行，一路都有宾至如归的感觉。"

还有一次，我们在讨论一则法令草案。我忘了讨论结果是什么，但草案要决定一件事：皇室成员中在国外拥有王位的人，进入法国边境后应抛弃国王头衔和君主等级的礼仪规格，出国后才能再度恢复相应头衔和礼仪规格。有人表示反对，皇帝陈述了他的理由，说："而且，我为他们在法国保留了更加尊贵的头衔。他们在这里不仅是国王，还是法国亲王。"

我还能举出一大堆类似的事例。所有参政院议员大抵都和我一样，还记得许多这类的例子。读者也许会感到奇怪，我先前频频见到皇帝，听他发表讲话，[810]却为什么总说自己在决意跟随他的时候对他仍是一无所知呢？对此，我的回答是：在参政院的那段时间，我敬仰他，狂热地崇拜他，却并没有真正了解他。我们身边充斥了太多和他有关的荒谬传言和宫闱秘事，甚至在宫里都是如此。三人成虎，这类话听上无数遍，我可能就会在不知不觉中产生怀疑。人们把他说成一个极有城府、冷血残暴、奸诈狡猾的人，他在公众场合发表的话全被视作冠冕堂皇、口不应心之词。他们感叹说：用心险恶又善于辞令的人实在太多，拿破仑就是其中一个！直到来了这里，到了朗伍德以后，我才真正认识他，才知道他是那么自然真实的一个人。也许世上再也找不到一个比他更爱法国、更想为了它的荣光而奋斗的人了，为了它，他愿意付出一切。在塞纳河畔的沙蒂永，以及后来从滑铁卢回来的时候，他都证明了这一点。他曾站在圣赫勒拿岛的悬崖上，激动地对我说："不，我真正的痛苦根本不在于此！"这句被载入史册的话，更是淋漓尽致地体现了他满腔的爱国热情。

接下来我还要讲一些事，有的轻快，有的严肃。有一天，参政院议员加森迪将军参与了时政讨论，并拿出经济学家的话作为论据。由于他是皇帝在炮兵学校的同窗，皇帝对他很有感情。他当时打断了加森迪的话，说："我的朋友，是谁把您变得如此博学了？您是从哪儿得到这些观点的？"极少发言的加森迪在那一次的讨论中发挥出色，已快说到演讲的收尾部分了。面对皇帝的发问，他回答：他的观点都是从拿破仑那里得来的。皇帝激烈地反驳："怎么可能？您在说什么？我一直都认为，哪怕世上存在一个如花岗岩般坚固的君主制，空想的经济学家也会把它毁得粉碎。我怎么可能产生这种观点呢？"最后，皇帝半是嘲讽、半是认真地说："继续发言吧，我的朋友，您也许是在办公室打盹儿的时候梦见这些的。"生性易怒的加森迪反唇相讥："啊！陛下，说到我们在办公室打盹儿，那就是另一码事了。[811]我还因此对您心存怨气呢！我们打盹儿，还不是因为您把我们折磨得太狠了。"整个参政院的人都笑出声来，而且皇帝笑得最大声。

还有一次，我们在讨论刚被并入法国的伊利里亚各省。与其接壤的土耳其边境有克罗地亚重兵把守，而且这支军队非常特殊，是一支外来军。据说，一个多世纪以前，欧仁亲王为了防备土耳其人的骚扰和侵犯，特地成立了这支军队。之后，它如磐石一样一直守在那里。负责伊利里亚地方事务的委员会提议解散这支克罗地亚军队，成立一支跟我们差不多的国民自卫军来取代它。皇帝听了这则提案，惊呼："你们疯了吗？克罗地亚人就是法国人，你们没意识到他们是一支多么强悍的精锐之师，能发挥多大的作用，有着多么重要的地位吗？"有人觉得自己应当为这份报告辩解，便说："陛下，土耳其人今天再不敢如此猖狂了。""此话何意？""因为陛下成了他们的邻人。""然后呢？""陛下，他们将畏惧您的力量，不敢造次。"皇帝严厉地反驳说："是啊！您一口一个陛下，在这里各种恭维我！很好！先生，您把这些话带给土耳其人，他们铁定会用子弹来回答您，到时候看您再怎么说。"然后他宣布保留克罗地亚军队。

有一天，有人提了一则和各国大使有关的法律草案。这个草案写得格外出彩，可世人并不知道它的存在。由于参政院反应冷淡，草案和其他许多提案一样，最后不了了之。我之所以提及该提案，是因为它证明了两点：参政院保持了一定的独立性，皇帝比许多人想象中的更加温和。

当时，似乎只有皇帝一人支持这则提案，说了一些意味深长的话。他认为大使不应享有不受当地法律约束的特权，他们最多只有一个特权：唯有高等法院才能审判他们。他说："例如，[812]我们只能根据帝国要员会议的预先判决来判断他们的行为是否合法，对此我举双手赞同。或者，他们只能接受特别法庭的审判，法庭法官全由国家高层法官和公职人员构成。你们是不是要反驳我，说大使受审会让他背后的君主颜面无存，导致后者再不派遣大使过来了？这又有什么坏处呢？我也大可把我国大使撤回来，这样国家还能省下一大笔在大多数情况下纯属无益的开支呢。凭什么大使就不能接受任何司法裁决？他们被派过来，不就是为了讨得对方国家的喜欢，传达两国君主之间的善意和友谊吗？要是他们越过这些界限，我希望他们如所有人一样受到公共法律的惩罚。我绝不会默许自己身边出现某个名为大使、实为间谍的人，除非我是傻瓜，那我活该被他们愚弄。这则法令只是想把丑话说在前面，让双方先达成共识，以免我们一直遵循的权利和风俗遭人侵犯，到时反会惹出一大堆麻烦。"

他说:"有一次,在一个危急关头,有人警告我,说一个大人物秘密离开伦敦①,藏在科本茨尔家中,因为他觉得自己能得到这位奥地利大使享有的法律豁免权的庇护。我召来科本茨尔了解实情,向他宣布:他若真这么做,那就麻烦缠身了;因为和国家福祉相比,我根本不把这个幼稚的约定俗成放在眼里;我会毫不犹豫地令人抓住罪人及其窝藏犯,把两人都送上法庭,接受审判。"说到这里,他骄傲地提高嗓门儿,补充说:"诸位先生,我真会这么做的。大家都知道这点,没人敢再玩花招儿。"②当时,我觉得这些话说得非常严重,但今天我深入了解拿破仑其人后,敢肯定地说:他这话不是说给那个大人物听,而是说给我们这些听众听的。

在远征俄国的一两年前,皇帝曾想在国内实施军队分级制。他向参政院宣读了近20份修订草案,内容全都和法国国民自卫军三级组建制有关。[813]在他的设想中,国民自卫军的第一级由年轻人构成,他们要去边境打仗;第二级由中年人和已婚人士构成,他们的活动仅限于本省之内;最后一级由年长者构成,他们只负责保护城邦。皇帝非常坚持这个想法,一再在会中提到此事,发表了许多激情四射的演讲。然而整个参政院都不支持他,无声地抵抗着他的提案。时间慢慢过去,皇帝被其他事情缠住手脚,只好把这则议案放到一边,虽然高瞻远瞩的他也知道此事关乎国家大计。不幸的是,他料中了!要是当初我们采纳了这个分级制,我们的武装人员会至少增加200万人,法国也不至于惨败到这个地

---

① 1840年版本点明此人是阿图瓦伯爵。
② 接下来的这句话是1824年版后加的。

步；而且到时谁还敢来招惹我们呢？在一次会议中，皇帝发表了一场精彩的演讲。当时，一个议员（马鲁埃）婉转地反对分级制，皇帝便说了句他的口头禅："大胆往下说，先生，别藏着掖着，有什么就说什么，大家都是自己人。"于是，这位演讲者便说：这个做法会让所有人感到惊慌；军队分级后，每个人都会害怕，觉得当局是以分级制为幌子，要把所有人都送到国外打仗。皇帝说："啊！我明白您的意思了！"他面向全体参政院议员，说："但诸位先生，你们都是一家之主，家产丰厚，身居高位，应该有许多被保护人吧？你们得到这么多好处，却不能影响你们被保护人的想法，那你们要么是太蠢笨，要么是不怎么上心。还有，那么了解我的你们，为什么如今却让我觉得如此陌生？你们从什么时候开始，对我的政治想法玩起了虚与委蛇的手段？我不是个优柔寡断的人，从不采用迂回的手段。要是我出了错，那就直言相告。我的角色就是发布公告和命令而已，之后的程序、细节、中间执行，我都一概不管。上帝知道，我有多高兴自己可以不去管这些事。所以，如果我需要人，会直接向元老院提出申请，等它批准；要是元老院不同意，我就向人民求助，[814]和人民走到一起。也许我吓住了你们，因为你们有时似乎对事情的实际情况一无所知。你们要知道，我拥有多么巨大、不可估量的民望。不管人们怎么说，各地人民都照样爱戴、尊敬我，他们的直觉战胜了沙龙的恶意、愚人的空想。他们会反对你们，追随我。这话又把你们吓到了吧，但事实就是如此：他们只认我。因为我，他们才能毫无顾虑地享受自己拥有的一切；因为我，他们的兄弟子女才能不被区别对待，得到晋升，拿到勋章，过上富裕的生活；因为我，他们才能那么轻松地找到工作，在辛勤劳作的同时，享得几分生活的快乐。他们眼中的我，永远是那么大公无私、不偏不倚。不过，这些就是他们能看到、体会到、理解到的全部；对于其他东西，尤其是空想，他们一概无视。我绝不是要摒弃真知灼见，它们是上苍对我的赠予！人们都知道，在我们先前经历的每个非常时刻中，我都根据这些真知做出了当前的正确选择。但我想说的是，人民还不理解这些真知，他们只理解我、信任我。你们要相信，我们为了人民的利益而要求他们去做的事，人民从来不会拒绝。你们更不要被你们刚才提及的那些反对之声给绊住手脚，它们纯粹是巴黎沙龙的叫嚣，绝非人民的心声。我还要讲清楚一件事：在我们现在讨论的这个提案中，我完全没有想国外的什么事，只考虑法国国内的安宁、和平与稳定。所以，请你们通过国民自卫军分级制吧，让每个公民都在需要的时候清楚自己的职责吧，让坐在那边的康巴塞雷斯先生也能在危急时刻拿起手枪保家卫国吧。那时，你们会看到我们的国民如同一堵用水泥砌成的高墙，足以抵御岁月和人事的侵袭。此外，我还要把这支国民自卫军提升到正规军的高度，请退伍的老军官来当它的领导人和父亲；我还要提高他们的军衔，让他们和宫廷的红人平起平坐。"

若读者去翻翻洛克雷的会议笔录，找到关于国民自卫军分级制的内容，定会发现这篇演讲的全文。我没记错的话，他在一篇关于年度征兵的提案中也提到了这件事。

我还清楚地记得，有一天，我们讨论起了大学的组建事宜。皇帝当时为此事进展缓慢、分工混乱而大感恼火。[815]负责陈述该事宜的塞居尔秉承一贯坦诚直白、忠于事实的作风，写了一篇报告。他直言不讳地道出问题所在，觉得皇帝创立的这个机构很难被人理解，也很难实施。他指出，科学在大学中应占次要地位，当前在学院最受轻视的国民思想理念的教育才该是重中之重。

皇帝没有参加这场会议。塞居尔的批评自然引起了主要负责人①的支持者的不满。小集团的抱团思想给我们造成了多少损失啊！这份报告没有再出现：有人把它从我们的文件袋中抽了出来，还要求已把它带回家的议员将其还回去。

然而，过了一段时间，负责大学组建工作的要员被叫到参政院。皇帝大为震怒，说他们在如此重要的机构的组建过程中把事情办得乱七八糟、一塌糊涂，说他们把他的思想成果给毁了，说他们从来没有如实执行他的构思。面对他的雷霆怒火，大学校长表面唯唯诺诺，回来后却阳奉阴违，依然照着先前的路子继续干。皇帝说，他从厄尔巴岛回来后，有人言辞确凿地告诉他：这个大学校长还向复辟政府递投名状，说自己当初在职权范围内从中作梗，竭力歪曲拿破仑的计划，哪怕此事关乎后几代人的崛起。

忆滑铁卢

6月18日，星期二

晚餐前，皇帝把我叫进他的书房。他当时正在读几份刚从法国送来的报纸。②他说："当前似乎有人在格外卖力地让波旁家族在法国复生，把死人从坟墓里刨出来。他们刨出的所有遗骸，不管是真是假，都对他们意义重大。再加上僧侣的编造，这新的胜利就成了民族之光。"

皇帝接着说："当然了，他们还会竭尽全力地把可怜的法国变成一个嘉布遣会；{}^{816}他们通过虚伪的嘴脸和狂热的叫嚣，誓要让僧人在法国泛滥成灾。王位和祭坛本来就是天生的盟友，是奴役和愚化人民必不

---

① 他便是封塔纳大学校长。
② 1823年、1824年版本中没有从此处起到第二段末的内容。

可少的一个手段。"然后他叹道："啊！人民啊！如此睿智的你们会招来怎样的命运啊！你们如同风中的芦苇、水中的浮萍，被激情和任性左右……在我统治的时代，人们听到的全是战争、打仗、军报的事，可如今他们只听得到祷告声、敲钟声和宣誓声……我的所有营地大抵都变成了修道院，我们的士兵征募令估计也变成了神父招募书。"

这时，蒙托隆请求接见。他告诉皇帝，蒙托隆夫人刚诞下一个女儿，恳请陛下屈尊当这个孩子的教父。

晚饭后，皇帝总结了今天读过的报纸，认为法国动荡的现状仍会持续。他还注意到，近几期英国报纸对王室各种出言不逊……之后，他拿起另一份报纸，说："当前的形势、时代的需求、对古人的推崇，为僧侣重返法国创造了极其有利的环境。法国现在应该跟教皇统治的辖地一样，变成一个典型的宗教国。"说到教皇，他又说："不管怎样，此事于教皇而言意义非凡，能助他再度获得世俗权力。你们相信吗？他先前被囚于枫丹白露宫时，他自己都不知道能否躲过此劫，还在那里一脸严肃地跟我讨论僧侣的存活问题，力主让我复兴他们的地位！这就是罗马教廷！……"

今天是滑铁卢战役周年纪念日，有个人提起这件事，深深触动了皇帝。他痛苦地说："那是匪夷所思的一天！不可理解的厄运接连而至！……格鲁希！……内伊！……戴隆！①……那一天只有灾难！啊！可怜的法国！……"他双手掩面，叹道："可是，我们完成了人能做的一切！……我们以为快取得胜利了，却迎来一场空！……"

^{817}还有一次，他也说起了这件事："这是一场特殊的战役。在不到

---

① 1823年版此处补充了一句："他们真的背叛了我吗？"

一个星期的时间里，我连续三次眼睁睁看着能够决定法国命运的胜利果实从我手中溜走。

"如果那个叛徒①没有背叛我，我能在战斗一打响的时候就歼灭敌军。

"要是左路军完成了它的使命，我能在利尼将敌军一举消灭。

"要是我的右路军赶到战场，我在滑铁卢也能把他们悉数打败。

"尽管我军惨败，但这场离奇的失败完全没有让败者蒙羞，更没有让胜者增光。失败一方会在毁灭中名垂青史，而胜者一方也许会在胜利中被人遗忘！……"

诺森伯兰号离开—对意之战的序言—副王的一个副官讲述的对俄之战

6月19日，星期三

今天，诺森伯兰号离开圣赫勒拿岛，向欧洲驶去。

我们曾在这艘船上穿梭，曾和船上所有军官谈笑风生，得到了他们无微不至的照顾；全体船员对我们都充满善意，甚至科伯恩上将也是如此，虽然后来我们对他心存怒气（但绝不是反感），可他犯下的错误并没有真正刺伤我们的心。也许是因为这一切因素，又或许是因为其他一些我没想到的缘故，又或许是因为我们彼此惺惺相惜，总之我可以确定，我们对诺森伯兰号的离开并非无动于衷，反而感到怅然若失。

昨晚皇帝深感难受。他泡了脚，想缓解严重的头痛症。

大约下午一点，他走出房门，在花园里散了会儿步，手上拿着一本

---

① 即布尔蒙伯爵。（请看《人名表》）

讲述他本人生平的英国书①，边走边读。这本书的作者不像戈登史密斯那样充满恶意，书中也的确少了许多腌臜之词，可它依然充满臆想、无知、谬误和谎言。^{818}皇帝读了讲述他的童年和在军校前几年的内容，发现全篇都是作者的凭空编造。他跟我说，我先前一再建议他把这段时间的经历放在对意之战的开篇，这个提议着实在理；读了这本书后，他更加坚定了这么做的决心。

为了让读者理解这话，我得告诉大家一件我老忘记提的事：对意之战部分的口述编写工作结束后，皇帝一直犹豫不决，不知该如何进入正题。他的思路一变再变，在三四个想法之间取舍不定，一会儿打算以土伦之战中某场无足轻重的小仗做开头，一会儿又想以撒丁岛之征为引子。②有的时候，他甚至想以发生在大革命初期的几件事为开头，描述欧洲当时的状况和我军动向。我对这些想法全持反对态度，说它们离题万里。他最开始向我口述的是土伦包围战，我一直坚持以此为出发点，按照时间顺序展开全书。因为我认为，他要写的并不是一本史书，而是个人回忆录。在纷繁的历史中，以这段波澜壮阔的故事为开头，他想讲述的故事就一下子跃到了读者面前，牵住了读者的思路。我这个编者，则以自己的方式写一篇序言，把发生在土伦包围战之前的那几年时光呈给读者。他终于接受了我的想法，并在某一天的饭桌上提起这件事，说他要开始口述这段经历。所以，它就成了对意之战的引子。皇帝在上文说

---

① 即威廉·罗德伟科·范·埃斯1806年到1809年在伦敦出版的《拿破仑·波拿巴的一生》（Willem Lodewyk Van-Ess, *The life of Napoléon Buonaparte*），全书共7卷。

② 撒丁岛之征从头到尾只持续一周时间（1793年2月18—25日）。有人从陆军部长那里拿到一份波拿巴的报告，他在里面宣称自己在2月24日到25日的深夜向拉马达莱纳村开火了。请看佩隆的《撒丁岛之征——波拿巴中尉在拉马达莱纳》（Peyron, *L'Expédition de Sardaigne, le lieutenant Bonaparte à La Maddalena*）。

的那番话，正是这个意思。

下午三点，总督和新到的上将普尔特尼·马尔科姆被引荐给皇帝。皇帝虽然身体不适，但还是亲切友好地接见了他们，跟他们谈了很多。

晚餐前后，皇帝拿起副王身边的一个副官写的一本书，内容和对俄之战有关。①我们事先警告过他，这本书读来让人感到格外不舒服。可皇帝看多了小道报纸和攻击小册子，对我们的劝告毫不在意。实际上，他觉得这本书讲的全是事实，[819]认为从这个角度来看，本书并没有人们说的那般糟糕："历史学家会从这本书中受益良多，他会无视作者的观点，因为这纯粹是说给愚人听的。另外，本书作者证明了一件事：是俄国人自己烧毁了莫斯科、斯摩棱斯克等城市，且我军在所有战斗中都获得胜利。书中陈述的都是事实。哪怕是我掌权的时候，这本书都能出版。我退位后，作者画蛇添足地加了许多话。这些不足以损害这本书的底子，只是让本书好坏掺杂，暴露了当时人们的卑劣想法罢了。

"作者说我军在撤退过程中遭遇惨败。我懒得回应他，就像我懒得回应攻击小册子的写手一样。我的第29份公报能把他们驳得哑口无言。②他们恼羞成怒，开始指责我夸大了事实。他们之所以如此恼怒，是因为我让他们失去了一个极好的写作素材，把他们的猎物给夺走了。"

提了这个作者及其他一些歪曲事实、颠倒黑白、把我们的胜利强说成失败的法国写手后，皇帝不由得感慨道：一个民族如此执着地努力毁掉自己的荣誉，誓要亲手把它的胜利品悉数毁掉，这真是前所未有的

---

① 即欧仁·拉博姆写的《详述对俄之战》（Eugène Labaume, *Relation circonstanciée de la campagne de Russie*），首版出版于1814年。

② 《拿破仑书信集》的编者将这份公报收进书中。

奇事。但他也说了："这个民族中定然会涌现出一批复仇者，今天的狂徒终会被时间钉在耻辱柱上。"然后他高喊："法国人怎么可能说出和写出这些话来！他们对祖国完全没有良知和肝胆吗？不！他们不是法国人，他们只是说着我们的语言，和我们生在一片土地上罢了，却没有我们的精神和思想。他们绝不是法国人！"

预言—霍兰德勋爵—威尔士公主夏绿蒂—于我而言珍贵无价的私下交谈

6月21日，星期五

在我们所有人的陪伴下，皇帝去了花园散步。我们聊到了有朝一日返回欧洲、重见法国的可能。[820]皇帝说了一句我们想也不敢想的话："我亲爱的朋友们，你们会再看到法国的！我就没这运气了！"我们所有人都惊呼起来。然后，我们再一次讨论起了离开圣赫勒拿岛的可能性，然而这一切都离不开一个前提条件：得到英国人的帮忙。皇帝根本不相信此事能发生。他说："他们的成见太深了，我永远都是他们的心腹大患。皮特告诉过他们：'只要这个满脑子只想着侵略的人还在，你们绝没有安全可言。'"有人问："可要是他们有了新的利益呢？要是某个真正具有自由宪法精神的英国内阁掌权了呢？将您建立法国的自由理念推广到整个欧洲大陆，这不是大有好处的事吗？"皇帝说："在适宜的时候，我认为是的。"那个人继续问："自由理念甚至您的个人利益，难道不可以成为这个内阁的保险绳吗？"皇帝说："我同意，但英国不这么想。我可以想象，内阁部长霍兰德在巴黎给我写信说：如果您这么做，我就要下台了。我还可以想象，能让我离开这里的威尔士公主夏绿蒂对我说：如果您这么做，我会遭到人们的憎恨，成为自己民族的灾星。总之，他们会拿出比当初阻止我的军队高出十倍的积极性，阻止我推广自由思想的做法。"

他继续说："实际上，人们在怕什么呢？怕我掀起战争？我已经老了。怕我继续追逐荣耀？我已对此感到腻烦，它于我已是浮云；说句题外话，荣耀于我而言，是个太平常却太难得到的东西。怕我继续攻城伐地？可我当初并非因为热衷于战争才这么做，它是一个庞大计划的结果，甚至可以说是一个必然的结果。当时我开战合情合理，可如今我再也不可能这么做；当初可行的事，如今人们连想都不敢想。再说了，法国蒙受的苦难和动荡还没平息，清除这些余波就已经够难了，我们怎会再讨苦头呢？"

我们的两个伙伴先前在城里看到了新到岛上的那批人，[821]听到了一些消息，过来向皇帝汇报。皇帝听了他们的话，在花园里捋了捋自己的想法。六点，他回到书房，把我也叫了过去。我到了后不久，我们有了一次长谈。此次谈话很有意思，于我而言有着不同寻常的意义。虽然这是一场私人聊天，可我还是忍不住把它透露给读者。如果非要找个这么做的理由，我只能说，这次谈话展现了皇帝的许多性格特征。

坐纽卡斯尔号抵达圣赫勒拿岛的人，对我的《勒萨日的历史学、系谱学、编年学及地理学图鉴》交口称赞。皇帝听了后，不由得再次感叹我这本书真是名声在外，后悔自己没能早点儿读到它。

他说："为什么您没有一个朋友把这本书推荐给我呢？我直到上了诺森伯兰号才读到它，今天还发现人人都知道它的大名。为什么您从来不跟我提起这本书呢？我要是早点儿读它，定会对您欣赏不已，让您再发一大笔财。我先前对这本书并不在意，也不太了解它的内容，导致我对您也没有深刻的印象。这就是君王的不幸之处，因为肯定没有人比我更求贤若渴。一直待在我身边的人有很多机会向我推荐这本书，我不要求更多，只要有一个人跟我提到它的名字就行，然后我自会对它做出判断。如今，我终于知道了您的图鉴册，对书中令人惊叹的分类法有了正确的认识。为了帮助读者记住书中的内容，这本书还在时间、地点和关系图上做了苦心孤诣的设计，让人印象深刻。我要是早点儿知道这本书，肯定会设立一个师范学院，学校里的教材就用《勒萨日的历史学、系谱学、编年学及地理学图鉴》。您的大作，或者至少一部分大作，会被选进中学课本。我保证，它肯定会名气大增。我忍不住又要哀叹一句：为什么您不让我早点儿知道这本书呢？我要告诉您一个令人气恼但百分百属实的小秘密：朋友，想获得君主的宠信，您就必须耍点儿小手段；在君主那里，谦逊这个美德几乎从不管用。或者有没有这种可能？克拉尔克、德克莱斯、蒙塔利韦、蒙泰斯鸠，甚至我的图书馆馆长巴比尔，其实都曾跟我提过您的书？^{822}这里我们就必须承认另一个事实：有时候，宫中的内侍和仆人是比什么都管用的敲门砖。为什么您的女友 S*** 没跟我提过这本书呢？①我和她经常共乘一车，她有大把大把的机会向我推荐您，给我描述您的为人。"我回答："话是没错，陛下，可是我当时……""我知道您想说什么，当时您也许无心追求君王的宠信？""陛下，我没有合适的机会。"然后，我向皇帝详细解释了自己是怎么来到他身边效力的、他给我分派了哪些任务、对我的工作是何评价，这些已经决定了我在他心中留下的印象。

聊天过程中，我一直站在第二间房的书桌前，皇帝则在两个房间中来回踱步。我们聊得越来越深，谈的都是我最感兴趣的内容。想想全盛

---

① 即女官赛朗夫人。

时期的拿破仑是何等人物，那时他身边虽然围着一大群人，可没有一个人敢生出了解其思想的这个希冀；至于和他如现在这样你一言我一语，展开推心置腹的谈话，那更是众人想都不敢想的事。想到这些，读者自能理解我此刻的心情了。我沉浸在幸福中，整个人如坠梦境一般。直到今天，我仍觉得这仿佛是一场切切实实发生在香榭丽舍的谈话。

他说："我先前根本不了解您，也不知道任何和您有关的事物。您在我身边没有一个能帮您说话的朋友，您自己也没想着站出来吸引我的注意。有些您也许以为可以相信的人，实际上做了对您不利的事。我完全没听说过您的书，如果我知道了它的存在，相信它能为您得到宠信发挥巨大作用。我甚至都不知道您跟我一样也在巴黎军校念过书，而单单这件事就足以引起我对您的注意。

"您曾流亡国外，也许正因如此，您才没想过自己能得到我的宠信。我知道您曾效忠波旁家族，但您毕竟从来没卷入反对帝国的阴谋。""可是陛下，您还是接纳了我，让我进了您的参政院，还给我分派了许多任务呢！""这是因为我后来发现您是个正直的人，我也不是多疑的性子。也不知道为什么，我当时就是觉得您在金钱方面非常干净。^{823}当初您因为P***的关系拿不到许可证①，可您要是把这事告诉我，我肯定会立刻给您一个交代。不过话说回来，我也就不会把政治方面的事务交给您做了。""陛下，我在巴黎和荷兰的时候，什么危险没经历过呢？当时英国人在我们跟前的处境，跟我们今天在圣赫勒拿岛上、在英国人跟前的处境没什么不同。由于我先前和他们有过交情，所以尽管您有明文规定，我还是把他们的书信放了出去。但我事先读过这些信，以确保里面没有任何不

---

① 即波莫罗勒（Pommereul）。

妥的内容。谁若向警务部揭发此事，那我就完了！但我觉得自己此举合情合理，并没有辜负陛下的托付和信任。我太坚持自己的良知，坚信自己这么做的本意是好的，甚至觉得这部分的法律规定管不到我，它们不是为了约束我而制定的。"皇帝说："我能够理解您的这些想法，也肯定会相信您的这些解释——世上没人比我更愿意聆听理性的声音。您的处理手段正是我想看到的。但毫无疑问，当时这事若被告发和调查，您肯定会被处理，因为所有人都会站出来反对您。这是形势使然，也是我的身份导致的悲哀。另外，一旦我形成某种偏见，就很难摆脱它了：这是我的身份和所在环境的另一种悲哀。但我又能怎么办呢？我只能简略概要地看待问题。我也非常清楚自己有时候会被人骗了，可我能怎么办？而且我相信，少有君主能做得比我更好。"

我继续说："陛下从来没有在议会或问安礼中跟我说过半句话，对我一直都视而不见，我常常为此感到沮丧。可我每次离开巴黎执行公务时，陛下总会向我内人谈起我。我有时候也会想，陛下不怎么了解我这号人；到了后期，我甚至害怕陛下因为一些原因不喜欢我。"他说："根本不是这样。您不在期间我谈到您，是因为我总和丈夫因公出差的夫人聊天，这是我的一大习惯。我经常对您视而不见，是因为我对您不够重视。我身边总围着一大群人，[824]您被淹没在人群中，只给我留下非常平淡的印象。您虽然有机会接近我，却不懂得趁机为自己谋取好处；您出差执行公务，却不懂得回来后凸显自己的功劳。您若不站到前面的显眼处，在宫廷中会吃亏。您在我眼里的形象非常模糊。我现在想起来了，当初我也偶尔想过起用您。内阁中有这么一个人[①]，您在一定程度上依靠他。他声称是您

[①] 即海军部长德克莱斯上将。

的朋友，按理说他应该给您帮忙才对；可他打消了我对您的关注，所以后来我才对您如此漠不关心。他非常了解您，也许对您还有几分忌惮。大家都知道我做事向来速战速决，此事便再无下文。"说到这里，我忍不住告诉皇帝："陛下，让我处境更加尴尬的是，上流社交圈一直有人觉得我和陛下关系很好，认为我马上就要青云直上了。大家口中的我几乎坐遍了所有的重要职位：今天我是布雷斯特、土伦或安特卫普军区的海军司令，明天我是内务部部长、海军部长，后天我还担负了罗马王的教育工作。"皇帝也说："哎呀！您提醒我了，您刚才说的某些话也不是毫无依据。实际上，我的确考虑过把您安排在罗马王身边，负责一部分教导工作。您从荷兰回来后，我也的确想过把您派到土伦担任海军司令，当时这个职位跟部长也差不多了，毕竟那里停有25艘军舰，我还打算继续扩充它的军舰数目。可您那个内阁朋友打消了我的这个念头。他说，您是旧制度海军出身，存有旧时的陋见，和年轻军官的想法格格不入，肯定会与他们发生冲突。这话起到了立竿见影的作用，我便再没想过此事。可今天我了解了您，才知道您就是我需要的那个人。我本来打算提拔您，可还是那句话，您不在乎自己的利益。您不争不抢的态度让您丢了这些机会。在应该冒头的时候，您却缩回了人群中。我的朋友，我得非常坦诚地告诉您，许多得到我任命的人很大程度上是撞了大运。我如果生出一个念头，就要立刻把它定下来；可如果这个决定没有当即生效，被拖了一下，那我铁定就把这事忘了。因为我实在太忙了！后来，另一个幸运儿被推荐上来，代替您坐上了那个位置。"

我接着说："陛下，[825]我完全不知道您的想法。所以，面对无数恭贺之词，我只觉得异常尴尬。我想少丢点儿脸，极力撇清自己，可我越是这么做，人们就越觉得我是在自谦。我只向陛下求过一个差事，那就是参政院审查官一职，陛下当时立刻应允了。克拉尔克得知此事，批评我自降身份。他说，我至少该谋个参政院议员的职位，您肯定会答应的。"皇帝说："不，我不会，因为我对您了解得不深，只会觉得您是人心不足蛇吞象。"我说："陛下，其实我心底也隐隐觉得您是这么想的。""不过说来奇怪，"皇帝继续说："克拉尔克也许也有道理——您请求担任参政院审查官，只会进一步降低您在我心中的地位。换言之，您自己把自己降到了我给您划的一个层次上。我很愿意让侍从做点儿事，但审查官这个职位的确不太拿得出手。说到这里，我又想起一件奇怪的事：您做过许多差事，但很快就被我忘了。别人不提，我就绝对想不起来。但如果有人把您做过的事列成一张单子，找个机会递给我，肯定能改变我对您的印象。您曾以志愿军的身份参加了弗利辛恩战役。①这事换作是别人做的，那倒不算什么。可您作为流亡贵族，还是有点儿家产的，却能离开家人，投入战争，的确令人印象深刻。""陛下，我回来后也得到了丰厚的回报：陛下因此跟我说了几句话。"他说："您心里倒记得清楚，可我最后还是把您给忘了。您给我写过几份报告，我现在记起来了。您就亚得里亚海给我的报告，我很喜欢。您在里面建议我控制亚得里亚海，在那里建立一支海军舰队。建立这支舰队的船只要不了多少钱，因为边上的克罗地亚有广阔的森林提供木材。我把这份报告交给内阁，但它后来再没提过这事。您好像还给我提过一些建议来着？""陛下，您指的是我提的对抗英国的海战战术思想报告吧？我还在里面附了一张地形图作为依据。""没错，我想起来了。这张地形图在我办公室里放了好几天，我派人把您叫过来，但当时您出差

---

① 他的身份是法军总司令参谋部随员。请看拉斯卡斯的生平简介。

执行公务去了。""陛下，没过多久，⁸²⁶我又荣幸地向您呈递了一份报告，内容是如何把战神广场改建成海战演习场，让它成为罗马王宫殿边上的一个点缀。我建议挖个大水池，深度以容纳巴黎军校建造、组装的小型轻巡航舰为佳，学员可在那里进行演习。所有皇家子弟，无论他们之后担任何职，都必须在那里锻炼两年。陛下可鼓励帝国中的大家族把他们的孩子送进军校，学习海军知识。我认为，这些因素加起来，再加上在首都上演的演习场景，法国上下定会掀起一股参加海军的狂潮。"皇帝说："这个嘛，我倒不知道这件事。我当时若知道这个点子，肯定会喜欢它，令人将其研究一番。它能取得巨大的成效。之后，我们再挖深塞纳河，使其可以通航；再修一条运河，把巴黎和大海连起来。这其实不算多么艰难庞大的工程。前有罗马人，今有中国人，他们可挖了不少运河呀。把这个工程交给军队，也能让士兵在和平时期有事可做。我也想过许多类似的计划，但一直被敌人缠在战场上无法脱身。他们让我失去了多少荣耀啊！算了，您继续往下说。"

"陛下，我还向您提交了一些和海军军校有关的想法。"皇帝问："我在自己成立的军校中采纳这些意见了吗？我俩的想法是一致的吗？""陛下，您的军校当时已经成形，我只提了一些补充性的想法。""我现在好像想起一点儿来了，您的想法好像过于民主了？""不，陛下，我的想法的出发点是陛下已经提出的中层军官的竞争考核制度。我提议在此基础上再加上水兵竞争考试制度。我还建议，要格外重视和宫廷有关系的人的竞争考试制度。"皇帝说："是的，我记起来了，您的想法很新奇，引起了我的注意。我把这份报告也交给内阁了，结果它又将其打入了冷宫。我还记得，我曾叫人把您在荷兰执行公务期间写的报告拿给我，在里面发现了一些点子。⁸²⁷您在报告中提议修建一个运河网，把易北河、奥得河和维斯瓦河连起来；如此一来，我军可从德意志的海域杀到波罗的海。这个想法极对我的胃口，让我非常满意。所以您回来后，我又让您参加了早安礼，打算让您仔细谈谈这个方案的实施。但您似乎没有听明白我的问题，又或者是您的回答没有让我满意。于是我得出结论：也许这些想法是您从别人那里听来的，然后将其据为己有。然后我抛下您，跟旁边的人说起话来。我做事就是这么武断，这的确不对；但如我一再说的那样，我没有时间通过其他途径来了解您。

"现在我把这些事都想起来了，觉得您身上实在有太多地方值得我注意。让我惊讶的是，我竟然忽视了您。我忍不住猜想，您大概是想尽办法，以避免博得我的关注。可以肯定的是，直到现在，我才知道这些事。我们离开法国时，甚至在之后的一段时间里，您的名字和长相于我而言都是陌生的，我对您一无所知。您怎么解释这件事呢？也许您也不知道是怎么回事，但这的确是事实。

"我再问一遍，您为什么不好好利用您的朋友圈呢？为什么您不自己跑到我身边来呢？""陛下，那些想拼命挤到您身边的人，几乎都只想着自己，他们的友谊也只限于画大饼罢了。他们认为，为另一个人说好话会消耗他们对您的影响力，所以，除非此事对他们有利，否则他们才不会张口呢。此外，即便我有毛遂自荐的机会，但我仍更偏向于被别人推荐的方式。此外，陛下要事缠身，行程也不确定，我只有几句话的时间来把一切解释清楚，而且我本就不是一个自信的人，害怕给您留下糟糕的印象，所以我宁可得不到您的关注。毕竟，单有手段还不够，还得让手段管用啊。"皇帝叹道："唉！也许您说得没错。哪怕我当时了解了您的为人，可您保守、羞怯的性子也许仍会拖累您。我想起一件事,很可能是它奠定了我对您的片面印象。蒙泰斯鸠①推荐您当侍从的时候,²⁸²⁸跟我说您家产丰厚;可没过多久,我就得到相反的信息。我不是说此事损害到了您,也不是说此事损害了您在我心中的印象。一些想当侍从的人抱怨自己是因为家产庞大才落选的;如果有人对此提出疑问,他们就拿您当例子。宫廷中这种事太常见了。"

我问:"毫无疑问,凭我的性格,我注定不可能被陛下知晓了?"皇帝说:"也不是,因为我差点儿就重用您了。我从厄尔巴岛回来后,不是任命您当我的侍从吗?当时侍从人数可很少呢。我不是立刻就让您进了参政院吗?您是前朝贵族,曾经流亡国外,经历了许多考验,这在我看来是一份很亮眼的履历。此外,当时许多人都称赞您的德行;我迟早会深刻了解您的为人。"

收到藏书—于波拿巴将军有利的霍内曼的证词
6月22日,星期六

今天天气糟糕至极。下午三点,皇帝把我叫了过去。当时他正待在绘图书房中,所有人都去了那里。人们忙着拆箱开包,把纽卡斯尔号送来的书取出来。皇帝满脸喜色,拿起工具亲自动手。人适应环境后,苦中也能生出乐来。看到千盼万盼的《总汇通报》合集,皇帝大喜过望,一把把它抓过来,一整天都手不释卷。

晚饭后,皇帝开始翻看帕尔克和霍内曼写的非洲游记(他先前在我的《勒萨日的历史学、系谱学、编年学及地理学图鉴》中知道了这两本书)。在这份游记中,霍内曼和伦敦非洲协会提到了埃及军总司令(波拿巴)在他们探索非洲期间热心相助、慷慨援手的事迹,并彬彬有礼地

---

① 塔列朗失宠后,他便代替前者担任侍卫长一职。

表示感谢，读来让人倍感温暖。[829]这么长时间以来，皇帝随便翻开某本书都能看到自己的名字，可每次都只能读到侮辱之词，他对此都习以为常了，如今看到这番话，他好不开心。

谈记忆—商业—拿破仑就各个政治经济领域构思的思想体系
6月23日，星期日

下午三点，我来到皇帝房中。由于收到新书后太过高兴，他昨晚一整夜都在看书，并向马尔尚口述了相关评语，所以现在异常疲惫。我来了后，他的精神稍微好了点儿。他洗漱后，我们一起去花园散了步。

晚餐期间，皇帝提到自己青少年时期读过的大量书籍。他刚读了一些有关埃及的书籍。根据这些书记载的内容，他觉得自己口述的埃及部分几乎不用再做修正了。他先前在回忆录中口述的一些事，并非他从书中读到的，今天读的这些书恰好验证了这些事的真实性。

我们谈起了人的记忆。皇帝说，一颗没有任何记忆的脑袋就如同一处没有驻防部队的阵地。各人有各人的记忆，它绝不是普遍的、绝对的，而是相对的、忠实的，人们只记住于自己而言必要的信息。在场有人说，他觉得人的记忆就如同视力，只要换个位置，站得离某个地方、某些东西远些，它们留下的印象就模糊了。皇帝反驳说，在他看来，人的记忆就如同心脏，忠实地保存着所有珍贵的东西。

说到好记性和深刻的回忆，我这里就要引用皇帝的一句话了（时间长了，我都差点儿把这句话给忘了）。有一天，他在餐桌上讲述自己在埃及的一次作战，把当时参加战斗的八九个旅的编号一一说了出来；贝特朗夫人忍不住打断他的话，问：都过了那么久了，他怎么还能记得这些编号。皇帝回答："夫人，这跟恋人会记住他从前的爱人是一个道理。"

晚饭后，皇帝令人把我的《勒萨日的历史学、系谱学、编年学及地理学图鉴》拿过来，想根据他才读完的非洲书籍看看我这本书的内容是否有误。[830]他惊讶地发现，我竟然写得分毫不差。

之后，他谈起了商业，说起了自己应用的商业体系。皇帝反对经济学家，觉得他们的理念在纸面上也许行得通，可一遇到实践就漏洞百出。他还说，看看不同国家的政治制度，人们自然会发现这些学说中的错误；地方的差异性，导致各地必然背离这些普适性的经济学说。备受经济学家诟病的关税的确不应该是税务机关的唯一目标，它应当为人民提供保障和保护，应当遵循贸易业的性质和目的。荷兰一无农产品，二无制造品，只能走货物集散代理这条商业路线，所以不能给它设置任何关卡或阻碍。法国则完全相反，它拥有丰富的农产品和健全的工业，故必须一直保持高度警惕，预防某个比它略胜一筹的竞争对手对它进行商品倾销，一定要当心贪婪、自私、冷漠的掮客。

皇帝说："我一再提醒自己别犯其他制度制定者犯过的错误，别以为自己的想法就是民族智慧的全部体现，真正的民族智慧是经验。您看看经济学家的论证：他们一直向我们吹嘘英国的繁荣，把它说成我们的楷模，可是英国的关税制比其他任何国家都更加沉重、更加专制。他们还反对贸易禁令，可明明英国才是设置贸易禁令的鼻祖。对某些货物实施禁销令，这在实际上是非常必要的。关税制并不能替代贸易禁令的作用，因为人们总能通过走私和其他手段逃过关税。法国在这些地方还很落后，社会大部分民众对这些东西仍感到陌生和迷糊。然而，我们照样取得了巨大的进步！农业、工业和商业本就有不同的目标，我在这方面推广渐进分级制，这个想法是多么明智啊！这个划分制度发挥了多么积极、多么实际的作用啊！

831 "最高级是农业，它是帝国的灵魂和第一根基。

"第二级是工业，它关乎民众的富裕和幸福。

"第三级是对外贸易业，如果前两者产能过剩，我们便可将它好生利用起来。

"在整个大革命期间，农业水平逐步提升。外国人原以为我们的农业已经毁于一旦，可在1814年，英国人不得不承认一个事实：我们根本无须借鉴他们的农业模式。

"在我的领导下，法国的工业和对内贸易业也飞速发展。化学在制造业上的应用促进了这个产业的突飞猛进。我引导的这个发展还蔓及整个欧洲。

"从排列结果来看，对外贸易的地位比前两个产业低很多，它在我心中也一直是前两者的附庸。对外贸易为工农业服务，但工农业并不靠它而存在。这三大基础产业有着不同的，甚至经常对立的利益。我一直在渐进分级制中为它们提供支持，但从来都不能也不应对它们同等相待。时间会告诉世人，这三大产业得到的一切发展都离不开我的努力：我为它们创造了国家性的资源，把它们从英国人的手中解放出来。现在，我们都知道1783年英法签署的商业协议里暗含了什么秘密。① 法国至今都在谴责协议起草人；但当初是英国人拿再度开战来威胁我们，法国才接受了这个协议。《亚眠条约》签署后，英国想对我故技重施，但我实力雄厚，比他们更有手腕。我给英国的回答是：哪怕他们成了蒙马特高地的主人，我也会拒绝他们的要求。这句话传遍了欧洲大陆。

---

① 此处明显有错，杜南在《圣赫勒拿岛回忆录》批注版第一卷第777页附注1里面做了修正。这个协议签署于1786年，而非1783年。

"今天，英国肯定会把这类协议强加到法国头上，只有公众表达强烈的不满、全国齐心反对，它才会罢手。法国人民对自己的利益已经开始有了清楚的认识，能一眼识破这种把戏了。

"我执政的时候，保持中立的美国人来到我们国家，把他们的原产品也带了过来。但他们做了两件失礼的事：他们在回去的途中，把空船开到伦敦，装满了英国制造品，而且由伦敦经手给我们付清款项。如此一来，[832]英国中间商和制造商赚得盆满钵满，吃亏的却是我们。我要求任何美国人都不得往法国出口任何商品，除非他从法国往外运出同等价值的货品。此话一出，我们国内闹成一片。有人说，我会毁了贸易业。可接下来发生了什么事呢？虽然我关闭了所有港口，即便英国人控制了各大海域，可美国人照样跑回来，遵从了我的命令。要是换作情况更好的时候，我还可以得到更多呢。

"我在法国实现了棉织品制造的本土化，其中包括：

"一是棉纱线制造业。先前我们不产棉纱线，只能看英国供货商的脸色。

"二是棉织品。先前我们根本不产棉织品，全从国外进口。

"三是印花。这是我们唯一一个独力做成的事。我想将前两个制造业本土化，便向参政院提议禁止进口这两个产品。参政院的人听了这话，脸都白了。我把奥伯坎普夫叫过来，和他谈了很长时间，从他那里了解到：这么做肯定会在制造业中引发震荡，但过一两年，等我们拿下了棉织品制造业，法国将获得巨大的利益。于是我不顾众人反对，发布法令。此事论影响力，绝不亚于一场政变。

"最开始，我只禁止棉织品，后来我把棉纱线也禁了。今天，我们坐拥这三大产业分支，我们的人民获得了巨大利益，英国人损失惨重。此事证明，管理国家就跟打仗一样，想赢得胜利，就得拿出勇气来。要是我能像攻克纺棉一样找到纺麻的办法就好了。我曾承诺，任何发明纺麻技术的人将得到100万法郎的奖赏。要是我们后来没有大难临头，我肯定能攻克这个难题。①要是能实现棉花栽种的本土化，我还会禁棉呢。

"我还大力鼓励丝织品行业的发展。作为皇帝和意大利王，我估计丝织品行业每年能创造1.2亿法郎的利润。

"商品出口许可制当然有它自己的弊病！感谢上帝，我没有把它当作基本国策去执行。[833]这套办法是英国人的发明；在我看来，它只能是临时的应对之策。从波及范围和执行程度来看，我觉得大陆政策也不过是战争时期的一种手段罢了。

"在我统治期间，虽然对外贸易业遭到挫折、走上萧条，但这是当时的局势和各种波折造成的。只要我国取得和平，对外贸易业就能立刻恢复正常。"

谈炮兵部队—它的用处和弊端—学校旧事
6月24日，星期一

皇帝说，他昨天一整天都在读《总汇通报》中关于制宪议会的内容，像在看小说似的，读得津津有味。他说，他在里面看到许多熟悉的名字，后来他们都成为历史的主演。但他也承认，读者必须对制宪议会之外的东西有所了解，否则他读到这份制宪议会报告，会觉得平淡无趣、难以理解。毕竟，大革命初期的思想和纠葛就如同暗流，只在地底下涌动。

---

① 实际上，我们今天已经能像纺棉一样纺麻了。——辑录者注

晚饭后，皇帝谈了许多炮兵队的事。他曾严格要求炮兵把大炮摆放整齐，不太注重其他的琐碎细节。许多将领常常不知如何最好地使用大炮，可他们若把所有设备器材摆放整齐了，将比做其他事更有裨益。

皇帝说，炮兵部队在战场上普遍存在火力不足的问题。战场上有一大原则：绝不能没有弹药。如果遇到弹药不足的情况，可以省着开火；但在其他时候，军队都得不停开炮。不知道多少次，他差点儿被乱打乱放的炮弹击中，一命呜呼，因此深知火力程度对战斗结果的重要性。他认为，炮兵就该一刻不停地开炮，别管这要费去多少炮弹。他还说，如果想避开被击中的危险，就该站在离大炮300土瓦兹的地方，而不是800土瓦兹的地方：在距离300土瓦兹的地方，炮弹通常会从你头上飞过；800土瓦兹的地方反而会时不时掉几枚炮弹。

⁸³⁴他说，炮兵部队如果遭到敌方炮兵的攻击，就切勿再朝步兵开炮了。他开玩笑地说，这是因为人天生就是懦夫，有自保的本能。我们中的一个炮兵军官忍不住高声反对这个论断。①但皇帝继续说："这千真万确。因为你们要立刻展开防御，对抗敌方炮火；你们要力图摧毁对方，否则对方会把你们给歼灭了。你若经常停火，敌方大炮的确可能放过你，却会转头朝我军步兵开火，而后者是决定战斗走向的一个极其关键的因素。"

皇帝经常提到他少年时期待过的那支炮兵部队。他说，这是欧洲最优良、最精锐的一支部队；大家如同一家人一样齐心协力地作战，其将领如同慈父一样，是世上最勇敢、最可敬的人，如金子一般纯洁。不过因为经历了太长的和平时期，他们都已垂垂老矣。军中的年轻人常常笑

---

① 请看《古尔戈日记》第一卷第834页。

话他们，因为当时很流行讥笑和讽刺别人。即便如此，他们依然爱着这些年轻人，一直公平相待。①

6月25日，星期二

我们收到了护卫舰送来的第三批也是最后一批书籍。皇帝亲手拆开包装，弄得自己浑身疲乏。

下午三点，皇帝接见了许多人，其中包括上将和他的妻子。他身体非常难受，在大元帅的陪伴下在自己房中吃了晚餐。

我在对意之战篇章上得到的最新指示—皇帝对德鲁奥将军的看法—谈霍恩林登战役

6月26日，星期三

835 皇帝让我带着儿子去他房中，让我俩研读《总汇通报》，以检查和完善我们负责的对意之战这部分篇章。

皇帝没有如他先前所说的那样，拾起中断了的回忆录工作。听了他对我的这番叮嘱，我心中格外高兴，觉得他似乎又燃起了工作的热情。

我们要做的是在《总汇通报》中收集所有报告和官方文件，将其拿来做证据资料。皇帝希望我们能根据这些资料的性质将其整理分类，好让他立刻对它们的印刷篇幅做到心里有数。他还提醒我，将来这些工作都算作我的成果，所以我相当于纯粹在为自己做事。让我倍加感动的不是这话本身的意思，而是他说这话时对我体贴的考虑、友好的语气、亲近的态度，这些于我有着更加珍贵的意义。

---

① 拿破仑在人生的最后阶段，再度回忆起了他深深缅怀的这段岁月，并把一部分遗产赠给他从前在炮兵部队的长官杜泰伊男爵的后人。他亲笔写下这句话："为了感激我们在他的指挥下担任中尉和上尉期间，这位正直的军官对我们的悉心关怀。"——辑录者注

皇帝经常跟我说：对意之战这部分内容要加我的名字；他把它给了我，它将是我的东西；我也许还可以考虑日后将其出版，并在里面加上自己的看法；如果我来不及做这项工作，我的儿子也可以把它们收集起来，继续开展后续出版工作。

就这样，皇帝把一笔珍贵、璀璨的民族遗产托付给了我。我们千万不能把它损害、毁坏了。此外，我们一定不能靠它去搞投机生意，更不能谋取于其有害的利益。我还没说完，我还希望人们拿出格外细致、近乎吹毛求疵的态度，用心做成这本书。

所以我对书商立下了几个要求：

第一，保留作品的特色，最多只把它编成四册。

第二，要拿得出出版费用，用心编撰作品。

第三，搜寻资料，看能否找到由意大利军军官绘制的地图。负责本书的编辑印刷工作的工人、书商等，[836]都得是意大利军的退伍军人。

第四，由于这份讲述资料的每字每句都出自皇帝之口，人们不得以任何借口对他的所有口述内容进行任何修正或篡改，在下方添加注释、给出相关解释或理由的情况除外。

第五，从我的日记中整理出皇帝的早年经历，写一份概括性的导论，将其放在皇帝口述的回忆录前面。

第六，印100套样书，要将其打造得无比精美，不计装订成本；不管这批样书实际价值是多少，都统统定价为1000法郎。这批样书每本中都附上几行拿破仑的亲笔手迹（它们出自我持有的一部分真迹），不能拿仿写的凑数。

第七，另外再造100套样书，规格同上，将其暂时存在手上，待前100套样书售光后，再以每本500法郎的价格将其售出。

第八，除去这200套样书，其他书只采用最普通的印刷纸，尽量地压缩印刷成本，好降低书价。意大利军所有老兵都可免费获得一套样书，伤兵买书享半价优惠，军官购书享七五折优惠。

第九，和一个英国书商、一个德意志书商、一个俄国书商、一个意大利书商、一个西班牙书商展开洽谈，保证他们最先拿到本书的译作版权。他们唯一要做的就是购入和发行500套法语版样书。他们如果愿意，也可将法语版样书和在本国发行的前500本样书搭配发售。

第十，如果本书出版后有了足够的盈利，就再出版一本关于意大利军的后续作品，以做补充。战争档案馆可提供充足资料，帮助编写这本书。如果我的儿子有其他想法，或者有人想出更好的主意，也可将它们补充到这本书中。为了集思广益，避免犯下错误，[837]我想出一个稳妥的办法：成立一个意大利军小型讨论会，由它负责此事。我相信，它定会格外上心地对待此项工作。

附注：我之所以把包括这篇文章在内的许多个人补充写进《拿破仑圣赫勒拿岛回忆录》，原因只有一个：《拿破仑圣赫勒拿岛回忆录》完全忠实地复述了手稿内容；手稿原来是怎么写的，《拿破仑圣赫勒拿岛回忆录》便是怎么写的。

有个批评家匿名写了一本书，在里面的对意之战章节里一再提到我的《拿破仑圣赫勒拿岛回忆录》，语气极不友善。他这本书的大部分内容都写在《拿破仑圣赫勒拿岛回忆录》出版之后，还取了个与《拿破仑圣赫勒拿岛回忆录》相近的名字。① 对于他气势汹汹的抨击，我没有

---

① 这里说的是缪塞-帕泰写的《回忆录后续》（Musset-Pathay, *Suite au Mémorial*）。

丝毫不忿。拿破仑曾一再表示，愿把这份手稿交给我处置，这个批评家就在书中各种明说暗示，对拿破仑的这个想法表示吃惊和质疑。他问："事情若果真如此，为何《拿破仑圣赫勒拿岛回忆录》的作者手上只有对意之战的部分手稿呢？"这个批评家觉得，拿破仑将其交给蒙托隆将军才更符合情理，因为后者书中的大部分内容都和战争有关。指手画脚地评论一番后，他得出结论：无论怎么看，事实都和我所谓拿破仑的承诺相悖，因为今天是蒙托隆出版了对意之战的全部手稿。

但这个匿名批评家要是认真读了《拿破仑圣赫勒拿岛回忆录》，就会发现在日记中拿破仑反复表达了这个意愿，而且并非只在私下谈话中提起此事。他曾当着所有人说过这个想法，甚至在餐桌上提到过它，我们圣赫勒拿岛上的每个人都可站出来证明此事真伪。可我若这么做了，大概这位批评家又觉得我有爱出风头之嫌。

至于他在书中提出的疑问和惊讶，我的回答仍是，他若仔细读了我的书，会发现：

第一，在1816年12月29日的日记中和其他地方，我清楚地解释了为何自己手上只有对意之战的部分残卷。

第二，1817年12月到1818年3月，我回到欧洲后，贝特朗将军从朗伍德给我写信，表示他一旦寻到合适的机会，就会立刻告诉我对意之战这部分口述的余下内容。

[838]第三，我们在记录拿破仑的口述时，完全严格抄下了他的原话；我们首领的话被篡改这种事性质恶劣，我们绝不允许它的发生。至于我们有的人不熟悉战争，有的人精通军事，这是另一码事。

第四，这位匿名批评家说，我所谓的拿破仑的承诺和事实存有冲突。我想回应说：从我被迫离开拿破仑，和他相隔千里到现在，中间过去了很多年。拿破仑去世前，甚至都以为我已不在人世。在这种情况下，由于时间的流逝、距离的阻隔，他改变原来的决定也是合情合理的事。再说了，难道他没有权利根据自己的想法改变决定吗？此外，他在人生的最后时刻没有决定将回忆录分开出版，而是采用了一个更加周全、我第一个拍手叫好的做法：他把所有口述回忆录都交到几个遗嘱执行人手上，并叮嘱将其整理出版成一部设计精美、装潢豪华的回忆录，献给他的儿子。①

今天的晚餐中，皇帝回忆起了他手下的一些将领，对他们称赞不已。可惜的是，他们大多数人已经溘然长逝。他对德鲁奥将军的才华和能力给予了最高的评价，叹道：人生的一切都没有定数，不过是从已知走向未知罢了。他说，德鲁奥将军身上有着成为一员大将的所有品质；他有足够的理由相信，德鲁奥比他的大多数元帅都要强上许多，是统率千军的将才。皇帝还补充说："而且他本人也许并不知道这一点，这是他的另一个品质。"

他说到了勇猛过人的缪拉和内伊，认为此二人很有胆识，却判断力不足！②在这方面略加阐述后，他得出结论：某些人之所以会干出一些令人难以理解的事，正是因为他们的性格和他们的头脑不相匹配。

839 我们转而谈起了著名的霍恩林登战役。皇帝说："这是我军没有任何预先部署、靠机缘巧合取得的一场重大胜利。我说过，莫罗根本没有什么创造力，也不够果断，更适合打防御战。霍恩林登就是一场乱战：敌人在进攻中突然遭到攻击，反被已被它阻断、眼看就要遭到歼灭

---

① 上文的附注在1823年版中并未出现，是1824年版以后才有的。
② 1823年版此处还加了一句话："也许他们还有平庸的能力，知道如何在他们觉得危险的时候、在必要时刻展现这种平庸。"

的军队给打败了。此战中功劳最大的是部分军队中的士兵和将领，他们舍生忘死，英勇奋战。"

谈到对意之战的时候，我们问皇帝：我军当时在战场上势如破竹、捷报连连，他因此扬名天下，应该倍感高兴吧？他说："完全没有。""可远离战场厮杀的人觉得，您理应感到高兴。""这倒可能。那些人只看得到捷报，却不知道真实的战场情况。如果我为这些胜利感到高兴，就会陷于安乐和享受。然而我眼前仍面临着重重危险，得把才取得的胜利丢到脑后，好为明天新的战斗做好准备。"

我想起一个非常优秀的将军（拉马克）对莫罗的看法。他长期效忠莫罗，非常爱戴后者。他跟我讲过莫罗将军和拿破仑在行事风格上的不同之处，说："如果两位将军指挥军队对攻，而且有充足的时间展开行动，我会投奔莫罗将军的麾下，因为他做事有条不紊、精准严密、深思熟虑。拿破仑在这方面不可能胜过他，甚至都不可能和他打成平手。但如果两支军队已到短兵相接的地步，之间只隔着100来米的距离，在对手弄清楚情况之前，皇帝就已在他面前玩了三次、四次甚至五次的迷魂阵了。"

我们的一大祸害：老鼠—卡斯尔雷勋爵的谎言—法国的女性遗产继承人

6月27日，星期四

我们差点儿连早饭都没得吃：昨晚，一大群老鼠跑进厨房各个角落，[840]把东西全啃光了。这群老鼠成了我们的一大祸害，而且数目巨大、穷凶极恶、猖狂至极。要不了多长时间，它们就能凿破我们的墙壁、咬穿我们的地板。每次我们吃晚饭的时候，它们就被食物的味道吸引过来，冲进客厅。不知多少次，我们在用过甜点后就不得不和老鼠展开苦战。有天晚上，皇帝想回屋，我们中有个人正想把他的帽子递过去，结果里面掉出一只肥硕的老鼠。我们的马夫曾想养家禽，后来不得不放弃，因为老鼠能把一切家禽都祸害了。他们甚至一度被逼到每晚都把家禽抓起来，关进笼子里，挂在树上。

今天，皇帝读了报纸上的一篇文章。文中说，卡斯尔雷勋爵在一次公开会议中声称，拿破仑下台后依然坚定地说：要是他能执政，还会继续和英国作战；他从来只有一个目的，那就是彻底毁灭英国。

皇帝被这番话激怒了，说："卡斯尔雷勋爵真是个撒谎高手，还把他的听众当成傻子。他们难道没有常识，不会思考这么一个问题吗？即便我真有这个念头，会蠢到把它直接说出来？"

卡斯尔雷勋爵还在国会中说：法国军队之所以对拿破仑极为爱戴，是因为拿破仑动用类似征兵的手段，把帝国所有女性遗产继承人召集起来，把她们分配给手下将士。皇帝反驳道："卡斯尔雷勋爵又在说胡话了。他去过法国，了解我们的风俗和法律，肯定知道这种事是不可行的，更超出了我的权力范围。他把我们民族当成什么了？法国人绝对忍受不了这样的暴政。我的确安排了许多桩婚事：要把不共戴天的党派融合成一个大家庭，婚姻是最主要的手段。要是我执政时间再长点儿，我还会在被并入法国的省份[841]甚至莱茵河同盟中大力推行这个办法，好把这些零零散散的地方紧密地连在一起。但我这么做的时候，只会利用自己的威信，而绝不会动用我的权力。卡斯尔雷勋爵无视这两者的区别，出于政治需要，不择手段地抹黑我的形象，不放弃任何诬蔑我的机会。如今我深陷囹圄，他动用各种手段封住我的嘴，堵住我一切反驳的途径。我人在千里之外，能拿他怎么办呢？他占据高位，想说什么就说什么。这种行径简直厚颜无耻、卑鄙下流、肮脏下作到了极点！"

接下来我还要讲一件事，以证明皇帝方才这番言论的真实性。我是从第一相关人那里听到这件事的。阿列格有个女儿，将来会继承一笔庞大的遗产，皇帝便想把她嫁给维琴察公爵科兰古。皇帝对科兰古感情深厚，大家都知道后者是宫廷的红人，不仅身居高位，还和皇帝私交甚笃。皇帝觉得，这桩婚事应当不会遇到任何阻碍。他把经常出入宫廷的阿列格叫了过来，问他是何想法。然而阿列格另有打算，拒绝了这桩婚事。拿破仑想说服他，但阿列格态度坚决。当时阿列格跟我讲这件事的时候，我觉得他实在是勇气可嘉（当然了，他的确是一位勇士），因为他跟我们所有人一样，觉得忤逆皇帝是件非常危险的事。可我们都想错了，我们谁都不了解皇帝。如今我才知道，他是多么注重个人和家庭的权利。我也绝不认为，阿列格曾因拒绝婚事而遭到任何报复或不公的对待。

晚饭后，皇帝想读皮戈-勒布伦和其他人的几本小说，却死活看不进去。他把每本书都翻了几页，然后丢到一边，说它们写得着实令人反胃。

总督要削减我们在朗伍德的开支
6月28日，星期五

[842]一点，皇帝把我和我的儿子叫过去。我们按照他的新指示完成了对意之战的第一章，便将其带过去给他看。他把我们父子俩一直留到了近六点。

总督去了大元帅家，拐弯抹角地向他透露了要削减朗伍德开支的消息。他满脸坦诚地说：伦敦认为，我们既然可以自由返回欧洲，皇帝的随从人员数目就会大大减少。他还说了一句叫大元帅听得不太明白的话：我们要是有个人财产，可以抽出自己的钱做生活开支；据他观察，我先前就是这么做的。他还说，他的政府只打算每天给皇帝提供四人份的饭菜，而且每周只有一次大餐……他可真是贴心啊！他是不是还想暗示我们今后要自己付寄宿费，还有房屋等一切开支用度方面的费用？你们别觉得这事儿不可思议，我们在这里待久了，觉得什么事都可能发生。

皇帝今天重新拾起之前读过的一本书，书里讲了一个爱尔兰女人的故事，戈登史密斯借用这个故事向皇帝发起猛烈攻击。皇帝说，他清楚地记得，自己去了巴约讷的马拉赫城堡后，发现皇后约瑟芬身边站着一位倾国倾城的女子，让他深感惊艳。这惊鸿一瞥完全在旁人的预料之内，因为此次邂逅本就是一场刻意的安排。皇帝说："上帝知道他们打着什么主意！约瑟芬皇后也从这件事中吸取了教训。这位小姐随皇后来到马拉赫城堡，差点儿坏了我的大事。我当时确实被她迷得神魂颠倒，然而负责秘密警务工作的人①把一封写给这位小姐的信交给我，让我一下子清醒过来。这封信是一个爱尔兰女人写的，不知此人是她的母亲还是姑母。⁸⁴³她在信中对这个姑娘做出详细指示，叫她扮演好自己的角色，告诫她要行事机灵，并千叮咛万嘱咐，叫她一定要不惜一切代价保住她在我跟前的恩宠，要善于施展她的魅力来影响我。读了这封信后，我如梦初醒。那些肮脏的阴谋、卑鄙的手段、暗地里的谋划，甚至她那外国人的身份，全都让我感到恶心。正如戈登史密斯说的那样，那个年轻貌美的爱尔兰女人被送到一辆邮车上，立即被送到巴黎。我现在可算看出

---

① 1823年版点明此人是拉瓦莱特。（请看《人名表》）

来了，这些诽谤者总有本事把罪名安在我头上，可我的行为明明完全合乎道德。我敢说，我在欲望上的自控能力堪比著名的西庇阿。可他们照样能编出一个故事来。"

晚饭后，皇帝不知该读哪本书，便提议说：虽然我们没有写小说、讲故事的才情，但至少可以轮流挑选一本书，供众人晚上一起阅读。然后他起了个头，选中了德里尔神父的诗集《论怜悯》。他觉得里面的诗写得极好，文字纯洁，思想高雅，就是毫无创新和激情。它的确比伏尔泰的诗略胜一筹，但根本不能和我们的一些文学巨匠比肩。

6月29日，星期六

皇帝在花园用过早饭，并把我们所有人叫到了那里。早饭后，他围着花园散了几圈步。今天他心情愉悦，不断跟我们打趣，说：这个人的住处是多么精致优雅啊；那个人得到总督多么丰厚的报酬啊，他总算有布料去改大自己宝宝的贴身内衣了；至于我嘛，总督多喜欢我的汇票票据啊，甚至要求其他人也拿出这么多票据来。他边讲边笑，把我们平素的苦难改编成笑话。由于天气突变，皇帝没过多久就回屋了。

[844]晚饭后，皇帝读了德里尔神父翻译的弥尔顿的几篇作品，觉得它写得远不及《论怜悯》那般精彩。有人跟他说，神父流亡到伦敦后，有人指定让他翻译了这本书，而且读者只能通过预订来购买它。

乘车散步期间，我们聊到了法国国王和他们的情妇，如蒙特斯潘夫人、蓬巴杜夫人、杜巴丽夫人等。我们热烈讨论了背后的缘由，大家各执一词，辩得非常激烈。皇帝也兴致勃勃地一会儿支持正方，一会儿加入反方，但最后还是向道德致敬，做了辩论总结。

我流亡期间的伦敦王室—乔治三世—皮特—威尔士亲王—逸闻小事—拿骚家族—拿破仑聊到自己的人生

6月30日，星期五

皇帝一大早就把我叫了过去，让我和他一起吃早餐。他神情烦闷、眉头紧皱，没有太多谈话的兴致。不知怎么，我提到了伦敦和当初那段流亡岁月。皇帝似乎想敲定谈话主题，说点儿话解解闷，跟我说："既然去了伦敦，您应该也见过王室、国王、威尔士亲王、皮特、福克斯和其他当时活跃的大人物吧？跟我讲讲您都知道些什么？人们对他们有何看法？好好跟我说一说。""陛下，您忘了，或者说您从来不知道流亡贵族当时在伦敦处于什么地位。我怀疑王室是否在宫廷里接待过我们。心善的老国王乔治三世非常同情我们的个人遭遇，却不愿在政治上承认我们。哪怕宫中有人想招待我们，我们的经济能力也不允许自己踏足宫殿。所以，我不曾出入宫廷。不过，我倒见过陛下刚才提到的大部分人，还和其中一些人有过交谈。

"我多次在上议院见到国王，还曾近距离地听他说话。我在首都的社交圈和其他许多场合中见过威尔士亲王。[845]伦敦不像巴黎，那里的宫廷和人民大众之间没有这么大的鸿沟。他们国小人多，知识广得传播，教育非常普及，人民丰衣足食，整个民族的生活水平、社会地位看上去都差不多的样子。看到全民上下几乎都过着贵族一样的生活，人们会忍不住问：人民去哪儿了？据说当初亚历山大皇帝访问伦敦的时候就提了这个问题。[①]和各个阶层、各个领域、各个阵营中形形色色的许多人有过接触后，按理说，我对这个国家应该有所认识；可遗憾的是，我当时很

---

① 亚历山大在回到俄国之前，于1814年访问了伦敦。

少去留意和搜集这些信息。更叫我惭愧的是，过了那么长时间，我对伦敦的记忆也模糊了。

"乔治三世是王国中最正直的一个人。由于品德高尚，他得到了所有人的尊敬。纵观他的一生，我们可以用两句话来概括乔治三世的主要性格特点：恪守法律，拥护道德。国王在20岁时疯狂爱上了苏格兰一个数一数二的大家族中的一位美丽女子①，人们非常担心他要娶其为妻，可旁人的一句话就把他劝了回来：这么做不合法律规定。他立刻迎娶了旁人给他挑选的一个女子，她便是梅克伦堡公主。②令他痛苦的是，公主长相丑陋至极；然而乔治三世堪称模范丈夫，一辈子从未背叛过她。

"乔治三世登基一事，堪称英国政坛中一场名副其实的革命：它打消了王位觊觎者的企图，总算让汉诺威王室坐稳了位置。然而，帮助汉诺威王室打下江山的辉格党被剥夺了一切政权：他们就如一群不合时宜的老学监，如今再也派不上用场了。追逐权力的托利党重掌政权，从此一直将国家大权牢牢把控在自己手中，极大地损害了公共政治自由。

"皇帝在这方面倒是摆脱了一切个人成见。他真心拥护法律和正义，在乎国家的繁荣和利益。^{846}虽然英国当初无比强硬地反对法国大革命，但其中最大的原因不在乔治三世身上：皮特才是背后真正的煽风点火者。皮特继承了他的父亲查塔姆勋爵的政治思想，极端仇视法国，狂热推崇寡头政治。大革命期间，皮特已是国之重臣，手握大权。他把精心筛选后的许多事情告诉国王，煽起后者的怒火。可我们得承认，我们一开始干出的暴力犯罪事件也为皮特的观点提供了绝佳的论据。有人认为，要是可怜的乔治三世能够保持清醒，陛下最后肯定能从他那里获得

---

① 即莎拉·伦诺克斯女士。
② 即夏绿蒂·德·梅克伦堡-斯特雷利茨。（请看《人名表》）

巨大的政治利益：因为陛下可以让乔治三世知道事实的另一面，使其放弃先前的政策。乔治三世有自己的性格和做事风格：他拥有求知欲，愿意听取别人的意见。可一旦做出决定，他就很难改变心意（虽然并非完全不会改变心意）。他在神志清醒的时候还是很有才干的。

"所以，于我们、于欧洲，甚至于英国而言，他的脑病都是一场灾难。国王患病之后，英国又回到了皮特的政治路线上，直到如今才意识到这是一个多么严重的错误。

"国王初次犯病后，皮特一举巩固了自己的地位，威信大增。当时，许多人觉得国王已经疯癫，想把他丢到一边；他们迫不及待地想宣布国王已经无力治国，好把年幼的王位继承人控制在自己手上。才25岁的皮特站出来，独力对抗这一帮人。由于这个颇有胆识的举动，皮特成了全民上下的偶像。那段时间也是他人生中最得意的日子。他把乔治三世送到圣保罗那里，感谢上帝，国王痊愈而归，人民无不为此欢欣鼓舞。皮特的声誉也在一时间抵达巅峰。"

皇帝问："那时威尔士亲王在做什么呢？"

"陛下，据说他那时规矩本分。不过，当时很多人都在议论一幅充满恶意的讽刺画。画中一个人趴在大街上，其穿着打扮和威尔士亲王非常相似。讽刺画下面还有一行字：[847]年轻的继承人肚子贴地，一路欢跑，以庆祝他的父亲身体痊愈。

"皮特当时的确是国王的大救星，也是公共和平的救世主。事实证明，乔治三世并未完全丧失统治国家的能力。要是如反对派希望的那样，人们果真采取了摄政制，他们后来肯定会不承认国王仍有治国能力，英国说不定还会因此爆发内战。

"我经常听人说，乔治三世的精神疾病并不是普通的疯病。他之所以疯癫，不是因为大脑受损，而是脑部供血的血管梗死了。这个病症源自一个家族遗传病。人们说，他的病更像是谵病，而不是精神错乱。只要病症的根由解决了，国王就能立刻恢复正常；再加上悉心调养，他的治国能力完全不会受到任何影响。这便解释了国王为何一再发病，又多次恢复正常。这个说法的最佳证明就是：国王第一次犯病康复后，能站在伦敦人民前面，禁得起那个吵闹的环境，在欢呼声中依然脸色如常。

"还有一件值得注意的事可拿来作为佐证：乔治三世第二次发病后，有刺客潜入他的寝宫，向他开枪。在那种情况下，他依然可以保持镇定，完全没有慌乱，还能立刻告诉正站在门外的王后，叫她不要害怕，说不过是有人在大殿里开了一枪罢了。在这件事中，他保持着十足的冷静。毫无疑问，这些事证明他的脑子绝非糊涂了。人们也许会反驳说他人生最后几年一直处在疯癫中，可谁敢说国王从没有长期清醒的时候呢？

"乔治三世这位正直善良的君主多次遭到暗杀，险些送命，但似乎任何刺客都未因此被判处死刑，[848]因为他们都被诊断出有疯病——有宗教或政治上的疯病才差不多。最后一次暗杀行动最为轰动，它发生于1794年。①当时，国王去剧院看戏。在那个人心浮动的时候，他时不时在公共场合露脸，能起到振奋公众情绪的作用。国王走进剧院厢房的时候，正厅中一个人朝他开枪。恰巧乔治三世在那个时候弯腰向公众致意，子弹才没射中他。可想而知，当时的场面是多么混乱！肇事者对自己的罪行供认不讳。他和美泉宫刺杀陛下的那个狂热信徒一样，声称杀死国王能让自己的祖国获得和平和幸福。和美泉宫行刺事件一样，法官

---

① 此次刺杀实际发生于1800年，刺客是个叫哈德菲尔德的金银匠。

宣布此人精神失常，只把他关进监狱。①

"1814年，我游览伦敦②，在机缘巧合下见到了这个罪犯。因为我在上一年里受到陛下委托，离开巴黎执行公务③，还未摆脱那种工作状态，喜欢关注乞丐收容所、教化所之类的组织，于是我心血来潮，想去拜访一下英国的类似机构。我观察得最仔细的便是纽盖特监狱。我走进这座监狱，来到其中一个囚室，里面的囚犯享有一定的人身自由。带我参观的狱卒一开始就留意到了里面的一个人，告诉我此人名叫哈德菲尔德。我觉得这名字耳熟，便问他此人是否就是刺杀乔治三世的那个刺客。狱卒说，没错，正是他，他因为疯病被判处无期徒刑，被囚于纽盖特。我当时说，公众一直对此存有疑虑，声称他并没发疯。狱卒回答：哈德菲尔德确实是个疯子，但纯粹是间歇性发疯；在他稍微清醒点儿的时候，人们还让他在监狱各处自由活动；他如果察觉到自己的疯病即将发作，还会提醒众人小心。然后，狱卒把他叫了过来。我随便问了他几个问题，他能根据我的口音判断出我是法国人，还说他曾在佛兰德和我们打过仗（当时他是约克公爵麾下的一个轻骑兵或龙骑兵）。他给我展示身上的多处刀伤，以证明自己所言非虚。⁸⁴⁹他还说，自己一点儿也不仇恨法国人，因为他们都是勇士，在这场战争中没做错任何事；在这里面，人们只会站在自己这边。他越说越兴奋，狱卒便给我使了个眼色，叫他回去。然后，狱卒跟我说：他现在的状况很微妙，一不留意就又犯病了。

"我还是继续说乔治三世吧。他脑中唯一记挂的就是维护公众和国家的利益，并愿意为此牺牲一切。正是为了英国，他才让皮特当了那么

---

① 此处内容不实。在美泉宫行刺拿破仑的斯塔普斯被枪决处死。（请看《人名表》）
② 拉斯卡斯此次伦敦之旅，发生在拿破仑第一次退位之后。
③ 拉斯卡斯在1816年3月27日的日记中说过此事，又在1816年7月20日的日记中给出更多细节。

久的首相，哪怕这个首相对他并不好，令他极度反感。

"当时，英国面临着有史以来最大的一场危机，在这个火烧眉毛的时候，首相必须拿出高超的政治手段才行。皮特趁机而上，成了国王精神上的主宰者，无情地操纵着他的一切，不让他有丝毫的自由活动空间。连某个空缺职位的任免、身边某个贴身奴仆的赏罚问题，国王都不能自主决定。皮特把大事小事都抓在自己手上，还说这是为了国家的利益和国会的有效运转。如果国王表示出自己的不满，皮特就拿出惯用的办法来对付他：他自行请辞，说要把位置让给别人。后来，虔诚信教的国王遇到一件非常棘手的事：爱尔兰天主教徒要求获得解放。国王对此强烈反对，皮特也毫不退让，且拿出一贯的威胁手段。这一次，国王批准了他的辞呈。当时国王喜出望外，觉得自己终于摆脱了这个首相。他在当天对好几个人说，他终于把20年来把自己折磨得死去活来的那个人给甩掉了。这话告诉我们一个事实：皮特对待国王有多糟糕。我们还听乔治三世说，在他的所有首相中，只有福克斯在政事方面最重视他的意见，对他最为尊重，愿意倾听他的想法，哪怕这个首相被人怀疑有共和倾向。

"然而，国王考虑到公众的利益，[850]压下了自己的反感，一年后再度起用了皮特。据说，皮特在隐退朝堂后仍给自己留了一手，在阿丁顿的内阁中安插了自己的亲信，以方便他在短期内顺利回归政坛。不过从后来发生的事来看，皮特不得不动用有失其身份的阴谋手段才推翻了这位继任者，再度主掌内阁。可他上台后接连不顺，后来我军在奥斯特里茨战役上的胜利炮弹一举击杀了伦敦城里的皮特。

"皮特的名望日渐下滑，人们并不质疑他杰出的政治才干，但认为他的政治路线是在祸国殃民。英国被他一手造成的灾难打击得喘不过气来，而其中最可怕的余孽，当数皮特遗留下来的政治思想及路线。他引入英国的一系列政策，导致这个国家习惯了靠武力解决问题，开始启动各种各样有伤道德的告密制和阴谋手段，它们还被皮特的继任者们发扬光大。

"皮特最秘而不宣的一个手段，便是不断在大陆制造和煽动极端事件，然后拿这些事在英国危言耸听，这样他就能立刻达成自己的目的了。"

皇帝问："不过你们对此持何观点呢？你们流亡贵族是怎么想的？"

我回答："陛下，我们所有人都在用同一个放大镜看待问题。我们在流亡第一天说了什么，在流亡最后一日就仍复述什么。我们一直在原地踏步，觉得自己是人民舆论的代表。皮特成了我们的神使，他、伯克、温德姆以及那个阵营中最狂热的一批人说的一切话，都被我们奉为圭臬；他们对手的任何反驳，在我们耳中都纯属鬼话。在我们看来，福克斯、谢里丹、格雷就是一群卑鄙的雅各宾党人，我们对他们从来没有任何好话。"

"知道了，"皇帝说，"您再讲讲乔治三世吧。"

"这位仁德的君主最喜欢乡村生活，恨不得自己的所有私人时间都在乡间度过。他在伦敦城外不到一里地的地方有座农场，一忙完政务就去那里；除了定期的早安礼和必须出席的临时会议，他几乎很少回都城。[851]一忙完这些事，他就立刻返回农场。他说，他要在那里当个普通农夫，过着朴实无华的生活。至于阴谋权术，这些纯属于城中内阁的事。

"乔治三世的家庭遭遇了很多不幸。他的妹妹玛蒂尔德，也就是那位丹麦王后，一生如同小说故事一般悲惨。两个弟弟的婚姻让他倍感恼怒，自己的长子也不让他省心。

"乔治三世的两个弟弟，一个是坎伯兰公爵，一个是格洛斯特公爵。我和格洛斯特公爵私交甚密，他是我在英国遇到的最高尚、最正直、最光明磊落的一位绅士。根据英国宪法，这两位公爵和公共政事并无任何关系。尽管如此，当他们一个迎娶了平民，另一个也打算和一个普通女子结婚时，国王无法接受，认为他们犯了大错。国王苦心孤诣地运作，不愿承认坎伯兰公爵的婚事。坎伯兰公爵的抵触让他火冒三丈，他还为此向国会发布了一道公文。可这事还没完，他又得知格洛斯特公爵逃到加来，在那里宣布了婚讯。就在那时，大家开始疯传王位继承人私下结婚的消息。这种事仿佛成了这个家族成员的宿命，如烈性传染病一般传开了！"

皇帝问："什么？威尔士亲王也这样？"

"是的，陛下。所有人都在谈论他的婚事，还说得有鼻子有眼，不过由于此事无根无据，我也不敢多做猜想，但似乎大家都觉得此事是真的。不过后来威尔士亲王通过反对派在国会中辟谣，我们也只能相信他的话。

"不过我认识一个人，根据传闻，他的妻子是那位女性的近亲。此人亲口肯定了他们的婚事。听他说，亲王大婚的时候，他这位平民出身的妻子异常愤怒，威胁要做出一些过激的事。所以，亲王究竟是否秘密成婚，这成了公众心中的一大悬案。有的人相信这桩婚姻的确发生过，另一些人则激烈地予以否认。也许两边人说的都有道理。[852]据说，他娶的那位平民妻子（费茨-赫尔伯夫人）是天主教徒，他们的婚姻不被法律承认，所以王位继承者的这桩婚姻完全无效。不管事实如何，我在社交圈中经常碰见费茨-赫尔伯夫人，她的马车周围都是亲王的亲兵，其仆人还穿着跟亲王仆人一样的号衣。这位夫人比亲王年长许多。尽管如此，她仍是美丽、优雅、风采动人、自矜自傲的。据说她频频和亲王发生争吵，两人经常吵得不可开交，场面很是难看，一点儿都没有上流人士该有的样子。有人信誓旦旦地说，在两人的最后一次争吵中，费茨-赫尔伯夫人直接把亲王关在门外，皮特便趁机说服亲王迎娶布伦瑞克公主。

皇帝说："等等，您讲得太快，把我特别感兴趣的地方都漏掉了。人们最初是怎么看待威尔士亲王的？他在政治上有什么见地吗？他对反对派是何立场？"

"陛下，这位亲王凭借自己的长相、风采和头脑，很受公众的欢迎。但没过多久，他在生活上开始向18世纪中叶那些追逐潮流的大领主靠拢，变得玩世不恭，终日不学无术，沉迷享乐，和道德风评不佳的人来往。他这个样子引起正派人士的反感，人们对他的希望落空，在英国人数最多、堪称整个欧洲最有道德精神的中间阶层对他失去一切信心。英国上下都觉得威尔士亲王不能继承王位了。人们说，灵验的占卜家和巫师都预言说他没有登基为王的命。

"这时，他投入了反对派的怀抱。这事在既定继承者中其实并不少见。视威尔士亲王为自己重新执政的希望的反对派，不知是瞎了眼还是其他什么缘故，听见众人对亲王的指责后，居然说什么威尔士亲王就是亨利五世再世：当初亨利五世还是王储的时候，表现得也不算好，[853] 可他最后照样成为一代明君，所以现任威尔士亲王也将成为一位伟大的国王。"

皇帝说："可是，他不是站在大革命这一方，支持我们的思想吗？"

"不是的，陛下。法国革命思想走向极端后，威尔士亲王出于谨慎，逐渐疏远了支持大革命的反对派。他不再和哪一边公开结盟，而是通过纵情声色来填补生活的空虚。虽然国会为亲王还了好几次债，可他依然债台高筑，拆了东墙补西墙，他的公共形象也因此大大受损。由于亲王和费茨-赫尔伯夫人连连吵架，皮特终于拿下了亲王，表示只要他肯和国王搞好关系、同意和布伦瑞克公主结婚，自己就帮他还清债务。威尔士亲王别无他法，只好依照皮特的想法去做，向布伦瑞克公主求婚。可就在双方商谈婚礼期间，一个名气很大、一直企图操纵亲王的女人趁着亲王出现感情空窗期，成功来到他的身边。① 据说，她从20岁开始，就在觊觎亲王枕边人的位置。这个女人的年纪又比他大很多，大家便觉得这是这个家族的一大怪癖：他的几个兄弟也喜欢比自己大的女人。这个女人很快就当上了未来威尔士王妃的女官，甚至还前去迎接王妃，陪她来到英国。在这样的舆论环境下，在众人不看好的情况下，他的新任妻子② 踏上了英国的土地。有人说，这位不幸的王妃甚至都没有享受过新婚宴尔的甜蜜时光，也就是英国人所说的蜜月期，从结婚第二天开始，冷眼、嘲笑和鄙夷就成了她婚姻的常态。

"英国国内所有善良守德的人都支持王妃，为她鸣不平。在此期间，***女士③ 成了众矢之的，被人栽上最离奇古怪的罪名，甚至有人说她施展巫术魅惑亲王。不过，亲王照样被她迷得魂不守舍。[854]据说有一次，他和一伙酒肉朋友觥筹交错之际，有个人聊着聊着，说他认识一个和小说《危险关系》里的梅特伊侯爵夫人非常接近的女性，一大群人立刻争相炫耀，说自己也认识类似的风流俏佳人。于是亲王一时昏了头，

---

① 即泽西女士。（请看《人名表》）
② 即卡洛琳·德·布伦瑞克。（请看《人名表》）
③ 这里说的还是泽西女士。

提议每人把自己的一个秘密艳史写在小纸条上,大家把小纸条投进一个瓶子里,结果宾客笔下的女主人公几乎都是***女士。①亲王并不知道在场所有人都和这位女士有这层关系,还觉得不会有人认出自己的笔迹,也写下了他和这位女士的故事!!!

"我认识这位***女士。②单从她的外貌和举止来看,人们很难猜中她的实际年龄。她有着少女的天真,举手投足优雅动人。老实说,我眼中的她浑身上下散发着温柔善良的气息。到底是她那个圈子的风气就是那么放纵,还是她平白担了个污名,我就不知道了。

"威尔士亲王天生就懂得如何吸引别人,并把自己这个天赋发扬至极。据说,只要他愿意,大多数人都拒绝不了他的魅力,甚至舆论也能被他拿下来。纵观他的前半生,就是一部大失民心又重获民心的循环史。也许就是因为笃定自己能争取到公众的喜欢,他才如此肆无忌惮,根本不在乎别人对自己的评价。他的敌人曾说,他在这方面有着近乎英雄一般的无畏。他们抨击他的这种大胆,说他狂妄至极、不知悔改,自己的私生活一团混乱,还想找到他的妻子不忠的罪证——论出轨,他才是个中翘楚。可他也许纯粹是受了身边狐朋狗友的荼毒,被给予他荣耀和安宁生活的敌人给蛊惑了,才干出这么多荒唐事。可以肯定的是,王妃遭遇了最卑鄙的手段,没有法律的保护,也没有得到王位继承人的欢心。可泼这些肮脏污水的阴谋主使者扑了个空,没有找到王妃的任何把柄。他们说王妃在折磨亲王,把他变成了一个笑话。[855]所有人都在笑话亲王,嘲笑他费了那么大功夫仍找不到王妃出轨的铁证;若是其他丈夫遇到这种事,绝对不愿闹大,亲王反而把它弄得人尽皆知。所以,他

---

① 与上文是同一人。
② 与上文是同一人。

的行动失败一次，心中的仇恨就会多上几分，他对受害人的折磨也就越狠。最后，王妃几乎是被流放到了一个距伦敦城千里之遥的地方，失去了自己的女儿。反法联盟各国君主拜访伦敦期间，她还遭到公开羞辱。一些人用各种露骨的言论打击她，想把她逼出英国。在亲王几个所谓朋友（其实这些都是阴险小人）的帮助下，他们终于达到了目的。"

说到这里，皇帝再次打断了我的话，问我是否疏忽了一个非常关键的节点：亲王是何时、怎样获得王权的？他是如何跟反对派和解的？他对他的旧日朋友们做了什么？我说："陛下，这就是我最后要说的事。有一段时间，由于一场政治危机，陛下被迫宣布和英国断交。我们再也收不到那边的报纸，连相互通信都被禁止，两国人民之间完全断了联系。所以我的回忆中出现了一个空白期，除非我胡编乱造，否则无法将其填补出来。但我可以肯定的是，看到老国王反复发病又反复康复，各方势力终于达成一致：由威尔士亲王全面代替国王摄政。于是，一段充满变动和希望的时期到来了。长期以来一直都在吹捧亲王的反对派，以为自己终于得到苍天的眷顾；这群自亲王孩提时代开始就和他亲近的老朋友，以为自己依然和亲王命运与共，然而让所有人大跌眼镜的是，一切都没有改变。有人说，这是因为卡斯尔雷玩弄了奸计。总之，长期攻击亲王的旧内阁依然掌权，他那群最亲近、最要好的朋友什么都没得到！

"反对派对此大为不满，有人反拿他们开玩笑，说：这不成器的威尔士亲王成了一代明君后，做的第一件事就是疏离旧友。这句玩笑话说得很精妙，但它不是事实。要知道，王国中最聪明、最优秀的一群人都在反对派中，他们绝不愿当法斯塔夫①这种小丑弄臣。[856]所以亲王摄政

---

① 莎士比亚《亨利四世》和《温莎的风流娘儿们》中的一个人物，嗜酒成性，好斗自负。——译者注

后，他们就疏远了他：有的人不愿再见他，有的人拒绝了他的重用和主动示好。我们可以举一个事例来说明这个观点：反对派中有个人勉强接受了亲王某场私宴的邀请函；在宴会上，亲王利用自己向来攻无不克的迷人魅力，摆出一贯的亲善优雅的姿势，告诉这位旧友：他仍是从前的那个亲王，请对方至少告诉自己，他到底做了什么错事，被旧友们如此抨击。这位宾客满腔愤怒，毫不留情地痛斥亲王犯下的所有错误，其语气之激烈，连坐在桌上的卡洛琳王妃听了都忍不住哭出声来，虽然她内心或许支持这位客人的观点。第二天，这件事传到拜伦耳中，被他写成一首诗，引得人们议论纷纷。

"这首诗是这么写的：哭泣吧，国王的女儿，为你父亲的错误哭泣吧！你的一滴眼泪，许能洗去他的一个过错！在你的痛苦中预感到自己幸福未来的英国人民，也许会用微笑回应你的泪水。①

"1814年，我游览伦敦，曾有幸在卡尔顿公馆中被引荐给了威尔士亲王。"皇帝问："您怎么会生出跑到那里去的鬼念头？""陛下教训的是，但旁人都觉得被引荐给亲王是个天大的荣幸，由不得我拒绝。当

---

① 我回到欧洲后，找到了这首诗的原文。我在圣赫勒拿岛上凭记忆做的翻译，和下列原文有所出入。

  Weep, daughter of a royal line,
  A sire's disgrace, a realm's decay;
  Ah, happy, if each tear of thine
  Could wash a father's fault away!
  Weep, for thy tears are virture's tears,
  Auspicious to these suffering isles;
  And be each drop in future years
  Repaid thee by thy people's smiles!
      (March 1812)

——辑录者注

时伦敦城有许多法国人，我是唯一一个有幸跟在陛下身边、[857]当过您的侍卫的人，遵循着当时备受抨击的一套行为道德。有人跟我说，别人肯定会在我入宫前把我拦住。听了这话，我才决定接受引荐。就这样，我和另外21个法国人一起在早安礼中被引荐给了亲王。老实说，我从未见过比他更风度翩翩、更能说会道、更能给人如沐春风之感的人，眼前的亲王如最完美的君子一样气度不凡，我终于明白人们提到他时总说的那股力量、那股迷人的魅力到底是什么。陛下，虽然此刻我脑中又想起了这位丰神俊逸的妙人，似乎从他身上看到了一个高尚的灵魂对荣誉的渴望和追求，但我仍忍不住问自己：陛下是怎么来到这里的？冷血的内阁到底做了什么，竟然让他甘愿扮演狱卒这个角色？"皇帝跟我说："我的朋友，也许是您自己不善识人。您把一个花花公子的光晕误认为伟人的光环，把追逐声色看成了追求荣耀；要知道，对荣耀的眷恋绝不表现在外在，而藏在您挖掘不到的内心深处。"[①]

皇帝说："您先前不是给我翻译过某张报纸还是某本书来着？里面说，摄政王储对斯图亚特家族的最后几个成员是多么关切、多么同情，他多么努力地为他们争取本就属于他们的东西，还说要为他们中的最后一个人立碑。可他格外强调这个家族气数已尽这件事，这只让我从他的行为中读出了算计，而非大度。他知道，这个家族完了，从此天下是他的了，他才是实打实的正统继承人。在我执政期间，英国因为自己的内阁自作孽而陷入无尽的麻烦，要是那个时候，斯图亚特家族出了一个英

[①] 说这话的这位伟大的受害者已经溘然长逝！我作为他的仆人，见证了他受到了怎样的折磨。后来别人告诉我，他最后走得多么痛苦！！！经过长时间的折磨，他终于咽下了最后一口气！！！他的敌人打着亲王的旗号，一直没有中断对他的攻击！这位不朽的受害者亲笔写下了这句凄厉的控诉："我把死亡的罪恶遗赠给英国摄政王储一家！"——辑录者注

勇无畏、敢闯敢干、能力过人、具有时代思想的年轻人，[858]我会让他带着新的理念去爱尔兰；到时候，人们肯定会看到斯图亚特家族的复兴和布伦瑞克家族的没落。英国也许会迎来它的3月20日。① 王位就是有这么大的毒性，人一旦坐上去，定会染上此毒。即便是深受自由思想的熏陶、以人民意志为重的布伦瑞克家族，坐上王位后也立刻走上了前人的老路，开始追求绝对专制。原因很简单：他们当上了国王！我们甚至可以说，这是不可避免的事！就拿欧洲的守护神——拿骚家族高尚的始祖为例吧，当初他们是多么独立和高尚啊，自由思想已经深入他们的血液，公正精神已经烙进他们的骨子里。论领土大小，拿骚家族只能排在末流；可论思想，他们是最开明的。后来人们让拿骚家族坐上王位。好了！他们从此只想着如何维持今天人们所谓的正统继承制，全盘接受了这个制度的原则、程序和错误。

"唉，我的朋友，说到底，人们不也是这么指责我的吗？也许他们的批评有几分道理，里面说不定有些我不知道的东西。我曾在一个正式场合发表宣言，认为君主的权力绝不等同于君主的头衔，皇位也绝不等同于那尊宝座。有人批评我，说我刚刚执政就施行专政制；但准确地说，我施行的是独裁制，而且是受形势所迫才不得不这么做。还有人抨击我，说我和奥地利王室联姻后就膨胀了，以为有了这桩婚姻后自己就是真正的君主了，就自认为是上帝之子了！可这一切指控属实吗？我果真抱有这种幻想吗？他们说我得意了，可我娶了一个年轻、美丽、可爱的女子，难道就不能表现出一丝欢喜？我不过为她花了点儿心思，就该遭人诟病？难道我就不能享受一点儿幸福时光？难道人们盼着我效仿

---

① 1815年3月20日，拿破仑从厄尔巴岛逃到法国，再度称帝。——译者注

威尔士亲王，新婚第一夜就冷淡妻子？[859]或者说，难道我该像小说里的苏丹那样，第二天就砍了新娘的脑袋，以免遭到多数人的指责？不，我在这场婚姻中犯下的唯一错误，就是秉承普通人的家庭观念去经营婚姻……我常说，一个政治家必须把他的心装在脑子里！遗憾的是，我的心因为家庭情感的关系，仍然被装在原来的地方。这桩婚姻害了我，我太相信弗朗茨的信仰、诚意和名声了。我从心底尊重他！他却残忍地欺骗了我！……我真希望他也有被人欺骗的时候。我从心底原谅了他……但历史会原谅他吗？可是……"

说到这里，拿破仑以手扶额，沉默了一阵子，又感慨道："我的一生是一本情节多么跌宕起伏的小说啊！！！"然后，他站起身来，说："开门，我们出去走走。"于是我们在隔壁几个房间中踱了一会儿步……

4月至6月小结

我在前面说过，保持全书在主题和目的上的统一性，这于我而言是件很难的事，不过我会努力做到。所以，我要在这里多费一点儿笔墨，在不打乱全文结构的前提下，给读者讲讲皇帝这三个月里愈加恶化的生活条件、日渐升级的恶劣待遇、明显恶化的身体状况，以及他总体上的生活习惯和谈话要点。简而言之，我打算写一份和他的精神及身体有关的报告。

在这段不长的时间里：

第一，新总督抵达，此人眼界极其狭隘，心肠极其恶毒；他更像一个传达命令的下士，而不是一个收到指令的将军。

第二，他要求每个被囚者发表声明，表示自己愿意服从可能加诸到拿破仑身上的一切约束条件；他这么做，是想把他们和他分离开来。

第三，英方向我们正式告知了联盟国君主的协议内容，诸国君主在没有任何诉讼程序的前提下，[860]就宣称和接受了拿破仑的流放及囚禁。

第四，我们收到英国国会法案，它在法律上认可了英国内阁对拿破仑人身的迫害行为。

第五，几个特派员代表各国君主前来视察受害者的监禁情况，看看他受折磨的惨状；就这样，我们的未来愈加黯淡，锁链愈加沉重，再无任何转好的希望，只剩下最为悲惨的未来在前方等着我们。

新总督的到来是我们大难的开始。针对皇帝人身的新的折磨开始了，每一天，他都过得如针扎般难受。

哈德森·洛韦爵士的每个动作都在羞辱我们，他说的每句话都是粗鲁野蛮的，他的每个举动都是充满恶意的。

很快，他似乎无事可做，只想着如何折磨我们。他使用各种手段，在各种事情上让我们吃尽苦头。

皇帝一开始只想淡然处之，却还是忍不住大动肝火，说了许多强硬的话。两人在对话中针锋相对，矛盾加剧，罅隙渐深。

皇帝的健康状况以肉眼可见的速度迅速恶化。他再不像往常那样体格健壮，身体频感不适。有一次，他连续六天待在房中，没有离开房门一步。他内心忧郁，却骗过了所有人的眼睛，甚至把他自己也骗过去了。隐而不发的病痛向他侵袭而来。他的散步空间本就很小，消遣活动本就很少，如今他更懒得动身。他不再骑马，也不再邀请英国人共进晚餐，甚至定期口述回忆录的工作都中断了，虽然先前他对此还抱着很高的兴致。他对一切都提不起兴趣，有时他告诉我，他觉得自己再没了重拾工作的热情。他一天中的大部分时间都在房中读书，或者和我们进行或公开或私密的聊天；晚上吃过饭后，他会给我们朗诵我国大文豪的一些戏剧作品，[861]或是其他一些偶尔得到的书籍。

然而在我们眼里，他并未因为环境而失去泰然的心境、平等的思想；相反，我们就像一家人一样，变得越来越团结。他爱我们，我们也回报给他更多的爱。如今，他和我们的谈话多了一分闲散、倾诉和关心的味道。

他经常把我叫到他的房中聊天，在私下谈话中还经常说起一些非常重要的事，如对俄之战、对西之战、提尔西特会议、爱尔福特会议等，读者可在我这段时间的日记中找到相关记录。这里，我想提及或复述几个要点，以应对某些指责我的文章毫无条理、细节不够翔实、内容残缺不全的声音。不知我是否说过，我的书之所以有这些问题，是因为我在记录自己和皇帝或公开或私下的谈话中，绝不允许自己在文中加入任何评述或澄清，哪怕看上去我有必要这么做。我之所以如此保守，原因如下：

第一，为了表示我对他的尊重和敬意；

第二，我害怕打乱某场意义重大的谈话的主线；

第三，我希望从宏观上把握真相，并以最自然的方式导入真相；

第四，我觉得自己在很长时间里都会陪在皇帝身边，笃定自己有时间听他再度提起他谈过的事，到时再对内容做梳理补充也不迟；

第五，我觉得，过段时间，皇帝应该会看到我的日记。我敢肯定，他读了我记在里面的许多事定会大受鼓舞，认真地将它们口述出来，收入回忆录，可我没有这个机会，手上也只有一些我们私下谈话的残篇！

最后且最重要的一点是，皇帝有时会在随意的长谈中提到一些最为重要的事，[862]但他不是讲给我听，只是聊天时顺口提到罢了。他跟我聊起这些的时候,也不会从头到尾讲清楚,仿佛我跟他一样熟悉内情似的。

此外,我完全不了解他的伟大计划和宏观构想。在这一点上,他执政期间,身边的人甚至内阁大臣应该都与我有相同的体验。有时候,许是看到我一脸震惊的样子,许是从刚才的话题中回过神来,他还问我:"这事难道您不知道?"我只能如实回答:"是的,陛下,我对大部分内容毫不知情。"在这样尴尬的场景下,我要是莽撞地打断他的话,让他发现我根本听不懂、接不上他的话,那情况会如何?我定然会让他厌烦跟我说话,说不定还会失掉他的许多欢心。所以,无论我多想弄清事实,都只在一边静静地听他讲。我第一次听到的东西,在我看来已经弥足珍贵。我也知道皇帝有复述某件事的习惯,所以我告诉自己:今后我能了解更多实情,所以我当前无须冒昧地插嘴,打断他的谈话。和他相处的最后一段时间里,他待我极其和善。我敢肯定,那时我若重提他说过的那些事,想从谈话中得到新的收获,他定会欣然应允,侃侃而谈。遗憾的是,我离开得太过仓促,手上只有此前记录的一些小事。我不仅为自己失去人生的一大幸福、无法继续伴他左右而感到痛苦,还大感悔恨,觉得自己当初也许太过谨慎,失去了独一无二、不可复得的记录历史的绝佳机会。

我在此细说了这些琐碎细节后,读者便能明白我的一部分记叙是如何得来的,更能在阅读本书的过程中[863]明白书中许多无比重要的事为何都是残缺不全的。

不过,即便历史学家不能从书中找到他想寻获、本以为能在我的笔下得知一二的信息,但他至少能在里面看到一大簇为他照亮前路的烛光。因为所处环境的特殊性,我这本书有个独有的特点:人们可以说它道尽了一切，也可以说它什么都没说。但若说它什么都没说，那我是在自欺欺人，因为读者定会在书中看到许多和那位非同寻常的伟人的私下为人、自然天性、内心乃至灵魂有关的事迹——本书不就是为他而写的吗？任何一个真心想了解事实的人，定会通过这本书了解到他的性格为人。我也恳请读者别忘了，这正是我发声的唯一目标。

[法]拉斯卡斯 辑录
李筱希 译

Napoléon

LE MÉMORIAL DE
SAINTE-HÉLÈNE

拿破仑圣赫勒拿岛回忆录 III

吉林出版集团股份有限公司

目 录

第七章　1816 年 7 月 / 001

1—4 日：儿子坠马—军队的抢劫行为—法军的特征—新任上将讲述滑铁卢战役中的一些小事 / 001

5 日：雾月十八日中的细节小事—西哀士—大选民官—康巴塞雷斯—勒布伦 / 003

6—8 日：总督再犯错误—他荒唐的行为 / 009

9—11 日：新的挑衅—皇帝很少出门—特里斯坦—拉封丹寓言—肚子决定世界—识人看人的困难之处 / 011

12 日：铁面人—构思精巧的奇闻 / 014

13 日：谈朱诺及其妻子 / 015

14 日：谈拉纳元帅—缪拉及其妻子 / 018

15 日：流放我们的法令—博马舍—瑟堡工程之详述 / 021

16 日：皇帝见了总督很长时间—值得注意的谈话 / 029

17 日：美丽的意大利女人—G***夫人—***夫人与贝尔蒂埃 / 031

18 日：圣日耳曼区—贵族制和民主制—皇帝曾想娶个法国女人 / 033

19 日：我们住处起火—朗伍德的礼仪规矩 / 037

20日：法国乞丐收容所—皇帝的伊利里亚计划—收容所—孤儿—政治犯—皇帝的想法 / 038

21日：谈埃及—阿克要塞—沙漠—趣闻小事 / 053

22日：慈父一般的忠告—值得注意的谈话—卡廖斯特罗、梅斯麦、加尔、拉瓦特尔等人—加尔眼中的奇迹：拿破仑的颅骨结构 / 056

23日：烦心事不断 / 060

24日：B***夫人—和流亡贵族集团有关的几件小事 / 062

25日：皇帝收到了写给他的信—和上将的谈话—联盟国特派员 / 064

26—28日：皇帝的宫廷—宫廷开支、经济状况、狩猎、马厩、侍从、宫官等 / 066

29—30日：总督再度作恶—科西嘉人桑蒂尼铤而走险 / 067

31日：拉阿尔普的《梅拉尼》—修女—修道院—特拉普修会—法国教士 / 070

第八章 1816年8月 / 074

1日：玛丽-安托瓦内特—凡尔赛的风气—《贝维尔雷》—狄德罗的《一家之主》 / 074

2日：科布伦茨流亡贵族记闻—小故事 / 076

3日：皇帝的情感之旅—当时的公众风气—8月10日事件 / 102

4日：化装舞会—梅格里尼夫人—皮埃蒙特和皮埃蒙特人—法国运河—巴黎之梦—凡尔赛—枫丹白露 / 105

5—6日：欧洲史—塞利姆三世—一个土耳其苏丹的实力—马穆鲁克—谈摄政时期 / 115

7日：对意之战—1815年—古斯塔夫三世—古斯塔夫四世—贝纳多特—保罗一世 / 118

8—9日：拿破仑继承的葡萄园—他的奶妈—他父亲那边的家族—他在曼图亚城附近和武尔姆泽尔交手期间，约瑟芬以泪洗面 / 130

10日：叶卡捷琳娜二世—近卫军—保罗一世—印度计划 / 132

11日：皇帝主教—从没胃疼过/ 134

12日：长达六个月的瓦格拉姆战役—欧洲形势—第五次反法联盟的计划—国内的阴谋—埃克缪尔战役—宝贵的战术教训—埃斯林战役—10月14日的《纳也纳条约》/ 135

13日：论俄国战争—厄难—塔列朗—斯塔尔夫人的《柯丽娜》—内克尔/ 180

14日：圣赫勒拿岛上的狩猎—8月15日前夜/ 184

15日：皇帝生辰/ 185

16日：被取缔的综合工科学校—英国报纸有多下作—制冰机/ 186

17日：拿破仑的宗教观—南特主教杜佛辛—教皇—法国天主教会的自由—逸事—《枫丹白露政教协议》/ 187

18日：皇帝和总督的激烈对话，上将被夹在中间/ 199

19日：再说和总督的对话—诽谤小册子对拿破仑造成的影响—《枫丹白露条约》—萨拉辛将军的书/ 202

20日：我勃然大怒，遭到皇帝取笑/ 206

21—22日：科尔维沙—巴黎沙龙逸事/ 208

23日：皇帝又被冒犯—写给哈德森·洛韦的那封著名的正式回函/ 211

24日：我在英国的家人—流亡贵族欠英国人的恩情—茹贝尔将军—圣彼得堡—莫斯科大火—如果胜利回国，拿破仑之后的计划/ 220

25日：加冕仪式—《柏林法令》和《米兰法令》—英国人仇恨的一大原因/ 236

26日：拿破仑谈滑铁卢战役/ 238

27日：拿破仑本人讲述的新的政治方案/ 251

28日：卡蒂纳、德蒂雷纳和孔代—皇帝最漂亮的一场战斗—最好的军队/ 253

29—30日：科坦夫人的《玛蒂尔德》—没有一个法国人不关注拿破仑—德赛和拿破仑在马伦哥—西德尼-史密斯—波拿巴将军回到法国的一个原因—命运无常的例子/ 256

31日：历史疑点—摄政王奥尔良公爵—曼特农夫人和路易十四的婚姻/ 262

第九章　1816 年 9 月 / 264

1 日：内阁大臣等人—达吕逸事—圣赫勒拿岛褪色的服饰 / 264

2 日：1813 年萨克森战争—拿破仑勃然大怒—反思和分析—吕岑和武尔岑战役及谈判—德累斯顿、莱比锡、哈瑙战役 / 266

3 日：善行—阿姆斯特丹之旅，荷兰人—九月屠杀—论革命—路易十六的厄难 / 295

4 日：亲卫军—我们中的一个叛逃者 / 301

5 日：拿破仑的责骂—总督拿我们的生活讨价还价 / 303

6 日：秘密谈话—曼特农夫人和塞维尼夫人的信 / 305

7 日：英国内阁的失策—英国还有哪些偿清债务的办法—总督缩减预算 / 307

8 日：皇帝的宫廷—论女人—论女人的年龄—厄尔巴岛手稿 / 314

9—10 日：我的家事—皇帝的大方别有意图 / 336

11 日：皇帝的窄床—又在乱来—大鹰护旗手—布谷鸟 / 338

12 日：皇帝依然倍感不适—糟糕的饮食，劣质的葡萄酒 / 341

13 日：吕西安的长诗《查理大帝》—荷马史诗 / 342

14 日：食物短缺—酒水少得可怜—从厄尔巴岛归来—离奇的巧合 / 345

15 日：长诗《查理大帝》—皇帝哪些兄弟姐妹写过东西 / 359

16 日：我们没有早饭可吃—好笑的诡辩—论不可能 / 361

17—18 日：数据计算—埃及的以色列人 / 362

19 日：皇帝身体更加虚弱—砸碎银器 / 364

20 日：总督又发神经—意大利地形 / 366

21 日：著名的圣多明哥汇票案—巡视检查官—行政方案—军队构成—戈丹、莫利安、德费尔蒙、拉古耶等人—国库部长—国务部部长—他们的重要地位 / 376

22 日：拿破仑在古代经典作品上的抱负—重读和校对意大利军的相关篇章 / 383

23 日：论感性—论东方人和西方人的不同 / 384

24 日：论荷兰和路易国王—他对自己家人的怨言—上层政治—写给他的弟弟

路易国王的一封信/ 388

25—27日：忘我地工作—拿破仑对我们历史的想法和计划—发表的作品—梅纳瓦尔/ 397

28日：和我妻子有关的谈话—皇帝为了回忆录新篇章而开始口述/ 405

29日：花园里的一个坑/ 407

30日：皇帝的精彩口述—对居心叵测的英国内阁、沃尔特·斯科特及其辩护者的终极拷问/ 408

第十章　1816年10月 / 419

1—2日：我的《地理学图鉴》—总督徒劳地坚持要求皇帝接见他/ 419

3日：法学、法典和梅尔林—埃及纪念碑—在巴黎修建一座埃及神庙的计划/ 421

4日：流亡期间的生活来源及逸事—正式公文—新的冒犯事件/ 424

5日：皇帝读了我的日记和口述手稿—大元帅和总督的谈话/ 426

6—7日：我的日记—一件怪事—皇帝对舆论的看法—塔尔马和克雷申蒂尼/ 429

8日：尤利西斯和伊洛斯之斗—诺韦拉才是我们的王/ 431

9日：总督关了我们的波兰人禁闭—皇帝谈起了他的儿子和奥地利—烦心事再起—新的冒犯—谈论巴瑟斯特—新的限制令—拿破仑的口述批评/ 433

10日：我们因新限制令生出的担忧和痛苦—《坎波福尔米奥条约》背后的逸事—科本茨尔、加洛、克拉尔克等人—安特莱格伯爵/ 442

11—12日：皇帝的一个梦/ 450

13日：皇帝的需求—拿回存在欧仁亲王那里的钱/ 450

14日：我们把声明书交给总督—现在许多书成了书商的投机目标—党派思想导致的错误观点—麦荣将军/ 452

15日：总督刻意刁难我们的声明—皇帝的感想—我们每个人都和总督谈了话—皇帝的评论—我们彻底成了奴隶/ 454

16日：西哀士二三事—皇帝经常乔装参加民众的节日盛事—从莫斯科和厄尔

巴岛回来后参观圣安托万区—督政府时期的风气—正式回函/ 460

17日：路易十六—玛丽-安托瓦内特—刚邦夫人—莱昂纳德—朗巴勒王妃/ 467

18日：我们中的四个人被送走—皇帝人生的前几年/ 470

19日：德让丽夫人的小说/ 472

20日：给图书估价—大元帅一家搬到离我们更近的地方/ 473

21日：圣路易的埃及远征—我们的女性作家；斯塔尔夫人—反对拿破仑的作家啃的是块硬骨头/ 475

22—23日：照顾军中伤员—拉雷男爵—非常环境/ 477

22日：皇帝接受了我的4000路易/ 480

25日：圣克鲁剧院排演欧里庇得斯的悲剧作品—茹尔丹元帅—论对俄之战—拿破仑的抱负和雄心—正式指令—拿破仑的笔记/ 481

26日：严重的肿块—一些宫中逸事/ 495

27日：疼痛继续—君王最致命的缺点便是无德/ 497

28日：皇帝依然倍感疼痛，却无药可用—塞尔旺写的对意之战—蒙特松夫人/ 499

29日：皇帝身体依然不适—典型小事/ 500

30日：闭门不出的第五日—忆没有付钱的一件小事—论不受欢迎/ 502

31日：皇帝说他违背了医嘱—法国因他而第一次得到伟大国家的称号/ 503

7月至10月小结/ 505

第七章

1816年7月

儿子坠马—军队的抢劫行为—法军的特征—新任上将讲述滑铁卢战役中的一些小事

7月1—4日，星期一至星期四

[864]昨天，我的儿子在骑马时差点儿撞到树干，他果断地跳到地上，结果脚部严重扭伤，必须卧床静养一个月。

十一点，皇帝莅临寒舍，来看我儿子情况如何，责备他怎么如此不小心。然后，我随他去了花园，他在那里用了饭，但用餐时间并不长。

我们谈到了军队的抢劫行为，以及这种行为造成的恐慌。

皇帝说，他只有一次允许法军洗劫当地财产，此事发生在帕维亚。当时，他给了手下将士24小时的时间，任他们去抢劫掠夺，但才过了三个小时他就受不了了，叫停了此事。他说："我只有1200人。普通百姓的尖叫声传到我的耳中，盖过了士兵的抱怨。要是我有2万人，他们足以压倒人民的怨声，我就听不到百姓的抱怨了。不过，幸好政治和道德都不支持抢劫这种事的发生。对此，我思考了许久。许多时候，因为我所处的环境，我只能任由手下洗劫当地，以此奖励他们的英勇奋战。除非我觉得此事利大于弊，才会允许军队这么做。但抢劫最能导致军纪涣散，甚至会彻底毁了一支队伍。士兵一旦开始抢掠，他脑子里就再没有什么纪律了；要是他发现能靠抢劫发家致富，会迅速变成一个匪兵，再不去想打仗的事。此外，抢劫有违我们的道德。我们士兵并没有恶心肠，狂暴的欲望得到发泄后，[865]就恢复正常了。法国士兵做不到持续抢劫24小时，许多人甚至会在最后几个小时里弥补自己造成的损失。回到军营后，他们还会相互指责，批评一些战友做得过火，有些行为太过恶劣的人还会遭到战友的严厉斥责和轻视。"

下午三点，新任上将普尔特尼·马尔科姆以及他手下的所有军官被引荐给了皇帝。他和上将先单独谈了两个小时。此次谈话定让上将记忆深刻，因为他出来时还说，自己刚刚从法国历史上获得了一个深刻且宝贵的教训。

皇帝在结束谈话时跟他说："你们向法国征收7亿法郎的战争赔款，我也曾向贵国强征100多亿；你们靠的是你们的刺刀，我靠的则是你们的国会。"上将答道："这番分析的确入木三分。"

上将曾在布鲁塞尔和惠灵顿勋爵共进晚餐；晚餐中，布吕歇尔将军派人过来报信，说他遭到攻击。上将说，惠灵顿在滑铁卢有9万人。这个数字和皇帝估计的兵力完全一样。战争爆发前，上将并不知道欧洲的最新情况，正从美国带1.2万名老兵赶回欧洲。回国路上，他从一艘船那里得到消息，听说了拿破仑从厄尔巴岛回来这一轰动性大事。此事太过传奇，令他不敢相信。可他刚抵达普利茅斯就得到命令，要他火速赶往奥斯坦德。他赶到那里后，发现4万法军已在那里严阵以待。上将肯定地说，他们绝对是所有军队中最精锐的一批士兵。谁都不知道他们拥有多强的实力！英军觉得自己此战必败。他们也坦承，要不是格鲁希的失误，失败的就是他们了。在这场战役中，上将一直在惠灵顿附近作战。

雾月十八日中的细节小事—西哀士—大选民官—康巴塞雷斯—勒布伦

7月5日，星期五

⁸⁶⁶皇帝在花园里散了一会儿步，然后乘车出行。今天天气宜人，车夫策马扬鞭跑了两圈，车里只有我一人作陪。他提到我的儿子，谈起了他的未来。他对孩子的良苦用心和殷殷关怀让我铭记终生。他说，考虑到孩子的年纪，圣赫勒拿岛这个环境对他的将来没有半点儿好处；这里于他而言，就是一片干涸炎热的精神荒漠。

晚饭后，皇帝谈到了雾月十八日事件，跟我们讲了许多细节和内情。因为他一直在向古尔戈将军口述这段历史，我便从后者那里了解到了大量事实①，但这里我只讲一些也许没被古尔戈写进书中的小事。

拿破仑从埃及回来后，地位不一样了。他成了各方势力的拉拢对象，获悉了它们的所有秘密。其中有三派最为踊跃，它们分别是跑马场

---

① 这部分叙述被收录在《拿破仑统治下的法国——写于圣赫勒拿岛的回忆录》（*Les Mémoires pour servir à l'histoire de France sous Napoléoon, écrits à Sainte-Hélène*）第一卷中。

派①，其领导人是一位鼎鼎大名的将军②；温和派，其领导人是西哀士；以及他口中的堕落派，为首的是巴拉斯。

拿破仑决定和温和派联手，这为他招来巨大的危险。若是和雅各宾党人走到一起，他不仅毫无风险，对方还承诺会让他当上"独裁者"。皇帝说："可即便我和他们一起取得了胜利，也必须立刻掉头去对付他们。这个俱乐部根本不可能有固定的领导人，它每一次暴起，都会换一个领导人；而且在我看来，今天利用某个党派，明天又去对付它，不论出于什么理由，这都是背叛，违背了我的做事原则。"

还有一次，皇帝再度回顾了雾月事件，然后跟我说："我的朋友，您得承认，它绝对不同于圣雷亚尔谋反事件：后者谋划了太多阴谋，却没获得多少成果。我们这场行动一出手就成了。重大的革命往往会导致许多混乱，可雾月事件是一个例外，因为它是人心所向，⁸⁶⁷人们闻讯后无不拍手庆祝。

"在实施计划的过程中，我个人参与的所有阴谋行动不过是在早上的一个时间里把我的所有客人叫到一起，带着他们夺取政权。我站在门槛上，站在台阶高处，从那里出发，带着他们奔向战场。我的朋友先前全都不知道我的意图。在这群人浩浩荡荡的簇拥下，在他们兴高采烈的欢呼中，在众人云集响应的热烈气氛下，我来到元老院，感谢它硬戴给我的这顶专制统治的高帽。

"我们是否触犯了法律，我们是否犯了罪？空想家们对这些问题已

---

① 跑马场位于罗亚尔宫，大革命初期吉伦特派、雅各宾派等革命派曾频频在此开会。此处的"跑马场派"即指激进革命派，虽然自1793年罗伯斯庇尔掌权后，跑马场就失去了政治中心的地位。——译者注

② 1823年版本此处为"J***将军"，即茹尔丹。（请看《人名表》）

经谈得够多了，估计他们在未来很长时间里都得不出定论，而且他们全都是纸上谈兵，一遇到急迫的现实就立刻没主意了。水手为了避免沉船而砍断桅杆，难道还该背上损坏船上设备的罪名？事实是，要不是我们，祖国早就亡了，是我们救了它。所以，这场青史留名的政变的主使人，不仅不用否认或辩解什么，反而可效仿一个罗马人①，骄傲地对控诉人说："我们坚持认为自己拯救了祖国，跟我们一道去感谢神明吧！"②

"当然了，所有在历史舞台上掀起波澜的人都会义正词严地说：一切革命都势在必行，都是人心所向，而且每个人都参与其中。我在温和派的帮助下做成了这件事，终结了混乱的状态，让国内迅速重建秩序、再度团结、重获荣耀、恢复实力。难道雅各宾党人或堕落派能干得更好？明显不会。不过他们心存不满，在那里吵吵嚷嚷，也合乎情理。只有随着岁月的流逝，和此事没有直接利害关系的人才能正确看待这件大事。"

为了帮助读者了解共和国在雾月时期的真实处境，我要在这里讲两件小事。雾月政变之后，执政官连一个往国库送急件的信使都找不到。他想了解军队的具体实力，^{868}还得亲自派人去地方了解情况。他问："陆军办公部没有人负责此事吗？"对方的回答是："部里人事调动太过频繁，我们做这些事有什么用呢？""那你们至少有发饷清单供我们参考吧？""我们不发饷。""那物资清单呢？""我们不发物资。""军装清单总有吧？""我们不发军装。"

雾月革命结束后，人们选出了三个临时执政官：拿破仑、西哀士和迪科。人们还得在他们三人中选出第一执政官。由于当时形势危如累

---

① 即大西庇阿。
② 1823年版中没有后面的两段话，它是1824年版后加的。

卯，必须总司令出马才行，于是他当上第一执政官，另外两人对此也毫无异议。迪科当时还表态，说只有总司令才能拯救众人。所以，迪科对此没有任何意见。西哀士虽然不服，但也只能咽下这口气。

西哀士是个非常自私自利的人。三位执政官首次开会，现场只剩他们三人以后，西哀士立刻神秘兮兮地看了看大门，以确保没人听见他的话。然后，他看着拿破仑，指了指一个五斗柜，压低声音，语气得意地对他说："看到这件精美的家具了吗？也许您根本想不到它有多大价值呢！"拿破仑还以为他在说这个家具是路易十六用过的，所以价值不菲。西哀士发现他没理解自己的意思，说："我说的不是这个。我给您解释一下，这里面藏着80万法郎呢！！！（说到这里，他眼睛都瞪大了）督政府期间，我们觉得离任督政官若连一个德尼耶（denier）①都不能带回家，未免也太说不过去了。于是我们建了一个小金柜，每个督政官离任后都可从里面拿走一小笔钱。如今再没什么督政官了，剩下的钱都是我们的。我们要怎么用它呢？"拿破仑认真地听着，最后总算明白了他的意思，回答："要是我知道这件事，这笔钱会立马被充入国库；但既然我完全不知道它的存在，您和迪科又是从前的督政官，你们俩可以平分它。不过，你们得快点儿行动，如果拖到明天，那就晚了。"869皇帝说，这两位同僚没有再说什么。西哀士连忙着手行动，如寓言里的狮子一样把这笔钱给吞了。他占了其中的大头，理由如下：一是他身为前任督政官，资历更老；二是他比迪科的在任时间更长；三是这场顺利的变革是他想出来的主意。皇帝说，他总共拿了60万法郎，只给可怜的迪科留了20万；迪科后来反应过来，想重新分钱，于是去找西哀士理论。两

---

① 法国中世纪流通的货币，1苏等于12德尼耶。——译者注

人一提到这件事，就找他来当仲裁人，要他主持公道。拿破仑的回答永远是：你们自己的事自己解决，但千万别闹出动静来；要是惹出其他风浪，你们一分钱都拿不到。①

皇帝说："在起草宪法期间，西哀士还做了件非常好笑的事。当时他被舆论推为宪法权威，所以他带着一贯的那种神秘肃穆、一板一眼的表情，在两院的委员会中阐述了自己的许多构思。无论它们完善与否、是好是坏，委员会都采纳了他的建议。后来，在众人翘首以盼、急不可待的眼神中，他终于完成了这部作品。他提议设立一个大选民官，此人住在凡尔赛宫，每年享有600万年俸，代表国家的最高尊严，只负责决定两个执政官的人选问题：^{870}一个是和平执政官，一个是战争执政官。这两个执政官在职权方面彼此完全独立。要是大选民官用人不善，元老院就要亲手消掉他。'消掉'是个技术用词，意思是让此人消失，让他变回普通公民，以示惩罚。"

拿破仑没有议会经验，在当时的环境中又必须谨慎行事，于是很少甚至完全没有对先前的宪法起草工作发表意见。可在那个关键时刻，他再也不能隐忍不发了，当面批评了西哀士的想法，毫不留情地将其想法斥为空想。皇帝说，西哀士不喜欢也不懂得为自己辩解，但当时他还是想努力解释一番，说这只是一个空位罢了。拿破仑反驳道："可您把流

---

① 西哀士的众多朋友听到这件事后大受刺激。要是他们早点儿把自己的想法告诉我，也许我会决定删掉这件事。然而它已经出现在首版回忆录中，今天再删，只会让人觉得此事背后大有文章，虽然实际并非如此。文中提到的那笔钱并不属于国家，西哀士和迪科的确有权瓜分它，拿破仑也是这么认为的。他对西哀士从来没有任何成见，一提到他就满口称赞，对他的清廉更是推崇不已。所以，他只是觉得有趣才讲了这件事。里面的细节是真实的也好，有些添油加醋也罢，听来的确好笑。虽然西哀士的朋友极力反驳，但它到底怎么羞辱西哀士了？难道这件好笑的事一传出来，他的地位、名声和政治品格就毁于一旦了？——辑录者注

弊当成了准则，把影子当成了身体。西哀士先生，您怎么会觉得一个略有才干、稍有点儿廉耻心的人甘愿扮演一头猪猡，吃着几百万法郎的饲料呢？"皇帝说，听了他这句粗话，在场所有人都笑作一团。西哀士的这个设想流产，以后再没机会重提。人们决定：第一执政官就是最高决策者，有权决定所有职位的人选，两位辅助执政官的意见仅供参考。从那一刻起，权力就被整合成一体了。第一执政官等同于美国的总统，只不过表面上要接受一些必要的程序限制而已。皇帝说，他就是在那一天真正开始了他的执政生涯。

西哀士后来没能当上执政官，皇帝对此略感遗憾。西哀士一开始拒绝出任执政官一职，后来他后悔了，可惜为时已晚。拿破仑说，西哀士对执政官这个位置有些误会，以为它会伤害到自己的自尊，自己得时时刻刻和第一执政官做斗争。皇帝说："要是三个执政官平起平坐，那的确会斗争不断，因为我们是彼此的敌人。然而宪法规定了另外两位执政官的附属地位，所以再不会发生什么彼此内斗、相互为敌的事，相反，我们真正成了一个整体。西哀士后来也意识到这点，可那时已经太晚了。"皇帝还说，[871]西哀士其实能在议会中发挥比其他人大得多的作用，因为他时常能给出高明的见地；但从许多方面来看，他完全不适合治国。说到这个问题，皇帝认为治国者必须得是军人：只有靠马刺和军靴，才能统治国家。西哀士绝不是胆小之辈，却忧虑过度，遇到一个密探都会睡不好。在临时执政府期间，两人在卢森堡的时候，他经常把拿破仑叫醒，说自己从私人警探那里听来了多少阴谋，让拿破仑烦不胜烦。拿破仑问他："我们的警卫被攻下来了？""没有。""那怕什么，回去睡觉吧。我的朋友，战争就像爱情，要近看才知道情况。等我们的600名警卫遭到进攻的时候，再去操心也不迟。"

皇帝说，在此期间，他选中了康巴塞雷斯和勒布伦这两个德才兼优、出类拔萃的人。两人都睿智、温和、一身才干，却在一件小事上相互对立：康巴塞雷斯是流弊、陈见、旧制度、荣耀勋章、显要地位的辩护人；冷静、淡漠、严厉的勒布伦却是上述康巴塞雷斯捍卫的一切东西的死敌，对它们展开毫不留情的攻击，过于在乎意识形态之争。

皇帝把话题拉回到西哀士身上，认为他也许本可以为帝国行政体系带来新的气息。有人持有不同意见，认为这些变化有害无益，因为拿破仑当时的选择已经通过了时间的考验。这人还说，他起用的人无不得到了欧洲的认可，为法国和欧洲的和解发挥了巨大的作用；换作西哀士，则不一定能做到；在许多人看来，西哀士的名气和威望已经损害到了他参与的法律起草工作。当时人们都在疯传一件小事，西哀士因此蒙受了人们许多的恶意。此事是这样的：有一次，西哀士跟皇帝谈起了路易十六，一不小心将其称为暴君。皇帝听了，说："神父先生，如果他真是暴君，现在您就该在念弥撒，我更不会出现在这里了。"[872]皇帝听完这个小故事，笑了笑，没说它是真是假。读者会在后文中知道这件事是假的。①

总督再犯错误—他荒唐的行为
7月6—8日，星期六至星期一

我已经很久没提过总督了。我们尽量不去想这个人，几乎再没见过他。但今天，由于他行为恶劣、没事找碴儿，我终于忍不住又来提一提这号人物。总督似乎又有了新的动作。他故意把从欧洲寄给我们的信扣了下来，哪怕这些信都是打开的。他扣信的唯一理由是：它们没有经

---

① 请看《拿破仑圣赫勒拿岛回忆录》1816年10月16日日记内容。

过国务秘书的转手处理。若是在英国，这个程序上的疏漏倒还好办；可在这遥远的圣赫勒拿岛上，此事就变得无解了。可即便他要严格依照指令处理信件，那至少也要告诉我们他收到了我们的信、信是谁寄来的。我们为亲人牵肠挂肚，不知他们近况如何、是否健康，他明明可以让我们放下心来，却残忍地对我们只字不提。几天前，贝特朗伯爵夫人给城里写了一封信，他把这封信截下来，打回给写信人，理由是此信未经过他的允许。除了这个侮辱性的举动，他还写了一封正式信件过来，在里面禁止我们以写信或其他任何文字形式与当地居民来往，除非经过他的允许。荒唐而令人难以置信的是，有些他允许我们自由拜访的人也在这道禁令之内。他还把这封信加上评述，公之于众，导致当地百姓一片恐慌。他嚷嚷说皇帝餐饮开支过大，要大幅削减我们的生活经费。① 他说，人们根本理解不了波拿巴将军身边为什么要有这么多人。他还直白地跟

---

① 6月13日，蒙托隆从哈德逊那里收到一封官方书信。因为蒙托隆把这封信悉心收了起来，我便把它原封不动地抄到下面。

"哈德逊·洛韦荣幸地告知中将蒙托隆伯爵，根据物资供应专员在当日收到的决定，从即日起，送往朗伍德的生活物资将仅限于下列清单所列内容，具体名目如下：每日7瓶淡红葡萄酒；每日2瓶格拉夫红酒；每月26瓶香槟；每月11瓶起泡红酒；每月23瓶马德拉葡萄酒；每月4瓶马拉加酒；每日21瓶开普酒（供给仆人）；每月7瓶特内里费酒；每月10瓶白兰地；每月3瓶朗姆酒；每月3瓶利口酒；每月8瓶巴旦杏仁糖水；每月3大瓶水果白兰地；每月6罐果酱；每月23瓶醋；每月32瓶橄榄油；每月6大瓶橄榄；每月6罐芥末；每月3箱醋泡菜；每月9篮白盐；每月30斤厨用盐；每日52斤面包；每月7只鸡；每月75斤牛肉或羊肉；每月22份烤肉；每月9根火腿；每月9条盐渍舌；每月45斤咸猪油；每月45斤炸物；每月225斤咸黄油；每日34个鸡蛋；每日8瓶牛奶；每月30斤奶酪；每月23斤肥皂；每月200筐木炭；每月45斤面包用糖；每月240斤糖果；每月30斤干果；每月30斤茶；每月188斤蜡烛；每月45斤意大利酱；每月70斤米；每月120斤面粉；每日两盘蔬菜；每日两盘鱼（如果当天有鱼的话）。拿破仑·波拿巴房间的取暖木炭将由戴伍德收集和供应，东印度公司的农场主将负责此事。"（蒙托隆《拿破仑皇帝被囚记》第一卷第299～301页）

另外，奥米拉在7月10日的日记中写道："这几日，我们注意到酒水、家禽和其他生活必需物资的供应数量发生了重大变化。"（《流放中的拿破仑》第一卷第69页）

我们说，内阁认为给了我们离岛同意书后，我们肯定会选择离开皇帝。这些纠纷又导致我们之间展开了一场唇枪舌剑。总督写了一篇文章，[873]说：要是觉得这些条件太过苛刻，那大可一走了之。我们就此写信反驳，皇帝还亲笔加了一句话："在他人生得意的时候，我们因他沾上荣光；如今尽管他再无法带给我们什么，但能服侍他左右，这便是我们最大的幸福。真可惜，某些人无法理解这种行为。"

新的挑衅—皇帝很少出门—特里斯坦—拉封丹寓言—肚子决定世界—识人看人的困难之处
7月9—11日，星期二至星期四

总督继续挑衅我们，不断加剧我们的苦难。他似乎铁了心要把我们变成秘密囚徒。他在全城发表宣言，下令当地居民必须在24小时内将我们写给他们的所有短笺信件——无论是何内容——统统上交，否则将受到惩罚。他还将大元帅夫妇视为重点监视对象，禁止人们前去拜访。针对贝特朗夫妇的这份禁令发布后不久，大元帅身边一个仆人都快病死了，可医生开的救命药都不能被带进他的家门，后来一个军官看不下去了，让人把药从墙头捎进去。①

我们有人向欧洲寄去一封信②，总督在信中读到此人让欧洲亲友给他采办各种衣物这个请求，他便告诉此人，他要的大部分东西都可从政府寄给拿破仑的物资中拿。这个人回答说，他宁愿自己掏钱买，也不愿欠下这份恩情。总督干巴巴地说，如果他愿意，也可以掏钱。对此，这个人反驳说："不好意思，阁下，我想挑选自己喜欢的衣物。"结果，

---

① 请看奥米拉《流放中的拿破仑》第一卷第68页。
② 即拉斯卡斯写给克拉弗林女士的信。

总督后来居然托医生转告此人，说自己要控告他，因为他竟敢轻蔑地拒绝总督的赠予。[874]这个人立刻反驳，说自己当然感激总督了；如果总督肯把自己的拒绝（而非要求）传达给英国内阁，那自己就更高兴了。

因为这些烦心事接连发生，加上皇帝长期沉迷于阅读，再加上最近天气糟糕至极，皇帝闭门不出的时间越来越长，他的心情也越来越低落，再不踏出房间一步。只有下午五点，他才偶尔拜访一下产后卧床歇息的蒙托隆夫人，权当散心。此时，我们所有人都聚集在蒙托隆家中，皇帝会讲上半个小时到40多分钟的话，然后又回到自己屋里。

今天，他在蒙托隆家里遇到了蒙托隆的大儿子——年幼的特里斯坦。这个孩子才7岁，整天蹿上蹿下。皇帝把他抱在怀中，想听他讲几个寓言故事。可怜的孩子给他读了几个寓言，可十个单词中有八个他都看不懂。皇帝哈哈大笑，责备人们把孩子根本读不懂的《拉封丹寓言故事》拿给他看。然后，他开始向特里斯坦解释寓言故事，努力让他明白里面在讲什么。他循循善诱、深入浅出，讲得清楚直白、富有条理，孩子听得格外起劲。

讲到《狼和羊》这则寓言的时候，这个小大人一边一口一个陛下，一边给皇帝讲狼的故事，一张小嘴儿忙个不停，频频犯错，脑子估计已是一团糨糊了，让人看了忍俊不禁。

皇帝觉得这本寓言故事讽喻色彩太浓，超出了孩子的理解范围，而且在道德寓意上存有不足之处。他说，他第一次读这本书的时候，内心大受震动，我们不应把强者的话奉为公理，否则只会引发该被批判的罪恶和流弊。所以作者写到狼咬羊的时候，应该安排狼被噎住这个情节才对。

特里斯坦是个懒家伙。他向皇帝坦承自己没有每天学习。皇帝问：

"那你每天吃饭了吗?""吃了,陛下。""很好!那你就应该每天学习,因为没有学习就不能吃饭。"孩子立马信誓旦旦地保证:"好!那我以后每天都学习!"皇帝一边抚摸特里斯坦的肚子,一边说:"这个小肚子真是作用不小呢,是饥饿让世界保持运转。^{875}去吧,孩子,要是你够聪明的话,我们还能把你打造成路易十八的宫廷侍从呢……"①特里斯坦扮了一个鬼脸,不高兴地说:"我才不要当他的侍从呢。"

用完便餐后,我们读了大约一个半小时的书,先后读了卡拉斯的《斯匹次卑尔根岛游记》、马丁·盖尔的《荷兰人在新地岛的沉船事故》、布兰维耶尔侯爵夫人的《著名案件集》。作者在《著名案件集》中的某个地方抛出一个观点:以貌取人通常会让人看走眼。皇帝看到这里,把书放了下来,一脸赞同地说:"的确如此。无论人们在相貌学上做了多少研究,都不敢说自己不会上当受骗。我在这上面吃了多少教训啊!就拿我身边一个人为例吧,他的外貌肯定是挑不出毛病的……但他长了一双喜鹊眼,我该早点儿从中看出点儿什么来才是。"然后,他开始评价此人的性格。②他说,他们孩提时就认识了,他在很长一段时间里对此人无比信任;此人有才干、有手段,皇帝也从未怀疑过他的忠诚和友谊。他说:"可惜他太过贪婪,对金钱太过痴迷。我向他口述命令时,只要说到'几百万法郎'这几个字,他就立刻神色微变,不停地舔嘴唇,在座位上不安地扭动着。我好几次忍不住问他到底怎么了,是不是不舒服。"

皇帝说,此人这个缺点太过明显,最后他再不能把这个人留在身边了。但考虑到他还是有些才干,皇帝便把他安排到另一个位置上。

---

① 在1823年、1824年版本中,此处以星号代替路易十八。
② 此人便是布里安。

铁面人—构思精巧的奇闻

7月12日，星期五

今天，我们谈起了铁面人。我们先提到了伏尔泰、杜登斯等人对这件事的看法，还讨论了黎世留回忆录中的相关篇章。大家都知道，这几人都认为铁面人是路易十四的孪生哥哥。[876]这时有人插嘴说，有人认真研究了拿破仑的家谱表，正经地提出一个观点：他——拿破仑，是铁面人的直系后人，所以他是路易十三和亨利四世的合法继承人，比路易十四及其后人更有权利继承王位。皇帝说，他先前也听到了类似的传闻，但他也说了：人们太过盲信和痴迷传奇性的东西，所以在公众那里打造传说是件很容易的事，说不定元老院都少不了这类传说的拥趸。坚信他是铁面人后代的是这群人，后来看到他打了败仗就迫不及待地把他赶下皇位的也是这群人。

然后，我们讨论起了这个谣传的由来。据说，负责看守铁面人的圣玛格丽特群岛的总督叫波恩巴，这个姓氏非常少见。波恩巴总督很清楚这个囚徒的身份；他有个女儿，两位年轻人朝夕相处、坠入情网后，总督便将此事告知宫廷；宫廷觉得这个可怜儿人生已经如此不幸，若能得到爱情的抚慰，也不算件坏事，两人就结婚了。①

给我们讲这个故事的人还说，他当时从别人那里知道这个故事后，觉得它很有意思，说这个故事编得不错；故事的讲述者听了他这话，气得脸都红了，宣称他只要去查一查马赛一个教区的登记册，肯定能找到这段婚姻的登记资料。他还说，两人婚后诞下几个孩子，悄悄把他们送

---

① 据古尔戈所说，拿破仑对此下了这句结论："我只需说一个字，就能叫人信了这个谣传。"（《古尔戈日记》第一卷第161页）

去了科西嘉岛；由于语言不通，不知是巧合还是故意，波恩巴这个姓氏被改成了波拿巴和波拿巴特，但其实它们是一个姓。

这个人还补充说：在大革命时期，有人也为奥尔良家族编造了一个类似的故事。有人在巴士底狱找到一份文件，人们便据此猜测：奥地利的安娜婚后23年不曾生育，最后诞下了一个女儿。她害怕自己再不能给路易十三生出孩子，[877]便把这个女孩儿送走，抱来一个男孩儿顶替她，这便是后来的路易十四。可第二年，王后再度怀孕，生下了一个男孩儿，他就是奥尔良家族的祖先菲利普。所以，菲利普及他的家族才是王位合法继承人，路易十四及其后裔不过是篡位者罢了。这个版本的故事中的铁面人便是那个女儿。在攻占巴士底狱期间，这个传闻一度在外省流传，但因为没有多少人信，很快就销声匿迹了，所以巴黎才不知道这则传闻。

谈朱诺及其妻子
7月13日，星期六

我们谈到了朱诺。皇帝说，许多人因他而获得巨额财产，但要论谁拿到的钱财最多、数额最惊人，当数朱诺无疑。皇帝根本记不清自己赏了朱诺多少钱，可朱诺依然债台高筑。他在生活中毫无节制，一副穷人乍富的样子，但又没有花钱的品位，常为一些粗鄙的东西一掷千金。

朱诺在巴黎的豪华府邸中过着花天酒地的生活。他不止一次在大摆筵席后，为人们上门催讨一小笔欠款而大发雷霆，宣称要用军刀偿债。拿破仑说，每次朱诺来找他，都会哭诉自己最近又捉襟见肘了，被皇帝责骂一顿后拿到一笔钱。在奥斯特里茨战役期间，他又跑到美泉宫找皇帝，但这一次他不是为了自己，而是为了美丽的雷卡米耶夫人。他从巴黎赶过来，在皇帝身边嘟嘟囔囔，说了一大堆关于国库部长马尔布瓦的坏话。他称马尔布瓦卑鄙无耻，对雷卡米耶破产置之不理，连200万法郎都不肯借给他；他说此事在巴黎引起了公愤，这个马尔布瓦简直就是一个恶人、刁仆，根本不爱戴皇帝；他说，他，朱诺，跑来竭力想要说服拿破仑，不是出于任何目的，只是因为自己心善，实在看不下去这种事；他还说，巴黎上下都觉得要是皇帝人在首都，肯定会立刻替雷卡米耶掏出这笔钱。①878皇帝说："朱诺可真是找对了人！我当时冷冰冰地对这个被雷卡米耶夫人迷昏了头的仰慕者说：您和巴黎都想错了，我连2000苏都不会掏。要是马尔布瓦真给了这笔钱，我一定会气得火冒三丈。我又不是雷卡米耶夫人的情人，绝不会帮助这群每年家庭开支高达60万法郎的商人。朱诺先生，您得明白一件事：国库绝不会借钱给一个它明知已经破产的家族，它有太多要花钱的地方了。"皇帝说，朱诺听了这话，大概冷静了下来，发现不管是在维也纳还是在巴黎，到处都有狠心肠的人。

朱诺出游时身边骏马无数，赶路速度不亚于皇帝。拿破仑说，朱诺有自己的私人驿站，有100多匹良马，还有一大堆豪华的出行装备。

皇帝还补充说，他在朱诺面前很少摆君主的架势，也的确很喜欢他，因为朱诺出生在科西嘉岛，也算是故人了。有一天，皇帝把朱诺的妻子叫进宫中，像慈父一样数落她的丈夫开销惊人，责备她从葡萄牙回来后不该打扮得如此珠光宝气，还善意地提醒她：她和一个外国人私交

---

① 1823年版本此处为："他，朱诺，先前就觉得马尔布瓦是这种人。他曾用上百种方式去说服他，对方依然毫不让步。他把马尔布瓦说成怪物，他还说，巴黎上下和他都觉得，要是皇帝人在首都，肯定会立刻掏出这笔钱。"

过密①，会引来人们的猜想。皇帝说："我纯粹是出于关心才说这些话，结果朱诺夫人不仅搬出一大堆反驳之词，还冲我发火。她以为我是三岁小孩儿？我别无他法，只好把她打发走，让她自生自灭吧。

"她还以为自己是科穆宁家族的公主；朱诺也相信了她的鬼话，娶她为妻。她家也在科西嘉岛，离我家很近，这家人还欠我母亲很大一份恩情呢。"然后，皇帝细细解释了其中的内情：

"很久以前，日内瓦人撤离摩里亚半岛的时候，把一群马尼奥特人带到了科西嘉岛，把他们安置在阿雅克肖附近。韦尔热纳担任法国驻君士坦丁堡大使期间，娶了一个希腊女子。回到法国后，他成了路易十六的重臣，于是幻想自己当初娶的是个公主。当时的政治情况恰好也满足了他的心愿：当时人们坚信君士坦丁堡将走向衰落；[879]这个帝国若分崩离析了，法国也想在里面分一杯羹。于是人们来到阿雅克肖，在那个希腊移民后代中找到一个姓科穆宁的人，他便是韦尔热纳夫人的一个亲戚。此人被带到凡尔赛宫，被迅速认定为君士坦丁堡皇帝的后人，并得到了路易十六的书面认可。

"这个科穆宁是个干农活的粗人，他有个妹妹，几年前出人意料地嫁给了一个粮店伙计。这个伙计是法国人，名叫P***②。科穆宁家族已然崛起，加上韦尔热纳的地位和声望，这个粮店伙计P***便扶摇直上，当上了罗尚博军团的统领，身份一下子尊贵起来。这个粮店伙计的女儿便是朱诺夫人，即后来的阿布朗泰斯公爵夫人。"

皇帝说："我对朱诺在对俄之战中的表现极其不满；和从前相比，他简直像变了个人，犯下严重的过错，导致我军损失惨重。"

---

① 即当时的奥地利大使梅特涅。
② 即佩尔蒙。（请看《人名表》）

从莫斯科回来后，由于皇帝对朱诺日益不满，他在巴黎无法立足，被派去了威尼斯。虽然他失宠了，但还是被任命为伊利里亚总督。然而，两人之间已经产生了裂痕。没过多久，人们就发现朱诺行为失常，干了许多过激之事，最后彻底发疯。人们只好将其捆起来，把他送回家乡。没过多久，他出现自残行为，最后凄惨离世。

谈拉纳元帅—缪拉及其妻子
7月14日，星期日

晚餐期间，我们说到服装打扮这个话题。有人说，在当今所有大将要员中，要论着装怪异，谁在缪拉面前都得甘拜下风。他的穿衣风格非常古怪，公众甚至给他取了个绰号，叫他"弗兰科尼王"[①]。皇帝闻言哈哈大笑，说他有时候的确打扮得像个马戏演员和江湖骗子。我们继续往下谈，[880]说贝纳多特过于注重自己的装束打扮，拉纳也在这上面花了许多时间。皇帝听到这两位将军的名字，吃了一惊。说到这里，他忍不住再次对拉纳元帅的过早离世表示痛心，最后叹道："开战前，可怜的拉纳在维也纳挺过了一夜。他粒米未进，血战了整整一天。医生说，这几个原因加起来，要了他的性命。由于伤势极重，他需要极大的体力才能熬过去，然而那时他元气大伤，已经没救了。"

皇帝说："人们常说，在某些情况下，人受了伤后只求速死。我跟你们保证，这种情况极少发生。哪怕在临死之际，人也有极强的求生欲。拉纳是全军上下最勇敢的人，他当时双腿被炸毁，依然不愿放弃生命，甚至愤怒地让我绞死那两个外科医生，因为他们对元帅做出了大不

---

① "弗兰科尼王"是18世纪初一个知名马戏演员的艺名，公众给缪拉取这个绰号，意在讽刺他浮夸做作的穿衣风格。——译者注

敬的事：照顾他的这两个医生低声说他没有康复的希望了，以为没人听见他们的交谈，却不想被拉纳听到了。

"不幸的拉纳临死前一直想见到我。他用尽剩余的力气，紧紧地抱着我。他仿佛本能一般，只听得到我的名字，心里只想着我！"皇帝感叹道，"毫无疑问，他爱他的妻儿甚于爱我，可临死前对他们只字不提，因为他完全没想到他们。他是他们的保护伞，我却是他的庇护者。在他眼里，我就如同悬于高处的某个虚空之物；我就是他的天，聆听着他的祈求！……"

这时有人说：沙龙中流传着一个截然不同的故事版本。有人声称，拉纳临死前愤怒地诅咒皇帝，一看到他就火冒三丈；他们还说拉纳一直对皇帝满心憎恨，经常公然冲撞他。皇帝反驳道："一派胡言！拉纳一直爱戴我，他也是我非常信任的人之一。没错，他在情绪不受控制的时候，可能会一不小心说出一些反对我的话；可他若听到谁这么说我，肯定会立马砍掉对方的脑袋。"

[881]然后我们把话题拉回来，谈起了缪拉。有人说，缪拉对1814年的灾难负有重大责任。皇帝对此表示赞同，说："他奠定了我们的败局。我们来到这里，很大程度上是拜他所赐，但最大的原因还是在我。我把一些人拔得过高，导致他们德不配位。几天前，我读到了他抛弃副王时发表的声明，我先前完全不知道这份声明的存在。我简直想不出比这更加卑鄙无耻的话。他在里面说：在两个阵营之间做出选择的时刻已经到来，它们一个象征罪恶，一个代表道德。他竟把我这个阵营称作罪恶的象征！他可是缪拉啊！他是我一手造出的作品，是我妹妹的丈夫啊！要不是因为我，他哪能得到后来的一切？没了我，他算哪根葱？哪能活下去？哪能扬名于世？可他竟说出这种话来！能在不幸中如此决然

地划清界限，毫无廉耻地朝新的大好前程奔去，这种事不是谁都做得出来的。"

从那时起，皇太后不愿和他及其妻子再有任何往来。无论他们待她是多么殷勤，她都把夫妇俩斥为叛徒。1814年帝国惨败后，皇太后去了罗马。缪拉立刻从他在那不勒斯的马厩中找出八匹最俊美的良驹，给她送了过去，而皇太后丝毫不理睬他。她的女儿卡洛琳一直辩解，说错不在己，说她人微言轻，管不住自己的丈夫。皇太后不接受她的一切说辞，如克吕泰涅斯特拉①一般正色答道："即便您管不住他，也该与其相抗。可是，您抗争过吗？流过一滴血吗？在您的丈夫挥剑刺向您的哥哥、恩人和主人之前，您应该用自己的生命护住他。"

皇帝说："我从厄尔巴岛回来后，缪拉收到消息，知道我人在里昂。他不止一次地见到我缔造奇迹，习惯性地认为命运之神会再度眷顾我，觉得我已经是欧洲的主人了。所以，他决定把意大利夺回来，因为这是他全部的目的和希望所在。他想煽动人民造反，人民中最德高望重的一群人跪下来苦苦哀求，说他没看清形势，告诉他意大利人只有一个王，他们已把所有的爱和尊敬投射到这个王身上。然而他根本不听劝，最后害了自己，也又一次害了我们。奥地利人觉得他的行为肯定是我授意的，根本不愿相信我的话。缪拉最后落得如此凄惨的下场，也是这个缘故。他非常勇猛，却缺少头脑。这两个品质在比例上的失衡，清楚解释了缪拉一生的遭遇。我们很难甚至不可能再找出比缪拉和拉纳更加勇敢无畏的人。缪拉只有莽勇，拉纳的智慧却随着勇气一起增长，最后成为一个巨人。"

---

① 希腊神话中阿伽门农的妻子。——译者注

皇帝最后补充说："不过，处死缪拉这件事，着实令人觉得恐怖！它完全违背了欧洲的道德风俗和公共礼仪。一个国王居然把另一个得到认可的国王给枪杀了！！！他打破了一道强大的符咒！"

流放我们的法令—博马舍—瑟堡工程之详述

7月15日，星期一

大约十点，皇帝蹑手蹑脚地走进我的房间，想和我出去走走。我随他去小树林转了一会儿，然后等马车来接他——他已经很久没有用车了。这一路只有我陪着他，我们一直在聊那道牵涉到他，但和我们没有关系的英国法令。

回来后，皇帝犹豫要不要在树下用早饭，最后还是决定回屋，接下来都没有出门，连晚饭都是一个人吃的。

晚饭后，他把我叫了过去。当时他在读《墨丘利报》和其他一些从前的报纸，在里面发现了不少和博马舍有关的趣闻逸事。[1]虽然博马舍所在的时代离我们很近，可那时的道德风俗和现在的极为不同，令我们边读边啧啧称奇。报纸报道了路易十四视察瑟堡一事；皇帝读了一会儿后，谈起了瑟堡工程的建造过程，谈话仍如从前那样清楚、准确和诙谐。

瑟堡坐落在一个半圆形海湾的深处，海湾左边是凯尔克维尔角，右边是培雷岛。[883]海上的导标线如同圆形的直径一样，从东到西把这两个地方连起来。

在大约20里外的正北面，便是英国第一海军基地——大名鼎鼎的普

---

[1] 1823年版此处多了一段话："执政府时期，皇帝虽然觉得博马舍很有才干，但因为他奥名在外、伤风败俗，故对他一直摒斥不已。"拉斯卡斯这番断言不符事实，因为博马舍在雾月政变之前就去世了。

利茅斯。除去这个港口，英国在其他段的海岸线朝两边伸展，和我们这边的近乎平行。大自然对我们的敌人格外慷慨，待我们却一毛不拔。他们的海滩格外安全平静，水很深，良港又多，有大量天然绝佳的遮蔽地和避风口；而我们这边全是礁石，水浅浪急，只有一个大港口可用。停在普利茅斯的敌军舰队无须挂帆出港，就能叫我们不得安宁：他们只要派出几艘轻型舰到前面侦察，探知到我军的动向，然后就可轻轻松松抓到想要的猎物。英国人完全可以像出入自家门口一样，在我们的港口进进出出。

相反，我们的舰队要在拉芒什海峡展开行动（它更准确的名字是法国海峡），从来都不是件容易的事。只要遇到风暴，或者敌军战舰更占优势，我们就得全军覆没：在上述两种情况下，我军舰船根本找不到躲避的地方。著名的霍格之战就是如此。当时两军实力悬殊，图维尔展开了一场血战。但若有个躲避的港湾，图维尔完全可以从容后撤。

见此情况，一群有深谋远虑和爱国心的人痛心疾首，提出各种方案，终于让政府下定决心，要以人力战胜自然。经过再三的权衡和摸索，人们挑中了瑟堡，计划向这里的海湾浇筑大量泥石，建起一座巨大的防波堤，以保护我军舰船。如此一来，我们在敌人的家门口就有了一个人工锚地。不论何时，不管海上是何风向，我军舰船都可开到堤坝后面，甩开敌军的尾随。

皇帝说："这项工程是个泽被子孙的壮举，也对当时的人力财力提出了一个巨大考验。为了建立这座防波堤，[884]人们先在港口浇筑巨大的空心锥形体，然后将其投入海中。由于空心锥形体中塞满石块，它们在重力作用下沉至海底，形成堤坝的基础。①这简直是个天才的设想！路易

---

① 这些石锥体高60法尺，底部直径为104法尺，顶部直径为60法尺。——辑录者注

十六离开凡尔赛宫，来到瑟堡视察，以示对这项工程的重视。这可是件破天荒的大事，因为当时国王除非打猎，否则从来不会离开王宫，不像今天各国国王那样经常四下走动。"皇帝还补充说："我觉得，他们能走出王宫，这离不开我的功劳。

"然而，万事都摆脱不了时代的影响。当时，最主要的事便是海陆两军之争。这场争斗在过去引发了没完没了的讨论，未来也还会如此。我们几乎可以说，法国有两个国王。换言之，法国的统治者被拉扯在两个选择之间，要把海陆两方面都考虑到，结果什么也做不了。瑟堡本来是个纯粹的海上工程，最后却要为陆军服务。这个决定并非深思熟虑后的理智选择，纯粹是由陆军的优势地位决定的。在这件关乎国运的工程上，人们依然只想着一争高低，导致这项伟大的工程以失败告终。人们在培雷岛和凯尔克维尔角上进行填海工程；按理说，该工程纯粹是防波堤工程的附属项目，防波堤才是重中之重。然而填海工程最后成了重心，防波堤反而成了随便修修的次要之物，得服务于填海工程。结果如何？这个本为保护我军舰船而构想出来的遮蔽体，本该成为敌军的心腹大患、我军的庇护重地，可它竟然最多只能接纳10多艘军舰！按照原来的设想，它能护住100多艘军舰！而且，若沿着先前的工程继续往海中投石，这也不难办到，更不会耗费多少钱财。可最后，人们只在两边的海角动了动土。

"人们还有一个匪夷所思的重大失策：[885]开始建造防波堤之前，瑟堡锚地的所有重要工程数据都已定了下来。东边一条堤道修建完成后，人们开始计划修建西堤道，可手上连锚地水深的精准数据都没有。此外，虽然东堤道已经成形，约有1英里宽，可它离岸边的要塞距离过近，如果水位浅了，军舰根本不能便利地出入港口。人们打算接着修建的西堤道工程也不可行，或者说工程危险性极高。幸好一个军官（沙瓦尼亚克）及时发现了这个重大问题。为了保护堤坝，人们只好把堤坝的最左侧挪到离凯尔克维尔角1200土瓦兹的地方。在我看来，这距离似乎又太远了。"①

防波堤离海岸有1古里的距离，长约1900土瓦兹，宽约90法尺。这么大的一个工程，其施工方案却一改再改，人们甚至凭经验摸索行事。石锥体本应在底部彼此严密贴合，可人们乱放一气，怎么省事就怎么来。经过风暴的损毁、蛀虫的啃蚀、时间的摧残，这些石锥体遭到严重的破坏。人们无视本来的设计，随便在石锥体中丢些碎石头。发觉这种石锥体扛不住海浪的拍打后，他们才决定用巨大的石块代替碎石，总算满足了所有要求。

在路易十六统治时期，这项工程仍在继续。后来到了立法议会，政府当局加快了施工速度，导致工程一片混乱，最后甚至被彻底放弃。到了执政府时期，这座大名鼎鼎的防波堤只剩一地残垣。由于初期施工草率，再加上时间的流逝、海浪的侵袭，堤坝完全不成形状，只剩几座基墩立在浅海中。

皇帝说："我执掌行政大权后，立刻关注到了这个重大工程。我下令几个委员会展开调查，听取他们的讨论意见，了解了具体情况。然后我宣布全力重启防波堤的筑高工程，还打算再在堤坝两侧分别修建一座坚固的防御要塞；不过当前人们要做的，是先在中间修建一个临时的大型炮台。此话一出，所有人都坐不住了；陈述弊端者有之，出言反对

---

① 直到1798年，也就是工程开展了五年后，政府才下令勘测和敲定了锚地的水深。在此之前，人们完全在摸索着干活，没有任何明确完善的构思！！！（请看桥梁围堤工程监察员加香男爵的回忆录）——辑录者注

者有之，阐明独见者有之，心存私念者亦有之。许多人说，这事绝对成不了。我根本不把他们的话放在心上，坚持自己的主张，最后终于干成了。不到两年，一座真正的小岛就从海中崛起，上面建有一座大口径的炮台。在此之前，英国人还嘲笑我们白下苦力，觉得从原理上看这项工程方案完全行不通。他们一开始就说什么石锥体会遭腐蚀，小碎石会被巨浪冲走；而且他们觉得我们法国人生性懒惰，做事虎头蛇尾，哪能做成什么大事。可今时不同往日，他们想出手阻止的时候已经太迟了，我已经着手行动起来。没错，西段堤道修得太宽，两边的要塞因为位置的关系，在敌军突袭的时候根本无法交叉开火，达到防御作用；敌军可迅速攻下西堤，让阿布吉尔海战惨败的这一幕重演，但我在中间修了一座炮台后，情况就不一样了，而且我要造的是一个能万世留存的工程。我令人在堤坝内侧中间修建了一个椭圆形的大台，高度要高过炮台，外面的堤道可对它起到支持和保护的作用。这个大台是两层的掩体，禁得起炮弹攻击，还配有50门大口径大炮、20台远程迫击炮以及营房、弹药库等必要设施。

"看到这件美丽的作品终于完工，我心里不知有多高兴。

[887] "防御工程完成后，我就只需操心进攻设备的装备问题了。换言之，我要考虑如何才能把大批军舰集合到瑟堡来。当时，瑟堡的锚地只能容纳15艘军舰。为了增加船只接纳量，我下令另凿一座新港。这么一个庞大困难的工程是罗马人都没碰过的，可它能惠及后人！于是，我们在岩石中硬生生凿出50尺的深度来。为了庆祝这项工事，玛丽-路易丝参加了开工典礼。我当时由于在萨克森战役中，没能出席典礼。

"于是，瑟堡能容纳25艘军舰了。可这仍然不够，我还有更长远的打算：我要在瑟堡重现埃及的工程奇迹。我已造出了海上金字塔，还要再造一个摩里斯湖。我的宏大目标是：把我们所有海军部队都集中到瑟堡来。假以时日，我们的海军终将走向强大，具有痛击敌人的实力。我军在陆上也奠定了疆土，把边境推到了英法两国几乎要投入所有人力直接进行肉搏的地步。不过我们也不犯怵，因为我们有4000多万人，而英国只有1500万。之后，我再来一场亚克兴海战便可结束战争。之后我要拿英国怎么办呢？把它彻底摧毁？肯定不能，我只会向它讨个说法，制止它贪婪的窃取行为，叫它再不能随意践踏人们神圣不可侵犯的权利。我要解放海洋，让它重获自由，我要维护所有舰船的独立和荣誉。我是在代表所有人，为了所有人发声。动用武力也好，采取和平手段也罢，我都要达到目的。权力、正义、各国民族，都是站在我这边的。"

我相信，皇帝已经厌倦了我军在海上局部作战中一再受挫的局面，通过吸取上一次惨败的经验教训，准备采取新的海上作战计划。

英法之争已在不知不觉之间变成了一场你死我活的苦战。所有英国人都恨透了拿破仑。他在柏林和米兰颁布的政令、他的大陆政策、他咄咄逼人的言论，把拉芒什海峡对岸所有人都激怒了。此时英国内阁又在那里煽风点火、颠倒黑白，[888]为抹黑拿破仑而无所不用其极，终于点燃了全民的怒火。举国上下都被卷入这场争斗，甚至有人在国会中宣扬血战到底、抵抗到底的观点。皇帝觉得必须制订出相关计划，以应对这种情况。从那时起，他放弃了一切巡航、远距离作战和随机尝试性作战的计划。这既是他深思熟虑的结果，也是他因形势所迫做出的决定。他决定执行严防死守的战术，等到大陆那边的事尘埃落定、海军实力强大起来后，再毕其功于一役。于是，他把所有舰船都收到港口中，打算韬光养晦，逐渐壮大我国的海军实力。这一切苦心都是为了实现一个远大的目标。

当时，我们海军损失了许多军舰，大部分精锐水兵都被英国俘虏，所有港口都被英国海军封锁，和外界的沟通也遭到约束。皇帝下令在布列塔尼开凿几条运河，如此一来，不管敌军舰船采取怎样的封锁手段，我们都能在波尔多、罗什福尔、南特、荷兰、安特卫普、瑟堡和布雷斯特之间建成一个联络网，一旦布雷斯特出现物资短缺的情况，我们就能及时送上补给。皇帝还想，等到冬天来临，就把安特卫普的所有舰船放在弗利辛恩或周边合适的低洼地，舰船随时处于待命状态，如有需要，能在24小时内迅速进海。当时，这批舰船每年冬天都只能被封在埃斯科河的冰雪中，在那里一待就是四五个月。这还不止，皇帝还打算在勃艮第或附近海岸筑造一座像瑟堡那样的防波堤，再在瑟堡和布雷斯特之间建一个锚地。这一切，都是为了保证我军舰船在任何时候，不用冒任何危险，就可自由穿行在安特卫普和布雷斯特之间。为了解决我军水兵匮乏、重新培养难度极大这几个问题，皇帝下令让所有锚地的新兵每天都展开演习训练。他们一开始乘轻型舰船，前往须德海操练；操练结束后，水兵再在须德海从轻型舰船登上大型军舰继续演习，把轻型舰船留给后面等着操练的新兵。[889]所以大小舰船每天都得进港出港，海上训练的强度不断加大，舰船还可在能确保自己安然脱身的前提下和敌军交火。

　　说到舰船数量，虽然我军损失惨重，但依然有大量舰船可用。根据皇帝的估计，我国每年可造20~25艘船，相关设备也会逐一得到完善；五六年后，我们就能有200多艘战舰；我们若继续努力，十年后说不定能有300多艘。要是在此期间，我们被卷进和英国的死战中怎么办？也没关系，那时大陆差不多已得安定，整个大陆都会站到我们这边。皇帝能把大陆上的大多数军队拉过来，然后自信地发动决战。皇帝觉得，那时两国肯定会为这场战争倾尽全力；我们在士气和物资准备上都高过对方，定可打败敌人。

皇帝在构建海军方面还有许多想法，并借鉴了他的一些陆上作战思想。他在菲尼斯泰尔角和易北河河口建立了进攻及防御阵线，还成立了三支海军舰队，每支舰队都有自己的海军司令，军队结构跟陆军近乎一样：中军主营设在瑟堡，左翼军在布雷斯特，右翼军在安特卫普。在罗什福尔、费罗尔、泰瑟尔岛和易北河河口，还驻有师团充当边军，规模比舰队略小，任务是从侧翼牵制和进攻敌军。这些师团之间靠大量驻军站点保持联系，后者构成了一个庞大的联络网，不断传送信息；得益于这个密布在海岸线上的联络网，各军总司令可一直在线，随时向各据点发布命令。

在我们养精蓄锐的时候，英国人会有何动作呢？他们会继续封锁我们的各大港口吗？若真如此，他们将被迫延长海上封锁线；我们会幸灾乐祸地看着100多艘英国军舰每天冒着风暴、触礁、遭遇事故的危险，在我们的海岸线上疲于奔命的狼狈样。[890]我们只需按兵不动，以逸待劳，等到大自然某次突然发威，或者他们的海军司令一不留神犯下某个错误（时间一长，这种事定会发生），然后坐收胜果。我军在此期间只要加强戒备，随时准备出海开战即可，这简直是一石多鸟之计！英军将忙得席不暇暖，我军舰船又能迅速出海操练。

等到我军装备愈加齐全、决战时刻逐渐逼近的时候，焦头烂额的英国人只求能保住自己的岛国就够了。他们会把海军主力集结在普利茅斯、朴茨茅斯和泰晤士河这三大驻地，而我们在布雷斯特、瑟堡和安特卫普的三支军队将气势汹汹地直奔过去，我方边军还能在爱尔兰和苏格兰形成包抄之势。列好阵形后，我军士气高涨，又有灵活的战术做加持，已是万事俱备，只待决战时刻的到来，而且决战地点、时间皆由我们决定。这场决战便是皇帝口中的亚克兴海战。即便战败，我们也不会遭遇多大的损失；可我们若胜了，敌人就再无起死回生的机会。不过皇帝也说了，我们不可能战败，因为在那个两国拼死搏命的阶段，我方有4000万人，而对方只有1500万人——这是皇帝一再强调的地方。这便是皇帝的宏伟构想，也是他伟大蓝图中的一环。

拿破仑展开了大刀阔斧的行动，从表面上看，他构思的建筑工程纷繁杂乱、规模庞大，多管齐下的话，会对彼此造成损害。正因如此，我才想解释他为何要在瑟堡建造工事，他为何有那些构想。这个领域中的一位权威人士已经表示，会向我详细解释拿破仑的构思。如果他信守诺言的话，读者将在后文了解到更多详情。①

皇帝见了总督很长时间—值得注意的谈话
7月16日，星期二

[891] 约九点，皇帝坐车出去转了一圈。他拿着望远镜眺望远方，发现海上有一艘大船。他遇到了也坐车出门的医生，邀请他和自己同游。回来后，皇帝在花园里用过午餐，我们所有人都陪在左右。他跟医生说了很多关于总督的话，说他如何对待我们，又怎样不断挑衅我们。

下午两点，下人过来问皇帝是否愿意接见总督。这次接见持续了近两小时。皇帝说，无论总督跟他谈论什么话题都引不起他的丝毫怒气。他再次向总督表达了我们的不满，列举了对方犯下的种种错误，道理也讲了，想法也说了，情感牌也打了，个人体会也谈了。皇帝说："我给了他修复关系、从头开始的机会，可没用，这个人没有感情，我们对他

---
① 请看1816年11月2日日记。——辑录者注

别有任何指望。"

皇帝说，总督拍着胸脯跟他保证，他在逮捕蒙托隆的仆人时，并不知道此人为我们效劳；他还说，他根本没有读贝特朗夫人那封用火漆封好的信。皇帝向他指出：他写给贝特朗伯爵的信完全被坏了我们的礼仪，彻底违背了我们的规矩。假设他，拿破仑，只是一个私下里性格冲动的普通将军，他若从总督那里收到这样一封信，会直接割了总督的喉咙。如大元帅这样一位在欧洲广为人知、备受尊重的人物，不应遭到任何人的当众非难和侮辱。总督没有准确认识他和我们的关系，他对我们做的一切事——包括今天的这场谈话——都已被记入历史；他每天干出的事都是在伤害英国内阁和英国人民，将来他会为此付出代价；他的政府最后肯定会否认是自己授意他这么做的；他的名字会被贴在耻辱柱上，他的子孙后代都会因此抬不起头来。皇帝问他："您想听听我们对您的想法吗？我们觉得您什么事都做得出来，是的，没有您干不出来的事。[892]您大可继续活在仇恨中，我们也会坚持自己的观点。我可以再观望一段时间（没错，我这人喜欢稳妥行事），到时候再抱怨也不迟。可即便那个时候，我仍会说：英国内阁对我做出的最大恶事，不是把我送到圣赫勒拿岛上，而是把您派来主持该岛事务。我们在这块荒岛上吃的所有苦头，也比不上您这个扫帚星给我们带来的灾难。"

总督对此的回答是，他会把一切汇报给本国政府。他还说，他和皇帝谈话时至少还能了解到一些东西，可跟我们沟通时只能收到挑衅。他说，是我们把矛盾激化了。

总督请求将各国特派员引荐给皇帝，但皇帝拒绝了，认为他们没有见他的资格。不过皇帝也告诉总督，他们可以以私人身份来见他，他无意疏远这群人，尤其是法国特派员蒙特谢尼侯爵。他算是个正直的人，当了自己十年的子民；他从前流亡国外，后来能返回法国，很有可能还是多亏了拿破仑的关系；更重要的是，蒙特谢尼是法国人，在皇帝看来，这个身份是不容忽略的，什么都不能抹消"法国人"这个头衔在他心中的分量。

最后，说到即将在朗伍德动土盖房这件事（这事是总督此次拜访的主要目的），皇帝的回答是：他对这件事没有任何兴趣。他宁愿住在现在这间陋室里，也不愿意换个更好的住所。此事不仅会惹来诸多传闻，还要他辛苦地搬来搬去，完全得不偿失。何况总督口中的这套房子得过好几年才能完工，其间任何变数都可能发生：也许那时我们已经跌价，不值得英国为我们如此花钱费力；也许那时老天爷已经把他的命收回去了。

美丽的意大利女人—G***夫人①—***夫人②与贝尔蒂埃
7月17日，星期三

两点，皇帝把我叫了过去。洗漱完毕后，他乘车出门，同行人中有蒙托隆夫人。分娩后，这还是夫人第一次出门。我们一路主要在聊意大利女人，谈论她们的性格和美貌。

^{893}总司令攻下意大利的时候尚还年轻，一下子成了所有女子倾慕和征服的对象。皇帝很喜欢听我们聊相关的八卦。反正，当时没有一个美貌女子不想接近他，讨得他的欢心，可是她们都是白费功夫。皇帝说："我的意志力十分强大，足以让我避开这类迷魂阵。我一眼就看出鲜花锦簇下的万丈深渊。那时我的处境十分微妙：我带着一群比我年长的将

---

① 1823年版本指明是格拉西妮夫人。（请看《人名表》）
② 1823年版本指明是维斯孔蒂夫人。（请看《人名表》）

军打仗，肩负巨大的使命，一举一动都被无数双忌妒的眼睛紧盯着，得万分谨慎才行。我之所以幸运，是因为我足够明智。一旦行差踏错，我取得再多胜利，也都会成为过眼浮云。"

在几年后的米兰加冕礼上①，著名女歌手G***吸引了他的注意。此时，他的处境已经没有那么严峻了，于是令人把她带过来。大致介绍了自己以后，G***夫人提醒他：她第一次见到他的时候，他还是意大利军总司令，刚在战场上获得胜利。她说："那时，世人无不为我的美貌和歌喉所倾倒。我扮作太阳贞女的时候，成了人们唯一的谈论对象。我吸引了所有人的目光，燃起了所有人的欲望，只有年轻的总司令对我一脸冷淡。我满脑子都希望得到您！这世道是多么无常和离奇啊！当初我尚有几分姿色，整个意大利都拜倒在我裙下，我对此毫不在意，只盼您能看我一眼，却得不到您一丝关注。如今您把目光落在我身上，可我已经不值得您的用心了，我已配不上您了！"

这群阿尔米德②中，还有艳名远播的***夫人③。她发现自己在拿破仑面前是在浪费时间，便降低目标，瞄准了贝尔蒂埃。贝尔蒂埃被她迷得神魂颠倒，连自己的性命都不顾了。有一天，总司令把一颗价值10多万法郎的钻石交给贝尔蒂埃，对他说："拿着，把它收好了。对我们这种豪赌的人来说，这东西能在必要时解燃眉之急。"此事过了还不到24小时，波拿巴夫人就告诉她的丈夫，她看上了一颗钻石：这颗为解燃眉之急而赠给贝尔蒂埃的钻石已经戴在***夫人的头上了。拿破仑还说，贝

---

① 根据古尔戈的叙述，在马伦哥战役后，格拉西妮夫人曾得到拿破仑的"召见"。（《古尔戈日记》第一卷第217页）

② 《被解放的耶路撒冷》中一个美丽的伊斯兰教女巫，施展巫术迷住了基督教勇士。——译者注

③ 1823年版本指明是维斯孔蒂夫人，下文的***夫人均是此人。（请看《人名表》）

尔蒂埃一辈子都被这位夫人吃得死死的。

⁸⁹⁴后来因为皇帝的关系，贝尔蒂埃享尽荣华富贵。皇帝经常催他早日成婚，可他一直推诿不从，说只有***夫人才是他的幸福所在。但没过多久，一位巴伐利亚女大公来到巴黎，希望得到皇帝指婚。***夫人的儿子认识这位女大公。***夫人觉得，自己的情人若和女大公成婚，她的儿子就不愁前程了。于是，她极力促成此事，说服贝尔蒂埃迎娶这位巴伐利亚女大公。皇帝说，她千算万算，还是被命运戏弄；贝尔蒂埃成婚后没多久，***夫人的丈夫就去世了，她成了自由身。此事于她和贝尔蒂埃而言犹如一道晴空霹雳，两人难以释怀，贝尔蒂埃甚至跑到皇帝跟前哭诉，被皇帝好生嘲笑了一番。贝尔蒂埃哀叹：他是多么命苦啊！他若再坚持一下，***夫人就会是他的妻子了！①

圣日耳曼区—贵族制和民主制—皇帝曾想娶个法国女人
7月18日，星期四

四点，皇帝把我叫了过去。他当时身体非常虚弱，泡了三个小时的热水澡，还让人用滚烫的热水冲洗右大腿。他躺在浴缸里读了两本书，刮了胡子，却没有穿衣服的心思。

七点半，皇帝令人把两份菜端进书房。由于要把书桌临时腾出来当饭桌用，仆人把他的东西弄乱了，这让他大为恼火。他叫他们把东西放回原位，自己在另一张小桌子上吃饭。

我们聊了很久。他跟我讲了些从前他经常提起的事，我听得兴致盎然，但这里就不多说了。我们回忆了童年时光，回忆了在巴黎军校的日子。聊到这里，他又提起了自己在圣西尔和圣日耳曼一手建立的几所

---
① 1840年版把和维斯孔蒂夫人有关的内容统统删除了。

学校。说到圣日耳曼，他又谈起了流亡贵族集团以及他口中那群囿于成见的人。他还一时兴起，兴致勃勃地要我跟他讲讲圣日耳曼区流传的一些和他有关的逸事。[895]他发现，只要和他扯上关系，任何小事都立马成了大事。然后，他感叹道："我算是看明白了，我在你们那个圣日耳曼区经营不善，有的地方做得太多，有的地方又做得不够。我做了太多惹恼反对派的事，没有施展足够的手段把他们拉拢过来。虽然其中有些人爱财，但对于更多的人，我只要赏他们一个拨浪鼓，许他们一个空头支票，就能堵上他们的嘴，这么做还不会违背我们的新理念。亲爱的拉斯卡斯啊，不管我做得过多还是不够，我还是把这事儿放在心上的。可惜，只有我一人持此想法。我身边所有人都不仅不帮忙，还从中作梗。不过，我们对你们只有两个办法：要么根除，要么联合。我从没考虑过第一个办法；第二个办法很难，但我认为还没到难于登天的地步。实际上，尽管没有任何人的协助，甚至还遭到不少阻力，我依然差点儿达到目的。要是我在位时间更长点儿，此事定能办成。在任何一个洞悉人心、清楚社会状况的人看来，此事能成，近乎奇迹。我并不认为历史上有谁干成过类似的事，也绝不相信还有谁能在如此短的时间里取得如此显著的成果。我料到了此事的重要性。我应该不计一切代价，把他们彻底联合起来：如此，我们就不可战胜了。可惜人们采取了与我的主张相反的做法，毁了我们，也延长了可怜的法国在苦难和衰微中苦苦挣扎的时间。我重申一遍：我有的地方做得太多，有的地方做得又不够；我应该在流亡贵族回来后拉拢他们，这能让我轻而易举地得到贵族阶层的欢心。我的确也需要一个贵族集团，因为只有它才真正地支持君主制，是后者的向导、杠杆和阻力点。一个没了贵族阶层的国家，就如同一艘没了船舵的船、一个断了线的气球。贵族阶层的本质和魔力便在于它悠久的历史：唯有这个东西是我没法造出来的。然而，我缺少和贵族阶级联系的中间人。这时，一直在我身边钻营、想获得我的宠信的布勒特伊把我推向了贵族阶层；而不为贵族所喜的塔列朗，则动用一切手段想让我疏远贵族阶层。理性的民主制仅满足于让人人都获得平等，把这视为它的一切主张的基础。真正可行的办法，是在形式上借用贵族制的残骸，在思想上采纳民主制的理念。[896]所以，我们尤其应当收留有着悠久历史和古老姓氏的贵族。只有靠这个办法，我们过于年轻的现代体制才能披上岁月的外壳。

"我就这个问题的想法，都是我自己独有的。如果奥地利或俄国拒绝联姻，我会迎娶一个法国女人，选中君主国中最高贵的一个姓氏。这是我一开始的想法，也是我真实的心声。我的内阁大臣找不到其他办法来阻止我，只好拿政治说事。要是我身边都是蒙特莫朗西、内勒、克利松家族的人，我可以把他们的女儿收为养女，将其嫁给外国君主。我出于骄傲，也因为高兴，自然愿意把这群美丽的法国小鸟放出去，只要她们愿意为我们献身。可无论是他们还是我身边的人，没有一个人知道我是怎么想的！大家都以为我满脑子都是对贵族的偏见，可我的行动背后无不有着长远周密的考虑。但不管怎样，您的朋友们在我这里失去的东西，比他们想象中的要多得多！他们没有头脑，不知何为真正的荣耀。天知道他们到底受了什么蛊惑，居然宁可在联军的泥潭里打滚，也不肯追随我登上辛普朗山口，接受全欧洲人的敬仰和注视。这些蠢人！其实，我的文件夹里还有一份拉拢这个群体的草案，只要我有时间来实现它，定能争取到这个阶层的人。草案内容是：前任元帅或大臣的后人，只要能掏出一定捐赠金，便有资格获得公爵爵位；同理，所有将军及行省总督的儿子，都有资格通过这种方式获得伯爵及其他爵位。有些人将得到晋升，有些人将重燃希望，所有人都会为了爵位蜂拥而上，这个做法还不会伤害到任何人的自尊心。我只是给了他们一个大大的拨浪鼓而已，这根本不会给我的统治体系带来任何不利影响。

"统治老朽堕落的种族，跟统治古老正直的种族根本不是一回事。今天，有一个人甘愿为公共利益奉献一切，就有千万个人汲汲私利、耽于享乐、虚荣自大。实际上，不管谁叫嚷着说自己要立刻复兴一个民族，那都是痴人说梦。聪明的手工匠人懂得如何利用手上的材料。[897]朋友，这也是恢复君主制的各种礼仪规矩、头衔、勋章、绶带的秘密。当立法者有个窍门：他应当懂得如何利用各方势力，包括那些他声称要对付的人。再说了，这些不值钱的小玩意儿既不会带来多少麻烦，又能带来一些利益。在今天这个文明世界里，人们靠头衔这种东西很容易博得大众的尊敬。它们满足了弱者的虚荣心，又完全不会在强者心中激起一丝涟漪。"说到这里，夜色已深，皇帝便让我回屋，说，"去吧，朋友，晚安。"

附注：由于拟好的草稿后来没有得到进一步详述的机会，我错失了多少谈话内容啊！要知道，无论皇帝讲什么话题，他的谈话无不显露着智慧的光芒，充满金章玉句。读者读我这本书的时候，也许会乐在其中；我读这本书的时候，却只想着那些无法失而复得的东西！当初我在日记中随意写下几行字的时候，脑中已对这个话题有了清楚的安排，觉得过不了多久就能得到更加详细的口述——毕竟，让我知道这些内情的那口活泉就在我身边，说不定第二天就会流出我想要的东西。如今，岁月、苦难、悲伤把一切都掩盖了。虽然，我每一日都会在不经意中想起某段零散的回忆、想法和只言片语，可我该把它们放在哪里呢？怎么恰当地把它们插进书中呢？这是我工作的一大目标。可不管这份工作看起来是多么轻松，它依然超过了我的能力范围：我的身体已经完全扛不住这项工作了。

我们住处起火—朗伍德的礼仪规矩

7月19日，星期五

昨日深夜，客厅壁炉着火，天亮时火势变大。不到两个小时，整个房间就全被烧毁了。

皇帝出门散步，我们好几个人作陪，大家绕着花园走了一圈。

[898]路上，皇帝皮鞋的扣子松了，我们几个人连忙蹲下去想替他扣好，动作最快的那个人开心极了。皇帝从前在杜伊勒里宫的时候从不允许旁人这么做，但来了这里后，也乐意我们这么服侍他了。我们恳请他顺从我们的心意，不要剥夺我们这个机会，毕竟这在我们看来是件很荣耀的事呢。

说到这里，我突然意识到一个问题：我还从来没说过我们和皇帝相处的日常模式呢。伦敦各大报纸对此编造了无数荒谬的传闻，说无论在朗伍德还是在杜伊勒里宫，人们都必须严守帝国的礼仪规矩。既然如此，我就更有细说此事的理由了。

皇帝如同慈父一样待我们。我们则是他最贴心、最恭敬的廷臣，无时无刻不在揣测他的想法，细细留意他的生活需求；他只要打个手势，我们就能立刻明白他想要什么。

我们每个人要先得到传召，才会去他的房间。如果我们有要事相禀，可请求他接见我们。在和他一同散步的时候，我们也是跟在后面，未得传唤绝不上前。依照礼仪，我们在他面前必须脱帽，这事在英国人看来十分奇怪，因为他们的规矩是问安后就可戴上帽子。所以，我们两边一起问安的时候，一眼就能看出谁是法国人、谁是英国人。皇帝觉得这场景格外滑稽，干脆让我们按照英国人那一套问安。除了两位夫人，其他任何人没有得到他的允许，都不能在他面前坐下。他从未以质问的语气跟谁说过话——讨论的时候除外；而且无论我们讨论什么话题，一直都是他主导谈话。这些便是朗伍德的礼仪规矩，读者也看得出，我们这么做，纯粹是为了缅怀往昔、表达情感。

回来后，皇帝接见了纽卡斯尔号船长，问了他许多问题。

由于客厅着火，我们便把原来放在那里当餐桌用的一张台球桌搬到了绘图书房，在那里用了晚餐。晚餐后，[899]由于没有其他地方可去，我们在餐桌上待了很久，靠聊天打发时间。这么坐在一起畅所欲言，让我们觉得彼此的距离更近了，时间的流逝速度也比平常快了许多。

法国乞丐收容所—皇帝的伊利里亚计划—收容所—孤儿—政治犯—皇帝的想法

7月20日，星期六

早上，皇帝把我叫了过去。当时他正在读一本英语书，作者在书中讨论了英国穷人在总人口中的巨大比例、有多少穷人正在接受所在教区的赡养。数据显示有100万人，花了1亿多英镑。

皇帝还以为是自己看错了，或者误会了作者的意思。他说，这怎么可能呢？像英国这么一个繁华富裕、工业发达、工作机会良多的国家，怎么可能有这么多穷人呢？更令他困惑不解的是，英国有产者背负的课税已经够沉重的了，他们居然还要另外掏钱来救济这个数目庞大的人群。他说："我们法国穷人的数目和他们的根本比不了，才占总人口的1%、1‰。我不是曾把您派到外省执行公务，调查乞丐等群体吗？您说说，我们有多少乞丐？在他们身上花了多少钱？我建了多少乞丐收容所？里面关了多少人？它们为解决行乞这个问题起到了什么作用？"

面对这一大堆问题，我只能老实回答：那次调查已是很久以前的事了，之后我又做了一些其他工作，所以我现在不能仅凭记忆给出准确的回答。但我带了一些文件过来，其中就有此次调查的正式报告；如果皇帝需要，我可立刻将它拿过来。他说："那赶紧给我把它找出来。东西只有放在合适的地方才能发挥作用。就如普腊德神父讥讽我的那句话一样，我能吮吸着手指把它翻完。"[900]不过说老实话，我不太喜欢他这个比喻，这让我想起晚饭后吃的芥末酱。"

不到两分钟，这份报告就被送了过来。[①]皇帝花了几分钟就看完了报告，速度快得让人怀疑他根本没看几页。他说："很好！好极了！我们和英国的情况完全不同。不过，我们的构想是失败的。所以我才起了疑心，派您调查此事。您的报告充分详尽地解答了我的疑惑。您作为一个正直直率的人，不留情面地揭开了事实，根本不怕这份报告会得罪某个大臣，让自己失去许多晋升机会。

"报告给出了许多让我很感兴趣的事实。您为什么从没跟我提过这份报告呢？我会很喜欢您，也能知道您的工作价值。""陛下，这次是由于环境因素，我才没有机会把它呈给陛下：当时我们国内大乱，处在危急存亡的关头。""您在里面提出了深刻的见解，论断有理有据、无可争辩。的确，在帝国繁荣富强的时候，所有人都能找到活计，只有懒

[①] 虽然这份乞丐调查报告并不长，虽然读者想理解皇帝对它的评论就必须了解报告内容，虽然关注慈善事业的人也许会对这份报告产生兴趣，但考虑到大部分读者，我不打算将它引入文中。——辑录者注

汉和恶棍才会堕落为乞丐。

"您认为全面消灭乞讨现象是可行的，我也是这么想的。您提议在每个省里建一座大型监狱，以保障社会治安，对被关在里面的人也有好处。您想把它们建成能沿用几百年的大型机构，这个想法深得我心。无论从这项工程的规模、实用性、重要意义还是从它带来的效益的长久性来看，我对它都深感满意。

"至于您提议建立人民大学，朋友，恐怕这和圣皮埃尔神父提出的天真的博爱精神一样，都是水中月。虽然这类想法中不乏闪光点，但它要得以实现，还需要一份毅力和韧性，[901]这些却是今天我们普遍缺乏的。

"到了这里后，我每天都能从您身上得到新的想法，这大大颠覆了我先前对您的印象。不过，这也不全是我的错。您先前一直待在我身边，为什么不向我敞开心扉呢？我又不是神仙，能猜中别人的心思。要是您进了内阁，不管我一开始觉得您的思想是多么不切实际，最后肯定还是会接受它们。因为在我看来，任何一个理想主义的观点都有好的一面；我也相信，有残缺的种子经过悉心培养，也能结出好的果子。我可以把您的设想交给几个委员会去研究，您也可以摆出论据，替自己的方案辩护；我会通过了解到的情况，基于自己的判断，最后做出决定。这就是我的做事方法。我大力促进工业的发展，让它在欧洲进入昌盛期，渴望招揽所有贤能人士，继续取得进步。可惜老天不给我太多时间，我只能加快步伐往前猛冲，却经常冲进贫瘠荒芜的沙漠。"

"我还派给了您什么差事来着？""陛下曾把我派到荷兰和伊利里亚。""您有这两次考察的报告吗？""是的，陛下。""给我找来。"但我还没走到门口，他就把我叫住了："算了，回来吧，我现在不想读这种报告了！它们已经派不上用场了。"听了这话，我内心实在是五味杂陈！！！

听我提到伊利里亚，皇帝说："我征服伊利里亚的初衷绝不是将其占为己有。我从没想过毁了奥地利。相反，我要实现自己的计划，还必须得到奥地利的帮助呢。然而，伊利里亚落到我们手上后，就成了我们插入奥地利心脏的一支先锋军，能有效牵制住后者；它就如同一个哨兵，为了我们的利益而死死守在维也纳大门口。之后，我可以把我们的思想理念、政治制度、宪法思想传播过去，让它们在那里扎根。这是复兴欧洲最重要的一环。我只是把伊利里亚视为一个典当物罢了；之后波兰崛起了（虽然我不愿意，却依然极力促成此事），我还打算拿它去换加利西亚呢。此外，我对伊利里亚做了不止一个设想，但频频推翻先前的想法，[902]从来没有一个定数。这是因为我没办法让局势迁就我的想法，相反，我只能去迁就局势，被它逼得一再改变主意。由此造成一个结果：在大多数时候，我都给不了一个最终决定，只能拿出一大堆待定的方案。我一直都更倾向于这个想法：不管怎样，等波兰获得独立，被分出去了，我就把这个典当物还给奥地利，就算是对加利西亚的一个补偿吧。结婚后，我更坚定了这个想法。我并不在乎由谁掌权，亲法派也好，仇法派也罢，哪个都行。我亲爱的拉斯卡斯啊，我勾画了无数的宏伟蓝图，它们全是为了推动理性的进步，为了替人类谋得福利。有人视我为洪水猛兽，抨击我的手段太过铁血。但只要我能达成目标，整个世界都将风平浪静，所有人都将享得安宁。到时候，不计其数的当代人和后代子孙都会对我感恩戴德！然而不幸接踵而至，让我最后一败涂地！我不幸的婚姻，那些顺着这段婚姻爬到我身边来的背信弃义的小人，西班牙这处无法愈合的溃疡，因为一个误会而引发的可怕的对俄之战，张开血盆大口吞掉了整支大军的极端天气……接下来，天下人都与我为敌！我能抵抗那么长时间，还不止一次差点儿东山再起，从这些前所未有的可怕祸乱中站起来，这也算得上一个奇迹了……啊！在无常的命运面前，人再有智慧、再有预见，又能怎么样呢！……"然后，他猛地收住话题，说回我那份报告上："我发现您去过许多省份。您的考察时间长吗？旅途还算愉快吗？一路有什么心得体会没？是不是收集了许多信息？您对地方情况、舆论走向有什么看法？

"我现在记起来了，当初我之所以挑中您，是因为您才从伊利里亚回来，您做的报告中有些地方令我印象深刻。现在我每天都能想起一些事，它们告诉我：当初您身上的确有些东西深深打动了我。可由于当时形势危急，我立刻把这些事忘得一干二净了。每次我要派人完成一些特殊使命时，[903]都令人拿来一道空白的任命书，把我挑中的人的名字写上去。所以，我肯定亲手写过您的名字。"

我说："陛下，无论怎么看，荷兰考察也许都是我最舒服、最开心的一次出行。我初春上路，沿着蜿蜒曲折的山道从巴黎走到土伦，再从土伦走到安特卫普，行程大概有1300古里。只可惜此次出行时间太短，因为部长有明文规定，将考察时间严格压缩到三个月，最多只能四个月。我这一路欣赏到的美景，体验到的乐事，用什么语言都无法描述其一二。我身为参政院议员，又是陛下宫中的人，穿着只有陛下侍从才能穿的制服，不论走到哪里，我都被人视为陛下的钦差，得到各地人民的殷勤接待。我在奉命前来见我的地方高级官员面前行事越是谨慎，表现得越是谦逊，人们待我就越毕恭毕敬，对我各种巴结讨好。只要有人对我露出防备或忌妒的神色（后来我才从别人那里知道，我这贵族、流亡者、侍从的三重身份引起了某些人的排斥），或者不拿正眼看我，许多人便立刻跑过来向我告发此人，告诉我许多内情，哪怕我根本没想过要张口问什么。他们拍着胸脯保证自己非常乐意向我敞开心扉，还希望我能在君主跟前替他们美言几句，说他们深深信赖着我，相信我一定能把他们心底的想法传递到君主的耳中。我一再恳切地说，他们对我的身份和出行任务有所误解。可我越是这么说，他们就越加坚信自己的判断。在这短短几个月里，我从众人身上学到了很多！论目标、眼界、手段和意图，这些高级官员都是一个样；可他们的确是万里挑一的人才，在能力、德行方面都是无可诟病的。有些人私下里把我奉为神明，在公开及私人场合对我大唱赞歌。[904]此行真是让我大开眼界！您不知道，我听了多少人的告密，见识了多少地方上的流弊，经历了多少低级的阴谋暗算！

"我完全不了解地方情况，先前从没接触过行政事务，而这次独一无二的经历给我上了宝贵的一课。我从不放过任何机会，以了解各地的特殊详情。我从不害怕表现出什么都不懂的样子，因为只有这样，我才能和别人有更多的交流。

"陛下，实际上，除了考察乞丐收容所和教化所，我并无其他特殊任务。但我觉得自己应当把一切在我看来有用的东西汇报给参政院，于是趁职务之便，在上司的大力支持下，我一路仔细考察了监狱、医院、慈善机构等，还跑遍各大港口，视察了我们的舰队。

"我有幸目睹到了一幅多么壮美的画卷啊！那时，政府上下自信满满、心平气和，各行各业蒸蒸日上。那时正是一年中最美好的时节，到处都是春回大地、生机勃勃的景象。各地道路状况良好，几乎到处都在开建公共工程，如阿尔勒运河、波尔多桥、罗什福尔工程，以及从南特到布雷斯特、雷恩、圣马洛的运河；拿破仑城也破土动工了，建成后将成为整个布列塔尼半岛的省会；另外，规模宏大的瑟堡工程、安特卫普工程也在如火如荼地进行着；拉芒什海峡的大部分城市基建得到改善，人们开始修建海堤和船闸。这就是我一路看到的大致情景。

"而另一边的土伦、罗什福尔、洛里昂、布雷斯特、圣马洛、勒阿弗尔、安特卫普等各大港口，也是一派欣欣向荣的场景。我们的锚地中停满舰船，船只数目日渐增多；我们的海军克服重重困难，总算培养出了舰船船员；我们年轻的新兵以后便是优秀的水手了。我这个从前的海兵登上每艘船，细细视察一番，内心惊叹不已：我们的工艺技术取得了堪称神速的进步；[905]就我所知，以前我们在各个方面可都是远远落后于人的。

"每个锚地里的每支舰队每天都要开航操作，跟卫戍部队要定期举行阅兵式一样，定期开展海上演习。这一切就在英国人的炮口和眼皮子底下进行着。英国人还嘲笑我们，根本没看到危险已经渐渐逼近：那时我国海军实力之雄厚、舰船数量之宏大，都是前所未有的。我们海上的、在建的船只已超过100艘，每天还有更多舰船下水。海军军官不仅受过教育，还满腔激情，一个个摩拳擦掌，恨不能立刻报效祖国。我若不是亲眼所见，而是从别人口中得知这一切，肯定会心存怀疑，甚至觉得对方是在信口开河。

"说到我此行的主要目的——调查乞丐收容所，陛下，我认为下面的人并未理解您的意图，收容所完全没有达到它的目的。行乞现象不仅未在绝大多数省份中消失，反而未得到任何遏制。我们建立收容所本是为了吓唬乞丐，让他们自谋生路，谁知好多省长却把它当成了穷人救济所。于是，本该关押人的收容所成了避难处，导致附近勤劳的农民反而羡慕起了被关押的乞丐。我们在法国各地修建了无数类似机构，里面关满了人，可乞丐数量依然没有减少。大街上的乞丐都把这当作一项副业了，时不时就干一阵子。然而，我仍然觉得这个恶疾不是无药可治的。只要各省省长对收容所的用途有了更深的了解，行乞现象定能在这些地方全面消失。

"我还注意到一个令我大吃一惊的现象：在其他条件相同的情况下，贫困少产的地区反而很少见到乞丐，在富裕肥沃的省份乞丐却比比皆是。在教士最富裕、教会势力最强大的地区，乞讨现象简直像野草一样难被根除。例如，在比利时，乞丐对自己的职业不以为耻，反以为荣，还吹嘘自己祖祖辈辈都靠讨口为生，这几乎成了他们的一个职衔，乞丐还有自己的街区呢。"

[906]皇帝说："我对此并不惊讶。杜绝行乞现象的关键在于我们要把自尊自重的穷人和令人憎恶的乞丐严格区分开来。然而，由于我们宗教上的一些弊端，这两个群体常常被混为一谈，行乞甚至成了一种勋章和美德。我们的宗教给予了乞丐大量的回报，这是在唆使人们去行乞。乞丐简直成了矮脚僧人，连'丐僧'的称谓都冒出来了。这种思想怎会不导致人心骚动、社会不安呢？许多被封圣的圣人的唯一德行，就是以乞讨为生。仿佛人们只要在人间受到惩罚和监禁，就能跻身天堂了，哪怕他们本身并没有这个资格。算了，您继续往下说。"

"陛下，我仔细考察了一些慈善机构，着实被感动了。看到那么多博施济众、扶倾助弱的善人，我敢说，我们在慈善事业上的付出绝不比任何民族少，只不过我们不爱炫耀、不太看重慈善方式而已。在南部地区，尤其是朗格多克，那里的人在慈善事业上积极踊跃到令人难以想象的地步。医院建得到处都是，孤儿院更是数不胜数，而且经营良好。自大革命以来，孤儿数目大幅增长。我一开始以为这是当时道德败坏的结果，可我从别人那里了解到事实后，才知道这背后的原因。我从他口中得知，从前孤儿们都吃不饱、穿不暖，一个个身体孱弱，十个中要夭折七个到九个；可如今，营养、卫生等方面的照顾都跟上去了，孩子们几乎全能存活下来，还能有个无忧无虑的童年。所以，孤儿人数之所以增多，是因为他们得到了精心的呵护。如今人们对这些孩子关怀备至，有时反而造成了一些社会流弊。例如，[907]有些母亲会遗弃自己的孩子，其中还不乏家境富裕者；然后，她们去自己亲骨肉所在的孤儿院，表示愿意收养一位孤儿，把她们的孩子抱回来。如此一来，她们可获得一小笔报酬。孤儿院的工作人员甚至和她们里应外合，串通起来演这出戏，然后从每个骗子那里抽成。慈善事业中还存在另一个不容忽视的弊端。我在比利时留意到一个现象：有的人会早早地在收容所登记名字，好把他们的孩子送到里面。有的新婚夫妇刚刚结完婚，就跑到收容所做登记，几年后把他们的孩子遗弃到那里。这还被一些人写进婚姻协议了呢。"皇帝闻言惊呼："耶稣啊！"他一边大笑一边耸耸肩膀，说："算了，还是得制定相关的法律规定才行。"

"不过陛下，说到监狱，哪里的监狱都充斥着哀号之声，令人惨不忍闻。要说我们政府部门中有什么令人赧颜的地方，那便是监狱了。这里面藏污纳垢，犹如幽冥地狱一般可怖。我在视察监狱时，经常是一路小跑过去，或者要努力抑制自己的神色。其实从前在英国的时候，我也参观过几座监狱，还嘲笑里面的囚犯过着近乎奢侈的生活。可我们这里的监狱和英国的完全不同，两者之间鲜明的对比常让我深感汗颜。无论谁犯下多大的错误甚至罪恶，只要在里面待上一阵子，他便得到足够的惩罚了。老实说，走出监狱的人几乎都只剩半条命。然而，被关在里面的只是普通的刑事被告罢了。真正被判有罪的凶犯恶棍都有专门的监狱和教化所，说不定在里面过着颇为舒心的日子呢，因为连在那里工作的品行正直的短工都会对其心生忌恨，咒骂上苍和社会的不公。这些教化所依然有一个值得注意的巨大弊端：犯罪等级不同的犯人被不加区分地关在一起，彼此频频接触。里面有的人只犯了点儿小罪，被判一年监禁；可有的人罪大恶极，被判15年、20年甚至终身监禁。所以，我们必须立刻在监狱中采取分级制度，这么做不是为了感化恶人，而是为了防止轻罪犯人近墨者黑，走向堕落。

"我在旺代及周边地区看到一个令人震惊的现象：[908]当地的疯子数目是帝国其他地区的十倍左右；那里的乞丐收容所和其他关押机构也是人满为患，里面全是流浪汉以及一些无亲无故、流离失所的人，他们不知道自己家在哪里，从小就是这些机构的常客。里面有些人身带伤疾，他们也解释不清楚这些伤口是怎么来的，还有的人说不定是先天残疾。这些人没有任何社会技能，几乎做不了任何工作，也不知道人们拿他们怎么办。"

皇帝叹道："唉！这就是内战及其后续影响造成的恶果！有些领导人引来了祸患，自己却安然脱身，留下人民中的渣滓在烂泥中苦苦挣扎，成为灾难的受害者！"

我继续说："我为了其他一些事翻看监狱资料，发现许多人被不分好坏地关在狱中。有人跟我说，他们都是政治犯，因为各级警察局发布的命令而被关在里面。

"我见了这些囚犯，聆听了他们的控诉，读了他们的陈情信。当然了，我没做出任何承诺，因为我没有这个权利。我当然知道，如果我只听他们的一面之词，那监狱里每个人都是无罪的。然而，除了某些罪大恶极的罪犯，其他大部分人得到的司法处罚都太严厉了，他们完全可以从轻发落。

"在视察雷恩监狱时,我发现狱中有个十二三岁的孩子。他几个月大的时候,和一群抢劫纵火者一道被关了进来。这群劫匪全被处死,人们不知拿这个孩子怎么办,就把他养在监狱里。您可以想象一下他的道德品行!他从小在罪犯身边长大,接触到的全是这种人,在耳濡目染中,他的一切人生经验都是从罪犯那里学来的。

"在圣米歇尔山,一个不知名的女人引起了我的关注。她面容姣好,神情举止温和谦逊,已被关了14年了。她在旺代之乱中相当活跃,她的丈夫是叛军麾下的一个营长,叛乱期间她一直陪在丈夫身边,她丈夫死后她甚至还代其指挥军队。长期的苦难和泪水摧残了她的容颜。在给我讲述自己的生平时,她大概会觉得我一脸严肃吧。而我这么做,是想掩饰她在我心中引发的震动。在一群举止粗鲁、道德败坏的女人中,温文尔雅的她显得格外出众。她全身心地投入到对监狱病人的照顾中,担起了狱中的医务工作,得到所有人的爱戴。

"这个女人的囚室边上关着几个教士和两三个朱安党的奸细,其他人皆是卑鄙下流之徒,那一身的腌臜气叫人看了只觉得恶心。

"我在监狱里遇到过一个男人,每年他能拿到1.5万里弗年金。他之所以被关进来,是因为他的妻子想霸占财产,便利用密信制把他打入监狱。还有一些妓女,她们跟我说,她们之所以沦为阶下囚,不是因为自己生性放荡,而是因为没有屈从某个人的淫威。不管这些女人有没有撒谎,她们都顶上了光荣的政治犯的身份,被关在这里,每天要花国家两个法郎,还把政府变成了笑柄。我在比利时的一座城市中还遇到一个不幸儿,他娶了一个被授予玫瑰花冠的少女,这位少女的嫁妆是由市政府提供的;他被关进监狱,理由是侵吞嫁妆。人们劝他把这一大笔钱吐出来,他则一再拒绝。也许，人们是在让他做一件他根本就办不到的事吧。

"回到巴黎后，我立刻跑到巴黎警察局，找到了警察局局长雷亚尔。我跟他说，我出于义务，必须把我得到的信息正式告知于他。陛下，这里我要替雷亚尔说两句好话：或许他是真想了解实情，或许他被我一脸诚恳的样子打动，又或许是因为他看我穿着陛下侍从的制服，总之，雷亚尔对我表示感谢，说我帮了他一个大忙，表示他会立刻进行整治和改善。这些是他的原话。几天后，我在议会中遇到了他，他满脸懊丧地跟我说：'算了！[910]现在不是处理您那位巾帼英雄的好时机（当时正好发生了马莱将军叛乱事件）。换作几天前，我还可以直接展开此事的调查工作；可如今没有得到高层的命令，我不能擅自做主。'之后，我就不知后续如何了。"①

听了我陈述的这些弊病，皇帝沉思了一会儿，然后说："我的朋友，依照规则，首先您应当判断人们是否跟您说了真话，去听听控方的辩词；其次，说实话，每个人类社会都存在这些流弊。您去看看，哪怕是声称要力图制止弊端的人，也几乎存在被您抨击的那些问题。那靠什么手段来根治它们呢？即便不能根治，不让它们泛滥也行。这些堕落的地方里的底层人，头上罩着一层罗网。我们必须打破这层罗网，找个如您这样的人把这些事传达给高层。其实我也有一个梦想，那就是战争结束，一切都尘埃落定之后，把重心转回国内，休养生息，找十来个真正的博爱家，就是那种只为大义而活，一生都在为它的实现而奔走疾呼的

---

① 请看菲利普·高纳德1907年2月发表在《近当代历史期刊》（*Revue d'histoire modern et contemporaine*）上的《拉斯卡斯伯爵对1812年帝国的印象》（Phillipe Gonnard, *Les impressions du comte de Las Cases sur l'Empire française en 1812*），里面收录了拉斯卡斯出行路上写的私人笔记，只可惜收录内容极少。这部分笔记从未发表过，作者在里面的态度似乎比回忆录中说的要悲观许多。

勇士。我要把他们分派到帝国各个地方，让他们展开秘密调查，把得到的第一手信息直接汇报给我。这些人将是道德的密探！他们有权直接见我，成为我精神上的眼线和向导。我和他们一道做出的秘密决定将成为我的得意之作。等到一切安稳下来，站在权力巅峰的我，心底记挂的便是改善整个社会阶层的生活。我会走下高位，关心普通人的悲欢喜乐；即便我找不到这么做的天然理由，也可以找到这么做的政治理由。说到底，我已经取得了无数荣耀，除了改善道德风气，我还能想出其他办法为自己再增光彩吗？我当然非常清楚这些弊端的存在，正因为我想保护人民，遏制中下层官员的暴政，才构思了自己的一套国家监狱体制，以应对我们这个充满危机的时代。"

"没错，陛下。但这个构思被我们憎恶，[911]还在很大程度上导致您不得人心。我们在到处惊呼，说新的巴士底狱崛起了，密信制度复兴了。"对此，皇帝回答："我知道，而且整个欧洲都在议论纷纷，把我说成一个恶人。可是您也知道，一旦舆论遭到居心叵测之徒的煽动，就可起到众口铄金、积毁销骨的作用！这一切发生的主要原因，是我颁布的这道法令没有起个好名字，我经手的时候也没仔细看。可我坚信，这道法律能造福百姓，让法国人比其他任何欧洲民族享有更加完整、更有保障的个人自由。"

他继续说："那时，我们刚刚走出危机，国内乱党分立，阴谋诡计层出不穷，我们只能采取监禁手段。但它取代了断头台，这也算好事一桩吧。此外，我还颁布法令，把监禁变得合法化，避免它沦为专制、暴政、仇恨、报复的手段。我颁布的法律规定，除非我的私人委员会做出决定，否则任何人都不得被当作政治犯遭到拘押和囚禁。我的这个委员会由16人组成，他们都是全国上下最有独立精神、出类拔萃、数一数二的人才。①这么一群审判员怎会容忍狭隘的个人偏见作祟？连我在里面都不能随意逮捕任何人。除非私人委员会做出新的决定，否则任何人的关押时间都不能超过一年。囚犯只要获得委员会16票中的4票，就可得到释放。两个参政院议员会去听囚犯的陈词，然后到私人委员会那里替他辩护。此外，这些囚犯还可从元老院的个人自由委员会那里得到帮助。世人都在笑话这个个人自由委员会，那是因为后者从不展示自己为个人自由付出了多少努力、获得了多少成果。实际上，这个委员会发挥了巨大的作用。要知道，元老院议员对内阁素来不抱好感，和他们又是平起平坐的关系，但凡某个案件需要元老院的干预，它一定不会放过机会，在我面前反对和攻击内阁大臣。人们还必须考虑到一件事：我把监狱狱卒及狱警的监督工作交给了法院，如此一来，各个行政分支部门及其手下官员就再没法干出草菅人命的事了。②

"做好这些预防措施后，我立即宣布法国的公民自由将得到法律的最大保障。可有的人不知道真相，或者佯装不知道真相，觉得我们这些法国人就活该低声嘟囔不满，永远都只能如此。

"可事实是，我退位时，政治监狱里只关押了250人；我才当上执

---

① 该委员会根据《共和十年宪法》而成立，由审判长、两位部长、两位元老院议员、两位参政院议员和两位获得荣誉勋章的高级军官构成。每次召开会议，与会人员名单都由首席审判长确定。拿破仑在整个帝国时期都保留了这个机构。1810年3月3日法令颁布后，他获得了通过行政手段下达逮捕令的权力。

② 蒙托隆和古尔戈两位将军出版的《拿破仑回忆录》第一卷第165页有一篇文章，专门详细地解释了政治犯机制。该书由巴黎泊桑日兄弟出版社1823年出版（*Mémoires de Napoléon*, Paris, Bossange frères, 1823）。如今，我经常参考这份宝贵的资料。随着多本著作相继问世，我在拿破仑的第一手口述资料中看到许多内容，它们都是记在我离开圣赫勒拿岛后，所以我对其一无所知。对于它们讲述的许多事情，读者都可在我根据皇帝的谈话而忠实记下的日记中寻到一点儿苗头，找到两者之间的吻合之处。——辑录者注

政官时，里面关着9000多人呢。①你们可以去翻一翻监狱花名册，看看上面记载的囚禁原因，会发现几乎每个人都论罪该死，而且审判他们的流程全都合乎法律规定。在我看来，只把他们关起来已是格外开恩的事了。为什么今天没有一个人就此站出来说我半点不是？他们不是对我满腹牢骚吗？那是因为他们完全没翻出任何于我不利的东西。如果某些囚犯跑到国王身边，向他大倒苦水，说自己当初因为支持国王而受尽折磨，他们这么做，不就是在证明自己被囚一事的合理性，继而替我辩白吗？今天国王眼中的美德，从前在我统治期间却是无可争议的犯罪。而我之所以将死刑改成简单的监禁，纯粹是因为我讨厌政治引发的流血，觉得这类案件只会加剧国内的动荡和不安。

"我重申一遍：在我统治期间，法国人是欧洲最自由的民族，甚至把英国人都比下去了。如果英国发生危机，《人身保护法》定会被取缔，只要英国内阁一声令下，任何个人都可能被打入大牢，而且内阁都不用搬出任何理由或进行解释。我的法律在这方面就严格多了。另外，虽然我有着良好的意愿，并为此付出一切努力，但国内依然存在您上述提到的那些现象，这也是因为建立一个利国利民的机制从来都不是件容易的事。值得注意的是，从法国分离出去的所有国家都在怀念它们在我的统治下采用的那套法律，这足以证明这套法律的高明之处吧？实际上，真想把我批倒，真想挑出我的法律的纰漏，办法只有一个：在其他国家中找出一套更好的法律出来！时代更迭，我们等着看吧……"

五点，大元帅从皇帝屋里出来，跟我说皇帝找我。这一整天，拿破仑都没有离开房门。我见到他时，他正望着新的台球桌发呆。由于担

---

① 此处记录不实，这个数字后面要多加一个零才对。拿破仑1814年退位时，狱中的政治犯有2500多人。

心天气太过潮湿，不利于散步，所以他没有出门。晚餐前，他玩了几局国际象棋。晚上，他给我们读了克雷比永的悲剧《阿特柔斯和梯厄斯忒斯》。我们觉得这部戏剧写得糟糕至极，根本没有一丝悲剧的影子，令人大倒胃口，皇帝甚至都没有把它读完。

谈埃及—阿克要塞—沙漠—趣闻小事

7月21日，星期日

大约下午三点，皇帝令人备好马车，把我叫了过去。我们一起出游，一直走到了树林深处，在那里和马车会合。我跟他说了许多和他有关的私人小事……

散步途中，我们看到海上有两艘船驶了过来。

晚餐期间，皇帝变得非常健谈。先前他暂停了埃及之战的口述工作，不久前才重新开始。他跟我们说，这部分篇章大概会非常有趣，读来有看小说之感。在谈到阿克要塞时，他说："其实，只带着1.2万人闯进叙利亚腹地，这着实需要很大的胆识。^{914}当时我离德赛的边路军有500古里远。西德尼-史密斯说我在阿克要塞损失了1.8万人，可我指挥的军队总数也不过1.2万人。你们也知道，有个寂寂无闻的家伙①，似乎才从学校出来，什么都不懂，唯一的才华就是把句子拼凑到一起，想靠这个赚钱。他有个哥哥深得我的宠信，还进了参政院。这个人最近就埃及之征发表了一点儿东西，今天我扫了一眼，为他的愚蠢无知和险恶用心大感愤怒，他竟然企图抹黑我们这支军队的光荣和功绩……

"如果我控制了海洋，就能控制东方。这事本来可行，可由于某些

---

① 1823年版本此处为"小M***"。这里指的是雅克·米奥，米奥·德·梅利托伯爵（Miot de Mélito）的弟弟。

海军的愚蠢和失策，最后我们功亏一篑。

"曾在大革命前游历埃及的沃尔内说，要想占领这个国家，就必须经历三场苦战，先后打败英国、大贵族和当地居民才行。在他看来，最艰苦、最难打的是最后这场仗。可他完全想错了，最后这一仗对我们来说根本不算什么。实际上，我军很快就和当地百姓亲如鱼水，他们的利益便是我们的事业。

"所以，我们只需派出一小撮法国人，不费一兵一卒，就可征服这个美丽的国家！这是战争史和政治史中的一大奇迹，可是我们真做到了！我们的事业完全不同于从前的十字军东征：十字军被不切实际的幻想所驱使，集结浩浩大军发起东征；我军则恰恰相反，我们人数不多，士兵对这场远征并无多大的积极性，动不动就在想收好军旗、坐船回国的事。然而，我最终还是让他们和这个国家交好。这里物资丰富、物价低廉，我有时候甚至都想给手下将士发一半的军饷，把另一半先留着。我在军中威信极高，我甚至只需发布一道简单的军令，就能让手下将士改信伊斯兰教。我若真发令，他们定会笑嘻嘻地服从我。此举能获得当地百姓的欢心，东方的基督教徒们会觉得是自己赢了，他们会支持我们，[915]深信我们在那里的行动不仅是为了自己，更是为了他们。

"英国人看到我们占领埃及，开始害怕起来。我们向欧洲提供了一个能让英国失去印度的途径，所以英国人坐立不安了。他们是该害怕：如果四五万个欧洲家庭从此能在埃及展开他们的事业，沿用他们的法律，实施他们的行政制度，在非武力手段的这些因素的影响下，英国人很快就会失去印度。"

晚上，经大元帅的提醒，皇帝想起他和数学家蒙日在沙漠腹地的小村子库塔吉耶的一次谈话。①拿破仑当时问:"蒙日公民,您觉得这里如何?"蒙日答道:"将军公民,我觉得,要是哪天这里跟巴黎歌剧院前的街道一样车水马龙,那世界肯定发生了重大的变革。"皇帝想起这段往事,不由得笑起来。他说,不过,当时那里就停着一辆六匹马拉着的马车,阿拉伯人还是第一次看到这么豪华的马车穿过沙漠,一个个惊得目瞪口呆。

皇帝说,沙漠在他眼里一直都有着别样的吸引力。每次穿越沙漠,他都心潮澎湃。他说,那里于他而言便是一片广袤无垠的地方,无边无界,无起无止,它就是一片可踏足行走的汪洋大海。皇帝说这话时,想象力在自在翱翔。他还兴致勃勃地告诉我们,"拿破仑"就是"沙漠雄狮"的意思!

皇帝还告诉我们,得知他去了叙利亚后,有人在开罗散播谣言,说他再也回不来了。他还讲了当时在身边服侍自己的一个小个子中国人偷盗财物的无耻行为,说:"他是个长相丑陋的侏儒,当初在巴黎深得约瑟芬的欢心。他是法国国内唯一的一个中国人。约瑟芬出行时,他就跟在马车后面。后来约瑟芬带他去意大利,发现此人手脚不干净,不知怎么处理才好。为了解决这个麻烦,我就让他收拾行囊,随我去了埃及。他才走到一半,又犯了旧日的毛病。我让这个侏儒看管我在开罗的酒窖,可我人在沙漠期间,他觉得反正我再也回不来了,为了赚钱,就把我的2000瓶波尔多精酿葡萄酒低价卖出。[916]得知我回来的消息后,他一点儿都不慌张,反而跑到我跟前,摆出忠仆的模样,说我的酒都被别人侵吞了,还厚颜无耻地列了一大堆被告人的名单。这番低劣的手段自然

---

① 拉斯卡斯把这个地方随心所欲地改写成了卡提耶。(请看《地名表》)

瞒不过我的眼睛,很快他就老实招认了自己的所作所为。有人主张把他吊死,但我没这么做。老实说,论有罪,那些明知这批酒有问题还故意买来喝掉的富人,不也有罪吗?最后我把这个人赶走,把他驱逐到了苏伊士,让他在那里自生自灭。"

我还要告诉读者:我们来了这里后听到一件事,故事主人公和上面那个人非常像。几个月前,有人告诉我们,有一艘中国船只经过该岛,折回欧洲,船上有个中国人,宣称他在埃及的时候曾服侍过皇帝。当时皇帝惊呼,此人就是那个小偷,也就是上述故事的主角。但实际上,他只是克莱贝尔的一个厨子罢了。

皇帝今天的心情比往常要好许多。谈到兴头上,他突然笑着问贝特朗夫人:"对了,夫人,您什么时候回您在杜伊勒里宫的府邸?什么时候设宴款待大使呢?不过您恐怕得换一换房间里的家具,因为它们都过时了,至少别人是这么说的。"然后,我们的话题自然而然地落到了皇帝统治期间巴黎纷华靡丽的生活上,这都是我们亲眼见证过的。

慈父一般的忠告—值得注意的谈话—卡廖斯特罗、梅斯麦、加尔、拉瓦特尔等人—加尔眼中的奇迹:拿破仑的颅骨结构
7月22日,星期一

十点,皇帝走进我的房间,让我随他出去走一走。回来后,我们所有人一起在室外用了午饭。今天天空湛蓝如洗,天气虽然炎热,但有利于身体健康。皇帝让人备好马车,在我们中间挑了两个人随他坐车出行,第三个人骑马跟在一边。大元帅没能前来。[917]皇帝提到几天前我们内部发生的一些小小的不愉快,分析了我们的处境和需求,说:"你们将来肯定会回到文明世界中,彼此会因为我的存在而亲如兄弟。为了

我死后的名声，你们也要这么做。那为何不从今天起，你们就如兄弟一般相处呢？"他说我们应该如何善待彼此，如何通过相互安慰来缓解痛苦。他从亲情、道德、情感、行为出发，对我们谆谆告诫。他说的这些话，让人听了后恨不得刻在金箔上保存下来。他说了差不多一个多小时；我相信，我们每个人对这番教诲都是铭刻于心、毕生难忘的。今天，我不仅清楚地记得他的每字每句，还能清楚地回想起他的语气、口吻、神色、手势。一切都恍如昨日，历历在目。

大约五点，皇帝来到我的房中。当时，我正在跟儿子一道整理阿尔科战役的相关内容。他说他有些事想跟我说，于是我随他来到花园。去了那里后，他又把先前在马车上说的话对我叮嘱了一遍。

如今我们都在绘图书房中用饭，书房旁边是皇帝的书房和蒙托隆从前的睡房，后来这间睡房被改造成了一间图书室。里面非常干净，放着最近从英国运来的图书，几张细木板被搭起来，权当书架。

着火客厅的装修进度缓慢。晚饭后，我们只好待在这间新饭厅里，直到皇帝回屋后才散去。不过这倒创造了一个良好的聊天环境。

今天皇帝尤其健谈。我们聊起了梦、预感、第六感以及英国人常说的"第三只眼"。最开始我们还在谈万物之间的普遍联系，最后却聊到了巫师、幽灵这些东西。皇帝下了结论："如卡廖斯特罗、梅斯麦、加尔、拉瓦特尔这些江湖骗子，他们的骗术再高超，一遇到一个简单的道理照样不攻自破。这个道理便是：这一切可能存在，却并不存在。"

他还说："世人皆爱奇迹。这个东西对他们有着一股不可抵挡的魔力，他们随时可以抛弃身边切实的东西，去追求被打造出来的幻象，沉溺在别人制造的谎言中。正确地说，关于我们的一切都是奇迹，没有什么所谓的表象。自然界中的一切都是表象：我的存在是个表象，壁炉里燃烧着供我取暖的木柴是个表象，那边照着我的灯光是个表象；所有第一推动力，我的智慧、才干，都是表象。它们存在着，我们对其却无从定义。我可以想象自己现在不在这里，而在巴黎歌剧院中；我向听众挥手致意，聆听旁人的喝彩声，看着演员表演，听着曼妙的音乐。不过，既然我能跨越巴黎和圣赫勒拿岛之间的距离，为什么我不能跨越时间的距离呢？为什么我不能把未来视作过去呢？难道前者比后者更加神奇和令人不可思议吗？不。未来唯一神奇的地方在于：它并不存在。您看，在这个道理面前，所有假想的奇迹都不攻自破了。那些骗子都是在搞精神上的投机；他们的道理也许是正确的，被他们拿来蛊惑世人，但他们的结论是错误的，因为它缺乏事实证明。

"巴伊代表法兰西科学院对梅斯麦展开调查、发布报告，重重打击了梅斯麦和他的磁气催眠术。梅斯麦通过磁气对一个人施展催眠术，可他若在此人并不知情的情况下从背后对他加磁气，催眠就会失败。于是他说，这个患者本身头脑出了问题，存有官能缺陷。这相当于在说，一个梦游症患者晚上在屋顶上乱爬，因为他并不害怕；白天他会拿刀抹了自己的脖子，因为他存在官能上的错乱。

"在某一天的公共接见典礼上，我攻击了皮伊塞居的催眠术。他想高声反驳，可我几句话就让他哑口无言了。我说：如果他的催眠术真能告诉我们一切，就给我们讲点儿从没听过的东西。200年后，人类定会取得无数进步，他只需跟我们讲其中一个进步就够了；或者他可以说说我八天后会做什么，明天彩票的中奖号码是多少。

"我对加尔也是相同的看法；他的假学伪说能被攻破，我也出了不少力。科尔维沙是此人的忠实信徒，他和他的同僚都对能巩固医学地位的唯物主义深信不疑。可自然绝非如此贫匮，要是它真粗陋到靠外在形式彰显其存在的地步，[919]那我们只需一瞥，就能了解一切。实际上，自然的秘密是最精巧纤细、转瞬即逝的东西，从未被任何人捕捉到。一个驼背的侏儒，体内可能藏着一个伟大的巨人；而一个英俊伟岸的人，实际可能是一个草包；一颗硕大的头颅里可能空无一物，而一颗小脑袋可能装进了无数学识。我们看看加尔说了哪些蠢话。他认为头盖骨上的一些隆凸代表邪念和恶癖。可邪念和恶癖从来不是源自天性，而是人类社会和风气的产物：如果社会中不存在财产，那哪来的偷盗财物的隆凸呢？如果我们没发明酒精，那哪来的酗酒成性的隆凸呢？如果没有社会这个结构，那哪来的野心勃勃的隆凸呢？

"从拉瓦特尔对身体和精神的研究来看，此人也是个大骗子。我们天生是盲目轻信的，在应该警惕某些观点的时候，我们反而会欣然地接受它们。我们一看到某人的长相，就宣称知道了他的为人。不受虚假表象的影响，摒弃这些想法，才是智者所为。某个眼睛是灰褐色的人偷了我的财物，以后我一看到长着灰褐色眼睛的人，脑子里就会联想到小偷，害怕自己又被偷了。某件武器把我伤到了，从此我杯弓蛇影，一看到相同的武器就害怕。但所有长着灰褐色眼睛的人都偷过我的东西吗？理性和经验告诉我们，所有这些外在特征都是假象，人们应该格外提防这些假象才是。要准确地判断和了解一个人，实际上只有一个办法：观察他，接触他，和他来往。不过老实说，我们总会遇到一些丑陋至极的人（他以总督为例，引得我们哈哈大笑）。一看到他们，再强大的理智也会退缩，我们再怎么理性行事，也会忍不住在心里给他发下判决书。"

附注①：方才提到的加尔医生，皇帝对他的预言落空了。他的学说最后还是赢得了胜利，而且他对先前反对自己的人没有任何记恨之心；或者说，他满心扑在研究上，没有心思讨伐对手。我记得他不止一次地说过，⁹²⁰拿破仑的颅骨是他见过的最奇特、形状最优美的一个。他还专门为此做了研究，根据自己的理论提出一个猜想：即便成年许久，他的这颗脑袋也会继续发育。为了证实自己的猜想，加尔展开不懈的研究，甚至还从皇帝的制帽工人那里收集到详细数据，发现一个事实：在帝国末期，制帽工人改了皇帝的头围数据，把帽围加大了。

烦心事不断
7月23日，星期二

下午三点，皇帝来到我的房中，说他想出去散步，我便陪他出门了。他从昨夜起就身体不适，脸色非常难看。出门后，酷热的天气让他倍感难受。他从室外看到人们正在建新的大门，还把绘图工作室及蒙托隆夫人从前房间的内部结构全改了。先前没人跟他说过这些事，他对此大感恼火，当即让人把做决定的那个人叫过来。听了对方蹩脚的解释后，他更是火冒三丈，激动地要求对方立刻把新门给堵上。②我们继续往前走，但他似乎看什么都不顺眼，心情恶劣到了极点。路上我们遇到几个英国军官，他立刻绕道而行，满腔怒气地说自己短时间内不会出门一步了。没走多远，医生找到了他，不合时宜地问他对某些事是何看法。恰好，这是拿破仑最不愿谈的一个话题。他没有做任何回答。平时遇到

---

① 1823年、1824年版本中没有这条附注。
② 发火其实是个借口。拿破仑经常在这里接见宾客，如果新开了一扇门，那他和宾客说的每字每句都会被外面的人听到。（请看《古尔戈日记》第一卷第168页）

不想回答的话题，他也是这么做的。可是今天，他的沉默明显带着愤怒。他登上马车，回来路上又遇到了一群英国军官。皇帝立刻命令马车掉头，朝另一个方向疾驰而去。

一想到房屋新门已经做好，[921]事先没人问过他的意见，而且这座大门还那么难看，皇帝内心就越发恼火。此事决定者的妻子也在马车上，为了让自己心情好点儿，皇帝便转头开玩笑地对她说："您也在这里啊，您算是落到我手上了，那就由您来承担惩罚吧！丈夫犯错，妻子受罚，不在场的那个人可真是幸运啊！"这位夫人如果当即示弱，不仅没什么坏处，还能起到一定的安抚作用。可她不仅不顺着他的话往下说，还再三辩解。她不想让丈夫受到责罚，翻来覆去说了一大堆理由，但只能起到火上浇油的作用。最后又发生了一件事，让皇帝愤怒到了极点。我们中有个人看到驻军的帐篷后，告诉皇帝：昨夜军队展开了演习和操练，以纪念英国在西班牙取得的一次重大胜利，也不知道他们有什么好庆祝的，因为这支军队差点儿全军覆没。皇帝的眼神立刻让我们知道了他对这件事的想法，但他只是语气生硬地回了一句话："先生，一支军队从不会被灭在敌军手中，它是不死的！"

我看着一件又一件糟糕事在短时间内接踵而至，一言不发地思考着。对一个观察者而言，这一刻是少有的。我衡量着这些事给他带来的痛苦，惊讶于他的克制和忍耐。我忍不住想：这难道就是人们说的那个专横固执的暴君吗？也许他猜出了我的想法，因为下了马车后，我俩走在前面，他压低声音跟我说："要是您喜欢观察人心，就去研究一下人能忍耐到什么地步，看看有什么是他咽不下的！"

回来后，他让人把茶端上来。我从前从未见他喝过茶。蒙托隆夫人的新客厅修好了。他去看了看客厅情况，说它比我们所有人的都要好。

之后，他让人把壁炉的火点燃，和我们轮番下了几局国际象棋，情绪也慢慢恢复正常。晚餐中，皇帝虽然吃得不多，但他的心情已经完全平复下来，开口谈起话来。他又说起想起就倍感温馨的早年时光，[922]提到了旧日的朋友；他还说，自他登上高位后，旧友要再接近他就很难了。皇帝最后感叹道，他们难以跨进皇宫的高墙，可这绝非出自他的本意。他还反问："其他君主对此又能怎么做呢？"

聊到最后，已是深夜十一点，皇帝和我们都没发觉时间的流逝。

B***夫人①——和流亡贵族集团有关的几件小事
7月24日，星期三

今天，皇帝试玩了一下刚刚装好的台球桌，之后出去了一会儿。今天空气格外潮湿，没过多久他就回来了。

晚餐前，皇帝把我叫到他的房中，让我谈一谈流亡贵族集团的事，还提到了巴尔比夫人。她曾是普罗旺斯伯爵夫人的侍女，在流亡早期是个风云人物。皇帝问："这个巴尔比夫人不是一个极坏的女人吗？"我回答："完全不是，恰恰相反，她是世上最优秀的女子，很有学识和判断力。"皇帝说："好吧，如果这是真的，她大概对我很有怨言。这就是错误情报造成的坏处；由于某些人的关系，我待她极其恶劣。""是的，陛下，您给她造成了巨大的不幸。让巴尔比夫人最快乐的就是在社交界绽放光芒，可您把她流放出巴黎。有一次，我在出差路上遇到了她，当时她虽然满腹愤懑，可依然没对陛下说半句不逊之词。单凭这一点，我就觉得她是一个理智的女人。""那您为什么不来纠正我的错误呢？""啊！陛下，我们当时根本就不怎么了解您的为人。现在我了解

---

① 1835年版指明是巴尔比夫人。

您了,才敢大胆把这些话说出来。说到这里,我想起巴尔比夫人在我们流亡贵族最得势的时候在伦敦说过的一句话,这话比我的任何言语都更能让您了解她的为人。当时您刚当上执政官,某个从巴黎过来的人去巴尔比夫人家中和众人小聚,立刻成为众人关注的焦点,[923]因为我们能从他口中获知许多我们非常关心的事情的详情。有人问起了执政官,他说:'他活不长的,他就一脸死相。'这是他的原话;后来他越说越得意,甚至举杯高呼:'为第一执政官之死干杯!'巴尔比夫人立刻惊呼:'天啊,为一个人的死干杯?这太可怕了!换句更好听的话吧:为国王的健康干杯!'"皇帝听闻此言,说:"唉,如我先前说的那样,我从别人那里得到了错误情报,对她实在糟糕。有人在我面前把她形容成一个玩弄权术、掺和政治、言语刻薄的女人。我想起她说的一句话,不过也许是别人栽赃给她的。我第一次听到这话时心中大感惊异,因为它说得实在是漂亮诙谐。据说有个身份尊贵的人①对她非常在意,有一次吃醋了,巴尔比夫人说他无中生有。这个人便说:'不管怎样,您应该很清楚,恺撒的妻子不该引来别人的怀疑。'巴尔比夫人立刻指出这句话中的两个严重错误:世人都知道,她不是他的妻子,他也不是恺撒。"②

晚饭后,皇帝给我们读了《败家子》和《荣耀的人》,没读多久就心生腻烦,觉得写得一点儿意思都没有,将其丢到一边。由于早晨散步的时候受了潮气,他右边肢体觉得很不舒服。我们隐隐担心,害怕这并

---

① 他便是路易十八。*——辑录者注
* 1823年、1824年版本中没有这条脚注。
② 请看杰拉德·沃尔特的《普罗旺斯伯爵》。巴尔比伯爵夫人的传记作者莱泽子爵不承认这桩风流韵事。

非炎热天气引起的普通疾病。

回到房中后，我发现一封从伦敦寄来的信和一个包裹，包裹中装着一些衣物。这些东西是一艘刚到圣赫勒拿岛的英国军舰送来的，这艘军舰便是格里芬号。

皇帝收到了写给他的信—和上将的谈话—联盟国特派员
7月25日，星期四

⁹²⁴九点，大元帅带来三封写给皇帝的信，让我将其转交给他。它们分别是皇太后、保琳公主和吕西安亲王写来的。吕西安亲王这封信被夹在写给我的一封信中，一道被送了过来，落款时间和地点是3月6日的罗马。我也收到了我在伦敦的事务负责人寄来的两封信。

皇帝整个上午都在读4月25日到5月13日的报纸，报上刊登了奥地利皇后的讣告①，报道了法国议院将推迟换届时间、康布罗纳被判无罪、贝特朗将军缺席审判等新闻。之后，皇帝对这些事发表了评论。

下午三点，上将马尔科姆请求皇帝接见，并把截至5月13日的《论报》带了过来。皇帝让我把他带进来，和他谈了近三小时。马尔科姆深得皇帝的喜欢，皇帝一开始就对他信任有加，两人一见如故。上将在许多事情上和皇帝看法相同。他认为，既然逃出圣赫勒拿岛是件难于登天的事，那为何不向皇帝开放全岛呢？人们不把皇帝安置到种植庄园中，此事在他看来非常荒谬；他到了这里后才发现，"波拿巴将军"这个头衔很有侮辱性；他惊讶于劳登女士在这里的可笑行为，说她将成为伦敦的笑柄。他还说，他觉得总督也许本意是好的，但他不懂怎么将它表达出来。上将认为英国内阁并不仇恨皇帝，只是对他感到头疼，不知该

---

① 即弗朗茨的第三任妻子、玛丽-路易丝的继母玛利亚-露朵薇卡。

如何处理才好。他若留在英国，将成为一头震慑大陆的猛兽（即便如今也是如此），还会成为反对派手中一把强大十足、无比危险的武器。他想，所有这些因素加起来，我们才被长期囚禁在这里。他觉得内阁的想法肯定是这样的：[925]只要拿破仑不逃跑，英国可满足他在圣赫勒拿岛上的任何要求。上将这番话说得恳切十足，皇帝本来还有一丝怒气，最后却心平气和地和他讨论起这些事来，仿佛它们和自己并无关系似的。

谈起联盟国特派员时，皇帝向上将表达了他绝不会接见他们的决心，上将听了大为触动。他对上将说："阁下，您和我都是男人，我这么跟您说吧，我的岳父奥地利皇帝，曾跪着求我接受这桩婚姻，我曾两次放过了他的首都，可如今他竟然把我的妻子、儿子扣在手上，把他的特派员派到我身边，却没给我捎来只言片语，甚至不肯给封简信让我知道儿子是否身体健康。我怎能见这个特派员？见了他又能说些什么呢？亚历山大也是一样，他曾骄傲地宣称是我的朋友，我和他之间的不和也只是政治冲突，绝非私人恩怨。当过君主又如何？难道我就该因此被剥夺人应有的待遇吗？我如今又没要求什么！难道他们没有良心吗？阁下，老实说，我反对将军这个头衔，不是因为觉得它冒犯到了我，而是因为它否认了我曾是皇帝的这个事实。我这么做，不是在捍卫自己的荣耀，而是在保护别人的荣誉。我站在这个位置上，通过立下协约、建立血缘关系或政治联盟关系和他们连在了一起。也许我只会见一个特派员，那就是路易十八派来的那个官员，因为路易十八对我没有任何亏欠。这个特派员在过去很长时间里都是我的子民，不过在形势的裹挟下不得已做了某些选择罢了。要不是担心有些人恶意编排，怕他们又如跳梁小丑一般颠倒黑白，我明天就可以接见他。"

晚餐后，皇帝又谈到了执政府时期，提起了他遇到的无数阴谋，以及该时期涌现的著名人物。我已在前文做了详细记录，故此处不再赘言。我们不知不觉谈到了凌晨一点，这真是少有的事。

皇帝的宫廷—宫廷开支、经济状况、狩猎、马厩、侍从、宫官等
7月26—28日，星期五至星期日

^{926}这两天的生活和从前并无不同：中午乘车出行，晚上聊天。

27日，皇帝接见了一个上校①。此人是沃尔什-塞朗的亲戚，坐黑孔博号从好望角过来，明天就要启程返回欧洲。他在波旁王朝期间曾当过地方总督，跟我们讲了许多在任期间的事，谈话气氛格外和谐。

晚饭后，我们谈起了新旧两朝宫廷，说到了它们各自的结构、开支、礼仪等。其中大部分内容我已在前文说过，故这篇日记里有许多重复的东西，被我一一删去了。

从各方面看，皇帝的宫廷都比今天的更豪华。但他说，他的宫廷开销其实比后者要少得多。因为他削减了许多巨额开支，整顿了财政，把账本管理得井井有条。他说，他觉得狩猎及其衍生物——例如，饲养鹰隼之类的东西——可以说毫无意义，甚至可笑至极。路易十六频频狩猎，每次出去都敲锣打鼓、排场巨大，这不是劳民伤财吗？他每年的狩猎开支不超过40万法郎，而国王每年在这方面的开销高达700多万法郎。膳食方面也是如此。皇帝说，由于杜洛克管理得当，他在这上面省了一大笔钱。国王在任期间，宫殿里一件家具都没有，人们经常得把家具从一座宫殿搬到另一座宫殿；人们不会向宫廷中人提供任何家具，他们得自己准备。而他的宫廷恰恰相反，每个在宫廷当差的人都有自己的房间，房中家具齐全，布

---

① 即基廷。（请看《人名表》）——译者注

置得几乎比他家里还要好，所有生活必需品都一应俱全。

皇帝马厩每年开销300万法郎，每匹马一年开销3000法郎。每位见习侍从要花六七千法郎。他说，见习侍从这一块也许是宫廷最大的开支；但令他自豪的是，见习侍从在宫中接受了优良的教育，得到了精心的照顾，[927]故帝国各大家族都争相把自己的孩子送进宫来。皇帝说，这是个正确的选择。

谈到礼仪规矩，皇帝说，他率先把宫官和杂役做了区别。宫官不用做肮脏辛苦的差事，能起到观赏性的作用即可。他说："国王不是自然的产物，完全脱胎于文明世界。他不能赤裸裸地示人，必须穿些衣裳才行。"

皇帝说，谁都不如他更清楚这些宫廷事务的特性，因为它们全都在他的约束之下。他参考了从前的文献记录，留其精华，去其糟粕，最后创立了这一套东西。

我们一直聊到了十一点多，大家都非常尽兴。回房之前，皇帝还跟我们说，幸好我们都是一群好人，哪怕沦落到圣赫勒拿岛上，也能彼此安慰和取暖。

总督再度作恶—科西嘉人桑蒂尼铤而走险
7月29日，星期一

这几天的天气很是糟糕。皇帝趁着天气暂时转晴，出门看了看一座帐篷。在先前一次聊天中，皇帝向上将抱怨自己园中一点儿荫凉地都没有，根本没办法在室外久待，好心的上将便让他的船员为皇帝搭了一座帐篷供他乘凉。皇帝跟负责此事的军官和干活的船员聊了一会儿，命人给每个船员发了一枚拿破仑币以示感谢。

今天我们得知，最新抵港的船只给皇帝捎来了一本针砭时事的作品，据说作者是英国国会的一个官员。[1]这本书是作者亲自寄过来的，书的扉页上还写有一行烫金大字：献给拿破仑大帝。就因为这句话，总督把书扣了下来。可奇怪的是，他一方面对此书从严处理，[928]另一方面迫不及待地把一些诽谤书籍借给我们，里面通篇都是对皇帝大不敬的言辞。[2]

晚餐期间，皇帝严厉地盯着他的一个仆人，说："你这个恶棍，你怎能生出杀死总督的想法呢！……浑蛋！你要再有这种想法，我就要收拾你了！我会叫你看看我的手段。"听了这话，我们所有人都大吃一惊。他转头对我们说："诸位先生，此人是桑蒂尼，想刺杀总督。这个坏蛋差点儿给我们惹出大祸！我必须摆出威严的样子才能把他拦下来。"

为了让读者清楚其中的内情，我得介绍一下桑蒂尼。他从前是皇帝书房的传达员，由于对主子忠心耿耿，便服侍在皇帝近旁。桑蒂尼是科西嘉人，感情浓烈、性格易怒。总督的所有恶行都被他看在眼里，见此人一而再，再而三地冒犯皇帝，桑蒂尼已是忍无可忍。眼看皇帝的身体日渐衰弱，他心如刀割，对总督恨之入骨。这段时间，他不再进屋服侍皇帝，借口说要出门抓些鸟来，好让皇帝的早餐里多点儿肉。他似乎一心忙着在附近打猎，再没做其他事了。有一天，他不小心向同伴西普里

---

[1] 这里说的是由约翰·卡姆·哈布豪斯的《拿破仑皇帝统治末期来自巴黎的书信》（John Cam Habhouse, *Lettres écrites de Paris pendant le dernier règne de l'Empereur Napoléon*），于1819年被布鲁通翻译成法语，标题是《百日王朝史》（Broughton, *Histoire des Cent Jours*）。

[2] 拿破仑倍感愤怒。他对奥米拉说："这个galeriano（苦刑犯）不准人们把这本书送过来，因为他不想让我发现不是每个人都是他那种货色，更不想让我知道自己得到了一些英国人的尊敬。"他又忍不住说了句意大利语来表达自己的失望："Non credero che un uome poteva essere basso e vile a tal segno（我没想到一个人能卑鄙下流到这个地步）。"（奥米拉《流放中的拿破仑》第一卷第82页）

亚尼吐露了自己的计划：他想一枪杀了总督，然后自杀。他说，这样能把所有人从一头怪物的口中拯救出来。

西普里亚尼非常了解桑蒂尼，见他态度坚决，心中着实害怕，便向几个仆人透露了桑蒂尼的打算，所有人聚在一起劝解桑蒂尼。可他们的话不仅没能开导桑蒂尼，反而把他的怒气煽得越来越旺。于是，他们决定把一切告诉皇帝。皇帝当即把他叫了过来，训斥了他一顿。稍后，他跟我说："我只有摆出皇帝的威严才能瓦解这个小伙子的决心。您看，他差点儿造成一桩不幸！他若得手，我便成了杀害总督的凶手。可实际上，好些人脑中都有类似想法。"

晚饭后，皇帝给我们读了《庞贝之死》。报纸上说，巴黎眼下正在热烈讨论本书到底在影射什么。[929]这让我们想到当初政府把《理查德》这部剧禁了的事，路易十六在10月5日到6日肯定没想到这部剧是因为影射了什么而被禁。① 皇帝说："这是因为时代已变！"

7月30日，星期二②

皇帝在花园里走了几圈，然后来到古尔戈将军房中。古尔戈当时正拿着铅笔和圆规潜心绘制叙利亚海岸线和阿克城的地图。皇帝指着阿克城附近的某个地方，说："我在那里经历了一段艰难的日子！"

晚上，皇帝读起了《费加罗的婚礼》，我们被逗得哈哈大笑，觉得这部剧比我们原以为的更生动有趣。皇帝合上书后，说："这本书就是戏剧界的大革命。"

---

① 此事并非发生在10月5—6日，而是稍稍往前一点儿，当时弗朗德勒军团禁卫军在凡尔赛宫摆宴，还唱起了格雷特里的曲子。*

* 此事发生在1789年10月5日路易十六被带到巴黎的前几天，当时保皇党在凡尔赛宫组织盛宴，歌颂君主制，侮辱三色旗，因此惹来民愤。——译者注

② 这篇日记在1840年版中全部被删除。

拉阿尔普的《梅拉尼》—修女—修道院—特拉普修会—法国教士
7月31日，星期三

天气恶劣至极。下午三点，皇帝不辞辛劳地去了蒙托隆夫人家中，他手头正好有本《一千零一夜》，便坐在那里读了一会儿。随后，他翻起了《总汇通报》。蒙托隆为了撰写1800年海战休战期的两军谈判，参考了《总汇通报》中的相关内容。皇帝聚精会神地读了一个多小时。

晚饭后，皇帝一开始读起了《有罪的母亲》，我们都觉得此书写得很有意思。之后，他又读了拉阿尔普的《梅拉尼》，觉得这本书文笔拙劣、构思粗糙。他说："这本书纯粹是夸夸其谈，通篇都在迎合当前的思想潮流，根据流传开来的谣言和荒诞无稽的传闻写成。拉阿尔普写这部剧的时候，一个父亲绝对没有任何权利强迫自己的女儿去当修女，当权机构也绝不会助纣为虐。这部剧在大革命时期上演，它之所以获得成功，纯粹是因为迎合了时代思想。[930]今天热潮退去，它就是跳梁小丑了。拉阿尔普的描绘根本不符合事实，他不该用坏的工具去攻击坏的机构。"

皇帝说，拉阿尔普在人物刻画上根本是失败的，从他的文字中，我们会觉得他更倾向于支持父亲，无法接受女儿的一些行为。每次戏剧演出的时候，拉阿尔普都忍不住从座位上跳起来，冲着女儿那个角色大喊："你只需说声'不'就行了，我们都会支持你，每个公民都会保护你！"

皇帝说，他还在部队里的时候，曾多次看到人们举办修女入会典礼："很多军官都很关注这类典礼，我们每次看了都感到满腔义愤，尤其遇到入会修女是美丽女子的时候。我们围上去，把耳朵竖得高高的。

只要她们说一句'不',我们就会立刻拔剑把她们救出来。当然了,动用武力固然不对,但别人对她们使用诱骗招数,就像招募新兵一样去哄骗这些修女,这又怎么说呢?在典礼结束之前,这些女子要先后通过修女嬷嬷、修道院院长、执事、主教、官员乃至看客的折磨,他们都是同谋。这难道不是一桩所有人都参与且默许的罪恶吗?"

皇帝说,他对修道院基本不抱好感,觉得它们毫无用处,只养了一大堆浑浑噩噩的废人。但他也说了,换个角度来看,人们会觉得它们还是有点儿好处的。在他看来,包容它们,让里面的成员发挥余力,这是最好的折中手段,他也正是这么做的。

皇帝抱怨他没有时间完成自己的设想。他曾打算在圣德尼和埃库昂建立一批机构,收容和保护军人遗孀和年纪大了的妇人。皇帝补充说:"当然我们也必须承认,这世上有形形色色的人,人有各种各样的想法;即便有些人想法奇怪,只要他们是无害的,也犯不着予以纠正。一个如法国这样的帝国,可以也理应有几所'特拉普修会'①这样的疯人院。"说到疯人院,他还说,如果有谁想把自己遵守的训诫强加给别人,[931]人们肯定会把他的训诫视为可恶的暴政;但如果人们心甘情愿地接受这些理念,他只会从中体会到无穷的快乐。这就是人,多么反复,又多么愚蠢!……他说,他之所以包容塞尼山的修士,是因为这些人能派上很大的用场,甚至具有英雄般的气概。

皇帝谈起构建大学的工作,说了这些话:"我的想法是,只要僧侣处在适当的掌控之下、不受一个外国首领的影响,他们会是最好的训诫传递者。我偏向于支持他们,也许我还可以恢复他们的地位,可他们毁

---

① 一个推崇缄口苦修的天主教派。——译者注

了这一切。我为教士每做一件事，事后他们都能立刻叫我后悔。令我不满的不是那些老教士，我对他们其实非常满意；可在阴暗、狂热的教理中成长起来的年轻教士没有一个支持法国天主教自立。

"我从没说过老主教的半句不是，他们感激我为宗教所做的一切，并满足了我对他们的期待。

"红衣主教布瓦热兰是个智者和善人，对我忠心耿耿。

"图尔大主教巴拉尔学富五车，在我们和教皇不和的时候给我们帮了大忙，对我一直尽职尽忠。

"可敬的红衣主教贝鲁瓦、善良的大主教洛克劳尔真诚待我。

"我毫不费力地把主教博赛安排到大学中，让他担任高位。我很肯定，他是最不遗余力地推行我的想法的人。

"所有这些老主教都深得我的信任，且没有辜负这份信任。奇怪的是，让我心有怨言的却是那些被我一手提拔上来的人。圣油虽然把我们带到了天国，却没能让我们摆脱俗世的残缺、弊端、肮脏和卑鄙，这是多么赤裸裸的事实啊！"

随后，他谈到了法国神父的短缺问题，[932]这个问题导致神父必须在17岁就投身神职，甚至等到21岁都不行。

皇帝想让神父晚些时候再担任神职。主教乃至教皇对此的回答是："这个想法很好，您说得非常在理。但如果您要等到这个年纪，那就没有神父可用了。您也承认了，当前神父人数短缺。"

皇帝评价说："毫无疑问，在我之后，人们肯定会出台其他方针。也许法国会招募神父和修女，就像我在位期间招募军人一样。也许我的兵营将变成修道院和神学院。这个世界就是这样！……可怜的国家啊！

无论你多有智慧和知识,还是会如普通人一样,被变化无常的风潮所左右。"

皇帝回屋时已是凌晨一点。他说,这次聊天真是他对抗无聊取得的一场巨大胜利,大大缓解了他的失眠。

第八章

1816年8月

玛丽-安托瓦内特—凡尔赛的风气—《贝维尔雷》—狄德罗的《一家之主》

8月1日，星期四

933 今天天气非常糟糕。下午三点，大元帅来找我，可我当时在外散步，所以他没碰见我。他来，是为了把一些英国人①引荐给皇帝。

五点，皇帝派人把我叫了过去。他当时心情恶劣，对我也有些小情绪。他说，这群英国人的来访、糟糕透顶的天气、拿不出手的会客厅、翻译的缺席，一切事情加起来，让他心情坏极了。

---

① 即上尉梅奈尔、菲斯汀、格里芬和穆雷。读者可在夏普林的书中找到相关的简要信息。

他在读《城堡老妪》，但此书根本吸引不了他，被他丢到一边。然后，他拿起了《玛格丽特·德·纳瓦尔王后传记》。

之后，他谈起了凡尔赛，提到了王后、刚邦夫人、国王等主要宫廷人士。他说的许多话，我在前文已经引用了一二，故在此删去了许多东西。皇帝总结说，路易十六在私人生活中是个大善人，但也是个糟糕至极的国王。他说，王后肯定一直都是所有沙龙中的亮眼人物，但她的轻浮、冒失和缺乏手段，在引发和加速灾难的过程中发挥了不小的作用。他还说，她改变了凡尔赛的风气：她来了后，把从前一板一眼、恪守礼仪的宫廷变得轻浮、放荡起来，增加了贵妇客厅打情骂俏的味道。任何一个有头脑、有身份的人都逃不过年轻廷臣的戏弄，有了这位美丽年轻的王后的支持，这些廷臣变得格外肆无忌惮、不知收敛。

我们可以拿一件很典型的小事来当证据。有一天，一个勇敢、身份尊贵的德意志将军来到巴黎，怀里揣着一封专门写给王后的推荐信，[934]写信人是她的哥哥约瑟夫皇帝。王后觉得最能显示自己对这位客人的重视的办法，就是带他进入自己的社交圈。可以想见，这位将军不太适应社交圈的环境，但看到大家对自己如此殷勤有礼，他便觉得自己应该说点儿什么。然而，可怜的将军选错了聊天主题和聊天方式，大谈特谈被自己视为心头肉的一白一灰两匹马驹。年轻廷臣向他不怀好意地发问，提了一大堆琐碎的小问题，他都耐心、郑重其事地一一作答。最后，有个廷臣想结束谈话，就问他，他在两匹马中更喜欢哪一匹。将军夸张地回答："我的天！老实说，要是有一天打仗的时候我正骑着那匹白马，就绝对不会换成灰马。"他离开后，在场所有人捧腹大笑，连眼泪都笑出来了。之后，不管谈到什么话题，人们都拿白色和灰色打趣。有一天，皇后问一个人喜欢什么，此人立刻挺直腰杆子，拿出奥地利人那套郑重其事的口吻，说："我的天！老实说，要是有一天打仗的时候我正……"王后打断他的话："够了够了，饶了我们吧。"①

晚饭后，皇帝给我们读了《贝维尔雷》和《一家之主》，第二本书还被他大肆批判了一顿，我们也觉得这本书写得很拙劣。皇帝说，这本书居然是狄德罗——这位哲学泰斗和《百科全书》领导人写的，这让他倍感惊讶，因为里面的一切都错得离谱。皇帝讨论了许多书中的细节，说："为什么要跟一个患了热病的疯子讲道理呢？他需要的是药剂和悉心的治疗，而不是口谈。谁不知道对抗爱情的唯一办法就是逃跑？门托耳想治愈忒勒马科斯的情伤，于是让他速速下海离开。尤利西斯想摆脱塞壬，于是把自己绑了起来，用蜡堵住了同伴的耳朵。"

科布伦茨流亡贵族记闻—小故事

8月2日，星期五

天气一如既往的糟糕，暴雨如注。皇帝身体不适，觉得神经刺痛得

---

① 有人向我指出这件小事的年月错误，因为此事在《莫特维尔夫人回忆录》中也有记载，但发生在安妮·德·奥地利的宫廷沙龙里。*另外，有些人言辞凿凿地告诉我，尽管年月错误是个笃定的事实，但这件事当时的确在首都传开了。实际上，这种俏皮话、趣闻或逸事并不少见，一逮到合适的机会就会冒出来。但不管怎样，我没想过去参考《莫特维尔夫人回忆录》的相关内容，因为我并非事情的讲述者；我只是觉得自己有义务提醒读者，此事存有年代错误。**——辑录者注

* 缪塞-帕泰在他1824年出版的合集《圣赫勒拿岛回忆录后续》（Musset-Pathay, *Suite au Mémorial de Saint-Hélène*）第一卷第232页中说："老实说，我并不理解《拿破仑圣赫勒拿岛回忆录》的作者为什么会为了抹黑玛丽-安托瓦内特，把一个老掉牙的逸事又拿来说一遍（他肯定早就知道了这件事）。后来他还言辞凿凿地说，这件发生在安妮·德·奥地利时期的事在《莫特维尔夫人回忆录》中有所记载。他说错了，我根本没在这本书里找到关于此事的任何记录。不过这位夫人出入沙龙的时间远早于玛丽-安托瓦内特，所以也许是有人借用了她的名号。"

** 1823年版本中没有这条脚注，它是1824年版后加的。在1840年版中，该脚注和所有相关内容都被删除了。

要命。

　　他把我叫过去和他一起用餐。整个早餐以及之后很长时间里，我们又谈起了流亡贵族。我先前也说过，我会反复讲到这个话题。今天，皇帝就科布伦茨问了我许多细节问题，如我们流亡贵族的处境、立场、社交圈、结构、想法、生活来源等。听了我的回答，他说："您已多次跟我讲了大量这类事情，但我依然记不住它们，因为您的讲述并无顺序和条理。干脆给我写一篇普通的历史记闻吧，反正您在这儿也没有更好的事做。我的朋友，这完全可以成为您日记中的一部分。"我就如同埃涅阿斯听到狄多的请求一样①，忍不住也想大喊："Infandum, regina, jubes…"②然而，我还是尽量根据自己的记忆和见解写下了这篇记闻。这些已是陈年旧事，我那时又那么年轻，所以略有遗忘也属正常。下文便是我后来读给拿破仑听的流亡记闻。

　　"陛下：

　　"大名鼎鼎的推翻巴士底狱的那一天，让整个法国陷入狂躁之中。那天后，我们大多数亲王贵胄觉得自己处境岌岌可危，便踏上逃亡之路。一开始，他们只想寻个安全之所而已。没过多久，一些显要人物和狂热的年轻人便前来和他们会合了。[936]前者是因为他们和亲王有着过密的关系，后者是因为他们坚信此举能彰显他们的高尚和忠诚。流亡贵族的队伍壮大起来后，有人就生出想法，意图借着当前众人的狂热情绪和各种偶然因素，在政治上谋得好处。人们觉得，有了这些小团体，他们

---

① 根据维吉尔的《埃涅阿斯记》，古迦太基女王狄多爱上埃涅阿斯，但由于后者必须离开迦太基，去建立未来的罗马城，狄多心碎而死。——译者注

② 出自维吉尔的《埃涅阿斯记》第二卷第三行，埃涅阿斯对狄多说："Infandum, regina, jubes renovare dolorem.（啊，王后，你在我心中掀起多么巨大的痛苦啊）"

定能建起一个小型势力集团，对内成为掀起暴乱的导火索，好让国内人心动荡，阻挠革命运动；对外向外国列强发声，以期获得他们的关注。这就是流亡贵族集团的起源。我们敢肯定，这个构想来自卡洛纳。①当时，卡洛纳陪同我们一个亲王穿越瑞士，离开都灵，来到德意志。②

"在孔代亲王的主持下，流亡贵族首次聚集在沃尔姆斯。最著名的一次贵族集会是在科布伦茨，主持人是国王的两个弟弟，其中一个从意大利赶来（他最开始躲在他的岳父撒丁国王的宫廷中）；另一个从布鲁塞尔过来，以免重蹈路易十六在瓦伦被抓的覆辙。

"我是第一批赶到沃尔姆斯的人。我到那里的时候，亲王身边连50个人都没有。由于年轻人热血气盛，再加上受了崇高精神的鼓舞，我抱着最单纯的心思来到那里。《巴亚尔》中的一章几乎成了我每日的晨祷书。抵达沃尔姆斯后，我本以为会得到拿起武器作战的同胞兄弟的接待和拥抱，可令我大吃一惊的是（这也是我第一次在人身上受到教训），人们不仅没有热情接待我和我的一个同伴，反而从一开始就仔细地盘问和监视我们，以确保我们不是密探。之后，人们又开始刺探我们的立场和观点，[937]想摸清我们到底是受了什么驱使才来到这里。最后，他们又万分为难地向我们表示（每个来到这里的新人都会听到这个说法），亲王遗憾地发现当前来这里的流亡贵族人数激增，他无法保证每个人都能

---

① 有些自称了解内情的人笃定地跟我说，我在这里完全弄错了，在流亡贵族敲定行动的时候，卡洛纳人都还没有抵达德意志呢。他们还说，他不仅没有构思和煽动这些行动，反而对其大加抨击。*——辑录者注

* 1823年版本中没有这条脚注，它是1824年版后加的。

② 第一个释放流亡信号的阿图瓦伯爵，在1789年7月16日夜离开凡尔赛，抵达都灵。他在那里待了几个月后，见岳父的宫廷没有真正帮助自己的意思，就在从前的朋友、如今的谋臣卡洛纳的陪伴下去了沃尔姆斯。

得到职位和重用。我的同伴大受打击,当即向我提议返回巴黎。

"我们作为流亡贵族集团的成员,满心希望自己能大有作为,得到亲王的器重。于是,我们三四个人为一组,每天轮番服侍亲王,日日夜夜地守在他身边。我们想象着阴谋暗杀事件的发生,觉得自己强壮魁梧,能起到震慑作用。在充当亲王的志愿护卫期间,我们有时也会得到邀请,荣幸地和亲王共进晚餐。孔代家族三代人的出现让那里熠熠生辉,再加上孔代军团的助威,更是让流亡贵族气势大振。我记得有一次作战,孔代家族的祖父守在中路,儿子和孙子分别守在右翼和左翼,两人还在同一天里负了伤。

"摩纳科王妃和孔代亲王不离不弃。后来,孔代亲王迎娶了这位王妃。成婚以后,她就掌控了亲王的府邸,成了这里的女主人。我们在餐桌上一再听到一些宾客告诉亲王:我们当前人数够多,杀回法国绰绰有余了,何况亲王单凭自己的姓氏和白手帕就可进入法国;孔代家族的星辰将在苍穹下闪闪发光;眼下是天赐良机,亲王应该抓住机会。我不知道这些阿谀奉承的人是否还向亲王说了什么更异想天开的话。

"由于贵族集团的性质和领导人的性格,沃尔姆斯总比科布伦茨贵族集团更加正规、简朴、守纪,而科布伦茨更加冲动、更喜奢华、更爱享乐。所以沃尔姆斯被称作'兵营',科布伦茨则被称作'城市'或'宫廷'。

"贵族领导人的影响力大小和集团实力强弱是成正比的。孔代亲王性格敏感细腻,每次有人离他而去,他都倍感痛苦,而且心中会一直记着这件事。当时我被科布伦茨丰富多彩的生活吸引,特别想去那里。我在科布伦茨遇到了一些亲朋好友,那里的确是个纸醉金迷、纷华靡丽的地方,但下面是暗潮涌动。[938]没过多久,科布伦茨就变成了国内外阴谋上演的舞台。它明显被分成两个派系：其中一派由阿瓦莱、若古尔等人构成，他们是当时的亲王殿下、后来的路易十八的心腹谋臣；另一派由阿拉斯主教、沃德勒伊伯爵等人构成，他们都是阿图瓦伯爵阁下的人。从那时起，明眼人就已看出这几个亲王在政治问题上的微小分歧，并以此作为区分他们的一大特征。定居在布鲁塞尔的布勒特伊自称被路易十六授予大权，组成了第三派，把局面搅得更加混乱。

"卡洛纳负责财务，老元帅布罗格里和卡斯特里元帅①主持军务。勇敢无畏、才干出众的布耶在瓦伦事件后离开法国，但没办法前来和我们会合，便追随古斯塔夫三世去了瑞典。

"得益于不遗余力的宣传，流亡贵族集团终于有了清晰的面目。亲王的手下跑遍各省，在各个城堡里灌输种种思想，督促每个贵族前去和亲王会合，和他们一起去拯救祭坛和王位，以追回他们的荣耀，光复他们的权利。在他们的口中，这项事业如十字军东征一样高尚。不知多少人听进了这些话，恨不得立即加入流亡贵族的队伍。所有贵族和权贵阶级的人，没有一个不觉得议会的法令深深伤害了自己的利益。上自亲王贵胄，下至地方小贵族，所有人都在革命中失去了他们最为在意的东西：前者失去了他们的头衔和仆从，后者的塔楼和鸽舍惨遭毁坏，连封地上的野兔都被射杀。于是，全国上下的贵族立刻行动起来，踏上流亡之路。没有一个贵族未被卷入其中，不去的人还会声名扫地。连女人都被发动起来，把纺锤送到还在犹豫或行动缓慢的男人家里。或者因为愤怒，或者因为胆怯，或者为了一点儿荣誉，流亡国外已经发展成一场传染病，人们争先恐后地离开法国。大革命领导人虽然公开反对贵族流

---

① 拉斯卡斯把他的军衔写成元帅，但卡斯特里在流亡期间实际上是军帅（Maréchal de camp），与"元帅"不是一个军衔。

亡，却在暗中促进此事，导致流亡贵族人数大增。他们在演讲台上含糊其词地表态反对，[939]却故意打开所有通路，任贵族们离开。这能止住流亡国外的狂热势头吗？议会发话越来越强硬，最后决定封死所有关卡。还留在后方没有出来的贵族陷入绝望，后悔自己没有趁着大好时机逃出去。但不知是有意还是无意，边境关卡会时不时地再度打开，不想再度后悔的人就立刻趁机跑出去。通过这个精心的设计，议会帮助自己的敌人奔向万丈深渊。

"议会领导人一开始还觉得这么做能让他们排除异己，甩掉国内阻碍自己行动的一群人，而且这些自愿流亡的被放逐者留下的财产是一笔非常可观的收入。军官觉得从军队逃走是件天大的难事，革命领导人就煽动士兵反抗军官，借此逼迫军官逃走。他们通过这些手段摆脱了高度危险的敌人，并转而和军士与士兵合作。后者这个群体的确出了许多民族英雄，走出了大批军官，让法国顶住了外国军队的进攻。

"总之，没过多久，法国宫廷中所有响当当的人物、外省各地的富人要员全都跑到科布伦茨去了。什么军种、制服、军衔，在我们那里应有尽有。我们把科布伦茨城挤得水泄不通，连宫殿都全是我们的人。我们每天都聚在众亲王身边，把聚会弄得跟盛大的典礼似的。宫廷鲜花锦簇、明明赫赫，我们的亲王简直成了那里真正的主人。可怜的选帝侯①黯然失色，被淹没在人群中。有一天，有个人不知是天真无知还是老谋深算，甚至开玩笑地对选帝侯说：在这座宫殿中，只有他一个是外国人。

"在那繁花似锦的环境中，我们有时候会举办对外开放的盛宴，许多当地居民都会参加。阿图瓦伯爵在宴会上展现出的高贵仪态和骑士

---

① 即特里尔大主教克莱蒙-旺塞斯拉斯·德·萨克森。（请看《人名表》）

风范令当地居民倾心不已，让我们觉得脸上有光。大亲王的学识和才智也让人们敬佩不已，我们知道了也倍感骄傲。[940] 这么说吧，看着我们的王室如此显赫，我们的领袖如此超群出众，我们的亲王如此卓尔不凡，我们也会变得骄傲起来，似乎自己也跟着成了重要人物似的。在德意志时，我们每提到法国国王，都会使用'国王陛下'这个敬称。在我们看来，他的这个头衔是且应当是通行全欧洲的。顺便说一句，最开始很受我们欢迎，但没过多久就大失人心的莫里神父还跟我们说，自己有这么称呼的权利和特权。

"我再举一个例子来说明当时我们自大到何种地步吧。后来，在我们节节惨败、大业无望的时候，一个奥地利高级军官奉命把一封重要急报带给伦敦政府。他从前跟我们中的几个人在大陆有过交情，来伦敦后就和我们聚了聚。晚饭快结束的时候，大家推心置腹地聊了起来。他一时口快，说：他离开维也纳的时候，人们正在热议王女（也就是今天的昂古莱姆公爵夫人）和当时名望甚高的查理大公的婚事。一个法国宾客激动地说：'这不可能！''为何不可能？''因为这桩婚姻配不上公主。'奥地利军官大为震惊，喊道：'什么？他可是皇室殿下查理大公！这还配不上你们的公主？''配不上！先生，她怎能嫁一个卫戍军人？'

"我们之所以摆出这种高高在上的姿态，是因为我们从小接受的教育就是这样的；它和家国情怀一样，已经深入我们的骨髓了。就连亲王也是如此。和我们在一起时，国王的兄弟提到欧洲各国君主，从不用'国王殿下'这个称号，统统以兄弟相称。这样一来，欧洲对我们都开始不满了，看不惯我们凡尔赛的那套礼仪规矩和我们亲王自高自大的样子。

"古斯塔夫三世在亚琛时曾跟我们说：'你们的凡尔赛宫廷一点儿

都不好接近，姿态太高，又喜欢讽刺别人。我在凡尔赛的时候，人们几乎不理睬我；我一走，他们立马就给我取了"傻瓜""呆头鹅"之类的绰号。'

941 "嫁给英国国王胞弟的坎伯兰公爵夫人在亚琛的时候，抱怨说朗巴勒王妃都不肯向她打开府邸大门。①

"年迈的格罗斯特公爵后来在伦敦的时候，对我们一个王室亲王也颇有怨言。他说，威尔士亲王曾用'亲王殿下'称呼这位亲王，后者却故意规避这个称谓，不愿用它去称呼威尔士亲王；此事还被威尔士亲王好生嘲笑了一番呢。

"不过，到了我们形势大不如前的时候，在科布伦茨的亲王改了这些做派，纡尊降贵，退居外国亲王的行列，找到了他们的舅舅特里尔选帝侯萨克森国王。顺便说一句，这位国王当时被我们吃得山穷水尽，后来又因为我们的关系失去了自己的领土。我们的亲王勉强唤他为'我的舅舅'，他则称他们为'我的外甥'。有人言辞凿凿地说，有一天，他跟这几个亲王说：'因为你们遭了难，才肯这么称呼我。若在凡尔赛，恐怕你们只会把我看作一个普通的神父，根本不会天天接待我。'此人还说，选帝侯说得一点儿没错：当初他的弟弟卢萨蒂亚伯爵去凡尔赛，就遭到了人们的各种冷待。

"亲王们晚上基本都和密友待在一起。一个亲王经常去波拉斯特龙夫人家，对这位夫人格外殷勤。有的人施展小动作，企图破坏两人的亲密关系，但都以失败告终，在波拉斯特龙夫人那里没占到半点儿便宜。这位夫人性子温和、善良高洁，不肯卷入任何政治纷争。她的社交圈很

---

① 根据杜南所说，朗巴勒夫人只是遵照了英国宫廷的礼仪规矩罢了，因为坎伯兰公爵作为乔治三世的三弟，却和平民结了婚。

小。因为一位亲戚的关系，我曾有幸登门拜访这位夫人，但在亲王到来之前我就先一步离开了，故没能有幸见到他。

"大亲王晚上都在王妃的梳洗女官巴尔比伯爵夫人的府邸中打发时间。巴尔比夫人是个活泼风趣、爱憎分明的人，出入其府邸的全是达官贵人。能得到她的邀请，实在是件让人脸上有光的事。她的府邸装潢高雅，品位不俗。[①]大亲王好几次在那里逗留到很晚，^{942}在众人退去、宾客渐少的时候，他会开口讲些小事。我得承认，他不仅有着高贵的血统和头衔，谈话时也格外亲善优雅。

"这就是我们在科布伦茨里里外外的事，看上去我们的确过着相当不错的生活。从政治角度来看，我们的日子就没那么好过了，这成了我们的耻辱。"

皇帝说："很好！我一开始觉得您在沙龙上的讲述有点儿冗长。不过这也可以谅解，您沉浸在这段回忆中，毕竟那是您的青葱岁月。继续说吧。"

"陛下，我们这一大群人看似身份尊贵、名头响亮，但不过是支杂牌军罢了。我们就是一盘散沙，内部没有任何秩序。我们的斗争是民主式的，却想借此重建贵族制。我们几乎把法国的一切原封不动地搬到了科布伦茨，只不过在个别细节上略有不同罢了。我们中有的人狂热支持旧体制，有的人坚持拥护新制度；有的人是宪法派，有的人坚决反

[①] 对于巴尔比夫人，大家都知道她的哥哥佛斯公爵对她那句简短却一语中的的评价。当时，特里尔选帝侯把一座官殿借给亲王们暂住，巴尔比夫人就住在这座官殿里，在她那个尊贵的"情人"的纵容下过着相当舒服的日子。她每晚都会把一大群年轻贵族请到自己那里。其中的诺伊伯爵（Neuilly）在回忆录第44页中说："伯爵夫人每次都当着我们的面梳妆打扮。侍女就在一张小桌子前给她梳头，给她穿衬衫。"普罗旺斯伯爵对此似乎既不吃醋，也不恼恨，"他背对着夫人，坐在壁炉前的一张椅子上。"

对宪法，还有的人走温和路线。我们也有一群经验主义者，他们后悔当初没有强行把国王控制在自己手里，打着他的旗号行事；他们有的人甚至坦言，他们就该一不做二不休，直接宣告国王无力执政。我们还有我们的雅各宾党人，这些人满脑子想着回国以后要把一切都烧了、杀了、毁了。

"我们的亲王们在这群人面前没有任何威信可言。没错，他们是我们的主上，但我们这群臣子太过桀骜不驯、太过尖酸刻薄。我们在背后各种嘀嘀咕咕，把怒火发泄到刚来的新人头上。我们说，这些人分走了我们的荣誉和运气，让我们的希望和功勋都落空了。每个被接纳进来的人又都感叹自己来得太迟了，再没什么功劳可建了。要是人们继续吸纳新人，很快整个法国就都过来了，那我们还能回国惩罚谁呢？

"当时，加入贵族集团的人还遭到来自多方的各种告发。蒙巴雷亲王的儿子圣莫里斯亲王，[943]虽然明面上得到了所有显贵要员以及亲王本人的支持，却没躲过这场风暴。亲王为他苦苦哀求道：'诸位先生，谁在大革命中没有犯过错误？我也犯过错，但你们不计前嫌，才让我有了替别人求情的资格。'然而这些都没有用，圣毛里斯亲王不得不赶紧逃走。他犯下的罪，就是曾加入过黑人之友俱乐部。还有一个弗朗什-孔泰的贵族疯狂攻击他，说他曾让人烧了自己的几栋城堡。可不久后，人们发现这个诽谤者根本就没有什么城堡，也根本不是什么弗朗什-孔泰人，甚至没有任何贵族头衔，就是个阴谋家罢了。

"在国民议会中以口才和胆识而闻名国内外的卡扎莱斯，在科布伦茨却不受欢迎。他从巴黎过来后，我们内部都疯传一个消息，说亲王们对他要么避而不见，要么冷眼相待。我们不顾卡扎莱斯的反对，找到80多个朗格多克人充当他的护卫队。要知道，卡扎莱斯可是我们省的荣光。我们把他带到众亲王家中，他在那里得到了热情的接待。

"有一个第三等级议员，先前在制宪议会中因为保皇主义的立场而引人注意。后来，他也来到了我们中间。有一天，我们一个亲王当着众人的面问他：'先生，请给我解释一下，您这么正直的一个人，当初怎么会参加网球场宣言一事呢？'听了这句夹枪带棒的话，这位议员一开始有些措手不及，结结巴巴地说自己没料到此事的可怕后果。但他马上恢复常态，激烈地反驳说：'不过我要提醒亲王殿下，断送法国君主制的不是网球场宣言，而是看了亲王殿下写的一封极其感人的信后，来与我们联手的贵族团体。'亲王轻轻地拍着他的肚子，说：'好啦好啦，我的朋友，冷静一点儿，我绝没有借这个问题惹您发火的意思。'

"不过，日子一天天过去，一切好歹走上了正轨。我们根据各自的军种和省份被划分到不同部队中，[944]有了临时营地和武器；国王近卫队得到重组，还有统一的军装、设备、粮草、军饷，从外表和正规程度上看颇有一支威武雄师的模样。奥弗涅盟军和海军一部分被分到步兵中，一部分被分到骑兵队中，因军纪严明、训练有素、上下团结而扬名。我们忠心耿耿、无私忘我的精神被人们大加赞赏。许多人原来是军官，现在却只能当个普通士兵，要进行操练，干各种他们以前从没碰过的苦累活，还要忍受无比艰苦的日子。因为没有军饷，很快，许多人就只能靠生活稍微过得去的战友的接济过活。实际上，我们本有更好的人生，更准确地说，我们本有更好的事业。人们特意把原先同属一个部队的军官聚拢到一起；我们觉得，他们原先手下的士兵一旦知道他们的下落，定会前来投奔他们；这么安排，方便他们日后用现成的套式去训练士兵。我们是多么盲目自信啊！因为相同的原因，人们把同属一省的贵族也编进一个队伍，觉得他们的和谐关系会对全体将士产生积极的影响。我们总觉得自己是被需要的、被等待的、被爱戴的,这便是我们的病症。

"所有贵族军队都如火如荼地组织起来,开始了公开操练。虽然法国外交界对此表示抗议,但得到的回复要么是此事压根儿不存在,要么是政府一定会采取手段阻止我们。我们有了将领团、一个成形的参谋团,以及所有组建主营的必需要素,连教务长这个职位都有。不知不觉,众亲王身边围满了各色各样的官吏,说他们构成了一个真正的政府都不为过。他们有负责各种事务的各种部长,甚至把法国的部长人选名单都定好了,只等回到法国就立刻生效。我们觉得这一刻定会到来,而且就在不远的将来。

"后来被怀疑卷入一桩保皇党阴谋、在果月政变后死在了锡纳马里的拉韦勒努瓦①,当时负责警务管理工作。他很早就离开了科布伦茨,在巴黎暗地里策划阴谋活动。拉韦勒努瓦非常中意我,很想让我当他的女婿。他百般请求,想让我随他离开,但我拒绝了,^{945}因为我很反感他的这个职业。如果我跟他走了,我的命运将发生多大的逆转啊!

"我们几乎和所有宫廷都有直接来往。亲王向各大宫廷派去特使,并在科布伦茨接见各国来使。我记得阿图瓦伯爵去了维也纳,而且肯定在皮尔尼茨待过。贵族集团给叶卡捷琳娜写了信,还接待了后者派来的大使罗曼佐夫。这位女皇巴不得看到欧洲南部风云再起,满心欢喜地盼着一场大火在那里熊熊燃起,她好坐收渔翁之利。所以她对我们格外热情,简直是有求必应。她还企图把动作不断、已成她心腹大患的古斯塔夫三世玩弄于股掌之间。据说,她已经说服古斯塔夫三世加入这场圣战,并把他捧为最高统帅。我不知道这位很有头脑和才华、堪称时代

---

① 如今他的名字拼写和从前不同,拉斯卡斯采用的名字拼写法似乎最接近其原名。

雄鹰的君主是否真的中了她的迷魂阵，但有件事是确切的：他非常关注我们的事业，还宣称希望自己能亲自参加战斗。后来，他离开亚琛，打算回到瑞典，为此事做最后的准备工作；他向朗巴勒王妃辞行时，我听到他亲口对王妃说：'你我很快就会重逢，但我这边还是得采取一些行动，以防万一，毕竟我的处境非常微妙。您也知道，渴望回来战斗、冲在你们贵族最前面的我，却是我们国家的第一个民主派人士。'

"我们甚至还接待了路易十六派来的特使，他们明面上传达了一些责备的话，实际上说不定表达了完全相反的意思。至少我们是这么理解的。所以，我们才宣称他已被俘，我们不应再遵从他发布的任何命令；我们应当从相反的方向去理解他说的每句话：要是他督促我们谈和，那我们就宣战。我觉得，我们朝这位不幸的君王捅了致命的一刀。他在遗嘱中说自己原谅了那些出于狂热和不慎而给他带来无数苦难的朋友，也许这群朋友中就有我们。

946 "尽管人们给了我们各种承诺，尽管我们抱着无数希望，但我们的流亡之路越来越长。为了安抚我们的焦躁情绪，人们有什么美梦、什么谎言、什么谬传编不出来呢？或许他们是想预防我们士气涣散，也或许是在自欺欺人吧。我们根据和外界的通信及各种小道新闻，满心欢喜地算出结果：在18个月里，已有200万军队行动起来，支持我们，虽然我们连军队的影子都没看到。编造谣言的人还信誓旦旦地跟我们说，这是因为这些军队只在夜间行军，好把民主派杀个措手不及；即便是白天行军，他们也乔装打扮，分成小队前进。另外，我们还收到来自各个国家的一大堆信，全用密文写成，只有我们自己读得懂。一封信说，5万波西米亚玻璃刚刚发货，正在运往本国的路上；另一封信说，1万尊萨克森瓷器将在最近发货；这边有人宣布第三批2.5万包的可可粉已在运输路上，那边又有人说一大群牲畜已经出栏。

"现在我向自己提出一个问题：为什么那些智者（毕竟我们中还是有许多很有见识的人）、那些曾经统治法国的大臣会信了这些空话？为什么我们那么多有常识的人听了别人画的大饼后，没有指着他们的鼻子哈哈大笑？可我们不仅没笑，反而相信希望已在眼前。我们深信那一刻即将到来，我们只要露个脸，定会被人夹道欢迎，所有人都会拜倒在我们脚下。"

听到这里，先前还时不时打断我的回忆、忍不住哈哈大笑、奚落我们几句的皇帝非常认真地对我说："您的描述是多么忠于事实啊！因为我从中辨认出了一大堆我认识的人。说真的，我的朋友，讲句不怕冒犯您的话：虽然这些人很有才智，可狂妄、轻信、冒失乃至愚蠢似乎成了他们的专属标签。有时候我想解解闷，就跟这些人待在一起，鼓励他们坦诚直言。[947]因此，在执政府和帝国期间，我在杜伊勒里宫亲耳听到过许多类似于您现在说的这种话，而且说话人对此深信不疑。有人跟我说，法国人把他们对国王的爱全转移到了我身上，仗着这份爱，从此我想做什么就做什么；除了一小撮顽劣不堪、被所有人唾弃的人，我绝不会遇到任何阻碍。还有人跟我说，看起来格外唬人的反革命运动在我面前就形同孩子手里的玩具，根本翻不起任何风浪（谁会相信这些话啊）。他还意有所指地跟我说：'现在只剩一件事要做：把已在各地让我们损失惨重的那面旗帜换成白色旗。'蠢材啊！真是个蠢材！他大概觉得这面旗帜是我们身上唯一的污点吧。当时我虽然想努力憋住笑，却还是因为可怜他而忍不住笑出了声。可在他眼里，这笑是世上最真诚的信赖的表现；他觉得自己猜中了我的心思，而且有许多人和他是一个想法。①算了，您继续说。"

948 "布伦瑞克公爵现身科布伦茨，普鲁士国王率兵抵达此地，这极大地点燃了流亡贵族的希望，让我们狂喜不已。有人高喊着，我们终于守到了云开月明的时候，天堂终于向我们打开了大门！然而，有见识、有经验的人从一开始就说，我们是深陷危机而不自知，这种事在历史上并不少见；我们纯粹就是外国人的棋子或幌子，他们根本不关心我们的死活。

"卡扎莱斯很快就看清了形势，愤怒地跟我们说：'无知的年轻人啊，你们惊叹于这支队伍的浩大，一听到它有所动作就雀跃不已。可你们明明应该为此感到害怕才是！我倒宁可看到这些士兵统统掉进莱茵河。把外人引入自己国家的人，是最大的不幸儿！啊，我的朋友们！法国贵族活不了了，他们将在离家千里的地方痛苦地咽下最后一口气。我比任何人都有罪，因为我看清了这个事实，却和其他人一样无所作为，

---

① 毫无疑问，我们是因为生性软弱，才会自欺欺人，信了别人的这些话。我们把无数钱财和最宝贵的青春耗在了科布伦茨。多少可爱亮眼的小伙子出入科布伦茨的各大府邸，拜访了当地所有大家族。他们虽然行事冲动，但绝非缺乏教养。自然而然，我们觉得所有人都是爱我们、喜欢我们的。后来，我被放逐到好望角。由于机缘巧合，照看我的人恰好来自科布伦茨，曾见证了我们流亡贵族的显赫时刻。我很高兴能跟他一起回忆旧事。25年过去了，我们俩也不会再对彼此有所隐瞒。可他是怎么说的呢？"你们绝对不遭人憎恨，但要说真心爱戴嘛，我们真心爱戴的是你们的敌人，因为他们和我们有着共同的事业。自由理念在我们中间口口相传，而且是通过你们这些人传过来的。就在你们中间，就在你们的眼皮子底下，我们成立了俱乐部。上帝知道我们背地里是怎么笑话你们的奢侈生活的。"他还跟我说，他不止一次混在人群中，和为数不少的同伴一道在我们路过的地方大喊口号："法国亲王万岁！愿他们喝点儿莱茵河的水！"他还说："您说我们对你们热情相待？那你们应该去看看我们是怎么对屈斯蒂纳的，这样就能知道我们真正的想法了。我们跑到屈斯蒂纳跟前，给他的士兵戴上桂冠；我们中许多人当即加入了他的军队，很多后来还当上了将军，衣锦还乡。我嘛，我错过了这个机遇。"*——辑录者注

*这个科布伦茨人叫巴克尔，25年后招待过从圣赫勒拿岛来到好望角的拉斯卡斯。

可这是因为我无能为力啊！我再说一遍，求助于外国还以此为傲的人是最不幸的！'

"他多有先见之明啊！没过多久，事实就给我们上了残酷的一课。即便那时我们已经没那么盲目轻信，即便那时大多数人已经学会了慎思慎行，可我们依然用自己血淋淋的例子在历史中留下了最珍贵的教训。我们有2～2.5万的可战斗人员。当然了，面对一个动荡不安的国家，而且在这场骚乱中，这个国家的新的权利尚未得到承认，甚至尚未被人理解，我们这群盲目、忠诚、为了自身利益而战、得到国内一些人的同情的人，的确能对这个国家予以重击。但我们如果实力壮大了，如果我们果真取得成功，一路势如破竹，对外国势力没有任何好处。所以，外国势力借口我们实力不俗，说我们应当同时在多个地方发挥作用，把我们分割和瓦解了。[949]我们被分散到各国军队中间，几乎成了他们的阶下囚。就这样，我们中的6000人在孔代亲王的指挥下朝阿尔萨斯进发，另外4000人在波旁公爵的指挥下意欲在佛兰德展开行动，还有1.2～1.5万人被编入中路军，听从国王的两个弟弟的指挥，以配合入侵香槟地区的军队行动。

"我们亲王的想法和计划是：国王已经被俘，大亲王作为王位第一继承者和路易十六的代表人，一踏上法国国土，就打出王国摄政王的大旗；他带着拥护他的流亡贵族冲在讨伐大军的最前面，跟在他后面的联军替我们打辅助即可。可联军听后只呵呵一笑，把我们丢到了大军后面，还让我们听从最高统帅布伦瑞克的指挥。布伦瑞克通过一道最为荒唐的宣言，让我们冲在前面，但他干的这件引人讨厌的傻事至少保住了我们的性命。

"老实说，我们中某些头脑清晰、见识不凡的人对此并非毫无预料。据说，他们曾建议亲王在联军到达之前先奔赴法国某个据点，在我们自己军队的拥护下在那里发起内战。还有些更加狂热的亡命之徒甚至建议亲王直接夺下我们的恩人特里尔选帝侯的属国，占领科布伦茨及其要塞，把那里变成一个流亡贵族的中心点和根据地，不受日耳曼军团的左右。我们激烈反对这种忘恩负义之举，他们的回答是：'重疾终需猛药。'如果我们真采取这些办法，不知道后果会如何。虽然从我们当前的处境来看，我们的确该殊死一搏，但这些做法毕竟不符合我们的风气。于是，大家没有采纳这些建议，而且我们就算想做，也为时已晚：当时我们已经深陷外国军营，彻底成了他们的附庸，命运已定！

"至于我们其他大多数人，我们根本没预料到自己的不幸，还兴高采烈地行军上路，每个人都坚信自己在15天之内就能胜利回到故乡，回到顺从、谦卑、人数更加壮大的仆人中间。我们太过自信，容不得一丝批评或质疑。[950]这些都是我通过个人经历和细致观察得出来的结论。我可以讲一件琐碎的私人小事，从而以小见大，让人看到我们当时所有人的心境。当时，我们经过了特里尔城。我有一个叔祖父在路易十四占领该城期间当过那里的地方总督，我便趁机去他墓前凭吊。这座坟墓位于该城一座叫查尔特勒修道院的小教堂中。当时我年轻冲动，当即就生出给他立一座小型纪念碑的想法，还打算在上面刻几句贴合时下风潮的铭文。我正打算开干，修道院中就有善良的修士表示反对，修道院院长还让我先和一位神父好好商量一下。这位神父好像是位德意志主教，出身贵族大家。我最开始跟他讲起自己这个想法时，看他那冷淡、有所保留的表情，心里很是反感。他委婉地表达了自己的想法后，见我听不进去，干脆打开天窗说亮话，说：在当前的形势下，做事要谨慎、要明智，万一法国人一不小心进了城呢？听了最后这句话，我火冒三丈，懒得反驳他，冷笑着扬长而去，觉得这就是一个可怕的雅各宾党人。要不是因为天生性子宽厚，又有点儿自矜自重，我早就带着同伴向他要个说法了。他们听了这事，定会群情激愤。唉！神父先生看得比我远多了，因为不到三周时间，共和国军就进入了特里尔，可怜的神父逃了出来，我可怜的叔祖父的遗骸也遭到了一群不信教的人的亵渎。

"无论我们多么愚蠢或盲目，展开行动后，我们刚踏上法国的土地，就一眼发现一个令人难以接受的事实：也许我们被自己的轻狂给欺骗了。我们被夹在一群普鲁士人中间，万事身不由己，连往前、往左还是往右走都得经过他们的同意；换言之，他们根本不允许我们有任何行动。在这片我们意欲统治的土地上，我们反而像奴隶一样，这让我们倍感耻辱。

"至于我们的国民同胞，他们不仅不像我们先前笃定的那样，如迎接解放者一样迎接我们，[951]反而表现出淡漠甚至厌恶的情绪。虽然有些城堡领主前来加入我们，可大多数民众在责备的眼光、死一样的沉默中仇恨地望着我们，似乎在跟我们说：'你们这样玷污祖国的土地，难道不害怕吗？你们不是法国人吗？这片故土在你们的心中掀不起一丝涟漪吗？你们说自己受了冤屈，可一个儿子仅因受了冤屈就觉得自己有权把母亲撕成碎片，还有比这更可怕的错误和伤害吗？……我们听说，从前有个叫科里奥兰纳斯的贵族，生出打败自己祖国的无耻想法，他虽然狂热，却仍抱着崇高的精神；最后他还以胜者的姿态出现在众人面前，强力贯彻自己的意志；他不仅不会亦步亦趋地跟在一群野蛮外国人的屁股后面，反而是后者的统领；他还有怜悯心，会为祖国的遭遇痛彻心扉。你们难道没有这份情感吗？你们难道不害怕子孙后代的诅咒吗？无论你们获得了多大的胜利，都不足以抵消你们的痛苦！你们宣称自己是来统

治国家的，可你们只带来了一群主子！'

"在凡尔登还是在埃斯坦来着，我们住在城中。我和几个同伴运气不错，分到一栋非常漂亮的宅子，但宅子的主人和所有家具全都不见了，只有两个非常漂亮的女子住在里面。我们对这两位女子大献殷勤，努力展现出自己迷人的一面，想给她们留下好的印象。这两位亚马孙女战士中的一位语气尖刻地说：'诸位先生，我们之所以留下来，是因为我们觉得自己敢当面告诉你们，我们要拿起武器反对你们；他们不仅赢得了我们的心，还赢得了我们的誓愿。'这话说得很明白，我们献殷勤的心思落了空，只好灰溜溜地另找了一处宅子来住。

"但不管怎样，我们还是到了法国。普鲁士军一路节节获胜，我们则跟在他们后面，离他们差不多有三四个小时的行军路程。也许是为了取笑我们（因为我们先前信誓旦旦地跟他们说，所有城镇一看到我们就会敞开城门），也许是为了甩掉我们，[952]普鲁士军安排我们驻扎在蒂永维尔。在我们快抵达要塞的时候，因为一场误会，守在那里的海军和布雷斯特国民自卫军之间展开了对战，但双方很快就认出彼此的身份，于是两军辱骂和痛斥的对象立马变成了我们。

"蒂永维尔这座要塞以易守难攻而著称。我们什么都没有，不可能仅凭双手就把它拿下来。多亏高层的协商，我们才从卢森堡的奥地利军那里拿到了两门大炮。经过我们的一再催促，两套大炮终于气势汹汹地开了过来。我们凭着这两个利器，督促要塞投降。遭到拒绝后，我们当晚向它开炮，白白浪费了几百枚炮弹。后来我流亡回国，在机缘巧合下遇到了当时这座要塞的统领温普芬将军，他问我，我们当时为什么要开这种无聊的玩笑。我只能说：'我觉得，因为我们那时自信能让您投降。'他对我说：'可即便如此，你们也得给我投降的理由啊。我怎么可能请你们把我的要塞攻下来？'我们在其他事情上也是类似的反应：再小的攻击都会让我们大放枪炮，再小的举动在我们看来都是天大的事。原因很简单：我们什么都没有。此外，抛去勇气不言，我敢说：帝国护卫军100个精锐士兵就足以击垮我们一整支军队。幸好当时我们的敌人跟我们一样无知，大家都是侏儒；虽然没过多久，巨人就不断涌现出来。

"我们灰头土脸地待在军营中，对一切都不满到了极点。不过，我们仍有法国人苦中作乐的法子。靠各种俏皮话和无聊的玩笑，我们恶劣的情绪烟消云散。很快，我们就给每个上司取了各种绰号，只有最高统帅——尊敬的布罗格里元帅一个绰号都没有。这让我想起一件小事，后来它常被我们拿来取笑元帅身边的一个副长官，这已经成了他一辈子甩不掉的阴影。即便我的军中同伴先前听过这个故事，如今读了依然会哈哈大笑。

"在一次进攻中，我们所有人都一如既往地奋不顾身，[953]每个人都想冲在最前面。我们有两门买来的小型大炮，但由于没有马匹，炮兵军官只能亲自上阵去拉大炮。"

皇帝评论说："这没什么，我说不定也拉过大炮呢。不过，都是拉大炮的人，我们的命运却各有不同！当然了，我凭一己之力，让自己的人生走向另外一条轨迹。您继续说。"

"陛下，我们拉着两门大炮在路上艰难地前进，军官司令却骑在马上，耀武扬威地来回巡视，盯着我们的工作。看到我们把炮闩放在最前头，他不满地高声说：'先生们，真正的贵族怎么可以用这种方式跟敌人作战？如果敌人出现在前面，你们该怎么向他们开炮呢？'炮兵军官口干舌燥地向他解释说，每个地方的炮兵队都是这么搬运大炮的，除非他能想出新的招数，否则就只能这么干，但那个人根本不听这些话。我们立刻给那个人取了个绰号，全军上下都知道了这号人物。

"但很快，我们的闹剧就变成了一场严肃剧。仿佛有一双魔术师的手在背后操纵一样，时局很快发生了惊天的逆转，命运向我们揭开了它可怕的面目。或是因为背叛，或是因为软弱，或是出于政治利益，或是因为军中疫病，或是考虑到实际的实力，或仅仅是因为法军司令手段过人，普鲁士国王和后者秘密谈判，然后态度大变，从边境撤军，离开了法国。① 我们如同晴天霹雳，彻底崩溃了。我们后来经历了什么，生性善良的我们从那时起对我们曾经的盟友——普鲁士人抱着多么强烈的仇恨，这些是用任何语言都无法描述出来的。我们的亲王被他们蔑视、羞辱和轻贱，我们最急需的日常物资甚至内衣都被洗劫一空，我们遭遇了残酷的人身虐待。这，就是我们的朋友、我们的盟友在被赶出法国领土之前对我们做的一切！！！

"由于长时间在泥泞和瓢泼大雨中远距离行军，联军撤退后，我立刻被沉重的疲倦感击垮，再也背不动枪了。何况，如今这些东西再也伤不了任何人——除了我。^{954} 于是我利用自己志愿军的这层身份离开军队，独自后撤。我咬紧牙关往前走了很久，都没遇到一处歇脚的地方。最后，我终于看到一座田庄，才歇息了一下。也许是因为我运气很好，也许是因为那里的农民纯朴善良，并不憎恨我们，我在田庄里没遇到任何倒霉事。过了一段时间，我读报纸的时候，得知有15~18个和我一样

---

① 瓦尔密战役后，布伦瑞克"经过协商"撤军。若想了解此事详情，请看古斯塔夫·洛朗1925年出版的《法国大革命历史年报》（*Annuaire historique de la Révolution française*）第538~570页上的《公会议员普里厄、西耶里和卡拉在瓦尔密战役后的任务》（Gustave Laurent, *La mission des Conventionnels Prieur, Sillery et Carra après Valmy*）。

掉队的贵族（其中有几个在军队里就睡在我的隔壁）被人抓住，押往巴黎，被公开处死以赎清罪孽，那时我才意识到自己当时冒着多大的生命危险。

"一离开法国，我们所有人就得到就地解散的通知。不过这则命令根本就没有发出来的必要，因为眼下我们物资匮乏、一无所有，根本就撑不下去了。我们四下逃散，陪伴我们的只有绝望和愤怒。我们一路逃亡，大部分时候只能步行。有些人惨到衣不蔽体的地步，显赫奢侈的生活已成过往。幸好，人们没有封死边境大门，也没有全力追击我们。有时候，我们会遭到各地政府的驱逐，不能在那里及附近地区逗留，只能逃得远远的，在欧洲过着颠沛流离的生活。普通百姓、大人物和君王看到我们的惨状，应该都吸取到了巨大的道德及政治教训吧。

"虽然我们在外国那边受尽屈辱，但法国军队取得的胜利也算为我们挽回了一点儿颜面。此外，孔代军队也为流亡贵族争取到了一些荣誉：他们向所有人展现了自己的风貌，堪称忠诚、勇猛、拼搏的典范，将被历史铭记。

"陛下，这就是那段世人皆知的岁月，这就是我们不幸的遭遇。在大多数人看来，这只是人年少无知时犯下的错误而已，除了当事人，任何人都没资格去责备他们。他们是在无比纯洁、朴素、高贵的情操的指引下才走上这条路的，[955]如有必要，为之玉碎也心甘情愿。这是我们大多数人的想法，尤其是外省贵族，他们牺牲了一切，而且别无所图。他们没了财产，也没有希望，只有一腔孤勇的忠诚之心，而且觉得自己做的一切都只是在履行义务而已。此外，我们固然有错，但这全和我们接受的政治教育有关，它没有教我们区分不同义务之间的区别，导致我们把对祖国的热忱都投在了君主身上。然而，经过数代人后，谬误总会消散，唯有真理永存！所以在未来，当对立的成见化为乌有，当世上再没有利益的交织、狂热思想和党派之争作祟时，我们在他人眼中的形象会变得正面一些吧。我们站在一个正待消亡的旧制度和一个已经崛起的新生物之间，做了一些可被谅解甚至可被允许的事。但根据人们公认的信条，我们犯了不可饶恕的大罪。这些信条包括以下内容：把外敌引进祖国，这是大罪中的大罪；主权不是一个漂泊之物，它和国土不可分割，和公民全体连为一体；祖国不是流动的，而是不动的，那片赋予了我们生命、埋葬了我们父辈的神圣土地是祖国的全部所在。这些信条和其他理念诞生在我们的流亡路上；这些便是人们可以从我们的不幸经历中获得的伟大真理！"

皇帝说："说得好！说得好！这才是所谓的不带偏见！这才是真正的达观之见！凭您这些话，后人就会说您从逆境中吸取到了教训。"

我继续说道："陛下，我们在诺森伯兰逗留期间，闲散无事的时候就去海边散步。我们不止一次在那里遇见英国人，他们也曾当面提到这个敏感的问题。当时，英国正向法国疯狂发起攻击。这些英国人被战争蒙蔽双眼，受了英国大小报纸传达的思想的蛊惑，甚至都没意识到它们违背了英国人自己的信条。他们跟我们说，他们是多么欣赏流亡贵族的品德，实在难以理解他们居然被自己的国家赶出去这件事。[956]可是，当他们越说越乱，或者我们想赶紧结束谈话时，我们只需一句话就能驳倒他们：'你们还记得你们闹革命的时候吧？想一想，如果詹姆士二世在对面的法国境内，给你们造成威胁，而且身边有一大群忠心耿耿的手下，你们会怎么做？要是路易十四率领5万法军把他送回伦敦，驻扎在你们的国家，你们会有何感想？''啊！可是……这个……'他们支支吾吾，努力想找出这两件事的不同，却怎么也说不出个所以然来，最后只好笑一笑，不再说话。"皇帝说："实际上，他们也无从反驳。"

然后，皇帝站在旁人的角度把我讲过的大小诸事快速捋了一遍。如果遇到说不通或前后不一的地方，他会停下来问个仔细；他还指出我们流亡贵族犯下了哪些重大过失，对法国、国王乃至我们自己造成了什么严重损害。他说："你们在法国政坛上制造的分裂不亚于新教徒和天主教徒给欧洲宗教带来的对立。这引发了多少可怕的惨剧啊！虽然我后来终于消除了它造成的影响，但谁知道它会不会死灰复燃呢？"然后，他开始说自己为此用了哪些手段，力图采取哪些预防措施，打算取得怎样的成果。什么东西到了他那里都变了个模样！我跟着他的陈述，也从宏观的角度重新审视了这一切。他还说："最奇特的是，我一直都是在暗礁中掌舵航行。"

他叹道："每个人都根据自己的标准做出判断，把我的高瞻远瞩、伟大设想、崇高的治国理念归为成见、偏执和鼠目寸光。有人说，我只能统治有智力的侏儒。没有一个人理解我。国民派见我对流亡贵族有所照顾，便满心忌妒和愤恨；而流亡贵族这边又觉得我只想借着他们显耀自己的门楣罢了。可怜的人啊！

"不过，虽然两边人都糊涂且抱有成见，但我总算达到目的，收拾出一个安宁无事的海港，[957]好让我心无旁骛地冲向大洋，展开我伟大的冒险。"

附注：我回到欧洲后，曾向一位时常有幸和皇帝谈几句的皇宫大军官提起拿破仑的这些话，他便是塞居尔伯爵。[①]他也跟我讲了他跟皇帝的

---

① 1835年版本此处只给了"S***"这个缩写。

一段对话，恰好和这个话题有关。由于这段对话和上文的内容有许多重合，我就不一一复述了。有一天，皇帝问他："为什么你们会觉得我在不遗余力地拉拢前君主制的显赫贵族呢？""陛下，您这么做也许是为了彰显帝位的荣耀，也许是为了让自己在欧洲面前更有颜面。""啊！瞧瞧你们的傲慢劲和阶级偏见！你们知道吗？我凭胜利和自身实力在欧洲赢得的分量，可不是你们这些显赫的姓氏能给予的；而且因为我在明面上偏向你们，给我招来多少骂名、失去多少民心啊！你们这是用燕雀的眼光去揣度苍鹰的视野。我致力于重建一个社会、一个国家，可我不管怎么做，总会引来一些人的仇恨。和大众相比，贵族和流亡贵族人数太少了。人民大众仇恨他们，对他们满心怨恨，很难原谅我把他们召回来的行为。而我出于义务才这么做：我若放任他们形成一个集团，某天他们若效力外国，定会成为我们的一大祸害，他们也是在自寻死路。所以，我想把他们打散，让他们单打独斗。我把他们放在自己身边，让他们进入政府和军营，是为了让他们融入群众，让所有阶级结成一个整体。我是个凡人，总有一天会死的。要是我还没来得及完成这个工作，就先一步离开了你们，你们会发现四分五裂会带来多大的隐患，会引发多么可怕的灾难！肯定会有人成为受害者！所以先生，我这么做，完全是出于人道主义和政治的考虑，而绝非出自无聊愚蠢的成见。"

我听了这位军官的叙述后连连感叹，感叹我们在杜伊勒里宫时太不了解拿破仑，不知道他有着多么高尚的灵魂和心灵。听了我的话，这位军官说，[958]他格外有幸能了解到内情，还跟我讲了另一件事。他说："皇帝有一天对枢密院中的拉法**将军[①]心存不满，语气激烈地说这人

---

① 即拉法耶特。

的观点足以毁灭一个国家。他越说越气，最后真的发怒了。我当时也在现场。我刚进枢密院，还不太了解皇帝的做事风格。虽然身边两个人拉着我，但我还是为被攻击的那位将军说了几句话，说：有人在皇帝面前刻意诋毁他，这位将军如今老老实实待在家中，就算有什么个人想法，也不会造成任何有害的后果。皇帝盛怒之下，一开始依然激烈地坚持自己的想法；但说了五六句话后，他突然停下来，对我说：'虽然他是您的朋友，但先生，您说的在理……我忘了这点……算了，我们谈其他事吧。'"我问："当时您怎么不把这些告诉我们呢？""因为这就是拿破仑的宿命。也许出于偏见，也许出于其他原因，我们觉得只能把这种事告诉本就亲近他的人。要是我大张旗鼓地宣扬此事，定会被人当作一个满嘴空话的马屁精，想借此获得宠信和好处。"

既然我说到这位品格高贵、性格亲善的皇宫大军官，那就必须提到他对拿破仑的一句回复了，他这话可比任何奉承都回得更机灵。皇帝在一次早安礼中等了他一会儿，觉得自己遭到冒犯，便在他到来后当众对他大发雷霆。当时，五六个国王（其中还有巴伐利亚国王、萨克森国王、符腾堡国王）正在巴黎。这位罪臣回答："陛下，我当然有无数理由告知陛下，但事实是，今天大街上实在挤得厉害。我不幸被堵在一群国王中间，不能及早脱身，这是我的疏忽。"[①]大家都笑了，皇帝语气也和缓了许多，^{959}只说："不管怎样，先生，今后留点儿神，不要让我再等了。"

[①] 塞居尔伯爵的这句风趣话应该说在1809年11月到12月之间。

皇帝的情感之旅—当时的公众风气—8月10日事件

8月3日，星期六

天气稍稍好了些，皇帝想在花园散散步。宾汉将军和第53步兵团上校①请求接见，皇帝就和他们待了很久。总督一现身，大家立刻四下散去：宾汉将军人不见了，我们也去了小树林，以避免和他见面。

皇帝散步时，谈了许久他在法国大革命初期在勃艮第的一次出行，他称其为"情感之旅"②。那天，他要去战友加森迪家中参加晚宴。加森迪当时在军中担任上尉，迎娶了当地一位医生的女儿，婚礼办得非常阔气。我们年轻的客人立刻就发觉老丈人和女婿在政见上存有分歧：加森迪是实打实的贵族出身，医生却是积极的爱国者。医生在辩论中得到这位来自异乡的宾客的帮助，大感欣喜，第二天天刚亮就来到他家中，以表示感激和热情。皇帝说，对小地方而言，新兵中突然出现一个逻辑严密、说话谨慎的年轻炮兵军官，这是罕有的事。我们的旅人一下子就意识到自己给众人留下了良好的印象。当时是礼拜日，街上的人看了他都纷纷摘帽致敬。不过，他并未取得全面的胜利。他去一个叫马蕾还是穆蕾来着的夫人家里用饭，他的另一个战友③似乎经常拜访这里。女主人是一个葡萄酒商的妻子，她的住所完全成了炮兵贵族的聚集地。这位夫人优雅从容，家产雄厚。皇帝说，她在当地几乎跟公爵夫人一样尊贵，家中出入的无不是地方名绅。我们这位年轻的军官简直闯进了一个胡蜂窝，差点儿跟人拔剑相向。[960]在双方闹得不可开交的时候，人们宣告市

---

① 即曼泽尔。（请看《人名表》）
② 请看1815年8月27日至31日日记内容。
③ 1823年版本此处给了"V***"做提示，此人便是勒里尔·德·拉维尔絮尔阿尔克（Lelieur de la Ville-sur-Arce）。从1824年版起，此处连人名缩写都没了。

长到来。皇帝说："我当时还以为上天在紧急时刻给我搬来了救兵，结果他却是所有人中最坏的那个。我现在都记得这个该死的家伙，他穿着华丽的礼拜服，浮肿的身体裹在绯红色的大外套下。他就是个浑蛋。幸好女主人心肠好，又或者是她暗地里同情我，我才逃过一劫。女主人靠打趣和机智的应对，化解了可能的兵戈相向。她就如一张盾牌，让所有刺来的武器丧失威力，从头到尾地保护着我，没让我受到任何伤害。我一直记得这件事，从没忘记她当时给予我的帮助。"

皇帝说："当时，整个法国都存在着巨大的思想分歧。在沙龙、大街、巷子、旅店中，所有人都随时摆出一副要拼命的样子。人们到了不同的地方，弄不清那里占上风的派系和舆论风向，这是再寻常不过的事。一个爱国者若出现在沙龙或军官集会中，他就是那里的弱势群体，自然而然会遭到打压。可只要来到街上或士兵群体中，他就回到了国民身边。爱国精神传播开来，把许多军官都感化了；人们发下那句著名的'为国、为法、为王'的国民誓言之后，它更是成为大众的主流思想。在此之前，如果我收到向人民开炮的命令，由于习惯、偏见和我所接受的教育，再加上这个命令是以国王的名义发的，我肯定会遵从它。但人们念了国民誓言后，一切都和从前不一样了。从此，我只知'国民'二字。从那时起，我天然的情感倾向和我必须履行的义务达成和谐，也和议会的一切形而上学的思想取得一致。虽然老实说，军官中的爱国者当时只占少部分，但有了士兵的支持，他们开始在部队中主持军务、制定军纪。对立阵营的同僚乃至上司每次遇到紧急情况，都跑来向我们求助。我还记得有一次，我们把一个军官从愤怒的暴民手中抢了回来，此人所犯之事，就是在我们饭堂窗户那里唱了《啊，理查德！啊，我的国王！》这首歌谣。[961]我当时没有想到，将来这首歌会因为我的关系而被禁。8月10日,我看到杜伊勒里宫被攻下、国王被抓。那时我也根本没想过自己会取代他,这座宫殿将来会成为我的寝宫。"

说到8月10日事件,皇帝说:

"那是一段可怕的时期。当时我人就在巴黎,住在麦勒街的胜利广场。① 我听到警钟敲响的声音,听说有人攻击杜伊勒里宫的消息后,就立刻跑到卡鲁索广场,去了布里安的哥哥在那里开的一家叫佛维莱的家具店里。② 我正是在那里亲眼见证了这些大事情(顺便说一句,由于后来那里发生了天翻地覆的变化,我再没找到这家店),才如此清楚8月10日事件的细节。在去卡鲁索广场的路上,我还遇到了一群丑恶的暴民,他们手拿长矛,矛尖顶着一颗人头。他们见我衣衫整齐,觉得我是个贵族老爷,就朝我冲过来,让我高喊一句'国民万岁'才肯放我走。当然了,我毫不犹豫地喊出了这句口号。

"当时,王宫遭到一群下三烂的流氓的攻击。许多军队守在那里保护国王,其数目不比后来在葡月十三日那天保护国民公会的军队少,何况后者的敌人还是更难对付的正规军。必须说清楚的是,当时大部分国民自卫军还是支持国王的。"

这时大元帅说,他当时所在的那个营就是忠于国王的军队之一;他单独回家时,在路上好几次差点儿被暴民杀死。我们也认为,国民自卫军从头到尾在总体上都表现得无可指摘,它遵守军队纪律、忠于当权机构、反对抢劫行为、厌恶混乱状态。皇帝也持此看法。

他继续说:"王宫被强攻下来、国王去了议会后,我大着胆子走进了杜伊勒里花园。后来我经历了大大小小无数场战役,但任何一场战役

---

① 他当时住在梅斯宾馆,该建筑现已不复存在。
② 请看《布里安回忆录》第一卷第50页。

中的死伤惨状给我造成的冲击，[962]都不如当时我在花园里看到瑞士士兵的尸体时的感受那般强烈。也许是因为那里地方狭小，尸体看上去很多的样子；也许是因为那是我第一次看到这种血腥场面，所以有很深的印象。我还看到一些衣着靓丽的妇人站在衣衫褴褛的瑞士士兵尸体边上。我经过议会附近的所有咖啡馆，每家咖啡馆都炸开了锅，所有人都被怒火噬咬着，看上去怒不可遏的样子。他们其实都不是平民阶级的人，而且看样子都是这些地方的常客。虽然我是平常打扮，但或许因为我看上去太冷静了，我一眼就发现，我的出现引起了许多人的敌意和怀疑，大家仿佛看到一个面生的可疑分子一样，一直死死地盯着我。"

化装舞会—梅格里尼夫人—皮埃蒙特和皮埃蒙特人—法国运河—巴黎之梦—凡尔赛—枫丹白露

8月4日，星期日

天气又好了些。皇帝让人备好马车在远处和他会合，自己则徒步走了很远一段路。

我们聊起了化装舞会。这是皇帝的一大喜好，他经常举办它。在每年的化装舞会上，他都笃定有人在等着自己。皇帝说，每次都有一个始终戴着同一个面具的女人缠着他不放，仿佛他们有一段前缘似的。她狂热地央求他把自己带进宫中，请他接纳自己。其实，这是一位非常迷人、美艳十足、讨人喜欢的女子，换作别人，定会对她有求必应。皇帝虽然被她吸引，但从来只有一句回答："我并不否认您很迷人，但请您稍稍想想自己的请求，自己做出判断。您有过两三任丈夫，还和几个情人生了孩子。第一次犯错，人们可以说您是在追求幸福；第二次犯错，人们心里会不舒服，但也许还是会选择原谅；但一次又一次地犯错呢？

假设您是皇帝，想想看：您在我这个位置上会怎么做？我只能一再失礼了。"⁹⁶³那位美丽诱人的女子沉默了，但仍说："至少请不要剥夺我的希望。"第二年，她又继续参加化装舞会，继续缠着他。皇帝说："这几乎成了我们俩准时赶赴的一场约会。"①

皇帝说，他在化装舞会上很喜欢偷听别人是怎么骂自己的。有一天，在康巴塞雷斯家的舞会上，他听到***夫人②这么含沙射影地讽刺自己："舞会上的某些人就该被关在门外，说不定他们参加化装舞会的邀请函都是偷来的呢。"换作其他时候，他听了这话定会勃然大怒，可化装舞会上的他像换了性子似的，一点儿都不生气，甚至乐在其中。

还有一次，他把腼腆温顺的梅格里尼夫人气得满脸通红、哭着离开，她走的时候抛下这句话：有人利用化装舞会来羞辱自己。事情是这样的，乔装打扮的皇帝跟她说：她不久前得到了皇帝的宠信，身份一下子变得尊贵起来，大家都猜测她向皇帝献了身，所以才交了这等好运。皇帝说："不过，当时也只有我才会这么跟她说话，而且不会冒犯到她。毕竟，虽然大家这么传，但我最清楚它假得多离谱。"

皇帝去米兰接受加冕的路上住在特鲁瓦，见了地方要员。人群中有一位新婚不久的年轻女子，为一桩家产纠纷案前来恳请他替自己主持公道。皇帝说，正好当时他也想干一件能在当地引起轰动、受人称道的事，便顺水推舟，给了她这个恩典。那位年轻女子（她正是梅格里尼夫人）是该省数一数二的大家族出身，因为流亡国外而变得一无所有。

---

① 这个"美丽诱人的女子"不是别人，正是塔利安夫人。（请看蒙托隆《皇帝被囚记》第二卷20~21日内容）

② 1823年版本此处给了"St-D***"做提示，即阿梅·圣狄迪尔男爵夫人（Amé de Saint-Didier）。从1824年版起，此处连人名缩写都没了。

她求了皇帝后，刚回到父母留下的破旧宅子中，一个年轻宫廷侍从就走进她的家，手上拿着有皇帝签字的一道法令，上面说她每年可拿到至少3万法郎的年金。可以想象，这件事造成了怎样的影响和后果。皇帝说，因为这位哀求自己的女子生得楚楚动人，吸引了他的目光，所以他才愿意帮她。不过他几小时后就离开了特鲁瓦城，把此事忘得一干二净。尽管如此，此事依然引得人们浮想联翩。接下来的故事大家都知道了。这位女子的丈夫是宫中的一个见习骑士，她因此频频出入宫廷，[964]这是再寻常不过的事。因为其他许多原因，她后来还当上了罗马王的副家庭教师。皇帝说，性子严肃的蒙泰斯鸠夫人对这个人选感到吃惊，也曾怀疑背后有人特意这么安排。

皇帝说，他在都灵城中也遇到了一桩和特鲁瓦类似的事，找他帮忙的是拉斯卡里斯夫人。他在这两个地方的慷慨也为他带来回报：这两个家族后来都对他感恩戴德，爱戴至极。

我们想过，备受他恩典的皮埃蒙特对他是何感情。他说，他格外偏爱这个省。从头到尾都对他忠心耿耿的圣马桑，在他兵败的时候还信誓旦旦地跟他说，这个地区绝对忠诚于他。

皇帝继续说："实际上，皮埃蒙特从来都不甘愿当一个小小的属国。那里的地方霸主简直和真正意义上的封建领主没两样，人们要么怕他，要么大拍他的马屁，他比我还有权力和威信呢。我虽然是法国人的皇帝，却只是个高级行政官罢了。我必须维护法律，却不能操纵法律！如果有廷臣因为欠债而遭到起诉，难道我能出手阻止吗？难道我能让法律对某些人失效吗？"

晚饭期间，皇帝继续谈话。他问，是否有人统计过有多少条河流进地中海和黑海。借着这话，他感慨道，真希望有人统计过欧洲的河流数目，对每座河谷或山谷的面积都有精确数据。他很后悔自己没有早点儿提出这些问题，找人做出权威的科学统计报告，说不定他能从中想出什么有趣、有用、奇特的点子呢。皇帝说："我在早安礼或平常的见面中，曾向科学院的同僚提过类似的问题，让他们给出解决方案。他们的解决方案被公示后，人们逐一展开分析和讨论，要么采取，要么摒弃院士的提议。依照这套办法，人们最后定能做成事。在一个人才济济、智者辈出的伟大国家，这才是我们取得进步该走的大道。"

说到这里，皇帝还说，965今天人们在地理上取得了前所未有的重大进步，这也和他的远征不无关系。之后，他谈到了自己在法国修建的大小运河，尤其是从斯特拉斯堡到里昂的那一段。他说，他真希望如今技术已经取得巨大的进步，推动这项工程的完工。当初这项工程的预算是3000万法郎，他应该已经为此花了2400万法郎。

"今天在内陆，从波尔多到里昂、巴黎，人们已能来往自如。我挖掘了大量运河，而且有更多的伟大设想。"我们中有个人说①，有人曾向皇帝提出一个极其合算的方案，但另外一个人把他骗了，没让他接受这个提案。皇帝说："也许这个计划只是在纸面上看来更合算而已，但说到最后，我还是得掏钱。要从我手里拿到钱，这可不是件容易的事。"此人回答："不，陛下，这个方案之所以被毙，纯粹是因为有人在背后作祟，有人在愚弄陛下。""这不可能，您说得太轻巧了。""我很确定，因为我见过计划图、方案细节，甚至方案起草人，我的父母还在这个工程里投了一大笔钱。这个方案提出把默兹河和马恩河连起来，运河总长不到7古里。""但您没有把一切如实相告，也许这个方案要求我

---

① 即蒙托隆将军。

牺牲掉附近地区的大片国家森林，我可绝不同意这事。""不，陛下，纯粹是您手下的桥梁河堤建造部动了手脚。""但他们总得搬出反驳的理由吧？比如，出于公共利益？他们是怎么说的？""陛下，他们说这个工程的利润太高了。"皇帝说："如果这样，他们肯定会把方案报上来，然后我让人去实施它。我再跟您说一遍，您也许并不知道背后的理由，此刻跟您讨论这件事的这个人，一直以来都非常关心这些工程。桥梁和河堤的修建从来都不是件容易的事。不止一个人跟我提议修建某座桥，但他只是纸上谈兵。如果计划可行，哪怕他要求拿到25年的过桥税，别说25年了，30年的过桥税都没问题。如果某个东西不花我什么钱，而且又实用，我才不在乎其他呢。它就如同一笔资金，我可凭此让土地丰饶起来。我不仅不会拒绝修建运河，反而会积极推动此事。但我的朋友，沙龙里的谈话和政府的行政提案完全是两码事。[966]提案人在沙龙里说的话听上去永远都是那么有理有据，让人觉得他定会取得设想的可观成果，其间绝对不会出任何差错。只要他的方案遭到拒绝，那定是有人在背后搞鬼，是某个女人或情妇吹了枕边风。小说不就是这么写的吗？也许您是从这里听到的消息。但政府提案大不一样，人们只根据事实和手头的数据做出决定。您说的是哪条运河？我应该不会不知道。""陛下，从默兹河到马恩河，总长不过7古里。""我知道了，朋友，您说的是从默兹河到埃纳河，总长的确不到7古里。我想起来了。这个方案只有一个小小的麻烦：人们怀疑它是否可行。对于同一件事，希波克拉底会说'可以'，盖伦会说'不行'。塔尔贝断言这个方案不可行，说那里没有足够的水流量。我重复一遍，您在跟一个世界上最关心这些工程——尤其是巴黎附近的工程——的人对话。我一直有个梦想，那就是把巴黎打造成真正的欧洲之都。有时候，我真希望它能变成一座能容纳200万、300万甚至400万人口的大城市，简单地说，就是一个先前人们想都不敢想的巨型梦幻之都，有着与人口相匹配的充足的公共设施。"

有人当即说，要是上天像对待路易十四一样，肯给皇帝60年的执政时间，那他肯定能干成许多大事。皇帝激动地说："哪怕老天爷只给我20年，让我稍稍喘口气，巴黎都能大变样。人们再也看不出它从前的样子，最多只能找到过去留下的些许残迹。我会让法国面目一新。如果有一根够长的杠杆，阿基米德能撬动世界；如果我有充足的精力、毅力和预算，我能做得跟他一样多……有了预算，人能创造世界……我会证明，一个立宪制皇帝和法国国王有何区别。从前的法王在行政管理和市政管理上从没做过什么实事……他们向来都是一副大领主的样子，被商人弄到破产的地步。

"国民骨子里都喜欢短暂易逝的东西，喜好挥霍。所有人都只看当下，喜欢任性而为，毫不考虑长远的事……[967]这就是我们法国追捧的风气和信条。每个人都把自己的人生用来制造东西，再将这个东西毁灭，最后什么都留不下来……如果巴黎只有一座法兰西剧院、一座歌剧院，再无其他拿得出手的东西，这是多么有失体面的事啊！

"巴黎城总想为我举办庆典，对此我常持反对态度。那些晚宴、舞会、烟花要花费60万甚至80万法郎，前期的准备工作会连续好几日让公共交通陷入瘫痪，之后人们还要再花一笔为数不少的钱把搭起来的东西拆了。我觉得还不如把这些钱拿去修建一些持久、壮美的纪念碑呢……

"您得站在我这个位置上，才能了解做好事会遇到多少困难，有时候我得搬出我的所有权威方能获得成功。如果是为了皇宫里的壁炉、家具、装饰，人们可以跑上跑下忙个不停，可一旦涉及扩宽杜伊勒里宫的花园、清洁某些街区、疏通某段下水道、完成某个和一些人并无直接利益关系的公共福利工程，我就必须摆出软硬不吃的样子，每天得写十多封信，面红耳赤地大发脾气，才能得到我想要的结果。我就是这么做，才拿到了改善下水管道的3000万法郎，而绝对没有一个人为此感谢我。我为了修缮卡鲁索广场、美化卢浮宫的外貌，花了1700万法郎，把杜伊勒里宫对面的建筑拆了。我干的都是大工程，可我脑子里装的那些工程才更宏伟呢。"

这时有人说，皇帝主持的工程并不局限于巴黎和法国，还几乎遍布意大利的每座城市。无论走到哪里，阿尔卑斯山从山脚到峰顶、荷兰的沙地、莱茵河的河岸，到处都有拿破仑的影子，拿破仑无处不在。

听到这话，皇帝说，他当时还决意排干蓬汀斯沼泽地区的积水，说"恺撒死前就准备干这件事"[①]。他又把话题转回法国，说："国王们有太多的乡间行宫，太多的无用之物。任何一个秉笔直书的历史学家都会抨击路易十四在凡尔赛宫耗费巨资的行为，而且他的这些开销都是无用的，尤其是在他连连征战、横征暴敛、厄难接踵而至的时候。他耗空财力，只造出一座乱七八糟的城市。"[968]于是，皇帝开始分析建立行政城市——把所有行政机构集中到一个地方的好处，对此提出许多疑问。

遗憾的是，我当时没有把他后面洋洋洒洒发表的独到见解记录下来！今天，我既然力求下笔准确，就断了将其复述出来的心思。其实我也非常懊恼，当初自己有那么多补齐内容的机会，但我都遗憾地错过

[①] 苏埃托尼乌斯在《恺撒传》第四十四卷中描写了相关细节，要不然就是普鲁塔克的《恺撒传》第五十八卷。

了。读者若在皇帝的论证中，尤其是后面他阐明观点的段落中发现漏洞，那是因为我在圣赫勒拿岛期间急着把他的言论记下来，对自己的记忆力太有信心，又觉得自己能及时将它们补全，所以我把许多地方都省略了，记下来的内容字迹也是潦草不堪、难以辨认。当时，原始资料于我而言的确是唾手可得的东西；可今天，我要么把那些内容给忘了，要么我再认不出自己当初的笔迹了。所以，我在许多地方的记录存有缺漏。

皇帝并不掩饰这一点：有时候，首都于君主而言并不是个合适的居所；但从另一面看，凡尔赛于大臣、要员甚至廷臣而言也不是个合适的居住地。路易十四选中凡尔赛，在那里建造国王的住处，这是他的一大失策。圣日耳曼离此地只有数步之遥，可以说是大自然特地为法国国王打造出来的真正居所。拿破仑坦言，他本人在这方面也犯下了错误。他说，他做的事并非都是值得歌颂的，如他应该放弃贡比涅，应该选择在枫丹白露而不是在那里举办婚礼。他还说："说到枫丹白露宫，那里才是国王理想的居所，它有着数世纪的悠久历史。也许从建筑学上看，它不算一座严格意义上的宫殿，但的确是一个经过精心构思、格外适合居住的地方。这说不定是君主在欧洲找得到的环境最舒适、位置最得当的一个地方了。"①

之后，他大致回顾了他去过的各大首都及国王宫殿，给了许多过人的见解。他补充说，枫丹白露还是一个绝佳的政治中心和军事要地。皇帝为自己在凡尔赛宫上面花的钱而心疼不已，但又不能让它变成一片

---

① 拿破仑第一次正式住进枫丹白露宫，还是1804年11月庇护七世抵达法国的时候。不过，他当时在那里只住了两天。这次小住后，他决定将宫殿整体翻修，把里面的家具更换一新。人们立刻开始这项工程，直到1814年国难时期才将其叫停。1807年，拿破仑颁布命令，把参政院图书馆的3万卷书搬到了枫丹白露宫。

废墟。大革命期间，有人提议将这座宫殿的大部分结构拆除，去掉中间部分，只保留两侧宫殿。① 皇帝说："他们若真这么做了，那简直是给我帮了个大忙，因为再没有比这座庞大的宫殿更加烧钱、更加无用的东西了。后来虽然我也修建了罗马王的宫殿②，但我是有自己的打算的。实际上，后来我只给宫殿打了地基，就再没做什么了。"③

他还补充说："说到底，我在这方面的开销上也没犯太大的过错。由于我有预算机制，每年都能察觉到错误，再把它强行纠正过来，它们在开支中不会占太大的比例。"

皇帝说，他付出巨大的努力，才让别人理解和接受了他在建筑和其他类似重大开支上的预算机制。"有人向我提出一个开支3000万的方案，我觉得可以接受，就点头答应了，但这笔钱必须分20年付清，一年付150万法郎。本来一切都没什么问题。但我补充了一句：'但第一年里您能给我提供什么呢？'虽然我想分期付款，但我仍要拿到一个完完整整的工程。于是，我希望最开始人们能建出一座掩体、一栋房子或其他什么东西，但一定要是完整的东西，它必须值得我掏的150万法郎。建筑师们可不想听这些话，因为这妨碍了他们庞大的计划。[970]他们想在一开

---

① 请参考卡兹1913年发表的《拿破仑的凡尔赛宫工程计划》（Cazes, *Les projets de Napoléon sur le château de Versailles*）。

② 请看保罗·马尔默坦1912年发表的《论沙约的罗马王宫殿》（Paul Marmottan, *Sur le palais du roi de Rome à Chaillot*）。

③ 大家都知道或者大概知道，罗马王宫殿中间有一座寒碜的破屋子（如果不知道，那也是因为拿破仑的大多数行为，无论它们是多么值得歌颂，都被诽谤短文和恶意中伤的文字给盖过去了：只有他才有这独一份的不幸遭遇）。这块土地的持有者先后开出比实际地价高了10倍、20倍、50倍，继而100倍的价格，皇帝拿到这份荒谬的报价单后（在这件事上，人们必须听从他的命令），当即下令停止土地收购的谈判工作。他说，坐落在罗马王奢华宫殿中间的这个破旧店铺，就如同拿伯的葡萄园一样，将成为他公正行事的最好证明，以及他的王国中的最美装饰品。——辑录者注

始就造一整面完全没有用的正墙出来，然后好慢慢掏空你的腰包，如果工程中断，你就什么都得不到了。

"虽然当时我政事不断、军务繁忙，有一大堆事情要做，但我通过这种办法，有效掌控了工程的进度。我的宫中有价值4000万法郎的家具，还有价值至少400万法郎的银器。我翻新了多少座宫殿啊！但回过头想想，我在这上面花的钱也许还是太多了。多亏这个办法，我才在工程开动的第一年就住进了枫丹白露宫，而且只花了五六十万法郎。虽然后来我在这上面又花了600万法郎，但那是六年里的总开销①，而且钱已经比之前的预算少了！我的主要想法是：用细水长流的花钱方式得到经久留存的建筑。"

皇帝说："我住在枫丹白露宫期间，有1200~1500名宾客住在宫里，晚宴上就有3000多人。因为杜洛克把一切管理得井井有条，这并未产生多大的开支。20多位亲王、大臣、要员也必须搬到那里住。"②

他还说："我虽然抨击建造凡尔赛宫的这个工程，但在我对巴黎的庞大规划中，我也想过划出一块地来，慢慢造出一个类似于城郊、近地的地方，人们可以在那里眺望伟大的首都城。为了进一步实现这个设想，我还生出一个新奇的点子，甚至让人给我呈报了相关规划。

"在那片美丽的树林中，不能有品位堪忧的林泽女神雕塑、杜卡莱式的装饰物。③里面唯一的装饰就是用砖石砌成的全景图，上面画着被我们攻下来的所有首都，让我们军队赫赫扬名的所有著名战役。这会是我

---

① 根据马松的估计，拿破仑为重修和装潢枫丹白露宫，花了大约1000万法郎。详情请看他的《约瑟芬皇后》（Frédéric Masson, *Joséphine impératrice*）第386~387页内容。
② 他们款待宾客的宴席都由皇帝的厨房负责。
③ 勒萨日创造的一个人物，这个人名已成为"新贵"的同义词。

们的胜利和民族荣耀的永远的纪念碑，它将被竖在欧洲之都的大门口，全世界的人都能看到它。"

结束这个话题后，他给我们读起已被他拿在手上很久的《漫不经心者》①。但读着读着，皇帝就停了下来，也许是因为他被自己的想法打断，也许是因为他突然剧烈咳嗽起来。^{971}这段时间里，他吃完晚饭后总时不时地咳嗽一阵子。他的身体越发糟糕，健康已经基本被毁了。

欧洲史—塞利姆三世—一个土耳其苏丹的实力—马穆鲁克—谈摄政时期

8月5日，星期一

皇帝下午五点才走出房门，他身体极为不适，刚泡了一个澡；这时哈德森·洛韦又前来拜访，逗留了很长时间，皇帝等到总督离开后才愿意出来。

皇帝泡澡时读了两卷奥斯曼帝国史。他说，他曾想让人把从路易十四开始的所有欧洲历史都编纂成书，里面还可以有我们和各国大使定期往来的外交信函。非常可惜的是，他没有机会把这个想法变为现实。

他说："我的统治将成为这本史书中记载的最完美的一个时代。那时的法国称霸四方、国家独立、民族复兴，当时的政府自然有底气把这些文件公布出来，仿佛它们是从前的史料似的。这会是多么珍贵的资料啊！"

之后，他说起了塞利姆三世，说自己曾给他写了一封信，他在信中说："苏丹，离开你的后宫，率领你的军队重启君主制的辉煌时代吧！"②

---

① 这是勒尼亚尔（Regnard）的一部喜剧。
② 此事纯属虚构，很可能是拉斯卡斯自己根据拿破仑皇帝写给塞利姆三世的一封公文杜撰的。我们在《拿破仑书信集》里并没找到这段话的出处。

皇帝说，塞利姆相当于土耳其的路易十六。他对法国极有好感，只客气地回复说：如果他是本朝的开国君主，这会是个极好的建议；但今时不同往日，如今若贸然开战，是件不合时宜、白费力气的事。

皇帝说，也许没人知道君士坦丁堡的一个苏丹究竟能拿出多少兵力、到底存有多少实力①；毕竟苏丹是那里的人民的最高领袖，能将百姓发动起来，把他们变成战士，煽动起他们的狂热情绪，让他们同仇敌忾地共同前进。后来某一天，皇帝还说，他认为要是当初他在埃及能把马穆鲁克编进法国军队，他早就是世界霸主了。他边笑边说："从这群乌合之众中挑出一小撮人，把他们编进正规军，^{972}让他们在必要时出来卖命；如此一来，我不知道还有什么是我干不倒的。阿尔及尔将被吓得瑟瑟发抖。

"有一天，阿尔及尔台伊对法国执政官说②，要是你们的苏丹突然想来看看我们，我们哪还有安全可言？他可是打败了马穆鲁克的人啊。"皇帝评价说，"马穆鲁克在任何东方国家都是一个令人又敬又怕的狠角色，之前，人们一直认为这支部队是不可战胜的。"③

皇帝和我们一起等晚餐时，顺手打开一本搁在沙发上的书，书名是《摄政时期》。他说，那是我们编年史中最丑恶的一段时期。看到历史学家对这段沉重的历史如此轻描淡写，他着实感到气愤。作者没有准确如实地讲述历史，只在上面饰以鲜花和天鹅绒。皇帝说，实际上的摄政时期，人心堕落、思想腐化，各种伤风败俗的事层出不穷；人们抨击摄政王私生活是多么放浪形骸、腐朽不堪，皇帝对此全盘接受；至于路易

---

① 1823年版此处该词空缺。
② 这位执政官是查理-弗朗索瓦·杜博瓦-谭维尔（Charles François Dubois-Thainville）。
③ 请看140页注释1。

十五的丑闻，他则有所保留，觉得此人虽然在最龌龊、最放荡的生活中打滚，但并不见得是真心追求那些令人恶心、骇人听闻的东西；他，拿破仑，在路易十五从前的一个副官遭到人身非难时，还站出来义正词严地为后者①辩护。说到这里，皇帝又回过头说，摄政时期彻底摧毁了法国的根基，毁了公共道德，人们再不追求任何神圣的信条或理念。摄政王这个人龌龊至极，在王储的事情上展现了最无耻的一面，而且他大肆滥用权力，在许多只有国王才有权做出决断的事情上越权专断。摄政王根本不在乎自己的名声，连路易十四的私生女都愿意娶，只因为他觉得迎娶这个女子是件有利可图的事。②

8月6日，星期二

不久前，人们把帐篷搭好了。为了看它是否好用，我们把餐桌搬到里面，⁹⁷³并把先前监督帐篷搭建工作的英国军官邀来一道用餐。③

皇帝把我叫进他的房中。等他洗漱后，我陪同他出门，来到小树林，在那里散了一会儿步，其间他对一些要紧事做了讨论。④

然后皇帝往回走，让马车在前面等他。我们继续散步，一直走到和

---

① 他便是纳博讷伯爵。

② 实际上，是路易十四强行把他和蒙特斯潘夫人生的私生女布洛瓦小姐嫁给他的这个侄子。这个年轻的亲王听从了他的家庭教师杜博瓦神父的意见，娶了布洛瓦小姐。但他有个条件：他的父亲去世后，他要继承父亲的所有亲王头衔和特权。路易十四答应了，并给了一份丰厚的嫁妆。

③ 总督把帐篷的搭建工作交给一群海员，由一个军官和两个士官指挥他们干活。

④ 我应该已经说过，在写日记时，我出于谨慎，在许多地方都一笔带过。如今离从前写日记的时候已有段时间了，处境也发生了变化，使得我在许多事情上都忘了是怎么回事。例如，在这篇日记和其他许多地方，这种语焉不详的例子比比皆是，无论我怎么努力回想都想不起具体内容了。但可以肯定的是，这些事情非常重要，也非常棘手，所以当初我才故意把它们写得这么模糊难懂。——辑录者注

马车会合的地方。结束第一圈散步后,有人告诉他"安菲特律翁"①前来拜访。皇帝让人把他叫过来,我们又走了两圈。回去的路上,皇帝参观了帐篷,对军官和干活的水手说了几句话,以示满意。

对意之战—1815年—古斯塔夫三世—古斯塔夫四世—贝纳多特—保罗一世

8月7日,星期三

早餐后,皇帝来到帐篷中,一时兴起,重读了对意之战的部分篇章。由于我的儿子视力更好,皇帝便让人把他叫过来(儿子的腿那时已经大好了)。他对帕维亚和里窝那两个部分进行了最后校正。②帕维亚战役是法军意外获胜,里窝那大捷则是精心策划的成果。法军在夺取帕维亚时表现出的英勇、无畏以及他们已经传开的威名,把一场全面的反抗扼杀在摇篮中(这场反抗如果爆发,会影响法军在战场上的发挥)。法军占领里窝那则是出于更长远的外交目的,以逼迫托斯卡纳保持中立。

974 皇帝随后在林中散步,让马车前去接他。散完步后,皇帝说,他觉得对意之战和埃及之征已经完结,随时都可以公开了。他还说,这于法国人和意大利人来说都是一件好事,因为这本书记录了他们的荣耀和权利。但他并不觉得自己居功甚伟,并一再强调,他的这些回忆录都是为了歌颂忠实的战友。

走到马车落脚处,我们的谈话仍没有结束。大家催促他赶紧弄完1815年的回忆录,说这个工作是多么重要和紧迫,它的问世能带来什么结果。皇帝笑着说:"好吧,我马上重启工作;被人这么鼓励,我心里

---

① 这是巴尔科姆的绰号。
② 1823年版本该段到此为止,下面的内容是1824年版增加的。

也挺愉快的。但要工作，我就必须有一个好心情。可这里的人只会让人烦心和讨厌，他们似乎连我们呼吸的空气都想夺走。"

我陪皇帝回到房间后，听他发表了无数高见，内容格外精彩。他谈到了古斯塔夫三世、瑞典、俄国、古斯塔夫四世、贝纳多特、保罗一世等许多人和事。

我说过，古斯塔夫三世曾化名哈加伯爵，和我们在亚琛相处了一段时间。他谈吐诙谐、思维敏捷，在社交界很受欢迎。我曾听他亲口谈起那场著名的1772年革命事件，能通过这种方式深入了解瑞典的这段历史，于我而言着实是件幸事。当时，我和瑞典的斯普朗珀滕男爵相交甚密。男爵曾是古斯塔夫的狂热支持者，但后来他辗转去了俄国，想率领外国军队转头攻打祖国，因此在瑞典被缺席判处死刑。男爵当时本来也在亚琛。他说，人们为了欢迎古斯塔夫的到来，把他赶出了亚琛城。不过他只是被驱逐到离城半古里的地方，所以无论我头天晚上在国王那里听到了什么，第二天就能在和男爵吃早饭的时候从他那里得到反驳、修正或证实。他先前深受这位君主的信任。①

皇帝指出，[975]在他担任执政官期间，保罗派来的特使正好就是这个斯普朗珀滕男爵。说到古斯塔夫四世，他说这个国王最开始看上去颇有成大事者的样子，最后却走上了疯魔之路。其实，他很早就显现出了非常明显的相关特征。叶卡捷琳娜曾当着满朝文武的面，要把她的孙女嫁给他，大家本以为他会安心接受大婚②，却没想到年轻的古斯塔夫四世竟

---

① 1823年版在后面还补充了这段话："他告诉了我许多和古斯塔夫四世出生传闻有关的事，据传后者和古斯塔夫三世完全没有血缘关系，而且古斯塔夫三世对此心知肚明。"在斯普朗珀滕男爵的要求下，拉斯卡斯将这段内容删除了。

② 1840年版本这段在这里并没结束，后面还有"哪怕这违反了瑞典的宗教法律"这句话。

当众拒绝，让她颜面扫地。①

后来，保罗被刺杀后，他拒绝新皇亚历山大的一个军官进入他的国家，因此又得罪了亚历山大。军官就此提出正式抗议，古斯塔夫的回答是：他的父王就是被人刺杀而死的，此事至今都让他深感哀痛；据传这个军官参加了刺杀老沙皇的行动，所以他拒绝此人进入瑞典，相信亚历山大沙皇不会为此感到不悦。

皇帝说："我一登上帝位，他就宣布与我为敌。人们说，他满脑子都想当第二个古斯塔夫大帝。他在德意志上下奔走，想说服诸国联手对付我。昂吉安公爵被处决后，他发誓要亲手为公爵报仇雪恨。后来，他还无礼地把黑鹰勋章还给了普鲁士国王，只因为国王接受了我的荣誉勋章。

"最后，他的霉运终于来了。一场非同寻常的阴谋政变把他赶下王位，逐出瑞典。他在国内不得民心，可见此人的确治国无方。我常说他就是个疯子，不值得原谅，在那场政变中，竟然没有一个人拔剑保护他，这也的确是前所未有的一件奇事。没有一个人出于爱戴、感激、道德甚至受惊后的本能而为他拔剑，这对一个君主而言的确是件颜面无光的事。"

这个君主被英国人操纵和欺骗，成了后者的一个利用工具。他被他的臣民驱逐后，曾有自绝于世的意思。但他似乎发觉自己落得这个悲惨下场，是他待人轻蔑、对事厌弃的态度所致，于是回到普通人的群体中。

---

① 古斯塔夫四世当时正要迎娶梅克伦堡公主，这时叶卡捷琳娜二世要把她的小孙女亚历山德拉公主嫁给他。古斯塔夫的摄政王叔叔立刻把他带到圣彼得堡。人们正要签署婚书时，这位年轻的君王发现人们刻意删掉了一个在他看来最为重要的条约：未来的瑞典王后不得在斯德哥尔摩皇宫中信奉东正教。发现这个遗漏后，古斯塔夫宣布放弃婚约。他的叔叔、大臣使团甚至叶卡捷琳娜本人纷纷出面，都无法说服他改变心意。经过八天漫长无效的讨论，古斯塔夫回到瑞典。这次的冲撞让叶卡捷琳娜二世大受打击。有人说，她之所以过了几个月就去世了，主要是被这件事气到了。

皇帝说，莱比锡战役后，^{976}古斯塔夫让人给他传信说：拿破仑固然是他的仇敌，但在众多君主中，他对拿破仑的怨言是最少的；过了这么久，自己对他也只剩敬佩和同情了；眼下拿破仑深陷不幸，自己才有机会对他袒露心扉；他愿意当拿破仑的副官①，只求在法国能有个容身之所。

皇帝说："我很感动，但我立刻想到一件事——要是我接纳了他，就相当于赌上自己的尊严去支持他。当时我再也不是世界霸主了，我若关心他，大众定然会把我的关心解读成对贝纳多特的无力的仇恨。更重要的是，古斯塔夫是在人民的反对声中被赶下王位的，而我是在人民的支持中走上皇位的。我若支持他，就会显得前后不一、自相矛盾。我便让人回信说：我感谢他的提议，对此万分感动；但法国的政治局势不允许我感情用事，此时拒绝向他提供庇护，我也深感痛苦；我对他只抱有无尽的善意和真诚的祝福，如果他怀疑我还有其他想法，那便是想错了。"

皇帝还说："古斯塔夫被逐后，过了一段时间，由于王位空缺，瑞典人又想讨我喜欢，以取得法国的支持，于是请我给他们指定一个国王。当时我考虑过让副王继任王位，但如此一来，他就必须改宗了，我觉得这有辱我和我的家人的尊严。^{977}这么一件有违我们风俗的事，也不能给我们带来太多政治利益。不过，我当时还是幼稚了，不该只把瑞典国王的人选局限在法国人中。根据我的政治构想，再考虑到法国的利益，丹麦王位才是我该关注的对象。如果法国人成了丹麦国王，我只需和丹麦打交道，就

---

① 我得告诉读者，古斯塔夫森上校（古斯塔夫四世）后来站出来，说这件事是假的。不过他的信会让人觉得，这纯粹是传信人误解了他的话。大家都知道，如果有多个中间人传话，很容易发生谬误。我担心自己的话会引起误解（这并非绝无可能的事），便立刻指出我的记载内容中存有错误。但每个读者都可看出，从拿破仑谈话的广度、阐述思想的深度来看，我没有任何故意造假的嫌疑。* ——辑录者注

* 1823年版本中没有这条脚注。

能实际控制住瑞典。总之，贝纳多特被选中，还得多亏他的妻子，也就是我那个当时正是西班牙国王的哥哥约瑟夫的小姨子。

"贝纳多特不能拿定主意，前来寻求我的意见，看上去一副非常焦虑的样子，说除非得到我的同意，否则他绝不接受王位。

"我的皇位就是人民选出来的，所以我只能说，我绝不会反对其他民族的选举结果。这就是我对贝纳多特的答复。看得出来，贝纳多特迫不及待地想要得到我的答复。我便补充说，他只需接受别人给予他的这份善意就够了，对于这场选举，我不愿表露任何态度，但它得到了我的赞许和祝福。尽管如此，我内心还是觉得有点儿难受和沉重。实际上，贝纳多特就是我们养大的一条蛇。他一离开我们就立刻投奔敌营，成了我们的一个心腹之患。后来我们之所以失败，他是一大主因。是他把我们的政治命门和军事策略透露给了敌人，是他向敌人透露了我们的行军路线，指引他们踏上了我们神圣的土地！他还假惺惺地搬出借口，说什么他接受瑞典王位后就是瑞典人了。多么可怜的借口啊！只有普通大众和平庸的野心家才会觉得这个理由是成立的。一个人哪怕娶了妻子，也绝不能丢弃自己的母亲，更不能朝她胸口刺去一剑，把她的心脏肺腑搅成碎片。有人说，他后来也深感后悔，但那时已经太晚了，大错已经铸成。实际情况是，他来到法国后，立刻发觉舆论对他做出的公正裁决，被吓得魂飞魄散。之后，他一直不敢合眼，因为他也不知道自己因为自负和虚荣，睡着后会做什么噩梦。"[978]皇帝说完贝纳多特，又讲了其他许多事情之后，我才敢大着胆子跟他说：贝纳多特作为普通士兵，却被选中，坐上了只有新教徒才能坐的王位，这也许就是命运荒诞离奇的安排吧——其实，他本人出生时就是新教徒；他的儿子，也就是斯堪的纳维亚人的未来统治者，取的就是"奥斯卡"这个具有瑞典特色的名字，顶着它来到斯堪的纳维亚人中间。皇帝说:"我的朋友,这个被人一再提及的、曾被祖辈视为神明安排的、无时无刻不让我们感到震惊和挫败的无常的命运,之所以在我们眼里如此反复、古怪和离奇,是因为我们不知道背后主导命运走向的那些神秘却自然的原因。靠唬人的手段,就足以创造奇迹和奥秘了。例如,您说的第一条,贝纳多特生来就是新教徒,这算不得什么命运的巧合,这条可以划掉了。① 至于第二条,'奥斯卡'这个名字还是我这个教父给他取的呢。我给他取名的时候,一直念叨着'奥西安'这个名字,所以给他取名'奥斯卡'②。您看,让您无比震惊的事情,本身其实非常简单。"③

谈话最后,皇帝说起了保罗,说到了当初英国内阁背信弃义,激怒

---

① 贝纳多特原本是天主教徒,后来效仿亨利四世,改信了新教。
② 在苏格兰诗人迈克菲森的一首诗里,奥斯卡是奥西安的儿子。
③ 在蒙托隆将军的回忆录第一卷第209页中,读者可看到拿破仑口述的一些和蓬特-科沃亲王有关的很有意思的评语,内容涉及他如何被封为亲王,在耶拿战役中有何表现,又是如何被选为瑞典国王的。*——辑录者注

* 该脚注是1824年版添加的,1840年版在后面补充了这段话:"有人在巴黎出版了瑞典国王卡尔-约翰十四世(贝纳多特)的历史。作者大捧这本书的主人公的臭脚,对他大肆颂扬。在书中某个地方,作者披露了瑞典国王和他的一个心腹见面的场景,两人的对话被多次当作历史资料,得到广泛的引用。这个心腹大臣问:'国王陛下知道《拿破仑圣赫勒拿岛回忆录》吗?您对其有何感想?'国王回答:'一派胡言。作者的叙述根本不足为信,这完全是他杜撰出来的,因为拿破仑皇帝根本不可能这么说我。'而以下是拿破仑就贝纳多特亲自写的按语,出自蒙托隆的回忆录第一卷第119页。书中总共有26条类似按语,我们只摘录以下内容:'1796年,拿破仑在埃及期间(并非在埃及,而是在意大利。——编者注),约瑟夫把他的小姨子嫁给了贝纳多特。拿破仑原想把她嫁给杜佛将军,但后者1797年在罗马遇害。贝纳多特后来之所以成为法国元帅、蓬特-科沃亲王乃至瑞典国王,和这桩婚姻有莫大的关系。拿破仑认为应当让约瑟夫的小姨子当上王妃和王后。他的儿子奥斯卡还是拿破仑的教子:夫妻俩特地等到他从埃及回来,才给孩子举办洗礼。因为当时拿破仑正在读主人公是奥西安的一首诗,故给孩子取名奥斯卡。蓬特-科沃亲王在帝国时期一再误入歧途,可皇帝看在他妻子的面子上还是原谅了他。''督政府时期,贝纳多特当了两个月的陆军部长,在任时期频频犯错,没有组织任何工作,督政府不得不将其撤职。''雾月十八日那天,贝纳多特和跑马场那帮人(**转下页**)

保罗一世的那件事。当时英国承诺，只要保罗控制了马耳他，就将其拱手让给他。保罗信以为真，立刻封自己为马耳他骑士团大团长。马耳他沦陷后，英国内阁却食言而肥。根据确切的消息，英国内阁就此写了一封无耻的诡辩信，保罗读后大发雷霆，不顾左右的劝告，夺过这封信，一剑将信穿透，令人就这样把这封信送回去作为答复。皇帝说："即便他真是个疯子，人们也得承认他有一颗高尚的灵魂。这是一位有德之人在发怒，他从未见过如此卑鄙的行为。"

当时，英国内阁还在为交换战俘一事和我们谈判。[979]在谈判过程中，

站在一起，阻拦这一天的胜利。拿破仑看在他妻子的分儿上原谅了他。''他在汉诺威庇护侵吞公款的行为。''贝纳多特在耶拿的表现实在糟糕，皇帝签署了一道法令，要把他移交给陆军委员会接受审判。当时军中上下对他怨声载道，不审判他不足以平众怒：他差点儿让法军输了这场战役。考虑到蓬特-科沃王妃，向讷沙泰尔亲王发布命令之前，皇帝把这道令函撕了。几天后，贝纳多特在哈雷战役中表现卖力，才稍微改变了人们对他的坏印象。''萨克森军在瓦格拉姆战役的头天晚上和第二天早晨一退再退，溃不成军，蓬特-科沃亲王却不顾惯例和命令，在战役结束后第二天发表讲话，把他们称作大理石之军……皇帝把他遣回巴黎，剥夺了他对这支军队的指挥权。''回到巴黎后，陆军部长不知道亲王回来的真正原因，派他到安特卫普抵抗英军入侵。他到了那里后，说了很多话，写了很多信，但没干一件实事。幸好他抵达安特卫普后，英军还没到，安特卫普因此得救。''瑞典国王请拿破仑送一个法国亲王过来，他其实想请副王当自己的国王，可改宗是个很大的麻烦。''如果皇帝不喜欢贝纳多特被选为瑞典国王，此事根本就不会发生，因为瑞典人是为了取得法国人的保护和支持才弄了这个选举。一个法国元帅变成一国之主的这个荣耀把皇帝吸引住了；他喜欢的那个女人将成为王后，他的教子将成为王太子。贝纳多特离开巴黎的时候，皇帝甚至还赏了他好几百万法郎，好让他风风光光地出现在瑞典人面前。''贝纳多特根本不是新教徒，他生在天主教家庭，后来才改信了路德宗。''许多人当时都可以代替他当上瑞典国王；可正因为这样，欧仁亲王才没被派到瑞典统治这个国家。他的妻子巴伐利亚公主终生以此为憾。瑞典现在的王后德茜蕾当然不愿挪位了。'皇帝谈到贝纳多特写给自己的那两封信时，说：'这几封信的风格充分说明，它们就是诽谤小册子。我从没收到这两封信，它们是在吕岑战役前一个月才写给我的。这么一个有地位的人竟在满是流言的信上签下自己的名字，真是令人不快。'我在陆军部档案管理室中见到过贝纳多特的好几封亲笔信，它们可比他的那个史官提供的资料要可靠多了。现在，我就让读者自行评价卡尔-约翰对《拿破仑圣赫勒拿岛回忆录》的论断。"

英国拒绝根据同级交换原则，把被关押在荷兰的俄国军官列入它的交换名单，可这些军官明明是因为替英国打仗才被我们俘虏。皇帝说："我猜准了保罗一世的性子，于是抓住了这个机会。我令人把这些俄国人集中在一起，让他们穿好吃好，然后无条件地把他们送回俄国。① 从那时起，保罗高贵的灵魂就完全倾倒在了我这边。我当时和俄国没有任何利益冲突，又打着正义的旗号，即便没有这件事，将来也肯定要争取到圣彼得堡的好感。我们的敌人察觉到危险，告诉保罗我这招是绵里藏针，保罗根本就不相信他们的话。他们这么说也不奇怪，毕竟在这个政府眼里，没有什么东西是神圣的。"②

之后，拿破仑讲述了可怜的保罗一世最后是怎么凄惨离世的。鉴于这个信息来源的重要性和可靠性，我特将它誊抄于此。"保罗在1801年3月23日夜里被刺杀。当时担任英国驻俄大使的是维兹沃斯勋爵，此人和P***伯爵③、B***将军④、O***家族⑤、***家族⑥等来往极其密切，这些人后来都因参与或主导了这桩可怕的凶杀案而为人所知。老沙皇性格易怒、生性多疑，引来一部分俄国贵族的反感。在执政期间，他极其仇恨法国大革命。他认为这场革命之所以发生，是因为法国君王和贵族太过亲和，宫廷礼仪制度遭到废弃。于是，他在俄国宫廷中树立一套极其严格的礼仪制度，强迫大家接受一套和从前完全不同的规矩，导致众人

---

① 保罗一世对此大为感动，把他的一个副官派到巴黎，一则向第一执政官表示感激，二则也好安排战俘回国问题。在接待这个俄国将军时，波拿巴表达了渴望和沙皇交好的强烈意愿。他说："这两个国家因为地理位置，天生就该结成良好的关系。"
② 1823年版没有从下一段到附注部分的内容，它们是1824年版后加的。
③ 即帕伦伯爵。（请看《人名表》）
④ 即贝尼格森。（请看《人名表》）
⑤ 即奥尔洛夫兄弟。（请看《人名表》）
⑥ 即祖博夫兄弟。（请看《人名表》）

心有怨言。按照规矩，大家必须穿燕尾服、戴圆顶帽，沙皇或某个亲王乘车或散步经过街道时，所有人一律不得下车。只要谁稍微没有遵守规定里的某个极小的规矩，就会被保罗批评一番。单单这一点就足以把人逼成雅各宾党了。和第一执政官走近后，保罗在某些方面的态度已经和缓了许多。如果他能多活几年，极有可能会重获对他日渐疏远的宫廷人士的支持和爱戴。看到保罗这一年来的转变，英国人极其不满，甚至大为恼火，孜孜不倦地煽动保罗在国内的敌人起来反对他。最后他们成功说服众人，让他们相信保罗已经疯了，^{980}并策划了行刺他的阴谋。普遍的观点是……①在他临死前一晚，保罗和他的情妇、宠臣②一起用餐，其间收到了一封急报，有人在里面向他透露了这桩阴谋的详细情节。保罗把信装进口袋，打算第二天再读。当晚，他遇刺身亡。

"此次刺杀活动进行得很顺利。***伯爵③在宫中威望甚高，是老沙皇面前的红人和心腹。凌晨两点，在***将军、***和***④的陪同下，这位伯爵来到沙皇寝宫门口。守在宫门口的一个哥萨克骑兵对老沙皇忠心耿耿，全力阻止他们进入宫中，当即被杀。沙皇被吵醒，跳起来想拿剑，这群该死的人扑了过去，把他摁在地上闷死了。B***⑤将军朝尸体走去，又朝他刺了一剑。保罗的妻子、当时的皇后虽然不满丈夫在外风流，却在保罗死后表现出对其的真情。她余生从未原谅任何参加了这次刺杀案的人……

---

① 《拿破仑圣赫勒拿岛回忆录》的所有版本在该处都有空缺。
② 即库塔伊索夫。（请看《人名表》）
③ 即帕伦。
④ 即贝尼格森、祖博夫和奥尔洛夫。
⑤ 即贝尼格森。

"时间过去了，B***将军还在指挥……欧洲上下听了这件可怕的凶杀案，吓得骨寒毛竖；更让他们震惊的是，俄国人说起个中细节的时候，竟然一副毫不见怪的样子。那时英国的地位已经发生变化，世界局势也变了。一个新王朝成了麻烦……决定了俄国宫廷的政治方向。从4月5日起，在禁海令生效后，被俘虏和押往俄国的英国水兵被召回，被抵押的英国货物被放出。4月20日，仍担任首相的***伯爵向英国海军上将转达了一个消息，说俄国接受了英国内阁的请求，并表达了沙皇的一个意思：英国政府既然有拟订友好条款、结束两国纠纷的意向，[981]俄国在收到伦敦方回答之前，会停止一切敌对行为。俄国表现出和英国迅速修好关系的强烈意愿，一切都表明英国已经得手了。"①

附注：我们可在上文看到，皇帝抱怨蓬特-科沃亲王（贝纳多特）一到瑞典就开始反对和破坏他的计划。下面这封信可证明皇帝的论断，信中还包含和大陆封锁制度相关的珍贵史料。②

瑞典国王陛下：

我已收到您的来信，我甚为重视您在信中展现的友谊，就如我珍视您骨子里的忠诚一样。您与我真诚沟通，对此我心存感激。任何政治原因都阻止不了我给您写下这封回信。

我制定1806年11月21日法令的原因，您也是赞同的。这条法令绝非在向欧洲颁布什么规定。它只是提出后续的步骤和措施，让大

---

① 古尔戈将军出版的《拿破仑回忆录》第二卷第151页。
② 这封信是伪造的，也许是出自作家C.-J.巴伊（1777—1824）1819年编辑的《瑞典国王贝纳多特和拿破仑从1810年到1814年的通信集》（C.-J. Bail, *Correspondance de Bernadotte, prince royal de Suède, avec Napoléon, depuis 1810 jusqu'à 1814*）。

家达到一个共同的目的罢了，我已签署的协议便和这些后续步骤和措施有关。英国人谎称它有权进行海上封锁，这个权利不仅损害了法兰西帝国的贸易业和国家尊严，还损害了瑞典贸易业，更是在羞辱瑞典海军。我甚至要说，英国称霸的企图会给瑞典造成更大的损害，因为贵国贸易业更依赖海上，而不是大陆。海上贸易和海军，关乎瑞典王国的国力。

法国完全在大陆上寻求发展。我深知应该推动国内贸易业，因为它能实现帝国边陲和中心之间的流动，把物资和金钱从一个地方带到另一个地方。但这需要一个前提：推动农业和制造业的发展，并严格禁止外国货物。从当前的形势来看，我并不知道英法谈和能否为法国贸易业带来大量商机。

维持、遵守和接受《柏林法令》也是如此，[982]我敢说，它更关乎瑞典和欧洲的利益，而非法国单方的利益。

这就是我为何和英国人一样强硬，坚持执行我的政策的原因。英国人之所以强硬，背后的原因是：它不想谈和，拒绝了我提出的一切建议；战争让它的贸易业得到增长、国土面积得到扩大，它害怕回归原点，不愿通过一个协议来巩固新的体系，不愿法国走向强大。我想要和平，想要彻底的和平，因为对一个以攻伐为手段建立的新国家而言，只有和平才是它的利益保障。在这点上，我想国王陛下应该和我看法一致。

我有许多军舰，但一个水兵都没有。我不能为了强迫英国和谈而向它开战，所以只有大陆封锁制度才有成功的机会。俄国和普鲁士对此没有表示任何反对，因为它们的贸易业也只能通过封锁制度才能翻身。

贵国内阁中不乏能人智者，瑞典国民也充满自尊和爱国热情，国王陛下在政府中的影响力也是有目共睹的。您为了避免您的人民在商业上仰人鼻息而采取的相关措施，定不会遭遇什么阻碍。不要被英国人送来的迷魂汤冲昏了头。未来会向您证明，不论当前有多少变数，只有大陆封锁制度才能让欧洲君主坐稳自己的位置。

1802年2月24日协议第三条修正了《弗里德里克斯哈姆合约》中的缺漏。任何涉及殖民地商品的事都必须严格遵守这条协议。您跟我说，您离不开那些货物，如果不让这类货物进口，您的海关收入会大幅下降。我可以把我在汉堡的价值2000万法郎的殖民地货物送给您，您给我提供价值2000万法郎的铁就行。您无须往外出口什么。把殖民地的那些货物留给商人吧，他们会乖乖奉上关税的。[983] 您那堆铁肯定能脱手，此事我来安排。我在安特卫普需要铁，而且我正好也不知道拿英国人的那些货品怎么办。

请遵守2月24日协议内容，把英国走私者赶出哥德堡，把在贵国猖狂走私的英国人赶出您的海域。我向您承诺，我会谨慎遵守这个协议。对于您的邻国抢占您的大陆领地一事，我会站出来表态反对。但如果您不遵守条约，我也只能收回我的承诺。

我渴望和国王陛下一直保持友谊的关系，并乐于看到国王陛下将这封回信的内容转达给瑞典人。我对他们的善意一直心怀感激。

对于艾森伯爵递过来的最新公文，我的外交部部长将做出正式回应。

就此搁笔。

拿破仑

1811年8月8日写于杜伊勒里宫

拿破仑继承的葡萄园—他的奶妈—他父亲那边的家族—他在曼图亚城附近和武尔姆泽尔交手期间，约瑟芬以泪洗面

8月8日，星期四

十一点，我来到皇帝房中。洗漱后，他和贴身侍仆一道翻了翻从英国送来的香水样品。他自诩无所不知，却不认识里面任何一个香水牌子，自嘲在这方面无知至极。他提出在帐篷中用早饭，于是我们所有人都去了那里。

他抱怨伴餐酒劣质难喝，把同是科西嘉人的管家西普里亚尼叫来问话，想知道这是否已是家里最好的酒了。说到这里，他说他曾继承了岛上一座数一数二的葡萄园，就是埃斯普萨塔葡萄园。他还说，他每次想到这个地方，心中都充满感激。多亏这座葡萄园的收成，他少年时才有钱去巴黎读书，才能付得起学费。我们想知道这座葡萄园后来怎样了。皇帝说，[984]他在很久以前就把葡萄园转交给他的奶妈，估计她每年能从中得到12万法郎的收入。他说，他本来还想把自己继承的住宅也赠送给她，但觉得这超出了奶妈的打理能力，于是将其转赠给母亲的近亲拉莫里诺一家，但条件是他们要把原来的住处让给奶妈。①

他说，他的奶妈后来几乎成了一个贵妇人。他登基称帝的时候，奶妈也来到巴黎，还得到教皇长达一个半小时的接见。皇帝说："可怜的

---

① 拿破仑的住宅、他的成长摇篮，今天的实际主人是议员拉莫里诺先生。可以想见，如今来岛上的游人，尤其是军人，对这个地方是多么好奇和尊重。

每次有军队来到科西嘉岛，这栋宅子就立刻热闹起来，这是我亲眼所见。士兵成群结队地跑到那里，在得到当地政府允许后被领进宅中。踏进宅子后，每个人都万分激动：有的人环顾四周，双臂伸向天空；有的人跪在地上；有的人吻着地板；还有的人热泪盈眶。大家仿佛精神错乱了一般。这里就如同腓特烈大帝的陵墓一样，被人视为圣地。这就是英雄的力量。——辑录者注

教皇，他肯定没想到这次接见会占据自己这么长的时间！奶妈是个极度虔诚的信徒，嫁给了岛上的一个船工。她在杜伊勒里宫过得非常开心，其无拘无束的谈吐举止也给我的家人带来许多欢乐。约瑟芬皇后还送了她许多珠宝。"

早饭后，皇帝坚持昨天的计划，重启回忆录的工作。他把卡斯蒂廖内战役这一章最后校对了一次①，毕竟此战以严谨的战术和重大的战果而著名。

之后，他去树林散步，打算往前走，和马车会合。他一边散步，一边继续讲对意之战的事。皇帝说，约瑟芬当初和他一道离开布雷西亚，在他对战武尔姆泽尔的时候陪在身边。抵达维罗纳后，约瑟芬亲眼看到了战场上炮火连天的场景。她返回卡斯特拉-诺沃的时候，^{985}一路都是伤兵；当时她本想去布雷西亚，但因为敌军已经杀到了蓬特-圣马科，只好改走别的路。由于形势动荡不安，约瑟芬万分惊惧，离开丈夫时忍不住泪流满面。拿破仑抱着她，说："武尔姆泽尔会为他让你流下的眼泪付出惨痛代价。"约瑟芬不得不走一条离曼图亚城极近的道路离开，有人还从曼图亚城朝她开枪，打伤了她的一个随从。之后，约瑟芬穿过波河，经过博洛尼亚、费拉拉，抵达卢卡，一路寝食难安，又收到各种乱七八糟的传闻，但她从内心坚信自己的丈夫会得到苍天的庇佑。

皇帝说，其实当时意大利民众普遍都相信法军会最终得胜，对法军总司令充满信心。所以，虽然当时传言漫天、危机四伏，但约瑟芬抵达卢卡后，该城元老院仍像接待最尊贵的皇后一样对她百般逢迎、各种讨

---

① 1823年版没有后半句话，它是1824年版添加的。

好。他们应该庆幸自己的这番殷勤，因为没过多久，该城就接到了她的丈夫获得大捷、武尔姆泽尔惨败的消息。①

上次发生火灾后，皇帝第一次回到客厅。客厅里已经布置上了从伦敦运来的家具，比从前稍稍能看一些。晚饭后，皇帝读起了《杜卡莱》。他说，虽然杜卡莱很有脑子，但卑鄙下流，让他十分反感。不过勒萨日作品中的主人公向来如此。之后，皇帝读了《讼棍帕特林》。这才是真正的喜剧，他看得哈哈大笑。

8月9日，星期五

皇帝在帐篷里用过早饭后，在那里开始校对布伦塔战役的内容。②在这场战役中，法军英勇奋战，投入多场战斗，英雄事迹比比皆是。人们读了这一章后，会恍惚觉得它不是发生在我们这个时代的真实事件，而是塔索笔下的虚拟故事。

下午三点，皇帝乘车出行。我们散步的时候，总督来了。下人说，本月12日即下周一是摄政王储的生日，他想就此事跟皇帝说一声，并提前告知那天我们附近的军营会鸣放礼炮。[986]下人说，他还命令以后只给皇帝供应饮食，我们其他每个人的开销都要单独记账，因为他觉得我们的开销已经远远超过了他的承受范围，这简直令人难以置信。不过，更过分的事还在后面呢。

叶卡捷琳娜二世—近卫军—保罗一世—印度计划

8月10日，星期六

皇帝身体不适，便泡了个澡。下午三点，他出门散步，并让人备好

---

① 下面这段话在1840年版中被删。
② 1823年版没有下面这句话，它是1824年版添加的。

马车在前面接他。出门前，他刚读了《叶卡捷琳娜史》。①他说："这是个能干的女人，行事就像个男人一样。彼得三世和保罗一世的悲剧和苏丹的宫闱剧变没区别，都是近卫军政变的结果。"皇帝还补充说："这些宫廷军队着实可怕，而且君王越是专权，军队就越是危险。我的帝国护卫军若换一个人来掌控，也会招来祸患。"

皇帝说，他和保罗曾是最好的搭档。保罗遇刺时，他正在和保罗筹划远征印度这件事，保罗已经被说服了，愿意参加远征。②保罗经常给他写信，一写就是好几页。他的第一封信写得非常有趣，而且是亲笔信："第一执政官公民，我不打算讨论人权；但如果一个国家的领袖是个大才大德之人，它才算有了政府。我觉得，法国从此有政府了……"

回来的路上，我们遇到了上将夫妇。皇帝邀请他们上车，几个人又兜了一圈。之后，皇帝和马尔科姆小姐一起散步，一路表现得格外亲切优雅。

晚饭后，皇帝翻了两卷《法兰西戏剧》③，但没读到任何吸引他的地方。

---

① 专门研究过拿破仑在圣赫勒拿岛的藏书的阿德维埃尔（Advielle），曾提到过法兰西学院院士皮埃尔·查理·勒维斯克在帝国时期出版的《俄国史》（Pierre Charles Lévesque, *Histoire de Russie*）。该书第一版于1782年出版（玛丽-安托瓦内特的藏书阁中就有一本）。1800年，该书再版，内容更新到"叶卡捷琳娜二世去世"这个时期。1812年又出了第三版，内容更新到"保罗一世之死"。

② 1799年5月，英国根据兼并政策，不顾苏丹蒂卜-萨伊布和法国签订的援助公约，占领了玛伊松公国。督政府对此事睁一只眼闭一只眼。后来，第一执政官打算采取完全不同的政策，计划在印度抗击英国。如此一来，俄国就成了他的重要合作伙伴。保罗答应和他联手，还向印度边境派了2.5万人的哥萨克骑兵。英国在那里的军队根本就没有什么战斗力，只知道屠杀手无寸铁的当地百姓。这支哥萨克军到了，英国必败无疑。也许沙皇的这道命令加速了他的死亡。

③ 即《法兰西戏剧总汇编》（*Répertoire général du théâtre français*）。

皇帝主教—从没胃疼过

8月11日，星期日

⁹⁸⁷在帐篷里用过早饭后，皇帝最后读了一遍阿尔科尔这一章。①

我们乘车散步期间，某人说了句："今天是礼拜日。"皇帝说："如果我们是在基督教国家，有个神父，那就要做弥撒了。这样的话，我们还能打发一点儿时间。"他一脸愉快地说："我一直都很喜欢乡野教堂的钟声。我们应该从我们中选一个人来当神父，就把他叫作圣赫勒拿神父吧。""可没有主教，谁来任命他呢？"皇帝反驳说："难道我不是主教吗？难道我没有涂过同样的圣油，以同样的方式得到认可吗？克洛维一世及其继任者当时难道不是依以往加冕的仪式涂圣油的吗？之后他们才叫真正的主教呢！这套仪式被废后，主教和教皇不是还为此大打出手吗？"

我晚饭什么都没吃，皇帝想知道怎么回事。我胃疼得厉害，实在忍不下去了。皇帝说："我比您幸运些，这辈子我还没尝过头疼和胃疼的滋味呢。"皇帝乐滋滋地把这句话重复了好几遍，还在其他时候把这话对我们又说了起码二三十次。②

---

① 读者可在下一章里读到相关内容。——辑录者注

② 我通常会删掉这类细节，因为它们太过琐碎了——除非后来我能了解详情、知道了这些事的意义，可惜我已没有这些机会了。我在这里之所以提到这件小事，是因为它极其重要。那位不朽的受害人在去世前，遭受了身体、精神和心灵的三重折磨。他死前一直受着那些可怕病痛的折磨、他的死因是什么，我们都可从这些细节中窥到一二。哪怕他落到食肉部落手中，都不会遭这么大的罪！这些苦痛，这些折磨，都是一个野蛮政府无情地加诸他身上的。它的这些行为，让一个以思想崇高、惜贫怜弱而著称的民族蒙上污点！杀害拿破仑的刽子手的名字肯定会传遍天下，臭名昭彰！每个国家、每个时代的善良人士的怒火，会把他们永远钉在耻辱柱上！——辑录者注

长达六个月的瓦格拉姆战役—欧洲形势—第五次反法联盟的计划—国内的阴谋—埃克缪尔战役—宝贵的战术教训—埃斯林战役—10月14日的《纳也纳条约》

8月12日，星期一

⁹⁸⁸早晨，皇帝在泡澡的时候读了昨天刚送来的3月至4月的《论报》。报纸是走好望角这条路过来的。皇帝全神贯注地读着上面的新闻，内心久久不能平静。

只要皇帝开始读书，尤其是《总汇通报》，他就要在房中待上很长时间，基本不出门一步，骑马、乘车的活动一应取消，只偶尔在花园里透透气。他的脸色不太好，身体状况明显每况愈下。

今天，他又读起了米肖的《十字军东征》。放下这本书后，他拿起了贝桑瓦的回忆录，对书中阿图瓦伯爵和波旁公爵决斗一事很感兴趣，觉得个中细节很有意思，虽然这仿佛是很久以前的事了。①他说："我们很难想象，在此事发生后这么短的时间里，法国的思想风气发生了这么大的转变。"

白天的聊天话题，有些是我先前已经写过的内容。皇帝说，他最得意的一次作战是在埃克缪尔，虽然此战并未带来多大战果。

我说起这卷回忆录时，曾就这场战役向一个朋友表达了自己的遗憾。这个朋友看过我的回忆录手稿。②他跟我说，他觉得，皇帝的这些话不仅适用于这场战役，更适用于整场战争；⁹⁸⁹这场战役是最艰难的一场

---

① 请看《贝桑瓦回忆录》第二卷第282～329页的内容，标题是《阿图瓦伯爵和波旁公爵之斗》。该书编写于1778年。在1821年贝维尔和巴里尔的版本中，卡尼亚克夫人（Mme de Canillac）才终于不再是缩写。

② 即今天的战时物资储备局局长佩雷男爵将军，曾两次被选为其家乡图卢兹的议员代表。*——辑录者注

（转下页）

战事，需要极佳的战术思想和极高的军事天赋。他跟我说："在这场战役中，皇帝一直都在交火线上。他不仅一直牢牢把控着关乎这场战役输赢的大方向，还要对欧洲的全局做出反应。"这位朋友拿出许多证据，但因为当时的环境因素，我必须为他保守秘密。这位军官在帝国护卫军中的军衔很高；后来他潜心学术，过着平静的生活。他不仅为人谦逊，还一身才华。隐退后，他把全部精力都放到一件真正具有国民意义的事情上：撰写《一个亲历者笔下的欧洲大陆拿破仑战争全局图》（*Tableau des campagnes de Napoléon sur le continent de l'Europe, par un témoin oculaire*）。

  这位军官写完了1809年战争，只剩编辑工作了。他想把这项工作托付给我。他还在不经意中表示，我可以全凭自己的意思来做这部分的编辑工作。我立刻火力全开，着手展开这项工作，在书中发现了大量未曾出版的事迹，以及许多和我的想法及目标完全契合的观点。所以，我毫不犹豫地把它们大段大段地收进回忆录。我只有一个麻烦的地方：这本书长达300多页，我该选取哪些内容、笔记和资料呢？我坚信，于读者而言，这部分摘录会是一顿大餐，他们肯定会理解我这么做的殷殷苦心。所以，我决定把这位作者的伟大工作公之于众，以飨读者。如果我必须对其中的内容进

---

* 这条注释只在1830—1832年版中出现过，1840年版将其删去，添加了下面这段话："我在本书第一版中不愿公布这位朋友的名字，是因为在当时的政体下，我担心此举会扰乱他的平静生活。他是佩雷男爵将军，来自帝国护卫军。1830年革命之后，他担任陆军兵站站长，三次被他的家乡选为图卢兹议员，后来进了贵族院。他怀着对皇帝的热爱，虔诚地、一刻不停地怀念着他，故在任期间，他把拿破仑的所有信件、战时命令及其他类似文字都整理出来。他找回了许多落在好奇之人手上的资料，以及无数已经消失、为私人所藏的书信，把它们誊抄、整理成册，让这些珍贵的资料再不会落得散佚的结局。多亏了他的努力，我们才拥有了这笔宝贵的国家财富，历史和所有法国人将永远为此感谢他。"

行删节，那我是在把它砍手去足。换言之，就是把它给改坏了。①

作者在开篇非常清楚地阐述了一个事实：反法联盟从1793年到1814年期间，一直或公开或秘密地在各国政府和欧洲上层贵族内部展开各种反法活动；英国政府一直都是反法联盟的核心国和领头羊，发生在大陆上的任何一场战争都只是英法之争的插曲罢了。人们应当注意到一件事：发现帝国的建立再度巩固了大革命制度后，反法联盟便改换路线了。作者指出，在外国列强签署了一系列条约后（尤其是大名鼎鼎的1805年1月19日条约，以及其他大量世人不知的协约），从1804年年末开始，瓦解新法国、掀翻帝国、推翻大革命制度的这根主梁，以及最重要的恢复旧制度，成了反法联盟不变的目标。人们也应发现，拿破仑面对敌人的攻击，只好不断展开自卫，采取未雨绸缪的措施，在意大利建立新机构、组建日耳曼同盟、重组西班牙半岛，在欧洲南部建立防御体系，以反抗欧洲北部的这个常设联盟机构，抵抗英国不断的挑衅。

"拿破仑为了消除诸国国王的仇恨，做了许多徒劳的努力。他在1805年原谅了奥地利，在1806年对普鲁士网开一面，在1807年和俄国达成和谈。可纵然他不断向英国提议和谈，各国列强仍然只肯采用武力手段，每次签署条约的时候都想着日后该如何撕毁条约。

"在远征西班牙期间，拿破仑被迫临时离开，于1月23日突然现身于杜伊勒里宫。他此次紧急赶回是为了采取防御手段，保护正遭威胁的帝国。

"虽然皇帝势如破竹地攻下半岛，可这次他暂时离开，让诡计多端的英国内阁、不怀好意的大陆各国抓住机会，结成了新的反法联盟。

"普鲁士暗中集结兵马，明面上却没有表态。那时，亚历山大对拿

---

① 接下来两段内容在1840年版本中被删。

破仑也已热情不再。普鲁士国王和王后的圣彼得堡之旅，促进了亚历山大转变态度。俄国和普鲁士珠胎暗结，还和维也纳在暗地里来往密切，想等到合适的机会再做打算。在《普莱斯堡和约》中损失惨重的奥地利，先前忍气吞声地发表大量的友好声明，实际上满脑子只想着如何挽回损失、增强实力。如今，它再也不掩饰自己的意图了。傲慢自大、气势汹汹的奥地利宣战了，但这一次，它注定要被自私的英国内阁玩弄于股掌之间，成为此次联盟的唯一受害者。当时，奥地利几乎全民参军，[991]并获得了邻国的支持或承诺。德意志诸国信誓旦旦，英国也表示愿意合作。欧洲贵族对拿破仑日积月累的仇恨，各国内阁耍弄的各种阴谋，使得欧洲掀起了一股反法浪潮。总之，帝国内外反对拿破仑的阴谋诡计层出不穷。

"当时，整个德意志地区冒出了大量反法秘密组织，北部地区尤甚。在狂热的记者和演讲家的带领下，追求民主的人民大众渴望在政治上取得复兴。贵族打着解放德意志的爱国旗号，急不可耐地把自己的利益和大众利益绑为一体，但内心只想着如何重获特权。所有人都集结在"Tugendbund（道德协会）"这个广为人知的组织下。

"所以，第五次反法联盟既有尚武好战的一面，又有玩弄阴谋的特点。它被狡猾的英国内阁牵着鼻子走，后者叫它做什么都行。

"所以，人们打算指挥一支正规军刺向法国的心脏，同时在法国境内的边远地区集结大量军队。反法联盟下的各国民族有了反叛的想法，连我们自己的军队和各个省份都生出异心。这一切在今天都已得到了证实。

"但要实施这个计划，就必须先腐蚀人民的思想。英国在欧洲各地都安插上自己的眼线，在所有国家都布置了暗线，在西西里、直布罗陀海峡、黑尔戈兰岛等兵站收买人心，对各地的人啖以重利。普鲁士和奥地利也在德意志、蒂罗尔、意大利那里各种上蹿下跳。

"他们挖空心思，不断地打击法国大革命取得的一切成果，哪怕它们能复兴欧洲。我军面对各种挑衅，依然跋涉并占领了无数土地。他们则利用我军取得的辉煌胜利，巧妙地勾起被羞辱者的傲慢，以达到制造敌意、激化矛盾的目的。当大革命想通过建立中央集权化的统一帝制国家来巩固自己的理念时，它瞬间成了所有外国人施展诡计、发泄仇恨、吐露恶意的对象。[992]从那时起，人们发现皇帝一人的命运可以决定全局的走向，于是把一切阴谋和恨意都倾轧在他的身上。

"拿破仑一再遭到挑衅，到处都有人把他视为这场没完没了的战争的唯一的始作俑者，一个贪得无厌、想把全天下踩在脚底的征服者。他的敌人则被描绘成所有人的自由的捍卫者，因为反对他而遭了大难，成了他的铁蹄下的高贵、正义的受害人。他的支持者被说成一群马屁精，渴望跟随这个篡位者一道平步青云，是所有民族的权利和自由的敌人。皇帝的每个举动都被人视为迫害和镇压，他的每次自卫都被人解读为纯粹的进攻。他们说，败在他手上的政府虽然得到他的体恤，但一直都是他的仇恨目标，它们只能坐以待毙，等着最终的毁灭。

"那时候，再荒谬的断言都有人相信，这已不是什么怪事了。反法联盟的谈判资料应该能澄清事实，可它们都被封藏起来，至今都未被公之于众。所以这些年过去了，人们也只掌握了其中极少数的资料。不过这对拿破仑来说也是件好事，因为他当时不得不向自己人隐瞒敌人的阴谋，不让国内知道他们那些置人于死地的计划。

"在外国势力精心的宣传下，针对拿破仑的指控传遍各地，连我们法国内部都没能挡住它们的渗透，连大革命的狂热支持者都开始半信半疑。可当时国家的存在都遭到威胁了，这些人还在那里讨论社会的保障问题。无论在哪个国家，已经接受共和理念的那群人全盘接受了这些指控，惊恐地觉得有双强有力的手在调整君主制，以期使它变得合法。连我们的光荣之师都成了敌人的宣传对象。并非所有取得胜利的孩子都知道如何防范这些危险，由于长期待在德意志和意大利，他们对当地居民生出了关心之情。虽然他们不能完全理解当地居民的想法和情感，但至少不会对此无动于衷。我们的西班牙军更是遭到了不同的思想理念的冲击。某些人说西班牙人遭到不正义的打击和压迫，我们的士兵因为善良，[993]对这个民族产生了同情。再加上皇帝的离开（他可是荣耀和信任的最大保障啊），半岛战争变得更加棘手了。敌人的宣传不仅在国外挑起仇恨和报复，还让国人的热情退却了。由于连连征战，大家开始心生疲倦；军队领导人已过了渴望征伐四方的年纪，为自己不能坐享清福而懊丧不已。在国人开山劈河的这段历史里，我们必须考虑到一个事实：曾创造出大革命一系列奇迹的光荣一代已经步入中年，不再年轻了，其中大多数人已经不抱有改变命运的希望了。

"这一次，奥地利军负责发起正面攻击，对我们的前线直接展开进攻，而不像1799年、1805年和1814年那样，选择攻击我们的薄弱据点。面对我们最为周密的防卫，奥军毫不犯怵，因为他们笃定那边会有人接应自己。与此同时，在更北面的地方，即普鲁士南境、维斯图拉河、萨克森、巴伐利亚、蒂罗尔和福拉尔贝格等地，普鲁士军展开行动，以响应各地酝酿已久的反抗运动。其中最积极、最狂热的当数从前的普鲁士臣民，在前政府的暗中煽动下，他们已经完全昏了头。

"按照计划，斐迪南大公的军队行至托恩城，把普鲁士军需要的100门大炮运至此地，之后再对法宣战。反法联盟认为，奥地利军一路攻过来，莱茵河同盟中的各国君王无论是自愿还是被迫，定会依附于它。

在此之前，它已对他们使出威逼利诱的招数。根据后来发生的事，反法联盟的这些盘算并非空想。

"英国和奥地利联手，对法国同时形成重大牵制。英国还有一个大招，那就是拉芒什海峡各大港口的英军。只要情况不对，英国可立即向德意志北部、荷兰甚至比利时派出有4万多人的海军。[994]这支军队可比奥地利大军早一步行动，穿过造反地区，在莱茵河上与它会合。实际上，德意志北部地区、荷兰和前选帝侯领地特里尔同时爆发骚乱，而在这次军事行动中，上述地区都可成为敌军最有利的据点。从威悉河口、荷兰海岸线到波西米亚边境只有100多古里的距离，军队只需几天就能走完全程。另一支1.5万人的英国军队在西西里集合，准备登陆那不勒斯，煽动意大利南部地区起义，支持奥地利军在伦巴第的行动。

"有了这些军队和外国起义人民的助阵，在法国暗中策划起来的阴谋诡计就具有了更加可怕的威力。现在大家已经知道，当时同时负责内务部和警察部的富歇早就在为波旁家族效力了，每周他都会把只发给拿破仑一人的秘密公文抄送给波旁家族。有人说，法军在埃斯林战败、多瑙河各桥被斩断的消息传来后，富歇还打算夺权呢。另外还有人说，在这种情况下[①]，应该把帝位授予贝纳多特。[②]我们只能推测，[995]而不能

[①] 出自《蒙特维朗作品集》（Montvéran）第五卷、《大革命历史画卷》（La Galerie historique de la Révolution）第二册和第五册等著作。——辑录者注

[②] 这让我想起一件和此事很有关系的个人小事：

英军攻打安特卫普的时候，和我关系密切的陆军部长费尔特雷公爵让我以志愿军的身份前往该城，把我任命为蓬特-科沃亲王（贝纳多特）的参谋员。我出发之前，陆军部长委托我给他担任亲王参谋长的妻弟捎一句话，但这话不能写在纸上，所以请我把每字每句都牢记在心。陆军部长的原话如下："我们出于许多理由，怀疑贝纳多特行为古怪，认为他有不小的野心。所以，切勿轻举妄动，不要在任何可能连累到你的文件上签字，小心陷阱。"部长对这些话没做任何解释，我当时也不知道太多政治内情，所以他的话在我看来完全就是天书。（转下页）

确切地知道这位拥有如此大的权力、如此广的关系网的部长（富歇）到底卷进了什么阴谋。一方面，英国和旺代一直没有中断来往；虽然拿破仑温和开明的行政手段让该地区重新走上正轨，但外国线人仍能寻到钻营活动的空隙。在1807年战争期间，有人企图再度煽动旺代地区作乱。'如果拿破仑在一场重要战役中惨败，人们便要拿起武器，迎回贝利公爵……10万叛军被召集起来，已经准备发起暴动了……这个阴谋行动从旺代蔓延到勃艮第、曼恩、下诺曼底，连波尔多都被卷入其中……只要拿破仑大军吃了败仗，只要国内略微发生一点儿政治危机，叛乱的火星就会燃成烈焰。反对派在旺代还有自己的联络点和中间站。'（《博尚回忆录》第四卷①）反法联盟之所以如此重视旺代地区，并非毫无缘由。

"英国还在西班牙策划了一桩诡计，这是一桩纯粹的军事密谋政变。它的手段很简单：先煽动葡萄牙的法军造反，使其和英军联手；再让西班牙的法军效仿，起来暴乱，然后让它向比利牛斯山进军，在那里和另一支人数更多的英军会合，领导他们的将是从美国回来的莫罗；

我没有多想，把自己听到的内容完整复述给了参谋长。直到今天，我都不能说这些话有多大分量。我只是把话带到，仅此而已。*

我出版回忆录后，还从别人口中得知了另一件事，而且对方信誓旦旦地保证此事绝对真实。此事进一步证实了陆军部长托我传达的话语中透出的信息，并关乎国内一桩被人长线操纵的阴谋。

此人告诉我，埃斯林战役刚刚结束，富歇就见了一个从埃斯林过来的密使，从他那里得知我军在前线遭遇惨败的消息。此人还转告他，当前是实施某些计划的绝佳机会。这个密使的职责是弄清富歇的想法，了解国内会有什么动作。富歇一副勃然大怒的样子，回答说："如果你们能独力干成所有事，还要我们做什么？可你们就如一群泼妇一样毫无头脑，人家把你们装进袋子，丢进莱茵河去，之后就没事了。"。——辑录者注

* 1823年版该脚注到此为止，其他部分是1824年版添加的。

① 这里说的是博尚1820年出版的第四版《旺代战争史》（*Histoire de la guerre de Vendée*）。

然后军队直扑巴黎而去，再让莫罗当政府领导人。英国在各地的法国军队中宣传奥地利的宣言和声明，我们在葡萄牙的一些军官被腐蚀，和惠灵顿、贝雷斯福德相勾结，有人还在波尔图给他们开了张60万法郎的汇票。这些人甚至觉得和德意志军、意大利都有商量的余地。（请看勒诺贝尔、蒙特维朗等人的回忆录①）其实，这个方案绝非不可行。波尔多和旺代是这支军队攻向巴黎的必经之路。由于首都到巴约讷和到奥格斯堡的距离相等，只要拿破仑追过奥格斯堡，反法联盟的阴谋就更有希望得逞。到那时，即便皇帝想转头阻拦敌人，沿途也会遭到奥地利军和德意志地区乱军的进攻，因此被拖住步伐。此外，叛军行动更加自由，背后还有阴谋家撑腰，其行军速度会远远快于拿破仑军；它能先皇帝一步抵达巴黎，并在那里得到富歇的支持。

"因此，一切似乎都在朝着反法联盟希望的方向前进着。如果拿破仑在前线被反法联盟的军队打败，德意志就会叛乱，莱茵河同盟、意大利只能被迫拿起武器反对它们的保护人。哪怕拿破仑在巴伐利亚和奥地利节节胜利，也离法国的心脏越来越远，让敌人有了攻打它的机会，何况当时他的大后方已经处在敌人的阴谋威胁之下。

"这些就是欧洲列强为了这场凶险十足的战争而做的准备工作。其实它们的一些宣言中已经有了这层意思。先前还有点儿投鼠忌器的各国君主那时已在煽动暴乱和反叛了。更令人惊讶的是，连奥地利众亲王都在向一些民族发表煽动性的讲话，哪怕这些民族先前一直和奥地利形同

---

① 即勒诺贝尔1821年出版的《1809年法军在加利西亚、葡萄牙和塔霍河谷地区的军事行动回忆录》（*Mémoires sur les opérations militaires des Français en Galice, en Portugal et dans la vallée du Tage en 1809*），以及图尔纳松·德·蒙特维朗1819年到1822年陆续出版的八卷本《1816年1月1日英国形势的历史批评及论述》（*Histoire critique et raisonnée de la situation de l'Angleterre au 1er janvier 1816*）。

陌路，只承认它的政府角色。[997]他们说：'奥地利挺身反抗，是为了德意志的解放，为了意大利的独立。它只把那些忘记自己是德意志民族的人视为敌人……它承诺会立刻提供外国军队的支持……'就这样，被仇恨冲昏头脑、从反叛运动中拿到武器的反法联盟效仿起了西班牙叛军的狂热劲。就这样，曾经为了镇压法国大革命而付出大量时间和财力、死伤惨重的反法联盟搬出了大革命的信条，模仿起了大革命的口吻。后来历史告诉我们，为了对付那个想把已遭撼动的王权重新打造牢固的人，维也纳宫廷还搬出了'自由、独立、反抗'的口号。各国国王企图腐化军队，动摇将领和士兵的忠心。上自北境，下至南国（葡萄牙、瑞典、普鲁士）情况都是如此，各国民族和君王的命运被交托到盲目的军队、变节的将领、已被舆论判处死刑的阴谋家手中。然而，为什么反法联盟的君主们如此放心这些听命于将领或反对派的军队和乱军，认为罗马帝国瓦解的事在今天的欧洲腹地不会再度上演？这可是前车之鉴啊！这些国王中，哪个敢对自己的家族、将领、廷臣、人民信任到可以冒此等风险的地步？他们简直矛盾至极！民主人士和人民在百般努力，想要抑制骚乱；可从前的政府、腐朽的贵族在欧洲每块土地上大捧大捧地播撒骚乱的种子。这些煽动暴乱的言语，这些保障自由的允诺，这些召唤各国民族追求权利的声音，一旦被说出口，就再不会被人忘记。那时这些国王再想压制它们，那就是白费功夫了；这些政府迟早会尝到自己一时鲁莽种下的种子结出的苦果。

"1809年春，法国在战场和政治上都没交好运。奥地利有32万人的大军和791门大炮，它和法军一样，被分成了9支常备军和2支预备军。[998]这11支军队拥有一整套管理手段，既可独立作战，也可相互联合。在这支秣马厉兵的大军后面，还有一支不可小觑的预备军；它已得到长久的筹备，虽没被完全组建起来，但足以在作战期间提供充足的援兵。这支预备军主要由'祖国捍卫者'（Landwerth）这个组织构成，其兵种为步兵或骑兵，里面还有匈牙利的乱军，加起来约有22.4万人。再加上刚才提到的正规军，奥地利大军人数多达54.4万人。陆军部长兼最高统帅查理亲王在德意志地区指挥主力军作战，其麾下有第一至第六常备军和两支预备军。斐迪南亲王率领第七常备军守在波兰。约翰亲王则带着第八和第九常备军驻守意大利。这三位奥地利大公都参加了战斗。

"拿破仑在德意志地区的军队只有22万人（而且他们并非全是法国人），在意大利的军队只有5.7万人，在波兰的军队只有1.8万人，总计只有425门大炮。他不仅面临各国民族的反抗，还要对付查理大公在巴伐利亚布下的至少4万大军的阻拦。

"德意志地区的北部和南部有两条重要线路，处在奥格斯堡和班贝格中间，离这两座城市的平均距离为40古里。我军可在每条线路上展开行动，或者从其中一条线路奔赴另一条线路。如果在两条线路上同时开动，不仅困难重重，而且有极大的危险：敌军布置在两条线路中间的兵力哪怕少于我军，也足以将我军阻隔开来，再各个击破；即便他们做不到这点，至少也可牵制住我们。如此一来，敌军便能从后方轻松阻拦我军的行动。所以，这场大戏最重要的角色、最关键的据点便是多瑙河的过河通道。其中某些通道通往重要联络点和河流汇合口，可用来建立防御线，有的是两条阵线或东西隘道（如乌尔姆和帕绍）上的重要据点，它们更是重中之重。其次，⁹⁹⁹多瑙河重要支流上的各大要道、首府、要镇和道路会合点也不容忽视，其中最关键的便是雷根斯堡。此地对敌我双方都具有极其重要的意义，谁夺下此地，谁就能控制多瑙河两岸的行动。

"与比利时以及很久以前就被割让给法国的德意志地区有往来的

奥地利，想在这些地方安插军队，煽动当地百姓造反。为了达到这个目的，集结在波西米亚的奥地利主力军从该地出发，计划经由法兰克尼亚，走北边的那条线路。行军15~18小时后，它就能轻松抵达美茵河河口。穿越处于莱茵军控制下的地域时，它打算利用人数上的优势，和莱茵军进行局部作战，以阻止北部和南部的各路法军会合。此计划若能成功，将对奥地利军极其有利。它还能带来另一个莫大的好处：迅速占领这些地盘后，奥地利军可逼迫莱茵河同盟各君主发表宣言，煽动百姓造反。当时，该计划的军事行动由马耶尔将军负责。奥地利大军中，除了第一预备军，第一军到第五军都在波西米亚，第六军和第二预备军在巴伐利亚单独作战，所以马耶尔将军负责打响第一战。他本应在3月就展开行动，但后来延迟到了4月8日。

"马耶尔作战计划中的短板，没有逃过慧眼如炬的查理大公的眼睛。这位大公有一大优点，就是对敌军和敌方阵地了解得一清二楚。奥地利大军若走北线朝法国边境前进，会遭遇我军的预备军和人民的抵抗。如此一来，奥地利的心脏——它的首都，就暴露在这支灵活的军队面前，更何况法军说不定在阿尔卑斯山脉诺里库姆山段还有其他军队。如果拿破仑占领了多瑙河，他可在击败巴伐利亚军之后走斯特劳宾这条路，也可走班贝格、符尔茨堡和哈瑙这条线，对奥军侧翼和后方发起攻击；如此一来，奥地利大军就被动了。查理大公从未忘记塔利亚门托河战役的教训，对1797年的莱奥本战役历历在目；[1000]他从未忘记1805年乌尔姆开城投降20天后，维也纳被攻陷一事；他更记得，普鲁士军在耶拿战役后不久就节节败退，就是因为侧翼遭到进攻。大公非常清楚，当初莫罗按兵不动，放自己安全地从伊泽拉河退到下莱茵河地区，这种好事不会再有第二次了。查理大公思来想去，觉得有必要提前占领多瑙河右岸整条军事阵线。于是他重启了直接进攻方针，亲自坐镇，守在通往首都的要道上，让麾下大部分军队再次渡过多瑙河，来到林茨，只留下第一军和第二军守在波西米亚。因为开战时间延后，他还有时间重新调整部署。

"拿破仑这边却在静等敌人行动。他的目标是打败奥地利大军，杀回维也纳，在那里解散新组织起来的反法联盟，对不正义的入侵行为进行惩戒，再次拟订和约。他唯一的准备行动就是坚守在多瑙河的两岸，视情况把大军集结在左岸或右岸，使其驻扎在多瑙沃特和雷根斯堡之间。他等着敌军暴露行动的时候，准备上阵后再当即拟好最后的战略部署。拿破仑完全放弃了山区，因为只要控制了维也纳大道必须经过的平原地区，让大军可以在平原打闪电战，掌控山区也就不在话下了。他丝毫不关心自己军队的结构，里面有多少新兵，自己要对付多少德意志军，坚决不从西班牙军抽一兵一卒过来，因为该军要和我们真正的敌人——英国人展开更加直接的战斗。

"3月20日，达武一军占领了两条要道：一条从波西米亚通往美茵河，另一条通往莱茵河的巴拉丁。马塞纳、乌迪诺、列斐伏尔和旺达姆率领各自的军队经由慕尼黑、奥格斯堡和乌尔姆，抵达维也纳要道上的士瓦本。一旦战斗打响，这几支军队要朝因戈尔施塔特或多瑙沃特前进，在多瑙河上集合。所以，法军最开始被分散在从图林根山到阿尔卑斯山山脚之间的地区，¹⁰⁰¹两支主力军驻在法兰克尼亚和士瓦本，守在一南一北两条线上。如今，法军则遵照在多瑙河集合这个总方针，朝两岸易守难攻的有利据点挺进。与此同时，一开始集结在波西米亚的奥地利军开始朝林茨行军，好和席勒的军队在韦尔斯驻地会合，留下贝勒加尔德和考罗瓦特守在波西米亚边境上的拜罗伊特与安贝格城前。大公的这次行动耗时极长，一直到4月开战了都还没有结束。根据法军的部署（大公应该对此了解得非常清楚），我们现在可以意识到一件事：查理大公迅速离开波西米亚，是希望攻下达武的驻地，占领法军往多瑙河方向的右面阵地，或者至少希望能直接杀到雷根斯堡上面的阿尔特米尔城，在那里和席勒的军队会合。此次神速的行动阻止或至少大力牵制了法军的会合，让大公控制了平原地区一直到莱希河一段的关键据点。此外，他还和北部地区的叛军一道控制了直通维也纳的要道的周围地区，虽然他很快又放弃了这块地方。后来，查理大公再度启用这套方案，但那时他的军队要绕一个大弯才能赶到，可他已经没有时间了。

"战争很快打响了。法军完全没料到敌军会这么快就攻过来，毫无防备地遭到对方的突袭。那时拿破仑人仍在巴黎，得知入侵一事后才赶了过来。

"4月4日，贝尔蒂埃抵达斯特拉斯堡，在那里安营扎寨。

"查理大公于1日离开维也纳；6日，他向奥军发表开战宣言，说：'待拯救的祖国在呼吁我们再建辉煌功绩。'这寥寥数语真是意味深长啊！

"8日，奥地利撕毁现有条约，出其不意地占领了因河上的通路。第二天，大公向法军统帅送来一封短信，向法军宣战。任何一个最普通的停战协议被撕毁，违约方至少也会搬出一套说辞，可这次奥方什么礼节都不管了。与此同时，奥地利在各地发动袭击，[1002]同时占领了巴伐利亚、法兰克尼亚、蒂罗尔、意大利和波兰。查理大公的军队越过因河，贝勒加尔德军也从波西米亚出发。

"9日，弗朗茨皇帝抵达军队，把主营设在林茨。

"说到这里，我得补充一句。我研究了法军资料，并为这场战役写了格外详细的日记。根据资料和我的日记，依照战术的布局规则，我想大胆猜测主导战事进展的战术布置背后的东西。由于我和奥地利军只有官方来往，所以在和这支军队有关的所有事情上，我能讲的只有那些已被人知、已得证实的事。从一开始，查理大公就被拿破仑的战术左右，很难弄明白他在某些行动上是何动机。揣摩对方的意图的前提，便是其行动中不能有任何差错或意外的成分，但人们总是不接受这一点。"

写到这里，作者从查理大公的关注重点和战略部署出发，阐述了自己的猜测。他批评奥军动作迟缓，如他们11天才走了28古里的路。

"16日，拿破仑抵达斯图加特①，直接向大军发布作战命令。当时他亲自统率三军，是为了阻止敌人前进的步伐，更是为了弥补贝尔蒂埃的错误作战策略，叫停后者犹豫不决的行为。于4月13日抵达多瑙沃特的贝尔蒂埃被临时统帅的这顶大帽子吓得战战兢兢，今天跑到诺伊施塔特，明天又跑到奥格斯堡；一会儿命令乌迪诺赶至雷根斯堡，一会儿又让达武把圣希莱尔一师和预备骑兵军调往兰茨胡特和弗赖辛根。拿破仑抵达后，把军队的一切行动叫停，打算从波西米亚和巴伐利亚那边得到消息后再展开行动。17日，他来到多瑙沃特，向全军将士发表了下面这篇著名宣言，宣布自己的到来：'勇士们！莱茵河同盟的领土遭到侵犯……当初，我在你们的簇拥中准备战斗到底。可奥地利君主去了我在摩拉维亚的宿营地，你们也听到了他如何哀求我网开一面、向我发誓永结于好。[1003]奥地利在三场战争中战败，它得感谢我们的宽大为怀才是；可连续三次，它都发下伪誓！！！我们过去的成功是我们即将获得的胜利

---

① 根据舒尔曼的《拿破仑一世总路线图》（Schuermans, *Itinéraire général de Napoléon Ier*）第296页的内容显示，拿破仑是在15日晚经过斯图加特，抵达路德维希堡，在符腾堡国王的行宫中过夜，第二天早晨十点离开。

的确切保障。勇士们，前进吧！敌人一看到我们的身影，就会立刻知道谁才是他们的征服者。'①

"16日拿破仑抵达斯图加特时，我们的两支主力大军正驻扎在雷根斯堡和奥格斯堡附近。第三军守在埃特茨豪森、里登堡和黑毛，它的第二师被布置在达斯万格，主要骑兵在雷根斯堡附近，萨克森公爵军在因戈尔施塔特，第三军预备师也很快抵达该城。敌军先前耍弄手段，成功让弗里昂的军队陷入孤境，并于第二天也就是17日杀到雷根斯堡城前，稍后朝雷让桥发起了几场进攻。马塞纳指挥的军队当时在奥格斯堡。法军阵线的中路虽然没有军队保护，但它前面就是多瑙河和莱希河，处在巴伐利亚军、符腾堡军和萨克森公爵军的保护下。尽管如此，我军的这条阵线还是被撕裂，两翼被凸显出来，法军如果闯进敌军设好的圈套，定会遭到围剿。

"赶至军中后，拿破仑立刻发现大批敌军在多瑙河右岸和伊泽拉河之间有所动作。依照这个情况，敌军除非强行渡过多瑙河或莱希河，否则不可能抵达多瑙河左岸。拿破仑让奥格斯堡高度戒备，通过莱恩、兰茨贝格和多瑙沃特这几个防卫森严的据点控制了多瑙河右岸所有通往士瓦本的通道。他还下令雷根斯堡守住通往法兰克尼亚的道路。奥军在伊泽拉河上从兰茨胡特到慕尼黑的这一段布上兵力，但重兵进攻兰茨胡特，在那里打开缺口，对法军中路造成直接威胁。现在最要紧的就是集合兵力。但此时是我们把重兵集合到多瑙河右岸的时候吗？我们敢做这个尝试吗？若朝左岸进军，就必须打通一条河道，而且此举不会带来任何具有决定意义的后果。多瑙河上的敌军离诺伊施塔特已经很近了，甚

---

① 读者可在《拿破仑书信集》第十八卷中找到这篇宣言的全文（n°15.083）。

至离我军两翼的集中地只有数步之遥。*1004*他收到命令，让其后备军继续前进，把后防线不断往前推。尽管敌军占据优势，拿破仑依然命令大军在右岸展开行动，让达武走侧路，从雷根斯堡抵达诺伊施塔特，让马塞纳从奥格斯堡抵达法费诺芬。他本人则坐镇中路，待在这个兵力薄弱的危险之地，以拦住敌军的纵队先锋军，给正在快速行军的法军两翼赢得会师的时间。在别人看来，即便他手头有更多兵力，这也是一步险棋。但按照拿破仑自己的说法，这是对时间和决斗场所估算的结果。但法军不能算错一分钟、一个土瓦兹，因为这关乎全军的生死。拿破仑预先做了安排，以确保这个战术万无一失。如果敌军朝中路挺进，拿破仑就亲自将其击退；如果敌军转而攻打法军最左翼，他们会发现奥格斯堡已经城门紧闭，以应对敌军的全面进攻；如果敌军想攻打雷根斯堡，该城也会严阵以待。

"如果后两种情况发生，敌军就把自己的大后方暴露给了拿破仑，他就可以从多瑙河或阿尔卑斯山向敌人发动进攻了。之后，我军可以由守转攻，重挫正朝雷根斯堡前进的敌军，让我军上下扬眉吐气。法军右翼正在多瑙河和伊泽拉河之间行军，有了它的帮助，拿破仑可在这两条河之间展开行动，把鲁莽地闯到这里来的大公逼进死路。到时候，只要封上雷根斯堡和兰茨胡特的大桥，我们就可全歼敌军了。

"为了这个宏大、关键至极的战略部署，拿破仑告诉马塞纳：他要放弃左路，让右路军前进；差不多在18、19、20日这几天，德意志这边的事就能了结了。"

接下来就是皇帝很可能想说的那个令人拍案叫绝的战略部署。我们的作者一五一十地记叙了敌我两军的驻防和行军计划，给出了敌人的路线图、局部行动、总体结果，分析了大公犯下的错误，也讲述了我们下层军官在执行命令时的失策之处。他已详细描述了我军统帅的构思，现在就应事无巨细地讲述敌军上下是如何被彻底击溃的。1005个中细节虽然很有意思，但我只能跳过。它们也许会很受军人读者的欢迎，但对其他读者而言就太冗长了，还会让我的正文严重偏离主题。所以，我直接跳到拿破仑在下列讲话中总结的我军取得的重大战果，以及作者做的相关思考：

"'将士们！你们没有辜负我的期待，用你们的勇气弥补了兵力的不足！短短几天，你们就赢得了塔恩、阿本斯贝格和埃克缪尔的三场胜利，在佩辛格、兰茨胡特和雷根斯堡的战斗中告捷。以下就是你们快速行军、勇猛作战收获的结果：100门大炮、40面军旗、5万战俘、3支辎重队物资以及3000辆载满行李钱财的马车。

"'先前，敌人还打算把战火引到我们的国土上；今天，一败涂地、惊恐不安的他们狼狈地逃跑了。我们的先锋队已经渡过因河，一个月之内我们就能进入维也纳。'①

"这封宣言传遍四方，向法国的朋友和敌人昭告皇帝取得的胜利和接下来的计划。

"就这样，经过四天的战斗和部署，奥地利军这支如此狂傲、如此强大、堪称奥地利帝国有史以来最精锐的队伍就这样完蛋了！在前期的部署中，拿破仑就把他的作战方案制订出来了。他保障了法军阵地的防御工作，指定奥格斯堡前面的一块地为战场，算准敌军会朝那里前进。他纠正了贝尔蒂埃的错误，把他的军队安排在两翼，留出一块空地，把敌军吸引过来。他耐心地把敌军引到那里后，采取了一系列措施，为之

---

① 请看《拿破仑书信集》第十八卷n°15.111。

后从哪边进攻敌人做好安排。17日中午，拿破仑抵达军中；18日，他发布命令，宣布三天之内能结束战斗。虽然他的预测存有几个小时的偏差，但那是因为他那支军队还年轻，里面大部分都是新兵，不像奥斯特里茨战役和耶拿战役中的法军那样勇猛；19日，他开始执行计划[1006]（我们从前几个月的初步部署中就能看出这一计划的雏形）；在奥地利大公的炮火中，法军两翼会师；20日，拿破仑在阿本斯贝格冲破敌军阵线，斩断了对方左路军和中路军的联系；21日，他在兰茨胡特摧毁敌军左翼，占领了他们的粮草、仓库和所有物资，控制了对方大军的联络线；22日，他回到埃克缪尔，朝奥地利大公的军队发起最后一击；奥军残部狼狈经过雷根斯堡和波西米亚山区，方才保住性命。要是兰茨胡特同时遭到来自河右岸的军队进攻，席勒军队肯定不能撤出，最后会在伊泽拉河边上被我军全歼。要是雷根斯堡没有落到奥地利大公的手里，已在多瑙河边被法军打得哭爹喊娘的奥军回斯特劳宾的路会被斩断，根本没有任何办法渡河，定会陷入绝境。即便发生了这两个意外，查理大公的军队依然在四天内被彻底击溃，只剩一小撮人逃过一劫。

"我们在历史上的任何时候都不曾见过这样一场战斗。在一个人的领导下，在一双手的指挥下，我军把战线往两个方向拉得如此之长，却依然能严格精准地执行计划，展开雷霆行动。我们只有在意大利的卡斯蒂廖内、阿尔科和里沃利等拿破仑早期战役中，才能找到可与其媲美的战术安排。

"不过军人们应当留神，切勿把这类虽是长线作战，但始终有一个中心点的战术和其他计划混为一谈。其他战术则与它相反，它们往往把战线铺得过长，导致再强大的兵力都被分散开来，最高指挥无法兼顾各处，全军缺乏大方向的领导。后面这套战术的奉行者是道恩、拉西、莫罗，而前一套战术的实践者是腓特烈大帝和拿破仑。

"在这次战斗中，我军的行动是合是散，都是根据当前的时机瞬间做出的选择。第三军和第四军一开始远在40古里之外，但为了赶到同一条阵线上，他们采取了最大胆的行动，于次日成功会师。[1007]第四军在三天里赶了36古里路，在其他军先一步夺得的胜利的基础上继续勇夺桂冠。之后，拿破仑考虑到战场广阔这个因素，在各处陆续布置纵队，控制了我军的所有据点。在进攻兰茨胡特之前，他派列斐伏尔前去支援达武；贝西埃尔被布置在埃克缪尔城前，追击席勒；马塞纳守在雷根斯堡前面，看住多瑙河和因河下游；雷根斯堡刚被攻破，拿破仑就把巴伐利亚军、列斐伏尔一军、拉纳一军以及乌迪诺的投弹部队派到兰茨胡特，以支援贝西埃尔，形成纵队，阻止大公朝维也纳后撤。拿破仑深信这套组合方案会获得成功，因为马塞纳和乌迪诺的军队已经绕到敌军左翼后方，在20、21、22日随时能赶去支援正在战斗的军队。达武守在敌军大部队的前面，在必要时可得到援军支持；要是他在21日往前多追一点儿，我军22日要打的地方就会少一些，取胜的概率就更大了。

"我们再找不出比这场战役更迅疾、更应时的战斗了。在这块辽阔的战场上，我军没有损失一个人、一刻时间、一块土地；而敌人既不擅长利用兵力、安排时间，又不懂得利用阵地。这里的每场战斗都有着关键性甚至决定性的意义。它不仅是法军的巨大荣耀，还避免了更多的伤亡。在一场指挥糟糕的战争里，有半数人都是无谓的牺牲品：他们要么死在错误发动的战斗中，要么死于战斗延长导致的伤病。"

我们的作者似乎尤其青睐这套战术，对它进行了认真的研究，并得到了可喜的成果。两年前，他向我讲述了著名的1796年对意之战以及马伦哥战役，以证明自己的猜想，其内容和皇帝在圣赫勒拿岛上的口述几乎如出一辙,而那时皇帝的回忆录才刚出版。换言之,作者猜到了或者说是领悟到了皇帝在这方面的所有想法和见解。他曾画了意大利战争的战略地形图,[1008]在皇帝登基时献给他。皇帝看了大受震动,惊呼:"当初我在那里打仗时,若有这份东西,让我掏几百万法郎我也愿意。"这位作者不仅拥有虽被拿破仑忽视但最终依然得到他认可的才干,打起仗来也勇猛无比,浑身上下都是累累伤痕。可惜,就在他进入帝国护卫军,即将脱颖而出的时候,命运才给我们这位勇士看到青云直上的苗头,就立刻把这个好运收了回来。我们都知道,皇帝很喜欢从帝国护卫军中选拔人才,而且他看人极准。在没有任何裙带关系、阴谋诡计掺杂的情况下,他选出了洛博、德鲁奥和贝尔纳。正当这个好运要轮到我这位朋友的头上时,他的幸福时光就结束了。

他说:"阿本斯河和拉伯河河岸的战斗,成了军事学中的经典案例。军人能从中学到比书本更多的大型军事行动理论知识。它将载入史册,成为法军的无上荣耀!那里是他们最伟大的丰碑!它将永远屹立不倒!人们将在历史中读到由同一个统帅、同一支军队于19日在塔恩、20日在阿本斯贝格、21日在兰茨胡特、22日在埃克缪尔、23日在雷根斯堡参加的一系列战役。军人们将从中学到阵地、闪电战、用兵、纵队安排等知识。发动大型战斗的诀窍在于懂得何时铺开阵线,何时集中兵力,根据场地和敌军部署来安排大军的行动。这套战术应当被当作教学课程,而非效仿对象。我们应当研究它,而不是模仿它。谁若敢原样搬抄,哪怕情况类似,他也一定会倒大霉;他不仅会丢了军队,还会丢了荣誉。若要大胆尝试这套办法并达成目的,统帅必须具备卓越的禀赋和高超的指挥能力,还需要全军上下的绝对服从。

"这套战术在最难的战争环节为我们上了宝贵的一课。我们可以从中学到如何停止已经开始的军事行动，如何破除敌军占得的先机。实际上，[1009]拿破仑抵达军队的时候，奥地利大公已经展开了行动。要是这两位统帅都是二流指挥官，法军总司令会赶紧占领多瑙沃特和雷根斯堡，以控制多瑙河左岸，再把重兵集结在诺伊施塔特和勒讷堡，好保住这两块要地。奥地利统帅则会采取一系列行动，但绝不渡过多瑙河。双方什么也不干，就挺上几周、几个月。道恩和莫罗不就是这么做的吗？但如果双方统领都是一流大将，奥地利将领就会不顾法军先锋军的挺进，继续采取纵深策略，扑向达武一军，在雷根斯堡将其击溃；之后，他要么朝莱茵河左岸军队发起进攻，要么朝施塔达摩夫前进。如果该城坚守，他的大军就陆续攻击法军中路军和左翼。如此一来，奥军很有可能占得便宜。我们可以猜想，如果拿破仑是跟这样一个对手打交道，他用兵时也许反倒不会如此大胆。他从军之初就说过：打仗要讲究分寸。统帅要做的第一件事，就是知道自己的敌人和朋友的性子。奥地利大公就对此心知肚明。

"马塞纳在战场上向来表现神武；达武一直都展现出杰出的统领才能，对拿破仑忠心耿耿，具有非常稀缺、值得歌颂的品质；拉纳则是军队里的阿喀琉斯，堪称一把利刃，能带领军队持续长距离地奔跑作战：阿恩霍芬、阿滕豪森、罗滕堡、兰茨胡特、埃克缪尔、雷根斯堡，到处都有他的身影。为什么那段灿若星辰、人才层出不穷的时代那么快就结束了！！！在这些如雷贯耳的人物面前，所有将领、军官、军队、老兵、新兵、骑兵、步兵、德意志人、法国人的表现都配得上他们那位伟大的统领。

"拿破仑取得的这些胜利还引发了更多深远的成果。奥地利军变成一盘散沙，通往奥地利首都的大道被打开，各省纷纷沦陷，先前入侵法国的准备工作——包括物资、民兵组织等——全部付诸东流，奥地利还失去了不久前才被约翰大公和斐迪南大公打下的土地。

¹⁰¹⁰"奥地利遭到沉重打击，几乎只剩半条命了，而且这致命一击还在整个德意志甚至欧洲引发了无穷的后果。1809年反法联盟在拉伯河的战场上被彻底击垮。由于它的后续行动和第一场战役的结果息息相关，这次战败让它的所有计划都泡了汤。如果战事胶着不定，如果时局不利于波拿巴，如果他延后了进攻时间，他就只能坐以待毙，之后被打回莱茵河另一岸，被整个欧洲击败。当时蒂罗尔①、威斯特伐利亚②和普鲁士③境内已经爆发叛乱；埃克缪尔战役的胜利及时阻止了叛乱的势头，没让它从蒂罗尔蔓延到波罗的海，把摇摆的普鲁士和俄国拉了回来，延后了英国的远征行动，打乱了反比利时、反荷兰的计划。更重要的是，这一系列胜利还在法国及法军内部打压了正在酝酿的阴谋活动。

"然而，拿破仑不能给奥地利休养生息的机会，更不能给反法联盟重新集结军队、施展阴谋的时间。他要立刻赶到维也纳，强迫奥地利和反法联盟与自己谈和，这才是我们投入所有战斗的目的，这才是我们夺取所有胜利的意义。

"埃克缪尔战役后，一个关乎战争和政治的大问题被提了出来。两军统帅应该做什么呢？最近，有人赞同奥地利大公退守波西米亚的做

---

① 在蒂罗尔的这场叛乱中，安德烈·豪夫（André Hofer）成为奥地利的民族英雄。请看《地名表》中的词条"蒂罗尔"。

② 请看《地名表》中的词条"威斯特伐利亚"。

③ 在普鲁士叛乱中，英雄席尔被他的同胞抛弃了。当时，热罗姆·波拿巴悬赏10万法郎买他的项上人头。施特拉松德沦陷后，席尔的首级被割下带给了热罗姆。详情请看约翰·克里斯蒂安·路德维希·哈肯1824年出版的《斐迪南·冯·席尔传记》（Johann Christian Ludwig Haken, *Ferdinand von Schill: Eine Lebensbeschreibung*）。

法，并责备拿破仑没有乘胜追击。

"但查理大公当时之所以这么做，是因为他别无选择。他只能以最快的速度寻个遮蔽场所。尽管如此，他后撤的速度还是太慢了。

"拿破仑也做了他应该做的一切。在雷根斯堡后面距离该城只有数步之遥的地方，查理大公找到一块山地，山间都是隘路，是个打防御战的好地方。这里就是波西米亚。席勒已在多瑙河右岸重新集合军队，在因河上加强防守，甚至朝纽马克特前进了几古里。要是拿破仑往雷根斯堡外多走几古里，[1011]他就相当于给了查理大公机会，让他有机会走帕绍或林茨夺回多瑙河右岸，在那里和席勒会合，守住维也纳周围的地区，之后和约翰大公会军。如此一来，拿破仑就损失了通过埃克缪尔战役得到的最大战果。他辛辛苦苦才割开了两支奥地利军队的联系，难道就是为了让他们再度会合吗？他若这么做，就是放弃了胜利带来的所有果实，放弃了所有阵地和地盘。从雷根斯堡经由波西米亚到维也纳，这条路艰险难走，人们必须绕很大一个弯子才行。另外还有一条路，它就如同一条完美的直线，直接通向维也纳，而且简单易行。不过，第二条路被拿破仑从多瑙河右岸牢牢控制起来了。维也纳也在右岸，外面有一座铜墙铁壁、易守难攻的碉堡。拿破仑认为，他只能靠快速行军、打闪电战的办法才能攻下这座碉堡。所以，他没有一刻时间可浪费。这个决定在他看来也大有好处：它维持了奥地利军被割得四分五裂的现状，能把德意志和意大利境内的所有兵力都集中在维也纳首都附近，让原本在各地煽动人民和法国作对的所有军队被迫赶过来解首都的燃眉之急。除了这步棋，其他任何行动都是个错误。

"和开辟首都通路一样，朝维也纳行军这件事也干得非常漂亮。两次行动都是一样迅如雷霆，结果和计划不差分毫，从总体路程来看都是长线行军。拿破仑立刻向欧仁、贝纳多特、波尼亚托夫斯基发布了命令。他令人写信告诉欧仁：'请安心前进，皇帝会直接逼向奥地利的心脏；敌人不会跟您多做抵抗。'他还告诉波尼亚托夫斯基：'请全心投入战斗。'

"我军勇猛作战，但并没有鲁莽行事。一支预备军被安排在雷根斯堡，好保障大军在多瑙河左岸的行动路线。第二支预备军被布置在奥格斯堡，好保住莱茵河右岸的阵线。第三支预备军则负责盯住易北河。沿线的中间阵地都处在防御中。随着新兵陆续从国内被调过来，[1012]美因茨的新兵临时组成了几个营，在慢慢朝正规军过渡。"

作者讲述了拿破仑新采取的这些措施后，继续说：

"就这样，我军在应该战斗的时候被集中起来，现在则分散成纵队，分布在多瑙河的河谷深处，和正在对岸往波西米亚边境前进的查理大公的军队形成两条平行线。只要查理大公的军队出现，我军就可立刻在多瑙河左岸沿线做出反应。法军只需48个小时，就可全部汇集到阵线上的某个地方。正因为对大军做了这种可聚可散的精巧安排，再加上军队的行动快速且精准，拿破仑才能锁定胜局，重挫敌人的计划。"

作者还说："我们所处的时代，首都在战争中具有至关重要的地位。人们必须牺牲一切，以保住这个行政中心和帝国的心脏。保住了首都，就相当于守住了一个国家的命运。在先前两场战争中，维也纳和柏林的例子已经充分证明了这个论断。后来巴黎被占，也证明了该论断的正确性。莫斯科和马德里的沦陷看似是反例，是因为各自独特的原因。俄国宁愿将莫斯科焚为焦土也不把它留下来；至于马德里，我们得考虑到西班牙独一无二的特点，如英国的援助、欧洲对拿破仑的声讨、无数阴谋暗杀和暴乱事件，人们为了挽救半岛而做的这些努力，让马德里成为定律中的例外。在首都没遭到外国入侵的前提下，军队才有行动的自由，国民才有时间发动全面防御。"作者想借此表达一个观点：我们应当加强巴黎的防御。他说，这是拿破仑的观点，也是沃邦的观点，更是我们这个时代中的那位已将沃邦取而代之的工程师的观点；此人只花了5000万法郎就完成了巴黎的防御部署，这笔钱只是我们每年美化和建设首都所用资金的三倍罢了（他说的便是H将军①的方案）。

"*1013*所以，奥地利首都维也纳成了两军统帅夺取的目标。

"当时，任何一个首都的防御设备都赶不上维也纳。它的一半城市都处在多瑙河的保护下，还有两座防御工事：一座在外面，是个半覆盖型的角堡，护住了它的城郊；另一座在城内，形成了一圈非常牢固的防御墙。

"5月10日上午，也就是开战后还不到一个月的时间里，就在埃克缪尔战役结束15天后，拿破仑出现在维也纳城前。他轻而易举地拿下了城外的郊区地带；但先锋军来到居于郊区和城市之间的缓冲区后，遭到了炮火攻击。拉纳元帅当即派一个副官传信，督促城里人投降。这个军官②遭到恶待，被扣在城中；城内继续朝城外开炮。郊区组织了一个代表团去见拿破仑，为维也纳求情。他把他们打发回去，并让他们把贝尔蒂埃写给首都防御指挥官马克西米利安大公的一封信捎过去。但这个代表团去了之后，敌军反而展开了更加猛烈的炮火攻击。拿破仑本来比那些奥地利亲王更加爱惜这座首都，但当下只能采取最适合的行动，好逼迫大公立刻从城中撤出。由于奥军犯下一个大错，忽略了多瑙河上的一处地方，拿破仑就利用敌方的这个失误，亲自带领第四军，在位于兰德特

---

① 即阿克索。
② 是拉格朗日上校。（请看《人名表》）

拉斯区和普拉特尔区之间的一条支流上搭了一座桥，冲过去占领了拉斯特豪斯亭。与此同时，为了报复城中接连开炮，顺带转移马克西米利安大公的注意力，拿破仑把一套榴弹炮拉到一块空地上，朝城中开炮——1684年，土耳其就是在那块空地上向维也纳发起进攻的。

"晚上九点，我军朝城中发射炮弹。当时，年轻的女大公玛丽-路易丝正在城中宫殿里养病。得知此事后，法军的炮火立刻转移了方向，宫殿毫发未损。命运真是弄人啊！当时谁会告诉玛丽-路易丝，那双让维也纳瑟瑟发抖的手几个月后就会把皇后的王冠戴在她的头上！[1014]她将来到杜伊勒里宫，以妻子和母亲的身份统治这群眼下正把她吓得魂飞魄散的法国人！

"马克西米利安大公在维也纳的抵抗是有罪的，因为他没有采取任何措施让当地居民免遭牵连，而且这种抵抗对国家和军队而言完全没有任何意义。如果换作一个不那么仁慈的敌人，城破一小时后，维也纳就被付之一炬了。"

作者强调了两位大公犯下的错误，之后他继续说道：

"于军队和欧洲而言，攻下维也纳具有深远的意义。对拿破仑来说，在他拿下多瑙河上的过桥之前，他并没想着攻占维也纳这件事，因为他作战的目的并不是维也纳，而是驱逐奥地利军、解散反法联盟。

"但为了这个目的，他必须在水位高涨的时候，在穷凶极恶的敌军面前，在敌国境内，渡过湍急的多瑙河。

"不过，法军进入维也纳的风声传开后，先前已被埃克缪尔大捷所震撼的德意志各王国宫廷和人民，如今更是惊得瞠目结舌。骚乱和武装反叛计划统统被搁置，政治阴谋事件统统被推后，民间反抗组织的热潮也冷了下去。席尔虽然以损害普鲁士国王和英国国王的名誉为代价，成功组织起了一支6000人的军队，但没有一个地区敢站出来支持他。

"连伦敦政府都感受到了我军的胜利掀起的波澜。英国内阁变得优柔寡断，再没敢继续策划什么阴谋事件，它承诺的援助大军的计划也被无限推后。

"普鲁士宫廷发表了无数封宣言，以表达自己坚守与法国签订的协约的决心，还装模作样地追捕席勒的支持者。俄国宫廷——这个我们表面上的盟友——最终决定向我们派遣军队，在加利西亚征调了1.5万人（人数比条约规定的要少得多）。人们还普遍认为，俄国人之所以在此时行动起来，纯粹是为了阻挠波兰的快速进步，更是为了遏制已在他们中间蔓延开来的理念。

1015"要渡过如多瑙河这样一条河流，是异常困难的一件事。法军不仅得过桥抵达对岸，还得突破敌军在那里的防线，守住这座桥。我们可以想想为了修建一座桥得运来多少物资，再想想这座桥即便修好，又是多么脆弱，再考虑一下修建该桥得面临多少可怕的考验，谁都不敢想象法军能干成这件事。

"我们首先要横渡多瑙河的一条支流，它的宽度约为200土瓦兹，河面水流湍急，河心有座长100多土瓦兹的小岛；过了这座岛，再横渡一条河，我们就抵达了洛博岛，岛上到处都是灌木和水渠。为了抵达河左岸，我们还必须穿过第三条支流，河宽五六十土瓦兹。此地的多瑙河被分成无数条河流，河上有无数小岛，简直就如同一座巨大的迷宫。敌人藏在迷宫里，可轻易接近我军建好的过河工事。所以，我们过河的数目是一般战役的三倍，建桥数目也随之翻了三倍。其中一座桥不仅是个大工程，我们还得在敌军的包围中把它建起来。要修建过桥工事，人们就必须依靠船坞和各种大型设备。我们从各地搜集来这些造桥设备，靠绳子和钉子才把它们勉强搭起来，还得让它们牢固得足以对抗多瑙河湍急的水流。可因为建桥准备工作到位，我们做到了这一切，而且是在短时间内做到的。我们得承认，尽管过桥中存在各种不便，可一旦干成，于军队是百利而无一害的。哪怕多瑙河再宽一点儿、支流再多一点儿，我们依然能迅速渡河。河心岛屿方便了我们的局部过桥工程；洛博岛几乎就是一座大桥的桥头、一块广阔的阵地，我们从那里朝莱茵左岸跋涉的话，成功率也会更高。

"我军从18日早晨开始建桥，并迅速完工！就在20日，第四军夺下了洛博岛。皇帝亲自来到岛上，看着最后一座桥梁在他面前搭起。他打算直接冲向敌军，结束这场以埃克缪尔战役为辉煌开篇的战争。[1016]于是他把大部分兵力都集中在附近，好让我军畅通无阻地抵达左岸。

"法军必须突破一个最易守难攻的地方。它位于河流的一个拐弯处，坐落在阿斯珀恩和埃斯林之间。大河在这里被分成无数支流。左边的阿斯珀恩边上有一条小河，河上没有多少水；埃斯林在右边，离这个拐角有两三百土瓦兹的距离。再往右边走，差不多离河两三百土瓦兹的地方，便是恩策斯多夫村。前两座村子用砖石建成，周围有几座小山丘，是理想的防御阵地，下面还有浅滩和水渠，是我军极好的两个据点。不过，这里的两侧会遭到敌军攻击，敌军可从前面的埃斯林走恩策斯多夫村过来，也可从后面的阿斯珀恩过来。那里的多瑙河支流很浅，敌人可直接涉水而过。

"村子前面是一片广阔的平原，上面没有任何水流或起伏，只有几座村庄点缀在绿油油的农田中间。对兵力和敌军不相上下的军队而言，这是块好地方，他们只需在那里比试勇气和计谋就行。对人数不占上风、要和兵力优于自己的敌军对战的军队来说，这也是块打仗的好地方，因为他们可借用附近的村庄当掩体。

"拿破仑一心想着朝敌军进发的计划，只等一部分军队和自己会合就发动进攻，却没想过自己也可能遭到攻击，认为我军的轻骑兵足以保护他的人身安全。此外，他也完全没想过成立第四军，也没想过利用从阿斯珀恩到埃斯林的这条阵线。我们必须把这个情况说清楚，因为战场上的任何事都不是小事，足以决定一群人乃至一个国家的命运。如果拿破仑或马塞纳在合适的时候占领了阿斯珀恩，很可能这个村子就不会被敌军攻下；如果我们提前做到了席勒一军后来做的事，改造了这块阵地，奥地利人绝不可能在那里坚守。后来，阿斯珀恩连墓地上的水泥墙都被奥军拆除了，这块墓地成了他们的一个碉堡。¹⁰¹⁷我军必须冒着枪林弹雨越过这座碉堡，才能抵达阿斯珀恩村；可即便我们强占下该村，这座碉堡也会成为刺向我们喉咙的一把利剑，我们在敌军面前根本无从躲避。"

之后，作者开始讲述5月21日埃斯林战役的第一天的情况。马塞纳面对奥地利强军，仅凭自己一个军，在埃斯林孤军奋战了整整一天，拼死保住了阿斯珀恩。在那一天里，渡桥被敌人拆毁，我军的渡河行动遭到干扰，拿破仑的计划被打乱了，敌军得以保全，并直接导致了第二天的死战。作者是这么说的：

"马塞纳和他的勇士们英勇拼搏的事迹在两军中引发巨大轰动，增强了我军第二天打进攻战的士气，我军夺取最后胜利的希望近在眼前。拿破仑有了拉纳一军的支持，想等到达武和预备军赶到后再发起大进攻。但凌晨两点，天还没亮，战斗就在阿斯珀恩再度打响。没过多久，全线开战。奥地利军方智囊团最终决定让之前一直在后方待命的掷弹兵预备军抵达战场。大公早就应该加快动作。我军三个师趁他们行动拖沓，抓紧时间赶到了左岸。他依然坚持原来的作战计划，对阿斯珀恩发动了第二轮顽强攻击，但对埃斯林的进攻则没这么猛烈，因为那里的拉纳已经得到两个师的援兵了。不过敌军将领完全没想过绕到这两个村子的后面，尤其是阿斯珀恩。大公在那里布下重兵，再度发动猛烈的炮火攻击，采用一切手段想夺下该村。马塞纳让圣西尔①那个师替换了莫利托一师。第24轻骑兵团冲进村中，在大道上击溃敌军，重挫了一支正往前冲的敌军纵队。800将士——其中有11个军官、1个将军——带着6门大炮被调到了洛博岛。第24团被赶出村子后，第4团赶来支援，夺回村庄；之后村庄又被敌军抢回，但再度被黑森军夺下。^{1018}所有部队都尽了自己最大的努力。马塞纳英勇作战，在这场有史以来最可怕的战斗中维持住了他的第四军的士气。这时，帝国护卫军抵达阿斯珀恩的消息传来，所有人都看到了胜利的曙光。

"拿破仑发现敌军没有纠正昨天的失误，仍把主要兵力集中在阿斯珀恩，还派了一支实力强悍的纵队去攻击埃斯林，导致自己中路空虚。于是他立刻利用敌方的这个错误，火速执行制订好的、在昨天草草收场的进攻方案：他要击穿敌军中路，一举将其歼灭。皇帝估摸达武一军应该赶到了，便把护卫军狙击队派到阿斯珀恩，命令拉纳带领军队赶到埃斯林和阿斯珀恩中间的一个地方，向霍亨索伦的左翼和利希滕斯坦的右翼发动进攻。就这样，拿破仑把他的右路军往前推进，自己朝左路迂回前进，同时继续死守阿斯珀恩。之后，他把敌军切割成两块，让他们先后落入险境。拉纳带着圣希莱尔一个师发动冲锋，左边有乌迪诺的掷弹部队，右边有布岱的一个师。与此同时，大批骑兵朝敌军挺进，冲到一块小斜坡前，坡顶就是奥军中路。

---

① 这里说的是卡拉·圣西尔将军。（请看《人名表》）

"得知如此重要的中路军有灭顶之灾后，奥地利大公火速赶到此地。他当即命令贝勒加尔德抽调一部分兵力过来，手上还有霍亨索伦和罗森堡亲王的军队可调遣。为了支援中路，这几支军队后面的第三阵线上的右路还部署了大量骑兵队，左翼也有好几道防线。做好安排后，奥地利大公静等拉纳元帅的到来。当着拿破仑的面，这场战斗开始了。一开始，我军以雷霆之势迅速击败敌军的第一批部队。贝西埃尔带领重骑兵向奥军的骑兵和步兵发动了好几次漂亮的冲锋。奥军放弃阵地。大公站在败退下来的军队面前，以身作则，勇猛作战，极大地激起了手下将士的士气。当时他一把抓住扎赫军的军旗，[1019]冲向混战中的防御工事。他身边的许多军官都在战斗中负伤。

"法军这边也是愈战愈勇，把阵线不断前推。胜利已经彻底显现在拿破仑眼前。然而，早晨七点，他没有等到达武的到来，却得到渡桥被毁的消息，而且我们不可能在当天修好渡桥。[①]这个不幸一下子夺走了他取胜的希望。在当前的情况下，凭借手中不多的兵力，拿破仑尚能放手一搏，以期取得胜利。然而谨慎的天性阻止了他的这个想法，他也不愿再让勇士们在这片开阔的平原上遭遇不测。只要冲锋队在平原上往前推进，就会在侧面和北面遭到敌人的攻击。于是拿破仑命令拉纳停止进

---

① 其实前一天也发生了这件可怕的意外，这不仅因为多瑙河当时河水暴涨，还因为水上有大量木筏和大船在撞击桥体。当地农民和士兵来到被法军忽视了的河心岛屿的高处，砍下大树，将其推进河中。*

多瑙河的涨水量一下子变成前几天的两三倍，最高水位在不到三天时间里从14法尺涨到了28法尺。

艾克托尔·泊桑日在他的《拿破仑回忆录》（Hector Bossange, *Mémoires de Napoléon*）第二卷第73页中，加了一条和埃斯林战役有关的脚注，在脚注最后热烈颂扬了蒙特贝洛公爵和圣希莱尔将军的英勇事迹。——辑录者注

*1823年版该脚注到此为止，其他部分是1824年版添加的。

攻，让军队慢慢回到第一阵地，右路军回到了埃斯林，左路军则往阿斯珀恩方向撤退。

"这场恢宏的战斗虽然未以全面的胜利而告终，但在一整天里，法军一直都压制着敌人，阻止了敌军准备的攻击，把我们太过急躁的左右路军拖了回来。

"马塞纳一直守在阿斯珀恩；敌军不久前回到这里，被帝国护卫军的狙击队击退。这支军队虽然成立不久，但通过战斗证明了他们的忠诚，然而他们也为此付出了巨大的牺牲和损失。这个村子依然是两军争夺的焦点，在一天里频频易手。[1020]敌军作为攻方，总是更占优势。我军拿出更多的勇气和毅力，也只能勉强保住阵地。尸体在阿斯珀恩堆得到处都是，村子已被大炮夷为平地，剩下的东西也全被大火吞噬。子弹打完后，人们就冲上去和敌人肉搏。马塞纳忙得满天飞，他的所有军官在他的眼皮子底下或伤或亡，只有他还未遭敌军炮火的攻击。敌军的子弹似乎认出了这位胜利女神的儿子，不敢碰到他的一根毫毛。马塞纳必须一直保持顽强的斗志，才能保住这块已成人间地狱但对我军而言无比重要的阵地。在两天里，该村14次被敌军夺走，又14次被我军夺回。渡桥被毁后，战斗已经成了没有结果的恐怖屠杀；但为了守住法军的荣誉，保住莱茵河左岸的这支军队，人们必须咬牙继续战斗。而且在滚滚硝烟中，在青天白日里，在人数众多的敌人面前，再走那座脆弱的浮桥打道回府，已是绝无可能的事了。我们必须在夜色中冲向奥地利大公。中午，敌军已经打到阿斯珀恩后面的小岛上了，该岛和村子之间只有一条浅浅的小河。在这块林木茂盛的岛上，我军只有不多的几个据点。敌军被击退后，就改道从另一边发动进攻。敌人的子弹如密集的雨点一样落在从阿斯珀恩到小桥之间的联络线上，我军情况万分危急。如果敌人强力往这个方向推进，只要他们占领了小岛的岸边，我们在阿斯珀恩的军队就会腹背受敌，只能退到桥头，这样我们就会损失半古里长的重要阵地。于是，我军的两门大炮立刻转到这个方向。幸好敌军浪费了一点儿时间，使得我军的维维耶斯一旅及时赶至该地。[①]莫利托那个师只剩几百人了，但也被立刻派到此地。最后，我们成功遏制了敌军的攻势。在这可怕的一天里，莫利托作战神勇，守住阿斯珀恩不过是他众多功劳中的一小件罢了。

"奥地利大公重组阵线，让他的炮兵队调整状态，朝阿斯珀恩和埃斯林再度发起进攻。他还派出预备军的4个掷弹营朝埃斯林进军，这几支军队接近了我军阵线，但遭到我军的顽强抵抗。布岱一师的部分兵力被封锁在壕沟里出不来，但他们依然击退了敌军的5次猛烈进攻。匈牙利掷弹兵遭到重创，大公被迫亲自赶过去，逼着他们留守阵地。

"尝试了从各个据点发起进攻后，查理大公终于找到了突破口，对法军中路发动了猛烈攻击。了解战况的人立刻发现情况万分不妙。人们发现阿斯珀恩和埃斯林之间的一块地本来无兵把守，如今对面的一个斜坡坡顶上却布着大炮、大批骑兵和步兵。敌人这出其不意的布置直接威胁到了拉纳和马塞纳两师之间的空白地带，这里还是离我们桥梁最近的地方。查理大公若带领预备军和当前没用到的军队朝这里直接发动进攻，用不了几分钟，就能挽回奥军先前遭受的损失。这支大军离我们的阵线只有几步之遥了。幸好敌军在本应发起雷霆之击的时候，停下来检查和修整军队。拿破仑意识到这个可怕的软肋，把炮兵部队中还能作战的兵力统统组织起来，带领这支还不知道怎么回事的军队朝中路进军。

---

① 即维维耶斯将军。（请看《人名表》）

他让几支已经疲乏不堪的部队朝奥军侧翼前进，派贝西埃尔带领骑兵队发起冲锋。这么做不是为了夺取胜利，而是为了保住法军。我们必须歼灭这支敌军纵队，才能把它拦下来。在这场战斗中，我军展现出了绝对的忠诚。当时，我们后方中路只有一支步兵预备军了。它不愧是真正的老近卫军；这支英勇的精锐之师在长时间里一直孤军奋战，努力拦住敌军，牵制住了它的大部分兵力。

"虽然贝西埃尔的骑兵队损失惨重，但他依然一马当先，把敌军纵队冲得七零八落。他不用深入敌军，只要拦住这支犹豫不决的队伍就行了。之后，这一天结局已定。拿破仑等待夜色降临，准备安排撤兵。他来到小桥边上视察军队的准备工作，并做了一些必要的安排。

"白天一刻一刻地过去，由于我军枪弹耗尽，现在是时候撤退了。^{1022}步兵和炮兵已经弹尽粮绝，和预备军阵地之间的联系也被切断，我军大部分大炮都有所损伤，套车牲口在长时间的作战中已悉数丧命。我们不得不节省枪弹；敌军情况恰恰相反，他们的炮火依然十分猛烈，把我们打得喘不过气来。大公继续朝两个村子发动进攻。其中一次进攻发生在黄昏，一整天都在浴血奋战的拉纳刚下了马，打算休息一会儿，这时一枚炮弹打了过来，把他的双腿齐膝炸断。我军折损了一员极具军事才干的一流大将，法国失去了它最坚固的一根顶梁柱，皇帝失去了他的一位至交好友。拉纳被带到洛博岛上后，皇帝走小桥去见了他最后一面。他们做了最催人泪下的告别，深情地拥抱了彼此。拿破仑满脸泪水地跪在这位奄奄一息的英雄面前。无论什么时候看，那都是伟大的一幕。夜幕降临，血战在即，我们又将失去无数勇士了。[1]

---

[1] 请看1816年1月14日日记内容。

"我军虽然死战了两日,经历了可怕的枪林弹雨,足足抵抗了40个小时,此刻却忘记了极端的饥饿和困乏,拿起武器继续战斗。那是多么可歌可泣的一页篇章啊!!!在如此危急的形势下,我们的热忱和信心却没有丝毫减退!统领的战斗精神蔓延到所有将士身上……在载入史册的这几天里,法军8个师连续击退了奥军的所有进攻;对方只占了几个土瓦兹的阵地,还经常遭到我军的迎头痛击。

"夜幕降临后,河左岸的大批伤员陆续走小桥被送过河,所有还有生命迹象的人都被带到洛博岛上。随后,大炮、弹药车也被送到这座岛上,人们甚至把零零碎碎的部件都收集起来,一并带了过去。从敌军那里缴获的大炮全被运走,战场上什么东西都没留下,连我们阵亡的士兵的枪支和护胸甲都被带走了。

"敌军此时犯下一个令人难以理解的大错:他们没有乘胜追击,甚至还放我们回到洛博岛。要知道,洛博岛位于敌军阵地的高处,我们只要回到这里就安然无恙了,而且很快就能发起胜利的反攻。"

拿破仑这场经典战斗中的所有细节已全被披露出来,任何人都可对其进行研究和评判。战斗初期,拿破仑做好充足准备,以迅雷不及掩耳之势夺取胜利。之后情况突变,形势急转直下,而一眨眼的工夫,拿破仑就从惨败中窥到补救之道,做好部署,再次保障了胜利的果实。眼下他虽被迫打起了暂时的防御战,但他在洛博岛上、在维也纳的家门口建起了一座真真正正属于法军的碉堡,一举控制了河流和阵地。虽然多瑙河的激流背叛了他,但终于被他驯服了,而且这一切都是在敌军眼皮子底下进行的。奥军还以为自己已经稳操胜券,根本没想过来阻挠他干出这个他们完全猜不到的奇事。也许这也情有可原,因为连作者也说:"那些能看穿这个天才奇迹的人将多么幸运啊!!!……但这还不算他最神奇的事迹。"

他说，在全军惨败之际，拿破仑发布了第一批命令，让大军迅速准备起来。正因如此，战后两三天里，多瑙河两大支流上又立起了无数木桩。不过为了迷惑敌军，我军在公报中说打这些木桩是为了做防栅，用来保护桥梁，拦住敌军放火的小船。当天，拿破仑敲定了工程计划，并用马鞭在沙地上画出用来保护桥头和洛博岛隐蔽所的工事建筑平面图。

从那时起，所有工程就在一刻不停地进行着。将领们在各个地方忙个不停，士兵也毫不停歇。他们有着无人能及的韧劲和精力。根据计划，同时为了更好地迷惑敌人，达到暗度陈仓的效果，拿破仑要在埃斯林对面的一座小岛上扎营，而这里离奥地利控制的河岸只有数步之遥。炮兵队和工兵队的将领都认为这是不可能的。然而，拿破仑在中午命令马塞纳的一个副官冒着奥军的枪弹，带着500个轻骑兵穿过多瑙河，抵达该岛，把敌军赶出小岛，并扛住了对方的一再进攻，坚守在岛上。*1024* 多瑙河上不断回荡着敌军的枪炮声，敌军朝河上发射了200多枚炮弹。然而，我军依然在两个小时内搭起了一座船桥。在拿破仑这样一位总司令的指挥下，没有什么是不可能的。没有人再想着保全自己的性命，此刻荣誉就是一切！连总司令都毫不顾惜自己的身体。拿破仑经常亲自在敌军据点附近巡查。在穆兰岛上时，他一度走到离敌军阵地只有25土瓦兹的地方。有一天，一个奥地利军官发现他站在一条宽约50土瓦兹的运河边上，便冲他大喊："请退回去，陛下，这里不是您的地盘。"考虑到当时奥地利对拿破仑的仇恨，再想想他若死在那个危急关头，会对全局造成多大的影响，我们甚至可以说，这句令人敬佩的呼喊为那位军官所在的军队赢得了尊敬，展现了他对一个无人超越的巨大荣誉的忠诚和信仰！

终于，我们来到了第43天。在这43天里，我们大概都在想：查理大公在做什么？他应该做什么？能够做什么？作者在这方面展开了进一步的严肃讨论。在第43天，所有工程都收工了；它们是那么宏伟，又是那么令人惊叹：我们简直造出了一个工程杰作！

"多瑙河的两大支流无比宽阔，一条河宽230土瓦兹，另一条河宽140土瓦兹。我军在河上搭起的桥，可让三辆马车并排行走。桥的上游还搭有一座小桥，宽8法尺，供步兵渡河；下游是一座由船只组成的浮桥。桥下为三支纵队的通过留出空间；所有桥身都有防栅保护，防栅设备连到一座岛上，离桥有200土瓦兹的距离。人们建设这些桥时非常用心，每隔10土瓦兹就设有一盏照明灯。洛博岛也不例外，岛上建起一条宽40法尺的道路，路上也有照明设备。有了这些照明，我军在夜里行动就如同白天一样便利。每个岔路口上还布置了大大的指路牌，以方便各支队伍行军。这个工程虽然无比浩大，却不乏细节上的周到考虑。

"这边还在施工，那边皇帝已在着手重组军队了。[1025]他把所有能够调遣的队伍都集中到自己身边。欧仁亲王把久经沙场、赢得拉布战役胜利的意大利军给他带了过来；马尔蒙也把自己的军队从达尔马提亚调遣过来。

"这是拿破仑最宏大、最有决定性意义的一个方案，他的所有军队、他占领的所有地区都参与了进来。尽管需要无数人的合作，必须长距离地调动军队，他的脑子和眼睛里依然有着目的和行动的整体构架。他要把他的大军丢在多瑙河上，放在敌人的左侧，好把奥军和匈牙利切割开来，在这块即将被他征服的战场上击败他们，打垮他们，让他们走投无路，之后敌军只好往波西米亚撤退，在那里被左追右打。一切行动都如他安排的那样，通过一个又一个据点得以实现，直到敌军四面楚歌，请求休战。

"马塞纳得到命令，要带领他的几个师奔向洛博岛的北面；乌迪诺则要在7月1日抵达该岛，在那里扎营；欧仁要带着两天的口粮在4日赶到埃伯斯多夫，火速穿过渡桥；达武必须在4日至5日的夜里赶路，当夜赶到洛博岛上；贝纳多特和贝西埃尔则要在2日抵达埃伯斯多夫；旺达姆负责在2日晚占领维也纳；列斐伏尔要让莱德亲王领兵赶至维也纳与帝国护卫军会师；元帅本人则留在林茨，好在大军团渡过多瑙河的时候从南面进入波西米亚；与此同时，热罗姆离开德累斯顿，从北面进入波西米亚；朱诺则从拜罗伊特进入该地区，从西面对它造成威胁。拿破仑还命令波尼亚托夫斯基带领他的波兰军队赶赴奥洛穆茨，好牵制住斐迪南大公，并把俄军也拉进队伍——如果这支态度暧昧的盟军真的对我们保持忠诚的话。

"当时发布的这一系列命令在专业人士看来应该很有意思，也很有价值。它们完全给后来的战争提供了一个标准示范。人们从没有见过这么庞大又这么精细的行动，也从没料到这一系列命令能得到如此严格的执行。其中的细节叫人看了只感惊叹。

"7月4日，下午一点，[1026]人们收到当晚渡河的命令。一切已经准备就绪，通路已经修好，每支队伍的行军方向都已事先在指示牌上标明；一切都紧锣密鼓、井井有条地进行着。如此庞大的军队在如此短的时间里络绎不绝地赶到各自的目的地，执行他们的战斗任务，这简直是从未见过的一大奇观。只用了一个晚上，我军就在多瑙河的另一端布好阵形了。敌人听到大炮响起时，还以为自己在做梦呢。哪怕在德蒂雷纳和孔代亲王时代，这种事也是不可想象的；哪怕是维拉尔公爵和旺多姆公爵花上好几天的工夫，也许都干不成此事；哪怕是腓特烈大帝这位伟大的统帅，也很难想象他的精锐军队可成功做成此事。我们的敌人在世上最美的草原上花了半天的工夫，才勉强摆好战斗阵形。

"拿破仑最左边有两座桥，其中一座建在木桩上，得到周全的保护，供军队联络所用。为了有备无患，人们在最右边修了一座桥备用。所以，拿破仑把所有情况都算了进去，计划从洛博岛最高处的两端展开行动，尽可能地在离多瑙河两大支流最近的地方实施计划。就这样，这场伟大的战斗从第二座桥那里打响了。

"晚上九点，在洛博岛那条支流流向多瑙河的河口附近，乌迪诺带领1500轻骑兵登上海军准备好的渡船，来到右岸扎营。乌迪诺的第一枚大炮刚刚打响，洛博岛上的所有炮兵就立刻发动了猛烈的进攻，其中一部分朝敌人的工事开炮，另一部分朝敌军占领的阵地开炮，大部分炮弹都落在恩策斯多夫村及其周边地区。一时间炮火横飞，火光满天。马塞纳这边则指挥1800人乘坐5艘渡船抵达对岸。第一艘渡船没法靠岸，战士们就干脆跳进水里，游过河流，抵达岸边。而此时，渡河行动正在有条不紊地进行着。敌军据点被攻破后，人们用事先准备好的材料继续搭桥前进。因为水位略有下降，不到十分钟，一座桥就搭好了。第四军立即开始过河，工程队则继续在渡船上造桥。[1027]到了亚历山大岛后，人们用木筏和渡船搭成桥，迅速渡河。第一军在凌晨三点完成任务，第二军在两点结束渡河，第四军在上游渡河，第五军也在迅猛前进。炮弹如雨点般砸下来，恩策斯多夫很快就被大火吞噬了。敌军只有少量兵力在桥头勉强作战，他们把炮火和重兵对准了我们先前的通道和阵地方向，以为我军是从那里冲过来的。在轰隆隆的炮声中，一场可怕的暴风雨到来了，一时间电闪雷鸣、大雨如注，天气一下子变得寒冷刺骨，但我军依然没有停下来。拿破仑在各地视察，不顾枪林弹雨和湿滑的土地，在一座座桥之间来回奔跑着。步兵、炮兵、骑兵，所有军队都没有歇一口气。看到我军在左岸占领的阵地越来越多，拿破仑才为计划的第一步实施情况松了一口气。他提前命令工兵造出四个巨大的梯形墙，以掩护渡桥。我军每前进一步，后面歼灭敌军的炮火就更猛烈一分。此外，我们还有各种防御工事来应对突发情况。敌军先头部队完全昏了头，居然没怎么战斗就把阵地让给了我们，听从命令退到了恩策斯多夫后面！

"虽然我军搭建了许多桥梁，但这么庞大的一支军队渡河，仍需要几个小时。第二条阵线和第三条阵线还没列好，相关部队还在陆续到达中。直到中午，和多瑙河呈垂直方向的第一阵线才成形。根据先前的命令，马塞纳待在左路，乌迪诺和贝纳多特在中路，达武在右路。几支军队密密实实地聚在一起，只占了很少一块地。意大利军、帝国护卫军和第11军组成第二阵线，骑兵预备军组成第三阵线。看到剩下的军队或者已经抵达，或者即将抵达，拿破仑便在前面列好了第一阵线，使其呈扇形分布开来。"

之后，便是大名鼎鼎的瓦格拉姆战役。这场战争以充分的准备工作、迅疾的军事行动而著称，成为我军打过的最长的一场战斗：^{1028}时间足足有一个星期。从敌我双方的投入兵力、两军统领的名气、战争损失、它引发的巨大后果、《纳也纳条约》来看，此仗都是当代最值得纪念的一场战役。作者给出了非常清楚的细节，并做了明智的思考。不过我还是省去这些细节，直接讲述此战造成的直接后果吧。奥地利在此战中2.4万人伤亡、2万人被俘。不过，它依然没有实现拿破仑的全部希望。军队指责他们的一个将领在5日的瓦格拉姆过迟发动攻击（类似的指责在奥斯特里茨、耶拿、塔恩都发生过）；6日在阿德克拉，也就是我军阵地前线，这个将领①不战而退，放弃了这个战略据点。该地落到查理大公手中，变成奥军抵抗和反攻我军的重要阵地。这个将领大可以把责任转嫁到他带领的外国军队头上，说他们不服从指挥；但他不仅没这么做，还一反常态地发表了一份个人声明，称这支怯懦的军队是"大理石之军"。这番言论让其他军队大为震惊，皇帝便把他打发回了法国。

"拿破仑作为勇士们的同伴和评审官，给了他们无数嘉奖。战斗结束的第二天，在视察意大利军时，他对士兵们说：'你们都是勇士，身披荣誉！'他向军队发表的一份宣言也证明皇帝对将士们的表现非常满意。他还特地向工兵、炮兵和架桥兵发表讲话，声称是他们的伟大工作奠定了这一切奇迹。

"拿破仑在战场上把三个人提拔为元帅，他们分别是乌迪诺、马尔蒙和麦克唐纳。他还拥抱了麦克唐纳这位先前因为意见不合而被长期冷落的将军。②新元帅热泪盈眶、热血沸腾，高喊着他从此将忠诚追随皇帝。拿破仑后来也看到了他是怎么履行这份誓言的。"

作者分析了查理大公的行为和失误后，说："说到拿破仑，^{1029}他在这场战役中遵循了和整场战争相同的原则。他把军队集中在自己手上，又采取了分散式的作战方法。遭到攻击、其战术被对手猜中后，他就静等敌方暴露行动，再在最有利的时机和地点亲自领兵向对方发起进攻。拿破仑并未疏漏任何信息，他发现洛博岛左侧可能遭遇危险，故把布岱派到了那里；他也注意到了右翼的软肋，为了防止约翰大公杀到此处，就把达武派来这里增援。然而，他依然遭遇了重大的挫折。要是5日晚的进攻没出任何差错，他在那天就能取得胜利。之后，查理大公在中路的

---

① 此人便是贝纳多特。
② 麦克唐纳在1804年曾为莫罗说过话。

军队会被击穿，被一分为二，成为一盘散沙；其中一部分会被赶到波西米亚，另一部分会被赶到匈牙利，再不可能聚集在一起。之后，我军就能避免大型战斗，第二天也不会陷入如此被动的局面。如果我军没有在阿德克拉不战而退，在6日白天里集结起来的法军就能重创中空的敌军中路，然后转头进攻其右路，在多瑙河上将其彻底斩杀。

"查理大公火速撤往波西米亚，此次撤退虽然干得漂亮，但依然进一步影响了战役结局，而且它比输掉战役本身更有灾难性。敌军每一天、每一秒都有所损伤，如温水中的青蛙一般慢慢死去。维也纳宫廷察觉到危机逼近，慌忙采取预防措施。10日晚，马塞纳乘胜追击，占领了兹奈姆，马上就要夺下首都了。这时，沿线传来一致的高呼：'停火！停火！'奥地利向拿破仑派来一个使团，商量和约内容，请求停战。是否停战成了全军上下的争论焦点，拿破仑帐中的参谋团对此也莫衷一是。所有人都看得清楚，眼下奥地利已到了生死存亡的关头。大多数人都觉得：我们应当坚定地撷取我们花费巨大心血才得到的胜利果实，眼下正是一招了结这个毫无信誉的宫廷的大好时机，这个宫廷的任何誓言和抗议都是在争取时间，酝酿下一次进攻。但拿破仑不做此想，[1030]提笔在停战书上签了字，说：'血已经流得够多了。'

"这个停战协议①让我们得到了拉布河以下的多瑙河两岸地区和所有德意志地区；也就是说，我军控制了奥地利王朝三分之一的地盘，800多万人口。敌军撤到普莱斯堡后面的摩拉维亚北部和匈牙利的部分地区，从此放弃了波西米亚，把自治权还给了后者。查理大公被剥夺指挥权。颇有军事才能的他引来法军将领的许多关注，人们对他在逆境中表

---

① 这份停战协议是在兹奈姆军营中签署的。

现出来的个人品格深表敬佩。有人说，查理大公不幸的地方在于他的对手是拿破仑。每个人都知道，当时任何一个欧洲将领都不可能比查理大公做得更好。

"就这样，一场近三个月的战争结束了，其中还包括43天的双方默许的停火期。在这短暂的间歇，我们干成了多少事啊！它们带来了多么可观的结果啊！！！

"瓦格拉姆大捷照例在政坛和普通人中造成巨大的影响。拿破仑在可怕的危急关头投入战争。当时，联盟国普遍都在反对他，各种阴谋诡计层出不穷。埃克缪尔的胜利沉重打击了那些居心不良之人，让他们暂时消停下来；我军在埃斯林惨败后，各种阴谋活动又冒出头来，我们的敌人又重燃希望；瓦格拉姆战役再度打击了他们，每个人都迫不及待地跑来献忠，大唱忠诚、友谊的颂歌。

"在打仗期间，英国内阁根本没想过也没办法帮助奥地利。听闻奥地利战败后，英国趁法军还没来得及抽身，立刻派军北上，打算夺下安特卫普港口。这个地方是它的心腹大患。但由于英国海军无能，这个计划失败了。不过，英军的这个动作已经足以燃起奥地利心底暗藏的希望，让它开始和英国政府展开长期谈判工作。就在这个时候，一件差点儿打乱所有节奏、改写欧洲历史进程的意外事件发生了：¹⁰³¹拿破仑在美泉宫遭到一个狂热分子的袭击。如果此事成功，谁敢说欧洲后来会发生什么事！！！①

---

① 我听到皇帝也发过一模一样的提问，他想了一会儿，提出八九个假设，其见解依然是那么真知灼见，其思考一如他从前那样切中要害。我之所以没在日记里提到这件事，是因为我并不认为它能带来任何益处，反会引来诸多麻烦，所以干脆将其一一删去。不过皇帝在最后是这么说的："我敢毫不犹豫地说，对法国而言，我在美泉宫遇刺一事造成的后果，还比不上我和奥地利结盟一事来得可怕。"。——辑录者注

"英国远征安特卫普一事最终流产,拿破仑拿出威胁的口吻,奥地利10月14日签订了《纳也纳条约》。根据当前的情况,这个和约其实再次展现了战胜者的宽厚胸怀。①

"拿破仑又一次放过了奥地利。他并不想消灭这个国家,认为它的存在于自己的政治体系而言非常重要,希望尽全力把它拉到自己这边来。然而他大错特错!!!读者可以在这本书中的某些地方看到笔者大声抨击他犯下的错误,批评他不该在瓦格拉姆战役之后放任奥地利强大起来。他自己也说:'战斗结束后的第二天,我就该发布军令,宣布绝不和奥地利谈判,除非奥地利、匈牙利、波西米亚被切割成几个王国,处在几个国王的统治下。'"

作者就这场磅礴的战争进行总体反思后,在书的最后说:拿破仑仅凭一人,在这么短的时间里,凭靠他机敏的行动、强大的灵魂、不世的天才,为祖国立下巨大的功劳。他还说,祖国的荣耀、独立、辉煌和幸福,才是这位真正的伟人的第一和唯一的牵挂。最后,他还解释了拿破仑取得最后胜利后为何采取如此温和的措施。作者说:"这是因为拿破仑超越了个人荣誉感和常人的野心,给自己背负上了最光荣、最伟大的使命。他被推着走到独裁高位上,最开始促使他在法国独裁的,是分裂法国、让它陷入危急关头的党派之争;之后促使他在欧洲独裁的,是敌人不断的联盟、无穷的进攻,是他们固执地拒绝让天下重获和平。他认为欧洲现代复兴是不可避免的事,想引导这场复兴……他

---

① 《纳也纳条约》让拿破仑得到了克恩滕、卡尼奥拉、奥地利部分的伊斯特拉、的里雅斯特、滨海地区的克罗地亚以及阜姆,萨尔茨堡、因河部分地区被割给了巴伐利亚,加利西亚部分地区、克拉科夫被割给了华沙大公国,加利西亚剩下地区及塔诺波尔被割给了俄国。奥地利不能有15万人以上的军队,要支持大陆政策,承认欧洲已发生的变化。

站在最高处，沐浴着那里的光明，抛却了利益和成见的约束，去权衡时局……这位各国人民胜利大业的领导人，是想和战败的国王握手言和啊……"

这位作者在我的书中不止一次发现拿破仑的类似言论。他为自己猜中了皇帝的想法而感到骄傲，更为自己在充分了解他的基础上才去敬仰他、爱慕他而从心底感到高兴。

论俄国战争—厄难—塔列朗—斯塔尔夫人的《柯丽娜》—内克尔
8月13日，星期二

一大早，皇帝就把我带到林子深处，和我聊了一个多小时的法国现状。之后，他又说到了背叛过他的人，他遭遇的无数厄难，他和奥地利联姻后被阴险背弃，土耳其人的盲目短视（他们在该打仗的时候却议和），贝纳多特的轻率糊涂（他在该走向伟大坚稳之路时却听从了虚荣和私仇的声音），格外艰难的一段岁月；他还谈起了纳博讷在维也纳的高超手段（他一眼就看穿了奥地利，催促它快点儿做出决定），甚至还提到了吕岑和包岑战役的胜利（这两次战役把萨克森国王带回了德累斯顿，让拿破仑拿到了奥地利那透着仇恨的签字条款，让奥地利再搬不出任何借口逃避条约义务）。他深深地叹道："灾祸真会挑时间啊！本来，德累斯顿战役后的第二天，弗朗茨就派人过来谈判了。然而我军在旺达姆突然战败，让命运叫停了它原先的安排。"

皇帝经常提到塔列朗的种种行为，想知道塔列朗到底是从什么时候开始背叛他的。他从莱比锡回来后，塔列朗还强烈建议他签订和约。

皇帝评价说："不过，我应该还他一个公道。他抨击我向元老院发表的讲话，却大力支持我在立法院的发言。①他一再告诉我，我错估了这个国家，用自己的标准去衡量它的毅力，最后会众叛亲离，我必须尽我所能地适应这个环境。他当时看起来一片好心，似乎并没有背叛我。在我看来，塔列朗不是一个善于言辞的人，对同一个话题，他总要唠唠叨叨地啰唆很久。但他毕竟认识我那么久了，也许是在用这种方法说服我。此外，他非常擅长支吾搪塞、东拉西扯，在几个小时的谈话中，总在我希望弄清楚的地方语焉不详，常常离题千里。"

在最后那段时间里，法国日渐骚乱、人心不稳；于欧洲而言，未来愈加不定，充满变数。不管怎么看，只有一件事是确定的：欧洲没人敢说自己处在不变的环境中，大家似乎都在害怕未来，又都想窥到未来。

皇帝留我和他一起用了早饭，之后他令人把斯塔尔夫人的《柯丽娜》拿过来，读了里面的几章内容。他说，他无法读完这本书；书中的女主人公太像斯塔尔夫人了，让皇帝觉得这就是她本人的写照。他说："我在书里听到了她的声音，感受到了她的存在，可我想躲开她，于是我把这本书丢在一边。我以前对这本书的印象要比现在好许多。借用普腊德神父那句不无道理的话，也许是因为当时我在吮着手指读这本书。不过我会坚持下去的，希望能把它读完吧。此外，我无法原谅斯塔尔夫人在小说里极力贬低法国的行为。斯塔尔夫人这一家子可真是独一无二啊！她的父母亲以及她本人，都对其他两人忠贞不贰，向对方敬香跪

---

① 莱比锡战役后，拿破仑败北，回到巴黎，决心在1813年12月召开的立法院会议中镇住众人。议会通过了一个元老院决议，要求元老院和参政院议员参加议会的皇家会议。在这个元老院决议中，拿破仑还被剥夺了任命立法院主席的权利，剥夺了议员向他呈递候选人名单的资格。在1813年12月19日的皇家会议中，拿破仑声称"全世界都在对付我们"，随后宣布"我很遗憾地要求慷慨的人民再度牺牲"，并补充说："我深信法国人一直都无愧于他们自己，也无愧于我。"语气和他往日高谈阔论时的口吻全然不同。

拜，所以他们在公众看来就更显神秘了。斯塔尔夫人虽然自吹超越了她那高尚的父母，[1034]可她在书写对父亲的情感时，惊讶地发现自己竟然在忌妒她的母亲。"

他继续说道："斯塔尔夫人有着万丈激情，文字中充满狂暴。警察监视她的时候，读到过她写的这么一段表面看①是写给她丈夫的话：您与我相隔万里。马上过来，我命令您，我要求您，我跪在地上求您……我苦苦哀求您，快来吧！我手上握着一把匕首！……只要您稍稍犹豫，我就自杀，我就奔向死亡，而您就是让我走上死路的罪人。"

她不就是柯丽娜吗？她完完全全就是柯丽娜的化身。

皇帝还说，她曾用尽手段，费尽心力，想给意大利军总司令留下深刻的印象。她还没见过他，就从遥远的地方给他写信；看到他后，又对他各种纠缠。她说，一个天才娶了一个名不见经传的克里奥尔女子，这桩婚姻是畸形的，这个女人不配去欣赏他、聆听他。可惜，将军用无视予以回应。皇帝笑着说，女人从来不会原谅男人对自己的无视，这是不可饶恕的。②

皇帝继续说，回到巴黎后，他又遭到斯塔尔夫人的无尽纠缠，不过他这边依然以克制和沉默来应对。可斯塔尔夫人铁了心要从这位意大利的征服者嘴里套出几句话来，要和他当面展开搏斗。当时的外交部部长塔列朗为了欢迎这位常胜将军，举办了一场晚宴。众目睽睽之下，斯塔尔夫人问拿破仑，在还健在和已去世的女人中，他认为谁最伟大。拿破仑简单地回答了一句："生了最多孩子的那个最伟大。"斯塔尔夫人一

---

① "表面看"这几个字充满暗示。实际上，斯塔尔夫人这封信是写给本杰明·贡斯当的。

② 请参考1816年1月18日日记内容。

开始没回过神来，之后又企图扳回一局，说有人说他不怎么喜欢女人。拿破仑反驳："不好意思，夫人，我很爱我的妻子。"

皇帝说，意大利军总司令这个身份无疑勾起了这个日内瓦的柯丽娜的征服欲；但他怀疑她在政治上的忠诚，更忌惮她对名望的渴求。也许他错了，但无论如何，我们的女主人公对他太过穷追猛打，又常常败下阵来，这个人不可能不会成为自己的死敌。皇帝说："她一开始教唆本杰明·贡斯当，让他采用不太光明正大的招数来对付我。^{1035}保民院刚建立的时候，他苦苦哀求第一执政官让自己进入其中。当时已是晚上十一点，他依然缠着第一执政官；到了午夜，看到自己的要求被应允了，他就立刻摆出一副大义凛然、凌驾于其他人之上的姿态。保民院的第一场会议，于他而言是针对我的一个大好机会。当夜，斯塔尔夫人家中灯火通明。她把贡斯当带进自己那个名流出入的沙龙，宣布他就是第二个米拉波。这场闹剧虽然可笑，却引发了更危险的计划。在执政府期间（斯塔尔夫人狂热反对该政府），斯塔尔夫人又把贵族和共和党人团结起来反对我。她对他们高呼：'你们只有一个机会，明天暴君就有4万个眼线供其驱使了。'

"斯塔尔夫人终于耗尽了我的所有耐心，被我流放了。她的父亲在马伦哥战役期间曾严重冒犯过我。我当时顺路拜访了一下他，发现他就是一个浮夸的老学究而已。没过多久，也许他希望得到我的支持，以重新登上公共舞台，就出版了一本小册子，在里面说法国再不会是共和国，也不会是君主国。这话也许说得不够清楚。但在这本书中，他说第一执政官是'必要人物'。勒布伦写了一封四页长的精彩回信，对他冷嘲热讽。他问内克尔，他是否觉得自己给法国造的恶还不够多？是不是经历了制宪议会还不够，还想重新在法国摄政？

"斯塔尔夫人失势后，一方面摆出战斗姿态，另一方面，对我苦苦哀求。第一执政官告诉她，他要把整个世界留给她当探索的舞台，除了巴黎这一小块地方，此地禁止斯塔尔夫人进入。但巴黎是斯塔尔夫人的所有心愿之所在。可惜，第一执政官毫不留情地拒绝了她。斯塔尔夫人时不时地企图返回巴黎；帝国时期，她还想当宫中的女官。我当然拒绝了，毕竟我用什么办法也不可能让她在宫中老实本分！"

晚饭后，皇帝读了《贺拉斯》，[1036]他常常停顿下来表示惊叹。此刻，高乃依在我们眼里比我们脚下的岩石还要伟大、高尚和强悍。

圣赫勒拿岛上的狩猎—8月15日前夜
8月14日，星期三

皇帝很早就出门了。上午九点，他把我叫了过去。他当时想骑马，看看能不能射中几只松鸡。以前我们每次乘车出去的时候，总看见这种鸟在我们附近飞来飞去，可一旦我们拿上枪，它们立马就飞远了。皇帝开始散步，想让自己舒服一点儿。我们一直都没看到松鸡。没过多久皇帝就累了，打算骑马，说这和他在朗布依埃、枫丹白露的狩猎活动完全不同。回来后，我们在帐篷里用了午餐。皇帝让人把蒙特隆的小儿子抱到桌子上来。这孩子先前一直在草地上跑来跑去，因为有他在，皇帝午餐时心情很好。

之后，皇帝重读了里沃利那一章，将其定稿。[①]我们正读到本章四分之三的地方，仆人说总督求见。我们赶紧离开帐篷，躲到各自的小房间里。皇帝比我们任何人都更不愿被总督发现他在这里；他和总督的每

[①] 它被收进了回忆录中。*——辑录者注

* 请参考下卷第556~569页内容。

次谈话都让他感到沉重且不悦。他说："我不想再见他了。他总让我说出一些苛刻之词，这些话损害了我的性格，更损害了我的尊严。我嘴里只应说出令人如沐春风的话才对。"早晨的散步让他疲倦不已，他便去泡了个澡。

下午五点，皇帝乘车出去兜了一圈。今天天气非常宜人。

总督迫切要求见到皇帝，说他有要事禀告。我们猜，他是想说他又没钱了，自己已经没有任何办法了，不知道该怎么办了。皇帝对这种事毫不在乎，他以前已经告诉过总督，让他不要再拿这种事来烦自己了。

[1037]晚餐前，皇帝在客厅里玩起了国际象棋，还喝了点儿潘趣酒。我很晚才来，刚进客厅，他就让我也来一杯。这时仆人告诉他，已经没有多余的酒杯了。他就把他那杯递给我："对啊，我忘了。他肯定能把这杯喝完，我敢打赌。"他还补充说："这是英国的习俗，对吧？在我们国家，男人只能喝他情妇喝过的酒杯。"

晚餐期间，有人说，明天就是8月15日了。皇帝说："明天的欧洲肯定有许多人举杯向圣赫勒拿岛的方向敬酒。某些情感和祝愿，总会漂过大洋来到这里。"今天早晨骑马时，他其实就想到了这件事，跟我说过类似的话。

晚餐后，我们读起了《西拿》，高乃依在我们看来简直棒极了。

皇帝生辰
8月15日，星期四

今天是8月15日，是皇帝的生日。我们本来的计划是，所有人在上午十一点来到他房间给他贺寿。可他挫败了我们的"阴谋"，上午九点就一脸高兴地亲自来到我们门前。今天天朗气清，皇帝去了花园，大家陆续来到那里。大元帅、他的妻子和孩子都到了。皇帝在他忠心耿耿的仆人的环绕中,在美丽的大帐篷里用完早餐。这真是一个巨大的幸福。天气好极了,皇帝心情也极好,变得非常健谈;在某一刻,他似乎完全沉浸在我们的爱和祝福中。他说,他想一整天都在我们所有人的陪伴下度过。我们便这么过了这一天,聊着天,散着步,还坐车出门。

被取缔的综合工科学校—英国报纸有多下作—制冰机
8月16日,星期五

我和儿子很早就来到皇帝所在的帐篷里,他当时正在校读对意之战的几个章节。两点,听到总督到来的消息,他才放下手稿,嘟囔着说:"我觉得麻烦来了,我闻到这个气味了!"

1038 用早餐时,他让人把《论报》拿来,上面刊登了法兰西学院人员有变的消息,他想看看又有哪些人从法兰西学院中被赶出去了。①挑起这个话题后,他便谈到了巴黎综合工科学校被视作无用且危险的存在,进而遭到取缔的事。②我们收到的英国报纸持有不同看法,他们认为对于法国的敌人来说,取缔该校的意义不次于赢得一场大战的胜利,此举进一步证明法国当前统治王朝怀有真正的和平意愿和极度的温和政策。报纸上还说了其他许多事。

---

① 22个院士被除名,其中有大卫、格雷古瓦、蒙日、拉卡纳尔、西哀士和卡诺。法兰西学术院中任何人都没受到牵连。请参考1816年3月21日王室法令。

② 1816年4月13日王室颁布法令,宣布:"最近这所学校的学生普遍不遵守师长的命令,这一现象必须迅速得到遏制,以儆效尤。它充分证明,这些学生如果进入公共服务领域,定会把这种不守纪律的风气也带过去。"正因如此,根据上面那条法令,"将对王室综合工科学校的学生予以退学处理,他们必须立刻返回家中"。

有人对此评价道：英国报纸对法国政府的恶意已到近乎卑鄙下作的地步。

霍兰德勋爵及其夫人出于好意，写信告诉朗伍德，他们要把一台新发明的制冰机送过来。今天，马尔科姆上将把这台机器带了过来。皇帝四点出了房间，想看看这台机器。上将当时也在那里。机器运作得不是很好。过了一段时间，皇帝决定和上将一起散个步，和他聊了一大堆事。皇帝讲话时一团和气，非常友好。①

拿破仑的宗教观—南特主教杜佛辛—教皇—法国天主教会的自由—逸事—《枫丹白露政教协议》

8月17日，星期六

皇帝在帐篷里吃了早餐。用餐期间，两位先生向皇帝讲述了他们在军队里看到的一些暴行，这些都是他先前不知道的。这些暴行都打着他的名义，不仅涉及滥用权力，还有其他严重的违纪行为。皇帝认真听着，有些细节可怕到让他不敢置信的地步。最后他说："好吧，先生们，你们是在这里造小册子啊。"

今天刮着大风，暴风雨来了。^{1039}暴雨时来时去，闷湿的天气使得皇帝不得不回到房里。

晚饭后，我们读了《扎伊尔》和《俄狄浦斯》里的部分篇章。皇帝最喜欢的是真相大白的那幕场景②，说它感人肺腑，堪称戏剧作品中的集大成者。

说到教士和宗教，皇帝忍不住说："被抛到这世上来的人会问：我

---

① 请参考马尔科姆夫人的日记。
② 该剧第四场第一幕。

从哪里来？我是谁？我要去何处？这些神秘的问题让我们走向了宗教。我们跑到它那里，我们的天性把我们带到它跟前。然而知识站出来，把我们拦住了。知识和历史，才是宗教最大的敌人。真正的宗教往往被人类曲解。我们会问，为什么巴黎的宗教和伦敦、柏林的宗教不同呢？为什么圣彼得堡和君士坦丁堡信奉不同的宗教呢？还有波斯、恒河、中国，为什么古代宗教信仰和今天的不一样呢？理性在可怜地摇摆着，呼喊着：啊，宗教！宗教！啊，人类的孩子！……我们深信上帝，因为我们身边所有事物都在宣告他的存在，哪怕最有智慧的人都对他深信不疑。他们中间，不仅有本就是教会人士的波舒哀，还有和教会毫无关系的牛顿、莱布尼茨。但我们只知道思考别人教给我们的教理，就像一台钟表，只知前进，却不知是钟表匠把我们造出来的。看看那些教育我们的人是多么蠢笨吧：他们应当让我们远离异教思想和偶像崇拜，却灌输给我们一大堆荒唐的东西。不过这反倒促使我们进行早期的理性思考，让我们对被动接受的信仰心生抵触。不过，他们也让我们沐浴在希腊和罗马的思想中，在神圣金字塔的围绕下长大。在我看来，这些真正意义上促进了我在思想上的成长。我需要信仰，也曾有过信仰，但一旦我学会了思考、掌握了理性，我的信仰就遭到冲击，开始摇摇欲坠了。早在我13岁时，这种事就发生了。也许我以后又会产生信仰，如果上帝愿意的话！那时，我也许不会再抵抗它，只求得到它的保佑。在那时的我看来，这便是伟大、真正的幸福吧。

"不过，不管我内心掀起怎样的惊涛骇浪，虽然我偶尔受到邪欲的勾引，[1040]我敢说，宗教信仰的缺席从未以任何方式对我造成什么真正的影响，我也从未怀疑过上帝的存在。虽然我的理性无法理解它，但我的内心是愿意接受它的。我的精神和这种情感一脉相承。

"在了解事物主体之前,我要先明确理解和主体凝为一体的所有基本元素。我明白了宗教信仰的重要性,决意重建宗教。但人们也许很难相信,我把天主教重新引回法国,得克服多少阻力。如果我当初倾向于扶植新教,人们也许反而更乐意追随我。我甚至在参政院都遇到重重阻挠,克服了无数困难,才让议员通过了政教协议。有些议员还弃票,以表抗议。[①]他们说:'算了!还是选新教吧,至少这影响不到我们。'看着在我掌权之后发生的动荡,面对当前这个烂摊子,我必须在天主教和新教中做出选择。虽然现在我们的确可以说,根据当时的形势,我选择后者会更有利;但我选择天主教,不仅因为我从心底依恋自己的宗教,也是出于一些更重要的原因。如果我宣布支持新教,那我能得到什么呢?我会在法国扶植起两大势均力敌的派系,可我明明希望它们俩一个都别待在法国了;我会让宗教之争的火焰越燃越旺,可彻底消除宗教争端才是我们时代思想的要求,也是我本人的意愿;这两大宗教若斗起来,不仅会损害彼此,还会拖垮法国,让它成为欧洲的奴隶,可我野心勃勃地想让法国当上欧洲之主。我若扶植天主教,可以更加稳妥地达到我的伟大目的。如此一来,对内,宗教多数派会吸收少数派,我也承诺会对后者平等相待,绝不让他们遭到差异性对待;对外,天主教能让我争取到教皇的支持,凭我的影响和我们在意大利的势力,我相信,我迟早可通过某个手段左右教皇的决定。到时候,我们掌握着多么巨大的影响力啊!这简直是撬动世界的舆论杠杆!"皇帝最后还说:"弗朗索瓦一世因为环境使然,才在新教诞生之初就接受了它的思想,宣布自己是

---

① 参政院公开反对政教协议。1801年10月12日的会议中,气氛异常紧张。部分议员抗议国家给教士颁发津贴。布律讷将军作为陆军主席,高喊:"好极了!我们靠军剑取得胜利,只为了让自己再度活在宗教的奴役下。"

欧洲新教领导人。[1041]他的对手查理五世之所以狂热支持罗马教廷，是因为他觉得罗马是助他奴役欧洲的一大利器。单单这一点，的确不足以让弗朗索瓦一世意识到自己必须扛起维护欧洲独立的责任。他错在舍本逐末，坚持自己对意大利的错误方针，又为了讨好教皇而烧死了巴黎的新教徒。

"要是弗朗索瓦一世拥抱了对建立至高王权极其有利的路德主义，他就能让法国免遭那场由加尔文派引起的可怕的宗教动荡了。加尔文派主张的完全是共和思想，他们差点儿颠覆王位，让我们伟大的君主制毁于一旦。可惜，弗朗索瓦一世根本没认识到这一点，因为他不懂得谨慎行事，才和土耳其人结盟，引狼入室。说直白点儿，他并没有远大的目光。他就是个蠢货！是封建思想的残余！说到底，弗朗索瓦一世不过是中世纪骑士比武里的英雄、沙龙里的漂亮小伙子、矮子里的高个罢了。"

皇帝还说："南特主教杜佛辛用他智慧的说理、高尚的道德和开明的宗教包容思想，把我变成一个真真正正的天主教徒。他是玛丽-路易丝的忏悔神父，后者曾为礼拜五戒食荤腥这件事请教过他。主教问：'您在谁的桌子上吃饭呢？''皇帝的桌子。''您在桌上点菜吗？''没有。''那您能不能做点儿改变，或者让他有所改变呢？''我觉得不行。''那您就听他的吧，不要引发非议。您的第一义务就是服从他、尊重他；您定会通过其他方式进行弥补，在上帝面前厉行节俭。'

"'有一次，在公开的领圣体仪式中，他也是这么做的。那是复活节的领圣体仪式，人们让玛丽-路易丝站在队伍前面，但她坚决不肯，只因为那位睿智的忏悔神父并未建议过她这么做。然后，神父也用类似的论证打消了她的疑虑。'说到这里，皇帝感叹道，'要是她当时被一个宗教狂热分子煽动起来，那结果就大不一样了！到时候，不知道我们之间又会发生多少冲突和分裂！^{1042}在当时的环境里，他本可以给我制造多大的麻烦啊！'"

皇帝还说："南特主教曾和狄德罗住过一段时间，当时他的身边都是不信教的人。在此期间，他行为得体、无可指摘，还随时乐意回答别人的提问，思想非常开明。如果哪个观点站不住脚，他就摒弃它，力图让宗教信仰摆脱一切在他看来经不起推敲的东西。有人曾问他：'一个会走路、会思考的动物没有灵魂吗？'他回答：'为什么没有？''可是它的灵魂能去哪儿呢？它毕竟和我们不一样啊。''您的灵魂也被困在模糊状态中，但这对您来说要紧吗？'他常常这样，退到自己最后一条战壕里，甚至退到碉堡里面，而那里才是他悉心打造出来的最坚不可摧的阵地。①论辩论，他比教皇还要厉害，经常把后者驳得哑口无言。在我们诸多主教中，他是天主教会自主权的最坚定的支持者。他是我的神使，我的持火者。我在宗教事务方面对他无比信任。哪怕在我和教皇发生冲突的时候，不管那些阴谋家和挑拨离间者怎么想，我最在意的依然是不要触碰任何教理问题。我坚守这个信条。每当这位令人尊敬、善良的南特主教告诫我：'小心，您在跟一个教理打交道。'我就会立刻改换路线，走另一条道路来达到原来的目的，而且绝不会跟他理论，甚至不会试图理解他说这话的意思。因为我从没把自己心底的想法告诉过他，他看到我做事这么绕弯，大概也很惊讶吧！也许我在他眼里就是个固执、任性、反复不定的怪人吧！那是因为我有自己的目标，这是他不能理解的。

---

① 古尔戈在1817年2月3日的日记中也记录了类似言论。

"教皇从来无法原谅我们在天主教会上取得自主权一事。波舒哀的四个著名提议①更是勾起了他们的无尽仇恨。在他们看来,这简直就是赤裸裸的宣战。他们觉得我们和新教徒一样,都是教会门外的异类。他们觉得我们有罪,甚至是最有罪的一群人。他们之所以没向我们公然发起攻击,是因为他们害怕此举造成一个可怕的后果:我们从教会中直接分离出去。英国就是前车之鉴。他们不愿亲手把自己的右胳膊砍下来,但一直瞪大眼睛,在那里静静等着,不愿错过任何机会。他们也许觉得今天这个机会终于来了。[1043]可惜,时代精神和启蒙思想让他们再度希望破灭了。"

皇帝说:"我登基前不久,教皇亲自来到我的宫中拜访我。他当时做了许多让步。他为了给我加冕而特意来到巴黎,却同意不由他把皇冠戴在我的头上的这一安排,替我免去了加冕典礼前公开领圣餐的环节。在他看来,这些妥协足以换来一点儿回报了。他一开始幻想拿回罗马涅和教皇特使辖区,之后他意识到自己也许应该放弃这些美梦。于是,他转而希望另一个小恩宠能得实现,希望我能在从前路易十四颁布的一个古老条约、一张破旧的废纸上签字。他说:'就让我实现这个小小心愿吧,它并不代表什么。''我很乐意这么做,尊敬的圣父,可如果这件事能成,它早就成了。'这是路易十四晚年时受了曼特农夫人的蛊惑,在他那群忏悔神父的挑唆下签署的一份宣言,里面路易十四表示他不支持1682年的那道著名法令,而它是我们天主教会自主性的根基。②皇帝

---

① 根据波舒哀1682年在《法国教会宣言》中的"提议",教皇没有权力左右君主,反而要受制于其权力高于教皇权力的主教会议。我们也注意到,当时路易十四和圣座的关系非常糟糕。

② 1689年8月教皇英诺森十一世死后,路易十四想极力拉近他和圣座的关系。1693年他和下任教皇英诺森十二世达成协议。同年9月14日,国王告知教皇:"他已颁布命令,撤销了他先前因为猜疑而被迫颁布的1682年3月22日敕令中的内容。"

狡猾地说，他个人对此并不反对，但考虑到相关的行政程序，他得先问问各位主教的意思。教皇急得反复说，这根本就没有必要，这件小事不值得被弄得如此大张旗鼓。他说：'我绝不会把这道签名法令拿给别人看，它将和路易十四的签名一样秘不示人。'拿破仑说：'可如果这没有任何意义，那为什么要我签字呢？如果这有一点儿意义，那我一定要咨询一下我的一众学者。'"

不过，为了避免别人说他对教皇的要求一概拒绝，皇帝便装出支持的样子。南特主教和其他真正算是法国人的主教听到风声，全都立刻跑了过来。皇帝说："他们一个个对我怒目而视，仿佛看着临死前皈依新教的路易十四似的，恨不得立刻出手阻止。圣徐尔皮斯修士也被叫了过来，这些人就是小脚的耶稣会士。他们揣摩着我的想法，无论我想要什么，他们都会立刻去做。"①

皇帝说完下面这番话，便结束了这个话题："教皇替我免掉了公开领圣体的仪式。正是因为他的这个决定，我才知道他的宗教信仰是怎么个真诚法。为了敲定典礼仪式，他召开了红衣主教大会。*1044*会中大部分红衣主教坚持让我当众领取圣餐，称这个典范可以对各国人民产生巨大影响，我必须参加这个仪式。相反，教皇则担心我只是为了遵守塞居尔颁布的宫廷礼仪规矩才这么做②，觉得这是亵渎圣物，故坚决反对。

---

① 政教协议签订后，部分教会组织得到改革。但共和十年芽月十八日出台的组织法，确认了1792年8月18日革命法的内容，取缔教会机构的法令继续有效。1804年10月7日，拿破仑给富歇写信说："我既不想要耶稣的心脏，也不想要宗教协会的圣体，更不想要任何宗教军队之类的东西。无论如何，我都不打算再往前多走一步，也对其他教士不感兴趣，还俗的教士除外。"圣叙尔皮斯修会的修士因为是还俗教士，不受任何誓言约束，专门负责培养年轻教士进入教会机构、取得品阶，所以才被保留了下来。

② 我们都知道，塞居尔是拿破仑宫廷礼仪大总管。

他说：'拿破仑也许并不信教；也许在未来，他总会产生信仰。在此期间，我们就别去管他的什么信仰了。'"

皇帝说："他的确是个善良、温和、勇敢的人，因为心存基督教的爱德观，他从来没放弃过让我向他忏悔的希望，并经常一不小心表达出类似的想法。我们有时会在愉快友好的气氛中聊天。他一脸纯洁，温和地对我说：'您迟早会走到这一步的；我总会让您皈依我教，即便不是我，别人也会做到的。那时，您会发现自己是多么幸福和满足。'当时我在他面前很有分量，仅通过私下的对话，我就从他手上拿到了那道著名的《枫丹白露政教协议》①，教皇在里面宣布放弃世俗权力。从之后他的举动来看，教皇也害怕遭到后人或其继任者的指责和非议。他签了字后，立刻就后悔了。签订政教协议的第二天，他理应和我一道公开共进晚餐；但当天晚上他生病了，或者说是装病。事实是，我才离开他，他就再度落入那帮谋臣的手中。这些人恐吓他，说他刚刚签订的这份协议是个多么可怕的错误。如果他身边没有别人，我能做成我想做的一切；到时候，我会如同统治政治世界一样，轻而易举地成为精神世界的领袖。庇护七世就是一头羔羊，一个实打实的好人，一个真正的善人。我尊敬他，也很爱他。我敢肯定，他对我也抱有一定的尊重和爱。他从来不会严厉地指责我，更不会对我进行任何直接的人身攻击。其实其他君王也都不会这么做。也许他们会发表一些含糊其辞、贫乏无趣的宣言，里面即便透着野心或恶意，那也不是直接的、正面的。毕竟政治家很清楚，书面诽谤的时代已经过去了，他们要进行政治攻击，就必须拿出真

---

① 研究天主教的当代历史学家，尤其是勒弗隆议事司铎，认为这里说的是预备性条约，故将其称为《枫丹白露政教协议》是很不正确的。他们还认为，教皇觉得这就是一个简单的草案而已。这一切都证明，庇护七世其实很不愿意在政教协议上签字。

凭实据来，[1045]否则就起不到任何作用。和他们截然不同的是某些居心叵测、把边角料或谣传当作真事报道出来的专栏记者，以及一些以讹传讹、到死都不肯纠正错误的回忆录作者。

"人们如果知道了我和教皇发生冲突的真相，肯定会惊讶于我竟能忍耐到这个地步，毕竟他们觉得我从来是个没有耐力的人。我登基不久，教皇就向我告辞，怒气冲冲地离开了，气恼自己没从我这里得到他觉得应有的回报。我的确对他心存感激，但我不能拿帝国的利益来做交易，偿还我个人欠下的人情债。此外，我太过自负，觉得不用偿还他的这份恩情。就这样，他前脚刚踏进意大利，阴谋家、挑拨离间者、法国的敌人后脚就跟了上来，利用他的怨恨心态开始操纵他。从那时起，他对我充满了敌意。他再不是以前那个温和的基亚拉蒙蒂，那个善良的伊莫拉主教，那个很早就沐浴在时代启蒙思想之下的智者了。他此后签下的敕令，从风格上看，更像出自格雷古瓦或卜尼法斯之手，再没有他本人的色彩。罗马成为酝酿反法阴谋的温床。我徒劳地想用理性让他恢复清醒，却发现自己越来越难以进入他的心扉。他犯下的错误越来越严重，侮辱越来越露骨，让我不得不采取行动。我便占领了他的几座碉堡，夺走了几个行省，最后占领罗马，向世人宣布：我尊重他在精神领域的神圣性，并将严格遵守这条原则。然而，他依然没有总结教训。此时，一场危机爆发，大家都以为我在埃斯林被命运女神抛弃了。有些人立刻在罗马采取行动，煽动这座首都的人民起来造反。驻守在那里的统领觉得除非甩掉教皇，把他送到法国，否则自己将有生命危险。人们立刻采取行动。他们此举不仅没得到我的命令，甚至直接违背了我的意愿。我当即派人传令，把教皇拦在半路，把他安置在萨沃内，要人们好生待他，不得有半分失礼。[1046]我的确希望他惧怕我，但我并没想过虐待他。我要制服他，而不是折辱他。因为我还有其他的计划呢！教皇被带出罗马，此事引起了人们极大的敌意，惹出无数阴谋。在此之前，我们之间的争端全都集中在世俗事务上；可教皇身边的闹事者为了他们的算盘，把争端带进精神领域。就这样，我只能跟他展开对抗了。我有我的谋士团、我的主教评议会，我赋予我的皇家上诉法院调查滥权事件的权力。在这件事上，我的战士们是派不上任何用处的。我需要用教皇自己的武器去击败他。我必须用自己的学士、诡辩者、法学家和司书去对付他的学士、诡辩者、法学家和司书。

"英国人采用阴谋手段，打算将他从萨沃内劫走。我将计就计，把他带到了枫丹白露。可那里是他苦难的终点，他在那里的住处简直富丽至极。我在暗地里完成了自己的所有伟大设想，不费吹灰之力就把事情推往我希望的方向。所以，即便我从莫斯科败北，教皇依然接受了著名的《枫丹白露政教协议》。如果我是以胜利者的身份回来，那又会是怎样的场景呢？我终于实现了教会事务和世俗事务的分离！政教合一制度既损害了前者的神圣性，又导致社会陷入混乱，而且闹事者还打着教会的旗号，而教会本应在维持社会安定和谐中扮演中心角色。那时，我还打算无限地拔高教皇的身份，让他活在富贵荣耀的重重环绕之中。我要让他不再留恋世俗权力，我要把他打造成一个偶像。他将和我平起平坐，巴黎将成为基督教世界的首都，我要像统治政治世界一样统治宗教世界。①这也是团结帝国内部的所有封建地区，让国外封建势力维持和平状态的最佳手段。我不仅有自己的立法议会，还会有自己的宗教议会。我的议会将成为基督代表团，教皇只在里面扮演类似主席的角色罢了。我将召开和关闭这些宗教议

---

① 请看宾德尔1942年出版的《拿破仑的一个梦：巴黎的梵蒂冈》（Bindel, *Un rêve de Napoléon : le Vatican à Paris*）第135~153页。

会，通过它们的决议，将其公之于众，就像君士坦丁大帝和查理大帝做的那样。先前的皇帝失去这个至高大权，^{1047}那是因为他们犯了大错，任由教权领袖住在一个远离他们的地方。教皇要么利用君主的弱点，要么趁时局大乱之际甩掉君主，并反过头来驾驭君主。"

皇帝继续说："为了达到这个目的，我不得不采用各种计谋，以掩盖我的真实意图。我采取了和舆论风向完全相反的措施，用无聊的琐事来满足公众的猎奇心，好让别人更难察觉我的秘密计划有何深度和意义。所以，当看到世人抨击我对教皇残忍野蛮、对宗教专制暴政的时候，我心底还隐隐有一丝窃喜呢。那些外国人更是不遗余力地满足我的心愿，在小册子里对我大泼脏水，嘲笑我那点儿可怜巴巴的野心。在他们看来，我不过是想吞噬圣人彼得可怜巴巴的一点儿遗产罢了。①但我很清楚，国内舆论会再度倒向我这边；至于国外，我根本懒得理会。如果外国事先猜中了我的心思，他们一定会动用各种手段横加阻挠。要知道，有了散布世界各地的宗教成员的合作，我的帝国从此将左右多少天主教国家啊，又会影响到多少个非天主教国家啊！"

皇帝说，摆脱罗马教廷、合法联合教会、把宗教控制在君主手中，这一直以来都是他的目标和心愿。"英国、俄国、北方国家、德意志部分地区都得到了这个权力；威尼斯、那不勒斯已经得到过这个权力。没有它，人们谈何治国？没有它，一个国家的安宁、尊严和独立每时每刻都会遭到伤害。我不止一次地试探民意，试图挑起它的这个心思，但都

---

① 在《拿破仑回忆录》第一卷第113页中，读者可发现皇帝针对普腊德神父的《四大政教协议》发表的观点。该书进一步阐释了本章某些段落的具体内容，本书只是在此之上添加了一些补充说明罢了。*——辑录者注

* 该脚注是1824年版后加的。

失败了。我不得不告诉自己，^{1048}我在这件事上永远不可能得到人民的支持。"我曾见他在杜伊勒里宫里大发脾气，今天才明白其中原因。

那是一个礼拜日的盛大接见典礼，许多人都来到宫里觐见皇帝。皇帝在人群中看到图尔大主教巴拉尔，提高嗓门儿对他说："哎呀！大主教阁下，您在教皇那件事上办得怎么样了？""陛下，您的主教代表团即将上路，前往萨沃内。""很好！尽量跟教皇说清楚道理，让他聪明点儿。否则，我们之间就会有不愉快了。跟他说，现在再不是格雷古瓦的时代了，我也不是个好脾气的人。让他想想亨利八世。我虽没有亨利八世这么歹毒，但比他更有权力和势力。让他知道我的手段。我有60万甚至100万法国士兵，无论什么时候，他们都会跟着我、向着我，我怎么做，他们就会怎么做。农民和工人虽然不了解我，却盲目地信任我。中间阶层中那些聪明开化的人，那些想寻求利益或安宁生活的人，都追随我。他那边就只剩一群嗡嗡叫的群氓，可不到八天，他们就会把他忘得一干二净，转而寻求新的目标。"大主教看上去十分尴尬，结结巴巴地想说几句话。皇帝语气温和了一点儿，又说："您完全不用担心，大主教阁下；我支持您的教理，敬重您的虔诚，尊重您的为人。"

直到今天，我才明白了他的苦心。皇帝之前没有提起这些事，无疑是希望我们能在外面推进此事。可惜他看错了我们的禀赋，至少看错了宫廷的禀赋。少部分不会思考的人，毫不犹豫地利用这件事大做文章，在那里大吵大嚷地抨击他。另外一群意图略好点儿的人，咬紧牙关，不吐露一个字，生怕在舆论中犯下错误。就这样，我们普遍误解了皇帝的意思，或者说，这就是我们理解和阐释皇帝的特有方式。虽然我们没有恶意，但因为轻率、矛盾、冒失或随大流，不仅没有想着如何让他更受人民欢迎，反而给他造成最多伤害。^{1049}我记得非常清楚，这个著名的

《枫丹白露政教协议》在某个早晨突然被刊登在《总汇通报》上。人们在圣克鲁的沙龙中议论纷纷，有的人说这篇报道是假的。有的人偷偷告诉别人，说这件事大体上是真的，但教皇是在威胁、暴力和皇帝的怒火下才被迫签下这份协议的。"信徒们的教皇在枫丹白露被拿破仑拽着白发"这幕充满戏剧性的场景，哪怕不是出自那个诗人的虚构①，而是从廷臣甚至皇帝身边的仆人口中传出来，我都不会感到惊讶。人们就是这么书写历史的！

皇帝和总督的激烈对话，上将被夹在中间
8月18日，星期日

今天整个白天和晚上，天气都无比糟糕。下午三点，皇帝出了房门，趁天气暂时放晴，来到我的房中。我们一起去了生病的古尔戈将军那里，之后又去拜访了蒙托隆夫人，三人一起来到花园中。皇帝心情非常愉悦，话很多。他甚至想说服蒙托隆夫人，让她忏悔自己的一生，刨根究底地问她第一次犯下过失的事。他说："来吧，毫无顾忌地说出来吧，我们的这位邻人是不会让您尴尬的，您就把他当作您的忏悔师，我们听了立马就忘了。"

就在我觉得他快要说服蒙托隆夫人的时候，总督来了，打断了我们愉快的聊天。他一出现，皇帝就猛地闪到林子里面，不想让他发现自己。过了一会儿，蒙托隆前来和我们会合，告诉皇帝，总督和上将迫切恳请和皇帝谈一谈。皇帝觉得他们也许有事相告，就回到花园，在那里接见了他们。

---

① 这里说的是夏多布里昂和他的小册子《论波拿巴和波旁家族》（*De Buonaparte et des Bourbons*）。

我们和总督的军官一道站在后面。很快，皇帝谈话的语气就变得激烈起来。[1050]他站在总督和上将中间，几乎不和总督说话，甚至在跟上将说话时都是如此。我们离他们有相当远的距离，听不清说了什么。后来我知道，他不过一再强调了自己先前已在对话里提到的事，只是语气更加强硬和激动。

扮演中间人的上将努力传达总督的意图。①根据他的解释，皇帝说："洛韦先生犯下的错误都源于他生活中的习惯。他只指挥过外国逃兵，什么皮埃蒙特人、科西嘉人、西西里人，总之就是那些背叛了自己祖国的变节者，他们就是欧洲的渣滓、败类。如果他指挥过英国人和真真正正的军人，如果他自己还算是人，他就会尊重那些该被尊重的人。"②过了一会儿，皇帝又说："有一种勇敢是道德的勇敢，它和战场上的勇敢一样必不可少。洛韦先生待我们就缺少了这种勇敢，他害怕我们逃跑，却不采取唯一有效、智慧、理性、冷静的办法来阻止此事发生。"皇帝还说，他的身体已落在恶人的手里，但他的灵魂依然如同从前带领40万人、在帝位上扶持众王时一样骄傲。

说到我们开销金额的减少和英国政府向皇帝要求的金钱，他说："这些细节让我难以忍受，它们实在太下作了。你们可以像西班牙人对付蒙特苏马或瓜蒂莫辛那样，把我放在滚烫的火炭上，但仍无法从我身上掏出金子来，因为我根本就没有。此外，谁问你们要什么东西了吗？谁求着你们供我吃食吗？你们即便断了供给，如果我饿了，这些

---

① 请参考马尔科姆夫人的日记。
② 我们在古尔戈同一天的日记里看到了这段话："皇帝把所有埋在心里的对总督的怨言和愤怒都对他说了出来。哈德森·洛韦喊道：'可是阁下，您并不了解我。''老天！我怎么了解您？我在任何战场上都没见过您。您唯一擅长的就是收买凶手。'"

勇敢的士兵（他指着第53团的营地）会同情我，我会坐在他们掷弹兵的桌子上，他们肯定不会把欧洲这个一流的、最老的老兵赶出去。"①皇帝还指责总督扣留了一部分写给他的信件。对方回答，那是因为信上写的收信人是"皇帝"。②皇帝反驳："谁给了你们质疑这个头衔的权利？过不了几年，你们的卡斯尔雷、巴瑟斯特和其他所有人，还有正在跟我说话的你们，就要被埋进遗忘的坟墓。人们即便还记得你们的名字，那也是因为你们对我干过龌龊事。拿破仑皇帝却无疑将永远成为历史的主题和荣耀，化为文明民族的星辰。你们的书面诽谤完全打不倒我，哪怕你们为此花了几百万英镑。它们取得了什么成果呢？真相将穿过黑云，如阳光一样照亮人间。它就如太阳，是不死不朽的！"

　　皇帝承认，他在此次谈话中一再地冒犯了哈德森·洛韦先生；他也承认，哈德森·洛韦在他面前从来没有失礼过，最多不过低声嘟囔几句听不真切的话罢了。总督说，他曾请求政府将自己召回。皇帝回答，这是自己从他嘴里听到过的最舒服的一句话。总督说我们在欧洲抹黑他，但他对此并不在乎。皇帝对我们说，总督也许只在一个地方失态了，不过相比他在自己这里受到的待遇，这并不算什么。离开时，总督直接掉头就走，而上将则慢慢退下，嘴里还一再说着客套话。皇帝打趣地跟我说："上将当时的样子，和我与巴塞里亚诺断交时加洛侯爵的表现一模一样。"他是在拿给我讲述过的对意之战中的一个章节打比方。③

---

　　① 请参考马尔科姆夫人根据丈夫的记录提供的版本："我会对他们说：欧洲最老的老兵请求和你们一起吃大锅饭。然后我就和他们坐在一张桌子上一起用餐。"
　　② 请参考7月29日日记内容。
　　③ 请参考10月10日日记内容。

皇帝说：归根结底，他认为这次发火是自己不对。"我不应该再接见这个官员了，他让我急火攻心，这折损了我的尊严。我当面对他说的话，放在杜伊勒里宫是绝对不可原谅的；如果非要为此找个理由，那是因为我落到了他的手里，只能任他摆布了。"①

晚饭后，皇帝让人念了一封他写给总督的回信，是针对总督正式送来的8月2日条约予以的回复。条约中，联盟国君主明确表示拿破仑处于囚禁状态。哈德森·洛韦还在信中请求皇帝在朗伍德接见各国特使。皇帝白天把回复口述给了蒙托隆，今晚再念给我们听，是想让我们提一提意见。我们觉得这封回信简直是一篇杰作，话中充满了威严、气魄和条理。¹⁰⁵²我们会在下文写到送信这件事的时候，将其全文引用进来。②

再说和总督的对话—诽谤小册子对拿破仑造成的影响—《枫丹白露条约》—萨拉辛将军的书

8月19日，星期一

今天天气依然无比糟糕，我们从没见过这么可怕的暴风雨。凌晨三四点起，狂风肆虐、暴雨如注，简直跟欧洲春分时的飓风一样吓人。皇帝冒着大雨，在十点来到我的房间。离开时，他的一条腿被门上的一颗钉子剐了一下，裤子从小腿一直到膝盖都被剐破了，幸好没有出血。不过，他必须换身衣服。仆人把衣服拿过来后，他对我说："您得赔我一条长筒袜，一个体面人士绝不会在他房间里布置这么危险的东西。您住得就跟船员似的。不过，这也不是您的错。我觉得自己已经够不注重

---

① 请参考蒙托隆对这幕场景的描述。（上卷第358页）
② 请看1061~1068页内容。

生活了，您居然活得比我还粗糙。"我说："陛下，我的确没有多少优点，也没有什么选择余地。老实说，我就像是住在烂泥里的一头猪；但就如陛下说的那样，这又不是我的错。"

我们趁天气放晴，去了花园。皇帝又说回昨晚的话题，提到在这里、在上将陪同下和总督的那次谈话，并再次为自己的过激言语感到自责。他说："我如果用冷静的语气说出这些话，会具有更加威严、庄重、崇高的效果，而且会显得更有气势。"他还想起自己愤怒之下的口不择言，说哈德森·洛韦是"幕僚团的司书"。这虽是事实，但当时总督听了应该非常震惊吧。我们也知道，后来他一直对此耿耿于怀。皇帝说："我在厄尔巴岛时有过这种遭遇。当时我时不时会翻看用最恶毒的言辞攻击我的诽谤小册子，心中波澜不惊。当我读到自己曾干出掐死、毒死、强暴别人的事时，当我看到自己被写成一个屠杀生病士兵的刽子手时，[1053]当他们说我的马车直接从伤员身上碾过去时，我都是一笑了之。我当时不知道多少次对皇太后说：'快过来，母亲，来看看这个野人、这头披着人皮的狮子、这头食人的恶魔，来看看这头从您肚子里跑出来的妖怪。'可诽谤小册子只要稍微接触到一点儿真相，那就不一样了。我立刻会觉得有必要站出来替自己发声，想出无数理由替自己辩护。的确，我内心会为此感到几分难过。我亲爱的朋友，人都是这样！"

之后，皇帝开始谈论我们昨天晚饭后读的8月2日协议内容。我大着胆子问他，既然英国人当初在巴黎和沙蒂永谈判时承认了他的皇帝头衔，他是否忘了提醒对方，他们应该在《枫丹白露条约》中也加上这一条。因为在我看来，这一条内容被人完全遗忘了。皇帝愤怒地说："他们完全是故意的。我根本没去管这个条约说了什么，对它是不屑的态度。它让我感到可耻，我根本不愿提起它。有人替我商定好了这个条约。把它带过来的那个人背叛了我。①这的确只是我人生中的一小段，但它在很大层面上决定了我的人生。要是我当时明智地进行谈判，我可能还会得到意大利王国、托斯卡纳、科西嘉等我想得到的地方。我做出这个决定是因为我性格中存在一个缺陷：我性子轻率，容易大发脾气。我当时实在厌倦透了身边的那些人，对他们很是瞧不起。对于命运，从前我喜欢挑战它，可那一刻我也厌烦了。我把目光投到一个边陲小岛上，我在那里会受苦，但也可以利用别人的失误而东山再起。所以我决意去厄尔巴岛，这是一个灵魂坚硬得如同岩石一般的人做出的决定。亲爱的朋友，我的性子肯定很古怪，但一个人若跟别人一样，没有任何出奇之处，那他也只能是个碌碌凡人了。我就是落到地上的一块石头！您也许很难相信我这话，但我绝不为自己的伟大而遗憾。您会发现我甚少在意自己已失去的东西。"

我问："陛下，为什么我不信您呢？您有什么可遗憾的呢？……人的一生，在历史中渺小得如同一个原子。可陛下您的一生如此波澜壮阔，所以您才对自己不太在意，却更关心别人。哪怕您的身体在这里受着折磨，您的精神仍将流芳百世；如果您一辈子完全顺风顺水，那您多少高尚伟大的事迹会被人遗忘啊！¹⁰⁵⁴听了陛下的讲述后，连我都被真相深深震撼了。即便是您的敌人，他们也不止一次地向您的忠实仆人——也就是我们承认，这里的您，比当初在杜伊勒里宫的那个您更加伟大。哪怕残暴、背信弃义的人把您放逐到这块焦岩上，您不依然是主宰者吗？您的狱卒都跪倒在您的脚下，您的灵魂征服了一切向它靠近的人。您在这里证明了圣路易在撒拉逊人的锁链下彰显的事实，成为征服者的真正主人。您那无人可挡的影响力蔓延到了这里。陛下，我们身边的人

---

① 1823年版本此处是"把它带过来的N***（内伊）背叛了我"。

都是这么认为的。有人言辞确凿地跟我们说，这是俄国特派员某天亲口所说。那些看管您的人也体会到了这点……您还有什么可后悔的呢？"

回来后，虽然暴雨没有停，皇帝依然让人把午餐端到帐篷里，并把我留了下来。虽然雨水淋不进来，但因为帐篷里太过潮湿，我们不得不离开。狂风暴雨向我们劈头打来后，又如龙卷风一般离开了我们，奔向峡谷深处。这个场景看上去还真有几分壮美呢。

皇帝下午两点回到房间。过了一会儿，他把我叫到书房。当时他手上拿着一本书，对我说："我刚读了萨拉辛将军①的书，这简直就是个得了失心疯的疯子，满嘴胡话。不过，这本书倒有可读性，也颇有意思；他把人事切割开来，从切开的纵面进行分析和评价。他在书中不止一处向惠灵顿提出建议，说自己应该在克莱贝尔的指挥下打几场仗才对。明明苏尔特才是世上数一数二的将领。毫无疑问，克莱贝尔也是一位伟大将军，但萨拉辛对苏尔特的评价并不中肯，苏尔特可是个优秀的战争组织者和陆军部长呢。"

他继续说："这个萨拉辛在布洛涅战役中临阵脱逃，把我的所有军事秘密卖给英国人，引起非常严重的后果。萨拉辛是个将军，但他的行径实在丑恶，不可饶恕。一个生于大革命时期的人竟能无耻、下流、卑鄙到这个地步。我从厄尔巴岛回来后见过他。当时他一脸自信地等着我起用他，还写了一封长信企图糊弄我。他说，英国人是群可怜虫；[1055]他长期生活在他们中间，遭到他们的虐待；他知道他们的底细和手段，这些情报肯定对我大有用处。他还说，我性格如此宽厚，肯定不会把他从前犯下的错误记在心上。我直接让人把他抓起来，他被审判并判刑。可为什么最后他没

---

① 在1823年、1824年版本中，萨拉辛的名字统统以S***代替。

被枪毙，这件事我也是百思不得其解。也许是当时人们没时间去执行枪决，或者他被人遗忘了。总之，祖国已经给他下了判决书。这个无耻投靠外国的将领，绝不应该得到任何宽大处理。"

大元帅到了后，皇帝又说了一会儿话，然后和大元帅一起下国际象棋。这糟糕的天气让他很难熬。

晚饭后，他给我们读起了《伪君子》。可他觉得身体实在疲倦，没能读完便把书放到一边。对莫里哀的文采表示赞叹后，他说了一番出乎我们意料的话："毫无疑问，《伪君子》这本书是大师之作，是一个难以模仿的作家的杰作。不过，正因为这部戏剧带有这个特点，所以它成为凡尔赛的议论焦点，让路易十四一再犹豫是否该让它上演，我对此毫不意外。要说我对什么感到惊奇，那就是路易十四居然还是让它上演了。在我看来，这部剧是在用一种惹人反感的方式提倡忠诚。有一场重头戏实在是太下流了，我敢毫不犹豫地说：如果这部戏写在我所统治的时代，我绝对不会允许它上演。"①

我勃然大怒，遭到皇帝取笑②
8月20日，星期二

下午四点，我听从命令，来到台球室和皇帝会合。今天天气依然无比糟糕；皇帝说，他都不能踏出门一步。不过，他还是被房间和客厅里的烟雾给赶了出来。他发现我今天一反常态、怒气冲冲的，想知道其中的缘由。

---

① 政教协议签署后，的确有人提出禁演《伪君子》，但第一执政官表示反对。拿破仑的这句著名评语很可能是拉斯卡斯的个人观点。

② 1823年版此处标题是"S***（斯图尔默）男爵夫人"。

^{1056}我说:"两三年前,陆军部办公室的一个在我看来十分正直的文员来到我的家中,给我儿子上拉丁文和写作课。他有个女儿,打算让她嫁给某个大官,便恳请我们找机会为其推荐。这个女孩儿生得漂亮,举止动人。因为他的请求,拉斯卡斯夫人才时不时把她邀请到家中做客,为她在上流社会介绍有用的人脉关系。不过,这个年轻姑娘,我们的熟人、朋友和受恩人,如今成了被派到陛下身边的一个外国特派员的妻子,并在一个月前抵达岛上。

"陛下可以想见,我知道这桩巧事后是又惊又喜!我当时觉得,虽然会遇到无数阻碍,但我总算能从一个和我有关系的人那里得到积极、翔实甚至秘密的消息了。可八九天过去了,对方一点儿动静都没有。我虽然并不焦急,但也不太开心。我安慰自己,她越是谨慎,就越有话要告诉我。又过了三四天,我终于按捺不住了,催促我的仆人去找这位夫人。我的仆人得到了我很好的训练,又是岛上人,可在岛上自由行动,不会遇到任何麻烦。回来后,这个仆人告诉我,夫人的回答是:她并不认识把他派来的这个人。我依然觉得,这可能是因为她非常小心,不愿把秘密倾吐给一个陌生人。可今天我居然从总督那里得到一则警告,要我不得再在岛上有任何秘密来往,说我应该知道自己面临什么,说他对我的谴责绝非无中生有,因为他已经从对方那里得到切实证据了。就在我正生气的时候,陛下把我叫过来了。我本以为能从她那里得到一点儿关心或者感激,结果她却跑去揭发我,这让我一时急火攻心,所以才没控制好自己的情绪。"

皇帝指着我笑道:"您可真不了解人心啊!没错,她的父亲曾是您儿子的家庭教师。的确,您的妻子在她一无所有的时候保护过她,^{1057}让她当上德意志男爵夫人。可我亲爱的朋友,您是她在这里最感到麻烦、最为担心的一个人，她甚至会说自己在巴黎的时候根本不认识您的妻子呢。这个恶毒的哈德森·洛韦又最喜欢阴阳怪气地说话，在里面挑拨离间。他就是这么奸诈恶毒的人！"之后，他又继续嘲笑我，笑话我居然为这种事生气。①

晚饭后，皇帝继续读昨天没读完的《伪君子》，今天他依然没能结束这部戏剧。皇帝觉得身心俱乏：糟糕的天气对他明显产生了影响。

科尔维沙—巴黎沙龙逸事

8月21日，星期三

天气依然糟糕透了，我们的房间没有一块地是干的，雨水完全渗了进来。

总督秘书②把一封从欧洲寄来的信带给了我，它暂时给我带来一丝幸福，为我带来最亲爱的朋友的消息和祝福。我把它念给了皇帝听。

皇帝备受这鬼天气的折磨。四点，他来到客厅，觉得自己发烧了，而且浑身乏力。他要了点儿潘趣酒，和大元帅下了几局棋。医生从城里赶来。两艘从好望角过来的船只今天抵达岛上，其中一艘是格里丰号，另一艘是从印度返回欧洲的一艘小型军舰。人们告诉我们，它们还捎来一封写给拿破仑皇帝的信。不过我们没有收到这封信，故不知道里面写了什么。

晚饭后，有人说岛上的药物都用完了。不过这一次，谁也不能把这件事算到皇帝身上。皇帝说，他从来都没想过服用任何药物。在杜伊

---

① 奥地利政府特派员斯图尔默就这件事提供的版本与拉斯卡斯的有所出入。请参考汉斯·施利特尔（Hanns Schlitter）发表的斯图尔默的报告。

② 即温亚德上校。（请看《人名表》）

勒里宫的时候,他有段时间一次就得服用三剂发疱药,可他把它们藏起来,不愿服药。他在土伦曾受过一次重伤①,这道伤就跟尤利西斯的伤口一样,他的老姆妈一看到它,就能把他认出来。*1058*他当时依然没有服用任何药物,伤口就自己痊愈了。我们有人问了一句:"如果陛下得了痢疾,您依然拒绝服药吗?"皇帝说:"我现在身体很好,当然会毫不犹豫地说不。不过如果真生病了,我也许会改变想法。那时的我是出于将死之人对魔鬼的恐惧,才肯用药。"之后,他重申自己对医学有多不信任。但他也说了,自己对外科并非也是这个态度;他曾三次踏进解剖课的大门,但总是要么因为要事在身,要么因为感到恶心而中途离开。皇帝说:"有一次,科尔维沙跟我来了一次漫长的辩论。他手握证据,又非常想说服我,就把一个胃藏在手帕里,带到圣克鲁来。我一看到那个可怕的玩意儿,就恶心得把肚子里的所有东西都吐出来了。"

晚饭后,皇帝想读一本喜剧。可他感到疲倦不适,只好中断阅读,不到九点就回房间了。我见他没有丝毫睡意,便跟着过去。皇帝对我说:"来吧,亲爱的朋友,讲个和您的圣日耳曼区有关的故事,就像《一千零一夜》一样,让我笑笑就好。""好吧,陛下。从前,皇帝陛下有一个侍从。②这个侍从有一个叔祖,年纪已经很大很大了……我记得陛下曾跟我们讲过一个粗俗的德意志军官的事。这个军官在对意之战初期就被俘,曾抱怨自己竟被派来和一个黄毛小子打仗,这小子完全把打仗这门职业给毁了,把它变成一项令人难以忍受的差事。③我们中恰好也有像他那样的人,就是那个侍从的叔祖,他几乎总把自己打扮得像路

---

① 他大腿中了一刀。
② 拉斯卡斯说的就是他本人。
③ 请参考《拿破仑圣赫勒拿岛回忆录》第236页内容。

易十四时期的人。每次您在莱茵河那边为我们制造了什么奇迹，他就要胡闹一番。您在乌尔姆和耶拿射出的炮弹，更是大大激怒了他。他一点儿都不欣赏您：在他看来，您也毁了统帅这个职业。他经常念叨说：他曾在萨克森伯爵元帅的指挥下打过仗，那才是真正的战争奇迹哩，可惜没得到世人足够的重视。'当时战争就是一门艺术，可如今……'说到这里，他耸了耸肩膀，'在我们那个时代，打仗都是有讲究的。我们有自己的骡子，[1059]后面跟着自己的随军食堂，有自己的帐篷，生活得无比滋润。我们还在主营里看戏剧呢。军队之间都是近距离搏斗，大家的态度都非常好。我们打仗，有时候还要打包围战；之后我们就回到冬营，等着来年春天继续行动。'他一脸得意地说：'这才叫打仗呢。可今天，在一场战役中，一支军队突然就在另一支军队面前消失得无影无踪了，然后一个君主国就被推翻了。人们十天里跑了100多里，有什么就吃什么，能找到块地儿就倒下睡觉。我的天，如果你们称这为天才，那我就必须承认，我实在理解不了这种天才。我看着你们把他捧为伟人，觉得你们真是可怜。'"皇帝边听边笑，尤其在我讲什么骡子、帐篷的时候。他还问："所以，你们议论我时，经常会说一大堆蠢话咯？""陛下，没错，大堆大堆的蠢话。""好吧！现在只有我们俩，谁都不会闯进来，再跟我说说其他事。"

"好的，陛下。有一天，一个英俊潇洒、自视甚高的人来到沙龙，我当时也在这个沙龙里。此人先前当过骑兵队队长。他说：'我来自萨布隆平原，不久前看到我们那个东哥特人是怎么带兵打仗的。'他说的就是皇帝陛下您。他继续说：'他有两三支军队，他让他们彼此乱打一气，最后所有人都在一个灌木林里迷路了。我只需50个老兵，就能把他和他的军队一网打尽。'他还在那里反复感叹：'真是欺世盗名啊！

所以莫罗老是说，这人迟早会栽在德意志人手里。我说的是和奥地利的战争。如果战争果真发生，等着看吧，看他怎么从那里脱身。事实会证明我说得没错。'然后，战争爆发了，短短几天后，陛下就夺下了乌尔姆、奥斯特里茨等地。这位先生又出现在我们的沙龙里，虽然我们心怀恶意，但当时忍不住全都冲他喊道：'您那50个老兵呢？'他说：'啊！说真的，谁都没料到这种事的发生。这个人一路披荆斩棘，仿佛受了命运女神的指引似的；这些奥地利人竟然如此蠢笨！'"

皇帝笑个不停，让我再说点儿。"陛下，这种事很难找啊。不过我还记得一个继承了亡夫爵位的老贵妇，[1060]她至死都坚信您在德意志没取得任何胜利。当人们对她说起乌尔姆战役、奥斯特里茨战役、您入主维也纳时，她耸耸肩膀，说：'你们这些人真信这些？这都是他编造出来的。他绝不敢踏进德意志；他肯定还在莱茵河下面，心里怕得要死，却给我们编造出这些故事来。时间会告诉你们真相，反正我是不会上当的！'"

故事讲完，皇帝放我回去，还说："他们现在又该说什么呢？当然了，如今我给他们提供了多少谈资啊。"

8月22日，星期四

今天我如同死了一般：自从我们离开法国后，这是我第一天没见到皇帝。在此之前，我是唯一一个享有能天天见到皇帝这个天大幸福的人。他身体很不好，完全闭门不出，不想见任何人。

皇帝又被冒犯—写给哈德森·洛韦的那封著名的正式回函
8月23日，星期五

天气一如前几天一样潮湿多雨。下午三点半，皇帝把我叫到他的房里。他当时正在洗漱，觉得很不舒服。他说，多亏他平时的养生之道，也多亏他昨天闭门不出，这折磨才完了，他现在身体已经好了。

我向他表达了我心里的痛苦。我说，我刚在日记里写下这不幸的一天，我应该用红笔把它标出来。他得知具体原因后，说："什么？这果真是离开法国后您唯一没见到我的一天吗？而且只有您一个人是这样？"沉默了几秒钟后，他换了一个安慰我的口气，说："不过我的朋友，如果这于您而言如此重要，如果您这么在意这件事，为什么不直接来敲我的门呢？我不会让您吃闭门羹的。"

1061 医生被仆人带了进来。他说，总督承诺不再踏足朗伍德一步。在场的一个人①语气讥讽地说，他总算开始想着讨人喜欢了。

皇帝去了藏书室，我在那里给罗马写了一封长信，然后让儿子念给他听。②但因为那里太过潮湿，他转身离开，去了客厅和台球室。走到台阶上后，他想再出去多走走，但又想了想，说："不过这也许不是个明智之举。"幸好，极度潮湿的天气立刻打消了他的念头。他待在客厅，厅里燃着火盆。他叫人给他端一杯用橘子叶熬的药茶过来，然后下了几盘国际象棋。

晚饭后，皇帝浏览了马蒙泰尔的《故事集》，读到《所谓的哲学家》那里就停了下来。他一直在咳嗽，又要了一杯药茶。之后，皇帝兴致勃勃地谈起了卢梭，谈论他横溢的才华、古怪的性格和卑劣的私德。十点，皇帝回屋。我无法把今天发生的所有事的细节都回忆出来，这让我感到很是恼火。

---

① 即古尔戈。
② 这是我写给吕西安亲王的信。后来在我的被迫害史中，这封信可谓众所周知。读者可在下文读到它。——辑录者注

先前，总督就外国特派员和捉襟见肘的财政预算这两件事给皇帝写了一封信。今天白天，蒙托隆把正式回信交给总督。这封信就是我在本月18日提到的那封正式回函。

正式回函

将军阁下：

在您7月23日的信件中，我已收到英国国王、奥地利皇帝、俄国沙皇和普鲁士国王签订的1815年8月2日协议。

拿破仑皇帝对该协议的内容表示抗议。他根本不是英国的俘虏。当初为了法国人民拥护的宪法，为了他的儿子，他才在国民代表面前同意退位，自由、自愿地来到英国，[1062]想以个人身份隐居在那里，接受英国法律的保护。冒犯所有法律的行为，不能构成事实权利本身。拿破仑皇帝人身被英国控制，但无论从事实还是从法律上看，他在过去、现在都不受奥地利、俄国和普鲁士的控制。即便依照英国交换俘虏的法律和习俗，它和俄国、奥地利、普鲁士、西班牙和葡萄牙也从没结成交换战俘协议，虽然它和这些国家是联盟关系，以盟友身份和它们一起作战。8月2日协议是几个国家在拿破仑皇帝来到英国15天后签订的，它不具备任何法律效力。它的签订只说明了一件事：欧洲四大强国结成联盟，只为了压迫一个人；该联盟违背了所有人民的意愿，也被所有神圣道德原则所不容。奥地利皇帝、俄国沙皇和普鲁士国王无论在事实还是在法律上，都无权对拿破仑皇帝的人身采取任何措施，更无权颁布任何与他有关的命令。

即便拿破仑皇帝被奥地利皇帝控制，这位君主也该记得翁婿之间的宗教关系和自然关系吧？这种关系若遭践踏，定会惹来报应。他应该记得，拿破仑曾四次把他的皇位归还于他：1797年在莱奥本，1801

年在吕内维尔（当时他的军队已经来到维也纳城前了），1806年在普莱斯堡，以及1809年在维也纳（当时他的军队已经控制了这座首都和他四分之三的国土）。这位君主应该记得1806年在摩拉维亚营地、1812年在德累斯顿会晤中，拿破仑皇帝对他予以的保护。

即便拿破仑皇帝被亚历山大沙皇控制，这位君主也应该记得他们在提尔西特、爱尔福特缔结的友谊联盟，以及12年的无数来往吧？这位君主应该记得，拿破仑皇帝在奥斯特里茨战役后第二天，在自己有能力将他的残余军队统统俘虏的时候，却只口头警告了一下，然后让他组织撤兵。这位君主应该记得，拿破仑皇帝冒着生命危险扑灭莫斯科大火，为他保住了这座首都。[1063]这位君主肯定不会违背朋友的义务，不会忘记这位身处厄难的朋友对自己的往日恩情吧？

即便拿破仑皇帝被普鲁士国王控制，这位君主应该不会忘记，皇帝在弗里德兰战役后本可以扶持另一位君主坐上柏林的王位，这完全在他的一念之间。这位君主应该永远不会忘记，在1812年的德累斯顿会晤中，皇帝对他这个手无寸铁的敌人表现出的忠诚和情感。上述协议第二条、第五条中也规定，拿破仑皇帝不受这些君主的控制，他们对拿破仑皇帝的人身和命运[①]没有丝毫影响，只能尊重英国国王在将来会采取的做法，只有后者才应该履行一切义务。

这些君主责备拿破仑皇帝接受英国法律的保护，而不求助于他们国家的法律。因为拿破仑皇帝错以为英国法律是开明的，错以为这个宽厚自由的民族能对他们的政府产生影响，才决定寻求英国法律的保护，而不是求助于他的岳父或旧友。拿破仑皇帝本可以当上

[①] 应是"个人命运"，杜南在他的《拿破仑回忆录》修订版第二卷第220页在此处做了修正。

卢瓦尔军或纪龙德军的头领,通过外交协议来保障他的人身安全;然而他只想过上隐退的生活,受到一个自由民族——它可以是英国,也可以是美国——的法律的保护。所以,条约的所有规定对他都是无效的。他以为自己这个坦率、高贵、满怀信任的举动,比任何正式的条款都更能约束英国人。在这点上,他犯了错;但这个错误只会勾起真正的英国人的怒火。无论在当代还是未来,它都是揭露英国政府背信弃义的最直接的证据。

奥地利和俄国特派员已经抵达圣赫勒拿岛。如果他们此次出使是为了履行奥地利皇帝和俄国沙皇在8月2日协议中的部分条约内容,监督英国官员在大洋中的这一小块殖民地上的工作,看英国是否对一个和他们主上有着亲友关系、有过密切往来的君主保持应有的尊敬,那这两位君主在这件事上展现出了他们高贵的品格。然而阁下,您却言辞凿凿地说,[1064]这些特派员既无权利,也无权力对岛上发生的任何事发表任何看法。

英国内阁已经把拿破仑皇帝转移到离欧洲有2000古里之遥的圣赫勒拿岛上。这块坐落在热带地区、离最近大陆都有500古里远的岛屿,倍受热带地区噬人的炎热天气的炙烤。一年四分之三的时间,岛上都乌云密布、浓雾弥漫。这里是世上最干旱又最潮湿的一块土地,气候完全不利于皇帝的身体健康。人们出于仇恨,才选中这里;也正是出于仇恨,英国内阁才会给该地指挥官发布指令,命令他们将拿破仑皇帝称作"将军",想强迫他承认自己从未统治过法国。这使得他决定绝不接受任何关于头衔的伪饰,虽然他离开法国时已决意要隐姓埋名地生活。他作为第一执政官,以共和国终身第一行政官的身份和英国国王签订了《伦敦预备条约》和《亚眠条约》。他接见过康沃利斯、梅里、惠特沃斯，这些人曾以大使身份留在他的宫中。他曾把奥拓伯爵和安德烈奥西将军派到英国国王身边，在温莎宫廷中担任法国大使。两国外交部部长交换文书时，劳德代尔全权代表英国国王来到巴黎，和拿破仑皇帝的全权代表大使展开谈判，并在杜伊勒里宫中住了好几个月。之后在沙蒂永，卡斯尔雷签署了联盟国呈给拿破仑皇帝的全权代表大使的最后通牒，在里面承认了第四个朝代的建立。这个最后通牒开出的条件远远好过《巴黎条约》；但联盟国在里面要求法国放弃比利时和莱茵河左岸，这完全和法兰克福的提案相反，违背了联盟国自己的声明，更违背了皇帝在加冕礼上立下的维护帝国领土完整性的神圣誓言。皇帝当时认为，这些天然边界是保护法国、维护欧洲平衡的必要手段；[1065]他认为，法兰西民族在那个情形下，宁愿冒着开战的危险，也不愿遭到分裂。如果联军没有得到叛徒相助，法国本可以保住它的完整性，守住自己的荣誉。

8月2日协议和英国国会草案都把拿破仑皇帝称为拿破仑，只给他"将军"这个头衔。"波拿巴将军"这个称谓当然是荣耀的，皇帝在洛迪、卡斯蒂廖内、里沃利、阿尔科、莱奥本、金字塔、阿布吉尔战役中，都以将军自称。但从17年前开始，他先后得到第一执政官和皇帝的头衔。说他不是共和国第一行政官、不是第四王朝君主，这无疑是不合适的。

有些人认为，根据神圣权利，国民如同牛群，属于某些家族所有。这么想的人既不属于这个时代，也不符合多次改朝换代的英国的立法精神。民意总会发生重大变革，但身为统治者的君主如果预料不到这些变革，就成了这个国家多数派和国家福祉的敌人。国王只是子承父业的行政官员罢了,他们的存在纯粹是为了服务国民的幸福,而非国民的存在是为了满足国王的幸福。

因为仇恨,人们规定,拿破仑皇帝写出、收到的所有信件都必须被英国政府和圣赫勒拿岛上的官员打开阅览。此外,他还被禁止收到任何和他的母亲、妻子、儿子、兄弟有关的消息。他不愿自己的信件被低等官员阅读,想给摄政王储寄一封密信,得到的回复却是:他们只负责把打开的信送出去。他们声称这是内阁的指令。我们无须对这种行为发表任何批评,它只反映了传达这一命令的行政部门在思想上是多么奇葩:哪怕是在阿尔及尔,这种事都是遭人唾弃的!

一部分写给皇帝随从、将军、军官的信件明明已经抵达岛上,被您开启后又再被退回。您甚至都不告诉我们这些信的到来,只因为它们没有先经过英国内阁那道门槛。这些信必须再被送回伦敦,再寄来这里,才可能到达收信人手中。^{1066}这些军官焦灼地期盼着,想在这块焦岩上得到他们妻子、母亲、孩子的消息,可他们往往得等上六个月!!!等得怒气填胸!

我们不被允许订阅《时事晨报》《邮政晨报》和一些法国报纸;人们只时不时地把某几期零零散散的《泰晤士报》送到朗伍德来。① 根据我们在诺森伯兰号上提出的要求,一些书被送了过来,但所有和近几年时事有关的书籍全被小心筛选了出去。之后,我们想和伦敦一个书商取得联系,好直接拿到我们需要的、和时事相关的书籍,但这也被禁止了。一个英国作者在法国旅游后写了一本书,把它在伦敦印

---

① 这份报纸是路易十八资助的。请参考福赛斯的《拿破仑被囚史》(Forsyth, *Histoire de la captivité de Napoléon*)第二卷第46页。

了出来，并费尽心力将它寄给我们①，想献给皇帝。但您觉得不能把这本书送过来，只因为它不是通过您的政府寄到岛上的。还有其他许多作者寄来的书籍，也都没被送到，因为它们有的扉页上写着"献给拿破仑皇帝"，有的写着"献给拿破仑大帝"。英国内阁并未授权让您干出这些令人气愤的事来。法律即便极不公道，认定拿破仑皇帝是战俘，可法律从不禁止战俘订阅报纸、接收书籍。这等小心防御的招数，只会发生在宗教审判所的单人囚室中。

圣赫勒拿岛周长10古里，每个地方都不可接近，边上围着砖墙，海岸边的警备点可以彼此通信，断绝了人们和海上的任何联络方式。②岛上只有一个小镇——詹姆斯镇，人们只能在那里抛锚或起航。为了阻止一个人离开该岛，只要从陆上和海上斩断通路即可。可我们还是被禁止进入小岛腹地，这么做只有一个目的：剥夺他骑马走上1万米权当散步的权利。在别有用心的人看来，这么做可以缩短皇帝的寿命。

皇帝被安置在四面透风的朗伍德。这里土地贫瘠，不适合居住，没有水，任何作物在这里都很难种活。¹⁰⁶⁷方圆1200土瓦兹内都是荒地。离这里1000多土瓦兹的一个小山丘上有一个兵营，另一边差不多相同距离的地方还有一个。所以，在这炎热的热带地区，我们无论望向哪边，都只能看到兵营。马尔科姆上将从驻地物资中拿了一顶帐篷送给皇帝，让他的船员在离屋子20步远的地方把帐篷搭起来，这就是我们唯一的纳凉地。和当初在诺森伯兰号上一样，唯一值得皇帝高兴

---

① 应是"将它寄给您"，杜南在他的《拿破仑回忆录》修订版第二卷第223页的此处做了修正。

② 请参考《地名表》中的"圣赫勒拿岛"词条。

的只有热情的第53团军官和士兵。朗伍德的房子本是东印度公司的谷仓；后来，该岛副总督在原来的基础上加盖了几座房屋，把它变成他的乡间别墅。但它一点儿都不适合居住。在我们来这里一年多的时间里，人们一直都在翻修房子，皇帝不得不住在正在修建的房子里，这样既不便利，又不利于他的身体健康。他的寝室太过狭小，只放得下一张普通规格的床。不管在朗伍德修建任何建筑，工人的存在都会造成各种不便。可这座贫瘠的岛上有一些漂亮的地方，里面有花园、高大的树木、可爱的房屋，其中一栋就是种植庄园。然而，内阁发出明确指令，禁止您把它拿来给皇帝居住，尽管这能免掉在朗伍德修建小破房子导致的大笔开支，而且这些房子现在都已被废弃了。

您还禁止我们和岛上居民有任何往来。您把朗伍德变成一所孤立囚所，甚至禁止驻地军官和我们有所联系。

人们似乎一门心思地琢磨着怎么剥夺我们在这块可怜地方的不多的消遣；我们待在这里和待在阿森松岛上没什么区别。阁下来了圣赫勒拿岛后的这四个月里，皇帝的处境变得愈加恶劣。贝特朗伯爵向您指出，您已经违背了您自己国家的法律，践踏了军官战俘权。您的回答是，您只知道遵循您收到的指令，[1068]说您已经比指令里要求的宽容许多了。

祝好

蒙托隆伯爵

附言：我写完这封信时，正好收到阁下17日发出的信。您在信中附加了一张账单，估计我们每年开销为2万英镑。您认为，尽量削减其他一切开销后，这笔钱足够朗伍德的生活开支。我们在这件事上没有任何商量的余地。皇帝的伙食几乎已被精简到最低限度，所有供应食品不仅质量低劣，价格还足足是巴黎的四倍。您要求皇帝自掏腰包拿出1.2万英镑，说贵政府只支付8000英镑，权当我们的生活开销。我有幸告诉您，皇帝自己没有钱。从一年前开始，他就再没收到任何信件，也没向外写信；他完全不知道欧洲发生了什么，会发生什么。他被暴力带到这块离欧洲有2000古里远的不毛之地，无权接收或寄出任何信函，如今已经完全被英国官员随意摆布。皇帝一直都希望由自己支付所有开销，如果您能解除他和岛上商人不得来往的禁令，而且他和他们的通信不会受到贵方的任何调查，皇帝立刻就能拿出这笔钱来。欧洲人只要知道皇帝有何需要，关心他的那些人会立刻把钱寄来供其使用。

您交给我的巴瑟斯特勋爵写的那封信，让我觉得好生奇怪！贵国内阁难道不知道，一个伟人落入敌人之手是一幕多么崇高的场景吗？他们难道不知道，待在圣赫勒拿岛上、受尽各种迫害却依然泰然自处的拿破仑，比坐在世界第一霸主的王位上、担任各国国王的仲裁者的他更加伟大、神圣和值得尊敬吗？在这种情况下，对拿破仑不敬的那些人，[1069]难道不是在败坏自己的人格，抹黑他们所代表的国家形象吗？

我在英国的家人—流亡贵族欠英国人的恩情—茹贝尔将军—圣彼得堡—莫斯科大火—如果胜利回国，拿破仑之后的计划

8月24日，星期六

下午两点，我去皇帝房中找他。他从早上开始，就催着我把我的《勒萨日的历史学、系谱学、编年学及地理学图鉴》给他带过来。我进入房间的时候，他刚翻完俄国和与其接壤的北美洲地图。

昨晚他身体非常糟糕，咳嗽了一整夜。不过，今天天气再度放晴，他便穿好衣服，打算出门。洗漱过程中，他频频对《勒萨日的历史学、系谱学、编年学及地理学图鉴》一书发表见解，说它在结构上有诸多优点，内容又包罗万象。最后，他如往常一样叹道："多么厚重的一本书啊！里面有多少翔实的细节啊！它在每个地方都给出了多么完整的信息啊！"

皇帝来到花园。我告诉他，我早晨一直在往英国写信，还给两三天前给他读过的那封信写了回信。他说："您在英国的家人似乎都是正直人士。他们非常爱您，您对他们也非常依恋。"我回答："陛下，他们被囚于法国的十年时间里，我曾对他们有所照顾；我流亡去了英国后，他们也对我关照有加。从那时起，我们一直彼此照拂、殷勤款待。我把我的所有家产都委托给了他们，他们有权对其进行任何处置。"皇帝听了后，感叹说："多么难得的一段关系啊！谁在中间牵线搭桥的？你们又是怎么恢复联系的？"我就给他讲述了我和这家人的认识经过。

我说："这家人于我而言，就如同船难中的不幸儿得到上天垂怜，抓到的一块救命浮板。陛下，他们对我的恩情，他们给我带来的幸福，是我用任何金钱或好意都回报不了的。

"当初，因为大革命期间发生的恐怖暴行，我们被迫前往英国，寻觅一个庇护所。[1070]我们流亡贵族在那里引起了极其强烈的轰动效应：无数声名显赫的贵族流亡到那里，他们悲惨的过去、可怜的处境牵动了所有人的心。许多政治团体、教会、社团和私人家庭都对我们关心不已。这场灾难搅乱了所有阶级的心扉，引起了广泛的同情。一群善良慷慨的人迫不及待地向我们伸出援手，我们一下子得到最体贴、最周到、最温馨的呵护和关爱。老实说，虽然舆论在这件事上意见不一，但看到英国社会大部分人对我们展现出善意，我们着实被感动了。这份恩情，我们必须让历史知道。

"我在伦敦有一个和我一个姓氏的堂姐，她先前在凡尔赛宫廷颇有地位。因为曾是王后宫殿管事朗巴勒夫人的女官，所以我这个堂姐和几乎所有的欧洲名流要人都有着良好的关系。我家和她有这层亲戚关系，也着实是件幸运的事。她得到了无数关爱，许多人都跑来表示愿意照顾她。其中有一对年轻夫妇，妻子美丽娴雅、端庄大方，是个法国人；丈夫性子温和，很有荣誉精神。他们家产丰厚，心地善良。过了不久，他们把自己的一栋房子让给我的堂姐及其家人居住，让她在那里有宾至如归的感觉。

"这对慷慨的夫妇对我们这些流落在外的贵族一直照顾有加，许多身份尊贵的流亡贵族频频出入其家门，我们许多人都欠他们一份很大的恩情。虽然他们对我们恩深似海，但如果让我一个人偿还这份情谊，我也绝不会泄气。我还不完，就让我的后人替我还。我相信，只要我的孩子和我一样知恩图报，他们定会将我的叮嘱放在心上，心甘情愿地还清这份恩情。

"***女士①品性高洁，是个典型的法国人。孔代亲王来到伦敦后，想在乡下找个住处。她立刻请我转告亲王，她在达勒姆有一栋极好的宅子，可让给亲王居住。¹⁰⁷¹亲王了解到个中细节后，觉得这栋宅子规格太高，他承担不起。不过，得知是一个法国人把它让给自己的，且对方认为自己能在那里接待孔代亲王是三生有幸后，亲王万分感动，当即就想亲自拜访女主人，以表感谢。

"这家人在《亚眠条约》签订后曾去过法国。因为和他们关系密

---

① 即克拉弗林女士。

切，所以几天后我也跟着他们回国，呼吸到了祖国的空气。因为他们，我在边境的时候才免去了根据停战协议必须办理的烦琐冗长的手续。也正因为这几个朋友，我在巴黎期间才能快捷地走完必需的行政程序，且没遇到多少麻烦。我国政府颁布了针对英国旅客的逮捕令后，这家人和无数英国人一样被扣留下来。我也有幸为他们上下奔走，让他们的处境能稍微好一点儿，并为他们做了担保。

"纷繁的世事和岁月终于把我们分开了，但我依然把他们铭记在心间。我对这些善良、亲爱的朋友怀有的感情和感激，比一直指向南方的磁针还要执着和恒定。陛下，这就是我在英国的家人的故事。"

我在讲述这段往事的时候，皇帝一边听，一边带我朝马厩走去，让人备好马车，并让马夫驾车在树林深处等我们。但马车过了很久都没到，蒙托隆夫人都等得不耐烦了。蒙托隆赶来解释马车为何迟到。之后，皇帝想骑马散步。

散步期间，我们谈到了茹贝尔将军。蒙托隆正好曾是他的副官，还是他的小舅子。

皇帝说："茹贝尔对我敬重有加。在我远征埃及后，每次共和国遭遇挫折，他都悲叹如果我在的话该有多好。当上意大利军总司令后，他以我为楷模，渴望重拾我的事业，做成我后来通过雾月政变做成的事。只可惜，他不该和雅各宾派联手。为了让他掌握大权、主持全局，雅各宾派采用阴谋招数。舍雷尔在前线遭遇惨败后，他们把茹贝尔推上意大利军总司令的位置。对，就是那个侵吞公款、千夫所指的卑鄙的舍雷尔。[1072]可茹贝尔到了诺维后，在对抗苏沃洛夫的第一场战斗中就丢了性命。他在巴黎只经历过小打小闹，还没取得足够多的荣耀，打下足够坚固的根基，取得足够的成长，就一命呜呼了。虽然他是为了获得这一切而生，可当时他没得到足够的历练，太过年轻，他背负的责任已超过了他本身的能力。"

皇帝在口述对意之战时，是这么形容这位将军的（下文是我根据相关草稿整理而成）。

"茹贝尔，生于安省，即从前的布雷斯地区，曾学习法学。大革命爆发后，他弃文从戎，进入意大利军，在里面当上旅级将军。他高大瘦削，给人身体不好的印象。但去了阿尔卑斯山后，他饱经困苦，深得锻炼。他英勇、警觉，精力极其充沛，总冲在队伍最前面。之后，他被提拔为师级将军，代替沃博瓦指挥军队。他在莱奥本战役中多次立下战功，在蒂罗尔的群山中，走普瑟斯塔尔狭道指挥左路和大军会合。他爱戴拿破仑，受后者委托，将意大利军最新缴获的敌军军旗带给督政府。埃及远征期间，他留在巴黎，和元老院议员赛蒙维尔的女儿结婚（此女后来改嫁给了麦克唐纳元帅）。这桩婚姻把他卷进跑马场阴谋，并在舍雷尔战败后把他推上意大利军总司令的位置。①他在诺维战役中战死。当时他还十分年轻，没有足够的战斗经验。他本可以成为一代名将的。"

皇帝只绕着林子走了一圈就觉得无比疲惫，他的身体根本没好起来。

晚上八点半，皇帝把我叫过去。他跟我说，他必须泡一个澡，觉得自己有点儿发烧。他认为自己感冒了，¹⁰⁷³但泡澡后他就没有再咳嗽了。皇帝在浴缸里泡了很长时间。之后他用了晚餐；仆人替我搬来一张小桌子。皇帝转而谈起了俄国史。他说："彼得大帝付出巨大代价，定都圣彼

---

① 有人确定地指出这里的错误，说茹贝尔并非因为这桩婚姻而引起那些人的关注，继而被他们推出去主导时局；恰恰相反，是因为他被挑中，之后才有了这桩婚姻。*——辑录者注

* 该脚注是1824年后加的，1840年版将它和下文"皇帝只绕着林子走了一圈就觉得无比疲惫，他的身体根本没好起来"都删了。

得堡，这是不是明智之举呢？如果他把建都的那么大一笔钱投在莫斯科身上，是否会取得更好的效果呢？他到底出于什么目的呢？又是否达到了目的呢？对此，我的回答是：如果彼得大帝留在莫斯科，他的国家依然会是莫斯科式的国家，他的人民将完全是亚洲式的人民。所以他必须迁都，好实现改革，让国家焕然一新。当时，他选中了那块他在不久前才从敌人手中夺下来的边境地区，把首都定在那里，动用所有力量把它打造得坚不可摧。他加入了欧洲社会，在波罗的海扎下根来。如有必要，他可和位于波兰、瑞典两国后面的国家结盟，借此轻易地牵制住这两个敌人。"

皇帝说他并不完全赞同这个理由："但不管怎样，莫斯科没了，谁都不知道有多少财富在那里化为乌有。我们可以说，巴黎城是几个世纪的工业和工程累积起来的结果。俄国首都自1400年起就存在了，哪怕这座城市每年只增加100万的财富，经年累月，那也是一个庞大的数字！此外，我们还要算上仓库、家具、科学艺术机构、商业铺子等，这就是莫斯科，可这一切都在一瞬间消失了！这是多么可怕的一场灾难啊！单想想这件事就叫人发抖！我绝不认为单靠20亿卢布就能将其重建。"

皇帝就这个话题谈了很久，还说了一句尤其经典、我必须将它记下来的话。当时，听到"罗斯托普金"这个名字后，我斗胆发表了一句感想，说：我惊讶于他的爱国行为，我对这个人很感兴趣，而不是感到愤怒；不，更准确地说，我是在忌妒他！……听到这些话，皇帝干脆直接地回答："如果巴黎许多人都能从这个角度解读和感受这件事，相信我，我会为此拍手叫好。可惜我没遇到这种人。"他把话题转回莫斯科，继续说：
1074 "不管诗歌是怎么写的，但所有诗人对特洛伊大火的想象，都比不上真实的莫斯科大火那般惨烈。这座城市是木头建成的，风势迅疾，所有水管又都被撤走了。那是实打实的一片火海。哪怕我们行军迅速、突然进城，也没能抢下什么东西。我们甚至在路上发现女人在仓促逃跑时落下的首饰珠宝。后来她们给我们写信，说自己想躲过第一批进城的丘八的蹂躏，故把财产托付给了信得过的胜利者，自己过几天肯定会回来央求他们开恩，将东西物归原主，并向他们表示感激。"

皇帝补充说："这桩罪行绝非出自民众的想法。他们甚至还抓了从监狱里逃出来的400多名纵火犯，将其扭送到我们这里。"我大着胆子问："可是陛下，如果莫斯科当初没被付之一炬，陛下打算把兵营安置在那里吗？"皇帝回答："那是当然，我到时候会在莫斯科上演这么一幕场景——在那里设营的军队，平静地生活在敌国人民的四面夹裹中。当时，船都被冻在河上了。法国会一连好几个月都得不到我的任何消息，但你们依然在那里过着太平日子。康巴塞雷斯会如从前那样替我主持朝政，一切依然正常运转，就如我在法国时一样。对任何人而言，俄国的冬天都是难挨的，大家都被冻傻了。但春天总会回来，那时所有人会一起苏醒，人们会知道：法国人和任何民族一样，是那么伶俐机敏。

"只要天气转暖，我会立刻向敌军挺进，把他们打败，成为他们帝国的主人。但我们都知道，亚历山大是不会任自己落到那个境地的，他会接受我提出的一切条件。那时，法国就能高枕无忧了。老实说，这件事并不复杂！我要打败的是拿着武器的敌人，却不是愤怒的大自然；我打败了敌军，但我不能战胜大火、严冬和死亡！[1075]命运比我要强大许多。然而，这于法国、于欧洲而言是多大的不幸啊！

"《莫斯科和约》如果得到签订，我的远征行动也就结束了。我这么做是为了完成大业，预防风险，保障安全。一个崭新的世界将展现在地平线上，那将是个无比蓬勃、充满幸福的未来。欧洲体系将得到巩固，剩下的唯一问题就是如何组建它了。

"那时候，我将大功告成，到处都是安宁祥和之景。我会有自己的维也纳会议和神圣联盟。没错，这些想法都是他们从我这里剽窃来的。在所有君主参加的这场大会中，我们将如家人一般展开讨论，从教士到人民的利益都会被考虑进去。

"那时候，世纪大业终得完成，革命终于结束，我们只需让它和没被它摧毁的人握手言和就好。这一伟业是属于我的，我很早以前就在为此做准备了，也许还是以牺牲自己的民望为代价。但这有什么关系？我会成为连接新旧联盟的一座桥梁，成为新旧秩序的自然中间人。我既取得了这一边的信任，拥护他们的理念，又和那一边打成一片。我是属于他们两派的，我将秉承良心，把他们都考虑进去。

"公平处之，这就是我的荣耀。"

陈述了他要向一个又一个君主、一个又一个人提出的计划后，皇帝继续说："强大如我们，给予的东西定也是伟大的。各国人民将对我们感激不已。可如今，他们夺得再多，依然觉得不够。他们将永远彼此提防，永远不得满足。"

之后，他回顾了自己为了欧洲的繁荣、利益、幸福和福祉而提出的构想。他渴望欧洲各地都拥有相同的理念和制度，有一套欧洲共同的法典，一个欧洲最高法院，就像我们自己的法院一样，它可推翻其他法院的错误判决。所有地区都使用同一套货币，同一个计重系统，同一个度量单位，同一套法律，等等。

他说："很快，欧洲就会如同一个民族一样团结起来，[1076]每个人都可到处出游，无论走到哪里，他都在共同的祖国的怀抱中。"

他会要求全部河流和公海对所有人开放，所有军队都将被解散，只保留君王护卫队。

其中大部分思想都是前人从未提过的，有的是非常简单的自然理念，有的是高屋建瓴的想法，涉及政治、民事、立法、宗教、艺术、商业等领域，简直无所不包。

皇帝总结说："回到法国，回到伟大、强盛、美丽、安宁、辉煌的祖国后，我要宣布它的国界是永恒不变的。以后的任何战争都纯粹是防御性质，任何国土扩张都是反民族的。我要把我的儿子扶上皇位。我的独裁统治结束后，他将实行君主立宪制……

"巴黎将成为世界之都，法国人将成为其他民族艳羡的对象！

"之后，在我儿子学习理政期间，我会在皇后的陪伴下，在山水之乐中度过我的老年闲暇时间。我们会如同一对真正的农村夫妇一样，骑着自己的马，游遍帝国每个角落，聆听人民的疾苦，纠正错误，到处播撒幸福的种子！！！……我的朋友，这就是我的梦想！！！"

皇帝谈了许多和俄国有关的事，说我们根本不知道这个国家繁荣到何等地步。他在莫斯科这个话题上说了很久很久，说这座城市在各方面令他震惊，称它和欧洲所有首都相比都毫不逊色，甚至远远赶超了大部分欧洲首都。可惜我只依稀记得部分谈话内容，如今都不知道怎么把它完善地复述出来。

最吸引眼球的就是莫斯科的许多镀金大钟。皇帝回来后还依照它们的样子，把荣军院大教堂的那口钟也镀成了金色。①*1077*他还打算把这个美化工程推广到巴黎其他许多建筑上。

---

① 《拿破仑圣赫勒拿岛回忆录》出版后，有人向我指出这里的一个年代错误：荣军院大教堂的那口大钟早在对俄战争爆发之前就被镀成金色了，而且启发了拿破仑的并不是莫斯科的大钟，而是开罗清真寺的尖塔。也许这才是皇帝想说的。不过在即兴谈话中，记错了也情有可原，毕竟这种事在所有人身上都发生过。* ——辑录者注

* 该脚注是1824年版添加的。

附注①：由于上文描写的莫斯科城似乎和我们西方国家对那座城市抱有的普遍观点有很大出入，我便找到一个亲眼见过这座城市的人，听听他的亲口描述。此人是远征军中的一个要人，大军团总司令的外科医生——拉雷男爵。我在这位大名鼎鼎的学者的一本书中摘录了下面这段话。这本书叫《军外科回忆录》（Les Mémoires de la Chirurgie Militaire），也许是因为里面的内容太过专业，它没有太高的知名度。

莫扎伊斯克战役和莫斯科河战役后，他起身前往莫斯科：

"我们刚离开莫扎伊斯克，走了几英里远，就震惊地发现：虽然不远处就是世上最大的首都之一，可我们面前却是一片贫瘠、多沙、荒无人烟的平原。看到这个萧索孤寂的场景，所有将士都陷入沮丧之中，我们似乎预感到莫斯科人已弃城而逃，预料到不幸正在这座城市中等着我们。这座富庶的城市，原本能让我们走向不同的结局。

"大军费力地穿过平原。由于又渴又饿，马匹已经筋疲力尽。在这里，水比草料还要珍贵。除了马，人也是饥渴交加。我们已是人困马乏，还缺少口粮。军队很久都没得到补给了，我们在莫扎伊斯克城中虽然找到点儿粮食，但它只够新老护卫军填饱肚子。第一军中的许多新兵被当地的烈酒②毁坏了身体，在队伍后面跟跟跄跄地走着，打着转，然后猛地跌倒在地，或无意识地一屁股坐了下来。*1078*他们就保持这个姿势，一动不动地躺在地上，没过多久就默默地断了气。这些年轻人因为无聊、缺衣少食和极度疲倦，才会滥饮这种有害的烈酒。

"尽管如此，我们还是在9月14日晚抵达了莫斯科附近的一个郊区。我们在那里得知，俄军先前经过该城，已经把城中所有居民和行政

---

① 该附注在1940年版中被删。
② 即杜松子酒。

机构都带走了，现在城里只剩一些底层人民和仆人。我们第二天早上进入莫斯科，走过这座庞大城市的主街，几乎一个人都没碰到，所有房屋都空无一人。但更让我们吃惊的是，远处好几个街区竟然着火了，可我们分明没有一个士兵去过那里。克里姆林集市更是浓烟滚滚。这座建筑占地面积巨大，门口的柱廊与巴黎的罗亚尔宫颇有几分相似之处。

"我们沿途边走边看，穿过这个微缩版的俄国。我们难以置信地望着庞大的莫斯科城，看着城中无数大教堂和宫殿，惊叹于这些建筑精美的结构、合理的位置分布。到处都是豪华奢侈的建筑。大街宽敞、笔直、平整，一直通到城中央。这座城市几乎没有一处不协调的地方，那里的一砖一石都在彰显它的富裕，告诉我们它的商业是多么发达，世界各地的商品在那里可谓应有尽有。

"大大小小的宫殿、房屋和教堂为这座城市增添了无尽的美感。不同街区的建筑风格不一，让人一眼就看出那里的居民普遍是哪个民族。我们轻而易举就认出了法国人、中国人、印度人、德意志人各自的街区。克里姆林宫被视作莫斯科的堡垒：它位于城中心，建在一块凸起的岬角上，边上是一圈城墙，城墙侧翼每隔一段距离就有一座大炮。我们刚才说的那座集市，里面卖的通常都是印度商品和昂贵的皮草，可如今它已经被大火吞噬，这栋美丽的建筑里里外外几乎被烧得一干二净。士兵扑灭大火后，我们只在地窖里找到一些没被烧到的存货。克里姆林宫中，只有沙皇宫殿、议会会厅、档案馆、军火库和两座极其古老的庙宇逃过一劫。这些精美的建筑气势恢宏地屹立在军事广场的周围，所以得以幸免。我们就像置身于古代雅典的公共广场上一般，一边是智慧女神的神庙，另一边是学院和军火库。两座庙宇中间有一座圆柱形的塔楼，上面写着'伊万塔'几个字。这座塔更像是埃及的尖塔，里面挂着大小不一的几口钟；塔底又有一座大得惊人的钟，历来备受历史学家的关注。站在塔楼高处，可鸟瞰整座城市及周边地区。这座城市是依照一颗四角星的形状建成，城中建筑的屋顶五彩斑斓，无数座大教堂和钟楼映入眼帘，它们金色、银色的穹顶把这座城市装饰得美轮美奂。但论奢华，谁都比不上克里姆林宫的一座神庙，那里是历代沙皇的陵墓。庙宇内墙贴满红宝石色的壁砖，足足有半寸厚，上面刻着《旧约》和《新约》中的故事。银质的吊灯和灯杆造型奇特，格外引人注目。

"我最关心的还是医院。它们真不愧是世上最开化的民族的医院，我一下子就认出哪些是军用医院，哪些是民用医院。最大的军用医院是平行四边形，被分为三个主体。最大的那个区建在一条大路边上，对面就是一个大兵营，其规模几乎可以和巴黎军事学院相媲美。边上有两栋建筑，和最大的那栋主体建筑相垂直，三栋建筑一起把中间的院子围起来。天气好的时候，病人可以在这个院子里散步。这栋建筑正门处是一个柱廊，比地面高出两个台阶。[1080]我们进入医院后，最开始看到的是一个宽敞的前厅，从这里可通往一楼的各个厅房，前面一个巨大华丽的台阶通往二楼。建筑里到处都是大厅，厅中两边都开有落地窗。和所有俄国建筑一样，它的窗户也是两扇窗门，在冬天可以关得严严实实。室内安有雕花火炉，被装在距离适当的地方。每个大厅都有四排病床，每排有50张床。出于卫生考虑，床与床被间隔开来。那里一共有3000多张病床。医院住院部由14个主厅构成，每间差不多面积相同。药房、厨房和其他配套设备在不同地方，分布位置也非常合理，都离大厅很近。这是我见过的面积最大、设备最完善、最令人满意的医院。

"民用医院同样值得留意。最大的四所是谢雷梅特夫医院、加力金医院、亚历山大医院和弃婴院。

"第一所医院在外观结构上很引人注目，内部布置也别有洞天，用于接收近卫军中的病人和伤员。

"这所医院的建筑有三层，结构是新月形，医院大楼后面是配套的建筑。这栋月牙形建筑的中央有个凸出状建筑，有着漂亮的柱廊，这里是一个礼拜堂的入口。礼拜堂有着高高的穹顶，大厅通往医院几个病房，下面是修建这所医院的一个亲王的地下陵墓。大厅装饰有灰泥涂面的柱子、雕像和漂亮的油画。我从未见过比这里更富丽堂皇的药房。

"弃婴院位于莫斯科河边，在克里姆林宫大炮射程范围内。不用多说，它是全欧洲类似机构中最大、最漂亮的一个。弃婴院的建筑由两个部分构成：正门所在的第一栋建筑是院长住处（院长从军官中选拔而出）、卫生处、办公部以及弃婴院其他附属服务机关的办公室。第二栋建筑是四边形结构，建筑中空处是个宽敞的院子，中央有一个蓄水池，整个医院的用水都取自这里。四边上的楼体都是四层楼结构，每层楼有一条走廊，走廊不太宽，但足以通风和供人往来。剩下的地方和四个角落全都是房间，每间房有两排带床帘的床，根据其大小来看，是给小孩儿用的；男孩儿和女孩儿的睡觉区是隔开的，到处都十分干净、井井有条。

"我们占领这座城市后不久，总算尽全力扑灭了俄国人在最漂亮的街区上点燃的大火。可因为两大原因，大火复燃，火势极大，迅速从一个街区扑向另一个街区，最后整座城市都被卷入火海。根据报告，第一个原因和俄国某个阶级有关，据说他们是一群被关在监狱里的囚犯。俄军撤走时，打开了监狱大门。这群可怜人也许是因为得到上头的授意，又或者出于某种自发的冲动（而且无疑是以抢劫为目的），逃窜在一座座建筑中间，到处放火。法军巡逻队虽然人数众多、频频巡查，但也无法阻止他们的行动。我其实见过好几个这样的可怜人，他们被抓时，手上还拿着火绳和可燃物。人们处死了这些被抓现行的人，此举却对其他纵火者起不到丝毫杀鸡儆猴的作用。大火连续烧了三天三夜。我们的战士拆除部分房屋，以阻挡火势蔓延，但它依然到处流窜，一眨眼的工夫就把那些本来隔在外面的建筑吞噬了。第二大原因是，这些地方在春秋季本来就风势迅猛，这有利于大火蔓延，让它越烧越旺。

1082 "人们无论如何也无法想象火势可怕到何种地步，叫人看了胆战心惊。尤其是18日到19日夜，是火灾最严重的时刻，一幕惊人的场景在我们眼前上演。当时天气干燥晴朗，东北风来回肆虐。直到今天，我都深深记得那个可怕场景：整个夜里，全城都陷入大火之中，颜色各异的巨大火舌在各个地方舔来舔去，连天空里的云彩似乎都着火了。整块大地都深陷火海，火光冲天，连空气都是滚烫的。四处流窜的火苗在疾风的帮助下迅速蔓延，烧得噼里啪啦。由于许多房间和商铺里堆积着火药、弹药、油、树脂、酒精等易燃物，我们还时不时听到可怕的爆炸巨响。上釉的铁皮房顶都被烧化了，铁水流得到处都是。大部分建筑的栅栏和高大的房梁都是杉木木材，着火后轰然倒地，变作一座座火桥，把本来没着火的房屋也烧着了，导致着火面积越来越大。所有人都被震住了、吓住了。帝国护卫军、法军主营和军队将领离开克里姆林宫，离开莫斯科，在彼得大帝的一座叫彼得罗夫斯基的城堡中扎营，该城堡坐落在通往圣彼得堡的大道上。我和一些队友住在一个单独的石头房子里，这栋房子位于法兰克街区的一个高处，离克里姆林宫不远。正因如此，我才有机会成为这场可怕的火灾的见证者。我们把所有设备都运到军营里，一直保持警惕，好预防危险，为其做好准备。

"留在莫斯科的底层人民在大火的追赶下，在一栋栋建筑中间逃命，发出令人心碎的哭喊声。因为想把自己最贵重的财产救下来，他们就背着大包小包的东西，导致自己行动不便，最后为了保命，被迫将其丢弃。女人因为母性，[1083]一只手抱着一两个孩子，另一只手还牵着几个。为了躲过四面追杀的死神，她们挽起裙子，东躲西藏，在街角或广场上寻找避难地。然而火势凶猛，她们没过多久就被迫放弃这个才得到的避难角落，四处逃散，有的人再没能走出这座烈火的迷宫，结局无比悲惨。我曾见过一些老人的胡子都被烧着了，被他们的孩子放在货车上，想从这个真真正正的鞑靼人的手上逃命。

"我们的战士本来就又渴又饿，冒着所有危险，在堆积着货物、易燃品、酒精和其他或多或少能派上点儿用处的仓库和地窖中翻寻着。他们在街上跑来跑去，混在绝望的当地居民中间，竭力想从这场肆虐的可怕大火中救下点儿东西。最后，过了八九天，这座伟大的城市化为灰烬，幸存下来的只有克里姆林宫、一些大型建筑和所有教堂，因为它们都是砖石结构。

"这场灾难让我军陷入巨大的恐慌，向我们预示着更加可怕的未来。我们所有人都认为，如今我们再得不到口粮和衣物了，其他急需的军队必需物资也一应告急。死亡的恐怖画面在我们脑中一闪而过！然而，大火过后，法军主营又迁回克里姆林宫，帝国护卫军则住在法兰克街区里幸免于难的几栋房子里。大家都开始履行各自的职责。

"我们挖地三尺，在商铺中找到了面粉、肉类、咸鱼、油、白酒、葡萄酒、利口酒，把一部分食品发放给士兵。但法军太过节省，希望储存物资，以备不时之需，这种未雨绸缪之举本身没错，可它有时成为借口，导致我军后来撤出时要么把这些口粮烧掉，要么将其抛弃在仓库里，可它们明明可以发挥更大的作用。如果我军继续留在莫斯科，它们可以满足军队六个月的需求。[1084]皮货和布料也是如此，我们本来可以抓紧时间给军队提供所有御寒衣物，尽量保护他们扛过正在到来的严冬。普通士兵没有深谋远虑的头脑，不懂得在这方面为自己打算，只顾着搜集酒类、金子和银制品，把其他事全都抛到了脑后。

"全军上下不知疲倦地搜索，找出了大量物资。可这批丰富的物资扰乱了军纪，损害了一些不知节制的士兵的身体。单单出于这个原因，我们就该抓紧时间离开莫斯科，回到波兰。这座首都已经成了我们法军的卡普阿。敌军将领让我们生出和谈的希望，我们觉得不久后的某一天就要签署预备条约了。然而，大批哥萨克人不断骚扰我们的临时宿营地，每天都给我们的骑兵造成损失。库图佐夫将军把他的剩余军队集合起来，又从各方招募了大批新兵。他的先锋军以谈和为借口，在不知不觉间向我们接近。谈判期限即将结束，按理说，法军使者应当在这一天收到俄方的决定。可就在那时，约阿希姆亲王的军队被敌军包围了。我们的将军使者立刻赶回莫斯科，一路上遇到重重阻碍。当时，敌军已经攻克了我军一部分据点，夺下了几门大炮。这支先锋军里的几支军队一开始一片混乱，但迅速重整队伍，击退了包围他们的俄军纵队，夺取了一个有利阵地，朝敌军大批骑兵队伍发动进攻，凭实力夺回一部分大炮和一些在敌军首次进攻中被俘虏的我军士兵。最后，总算赶了回来的劳里斯顿将军，以及在刚才的激战中受伤的将士，向我们确认了俄国重回敌对状态的消息。法军高层立即发布命令，要求军队立刻拔营。所有军队立刻着手，执行这个仓促的行动计划。我们赶紧储备了一点儿物资，在10月9日那天上路了。"

加冕仪式—《柏林法令》和《米兰法令》—英国人仇恨的一大原因
8月25日，星期日

¹⁰⁸⁵今天天气彻底转好。皇帝在帐篷里用了早餐，还把我们所有人都叫了过去。我们谈着谈着，说起了加冕大典。他向我们中参加过这场典礼的人询问情况，但这人说不出个所以然来。于是他转头去问另一个人①，但此人并没参加典礼。皇帝问他："那您当时在哪儿啊？""陛下，在巴黎。""什么？那您都没参加典礼？""没有，陛下。"皇帝打量了他一下，拧住他的耳朵，说："您把您的贵族派作风发挥得很彻底啊！""陛下，当时我还没投诚陛下呢。""那您至少看了扈从队伍吧？""啊！陛下，如果当时我的好奇心占了上风，我肯定会参加这场最威严、最难得的盛事。我的确拿到了一张入场券，但我把它送给了上次我向您提到的那位英国夫人②。顺便说一句，那位夫人还在典礼中得了感冒，差点儿死去。所以，我那天安安静静地待在家里。"皇帝说："太过分了，您这可恶的贵族！怎么可能！难道您果真是个实打实的贵族派？"被告回答："唉，陛下，我曾经的确如此，但现在我在您身边，在圣赫勒拿岛上。"皇帝笑了，松开了他的耳朵。

早饭后，一个英国炮兵上尉③来找我，他六年前曾去过法兰西岛。第二天，他就要启程返回英国了。这个上尉央求我带他见皇帝一面，说他愿意用自己的一切来换取这一殊荣，若能得偿所愿，他定当感激终生。我们谈了很久；皇帝当时乘车出去遛弯儿了，我并没有随行。等皇帝回来后，我把那个英国上尉的心愿转达给他；这个上尉有幸得到皇帝

---

① 这"另一个人"就是拉斯卡斯。
② 这里说的是克拉弗林女士。
③ 即格雷（Gray）上尉。

一刻钟的接见,简直欣喜若狂。他不是不知道,这等殊荣以后是越来越少了。他说,拿破仑的一切都不同寻常,*1086*他的举止、声音、亲切的口气、话语,他的提问,全都彰显了他的超凡卓然。这个上尉忍不住高呼:他就是英雄、神灵!

今天天气好极了。皇帝在我们的陪伴下继续在花园里散步,谈起了我们中一个人失败的谈判经历。皇帝觉得此事非常简单,我们的谈判者却觉得它异常棘手。他要给英国官员递交一份文书,让他们把它在英国发布出来。

皇帝用惯有的理性逻辑分析了这件事为何会失败,给了许多独到的见解。尽管如此,他依然感到非常失望,话说得有点儿重,甚至越说情绪越坏。那个人很有忍耐力,但也第一次感到受伤。① 最后皇帝说:"说到底,先生,您应该站在别人的立场上,想想他们是否会接受自己的提议。""不行,陛下。""为什么不行?算了!"他责备地说,"您肯定当不上我的警务大臣。"对方的情绪也上来了,激动地反驳说:"陛下说得有道理,但我自觉没有能力去担任这个职位。"晚饭后,此人走进客厅,皇帝见了他,说:"啊!我们的警务部部长来了。来,过来,我的警务部部长。"然后把他的耳朵拧起来。虽然两人那场激烈的对话已经过了好几个小时,但皇帝依然记得这件事,也知道对方余怒未消,虽然他努力装出并不在意的样子。这些都能让我们从细节里看出一个人的品格;事越小,从中折射出的品质就越能凸显本性,也越有可信度。

晚饭后,皇帝谈着谈着,说起了他和英国在海上爆发的冲突,说:"对方宣称要禁我们的纸制品,于是我出台了著名的《柏林法令》。英

---

① "很有忍耐力"的那个人就是拉斯卡斯。

国国会勃然大怒，也发布了它的法令，要收取海上通行费。我立刻以牙还牙，颁布了著名的《米兰法令》，宣布所有依从英国决议的船只均按无国籍船只处理。于是，一场真正的战争打响了。所有和贸易业有关系的人都对我一肚子怒火，英国也摆出前所未有的战斗状态。[1087]谁超过了我，它就喜欢谁。"

皇帝说，后来他曾采取措施，逼迫美国人向英国人开战。他说，他找到了一个办法，把美国人的利益和权利绑在一起；毕竟对人民而言，他们更愿意为利益而非权利而战。

皇帝还说，他预料今天英国会为了维护其海上霸权地位而有所行动，如在全球收取海上通行费等。他说："于他们而言，这是让他们摆脱债务这个泥潭的一大手段，总之，这能让他们甩掉一个大麻烦。如果他们中间出了一个意志坚定、头脑强大的天才人物，他们肯定会尝试这么做。到时候，不仅没人会反对，他们还会拿正义这套话来粉饰自己的行为。他们会辩解说，自己是为了欧洲的福祉才走到这一步，说他们既然成功了，就应该得到点儿补偿。之后，欧洲海上就只剩下英国人的战舰了。今天，他们实际上已经成为海上霸主。一旦平衡被打破，就再无公权可言。

"英国人如果只想依靠他们的海军，今天他们的确可以为所欲为。然而他们若坚持在大陆驻军，那他们就是在自毁长城，把局面越弄越乱，慢慢失去自己的大国地位。"

拿破仑谈滑铁卢战役
8月26日，星期一

不到七点，皇帝就出了门，当时我们谁都还没起床呢。今天天朗气清，他在花园里的帐篷中独自工作，并把我们所有人都叫到那里吃早饭。皇帝在那里一直待到了下午两点。

晚饭期间，他大谈特谈我们在岛上的处境。皇帝说，他不会再离开朗伍德了，也不在乎有没有访客；但他希望我们能有所消遣，想些办法自娱自乐。他说，如果我们动起来，沉浸在自己喜欢的事情里，他会感到格外开心。

1088 皇帝让人把他口述给古尔戈将军的滑铁卢战役念给大家听。那是多么惨痛的一页啊！我们听了大感痛心！这小小的一场战役，竟然决定了法国的命运！！！……

附注：这份手稿于1820年在欧洲发表。[①]虽然英国人万般防范，但它依然被人偷偷从圣赫勒拿岛带了出来。讲述滑铁卢战役的这份手稿问世后，它的作者是谁，这已是无可置疑的事。所有人都惊呼：只有拿破仑才能把它写出来！就连他的对手都说，这的确是最高统帅的风格。这是多么动人的篇章啊！我无法对其进行任何分析，也无法用恰当的措辞把它的思想精准地转述出来。要想了解作者本意，就必须阅读原著。不过，我们忠实地把本书最后几页总结性的内容抄录过来，里面有拿破仑的九条评注，以回应世人对他在这场战役中犯下的错误的责备。

这些精彩评述将成为传世的经典。我们觉得，读者应该不会不乐意在这里读到这部分摘抄，毕竟无论什么时候，里面的话题都会引发最激烈的讨论。

除了这九条评注，我们还补充了皇帝的一部分口述，内容和法国在

[①] 这份回忆录为1815年法国史补充了史料。——辑录者注

滑铁卢战败后仍有哪些办法有关。

"滑铁卢战役后，法国虽然形势危急，但还没走到绝境。即便假设我军进攻比利时的行动失败，我们依然还有许多准备。27日，7万人在巴黎和拉昂之间集合；2.5～3万人（其中包括护卫军预备兵）朝巴黎和各大兵站前进；拉普将军带着2.5万精锐士兵，预计在7月初抵达马恩；炮兵部队的所有物资损失都会得到补齐。我们不过损失了170门大炮，而单单巴黎就能拿出500门。在一支有350门大炮的炮兵部队的帮助下，12万人的军队（人数和15号渡过桑布尔河的军队持平）7月1日就能赶到巴黎。[1089]除了这些军队，巴黎在防御方面还有3.6万国民自卫军、3万狙击兵、6000炮兵、600门大炮，塞纳河右岸有大量防御工事，左岸的壕沟不出几日也将挖好。英国、荷兰、普鲁士、萨克森的军队已损失8万人，最多只剩14万人马，渡过索姆河后也只有9万人了。他们打算在那里等奥俄联军前来会合，但后者在7月15日前是不可能抵达马恩河的。所以，巴黎有25天的时间来准备自卫、完善武器、加强防御设施的修缮工作、囤好物资、从法国各地召集军队。哪怕到了7月15日，抵达莱茵河的敌军最多也不过三四万人。俄奥大军后来才开始采取行动。首都这边既不缺军队，也不缺物资和将领，我们轻而易举就能召集8万狙击兵，拿到600门大炮。

"絮歇元帅和勒库尔布将军会合后，里昂城前面又会增加3万兵力，这还不包括城中本来就有的装备精良、枪弹充足、在高墙深河的保护下固守城门的驻军。所有要塞都加强了防御，里面的指挥军官个个都万里挑一，守军全都忠诚可靠。一切还没到不可挽回的地步，但我们需要军官、政府、议会乃至全体国民拿出勇气、毅力和韧劲！！！法国要为它的荣誉、名声和国家独立而奋勇作战！！！我们需要全体国民以坎尼会战后的罗马为榜样，而不要学扎玛战役后的迦太基！！！如果法国有这样的觉悟，它将是不可战胜的！它的人民本来就比世上其他任何民族都更有战斗精神，作战资源又无比丰富，足以应对任何需求。

"6月21日，布吕歇尔元帅和惠灵顿公爵带领两支队伍进入法国领土。[1090]22日，敌军朝阿韦讷火药库开火，该地投降。24日，普鲁士军进入吉斯，惠灵顿公爵进入康布雷。26日，惠灵顿到了佩罗讷。在此期间，佛兰德的第一、第二、第三阵线上的要塞被包围。这两位将军直到25日才得知皇帝退位的消息（此事发生在22日）。这时，议会生出二心，军心不稳，我们的内敌重燃夺回王位的希望。从那时起，他们就只想着朝巴黎进军，并在6月底带着不到9万人来到巴黎城前。如果他们自不量力地碰到了拿破仑，这么做就完全是在自寻死路。然而，当时这位君主退位了！！！哪怕他在巴黎有大批正规军，还有6000护卫军预备兵，有国民自卫军狙击兵，有从这座伟大首都的人民中万里挑一选出来的勇士！尽管所有人都忠诚于他，尽管他能向国内的敌人发动雷霆之击！！！在那个关键时刻，他为何做出这个给他、给法国都带来灾难性后果的决定呢？要解释背后缘由，就必须从更早时候说起。

评注一

"有人责备皇帝的理由是：第一，在法国最需要一个专制者的时候，辞去专制职务；第二，在只应考虑预防外敌入侵一事的时候，忙着修改帝国宪法；第三，容忍旺代人持有武器，而后者一开始拒绝拿起武器对抗帝国政府；第四，在应当集结军队的时候集结议会；第五，退位，把法国交给四分五裂、毫无经验的议会。即便他真的不能在没有取得国民信任的前提下拯救祖国，在那个危急时刻，国民也不能在没有拿破仑领导的前提下拯救自己的荣誉和独立。

"我们已在第十卷中长篇大论地对此进行了深入讨论，此处不再赘言。①

评注二

¹⁰⁹¹"在战斗初期，敌军并不知道我们各支军队的行动计划，不可能察觉到我们的战术。布吕歇尔元帅和惠灵顿公爵当时都感到无比惊讶，因为我军在他们的先锋军附近展开的一切行动，他们竟然都毫无察觉、毫不知情。

"要向两支敌军发动攻击，法军可以包抄他们的左翼和右翼，也可以击穿他们的中路。若采用第一个办法，我军可从里尔打开突破口，和英荷军正面对战；若是第二个情况，我军就从济韦和查尔蒙特攻过去，和普鲁士-萨克森军对战。这两支军队的任何一侧遭到猛攻后，肯定会合并在一起，要么左路并向右路，要么右路并向左路。皇帝采取了走桑布尔河完成包抄这个计划，在沙勒罗瓦击穿敌军两支军队的阵线和联络点，快速调遣兵力。就这样，他通过战略部署，找到办法，让自己得到了急需的10万兵力。这个方案论构思、论执行，可谓大胆而不失智慧。

评注三

"在1814年接连发生的大事中，许多将领变得优柔寡断了。他们曾经凭着勇敢、果敢或自信为自己赢得无数荣誉，在战场上屡立奇功，如今他们却失去了这种精神。

"第一，6月15日，第三军本应在凌晨三点备好武器，于上午十点赶到沙勒罗瓦，但他们直到下午三点才到。

"第二，同一天，在弗勒吕斯前面一个树林里的冲锋战中，按照命

---

① 这"第十卷"并未出版。

令，冲锋军应当在下午四点打响战斗，但这个行动一直被拖到了晚上七点。按照计划，我军本应在天黑之前进入弗勒吕斯，然后总司令在同日把主营搬进城中。在刚刚打响战斗之际，我军就损失了7个小时，叫人着实恼火。

"第三，内伊收到命令，[1092]要在16日带领4.3万左路军赶到四手村前面，在黎明前布好阵地、挖好战壕。但他拖沓犹豫，浪费了8小时，导致只有9000人的奥兰治亲王在16日下午三点占领了这个重要阵地。元帅中午收到从弗勒吕斯传来的命令，发现皇帝即将朝奥军发动进攻，他才赶紧前往四手村。可他只带了一半兵力，把另一半兵力留在离该村2古里的地方，以掩护自己撤退。直到晚上六点，他觉得有必要转攻为防了，才想起自己手头还有这支部队可用。若是在其他战斗中，这位将军会在早晨六点就赶到四手村，击败和俘虏整个比利时军；或者他会派一支纵队在那慕尔大道上前进，深入敌军后方，以此让普鲁士军慌忙掉头；或者他会迅速杀到热纳普斯，出其不意地朝布伦瑞克一师和英国军第五师发动进攻。这两支部队刚从布鲁塞尔赶来，要在那里和走尼韦勒大道过来的英国军第一、第三师会合，他们没有骑兵，也没有大炮，还刚刚赶完路，疲惫不已，我军轻而易举就可击败他们。在战斗中一直冲在最前面的内伊，居然忘了自己还有一支部队没有参战。总司令要展现出的勇猛应当不同于一个师的师长的勇猛，而师长的勇猛也应当不同于一个投弹部队队长的勇猛。

"第四，法军先锋队直到17日傍晚六点才赶到滑铁卢。如果没有这次令人遗憾的拖延，它应当下午三点就抵达该地。皇帝对此大为恼怒，指着太阳说：'为什么今天不干脆给我约书亚的力量，让太阳悬停两小时？'

评注四

"法国士兵从来没有如此勇猛、坚定和热切,抱着比欧洲其他士兵都更加崇高的感情。他们全情信任皇帝,甚至比以前更加信任,对其他将领却是疑心重重。[1093]1814年的背叛事件萦绕在他们心中,任何他们不能理解的行动都让他们心生疑虑,觉得自己被背叛了。当圣阿芒附近第一声大炮声响起时,一个老下士走到皇帝身边,对他说:'陛下,别相信苏尔特元帅,他肯定背叛了我们。'皇帝说:'别怕,我可以代他做出回答。'战斗过程中,一个军官报告苏尔特元帅,说旺达姆将军已经投靠敌人,他的士兵高声嚷嚷着说皇帝已经被擒。在战斗快结束时,一个龙骑兵举着满是鲜血的军剑,边跑边喊:'陛下,快来,去那个师,德南将军正在向骑兵发表讲话,让他们投靠敌人。''你亲耳听到了?''没有,陛下,但一个前来找您的军官看到了这一切,叫我赶紧过来告诉您。'而此时,英勇的德南将军击退了敌军又一次进攻后,刚被一枚大炮炸断了一条腿。

"14日晚,中将布尔蒙①、上校C***和参谋长V***②叛逃并投靠敌军。只要法兰西民族依然是一个国家,他们就会永远受人唾弃。这次叛逃事件大大地增加了士兵的不安。滑铁卢战役当晚,布吕歇尔元帅进攻海牙村时,第一军第四师中几乎一直响着'各自保命吧'的呼喊。这个本可以被守住的村子被攻破了。③许多传令军官都不见了。但即便有个别

---

① 1835年版本此处没有出现布尔蒙的名字。
② 即克鲁埃和维鲁特雷斯。《拿破仑书信集》中几乎每封信上都出现过这两人的名字。
③ 在那悲惨的一天里,身负重伤的中将杜鲁特指挥的就是第四师。他说,拿破仑在这里犯下了数据错误,要么就是他拿到的报告中出现错误或故意瞒报。请看他1820年1月25日发表在《宪法报》(*Constitutionnel*)上的一封信。*——辑录者注

* 该脚注是1824年版添加的。

军官临阵脱逃，在这场罪恶中，没有一个战士是有罪的。许多在战场上受伤的士兵听闻大军溃败的消息，当场自尽。

评注五

[1094]"17日白天，法军被分成三个部分：皇帝领导的6.9万人走沙勒罗瓦朝布鲁塞尔前进；格鲁希元帅指挥的3.4万人走瓦夫雷斯朝这座首都前进，追击普鲁士军；剩下七八千人留在利尼战场。在这七八千人中，有来自吉拉尔一师的3000人，他们前来增援伤兵，在四手村组成一支预备军，以防不测；另外四五千人组成预备军，留在弗勒吕斯和沙勒罗瓦。格鲁希元帅有3.4万人、800门大炮，足以把普鲁士后卫军从各个据点一一击溃，牵制和加速败军的撤退。我们通过赢下利尼战役，得到一个有利的战果，那就是用这3.4万人去对抗12万敌军。皇帝指挥6.9万人，足以击退9万人的英荷联军。15日，交战双方兵力不等，敌我人数比例是二比一，但这个现状已被推翻，如今的比例是四比三。如果英荷联军打败了朝它前进的6.9万人，人们尚可责备皇帝在战略部署上出现计算错误。可不容置疑的是，如果布吕歇尔将军没来，英荷联军晚上八九点就会在战场上全军覆没，连敌军自己都承认了这点。要是布吕歇尔元帅没在晚上八点带着他的第一、第二军赶来，我军两支纵队在17日白天朝布鲁塞尔前进，此举会带来许多有利结果。我军左路可以击退和牵制住英荷联军；格鲁希元帅指挥的右路可以追击和控制住普鲁士-萨克森联军；晚上，法军所有军队可以在从蒙特圣让到瓦夫雷斯的5古里长的阵线上会合，[1095]把前哨设在森林边上。但因为格鲁希元帅17日在让布卢拖延行动，他白天只行军2古里，而非计划的3古里多，没有赶到瓦夫雷斯前面；第二天，他又白白浪费了12小时，下午四点才赶到他在早晨六点就该到达的瓦夫雷斯，造成了严重的、不可弥补的后果。

"首先，负责追击布吕歇尔元帅的格鲁希，从17日下午四点到18日下午四点的24小时里跟丢目标。

"其次，在比洛将军向我军发动的进攻被击退之前，骑兵队在平原上的行动简直是一场灾难。总司令本来的打算是，一小时以后在帝国护卫军17个营的步兵及100门大炮的掩护下展开行动。

"再次，居尤将军指挥的骑兵掷弹部队和帝国护卫军龙骑兵，作战时不听从命令，以至于下午五点时我军附近已经没有骑兵预备军了。如果这支预备军在八点半时还在，将一扫敌军在战场上的大好局面，负责冲锋的敌军骑兵会被击退。之后，比洛将军和布吕歇尔元帅先后到达时，敌我两军已在战场上各自歇息了。有了格鲁希元帅的3.4万人马和108门大炮，法军依然占据有利地位，士兵体力充沛，可在战场从容露营。敌人的两支部队夜里只能到苏瓦涅森林中寻求掩护场所。在每场战争中，护卫军龙骑兵和骑兵掷弹部队都未离开皇帝视线，只有将军从皇帝那里得到明确口令后才发动冲锋，这是一直以来的惯例。可那天，这个惯例被打破了。

"由于军中仇恨情绪不断发酵，担任帝国护卫军总司令的莫蒂埃元帅于15日在博蒙离开统帅岗位。之后无人顶替其职位，由此造成诸多不便。

评注六

[1096]"第一，13日和14日，法军在桑布尔河右岸展开行动。14日到15日夜，法军在离普鲁士前哨半古里远的地方扎营，而布吕歇尔元帅对此事一无所知。15日早晨，他在那慕尔主营得知皇帝进入沙勒罗瓦，此时普鲁士-萨克森军还在离该地30古里远的地方宿营，需要两天时间才能和大军会合。早在6月15日，布吕歇尔就应该把主营搬到弗勒吕斯，把军

队宿营地集中在方圆8古里之内，让先锋军守在默兹河和桑布尔河河口。如此一来，他的军队在15日中午就能在利尼集合，摆好阵形，等待法军进攻；或者在15日晚上朝法军前进，把它赶到桑布尔河另一边。

"第二，即便大吃一惊，布吕歇尔元帅依然坚持原计划，在他的大军赶到之前，冒着遭到攻击的危险，把他的军队集合在弗勒吕斯后面的利尼高地。16日早晨，他只集合了两个军的兵力，而法军当时已在弗勒吕斯了。白天，第三军赶到；但比洛将军指挥的第四军不能赶来参加战斗。布吕歇尔元帅得知法军抵达沙勒罗瓦的消息时，已是15日晚。他应该立即指挥军队会合，但不是在已被我军控制的利尼或弗勒吕斯，而是在瓦夫雷斯会合，毕竟法军17日才能赶到该地。他还可以利用16日一整个白天和当天晚上，把全军集合起来。

"第三，在利尼战败后，这位普鲁士将军不应撤到瓦夫雷斯，而该朝惠灵顿公爵的军队前进，或者在他后来占据的四手村会合，或者在滑铁卢会合。布吕歇尔元帅在17日早晨的所有撤军行动都违背了常理：16日晚，这两支军队之间只隔着3000土瓦兹的距离，可以走大道轻易取得联系，[1097]两军会师也是大有可能的事；可到了17日，两支军队彼此相隔1万土瓦兹，而且中间都是狭道和天堑。

"这位普鲁士将军违背了以下三大作战准则：第一，让军队就近宿营；第二，在敌军聚合之前指定一个点，让大军集合；第三，朝援军所在地撤兵。

评注七

"第一，惠灵顿公爵在宿营地被弄得措手不及。他应在15日赶到离布鲁塞尔8古里的地方，把先锋军部署在佛兰德河口处。法军从三天前就开始在他的前哨观测范围内行动，在24小时前就进入战斗状态，12小时前把主营设在沙勒罗瓦。可人在布鲁塞尔的这位英国将军不知何故，让其军队不紧不慢地布置营地，宿营地还分散在20古里远的地方。

"第二，英荷联军中的萨克森-魏玛亲王，15日下午四点人就到了弗拉讷前面的阵地，知道法军就在沙勒罗瓦。如果他立刻派副官到布鲁塞尔，后者下午六点就可赶到那里，将这个消息告诉惠灵顿；可惠灵顿直到晚上十一点才得知法军已在沙勒罗瓦。所以，他在如此关键的时刻浪费了5小时，而在这个时候，损失一小时都可造成巨大影响。

"第三，这支军队的步兵、骑兵和炮兵各自的宿营地离对方营地很远，导致步兵在没有炮兵、骑兵的支援下在四手村投入战斗，因此损伤惨重。它只好采取密集型的纵队阵形，抵抗重骑兵和50门大炮的进攻。这些勇士没有骑兵保护，也没有炮兵为其复仇，只能任人宰割。军队里的这三个军种需要互相配合，它们应当就近宿营，好彼此援助。

"这位英国将领大吃一惊，当即命令军队在四手村集合，而该地在48小时前已被法军控制了。他这么做，只会让自己的队伍不断遭到局部进攻，何况他的军队是陆续抵达的。由于他们赶到时没有炮兵和骑兵相助，因此遭受了更大的损失。在没有后两个兵种的掩护下，惠灵顿公爵贸然把自己的步兵送到敌人跟前。他的集合地应当设在滑铁卢才对；如此一来，他就有16日白天和到17日一个晚上的时间，让步兵、骑兵、炮兵会合，在那里严阵以待，等待法军17日抵达该地。

评注八

"第一，18日，惠灵顿将军投入滑铁卢战役。此举损害了他的国家利益，也违背了联军采纳的总体战略计划。英国在印度、美国和许多殖民驻地上本就需要许多士兵，强硬地加入一场死战，冒着损失自己唯一一支军队的危险，让自己最纯种的士兵流血牺牲，这并非它的利益所在。联军作战计划是大量用兵,而非参与局部作战。把胜利的希望寄托在一场有风险的战斗中,且交战双方实力相当,胜败难料,这完全违背了他们的利益和作战计划。如果英荷联军在滑铁卢战败,这对正准备举重兵穿过莱茵河、阿尔卑斯山和比利牛斯山的联军来说有何好处呢?

"第二,这位英军将军决心投入滑铁卢战役,但他必须依靠普鲁士军的配合。然而两军直到下午才展开合作。所以,从早上四点到下午五点,惠灵顿公爵在足足13小时里都是孤身作战,而一般的战斗时间不会超过6小时。所以,两军携手合作完全是镜花水月。

1099 "即便他寄希望于与普鲁士军的合作,也应该料到自己面对的是一整支法军。他得在13小时里指挥来自不同国家的9万军队来保护阵地,对抗10.4万个法国人。但这个计算明显是错的:他只能守3小时;早晨八点战斗就会打响,等到普鲁士军赶到时,法军已经锁定胜局。一天之内,两支军队都会被全歼。即便他认为,依照战场上的一般规律,法军会腾出部分兵力追击普鲁士军,这也意味着他再也等不到任何援军了。在利尼吃了败仗、已经损失了2.5~3万人、还有2万人逃散的普鲁士军,会遭到3.5~4万法军的围追堵截,它不会再冒险展开进攻,能勉强自保就已经不错了。在这种情况下,在18日白天,英荷联军只能独自承受有6.9万人的法军的进攻。这场战斗结果如何已不言自明;他们的军队不可能再挡住帝国军队4小时的攻击。

"在17日到18日的那个夜里,天气极其恶劣,道路直到早晨九点才能通行。从黎明起,我军损失了6小时,这对敌军是极大的好事。但英方将领能把胜利的筹码压在17日到18日夜里的糟糕天气上吗?有着3.4万人、108门大炮的格鲁希元帅以人们难以预料的神秘缘由,18日白天既未出现在蒙特圣让,也未出现在瓦夫雷斯的战场上。但英军将领能够算准这位元帅会如此古怪行事吗？格鲁希元帅的行为是不可预料的，他的军队就像走到半路遇到地震、掉进地缝似的，就这么凭空消失了。我们概括一下。如果格鲁希元帅如英军将领和奥军元帅料想的那样，[1100]在17日到18日的夜里或18日早晨出现在蒙特圣让战场上，如果天气有利于法军在清晨四点摆好阵形，七点向英荷联军发起痛击，将其重挫，这支军队就全军覆没了。即便由于天气原因，法军只能在早晨十点发动进攻，英荷联军的命运在下午一点之前就被决定了。其残部将被赶到森林另一边，或往哈尔方向溃逃；即便我们给它一整晚的时间去找布吕歇尔元帅，后者也只会落得相同的结局。何况，如果格鲁希元帅17日到18日夜在瓦夫雷斯宿营，普鲁士军根本不会派任何军队支援英军，后者将被围攻它的6.9万法军彻底击溃。

"第三，蒙特圣让这个阵地是个糟糕的选择。某地能成为战场的第一条件，就是后面不能有隘道。战斗期间，这位英军将军不知道利用自己众多的骑兵，不知道自己的左路会遭到攻击。他认为敌军会攻击自己的右路。虽然有比洛将军带领的3万普鲁士军替他钳制法军，但如果可能，他应该在白天组织两次撤退才对。所以，你看，命运的走向是多么离奇啊！惠灵顿公爵在战场选择上犯下错误，做出不利于撤退的选择，可这反而成了他得胜的一大原因！！！

评注九

"有人会问：那英军将领在利尼战役和四手村战役后应该怎么做呢？后人在这件事上只有一个看法：他应该在17日到18日的夜里走沙勒罗瓦堤道，穿过苏瓦涅森林；普鲁士军也应当走瓦夫雷斯堤道，穿过这座森林；两军黎明时刻在布鲁塞尔会合，留下后卫军守住森林，留出几天时间，让从利尼战役中溃败下来的普鲁士军回归军队，增援刚从美国回来、在奥斯坦德登陆、正守在比利时要塞上的英军的4个团。¹¹⁰¹之后，法国皇帝怎么行动都不要紧了。难道他还能带着10万人穿过苏瓦涅森林，向已经会军、布好阵地的20万大军发动进攻不成？他若真这么做，对联军而言无疑是天大的好事。何况，难道皇帝占领一个阵地就够了？他不可能长时间按兵不动，因为30万俄军、奥地利军、巴伐利亚军正向莱茵河赶来，他们几周后就会抵达马恩；到时候，他势必会为了营救首都而返回。那个时候，英普联军才该行动起来，和联军在巴黎城前会合。它不会冒一丝风险，不会有任何损失，其行动既符合英国的利益，也遵守了联军的总体战略方案，还没违背战术规则。从15日到18日，惠灵顿公爵的每个行动都正中敌军下怀，没做一件让对手担忧焦虑的事。英军步兵实力强大，骑兵也能发挥更好的作用。在那个白天，英荷联军两次被救：第一次是被带着3万人在下午三点赶到的比洛将军所救，第二次是被带着3.1万人赶来的布吕歇尔将军所救。在这一天，6.9万法军已经击败了12万人，但在八点到九点之间，15万人把胜利从他们手里生生夺走了。

"我们想象一下，如果英军惨败，伦敦人民得知这一消息，得知他们最纯洁的鲜血被抛洒出去，支持的却是违背了他们利益的君主大业，违背了正义理念的特权人士、违背了自由思想的寡头政治、违背了人民最高权力的神圣联盟准则，他们那时会作何感想！！！"

拿破仑本人讲述的新的政治方案
8月27日，星期二

下午四点，我去找了皇帝。他整个上午都在工作。今天狂风大作，¹¹⁰²让他没了乘车出门的兴致。他在树林的大道上散步许久，我们所有人都在边上陪着。他老拿我们中的一个人开玩笑，惹得对方都生气了，然后又说他脾气不好、总爱赌气、总是心情糟糕。①

皇帝下了饭桌后，把话题转移到他就8月2日协议写的抗议书上，对里面的内容津津乐道，一边在客厅里踱步，一边说：他要再写一封抗议书，说些更广泛、更重要的话题，反对英国立法机构的法案。他说，他要证明这条法案根本就不是法律，反而践踏了一切法律。他，拿破仑，根本没有得到审判，就被这条法案放逐。英国国会做了它自认为有用的事，但没有做正义的事。它效仿地米斯托克利，却不愿听阿里斯提得斯说了什么。皇帝把自己交给欧洲所有民族，接受他们的审判，并坚信每个民族会陆续赦免他的罪。他回顾了自己执政期间的所有行为，对其进行一一辩护。他说："法国人和意大利人哀叹我的离去；我得到了波兰人的感激，甚至得到了西班牙人迟来的苦涩的后悔。"

皇帝说："欧洲很快就会悲叹平衡的打破，要保持这一平衡，我的法兰西帝国是绝对必需的存在。欧洲会陷入最大的危机，时刻都有被哥萨克人或鞑靼人侵略的危险。你们英国人呢，你们会为自己在滑铁卢取得的胜利而哭泣！后世和当代中真正有学识、有见地，懂得分辨善恶的人，会悲叹我为何没能完成我的宏图大业。"

皇帝在谈话中时常发表惊人之见，但我无法记录下其中的所有细节。皇帝承诺会把他的言说都口述出来，说他已经敲定了大纲，打算用14页把它记下来。

---

① 这里说的是古尔戈。

卡蒂纳、德蒂雷纳和孔代—皇帝最漂亮的一场战斗—最好的军队
8月28日，星期三

下午四点，皇帝才出门。出门前，他在浴缸里泡了三个小时。*1103*今天天气实在糟糕，故他只在花园里转了几圈。他不久前让人给总督写了一封信，说他今后再不接见任何人，除非人们来朗伍德，得到大元帅的引荐，当初科伯恩上将还在这里时就是这么做的。

下国际象棋之前，皇帝发现了芬乃伦的一本书，就是《一个国王的道德指引》（*La Direction de Conscience d'un roi*）。他给我们读了里面的很多篇章，还兴致勃勃地对其大加批判。之后，他把这本书丢到一边，说：他评价一本书时，从不关心它的作者是谁，只根据书本身给他留下的印象来展开评价，对其要么赞扬，要么批评。这本书虽然是芬乃伦写的，可他依然要毫不犹豫地说：他刚读的这本书纯粹是一派胡言。说实话，他的这个断言还真让人难以反驳。

晚饭后，皇帝说起了老海兵格拉斯，谈到了此人在1782年4月12日的那场惨败。他想知道更多细节，就让人把《战事辞典》（*Dictionnaire des sièges et batailles*）拿过来。皇帝翻阅了相关内容后，得出一大堆评价。倒霉的卡蒂纳成了他第一个批评对象，被他一顿贬低。皇帝说，看了卡蒂纳在意大利的表现，再读了他和卢福瓦的通信，他觉得此人盛名之下其实难副。他说，卡蒂纳是第三等级出身，学过法学，以举止雅致、清廉高洁、追求平等而著称，在圣格拉迪安和巴黎都甚有名气，成为首都文人、哲学家的追捧对象；但他实在被过誉了，完全比不上旺多姆。

皇帝说，他还研究过德蒂雷纳和孔代亲王，觉得他们也有被人过誉的

嫌疑，但他依然认为这两人配得上那些颂扬。皇帝甚至说，他发现德蒂雷纳经验越多，就越有勇气，所以晚年的他反比年轻时更加英勇。这在孔代亲王身上则完全相反，此人只在初上战场时才展现了无尽的勇猛精神。

说到德蒂雷纳、孔代和其他伟大人物，我想顺便提一件有意思的事：我似乎从未听到拿破仑谈起腓特烈大帝。*1104*不过，皇帝在圣赫勒拿岛住处的壁炉上放着一块大大的晨表，它是这位大帝的遗物。当初拿破仑进入波茨坦后，立刻奔向腓特烈大帝的佩剑，高喊："其他人随便拿什么战利品都行，这把剑在我心中重过一切！"后来，拿破仑还在腓特烈大帝的坟前默默站了许久。这些事足以证明，腓特烈大帝在拿破仑心中占有多高的地位，在他的心里激起了多大的涟漪。①

在翻阅《战事辞典》时，皇帝发现里面每一页都有自己的名字，但内容完全是以讹传讹、歪曲事实。这让他不由得感叹那些二流作家，说他们简直是蝇攒蚁聚，写东西时简直是在指鹿为马。皇帝说，文学给人民提供营养，而这个文学仅指那些品位高雅的人的作品。

皇帝说："例如，里面有人说我在阿尔科时，曾半夜替一个打瞌睡的哨兵站岗。②这也许是一个律师或有产者编出来的，但绝对不会是一个军人写的。作者肯定想颂扬我，想当然地以为他编排出来的故事能让我的形象更加光辉。但他并不知道，我绝对干不出这件事，因为我当时太累了，根本顾不上这些。真有这种事，也很可能是我在那个哨兵面前睡着了。"

---

① 我离开朗伍德后，拿破仑专门研究了腓特烈大帝，就后者参加过的战役写了许多笔记和评论。（请看《拿破仑回忆录》第八卷）* ——辑录者注

* 该脚注是1824年版添加的。

② 请参考《战事辞典》第一卷第199页。

我们历数了皇帝参加过的五六十场大型战斗。有人问，哪一场是最漂亮的。皇帝说，他很难回答上这个问题，因为我们首先得解释一下怎样才算"最漂亮的一场战斗"。皇帝继续说："我参加的战斗不能被孤立看待，无论从时间、行动还是目标上看，它们都不是一个单独的个体，只能被视作一个庞大连环战中的一环。所以，我们只能根据结果来评价。打得很胶着的马伦哥战役确定了我们在意大利的统治地位，乌尔姆战役瓦解了敌人的整支军队，[1105]耶拿战役让整个普鲁士君主国都落到我们手中，弗里德兰战役为我们打开了俄国的通路；埃克缪尔战役决定了整场战争的结局。

"莫斯科河战役展现了最为巧妙的战术，却成果寥寥。

"滑铁卢战役是场彻头彻尾的失败战役，可如果成功了，它能挽救法国、重建欧洲。"

蒙托隆夫人问，哪一支是最优秀的军队。皇帝回答："夫人，当然是那些赢得胜利的军队。"但他又补充说："不过，士兵就如你们女人一样任性善变。最好的军队，是汉尼拔领导的迦太基军，是西庇阿领导的罗马军，是亚历山大领导的马其顿军，是腓特烈大帝领导的普鲁士军。但我敢确定地说，在众多民族中，法国人最容易被打造成最优秀的军队，也最容易保持这个状态。"

皇帝还说："有了我那支四五万人的帝国护卫军，我敢说自己能踏遍欧洲。也许有人可以组建一支能和我的意大利军与奥斯特里茨军相媲美的军队，却不可能超越它们。"

皇帝在这个让他倍感自豪的话题上谈了很久。他突然停下来，问现在几点了。众人回答十一点了。他一边站起身来，一边说："很好，我们总算不靠悲剧或戏剧就打发了一个夜晚。"

科坦夫人的《玛蒂尔德》—没有一个法国人不关注拿破仑—德赛和拿破仑在马伦哥—西德尼-史密斯—波拿巴将军回到法国的一个原因—命运无常的例子

8月29日，星期四

两点，皇帝把我叫到他的房间，给我下了些特殊指示……

四点，我在帐篷里找到他。他当时正被所有人簇拥着，坐在一张椅子上，[1106]一边笑一边聊天，还拍着扶手，以表达自己的开心。不过，他老觉得自己浑身疲乏无力。之后他站起来，乘车出去走了一圈。

晚饭后，我们谈起了小说，有人提到了科坦夫人和她的《玛蒂尔德》，小说的故事背景是在叙利亚。皇帝问他是否见过科坦夫人，她是否爱戴自己，他是否喜欢她的作品。没人给出回答。他说："不过每个人既爱我，又恨我；既支持我，又反对我。但我敢说，没有一个法国人不关注我。从科洛·德布瓦（如果他能活到现在的话）到孔代亲王，所有人都爱我。只不过他们的爱并不发生在同一时间，而是分散在不同时期，中间有间隔期罢了。我就是从赤道一直照到黄道的太阳。我走到哪里，哪里就孕育出希望，哪里的人就赞美我，热爱我。但我一离开，人们就再不理解我了，然后由爱转恨。"

后来，我们又谈到了埃及。皇帝对克莱贝尔和德赛发表了许多评论。[①]他毫不犹豫地说，除了德赛，克莱贝尔是他的军队里最优秀的军官。他还讲了和克莱贝尔有关的许多事。他说，先前人们一直认为克莱贝尔不服管教，但年轻的总司令从未怀疑过他的能力，这还让参谋团众军官大吃一惊，因为他们已经习惯了克莱贝尔的另一面。话说回来，皇

---

① 1823年版没有从此处起到1106页末的内容以及相关脚注，它们是1824年版后加的。

帝严厉地批评了克莱贝尔当上埃及最高统帅后的许多行为。他说，克莱贝尔厌倦了当时的环境，一心只想回到欧洲，所以才给督政府写了那封荒唐、充满主观臆断的信；然而，在那个什么怪事都能发生的环境下，事情的发展完全超过了克莱贝尔的预想：这封信最后落到了他在信中攻击的那个人——刚刚当上督政官的拿破仑的手上。①*1107*在马伦哥战役爆发前，德赛来到第一执政官身边。当时拿破仑问他为何要签署埃及投降协议，明明我军有足够的兵力守住埃及，法国本不会失去它。德赛回答："没错，我们的确有足够的兵力继续控制这个国家，但总司令都不想待在那里了。再加上那里离家乡有万里之遥，军中不止总司令一个人有这种想法，一半乃至四分之三、六分之五的人都想回国。所以我只能放弃埃及。不过我也怀疑过，自己当初若选择另一条路，能否成功。但如果我真这么做，就是在犯罪；因为在这种情况下，士兵的义务就是服从；我只是在服从命令罢了。"

德赛到达马伦哥后不久，就扛起了指挥预备军的责任。战斗快结束的时候，战场上乱成一片。这时，拿破仑来到他身边。德赛对他说："这下好了！我们情况不妙，这一仗输了。我只能保证撤退，不是吗？"第一执政官说："恰恰相反，我觉得战斗结果从来都很清楚。您只看到表面的混乱，但左路和右路已经在您后方形成阵形，此仗我们赢了。让您的纵队往前冲，您只需采摘胜利的果实就行了。"

之后，皇帝还谈了很久的西德尼-史密斯。他说，他刚在《总汇通报》上读到几篇文章，里面讨论了埃尔阿里什宪法，把西德尼-史密斯写

---

① 蒙托隆伯爵出版的作品第一卷第68页以及后面的内容，也囊括了拿破仑此处口述的部分内容，此外还有克莱贝尔的生平、他写给督政府的那封著名的信，以及拿破仑对此发表的大量很有意思的评价。——辑录者注

成一个很有头脑、无比正直的人。皇帝说，西德尼-史密斯愚弄了克莱贝尔，让后者相信了他传过来的一切传闻。不过，得到英国政府拒不接受协议结果的消息后，西德尼大为不满，把一切一五一十地告诉了法军。皇帝说："说到底，西德尼-史密斯不是个坏人。如今我对他的印象更好了，尤其是看到他的同胞每天的所作所为之后。"

实际上，当初是西德尼-史密斯把欧洲报纸寄给拿破仑，才促使后者决定返回法国，^{1108}继而引起雾月政变的。法军从阿克回来后，完全不知道欧洲那边近几个月发生了什么。拿破仑迫不及待地想打探到消息，便借口商讨阿布吉尔海战战俘一事，把一个谈判代表派到土耳其上将那里。他很担心这个代表会被西德尼-史密斯扣留，毕竟后者正想方设法地企图阻断法国和土耳其之间的联系。实际上，这个军方谈判代表的确被西德尼-史密斯带上了他的军舰。他在军舰上好生接待了这位谈判代表，从他口中确认拿破仑尚不知意大利惨败一事，便不怀好意地让他把一份报纸带了回去。①

拿破仑当晚在帐篷中彻夜未眠，反复翻看着这份报纸，决心立刻回到欧洲，趁着还有时间，去挽救祖国，弥补它遭遇的不幸。

把拿破仑从埃及带到缪伦号上的甘多姆上将经常给我讲述他这一路

---

① 我们在马尔蒙元帅的回忆录第二卷第30～32页读到了这段话："我们模糊地知道欧洲即将重燃战火，但不知道战争的源头在哪里。我们在竭力保护大树的侧枝，可也许主干已被砍断了。我们也明白，韬光养晦于波拿巴将军而言是何其重要。他出于个人利益，也需要掌握欧洲形势。我奉命和西德尼-史密斯展开谈判……我给他写了一封极其礼貌的信……我让一个机灵、会说英语、说话讨人喜欢的军官——年轻的德斯科尔什去送信。西德尼极为周到地接待了德斯科尔什，和他谈了很久，说我们在意大利吃了多少败仗，在话语中各种夸大其词，还把自己手上的报纸都拿给他看。德斯科尔什完成了他的任务，然后回来了。波拿巴将军关起门，和贝尔蒂埃待了四个小时，把报道意大利当前形势的报纸全都读了一遍。之后，他决心返回法国，令人把甘多姆叫来。"

的经历。法军在阿布吉尔海战遭遇重挫后，这个军官一直待在主营里。他跟我说，总司令从叙利亚回来后不久，和英国军舰取得联系后，立刻把自己叫了过去，命令他火速前往亚历山大，秘密地把停在港口的一艘威尼斯舰船武装好，船只一旦可以起航，就立刻告诉自己。①

万事俱备后，正在巡视军队的总司令在一支护卫队的陪同下来到一个不常去的海边。早有小船停在那里接应，把他们送到军舰上，众人经过亚历山大城离开。②

人们当夜准备出航，以免天亮后遇到英军的巡逻舰和他们在阿布吉尔的舰队。倒霉的是，人们还没驶离岸边，风就突然停了。此时，人们在桅杆高处就能把锚地里的英国船只看得一清二楚。

见此情形，众人慌成一团。有人提议返回亚历山大城，然而拿破仑坚决反对，人们就投骰子决定。幸好没过多久，风又大了起来，人们继续上路。

¹¹⁰⁹此次航行路途漫长，充满风险。大家害怕遇到英国人，又不知道总司令在想什么。每个人都在猜测着，内心异常焦躁。船上只有拿破仑一人泰然自若，他大部分时间都待在自己的房间里。据甘多姆说，他一会儿读《圣经》，一会儿读《古兰经》。当他出现在甲板上时，总是一脸轻松的样子，只和大家谈些无关紧要的事。

---

① 那艘所谓的"威尼斯舰船"也是拉斯卡斯自己杜撰出来的。实际上，波拿巴和贝尔蒂埃、安德烈奥西、蒙日、贝托莱、布里安、副官和甘多姆上将一道登上了缪伦号。拉纳、缪拉、马尔蒙、德农、帕瑟瓦尔-格兰麦荣坐上第二艘军舰卡莱尔号。每艘船上都有100个护卫，以保护总司令的安全。两艘护卫舰在前面开路。（请参考《马尔蒙回忆录》第二卷第43页）

② 8月22日，波拿巴走亚历山大那条路，停在离该城有3古里远的贝达矿井。在那里休息了一个半小时后，他突然折向右边，直接往海边走，下午四点来到海岸，深夜登船。

默努将军是拿破仑离岸前最后一个和他有过交谈的人。后来人们才知道，他对默努说："我亲爱的朋友，请你们其他人一定坚守在这里，如果我有幸回到法国，只会动嘴皮子的那些人的统治就将结束了。"

拿破仑从西德尼-史密斯提供的报纸上读到我军惨败的消息后异常激动，怀疑敌军已经越过阿尔卑斯山，占领了我们南部好几个省。快到欧洲时，拿破仑命令上将把船驶向狮子湾最深处的科利乌尔和旺德尔港。可这时海上突然起了一阵大风，船只无法靠岸，只好返回到科西嘉岛。于是人们进了阿雅克肖，在那里收集信息。

甘多姆跟我说，他还在阿雅克肖看到了拿破仑的祖宅。

他还说，看到他们那位大名鼎鼎的同乡回来，岛民全都激动难耐。他的一大群堂表兄弟跑来找他，街上挤满了人。①

人们再度起航，这次的目的地是马赛和土伦。不过在靠岸时，大家又虚惊了一场。当时正是黄昏，阳光照在船舱左侧，人们发现后面有30艘小船跟着他们。慌乱之中，甘多姆提议把舰上的小船放下去，在夜色的掩护下，由船上最优秀的一批船员划船把总司令送到岸上。拿破仑拒绝了，说他们依然有时间逃跑。他命令船长继续航行，就当什么事都没发生。这时，夜色越来越浓，人们还听到代表敌军来袭的大炮声。但当时船只离岸很远，不可能被人发现。第二天，人们在弗雷瑞斯靠岸。之后发生的事，大家都知道了。

^{1110}皇帝讲了三个差不多发生在同一时间的离奇事件，结束了此次夜谈。

一个下士从埃及军中逃跑，进了马穆鲁克骑兵团，当上贝伊，后来

---

① 请参考巴尔博和卡尔波1922年发表的《停靠阿雅克肖》（Barbaud & Carbo, *Escale à Ajaccio*）。

还给他从前的总司令写了一封信。

军队里一个粗笨的随军女贩子竟然成了耶路撒冷帕夏的宠妃。她大字不识，但很懂得巴结讨好别人。她信誓旦旦地说，她绝对不会忘记自己的祖国，会永远保护法国人和基督教徒。皇帝说："她简直是当代的扎伊尔。"

最后一个故事和科西嘉岛一个年轻农妇有关。她在一艘渔船上被柏柏尔人掳走，成了摩洛哥君主的宠妃。这位君主通过外交手段把这个年轻妇人的弟弟从科西嘉岛带到巴黎，把他调教成一个文雅绅士后，又把他送到姐姐身边。不过之后人们就再没得到他的任何消息了。①

皇帝很晚才回房，今天他一口气讲了三个多小时。

8月30日，星期五

下午四点，我去见了皇帝。他刚结束了在帐篷里的工作。至于皇帝给蒙托隆口述的几封信，总督已经送来回信。

对于第一封针对8月2日协议的抗议信，以及信中的许多抱怨，总督唯一的回答是：他想知道哪封信被扣下了。我们从来都没读过那些没被送来的信，又怎么可能讲清楚是哪一封呢？是我们在向他发问，也只有他一人对此事心知肚明。

至于第二封信，皇帝在里面说，从此他只接见经过大元帅引荐的人（就如当初科伯恩上将在的时候那样）。总督回答，朗伍德的冒昧拜访让波拿巴将军心生腻烦，这让他十分遗憾；他会抓紧时间做出弥补。考虑到皇帝的处境和他让蒙托隆写的这封信的内容，这一充满讥讽的回复简直令人火大！

---

① 请参考古尔戈1817年1月15日的日记。

^(1111)晚饭后，皇帝来到客厅，让我们和他坐在一张桌子上。他说，这很有学术会议的感觉。他口述了几件事，但当人们把他的话记下来拿给他过目时，他又决定暂不采用。之后我们开始聊天，又像昨晚那样聊了很久，话题时而严肃，时而欢快。我们这段时间睡得都比从前要晚，这是一个好征兆，说明皇帝的身体和心情好了许多，比以前更加健谈了。

历史疑点—摄政王奥尔良公爵—曼特农夫人和路易十四的婚姻
8月31日，星期六

　　皇帝很早就起床了。他一个人在花园里兜了一圈，回来后不想惊醒别人，看我的儿子当时已经起床，就把他叫过去，替自己在帐篷里记录口述内容。我们和他一起用了早饭，之后乘车出门散心。路上，皇帝谈到几个历史上的疑点。发表了许多很有意思的见解后，皇帝谈到了摄政时期。他说："如果路易十五早夭（这不是不可能的事），谁不怀疑是奥尔良公爵毒杀了国王一家呢？谁还会站出来替他说话呢？要不是有个孩子活了下来，亲王肯定百口莫辩。"然后，皇帝谈到了奥尔良公爵，尤其是他在正统君王继承者这件事上犯下的错误。他一再说："他这是自甘堕落，不过这事在起因上倒不是坏的。路易十四说这些亲王都有王位继承权，这本来就越权了。王室成员若全死了，君主的选择问题无疑就成了国民关心的头等大事。路易十四颁布的这个法令，就是他因自傲而犯下的一个错误。他以为自己说的什么话都应被奉为圭臬，但又觉得并非所有人都跟他一个想法。所以他才把自己的私生子嫁给本家族里的一些王子公主，借此巩固这一法令。至于摄政大权，它当然会落到奥尔良公爵手上。^(1112)路易十四的遗嘱纯粹就是一本蠢话集，是对我们基本法的侵犯。法国是个君主国，他却为了摄政而把它变成共和国。"

皇帝还提到了曼特农夫人。他说，这简直是个奇女子，是她那个时代的比安卡·卡佩洛①，只不过她的人生不如后者那般充满传奇色彩。说到她身上的重重疑云时，皇帝还不忘提及她的婚姻。有时候，他倾向于认为这段婚姻并不存在，尽管当时许多回忆录都说两人的确结婚了。

他说："问题在于，从来没有任何官方证据证明他们的婚姻。不过，路易十四为什么要把这件事死死瞒住，不让当代和后世知道呢？曼特隆夫人的亲族诺阿伊家族难道对此也一无所知？要知道，曼特农夫人活得比路易十四要久，这事就更奇怪了。"

皇帝今晚觉得有些疲倦，很早就回房了。他看上去脸色晦暗、身体虚弱，似乎很不舒服。

---

① 一个美貌过人的威尼斯贵族女子，其人生故事就是一部极具戏剧性的传奇故事。她先是从父亲家里逃出，跟一个年轻的佛罗伦萨商人私奔，过着贫困潦倒的生活。后来她当上托斯卡纳大公夫人，却在餐桌上中毒而死，死因还非常离奇。她备下一道菜，在里面下了毒，准备杀死她的小叔子——红衣主教美第奇，但后者一口都不肯尝。她的丈夫把菜端过来吃了一口。她大惊失色，但也冷静地吃下，两人毒发身亡。——辑录者注

第九章

1816年9月

**内阁大臣等人—达吕逸事—圣赫勒拿岛
褪色的服饰**

9月1日，星期日

[70][①]下午三点，皇帝出门。他说自己浑身疲乏，一整天都感到恶心、四肢沉重。我们所有人都是如此，这是天气造成的。我们走到林荫道上，在那里等马车。走到路的尽头，大雨突至，犹如河水倒灌，皇帝只好躲在一棵橡胶树下避雨，可这棵小矮树也起不了多大的作用。最后，马车终于来接我们了。我们快马加鞭往回赶，快到时发现总督的车正走另一条路到了朗伍德。皇帝立刻命令车夫掉头，说两害相权取其

---

① 以下为法文版下卷页码。——译者注

轻，还是躲开比较好。我们不顾瓢泼大雨，挥着鞭子又绕着树林跑了两圈。不过能躲开哈德森·洛韦，这也算是幸事一件。

晚饭前，皇帝待在他的房间里，把从前在公众、参政院和政府中替自己效过力的人挨个儿回忆了一遍。他提到达吕，说这是一个无比正直可靠、踏实肯干的人。莫斯科撤兵期间，达吕表现出高度坚韧的品格。皇帝反复说，他不仅像牛一样埋头苦干，还像狮子一样勇猛无畏。

工作狂似乎成了达吕的标签，他每时每刻都在干活。达吕当上国务秘书后，有人打趣说，从此他可要被繁重的工作给压垮了。达吕开玩笑地回答："恰恰相反，我就职后觉得简直无事可做。"只有一次，达吕因为打盹儿而被当场抓住。当时是午夜，皇帝为了公务之事把他叫了过来。当时，达吕已经累得连笔都拿不起来了，[8]人的本能压倒了一切意志，他伏在桌子上睡着了。美美地睡了一觉后，达吕揉着眼睛支起身来，发现皇帝竟安静地在他边上工作！他又惊又慌，眼神躲闪地望着皇帝。皇帝对他说："先生，您看，既然您不肯干活，我就替您干了。我想，您一定吃了晚饭，过了一个美好的晚上，不过在工作上还是不能有丝毫懈怠呀。"达吕当即回答："啊，陛下！我的确度过了一个美好的晚上！我已经连续好几夜没有睡觉了，一心扑在工作上。陛下，您也看到了这导致的结果，我对此深表歉意。"皇帝问："唉！为什么您不跟我说呢？我可绝没有要害您过劳死的意思。回去睡觉吧，晚安，达吕先生。"

这件事无疑是个再典型、再清楚不过的例子，破除了众人当时对拿破仑普遍抱有的"性格难以对付"这个错误印象。但如我反复强调的那样，不知什么缘故，我们一直都忽略了他的这一面；无数与事实截然相反的传言和谬闻大行其道，对他百般诋毁。难道廷臣们只在宫里才摆出阿谀奉承的嘴脸，一出去就立刻改头换面，变成了独立思考的反对派？

拿破仑其实本就是一个善为他人考虑的人。可谁若在沙龙里反复宣传皇帝的这一面，他极有可能被人说是在杜撰事实，甚至被人嘲笑为一个遭人愚弄的糊涂蛋。

大元帅夫妇如往常一样来这里共用晚餐。他们每个星期天都会来，这已经成了一个雷打不动的习惯。

晚餐时，皇帝打趣说，夫人们的服饰已褪去了往日的光鲜；要不了多久，这些衣饰就会变成老守财奴从典当行拿来的一堆东西，在那里蒙了一层灰尘，再不像原来从勒鲁瓦、黛丝博、埃尔博尔买来时那么精致优雅、熠熠生辉了。这些夫人以圣赫勒拿岛为理由，丈夫们也提醒皇帝：他当初在杜伊勒里宫时，以多么严苛的眼光审视她们的服装打扮。有人说，有些家庭还因为在服饰上开销过大而破产呢。[9]听闻此话，皇帝笑着表示不服："说我挑剔别人的打扮，这完全是宫廷女人编造出来的说法，好以此为借口在丈夫那里拿钱买衣服。"说到这里，我们谈起了现在的"奢侈生活"。皇帝说，他曾对马尔尚说，他要每天都穿那套猎兵服，直到把它穿破为止。说实话，这套衣服离穿破已经不远了。

晚饭前后，皇帝下了几盘国际象棋。他觉得无聊乏味、思维混乱、烦躁不安，所以早早地回房了。

1813年萨克森战争—拿破仑勃然大怒—反思和分析—吕岑和武尔岑战役及谈判—德累斯顿、莱比锡、哈瑙战役

9月2日，星期一

今天有一场骑马比赛，皇帝的一个随从也参赛了。

皇帝很晚才出门。他本想走路，让马车在前面等他。但今天风很大，他只好放弃步行计划，躲到帐篷里。他在那里也待得浑身不适，便

去了藏书房，读《沙托鲁夫人书信集》①，翻到波西米亚远征部分时，对贝尔·伊赛尔元帅等人做了评价。随后，他又想到花园里转几圈，但一出门就立刻回来了。我随他去了他的房间。

皇帝又拿起一本讲述我们最近这几场战争的书，翻了一会儿后将其丢到一边，说："里面一派胡言，简直毫无常理，荒唐至极。"既然说到这个话题，他便谈起了萨克森战争，但主要是从道德而非军事角度予以点评。我只把其中最值得注意的观点整理出来。

皇帝说："这是一场值得纪念的战争：论勇猛，法国年轻一代赢了；论阴谋诡计，英国外交界赢了；论才智，俄国赢了；论寡廉鲜耻，奥地利内阁赢了。这场战争标志着政坛开始步入混乱状态，各国人民和他们的君主渐行渐远。更重要的是，它还标志着最重要的战斗精神——忠诚、正直和荣誉——走向凋零。[10]人们怎么书写、评论、否认、猜测都没用，这个丑陋可悲的结果总会到来，时间将揭露里面的真相和结果！

"但值得注意的是，各国国王、将士和百姓从心底是摒弃这些卑鄙行为的。它们不过是某些使剑的阴谋家、某些玩命的政客的把戏罢了。这些人打着冠冕堂皇的借口，说要打破外国的桎梏，恢复国家独立，实际上却故意把他们的主子出卖给虎视眈眈的敌国政府。人们很快就看到了他们运作的结果：萨克森国王失去了一半国土；巴伐利亚国王忍痛割爱、被迫把最珍贵的地区还了回去。不过这在那些叛徒看来有何要紧？他们已经得到了回报，一个个富得流油。那些最正直、最无辜的人，却

---

① 书的全名是《沙托鲁夫人与黎世留公爵、贝尔·伊赛尔元帅等人未发表的书信集》，由加孔-杜福尔夫人于1806年出版（Mme Gacon-Dufour, *Correspondance inédite de Mme de Châteauroux avec le duc de Richelieu, le maréchal de Belle-Isle...et autres*）。

遭到了严厉的惩罚。萨克森国王这个有史以来最正直的君主被人夺走了一半江山，坚守誓言的丹麦国王被人夺走了王位！这就是他们说的道德的回归和胜利！这就是人间的公道！

"为了人性的光辉，甚至为了君主的荣誉，我还是得再次强调一个事实：一方面，在那个丑恶大行其道的时代，美德依然绽放出璀璨的光芒。我对君王的个人品性没有任何意见：善良的萨克森国王直到最后一刻都忠诚于我；巴伐利亚国王对我坦诚相告，说他以后做的事都是身不由己；世人都知道符腾堡国王是多么宽厚善良；巴登亲王在最后一刻才屈服于武力。我必须还这些人公道，他们及时警告我风暴将至，让我采取必要的措施。另一方面，一些军官和官员又干出多少可憎的勾当啊！萨克森军回到我们中间，却是为了把我们赶尽杀绝；显赫的胜利能给他们洗清这个罪名吗？他们已经臭名昭著，现在人们甚至用'萨克森兵'来形容某支想残害另一支军队的部队。[1]可最令我们悲愤的是，国人用自己的鲜血给他换来一顶王冠的一个法国人，[11]法国养大的一个孩子，他在最后竟在我们身上补了最致命的一刀！[2]老天爷啊！

"在当时的环境下，最让我心痛的是：我清楚地意识到最后结局的

---

[1] 萨克森军的步兵、骑兵和炮兵及符腾堡的骑兵，在此战中全都投靠敌军；拿破仑身边的萨克森军只剩总司令蔡绍（Zeschau）和他的500士兵没有变节。这是巴黎在莱比锡战役后公布的官方报告中给出的数据。后来有人说，还有两个团追随他们的总司令，拒绝背叛法国。萨克森军投靠敌军后，立刻把他们40门大炮的炮口调转方向，对准杜鲁特那个师。此举当即导致法军阵线大乱，拿破仑被迫下令立即撤退。有人提议在穿越莱比锡时放火烧了这座城市，以惩罚萨克森军的变节。皇帝看着站在自己这边、对其军队的作为倍感痛心的萨克森国王，终归没有下此决心。萨克森国王当然是一个正直的人，我们也承认他对军队变节一事毫不知情。但让人难以理解的是，拿破仑的参谋团竟会如此短视、草率，忽略或者至少低估了联军高层密使的作用，任这些人在萨克森军中进行反法宣传工作，挑唆德意志人自相残杀。

[2] 18日（战斗第三天，也是最后一天），贝纳多特带领军队姗姗来迟，在下午四点钟才到达战场。

到来，我看到自己的星辰黯淡下去，觉得手中的缰绳已经滑落，可我什么也做不了。除非命运峰回路转，否则大罗神仙也救不了我们。谈和或者签订协议，这都不过是在敌人那里自取其辱罢了。我很清楚这一点，后来发生的事也证明我没有猜错。所以，我们别无选择，只能继续战斗，而每过一天，我们的好运就少一分。负面情绪在我们中间滋长，大多数人开始疲乏、倦怠了，我的军官们也变得萎靡不振、笨头笨脑，因而把自己变得更加不幸。他们再也没有了大革命初期意气风发的样子，也不再是那群在我春风得意时奋勇杀敌的将士了。根据确切消息，有人为了替自己辩护，竟然说出这种话来：他们一开始是为共和国而战，为他们的祖国而战；而后来，他们只是为一个人而战，为那个人的利益、他不得餍足的野心而战。

"这理由听了真叫人恶心！你去问问无数年轻英勇的战士，问问法军里的中层军官，他们可曾有过这种算计的想法？他们除了想着对付前面的敌军，想着维护身后法国的荣耀、名誉和胜利，还有什么其他念头？他们比任何时候都更加勇猛地战斗着！说这种话的这些人为什么要掩饰呢？为什么不坦率点呢？事实是，高层军官基本上得到了他们想要得到的一切，我用太多的功名、荣耀、财富把他们喂得太饱了。他们耽于享乐，只想回家过安逸日子，为此人们叫他们做什么事都行。①神圣的

---

① 缪塞-帕泰在他的《圣赫勒拿岛回忆录后续》（Musset-Pathay, *Suite au Mémorial de Sainte-Hélène*）第一卷第260页中写了这段话："拿破仑应该在一开始就察觉到，他不应把他们填得过饱（按他自己的话来说）……赏给人一个他享受不到的东西，这是在把他当傻瓜。然而拿破仑是这么做的：先用财富把他们喂饱，又要求那些得到奖赏的人上战场拼命。"我在这里引用一下梅特涅在1808年说的这番饶有趣味的精准评价："内伊元帅曾对我说，他在意大利、波兰得到的丰厚奖赏，以及在威斯特伐利亚、汉诺威预计可以拿到的回报，累计年金已高达50万里弗。此外，他还有各种零碎的奖赏、荣誉勋章、以各种名义在国库享有的津贴，（转下页）

火焰熄灭了：他们现在只想当路易十五的元帅。"

虽然上面这段话需要更多解释，虽然它和本书其他地方一样存在语意不明的弊病，但是人们不能把责任推到我头上。我已经多次提醒过读者，与皇帝谈话时，我不能发问，也不能对他的讲述内容展开论述。我一五一十地记下了拿破仑的言论，其他事我也无能为力了。[12] 不过，对于这场著名的1813年战争，我还是想补充一句：从我无法当场记下来的拿破仑的零碎谈话来看，我确信他绝没被蒙蔽双眼，没看到法国面临何种危机。相反，他精准预判到开战后自己将冒着多大的风险。他说，从

总共加起来有30万法郎。但他肯定地告诉我，和许多同僚相比，他的收入算少的了。司法部部长康巴塞雷斯不久前得到一笔15万法郎的永久年金，从巴马公国的捐税中扣除。国库部长勒布伦被授予普莱桑斯公爵的头衔，年金和康巴塞雷斯的持平。塞居尔、尚帕尼、马雷的年金都在5~10万法郎，由威斯特伐利亚和汉诺威掏钱。杜洛克、科兰古、萨瓦里等人都是如此。萨瓦里从圣彼得堡回来后，在他的办公桌上发现了国库拨下来的50万法郎。才从部队回来的每个将军都可得到1000~3000路易，供他们玩乐几天。只要是将军头衔，他们就能从皇室副主管那里拿到这笔赏金。"详情请看梅特涅回忆录第一卷第299页的《为完善拿破仑的形象而补充的典型小事》(Détails caractéristiques destinés à compléter le portrait de Napoléon)。按照拿破仑本人的说法，在他众多元帅中，"最富裕的当数苏尔特"。（出自《古尔戈日记》第一卷第331页）贝尔蒂埃在1807年得到一笔54,934法郎的赏金（这笔钱出自华沙大公国税收）、一笔29,411法郎的年金（走国库总账），第二年又得到1.8万法郎的年金（威斯特伐利亚出钱）以及一笔14.1万法郎的年金（汉诺威出钱）。1809年，他又得到萨尔出的30万法郎的年金、蒙特米兰出的20万法郎年金，以及从莱茵入市税中抽出的20万法郎（皇帝对其合作者的慷慨馈赠，从来都由这些沦陷地区买单）。同年的8月15日，在拿破仑的生辰大典上，他封贝尔蒂埃为亲王，赐他诏书，把香波堡和附属地区的年金赏给了他，单这一笔就是25万法郎。1807年，贝西埃尔从华沙大公国获得40万法郎年金；1808年，他又从威斯特伐利亚获得5.3万法郎年金，从汉诺威获得5万法郎，从蒙特米兰获得10万法郎。达武在1807年6月30日—1809年8月15日的两年时间里，共收到年金910,840法郎（分别从波兰、威斯特伐利亚、汉诺威的捐税中扣除），还得到布鲁瓦城堡。克拉克将军没有得到如此巨额的赏赐，但它也不是小数目：他在1808年得到两笔赏金，每笔2万法郎，从威斯特伐利亚和汉诺威的捐税中扣除；1809年6万法郎年金，由蒙特米兰出；1810年1万法郎年金从卢万河税收中出，另1万法郎年金由热那亚"省"出。至于马塞纳这个"被胜利疼爱的孩子"，他更是懂得如何为自己牟利。后来皇帝对古尔戈说："他大肆洗劫，还会哭穷。"（语出《古尔戈日记》第一卷第331页）

莫斯科回来后，他就发现危机正在袭来，想极力避免下一场祸事。早在那时候，他就已经下了做出巨大牺牲的决心。然而棘手的是，他该选择什么时候传达这个信息呢？这成了他尤其关心的事。他说，他在世俗世界拥有巨大的统治力，在舆论界更是如此，他几乎是舆论的魔术师。但他必须保住这块阵地；稍有不慎、行差踏错，他在舆论界的势力就会化为乌有。所以，他必须慎之又慎，但表面上又要装出自在从容的样子。他必须看清未来的走向。

他犯下的最大错误，就是以为他的敌人也会像他那样，对自己的利益有着清楚的认识和判断。拿破仑说，他本来猜测奥地利最多不过利用他的失误为自己尽量争取利益而已，但他完全没想到这个国家竟会如此盲目，其领导人竟会干出叛国之事，为了把他——拿破仑彻底击垮，甚至不惜向俄国这个它根本掌控不了的外国强敌敞开国门。皇帝对莱茵河同盟也是这么想的。他承认，莱茵河同盟的确有理由感到不满，但与这相比，它更应该害怕的是自己再度遭受奥地利和普鲁士的奴役。拿破仑认为，哪怕普鲁士也是如此，它不可能以牺牲自己国家的独立乃至存在为代价，把它的死敌彻底歼灭。所以，虽然拿破仑知道他的敌人仇恨自己，他的联盟内部也许也抱有不满甚至祸心，但他没想到两边竟然都盼着他彻底走向毁灭。[13]他还以为自己对所有国家而言是一个必需的存在，所以才从这个方向采取措施。

这就是拿破仑在那个关键时刻的想法，也是他直到最后——甚至在他倒台的时候——采取的所有举措的核心原因。我们不能漏掉这个因素，因为它清楚地解释了他的许多行为，甚至是全部行为，如他为何采取敌对态度、为何发表狂傲言论、为何拒绝缔结协议、为何决心抵抗到底，等等。

拿破仑说，如果他成功了，他会大度地做出牺牲，满载荣耀地缔结和平，同时还能继续保持自己的威望和地位。相反，若他吃了大败仗，也有时间做出让步。他认为，奥地利和所有真正的德意志人为了自己的切身利益，会用军事和外交手段来维护他的地位。他以为，他们和他一样，都清楚地认识到他的权力是维持欧洲稳定安宁的必不可少的一环。唉！他得到了他吃不准能否得到的：胜利女神依然忠于他，让他取得前几场令人惊叹的大胜。可他失去了他笃定不会失去的：他的盟友背叛了他，把他推向了深渊。

为了证明我所言非虚，也为了更好地理解皇帝的这番言论，我要在这里简单概括一下发生在这场厄运之战中的主要事件。以前在法国，我们只知道此战产生了何种结果。我们在公报中几乎读不到什么东西，又拿不到外国出版的资料。此外，那段岁月已经远去，之后又发生了无数大事；今天，连当时的亲历者几乎都要忘记这段历史了。现在，我就按时间顺序把它们一一捋出来。

这份概述摘自蒙特维朗1820年出版的一本著作。①

该书是新近写成的，作者花费了许多心血，收集到第一手的官方资料，并从前辈那里得到许多很有价值的信息。所以我相信，在当今研究该领域的众多出版物中，这本书是最可信的。作者完全没有偏袒拿破仑；[14]但我们必须承认，他不偏不倚的笔调不仅让他的文字更有可信度，同时还提升了该书的价值。

---

① 即先前提过的《1816年1月1日英国形势的历史批评及论述》。

事件概述

5月2日，拿破仑通过吕岑大捷掀开了萨克森之战的序幕。那是一场令人震惊、永垂不朽的胜利！一支刚刚成立、连骑兵都没有的部队，要去对战俄国和普鲁士的老牌之师。然而总司令的天才决策、他指挥的那支年轻部队不畏死亡的士气，弥补了它的缺点。法军一个骑兵都没有，但大批步兵组成方阵，在庞大炮兵部队的支持下发起冲锋，变身为无数座移动的碉堡！8.1万名法军及莱茵军步兵、4000名骑兵，对抗10.7万俄军及普鲁士军，以及他们的2万骑兵！亚历山大和普鲁士国王当时都在现场，可连他们的著名护卫军都不能挡住我们的年轻新兵。

此仗敌军损失了1.8万人，我军则损失了1.2万人。由于没有骑兵，我们没能取得往常获胜后的累累硕果。然而，此仗极大地提升了我军的士气。我们的将士情绪高涨，舆论又回到了皇帝这边。联军在他眼皮子底下撤退，甚至都不敢贸然再发动一场战斗。①

5月9日：拿破仑凯旋进入德累斯顿，把萨克森国王带回他的首都。这位君主因为切实的利益，也因为忠于誓言，在联军逼近时多次拒绝对方的无数提议，撤离首都。

¹⁵6月21—22日②：拿破仑在武尔岑和包岑再度获胜。联军选择的战场，是腓特烈大帝数次取得辉煌战果的经典战役发生地。联军在那里筑

---

① 吕岑大捷也给皇帝带来情感上的损失：他失去了伊斯特利亚公爵，即对他忠心耿耿、真诚以待、勇猛善战的贝西埃尔。尊敬的萨克森国王在贝西埃尔牺牲的地方为他竖了一座纪念碑。在这座光荣的纪念碑附近，还屹立着古斯塔夫-阿道夫的纪念碑，两座碑外观十分相似。它只是一座简单的石碑，边上有一些杨树。在外国，这样的纪念碑还有许多，以纪念我们勇士取得的、已被国人遗忘的荣耀。——辑录者注

② 实际上是"5月"，杜南对这个错误予以纠正。（请看他的修订版第二卷第278页注释1）

垒固守，以为自己万无一失；可他们一看到法军严阵以待、气势汹汹的样子，立刻溃不成军。法军刚刚打响战斗，就宣告自己斩获胜利。

联军损失了1.8~2万人，难以支撑，狼狈后撤。皇帝乘胜追击，穿过了卢萨蒂亚和西里西亚，抵达奥得河。这时联军请求停战议和，拿破仑觉得此时停战对自己有好处，便答应了。

那份决定了我们悲惨命运的至关重要的《普莱斯维茨停战协议》，成为决定这场战争走向的关键节点。①

皇帝应该答应停战，还是应该继续追击敌人？对于这个问题，时间和此举引发的可怕恶果给出了回答。皇帝一路凯歌，却对惨败的敌人手下留情，给自己日后留下无尽的祸患：他的退让，纯粹成了妇人之仁。先前摇摆不定的奥地利听闻我军大胜，大惊失色，立刻和我军会合。拿破仑那时想要缔结他希望的和平，这也在情理之中。他不愿冒着再起战事、全盘皆输的风险，放过这个议和的大好机会。毕竟那时因为一路急行军，军队已陷入慌张和极度的混乱中，拿破仑的后方毫无防护，全是敌人。所以他才觉得，无论怎么看，停战都能给自己留出时间集结和重整军队，打通并保障和法国的联络线。如此一来，他就能得到大批援军，建立自己的骑兵部队。

不幸的是，尽管皇帝万般算计，事实却证明这场糟糕的停战只让我们的敌人占了便宜。敌军得到了近三个月的时间，在这三个月里，他们一心想着夺回失地、毁灭我们。仍算是我们盟友的奥地利玩弄阴谋诡计（历史对此自会做出公道的审判），打着盟友的旗号，想着如何更有把握地打倒我们。现在因为停战，它便得到了部署的时间。[16]俄军等到了

---

① 1823年和1824年版本在前面指出了日期，即6月4日。

援军的到来；普鲁士军兵力加倍，还得到了英国人源源不断的援助，瑞典军也在此时和它会合了。敌人在暗地里忙得不可开交，在整个德意志地区大量征兵，莱茵河同盟内部通敌事件屡屡发生，同盟国军官被敌人收买。①

事实充分证明皇帝此时停战是大错特错，他应该乘胜追击才是。如果他继续赢得胜利，既无奥地利帮忙又与瑞典国王断了联系的联军将自乱阵脚，被留在后面，眼睁睁地看着奥得河被攻破，战火烧回波兰境内，烧到丹齐格门口，烧到人民准备揭竿而起的地方。那时候，联军必然会签署协议。即便我们接下来吃了败仗，后果也不会比现在更加糟糕。皇帝谨慎的算计害了他；被他视为冒失、鲁莽的做法，反而很可能会改变他的命运。

7月29日，布拉格会议：历经两个月的重重阻挠和意外后，谈判会议终于在奥地利的调停下召开——如果我们真能把这个什么都没谈成、参会一方事先就已决定绝不推动任何谈判进程的集会称作会议的话。

调停国和谈判国都是我们的敌人，他们沆瀣一气，联手对付我们，已经决定再度开战。那为什么他们还来参加会议呢？因为奥地利出于谨慎，要寻个借口向我们宣战；因为普鲁士和俄国认为自己有必要在欧洲舆论那里惺惺作态，装出一副自己渴望且在力图维护和平的样子。他们使的所有手段，不过是为了掩饰自己马基雅维利式的阴谋罢了。

在他们看来，布拉格会议并不是真正的和谈会议，真正的和谈早在两个月前就发生了。后来官方文件披露，我们终于知道了他们在停战期

---

① 1823年版本下文还有这段话："背叛的幽灵还悄悄溜进高层军官中。我们一个军的总参谋长——若米尼将军带着作战图投靠了敌人。"

间施展的阴谋伎俩。[17]我们的死敌和所谓的朋友利用停战协议，纯粹是为了巩固他们的联盟，达到推翻拿破仑，在他们宣称要解放的欧洲头上套上三头政治这一桎梏目的，这已是昭彰的事实。

奥地利为了自己的利益，把会议时间一拖再拖。它决心不惜一切代价来挽回损失，为了加大成功的把握，毫不犹豫地把廉耻心丢到了一边。它戴着友国的面具，干着背信弃义的勾当。它口口声声说是我们的盟友，盼着和我们携手共创新的胜利，摆出一副殷殷关切的样子，坚持要充当调停国。可它已经和我们的敌人勾结，和他们共谋反法计划。他们接纳了它，但它需要争取时间做好准备。从那时起，它每天都借口存在新的问题，一再阻挠谈判工作。

奥地利一开始毛遂自荐，扮演调停者的角色；但做好充沛的作战准备后，它口吻大变，要当双方的仲裁者，同时恬不知耻地要求从这一工作中得到回报。两个月的停战时间过去了，它觉得自己终于做好了准备。那时，所有因素也都有利于反法联盟，于是他们终于召开了会议，但不是为了签订和平条约，也不是为了缔结友谊，而是为了把他们真正的面目亮出来，是为了不加掩饰地羞辱我们。俄国人最明显，他们一把拉下了先前一直戴在脸上的文雅礼貌的面纱。俄国再不是先前那个在吕岑战役、武尔岑战役、包岑战役后焦急恳求休战的俄国，它觉得自己现在是欧洲的独裁者了。的确，他们动用外交手段，利用我们同盟国的盲目短视和自己的地缘优势，再加上积攒的军事力量，已经成为欧洲的实际主宰者。亚历山大派了哪个大臣来参加布拉格会议呢？就是那个私德有亏、生在法国、依照法国法律根本不该出现在那里的那个人。这是对拿破仑最直接的冒犯，但他忍了下来。

在这种情形下，人们是不可能取得什么成果的。在短短几天的会议里，我们的敌人只送来一堆或多或少语气尖酸的公文。[18]奥地利还偏袒他们，让人看了好不气愤。

8月10日，就在双方召开第一次会议的两天后，俄国和普鲁士趾高气扬地离开了。第二天，我们"忠实的盟友"奥地利，这个对我们各种巴结讨好、苦苦哀求要当我们的调停人、仲裁员的朋友，把这些头衔通通丢到一边，直接向我们宣战。它甚至没有给我们任何缓冲期，只按照自己两个月前偷偷和新盟友签订的宣言做事。这道宣言赤裸裸地彰显了奥地利是多么无耻和下作，证明了奥地利当初是为了向那个它所讨厌的盟友佯装屈服，才把它的女大公推出去做了牺牲品。历史对这种行径自会做出评价。我们得还奥地利皇室一个公道，因为据说弗朗茨皇帝这个被公认为欧洲最正直、最虔诚、最恪守道德的君主，对大部分背地里的交易并不知情。他的手下背着他干出许多勾当，还大肆扭曲呈报给他的和谈内容。人们把这些下三烂的勾当归结到英国的金钱攻势上，归结到俄国狡猾的外交策略上，归结到易被煽动的奥地利贵族阶级身上——他们被当时在欧洲呼风唤雨的英国政客给蛊惑了。

在剑拔弩张的气氛中，和谈破裂。当时皇帝在官方公开文件中，以最激烈的口吻、最强硬的态度发表了讲话。他的话是说给人民听的。虽然皇帝知道对方拿起了武器，但是依然保持冷静，要求重启布拉格会议。他认为不应放弃继续对话的可能：如果我们占了上风，奥地利自然会离开反法联盟；如果我们落了下风，也能轻易说服它。这就是人们所说的布拉格会议。

现在，也许有人会问：拿破仑是否在这场会议中及会议前后被人愚弄了？答案是：他没被愚弄，至少没被完全愚弄。即便他不清楚发生的所有事，但也从未错会别人的意图和真实情感。

^{19}在吕岑获得首战大捷后,拿破仑真心提议召开一场大会。在他看来,这是坦率处理战事、赢得天下和平、保护法国独立、保障现代政治体系的唯一办法。他也认为,任何谈判都不过是诱饵罢了。他看似远离了自己的初衷,接受了奥地利的调停和布拉格和谈会议,那是因为时间越往后拖,形势就越复杂。法军在维多利亚战败,从西班牙撤军,国内情绪日渐低迷,导致形势越发恶化。他非常清楚谈判会走向何种结果,但他需要争取时间,静等事态变化。他从来没指望过奥地利。虽然他不知道奥地利骗他到了何种地步,但根据对方遮遮掩掩的态度、一拖再拖的做法,他一眼就看清了奥地利打的算盘。拿破仑在德累斯顿时,甚至还和奥地利政府的第一谈判代表私底下谈了谈,弄清了对方①的意图。皇帝对他说,他现在总共还能拿出80万兵力去对抗敌人。调和人一听,赶紧说:"陛下也可以说有120万,因为我们所有兵力是否要加入法军,全听陛下的一句话。"但我们得付出多大的代价,才能吃到这个天上掉下来的馅饼呢?对方想要的可不仅仅是伊利里亚、华沙公国和因河前线呢。皇帝说:"请告诉我,我要做什么才能得到这个好处呢?我们即便做出上述让步,会不会仍是竹篮打水一场空呢?奥地利会不会在得到好处后又提出更多要求,或者干脆和我们开战呢?"他反复强调,奥地利和我们是唇亡齿寒的关系,等我们大难临头,奥地利自会回头支持我们,我们无须靠让步来争取它的帮助。所以,皇帝没有理睬奥地利提出的任何要求,也几乎确定奥地利已经跟我们的敌人勾结了。据说,他还半开玩笑半装生气地问那个谈判代表:"说吧,告诉我,他们为此到底

---

① 这里说的是梅特涅。1813年7月4日,奥地利派他出面调和。

给了您多少钱？"①

^{20}拿破仑当时承受着多大的压力啊！他多么有耐心啊！可人们居然

---

① 拉斯卡斯此处尽量避免点明此人就是梅特涅。费恩男爵根据达吕给他的讲述（梅特涅刚走，拿破仑就接见了达吕），在《1813年手稿》（*Mil Huit Cent Treize*）中披露了这场著名对话的细节。在他的书中，拿破仑是这么说的："我的军旗仍然飘扬在维斯图拉河和奥得河上，我亲自带领30万将士来到这里。可奥地利没有发出一枚炮弹，甚至连剑都没拔出来，就跑来请我签署什么条约！它连剑都没拔出来！这个要求实在太过分了！我的岳父是否接受了这个方案？是他把您派来的？……啊！梅特涅，英国给了您多少钱，才促使您跑到我这里来扮演这个角色？"费恩男爵写道："话尽于此，已经没有转圜的余地了。梅特涅脸色大变，随后两人陷入沉默，大步地走着。皇帝的帽子掉到地上，两人两三次经过这顶帽子掉落的地方。换作从前，梅特涅早就跑过去把它捡起来了，可这一次是皇帝自己把它捡起来的。"（第二卷第41~43页）在蒙特隆的版本中，拿破仑的话更尖刻、更咄咄逼人："英国给了您多少钱，才促使您跑到我这里来扮演这个角色？难道我给您的还不够吗？算了，坦诚点，您想要什么？如果2000万不够，说，您想要多少？"（出自蒙托隆《拿破仑皇帝被囚记》第一卷第253页）梅特涅一回到自己房中，就立刻给弗朗茨皇帝写了一份报告，报告日期是6月26日晚上九点。他在里面含糊其词地讲述了方才自己和拿破仑的对话："我今早十一点得到邀请，去见了皇帝。我刚到，就被人带了过去。我们的谈话从上午十一点四十五持续到晚上八点半，中间没有任何中断。这次漫长的会面中掺杂了一些格格不入的东西，既有友好的发言，又有无比激烈的情感宣泄。"（请看《梅特涅回忆录》法语版第二卷第461页）20年后的1835年，在和蒙泰斯鸠伯爵的一次交谈中，梅特涅声称他和拿破仑的对话"被忠实地记录在费恩男爵的书中，但只有一个地方是错的。皇帝绝不会对我说这句已被传开了的话：'英国人给了您多少钱？'或者，至少他没有这么说过。如果他跟我说了这句话，我会立刻转身走开，谈话到此结束。费恩男爵在叙述中说皇帝说了这话，这不是真的。"（请看蒙泰斯鸠1835年2月5日写给费恩的信，该信被收进了费恩的回忆录ix-x页中）1933年，让·哈诺多在《外交历史杂志》（Jean Hanoteao, *Revue d'Histoire diplomatique*）第424~440页发表了一篇文章，里面提到了拿破仑和梅特涅的这场对话。他根据科兰古的讲述出了一个新版本，其内容和费恩男爵的叙述有很大出入。科兰古说："这人（梅特涅）一走，皇帝就接见了正等着汇报工作的达吕伯爵，并让人把我叫了过去……他就像刚刚知道某个秘密、没法把它憋在心里似的，把梅特涅跟他说的一切一五一十地告诉给了我……我听了大感震惊，所以在离开后立刻将它写了下来。我觉得自己的记忆力相当好，应该没有遗忘什么，在文中许多地方，我甚至把皇帝的话一字不漏地写了下来。"之后就是皇帝对梅特涅说话的原文复述（科兰古知道如何用最精准的语言转述当时的场景）："我们直奔主题吧，梅特涅先生！我的确想要一个和约，但我要的是一个光荣的、通过讨论的和约。可您呢？您想把它强加给我。这样一来，我们就没什么好谈的了。我这样的老兵就如同一棵树，可以被砍倒，但绝不会弯腰。和英国已经得到的东西相比，（转下页）

还指责他拒绝和谈！他说："当我发现只有自己一人意识到我们面临着多大的危险，想着如何避开暗礁的时候，当我发现自己一边要对付威胁到我们生死存亡的盟军，另一边还要面对那些以为自己和盟军有共同利益的盲目的国家的时候，我简直是苦不堪言！我的敌人随时准备灭了我，自己人甚至我的大臣还对我死缠烂打，想方设法要把我推到敌人的怀抱里！在这样狼前虎后的局面下，我还得保持从容自得的样子，对一些人高傲以待，对另一些在背后给我制造困难的人铁手无情。这些人不仅不让舆论得知真相，还把它引向一个糟糕的方向，任由它冲我喊着要和平；可他们本应知道，获得和平的唯一办法，就是督促我继续作战。

"不过我决心已定，静等结果，坚决不做任何退让，也绝不在任何只能维持一时和平、会造成致命后果的协议上签字。任何折中路线对我而言都是致命的。若想脱离困局，要么靠胜利延续我的统治，要么靠巨大的灾难让我的盟友回心转意。"

我请读者注意皇帝最后这句话，其实我在上文已经提过他的这个想法。也许有人不能理解我为何总是没完没了地围着这个问题打转，但我觉得自己有必要将其解释清楚。虽然我今天已经完全理解了他的这个想法，但很久以前在朗伍德的时候，我觉得这句话彼此矛盾、语义晦涩。

您的获得不值一提。您要给它回一份大礼，而它想要的只有我。不久前在赖光巴赫，英国已和俄国、普鲁士签署了两份协议，难道它不会想着再签一份？您肯定知道点什么，梅特涅先生！它为此到底给了您多少钱？""皇帝对我说：'也许我站得太远，听不清他的话，也许梅特涅发现自己的真面目被揭穿，被吓住了，他什么都没说。我死死盯着他，他依然面无表情。'"皇帝还说："梅特涅并不是一个把钱放在第一位的人，他听到这番指责后很可能被惊住了。"我们该相信谁的话呢？是拿破仑，还是梅特涅？没人亲耳听过他们俩的谈话，因此这成了永远的谜团。

皇帝继续说："我的处境是多么艰难啊！！尤其是当我发现祖国的命运和理念全都维系在我一人身上的时候！"我斗胆插了一句："陛下，每个人都是这么说的。不过也有些党派指责您，尖酸地说：'为什么他要把什么事都牵到自己身上呢？'"皇帝总结："这是庸人的无聊控诉。当时的情形由不得我选择，后来的颓势也不是因为我的什么失策才导致的。[21]它自然而然地发生了，是环境角力的结果，源自两股相反力量的斗争。说那话的人（即便他们真心这么认为）大概想回到雾月事件前的那个时代吧？那个时候国内一盘散沙，国外强敌入侵，法国差点儿被亡国灭种。但从我们决定通过集中权力完成自救的那一刻起，从我们决意通过调配全国的力量和资源来造出一个强大的国家那一刻起，法国的命运就已完全维系在那个被偶然挑中、被赋予专制统治权的人的性格、手段和理念上了。从那天起，我即国家。我曾对可以理解我的人说过这句话，但遭到思想狭隘、居心不良的人的猛烈批评。然而敌人对此深有体会，所以他们从一开始就一心琢磨着怎么推翻我。我还说了一句发自内心的话，也引起众人一片哗然。我说，法国更需要我，而不是我更需要法国。这个真知灼见却被人抨击为妄自尊大。亲爱的拉斯卡斯，您现在也看到了，我可以放弃一切，哪怕我在这里受着这些折磨，我的苦难也不会一直持续下去。我的生命是短暂的，可是法国的生命呢？！"之后，他总结了自己前面的观点，说："我们当时处在一个彻头彻尾的全新环境中，你在历史中绝对找不到任何一个与它相似的情形。在这座新修起来、根基不稳的建筑里，我就相当于它穹顶的基石！这座建筑能够保存，全是我靠一场场战斗打下来的！要是我在马伦哥战败，法国那时就会遭遇1814年、1815年的国难，还不曾拥有先前显赫、不朽的奇迹。奥斯特里茨战役如此，耶拿战役也如此，埃劳和其他战役更是如此。庸人从不放过任何机会，指责我野心勃勃地发动这些战役。但这些战役不是我选择发生的，而是自然、形势所迫，它们产生于过去和未来之间的斗争中，产生于我们敌人长久持续的联盟中，我们是冒着被打败的危险被迫反击。"

还是说回1813年的那场谈判吧。今天若有人读了当时的所有文件、资料、双方声明，哪怕他的热血已经冷下来了，哪怕他已经知道胜利者的行径，仍会感到万分震惊，震惊德意志人犯下的一个双重错误：他们竟然会如此狂暴地反对那个人，宣称要摆脱他的桎梏；他们竟然会如此狂热地支持那些人，以为他们是自己民族的复兴者！！！

恢复战时状态；8月26—27日，德累斯顿战役：我们再度回到了战场。法军有30万人，里面有4万骑兵，占据了易北河右岸的萨克森腹地；联军有50万人，里面有10万骑兵，从柏林、西里西亚、波西米亚三面朝德累斯顿方向施力，对法军构成威胁。敌我悬殊的势力并没吓住拿破仑，他集中兵力，大胆打起了防御战。他把易北河沿岸当作我军据点，在那里筑壕固守，同时以波西米亚的群山为掩护，保护我军右翼。然后，他再指挥一支大军朝柏林进军，对抗贝纳多特指挥下的普鲁士军和瑞典军；另一支朝西里西亚前进，对抗布吕歇尔指挥下的普鲁士军和俄军；第三支军队镇守德累斯顿这个核心阵地，盯住奥地利和俄国在波西米亚的军队；第四支军队作为预备军守在齐陶，背着三个任务：第一，如果我军战胜了布吕歇尔，就进入波西米亚地区；第二，在那里牵制住联军大部分兵力，如果他们想冲破易北河岸的阵线，就从他们的后方发动进攻；第三，在需要时配合进攻布吕歇尔军的行动，或在德累斯顿遭到攻击时保卫这座城市。

皇帝以雷霆之势朝布吕歇尔一军冲了过去，引诱对方和自己正面作战。这时，他突然收到德累斯顿求援的消息。那里法军只有6.5万人，却要对抗18万联军。最高统帅施瓦岑贝格亲王26日向德累斯顿发动了一场进攻[①]，但幸好没有连续猛攻。拿破仑火速带领10万法军赶到德累斯顿，对抗联军的12万军队。战斗结果毫无悬念，[23]多亏他的英明决策、慧眼如炬，我们才夺取了胜利。敌军被击败，损失了4万人，还差点儿全军覆没。亚历山大皇帝亲自上阵，观看两军对战。正是在这个战场上，莫罗被我们帝国护卫军发出的第一枚炮弹击毙，死在他和俄国沙皇对话后的不久。[②]

拿破仑终于等到了这个获得和平、拯救法国的大好机会！第二天，奥地利就派人传话，摆出无比亲密的样子。可世事是多么无常啊！这是命运最后一次对他微笑了。从那时起，一连串前所未有的灾难接连发生，等着拿破仑的只有无数惨败。除了拿破仑亲自上阵时，我军在各地都节节溃败。我军在西里西亚和布吕歇尔对战时损失了2.5万人；和瑞典国王在柏林战斗的军队也是损失惨重；更可怕的是，德累斯顿大捷后，被派到波西米亚敌军后方的旺达姆军队，因为士兵毫无军纪，主帅鲁莽冒失，在联军压倒性的进攻下四下逃散。就在该军节节惨败、奥地利人暂时松了一口气的时候，拿破仑又突然病倒了。有人说，他是被人投了毒。他的出现再不能激起全军上下不顾一切狂热追随的热情，人们变得沮丧、怠惰、犹豫不决起来。就这样，旺达姆的军队全军覆没，我军在德累斯顿取得的所有辉煌战果化为乌有！

---

① 1823年版本下文还有这段话："据说投敌者若米尼也想这么做，他实际上也达到了相同的效果。"

② 大名鼎鼎的莫罗死在俄军军旗之下，死在反法联军的军营中，这对他的朋友和忠诚的追随者而言，无疑是晴天霹雳和巨大的耻辱。——辑录者注

遭遇一次又一次的惨败后，胜利的魔咒失效了，法军全无士气，联军却情绪高涨。单单拼兵力，敌军都赢了。一场大难朝我们迎头打来，拿破仑在绝境中使出浑身解数也无济于事。哪个地方告急，他就奔向哪里，可这时另一个阵地又传来紧急求救声。他出现在哪里，[24]哪里的联军就退避三舍；然而他一离开，敌军就立刻夺取了胜利。敌军不断攻城略地，左、中、右三路阵线连成一个半圆形，慢慢朝向易北河后撤的法军收紧，隐然有要包抄法军的危险势头。此外，我军后方毫无防卫，不断被当地农民和游击队骚扰。威斯特伐利亚王国暴乱四起，我们的车队被拦截，很难和法国取得联络。

这时，布拉格谈判代表把新的谈判结果带给皇帝。对方不仅保留了先前向拿破仑及其同盟国提出的一切条款，还增加了两个条件：第一，法国放弃它在意大利的所有占领地；第二，法国放弃它在德意志的所有占领地。拿破仑可以二选一，把另一块地盘让给联军处置，不得再插手。他的朋友和敌人都觉得拿破仑会毫不犹豫地接受这些条件。他们说："如果您选了意大利，依然留在维也纳门口，联军很快就会为分割德意志而发生内讧。相反，如果您放弃意大利，就是在向奥地利示好，让它拿回自己在意大利的土地，而您依然留在德意志核心腹地。无论哪种情况，您很快就会以调停人或掌控者的身份回归。"但拿破仑不做此想，拒绝了联军的提议，坚持自己最初的想法。

他说，这些提议本身是可以接受的，但我们怎么保证对方是真心的呢？他一眼就看出联军只想给他设立陷阱。他们已经不管什么信义、法律了，自以为在对付我们的时候可以不受人间任何法律和道德的约束。所以，拿破仑反驳了他的智囊团给出的建议，说："如果我放弃德意志，奥地利会更加疯狂地扑过来，把意大利抢回去。如果我把意大利让给它，它为了保住意大利，依然会在德意志境内对我穷追不舍。所以，我若让了第一步，[25]他们肯定会得寸进尺，继续找机会逼我让第二步。一栋建筑的第一块石头被撬动后，整栋房子势必会走向坍塌。就这样，我会被逼着让出一块又一块地盘，一直让到杜伊勒里宫为止。到时候，国人定会愤怒于我的软弱，骂我给他们惹来灾难，把我赶下台，说不定还会用法律来惩罚我呢；而他们自己很快也会成为外国的猎物。"

这难道不是对后来暗藏杀机的《法兰克福宣言》《沙蒂永提案》的精准预言吗？

皇帝还说："葬身沙场、死在胜者的刀下，总好过苟且过活。对手会尊敬我们的失败，只要我们败得光荣。所以，我更愿意战斗。即便我输了，我们依然和大多数敌人保持着政治利益关系；但如果我赢了，我能挽救一切于危亡，而且我依然有得胜的机会。所以，我并不觉得自己已经无路可走了。"

故意向柏林行动

这时，莱茵河同盟领导人巴伐利亚国王给皇帝写了一封信，信誓旦旦地说他会继续留在同盟，再坚持六周多时间。拿破仑说："这就够了，到时候，他自然会发现自己离不开我们。"他立刻决定拿出自己构思已久、充分展现其天才智慧、堪称是他的思想精髓的一份战略计划。当时法军已被逼到了易北河，联军重兵朝河右岸压过来，几乎快杀到法军后方了。拿破仑生出一个大胆的想法：和敌军互换阵地。他决意突破敌军防线，在其后方布阵，让敌军被迫掉头转向河左岸。如此一来，虽然他把我军和法国的全部联络线拱手让给敌人，但能再次杀到敌军后方。那里还未遭受战争的蹂躏，可以给军队提供补给。他将再度收复柏林、梅克伦堡、布朗德堡等失地。此外，我们还有庞大的地方驻军。我军若遭遇惨败，诚然会失去这些兵力、遭遇重大损失，但我军如果得胜，我们将从地方得到无尽的兵力补充。[26]所以，一个崭新的未来浮现在他眼前，新的策略渐渐成形。他已经看到敌军大惊失色、目瞪口呆、连连犯错的样子。他将带着所有希望，无畏地斩获新的辉煌。

10月16日、18日、19日莱比锡战役

一开始，一切进展得无比顺利。然而，符腾堡国王突然来信告知皇帝：巴伐利亚军在阴谋势力的煽动下，投靠了本是它的敌人的奥地利军，现在正朝莱茵河前进，意图切断他和法国的联络线；符腾堡国王迫于形势，不得不让步。这个意外打乱了拿破仑的计划，他不得不调转军队，考虑后撤。法军阵脚大乱，情况一下复杂起来，反倒便宜了正朝我们扑来、收紧包围线的联军。一场大战已不可避免。拿破仑把大军集中在莱比锡平原上，他有15.7万兵力和600门大炮，可联军有35万士兵和1000门大炮。第一天，我军奋勇杀敌，取得了胜利。如果留在德累斯顿的一支军队能如皇帝安排的那样参与战争，这场战役就大局已定了。被我军俘虏后又被释放的默费尔特将军向敌军传话，说皇帝同意放弃德意志。但联军已经得到重兵支援，第二天再度开战。这一次，虽然联军人困马乏，但是因为人数众多，他们可以像阅兵典礼那样一拨又一拨地轮流作战，以保持体力。敌我兵力悬殊，战况惨烈到前所未有的程度。卑鄙的叛逃现象在我军中间不断发生：我们的盟军萨克森军在阵地上转戈倒向敌人，原应打向敌人的炮弹如雷火一样向我们袭来。然而，法军统帅保持冷静、咬紧牙关、灵活作战，我们的士兵英勇无畏地迎向敌人的炮火，弥补了这些损失。战场依然是我们的。

这惨烈的两天，史称"巨人之日"。[27]敌军损失了15万最精锐的部队，其中5万战死沙场。我们只损失了5万人。所以，敌我兵力上的悬殊被大大缩小了。然后，第三场战斗打响了。这场战斗本来对我们是有利的，然而我军几乎弹尽粮绝，后勤部只能勉强提供1.6万发子弹，而前两天我们在战场上的消耗量是22万发。我们被迫在晚上准备撤退到莱比锡。清晨，联军朝我们发动猛攻，和我们同时进入城中。两军打起了巷战。我们的后卫军英勇作战，没有遭受多大的损失。可此时一个意外突然发生，断了我们的退路：不知因为什么误会，我们在埃尔斯特河上唯一一座撤退的桥被炸断了。所以，我军在莱比锡河边还没渡河的军队全遭歼灭，河对岸的部队也慌乱地朝美因茨溃逃。到了哈瑙，我们还得对付5万巴伐利亚军。我军只有少量残部返回了法国，而且他们还带回了传染病，让一切雪上加霜。

这就是那场无比惨烈的战争，这就是我们国家的最后一次挣扎，这就是埋葬我们强大实力的真正墓地。我们四次和欧洲对战。哪怕命运之神不眷顾我们，可有一个人凭借他的天才智慧，四次站了出来，只为保存我们的实力、用和平巩固我们的地位。那四次就是吕岑战役、包岑战役、德累斯顿战役，以及最后柏林行动后发生在莱比锡平原上的那场战斗。

他之所以输了，是因为他遭遇了前所未有的厄运和背叛。我现在就把我知道的一一列出来，供读者参考。

厄运

1. 拿破仑突然身体抱恙。

2. 博贝尔河突涨大水。

3. 巴伐利亚国王那封大表忠心的来信。

4. 德累斯顿的军队没有收到命令。

5. 军队在莱比锡战斗了两天后，没有充足的弹药了。

6. 埃尔斯特河上的桥被炸断了。

^{28}背叛

1. 奥地利背信弃义，施展阴谋，这是我们惨败的最直接、最根本的原因。

2.《普莱斯维茨停战协议》被践踏，导致我军阵地被封锁。

3. 巴伐利亚政府变节。

4. 萨克森军叛变。

5.《德累斯顿投降协议》被破坏。

我想就此多说几句：

1. 德累斯顿大捷后，有人曾恭维拿破仑斩获胜利。他一脸满意的笑容，说："这不算什么。旺达姆在后方，那里才是关键。"皇帝亲自四处奔跑，以协助完成这个至关重要的部署。然而不幸的是，他有一次吃完饭后立刻剧烈地呕吐，人们觉得他中了毒，立刻把他带回德累斯顿。从那时起，我军的作战行动前后出现了脱节。这么小的一件事却引发了多么严重的后果啊！但事情还不止如此。

2. 西里西亚地区的博贝尔河突然涨水，这是麦克唐纳元帅惨败的最大原因。大水把行动中的法军弄得措手不及，导致他们联络中断，最后引发我们在上文读到的巨大的人员伤亡。

3. 巴伐利亚国王在9月末秘密给拿破仑写了一封信，说他还能在同盟中坚持六周或两个月时间，说他先前一直都坚定拒绝了盟军许以的种种好处。皇帝若没收到这封信，也许会考虑敌人当时的提议，而不是立刻掉头转向柏林。他以为六周时间足以让他改写全局，巩固同盟。不幸的是，战场上的刀光剑影盖过了巴伐利亚国王的意志，拿破仑被迫中断行动，[29]在不利的条件下展开莱比锡战役。后事如何，我们都知晓了。

4. 拿破仑在准备莱比锡战役时，把他留在德累斯顿的军队也考虑进去了。他们若参战，就能锁定胜利、改写全局。然而敌军人数众多，把我们重重包围起来，皇帝的命令根本没被传到德累斯顿。

5. 在莱比锡经过两天惨烈的拼杀后，我军从埃尔斯特河上唯一一座桥撤退。帝国护卫军一个军官收到命令：如果尾随法军的敌军后卫军出现在河边，就炸掉桥梁。不幸的是，不知是出于误会还是什么缘故，这个军官以为皇帝要见他。他刚跑开，一个工兵下士看到几支俄军纵队出现，就点燃火线，炸断了桥梁，导致我军留在对岸的所有人员全都陷入绝境。我们一整支后卫军、行李辎重、近200门大炮和3万战俘，以及掉队者、受伤者、病号，全被俘虏。

此事在通报上被公布出来后，立刻在巴黎引起一片惊呼。有人断言此事蹊跷，觉得是皇帝亲自下达炸桥令，牺牲全军将士的性命来保全自己的人身安全。哪怕当事军官为了自辩而站出来澄清，也无法打消谣言。人们觉得这又是另一个谎言，是军官在捏造事实以讨好皇帝。当时这种说法都被传疯了。①

[30]6. 我们在上文已经讲了奥地利如何背信弃义、欺天诳地、表里不

---

① 我最近一次前往伦敦是1814年，当时全城都在谈论最近发生的大事，其中最富争议的便是莱比锡战役。有人说，拿破仑眼看法军惨败，心神大乱地在城中茫无目的地走着，在一个偏僻小巷中迷了路，来到一堵墙下。虽然他骑马出来，但因为体力不支、身体虚弱，不得不靠墙休息了一会儿，向一个善良的老妪问了路，还向她讨了一杯烧酒喝。伦敦没有漏掉炸桥这件事，和巴黎人一样对此议论纷纷。沙龙里、大街上，所有人都在热烈谈论着这件事的每个细节。最有身份的要人和最普通的百姓，说起这件事时都一脸严肃。所有商店都在卖相关的雕刻画，上面画着莱比锡的街道、被炸的那座桥梁以及其他景物。无数怪诞诡奇的传闻甚嚣尘上，有常识的人听了只耸耸肩膀，不发表任何意见。——辑录者注

一、言行矛盾。它全然忘了莱奥本战役、奥斯特里茨战役和瓦格拉姆战役后皇帝对它的宽厚对待，为了政治利益而忘了旧日恩情，贪婪地攫取这个机会，以期不计任何代价地挽回损失。

我们也说了，它让我们同意了《普莱斯维茨停战协议》，害我们浪费了时间；之后它又使出卑鄙手段，决定和我们宣战；身为我们的朋友和盟友的奥地利政府先前自愿当调停人，几天后却转头对付我们。现在我们都知道它接受了6月中旬的《赖兴巴赫协约》，还在7月初参加了特拉岑贝格大会。出于谨慎，奥地利只在暗地里搞这些动作，一个月后才亮出獠牙。奥地利政府一开始跟弗朗茨皇帝说，这些只不过是防范措施。之后，它又把拿破仑描绘成一个祸害，把自己干的事都推到拿破仑头上，说是他推迟了布拉格会议。通过颠倒黑白，奥地利政府终于拿到了弗朗茨皇帝签字的同意书。（出自蒙特维朗的《历史批评及论述》第六卷262页）

这就是奥地利的行径，可拿破仑一直都希望它能回心转意，不仅因为他那时已无计可施，还因为他以为奥地利非常清楚自己真正利益之所在。直到签退位书的那一刻，他才放弃了这个想法。①

^{31}7. 根据停战协议，法军在盟军控制地盘内所占领的要塞，方圆一古里之内都属于要塞范围，且人们每过五天给要塞提供一次补给，可这个条款基本上成了一纸空文。

停战期被延长后，法军特派员要求把自己的军官派到各个要塞指挥

---

① 他做此猜想也合乎情理，毕竟直到现在我们都不知道奥地利到底是被迫还是自愿同意了皇帝退位一事。虽然发生了导致拿破仑走向灭亡的一系列惨事，但一次暂时的胜利就能让奥地利和俄国离心离德；而且下令朝巴黎进军、发表宣言驱逐拿破仑及其家人，这都是亚历山大一个人干出来的。弗朗茨皇帝赶到后已经回天乏术，只能接受现实。但从许多事来看，他对俄国的这种做法非常反感和失望。——辑录者注

官那里，但俄军主帅断然拒绝；后来形势急转直下，我方也只好放弃了这个要求。（蒙特维朗《历史批评及论述》第六卷第270页）[①]

8. 在拿破仑敲定的战略方案中，驻守多瑙河的巴伐利亚军要和驻守伊利里亚的意大利军展开联合行动。可以想见，这对战争走向起着多么关键的作用。但巴伐利亚军主帅找这样那样的借口（真正原因是他已和当地勾结起来），一直按兵不动，导致副王带领的军队动弹不得、遭到奥军的重兵钳制。我们在上文也看到了，这支军队在最关键的时刻公然变节，成为我军溃败的主要原因之一。

9. 可和萨克森军投敌的耻辱性丑闻相比，上面这些都算不了什么。这个和我们同甘共苦、站在一个阵地上的兄弟，突然朝我们开炮。无论他们的背弃给我们造成多么无法弥补的损失，这一耻辱行为给他们带来的影响更甚于给我们造成的不幸。

被说成一个满口谎言、心肠歹毒的怪物的拿破仑，此时却做了一件堪称道德标杆的高尚行为。

他把一支萨克森军和他的帝国护卫军合并为一支军队，把他们留在莱比锡，留在他们君主的身边，[32]履行自己的义务，去保护萨克森国王。当时他的军队中仍有一部分巴伐利亚人，拿破仑令人给他们的主帅写信，说"巴伐利亚不久前违背承诺、向他宣战，他本应卸下这群人的武器、按战俘处置，但拿破仑不想这么做，因为此军会破坏其麾下军队对他抱有的信赖"。他只命令他们交出物资，自行离开。这番行为自会

[①] 1823年版本下文还有这段话："第三军总参谋长（若米尼），瑞士国籍，在我军一路青云直上；但在两军重新进入战争状态后不久，他带着自己手头的所有情报投奔敌人。俄国皇帝为此重赏了他，把他提为自己的副官。据说这个军官很有才干，常抱怨自己遭到不公对待。可即便如此，他就应该干出这种事，且不用遭到道德的谴责吗？"

得到历史的公正评价。①

10. 我看过一位优秀军官就德累斯顿投降一事写的笔记。他计算了留在后方碉堡和大军分开的士兵人数，认为他们的总数高达17.7万人！！！而皇帝在莱比锡却只有15.7万人。要是那个时候他手头有这支大军，甚至哪怕只有其中一部分，那该多好啊！然而我军兵力之所以被大大分散，不是因为战略安排出了问题，而是因为形势所迫。下面这段话讲述了《德累斯顿投降协议》如何被践踏，这是我一字不改地从他的笔记中摘录出来的。

这位军官说："首先我们必须知道一件事：反法联盟以施瓦岑贝格亲王为出面人，在作战方案中已经定好了②，我们的驻军部队如果提出投降，联军可以保留他们的荣誉（之后执不执行就是另一回事了）。这有充分的事实证明：当初圣西尔元帅在德累斯顿和托尔斯托伊将军、克勒瑙将军签署的投降协议被撕毁，正是因为施瓦岑贝格亲王不能批准这份协议。对方给出的理由是：[33]同被困在德累斯顿的拿破仑的副官洛博伯爵对这份协议存有异议。几天后拉普将军签订的《丹齐格投降协议》③也被拒绝，理由荒谬十足：虽然他签订了条款，但是鉴于德累斯顿守军进入斯特拉斯堡后立刻在城中布防，所以联军不接受《丹齐格投降协议》，以防类似的麻烦继续发生。

---

① 当时，令人尊敬、忠诚、正直的萨克森国王跟随他的盟友拿破仑来到主营。联军进入莱比锡后，控制了国王的人身自由，宣布由他们掌控他的国家。他的悲惨遭遇为整个欧洲所知晓，被每个善良的人牵挂于心。——辑录者注

② 在变节之事普遍发生的时候，符腾堡国王的高风亮节实在令人敬佩。这位君王虽然已经和我们宣战，却把他军中先前投敌的骑兵队、步兵队通通解散，并没收了相关军官的军衔勋章。——辑录者注

③ 读者可以在拉克鲁瓦版（Lacroix）的《拉普回忆录》第434～441页中找到投降协议全文，该书在270～352页就丹齐格被围一事给出了非常详细的信息。

"下面这些事进一步证明了联军是多么不守信用。德累斯顿守军由两支军队组成，人数共计4.5万人，于11月11日投降。①

"对于交城投降这件事，守军内部本来就没达成一致意见。人们当时持有两种意见：第一个是签订投降协议，然后返回法国（人们后来采用了这个办法）。第二个则冒险得多：城中精锐军队离开德累斯顿，渡过易北河，随后攻破托尔高，和那里的2.8万人的军队会合；再攻破维滕贝格，收编那里的5000人的军队；然后是马格德堡，和当地2万驻军会师；最后抵达汉堡，和那里的3.2万法军会合；之后我们带着这支6~8万人的军队，穿过敌国腹地返回法国；如果条件不允许，就往回扑向敌军后方，牵制赶来击败我们老牌军队的敌军重兵；如果事败，最坏的结果不过是投降罢了。洛博伯爵、泰斯特将军、穆顿-杜维尔内将军等人都坚决支持这个做法。这是一个伟大的决定，无愧于我们的荣耀，延续了我们的威名。皇帝也是这么想的，曾为此发出一些命令，可惜它们没能传到地方驻军那里。当时形势万分危急，军中一部分人向反对派首领提议夺取军队控制权。然而，遵从上级的想法压倒了勇猛作战的热望。可我们也不能忘了，这位反对派首领在一次会议中是多么孤勇和悲愤。当时他愤怒地冲着主帅大喊：[34]'皇帝会告诉我，我当初应该拿着手枪，夺过军权，把您一枪崩了。'

"投降协议中说，法军将分六队，在六天里先后撤出，驻军的总目的地是斯特拉斯堡。

"按照投降协议，我们这边撤兵，敌人那边控制城市。可我们第六支队伍离开德累斯顿后，仅仅过了一天，对方就宣布投降协议被施瓦岑

---

① 在1823年和1824年版本中，下面这一段是以脚注形式出现的。

贝格亲王在11月19日的一项法令中否决和驳回了。

"圣西尔元帅对此提出强烈抗议,对方为了弥补自己出尔反尔的行为,说愿意放他和他的军队回德累斯顿,恢复在《德累斯顿投降协议》签订之前的一切防御手段。这简直是个天大的笑话。

"克勒瑙伯爵原本同意了投降协议,而且他完全有做此决定的权力。为了让对方忠实执行投降协议的条款,圣西尔元帅付出了巨大的努力,却依然没有任何效果。这支七零八散的不幸守军不能再朝莱茵河撤退,只能根据敌军的指定,前往分散在波西米亚各个地区的临时宿营地。

"元帅因为协议遭到践踏而出离愤怒,为了把此事告知拿破仑,他派了一个高等军官加急传信。然而联军以各种理由拖住他的行程,这位军官直到12月18日才赶到巴黎。在此期间发生了许多事,导致再无转机。"

一再发生这些背信弃义、出尔反尔的事情以后,拿破仑不再相信著名的《法兰克福宣言》里的任何一个字,为立法院的鼠目寸光而大感愤怒(立法院委员会不知是出于恶意还是无知,为我们的毁灭盖上了最后一块石板),也不足为奇了。拿破仑告诉我,他不止一次要召见委员会,想和他们敞开心扉,认真地谈一谈当前的局势和我们面临的巨大威胁。他说,他有时觉得自己肯定能恢复他们身上的法兰西国魂,[35]有时又觉得这些人已是积重难返,甚至居心叵测,他们就是要把纷乱的局势再搅浑一点儿。从当时的情况来看,这么做只会削弱我们的国力,加速我们的崩溃。

皇帝经常谈起发生在这个生死存亡之际的许多事。我跳过了这段内容,因为其中的细节既不令人愉悦,也不能给人宽慰。

善行—阿姆斯特丹之旅，荷兰人—九月屠杀—论革命—路易十六的厄难

9月3日，星期二

下午三点钟皇帝把我叫到他的房里，那时他刚洗漱完。因为下雨的关系，他去了客厅，跟我讲了一些非常稀奇的事。估计大家能猜到这些事都和他有关，但肯定不知道我在里面居然还扮演了重要角色……

后来，皇帝想去藏书室附近的一个农场走几圈。可今天的风刮得实在太猛，他只好折回房中，玩起了平素几乎碰都不碰的桌球游戏。

白天，皇帝说了一件事。有一次，他和皇后出游，曾在莱茵河上的一个小岛上用早餐。小岛上有一小块农场。他看到农场里有一个农民，便把对方叫来，让他大胆向自己讨要任何能让他更加快乐的东西。为了打消他的顾虑，皇帝还让他喝了几杯酒。这个农民比故事里许三个愿望的人更大胆、更实际，立刻说了他想要什么。皇帝命令该省省长当场满足他的愿望，花费还不到7000法郎。

还有一次在荷兰，他坐小船出行的时候和船夫聊了起来。皇帝问船夫，他这艘船值多少钱。船夫说："我的船？它不是我的。如果它真属于我就好了，那我就发财了。"皇帝对他说："很好！我把它送给你了。"船夫听后一脸无动于衷的样子。人们还以为是这个地方的人天性就是如此冷静淡漠呢，[36]可事实并非如此。船夫对另外几个向他庆贺的船夫说："他给了我什么赏赐呢？他跟我说了话，然后没了。他把一个不属于他的东西给了我，这算哪门子的礼物？"而此时，杜洛克已经掏钱把这艘船从原主人手中买了过来，并把买卖收据递给他。那时船夫才明白是怎么回事，欣喜若狂。这艘船差不多也是7000法郎。皇帝说："所以您看，人的

欲望并非如人想的那样毫无节制。让一个人快乐，这比我们想象中要简单得多！这两人毫无疑问都获得了幸福。"

拿破仑经常给我们讲类似的小事。下面这件事也出自他的口述，它发生在马伦哥战役前不久的圣伯纳德山道上。

"在最难走的地段，执政官骑的是圣皮埃尔当地居民的骡子。他的向导是个个头高大、体格强健的22岁的小伙子，经常和执政官聊天，带着他这个年纪和这个山区农民特有的纯朴和天真。他向第一执政官倾诉生活的艰苦，以及他对未来的美好期盼。到达修道院后，先前毫无表示的第一执政官写了一张短笺，让小伙子拿着它前往上面写着的地址。这张短笺实际上是一道命令，要求当地政府在他走后迅速执行上面的内容，为这个年轻农民实现了他的心愿。例如，建一栋房子，买一块地，等等。这个年轻的农民回去后，发现所有人都跑过来要实现他的愿望，好运从四面八方向他涌来，那时他是多么惊讶啊。"①

---

① 以上这两段在1823年版本中并未出现；在1824年版本中，它以脚注的形式出现；在1830版本中，它进入了正文。
大圣伯纳德山的一位修士留下了一份讲述波拿巴翻越山道的手稿。他在里面说："在圣皮埃尔镇，第一执政官挑了一个向导去爬圣伯纳德山。离开镇子不久，执政官骑的那头骡子在一个陡峭的山道上绊了一下，把他摔了下来。* 向导皮埃尔-尼古拉·多尔萨兹（Pierre-Nicolas Dorsaz）当时走在骡子的边上，就站在悬崖那一侧，他立刻扶住第一执政官。后者当时一脸平静，没有任何表情。之后，波拿巴和向导聊起天来，问了他许多家庭方面的事，问他带人从镇子走到圣伯纳德山这一趟能赚多少钱。向导回答，人们通常需要支付3法郎。执政官对他说：'好，这次您能得到一点其他的东西。'抵达圣伯纳德后，向导因为并不知道他的身份，所以也没把他先前的话当一回事，回了自己的小镇。回到巴黎后，波拿巴想起了这个向导，知道他没有自己的房子，就让瓦莱共和国附近的法国驻外公使找到他，给他买一栋房子。公使收到巴黎的命令后，立刻给了皮埃尔-尼古拉一笔钱，让他买了一栋价值1200法郎的房子。"
卡格利亚尼在1892年的《波拿巴的大圣伯纳德山之行》（Cagliani, *Il passaggio di Bonaparte per il Grande-Saint-Bernardo*）中也讲述了这件事，内容源于向导多尔萨兹的亲口（转下页）

皇帝访问阿姆斯特丹时①，当地百姓本来对他非常仇视。但他一露面，连最冷漠的人都激动起来。他甚至拒绝任何护卫的保护，觉得有这座城市的荣誉卫军就够了。此举立刻攻下了全荷兰人的心。他一直和他们待在一起。有一次，他还走到人群中间，真诚地对他们说："有人说你们不满意，但为什么呢？37法国没有征服你们，而是接纳了你们，对你们毫无抵触。你们就是大家庭里的一员，和我们有福同享。想想吧：我从你们中间挑选了省长、侍从、参政院议员，其人数和你们的人口成正比。你们抱怨自己遭了难，但在这方面，法国遭的难更大哩。我们都在遭难，只要我们共同的敌人还在，只要海上的暴君、威胁到你们商业的那个幽灵还没恢复理性，这苦难就完不了。你们抱怨自己做出牺牲？来法国看看吧，你们会发现你们拥有的东西比我们还多呢，也许那时你们会觉得自己没有那么不幸了……但为什么你们不庆幸发生了那些让你们和我们团结起来的苦难呢？在新的欧洲局势下，如果你们被抛到一边无人理会，那你们会变成什么样子？你们会成为所有人的奴隶。可你们不仅没有成为奴隶，还和法国融为一体，总有一天，伟大帝国的所有贸易都会落到你们的手上。"之后，他换了一种轻松的语调，说："我做的一切都是为了让你们开心。你们看，我给你们派来的官员，不就是那个最适合你们的、善良、爱好和平的勒布伦吗？你们和他一起流泪，他也和你们一道痛哭，你们哭成一团。我还能为你们做什么？"听了这

叙述。据他说，"波拿巴看上去是个很温和的人。他的皮肤像柠檬一样黄，黑黑的长头发垂在衣服的金绶子上，帽子上盖着一张打了蜡的布。他虽然年轻，但是很少说话，几乎不笑，不断回头看士兵有没有跟上"。

* 谁不知道大卫画的那幅画呢？画中波拿巴骑在一匹烈马上，这匹马直起身来，立在崖边。
① 拿破仑在1811年11月9—24日逗留于阿姆斯特丹。

话，荷兰人一扫往日冷淡的样子，听众都哈哈大笑起来。就这样，皇帝赢得了他们的信任。他还补充说："另外，让我们一起期待这个现状不会持续多久吧。请相信我，我和你们一样都渴望它早日结束。你们中间高瞻远瞩的人会告诉你们，这一切绝非我一时心血来潮的安排，更不是我出于自己利益的选择。"

皇帝离开了为其倾倒的阿姆斯特丹人民，把他俘获的民心也一道带走了。在来阿姆斯特丹之前，他常常抱怨说，任何一个被他派到荷兰去的人都立刻成了荷兰人。可他回来后在参政院发表讲话时，说自己也成了荷兰人。有一天，一个议员在演讲时轻浮地谈起了荷兰人的秉性。皇帝对他说："先生，您应该比他们更讨人喜欢吧，但我对您只有一个希望：拥有和他们一样的道德。"

晚饭后，有人提醒今天是9月3日。皇帝对此发表了精彩的言论，下面就是他的部分谈话内容[38]："今天是一件可怕、骇人、堪称小型圣巴托洛缪大屠杀事件的纪念日，这是我们身上的一个污点，但它当然比不上圣巴托洛缪大屠杀，因为受害者要少得多，而且此事并没得到政府的支持，政府甚至还在努力惩治犯罪。这次屠杀是巴黎革命公社发起的，后者就是一股没有约束的势力，它和立法机构相竞争，甚至一度控制了立法机构。

"而且，九月屠杀事件与其说是一种纯粹的恶行，还不如说是狂热思想的结果。有个参与屠杀的人趁机抢了东西，都被自己人给杀了。这一可怕事件既离不开外力的推波助澜，也和当时人心的浮动有莫大关系。每场政治动荡中都有愤怒的人民的身影，每次危机袭来时狂怒的群众中都会发生混乱和流血。当时，普鲁士人已经踏进法国的大门。人民在对付他们之前，决定先在巴黎对普鲁士支持者展开报复。这件事的发生，说不定还保护了法国的安全呢。①有人也许想过，在帝国的最后时刻，当外国人逼近的时候，要是我们也对外敌的朋友们采取了这种恐怖手段，法国还会不会落在侵略者的手里？不过我们不愿发生此事，毕竟我们是合法政府。让我们的政府因为稳定的政权、战场的胜利、签订的协议、旧习俗的恢复而走上了正轨，我们不能如从前的暴徒一样干出类似的暴行。至于我，我不能也不会成为雅各宾派的国王。

"一个普遍规律是：任何社会革命都伴随着暴力事件，每场类似性质的革命都以暴乱开头。只有时间和胜利能把革命崇高化、合法化，但它要实现这个目标，必然离不开恐怖暴行。那些掌握大权、占据高位、享受财富的人，怎么可能乖乖放弃到手的一切利益？他们定会抵抗。所以，人们必须用恐怖手段来打击他们，逼他们放手。所以，我们才有了灯柱子和公共处决。法国恐怖统治在1789年8月4日就开始了，那时人们废除了贵族制、什一税、封建特权，把它们残剩的利益分散给人民。人民既然得到了这些东西，就再不肯失去它们，所以才杀了人。只有这样，他们才理解了大革命，真正关心起了大革命。³⁹在此之前，人民普遍抱有宗教思想和伦理道德，甚至担心没有国王和什一税后自己该怎么收割粮食。

"然而，革命也是上苍拿来折磨人间的最大灾难之一。革命是干革命的那一代人的一个祸害，虽然它带来种种好处，但是干革命的人从中获得的苦难远大于革命的好处。革命让穷人变富，但穷人并没有得到满足。②革

---

① 几个月后（1816年12月16日），拿破仑当着古尔戈的面，直截了当地说："九月屠杀事件极大地震慑了入侵者。他们看到的是一支揭竿而起、反对他们的人民，到处都在流血，到处都在发生杀人事件。有人说，荣耀在大革命期间在军队寻到了庇护所。不过我敢断言，九月事件的屠杀者几乎都是军队的老兵。他们要奔赴前线了，不想把敌人留在后方。"

② 1823年和1824年版本后面还有一句话："它让富人变穷，让富人对自己的遭遇刻骨铭心。"

命推翻了一切，从一开始就给所有人带来灾难，却没给任何人带来幸福。

"我们得承认，真正的社会幸福在于平和的习俗，在于和每个人息息相关的快乐方面的和谐。在和平时期，每个人都有自己的幸福。鞋店里的修鞋匠和王位上的我一样快乐，小小的军官和他的将军一样享受着人生。革命的根基越深，爆发之际就越有破坏力，只有在未来才能重建秩序。我们的革命看起来是一场不可遏制的灾难，那是因为它是一场不可避免的、精神和物质层面的大爆发，是一场真正的火山喷发。所有必备化学元素齐全以后，化学反应就发生了；所有必备精神元素在我们中间酝酿成熟后，革命就爆发了。"

我们问皇帝，他是否认为人们可以在大革命诞生之际就将其扑灭。他回答，此事并非毫无可能，但也非常困难。他说："也许人们可以采取一种马基雅维利式的大行动，一方面，通过某个伟人之手发起攻击；另一方面，向国民做出一定让步，真诚地向人民承诺开展时代要求的变革（那场著名的御前会议[①]其实就涉及其中一部分内容），来防止暴风雨的来临，或者让其改道。说到底，这一切举措都是在控制和引导革命而已。"他认为，如果国王处于强势地位，人们尚能采取类似手段，在8月10日取得成功。在皇帝看来，以下两个时间是绝境逢生的唯一机会：一个是凡尔赛事件发生时，那时人民的思想尚未完全动摇；另一个就是8月10日，那时人民开始厌倦动荡了。[40]但皇帝也说了，当时的当权者根本没有手段去渡过难关。

皇帝之后粗略点评了一下当时政府犯下的错误。他说："他们当时采取的做法叫人看了只能摇头。路易十六应该有一个首相，让内克尔继

[①] 即1789年6月23日路易十六召开的御前会议。

续在财政部待着。君主制末期最需要的就是首相，可国王因为自尊心使然，根本不想请个首相过来。"

我们你一言我一语，讨论当时的大人物在危机中可以采取哪些合适的措施。皇帝说："我们已经定了路易十六的罪。刨除他软弱的性格，他是第一个被起诉的君王，是当代理念试验的牺牲品。因为接受的教育和思想熏陶的关系，他真心相信自己公开和私下维护的东西。他缺乏信念，但说句不恰当的话，他依然抱着坚定的信条。若是换作后来，他的所作所为自然是不可原谅、应被谴责的。有人说当时所有人都在反对路易十六，可以想见命运对这位不幸的君主是多么无情。人们总说斯图亚特家族的遭遇是多么悲惨，可他们哪有路易十六可怜呢？"

亲卫军——我们中的一个叛逃者
9月4日，星期三

早饭后，皇帝把我叫了过去。他当时正躺在沙发上，身边放着一大堆书，头上仍戴着晨帽，脸色看上去很不好。他说："亲爱的朋友，我觉得疲倦极了。我翻了这些书，但它们引不起我的任何兴趣，什么事都让我不高兴，我无聊死了。"他当时盯着我，那双平素活泼的眼睛此刻却黯淡了，这说明了很多问题。他指着身边一张满是书籍的椅子说："您坐那里吧，我们聊一会儿。"然后，他谈到了他在厄尔巴岛的生活，提到自己在那里接见过的一些人。[41]之后，他问我当时的巴黎是何情形。说着说着，我们就谈到了国王亲卫军。一个人[①]告诉他："陛下，您在这里的身边人，其中一个还是这支军队的逃兵呢。"皇帝诧异地问："此话怎讲？您说说看。"这个人继续说："陛下，复辟时期，

---

① 此人就是拉斯卡斯本人。

亲卫军中的一个上尉和我是很好的朋友。虽然我们政见不同，但是他对我非常尊敬，提议让我的儿子进入他的军队，保证会将他视如己出。我回绝了他的提议，说孩子太小，这会耽搁他的学习。我的朋友拍着胸脯说这不是问题，我便请他给我一点儿时间好好考虑。我和别人提起这件事，他们都惊呼我竟然放弃了这个大好机会，说这是天大的好事，它丝毫耽搁不了我儿子的学业，而且我的儿子很有可能会在不久之后迎来大好前程。于是我找到那个上尉，为自己当初对他的慷慨提议没有表示足够的感激之情而感到抱歉。他说，他知道我当时并没理解此事的意义。可我还没来得及把我的儿子引荐给他的上校，陛下就回来了。我们出发时，我把他也带到了圣赫勒拿岛，所以他就是那个逃兵。"皇帝哈哈大笑，说："革命就是如此！这简直是利益、关系和信念的交织！幸好它没让家庭瓦解，没让挚友反目。"随后他问起了和我家庭有关的事，最后他对我说："不过我在阿尔冯斯·德·博尚的书中看到了这么一件事。3月30日，众多保皇党人在路易十五广场上聚集，表态支持王权。其中还有您的名字。不过我知道那不是您，我记得您以前给我解释过这件事①，但我忘记细节了。""陛下，那是我的一个堂兄。当时还给我带来一点儿小麻烦，即便我登报澄清也没用。但幸好这个堂兄积极发声，说人们提到的那个拉斯卡斯是他本人。我也知道作者没有恶意，毕竟拉斯卡斯是大姓。*42*博尚这么做，说不定是想给我一个博人关注的机会呢——如果我真有心这么做的话。此外，我还要感谢这位堂兄光明正大的为人。后来我到陛下身边效力后，曾多次提议把他推荐到陛下宫中做事，因为他一直拒绝才作罢。希望今天他因当初的忠诚得到了回报。"听了

---

① 请看1815年11月21—22日日记里拉斯卡斯的讲述。

这话，皇帝又感叹道："上帝！这就是革命！它把所有个人利益都打乱了！正因为大部分人的个人利益受到伤害，全面的混乱才发酵，让这场动荡变得如此剧烈、如此暴力！"

今天的天气极其恶劣，我们根本不能出门一步。皇帝打发我回去后，又把古尔戈将军叫来，在藏书房里向他口述回忆录。他从下午两点钟一直工作到六点钟，讲述了执政府期间莫罗打过的几乎每场战役。晚饭后，他给我们读了曼特农夫人写给她的哥哥的那封著名的信，里面她一条条地列出哥哥的家庭开支，一年是6000法郎。①之后，皇帝翻了翻有好几卷的《伟人列传》（*Grands Hommes*），读了里面几个人的词条，还兴致勃勃地看了看每卷最后的人物肖像图。

拿破仑的责骂—总督拿我们的生活讨价还价
9月5日，星期四

今天早上聊天时，我偶尔提到了一些有失正义、激起公愤、进一步抹黑了皇帝形象的事情。有人打着皇帝的名义干了这些事，于是许多人认为它们就是皇帝本人所为。他问："可为什么你们没有一个人来找我，没有一个侍从告诉我，甚至没有一个有良心、有独立思考能力的人前来申诉，让我知道这件事呢？我肯定会还他们一个公道的。""唉！陛下，我们很少有人敢把这些事告诉您。""为什么？我就那么可怕吗？""陛下，我们当时的确是这么认为的。""我懂了，人们害怕被我责骂。43但你们也知道，我很愿意聆听别人的心声，去主持正义。好

---

① 拉斯卡斯这里记错了。曼特农夫人1768年2月26日写信，请她的哥哥"控制开支"，但并没说什么一年掏6000法郎供其家庭用度的事。一年6000法郎"口粮"的事，是她在写给奥比涅夫人的信中提到的。

人知道如何在做好事和受责骂中间找到一个平衡点。再说了，我亲爱的朋友，我绝大多数责骂别人的行为都是故意为之。责骂通常是我试探一个人，从细节上偷偷读出其性格及为人的唯一途径。我没有时间去调查别人，责骂就成了我对他的一个试验，比如有一次，我对您很凶（他指的是上卷第1086页上的那件事）。这让我发现您有些固执，非常敏感，不善掩饰，容易赌气。"他扯住我的耳朵，继续说，"如果我要用一句话来概括您，那就是：神经过敏。"

还有一次，皇帝又说到自己为什么要故意责骂别人："突然朝人发难后，我通过他回应的方式，可以立刻知道他在什么地方是靠得住的，知道他的灵魂在哪个高度上能发出和谐的奏鸣。毕竟，朝一个青铜品扔手套，它只会闷不作声；但如果用锤子敲击它，它则会叮当作响。"他补充说，"其实我这么做还有另外一层原因：我必须给自己打造出一个令人惧怕的光环。否则，我若突然出现在一大群人中间（就像我以前那样），他们就会过来拍我的肩膀、在我手里找吃的。毕竟我们天性就是这么不拘小节。"①

今天天气依然糟糕透顶，皇帝白天大部分时间都在工作，像在猫冬似的。②

总督又为我们饮食开销上的事来纠缠我们，说起我们喝了多少瓶葡萄酒、吃了多少磅肉这种鸡毛蒜皮的小事。他没再坚持先前自己算出来的一年8000英镑的预算，慷慨地把这个数字提到了1.2万英镑，声称这是必要的开销。但他老是要求我们自行垫付多余的开销，否则就要大幅度削减经费。他竟拿我们的生活讨价还价。此事被汇报给皇帝后，皇帝让

---

① 本段在1823年和1824年版本中并没有出现。
② 本段在1840年版本中被删。

人自行安排，只希望别人别来打扰他的清净。

晚上，皇帝又提到了曼特农夫人，谈了她的通信、44她的性格、她对那个时代产生的影响。他让人把《历史辞典》拿来，读了里面关于诺阿伊的词条，十一点回房歇息了。

秘密谈话—曼特农夫人和塞维尼夫人的信
9月6日，星期五

今天天气依然如昨天一样恶劣。皇帝洗漱好以后，把我们中的一个人带到藏书房，和他秘密地谈了很长时间，内容涉及和我们息息相关的要紧问题。

他说："我们来这里一年多了，可每次回想某些事，我就觉得我们仿佛昨天才到圣赫勒拿岛似的。说实话，直到现在我脑子都是模模糊糊的，对此没有明确的想法。这实在不像平常的我。不过我遭遇了多少折磨啊！我遭受了来自命运和他人的多少打击啊！我简直是四面楚歌、腹背受敌。你们作为我忠实的朋友和安慰者，也在我的伤口上撒盐。你们的忌妒和争吵让我气恼，让我悲伤。"①听他说话的那个人回答："这些事不应惊烦到陛下才是。在所有关乎您的事情上，我们忌妒，只是好胜

---

① 被派到圣赫勒拿岛的俄国特派员巴尔曼，在1816年9月8日，也就是拉斯卡斯写下这篇密谈日记的两天后，在呈给涅谢尔罗德伯爵的报告中说："据说在圣赫勒拿岛，波拿巴身边的人因为彼此不和而给他打小报告，已经影响到了他的情绪和行为。我对此存疑。不过我可以确定，这些法国人彼此仇恨，每个人都想得到他们主子的宠信，掌握朗伍德的管事大权，还因此发生了一次可笑的争吵。负责外事的蒙托隆忌妒贝特朗得到管理内务的权力。古尔戈厌倦了自己只能在前厅当个副官，甚至不乐意看到拉斯卡斯和皇帝的正常来往。拉斯卡斯也毫不让步，想利用散步的时间驯服一匹马。看到这人矮小的个头、笨拙的样子、谄媚的眼神，古尔戈很不乐意让他驯马，宁愿把马杀了，也不愿将它让给对方。这些可怜的被流放者完全看不清自己的处境，无论他们从前是多么意气风发，现在也已然成了所有人的笑柄。"

心使然；我们不和，但您只要略微表达自己的愿望，我们就立刻和好如初。我们只为您而活，您要让我们做什么，我们就做什么。您就是我们心中的山中老人①。哪怕要犯罪，您只需吩咐一声就好。"皇帝叹道："算了！我会认真考虑这些事，每个人都会有他自己的工作。"之后，他口述了一些短信，然后去了花园，在那里独自散了一会儿步，回到了自己房中。

之后，皇帝直到晚饭时才出来。因为最近他一直在读曼特农夫人的信件，便继续谈起了这个女人。皇帝说："她优美的文笔、干净的文风让我沉醉不已。我和她和解了。虽然我强烈抵触恶的东西，但是也能细腻品味好的东西。^{45}对比塞维尼夫人的通信集，我更青睐曼特农夫人的书信，因为后者说了更多东西。塞维尼夫人固然是书信体作家的标杆，文笔精致优雅，但这正是她创作的瑕疵。我们读了她的文字以后，就像什么都没读似的。它们就像用雪搓成的鸡蛋，人们可以将其捡起来，但不能拿它们填肚子。"②

皇帝接下来谈了谈语法，提到了多麦隆的语法书，此人是巴黎军事学院的一名教授。皇帝兴致勃勃地回忆当年，说："人对自己年轻时候接触到的某个东西往往存有非常神奇的印象。也许多麦隆的语法书不算最好的，但我总觉得它是最有意思的。我每次打开那本书，都觉得乐趣无穷。"

---

① 11世纪末波斯的一个伊斯兰教派——阿萨辛派的教主拉希德丁·锡南（Rachid ad-Din Sinan），在山里建立了该教派的王朝，绰号是"山中老人"（老人即长老、领主之意）。该教以秘密暗杀组织而闻名。伏尔泰说过："在我的阿尔卑斯小小山谷里的小小王国中，我就如山中老人一样，唯一的区别是我从不杀人。"

② 蒙托隆也在当天的日记中记下了皇帝说的这些话。（请看《拿破仑皇帝被囚记》第一卷第385~386页内容）

英国内阁的失策—英国还有哪些偿清债务的办法—总督缩减预算
9月7日，星期六

皇帝一整天都没出门。总督带着一大群人来到朗伍德，但他一走近，我们就各自散去了。海上出现了几艘船。

我被叫到皇帝房中，发现他正在读一本讨论英国局势的书。于是，这成了我们接下来的谈话主题。皇帝就英国欠下的巨额债务、签署的不利条约等问题长谈，还讨论了英国可以采取哪些办法摆脱困境。

拿破仑格外喜欢和谐有序的东西。我以前认识一个痴迷数学的人，他每次参加沙龙，都会忍不住数里面有多少个人；他每次上桌吃饭，都会数有多少个碗碟杯子。虽然拿破仑身份要高贵得多，但是他也有难以克服的小癖好：他要把每个吸引了自己注意力的东西都打造成伟大、美丽的样子。如果他占领了一座城市，会提议对其进行美化和翻新；他若关注到某个国家，会立刻想着如何打造它的美名，如何让它变得国力强大、蒸蒸日上，如何让它拥有最好的体制。[46]相信读者已从前文许多地方注意到了他的这个特点。

也许因为报纸书籍或我们所处环境的关系，皇帝频频提到英国存在的问题，经常说英国应该做什么、当前能做什么、要采取什么措施才能谋得一个更好的未来。我在这里就把他不同时候发表的相关评述的部分内容整理出来。

有一天，他说："我们现在采取的殖民体系已是穷途末路。对于在世界各地都有殖民地的英国而言如此，对于没有一块殖民地的其他国家而言也是如此。今天，英国的确夺下了海上霸主的宝座。不过它为什么要在新的形势下沿用从前的体系呢？为什么它不采取对自己更有利的方案呢？它应该料到自己的殖民地终有一天会获得解放。时间拖得越久，英国失去的殖民地就越多，所以它应该抓紧时间采取新的保障措施和更有利于自身的束缚手段。它为什么不提议让它的大部分殖民地以承担宗主国一部分债务的方式赎回自己的祖国，借此把英国的债务转嫁到别国头上呢？如此一来，宗主国不仅可摆脱沉重的债务问题，还可获得其他许多好处。作为补偿，它可用协议约束住殖民地，和它们建立共同的利益，说着相同的语言，有着相同的习俗。它甚至可根据担保条约，采用英国公司在非洲商行的那套办法，在殖民地为自己的海军保留某座防御工事、某个锚地。而英国又会损失什么呢？一点儿损失都没有。它还可以把自己的麻烦和过于沉重的行政开支分摊出去。英国内阁的确会因此裁掉一些位置，但国家肯定会获得更大的回报。"

皇帝还说："我从不怀疑，虽然我的这些观点乍一看是错误的，但是人们只要进行深入思考，定会从我这些粗糙的思想中找到有用的东西。就拿印度来说吧，如果英国采取新的体系，定能从中获得巨大的利益。这里的英国人也告诉我，[47]英国在和印度的贸易往来中从未得到任何好处，它投进去的钱和获得的利益持平，有时甚至收不抵支。所以，只有个别英国人在那里靠掠夺私人财产赚得巨额财富。但对于内阁的金主来说，那里仍大有油水可捞，所以它肯定不能动这块蛋糕。它那些所谓的总督回了英国后，成了上层贵族的备选人。没人在乎他们通过抢劫掠夺发家致富的行为是多么耸人听闻，没人在乎他们掀起一股为了金钱而不择手段的风气对公共道德造成了多大的危害。短视的英国内阁看不到这些，只关心那些人投给自己的选票。它越是腐败，就越容易被控制。在这种情况下，哪还有什么改革的希望呢？只要有人稍微提一提改革的事，你去看看他们会嚷嚷成什么样子吧！每过一天，英国贵族就把他们地盘上的木桩往前挪一分；如果有人提议他们往后稍稍退一寸，他们就把全世界搅得天翻地覆。他们嚷嚷说，哪怕是再小的一块砖，一旦被抽走，整栋大厦就要倒塌。如果你企图从他们嘴里抢下一块肥肉，他们势必会反抗到底。"

还有一次，皇帝说："经过20年的战争，在为公共事业牺牲了那么多生命和财产后，在取得令人大喜过望的胜利后，英国又缔结了什么和约呢？整个大陆尽在卡斯尔雷的掌控中，但他又为自己的国家谋得了什么赔偿呢？他签订的那份和约，不知道的人看了还以为战败国是英国呢！这可怜的家伙！当初哪怕是我赢了，我都不会让他做出这么大的牺牲。不过，也许英国觉得把我推翻就是一件天大的幸事。这么看来，仇恨已经替我报了仇！在英法两国相斗的过程中，英国之所以能咬牙坚持下来，是因为它被两大理由支撑着：它的国民利益，以及它对我的仇恨。在胜利的关头，它是否因为仇恨而忘了国民的利益呢？因为那一刻的狂怒，它付出了惨痛的代价！"皇帝大致提了提卡斯尔雷犯下的错误、他忽视的无数利益，进一步提出了自己的观点。皇帝说："也许要再过两千多年，[48]英国才能迎来另一个关乎国运和荣耀的大好机会。这是卡斯尔雷的无知或腐败导致的吗？卡斯尔雷似乎认为自己慷慨地把战利品分给了大陆诸国，没为自己的国家留下一丁点儿东西，但他就不害怕自己被人说成是联军的跑腿而非盟友吗？他把大片大片的土地送给别国，俄国、普鲁士、奥地利因此新增了好几百万的人口。而英国又得到了什么好处呢？它作为这场胜利的核心国，为此支付了巨额作战费用，收获了大陆的感恩，也收获了谈判代表的背叛或失策。我的大陆政治体系得到沿用，英国制造业产品继续遭到抵制。早知如此，当初它为何不守住大陆沿岸的独立自由滨海城市，如丹齐格、汉堡、安特卫普、敦刻尔克、热那亚等港口呢？毕竟它们是英国制造业必不可少的货物集散地，英国商品即便面临关税问题，也依然可以走那些港口进入欧洲。英国有权这么做，也应该这么做。它做这个决定才是正确的，而且在当时的解放时刻，谁会站出来反对这种做法呢？为什么英国要自找麻烦，把比利时并入荷兰，而不是让它俩继续处于分裂状态，为自己留住两条路线来保护国内的贸易业呢？为什么它要给自己制造一个天敌呢？荷兰根本没有自己的制造业，本可以成为英国货物的天然集散港口；比利时被一个英国亲王统治着，几乎成了它的一块殖民地，肯定会为英国商品让道，让它们涌入法国和德意志。此外，它为什么不让西班牙和葡萄牙屈服于长期贸易协议，好把自己为了解放它们而花的那些钱赚回来呢？或者让这两个国家解放它们的殖民地，让英国趁机谋得好处也行啊。无论是上述哪种情况，英国都能做成买卖。为什么英国不在波罗的海地区和意大利制定一些于己有利的条款呢？那关乎它海上霸主的王权啊！它为此斗了那么久，为什么在最该放手开干的时候反而疏漏了其中的好处呢？英国都能干出支持他国篡位夺权这种事，还会害怕谁站出来反对自己的篡权行为不成？[49]况且谁又会反对它呢？我巴不得看到这种情形呢。也许英国今天也在后悔，但太迟了。机不可失，时不再来，它白白错过了大好机会！……我还有好多为什么要问呢！……只有卡斯尔雷才会做出这种事：他成了神圣联盟的人，今后肯定会被千夫所指。劳德代尔、格伦维尔、惠灵顿公爵这些人本可以做出不同选择，他们至少应该拿出英国人的样子来。"

皇帝有一次还说："债务成了英国的一块烫手的烙铁，牵一发而动全身。因为它的存在，政府只好征收巨额赋税，提高赋税又会抬高粮价，人民因此越来越穷，昂贵的劳动力和商品也不利于英国打开大陆市场。英国应该不惜一切代价，打败这头吃人的'怪兽'；它应该从各方面对这头怪兽发动进攻，从明暗两面——节流和开源——同时将其驯服。

"难道英国不能降低债务利息、减少工资、裁掉闲职、削减军队开支、放弃陆军以保全海军，以及采取其他一些我想不到的办法来减少开销吗？至于开源，难道英国不可以动用巨大的教会财产来充实国库吗？它可采取良性的改革手段来取缔虚位，得到教会财产，而且这么做还不会损害任何人的利益。然而，只要谁敢说一句改革的话，所有贵族都会拿起武器，摆出战斗的架势，把他打倒在地。说到底，在英国，贵族才是统治者，统治集团是为他们服务的。他们总喜欢说一句老掉牙的格言：古老的根基哪怕稍被触碰，一切都将倾塌。大多数人虚伪地重复着这句话，于是任何改革都被搁置，一切流弊都得以保留、延续和滋长。

"我们应当承认，尽管英国宪法中充斥着大量可恨、过时、卑劣的成分，但奇怪的是，它依然取得了一个美好的结果。正因为如此，正因为宪法还有其可取之处，大多数人才如此害怕失去这些好处，继而抵触改宪。难道它是因为那些应当被摒弃的成分，才取得了这个好结果吗？不，恰恰相反，[50]它们反而让它蒙了尘。要是强大卓越的国家机器扫清了它身上这些邪恶的寄生虫，它定会绽放出更多光华。"

皇帝还说过："英国这个例子极好地说明了借贷体系会走向何方，又会带来哪些危险。我永远不想听到人们告诉我法国也采用这个体系，我一直是它的坚定反对者。

"当时有人说，我因为没有足够的信誉，又找不到担保人，所以一分钱都贷不到。这完全是在胡说八道。只有不怎么了解人性和投机买卖的人，才以为借钱只能靠撞运气和下诱饵。然而，我不会允许它出现在我的经济体系中。我把这点视为自己的基本国策，还颁布了特别法，对人们普遍认为可有效刺激经济繁荣的公债的数额做出规定，明确了法国一年最多只能发行8000万法郎的公债。合并荷兰后，我又增加了2000万的公债。这个数字是合理、有益的，再多一点就会危害国家经济了。我这个体系带来什么结果呢？看看我给法国留下了多少资产吧！它虽然遭遇了巨大的灾难，国力被严重削弱，但是仍比过去繁荣，财政情况更是欧洲数一数二的！这些好处都归功于谁，得益于什么呢？我想打造一座宝库，这么做却不是为了吞掉后代的财富。我甚至已经把这座宝库建出来了，把里面的钱借给许多银行、困难家庭以及我身边的一些人。

"我小心地运作偿债基金，如果时间允许的话，我还打算把增长的盈余投到公共工程和城市改善上。将帝国的剩余资金用来做国家工程，将各省的剩余资金拿来搞地方工程，将各城镇的剩余资金则拿来搞市政工程。"

在另一次谈话中，皇帝打趣说："人们都说英国什么都能拿来做生意。可它为什么不拿自由做买卖呢？[51]肯定有人会出高价的，而且它这么做还不会破产。毕竟当代的自由从本质上看还是道德层面的，英国把它卖了肯定不算违约。例如，可怜的西班牙人为了再度摆脱奴役的桎梏，什么都愿意给英国！我敢肯定，只要能重获自由，他们花多少钱都愿意。不过，是我激发了他们的这种情感，我的失策让另一个政府捡了便宜。我们再说一说意大利，我在意大利人心中种下的理念，是任何人都不可能拔除的，它们一直在意大利人心中发酵。英国今天除了支持伟大的当代复兴运动，还能有更好的选择吗？而且这场复兴迟早会发生。各国君主和陈腐的贵族机构也许会试图阻止它，但他们是在白费力气。他们就如同西西弗斯一样推着石头往上走，但只要稍一松手，他们的整个体系就会走向崩落。和解不是更好吗？至少我是这么认为的。为什么英国不愿给自己赚个美名，从中谋取好处呢？和其他国家一样，英国的一切都会走向末路。卡斯尔雷的行政体系会走向没落，被迫接过这个烂摊子的继任者如果抛弃了卡斯尔雷的那套体系，将成为一代伟人。但他也只能让事情自行发展，顺势而动。要走和卡斯尔雷截然相反的道路，他就千万不能和专制权力结盟，而要成为自由思想的领头人。如此一来，他就得到了天下人的认可，英国犯下的错误自然就被人遗忘了。这件事福克斯做得到，但皮特不行，因为天赋让福克斯的心变得温暖，却让皮特的心变得冷酷。不过也许有人会问我，为什么我在鼎盛时期不走我刚才描绘的这条路呢？我说得这么动听，为什么做得如此糟糕呢？我对这些真诚的提问者的回答是：这二者没有任何可比性。英国脚下的那块土地深深扎进大地的腑脏，可我的国家站在一块流沙上；英国的统治建立在既成体系上，而我为了建立一个体系背着沉重的负担，面临重重困难。我不顾失望的各个党派，净化了一场革命；我把剩下来的、分散的国家财产集中起来，[52]但我必须拿出雷霆手段护住这批财产，以防被其他人夺走。所以我才一再说，实际上，我即国家。

"我们靠对外动武，巩固了我们的理念，而国内有人却打着这个旗号攻击我，说我毁了法国的理念。可是我刚想放松一下，立刻又被召回督政府。我是反雾月党人的攻击目标，法国就是反雾月党人的受害者。我们骨子里是如此不安、如此多舌，又如此忙碌！如果来20场革命，我们能立刻造出20部宪法！我们最关心宪法，却也最不遵守宪法。啊！我们要在这条辉煌的大道上成长起来！走在这条路上的我们的伟人看起来是多么渺小啊！但愿今天的年轻一代能从无数错误中汲取教训，但愿他们在保持热血的同时还不失睿智！！"

今天，总督开始大幅度削减开销，把先前拨给我们的八个英国仆人带走了。离开时，那八个仆人是多么难过啊！看着所有接触过我们的人如此依恋、怀念我们，我觉得心里一阵温暖。实际上，我们连每日的生活必需品都处于短缺状态。为了维持生计，皇帝打算把他的银器卖了。那是他身边唯一值钱的东西了。

晚饭后，皇帝给我们读了《环报》（Cercle）。没过多久，他就回了房。他今天身体不适，难以入眠，快到午夜的时候派人来找我。恰巧，我当时还没有睡，就和皇帝一直聊到凌晨两点钟……

皇帝的宫廷—论女人—论女人的年龄—厄尔巴岛手稿
9月8日，星期日

皇帝很早就把我叫了过去，当时他已洗漱完毕。因为昨晚一夜未眠，今天他觉得尤其疲倦。今天天气马马虎虎，皇帝打算在帐篷里吃早饭。做早餐时，皇帝绕着花园走了几圈，[53]回来后和我继续聊昨天的夜谈话题。

早餐时，皇帝把蒙托隆夫人请来，然后我们一起乘车出门——这对皇帝而言已是一项久违的活动，他不知道有多少天没有呼吸到新鲜的户外空气了。

我们又一次谈到了皇帝的杜伊勒里宫廷，谈到宫里的许多人。皇帝在回忆往事时，说话总是那么诙谐风趣。为了避免重复，我在这里就不再赘述了。

皇帝说："和一大群人中的每个人都说话，但和每个人都不说什么，这其实比人们想象的要难许多，何况接见的人十有八九都是我不认识的。"

然后他说，总之，接近他、和他说上话、被他欣赏，这事说容易也容易，说难也难：这完全取决于运气，就看他的廷臣有没有交好运了。他还说："现在我完全失势了，成了一个普通的囚徒，反倒有时间以旷达的心态审视我蒙受上天厚爱的那段时间，以寻常人的身份意识到：我曾主宰的那些人的命运是何其无常，恩宠和信任又是何其不定。有时候，最深沉的心机也好，最拙劣的把戏也罢，它们的效果其实都差不多。我虽抱着美好的愿望，但我的恩泽仍像乐透彩票一样随机。我该怎样才能做得更好呢？我到底是在意愿上错了，还是在执行中错了？其他君王能做得比我更好吗？人们应该从这些方面来审视我。这一切错误，都是因为身处高位、身不由己所致。"

接下来，我们谈起了宫里的女人，提到了她们的烦心事、小算盘，以及某些人的希望。蒙托隆夫人透露了她知道的几个小秘密。这几件事告诉我们，哪怕是在巴黎沙龙，人们对皇帝也是意见不一：有人觉得皇帝行为粗暴、言语生硬、相貌丑陋，另外一些稍微了解点内情、立场有所偏倚的人赞颂皇帝举止优雅、笑容迷人，还有人说他的手极为美丽。

[54]人们说，他在细节上折射出无限魅力，又手握滔天的权势和璀璨的功名，自然在某些人心中勾起了罗曼蒂克般的幻想。不知道有多少女人走进杜伊勒里宫，想讨这位君主的欢心！不知道有多少女人企图从他那里分到一丝感情，甚至为情所困！

听到我们七嘴八舌的讨论和猜测，皇帝笑了。他承认，透过迷雾和恭维，自己的确不止一次感受到别人对他的情感。他说，有时候，再羞怯的倾慕者都会变得极为大胆，求着要见他。我们听了这话都笑了，说当时我们多么津津乐道皇帝的这些风月情事。但皇帝也严肃地说，许多事都是毫无根据的谣传。我们还在荆棘阁的时候，有一次在夜间散步时皇帝也聊过一些私事。那次，他也说过类似的话，反驳了许多类似的传闻，只承认其中一件事是真的。我在前文已说过此事，此处不再赘言。

我们又莫名其妙地谈到了女人的年龄，说她们是多么抵触被人看出自己的实际年龄。皇帝做了些非常风趣、一语中的的点评。这时有人提到一个女人的名字，说她宁可被绞死也不愿在一桩大案的审判中透露自己的年龄。其实只要拿出自己的受洗证明，她就能赢；可她死活都不肯交出证据。

我们还提到了另一个女人。她深深爱慕一个男人，觉得只有和他结合自己才能获得幸福。然而她要和对方结婚，就必须拿出出生证明。这个女人竟然因此放弃婚约！

皇帝最后还提到一个身份极其尊贵的女人。结婚时，她在丈夫那边至少把自己的年纪说小了五六岁，还拿出一个去世很久的妹妹的受洗证明。皇帝说："可怜的约瑟芬还因此冒了一定的风险，她的婚姻可能被判无效。"当时人们在杜伊勒里宫没少在背地里嚼舌头，大家都说这等奇事只在《哥达年鉴》（*Almanach de Gotha*）中才得一见呢。①

下午四点钟，皇帝一时兴起，想出去走走。55我当时并没作陪。回来后，他对我们说，他一直走到了东印度公司的花园里，遇到了几个非常美丽的女子。他指了指我，说："可惜我的翻译没在身边，这个家伙

---

① 《哥达年鉴》每年都出，是一本关于欧洲皇帝和贵族的工具书，内容包括欧洲大多数国家的政府情况及各种统计数字。拉斯卡斯说约瑟芬用了一个早夭的妹妹的洗礼文件，但这件事不是真的。约瑟夫·奥贝纳在《约瑟芬皇后史》（Joseph Aubenas, *Histoire de l'impératrice Joséphine*）中对此进行澄清，说："约瑟芬的两个妹妹，一个生于1764年12月11日，一个生于1766年9月3日。而人们说的伪造的受洗文书上的日期是1767年6月24日，完全对不上号。"但我们也别忘了，《哥达年鉴》在出版前，上面的每字每句都经过拿破仑的亲自检查。

离开了我。真是让人气恼啊，我今天还精心打扮了一番呢。"

这次短短的散步并没有缓解皇帝的不适，他说自己牙疼得实在厉害。

一艘从好望角过来的船经停圣赫勒拿岛，之后会再驶往欧洲。船上有几个英国将军，虽然他们一再请求，依然没能见到皇帝。这又是总督在使坏。这些乘客身份尊贵，总督没法直接拒绝，只好在那里颠倒黑白，说皇帝不见任何人。

不久前，皇帝给我们分析了他对十四章回忆录的口述大纲（请看上文8月27日的内容），其事实之明晰、风格之遒劲、逻辑之严密、文笔之严肃，让我深深折服了。后来我每次和他独处，总忍不住翻来覆去地提到这个方案。皇帝不止一次笑话我在这件事上的执拗劲，说我平素完全不是这个样子。今天他对我说，他终于完成了一项工作，虽然它和这14章内容及大纲并无关系，但是我看了应该会很高兴。我读了他的口述——毫无疑问，这是一篇精彩至极的手稿。我认为，在法国近25年——共和国、执政府和帝国时期——的法制建设，大革命从未贡献出比它更加严密、更加坚实的论证。

这篇短小的作品由10章组成，其论述和延展部分围绕主题构成了一个完美的框架。它的文笔质朴却不失遒劲，每一章都有充分的阐述。它有50多页，在内容和结构上都非常完整，堪称杰作。我想，本书的核心思想应当是皇帝在厄尔巴岛期间构思出来的。

我回到欧洲后，这篇手稿被出版了，书名是《厄尔巴岛手稿》（*Manuscrit de l'île d'Elbe*）。不过我认为它的标题是后改的。但不管怎样，[56]由于该书少有人知，读过的人可能也不知道它的前世出身，所以我打算把该书的几章内容誊抄到下面，以证明其源头和真实性。

第一章　16至17世纪的教皇和西班牙费尽心思，想建立第四王朝—亨利四世立即继承亨利三世的王位，新旧两朝之间并无空窗期—亨利四世打败了神圣联盟，却为了巩固统治而不得不皈依大多数国民信奉的宗教

亨利三世去世的当日，亨利四世便在圣克鲁称王，得到所有新教徒以及部分天主教徒的支持。但反对亨利三世、仇恨新教、对吉斯公爵遇害一事耿耿于怀的神圣联盟，才是实际的巴黎之主，而且全国六分之五的地区都在它的控制之下。它拒绝承认亨利四世是法国国王，但又不推出其他王位候选人。其领导人马耶纳公爵以将军身份掌管法国的实际权力；因为亨利四世登基一事并没有对神圣联盟产生任何影响，马耶纳继续摄政。由于时局动荡、政坛分裂，每座城市都处在地方统治势力和军队的控制下。亨利四世从没接受过神圣联盟的任何法令，甚至在进入巴黎前夕都是如此；神圣联盟也没指望自己能取得他的认可，故没颁发过任何法律。巴黎最高法院被分成两派：一派留守巴黎，支持神圣联盟；另一派在图尔，支持亨利四世。然而，最高法院只负责草拟法案、登记司法法令。外省有自己的制度和特权，不理会政坛的风云变幻，只依照自己的地方法去处理当地事务。我们前面说过，神圣联盟并未宣布要拥立谁为法王，但它曾一度承认了亨利的叔叔红衣主教波旁公爵的继承权。然而，这个红衣主教不打算和家族敌人合作，一口拒绝了这个方案，而且他的人身还处在亨利的控制之下。亨利自己也没颁布任何法令，而神圣联盟仍处在马耶纳公爵的领导下。[57]所以，在亨利三世和亨利四世之间，法国并没有出现王位空窗期。神圣联盟内部也分裂成几个派系，索邦坚持认为，任何一个反对教会的亲王都不能凭借血统得到

王位继承权。罗马宣布亨利四世因皈依异教而被永远剥夺了王位继承权，哪怕他回归教会，也不能重获王位继承权。纳瓦拉国王亨利四世出生后信奉的是路德宗；圣巴托洛缪大屠杀时期，他被迫迎娶了玛格丽特·德·瓦卢瓦，放弃了自己的宗教信仰。但他一离开宫廷，来到卢瓦尔河左岸的新教徒中间，就立刻宣布自己之前是被迫才发誓弃绝，遂回归新教。因为这个举动，他被打上"叛教者"的标签。但神圣联盟中的大多数温和派仍倾向于督促亨利皈依罗马神圣天主教，并说：只要他发誓弃绝新教，得到主教的赦免，他们立刻承认他是法王。

神圣联盟成员在巴黎召开了王国三级会议。西班牙大使在会上透露了他们国王的想法：既然亨利和孔代都是叛教者，失去了继承王位的资格，卡佩家族父系血统那边又已绝嗣，他们便请求三个等级建立法国第四王朝。他们大力主张让拥有卡佩家族母系血统的西班牙公主——亨利二世妹妹①的女儿继承法国王位，还给出了两大理由：第一，法国再也找不出比公主出身更加显赫的家族；第二，腓力二世支持神圣联盟，所以法国欠他恩情。当时，马耶纳公爵手头有驻扎巴黎的西班牙军队供其调遣；公主可嫁给一个法国亲王，西班牙还提议让吉斯公爵当驸马爷（公爵的父亲就是那个在布洛瓦被刺的吉斯公爵）。西班牙宫廷准备安排5万军队驻守巴黎，还会出钱出物，帮助第四王朝站稳脚跟。巴黎十六人委员会②支持这个提议；58在教皇特使的游说下，罗马教廷也表示赞同。然而他们是在白费气力：听闻外国打算染指法国王位的消息后，国民上下义愤填膺。最高法院的巴黎派联合进谏王国摄政者马耶纳公爵，请他务

---

① 即菲利普二世的第三任妻子伊丽莎白·德·瓦卢瓦（Élisabeth de Valois），但她不是亨利二世的妹妹，而是他的女儿。

② 天主教神圣联盟中的一个激进组织。——译者注

必维护君主制的基本法，尤其是《萨利克法典》。如果他被西班牙游说团拿下，如果三级会议宣布卡佩家族的后人被剥夺王位，如果第四王朝建立起来，如果第四王朝把亨利赶出法国，且得到国民、教会和欧洲诸国的认可，第三王朝的继承权就成了一纸空文。

亨利在阿尔克和伊夫里平原上打败了神圣联盟，包围巴黎。但他知道自己若不站在国民派那边，统治法国一事就无从谈起。他带着由法国人组成的军队，接连取得胜利。虽然亨利四世的军队里有一小群英国人，但是别忘了，神圣联盟军队里又有多少西班牙人和意大利人。所以交战双方基本上是法国人，外国人只扮演了次要角色。无论从哪方面来看，国家的荣耀和独立都没有受到损害。亨利四世为了试探胡格诺派的想法，曾说过"见鬼！"①"拿弥撒换巴黎不算亏！"②这种话。他把宗教要员召集到博韦，让大家畅所欲言，想知道自己到底该做何决定。其中最德高望重的人建议国王改信天主教，皈依国民那一派的宗教。于是，亨利四世在圣德尼宣布放弃原来的宗教信仰，接受了主教的赦免。巴黎向他打开了大门，王国上下都承认了他的权力。亨利真诚地站到国民那一边，几乎所有职位都由神圣联盟成员担任。新教徒——尤其是那些一直追随亨利四世、为他立下赫赫功劳的人对此颇有怨言，说亨利四世忘恩负义。可即便他做了这么多让步，国民仍然一直不信任亨利四世。有人甚至说，咸鱼桶永远都洗不掉咸鱼味儿。

---

① 这是亨利四世骂人的口头禅，法语为"ventre-saint-gris"，是胡格诺派亵渎上帝的一句玩笑话。——译者注

② 法语为"Paris vaut bien une messe"，亨利四世是说，法国值得让他改信天主教。——译者注

第二章　得到人民、教会、胜利和欧洲所有国家承认的共和国

[59]于格·卡佩被最高法院选中，登上王位。最高法院由领主、主教组成，他们就是当时的国民。法国从来不是绝对君主制国家：在基本法和征税事务上，三级会议的介入是必要的。后来，最高法院借口三级会议规模太小，在宫廷的帮助下篡夺了国民权利。1788年，最高法院第一个站出来承认了这件事；路易十六在1789年召开三级会议，国民再度站在了政治权利的舞台上。制宪议会为国家制定的新宪法得到法国上下的一致支持；接着路易十六接受宪法，发誓要维护它；然后立法议会绞死了国王，之后，由先前议会议员组成的重掌大权的国民公会，宣布君主制被废、建立了共和国。所有支持保皇派的人都离开了法国，呼吁外国军队插手干预此事。奥地利和普鲁士签署了《皮尔尼茨协议》。奥地利军、普鲁士军和法国亲王组织的军队组成第一次反法联盟，向法国人民首次宣战。国民上下拿起武器，保卫祖国，打败了奥地利和普鲁士。后来，奥地利、英国和俄国又组成第二次反法联盟，但它和第一次反法联盟一样以失败告终。之后，以下国家承认了法国共和国：

1. 热那亚共和国在1792年6月15日通过特使发布公告，承认法兰西共和国。

2. 拉波特在1793年3月27日发布宣言，承认法兰西共和国。

3. 托斯卡纳在1795年2月9日的协议里承认法兰西共和国。

4. 荷兰在1795年5月16日的协议里承认法兰西共和国。

5. 威尼斯共和国在1795年12月30日通过特使发布公告，承认法兰西共和国。

6. 普鲁士国王在巴塞尔签署协议，承认法兰西共和国。

[60]7. 西班牙国王在巴塞尔签署协议，承认法兰西共和国。

8. 黑森-卡塞尔选侯国在1795年7月28日的协议里承认法兰西共和国。

9. 瑞士在1795年8月19日的协议里承认法兰西共和国。

10. 丹麦在1795年8月18日发表宣言，承认法兰西共和国。

11. 瑞典在1796年4月23日发布大使公告，承认法兰西共和国。

12. 撒丁岛在1796年4月28日的《巴黎条约》中承认法兰西共和国。

13. 美国在1796年12月30日通过特使发言，承认法兰西共和国。

14. 那不勒斯在1796年10月10日的协议里承认法兰西共和国。

15. 巴马在1796年8月22日的协议里承认法兰西共和国。

16. 符腾堡在1796年8月7日的协议里承认法兰西共和国。

17. 巴登在1796年8月22日的协议里承认法兰西共和国。

18. 巴伐利亚在1797年7月24日的协议里承认法兰西共和国。

19. 葡萄牙在1797年8月19日的协议里承认法兰西共和国。

20. 教皇在1797年2月19日在托伦蒂诺签订协议，承认法兰西共和国。

21. 德意志皇帝在1797年10月7日的《坎波福尔米奥条约》中承认法兰西共和国。

22. 俄国沙皇在1801年10月8日的协议里承认法兰西共和国。

23. 英国国王在1802年3月27日在亚眠签署协议，承认法兰西共和国。

共和国政府朝各国派遣大使，并接见了各国大使。三色旗挂在桅顶，在所有海域和世界各地都得到了承认。教皇在托伦蒂诺和共和国签署协议时，他还是人间暂时的君王。但他1802年4月18日在巴黎承认共和国，并和后者签订政教协议时，就只是罗马神圣天主教的领袖了。大部分曾在国外支持保皇党的主教都归顺共和国，依然忠诚于保皇党人的主教则丢了位置。共和国得到了所有公民的认可，在战场上斩获了无数胜利，被所有君王、所有国家、所有宗教——尤其是神圣罗马天主教会——所承认。

路易十六死后，所有国家不仅承认了法兰西共和国，而且从未承认过这个国王有什么继承者。所以，[61]第三王朝继承者这桩案子同第一王朝、第二王朝一样，在1800年就已结案了。墨洛温王朝的权利被加洛林王朝终结，加洛林王朝的权利被卡佩王朝终结，而卡佩王朝的权利又被共和国终结。每届合法政府都取消了前任政府的合法权利。所以，共和国是个既成的合法政府；它有国民意愿的支撑，有教会的认可，还有全天下人的承认。

第三章　大革命把法国打造成一个全新的国家—它把高卢人从法兰克人的桎梏中解放出来—它根据人民的利益、权利、正义和时代思想，建立了新的秩序和新的利益

法国大革命绝非两个家族为了王位而展开的一场你死我活的斗争的产物，而是国民群体对抗特权阶层的一场大范围的运动。法国贵族阶级和其他欧洲国家的贵族一样，其历史可追溯到蛮族入侵、罗马帝国分裂时期。在法国，贵族是法兰克人和勃艮第人的代表，而其他国民则是高卢人的代表。被引入法国的封建制度确立了一个原则：任何土地都有它的领主。教士和贵族享有所有政治权利，农民形同奴隶，依附于封建领土。文明和知识取得的进步解放了人民，推动了工商业的蓬勃发展。到了18世纪，大部分土地、财产和知识都被人民占有。然而，贵族依然享受特权身份。他们把持着中高级司法系统，拥有各种名目的封建权利，不用承担任何社会负担，还垄断了最光鲜体面的职位。这一切流弊引起了公民的抗

议。大革命的主要目的，就是摧毁一切特权，废除封建司法体系（[62]司法体系是王权不可分割的一个象征），取缔从前奴隶制的残余——封建权利，所有公民、所有财产都要承担同等的国家捐税。它还宣布权利上的平等。所有公民只要有才干、有机会，即可担任任何职位。先前，王国由各行省组成，但各省并入王国的时间有先有后。这些行省之间并无天然的屏障，但面积人口严重不均。各省在民事和刑事法律上有一大堆自己的惯例法和特殊法，由于行省享有特权，在利益分配或赋税分摊上并不公平，彼此之间还设置关税，导致各省相互疏离。法国不是一个国家，而是由许多彼此难以融合的国中国组成的一个聚集体。大革命举起平等的大旗，而且它不仅追求公民之间的平等，还追求国内各方势力之间的平等。它一举摧毁了这些国中国，把它们组成一个新的国家。从此再没有布列塔尼、诺曼底、勃艮第、香槟、普罗旺斯、洛林这些行省，只有法国。大革命根据各地情况，均等划分土地，消融了行省之间的边界。从此，大家都用同一套司法体系、同一套行政体制、同一套民事及刑事法律，甚至同一套赋税规定。人们盼了那么多个世纪的梦想终于被实现了。因为宫廷、教会、贵族阶级对大革命的阻挠，因为外国列强的宣战，流亡法旋即问世；后来人们还查封了流亡贵族的家产，以维持战争开销。大部分法国贵族投奔波旁家族各大亲王麾下，组成一支军队，和奥地利、普鲁士、英国的军队站在一起。从小就过着锦衣玉食生活的乡绅贵族，如今却只能在军队里当个普通士兵。大部分人在战火和劳苦中死去，还有许多人贫病交加地死在异国他乡。旺代战争、[63]朱安党人之乱、革命审判委员会夺走了无数人的生命。四分之三的法国贵族就这样消失了，行政、司法甚至军队体系里的所有职位上都是人民出身的公民。发生在大革命中的一系列事件，彻底打乱了人员和财产的分配，大革命的理念更是掀起了巨大的思想动荡。一个新的教会也旋即诞生：维也纳、纳博讷、弗雷瑞斯、锡斯特龙、兰斯等主教区被60个新主教辖区取代。在新的政教协议里，教皇根据法国局势颁布了新的谕旨，对新辖区如何划分做出了明确规定。宗教团体被取缔，修道院和所有教会财产被拍卖，教会人员将由国家颁发津贴。自克洛维一世登基后相继发生的事所引发的结果，如今都不成立了。由于变革为人民带来无数好处，他们积极踊跃地参与到了大革命中。到1800年，法国甚至完全忘了从前的外省特权、君主、最高法院、司法执行官、主教辖区。要追溯这一切变革的源头，我们只需看看使其得以发生的新的法律制度就够了。一半的土地换了主人，农民和城里人都富了起来。农业、制造业、工业领域取得了谁都意想不到的巨大进步。法国呈现出3000万人齐头并进的热火朝天的景象。所有人只受自然天赋的束缚；所有人只有一个阶级，那就是公民阶级；所有人都受同一个法律、同一个规定、同一个同业公会的约束。这一切改变符合国民的利益、权利、正义和时代进步思想。

第四章　法国人民为了巩固一切新利益而建立了皇位—第四王朝不是第三王朝而是共和国的直接接替者—拿破仑得到教皇的加冕和欧洲诸国的认可—他把许多国王推上王位—他指挥大陆所有国家的军队齐步前进

督政府内部四分五裂。共和国的敌人渗透进议会，把人民权利的公敌塞了进去。国家因此深陷动乱之中，法国人在大革命中争取到的巨大利益不断遭到损害。农村、城市和军队发出同一个呼声，要求维护大革命的所有理念，在政府内部建立一个类似世袭制的制度，以保护大革命的思想和利益免遭外国势力的威胁。《共和八年宪法》赋予了共和国第一执政官十年任期；之后，国民上下把他选为终身执政官；最后，国民把他推上皇位，让他的家人拥有了皇位继承权。人民的至高大权、自由公平的理念、封建制度的崩塌、国家地产不可撤销的拍卖，这一切都因此得到了巩固。第四王朝的法国政府建立在大革命理念的基础上，是个温和的立宪君主制政府。共和国和第三王朝的政府有多不同，第四王朝和第三王朝的政府就有多不同。第四王朝是共和国的继承者——更准确地说，它是修正版的共和国。

拿破仑登上王位，是因为他比任何君王都更有合法的王位权。于格·卡佩被几个主教和贵族授予王位，而拿破仑是经过三次正式投票、在全体公民的支持下才坐上皇位的。神圣罗马天主教首领、法国大部分人信奉的宗教领袖——庇护七世翻过阿尔卑斯山，[65]在法国所有主教、罗马教廷所有红衣大主教和帝国各区所有议员的簇拥下，亲手给皇帝涂了圣油。各国国王争先恐后承认了他的皇位，所有人都为共和国做出的这一修正感到欣喜，因为它使法国和欧洲其他国家和睦相处，保障了这个大国的幸福和国土。奥地利、俄国、普鲁士、西班牙、葡萄牙、土耳其、美国等强国都派来特使，向皇帝表示庆祝。只有英国没派任何人过来；它撕毁了《亚眠条约》，再度向法国宣战。不过，它也发觉如今的情况有所不同。英国撕毁《亚眠条约》之前，惠特沃斯通过马鲁埃伯爵和法国政府展开秘密谈判，代表英国政府提出一个条件：只要拿破仑同意放弃马耳他，英国就承认他为法国的王。第一执政官回答，如果法国出于利益而让他登上王位，这也是法国人民自由、一致的选择。1806年，劳德代尔来到巴黎，代表英王和皇帝协商和约。出于外交礼节，劳德代尔交换了授权书，和皇帝的全权代表大使展开谈判。福克斯死后，劳德代尔的谈判被叫停。之后的普鲁士战争①和耶拿战役，停战与否完全取决于英国内阁。^{66}后来，联军在1814年在肖蒙发出最后通牒。卡斯尔雷在这份条约上签了字，意味着他再度承认了拿破仑及其家人的皇家身份。拿破仑之所以不同意沙蒂永会议的提议，是因为他觉得自己无权擅自做主，放弃一部分帝国的国土，毕竟他在登基时曾发誓要维护法国的完整。

巴伐利亚选帝侯、符腾堡选帝侯和萨克森选帝侯，都是皇帝一手推上去的。

萨克森军、巴伐利亚军、符腾堡军、巴登军、黑森军和法军一同战斗。在1809年的战争中，法军和俄军一起对抗奥地利。奥地利皇帝于1812年在巴黎和拿破仑签署盟国协议后，施瓦岑贝格亲王听从拿破仑的命令，指挥奥地利正规军参加了对俄之战，并在此战中被法国授予陆军元帅军衔。普鲁士在柏林也签署了类似的盟国协议，其军队也参加了对俄之战。

皇帝修补了被大革命撕开的口子：所有流亡贵族回国了，通缉名单被取消了。拿破仑把流亡异国的人叫了回来，让2万多个家庭破镜重圆，把还没拍卖的家产还给他们，因此赢得了仁慈的美名。此外，任

---

① 劳德代尔勋爵在巴黎和皇帝的全权代表大使谈判期间，普鲁士秣马厉兵，摆出要开战的架势。劳德代尔看上去一点儿都不支持这一行为，认为交战双方实力悬殊。得知皇帝准备带领军队奔赴前线后，他问皇帝能否拖延几天再走，给他一点儿时间去和普鲁士斡旋——只要英国接受了谈判的基本条件，即双方都接受包括汉诺威在内的占领地保有原则。汉诺威是谈判的焦点，英国想独立控制这块地。英国内阁给出答复，把劳德代尔召回。随后皇帝离开，耶拿战役发生。福克斯就死在那个时候。

我们当时都看出皇帝是多么厌恶和抵触战争，可他不得不拿起武器对抗普鲁士。他本打算把汉诺威让给普鲁士，承认德意志北部地区的联盟。他知道普鲁士在法国面前从无败绩，整个普鲁士也和自己并无利益冲突；可一旦把它打败，那就一定要斩草除根。——辑录者注

何阶级中的任何人，无论他们先前做了什么，都可担任一切公职。从前因为效力波旁家族而发迹的家族，以及对波旁家族忠心耿耿的那些人，一度占据了宫廷、政府和军队的所有位置。可如今所有人事任命通通被推翻，从此再没什么贵族、雅各宾派。为了表彰人们在军事、行政和司法领域做出的贡献，拿破仑建立了荣誉勋章制度，让士兵、学者、艺术家、省长和行政官员站在了一起，这象征所有阶层、所有派别的大团结。

第五章　皇室的血脉和俄国、普鲁士、英国、奥地利等欧洲王室的血脉融合在了一起

法国皇室和欧洲所有王室家族联姻。皇帝的继子欧仁·拿破仑亲王娶了巴伐利亚国王的长女；论美貌和品性，这位公主是当时最出类拔萃的一个女子。这桩婚姻缔结于1806年1月14日的慕尼黑，巴伐利亚当时举国狂欢。俄国沙皇的内弟巴登亲王请求迎娶拿破仑皇帝的养女斯蒂芬妮，两人在1806年4月7日大婚。热罗姆·拿破仑亲王于1807年8月22日迎娶了符腾堡国王的长女，后者是俄国沙皇、英国国王和普鲁士国王的嫡亲堂妹。法国还和德意志其他君主及霍亨索伦家族缔结了婚姻，而且每桩婚姻都幸福美满。双方生下了王子公主，这些孩子将把拿破仑家族的回忆一代一代地传下去。①

之后，出于帝国和法国的利益，皇帝和约瑟芬皇后被迫终止了对他们二人而言无比珍贵的婚姻关系。当时，欧洲所有大国君主都渴望和拿破仑联姻。如果不是因为信仰问题和距离造成的沟通延迟，当上法国皇

---

① 请参考1811年《哥达年鉴》里的"欧洲王子公主诞生及嫁娶专栏"。

后的很有可能是个俄国公主。①1810年3月11日，在查理大公的代理下玛丽-路易丝女大公嫁给了拿破仑皇帝；4月1日，她来到巴黎，登上了皇后宝座。法国和奥地利两国人民无不为这桩婚事而感到欣喜。之前，奥

---

① 和约瑟芬离婚一事定下来后，拿破仑命令尚帕尼告知当时正在圣彼得堡的法国大使科兰古：在众多备选的欧洲公主中，皇帝青睐迎娶俄国的一个女大公。科兰古收到命令，秘密向亚历山大一世提出联姻请求。当时不到16岁的安娜公主是唯一的结婚人选。科兰古还想知道公主什么时候可以怀孕，因为尚帕尼补充说："根据当前的计算，我们可以等六个月。"皇帝还明确表示宗教信仰不会造成任何麻烦，但他要求尽快知道求婚一事的进展。科兰古只好请求沙皇在48小时内给出明确答复。（1809年11月22日—12月13日，尚帕尼给科兰古写了好几封急报）亚历山大当然愿意通过家族联姻来巩固俄法两国的政治关系，他在提尔西特就已向拿破仑提议让后者的弟弟热罗姆·波拿巴迎娶自己的妹妹凯瑟琳。这桩婚事之所以没成，是因为热罗姆当时已和符腾堡国王的女儿立有婚约。在爱尔福特，通过塔列朗的试探，拿破仑为着自己的缘故，拜访了20岁、美貌动人、聪明机敏的凯瑟琳。根据亚历山大的回答，人们觉得这桩婚事很有希望。但亚历山大回国后和他的母亲谈到此事，皇太后一口拒绝了，并立刻把凯瑟琳嫁给了乔治·奥尔登堡亲王，以免她遭到和"科西嘉岛那个无耻的篡位者"同床共枕这等耻辱。如今法国大使开口提亲后，沙皇左右为难。他说他也非常盼望此事能成，可根据父亲的遗嘱，只有母亲才能决定姊妹的婚事。所以，他必须征得保罗一世的遗孀的同意。亚历山大表示他会去游说皇太后，并让科兰古给自己六天时间。科兰古只好耐心等着。六天过去后，俄国沙皇又要求再给十天的时间。又过了十天，亚历山大召见科兰古，说自己的母亲极力反对这桩婚事，现在只能耐心等待，切勿操之过急。他对科兰古说："拿破仑皇帝应该知道，我和您一样从心底渴望促成此事。"然后把他打发走了。此次见面十天后，即1810年2月4日，亚历山大给出否定的答复。据说是因为安娜公主年纪太小，他才无法说服皇太后同意。他声称，自己不能强迫母亲把年仅15岁的女儿嫁出去；母亲总说，她的帕拉丁女大公和梅克伦堡王妃这两个女儿就是因为太早结婚，才在婚后不久就去世了。科兰古把这个不太好的消息传回了巴黎，并在信中补充说：不过此事也不是彻底没有希望，他打算说服亚历山大以沙皇身份让母亲接受婚事。但拿破仑知道沙皇说这话是什么意思。得知此事被一拖再拖后，他就已经知道当前是何情况。2月6—7日的夜里，拿破仑召开了一场临时会议，在会中声称自己更倾向于迎娶奥地利皇帝的女儿。在向亚历山大告知此事的宣言里，皇帝对沙皇迅速把凯瑟琳女大公嫁给一个配不上她的亲王这件事表示遗憾。请参考S. 塔蒂彻谢夫的《拿破仑和亚历山大一世》（S.Tatichtcheve, *Napoléon et Alexandre Ier*）法语版第320~325页；《拿破仑书信集》第159卷中的贝朗明的《拿破仑和俄国安娜女大公的婚事计划》（Bertrand, *Projet de mariage de Napoléon avec la grande duchesse Anne de Russie*），以及最重要的俄国皇太后和凯瑟琳女大公的通信，尼古拉·米凯洛维奇大公爵在《通信集》（Nicolas Mikaïlovitch, *Correspondance*）中公布了这些信，它们被登在1912年的《拿破仑研究杂志》的第一卷第90~96页。

地利皇帝在维也纳得知拿破仑婚事有变后大为惊讶，说法国怎么没想过和自己的家族结亲。其实在此之前，皇帝一直在俄国公主和萨克森公主之间摇摆。弗朗茨皇帝把他的想法告诉了当时正在维也纳的的里雅斯特总督纳博讷伯爵，维也纳内阁也向驻巴黎大使施瓦岑贝格亲王传达了相关指示。[68]1810年2月，一场秘密会议在杜伊勒里宫召开，外交部部长在会上公布了驻俄大使维琴察公爵传来的急件，里面说亚历山大皇帝非常乐意把他的妹妹安娜女大公嫁过来，但他希望公主能公开信仰自己的宗教，并有一座恪守东正教礼仪的教堂。维也纳也送来急报，暗示维也纳宫廷有联姻意图。大家意见各异，有的支持和俄国联姻，有的支持萨克森，还有的支持奥地利。最后全体投票，大多数人支持迎娶奥地利女大公。因为第一个站出来支持和奥地利联姻的是欧仁亲王，于是皇帝两点钟离开会场后，就让他去找施瓦岑贝格亲王接洽此事。同时，他还命令外交部部长当天和奥地利大使签署婚书。为了避免各种细节上的麻烦，他命令外交部部长照抄当初路易十六和玛丽-安托瓦内特的婚书。欧仁亲王一大早就去拜访了施瓦岑贝格亲王，两国当天签下婚书；信使快马加鞭把这个消息带到了维也纳，弗朗茨皇帝闻讯大喜过望。看到法奥两国快速结下婚约，亚历山大觉得自己被杜伊勒里宫耍了，认为后者同时在和两国商讨婚事。他弄错了：皇帝和维也纳宫廷是在一日之内完成婚事的协商工作的。①[69]罗马王生下来后，法国上下欣喜若狂，整个欧洲被激

---

① 有个广泛流传的谣言，说拿破仑皇帝和玛丽-路易丝女大公的婚事在《纳也纳条约》中就已被秘密定下来了。这种说法无凭无据，《纳也纳条约》签订的时间是1809年10月15日，而两人的婚书是在1810年2月7日在巴黎签下来的。

所有参加过2月1日秘密会议的人都可以证明，这桩联姻其实并不复杂，但它被人夸大了。在收到纳博讷伯爵的急报前，人们根本没想过和奥地利家族联姻。之后，大家才在会上提出、讨论和决定了皇帝与玛丽-路易丝的婚事，并在24小时内签署了婚书。　　（转下页）

起涟漪。这等盛况，是任何王子的诞生都比不了的。宣布皇后成功分娩的第一声大炮响起时，整个巴黎都沸腾了，无论大街还是小巷，无论住宅还是公共场所，每个地方都是一派喜气洋洋的景象。所有人都在专心数一共有多少发礼炮，数到第22发时，人群爆发出震天的欢呼声，因为按照规矩，诞下公主鸣21炮，诞下皇子则鸣100炮。欧洲所有国家纷纷把各自宫廷里最为尊贵的贵族派到巴黎，恭贺皇帝喜得皇子。俄国沙皇派了外交部部长过来恭贺；奥地利皇帝派了他的大侍从克拉里伯爵参加庆典，并把奥地利宫廷最珍贵的珠宝钻石献给小皇子。帝国的所有主教和议员都参加了罗马王的受洗礼，洗礼现场被布置得极其华丽。奥地利皇帝作为小皇子的教父，派他的弟弟符腾堡大公斐迪南代表自己出席典礼，后者就是今天的托斯卡纳大公。

第六章 萨克森战争[①]——
1813年反法联盟根本不是为了波旁复辟

1813年5月2日的吕岑大捷和5月22日的武尔岑大捷，让法军恢复了荣誉、一雪前耻。萨克森国王胜利回到自己的首都，敌军被赶出了汉堡。[70]大军团的一个部队已经杀到了柏林城下，帝国主营迁至布雷斯劳。灰心丧气的俄军和普鲁士军只好撤回维斯图拉河。奥地利这时插了进来，建议法国暂时休战。皇帝回到德累斯顿；奥地利皇帝离开维也纳，来到波西米亚；俄国沙皇和普鲁士皇帝去了施韦德尼茨。谈判开始。梅特涅伯爵提议

会议成员有皇帝、帝国显贵、宫廷大侍从、各部部长、元老院主席、立法院主席和参政院主席，总计25人。——辑录者注

① 我不想删除讨论萨克森战争史的这段内容，虽然我们先前已经提过这个话题。即便有人认为这段内容高度重复，但我仍希望有人把它与其他资料互相比较、核查真相。毕竟一边是欧洲出版的官方资料记载，另一边是拿破仑本人在圣赫勒拿岛的口述笔记。

召开布拉格大会，大家表示赞同，但会议只是个幌子。维也纳宫廷已经和俄国、普鲁士狼狈为奸，本准备在5月宣告结盟一事，可被法军接连的胜利打乱了阵脚，不得不小心从事。不管维也纳宫廷怎么运作，它的军队兵力不足、组织糟糕，几乎上不了战场，这是不争的事实。梅特涅伯爵要求得到伊利里亚各省、意大利王国的一半面积（也就是从威尼斯到明乔河那块地方）和波兰，要求皇帝放弃对德意志的保护权，放弃第三十二军区各省。奥地利提出这些过分的条件，摆明是要我们拒绝。维琴察公爵参加了布拉格会议。俄国让安施泰滕男爵当全权谈判大使，这足以证明它根本就没有谈和的诚意，只是为了拖延时间，好让奥地利完成军事准备工作。俄方选中的谈判人是个坏兆头，表明对方根本无意谈判。以调解人自居的奥地利在完成军事部署后立刻宣布支持联军，甚至都没提议开谈判大会，也从未拟订任何会议决议书。维也纳宫廷当时在行动、言语和公开表态上也一直前后矛盾，居心不良。然后，战争再度爆发。1813年8月27日，皇帝在德累斯顿压倒三国联军，取得辉煌胜利。然而接下来麦克唐纳在西里西亚遭遇惨败，旺达姆在波西米亚接连战败。尽管如此，[71]坚守在托尔高、维滕贝格和马格德堡阵地上的法军依然占据上风。丹麦签订了防御进攻联盟条约，增加了它在汉堡的军队数目；10月，为了击败敌军，皇帝离开德累斯顿，在易北河左岸的马格德堡扎营，计划再渡易北河，抵达维滕贝格，朝柏林前进。多支军队已经抵达维滕贝格，敌军在德绍的桥被炸毁。这时符腾堡国王写来一封信，揭发巴伐利亚国王突然倒戈、投靠敌人；他还说，守在因河边上的奥地利军和巴伐利亚军没有发出任何宣战信号或事先警告，突然在一个军营会合；莱德亲王指挥的这8万人正朝莱茵河前进；他在这支军队的施压下，不得不加入了他们的队伍；预计过不了多久，就有10万大军包围美因茨；巴伐利亚已和奥地利坐在同一艘船上了。听闻这个意外消息后，皇帝只能改变自己构思了两个月的作战方案，哪怕我军已为此做好了物资调动、阵地驻守等准备工作。根据他的原计划，法军要把联军赶到易北河和萨勒河之间，在托尔高、维滕贝格、马格德堡和汉堡等驻地军队的支援下，在易北河和奥得河之间发动战争（法军已经占领了该河沿岸的格洛高、屈斯特林和斯德丁）；之后再视情况而定，解除敌军在维斯图拉河、丹齐格、托恩和莫德兰的封锁。我们有理由相信这个庞大的计划会取得成功，联军会被击败，德意志所有君主都会表态忠于法国，留在法国联盟中。我们本指望巴伐利亚能拖延15天，到时候它肯定不会改变阵营了。10月16日，大军回到了莱比锡的战场上；法军得胜，奥地利战败，失去所有阵地，其主帅之一梅尔费尔德伯爵被俘。虽然拉古萨公爵在16日吃了败仗，法军依然在18日取得胜利。可这时，拥有60门大炮、[72]占据一个至关重要的阵地的萨克森军，全体转戈倒向敌人，把大炮对准了法军阵线。这个闻所未闻的变节事件导致我军溃败，联军夺取了胜利果实。皇帝带着他半数帝国护卫军匆忙赶赴前线，把萨克森军和瑞典军赶出了阵地。18日这天就这样结束了；敌军全线后退，在法军露营地后面的空地上宿营。

当晚，法军开始行军，准备在埃尔斯特河后面布阵，好和爱尔福特取得联系，经由该城获得需要的物资补给。在16日和18日的战斗中，法军已经消耗了15万多枚炮弹。由于萨克森军的恶劣影响，盟军中的好几支德意志军队跟着投敌变节。莱比锡桥此时又被意外炸毁，导致形势雪上加霜。虽然法军取得胜利，却因这一连串致命打击而损失惨重，导致接下来一败涂地。它走维森费尔德桥渡过了萨勒河，正准备在那里重新集合军队，等待接收爱尔福特的大批物资。这时，我们收到奥地利—巴伐利亚联军的消息：该军日夜兼程，已经抵达莱茵河。我军别无选择，只能迎头杀过去。

10月30日，法军发现敌人在哈瑙城前布好阵型、严阵以待，就截断了法兰克福那条路。敌军兵力强大，占据有利位置，仍然在法军那里栽了跟头，全面溃败，退出了哈瑙城，把它拱手让给了贝特朗伯爵。莱德将军还在战斗中负伤。法军继续朝莱茵河后面撤退，11月2日渡过了莱茵河。这时，双方开始谈判了。圣艾尼昂伯爵在法兰克福和梅特涅伯爵、涅谢尔罗德伯爵、阿伯丁伯爵召开会议后，来到巴黎，带来了敌军提出的和谈条件：皇帝放弃对莱茵河同盟的保护权，放弃波兰和易北河各省；法国依然可以保留荷兰以及它在阿尔卑斯山、莱茵河境内的国土；人们可讨论意大利的边境划分问题，以把法国和奥地利王室的国土分隔开来。[73]皇帝接受了这些条件。然而，法兰克福会议不过是敌人在布拉格会议之前耍的一个小伎俩罢了：它本希望法国一口拒绝这些提议。在提出这些调解性提议的同时，联军已经进入瑞士，侵犯了瑞士各州的中立地位。于是，法国想发表一份新的宣言以安抚公众情绪。可这时，联军图穷匕见，亮出了他们的真正意图：他们指定要在勃艮第的沙蒂永召开会议。尚波贝尔、蒙米拉伊和蒙特罗发生战斗，布吕歇尔和维特根斯坦的军队吃了败仗。法国拒绝在沙蒂永开启谈判。联军便在那里发出最后通牒，开出的条件是：第一，法国放弃整个意大利、比利时、荷兰和莱茵各省；第二，法国国界必须撤到1792年前的版图上。皇帝断然拒绝，只同意有条件地放弃荷兰和意大利，但拒不放弃阿尔卑斯山、莱茵河地区、比利时以及最重要的安特卫普。[①]虽然法军在阿尔西和圣迪济耶取得胜利，但是军队变节事件接连发生，最后联军

---

① 科兰古从沙蒂永回来后，拿破仑对他说："他们要您接受的不是和平，而是临时休战，因为他们绝不会这么轻易就签订这份耻辱条约……我已是个老兵了，早把生死置之度外。我绝不会签下任何让法国受辱的东西。您干得很好，因为您没有屈服于这些条件，否则我会当着全巴黎的面责备您。"（语出《科兰古回忆录》第三卷第40页）

取得胜利。在此之前，联军从未宣称自己要干涉法国内务，这有英国、奥地利、俄国和普鲁士签了字的沙蒂永最后通牒为证。然而，某些回了国的流亡贵族看到普鲁士、俄国和奥地利军队的出现，看到自己曾长期待过的队伍过来了，一下子激动起来，觉得实现平生夙愿的时刻终于到来。他们有的竖起白旗，有的挂起圣路易十字旗。然而联军拒绝了他们的请求：惠灵顿虽然暗地里支持渴望波旁家族重登王位的流亡贵族，但是也在波尔多对这种行为表示谴责。在普鲁士离开法国同盟、加入俄军阵营的所有协定中，在《卡利希协议》里，在让奥地利加入反法同盟的条约中，在沙蒂永最后通牒之前的所有或公开、或秘密的外交法令里，甚至在1814年的《沙蒂永条约》中，联军都从来没有考虑过波旁家族。

⁷⁴第七章、八章、九章讲的是波旁家族回国后本应创立第五王朝，而不是继续第三王朝的统治。前一套方案更简单易行，后一套则让局面更加错综复杂。

第十章最后描述了3月20日皇帝回国的这个奇迹。最后几章的文字更加刚劲有力，但表述太过直接，有时甚至太过主观。我删去了这些论述，因为我不愿意有人以任何原因责备我，说我在复制一份充满恨意的辩护书。①时间会平息一切怒火，把这本书变作一份单纯的历史资料。这才是我对这份手稿的看法，也是我一再强调的自己写这本书的初衷。我在不同的环境中、不同的政府统治下、不同的国家都写过东西，并一直相信言论自由。所以我希望自己在这里也能享受言论自由，虽然涉及的话题非常敏感。我预感到自己的书写之路即将结束，我已看到出去的那

---

① 该段接下来的内容在1840年版本中被删。

扇门了。虽然沿途有无数暗礁，但愿我能顺利抵达目的地吧。

我的家事—皇帝的大方别有意图
9月9—10日，星期一至星期二

皇帝过了一个糟糕至极的夜晚。他一大早就把我叫过去，说自己几乎要死了。他睡不着，还发了烧。这两天他身体一直很不舒服，白天几乎一整天都躺在沙发上，夜里就待在壁炉旁边。他没有胃口吃饭，只喝了点柠檬茶。我几乎寸步不离，亲自照顾。他断断续续睡了几次浅觉，其他时间都在和我闲谈。有一次，他提到了我们巴黎社交的开支问题，再转而问起我的家事，了解到了许多情况。

[75]我告诉皇帝自己一年只赚2万法郎，其中1.5万法郎来自我的家产收入，剩下5000法郎是参政院发的工资。皇帝闻言，惊呼："您肯定疯了！您凭这么微薄的收入，居然敢接近杜伊勒里宫？那里的开支可不小啊！我替您想想都觉得胆战心惊！""陛下，我勉强维护住了自己的脸面，而且从未向陛下求过任何东西。"皇帝说："我不是说这个。可您待在那里，不出四五年就会破产的。""不，陛下，我一生中大部分时间都流亡国外，过着一贫如洗、捉襟见肘的生活。实际上，虽然我每年要吃掉七八千法郎的本金，可我是这么盘算的：大家都知道，您身边的人只要怀有一腔热忱，工作尽心尽力，迟早会引来您的注意。只要被您留意到，那就官运亨通了。我可以有四到六年时间等待好运的降临；几年后，如果幸运女神还不眷顾我，我就放弃追求，归隐外省，和1万多本书为伴。尽管生活清贫，也好过留在巴黎。"皇帝说："好吧，您的算盘确实打得不错，而且我认为您当时快得到回本的机会了。我不是已经给您派了些事去做吗？""是的，陛下。""所以说嘛，如果您没发财

或飞黄腾达，那也完全是您自己的问题：您不懂抓住机会给自己谋取利益。我先前似乎也对您说过类似的话。"

谈到这些事，他又说起自己是如何大肆奖赏身边人的，他越说越激动，最后叹道："我很难算出自己到底给了他们多少钱。人们大概不止一次批评我奖赏无度，太过挥霍。看到慷慨的奖赏没有取得多少好处，我也感到非常痛苦。这要么是因为我倒霉，要么是因为我选中的都是品行不端的人。可我赏也不是，不赏也不是！也许有人会认为我这么做是为了满足个人虚荣心，可我从不愿像东方君王那样任意赏罚。我做任何事都不是因为软弱，更不是因为一时的心血来潮。我做的一切都是出于算计。不论我多么喜欢某些人，也绝不会被个人的情感蒙蔽眼睛。[76]我想让他们组成一个大家庭，在国家有难的时候可以携手共同应对危机。我身边的侍从、内阁成员经常从我手中拿到赏钱，这还不算他们的巨额薪水、流水般的赏赐、偶尔的全套银器等。我大肆恩赏的目的是什么呢？我希望他们能居有豪宅，出入有豪车，过上尽兴饮酒、尽情歌舞的生活。这又是为了什么呢？是为了把所有党派打造成一体，形成一个新的团体，磨平他们从前的粗糙，让法国上流社会和风俗习惯焕然一新。虽然我构想了许多好办法，但是它们在具体执行时总以失败告终。例如，我的廷臣从未建起一个根基稳固的家族。虽然他们大宴宾客，相互邀约，可我去了他们那奢华的舞会后，只看到杜伊勒里宫廷的人，没有一张新面孔，没有一个人来自那个满腹不满、在一边生闷气、采到一点蜂蜜就要把它搬到蜂巢里的群体。他们不懂我，或者是不想懂我。哪怕我表示生气、做出明示也没用，他们仍然想怎样就怎样。毕竟，我不可能总是到处溜达。他们很清楚这一点。我还算是一个铁腕的人呢。换作一个宽厚温和的君主，他能怎么办？"

皇帝的窘床—又在乱来—大鹰护旗手—布谷鸟
9月11日，星期三

皇帝今天依然觉得身体不适，我见到他的时候，他正一脸倦色地躺在那张行军床上。这张床是他忠实的陪伴者，曾见证了他的光辉胜利，如今却成了他痛苦的陋床。皇帝病痛难忍，抱怨这张床太小了，他连翻个身都很难。可他的卧室太小，根本没有空间摆一张大点的床。他让人把这张床抬到书房里的一张类似于沙发的小床边，两张小床凑到一起，成了一张大床。我禁不住感到心酸，他的日子竟潦倒到了这个地步！！！……皇帝躺回沙发上，开始聊天，说了一会儿话后感觉稍微好了点。[77]他提到自己进入执政府的日子，谈起那时一团混乱的公共服务部门。他说，他当时坚持要立刻整顿各部门，不知遭到多少人的坚决反对，可这些部门明明在加强社会团结方面起不到多少作用。整顿运动还扩大到军队，许多军官、将军都成了肃清目标（皇帝说，天知道这些人是怎么坐到这个位置上来的）。说到这里，我大胆向他讲了当时我所在的社交圈津津乐道的一个小故事。我们中有个人和当时的我一样对政府大为不满，有一次他去凡尔赛，马车上恰好有一个护卫队士兵，就和对方攀谈起来。这个士兵满腹牢骚，说现在一切都糟糕透了，士兵竟然必须会读书写字才能晋升。他嚷嚷道："您看，这不是又在乱来吗？"他称这是"乱来"[①]。在接下来的一段时间里，"乱来"成了我们那个圈子的流行词。皇帝说："算了，当我选大鹰护旗手时，那个士兵又会说什么呢？他肯定在心里认可了我的做法。我在每个团选出两个士官担任大鹰卫士，守在鹰旗左右。为了避免他们在混乱情况下被狂热情

---

① 法语为"tic"。——译者注

绪所左右，忘了自己唯一的任务，这两个士官不得佩刀持剑。他们只有几把手枪，其任务就是死死盯住那些想要伸手抓住鹰旗的人，让他们打消这种念头。不过要得到这个职位，他们必须证明自己没有读写能力。您自然可以猜到我这么安排的原因。""请恕我愚钝，陛下，我猜不到。""您这个傻瓜！任何一个会读会写、受过教育的士兵都有晋升空间，但那些大字不识的士兵只有在非常时期、靠勇猛过人的表现才有往上爬的机会。"①

⁷⁸我讲到兴头上，给他说了另一件也成为我们沙龙谈资的事。有人说（他忘了此事具体发生在什么时候了），⁷⁹有个团丢了大鹰旗，拿破仑因此狠狠训斥了他们一顿，生气地说他们让敌军夺走了鹰旗，导致自

---

① 把手稿交给出版社后，我偶然遇到两三个军人，把上面这件事告诉了他们。他们说自己并不知道这个制度的存在，但也不敢保证它绝不存在。我不能擅自得出结论，说他们不知道这个制度；我也不能贸然揣测，说皇帝把自己的想法错记成了已得实践的事实。说到底，这也是很有可能的。我更不希望人们因此猜测我的书中有多少类似的错误。我在本书的原始资料方面秉持着非常谨慎的态度，故把它们小心收集起来，让读者自行判断事情的真伪。我已在前文多次提及自己在这一点上的顾虑。

附注：我先前觉得有必要在这里表明本人对这件事的怀疑态度。我的谨慎很快就得到了回报：正因为这份小心，我才得到了先前没有的确凿证据。《拿破仑圣赫勒拿岛回忆录》刚刚问世，我就同时从两个彼此毫不相识、毫无关系的人那里拿到了确切的证据，证明我在这件事上没有弄错。我因此才确信，自己此处的记叙是准确无误的。这两条信息提供者悉心地把切实证据附在信中寄给我，我便把来信的部分内容摘录出来。

第一个来信人是第九线的一个军官，他告诉我："您提及的制度切实存在过，您说的士官和军团情况的确如此。这是我在军队里亲眼看见的事实，直到我1814年离队。"

第二个人是军队副巡查官，他提供了更有说服力的东西：关于建立该制度的相关法令原文。

1808年2月18日第一条法令

从因为不识字而没有晋升机会的老兵中选出两个勇士，让他们一直守在鹰旗边上；他们由我们任命，也只能被我们罢免职务。

——贝里亚，《军队法》第二卷第17页（Berriat, *Législation militaire*）（转下页）

己脸面无存。这时，一个加斯科士兵大喊："即便敌人把它抢走了，也只拿到一根旗杆罢了，因为旗上画的是一只布谷鸟，我事先把鹰旗摘下来放兜里了。"然后，他把鹰旗亮了出来。皇帝听了这个故事，忍不住哈哈大笑，说："我可不敢保证这类事绝未发生。我的士兵在我面前可是很随便、很自由的，经常亲昵地以'你'来称呼我。"

我还提到一件道听途说的事。有人说，在耶拿战役发生前（我约莫记得是这个时候，要么就是另外一场大战爆发前夕），拿破仑在一小群人的陪同下经过几处岗哨，有个士兵拒绝让他通行。皇帝坚持往前走，士兵生气了，警告说："哪怕小伍长本人来了都不能过去。"发现面前的这个人就是小伍长时，这个士兵也丝毫没有慌张。皇帝说："那是因为他确信自己在履行义务。我在你们的沙龙里，在军官甚至将军眼里是个厉害角色，这是事实，但士兵绝不这么认为。他们有发现真相、产生共情的本能，知道我是他们的保护者，必要时还会是他们的复仇者。"

1811年12月25日第二条法令

第二、第三位大鹰护旗手将头戴盔帽，肩戴防卫肩章；他们将手持枪旗长矛或阅兵短标枪，同时配备一对手枪。

——贝里亚，《军队法》第一卷第433页

我很乐意把自己不知说过多少次的话再强调一遍：我利用一切机会核查本书的内容，连日常谈话记录里最微小的地方也不放过，虽然这些谈话有时也会出现细节上的疏忽。我相信，我记录的一切都是再严谨不过的事实。*——辑录者注

*这份附注是1824年版本中后加的。

皇帝依然倍感不适—糟糕的饮食，劣质的葡萄酒
9月12日，星期四

今天皇帝的身体没有丝毫好转。不过他说，他决定以粗暴的办法来加速病情。他穿戴整齐，来到客厅，向我们中的一个人口述了两三个小时的回忆录。已经三天了，他依然没有进食。他继续采用自创的饮食疗法，每天只喝柠檬煮茶。往常他这么做，疾病就会快速发作和好转，可这次这个办法不管用了。

这使皇帝思考起了一个问题：人不吃东西能活多久？饮料在每日必需营养中占了多大比例？他让人把《大不列颠百科全书》拿来，在里面找到一些很有意思的东西。[80]例如，有个女人在没有食物的情况下活了50天，其间只喝了两次水。还有一个例子说，有个人单靠喝水活了20天。

有人讲了查理十二的一个故事：查理十二曾根据自己的经验，不顾周围人的劝阻，断食五六天；之后他一口气吃了一只火鸡和一条羊腿，还差点儿给噎死。皇帝听了后笑出声来，安慰我们说他绝不会禁食到这种地步，虽然这事从某些角度来看还挺令人敬佩的。

他和蒙托隆夫人玩起了皮克牌，这时大元帅到了。皇帝打完一局牌后，问他觉得自己气色如何。贝特朗老实地回答："略微发黄。"皇帝爽朗地笑了，把贝特朗一直追到客厅里，想揪他的耳朵。他说："什么？发黄？大元帅阁下，您是在羞辱我。您的意思是我肝火旺盛、脾气暴躁、性格阴郁、暴躁易怒、待人不公、专横暴虐咯？来来来，自己把耳朵递过来，我要报这一箭之仇。"

晚饭时间到了，皇帝犹豫他到底该和我们一起用餐还是去自己的内室单独吃饭，最后他决定单独吃。他说，他害怕坐上饭桌后忍不住步上

查理十二的后尘。其实他是在说笑，因为皇帝那时根本没有胃口。我们吃饭时，他突然又出现在我们中。他说，看到桌上几乎没有什么能下咽的东西，他着实为我们感到难过。这让皇帝做出一个过激的决定：他让我们每个月卖掉他的一部分银器，好让我们吃得好一些。

我们的晚餐本来就够糟糕的了，但这件事让晚餐变得更难下咽，引起我们严肃的讨论：这几天，我们得到的葡萄酒实在是劣质得让人咋舌，让人一口都喝不下去。我们不得不向东印度公司提出要求，希望他们能把难以下咽的酒换回去，把新到的一批送过来。①

说到酒这件事，皇帝说：他曾从化学家和医生那里得到一大堆劝诫，他们都建议他把葡萄酒和咖啡当作每日必不可少的饮品；[81]但这些权威人士也告诉他，只要葡萄酒和咖啡发出一丝不好闻的味道，那就得丢了；尤其是葡萄酒，他若闻到酒里有一丝不对劲的味道，就一滴都别沾。他一直喝香培尔登红葡萄酒，几乎没遇到过不能喝的情况。可眼下，他若觉得酒有一丝不对劲就丢到一边，他就再也别想喝到酒了。

吕西安的长诗《查理大帝》—荷马史诗
9月13日，星期五

天气糟糕透顶，这鬼天气已经持续了快一个月了。下午一点钟，皇帝把我叫过去。他当时在客厅里。安菲特律翁②刚好来我这里，我便把他带了过去。皇帝和他聊了些私事。

---

① 请参考前文1816年5月27日的日记。9月9日，奥米拉记载道："古尔戈将军和蒙托隆对酒的质量提出抱怨，怀疑里面混了铅，因为他们喝了酒后都拉肚子。"第二天，即9月10日，拿破仑本人也提到了这个问题。奥米拉说："他还说，自己当初还是少尉时的吃喝都比现在要好。"详情请看奥米拉的《流放中的拿破仑》第一卷第111~112页。

② 即巴尔科姆。

皇帝今天一反常态，想工作了。我把我的儿子叫过来，皇帝就回忆录中和教皇、塔利亚门托河战役有关的篇章做了校对，一直工作到了傍晚五点钟。之后他一脸倦色，看上去非常难受的样子。他直接回到房里，打算吃点东西。①

两艘船出现在海上，我们还以为其中一艘是从欧洲前往好望角的欧利蒂丝号，翘首盼着它快点进港。结果这只是一艘普通商船和一艘路过的军舰罢了。

晚饭时，皇帝来到我们中间，说自己吃了四个人的饭量，觉得体力恢复了许多。

大家想找点东西看，皇帝便让人把他的弟弟吕西安写的《查理大帝》②拿过来。他分析了第一篇，再把剩余内容快速浏览了一遍，开始讨论该书的主题和结构。皇帝评价说："这真是浪费时间、精力和才华！作者的文笔太过跳跃，缺乏条理。这2万多行诗里倒有些佳句，毕竟我也是懂诗的。但全文平淡无味，缺乏特色，行为动机不明，结尾潦草仓促。也许作者的确是在灵感迸发的时候写了这首长诗，可他没能成功抓住灵感。凭吕西安的才智，难道他就没发现，[82]即便如伏尔泰这样被奉若神明的大文豪，在巴黎时想进行诗歌创作，每次都是铩羽而归？③吕西安为什么觉得他能在外国、在法国首都之外写出一首法语诗出来呢？他为什么企图开创一种新的格律呢？他的故事是诗歌，而非史诗，因为史诗讲述的

---

① 上面两段在1840年版本中被删。
② 该诗全名是《查理大帝或被拯救的教会——二十四篇史诗》，作者是法兰西学院院士卡尼诺亲王。
③ 即伏尔泰的《亨利亚特》。

不是一个人的故事，而是一种激情、一个事件。他又选了一个什么主题啊！里面的主人公都是些什么野蛮人啊！①他是打算宣扬一个他觉得已经凋敝的信仰吗？他的诗能起到作用吗？这首诗透着浓浓的年代感，里面到处都是祭司啦，祝祷啦，教皇在世俗世界的统治地位啦……他写了足足2万行诗，就为了抨击一种已经过时了的荒谬思想？一个人们已经摒弃了的陈规陋见？一个连他自己都绝不会相信的思想观点？这简直是在浪费他的才干。真可惜啊！他本可以拿出一部更好的作品出来！要知道，吕西安是有才华、有能力、有干劲的。何况他身处罗马，在这个最富裕的环境中，他的任何学术研究需求都会得到满足。他会意大利语，我们尚没有一部好的意大利史，他完全可以写一本出来。凭他的才干、地位、处境、对事实的了解程度，吕西安完全可以写出一部传世的经典之作，在文坛上扬名立万、永垂不朽。可他写的这篇长诗能为他带来什么名气？它将被埋在图书馆的厚厚尘埃中，作者的名字也许偶尔会出现在文学或传记辞典中，仅此而已。吕西安如果真想写诗，最合适、最巧妙的办法是：用心写一份文采华丽的手稿，要注重装帧，弄个豪华精装本，偶尔献给几个宫廷贵妇人看看，以飨读者，也可以让其中部分诗词流传到宫外，但坚决不将其出版，只把它留给后世点评。这样人们还会觉得他只是以文怡情，不会对他多做苛责。"

然后，皇帝把这本书放到一边，说："我们来读《伊利亚特》吧。"我的儿子把这本书找出来，皇帝给我们读了其中几段诗，常常停下来击节叹赏，还做了大段点评，[83]观点独到深刻。他读得完全入了迷，直到午夜一刻的时候才停下来，问几点钟了。然后，他回了房间。

---

① 其实这首诗中的人物并不比当时的诗人、小说家的"历史"作品中的主人公野蛮多少。

食物短缺—酒水少得可怜—从厄尔巴岛归来—离奇的巧合
9月14日，星期六

天气依然糟糕得要死，我们只好窝在各自简陋的房间里，过着足不出户的日子，一个个没精打采。

皇帝白天口述了一阵子回忆录，他今天觉得身体好了点。

晚饭时，桌子上几乎没东西吃了。总督不断减少我们的食物供给。皇帝又令人把他的银器拿出去换钱，买点吃的回来。

总督说，从此朗伍德要按人头确定每日酒水供给，一人每天一瓶，连皇帝也不例外。你们敢信吗？他竟在令函上说出"一个母亲及其孩子一天一共一瓶"这种话！

皇帝回到自己的房间，把我也叫了过去。他见到我后，说："我一点儿睡意都没有，所以把您召来打发漫漫长夜，我们聊一会儿吧。"聊着聊着，我们谈起了厄尔巴岛，以及皇帝在岛期间做了什么事，在岛上引发了多大的轰动，他对这座岛的想法，以及他是如何回到法国的，又是如何斩获一系列奇迹般的胜利的（虽然他说，那胜利只维持了一瞬）。他说了这么一句话："他们想怎么说都行。但我敢肯定，我对我想颠覆的政权并不抱任何个人层面的仇恨。在我看来，我们无非是政见不同罢了。当我发现自己内心全无仇恨，甚至对敌人抱有一丝善意时，我自己都大感惊讶。您也看到了，我释放了昂古莱姆公爵；[①]

[①] 格鲁希将军在发给拿破仑的一封急报中，告诉他国王的侄子被捕，现被关在圣灵桥市政厅中等候发落。拿破仑立刻回复说："我的想法是，您发出命令，就说昂古莱姆公爵被押至某某地，要去那里登船前往某处……您要记得告诉他，他必须归还王室的珠宝钻石，从此再不得持武对付法国；另外，他一旦返回法国，将如波旁家族其他成员一样被判死刑。"格鲁希将军若从他身上搜到钱财，也将其没收，因为这可能取自公共财库。原信被收在法国国家图书馆中，编号10101，f°161，被吉尚子爵收进他的《昂古莱姆公爵》第192～193页中（vicomte de Guichen, *Le Duc d'Angoulême*）。

换作是国王，我也会如此处理。我甚至可以保障他的人身安全，由他自己选个地方住下来。我能否得胜并不取决于他个人，我也尊重他、体谅他遭遇的不幸，甚至对他心存感激，[84]感激他自始至终对我的格外照顾。的确，他当时宣布我不再受法律保护，还悬赏要取我的项上人头。但我觉得这只是在喊口号罢了。奥地利政府也做了类似声明，可我并没因此觉得受伤。哪怕我亲爱的岳父这么说，也伤害不了我；不过他的确太狠了，毕竟我是他心爱女儿的丈夫啊！！！"

既然我们再次提到了厄尔巴岛回归一事，我这里就该履行自己在前文立下的承诺①，讲述一下相关细节。读者也许会问，我为何要把这部分内容插在这里。我的回答是，我觉得这个话题本身太过棘手，我刚写日记的时候并没有收集充足的事实证据；那时贸然动笔，肯定会有人怀疑我是别有用心。而今天，我确信自己的记叙是冷静的、合乎道德和历史的，虽然里面有些许错误，但只有历史家和批评家才有资格当它的纠错者。此外，读者可在所有国家的报纸书籍中找到佐证这段叙述的相关内容。它并不是什么新东西，只不过因为出自拿破仑之口，方才显得如此特殊。由于这些原因，我便把他在许多时候说过的话都整理到了这里。

拿破仑根据条约规定，住到了厄尔巴岛上。之后，他得知维也纳会议有把他送出欧洲的意思，欧洲诸国根本没有对他履行《枫丹白露条约》中的任何内容。他从报纸上得知法国的舆论倾向后，便拿定了主意。他一直没把这个想法告诉任何人②，以各种理由独自启动了离岛计划。直到上

---

① 请看第二卷第383页内容。
② 我必须在此纠正一个错误，这个错误一直折磨着一个我很尊敬和爱戴的人。我在前文中说，德鲁奥将军在皇帝前往厄尔巴岛的八天前，向博盖塞王妃倾吐了他想陪同皇帝去厄尔巴岛的心思。不过德鲁奥将军非常确定地告诉我，他直到最后才取得皇帝的信任，所以（转下页）

了船，[85]将士们才隐隐猜到了皇帝的意图。人们扬帆起航，夺回了那个有3000万人口的帝国！

拿破仑坐的那艘船有五六百人。他说，那艘船有74个船员，途中他们遇到了一艘法国军舰，和它有所交流。据说军舰舰长认出了他，在告别时高呼三声"一路顺利"。不过，皇帝那艘船的船长出于保险起见，建议他接近并扣住这艘船①。皇帝觉得这提议荒谬至极，一口拒绝，认为不到万不得已不可采取这种做法。他说："我为什么要让自己的计划平添意外呢？我即便成功，又能获得什么呢？如果失败了，又会冒多大的风险啊！"

事情就是这么凑巧和离奇！后来我根据充分的证据发现，皇帝当时所乘的双桅帆船和那艘与他对话的法国军舰其实是姊妹船，由同一片树林的木材造成。这片树林就是拿破仑在托斯卡纳继承的一块土地，原主人正是我们在前文提过的他的叔叔，即那个老神父。后来，拿破仑将这片树林交给了国家。②

他断然不会在那个时候把这个秘密告诉别人。德鲁奥作为最直接的当事人，自然最了解事实。我也必须在此说明，我是在一次闲聊中记下这件事的，我绝无任何恶意取笑的意思，也绝不愿因此引发争论。——辑录者注

① 这艘军舰是西风号，舰长是海军军官中最忠于拿破仑的安德琉。皇帝所乘的安贡斯当号上的军官在皇帝面前替安德琉打包票，说后者很快就会竖起三色旗追随他。安德琉后来说，他当时也怀疑拿破仑就在船上，但以为他是前往意大利；如果他知道皇帝去的是法国，会立刻挂起三色旗。拉斯卡斯宣称安贡斯当号船长建议拿破仑朝这艘军舰发动攻击，这明显是在夸大其词。让·蒂里在他的《雄鹰之飞》（Jean Thiry, Le Vol de l'Aigle）第5页中说："在皇帝的命令下，船长塔亚德（Taillade）作为传话者，问西风号船长：'您去哪儿？''里窝那。您呢？''热那亚。您有什么任务吗？''没有。船上的大人物身体如何？''很好。'然后这两艘船背道而驰，很快就消失在对方的视野里。"

② 这一段在1823年和1824年版本中并没有出现，是1830年版本后加的。

登陆后，人们吃了败仗，20多个被派到昂蒂布劝降的人被俘。①人们对此意见不一，争得不可开交。有的人提议立刻冲向昂蒂布，把这些人强抢回来；他们对该地负隅顽抗，甚至扣下20个人的行为大感愤怒，要它付出代价。皇帝说，夺下昂蒂布和征服法国并无关系；他浪费这点时间攻下该地，定会引起各地的警觉，只会给他真正要走的唯一的那条路制造不少障碍；当前时间珍贵，我们必须全速行军，行动速度要比消息传开的速度更快，这才是修补昂蒂布事件造成的恶果的真正办法。护卫军的一个军官委婉地说，如此抛弃这20多个人似乎不太好。皇帝只说了一句：这位军官把这件事的影响看得太过严重了；[86]哪怕一半的追随者被扣押，他依然会抛下他们；哪怕所有人都被囚禁，只剩他一人，他也要往前走。②

---

　　① 当时，康布罗纳将军带领50多人朝戛纳前进，把贝特朗上尉派到昂蒂布，让他把那里的驻军带过来。贝特朗来到昂蒂布碉堡前，要求和第87步兵团上校说话。因为上校不在，该团参谋官多热（Dauger）接待了他。后来，多热详讲述了他和拿破仑派来的这位特使的对话："3月1日，接近中午十二点半的时候，一个身着轻步兵军装的军人……来到我这里……这个陌生人非常激动，浑身上下都是汗水和灰尘。我问：'先生，您来此有何贵干？'他回答：'参谋官先生，我想单独和您谈谈。'因为不知道他要和我谈什么，我就让家里的其他人都到另一个房间去。旁人一离开，这个陌生人立刻走到我身边，对我说：'参谋官先生，我前来向您许以一份大礼……我是帝国护卫军的一个军官。'我没等他说完，直接打断他的话，说：'我只知道王室近卫军。'他接着说：'皇帝就在附近；如果您愿意，您的好运就来了。'他给我看了六封宣言，说：'把这些扩散出去，把它们张贴出来，您就要什么有什么了。'"参谋官大怒，一口宣称自己发誓效忠国王，绝不会背叛誓言。然后他告诉皇帝的这位特使，他已是自己的囚犯了。当时贝特朗上尉瘫倒在一张椅子上，叹道：我失败了。详情请看亚瑟·舒盖的《1815年信件》第一系列第12~15页（Arthur Chouquet, *Lettres de 1815*）。拉穆雷上尉（Lamouret）在当晚六点钟左右带领30多个掷弹兵来到昂蒂布，毫无困难地冲到碉堡内部，但一进去就被第87步兵团的士兵解除武装，被押到了库尔蒂纳区。此事详情，请参考1923年3月1日的《巴黎期刊》（*Revue de Paris*）。

　　② 但这并非意味着他毫不关心这20多个人的死活，因为没过多久，他就派出身边的查理·沃蒂埃火速赶到昂蒂布，攻下驻地，救出俘虏。沃蒂埃出发前，他还一再强调："一定要当心，别把自己也搭了进去。"。——辑录者注

夜幕降临前，皇帝在茹昂海湾登陆，并在那里宿营。没过多久，一个身着华丽号衣的马车夫被带到他跟前。皇帝发现此人曾是自己宫里的人，先前伺候过约瑟芬皇后，现在正在服侍曾担任过约瑟芬皇后的侍从武官的摩纳哥亲王。这个马车夫见到皇帝，大为震惊。在皇帝的询问下，他说自己是从巴黎过来的。他还向皇帝保证，各地的人都会欢欣鼓舞地迎接他的到来；他到阿维尼翁的这一路都听到人们哀叹皇帝的离开，所有人都在念叨他的名字。他还补充说，自己这身号衣看来光鲜，但它在反复提醒自己那段充满侮辱和失败的过去。他信誓旦旦地向皇帝保证，只要皇帝穿过普罗旺斯地区，沿途的人都会迫不及待地跑来投奔他。这是人民的心声啊！皇帝听了非常高兴，虽然这一切都在他的意料之内。摩纳哥亲王也过来了，但他表现得没那么激动。拿破仑也没问他政治方面的事，毕竟宿营地上还有其他人，他不想让身边的人听到不好的消息。所以，两人只聊了些无伤大雅的事，如从前杜伊勒里宫里的贵妇人。皇帝兴致勃勃地打听起了她们后来的生活。①

月亮升起后，凌晨一两点，人们拔营离开，来到格拉斯。皇帝打算在那里走自己在帝国时期构思过的一条路线。可惜最后这条路线未得实施，他不得不走另一条极其难走、堆满积雪的隘道。皇帝把他从厄尔巴岛带来的马车和两门大炮留在格拉斯，交由市政厅保管。[87]这就是当时

---

① 在《拿破仑书信集》第三十一卷第51页，人们详细记录了拿破仑当时和摩纳哥亲王的这场谈话。"您要和我们一起走吗，摩纳哥？""不了，陛下，我要回我家。""我也是。""我要回去，因为您的军队会一日比一日强大；也许我已经没有必要回摩纳哥了，您的人说不定已经占领了这座城市。""那您是怎么想的呢？""我猜陛下的军队有2.5~3万人，还不算英国和奥地利的援军。""我很惊讶您竟然会这么想。您也是听从过我号令的人，您觉得我会让外国军队玷污祖国的土地吗？一个小时后，您可以继续赶路，因为我的所有军队都在这个宿营地上。""可您这么少的军队能干吗呢？""在这个月月底坐上我的皇位。"

官方通报的所谓的缴获物。

格拉斯市政府是彻头彻尾的保皇派,但皇帝突然出现,它没有左右摇摆的空间,只好归顺。皇帝穿过城市,占领了城外一处高地。人们在那里歇息期间,皇帝吃完早饭。没过多久,城里的大批居民就涌了过来。他如同从前在杜伊勒里宫接待廷臣一样接见了这些群众。人民对他依然抱着同样的感情、同样的诉求,仿佛他从未离开过法国似的。有的人抱怨自己没拿到年金,有的人请求涨点津贴;这个人说他的荣誉勋章被没收了,那个人恳请得到升迁。人们写了一大堆陈情信,送到他跟前,仿佛他是从巴黎过来视察各省情况一样。

几个了解时事的积极爱国者偷偷告诉拿破仑,当地政府其实非常反对他,但人民群众全是向着他的,人们一直都在等他回来,好摆脱那帮"异教徒"。皇帝高声说:"你们莫急,我们来慢慢折磨他们,让他们看着我们取得胜利,且抓不到我们任何可指摘的地方。所以请你们冷静点,记得谨慎行事。"

皇帝风驰电掣地前进着。他说:"速度决定胜利。对我而言,拿下格勒诺布尔,就意味着拿下了法国。我们当时离此地有100古里距离,我和我的老护卫军只用了五天,就赶完了这段路程。①那是多么难忘的一段

---

① 3月1日,在茹昂湾登陆戛纳。

3月2日,进入格拉斯。

3月3日,在巴雷姆过夜。

3月4日,在迪涅用晚餐,睡在马利热。

3月5日,睡在加普。

3月6日,睡在科尔普,第二天皇帝向第5团士兵发表讲话,这支军队归顺。几个小时后,他和第7团的拉贝杜瓦耶会合。

3月7日,暂留格勒诺布尔。

3月9日,睡在布谷安。

(转下页)

路程！[88]多么难忘的一段时光啊！阿图瓦伯爵收到急报后，直接离开了杜伊勒里宫，我就这样进去了。"

拿破仑本人对形势和人心所向信心满满，深信自己的成功绝不取决于手头有多少兵力。他说，哪怕只有一小支宪兵队，他也能干成这一切。事情如他预料的那样顺利展开：胜利女神在冲锋号中大步前进，国民的雄鹰飞过一座座钟楼，一直飞到巴黎圣母院的塔楼上。他补充说："但这并不意味着一开始我们毫无忧虑。"随着他一路前进，人民的确狂热地投奔于他，但里面一个士兵都没有：他经过的地方，军队都被人别有用心地提前撤走了。直到赶路的第五天，他抵达穆尔和维济耶中间的一个地区，离格勒诺布尔五六古里远的地方，才遇到了第一支真正意义上的军队。那个营的指挥官拒绝谈判；皇帝没有半刻犹豫，只身带领他的100名掷弹兵来到这支军队面前，全军立刻弃械归顺。士兵们一看到拿破仑本人，一看到他那身军服，尤其是那件灰色短外套，就如同中了魔法般一动不动。他径直走到一个胳膊上绑着人字条文袖章的老兵跟前，一把扯住他的胡子，问他是否真的想杀了自己的皇帝。这个士兵眼睛都红了，立刻把枪托卸下来，以示里面没有一颗子弹，说："拿着，看看我是否能伤害到你。其他所有士兵都如此。"四面八方响起"皇帝万岁"的呼声。皇帝便指挥这个营掉头朝巴黎前进。

3月10日，抵达里昂，在那里停留了三天。
3月13日，睡在马孔。内伊发表著名讲话。
3月14日，睡在沙隆。
3月15日，睡在奥顿。
3月16日，抵达阿瓦隆。
3月17日，抵达欧克塞尔，在那里停留一日，莫斯科瓦亲王前来会合。
3月30日，凌晨四点抵达枫丹白露，晚上九点进入杜伊勒里宫。——辑录者注离格勒诺布尔不远处,拉贝杜瓦耶上校带领他的一个团前来投奔皇帝。[89]皇帝说,之后就一发不可收拾,大局已定。

多菲内省的所有农民夹道欢迎皇帝,一个个欢天喜地。就在我们刚才说的那个营还在犹豫的时候,它身后已有几千个农民在高呼"皇帝万岁"的口号,催着它快做决定。拿破仑身后还有一小群农民,鼓励士兵往前走,说皇帝肯定不会伤害他们一根毫毛。

到了一个山谷,人们还看到了一幕难以想象的动人场景:当地大部分居民和他们的市长、神父一道前来迎接皇帝。在扑过来向皇帝跪倒的人群中,有一个是他的护卫军掷弹兵,在登陆后就不见了,人们甚至以为他已经变节。他此刻眼里含着大滴幸福的泪水,扶着一位90多岁的老人,把他带到皇帝跟前。这是他的老父亲,这个士兵就是为了找他才离队的,现在他把父亲搀扶过来面见皇帝。皇帝后来在杜伊勒里宫,令人把这幕场景画了下来。

拿破仑午夜时抵达格勒诺布尔城前。由于他动作迅速,城中甚至都来不及布防,连斩断护城桥、部署军队行动的时间都没有。城门紧闭,人们拒绝开门;更确切地说,是该城指挥官拒绝开门。① 皇帝说:"这场

---

① 拿破仑来到格勒诺布尔时,城中的指挥官是第5步兵团的让-伊萨克(Jean-Isaac)上校。他在1816年2月29日向波城预审法官陈述事实时,说:"波拿巴和拉贝杜瓦耶在一群暴民的带路下,来到城前。我当时就在城门后面。波拿巴指名道姓地向我发话,要求我打开城门。我拒绝了,说我没收到开城门的命令。他一再坚持,拿高官厚禄诱惑我。城内外的暴民发出可怕的厉喊。除了我指挥的掷弹兵,城中其他士兵全都站在人民那边。博讷门被攻破,波拿巴和他的随从进了城。"进入格勒诺布尔后,拿破仑叫人把上校带过来。1815年8月,在让-伊萨克写给麦克唐纳元帅的报告中,他说:"他语气严厉地责骂我,说我让他等了好久,他说:'我在城门口等了足足两个小时。'我回答,我只是在履行自己的义务罢了,说:'您解除了我的誓言,我已向别人立了誓。'他没等我说完,直接打断了我的话:'誓言?您可以因为形势所逼、出于权宜之计而发无数个誓言。而这个誓言(转下页)

独一无二的暴动有个特点：在某种程度上，士兵并没有不遵守军纪，不服从上司。他们只是在心里暗暗和他们觉得是自己义务的那个东西作斗争。"正因为如此，第一个营才执行军令、往后撤退、拒不谈判，但士兵们根本没装子弹，也绝不会开枪。皇帝到了格勒诺布尔后，站在城墙上的驻军都高喊着"皇帝万岁"，透过边门上的小窗户和拿破仑的跟随者热情握手。皇帝攻打城门时，城墙上有十门荷枪实弹的大炮，可就是没人开炮。[90]最离奇的是，皇帝问公开反对皇帝的第一营指挥官和那个上校，自己能否相信他们，他们给出了肯定的回答，还说：他们的军队已经抛弃了他们，但他们绝不抛弃自己的军队；既然所有士兵都表态支持拿破仑，他们就向他效忠。于是，皇帝接受了这两个军官的投诚。

皇帝经历过大大小小无数战役，但它们都没有他进入格勒诺布尔时那么凶险。向他跑来的士兵一副怒气冲冲、无比激动的样子，让人一下子害怕起来，以为他们要把他撕成碎片呢。然而，他们不过是欣喜若狂罢了。皇帝和他的坐骑被人们团团围住；他刚抵达驿站，就听到外面吵成一片：格勒诺布尔的居民居然把城门拆下来，给他扛过来了。他们说，他们找不到城门钥匙，所以才想出了这个办法。

皇帝说："一进格勒诺布尔，我就成了真正的王者，有了打仗的实力——如果必须打仗的话。"①

是不可推脱的，因为它关乎法国的救赎，我们应该拯救它。我得到了三个强国的认可，更是在法国人的呼声中回来的。您仅仅因为固执己见，就忽略了这些。难道您再不承认我是法国人的君主了吗？您难道看不见这些善良人民的满腔赤诚吗？'他沉默了一会儿，以不容拒绝的神情问：'您会追随我吗？'我回答：'您完全没给我留下任何选择的余地。'"详情请看亚瑟·舒盖的《1815年信件》第一系列第119~122页。

① 之后，皇帝手上的兵力增加了七八千人，还有数目可观的军火弹药，一个军火库里装满了各种口径的大炮和6000支枪。详情见《拿破仑书信集》第31卷第65~66页。

皇帝很后悔没在厄尔巴岛上就把他的宣言印出来，虽然他是因为害怕走漏风声才没这么做。所以，他在船上的时候将宣言口述出来，让所有会写字的人抄写了多份。人们不得不一边赶路、一边抄写，好在沿途把它们分发给了若盼甘霖的人民群众。自然而然，宣言份数稀少，里面通常有错别字，有的地方字迹潦草得不可辨识。然而人们每往前走一步，就更加体会到宣言是多么必要，意识到它们对人民产生了多大的影响。在最近20年里，群众已经得到极大的开化。尽管他们幸福地迎回皇帝，但仍忍不住满腹担忧，心想：他到底要做什么呢？所以他们读到宣言里的国民思想后，立刻就放下心来了。从里面得知拿破仑并没和外国军队勾搭时，他们欣喜万分。皇帝动作如此神速、行军如此迅捷，人们自然会对他的军队和人员构成产生无数猜测。有人说，和他在一起的是那不勒斯人、是奥地利人，甚至有人说是土耳其人。

[91]从格勒诺布尔到巴黎，皇帝一路势如破竹、无往不胜。

皇帝在里昂待了三四天。在此期间，守在他的窗前的人从来没少过2万人，"皇帝万岁"的呼声从未停止。

这位君王永远不会离开他的子民。他签署政令，发布命令，检阅部队。所有军队、行政机构，所有阶级的人都争先恐后地奔过来，向他表达忠诚和敬意。国民自卫军骑兵队，即反对派中最强硬的一群人，还前来恳请让他们担起保护皇帝人身安全的这个重任。然而，只有他们遭到拒绝。皇帝说："诸位，我非常感谢你们。但你们对阿图瓦伯爵的行为让我充分认识到，如果命运女神抛弃我，你们会怎么对我。我绝不愿让你们再次遭遇这种考验。"据说，阿图瓦伯爵离开里昂时，国民自卫军中只有一个人愿意陪他前往巴黎。向来推崇义举的皇帝听说此人的忠诚之举，还授予他荣誉勋章。①

皇帝到了里昂后，拿出其他君主在国家稳定的时候才有的果敢手段和明确态度，满怀信心地发布公共法令，进行行政管理，仿佛他从来没经历过先前一系列重大动荡，接下来也不会面临巨大的风险似的。如果有机会，我非常乐意把当时发生的每件事都讲出来。在这里，我只讲一件有趣的小事，以证明在每一场足以改变河山面目、颠覆欧洲局势的重大危机中，拿破仑内心是多么泰然，头脑是多么冷静。

皇帝一离开里昂，就令人给正在隆勒索涅带兵的内伊写信，叫他率领军队前来和自己会合。当时内伊已经六神无主，又得不到士兵支持，面临皇帝发表的宣言、多菲内的请愿书、里昂驻军的倒戈事件，再看到附近各省和周围人民空前热情的样子，一下子不知如何是好。内伊这个大革命的孩子被卷入激流，92 当日他向军队发表了那篇著名讲话。可一想到发生在枫丹白露的那段往事，他便给皇帝写信，说他做的一切都是为了祖国，觉得自己如今应该得不到皇帝的信任了，打算归隐乡野。皇帝再次写信，要他立刻与自己会合，说自己会像莫斯科河战役前夕那样接受他。内伊和皇帝重逢后一脸尴尬，一再说：如果他失去了皇帝的信任，那他只请求当一个普通的掷弹兵。皇帝说："内伊诚然对我做了很不好的事，但我怎能忘记他从前勇猛作战的样子，忘记他立下的无数功

---

① 拉斯卡斯此处应该是借用了弗勒里·德·夏布隆在回忆录里讲述的一个故事："皇帝到来时听说了阿图瓦伯爵这件事，知道了主要由贵族组成的国民自卫军骑兵队在发誓要为亲王流血牺牲后又将其抛弃，只有一个人忠诚地守在他身边，直到他脱离危险、获得自由后才离开。皇帝不仅赞扬了这个崇高的里昂人的行为，还说：'我从不让做出这种壮举的人得不到任何回报。'于是他向这个军官授予了荣誉勋章。"详情见科尔内（Cornet）版的《夏布隆回忆录》（*Mémoires de Fleury de Chaboulon*）第一卷第159页。拿破仑到了圣赫勒拿岛后看过这本回忆录，在边上两次写下"非真"的批注。拉斯卡斯对此当然毫不知情。

劳呢？所以我一下子抱住他的脖子，称他是'勇士中的勇士'。从那一刻起，我们彻底冰释前嫌。"

从里昂到巴黎，皇帝几乎全程都乘坐驿站马车，在任何地方都没有遭遇任何抵御、反抗或战斗。老实说，在皇帝看来，这一路如舞台换幕一样无比顺利。他的先头部队无事可做，只负责在前面开路、沿途接待信使而已。皇帝就这样进了巴黎城，身边的大批士兵正是当天早晨离开首都、要与他对战的那批人。被布置在蒙特罗的一个团还自发冲过桥，扑向默伦，朝那里的国王亲卫军突然发动进攻。据说，国王一家是因为这个原因才突然离开的。

皇帝经常告诉我们，如果他愿意，或看无人反对的话，他可以带着200万农民前往巴黎。他每到一个地方，那里的农村地区就一片沸腾。他还经常说，这不涉及任何阴谋，纯粹是民心所向。

皇帝抵达杜伊勒里宫后的第二天，有人对他说，他的人生就是由一系列奇迹组成的，最后这件更是奇迹中的奇迹。我听到他回答说，他此刻之所以在这里，纯粹因为自己对法国的局势和国人的思想有着清醒、正确的认识。还有一次，谈到再度入主杜伊勒里宫这件事时，他对我们说，他当时把自己所有智谋都用在了揣摩时局和舆论上，说："当时，除了满腔赤诚地主动投奔我的拉贝杜瓦耶，以及另一个真正给我帮了大忙的人，[93]其他一路上加入我的将领几乎都摇摆不定，看上去很是勉强。他们虽然没有公开表达对我的敌对态度，但只是因为被激动的士兵推着，才来投奔了我。"

他还说："今天大家都知道，内伊离开巴黎的时候对国王还是忠心耿耿的。他之所以在短短几天后就站在国王的对立阵营，完全是因为他觉得自己当时别无选择。"

"我在登陆法国的时候,完全没指望依靠马塞纳,只觉得自己必须绕过他。后来在巴黎,我问过马塞纳,如果当初我没有快速穿过普罗旺斯,他会怎么做。马塞纳坦诚地说,他不知该如何回答,但可以肯定的是,我当时走的那条路是最稳妥、最安全的。

"圣西尔当时曾试图约束手下的将士,让他们老实听命,结果差点儿遭遇生命危险。

"苏尔特向我坦诚说过,他打心眼儿里尊重国王,满心支持路易十八的政府;直到5月校场大会后,他才想再度为我效力。[①]

"麦克唐纳根本没露脸。贝卢诺公爵陪着国王去了根特。所以,波旁家族可以抱怨士兵和人民背弃了自己,但它不应该责备军中高级将领不忠不信。这些将领作为大革命的信徒或领导人,虽然活了二十几年,可在政坛上完全是个新手。他们不是流亡贵族,也不是国民派!"

拿破仑本能地理解和恪守着他的第一信条:做事只靠群众,也只向着群众。在采取行动、登陆法国之后,有人多次央求他和某些将领谈一谈,但他的回答一直都是:"如果我得了民心,就不用在意显要人士的想法;如果我只得到了他们的支持,他们能帮我对抗人民大众吗?"

下面这件事,充分说明拿破仑事先和首都几乎没有任何沟通。他从厄尔巴岛回来后,就在进入巴黎的那天早上,150个在波旁政府中只能领取半饷的军官拖着4门大炮,主动离开了他们的驻地圣德尼,[94]朝首都前进,路上还碰到了几个将领。在后者的带领下,这一小群人一直前进到

---

① 苏尔特于1814年12月3日—1815年3月11日在波旁王朝担任陆军大臣。1815年5月9日被任命为北部军总参谋长后,他提出了一系列条件。从达武1815年5月19日写给皇帝的报告来看,苏尔特要求拿到8万法郎,以购买60匹战马和运货车,并满足他的个人需求;另外2万法郎是邮差费、信使费、军官差旅费;他的办公室每个月要拿到3650法郎。苏尔特的这些要求被一一满足。

杜伊勒里宫，和愿意听命于皇帝的各部门行政官员会合。在舆论的影响和情感的推动下，巴黎行政部门当天也平静地运转着。皇帝的主要追随者和前朝大臣中，没有任何人知道他当时是何想法，大家都不敢签署文件、担负责任。第二天，仍没有任何官方文件。没有权力机构的引导，人们就凭个人的一腔热忱，听从内心的声音，自发地行动起来。唯一的例外，就是拉瓦莱特控制了所有哨岗。那天的巴黎没有警察，也没有政府，但首都从来没有如此平静过。

晚上大约九点，皇帝带领100多名骑兵进入杜伊勒里宫，仿佛他刚从一座行宫回来似的。下马后，一大群军官和市民冲过来把他团团围住，拼命想够到他。他被挤得喘不过气来，几乎是在他们的怀抱中被推进宫里的。回到杜伊勒里宫后，他发现饭菜已经备好，便准备用餐。这时，早晨被派到樊尚督促该地投降的一个军官回来了，并捎来当地指挥官的投降书，其中一个投降条件是：他和他的家人能拿到离开的通行证。

当时还发生了一件奇特的事。皇帝入住杜伊勒里宫后的第二天早上，人们在外面找三色旗。其间，大家翻遍宫殿，在马桑亭中找到了一面现成的。人们当即升起了这面旗帜。它看上去非常新，比平常的旗帜还要大一些。人们怎么也猜不到杜伊勒里宫里怎么会有一面三色旗，它为何被人藏在那里。

随着时间的流逝，人们越来越相信：入主杜伊勒里宫这件事毫无阴谋成分，纯粹是自然发生的。今天，只有执于党争的人才对此有所怀疑，但历史已对它盖棺论定了。

[95]皇帝在朗伍德住下后不久，前来拜见他的军官经常谈论从厄尔巴岛回来这件事。其中有个人说，通过这件不可思议的大事，欧洲看清了

两群人的区别：他们一个最软弱，另一个最高尚，形成一黑一白的鲜明对比。只因为一个人的靠近，波旁家族就抛弃了君主国，逃之夭夭。而这个人靠着过人的胆识，单枪匹马就攻下了一个帝国。皇帝对他说："先生，您错了，您不太了解当时的情况。波旁家族并非没有勇气，他们做了能做的一切。阿图瓦伯爵火速赶到里昂，昂古莱姆公爵夫人如亚马孙女战士一样现身波尔多，昂古莱姆公爵也尽其所能地往前行军。①尽管他们没能达成目标，但与其说是因为他们的错误，不如说是因为环境的推力。只靠自己，他们寸步难行。国民的威力如同潮水，已经卷到了各个地方。"

长诗《查理大帝》—皇帝哪些兄弟姐妹写过东西
9月15日，星期日

今天，皇帝趁着天气暂时转好，往东印度公司花园的方向走去，权当散心，身边只有我一人。我给他说了一些事，大胆给出了自己的观点。他通通拒绝了，还把我嘲笑了一番，说："算了，我亲爱的拉斯卡斯，您就是个幼稚鬼。"他又快速补充道："不要为这话生气，我不会到处宣扬的。在我看来，幼稚一直都是正直的同义词。"

---

① 皇帝这番话更像是拉斯卡斯的杜撰。我们知道，《总汇通报》曾报道了昂古莱姆公爵夫妇企图挑起的这场小型战事，拿破仑本人就该篇报道还亲自写过文章（详情见科尔内版的《夏布隆回忆录》第一卷第247、256页）。在昂古莱姆公爵这件事上，他是这么说的："昂古莱姆公爵面如死灰，多菲内地区到处都敲响了警钟，大批国民自卫军离开里昂，杀了过来。昂古莱姆公爵得知他们到达的消息后，和他的4000个造反者一道狼狈地逃走了。"至于昂古莱姆公爵夫人，"她完全被恐惧所控制"，向克洛泽尔（Clauzel）将军承诺自己会迅速离开波尔多。但她后来食言而肥，直到最后一刻都在煽动士兵哗变。各个品阶的军官直截了当地向她宣布，他们同情她的不幸，尊重她的身份，但身为法国人，他们不能以任何理由拿起武器去对付同胞……公爵夫人把恐慌藏了起来，嘴上强硬，身体却在发抖。"夏布隆把拿破仑这两篇少有人知的文章全文收进了他的回忆录里，请看第一卷第245～251页和第256页内容。

晚饭后，皇帝说，他努力想读完吕西安的长诗，可昨晚花了一整晚读它后，又把它搁置一旁了。今晚和前两天晚上一样，被分摊给了《查理大帝》和《荷马史诗》。他又很快把前者抛开，再次拿起《荷马史诗》，愉快地说他要重温精彩部分。[96]吕西安亲王又一次惨遭批评，荷马则再次收获赞誉。

暂停读书期间，有人告诉皇帝，吕西安准备出另一篇和《查理大帝》类似的长诗，标题是《查理·马尔泰尔在科西嘉岛》（*Charles Martel en Corse*），还不包括另外12篇悲剧。皇帝喊道："他简直是魔鬼附体了！"①

有人还告诉他，他的弟弟吕西安还写过一本小说②。他说："他在这上面应该有所才华，但这本书肯定也充斥着情感上的幻想和思辨上的无知。"

还有人说，皇帝并不知道，其实埃莉萨公主也写过一本小说，连保琳公主都写过一点儿东西。皇帝说："啊，保琳啊！她可以是小说女主人公，但当不上小说家。说起来，只有卡洛琳没碰过文学了。她小时候被视为笨蛋，是家里的灰姑娘，长大后却变成一个美丽聪明的

---

① 拿破仑身边的人当时并不太清楚刚被法兰西学院除名的吕西安·波拿巴在文坛上有何动作（吕西安1814年第一次被法兰西学院除名，这次是第二次）。卡尼诺亲王当时还准备写一首"史诗"，但直到1819年该诗才得以发表，标题是《拉西内德：被解放的科西嘉岛》（*La Cirnéide ou La Corse délibérée*），讲的不是查理·马尔泰尔，而是科西嘉岛爱国者抵抗撒拉逊人入侵的故事。另外，读者也可参考蒙托隆的《拿破仑皇帝被囚记》第一卷第394页的内容，里面也给出了类似的评价。拿破仑还补充了一句："他简直是在浪费精力、才智和知识！"

② 这本小说于1800年出版，标题是《玛丽：爱之伤》（*Marie, ou les Peines de l'amour*）。全书有三卷。1814年再版后，本书更名为《玛丽：荷兰女人》（*Marie, ou les Hollandaises*）。

女人。"①

我们没有早饭可吃—好笑的诡辩—论不可能
9月16日，星期一

早晨到了饭点，仆人过来告诉我，厨房里的咖啡、白糖、牛奶、面包都没有了，他做不了早饭。昨天快到晚饭的时候，我觉得饿了，便让厨房给我几口面包吃，可仆人连这个都拿不出来。他们就这样让我们过着没吃没喝的日子。远在欧洲的人也许很难相信这件事，可我说的是事实。

天气转好。皇帝很久没出去散步了，就去了一下花园，让人把马车备好，打算出去转一圈，继续这项中断许久的活动。②路上，一条狗向蒙托隆夫人靠近，被她赶走了。"夫人，您不喜欢狗吗？""不喜欢，陛下。""如果您不喜欢狗，您就不喜欢忠诚的品格，就不喜欢别人对您忠诚，所以您就不是忠诚的人。""可是……可是……"[97]皇帝学着她的语气，说："可是……可是……我的逻辑有什么漏洞吗？如果您愿意，可以尝试推翻我的论证。"

我们中有人③几天前做了一个化学实验，皇帝问他取得了什么结

---

① 1799年，阿布朗泰斯公爵夫人说卡洛琳·波拿巴是个"漂亮姑娘，不过比许多17岁的姑娘都要无知"，语出《巴黎沙龙史》（*Histoire des salons de Paris*）第三卷第228页。成年后，她突然心智大开。连梅特涅都说："卡洛琳对她的哥哥很有影响力，像黏合剂一样维系着家庭成员的关系。她的野心，就是为自己和家人创造一个尽量不受拿破仑干预的空间，她甚至不想借他让自己的家庭青云直上。她觉得贪欲越大，这份好运就越是保不住。"详情请看《梅特涅回忆录》第一卷第311~312页的《当代要人侧写》（*Portraits de quelques contemporains célèbres*）。

② 这篇日记从开头到这里为止的内容在1840年版本中被删。

③ 即蒙托隆。

果。这个人抱怨说，他没有必需的器材。皇帝说："您真是塞纳河边的三岁小孩儿①，不通内情的门外汉！您以为自己现在仍在杜伊勒里宫吗？不依靠现有的技术手段，那才算真本事；天才的作品都是克服困难完成的，是在不可能中寻找可能。而且您抱怨什么呢？没有捣具，您可以拿椅子腿凑合用呀！没有研钵，身边什么东西都可以充当研钵呀，比如桌子、平底锅、小锅、食槽……您看到的一切都是研钵！塞纳河边的三岁孩子啊，您以为您还在圣奥诺雷街、在巴黎市场里吗？"

大元帅当时对皇帝说，这话让他想起了自己第一次见到皇帝时皇帝对他说的一句话。那是在意大利军中，他要去君士坦丁堡执行一项任务。年轻的波拿巴将军发现他是个工兵军官，就让他去执行一项与其专业相关的任务。大元帅说："那个地方离主营有点远。我回来后找到了您，说我觉得这事干不成。说这话时，我吓得浑身发抖。陛下闻言，和气地对我说：'让我们看看您是怎么做的吧。也许您觉得不可能的事，在我眼里却是可能的。'我向您解释了我是如何执行任务的，陛下说了一句'我明白了'，立刻给出替代方案。虽然我当时没有心服口服，但是后来许多时候，我都深刻意识到它是多么管用。"

皇帝很早就回了房。我们所有人都注意到，自打上次生病后，皇帝就像换了一个人似的。他身体大不如从前，只在花园里走了两圈就累了。

数据计算—埃及的以色列人
9月17—18日，星期二至星期三②

[98]天气再度转好，皇帝去花园走了走，我们所有人都陪在他身边。

---

① 蒙托隆出生在巴黎。
② 这两天的日记所有内容在1840年版本中被删，16日的日记最后一段也如此。

走了一会儿，他朝树林方向走去。

散步回来后，我们在帐篷里吃了早饭。由于天气非常宜人，皇帝心血来潮，想乘车出去散心。

五点钟，他把我叫到书房，让我帮他找找关于埃及附近非洲内陆地区的资料。这几天他心里一直想着这件事，打算写几章和这有关的回忆录，专门讲述埃及远征一事。

他觉得身体不适，让我给他泡杯茶。这实在是少见的事。大元帅很快就过来顶替了我，开始他的日常誊写工作。

晚饭后，皇帝拿着笔，仔细研究了埃及和法国的土地产出报告，发现法国的土地产出比埃及的要低很多。这数据是珀谢在《法国数据估计》中提供的。皇帝对这个结果颇为满意，因为这和他事先的料想差不多。之后，他自然而然地谈起了许多相关话题。例如，埃及古代大概有多少人口？以色列的人口又有多少？在短短的被俘时期，他们的人数是否涨到了《圣经》中说的那样多？皇帝让我第二天把相关资料给他带过来。之后，我们聊了很久，谈论人类寿命有多长，这也是珀谢在书里提过的。皇帝就这个话题发表了新颖、一针见血而又不失风趣的观点。

第二天，我应皇帝昨晚的要求，把整理好的数据资料交给他。他看了后并不惊讶，但也从中找到了更多的素材来支撑他的论述。下面就是我整理的相关资料。

[99]以色列人在埃及住了两百年，前后有十代人在那里生活过，他们结婚生子的时间特别早。我猜，雅各的孩子——就是后来12个部落的领袖——都是结过婚的。我还猜想，他们每人的孩子数目也相同，都是12个，如此代代相传。到了第十代，那就是480,064,704个人了。可第八代和第九代竟然活在同一时期！所以他们的后代人数只会更加惊人。不过

考虑到死亡率、意外事件、传染病等因素，我们应该大胆地把人数降低一些。所以，目前依然没有任何数据能反驳摩西的讲述。皇帝花了很多时间，专心致志地挑我论证中的漏洞。

晚饭期间，他通过和我儿子对话来练习英语口语，问了他一些历史、几何方面的问题。晚饭后，皇帝读起了《奥德赛》，我们所有人都听得津津有味。

皇帝身体更加虚弱—砸碎银器

9月19日，星期四

皇帝早晨继续读布鲁斯等当代学者研究尼罗河水源的作品，我则在这项工作中充当他的助手。下午三点钟，他穿好衣服，出了门。今天天气很不错，皇帝让人备好马车。然后我们在林子里步行，一直走到能望见信号塔的地方。他和我聊起了我们当前的精神状态；在这样轻松亲密的聊天气氛中，他的语气仍然时不时透着愤懑。马车过来接我们了，蒙托隆夫妇也在车上。看到马车，皇帝很高兴，说他累得都快站不住了。他的身体明显虚弱了很多，走路时步履沉重，[100]脚总是拖在地上，连神情面貌都发生了变化。他现在出奇得像他的哥哥约瑟夫；几天前，我到花园去找他时，还以为眼前那个人是约瑟夫呢。其他人也和我一样惊讶地注意到了这种变化。我们经常说，如果我们像苏格兰人那样相信预言，我们定会怀疑约瑟夫和皇帝身上发生了什么离奇之事。

回来后，皇帝想起自己有个大箱子，里面装满了银器，便叫人明天把它们带到城里变卖了。总督缩减了我们的开支后，我们接下来的一个月必须靠这笔钱才能活下去。

我们知道，每个银盘可在东印度公司船长那里卖到100多几尼①的价格。皇帝令人把银器上的徽章磨掉，把它们砸碎，以防别人看出他是这些银器的主人。所有银器的盖子上都雕刻着大量雄鹰图案，这是他唯一希望保留下来的东西，便将其放到了一边。这些银器可是我们每个人做梦都想得到的东西啊，它可是所有人眼里的圣物啊！这份带着宗教色彩的情感，每每想来就令人倍感心酸。

当我们不得不举起榔头朝这批银器砸下去时，所有人都体会到一种锥心刺骨的痛苦。我们几乎无法朝这批我们无比珍视的东西下手。②

---

① 英国旧金币，合21先令。——译者注

② 许多人都描述过打碎银器这件事，我们可在蒙托隆和马尔尚的回忆录中了解更多细节。在圣赫勒拿岛上时，由于此二人在皇帝身边担任的职位关系，他们对此事的叙述显得更加合理。哈德森·洛韦再三强调，如果他们不愿接受自己提出的限制条件，就必须把维持朗伍德日常生活所必需的钱款交由他支配。此事让拿破仑十分烦躁，他对蒙托隆说："让诺韦拉用斧子把我的银器全砸碎，然后交给他，让他别来烦我。"马尔尚在他的回忆录中说："这只是一时的气话罢了，所以当时没人真的照这话去做。第二天，蒙托隆伯爵问了我银器的保存状况，和西普里亚尼商量后，把能砸的银器挑出来，但坚决不碰皇帝私用的银器……第二天，蒙托隆就这事请示了皇帝，然后让西普里亚尼砸了65磅6盎司重的银器。由于这事是当着众人的面、在一个小院子里做的，看守的上尉立刻收到消息，发急报将其告诉给了哈德森·洛韦先生。"现在我们去看看蒙托隆的说法："我收到（用斧子砸碎银器的）命令后，觉得这是意气用事。这么做当然合理，但我们每天用的这些旧物就会没了。所以我当天并没有执行命令。我想，到了第二天，我自然会知道这个命令是皇帝深思熟虑后的结果，还是他一时的气话。第二天皇帝起床后，问我银器砸了没。我说，我在等他新的决定，不愿让他落到用英国的劣质珐琅餐具的地步。皇帝听了这话后表示赞同，让我只把我认为不用的银器砸掉，把他的私人餐具放到一边。"（请看《拿破仑皇帝被囚记》第一卷第394~395页）我们继续去看马尔尚的叙述："蒙托隆伯爵让西普里亚尼把足够多的银器放到一边，以满足皇帝和其他人的日常需要。根据西普里亚尼通过我交给皇帝的清单，上面有：192个刀叉盘、42个汤盘、38个餐盘、9个银球、3个汤碗、2个调味汁杯、18个瓶托、8个盐瓶、2个芥末罐、2个油瓶、34把餐刀、96把匙子、96把叉子、3把炖菜勺、2把汤勺、48把咖啡匙、12个奶油汤锅。另外，还有部分镀金银器：28把叉子、27把匙子、28把餐刀、32把咖啡匙、6把果酱匙、2把糖勺、1把酒勺、8把盐勺、1把芥末罐勺、1个托盘、2个咖啡壶、1个巧克力壶。"（出自《马尔尚回忆录》第二卷第362页）根据蒙托隆所说，人们先后三次砸碎了银器，（转下页）

砸碎银器这件事让大家感到五内俱焚，这对他们而言简直是一场牺牲和浩劫。有的人甚至哭了起来。

晚饭后，皇帝继续读《奥德赛》，之后还读了他颇为喜欢的埃斯曼纳的《航歌》中的部分诗节。①

总督又发神经—意大利地形
9月20日，星期五

早上八点钟，皇帝让人把我叫醒，叫我去树林里的马车停留处和他会合。他当时正和蒙托隆一道散步，[101]他们边走边讨论当前的生活开支等问题。天空终于再度转晴，我们享受着春日清晨的美好时光，乘车走了两圈。

今天，总督又发神经了：他禁止我们把打碎的银器卖给他指定以外的任何人。他到底是出于什么想法而又一次践踏正义？是单纯为了让他变得更加可憎，还是为了再次证明他滥用权力到何种地步？②

时间分别是1816年的10月10日（65磅6盎司）、11月5日（82磅9盎司）、12月25日（290磅12盎司）。把被砸银器和剩下的银器数目加起来，我们可算出拿破仑带了多少餐具到圣赫勒拿岛。

① 这一段在1840年版本中被删。

② 这里我们依然青睐于引用蒙托隆的回忆录内容："哈德森·洛韦看了朗伍德发来的急报，得知我们用斧头把许多餐具砸了，管家西普里亚尼准备把碎片带到城里卖掉，把钱交给朗伍德的食品供应商。他立刻跑来告诉我，他反对我们把银器卖给詹姆斯镇的犹太人；如果我非要卖的话，也只能把要卖的银器交给他指定的人……我请他告诉我该把银器卖给谁，他给出了伊贝森（Ibbetson）的名字。"（语出《拿破仑皇帝被囚记》第一卷第394～395页）法沃里特号上的外科医生詹姆斯·哈尔（James Hall）于1818年7月—12月停留在圣赫勒拿岛上，和珠宝钟表商索洛曼（Soloman）关系很好，拿破仑曾想把一部分银器卖给后者。詹姆斯在他的回忆录中写道："总督哈德森·洛韦不允许索洛曼买这批银器。他把这事揽在自己手上，以每盎司5先令的价格买下银器，给了先皇帝差不多1400英镑。吉德翁·索洛曼说总督也许给出了更高的价格，但他并不清楚里面有多少钱是借款、多少又是卖款。"

皇帝在帐篷里吃了早饭后，立刻向古尔戈将军口述马伦哥战役。他让我待在那里，听他说了什么。临近中午，皇帝回到房中，准备休息一下。

下午三点，他来到我的房间，发现我和儿子正在校对阿尔科战役篇章。他知道这是我最喜欢的一章，我还称其为"伊利亚特之歌"。他想重读这一章，并说自己从阅读中得到了许多乐趣。我已把这部分内容放在前文，相信读者已经看过了。

皇帝一般在晚上让人朗读他的口述。但有一次，一位夫人打了个盹儿，皇帝就终止了这项活动。他有一天提到这件事时，对我说："亲爱的拉斯卡斯，我依然保留着写作的心。"

重读阿尔科战役后，描写意大利壮美山河的想法在皇帝心中复燃。他把我们叫到客厅，口述了好几个小时。他让人把一张巨大的意大利地图铺在地上，客厅大部分地方都被它给占了。他就坐在地图上，手里拿着一支红笔、一个圆规，我们在边上扯着一根细绳，他在地图上爬来爬去，用细线测量各地之间的距离。想到自己这个动作，他也忍不住笑了，对我们说："如果想得到一个地方的准确数据、做出精准的战略图，人们就得这样测量地图。"他的口述内容堪称人们了解意大利政治地形的绝佳入门读物。我现在就把它献给读者。但我也要说一句：我还没来得及把它整理誊写出来交给皇帝过目，就被迫离开了朗伍德，并把这份手稿一并带走了。所以，它只是一份草稿罢了。①

---

① 这里和《拿破仑回忆录》里对意之战的引言部分有出入。拉斯卡斯向皇帝读了他记载的阿尔科战役口述部分后，喊道："这简直和《伊利亚特》一样漂亮！"拿破仑回答："嚯！您以为您还在科布伦茨呢。我要对这一章反复校对20次才会满意。"（语出蒙托隆的《拿破仑皇帝被囚记》第一卷第351页）

①附注：意大利是欧洲最美的地区之一。它几乎是一座岛，西面、南面和东面被地中海和亚得里亚海包围。欧洲最高的山脉——阿尔卑斯山在北面将它与大陆隔开，¹⁰²河流从群山中流下，形成了波河河谷，最后注入亚得里亚海。这条山脉把意大利和瑞士、德意志、法国分隔开来，从西北到东北形成一条圆弧线。圆弧线的圆心是巴马，最左边是瓦尔河口，中间是圣哥达山口，最右边是伊松佐河口。它们就是意大利的天然屏障。

顺着这些天堑往上，分别是瑞士管辖区、瓦尔泰利纳以及蒂罗尔部分地区。这些地区都坐落在阿尔卑斯山向意大利平原过渡的斜坡地带，故从地理角度看也是意大利的一部分，虽然在政治上并非如此。隶属意大利的萨瓦公国，从地缘关系上看完全不该归它所有，因为它坐落在阿尔卑斯山的另一侧，境内的所有河流都注入了罗讷河。

虽然意大利东面的蒙法尔科内、戈里斯和伊斯特利亚部分地区在那条圆弧形天堑之外，但历来都是意大利的一部分。顺着卡尼奥拉地带的阿尔卑斯山往下，我们会看到另一条天堑，它从伊德里亚一直延续到阜姆。

达尔马提亚、卡塔罗河口等地区，数世纪以前就归顺了威尼斯共和国，一直都被视为意大利的一部分。但从地缘关系来看，因为它们和萨瓦公国一样不在阿尔卑斯山脉南侧，故应该属于伊利里亚才对。

西西里岛和撒丁岛也是意大利的组成部分。

西面的瓦尔河、维索山、热内夫尔山、塞尼山、圣伯纳德山和辛普朗山把法国和意大利隔开了。北面的辛普朗山、圣哥达山把它和瑞士隔开了。布伦纳山口、塔尔维斯山口和伊松佐河，把这块地方和奥地利王室的继承属国分了开来。

---

① 从这里开始到第110页的这份长长的附注在1840年版本中被删。

意大利和法国的多菲内、普罗旺斯两省接壤，也和奥地利的蒂罗尔、克恩滕、卡尼奥拉、伊斯特利亚四省比邻。

法国通过尼斯附近的瓦尔河地带和意大利往来；[103]人们从那里走科尔尼什路抵达热那亚和佛罗伦萨，走滕达山口抵达都灵。法国还可以通过蒙热内夫尔山口、塞尼山和小圣伯纳德山和意大利往来。

瑞士通过大圣伯纳德山、辛普朗山口和圣哥达山口与意大利往来。

德意志通过布伦纳山口、塔尔维斯山口及伊松佐河多个河口地区和意大利往来。

圣哥达山口是阿尔卑斯最高的一个山口。穿过这里后，地势一路走低。所以，圣哥达山口比布伦纳山口还要高；布伦纳山口则高过卡多雷群山；卡多雷又高过塔尔维斯山口和卡尼奥拉群山。另一边，圣哥达山口比辛普朗高；辛普朗比圣伯纳德高；圣伯纳德比塞尼山高；塞尼山又比滕达山口高。从滕达山口开始，阿尔卑斯山开始走低，最后和萨沃内附近的圣雅克山相连，亚平宁山脉也始于此地。然后，亚平宁山脉往反方向慢慢抬高，沿着半岛一直走到那不勒斯王国最边上。亚平宁山脉是第二大山脉。一部分河流发源于这里，注入波河、亚得里亚海或地中海。

从瓦尔河口到伊松佐河口的河域，形成了一个长25古里、25°圆心角的半圆。如果这是个规整的半圆线条的话，阿尔卑斯天堑这条圆弧的长度就是180古里；但因为它线条蜿蜒曲折，所以我们应该在这个数字上再加230古里。阿尔卑斯山脉每个点离巴马的距离是五六十古里。

巴马到罗马有80古里远，从罗马到巴西利卡塔最尽头的塔兰托山口则有95古里，从那里再到靴子跟的雷焦则有120古里。从圣哥达山到雷焦，距离是250古里。

从北部到巴马的50古里长的地界，尚可被视为大陆地带。始于巴马高地的剩下的200古里，属于半岛地带。半岛四五十古里宽：从里窝那到里米尼有50古里远，从泰拉辛纳到泰尔莫利有40古里，[104]从那不勒斯到曼弗雷多尼亚有40古里，从蒙特莱昂内到布林迪西有60古里。

从邮局给的地图来看，从雷焦到那不勒斯有170古里，从那不勒斯到罗马有60古里的距离，加起来就是230古里。从罗马到巴马是92古里，从巴马到圣哥达是100古里。所以从圣哥达到雷焦，有422古里。去掉里面的十分之一，也有380古里。而我们的测算结果却只有250古里。多出来的三分之一，也就是那130古里，都是蜿蜒曲折的大道，它们或者在山区蜿蜒盘旋，或者绕道经过要镇。所以我们在计算时，应考虑到道路的曲折、上下坡等因素，而这就是当地邮局和政府才知道的数据。

被包在半圆形里的意大利地区，面积有5000平方古里。从这个半圆形的弦开始，意大利往下走，形成一个200古里长的靴子形。从巴马到塔兰托海湾有8000平方古里的面积，西西里和撒丁岛有2000平方古里。故意大利总计面积为1.5万平方古里。所以，意大利近三分之二的国土都坐落在狭长形的半岛上，周围都是地中海和亚得里亚海。

毫无疑问，这个独一无二的地形特征深深影响了这块美丽的土地的命运。如果半岛的宽度不是四五十古里，而是90～100古里，长度被砍去一半，其中心点和最偏远地区的距离就会大大缩短。如此一来，意大利会形成更强的利益共同体。各地距离更近了，就更容易凝聚成一个整体，就更容易团结起来对抗企图分裂意大利的各种行为。把法国、英国、西班牙凝聚在一起的那股力量，也会体现在意大利身上。

热那亚有50古里长的海岸线，半岛每一边的海岸线则长达250古里。从最下面的雷焦往上到塔兰托，有100古里。所以意大利半岛整条海岸线有650古里长。从威尼斯共和国到阜姆的海岸线有30古里，[105]西西里海岸线长250古里。那么意大利就有1100～1200古里长的海岸线，长度和英国持平（英国海岸线也是1200古里），几乎是法国的两倍（法国只有700古里）。

尼斯、热那亚、里窝那和位于热那亚两条海岸线上的星罗棋布的小城市，人口密度很大。那不勒斯和该国所有城市、安科纳及罗马涅属国所有城市，还有威尼斯、撒丁岛海岸线上的小城、卡利亚里、西西里的巴勒莫及锡拉库扎，它们加起来，构成了庞大的意大利沿海居民人口。

文蒂米利亚、瓦多、热那亚、拉斯佩齐亚、费拉约港、那不勒斯海湾、塔兰托、安科纳、威尼斯、西西里、伊斯特利亚、达尔马提亚、拉古萨、卡塔罗河口，这些锚地全都归意大利所有。

如果将这些地区合并成一个大国，它将成为世界上数一数二的海上强国。波河河谷的黄麻、亚平宁山脉和伊斯特利亚的木材、厄尔巴岛和布雷西亚的钢材，足以为任何一支强大的海军提供必需物资。热那亚、比萨、威尼斯在中世纪都是欧洲数一数二的海上强国。

意大利三面环海，陆上只有200古里长的边界线，还不到法国的三分之一。而且边境又有天堑保护，为它抵御他国入侵。

意大利有1700～1800万人口，其中包括西西里和撒丁岛。它可以不费吹灰之力就组织起30万大军。目前由于它的农业模式，马匹供应会相对困难一些；但在中世纪，意大利产出大量马匹。如果这个国家一直走军事路线，马匹的数目自会随着需求的增加而增大。

意大利军队作战勇猛，这在任何时代都是不容置疑的事实。罗马和中世纪的雇佣军，以及今天的奇萨尔皮尼共和国或意大利王国的军队，他们就是最好的例子。

^{106}鉴于它的地形和三面环海的情况,意大利只有一个软肋:敌人从阿尔卑斯山入侵。即便如此,那里的防守难度依然比欧洲其他边界小得多。它只需建造20多个大大小小的堡垒,就足以控制阿尔卑斯山的所有出口。

意大利安居一隅,只有局部地区受到德法势力的控制。它依照天然地形,分成了三个地区。

第一是北部的波河河谷地区,包括所有注入波河的河流流域。该地地势平整,彼此之间沟通频繁。它相当于意大利的比利时和荷兰,威尼斯就相当于阿姆斯特丹。皮埃蒙特、伦巴第、教皇辖区和威尼斯共和国都在那里。

第二是中部半岛地区,一边是托斯卡纳和亚平宁山脉西部的教皇属国,即阿尔诺和特韦雷河谷地区;另一边是位于波河河谷和那不勒斯王国边境之间的亚平宁东段地区。托斯卡纳大公国、教会属国、卢卡共和国都在那里。

第三是南部的那不勒斯王国,它在地形和政治上一直都自成一国。

这么看的话,罗马涅应该属于意大利北部,因为它境内全是平原,是波河平原的附加部分。

这些地区人口庞大、信奉同一个宗教、有温和的气候、使用同一种语言、有着相同的文化,它们应该彼此影响,最后像英国和法国那样组成一个国家才对(这也许也是德意志诸国的最后走向)。意大利各地在过去和现在有那么多共同点,这是上述三个国家都没有的长处。

如果这件大事发生了,那意大利该在哪里定都呢?因为地形原因,意大利并没有所谓的中心城市。它到底该选罗马、米兰、博洛尼亚还是佛罗伦萨呢?但热那亚和威尼斯是无力加入首都之争的,因为它们位置太偏远了:

[107]1.罗马历史悠久，地位重要，地理位置优越，这些都能让它再度成为这块美丽国土的首都。它离阿尔卑斯山的任何一处边境都有130古里，法国或德意志只能从那里向它发动进攻。它离那不勒斯王国和西西里岛等南部地区有100古里，离撒丁岛稍近一点。要知道法国的首都巴黎离北部边境60古里，离拉芒什海峡40古里远，离加斯科涅湾100古里远，离地中海150古里远。如此对比，罗马很有地缘优势。但罗马城空气恶劣、周围土地贫瘠、缺少大的港口，这些都是妨碍它成为首都的弊端。

2.如果意大利最后只剩巴马公国、普莱桑斯及瓜斯塔拉，换言之，它只保有波河河谷地区，再不是个半岛国家，那首都备选城市自然落到米兰头上。不过这座城市也有一个巨大弊端：它没有波河这样的天然阵线来抵御德意志的入侵。所以，即便人口密度大，米兰也不可能成为首都——它离陆上边境太近，离敌军可能登陆的边远海岸线又太远。

3.这么看，博洛尼亚倒是非常适合，因为它前面有坚实的堡垒，还有波河作为天然防线；它的地理位置优越，靠着大小运河，它能和波河、里窝那、热那亚、奇维塔韦基亚、罗马涅各大港口、安科纳和威尼斯迅速取得联系，它离那不勒斯沿海地区也比其他首都候选城市要近得多。

4.如果意大利最后只有那不勒斯王国，如果那不勒斯部分地区和西西里能填补意大利和科西嘉岛中间的那块空白，那佛罗伦萨才是意大利首都的唯一选择，因为它处在最中心的位置。

1796年法军进入意大利时，这块美丽的土地被分裂成了大大小小许多个国家：

1.撒丁王国。当时的尼斯公国的主人撒丁国王，把地盘扩大到瓦尔河左岸，把阿尔卑斯山所有出口都控制起来，连意大利和瑞士的门户——辛普朗山口都在他的掌控中。[108]除了阿尔卑斯山以外，他还控制了萨瓦，尽管这个省在地缘关系上看应当归法国所有。东边的提契诺河把撒丁国王的属国和奥地利的伦巴第地区分隔开来；南部亚平宁山的陡峭高峰，把它和巴马公国、热那亚共和国分开。把萨瓦公国和尼斯公国算进去后，撒丁王国有240万人口；加上撒丁岛，有近300万人口。这个国家有十四五个要塞，和平时期也有2.5万军人，战时还可立即组织起相同数目的民兵，让军队人数翻倍。首都都灵有8万人口，城高墙厚，防守坚固。

2.热那亚共和国。它在西面被罗亚河和尼斯公国分开，在北面有高大的亚平宁山脉把它和撒丁岛王国的属地分开，东面的亚平宁山脉把它和巴马公国隔开了，还和托斯卡纳大公国接壤，南面是地中海。热那亚共和国有50万人口。热那亚这座城市有12万人口，防御森严，有些防御工事延展得略微开广。

3.由巴马公国、普莱桑斯和瓜斯塔拉组成的巴马公国。它和奥地利的伦巴第地区之间隔着一条波河。它的西南面是热那亚共和国，西面是皮埃蒙特，东面是摩德纳公国。巴马公国人口为50万，巴马这座城市有2500～3000名士兵。

4.奥地利的伦巴第。东面湍急宽阔的提契诺河把它和皮埃蒙特隔开，北面阿尔卑斯山把它和瑞士隔开，南面的波河把它和巴马公国、普莱桑斯及瓜斯塔拉隔开，西面威尼斯共和国与其接壤。它有110万人口，首都米兰有三四万人口。伦巴第境内要塞密布，最重要的军事要塞是曼图亚城和米兰碉堡。

5.威尼斯共和国。它和巴伐利亚之间隔着蒂罗尔，和克恩滕之间隔着阿尔卑斯山，[109]和卡尼奥拉之间隔着伊松佐河。南部的亚得里亚海和波河，把它和教皇属国分隔开来。在伊松佐河以北地区，它控制了伊斯特利亚、达尔马提亚和卡塔罗河口。在亚得里亚海入海处，它控制了赞特、凯法利尼亚、基西拉和圣摩尔。威尼斯共和国有350万人口。威尼斯城有14万人口，四围密布要塞：意大利境内的佩斯基耶拉、波尔图-莱尼亚诺、帕尔马-诺瓦，达尔马提亚境内的扎拉及卡塔罗河口。威尼斯共和国有3万多名士兵、一个海军兵工厂，其海军军舰有13艘左右，军舰配有54门大炮，这还不算护卫舰、双桅横帆船及其他小型船只。

6.摩德纳公国。一个亲王作为古老的埃斯特家族的唯一后人，统治着摩德纳，拥有位于巴马公国、托斯卡纳公国和教皇属国之间的摩德纳公国、雷焦公国和米兰多拉公国。它有35万人口。摩德纳这座城市有2万居民。年老的亲王去世后，埃斯特家族绝嗣，女大公比阿特丽斯继承公国，嫁给了一个奥地利大公。摩德纳有五六千士兵。

7.教皇属国。它们和威尼斯共和国之间隔着波河，和摩德纳公国之间隔着于尔班要塞，和托斯卡纳之间隔着亚平宁山脉。它们东面是亚得里亚海，南面是那不勒斯王国。教皇拥有波河河口地带，亚得里亚海上的安科纳港口及要塞，地中海上的奇维塔韦基港口及要塞。教皇属国共有240万人口，罗马城有14万人口。教皇军队有六七千人。

8.托斯卡纳。它处在奥地利大公的统治下，和热那亚共和国之间隔着卢卡共和国，和摩德纳公国之间隔着亚平宁山脉，西面是地中海。托斯卡纳有100万人口，首都佛罗伦萨有8万居民。它在地中海上有里窝那为港口，军队有6000人，战舰有三艘。

[110]9.卢卡共和国。它位于托斯卡纳和热那亚共和国之间，有10万人口。

10.最后是那不勒斯王国。它三面环海，北面是教皇属国。这个国家和其仇敌西西里之间仅有2000土瓦兹的距离。若把那不勒斯、西西里和附属小岛都算进去，它有近600万人口。那不勒斯有40万人口。那不勒斯国王拥有一支七八万人的军队，但只有两艘配有74门大炮的军舰以及一些护卫舰。

意大利被波旁家族和奥地利王室瓜分得干干净净。从中世纪诸多共和国中残存下来的统治家族，就只剩埃斯特这一支独苗了。

著名的圣多明哥汇票案—巡视检查官—行政方案—军队构成—戈丹、莫利安、德费尔蒙、拉古耶等人—国库部长—国务部部长—他们的重要地位

9月21日，星期六

今天，马尔科姆上将登门拜访，和我们辞别。他明天就要前往好望角，预计会离开两个月。

我们所有人都舍不得他。他总是那么彬彬有礼，暗地里对我们同情不已，心里对哈德森·洛韦的种种做法一直持反对态度。这两个人是多么不一样啊！

皇帝对上将也心存感激，故接见了他，两人在花园里走了几圈。上将告诉我，他从皇帝那里得到了不少关于埃斯考河及尼万迪普的荷兰海军基地的信息，这些都是他先前完全不知道的，而它们的建造者正是拿破仑。

晚饭后，我们聊着聊着，谈起了著名的圣多明哥汇票案①。皇帝还给我们透露了许多有意思的细节。

---

① 当时，法国海外的种植庄园主如果想把资产从殖民地转移回法国，就要在当地（如圣多明哥）准备一份银行准备金，把汇票寄往巴黎中央审计机构。由于这涉及当地货币和法郎的兑换问题，所以当时由国库部承担兑换工作。——译者注

皇帝说："圣多明哥的拨款审核官员未经允许,'''就胆大包天地从好望角突然向国库寄来一批6000万法郎的汇票,而且它们还可在当天贴现。法国当时还没富裕到能一天掏出这么多钱的地步（也许它永远也不会如此富裕）。此外,圣多明哥行政官员能从哪里、以什么方式得到这么大一笔贷款呢？第一执政官在巴黎都拿不到这么多贷款,只有内克尔处在声望顶点时才能干成这件事。①这些先暂且不管。这批汇票先于承兑通知一步,被送到巴黎。国库部的人跑到第一执政官那里,想知道该怎么办。第一执政官说：'暂且不动,等承兑通知到达后看对方说什么。国库就如同一个所有人,有自己的权利和行事的章程。这些汇票绝不会被接收,也根本不可能被贴现。'

"相关信息和收据陆续到达。汇票显示当地已经收到保证金,可是根据接收钱款的财政官员出具的收据来看,保证金金额只有总额的三分之一、五分之一乃至十分之一。国库部这时只能按照实际收到的保证金来贴现,所以人们手上拿到的汇票成了一张废纸。此事在商界引发巨大骚动,惊慌不安的商人组织了一个代表团去见第一执政官。第一执政官不仅没有避而不谈,还打开天窗说亮话,问他们是不是觉得自己是个三岁小孩儿？难道他会不把人民的心头血放在心上？难道他是那种对公共利益漠不关心的官员？他说,他在这件事上拒绝做出任何让步,哪怕和他个人毫无关系,也没有侵害他的个人财产；可那是公众的钱,他作为公众的卫士,这笔钱在他心中无比神圣。之后,他对代表团的两个领头人说：'先生,你们是商人、银行家、生意人,请你们给我一个明确的答案。如果你们的一个国外代理人问你们要超过了你们的预期、违背了你们的利益的一

---

① 同时请看《古尔戈日记》中1816年11月17日的谈话内容。

大笔钱，你们会接受这些汇票吗？'他们说，他们肯定会拒绝兑现。第一执政官说：'那不就结了？你们作为普通的生意人，应为你们自己的行为负责，却希望享有你们都不肯给我的特权。我还是代表了所有人的财产所有者呢。我纵然有这层身份，[112]却像被监视一样被看得死死的！我要代表所有人、为所有人的利益，享有你们所有的权利。你们的汇票只能根据实际汇款来贴现。我不是在要求各大商行通过我的代理人汇票；虽然这是一个莫大的殊荣和信任，但是我对它绝无觊觎之心。即便你们真愿意这么做，也定会引发一些风险和危机。我只认可我的国库部批准的东西，它是不可侵犯的。'说到这里，那群人又大喊大叫起来，说了许多毫无意义的话。有人说，那他们就得破产了；他们已经把那些汇票视为现钱了；他们在国外的商行接受这些汇票，这的确是个错误，可他们是出于对政府的尊重和信任才这么做的。第一执政官说：'很好，那你们宣布破产吧。'可他们没有这么做，也没有把那些汇票视为现银，他们的商行也照样好好运转着。

"代表团离开了，从心底认为第一执政官是正确的。尽管如此，他们依然在巴黎各种造谣诽谤，颠倒黑白。

"这件事和里面的各种细节，解释了后来帝国时期发生的、引起人们议论纷纷的许多大事。

"商圈的人一直都说，这种事简直前所未有，先前从来没有人这么践踏商业规则。对此，第一执政官的回答是：他可以引用先前的类似事例来解决争议。他提醒他们别忘了路易十四的汇票、摄政王清算交易的行为、密西西比公司股票事件、1763年和1782年战争清盘事件等。他拿出确凿事例，向他们证明：他们所谓的前所未有的这件事，实际上在君主国中时有发生。"

之后，皇帝转而谈起了一些行政分支机构，并为军队的巡视检察官辩护。他说："我们只有依靠他们，才能确切知道军队现役人员的具体数目。只有靠他们，我们才能享受这个好处，这对现役军的作战部署而言至关重要。在陆军行政管理方面，这些巡视官也发挥了很大的作用。即便他们在某些小地方存在轻微的滥权现象，[113]但我们应该从大局考虑问题。要准确评价一个机构的作用，我们就应该问一个问题：即便这个机构不存在了，那些滥权事件就不会发生了吗？在我看来，我能说的是：在开支问题上，我根据固定开销去衡量军队总开销，发现国库在这方面的支出一直都低于我的预算。所以，军队的开销比它本该支出的钱要少。那我还有什么更高的要求呢？"

皇帝说，法国的海军行政部堪称最规范、最廉洁的一个部门，是各部的表率。他说："那是德克莱斯的心血所在。"

皇帝说，法国这个国家太大了，不可能只有一个陆军管理部门。他说："这项工作绝非一个人能完成得了的。从前，所有决定、行动、物资供给、军队组织等事宜都集中由巴黎负责，各部门之间的联络工作则被分摊到地方军队的一些人身上。可实际上，联络工作才应该被集中由首都负责，而军队资源该被交给地方，按照军队的需求进行划分。此外，我一直都在构思一个方案：把法国分成20～25个军区，每个军区都要有重兵驻守；再成立相同数目的会计部门，其领导相当于副部长，他们必须为人清廉才行。部长只需和这20多个副部长联系即可。如此一来，一切都被集中起来，部门工作效率会大大提高。"

说到这里，他不由得谈起了如法国这样的大国的军事基础问题，并阐述了他意欲在天下和平之后采取哪些行政措施。这些话题虽然很有意思，但是因为我手稿中的这部分记录不清不楚，为了避免影响原意的精准表达，所以我起初把它们都删了。后来，我在蒙托隆出版的回忆录第一卷第226页中发现了皇帝的这份口述。我便参考了蒙托隆的回忆录，把我的手稿进行了校正，将皇帝表达的意思摘取出来放在这里，有心人定会喜欢。

[114]"拿破仑想组建一支有120万人的军队，其中60万是边防军，20万是内防军，40万是预备军。这一切加起来，也只会让农耕人口损失28.8万人而已。

"一支军队的步兵必须是第一位，这是最基本的问题；骑兵可占到四分之一的兵力，如果是山地地区，它的人数可被缩减到五分之一。炮兵占八分之一，工兵占十四分之一，辎重队占三十分之一。

"以这个数据为基础，他敲定的60万边防军具体组成如下：

"1. 40个步兵团，每个团有12个营，每个营有910人，另配360匹战马的侦察骑兵中队，8门大炮、280人的炮兵队，150人的工兵连，一个营的辎重队，辎重队有22辆马车、210人。把人数凑整后，一个团就是1.2万人。总计48万人。

"2. 20个骑兵团，每个团3600人，其中有8个轻骑兵队、6个龙骑兵队、6个重骑兵队、10个骑兵中队，每个中队有36人。每个团有3个连。总计7.2万人。"

"3. 10个炮兵团，每个团有8个营，每个营500人。总计4万人。

"4. 一个工兵团，每个团有8个营，每个营500人。总计4000人。

"5. 一个辎重兵团，人数4000人。总计4000人。

"共计60万人。

"帝国有4000万人口。把它划成40个区，每个区100万人口。[115]我可指定每个区出一个步兵团，作为它们的征兵任务。如果有人担心遇到联邦主义思想的阻碍，那也有弥补的办法：只需在各步兵团中引入其他区的军官或士官就可以了。

"20万人的内防军将由200个步兵营、400个炮兵连组成，负责要塞的防守工作。这支军队平时只有现役军官，士官和士兵只在星期天才到他们市乡的首府集合。

"40万人的预备军只是纸面上的一个数字而已，军队士兵只需每三个月参加一次集合检查即可，以确认人数，做出相应调整。

"要建成这支有120万人的军队，只需从农业人口中招募28.8万人即可。边防军的60万人中只要确保有24万人能服役12个月、16万人服役3个月、20万人服役15天就行，所以实际上只要招募28.8万农耕人口就够了。至于内防军和预备军的士兵，他们根本不用远离家乡就可以继续耕作。"

皇帝继续侃侃而谈，提到了高级行政机构里的大人物。他说："戈丹和莫利安的想法是，掌管公共财产的公务人员、公共财政官和政府供应商应该享有优厚的待遇，有权从公共财产中赚取巨额利益，而且这些都应被公示，如此一来，他们就得到了他们愿意去顾惜的名声和他们也不愿糟蹋的荣誉。如果我们想得到这些人的支持、效力和信任，就只能这么做。

"另一拨人，即德费尔蒙、拉古耶、马尔布瓦，他们的想法则完全相反。他们认为在行政管理上再怎么省钱、计较、严苛都不为过。我呢，我则倾向于第一批人的想法，觉得后者的眼界有些狭隘，他们的方法只适合用来管理一个团，而不是一支军队；只适用于私人家庭，而不是泱泱帝国。我把他们叫作职业的清道夫，冉森教派信徒。"

[116]皇帝还评价说，国库部部长和国务部部长是他最为得意的两大要员，派上了巨大的用处。

他说:"国库部部长掌控着所有钱财,控制着帝国的全部开支。国务部部长则负责发布一切政令,他就是部长中的部长,让中层行政工作积极有效地运转起来;他相当于帝国的大公证员,签署公文,赋予它们法律意义。我通过国库部部长,每时每刻对国事心知肚明;通过国务部部长,我把我的所有决定和意志传达到各个地方。只要有我的国库部部长和国务部部长,再加上一打司书,不管是在遥远的伊利里亚还是涅曼河,我都能如同在巴黎一样便利地展开工作。"

皇帝难以理解,一个国家有四五个国务秘书还怎么办事。他问:"说实在话,他们怎么可能共事?每个人都有自己的想法和做事风格,干起事来相互牵制。他们做事时肯定会遇到其他国务秘书的阻挠。由于国王要做的就是在建议书上签字,授权同意他们的令函,国务秘书不用背负责任,具体怎么执行和完成任务,这完全看他们的心情。国务秘书还有自己的爪牙和幕僚团。有人曾建议我也采用这套体制,但我一口回绝了,觉得它更适合懒惰的君主。在那些部长大臣中,有的拿着高薪尸位素餐,有的却因为一分钱都掏不出来而寸步难行。这种体制完全没有一个中心去协调他们的行动,满足他们的需求,调节他们的执行手段。"

皇帝还说,国务秘书部完全是为那种碌碌无为却又满腹疑心的昏君而设计的,这种君王想得到一个首相的辅助,又不愿设立这个职位。他说:"我的国务部部长一旦被任命为参政院主席,从各方面看都是一个真真正正的首相了。他可以把自己的想法告诉参政院,让后者把它们草拟成法律文件,再代表君王在上面签字。"[117]所以,在一流君主的行事风格的影响下,我的国务部部长要不了多久就能成为宫相。"

拿破仑在古代经典作品上的抱负[①]——重读和校对意大利军的相关篇章

9月22日,星期日

皇帝继续研究埃及。他给了我一本斯特拉本的书,让我翻看一下。这个版本还是他让人弄出来的——皇帝对此颇为自豪,在这套书上花了许多心思。他说,他曾计划用相同的办法,通过法兰西学院的官方途径,把古代经典作品做成一套文集,以飨读者。[②]

晚饭前,皇帝把我和我的儿子叫过去。我们花了至少六小时,重读和校对了塔利亚门托河、莱奥本和威尼斯的相关篇章。

对意之战这一章的每个地方都写得非常精彩。在塔利亚门托河战役这一篇里,读者会发现法军如何仅仅依靠一个难被发觉的河边布局(拿破仑说这是"战场上临时生起的主意"),就一路披荆斩棘,一直攻到了维也纳城前。

威尼斯这一章的风格和前几章类似。不过最后一章是全书最吸引人的部分,所以我想读者肯定会迫不及待地催促我赶紧把手头的东西都交出来。

我感到不适和疲惫——这倒不是因为工作原因,而是身体的缘故。我们当晚的娱乐活动,就是读尤利西斯离开卡吕普索,回到费阿刻斯人中间的那部分诗篇。[③]

[①] 这个标题在1840年版本中被删。

[②] 法兰西学院当时负责监督这一套书的出版,一群学者也被组织起来从事相关的编撰工作。两个在当时大名鼎鼎的古希腊研究学者——克拉伊(Coraï)和拉波特·杜泰伊(Laporte du Theil)收到任务,要重读斯特拉本的著作,将其翻译成法语并添加脚注。著名考古学家勒特隆纳(Letronne)负责最后两本书的编撰,为这套书做了收尾。戈斯兰(Gosselin)为其添加了地理注释。整套书有五卷,在1805年至1810年相继出版。

[③] 这一段在1840年版本中被删。

论感性—论东方人和西方人的不同

9月23日，星期一

早晨，皇帝在他的房间里讲了许多事，最后还谈起了感情、感觉和感性。他以我们中的一个人为例，此人每次说到自己的母亲都会热泪盈眶。皇帝说："他难道不是个例吗？难道大家都如此？难道您也这样？还是说，只有我是个异类？我从心底很爱我的母亲，这点毫无疑问。[118] 我可以为她做任何事。可假若我得知她逝世了，我觉得自己也不会用眼泪来表达丧母之痛。但我不敢说如果遇到朋友、妻子甚至孩子去世，我也会是类似反应。可这二者之间有什么本质上的区别吗？如果有，又是为什么？我从理性上知道母亲离世是自然规律使然，却把妻子或儿子的死视为意外，一桩命运安排的、我要与其搏斗的惨事，是这样吗？老实说，这会不会是人的自私天性的流露呢？毕竟我是属于母亲的，而妻子和孩子是属于我的。"然后他如同从前那样，洋洋洒洒地抛出一大堆新颖有趣的论据，可惜我都不记得了。

他当然对自己的妻子和儿子抱有深厚的感情。如今通过从前在内室伺候过他的人，我们才知道他不知多少次沉浸在和家人的天伦之乐中，才进一步了解到我们一直坚信的他对家人抱有的深厚情谊。例如，他有时会真情流露，紧紧地把他的儿子抱在怀里；不过更多时候，他是通过恶作剧或玩笑来表达自己的慈父情。例如，如果在花园里碰到自己的儿子，皇帝会把他推倒在地，或者把他的玩具弄得乱七八糟。他每天都会和皇太子共进早餐，几乎每次都把桌子上的果酱之类的东西抹在孩子脸上。他在私下的聊天中，动不动就提到自己的妻子。如果聊天时间太长了，她还会过来看一看，参与闲聊。无论什么场合，无论遇到多小的事，皇帝都能找到提及她的由头，把和她有关的事翻来覆去对我讲了无数遍。尤利西斯离开十年后返家，妻子帕涅罗佩为了防止自己被骗，问了他许多只有他本人才知道答案的问题。现在好了，我觉得自己对玛利亚-路易丝的了解程度，已经到了可以给她写密信、以假乱真的地步。

在晚上的谈话中，皇帝提到各民族，说他只知道有两大民族：东方民族和西方民族。

他说："英国人、法国人、意大利人等其实都是一家人，都是西方人，[119]有着相同的法律、习俗、文化。但他们和东方人则完全不同，尤其是在对待女人和仆人方面。东方人有奴隶，我们的仆人则是自由的；东方人把他们的女人关在家里，我们的妻子则享有和我们同等的权利；东方人可以有三妻四妾，而一夫多妻制在西方向来都是不被允许的。东西方之间还存在其他许多不同，说上三天三夜也说不完。所以，这才是真正意义上的不同民族。"

皇帝继续说："在东方，男人做一切事，都是为了把自己的妻子严严实实地看管起来。西方则完全相反，我们不仅不能看管妻子，还只能让她们自己看住自己。在我们这里，任何一个不希望被当作傻瓜的男人都要有自己的事业；当他忙着做生意或工作时，谁来替他看住妻子呢？所以，我们只能相信自己女人的贞操，盲目地信任她。"他还乐呵呵地说："我嘛，我是有妻子和情妇，但我从未想过用什么特殊手段来看住她们。因为我觉得，女人的背叛就像突然刺来的匕首或毒药，万分提防带来的痛苦总是大过我们希望避免的危险本身。所以，该来的就让它来吧。"

"要说东方和西方哪边的办法更好，这着实是个大难题。不过，夫人们，"他狡黠地朝在座的女士看了一眼，"也许你们不这么认为。不过我们若猜测东方人没有西方人那么幸福，没有那么多享乐，那就大错特错了。在东方，丈夫非常爱他们的妻子，妻子对丈夫也是柔情缱绻。即便东西方看起来有很多不同，可他们依然享有和我们同样的追求幸福的机会。因为，一切——包括看起来像是发乎自然的情感——都是人际社会的成规惯例罢了。何况东方女人和我们的女人一样，也有她们自己的权利。那里不能阻止女人去公共浴室洗澡，就像我们这里不能阻止女人去教堂一样。[120]两边也都有滥用自由的现象。所以你们看，人类在思想、情感、道德和过错上的国界是相当狭窄的。除了个例，同样的事在各地都会发生。"[1]

皇帝用非常巧妙的方法，解释或辩解了东方的一夫多妻制。他说："西方从没有过一夫多妻制；希腊人、罗马人、高卢人、日耳曼人、西班牙人、布列塔尼人向来都只有一个老婆。东方则完全相反，一夫多妻制在那里一直存在；犹太人、亚述人、鞑靼人、波斯人、土库曼人都有好几个妻子。这个普遍持久的差别是如何产生的呢？是因为巧合，还是纯属怪象？是因为个人生理原因吗？不是。女人作为被看护的对象，其比例在亚洲比在我们这里要高吗？不是。难道在东方，女人的数量要比男人多吗？不是。东方的男人体格有别于我们，比我们更高大吗？也不是。所有西方人都是一种肤色、一种长相，他们构成了一个民族、一个家庭。也许上帝造人的时候，只给西方男人指定了一个伴侣吧。获得幸福和尊敬、让人乐善好施的律法，不仅净化了人的心灵，还揭示了女人的社会地位，让男女都有节制地沐浴在道德带来的快乐中。

"东方人则完全相反，他们内部在体貌肤色上，就如同白天和黑夜一样完全不同，有黑皮肤、白皮肤、古铜色皮肤，还有混血儿。东方人

---

[1] 从这里开始到这篇日记的倒数第二段末，1823年版本中并未出现。

从古到今都在相互迫害、相互镇压、相互屠杀，所以他们首先考虑的是如何保全种族，如何在内部建立血脉亲情。这只有靠一夫多妻制才能实现，所以男人可以同时拥有一个白皮肤的妻子、一个黑皮肤的妻子、一个混血妻子、一个黄皮肤妻子。一个家庭由不同肤色的人组成，这在东方并不少见。族长乃至每个家庭成员在情感和思想上，都觉得肤色是个很模糊的概念。"

[121]皇帝还补充说："穆罕默德似乎发现了这个秘密，决定继续推行一夫多妻制。否则，为什么走了和基督教几乎同一条路的他没有取缔一夫多妻制呢？也许有人会说，他之所以保留了一夫多妻制，是因为他的宗教本身就是耽于肉欲的。那他大可允许伊斯兰教徒有无数个老婆啊。可实际上，他严格规定教徒只能娶四个老婆，我们可以把它解读成四个不同肤色的妻子：一个白人、一个黑人、一个黄种人和一个混血儿。

"此外，没有人觉得这个律法适用于所有民族，因为不是所有男人都能讨到老婆。实际上，12个男人中有11个只有一个妻子，因为他们只养得起一个。但族长、酋长等身份尊贵的男人有足够的经济能力，故他们常常是一夫多妻制。在上层社会，因为一夫多妻制的原因，不同种族和肤色相互混杂在一起，使得所有人实现了团结和高度的平等。所以我们得承认，虽然一夫多妻制不是政治策略的结果，哪怕它是偶然的产物，但在这种情况下，偶然也能产生和人力相同的威力。"

皇帝说，他曾认真考虑过在我们的殖民地上执行这种婚姻制度，好同时照顾到黑人的利益和雇佣他们做事的必然现实。他说，他甚至就此咨询过一些理论家，想知道他们能否根据当地情况想出一些办法，让我们的信仰朝这一婚姻制度让步。

皇帝一直聊着，不小心聊到了半夜。

论荷兰和路易国王—他对自己家人的怨言—上层政治—写给他的弟弟路易国王的一封信

9月24日，星期二

中午十二点半，皇帝把我叫到书房。我们聊到一系列作家，通过他们的作品，我们才看到历史的光芒从最遥远的古代照到现代。谈到这个话题，皇帝想起《历史图鉴》对此做了大致介绍，就把这本书拿出来，翻看了前几页的地图。

之后，我们谈起了人种的不同。为了阐明观点，他让人把布冯的书找出来，细细读了好长时间。①

*122*洗漱后，皇帝把我儿子叫来，我们一起工作了三四个小时，校对了对意之战的相关篇章。

这项工作结束后，我们开始聊天，说着说着就谈起了荷兰和路易国王，皇帝对此说了一些很值得关注的话。

皇帝说："路易颇有才智，绝不是坏人。可即便有些才能，人依然能干出一些蠢事，造出一些恶来。路易天生性格乖僻，读了卢梭的书后，他变得更加古里古怪了。他想谋个感性善良的名声，却无法开阔自己的眼界，总在细节小事上斤斤计较。根据他的表现，他与其说像个国王，不如说像个省长。

"他到达荷兰后没多久就异想天开，觉得被人说成是个实打实的荷兰人是件顶好的事。于是他完全倒向了亲英派，支持走私，和我们的敌人串通起来。从那时起，我不得不盯紧他，甚至威胁要向他开战。路易就用固执来掩饰自己的软弱，把公众的哗然视为对自己的赞颂，离开王

---

① 6月22日，布冯的《自然史》被送到圣赫勒拿岛上。（请看回忆录这一天的日记）

位，宣布反对我，要和我的勃勃野心和难以容忍的暴政做斗争。我还能怎么办呢？难道把他继续留在荷兰，任他被我们的敌人要得团团转，还是另立一个新王？可我扶植的所有国王不都是一个德行吗？于是我把荷兰并入帝国。此举在欧洲产生了极大的负面影响，为我们后来的不幸埋下了祸根。

"路易很喜欢把吕西安视作自己的楷模，后者也和他差不多。虽然吕西安后来后悔了，为弥补错误而做出崇高的牺牲，可这个行为只彰显了他的个人品格，无法挽救大局。

"我于1815年从厄尔巴岛回来后，路易从罗马给我写了一封长信，还派了一个特使过来。他说，如果我要他回到我身边来，就要接受他开出的协议和条件。我回答，我不会和他签订任何协议，他是我的弟弟，如果他回来，自会得到热情的接待。

"有人应该猜到他开出的条件之一，[123]那就是和奥坦斯离婚。我严厉斥责了他派来的特使，因为后者竟敢让我听到这么荒谬的提议，竟然觉得这件事能被拿来谈判。我提醒路易，我们家明确禁止离婚这种事，而且他在政治、道德、公共舆论上也会遇到极大的阻力。我还明确地告诉他，如果因他失去头衔而令孩子们失去属国的继承权，我会更加关心他的孩子，而不是他，哪怕他是我的亲弟弟。

"路易性格如此乖僻，也许情有可原：他身体状况非常糟糕，年纪轻轻就身体抱恙，再想想导致他得病的恶劣环境，这些都对他的精神状况产生了严重的影响。他当时差点儿没命，被救回来后也一直体弱多病，几乎半边身子是瘫痪的。

"不得不说，我的确很少得到家人的帮助。他们还深深地伤害了我，损害了我为之奋斗的大业。人们常称赞我性格强硬，可我在自己家人面前心很软。他们也深知这一点：等我怒气过了后，他们总能软磨硬泡达到目的。我厌倦争吵，可他们动不动就和我吵翻天。我在这方面犯了许多大忌。如果他们每个人能拉住我交给他们的绳子，和我齐心协力地往同一个方向使劲，我们完全可以所向披靡，任何东西都拦不住我们，我们能改变这个世界，欧洲能有一个全新的体制，我们所有人都能得到拯救！可惜我不如成吉思汗那样幸运，他四个儿子完全没有私心，争着替父亲效力。可我呢，我立了一个国王，他立刻就觉得自己是蒙受上帝厚恩才坐上这个位置。上帝的厚恩？这话多有传染性啊！他再不是一个我能依靠的战士，变成了另一个我不得不对付的敌人；他不再想着努力辅佐我，而是想着怎么让自己独立起来。他们所有人都立刻觉得自己比我更受人欢迎和爱戴。从此，我成了一个阻挠他们、为难他们、让他们身处险境的恶人。哪怕正统即位的君主都不会像他们这么做，都不会觉得自己根基稳固了！可怜的家人啊！我倒台后，[124]他们甚至以为敌人不会像对付我那样暗示或明确要求他们交出王位。哪怕他们今天遭到了一定的折磨和人身自由限制，可胜利方这么做，要么是为了彰显自己的权力，要么是卑鄙地想发起报复。虽然我的家人得到了人民大众的关心，那也是因为他们和我沾亲带故，属于公共事业的一部分。可他们中任何人都无法发起任何有威慑力的行动，胜方在这点上大可放心。尽管我的好几个家人生性旷达（他们中有人说过，当初圣日耳曼区的人是被迫当上侍从[①]，他们也一样，是被迫登上王位），可他们也为自己的失势

[①] 我们在前文说拿破仑在1810年招募宫廷新侍从时曾遇到一些麻烦，这里指的就是这件事。有的人是假意推辞，好在日后情况有变时以此为借口，辩解说自己是被迫才心不甘情不愿地接受了宫廷侍从的职位。在这些"来自圣日耳曼区的人"中，有欧比松·德·拉佛伊拉德（Aubusson de la Feuillade）、加拉尔·德·贝阿恩（Galard de Béarn）、克罗伊（Croy）、库尔托梅·德·圣西蒙（Courtomer de Saint-Simon）、孔塔德（Contades）、（转下页）

而倍感失落，因为他们已经习惯了锦服玉食的舒服生活。因为我的辛勤努力，他们当上了真正的国王，所有人都享受着王权带来的好处，只有我一个人负重前行。我一直都把整个世界扛在自己肩膀上，可这的确是一份累人的工作。

"有人也许会问，为什么我要坚持建立各个王国和属国呢？这是欧洲形势和风俗使然。每次有新的地区并入法国，所有国家都会多一分紧张。人们一个个闹上了天，和平也就无望了。也许人们会继续问，为什么我要虚荣地把自己的每个家人都扶上王位呢？为什么不简单直接地选择更有才能的人呢？庸人除了觉得我虚荣自大，看不到其他东西。对此，我的回答是：因为坐上王位和当上省长不是一码事。如今许多人都是有才干和能力的，所以我们一定要避免激起众人的竞争意识。在那个形势不稳的时候，考虑到社会风气，我们更应该求稳，把王位继承权集中起来。否则，那只会带来无尽的争夺、分裂和灾难！！！我意欲在四海和平的环境中为天下人谋得安宁和幸福，可要说我个人和我的崛起有什么不足，那就是我是从人民群众中突然崛起的。我觉得自己孤身一人、踽踽独行，于是朝四面八方抛锚，想在大海中寻到一个定点。自然而然，除了亲人外，我还能找谁当帮手呢？我能更相信外人吗？即便我的

舒瓦瑟尔-普拉兰（Choiseul-Praslin）、克嘉里乌（Kergariou）、蒙吉永（Montguyon）、蒙泰斯鸠（Montesquiou）、米拉蒙（Miramon）、庞日（Pange）、蒙太古（Montaigu）、图伦内（Turenne）、诺阿伊（Noailles）、布朗卡（Brancas）、贡托（Gontaut）、圣奥莱尔（Saint-Aulaire）、格拉蒙（Gramont）、蒙塔朗贝尔（Montalembert）、道森维尔（d'Haussonville）、博沃（Beauvau）、夏布里朗（Chabrillan）、蒙特莫朗西（Montmorency）等人。拿破仑对蒙托隆说："我经常从我的侍从那里得到重要情报。贝阿恩、蒙太古曾告诉过我一些至关重要的事；许多时候，最愚蠢的人却最有用。库尔托梅也是这样，他对他的圣日耳曼区可谓是知根知底。我就这样得知了不少保皇党的阴谋，说出来也许您都不会相信。"（出自《拿破仑皇帝被囚记》第二卷第24页）

家人因为愚蠢而没有完成这一神圣任务，远没有他们盲目的人民大众也在精神上[125]完成了我的一部分目标。人民和我的家人在一起后，觉得更有安全感和家庭感。

"总的来说，这么重大的事绝不是轻率之举，更不是开玩笑的结果。它们关系到最上层的秩序，和人类的安宁更是息息相关，可能会带来一个更美好的未来。我抱着最真诚的意愿采取了一些措施，尽管它们没有带来长久的福祉，但我们不得不承认一个事实：即便对于有明确统治思想的人来说，治国也是一件很难的事。"

附注：下面这封信写得更早些，拿破仑在上文发表的关于其弟弟在荷兰的表现的许多观点，都可在信中找到解释。后来，路易国王向荷兰人民发布了一份类似行政报告的东西。读了上述文字和下面这封信后，我们会更想去看看路易国王的那封文书，好根据掌握的信息对这件事形成一个更全面的观点。

路易吾弟：

一小时前，审计官D**把您写于3月22日的急报呈给了我。我派出信使，把写给您的这封信送去荷兰。

您不久前使用赦免权，此事百害而无一利。赦免权是君主最崇高、最神圣的特权。为了不使其丧失影响，只有在国王的大赦不会危害到司法公正的时候、只有当君主是为了塑造仁慈宽厚的形象而颁布大赦法令时，才能行使赦免权。可目前的情况是，一帮暴徒为了进行走私活动而袭击、杀害了几名海关官员，这群人被判处死刑。可陛下您竟然宽赦了他们！您竟然宽待那些刽子手、杀人犯，那些在社会中得不到任何同情的人！如果这些人是在干走私买卖的时候被抓住,为了自卫才杀了几个官员,那您尚可出于对他们及其家人的怜悯而赦免其罪,[126]通过减轻刑罚、减少司法的严酷色彩,为您的政府赢得仁慈宽厚的美名。可现在的情况是,您应当处置税务违法行为,而赦免权更适合用于政治轻罪。如果涉及政治轻罪,行使赦免权的原则是:如果君主遭到攻击却宽赦罪犯,那便是义举。这类轻罪事件刚传开的时候,公众的第一反应是同情罪犯、站在他那边,而不是支持主张严惩的那个人。此时如果君王为罪犯减了刑,人民反会觉得他的品格高过罪犯,转头抨击那些伤害了他的人;如果君主不采取宽大手段,公众就会抨击他是个睚眦必报的暴君;可如果罪犯犯下了恐怖的罪行却得到宽恕,人民又会说君主软弱甚至别有用心。

别以为君主能随意使用赦免权而不招来任何祸患,也别以为社会对君王行使赦免权一事总持欢迎的态度。如果君主对恶棍、杀人犯使用特权,公众反而会谴责他,因为特权会危害社会这个大家庭。您频繁地使用赦免权,人们不会觉得您是出于好心,因为您的善良会伤害您的人民。在犹太人事件中,我会采取和您一样的做法;可在米德尔堡暴徒事件中,我会谨慎使用赦免权。

您有一千个理由把这件事交给司法机构处置,通过刑罚营造恐怖气氛,以儆效尤。国王的官员在深夜被人割喉杀害,杀人犯被定罪了……可您把死刑改成几年的有期徒刑,这会让那些为您收税的官员多么寒心啊!这还会引发非常恶劣的政治后果。我现在就来解释一下。

荷兰是英国的一个渠道,这些年,它一直利用这个渠道把自己的货物卖到大陆来。荷兰商人借此赚得荷包鼓鼓。这就是为什么荷兰人这么喜欢英国人、喜欢做走私行当，这也是为什么他们那么讨厌法国，因为法国反对走私、打击英国。您赦免了这些杀人的走私犯，[127]就相当于表态支持荷兰人的走私行为。您看起来是和他们站在一起了，可您在反对谁呢？反对我？

荷兰人喜欢您。您做事直爽，性格温和，根据他们的情况去治理国家。您大可以利用您对他们的影响力，表现出打击走私行动的决心，让他们意识到自己的真正利益之所在。那时他们会觉得，既然连自己的国王都在推行大陆封锁政策，那它一定是好的。可您靠牺牲我换来民望，我却全然看不出您能从中得到什么好处。荷兰再不是签订《里斯维克和约》时的那个荷兰了，法国也再不是路易十四晚年时的那个法国了。如果荷兰不能采取一个独立于法国的政治体制，它就必须履行盟国条约。

弟弟，君主不能仅根据当下的局势来调整政策，他还应该能着眼于未来。目前欧洲处在何种形势之中呢？一边是英国，它靠自己的努力统治着全世界；另一边是法兰西帝国和与它结成联盟的大陆强国，它们不可能漠然地接受英国一家独大的局面。这些强国也有自己的殖民地和海上贸易，其幅员比英国的还要大。可它们各自为政、四分五裂，其海上势力被英国各个击破。英国在每块海域上取得胜利，他国的所有海军被悉数歼灭。俄国、瑞典、法国、西班牙拥有那么强的造船航海技术，却不敢把一艘军舰放出锚地。所以，欧洲要想取得海上的自由与和平，靠的不再是海上强国结成的联盟（何况由于利益问题和距离原因，这种联盟根本就是不可能的），它只能看英国的脸色行事。

我想谋得和平，我想通过各种不与法国国家尊严相冲突的手段谋得和平，我想在不损害我们国家荣耀的前提下付出牺牲去谋得和平。每过一天，我都越发觉得和平是多么必要。大陆君主也和我一样期盼着和平。[128]我对英国并无偏执的成见或深刻的仇恨。英国人摆出排斥态度来反对我，我则采取大陆政策来对付它。可这绝非如我的敌人猜测的那样，是出于野心和忌妒，而是因为我希望英国政府最后能和我们成为同路人。只要法国和它的盟国能像英国那样强大和蒸蒸日上，英国有多么富裕昌盛，我一点儿都不在乎。

大陆政策只有一个目的：加快进程，尽快实现欧洲和法兰西帝国的公共权利。北方诸王严格执行了封锁政策，因此获得巨大的商业利益。普鲁士的制造业如今已经能和我们的相媲美了。您也知道，今天已是法兰西帝国一部分的沿海地区，也就是从里昂海湾到亚得里亚海最南面的这条海岸线，向外国工业制造品彻底关上了大门。我打算干预西班牙的政事，好达到让葡萄牙脱离英国、让西班牙海岸线为法国政治势力所控制的目的。整个欧洲海岸都将对英国关闭大门，只有土耳其港口除外。但鉴于土耳其人几乎不在欧洲做生意，我对他们也没什么可担心的。

难道您还没从这些分析中看出来，荷兰如果给英国提供便利，帮后者把它的商品运到大陆来，这会造成怎样灾难性的后果？这相当于在帮助英国人从我们身上赚钱，之后英国再把赚到的钱作为战争经费向我们开战。陛下比我更希望抵制狡猾的英国政客。只要耐心等上几年，英国会和我们一样迫切地渴望和平。

请想一想您的国家的情况，您会发现我所宣扬的制度给您带来的益处更甚于给我带来的利益。荷兰是一个海上商业强国，它有许多良港、舰队，有无数机灵的水手和船长，还有许多根本不耗费母国一分一厘的殖民地。荷兰人和英国人一样有做生意的天赋。所以，为什么荷兰没有抵抗英国的兴趣呢？它难道不能通过和平的方式夺回从前的地位吗？[129]也许它前几年的日子有点儿难熬，但这总好过把荷兰国王变成英国的一个总督，把荷兰及其殖民地变成大不列颠的一块势力范围吧？您若保护英国贸易业，定会造成这种结果。西西里和葡萄牙就是前车之鉴。

请静等时机：您需要卖掉您的货品，可英国人也需要买进您的货物。您可指定一个地方，让英国走私者在那里拿货，但一定要他们付现银，而不是以货换货。千万别这样，记住了吗？最重要的是取得和平，那时您就可以和英国做生意了。说不定那时我也会和英国签署贸易协约呢，但前提是我们双方的利益都要得到保证。即便我们必须允许英国在海上保持一定的优势地位，即便英国用它自己的银子和鲜血换来了海上霸权（考虑到它的地缘因素和它在全球控制的殖民地，这也是自然的事），至少我们法军的船只可以自由地在大洋上航行，再不用担心遭受什么羞辱，我们的海上贸易业不会濒临破灭。可目前，我们要竭尽全力阻止英国掺和到大陆贸易业中。

因为您赦免暴徒，我才写了这么多。我如此千叮万嘱，是因为我害怕您的荷兰大臣把错误的观念灌输到您的脑子里。

我希望您能仔细想想这封信里的内容，在议会中议事，好让您的内阁大臣走上正途，明白他们当前应该做什么。

无论如何，法国决不能容忍荷兰脱离大陆事业。

至于那群暴徒，既然木已成舟，我们也做不了什么了。我对您只有一个建议：不要把他们关在米德尔堡监狱里，因为那里和犯罪事发地太近了。把他们关在荷兰腹地吧。

就此搁笔。

拿破仑

1808年4月3日写于马拉克城堡①

¹³⁰晚饭时,皇帝问他的驯马师他的马匹近况如何。驯马师说,它被养得膘肥体壮,心情也十分愉悦。皇帝说:"我希望它不是在怪我。如果世上有哪匹马过着议事司铎②那样的日子,那肯定就是这一匹了。"实际上,皇帝已经有两三个月没有骑马了。

忘我地工作—拿破仑对我们历史的想法和计划—发表的作品—梅纳瓦尔

9月25—27日,星期三至星期五

这几天,皇帝全身心地投入工作中。他每天早晨都阅读古代作家的作品,研究埃及。我们一起翻阅了希罗多德、普林尼、斯特拉本等人的书,中间也不休息,早饭就在他的一张小桌子上扒两口完事。这几天的天气一直都很糟糕,皇帝这两天都在口述回忆录。

晚饭时,他对我们说觉得自己身体好了许多。我们那时才告诉他,

---

① 这封所谓的写给"荷兰国王路易"的信实际上是伪作。《拿破仑圣赫勒拿岛回忆录》中除了这封信,还有另外三封是假的,它们分别是拿破仑写给贝纳多特、缪拉和普腊德神父的信。菲利普·戈纳尔(Philippe Gonnard)在一篇研究拿破仑传奇故事的起源的论文中,说《拿破仑圣赫勒拿岛回忆录》的作者是从《历史图书馆》(Bibliothèque historique)中摘抄了这四封信,这本书是一些不知名作家合编的"时事资料"合集,拉斯卡斯本人也参与了编撰工作。根据戈纳尔在《拿破仑传奇和自由党人小报》(La Légende napoléonienne et la presse libérale)的说法,这些"资料"是一个有"黑人马拉"之称、叫A.-V. 贝努瓦(A.-V. Benoit)的人伪造的。拉斯卡斯未考察真伪,就直接把它引用到回忆录中了。

② 在法语里,议事司铎暗指脑满肠肥、生活悠闲的人。——译者注

他这段时间一直都没出门，每天工作8～12个小时。

他说："我就是因为这样才好起来的。工作就是我的一切，我就是为了工作而生的。①我知道自己脚力有限、眼力也有限，但我从不觉得自己在工作上的精力是有限的。我差点儿把可怜的梅纳瓦尔折磨死了，只好把他从一大堆工作中解放出来，让他到玛丽-路易丝身边做事，好让他调养身体，毕竟这份工作不会要人命。"

皇帝还说，要是他现在在欧洲过着清净日子，他会写史怡情。他觉得许多史书都写得无比平庸，为此哀叹不已。他还说，根据自己近来的历史研究，他发现庸俗的历史作品比自己原先以为的要多得多。

他评价说："我们没有，也没办法有好的历史叙述。大多数欧洲民族也和我们差不多。僧人和特权阶层，也就是滥权阶层、真理和知识的敌人，他们垄断了历史话语，只给我们讲述他们愿意告诉我们的，让

---

① 头脑冷静、善于观察的卡诺也说过："因为他的这个特质，波拿巴面临再要紧的事，也从不慌乱。他有时会和一个部长连续工作好几个小时，不放过任何细节，把所有地方都要仔细过一遍。之后，如果还有时间，他会把这个部长再叫回来，和他讨论各种各样的事情。"详情请看他的儿子伊波利特·卡诺写的《追忆卡诺》第二卷第451～452页内容（Hippolyte Carnot, Mémoires sur Carnot）。一直和拿破仑共事的弗勒里·德·夏布隆也说："皇帝通常在早晨六点钟之前就进了办公室，大部分时候直到午夜才出来……因为不放心把治理国家的事务托付给任何人，他可谓是事必躬亲……但千万不要觉得他只粗略地浏览国事后就做出判断。他会认真阅读每份报告，仔细核查每封补充文书。他凭着超人的智慧，经常发现里面一些连部长和文书审核官都没留意到的错误或疏忽之处，替他们一一纠正过来。绝大多数时候，他还会把纠正后的文件从头到尾仔细读一遍。一个部长花15天才能干成的事，拿破仑只需几分钟就可完成。"详情请看《夏布隆回忆录》第一卷第222～223页内容。虽然工作高度紧张，拿破仑依然会时不时地放松一下。他会躺在一张沙发上，手里拿本书，随便翻几页。但只要一封急报、一个信使、一个出差的官员到了，他就立刻从沙发上弹起来。我们看看费恩男爵是怎么说的："秘书们被叫过来，每人手里拿着笔，陆续走进办公室，然后坐下。皇帝对他们说：'把这话记下来。'由于单靠一个人不能把皇帝的所有想法都立刻一一记下来，于是皇帝就向这个秘书口述一句，再向那个秘书口述一句……他还想继续往下说，但写字没有说话快；他的秘书很快又不够用了。"（出自费恩的《1813年手稿》第105～106页）

他们高兴的，符合他们利益、身份或观点的历史！"

皇帝还说，他有心革除这个弊端。正因为如此，他才在法兰西学院挑了些人，又根据舆论选拔了一批学者，由他们组成一个委员会，去修订、批评和重写我们的编年史。为了熏陶当代青少年的思想，他还想修订一套古代经典文本，在旁边加上符合当代教育思想的评注。他说："只要有了计划，得到协助和奖励，这事就成了。依靠这一套办法，我们什么事都能干成。"

我在上文也说过，皇帝一再强调，他的打算是：让历史学家根据我们外交部档案室的资料，把法国近代君主制中几个国王的统治史编写出来。①皇家图书馆还藏有厚厚一大沓古今手稿，皇帝想让人把它们印刷出来，根据学科分类编册，把它们分成科学类、伦理学类、文学类和艺术类。

皇帝确切地说，他还有其他许多类似的计划。也不知道我们什么时候才能迎来另一个好时候，把他这些想法都予以实现！可那时，我们还能再遇到一个像他这样既有构思计划的才干又有执行计划能力的人吗？

在不损害出版自由的前提下，为了避免大量蹩脚作品涌出来荼毒公众，皇帝还思考过这么一个问题：如果成立一个由法兰西学院院士、大学教授、政府代表组成的意见委员会，让他们对科学、道德、政治三个领域里的所有作品进行审查和批评，根据其优劣划分等级，这是否会造成弊端？他说："这个委员会也许会成为照亮公众的光芒。对优秀作品

---

① 缪塞-帕泰在他的《圣赫勒拿岛回忆录后续》第一卷第273页中说，这项工作应该是交给了前最高法院法官安托万·费朗（Antoine Ferrand）伯爵负责。此人在法国大革命期间流亡国外，波拿巴上台后，他和许多流亡贵族一道回国，投身于历史研究工作中，他写的《历史的精神》（*Esprit de l'histoire*）取得了一定成功。也许是在拿破仑的要求下，当时的帝国大学校长封塔纳才聘用费朗，让他在学院教书。

而言，这是件天大的好事，是对自己有利的一个保障；但对劣等作品来说，这实在是场令人败兴的灾难。它能刺激天才创作出更多好作品，为作者带来荣誉。①"

我们一整晚都在兴致勃勃地读《奥德赛》，陶醉在波吕斐摩斯、特伊西亚斯、海妖塞壬的故事里。

132 皇帝先前提到了梅纳瓦尔，下面就是一些和后者有关的小事。它们看似琐碎，但也弥足珍贵，因为我们可以从中看出拿破仑真实的一面。

皇帝还是第一执政官的时候，曾抱怨自己没有秘书。他不久前把一个秘书给解雇了；这个人曾在对意之战和埃及远征中和他共事，是皇帝的旧日同窗，很有头脑，深得他的喜欢，可他还是不得不与其分道扬镳。这时，拿破仑的哥哥约瑟夫把自己的一个秘书推荐过来，他接受了这个人后，发现自己得了宝库。我们常在皇帝口中听到此人的名字，他便是后来被封为男爵的梅纳瓦尔，担任过审查官和玛丽-路易丝皇后的管事秘书。

他在第一执政官身边时，职位是"公文秘书"。人们还特地制定了一大堆规定，其中最要紧的就是绝不能以任何借口聘用自己的秘书或司书。梅纳瓦尔一直严格遵守着这些规章。

梅纳瓦尔性格温和含蓄，几乎是个隐形人，一年到头都在工作。皇帝对他非常满意，和他共事时也非常愉快，对他爱重不已。公文秘书主要负责处理日常事务和临时的突发事件，执行拿破仑突然生出的想法，我们谁都不知道有多少事务、计划和想法是他经手办理和传达出去的！

---

① 这句话在1823年版本中并未出现。

每封直接写给皇帝的信都要先经他过目，然后被他分类送给皇帝查阅，之后他再把皇帝的口述回答记下来。

我们都知道皇帝口述时语速有多快。许多时候，为了尽量记住他说的话，秘书要靠自己的脑子，而不是笔头。梅纳瓦尔记忆力很好，出色地完成了这些任务。此外，他在许多事上还得到授权，无须上报便可直接回复。他大可借此揽到大权，可梅纳瓦尔生性不喜名利，从来不干这种事。

皇帝大部分时间都待在他的办公室里。这么说吧，他白天和晚上大部分时间都是在那里度过的。他晚上十点到十一点会小睡一会儿，快到午夜的时候起床继续工作几个小时。[133]有时他会把梅纳瓦尔叫过来，但大多时候都是单独工作。如果梅纳瓦尔主动过来陪他，虽然拿破仑知道他工作认真积极，但是通常都会对他说："您别把自己累垮了。"

皇帝早晨再回到办公室时，总发现比他起得更早的梅纳瓦尔已经把桌子上的一大堆文件整理得井井有条。有时候皇帝连续两天不去办公室，他的这位秘书就会提醒他：如果他再不去办公室，就要被桌上一大堆文件压垮了，那里很快就要被塞得满满当当的了。皇帝通常笑呵呵地回答："别怕，桌子很快就会干净。"的确，要不了几个小时，皇帝就翻完了所有文件。他会回复其中许多公文，把他认为无用的文件直接丢到一边不作回答，哪怕这些公文是他的部长大臣写的。大臣们对此已司空见惯——如果未得到回答，他们就知道皇帝是什么意思了。皇帝会亲自阅读所有来信，通常还会在某些信的空白处写一两个字，其他则口述回信。如果来信非常重要，他会把它们单独放在一边，再读一遍，过段时间后再作答复。

皇帝离开办公室的时候，习惯把重要的事情再回想一遍，敲定具体办理的时间,好在约定的时间准时到达办公室。如果到了时间皇帝还没来,梅纳瓦尔就一座座宫殿地找过去,提醒他别把这件事给忘了。有时候皇帝会回去把事情解决了,有时候他会说:"明天吧,良夜多良策。"这是他的口头禅。他经常说,自己大多数时候是在夜里工作,而不是在白天。这并非因为他忙到睡不着觉的地步,而是因为他是间歇性睡眠,想睡的时候就小睡一会儿。

皇帝带兵打仗期间,经常在睡得正香时因为突发事件而被人叫醒,然后立刻起床。人们若只看他的眼睛,几乎想不到他先前还在睡觉呢。之后他做出决定,口述回复,大脑如同其他时候一样清醒。他把这称作"午夜后的精神焕发"。的确,他那时简直是精神焕发、头脑清醒。在那种条件下,[134]哪怕他一晚上连续被叫醒两次,依然能迅速再度入睡,毕竟那时他觉得自己还没睡够呢。有一天,他向他的一个部长(克拉尔克将军)吹嘘自己倒头就睡、只需很短休息时间的超能力,后者开玩笑地说:"陛下,这对我们而言可不是好事啊,因为受折磨的往往是我们,我们有时候因此没法睡觉呢。"

皇帝什么事都亲力亲为,几乎把办公室当成他的家了。他亲自任命所有职位的人选,常常把部长交上来的候选名单推翻,挑出自己中意的人。他阅读部长大臣递上来的计划书,对其或者采纳,或者划掉,或者修改。他甚至还要替他的外交部部长写公文,并把它口述给秘书梅纳瓦尔——他在后者那里是没有任何秘密的。他给外国君主的信都是让梅纳瓦尔写的,这类信写多了,他还根据从前的外交礼节给梅纳瓦尔列了一个外交术语汇编集,让它派上了大用处。每周固定的一天里,除非发生紧急事件或某个部长临时有事来不了,否则所有部长都要和皇帝一起工作。每个人的工作内容都被摆到同僚面前,大家要把自己公文包里的东西全掏出来,谁都可对其发表意见。大家的议政谈话全被记录下来，会议笔记整理出来后足足有几十卷。得出的最终方案要得到众大臣签字，再转交给国务秘书会签。有时候，虽然大家在某些事情上取得了一致意见，但决议仍要提交到皇帝办公室，待其阅览修改。因为外交部部长的工作性质很特殊，和众大臣参加会议后，他还会单独和皇帝再工作一会儿。皇帝把陆军方面的工作托付给自己信任的几个副官：起初是杜洛克长期享有这种殊荣，之后是贝特朗和劳里斯顿，最后一任则是洛博伯爵。

梅纳瓦尔身体孱弱，健康被工作透支，需要休息。于是皇帝把他派到玛丽-路易丝皇后身边。他说，这是个闲职。不过皇帝也提出了一个条件：[135]只要梅纳瓦尔身体好转，就要立刻回到他身边替他做事。之后他每次见到对方，都会提醒他别忘了这个约定。

梅纳瓦尔退休后，皇帝工作的"一体性"也终止了。之后，好几个人同时接手梅纳瓦尔的工作，皇帝办公室成了真正意义上的办公室，里面一下子多了好多人。[①]皇帝在别人推荐过来的、有相应工作能力的人里面挑出了一个。1814年国难当头的时候，此人奉命将办公室的部分文件烧毁，可他不仅没有遵命照做，还把这些文件私自带走了。波旁王朝复辟后，他给一个大臣写信，要把它们交给对方。后来皇帝在杜伊勒里宫里找到一批日期是3月20日左右的文件，在里面发现了此人背叛自己的证据。他只在这个背信弃义的文件保管人写来的信的边上，像练字一样写了几行字："这人是个叛徒！这人是个叛徒！"然后他把它放在桌子

[①] 《拿破仑圣赫勒拿岛回忆录》出版后，我收集到一些更加翔实准确的信息，发现自己在这里完全弄错了。皇帝工作的"一体性"依然继续着，一切如从前一样按部就班。梅纳瓦尔男爵退休后，曾协助其工作长达六年的费恩男爵成了他的接班人，承担了他的所有工作。虽然皇帝办公室发生了人员和职位的变动，但里面的人员数目依然保持不变。*——辑录者注

* 这个脚注是1824年版本后加的。

上，故意让推荐他的那个人看到。皇帝对推荐人说，这个人其实还是忠诚的，经受住了许多考验。这就是拿破仑对他的全部责备，这就是他对这个叛徒的报复。

皇帝办公室的工作文件应该有不少散落在外面。英国议会两党在辩论时，就提到了里面的部分文件。但拿破仑从厄尔巴岛回来后对此提出正式抗议，说它们都是伪造的。皇帝办公室这个曾经大名鼎鼎的行政机构留下的不仅是这些文件，还有对意之战和埃及远征期间的二三十卷书信，它们都按顺序被收集整理出来了。①

大臣议政的会议记录，[136]被国务秘书巴萨诺公爵和达鲁侯爵收集整理后，有七八十卷那么多，它们以对开本的形式被保存起来。②

另外，还有洛克雷记录整理的参政院会议记录，也得到了悉心保存。③

它们体现了拿破仑的伟大荣耀。后来的政府以这座不朽的纪念碑为

---

① 和这两场战争有关的波拿巴的信件、令函和公文被收进《拿破仑书信集》第一至四卷中，《拿破仑圣赫勒拿岛回忆录》出版后35年，它们才得以发表。

② 现被藏在国家档案馆中，编号AF, Ⅳ4-15。

③ 曾担任参政院议员的蒂博多在《忆执政府》（Thibaudeau, *Mémoires sur le Consulat*）第412页中说："许多人佯装相信，还有人从心底深信一件事：为了悉心维护第一执政官的光环，人们对他说的话各种迎合、大肆称颂；参政院总秘书洛克雷作为会议记录员，在执政官康巴塞雷斯的监督下，成了第一执政官发言的职业润色人。这其实大错特错。洛克雷每次把会议记录撰写好后，把它一半页面留白地印出来，交给参政院议员，让他们进行修改。他根本没机会对其任意改动，最多只是稍加改动议政过程中某些不规范的句子而已。当然，对于第一执政官的发言，他也是这么处理的。"费恩男爵对洛克雷的评价则严苛许多，他在回忆录第165页中说："拿破仑的演讲到了他的笔下，完全被改头换面，风格变得格外克制、严肃、冷静和正式，失去了原先的随感、独特的个人风格、强硬的语气。如此冷冰冰的会议记录几乎把评述、会议讨论、学术用词丢到一个锅里乱炖，最后炖出一堆方便法学家消化的糊糊。"我们可在蒂博多的回忆录第426~449页中读到了一些波拿巴的发言，作者还说它们原原本本地抄自洛克雷的会议记录。由此可见，蒂博多和费恩男爵在这方面存有多么严重的分歧。

基础，才得以正常运转；后世的每个国家、每个政府，定然会从它们那里汲取营养。他为我们打造了多么坚实稳固的基础！多么坚稳的梁柱！多么扎实的根基啊！它们组成的整体处处被打上天才的烙印，坚如磐石，巍然不倒！

和我妻子有关的谈话—皇帝为了回忆录新篇章而开始口述
9月28日，星期六

今天，皇帝趁着天气暂时转晴，骑马出去兜了两圈。他说，他得让马抖一抖。他有些浮肿，左半边脸完全肿起来了。下午三点钟，皇帝回来了。过了一会儿，他想工作了，就把我叫过去，我们在花园里转了几圈。看到医生后，皇帝把他叫了过来，从他那里得知昨晚俄国和奥地利特使来到朗伍德，但因为总督的强制性规定，他们没能进来，只好悻悻而返。

只剩我们俩后，皇帝聊着聊着问起了我的妻子，打听她会做什么，后来她怎么样了。

他说："您在圣赫勒拿岛的处境定然让她忧心不已，叫她恨不得追随您而来。所有留在我身边的人都会成为世人关注的焦点。哪怕在这座荒岛上，我也依然在造王！没错，我亲爱的朋友，等您回到欧洲后，您也会得到王冠的！"

之后，他把话题转回我妻子身上，一脸关切地说："她最好的出路就是去陪同皇太后或我的其他亲人，打发自己的独居日子，[137]他们肯定会很乐意接纳她。"

回到房间后，皇帝开始工作了。由于对意之战几近完工，他便向我透露了接下来要展开的新的主题。

附注：皇帝每有新想法，总会出其不意地将其告诉别人。下面的内容是我根据他当时的口述原原本本记录下来的，未做任何更改。但皇帝再没读过这段内容。

"对意之战这部分内容已经完工，拉斯卡斯在接下来的一周里，将负责从《亚眠条约》被撕毁到耶拿战役这段时间的编写工作。

"1802年，欧洲风平浪静。但很快，整个欧洲就陷入战火之中。共和国改国制为帝国。海上问题成为《亚眠条约》被撕毁的最大动因。

"拉斯卡斯将在小埃马纽埃尔的帮助下，摘录这一时期的《总汇通报》，由此展开工作。他每天至少可完成六七份报纸，一个月就能完成180份。换言之，在我们开干之前，他可完成六个月的《总汇通报》的分析摘录工作。

"在这段时间前后，其他先生将做一些准备工作。在抄录报纸时，我们可参考蒙托隆先前的做法：把所有和某件事有关的报纸，根据页数和日期抄录下来。

"下面是这部分回忆录的主要内容：

"1.舰队历史。

"2.奥地利宣言。

"3.军舰动静。

"4.特拉法加尔海战。

"5.乌尔姆，奥地利。

"6.《纳也纳条约》。

"7.劳德代尔伯爵在巴黎展开谈判。

"8.耶拿战役。

"其间穿插的事件有：

"1.卡杜达尔阴谋事件。

"2.昂吉安公爵事件。

"3.皇帝被教皇加冕。

"4.帝国的组建。

"这将是法国历史最美的篇章，一方面，是因为教皇在那一年来了法国，加冕了一个皇帝，这可是一千年来前所未有的新鲜事。另一方面，是因为法国国旗在那一年在维也纳和柏林上空飘扬，罗马帝国被解散①，普鲁士君主国不复存在了。"

我很高兴能把这份草稿和皇帝的一些原始想法原封不动地誊抄到这里，让大家更加了解他的做事风格。

读者很容易猜到，接下来我和儿子是多么忘我地投入这项在我们看来意义非凡的工作中。然而，我们还没来得及完成六个月的摘录分析工作，我就被迫离开了朗伍德。要是这项工作没能完成，历史界将遭遇多么大的损失啊！！！（幸好没有）②

花园里的一个坑

9月29日，星期日

晚饭期间，我们说起了人们在花园里发现的一个小水坑，这个坑离我们住处很近，深得足以淹死一只羊。皇帝问屋里的一个人："怎么回事？先生，您还没把这个坑填上吗？如果您的儿子不小心淹死在那里，

---

① 拿破仑这里想说的是神圣罗马日耳曼帝国。实际上，它在1648年以后已经不复存在了。伏尔泰还说，这个帝国既不神圣，也不罗马，更不帝国。

② 括号内的内容只在1830年版本中才有。

您会多么痛心、多么后悔不迭啊，这事是很可能发生的！"对方解释说，他一直把这件事记在心里，可是根本找不到干活的工人。皇帝一口反驳了他的说辞："这不是理由。如果我的儿子在这里，我会亲手把这个坑填平。"

之后，皇帝本来已经上床了，但又把我叫了过去。他说，他有些事要问我，这些事和我们息息相关……

皇帝的精彩口述——对居心叵测的英国内阁、沃尔特·斯科特及其辩护者的终极拷问[①]
9月30日，星期一

[139]皇帝每次对一个话题展开论述时，无论他当时看起来多么无精打采，说话还是那么入木三分。如果思绪泉涌，他还会随便抓住近旁某个会写字的人，让他提笔把自己的话记下来。这些文字一落到纸面上，就成了不刊之论。其他人应该保存了大量珍贵的口述手稿记录；只可惜，由于我视力下降、不能多看书，我没法把它们收集整理出来，这也成为我写这本书的一大憾事。

有一次，英国官方报纸说拿破仑肯定私藏了大量钱财。皇帝便做了如下口述：

"你们想知道拿破仑的财产在哪里？没错，那的确是笔庞大的财富，可它们都明摆在世人眼前。安特卫普、弗利辛恩这些可以容纳无数船只，让它们免遭海水冰冻之苦的良港，敦刻尔克、勒阿弗尔、尼斯的

---

① 最后这个标题只在1830年版本中才有。在1840年版本中，标题变成了"英国内阁居心叵测，沃尔特·斯科特和梅特兰的反驳"。

水利工程，瑟堡的巨大内港建设，威尼斯的海上工程，从安特卫普到阿姆斯特丹、从美因茨到梅斯、从波尔多到巴约讷的大道，这些就是我的财产。还有从四面八方打通了阿尔卑斯山的辛普朗、塞尼峰、蒙热内夫尔、科尔尼什山口的隘道，单单这项工程造价就超过8亿法郎。这些道路无论在难度、规模还是工程技术上，都超越了罗马人修建的所有大道。另外，还有从比利牛斯山到阿尔卑斯山、从巴马到拉斯佩齐亚、从萨沃内到皮埃蒙特的道路，耶拿桥、奥斯特里茨桥、艺术桥、塞弗尔桥、图尔桥、罗阿讷桥、里昂桥、都灵桥、伊泽尔桥、迪朗斯桥、波尔多桥、鲁昂桥等大桥工程；还有通过杜河打通了莱茵河和罗讷河的运河，把荷兰海域和地中海、埃斯考河和索姆河、阿姆斯特丹和巴黎、朗斯河和维莱讷河连起来的运河开凿工程，以及阿尔勒运河、帕维亚运河、莱茵运河的建设，再加上布谷安、科唐坦半岛、罗什福尔的沼泽疏通工程；以及在大革命中遭到损毁的大教堂的修复重建工作，新的大教堂的建设，[140]为了解决行乞现象而兴建的大批工业基础设施，卢浮宫、公共粮仓、银行、乌尔克运河的建设，巴黎城水管建设，以及这座伟大首都的下水道、港口、城市美化、建筑物建设等工程；罗马城市美化工程，为复兴里昂制造业的投入，养活了几百万工人的几百家棉厂、纱厂和纺织厂。我还投钱造了400多个甜菜制糖厂以满足法国的蔗糖消费，只要再给我四年时间，我能让法国生产出和印度同样价格的蔗糖。还有用菘蓝代替靛蓝的染料技术，能让法国产出的染料与殖民地出口的染料一样物美价廉。还有各种各样的艺术制造坊，修缮皇宫的5000万法郎，法国、荷兰、都灵和罗马各大宫殿置办家具的6000万法郎，王冠钻石的6000万法郎，这些都是拿破仑掏的钱。王冠上唯一一颗源自前朝法王王冠上的钻石——摄政王钻石，都是他从柏林的犹太人手中买回来的，为此他花了

300万法郎①；拿破仑博物馆估计也花了4亿多法郎，还不包括那些以合法手段，或者通过采购，或者通过和平条约中的条款、战败国为代替战争赔款和土地割让而送来的藏品。为了支持农业这个法国的立国之本，他也在上面投了不少钱。还有道路工程学院，美利奴羊的引进⋯⋯

"这就是他那价值几十亿法郎、能绵延几百年的财富！

"这就是那些反驳诽谤中伤的纪念物！！！历史会告诉人们，这一切都是在持续不断的战争中，在没有任何借款，公债数目甚至日益减少，政府减了5000万税的前提下做成的。[141]他的私人金库里还留了一大笔钱，这是根据《枫丹白露条约》的规定，人们替他保存下来的个人财产和私人收入。但这些钱都被瓜分了，既没完全进入公共国库，也没完全进入法国国库！！！"

还有一次，皇帝读到一篇报道，上面的内容是：卡斯尔雷子爵在爱尔兰议会中曾说，拿破仑在圣赫勒拿岛公开声称他和英国谈和的唯一目标就是欺骗英国，好乘其不备将其一举摧毁；卡斯尔雷还说，法国军队之所以忠于拿破仑，是因为他把帝国最富裕家庭的女儿嫁给了部队里的士兵。皇帝大怒，口述道："他们用如此野蛮的手段来对付他，捂住他的嘴巴不让他说话，如今还来抹黑他！任何一个受过教育、有同理心的人，都不会相信这些诬蔑之词。拿破仑坐上世界霸主这个位置的时候，他的敌人当然可以想怎么说就怎么说。那时，他的一举一动都在众人眼皮子底下，这就是对诽谤之词的最直接的反击。无论对方怎么说，舆论和历史都能通过他当时的行为做出判断。如今对手继续对他进行诽谤和构陷，这就是世上最卑鄙下作的事了，而且这些人不会如愿的。诽谤小

---

① 在1791年国民议会陈列的王冠钻石清单上，摄政王钻石的估价是1200万法郎。奥尔良公爵以250万里弗的价格把它买了过来。

册子每天都有，数不胜数，可它们起不到任何作用。6000万最开化的人民的声音把它们压了下去，5万在大陆旅行的英国人也把真相带回了他们的人民中间，后者听了都为自己被蒙蔽而深感羞愧。

"至于那条把拿破仑送到这座荒岛来的法令，它和流放苏拉的那条放逐令有何区别？其性质甚至更加恶劣。当初，罗马人把汉尼拔赶到遥远的比提尼亚，弗拉米尼乌斯让普鲁西阿斯国王逼死了这个伟人，罗马人却以公报私仇的罪名起诉了弗拉米尼乌斯。尽管弗拉米尼乌斯声称汉尼拔正值当年，是个危险人物，所以他必须死，可无数声音驳斥了他，人们都说：这件事有失正义，不会给伟大的罗马民族带来任何好处，以后还会诱使别人以相同的理由干出谋杀、毒害等各种恶行！[142]后世的罗马人也在谴责他们祖先的这种卑鄙行径。他们得付出多大的努力，才能把这个污点从罗马历史中抹去啊！各国民族书信资料也告诉我们，汉尼拔服毒自尽前发出的诅咒反复回荡在每一代罗马人的心中。他诅咒罗马，因为它为了向一个孤苦无依的人发起报复，派出舰船和军队不断蹂躏欧洲、亚洲和非洲，只因为它害怕这个人，或者宣称自己害怕他。

"但罗马人从来没有践踏过宾客权利。苏拉在马略家中寻到了庇护；弗拉米尼乌斯在放逐汉尼拔之前，也不曾把他迎到自己的军舰上，更不曾告诉他自己奉命好生招待他；把汉尼拔带到奥斯蒂亚港的不是罗马舰船，汉尼拔也没有寻求罗马法律的保护，而是投靠了一个亚洲国王。他被放逐时并不处在罗马军旗的保护下，而是受着罗马的一个敌国国王的庇护。

"如果以后爆发革命，一个英国国王站在了可怕的国家审判台上，他的辩护者会一再强调国王是多么神圣不可侵犯，人们应该多么尊重王位，尊重那个头戴王冠、涂过圣油的人！可他的敌人只需用一句话就能堵住这些人的嘴巴：他的祖先在和平时代曾放逐过他的宾客，而且他不敢当着全体国民的面处死这个人（毕竟这个民族拥有积极的法律，有规范的公共礼节），就把这个受害者放逐到地球的另一半，放逐到大洋中的一座孤岛上最贫瘠的地方。这个宾客在那里一直郁郁寡欢，饱受气候折磨，遭遇生活上的刁难和各种各样的侮辱，最后在愤懑中死去！更令人气愤的是，这位宾客还是一个高贵的君主，曾是3600万公民的保护盾。他几乎是所有欧洲首都的主人，他的宫廷曾接待过各大强国的君王；他对所有人都慷慨大方，在足足20年里是各国人民的保护伞；他的家庭和所有君主家族——甚至英国国王家族——都有联姻，曾两次敷过圣油、两次得到教会的加冕！！！"

最后这段话简直是昭昭事实，不仅用词犀利，还有丰富的史料为证。

¹⁴³①附注：这里我忍不住想暂时打断一下。上文说，弗拉米尼乌斯在放逐汉尼拔之前，不曾把他迎接到自己的军舰上，更不曾告诉他自己奉命好生招待他。这正是最令皇帝和我们所有人感到愤慨的地方，因为这关乎我们的权利和公道，可它们同时遭到英国政府成心的践踏和无耻的冒犯。读者在我的日记中也看到，拿破仑不知多少次满腔愤怒地提到这件事，可英国内阁那边一直拐弯抹角地玩弄把戏，企图否认事实，打消世人的怀疑。沃尔特·斯科特在他那本纯粹写给英国内阁看的史书中，似乎要把这件事当作重点澄清对象。他承认，英国政府名声是好是坏，取决于使拿破仑决心登上柏勒洛丰号的那份协议。他定下了这个基调，却又竭力想为英国内阁洗白。他在书中三个地方不遗余力地为英国

———
① 这个注释是1830年后加的。

内阁辩护，仿佛作者本人已经没指望能说服读者了，就打算用疲劳战术搅浑读者的头脑。最后斯科特的结论是：拿破仑就是英国的战俘，落到英国政府手中任其处置；英国政府对他优待有加，所以他和他身边人的抱怨都是毫无道理可言的。

可我们对此做了如下终极拷问：任何一个真心想寻求真相、关心这一重要历史事件的人，只要他愿意摒弃有人为了掩饰事实而说的一切枯燥晦涩的托词，只要他愿意抱着真诚公正的态度去看待那份协议，只要他把斯科特这个历史小说家抓住，别让他有顾左右而言他的机会，只从纯粹的事实出发，问他如下几个问题：

第一，被派去见梅特兰船长的拿破仑特使曾问过对方，他到底知不知道皇帝安全通行证的事，他是否认为英国政府会阻挠其通行。当时我们从梅特兰船长那里得到的回答是，"他不敢说他的政府到底有何想法，[144]但他会向他的上级打探情况"（出自他本人叙述第32页）。然而他当时已经得到正式消息，"安全通行证绝对下不来了，英国要不计代价拦截拿破仑，俘虏他这件事关系到欧洲的安宁，英国政府已经发布命令，要控制其人身自由"，这也是他告诉我们的。（请看他的叙述第18页和第23页）梅特兰船长还在发给上将的急报中承认说（请看他的叙述第31页），他的一切回答都是陷阱，好留住拿破仑，让巡航舰有时间等到援军。以上的事到底是不是真的？

第二，收到确切的官方消息后，梅特兰船长在向特使谈论拿破仑去留法国这件事时，主动对我们说"为什么他不请求到英国避难呢"。（请看他的叙述第36页）可这个提议是一个陷阱！他到底有没有说过这句话？

第三，在第二次会晤时，梅特兰船长告诉拉斯卡斯，"根据他收到的命令，他相信自己可以立刻把拿破仑迎到他的舰船上，将他送往英国"。他到底有没有说过这话？别忘了，这依然有他亲口为证。（请看他的叙述第45页和第263页）可后来在他送上去的官方急报中，梅特兰不仅对自己提的这个建议绝口不提，反而说"他担心自己无法阻止小型船只的靠近，又认为控制波拿巴的人身自由是当前最要紧的一件事，故他擅自提出了把拿破仑迎到自己船上，把他带回英国的建议"。（请看他的叙述第110页和第111页）我们如何理解和解释这个军官的前后矛盾之词呢？要不是他本人的叙述摆在面前，谁敢相信他会如此自打嘴脸呢？

第四，拉斯卡斯曾问他，他是否认为拿破仑会在英国得到厚待，他当时的回答是，"他完全不知道英国政府的想法，但他找不到任何拿破仑得不到厚待的理由"。他有没有对拉斯卡斯说过这话？（要知道，他本人在叙述的第264页中也是这么说的）然而就如他自己说的那样，他当时已经知道英国政府决定扣押拿破仑的事，更知道相关命令已发布。这点我们在上文已经说过了。

[145]第五，在大元帅的信件中（第51页），"拉斯卡斯伯爵就他和梅特兰船长的谈话内容向皇帝做了汇报，根据这份报告"（梅特兰船长正是在这次谈话中，提议迎接拿破仑、将其带到英国），"陛下因为没有去美国的安全通行证，愿意以普通人的身份来到英国，在那里享受国家法律的保护"。梅特兰船长是否在刻意避免回答这封信？他如果先前果真在口头上向拉斯卡斯一再强调这件事有所保留，那不应该写信确认吗？即便这里面真有什么误会，也是寥寥数语就可以解释清楚的。可如此一来，他就失去了这个逮捕拿破仑的大好机会了，他正是为了这个目的才对我们如此大献殷勤（请看他叙述的第69页和第85页及其他许多地方）。所以，他此处的沉默就是一个陷阱。

第六，皇帝写给摄政王储的信中（我们可以在许多地方读到这封信——除了在梅特兰船长的叙述里），有没有满是信任地表达了被英国船长成功激起的那个愿望？拿破仑在信中的意愿和信任是显而易见的。在皇帝上船之前，拉斯卡斯伯爵把这封信转交给梅特兰船长，后者对他先前一再宣称的、和这封信的内容截然相反的保留意见却未做丝毫表示，这又是不是真的？他当时大可以说明情况，但这定会让拿破仑改变心意，到时候英国内阁的算盘就落空了。所以，他什么都没说。

第七，首先，贝特朗在写给梅特兰船长的信件中（船长叙述第51页），是不是明确地说过皇帝愿意前来英国，享受它的法律保护？其次，皇帝写给摄政王储的信中，是不是说过他把自己置于大不列颠人民的法律的保护之下？最后，在登上柏勒洛丰号的时候，他是否对梅特兰船长说过（第72页），他前来接受英国法律的保护？梅特兰船长是不是无视他一再明确听到的这些话？[146]在他的正式报告中（第59页），他是不是把它曲解成了"拿破仑前来听取摄政王储的宽大处理"？

第八，拉勒曼德、古尔戈将军是否向梅特兰船长要过类似确认书这种他应该提供的东西，好证明他们是自愿、抱着信任态度来到柏勒洛丰号的？为了彼此有个保障，拉斯卡斯伯爵在此期间是不是也提议出具一个会议记录或谈话决议之类的文件，把他们之间的谈话记下来？他是不是抱着不偏不倚的态度草拟了这么一份文件？梅特兰船长读了后是否曾表示自己会在上面签字？这份文件是不是在他的办公室里放了很久？最后梅特兰船长是不是被催得没办法了，才直截了当地拒绝签字，说某个人突然告诫他（此人无疑就是科伯恩上将），这种文件会给英国政府带来麻烦？

我们还可以提出更多问题，但上面这些足以说明一切了。

如今，英国政府的辩护者和耳目利用时间上的错误大做文章，以亦真亦假、没有任何分量的事情为依据，在那里混淆视听、颠倒黑白、无中生有、制造谣言。①[147]他们选择了一块对自己最有利的阵地展开攻势。例如，他们批评拉斯卡斯伯爵擅作主张，说英方和他谈好了条件（可无论他还是拿破仑在抗议信中都丝毫没提到这些内容），之后为了否认自己的失误，又找来证人，说是英国没有遵守这些条件。他们还说，根据目前的证据，拿破仑明显就是战俘身份自首，以恳请得到英国政府的宽大处理，而且英方对他礼遇有加、百般优待。后人一眼就可看出，这些人和那位大名鼎鼎的受害者到底谁在说谎。这位受害者坚称，他以自由身份登上了柏勒洛丰号，甚至是在船长的邀请下才上去的；后者称自己得到许可，可接纳他、把他带到英国——如果他愿意的话；他是抱着善意才去了柏勒洛丰号，想把自己置于英国法律的保护下；如果英国政府一边下令接待他，一边又设圈套，假意向他伸出热情的双手，实际上是想抓住他、杀死他，那它就是在抹黑自己的国旗，犯下了弥天大罪。

我还是回到之前的话题，继续说皇帝的口述吧。他口述前向来不做任何准备，我从未见过他在什么时候为了口述回忆录而认真钻研过我们或其他民族的历史。然而，没人像他这样频频谈及历史，他用词和内容

---

① 沃尔特·斯科特和梅特兰船长信誓旦旦地说，拿破仑是在7月13日——拉斯卡斯伯爵登上柏勒洛丰号的同一天——给摄政王储写了那封信，并由此推测，拿破仑肯定在把拉斯卡斯伯爵派到柏勒洛丰号之前就已经做出决定。对此，我的回应是：我承认自己不知如何解释这个日期错误，只能说自己在写日记时疏忽大意了；但我敢把当时所有在场的、现在依然健在的人叫来替自己做证，里面有罗维戈公爵、贝特朗将军、拉勒曼德将军、贝克尔将军、蒙托隆将军、古尔戈将军、普拉纳上校等人。我可请这些人来证明，拿破仑是在我回来之后，根据我提供的情报，召开了一场会议，才确定前去英军舰船；之后，拿破仑才亲笔在当夜给摄政王储写了一封信，当时贝特朗伯爵当着所有人的面把这封信誊写了几个正式版本，将其交给在场的几个人。原信和誊写版都没有具体日期。——辑录者注

比任何人都要精准、正确和恰当。我们甚至可以说，他在谈论史事时，仿佛受了史料的启发似的。写到这里，我觉得是时候把一件一直萦绕在我心头的事说出来了。我觉得这件事无从解释，但它太过重要，我作为见证者，不能沉默地看着它被人遗忘。我们可以这么说：[148]拿破仑脑子里储备着一大堆东西，它们总在关键时刻突然迸发出来；如果无事，它们就如同睡着了一般，连他自己都意识不到它们的存在。例如，说到历史，他不知多少次问我"圣路易到底活在美男子腓力四世之前还是之后"这类问题。但在许多时候，他如同神灵附体一般，在历史上旁征博引。我有时候甚至会怀疑它们的准确性，在私底下偷偷核实，发现他说得丝毫不差，让我找不出任何错误来。

还有一件类似的怪事，皇帝闲暇聊天的时候，常把许多妇孺皆知的人的名字念错，甚至还把我们的名字搞错过。可他在公共场合从来没犯过这种错误。我不知多少次在散步的时候，听他念起奥古斯都的那段著名独白，其中一句他每次都念成"坐下吧，叙拉"；他还经常随意给人起名字；一旦某个历史名人被他起了绰号，无论我们在他耳边把这人的名字重复多少遍，他都记不住；但如果我们也跟着他这么念，会把他吓一跳。在人名拼写上也是如此，他根本不在乎自己是否把人名拼对；但如果我们交给他的誊写文稿中有人名拼写错误，他一眼就能发现，为此连连抱怨。

有一天，皇帝问我："您不按正字法拼写，是吗？"旁边的人听了这话，还以为他是在责备我，一副嘲笑的样子。皇帝发现他这副样子，立刻对他说："这是我的猜测。一个忙于公事和其他重要事务的人，比如内阁大臣，他不能也不需要注意正确的拼写法。他必须把自己大脑的想法迅速记到纸上，之后再让司书校对就行了。"皇帝把许多事都交给司书去做，简直是后者的噩梦：他的字迹潦草无比，许多时候连他自己都认不出来。有一天，我的儿子在给他读对意之战的篇章时，突然停了下来，想辨认上面写了什么。皇帝说："怎么了？这小子连自己写的字都不认识？""这不是我写的，陛下。""那是谁的？""是陛下您的。"[149]"怎么可能，你个小东西是在侮辱我吗？"皇帝一把拿过手稿，辨认了很久后，最后把它丢到一边，说，"他说得没错，我自己都认不出上面到底写的是什么。"

皇帝经常替我请来抄写员，让他们辨别连他自己都认不出来的字迹。

皇帝说，自己之所以能保持头脑清醒，能长时间工作而不知疲倦，是因为他的大脑如同衣柜一样，许多事被井井有条地摆在里面。他说："如果我想中断一件事，就关上装它的那个抽屉，再打开另一个抽屉。它们绝不会相互混淆，我也从不会为此感到疲倦和麻烦。"

他说，他从来不会因为脑子里事情太多而失眠。"如果我想睡觉，就把所有抽屉关上，然后就睡着了。"他说，这就是为什么他每到需要休息、想要休息的时候，总能快速入眠。

第十章

1816年10月

我的《地理学图鉴》—总督徒劳地坚持要求皇帝接见他

10月1日，星期二

^{150}我进入皇帝房间时，他手上正拿着我的《地理学图鉴》。他在好几页地图之间翻来翻去，非常喜欢它们前后照应的编辑安排。合上这本书后，他说：

"这本书读来真让人愉快啊！每个部分都相互依存、相互联系，而且条分缕析，令人印象深刻。我亲爱的拉斯卡斯，即便您别的什么都不干，只展示您的教学方法，就能为国家做出巨大贡献了。之后，其他老师只需按照各自的办法，在您搭好的骨架上添加装饰即可。这套方法肯定会被后人不断改进，但您是当之无愧的奠基人。"

之后我们聊了许多事，还谈到了宿命论，皇帝对此发表了一些很有趣的观点。例如，他问我："人们是不是认为我满脑子都是宿命论？""没错，陛下，许多人是这么认为的。""行吧，行吧！就让他们这么说吧。说不定有人还想模仿我呢，毕竟宿命论有时候还是有点用处的……人啊……他们多么容易被蛊惑啊！他们的心智是多么轻易地就被谬论而非正确的理性所攻占啊！即便是明理的人，有时仍会陷入宿命论中。宿命论要么承认，要么排斥自由意志。如果它承认自由意志，我们怎么想象一个已被预定好，但任何一个微小的举动、一个不起眼的举动、一句简单的话都足以将其改写的结局呢？如果宿命论不承认自由意志，这就是另外一回事了：若真如此，父母生下孩子后，把他丢到摇篮里就完事了，根本用不着对他多加照顾，反正命运自有安排。如果你命中注定能活下来，哪怕没吃没喝，你也能长大。所以您看，这套理论根本就站不住脚，[151]宿命论就是一个毫无意义的名词罢了。连宿命论的导师土耳其人都不信这套说法，否则他们就不会有医生，住在楼上的人爬楼梯时也不用那么小心翼翼，直接从窗子跳出来就行了。所以您看，这套说辞荒谬到了何种地步。"

下午三点，人们向皇帝汇报说，总督想把他刚从伦敦收到的指令传达给皇帝。皇帝让人回信，说他身体抱恙，总督可以把指令转送过来，也可以借他下面的一个人代为转达。可总督坚持要见皇帝，说他想直接和皇帝对话。他还补充说，和将军见过面后，他还有几句话想私下告诉我们几个人。

皇帝再次拒绝，一边回屋，一边说：总督大可等下去，看他能不能见到将军，他可有得等了。我当时就在那里。皇帝对我说，他已下决心再不见这个人了。

晚饭后，皇帝让人把瓦尔蒙·德·博马尔[1]和布冯[2]的书拿过来，想看看这两个作家对不同人种有何看法，以及是怎么讨论黑人和白人的差异的。他翻了翻，觉得索然无味，很早就离开我们回房歇息去了——皇帝今天身体不太舒服。

10月2日，星期三

皇帝告诉我，他决心重拾英语，我每天得强迫他上一节英语课。我老老实实地遵照他的命令，在中午十二点半的时候来到他的房间。我没有挑对时间，皇帝当时正躺在沙发上睡午觉。我只好把他摇醒，这让皇帝不高兴，我自己也觉得不好受。但他并没让我离开，反而读了半个小时的英语杂志。今天他身体非常不好。之后，皇帝洗漱更衣。我告诉他，我们已经做好了准备，可以开始工作了。一开始，皇帝想口述对意之战的部分篇章，但他又改变主意，一整天都忙于其他事务……

接近傍晚五点钟时，皇帝打算出门，[152]却发现天气异常寒冷，只好作罢。晚饭后，他想读点东西，但怎么也读不下去。他感到浑身疲乏无力，没过多久就回房了。

法学、法典和梅尔林—埃及纪念碑—在巴黎修建一座埃及神庙的计划

10月3日，星期四

皇帝用过早饭后，在我们所有人的陪伴下在花园里走了几圈。他在想总督到底想告诉我们什么事，我们每个人都在猜测，有的人想得很有道理，有的人则是胡思乱想。今天天气马马虎虎，皇帝让人备好马车，

---

[1] 即博马尔的《自然史通用推理大辞典》（*Dictionnaire raisonné universel d'Histoire naturelle*）。
[2] 即布冯的《人的自然史》第五卷，1774—1789版本。

我们在树林里逛了几圈。尽管艳阳高照，但天气无比闷热，皇帝只好提前回来了。之后，他开始一天的工作——向我的儿子口述回忆录，忙到傍晚五点钟才歇息。

我们又想回花园散步，可这时外面的天气明显阴冷起来。皇帝回房，示意我跟着他过去。他翻看了一本英文书，读到法学那里停了下来。作者探讨了英法两国在民法和刑法程序上的不同之处，皇帝便想把它们做一番比较。皇帝对我们的法典了如指掌，这是世人皆知的事，但他并不太了解英国法典。我在一些宽泛的问题上还能稍作解释，但他一提问题就答不上来了。谈到两国法律时，皇帝说："从理论上看无比浅显易懂的法律在执行中变成了一团乱麻，这也是常有的事。因为人在激情的煽动下，能毁了他们的坚持……我们若想避免法官任意判案这种事，就只能接受法律的专制……我一开始幻想把法律简化成如几何一样简单明了的东西，让任何一个能识字的人都读得懂它。但没过多久，我就意识到这种想法是多么可笑。然而，我还是希望从某个不可动摇的基点出发，沿着唯一得到世人认可的那条大道走下去。换言之，我想告诉大家：只有被写进法典里的律法才是律法，凡是不在法典里的都是无效的。但一遇到实践法律的律师，事情就没这么简单了。[153]他们一开始告诉你，这条路是行不通的，它完全是海市蜃楼；之后他们会想方设法地证明它和维护权力是相冲突的。他们说，权力，也只有权力，向来都是无数难以预料的阴谋的攻击对象；为了以防万一，它需要武力保护。拿破仑就说：'如果这样的话，当权者大可在必要时把希尔佩里克一世和法拉蒙的古老法令挖出土，到时候，依照法律规定，看看谁会被吊死。'"

皇帝说："在参政院的时候，只要人们讨论法典，我肯定占上风。

可一旦他们转而讨论起其他事务，我就一下子哑火了。那时，梅尔林就成了我的锦囊袋，我像抱着火炬一样紧紧靠在他身边。梅尔林看起来不起眼，但博学多识，为人正直，在古老、崇高的律法上有丰富的经验，而且对我爱戴至极。

"《法典》出台后，相关的解释、评注、发展、阐释就立刻跟上来了。可我哪懂这些？我一看到这些东西就喊：诸位，我们才把奥吉亚斯的牛圈打扫干净；看在上帝的分儿上，别再往里面添牛粪了！"

晚饭时，皇帝说了些关于埃及的很有意思的事，内容和他在埃及宗教及风土人情方面的口述有关。皇帝提出了很值得关注的一点：这片土地上诞生了三门宗教，它们把多神教连根拔除，全世界从此只认一个神。之后，他兴致勃勃地分析东西方的宗教，说我们的宗教信仰关乎灵魂，而穆罕默德的宗教关乎肉体。我们的宗教最强调罪罚，宣扬地狱和永恒惩罚的存在；而伊斯兰教则看重弥补，动辄就宣传天堂的处女、结满果子的林荫山谷、流着奶的河。通过对比这两大宗教，他得出结论：前者以震慑为手段，是一门令人畏惧的宗教；后者则以希望为手段，是一门充满诱惑的宗教。读者可在大元帅的书中读到更多类似的新颖独到的观点。

154 接下来，皇帝谈起了叙利亚远征一事，并说，埃及远征的主要目的，是动摇英国在世界各地的实力，掀起一场足以改变东方面貌、让印度重获新生的革命。他说，埃及应当为我们在圣多明哥和美国的殖民地提供支持，让我们在黑人的自由和我们贸易业的繁荣之间取得调和。这块新的殖民地本可以沉重打击英国在美国、地中海乃至恒河流域的势力。

有人抨击他抛弃了自己的军队，皇帝对此的回答是："我只是听从了法国的呼声罢了。它在召唤我回去拯救它，我也有义务去拯救它：我从督政府那里得到白卡，有权在地中海、非洲和亚洲的内港展开任何行动，还有权和俄国人、土耳其人、柏柏尔人及印度君王谈判。我可以依照自己的想法任命军队接班人，把军队带回法国，或者在我觉得合适的时候亲自回国。"

说回埃及①，他觉得自己在埃及看到的一切，尤其是他们引以为豪的著名遗迹，和巴黎、杜伊勒里宫根本就比不了。他认为，埃及和我们唯一的不同，就是埃及的空气及其他自然条件让古代遗迹得到良好的保存；而我们欧洲因为气候温和，什么东西要不了多久就腐烂、消失不见了，所以没留下什么东西。他说，尼罗河岸边屹立着上千年的历史遗迹，而塞纳河边的建筑年龄最多不超过50年。此外，他最感可惜的是，自己没能在巴黎建造一座埃及神庙。他说，他非常希望我们首都能有这么一栋纪念建筑，让它更添繁华。

流亡期间的生活来源及逸事—正式公文—新的冒犯事件
10月4日，星期五

[155]中午，我来到皇帝房中，带他好好读了一段《忒勒玛科斯》来学习英语。皇帝决定重新采取我的方法，觉得他从中受益匪浅。他说，他觉得我有成为一位非常优秀的好老师的巨大潜力。我回答，这都是我摸索出来的。于是，他转而问起我流亡期间在伦敦教课时的许多小事，听得津津有味。他说："不过老实说，你们贵族因为学识，更因为举止风度的原因，在这个职位上很受敬重。"于是我告诉他，我们的一个亲王流亡期间还当过数学老师呢。皇帝闻言惊呼："单单这个经历就足以锻炼一个人，因为

---
① 该段开头这句话只在1824年版本中才有。

它需要一些品格才行。德让丽夫人就是最好的例子。"我还给他讲了一些从别人那里听来的趣味小事。

我说:"亲王在瑞士时不得不隐瞒身份,便想取个他中意的化名。南方的一个主教觉得他最好取一个年轻的朗格多克人的名字,这个朗格多克人当时在尼姆,是个狂热的新教徒。这个名字当时看来非常合适,毕竟亲王正待在一个信奉新教的地区。主教还说,这个名字绝对不会让亲王泄露真实身份。可这个年轻人参军了,还成了蒙泰斯鸠的副官。没过多久,他和他的上司一道逃到了瑞士。当他在旅馆名册中发现一个人和自己同名同姓、信仰同一个宗教且来自同一座城市的时候,这个年轻人是多么吃惊啊!两个身份酷似的人一下子碰面了。更有意思的是,新来的这个人也改了名,小心地藏匿行踪。这种事只会出现在小说里,现实中谁也不会相信有这么凑巧的事。也许这个故事被夸张和美化了,[156]不过我相信它的真实性,因为我是从那个年轻人口中得知此事的。"

皇帝又问:"那些在国外谋取生计的流亡贵族回到法国后,有没有觉得非常迷茫,觉得自己的人生再度被毁呢?""当然了,陛下,因为我们发现自己在国内的家产化为乌有,先前辛苦得来的微薄收入也没了。但我们并不在乎这些,回归故土的迫切渴望压倒了一切。我们中的一些人虽然和当时的显贵要员,也就是和陛下的内阁大臣、参政院议员以及其他官员来往,甚至关系密切,却依然过着缺衣少食的拮据生活。说起这个,我想起一件很有意思的事。一个很幽默的流亡贵族在海军沙龙中遇到一个熟人,两人当时都在为自己的生计发愁。这个人说了下面这句话权当宽慰:'别怕,我的朋友,如果我们饿死了,至少还有两三个海军部官员参加我们的葬礼呢。'"

皇帝听了这话,哈哈大笑起来,但也承认这话精准地刻画了当时的时代风貌。

上了英语课后，谈话继续。皇帝出门散步，我们一直走到小树林深处，抵达马车接应我们的地方。

回来后，医生前来告诉皇帝，得到皇帝的允许、代替总督前来传话的里德上校请求接见。里德上校把一封相当长的公文交给皇帝，皇帝让我把它翻译成法语。公文中的内容，正是哈德森·洛韦三四天前试图亲自传达而未果的信息。他当然想亲眼看看皇帝读到这份公文时是何表情，因为里面到处都充斥着令人极为不适的词语。他既如此出言无状，自然也没想过得到回信了。这封公文中还有几封官方文件，我会在它们生效的时候再回过头来说这件事。①公文措辞冰冷生硬，还频频出现威胁之词，说要把我们通通从皇帝身边赶走。我们所有人气愤难耐，一整天都情绪低落。

皇帝读了我的日记和口述手稿—大元帅和总督的谈话
10月5日，星期六

大清早，我还没起床，就听到有人轻轻地推开我的房门。由于门后面就是我和我儿子的床，人们若想进来，只能稍稍推开一条缝，勉强挤进来。我感觉进来的这个人掀开了床帏，此人便是皇帝。幸好我当时手里拿着一本几何学的书，皇帝对它很感兴趣，说它拯救了我的名声。我立刻跳下床，很快就洗漱完毕，去小树林和正独自在那里散步的皇帝会合。他一直在说昨晚发生的事。散完步后，他回房泡澡。皇帝觉得身体

---

① 读者也应该注意到我经常引用官方文件。这里我之所以没把它复制过来，并非因为我的疏忽。在朗伍德的时候，皇帝让我把官方文件分类放好，形成我们自己的小小档案室。我如有需要，自会前去翻看。可后来我突然被哈德森·洛韦勒令离开圣赫勒拿岛，我的所有文件也被他扣留。所以我失去了这封公文，直到今天都没有任何办法把它拿到手。——辑录者注

极为不适,昨天一晚都没睡好。

下午一点,他把我叫到客厅,想继续学英语。今天天气格外闷热,皇帝情绪萎靡,几乎无法投入工作,好几次都睡着了。我就在他旁边守着。最后皇帝干脆站起身来,想消除困意。他去了桌球室,好呼吸一下新鲜空气。

说起对意之战,鉴于我们已把所有章节抄写了好几遍,他问我是怎么处理原稿的。我告诉他,我把它们都小心保存起来了。他让我把除了两个完整版之外的其他手稿都拿过来,让人把它们拿到厨房里烧了。

[158]我应该不止一次说过皇帝知道我写日记的事。我一直牢牢瞒着,不让大家知道,所以皇帝只在只有我们俩的私人场合问我日记写得如何。他经常问我是否仍在写日记,在里面写了什么。我回答:"陛下,里面记录的是陛下每天从早到晚的一言一行。"他说:"那您肯定写了一大堆重复和无用的东西咯?算了,不要紧,继续写吧,将来我们一起来读它。"

每次皇帝来到我的房间,总能看到好心过来帮忙的阿里伏在桌上认真抄写日记。他通常会去看看阿里在抄什么,读上两三行。发现那是日记后,他会立刻走开,转而聊起其他话题,完全不提日记的事。今天早晨也是如此。之后,皇帝想起这事,说他想看看这堆名声在外的杂乱记叙。我的儿子把一部分手稿抱了过来,皇帝读了两个多小时。序言纯粹是在讲我的私事,却依然引起了皇帝的兴趣。他读了两三遍,心满意足地放下,说:"这很好,很好。它会是留给小埃马纽埃尔的一份宝贵遗产。"他对日记正文的格式和大纲表示认可,只对涉及他的家庭和童年的部分内容略微做了修改。他还让我的儿子提笔记录他的口述,就布里埃纳、帕特罗补充了更多细节。

完成口述后，皇帝希望我能把日记继续写下去，说他对此非常满意。他还承诺会给我提供更多细节，尤其是在关系到亚历山大和其他君主的地方。

之后，他登上马车，身边只有我作陪。散步期间，他从头到尾都在谈论日记，发表了许多意见，一再表示他有多喜欢写日记的想法，还给我出了许多点子。最后他说，由于情况特殊，这本日记定能成为一本独一无二的作品，更是留给他儿子的无价之宝。

散步回来后，我们遇到了大元帅。他为了昨天公文一事去了种植庄园，刚从那边过来。①[159]我们焦虑不安地等着他从那边带来的消息。大元帅告诉我们，英方要求我们中四个人离开皇帝。这虽然是公文中许多恶心事中的一件，却一下子让我们所有人的心揪起来了。最后总督同意只让波兰人和三个仆人离开。②根据大元帅的说法，被雷劈中的人里面本来还有我。总督最不喜欢的人就是我，他说，要不是因为我对皇帝有用，他肯定会让我离开。他抱怨我总给欧洲写信，在信中抗议英国政府

---

① 请看上文第156页内容。

② 根据蒙托隆的叙述，哈德森·洛韦虽然同意由皇帝指定哪些仆人离开，但明确要求拉斯卡斯和皮翁科维斯基离开朗伍德。他说："这两个人无视我的命令，企图和外人建立非法联系。我不能放任他们继续待在这里，让自己背负他们的罪恶阴谋万一得手导致的风险。"贝特朗坚要看公文原件，洛韦只好让他看了巴瑟斯特9月29日寄到圣赫勒拿岛的急报。巴瑟斯特发出明确指令：要求皇帝身边三个仆人、一个军官离开，人选由拿破仑自己决定。换言之，急报并未明言要谁离开。总督只好让步了。他还说，内阁之所以下达这些命令，是因为英方必须减少朗伍德的开销，以防支出总额超过维持拿破仑被囚生活的预算。具体请看蒙托隆的《拿破仑皇帝被囚记》的第一卷第407~410页内容。所以，人们得让拿破仑本人来挑"被害人"人选。最后他选择了波兰军官皮翁科维斯基，因为"此人军衔不高（他只是个小小上校），不能接近皇帝，所以他的离开不是一个太大的损失"（语出《拿破仑皇帝被囚记》第一卷第406页）。另外三个仆人，分别是企图刺杀总督科西嘉人桑蒂尼（皇帝害怕他真的干出这件事来，觉得最好让他离开）、负责保管银器的鲁索以及阿尔尚博特兄弟中的弟弟。

的不公，揭露我们在这里遭受的迫害。他还不满我总和拜访朗伍德的外国人谈论皇帝，激起他们对他的关注。他说，我总想和岛上许多人保持往来（总督举了斯图尔默夫人的例子），说我把许多文件送到欧洲（或者至少有这个企图）。尽管他对我大加痛斥，但还是说了些明面上的好话来缓和语气，说他从未想过一个这么有学识、有名气、全欧洲都知道其名字的人会做出这些事来。

晚饭后，皇帝饶有兴趣地解起了几何和代数题。他说，这让他想起了自己的童年。小时候学过的知识，他竟记忆犹新，这着实让我们称奇。

我的日记——一件怪事—皇帝对舆论的看法—塔尔马和克雷申蒂尼
10月6—7日，星期日至星期一

这两天发生了一件怪事，由于这关系到我当前的工作，我没法忽略它。在上篇日记中，皇帝对我的日记表示非常满意。白天他不止一次提到它，说他很愿意继续读下去，对其进行纠正。[160]大家可以想见，我当时听到这话是多么高兴啊。我盼星星盼月亮，终于等到了这一刻。我从前仓促记下的不太准确的内容，今天终于要得到纠正和认可了，这是多么难得的殊荣啊。如此一来，日记中没有写完的部分将得到发展，其中的空缺将得到填补，许多晦涩不明之处将得到清楚的解释。我将得到一份多么珍贵的历史资料和政治秘闻啊！我满怀期待，在平常去见皇帝的时候抱着我的日记走进皇帝房中。然而他一直忙于口述其他内容，我只好另寻他日。第二天也是如此。这一次，我想提醒皇帝日记这件事，但他一副听不懂的样子，于是我懂他的意思了。我太了解拿破仑了！他深谙揣着明白装糊涂的艺术，频频使用这一招，而且屡试不爽。既然我明白了他的意思，就没再提这件事。一开始，我非常疑惑他为何突然前后态度大变，对此还做了许多猜测，相信读者也和我一样满腹不解。后来，我再没有机会得到一个确切的答案了：没过多久，我就被迫离开了他，可我当时根本没有料到这个灾难的到来。

我抱着严谨小心的态度讲清这件事，觉得这是我展现真诚之心的另一个机会，我可借此向大家剖明我的日记的性质。日记中的思想观点，尤其是在重大事件上发表的见解，它们都是确凿无疑的。但因为速记的关系，再加上我已失去唯一能对手稿进行修正的人的帮助，在日记细节上肯定会犯一些无心的错误。

皇帝一边洗漱，一边等大元帅来陪他工作。为了打发时间，他漫无目的地聊了许多事。

说着说着，他谈起了舆论影响力这个话题，说舆论是如何神秘难料、飘移不定。之后，他转而说起法国人民在礼节方面是多么讲究、在风俗方面多么坚守和敏感，权力机关如果企图操纵舆论，得采用多么温柔精巧的手段才行。

[161]他说："我想把所有有才人士网罗进我的体制，建立一个一视同仁的奖励机制。我曾想给塔尔马颁发荣誉勋章，但又忌惮众人多变不定的风气、荒谬可笑的成见。于是我打算先做一个无关紧要的尝试，给克雷申蒂尼颁发了铁十字勋章。这是外国的十字勋章，克雷申蒂尼也是个外国人。我想，这件事应该不会引起太多人的关注，更不会累及权力机构的威信，最多引来公众几句嘲笑。结果呢？您看看舆论强大到何种地步吧。我可以随心所欲地扶持王位，人们会争相跑来跪拜新王；但我不能随意地颁发一枚小小的勋章，这触及了舆论的逆鳞。我想，我在克雷申蒂尼这件事上就是个失败的尝试吧！"在场的一个人说："没

错，陛下，非常失败。当时巴黎谣言四起，所有沙龙对此议论纷纷，人们幸灾乐祸地以最坏的恶意来揣测此事。不过，在圣日耳曼郊区的一个美丽的夜晚，一句风趣话一下子就打消了人们的愤怒。当时一个口才极佳的人说，此事简直是天大的丑闻，简直是糟蹋圣物，那个克雷申蒂尼凭什么能获得这等殊荣？当时美丽的格拉西妮夫人[①]也在场，她闻言仪态万千地站起来，用戏剧性口吻说：'凭他受到了伤害啊！先生，您怎么不把这个考虑进去呢？'此话立刻引得众人哈哈大笑和一片叫好。可怜的格拉西妮夫人见自己这话引起这等轰动，尴尬得不知如何是好。"

皇帝还是第一次听说这个小故事，也大笑起来。后来他经常提及这件事，还总把它讲给别人听。

晚饭时，皇帝告诉我们，今天他一直工作到十一点钟。我们说，这一天还没结束呢。他看上去一脸疲倦，身体很不舒服。

尤利西斯和伊洛斯之斗—诺韦拉才是我们的王
10月8日，星期二

[162]今天我来到皇帝房中，发现他正在读新到的几期《论报》。下午三点钟，他更衣洗漱。他的大侍仆今天生病了；更衣的时候，皇帝总说起这件事，说自己有多喜欢马尔尚，说临时顶替他做事的这个仆人论细心和聪明劲都赶不上他。

今天天气尚可，我们走到林子深处散步，马车正在那里等我们。

我在伦敦有一笔数目不小的钱财，是我在1814年寄过去的。因为经历过流亡国外的苦日子，再加上当时局势不定，我出于谨慎才汇了这笔

[①] 1823年和1824年版本此处为G夫人。

钱。谁想到它如今竟起到了作用。多亏这笔钱，我在岛上期间金钱用度比皇帝身边其他人要宽裕许多。这笔普通的钱财之所以成了我眼里的无价之宝，是因为我觉得能把它献给皇帝是我三生修来的福气。我不止一次提出要把这笔钱交给他；今天，我说起总督不久前干的恶心事，又一次请求他接受这笔钱。当时蒙托隆夫人就跟在后面，正三步并作两步地赶上来，说皇帝走得太快，她快跟不上了。她一眼就注意到我的神色变化，但不明白我为何如此激动。皇帝一脸和气地对她说："夫人，他想让我接受他的慷慨馈赠，想让我们在这里过得舒心一点儿。"

由于空气潮湿，我们立刻就回去了。皇帝一直说他牙疼。过了一会儿，他的脸肿了起来。晚饭后，皇帝继续读《奥德赛》，我们读到了尤利西斯和伊洛斯乔装成乞丐在宫门互斗的那个地方。

皇帝很不喜欢这个情节，觉得尤利西斯此举拙劣、下作，有辱他的君王身份。他还说："不过，即便里面有这些糟糕的情节安排，这部戏剧依然深得我心。[163]我把自己代入尤利西斯的身份中，才觉得被一个卑鄙小人殴打是件不可接受的事。不是每个君主和将军都像他的卫兵一样身材魁梧，不是每个人都有脚夫那般的力气。善良的荷马把他的主人公刻画成虎背熊腰的大汉，但我们并非每个人都如此。"说到这里，他把我们每个人轮番看了一眼，继续说："我们这些人如果活在崇拜大力士的美好年代，那会变成什么人呢？你们看服侍我们的诺韦拉（他房里的一个仆人），他会是我们所有人的国王！所以我们得承认，文明是彻底的思想至上论，它抛弃了对体力的推崇，完全以智力为重。"

总督关了我们的波兰人禁闭—皇帝谈起了他的儿子和奥地利—烦心事再起—新的冒犯—谈论巴瑟斯特—新的限制令—拿破仑的口述批评

10月9日,星期三

我们朝马车停留处走去,权当散步。期间有人告诉我们,总督刚刚关了波兰人的禁闭。①这是一次试探,无疑也是对我们的一次警告。自从收到最新指令后,总督似乎格外喜欢用恐吓手段,他在这方面的确干得得心应手。我们倒要看看他能猖狂到什么地步。

晚饭前,我来到皇帝房中,发现他一脸忧郁、满腹心事的样子。聊着聊着,他说起了奥地利,提到它是怎么对待自己的,还讨论了它在政策上的失误。他说,奥地利君主性子软弱,难得展现刚毅的一面,却只毁掉了自己在民众心中的道德形象。

皇帝提到了奥地利政府中的谋臣和决策者,说他们是多么唯利是图、毫无底线。之后,他转而说起了盲目短视的奥地利政府,说它当前的处境是何其虚幻和危险。他说:"奥地利正处在最大的危险中,朝一个巨人迎头冲去,一步都不肯退。它其实是退无可退,因为它的身边和身后全是深渊。"

之后,皇帝自然而然提到了他的儿子[164]:"他接受了什么教育呢?

---

① 8月28日,拿破仑曾让皮翁科维斯基把他写的抗议信副本寄到英国。由于任务失败,皇帝向他发了一通脾气。不过,人们觉得并不是朗伍德的人走漏了风声。实际情况是,皮翁科维斯基拜托内格尔(Nagle)中尉将此信送出,后者向哈德森·洛韦告发了他。10月9日,总督的一个传令官告知皮翁科维斯基,他被关禁闭,不得再离开朗伍德一步,以防"他继续寻找机会,把驻地某个军官拉下水,将密信传到欧洲"。皮翁科维斯基提出抗议,哈德森·洛韦把他带到种植庄园,当面揭穿了这件事,让他无言以对。

他的童年受到哪些思想的熏陶呢？要是他性格懦弱怎么办？要是他和那些王位合法承袭者私交过密怎么办？①要是别人把他的父亲说成一个面目可憎的人怎么办？"他痛苦地说，"我一想到这个，就怕得发抖。但我能做什么呢？可不可以通过稳妥的中间人，把我的一切传承给他？我最多只能把我的回忆录留给他，也许还有您的日记。可要克服他在童年时耳濡目染形成的错误观念，要纠正糟糕环境造成的恶习，非得有强大的意志力、一定的能力、过人的判断力才行，可这不是谁都有的啊！"他说到这里，满脸写着对儿子的思念。之后，他突然说："算了，我们谈点儿别的吧。"之后他坐在那里，再没说话。

我开始誊抄手稿。过了一两个小时，大元帅过来接我的班。

离开皇帝房间的时候，他让我替他把总督送来的一大堆东西翻译过来。当时我的视力严重下降，只好请蒙托隆帮我读公文内容，我再将其转成法语。上面的主要内容如下：

第一，又有一堆新的限制规矩强加在我们头上，英方对待皇帝的手段之失礼、过分，让人不禁好奇还有什么是他们做不出来的。你们相信吗？英方甚至对皇帝说什么都要进行限制！我把公文原件附在这篇日记的最后，读者看了自然会相信我的话。

第二，文件中有一封让我们签字的声明书，通篇全是毫无意义的冒犯之词，当然还少不了在仇恨控制下发出的各种威胁。

第三，总督根据里德上校提交的公文，给大元帅写了一封信。当初里德上校拒绝把这份公文留下，我便当场替皇帝将它口译成法语（就是

---

① "合法承袭"这个词只在1835年版本中才有，先前版本中这里用星号代替。

我在10月4日的日记中提到的那封公文）。不过公文中原来的主要思想到了这封信里后，要么被故意删去，要么被恶意篡改。皇帝一再感慨，总督向来擅长这种事。我将自己还记得的内容抄在此处。虽然我只读了一遍后就把它翻译成法语念给皇帝听，但我敢保证内容绝对属实。

[165]"留在波拿巴将军身边的法国人必须在送来的一份书面文件上签字，表示自己愿意接受针对将军的强制性限制规定。一旦签字，他们必须永远遵守规定。拒绝签字的人将被送到好望角。皇帝的随从人数将被砍掉四人。留下来的人必须如英国人一样，遵守为了保障波拿巴将军的监禁工作而制定的法律。也就是说，如果有人参与其逃跑计划，将被处以死刑。任何一个胆敢对总督或英国政府出言侮辱、行为恶劣的人，将被当场遣送到好望角，且英方不会提供任何让他返回欧洲的帮助，届时一切开支都由他自己负责。"

在晚餐和之后的大部分时间里，这些公文成了我们谈论的焦点。总督在信中写的话，他所传达的英国内阁的指令，简直成了我们打发时间的利器。他还警告我们，我们中间但凡有谁不尊重英国政府，或做出其他当受指责的事，就要被送到好望角，再从那里返回欧洲；他还提醒我们，在这种情况下，回欧洲的费用将由此人自理。我们所有人都拿这件事打趣。皇帝说："你们觉得这种威胁很离奇、很可笑，但巴瑟斯特做出这种事来，我对此一点儿都不感到奇怪。我敢说，他再也想不出比这更严厉的惩罚了。这人做事向来都是作坊伙计的风格。"

最后，皇帝给我们读了伏尔泰的悲剧《阿德莱德》，书中有一大段颂扬波旁家族的精彩独白。皇帝读后，说："我执政期间，有人曾发布命令，禁止这部悲剧上演，理由是它会冒犯我。我无意中知道这件事，命令让它恢复演出。①类似事件不知道发生了多少次，人们为了讨好我或效忠我，才干出这种愚蠢的事。"

附注：我把上文提到的限制令文件抄在这里，不仅因为它本身很有意思，还因为它比长篇累牍的记叙更加清楚地展现了我们当时的处境。拿破仑后来还亲自②在每一条款后面添加了点评，希望它有朝一日能在欧洲被公之于众。这份文件因此也更加珍贵。

哈德森·洛韦的限制令

1816年10月19日送至朗伍德③

限制令内容

第一，从哈茨门前的道路沿山一直走到警戒室附近的信号间，这条路被确定为朗伍德的区域界线。

点评：哈德森·洛韦的前任把界线扩大到山头；但15天后，他意识到如果把界线稍微再移出去一点儿，就把法院大秘书布鲁克先生的花园和宅子也包括进去了，所以他快速做出了调整。

离大路大约80土瓦兹的地方是科贝特花园，里面的八九棵栎树提供了一块不大的纳凉地；那里还有一座喷泉，给人带来一丝凉爽。④根据新的限制令，朗伍德地界不能越过大道，英方以寸换尺，就这样把大秘书

---

① 伏尔泰在第二幕里写了一句台词："追随波旁家族，就是追随荣誉。"蒙托隆此处记录的拿破仑的话与拉斯卡斯的略有不同："这种荒谬事他们不知干过多少次了，以为可以讨得我的欢心！我一辈子都在修复鲁莽狂热之人干下的蠢事。"（语出《拿破仑皇帝被囚记》第一卷第410页）

② 这句话的末尾是1830年后加的。

③ 从8月开始，总督就陆续颁布了许多秘密命令来执行这些限制措施。但他从未把它们告知给岛上的英国军官，毫无疑问，连他自己都觉得里面的内容是可鄙的。——辑录者注

④ 拿破仑这里说的这块地方，正是他日后的墓地！！！——辑录者注

的宅子和科贝特花园给划出去了。①

第二，部分哨岗将作为边界的标记，没有总督的允许，任何人都不能穿过哨岗，接近朗伍德的宅子或花园。

点评：我们在岛上的住处原先就有相应规定，且它们得到了英国政府的同意。根据这些规定，来朗伍德拜访的人要遵守如下条件：总督、上将、[167]兵营上校指挥官、东印度公司理事会的两名成员及总秘书等岛上有权有势的人，无须任何通行证或允许令，就可穿过岗哨防线；当地居民要穿过岗哨则须得到总督的许可，海员须得到上将的许可，士兵须得到上校的许可；更重要的是，当地居民、海员、军官若要得到皇帝的接见，必须先得到贝特朗伯爵的允许。这种安排已经沿用了八个多月之久，并无任何不便之处。现有规定其实从8月就开始执行，只不过在这篇公文里才被正式告知罢了，根据其规定，我们被秘密关押起来，不能和岛上居民有任何接触。居民、军官和海员每次来朗伍德，都要先征得总督的同意，被质问前来这里的动机，他们对此也是非常抵触。以前从印度回来、路过该岛的外国人，无论是文官还是武将，若想见到皇帝，通常要先去拜访贝特朗伯爵，从后者那里得知皇帝何日何时可以接见他们。暂留岛上期间，他们的身份和居民无异，只要有贝特朗伯爵的允许，只要他们愿意，他们就可以拜访朗伍德。这一安排沿用了八个月，没有造成任何不便。如果某些外国人引起了总督的怀疑，他可以立刻禁止他们登岛，或者不让他们通过第一道岗哨。总督通过岗哨传来的报告，每天都能知道哪些人出入朗伍德。可自从8月施行新规定开始，总督就企图强迫我们接见他想让我们见的人，还得是在他愿意的时间里。这

---

① 包括杰拉尼奥姆山谷，后来拿破仑要求葬身于此。

简直是欺人太甚！！！皇帝被迫宣布自己不再见任何外人，好让自己免受羞辱。

第三，自从总督来到岛上以后，波拿巴将军很少踏足哈茨门左边那条在伍德里奇折回、通向朗伍德的道路，[168]鉴于此，那里的大部分观察哨将被撤销。但如果他想骑马走这条道，只要及时告知军官，他将不会受到任何盘查。

点评：在第一条点评中，这方面的限制条件已被清楚言明；到了这里，它们更是变本加厉。借口皇帝六个月里很少踏足山谷，故而采取这个决定，这个说法本身就是站不住脚的。这几个月里，拿破仑被总督的各种行为所扰，的确很少出门。但这一方面是因为山谷在雨季泥泞难行，另一方面，是因为那里有座兵营的缘故。巴瑟斯特在议会发言时是这么说的："这条道路将不设防线，除非我方发现他（波拿巴将军）利用我们的信任，企图收买当地居民。"可这里巴瑟斯特的说法就和哈德森·洛韦的相左了。允诺我们可以在想要的时候来这片山谷散步，这根本就是在许空头支票，因为要得到允许，就得先走一大堆烦琐的程序，这导致出行成了不可能的事。所以，这个允诺不可能也从来没被兑现过。不能再在这里散步后，我们就再也不能到马松夫人的花园，在那里不多的几棵大树下纳凉了。如此一来，在可以散步的限定区域里，我们根本找不到一处稍有阴凉和喷泉的地方，其他限定范围里又到处都是岗哨。而且英方还可以搬出命令传达不到位等借口，随意逮捕别人，反正这种事已在法国军官身上发生过好几次了。

第四，如果他（波拿巴将军）想往某个方向往前多走点路，须得到总督参谋长的一个军官的陪伴（如果得到及时通知的话）。如果时间不允许，可让驻扎在朗伍德的一个军官代为监看。

监看他的军官收到命令，除非对方要求，否则不可接近他半步。除了执行上级的要求，他绝不能监视他的散步。他的工作是在散步过程中留神一切破坏规定的事发生，并彬彬有礼地对其提出警告。

[169]点评：这条规定根本不起作用，因为如果他发现自己必须遭到直接、公开的检查，就再不会出门了。此外，参谋长手下的军官接到命令，要把法国人和他们说的每字每句都写成报告送上去，这就给了人落井下石的机会。许多军官拒绝扮演这么一个不光彩的角色，宣布他们不是间谍，决不把他们在散步中的私底下的谈话一五一十地告诉别人。

第五，为预防任何不经总督允许的交流的发生而颁布的规定，必须得到严格执行。所以，如果没有英国军官的陪同，波拿巴将军不能进入任何私宅，也不能和他遇到的人有任何对话（日常礼貌性的寒暄除外）。

点评：到此为止，对方终于展开了终极羞辱。皇帝不承认总督及其手下有任何强迫他的权利。这条规定目的何在呢？就是为了侮辱和贬低这些被囚者！！！让他们和哨兵爆发冲突！！！既然我们不能和任何人说话、不能进入任何宅子，那道围墙实际上没有存在的必要了。这条令人愤怒的规定，让人不由得相信了一种说法（其实许多人都已经这么怀疑了）：哈德森·洛韦有时候简直是发昏。

第六，如果波拿巴将军同意，人们可随时在得到允许后前往拜访，但即便如此，除非允许令中有明确表示，否则他们不能和他身边的人有任何交流。

点评：这条规定同样无效。自从现任总督推翻了前任的一切规定后，朗伍德再没接待过任何人。不过这条限制措施会产生一个后果：如果拿破仑要接见某个外国人，由于他的手下军官不能在场，[170]他的仆人也不能效力，那他只能自己去开门了；另外，他听不懂英文，如果被接见者不会说法语，那两人就只能打手势交流，谈话将变成一场纯粹的表演。

第七，日落后，朗伍德周边的花园围墙将被视为边界；从那时起，岗哨将被布置到四围地带；但如果波拿巴将军想在那个时候继续在花园散步，监护工作需在不烦扰他的前提下展开。夜里我方会布置岗哨，像以前那样把岗哨设在屋门口。夜里禁止任何人出入，这一禁令得在第二天早晨岗哨从房屋和花园中撤走后才被撤销。

点评：在天气炎热的时候，我们能够外出散步的唯一时刻就是日落以后。为了不和岗哨狭路相逢，皇帝白天一直都待在屋里。此外，由于天气炎热，人们根本无法在白天外出，朗伍德这个地方又没有任何树荫、喷泉等阴凉地。根据这条新规定，人们晚上不能外出，那皇帝就再不能骑马了。他只能待在一栋设施不全、格局糟糕、不利健康、连水都供应不上的小屋子里。人们简直不放过任何羞辱他的机会。他原本身体强健，如今健康状况却越发恶化。①

第八，寄到朗伍德的任何信件都要由总督亲手装在另一个信封中，封好后交给相关官员，之后再送到波拿巴将军的随从军官那里，由他转交给收件人。如此一来，除了总督，任何人都不会知道书信内容。

同样地，所有从朗伍德寄出来的个人信件也必须交给相关官员，放在另一个信封中封好后交给总督，以保证除总督之外的任何人都不知道信件内容。

---

① 1835年版本此处为"明显愈加恶化"。

*171*任何以书面形式写成、寄出的信件及其他任何联络，都只能按照上述流程进行。除了和物资供应者的必要联络，朗伍德不能和岛上其他人有任何联系。物资供应的相关信件应当以开启状态交由守军军官，让他们代为传达。

上述限制措施将于本月10日起生效。

哈德森·洛韦

1816年10月9日于圣赫勒拿岛

点评：这个规定和皇帝没有任何关系，因为他不会写信，更不会收信。所以，我们定要寻个解释了。难道皇帝手下在写给朋友的私密信件中说点什么，也会被视作违反规定？或者说，收信人也必须认为这些话不会对国家安全或政策形成威胁，甚至必须在读完信后忘记里面的内容，好避免一不留神和人说话时泄露点什么，因此招来罪名？

这么看，所有通信都该被禁。扣押拉斯卡斯伯爵个人信件的举动，就充分证明了这个论断。

如岛上无处不在的审查制度一样，这个规定就是为了不让欧洲通过信件得知发生在这里的罪行。他们必须下很大功夫，才能达到这个目的呢。那何不采取更简单的办法，坦荡、公正地行事，免去隐藏罪行的烦恼？1816年6月1日总督写给贝特朗伯爵的那封信更是过分，它甚至禁止我们和岛上居民有任何言语沟通。这简直是偏见、仇恨乃至疯狂的绝佳写照。然而，在现任总督日常干出的无数事件中，这只是其中最不足挂齿的一件而已。巴瑟斯特说哈德森·洛韦未对我们加诸任何限制手段，说英国内阁在指令中表态支持放宽对被囚者的束缚，说他们做的一切是为了保障这些人的人身安全。随便他吧！*172*因为遭受此等荒谬、下作的对待，皇帝好几个月连房门都没有出。任何医生都知道，这种囚禁生活对他的身体造成了多么致命的打击。这种手段，简直比刀剑毒药等杀人方法更加残忍，更能夺人性命。（多么可怕的预言啊！）

我们因新限制令生出的担忧和痛苦—《坎波福尔米奥条约》背后的逸事—科本茨尔、加洛、克拉尔克等人—安特莱格伯爵
10月10日，星期四

今天上午，我们所有人来到大元帅家中，商讨总督刚向我们传达的限制令，好一起做决定。我因为身体不适没能前去，向大元帅写信表达了自己的想法，告诉他：在敏感时期，我做什么都是无用的，也不能得出任何有参考意义的结论，所以我去不去都一样。

实际上，当前是我们最困难、最严峻的关头。我们不得不屈服于新的限制令，一举一动都受到总督的牵制。此人以下作的手段滥用权力，对皇帝语出不逊，还说什么事情都可能发生。他的言下之意就是，我们如果不听话，可能立刻就要被迫离开拿破仑，被送到好望角，从那里回到欧洲去。

另外，皇帝对我们因他而遭受的折磨而义愤填膺，不愿我们再做让步。他宁可让我们所有人离他而去，回到欧洲，充当见证人，告诉世人我们是怎么看着他被活活埋葬的。

但我们能这么做吗？我们宁可死，也不愿和我们侍奉、尊敬、爱戴、为其个人魅力所折服、恨不得把自己每一天都献给他、眼看他因仇恨和不公而遭受苦难、恨自己不能代其受之的人分开。这就是问题的关键所在。在这个绝望的时刻，我们已经不知该怎么办了。[173]我在信末说，如果只有我一个人，我可以毫不顾忌地在总督递过来的任何文件上签字；可如果要问集体意见，我愿接受大家的任何决定。

总督已经寻到了把我们各个击破的办法：他宣布自己可以随心所欲地把拿破仑身边的任何人赶走。

皇帝身体抱恙，医生发现他有坏血病的前兆。他把我叫过去，我们聊起了当前和我们休戚相关的这件事。他想用工作来打发时间，正好手边有莱奥本那一章的草稿，就拿起来读了读。

读完后，谈话继续，内容和《坎波福尔米奥条约》有关。我推迟了这一章的工作，想更加细致地刻画奥地利第一谈判官科本茨尔的性格特点。当时拿破仑给他取了"北方熊"①这个绰号；他说，这是因为这人爪子又粗又厚，往会议的绿色谈判桌上一放，就起到不怒自威的作用。

皇帝说："科本茨尔是奥地利君主国的人，是它政治上的灵魂人物，外交上的领军角色。他在欧洲重要的大使岗位上工作过，曾长时间待在叶卡捷琳娜的宫廷中，深得后者的喜欢。他仗着自己的身份地位，觉得凭他庄重高贵的举止和宫廷礼仪，定能轻松碾压一个大革命出身的将军。所以，他对待这个法国将军的态度颇有些随便。但后者一开口说话，就把他打回了原形，让他再也抬不起头。"

会议一开始进展缓慢。科本茨尔根据奥地利内阁的惯常做法，采用灵巧的手腕，遇到什么事都用拖字诀。然而我们的法军总司令铁了心要做决断，决意这就是最后一场会议，所以非常积极地推动谈判进展。他坚决要求对方对自己的提议进行明确回答，但遭到拒绝。于是，他愤怒地站起来，掷地有声地质问道："你们还想打仗吗？行，那就打吧！"然后，他拿起一件非常精美的瓷器[174]（科本茨尔曾高傲地吹嘘这是叶卡捷琳娜二世送给他的一件礼物），用尽全身力气把它狠狠砸在地上，瓷

---

① 科本茨尔27岁被派到俄国女皇身边出任大使，因为性格温文尔雅，又在俄国宫廷中自编自演戏剧，故深得女皇欢心。所以，这是一头文雅的熊。

器被砸得粉碎。他说:"看好了,我告诉你们,用不了三个月,这就是你们奥地利君主国的下场。"说完这话,他离开了会厅。科本茨尔呆若木鸡地站在原地;他那个更加机灵的副手加洛赶紧追着法国总司令,一直跟到他的马车前,请他消消气。皇帝说:"他当时死死地拽着我的衣袖,一副可怜巴巴的样子。虽然我当时看起来火冒三丈,内心却为他这个样子感到好笑不已。"①

加洛是那不勒斯驻威尼斯大使,曾陪同弗兰茨的第二任妻子那不勒斯公主②前往维也纳。加洛深得公主的信任,公主则深得皇帝的喜欢,所以这位大使在维也纳宫廷很有威信。当意大利军朝维也纳挺进,要求签订《莱奥本停战协议》时,奥地利皇后见情况紧急,便派她的这个心腹去扭转危机。他为了见到法国总司令,便制造偶遇,想让他表态支持自己参与谈判。拿破仑对这一切一清二楚,却装聋作哑,好达到他想要的目的。所以,在接见加洛的时候,他故意问对方是谁。这位宫廷宠儿一看自己现在居然狼狈到要自报家门的地步,只好说他是加洛侯爵,代表奥地利皇帝来和拿破仑接洽。拿破仑说:"可您并不是德意志的姓氏啊。"加洛回答:"没错,我是那不勒斯大使。"法国总司令冷淡地问:"从什么时候担任的?我是要和那不勒斯谈判吗?可我们两国处在和平之中。奥地利皇帝手头再没有其他老资历的谈判人可用了?维也纳古老的贵族阶级都死绝了?"加洛惊惧不安,生怕这种话传到维也纳内阁耳中,之后一直想着怎么讨好这位年轻的将军。

拿破仑语气缓和了一些,问他维也纳那边有什么消息,还谈起了莱茵军和桑布尔-默兹军,了解到了自己想要的所有信息。谈话结束后,

---

① 请看古尔戈在日记第一卷第115页中的内容。
② 即玛丽-泰雷莎。(请看《人名表》)

加洛哀求地问他是否愿意接受自己为谈判人，自己是否应该在维也纳那边谋得全权代表大使的职位。拿破仑一口答应了，毕竟他刚刚获得了一个不容放手的大好处。后来经历了世人皆知的一系列大事后，加洛在第一执政官身边担任过那不勒斯大使，还在拿破仑皇帝身边担任过约瑟夫的大使。他有时也会和拿破仑谈起两人初遇的场景，并坦承自己一辈子从没有这么害怕过。

克拉尔克是法方第二谈判人，加洛是奥地利第二谈判人。

皇帝说："自从督政府觉得我是个危险人物后，就把克拉尔克派到了意大利。督政府借口派他过来执行公务，实际上还赋予他一项秘密任务：盯住我，如有必要，还可逮捕我。但要在我的人中间把我逮捕，这恐怕是件毫无把握的事。一开始，他们打算找奇萨尔皮尼共和国帮忙，但后者的回答是：他们应该彻底放弃这类想法，想都不要想。

"我得知克拉尔克此行的真正目的后，便开门见山地告诉他，我对此已经知情，还说我并不在乎他打什么报告。他很快就相信了这一点。后来，克拉尔克在奥地利执行公务时被该国驱逐，我就给了他一个职位，然后他就留在了我身边。我按照自己的做事风格，对他一直照顾有加，虽然我俩之前没有多深的感情。要不是他后来投奔了另一边的阵营，我回国后定会毫不迟疑地再度起用他。人们都知道我习惯和旧人共事，谁若曾和我是一条船上的人，我就不会把他丢下船去。即便我真这么做了，那肯定也是无奈之举。克拉尔克最大的优点，就是勤快。"

雾月政变后，克拉尔克自然而然跟着第一执政官做事，当他的副官或从事其他工作。当时宫里还没有那么多礼仪规矩，不那么讲究身份之别，大家更像家人一样住在一起，[176]执政官的人经常在一张桌子上一起吃饭。克拉尔克性格太过挑剔，又敏感多疑，在宫里和人起了一些冲突。有一次，事情被闹到第一执政官那里，执政官就把他派到佛罗伦萨的伊特鲁里亚王后身边担任法国大使。这份工作看上去光鲜，对克拉尔克而言却是明升暗贬。克拉尔克使出各种手段，央求第一执政官把自己召回国。最后他终于回来了，可他的苦日子仍没完。第一执政官很少和他说话，让他在杜伊勒里宫、圣克鲁和布洛涅之间来回奔波，却不做任何解释，也不给任何承诺。克拉尔克绝望了，向人大吐苦水，说自己只剩在塞纳河投河自尽这一条路了，再不能继续忍受别人的轻蔑和贫困了。就在他无路可走的时候，突然天降喜讯，他被同时任命为地形探测部秘书和参政院议员，再加上其他职位，一年薪水有6~8万法郎。这就是拿破仑的行事风格：他若给了别人好处，之后会立刻连着给好多丰厚的赏赐。不过人们得抓紧机会才行，因为他的赏赐要么无穷无尽，要么就突然收回了。

  我和克拉尔克将军曾是军校同窗，关系匪浅。他曾告诉我，在耶拿战役的前几天，他奉命记下皇帝的口述，把他一大堆指令落实成文字。皇帝本来在口述，一边走进自己房间，一边随意地说："三四天后，我们会发起一场胜局已定的战役；此仗后，我至少能拿下易北河，也许还有奥得河。之后，我会发起第二场战役，并再度得胜。再之后……再之后……"他陷入了沉思，一只手放在前额，突然说："算了，这样就够了，切不可做白日梦……克拉尔克，一个月后您将当上柏林总督。您经历了这一年，通过这两场战争，会被历史视作维也纳总督和柏林总督。换言之，您就是奥地利和普鲁士的总督了。"他笑了笑，补充说："说起这个，您替弗朗茨治理了他的首都，他给了您什么好处？"[177]"什么都没有，陛下。""那太过分了！算了，我来替他还这个人情债吧。"于是他给了克拉尔克很大一笔钱。如果我没有记错的话，克拉尔克用这笔钱在巴黎附近买了一栋大宅子。

之后的事情发展甚至超出了拿破仑的预想：他只打了一场仗，17天后就进了柏林，到了维斯图拉河。

拿破仑说："克拉尔克痴迷于收集贵族羊皮纸。在佛罗伦萨的时候，他花了相当多的时间去寻找我的家谱。此外，他还潜心研究自己的家谱，最后认定他和整个圣日耳曼区都有亲戚关系。当然了，今天他成了一个正统国王的大臣，相比于过去给一个暴发户皇帝当部长，他肯定觉得自己的身份更加尊贵了。据说他很得国王欢心，希望他这份恩宠能够长久吧。他是在我进入巴黎前几天国王大势已去的时候当上部长的。在大局已定的情况下选择进入内阁，他肯定做不了什么，不过我对此并无微词。他这种行为也许有几分高尚的地方，但做事总要与时相宜才对，他却反其道而行之。不过，我还是轻易地宽恕了他对我做的那些事……在1813年和1814年，人们不止一次向我暗示他对我起了二心，我却从未把这些话放在心上，总觉得他是个正直诚实的人。"费尔特雷公爵身边的人可以证明，拿破仑对他这个部长的评价到底是否公正。

费尔特雷公爵向皇帝禀报阿图瓦伯爵抵达瑞士一事时，建议他和后者冰释前嫌。对此，皇帝在1814年2月22日的回信中说："至于您提的谈和这个建议，简直荒谬至极。我们若真这么做，定会大大动摇公众的信心。我要么是疯了，要么是蠢到家了，才会在可以和谈的时候选择硬战到底。这四个月里，我正是抱着这种想法，才愿意谈和；但现在我不想和谈了，因为和谈的希望会给法国招致不幸。我希望人们别拿这事来烦我，这个要求不过分吧？"

皇帝又说回签订《坎波福尔米奥条约》时的事，提到了安特莱格伯爵，说起了他被捕的经过，[178]人们在他身上发现的文件，里面透露了哪些重要消息，感叹此人做事是多么不择手段、背信弃义。

安特莱格伯爵足智多谋、善弄权术、长袖善舞，在大革命初期颇有地位。他曾是制宪议会的右派成员，议会解体后逃往国外。我们大军逼到威尼斯城前的时候，他正在那里担任俄国外交官。在所有反对法国的阴谋活动中，他既是核心策划人，又是主要出资者。他发现威尼斯共和国大厦将倾，就想逃出去，却被我们一支哨兵队拦了下来，他身上的所有文件也被当场截获。为了调查此事，总司令成立了一个特别委员会。调查结束后，一连串以前的未解之谜水落石出，调查结果让人震惊：人们发现了皮什格吕叛国的大量证据，他甚至牺牲自己的士兵，以方便敌军的行动。拿破仑当时愤怒地高喊：人在世上能犯下的最大罪行，就是在祖国相信他的为人和荣誉、把这些人的性命托付给他的时候，他竟冷血地把他们送上死路。①

安特莱格伯爵发现阴谋败露，就开始耍花招。拿破仑以为自己已经把他争取过来了，更准确地说，是安特莱格让他以为自己已把他争取过来了，所以对他宽大处理。当时督政府坚持要求枪决安特莱格伯爵，可拿破仑不从，听了后者的一面之词，把他放到了米兰。后来安特莱格逃到瑞士，还发表了一本用词恶毒的小册子攻击拿破仑，说他当初抓住自己后如何残酷地折磨自己，对自己当初被打入大牢的遭遇表示严重抗议。可以想见，拿破仑听到这个消息后是多么震惊、多么愤怒。安特莱格的谎言引发轰动，以至许多知道此事详情的外国外交家都主动站出来发表公开声明，揭穿事情真相。

如果我没记错的话，安特莱格伯爵最后惨死英国，时间不晚于1814

---

① 拿破仑在1816年12月4日对奥米拉说："皮什格吕投敌后牺牲了近两万士兵的生命，他明知敌人有何打算，却故意让他们落入敌军手中。"（语出奥米拉的《流放中的拿破仑》第一卷第230~231页）

年。他的一个仆人当着他的妻子——著名歌唱家圣于贝尔蒂的面，将其杀死了。①

179 安特莱格伯爵被捕的时候，皮什格吕正是立法院的一号人物，和督政府几乎撕破了脸。可以想见，督政府是多么重视这些到手的、可以拿去攻击其政敌的重要文件。这个大发现极大地影响了拿破仑在果月事件中的立场，成为促使他发表那篇著名宣言的一大原因，而这篇宣言又帮助督政府取得了政变胜利。

之前在莱茵军莫罗手下做事的德赛，在停战期间结识了意大利总司令，对他敬仰至极。在安特莱格事件中，他就在拿破仑身边。拿破仑把皮什格吕叛国这件事告诉了他，德赛的回答是："莱茵河边的我们在三个多月前就知道这件事了。克林格兰男爵的一辆货车被我们截获，上面有皮什格吕和共和国敌人往来的所有书信。""可莫罗就没向督政府吐露任何消息？""没有。"拿破仑高喊："天哪！这是在犯罪！在关乎祖国存亡的事情上，沉默等于同谋。"大家也都知道，直到后来皮什格吕倒台了，莫罗才将此事禀告给督政府，并严厉谴责了这等叛国行为。拿破仑说："这是错上加错。他当时没有说，是背叛祖国；现在却把这事抖出来，是落井下石。"

---

① 人们可在当时的报纸上读到这则新闻："安特莱格伯爵于1812年7月22日在伦敦附近的巴尔内斯村遇害，凶手是他的仆人，名叫洛伦佐，被人发现时已经死在主人身边；安特莱格夫人身受重伤。这桩凶案发生在夫妇准备登上马车的时候。马车夫作为唯一目击证人，给出的证言不太明晰。英国陪审团认为这桩凶案的凶手已经自尽，无法再对其进行裁决。但有人声称案件的审判有失严谨，认为洛伦佐是死于雇他行凶的人之手。人们猜测安特莱格伯爵身上藏着一些重大秘密（这绝非空穴来风），说一些大人物害怕他嘴不牢，故派人将其杀害。英国政府收走了他家里的所有文件资料，再没将其还给伯爵的儿子，后者甚至根本不知道这些东西的存在。"* ——辑录者注。

* 这个脚注是1824年版本添加的。

皇帝的一个梦
10月11—12日，星期五至星期六

[180]今天，岛上商人接受了我们价值6000法郎的被砸碎的银器。皇帝觉得我们每月的日常开销少不了这个数目，所以才这么做；他还命令仆人接下来继续这么干。

皇帝身体依然不适、极其消沉。直到晚饭时，他才出现在我们中间。他几乎没说话，也不工作。我这一天大部分时间都待在他的房里陪他。他一再提到我们目前的处境，对此说了许多很值得深思的话……[①]

晚饭后，皇帝提起他昨晚做的一个梦。一个平素和他没有多少关系的夫人（费尔特雷公爵夫人克拉尔克夫人）来到他面前，说她已经死了，还交代了许多话，言语流利且很有逻辑。

皇帝说："看她如此清晰明确地表达自己的想法，我震惊得无以复加。如果此刻我真听到费尔特雷夫人去世的消息，我的观念将遭到彻底的颠覆。"他边笑边看着我，说："到时，说不定我也会信梦和预言这种事呢。"

皇帝吃得不多，他明显在强忍着身体的不适。一吃完晚饭，他就回去了。我们看他这个样子，心里担忧不已，为他这段时间的巨大变化而感到害怕。

皇帝的需求—拿回存在欧仁亲王那里的钱
10月13日，星期日

上午十点钟，皇帝来到我的房间，把我的卧室门打开一半后，说

[①] 下面三段话在1840年版本中被删。

我是个懒虫。我因为身体不适，正在泡脚，结果被他逮住了。之后，我迅速来到帐篷里和他会合。皇帝打算在那里用早饭。他让我听他口述，[181]把针对新的限制令的回应公文记下来，以免我们事后遭人抨击，执行限制令的人反而不用担任何责任。之后，他开始计算自己靠每个月变卖银器维持我们开销的日子能维持多久。我一再表示愿意把自己的钱献出来，说看着他沦落到变卖银器为生，我实在难以接受。他却回答说："亲爱的拉斯卡斯，无论我处在何种环境里，这些奢侈品于我而言都不重要；朴素一直是我最好的装饰品。"他还说，他能寻求欧仁亲王的帮助，甚至打算等卖完银器后给亲王写一封信，贷款维持自己必要的生活开销。他想请欧仁亲王把一批被人忘记运到伦敦的珍贵书籍寄到圣赫勒拿岛，再给他运一点儿喝得下去的葡萄酒过来，毕竟他需要葡萄酒疗养身体。他还说："我们在欧洲的敌人知道订酒这件事后，肯定会说我们在这里天天只想着吃好喝好。"他一再重复说，向他的儿子欧仁求助，此事绝不会让他感到尴尬，因为欧仁眼下拥有的一切——身份地位、金钱财富——都是他给的。如果他对欧仁亲王渴望效劳的诚意产生怀疑，那是在侮辱亲王的人格，再说了，他还放了1000~1200万的钱在亲王那里呢。①

　　早饭期间，皇帝把很快就要离开我们的波兰人叫了过来。②早饭后，他想读点东西或者开始工作，但他觉得身体乏力，其间打了好几次瞌睡。皇帝就干脆回房间睡了一觉，让我下午一点钟去找他，教他英

---

　　① 在去厄尔巴岛之前，拿破仑把总额160万法郎的一笔钱交给拉瓦莱特保管。后者不想一个人担起保存这笔钱的责任，就把其中一半转交给了欧仁·德·博阿尔内。
　　② 那天，皮翁科维斯基还得去见总督。（请看第163页注释1）拿破仑大概以一种尽量让人听不懂的方式，向他口述了一些命令。

语。我在约定时间去他房中，他那时仍然觉得昏昏欲睡，只好泡澡来提神。依照他的习惯，澡又泡了很久。皇帝喜欢泡很烫的热水澡；令人惊讶的是，这么烫的澡居然对他的身体没有半分损害。

他晚饭吃得很少，抱怨自己老了许多，说自己睡眠质量很差、作息很不规律。他还说到了热气球，嘲笑一些传记作家生搬硬造，编纂出一个他手持宝剑登上军事学院热气球的故事。①他还说，人们在他登基之日放了一个热气球，结果一件奇事发生了：^{182}几个小时后，这个热气球飞到罗马附近的一个地方，在那里降落，这座要城的百姓立刻知道了他刚刚登基称帝、举办庆典的消息。

皇帝想给我们读《堂吉诃德》，可只读了半个小时，就停了下来——他已经不能长时间朗读了。他的健康明显恶化了许多。我经常听他念叨说我们都老了，说他比我还要老。这些话说明了许多事实。

我们把声明书交给总督—现在许多书成了书商的投机目标—党派思想导致的错误观点—麦荣将军

10月14日，星期一

今天，大元帅把总督要求我们答复的声明书交给对方。我们经过商

---

① 缪塞-帕泰在《圣赫勒拿岛回忆录后续》第一卷第278页中说："居然没有一个历史学家澄清此事，这着实令我惊讶……在人们割断绳子、热气球就要升空的时候，人群中一个军事学院的学生踩在旁边人的肩膀上，手持宝剑，往上一扑，几番挣扎后，仅凭剑柄上的球饰，成功抓住了热气球的吊篮。这让在场的奥尔良公爵吃了一惊，因为他本来跃跃欲试，想夺取这一荣耀。这个学生叫杜蓬·杜·香邦（Dupont du Chambon）。之后国王一道命令下来，这个学生被关进了监狱，啃了几天的干面包。"赫林于1892年在佛拉芒的一家报纸上发表了一篇纯属虚构的文章，标题是《热气球上的拿破仑》（Helling, *Napoléon aéronaute*）。在故事高潮处，作者甚至把皮什格吕也拉了进来，说他在那时出手干预，当场把这个"矮个子的科西嘉人"从吊篮上拉了下来，大声训斥说："你怎么敢穿着军装在公开场合做这种事？你一回学校，就等着被关两天的禁闭吧！"（出自1929年的《拿破仑研究杂志》第二十四卷第178~180页）

量，所有人都用了如下的统一格式做了答复：

"我——署名人，特在此声明，我愿意留在圣赫勒拿岛，接受和拿破仑皇帝个人遭受的相同的限制规定。"

我大约一点钟的时候去皇帝房中找他，向他汇报了一些非常私人的委托事宜……[①]当时他正在读一本论法国行政体系的书，觉得它写得糟糕至极，便长叹道：他细细研读了当代的这些书籍，发现了一个事实：一些书籍的出版变成了书商的投机营销活动。他说，这个世界被泛滥的坏书包围了，可他找不到拔掉这一毒瘤的办法。

他洗漱一番，从房间去了客厅，在那里翻了几页英国杂志，读了几行《忒勒玛科斯》。他没有工作的心情，看上去疲倦而又无聊的样子。之后，他干脆停止工作，转而谈起了一些和他相关的事，最后一再叹道："可悲的人类啊！……"

[183]稍后，在另一次谈话中，皇帝回忆起了许多人，对他们发表了个人看法，最后提到一个人的名字，认为他是其中最卑鄙无耻的一个。可我恰好认识此人，大呼他不是皇帝口中说的那种人。因为我激动地站出来维护他，皇帝打断了我的话，说："我相信您的话，但别人就是这么对我说他的。虽然我基本上秉承绝不全听全信的原则，但您也知道，别人的话总会给我留下一定印象。这是我的错吗？我若不是出于特殊原因而去仔细调查这些话的真伪，怎么可能知道事实真相呢？政治的激荡不可避免地会造成一种结果：世人对人事的评价被撕裂成两派，对其褒贬不一。那些在大革命中涌现的人，蒙受了多少荒谬的指控和离奇的传言

---

① 该段其余内容在1840年版本中被删。

啊！①你们的沙龙不就充斥着这类谣传吗？我本人不就是一个绝佳的例子吗？我都没有站出来抱怨呢，别人有什么好说的？不过我要说清楚，这类传言从来没对我产生过任何影响，也未曾改变过我的任何决定。"

之后，他提起了许多将军的名字，最后说起了麦荣将军："1814年国难当头的时候，他在里尔附近的表现吸引了我的注意，让我记住了他的名字。但1815年的时候他并没有和我们站在一起。之后他怎么了？那时他在做什么？"我无法回答他的这些问题，因为我并不了解这位将军。

总督刻意刁难我们的声明—皇帝的感想—我们每个人都和总督谈了话—皇帝的评论—我们彻底成了奴隶

10月15日，星期二

[184]近段时间，我一直无法入眠，一整夜都合不上眼。早晨八点，我努力尝试入睡，这时大元帅来到我的房中，说总督把我们的声明书打回来了，要我们在今天之内根据他拿来的样本一字不变地重新写一份。他的样本只有一个地方和我们的不一样，那就是对拿破仑的称呼：他要我们直接称他为"波拿巴"。

之后，大元帅去找皇帝，皇帝立刻让人把我叫了过去。进入房间时，我看到他正大步走来走去，异常激动地说着什么。我们所有人都在那里。

---

① 我想借机纠正一个类似的错误。我之前说，蒙日曾在雅各宾俱乐部的讲台上发表了一些看法。然而这位令人尊敬、才华杰出的学者的不少朋友亲人站出来，言辞肯定地告诉我，所有认识他的人都知道他从未去过雅各宾俱乐部，更没在任何公开会议中发表过演讲。我很高兴自己能在这里对此做出澄清，因为对我而言，能为披露真相做出贡献，这是种莫大的幸福。（请参考回忆录第二卷第768页内容）——辑录者注

他说:"这些人每天都对我做出各种冒犯之举,这些行为已经成为一种常态,让我再不能也不愿长久忍受下去了。诸位,你们应该离开我、远离我,我不能看着你们被加在身上的限制所约束,何况这些限制很快就会升级的。我要独自留在这里。回欧洲去吧,让那里的人知道我遭遇了怎样的虐待。你们可以告诉他们,你们亲眼看着我被活活埋葬。我不愿你们在这份强人所难的声明书上签字,我不许你们这么做。我决不让我身边的人变成别人羞辱我的工具。今天你们可以因为拒绝这份愚蠢至极、纯粹走过场的声明而被遣回,明天你们也可以因为其他某个微不足道的理由而被打发走。他们肯定会用各种理由让你们离开的。算了!我宁愿你们同时一起离去。也许这个举动反而能起到一定作用。"说完这些话,他挥手让我们离开。我们一脸沮丧地退下了。

没过多久,皇帝又把我叫了回去。他在他那狭小的房间里来回走着,[185]语气缓和了许多,甚至有些温柔。我从未见过他如此随和亲近,内心只感哀恸。他对我说:"你看,我的朋友,我要去过隐士生活了。"我满腔深情地说:"啊,陛下!您现在过的不就是这种生活吗?我们的陪伴能为您帮上什么忙呢?我们在这里只能为您祈祷。虽然祈祷几乎于事无补,但它至少是我们全部幸福之所在。我们当前的情况已经糟糕到不能再坏的地步了,因为在这个问题上,我们似乎第一次意识到自己难以遵从陛下的命令。陛下说得非常在理,可我们只听从情感的声音。我们刚才听到您的那番话,没有一个人吱声。您似乎已经下定决心,我们对此也并不惊讶。然而,我们没办法这么做。留下您一个人孤身在此,单单这个想法就足以在我们脑中掀起狂风巨浪。"皇帝平静地回答:"可惜,这就是我的命运。我已经做好面对一切的打算,但我也有足够的力量做斗争……他们要我死在这里,这是肯定的。""陛下,您要求我们做的事，是我们谁都从未想过的。所以，如陛下做的那样，我定会告诉世人真相，直到我咽下最后一口气。但陛下的这个要求，我实在是办不到啊！"

皇帝坐下来，招手让我坐在他身边。他说他累了，让人给他做晚餐，并叫我和他一起吃点儿。我已经很久没和他共进晚餐了。他对此做了解释，纡尊告诉我背后的缘由，这实在令我受宠若惊。在饭后的咖啡时间里，由于房间里没有多余的咖啡杯，马尔尚准备给我去找杯子。皇帝说："拿壁炉上我那个咖啡杯吧，就让他用我那盏漂亮的金杯。"①

¹⁸⁶晚饭后，大元帅走进房中，说总督刚刚来过，想在大元帅的新家见一见他。这栋房子和我们的住处离得很近，眼下即将完工。皇帝让大元帅在那里等着总督。大元帅离开时似乎想问，如果总督不让步，皇帝是否依然坚持今天早晨给我们下的命令。皇帝激动地说："我不是小孩子。我仔细考虑过一个问题后，不会再摇摆不定。我曾下令掀起决定帝国命运的一系列战斗，那些命令都是我深思熟虑后的结果。何况现在这件事只关系到我个人而已。去吧！"

没过多久，大元帅回来向皇帝禀报了他和总督的谈话，并说自己最后以拒绝的态度结束了这次见面。他说，总督想同时见见皇帝身边其他三个人，但我们觉得分开去见他似乎更加妥当。

我去见了总督。当时他在花园最左边，站在大元帅住宅的门口，身

---

① 这是他日常使用的一个杯子，当时放在壁炉上做装饰品。我非常有幸得到了这套茶碟。马尔尚这个和拿破仑非常亲近、忠心耿耿的仆人，从圣赫勒拿岛回来后找到了我，把它当作礼物送给我，还说了许多安慰之语，让我又是感激，又是激动。他对我说："您曾拿来喝咖啡的这套茶碟是皇帝的日常餐具之一，本应留在它该留的地方。但眼下这套茶碟和其他东西都送给了我，我知道它会给您带来了极大的幸福，便给您带过来了。我非常乐意将它转送给您。"。——辑录者注

边有几个随从。他转过头,看到了我。我便朝花园走去,和他会合。

由于先前他对我说话时语气极凶,我已对即将发生的一切做好了心理准备。可这次他反而非常礼貌地把我带到房中,让其他随从在外面等候。他说,他还在等蒙托隆和古尔戈前来。我问,他能否开门见山地和我说清楚。他回答,没问题。然后他让随从进来,当着他们的面告诉我,我肯定已经通过大元帅知道了他要对我的声明书说什么。我点头,说我把大元帅视为自己的楷模和向导,[187]总督应该猜到我会做出和大元帅同样的回答;此外,我实在不理解为什么总督如此在意这种形式上的东西,这么做不仅让我们痛苦,对他也没有任何好处。总督反驳:"您希望的改动不在我的能力范围内。我得到命令,给你们下发我亲手写的声明书,让你们在上面签字。我作为英国人,不可能写下你们坚持称呼的那个头衔。"我说:"我没考虑过这一点,对于您的理由,我也不知该如何应答。您是英国人,理应这么写;而我是法国人,我也应该用自己的语言签字,也就是把您写的声明书翻译成法语,再在上面签字。所以,如果您允许的话,请让我在签名处补充一句您觉得合适的、口述给我的话,我把它翻译成法语后写下来。您现在也看得出来,我是诚心配合您,还是在故意给您找麻烦。"这个提议似乎引起了他的兴趣。我继续说:"这一切争执纯粹是文字层面的。考虑到当前的处境,我们这么做似乎很愚蠢。但阁下,是谁给我们制造了这些麻烦呢?是谁把我们变得如此痛苦呢?您的拒绝把我们置于最可怕的境地!您应该看得出来,我是真的绝望了!叫我离开皇帝,还不如让我死了呢。可要我去贬低他,那我宁可离开他。无论从凡人还是上帝的角度看,皇帝都是最尊贵的。否认这个,就是否认太阳的存在。"

总督说,他作为英国人,并不承认皇帝。我说,这个理由我绝不反驳，他使用的措辞会让我不高兴，但我绝不会提出异议；但出于相同的原因，他也不应该反对我作为法国人的想法和措辞且要求我签字。

说到这里，哈德森·洛韦语气尖刻地提到以前和他个人有关的一些私事，还说他认为道德和品格才是真正受人尊重的头衔。我转向他在场的随从，激烈地反驳："[188]照这么看，皇帝可以放弃他的一切头衔，因为按照您的说法，他论品格就足以征服全世界。"总督沉默了一会儿说，即便他是皇帝，我们也应该称呼他为将军。我问："那请问，我们到底应该以什么方式来对待他呢？""我的意思是，你们还是可以把他看作君主，这就够了。""总督，您的意思是像尊敬我们的君主一样尊敬他吗？我们不仅是尊敬他，我们是崇敬他、膜拜他！皇帝在我们眼里和心里不属于凡间，我们仰视他，他于我们而言就是远在云端的天神！您让我们选择要不要反对他，就是在让一个殉道者做选择，对他说：要么放弃你的信仰，要么死。很好，我们更愿意死！"这些话明显对在场的随从甚至总督起了作用。他听了这话，脸色一反寻常地平静了，语气也缓和了。

我继续说："您也知道，我们已被逼上绝路了。但和未来要面对的苦难相比，现在的折磨算不了什么。我的要求对您而言算不了什么，可它是我们的全部。您看，我都在哀求您的同意了，您知道我的为人，如果我求您什么，那肯定是非常要紧的东西。就在这点上让步吧，我会一辈子感激您的。另外，也请您考虑一下您身上的责任和欧洲的舆论，您如果和舆论作对，肯定得不到任何好处。您肯定了解我这种情感；我敢肯定，所有听了我这番话的人都受到了感染。"

听到这里，总督似乎略有触动，在场的军官也是。他沉默了一阵子，向我打了个招呼，然后我离开了。

之后就轮到蒙托隆和古尔戈了。谈话结束后，我们四个人回到皇帝身边。回来时，他正在洗漱。这件和我们息息相关的事最后是什么结果，我们谁都不能给他一个准信。当时外面的风刮得很猛，但皇帝仍想出门透透气，于是我们一道走到林子深处。[189]他从独到的角度出发，快速回顾了总督为对付我们而弄出来的所有办法，思来想去，只得出一个结论：即便我们为了避免分离而在今天签字让步，明天他仍会找碴把人赶走，那他宁愿掀起风浪，而不是悄无声息地离开。他还半开玩笑地说，说到底，总督不会真打算把他的随从减至一人吧。他还补充说，哪类人会被留下呢？像箭猪那样叫人根本无法接近的人。

我们散步的时候，附近突然出现了两个陌生人。皇帝派人过去问他们的身份，得知他们在一艘船上工作，第二天就要启程回欧洲了。皇帝问他们回伦敦后要去见哪个部长。对方回答，是巴瑟斯特。拿破仑说："告诉他，他发布的指令把我害惨了，他在这里的这个办事人正一板一眼地根据他的指令办事呢。如果他真想摆脱我，就该一刀子结束我的性命，而不是用慢刀子割肉的办法折磨我。再没有比这更野蛮的事了，这种做法一点儿都没有英国风范。我愿意将其归咎到某些人的头上，因为我对摄政王储、大部分内阁部长及英国人民还是挺尊重的，认为他们在虐待我的这件事上并无责任。可无论如何，这些恶人只能控制人的肉体，却无法沾染人的灵魂。灵魂会从地牢中飞到高高的天上。"

回来后，皇帝泡了个澡，并把我叫了过去。他一脸疲惫，仍在为白天发生的事烦心。然后，他就躺在那里睡着了，我则在一边守着。我仔细琢磨了这些事，它们实在太让我们难过了！……

皇帝晚饭吃得不多。我们有人讲了他遇到的一件事，皇帝叫他再讲一遍，他就提高嗓门儿重复了一遍。皇帝说："我肯定是聋了，因为我看人看得真切，却听不见他说的话。可如果别人高声和我讲话，我又会为此生气。"最后，他给我们朗诵了《堂吉诃德》，还说面对这些微不足道的小事的困扰，他依然是笑得出来的。他沉思了一会儿，站起身来，说："永别了，我亲爱的朋友。"然后离开了房间。

190 就在晚餐期间，有人把大元帅的一封信转交给我，我默不作声地把它藏了起来。一回到自己的房间，我就拆开了这封信。它是总督写来的，他说：鉴于我们拒绝签字，他要执行命令，把我们送到好望角去。我们别无他法，只能聆听内心情感的呼叫：在我们看来，离开皇帝，此事超越了我们的承受能力，绝非皇帝所愿，更非他一道命令就能左右的。我们所有人立即签了字，答应了总督提出的任何条件。同意书被送到正在朗伍德当值的英国军官①手上，被一道送去的还有我们写给大元帅的一封信。我们抛下了皇帝，擅自在信中做了决定。我们只能聆听自己内心的声音，要是皇帝为此生气，至少我们是问心无愧的。

就这样，我们彻头彻尾成了奴隶，我们的命运被完全掌握在独断专行的哈德森·洛韦一人手上。这绝非因为我们在同意书上签了字，而是因为他抓住了我们的软肋。他很清楚，从此他只需怎么做，就能让我们对他言听计从。

西哀士二三事—皇帝经常乔装参加民众的节日盛事—从莫斯科和厄尔巴岛回来后参观圣安托万区—督政府时期的风气—正式回函

10月16日，星期三

约莫中午时分，皇帝让人把我叫了过去。他刚喝完咖啡，读了一本

---

① 即波普尔顿上尉。（请看《人名表》）

书。他叫我坐下,我们开始聊天。这期间他说的一些话,让我意识到他已经知道昨晚我们做的决定;但他对此保持沉默,之后也不置一词。早饭后,皇帝在房里踱着步,提到一些陈年旧事,其中大部分和西哀士有关。皇帝说,这位宫廷神父有一天给众亲王做弥撒,其间因为某起突发事件,亲王们陆续离开了教堂。[191]神父无意中转过身,发现教堂里只剩若干仆人,便合上书离开了教堂,说他可不是为了给一群笨蛋做弥撒才被请到这里来的。

我对皇帝说:"我是通过陛下之口听到西哀士神父的名字,才第一次见到他本人。我进宫后没几天,在一次觐见陛下的典礼上,陛下叫住我身边的一个人,直呼他的名字,他就是西哀士。那时我仍抱着流亡贵族的偏见,一听到这名字就恨不得像躲瘟神一样走开。他在我心中就是如豺狼妖怪一样可怕的人物,总之,他在我们那群人中声名狼藉。"皇帝说:"可以想象,我的朋友,他简直像一个沉默的死神。但他已用行动反驳了这种论断。"①

之后,我给他讲起了当时在圣日耳曼区流传的一则小故事。西哀士曾用"暴君"这个词来形容路易十六,皇帝当时听了这话,对他说:"神父先生,如果他是暴君,现在您还在念弥撒,我更不会出现在这里了。"听闻这则逸事,皇帝说:"我可能会这么想,但绝对不会蠢到当面这么说。这不过是你们沙龙在以讹传讹罢了,我不会干出这种蠢事的。我当时要做的是灭火,肯定不会干火上浇油这种事。那个时候流言汹汹,而且大多数都是冲着某些大革命领导人来的。我不能坐视不管,

---

① 这个绰号似乎一开始是被颁给西哀士在国民公会里的同僚兰德·狄泽兹(Landes Dyzéz),不过因为两人名字相近,后来大家就这么称呼西哀士了。详情请看库钦斯基的《公会议员大词典》第566页(Kuscinski, *Dict. des Conventionnels*)。

必须遏制这股势头，故采取了一些制止手段。有一次，人们在某个地方挖出了西哀士神父的一尊雕像，把它拉出来在政府公共展会中展示。此事很快便引来各种流言蜚语。愤怒的西哀士向我抱怨，可那时这场闹剧已经结束，雕像也被撤走了。

"我做事的原则是：还没发生的，要多加预防；已经发生的，要将其彻底埋葬。人们从未见过我转头追究过去的某件事或某个观点。我身边的人全都有投票权，都是各大部门、参政院的人。也许我对他们的某些观点不抱赞成态度，但对他们的行为绝不会苛责。难道我是他们的法官不成？谁又赋予了我审判他人的权力？他们在过去做的一些事也许是出自信仰，也许是出自软弱或恐惧；所有人都被当时那种狂热、愤怒、暴躁的气氛感染了。[192]可怜的路易十六不过是一个被命运操纵的悲剧角色罢了。"

我还告诉皇帝，圣日耳曼区有一个传闻，说克莱蒙·德·里斯被朱安党人绑架一事发生后不久，西哀士因为一桩轻罪被抓了现行；拿破仑赦免了他，条件是他必须远离政坛。皇帝说："这又是你们闲来无事造出来的传闻，根本经不起推敲。西哀士一直忠心于我，其人无可指摘。他在实现自己的纯粹精神理念的抱负之路上遇到了我，这或许让他心有不甘。但他最终意识到一个掌事之人的存在是何其必要，并认为我是最佳人选。总而言之，西哀士为人正直、清廉，也格外机敏。大革命得以发生，他有莫大的功劳。"之后，皇帝回忆起了执政府期间的一场节日宴会，他当时与西哀士共赏灯火，问后者对当前局势有何看法。西哀士的反应很冷淡，甚至给他泼冷水。执政官说："可是我觉得今天上午全体人民都很高兴啊。"西哀士的回答是："人民当着掌权者的面，很少直接表达自己的想法。但我要告诉您，他们并不满意。""所以您认为一切还没结束吗?""没错。""那您认为什么时候才会结束呢?"西哀士答道:"等我看到从前的王公贵族出现在您的前厅的时候。"

皇帝讲到这里,还补充了一句:"西哀士并没料到此事会来得那么快。他没有远见,目光不长远。我和他一样觉得共和国的建立并不代表一切的终结,但我并不认为实现帝国制是件遥远的事。两三年后,我仍记得和他的那次交谈。在一次盛大的接见典礼上,我对西哀士说:'瞧,从前的王孙贵族都在这里,您觉得一切结束了吗?''是的,'西哀士深深鞠了一躬,说,'您完成了无人能及的奇迹,此事超过了我的预测能力。'"

皇帝在执政府和帝国期间的重要节日,曾好几次在深夜里乔装打扮混在人群中,[193]和民众共赏烟火,留意他们的言论。他甚至还和玛丽-路易丝一道这么干过。皇帝说,他们两人晚上手挽手走在大街上,享受着平凡人的小小幸福,欣赏被做成彩灯的法兰西皇帝、皇后和宫廷人士的造型。①

执政府期间,有一次拿破仑乔装打扮来到玛丽娜府邸的一个门洞前,看着外面灯火通明的景色。当时,他身边站着一个看起来颇有身份的贵族妇女,她指着络绎进入府邸的前朝贵族,告诉自己的漂亮女儿他们各自叫什么名字。其中一个妇人走过后,她补充说:"女儿,记得提醒我,我们得去拜访这个人,她曾帮过我们的忙。"女儿问:"可是母亲,我并不觉得我们应该对这些人表示感激,在我看来,能替我们这等人帮忙,对他们而言是幸事一件。"皇帝说,拉布吕耶尔肯定从这番话

---

① 即1811年8月15日夜。

中受益匪浅。①

皇帝经常乔装打扮后在首都城中穿行。大多数时候，他都是在清晨独自出宫，在街上散步，走在工人中间，好了解当时的民情和民心。

我不止一次听他在参政院要求巴黎警察局局长也采用这个办法。他把便衣警察称作"卡迪的警察"②，觉得这是了解事实的最好办法。

从莫斯科和莱比锡惨败而归后，拿破仑为了维持公众的信心，经常只身出宫，站在群众中间。他去过三四次集市、郊区和首都其他许多人流密度大的地方，亲切地和百姓攀谈。无论走到哪里，他都得到群众的热烈欢迎。

有一天在中央集市，他刚问了几句话，一个妇女就冲过来，说他应该缔结和平。皇帝说："老妈妈，继续卖您的干草吧，让我做我该做的事，大家都有自己的活干。"在场的所有人都笑了起来，赞同他的观点。

还有一次，在圣安托万区，194皇帝被群众围得水泄不通，但依然一脸亲切。一个人大胆问他："情况是不是如别人说的那样会变得更加糟糕？"皇帝回答："我只能说不会很好。""那最后会怎么样呢？""那只有上帝知道了。""怎么说？难道敌人会进入法国？""如果没人帮我，这是很可能的事，说不定他们还会来到这里呢。毕竟我没有三头六臂，不可能干所有事呀。"无数声音立刻响起："可我们支持您啊！""那我就继续对抗敌人，维护我们的荣耀。""那我们应该做什么呢？""你们去参军、去打仗呀。"有人说："我们可以这么做，但有个

---

① 蒙托隆和古尔戈版本回忆录在此处与拉斯卡斯的有出入。在他们的记叙中，这个年轻女儿说这番无知言论的时候，表现得更加恬不知耻。蒙托隆的版本是："我们都用不着这些人了，干嘛还要向他们表示感谢？"（第二卷第21页）古尔戈的版本："对于再无用处的人，还需要拜访他们吗？"（第一卷第128页）

② 卡迪是伊斯兰教的法官，审理世俗及宗教诉讼案件。——译者注

条件。""什么条件？您说。""我们不要去边境。""你们不会跨过边境线的。"又有人说："我们想进护卫军。""好！那就进护卫军。"群众听了一片叫好，当场就开始报名，当天有2000多人参军。拿破仑离开人群，慢慢地朝杜伊勒里宫走去，被欢呼雀跃的群众挤得气都喘不过来。当他走到卡鲁索广场时，人民群众激情澎湃，看上去简直像暴乱了似的，吓得守卫连忙关上了栅栏门。

从厄尔巴岛回来后，皇帝也在圣安托万区做过类似访问，依然得到如从前一般的热情接待，又是被群众挤着回来的。①穿过圣日耳曼区的时候，激动的群众看着那一栋栋豪华府邸，满心愤怒，直接爬到窗户上面。皇帝说："我平生很少遇到这么棘手的情况。人群中只要有一个人朝窗户丢石子，或者我一时不慎说了点什么，甚至只需我的一个眼神，都会引发多么灾难性的后果啊！心存恶意的圣日耳曼区会彻底消失！我甚至相信，它之所以得以保存，完全是因为我头脑冷静、在人群中谨言慎行的缘故。"

到了洗漱时间，皇帝让桑蒂尼给自己剪头发。我站在旁边稍后的地方，一大簇头发掉到我的脚边。195皇帝看我弯下腰，就问我在干嘛。我说，我想捡点东西。他一边笑，一边揪我的耳朵。显然，他猜出了我想干嘛。

之后，拿破仑谈起他统领巴黎内防军期间体现了军队道德沦丧的一些事。他说，有一次，一个拨款总审核官找他确认几份签字文件，请他同意几个职位的人选和拨款。由于文件无误，他立刻就同意了。离开前，深谙门道的拨款审核官在壁炉上留了两沓钱，约有100路易。当时政

---

① 即1815年5月7日。（详情参看1815年5月8日的《总汇通报》）

府尚未发行指券，100路易可不是小数目。幸好将军立刻发现了这笔钱，在此人走远之前让人把他追回来。拨款总审核官起初抵赖，说钱不是他留下的。之后他又说，大家都得有活命钱，政府眼下没有任何补贴，所以大家都这么干。最后他又央求将军别动怒，说他很少遇到这种送钱还要道歉的事。

到了散步的时候，皇帝觉得浑身疲乏。可他想战胜身体，不顾外面狂风大作，出门了。没走几步，他就放弃了，我们便转头去了蒙托隆夫人的屋子。一坐上沙发，皇帝又觉得乏力。为了克服困乏，他再度站起身来，去了客厅。他一直抱怨屋里空气闷热，要了一杯面汤，喝下去以后依然浑身无力，最后放弃挣扎，回到自己屋里。

大约七点钟，皇帝把我叫过去，把下面这封正式回函交给我，叫我保管起来。这是他今天早上以自己的名义写给总督的。信函内容如下：

"我记得洛韦将军在和几位先生的谈话中（即3月15日的谈话），提到了一些与我有关的事，我对此不持认可态度。先前，我为了儿子选择退位。[196]我可以出于对英国的信任而选择前去该国，也可顶替一个死在我身边的上校的名字①，远走美国，决意再不参与任何政事。

"登上诺森伯兰号后，有人说我是战俘，要把我转移到其他地方，并称我为波拿巴将军。我坚决维护自己拿破仑皇帝的头衔，反对他人强加给我的波拿巴将军的称呼。

"七八个月前，蒙托隆伯爵提议采纳一个寻常的名号，以应对每时每刻冒出来的小麻烦。上将认为应该就此向伦敦通信，此事便暂且搁置。

---

① 此人便是在阿尔科战役中用身体护住拿破仑的缪伦上校。

"今天，你们给了我一个符合过去，但不符合社会礼仪的寻常名号。我一直倾向于采纳一个普通名号，且一再强调：等你们觉得应当结束这一残酷扣留的时候，不管世上如何风云变幻，我都要远离政坛。这就是我的想法。与此相关的其他任何言论，都和本人的想法无关。"

皇帝晚饭吃得极少。他的身体状况大不如前。晚饭前后，他一直觉得大脑昏昏沉沉，这种状态持续到了第二天早上。他在离开我们的时候说他担心晚上会失眠，而他以前是倒头就睡的。他还说，他往常在需要睡觉的时候总能立刻呼呼大睡，可现在他每天都只能小睡片刻。

今天，一艘船离开小岛，开往欧洲。

路易十六—玛丽-安托瓦内特—刚邦夫人—莱昂纳德—朗巴勒王妃
10月17日，星期四

快到中午的时候，皇帝把我叫了过去。他刚吃完早饭，觉得身体不太舒服。他勉力聊了会儿天，读了几页用英文写的《威克菲尔牧师传》(*Vicaire de Wakefeild*)。他依然觉得头脑昏沉。抵抗睡意未果，他说算了，打算回床上休息。[197]他先前说自己昨晚睡得很好，可今天依然如此嗜睡，他自己也深感惊讶。

直到晚饭时，皇帝才出现在众人眼前，而且依然一副昏昏欲睡的样子。晚饭后，他想读《堂吉诃德》，可拿起书没多久就放下了。接着，他回到房里。由于时间尚早，他上了床后又把我叫过去，把我一直留到了凌晨一点钟，说了许多事。

他说起了路易十六、王后、伊丽莎白公主和其他惨死之人。皇帝问我对国王王后了解多少，我还在宫中时他们对我说过什么话。我说，帝国时期觐见皇帝的仪式沿用了前朝礼仪，两者都差不多。至于国王夫妇的性格嘛，我只能说，人们普遍认为王后辜负了大众的期待。在暴风骤雨刚刚袭来的时候，人们以为她才智卓越、手腕过人、性格刚毅，可她后来的表现让人大跌眼镜。至于国王，我只能把贝特朗·德·莫勒韦尔的评价转述给皇帝。我和莫勒韦尔私交甚密，他曾在最危急的关头担任路易十六的海军部长。他认为国王学识稍显普通、心地纯良、意图良好，也就如此。国王曾向许多人咨询意见，被别人的观点弄昏了头，更不用说他执行起来是多么优柔寡断了。

皇帝听我说完后，转而提到了王后，说他对王后的印象是从刚邦夫人那里得来的。他说，刚邦夫人曾是王后的密友，对她一片赤诚，忠心耿耿，她在王后这个话题上自然很有发言权且非常可信。他说，刚邦夫人经常和他说起和王后有关的许多小事。他提到的许多和王后有关的事，都是从刚邦夫人那里听来的。

刚邦夫人认为王后非常迷人，但毫无才智；热衷于享乐，但不擅长政治谋划；心肠极好，并不挥金如土，但太过贪婪，根本掌控不了那场把她吞噬了的风浪；后来她施展计谋，意欲勾结外国势力，没想到自己反被他们出卖；[198]在让她走上末路的8月10日那一可怕事件中，在阴谋和希望交织的绝境里，世人方才看出国王是何其软弱，他身边所有人是何其轻率。

皇帝说："在凡尔赛10月5日至6日的那个恐怖的夜晚，一个深得王后欢心、后来在拉施塔特被我一顿羞辱的人就在她的身边。[①]也不知道他到底是得了王后的命令在那里，还是想与她同生共死。[②]在那样紧急的

---

① 这里说的是波拿巴在拉施塔特当着众人的面对菲尔逊一顿冷嘲热讽这件事。
② 因为刚邦夫人的关系（是她将此事告诉给了拿破仑），我们才知道1789年10月5日至6日的夜里，在巴黎人民攻进凡尔赛宫的时候，菲尔逊就在王后房中。为了不被示威的人群抓住，他从一扇密门中狼狈逃走了。详情请看编者的《玛丽-安托瓦内特》。

关头，来自忠心耿耿的那些人的建议和宽慰尤显重要。大难来临，宫殿被攻破，王后逃到国王宫中，方才得到保护；她的心腹则冒着极大的危险，跳窗脱离险境。"

我告诉皇帝，因为瓦伦出逃这件事，流亡贵族对王后也很有意见。人们责备她不放国王独自离开，批评她在逃亡路上缺乏手段和毅力。谁都看得出，此次出逃可谓漏洞百出、错误连连。其中让人百思不得其解的地方，就是王后身边那位著名的发型师莱昂纳德：他作为随行人员，居然大摇大摆地坐着马车经过最混乱的地区，还带着元帅权杖来科布伦茨找到我们。据说，这根权杖是国王从杜伊勒里宫带出来的，本想在和布耶将军会合时交给对方。

皇帝说了这番话，结束了对国王夫妇的讨论："对法国王后一事保持沉默，这是奥地利皇室一个心照不宣的潜规则。一听到玛丽-安托瓦内特的名字，他们就垂下眼睛，迅速转换话题，仿佛人们提到了某个令人不悦的尴尬事似的。皇室家族还想方设法地处理了她留在国外的财产。所以法国亲王贵族存了心思，将她的物件带回法国，维也纳对此也没说什么。"

接着，皇帝转而谈起了他毫不了解的朗巴勒王妃。我非常了解她，讲了许多与她有关的事，皇帝听得津津有味。[199]我流亡初期去了亚琛，遇到了我的一个亲戚，得到了她的热情接待。①

我说，因为朗巴勒王妃的影响力，从凡尔赛宫逃出来的许多前朝旧人都来到这座城市。城中也不乏显要的外国人士，我经常在那里遇见化名哈加伯爵的瑞典国王古斯塔夫三世、普鲁士的斐迪南亲王及其孩子

---

① 即拉斯卡斯-波伏瓦侯爵夫人。（与法文上卷1070页中的堂姐是同一人）

（其中包括不久后在耶拿战役中身亡的路易亲王）、英国国王弟弟的遗孀坎伯兰公爵夫人等达官贵人。

路易十六正式承认法国宪法后，重组了宫廷。这时王妃收到王后的一封正式信函，请她回自己身边担任她宫里的女官总监。王妃问身边旧人是何想法，他们都认为王后在巴黎没有丝毫自由，甚至性命堪忧，何况王后这封信并无任何效力，王妃还是不去为好。王妃问另外一个人是怎么想的，这人给了一个糟糕的回答："夫人，您已经跟着王后享受过好日子了，今天就算您向她表露忠心，这也没有任何用处，再说如今您已不受她的宠信了。"王妃灵魂高洁、心肠柔软、满脑子都是罗曼蒂克的幻想，听了这话后，第二天就宣布她要回巴黎。可怜的王妃就这样冒着生命危险重回首都；因为她的善良和高贵，她成了大革命中最有名的受害者。我的亲戚曾把我引荐给她；她出发前，我有心跟随其左右。我的年纪和我在巴黎不多的见闻经验，或许可以为她派上点儿用场。但临行前王妃觉得有点不妥，让我留下来。之后，我成了她的新闻官，每过两天就给她写信，用生动的笔调向她讲述我们脑子里的各种奇闻怪谈。上了战场后，我仍在给她写信，直到她惨遭不幸为止。[200]得知她可怕的遭遇后，我万分悲痛，也隐隐担心自己写的那些东西会不会给我惹来什么麻烦。我对皇帝说，我手里还有几封她的书信，落款日期就是她遭遇那场让人震骇的大难的几天前，写于城堡主塔的顶楼。这座塔叫花神楼，如今归杜伊勒里宫所有。

我们中的四个人被送走—皇帝人生的前几年
10月18日，星期五

直到下午五点，我才见到皇帝。他派人把我叫到客厅。今天他依然觉得身体不适,但整个早上都在和大元帅一道工作。之后,他陆陆续续地把所有人叫过来。皇帝百无聊赖、身体沉重,有些暴躁不安,便想尽办法打发时间。他下了会儿象棋,玩了会儿多米诺牌,之后又拿起了象棋,最后还是觉得体力不支,回到屋里。时间连同周围的环境,已经成为我们难以忍受的一大折磨。我们的处境每况愈下,总督的每句话都能叫我们又惊诧又痛苦。今天他签署命令,让我们中的四个人离开朗伍德。所有人闻言,无不流下苦涩的泪水。有的人是为自己的离开而哭,有的是因为不忍同伴分离、害怕相同的命运很快落到自己头上而哭。我们如同尤利西斯船上的水手,眼睁睁地看着四个同伴被六头女妖吞噬。

总督还派人告诉我,他要把我的仆人也送走。此人是岛上居民,我对他非常满意。总督无疑害怕我们关系过近,才要把他赶走。他表示会把自己的一个仆人送给我,我表示感谢,说自己无福消受他的这等好意。

皇帝晚饭没吃多少。用过甜点后,他聊起天来,说到了他的早年时光,说着说着就兴奋起来。[201]对他而言,那是一段美好的岁月,每每想起就觉得恍若昨日。其中一部分内容,我从前已经讲过了。皇帝说,他一回忆起这段时光,就觉得满是快乐和幸福;在那段充满希望和雄心的欢乐岁月里,整个世界都向你敞开了大门,所有小说情节都可能发生在你身上。他还提到了自己早期的军旅生涯,回忆起了舞会、节日、社交圈中的欢乐趣事。在描述一场豪华宴会时,皇帝提高嗓门儿,说:"不过说到底,我也不知道它到底有多气派,毕竟今天我对奢侈的看法已和从前略有不同。"

他在讲述时说,他很难一年一年地回忆自己的人生。我们立刻表示，他只需负责其中四五年的回忆就好，其他可以全交给我们去办。之后，他转而谈起了自己早年在土伦的军队生涯，说起他为何被派到那里、怎样崭露头角、如何快速升迁并初斩胜果、之后生出了怎样的雄心壮志。他说，这一切其实都不算什么，"我当时根本不认为自己是个优秀的人"。他一再表示，直到洛迪战役后，他才第一次产生走上高位的勃勃野心；在埃及的土地上，经过金字塔大捷，夺下开罗后，他更加明确了这种想法。他说："那时候，我才真正觉得自己可以肆无忌惮地做最绚烂的美梦了。"

皇帝今天心情很好，非常健谈。直到午夜，他才回房。他宛如起死回生了一般，感到神清气爽。

德让丽夫人的小说
10月19日，星期六

四个被驱逐者——波兰人、桑蒂尼、阿尔尚博特和银器保管员鲁索，在大约中午时离开了我们。[①]一个小时后，他们乘坐一艘小船，冒着

---

① 蒙托隆在回忆录中说："英国人尤为仔细地检查了他们的包裹和身体，但什么可疑物件也没找到。我们料到会有这类检查，想出了应对的招数，既可以保证把消息偷偷传回欧洲，又不会让这些勇敢的人做出无谓的牺牲。"头天晚上，拿破仑让大元帅把证书交给这几个将要离去的人，上面写着他们各自在圣赫勒拿岛的职位以及拿破仑对他们工作的满意评价。皮翁科维斯基当即被晋升为骑兵队大队长，且得到如下证书一张："拿破仑皇帝特令，骑兵队大队长皮翁科维斯基……不得已离开（圣赫勒拿岛），皇帝对他的表现无比满意，将此人推荐给自己的亲友。谁若见到此书，请任命他为骑兵队大队长，并给予他年薪……最后，皇帝要求他的亲友帮助此人、提拔此人。——大元帅亲笔签字。"皇帝对古尔戈说："皮翁科维斯基应该满足了，他拿到了一份上等凭证。"但波兰人拒绝接受该信，说自己在岛上做的事几乎和仆人无异，配不上这等评价。古尔戈和贝特朗大费唇舌，最后总算说服他接受文书。贝特朗还替他写了一封私信，信中说"皮翁科维斯基对皇帝忠心耿耿，单凭这点他就足以得到皇帝朋友及家人的保护"。

强风前往好望角。①

②下午三点钟，皇帝把我叫到客厅，让人把德让丽夫人的小说带过来。他翻阅了其中几本，[202]没过多久就将其丢到一边，说这些小说空无一物。我对德让丽夫人的小说则持不同意见，读到其中某些篇章，如细致讲述首都上流社交界的地方、某些街名、标志性建筑、熟悉的对话、被提及的旧人的名字，无不勾起我的回忆，在我心中激起无限涟漪。毕竟这些是我曾经生活过的现实，虽然如今已被荏苒的岁月和变迁的世事拉远了。我也清楚自己并不在意书里提到的欢愉和享受，但那些被提及的人物和地方宛如拥有某种魔力一般，让我心中又是温馨，又是伤感。

随后，大元帅为回忆录一事来到这里，皇帝一直向他口述到了晚饭时。

晚上，皇帝叫人把他先前丢下的《一千零一夜》拿了过来。

给图书估价—大元帅一家搬到离我们更近的地方
10月20日，星期日

我一整天都忙着给人们从伦敦给我们寄来的图书估价。他们报了个价，想趁机向皇帝要一大笔钱，可我们估出的价格连他们的一半都不到。

我不是在怀疑英国政府给皇帝的报价有问题，但根据市场上该类书籍的行情来看，我可以肯定地说，这堆书的价格最多只有报价的三分

---

① 任何法国人离开皇帝后，都必须在好望角被扣留观察一段时间。这四人在那里待了两个月，之后登上前往法兰西岛的奥龙特号。他们的船于1816年12月31日在圣赫勒拿岛靠港，但总督拒不让他们在靠港期间领取皇帝送给他们的补贴金。1817年2月12日，四人在朴茨茅斯下船。

② 从这里起到第203页第三段末，在1840年版本中被删。

一，甚至连三分之一都不到。

此外，送过来的这批书分类不清，放得乱七八糟，可见干事的人有多马虎。具体情况如下：

1. 人们送来的根本不是我们指定的书，其中大部分书籍根本不在我们先前列好的清单上。

2. 版本糟糕，其中大部分很明显是垃圾，许多书册数不全，甚至有损毁。我们对这批书非常在乎，可根本没法在里面找出任何一本满意的书出来。除了这堆无用的废书，我们还发现一批装潢精美，但中看不中用的精装书，[203]不外乎是让蒂-伯纳德这些人的作品[①]。可能书商趁机把这些原本放在橱窗里做装饰的书塞进来，好把它们推销出去吧。

3. 若非要替他们给的版本和报价找个理由，我们只能说他们在伦敦只能找到这些书了。此外，采购速度奇慢无比，足够我们在巴黎买上一百次书了。我们在巴黎想要什么书都找得到，人们也只会把我们想要的书送过来，价格还特别实惠。

4. 英国对这批书收取巨额进口关税，这根本说不通，因为这些书是为圣赫勒拿岛采购的，所以应该享受退税政策，甚至根本不用进英国。鉴于上面种种原因，哪个人不会发出合理的申诉呢？哪个法庭不会做出正确的裁决呢？但对于圣赫勒拿岛那位鼎鼎大名的囚徒而言，这些申诉是完全行不通的，他和他的随从已经不受任何法律保护了。

直到晚饭前，皇帝才出现在客厅里。他说，今天白天他谁都没见，一直在工作，好打发时间。

晚饭后，他继续读起了《一千零一夜》。

[①] 即皮埃尔-约瑟夫·伯纳德的诗集，他曾出了一套装订豪华、配图精美的合集，里面的插图还是普鲁东所绘。

今天，大元帅一家人搬离了他们在哈茨门的第一个住所，此地离我们的住所有近1古里远。他们终于搬进新房子，从此和我们只有一墙之隔了。不管对他们还是对我们而言，这都是一件大事。

圣路易的埃及远征—我们的女性作家；斯塔尔夫人—反对拿破仑的作家啃的是块硬骨头

10月21日，星期一

早饭后，我见到了贝特朗夫人。她在哈茨门的时候，许多时间都闭门不出；如今被困在这堵墙里，对她而言也不算什么损失。可我们就不一样了，他们一家的到来让大家大感欣喜。我心底甚至有一种找回家人的感觉。

[204]我们的院墙日渐缩小，哨兵越来越多，一切迹象无时无刻不在提醒我们处在多么可怕的境地之中。

皇帝洗漱时告诉我，他决心重新开始规律作息、定时工作，就算是为了摆脱总督可怕的终极折磨吧。我想方设法地劝他投入工作，这不仅是为了他、为了我们，也是为了法国、为了历史。

今天天气非常糟糕，皇帝不能出去透气。他躲进图书馆，翻看了米肖的《十字军之征》和茹安维尔的回忆录。之后，他去了客厅，聊了一会儿天，主要在说总督把我的仆人赶走、想把他的仆人塞进来这件事。

对于皇帝的银器，总督只肯给不到巴黎市价五分之一的价格，而且他既不允许我们在这里售给出价更高的人，也不肯让人将其带到伦敦售卖。

被送到好望角的那几个可怜人，在船上吃得和水手一样差。此外，我还得知，早前在诺森伯兰号上的时候也是如此，皇帝的人若想吃得比船员好一点儿，就得自己掏钱。

晚饭后，皇帝读起了茹安维尔回忆录里记叙的圣路易埃及远征之举。他分析文本，指出其中的错误，对比了圣路易和他自己的行军路线和方案，最后得出了这番结论：如果他采取和圣路易一模一样的战略，定会落得相同下场。

皇帝很早就回了房，并把我叫过去，继续谈他在埃及和叙利亚的行动。他提到了科坦夫人以埃及为故事背景创作的小说《玛蒂尔德》，并谈到了我们的一些女性作家。他说起了罗兰夫人及其回忆录、德让丽夫人、科坦夫人（他读过她的《珂莱尔·黛尔布》）和斯塔尔夫人。皇帝谈得最多的还是斯塔尔夫人，反复提到一些众人皆知的事。说起她流亡国外这件事，皇帝说："她在科佩的住所成了一个名副其实的反对我的军火库，人们在那里给骑士穿上盔甲、佩好武器。她则负责给我挑起更多敌人，还亲自下场对付我。205她既是阿尔米德，又是科洛琳达。"①最后他总结说，这对他而言已是常事。"不可否认，斯塔尔夫人的确是一个才华卓著、智慧过人的女人，她会留名青史的。为了让我和她和解，身边的人不止一次告诫我，说她是个可怕的敌人，也可成为有用的盟友。的确，如果她肯归顺我，而不是对我百般诽谤（就如她实际上做的那样），我肯定会拉拢她，毕竟她的地位和才华在许多社交圈子里受到追捧，我们也知道这些社交圈在巴黎能掀起多大的风浪。"皇帝补充说，"虽然她说了我许多坏话（不知她日后会如何诽谤我），但我依然不把她看成一个恶毒的女人。我们之间不过是小打小闹罢了，就这样。"

之后，他提到反对自己的一帮作家，说："我一定给他们提供了不少写作素材，但我丝毫不怕成为他们笔下的冤魂。他们啃的可是一块

---

① 两人是许多法国戏剧里的女主角名字，都是女武士。——译者注

硬骨头哩。我的回忆录通篇都是事实，他们靠笔杆子根本伤不到我。要想成功打倒我，就须拿出事实来增加他们话语的分量和权威。如果是腓特烈大帝这种性格如钢铁般坚硬的人拿起笔来对付我，那就是另一码事了。那时，恐怕我不会如此淡然了。不过，至于其他人嘛，不管他们多有才华，干起事来都是雷声大雨点小。我的威名会长存于世的……到时候，他们若想得到认可，就只能来歌颂我。"

照顾军中伤员—拉雷男爵—非常环境
10月22—23日，星期二至星期三

今天天气恶劣至极。皇帝牙疼得半边脸都肿了，近两天都没能出门。我大部分时间都陪在他身边，要么待在他的卧室，要么待在客厅。他叫人把门打开，把这两个地方权当散步场所。

[206]在谈话中，皇帝向我提起一些先前被他忘了的事，我听了高兴不已。在我们这个已经不能再糟糕的处境中，他想起这些事，我一下子觉得吃什么苦都值了。虽然情况不妙，但朗伍德的一切依然井井有条。

有一次，皇帝为自己荒废了英语学习而感到懊悔。我对他说，目前他已经掌握了阅读英语的技能，已能阅读英语作品了，接下来只需定期练习即可。不过，眼下的条件有利于他学习吗？

说了一大堆事后，皇帝谈起了军医拉雷男爵。他对此人赞赏有加，称拉雷在他心里是个实打实的良善之人。他不仅认真钻研医学，还有济世救人的情怀。所有伤员都是他的家人；只要遇到和医院有关的事，他是丝毫不会为自己考虑的。皇帝说："在我们共和国的前几场战役中，我们的军医部幸运地得到彻底的改革，这套改革方案后来还被其他欧洲国家的军队效仿。其中最大的功劳应当归到拉雷头上，人类欠他一份大

恩情。今天，军医冒的生命危险不比战士少，他们哪怕在战火中也不忘照顾病人。我对拉雷敬佩至极，无比感激。"

附注：拿破仑在人生最后时刻依然对拉雷评价极高，他给拉雷留了纪念物，还在上面亲笔写了一行字："送给我遇到的最有品德的一个人。"看到这行字，我不由得想起了其他一些往事，它们也能证明拉雷担得起这么高的评价。以下就是我收集到的事实。

吕岑、武尔岑和包岑战役后，胜利者拿破仑按照惯例，让人把军医拉雷叫过来，想知道伤员的数目和伤情。当时法军的伤员比其他时候、比任何一场战役都要多。皇帝大感惊讶，想知道其中的缘由。拉雷说，受伤士兵[207]大部分是第一次上战场，他们在战场上笨手笨脚，也不知道怎么躲避死伤。皇帝非常在意这件事，对拉雷的解释有些不满，故问了其他人。由于当时他身边许多人已经厌倦了战争，一心想谈和，看到皇帝执意要继续开战，心中不免恼火。不知是出于算计，还是他们真的这么想，他们给皇帝的回答是：大批人员受伤并不是件怪事，许多人都是胳膊受伤，而且他们还是故意让自己受伤的，好逃避战斗。①皇帝听闻此言，如同被雷劈了一般，惊呆了。他反复调查，得到的都是相同结果，

---

① 医生特里埃尔在《拿破仑与拉雷》（Triaire, *Napoléon et Larrey*）第422页引用了拉雷写的一封公函，他在公函中说："这一荒唐的指责抹黑了英勇作战的年轻新兵的品格。说这话的人有军队指挥官，甚至还有苏尔特。他们本应第一个站出来维护听其命令的军队士兵的荣誉。可当时帝国元帅们都厌倦作战、渴望和平，一心想着回家享受皇帝慷慨赐给他们的荣华富贵，已经成了老油条，内心再无热血，执行命令时也是得过且过，一听到任何提议谈和的言论就拍手叫好。"皇帝没有听他的意见，决定严厉惩戒故意受伤者，以起到杀一儆百的作用。他一声令下，逮捕了300个全都伤在手臂上的年轻士兵，把他们关在离德累斯顿1.25古里远的一个兵营里。同时，委员会开展开审判，所有人都被判处死刑。由于没办法一下子处死3000人，当局就决定分批处决，每批处理12个人。

内心完全绝望了。他大喊："如果情况果真如此，哪怕取得胜利，我们的处境也可想而知。法国会被人绑着手脚送给野蛮人的。"他在内心反复思考如何阻止这一事态的蔓延，决定把该类伤员单独安置，任命一个医务委员会，由拉雷牵头，仔细检查这些人的伤口，然后杀鸡儆猴，震慑其他意图靠故意受伤逃避作战的人。对于故意受伤这件事，拉雷一直持不相信的态度，认为此事有损军队和国家的荣誉，便到皇帝面前主动请命，要求重新调查。他的固执让拿破仑大为恼火，拿破仑严厉地说："先生，把您的正式报告交给我，去吧。"

拉雷男爵立刻投入工作，不放过任何蛛丝马迹，因此调查进度缓慢。由于诸多因素，许多人都不耐烦了，拿破仑更是如此。当时，肯定有人提醒过拉雷他当前的处境岌岌可危，甚至有掉脑袋的风险。拉雷默不作声，只是埋头做事。几天后，他又来到皇帝跟前，要求赦免士兵。皇帝说："先生，您依然坚持自己的想法吗？""陛下，我做了许多工作后，特地前来向您汇报：这些勇敢的年轻人遭到恶意诋毁。我花了大量时间，做了细致的调查，[208]没有发现任何可疑迹象。每个伤员都做了个人笔录，我把它们都整理在这个小包裹里，陛下可以一一查看。"然而，皇帝一脸阴郁地盯着他，勉强拿起他交上来的报告，说："先生，很好，我会记得此事的。"然后，他大步在房间里走着，一脸暴躁而又沮丧的样子。但很快他就恢复了常态，用力握着拉雷的手，激动地说："再见，拉雷先生，能和您这样的人打交道，我深感荣幸！人们会把我的命令带给您的。"拉雷当晚就从拿破仑那里得到一枚缀满钻石的拿破仑小像、6000金法郎和一笔3000法郎的年金，还不包括①其他与其军

---

① "还不包括"这几个字在1823年版本中没有出现。

衔、资历和功劳相配的奖励，盼他以后再做贡献。

这件事具有极高的历史价值，因为它让我们认识到一个善良的人，面对已陷入成见中的愤怒的君王，他敢毫不犹豫地说出真相。我们也从中看到了皇帝伟大的灵魂，他勇于承认自己的错误，敢于面对真相。

皇帝接受了我的4000路易
10月22日，星期四

皇帝今天没有出门，也没召见任何人，甚至没有来吃晚饭。我们担心他生病了。十点后，由于我一点儿睡意都没有，他便把我叫了过去。那时他也才上床不久。他说自己一整天都躺在沙发上，只喝了一点儿汤，身体没什么问题，只是牙疼。我说，我们都担心他的牙疼是不是加重了，见不到他不仅让我们难过，更让我们不安。

后来，皇帝谈起了我们当前的经济状况。他开玩笑说，早晨他召开了咨询会，叫人称了称银器，算算能卖多少钱，这能让我们再撑一段时间。我又向他提起了我放在英国的4000路易，[209]他屈尊接受了。皇帝说："我的情况着实特殊。我相信，如果能和外界通信，只要哪个自己人——甚至外国人猜到我需要钱，我在这里能一下子就要什么有什么。但我若向朋友们求救，他们不会遭到英国内阁的攻击吗？我需要几本书，英国内阁就让它那个靠不住的中间人随随便便寄来几本书。今天他还向我要1200英镑还是1500英镑来着？也就是说，为了这堆价值不到1200法郎的破烂玩意儿，我要掏出近5000法郎。这类事难道只发生了这一次？我接受您送给我的这笔钱，也只会拿它做应急之用。毕竟我们得活着，实际上，靠他们提供给我们的这些东西，我们根本没法生活。哪怕精打细算地生活，一个月多100路易，倒也能勉强度日，这笔钱是少不了的，只有这样我们才能精打细算地活下去。"

圣克鲁剧院排演欧里庇得斯的悲剧作品—茹尔丹元帅—论对俄之战—拿破仑的抱负和雄心—正式指令—拿破仑的笔记

10月25日，星期五

我见到皇帝的时候，他正在洗漱。今天天气谈不上多坏，他便出门了，我们一同走进小树林。皇帝觉得身体虚弱无力，毕竟他有十多天没出门了。他的膝盖一点劲都使不上，只好在我的搀扶下走了几步。

这时马车来接我们，驾车的是阿尔尚博特。自从他的弟弟走后，马车夫这个活就只能让他来干了。一开始皇帝不想上车，觉得在这个树桩遍地的地方坐车不是个明智之举，还提到了那次著名的圣克鲁坠马事件。他想让一个英国仆人来当马车夫，但阿尔尚博特说这还不如让他一个人驾车靠谱。他说，在弟弟离开之后，他一直都在这片树林里巡游，以便随时回应皇帝的需求。[210]皇帝便上了车，我们绕着林子兜了两圈。回来的路上皇帝拜访了大元帅的新住所，他还从没去过那里呢。

晚上的最后活动，就是阅读隆热皮埃尔的《美狄亚》。皇帝频频插话，拿它和欧里庇得斯的《美狄亚》做对比。他说，他曾叫人在宫廷剧院上演这位古希腊悲剧作家全集中的一部作品；人们挑了最好的翻译版本，还尽量在细节之处还原了古希腊的做事风格、习俗、衣着和装饰。这部剧最终流产，皇帝也忘了它到底是在什么情况下、因为什么麻烦而流产的。

回到卧室后，皇帝一点儿睡意都没有，辗转反侧后去了沙发。他手边正好放着一本类似政治年鉴的合集作品，他便拿起来解闷。皇帝一翻就翻到了我们的元帅名单，借此展开了回忆，还提到一些众人皆知的小故事。说到茹尔丹元帅，皇帝谈了好久，最后说："我待此人不好，此事不消多说。他如果因此对我恨之入骨，那也是自然而然的事。所以，当我听说他在我下台后依然保持一贯高尚的品性时，我从心底感到高兴。此举展现了他高贵的灵魂，这才是我们识人察人的判断标准。他还是一位真正的爱国者，单单这点就足以说明许多事。"

之后，他又谈了许多其他事，最后说起了对俄之战。

皇帝说："其实，经历了那么多风浪以后，出兵俄国在当代应该是最得民心的一件事。这场战争既符合常理和我们的切身利益，还能保障所有人的和平安宁。此战完全是和平的、保守的，是一场纯粹的欧洲大陆战争。它若成功，将巩固大陆平衡，催生出新的政治联盟，消弭当时的种种危机，让世界恢复安宁。我的抱负无关个人野心。扶持起波兰这个决定全局的关键国家后，我可以让普鲁士国王、奥地利大公或其他什么人坐上波兰王位。我根本没想过要得到什么，[211]一心只想着为国为民，只考虑未来的福祉。谁会相信，我竟然在这个地方栽了跟头、走向毁灭？我在这一战中的表现比什么时候都要好，比从前任何时候都应该得到更大的回报。然而，舆论界仿佛得了传染病一般，突然所有人都在反对我、仇恨我，人们说我对各国君主施加暴政，可明明我让这些君王重获生命；我成了人民权利的毁灭者，可明明我为人民做了那么多事，还在为他们的未来奋战。人民和国王这两个势不两立的死敌突然成了盟友，联合起来反对我！我告诉自己，只要我胜利而归，就能重获民心。可我失败了，我被打垮了。这就是人心，这就是我的历史！但人民或国王（说不定是人民及国王）会怀念我的！我个人遭遇多少不公也无所谓，死后我自会得到公允的评价，这是不容置疑的。

"此外，人们决计不会真正了解对俄之战的史实，因为俄国人在写史的时候要么干脆忽略事实，要么就扭曲事实；法国人也在想方设法地抹黑和贬低属于他们的荣耀。可纵观古今历史，对俄之战无疑是高卢人打过的最光荣、最艰难，也最荣耀的一场战争。"

接下来，皇帝公正而又热烈地歌颂了我们英勇的将士，提到了缪拉、内伊、波尼亚托夫斯基等人在莫斯科河战役中的壮举。他说，骁勇的重骑兵们为了震慑懦夫，挥剑把炮手刺死在炮座前；勇敢的炮兵破釜沉舟，发起死战，夺得战场先机；还有那些英勇无畏的步兵，在战事最紧张的关头不仅没让长官在后面替自己打气，还对他们大喊："安静点儿！你的士兵们今天发誓要赢，就一定会赢！"

最后，皇帝叹道："这些零零散散的英勇壮举几百年后能被流传下来吗，还是会被谎言、诬蔑和罪恶覆盖？"①

212 附注：如果读者觉得皇帝某些地方的谈话需要得到进一步的阐述或佐证，可以在下面这封信中找到相关内容。该信内容翔实，标有详细的日期。拿破仑在对俄开战之前写下这封信，在里面详细阐述了自己对俄之战的原因和目的。平庸之辈肯定无法理解他，更无法从公正的角度来看待他；但在政治家和眼光长远之人看来，开启此战是众望所归。他们当时纵然气恼开战一事，但也清楚地认识到拿破仑对此战寄予的远大希望。②

---

① 《拿破仑回忆录》第二卷第95页。——辑录者注
　以上三段话在1823年版本中没有出现。
② 这份附注在1840年版本中被删。

为明确***在波兰应当完成的任务而写给他的指令①

1812年4月18日

阁下，出于对您进一步的信任，皇帝意欲依靠您的忠诚和智慧，让您负责一项极有政治意义的任务。这项任务要求执行人必须积极、小心而谨慎行事。

您要前去德累斯顿。此行明面上的目的是向萨克森国王陛下呈递一封书信，皇帝明日起床后会把该信交予您。皇帝陛下已经向您告知了他的想法，他会在口头上向您传达他的最后指令，告诉您如何在萨克森国王面前做开场白。

皇帝的打算是，安排一个人在这位国王跟前做事。此人对国王要万分尊敬，以表达皇帝陛下对他格外的器重。不管是对国王还是他的大臣，您都要坦率、毫无保留地表达自己的看法，要衷心拥护森福特-皮尔萨赫伯爵的看法。

萨克森那边付出的任何牺牲都会得到回报的。

萨克森不太坚持让现有的华沙公国获得独立主权，但控制这块地方是件费钱费力、事倍功半的事。得到波兰的这块弹丸之地以后，萨克森在普鲁士、奥地利和俄国面前就摆错了位置。[213]您要大力主张这个观点，在这个问题上，要顺着17日那场您也出席的皇帝内阁会议的讨论方向展开阐述。您会发现德累斯顿内阁几乎无意与您唱反调：这是我们一再观察它的外交路线后得出的结论。在这件事上，我们绝对无意瓦解萨克森国王的属国。

在德累斯顿稍作停留后，您要向国王辞行，前往华沙，您在那

---

① 这些写给普腊德的所谓"指令"实际上是伪造的。

里会得到皇帝新下的命令。

皇帝陛下已经请求萨克森国王将您郑重介绍给他的波兰大臣。

您在华沙的行动要和皇帝廷臣＊＊＊亲王及＊＊＊将军相一致。此二人出身于波兰最显赫的家族，他们已经承诺要利用自己在波兰人民中的威望，合力为他们的祖国带来幸福和独立。您要在大公国政府背后适当地推一把，让它替皇帝为了波兰民族而要发动的巨变做好准备。

波兰人应当协助皇帝的设想，齐心协力实现他们的民族复兴。他们应当把法国人视为自己强大的辅助。

皇帝非常清楚他在重建波兰的路上会遇到多大的阻碍，因为这个伟大的政治行动违背了其盟友当下表面的利益。

通过法兰西帝国军队来重建波兰，此举的确存有风险，甚至凶险万分。法国不仅要对付敌国，还要面临其友国的反对。该计划的部分详情如下：

皇帝提议的目标是：如有可能，可在避免开战的前提下组建波兰，让其获得从前全部或部分国土。为了实现该目标，陛下已向他驻圣彼得堡的大使赐予额外权力，并派遣谈判员到维也纳，授权他代表法兰西帝国和强国展开谈判，做出领土上的巨大牺牲，权作它们为重建波兰国家所做的让步而获得的补偿。

[214]欧洲现被划分为三大阵营：西边的法兰西帝国、中间的德意志诸国，以及东边的沙俄帝国。除非大陆强国罢手，否则英国休想在大陆发挥影响力。

我们必须依靠欧洲中部的强大组织，才能避免法国和俄国未来某日为了拓展疆域而侵犯欧洲宗主权这种事发生。法兰西帝国当前国力强盛，如果不在此刻改变欧洲当前的政治构成，明日帝国将丧失优势，在它的大业中走向末路。

普鲁士境内一个军事属地的建立、腓特烈大帝的即位和征伐、数世纪的思想传播、法国大革命思想的广为流传，这一切已经大大削弱了前德意志联邦的实力。莱茵河同盟只是一个临时过渡体系罢了。赢了的德意志诸国国君也许愿意巩固该体系，但输了的君主、深受战乱之苦的人民、害怕法国过于强大的国家只要有机会，就站出来反对莱茵河同盟的续存。甚至通过这个体系壮大起来的君主，也意欲在巩固自己的既得利益后就疏远莱茵河同盟。法国最后只能失去它的被保护国，并将为此付出巨大的代价。

皇帝考虑到这个迟早会发生的终极时刻，觉得还是让欧洲各国联盟获得独立为好。

考虑到其属地的地缘关系，拥有三个庞大王国的奥地利王室将在这场独立大业中扮演重要角色，但不应担任主导角色。在法国和俄国两大帝国断交的情况下，如果夹在中间的诸国联盟被驱动起来，势必会导致两个帝国中的一方走向毁灭。法兰西帝国的危险比沙皇俄国的更大。

欧洲中部应该由实力不均的各个国家构成，其中每个国家可采纳适合自己的政策。[215]出于政治和地缘位置的原因，它们会以被保护国的身份寻求强国的支持。维护和平，这关乎这些国家的切身利益，因为它们从来都是战争的受害者。所以，为了在将来巩固我们的联盟体系，在扶植新国、壮大旧国之后，建立波兰一事对皇帝和欧洲而言都有巨大的意义。若不重建该国，欧洲在东边就没有任何防线；奥地利和德意志就要直面世上最强大的帝国。

皇帝预料波兰将来会走上普鲁士的路，成为俄国的盟国。但如果他对波兰有建国之恩，这几个国家一时半会儿就不能团结起来，这就给现有联盟体系留出了站稳脚跟的时间。欧洲建成这个格局后，法国和俄国就再没有成为敌人的理由了。两大帝国将被共同的商业利益绑在一起，为了相同的理念而行动。

在和普鲁士关系转淡之前，皇帝曾想和普鲁士国王建立牢固的盟友关系，把波兰王位让给他。此事不会太难办，因为普鲁士已经控制了波兰三分之一的国土。如果俄国在某些地方坚决不肯放手，我们也可做出让步，并补偿奥地利。然而事态的发展让皇帝被迫改变了他的计划。

在提尔西特谈判期间，我们就该在这些让法国最为在意的地方建立几个国家。那时是建立波兰的最好时机，哪怕以战争和暴力作为手段。法国本应延长战争，但当时法军又冷又饿，俄国军队又在赶来的路上。亚历山大沙皇表现出来的好意感动了皇帝，奥地利那边又为他制造了各种阻力。出于签署和约、建立长期和平的渴望，皇帝放弃了自己的政治主张。如果英国在俄国和奥地利的干预下同意全面和解，和平则有望了。

[216]普鲁士战败后对我们无比仇恨，我们定要想尽办法遏制它的势力。出于这番考虑，人们建立了华沙大公国。竭尽一生为其臣民谋取福祉的萨克森国王成了该大公国的主人。为了让波兰人满意，我们还成立了得到他们认可的、符合其风俗习惯的机构。在这件事上，我们每一步都走错了。

萨克森和它的新领地之间隔着普鲁士，不可能和波兰一道建立一个强大的行政体。为了把萨克森和波兰连起来，人们在普鲁士国境内开辟了一条军道，此举极大地羞辱了普鲁士民族。波兰人也觉得他们的希望被辜负，自己被骗了。

皇帝曾明确表示，为了确保普鲁士不再寻求契机、重燃战火，普鲁士境内的大小堡垒必须被控制起来。1809年战争的爆发，让人们意识到他的政治视野是多么超前。此战让皇帝下定决心：他一定要不休不止地工作，以终结欧洲当前的这种格局，如此方能彻底结束毁天灭地的战争。

皇帝曾想过，他应该拿出铁血手腕，向维斯瓦河派遣大军，占领普鲁士要塞，以号召其盟友衷心拥护他的主张，通过谈判手段获得他只能靠战争才能得到的东西。

可如此一来，法国将冒着巨大的危险。把军队调到离其国境足有500古里远的地方，这不是一件毫无风险的事。何况波兰既希望得到皇帝的支持，又想拥有自己的势力。我一再说，哪怕开战，波兰人也只会认为自己有实力，皇帝只是为他们提供辅助罢了。他们肯定不会忘记自己当初在爱国热情和勇气的驱使下，是如何为了国家独立而与百万敌军相抗衡的。

大公国的人民想要重建波兰，他们相当于打通了一条道路，让其他被侵占的省份得以表达它们的独立意愿。[217]等到合适的时机，大公国政府就立即打出独立的旗帜，号召四分五裂的不幸的祖国团结起来。如果处在俄国或奥地利统治下的波兰人拒绝回到祖国怀中，那也不用勉强他们。波兰应该从它的公共精神、爱国主义以及构成社会崭新面貌的机构中汲取力量。您此行的目的就是启发、鼓励和带领波兰爱国者行动起来。您要把您的协调工作汇报给外交大臣，由他把您的胜利告知皇帝。您的报告则直接呈递给我。

波兰共和国的不幸和软弱，是由那个没有规矩、不懂节制的贵族阶层造成的。今天和过去一样，贵族有权有势，资产阶级软弱无力，人民贱如草芥。但在这样混乱的状况下，这个民族依然热爱自由和独立。波兰拖着残疾的躯壳，靠着这腔热情才存活至今。虽然历经岁月沧桑，饱受压迫残害的波兰民族对自由和独立的热爱依然只增不减。对波兰人，甚至对大家族出身的波兰贵族而言，热爱祖国是一件自然而然的事。皇帝会坚定信守他在1807年7月9日协议第25条中的承诺，通过足以保障人民权利及自由的宪法建立大公国，同时不妨害邻国的和平，波兰将会获得独立和自由。至于选谁当君主，皇帝陛下会通过谈判和其他国家签署条约确定人选。陛下本人及其家人都不会染指波兰王位。在重建波兰的伟业中，皇帝陛下一心只想着波兰人的幸福和欧洲的安宁。陛下向您授权，在您认为有利于法国和波兰利益的情况下，由您正式发表这一声明。

陛下命令我向您转达这封信函和这些指令，其中内容都已为他所知，以方便您根据其中的叮嘱，和华沙或德累斯顿的外国大臣沟通。

[218]皇帝亦令人把指令公函发给大公国的陆军大臣和外交大臣。如需金钱支持，陛下会通过分配他在波兰和汉诺威依然保有的临时地产，向波兰国库寻求帮助。①

大部分平庸之人对最近发生的大事持有极其错误的观点，这是非常平常的事。除非再过好几个世纪，我们才能通过历史学家智慧公正的

---

① 从这里到223页的段落（下篇日记开头之前）是1824年版本添加的。

评价摆脱对它们的错误看法。但对于才发生不久的人事，我们却被困在个别人因偏见和恶意而放出的一大堆前后矛盾的碎片化信息中。这些平庸之人的偏见通过一再重复和流传，成了大众眼里公正的事实。正因如此，人们才普遍认为拿破仑在对俄之征中不慎走上了查理十二的老路，导致自己深陷敌国人民的包围中，哪怕他的理念是正确的。他们说他被敌军佯败的招数给骗过去了，忘了、违背了所有作战原理；他们说他不该把战线拉得过长，导致后方补给跟不上，还忘了自己还有预备军可用；他们说他不听手下将军的劝诫，执意前进；他们说他丢弃了自己的后方，看着自己的联络线和供给线被斩断，沦落到弹尽粮绝、四面楚歌的地步；他们说他在后撤时也不量力而行，把撤退工作弄得一塌糊涂；他们说他选择在莫斯科过冬，根本没提前考虑严寒的气候因素；他们说他眼看大势已去就抛弃军队，任由他的士兵悲惨死去。

拿破仑本人读了一本汇集了上述所有指责的书后，口述了一些零散笔记，我特地将它们放到这里。我敢肯定，大部分读者定会在里面读到一些他们先前从未听过，甚至从未想过的新东西。这些笔记都是我从《拿破仑回忆录》第二卷第57、97～115页中摘抄出来的。

[219] "在对俄之战中，维斯瓦河上的军队补给站离莫斯科并没有五天的行军路程：第一阵线的补给站在斯摩棱斯克，离莫斯科有十天的行军路程；第二阵线的补给站在明斯克和威尔纳，离斯摩棱斯克有八天的行军路程；第三阵线的补给站在科夫勒、格罗德诺和比亚维斯托克；第四阵线的补给站在埃尔宾、马林韦尔德、托恩、普沃茨克、莫德林和华沙；第五阵线的补给站在丹齐格、班贝格和波兹南；第六阵线的补给站在斯德丁、屈斯特林和格洛高。

"40万大军渡过涅曼河后，其中24万人作为预备役留在涅曼河及波利斯特奈，16万人经过斯摩棱斯克前往莫斯科。在这16万大军中，4万人分梯队留在斯摩棱斯克和莫扎伊斯克之间。所以朝波兰撤退，这完全是合情合理之举。

"当时，任何将领都不曾告诉拿破仑，留守别列津纳河是何其必要；所有人都认为，只要入主莫斯科，战争就结束了。

"从出发到抵达斯摩棱斯克，拿破仑一路经过的国家都是亲法的。人民乃至政府都拥护他，他走到哪里，都有人带着兵力、粮草和战马投奔而来。斯摩棱斯克还是一座要城呢。

"查理十二和拿破仑的远征完全没有相似之处。查理十二放弃了他的作战阵线，把长达400古里的侧翼让给敌军；他在远征中犯了在攻击战中能犯下的所有错误，而拿破仑遵守了打攻击战的所有原则。

"朝莫斯科挺进的过程中，他的后方从未遇到过敌人。从美因茨到莫斯科的路上，没有一个伤员、落单的士兵、传令兵、车队遭到洗劫；人们每天都能收到法国传来的消息，巴黎每天也能收到军队的传讯；在所有据点，没有一座筑垒固守的工事遭到进攻。

"炮兵车队和军队装备车队安然无恙地抵达目的地。人们在斯摩棱斯克战役中用了6万多枚炮弹，在莫斯科战役中用了12万枚炮弹。小型战斗中的军火消耗量更大，[220]可法军离开莫斯科的时候，每门炮座仍足足有350枚炮弹。

"军队离开莫斯科后的行动不应该被称作撤退，因为这支军队取得了胜利，还有朝圣彼得堡、卡鲁加和图拉进军的实力；库图佐夫鞭长莫及，根本护不住这些地方。军队之所以朝斯摩棱斯克后撤，不是因为它打了败仗，而是为了在波兰冬营过冬，等到春天再杀往圣彼得堡。如果当时是夏天，无论奇恰戈夫还是库图佐夫的军队，谁若敢待在离法军十日路程的范围内，都是自寻死路。沙皇宫廷害怕我军进军圣彼得堡，吓得都把它最珍贵的档案和财宝运到伦敦去了。它还把奇恰戈夫的军队从波多利调过来保护首都。如果莫斯科没被烧毁，沙皇亚历山大就要被迫求和了。莫斯科大火之后，如果严冬没有比往年提前15天到来，法军可以安然无恙地回到斯摩棱斯克，一路根本无须担心俄军进攻，因为后者刚在莫斯科河和马利-雅罗斯拉维兹吃了败仗，急需休养生息。

"我们也知道12月和1月天气严寒，但我们根据前20年气温持续上升的现象得出一个合理的判断，认为俄国冬天11月的温度不会低至-6℃。我们军队只用了三天，就井然有序地完成了撤退。但在这三天里，我军损失了3万匹马。人们也许会指责拿破仑在莫斯科待得太久，过了四天才走，但他是出于政治原因才做此决定。他觉得自己有时间回到波兰，以为北方的秋天会很长。

"军队离开莫斯科时，带了大约20天的补给，因为20天的时间足以让法军回到斯摩棱斯克，再在那里得到充足补给，好拿下明斯克和威尔纳。然而车队的所有套车牲口、炮兵队和骑兵队的大部分马匹都死了，军队完全乱了套，它已经再不是一支正规军了，[221]根本不可能在威尔纳城前摆阵。维斯图拉河上的施瓦岑贝格亲王和雷尼埃将军的军队本应支援明斯克，可他们朝华沙后撤，抛弃了大军。如果他们赶往明斯克，就能在那里和东布罗夫斯基一师会合。要知道，单靠东布罗夫斯基的军队，法军根本守不住布里楚。奇恰戈夫趁机占领了该城。奇恰戈夫的计划根本不包括占领别列津纳河，而是前往德维纳河，护住圣彼得堡。因为他意外占领了这个据点，才撞上了雷焦公爵，被后者击败，撤到了别列津纳河右岸。奇恰戈夫在渡过别列津纳河的时候又吃了一次败仗：杜梅克的重骑兵向他发起一次进攻，让他损失了1800人。

"在离威尔纳还有两天行程的时候，看到法军再无危险了，拿破仑便认为他当前必须迅速回到巴黎，只有这样他才能向普鲁士和奥地利施压。如果他迟迟不回，回国的路也许就会被堵死。所以他把军队交给那不勒斯国王和讷沙泰尔亲王。当时帝国护卫军毫发未伤，法军有8万多可战斗人员，这还不包括德维纳河上的塔兰托公爵的大军。俄军全部加起来，也只有5万人。在威尔纳，面粉、饼干、啤酒、肉类、蔬菜干、草料供应充足。拿破仑经过该城时，根据他拿到的物资调查报告，那里当时有400万份面粉、370万份肉、900万份葡萄酒和烧酒，还储存有大量火药、棉衣。如果当时拿破仑留在军中，或者把指挥权交给欧仁亲王，俄军不可能追到威尔纳来。法军一部分预备军在华沙，另一部分预备军在哥尼斯堡；可我军被几支哥萨克骑兵队压制了，当夜狼狈撤出威尔纳。就在这段时间，我军在此战中遭遇重大损失。拿破仑每到危急关头，都不得不在军队和巴黎之间两头跑，此次危难之际也是如此。[222]他什么都料到了，却料不到有人会在威尔纳干出那么荒唐的事。

"我军在这场不幸战争中的损失无疑是巨大的，但还没大到人们想象中的那种地步。渡过维斯图拉河的40万大军中，一半来自奥地利、普鲁士、萨克森、波兰、巴伐利亚、符腾堡、贝格、巴登、黑森、威斯特伐利亚、梅克伦堡、西班牙、意大利和那不勒斯。严格来讲，帝国军队中三分之一的士兵来自荷兰、比利时、莱茵河畔、皮埃蒙特、瑞士、热那亚、托斯卡纳、罗马、第三十二军区、不莱梅、汉堡等地，说法语的士兵总共不到15万人。[①]在俄国之征中，法国现有兵力只损失了不到5万人；俄军从威尔纳撤到莫斯科的路上，在大大小小的战役中损失的

---

① 大军团当时总共有45万人，其中20万人是帝国盟国或附庸国出的。法军所占比例其实比拉斯卡斯在评语中指出的要多得多。

兵力是法军的三倍多。在莫斯科大火中，10万俄军饥寒交迫地死在森林里；在从莫斯科赶往奥得河的路上，俄军也遭遇了严寒气候的考验；抵达威尔纳时，俄军只剩5万人；到了卡利希后，则只剩下不到1.8万人。我们可以算出，俄国在这场战争中的损失比今天法国的损失还多上六倍多呢。"

上面这些内情和细节肯定会让许多读者大吃一惊，老实说，我才听到的时候也大感惊讶。有些人无视事实，无论看到什么证据，依然固执己见；还有许多人已经接受了某个既定观点，觉得转换态度是件令人不舒服的事，所以宁愿坚持原来的想法，也不愿意花时间去看清事实。这两类人要么直接一口否认事实，要么就彻底无视我抄写的这些资料。但还有一群人秉承冷静克制的态度，热爱真理、追求真相，这些人读了上述内容肯定会大为震惊。即便他们依然坚持原先的观点，但至少会认为自己这边应该拿出同样有说服力的官方证据出来才是。[223]哪怕人们对反驳自己观点的事实存有偏见，但谁能无视一个如此重要的人对这件和他有着莫大关系的事发表的言论呢？不管怎么说，他的话还是有点分量的吧？其重要性应该不亚于他的对手发表的声明吧？对这场战争、对这支军队发表意见的那个人，难道不是这支军队的总司令吗？难道不是他亲自指挥大军的一切行动，发挥后者的一切能动性吗？世上还有谁能比他更清楚其中的细节，更有资格分析其中的原因，更能说清此战的结果？难道不是他接收和掌握所有官方报告吗？最后我只想再问一句：拿破仑以如此严肃的态度、如此确凿的口吻谈论此事，如果他是为了维护自己的个人荣誉而说谎，难道他不知道这些官方资料依然被保存在公共档案馆里，随时会被调出来验证其言论的真伪吗？

严重的肿块——一些宫中逸事
10月26日，星期六

皇帝今天非常难受，把我叫到他的房间里。我进去时，看到他正躺在扶椅上，头上包着毛巾，坐在离壁炉很近的地方取暖。他问："你觉得什么病痛最难忍、最折磨人？"我说，那无疑是当下正在经历的病痛。他说："那就是了！现在牙痛最难忍。"他脸肿得非常厉害，半边脸都浮肿起来了，通红通红的。此刻只有我待在他的身边，我就把一张法兰绒手绢和一张被他用来敷在脸上的毛巾轮番加热，给他做热敷。如此一来，他觉得好了许多。除了牙痛，他还咳嗽得厉害，频频打呵欠，时不时还发抖。这些都是发烧的前兆。

他说："不过，人到底是什么呢？一旦身上最细小的一根纤维遭到损害，他就觉得不适至极！另外，面临疾病，无论我们多么想结束它，有时候仍会被它打倒。身体这台机器是多么奇怪啊！我说不定还要被这副可怜的躯壳再关30多年呢！"

[224]他把发肿症状归结为上一次出门，说当时的大风吹得他很不舒服。他叹道："大自然是最好的建议人。我当时其实心底并不愿意出去，可为了服从理性，还是出门了。"

这时医生来了，发现他有发烧的迹象。之后一整天，皇帝都处在病痛状态，时不时觉得牙齿刺痛难忍。于是他一会儿坐在扶椅上，一会儿躺在沙发上，和人聊天以分散注意力。

他提了提先前发生在自己身边的一些龌龊事。他说，他掌权时，对杜伊勒里宫的一对夫妇可谓是有求必应，可此二人在国难来临之际做了一些丑恶至极的事。有一次，他们在他面前露出马脚。他只是把他们责骂了一番，没有进一步惩罚。结果呢？他们不仅毫不悔改，还因此记恨上了他。皇帝感叹道："所以说，这就是做事只做一半的后果，这么做总会栽跟头的。只明察是不够的；或者说，人要明察，但懂得表态也很重要。"

之后，他提到了一位夫人，她和她的丈夫一样地位尊贵，却总跟他抱怨自己过得多么捉襟见肘。他说："她经常给我写信要钱，仿佛我欠她什么恩情似的。可她又不是贝特朗夫人或其他人，又不是从圣赫勒拿岛回去的。"

他还提到在1814年对他犯下弥天大罪的一个人，说："您以为他在我回去后灰溜溜地逃走了吗？不，他反而缠上了我。他拍着胸脯对我说，暂时倒向波旁家族也是常理，这不算什么尴尬事，何况人们已经为此受到惩罚了；而且通过这件事，大家对我深刻的感情反而得到了升华！！！我把他拒之门外。据说他当即就转而抱住波旁家族的大腿，自然也向他们说了许多关于我的坏话……可悲的人性啊！从古至今，这种事还少吗？"①

说到那些因他而飞黄腾达的人，皇帝还提到一件发生在约瑟芬皇后身上的恶心事。有个人想到了一个阴谋（当然了，他这么做是想从皇后身上谋取利益），借口说要保障她在法国住得舒心，²²⁵让她在一封能让她声名扫地的信上签字。那封信是写给国王的，信中说皇后不知道自己

---

① 路易十八第一次回到法国时，拿破仑手下好几个元帅都跑到贡比涅迎接国王，领头的就是内伊和贝尔蒂埃。内伊极力煽动国王马车行经之处聚在道旁的看客，让他们喊各种口号。这个在战场上被皇帝封为莫斯科瓦亲王的元帅大喊："来，我的朋友们，跟我一起大喊'国王万岁'！那就是我们的国王！正统的国王，法兰西真正的主人！"纳沙泰尔亲王也有幸代表其同僚向路易十八大唱赞歌："经历25年的混乱和风浪后，法兰西民族终于再次在这个在世界历史中享有八百年荣誉、有史以来最古老的王朝身上寻到了自己的幸福。法兰西的元帅们以战士和公民的身份，被发自人民灵魂深处的激情所感染，为这股代表国民心愿的热浪推波助澜。"

现在和今后该怎么办，恳请国王保障她的生活。皇后哭了很长时间，执意不肯，要求给她点时间好好想想，然后她去咨询了亚历山大沙皇。后者告诉她，她若在这封信上签字，就被钉上耻辱柱了；她应该让这群阴谋家和掮客滚出去；当局肯定不会对她提出类似要求，没人想着让她离开法国、惊扰她的安静生活；如有需要，他愿意当她的传话人。

晚上，皇帝的牙疼好了一些，总算能睡觉了。从那张皱成一团的脸来看，他是真的难受至极。

疼痛继续—君王最致命的缺点便是无德
10月27日，星期日

皇帝一整天都躺在壁炉边的沙发或扶椅上。他没怎么睡觉，也没有吃饭，病痛和昨天相比没有丝毫缓解。他头和牙都疼得厉害，脸没有消肿。皇帝对我说，昨晚他把我打发回去后，学着我的法子把热毛巾敷在脸上，当时觉得好了许多。我又开始加热两条毛巾，给皇帝继续做热敷。他看上去颇有些感动，好几次把手放在我的肩膀上，频频叹道："我的朋友，您让我觉得好受了许多！"疼痛缓解一些后，他小睡了一会儿，之后睁开眼睛，问，"我睡了很久吗？您在边上是不是待得无聊了？"他称我是他的护理修士，是圣赫勒拿岛的马耳他骑士。之后疼痛再次袭来，比前几次都要凶猛，他便派人把医生请来。医生发现他在发烧，他又像昨晚那样觉得浑身冰冷，只好坐在火炉边上取暖。

一整晚都是如此。七点，皇帝说要躺下来。他没有一点儿胃口，只叫人给他端了一杯面汤过来，在里面加了点儿糖、橙花和仆人烤的面包干。

皇帝谈起了过去的人事，就"无德"这个话题说了几句。他说：

"[226]毫无疑问，无德是君王身上最致命的一个缺点。因为他一旦习惯性地不守道德，溜须拍马的人就立马迎上来，以讨得他的欢心。无德能让一切恶习愈演愈烈，使所有美德沦丧殆尽，像瘟疫一样在社会上蔓延。这是国家的一大祸害。相反，公共道德却是一切法律的自然补充；它本身就是一道法典。"皇帝还说，法国大革命中虽然发生了许多恐怖事件，但它依然涤荡了我们的道德风气，让国民面貌焕然一新。"这就好比肥料，虽然它最肮脏，却浇灌出最美丽的花朵。"他还毫不犹豫地断言，他统治下的那段岁月，将成为一段值得纪念的道德蒸蒸日上的新时代。皇帝说："我们一帆风顺地走过了这段日子。毫无疑问，后来的一场场灾难将导致道德滑坡。在无常的世事和无穷的混乱面前，人该如何抵抗各种各样的邪念、诡计、罪恶和利益的诱惑呢？当然了，人们可以阻止和压制追求向上的道德风气，却不能将它彻底歼灭，因为公共道德独属于理性和启蒙领域，是它们自然而然的结果，谁都不能在道德上倒行逆施。如果要让从前的丑闻和罪恶——例如摄政时期通奸、纵欲的风气、下任法王统治期间的放荡作风——重现人间，就得再现当时的社会环境才行，可这是不可能的事。上流社会若想恢复懒散无事的生活作风，继续过从前那种骄奢淫逸的日子，只能摧毁中间阶层这个在社会中煽起了一切想象、壮大了一切理念、升华了一切灵魂的酵素才行。此外，还必须愚化社会最底层阶级，让他们走向堕落，变得如牲口一般愚钝。然而，这一切都是痴人说梦。公共风气已得到树立，我们甚至可以预言，全世界的道德风气都会越来越好。"

九点钟时，已经上床的皇帝让所有人都到自己房里来，其中包括大元帅和他的妻子。他留了我们半个小时，在垂下的床帏后面和众人聊天。

皇帝依然倍感疼痛，却无药可用—塞尔旺写的对意之战—蒙特松夫人

10月28日，星期一

[227]一觉醒来，我觉得很难受。我想泡个脚，却没有水。这里我要向读者说明一件事，好让你们明白我们在朗伍德的真实处境。水在这里是稀缺物；最近，我们拿到的生活用水越来越少，今天连给皇帝找洗澡水都成了一个大难事。在医药方面，我们的处境也没好到哪里去。昨天，医生告诉皇帝他要用什么药，应该怎么护理身体，需要哪些必需治疗手段。可每说一项，他都补充一句："可惜当前岛上这些东西都没有。"皇帝说："他们既然把我们送到这里来，就应该让我们过得好好的。可如今呢？"实际上，我们连芝麻大的生活必需品都紧缺。皇帝连暖床的长柄炉都没有，仆人只好把我们在饭桌上用来保温的一个大银碗放在床上，在里面放几块木炭。这两天他一直想喝点儿酒，好让身体暖和点儿，可这个愿望都不能被满足。

皇帝今天仍然觉得身体极度不适，半边脸肿得厉害，却觉得牙齿没那么痛了。我见到他的时候，他正在火炉边读塞尔旺的《高卢人在意大利的战争史》，由此受到启发，想在意大利的回忆录篇章中补充一些珍贵的内容。他让人把意大利的地图拿过来。塞尔旺是我们这个时代的人，还参加过帝国的许多战斗，可在讲述皇帝的对意之战时却错误连连，似乎并不怎么了解这个国家，这未免让我感到惊讶。皇帝说："也许因为他虽跑遍了意大利，却并不了解它；也许因为他就算留意到意大利的地形，也猜不出什么来。不看地形就揣测出作战方案，这需要极高的天分才行。"

皇帝觉得今天自己也得早早躺下才行。他应该是发烧了，[228]因为他一直觉得冷。从昨晚到现在，他只喝了一碗汤，觉得晕眩不已。躺到床上后，他觉得床无比硌人，被子也盖得不舒服。他说，总之，他觉得什么都不对头。他说，身边的人事都是他在身体健康的时候安排下来的，他若病得厉害，所有人就乱成一团、不知所措了。

他叫人端来一杯橙皮茶，结果等了很久才拿到手，可他表现得无比耐心。换作是我，肯定早就急了。

躺到床上后，皇帝谈起了他早年在布里埃纳的生活，提到了奥尔良公爵和他曾见过的蒙特松夫人，说起了诺让家族和布里埃纳家族，这些和他早年的生活都息息相关。

拿破仑说："我当上政府领导人后，蒙特松夫人曾请求我赐予她'奥尔良公爵夫人'的头衔，这简直是滑天下之大稽。"皇帝认为，她最多不过是公爵的一个情妇罢了。我言辞凿凿地对他说，她的婚事的确得到了路易十五的同意；我敢肯定，她丈夫死后，根据所有法律条文的规定，她都算是奥尔良公爵的遗孀。皇帝说，他的确不知道这些事。他问："可是在这种情况下，第一执政官又能说什么，能做什么呢？这也是我当时对找我办事的人的一贯答复，让他们颇为不满。但我能立刻恢复从前荒谬混乱的旧习吗？"

皇帝身体依然不适—典型小事
10月29日，星期二

我的儿子生病了，我也觉得不太舒服，最近一直失眠。医生看了我们，告诉我皇帝身体好了些，但他一直不肯用任何药物，此举无益于恢复健康。

直到下午五点，我才被皇帝叫了过去。他当时正在泡脚，头依然疼得厉害，不过泡脚后他觉得舒服了一些。[229]他躺回沙发上，拿起了《诺阿伊回忆录》①，高声朗读了其中和旺多姆公爵在里尔包围战中有关的内容，又看了和贝里克公爵有关的篇章，对其做了点评，观点一如往常那般新颖独到、入木三分。②遗憾的是，我没办法把它们一一复述于此。英国政府把我的笔记收走时，笔记中的这后半部分内容只是草稿而已。岁月模糊了我的记忆，如今我只记得一些只言片语。

皇帝在他的五斗柜里发现了一些似乎被人忘在那里的糕点或甜点，叫我给他拿点儿过来。他见我局促不安、犹犹豫豫，不知该如何在合乎礼仪的前提下把它们端过来，就说："哎呀！我的朋友，直接用手拿就好了。我们之间不用讲究什么礼仪，从此我们都要在一个大锅里吃饭呢。"这当然只是一件小事，却比大段的言论更能让人清楚地认识到皇帝的性情、为人、脾气和真正的想法。善于观察和判断的人自能从中发掘和推断出许多人根本想不到的东西。因为担心读者认为这只是件琐碎无意义的小事，我才在这里唠叨了许多。

我必须说明一点：皇帝在他的小圈子里虽然不拘礼节，但他和人打招呼时从来都不会忘记称呼对方的头衔。他经常这么问候我："早上好，先生。""阁下，今天如何？""阁下，今天怎么样？"有一天，我去客厅的时候，门房正准备过来给我开门；这时，旁边皇帝房间的门打开了，他恰巧也要去客厅。我站在边上，让他先走。他也许是走了神，停住脚步，揪住我的耳朵，像拉家常一样地问我："陛下在这里做

---

① 准确的标题是《路易十四到路易十五时期的政治军事回忆录》（*Mémoires politiques et militaires pour servir à l'histoire de Louis XIV et de Louis XV*），作者是米洛（Millot）。

② 后面这句话在1840年版本中被删。

什么呀？"话一说完，他的手也旋即松开了。之后，他的神情立刻变得认真起来，开始严肃地和我说起其他事。我当然知道该在什么时候装聋作哑，[230]但皇帝当时明显为自己不小心说出"陛下"二字而感到后悔。他可以在其他任何头衔上开玩笑，但只有"陛下"二字是不能乱用的。不知道这是因为这个词过于特殊，还是因为我们当时环境特殊的关系呢？我不知道，读者也许会进行各种猜测，但我只负责陈述事实。

晚上，皇帝在我们用过晚饭后见了我们所有人。他躺在床上，又恢复了对医药的不信任态度。他说，他这么做是根据理性判断，哪怕科尔维沙和其他名医来了都不能说服他；何况他们说的那些话只是为了维护本职业的荣誉而已。

闭门不出的第五日—忆没有付钱的一件小事—论不受欢迎
10月30日，星期三

皇帝今天觉得不舒服，又发低烧了。晚上，医生来了，给皇帝带了一些温和的漱口水过来，但我们依然无法说服皇帝服下它。皇帝的嘴唇、口腔甚至喉咙都生了很多小泡，让他在吞咽和说话时非常难受。对于这个病症，医生也没有适合皇帝的药油可用。能用的药油闻起来很恶心，皇帝本身又是一个对气味非常敏感的人。

皇帝在白天的谈话中提到了约瑟芬的开销、浪费和无穷无尽的债务，最后说：他作为世上最正派的一个男人，却为了钱的事一再在圣克鲁吵吵闹闹。他说："有一次，我坐在马车上，边上是皇后玛丽-路易丝，我们正走在人流如织的街道上。突然间，我发现自己已经完全习惯了东方君主的生活方式，仿佛自己是个正要去清真寺朝拜的苏丹。边上有个生意人跟着我，讨要一大笔被长期拖欠的钱款。他的要求合情合理，可我也没做错什么事。我在该付钱的时候已经付了，此事纯粹是中间商在搞鬼。"

还有一次，说起不受欢迎这个话题，他感叹自己也属于不受欢迎的那类人。我立刻表达了自己的惊讶，[231]惊讶他当初居然没有想办法去对付攻击他的那些小册子，提高自己在舆论界的声望。他说："我当时满脑子装着其他大得多的事，哪里想过如何讨好和安抚那群卑鄙小人、那些微不足道的小帮派呢？不，我要做的是从莫斯科凯旋，到时候，不仅这一小拨人，不止法国，连全世界都会朝我奔过来，歌颂我、为我祝祷。到那时，如果我突然神秘地从这个世界消失，那些庸人肯定会把我打造成第二个罗姆路斯①呢。他们会说，我已经升上天堂，坐在神祇中间了！"

约莫七点的时候，皇帝觉得头脑昏沉、身体虚弱，便躺到床上去了。我们用过晚饭后，他又像昨日那样把我们所有人叫到他房里。断断续续地聊了会儿后，他突然生出读《鲁滨孙漂流记》的兴致，我们每个人轮流替他念一段。只有我因为眼睛问题，没有念书。一两个小时后，他叫我们都回去，只留下最年轻的古尔戈将军继续给他念书、陪他聊天。②

皇帝说他违背了医嘱—法国因他而第一次得到伟大国家的称号
10月31日，星期四

今天天气开始转好，格外宜人。皇帝在屋里已经待了六天，厌烦了单调的养病生活，决心违背医生的嘱咐。他出了门，可出门后觉得浑身乏力，几乎走不了路。他让人把马车叫来，我们坐车出去兜了一圈。皇

---

① 罗马神话中的罗马奠基人，父亲是战神马尔斯。——译者注
② 本段在1840年版本中被删。

帝一路沉默、心情低沉，觉得身体很难受，嘴里的小泡更是折磨得他无心做任何事。

回来后没多久，他就把我叫到房里。此次出门耗去了他的所有精力，他觉得身体虚弱至极，几乎要昏过去了。我劝他吃点儿东西，最后他总算喝了一杯利口酒，说觉得自己好些了。然后，他开始谈话。

²³²他说："我踏上意大利的土地后，改变了我们大革命的风气、情感和语言。我从未枪决过流亡贵族，我扶植了教士，废除了给法国抹黑的组织和活动。我做这些事绝不是因为一时的心血来潮，而是出于理智和公正的考虑。"他转头对我们说，"如果国王的死刑游街纪念活动没被废除，你们是绝不会归顺的。"

皇帝说，是他首次把法国称作一个伟大的国家。他补充说："当然了，它站在俯首称臣的世界面前，证明了自己无愧于这个称号。"

停了一会儿，皇帝继续说："如果法国的国民素质能与它的物质进步、道德风气相协调，法国仍会继续伟大下去。"

他提到一个自己非常喜欢的人[1]，说："他的性子像牛一样，遇到什么事都是那么温和平静——只有在关系到自己孩子的事上除外。只要别人伤到他的孩子一根汗毛，他就立刻用牛角顶过去。只有在这件事上，他才会发怒。"

他提到另一个30岁出头的人[2]，觉得他还是太年轻了。但他也说了："可我在这个年纪时，已经取得了我能取得的所有成果，往世界之主的路上前进。我平息了风暴，团结了各党各派，让一个民族变得上下一心，建立了一个政府、一个帝国，当时我只差获得皇帝这个头衔

---

[1] 即贝特朗。
[2] 即古尔戈。

了。"他继续说："我们得承认，我一直都是人生的主宰者，我被命运惯坏了。我在人生起步时就已大权在握，靠运势的推动和我自己的实力走向高位。一旦成为主宰者，我就再不肯乖乖听命于别人制定的规则了。"

7月至10月小结

论奥米拉的回忆录；哈德森·洛韦此时对他提起诉讼；

一些赞同回忆录的话

以后我的定期小结都不会写得太长，用三句话就可概括：[233]无以复加的折磨，闭门不出的生活，不可避免的毁灭。

拿破仑的余生，只充斥着无尽的、磨人的苦闷。

读者都看到了，新总督来了以后，我们的生活是一日不如一日。他上岛没几天，就展露了自己穷凶极恶的面目。很快，我们就遭到无以复加的折磨和冒犯。他说自己只是中间传话人，但也许这些都是他自己想出来的招数。他煽起岛上居民对我们的恐惧，无数次莫名其妙地惹怒我们；他不许我们在没有告诉他的前提下给别人写信，可他又没有明令禁止我们和这些人自由交往；他邀请波拿巴将军去他家参加晚宴，好让一个身份尊贵、对皇帝仰慕已久的贵妇人一睹其真容；他还亲自逮捕了我们的一个仆人。

拿破仑说，总督写过一封急报，企图强迫皇帝和他面谈一些琐碎的日常小事；他还不断惊扰皇帝，让皇帝拿出一笔他根本掏不出的钱，在我们的必需生活品的供应上一减再减，逼得皇帝砸碎和典卖自己的银器，而且卖价和买主还得由他说了算。他按人头给我们提供葡萄酒，一人只能一瓶，连皇帝都不能除外！皇帝说："他就是在拿我们的生计做买卖，连我呼吸的空气都恨不得夺走。"他给我们的生活物资大多都质量低劣、数目不足，我们有时候甚至不得不向附近的兵营借东西！！！

他向拿破仑布下圈套，沾沾自喜地亲自写信，向拿破仑传达他所谓的内阁指令；还说因为指令内容太过粗暴，他才拒绝出示副本。他向拿破仑施加极其过分的规定，摆出专横、嘲讽的态度，缩小了拿破仑的行动范围，规定了他的散步路径，甚至连他的谈话性质和范围都想插手干预。他在我们住处周围挖出壕沟，用院墙困住我们，让我们生活在棱堡的包围下。他强迫我们签署个人同意书，逼迫我们接受他的一切要求，否则就别想再陪在皇帝身边。他想利用我们贬低皇帝的身份，[234]逼迫我们只称呼他为"波拿巴"，不照办的话我们会被立刻送走、就地驱逐！

皇帝已经被总督卑鄙至极的招数和不加掩饰的恶意逼到极点，便开诚布公地把自己的想法当面告诉了哈德森·洛韦。这次他说话毫不客气，从此终于不用再见到洛韦这张脸了。皇帝还发话，他绝不会再见总督。他对总督说："英国内阁做出的最恶毒的事，已经不再是把我送到这里来的这一行为，而是把我交到您的手上……我对您的前任有所抱怨，但至少他是个有良心的人！……您抹黑了您的国家，您的姓氏将永远遭人唾弃！……"他经常对我们说："这个总督根本没有英国人的样子，完全是个西西里的打手……我一开始抱怨英国派了一个狱卒盯着我，可今天我才知道，他根本就是个刽子手。"

我对这些话举双手赞成。我还把拿破仑的其他言论也写进来，尽管它们看上去充满恶意。这么做的原因如下：第一，这些话都是我亲耳听来的。第二，这些话要么是拿破仑说给哈德森·洛韦本人的，要么是他叫人转述给后者的。第三，也是最重要的一个原因，总督在这里行使权力，代表了一个在全世界闻名遐迩的民族，代表了一个在欧洲上下广受尊敬的王储，更代表了一个内部也有几个广受尊重、以温和优雅的作风而著称的阁员的内阁，可这位总督行事之专横、粗鲁、暴虐，连英国人听了都觉得震惊和反感。

拿破仑遭到无休无止的攻击和折磨。他每过一天，就又遭受一次创伤，其遭遇简直是神话故事里一种酷刑的再现。

啊！在这个让无数善良人士听了为之恻隐的黑暗时期，欧洲之魂、真理之魂、历史之魂全都不由自主地倒向了圣赫勒拿岛、倒向了伟大的拿破仑。人们原以为他在这里过着天堂一样的生活，可如果他们来这座荒岛找寻他，看到如今这样的场景，[235]看到这个立下不朽大业、笼罩在光环中的人如今如普罗米修斯一样被钉在悬崖上，每日都被秃鹰剖开胸膛，谁不会感到满腔义愤！啊！这是多么卑鄙的行为！它会永远遭人唾弃的！

在此期间，皇帝的健康持续恶化。他那副从前看来如此健壮、曾扛住了无数操劳、不知疲倦为何物、承载了无数荣誉和胜利的身躯，如今却在奸人的暗算下提前衰弱了。每过一日，他身上的疾病就多了一样，苦痛、发烧、急性发肿、坏血症症状、频频的伤寒纷纷向他袭来。他变得判若两人，步履沉重，四肢浮肿。看着他的身体以越来越快的速度垮掉，我们的心碎成一片。不管我们如何小心呵护，也改变不了这个结局。

他很久都没有骑马了，最近也很少坐车出去，连简单的步行散步都成了极其稀罕的事。就这样，他几乎过上了足不出户的生活。他也再没心思继续有规律地进行回忆录的工作，偶尔才向我们口述。他大部分时间都独自待在房里，翻看几本书，或者干脆什么都不做。只有那些知道他从前有多么生龙活虎的人，才知道他的灵魂耗费了多少能量，才能平静地咽下这如一潭死水般单调乏味的生活的苦果。在我们面前，他总是一副泰然自若、心平气和的样子，表现得如往常一般思维敏捷、出语尖刻，有时甚至和我们开玩笑。可如果仔细观察，我们不难发现，他已不再关心未来，不再思考过去，也不再在意当下的生活。他消极地听从了自然的安排，对生活完全厌倦了，甚至隐隐期盼来个了结。我被带离朗伍德时，他已是这副模样。没错，离开的那一刻已快到来了。

在我的笔记里，我没有把我们和总督每次争吵的所有细枝末节都写进去，[236]只选取了我们之间传达的大量正式信函中的部分内容。我还省略了许多内容，没有把我们如动物一样的悲惨生活中的那些腌臜事一一记下来。我写书的目的不是记录朗伍德的悲惨，而是刻画拿破仑在生活细节上表现出的品格。如果读者对我们的生活感到好奇，可以在医生奥米拉的回忆录中读相关细节。作为亲身经历者之一，如果我在这方面不遗余力地书写，未免有小肚鸡肠之嫌。可纯属旁观者、和我们没有任何关系，甚至可以说是我们的对手的医生，他的描写应该算是纯粹的有感而作吧？他可以说是因为良知的关系而感到义愤填膺，才会为我们抱屈吧？

不久前（1824年）我听说，我们的圣赫勒拿岛前总督还把奥米拉医生告上法庭，说他在诬蔑和诋毁自己。①我对遵守英国法庭规则的法官充满尊敬，因为我知道他们的人员是怎么构成的。可我还是不敢保证法庭会做出什么宣判！在今天这个重大政治危机不断袭来的时代，什么事似乎都有两个真相。可对于个人而言，真正的真相就是被他放在心里的那一个。有人说，人不可能对自己撒谎。无论如何，这话对奥米拉医生而

---

① 详情请看福赛斯的法语版《拿破仑被囚史》（Forsyth, *Histoire de la captivité de Napoléon*）第三卷第336~348页内容，或英语版的第三卷第317~323页内容。

言都是一种宽慰吧。我敢在这里断言：根据我在圣赫勒拿岛期间的亲身经历，奥米拉医生在书中说的每个字都是真的。我也可以顺理成章地得出一个结论：他在我离开后的记叙应该也不是假话。我敢毫不犹豫地摸着自己的良心，证明医生所言不虚。

就在我写回忆录的时候，哈德森·洛韦给我寄来几封信的摘要，说这些秘密信件都出自奥米拉医生的手笔，说医生在信中说了一些关于我的坏话，给他写了几封和我有关的秘密报告。哈德森·洛韦这么做，是何居心？考虑到我们从前的关系，他不可能对我有什么感情。难道他指望我出面证明奥米拉是他安排在我们身边的间谍？[237]还是说，他想通过激怒我，让我站出来推翻有利于其对手的证词？另外，这些信是完整原文吗？难道它们没遭到圣赫勒拿岛式的歪曲吗？还有，即便信件内容真实可靠，他凭什么认为这些信能激怒我呢？我和奥米拉有什么亲密关系不成？后来回到欧洲，因为自己对拿破仑的人道主义行为而遭到惩罚和迫害的奥米拉，的确收到过我的感谢信。我在信中对他说，如果他遭遇不公、不得不离开祖国，如果他愿意，我的家门随时向他敞开，我的家人就是他的家人。可在圣赫勒拿岛的时候，我和奥米拉医生并不熟；我住在朗伍德期间和他的对话，总共加起来还不到十次呢。因为国籍和立场的原因，我认为他是我的敌人。这就是那时我和奥米拉的关系。所以，他当时和我没有丝毫关系；他想写什么就写什么，这和我无关。这些信件无法改变我对医生已有的印象。哈德森·洛韦如今向我暗示，奥米拉当时是个双面甚至三面间谍，同时替英国政府、拿破仑和他——哈德森·洛韦做事，难道这就代表医生书里披露的东西不是事实了？此外，他如果真是三面间谍的话，如今他把这些高等机密抖了出来，那不是同时断了他三方面的财路？拿破仑已经不在人世，医生是不可能从他那里得到什么好处了。因为发表回忆录，另外两方对他发起凶猛的迫害，剥夺了他的职位，扰乱了他的平静生活。医生何罪之有呢？在他的迫害者看来，他最大的罪行，就是孜孜不倦地追求真相、坚守信条，看到卑鄙下作的事后深感不平，为了让自己的国家脱罪而把真正的罪犯指认出来，仅此而已。所以我认为，哈德森·洛韦在和奥米拉对簿公堂的时候，才把这些隐私信件转交给我，此举反倒说明不少内情。每个思维正常的人都会这么想。我都不愿抨击收到的信，就更不会想着出庭做证的事了。

后来我关注了奥米拉的书，[238]他的回忆录恰好也是用日记格式写成，时间、地点、事件和我的高度重合。我敢说，两个立场、国籍、观点截然不同的叙述者，在彼此不通气的前提下，就同一个话题展开叙述，其内容前后毫无出入，这不是对确凿事实的最好证明吗？我们如果把两份文本拿来互作对照，那肯定是件有意思的事。奥米拉的回忆录已被翻译成法语，读者可自行翻阅和比较。人们会不会留意到这两个叙述者不同的语言风格、相互的民族偏见和截然不同的立场，这不好说，但肯定会发现两本书高度相似。它们在某些地方有轻微的出入，那也是不可避免的事。两个人在叙述同一件他们亲眼见证的事的时候，怎么可能做到毫无差别呢？它们在个别地方因为无心之失而没能如实反映事实，可谁在复述转瞬即逝的纯粹的聊天内容时不会犯这种错误呢？不过，我还是要请读者留意奥米拉书中的一个地方。我当时看这本书时，对这一点是倍感惊讶：因为记录者的身份、性格不同，拿破仑的谈话风格也有所变化。在奥米拉的笔下，拿破仑在所有重大事件的记叙上显得连贯通畅得多。这是因为拿破仑在和奥米拉聊天时，觉得自己是在向他传授历史知识；而皇帝在我面前的谈话则更加简短粗略，因为他觉得我应该了解这些事。另外，医生的回忆录在英国大获成功，是因为该书很有话题、创作意图值得赞扬、主题合乎道德。有了这些因素，何愁它不会成功？

而我呢，我还在继续书写，并已看到这项工作的尽头。之前，我的书一直受到好评，希望这次也能有此幸运吧。我坚信自己背负着一项使命，并将自己的人生奉献给了它。我不能只做一半，而要彻彻底底干成此事。我力图复原那个传奇人物的风貌，靠的不是自己蹩脚的文笔，而是他本人的言谈举止。我兢兢业业地工作，以谨慎的态度、忠实的文笔还原他的原貌。希望读者看完此书后，至少能称道我的努力。[239]为了完成回忆录的编写，我搁置了个人在体系、理念、党派、关系上的所有看法，抛弃了个人主观感受，从不在大人物、大事件上发表自己的看法。另外，我也毫不掩饰这种做法带来了许多不便，也给我制造了许多麻烦。我担心，如果这本书过于坚持不偏不倚的事实，会让人不高兴，引发许多争议。当局也许会误解我的意图，毕竟我写的是一个离我们很近的人物；当局也许会大感恼怒，也许我会被传到行政官员面前，之后也许还要面临封杀、赔钱、财产充公、打入监狱的下场。我的确也有摆脱麻烦的办法，如把我的手稿交给或卖给法国或国外的某个书商，让自己置身事外。可我要完成自己的目标，就不能这么干。否则，不管我这边付出多大的努力，别人照样可以删减书里的内容，找个借口把这本书改得乱七八糟，而该书最大的价值就在于它的完整性！所以，由于我不愿这本书中任何一个字遭到篡改，想从头到尾都能自己做主，又考虑到其他的不便之处，我甘愿拿自己的财产和生命冒险，由自己把它出版出来。先前，英国和德意志都有人给我开出高价；他们觉得，由于环境因素，书中部分内容肯定没办法在法国出版。我的回答是，我没有删去任何内容。不管我遇到多么严酷的困难，即便我因为法律原因而不能在国内出版这本书，我也不愿意让这本署着我的名字的书在国外出版。另外，虽然我心里忐忑不安，但直到现在，我依然庆幸自己完全遵循了自己的想法。各种赞誉之声从四面八方飘了过来，法律对此也没说什么。在我们这个热血时代，说不定我因为在这个敏感话题上相信并充分证明了法律的公正，反而为法律博得美名呢。我也一直都为我们的法律感到骄傲，为它对我的开恩深表感激。

我不是要当拿破仑的辩护者或颂德人，[240]但我希望每个人都能根据自己的信仰和真心，自愿去赞颂他、捍卫他。这是我在这本书里一贯的坚持，哪怕在细枝末节的地方我都没忘记这点，希望每个人都能被书中的真相震动。我只删除了一些个人逸事以及一些与主题毫无关系的修饰用词，因为它们只会无益地令人不悦。令人遗憾的是，我还是漏掉了许多地方。由于害怕自己写不完这本书，我已没有精力在许多地方多做考虑，只能奔着最大的目标奋笔疾书，所以无法照顾到所有细节。今天，每当有人给我重读已出版的这本书，我都会惊讶地发现书中竟然还存有某些我本想删去、以为我已经删了的内容。这些疏漏以及大量前后不一的印刷错误，都是我的身体状况所致，这点我无可辩解。我和读者之间，只隔着抄写员和印刷工头这两个中间人，我独自开干，没有审稿人、校对者的帮忙，导致这些纰漏。也许有人会问，为什么我不去找那么多有心帮忙、富有学识、了解内情的人呢？他们肯定会给您帮大忙的。我的回答是：人们可曾见过两个证人在同一件事上保持完全一致的口径？哪怕只有两个人来替我整理稿件，他们都会依照各自的方式重写内容。然而，如果我向他们妥协了，拿破仑的原话、观点、有对有错的见解就都不见了，那我造的是什么呢？一本在巴黎重写的书罢了。相反，如果我坚持不让步，肯定会惹得他们不快，人们到时又会责备我咨询了别人的意见又拒不采纳。

也许还有人会问，为什么您不效仿其他回忆录的作者，死后再出版作品，以免自己陷入麻烦呢？什么？您叫我等？如果我等了，我该怎么完成自己心心念念的使命呢？我写书的初衷，是为爱他的人带来慰藉，迫使他的敌人对他保持敬意，[241]这个初衷又会变成什么样子？怎么？以我打头的无数不论阶层、不论职业、不论身份的这群人，面对自己曾满怀骄傲和真心效忠过的、满腔敬意地热爱过的人，那个为我们带来无数荣光和辉煌、让国家重获生机和繁荣的人，难道我们能心无波澜地看着他一日日地被人抹黑，其人格每时每刻被人诋毁？我手拿着反驳这些流言的利器，却要保持沉默、耐心等下去？就为了某些轻若鸿毛的个人考虑，我就该让同代人的热望落空？不！此外，公众也是急不可耐。他们等着盼着，要拿破仑的同伴向他们透露他们记下来的他的言行思想。我的日记恰好能让我给出最好的交代。在人们催促的声音中，我早早地准备好了，迫不及待地完成了这项任务。此外，不管今后我遭遇什么事，我已从众人那里得到那么多的支持、鼓励和同情，从热烈地和我对话的那些善良、高尚的灵魂中收获了感激[①]，这便是最大的补偿。我也知道有的人觉得自己在书中值得更好的评价，有些人甚至坦率地表达了不满。他们说，拿破仑怨天怨地，可见他在那个荒岛上的确过得很惨；不过，他的话会不会因为过于尖刻而有失事实呢？毕竟我也不能打包票说拿破仑的话全是真话，只能说他当时的确是这么说的。如果需要援引其他证据，我们很乐意这么做。如果其中一些内容是假的，我们就做澄清。人

---

① 接下来到本章末的内容在1840年版本中被删。

们也说了，读到我的书，他们既觉得痛苦，又感到满足，是我让他们知道了那个他们与之奋斗、为他们带来财产和荣誉的人后来的生活。

然而，这一切依然不能让我完全摆脱我在无意中造成的麻烦。毕竟，或有心或无意地给一些人带来困扰的那个人其实并不是我。正因为如此，我才在重印的时候尽量做些补救。

拿破仑
圣赫勒拿岛回忆录
IV

[法] 拉斯卡斯 辑录
李筱希 译

Napoléon

LE MÉMORIAL DE
SAINTE-HÉLÈNE

吉林出版集团股份有限公司

目　录

第十一章　1816 年 11 月 / 001

1 日：皇帝身体衰弱—他的健康明显继续恶化—医生的担忧—在英国的法国战俘；牢船 / 001

2 日：拿破仑在安特卫普的宏大设想成为他倒台的原因之一—他出于高尚的情感拒绝了《沙蒂永条约》—海军工事；瑟堡—1813 年的一份帝国官方报告—拿破仑治国期间的工程开销 / 009

3 日：皇帝身体倍感难受—一些趣事—两个副官—马莱将军被处死 / 024

4 日：皇帝依然身体不适，闭门不出—他该死在莫斯科还是滑铁卢—他对家人的称赞 / 028

5 日：皇帝对地理的浓厚兴趣—我的《地理图鉴》—从伦敦送来的破床—从英国人那里听来的小事—《圣赫勒拿岛书信集》/ 030

6 日：俄国的自然环境和政治势力—谈英属印度—皮特和福克斯—对政治经济的看法：要垄断还是自由贸易—叙弗朗—皇帝对海军的看法 / 034

7 日：拿破仑的帝国机构—省长制—参政院旁听班—任命要职的原则—他对将来的打算 / 044

8 日：旺代战争—沙雷特—拉马克—埃斯库罗斯和索福克勒斯的悲剧—罗马真

正的悲剧—塞涅卡的《美狄亚》/ 048

9 日：皇帝身体好转了许多—圣尼凯斯街爆炸案—R***德·圣让·德·A***夫人—两位皇后—约瑟芬的开销—皇帝逸事 / 053

10 日：在大路上打仗—杜穆里埃比拿破仑还要大胆—和威尔士公主夏绿蒂、利奥波德·德·萨克森-科堡亲王有关的小事 / 055

11 日：许多非常重要的事—《亚眠条约》的谈判；第一执政官涉足外交界—把各国人民凝聚起来—谈征服西班牙之举—俄国的危险之处—贝纳多特 / 058

12 日：皇帝在 1815 年并无自信—地米斯托克利—在 1814 年危机中，拿破仑曾想过复辟波旁王朝—费恩男爵写书讨论 1814 年危机—枫丹白露退位—《枫丹白露条约》/ 067

13 日：腓特烈大帝的佩剑—人们希望雄狮从此沉睡—总督又来纠缠，并带走了我的仆人—尽管生活贫寒，我们却令人羡慕—我们拥有亲近他的这等幸福 / 091

14 日：皇帝开始新的工作—谈伟大的将领和战争—他对许多社会机构的想法—律师和神父—其他点评 / 096

15 日：皇帝惊人的改变—总督在我们周围设下重重哨所—哈德森·洛韦的暴行—拉马克将军—雷卡米耶夫人和一个普鲁士亲王 / 104

16 日：论英国现议会成员—皇帝对内阁的评价—拿破仑对为他效过力的人抱有深厚的情感 / 108

17 日：再谈意大利军众将领—一个副官的父亲—巴黎的渣滓—一本极其恶心的小说—论赌博—拉罗什富科家族 / 118

18—19 日：真正的波兰王波尼亚托夫斯基—拿破仑的一些小事—遗失的笔记 / 122

20 日：论记录历史的困难之处—乔治、皮什格吕、莫罗、昂吉安公爵 / 134

21—24 日：被赶走的那个仆人私下见我—他的提议—第二次拜访—我在他的第三次拜访中偷偷请他把我的信带给吕西安亲王，并因此被驱逐 / 149

25日：我被人从朗伍德带走—我被秘密关在岛上长达六周 / 152

26—27日：我的手稿被检查 / 155

28—30日：我被转移到巴尔科姆的一间茅屋里 / 158

第十二章　1816年12月 / 161

1—6日：我下定决心—我给哈德森·洛韦写了信 / 161

7—9日：我对哈德森·洛韦的不满—一件典型的事 / 169

10—15日：秘密稿件—我被哈德森·洛韦审讯—我写给吕西安亲王的信 / 171

16日：我心急如焚—皇帝来信，让我倍感幸福 / 194

17—19日：论皇帝的来信—我的思考—细节小事—哈德森·洛韦又来找麻烦 / 198

20—21日：把我驱逐到好望角的正式决定书—哈德森·洛韦可笑而又奸诈的手段 / 202

22—23日：继续通信—我的最终决定把总督弄得不知所措 / 206

24日：我们离开巴尔科姆的小屋，被带到了城里 / 211

25—28日：暂住在总督的城堡中—待遇有所提高 / 212

29日：皇帝的留言—和大元帅告别 / 213

30日：最后的告别—文稿被封—离开 / 215

1816年12月31日—1817年1月17日：从圣赫勒拿岛到好望角的18天—穿过大洋—朗伍德抗议信 / 220

第十三章　暂留好望角 / 252

1817年1月19—28日：我被囚禁在一座破旧的城堡里—相关细节 / 252

1月29日—4月5日：转至纽兰兹—总督乡间别墅及其他小事 / 268

4月6日—8月19日：暂住泰格尔贝格—拿破仑的大名在荒野中也广为人知—圣赫勒拿岛手稿—细节小事 / 276

8月20日—11月15日：在好望角登船—穿越大洋，抵达欧洲—时长近百天—

在英国靠岸 / 284

11月16日—12月11日：从泰晤士河到法兰克福的20天—我不得在英国下船—我被关在奥斯坦德—我在比利时、普鲁士等地遭到的迫害—微小的补偿—抵达法兰克福 / 292

第十四章　暂留德意志 / 306

暂留法兰克福—我为缓解朗伍德的艰难处境而做的努力—写给玛丽-路易丝和联盟各国君主的信—写给巴瑟斯特的信—写给英国议会的抗议信—我和皇帝一些家人的接触—为满足朗伍德物资需求而采取的措施及相关细节—巴登之旅—暂留曼海姆—选择此地的原因—艾克斯拉沙佩勒议会—我所做的努力—写给皇太后的信—给各国君主的短信—来自朗伍德、写给各国君主的最新文件—拉斯卡斯伯爵写给贝特朗伯爵及殖民地秘书长古尔本的信—新的努力—舆论情况—穆斯基托号抵达欧洲—再遇麻烦—巴登内阁让我离开曼海姆—相关细节—折回奥芬巴赫 / 306

暂住奥芬巴赫—蒙托隆夫人回到欧洲—布鲁塞尔之旅—暂留列日、热泉、索汉、安特卫普、梅赫伦—返回法国—总结 / 412

拿破仑遗嘱 / 421

第十一章
1816年11月

皇帝身体衰弱—他的健康明显继续恶化—医生的担忧—在英国的法国战俘；牢船

11月1日，星期五

[242]今天天气极好，皇帝想出去。他试着在下午两点钟的时候出门，才在花园里走了几步路，就想去贝特朗夫人家中休息一会儿。他在一张扶椅上躺了一个多小时，一言不发、神色忧郁、萎靡不振。最后，他一脸倦意地回到自己房里，直接躺到沙发上，像昨晚那样小睡了一会儿。看着他身体衰弱成这个样子，我内心犹如刀割。他时不时想克服懈怠，却找不到可说的话题；他想读书，但很快就对阅读失去了兴趣。我离开了他，想让他好好休息。

一艘英国军舰从好望角抵达圣赫勒拿岛，目的地是欧洲。我们可以让它给我们的亲朋好友捎几封书信回去，但我失去了这种幸福：总督对我写信一事一再抱怨，已经禁止我写信了。我如果违背他的命令，后果可想而知。也许今后他会对我宽容些，我等等看吧！……

奥米拉医生来看了我的儿子，我儿子的身体状况让人越来越担心。昨天他又被放了血，一天里昏倒①了三四次。

医生趁机和我仔细谈了谈皇帝的身体状况，向我开诚布公地说，他对皇帝闭门不出的生活深感担忧。他说，他一直请求皇帝多进行锻炼，并请我时不时地劝解一下皇帝，让他多出门走一走。我们一致认为，他的身体发生了令人惊慌的转变。医生毫不犹豫地说，人如果经历重大变动后突然消停下来，会造成非常可怕的后果，²⁴³由气候或其他自然因素引发的严重疾病，都会给他带来致命一击。医生的话和他满脸的忧色让我极为感动。从那时起，我感受到了他对皇帝一直抱有的关怀之情。

六点钟，皇帝把我叫过去。他正躺在浴缸里，和往常一样觉得身体不适。他觉得这是他昨天出门导致的，泡澡让他缓过劲来，略微好了一些。他开始阅读马戛尔尼写的中国游记②，由此延展话题，谈了许久作者在路上的诸多见闻。

之后，他把书放在一边，开始聊天。因为某些话题的引导，他谈起了我们在英国的战俘的处境。

我便把他今天和其他时候说的有关这个话题的言论都集中放到这里。

---

① 拉斯卡斯去世后的版本此处通通被改成"呕吐"。

② 本书全名是《马戛尔尼1792—1794年在中国内地及鞑靼之行》（*Voyage dans l'intérieur de la Chine et en Tartarie, fait dans les années 1792-1793-1794 par Lord Macartney*），拿破仑读的是乔治·斯唐顿（George Staunton）编辑的版本，译者是卡斯特拉（Castera）。

英国内阁找出许多卑劣的借口，罔顾信义，突然撕毁了《亚眠条约》，让第一执政官觉得自己被人要了，因此大发雷霆。两国还没宣战，法国的许多商船就被扣留了。皇帝说："在我的强烈要求下，他们才给出冷冰冰的答复，说这是他们的惯例，他们以前就是这么做的。他们说得没错，但今时不同于往日，法国再不用忍气吞声地接受不公和羞辱了。我已成为它的权利和荣光的保障，我要让我们的敌人知道他们是在和谁打交道。不幸的是，由于我们彼此的处境，我只能用更加暴力的手段来报复敌人的暴力。这是无辜者展开报复的最悲哀的办法，但我当时别无选择。

"看了英方就我的抗议给出的讽刺十足、傲慢无比的回答，我在当晚就发出命令，把法国境内甚至我军占领地的全部英国人通通抓起来，以报复我国船只遭到不公扣押这件事。被抓的大部分英国人都颇有地位，[244]一个个非富即贵，是为了享乐才出国的。事情来得越是突然，对方做事越是不义，就越有利于我达成目的。众人一片哗然，所有被抓的英国人都向我叫屈。我叫他们去找他们的政府，说他们的命运如何就看英国政府怎么做了。许多人为了回国，甚至说他们可以筹钱把被扣留的船赎回来。我派人告诉他们，我在意的根本不是钱，而是想在这件有失道义的事上为法国讨回公道。有人说，英国政府在海权这个问题上，就如罗马教廷在宗教问题上一样狡猾且固执，宁愿看着自己许多身份尊贵的国民被无辜囚禁十多年时间，也不愿意放弃它未来在海上作威作福的强盗特权。

"我刚当上执政府首领时，曾在战俘问题上在英国内阁那里吃了哑巴亏。不过这次，我可算报了一箭之仇。我可不像督政府那般软弱，可以接受对法国极其不利而对英国大有好处的安排。

"按照先前的惯例，英国在法国的战俘由英国人掏钱养，我们在英国的战俘由我们出钱负责。然而，法国当时根本没有多少英国战俘，可英国扣押了我们不少人。英国战俘在法国花不了几个钱，我们却得耗费巨资养我们在英国的战俘。所以，英国人根本掏不了几个钱，我们却要向敌国支付大笔费用，而当时法国根本无力支付这笔巨款。另外，两国还要彼此交换官员。英国派过来一群间谍、掮客、阴谋家，和国外的流亡贵族联手在法国策划阴谋活动。我一得知这种事，就立刻撤销了这一安排。英国政府被告知：从今以后，每个国家若抓捕了战俘，且不愿通过交换战俘的方式使其回国，就得自己出钱养着他们。英国政府叫叫嚷嚷，威胁要把我们的战俘饿死。我怀疑，以英国内阁冷血自私的作风，它真能做出这种事来；[245]但我相信，人道的英国人民不会接受这种事发生。英国政府屈服了，被扣押的可怜的法国人在那里的待遇没有变好或变差，我们却省了一大笔开支，摆脱了沉重负担。

"在整场战争中，我一直都提议交换战俘。但英国政府觉得此事对自己有利，以各种各样的理由不断拒绝我的建议。我对此无话可说，毕竟在战场上，政治必须高过感情用事。可他们大可不必干出一些毫无意义的残酷之事吧？然而事实是，英国政府发现他们俘虏的法国人越来越多后，干出了种种非人的事。我们不幸的同胞被关在由废船改造成的监狱里，开始了他们的苦日子。[①]要是古人能想象出这种刑罚的话，肯定会把它加进炼狱中。我承认，被关过的人的指控肯定有所夸张，可难道被告英国人说的就是真话吗？所以，看到议会指鹿为马、颠倒黑白，看

[①] 请看加内雷的《我的牢船生活》（Garneray, *Mes pontons*），以及拉蒂尔的《执政府及帝国战争期间英国的监狱及牢船史》（Lardier, *Histoire des pontons et prisons d'Angleterre pendant la guerre du Consulat et de l'Empire*）。英国把停在朴茨茅斯、普利茅斯和查塔姆锚地里的退役战舰改造成牢船，西班牙的加的斯也停有英国的牢船。在法国，人们则把恐怖统治和热月政府时期关押反抗教士的监狱、后来曾关押过"革命公社分子"的监狱拿来关押战俘。

到这群恶人厚颜无耻、丝毫不为自己刽子手的身份而脸红的样子,我们更加肯定自己的判断。牢船事件是个昭彰事实,事实胜于雄辩。被关在牢船上的可怜的士兵根本就不习惯海上生活,一个个挤在鸽子笼一样大小的船舱里,连转身走动的空间都没有。他们每天只有两次放风时间,放风地是低洼沼泽,只闻得到烂泥的腐臭瘴气。他们每天都过着这种日子,一过就是十一二年。这是多么非人、多么残酷的一件事啊!我非常后悔自己没有以牙还牙,也造一些牢船出来。我要有牢船,关在里面的肯定不是可怜的水手和士兵,而是当时在法国的英国达官贵人。我还要让他们和他们的祖国、家人自由通信,让他们痛苦的喊叫声响彻内阁,叫它反思一下自己的卑鄙手段。没错,一直都是敌国最亲近的朋友的巴黎沙龙,肯定会说我是吃人不吐骨头的虎豹豺狼。那又如何?法国人民把我视作他们的保护人,我应该为他们负责。我在这件事上没有拿出应有的魄力,的确是我不对。"

²⁴⁶皇帝问我,我那个时代是否有牢船。①我不能回答,但我觉得应该没有,因为我敢肯定当时英国把战俘关在国内各个地方,还有许多英国人去探监、做慈善、给战俘送吃食、买他们做的小东西。②不过,被囚

---

① 缪塞-帕泰在《圣赫勒拿岛回忆录后续》第一卷第290~291页中对此发表看法,说:"如果拿破仑未把英国有钱人关在一座城市里,而是效仿英国内阁的做法,习惯了奢侈生活的英国权贵接触不到新鲜的空气、健康的饮食,得不到充分的活动,很可能会号召两个国家同时改善战俘的生活条件,那我们的战俘就得救了。"

② 为了凑齐英国政府要求的赎身钱,身无分文的战俘想方设法赚钱。有的教法语、音乐、剑术,还有的雕刻金银器、象牙或木制品,制做一些小礼物或纪念品。这事甚至引来当地商人的抗议,觉得这些囚犯妨碍了他们的生意。在切斯特菲尔德,法国战俘引入了一门新技术,用一种叫"佩吉"的布料做羊毛手套。详情请看库尔松的《第一帝国期间在英国的法国人》(Curzon, Les Français en Angleterre sous le Premier Empire),这篇文章发表在1924年11—12月的第七十六期的《新期刊》(Nouvelle Revue)第303~315页上。

人员应该还是过着缺衣少食的生活，因为有人曾讲过这么一件事：一个政府官员骑马过来视察监狱，下马后，才一转眼的工夫，他的马就被囚犯抢走宰杀、生吞活咽了。我不能保证此事为真，但这是英国人告诉我们的。心存偏见的英国人肯定认为此事不能证明法国战俘在英国过着悲惨的生活，觉得它只说明囚徒的残暴和冷血。皇帝笑了，说他觉得此事很可能纯属杜撰。他说，如果是真的，那简直令人毛骨悚然。人得饿到怎样的地步，才会干出生吞马肉这种事啊。为了让他相信我那个时代尚无牢船，我还给出了另一种解释：当时英国政府把许多法国战俘丢在英格兰和爱尔兰中间的一些荒岛上，让他们在那里过着与世隔绝的生活，任他们自生自灭；英国政府只派几艘小船定期巡视，就可看住他们。有人对此存有疑虑，问如果英国的敌人展开登陆行动怎么办，他们只要到达这些小岛，把武器发给岛上的战俘，立刻就能组织起一支军队。我说，也许正是因为考虑到这些因素，英国后来才改建牢船的吧。战俘数目越来越多，英方也害怕法国战俘在岛上和当地居民打成一片，害怕自己的人民反而和法国人产生兄弟情谊。拿破仑说："没错，我也认为这是您刚才说的荒岛囚禁办法后来被弃用的一大原因。毕竟安全和稳妥才是最重要的。不过，牢船是英国民族洗不掉的一个污点，更是法国战俘心中不能触碰的一道伤疤。"

拿破仑继续说："在战俘这件事上，[247]英国政府是一如既往的冷血无情，这不就是今天他们推崇的马基雅维利主义吗？他们坚决拒绝交换战俘，又不愿背上拒绝交换战俘的骂名，就颠倒黑白，编造出各种借口。一开始，他们说我残暴地侵犯了被扣押人员的公民权，说我意图把他们当作战俘处理，说他们无论如何都不会接受这种做法。后来，两边都发生了越狱事件。我们这边的一些被扣人员逃了回去，得到英国政府的热情接待。我则谴责了逃回来的那些法国人，甚至还提议和英国互相遣返越狱人员。可那边的回答是，被扣留人员不是战俘，他们只是行使了自己的合法权利而已；他们逃离压迫，这事做得没错；他们已经被收留。之后，我采用相同的说辞，鼓励法国战俘逃跑。第二天，英国内阁就在他们的报纸上发表各种无礼至极的荒唐指控，在欧洲把我描述成一个不守道德、无法无天的人。

"后来，因为某个原因，他们总算同意交换战俘了（说不定是因为他们当时又想戏弄我），派了一个特派员过来。最大的麻烦总算得到解决，我们定下基本条款，上面都是人道主义这些动听的说辞。他们同意把被扣留人员算作战俘，并把汉诺威军队的俘虏也算了进去。汉诺威战俘这件事一直以来都是大麻烦，因为英方一直坚称汉诺威人不是英国人。到此为止，一切似乎进展得非常顺利。但我太了解我的敌人了，识破了他们的意图。在英国的法国战俘比在法国的英国战俘多得多。我一下子就意识到：一旦这些英国人安然无恙地回去，英国政府肯定会立刻找某些借口撕毁战俘交换条约，剩下的那些法国战俘就要一辈子在牢船上度日了。我宣布拒不接受一对一的交换，要求双方互换所有战俘。我还提出一个有利于他们的条件：[248]我也承认英国战俘比法国战俘少得多，但我手头还有西班牙人、葡萄牙人和其他英国盟国的战俘，他们都是由于相同的原因被抓捕的；这些人加起来，我手头的战俘比他们的要多得多。干脆这样好了！我把所有战俘送回去，英国也把所有战俘送回来。这个提议一被提出，英国那边的人就慌了；经过讨论，该提议被驳回。不过，后来他们又发现了一个蒙混过关的办法，就接受了我的提议。可我这边一直盯得无比仔细。很明显，一开始他们只想用法国人来换英国人，等所有英国人都被换回去，他们就又会找借口不落实条款，我们原来的猜测就会成为现实。毕竟论人数，英国那边的法国战俘足足是我们手头的英国战俘的三倍。于是我建议，为了避免日后发生误会，每次只交换3000人：他们给我3000个法国人，我给1000个英国人和2000个汉诺威人、西班牙人、葡萄牙人等英国盟国战俘。我说，如此一来，如果双方因误会而停止交换战俘，我们各自持有的战俘比例没有发生变化，也不会出现相互欺骗行为；但如果这件事有条不紊地进行下去，我承诺会把多出来的战俘全部分批送回去。事实证明我猜中了英国政府的小算盘。这些合情合理的条件、先前已经通过的条约全被驳回，一切战俘交换行动全部终止。然而，也许因为英国内阁仍想接回英国人，也许因为它发现我态度坚决、不能被轻易骗过去，它最后似乎倾向于接受我提出的迂回办法。然而那时我军在俄国惨败而归，英国一下生出希望，让我的一切意图都落了空。"

之后，皇帝说起我们如何善待法国境内的战俘。他说，法国在对待战俘方面表现得无比慷慨大方，在这点上，没有任何国家能说一句坏话。他说：[249]"我们有战俘的证词，连他们都在情感上倒向我们；除了个别死忠于他们的地方法律——他们所谓的自由理念——的人（就是那些英国人和西班牙人），奥地利人、普鲁士人和俄国人都非常乐意和我们待在一起。他们依依不舍地离开，又满心欢喜地回来。他们这种态度，甚至不止一次感化了死板的、坚持抵抗的西班牙人和英国人。"

皇帝还说："我曾计划从法律和公共风气着手，改变欧洲的战俘待遇。我本想让战俘进入军队，在服从军纪的条件下参加公共工程建筑。如此一来，他们可以拿到军饷，战俘因为无所事事、懒散懈怠而情绪低迷、生活混乱的这一普遍现象也能得到改善。因为他们付出了劳动，战俘的衣食可以得到保障，什么生活用品都不会缺，国家也不用花太多钱。这简直是个双赢之计。可我的想法没有得到参政院的同意；人们说，这个错误的慈善行为会引发许多问题。有人说，强迫战俘劳动是件残酷、不人道的事，我们的敌国甚至会为此展开报复行动。他们说，囚徒失去自由已经是天大的不幸了，我们无权占用他们的时间和一部分劳动。我说，可我提出意见，就是想纠正流弊啊。我说，一个战俘可以也应该料到自己会遭到哪些法律方面的束缚；我想强加给他的东西，却能为他和许多人带来好处。我并非要他们过上劳苦悲惨的生活，而是希望减少他们现在面临的危险。你们担心敌国对法国战俘展开同等报复？我巴不得这种事发生！我宁愿看到我的士兵、船员在田地或建筑工地里劳作，也不愿他们被活活关在可怕的牢船里。他们经过劳动锻炼后，至少可以健康强壮地回来，还能留下一些工程建筑，在某种程度上弥补战争造成的巨大创伤。[250]最后，参政院做出让步，为战俘组建了一些类似于劳动志愿队的组织。可这离我想做的还差得远呢。"

拿破仑在安特卫普的宏大设想成为他倒台的原因之一——他出于高尚的情感拒绝了《沙蒂永条约》—海军工事；瑟堡—1813年的一份帝国官方报告—拿破仑治国期间的工程开销

11月2日，星期六

今天皇帝没有出门。我找到他的时候，他脸色极差、浑身发冷、汗流不止，而且脸仍是肿的。今天大部分时间，他都把我留在身边，有时候想找点话聊，有时候想小睡一会儿。他每过一会儿就换个地方和姿势，想让自己走一走，可走了几步就又回到火炉边。他明显发烧了。

在断断续续的谈话中，皇帝提到了安特卫普这个地方，说起了他在那里的军火库、工事建筑，说这个地方何其重要，说自己对这个战略要地的伟大的军事政治设想。

他说，他为安特卫普做了许多，可他在这里的设想也不过实现了十之一二。他想把安特卫普打造成一个让敌人闻风丧胆的海上攻击据点，一个可靠的陆上应急点，一个在重大灾难发生时的国家战略保障地。他想让安特卫普变得有能力接纳战败后的军队，靠它的高墙深壕帮他们撑上一年半载；其间国家可把大批军队送过来，由守转攻。皇帝还说，他计划未来建立一个新型防御体系，由五六个类似的据点构成。世人都为安特卫普在短时间里建起那么多工程而惊叹不已，为它的无数工地、仓库、船坞突然拔地而起而咋舌称奇。可皇帝说，这一切根本不算什么，此时的安特卫普只是一个商业城市罢了，他还打算在它的对岸建一座军事城市呢。为此，他以低廉的价格买下那里的土地，[251]打算等到城市建好后再高价卖出，通过这一投机活动来弥补修建城市的巨大开销。等到冬天，那里的船坞足以容纳三层甲板的船只。人们还修建了旱船坞，供军舰在和平时期停泊。

皇帝说，他知道自己的设想会把安特卫普变成一个庞大得吓人的堡垒；论面积，单一个城市就顶得上一个省份了。他说，他今天被困于此、被囚于圣赫勒拿岛，和这个庞大的设想不无关系。因为《沙蒂永条约》要求他放弃安特卫普，他才拒绝在条约上签字。[①]如果人们同意他保留这座城市，说不定他就同意了。他也问过自己，拒不同意在这道最后通牒上签字，是不是做错了。他说："当时我肯定还有其他东山再起的机会，也有许多人支持我的做法。我拒绝签字，这么做是没错的，我也充分解释了自己拒绝的原因。所以，即便沦落到这座荒岛上，哪怕现在我过得如此落魄，我都不曾后悔过。没有多少人理解我，我对此心知肚明。可连普通人都知道，在那种危急关头，出于义务和荣誉的考虑，

---

① 请看前文第73页内容以及注释1。

我没有其他选择。这在今天不是再明白不过的事实吗？反法联盟拿这个协议羞辱我，之后就会心满意足地离开法国，难道他们是真心想调解，想要和平？若真那么想，那就太不了解盟军那帮人了。我还没蠢到真相信这些话，觉得他们会就此罢手。他们难道不会从条约中谋取巨大利益，施展阴谋，以达到他们原希望通过打仗实现的目的？那时，法国还有什么安全、独立和未来可言？我还有什么誓言、荣耀和义务可言？已在战场上击败了我的联军，难道会在道德舆论界对我手下留情？而且还是在他们觉得舆论条件最有利的时候？法国会如何谴责我？它会说，我看着它托付给我的大好河山被人任意宰割！遭遇不义和苦难后，人们会把多少错误清算在我的头上！素来以祖国的荣耀和强大的国力为荣的法国人，难道会在丧国之日心平气和地接受向他们倾轧过来的重重负担？ 252 之后，又是新的震荡、混乱、肢解乃至死亡！我宁可奋战到底，尝试一切战斗机会，再在必要的时候退位。"①

---

① 下面这封信进一步证实了拿破仑在圣赫勒拿岛说的这番话。

科兰古写给《宪法报》主编的一封信
刊登于1820年1月21日

阁下：

科什先生在他的《1814年战争史》中收录了几封我在沙蒂永会议期间写给皇帝及讷沙泰尔亲王的信。

我认为自己应该站出来说清一点：我对科什先生获得并发表的这些通信毫不知情。作者宣称，他通过上层渠道得到的这些材料让他的书变得极具历史价值。但由于此事和我息息相关，故我不能允许自己以沉默来应答他书中的错误。他在书中披露的、发生在3月31日至4月12日的事件和谈判内容，完全是错误的。

在沙蒂永会议这件事上，虽然事实证明我当时有心让祖国重获和平，但如果把法国人民蒙在鼓里，不让他们知道皇帝当时是为了国家的利益和荣誉，才拒绝在外国列强想要我们接受的条款上签字，这是有失正义的。

所以我要尽到自己的第一义务，那就是保持公正、维护事实，把皇帝当时下达给我的指令中的一部分内容披露在这里，好让世人明白他缘何这么做。

（转下页）

^{253}我承认皇帝说得很有道理。没错,他的确失去了皇位,但他是为了我们的国运和他的荣誉而自愿放弃的。历史会铭记他崇高的牺牲。权势不过是浮云,人生不过是虚妄,只有荣耀长留、永恒不朽。

但皇帝立刻反问,历史会是公正的吗?它能做到公正吗?他说,我们身边充斥着诽谤和谎言,他已被湮没其中、面目难辨!有人回答,皇帝生前的历史肯定会被笼罩在迷雾中,因为他的同代人不可能得出公允的评判,但就如皇帝自己说的那样,迷雾总会散尽,他总会在后人那里寻到公平。后世将清楚他的为人,他的故事将广为流传。也许第一次失败和退位会沉重打击他的死后之名,毕竟无数人坚决反对他当初的选择,但他后来奇迹般地重回法国、短暂执政、再被流放到圣赫勒拿岛,因为这一系列经历,他已被各国人民和后世笼罩上层层光环。

1814年1月19日指令,作于巴黎

……皇帝最坚持的一点,就是法国必须保住它的自然国界,这是我的底线。所有列强,甚至英国,都已在法兰克福接受了这个条件。法国如果变回原来的版图,其国土面积就只有20年前的三分之二了。与俄国、普鲁士及奥地利在肢解波兰中谋取的利益相比,法国在莱茵河边获得的东西根本就微不足道。这些国家全都强大起来了,如今还企图让法国的版图变成旧制度时期的样子,那是在贬低和羞辱它。法国没了莱茵诸省、比利时、奥斯坦德、安特卫普,那就什么都不是。伴随着让法国恢复旧制度版图的这个计划而来的,还有恢复波旁王朝的企图,因为只有波旁家族才会接受旧时版图这个方案。英国对此心知肚明,换作其他任何政府,都不会接受以这个条件为前提的谈和。无论是皇帝还是共和国(如果革命再度爆发,法国恢复共和的话),都不会接受这个条件。陛下对此极为坚决、不可动摇,绝不接受得到一个比他接手时版图更小的法国。如果联军企图改变已被接受的这个条件,皇帝就只有三条路可走:要么继续打仗,收复失地;要么继续打仗,以身殉国;要么在国民都不支持他的情况下退位。皇帝对帝王之位毫不在意,决不愿以屈辱的手段保留皇位。

主编先生,我希望您能以不偏不倚的态度,把这封信刊登在您的报纸上。也请允许我借此向您表达我诚挚的敬意。

维琴察公爵,科兰古

——辑录者注

皇帝听了，略微满意地说："事实的确如此，[254]我的命运和别人的完全不同。一般来说，人的声誉会随着权力的倒台而崩坏，但我的情况则恰恰相反，倒台后声誉不降反升。每过一天，我就脱去一层暴君、凶手、豺狼的皮肤……"

之后，他沉默了一会儿，又说回了安特卫普和远征英国一事。他说："英国政府和它的将军看起来没有作战经验的样子。被法军戏称为'等等先生'的查塔姆勋爵当初如果有破釜沉舟的决心，说不定能一举摧毁我们辛辛苦苦建起来的据点。可他失去了先机，我们的军舰回来了，我们的据点被保住了。我们为了保护安特卫普，付出了多少努力和心血啊。所有公民仿佛着了魔一般，满心澎湃着爱国热情。"我作为见证人，也告诉他一件事：一般来说都是元帅视察军队；可当时的安特卫普是反过来的，军队反而成了元帅的视察员，在短时间里先后换了三个元帅。皇帝说："这也和当时的政治局势脱不了关系。我把贝西埃派到那里，是因为当时局势紧张，需要一个果敢、信得过的人才行；渡过危机后，我立刻把他换下来，因为我需要把他留在自己身边。"

虽然安特卫普的海上工程规模宏大，但也只实现了皇帝的一小部分设想。我曾作为参政院议员进入海军部，因为职务关系，对或刚刚开启，或正在进行，或已经完结的海上工程颇为了解。① 于是，我根据从南到北的地理顺序，把它们列出清单，放在这里：

1. 为壮大和保护艾克斯岛而建的贝亚尔要塞。通过坚持不懈的努力，人们终于在这里打造出一个锚地，我们的军舰终于能在不被敌人发现的前提下往返于奥莱龙岛和大陆之间，可以抵达纪龙德省的锚地和出海口了。

---

① 接下来这句话是1824年版本后加的。

2. 瑟堡的大型工程。它的堤坝始建于路易十六时期，在大革命时期遭到严重的海水侵蚀。人们展开修缮工作，在大坝中间建起一座比最高海平面高9尺、长100多土瓦兹的建筑体，[255]并在这个建筑体上修建了一个可放置20门最大炮径大炮的炮座。这项工程花了至少两年时间，即从1802年到1804年，工程非常成功，直到1813年才需要第一次维修。这个堤坝得到极好的维护，没有丝毫破损，坚如磐石。

在堤坝里面的中间，人们修了一座巨大的椭圆形石子台。在堤坝的保护下，这座平台不受海水侵蚀；有了这座平台，堤坝也能避免遭到敌军的轰炸。在海上修建这座塔楼的巨大地基，这项工程万分困难。它直到1812年才完工，平台离最高海平面有6尺，台身坚固。现在它虽被废弃不用，天天被汹涌的海浪冲击着，也从不需要什么维修。这座建筑就是最好的证据，证明人们设想的这项防御工程如能竣工，会多么坚不可摧。该工程还包括在堤坝第一层修建营房，里面有驻地、军火库、蓄水池等建筑；营房前面计划修一座拱形平台，保护它不受炮弹攻击，上面可放19～36门大炮；再往上就是平台的第二层，必要时，人们也可以在这里安放炮架。整个工程体是围绕先前建好的堤坝修起来的，一层层的平台设计可以给敌人四重炮火攻击。

人们用了不到八年时间，就在坚固的岩石上凿了一个军用港口。该港口可同时容纳15艘军舰、15艘护卫舰与3个造船平台。因为瑟堡的天然地形的关系，此处浪高风大，人们便在这个对海军至关重要的港口下方挖了一个深水港，其在最低海平面的深度也大于30尺，能为最大型的军舰提供保护。这座港口在1813年建成时，它的防波堤和大坝的修建工作已经接近尾声。当时，人们在这里举办了一场盛大的庆典，玛丽-路易丝皇后和宫廷人士都出席了。当时，人们把海水倒灌进堤围堰里，[256]巨大的堤坝一下子就显示出它的威力。最大的船只立刻进入围堤，堤坝里面风平浪静，船只得到极好的保护。另外，船身修理、建造与装配设备也是应有尽有，为军舰提供了极大的便利。这项工程堪称海上工程的集大成者，成为拿破仑统治时期建筑工程的一颗明珠。[1]

附注[2]：有个批评家在报纸上发表文章，非常仔细地挑出我在陈述帝国时期海上工程时犯下的错误。他说，他这么做，是为了遏制人们为美化和夸大过去而诋毁当前及未来的风气，他从情感和思想上抵触这个错误倾向，事实是对我的最好反驳，不过他在这里是对事不对人。这位批评家的矛头主要对准了瑟堡港口。为了我和我的读者，我在这里唯一能做的，就是秉承寻求事实真相的不偏不倚的真诚态度，把这位批评人士的攻击要点摘抄下来，再让一个对事实最有发言权的专业人士站出来反驳。如此一来，正反双方都有说话的机会。

这位批评家说："说到瑟堡，实际情况是，《拿破仑圣赫勒拿岛回忆录》给出的第一内港，也就是前港的挖掘数据，的确符合实际深度。不过内港边上只有一个造船平台，而不是三个；而且由于冬季海浪过大，船只根本不能停在那里，否则浪花会冲到甲板上。只要锚地里稍微起一点儿风浪，前港就会掀起数尺高的巨浪。把军舰侧倾停在那里，着实不是个明智之举。总之，瑟堡只有第二内港能起到港口的作用；第二内港在1814年才开工，和第一内港等深。所以，拉芒什海峡这边的港口

---

[1] 第一执政官1803年发布命令，在这座军事港口修建工事，要在那里挖掘三个内港。1803—1813年，挖掘前港；1813年开始船港挖掘工作，1829年该工程才结束；1836年，后港的挖掘工作方才开启；1858年正式建成。

[2] 这份附注一开始以脚注的形式被加进1824年版本中，1840年版本将其删除了。

最多只能同时停留15艘船只或同等数量的军舰。

[257]"我觉得有必要指出,《拿破仑圣赫勒拿岛回忆录》里的这些论点是具有欺骗性的。

"最近几年,人们重启和推进了瑟堡内港工程,前港的四个造船斜台上到处都是货棚;一个巨大的仓库平地而起,用来存放木材。我们国王把港口造好了,历史却在未来某天对他的功绩提出质疑,这怎能不叫人感到忧心?"

辩方对此的答复如下:

"评论作者在1823年11月13日的《总汇通报》、12日的《论报》上发表言论,对第一内港外围,即瑟堡前港提出疑问,说那里只有一座坞修平台。但他丝毫没有提到人们在该平台边上造出的四个造船斜台。

"人们经常弄不清楚专门用来建造船只的造船斜台和改装斜台、坞修斜台的区别,这位作者很可能是因为这个,才对《拿破仑圣赫勒拿岛回忆录》产生误会。

"我们可用下列确凿事实来反驳他的论断。

"下面是军舰在这座港口的建造和下水的具体时间:杜科斯纳号,1813年10月12日;杜圭-特鲁因号,同年11月10日;桑陶尔号,1818年1月10日。这三艘军舰都是在最糟糕的季节下水的,当时的海潮情况和从前并无不同。在下水后的整个风暴季节,它们都待在瑟堡前港,等到装备好后才离开港口,从头到尾没有受到丝毫损伤。

"在另一个时期,74岁高龄的勇士号在船坞中进行改装,在瑟堡的前港过冬,人们也从未发现它受到一丁点儿伤害。这些都是家喻户晓的事实,不会有任何人站出来表示怀疑。

"评论作者说,[258]新港口的军舰内港建造工程在1814年才开始,这个论断也不准确。

"更符合事实的说法是，和这个内港有关的所有建筑工程在1814年是何进度，今天便是何进度。从那时起，唯一还在进行的便是内港挖掘工作，且工程进展十分缓慢，直到不久前，人们才完成了基础工程中大约二十分之一的工作。"

这座漂亮的瑟堡内港，皇帝构想出来的这项伟大工程，如今也只有一个前港而已。皇帝叫人在前港边上留出空间以修建第二内港，也就是后港。有了先前的经验，这项工作可以平稳顺利地进行。它可以容纳25艘军舰。在这两个内港后面的交会处，皇帝还打算另外修建30个带篷船坞，好让更多的法国军舰在海上扬帆起航。仅仅在瑟堡，他就有这么宏大的工程计划。

3. 为配合入侵英国舰队而展开的大量工程。为了满足开航要求、展开后续的进攻及防御行动，我军舰队必须拥有足够多的锚地。人们还在各地展开砖石木材的筹备工作，兴建码头，挖掘河道，建立海堤、水坝、船闸等。

人们选中了布洛涅为物资集合点；维姆勒、昂布勒特斯和埃塔普勒作为其附属城市进行配合。单单布洛涅就接收了2000多艘各种类型的船只。除了布洛涅的天然港口以外，人们还在那里挖了一个人工内港，内港被一条宽80尺的海堤围了起来。这个内港可以接纳八九百艘船，里面的船随时可以起航。海堤口前面有个闸门，可以关闸蓄水，增加天然港的深度，[259]冲走闸口容易堆积起来、造成堵塞的泥沙。维姆勒、昂布勒特斯和埃塔普勒也可同时接纳大批船只，单这三个港口就可容纳1000多艘船。这一切只用了两年就完成了。

4. 所有海岸港口的大型修复及改建工程。在勒阿弗尔，人们通过修建一条牢固的海堤，冲走了堵住海港出口的泥沙碎石。圣瓦莱里、迪耶普、加来、格拉沃利讷和敦刻尔克的海港得到改建；敦刻尔克的港口得到疏通，港口沼泽里的水被排干，沼泽被填平。在第二舰队聚集处的奥斯坦德，人们疏通了那里的运河，保障船只通行无阻。

5. 弗利辛恩工程。这座城市曾落入英国人之手，后者撤离时炸毁了城中所有的军事建筑。皇帝命令重修该城工事，而且规模要比从前的更大。他深知弗利辛恩有重要的地理价值，命令人们将那里的内港和出港口挖深挖大，同时加深运河，好让这座港口能容纳80多艘军舰，能为一支有20多艘船的舰队提供过冬处。只要遇到涨潮，船只随时都可出港。更妙的是，当地海军指挥官还提出了一个大胆的想法，为这个计划锦上添花：人们可以再多建一个闸门，把水蓄在海堤。这座内港发挥了巨大的作用，可为我军出海提供极大的便利，让我们绕过埃斯考河，立刻赶往英国海岸。如此一来，英国人必须时时刻刻提高警惕、不断出海巡弋才行。在此之前，英军只要得知我们的船在冬天来临之前在弗利辛恩卸下装备，或者北上去了安特卫普，就可以高枕无忧了，等到明年春天再展开防备也不迟。但弗利辛恩这个港口建好后，足以为一整支舰队提供保护。如此一来，英军就要在多个地方加倍防范了。我们还重建了弗利辛恩的仓储和其他配套建筑，加强了建筑体的炮弹抵御强度，在屋顶安装炮座。[260]弗利辛恩城内大炮密集，成了一座拥有铜墙铁壁的碉堡。

6. 泰尔讷普工程。埃斯考河的西河口是战略要地，对我们舰队的进出至关重要。由于冬季不便出海，我军舰船每年都必须返回安特卫普。皇帝便生出想法，要在河口附近建起一座比弗利辛恩更加重要的军事据点。他选中了位于埃斯考河左岸、离入河口有3古里远的泰尔讷普，当即在那里展开工程建设。可后来因为工期过长、费用过高，该计划被搁置。

7. 安特卫普的庞大工程。这座城市离海20古里左右，只有一条崎岖难走的路通向海边。乍一看，它并不具备建成海军据点的条件。先前，安特卫普只是一座谈不上繁荣的商业城市。如果在那里造船，下水会很麻烦；它缺乏能够帮助船只抵抗疾风和敌人进攻的掩体；那里的船只在一年的三分之一时间里都派不上用处；冬天来临时，由于海面结冰，又没有内港，人们只能把船推上岸，以避免海浪和冰块的侵蚀。但在拿破仑眼里，这些困难都不算什么。他迫不及待地想让英国人意识到埃斯考河的厉害（他们自己也认为这是他们的一大软肋），于是立刻发布命令、展开行动。过了不到八年，安特卫普成为数一数二的海军要城，不计其数的船只航行在埃斯考河上。那里的一切都是新造的，港口上分布着无数大大小小的仓库、码头、工地。人们在鲁佩尔河上建了一个临时港口，供船只停靠过冬。与此同时，人们又在安特卫普挖了两个巨大的内港，供各种规模的船只停靠，内港设备一应俱全。人们如同变魔术般造出了20个造船斜台，它们整齐地排成一条线，每个台上都停着一艘巨轮。[261]从佛兰德口过来的游客一看到这20艘船排得整整齐齐的威武模样，全都被镇住了。但在拿破仑看来，那里的大部分建筑都是临时从商业建筑改过来的。他意图在和安特卫普隔河相望的地方、在佛兰德口对面，建立一个更大、设备更齐全的军事仓储地。为了把两边连起来，他一开始设想在水流湍急的埃斯考河上修一座桥，但后来又倾向于修建一座设计精巧的浮桥。如我前文说的那样，皇帝对安特卫普有宏大设想，甚至还想往海上扩建。他曾说，他想把安特卫普打造成一个省、一个小国。为了实现这个自己最得意的设想，皇帝在那里耗费了巨大的心血。他多次去安特卫普视察，监督施工进展，还参与了工程细节的讨论工作。

在一次视察中,他遇到了一个工程兵上尉或是中校,这位军官在工程修建中只是个微不足道的小人物,皇帝却和他聊了起来。过了一段时间,这位军官突然收到一封提拔书:他被任命为皇帝的副官,要前往杜伊勒里宫为其效力。可怜的军官回过神来之前,还以为是邮差把信寄错了。他不通人情世故,没有什么人脉关系,也没见过大世面,几乎被这次提拔搞得六神无主。这时他想起曾在安特卫普见过我,就打算寻求我的帮助。来到巴黎后,他找到我,说自己对宫廷的事一窍不通,如今要去皇帝身边做事,他连手脚该放在哪里都不知道。我打消了他的顾虑,反复给他打气。在走进宫门之前,他已有意气风发的副官样了。这位军官便是在后来大显身手的贝尔纳将军。他在帝国覆灭后去了美国,为美国政府效力,牵头实施了好几项军事工程。

拿破仑经常做这种令人出其不意的事。他走到哪里都要发掘人才,放心大胆地把他们放在合适的位置上。这也是他做事的一大特点。

8. 荷兰工程。拿破仑一得到荷兰,[262]就在荷兰的所有经济政治领域展现出自己的创造力。他修缮和加固了默兹河、鹿特丹和欧伊杜伍的军事据点。以前,外面的船进不去阿姆斯特丹;阿姆斯特丹的船想出来,只得斥巨资人力,靠起重浮箱的办法①把空船拉到须德海海口。在大航海时代,这个办法明显已经不能满足人们对速度的要求了。皇帝决定把军事要地从北方(阿姆斯特丹)转移到另一个地方,以避开上述不便条件。他下令修建和改良尼万迪普;没过多久,25艘军舰就停靠在那里的几个大型码头上安然过冬了。这个重要据点还处在荷兰重镇海尔德的驻军的保护范围内。拿破仑的计划,是要把尼万迪普打造成须德海上的安特卫普。

---

① 起重浮箱是个航海术语,是指人们把大的货箱放在船身两侧,由水的浮力带动船只前进。

9. 威悉河、恩斯河和易北河上的工程。拿破仑把不莱梅、汉堡和吕贝克并入帝国后，一边统治这些地区，一边在当地展开工程建设。他下令建造工事，让军舰可以开进易北河，还计划在代尔夫宰尔的恩斯河口建一个海军据点。但他最为关心的，还是恩斯河、威悉河、易北河的运河网。该运河网能把荷兰和波罗的海连起来，从此我们就再没有在海上被敌人封锁的后顾之忧，直接走内河就能入海，波尔多、地中海和北方强国之间的联络线就被打通了。我们可以毫不费力地从北国得到各种航海设备来装备我们的港口；在需要的时候，我们的舰队也可以从拉芒什海峡和荷兰直接开出去震慑它们。

他构思了那么多庞大的工程，而且其中大多数在一眨眼的工夫就被实现了。富有创造力和意志力的拿破仑颁布命令，忠于职守的德克莱斯负责执行，普隆尼、加香、斯甘齐等人负责给出施工方案，将其变成现实。能把自己的名字刻在这些建筑上的那些人，他们是多么幸福啊！他们将永垂不朽！

如果我告诉你们，除了上面所数的这些工程，[263]大陆上每个角落、每个领域还发生了更多的奇迹；如果我告诉你们，这一切还是在连年的战争中实现的；哪怕在长期的和平时代，这等规模的工程都会给政府造成不小的压力，可当时被并入帝国的国家为此承受的负担并不比今天重，甚至比今天更轻，你们听了肯定会震惊，更加敬佩他吧。凭借坚定的意志与才干、权力的联手，凭借合理的财政安排与严格的落实手段，这一切奇迹才得以实现！当然，除了上面提到的那些大型工程外，我们不要忘了不计其数的碉堡、道路、桥梁、运河和大型建筑。这不由得让人感叹，恐怕世上除了他，再没有人能在这么短的时间里、在不给人民造成额外负担的前提下做成这些事了。

拿破仑当意大利国王期间，这个国家也享受到了一系列巨大的好处。拿破仑在阿尔卑斯山和亚平宁山脉上修建了无数山道，在热那亚建起海军据点，把科孚岛打造成希腊的枢纽，改建、拓宽、加深了威尼斯的港口。威尼斯港口在建期间，我们的法国军舰就已采用荷兰的起重浮箱的办法驶进港中。为了避免我军军舰在运输路上遭到敌人的攻击，有人建议给船只装上大炮。我没记错的话，这个办法最后成功了。此外，拿破仑还想在拉古萨、伊斯特利亚的普拉、安科纳分别建三个海军据点。他还有一个大胆的天才想法，那就是通过波河及另一条发自亚得里亚海、流经亚平宁山脉和萨沃内的运河，把威尼斯和热那亚的海湾连起来。这个计划将会产生深远的影响——且不说它在商业和军事上的意义，单单从它能让威尼斯和土伦之间实现安全直接的沟通这点来看，就足以说明它有多么重要。如此一来，土伦这座港口可直接得到来自亚得里亚海的所有航海设备，而且不用担心遭到敌军舰船的攻击。拿破仑还疏通了罗马地下排水管道，恢复了大批古罗马的遗迹，还计划疏浚蓬汀斯沼泽。

下面是一篇帝国官方报告的开头部分，[264]出自内务部部长蒙塔利韦伯爵1813年2月25日在立法院做的汇报。①这份漂亮的报告中的内容都有可靠资料为证，看了它，我们自会知道拿破仑皇帝在行政管理上取得了怎样的成就。我们还在最后附加了在这段载入史册的时期里公共工程开支的官方数据明细。

"诸位先生，皇帝陛下命令我向你们报告1811年至1812年的帝国内务情况。

---

① 这份报告也是帝国时期的最后一份财政汇报。

"你们会非常惊讶地发现，虽然我们不得不在海陆持续作战，但人口数量持续增长，工业取得了新的飞跃发展，农业得到前所未有的繁荣发展，制造业蒸蒸日上，社会各个阶层的财富增长速度创下了历史新高。

"今天，连普通农民都享受到了许多他从前都没听说过的东西。他可以在自己能力范围内花高价购买土地，吃穿都比从前好得多，住的房子也比以前更加舒适和牢固。

"农业和工业得到改良，人们不再因为抵触新鲜事物而排斥有用的技术。人们在农田上做了许多实验，摸索出了最先进的技术，取代了老旧的耕种方法。人工牧场数目大大增加，休耕法已被废弃，轮种法广受欢迎，新的耕种法让我们的土地产出了更多的粮食。牲畜数目增加，品种繁多。普通的农夫为了改善畜牧品种，想办法花高价买优良的西班牙公羊和种马。他们已得开化，知道这笔划算的买卖是符合自己切身利益的。我们的制造商、农民和军人的要求，都得到了更好的满足。

"我们得到高度发展，是因为伟大的帝国被开明法律统治着，是因为封建主义、[265]什一税、永久产权、修道院制度被废除，是因为我们采取的措施创造和解放了无数个人资产，让从前一大批贫穷家庭得到了这些自由财产。这也和平等的财产分配，和简单明了的地产、资产抵押等法律程序，和数目剧增的诉讼案件得到快速有效的判决有莫大的关系。因为这些原因，再加上疫苗的推广，我国人口剧增。我们甚至可以说，因为每年的征兵制度，结婚的年轻人也越来越多，为人口增长贡献了一份力量；那些遵守法律、自觉履行兵役的年轻人，通过婚姻决定了他们的人生。"

拿破仑即位后的公共工程开支官方明细

由内务部部长交给立法院，后附证明文件[①]

皇宫宫殿建筑	62,000,000
防御工事	144,000,000
海港	117,000,000
公路大道	277,000,000
巴黎及外省桥梁	31,000,000
运河、航海及疏浚	123,000,000
巴黎工程	102,000,000
外省及大城市公共建筑	149,000,000
总计	1,005,000,000

皇帝身体倍感难受——一些趣事—两个副官—马莱将军被处死
11月3日，星期日

  皇帝依然把自己关在屋子里。傍晚，他把我叫过去。他说，他的浮肿略微消了一点儿，[266]可他依然感到难受，总觉得自己衰弱无力、心情忧郁低落，一整天都在胡思乱想。他当时正在泡澡。沉默了一会儿后，他似乎恢复了一点儿活力，想找点事做，便说："来吧，我的蒂娜尔扎德[②]，如果您没有睡意，给我讲讲您熟悉的故事吧。我的朋友，您很久没

---

  ① 除了拉斯卡斯给的数据，我们还应加上另外几个被作者故意抹去的数字，它们都出自同一份报告：卢浮宫，22,400,000（拨款5000万）；杜伊勒里宫，6,700,000；凡尔赛宫，5,200,000；罗马王宫殿，2,500,000（拨款2000万）；马尔利新机器，2,450,000；枫丹白露和贡比涅，10,600,000；圣克鲁宫、特里亚农宫、朗布依埃等地，10,800,000；拿破仑博物馆的绘画、雕像等艺术品，30,000,000。1813年的开支预算是1,150,000,000法郎，1811年是954,000,000法郎，1809年则是785,000,000法郎。

  ②《一千零一夜》里女主人公的名字，是她每晚给国王讲一个故事。——译者注

给我讲您在圣日耳曼区的朋友们的故事了。讲一个吧。""可是陛下,我是在很久以前讲的这些故事,而且已经讲完了。我已经穷尽了发生在那里的真真假假的有趣故事,剩下的就是丑闻之类的事了。陛下您也知道,那里从来不缺丑闻。不过,这会儿我倒想起了一件事。有一天,T***先生①要出门工作,走之前对T***夫人说,他要带她去德农家吃晚饭,她要尽量讨得这个人的喜欢,最好的办法,就是看他的作品,就这方面和他聊一聊。家里的书房有德农的书,就在房间里某个书柜的某一层。T***夫人找到书后,看得津津有味,自信能够得到德农的欢心。来到德农家后,她刚坐上餐桌,就对主人说她才看了他的作品,非常喜欢。德农微微弯腰以示感谢。她说,德农去过那么多糟糕的地方,应该吃了不少苦头吧。德农又弯了一下腰。她说,她真心希望自己能够分担他的痛苦。到目前为止,事情进展得还算不错。这时,T***夫人嚷嚷说:'所以,当我看到您那个忠诚的星期五在孤独中陪伴着您的时候,我是多么替您高兴啊!他还在您身边吗?'听到这话,德农对旁边的一个人说:'她是不是把我当成鲁滨孙了?'事情的原委是,T***夫人本来该看《埃及之征》,结果她看的是《鲁滨孙漂流记》。"皇帝笑得眼泪都出来了;后来他不止一次讲起这个故事。②

说到这里,我们谈起了巴黎上流社交圈最拿手的揶揄和嘲讽的本事。③例如,有这么一个故事:一个细木工在***④家干活时,无意中发

---

① 从1840年版本开始,T***先生通通被"塔列朗"代替。
② 1840年版本之后还有一句话:"它也因此被传开了。"
③ 从这里一直到第267页的"但他倾向于认为这些事并非完全是无中生有"在1840年版本中被删。
④ 1823年版本为B***(贝尔蒂埃)。

现了书柜里的秘密，²⁶⁷许多还和他的家人有关，如***①对"白军"②的万分仇恨、他对V***③的关切，以及他从V***身上得到的特殊慰藉。听得津津有味的皇帝说，这里大部分事都是他不知道的，听来倒挺有意思，但他倾向于认为这些事并非完全是无中生有。他再次对巴黎沙龙表示谴责，说那里简直是个地狱，永远充斥着诽谤和恶意中伤。就凭这一点，那里的人也应该成为首都教化警务法庭的重点关注对象。

之后，皇帝的精神好了一点儿，他和我聊了很久，而且以他说为主。他提到一个军官，说自己没重用此人。我大着胆子问，他说的那位军官是不是当过某位杰出的将军的副官。皇帝说："算了，不说也罢！"他顿了顿，又笑着补充了一句，"您不知道吗？将军通常有两个副官：一个负责打仗事宜，另一个负责生活事务。"

之后他越聊越远，开始感叹法国民族缺乏结束革命、拨乱反正的能力，并举了著名的马莱事件作例子。他开玩笑说，此事堪称他从厄尔巴岛返回法国的简陋版："马莱干的这件荒唐事，归根结底就是一个笑话。一个寂寂无名的国家犯、小人物越狱后，反过来把省长乃至警务部部长④给关起来。这些监狱的狱卒、负责闻阴谋气息的猎犬，那时竟然像绵羊一样被人捆起来。其中的巴黎市长⑤作为部门头头，也算是尽职尽责，可他居然都被轻易糊弄过去了，没有对那个从未听过的新政府的集会安排产生任何怀疑。阴谋分子任命的新部长还在赶制

---

① 1823年版本为B.（贝尔蒂埃）。
② 在法国军队中，白色（被称为"鹿腹色"）是龙骑兵的传统颜色。第一帝国时期，龙骑兵制服的颜色改为绿色。——译者注
③ 即维斯孔蒂夫人。
④ 即1810年代替富歇担任警务部部长的萨瓦里。
⑤ 弗洛肖当时是塞纳省省长，而非巴黎市长。

官服、相互拜访呢，任命他们的那帮人就打哪儿来又回哪儿去了。最后，巴黎在当天早上知道了昨夜发生的这起荒唐的政治事件，但人们的生活没有受到丝毫扰乱。这样一件荒唐事，当然成不了气候。即便侥幸成功，^{268}几个小时后人们也会发现端倪。这群胜利了的阴谋分子只有一个麻烦：事成后他们该藏在哪里。所以，我听说犯罪分子被抓后一点儿也不吃惊。让我震惊的是，这些人居然那么轻易就把我最忠心耿耿的大臣变作他们的同谋。我回来后，每个被卷入者都把细节一五一十地告诉了我。由此看来，所有人都有该骂的地方！他们老实承认了自己被抓一事，说他们还以为我已经不在人世了。他们坦承自己在惊慌之下按照阴谋分子的意思去做的事，对自己能逃出来深感庆幸。没有一个人说自己反抗过，没有一个人为维持现政府的统治做出丝毫努力。人们似乎想都没想过这个问题，他们已经对革命与政权更迭这种事习惯了。换言之，如果换个政权，大家能迅速适应且屈从于它。看着他们一个个不知所措、尴尬至极的样子，我严厉地问：'很好！很好！诸位，你们说，你们以为革命结束了，以为我死了！我对此无话可说……但罗马王还在！你们对他的誓言去哪儿了？你们的信念和原则去哪儿了？你们让我对未来深感担忧！'我觉得应该杀一儆百，以儆效尤。就这样，巴黎市长——可怜的弗洛肖成了替罪羊。虽然他对我忠心耿耿，且不说他没有忠于职守、进行抵抗，也不说他没有誓死不从、倒在他的岗位上光荣殉职，他哪怕稍微调查一下这群小丑也行啊。可他没有，他只老老实实地为新政府集会准备场地①……

---

① 拿破仑并未因此而记恨上弗洛肖。他对弗洛肖的下任夏布洛尔说："希望您在行政工作上能干得像弗洛肖那样，让我感到满意。"

后来，法国人民也这样轻易地接受了欧洲对我们的戕害，接受了其他任何民族都不能承受的苦难。您也看到了，无论哪个党派的人似乎都觉得一切尚未结束，连欧洲也是这么想的。这不仅和我们善变不已的性子有关，还和近30年发生的许多事有莫大的关系。"

皇帝依然身体不适，闭门不出—他该死在莫斯科还是滑铁卢—他对家人的称赞

11月4日，星期一

[269] 今天上午，皇帝不愿见任何人。泡澡的时候，他把我叫了过去。我们聊了很久，谈古代人事，谈把它们传下来的历史学家，谈不同历史学家之间的联系。最后皇帝得出结论：世界依然处于孩提时代，人类还处在幼儿的懵懂期。之后，我们转而谈起了地球的结构、凹凸不平的地表、深不可测的大海、高耸入云的群山、渺如蝼蚁的人类、人口在陆地上的分布情况、各式各样的政治结构，等等。我算了算，说欧洲有1.7亿人。皇帝说，他本人统治过其中的7000万人。我补充说，和普鲁士、奥地利结盟后，他成了1亿多人的领袖。说到这里，皇帝突然转换话题，问我的《地理图鉴》在哪里。我把它拿来后，他开始翻看亚洲地图，不断感叹这本书是献给年轻人的珍宝。

后来，说到他人生的辉煌和起伏，皇帝感叹自己应该死在莫斯科才对，因为在此之前，他在战场上是不败的战神，在政界创下了古往今来从未有过的大业。他回忆起那一幕幕无比熟悉、一闪而过、激动人心的画面，觉得那简直是人生的巅峰。皇帝看出我们有人并不赞同，就问："您不这么想吗？您不觉得我应在莫斯科结束自己的人生吗？"这个人的回答是："陛下，我不这么认为。如果是这样，后来离开厄尔巴岛一

事就不会发生了，这是任何人都不曾做到的最伟大、最英勇的一件事，是人们有史以来见证过的最辉煌、最崇高的一个举动。"皇帝说："或许吧，这也算。但滑铁卢呢？[270]难道我不应该死在滑铁卢吗？"这个人回答："陛下，如果我对莫斯科的回答能得到您的谅解，那我为什么不能对滑铁卢也持同样的观点呢？未来如何，这绝非人靠意志和能力就能知道的，只有上帝才能做出决定。"

在另外一个时候，皇帝说到他的家人，说自己从他们那里得到些许帮助，但他们也给他带来了无尽的烦恼和不幸。他批判他们的错误观点：只要成为一个民族的领袖，他就应该与民族融为一体，该民族的利益高于其他国家的利益。皇帝说，这种想法本身是值得称道的，但他们在实践中犯了错。因为对独立抱有错误的观点，他的家人有时似乎觉得自己可以置身事外，忘了他们和他是一个整体，自己应该为了大局而提供帮助，而不是百般阻挠。但皇帝也说："不过说到底，他们还是太过年轻，没有经验，被奸诈小人团团围住，被阴谋、谗言、奸计给蒙骗了。再看看其他政治家族，哪一家在这种情况下能做得更好呢？不是每个人生来都是政治家，这种人诞生的背景之独特，不是谁都能遇得到的。我的兄弟所处环境不同，所以他们要么才干太多，要么才能不足；要么觉得自己无比强大，不愿被某个谋臣所左右，要么觉得自己太过软弱，干脆把所有事都交给别人处理。不过总体来看，我还是应该为自己的家人感到骄傲。

"约瑟夫放到任何国家，都会是社会的栋梁。吕西安进入任何政治团体，都会成为它的荣光。长进后的热罗姆是个治理国家的好材料，我在他身上投注了无限的希望。路易无论在怎样的环境或阶层中，都会崭露头角。我的妹妹埃莉萨有男人的头脑，内心强大，在逆境中会表现得无比旷达。卡洛琳极有才干和能力。保琳也许是她那个时代最美的女人，说不定能把这个头衔保持到最后。至于我的母亲，她配得上所有人的尊重。[271]一个家庭出了那么多的人中龙凤，这在什么时候都是件稀罕事吧？此外，刨除政治上的纷争，我们依然真心爱着彼此。我呢，我永远是他们的兄弟。我爱他们每一个人，相信他们每个人也从心底爱着我，能在我需要的时候用行动来证明对我的爱。"

晚饭后的半小时里，他见了我们所有人。当时他仍躺在床上，但说话时有力气，身体明显好转了。我们抱着他尽快康复的希望，向他道了晚安。我们还说，他已经有12天没和我们一起吃晚饭了。没了他，我们的日子、我们的生活都失去了色彩和方向。

皇帝对地理的浓厚兴趣—我的《地理图鉴》—从伦敦送来的破床—从英国人那里听来的小事—《圣赫勒拿岛书信集》

11月5日，星期二

皇帝依然闭门不出。到了泡澡时间，他照例把我叫了过去。他口舌的疱疮正在愈合，但牙齿还是疼得厉害。他继续昨晚的谈话，说到地球的结构。皇帝现在对地理产生了浓厚的兴趣。他拿起我的《地理图鉴》，查看大陆和海洋的不规则分布，在广袤的亚洲停了很长时间，之后又翻到太平洋和狭小的大西洋。皇帝对季风、印度洋的台风、太平洋风平浪静的海域、安的列斯群岛的飓风等方面提了许多问题，还在地图上发现了各个地方独特的地理问题以及当今科学给出的解决办法。这让他万分欢喜。他反复翻阅、百般思考，最后发表意见说："只有靠地图，人们才能进行对比。地图能唤醒和启发人们的想法。您把历史、地理、特殊因素、问题、现象全都放在图鉴里，这是一个多么好的点子啊！²⁷²您这本书真叫我越看越喜欢。"①

皇帝想看看古代旅行家的作品，人们就把鲁布鲁克修士、意大利人马可·波罗的书拿了过来。皇帝翻看后，抱怨自己在里面读不到什么东西。他说，它们除了古老之外，再没其他价值。

出了浴缸后，皇帝来到卧室，发现里面放着一张人们才从伦敦给他运来的大床。这张床带有帏盖，四角各立着一根粗大的床柱。由于床柱过高，人们只好把床脚锯了，才把这张床放进皇帝狭小的卧室里。这张床把卧室占得满满的，而且床身看上去非常劣质。床虽然大，但不结实。皇帝觉得它像一座摇摇欲坠的城堡，还说它像是耗子夹，他得留神别落进夹子里。他叫人立刻把这破烂玩意儿搬走。人们把床拆了，换回他从前睡惯了的行军床。这件事造成的不便和混乱，把皇帝弄得十分心烦。

白天时，我和一个对皇帝崇拜至极的英国海兵聊了很久，告诉了他一些关于皇帝的事。作为报答，他也告诉我许多我闻所未闻的事情。我听得瞠目结舌，但事情应该不会有假，因为叙述者要么是通过非常可靠的途径知道它们，要么是事情的见证者甚至亲历者。后来，我给皇帝提起这些事，他立刻想起来，承认它们的真实性。那个海兵告诉我，最让他吃惊的是，英国几乎没人听说过这些事；²⁷³哪怕是在法国，任何一件能给拿破仑带来荣耀、彰显其品格的事也都埋没在无尽的喧嚣中，其中原因就不消我多说了。流言和诬蔑之词甚嚣尘上，美好被编造的丑恶扼

---

① 实际上，我只带了一本图鉴去圣赫勒拿岛，这本书一直放在皇帝的房间里。有时候，我为了自己用或在里面做些改正而把它拿走，皇帝没过多久就会把它要回去。我离开时，贝特朗请我把这本书留下，拿来教育他的孩子们。后来他告诉我，他几乎没怎么用到这本书，因为它一直被皇帝占着。后来，他为他的儿子选了一批书供其阅读，其中就有我的《地理图鉴》。请读者原谅我忍不住在这里提到这件小事。——辑录者注

杀。下面就是那个海兵提过的事情中的几件。

"在凡尔登的英国战俘关押所里，我们得到了非常好的照顾[①]，甚至享受着和当地居民差不多的生活。这座城市非常宜居，葡萄酒和生活用品价格极其低廉。我们不用特意申请，就可以在城外几千米的地方散步，甚至可以请好几天的假。我们在那里得到很好的保护，没有受到任何冒犯。负责看管我们的一个将军只因对我们说了几句重话，就被拿破仑一道命令叫去了巴黎。由于害怕受到处分，他自杀了。只有一次，我们收到了必须待在所里的命令。当时我们收到通知，七天内不能离开住所，原因是皇帝要经过凡尔登，人群中若有太多敌国战俘，会有安全问题。我们的确因为不能见他而备感失望，而且觉得自己受到了极大的伤害。我们说，他们难道还不信任勇敢的英国海兵吗？难道我们和杀人犯是同等货色吗？拿破仑抵达凡尔登的那一日，我们正待在各自的房间里，这时有人前来宣令。让我们大吃一惊的是，他说我们可以再度自由外出，说拿破仑很不赞同下属对我们的处理方式。我们迫不及待地奔出去，跑到他路过的大道前，他没有随从队的保护，安然无恙地从我们中间走过。而且他看上去是多么亲善、多么随和啊！我们所有人的心都被他俘获了，如同法国人一样发出真诚的欢呼。

"拿破仑和玛丽-路易丝从荷兰回来后，走默兹河抵达济韦[②]，那里也有几百个英国战俘。当时天气突然转恶，天空下起了瓢泼大雨，河水泛滥，船桥断裂，没办法渡河。但皇帝迫不及待地想继续赶路，而且

[①] 战争期间，法国境内的一些英国公民被关在凡尔登。详情请看维埃内的《英国人在凡尔登》（*Viennet, Les Anglais à Verdun*），该文被收进1944年的《拿破仑协会研究合集》（*Recueil de travaux de l'Institut Napoléon*）第36~43页。

[②] 此事发生在1811年11月8日。

他觉得事在人为，[274]决定不惜一切代价也要过河。为此，人们把附近所有船公召集起来，但没人敢尝试渡河。拿破仑说，可我就是想在中午之前到达河对岸。他立刻叫人把一些英国战俘带到他面前，问他们：'你们在这里的人多吗？里面有海军吗？''我们有500多个人，全是海军。''好！我想知道，你们是否觉得渡河可行？你们能不能把我送到对岸去？'我们也承认此事存有风险，但几个老兵自告奋勇，说他们能做成此事。让我们震惊的是，拿破仑果真非常信赖地把自己的安全交付给我们。抵达对岸后，他向我们表示感谢，命令人们给替他效力的英国人换上干净衣服，给他们一笔赏钱，让他们获得自由。①

"一个英国年轻海员由于思乡心切，从一个战俘关押所里逃了出去，跑到布洛涅附近的一个海岸，藏在灌木林里。由于太想回家了，他就想自己造一艘独木舟，如果遇到某艘英国巡弋舰，就迅速划过去。于是，他一天中大部分时间都坐在树顶，目不转睛地盯着海上。这个海员正准备把造好的小船推进水里、冒险试水，就被人当作奸细或强盗抓了起来。拿破仑当时正好在布洛涅，听说了这件事，就想看看人们议论纷纷的事件的主人公，他不相信人会疯狂到做出这种事。这个海员被带了过来，告诉拿破仑他的确铁了心要这么干，恳求拿破仑大发慈悲，放他去试试自己的回国计划。皇帝对他说：'你这么想回家，是因为那里有你的情人吗？''不，那里有我年老体弱的母亲，我想再见她一面。'皇帝高声说：'很好！您会再见到她的。'他立刻命令人们好好照顾这个年轻人，给他备好行李，把他送到在海上遇到的第一艘英国巡弋舰船上。他甚至还叫这个年轻人把一小笔钱转赠给他的母亲，[275]说她肯定是

---

① 实际上，皇帝9日一整天都待在济韦，耐心等到桥梁修好。直到当晚近九点钟的时候，他才火速上路，前往梅齐埃。至少科兰古在这件事上是这么说的。

一位伟大的母亲，因为她教出了一个好儿子。"①

说到皇帝对被扣留在法国的英国人做的许多好事，我这边也知道一件类似的事。故事的主人公曼宁，是我在巴黎认识的一个老熟人。他为了科学调查而来到法国，结果被扣留，思来想去找不到离开的办法，只好给拿破仑写了一封简单的陈情信，请他放自己去亚洲中部高原做科学调查。我们巴黎沙龙都在笑话他的天真，可几个星期后，他兴高采烈地告诉我们他成功了，我们反而成了他嘲笑的对象。医生奥米拉也在他的书里说②，曼宁云游四海好几年，后来回欧洲时路过圣赫勒拿岛，无比恳切地请求见拿破仑一面，想亲自送他几件小礼物以表感谢；皇帝可能会问他许多关于大喇嘛的事，他愿意尽力回答：当初因为皇帝的特殊照拂，曼宁才能有幸见到大喇嘛。然而，他的要求被驳回了。

俄国的自然环境和政治势力—谈英属印度—皮特和福克斯—对政治经济的看法：要垄断还是自由贸易—叙弗朗—皇帝对海军的看法

11月6日，星期三

皇帝觉得他的身体逐渐好转。快到中午的时候，他见了几个人。我和蒙托隆夫人一起，等着见他。²⁷⁶说到巴黎社交界和杜伊勒里宫的各种趣闻逸事时，皇帝一下子健谈起来。

晚上，皇帝对地理热情不减，对亚洲尤为关注，谈起了俄国的政治

---

① 我回到欧洲后，有人出版了《圣赫勒拿岛书信集》，里面的一封信也一字不变地讲了这些小故事。我给出版社写信，询问这件事和其他好几件事的详情。对方言辞凿凿地告诉我，虽然这封信是匿名的，但绝对真实可信。*——辑录者注

＊1830年版本的这个脚注在1824年版本中以附注形式出现。

② 请看奥米拉日记下卷第98～101页的内容，日期是1817年6月7日。

形势，说它在征服印度乃至中国的时候有什么便利条件，英国人应该对它存有什么担忧，俄国应该派遣多少军队、该从哪里出发、该走哪一条路，以及它能从此次远征中谋得多少好处。说到这些地方，皇帝还说了许多细节。令人遗憾的是，现在我只记得零星片段，无法把他的原话从记忆中挖出来献给读者了。

之后，皇帝转而谈起了俄国享有而其他欧洲国家所没有的优势，以及它要入侵他国时拥有的巨大人口优势。他口中的这个强国坐落在北方极地，背后是千年不化的冰川，敌人根本不可能从那里入侵俄国。皇帝说，俄国全年只有三四个月容易遭到进攻，而法国全年12个月都要面临外敌。入侵者去了俄国，要面临严寒、荒漠的考验，以及陷入冬眠乃至死亡的大自然的折磨；而俄国军队朝我们扑过来的时候，能享受到南部肥沃的土地与和煦的阳光。

皇帝说，除了这些自然条件外，我们不要忘了俄国的另一个优势：它有庞大的常住人口，人民勇敢、忠心、顺从、吃苦耐劳，习惯了贫苦漂泊的生活。他说："一想到要和无数这样的人作战，而且既不能从侧面又不能从背后去攻打他们，谁能不感到害怕呢？如果一大批这样的人凶猛地朝你扑过来，那怎么办？如果这些人胜利了，他们遇到什么就抢什么；即便战败，他们大不了就回到死寂的冰川和戈壁休养生息，并在需要的时候随时杀回来。他们就像神话里的九头蛇或大力士安泰俄斯，只有把他的身体举到半空，才能把他杀死。可去哪儿找杀死安泰俄斯的赫拉克勒斯呢？老实说，只有我们才有胆笨手笨脚地尝试一下。"

皇帝说，从欧洲新的政治联盟来看，[277]这块大陆的命运完全由一个人主宰着。他说："如果出了一个勇猛、冲动、智慧的俄国沙皇，总之，如果俄国出了个留胡子的沙皇（他说到这里时加重了语气），欧洲就成了他的囊中之物。他可以先在离柏林和维也纳两大首都100古里的德意志展开行动（这两个国家是横在他面前的唯一障碍）；先用武力对付其中一个，破坏两国的结盟，再在它的协助下反手拿下另一个国家。那时，他就杀至德意志的腹地，而周围都是些二流小国，许多国家的君主还是他的亲戚或附庸。他若觉得有必要，还可以在阿尔卑斯山顶朝意大利投几颗火石，看着它们爆炸，然后以胜利者的姿态进入巴黎，宣布自己是新的解放者。我若是俄国沙皇，就会以相同的速度前进，在某一天抵达加来，成为欧洲的主人和保护者……"沉默了一会儿，他补充说，"朋友，也许您想问我皮洛士提过的问题：然后呢？为了什么呢？我的回答是：为了建立一个新的社会，为了避免更大的不幸。欧洲渴盼救赎；古老的体制已经走到了尽头，新的制度又必须经过漫长、暴烈的骚乱才能站稳脚跟。"

皇帝又陷入沉默，拿着罗经仔细测量地图上的距离，说从地理位置上看，君士坦丁堡简直是统治天下的中心。

之后他继续聊天，谈起了英属印度，问我是否了解它的历史。我说我对此了解甚少。

伊丽莎白女王为了维护王室特权，组建了东印度公司。

一百年后，议会又成立了一个印度公司。没过多久，这两家公司因为彼此竞争而元气大伤，于是根据国家宪章合并为一家公司。

1716年，该公司从印度君王那里得到了那道著名的圣旨，可在印度进出口任何货物并享受免税优惠。

[278]1741年，该公司首次用军事手段介入印度政事，对付对手法国公司。从那时起，每次英国和法国在欧洲交战，都免不了也在那块遥远的土地上一战。法国在1740年的战争中大获全胜，但在1755年的战争中被

击败，1779年两国在印度打平，大革命期间法国彻底放弃了印度。

今天，英国东印度公司控制了印度半岛和那里的6000多万人，其中2000万人是英国公民、2000万人是英国的盟友或附庸，剩下的人也被卷入它的体系，不得不唯它马首是瞻。①

这就是大名鼎鼎的东印度公司，它既是一家商业公司，也是一个地方霸王。它富甲天下，从商业利润和地方收入中取得巨额财富。由此我们可以看出，商人不过是替君王的雄心奔走罢了；君王构思、发布和执行命令时，也可以如商贾一样贪婪。正是在这种特殊环境中，因为公司有商人兼王权代表的双重属性，再加上庞大的雇员人数、公司运营地离英国路途遥远，我们才能理解东印度公司的发家史、运营手段，以及它所面临的纠葛、矛盾、混乱和争议。

东印度公司独立运营，公司代表是大股东选出来的经理人。经理人通过急报把理事会成员派到印度，由一个总督和几个副手组成的理事会作为公司的代表人，负责在当地执行命令。

1767年，英国王室第一次宣布印度土地及其收入归它所有，但东印度公司花了大概1200万法郎，让王室放弃了这一权利。

1773年，东印度公司发现自己在印度的生意受到极大干扰，[279]就向议会发出保护申请。议会以东印度公司经济不佳为由，收回了它的独立权。东印度公司的财产从此受到政治、司法及财政规定的束缚，可惜这些规定并未发挥人们预想的作用，反而把印度半岛弄得一团糟。英国当局引入的最高法院制度，和印度本来的王室法庭连连发生冲突。它意在

---

① 这些内容写在1816年，没过多久印度发生巨变，从此整个半岛似乎都成为东印度公司的附庸。——辑录者注

把英国法律引入印度，却在本地人中引起了不满和恐慌。各方势力相互埋怨、相互指责、相互抱怨，上演了一幕幕可笑的闹剧，让人看清他们贪得无厌、欲壑难填、暴虐凶狠的嘴脸。这简直是东印度公司成立以来最动荡、最不光彩的一个时期。

1783年，为了彻底解决这个问题，当时还是首相的福克斯提出了一个著名法案，之后因为该法案流产，福克斯离开了内阁。第二年，福克斯的对手皮特提出了另一个法案，这个法案一开始就广受好评，被东印度公司沿用至今。福克斯法案实际上抓住了司法权，把东印度公司的财产管理交给一个委员会打理。该委员会负责东印度公司的行政管理、债务清算、人事安排等工作，委员会成员由国王或议会任命，属于终身制，他们要一直坐镇，直到东印度公司经济情况好转为止。这个安排出来后，反对的声音此起彼伏，大家普遍认为把如此庞大的利益、资产和权力交给少数几个人处置，着实不妥。人们说，这相当于在国家中造出第四个权力阶级，会威胁王位。有人甚至批评福克斯想趁机霸占内阁，让自己的权力高过王权。他身为首相，身居议会之首，组建和掌管这个委员会的大权当然会落在他的头上。有了这个委员会当左膀右臂，他就能操纵和控制议会；有了议会的协助，他就能让委员会一直存在下去。如此下去，那就没头了。由于反对的声音太大，国王开始插手此事。[280]他通过上议院中对自己忠心耿耿的亲信，批判了这个举措。最后法案失败，福克斯离开了内阁。

皮特非常狡猾，采纳了一套表面看来十分温和的做法。在皮特的法案里，他只提出要把东印度公司置于监管之下，把公司一切事务都交由一个委员会修正和会签。东印度公司保留一切人事任免权，但敲定总督人选的人是国王，后者对其他所有人事任免有一票否决权。由国王任命的这个委员会，将成为一个新的内阁分支机构。方案出来后，人们又嚷成一片，因为这个举措将极大地加重王权的影响力。人们说，它肯定会打破当前的宪法平衡。人们当初责备福克斯，说他企图操纵这股居于王权之外的势力；如今人们批判皮特，是因为他要把这股势力完全拱手交给国王。有人说，他们中的前一个人是为了人民，后一个人是为了国王。这的确是这两大对立阵营颁布的两部法令的不同之处。实际上，这件事成了托利党和辉格党两党相斗的战场：最后皮特占得上风，托利党赢得了战争。

福克斯法案是否有缺陷，我们只能假设，毕竟法案本身没得到实践。但皮特法案中的不足之处已被展现无遗：权力平衡被打破，真正的英国宪法不复存在，王权日渐壮大，如今已经侵入一切领域，在独断专权的大道上一路前进、无人阻挡。

首相通过在议会占多数席位而掌控内阁，把它的权力渗透进议会中，内阁的专断意志经议会变得合法。法律程序本应保障自由，可如今它反而成为英国自由的镣铐。未来似乎变得无解，甚至面临更加可怕的浩劫！福克斯的方案能造成比这更加可怕的后果吗？要知道，英国宪法巨变产生的后果已经蔓延到印度了。倒向人民大众一方的福克斯法案即便对自由事业造成什么恶果，肯定也不如皮特加重王权引发的恶果来得更大！

[281]今天已经有人大胆站了出来，说福克斯是正确的，说他比他的政敌更有智慧，不像后者那样误国误民。

说到皮特和福克斯，皇帝就二人的性格、理念和行为等方面谈了很久，最后用一句他一再重复的话结束了话题："皮特曾是整个欧洲政坛的主人，一手控制了许多国家精神上的命运。但他滥用了自己的权势，把整个欧洲付之一炬。他会如黑若斯达特斯①一样，伴随着大火、悔恨和眼泪被写进历史！……我们大革命的第一颗火星子、接下来的无视国民心声的倒行逆施、最后引发的恐怖罪恶，都出自他的手笔。巨大的动荡持续了足足25年，大量联盟组织只起到火上浇油的作用，欧洲连连遭遇骚乱和浩劫，人民血流成河，活在人间地狱。英国为此背上了巨额债务，借贷体系如瘟疫般扩散开来，压得人民喘不过气来。如今天下一派萎靡不振，这一切都和皮特脱不了关系。后世会记得他，把他视为真正的罪魁祸首。这个被当代人广为歌颂的人，会成为后人眼里的恶魔。我并不认为他是个邪恶十足的人，说不定他一直坚信自己所做的一切都是正确的呢。但连圣巴托洛缪大屠杀都有自己的辩护者，教皇和红衣大主教还为此次屠杀唱过《感恩曲》，这些辩护者中难道就没有良知尚存的人吗？人就是如此复杂，人的理性和判断力就是如此无力！但皮特最引后世诟病的地方，在于他一手造出了一个仇恨集团，那里的人把马基雅维利主义奉为圭臬，毫无道德，冷血自私，无视人类的正义和幸福。

"出于敬佩和感激也好，出于本能的好感也罢，不管怎样，皮特成了欧洲贵族心中的偶像。他的确有几分苏拉的影子，那是因为他的制度奴役了人民的事业，阻挠了革命者走向胜利。至于福克斯，我们不应在古人中寻找和他相似的人物。他本身就是一个楷模，他的理念迟早会统治整个世界。"

282接下来，皇帝侃侃而谈，一再表达他对福克斯的喜爱之情。在还没接触到福克斯之前，皇帝就在马尔梅松为他立了一尊雕像。他对福克斯做了这番他在不同时候、以不同方式做出的评价："福克斯之死，的

---

① 一个古希腊的青年，为了成为"历史名人"而在公元前356年纵火烧毁了亚底米神庙。——译者注

确对我的事业造成致命一击。如果他还活着，事情就是另一个样子了，人民的事业会赢得胜利，我们将在欧洲建立一种全新的秩序。"

然后，我们把话题转回了东印度公司。皇帝说，垄断和商业自由是个巨大的话题。他说，一家拥有如此巨大利益的公司若被交到少数人手中，这些人就会无视大众利益、谋取私利。另外，任何公司都有沦为寡头的危险，它一直都是权力的朋友，为后者提供各种便利。从这个方面来看，垄断公司完全是旧体制的产物。自由贸易则相反，它面向所有阶级开放，撩起人们的幻想，煽起人民的渴望。自由贸易就是平等的同义词，自然而然能带来独立。由此看来，商业自由更依赖现代体制。

"法国曾凭借《亚眠条约》拿回了它在印度的地盘。签署该条约后，我请人在我面前做了长时间的深入讨论，聆听了商人、政客的话，最后我宣布支持自由贸易、反对垄断公司。"

之后，皇帝转而谈起了亚当·斯密在《国富论》中提出的几个政治经济领域的观点。他承认它们在原则上是正确的，但在现实中行不通。可惜我现在手头只有一些零星的记录了。

皇帝说："人们从前只知道一种财产，那就是地产。之后突然冒出一种新型财产，那就是和地产相对立的工业。如今又出现了第三种财产，它源于中立、不偏不倚的政府向被统治者收取的巨额赋税，以保障地产者和工商业集团的垄断利益，并扮演中间人的角色[283]以防两方产生冲突。"他把今天这场恶斗看成农田与账簿、城堡与账房之间的一场战争。

皇帝说："因为人们不愿承认这场财产争夺之战，因为他们对真相视若无睹，所以才会干出那么多愚蠢的事，掀起那么大的风浪。经历了巨变的世界想重获安宁。我们可以用两句话来概括当前的乱局：巨船已被掀翻，船上的沉子已被人从前面挪到了后面；船承受了暴力改动后，如果驾船者依然遵循从前的航海技术，不考虑新的平衡，一遇到风暴，船必沉无疑。"

今天我真是收获颇丰。除了先前提到的那些话题，皇帝还谈了许多其他事。说到印度和东印度公司时，皇帝提到了"叙弗朗"这个名字。

皇帝不太认识这位将领，只依稀记得他军功卓著。由于这个原因，拿破仑让叙弗朗的后人重获自由。他问我是否了解叙弗朗，我并不认识他，只是在海军中频频听到人们提他的名字。大家都认为，在路易十四时期，只有叙弗朗一人称得上是我们海军黄金时期的杰出代表。

叙弗朗富有才干、创造力、毅力和雄心，性子如同火一般热烈。他这种人投身任何领域都会有出息。我曾听到一些很有见识的人说，他在1789年去世，是国家的一个巨大损失；在那个危急时刻，如果他进入国王枢密院，也许能改变结局。叙弗朗冷血、古怪、极度自私，不是一个好丈夫和好朋友，不受身边人喜爱，但得到了所有人的欣赏和敬佩。

他不能和任何人共处。他不服管教，[284]在什么事上都要指手画脚。例如，他总是质疑别人制订的战术，但总能在需要的时候拿出最好的战略方案。而且，他在其他事上也是如此。总之，他虽然是个有着雄心壮志的天才人物，但如果得不到完全的行动自由，他的性格会变得格外糟糕。

得到印度舰队的指挥权后，他向国王辞行。宫里一个军官在人群中非常困难地为他挤出一条通道。他带着一贯的鼻音，粗声粗气地对这位执达吏说："谢谢您！不过等我出去了，您会发现其实我知道怎么给自己清出一条路来。"他说到做到。

到了印度后，他为法军打开了新局面，创下了令欧洲惊叹不已的一系列奇迹。人们先前从未见过这样的领军之道：他把什么事都扛在自己身上，敢想敢做，料事如神，按照实际需要和自己的想法重新安排军官的工作，把长期以来屡战屡败的法国海军再度武装起来。先前人们按照惯例，一遇到冬季停航期就到离印度几千古里远的法兰西岛过冬，可如今叙弗朗命令法军直接就地停航过冬。后来的事大家也都知道了：他打破了规则，靠近印度海岸，把从前和英军打过仗的所有将士都赶上船，让手下协助他对抗英国舰队，并说他们只要再和敌人打一仗，第二天他就把他们带回驻地。就这样，我们的战舰一下子占了上风，弄得敌人狼狈不堪。皇帝高呼："啊！为什么这个人没能活到我上台的时候！为什么我就找不到像他这样的人？我要把他变成海军的纳尔逊，到时候，一切都将大为不同。实际上，我一直都在寻找一个能成为法国海军之魂的人物，可一直都找不到这种人。海军仗着自己的特殊性和技术性，阻挠了我的所有设想。每次我提出某个新点子，甘多姆和海军部就立刻跳出来反对。"我说："可是陛下，有时的确不可行。""为什么不可行？""陛下，是海风让它不可行，还得考虑无风带、洋流等因素的干扰。"他打断我，说："我该怎么和一群说着我完全听不懂的话的人展开讨论呢？不知道多少次，我因为这件事在参政院痛批海军将领。[285]要听懂他们的话，人们非得生在海上、了解其中的知识才行。我经常对他们说，只要我能和他们一道穿越一次印度洋，回来后我对他们这个行业的掌握程度绝对不亚于我对陆上作战的了解。但他们不信。他们总说，一个人除非从小就待在船上，否则他成不了好水手。他们从头到尾都想说服我接受一套一直令我犹豫不决的方案：招募6000个七八岁的孩子入伍。

"我抗不过他们，面对他们众口一词的态度，最后放弃了。但我也事先告诉那些催我这么干的人,此事全由他们负责。结果如何?公众一片哗然,大感不满,彻底成了一个笑话,大家称这是在屠杀无辜。后来,温特尔、沃胡尔等北方海军大将肯定地告诉我,从18岁或20岁这个合法征兵的年纪开始学,照样可以当一个合格的海兵。丹麦人和瑞典人在水手中挑选他们的海军;在俄国,正规海军只是军队的一部分,这对维持海军起到了不可估量的好处,达到了双重目的。

"我在建立自己的海军时,也设想过类似的方案。但我遇到了多少阻力啊!我要克服多少偏见啊!我付出了那么多的耐心和韧性,就为了让这群可怜的水手穿上军服、进入军队、进行操练!有人说,我会毁了海军。可此举会带来多少好处啊!我只需花一笔钱,就能让我们的国家同时得到一群优秀的水手和一支精锐的海军,还有比这更好的点子吗?在紧急时刻,他们既可以是水手,也可以是战士、炮兵、架桥兵。如果我没有在海军部遭遇阻碍,而是遇到某个和我所见略同的人,由他推动我的方案,我们能取得多大的成果啊!可惜在我执政期间,海军中从未出现过一个抛弃陈规、敢于创新的人。我非常喜欢我们的海军,敬佩他们的勇气和爱国热情,[286]可我从来没遇到一个能在海军和我之间担任中介的人,让他带领他们展开我希望看到的行动。"

拿破仑的帝国机构—省长制—参政院旁听班—任命要职的原则—他对将来的打算

11月7日,星期四

拿破仑说到他的帝国机构,说他想把它变成一个有史以来内部交流最为顺畅、做事效率最高、人员最为精简的袖珍型政府机构。他说:"没有什么比这更能帮助我们渡过难关、达成奇迹。从行动和结果看,省部组织取得了令人惊叹的成果，极大地激励了4000多万国人。多亏这些地方的中枢机构，无论在边陲还是腹地，法国政府都做到了传令迅疾、办事雷厉风行。

"前来法国参观的那些富有见识的外国人，谁不为此惊叹？他们认为我们能在这块广阔的土地上取得一系列奇迹，是因为政府行动一致的结果。他们承认，在此之前，他们根本不能想象这种事。

"省长在地方拥有绝对大权和资源调动能力，可以算是地方的王。但因为他们的权力全都源于中央的推力，所以省长只是中央的传话筒。省长的一切权力都源于他们坐的这个位置，他们没有任何私人权力，只能攀附在他们负责的那块土地上。他们拥有旧制度时期封疆大吏的特权，但绝对不会带来相应的流弊。我必须给予他们这些权力；局势把我推上独裁者的位置，他们作为从我这颗心脏延伸出去的纤维组织，应当和我保持一致，否则我的体系定会失灵。我建立的这个行政治理网络把整个法国都囊括了进去，所以它需要有强烈的张力和异常强大的弹性，才能把我们在中央每时每刻都能体验到的、已经习惯了的骤烈的心跳律动传达到国家机器的最末端。在我看来，国家机器上的大部分动力部件其实都和专制机构、战争军队有关。如果到了我该松掉缰绳的时候，和我相连的组织纤维也会自然而然地松弛下去，那时我们就可以着手建立和平组织和地方机构了。我们之所以还没有这类机构，是因为条件尚不允许。假若从一开始就建立这类机构，我们定会走向衰亡。我们也必须承认，我们还没有成熟到可以得心应手地运用它的地步。不要认为人民已经为理性行使自由权利做好了准备。无论从教育还是性格来看，大众依然抱有太多成见。我们民族的精神风貌每日一新，但为了达到我所说的那个目的，我们要走的路还很长。革命爆发时，爱国者靠天赋或本能感知到了民族的自由。爱国热情在他们的血液中流动，那是一种激情、一种癫狂，由此，时代的癫痫和狂病发作了。但引进和享受现代体制，这不是一次发作就能做到的事。我们要把它移植到教育中，让它的根和理性、信念连接在一起。只有时间才能做成这件事，毕竟现代理念都建立在自然真理的基础上。但我们这个时代的人，这么说吧，他们贪婪地渴望权力，得到它后骄傲自大地行使权力，可他们同时又做好了准备，打算随时给比他们更有权势的那些人当奴才！……我们总是在这两大极端之间游走。我每次在外巡视，都不得不一再告诉身边的高级官员：让省长先生自己说话。如果我去某个省的下属机构，我又不得不一再提醒省长：让副省长或市长先生发言。每个人都恨不得压住旁边的人的风头，却没太明白和我直接沟通能带来多少好处！每次我委派高级官员或部长主持选举团工作时，[288]我都要告诉他们别让自己被选为塞纳省候选人，他们可以靠其他途径得到这个位置，我希望他们能把候选人的荣誉让给各省的要人，可他们从来都不遵从我的叮嘱。"

这番话让我想起，一个部长（德克莱斯）也告诉过我，他曾因为当选为候选人而被皇帝责骂了几句。当时德克莱斯开玩笑地回答："陛下，您的影响力大过了您的意志。我已经说了自己不想当选，说这事会惹您不悦，您希望选举人能把名额留给自己，可他们只知道您的选择，因为是您把我派过去的，所以他们选了我。"

皇帝说："我给省长和其他高官以丰厚的薪水；可说到我出手阔绰这件事，人们应当知道哪些阔绰是我的刻意安排，哪些阔绰是出于意外。如果是后者，我是被迫许以美差；如果是前者，对方就必须尽职尽责，以回报我的恩情。从一开始，我的目的就是拉拢贤能、重建社会、重树道德风气，那令人眼馋的薪水和丰厚的物质奖励是必需的，但随着时间的推移，社会慢慢恢复了宁静。达到最初的目的后,我就要把几乎所有高级官位都设为零薪酬。我要抛弃那些身不由己、因生活所迫而干出不道德的政治行为的穷官;我要引导舆论,让人为了追求纯粹的荣誉才谋求这些清贫的岗位。我要把行政官、治安官这些职位交给本身就家境良好的人来担任,让他们在纯粹的义务、慈善或雄心壮志的引导下保持高尚独立的情操。这种官员才能真正体现一个民族的自尊和尊严,提升国家声誉,改善公共道德。法国必须做出这一改变,厌弃高官厚禄的这个品质将标志着我们上层政治真正回归道德。有人曾对我说,追求荣华富贵的这种疯病都跨过大洋,传染到我们邻国去了。从前的英国人和今天的美国人一样,对这种现象万分鄙夷。汲汲于功名富贵,是一个民族遭遇的最大道德滑坡。[289]谁若发疯一样渴求这些东西,他就把自己给卖了。今天,英国大人物都在追求功名利禄,大家族和上议院都对这些东西贪求不已。他们的理由是,没有官场上的收入,巨额征税会让他们活不下去的。多么蹩脚的借口啊!真实原因是,他们的公共道德已经随着他们的财富一道枯萎了。如果某个阶层的人为了金钱而谋求官位,这个民族就再无真正的独立、高尚和自尊可言。我们倒可以为国内的这种行为找个理由,说这是大革命的骚乱和震荡所致,每个人前途不明,所有人都觉得需要重建秩序。为了在实现这个目的的同时又尽量照顾到人们敏感的心理,我当时才认为有必要对公职人员许以丰厚的薪水、巨大的名望。但与此同时,我还打算依靠舆论转变道德风气。这并不是一件行不通的事。如果舆论想达成某个正义、伟大、光荣的目的,一切都将向它让步。

"我想为我的儿子打造一个更好的执政环境。我为了他,在新学校里成立了好几个参政院旁听班。等这些学生完成教育、达到年龄要求,他们将在大好年纪里走上帝国的岗位。这群孩子以我们的理念为强大支撑，有前辈为学习榜样，比我的儿子年长12~15岁。所以，我的儿子恰好居于两代人之间，有两代人为他效劳：那时候，比他年长的上一代人成熟老练、经验丰富、做事谨慎，比他年幼的那一代人则年轻力壮、头脑敏捷、朝气蓬勃。"

听到这里，我无法掩饰自己的惊讶之情，因为皇帝从来没有透露过他在这方面的慎重考虑和长远安排。他说："唠叨这些事有什么用呢？反正人们把我当成一个江湖骗子，抨击我阴险狡诈，骂起我来可谓是轻车熟路，我说了也没人信。在那种环境下，我一没有古代传统的王位继承权，二没有他们所谓的正统即位的光环，我别无选择，只能避免和对手站在同一个竞技场上，摆出专断、铁血、果敢的样子。您也对我说过，您在圣日耳曼区提到我时曾说：他要是正统君王该多好啊！如果我是正统即位，[290]也许我做不了多少事，但至少会更讨人喜欢吧。"

旺代战争—沙雷特—拉马克—埃斯库罗斯和索福克勒斯的悲剧—罗马真正的悲剧—塞涅卡的《美狄亚》

11月8日，星期五

皇帝和我们中一个人一道工作了一会儿。我们听闻这个消息，大感振奋，觉得皇帝的身体的确好转了。

晚饭后，他把我叫了过去。工作似乎让他恢复了活力，他又变得健谈起来。我们在他的房间里走来走去，聊了许多，谈的主要是旺代战争以及在这场战争中表现突出的人。

沙雷特是唯一一个让皇帝格外关注的人。他说："我读过一本旺代史。如果书中的细节描述真实可信的话，沙雷特是我们这个风云变幻的大革命时代唯一一个拥有伟大品格的英雄豪杰。这是一个苦难深重的时代，但我们的荣誉没有被苦难扼杀。在旺代战争期间，人们自相残杀，但他们没有自甘堕落；他们接受外国的援助，但他们从未干出跑到敌军麾下、拿着对方给的钱、唯对方是从这等苟且之事。没错，沙雷特让我觉得他是一个品行高尚的人，我从好几件事中看到他身上非凡的气魄和毅力。此人绝非池中之物。"我告诉皇帝，我年轻时和沙雷特走得很近，我们曾同时在布雷斯特海军任职，很长时间里我们两人在同一间房里睡觉、在同一张桌子上吃饭。后来他在战场上表现出众、战绩累累，叫我们这些从前和他共事过的人大吃一惊。因为我们一直觉得沙雷特是个非常平庸、学识浅薄、性格暴躁、骄傲自大到极点的一个人。我们每个人都觉得，他这辈子注定是个寂寂无名的小人物。当他一跃成名后，我们回忆当初，才从一些小事中找出此人能成大器的痕迹。我们记得，在美国战争期间的前几次战斗中，有一次，在大冬天里，当时还只是个毛头小子的沙雷特乘坐一艘军舰离开布雷斯特，这时船的桅杆断了。[291]像他坐的那种规模的船没了桅杆，那是必沉无疑的，何况当时天气还十分恶劣。船上的人六神无主，觉得生还无望，全都跪下来祈求上苍垂怜，根本没想做点什么来自救。沙雷特尽管年纪轻轻，却当即杀了船上的一个人，逼迫其他人站起来做事。他的样子把所有人都吓住了，没有一个人敢不听从他的命令，最后整条船的人都得救了。

皇帝说："您看吧，非常品格只在非常情况下才得以彰显。这件事就如同一个小火花，照出这位旺代英雄的不同寻常之处。看走眼是常有的事，有的人平时打盹儿，一旦醒来就是个可怕的人物。克莱贝尔就是这种打盹儿的人，但每到关键时刻，他就如雄狮一般从梦中睡醒。"我又补充讲了几件沙雷特告诉我们的事。比如在一次情况万分紧急的时候，船上所有船员指天发誓：如果圣母保佑他们此次平安，他们会只穿衬衫、不着鞋履、手捧大蜡烛走到布雷斯特的圣母新生大教堂以表感恩。沙雷特告诉我们这件事后，坦诚地说："不管你们信不信，实际上，这些人刚发完誓，海上就突然刮来一股风，我们立刻得救了。"这些船员回来后，在他们军官的带领下虔诚地履行了誓言。我说，这只是这艘小船经历的几个奇迹中的一个罢了。还有一次，在12月的一个又长又黑的夜晚，人们遇到了暗礁。由于船没了桅杆和其他必要的设备，人们只好听天由命，在海上漂荡。这时，人们突然听到一声钟响，大家环顾四周，发现他们竟然漂到了一处浅滩，就立刻抛锚。日出后，他们又惊又喜地发现自己就停在郎代诺河的河口！他们听到的钟声，是附近一个小教堂发出的。这艘军舰奇迹般地避开了零星分布在布雷斯特入口处的许多暗礁，和停在锚地里的三四百艘船擦身而过，最后停在了入河口一个偏远、风平浪静的地方。皇帝说："您看，人盲目的努力和大自然的安排，二者之间有多么大的不同。²⁹²让您万分惊奇的这件事肯定真的发生过。如果当时人们利用自己掌握的所有知识竭力自救，在神志混乱的情况下频频犯错，发生船难是极有可能的事。这艘船九死一生，大自然却毫不犹豫地出手相救。海潮抓住了它，把它安然无恙地推到它该去的航道上，阻止了它沉没的命运。"

继续说旺代战争吧。皇帝回忆道，他曾从阿尔卑斯军中被调出，前往旺代参战。当时他宁可辞职①，也不愿意接受这个在他看来纯粹是个倒霉差事、不能为个人前途带来好处的任务。他说，后来他当上执政官，最在意的就是如何平息旺代之乱、让它忘记一切创伤。他为千疮百孔的旺代省做了许多好事，当地居民感恩戴德。他经过这个地区的时候，连

---

① 此处有误，这并不是辞职。波拿巴将军因为拒绝前去履行职责而被直接撤职。

教士似乎都从心底接受了他。皇帝补充说："所以，旺代最后几场暴动的性质和前期叛乱大有不同。旺代不再那么盲目地狂热了，只消极地遵从统治阶级的命令。不管怎么说，在最紧急的时候被我派到旺代作战的拉马克，他的表现远超我的期待，在那里立下了奇功。"拉马克在这场大战中殊死搏斗。那些身份最为尊贵、如今还深得宫廷欢心的旺代将领落到拉马克手里后，都要承认拿破仑的皇帝身份。在滑铁卢战役甚至在他退位之后，拉马克依然誓死不降！他为何要这么做呢？是他认不清现实，还是他只想沉浸在往昔的胜利中？最后拉马克被流放，放逐名单上38个人中就有他的名字，"毕竟放逐一个人从来比战胜一个人容易得多"。

皇帝想和我们一起用晚餐。从他16天前身体抱恙开始，这还是他第一次和我们一起吃饭呢。我们像过节一样开心，可所有人痛苦地发现：长时间闭门不出之后，皇帝的精神面貌发生了巨大的变化。

293晚饭后，我们开始了中断许久的阅读活动。皇帝给我们读了埃斯库罗斯的《阿伽门农》，他非常喜欢这部悲剧，觉得它文风遒劲又不失朴素。最打动我们的地方，就是这位悲剧之父安排在故事情节中的恐惧感。有人说，这部剧闪烁着现代悲剧的火苗。

读了埃斯库罗斯的《阿伽门农》后，皇帝叫人把《索福克勒斯全集》拿过来。我们也很喜欢这位悲剧家的作品。皇帝一再说，他离开圣克鲁宫之前都没来得及叫人再把索福克勒斯的悲剧演一遍，每每想来都后悔不已。①

塔尔马一直反对在圣克鲁宫上演索福克勒斯的悲剧，皇帝则为自己当初没有坚持这一想法而顿足长叹。他说："上帝可以证明，我绝没想过用古代悲剧做模板，给我们的戏剧设立条条框框。我只希望有机会审视古代戏

---

① 请看前文第210页内容。

剧多么深重地影响了现代观念。"他相信，这种演出肯定能给人带来极大的愉悦感；他也想过，古希腊戏剧中的歌队能对现代审美产生什么影响。

他接着谈起了他大加推崇的伏尔泰的《俄狄浦斯》。他说，这部剧是法国戏剧中最好的一部。虽然剧本有瑕疵，如菲罗克忒忒斯的爱来得太莫名其妙，但这并不是剧作家的错。由于当时的风气和颇有名气的女演员的百般要求，剧作家不得不做出相应改动。他对伏尔泰的这番评价令我们有些吃惊，因为皇帝很少提起这个人。

到了十一点钟的就寝时间，皇帝回了房，把我叫了过去，继续对古今戏剧发表意见，做了许多特别有意思的点评。

一开始，他说，令他惊讶的是，罗马人居然没有戏剧作品。不过他也说了，由于竞技场才是罗马人真正的剧院，所以台上的戏剧自然在他们心中掀不起什么波澜。"角斗士的竞技、被丢进猛兽群中的殊死挣扎，这比任何悲剧场景都更加触目惊心。这些才是唯一适合铁血的罗马人观看的戏剧。"

[294]有人说，不过罗马人中还是走出了一个塞涅卡，写了一些悲剧散文；顺便说一句，他的《美狄亚》有个离奇之处：这部剧的歌队竟然清楚地预言了1400多年后发现美洲大陆这件事："一个新的提菲斯/这个大地之子/将在无数世纪之后/前往最遥远的西方/图勒将再不是世界的尽头。"①

---

① 出自塞涅卡的《美狄亚》第二幕歌队的最后唱词：

...venient annis

Saecula series quibus oceanus

Vincula rerum laxet, et ingens

Pateat tellus, Typhoque novos

Detegat orbes, nec sit terris ultima Thule.

——辑录者注

皇帝身体好转了许多—圣尼凯斯街爆炸案—R***德·圣让·德·A***夫人①—两位皇后—约瑟芬的开销—皇帝逸事

11月9日，星期六

　　皇帝感觉好了许多。我们围着他坐成一圈，听他讲他早期军旅期间经历过的奇事。他说，世人肯定对此印象深刻。这时有人插嘴说，其中某件事还被人视为一个超自然现象呢。然后，他就细细讲起当时在巴黎沙龙中被传得沸沸扬扬的这件神奇的小事。有一天，一个记者大惊失色地跑进首都的一个区，冲到人群中，说波拿巴不久前死了。他细致地描述了爆炸事件的始末，最后说："他就这样被炸上了天。"一个年纪大的奥地利人急不可耐地凑上来，竖着耳朵一直听着，听到这里惊呼："他？被炸上了天？"他见证了这个年轻的意大利军总司令如何多次奇迹般地死里逃生，说："他被炸上了天？啊！您对这个人一无所知。我敢打赌，不一会儿，他就会生龙活虎地出现在你我面前。我太了解他了，太了解他这些惯用伎俩了！"

　　人们还提到了R***德·圣让·德·A***夫人。②有人告诉皇帝，他在厄尔巴岛期间，这位夫人很怀念他。²⁹⁵皇帝又惊又喜地问："谁？她？""没错，陛下。"皇帝一脸遗憾的样子，说："唉！可怜的女人！我对她那么糟糕！算了，就算是我在无数背叛中得到的一点儿弥补吧！"沉默了一会儿，他意味深长地说："毫无疑问，只有经历了大难，人才能看清他人的为人和心意！"

　　晚饭的时候，皇帝觉得神清气爽、心情愉悦，庆幸自己没有吃药、没向医生进贡，就渡过了这场身体上的劫难。有人说，这正是叫医生不

---

① 1840年版本此处标题为"雷尼奥·德·圣让·德·昂热里夫人"。
② 同上。

痛快的地方哩；他本来只打算收一点儿贡品、一点儿小心意，就像教士接受告解后会收一点儿小钱一样。皇帝听了哈哈大笑，说他先前出于好意，用了一点儿漱口水，觉得这东西辛酸刺鼻，让他觉得很不舒服。这让他得出一个结论：他连最温和的药剂都接受不了，更别提那些让他一看就紧皱眉头的药了。皇帝说："我的身体和精神一样，只肯接受温和的东西，除此之外，任何东西都让我受不了。"

说着，皇帝又谈起了约瑟芬和玛丽-路易丝两位皇后。他回忆了许多和两位皇后有关的无比温馨的小事，最后用他一贯的口头禅做结语：她们一个是美惠女神的化身，另一个无比纯洁、光彩照人。

皇帝非常细致地讲述了在马尔梅松的开销：他在那里花了三四十万法郎；换言之，当时他所有的钱都被用在了马尔梅松。之后，他数了数约瑟芬皇后从他那里得到的一切，得出一个结论：哪怕约瑟芬花钱稍微节制一点儿，她都可以攒下六七千万法郎了。皇帝说："她花钱如流水的派头令我头疼不已。我是多么精打细算的人啊，我宁愿送出100万法郎，也不愿意看到10万法郎被浪费掉。"他告诉我们，有一天，他无意中闯进约瑟芬的晨会，看到一位夫人正拿着一封信向她推销最新的服装样式和布料。他说："我突然出现，[296]让流行研讨会乱成了一团。正说话的那个女人是知名服饰商，当时极受追捧。我先前已经明言不让这个女人再接近皇后，说她就是个祸害。我当即悄悄发布了几道命令，这个妇人一离开皇后，就立刻被人强行带走，送到比谢塔去了。这个消息传出后，巴黎一片哗然。人们说，我这么对一个女人，实在有失风度。没过多久，人们就争先恐后地去牢里探望这个服饰商，监狱每天可谓是车水马龙。警务部把这个消息告诉了我。我说：'随他们的便；不过，你们没有在狱中虐待她吧？没把她关进单人囚牢里吧？'下属回答：'没有，陛下，她住在一个套房里，还有客厅呢。''那就好，随她去；人们如果觉得这是暴政，那也没关系。许多人能从中得到警告。我要借敲打个别人告诉他们，我能做的不止这些呢。'"他还提到另一个大名鼎鼎的服饰商，觉得他是自己一生中遇到的最傲慢无礼的一个人。拿破仑说："有一天，我因为他供应的一些布匹找他问话，他竟然反过来教训我。还没人敢这么对我说话呢。他对我大说特说，意思是我给约瑟芬皇后的钱不够她花，说他没办法以低廉的价格给皇后置办衣物。他侃侃而谈，但我一个眼神就让他闭嘴了，之后他就像只木鸡一样老实待在那里。"

晚饭后，皇帝刚回房，就把我叫了过去。他已经躺在床上了，但依然把我留到很晚才让我回去。皇帝兴致勃勃地继续谈晚饭期间的话题，之后又聊了许多。他说，他觉得自己身体好了很多，所以才喋喋不休地说了那么多。我们着实度过了一个非常美好的夜晚。然而，皇帝一直都在咳嗽。正因为他咳嗽不止，我们的夜谈才终止，他不得不离开书桌。他对我说："我可能不知不觉地吸了太多鼻烟。我是一头跟着习惯走的兽，完全沉浸在谈话中，忘了其他。朋友，下次遇到这种情况，您就把我的鼻烟壶收走；您若要帮助您爱的那些人，就应该这么做。"

在大路上打仗—杜穆里埃比拿破仑还要大胆—和威尔士公主夏绿蒂、利奥波德·德·萨克森-科堡亲王有关的小事

11月10日，星期日

*297*这几天，皇帝一直在读讨论战争、堡垒、炮兵部队的书籍。他翻遍了沃邦写的大革命时期的战役、加森迪写的军事词典、吉贝尔写的《战术总论》，对最后这本书爱不释手。说到这里，他又说起先前多次

提及的一些将领，说："他们只知道在大路上、在大炮射程范围内打仗，可他们的战场实际上涵盖整个地区。"

晚饭时，皇帝聊起了他刚读到的描写杜穆里埃在香槟地区战斗的书籍。他看不起布伦瑞克公爵的作战方案，说他在40天里只前进了18古里。另外，他觉得杜穆里埃也有许多令人诟病之处，因为他选阵地的时候太鲁莽了。皇帝说："我认为这说明了许多问题。我觉得自己算是有史以来打仗最敢冒险的一个人了，可我若是杜穆里埃，那时我还是会犯怵的，因为这简直是把脑袋挂在裤腰带上。我只能用这个猜测来解释他的战术：他不敢后撤。也许他觉得后撤比留在原地更危险。惠灵顿在滑铁卢时，也处在这种境况中。

"法军是世上最英勇无畏的一支军队。无论在阵地上遇到敌人怎样的进攻，他们都敢反击；但在敌军占领上风后，他们不懂后撤这门艺术。只要稍微吃了个败仗，他们就溃不成军，再无纪律可言，撒丫子溜之大吉。我想，杜穆里埃正是考虑到了这一点，才冒险行事。又或者，这里面有我们不知道的暗中协商。"

我们在当天的新闻上读到一则婚讯，威尔士公主夏绿蒂嫁给了利奥波德·德·萨克森-科堡亲王。

皇帝说："这个利奥波德亲王本要当我的副官。他为此求过我，但我不知道后来这事被谁给拦下了，所以没成。幸好没成，否则这桩美好姻缘就没戏了。人一生中遇到的事到底是福是祸，谁又料得到呢？"

之后，我们谈起了英国公主夏绿蒂。有人说，她在伦敦深得民心，在许多事上表现出坚韧的品格；英国人都觉得她会成为第二个伊丽莎白女王，她自己似乎对此也不是没有想法。这人[①]还说，他1814年在伦敦

[①] 此人即拉斯卡斯自己。

的时候，恰好发生了一件事：公主的母亲在反法联盟众君主跟前遭到冒犯，公主非常愤怒，直接从她的父亲摄政王储的宫中跑出来，拦住她遇到的第一辆车，去了她深爱的母亲那里。当时英国人在规矩上开始通融，大家普遍觉得公主此举虽有不妥，但事出有因，她是因为品德高尚才这么做。公主不肯离开母亲，据说是约克公爵还是她另一个叔叔和英国掌玺大臣一道前去说服公主回到父亲身边，说她再固执下去会置她的母亲于危险之中，她这才肯回去。

从拒绝嫁给奥兰治亲王这件事，我们就可以看出夏绿蒂公主的果敢性格。她说，她之所以拒绝这桩婚事，是因为自己不愿离开英国。这份爱国之情让她在英国更受欢迎了。

当时在场的英国人言辞凿凿地告诉我们，和萨克森-科堡亲王的这桩婚事完全是公主自己的选择。他们还说，她曾公开宣称希望自己过上幸福的生活，因为她纯粹是在情感的指引下才做此选择。据说，她非常喜欢这位亲王。皇帝说："我相信这件事的真实性。如果我没记错的话，这位亲王是我在杜伊勒里宫见过的最漂亮的小伙子呢。"几天后，有人告诉我们，那几个英国人后来还讲了一件足以证明他们未来女王思想品格的事。[299]他们说，在举办婚礼前，有位大臣来到她的宫里，想敲定仆人这种小事。公主高傲地对他说："阁下，我是大不列颠的继承人，会在某一天戴上王冠。我知道这一点，我的灵魂也在为这个崇高的使命努力。所以，不要打算用别的方式来对待我。别让人觉得，我嫁给利奥波德亲王后就甘愿只当科堡的女主人。把这些想法从您脑子里丢出去。"

这位年轻的公主成了英国人的偶像，他们把自己对美好未来的希望都寄托在了她的身上。

皇帝把话题转回那个差点儿成为他的副官的利奥波德亲王身上，

说：" 当时，一大帮德意志亲王想得到这份恩宠。我成立莱茵河同盟后，同盟里的君王觉得我肯定会把神圣日耳曼帝国的礼仪搬到自己身上。他们所有人，甚至包括一些国王，都迫不及待地要当我的廷臣，一个要当我的大司酒官，另一个要当我的仆役总长。当时，德意志亲王君主络绎不绝地来到杜伊勒里宫，挤在大厅里，乌泱泱地站在一起，叫人根本分不清谁是谁。里面还有意大利人、西班牙人、葡萄牙人。总而言之，欧洲最显要的那群人当时都挤在杜伊勒里宫。实际上，自我执政以后，巴黎就成了各个民族的女王，法国人就成了世界上的一等公民！"

许多非常重要的事—《亚眠条约》的谈判；第一执政官涉足外交界—把各国人民凝聚起来—谈征服西班牙之举—俄国的危险之处—贝纳多特

11月11日，星期一

皇帝今天没有离开他的房间。我几乎一整天都待在他身边，只有晚饭时才离开了一小会儿。

[300]我们白天聊了很久，话题非常丰富，内容极其有趣。皇帝变得非常健谈，说起话来又快又多。他说了许多彼此之间毫不相干的事，以非常自然的方式在各个话题间自由切换。我听到了许多新的思想和事情，可惜由于话题庞杂、内容重要，我只能向读者泄露其中的一部分。[①]但我敢保证，我记在这里的都是皇帝的原话。毕竟我最主要的工作就是记住发生的一切，虽然我总被接下来发生的事情分散精力。

说到社会方面的事，皇帝说："民主制是狂暴的，但它心软，是可被打动的；可贵族制一直都是冷冰冰的，是绝不原谅的。"

---

① 之后到本段末的内容在1840年版本中被删。

后来，他接着上次话题，说："人世间的所有制度都有两面性，既有长处，也有缺陷。例如，共和制和君主制都既有可取之处，也有应当被反对和抵制的地方。当然了，我们很容易从理论上证明这两个体制都很好，但要通过实践来证明优劣，那就难多了。"他还说，多数人的统治走到极端，就成了无政府；一个人的统治走到极端，就成了专制。最好的办法是取个恰当的中间点——如果人类智慧可以维系平衡的话。皇帝还说，这些真理已被人反复陈述，几乎成了老生常谈；人们为此写了无数本书，却仍没找出更好的办法。

皇帝还说过这些话："世上没有绝对的专制，只有相对的专制。人不可能把所有权力都攥在自己手里，还不受权力的反噬。如果一个苏丹随随便便就让别人掉脑袋，那很快就轮到他自己被人随便砍掉脑袋了。所以，你在这边满溢，另一边就衰微了。若大海吞没了某块地，肯定会吐出另一块。我在埃及的时候，是征服者、统治者，是绝对的主人，靠简单的每日军令向庞大的人口发号施令，[301]但我从不敢抢劫居民，更不可能阻止百姓们在咖啡馆里随意聊天。他们比巴黎人更自由、更敢说、更独立；即便他们在其他方面活得像奴隶一般，但至少在咖啡馆里时是自由的。咖啡馆就是他们的自由城邦，是他们交换意见的大集市。他们可以在那里毫无顾忌地评价和谈论一切，没有人会走上来堵住他们的嘴。如果我走进一家咖啡馆，人们的确会向我弯腰致敬，但这只是为了表示个人的尊敬罢了。而且他们只向我致敬，根本不会对我的随从有任何表示。"

皇帝还说："法国当初屈从于多数人的政治，那时的它差点儿死在欧洲联合架起来的枪炮下；之后，它把船舵交给一个人掌管，很快，我——第一执政官，就为整个欧洲制定了法律。不管怎么说，这就是统一中央集权制展现出的威力，连最平庸的人都被这些事实说服了。

"有意思的是，欧洲那些老古董内阁却看不出这一变化有多么深远的意义，继续用离散分权的那套方式去对抗中央集权。同样值得注意的是，被人当作疯子的沙皇保罗第一个认清这一变化，那些以足智多谋、老练精明而著称的英国内阁大臣却最后才反应过来。保罗一世给我写信，说：'我把你们革命中抽象的东西丢到一边，认准一个事实就够了：在我看来，您就是政府。我和您说这个，是因为我们相互理解，我能和您讨论这些。'

"至于英国内阁，我只能打败它、逼迫它谈和、把它从其他欧洲国家中彻底孤立出去，才能叫它听我的话。可它即便和我谈判，也依然抛不掉陈规旧习。它企图拖延时间，搬弄烦琐的外交礼节、旧例、规矩，制造意外，以此来戏弄我。我呢？一笑了之，因为我知道自己是强大的！！！

"一个全新的局面，需要全新的手段和流程。英国的谈判专家似乎既不担心时间，也不担心它在人力物资上的消耗。但我的手段让他们完全迷糊了。我在外交界的开局，和我在军队里的开局如出一辙。[302] 我从一开始就把我的提议告诉了他们：我们已经控制了荷兰和瑞士，我可以放弃它们，但前提是你们要把我们或我们盟国的东西物归原主；我们还控制了意大利，我可以交出一部分，保留另一部分，好让各方都得到保全。这就是我的底线。你们可以在这个基础上提出你们的条件，我并不在乎这些，但谈判的目的和结果要如我刚才说的那样。在这点上，我不会做出任何让步。我根本没想过你们能让点东西给我，但我要求合理、体面、持续的安排，这就是我圈出来的东西。在我看来，我们当前的形势如何、有哪些手段，你们应该一清二楚。我不害怕你们的拒绝，也不畏惧你们设立的任何障碍。我有强有力的胳膊，不介意拿重物来练练手。

"这番人们在外交界从未听过的话起了作用。在亚眠谈判期间，英国人先前的确只想戏耍我，但之后他们认真起来了。由于不知道从哪里说动我，他们就提议让我当法国国王。那可真是个好点子！国王？还是外国恩赐的国王？可在人民的意愿中，我已经是君王了！……

"我有那么大的影响力，甚至还在谈判期间得到了意大利人授予的共和国总统这个头衔。若走欧洲常规外交手段，此次谈判能横生多少波折、遇到多少阻碍啊。可事情就这么定下来了。我通过开诚布公，没落入敌人的外交陷阱，取得先手。人们写了许多诽谤的小册子和抗议信，说我阴险狡诈、在外交谈判中毫无礼数、不讲规矩。这些手段对欧洲其他内阁政府也许管用，可我油盐不进。

"在亚眠的时候，我真心认为法国、欧洲以及我个人的命运已经确定，战争结束了。是英国内阁重燃战火，欧洲后来遭遇的一切祸害通通都要怪在它身上，它才是始作俑者。我呢，我当时一心只想好好治理法国，相信自己可以创造奇迹。我本可以在荣誉上毫无损失，本可以获得许多快乐，本可以拿下欧洲[303]（虽然后来我靠武力做到了）。我被剥夺了多大的荣耀啊！

"人们总说我迷恋战争，但我一直以来的行为难道不是最好的自我辩护吗？每次取得重大胜利后，我是不是都立刻、主动地提议谈和？

"实际情况是，我从来都是身不由己，我从未真真正正地做过自我。我有了许多设想，但我从未自由地实现我的想法。我掌着船舵又有什么用？不管我这双手多么有力，海浪的威力却大到能把我为抵抗它而做的一切努力化为泡沫。我从未真正当过自己的主人，总是被形势所控。所以，在我刚刚崛起的时候，也就是执政府时期，我的挚友和热心追随者出于好意，也想为自己接下来的行动寻到方向，经常问我一个问题：我打算走到哪一步？我一贯的回答是：我不知道。他们非常震惊，也许还有些不满，但我说的是大实话。后来，在帝国时期，敢这么问我的人少了，但许多人的脸上依然写着同一个问题。我还是原来的回答。实际上，我从未真正做过自己的主人，因为我还没狂妄到试图强迫一切事物来迎合我的想法的地步。相反，我常常因为突发的连续事件而被迫修改自己的构想。正因为如此，我才经常表现得那么朝令夕改、前后不一，并为此遭到许多指责。可这些指责公平吗？"

又谈了其他许多事后，皇帝继续说："我最大的心愿，就是看到被革命和政治分解、割裂的，在地缘上属于同根同种的各国人民凝结、团结成一个整体。四分五裂的欧洲有3000多万法国人、1500万西班牙人、1500万意大利人、3000多万德意志人，我意欲把所有人民都变成一个民族。带领这样一个民族走向未来、接受数世纪人的祝祷，这是多么崇高的一件事啊。我觉得自己配得上这一荣光！

[304]"通过这番简化，我们才更有可能去实现理想文明这一不切实际的计划。在这种状态下，我们才更有可能在各个国家建立统一的法律、理念、思想、情感、舆论和利益。那时，在被传播四海的知识照耀下，人们会生出一个梦想：在欧洲大家庭中尝试建立美国议会制或希腊的近邻同盟制。那时候，欧洲将何其强大、幸福和昌盛啊！那是一个多么美好、多么伟大的设想啊！

"把三四千万法国人凝结起来，这件事已经被完美地实现了；把1500万西班牙人凝结为一体，这件事差点儿也做成了。不过把意外说成规律，这不过是上唇碰下唇的活儿；因为我没能降服西班牙人，有的人就说他们是不可征服的。但事实是，他们已经被征服了。即便在他们快从我手里逃脱的时候，加的斯议会仍然在秘密和我们进行协商。所以，我没做成这件事，不是因为西班牙人的抵抗，更和英国人从中作梗无关，纯粹是因为我失误了，因为我在远方吃了败仗，因为我把所有兵力派到离西班牙有千里之遥的地方，在那里全军覆没。不可否认，如果我迅速前往西班牙，奥地利不仅不会向我宣战，还会留给我四个月的时间，让我待在西班牙，那时我就能了结一切了。①西班牙政府将得到援助，人心将得到安抚，各方势力将重新联手；再过三四年，西班牙将得到长久的和平、³⁰⁵令人瞩目的繁荣，西班牙人将成为一个紧密团结为一体的民族。那时，他们自然会对我感恩戴德！我本可以把他们从如今正在遭受的暴君统治中解救出来，我本可以让他们免遭暴乱之苦。

"至于那1500多万意大利人，把他们凝聚起来的工作也已取得了深远的进步，只等时间孵化出结果了。每过一天，他们就在原则和立法、思想和情感上往统一的方向迈进一步，天下一体的基石得到进一步的巩固。把皮埃蒙特、巴马、托斯卡纳、罗马并入法国，这只是我的远大设想的临时过渡措施，我只为了一个目的才合并它们：监督、保障和推动意大利的国民教育。②³⁰⁶您看，我判断得没错吧。统一法律具有多大的

---

① 在这个话题上，拿破仑说过这句话："一军主帅必须留在军中，他是军队的头颅和灵魂。从前征服高卢人的不是罗马军队，而是恺撒；让共和军在罗马港口吓得瑟瑟发抖的不是迦太基军队，而是汉尼拔；一直打到印度河上的不是马其顿军，而是亚历山大；把战线推进到威悉河和因河的也不是法军，而是德蒂雷纳；在七年里守住奥地利并与欧洲最强大的三个国家相抗的不是普鲁士军，而是腓特烈大帝。"（出自《拿破仑回忆录》第三卷第90页）——辑录者注

② 这个计划的意义重大到不次于日后放弃意大利的决定，这是拿破仑首次漫不经心地抛出这个观点，且没有展开进一步的阐述，也没有任何支撑证据。我承认，我当初对它的确不够重视，觉得它不过是拿破仑谈得高兴了，随意抛出的许多论断中的一个罢了。但随着时间的流逝，我慢慢了解了拿破仑的习惯，才知道它完整的真正含义。通过各种途径加以核实，我方才知道这些言论的严肃性。我在这里补充这些话，是为了让读者不重蹈我的旧路，不要未经考察和研究就随意地轻视它们。

（转下页）

威力啊！被并进帝国的那些地区（虽然人们可能觉得这一合并是我方通过侵略才实现的），即便它们对意大利抱有爱国热情，仍对我们忠心耿耿。今天它们倒是回归了，却觉得自己被侵略了，过着不幸的生活——事实也的确如此！

"欧洲中部本也可以在不久之后，在思想、观点、情感和利益上团结成一块坚石。到时候，就算北方所有民族都团结起来，又能有多少分量呢？他们得付出多少人力物力，才能冲破这道铜墙铁壁呢？

例如，在皇帝口述给蒙托隆的回忆录第一卷第137页，我惊喜地读到了对我记录下的这句简单的话的详尽阐述，特将其誊抄在这里。

书中记载："拿破仑想要重建意大利国，把威尼斯、米兰、皮埃蒙特、热那亚、托斯卡纳、巴马、摩德纳、罗马、那不勒斯、西西里、撒丁岛合并为一体，组成一个被阿尔卑斯山、爱奥尼亚海、亚得里亚海、地中海包围起来的独立国家。这就是他要在自己的光荣勋章上添加的一个不朽的战利品。这个强大的王国将在陆上牵制住奥地利；它的军舰将和土伦的军舰联手，成为地中海的统治者，保护那条经红海和苏伊士到达印度的经商古路。罗马作为这个国家的首都，将成为一座永恒的城市；它有阿尔卑斯山脉、波河和亚平宁山脉的保护，比其他任何城市都更接近这三座大岛。然而拿破仑要克服很多障碍，他曾在里昂元老院会议中说：'我需要20年，才能重建意大利民族。'

"为了实现这一伟大计划，他要克服三大难关：第一，占领意大利的外国列强；第二，地方思想；第三，常住于罗马的教皇。

"里昂元老院会议之后，十年时间过去了，第一大难关已被彻底扫除，任何外国列强在意大利再无占领地，意大利完全归皇帝掌管。威尼斯共和国、撒丁王国、托斯卡纳大公国解体，圣彼得的遗产被并到帝国中，第二个障碍也被克服了。房屋建造者若要把细小的钢材变成巨大的梁木，就必须先把它们丢进熔炉里，重塑它们，把它们熔为一体。同理，那些小国要么被并入奥地利，要么被并入法国，这么做是为了让它们抛下自己对过去的留恋、对未来的抱负，把它们变回一个个分子，为未来的融合做好准备。威尼斯被并入奥地利好几年了，一直品尝着臣服于德意志的苦果。只要能回到意大利的怀抱，威尼斯人并不在乎自己的城市是否是首都、自己的政府是不是贵族制。在皮埃蒙特、热那亚、罗马这些在法兰西帝国的巨变中被撕裂的地区，也会发生相同的革命。

"现在再也没有什么威尼斯人、皮埃蒙特人、托斯卡纳人了，半岛上的所有居民都是意大利人，所有人都准备建立伟大的意大利国家。为了那个临时顶替了那不勒斯王位的王朝，贝格大公一位一直空缺。皇帝迫不及待地等着他第二个儿子的出生，到时他将把这个儿子送上意大利的王位，宣布这个美丽的半岛独立，并由欧仁亲王摄政……"——辑录者注

"要把德意志人凝聚起来，[307]这需要更多的时间。我唯一能做的，就是把他们纷繁复杂的问题通通简化。这不是说德意志人没有准备好凝聚成一体；相反，他们已经为此做好了充分的准备。他们还没有理解我们的良好意图，就冒失地站出来反对我们。为什么没有一个德意志君主正确认识和利用他们的民族精神呢？可以肯定的是，我若是一个德意志君主，面对那个时代的重重危机，我定会把3000万德意志人团结起来。根据我对他们的了解，我敢说，只要他们选我为王，就绝不会抛弃我，此刻我就不会在圣赫勒拿岛了……"

之后，皇帝发出痛苦的叹息，总结说："不管怎样，欧洲凝结为一体这件事，迟早会在一些不可抗力的推动下实现。这个推力已经有了；我认为，在我倒台、我的体系走向崩溃之后，欧洲若想再取得平衡，就只能把重要的国家团结和凝聚起来。哪个君王能在第一场大混乱中从心底拥抱人民的利益，他就能成为整个欧洲的头领，可以做任何他想尝试的事。

"如果现在有人问我，为什么我不把这些想法透露给大家，让公众自由讨论？它们也许会深得公众欢迎，为我争取到民心，因此极大地巩固我的地位！我的回答是：人的恶意从来比善心更活络；直到今天，恶的势力仍大过了善的力量，它能把白天说成黑夜。把这么重要的事交给公众讨论，那无异于把它们拱手让给帮派、阴谋、偏见、流言蜚语去宰割，只能收获轻视和反对的声音。所以我觉得，最稳妥的做法是秘而不宣。就这样，我身上笼罩上了一层神秘的光环，引来大众的关注和追捧，所有人都被这种故意营造的神秘感吸引了；最后我再表明意图，得到大众的喜欢和支持，我的想法自然就变成一股不可抵挡的潮流。正是出于这种考虑，我才迫不及待地去了莫斯科。[308]如果我徐徐图之，一切都做成了，但我等不了。我打拼的事业和我对未来的构思，给我的人生履历和成功披上了一层超自然色彩。"说到这里，皇帝转而谈起对俄之战，其中许多内容我在前文已经说过，所以我只挑了新的东西放在这里。

皇帝说："这是另一件人们错把意外当作定律的例子。我在俄国人那里铩羽而归，于是人们又说俄国人是不可战胜的。但这种论断的依据是什么呢？去问问那些最懂指挥、最有见识的人吧！去问问沙皇亚历山大本人，问问他当时的想法吧！难道我是被俄国人打败的？不！我的失败纯属意外和命定的不幸。一开始，俄方在外国势力的煽风点火下，不顾城中百姓的死活，放火烧了首都。然后，冬天突然不期而至，人们从来没经历过这么早、这么冷的寒冬。另外，一大堆错误的情报、恶心的阴谋、背叛、蠢事接踵而至，总之，许多事在一天同时发生，这些足以解释为何我在外交和战场上犯下了两大错误。其中一个，就是我在这次远征中把两支从来没有真正为我所用的军队留在侧翼（后来它们还成了我的后方军），只要我稍有闪失，它们就会转头对付我。总而言之，若用一句话来概括我腹背受敌的处境，可以这么说：这场著名的战争、这次大胆的征伐，其实不是我自愿发起的。我根本不愿发动战争，亚历山大也是如此。然而一旦面对面了，我们只能被形势推着往前走，接下来的一切就看命运的安排了。"

说完这话，皇帝陷入深深的沉默中。之后，他恍如突然惊醒一般，接着说："当时，世界的命运掌握在一个法国人的手上！如果他有足够深远、与时俱进的思想和眼光，如果他真如自己声称的那样是个好的瑞典公民，他就能让选他为王的那个国家夺回曾经的荣耀和权力，收复芬兰，在我赶到莫斯科之前就抵达圣彼得堡。然而他被私人情绪所主宰，^309 被愚蠢的虚荣心和狭隘的成见迷住了双眼。这个从前的雅各宾党人成了正统合法君主的吹捧对象，他被他们的逢迎之词冲昏了头脑。在俄国人的甜言蜜语中，他和沙皇结成联盟、成为朋友。有人断言，沙皇曾向他暗示：如果他和自己的妻子离婚，可以娶沙皇的一个妹妹为妻。此外，一个法国亲王①也给他写信，说自己非常愿意看到贝阿恩成为他们两大家族诞生的摇篮！贝纳多特！②贝纳多特家族！③

"被灌了迷魂药的他牺牲了从前和现在的祖国，牺牲了他的个人荣耀，放弃了他真正的权力、人民的事业和欧洲的命运！他会为这个错误付出惨痛的代价！一旦他完成了别人对他的期待，他就知道等着自己的是什么了。有人说，他已经后悔了，但他并没有赎罪。从此，他成了欧洲王位上的唯一一个暴发户；干下丑恶之事的人定会受到惩罚，否则他将成为一个多么危险的效仿对象啊！……"

皇帝在1815年并无自信—地米斯托克利—在1814年危机中，拿破仑曾想过复辟波旁王朝—费恩男爵写书讨论1814年危机—枫丹白露退位—《枫丹白露条约》
11月12日，星期二

皇帝说起他从厄尔巴岛回来、在滑铁卢后二次退位的事，就此发表了一些值得注意的评论。他说："说实话，在这两件事上，我再没有取得胜利的笃定感，再不像原来那么自信了。也许是因为我觉得自己已经过了备受命运关照的那个年纪，也许是因为我迷信地觉得保佑自己无往

---

① 1840年版本补充了"阿图瓦伯爵"几个字。
② 在1823年和1824年版本中此处为B***，从1830年版本起给出了具体人名。
③ 1840年版本在后面还补充了一句话："后面就是阿图瓦伯爵！"

不胜的那道符失效了。可以确定的是，我觉得自己身上少了点什么。陪在我身边的再不是冲我微笑的幸运女神，而是我想逃离的冷酷的命运女神。我在抗争中曾获得先机，但很快它就完成了复仇。我当时每取得一个优势，就迅速迎来失败，这是显而易见的事实。"

310 "我穿过法国，在国民的激浪中、在普天的欢庆声中走进首都。但我刚进巴黎，好像有人施了魔术一般，没有任何原因，人们突然就往后退，身边的人一下子对我冷淡起来。

"我搬出可信的理由，想真心与奥地利和解，并把一些可靠的使者派了过去。①可这时缪拉突然冒出来，煽动起义。维也纳认为他是得了我的授意，以小人之心度君子之腹，以为我的一切和解意向都是阴谋诡计，于是用阴谋来对付我。

"刚开战时，我大获成功。我本来可以震慑住敌人，可这时一个从我军将领部逃出去的叛徒②把我的作战方案透露给了对方。

"我在利尼战役中取得大捷，可我的一个中尉把胜利果实从我手中夺走。③后来我在滑铁卢取得胜利，但也同时坠入深渊。老实说，这一系列打击让我感到震撼，而不是震惊。我本能地觉得自己会以悲剧告终。这一预感并未影响我的任何决策和行动，但它如阴云一样一直萦绕在

---

① 其中有斯塔萨尔男爵，因为对拿破仑忠心耿耿而得到他的信任，故被派到维也纳会议中协商维持《巴黎条约》一事。但男爵还没走到林茨，反法联盟各国政府就摆出无比坚决的态度，拒绝和拿破仑进行任何沟通。不过维也纳还是间接地给斯塔萨尔传话，说在反法联盟公开表达敌意之前，如果拿破仑愿意为了他的儿子退位，奥地利可以表态支持他，不过前提是拿破仑要投靠他的岳父，后者会让他重新当上厄尔巴岛或其他某个地方的王。——辑录者注

② 即布尔蒙伯爵。（请看《人名表》）

③ 这里说的还是格鲁希。拿破仑对奥米拉说："没有他，我是可以拿下滑铁卢的。他本意不是要背叛我，但这个人缺乏魄力。当时叛逃的，其实是他的参谋部中的几个人。"

我的心头。"

下面这件事可以证明皇帝当时的隐隐想法，鉴于其重要性，我必须说出来。有一次，³¹¹皇帝在桑布尔河边，当时仍是早上，空气凛冽刺骨。皇帝走到一个露营地的篝火前，身边只有一个副官陪着（C***将军）。①篝火上架着一口锅，锅里煮着土豆。他叫人给他一个土豆，默默地啃了起来。吃完土豆后，他断断续续地说了几句话，话中透着浓浓的忧伤："还别说，这也挺好……好歹咽得下去……有了这些吃的，人在哪儿都能活。地米斯托克利啊……"然后，他继续上路。我回到欧洲后，从这位将军那里听说了这件事。他还告诉我，如果皇帝成功，这些话不会给他留下任何印象；然而大败之后，他读到皇帝写给摄政王储的那封著名的信，看到信中"地米斯托克利"这几个字，突然想起发生在桑布尔河边的这件事，心中大为触动。过了那么久了，他依然清楚地记得拿破仑当时的神情和语气，他从来都没忘记这件事。

如果人们觉得拿破仑在任何时候都如同他在行动和做决策时那样自信，那就错了。1814年1月，他离开杜伊勒里宫，投身巴黎附近那场让他不朽，也给他带来不幸的战斗中。临走前，他心中一直有种不祥的预感。还有一件事可证明他多有先见之明：从那时起他就确信身边大部分人从未想过的一件事：如果他倒台了，那就是由于波旁家族的缘故。他把这种想法透露给几个信得过的人，他们试图安抚他，反复告诉他波旁家族已是十几年前的事了，这一代的人早就把它忘了。他的回答是："你们想错了，它才是最大的危险。"他向国民自卫军军官发表演讲，点燃了在场所有听众的斗志。他对他们说："你们选了我，我是你们的

---

① 1840年版本明确说了是科尔比诺。

作品，你们应该捍卫我。"最后，他一只手牵着皇后，另一只手抱着罗马王，说："我去打败我们的敌人，^{312}走前把我最珍视的东西交给你们保管了。"在离开杜伊勒里宫的时候，他已预感到致命的背叛会在这个至关重要的时刻发生，于是打算束缚住一个可能成为阴谋主犯的人的手脚——事实证明，的确主要是因为这个人①作祟，他的统治才被颠覆。但因为国民代表团的关系，他没能执行自己的想法。几个部长甚至亲自担保，拍着胸脯向他保证：他怀疑的那个人比任何人都更害怕波旁家族的回归。拿破仑便放弃了自己的想法，但一再表达他的担忧，说他们和他也许会后悔的！！！……

下面这件鲜为人知的事也很重要，因为它证明了一点：在最紧急的关头，拿破仑心里一直想着波旁家族。法军在布里埃纳大败、从特鲁瓦撤军、被迫后撤到塞纳河，联军在沙蒂永提出屈辱性条约，被皇帝一口拒绝。当时他和一个朋友待在一起，被传来的一个又一个噩耗压垮，就如万箭穿心，变得无比消沉。可他突然跳起来，激动地说："我也许还有一个拯救法国的办法……如果我自己把波旁家族叫回来呢？看到波旁家族的人，联军自然会停住脚步，因为他们害怕背上表里不一的骂名：如果继续前进，他们就相当于承认自己的目标不是我个人，而是法国的土地。我可以为了祖国牺牲一切，我可以当法国人民和波旁家族之间的调停者，我可以强迫后者接受国民的法律，让他们发誓忠于现有协约。我的荣耀和性命可以成为法国人民的保障。至于我，我已经统治了那么长时间，我的人生充满荣光，最后落败也算不了什么。走下政坛后，我的地位反而会更高……"停了一阵子，他补充说，"但这个被驱逐出去

---

① 1840年版本在后面加了个括号，里面写着"塔列朗"。

的王朝，它会轻易原谅吗？……它会既往不咎吗？……波旁家族值得信任吗？……福克斯论复辟的那句著名箴言说得在理吗？"他满心痛苦和焦虑，扑到床上。没过多久，人们就把他叫醒，向他传达了布吕歇尔军队侧翼的动向——他当时正密切关注着这支军队。^{313}拿破仑跳了起来，抱着一如既往的统领三军的精力和气魄，缔造了尚波贝尔、蒙米拉伊、沃尚、蒂耶里堡、楠日、蒙特罗、克拉奥讷等一系列奇迹般的胜利。面对这些胜利，亚历山大和英国人瞠目结舌，甚至打算回到谈判桌上。这些胜利本可以改变全局，但接下来发生的意外彻底打乱了拿破仑的计划，它们完全超出了人力可控的范围。例如，重要指令没被送到副王身边、缪拉败北、某些将领的软弱和疏忽；最后，哪怕法国成功地让奥地利皇帝疏远了其他联军君主，可这一计划的成功反而让其他君主决意单独行动，导致皇帝在枫丹白露退位。此事继而对法国的命运和道德风气产生了深远影响。

啊！你们这些哲人、思考家、人类灵魂的描绘者啊，把你们的视线投到枫丹白露上吧，想想这位最伟大的君王是怎么陨落的吧！看看这位不幸的英雄身边的那些人吧！他们从他那里得到了多少宠信、荣誉、财富啊！可当命运站在他的对面时，他们立刻抛弃了他、背叛了他，甚至企图羞辱他！去看看他们中最有地位、最受宠信、最得信任的那个人吧！我们伟大的君王向他投注了多少情感啊，视他为自己最亲密的伙伴和朋友！可这个人呢，自甘堕落成一个马穆鲁克：一旦他的主子走向末路，他就再不为其效力了。①

---

① 即鲁斯坦。（请看《人名表》）

在枫丹白露，就在形势危急到无以复加的时候，拿破仑正在和某人说话，这时，一个深得他宠信的伙伴跑到他跟前，求他允许自己回到巴黎。他说自己只回去一会儿，迅速安排好一些私事后就立刻回到皇帝身边，再也不离开他。然而，拿破仑一眼就能看穿一个人的灵魂。那个人前脚刚走，³¹⁴皇帝就中断谈话，对他的对话者说："您看到刚出去的那个人了吧？他正在堕落之路上狂奔呢。不管他刚才和我说了什么，他都不会再回来了。"①实际上，这个叛逃者已经冲着他新的太阳奔过去了。他刚感受到这个太阳的温度，就立刻抛弃了他的恩人、朋友和旧主！……后来他提到拿破仑时，竟然用"这个男人"来指称他！！！然而，拿破仑对人性的弱点是多么宽容啊，他已经超脱了私人的仇怨心态。从厄尔巴岛回来后，他还为自己没能见到那个叛徒而倍感惋惜，笑着说："我猜这个小鬼怕我了，不过他没必要害怕什么。我对他唯一的惩罚，也许就是叫他穿着新官服前来见我。②人们告诉我，他穿着这身衣服的时候比平常要难看许多。"③

这类丑恶的事不知道发生了多少！我还知道这么一件事：有个大人物从枫丹白露出来后，干了一件龌龊事；3月20日，他却觍着脸跑到杜伊勒里宫请求皇帝接见。当时，众人不知是有意还是无心，一个个都疏远了他，他因此惶恐不安。有个人虽然知道他做过什么事，但不愿让过去的不快扫了众人的兴致，便跑到他身边，好心地解了他的围。

不过，在费恩男爵的《1814年手稿》中，我们却预感到来自未来的

---

① 1840年版本在后面加了个括号，里面写着"巴萨诺公爵"。
② 1840年版本在后面还补充了一句话："就是路易十八的护卫军军服。"
③ 接下来的这段话在1840年版本中被删。

一抹悲惨、痛苦的色彩。①人们可以从里面知道……不！不对！³¹⁵他们不会知道任何新的东西……无论在哪个国家、哪个时期、哪种环境中，廷臣永远都是一个样。我们须记得，那个时候，拿破仑的阵营已然是个宫廷了。不过，历史自会还人公道……请有些人免开尊口，别再说什么他们是为了祖国的利益和福祉才这么做。对这些人而言，个人的荣华富贵才是最紧要的，什么爱国精神都得往后靠。我再说一遍，历史自会还人公道。能还人一个公道的是历史，而非我们，因为我们这一代人甚至都不配得到公道这一可悲的名节！我们当初在哪里表达过自己的愤懑？我们在哪里正式地、发自肺腑地表达过自己的反对？行吧，就算这一点完全和政治无关吧。可问题不在于人们支持哪方利益，而仅仅在于他们宣扬了什么道德。请大家不要以为我发出这番愤世嫉俗的感叹，就意味着我对所有人的灵魂持悲观态度，是在抨击全人类。事情绝非如此。我知道，非常时刻也是考验人心的真正时刻，尽管有这么多龌龊和丑陋，但最伟大的英雄主义、最崇高的道德精神依然在那个时代绽放出璀璨光

---

① 当时的内阁首席秘书费恩男爵，出版的《1814年手稿》，记录了发生在该时期的重大事件。

这本书叙述了当时一些重大却鲜为人知的事情，尤其详细地记叙了不朽却短暂的1814年战争。其文笔之生动、笔触之真实，是其他类似作品都无法比拟的。那是一段真真正正的奇迹时期，拿破仑在其中展现出超人般的智谋、钢铁般的意志、超强的行动力、坚忍的耐力、过人的勇气。没有什么能和他创造的奇迹相提并论——除了一小群不知疲倦地战斗着的勇士。他们仿佛没有任何生理需要一般，不休不眠、不吃不喝地对抗着袭来的一浪又一浪的敌人，他们永远都在行军的路上，一直都在战斗，一直都在夺取胜利。

费恩男爵给我们描绘了一幅幅足以激起我们民族自豪感的画面，人民为此对他深表感激。

在讲述战争、混乱和骚动的段落中，他时常对拿破仑的品格和灵魂进行无比鲜明的刻画。对于那些像我一样格外关注拿破仑的细节形象刻画的人而言，这些篇章无异于一顿饕餮大餐；另外，对于大多数读者来说，此书也可以和本书形成对照，他们可以看看这两个互不相识的作者对两个截然不同时期的描写，从细节中找到有趣的对照。*——辑录者注

* 这个脚注在1840年版本中被删。

芒。所以，光荣属于那群老兵，他们用苦涩的泪水证明了自己发自心底的悲痛！光荣属于无数低级军官，他们可以为了一句话而抛洒热血！光荣属于那些善良的农民，[316]他们自己都食不果腹，却跑到大道上，把最后一口面包送给我们的战士，帮助勇士保卫祖国！光荣属于慷慨大方的公民，他们高尚的情操超越了一切阶级、性别和年龄！虽然我们内心充满愤怒，但仍被这一切深深打动了！……[1]

皇帝在圣赫勒拿岛上口述了自己在枫丹白露退位、前往厄尔巴岛这段时间的事。由于记忆不佳，我没能记住所有细节，也没有什么笔记为佐——当时我为了尽快完成自己负责的回忆录工作，忙着翻看皇帝向其他人做的口述，以确保自己的记录无误。所以，我在这方面不能提供更多信息，唯一能给的就是我记录下的拿破仑谈话和其他不容置疑的证据。[2]

1814年，在形势迫在眉睫、大厦将倾的时候，尤其是联军进入巴黎之后，大部分将领已经动摇了。某些人身上的自私主义高过了爱国精神，相比什么义务、名誉、荣耀，他们更在乎个人享乐。国难当头，他们不仅不想着抵御外敌，还加速了帝国的崩塌。一批军衔最高的将军

---

[1] 从这里到第324页的前三段话在1840年版本中被删，取而代之的是这段话："毫无疑问，看到枫丹白露那个时候的样子，拿破仑一直埋在心底的所有精神压力被突然释放出来。他不是打了败仗，而是倒在了叛徒的手上；任何一个高尚的人知道了他的遭遇，定会感到义愤填膺或心碎肠断。他的战友抛弃了他，他的仆人背叛了他；他们一个人出卖了他的军队，另一个人出卖了他的国库。那些被他扶持起来、荣誉加身的人，转头就来攻击他。曾经对他大唱赞歌的元老院昨天还承诺要给他充足的新兵去对抗敌人，第二天却迫不及待地去当敌人的工具。在敌人刺刀的逼迫下，他们痛骂和斥责拿破仑的犯罪行为，可明明他们才是罪魁祸首；他们卑鄙地打碎了自己亲手打造、长期以来一直对其顶礼膜拜的偶像雕塑！还有比这更耻辱的事吗？还有比这更龌龊的行为吗？最让拿破仑大受打击的是，连他的妻子和儿子都离开了他。人们控制了他们，且无视一切协议和法律，蔑视一切道德，再没让他见他们一面。"

[2] 拿破仑口述的《厄尔巴岛和百日王朝》被贝特朗记了下来，但直到《拿破仑书信集》第三十一卷出版时，这篇文章才被收进其中，才得以问世。

大胆建议皇帝退位，宣称这已是必然之势。有的人甚至向皇帝暗示，士兵已对皇帝生出不满和愤怒，他们若做了什么事，自己概不负责。拿破仑告诉我们："情况其实完全相反，士兵和军官当时对我依然忠心耿耿。我回来后若让他们知道了当时那些人编织的阴谋，这些罪犯肯定没命了。只要我一句话，士兵就能把他们撕成碎片。"皇帝有一次巡查军队，士兵群情鼎沸、慷慨激昂，似乎经历过这场不幸后，他们更加在乎皇帝了。他们对他的爱从来没有如此炽烈。拿破仑说："这些勇士和我是一体的，我们之间有着强烈的共情，我从不怀疑他们的忠诚。"

在那个极度危急的时刻，皇帝认真思考了他还能做什么。[317]他手上还有三四万士兵，这是全天下最精锐、最忠心的队伍；他可以随意处置那些背叛了他的将领，毫无忌惮地把他们撵走。在那种形势下，他先后想过三种办法。

第一个，就是返回巴黎。他当时以为，世上没有哪个将军会大胆到敢在那里和他决战，把这座伟大的首都变成焦土。皇帝说："只要听到我的号令，首都所有人都会站出来，我一下子就会招募到20万人的军队。联军在撤退期间可能会焚烧巴黎，到时候人们会把这笔账算到我的头上。的确，烧毁巴黎可以拯救法国，就像烧毁莫斯科一举救了俄国一样。但这个巨大的牺牲只能由当事方来做。"

他的第二个想法，就是前往意大利和副王会合。拿破仑说："但这是一条绝路。前去意大利的路程太过遥远，我人还没到，人们的热情也许就凉了。之后，我们也不可能再回法国作战。我们只有站在法国这块神圣的土地上，才有希望获得奇迹。"

前两条路都不可行，那就只剩最后一个办法了，那就是坚持抵抗，一寸一寸地拿回国土，坚持抗战，静待良机。联军闯入一事在国人中引发的惊慌情绪很快会消散，过不了多久，作恶多端的他们就会成为百姓憎恶的对象，国民的狂热情绪会再度被点燃。那时候，联军会发现惨遭自己蹂躏的这块土地成了他们的坟墓。但这定然会拉长作战时间，而且不见得会成功。胜利是遥远的，但百姓的苦难是真实的、直接的、巨大的。有着伟大灵魂的拿破仑不忍百姓遭此大难，所以他决定退位。

与此同时，他把以维琴察公爵为代表的元帅团派到亚历山大那里。元帅团中有拉古萨公爵，这是他最信任的人之一。元帅团的任务是：提议拿破仑退位，由他的儿子继位。³¹⁸皇帝希望借此再为法国做些什么，以期保住它的独立、维护帝国制度。几天前，亚历山大曾公开发表声明，宣称他不愿和拿破仑或他的任何家人谈判。不过，他却和已经发声、宣布废黜皇帝的元老院接触，并就一些事宜展开了讨论。元帅团代表军队发言，态度非常强硬。亚历山大有些动摇了，支持摄政的这一派似乎占了上风。可就在这时，拉古萨公爵变节，亚历山大立刻变得坚决起来，坚持原来的决定。这件事似乎启发了他，让他对法军的上下齐心产生怀疑。从那一刻起，他再不接受任何斡旋，态度毫不动摇。①于是，人们回去找拿破仑，围着他，催促他，逼他直接退位。他经过激烈的内心斗争，最后让步了，发布了如下法令：

---

① 当时，联军在塔列朗家中开了一场咨询会，受召参会的普腊德陪同路易男爵来到现场。后来他在《昭示录》（*Révélations*）中说："亚历山大皇帝在会上一直走来走去，最后用最高的音调告诉我们，他绝不向法国宣战，他和他的盟友只有两个敌人：拿破仑皇帝，以及法国自由的敌人。他说，法国人非常自由，我们只需让那个似乎笃定法国人民是何想法的人知道法国人的真正立场就行。他说，他的想法将得到盟军的支持。"普腊德补充说："我当即发表声明，宣布我们所有人都是王党派，人民也和我们一样。""当时亚历山大皇帝说：'很好，我就此宣布，绝不和拿破仑皇帝接洽……'最后，我们所有人费尽心思地阻止拿破仑谈判团出现在这里。虽然我们没能阻止他们的到来，但至少缩短了他们的在场时间，让他们的话的威力大打折扣。"

"联军声称，拿破仑皇帝是欧洲重获和平的唯一障碍。忠于誓言的拿破仑皇帝在此宣布，他代表自己和继承人，放弃法兰西和意大利的王位，因为他为了法国的利益可以牺牲任何个人利益，甚至他的生命。"

联军没料到皇帝会如此干脆地发表宣言。之后，一切麻烦都被扫除了，众元帅带着人称《枫丹白露条约》的那份协议回到了拿破仑身边。我们会在下文讨论这一协议。

先前我记下了皇帝的一些话，但没能搞明白他话中的意思。我在费恩男爵的《1814年手稿》中读到一段内容，发现他对此做了非常透彻的解释。在日记的前面部分，皇帝提到《枫丹白露条约》时，曾说："我和这份条约毫无关系，我不承认它。我不会拿它来吹嘘自己，它让我感到脸红。人们违背我的意愿，代表我敲定了协议内容。"还有一次，他说："如果人们知晓了《枫丹白露条约》背后的故事，定会大吃一惊。"实际上皇帝并不接受这份协议，[319]这已在《1814年手稿》中得到反映。当时，人们费尽唇舌，想说服他在协议上签字；最后他之所以表态同意，纯粹是因为那些人搬出公众舆论来压他。他觉得这份协议具有羞辱性，而且于事无补。他经历过轰轰烈烈的人生，从此只想当个普通人。可让他深感耻辱的是，他为了世界和平而做的这个巨大的牺牲，里面掺和了金钱利益。他说："既然人们不愿和我一道解决法国的利益问题，一份协议有什么用呢？如果只关系我个人，那根本不用签订协议……我已经被打败了，放弃了战斗。我唯一的要求就是不当战俘，这只需一份俘虏交换条约就够了！"

每个人都试图说服他考虑一下自己的处境、生存和未来的需要，但他们只听到一句斩钉截铁的回答："这重要吗？每天有一个埃居、一匹马，这就是我需要的一切。"

我本人也敢站出来保证，皇帝为自己同意了这份协议而后悔不已。但这并不是他唯一后悔的地方。他还后悔自己在圣迪济耶和杜勒樊选错了阵地，后悔自己在无数建议中选了最不该选的那一个，违背了自己的本意，回到巴黎。他说："我当时缺乏魄力。我本该坚持自己原来的想法，继续朝莱茵河前进，沿途收编所有地方驻军，把反抗联军的所有百姓都团结起来，增强我的实力。如此一来，我很快就能拥有一支庞大的军队。缪拉会立刻回来找我，如果联军要把巴黎从我手中夺走，那缪拉和副王就能让我入主维也纳。不过这种事不会发生，因为敌人很快就会惊恐地发现自己的老巢不保，我那时若答应撤军，联军君主还会觉得自己捡了天大的便宜呢。那时，外国军队这座火山将完全从我们头上移走，敌军将缔结并老老实实地履行和约。毕竟，所有国家都已人困马乏，大家都有太多的伤疤待修复！那时候，在外，我们将再无战事；在内，这个结局将一举粉碎人们的所有幻想和阴谋，所有人将在思想、立场和利益上凝聚成一体。[320]我将再次以胜者的姿势，在我那帮不可战胜的战士的簇拥下坐上皇位。那些英勇忠诚的人将和曾经摇摆过的人和谐共处，那些无比渴望得到和平的人将过着安宁的日子。新一代的领军人物将重塑国民的性格，每个人都将为祖国的利益而努力，法国人民将继续过着幸福的生活！！！"

联军逼近巴黎的时候，城中一片混乱。上层阶级萎靡不振，广大人民却表现出昂扬的斗志，准备死战，可惜他们拿不到任何武器。我告诉皇帝，皇后的离开相当于给了巴黎人一记重击。我还说，在那样混乱的情况下，罗马王一反常态，哭着闹着，坚决不肯离开皇宫，最后人们只好把他强行带走了。我还告诉他，当时一个谣言在我们中间传开了，说皇后本是想留下来的，参政院也是这种想法；这时拿破仑本人传来命令，要皇后在敌军逼近的危险时刻离开巴黎。皇帝说："是的，必须这样。皇后还年轻，完全没有经验。如果她做了什么决定，我肯定会发布相反的命令。当时巴黎的确是她的岗位所在，但我猜测她已经成为无数阴谋家的目标，我想阻止那件后来确实在奥尔良发生的事件在巴黎上演。在奥尔良的时候，一些人企图操纵皇后、取得摄政权，阻止她前来和我会合。上帝知道这件事会造成多么可怕的后果！我应该及时发出命令，叫她离开奥尔良才是！"

可以想见，拿破仑在枫丹白露承载了多少一般人根本扛不住的压力。他之所以失败，不是因为敌军的武力，而是因为手下人变节。任何一个有高尚灵魂的人知道了他所承受的一切，定会感到义愤填膺。他的伙伴抛弃了他，他的侍从背叛了他；他们一个向敌军献出他的军队，另一个向敌国交出他的国库。那些被他一手提拔上来、享尽荣华富贵的人，予以他沉重的一击。那个曾对他大唱赞歌的元老院，那个前天晚上还表示要广招新兵、对抗敌人的元老院，[321]第二天就毫不犹豫地变成敌人的走狗。面对外国军队刺刀的逼迫，元老院把自己的提议推托为是他的决定，说他是在犯罪。它以下作的手段，打碎了由它一手造出来的、对其焚香膜拜的偶像！这是何等的恬不知耻！何等的自甘堕落！……最致命的打击是，连他的妻儿都被人带走了。尽管法律、协议和伦理道德都站在他这边，他却再也不能见到他们了！……

面对重重打击，看着那一张张丑陋的脸，拿破仑也曾对世间产生深深的厌弃，想放弃自己的生命。他给皇后写了一封信，信中说：人们此刻已经做好了一切准备，因为什么事都可能发生，包括皇帝之死。这无疑影射了发生在4月12日深夜的一件秘不外传的怪事。《1814年手稿》记叙了几件发生在那段时间的小事，它们若是真的，疯狂攻击拿破仑的那些死敌就该闭嘴，再不能得意扬扬地把一句愚蠢至极的话挂在嘴上：他连死的勇气都没有。根据《1814年手稿》的记叙，事实恰恰相反，他敢死，但他不能死！但这件神秘事件在他波澜起伏的一生中算不上最离奇的一件。当他出乎所有人的意料、再度醒来的时候，拿破仑说了这句话："上帝不让我死。"从此，他泰然、高贵地接受了命运的一切安排。①

我们都知道，拿破仑对他的士兵们做了一场催人泪下的告别，最后一次拥抱了这群因他而不朽的雄鹰。②一个普鲁士外交官当时也在现场，

---

① 科兰古在他的回忆录第三卷第357~366页中，详细叙述了拿破仑试图自杀这件事。《科兰古回忆录》的相关手稿残卷，先前一直被保存在科兰古古堡的一个白色铁柜子里。第一次世界大战期间，古堡被毁，后来一个建筑师在古堡重建工程中发现了这份手稿，它才重见天日。科兰古在回忆录中说："我找第一侍从孔斯当和仆人鲁斯坦问话。他们告诉我，这几天，他满口都在说着自杀的各种方法；前两天，他非常仔细地检查了自己的手枪，把弹盒里的子弹装了进去。鲁斯坦还说，皇帝找不到火药瓶了，问他在哪儿；这东西平时都是和皇帝的武器弹药放在一起的，可几天前他发现皇帝在摆弄这个东西（这事不常发生），就偷偷把它收起来了。官里的仆人向我汇报说，他好几次对他们说他想服毒自尽，请求他们——尤其是孔斯当——在他洗澡的时候搬个火盆进来，让他缺氧而死；上一次泡澡的时候，他又提出了这个请求。"孔斯当坚决拒绝执行主子的命令，把他能拿来自尽的东西都悉心收了起来。几页后，科兰古还记录了皇帝一心求死的那些话，他说生命于他而言已是"不可承受"了，抗议人们把什么东西都收起来了："我身边的人这么做实在愚蠢。我处在非人的境况中，在这种情况下，像对待一个抑郁症患者一样待我，这是在辱没我，而不是爱护我。老实告诉我，科兰古，您若处在我的位置上，是不是宁可一死，也不愿忍受接下来的命运和凌辱，还要忍辱签订这份协议？……我是不会签字的。我宁可当俄国人的阶下囚，也不签字！"（出自《科兰古回忆录》第三卷第458~459页）

② 拿破仑的枫丹白露告别演讲，其中流传最广的版本被收进了《拿破仑书信集》第二十七卷和费恩男爵的《1814年手稿》。但另外一个版本保真度更高，被库尔托（H. Courteault）发表在1911年的《政治科学期刊》（*Revue des Sciences politiques*）第二十六卷第420~426页上。该版本出自皇帝办公室第一办事员茹阿纳整理的文件合集，他在1814年4月20日，即皇帝离开之后，立刻开始整理办公室资料。当时，茹阿纳、他的上司费恩男爵、马雷和古尔戈将军四人站在离皇帝只有不到两米远的地方。拿破仑登上马车后，他们趁着自己还记得刚才听到的演讲，立刻返回皇宫，在皇帝的办公桌上齐心协力编写出这篇著名的演讲稿。但因为四人合力写成的这篇文稿在许多地方存有出入，人们一般更加认可《拿破仑书信集》中收录的版本。

他告诉我，那个场景深深触动了他的灵魂，叫他永生难忘。他还说，当时站在他边上的一个英国官员一直对拿破仑仇恨不已，可也在那时流下滚滚热泪。①

当时的拿破仑激起了众人多少尊重和敬佩啊！哪怕那时一切处在最关键的转折点上，哪怕他在场会带来许多不便，可没有一个人敢催他上路。人们没敢打扰他，留出充分时间让他做好上路的一切安排。

^{322}退位协议发生在4月11日，直至20日，也就是九天后，拿破仑才离开了枫丹白露。在离开的前半段旅程中，他得到了广泛的尊敬，得到了人们最温暖、最真挚的关心。②

在此之前，外国人几乎不了解法国的思想动向、人民对皇帝抱有的真挚情感。尽管如此，谨慎起见，他们还是安排他在快半夜的时候进入里昂城；我猜，若不如此，他们根本不会让他进城。一个身份尊贵、曾被长期扣押在法国的英国人，当时就住在里昂。他和一个奥地利将军乔装打扮后混在人群中，去看这个被废的君王。他们俩本来得意扬扬地以为众人会唾弃他、诅咒他，然而皇帝经过之处，人群都陷入沉重的静默。一个老妇人身着丧服，从其神态举止来看，她不是一般人。她

---

① 此人便是坎贝尔上校。详情请看1873年在巴黎出版的皮肖的《拿破仑在厄尔巴岛，1814—1815年事件集——整理自尼尔·坎贝尔上校日记和其他未发表或不为人知的资料》（Pichot, *Napoléon à l'île d'Elbe, chronique des événements de 1814 et 1815 d'après le Journal du colonel sir Neil Campbell...et autres documents inédits ou peu connus*）。坎贝尔上校的日记1869年在伦敦问世，即《拿破仑在枫丹白露和厄尔巴岛》（*Napoleon at Fontainebleau and Elba*）。

② 1814年4月20日，皇帝在一个掷弹骑兵连的保护下离开了枫丹白露，同行的还有大元帅贝特朗伯爵。

20日晚，抵达布里亚尔；21日，抵达讷韦尔；22日，抵达罗阿讷；23日，抵达里昂；24日，抵达蒙特利马尔；25日，抵达奥尔贡；26日，睡在勒吕克附近；27日，抵达弗雷瑞斯；28日晚上八点，他登上英国战舰无畏号，船长是厄谢尔。——辑录者注

如同失去理智一般，跌跌撞撞地奔到皇帝马车的车门前。这两个人以为她会痛哭流涕，谁知道她竟郑重地说："陛下，愿上苍保佑您。如果可以的话，您要幸福。他们把您从我们身边夺走，但我们的心永远跟随着您。"奥地利将军大感困惑，对他的同伴说："我们走吧，这个老疯婆子让我烦了，这些人都疯了。"

出了里昂城后，东部军总司令[①]出现在大道上。拿破仑当即下车，和他走了很长一段路。回来后，一个兼任联军特使的将军[②]大胆向皇帝表达了他的诧异，惊讶皇帝竟对这个将领如此友好。[323]皇帝反问："为什么不呢？""难道陛下不知道他做了什么吗？""他做了什么？""陛下，好几个星期以前，他就站到我们这边了。"皇帝说："原来如此。我把法国托付给他，他却牺牲了它、毁了它。"历数了这个曾经深得他信任的人背叛自己的事迹后，他总结说："元帅早已不是从前那个士兵了。他曾经因为勇气和品德而超脱常人，但荣耀、财富和地位把他变成了一个普通人。这位卡斯蒂廖内的胜者本可以让法国永远纪念他的名字。可今后，法国不会忘记这个里昂变节者，更不会忘记其他叛徒，除非他们在未来为国家做出巨大贡献，弥补曾经的过错。"

正因如此，皇帝从厄尔巴岛回来后，才发表了那篇著名的演讲。他说："国人们，卡斯蒂廖内公爵变节，毫不抵抗就把里昂城拱手交给敌人。我托付给他统领的那支军队，论战斗人数、士兵的勇气和爱国热情，足以打败攻城的奥地利军队，朝正对巴黎造成威胁的敌军左翼后方发起进攻。我军在尚波贝尔、蒙米拉伊、沃尚、蒂耶里堡、莫尔芒、蒙特罗、克拉奥讷、兰斯、奥布河边的阿尔西、圣迪济耶取得的胜利，

---

① 即奥热罗。（请看《人名表》）
② 即科勒男爵。（请看《人名表》）

洛林、香波、阿尔萨斯、弗朗什-孔泰、勃艮第等省农民的英勇起义，我在敌军后方攻打下的阵地，在敌军先锋军和他们的辎重队、预备军、军火仓库等必要补给之间割开的口子，我们的一切努力，都因为他的变节而化为乌有。当时法国人表现出前所未有的强大，敌军精锐已经完全崩溃，这块遭到他们无情蹂躏的辽阔土地本可以成为埋葬他们的坟墓。然而，拉古萨公爵的变节导致首都沦陷、军队大乱。这两个将军同时背叛了他们的祖国、君王、恩人，他们出人意料的投敌行为改写了战争结局。敌人当时本来已经深陷绝境，经过巴黎城前的战斗后，他们已经弹尽粮绝，^{324}和预备军的联系完全被切断……"①

快到普罗旺斯的时候，拿破仑不像之前那样备受欢迎了。他的敌人抢先一步赶到那里，设好圈套等着他。他逃过了莫布勒伊的埋伏，在奥尔贡差点儿遭到伏击。他口述的这部分回忆录精彩至极。

到达登船点后，他发现那里有两艘船在等着自己，一艘是法国船，另一艘是英国船。皇帝上了英国的军舰，说他绝不愿听到世人说自己是被法国人押走的。

我们在这里用寥寥数语概括了那几天发生的大事。但就如我在前文所说过的那样，皇帝对这段时间发生的事做了详细的口述，我把细节放在了后面。当时，与他有关的各种恶心的诽谤小册子在法国漫天飞舞，上面充斥着最荒诞的谎言和传闻。正直人士如果因为意志不坚而信了这些东西，定会为此感到羞愧；哪怕读一读那些话，他们都会觉得脸红。

我把《枫丹白露条约》抄在下面。协议起草后，人们想方设法不让其外传。《总汇通报》从未登过这份协议；很久以来，人们都不清楚其

---

① 我的一个熟人当时正在德意志境内旅行。他言辞凿凿地告诉我，好几年后，他从俄国军队指挥官口中得知，上面披露的这些事都是真的。——辑录者注

中到底有哪些内容。我们只能在官方资料合集中才能读到它，而且不同的资料上记载的内容还有出入。所以我想，我若把这份协议放在这里，读者应该会很开心。《枫丹白露条约》和我们刚才讨论的话题密切相关，其中一些条款直到今天依然是人们热议的对象。我们若能讨论其内容的前因后果，定能取得令人满意的结果。

4月11日《枫丹白露条约》

第一条：拿破仑皇帝代表他、他的继承人、后代以及他的所有家庭成员，宣布放弃对法兰西帝国、意大利王国及其他所有国家的一切主权和统治权。

第二条：拿破仑皇帝和玛丽-路易丝皇后终身保留帝后头衔。皇后的母亲、兄弟姐妹、侄子侄女也保留现有的家族亲王头衔。

第三条：厄尔巴岛被定为拿破仑皇帝的居住地，成为他单独的封地，他终身拥有该岛的完全主权和所有权。

除去厄尔巴岛之外，拿破仑皇帝在法国大账簿上享有200万法郎的年金，其中100万可转移给皇后。

第四条：所有国家承诺派出优秀军官和柏柏尔国家交涉，让后者尊重厄尔巴岛的信号旗和领土，以使该岛和柏柏尔国家保持与法国同等的关系。

第五条：巴马、普莱桑斯、瓜斯塔拉公国的所有主权和统治权归玛丽-路易丝皇后所有，并由她的儿子及其直系后人继承，她的儿子将是巴马、普莱桑斯、瓜斯塔拉亲王。

第六条：在拿破仑皇帝放弃的土地中，他和他的家人将保有封地或法国大账簿颁发的年金，扣除所有开支，每年净值为250万法郎。这些封地或年金将全权由皇帝家族的亲王、公主持有，依照他们的意愿安排。它们将进行如下具体分割：

皇太后···300,000法郎
约瑟夫国王夫妇·································500,000法郎
路易国王··200,000法郎①
奥坦斯王后及其子女····························400,000法郎
热罗姆国王夫妇·································500,000法郎
埃莉萨公主·······································300,000法郎
保琳公主··300,000法郎

除此之外，拿破仑皇帝家族的亲王、公主将继续持有[326]他们个人名义下的一切形式的动产和不动产，尤其是他们在法国大账簿及米兰的蒙特拿破仑基金中规定的个人年金。

第七条：约瑟芬皇后每年通过封地或年金得到的津贴将减至100万法郎。她将继续持有个人名义下的动产和不动产，在符合法国法律规定的前提下自由支配其财产。

第八条：意大利副王欧仁亲王将在法国境外得到妥当安排。

第九条：拿破仑皇帝在法国拥有的财产，不管是额外封地还是私人地产，将属国王所有。

拿破仑皇帝通过法国大账簿、法兰西银行、《森林法》或其他任何形式得到的资金，已被皇帝放弃，属于国王所有，皇帝保留的资金将不超过200万法郎，它将被转交给法国政府，由它赠给由皇帝指定的个人。

第十条：王冠上的所有珠宝将被留在法国。

---

① 路易·波拿巴拒绝领这笔钱。

第十一条：拿破仑皇帝将把他以法令形式挪用的所有公共经费、物资、钱财还给国库，年俸清单上的财产除外。

第十二条：拿破仑皇帝皇宫在该条约签订日之前留下的债务，将由公共国库直接从年俸清单上的拖欠金中清偿，具体执行将以一位专员列出的清单为准。

第十三条：米兰的蒙特拿破仑基金中列出的他名下的所有债券，不论是法国债券还是外国债券，将依照确切数目履行，不会有任何变化。

第十四条：所有必要的安全通行证将被颁发，[327]以保障拿破仑皇帝、皇后、亲王、公主以及愿意相陪的所有随行人员在法国境外的自由出行及定居，他们名下的所有马车和行李车也是如此。

联军各国会派出部分军官及其他人员为随从。

第十五条：法兰西帝国护卫军将派出1200~1500人组成纵队，纵队中各种兵种都有，陪伴皇帝前往登船点圣特罗佩。

第十六条：一艘轻巡航舰和一些运送物资的船只将陪同拿破仑皇帝及其随从前往目的地，轻巡航舰将完全归皇帝所有。

第十七条：拿破仑皇帝可保留400人做他的护卫队，护卫队由志愿军、军官、士官和士兵构成。

第十八条：所有陪同拿破仑皇帝及其家人离开的法国人如果不在三年内返回法国，且三年期满后没有得到法国政府的特许令，将被视作放弃法国公民身份。

第十九条：作为他们荣誉的证明，效力法国的任何兵种的波兰军队都可保留武器和行李，并自由返回家乡。军官、士官和士兵可保留先前被授予的勋章和相应的抚恤金。

第二十条：联军各国将确保该条约中所有内容的执行，并承诺它们将得到法国的采纳和保障。

第二十一条：该法令将得到签署，各方签字工作在十天或更短的时间内在巴黎完成。

1814年4月11日，列于巴黎

签字人：维琴察公爵科兰古

塔兰托公爵麦克唐纳

328埃尔欣根公爵内伊[1]

梅特涅亲王

上述条款在当日分别得到俄方代表涅谢尔罗德伯爵和普鲁士方代表哈登贝格男爵的签字。[2]

代表路易十八发表的就位宣言

我，外交部国务秘书兼部长，向国王汇报了联军各国全权代表从他们君王那里收到的、已被临时政府接受的4月11日协议中的相关要求，国王陛下授权我，令我以他的名义宣布：法国在协议中负责承担的条款将得到忠实执行。签字人也已荣幸地将这一宣言传达给了诸位全权代表。

签字人：贝内文托亲王

1814年5月31日于巴黎

欧洲的政治三巨头拟订了《枫丹白露条约》，并得到了英国的同意。法国国王发表宣言，承诺会履行条约中的相关内容。尽管有重重保

---

[1] 值得注意的是，也许出于对沙皇亚历山大的尊重，内伊元帅在这里并没有署名为"莫斯科瓦亲王"。——辑录者注

[2] 后来英方代表卡斯尔雷也在协议上签了字。

障，但可以这么说：任何条款都未真正得到遵守。当然了，公然违背协议、正式翻脸、不认可官方签名，这的确是难以想象的事，毕竟条约上每个签字人都代表他们那一方，清楚无误、认真严肃地落下了大名。可这种事就这么发生了。人们普遍认为，正因为他们明目张胆地违背了条约，拿破仑于1815年才打出道德的大旗返回了法国。英国议会中一批正直高尚的议员、[329]伟大理念的不懈坚持者，都在高声谴责这件事，各国的知名政论记者也持此观点。这种背信弃义的事，让许多人都惊骇不已。对此，我要补充一个普通人发表的观点，虽然他的话不见得像权威人士的那样严肃，话中的道理却不比他们少几分。1815年，一个狂热反对拿破仑的奥地利贵族正好待在巴黎，和我们来往密切。就在皇帝势如破竹地往巴黎前进的时候，他来拜访了我。当时已经准备随时跑路的他，严肃认真地对我说："当然了，他先前以篡位者的身份占了你们国家的王位，这是不可争议的事实！然而，"他支支吾吾地补充说，"所有君主承认了他的君主头衔，却不履行向他承诺的条件，才给了他向他们宣战的权利。如果他今天攻下法国，那情况就完全不同了。要我说……要我说……我觉得，在这种情况下……也许……人们认为他成了合法的君王，这也是有道理的。至少，我个人会这么认为。"

卡斯尔雷就《枫丹白露条约》写给巴瑟斯特的信

1814年4月13日于巴黎

……所以，目前我只能向您说明在拿破仑及其家人未来处理及安排事宜上发生的一切。

阁下应该已经通过卡斯卡特伯爵知道，波拿巴于本月4日签订了退位书，俄国沙皇和临时政府已经同意给他600万法郎，让他在厄尔巴岛安度余生。退位书被保管在科兰古、内伊元帅和麦克唐纳元帅手中，联军方面若在相关安排上兑现承诺，他们就交出退位书。[330]此三人还有权签订停战协议，确定一条既能令联军满意又能阻止无意义的生灵涂炭的事发生。

我到达巴黎后，人们正要接受这种安排。他们已经讨论出一个公约，若不是联军特使到来，他们当天就要在上面签字了。这份法令之所以被迅速接受，是因为拿破仑留在枫丹白露，处在依然对其忠心耿耿且为数不少的军队的簇拥下，即便不会带来危险，至少也会造成麻烦。另外，人们也担心军队和首都施展阴谋，担心许多军官在离开皇帝之前，会为了让他们的皇帝得到善待、保留个人荣誉而有所动作。

我到达的当天晚上，四个特使就拟订的公约和贝内文托亲王开了一个会议。我在会中提出反对意见，表示希望人们能够理解：我虽然坚持，但绝不愿法国国内安宁遭遇风险，也绝非意在拒绝俄国在仓促下出于好心而提出的承诺。

贝内文托亲王承认我的几点反对有理有据，但他也同时宣称，他认为临时政府当前最重要的目标，就是尽量避免一切可能导致内战发生的事；为此，他想采取必要措施，让政府军实现平稳过渡。他和涅谢尔罗德声称，联军到巴黎之前，皇帝为了军队和自己的名誉，曾想过殊死一搏。听了这些，我对执行原则不再表示反对，只建议修正细节。不过，我代表政府表示，英国只肯以参与方的身份参加协议工作。我还宣布，根据《大不列颠参与法》的规定，英国不能干涉协议中除领土调解以外的其他工作。[331]我反对我方参与协议起草，尤其是在承认拿破仑头衔这件事上，我觉得我方没有必要进行干涉。我的意见得到所有人认可。我已随信附上会议记录及公文，阁下可在里面看到我代表我国政府做出的承诺。

根据我的建议，拿破仑家人只能在生前保留帝国头衔。此举有前例可循：波兰国王成为萨克森选帝侯后，人们对他的头衔就是这么处理的。

在涉及如何安排皇后的地方，我不仅没有提出任何反对意见，还认为这些安排是理所应当的，奥地利皇帝为了欧洲事业而牺牲家庭情感，理应有所弥补。我当时真想提议把另一个地方——而不是厄尔巴岛——安排成拿破仑的退隐地。但我一时想不出另一个符合他坚持的安全条件的地方，人们肯定也会以此为借口表示反对。我并不认为自己当时能大胆提出一个替代地，虽然科兰古非常肯定地告诉我，波拿巴多次表示想在英国寻个栖身之所。

当晚，联军特使和科兰古及几位元帅召开会议，我参加了会议。各方交换意见，讨论和接受了协议内容；之后在协议上签字，波拿巴将于明后天中午上路。

署名：卡斯尔雷

我觉得我有必要把这封信誊抄于此，不仅因为它完善了我们对4月11日协约的了解（信中许多事都是我在圣赫勒拿岛期间不曾知道的），还因为它解释了我尤为在意的两件事。我曾对皇帝说，皇帝在某个重要关头似乎忘了英国人在枫丹白露承认过他的头衔。皇帝只回答：他是故意这么做的。我曾经不理解他为何这么说，读了这封信我才知道，卡斯尔雷曾想方设法地拒绝承认他的头衔。这也证明了拿破仑的声明是何其严谨和精准。

[332]第二件事是，我要秉承不偏不倚的态度，向读者指出：卡斯尔雷这里说拿破仑愿意换个地方，如果厄尔巴岛不可行，他愿意隐退英国。

不过读者可在下文（11月18日日记中）发现完全相反的说辞：拿破仑指责卡斯尔雷，说他当时向自己暗示英国会是一个更好的退隐之地。这两个声明自相矛盾；但我刚才说了要不偏不倚，故把它们都记进回忆录中。读者可自行判断哪一方占理。毕竟，就如我经常听皇帝说的那样，每个人的声音都同样重要。就我而言，我当然选择相信拿破仑的话，因为我清楚地记得惠特沃斯是如何颠倒黑白的（此事也被写进了回忆录中），记得卡斯尔雷在议会或公开集会中发表了哪些和拿破仑有关的哗众取宠的言论，记得和缪拉下台有关的资料遭人动了多少手脚，更记得巴瑟斯特在上议院多少次恬不知耻地否认事实，哪怕圣赫勒拿岛上的每个人都一眼看出他在睁眼说瞎话，连哈德森·洛韦都为他感到尴尬。所以，我依然坚持自己原来的看法，除非别人能拿出更多有力的证据来说服我。

腓特烈大帝的佩剑—人们希望雄狮从此沉睡—总督又来纠缠，并带走了我的仆人—尽管生活贫寒，我们却令人羡慕—我们拥有亲近他的这等幸福

11月13日，星期三

上午在皇帝房里的时候，因为无所事事，我就仔细打量起了挂在壁炉附近的腓特烈大帝的一块大钟表。皇帝见了，说："我手上曾有许多珍奇纪念物，如腓特烈大帝的佩剑。[①]西班牙人还把弗朗茨一世的佩剑送

[①] 拉普在他的回忆录第98页中说："由于普鲁士王室逃得匆忙，什么都没有带走，波茨坦的王宫依然是原来的模样。腓特烈大帝的佩剑、腰带、勋章饰带都在那里，被拿破仑悉数占据。他激动地对我们说：'哪怕普鲁士国王的所有财富加起来，在我眼里都比不上这几个战利品来得重要。我要把它们送到我在汉诺威的老兵那里，我要把它们交给荣军院院长。它们作为大军团的战利品，作为法军对罗斯巴赫惨败的复仇象征，将被好好地保存在那里。'"

到了杜伊勒里宫。这是极高的荣誉象征，他们为了这把剑，肯定付出了许多牺牲。土耳其人、波斯人也给我送来一些武器，[333]据说它们从前的主人都是成吉思汗、帖木儿、纳迪尔沙等人物。我不认识他们，但我看重的不是东西本身，而是它们的意义。"

听说他没有强要留住腓特烈的佩剑时，我不由得顿足长叹。皇帝笑眯眯地揪着我的耳朵，说："可我有自己的佩剑啊。"他一点儿也没错，是我犯蠢了。

后来，他说起自己想做的事和该做的事，说自己二婚时曾打算娶一个法国女人。他还感叹，如果自己当初真那么做就好了，"这桩婚姻能极大地激发民族自豪感，因为这代表法国和它的君主已经强大到不再需要考虑外交政治。此外，对君主而言，血缘往往要向政治利益让步；正因如此，各国王室才会发生那么多在人民看来绝对算是道德丑闻的事。和外国联姻还有一个坏处，那就是让一个可能会背叛法国的外国公主知晓了国家机密。如果一个君主想依靠他的国外亲戚，他就相当于走向了一个覆盖着鲜花的陷阱。总之，觉得靠政治联姻就能高枕无忧，这个想法实在荒谬。"

不管怎样，对那些渴盼安定、考虑谨慎的公民而言，皇帝的第二次婚姻是天大的喜事。在敲定这桩婚事的前几天，拿破仑对一个大臣（德克莱斯公爵）说："人们对这桩婚事是乐见其成的态度吗？""是的，陛下，大家高兴极了。""我猜，他们是希望雄狮从此沉睡吧？""老实说，陛下，我们也有一丝这样的期待。"拿破仑沉默了一会儿，说："算了，他们想错了。而且，即便雄狮保持清醒，这也不是它的错。我和其他人一样，都喜欢香甜地入睡。但难道你们没看出来吗？我表面一直摆出进攻的姿势，实际上只是被迫自卫而已。"

如果敌我冲突处于胶着状态，人们尚能对这番话产生怀疑。可后来，我们看到胜利方狂喜、猖狂的嘴脸，才意识到拿破仑所言不虚。他们中有的人吹嘘自己铁了心要继续作战，直到彻底打败我们，他们满脑子只有这种想法。[334]还有的人[①]毫无顾忌地公开声称，他们就是借着联姻的旗帜和友谊的名号，策划让他倒台的阴谋！！！[②]

今天和接下来的两天，我被一桩私人事件烦透了。此事虽小，却对我接下来的命运产生了莫大的影响，所以我才在这里提起。我来到朗伍德后，身边一直有个仆人帮忙干活。他很年轻，是个黑白混血儿，是岛上的一个自由民。我对他非常满意，可哈德森·洛韦莫名其妙就把他从我身边带走了。

总督铁了心，打算用他能想到的各种办法来折磨我们。他生出一个阴险的想法，派一个英国军官给我传话，说：他因我的仆人是岛上的原住民而担心，现要把他带走，打算换另一个仆人过来替我干活，人选由他定。我简单直接地说："总督如果愿意，有权把我的仆人打发走；至于派一个他选定的人过来，那就免了。我会慢慢习惯没有享乐的日子，如有需要，我可以自己干一切家务事。在他加诸我们的无数折磨中，失去仆人这种事算不了什么。"

此事之后，便是无穷无尽的简讯和公文。哈德森·洛韦甚至一天要给守军军官写三封到四封信，叫他给我传话。他说，他不能理解我的顾虑，也不明白为什么我要拒绝他派给我的仆人。他说，他挑的仆人不会比任何人差；他只想借此表达自己的关怀而已，等等。

---

① 请看1817年和1818年的《奥地利观察报》。——辑录者注
② 这里指的是1809年成立的《奥地利观察报》，由奥地利外交部出资创办。

我实在不忍看着这个可怜的军官来来去去地传话，我自己这边也实在烦透了。于是我告诉军官，为了省事，他可以直接告诉总督，我对他的所有传话都是一个答案：他可以赶走我的仆人，但别想强迫我接受他挑的人；[335]他可以强行派人到我的房里，但我绝不会欣然接受。在此期间，我的仆人被带去仔细盘问了一番，后来被送了回来，但最后还是被赶走了。

我把事情的始末告诉了皇帝，他也非常支持我的做法，说千万别让一个间谍溜进我们中间。他还一脸关心地说："但您是为了大家的利益才做此牺牲的，没道理因此让您一个人受罪。把我的仆人让蒂里尼带去吧，叫他服侍您。能多挣几个钱，他肯定也很高兴。您只需告诉他这是我的命令就行了。"让蒂里尼高高兴兴地过来了；但到了晚上，可怜的男孩就对我说，有人告诉他：皇帝的仆人伺候别的人，此事着实不妥！！！……皇帝又好心地把让蒂里尼叫过去，亲口向他重复了这个命令。①

就这样，总督继续日复一日、没完没了地折磨我们。我不想就此多谈，不是因为我对此已经习惯了，而是因为和我们遭受的种种苦难相比，总督恶意的小小折磨算得了什么呢？

读者想了解我们遭受的暴行吗？那请你们设身处地地想一想：我被流放到一座离祖国有万里之遥的孤岛上（很有可能是终身流放），被关在一个狭小的监狱里，生活在一个和祖国的气候环境截然不同的环境里。我在一步步地迈向阴森的坟墓，那将是我苦难的尽头。我失去了我的妻子、孩子和朋友，虽然他们依然活着，却活在另一个世界里。我被

---

① 请看古尔戈日记第一卷第193页、194页内容，以及蒙托隆的回忆录第一卷第436页内容。

剥夺了和外人通信的自由，只能靠眼泪抒发对朋友、亲戚、温暖家庭和社会的思念……任何人，不管他是什么立场和国籍，看到这些后都会对我生出万分同情，听了我的申诉后都会不由得生出恻隐之心。[336]然而他若觉得我可怜，那就错了，因为我觉得自己的人生令人羡慕！

在读到亚历山大和恺撒的功绩时，谁能不为之心动呢？在接近查理大帝的遗迹时，谁能不心潮澎湃呢？如有机会看到亨利四世的音容笑貌，谁不愿意付出一切呢？所以，当我消沉时，当我心中充满了消极情绪时，我就靠这些想法坚定心志。我在内心大喊：我拥有这一切，而且我拥有的比这一切都要好！因为我拥有的不是历史的回忆和幻象，我就站在那个曾造出无数奇迹的活生生的人身边。每时每刻，我都可以细细端详那个可在顷刻间主导一场战斗走向、决定无数国家命运的人的面庞。我看到的那个前额，戴着里沃利、马伦哥、奥斯特里茨、瓦格拉姆、耶拿、弗里德兰的重重桂冠。我几乎一抬手就能触碰到的那双手，曾挥舞过无数权杖、分发过无数顶王冠，曾抓过阿尔科和洛迪战役的大旗，曾把能证明她丈夫罪行的唯一证据交给那个哀泣的女人。我听到的那个声音，曾在埃及金字塔前向战士大喊："孩子们，就在这些建筑的尖端，四千年的历史在凝视着我们！"他曾在一队奥地利伤员经过时叫停他的随从，说："向不幸的勇士致敬！"和我近乎随便地交谈着的那个人，他的构想改变了欧洲，他的娱乐消遣就是美化我们的城市、昌盛我们的省份，他让我们成为万国羡慕的对象，把我们带向无以复加的荣耀之地！我看着他、聆听着他、关注着他，甚至还能安慰他！这是何等的幸福啊！我对此能抱怨什么呢？相反，不知道有多少人羡慕着我呢！实际上，谁还能过上我们这种生活、拥有我们这种幸运呢？

皇帝开始新的工作—谈伟大的将领和战争—他对许多社会机构的想法—律师和神父—其他点评

11月14日，星期四

[337]六点钟的时候，皇帝把我叫到房里。他告诉我，他刚刚口述了一章和海权有关的精彩至极的内容。他和我谈了其他一些回忆录计划，我大胆提醒他别忘了我先前提过的他已列好计划的那十四段回忆录。他很高兴我还记得这件事，说他总有一天会完成这个构想。

皇帝把他口述给大元帅的稿子重读和修改了一番，讨论的是古今战争的区别、不同的军队规划及构成方案。就这个话题，他说："任何一场大型战斗的结局不仅由巧合和偶然所决定，还是战术安排的结果。人们很少看到伟大将领在最冒险的战斗中失败。看看亚历山大、恺撒、汉尼拔、古斯塔夫大帝等人，他们总是无往不胜。难道他们能成为伟人，仅仅是因为他们运气好？不，因为他们作为伟人，知道如何操纵运气。如果研究他们胜利的诀窍，人们会惊讶地发现一个事实：他们为了获得胜利，做了所能做的一切。

"亚历山大在年纪轻轻的时候，只靠一群勇士就征服了四分之一的世界。这个成就仅仅是一个意外吗？不。他所做的一切，无不是周密的考虑、勇敢的行动、明智的安排所带来的结果。亚历山大既是一个伟大的战士，也是一个伟大的政治家和法学家。不幸的是，他刚登上荣耀的顶峰，就背弃了自己的初心，他的心灵被腐蚀了。他开创大业的时候有着如图拉真一样的头脑，结束的时候却只有如尼禄一样的心灵、如埃拉伽巴路斯一样的德行。"之后，皇帝探讨了亚历山大的场场战役，让我对这个话题有了全新的认知。

之后，他谈起了恺撒。皇帝说，恺撒和亚历山大相反，他年纪很大时才开始自己的征服大业。[338]年轻时的恺撒过着无所事事、荒淫放荡的生活，后来却展现出最刚毅、最杰出、最高尚的品格。皇帝认为恺撒是最受人喜爱的历史人物之一，说："恺撒征服了高卢人，在国内掌握了国家大权。但人们能把他在战场上取得的伟大功绩仅仅归因于巧合和好运吗？"之后，他就如刚才评论亚历山大一样分析了恺撒的伟大事迹。

皇帝说："汉尼拔最大胆勇猛，也许也最令人惊讶。他在什么事情上都是如此无畏、如此自信、如此大度。才26岁的他就构思出人们很难想到的计划，做成了他人认为不可能的事。他切断了和国内的一切联络，穿过了他要攻打和战胜的未知的敌国，穿过了世人以为高不可攀的比利牛斯山和阿尔卑斯山，来到意大利，牺牲了他一半的兵力，仅仅为了拿下他的战斗阵地和战斗权利。他占领、统治意大利16年，好几次离拿下罗马只差头发丝一样的距离，只因敌军趁机反过头进攻迦太基，他才放弃了到嘴的猎物。人们难道会相信，他取得无数战绩、创下伟大事业，只因得到了命运的垂青？汉尼拔定然拥有钢铁般的意志，对战争这门艺术有独特的高超见解。后来面对年轻的胜利者的提问，战败的他毫不犹豫地说，论打仗，只有亚历山大和皮洛士在他之上。他认为这两个人是一流的战士。"

拿破仑继续说道："所有这些伟大的古代将领，以及后来那些在历史中留下脚印的人，他们之所以能干出大事，无不因为遵循了战争的原则规律。换言之，就是通过正确的计策和合理的手段取得结果，通过适当的努力攻克障碍。不管他们的行动有多冒险，不管他们取得了多么大的胜利，这些人能成功，就是因为遵循了这些原则。他们从来都把战争视为一门真正的学问。所以，他们才成了伟大的楷模，我们只有尽可能地模仿他们，才有希望接近他们的成就。

"世人把我最伟大的胜利都归因于我的好运，³³⁹又把我最惨痛的失败归因于我的失策。但如果我把我的战斗经历写下来，他们会震惊地发现：无论结果是胜利还是失败，我在运用理智和才能的时候都完全遵循了作战原则。"

我是多么希望皇帝能完成他的想法，把他的战斗经历都写下来啊！他会做出多少珍贵的点评啊！①

皇帝继续评价古斯塔夫·阿道夫和孔代亲王的事迹。他说，战争这门学问在这两个人身上似乎变成了一种本能，他俩生来就是战场上的智者；德蒂雷纳则相反，他付出巨大的努力，才掌握了这门学问。这时我大胆插嘴说，不过有人说德蒂雷纳没有带出一个学生，孔代亲王却培养出了好几个优秀的将领。皇帝说："这纯属巧合，按理说，两人在这点上应该反过来才对。不过能不能打造出优秀的学员，这从来都不是老师一个人的事，还须老天爷帮助才行。³⁴⁰毕竟种子得撒在肥沃的土地上，才会开花结果。"他继续谈话，评价了欧仁·德·萨瓦、莫尔伯勒、旺

---

① 皇帝似乎根本没有开展这本意义重大的书的相关工作。不过，蒙托隆和古尔戈两位将军根据皇帝口述而作的《拿破仑回忆录》第二分册中包含了拿破仑对战争的批评注解。该部分很值得关注，因为从某些方面讲，它能予以我们警示，让我们知道自己可能会失去什么。读者可在这本书中读到我在这篇日记里记录下的皇帝对古代伟大将领的评论，不过该书以谈话为形式，进行了更全面、更严谨、更深刻的阐释。还有一个值得注意的地方是，这本书还收录了沙蒂永谈判的全部会议记录和官方文件。有人说，路易十四在王位继承战争末期，在格特鲁伊根堡会议中遇到了多少麻烦啊。可是上帝啊，它们和沙蒂永会议相比算得了什么呢？法兰西帝国当时陷入前所未有的绝境，它唯一的全权代表大使处境艰难，独自对抗胜方——整个欧洲外交界！尽管如此，令人略感惊讶的是，维琴察公爵依然受到外国谈判代表的高度尊敬，因为他向他们展现了一颗高尚灵魂能有的全部忠诚、出众和坦率。从他的通信中，人们看到了一个忠诚的大臣、忠心的朋友、优秀的公民的言说。不论读者在政治上是什么立场，不管他对帝国是什么看法，读到这些内容，他定会从心底生出由衷的敬意。*——辑录者注

* 这个脚注在1840年版本中被删。

多姆等将军。他还说，腓特烈大帝从各方面看都是一位出类拔萃的兵法家，他的秘密就是把军队打造成真正的机器。他说："不过，人的性格和他们展现出来的样子完全不同！谁能知道自己是怎样的人呢？腓特烈大帝就是绝佳的例子，起初，哪怕即将胜利，他都选择当逃兵；可之后，他成了一个最无畏、最顽强、最冷静的人。"

皇帝一心都扑在工作上。他非常喜欢和满意这段时间的口述，所以晚饭后一口气谈到了近凌晨一点钟，话题依然和战争有关。他在这方面显示出完全的掌控力，说起话来从容不迫、意气风发，浑身上下都闪烁着智慧的光芒。

他继续谈古今战争的不同，说："火药改变了一切，这个重大发明为进攻方带来了巨大的便利，虽然许多人对此持不同看法。在古代，军队实力和进攻、防御式武器挂钩；今天，军队实力已经和这些毫无关系了。"

如果皇帝能把他这方面的思想留给后人，那将是一笔多么珍贵的遗产啊。今天晚上，他在许多军事话题上发表了意见，站在全局的角度看待问题的同时还不忘给出细节。

他说，突发的意外决定一场战争的成败，这也是经常的事；所以，虽然主将要遵循总体原则，但也要时刻关注形势的发展，看能不能抓住意外的机会。庸人称其为运气，但抓住运气也需要天才的计算。

说起当前的军队运行模式，皇帝认为我们要么应该进一步稳固步兵第三列队，要么就将其取缔。他也给出了理由……

他的想法是，步兵若成为骑兵的冲锋对象，它应该在很远的地方就朝骑兵开枪，而不是像人们今天所做的那样，等到骑兵走近了才开枪。为了证明自己的观点，皇帝列举了这么做的好处。

[341]皇帝说，没了炮兵，单靠步兵和骑兵根本不能决定战争结局，但有了炮兵和其他配套兵种，骑兵可以直接灭了步兵。对此他做了非常精彩的阐释和延伸。

他说，今天，炮兵成了决定军队乃至国家命运的真正因素，相互开炮已经成了一件类似相互开拳的平常事。在一场战役中，比如说包围战，取胜的关键在于用猛烈的火炮集中攻击一个点。在混战中，谁若能趁敌军不备，突然朝对方一个点投掷大量炮火，他肯定就赢了。他说，这就是他制订战术的最大秘密和诀窍。

皇帝认为，如果不在士兵乃至军官的教育培训上进行改革，就不可能建立一支真正的军队。要做成这件事，还须改善伙食、仓储、军需供应和运送工作。若要打造一支真正的军队，我们就要效仿罗马人，让士兵直接收麦子，自己磨面和烤面包。我们若想有一支真正的军队，就必须把一大堆冗杂的行政服务机构都砍了。

他说："我想过做这些改变，但要实践它们，我就要有一个稳定和平的环境。我若对一支正在行军打仗的军队进行这番改革，它肯定会反抗不从，直接叫我哪儿凉快待哪儿去。"

我把皇帝在其他时候做的与改革设想有关的点评全都放在这里，皇帝在里面不仅讨论了军队改革，还重点阐述了其他重要社会机构改革的设想。

皇帝不止一次告诉我们，他曾想，等到天下和平了，他要让欧洲各大国家大幅度削减正规军。他希望每个君王身边只有一支护卫军，在必要时以它为框架来重建军队。他还想过自己在和平时期只保留一支军队，让它参加公共工程建设，它会有自己独特的机构、军装和军需供应渠道。[342]读者会在他的回忆录中读到这些内容，我记得他在许多时候向两位将军做过相关口述。

皇帝还说，他发现自己在构建作战计划和大型远征方案的时候，最大的麻烦来自军队粮食供应渠道：人们要找到小麦，然后把它去皮、磨成面粉，最后烤成面包。得到他高度赞扬的、他意欲全部或部分采纳的罗马人军粮供应法，就能免去这等不便。他说："如此一来，军队可以去世界任何一个地方。这一转变的实现需要时间，不是通过发布一道军令就能达成的。我构思了很久，可无论我多么强大，也不能靠命令去实现它。饿肚子的人可不会去想什么服从上级的事。只有在和平时期，我才能实现目的。通过树立新的军队风气，我总会实现自己的想法的。"

皇帝有一个主张：全体国民都应当服从征兵法。有一天，他对参政院说："我不会进行任何通融，不会免去任何人的兵役，因为这是在犯罪。我怎么可以不顾自己的良知，让一个人为了另一个人的利益而送命呢？我都不敢说，我会不会让自己的儿子免服兵役。"还有一次，他说："征兵关乎一个民族的根本，此举可以净化它的道德思想，巩固它的良好习俗。外部的防御、内部的安宁，关系到一个民族的切身利益。通过这种方式把人民组织起来，法国人民才能和全世界对抗。更准确地说，我们可以借用骄傲的高卢人的这句格言来形容征兵制：天空若沉下来，我们就用长枪把它顶住。"

在他的体系和设想中，征兵制不仅不会危害教育，还可以推动教育。他的想法是，在每个团里都建立一所学校，向所有兵种的士兵提供持续教育，他们可以学科学、艺术甚至机械。[343]皇帝说："这是再简单不过的一件事。只要我们定了学科，每个团都会根据自己的需要进行选择。这些年轻人学到知识后再回到社会的各行各业，会发挥巨大的作用。哪怕他们学的东西都很基础，仍会在社会上形成良好的学习风气！"

有一天，皇帝还说，当初他如果有时间，会对少数几种制度展开整治。他会对法律诉讼制这个毒瘤下手，因为它已经成了顽疾和弊病。皇帝说："通过个人调解，我的法典解决了一大堆案件，大大降低了诉讼案件的数目。但立法者要做的事还有很多，不是制止两方纠纷就行了（纠纷这种事什么时候都会发生），他们还要阻止社会中出现依靠两方纠纷生活的第三方食利人，阻止这类人为了自己的利益而煽动纠纷。所以，我想立一个规定：律师只有打赢官司后才能拿到诉讼费。如此一来，我们可以阻止多少纠纷啊！律师在对某个案子进行调查时，如果发现问题，就会直接拒绝接手该案件。我们也不用担心一个靠自己的劳动为生的人仅仅为了虚荣心而去打官司，真若如此，他若败诉，就成了案子里唯一的损失方。然而遇到律师后，再简单的事都立刻变得复杂起来。我提出自己的想法后，遭到了无数人的反对。由于当时我没有时间，就推迟了这个想法。但直到今天，我依然认为它是可行的，只要我将其稍微修正和润色一番，就能得到大多数人的赞同。"

之后说到神父，皇帝认为这群人非常重要，能派上用场。他说："他们越是得到开导，就越不可能滥用职权。"说到神父的神学课程，皇帝说，他想往里面加一门农业课，再让他们学一些和医学、法学有关的知识。他认为："如此一来，教条主义和神学论战这两匹常被笨蛋和狂热分子驾驭的战马，[344]在主教座上出现的频率会越来越少；人们开始布道纯粹的、崇高的道德，让道德说教变得更有说服力、更能让人听进去。由于人通常喜欢讨论他们了解的东西，神父就会更青睐于教农民如何耕田种地，甚至在打官司和生病这些事情上都能给出良好的建议。这可谓是一举多得。到那时，神父就成为教徒心中真正的神谕使者，享有充裕的俸禄，深得人们的尊重。他们将拥有如封建领主那般的权力，同时又不用承担风险。一个神父可以成为无冕的治安官、真正的道德领袖，安然无虞地教育和引导人民。他本人则依靠政府，由后者任命和发薪。此外，要当上神父，人们还要通过必要的考试和实习，这些能在某种程度上保障他们履行使命、保持高尚的心灵。我敢说，这样培养出来的神职人员，能在人民中间掀起一场真正推动文明进步的道德革命。"

我记得曾在参政院听皇帝发表讲话，反对给神职人员额外送礼这种风气。他说，拿圣物做买卖这种事有失体面，而且很难杜绝，所以他提议一劳永逸地解决这个问题。他说："我们把宗教活动变成无偿的东西后，应该予以神职人员更高的地位、更多的福利、更大的赈济，这也能为穷人带来莫大的好处。所以，用合法的征税代替给神父的额外谢礼，这是再合理、再简单不过的事。没错，所有人都要出生和死去，绝大多数人都要结婚。然而，宗教借着这三件人生大事来敛财和投机，这让我深恶痛绝，我恨不得立刻看到它们消失。既然它们是面向所有人的，那为什么不干脆把它们变成一种特殊税，或者把它们放在总税下的一个分支中呢？"但这个提议毫无下文。

我还记得他提了另一个建议。[345]皇帝认为，政府可在公务员、政府官员甚至部队军官的年薪中扣下一笔不多的钱，攒起来作为他们将来的退休基金。他非常重视这条提案，说："如此一来，将来他们每个人都再不用苦苦哀求别人给自己发抚恤金了，抚恤金将成为他们的一项权利、一笔财富。从薪水中扣出来的那些钱会被存在一个专门的偿债基金中，这是他们自己的钱，等他们退休了就可以顺利将其取出来。"有人反对，说，有些收入——尤其是军官的收入——是不允许被扣下来的。皇帝反驳说："如果这样，我就把扣的这笔钱补齐，这样他们的总收入还增加了呢。"那个人继续问："如果要补齐这笔钱，那就不是一个小数目了。可你为什么要这么做呢？这能带来什么好处吗？"皇帝说："好处就在于确定和不确定之间的差别。如此一来，国库那边清净了，再不用操心这事；公民们也有了自己的保障，感到安心了。"

皇帝无比积极地推动这个方案，一再在参政院提起它，但一直没有下文。我先前说过，我经常看到他在许多问题上发表即兴演讲，请众人讨论，但最后都没有结果。我在下面引用的这句话，用寥寥数语就概括了拿破仑在行政工作上是多么积极："根据计算，拿破仑政府在十四年五个月里，就不同主题在参政院展开了61,139次决议！"①

我还经常听拿破仑说他多么希望能够成立一个欧洲院，设立一些欧洲奖项，以鼓励、引导和协调各个国家的科研工作。

他还希望统一欧洲的货币、计重、长度单位乃至律法。他说："我的《拿破仑法典》为什么不可以成为《欧洲法典》的基石呢？为什么我的帝国大学不能成为欧洲大学的前身呢？如此一来，整个欧洲都将成为一个大家庭，346每个人在国外旅游的时候，仍觉得自己身处祖国的怀抱。"

他还有许多类似的设想，可由于我记得不太真切，就不把它们一一写下来了。

皇帝惊人的改变—总督在我们周围设下重重哨所—哈德森·洛韦的暴行—拉马克将军—雷卡米耶夫人和一个普鲁士亲王②

11月15日，星期五

皇帝和我一起吃了早饭。三点钟，他又把我叫了过去。他想透透气，便生出去林子里走一走的念头。可外面的空气对他而言太过凛冽，

---

① 出自蒙特维朗的《批评辩论史》（*Histoire critique et raisonnée*）。——辑录者注
② 即奥古斯特·德·普鲁士。（请看《人名表》）

他便掉头去了大元帅家里。一进门，他就坐在一张扶椅上，半天都没起来，似乎一点儿力气都没了。看着他日渐消瘦、面色苍白、身体衰弱的样子，我们心中一惊，只觉五内俱焚。

穿过树林的时候，皇帝抬眼看到了我们周围的哨岗，讥讽地笑了笑。他说，我们周围被搞得乌烟瘴气，先前铺上的草坪已被悉数撤走，好给这些可怜、可笑且无用的小玩意儿腾地方。这两个月里，总督一直都在我们周围忙个不停，又是挖沟，又是修护墙，又是加栏杆，把整个朗伍德都围了起来。马厩那边更是一片狼藉。我们实在想不通，他花这么多钱和精力来弄这些东西，到底能有什么好处。英国士兵和被雇来干活的中国人，对这些工作既感到气恼，又觉得荒唐，现在他们都把朗伍德及朗伍德的马厩分别称作"哈德森碉堡"和"洛韦碉堡"。我们还听说，哈德森·洛韦经常从睡梦中突然跳起来，因为他在梦里又想到某项新的安保措施。皇帝说："这简直接近病态了。为什么这个人不能好好入睡，也让我们安心入眠呢？为什么他就不肯让我们清净一下呢？他在我们周围布下层层罗网，怎么还觉得那么惊慌和恐惧呢？"[347]在场的一个人回答："陛下，因为他不能忘记自己在卡普里岛的教训。那里有2000名守军和30门大炮，碉堡周围毫无遮蔽物。英勇的拉马克将军带领1200个士兵，攻下了这个地方，但将军是靠云梯才攻到哈德森·洛韦身边的。"皇帝说："那么，这只能证明我们的总督是个好狱卒，而不是个好将军。"

近来儿子的身体让我非常担心。以前他常常抱怨自己某个地方疼痛难忍，如今情况转恶，他时常心悸，然后昏倒。他只能晚上起床，稍微走一走，或者以特定的姿势躺着休息，才感觉好一点儿。

奥米拉医生担心这是动脉瘤或更严重的疾病的症状。我把总军医巴克斯特请来和奥米拉医生一起问诊。看到结果后，我才松了一口气，儿子的身体没有值得警惕的症状。

白天聊天时,皇帝又说起了斯塔尔夫人,不过没什么新内容,只提到了警察检查了她的几封信,内容与雷卡米耶夫人及一个普鲁士亲王有关。

皇帝说:"这些信件证明雷卡米耶夫人的魅力,以及亲王对她的迷恋。全信都在说亲王向她求婚这件事。"

根据我后来的了解,事情是这样的:在那段风声鹤唳的时期,美丽的雷卡米耶夫人幸运地保住了自己的名节,这在当时是很少见的事。当时,她和至交好友斯塔尔夫人住在一起。一个曾在埃劳战役中被俘、后在拿破仑的允许下去了意大利的普鲁士亲王,在某一日来到斯塔尔夫人科佩的城堡,本打算只在那里待几个小时。雷卡米耶夫人当时自愿要和被流放的女友共患难,故也在那里。普鲁士亲王被她俘获后,在那里一住就是一夏天。这位夫人和年轻亲王都觉得自己是拿破仑的受害者,对他无比仇恨,视他为他们的压迫者。也许因为这个原因,两人产生了"同是天涯沦落人"之情。亲王情难自禁,不顾两人身份悬殊,想和斯塔尔夫人的这位女友结婚,[348]并把自己的秘密透露给了斯塔尔夫人。斯塔尔夫人本就有诗人般的丰富想象力,又想让科佩罩上一层罗曼蒂克的色彩,故对这种事乐见其成。后来亲王被叫回柏林,却痴心不改,依然想娶雷卡米耶夫人。可惜的是,也许因为天主教不支持离婚,也许是因为高尚的天性,雷卡米耶夫人多次拒绝了亲王的一片痴情。

热拉尔德从这件事得到启发,创作了一幅以柯丽娜为主题的画,人们都认为这是热拉尔德最具独创性的一幅画作。亲王买走了这幅画,以缅怀他深爱的那个女子。①

---

① 这幅画现存于里昂艺术博物馆中。

不过，既然提到斯塔尔夫人，我就想说一件事。我的日记前几卷出版后，这位大名鼎鼎的夫人的几个至交好友邀请我去他们家做客。这些人向我保证，当前流传开来的一些所谓的斯塔尔夫人反对拿破仑的言论，都是别人编造出来的，斯塔尔夫人与此毫无关系。例如，那句著名的"马背上的罗伯斯庇尔"，他们敢打包票，斯塔尔夫人从未说过这些话。他们还说，斯塔尔夫人在私底下对拿破仑的态度并不像她书里写的那般敌视。当然了，他们也承认，她在写书的时候，的确对皇帝抱有深深的反感和恨意。她的一个朋友告诉我，我在日记里说，拿破仑在圣赫勒拿岛把斯塔尔夫人比作阿尔米德和科洛琳达。她读到这些文字，心里非常高兴。有一次说到激动处，斯塔尔夫人还把年轻时的意大利总司令比作西庇阿和坦克雷德，说他既像前者一样朴实爽直，又像后者一样功勋累累。

晚饭后，皇帝让人把他的最爱——拉辛戏剧拿过来，给我们朗读了《伊菲革涅亚》、《米特拉达梯》和《巴亚泽》中写得最精彩的片段。读完后，皇帝说："虽然拉辛的戏剧很优秀，但里面还是有些老套的情节，老有谈情说爱的桥段，文笔太过甜腻。但这并不是他的错，而和当时不良的社会风气有关。在当时以及后来很长一段时间，爱情成了一个人的全部。在一个游手好闲、无所事事的社会里，人们当然会如此。[349]而在大革命和它所引发的剧变的影响下，我们的精神被粗暴地改造了。"皇帝还顺便批评了戏剧中米特拉达梯在某场大战里的战略安排，说："从叙事角度来看，它也许不错；但从战略构思的角度来看，简直是莫名其妙。"

论英国现议会成员—皇帝对内阁的评价—拿破仑对为他效过力的人抱有深厚的情感

11月16日，星期六

　　我找到皇帝的时候，他正津津有味地读一本类似英国政治年历一样的书。翻着翻着，他看到了英国议会成员，问我："您认识这些人吗？您在英国的时候对他们是何看法？"我回答："陛下，我很久以前就离开英国了，那个时候，现在议会中的成员才刚刚进入政坛，没有一个人崭露头角。"皇帝提到利物浦勋爵，说："在这些人中，我觉得利物浦勋爵是最正直的一个。我听了许多和他有关的事，似乎他是一个很有风度的体面人。我并不介意谁是我的敌人，毕竟每个人都有自己的立场和义务。但如果对我使用下三烂的手段、招数，那就怪不得我生气了。"说到这个话题，我告诉皇帝一件事。我在英国的时候，利物浦勋爵的父亲杰克逊，也就是后来的霍克斯伯里勋爵兼利物浦勋爵，已经在政坛上飞黄腾达了。据说此人非常正直，是乔治三世的挚友，工作勤勉，专门负责起草外交文件。

　　之后，皇帝提到了S***勋爵①，说："有人告诉我，此人也算正直，但才干平平，什么好事到了他手上都能被搅黄。"我说："陛下，我在英国的时候，他还只是人们口中的阿丁顿先生呢。当时他是下议院的一个演讲家，深受大众喜欢。据说他是皮特一手提拔上来的，后者准备让他当自己的接班人，^{350}这样皮特想什么时候回归内阁都行。可以想见，发现阿丁顿成了皮特的接班人后，公众是多么吃惊，因为许多人觉得他凭能力根本坐不上这个位置。英国一家反对派报纸在影射阿丁顿

---

① 1840年版本此处是"西德默斯"。

的时候，引用了一个哲学家的话（我记得是洛克）。这个哲学家有句名言：孩子的大脑就像一张白纸，大自然没在上面留下丝毫印记。接着这家报纸开玩笑说：大自然在'博士'这张白纸上写字时（'博士'是人们给阿丁顿取的一个绰号），肯定留下了不少空白处。"

皇帝最后问："您知道那个可怜虫吗？因为他，我们才被送到这里来，就是那个B***勋爵①。"我回答："陛下，我对他一无所知，既不清楚他的出身，也不了解他的性格为人。"他有些激动，说："至于我嘛，我也没机会认识他，只知道他对我做了什么。因为这个，我把他看作世上最**、最**、最**②的一个人。我之所以这么说，是因为他命令粗暴、言辞粗鲁，还因为他选了一个无耻之徒过来。他派过来的这个刽子手，可不是轻易就能找到的普通货色。不，这个选择根本不是出于巧合，他肯定经过了仔细的挑选、反复的考虑和悉心的培训。在我看来，这些就足以证明一个人的道德水准了，不是谁都能下作到干出这些事来。通过做事的这双手，我们就可轻易猜出背后指使它的那颗心是什么德行！"

老实说，出于谨慎与礼节的考虑，我曾想删掉上面这段话，或者把它改得柔和一点儿。然而出于一些顾虑，我最后没有这么做。我产生这种想法的时候，心中突然想起那个被深深伤害的灵魂，它似乎在对我说："既然您让我说话，那就至少把我的话保留下来。"于是，我把它们写了下来。算了，就让读者去评判是非吧。人在享受荣耀和权力的同时，定然也要面对对他的指控。让被告站出来做自我辩护吧。如果他能，那就再好不过了。

---

① 1840年版本此处是"巴瑟斯特"。
② 1840年版本此处为"最卑鄙、最下作、最怯懦"。

然后，皇帝转而说起了C***勋爵①，说："这个人是一人之下、万人之上，甚至通过阴谋诡计控制了摄政王储。靠一大群由他一手培养出来的支持者，³⁵¹他已经把议会变成了自己的一言堂，随时都可以厚颜无耻地向理性、法律、正义和真相发起挑战。他什么谎言都敢说，什么事情都敢做，什么东西在他眼里都是无所谓的。他非常清楚，无论自己做什么事，都能通过议会投票让它在众人的掌声中变得合法。他完全牺牲了自己的国家，还干出了违背国家政治、信条和利益的事，让它日渐堕落。总而言之，他完全把英国卖给了大陆。英国的处境越来越糟糕，天知道它什么时候才能从这人手中解脱出来！"

皇帝继续说："根据我的了解，哪怕在英国，C***都被看成一个毫无道德的政客。起初，他就是靠背信弃义的手段进入政坛的，虽然这种事在英国并不少见，但它还是成了他身上一个洗不掉的污点。他一开始打出人民的喉舌这个招牌，最后却成为权力和专制统治的工具。如果这些消息没有错，他肯定深受他的同胞——也就是被他背叛的爱尔兰人的唾弃，也深受英国人的厌恶，因为他在内摧毁了英国人的自由，在外损害了英国人的利益。

"他厚颜无耻地在议会中发表他明知是错误的，甚至很可能是他本人编造出来的言论，这已是确凿的事实。就因为他的那些话，缪拉被赶下王位。他每天都在议会里干颠倒黑白、指鹿为马的事，专职撒谎，把一些言论栽赃到我头上，好让英国人疏远我。他说的话到底是否属实，他心知肚明。最令人恶心的是，他知道我没办法反驳他。

"C***作为皮特的学生，以为自己可与皮特比肩，可他就是一只

---

① 1840年版本此处为"卡斯尔雷"。（下文的C***都是指这个人）

猴子，只知道不停地搬抄和延续老师为对付法国而制订的计划和阴谋。顽固和执拗，也许是他身上唯一比得过皮特的优点了。但皮特目光远大，一切以国家利益为重。他才干卓著，拥有创造性的天赋。他以英国这座小岛为跳板，统治和影响了所有欧洲君王。C***则完全相反，他没有创造力，只懂耍阴谋。他丝毫不在乎自己的国家，利用自己在大陆君主那边的信誉和影响力，[352]加强和巩固自己在英国的权势。可皮特纵然有治国之才，却屡屡失败，无能的C***却大获成功。唉！老天真是瞎了眼！！！

"C***完全就是个大陆人。当上欧洲的主宰者后，他满足了所有人的要求，唯独忘了自己的国家。他的行为不仅严重损害了英国的利益，也不符合它的国家理念，所以他做事才如此反复无常。我们实在难以理解，英国这么智慧的一个民族，怎么愿意接受这种笨蛋的统治？

"他做事最讲究正统，宣称这是他的政治教条，可这个教条能腐蚀他的主子的王位根基。此外，他还无视古斯塔夫四世的正统地位，承认了贝纳多特的头衔，为了英国而把古斯塔夫牺牲了。他还承认了篡位者费迪南七世，无视后者那位受人尊重的父亲——查理四世的利益。

"他声称自己的另一个基本主张是和联军一起重建旧秩序，最后却干出曾被他斥为错误、不公和掠夺的事，让公共道德走向退化。他把威尼斯共和国拱手让给了奥地利，把热那亚并入皮埃蒙特，为了壮大他的天敌俄国的势力而牺牲了波兰，为了不会再给英国提供任何援助的普鲁士的利益而打劫了萨克森国王，把挪威从丹麦分离出来。要知道，如果丹麦保住挪威，就可不受俄国控制，成为英国在波罗的海的门户；而得到挪威的瑞典因为失去了芬兰和波罗的海岛屿，成了俄国的附庸国。更要命的是，他不仅违背了普遍的政治信条，还在自己势力最为庞大的时候疏忽了一件事：让波兰重获独立。如此一来，他相当于把君士坦丁堡拱手让出，把欧洲暴露在敌人的眼前，在德意志给英国制造了无数麻烦。

"身为首相，作为一个自由民族的代表，他竟然给意大利重新套上桎梏，让西班牙继续遭受奴役，还煞费苦心地想给整个大陆都戴上枷锁。这么做多不合情理，我就不多说了。难道他认为只有英国人才有自由，欧洲大陆就不配享有自由吗？[①353]可如果他真有这种想法，那又怎么解释他连自己国民的某些权利都要剥夺这种事呢？例如，他错误地取缔了《人身保护法》，通过了《外国人法案》——根据该法案的规定，如果一个英国人的妻子是外国人，只要部长哪天心情不好，她就会被逐出英国。他启动了间谍和告密制，这些来自地狱的破坏分子网罗罪名，导致许多无辜者被打入大牢。总而言之，C***像颠覆外国民族的独立一样，在国内以残暴冷血的手段，给英国人民戴上脚镣。[②]不，C***根本不是一个自由民族的首相，根本没资格得到其他民族的尊敬。他充其量就是大陆君主们的一个行政官，在他们的授意下训练自己的国民接受奴役。他其实是链条中的一环，是个连接器，英国的财富通过他源源不断地流向大陆，大陆某些国家的暴政思想再通过他被不断引入英国。

---

① 实际上，后来C***在议会中谈论巴登还是巴伐利亚宪法这个问题时，一个不小心，把和这几乎一模一样的话厚颜无耻地公开说了出来。——辑录者注

② 我听说，我离开后，皇帝有一次读到了爱奥尼亚群岛的抗议信，人们在里面愤怒地历数了联军的种种罪行。联军口口声声说要维护道德、匡扶正义、保护民族独立，却在那里疯狂分赃，狼吞虎咽地吞噬着帝国的遗骸。读完后，他说："这些人居然也好意思当着全世界的面，虚伪无耻地斥责我是多么贪婪、无信和暴政！"

听说了帕尔加港的不幸遭遇后，他惊呼："帕尔加！帕尔加！这件事将成为一个耻辱的烙印，一辈子烙在那个人的脸上。"——辑录者注

"他就像神圣联盟的信徒一样，卑躬屈膝地跟在这个我根本不知道其创建意义和目的的神秘组织后面。神圣联盟是用来对抗土耳其人的？那英国应该反对它才对呀。这个组织是为了维护天下和平？那简直是天方夜谭，没有哪个外交官会被这个理由糊弄过去。[354]它唯一的目的，就是反对和制衡。它又不能把所有人都联合起来。所以，我只能把神圣联盟视为一个对抗各国人民的君主联盟。那么问题来了，C***待在里面干吗呢？如果神圣联盟真是这样一个组织，难道他日后不会、不应当为自己的行为付出代价吗？

"C***曾落到我的手心。有一次，他在沙蒂永策划阴谋。当时我方暂时获胜，法军经过会议地，把它围了起来。英国首相当时不是因为公务出差才出现在那里的，不受法律保护。他也发觉自己处境不利，落到我手里后彻底慌了神。我叫人让他冷静一下，说他仍是自由的。我这么做不是为了他，而是为了我。当然了，我从未指望此举能给我带来什么好处。可过了一段时间，他以非同寻常的手段来回报我的恩情。当时他看到我选中厄尔巴岛为隐退地，就提议让我前往英国。他把英国夸得天花乱坠，想引诱我去那里。可如今，我不由得对C***当初的提议产生怀疑。他当时肯定想用现在我正经历的这些招数来虐待我！

"一国首相竟亲自和大陆的几个君主在私底下接洽，这着实是英国的一大不幸：他违背了宪法精神。英国人看到他们国家的代表参与拟订欧洲法律，才第一次体会到民族自豪感。可今天他们大概后悔了，因为结果证明，他写进法律里的只有麻烦、失信和损失。

"确凿无疑的是，C***本可以得到一切。但因为盲目、无能、背信弃义，他反倒失去了一切。当他和众君主一道坐在席上的时候，他似乎也为自己拟订和约时的商人模样感到脸红，干脆不管不顾，摆出领主老爷的架势讨论协议。他的虚荣心因此得到了满足。我们猜测他在个人利益上应该没有丝毫损失；遭殃的只有他的国家，而且它的苦日子还长着呢。

"大陆君主当初让他们的首相相互接触，他们也会为此付出代价的。结果不是已经出来了吗？这些大臣[355]俨然成了二主子，还相互合作，保障彼此的地位。我们不无道理地猜测，他们应该拿到了为数不少的政治献金，而且他们的主子对此也持认可态度。这种事应该很好办，再没有比这更容易、更巧妙的安排了：那边的政府先敲定某一笔秘密资金的数目，先是有人说某某人眼下和日后对大陆大有用处，再然后总得承认他做出的贡献吧。这个人再跑到他的政府跟前，说国外某某人功劳不小，甚至牺牲了自己的利益，政府不应当忘了他的功劳。这种事来来往往之后，牵涉的钱就不是小数目了。连维也纳的那个大人物都气恼地说：'某某人[①]已经要把我榨干了。'毫无疑问，这些肮脏的交易、卑鄙的手段总有一日会被曝光。那时人们自会知道这些人侵吞了多么庞大的财产。说不定日后又会发生巴里勇密信丑闻事件[②]，信里全是这些人的名字。不过这些信不会交代新的东西，不会有任何人因此名誉受损，因为当代人已经料到这些家伙做过什么。"

进行了这番长长的、激动的宣泄后，拿破仑沉默了好久。这还是我第一次看见他在私底下如此尖刻、如此愤怒地针对一个人——当然了，他完全有这么做的理由。之后，皇帝继续说："这个C***倒是聪明，把筹码全压在W***[③]身上。"当时皇帝正好翻到了这个人的名字，说：

---

① 即塔列朗。
② 保罗·巴里勇（Paul Barillon, 1630—1691）是路易十四的一个外交大臣，他的信不慎落到政敌手中，里面透露了他收买英国要人的许多细节。——译者注
③ 即惠灵顿。

"W***是他一手提拔起来的。莫尔伯勒会不会也参与了C***的一系列阴谋？他在战场上取得的胜利，和这个政坛小丑的卑鄙勾当有没有关系？简直不敢想象！W***能忍受别人这么想他吗？他的灵魂如果配不上他的成功呢？……"

需要指出的是，皇帝一般不喜欢提及W***这个名字。哪怕说到此人，他似乎也在极力避免对其予以评价。他可能觉得，公然针对一个战胜过他的将军，发表与其有关的负面言论，这种行为有失风度。可此时，他难以抑制自己激动的情绪，把他的所有想法都倾吐了出来。在这一刻，一直主宰着他、让他保持自控的那股力量似乎完全失效。^{356}先前，哪怕是谈起最对不起他的那些人，他都是一副冷静旷达的态度。我从未见他如今天这样激动，他的姿势、语气和神情无不在宣泄满腔的愤怒，让我看了大为震惊。

他说："有人确切地告诉我，我是因为W***才来了这里，我相信这话。[①]他干得出这种事，毕竟当初他罔顾投降条约，导致和他在战场上多次兵戎相见的内伊走上死路。我这边呢，我的确让他度过了人生中最可怕的15分钟。对高尚者而言，这是一枚勋章；可他不这么想。我的倒台和可能面临的命运，让他一下子收获了无数盛誉，这是他前半生所有胜利加起来都赚不到的荣誉。但他仍没想到这点。啊！他真应该感谢老布吕歇尔！要不是这个人，不知道W***今天还在哪儿混日子呢。但可以肯定的是，我肯定不会待在圣赫勒拿岛。W***的军队很可敬，但他的战略部署糟糕透顶，更准确地说，他根本就没有什么战略部署。他把自己置于一个进退两难、动弹不得的境地，可笑的是，他反而因祸得福。

---

① 拿破仑在临死前写的最后一份手稿也表达了这个想法。——辑录者注

如果他当时撤退，那他就完蛋了。他固然控制了战场，可这是因为他战术高明吗？他的确取得了大捷，可他是靠自己的才干赢得这场胜利的吗？……他只取得了负面的荣耀，却犯下了巨大的错误。他身为欧洲最高统帅，扮演着至关重要的角色，要对付我这样可怕、大胆的敌人，可他居然把自己的军队分散到各处，让他们去睡大觉，那不是在等人生擒吗？可命运就是这么无常！三天里，我连续三次看到法国和欧洲的命运从我手上滑脱。

"第一次，若没有那个将军①逃离阵线、投靠敌军、卖主变节，我可以把敌军打得七零八落，把它们一举歼灭，它们甚至连会合组队的时间都没有。

"第二次，在我的左翼，要不是内伊一扫往日的魄力，在四臂村犹豫不决，我可以横扫英军。

"最后一次，在我的右翼，格鲁希不仅没有前来援助我、奠定胜利果实，还进行了一系列莫名其妙的操作，导致我回天乏术，使法国落入深渊。

"不，W***像贝尔蒂埃一样，只是一个偏才而已！也许他在某个方面干得出色，但他没有天赋。是命运成就了他，而不是他成就了命运。他自比为第二个莫尔伯勒，能和后者一争高下。可他和莫尔伯勒差得十万八千里。莫尔伯勒既能横扫战场，又能征服内阁，所有人都对他口服心服。而W***呢，只知道跟着C***的计划走。斯塔尔夫人谈起他时，说他下了战场后就成了一根筋。以高雅品位著称的巴黎沙龙对此深表赞同，法国全权代表大使在维也纳时也是这么认为的。他的胜利以及

---

① 1840年版本在后面加了括号，明说此人是布尔蒙。

这些胜利引发的结果和影响，会在历史中崛起；但他的姓氏会跌价，我们甚至不用等到他死就可以看到这一幕发生。"

之后，他收住话题，转而评价内阁各部，还提到了让人骚动不已的阴谋权术。皇帝说："说到底，内阁就是一个麻风病医院，没人能逃过被传染的命运。人进去时也许还算品德高尚，但能干干净净地从里面出来的人少之又少。也许只有两个内阁例外：我的内阁和美国国会。我的内阁大臣只是我的办事员，我对一切负责。美国国会部长都是公共声望极高的人，一个个无比正直而严肃，警惕性高。"

最后，他用这番话结束了今天的交谈：

"服侍过我的人在我退位之前仍是那么赤诚忠心，我想，这是任何君主都没有的一大荣誉吧。那一刻，人们的哭喊声响彻云霄！如果不是因为我，有投石党精神传统的法国人早就暴起了。"之后，他掰着手指数起了为他效力过的一些内阁大臣：

"我的两个贵人，也就是康巴塞雷斯和勒布伦，他们才能出众、心胸宽广。

"巴萨诺和科兰古，此二人以正直善良而著称；[358]莫雷是法国法官的楷模，很可能会在将来被召进内阁，受到重用；蒙塔利韦是多么正直的人啊；德克莱斯为官清廉，不讲情面；戈丹以工作勤勉、做事可靠而著称；莫利安洞察力极强，做事雷厉风行；还有我的参政院议员，他们是那么睿智、勤勉！我永远不会忘记他们。他们比任何国家、任何时代涌现的议员都更加优秀、更恪守道德。这些栋梁之材得到重用，是国之大幸！虽然我不怎么表扬人，虽然我给人的评价基本都是负面的，但对于那些曾经效力过我的人，我对他们是由衷的欣赏，对他们永远心存感激。还有更多寂寂无名的人，他们同样值得赞颂。我就不一一列举名字了，否则许多人会抱怨被我忘了。我得多么薄情，才能把他们给忘了啊！"

再谈意大利军众将领—一个副官的父亲—巴黎的渣滓—一本极其恶心的小说—论赌博—拉罗什富科家族

11月17日，星期日

皇帝身体不适，白天谁都没见。晚上，他把我叫了过去。我向他表达了对他身体的担忧，但他说他精神上的苦痛远大于肉体上的折磨。然后他开始聊天，谈到了许多从前说过的人。

他再度回顾了意大利军中的许多将领，谈了他们的性格，说了许多和他们有关的事。他说有个人贪婪，另一个人喜欢吹牛，还有一个人笨头笨脑。他既讲了一些人的丑事，又说了另一些人的优良品质，承认他们做出的巨大贡献。皇帝尤为仔细地回忆了意大利军中他曾一度喜欢的那个人①，承认此人的变节投敌深深地伤害了他。他说，根据自己对这个人的了解，他肯定活在深深的悔恨中。他说："没有什么背叛比这更公然、更致命，《总汇通报》刊登了这件事，359还有他的亲笔信为证。它是我们之后一系列灾难的直接导火索，成为埋葬我们权力的坟墓、遮蔽我们荣耀的乌云。"说到这里，他的语气软了下来，"但我肯定，他的为人比他的名声要好得多，他的心灵比他的行为要高贵得多。从他的表现来看，他是有良知的。我们从报纸上得知，他曾苦苦哀求国王饶了拉瓦莱特，看到对方毫不留情的样子，他激动地说：'可是陛下！我把比生命更重要的东西都交给您了！'其实我们还遭到了其他更加卑鄙的背叛，只不过它们不像这件事那样有详细的官方资料为证而已。"

---

① 1840年版本在后面加了括号，明说此人是马尔蒙。

皇帝还说，早期，他对上面提到的这位将军可谓是关怀备至，就像父亲照顾儿子一样。此人本来进不了王室炮兵队，要被派到外省的一支部队。皇帝说："我在布里埃纳和拉费尔炮兵团有个战友，他逃往国外之前把侄子托付给了我。他的侄子就是这个将军。① 由于是朋友相托，我只能既当父亲，又当叔叔，尽到了对他的义务。我对他非常关心，早早地为他规划好了前程。他的父亲是圣路易骑士，在勃艮第有几个铸铁厂，家底相当丰厚。"②

拿破仑说，1795年他从尼斯军队回到巴黎，经过了这个人的父亲的城堡，在那里稍作停留，得到对方极为热情的接待。当时，拿破仑也算是小有名气了。他说："根据儿子的描述，父亲是个一毛不拔的吝啬鬼。但他在接待自己儿子的恩人时非常大方，一扫从前的吝啬作风，招待我时花钱如流水，而且眉头都不皱一下。当时是七八月份，天气炎热，他却命令仆人在所有房间的角落都点上蜡烛。我们只有在莫里哀的戏剧中才能看到这种场景。"

之后，皇帝说起了巴黎风气和城中庞大的人口，还提到了巴黎的许多恶习。他说，其实大都市都存在这些歪风邪气；人性本来就卑劣和丑恶，到了这些光怪陆离的地方后，^{360}它们每时每刻都被需求和欲望挑拨，得到滋长的机会。他常说这些大城市就像巴比伦一样堕落③，并提了几件无比丑恶龌龊的风月之事。他说，当上皇帝后，他读过一本只有最堕落的人才写得出来的恶心至极的小说。这本书写于国民公会时期，极大地败坏了公共道德，当局不得不把作者关起来。此人后来一直都待在

---

① 修正：其实他是拿破仑在布里埃纳的一个战友的嫡亲堂兄弟，而不是侄子。
② 34岁时，这位骑士放弃了军队事业。
③ 从这里到第361页的"我们又转而谈起了首都那些大人物"在1840年版本中被删。

大牢里，皇帝说他现在还活着。我忘了作者姓甚名谁。我还是第一次听到他的名字呢。①

皇帝说，他曾采取各种办法封杀了许多道德渣滓，可在有些事情上也只能草草了事。例如，他曾禁止假面游戏②，甚至还想把所有赌博场所都关了。然而，当他想认真讨论这些措施的可行性时，才意识到这不是个小问题。听到这里，我告诉他，当时警察还禁止我们去圣日耳曼区一家数一数二的赌场和朋友玩牌呢。皇帝说，他不记得自己发布过这种招人骂的法令。我肯定地说，当时是富歇打着他的名号做了这件事。他说："这倒有可能，但我对此一无所知。我不可能知道发生在警务部的每件小事。"

之后，他问了我说的玩牌的这件事，比如是什么性质的玩牌，有多少人参与，等等。

因为我在回答的时候一直用"我们"，皇帝就打断了我的话，问："您也参加了牌局？您是个赌徒吗？""唉！陛下，很遗憾，我曾经的确是个赌徒，虽然这是很久以前的事了。不过每次我牌瘾上来了，就会玩得昏天黑地。""我真高兴自己现在才知道这件事，否则我会看不起您的。这事告诉我们，我们从来不可能真正了解别人。它还说明了一个道理：不要树敌太多，因为保不齐某天我身边某人就把您嗜赌这件事告诉我了。大家都知道我有多讨厌赌博，我是不会信任任何一个赌徒的。361我没有时间调查自己对某人的看法是对是错，可一旦听说谁沉迷于赌博，我就再不会重用他了。"

---

① 拉斯卡斯说的这个人很可能是萨德侯爵，他在法国大革命期间写了禁书《索多玛120天》。——译者注

② 一种赌博游戏，游戏玩法类似于现在的狼人杀。——译者注

说完圣日耳曼区，我们又转而谈起了首都的那些大人物。皇帝提到了拉罗什富科和他的家人，提到了来自这个家族的一个夫人，她在约瑟芬皇后身边担任过女官。他还说起她那个曾在维也纳和荷兰担任过大使的丈夫，担任法官的弟弟，以及他们的父亲——备受尊敬的拉罗什富科-利安古公爵，还提到了拉罗什富科家族的小女儿，后者由他指婚嫁给了博盖塞亲王的弟弟阿尔多布朗蒂尼亲王。皇帝反复说，他曾想把她嫁给斐迪南七世。之后，他还提到了另一个拉罗什富科，此人在他刚刚执政时死在了监狱。他问我拉罗什富科和其他人是什么关系，我说我对此一无所知，因为我不知道皇帝说的是哪个人、哪件事。

他说："他曾策划阴谋反对我。我从未和您说过这件事，因为我也是刚想起来。

"当时路易十八在米塔瓦，拉罗什富科以他的名义在巴黎策划了一个阴谋行动，要暗杀政府头脑。①他在监狱里被关了四五年，最后死在了那里。事发前，有人知道了这件事，于是一个密探在警察的安排下，作为卧底打进了这个阴谋集团，而且成了里面的核心成员。有一天，他去了洛林的一座城堡，把一封密信交给那里一个年纪很大的贵族。这个老人先前是孔代亲王军队中的一个重要人物，后来因为第一执政官的特赦返回法国。他负责为阴谋集团的行动提供便利，或者安排成员去见远在米塔瓦的路易十八。老实说，这个老贵族也算得上高尚，他非常抵触和反感这些阴谋活动，认为法国当前国泰民安，此时从事这些活动太晚了。他强硬地表态，说自己坚决反对任何针对第一执政官的暴力行动，

---

① 他这里说的是让·德·拉罗什富科男爵，请读者不要把他当成旺多姆广场柱子的"拆毁者"索斯泰纳·德·拉罗什富科。

觉得后者不是泛泛之辈。他在米瓦特见了路易十八好几次后,[362]我们的卧底知道了所有内情,拉罗什富科和他的团伙全被抓捕。要是他们知道是谁出卖了他们,那就有意思了!"

真正的波兰王波尼亚托夫斯基—拿破仑的一些小事—遗失的笔记

11月18—19日,星期一至星期二

我们谈起了波兰,一说起这个话题,皇帝就像打开了话匣子似的。我们谈论了每一个我们认为似乎可以坐上波兰王位的人——当然了,他们都觉得自己就是波兰王。说到这里,皇帝沉默了一会儿,接着说:"真正的波兰王是波尼亚托夫斯基,他赢得了无数勋章,也有成为一国之君的所有才干。"然后他闭上嘴,没有再说话。

有一次,皇帝嘲笑人们花费巨大的人力、物力,在由他一手建起的纪念物上抹掉他的徽章和图案。他说:"心胸狭隘的他们可以让普通人看不到这些东西,但无法从历史中、从艺术家和收藏者收藏的艺术品上抹去我的名字。我就和他们不一样,我掌权后依然尊重王室留下的一切痕迹,甚至还让人按照年代顺序还原了百合花和其他王室徽章。"

有人说,吕西安亲王也是这么说的。1815年,皇帝安排他住进了罗亚尔宫。他走在金碧辉煌的楼梯上,欣赏挂在墙上的地毯上精致的百合花团图案,对被皇帝派过来伺候他的一个军官说:"我们很快就要把这些东西摘下来,是吗?""为什么呢,殿下?""因为这些是敌人的徽章啊。""算了,为什么不把它们留作战利品,继续放在这里呢?"亲王闻言,开心地说:"您说得没错,我也是这么想的。"

今天,我只记了一点儿皇帝的谈话内容,而且要不了多久,我就再

也听不到他的声音了。所以，我就把自己零零散散写下来、放在日记封皮里的一些事整理进这两天的日记中。我出于记录习惯，会把一些事即刻写下来，但后来在整理当天的日记时忘了把它们放进去。我便把这些内容和一些我还记得的旧事放在一起。[363]先前因为处在囚禁状态，必须谨慎从事，许多敏感事都不能写，今天我把其中一部分加了进来。还有些笔记内容是我后来通过可靠途径得知的，借此机会把它们都放出来。

许多笔记之间毫无关系，但它们都服务于贯穿这本书前后的目的：或者是要澄清某些抹黑拿破仑的谣言，或者是要通过细节刻画拿破仑的人物形象。希望这本回忆录能让接近过皇帝的人站出来，把和他有关的、他们知道或听说的事告诉世人。

以前许多人说，皇帝待他身边的人非常严厉和暴虐。可今天大家已经知道，每个服侍过他的人之所以爱戴他，是因为他待人亲善、为人和气的缘故。我回到欧洲后，遇到了一个身份极为尊贵的人。人们只要搬出这位大人物的名号，就能得到别人的信任。因为职位的缘故，他曾一直服侍在皇帝的身边，陪着他上下战场、出入宫廷。此人告诉我，他只见过一次拿破仑对他的一个马夫大发雷霆。当时人们正从阿克撒出，这个马夫拒绝用他的马车转移伤员，而当时连总司令都把自己的坐骑让给了伤员，还要求他的参谋团也照做。看到马车夫这种行为，他焉能不气？这位大人物补充说，他这次发火是出于政治原因，而非天性。这件事发生在士气低下的众将士面前，他要借此向众人表达自己对士兵的殷殷关怀。

以前还有一种传言，说拿破仑对宫廷里的人就像对仆人一样毫不客气，从未对他们说过一句谢谢。然而，我可以搬出一大堆亲身经历的事来反驳。皇帝从莱比锡战役中惨败而归，在宫中接见了一些军官，接见时间罕见地长达一小时。当时的他满脸愁云,眉头紧锁。其间,他走到我旁边的博沃跟前。[364]博沃的一个儿子年纪尚小,以荣誉护卫兵的身份参加了这场战斗。拿破仑对他说:"您的儿子表现得十分出色,他没有辱没自己的姓氏。他受了伤,但伤不重。不过将来他可以骄傲地说,自己曾为国家流过血。"

还有一件事差不多也发生在那个时候。在一次日安接见礼中,皇帝给我旁边的热拉尔将军发布了命令。当时这位将军已经崭露头角。皇帝对他非常亲切,不过话可能说得有些含糊。他继续接见其他廷臣,却突然转头又向热拉尔走来。毫无疑问,他发现将军没有听明白自己的意思,便口齿清晰地说:"我刚才说,如果我有许多像您这样的人,我们的损失就能得到弥补,我就能掌控全局了。"

还有一件发生在同一时期的事,让我深刻体验到皇帝对其他人的巨大影响力,以及人们对他敬佩、崇拜到了何种地步。有个将军(我忘了他的名字)当时下肢严重受伤,一瘸一拐地参加日安礼,等候皇帝接见。拿破仑非常热情地迎向他。这位可怜的将军必须做截肢手术,但他坚决不肯。皇帝听说了这件事,对他说:"为什么您要拒绝一个可以为您保住性命的手术呢?肯定不是因为害怕,因为您在战场上多次证明了自己的勇气!难道您不在乎性命?可您的内心难道没有告诉您,哪怕少了一条腿,您依然可以为国效力,为祖国做出巨大的贡献?"这位将军没说什么,神情平和冷静,但依然十分消极。皇帝看到他这副模样,心中着实难受。又见了几个人后,这位将军一脸坚毅,仿佛突然下了很大的决心似的,转头对皇帝说:"陛下,如果您命令我接受手术,我立刻从命。"皇帝说:"我亲爱的朋友,我的权力还没大到那个地步。我希望能说服您、打动您,可皇天在上,我不能发布这种命令!"我记得当时有消息传开，³⁶⁵说这位将军离宫后就做了截肢手术。

从厄尔巴岛回来后，皇帝在深夜进入杜伊勒里宫。不出所料，第二天就有一大群人抢着要进宫给他请安。宫门打开后，他出现在我们面前的那一刻，我情绪之激动、思绪之纷繁，到了无法用语言描绘的地步。他如往常一样站在那里，似乎什么都没发生，似乎他从没有离开过皇宫，似乎昨天才在日安礼中见过我们似的，他的举止、神态、打扮和从前别无二致。我当时不由得老泪纵横，相信在场所有人都是相同的感受，大家纷纷向他跑了过去。皇帝也很激动，多次拥抱了好几个人。之后，他如同以前那样接受众人的问安，声音平和、神情愉悦地同每个人交谈。他朝我身边一个人走过去，半开玩笑半认真地说："啊！这不是白军的参谋总长阁下吗？"在场许多人都因为之前的一些事而感到局促不安，可拿破仑似乎完全放下了。他不会忘记，当初是他让这些人离开枫丹白露，免了他们效忠自己的誓言。

接下来发生的几件事，可以让人看出拿破仑身上深刻的洞察力、冷静的性格。哪怕站在权力的巅峰，无论遇到与自己多么密切相关的事情，无论碰到多少棘手、尴尬的问题，他都表现得无比温和、公正。

被卷入卡杜达尔和皮什格吕的阴谋事件后，莫罗被捕。第一执政官有个副官，从前似乎当过莫罗的副官，为他效过力。他立刻去监狱看望莫罗，对此事非常关心。拿破仑知道后，说："这件事合情合理，我肯定不会责备他的。不过，我必须换一个副官。这个职位要求绝对的忠诚和信任，容不下这种私人情感。"于是，拿破仑让他去一个团当指挥官。³⁶⁶这位副官就是拉古耶上校，他是一位非常优秀的军官，在乌尔姆开城投降前的一次战斗中，他带领部下奋勇杀敌，最后以身殉国。

那个时候，列日省省长德牧索男爵①也因为皮什格吕这件事被突然召到巴黎。德牧索男爵为人高尚、德才兼备，他觉得自己此次前往巴黎，是因为上级对他的行政工作十分满意。不过他受到大法官的邀请，请他在见第一执政官之前先去自己那里一趟。去了之后，男爵被大法官盘问了一遍，内容和后者收到的一封信有关。德牧索男爵起初没有认出这是别人模仿他的笔迹，对上面的签字没有否认。然而读到信中内容时，他立刻声称自己是被人栽赃了。这封信是在替莫罗说话，通篇都在诅咒第一执政官。列日省省长有个死敌，此人在政府担任要职，是他恶意炮制了这封信，企图彻底毁了列日省省长。省长证明此事和自己毫无关系，之后赶去接受第一执政官的接见。拿破仑对他格外关注，在他离开前对他说："回去继续干您的工作，您做得很好。您得到了我的万分尊重。希望这句公开的评价能让您略感宽慰，忘记您因为谎言和诬蔑而遭受的不快经历。"

从下面这件事可以看出，如果遇到有想法的属下，拿破仑也不会急着抨击他的独立观点，哪怕它们没有道理。

我从曾在帝国期间担任内务部部长的蒙塔利韦那里得知了一件事。有一次开完内阁会议后，他单独和皇帝待在一起，对皇帝说："陛下，虽然我觉得非常尴尬，但还是要和您讲一件非常荒谬的事。一个年轻的省长——他一直在旁听内阁会议——公开拒绝用一个头衔来称呼我，虽然依照惯例，所有内阁大臣都应该被这么称呼。我的部门有几个属下还说，他从来不用'大人'这个称号来叫我，觉得太矫揉造作。这几个属下替我说话，笨拙地要求他称我为'大人'。他一口拒绝，说自己绝不

---

① 从1824年版本起，作者就给出了全名。

改口。为这么件小事来叨扰陛下，我倍感羞愧；可事情已经发展到我不能对其置之不理的地步了。"³⁶⁷一开始，皇帝还觉得那个年轻省长在这种小事上犯倔，这的确有些不可思议。但想了一会儿后，他边笑边对蒙塔利韦说："不过说到底，怎么称呼您，这事又没被写进法典里。这个年轻人也许是个好苗子，只不过还不太成熟罢了。不过这种丢脸的事不能继续发生，应该来个了结。给我把他的父亲叫过来，他肯定会听他父亲的话。"就这样，一件棘手的事被他用巧妙的办法给解决了。

3月20日晚，皇帝刚走进自己在杜伊勒里宫的房间，龙骑兵上尉G.D***就走了过来。他来向皇帝禀报樊尚投降一事，法军靠大胆的谋略、巧妙的战术，在不久前夺下了这座要塞。起初，拿破仑微笑着听他讲述事情的始末，但慢慢也被上尉激动的情绪感染了。突然他想起樊尚地方长官皮维尔，立刻问："可是阁下，您还没提到地方长官呢，他怎么样了？"军官的语气一下平静了，说："陛下，他已经拿到通行证，被送出巴黎了。"拿破仑往前走了两步，抓住军官的手，对他说："我很满意。您做得很好，非常好，棒极了！"①从他激动的语气来看，方才他是多么担心。

在我丢失的笔记中，有一封来自南方的一个叫莱昂的士兵在执政府期间写给拿破仑的信。拿破仑说，这是他读过的最动人的一封军信。他

---

① 皮维尔侯爵被路易十八任命为樊尚要塞的总督，接替了多梅尼尔的位置。皮维尔是典型的1789年前旧贵族那种人物。3月20日早晨，他疑惑不解地接受了梅尔林将军的拜访。后者"以重回法兰西皇位的皇帝的名义"，要求他把要塞的钥匙交出来。侯爵一开始宣称，他绝不会在未经战斗的情况下就把国王托付给他的要塞拱手让人。但和幕僚商量后，他立刻宣布"听从天命"。他只为了自己及那些忠于国王的军官和部队而提出一个要求：让他们拿到通行证，前往卢瓦尔河北面的地区。得到满意的回答后，皮维尔签了投降书，在午夜离开了要塞，离开时身边只有两个军官相陪。详情请看佛萨的《岁月荏苒下的樊尚堡》第一卷第243~247页内容（F. de Fossa, *Le Château historique de Vincennes à travers les âges*）。

对其予以如此高的评价，此信定然有不同寻常之处。所以我当时把这封信抄在笔记中，虽然我不太明白信里表达的意思。希望未来有人能复原这封信吧——如果它被其他人抄下的话。①

拿破仑打了60场仗。恺撒也只打了50场仗而已。

有一天，有人当着拿破仑的面问，为什么未知的不幸有时候比已经发生的苦难更能击垮一个人？皇帝说："因为无论在想象还是在估量中，未知之物的力量都是深不可测的。"

³⁶⁸拿破仑交代了某个重要任务，制订了重大战略部署后，通常都会说这句话："去吧，先生，赶紧的。别忘了，世界是在六天里被造成的。"

还有一次，他布置了任务，最后对听命的人说："您可以问我要任何您想要的东西，除了时间，只有它不在我的权力范围内。"

还有一次，他交代了一个非常紧迫的任务，一直在等回信，可对方直到第二天很晚的时候才把结果带过来。皇帝非常不满，那个人想辩护几句，说自己白天都在工作。拿破仑问："可是阁下，难道您晚上不工作吗？"

---

① 这封信是第32旅掷弹兵中士莱昂·奥讷在共和八年霜月十六日在土伦写的，收信人是"法兰西共和国执政官波拿巴公民"。信的内容是："执政官公民，您来到共和国的土地上，让所有纯洁的灵魂——包括我——得到了安慰，我们所有希望都在您的身上了。我如同对着我的守护神一样对您说话，恳求您在您那满是胜利的辉煌回忆中，留一小块地方给一个叫莱昂的人。我没能登上前往埃及的军舰，在您的指挥下在那里收获新的桂冠。我只是一个旅里的小小中士。从我的战友那里，我得知您在埃及经常提到我。我恳请您不要抛弃我，让我知道您还记得我（之后是中士参加的一系列战斗的描述）……我大胆地把希望交给您，因为我很肯定：您会对为国效力的勇士永远保持尊敬。"雪月二十五日，拿破仑回信："致勇敢的莱昂。我收到了您的来信，我勇敢的战友，您无须对我讲述您的战斗经历。在英勇的贝尼泽特牺牲后，您是掷弹兵队伍中最勇敢的一个……我非常想见到您，陆军部长会给您送去相关命令。我如同爱我的儿子一样爱着您。——波拿巴。"

皇帝非常关注改善和美化首都市场的事，常常念叨一句话："菜市场就是人民的卢浮宫。"

平等权利，也就是人人都能拥有、获得和享受的权利，也是拿破仑非常关注的点。平等是拿破仑身上最大的特征之一，他生来就拥护平等，这个观念已被刻进他的骨子里。他说："我不能永远统治下去；在当君王之前，我首先是国民的一员，我永远记得这个事实，从不会忘记平等精神对人的思想和心灵将会起到多么巨大的作用。"

有一天，他让一个参政院议员草拟一项法案，对他说："不要损害自由，更不能损害平等。因为哪怕在最严酷的环境中，我们都有机会重获自由，这是大势所趋，我们可以顺势而为；但平等是无价的，上帝禁止我阻挠它！它是这个世纪的激情所在，我希望自己一直都是这个世纪的孩子！"

在拿破仑看来，贡献的本质都是相同的，所以他也只用一个奖章来表彰众人。无论艺术家、战士、雕刻家、学者还是文人，他都向他们颁发同样的头衔和勋章。在任何地方、任何民族、任何时代，做出贡献的人都从未受到如此尊敬，有才华的人都从未获得如此推崇。拿破仑在人才推举方面不设门槛。有一天他还说："要是高乃依还活着，我会封他为亲王。"

[369]在圣赫勒拿岛时，有一天，皇帝说："我觉得大自然就是为了让我经历重大挫折才把我造出来的。我有一颗大理石一样的灵魂，闪电只能从我身上划过，留不下分毫痕迹。"

还有一次，也是在圣赫勒拿岛，我们和总督发生了一点儿龃龉，拿破仑身边的一个人因为激动而一时失言，大喊道："啊！陛下！这肯定让您更加仇恨英国人了！"拿破仑耸了耸肩，半开玩笑半是同情地对他说：“怀有偏见、平庸的人啊！您最多只能说，我对这个或那个英国人更加仇恨了……不过，既然说到这个话题，我就告诉你们一个道理吧：真正的人绝不仇恨任何人，他即便生气或心情不好，这种情绪也延续不了一分钟，一会儿就过去了……为权力或使命而生的人从来不看人，只看事，只看它们的重要性和后果。"

还有一次，他说，他死后的名气会随着时间的推移越来越大，这点他毫不怀疑；未来的历史学家定然会为他在当代人那里遭受的不公展开报复，暴行永远会引来反抗。此外，他还认为，拉开距离后再来看他，人们会抛开琐碎的细节，得出更好的印象；人们将通过全局，而不是琐碎的细节来评价他。站在更高的地方来看人看事，人们将忽略局部的参差，收获和谐的画面。更重要的是，那时被人拿来互作对比的，再不会是他和他自己，而是他和那个时代的人。最后他补充说，他可以骄傲地把自己私人生活中的每个细节摆出来，让最苛刻的法官去审视，他们会还他清白。

有一天，皇帝对我说，他有个想法，想写一本他自己的外交史，把从签订《坎波福尔米奥条约》到退位期间的所有谈判工作都披露出来。如果他完成了这个设想，那将是多么珍贵的历史遗产啊！

皇帝提到军队演讲术时，曾说：“在战斗正酣的时候，如果要视察阵线，我通常会大喊：'战士们，亮出你们的旗帜！战斗时刻到来了！'这时，我们的法国士兵定会欢呼雀跃，[370]一个能顶一百个。那时，我觉得没有什么是不可能的。"

拿破仑在部队里发表的许多讲话，相信大家都很熟悉了。下面这篇演讲，是一个亲耳听到的人告诉我的。有一次，拿破仑在洛本斯坦巡视狙击骑兵第二团，当时正是耶拿战役发生的两天前。他问上校："这里有多少人？""500人，"上校回答，"不过里面很多人都是新兵。"拿破仑惊讶地说："这有什么关系？难道他们不是法国人吗？"之后，他面向整个团，说："年轻人，不要害怕死亡。只有不怕死，你们才能冲进敌人的阵营。"他这时还做了一个"冲"的动作。听到这些话，全军上下一下子躁动起来，马匹都在嘶鸣，似乎预言了两天后那场把罗斯巴赫纵队冲得七零八落的载入史册的大捷。

在吕岑战役中，法军大部分战士都是没打过仗的新兵。据说，在战事最为紧张的时候，皇帝奔到步兵第三列的后面，不断支持和鼓励年轻的士兵，在马背上对他们高呼："这不算什么，我的孩子们！站稳！祖国在看着你们！让它知道，你们可以为它而死！"

拿破仑非常尊重德意志民族。他说："我派了几百万的军队对付他们，这是无奈之举，但我绝不会轻视他们、侮辱他们。我尊重德意志人。他们也许恨我，这是合情合理的事。我迫于无奈，站在他们死去的同胞的尸体上自卫，一打就是十年。他们不知道我真正的安排与这么做的深层动机：那就是让德意志变成一个伟大的国家。"

有一天，皇帝谈起他的一个决定时，说："我对此什么也做不了，被人推着往前走，只能放弃自己的想法。但我错了，一个政治家应该把他的心装在脑子里。"

皇帝曾说，人在危险或欲望中的时候，身体素质会变强。[371]他说："正因为如此，沙漠里的贝都因人有猞猁一样锐利的视力，森林里的野人有动物一样灵敏的嗅觉。"

有一天，大家提到一个人，此人敢想敢做，但有时候说话过于跳脱，留下很多受人诟病的言论。皇帝解释道："你们会发现，这和他的原生教育有关；他出生时穿的那身襁褓大抵是既粗劣，又不干净吧。"

皇帝说起雾月政变中自己在五百人院遇到的危险，把它归为橘园的地理位置的缘故：他只能从建筑一侧进去，必须穿过长长的走廊。他说："很遗憾，我不能和对手正面相抗，把自己的侧翼暴露出来。"

我们提到过一个人，此人觉得可以摆出威胁的架势让我们乖乖听命。皇帝说："这个想法太过荒谬。今天这种手段再也吓不倒任何人，拿去吓唬小孩子都不行。哪怕是小埃马纽埃尔，"他指着我的儿子说，"如果他碰到谁这么对他，都会直接开枪的。"皇帝的这句话也许会影响我儿子的一生。

皇帝从俄国回来的路上，被当时已是莫斯科瓦亲王的内伊表现出来的勇气和毅力震撼到了，经常对人说："我的保险柜里有2亿，我要把它们都送给内伊。"

他说，当代思想理念定会取得胜利，"它们怎么可能不会取得胜利呢？看看事情发展的轨迹吧：今天谁若压迫别人，他自己都会觉得自己是个恶魔。①看看那些压迫者的做事风格和手段吧，连他们都要采取迂回、让步的办法了"。

有一次，人们说皇帝不喜欢显摆自己的优点，他说："那是因为我的道德和善良不是藏在我的舌头上，而是藏在我的筋脉里。我钢铁一样的手不长在胳膊末端，而是和我的大脑直接相连。它不是大自然的赋予，只在我的反复权衡计算后才动起来。"

有一次，拿破仑谈起巴黎无穷的谣传和敌意，问：他已经干成那么多事了，人们到底还想他做什么？³⁷²有人回答："陛下，他们希望您勒住您的马。""勒住我的马？说得轻巧！没错，我的胳膊强壮得足以用

---

① 接下来这句话是1830年版本后加的。

一只手勒住大陆上的所有马匹。但我没有勒住英国战舰的缰绳，那才是一切灾难的根源。人们为什么就是看不清这个事实呢？"

有一天，皇帝责备一个人没能纠正他身上的恶习，对他说："先生，人认识到自己道德上的病症后，可以像治疗身体上的疾病一样治疗他的灵魂。"

皇帝说起他创立的贵族制时，责怪自己当初对其了解太少。他说，这是他最伟大、最完善、最得意的一个设想。他当时有三个重要至极、本来可以实现的目标：第一，让法国和欧洲和解，通过接受欧洲的风尚，和它恢复友好关系；第二，通过相同的办法，让新旧法国和解和融合；第三，废除封建贵族制这唯一一个令人不舒服的、压迫性的、违反自然的制度。皇帝说："在我的设想中，我很快就会成功推出一套积极的、令人交口称赞的制度，让原来老旧、遭人憎恶的偏见思想退出历史舞台。我设立的国民头衔，就是为了奠定被封建贵族制排斥的'平等'二字。任何有才有德、做出贡献的人都可以被封爵。我用崇高的行动替代了贵族的羊皮封爵书，用祖国的利益替换了个人利益。大家族不再把家族荣誉建立在一个云里雾里、充满幻想的传奇中，而是把它写进历史的崇高书页。最后，我还要废除耸人听闻的血统制，这套理论很荒谬，不切实际。人类是一个大家庭，我们都没见过谁生来就穿着靴子、谁生来就背着驮鞍。

"欧洲的贵族阶级、那些真正统治贵族阶级的人，都赞同我的方案。大家都首肯心折，为这一在理念上既新又能凸显本阶层的优越性的制度而感到高兴。然而，这个新制度因为它的'新'而根基不稳，最后坍塌。为什么我这个一片喝彩的设想，[373]最后反而成为敌人对付我的工具呢？这种不幸的滋味，我也不是第一次品尝了。"

论记录历史的困难之处—乔治、皮什格吕、莫罗、昂吉安公爵
11月20日，星期三

皇帝今天对我说："我的朋友，我们必须承认，为了记录历史而找寻真正的事实，这是最困难的一件事。在大多数情况下，历史记录的是人们关心的，而不是真正重要的。同一件事可以有多少个真相啊！就以富歇等阴谋家为例吧，许多正直人士记录的相关事实就和我给的大不相同。每个人都呼吁追求历史真相，但真相通常不过是个空壳子。当事情发生的时候，在各种强烈情绪的冲突中获得事实真相是不可能的事；之后尘埃落定，人们对事实达成一致，但那是因为事件当事人和可能的反驳者都已不在人世了。那么，总体而言，历史真相到底是什么呢？用一句入木三分的评价来说，它不过是个神话故事罢了。所有事情都由泾渭分明的两个部分组成：物质事实和精神意愿。物质事实看起来毫无争议，但同一件事在不同人的讲述下会有所出入。直到现在，人们在有些事上都没争出个结果来呢。至于精神意愿，即便我们认为叙述者讲的是事实，可我们怎么对他的精神意愿做出判断呢？如果他居心叵测，或者被利益和偏见所主宰呢？我发布了一道命令，人们能从中读出我的想法和真实意图吗？不能。每个人都会按自己的意思去理解这道命令，根据他的能力做出安排，按照他的计划和个人风格来执行命令。那些意欲破坏我的计划或借刀杀人的阴谋家呢，看看他们是怎么曲解我的命令的吧。即便是身居高位、深得部长或君主信任的人，哪怕他们得到上司的细细叮嘱，也依然很难忠实执行命令。宫里那些无所事事的闲人更是如此，他们唯一擅长的就是偷听墙角，听到风就是雨，然后每个人都拍着胸脯说自己讲的绝对是事实！[374]底层百姓从特权人士口中听到这些消

息后，更是对其深信不疑！然后，沙龙的八卦制造机出动，一大堆透露内情的回忆录和记事本如雨后春笋般冒出来！我的朋友，这就是历史！我自己制订的战斗方针、我自己颁布的命令，最后被解读成和我原意完全相反的意思，人们拿着它来和我吵架，这些我都是见过的！这不是让创造物和创造者对簿公堂吗？可和我抗辩的对手还得到了一些人的支持呢。因为这个原因，我才不愿写私人回忆录，不愿透露我的私人感情，拒绝一切能够自然流露我想法的东西。我不能效仿卢梭写一本属于自己的忏悔录，因为它定会引来人们的攻击。正因为如此，先前向你们口述的时候，我才觉得有必要把内容限定在我的公共行为上。我很清楚，连这些叙述都会引来怀疑。毕竟在这个世界上，无论是谁，不管他有什么权力，不管权力有多大，他照样会受到敌人的攻击和反驳。但在智慧、理性、毫不偏袒、善于思考的人看来，我的证词与其他人的话并没有孰轻孰重之分。我并不惧怕最终裁决的到来。今天，人们已经开启了光明，偏见总会消失，乌云总会消散，我相信真相总会大白于天下。然而在此之前，多少谬传会冒出来啊！人们总是想方设法从我最简单的动作中解读出深远的意思，把我从来都没有过的想法安在我的头上。①人们会想，我是否真的想统治天下？或者他们至少会争辩，我的绝对统治和专制行为到底是我的性格造成的，还是我算计的结果？它们到底是出自我本人的意愿，还是环境的推力？375连年的战争到底是因为我嗜血好战，还是我不得已而为之？我被人诟病的雄心壮志，到底是出于对权力的贪

---

① 一个很有学识和思想、曾深得皇帝信任、和他接触过的人在拿破仑第一次退位后，以知晓内情的笃定口吻告诉我：拿破仑原来的方案是，在他完成征服大业后放弃巴黎、改罗马为大帝国的首都。我当时不太了解皇帝，信以为真。今天我却在想，我这个线人到底是从哪里知道这个消息的呢？——辑录者注

求、对荣誉的渴望，还是为了恢复秩序、维护大众利益？人们可以从不同方面来看待我的雄心。我为何下定决心制造了昂吉安公爵这起悲剧①，为何要做其他许多事，人们对此也是争论不休。有时，再清楚不过的事都会被人曲解，再自然不过的事都会被人歪曲。我在这里就不一一展开了，否则人们会觉得我在为自己辩解，可我才不屑做这种事。我已对自己的历史进行了口述，如果公正不倚的历史学家能形成正确的观点，公正地看待我没提到的那些事，那再好不过。然而，尽管我提供了照亮事实的火苗，这道微弱的烛光依然被世上太多虚假的光芒所掩盖！从阴谋家炮制的传闻、谎言（他们把自己的目的、诡计和交易混在事实中，把一切搅和成一团无法厘清的乱麻），到我自己的大臣泄露的内情、公文甚至断言（他们哪怕本意是好的，但他们说的也只是自己相信的，而不是实际发生的，毕竟他们谁能完全了解我的想法呢？）……许多时候，后者才是谣言的最大起源之一，可他们并没意识到这一点。人们只看到了三棱镜中和自己有关的那一面。那么问题来了：他们通过什么办法看到那一面的呢？他们能看到一整面吗？万一三棱镜本身是破的呢？他们每个人都通过自己看到的局部做出判断，把自己的臆断强加到我的头上，然后就得到了所谓的历史——也就是我刚才所说的神话故事。它就是这么被造出来的。由于讲神话的人太多，他们很难在一件事上达成一个统一版本。不过他们有个地方比我聪明很多：他们会一口咬定自己的说法，增强其可信度；相反，把自己在某件事上的观点肯定地、一股脑地、斩钉截铁地说出来，这对我来说是件很难的事。人们知道，我从来没有非要让形势屈从于我的想法，通常情况下，我的想法不得不为形

---

① 天知道这个悲剧引起了多少人的猜测，出现了多少个解读版本！——辑录者注

势让步——毕竟，谁能算准会发生哪些意外呢？不知多少次，我不得不对接下来的计划进行调整！我有全局视野，但没有确定的计划。如何照顾到大多数人的利益，是我做事的一贯出发点；不过因为局势的反复无常，我常常只能围着这个点打转。"①

转述完这番精彩的见解后，接下来，我觉得是向读者履行我先前承诺的大好时机，便把一个本应一早就讲述给大家的历史事件放到这里。我指的是乔治和皮什格吕的阴谋事件，以及昂吉安公爵判决事件。读者马上就会知道我为何如此安排，为何它们被拖了那么久。

皇帝说："有段时间，我们和英国又开战了。那时，波旁家族的耳目突然大批拥向我们的沿海地带、要道和首都。我们逮捕了许多人，但不知道他们到底想做什么。里面什么阶级、什么身份的人都有。人们一下子紧张起来，各种传闻甚嚣尘上，舆论界如同待喷发的火山一样不

---

① 拉斯卡斯在1840年版本中的这个地方加了个脚注："我很荣幸在这里提到一本书，它似乎验证了拿破仑说的这些话。美国在阿尔及尔的前领事李少校很喜欢研究拿破仑的生平和回忆录。他惊讶地发现，传到美国、用英语写成的几乎所有研究拿破仑的书籍里都充满谣言、诬蔑、谎言，把自己大西洋对面的同胞完全洗脑了。尤其是沃尔特·斯科特，与其说他是忠实的历史学家，还不如说是个工于文笔的小说家。李少校就决心把自己的精力和才华全用在破除谣言上，希望能让他的同胞了解到事实真相。他在书中秉承良心，做了非常详细的研究。他翻看了目前为止所有研究拿破仑的书籍，如果里面有不实之处，就把它们一个个地挑出来，有理有据地摆出事实，予以反驳。这本用英语出版的著作，今天依然不被我们许多报纸所了解。可我们大洋彼岸的邻国对它是如雷贯耳。请看下面两个在英国极受尊重的优秀作家对这本书的看法，他们分别是《半岛战争》的作者纳皮尔上校以及另一个同样是军人出身的作家。纳皮尔说：'李少校以荣誉和真诚为向导，写下这本书。看到一个人投身这项崇高的事业，着实让人感到开心。我不仅被他的文字所感动，还为他的良知而动容。这秉笔直书，摧毁了人们为抹黑拿破仑而造出来的诬蔑之词。看到这样一本著作是用我们的语言写成的，我们理应为此感到开心。'第二个人说得没那么直接：'这本书的风格令人叹惋，研究方法非常独特，有着不容置疑的权威性。99%的英国读者无论是否喜欢它，读完整本书后都会信服作者的话，并把他抬为一流的历史作家。'"在1835年版本中，这个脚注被放到了回忆录正文的最后。

安，一派山雨欲来风满楼之势。警察使出了各种手段，仍然一无所获。这时，我的洞察力救了我。有一天晚上，我如平常一样熬夜工作，无意中翻到警务部一份最新报告，上面有最近因此被捕的人员名单。乍一看，里面并没什么奇怪的地方，但我瞟到了一个部队军医的名字。①我马上意识到，这个人肯定不是一个普通的忠于波旁家族的人，他和阴谋集团大有关系。我立刻叫人对他动用各种审讯手段，让他速速招供。一个军事委员会立刻着手处理此事。第二天，他被审判；人们威胁他说，如果他不招，就立刻处决。半小时后，他把自己知道的通通交代了出来。②人们方才了解了那个在伦敦谋划的阴谋，377 没过多久，人们都知道了莫罗的阴谋、皮什格吕在巴黎现身等事。"

我略去了这件事的细节，人们可以在《好望角书信》、沃登的《圣赫勒拿岛书信》和奥米拉的回忆录中读到此事的详细内容，这几本书把我想说的都说得清清楚楚，信息都来自同一个源头。

---

① 即科莱尔。（请看《人名表》）

② 在蒙托隆的回忆录中，皇帝也讲了这件事，但其中有些地方和拉斯卡斯的版本有明显出入："我本能地觉得里面有不对劲的地方。大法官先前给了我厚厚一沓文件，里面有人们掌握的信息。不管用什么办法，我也要知道里面究竟深藏了什么罗网。老实说，我大半个晚上都在翻警察报告，依然一无所获。然而功夫不负有心人，我在看审讯记录的时候，惊讶地发现一个叫克雷尔的年轻军医的问话记录：他哭着说，如果他的老母亲知道他被抓，可能还会掉脑袋，不知会多么难过。我立刻命令大法官把他给我带过来，希望用母爱这张牌，让他把知道的都说出来。"（出自《拿破仑皇帝被囚记》第一卷第292～293页）根据拿破仑的说法，是他发现了这个阴谋。然而，读过雷亚尔回忆录的人有理由怀疑这个故事——拉斯卡斯的记录也好，后来蒙托隆的记叙版本也罢——是皇帝臆造出来的，根本就是无稽之谈。我们还是看看帝国警务部部长说了什么吧："第一执政官正在杜伊勒里宫和好几个参政院议员谈话，这时巴黎统领缪拉将军求见，把一封信交给了波拿巴，信中一个即将被处决的死刑犯要求交代犯罪事实。第一执政官读了那封信，思考了一分钟，说：'这个可怜虫只想多活一个时辰而已，所有将死之人都抱有这种想法！他要对我们说的很可能并没什么让人忙活的价值。算了，去看看吧。雷亚尔，您想和他谈谈吗？但不要延缓执行处决，知道吗？（**转下页**）

至于皮什格吕之死这件受人诟病的事，有人说是第一执政官让人把他掐死的。拿破仑说，他不屑于回复这种传言，这太荒谬了。他说："我能从中得到什么好处？像我这种人，做事一定要有明确的动机。人们可曾看到我随意杀人？某些人为了抹黑我、扭曲我，真是无所不用其极。了解我的人都知道，我天生就是个犯罪绝缘体。我敢把我执政期间的所有私人行为通通交代出来，接受公众的审判。我这么做，不仅不会给我招来任何麻烦，还会争取到更多人的支持。事实是，皮什格吕发现自己身处绝境，他要强，不愿接受公开处决这等羞辱，觉得自己不可能得到我的宽赦，或者是他不屑恳求我的宽赦，所以决定一死了之。

"我如果要犯罪，也不会对皮什格吕犯罪，因为这毫无意义，不值得我动手。我如果要犯罪，那也应该对莫罗下手，当时他才是我最大的威胁。如果他也在狱中自杀，那我就倒了霉，那时我跳进黄河也洗不清。毕竟，除掉他后我会获得巨大的利益。你们这些当时在国外的贵族

我不想看到这种事发生……'雷亚尔便去了亚伯叶监狱。当时，负责把囚犯押往刑场的行刑队已经准备就位，就站在监狱的窗前，只等巴黎指挥官带回命令后就把犯人提走。雷亚尔被带进牢房的时候，那个囚犯满脸苍白、浑身瘫软，几乎一句完整话都说不出来了。雷亚尔对他说：'我来听听您想说什么。'这个可怜人说：'啊，是的，没错，我有很多要说的话，但一切都结束了，还有什么可说的呢？'雷亚尔说：'我没有权力承诺您一定会得到赦免，但毕竟带回处决命令的那个人要走很长的路才能抵达这里。如果您要说的事的确至关重要，也许……'那个人被说服了，声称：'只要我在某件事上立了功，就不该被判死刑。我和乔治勾结，我参加了他的同伙在迪耶普附近海岸的登陆行动，和他们一同来到巴黎，他们都藏在那里。'雷亚尔一听这话，一下子被勾起了注意力，连忙问了这个倒霉鬼好多问题。他的回答简单、清楚、前后连贯，整件事再清楚不过了。雷亚尔跳上马车，快马加鞭赶到杜伊勒里宫。他到达后，第一执政官问他：'如何？没什么大事吧？这个倒霉鬼完蛋了，是吗？''并不是！''为什么？''我听到了天大的消息，乔治和他的同伙就在巴黎。''胡说！''绝对不是，此事千真万确。''真的吗？''真的！'这时，雷亚尔注意到第一执政官侧过身子，比了一个意大利味十足的手势：他画了一个十字架。"（出自《隐情》第一卷第54~59页）

以及当时在法国的极端保皇党，从不知道法国真正的民意。皮什格吕的叛徒真面目被揭穿后，没有一个人同情他。此外，他和莫罗的单线联系已经足以毁掉莫罗。当时，莫罗的一大帮追随者都离他而去——毕竟在党派之争中，大部分人更关心的是祖国而非个人。我对这件事进行了精准的判断。所以，当雷亚尔提议我逮捕莫罗时，我一口拒绝了。我对他说，莫罗这个人太重要了；他和我是政敌，我若把他除掉，就成了最大的利益获得者，这会引来公众的无数揣测。雷亚尔继续问：'可是，如果莫罗和皮什格吕勾结呢？'[378] '那就不一样了。把证据找出来，向我证明皮什格吕就在巴黎，我立刻在逮捕莫罗的命令书上签字。'雷亚尔当时间接地知道皮什格吕已经到了巴黎，但尚没寻到他的踪迹。我对他说：'去他兄弟家，如果这人逃了，就说明皮什格吕很有可能就在巴黎。如果这人还在他家里，您就逮捕他。他一慌，很快就会告诉您实情。'皮什格吕的兄弟从前是神职人员，住在巴黎一栋公寓的四楼。他被抓后，警察还没问他，他就问自己犯了什么罪，难道他心不甘情不愿地接待了自己的弟弟，这也算犯罪？他说，他是第一个向弟弟指出他处境危险的人，建议他赶紧离开。就这样，拿破仑签了莫罗的逮捕令，后者立刻被抓。起初，莫罗似乎不怎么担心，但进了监狱后，得知自己背上了和乔治、皮什格吕相勾结的密谋叛国的罪名，他彻底慌了。对于阴谋集团中的许多人而言，皮什格吕是成事的关键；他们都叫嚣皮什格吕人在伦敦，说此事过几天就能得到证实。他们要么不知道他来到了巴黎，要么觉得他会轻松地逃出去。"

很久以前，第一执政官就和完全被自己的妻子掌控在手里的莫罗断交了。皇帝说："这是一个巨大的不幸，因为在这种情况下，男人再不是他自己，也不是他的妻子——他什么都不是。"莫罗对第一执政官一会儿好一会儿坏，一会儿卑躬屈膝一会儿尖酸刻薄。第一执政官曾想与他和解，最后却不得不彻底疏远他。他曾说："莫罗总有一天会一头撞死在宫殿的大柱子上。"他那自命不凡、表里不一的妻子和岳母把他逼得太狠了，他的岳母甚至想和第一执政官的妻子一争高低。拿破仑说，有一次，外交部部长不得不强行拦住她，不让她参加一场内阁晚宴。

莫罗被捕后，第一执政官派人告诉他，[379]他只要承认见过皮什格吕，就可免受后面的所有诉讼调查。莫罗回了一封信，信中语气颇为狂傲。但皮什格吕被捕后，事情变得越来越严肃。莫罗给第一执政官低声下气地写了一封信，可那时已经太晚了。

莫罗的确和皮什格吕、乔治勾结，对于他们的提议，他的回答是："在当前情况下，我为你们做不了什么，我甚至都不敢通过我的副官给你们回信。但你们如果除掉了第一执政官，我在元老院有一批追随者，那时我会被直接任命，顶替他的位置。您，皮什格吕，您会因为背叛国家的这个指控而被展开调查。不要试图掩饰这件事，您肯定会遭到审判的。但我会对审判结果做出答复，之后，您就是第二执政官。那时，我们再选一个我们喜欢的第三执政官，大家和平共处，而且不会有任何人来找麻烦。"乔治当时也在（莫罗先前根本不知道这个人），强烈要求让自己当第三执政官。莫罗回答："这不行，您不了解法国舆论状况。您一直都是白党①。您也看到了，就连皮什格吕也要被洗白后才能当第二执政官呢。"乔治大怒，说："我算是听明白了。我们在这里演什么戏呢？您把我当成什么了？您就为你们自己人干活，根本不替国王做事！

---

① 保皇党。——译者注

如果事情果真如此，赶走一个蓝党①又再来一个的人当政府领袖，我还不如选现在在位的那个人呢。"之后，他们不欢而散。莫罗请皮什格吕再不要把这个粗人带过来，说他就是一头不讲道理、一无所知的笨牛。

拿破仑说，在审判中，莫罗之所以逃过一死，是因为其同谋态度坚定、表现出为了保皇事业不顾一切的献身精神，也因为莫罗在律师的建议下对一切矢口否认。当检方问他和皮什格吕见面一事是否属实时，莫罗给出了否定的回答。然而，这位霍亨林登的胜利者不善撒谎，当时他的脸一下子红了。在场的人不是笨蛋。然而他还是被无罪开释了，而其他大部分同伙被判了死刑。

拿破仑说："我宽赦了许多人。但凡让自己的妻子到我面前求情或找其他人前来斡旋的人，都保住了性命。^{380}若不是运气好，波利尼亚克家的一些人、里维埃公爵等都要遭受牵连。同样好运的还有一些名气没那么大的人，如博莱尔、安冈·德·圣莫尔、罗歇尔等。

"的确，他们后来对这个恩典毫无感激之情。不过，如果他们果真行得正坐得端，当初也不用求着我宽大处理了。其中一个人②当时因为缪拉的求情才保住了性命，1815年却在普罗旺斯悬赏缪拉的项上人头。即便他认为对国王的忠心重于对恩人的报答，这个选择也会让他终身痛苦吧。还有一个人被免罪后到处宣传英国军官赖特是被人杀害的，这个指控简直和皮什格吕自杀案引发的猜测一样可笑和无聊。③

"在乔治、皮什格吕和莫罗事件期间，昂吉安公爵事件也发生了，把局面弄得更加复杂。"然后，皇帝开始讲述此事的详细经过。正因这

---

① 革命党。——译者注
② 1840年版本点明此人是里维埃。
③ 请看《好望角书信》。——辑录者注

件事，我才把这篇文章挪了地方，放到这篇日记里。我是多么抵触提起这些痛苦的回忆啊！我认识的好几个人或者和亲王有直接关系，或者和他感情深厚，一想到这件事就泪如雨下。我更害怕的，是让一个大人物万分痛苦（他也有理由感到痛苦）。①这位大人物曾对我有恩，给我的人生留下了非常珍贵的一段回忆。这就是我在这件事上一拖再拖的原因，人们会理解我、支持我的。但回忆录快接近尾声了，我出于记叙者的忠于原本的义务，不得不触碰这件伤心事。否则，我若继续沉默下去，也许有人会生出我不愿看到的猜测。尽管如此，正因为上面提到的种种原因，我便略去了世人皆知的所有细节，人们可以从我在上文提及的那几本书中（《好望角书信》和奥米拉医生的回忆录）找到相关记叙。我若细讲，和他们的说法也没什么不同，[381]因为我们都是从拿破仑那里听到事情始末的。所以，我在这里只讲述上面几本书中没有提到的、能从细节反映拿破仑的性格特征的、我认为自己需要提及的几件事。

　　此事发生的时候，我和整个巴黎一样深感震惊。由于我童年接受的教育理念、思想习惯、政治立场、早先的人际关系等原因，我对这件事的反应可能比其他任何人都要激烈。当时，我对此事持坚决反对态度。这件事对我的冲击太大了，一直压在我的心上，我甚至无法在皇帝面前提到亲王的名字。我觉得自己这么做，有谴责他的嫌疑。第一次听他提起亲王的名字时，我因为尴尬而红了脸。幸好，当时我和他走在一条很窄的小道上，我走在后面，否则他肯定会注意到我神色大变。算了，我不再啰唆自己当时的重重顾虑和种种情绪了。总之，皇帝第一次讲述了这件事，还给了许多细节和后续。当他如从前一样以严密的逻辑、清晰

---

① 1840年版本点明此人是波旁公爵。

的思想、连贯的节奏讲述自己为何这么做时，老实说，我对此事有了新的看法。他说完，我既震惊，又被深深吸引，一言不发，思考我从前的观点。我为自己什么话都没说而感到懊恼，可我不得不承认，我在这件事上更为在意的是个人情绪，而非充足的论据和有理有据的反驳。

皇帝经常提到这件事，这便给了我机会，让我细细观察他表现出来的最明显的人格特征。我在那一刻以及之后许多个类似场合看到的，是他身上截然不同的两种人格、两种情感在斗争：一个是私人品格，另一个是公共人格；一个是他灵魂中的天性，另一个是他身处高位的骄傲和尊严。在最亲近的人面前，他对亲王的悲剧并非无动于衷；可一旦站在公众面前，那就是另一回事了。有一天，他和我谈起亲王年轻时的一些事以及不幸结局，[382]说："我的朋友，后来我听说他是偏向我的。有人确凿地告诉我，他每次提到我时都带着几分敬佩。可世道无常！"①他说最后这句话时，语气是如此感慨，态度是如此真挚。我毫不怀疑，任何一个被他同情的人如果在这一刻落到他的手中，无论此人是什么态度、做过什么事，都会得到宽恕。当然了，这是他在不设防的时候情不自禁的情感流露，恰好被我看到了。我并不认为有多少人见过这样的拿破仑。这个敏感事件关系到他的骄傲，牵扯到他内心某块地方，他不允许自己在别人面前流露出同情亲王的一面。所以他说到这件事时，不断转换论据、改变措辞，听的人越多，他就越是如此。我们刚才也看到了他私下流露出的真实情感，但我们所有人都在场的时候，他的话风和口气就完全不同了。那时他会说，他会为这件事略感遗憾，但绝不会后悔，更不会有任何顾忌。如果有外人在场，他则说亲王是咎由自取。

---

① 缪塞-帕泰在《圣赫勒拿岛回忆录后续》第一卷第343页中声称，昂吉安公爵当时还想过转而为拿破仑效力。

皇帝常常从两个截然不同的角度来看待这件事，一个是公共法律或现有司法规定，另一个则是自然法律或偏离常规的暴力行为。和我们一起讨论这件事时，他一般从公共法律的角度展开诠释。大概是因为他和我们关系比较亲近，又或者是因为身份高过我们，所以他会进行深入的解释。他通常还说：人们也许会批评他不近人情，但没人能指责他冒犯了司法权；即便此事引发了无数恶意的揣测、抹黑和流言，他也严格遵守正规程序。

若有外人在场，皇帝就完全从自然法和当时的政治环境着手阐述此事。很明显，让他自降身份、给他们科普这些妇孺皆知的公共法律原则，对他而言是一种折磨，还会让人觉得他是在替自己狡辩。他对他们说："即便我在惩治罪犯的时候没有法律支撑，[383]至少也有自然法为依据，这是合理自卫。他和他的那些人每天只有一个目的，那就是杀了我。我每时每刻都要面对来自各方的攻击：气枪、毒计、阴谋、埋伏，林林总总，不一而足。我对这些烦透了，就干脆借机以牙还牙，让他们甚至伦敦都尝尝我的厉害。从那天起，我再没遭到阴谋暗算。谁能责备我的行为呢？要知道，每天都有人在5000古里之外企图置我于死地，这世上却没有什么法律能还我公道，那我还不能使用自然权利，以牙还牙吗？一个人得多么冷血，多么不公，才会跑过来给我定罪啊！他们有什么资格骂我是个可憎的罪犯呢？以眼还眼、以牙还牙，这是人自然的、必然的、有效的反应，挑衅方活该倒霉！有的人若坚持打算引发内乱或政治骚乱，定会成为自然权利的受害人。这也证明了一点：有的人以为或宣称一个家族拥有足以威胁到我的人身安全的攻击特权，而且我对此还没有自卫权，这么说的人不是坏就是蠢。他们找不出理由来证明自己可超脱法律、毁灭他人，同时还能享受法律的保护——毕竟大家在权利上都是平等的。

"我对他们并无个人恩怨。一个伟大民族选择由我来统治国家，几乎整个欧洲都认可了这个选择。我的血也是血，不是烂泥，和那个家族的血是平等的。而且，我如果当时扩大复仇行动，那会如何？我有能力这么做，他们的命运不止一次被攥在我的手里。有人提议把他们家族所有人的脑袋都摘了，我厌恶地拒绝了这个建议。我没这么做，不是因为害怕人们认为在他们对我做出这种事后我这么做是不正义的；我只是觉得自己足够强大、没有生命危险，觉得这种行为是卑鄙的懦夫之举。我的人生信条是：无论在战场还是政坛，任何罪恶——哪怕它是合法的——都是不可原谅的，除非必须这么做，否则就是犯罪。

"可笑至极的是，有些人公开违背国家法律，[384]反过来又要求得到它的保护。入侵巴登公国领土这件事被人一再讨论，但它和我们的话题不是一码事。人们设计出领土不可侵略的法律，不是为了方便给人定罪，而是为了维护国家独立和君主尊严。所以，此事中只有巴登大公有权抗议，但他并没有这么做。面对发生在自己领土内的武装暴力，意识到自己处于政治弱势地位后，他做出了让步。那么，这和我刚才表示抗议的、我有权进行报复的阴谋、圈套和暗杀有什么关系呢？"然后他总结说，应该为这件不幸流血事件负责的始作俑者，是在国外组织、策划、挑拨针对第一执政官的暗杀行动的那群人。

他说："要么他们酝酿了亲王的悲剧，为他的结局埋下了火雷；要么他们忘了告诉他当前的情况，在他的家族利益和姓氏即将遭遇巨大打击的时候不加以提醒，任由他盲目地朝深渊走去，来到离边境只有几步之遥的地方。"

皇帝私下里说，这个错误应该归因于他身边一群极端狂热的人或国内风声鹤唳的阴谋气息。他说，他在这件事上被人猛推着往前走，他还没反应过来，事情就发生了；人们催促他赶紧采取行动，加速了事情的进展。他说："有一天，我独自坐在桌子前吃饭，刚刚喝完咖啡。这时，有人向我跑来①，告诉我又一个阴谋被挖出来了。他激动地说，是时候了结恐怖暗杀行动了，是时候让那些习惯了密谋夺取我性命的人受到教训了，只有让他们中的一个人流血，这一切才能结束；我们可以趁机把此次阴谋活动的策划人——昂吉安公爵抓来杀鸡儆猴；不久前，他在斯特拉斯堡现身，甚至有人说他已经来到巴黎；爆炸案发生的时候，贝利公爵在西边登陆的时候，他已经潜进东部地区了。不过，我当时并不清楚谁是昂吉安公爵。385大革命发生的时候，我还很年轻，没进过宫廷，根本不知道他当时是什么地位。了解了一切后，我说，既然如此，我们就该签发命令将其逮捕。一切都提前布置好，逮捕令已经写好，只等我签字，亲王结局已定。他先前在离莱茵河3古里的一个属于巴登公国的地方住了一段时间。我要是及时知道了这件事，了解到它的重要性，根本不会介意亲王住在一个离法国边境如此近的地方。我出于顾虑，也不会动亲王分毫了。

"有人说，此举当时遭到许多人的反对，无数人跑来向我求情。实际根本就没有这回事！这些人编造这个故事，只为了进一步丑化我的形象。人们甚至还编造了许多我这么做的原因。如果是此事中负责在底层执行命令的人，这些原因对他们也许成立，因为其中的确有人因为一些私人原因而参加了这次行动。但我做事从来只受事实本身的性质和我天性中的魄力影响。当然了，如果我及时知道一些能反映亲王性格和观点

---

① 1840年版本在括号里注明他是塔列朗。

的小事，如果我看到了他写给我的那封信，我肯定会宽赦他。天知道为什么某人①在处死他后才把那封信转交给我。"我们一眼就能看出，皇帝说的这些话都是发自肺腑，他也只在我们面前才这样。如果他觉得他的话让人觉得他是在推卸责任、为自己辩护，他会感到万分屈辱。他在这方面太过顾虑、太过小心，所以在对外人或在公开场合中谈论这件事时，他只会说：如果他看到了亲王的信，考虑他能从中获取巨大的政治利益，也许会原谅亲王。他只会说：当他拿到亲王亲笔写下的最后想法时，他承认这件事将被当代和后世铭记，此事应该是他人生中最敏感的一件事，但如果人生能重来，他依然会那么做！！！②拿破仑就是这样一个人，他的脾气和性格就是如此。

现在，那些喜欢窥探人心、翻看每个角落的人可以充分发挥想象力，根据我的话得出自己的结论了。我已把最清楚的资料、最珍贵的记录交给他们了。³⁸⁶但我还想补充一件同样重要的事。

有一天，拿破仑向我提起这件事，说："单单这件不幸的事就让世人如此惊惶，那他们看到我干的另一件震惊世界的大事，不知道会有多么害怕呢！

"不知道多少人毛遂自荐，要替我取那些被我赶下王位的人的性命，一条命100万法郎。他们觉得我视这些人为自己的对手，恨不得他们马上去死。但我若干出这等罪事，和他们岂不是一类货色了？我拒绝

---

① 1840年版在括号里注明他是塔列朗。

② 拉斯卡斯在1840年版本的这个地方加了一个脚注："拿破仑在他的遗嘱中说：'我令人逮捕和审判了昂吉安公爵；如果再遇到这种情况，我依然会这么做。'值得琢磨却被许多人忽略的是，皇帝说的是'逮捕和审判'，而非'处死'，因为处死亲王这件事并没有得到他的命令，他甚至对此并不知情，这在今天已是公认的事。在蒙托隆的回忆录第二卷第341页，拿破仑在口述时也明确地这么说过。"

犯罪，哪怕犯罪对我而言是件易如反掌的事。我如此强大，地位如此稳固，怎会害怕这些被赶下王位的人？看看《提尔西特和约》，看看瓦格拉姆战役，看看我和玛丽-路易丝的盛大婚礼，看看欧洲的态度！然而在此之前，在乔治和皮什格吕事件发生的那段时间，在暗杀我的高峰时期，那是杀手引诱我犯罪的绝佳机会，而且他们改换目标，被标价的那颗人头的主人①在英国乃至法国都被公认为是这些恐怖阴谋的头目。有一次我在勃艮第，恰好提价杀人的那个人也在那里。我心血来潮，想了解一下行情，就叫人把他带过来。他一出现，我就问：'怎样？''100万，他的性命就是您的了。''先生，我给你们200万，但条件是你们要把他活着带来。'那人结结巴巴地说：'啊！这个我就不敢保证了。'看到我的脸色，听到我说话的语气，他当时明显有些困惑。'那您是把我当成一个纯粹的杀人犯了？您要知道，我想做的，是抓一个人当典型对其进行审判，但我不想采用埋伏这些阴险招数。'然后我把他赶走了，这个人的出现污了我的眼睛。"

被赶走的那个仆人私下见我—他的提议—第二次拜访—我在他的第三次拜访中偷偷请他把我的信带给吕西安亲王，并因此被驱逐

11月21—24日，星期四至星期日

³⁸⁷前天晚上，我在皇帝身边一直待到近凌晨两点钟。回到自己房间后我得知，我不在的时候有个访客前来看我。

这个访客是我儿子接待的，先前我出于谨慎，只能拐弯抹角地把这件事写进日记里。今天，我终于可以把整件事说清楚了。

---

① 1840年版本在括号里写明了此人是阿图瓦伯爵。

偷偷前来见我的那个人，就是我那个前不久被哈德森·洛韦赶走的仆人。他在夜色的掩护下，靠着一身不起眼的当地打扮，穿过所有阻碍，避开了所有哨岗，翻过好几座隘谷，终于见到了我。他想告诉我，他现在正在替一个人做事，几天后就要陪新主人前往伦敦，所以特地来见我，想知道我有没有事要交代他做。他在我的房间里等了很久，见我还没有从皇帝那里回来，害怕被人发现，就回去了。但他说，他会以看望自己的姐姐（她也在我们这里做事）或其他理由为借口再来看我。

第二天，我立刻把这件好事告诉了皇帝。他看上去很高兴，非常在意这件事。我也非常激动，反复说：我们到这儿一年多了，没什么指望，日子反而越过越难，受的折磨越来越多。我们成了世界的弃儿，欧洲根本不知道我们的真实处境。现在我们就把一切告诉它。每天我们都从新闻上看到各种掩饰我们被囚现状的谎言，那些人厚颜无耻、颠倒黑白，说我们过得很好。[388]现在，就由我们把真相披露出来！它将被传到也许并不知情的君主的耳朵里，它将被各国人民知晓，人们会同情我们的遭遇，愤怒的呼声就是我们对刽子手的复仇。

我们立刻开始整理相关资料。皇帝把手稿分类，我们其他人则迅速把自己负责的那一部分誊抄下来。不过一天过去了，这件事却没被落实下去。第二天（星期五），我一见皇帝，就提醒他别忘了我们昨天的安排。但他似乎没有昨天那么积极了，说再看看。这一天和前一天一样过去了，什么事都没做。我急得像热锅上的蚂蚁一样团团转。

晚上，让我急上加急的是，我的仆人又出现了，再次表示他愿意为我做任何事。我告诉他，我会利用这次机会，他不必顾虑，因为我不会让他做什么违反法律的事，更不会置他于险地。他回答，他并不在乎这些，愿意尽力实现我的愿望。但他也提醒我，后天——也就是星期天——他一定要拿到我托带的东西,因为星期一他很可能就要登船了。

第二天,星期六,我见到皇帝后,立刻把仆人昨天的叮嘱告诉了他,说我们只剩24小时了。皇帝却毫不在意,把话题转到其他地方上。我惊呆了。我了解皇帝,他满不在乎、心不在焉的样子绝不是巧合,更不是任性,但他为什么要这么做呢?①我既着急,又忧虑,一整天都在想这件事。晚上我急得连觉都睡不着,翻来覆去地仔细思考和这件事有关的每个情景,一下子恍然大悟。我怎么能让皇帝纡尊降贵,去做这些不符合他身份的琐碎小事呢?毫无疑问,他是因为反感,因为隐隐的不快,所以才沉默以对。我们难道是一群无用的人吗?我们难道不该在不烦扰他的前提下为他效力吗?[389]我越想他从前说的许多话,越觉得自己想得没错。我不是已经把事情禀报给他,得到他的同意了吗?那我还要求什么呢?②之后,就该我着手开干了。于是我当即下了决心,不再向皇帝提及此事;为了保密,我打算一个人干。

几个月前,我曾把一封关于联军特派员写给哈德森·洛韦的信成功送出了岛,截至目前,这也是我们唯一一封送到欧洲的文件。当时,好心传信的那个人扛来一大堆绸缎,我把信夹在布匹中让他带了出去。那

---

① 拉斯卡斯并不知道,拿破仑知道这件事后曾问蒙托隆对此有何想法。后者回答:"我觉得此事对拉斯卡斯万分危险,即便成功了,也不会带来多少好处。即便吕西安亲王知道了陛下的真实处境,他又能做什么呢?……我们别忘了1816年4月16日的法令,它规定总督有权赶走任何一个偷偷和欧洲联系的人。我认为拉斯卡斯伯爵对陛下很有用处,冒险向吕西安亲王传信带来的小小利益,不足以补偿失去他的风险。"皇帝说:"您说得在理,我会禁止他继续实施原计划。"(出自蒙托隆的《拿破仑皇帝被囚记》第一卷第390~391页)不过,拿破仑没有对拉斯卡斯坦诚相告,觉得最好什么都不说。

② 六年后我从奥米拉医生的日记中得知,我完全猜中了皇帝的心思。——辑录者注

批绸缎还剩一点儿，我这次就打算拿它们来成事。就这样，每个因素都催着我赶紧往深渊走，最后我重重地跌了下去。

天一亮，我就把剩下的绸缎交给儿子，现在我也只能靠他了。他花了一整天时间，把我写给吕西安亲王的信誊抄在绸缎上。夜晚降临，那个年轻的仆人如约出现。他略懂缝纫的事，亲手把信缝在自己衣服的夹层，向我告别。我承诺，他如果能回来，我会再让他捎一些东西；如果我不能再见到他，那就只能祝他一路顺风。干了这件大事后，我一身轻松地躺在床上，心里觉得无比畅快，觉得自己度过了充实的一天。我当时根本想不到，我亲手斩断了自己和朗伍德的羁绊！

唉！读者马上就会看到，因为这封信的缘故，24小时还没过，我就被人从朗伍德带走，我的笔记和手稿全都落到哈德森·洛韦总督的手上。现在如果有人问我，为什么我没有怀疑这可能是别人给我布下的陷阱，我的回答是：我觉得那个仆人是个正直忠诚的人，我对任何挑唆性的间谍行为一无所知，[390]毕竟那是英国内阁当时的新发明，后来才在大陆风靡起来！

我被人从朗伍德带走—我被秘密关在岛上长达六周
11月25日，星期一

下午四点钟，皇帝把我叫过去。他刚刚结束工作，对今天的成果十分满意。他对我说："今天一整天，我都在和贝特朗一道写工事建筑方面的回忆录，觉得时间过得很快。"我先前也说过，皇帝最近又有了工作的兴致。天知道这样的时刻在这里是多么珍贵啊！

我陪着皇帝去帐篷附近类似草坪的一个小平台上散步，之后绕道去了花园深处。仆人送来一个盘子，盘子里有五个橘子、一点儿白糖和一把小刀。橘子在岛上可是稀罕物，是从好望角运来的，皇帝很喜欢吃这种水果。它们是马尔科姆夫人送来的礼物——上校每次收到橘子，都不忘给皇帝送来一些。我们当时有三个人陪在皇帝身边，皇帝拿起一个橘子，塞进我的兜里，叫我给我儿子带回去。然后他用小刀把橘子切成几瓣，坐在一个树桩上，津津有味地吃了起来，还亲切地把我们叫过去一起分享。不知怎么回事，我当时贪婪地凝望着这短暂的幸福时光！唉！我竟不知道，这竟是我从他手里得到的最后一个礼物！

随后，皇帝绕着花园走了几圈。天气开始转冷，他便回去了。我独自陪他走进客厅和桌球室，皇帝在两个房间里转了转，权当锻炼。他又对我说今天他做了什么，并问我过得如何。之后，他谈起了自己的婚姻，说起发生在施瓦岑贝格亲王舞会上的一个惨剧。[391]我一边听他说话，一边在心里想：我一定要把这些事写成一篇有趣的文章，收进我的日记里。这时皇帝突然不说话了，他透过百叶窗，看到一大群英国军官穿过大门朝我们的房子走来，走在中间的人正是总督。这时大元帅进来，说总督明明上午才来过，在自己家里待了好久。他补充说，他们还谈了一些和军队行动有关的事。这个场景着实有些奇怪，更像是来抓犯人的！这时，我突然想起那封密信，不祥的预感告诉我：他们是冲着我来的。很快有人过来对我说，哈德森·洛韦手下的英军上校在我的房间里等我。我表示自己正和皇帝待在一起，不便过去。过了几分钟，皇帝说："去看看吧，我的朋友，看看这个畜生到底想对您干什么。"我走了几步，听到他在身后说："快去快回。"这是我听到拿破仑对我说的最后一句话。唉！从此，我再也没有见过他！他说这句话的语音语调依然在我耳边回荡，不知多少次，我以为自己仍在他的身边。一想到那段苦难的过去，我感到既幸福，又痛苦！

要求见我的那个上校对总督忠心耿耿，是他的命令执行人，先前和我在交谈中扮演翻译角色。我才进房，他就一脸好意地向我走来，热心地问我身体如何。这是犹大之吻！我打了个手势，请他坐在沙发上，自己也找了个地方坐下。他趁机坐在我和门中间，然后换了一副面孔，告诉我：我的仆人揭发我向外界私自传信，他奉总督哈德森·洛韦之命前来逮捕我。龙骑兵已经包围了我的房间，任何挣扎都毫无意义，我只能就范。就这样，我被一大队人马带走了。读者在下文可以看到，皇帝后来写道：看到我从他窗前走过，被这群荷枪实弹的人带着往前走，一大群军官轻快地骑着马围在我的身边，[392]他们头上的翎饰如波浪一般上下起伏，让他觉得自己眼前的这群人是南方海岛上的食人部落，他们围着马上要被吃掉的俘虏舞蹈，场面欢乐而又残暴。[①]

我和儿子被迫分开。他被关在我的房间里，几天后才在英军的押送下前来和我会合。从那一刻起，我们和朗伍德的一切联系都被突然、彻底地切断了。人们把我们两人关在一个狭小的单人囚室，附近是贝特朗一家从前住过的屋子。我只能睡在一张极其简陋的床上，可怜的儿子睡在我旁边，几乎半边身子都吊在外面。当时我害怕他死掉，因为他有得动脉瘤的危险，前不久才在我的怀里昏死过去。我们被饿了足足11小时；后来为

[①] 拉斯卡斯并不知道，得知他被捕后，拿破仑怒到极点，大喊："一个得到我信任、有我全部手稿的人，就这样被押走了！"（出自《古尔戈日记》1816年11月26日内容）在蒙托隆的记叙中，他还说："他做的这一切真像个六年级小学生做的事。"之后他冷静下来，说，"不过我就像寓言里的学校校长一样，我对拉斯卡斯发火，却没想过怎么去救他。"然后他命令贝特朗立即去见总督，而总督对皇帝的回答是：他刚得知自己岳母去世的消息，没有心思分神顾及拉斯卡斯这件事。最后人们甚至找到了奥米拉医生，但他的斡旋也没起到任何作用。蒙托隆说："晚饭时，皇帝装出非常冷静的样子，对白天那件事只字不提，之后叫人把《柯丽娜》拿来，读了一小时。"（出自《拿破仑皇帝被囚记》第一卷第442页）

了我的儿子，我恳请守在周围的人给我一片面包。最开始的时候，每次我到囚室门口或窗前央求他们，迎接我的都只有无数刺刀。

我的手稿被检查
11月26—27日，星期二至星期三

我被关在四面墙中，在监狱里度过的第一个夜晚是多么可怕啊！我脑子里一下子涌出了多少思绪啊！然而，我睡着前的最后一个念头、第二天醒来的第一个想法却是：我离朗伍德只有几分钟的路程，然而也许我将永远失去它了。

早晨，大元帅在一个军官的陪同下经过我的囚室。我站在窗前大声问他皇帝如何。大元帅正在去种植庄园的总督府邸的路上，他肯定是为了我才去的。然而，他的任务是什么呢？皇帝对此有什么打算和希望呢？无数问题在我脑子里打转。大元帅回来了，一脸悲伤地向我比了一个"永别"的动作。我的心一瞬间痛如刀绞。

[393]这个早晨，古尔戈和蒙托隆来到贝特朗夫人的旧宅前，找了个正对着我的地方坐下。能再见到他们、看到他们用手势向我表达友谊和关切，这让我倍感温馨。他们央求英军允许他们再走近一点儿看看我，但英军毫不让步，他们只能失望地回去了。没过多久，贝特朗夫人叫人给我送来几个橘子，说她刚刚间接地收到了我妻子的消息，说我的妻子身体很好，叫我不要担心。所有伙伴的关心和善意让我体会到遭遇不幸后的亲情，我这个阶下囚也算得到一丝慰藉了。

我被逮捕后，英方立刻在我住过的房子里忙活起来。一个警察特派员（这是殖民地最近才引入的一个职位，我猜我是第一个试验品）对我做了第一次检查。他翻了我的文件柜、抽屉，拿到了我的所有手稿。因

为迫不及待地想向众人展示自己的能力和手段，他还把我的床给拆了，把我的沙发掀开，甚至还说要把地板撬开。

总督拿到了我的所有手稿，在七八个军官的陪同下得意扬扬地向我展示他的成果。他来到贝特朗夫人的旧宅，派人过来问我到底是愿意去那里看看他们的调查结果，还是希望他到我这边来。我说，既然他让我做选择，我当然选择后者。等所有人就位后，我高声抗议他们用不合礼节的方式把我带出朗伍德，抗议他们趁我不在时非法拿走了我的手稿，更抗议他们侵犯了我的隐私，因为里面记录了我最私密的、只应我一个人知道的、目前为止尚未公开的东西。我对他们可能用强权栽给我的罪名表示不服，对哈德森·洛韦说，如果他觉得出于调查的需要，要检查我的文件，那也只能由他来检查。我还说，我并不害怕他看了这些东西后我会惹上什么麻烦，[394]但根据法律，我有资格对他的责任提出指控，哪怕我因为暴力而被迫让步，但我也绝不是心甘情愿地授权让他做这件事。

我当着他的属下说的这些话让总督颜面无存，他愤怒地高喊："伯爵先生，不要让您的处境变得更糟，您现在的情况已经够坏了！"毫无疑问，他是在暗示死刑。之前他曾反复提醒我们，我们如果协助那个重要囚犯逃跑，会被处以死刑。他肯定觉得自己会在我的手稿中大有收获，上帝知道他已经幻想到什么地步了。

哈德森·洛韦读我的手稿之前，把岛上的副指挥官宾汉将军叫过来，想让他也参与此事。但宾汉将军的想法和考虑与总督大为不同，他明显一脸反感，说："哈德森·洛韦阁下，请您原谅，我觉得自己不能读这种法语手稿。"

实际上，我并非从心底反对总督检查我的文稿。所以我告诉他，我不是因为他是法官才让他检查文稿，因为我觉得他没有这个权力；我纯粹是出于好意、愿意屈尊，才允许他读我的东西。人们可以想见他当时是多么兴奋和期待，觉得自己终于可以看到朗伍德每天发生的事了。我写日记的时候做了安排，在每个月的开头都加了个章节大标题。哈德森·洛韦发现自己的名字在其中屡屡出现，只要一看到"总督"二字，他就要翻到那天的日记，看我到底说了什么。我对他说，如果他觉得自己读日记的时候必须忍住怒火，那也不是我的错，只怪他自己当初做事冒失。我还安慰他说，我的日记没有给任何人看过，就连第一当事人皇帝也只读了前几页；而且这不是定稿，里面的内容在很长一段时间里都是秘密，只有我一个人知道。

哈德森·洛韦花了两三个小时翻看日记。我告诉他，我愿意让他看，是希望他能对里面的内容有正确的认识，[395]现在，他的认识足够了；出于各种原因，我禁止他继续看下去，我有权提这个要求；他如果非要看，我只能对他的暴力和滥权行为表示抗议。我一眼就看出这个要求让他非常不悦，但他还是犹豫了：我的抗议还算管用，他没有再碰我的日记。我还有权对其他手稿提出类似要求，但因为它们不太重要，就算了。英方把它们拿走好几天，做了无比细致的检查。

我先前曾写好遗嘱，把它封了起来。可如今，我不得不把它和其他同样神圣的文稿一道一一拆开。它被我放在文件包的最深处，自从离开欧洲后，我再也没有勇气触碰它。可如今，我不得不打开遗嘱，并因此情绪失控。一看到它，我心中最久远的回忆通通被勾起——在经历痛苦的生离死别后，我本来把它们牢牢封存在心里；可如今看到它们，我再也控制不住激动的情绪，立刻走出房间。我的儿子当时在场，告诉我：

就是总督本人看到这一幕后,脸上都透出一丝恻隐之情。①

我被转移到巴尔科姆的一间茅屋里
11月28—30日,星期四至星期六

今天,28日,我们离开了糟糕透顶的单人囚室,被转移到1古里外的一个地方,住进属巴尔科姆所有的一间茅草房里。巴尔科姆就是我们先前住过的荆棘阁的主人。这间房子很小,但还能住人,对面就是朗伍德,看似离我们只有咫尺之遥,中间却隔着险峻的悬崖和山峦。看守我们的是英军第66团的一支分遣队,周围布置了许多哨兵,他们不能和我们有任何接触。哈德森·洛韦故作客气地说他会派一个军官过来听候我们的差遣,还说这么做是为了让我们住得舒坦些。我们和外界的所有联系都被切断了,遭到最严格的看管。有条道路通往我们所在的山顶小平地,古尔戈将军在一个英国军官的陪同下[396]经过这条路。看得出来,他想尽量靠近我们。看着这个伙伴远远地向我们挥手致敬,我们也向他挥手,这是件多么开心、温暖的事啊。善良的贝特朗夫人又给我们送来几个橘子,可惜我们不能向她写信表示感谢,只能在囚室附近采一些玫瑰送给她。

---

① 拉斯卡斯这里的叙述和蒙托隆的略有出入,后者的记叙更加简略和清楚:"拉斯卡斯房中被发现的手稿(共计925页),上面记的都是他的日常事。大元帅从总督那里预先得知此事,宣布:考虑到手稿上很多事和皇帝有关,他准备发起申诉,要求把它们都留下来。可拉斯卡斯伯爵在贝特朗将军面前表现得太过激动,看上去非常在乎意大利战争这部分口述篇章。贝特朗就决定把他认为对皇帝而言无关紧要的所有东西都留给拉斯卡斯,让他继续回忆录的工作。此事导致英方政府把拉斯卡斯伯爵的手稿扣留到皇帝去世才放出来,并在1821年要求皇帝遗嘱执行人签订同意书,由他们把它还给拉斯卡斯伯爵。因此,贝特朗将军和我在1821年9月回到伦敦后,参与了这项工作,看着英方拆开文件的封条。"(出自蒙托隆的《拿破仑皇帝被囚记》第一卷第445~446页内容)这也解释了英国政府在归还手稿的时候,拉斯卡斯伯爵为何抱怨英方效率奇低、工作拖沓。

第二天，哈德森·洛韦来我们的新住处见了我们。他想知道我睡得如何，我就把他带到旁边的房间里，让他看了地上的一张垫子。他问我吃得如何，情况也差不多。我说："因为您问我，我才告诉您。不过我个人并不在乎这些。"他便冲那些被他派来看管我们的人大发雷霆，让人把2古里外的种植庄园厨房做的饭菜给我们送过来。在得到规律的饮食供应之前，我们每顿饭都是那边做的。

搬进新囚室后，我们想找点事情做来打发时间。我把一天分成几段，给我的儿子教历史和数学，然后我们一起读书，其间在囚牢里转圈散步。这里在圣赫勒拿岛上还算是不错的地方，附近有些绿植和几棵树。人们为了给朗伍德提供肉类，在院子里养了一大群鸡，还养了些珍珠鸡和几只肥鸭。这些家禽看上去又可爱又温顺。晚上，我们生起火来，我给儿子讲了我们家族的历史，把家里的存款、地产等信息告诉了他，让他把在我人生中帮助过我、对我有恩的人的名字都牢牢记住。

总的来说，我们的心情非常低落、悲伤，但日子过得还算平静，还能得到朋友的慰藉。只是一想到皇帝就在对面、[397]几乎就在我们眼前，然而我们活在两个不同的世界里，我们就觉得心如刀割。我们只有咫尺之遥，却再不能联系！当前的状况太可怕了！我为了他而离开了我的家人，可如今我再不能待在他的身边，也不能和我的家人待在一起。那我还剩什么？我的儿子和我感同身受，他忍不下去了，再加上年轻气盛、一时冲动，说他可以趁晚上天黑躲开守卫，爬过横在我们和朗伍德之间的险峰和悬崖去看拿破仑，再在天亮前赶回，把他的消息给我带回来。我连忙制止了他的狂热想法，即便可行，此举也只能暂时缓解我们对皇帝的思念；如果失败，那会造成非常严重的后果。皇帝以前和我在一起那么长时间、对我说过那么多话，如果他有什么新的东西想告诉我，之前肯定都说了。①我儿子的行动一旦被发现，将会引发多大的震动！总督会多么重视这件事！他会由此生出、堆积和传播②多少荒诞的幻想！③

---

① 1830年之前的版本此处为"皇帝以前和我在一起那么长时间、和我说过那么多话，能说的肯定都说了"。

② "堆积和传播"这几个字是1830年版本后加的。

③ 俄国特使巴尔曼在1816年12月8日的报告中，重点讲述了拉斯卡斯这件事。《拿破仑圣赫勒拿岛回忆录》这部分内容写得含混不清，而巴尔曼的报告则对其进行了完整的补充，细致地记录了其间发生的许多也许被我们男主人公有意疏忽了的小事。巴尔曼说："哈德森·洛韦似乎只向联军特派员透露了一部分内情，对此事最关键的地方只字不提。他只告诉我们，拉斯卡斯被逮捕了。我认识一个人，他对此事前后了解得一清二楚，我通过他方才知道发生了什么。拉斯卡斯伯爵抵达圣赫勒拿岛后，请了一个混血儿当他的仆人。这人非常聪明能干，名叫斯科特。没过多久，拉斯卡斯就觉得这是个靠得住的人，为了考验对方，他就让这个仆人把一条并不重要的机密消息传出去。收到消息的那个人立刻向总督禀报了此事，总督便让这个混血儿离开了朗伍德。拉斯卡斯因为打算利用这个仆人，在他离开前对他极好。为了让这个仆人有重回朗伍德的借口，拉斯卡斯还让他把一部分旧衣服留在了那里。与此同时，拉斯卡斯没忘记执行他的计划。他写了很厚的一封信，让他的儿子将其誊抄在白绸缎上。绸缎上的字如同蚊子一样小，人们若不仔细看，根本发现不了其中的问题。一切都办好后，他把有字的绸缎剪下来缝在一件背心里，焦急不安地等着那个混血仆人到来。两个月后，仆人终于回来了。一开始，拉斯卡斯提议让他坐船前往英国。这个仆人是自由身，也想赚点钱，就毫不犹豫地答应了。然后，拉斯卡斯让他穿上那件藏有信件的背心。拉斯卡斯对他许以各种承诺，说服他为自己冒险传信。除了那件有问题的背心，为了掩人耳目，拉斯卡斯还写了一封普通的问候信，让仆人把它和背心一道送给一个叫克尼弗林的女士。这个混血儿承诺会将信带到伦敦交给克尼弗林。克拉弗林女士是法国人，后来嫁给了一个英国人；她的丈夫曾在安特卫普被俘，现已去世。斯科特被美好的未来所吸引，又害怕受到严酷的惩罚。他不知如何是好，就把整件事一五一十地告诉了他的父亲。此人是岛上的一个农夫，听了斯科特的话后觉得其中有诈。他想强迫这个罪犯向总督交代发生的一切，斯科特拒绝后，他就一把揪住斯科特的衣领，一不小心把那件背心扯破了，发现了里面的绸布，把它带到种植园。斯科特当即被关进了牢中……拉斯卡斯伯爵第二天才被捕，被关进了离朗伍德4古里远的一个小房子里。"巴尔曼说，拿破仑知道拉斯卡斯做的事后，只耸了耸肩，说："他疯了！"俄国特派员后来在12月24日的报告中再次提到这件事："拉斯卡斯这件事在圣赫勒拿岛上引起了许多猜测。有的人说，绸布和背心这件事是他自己耍的一个花招，好故意让自己被捕，这样他就可以装作被逼无奈才离开了波拿巴；还有的人打包票说，这个夭折的计划是他认真构思出来的，可惜没有成功，拉斯卡斯品格高尚，绝不会想着离开朗伍德，逃避无法忍受的流放之苦。马尔科姆上将则说，拉斯卡斯什么都考虑到了，什么都安排好了，无论计划成功与否，他都可以全身而退。哪怕目标A失败了，他也可以达成目标B。"

第十二章
1816年12月

我下定决心—我给哈德森·洛韦写了信
12月1—6日，星期日至星期五

[398]就这样，我们的牢狱日子一天天过去了。总督虽然经常看望我们，但再没和我们说过任何和我们处境有关的事。他只隐隐暗示我，在伦敦那边回信之前，我可以继续住在岛上。八天时间就这么过去了，事情没有任何进展。我完全适应不了这种消极、被动、无聊的生活，儿子的身体也日渐糟糕，令人格外担心。由于不能和朗伍德有任何联系，我完全成了孤家寡人。我仔细思考了自己当前的处境，拟订了一个计划，下定决心。这个计划本身很极端，但如果得到了皇帝的赞同，应该会管用；如果皇帝不同意，我也

可以随时收手。于是，我给总督写了下面这封信①：

"总督阁下，在落入我的仆人布下的陷阱后，我和我的全部手稿在11月25日从朗伍德被带走了。我先前一直活在您制订的条条框框下，服从您的管理。当初如果您在执行这些限制时考虑了我的想法、对我以礼相待，我定会严格遵守您的规定。可您动用惩戒手段，我才冒险触犯规定。您可以因此随意对我进行处罚，我绝无二话。到目前为止，我们都是按规矩做事。不过，既然我犯的错误是有限的，那相应的惩罚也该有限度吧？可事实上呢？我背着您送出两封信，其中一封是向吕西安亲王讲述我们的现状。要不是当初您警告我，说我若继续向岛外写信，您就要把我从皇帝身边带走，我本可以把这封信写好交给您过目。

"第二封信只是简单的朋友间的问候。[399]眼下您已经拿到了我的所有手稿，也看到了其中最隐私的内容。我积极协助您的调查，甚至仅因为您的一句话就同意您翻阅它们。里面的内容只有我知道，都是一大堆不成形的想法，没有成文的草稿，每句话都得修改和订正。总之，它们是我思想中最私密、最混沌的部分。我希望这些话能说服您，望您行行好，意识到您粗略翻过的那一大堆文件中没有值得您的政府警铃大响的内容。里面没有任何阴谋、计划，没有一个字在说拿破仑要逃跑。您在里面找不出任何相关证据，因为它根本就不存在。我们觉得逃跑是不可能的事，想都没想过这件事。当然了，我不会否认自己愿意协助皇帝逃跑——如果有成功的机会的话。我愿意牺牲自己的性命让他重获自由，我愿意为忠诚而死，这意味着我能永远被高尚的人铭记。但是我再重申

---

① 拉斯卡斯和哈德森的通信被收进了伦敦的《洛韦文件》第20141卷中，1821年被收进《圣赫勒拿岛囚徒真实资料合集》（*Recueil des pièces authentiques sur le captif de Sainte-Hélène*）第一卷第375~429页中。

一遍，没有人认为这是可行的，也没有人想过这件事。拿破仑皇帝如今的计划和心愿，和他当初以自由的身份、抱着善意登上柏勒洛丰号上时的愿望并无不同：去美国或英国，在法律的保护下过几天平静的生活。

"陈述了这些事实后，我要用尽我所有的力气表示抗议，我要抗议您读我写的东西，我本想说我的所有私人文稿，但现在我仅指那些被我称作'日记'的稿子。出于我对满纸满页都是他的名字的那个人抱有的最高敬意，也出于我对自己的尊重，我抗议您这么做。如果您清楚认识到里面的内容和您的工作目的毫无关系，请您立刻把那些文稿还给我；如果您觉得里面某些内容应该交给英国内阁过目，那我要求您把它们全部打包、寄到英国，并让我和它们一道走。阁下，考虑到您的名字在里面频频出现，由于里面的敏感内容，您也应当在我提的这两个方案中进行选择。没有我的允许，您很有可能看不到里面与您有关的内容——[400]否则，这相当于您变相承认了自己在这件事上滥用了权力。到时，您怎么阻止别人把这件事和我落入的这个陷阱联系起来，把这件琐碎小事闹得人尽皆知呢？

"等我和这些手稿一道抵达英国后，我自会向英国内阁提出申请，把所有人拉来做证。您说，在法律的见证下，被记录在手稿里的那些不为人知的秘密，拿破仑皇帝每一天的谈话、口述乃至他的音容笑貌，将会引发多大的反响呢？我还会问他们，究竟是哪个神圣不可冒犯的秘密条款让我无权要求拿回我的所有文稿？何况里面只不过是我的一些粗略的想法。严格来说，它们只是些不成形的念头而已，我可以对里面几乎全部内容予以否认，因为它们离定稿还远着呢。我每天都根据新记录的聊天内容对其进行修订，把从前记录下的谈话中的错误予以改正——毕竟出错是难以避免的事，何况说话人并非在被第三方监督的情况下发表言论，记录人也并不觉得自己必须保证内容真实无误。阁下，至于和您有关的那些内容，如果您觉得自己被冤枉了，也可以针对我发表的观点和记录的事实替自己大声鸣冤，我们当面对质，我欢迎您指出手稿中的错误。您肯帮我纠正错误，我高兴还来不及呢。无论我先前在某个观点上多么坚持，只要您肯耐心向我解释，我肯定会真诚、老实地予以改正。

"此外，不管阁下打算如何处置我，从现在开始，我会在情况允许的范围内，不再接受我先前因自愿屈服于您而接受的约束条件。您曾在我立下承诺的时候告诉我，我随时可以毁约。那么我宣布，从现在开始，我重新变成一个普通公民。我再度处在你们法律的保护下，要求贵方法院的介入。我并不期望法院偏袒我，只求它公正裁决。我想，总督阁下，[401]您应该非常尊重你们的法律，尊重您内心生来就有的正义感吧。我若提醒您要为自己或直接或间接地对我做出的冒犯法律的行为负责，那是在侮辱您。即便您收到了指示信，信中要求您把我当囚犯一样关在这里或好望角几个月，我也并不认为您能从写指示信的那些大人物那里寻到庇护，因为他们也要接受法律和公信的束缚。

"如果我猜得没错，这些指示信说您有权把朗伍德的任何人关押一段时间，然后让其重获自由，但这些指令的目标是打断外界和那座可怕囚牢之间的所有联系。不过，您用那样的方式强行把我带走，已经达到这个目的了。我现在已经万念俱灰。老实说，我如同被死亡突然重重击了一拳。此外，让我以嫌疑犯的身份前往英国接受审判，如果我真的有罪，法律自会惩罚我，而且贵方还能甩开你们现在避不开的麻烦；如果我无罪，那也要面临《外国人法令》的威胁，我甚至需要提前表示自愿接受贵方采取的一切预防措施——不管它们多么专断，只要贵方认为适合在此时拿来对付我，我就不能提出任何异议。

"总督阁下，我不知道您意欲对我作何安排，而我已经做出了最大的牺牲。我离朗伍德只有数步之遥，但也许我永远也回不去了。这个可怕的想法撕碎了我的心，还会继续残酷地折磨我！如果是几天前，您还可以拿离开皇帝这件事来恐吓我，让我做什么事都行。可如今，您再不可能让我回到他身边了。您当着他的面逮捕了我，在我的前额刻下一道永远洗不掉的耻辱的烙印。我再不能为他带来任何宽慰，他一看到我，只会想到那段屈辱的过去和痛苦的记忆。虽然只要可以看到他、照顾他，让我死我都愿意！说不定遥远的欧洲有人同情我的遭遇呢？某个声音告诉我，我应该回到朗伍德去。但即便回去，我也要干干净净地回去，要带着对我而言无比珍贵的全部文稿回去。我要怀着最虔诚、最温柔的心，[402]在宇宙尽头的这座荒岛上，陪伴在那个正被恶劣的气候、冷酷的人心、卑劣的人性噬咬的不朽巨人的身边。您曾向我提过您的难处，总督阁下。您说您吃尽了苦头，我们对此并不怀疑。但每个人都只能感受和体验自己的痛苦。总督阁下，是您给朗伍德罩上一层悲惨的纱衣，相信您对此并无异议。

"致敬"

和哈德森·洛韦通信后，我就再不闷得发慌了。第二天，我又给他写了一封信，说：根据我昨天给他的信的内容，我正式、认真地督促他让我离开圣赫勒拿岛，返回欧洲。第三天，我照旧给他写信，内容和昨天的一样，我还在信里提到了我当前的处境和对个人物件的担心。

我对他说："在前两封信中，我提到了自己的政治处境，当时我不屑，也觉得不合适提自己的私事。不过今天，继那两封信后，既然我认为自己恢复了普通公民的身份，那作为贵岛的临时居民，我要毫不犹豫地向您讲述我可怕的个人处境。您知道，我儿子的健康堪忧，相关权威人士应该也把他的身体情况告诉您了。自从那个把我们和朗伍德维系到一起的神圣、珍贵的纽带被斩断后，他把自己所有的念头、心愿和希望都狂热地投注到欧洲，由于焦急和幻想，他病得越来越厉害了。他的身体状况如此，我的精神状况更糟糕。我一边要压住内心的情感，一边要压住精神上的焦虑。我惊恐地发现，是我把他带到这里来的，也是我让他被关在这里的。如果他的母亲问我要她的儿子，我该怎么回答？面对那些对我的境况毫不关心，却从不放过任何审判和抨击别人机会的看客，我该怎么解释？我还没向您提我的身体，在这种焦虑情绪中，我的健康算得了什么呢？然而，我的身体的确越来越虚弱了；由于我再没有东西让自己的精神保持活跃，[403]我在忍受了人们难以想象的长达一年半的抗争、磨难和打击后，终于在这场可怕的浩劫中倒下了。我不在那个我为了他什么苦都吃得下的大人物身边了，又继续和家人分离——这是一个让我肝肠寸断的牺牲。我的心被撕成了两半，每一半都得不到慰藉。它在深渊边上徘徊，我再也忍受不了这一现状。总督阁下，我请您好好想想，不要制造两个受害者。我请您把我们送到英国，接受医学和其他帮助。我从来没求过您和您的前任。但我儿子的健康状况战胜了我的禁欲主义。难道这还不能唤起您的人情味儿吗？我还有许多足以让您做出这个决定的原因，我在11月30日写的那封信里已经说得够明白了。我只想在这里补充一句，您现在有一个表现您公正的大好机会：把您的一个敌人送到贵方内阁那里。"

收到这些信后，哈德森·洛韦来见了我。对于第一封信，他一开始坚决否认自己通过我的仆人给我布下了陷阱。但他也承认，根据事情的表象，我有此怀疑也很合理。我对他说，实情难道还能是别的样子？这个仆人在被赶出朗伍德之前，曾多次被总督叫走；之后他突然跑回来，好心表示愿意为我在欧洲效力，还说他有办法偷偷赶到我的身边，拿到我托付的东西；他还多次成功潜入朗伍德，要知道我们周围的警卫是多么森严啊。不过哈德森·洛韦用他的荣誉向我保证，说他没有做过这件事，我就姑且信他吧。

之后，他提到了我信中的一些内容，对我的某些措辞尤为在意，他虽然以一种友好的方式把它们转述出来，但看得出来，这些内容让他很不舒服。他希望我写这几封信时能像从前许多时候那样通情达理。[404]我对他这番话的回应是，立刻拿笔把他不喜欢的那些措辞删了或改了。

其实为此我写了许多封信。我只想说，哈德森·洛韦没做书面回答；每次收到我的信，他就跑来见我，就信本身和我对话，让我删掉其中一些内容，临走前承诺他会很快给出详细答复——然而他从来不兑现自己的承诺，我从来没收到他的回答。不过我从英国的朋友那里得知，他现在倒花钱请了些写诽谤小册子的人，收买了几家杂志，在攻击《拿破仑圣赫勒拿岛回忆录》和它的作者呢。

在因为信件内容而发生的无数次口头交谈中，我删去了一些语句，但哈德森·洛韦并没得到他想要的效果，我没有对他做出多大的让步。每次离开时，他都说我真是一个狡猾、危险的人。在他看来，但凡谁聪明到不会盲目答应他的要求，不会落入他的陷阱里，那就是狡猾、精明甚至危险的人。不过，我的确对他要了一个花招。毕竟，无聊、严酷的牢狱生活磨炼了我的想象力，我们俩之间的交战也该有个你来我往才是。想办法捉弄他的狱卒，这是囚犯不容置疑的权利。

我在日记开头就说过，在我们前往圣赫勒拿岛的路上，皇帝曾私下把一串昂贵的钻石项链托给我保管。①一直以来我都把它带在身上，几乎忘了它的存在。直到被关起来几天后，我在机缘巧合之下突然想起这件事，吓得一个激灵。由于被牢牢看管起来，我根本找不到机会把它还给皇帝。皇帝肯定和我一样，把这件事彻底忘了。无计可施之下，我决定利用哈德森·洛韦本人达到目标。我要求向同伴说一声永别，于是通过他给大元帅写了下面这封信：

"大元帅阁下，我被迫和你们分离，独自待在这里，和外界断了所有联系，不得不靠自己的判断和感觉来做决定。^{405}11月30日，我把我的所有决定写成正式信件，告诉了哈德森·洛韦总督。我若要获得自由，就不能向您透露只字。我只能看上面的意思，看他是否愿意把我的全信内容告诉您。我这边若是稍稍提到或影射到一部分内容……我就只能听天由命了。

"我现在只能恳求您，把我的尊敬、忠诚和爱带给皇帝。我的生命依然完全属于他。我只有待在他的身边，才能体会到幸福和快乐。

"由于你们处在捉襟见肘的困境中，我迫切希望把一笔财产留给你们，那是我妻子的珠宝……一条项链……这相当于遗孀能拿出手的最后一点儿奉献！但我怎么敢把它献出来呢？我经常提议把我放在英国的4000路易拿出来，现在我又提出这件事，希望你们能够接受。我无论处在什么环境，都不会改变主意。以后如有需要，我会在那里，并为自己能帮上忙而感到骄傲！大元帅阁下，请再次向皇帝表达我的忠诚与真心。

"我亲爱的朗伍德的伙伴们，我会永远记得你们！我明白你们所有的苦楚和折磨，我的心一直在为此流血。在一起的时候，我是个无足

---

① 请看上卷第46页拉斯卡斯的注释。

轻重的人，但离开了以后，你们会看到我的热忱和温柔——如果有人愿意好心替我转达我对你们的关怀。我会温情脉脉地拥抱你们，并请求您——大元帅阁下——接受我诚挚的敬意。"

附注：我很早就写了这封信，就在我觉得自己即将离开你们的时候。今天，我被允许把它交给您，总督也告诉我，我要待在这里等候英国的回复。所以，我接下来几个月都会留在圣赫勒拿岛。但我再也不能回朗伍德了，这是一个我从未想过的新折磨。

根据他的要求，我把信打开后交给哈德森·洛韦。他读了信，没有异议，并好心地表示要亲自把它送过去。[406] 这引起了皇帝的注意，那串项链最后能再回到他的身边，这件事起到了很大的——虽然只是间接的——作用。

我对哈德森·洛韦的不满——一件典型的事
12月7—9日，星期六至星期一

这段时间，有一天，我请守军军官和我一起吃晚饭。闲聊中，他对我说，他以前曾作为战俘被关在凡尔登很长时间，但最后他总算出来了，去了巴黎。接下来，巧合的事发生了！他说起自己在巴黎的中间人时，发现这个中间人正是我——当时我从费尔特雷公爵那里替他争取到了这个极其难得的殊荣。①

我们在这里的日子还是和从前一样，没有一丝解脱的痕迹：这不幸的日子已经过了15天，每一天都是幽闭、禁令乃至折磨。

我们只能通过总督得到皇帝的一些消息。如我在上文说过的那样，

---

① 拉斯卡斯是克拉尔克将军在参政院的同僚，后者在1809年被封为费尔特雷公爵。

我们就住在朗伍德对面，离它只有数步之遥，中间却隔着难以跨越的深渊。我们日思夜想的那个人就在我们眼前，我们不断地找寻着他的身影。我们非常熟悉他的作息习惯，对朗伍德的大小建筑了如指掌，然而无论怎么看，我们都看不清我们如此了解的这些事物。我们只能不断抵制看似近在眼前、实则远在天边，看似唾手可得、实则遥不可及的诱惑。这种处境倒有几分古人想象中的地狱的感觉。哈德森·洛韦很清楚这点，第一天就承诺会很快让我们搬走，说我们只是被临时安置在这里，人们只要把另一个更宜居的地方打扫好了，我们就立刻过去，而且人们已经在办这件事了。然而，几周过去了，这件事毫无下文。哈德森·洛韦做某个害人决定时倒是雷厉风行，要收手的时候却磨磨蹭蹭——[407]如果他真打算收手的话。而这一次，他根本没打算就此罢休。

说老实话，自从我落到他的手里以后，这个总督待我还不错，对我无比客气，说话十分体贴、态度十分尊敬。我看到他亲自把一个哨兵调走。他说，这个人会让我感到碍眼，把他调到林子后面，我就再也看不到他了。他向我担保，他对我的态度、他对此事的实际意愿都是良好的。他曾一度说服了我，让我不止一次地想，我们先前对他的种种想法是不是错了。但很快我就发现，哈德森·洛韦这个人实在是言行不一，说的是一回事，做的则是另一回事。例如，我在奥米拉医生的书里看到这么一件事：就在我差点儿相信他是个好人的时候，就在我反思自己先前如此疏远他的做法是否正确的时候，他还让奥米拉医生给拿破仑传话，把一些由他亲手炮制的证词拿给皇帝看，宣称它们都是我亲口所说、亲笔所写。他说我这么做，是想抓住一切机会，从朗伍德那里拿到一点儿好处。他还说我已向他承认，他对我们其实很好，但我们朗伍德

所有人联合起来在皇帝面前歪曲事实，丑化了总督的形象。多么卑鄙的手段！多么下作的伎俩！……①

我还能抖出更多事来，让读者进一步了解总督的真面目。不过和下面这件事相比，其他事都算不了什么。

我儿子的健康一直叫人非常担心，有时候，他因为心脏跳得实在太厉害，只能从床上爬起来，在房间里大步地兜圈。他甚至觉得自己命不久矣，到我怀里寻求安慰。和哈德森·洛韦在同一张桌子上吃饭的岛上首席军医巴克斯特和奥米拉医生一道照料孩子，我对他们表示真诚的感谢。这两个人都把我儿子的危急情况告诉了哈德森·洛韦，强烈建议我和他一道回欧洲。⁴⁰⁸有一次，儿子的病又发作了。当时奥米拉医生单独向总督汇报情况，哈德森·洛韦不耐烦地说了下面这番话，把医生打发回去。奥米拉医生后来把他的话原封不动地转述给了我和我儿子："哎呀！先生，即便一个孩子死了，又能影响什么呢？"我克制住自己的情绪，不对此发表任何评价，只把这句话原样写下来，让所有为人父母的人看一看！

秘密稿件—我被哈德森·洛韦审讯—我写给吕西安亲王的信
12月10—15日，星期二至星期日

总督几乎每天都来，以这样那样的理由反复提起我文稿中的一些

---

① 请看奥米拉医生的《流放中的拿破仑》第一卷第423页的1817年3月19日日记内容："他（哈德森·洛韦）让我转达（皇帝），说拉斯卡斯已经承认，他身边的法国人做了种种事，让他'透过带血的帷帐'看待一切事。"对此，拿破仑的回答是（拉斯卡斯对此并未提及）："拉斯卡斯看待问题非常细心，对有人加诸于我和他身上的虐待极为敏感。但我不需要通过拉斯卡斯的这种煽动方式来思考，我的个人体验足以让我有自己的想法。"（出自奥米拉医生日记第一卷第424页）

内容。我一直在他面前表现得无比随和，对他非常顺从温和。他见我如此，当然也会略微奉承几句，但依然摆出高高在上的姿态。有一天，我在翻看自己的随身行李时，在行李箱里发现了另外两沓稿子，人们搜查稿件的时候漏了这里。第二天，我带着小孩恶作剧的心情，把这两沓稿子交给了他。他吃惊极了。人们也许会认为这是他故意留给我的，不过他非常仔细地把它们收起来放好，说他习惯把东西整理得整整齐齐。我向他保证我没动过它们，他不用这么做。总督笑了笑，说他有理由相信，如果是其他人，肯定不会把稿子交上来。我早在第一天就向他指出，人们把我的手稿从朗伍德收走后忘了把它们封好。由此可见，他们做事并不是那么讲究。不过我说这件事，只是单纯想发表点意见，并没其他意思。我只想让总督明白，我根本不想借某件事和他吵架；但我也一再向他强调，我这边已经做了许多，但只得到几句口头回复，从来没有收到任何实际答复。

人们制作了一个登记表，把我收到的所有来自伦敦朋友的信都列了进去，好拿去给邮政部看看里面是否有被私下带来的信件。[409]我早前给吕西安亲王写了第二封信的开头，总督对这件事格外介意。我徒劳地告诉他，这封信上全是涂改的痕迹，而且我是用铅笔写的，上面的字迹几乎都快掉光了。我还告诉他，这封信并不成形，连草稿都不算；我大可以厚着脸皮否认自己写过这封信，但没有必要；他不能把这当作合法、合格的证据。我是在白费口舌，他依然坚持誊抄了信的一部分内容。天知道他想拿去干吗！

他尤其在意副总督夫人的短信。这封信是从英国发出的。夫人在信中说，法律禁止她在信中捎带其他信件，但她很乐意通过其他方式为我们帮忙。我通过自己在伦敦的朋友把皇帝用过的一些东西寄给了她。我记得，包裹里不外乎是一个银制墨水瓶、他的一些手迹，也许还有他的几根头发。总之，都是些被我视为圣物的东西。斯凯尔顿夫人回信说，她会小心翼翼地保管这些东西。不过她也向我坦白，她无法抵制偷偷留下其中一小部分物件的诱惑。

哈德森·洛韦脑子转不过来，不知道我为何不能或不愿说清这些珍贵物件到底是什么。如果此事为斯凯尔顿夫人带来麻烦，我定会深感内疚。我留着这封信，纯粹是为了纪念她带给我的珍贵回忆。斯凯尔顿夫妇为人正直、恪守道德，我们曾对不起他们——虽然这并非我们的本意；可他们以德报怨，对我们一直都是那么尊敬和关心。因为我们来到岛上，他们不得不从朗伍德搬走，副总督的位置也没了，只好返回欧洲。相信他们在那里定会过上平安顺遂的日子。

过了一段时间，人们总算审到了那封著名的秘密信件，也就是我写给吕西安和我在伦敦的一个朋友的信。哈德森·洛韦把它们仔细地誊抄了过去，但里面有些字迹已经无法辨认。我把它交给仆人后，绸布被意外弄湿，布上的一些字被洇开了。我出于好意，尽量把原信重写出来。随后，对我的审讯开始了。

[410]总督非常关心两点，想竭力把它们弄清楚——如果我不反对这么做的话。第一个问题和我写给吕西安亲王的这些话有关："和我们有过接触的人严厉斥责报纸窜改他们信件的这种事。"他问，这些人是谁？副官拿起笔，准备记下我的回答。我让他写：鉴于它不会带来任何不便，我可以回答，但如果总督想利用他的权威来逼我，我将保持沉默。我还说："我信中的这些话写得含糊、宽泛，没有特指，因为我们从每个人那里都听说过这种事。我们时不时从伦敦报纸上读到一些写于圣赫勒拿岛的信，内容对我们极尽歪曲和抹黑；岛上人想安慰我们，叫我

们对此不要介怀。我现在想起了这么一件事。兵营里有一位夫人,总督您是认识她的。她到处向人解释,说自己并没写过一封发表在报纸上、顶着自己的名字、内容荒谬十足的信。或许是她在英国的朋友把她的信的内容改了,或许是他们在公共场合读了她的信、被有心人听到了。总之,报上刊登的信和她毫无关系,它根本没有忠实原信内容。"[1]

总督的第二个问题和我一封私人信件有关,我在信中问霍兰德勋爵能否让我给他寄几个包裹。哈德森·洛韦问包裹里有什么东西、我是通过谁把它们寄走的。为了得到一个让他满意的答复,此时他说话语气明显温和、客气了许多——毕竟,他无权强迫我回答。他还说,我若回答了这个问题,可大幅加快和缩短我这件事的进程。我郑重地回答,这是我的个人秘密。哈德森·洛韦一听到这个回答,脸色明显有变。因为副官还在记录我说的话,我就继续说:因为我从小接受的教育和习惯,才这么回答;我若说其他话,定会引起总督的怀疑;我若因为说实话而遭受武断的猜测,这恐怕不合适吧。说了这番开场白后,我立刻严肃地宣布,我从来没和霍兰德勋爵有过任何联系。最后这句话如同在现场投了一颗炸弹,那场景真是好笑极了。我用任何词汇都描绘不出总督当时是多么惊讶、其他军官是多么诧异,连记录人手中的笔都停下来了。哈德森·洛韦立刻表示,他当然相信我,但完全理解不了这是怎么回事。我向他坦承,我只是想看看他们紧张的样子,给自己找点乐子罢了。不过我还是把所有事实都告诉他了。实际情况是,我的仆人再度出现在朗伍德后,我曾打算再让他把一些反映我们当前处境的真实资料送给霍兰德勋爵,不过总督这群人来得太早,我还没来得及写信就被带走了。我

---

[1] 从此处开始到第430页的内容在1840年版本中全被删去了。

仅在公开场合见过勋爵，知道他道德高尚、为人正直；他毕竟进入了英国的立法机构，是大不列颠高等法院的一员，让他知道事实真相，我觉得这对我们双方而言都是件合适的事，还维护了英国的荣誉。

最后就是我写给亲王的那封信了，总督对此提了许多问题。我本想为读者免去烦琐的审讯问答内容，但因为此信和朗伍德大有关系，并深深决定了我的悲剧人生，所以我就把它誊抄到这里，内容和我回到欧洲后公开的那封信件并无不同。①

"亲王殿下，我在去年3月6日收到您从罗马的来信。亲王还记得我，这让我深感荣幸。我会努力寻到机会给亲王及其家人回信，详细讲述和皇帝有关的一切事，包括他的健康、牵挂和遭受的折磨。我迫切地想向亲王殿下讲述发生在这里的一切事实，并相信亲王殿下会顾虑到那位时时记挂着自己孩子的母亲，委婉地把这些会让她肝肠寸断的事告诉她。

"为了让我的叙述更加完整，我要从我在罗亚尔宫离开亲王殿下、自愿追随皇帝讲起，我要从我陪同陛下来到马尔梅松、再也不离开他讲起，我要从皇帝即将登上马车、在敌人的炮火中对临时政府说的那番话讲起。他当时说：'虽然退位，我依然不放弃最崇高的公民权利，为祖国而战。如果你们愿意，我愿意带领军队走上战场。我非常了解当前的形势，愿意打击敌军，好给政府争取时间、在谈判桌上取得优势。停火后，我立刻就走。'

"临时政府拒绝后，我们6月29日晚上路，前往罗什福尔。那里停着两艘军舰，要把我们带向美国这块皇帝选中的栖身之地。

---

① 拉斯卡斯于1818年在伦敦用英文将此信首次发表在他的回忆录中。

"皇帝带领他的一部分随从和多辆马车，在没有护送队的陪同下穿过法国，沿途群众夹道相送。我们所有人都被感动了，只有皇帝一人表面看似无动于衷的样子。从民众的脸上，我们一眼就可以看出大家对离开的这个人的祝福、对他未来的担心。那个场景既奇怪，又令人动容，引起我们万千思绪。

"抵达罗什福尔后，我们为了拿到通行证而等了好几日，却总不见来——人们在我们离开巴黎时明明承诺过这件事。此时，形势突然大变，我们必须立刻登船起程，不得有任何延误。敌军已经进入了巴黎，我们的主力军悲愤地后撤到卢瓦尔河以外，旺代军、波尔多军也群情鼎沸，民怨沸腾到了极点。各方都央求皇帝回去，扛下公共事业的担子，然而皇帝心意已决。与此同时，英军巡航舰已经出现在海峡上，封死了所有出口，海上又刮起了逆风。总之，陆上一切变故都在催我们赶紧起程，413 而海上的一切因素又让我们一时没法离开。在这样的困境下，皇帝把我派到敌军巡航舰上——我因为从前的流亡经历，认识许多英国人，所以他觉得我是个合适人选。我问英方，他们是否听到我们前往美国的通行证的发放消息，对方说他对此一无所知。我讲述了我们当前的处境、皇帝手上的选项、他的拒绝、他的坚决态度，问我们可否坐中立国船只离开，英国船长说他到时会扣下该船；我问我们能否坐打着谈判信号旗的护卫舰走，船长说他到时会奉命和我们的船对战。我陈述了我们面临的难处，问他是否在强迫皇帝重回大陆，对方向我保证他绝没有这种想法，说他会立刻给上将写信，答应两天后给我答复。

"等待期间，我们为了离开而绞尽脑汁，提出各种办法，有人甚至提议不管不顾地在两艘不堪一击的三桅帆船的护送下直接穿过大洋。有个年轻气盛的准尉毛遂自荐，说他愿意指挥这两艘船护送左右。皇帝本来接受了他的提议，但我们临行前不得不放弃这个方案：他们说，且不管其他困难，船只必须在西班牙到葡萄牙段的海岸口靠港、补充淡水。

"与此同时，我们承受的思想压力越来越大，风暴离我们越来越近。越来越多的人央求皇帝，有的将领甚至亲自前来请求他当他们的首领。皇帝毫不动摇，只有一个回答：'不，当前的困局已经无药可解，今天我为祖国再也做不了什么了。如果爆发内战，那也是一场没有目的、没有结果的内战，对祖国没有任何益处。此举的获益人只有我，我可借此争取到一点儿谈判资格，可代价是：法国最高尚的一批人将无可逆转地走向死亡。我不屑这么做。'

"先前他因为这么想，才在那群背信弃义的人的逼迫下退位了；如今他也因为这么想，才不让自己返回科西嘉岛，虽然只要他愿意回去，任何敌军军舰都拦不住他。他不愿意人们说，[414]法国国难当前，他清楚地料到了将要发生的一切，却只想着回老家为自己寻个安静的庇护地。

"因为没收到答复，我再度登上了英国舰船。船长还是没有从上将那里收到消息；但这一次他告诉我，他得到英国政府授权，可送拿破仑前往英国——如果后者愿意的话。我说，我要把这个提议转达给皇帝，相信皇帝定会重视他的提议，满心信任地前往英国，在那里拿到前往美国的通行证。船长还说，他不能保证我们一定拿得到通行证；但他敢肯定，我们在英国定会得到英国人民高贵、慷慨、大方的优待，我们不用担心。他的军官也在旁边附和。

"我回去后，皇帝把所有人叫到一起，问我们各自有什么想法。大家一致认为应该接受英方的友好提议，所有人丝毫不担心。有人说：'摄政王储肯定想迫切地抓住这次彰显荣耀的机会。他的死敌对他如此信任，予以他连岳父和好友都没得到的殊荣，这是英国取得的巨大胜利！这件事将被光荣地载入史册！向英国优越、出色的法律致敬！'写到这里，亲王殿下，我相信您也对英国人民的风俗、道德有很高的评价，相信他们对君王的决定有重大的影响力。皇帝知道，他隐退美国一事定会惹来旁人的猜疑，进而遭到阻挠；不过，如果他接受英国予以的同等好处，选择隐退到这个地方，接受它的法律保护，他并不介意自己在迫不得已之下留在这里。他当时做出决定，给摄政王储写了那封被欧洲各大报纸反复报道的著名信件。①

"我当晚就回到柏勒洛丰号上，415宣布皇帝第二天早上将抵达这里。当时陪同我前去的还有陛下的副官古尔戈将军。后者当即上路，前往英国把信交给摄政王储，并向王储表达皇帝经过他的同意、在他的国家落脚、化名杜洛克上校定居于此、找个最宜居的地方颐养天年的愿望。

"皇帝登上柏勒洛丰号不久，英军巡航舰上将就在海上抛锚，出现在我们身边。陛下想参观一下他的军舰超级号，霍瑟姆上将荣幸地接待了皇帝，他的举手投足犹如其性格一样优雅亲善。

"就这样，我们满心信任地出发了。每个人被命运抛弃却浑然不知，在安静的生活中、在英国人民的热情接待下一路畅想我们新的未来，根本没想过自己即将大难临头！

"我们刚在英国海岸抛锚，周围一切突然呈上不祥的色彩。船长当即和上司沟通，回来后，他的脸色向我们预示了接下来的不幸人生。这是一个善良的人，他只是在严格执行命令而已，根本不知道背后藏着怎

---

① 请看前文。——辑录者注

样可怕的秘密。①我们被提前判罚，要被丢到圣赫勒拿岛的荒岩上，那里四面环海，离最近的大陆也有500古里距离。

"从那时起，我们遭到最严格的看管，不能和外界有任何联络。我们周围有无数巡逻军舰，任何好奇人士胆敢接近我们，都会被鸣枪警告。没过多久，英方就用最冷酷的措辞、最严厉的条文，向我们宣布了那个可怕的判决，而且要立刻执行、不得有误。人们没收了我们的佩剑，检查了我们的行李。他们说，这是为了搜走我们的钱财珠宝，把它们保管起来。他们还以为能在皇帝那里查出一个宝库呢。他们太不了解皇帝了！人们只在他那里找到4000拿破仑币和一些银器，并把这些东西留给了他。一些洗漱用品、几件内衣、几套衣服、几柜子的书，这些就是这个曾经主宰世界、分封王土的人拥有的所有财产。

"他们把我们从柏勒洛丰号转移到诺森伯兰号，把我们丢进汪洋大海，朝远离陆地的新的目的地前进。

"大多数人都愿意追随皇帝，但英方只允许我们四个人和他共担命运。看着他离开，留下来的人哭得不能自已。一个有幸陪同皇帝前往圣赫勒拿岛的人当即没能忍住情绪，对站在边上的基斯上将说：'您也看到了，上将，留下来的那些人难过到热泪盈眶的样子。'

"皇帝留下了一封简短、直接、语气强硬的抗议信。由于这封信只被节选出版，我便把它抄给您。②我们对英方的这种行径倍感愤怒，发出辛辣的质问：这是什么圈套？我们难道不在文明国家？人权何在？公共道德何在？我们呼唤上帝去惩罚那些背信弃义的人，请求他证明我

---

① 我看错了他。请看梅特兰船长于1826年发表的讲述和人们对他的相关反驳。——辑录者注

② 请看本书前文。——辑录者注

们惨遭背叛的事实。我难以向您描述，这件辜负了我们的信任、用谎言和冒犯加诸给我们的侮辱性的不幸事件，在我们心中引发了多么强烈的地震。直到今天，给您写信提到此事时，我依然觉得体内的血液在沸腾。

"我们在报纸上看到他们把我们称作俘虏，可当初我们是以自由的身份、慷慨相待的气度登上英国军舰的！我们是迫于无奈才做出这种选择，因为我们有着高尚的灵魂，不屑趁动乱之际返回大陆，我们本来可以从海上起兵的！如果我们武装失败，结局难道会比现在的境遇更坏吗？[417]谁敢说我们当时毫无胜算？我们大胆假设一下，如果当初我们抓住机会，谁敢说我们是在找死？但皇帝给摄政王储写了那封信，让我们本着双方信任的想法，摒弃了一切怀疑。先前已经得知信件内容的英国船长没有提出任何异议，默许了我们的这种做法。后来有人告诉我们，对拿破仑皇帝的处置不是英国一家所为，而是四大联盟国共同做出的决定。英国内阁大臣企图借此掩饰让他们国家蒙羞的这一污点，可他们回答不了人们的如下质问：你们如果在得到这个著名受害者之前就做了这个决定，那你们就是为了抓住他，设了这个卑鄙的圈套；你们如果在控制他期间签订了这份协议，那你们依然犯了大罪，出于对完全束缚不了你们的外国力量的考虑，牺牲了你们国家的荣誉和神圣的法律。

"这等可怕的冒犯权利的行为，为我们欧洲带来了多少祸患啊！它再度引发了多少波澜啊！谁看不出来，这种专制暴虐、完全无视相关法律条文的措施，在政治理念中激起了多大的反响！风暴本来已经平息，但它又被人唤醒。有的人一直说，法国大革命的火焰在拿破仑被放逐后终于熄灭了。无知的外国人啊！他们不知道，是他扑灭了大革命的火焰，而别人又让它死灰复燃了。欧洲人民将陷入前所未有的骚乱中。

"英国内阁在指令信中要求称皇帝为'将军',禁止人们以逾矩的礼仪接待他。皇帝当然为'将军'这个头衔而骄傲,是他让这个头衔变得不朽。可在那种环境下故意这么称呼他,那是对他极大的冒犯。我们简直不敢相信,英国内阁竟然擅自更改欧洲的头衔制度,凭自己一时的心血来潮,就敢把得到全体人民的认可、得到宗教的祝圣、得到胜利的加冕、得到整块大陆承认的那个头衔给取缔了。我们从那时起一直坚持继续使用'皇帝'这个称呼,哪怕皇帝不久前还给自己选了'上校'这个头衔。

[418] "抛去这些事,我们在船上的两个月还算幸福、单调和平静。和英国其他统治地一样,我们坐的那艘船也充斥着各种小册子和诽谤文章,对皇帝的为人、性格、言行等大事小事评头论足、歪曲抹黑。他落入无穷的谣传中,成了它们集中攻击的对象。可对有心人而言,这是个极好的观察机会,昭昭事实摆在面前,破除了甚嚣尘上的流言。就这样,局势慢慢发生了变化。船上每个人都忘不掉他那泰然从容的仪态,对他广博的学问和平和的性格深感敬佩。我们下船的时候,有个频频接触皇帝的英国军官说,他从未见过皇帝有什么不满、提过什么要求。

"皇帝每天上午都待在他狭小的房间里。大约五点钟,他会去客厅下一盘象棋,然后吃晚饭。晚饭期间,皇帝不怎么说话。亲王殿下,您也知道,他在饭桌上待的时间从来不会超过20分钟。可在这里,他必须在饭桌上待两小时,这实在是个令他无法忍受的酷刑。饭后过了一小时,人们才给他端来咖啡。然后他站起身来,去甲板上散步,通常是我和大元帅陪在左右。那是他一天中唯一一次出现在公共场合。有些军官或专业人员会走上前来,其中有军医、特派员和布道牧师,向他禀告和他有关的事。前几日,全体船员对他还非常好奇,但很快,人们对他就只剩关心了。如果甲板上突然发生意外或颠簸，年轻军官们会立刻跑过来，关切地把他围起来，生怕他伤到哪里。最后，皇帝早早地回到自己的房间。这就是他在船上每天的生活。

"抵达圣赫勒拿岛后，我们的船在岸边停了两三天，之后，我们在夜里下船，来到詹姆斯镇。这是个类似于小镇子、殖民者聚居地或小村子一样的地方，里面有些房子，有一些建筑还颇具规模。东印度公司的船每年都要在这里歇脚，为了方便旅客，人们才修了这些建筑。

[419] "第二天早晨，皇帝在上将的陪同下参观了他在岛上要住的房子。房子需要修缮，这不是几天就能完成的。皇帝只好返回詹姆斯镇。这里天气闷热，空气不利于健康，更不用说其他更糟糕的不便之处了。但最大的不便，当数好奇看客的骚扰。所以，皇帝宁愿住在离城三四古里远的一个地方，并在当夜把我叫了过去。新住处地方狭小，容不下多出的一个人居住。与其说这是座住宅，还不如说是一个小咖啡馆，50步路以外的地方就是屋主自己住的地方。这栋建筑的一楼只有一个几平方米大的房间，皇帝把他的行军床放在那里，在里面睡觉、洗漱、工作、吃饭和散步。我睡在顶楼的小房间，和我的儿子几乎只能背贴背地挤着睡觉。皇帝的仆人则睡在门口的地上。屋主是个正直善良的好人，有两个女儿，她们分别是13岁和14岁——报纸可高兴了，逮着这两个女孩大做文章。前几日，皇帝偶尔还会去屋主家拜访他们。然而屋主的好客惹来了人们的猜疑，皇帝最后就不去了。他的其他随行人员被留在镇子里，只要有机会就会来看他。但因为指令不清和其他一些误会，他们每次过来都受尽屈辱和折磨。亲王殿下，皇帝过得很糟糕，比您想象中的还要糟糕。前几日，人们只能在镇子里做好饭菜，给他端过来。后来，人们总算勉强搭了一间厨房。他根本没办法泡澡，而泡澡是他每天必做

的一件事。每次人们清扫和整理房间的时候,他都只能出去。我们在屋子周围的石子地散步,太阳落山后,在月色明朗的日子里,我们还去附近的一个山谷里散心。

"我们在那里住了两个月后,搬到了朗伍德,也就是我们现在住的地方。[420]那两个月里,人们把它大致修缮了一下。我们都住在那里,大元帅夫妇除外——由于地方不够,他们只能另住在一栋离我们两三千米远的房子里。

"朗伍德原来是东印度公司的一个农场,后来被让给了上一任副总督,后者把它改建成了一座乡间小屋。人们仓促地在边上加建了几间房子,但这些屋子着实破烂简陋,几乎一推就倒,不到一年,大部分房子就根本不能住人了。

"皇帝过得非常糟糕,我们更是过着近乎风餐露宿的生活。亲王殿下,为了让您了解更多的情况,我把儿子先前给他母亲画的朗伍德平面图放到信里。不要相信英国报纸吹嘘的那栋豪华木制宫殿。豪华是欧洲的,朗伍德只有穷苦。没错,不久前有大批木材被运到这里,可根据计算,我们要七八年后才有用上它们的福气。在此期间,我们还得和一大群工人一起生活。由于这项工程耗资巨大,最后被人们放弃了。那批木材被堆在沙滩上慢慢腐烂。

"岛上不是没有比朗伍德更宜居的地方,其中最好的当数总督府邸——种植庄园。这是一座欧式建筑,有一座漂亮的花园,屋子前后绿树成荫,还有其他许多我们在这里想都不敢想的消遣的地方。皇帝若住在那里,不仅更合乎礼仪,还可节省大额开支。但有人告诉我们,英国内阁觉得让总督为一个流放犯挪位置,那太看得起后者了,所以它坚决不准。朗伍德周围简直是一片荒漠,没有谁想住到这里来,生活在这里需要的成本，远远大于人们能付出的劳力。一言以蔽之，这里就是岛上的荒漠，被大自然抛弃。到目前为止，这里依然人烟稀疏，少有农田。朗伍德无比缺水，根本没有一块阴凉地，只有零零星星几丛欧石南、几棵橡胶树，还有几棵完全看不出品种的歪脖子树，树上一片叶子都没有，更别提什么树荫了。而且这里老鼠横行，让我们吃尽了苦头。

421 "然而，对于在海上漂荡了好几个月、看烦了单调海平面的旅客而言，远方出现的第一块土地总是亲切的。如果他们在某个晴朗的日子爬到我们所在的山顶平地，定会为周围险峻的山峦、脚下黑暗的深渊感到眩晕，为四周峡谷上野蛮生长的零星绿植感到惊叹，他们会忍不住高呼：这里是多么壮美啊！我们却通常为此感到痛苦。亲王殿下，对于那个被放逐到这里的人而言，这是个真正的荒漠之地。这里的天气也是如此，只在这里短住过的旅客也许会觉得此地气候温和。实际上在热带地区噬人的烈日下，这座岛一年大部分时间都被乌云笼罩，朗伍德频频下雨；如果大雨之后是晴天，那日头简直要把人烤焦了；如果不出太阳，空气又会变得无比潮湿。我们就在极热和极冷之间受着煎熬，忍受着剧烈的天气变化给身体带来的毁灭性的摧残。这里没有四季之分，一年到头都是一个景色，单调得对我们的思想、精神和身体都产生了影响。它造成的乏味和无聊，是您想象不到的。待在这里的每一天、每一分钟都是种酷刑。除了身体的酷刑，皇帝还日复一日地遭受精神上的折磨。在得知缪拉悲惨下场的时候，皇帝甚至说：'卡拉布里亚人都比普利茅斯人仁慈，不像后者那么野蛮。'

"来到朗伍德后，皇帝尝试过恢复骑马这个习惯。他从前经历了种种风浪，过惯了戎马生活，突然静下来，对他的身体极其有害。您也许也知道，科尔维沙大力建议他骑马，以防身体垮掉。但英方只给我们圈出很小一块地，我们只有在这个圈子里活动时，才不受外国军官的监视。大家都知道皇帝习惯快马扬鞭式的骑马，可这里地方狭小、空间有限、景色单调，跑到哪里都是一个样，骑马活动就成了一项隔靴搔痒的运动，没过多久皇帝就腻烦了，彻底放弃了这个习惯。我们百般央求，也没法让他重拾马鞭。他说：'我现在只能在那里兜圈子，我如果上了马，[422]奔跑的欲望就占据了我的全身，可我无法满足这个欲望，那就太难受了，还是免了吧。'

"圣赫勒拿岛周长2.5~3万（米），皇帝可在一个英国军官的监督下在岛上闲逛，但他从来没有出去过。倒不是因为他不喜欢岛上的风俗，也不是因为岛上都是英国人，毕竟大家都接受洗礼，信仰同一个宗教。他出门只为了消遣，和我们说说心里话，可一旦旁边跟着一个外人，他就什么也说不出来了。他想通过散步暂时忘记当前的处境，可眼前这个狱卒在不断提醒他的阶下囚身份。他说，生活中的一切决定都是盘算和斟酌的结果，不过这件事与其说是剥夺了他肉体上的快乐，不如说是加重了他精神上的痛苦。有一次，科伯恩上将好心为他创造便利条件，让他出去远足。但这种事也只发生了一次。第二天，也许是上将后悔了，或许又有其他原因，我们得到消息，说以后外出必须由英国军官陪同。之后，皇帝再没出门远足。

"皇帝的一大消遣，就是在房里看书，或者向我们口述他的人生经历。圣赫勒拿岛在历史和法国的荣耀中注定会有一席之地，因为对意之战和远征埃及的回忆录就是在这里写成的，这些文字记录了主人公的辉煌，只属于干成这些壮举、把它们郑重记下来的那个人。

"皇帝学习英语，我有幸为此尽了绵薄之力。学了不到30节课，他就能读报纸了。如今，他已能阅读英语书籍了。

"这里所有肉类的肉质极差,而且通常短缺。肉质差的原因有很多:首先,该殖民地所在的纬度位置决定了这里的肉类品种好不到哪里去;其次,我们的肉食都是由东印度公司提供的,所以我们对此没有发言权,也不能控制品质。我们得到的从来都是活的家禽畜类,其中的原因不难想见,而且只有白天才有肉吃。所以,我们因为食品没有及时送到而将吃饭时间延后几个小时,这也是常有的事。[423]有的时候,还是白天,我们连吃的喝的都没有——因为我们上一次的食品供给已经用完,新的补给又还没到。供应的肉类有股恶心的味道,面包我们也吃不惯,葡萄酒烈得让人难以下咽;皇帝对橄榄油很讲究,但我们平常根本吃不上;我们连喝得下去的利口酒都没有。长期以来,这些劣质食品把皇帝的身体损害到了何种地步,连他自己都不知道。在他看来,这些享乐都是有害的,换言之,他根本吃不出这些食品的好坏。可就连他都明显发觉它们是劣质的,可想它们糟糕到了什么地步。皇帝从不抱怨,靠普通战士的粮食配给量生活。然而他是在硬扛,这只会让我们感到更加痛苦。人们决计不会相信,我们在皇帝不知道的情况下,曾苦苦哀求英方给他提供一点儿饮食上的小小享乐,可这都被对方断然拒绝了!

"皇帝没有任何户外消遣活动。他几乎不见外人了。新总督给访客设立重重门槛,几乎是在变相禁止人们去拜访他。皇帝本人也发现总督在制造麻烦,让他疏离外人。访客们苦苦哀求我们,想得到见他一面的这个天大殊荣。可最常见的情况是,许多访客迫切地找到我们,用巴结的语气讨好我们,以求得皇帝一见,事后对我们各种感恩戴德,而五个月后,他们的名字就出现在英国报纸上,报道内容极尽扭曲之能事。亲王殿下,我想再告诉您一次,切莫相信这些报道,它们没有一句实话。这些事被传到圣赫勒拿岛后,我们身边的英国人对其也是各种嘲讽、大感愤慨。

"他们抱怨自己的信被人大肆窜改,向我们表示他们任何人都不会写这些东西,说这些都是有人在伦敦炮制出来的,从路过旅客的仆人嘴里听来的。亲王殿下,您高贵的哥哥永远是从前的样子。我们这些有幸陪伴左右的人,切身体会到了一句格言的道理:[424]一个大人物是什么样子,只有见过他的裸体、日日夜夜陪在身边的人才清楚。

"皇帝睡得很少。他很早就上床,但经常把我叫过去陪他,一直到他睡着为止——他知道我也很难入睡。他通常在凌晨三点钟醒来,仆人给他点了灯后,他就一直工作到早晨六七点,之后上床继续睡觉。九点,仆人用一张小圆桌把早餐端到床前或沙发上。他有时会把我们中的一个人叫过去一起吃饭。之后,他或者读书、或者工作,中午最热的时候就小憩一下。醒来后,他向我们口述回忆录。很久以前他有一个习惯,在下午四点钟由我们所有人陪着坐马车出门散心,可每次回来时,他都觉得被马车颠簸得想吐。之后,他就用散步代替了坐车,遇到天气潮湿到无法出门的时候,才会放弃这项活动。如果他忘了在五点钟前出门,当晚肯定会感冒,咳嗽得非常厉害,并伴随着剧烈的牙疼。回来后,皇帝会继续口述回忆录到晚上八点,有时去书房工作前还会下一盘象棋。吃甜点的时候,他会亲自给我们读一些伟大诗人的作品或其他一些由他挑出来的书。

"这就是皇帝每日的生活。在这种与世隔绝的日子里,如果皇帝能安宁度日、受到我们悉心的照顾、被世人完全遗忘,那也算一种幸福吧!可自从新总督到了后,他几乎每一天、每小时、每秒钟都受到新的伤害。这么说吧,这人就像一根刺一样不断挑拨着别人的伤口,只有在睡眠中我们才能暂时忘记他给我们带来的痛苦。

"我们才到殖民地时，日子过得非常糟糕。毕竟我们曾经过惯了衣食无忧的日子，从高处跌落后，初来乍到当然会抱怨几句了。我们身边的英国将领和一些路过的旅客看到我们的处境，也许是为了安慰我们，也许是为了替自己解释，不断对我们说：'你们的处境是暂时的，以后就不会这样了。根据我们的了解，人们出于政治需要，必须限制你们的人身自由。但因为自然法，因为人高贵的本性，[425]为着我们的荣誉，我们也会尽量对你们宽大处置。最艰难的一段时间已经过去。有军舰围在海上，有士兵守着海岸，你们随时随地都能在岛上任何一个地方散步。所有安全预防措施都已到位。目前，人们已在慢慢采取柔和的手段。一个中将已被派来当这里的总督，他一辈子都在大陆度过，出入总司令部和各国宫廷，肯定知道我们在接待拿破仑方面有什么地方做得不够到位。这个人选足以说明，我们想派一个配得上这个崇高使命的、灵魂高尚的、做事优雅高贵的、足以处理这个敏感状况的杰出人士过来。再耐心一点儿，很快一切都会朝更好的方向发展……'这个新的弥赛亚终于到了……可上帝啊！人们完全说反了吧？他根本就是个警察、刽子手！他一声令下，我们的处境一下子变得凶险起来。先前明面上的尊重、程序上的体谅通通都没了。每过一天，我们就多遭一分罪、多受一次侮辱。他缩小了我们的活动区域，侵犯了我们的内部事务，连我们找哪个仆人这种事都要插手干预。他禁止我们和岛上居民有任何来往，疏远了我们和英国军官的关系；他在我们周围挖壕沟、建栅栏、加强警戒，修了一座狱中狱。他让我们活在恐惧中，过着秘不见人的日子。皇帝简直成了被关在城堡尖塔里的囚犯，再也不出房间一步。他同意的为数不多的和总督的几次见面，双方都是不欢而散。最后他决定结束这种局面，再也不见总督了。他说：'我先前对上将有所怨言，但他至少是个有良心的

人；这个人呢，他根本没有英国人的样子，完全是一个来自西西里的暴徒。'

"面对我们的所有诉苦，哈德森·洛韦通通推说是内阁指令的关系。如果哈德森·洛韦说的是真话，他得到的指令未免也太过残忍了。但我们也敢肯定，他野蛮地执行了这些指令。

"我们所有人都认为，皇帝在这种情况下挺不了多长时间。皇帝性命堪忧，哈德森·洛韦对此并不否认。但他冷淡地回答，[426]这是他自己的问题，是他自己在找死。在和总督的最后一次谈话时，皇帝语气十分强硬，说了许多值得高度关注的话。总督借口有要事禀告，在皇帝散步时贴了上来。他要告诉我们的是：我们一年的花费高达2万英镑，英国政府只肯出8000英镑，所以剩下的1.2万英镑的缺口得由皇帝自己负责。皇帝当时大为震怒，请他别拿这些事来烦扰自己。由于哈德森·洛韦坚持要和他讨论，皇帝脾气上来了，对他说：'把这些下作的琐碎玩意拿开，让我安静一下。我对您别无所求；如果我饿了，我可以坐到那些勇士的食堂里（他用手指了指第53团的军营），他们肯定不会拒绝给欧洲最老的一个士兵一口饭吃。'然而皇帝还是不得不让人砸了自己的银器，把它们卖掉，好一个月接一个月地维系我们本就捉襟见肘的生活。亲王殿下，我们谁也没想到皇帝会沦落到这种地步，当时在场的人看到银器被砸后心如刀割、热泪盈眶的样子，您看了都会动容。

"亲王殿下，您也知道皇帝在生活上不拘小节，肯定会为他鸣不平。您也知道，他是多么在乎这些银器。当时他满腔愤怒，但一言不发。然而，这位伟人还是被宵小之辈给算计了！总督强行把这批银器交给第三方保管，还别有用心地提出一个条件：我们不得把银器卖给非他指定的人，这样他就能牢牢控制我们的收入来源了。后来他还跑过来，就我们的生活开支和皇帝讨价还价，要他自己掏钱购买他需要的东西。这一系列事令人如此震惊，我们甚至都不知道用什么词汇来描述他的行为了。

"此外，这里什么东西的价格都高得离谱，质量却奇差无比。我敢说，这里的物价是您在意大利的六七倍，您可就此估算一下英国内阁的8000英镑能做什么。我敢毫不犹豫地说，我们的外省地主每年只需有1.5~1.8万法郎的年金，都比皇帝吃得好、穿得好、住得好。

[427]"听闻我们的惨状后，亲王也许会认为，是被囚的痛苦和处境把我们变得出语尖刻、满腹牢骚，让我们遇到什么都会抱怨几句。当然了，我们即便这么做，那也情有可原。然而我们并没被巨大的不幸遮蔽双目，并非感受不到某些岛民和许多驻地军官的关切和好心。尤其是性格直爽、为人正派的马尔科姆上将，更是得到了我们的尊重。尽管我们在痛苦中变得敏感易怒，尽管他的官职让他不得不谨慎行事，但他和令人敬佩的马尔科姆夫人获得了我们的好感。有一次和我们聊天，上将听说我们那里一点儿阴凉地也没有，就把这件事记在了心里。没过几天，一群海员就用军舰上的篷布给我们搭了一顶宽敞的帐篷，好让皇帝能在里面吃早饭。这样的周到和体贴，后来我们再没享受过了。他对我们的关心，我们当然铭记于心。直到现在，皇帝仍然在这顶帐篷下面活动，但帐篷周围已被弄得乌烟瘴气。不知道多少次，看到一个敌人突然冒出来，皇帝就立刻停止口述或谈话，喊道：'我们回自己的洞穴里去！这些人恨不得把我呼吸的空气都夺走。'

"不管多小的事情，我们都能看到这个狱卒穷凶极恶的嘴脸。他专门把对我们大肆中伤的报纸收集送给我们，却禁止我们阅读任何对我们示好的报纸。他打出内阁不同意的幌子，把我们可能喜欢的所有书籍都扣留下来，成心给我们送来一大堆攻击我们的小册子。

"哈德森·洛韦最为提防的，就是他自己干出来的、纯属事实的这些行径被传到欧洲。他是那么不安、那么猜疑，甚至不让我们的任何消息被传到外面。他不让旅客和我们接触，把我们的私事传得到处都是，肆无忌惮地侵犯我们的个人隐私。最近有一次，他还差人来警告我：如果我继续给欧洲的朋友写信，^{428}他就要让我离开皇帝，把我赶出圣赫勒拿岛。可我写的都是事实，我没办法在信中说我们在这里生活得很幸福、受到了极好的对待。何况我的信会被送到英国内阁接受审阅，难道哈德森·洛韦连他自己的内阁都信不过？哪怕我真说了什么，如果英国内阁觉得必要，可以随意删除信中的内容。不管怎样，反正我有两次没有听他的话，在信里说了不该说的。就这样，我再不能给我的家人写信了，我对他们而言是个活死人了。亲王殿下，这封信根本不可能经过总督之手被送到您身边，我只好静等机会，看能否把它秘密送出。除非太阳从西边出来，总督才可能把它寄出去，让您收到它。不过，我迟早会等到把这个秘密送出去的机会。也许会有某个追求真相的好心旅客捎走这封无关政治但关系他的国家荣誉的信吧，他会认为自己是出于正义、作为一个良好公民才这么做的。

"每件和我们有关的事，哈德森·洛韦都要插手干预。①别人想看住我们，他却想把我们关进单人囚室；别人想让我们彻底远离政治世界，他却想把我们活活埋葬；别人想监督我们的通信、预防我们和外界联手设计逃跑计划，他却想让我们被彻底遗忘、想彻底抹消我们的存在。这就是他收到的秘密指示。英国内阁完全违背了它在议会里说过的

---

① 1823年版本此处后面还有"扭曲"二字。

话，完全违背了他们国家的民意，完全违背了欧洲所有善良人士——不管这些人是何政治立场——的心愿。英国内阁做了一大堆可笑、无用的工作，可事实总会被人知晓，到时候群情鼎沸，人们会质问它：就为了确保囚徒不逃跑，有必要做到这种地步吗？如果这一切都是哈德森·洛韦的个人行为，他的良心定会受到审判，他将遭人轻鄙，死后将遗臭万年。

"不管怎样，不管英国立法机构先前说了什么，我们的确在这里悲惨地呻吟着，在一个专制暴虐的人的桎梏下痛苦地呐喊着。先前的20年里，这个人满脑子都想着如何拉拢和煽动意大利的恶人和叛徒，无法无天，[429]毫无顾忌，他心肠有多冰冷，内心就有多令人恐惧。之后，这个恶人在这里、在这座远离大陆的孤岛上、在海洋中的荒漠中遇到了我们。我们的苦难还要持续多久呢？真相什么时候才能被传到英国人民的耳中呢？他们什么时候才会发出愤怒的吼声，痛斥这个恶徒呢？我们要在这块荒岩上绝望地死去吗？我们给这座岛屿带来巨额开销，让这块贫穷的殖民地濒临破产。它诅咒我们的停留，就如我们诅咒它的存在一样。然后呢，这一切是为了什么？皇帝几天前还开玩笑说：'很快我们就不值得人们为我们花钱、花精力啦。'为什么内阁不把我们叫回去呢？我们回去，只会证明它的权势和品格啊。到时人们会觉得，我们暂时被流放，是出于政治的需要，而不是仇恨的发泄。英国内阁能省下一大笔钱，还能挣得好名声。皇帝依然没有改变想法，抱着和他登上柏勒洛丰号之前一样的真诚意愿。他的政治事业已经结束了。在法律的保护下过上安宁日子，这就是他的诉求和愿望。他的健康持续恶化，身体严重衰弱，年纪又大了，已经厌倦了人世间的争斗和尔虞我诈。他前所未有地渴望且需要回去。

"至于我们这些陪在他身边的人,已经经历了这等不公平的俘虏生活,英国国内再差的单人囚室对我们而言也是福音。因为在那里,我们至少处在法律的保护下,不用再受一个低级官员的折磨,可以呼吸到欧洲的空气。即便我们死在那里,我们的遗骸至少也能在基督教的土地上得到安息。

"几个月前,联军特派员来到这里。哈德森·洛韦告知他们,他们在这里的任务是纯粹消极的,在关系到我们的任何事上,他们无权发言和插手。之后,他把8月2日的协议送到朗伍德来,[430]并要求各位特使表态同意。皇帝拒不承认各位特使有任何政治权利,但愿意他们以私人身份前来拜访。他让蒙托隆把他的正式回复交给哈德森·洛韦,此信逻辑之严密、思想之高尚,读来令人震惊。虽然哈德森·洛韦使尽各种手段不让它外传,但我还是希望有一天您能读到这封回信。您想不到它让总督多么坐立不安;看到他那个样子,我甚感解气。

"亲王殿下,皇帝经常提到你们。他的房间里还摆着许多家人的画像,这间陋室已经成了拿破仑家族的圣地。他收到了您、皇太后、红衣主教费施和保琳公主的信。一想到你们写的那些深情厚谊的话被监视我们的耳目翻来覆去地仔细查看,皇帝就觉得心如刀割。他宁愿人们再不要给他写信了,以免遭此羞辱。他也想通过摄政王储给你们写信,但总督的回答是:他不能把皇帝的信寄走,除非信封不被封上,或者由他拆开封条。皇帝断然拒绝。我们则像看笑话似的,总督本来想冒犯皇帝,结果反而差点儿冒犯到了摄政王储。

"亲王殿下,至于我们这些陪伴皇帝的人,我已向您讲了太多我们的遭遇。但我们并不觉得自己在吃苦,因为我们能侍奉皇帝左右、向他表达我们的忠诚,这是三生有幸。我们只为他感到难受。至于我们失去了什么、受了什么折磨，这些都不要紧，我们只感受到殉道者的欣喜。我们将永远活在高尚的人的心中。不知道有多少人在羡慕我们呢！我们为能侍奉皇帝而倍感骄傲和幸福。

"请接受我最崇高的致敬

"拉斯卡斯伯爵"

我心急如焚—皇帝来信，让我倍感幸福
12月16日，星期一

[431]20多小时过去了，没有任何兆头告诉我们当前可怕的处境可能会有所改变。我儿子的健康状况越来越令人忧心，我也因为受尽折磨、思虑过重，身体快垮了。我们被严格禁止和外人有任何接触，得不到任何来自朗伍德的消息。我完全不知道别人怎么看待我这件事，只知道皇帝这十五六天里一步都没离开过房间，连吃饭都是一个人。大家可以想见，他这种状态让我多么担心！皇帝无疑感到痛苦，但为什么而痛苦呢？和我有关系吗？这种担心成为压在我心里的一块巨石，自从我离开朗伍德后，每时每刻都在折磨着我。皇帝先前完全不知道我为何被带走，这也真是命啊！他听说我写的密信后会怎么想呢？他会怎么看待我瞒而不报的行为呢？对我的动机会有何猜测呢？毕竟我先前在任何一件事上都听命于他，绝不越雷池半步啊。我高估了自己，做了错事，那也是我最后一次体会到他对我的善意。就在我被带走的几分钟前，他在我面前还是那么开心，对我甚至比从前还要亲呢。之后，他也许也发现了我行为中的反常之处吧。也许他心里正在埋怨我，甚至怀疑我。一想到这里，我就觉得痛彻心扉，这层思虑大大加重了我的身体负担。幸好总督亲自前来，让我起死回生。他是晚上过来的，看上去明显有话要对我说。做了漫长的开场白、把我弄得云里雾

里后，他终于告诉我，他手头有一封写给我的信，鉴于我当前的情况，他有权扣留此信，但他深知手头这封信对我是多么重要、[432]此信内容对我有着多么大的意义，所以尽管理智告诉他不能这么做，但他还是要把这封信拿给我看。那是皇帝写给我的信！瞬间我泪如泉涌……为了这封信，哪怕让我死上一百次，我都心甘情愿！

不管哈德森·洛韦对我们干了多少坏事，也不管此刻他这么做是何目的，但我依然从心底感激他赐予我的这种幸福。每次想到这件事，我几乎忍不住为先前对他的诸多戏弄和指责感到自责。可我是为了披露事实才这么做的，而且我认为这些披露具有重大的意义。听了他这话，我心情太过激动，连总督似乎都被感染了，甚至答应让我独自把这封信誊抄下来。我和儿子害怕总督反悔，抓紧时间把它抄了下来。他离开后，我们又把它抄了好几份藏在不同的地方。我们太了解总督了，经过一晚上的考虑，他肯定会后悔自己这个决定。果然，第二天他再次出现，告诉我他后悔了。我立刻把抄好的一份副本还给他，并一再向他表达我的感激之情，说他肯开恩让我们看到这封信，我们已经心满意足了。也许他也是这么认为的，所以他什么也没说。下文就是皇帝的来信，原件在哈德森·洛韦手上。总督曾承诺该信会随同我的其他手稿一道物归原主，但拿破仑去世后，我费了九牛二虎之力，上下奔走，英国政府在不得已之下才把此信还给了我。我回到欧洲后，曾把在得了哈德森·洛韦的允许后誊抄下来的内容公之于众，现在我就再把它们抄在这里。信末脚注是哈德森·洛韦没给我看的内容，两部分合起来构成了原信的全部内容。

"我亲爱的拉斯卡斯伯爵：

"我的心深深牵挂着您的遭遇。15天前，人们把您从我身边带走。

这段时间，您被秘密看管起来，我收不到您的任何消息，也没办法给您传信，您也不能和任何英国人或法国人说话，^433身边连个仆人都没有。

"我要告诉您，您在圣赫勒拿岛期间的行为和从前一样令人尊敬、无可指摘。

"您给伦敦的一个朋友写的信并无令人紧张的内容，此信展现了您的友谊和正直。

（下半页内容缺失）①

^434"您的存在对我非常重要。只有您在英文方面能读、能说、能看。我生病期间，不知道您在我床边度过了多少个夜晚！然而，我建议您——如有必要，我甚至会命令您——接受英国总督返回大陆的要求。他不会拒绝的，因为除了您先前自愿签订的同意书，他对您没有其他任何权利。您去往一个更好的地方，对我也是一种安慰。

---

① "这封信和您先前写给同一人的、以开封状态被寄出的八九封信件并无不同。该地管事官员通过不正当的手段窃取了您写给友人的隐私，您先前已对此等行为表示严肃的抗议。您受到威胁，对方声称如果您在信中继续写对他不利的内容，您就要被赶出圣赫勒拿岛。他这么做，已经违反了他的职位的第一义务、他收到的指令的第一条内容，更违背了'荣誉'二字。他相当于授权让您自己想办法向朋友倾诉感情，让他们得知此人的罪恶行径。但您太过天真，很容易就被人给骗了！！！

"人们一直想找借口拿到您的手稿，但您写给伦敦友人的信不足以让他们寻到合适的理由来抓您。信中并无什么阴谋，内容明明白白，只是一颗高贵、直爽的心的情感流露罢了。他们迫不及待地想利用这个机会，干出这等不合法的事，只是为了公报私仇而已。

"在不怎么开化的地区，就连被流放者、囚犯甚至罪犯都有法律和法官的保护，他们知道政府安排的高级军官会受到后者的监督。可在这座荒岩上，那个人可以随意制定规矩，用暴力、违法的方式来执行它们，而且他的专横行为根本不受监督。

"摄政王储根本不会知道人们以他的名义执行的这些法令。他们拒绝把我的信转交给王储，用暴力的方式打回了蒙托隆伯爵的申诉信。后来他们还告诉贝特朗伯爵，如果他继续写这类诽谤文字，就再别想收到任何来信。

"他们把朗伍德严严实实地包围起来，把它变成一个谁都无法踏足的禁地，好隐藏他们的罪恶行径，好继续构思更加邪恶的计划！！！

（转下页）

"回到欧洲后，无论您是留在英国还是返回法国，都要忘了您在这里经历过的不幸日子。您大可以告诉别人您对我的忠诚效力，以及我对您抱有的真挚情感。

"如果您将来见到了我的妻子和儿子，请代我拥抱他们。这两年来，我再没直接或间接地收到他们的任何消息。

（下半页内容缺失）①

"不过，也请您和朋友们宽心。没错，我的身体的确被敌人的仇恨控制着。他们从来都没忘记复仇，要用钝刀子慢慢杀死我。但上苍是公平的，不会让这种痛苦持续太久。这里气候恶劣、生活物资短缺，因为这些原因，我觉得这种生活很快就会结束了。

（下半页内容缺失）②

"鉴于一切因素，他们绝对不会允许您在离开前回来向我道别。请接受我的拥抱、致敬和深厚的友谊，祝您幸福！

"您忠诚的拿破仑

"1816年12月11日于朗伍德"③

"通过恶意传播谣言，他们企图瞒天过海，欺骗军官、旅客、岛民乃至岛上的俄国及奥地利特派员。毫无疑问，他们还用这种卑鄙险恶的手段骗住了英国政府。

"他们收走了您的手稿，知道里面有些内容和我有关。他们就在我房子边上冷血、厚颜无耻地哈哈大笑，丝毫不在乎任何礼仪，为自己的巨大收获扬扬自得。过了几分钟，我才得知这件事，透过窗户看到您被他们劫走。我仿佛看到南海岛屿的一群野人正围在一个马上要吃掉的俘虏身边欢快地舞蹈。"——辑录者注

① "一个德意志植物学家在圣赫勒拿岛待了六个月，他离开欧洲前曾在美泉宫的花园中看到了他们。这些野蛮人想方设法不让他来见我，以免我从他那里知道他们的任何消息！"——辑录者注

② "最后那一刻到来之时，就是英国被钉上耻辱柱之日。总有一天，欧洲将惊恐地认出此人恶毒残暴的面目，真正的英国人会拒绝承认他是大不列颠人。"——辑录者注

③ 该信首次发表于1821年，被收进《圣赫勒拿岛囚徒真实资料合集》第一卷第115~120页中。

论皇帝的来信—我的思考—细节小事—哈德森·洛韦又来找麻烦
12月17—19日，星期二至星期四

皇帝的信对我而言简直是天籁福音，这几天我满脑子都是它。它打消了我的忧虑，坚定了我的决心，让我重获幸福。我一直在心里默诵它，琢磨着里面的每个字。根据我对皇帝的了解，我大致可以猜到他是怎么写下这封信的。我几乎可以想见，他看到我被带走后内心是多么担心，听说我秘密传信这件事后是多么惊讶。根据他从各个角度看待事情的习惯，我敢确定，洞察如他定然能猜中事情是如何发生的，之后才决定给我写信。我猜得完全没错，因为后来别人告诉我，皇帝根本没问那封导致我被捕的信是何性质，就给我写好了这封信。

这封信对我而言是多么珍贵啊！我先前一直听他说，他之所以不给自己的妻子、母亲、兄弟写信，是因为他无法容忍自己的信被那个狱卒打开阅读。然而我收到的信却是被打开的，是经过了皇帝的同意、由他亲手打开的。此信本来是被封好的，由守军送到哈德森·洛韦手中后，哈德森·洛韦提出了一个条件：他必须先读过信件内容，觉得其中并无不妥之处，才同意将其转交给我。皇帝的信于是被打了回来。当时他正躺在沙发上，听到对方的苛刻条件后，他把手放在额前，一句话都没有说，然后接过自己的信，直接把它拆开，递给总督的传话人，其间根本没看对方一眼。

我如此珍视这封信，还有其他原因：这封信上有皇帝完整、清晰的落款。我知道他有多讨厌签下自己的全名，尤其是在这种情况下。我相信，自从来到圣赫勒拿岛后，这是他第一次签下大名。从原信的手迹中我不难看出，他纠结一番后才写下自己的名字。一开始，他只在信末

亲手写下日期和地点，然后是他最常见的缩写签名。之后，他觉得这还不够，改变心意，在下方又补充了一行字当作正式签名：您忠诚的拿破仑。①一切迹象都清楚地展现了他当时的犹豫。②

而皇帝这封信最让我感动的地方，莫过于他一语道破了我先前决心要做的那件事。皇帝说：我建议您——如有必要，我甚至会命令您——离开该岛。这的确是我第一天，在孤立无助的环境中做出的决定。当时我告诉自己，如今我再不能给皇帝带来慰藉，但也许我可以在远方为他效力；我会前往英国，见到内阁，后者不会怀疑我这么做是有所预谋，因为我几乎是死里逃生才回到那里的。我对他们说的一切，都是我发自肺腑的真话；我会告诉他们事实真相；听到我描述的惨状后，他们会被打动的，然后改善这位举世闻名的囚徒的生活条件；之后我会再回来，

---

① 12月12日，晚饭后，拿破仑对众人说："我给拉斯卡斯写了一封漂亮的信，这可能会让总督为难。古尔戈，您把信拿过来给大家念一遍。"古尔戈遵命行事。他在日记中说："我念完信后，陛下问我有何想法。我坦率地说，这封信赞扬得有点过头，语气过于亲密。皇帝只认识拉斯卡斯18个月，后者对他没有任何贡献，也没有表现出高度的忠诚，这么给他写信不太合适。我还说，这么做会带来一个弊端：皇帝先前从来没有给任何一个好朋友——例如杜洛克或拉纳——这么写过信。皇帝生气了，说我是小孩心性，说他不是在问我应该怎么做，而是在问我这封信可能对哈德森·洛韦产生什么效果。"他出去走了几圈，回到客厅后还是余怒未消，坐了下来，叫人把笔拿过来，在信末尾处写下：您忠诚的拿破仑（这是古尔戈的版本；根据《马尔尚回忆录》第二卷第141页和蒙托隆的《拿破仑皇帝被囚记》第一卷第461页的记载，拿破仑写的是"您亲爱的拿破仑"）。古尔戈因此在日记中说："拉斯卡斯实际上应该感谢我，因为依照陛下冷心冷肠的性子，他本来绝对不会这么写的。"（语出《古尔戈日记》第一卷第222～223页）

② 这封信是皇帝向别人口述，由后者抄写下来的，他亲自加上标点符号。顺便说一句，我还注意到信中的一个独特之处：皇帝写信从来不会犯任何拼写错误，他在这封信中挑出了几个错别字，将其一一订正过来。*——辑录者注

* 根据古尔戈的说法（《古尔戈日记》第一卷第223页），抄写此信、写了"几个错别字"的是马尔尚。但马尔尚在其回忆录第二卷第139～141页给出的信件内容和拉斯卡斯的誊抄版本略有出入。

^{437}扑在他的脚下，向他献上我的赤诚忠心。

所以，我打好腹稿，想好了怎么恳求和催告总督。当时我还有一个理由：我儿子又发病了，昏迷了足足半小时，全靠我从前的经验和悉心呵护才缓了过来。此外，我的身体和心灵也遭受巨大的折磨。此时，就是我提要求的最佳时机。我给总督写信说："您让我身陷绝境，但您要因此背上多大的责任啊！您也为人父，将来您若也感受到我的痛苦，定会想起我今日是怎么苦苦哀求您的！"他继续扣着我们，无疑是把我们赶上死路。我实在很难理解，为何他喜欢把事情弄复杂，为何他不肯让我们死在别的地方。

哈德森·洛韦当天就来了。他说，他是因为我儿子的事才过来的，并把巴克斯特医生叫了过来。

在和他漫长的谈话中，我终于明白哈德森·洛韦是出于什么不可告人的目的才扣住我的。我们在几个问题上坦诚地谈了谈。总督说，他不能把我送回英国，是因为我坚持要拿回我的日记手稿；皇帝那边要求得到这份手稿，声称那是他的口述作品，而我又要求带着手稿一道离开。他这番辩解着实荒唐可笑。突然，也不知道他是一时冲动还是真的发了善心，竟然说：如果我愿意回朗伍德，那也不是不可以。我一听这话，激动得全身发抖……然而，一想到皇帝的来信以及他在信中说的那些话，我立刻冷静下来，说：目前我根本无意返回朗伍德，但只要皇帝想让我回去，我会立刻改变心意。他说，他相信皇帝肯定愿意让我回去。当时，总督一副若有所思的样子。他肯定对我有了新的安排，但我猜不出他到底有何打算。我提议由我给朗伍德写封信，好知道皇帝的想法。他没有断然拒绝，但依然眉头紧锁。^{438}最后他离开了——至少我以为他离开了。可他并没走，和他的贴身军官单独谈了谈，然后回来对我说：

经过考虑，他认为我可以给大元帅写信讨论我回去这件事。他还说，皇帝愿不愿意我回去，这要看我是怎么写的。这自然不用他说，我只笑了笑。此外，为了敲定我们谈话中最重要的内容，为了进一步摆脱困局，总督一走，我立刻又给他写了这封信：

"总督阁下，我突然想起一件事。您上次看望我时，曾说您对我这件事之所以迟迟未做决定，是因为您有某些难处。您说因为我的日记的缘故，因为我和朗伍德先后宣称对它拥有所有权，您才不能把我送回欧洲；毕竟您不可能同时满足我们两方的同一个要求。阁下，这个麻烦其实不难解决，您只是聪明地把它拿来当作一个有力的借口，好让麻烦继续下去。朗伍德的任何声明和誓愿，即我的声明和誓愿。只要您和我说一声，我可以立刻放弃我的手稿，而您只要向朗伍德透露我的这一想法，相信对方也不会再坚持。无论在哪种情况下，我相信您都有义务，也愿意把我的想法转达给朗伍德，以表达我对后者真挚而深厚的尊重。如此一来，也可避免更多的麻烦。另外，我想得越多，就越感到惊讶。我惊讶的是，这件如此简单、与我个人一样无关紧要的小事，竟被弄得如此复杂，搞出如此大的风波。这只会让更多的人生出猜想，觉得您抓我的真正目的恐怕不是那两封密信，而是我的手稿吧。您在这件事上最麻烦的地方，其实是旁人对您的猜测，猜测您扣留我手稿的动机不纯，毕竟里面有一部分内容和您有关。若不把我送回英国，[439]您相当于证实了别人的猜想，而且这些风言风语不见得不会传到您的国家。所以，您应该感谢上帝给了您机会，当众证明他们都想错了。我已经替您想出一个万全之策。可如果您还不放我走，您到时要面对的就不只是舆论界铺天盖地的猜疑了。最好的结果，也不过是您在法律的管辖范围内把我秘密扣留长达好几个月，直到收到英国政府的回答为止。而且我已经收回了先前自愿向您许下的承诺，正式要求离开该岛。您这么做，是让自己陷入了两难境地。

"您是在用专横的手段对付我，而我是在督促您遵守法律。如果我无罪，请放我离开；如果我有罪，请把我交给法庭，让我接受它的审判。您也许会说，您手头有我的手稿。然而，如果这些文稿与我这件事并无关系，请把它们还给我；如果它们和此事有关，请把它们和我一道交给法官。您又会说，可另一个人也要求拿到这些稿子。您若告诉我对方的这个要求，我立刻放弃手稿；如果您告诉对方我的要求，对方也许也会宣告放弃。这就是全部问题之所在。此外，我写这封信的目的，是请您把我的敬意带给朗伍德。至于由我本人写信、亲自向朗伍德提出那个您大方地向我暗示我可以回去的可能，我要再看看，等下次有幸再见到您以后再做决定。致敬。"

把我驱逐到好望角的正式决定书—哈德森·洛韦可笑而又奸诈的手段

12月20—21日，星期五至星期六

哈德森·洛韦被我接二连三的催促弄得心神不宁，我的存在已成了一个烫手山芋。他制造了那么大的阵仗，却收获寥寥，这也着实让他感到尴尬。他明显想把我送回皇帝身边；如此一来，他就可以甩掉所有麻烦，给整件事画上句号。所以，为了让我尽快拿定主意返回朗伍德，总督给我写了一份正式决定书，[440]里面说要把我驱逐到好望角去。随信还有一封他的私信，他在里面字斟句酌地向我陈述了返回朗伍德的种种好处。下面就是这两封信。为了防止读者生厌，我尽量删掉了我俩的通信内容，甚至还把上文里我的一些信件给精简了。但为了让大家弄清楚这件事的来龙去脉，我还是把必要内容保留了下来。①

决定书

总督充分考虑了拉斯卡斯事件中的所有因素后，兹决定：

拉斯卡斯伯爵直接地、有预谋地违背了英国政府在本岛上的权力范围内制订的规矩，动摇了岛上一个居民的忠心，意图让他以非法、欺骗的手段把一封秘密信件偷偷带到欧洲，违背了他先前为了继续留在圣赫勒拿岛而自愿签订的同意书中的条件，故他被人从拿破仑身边带走。根据英国政府先前的指示，他将被转移到好望角。

拉斯卡斯伯爵可以把他的所有行李、文稿带走，但他在波拿巴将军被英国政府控制之后写的有关文稿除外，因为它们尚未得到英国官方的检查。

我们会等候英国政府就处置文稿发布的相关命令，他有权对其提出异议。

签字人：哈德森·洛韦

1816年12月20日，于种植庄园

随决定书附上的哈德森·洛韦的来信

[441]阁下，在向您传达决定的同时，请允许我预先向您通知我先前向您口头表达过的那件事。比起让您前往好望角、一直待在那里、直到我收到英国政府的指示为止，我更不反对您继续留在岛上——如果您愿意的话。

---

① 在1823年版本中，拉斯卡斯在这里加了一个脚注："这些文件都一字不改地被收进科雷亚尔1821年在巴黎出版的《圣赫勒拿岛的囚徒》中的真实文献资料一栏中。"1830年，这个脚注被删。

不过，在这种情况下，我必须要求您写一份书面声明，表明您愿意接受这种安排，并再度表示您会接受先前你们为留在圣赫勒拿岛而签下的同意书里的条件。

所以，阁下，您到底是去好望角，还是和您被封的文稿一道留在这里，直到我收到政府指令后对您的文稿再作安排，这完全取决于您。

致敬

签字人：哈德森·洛韦

我当即通知对方我已收到来信，同时要求拿到我的所有信件的签收函——到目前为止，我手上一封签收函都没有。为了就总督让我返回朗伍德的这个提议做出回复，我立刻把我写给大元帅的一封信交给了他，请他审查信中内容后将其转交给收信人。以下是该信节选。

"大元帅阁下，哈德森·洛韦总督不久前关切、礼貌地提议我回到朗伍德。我表示拒绝，并给出了相关理由，说除非皇帝非常愿意，否则我不能回去。总督对此的回答是，他相信皇帝定是希望我回去的。大元帅阁下，皇帝的心愿就是我的最高旨意。我满心都记挂着他，因为他的关系，我才咬紧牙关忍下了难以言说的折磨，没有违背法律和我的原则。

"然而，在得到皇帝明示之前（[442]我衷心期盼它的到来），我认为最好先让您知道我为何一开始拒绝总督的提议。

"我也请求总督把我在11月30日、12月2日、4日和18日写给他的信件内容都告诉您。这件事对他无关紧要，他应该乐于卖给我们这个人情吧。毕竟，如果我重回朗伍德，你们肯定会知道我给他写了什么；如果我回不去，您也会知道写信的事，虽然这已无足轻重了。毕竟我们都不能相互通信了，再知道这些又有什么用呢？所以，我想让您知道我这段时间的所思所想，以证明我的道德和为人。

"如果总督告诉我，此次回去不会损害我在法律上的任何利益，我会对他的宽容大度无比感激，虽然这于他只是举手之劳而已。

"不管怎么说，大元帅阁下，皇帝只要给一个眼神、一个手势，我就可以抛下一切顾虑，在他的脚下重寻到我失去的幸福。一旦我得到自由，我愿意立刻飞回他的身边，但这么做只是为了我的情感私心，因为那里是我的感情寄托。然而我对皇帝的忠诚压倒了我的情感，我尊重他的一切决定，这高过了我的私心。"

人们大概很难相信，哈德森·洛韦竟然把这封信打回来了，把信中提到的他承诺的地方通通划去，我的信被删得只剩几行字。他还要求向我口述，由他决定我该给贝特朗伯爵写什么东西。被打回来的这封信的后面还附加了他对先前承诺的回答：

"我认为我昨日寄给您的决定书和信件基本上回答了您在写给我的信里提出的许多问题。

"阁下，考虑到您儿子和您的身体状况，看到您在6日和7日的信中描述你们二人在精神和身体上受到多么巨大的双重折磨，我才在收到7日的信后，[443]决定立刻来到您的身边，提议让您回到朗伍德，在停留该岛期间在那里接受持续的医疗救治。在这点上，没人能够责备我什么。

"您表达的对分开的那个人的思念和尊重，也促使我做出这个决定。

"但我从来没有答应要在这件事上扮演您和朗伍德之间的中间人或调停者，我唯一愿意替您做的，就是问他们是否愿意让您回去。您若要继续停留在岛上，依然必须遵守某些条件，这些我在昨天的信里已经向您讲明白了。简明扼要地向将军转达您的想法，这就是我目前唯一能做的。

"要返回朗伍德，我们就必须在每个点上讲清楚。

"如果您不回去，我们不过再花点时间去交涉罢了，对其他人而言，不过是多一件烦心的麻烦事而已。

"阁下，您在许多信件中提的一大堆与此事无关、纯属私事的琐碎细节，在我看来根本不用正式回复。与此同时，这些信又掺杂了一部分会让人误以为是正式信件的内容，即便如此，它们也不值得回复。

"我必须腾出许多时间才能处理您一大堆琐碎事宜，但我公务繁忙，无法抽身。我现在正在就您的所有信件写回复意见，一旦完成，我会把相关副本给您送来。①我甚至可以借机另送一份给朗伍德。在此期间，我的决定书和随信附上的信件，便是我对您的所有答复。

"我把您写给贝特朗伯爵的信返回给您，信中某些地方写得有失妥当，甚至根本无须告诉贝特朗伯爵，它们已被我画了出来。

"致敬

"签名人：洛韦"

继续通信—我的最终决定把总督弄得不知所措
12月22—23日，星期日至星期一

今天总督过来了，想看看他那两封信对我起到了什么作用。他笃定我会为此心慌意乱，认为通过他的指点，我肯定已经把写给大元帅的信改好了；有了这封信，我回朗伍德就是件水到渠成的事。可我竟冷淡地对他说，既然他想向我口述回信内容，我就干脆不擅自动笔了。他看上

---

① 拉斯卡斯从来没和人说过这件事，在回忆录里对此更是只字不提。

去很是迷惑和吃惊，思考良久后扯开话题，问我是否仅仅因为他的那些修改才没做出决定。若是往常，他绝对不会这么随和。看他这个样子，我心里已经有了主意。于是，我继续摆出坚定的态度，只说当晚他会收到我的最终答复，我会在信中做出解释，并对他写给我的几封信提出自己的想法。事已至此，我只想用最清楚正式、不会造成任何误会的言辞回复。我的信是这样的：

"总督阁下，您把由您亲自修改的我写给贝特朗伯爵的信返还给我，信中我提到了您对我重回朗伍德的口头许诺。然而，您的许诺永远只落在表面，一旦具体操作起来就立刻化为泡沫。您做事向来如此，我并不惊讶。您走后，我花了一整天的时间考虑您的承诺，认为到头来肯定又是一场空。[445]您真诚地告诉我，您不愿在我和朗伍德之间扮演传话人的角色，换言之，您不愿让我们双方知晓对方的心意。您这么做肯定有您的理由，我对此并无怨言。但我也不愿当被人戏耍的傻子，自作多情地得出某个和我有关的错误结论。阁下，您在我和朗伍德之间占据着一个极其有利的位置。如果我不能把自己的想法告诉贝特朗伯爵，只能向他写您觉得合适的话，那我宁愿再不和他通信。既然您不接受，我就当自己从来没听过您的承诺。所以，我回转心意，坚持我在11月30日信件中就此做出的决定。

"阁下，如果您以为我是在为自己的所有信件问您要个答复，那您就想错了。我尊重您的时间，也知道您贵人多忙，所以我只有一个要求：得到您收信后依照规定必须签字的所有签收函。我想不出您要拒绝的任何理由。

"阁下，您此刻看起来对我和我儿子日渐衰弱的身体感到惊讶，连续两次问我为何在朗伍德期间没有因为这件事向您表达任何诉求。阁下，我在朗伍德的时候根本顾不得考虑自己的身体。此外，即便我觉得不舒服，我也是求助于医生，而不是官员。您可以从医生那边得到我的就诊记录。至于我的儿子，阁下，您竟然从未听人谈起他的身体状况、医生对他的诊断结果、他多次的犯病和放血，这也着实让我感到惊讶。目前的处境加剧了我们的病痛，让我们身体状况迅速恶化，这难道是件稀奇事吗？

"现在来说说您把我驱逐到好望角的决定书。里面说，我的手稿中，但凡任何地方和那位我甘愿为其献上生命的尊贵人物有关系，你们都要扣留。那么阁下，我还能拿回什么呢？您还说我可以自由地带其他手稿离开，这话是什么意思？[446]这不是给我开了张空头支票吗？

"您要扣留我的日记，扣留这唯一真正引发了无数传言的东西，这份尚未成形、内容不准、目前为止无人读过的手稿，这份记录着我每日的所见、所闻、所思的稿子。我的其他手稿能比它更加珍贵吗？您能声称自己不知道里面是何内容？我把它们摊开在桌子上，任您随意翻看了足足两小时呢。您难道能说您这等行为不是滥权？将来某一天，您难道不会为您就这份手稿向英国内阁传达的错误信息而负责？您说它是一份政治日记。您还说，在我当前的处境下，我无权记录拿破仑皇帝的谈话。您还说，我无权把官方文件抄在里面。您的意思是，我看到的、读到的、听到的一切，我都无权思考、把它们变成自己的所有物？何况这份记录还是私密！谁想得到，自由开化如英国竟然还有这种规定！这不是大陆警察的办事风格吗？而且说到底，这份日记手稿又说了什么呢？它是记录了那位尊贵人物的言谈举止、平素生活的一份珍贵资料。当然了，里面也许有些让您不快的内容。但是谁把它闹得人尽皆知的呢？谁能拦得住别人不以歪曲的方式把它抖出来呢？此外，阁下，您应该也很清楚，无论发生什么事，我都不会对您乱写一气，我只把自己认定是事实的东西写了下来。

"最后，在10月20日的公文中，您宣称像我这种情况要被带离朗伍德、送至好望角。您当时说得那么斩钉截铁，让人觉得此事真若发生就没有丝毫回旋余地了。可实际上，您的判决和横在我们俩中间的新问题没有丝毫关系。[447]被您从朗伍德带走的这个人，在20天前就已从您手中收回了他先前自愿接受的服从条件；18天前，他已正式写文催告您让他离开本岛。看到您的决定书的人怎会从中猜出这些消息呢？随决定书一道被寄过来的还有您的一封信，您在信中让我在接受决定书和返回朗伍德之间做出选择。但如果我接受了您送上来的这份幸福的诱饵，您——掌握着我最隐私的文件的人，就可高枕无忧、重得安宁了。我将再次成为您的囚徒，被束缚在先前的困境中，而且您只要不乐意，随时可以再把我带走……不，阁下，我根本没有选择。从此，我对您只有一个回答：用法律来处置我。如果我有罪，请让我得到审判；如果我无罪，请还我自由。如果我的文稿和此事无关，请把它们还给我；如果您怀疑它们内容可疑，请把它们交给内阁，让我随手稿一道走。此外，我和我儿子的身体状况也不能再拖，必须得到良好的医疗资源的帮助。所以，我请求您把我们送回英国。

"没有比这更简单但也更复杂的事了。您搬出先前的指令也没用，因为它们根本预料不到会发生这些事。您犹豫不决的态度更让我确信，这些指令说得并不明晰。您一开始想把我秘密关在朗伍德之外的岛上某个地方，觉得不应把我送到好望角。现在呢，您又曲解了指令上的纸面内容，非要赋予它另外一层意思。然而，如果您错误地引导了您的内阁，恐怕您要为此负责吧？您就不担心将来人们认为您的大部分措施都是专制的、遭人痛恨的？我不知道英国的法律能给予我什么权利或援助，但我也无须知道，因为我相信法律会保护我的。您以为把我送到好望角，您就摆脱了我、能把我的手稿据为己有了？可即便我被关在好望角，海风也会把我的申诉带向每个地方。我会让大家知道，您是如何让我受尽精神上的折磨，如何让我身体急剧恶化。说到底，我是因为您的关系——[448]因为您直接下令或私下授意——才被关在那里。要知道，除非当事人在场，否则人们不能打开密封文件。您是想把我关在好望角，趁机撕开手稿的封条呢，还是想把我扣在好望角，直到内阁命令您把手稿寄到英国？您这么做又能达到什么目的呢？万事总是有法子的，从前如此，现在也如此！我喜欢未雨绸缪，习惯做好最坏的打算。我已提前做好了准备，愿意在英国接受任何安排，哪怕所受待遇的专断程度不次于被囚好望角。考虑到我和我儿子的身体健康，我也有这么做的坚定理由。

"在您看来，比起以合理必要的方式遵守指示信传达的精神、根据形势的变化和人心的走向而采取相应措施，您更在乎自己是否遵照了指示信的字面意思。阁下，考虑一下我的请求吧，现在还不算晚。我相信人道精神会让您做出正确的决定，那时，是我欠您一份恩情。至于朗伍德和我就手稿一事各自发表的声明，根本就不算什么麻烦事。难不成还有人会问您是怎么解决这个矛盾的，还是说您希望我就此发表一份声明？只要几句话，我们就能取得一致意见。

"总督阁下，不管您作何决定，无论我接下来面临什么惩罚，都比不上此刻我继续待在这座荒芜的小岛上，还被迫和那位我为了追随其左右才来到这里的尊贵人物相分离而带来的痛苦。我在这里是度日如年。这也严重加剧了我那个可怜的儿子的病情。所以，我请求您，而且还会反复请求您：让我离开这个痛苦之地吧。"

　　总督收到我的信后，发现我坚决不肯回朗伍德，对此大为震惊，虽然我不知道他有什么好震惊的。不过第二天，他的看望让我更加坚定了自己的决心。他说了一大段开场白，[449]内容不外乎是自己对我是如何一片真诚、一番好意，如何帮助我和朗伍德通信，还愿意把我先前写给贝特朗伯爵的那封信送过去。他甚至一反常态地表示，他会把我写给他的所有信件副本一道交给贝特朗伯爵。可他越是让步，我就越是坚决。我非常严肃地对他说："太迟了，命运的绳索已被斩断，我已经宣布了对自己的判决。我不会再给朗伍德写信，而且我要再一次要求您立刻把我送走。""但至少您要告诉朗伍德我的提议和您对此的拒绝态度吧？"我回答："好的，我会的。"哈德森·洛韦一脸懊恼地离开了，临走前他告诉我们，我们只能坐运输船走，他也不知道船什么时候来，船上也没有医生，考虑到我儿子的身体，这会是个大麻烦。

我们离开巴尔科姆的小屋，被带到了城里
12月24日，星期二

　　昨晚，我儿子再度犯病，让我忧心如焚。天一亮，我就叫人去请巴克斯特和奥米拉医生过来问诊。绝望之际，我又给哈德森·洛韦写信，说我和儿子再不能继续处在这种环境中了；我儿子健康堪忧，可我们七天都没见过医生了；虽然医生宅心仁厚，可因为我们情况特殊，他们也没办法克服障碍、向我们施以援手。我再次要求他立刻让我们离开这个孤绝无援的处境，把我们转移到城里去；如果他觉得必要，我们甚至可以住进公共监狱。这次很快就得到了答复：当天我就收到总督的一道命令和信笺，宣布他会把我带到他在城里的宅子中。快到晚上的时候，[450]

一个军官来接我们。离开的时候，我们一再回头，望着远方的朗伍德。在去城里的长路上，"朗伍德"这个词不知道在我心中激起了多少涟漪和重重思绪！当我最后一次转头望向朗伍德，看着它逐渐消失在我眼前，只有上帝知道我当时是多么痛苦！

暂住在总督的城堡中—待遇有所提高
12月25—28日，星期三至星期六

我们搬进总督的宅子里，这其实是一座城堡，占地面积很大，生活条件颇为舒适。我们的生活立刻发生了巨大的变化。虽然我们仍被哨兵看守着，但他们对我是有求必应，我们简直被琳琅满目的生活用品晃花了眼。管家一再对我们说："不用省着用，尊贵的东印度公司会为此掏钱的。"但这些关照来得太迟了，根本不足以让我动心。我心里只有一个目标，那就是速速了结此事，可惜偏偏无法遂愿。总督每天都会过来，但只寒暄几句，其他一概不谈。然而，事情势必要有个结果。我被他带出朗伍德后，就陷入一重又一重的陷阱和困难中，我为此耗费了太多的精力，已是心力衰竭。此外，我又一直活在痛苦和悲伤中。这种复杂的局面导致我情绪波动剧烈，我仿佛一下子老了十岁。就是从那时起，我身体出现了种种衰弱的症状。哪怕后来，我的身体不仅没被养好，病症还一日比一日厉害，估计要一直陪我到坟墓里去了。

我来到城里的时候，身心已经接近崩溃的边缘。总督看到我极度衰弱、和之前判若两人的样子，当即被吓了一大跳。我当时连和他说话的力气都没有了。也许是为了让我振奋起来，他告诉我，[451]皇帝表达了在我离开之前最后见我一面的迫切愿望。一提到皇帝，我一下子心情激动、泪流满面，可我当时太过虚弱，根本不能有太大的情绪起伏，几乎昏死过去。儿子后来告诉我，总督当时看上去尴尬极了。恢复体力后，我立刻央求总督让我尽快离开。于是他决定让我两天后走，还说他找到了一艘军舰，好让我在船上生活得舒心一点儿，并能得到及时的医疗照顾。

皇帝的留言—和大元帅告别
12月29日，星期日

今天一大早，一个军官就过来告诉我们：他奉命把我们的所有行李搬到船上，而且我们即刻就走。我们终于等来了解脱的那一刻。在接下来的短短几十分钟里，我们打包好所有东西，等着对方接我们上船。这盼望已久的时刻终于到来了！在这一刻，我觉得内心五味杂陈。如果是在以前，我会觉得痛心入骨，因为我要永远地离开皇帝、离开圣赫勒拿岛了。可今天，在我打定主意后，在总督多次向我表达其意愿后，在得到皇帝"我建议您——如有必要，我甚至命令您——离开该岛"的这句话后，再加上先前他在谈话中留给我的和政治毫无关系的宝贵财富，以及我脑中生出的对今后的种种打算，一切因素加起来，让我觉得被继续扣留下来反而是种巨大的折磨。出发的时间已经定下来了，可我还是倍感焦虑，生怕横生枝节。总督似乎偏要让我急上加急，一整天都没有露脸。我焦虑到了极点；晚上六点钟，[452]总算把总督盼来了。说了几句客套话后，他说把大元帅带了过来，允许后者和我道别。然后，他把我带到旁边一个房间里，我终于有机会拥抱这位和我一同踏上流亡之路的令人敬佩的同伴。皇帝让大元帅告诉我："我若留，他会很高兴；我若走，他也会很高兴。"这是他的原话。"他知道我内心的情感，完全、充分地信任我。至于我请求留下来当作珍贵回忆的对意之战的手稿，他毫不犹豫地同意了，并把我手头其他手稿也都留给了我。他觉得，留在我手里，就如同放在他那里。"谈话期间，按照规定，哈德森·洛韦一直都在旁边。大元帅还委托我购买一些书以及其他一些对皇帝而言极其必要和有用的东西，尤其交代让我把《总汇通报》也一道寄过来。最后，他意味深长地告诉我，我可以做任何我觉得合适的事，然后离开了。

我和大元帅的友谊加重了我的痛苦。他表达了对我离开一事的遗憾，想找理由把我留下来。他带着如往常一样的优雅气质，对总督说："他的离开会让我们所有人感到难过。这是皇帝的损失，甚至也是您——哈德森·洛韦阁下的损失。您很快就会赞同我的。"总督点头表示认可，两人都想让我改变心意。我清楚总督为何这么做，但猜不到大元帅这么做的真正理由，更何况他刚向我转达了皇帝的告别词。大元帅很清楚，我是出于很多理由才被迫离开的，而且如我先前所说，哈德森·洛韦并没有做出丝毫让步：他扣下了我的手稿，要求我直接服从他的决定。这么一来，我就相当于在法律上认可了他的一切行为；有了我这个先例，他以后就可以随意扣押我们任何人的人身和物件了。[453]我不能在没得到皇帝的明确意思的情况下，就贸然接受这等冒犯。所以，我坚决不从。

天已经完全黑了下来，总督说时间已晚，我们还有许多事没安排好，所以决定让我明天离开。他看出我一脸的忧虑，为了安抚我，便说可以让大元帅再来看我。可以再次拥抱一位朗伍德的伙伴、再次得到皇帝的消息，这对我而言当然是天大的幸福。但此次航行的推迟还是让我深感不安，并再度搅乱了我的思绪，在我的伤口上撒盐。大家都知道，有一种胜利只能靠逃跑才能获得，我现在就是类似的情况。

最后的告别—文稿被封—离开

12月30日，星期一

大清早，马尔科姆上将来看望了我。他说，他要把我介绍给赖特船长，后者是格里芬号的船长，负责把我送到好望角。上将还好心地补充说，他已告诉赖特船长，我是他的一个朋友，让船长好生照顾我。我感谢了上将悉心周到的考虑。由于口拙，我无法把内心对他的万分感激用言语全部表达出来。他对我一片好心，让我深感温暖。此外，我也看得出，他和总督的关系也颇为微妙，因为他来见我时，总督的一个心腹一直盯着我们。

我又如前一天那样，焦虑地盼着离开时刻的到来，害怕总督最后又说因为哪个意料之外的麻烦而推迟行程——毕竟他非常不愿意我离开。

大元帅在十一点钟过来了，一道来的还有总督和他的几个军官。他又像昨晚那样努力说服我重回朗伍德，却没对我说皇帝的态度。大元帅太了解我了，[454]知道只要皇帝一句话，我肯定会留下来。但他没有说皇帝明言希望我留下，甚至在我问他皇帝到底是何态度时，大元帅都在支支吾吾，只把昨天已经告诉我的皇帝的留言复述了一遍。我只好和他争辩，虽然我本以为能从他那里得到支持。他一脸阴沉，让我更觉痛苦，我几乎被留下的愿望和离开的心情给撕成了两半：我的心让我留下，可我的勇气在告诉我应该离开。我被夹在中间，不知如何是好。

我忘了说，大元帅在谈话中曾对我说：皇帝曾希望在我离开之前见我一面，但总督要求必须有个英国军官在场，皇帝只好打消了这个念头，并让大元帅转告我：我应该知道，在这种条件下，他是连妻儿都不会见的。这话对我是多大的安慰啊！

说到正经事上，我把我在伦敦银行的13张汇票交给大元帅，汇票总计4000英镑，我一直想把这笔钱献给皇帝。大元帅昨晚告诉我，皇帝最终决定接受这笔钱。我终于实现了自己的心愿,觉得无比幸福。

交代完这些事后,总督允许陪同大元帅前来的古尔戈将军向我告别。古尔戈将军的这番情谊和他先前在我被囚期间对我的关怀,让我终生难忘。

大元帅和古尔戈将军陪了我很久,哈德森·洛韦最后礼貌地说,他们如果愿意,可以和我一道吃午饭。然后,他带领其他随从离开了,只在房里留了一个驻守朗伍德、随其同僚一道前来的军官。他叫波普尔顿,是个非常正直的人,身上没有任何让我们指摘的地方。我们这顿午饭吃的时间很长,其间我们有许多机会背着波普尔顿偷偷向对方打手势、传暗号,但我们谁都没有那么做。如果我事先知道有这个机会,定会叫我儿子把我和哈德森·洛韦的通信藏在身上,[455]把它们传到朗伍德去。可后来再想一想,我很庆幸自己没这么做。我太小瞧哈德森·洛韦了,他处心积虑地不让我离开,这事若被发现,他肯定会以此为借口,改变先前所有的安排,到时就不知道会发生什么事了。

吃完午饭后,我鼓起勇气,第一个说了再见。我请军官让总督过来,把最后的事宜安排妥当。然后,我拥抱了两位朋友,看着他们离开。离开前,古尔戈将军好几次倾吐心声,为我们先前偶尔的小摩擦而感到后悔。我也不无开心地表示,这些小事都是我们那个艰苦的环境造成的,和我们的为人毫无关系。这最后一刻的真情流露,成了我毕生难忘的温暖回忆。①

哈德森·洛韦回来后,看着他们二人离开,有些失望,又有些尴尬

---

① 古尔戈在他的日记里是这么讲述此次道别的:"我看到拉斯卡斯和贝特朗待在一个房间里……我走过去拥抱他。他言辞恳切地告诉我,他之所以离开,是觉得自己在欧洲能比在朗伍德对我们起到更大的作用,否则哈德森·洛韦不会那么迫切地渴望他留下来。(转下页)

地对我说了句意味深长的话："您当真不想回朗伍德了？您这么做，应该有自己的原因吧？"我点点头，权作回答。之后，我请他立刻着手封存手稿，现在只剩这项工作了。几天前我请总督列出一张有他签名的清单，并要求发给我一份副本。我已拿到清单，剩下要做的就是打包和封存文稿了。哈德森·洛韦一拖再拖，直到最后一刻才开始打包。不过他行事向来如此，也没什么可奇怪的。他有些窘迫，轻声细气地告诉我，出于对皇帝的尊敬，也出于为我考虑，他很愿意让我在上面盖上我自己的火漆印。不过我要同意一个条件：我不在期间，他可在必要时拆开包裹。我笑了笑，拒绝了他的建议。他在房间里来回走了一会儿，仿佛下了一个巨大的决心，宣称："我对一切负责，拆不拆由我说了算。"然后，他把秘书叫了过来，当着我的面在封存包裹的火漆上盖下官印。这时我提出一个要求，请他为我出具一份声明，以证明我因为他提出的那个条件才拒绝在包裹上盖上我的印章。[456]他犹豫了一会儿，最后给我写了这么一封短笺。

他因为内心的争斗而倍感痛苦。就如他昨天向贝特朗说的那样，他更需要的是支持，而不是游说。皇帝说过，他如果留在朗伍德，自己会很高兴；他若离开，自己也会很高兴。听了皇帝这番话后，他深感幸福……总督待拉斯卡斯很好，只看了他的文稿标题部分。他的日记没有伤害任何人，虽然里面提到我们每个人，但都服务于一个目标。他希望重新持有皇帝口述的埃及之征的稿子，并请我提醒皇帝别忘了那14页内容。我坦率地说了我心底对他的一些看法，对此，他说，他一直都欣赏我高贵的心灵……他害怕今天走不了，焦虑到了极点，于是总督把我们留下来，让我们和他好好说说话，并允许我们一起吃午饭。午饭后，我们回到客厅，又聊了一会儿，之后相互道别，并表示大家已经尽释前嫌……（出自《古尔戈日记》第一卷第251页）

在1823年版本中，此处有一个脚注，内容如下："先前我在第一卷中发现了一处错误，因为当时这一卷已被印出，我别无他法，只好在第四卷的资料栏中插入了一则纠正。这里我想再重复一遍这则纠正。我在第一卷第95页中说古尔戈将军曾找人协商，才能前往圣赫勒拿岛。我的消息有误，皇帝一开始就选定了他。"1824年版本删去了这个脚注。

哈德森·洛韦对拉斯卡斯伯爵的声明书

根据总督在拉斯卡斯伯爵一事而发布的决定书内容，后者离岛期间，他的大部分手稿都被扣留下来。

总督出于职责所在，不能让任何从朗伍德流出来的文稿不经检查就离开圣赫勒拿岛，但由于特殊原因，他无法知晓拉斯卡斯伯爵手稿的全部内容。故总督决定，属拉斯卡斯伯爵所有、已被扣下的手稿（总督只知道它的大致内容）将被分装到两个包裹中，存放在圣赫勒拿岛财务部，直到总督收到政府的相关决定为止。

拉斯卡斯伯爵可在每个包裹上落下自己的印章，但如果政府命令下来后，包裹必须以拆封状态被寄出，或者因其他原因导致火漆被拆掉，他必须接受这种可能。

所以，总督纯粹是出于为伯爵考虑，让他确信这两个包裹绝不会在非上述必要原因之外的情况下被拆开，故提议加盖伯爵的火漆印章，此举纯属一个道德层面的保证。

在上述情况下，如果拉斯卡斯伯爵拒绝在包裹上加盖他的火漆封印，或者拒绝同意加印的两个附属条件，总督因为不允许从朗伍德发出的任何密封好的包裹或文稿没有得到他的检查，故觉得有必要周密行事，好让他的政府确信他已采取适当的预防措施来保障被扣留文稿的安全，直到他收到相关命令为止。

[457]拉斯卡斯伯爵拒绝在接受上述条件的前提下在两个包裹上盖印，故总督在两个包裹上盖上了总督官印和岛印。

签字人：哈德森·洛韦

1816年12月31日

就这样，我和哈德森·洛韦之间的一切事情都了结了，虽然过程如他一贯做事那样曲折。自我落到他的手上后，也许出于算计，也许因为好心，他还是为了我给他在好望角认识的几个人写了私信。他说，这些人肯定会好好照顾我的。我没有勇气拒绝，因为他看起来的确是一片好心。离开的时刻终于到来。哈德森·洛韦和我一块儿往外走，一直陪我走到城门口。他在那里停住脚步，命令所有军官随我前去码头，以表示对我的尊重。我迫不及待地奔向一艘等着我的小船，穿过锚地，来到即将开往好望角的一艘军舰跟前。让我大吃一惊的是，船上居然还有几个月前离开我们的那三个仆人和波兰人，如今他们终于踏上了回欧洲的路。当我经过他们身边时，他们向我挥手致意。其中一个人身上揣着那封和联军特派员有关的信，这也是我们唯一成功从圣赫勒拿岛秘密带出来的一份文件。我本来担心我的仆人身上那封信被暴露后，总督会打着某个借口派人搜查他们四人，杀他们个措手不及。幸好这种事没有发生。就这样，忠诚机智的桑蒂尼第一个让欧洲知道了朗伍德的一些真实情况。

　　我终于上了船。军舰拔锚后，我还以为自己的心愿终于实现了。可是后来，我的幻想以一种残忍的方式破灭了。我通过某些人，终于明白自己是在异想天开！……我怎么可以掩耳盗铃地以为那些完全不把法律放在眼里、宣判过处决、下过死刑命令书的人有同情心呢？啊！我为什么不选择留下来呢？为什么我不继续在他身边照顾他，反而幻想在远方效劳呢？[458]我本可以继续陪伴他一段时间，我本可以再写下一些东西来……当最后那一刻到来的时候，我至少可以和大家分担痛苦、彼此安慰，我至少可以替他合上眼睛！不对！也许因为恶劣的气候、孱弱的身体，我说不定会先一步离开人间，也许我根本不能陪他走到最后时刻！

我也许会被免去这个痛苦的折磨，因为那时我已经不在了！也许我就不用带着那座小岛在我身上留下的顽疾，在世上苦苦挣扎了，也许我已长眠于地下了！真若如此，不知有多少人会觉得我在最后时刻享受到了上苍至高的恩赐、人间无上的幸福呢！

我的日记写到这里，也许就该收尾了，毕竟我已不在圣赫勒拿岛，再不能记录皇帝的一言一行了。①然而后来发生了许多和拿破仑密切相关的事，相信读者会体谅我的啰唆。

从圣赫勒拿岛到好望角的18天—穿过大洋—朗伍德抗议信
1816年12月31日（星期二）—1817年1月17日（星期五）

天亮后，圣赫勒拿岛就再不存在于我们的世界，只存在于我们的心里了。我们的小船飞速地离开了这个遭我们诅咒，又让我们念念不忘的地方，在汪洋大海中前行，新旧大陆于我们都是遥不可及。船上的军官海员对我们非常友好，要不是我们操着不同的语言，他们的关切、体贴、照顾、殷勤甚至会让我觉得自己是在法国人的船上。我再不受圣赫勒拿岛那一大堆规矩的束缚，彻底过上了无拘无束的生活。那时我才知道自己欠马尔科姆上将一份多大的恩情：要不是他多方斡旋，我根本享受不到军舰的照顾，只能坐一艘破烂的运输船离开。⁴⁵⁹上将得知哈德森·洛韦的决定后，立刻来到总督家中，主动提议我可以坐他的一艘军舰走，并保证不会有丝毫闪失，绝不会让我少一根毫毛。之后他下达命令，让格里芬号驶向圣赫勒拿岛——该船船长是他格外器重的一个军官。上将本来想过来送我，但因为条件所限，我当时已经离开了。人们

---

① 实际上，拉斯卡斯没有在此搁笔，这才令人遗憾。因为后文全是无聊的重复，纯粹为了充字数而写，拉斯卡斯通篇都只在说自己为了拿破仑的事业做了多么热心的努力。

告诉我，他最担心的就是我把自己的事一股脑地告诉他，让他在我和总督之间表态，使他处于左右为难的尴尬境地。不过他大可不必担心，我早早闯荡社会，不可能干出这等冒失的事来。

我们在船上期间，儿子花时间把我们先前撕成好几份、分别藏在行李或身上的信件誊抄整理出来。面对哈德森·洛韦，我不得不采取这种办法，因为他先前好几次说过，他会在我们出发前再次翻看我的所有手稿，以确保我在被关押期间没有再写什么。我当时对他说："这种行为太过暴虐，丝毫不顾及我的颜面。难道您只允许我用纸笔表达能让您看的东西，其他一切都必须藏在心底吗？这等令人愤慨的行为肯定会遭到你们法庭的谴责，更为正直人士所不容。"哈德森·洛韦明显觉得我的抗议很有道理，之后再没提过这件事。

这些文稿中最重要也是我最看重的东西，就是那封朗伍德抗议信。

我落到哈德森·洛韦的手上后，在他要求下，我根据我们的谈话写了一封信，在信中陈述了我们的种种不满。由于我儿子身体抱恙，我视力又不好，我们靠自己根本没办法誊抄信件内容。我请总督派一个抄写员过来，但他根本不理会这个请求。我也觉得不好意思再多坚持，毕竟我是要向他陈述一些令他不悦的事。我还有另一层顾虑：我在朗伍德同伴不在场的情况下以他们的名义发声，那最好还是要让他们知道我说了什么。[460]如此一来，我若说得不对，也能从他们那里得到纠正。离开时，我告诉哈德森·洛韦自己已经完成了这份工作，并把封好的信件拿给他看。我提议，我待在好望角或者船上期间可把这封抗议信抄写两份，其中一份寄给他，另一份寄给朗伍德。哈德森·洛韦似乎非常重视这封信，但也许是另有安排，总之他同意我立刻找人把这封信抄下来，好让各方都拿到一份副本，原件之后会被交还给我。我便赶紧寻找我信得过且正直的人。一开始我想到的就是圣赫勒拿岛副总督宾汉，在得到总督许可后我把信交给了他，并恳请他抄好后立刻将其交给总督和已经得知此事的贝特朗伯爵，让他们人手一份。下面就是该信内容，它和前面的文字也许有重复，但我能说的也只有这些了。读者权当一份总结吧。总之，我一定要把这封信收进回忆录里。

朗伍德抗议信

总督阁下，在我被关押期间，我们多次见面就朗伍德相互交换了意见，我表达了许多自己的想法。您一再声明我们弄错了，说是我们自己坚持要待在那里。我告诉您，这些都是我们所有人每天对您的看法。但您根本不信，每次都是一脸不服气地离开。还有一次您对我说，我们大可向您写信表达自己的不满，您可以把它交给英国内阁，亲手把和您切身相关的东西公之于众。我当时提醒您，我那些被您扣下来的文稿说的就是这些事，甚至导致我如今被囚的那封我写给吕西安亲王的信也表达了相同的意思。此信和我的手稿如今都已落到您手中，您拒绝归还。[461]您说您这么做有自己的考虑，可是总督阁下，我们精神上受到的折磨难道不应该成为您考虑的一部分吗？

许多类似事件，经我详细解释后，也许能让您明白我们的痛苦，但这需要我们俩心平气和地对话。然而您不给机会，我也无心再说什么。可因为许多原因，这件事一直被我记在心上。我希望您明白，您在做许多事时并没想过自己给朗伍德留下了什么印象，更没想过，甚至从未怀疑过您在许多地方对我们做了错事。可它们于我而言却是历历在目。若把话讲清楚，或许我们可以消除最要命、最可笑的一些误会吧。

我被关押后无所事事，想把这些话告诉您。这时的处境和时机再合适不过了，我可以心平气和地给您写信，不再带有从前在朗伍德时的尖刻和愤懑。另外，这只是我个人的想法，我的文字纯属私人性质。因为我追求事实真相，而且我敢说（且看我说得对不对吧），因为考虑到您的利益，我才写下这些话。您此刻加诸我身上的令人不太愉快的限制措施，并没让我忽略您对我的尊重。总督阁下，请平静地读完这封信吧，想一想我们的申诉，想一想我指出的您犯下的真正、明显的错误。我现在就坦率地把它们说出来，仿佛我正在写的不是抗议信，而是您绝不该读到的我的日记似的。

如果我在某些细节上搞错了，也只好请您谅解，因为您已经把我的所有手稿都收走了，我又无法求证官方文件，只能凭记忆写下这封信，并已料定您会向我指出信中有哪些事实错误。

我打算从开头讲起。

当初，因为命运的无常和他人的背叛，一位伟大的君主瞬间从权力的巅峰跌落下来，失去了他的皇位和自由，被丢弃到大洋中央的一座孤岛上。这一切来得太过突然，以至于事情虽然落下了帷幕，但一切都没有尘埃落定。[462]所以，我们在圣赫勒拿岛万分焦虑地等待命运的到来，但当时我们心中还抱有一丝希望，以为事情再糟糕也不过如此。谁也没有想到，最坏的事尚未到来。

我们告诉自己，欧洲正关注着我们所在的这座小岛，人民会对各国君王的行为做出审判。我们觉得自己会得到极大的尊重和贴心的照顾，就当这是他们所谓的政治必要手段的补偿。英国的法律体系、公共舆论也是这么认为的。英国内阁大臣身为国家荣誉的维护者和负责人，如果他们还有道德心和公共精神，定不会借此宣泄私仇。

一个军衔甚高的人来统治这里了（也就是您，阁下）。人们说，他之所以官场得意，靠的是个人德行。他前半生都在大陆各国君主的主帅营中度过，执行了许多外交任务，肯定在君王那里听到了不少关于拿破仑皇帝的事，对他的名号、身份、权势、头衔一清二楚。他和这些君主保持着公开和私人的关系，被他们视为兄弟。这些君主既是他的盟友，也是他的朋友乃至近交。

他应该知道，在沙蒂永谈判中，连英国都愿意让拿破仑继续统治法国，只要皇帝肯点头①；他也应该知道，后来拿破仑不是没有其他出路。

我们告诉自己，此人出身外交界，定会对人对事有正确的判断。如今英国已经取得了胜利果实，他说不定正在嘲笑人们出于政治目的或忧惧心理而写给俗人看的那一大堆诽谤小册子呢。经历了这些大事后，他肯定不会接受一个违背民心走向的任务。所以他肯定是为了改善我们的境况才来到了这里，他的出现足以说明，英国的相关指令还是考虑到了我们的利益。有一天，皇帝还对我们说："你们不是对我说他去过尚波贝尔和蒙米拉伊吗？说不定我们还朝彼此投过炮弹呢。在我看来，这意味着一段良好关系的开始。"我们就是抱着这种想法，等着哈德森·洛韦的到来。

阁下，您来了。[463]您首次拜访朗伍德，就选了一个不合适的时间——皇帝从来不在那个时间接见外客。您甚至都没有派一个副官

---

① 拿破仑当时拒绝了联军提出的恢复法国旧制度版图的提议，他骄傲地宣布："联军忘了，我离慕尼黑的距离可比他们离巴黎的距离要近。"他被自己在蒙特罗取得的暂时胜利冲昏了头脑，说了这番不合适的话。于是联军没有撤军，后来占领了巴黎，后来的事大家也都知道了。

过来询问他愿意在什么时候见您。且不说您见您的内阁部长时应该遵循什么程序，哪怕您拜访您在英国或大陆的某个上司，也不会疏忽礼仪方面的规矩吧？何况您要见的是多么尊贵的一个大人物啊！最后，您没有得到接见。我们必须承认，我们的第一次接触并不算愉快。可我们当时还是偏向您的，觉得您毕竟初来乍到，我们仅仅因为这么一件事就对您大肆攻击，那未免有失公平。没过几天，您在绕着我们房子参观的时候，向我们中的一个人吹嘘这个地方是多么漂亮——您明知我们在这里住得不习惯。我们告诉您朗伍德没有绿荫，这让皇帝失去了很多散步的乐趣。您只说了一句"树会种的"。这句话如同一把利剑扎进了我们心里，不过我现在更愿意相信，您当时根本不知道您的这句话是多么残忍。

您来了后，要求我们必须写下声明书，表示自己自愿留在圣赫勒拿岛、甘愿接受未来可能的任何限制措施。当时一个传言在我们中间传开，说我们是在终身流放书上签字。我已经忘了是谁说的，他为何会这么说。不过您肯定能想见，哪怕是终身流放书，我们上至大元帅、下至仆人，所有人都会毫不犹豫地在上面签字。几天后，您拿着仆人的名单过来，说您要把他们叫过来一个个问话，请求皇帝同意。我当时说，您有这么做的权力，但您根本不用对这件事如此上心，它对您没有任何好处，只会冒犯我们：我们习惯性地把皇帝身边的一切都视为圣殿中的器物，是不容侵犯的。既然贵国内阁已经同意12个仆人人选无须他们批准[1]，那我们怎么做，这纯属

---

[1] 人们先前从随行人员中挑出12个仆人供拿破仑驱使。他们身穿金绿色号衣，衣服是岛上一个裁缝根据管家西普里亚尼和驯马师阿尔尚博特的指示缝制的。（请看蒙托隆的《拿破仑皇帝被囚记》第一卷第194页内容）

内务私事。您干预进来，把手插进皇帝和他的仆人中间，这恐怕不合适吧？[464]圣赫勒拿岛总督的一大工作内容，难道就是盯着朗伍德的外墙，看里面有什么风吹草动，窥探宅子里的人的吃喝拉撒？可您还是见了这些仆人，以核实他们是否真的愿意留下，完全没有想过这种大张旗鼓的做法对我们造成了多大的羞辱。即便您是出于法律上的周全考虑，那也完全可以通过谨慎行事得到想要的结果！

单单这件事就让我们意识到，您是铁了心要羞辱我们、冒犯我们。我们都说，人们从英国给我们派了一个狱卒过来。我们的心拧成了一团，我们的希望破灭了，不幸的未来已成定局。而您很快就向我们露出更有敌意、更加狰狞的面目，我们每次接触都是不欢而散。

别人说我们没看清自己的处境，您也一再这么告诉我们。我们自己却认为："他这么说是什么意思？我们怎么看不清自己的处境了？先前在杜伊勒里宫的时候，我们发号施令；现在来了这块荒岛，我们戴上了镣铐。我们都这么说了，难道还叫看不清处境？难不成他想看到我们安于天命的样子，再顺便表达一下震惊？他想让我们对他卑躬屈膝？难道他觉得我们还有什么骄傲？再说了，我们为什么不能替自己留点骄傲？他对我们越是敌视，我们就越是高傲，这不是很自然的事吗？看不清自己处境、不满现状的人难道不是他吗？难道他不知道，居于高位的人只是因为权力和地位才拥有优越感吗？难道他没意识到，他若想在这里获得荣耀，要做的不是制服我们，而是满足我们？如今他这么做，相当于丢弃了留美名于青史的机会。要说谁有资格表达不满，难道不该是我们这群满心怨恨的受害者吗？难道他觉得自己处在平常的情况下，在和一群普通人打交道？拿破仑皇帝只是被废了皇位而已，他因为失败而倒台、被命运抛弃，但他失去的只是世间的财富而已。他的威名犹在，依然是一个伟大民族的天选之子，得到了宗教的祝圣、胜利的加冕和所有君主的承认。是他造出了这一切！他的功绩被视为奇迹，[465]他的丰碑立满大地，他的名字传遍四海，他的理念和制度被敌人认可、模仿和发扬。他失去的只有皇位，但没失去其他一切，依然享有所有人的敬重！所以，是总督想错了，而不是我们搞不清楚现状。"

话说回来，您对我们也缺乏尊重。您说您之所以这么对我们，是因为我们对您不够尊重。在这场争斗中，您利用自己巨大的优势来碾压我们。何况，我们根本不知道自己怎么对您不够尊重了，您又是根据哪些事得出这个结论的？

当初一个贵客①来到您府上时，您是怎么不尊重我们的？您在种植庄园接待她，也许是为了讨好她、满足她的好奇心，您写信给朗伍德，邀请"波拿巴将军"前去参加晚宴。您是怎么想的呢？难道您真觉得他会欣然前往？您这不是自找尴尬吗？您邀请这位宾客时，怎能在邀请函上写上"将军"这个在那个环境下于他而言具有侮辱性的头衔呢？您打算让他上桌后在哪里就座，又怎么接待他呢？把他当作师长，还是总司令？阁下，您的每句话、每个行为都在冒犯他。您邀请的是谁？也许是天底下最骄傲的一个人。我敢跟您这么说，我读到您那封邀请函时是又惊又怒，气得脸都白了。他倒十分泰然和冷静，让我把等待回信的大元帅叫过来。他没对任何

---

① 即劳登女士。（请看《人名表》）

人发火，但上帝知道他当时内心翻起了怎样的惊涛骇浪！我们又怎么会看不出来呢？想必您也知道他当时的心境了吧。您读到这里也许会后悔，但事情已经发生，覆水难收了。

没过多久，我们对您就满腹怨言。那时，一位陌生人来朗伍德看望我们。当时我们还不像后来那样，在恐怖的环境中苦苦挣扎。这个人即将前往英国，五六个月后会再经过圣赫勒拿岛，他一再表示愿意在伦敦为我帮点忙。您也知道，我们这里什么都缺。我就给了他一块表[466]（因为我在岛上找不到能修这块表的地方），还让我的仆人把我的一双旧皮鞋拿给他，请他按照这个尺寸帮我定做一双。阁下，我之所以拿这些琐碎小事去麻烦别人，是因为我实在没别的办法了。可几天后，此人把这些东西还给我，还写了一封极其客气的信以表歉意。他说，总督禁止他为我办这些事，说一切东西都要经他的手才能办成，我必须直接给他写信申请此事。总督一再重申此事，但从来没得到我的回答。我当然没有回复您，我是故意的：我宁愿终身再不戴表、赤脚走路，也不会给您写这种信。我觉得自己受到了侮辱，但我咽下了这口气。我自己不会修这些东西，除了拜托别人，我还能想出什么法子来呢？此外，难道我真能把一双旧鞋交给一位将军和总督吗？没错，您的确是在严格执行规定，但难道我就不能为自己留点尊严吗？所以我认定，这是一件有意而为的人身羞辱。难道您不这么认为吗？我告诉自己：哈德森·洛韦总督明明可以稍微尊重我一下，在拜访朗伍德的时候顺道来我房中，说他无意中知道我没有遵守规定，请人把一些物品带到欧洲，并表示他非常愿意帮助我，让这些物件合法离岛，但也希望以后我能走正规途径，遵守相关规定。如果您这么做，不管我先前对您抱有什么想法，那一刻我都会察觉到您的苦心，继而心生感动，不会再觉得此事伤到了自己的颜面，以后也不会再让哈德森·洛韦总督为这种事为难了。然而，您并没有这么做。此外，我厌烦争执，何况这完全是我的私事，所以我从未向任何人提起，也不愿因为这件事加重我们在朗伍德的痛苦和折磨。

我们中有个人请了一个仆人，用了他一段时间。您在屋门口遇到这个仆人，直接把他带走了，此事就发生在被我们视为神圣不可侵犯的那栋宅子的大门口。幸好皇帝当时出门散步，否则这件事就发生在他眼皮底下了。

皇帝知道这件事后，是这么说您的："[467]他糟蹋了我不多的散步空间。他也许不知道我们的风俗，不知道人们哪怕把美国的所有金子、钻石拿过来都弥补不了这种羞辱！"后来您拍着胸脯说不知道这个仆人是我们的人。我相信您的话，但这无法解释您的冒失和无知，难道您不是因为对我们缺乏尊重才如此肆无忌惮地伤害我们吗？

贝特朗伯爵夫人给城里写了一封短信，您扣住这封信，把它打了回来，说伯爵夫人违反了规定，并趁机提醒我们：由于这种事一再发生，今后我们和岛上任何人的通信都必须经过您的手才行，而且我们寄给您的信必须是打开的。我们反复解释，说以前并未发生过这种事，甚至把您的军官拉过来做证。我们还说，您有权做出这个规定，但您不能一声不吭地改掉前任总督的规定，然后拿现在的规定来压我们。可我们的话有什么分量呢？您依然坚持自己的决定。我们只能苦笑着安慰自己：虽然我们不能给别人写信了，但至少还可以去拜访他们，和他们说说话。然而我们通过您前后矛盾的做法，已经意识到您是存心来折磨我们，要让我们感受到您的威力的。

在此之前，人们都通过大元帅进入朗伍德，这么做完全合乎礼仪。掌控着岛上警卫大权的人轻而易举就能让人们无法接近大元帅，借此夺走后者明面上的这个特权。阁下，您就是这么做的，您取缔了这种行为。然而，您又搬出您的上司的规定，把拜访朗伍德的准许令抓在自己手上。在我们看来，您简直就是公然把您这位大名鼎鼎的囚徒视为笼子里的新奇玩物，您哪天心情好了，就把他拉出来向别人展示。我们就此事给您写了信，说如果您不恢复先前拜访朗伍德的规矩，皇帝就再不见任何外人了。我们还请您不要随便放人过来骚扰皇帝的平静生活。

⁴⁶⁸您是怎么回答的呢？您说，您很遗憾地得知波拿巴将军被访客所扰，您会立刻采取措施，不让这种事再度发生。从那时起，您让我们过着近乎见不得光的生活。您的行为以及您嘲讽的语气极大地激怒了我们，您粗暴的回答让我们出离愤怒。但这还不是全部。您的某个手下也许听到风就是雨，到处宣传说皇帝再不愿意接见外人了，说他抱怨自己被太多访客骚扰。这个谣言在军营、城里被传开。单单我就遇到好几个听到不少这类传闻的人，只好在他们面前反复辟谣。您如今居然为自己在朗伍德遭到怀疑而感到惊讶，在那里叫屈！阁下，您一再告诉我，您喜欢从两方面看待事物，那就请您站在我们的立场上想想这些事吧。

就这样，我们的处境越来越艰难，活动空间越来越狭窄，整个朗伍德上空笼罩着一层恐怖的阴云。人们明显开始疏远这块被诅咒的地方，我们过上了十足的隐居生活。您却在公文中掩盖实情——

顺便说一句，我们觉得您的公文写得真是妙极了。有一封公文让我们尤为震惊，我若翻一翻日记，会想起其中的详情，眼下我只记得它和虐待皇帝的行为有关。让我们惊讶的是，您居然说自己是因为尊敬和关心皇帝才这么做。哪怕一个不知内情的人看了，都能察觉到措辞和内容之间的巨大反差。若您只是语言上的攻击也就罢了，但您是在用钝刀子割肉，慢慢地折磨我们。我们很久以前就已断了对您的一切幻想，虽然那时皇帝对您的态度还没有后来那么明朗。他从前经常说："这人真是不可理喻、难以理解！他可以干出很坏的事，可他又不算一个恶人。"但在这件事后，他对您得出了一个最终结论："这人做事恶心，信中却各种花言巧语。他一边弄脏自己的手，一边又为自己洗白。啊！这人真是心思深沉而又狡猾！"阁下，如果您是我们中的一员，生活在那种环境下，您肯定也会生出同样的想法、说出同样的话来。

469我们现在来说一件敏感的事——钱。有一天，我们拿到一份公文，上面说我们先前每年开销本有2万多英镑，但如今上头命令下来了，您只能把它砍到8000英镑。如果皇帝想维持原来的生活，就要把超额部分的钱补交给您，否则我们就必须节衣缩食了。皇帝根本就没有钱，又不能和欧洲有任何联系，您这分明是逼他过捉襟见肘的生活！您自己也知道，一年开销8000英镑，这根本就不够生活！我被关在这里后，您对我说您把它提到了1.2万英镑，还惊讶我为何对此没有丝毫感激之情。阁下，当时我内心的愤怒已经压倒了一切情绪。如果您察觉到我压抑的怒火，请您明白，这团怒火并不只针对您，更针对您的上司，针对这整件事。我们这些囚徒回想起从前在柏勒洛丰号上的可怕生活，竟会苦涩地觉得那时的待遇还不错，觉得自己如今苦受恶人的折磨，被人阴险地剥夺了自由和财产，戴着镣铐生活。这些也就算了，可如今我们的生计都成了一个讨价还价的买卖，仿佛这笔钱是您赏给我们的似的。我们过得如此潦倒，什么指望都没有了，您还来和我们讨论生活物资的削减问题。难道您让我们过锦衣玉食的生活，就能让我们忘了自己失去了什么？何况你们先前还说要给皇帝的餐桌多预留四五人分量的餐食，允许他每周有一次丰盛的晚宴，还有其他许多类似的承诺。您说说，单单为了这些事，我怎能不感到愤怒？你们官僚体系的冰冷算计和我们的强烈情绪之间形成的鲜明对比，难道对您就没有丝毫触动？而且，您居然还拿这些琐事去烦扰那个曾统治过世界、造出许多君王的人！您真觉得他会纤尊降贵听您的这些唠叨吗？我都写不下去了，觉得体内鲜血在沸腾，甚至都不知道该去指责谁！啊！高尚宽厚的大不列颠人民啊，[470]代表英国、渴望为它谋取荣耀的摄政王储啊，我不是在控诉你们。我相信，如果你们知道了这些事，肯定也会发起严厉的抨击！你们肯定会为自己的品性被人玷污而感到愤怒，何况你们明明只需花点钱就能解决这件关乎国家颜面的大事！这种行为，哪里体现了你们引以为豪的慷慨、大方和宽厚？难道这等所作所为出自你们的想法和心愿？有人打着你们的名号，如此虐待这个让你们头疼了20年的伟大的敌人。你们的这个敌人在敌对环境中，出于对你们的尊重，才决定选择你们国家为他的庇护地，而没有投奔另外两大君主，哪怕其中一个是他的岳父，另一个是他的朋友！你们的立法机构曾讨论过一个问题：拿破仑到了这块荒岛后，到底该视他为君主还是囚徒。难道这等行为就是它的意志体现？你们内阁曾说，除了自由，他们可以给予拿破仑一切，好缓解他的处境的特殊性。难道这等行为是出自他们的授意？总之，你们的报纸吹嘘人们为他修建宫殿、送来豪华家具，可实际上他遭到了这种虐待！这位令人敬畏的大人物为什么会让您别拿这些琐事来烦他，他为什么指着第53团的军营大喊："让我清净一下吧！如果我饿了，就坐到这些勇士中间，他们肯定不会把欧洲最老的士兵赶出去。"如今人们总算明白事情的前因后果了吧？

我们刚上岛，皇帝就说过这句话："要不是身边有女人，我只肯拿一份士兵的伙食。"

您随心所欲地克扣我们的开销。作为我们生活必需的帮手的仆人被赶走，我们的生活物资被大幅度削减，连必需的生活品都没有，只能自己想办法解决。正因如此，皇帝才下令卖掉他的银器——这又是另一件令我们心痛和愤怒的事。皇帝身边的人哭着砸碎被他们视为圣物的银器，而您呢，您又在给我们制造麻烦，说没有您的允许，任何人都不能把这些银器送到城里变卖。

471 那段时间，人们给朗伍德寄了很多信，但据说您在未告知我们的前提下就把它们打回了欧洲，理由是：它们不是经过内阁渠道过来的。您为自己因此遭受指责而倍感受伤，对我说此事纯属虚构、自己从来没这么做过。我姑且相信您的话，但当初我们在朗伍德听到这件事的时候，只为您煞费苦心地折磨我们的这种行为感到好笑，猜想您什么时候把哪些信打回去了。至于这些事是真是假，也只有您自己知道。

不过，您的确把我的一封信扣了35天之久。有天早晨，这封信和其他一些新到的信一道出现在了我的写字台上。如今您告诉我，此信是被人忘在种植庄园了。您还说，您先前之所以不愿解释，是担心这个理由反而引来人们的猜疑。

我对此万分赞同。换作是我，我也会这么做。但当时我对内情一无所知，那您叫我怎么想呢？换作是您，您又会怎么想呢？

约莫也是那个时候，还发生了另一件足以说明许多问题的事。蒙托隆伯爵夫人分娩后，一个非常热心的年轻英国贵族前来参加孩子的洗礼，被我们留下来一起吃午饭。我们在餐桌上聊起了宗教这个话题，说可惜找不到神父来做洗礼。那位英国贵族听了我们的话，脸色变得十分古怪。他也许是听了太多坊间传闻，被无数抹黑我们的谣言熏染，还以为在和一群背教徒吃饭呢。他还一不留神说漏了嘴，承认自己从别人那里听过许多传言。有人说，皇太后曾送了一个神父过来，但我们直接让这位神父吃了个闭门羹，还用各种粗鲁的言语来羞辱他。他先前还以为这些都是真的。所以，如今他听我们感叹如果有个神父该多好，觉得这话从我们嘴里说出来很奇怪，因此才那么吃惊。我觉得这是让他了解我们遭受精神折磨的大好机会，就趁机请这个贵族用过饭后到我房间坐一坐。我们中的女人、孩子——更别提我们了，都因不能参加宗教活动而倍感痛苦。我们迫切希望得到一定的弥补，但这事只能在私底下做。[472]我顺水推舟地告诉他，眼下是个好机会，请他把我们的心愿转达给总督。我的话刚出口，他就一副尴尬为难的样子。由此可见，我们所处的环境是多么恐怖啊！我之后再没听到他的回音，也不知他有没有向您转达这件事。还是说，您在这件事上也希望我能亲自向您提出申请？我之所以没这么做，是因为这件小事虽然容易，但也有些棘手。另外，我还担心您不肯让我们自己挑选灵魂医生，直接派一个陌生人过来。到时候，我们不仅不能从他那里得到慰藉，还觉得身边又多了一个监视自己的间谍。

此外，因为我们在来往通信中的口吻日渐强硬，您干脆中断了通信，以免受到您所谓的侮辱——虽然我们觉得那些话根本就不是侮辱，而是事实。

您对我们说，您要和我们中断通信。我们说到做到，再不给您写信了。后来您又声称我们误解了您的意思，我们只是在某些字眼上起了争执。但您在信中提出许多要求，导致我们无法继续通信。例如，您要求我们从此若想以书面方式通过您向英国政府表达不满，信上必须有皇帝的亲笔签名。您怎么会有这种想法呢？皇帝会向世上的凡人表达任何不满？除了众民族组成的法庭，他还会站到哪个法庭上呢？皇帝即便有不满，也只会向上帝和人民沟通。当初您拒绝把他的信密封好后转交给摄政王储，不就是担心他会提出什么抗议吗？您也许觉得此事太过敏感，所以才这么做。但难道您就没有想过，您这种做法相当于同时伤害了两位大人物的尊严？您又何苦呢？而且他在里面说了什么呢？现在就让我来告诉您吧。他希望通过这封信——这也是他当时唯一的妥当渠道——得到他的妻子和儿子的消息。他身为丈夫和父亲，提出这么一个完全无害、合乎情理的要求，却只得到别人的迫害。

⁴⁷³我们先被禁止和外界有任何书面沟通，后又被禁止任何口头交流。和您有了三四次接触后，皇帝决定再不见您。我们从此再没有和您联络的其他渠道，也根本不打算再见您。但您依然如从前一样，没少在朗伍德露脸。可您一走近我们，我们就纷纷躲开，回到自己屋子里。之后，您趾高气扬地围着这座囚牢走几圈，想看看囚徒缩成一团的狼狈模样。

就在这个时候，就在我们对您的厌恶之情与日俱增的时候，一艘船从欧洲开过来。您收到急报，立刻带着一众随从来到朗伍德，要求再次见到皇帝。看到您那郑重其事的样子，我们每个人还以为有好事发生呢。皇帝却不这么认为，觉得和您这个中间人再怎么沟通都无济于事，所以再次拒绝相见。几天后，他勉强同意让您的一个军官转达您此次的目的。后者对他说了什么呢？他用最冒犯的方式，告知了我们最讨厌的一些事。所有人都惊呼，您竟然就为了这些事要求见他？我们还能怎么说、怎么想呢？除了其他诸多要求，这些急报还要求我们再度发表声明，在您递过来的一张纸上直接签字。在我们先前被迫发表的声明中，你们为了达到某些目的，用了"永被囚禁于此"这一招来威慑我们。这一次，你们显然对我们更加了解了。为了更好地奴役我们，你们拿"立刻驱逐出岛"这个大杀招来威胁我们。除了这个必杀技，声明书上的措辞更是激发了我们的抵触情绪，我们为此提出强烈抗议。但如今人为刀俎、我为鱼肉，我们还能怎么办呢？我们必须二选一：如果拒绝签字，我们会被立刻送到好望角，和我们誓要效忠、对我们而言无比重要、无比神圣的那个人分离，看着他慢慢走向坟墓。我们别无他法，只好背着他签了字。我们也清楚，他若知道我们签了字，定会倍感难过。而他最近为太多的事劳神，我们再不愿加重他的心理折磨了。于是我们趁他晚上睡着后偷偷签了字，[474]还庆幸自己骗过了他。我们就像孝顺的子女一样，为了继续服侍父亲而成功把他骗过去了。

伴随着新的声明书而来的，是越来越多的限制措施。您在我们外墙周围布置了更多的岗哨，关闭了皇帝从前骑马散步的地界，还为此找理由替自己辩解，说反正皇帝再不去那里散步了。您还彬彬有礼地说，如果皇帝想去那里骑马，您会在他散步期间恢复那里的岗哨。用从前我们说过的话来说，您这是一边弄脏自己的手，一边又在为自己洗白。您一边虐待我们，一边耍小聪明，好让自己在内阁和舆论那里站得住脚。说到底，皇帝散步都是一时兴起，您怎么来得及重新布置岗哨？何况您非常了解我们，知道我们肯定不会再要求去那里散步。您还采取其他限制措施，让我们每个人都多多少少心有不悦，同时还无视我们的许多要求。有件事说出来也许都没人信：您居然要求皇帝在散步期间遇到外人时，除了客套问候，不能和对方有其他任何交流。多么无礼的规定啊！您知道您是在约束谁吗？您想知道我们当时是何感想？我们一点儿也不愤怒，因为我们的愤怒在很久以前就被耗尽了。之后面临一再的冒犯，我们只觉得惊愕。如果您的这些措施被传到欧洲，让所有人都知道（虽然我们从别人那里听说您行事非常小心，没有走漏丝毫风声），如果欧洲人民知道您做了什么，如果这些事传到各国君主的耳朵里，您觉得他们会怎么想？不管怎样，我们默默把这些事压了下来，竭力不让它们传到您的目标——那位尊贵大人物的耳朵里。甚至直到今天，他也许都不知道您说了什么、做了什么。然而，您到处布置哨兵，将放哨时间大大提前，在我们院子周围、在离马厩只有数步之遥的地方修建围栏。您这么紧张和防范朗伍德，以至那些中国劳工和站岗士兵[475]都戏称这里是"哈德森碉堡"和"洛韦堡垒"。您的做法造成什么结果呢？皇帝先前已经被你们恶心到了，放弃了骑马散步的权利。如今他更是被逼得只能在花园或树林里走几步路权当散心，而且无论走到哪儿，他都能看到那些让他极其不悦的场景。最后，他干脆把自己关在房间里——您这是要让他速速地死在里面啊！医学人士认为缺乏锻炼会严重损伤皇帝的身体，相信他们已经把这种担忧告诉您了。他的确有了求死的心。您也许会说，是皇帝自己不愿出门，这和您毫无关系。然而，是您把他的生活变成沉重的负荷。您真从心底认为是他自己一心求死？多么令人发指啊！……阁下，如果我先前能这么直白地把这一切告诉您，我是否能说服您呢？我能否让您生出担心，害怕这位伟大人物早早离世，因此（至少在您任期内）对他多一份关怀和照顾呢？

我刚才大致陈述了我在朗伍德亲历的一些大事。现在，阁下，请容许我向您提几个问题。您采取如此严厉的措施，让我们的处境日渐恶化，这到底是出于什么动机呢？您是为了什么才这么做呢？您最重要的职责之一，就是留意拿破仑皇帝在圣赫勒拿岛上的饮食起居；可自从您来了之后，皇帝的待遇和之前相比简直是天壤之别！这前后骤然、巨大的变化是什么原因呢？是因为您工作的危险性上升了？是因为我们逃跑的可能性增大了？您可曾发现什么策划逃跑的阴谋吗？是我们的某封信提到了这件事吗，还是您发现了一些线索？您能拿出事实证明自己的怀疑吗？不能。如果您想说，您只是未雨绸缪、打压一切逃跑的可能性，那这事还有个头吗？毕竟，只有死亡才能一劳永逸地解决一切问题。不过您必须承认一点：大家都知道，自从您来到这里后，我做的那件事，是朗伍德第一次，也是唯一一次试图向外界发声，我也因此才落到了您的手里。您一开始还以为能在我的信中发现惊天秘密。我已经提前猜到了您的想法，做好了让您打开我最私密的手稿的心理准备，*476* 哪怕里面记录着我每一天的想法和行为。您证实了我先前的猜想，我这么说没错吧？这种事是第一次，也是唯一一次发生，您得承认这一点吧？现在您也知道了，这件事根本不算什么，我根本没说什么要紧的事。实际上，您是因为乖戾尖酸的私人情绪，才做出那么多远远超乎职责范围的事。至少我们是这么想的，相信任何一个公正的人都会持有这种想法。我最不愿心存偏见，但我也很清楚一件事：人哪怕下了决心，也很难逃掉内心最阴暗的想法对自己的影响，这些情绪藏在他内心最深处，许多时候把他自己都骗过去了。阁下，请走进您内心最深处，仔细探索、分析一下自己吧，您也许会大吃一惊。您一直说，我们从来只说坏事；您还说，您实际为人更公正、坦率、客观。阁下，人在涉及自己的利益时，很难做到公正客观。而我们最怀疑的，就是您所谓的公正客观。和我们相比，您还占有巨大的优势地位：您可以通过我们的书信和文件验证您的观察，进行反驳。而我们呢？我们能看您的书信和文件吗？我们写的东西全被摆在您的眼皮子底下，您却藏在迷雾中；我们必须在言辞上小心谨慎，您却没有这层顾虑。难道不是吗？那么，我们怎么知道您说错了什么呢？如果贵国内阁真的行事公正，将来某一天定会想到这个问题，为此大感惊心。我们对您了解不多，而且这点不多的了解还是不明不白、不清不楚的。您的想法绕来绕去，听起来毫无问题，在实践中却令人无法接受。例如，您现在告诉我，只要确保皇帝人在岛上，只要岛外没有人在未经您允许的情况下和他联系，您可以采取一切手段改善我们的生活条件。当时我听了这话，在内心高喊：这再合理不过了。可一旦落实到实践上，您就开始顾左右而言他，偏离原先的想法了。

  现在，我们来说说我的个人事宜吧。在朗伍德诸多人员中，我可谓是您的重点关注对象，承受了您的许多"关照"。[477]我也是活该：也许我天性最为平和，但也最容易受环境影响，我们中最容易激动的人就是我。哪怕在这种处境下，我也是骄傲的，而且我敢大声把它表达出来。我的一切行为、文字都透着这种情绪，但它们绝无恶意：我从不是个心肠歹毒的人。正因如此，我才在给家人、朋友写信时，把自己看到的、经历过的一切事无巨细地描绘下来，还尤为仔细地记录了和您有关的许多事。阁下，我依照规定，把要寄出的那些信交给了您。如果它们是我的私人文字，也许我在信中反而会更加克制。您不喜欢这些信件，因此记恨上了我。最后您禁止我向外界写信，我若不从，您就要把我从皇帝身边赶走。

您知道我请人在欧洲帮我采购了一些个人用品，便说相关物资已从英国装船发出，我无须另行购买。但我敢肯定，您从来没把我要的生活用品记在采购清单上，更不会用政府的钱替我购买。所以我拒绝了您的好意，宣称我不习惯平白无故从别人手里接受我已有的东西。我想保持自己的自由，不愿拿人手短。几天后，您派人传话，说您已向英国内阁反映了我轻蔑拒绝英国政府的赠予这件事。

您还抱怨我和路过朗伍德的人攀谈。我不过是在向他们澄清荒谬的传闻，不让那位最尊贵的人继续被人抹黑罢了。我把世人从来不知道的一些事告诉他们，听者无不为之动容。您谴责我狂热地向外人宣传皇帝的事迹，想让它们传遍欧洲。可我觉得自己不过是一个在战场上被人摁住喉咙的可怜人罢了，为了发出求救信号，只好让路过的小鸟当我的见证人。让世人知道事实真相，难道这违背了你们国家的法律不成？不仅没有，我这么做还是在为你们的法律做贡献呢。您对此百般阻挠，甚至不惜对您自己的同胞采取过激的预防措施。我们都说，您这么做反而证明我们所言不虚。圣赫勒拿岛地处偏远地区，您有各种办法让英国政府觉得您的专制行为是合理的，[478]所以您只担心它们被世人知晓。否则，您为什么要把我们藏起来呢？如果您没什么好掩饰的，为什么要阻拦英国旅客拜访朗伍德、和我们接触呢？难道您是害怕我们对他们乱讲一气？那您就更应该请他们过来看看啊。实际上，他们来了这里后，只会发现被隐瞒的事实真相，离开时无不为我们的遭遇而叹息，为我们的不幸大声疾呼。

说到皇帝身边有人要被赶走这件事，您宣称您起初选中的人是我。您说，要不是看在我对皇帝有用的分儿上，我已经不在岛上了。总之，您在各种场合一而再，再而三地含沙射影地拿这件事警告我。老实说，我对此并不怎么在意。当痛苦上升到一定程度以后，殉道者已经不在意自己又遭遇了哪些折磨了，他甚至还对此甘之如饴呢。很久以前，我就持这种心态了。我承受的既有身体上的折磨，也有精神上的苦痛。我的房间已经成了恶劣天气肆意展现其威力的舞台：下雨天满屋子都在漏雨，大热天它又成了一个实打实的蒸笼。我和我的儿子住的那间所谓的卧室刚刚放得下两张床，我们只能背贴背地睡觉。我过得简直像纽盖特监狱的囚犯！要不是一个崇高的理念支撑着我，我的身体早就垮了。您不可能，也不应该没注意到我的身体已经每况愈下。我先前之所以没有主动向您提这些事，是因为我也是有尊严的，何况这应该由您主动弥补才对。我对自己说，总督既然留意到了他眼里的那些坏事，自然也该知道什么对我是好的。可事实是，您似乎纯粹把我们当成受惩罚者，觉得我们的待遇已经够好了。我可以不在乎这些，但我只祈求上帝睁眼看一看那位尊贵的大人物遭受了什么！这位奇迹般地得到整个法兰西民族疯狂追捧的大人物，只因为某些国家的盲目冲动，才被迫再度离开了自己的人民，被一些君主放逐到这里。就让别人来指责我吧，说我作为两次革命的受害者，无视自己的利益，放弃自己的家产，牺牲了自己的家庭、财富和自由，去追随那位被赶下台的君主！随便他们怎么说！然而，堪称是忠诚和道德的楷模的令人尊敬的大元帅，人们又能责备他什么呢？[479]还有其他伙伴，人们又能说他们什么呢？所以，我骄傲地告诉自己：不！我们根本不是罪人，更不是普通人，我们身上彰显了最伟大、最崇高、最少见的品德，我们为世人树立了最好的道德榜样，我们的名字被永远刻在了正直人士的心中，我们在这里撑起了君王应当享有的体面和荣誉。在我们之后，人们再不会说什么君王落难后身边就再无人效忠、爱戴这种话；或者，人们至少应该承认一个事实：拿破仑懂得如何在困境中获得他人的忠诚和热爱。

我有一个仆人是当地的岛民，您对此不悦，决定把他从我身边撵走。这本来也不算一件大事，但您想挑一个人顶替他的位置，我对此断然拒绝。我回复您的军官，说您可以强行把别人安插在我的房间里，但您别想得到我的同意，如果不能自己挑仆人，我就自己去干家务事。您一再坚持，我只好过上没有仆人帮忙的生活。您拒绝让我挑选自己的仆人，可见您的确"非常乐意"满足我的要求！没过多久，这个被您赶走的仆人找到我，说他要去英国了，愿意替我帮忙。我交给他两封信，信中并无要紧之事，如今已得到您的核实。一封信是写给吕西安亲王的，先前我们已经把类似信件交给您检查过了；另一封信是我写给朋友的私信。多说无用，因为您设下种种限制，所以我如今才待在这里。我冷静思考了您对我的人身有何限制权利，如果您越权了，自有法律还我公道。我坦然接受了当前的一切，并做好了日后接受严厉百倍的惩罚的思想准备。所以，我已经想到了最糟糕、最可怕的后果。我写信对您说：我已被刻上了耻辱的烙印，从此再不能给皇帝带来慰藉了；他一看到我，就会想起那段屈辱的往事。我被逐出朗伍德，在远方祈求和他重逢，但我希望自己能够干干净净地在远方和他重逢。所以我摆脱了您对我的束缚，将自己重新置于法律的保护下，要求您还我自由。

⁴⁸⁰尽管我不愿回忆您把我从朗伍德强行带走时对我的所作所为，但我仍忍不住要指出您的错误：您侵犯了这座历经磨难的圣殿。您明明只需写一封信，就可以把我召到您那里！我是听从您的命令的，您明明换种方式也可取得相同的结果，根本无须对我们造成如此深重的伤害。

老实说，落到您手上后，我的确得到了许多照顾，每天的生活条件越来越好，这是我没想到的。您这反常的举动让我大为不解。我想，难道是因为我性情随和，才得到这些关照？是我在朗伍德的时候误会了您，还是我在这里的时候看错了您？您似乎换了个人似的，正如我对您说过的那样，您再不是从前那个披着沾血黑纱的总督了。可我最后才发现其中的缘由：是因为来了这里以后，我和您是平起平坐的，我们可以安然无事地共处。可您从来都做不到和朗伍德和睦相处，因为朗伍德对您而言太高了，您不愿意承认它的伟大，一心想要打压它，从未想过爬上去接近它。您划出一块狭小的地方，企图把一切从朗伍德奔涌出来的东西死死地关在那里，您用各种手段剪去了那里的人的羽翼，好让他们乖乖地待在里面。可您无法达到目标，因此恼羞成怒。您还记得那则寓言故事吗？有个人

把路过的旅客都关在一座小岛上，任何想要离开的人都被他斩断手脚。您做的事和这个寓言里的主人公有什么区别呢？

您对我说，我们对自己的处境有错误的认知。阁下，您正因为抱着这种想法，才犯下了真正的错误。我指出了您的错误，也给您解释清楚了。请您换位思考一下，想想您若是我们，您会怎么想。

您动辄拿英国政府的指示辩解，可这有什么用呢？您这个位置是多么重要、多么不同寻常啊，其重要性远高于政府指示。您肩负着的那一项艰巨任务，被人再怎么拔高也不为过。您失去了一个多么好的留名青史的机会啊！根据我在朗伍德的经历，我若是为了追求荣耀而来这里，那我最想当的就是该岛总督。我若是总督，定会清楚地知道自己使命的范围和重要性，并尽到自己的义务。[481]没错，我的确要控制囚徒的人身自由，但除此之外，我可以满足他的一切要求；我不仅要让他尊敬我，还要想方设法得到他对我的爱。我定要跪下来抚摩他身上的镣铐。随便别人怎么提醒我要遵守严格的指示和命令，我都不会做出违心的事来的。在心灵的自由和舆论面前，圣赫勒拿岛总督的丰厚待遇、该职位能给我带来的巨大名利、我作为保证人在上级面前享有的信任，这些又算得了什么呢？大不了我被撤职，给别人让位呗。

您若这么做了，又能有什么危险呢？您比我更了解英国历史，很清楚将领在执行某个棘手任务时是多么容易成为迭代的政权、善变的舆论的牺牲品。如果您遇到了这种情况，这里会有多少人站出来说出对您不利的证词啊！您是在自掘坟墓。您也许会说，您做事问心无愧。当然了，良心是最高贵、最美妙、最能抚慰人心的东西，但只有上帝才能审视它，凡人难以窥得其全貌。不知多少纯洁善良的人成为千夫所指的对象，遭尽不公！不知多少无辜的人被恶意的诋毁玷污清名！贵国大法官杰弗里斯的身后名声何其不堪，成为众人唾弃的对象，可说到底，他只是一个野蛮政令的执行人罢了。此外，我们还不能忽略时间、厄运、诽谤中伤、党争思想，这些都是决定一个人历史名声的关键因素！您手上握着那么好的牌，为什么要冒这些风险，而不走更稳妥的一条路呢？阁下，如果可怕的斗争当真发生了，您觉得这里谁会站出来替您说话？今天世界只剩两大派系。您深受自由思想的熏陶，自由精神已经成为您的信条，我这么说没错吧？可令人百思不得其解的是，您在这个时候却成了陈腐贵族体系的第一代理人。如果您当真打算让公共舆论去听取岛上囚徒的申诉，无疑是在自取其辱，您会发现所有民族、所有和您信奉同一宗教的人都站在您的对立面。不要以为您至少还有反对派的支持。[482]我曾长期待在反对派的阵营里，对它是一清二楚。谁能说这群政治异端人士中没有高尚正直的灵魂呢？您也会被他们抛弃的。

现在，我非常坦率地把自己能想起来的一切悲伤和恨意都告诉您了。我没有丝毫掩饰，也抱着最大的善意。我这么做，不是出于仇恨想伤害您，而是为了让您认清现实。我再强调一遍：如果我在某些地方写错了，那是因为此刻我手头没有资料佐证；可即便我在其他事情上记错了，有件事是绝对错不了的：我说的这些都是心里话；我写的东西，从来都是我真实的想法和感受。希望您在读这封信的时候，能体会到我写信时的心境。再强调一遍：我说这些话不是为了谴责您，而是为了促使您去思考、回答，甚至弥补，如果能达到这个目的，我也没什么遗憾了。

但愿这封信能给您带来光明，使您创造更好的未来吧！说到这里，也许我应该让您了解一下我离开朗伍德时那里是何情况。我们的生活条件已经恶劣到用言语无法描述的地步：我们和外界失去了一切联络，过着见不得光的日子，每一刻对我们都如铅块一样沉重。那里一切的一切，甚至包括我们呼吸的空气，都如同慢性毒药一样让我们日渐衰弱。我们的生活已经无望到了极点，沉重得让我们喘不过气来。让我们更加痛苦的是，我们眼睁睁地看着那位我们为他才咬牙坚持下来的人慢慢走向死亡；他沉默的微笑清晰地向我们昭示：要不了多久，我们就解脱了。一想到这里，我的眼泪立刻流了下来！我们在这里的生活是多么不幸啊！如果我们在某一刻忘却了自己的神圣义务，那个主宰了我们的灵魂、填充了我们整个内心的义务，我的意思是，如果我们突然得闲，有时间回顾自身的处境，我们不幸的伙伴说不定会效仿古人的做法，为了摆脱艰苦的生活而选择自尽。这种事若真的发生了，我也不会有丝毫惊讶。如果某天早晨，有人跑来告诉您，朗伍德披上了黑纱，您只剩下一堆尸体要看管了，也请您不要太吃惊。

[483]您的王储、内阁、立法机构、英国民众以及阁下您，你们难道真的希望看到这种折磨和惨剧发生吗？那是多么可怕的一幕啊！可一切不幸难道不是您一手造成的吗？

不管怎么说，无论离朗伍德是远是近，我都只有一个心愿，它的声音已经压倒了我内心其他一切情绪：我希望皇帝身体安康。请保住他剩下的生命吧，我会为您祈祷的。

拉斯卡斯伯爵

1816年12月19日

秘密写于朗伍德对面的巴尔科姆茅屋

直到六年后，我才通过奥米拉医生的回忆录知道这封信的下落。从朗伍德回到欧洲的同伴告诉我，他们并没收到我写的这封信，皇帝甚至完全不知道它的存在。我离开后，哈德森·洛韦也许是接到了上司的命令，无视我们迫切的请求，把它私藏了起来，还曲解了信中的内容，无中生有地编造出许多居心叵测的内容，以达到歪曲事实、颠倒黑白的目的。

根据奥米拉医生的记叙，我得知了后来发生在圣赫勒拿岛的一些事。① 他说："哈德森·洛韦读了拉斯卡斯伯爵的手稿后，得到了许多信息，想出一个非常符合他在圣赫勒拿岛行事风格的办法。他让我告知拿破仑，拉斯卡斯在被扣押期间已经承认：法国人在朗伍德只受到明面上的限制，他和其他法国人想方设法地捏造事实、中伤他人，一再刺激他们主人的神经。他还让我别忘了补充一点：这些话千真万确，有拉斯卡斯亲笔文书为证。他甚至还引用了文稿里的一句话，让我转述给拿破仑。这句话是：我们让拿破仑通过一张沾血的纱布看待一切。拿破仑当时大喊：'上帝啊！只要刽子手在，我们势必会看到鲜血！'他还一针见血地指出，我刚才说的一切要么是哈德森·洛韦自己捏造出来的，要么是他故意歪曲了拉斯卡斯文稿的意思；伯爵肯定只描绘了他遭受的恶劣待遇，毕竟伯爵忠心耿耿，很少有人像他那样心肠软，每次他和自己谈起英国民族的时候，都毫不掩饰地表达他对他们的热爱和敬佩；正因为同情心太强，他才强硬、直言不讳地表达了自己对这等完全违背了英国民族慷慨自由天性的行径的愤怒；法国人在这里遭受了粗暴的对待，若要解释那些人为什么要这么做，这纯属浪费笔墨和时间。说这话

---

① 该作品标题是《哈德森·洛韦担任总督后发生在圣赫勒拿岛上的事——为反对某本匿名小册子而作》，发表于1819年。

时，拿破仑情绪少有地激动起来。"

我还在奥米拉的日记《被流放的拿破仑》①中的1816年12月4日的日记里读到了如下内容："总督派人告诉我，自从我和拿破仑有了直接接触后，我对他的态度就变了。他还说，他发现那些追随拿破仑的法国人只把他视为实现自己野心的一个工具而已，且他们根本不在乎采用什么手段达成目的。哈德森·洛韦还说，我应该把这个警告传达给波拿巴将军。"

医生在12日的日记中写道："拉斯卡斯伯爵并非假意追随拿破仑；将军并不知道拉斯卡斯写了什么，更不知道他用了哪些措辞。"

在1817年1月14日的日记中②，他说："总督肯定地告诉我，他在伯爵的日记里看到了这种内容：波拿巴说他一看到英国军队的制服和英国军官就心生恐惧。总督说，我可以在日后某个合适的机会把这句话透露给他。"

还有一次，总督还让奥米拉转告朗伍德，他不久前就此事给英国政府写了一封信，让我终生不得返回法国。只有上帝知道他到底想干什么！485 不过后来的事实证明，英国政府并没有体谅他的"一番苦心"，法国政府对他的话也没太在意。读者可在下文看到，我回到欧洲后被禁止从英国上岸，只能在加来或奥斯坦德下船。我因为一些原因选择了奥斯坦德，此事和哈德森·洛韦捏造的种种担心因素毫无关系。不过他生怕自己的告发信起不到作用，就在别的地方使劲，且算加个双保险。他想方设法地要把我扣留在好望角，把我囚禁在那里。有人告诉我，他向

---

① 请读者勿将这本书和上面那本相混淆，前者于1822年在巴黎首次出版、1823年在伦敦再版。

② 准确日期是1月17日，而非14日。

自己一个手下提起我时不小心说漏了嘴，说："那个人嘛，我们再不用担心他了。我们把他好好地送到好望角，他可以安心地待在那里的监狱了。"这人还以得意的口吻一脸奸笑地说（奥米拉当时有些吃惊，因为总督从来都喜怒不形于色），他真想把拿破仑也关进监狱，可惜这事太难办了。还有一次，他说联军错失了大好机会，没有在拿破仑年轻时就把他给杀了。

我们继续说总督。先前我被关押期间，他待我的确彬彬有礼，充满善意和体贴。可我离开圣赫勒拿岛后，他编造文字，向朗伍德传达了许多充满恶意的不实消息，还把它们都推到我的头上。他为何前后判若两人呢？我把这个问题留给善良正直的读者，让他们自行判断。

好望角离圣赫勒拿岛有500古里远。因为信风的关系，即便在最适宜的航海条件下，人们也必须绕行多走200古里。离开圣赫勒拿岛后，我们的船为了尽快驶离信风带，满帆全速朝西南方向前进。风向变化后，我们朝东面行驶，不过为了对抗这个季节惯有的从东南方向刮来的劲风，船只又朝南走了很长的距离。

船只一路非常顺利，也赶上了预计中的风向，乘风破浪地朝前行驶。[486]只是我和儿子许多时候晕船，没顾得上欣赏沿途的风景。第六和第七天，我们离开了信风带，在西风的帮助下迅速驶向目的地，预计9～10天可到达好望角。快到著名的暴风角的时候，我们遇到了从东南方向刮来的逆风，海面风狂浪急。这股逆风对船长而言是个麻烦，却给我帮了大忙：哈德森·洛韦先前命令船长在好望角后面的西蒙湾把我放下船，如今这个计划却行不通了。总督也许觉得如果我不进城，就不会引来别人的关注，我无端遭到囚禁这件事就不会被曝光了。不管他是怎么想的，总之，由于海上即将刮起暴风雨，船长只好全速朝更近的好望角城市港口前进。凌晨两点钟，我们抵达海岸。船长不再考虑先前的打算，坚决地执行当前的航行计划，准点到达目的地。赖特船长是航海的一把好手，做事果敢坚韧、有条不紊、浑身充满干劲。总有一天，他的名号会在海军中传开。待在船上时，我发现如今船只已经基本做到准点到达了。我并不知道历来以先进的航海技术著称的法国海军如今发展到了何种地步，但今天我算是见识了英国海军的实力。他们计划严密、技术先进，我们很难想象海上航行技术已经发展到了这种程度。

17日，经过18天的航行，我们下午两点钟抛锚。船长彬彬有礼地请我留在甲板上，直到他收到好望角总督的命令后方可下船。他肯定先前就收到了这个指示。过了一会儿，船长又回来了，说由于我的住处当前没被收拾妥当，我后天才能下船。我感到不悦，毕竟从海上过来的人都迫不及待地想再度踩在大地上。

就这样，我在好望角的锚地里又待了两天。这里风景优美，气候宜人，虽然天气无比炎热，但空气非常清新。

[487]我刚进海军的时候，曾无数次听人绘声绘色地说起好望角。此刻，这个地方就在我眼皮子底下，而且还是那些参加了印度战争的军官把我带到这里来的。前辈们的话还在耳边，而我很快就要亲自体验他们告诉我的经历了。

眼前的好望角城市颇具规模，景色优美，街道整齐干净。它坐落在一块平整的高地上，城市地面比海平面略高，周围全是险峻巍峨的群山。人们把左边的魔鬼峰、正前方的桌子山、右边的甜面包山和狮子丘一一指给我看，还向我详细解释山峰形状和名字之间的联系。城市前面和侧方的许多碉堡看上去年久失修、破破烂烂，而且碉堡周围都是制高点。尤其是狮子丘上的制高点，看上去很容易拿下。所以不难想象，如果有敌人打过来，只要攻方实力稍高于守方，就可迅速占领这个据点。最有效的进攻途径就是在北面离据点稍远的一个地方登陆，那里地势开阔、无人把守，从那里下船后，攻方可从陆上朝城市进军、发动攻击。

我以前经常听人说，魔鬼峰和桌子山山顶经常突然阴云密布，哪怕离它们不远的其他山峰依然阳光明媚。今天我总算亲眼见到了这种场景。人们还说这两座山峰白雪皑皑，就像桌子上铺了张洁白的桌布似的，如今我亲眼一见，发现前辈们说得果然没错。冬天，如果山顶的积雪亮得晃眼，就说明暴风雨快来了。我在船上时，锚地上一直刮着强劲的西北风，在恶劣的季节里这是常态。因为这个关系，锚地里经常发生船只遇险事件，人们只能到罗宾岛那里避一避，可那里离海湾入口处很远。

我把自己先前从法国海军军官那里听来的一个消息告诉了船上的人：叙弗朗将军在印度重挫英军、和对方签订和约后返回欧洲，回来的路上曾在这里抛锚靠港。几天后，一直跟在他后面的英国舰队也抵达了这里。英军进入港湾后沿着海岸航行，想找个地方抛锚。[488]我们慧眼如炬的法军上将看到一艘英国舰船入港后，告诉属下它肯定会遇险，吩咐众人即刻打出信号，把船上所有小艇都放到海上，如果发现船难就立刻展开营救。没过多久，英国船只就触礁了，营救的船只从四面八方赶过来，但法国海军第一个到达营救现场，救下的生还者也最多。这两艘舰船曾经在海上拼得你死我活，如今却热心地相互帮助，毫不犹豫地向对方伸出援手，这个场景怎能不叫人动容？听我讲述的年轻英国军官从来不知道历史上曾发生过这件事，这倒也不奇怪。发生在历史长河中的那些无关紧要的事，哪怕当时引起人们的热议，仍会被后世遗忘！

第十三章
暂留好望角

我被囚禁在一座破旧的城堡里—相关细节
1817年1月19—28日，星期一至星期二

[489]船长从总督查理·萨默赛特那里回来了，我从他的神情中感觉事情不妙。船长对我极其谨慎，态度前后判若两人，脸色冷淡而又尴尬。其他英国军官受其影响，对我也没那么热情了。当时，好望角锚地里的许多英国军官都上船拜访同僚。我一眼就看出来，这些人对我十分好奇，但极力避免和我有任何交流，一个个在我背后窃窃私语，似乎藏着什么秘密似的。他们看我的眼神，就像在看一个流放犯一样。这些迹象和我无意中听到的只言片语都在告诉我，哪怕远离了圣赫勒拿岛，我依然是一个让人格外紧张和怀疑、

不能有丝毫人身自由的重要囚徒。我可以断言，我并没有摆脱笼罩在朗伍德上空的那层阴云。中午，我踏上了陆地，一个负责看守我的军官站在前面等我。船长陪我坐上小艇——我猜他对我还抱有同情，因为他借口我们有近十天的交情，坚持要把我送到指定给我住的地方。于是，我们一起朝一座破旧的、不知道该被称作城堡还是碉堡的建筑物走去。走过浮桥、穿过重重大门后，我们来到一个看上去很像练兵场的内院中，之后，我们登上楼梯，穿过几道走廊，终于来到了我的住处。房门锁上了，人们怎么也找不到钥匙，[490]我们只好先去一个公共大厅坐一会儿。当时，大厅里有好几个守城军官。等候时，一个参谋无意中走进厅中，看到我和儿子居然可以和周围人随意攀谈，神色非常惊讶。然后，他借口不能怠慢客人，把我们请到他自己的屋子里用点心。过了几个小时，有人前来告诉我们，住处已经收拾好了。它由三个房间组成，屋子里满是灰尘，我们进去后才有人立刻过来打扫。第一个房间里什么家具都没有；第二个房间里摆着一张大桌子和一个断腿的扶手椅，另外还有四把破旧的座椅；第三个房间里有两张木床，床上有两个长枕、一张草褥、三床被子，这就是我们的全部家具。幸好我们有先见之明，把自己的床从圣赫勒拿岛带了过来。但我实在想不明白，他们准备了足足两天，就给我们备了这堆东西？此事充分、直接地告诉我，我又要活在新的专制权威下了。

负责看管我们的那个军官住在第一个屋子里，房门外还守着一个哨兵。我被告知不能和任何人说话。所以，我的确成了囚犯。先前我还抱怨巴尔科姆的茅屋简陋，可到了这里后，才发现自己原来的生活条件已经很不错了。我当时想，这就是哈德森·洛韦所说的请人好生照顾我？

人们把晚饭端了过来，饭菜是看守军官点的，菜肴还算丰富。先前礼貌地把我们请到他的房间里的那个参谋也许觉得和我们算是熟悉了，又或者是为了近距离地观察我们，派人请我过去吃顿便饭。他和其他军官在餐桌上彬彬有礼，但表面的礼仪掩饰不了他们对我们的格外留神。他们想装出热情待客的样子，可他们越是客气，我就越觉得不自在，借口一日下来身体疲惫，回了自己房里。他们和许多嗜酒的英国人一样，畅饮到深夜。

第二天，圣赫勒拿岛军营里的一个上尉来看望我。[491]他知道我的儿子身体不好，特意带了一个医生过来。他这么做是出于好意，却造成了一个相当好笑的误会：一开始，我把医生当成了他的儿子或侄子。那个医生是个十八九岁的年轻小伙子，外形、神态和声音像个女孩子似的。人们告诉我，这个一脸严肃的小伙子叫巴里，医术不可小觑，13岁时就通过了极其刁钻的考试，取得了医师资格。他在好望角治愈了好几起疑难杂症。总督的一个女儿先前生了重病，大家都以为没救了，巴里医生把她救了回来，因此成为总督的座上宾。我听说这件事后，想从这位医生身上打探消息，好知道自己接下来应该怎么应对新总督。我先前给这位总督写了一封信，把自己的情况告诉了他，并正式要求他把我送回英国，让我彻底重获自由。我的信是这样的：

"勋爵阁下：

"这几天，我一直被您的权威所支配，如今斗胆给您写信，想知道阁下对我有何打算。

"纯粹因为一件私事，我在去年11月25日被圣赫勒拿岛总督哈德森·洛韦带出了朗伍德。此事过去几天后，我和总督有过好几次交谈，但一直没收到他的最终决定，于是给他写信说：从那时起，我再不用服从他，重新处在法律的保护下，并请他走法律程序来处理我的事。我如果有罪，自会得到法律的审判；我若无罪，就应获得自由。我还在信中补充说：我和我儿子当前身体状况堪忧，需要立刻得到悉心的医疗照顾，故请他把我们送回英国。哈德森·洛韦总督当时犹豫不决。我相信，他差点儿就下决心把我送到开往欧洲的船上了。之后，他又想把我扣留在圣赫勒拿岛，^{492}直到得到英国政府的回复为止。后来，他多次提议我回朗伍德去。直到最后，他才把我送来好望角，听从阁下您的安排。在我看来，他这么做，是希望通过照搬指示信的内容，摆脱手头的大麻烦，说不定他还指望别人能做到他没做到的事——把我关起来，这样他自己也不用冒任何风险了。阁下，上述就是我对事实的简单陈述。我认为有必要让您知晓一切，好让您对我的情况做出正确的判断。希望阁下相信，我斗胆向您提出的请求纯属自然而发、合情合理，绝无其他任何心思。我请求您尽快把我送到英国，让我彻底重获自由。这既是我的自然权利，也是您的政治义务。

"致敬

"附注：我烦请阁下告诉我，我能否给贵国摄政王储及大臣写信。如果可以，我想劳烦您替我向他们立刻转交两封信。我还想烦请您告知我可否给圣赫勒拿岛写信，因为我有些话想告诉哈德森·洛韦总督。"

两天后，我收到了总督的简短回信。他什么都没说，只宣布：根据哈德森·洛韦的报告，我就是他的一个囚徒，必须待在好望角，直到他收到英国政府的来信为止。我无法提出任何抗议，只能被动接受。我给总督查理·萨默赛特又写了一封信，表明了自己的态度，信中还夹杂了另外两封信：一封写给卡斯尔雷爵士，另一封写给摄政王储。

我给总督写信说：

"勋爵阁下：

"我已收到您的回复，得知阁下要把我以囚徒身份扣留在好望角，直到哈德森·洛韦总督收到英国具体指示为止。阁下定然经过深思熟虑，出于各种原因，[493]才在这件关乎我人身自由的大事上，不经任何先决司法程序、不告诉我任何原因，就做出了这个万分重要的决定。我别无他法，只能接受您的权威安排，把所有希望都寄托在法律上——如果法律还能保护我的话。

"我不会用任何理由为自己辩护，因为我相信阁下定然是秉持正义、经过深思熟虑，才选择如此处理这件棘手的事。不过我从您的回信中得知，您是根据哈德森·洛韦对我的叙述才做出这个决定的。阁下，您当真从心底相信他的话吗？您有没有听取双方各自的说法呢？阁下觉得严格执行哈德森·洛韦的指示、对我的一切要求毫不理会，这样就能摆脱所有责任了吗？但如果哈德森·洛韦不愿冒险把我关在圣赫勒拿岛上，觉得借您之手把我关在好望角是件更稳妥更容易的事呢？

"阁下如果愿意倾听我的想法，了解我这件事的前因后果，我非常乐意把自己和圣赫勒拿岛总督的所有通信交给您。在这封信的末尾，我还附上了我写给贵国摄政王储及大臣的信。我把两封信交给您，希望您能同意把它们递上去。此外，我若能去英国，甘愿接受英国政府的一切安排，不管遭遇多么专制的对待，哪怕接受和这里同等的政治隔离，我也绝无怨言。希望这话能让您改变心意。我真心愿意接受去往英国的一切后果，一是因为我和我儿子的身体状况，二是因为我远离欧洲和最亲爱的家人，还远离了我为他才做出去家离国的这个悲哀决定的那个人，为此深感万箭穿心之痛。

"阁下,如果我没有机会,请您至少让我的儿子离开吧。他年纪尚小,和这些事并无任何关系。我愿意让他离开,只要他能有更好的未来。至于我,拖着病痛之躯茕茕孑立地活着的我,[494]可以泰然地顺应天命,只要我知道自己的孩子过上了更幸福的生活,远离了加诸我身上的慢性死亡的阴影,那就够了。哪怕我没有得到任何法庭的审判,没有受到任何法官的定罪,也不要紧了。

"我大胆把自己写给卡斯尔雷勋爵和摄政王储的信转交给您。请原谅我在得到您慷慨允许之前就写下了这两封信。我不知道我该给哪位内阁大臣写信,但我觉得自己无须把同样的内容再写一遍——因为视力原因,书写对我而言是项极其困难的工作。此外,我觉得我在信中也遵循了必要的式样。"

给卡斯尔雷大人的一封信

(内含给摄政王储的一封信)

大人:

因为我不知道该向您的哪位同僚求助,再加上在许多公共事务中最常听到您的名字,我便斗胆给您写了这封信。如果大人已经知道我在圣赫勒拿岛上的事,您定会对我格外警惕。可如果您获悉事情的前后经过,定会觉得我的行为值得尊敬,甚至会因此对我产生兴趣。

我在朗伍德的时候,觉得自己身处一块神圣的地界中,有义务捍卫它的四围边境。如果能守住缺口,我死不足惜。所以,我一直摆出抵抗的姿态。可如今我已远离了这块地界,进入了平凡大众的世界,所以我要改变态度,由抵抗转为哀求。

所以，我请求、央求大人，以我这封信定能直接送到您手中的假设语气向您对话。我请求您让我抵达英国：我和儿子的健康状况不佳，亟须在那里接受相关医学治疗。

人们出于什么原因，才能拒绝我的请求呢？难道是因为私人仇怨？可我是个无名小辈，没有引发私仇这等荣幸。难道是因为各方意见中有人含糊地表示反对？[495]可意见不合在英国已是司空见惯的事，而且里面几乎不夹杂仇怨，我很难想象这会成为我回不去的理由。难道是害怕我会对圣赫勒拿岛上的事说点儿什么、写点儿什么？可您若拒绝让我回去，不是正好证明了别人的猜想，把仇恨的情绪传得更远吗？如果您想阻止我发表任何言论，那把我控制在英国不是更能让您轻松达到这个目的吗？我在英国若发表不当言论，要面临基本法和特殊法的双重惩罚。您若把一个人放在身边，就相当于给自己加了道保险，让他懂得慎言慎行。更何况，这个人还是自愿留在英国的。

所以大人，我不知道您出于什么原因拒绝了我的请求。相反，您有一大堆同意我的请求的理由。这难道不是让您倾听双方相互矛盾的陈述，从中获取真相的一个大好机会吗？坐在神圣裁决座位上的您，难道只听一方的陈词就能做出无愧于心的决定？我还可以而且会给出更多原因，您会发现我的陈述绝不带有任何偏见，只是就事论事而已。

我把我的手稿留在了圣赫勒拿岛。先前我已对它们的性质做了多次解释，但如今我愿意再解释一遍。它们是我以日记形式写成的手稿合集，记录时长为18个月。我把自己了解到的、看到的、听到的一切和他有关的事都写了进去，记下了那位在我看来在当前和今后都是最伟大的历史人物的一言一行。这份日记并不完整，内容谈不上精准，不算最终定稿，需要被反复修改。因为这些原因，我才没向任何人透露自己正在写日记。直到那件事发生后，别人才知道我写了这些东西，在此之前，也许除了我刚才提到的那位大人物，其他人都不知道它的存在。而且直到目前为止，他都不知道我在里面具体写了什么。在我有生之年，他应该都看不到这份手稿了。能够搭建一座历史性的纪念碑，把他最珍贵、最完整的事迹记录下来，我也此生无憾了。大人，求您写信让人把它们完好无损地交给您吧，这不会给您带来任何不便的。我在这里郑重地声明，这些文稿绝干系不到圣赫勒拿岛地方政府的任务，换言之，它和看管那位重要目标人物的工作不存在任何直接或间接的联系。圣赫勒拿岛不可能从中得到任何对它有利的情报。它扣住文稿，[496]只会加剧已经在很大程度上蔓延开来的愤怒和猜疑——毕竟我在文稿中影射了岛上的相关人士。

大人，这些无比神圣、极其隐私的手稿到了您的手上后，您可以对其随便检查，我绝不会有任何异议——毕竟这项工作会在我的眼下进行。我相信大人在履行相关检查工作的时候会严格遵守正规的流程。我相信您定不会拒绝我的第二个苦苦哀求。

大人，我斗胆把自己写给摄政王储的一封信附在信里，求您大发善心，把它递给王储。因为对王储抱有深深的尊重，我才不愿让此信以开启状态被递交过去。但如有必要，大人可将其打开检查。

请允许我向您致以诚挚的敬意。

给摄政王储的一封信

王储殿下：

一只被政治风暴操纵的风筝，一个虚弱、不幸、流浪他乡、不受庇护的外国人，斗胆在这里向尊贵的殿下说出他的心里话。

我人生中有过两次去家离国的不幸经历，每一次我都相信自己是为了履行神圣崇高的义务才离开祖国的。在我第一次流亡期间，英国缓解了尚还年轻的我的痛苦。我一度以为英国会再次成为我的庇护所，让我在那里终老一生、安享晚年。然而，有人让我生出了担忧，让我觉得自己不会被这个国家接受。为什么要这么残忍地对我呢？难道是因为我是从朗伍德出来的，对那里抱有无限的关注、感情和眷恋？可是殿下，我在朗伍德一直都坚持一个少有的美德：我和那些可亲的同伴一起努力维护了一位君主应当享有的荣誉。在我们之后，世人再不能说君主落难后就再得不到别人的忠诚和爱戴了。

难道因为这个原因，我才受到迫害、被逐出那个我所渴求的庇护所？那位大人物在充满敌意的荒岩上，曾对我说过这句让我倍感温暖的话："不管您回到祖国也好，去其他地方也罢，都大可告诉别人您对我的忠诚效力。"[497]我想，这话足以让我得到所有君主的尊重了吧？亲王殿下，我扑到您的脚边，请求您的保护！

在和那位曾是世界霸主、其名字响彻四海的大人物聊天来往期间，我生出一个念头，要把我每日见到的他的言谈举止记录下来。然后，我就这么做了。

这份日记记录了18个月的生活，性质非常特殊，但内容并不完整准确，还没有定稿，更没有任何人知道它的存在——就连尊贵的日记主人公都不知道我写了什么。可如今，我被迫和我的手稿分离，看着它被扣在圣赫勒拿岛。殿下，我也求您予以保护，大胆地以正义、事实真相和历史的名义，求您护住我的文稿吧。

求殿下大发善心，纡尊发出命令，让我能在您的羽翼下寻到一块庇护地。希望我能在您的土地上寻找到一个能容我安静地回忆和痛哭的地方。

请允许我向您献上最高的敬意。

拉斯卡斯伯爵致上

我在给总督的信中央求他第一时间把我的儿子送往欧洲，查理·萨默赛特总督同意了。我希望儿子同意我的这个决定，催促甚至央求他接受相关安排，他却断然拒绝了。儿子还就此事给总督写了一封信。我读了这封信后内心无比感动，觉得它折射出儿子可贵的灵魂，所以忍不住把它抄在了这里。

"总督大人：

"家父方才告诉我，您允许我独自返回欧洲，他请求并命令我好好利用这个机会。

"大人，请允许我大胆拒绝您的好意，我要忤逆父亲的决定。身体的病痛算不得什么，心灵的苦痛才是最要紧的。两年前离开母亲后，我每次想到她都会哭泣。然而，我不能把父亲一个人留在一个对他而言完全陌生、水土不服的地方。我的身体对我而言并不重要，只要我能给父亲带来一些安慰，能减轻和分担他长期、每日都要背负的苦难，那我就是幸福的。

"我宁愿死在他身边，也不愿在远方苟活。[498]我为他的高尚品德而倍感骄傲，以他为自己的人生榜样，所以我一刻都不能离开他。如果命运要我死在这里,我就坦然接受。大不了人们在统计受害者人数的时候,数出来的是两个而不是一个。

"大人,我从心底感谢您对我的好意。这让我倍感温暖,我只求您也能把您的善良施给我的父亲!

"致敬"

查理·萨默赛特总督肯定在家中给众人朗读了这封信,引得大家感慨不已。第二天,那个年轻医生来到我们这里后,先把我拉到一边,说他会尽量利用自己医生的身份说服我儿子离开。我还没来得及说什么,医生就跑到我儿子的房间,紧紧抱着他,说他支持我儿子的做法;医生还说,我儿子如果选择了另一条路,他会从心底瞧不起这种行为。然后,他把我儿子拉到窗边,把他介绍给两位坐在马车里的小姐,双方相互致敬。她们是总督的女儿,那天早上她俩表示要亲自陪同医生来监狱。她们这么做,很可能是为了满足自己的好奇心,想亲自见一见我儿子到底是什么样的人。

然而,这些关注并未改变我们单人囚室悲惨的生活条件。我们房间的窗户没有窗帘,我们一抬眼就能望见院子里被晒得滚烫的砂石。南半球现在正好是1月,天气像酷暑时候的法国一样热,我们被晒得都快窒息了。

我们依然处在别人的监视下,生活中处处受限,每天都要和那几个军官一起吃早饭和晚饭。最后这件事尤其让我头疼,我想方设法地躲掉这份殊荣,甚至不惜一直躺在床上,让人把饭菜直接端过来。我下定决心,如果他们还要拿这些事来折磨我,我就干脆不出门了。此外,我的胃开始剧烈疼痛起来,有时候还会发烧,健康状况明显恶化了许多。看守我的军官告诉我,他收到命令,无论我什么时候有需要,他都可陪我前往城中或附近散心。[499]我向他表示感谢，虽然我绝不会出门，但我总得为了自己的儿子想一想。

在此期间，没有人接近我。也许是那个军官觉得我身体不适、替我把访客挡了回去，也许是他收到命令、禁止外人和我接触，总之他毫不留情地把所有想要接近我的人都赶走了。这还引发了一件有意思的事。我们的房门正对着一条走廊，我们可以沿着这条走廊散步。有一天，我走到走廊尽头，发现一扇平常被关得严严实实的门打开了，门后面是陡峭的楼梯。我一时好奇，就穿过这扇门，沿着楼梯往上走，很快就来到了塔顶的平台上。整座城市在我眼前一览无余，蔚蓝的大海一直绵延到天边。这里的风景太美了，我深深地陶醉其中，甚至忘了时间，直到两小时后才回过神来，觉得自己该回去了。我出来的时候，恰好军官带着我的儿子也出去散步了。在此期间，城堡里刚好换了一轮哨兵。我来到自己房间门口，守着房门的那个士兵横起刺刀，粗鲁地把我推开，不准我进去，我越是坚持，他就越是固执。这件事固然好笑，但我觉得更好笑的是，我竟然走下楼梯，穿过外面守军的院落，强行要回到自己的囚室。当值军官看到我站在门外后神色大惊，愤怒地朝守在房间外面的哨兵跑过来，两人之间爆发了激烈的争吵。军官劈头盖脸地把哨兵痛骂一顿，威胁要以军纪处置他；士兵也满肚子怒火，眼白都要翻到天上去了，说他只是在履行自己的义务。我作为安静的看客，看到这幅因我而生的有趣场景，忍不住笑了起来。他们俩是鸡同鸭讲，只有我才清楚到底是怎么回事。不过最后他们还是以牺牲囚徒的方式结束了争吵：我被再度关进监狱，一切恢复原状。

我唯一见到的外人就是那个年轻医生。他经常来看望我，和我聊天解乏，每次都反复提到我的身体状况。他说，他能猜到我疾病的病

第十三章　暂留好望角

灶——我的病是心病,这是他治不好的。我安慰他说,他此刻能为我提供的最有效的处方,[500]就是给我找个能读能写的人帮我记下我想写的东西。自打来到这里后,我就反复提出这个要求。我因为视力不好,失去了阅读这一消遣方式,他们还坚决禁止我的儿子给我朗读书籍。所以白天是最难熬的,我只能无所事事地静坐在那里,反复咀嚼自己的忧伤。

医生告诉我,总督即将离开好望角三个月,去视察其他殖民地。这就意味着令我难以忍受的生活现状在这段时间里再不会有任何改变了。此事促使我下决心进行最后一次尝试,虽然我对它的成功不抱太大希望,只想尽最后一丝努力罢了。不管我遭遇的对待是多么有失礼仪、多么令人心寒,但只要我知道别人是有意这么对我,那我尚可以做好最坏的打算。在圣赫勒拿岛的时候,人们经常对我说,查理·萨默赛特总督和我们有私仇。来了好望角后,我了解了他的为人,知道了我很可能要遭遇怎样的对待。当时有人告诉我:"伯爵先生,除非你是一条狗或一匹马,否则他绝不会留意到你。"之后到了城堡监狱,过着孤独的囚禁生活,我不止一次告诉自己:我既不是狗也不是马,所以我怎么可能收到他的回信呢?读者很快就会知道,人们对此有些言过其实了。

他在第一封信中说过,他愿意让我在好望角尽量过得舒心一些。我在下面这封信中,便坦诚地把我对当前生活条件的想法一一告诉了他。

"总督大人:

"我在不久前得知您要离开很长一段时间,这让我决定压下心中的纠结,斗胆把一些不愉快的琐碎小事告诉您。烦扰到大人静养,我为此深表歉意。但我觉得自己有义务把这些事告知您,否则我如果日后不小心在公共场合表达了自己的不满,先前却从未让大人知晓我为何不满,那我就相当于陷大人于不义了。

"在进入主题之前，为了不让大人觉得我是在小题大做，为了让您对我所处的环境有更加正确的认识，[501]让您知道我为何觉得大人很可能对此一无所知，请允许我如一个被迫自报家门的人一样尴尬地补充一句：无论怎么看，论家世谱系，我可以和这里任何一个人自然大方、毫不局促地站在一起。我不是要请求宽大处理，也不是要求您照顾我的私人生活，我只希望靠自己的资源在这里生活。

"明确了这两点后，我想转而谈一谈您给我的第一封回信。您在回信中好意地表示，您愿意让我在这里的生活尽量少一分辛苦。我斗胆告知大人一件事：我现在是切切实实地住在一个单人囚室中，如果继续住在这里，我恐怕很难长命。

"我和儿子住在一个非常狭小的房间里，房中闷热无比，我们两个病号只能吸到从对方肺腑中呼出的空气。我们的床占满了房间。由于窗户没挂床帘，炽热的阳光直接照进了房中，让我不得不全天都待在床上。旁边有张格局类似的房间，但它是饭厅，我荣幸地和您的两个军官在那里一起吃饭。但即便我偶尔去这个房间，也是在那里数着秒数挨过去的。边上第三个房间是您指定过来监看我的军官的卧室，我到万不得已的时候才穿过这个房间，但每次都让我觉得尴尬不已。

"不管我的处境多么艰难可怕，但我毕竟当过海员和战士，作为男人，我可以沉默地把一切都隐忍过去。我给您说这些事，只为对您在上一封信中表示的好意予以回应。我们房间一点儿火都没有，即便我的儿子出于身体原因或其他一些需要而想喝点热水，也只能压下这个念头，或者去隔壁房间讨点水喝。医生一再叮嘱让我儿子多泡澡，但我们根本没有泡澡的条件。如果我想自己花钱买点什么东西，别人也会阻止我，说您已经命令由他们供应一切物品。所以，我只能尴尬地压下自己花钱买东西的念头，从此不再多想。

"还有其他许多不值得您和我记挂的小事，[502]这里我就不再赘言了。现在来说说吃饭这件麻烦事吧。首先我要说，和我一同进餐的两位军官对我非常关心、尊敬和礼貌。可我尴尬地说句心里话：他们越是关心我，我就越觉得如坐针毡，我要注意他们的谈话，做出合乎礼仪的反应。可我更想做的是坐在那里，任由思绪越飘越远。此外，我们的习惯、风俗完全不一样。我以为自己在餐桌上已经坐了好几个小时了，可实际上我才在那里待了半小时而已。我对餐桌上的谈话内容一点儿都不熟悉，除非大家恰巧谈到我关心的话题。大人如此有明见，肯定能想见这种境况对于我是多大的折磨。同桌人看到我悲伤的神情，定然也觉得难受；我看到他们愉悦的脸，心里也着实不快。彻底孤独的生活才是我的命运，才能叫我觉得舒服。所以，我不再在餐桌上吃饭了，早饭和晚饭都在床上解决。

"我大胆问总督大人一个问题：到底因为什么，大人才让一个军官贴身陪着我呢？我很乐意再重复一遍，我非常高兴您指定这个人陪在我身边。这么做是为了监视我吗？那只需在门口布置一个哨兵就行了。难道是为了陪我散步？可如果要在一个军官的陪伴下我才能散步，那我绝不会离开房间一步。

"大人，您已经把我扣下当您的囚徒。把我安置在城里的一间房子里，容我自掏腰包，按照自己的喜好解决饮食、起居、雇佣仆人等问题，这又会给您造成多大的麻烦呢？大人可以设立您觉得合适的预防措施，采取任何您想要的方式保障我的人身安全，而且我绝不会有怨言。如果我想坐马车出去，那我就给军官写信。他非常善解人意，肯定会满足我的需求。大人，我之所以要求住在城里的一栋房子里，是因为我一直担心儿子的健康，他时时需要接受医生的照顾，还时不时需要急诊。如果住在军营里，我无法给他提供这样的条件。

[503]"大人，这就是我要告诉您的琐碎小事，希望它只给我造成困扰，没有让您觉得烦心。

"致敬"

我都这么说了，这封信应该能发挥作用吧。果不其然，结果很快就出来了。一个参谋上校以总督的名义来到这里，向我传达了以下内容：一、总督已下令，我儿子明天就可有一个单人房间。二、从今天起，军官再不和我一起吃饭。三、他会让人给我们准备一个更有益健康的地方居住。四、如果我还有其他任何需要，会立刻得到满足。

这就是我那封信起到的作用。如我们看到的那样，它超过了我的预期，大获全胜。我很庆幸自己写了这封信，因为这让我欣喜地看到了查理·萨默赛特对我的态度，我先前并没料到他是如此好说话。这件事还没完。第二天一大早，我收到了总督第一副官的来信，说他负责代表总督大人和我沟通，问我几点钟方便，他好前来拜访。得到我的回复后，上校过来了，说他代表总督告诉我：总督今天早晨已经离开好望角，开始了三个月的巡查之旅；得知我过得不好后，总督非常生气；总督请我相信，他并不知道这一切，并真心实意地希望在我住在好望角的这段时间他能为我略尽绵薄之力；他把自己的乡间别墅让给我住，屋里的仆人供我驱使，物品也随我使用，请我移步到那里居住；他还反复说，我若有其他要求，无须再告诉他，他的下属会满足我的需求。我毫不客气地接受了总督的好意。然后上校起身离开，为我们搬家做准备。

直到这时，我才知道总督的为人遭到了多大的抹黑。通过这件事，我清楚地看到查理·萨默赛特先生在待人接物上展现出的符合其高贵身份的风度礼节。人和人是多么不同啊！若是在圣赫勒拿岛，我这封信很可能只会让自己身上的镣铐收得更紧，[504]来到这里后，它却换来了一栋乡间别墅！单就这件事，就足以证明与我打交道的两位总督在为人处世上的天壤之别，而且查理·萨默赛特总督实际上根本不像我先前听说的那样冷血。由此可见，每个人都会成为诽谤的目标，少有幸运儿能逃过这种劫难。后来的事让我更加确信，查理·萨默赛特总督是一个高尚、慷慨、道德、虔诚、善良的人。我先前的一切不快体验其实与他无关，是负责传令的低级军官影响了他的决策。毕竟，被派到这里来的军官大都抱着狭隘的国家偏见，因为我们是法国人而仇恨我们，看到我们因为国籍而遭到各种虐待，他们心里才舒服。

虽然我和查理·萨默赛特总督保持顺畅的沟通，但这并不意味着我有机会亲自向他表达我对自己遭到囚禁、稿件被扣留的这件事的不满。目前为止，我之所以成功得到了我需要的东西，是因为我提的要求都是合情合理的。然而因为我的特殊身份，我不可能有机会接触他，而且他身边的人似乎也在想方设法阻止他来看我。总督好几次表达了想前来看望我的心愿——他的想法是真诚的，但从来没有实现。

转至纽兰兹—总督乡间别墅及其他小事
1月29日（星期三）—4月5日（星期六）

今天一大早，一辆由四匹马拉的马车按照副官上校事先和我们商定的时间，准时停在了我们门口。我们登上马车，不到45分钟就抵达了纽兰兹的总督乡间别墅。这栋别墅非常漂亮，很有欧洲风格。从周围的参天大树来看，房子应该有些年头了。大树下面还有许多小灌木，生得郁郁葱葱，格外富有生机。

总督的一个副官彬彬有礼地把我们迎了进去。[505]他带我在房子里转了转，向我详细解释了四周的格局安排，好让我熟悉这里的环境。他请我一路跟着他走，丝毫没提什么限制、束缚的话，只以委婉的方式告诉我：我方才看到的士兵是总督的日常卫兵，只为总督效力；我大可把这里当作自己的家，这里的所有人都会听我的吩咐。说完这些，他就礼貌地告辞了。

房子里只剩下我们二人后，我和儿子把这栋漂亮建筑里里外外探了个遍。突然离开了那个可怕的牢笼，来到这么舒适的地方，我们俩都很激动。别墅里大大小小的房间被打理得井井有条，庭院中各种鸟在笼子里婉转悠扬地歌唱，院子里花朵芬芳，树木茂密。而且此地远离人烟、环境清幽，格外适合散步。我和儿子如同步入仙境一般，完全被这里的一切迷住了。

房间里的一切布置非常合乎我们的生活习惯，个人生活用品一应俱全，仿佛总督一家才刚离开，仆人还没来得及把东西收拾起来似的。我的儿子打开一个画匣，发现里面放着一幅总督女儿还没画完的画作。画中人正是我们朝思暮想的那个大人物。其实，哪里没有他的影子呢？除了这幅画之外，旁边还有一张讽刺画，很像是皇帝在诺森伯兰号上的样子。我们走到哪儿，这些讽刺画就跟到哪儿。我们如同摧毁伪神雕像的狂热传教士一般，把这些画都撕了。我的儿子因为一时激动，还在萨默赛特小姐的讽刺画下面留了一首诗：

> 您的纤纤玉手，能绘出万千美好；
> 佳人最能画出勇士的姿态。
> 可那位英雄中的英雄，那位未来的战神，
> 在您笔下怎就被扭曲成如此模样？

我把一枚小小的勋章放进了画匣中，勋章上的拿破仑更接近他本人的模样。然后，我们关上了画匣。一想到萨默赛特小姐某天打开画匣后惊讶地读起我们大胆留下的画评，我们就为这个恶作剧感到窃喜。

总督想得格外周到，甚至从城里给我派了一个管家[506]照顾我的饮食起居，并让我尽管向管家提要求。不过我素来习惯了俭朴的生活，故只向管家要了最基本的生活用品。不过管家有另一项工作——替我朗读书籍、报纸。他着实帮了我一个大忙。我无意中得知，他还是我在圣赫勒拿岛上的老熟人——备受我们喜爱的荆棘阁主人"安菲特律翁"唯一的侄子呢。

副官上校定期前来探望我们。他说他得到特殊指令，一定要确保我们衣食无忧。我请他向查理·萨默赛特总督转达我们的谢意，感谢他对我们如此体贴，还百般照顾我们身为囚徒的颜面。我还说："总督的百般照拂令我们深为感动，虽然我们依然为远离圣赫勒拿岛、远离欧洲而恸哭不已。"

离开监狱搬到纽兰兹后，我们的生活的确发生了翻天覆地的变化。首先，我们可以接见访客了。许多人迫不及待地登门拜访，包括担任临时总督的哈尔将军。他在夫人的陪伴下来过纽兰兹。哈尔夫人面容姣好，性格温柔敦厚，说着一口流利的法语。她的丈夫曾以战俘身份被囚法国11年，当时她排除万千阻力，来到法国陪同将军共患难。我记得她为了抵达法国，不顾艰险，乘坐小艇穿过拉芒什海峡。哈尔夫妇认识许多我在巴黎的朋友。哈尔将军为人坦率耿直，说他很乐意放下立场之别，为我提供各种他当初在巴黎享有的优待。后来他的确兑现了自己的承诺。

我还收到威尔上校的邀请函，他夫人的妹夫当前在内阁就职。威尔上校的住宅离纽兰兹非常近，他说非常乐意以近邻的身份为我帮忙。这是一个让人一见就心生好感的人，待我格外体贴。后来，[507]一位身份无比尊贵的夫人恰巧来到殖民地①，抱着基督徒的仁慈博爱精神，数次看望了我这个囚徒，让我倍感荣光。夫人不仅心地善良，谈吐更是不俗，与人交往的时候是那么谦逊，又是那么优雅，如同在好望角的一片欧石楠中绽放的一朵欧洲之花。

在我们孤独的囚徒生活中，还有许多军官和政府官员络绎不绝地前来拜访，渴望减轻我们被囚的痛苦。他们的体贴和关切让我们倍感温暖；要知道，他们很可能因为这份善意而被英国内阁所不喜，甚至因此被革职。直到今天，我都不能透露他们的名字，以免给他们带来麻烦。但我希望他们知道，他们对我说的每一句话，我都铭记于心；他们雪中送炭的行为，我是没齿难忘。

前来纽兰兹的也不乏好奇之人，包括来到殖民地的陌生人，尤其是许多途经此地、前往印度的过路人。我犹如一束从朗伍德逃出来的阳光，叫人迫切地想看看拿破仑身边的这个人到底长什么模样。实际上，皇帝一直都是所有人最关注的目标和话题。

我趁机回答了许多和皇帝有关的问题，这也是我最乐意干的一件事。我摧毁了多少谣传，引发了人们多少惊叹啊！直到今天，我们都很难想象长期以来英法两国之间是多么缺少沟通，两国人民有多么仇视对方。正因如此，皇帝才成为无数最荒谬的谎言、最离奇的传闻的攻击对象。你们敢相信吗？一个军衔极高、见识卓著的军官竟然请我老实回答一个问题：拿破仑到底会不会写字！他觉得皇帝纯粹就是一个当兵

---

① 1840年版本明确说了这位夫人是谢里丹夫人。

的，其他什么都不是。他看上去更愿意相信皇帝大字不识一个的说法。我当时哈哈大笑，问他难道从来不知道皇帝在军中发表的讲话吗？对方回答，他当然知道这些事，但怀疑这些讲话都是别人代写的。[508]我告诉他，皇帝在27岁的时候就进入法兰西科学院，里面的院士可都是世上最有学识的一批人。那个军官闻言大吃一惊，只好承认自己对此无话可说。

  我搬到纽兰兹后，心里想的第一件事就是把我觉得皇帝缺少的东西寄往朗伍德。根据我的切身体验，我很清楚一点：那块痛苦之地上的人几乎什么都没有，尤其是那些我们已经形成依赖、成为我们根深蒂固的习惯、能为我们带来些许快乐的东西，更是一应全无。我知道皇帝并不在乎生活上的享乐，可一想到他正过着艰难的日子，我便决心把自己能想到的一切生活用品都给他寄过去。于是，我开始找寻最好的贡斯坦斯红酒、波尔多红酒、咖啡、利口酒、油、科隆水，只求质量，不问价格。好望角城中符合我们欧洲人品位的东西其实很少，除了本地产的贡斯坦斯红酒以外，其他东西要么没有，要么数量奇缺。我把它们通通买下来后，小心翼翼地向哈尔将军打听消息，想知道自己能否把这些东西寄往朗伍德。他彬彬有礼地给出肯定的回答。为了让这批物资尽可能顺利地到达目的地，我决定不在包裹上留下自己的名字，甚至不打算让东西经过我的手。于是我请几个好心的军官替我寻找物资，我只负责掏钱。我还给哈德森·洛韦写了一封信，将此事告知他。后来奥米拉医生披露说，这批物资抵达圣赫勒拿岛后，哈德森·洛韦觉得自己颜面无存，说我这么做是在羞辱英国政府。他后来给我回信，声称我虽然做事谨慎，但让这批物资进入朗伍德这件事不在他的职权范围之内，因为他要代表英国政府给朗伍德提供一切生活用品。哈德森·洛韦似乎忘了他先前的抱怨，忘了他一直对我们说政府拨给他的款项根本不够我们的生活开支，也忘了我们不知道多少次向他反映过生活用品严重短缺的问题。后来我得知，他最后总算把所有东西转交给了朗伍德。听说皇帝非常喜欢贡斯坦斯红酒后，我欣喜得难以言表。[509]皇帝非常珍惜这批酒，每次喝它的时候都会提到我的名字。皇帝在临终时刻一度什么都吃不下，也不知道该喝什么，于是他说："把拉斯卡斯的红酒拿过来。"这句话对我有着多么重要的意义啊！

当初，我肝肠寸断地离开圣赫勒拿岛。临行前，大元帅把一张票据转交给我，票据金额正好是我甘心向皇帝奉上的那4000英镑。我可随时将票据兑现。如今，我把它一并寄给了哈德森·洛韦。当时我不愿接受那张票据，哈德森·洛韦总督还讥讽地说："拿着吧，等您去了将军寄存资金的地方，这张票据能给您换钱呢。"我最近想起这件事，笃定哈德森·洛韦把这件事汇报给了英国内阁，而且他肯定没说什么好话。我便把这张票据寄回去，并趁机要求总督向英国政府收回对此发表的错误断言。我在信中对他说："这张票据上的签名比金山银山都要珍贵，所以我把它撕成了两半，把有签名的那一半票据悉心保管起来，再把写有金额的另一半寄回去，以打消阁下对此产生的误解。我根本不需要汇票，皇帝的亲人定会争着把那笔钱还给我；如果我真需要钱，肯定不难遇到一个愿意向我敞开荷包的法国人。"

我们搬到纽兰兹后，两个月过去了。根据我上文的讲述，读者也许会认为我们在那里过着幸福的生活。然而远离祖国、身处樊笼的人，哪有幸福可言呢？只不过我们在那里的生活条件比先前要好许多。这两个月，我们生活规律、工作勤勉。儿子继续学习，萨默赛特小姐的钢琴成了他打发时间的一大法宝。我读了许多书；现在我手头有书了，朋友们还会定期把最新的报纸、杂志寄给我。晚上，我和儿子一起在林中散步。儿子买了一匹马，我们有时候会在月下骑马去附近走一走，[510]然后经由纽兰兹幽静的林荫小道回来。路上，我时常会找个地方坐下，静静地欣赏眼前的美景。我发现儿子的身体逐渐康复了，脸色也红润起来。

老实说，在美丽夏夜的皎洁月色下，呼吸着浸透着林木芬芳的新鲜空气，享受着宁静温馨的时光，我有时仍生出要与世诀别的念头。当初在条件恶劣的圣赫勒拿岛，我们保持着坚定的心志；如今在这块安静美丽的土地上，在晴朗的夜空下，我觉得自己从里到外都放松下来了，甚至不止一次情不自禁地想："可惜我的其他家人不在这里！……唉！要是皇帝也能过着这样的生活就好了！"不过这种时候很少，而且我会迅速打消这个念头。因为就如我上面说的那样，这种远离家人和挚爱的生活没有健全的幸福和享乐可言。我轻生的念头、迫切想要结束人生的愿望、渴望终结一切苦难的心愿，对我的健康产生了有害影响：我长期失眠，睡眠成了一大折磨。我努力工作、锻炼，想方设法地把睡觉时间延后，直到熬不下去了才上床。可我刚躺下，想到流亡的日子又过去了一天，我就在脑中翻来覆去地盘算从伦敦发出的释放令要在海上走多少天才能到这里、中途会被什么耽搁下来。一想到这些事，我根本没法合眼。所以对我而言，每个夜晚都成了巨大的折磨。

此外，总督归期将近，我为自己要和他共处一室而惴惴不安。我觉得，哪怕屋主热情好客，依然改变不了我们被囚的事实。住在同一个屋檐下，这对我们双方而言都不是件舒心事。不过人们很快就打消了我的忐忑，总督秘书前来告诉我：不久之后阿美士德大使将从中国返程并经过好望角，[511]总督不得不为我另寻一个住处。当然了，我并不知道此事是事实还是他的一个借口。

我还没向读者细说总督秘书。①他是殖民地的二把手，性格古怪至极。此人曾是多届议会的议员，学识渊博，遇到什么话题都能侃侃而谈，可真做起事来总能把一切搞砸。人们开玩笑说，此人就是一本行走的百科全书，可惜封面被装错了。一开始，他把我们安置到他自建的一栋房子里，还说服总督把它租了下来。不过因为在具体实施中遇到一些问题，他很快就放弃了这个方案。我想，大概是因为我们需要乘船过海才能去那里的缘故。这一来存在安全隐患，二来人们和我们的联络也会变得麻烦许多。最后，人们选中了离好望角八九古里远的泰格尔贝格（直译过来就是"老虎山"的意思），让我们住在那里的一户富裕人家家中。这里之所以被称作泰格尔贝格，是因为它刚被开垦的时候有许多老虎。

　　我们的新住所年份不是很久，毕竟这片土地开发时间不长。有人曾告诉我，他们亲眼见过老虎在纽兰兹的林间小路出没。荷兰人从海上登陆此地后似乎并没开垦多少荒地，至少在殖民地建设上进度缓慢。今天，在英国人的积极努力下，这里发生了天翻地覆的变化。所有地方，特别是在水手中有"两个世界之间必不可少的歇脚地"这一名号的好望角，定会在未来变得繁荣昌盛起来。由于土地肥沃、气候宜人，这里几乎每寸土地都可栽种温热带植物。英国人如潮水般涌到此地，不断开疆辟地，这里的人口定会快速增长。欧洲人是从南面进入非洲的，他们定会如在美洲那样扩散到整块非洲大陆。假以时日，他们还能通过博特尼湾进入新荷兰，继而征服中国。到时候，欧洲将统治世界。希望它能在各地播撒文明的种子，借此洗掉征伐的罪恶和不洁的源头！

---

① 1840年版本补充了此人的名字"亚历山大"。

暂住泰格尔贝格—拿破仑的大名在荒野中也广为人知—圣赫勒拿岛手稿—细节小事

4月6日（星期日）—8月19日（星期二）

[512]我们大约在中午时离开了纽兰兹，晚上抵达泰格尔贝格。房屋主人叫巴克尔，出生在科布伦茨附近。因为这层关系，再加上他的立场和情感倾向，我们一下子产生了同胞之情。他的家人简直是世上最善良的人，把我们视为同乡，对我们嘘寒问暖、关怀备至，把我们的生活需求都细心考虑进去了。就这样，我们进入了好望角被囚生涯的第三阶段。第一阶段当然是住在城堡的那段糟糕日子，幸好它只持续了十天；第二阶段就是在纽兰兹两个多月的小住，那段时间给我们留下许多温馨的回忆；第三阶段，我们搬到了泰格尔贝格这个偏远地区，一住就是四个月，所以我仍没卸下囚禁的锁链！

来到泰格尔贝格后，我们感慨即使游牧民族也只能迁徙到这么远的地方了。这里的房屋分布极其零散，彼此距离很远，里面住着国籍各异的农民。他们为了发家，勤勤恳恳地在荒野开垦土地。只要有韧劲，遵守科学的种植方法，再加上一小笔钱作为初期投资，他们定会获得成功。尽管我们身处文明世界的边缘，但这里的人都无比善良热情。他们对发生在欧洲的事绝非一无所知，也绝不持漠不关心的态度。相反，他们积极地收集从那边传来的一切消息，虽然有时候也会偏听偏信。这里的大多数居民是荷兰人，因此和我们的法国政府颇有关联。让我大吃一惊的是，"拿破仑"竟是这里一个十分常见的名字。本地最著名、在斗鸡比赛中赢得胜利最多的那只公鸡叫拿破仑！本地最有名号的一匹骏马叫拿破仑！最难被驯服的一头公牛也叫拿破仑！到处都是拿破仑！我听了这些事，忍不住笑出声来。不过，这是本地人向英雄致敬的独特方式。在泰格尔贝格居民心中，拿破仑就是最崇高的那位英雄。

⁵¹³虽然我们远离城市，但依然有人定期拜访。一想到客人们要克服距离等重重阻碍才能来到这里，我们心里就觉得一阵温暖。到了这里后，我们得知法国的阿鲁埃特号在好望角附近遭遇船难，我立刻向同胞们表达了最真诚的关切。我深知，在遥远的异国他乡，我们因为祖国而放下政治上的不和，变成手足兄弟。我也收到了国人对我深切的问候，让我倍感温馨。有的同胞不知通过什么方式，竟然在这片荒野中找到了我。先前在纽兰兹的时候，有些法国人翻过院墙，冒着生命危险和财产损失，主动要给我帮忙。我被囚在城中的时候，在那样戒备森严的情况下，就有几个法国人想方设法找到了我。正是在这种环境中，他们的心意才显得尤其珍贵。

暂住此地期间，我不仅得到了法国同胞的热忱关怀，还收到美国船长的带我离开的慷慨提议。他说，他已做好一切准备工作和必要安排，只要我点头，随时都可以走：毕竟巴克尔先生是我的东道主，而不是狱卒。但他能把我带到哪里去呢？我眼下只有一个目的地可去，那就是伦敦，我要在那里请求英国内阁介入。

我们每日找各种事来做，好打发时间。我忙于看书，而且涉猎甚广。虽然路途遥远，朋友们还是陆续把最新的报纸和出版物带了过来。正是在这段时间，我读到了霍布豪斯的著作。我想，他应该是第一个为拿破仑说话的人，他这么做，肯定冒了一定风险。此外，我还读了沃登医生那本错误百出的回忆录，不过我想作者的本意是好的。那本引起欧洲极大关注的《来自圣赫勒拿岛的手稿》，当然也在我的阅读范围内。①人们争相借阅这本书，热烈地讨论和猜测里面内容的真伪、消息的来源。我实难描述自己读这本书时的震惊和怀疑。^{514}虽然书中充斥着各种谬误，可当我读到内容真实的篇章时，谁都想不到我是多么惊讶，仿佛作者偷走了一些只属于我的秘密似的！读到某些地方时，我不得不停下来，怀疑自己是不是在做梦。我读到的某些段落、句子甚至表达方式，都是我根据皇帝的口述亲自抄写下来的，它们被记录在我被哈德森·洛韦扣在圣赫勒拿岛的那份手稿中。我敢确切地说，这本大名鼎鼎的书呈现的所有伟大的思想、精彩的观点、高屋建瓴的政治思想，我在日记中都有讲述，是我根据自己和拿破仑的对话写的。要不是我读完了整本书，我甚至会怀疑它是出自朗伍德某人之手。严格来讲，我的猜想也不无道理，毕竟我已经离开圣赫勒拿岛六七个月了。但本书内容真假参半，我们对此又该做何解释呢？这点让我百思不得其解。我曾想，会不会是我的文稿没得到妥善保管，部分内容被外人抄去了？但我立刻打消了这个无礼的念头，何况此事并无证据。再说了，圣赫勒拿岛上的敌对势力怎么可能把手稿内容流传出去呢？这不是把那位名动天下、被各国君王流放的囚徒打造成了受害人，博得大众对他的好感吗？

---

① 布瓦涅伯爵夫人曾如此评价这本书："我们这个时代出版的任何一本书，都不曾引发过如此大的轰动。"此书被偷偷引进法国，出版后引发众人哄抢，出版商立刻加印了几千本。马松在《圣赫勒拿岛周边问题》（Frédéric Masson, *Autour de Sainte-Hélène*）第一卷第12页中说："《来自圣赫勒拿岛的手稿》简直成了福音书，不过我们得承认，这是一本伪经。"实际上此书作者是一个日内瓦人，名叫吕林·德·夏多维厄（Lullin de Châteauvieux）。他不过把四处得来的材料拼凑到一起罢了，还在许多地方故弄玄虚，可此书依然大获成功。

另外，作者到底本着怎样的情感才写下这本书的呢？他的态度在书中简直扑朔迷离。难道本书作者不止一个？否则很难解释本书在内容上的前后矛盾。写书人到底想说什么？本书风格前后不一，态度矛盾，信息时而清楚、时而混乱，就像一本由众人合力写成的杂集似的。作者既然如此了解皇帝及其政府的上层机密设想，为何他在对皇帝的首次婚姻、法国在埃及的情况、处决昂吉安公爵一事等公共行为发表个人看法时，又让人觉得他根本不了解皇帝的想法呢？

作者既然能了解到这些如此机密的内情，又怎会犯下许多常识性的错误呢？[515]如果他是凭自己的智慧猜测到了这些真相，那为何他不能凭借同样的慧眼窥到其他实情呢？至于他那种极力想要模仿别人却不得其神的表达风格和拙劣文笔，还有各处令人不敢置信的时间错误，我就不想多说了。这一切都成了重重谜团，让我实在无法理解。

日子一天天流逝，我依然看不到流亡生涯的尽头。按照我的计算，伦敦那边如果有了指令，此刻应该已经传到这里了，可我什么消息都没收到。我心中升起无尽的思乡之情，简直要绝望了。我一直有胃痛的毛病，如今痛得更厉害了。我依然整晚失眠，身体日渐不佳、饱受疾病侵袭。在这个时候，我又得了头痛这个伴随我终身的毛病。在巴尔科姆和纽兰兹期间，经历漫长的痛苦煎熬后，我的大脑偶尔会如同遭遇电击一样，我会突然觉得它痛得像要炸开似的。我当时觉得是自己无事可做，导致大脑突然短路了。可到了这里后，我只要站起来，就会觉得头部持续作痛，并伴随着轻微的晕眩感和心脏不适。在先前五年多的时间里，我的头痛并不固定发作在头部的某个地方，而且症状各异，如今它正式扎根在我身上了，从此再没让我过一天安生日子。在一段时间里，我的眼睛上方总是持续性地剧烈疼痛，有时候是左眼，有时候是右眼，还伴随着强烈的耳鸣。由于这种情况持续发生，我什么声音都听不见了。还有一段时间，只要我和人谈话，只要谈话内容稍微让我有些激动，我耳朵附近就会立刻肿胀起来，继而影响我的下颚。我有时候甚至觉得自己头发下面长了脓包或肿块，它们马上就要凸起来了。肿块的确存在，但都是暂时性的。还有一些时候，我脖子上的整块肌肉都是僵硬的，让我倍感痛苦。有一次在德意志，[516]我的身体因此变得极度虚弱，我不能做任何事，哪怕口述几句话都不行。不过，我依然能好几个小时毫无障碍地听别人给我朗读书籍、报纸。

我为此寻遍名医，病情却没有丝毫起色，任何药都不能给我带来丝毫好转。直到今天，我都没能找到对抗这个病症的有效办法。

我回到法国后，身体好了许多。因为生活清净，得到适度休息，我觉得自己一日比一日精神。不过只要我稍微和人聊得久一点儿，或者稍稍凝神思考一下，病痛就会汹涌来袭。它就像我脑子里的一颗铅球，死死压制着我。

身体略有好转后，我得知有人说我的回忆录前几卷有许多语焉不详的地方，便想稍稍拿出一点儿精力修订后面几卷。但我高估了自己的体能，工作让我的身体变得比以前更差，以致我不得不多次推迟回忆录的交付工作，甚至一度害怕自己还没写完这本书就离开人世。今天，我与其说是百病缠身，倒不如说是羸弱不堪。再轻松的工作都能让我身体不适，继而极度虚弱。我连路都走不了，只要一站起来就觉得两腿发颤，根本踩不稳地，走起路来跟跟跄跄，还觉得心脏略微不适。我只能扶着东西，以防摔倒。别人的晕眩起于大脑，我却觉得自己的晕眩起于双腿。算了，我们还是回到正题吧。

在我身体增添新病而且日渐严重时，我给总督写信，想请他允许我返回城中接受医生的治疗。可这一次我的请求没管用,被查理·萨默赛特直接无视了。

看着自己的有期徒刑被延长,我陷入了焦虑和恐慌中。因为这种情绪,来到泰格尔贝格后,我再三请求总督让我回到欧洲,甚至不惜采取强硬措辞。[517]我想,有时候他其实已经被我说动了。也许是因为他天性正直公允,也许是因为其他我不知道的原因,总之,我可以肯定的是,他在此事上并非毫无决断,但也不是毫无顾虑。他也许在自问,他会不会继哈德森·洛韦后成为我的第二个狱卒?他是否真的有权剥夺我的自由?但一看到他动摇了,他那些心怀叵意的顾问就开始劝解他,说:"我们不是已经好好安置了他,让他吃得好、喝得好、住得好吗?他还有什么可抱怨的?可他是怎么回报这份善意的呢?他装出一副被困不能出门的被囚的惨样,让人看了还以为我们待他有多么残暴呢。此外,他的那些信写得多么不当、多么过激啊!"他们还把我的一举一动拿来说事,以证明自己所言不虚。下面这件事更是成了他们攻击我的绝佳证据。阿美士德大使和普郎平上将来了好望角后,查理·萨默赛特总督也许是想让他们见到我、向我问话,也许是出于其他动机,给身居荒野中的我送来一张正式舞会的邀请函。我记得当天正好是威尔士亲王的生日,传令官还在等我的回话。我把回答写在邀请函上,语气坚决地拒绝了。我当时觉得很气恼,因为查理·萨默赛特总督似乎并不太关心我的艰难处境,竟然觉得我还有心情去参加舞会。就因为这件事,他身边那群阴险的谋臣就笃定地说:"如果总督扣留我是个错误,如今修正错误为时已晚。错误既然已经铸成,那就干脆背上骂名。如果改变决定,反会让人觉得总督行事犹豫不决,这岂不是自打嘴巴吗?左思右想,倒不如冒一下险，把一切交给命运。"①

^{518}许多类似的事情加起来，导致查理·萨默赛特总督对我越来越疏离。到最后，他甚至被愤怒冲昏了头脑，一反自己善良的天性，严酷无情地对待我。我给他写信解释自己的身体现状，表示自己必须立刻返回城中接受治疗。他只通过副官冷淡地回复道：他绝不会改变决定，不过他已经下令，我会得到全面的医疗帮助。可我住在离城八九古里远的乡下，医生一周最多只能来一次，而且医生开出处方后，我仍得去城里拿药。读到他的这封回信后，我彻底失去了耐心，觉得他简直是在拿我的生命开玩笑，而不是真的想帮助我。愤怒之下，我直接给殖民地秘书长写了一封信，说："我是因为您的命令才搬到巴克尔家中。现在我正式告诉您，我觉得自己急需方便的医学治疗，要前往城中找巴克尔先生的岳父莱欣医生看病、接受治疗，相信您不会对此表示反对。"秘书长立刻给我回了信，说他请示了总督，后者不允许我返回城中。

但我决心已定，又给秘书长写了一封信，说："不论他说了什么，我都会前往城中，除非你们强行阻止我离开泰格尔贝格。^{519}我倒宁愿在城门口被你们拦下来，关在城中的牢里，也好过留在这里，至少那时我能随时得到医生的照顾。我当然可以不这么惜命，但我认为我有义务

---

① 后来我在机缘巧合下得到一份文件，它确切地证明了查理·萨默赛特总督在此事中是怎么做的。我手头有一封信的副本，是副秘书长古尔本寄给巴黎的，收信人是拉斯卡斯夫人，落款时间是1817年2月21日，内容如下："本人受巴瑟斯特的委派，特向拉斯卡斯夫人告知其丈夫已经离开圣赫勒拿岛、前往好望角这个消息。如果他能返回欧洲，预计会在5月抵达目的地。"然而，我直到三个月后——也就是8月底才离开好望角！！由此看来，巴瑟斯特似乎并没打算把我扣留在那里。所以，查理·萨默赛特总督不是在执行英国政府的指令，而是采取了哈德森·洛韦的建议！！！我当然不会无端猜测巴瑟斯特也卷入到了这桩毫无缘由地把我扣留下来的事情中。不过，虽然我猜中了查理·萨默赛特这么做的动机，但我敢肯定他没少为此感到后悔。正因为抱有这种想法，我今天才原谅了他对我的这种行为。——辑录者注

保护自己的性命。"幸好，就在我打算强行去往城中的时候，伦敦发来的信总算到了，英方允许我离开。总督令人把这个消息告诉了我，还提议为我在城中找一个新住处。我拒绝了，如自己先前在信中说的那样去了莱欣医生家。和在泰格尔贝格一样，我在那里得到了无微不至的照顾和关怀。莱欣医生家风淳朴、古道热肠，从其品性来看，他就是个福厚之人。

不过新的麻烦又来了，而且一直纠缠到最后。总督告诉过我，我可以自由离开。之后他书信通知我当前有两艘船即将出发，希望我能告诉他自己更青睐什么时候启程。我当即回复说愿意尽快离开。然后，我开始满怀期待地等着总督的最新表态和我的通行证的到来。其间，我一直躺在床上休养生息。两天后，一艘船出海了，人们可以想象我当时是多么忧心和痛苦。更令我担忧的是，总督那边再没回信。如我预料的那样，之后我只能靠自己摆脱困境了。当人们告诉我第一艘船已经离开的消息后，我在房中发出痛苦的喊叫。可喊叫有什么用呢？当时港口里还有一艘大型船只，要把一个炮兵军团送回英国。该船有优越的医疗条件，我可以得到周到的照顾。我苦苦恳请总督允许我搭乘该船离开，可总督说船上已经没有多余的位置了。我争辩说，如果眼下又有两个炮兵军官要登船，人们肯定会立刻为他们腾出位置来，而不是把他们丢在这里；哪怕他们现在上船，也不会没地方待；既然如此，为什么我们不可以上船呢？然而我无法说服总督，他的理由是：这艘船会经过圣赫勒拿岛，[520]而我绝对不能接近这个地方。我只能接受现实，把希望寄托在总督慷慨允许我搭乘的、眼下锚地里仅剩的那艘船。那是一艘双桅横帆船，船身小得跟一枚贝壳似的，却要行驶3000多古里的路。算了，我不能再犹豫了！我宁可葬身鱼腹，也不肯再多等一刻钟。我们就这样匆匆说定了这件事，眼下我只满心等着登船了。

船长告诉我，根据他收到的总督的命令，我上船后不得与陆地有任何接触，哪怕如果在航行过程中船只因为意外而必须临时靠港，我也必须等在船上。抵达英国后，他若没得到政府的命令，绝不能放我下船。我切切实实成了一个任他摆布的囚徒，还必须向他支付一大笔登船费：他要多少，我就得给多少。我觉得这件事实在太奇怪了，想得到确认，以免后来别人听了此事后对它的真假产生怀疑。所以向总督写信催要通行证的时候，我顺便提到了这件事，恳请他就这桩怪事予以回复，我好确认自己到底是否要为此掏钱、我到底是否如他指令里说的那样成了一个囚徒。人们应该猜到了此事的结局：总督只下发了通行证，其他只字未提。

在好望角登船—穿越大洋，抵达欧洲—时长近百天—在英国靠岸

8月20日（星期三）—11月15日（星期五）

傍晚，我们来到港口，前来送行的是我暂住泰格尔贝格和好望角期间的那两位好心肠的房东。他们对我们的体贴照顾、殷勤关切、真挚情感，让我们铭记于心、感恩不尽。海上本来风平浪静，可我们刚站上小艇，就突然刮起了顺风。所有人都发出惊叹，[521]觉得这是个好兆头。不过一切离结束还早着呢：读者会发现这趟旅行是多么漫长，临近终点的时候我们的体验多么令人惊骇。

我们登上大船，船员们拔起了锚，船张开大帆，朝着我们日思夜想的欧洲驶了过去。

一登上船，好望角和非洲海岸对我和儿子而言已是过去的风景了。这倒不是因为明天我们就再看不到它们了，而是因为我们两人被埋在了

船腹，被关在船的最深处。接下来，等着我们的是没日没夜的可怕的晕船症，我们几乎以为自己要死在那里了！我们睡觉的船舱狭小、简陋、肮脏到了极点！船上装着200个酒桶，有12个船员，其中两个是见习水手。只有船长和大副算是好水手，厨师是个没用的老头子，其他人都是黄口小儿。我一眼就看出船员有问题，因此晕船症的反应就更大了。

奇怪的是，不知道是因为船晃来晃去起到天然的治疗作用，还是因为其他原因，尽管这里条件恶劣、饮食糟糕、没有必需的医疗手段，我和儿子的身体反而迅速好了起来。皇帝经常说，人是一台活机器，他身上的自然功能比任何人类科学都更管用。

经过13天的航行，我们到了南回归线上，一路顺风顺水。

又过了八天，9月7日星期日，我们远远地经过了圣赫勒拿岛。因为中间隔着15古里的距离，我们只能勉强看到岛屿的轮廓。谁都无法体会此景在我心里激起的万丈波澜和无尽的悔恨，除非他也和我一样，为着相同的原因、抱着相同的心境、为了那份我为其九死不悔的情感，在那里待了一段时间。[522]我曾努力留在那里，后来又选择把自己放逐出来！……经过好望角的一系列经历后，我更有黄粱一梦之感。

之后，我们在热带海洋上飘荡着，沿着线路航行。前面还有3000古里的路要走，这艘小船就是我们的整个世界。在这片辽阔的海域里待上100多天，在孤寂中凝视着汪洋大海，只有头上的天空庇护着我们，这是多么奇特的一种感受啊。我们就如同一根飘荡的稻草，只能依附在一块脆弱的甲板上，靠它对抗无尽的深渊和残暴的巨兽！如此看来，我们是何其勇敢啊！凭着这份无畏，还有什么是我们办不成的？啊！人是多么伟大啊！他的奋斗是多么值得尊敬啊！他的成功又是多么令人惊叹啊！

船附近常有庞大的鱼群游弋，仿佛是我们无意中闯进了它们的王国似的。人们有时告诉我，船要费好大一番功夫才能从鱼群中开辟出一条道路。海面坦荡如砥、海波不惊，永远刮着同一个方向的风。只要张起帆，人们基本上只需顺着风走就行，其他什么事都不用管。所以，水手们大部分时间都闲得很，干脆靠抓游过来的鱼来打发时间。偶尔抓上来一条，所有人都能高兴好一阵子。我们都严重营养不良，已经顾不上饮食上的禁忌和习惯了，鲭鱼、金枪鱼、海豚，我们全都来者不拒。它们也许肉质不佳，可我们依然吃得津津有味。偶尔抓到了一条大鱼，船上的人就像过节一样敞开肚皮大吃一顿。我想，我们说不定还吃过鲨鱼呢。

愿我们亲爱的船长以后能上天堂吧，虽然他每日两餐都拿咸肉、腌鱼和其他可怕的食物来毒害我们的肠胃。我们向他支付了一大笔上船费，他也许诺过会为我们在船上安排一个豪华舒适的住处。可上船后，我们住着猪窝一样的地方，吃着猪饲料一样的东西，啃着粗面包和柴得要死的鸡肉。这就是他所谓的绝佳待遇，这就是这个贪婪的人所谓的承诺。幸亏老天保佑，我才挺了过来！

在这与世隔绝的世界里，我们做好了一切心理准备。[523]船越往前走，我们就越是幸福和兴奋，因为我们终于又看到了北半球的夜空，再度找回了欧洲的星辰。晚上，我就在这片星空下教儿子天文学；白天，他跟着船长学习航海知识。我们因为他受了那么多身体上的折磨，这些学习就当是精神补偿了，他也的确尽心尽力地教了我儿子许多东西。

一个月以后，9月20日，我们和正午的太阳几乎同时穿过赤道，回到了北半球。我们怀着万分激动的心情，驶进这片时而风平浪静、时而狂风暴雨的海域。赤道线的炎热气候和非洲沙漠的热浪在这里相遇后，奏出一首激情的狂想曲，把大自然搅动得不得安生。之后，大海会倦怠一阵子，直到被一场可怕的暴雨再度唤醒。

25天后，我们离开亚热带地区，进入了风向不定的海域。

我们冬天离开好望角，穿过热带后，欧洲也进入了冬天。因为这个原因，两场大风暴在我们旅行的起点和终点等着我们。出发时我们有幸在好望角躲过一劫，现在就要面对第二场风暴了。狂怒的它正在前方等着我们。

在风向多变、难以预测的大海上行驶了20多天后，我们来到了亚速尔群岛附近。这趟航行实在是太漫长了。虽然从好望角到英国历来需要30天以上的时间，但一般情况下50天就够了，可我们足足在海上漂了80多天，还是在没遇到大麻烦的前提下。到了亚速尔群岛，就意味着我们真正的磨难开始了，我们把接下来的这一周叫"受难周"。

11月1日，第一道风袭来，风速不大，不过这道开胃菜之后，我们的大餐就上来了。

[524]11月2日，暴风雨前的平静。

11月3日，强风袭来，我们还招架得住。不过到了晚上，第三道强风在黑暗中发起进攻，这就是一场实打实的飓风了。狂风跳来跳去，愤怒地咆哮着，船首和船尾发出可怕的巨响。它把我们没来得及收下来的船帆吹得翻了个面，在最可怕的时候，所有人还没反应过来，飓风就把船头摁进海里，海水几乎淹到了桅杆底部。货舱里的大部分酒桶都被推下来，在船上滚来滚去，使得当时的场景看上去更加吓人。幸好大风吞下船帆后就没胃口了，否则我们都得葬身海底。当时我们都觉得自己死定了，按理讲也难逃此劫，可命运最后占据上风，觉得我们大限未至，我们才死里逃生。因为遭遇类似的风暴，1782年，巴黎城号和其他四艘船沉入海底。我们的船长和大副拍着胸脯说，他们开了20年的船，也从未见过如此可怕的场景。他们还说，接下来，我们不会再遇到这等规模的风暴了。放眼望去，海面已经重归平静和澄清。在这三小时，暴风雨已经把它最强大的威力释放出来。接下来的4日一整天和5日上午，它余威犹存，但已不会置人于死地了。

11月5日傍晚，天气尚可，可惜这只是中场休息罢了。

11月6日，第四股强风足足刮了整整一天，晚上还会折回，我们不得不在它到来之前加速逃跑。大海变得暴躁不已，海水占领了甲板，我们不得不把船舱出口处的舱门关得死死的，所有人都待在舱底，一盏昏暗的油灯是我们唯一的照明。这里顿时成了海神尼普顿阴森的洞穴，似乎下一刻我们就要进入冥王普鲁托的国度了。严格来说，我们已经处于水下，海浪就在我们头上翻滚。

7日一整天都是这种场景。因为晕船，我长时间都没离开自己的船舱。下午四点钟，海面暂时平静下来，我趁机走出藏身之所，去看看甲板上是何情况。[525]我眼前的场景实在是雄伟、壮丽、迫人而又可怕：一望无垠的海面被赤红的天空笼罩着，海上耸立着无数座咆哮着的山一样的巨浪，海面被深谷和渊洞割得七零八碎，给人一种神圣的恐惧感。我们的小船以令人称奇的速度，在两座移动的山峰中间溜了过去，船舷两侧几要和它们撞上了。它们似乎随时都会覆压下来，把我们碾成齑粉。紧逼在后面、如蛇一般蜿蜒前进的巨浪，宛如童话故事里的恐怖怪兽一样高昂着可怕的头，俯视着我们的船尾，似乎随时都要扑上来，把我们当猎物一口吞下去。虽然我们无数次从它们嘴边逃走，可它们的触须依然伸了过来，把我们船身上半部分的木板一块一块地卸下来。当时我们已到了九死一生的地步，大家都不说话，沉默地望着海水，任由时间流逝。那个时候，一个小小的驾驶失误、一个小小的意外、一个小小的疏忽，就足以让我们葬身鱼腹。如果追在后面的巨浪把我们逮到了，它们能立刻把我们卷进海里。这也是我们最害怕的地方。在逃跑的路上，我们不知多少次差点儿被追上；海浪撞击着船身，发出大炮一样的轰鸣声。我们惊骇地望着离我们越来越近的巨兽。那一晚的大部分时间，我们都在筑壕固守，和它们苦苦对抗。

我的儿子当时根本无法入睡，时不时跑到上面去打探消息，再回到我所在的船舱。在这个漫长的可怕夜晚，我们也不知道该做什么来舒缓紧张的情绪。为了挨过这难熬的时刻，我向儿子讲述了一个古老历史故事片段，让他把它抄下来。可没过多久，一个巨浪打过来，水从门缝涌进舱门，儿子抄写的纸全被打湿了。那一刻，我们都觉得生命已经走到了尽头。儿子握住我的手，语气轻快地说：“至少，我们可以和我们的希腊人、罗马人一道结伴沉入海底。”看得出来，在那个真正危急的可怕关头，[526]儿子带着好奇心，冷静地审视着局势，以轻松的口吻谈起它。换作一般人，恐怕得等好几个月后才能表现得如此泰然！那可是一场人和自然的殊死肉搏啊！在这种环境中，他竟能在我面前做到如此冷静，还对我说起一两年前我们乘坐诺森伯兰号前往圣赫勒拿岛的事。他说，当时他好几次因为极度害怕而整夜失眠，担心自己睡着后船会沉入海底。当时他在莫须有的危险面前表现得如此软弱，可如今死亡真正逼近了，他反倒如此无畏起来！这段时间，他对船长有些厌烦。我们以为这位船长是海中独狼，可真正大难临头时，他辜负了我们的期望。在最危险的时刻，他把什么事都扔给了大副，自己听天由命地躺在床上，也许是在忏悔吧，毕竟水手在灾难面前会变得格外虔诚——也不知道他有没有为敲诈我们这件事而忏悔过。不过他还有力气和我儿子吵架，因为我儿子在这个时候居然摆出一副轻松的样子，嘴里还哼着小曲。他说，在这么可怕的时刻,儿子这么做会冒犯上帝的;他是初生牛犊不怕虎,不知道我们这八天里处在怎样的危险中,随时都会没命。在这点上,船长的确说得没错。

读者读到的这些内容还不是我们危险的全部。我们的担心远远没有结束,风暴还在继续,而且有越发猛烈的趋势。11月6日星期六早晨,掌舵人(也就是当时船上最英勇、最有头脑的那个人)向全船人宣布,他已经开不动船了。他说,他已经头昏眼花,害怕自己一个失误葬送了全船人的性命。我们现在只有最后一个办法:顶风低速航行。但在当前的绝境下,这番操作一定要万分小心,否则我们很可能会葬身海底。[527]就在这时,我们终于得到了上苍的垂怜,在罕有的好运加持下穿过了风暴带。船员向船底乘客传达这个好消息时,我们既感激,又狂喜,整个船舱回荡着我们的欢呼声。我们觉得自己幸运至极,虽然在之后的航行中仍有可能翻船,可眼下我们毕竟逃过了一劫。不过说实话,自打我们悬着的心暂时被放下后,船上人的心态也发生了变化,仿佛我们已经进了港口似的。先前,人们勉强接受了改变航行线路的决定,可就在那时,危机迎刃而解。看着情况好转,我是说什么也不愿意再经历先前的遭遇了。几个小时前,我们在绝境中才做出改变线路的决定,可如今大家重拾信心,不肯再度束手无策地听任风浪的摆布了。

可怕的风暴持续了足足三天,一直刮到周末。我预计星期天海上就能恢复平静。我这么想,一是因为月亮发生了变化,二是因为我们出发后一路走来好运连连。实际上,我们的希望从来都没有落空。果然,星期六晚上天气转好,第二天我们就能正常上路了。从好望角出发开始,星期天总是我们的幸运日:我们在星期日穿过热带、赶上了信风,在星期日看到了圣赫勒拿岛,在星期日抵达了阿森松岛,在星期日穿过了赤道，在星期日穿过了亚热带，在星期日抵达了欧洲的末端直布罗陀海峡，在星期日抵达巴约讷港或是波尔多港、看到了亲爱的法国；如今，我们又是在星期日，在布雷斯特的北面结束了长达一周的磨难。我们从心底认为，接下来这几天就是好天气了。[528]我们已经得到了昂贵的教训，但愿风暴之神能平息怒火。我们从深海收回水砣，以为接下来的航行会一帆风顺。可我们都错了！幸运星期日过后，第五股风就刮过来了。那时我们已经进入拉芒什海峡，可无法看到陆地，不知船只的具体位置在哪里。出于谨慎，我们重返公海。幸好这次风暴持续的时间并不长，我们重新上路，终于看到了莱扎尔海岬。然而，我们的好运只持续了不到一天：海上立刻起了大雾，各种征兆也提醒我们可怕的第六股风即将袭来。这次的风暴是从南面过来的，让我们一下子置于险境。我们一下子被卷了进去，找不到栖身之地。我们前面是莱扎尔海岬，后面是锡利群岛，两边都是险地。最可怕的是大海，我们完全不知道自己身处何方。当时是下午两点，可天空一片黑暗。这叫人多么忧惧，多么慌乱啊！船上的人一脸愁云，无比气馁。然后，海上开始电闪雷鸣，眼下正是11月，豆大的雨点冰冷地砸了下来。突然，仿佛有人解除了魔法一样，风向突然变好了。这一次我们终于彻底摆脱了困境，驶进了敦讷锚地，在那里抛了锚。无数次在险境中死里逃生的我们是多么幸运啊！后来在德意志，我翻看英国报纸时，发现报纸每天都在报告许多船只当时在类似风暴中的遇险事件。有一艘船沉入海中；有一艘船被风浪一口吞噬；有一艘船被人发现时正在海边飘荡，桅杆全都没了，船上一个生还者都没有；还有一艘船在抵达时遭遇险情，船上人员和货物全都没被救上来。当时的季节非常不利于航行，海难频频发生。可以想见，我们读到这类报道时心里是多么不忍，多么感恩上苍出手相助！

第十三章 暂留好望角

从泰晤士河到法兰克福的20天—我不得在英国下船—我被关在奥斯坦德—我在比利时、普鲁士等地遭到的迫害—微小的补偿—抵达法兰克福

11月16日—12月11日

[529]昨晚，我们在敦讷抛锚，在那里过夜。第二天，我们重新起航，准备进入泰晤士河、抵达目的地伦敦，其间再无意外。我已经在盘算再过多少个小时就可到达目的地了，到那时，我的所有希望终将实现。我对人生又恢复了信心。可惜，我完全想错了！

抵达格雷夫森德的时候，河上停着一艘专门检查外国人的警务船，一个政府官员看到我的名字后，当即说我不能再往前走了，要求我立刻带着行李随他登上外国人号（专门给外国人坐的船）。我高声抗议，说自己有通行证，完全合乎法律程序。然而，我的通行证就是我的审判文书。很久以后我从别人那里得知，在我抵达英国之前，英国各大港口就已得到命令，要在我到来后对我采取相关措施。

一登上外国人号，英方就把我的所有文字手稿打包密封起来，并让我在那里等候英国政府的最新命令。船只刚在敦讷抛锚时，我就立刻给巴瑟斯特写了信，如今我又给他写了第二封。我不知道他到底想拿我怎么样，只一厢情愿地觉得他不可能没有立刻见到我的打算。我认为现在是巴瑟斯特的大好机会，他能趁机从另一方面了解到圣赫勒拿岛上发生了什么。我根本没想过他会拒绝了解真相，压根没想过这种可能。可惜，后来发生的事果然和我的期望完全相反。

隔离期间，我在外国人号上得到了周到的照顾。由于再没有仗要打，船长几乎无事可做，只在白天出现在船上，便把他的床让给我睡。

^{530}因为被这些横生的波折困扰，再加上身体一直不好，眼看如今我又要被囚，于是我上船后早早就睡觉了。半夜，我突然被一阵叫嚷声惊醒，有人在到处找我。听他语气似乎非常着急，甚至都没有时间点上火烛。这个人大喊："伯爵！伯爵！摄政王储请您立刻离开大不列颠。"我当时还处在半睡半醒的状态，未经思考就说了一句话："殿下的这个请求真是令人遗憾和尴尬啊。先生，您又是谁？"他说是国务秘书处还是某个部的传令官，我记不太真切了。我请他离开等候，让我做好下船的准备。下半夜，我再也睡不着了。天刚亮，人们就请我和儿子下船去一艘小艇上。我们懵懵懂懂地上了小船，然后船走最短的一条路朝多佛尔驶去。驾船的人说，他得到命令，要把我放在开往加来或奥斯坦德的客轮上，我只能在这两个地方二选一。

到了多佛尔，不知什么原因，我们没能立刻上船。我们得到的消息是，客轮最快也要两三天后才有。于是我们被关在一个小旅店里。表面上看，看管我们的人把我们照顾得不错，可他待我们的态度很是粗鲁和卑劣。人们常说欧洲大陆的警察行事多么卑鄙无耻，可论行径之卑劣，这几天和我们打交道的这个守卫在任何国家的警察面前都不落下风。英方查封了我的文稿后，我出于气愤，就抗议了几句。如果文稿没被查封，我还可以趁这几天闲下来的工夫继续写点儿东西呢。这个人反倒为英方剥夺了我的写作乐趣的冷酷行为辩护，说他觉得这么做非常合情合理。可他又跑过去把封条都撕了，把我的所有文稿搬过来，唆使我继续写。然而他明明才发过脾气，说自己竟沦为看管文稿的工具人，所以，他请我写东西的举动不过是个陷阱罢了，因为他想满足自己的好奇心，想获得我的信任，然后看看我到底写了什么。在我们共同相处的这段时间里，^{531}此人一直都摆出伪君子的面目，可他从一开始就亮出来的丑恶嘴脸让我清醒地意识到他的卑鄙为人。例如，他对我说起，他和其他同僚只把王储的话当作唯一的法令；他对我说起他的主子内务大臣西德默斯，以及他的上任主子，也就是西德默斯的前任，还有前前任、前前前任，简直没完没了。我嘲讽地说，我觉得他隶属一个部门，而不是某个部长。他的回答简直令我叹服，让我简直怀疑是自己搞错了。他说，他就是隶属某个部长，因为是部长给他发放补贴、决定他何时退休。这个人还说了其他许多类似的蠢话，让人觉得他简直不是欧洲白人、大不列颠公民，而是牙买加的一个黑奴。正如读者即将看到的那样，要不是他信奉的这些神圣法则影响到了我，我才懒得关心这些事呢。

此人先前对我一直非常和气，甚至是巴结。可就在出发的前一刻，我正打算上船，他突然蛮横无理地声称他还要走一个流程，然后扣下了我的所有行李，仔细检查我的所有私人衣物，翻看我的所有稿件。可检查的时候，他根本没拿出表格来，甚至一张清单都没有。我发出惊呼，要求其他官员介入，向他们提出抗议。可他的回答是，就凭我当前的处境，还有外国人的身份，我根本就不受法律的保护。我只能窝囊地上路了，但临行前给西德默斯写了下面这封信：

"勋爵阁下：

"我抱着万分遗憾的心情给阁下写了这封信，也深知自己不会收到您的回复了，虽然我无比期待您的来信。

"从四天前起，我就一直被您的传令官控制着。他到了没多久，就让人揭了装有我文稿的包裹上的封条，说要把文稿还给我，让我自己处理。之后，他盯着我在文稿上写东西，有时候甚至还鼓励我这么做，就为了在临行前一刻以您的名义把我最新写下的东西扣留下来。[532]阁下，这根本就是个陷阱，我从心底瞧不起布置陷阱的这个人。因为这个传令官只听得懂英文，他便让一个副手把用法语写成的文稿念出来，他企图逐页读我写的东西，还想把它们都扣下来。可要把它们读完，至少需要八天的时间。而且我并不认为这个官衔不大的人有权对我这么做。

"我的所有东西都被扣下来了，包括信件、笔记、我儿子的练习簿、财产票据、家中私事的文件记录、哈德森·洛韦和查理·萨默赛特的正式文件、我的日记，甚至包括我分别写给法国警务大臣和我妻子的两封信件——我留在多佛尔期间无事可做，就写了这两封信，本打算到了奥斯坦德后把它们寄走。在没有出具清单或编号文书的前提下，人们就把这些东西扣下了，并称是在执行您的命令。我顿时大怒，对这种暴力行为表示强烈抗议，要求一个官员过来记录我的申诉。至于结果如何，我在这里就不多说了。

"至于我本人，我最害怕的莫过于发现自己的名字成为公众热议的对象，我也绝不认为阁下会颁布这道违背世上一切法律原则的命令。在这种情况下，我若宣称有人在文稿中抽走或混入了什么东西，出于法律的原则，就必须要求公权的介入了。我当时只有一个要求：我想尽各种办法，搬出各种道理和规定，请那个在我临行前发号施令的传令官延后我的登船时间，我好给阁下写信，从您那里得到确定的消息，以确认他的确是在严格执行您的命令。这个人先前以各种琐碎的理由推延出发时间，此刻面对如此要紧的事，反而变得不留情面，让我立刻就走。我百般解释，说我并不是在反对让阁下派来的信得过的人检查我的所有文稿，何况这种程序和手段也牵涉到阁下本人。我还说，在绝对必要的情况下，当着我的面检查文稿，这个做法也更管用，因为我可对某些东西做出解释，没了我，别人根本不知道它们在说什么。[533]可他要把我丢回大陆、把我的文件寄到伦敦！如果他真的担心自己疏漏了文稿里的什么东西，再等24小时，事情自然就水落石出了。可这个传令官只冷冰冰地回答，如有出面解释的必要，我可从大陆返回英国，且不用担心路费，因为阁下您会为一切路程开销掏钱的。大人，您给我派了什么人过来啊！！！还有一次，我没能控制自己的情绪，要求这个看管我的人闭嘴，因为他用粗鄙的言语侮辱了我在世上最尊重的那位大名鼎鼎的人物。

"还有一件事我要告诉阁下。在我靠近贵国河岸后，人们待我就像一个罪大恶极的犯人一样，可我到底犯了什么罪呢？人们也许会说，是因为政见上的分歧，是因为我自愿去了朗伍德当囚徒！可第二个行为难道不是最高尚、最勇敢、最光荣的一件事吗？任何这么做的人都会从心底为他的行为感到自豪。阁下，我敢肯定，以您的品格和为人，发生在我头上的这些事定不是出自您的授意。我抓紧时间在文稿和信封上盖了私人印章，这么做不是为了防范阁下您，而是为了防止您的手下在做事时可能做出什么不利阁下名声的事来。

"我请求阁下对我提到的这些事展开调查，并在我不在场、无法对其进行澄清的情况下不要对我的文稿下任何结论，阁下定会从我这里得到满意的解释。我还要再多说一句：不论我们之间在政见和情感上有着怎样的分歧，您绝对不会在文稿中发现任何值得展开司法调查或讨论的地方。我的这些东西无关任何国家事务或政治机密，因为我对这类事从来都是不知情的。即便我真知道什么秘密，也会在很久以前把它们删得一干二净。

"阁下，也许我应该趁此机会向您提一下我被迫留在圣赫勒拿岛的一批文稿，以及其他许多关系到阁下或巴瑟斯特大人的东西。[534]然而留给我的时间不多了，因为刚发生的这些令人措手不及的事，我此刻思绪混乱，只能另找时间给您写信专门说。

"我万分焦虑地等待阁下屈尊给我回信。那时我会在什么地方呢？我不知道。也许是布鲁塞尔吧，如果人们允许我留在那里的话。

"致敬"

我被丢到一艘开往奥斯坦德的客轮上。我在书中时不时提到自己身体上的病痛，为了更加准确地讲述自己在长途旅行中受到的折磨，我就大着胆子说一件事，请读者不要见怪：虽然我刚刚经历了近一百天的海上航行，虽然此次客轮之行一路风平浪静，可我依然有严重的晕船症。这话听上去很荒谬，但这是事实。

第二天，我抵达了奥斯坦德，下船时没有一个人和我打招呼告别。这一次，我觉得自己的苦难总算结束了吧？我总算自由了吧？可我又想错了：我还没来得及欢呼庆祝，另一种性质的迫害就迎上来了。

我住进旅店后，不知道是谁知道了我住在这里，当地一个政府官员过来，说他奉命监视我，且觉得有必要就监视流程一事过来询问我的意见。说实话，我很久没被人这么彬彬有礼地对待了，以至于对方稍微和气一点儿，我就完全信任他了，向他和盘托出。就这样，他披着礼貌的外壳，带着永不满足的好奇心，和我越谈越深，很快就向我抛出一个问题。他说，这个问题可能有些唐突甚至失礼，但他很想知道我之所以离开拿破仑，是不是因为这个人在不幸中变得越来越乖戾，以至人们很难和他继续一起生活？他说，英国内阁文书已经就此给出了上千个版本的理由，而且一个比一个荒谬。[535]我微笑着回答他："先生，请您相信，如果我要说拿破仑的什么坏话，如果我对他真的不满，眼下也不会处于您的监视之下了。我从来都没受到他的任何恶待。"听到这话，对方一边拍脑袋，一边大声说他本该想到我会这么回答，还说他听了这话后对我更加同情了。得知我打算前往布鲁塞尔后，这位官员起身离开，说我在这里是完全自由的，但有一件事一定不要忘了：我离开之前一定要先通知他。他还保证，对我的决定24小时之内就会下来，一个信使已经快马加鞭去找省长了，不久之后就能回来，之后我应该就彻底自由了。

在等待期间，我给法国和低地国家的警务部部长分别写了信，向他们陈述我当前的境况。

我给法国警务部部长是这么写的：

"伯爵大人：

"我觉得自己最好在抵达大陆后的第一时间给您写信，向阁下描述我的情况，并希望阁下能理解我为何身处如此境地。

"一年前，我被突然带离朗伍德，从此以囚徒的身份辗转于各个港口和海岸边。我进入泰晤士河后，英方命令我立刻离开英国、返回大陆，而且只允许我在加来或奥斯坦德下船。

"因为我为人小心谨慎，便选择了奥斯坦德。在所有国家里，法国最有可能因为我的出现而采取监视措施。伯爵大人，我想让贵部免去监视我的辛劳，也想让自己免去由此引发的一些不便。因为这两方面考虑，我做出了对自己而言最残酷的一个决定，主动把我放逐到法国之外。我这么做还有一个原因：我希望能在这里享受到一定的便利条件（例如，我在这里可不受政治分歧的干扰，我的私人情感能够得到尊重，英国允许我走这条路合法进入欧洲，而且我在这里还能得到英国内阁的庇护），为朗伍德的受难者带去些许无害的安抚和慰藉。[536]我在奥斯坦德可以履行这些纯洁神圣的义务，可如果去了法国，它们也许就变味了，甚至还会为我招来麻烦。

"伯爵大人，我所处的环境和个人因素也许会让您对我印象不佳，希望我这番开诚布公能略微打消您的疑虑。正是出于相同的原因，我才大胆随信附上一封写给我妻子的信，把它交给您处理，并斗胆请您好心把它交给我的妻子。贵部只需告诉她我是自愿流放在外，就是对我们夫妇二人天大的恩情了。

"致敬"

我在给低地国家警务部部长的信中，则是这么说的：

"人一般都会想方设法地逃避被监视的命运，而我相反，主动恳请警方来监视我。我要告诉部长自己在泰晤士河上遭遇了什么，又是怎样被人丢到大陆上来的，而且英方对此没做任何解释，也不理睬我的一切申诉。

"我想告诉部长，我刚给法国警务部部长写了一封信，告诉他我为何自愿把自己放逐到这里来。眼下我身处困境，我儿子身体状况令人忧心，我才结束了近百天的海上漂流，不知道妻子和其他家人近况如何，更不知家中是何情况。因为这些原因，我恳请部长允许我在布鲁塞尔小住几日，一则让我恢复体力，二则让我的妻子前来和我会合，三则让我接受治疗。在此期间，如果英国内阁检查我的文稿时遇到看不懂的地方，我也可迅速返回英国提供协助，这个要求我先前也给英国内阁提过了。

"我想在信的最后告诉部长大人，我这么做，绝非抱有什么政治目的，纯粹出自私人事务和个人情感的原因。这些情感合情合理，我对此无须躲藏闪烁。我对您的这番坦诚也算是封保证书，好让大家都能放下心来。"

我要说清楚一件事：我给法国警务部部长写了信以后[1]，他那边很

---

[1] 1840年版本补充了此人的名字"德卡兹"。

快就来信了；在那样的情况下，[537]他仍向我展现出极大的善意，我对此感激不已。而低地国家警务部部长这边，我没收到任何回答，只等来了几个传令的宪兵。当时低地国家警务部到处张贴命令，要把我找回来，以为我偷偷逃跑了。可实际情况是这样的：根据先前监视我的那位官员的说法，我得到省长的允许后即刻就可上路；省长让我离开的这个决定很快就发了下来，由于身体不佳，我便决定立刻起程，走最舒服但也最慢的水路离开。谁都没想到我会乘船走，大家一直追到离奥斯坦德很远的地方都没发现我的踪影，可我当时其实仍在奥斯坦德境内。但我如同凭空消失了一般，当局怎么也找不到我。由于他们手头没有我的画像，所以即便看到我了也很难认出来。后来还是我主动前去警局报到，把自己送进一群虎狼的巢穴中，当局悬着的一颗心才终于放了下来。

赶了三天水路后，我很晚才抵达布鲁塞尔。到了那里后我做的第一件事，就是让人去警察局告知他们我到了，并想知道部长收到我那封信后打算如何处置我。没想到，我的老实交代只得到粗暴的回应：警方立刻包围了我住的旅店，天刚亮就急不可耐地要求我立刻离开荷兰。当时我身体非常不舒服，还发着高烧，请求警察让我再多待一天，可对方断然拒绝了。也许是因为我出现在布鲁塞尔的确会给他们带来极大的困扰，又或许是因为他们觉得欺负我是最简单直接的办法，总之，警方连一小时的时间都不肯给我。一个警察专员和一个宪兵架着我，把我丢到大路上的一辆车上。这两个人看出我身体不适，起了恻隐之心，同意赶路几个小时后给我找个休息的地方，请人给我简单敷些药。可是时间紧急，我第二天一大早仍然必须在另外几个接他们班的人的监视下立刻上路，沿途每座城市都严格执行了这个命令，哪怕所有医生都强烈反对让我再承受舟车劳顿之苦。遭遇如此残酷的对待后，[538]我给法国驻比利时大使写了信，从心底相信他们会态度强硬地反对这种事。毕竟这种做法违背了法律，而且警方没有给出合理的理由。如此对待一个受法国法律保护的法国公民，这是对这个国家的公然羞辱。

于是，我把自己当时遭到的残暴、野蛮的人身迫害一五一十地告诉了法国大使。

我对他说："我刚在奥斯坦德登陆，就给法国警务部部长写信，解释我为何会留在国外。同时我还给低地国家警务部部长写了信，请求他允许我在布鲁塞尔暂住一段时间。我在自由、未受监视的状态下，在深夜抵达布鲁塞尔。一进入这座城市，我就立刻向部长禀报了我的到来。可是第二天天还没亮，我就被人突然叫醒，醒来时发现身边围着四个警察和两个宪兵。他们不顾我身体虚弱，要求我立刻离开。我徒劳地请求他们叫一个医生过来，让他证明我的确需要休息。他们的回答是：根据办事程序，他们可以叫一个医生过来，但不管医生给出什么结论，我都必须走。就这样，我如同一个罪大恶极的犯人一样，被一个警察和一个宪兵押到了卢万。深夜抵达该城后，我病情加剧，身上起了疱，高烧不退。我恳请第二天让我休息一下，可市长毫无人道地拒绝了我的请求，丝毫不管身边三四个医生问诊后给出的让我休息的强烈建议。即便不让我留下，那至少也应该让一个医生陪我坐马车，让宪兵骑马在后面跟着吧？可我的这个要求也被驳回了。对方说，他们唯一能做的，就是让医生另乘一辆车跟在旁边。这简直是在拿我开玩笑！"

我还说："我敢肯定自己的这些遭遇和您毫无关系，虽然在这种情况下，只有您才有权左右我的命运。我太了解我们国家的秉性了，从来没有想过这种可能，我们国家绝对不会颁布命令去针对一个无论在法律还是情理上都不该遭到迫害的人。[539]所以，我所遭遇的虐待只可能来自我所在的这个国家的当权者的授意，虽然从任何角度看我都只是个普通旅人而已。我问过警方，我到底犯了什么罪？他们凭什么这么对待我？最后，我把我的利益交到您的手中，因为您坐的这个位置决定了您应该是我的保护人。"

为了让大使更加关注我这件事，我还在信中向他告知了贝特朗夫人的近况，后者正是他妻子的妹妹。我是在离开多佛尔的时候收到这些消息的。我还说，如果拉图尔·杜宾夫人有话要告诉她的妹妹（相信贝特朗夫人收到她的传话，一定会非常高兴的），我非常乐于代劳，愿意每个月定期替她给贝特朗夫人写信，而且只走英国政府接受的通信渠道，可接受内阁的所有检查。

这封信寄出后，大使没有给出任何答复。也许他为我斡旋过，但失败了，说不定背后还有来自海外的指示甚至命令呢。

我继续受着车马劳顿的痛苦，被一个又一个警察、一个又一个宪兵从一个地方吆喝到另一个地方，就这样穿过了整个荷兰王国。有时候，我实在扛不住了，问他们到底出于什么原因才这么"照顾"我，对方只说是上面的命令。再问下去，似乎谁都不知道更多的消息了。抵达普鲁士国境内的艾克斯拉沙佩勒后，荷兰警方仿佛处理货物一般把我交给一个负责接收的官员。普鲁士人也是如此，一个接一个驿站、一个接一个警察、一个接一个宪兵地把我迅速押送过去。我也问过他们为什么要这么做，他们老实回答说自己什么也不知道，只知道别人把我打发到这里之后，他们得把我打发出去。我如果请求暂留歇息，他们就彬彬有礼地说，他们不希望我留在普鲁士境内。有些朋友（读者也发现了，我到处都有朋友）偷偷告诉我，我应该感谢上帝；他们还催促我赶紧利用这个大好机会逃走，因为不久之前被流放的法国人都被押去了波罗的海，[540]

被关在暗无天日的堡垒里。于是我提出要去法兰克福，我们的东道主普鲁士警方听了后似乎特别开心。他们说，如此一来，此事就和他们毫无关系了。因为从朋友那里知道了被流放者的下场，我心底也为普鲁士警方的应允而窃喜不已。

我大致描述了自己遭遇的暴力、折磨和苦难，虽然我的笔墨并不能展现十分之一的实情。不过，如果我对自己在沿途得到的弥补只字不提，那未免显得有失公允和忘恩负义，同时也让自己失去了最温情的一份感情慰藉。

我的故事传开后，公众一片哗然。许多时候，我人还没赶到某个地方，我的事迹反而先一步被传到了那里，成为当地新闻报纸的报道主题。大家都知道我曾追随过谁、照顾过谁、为谁才遭此大难，故争先恐后地向我表达了他们的感激之情。无论在公共还是私下场合，都有无数人向我表明心迹。这让我时常想起拿破仑说过的一句让我铭记于心的话："我亲爱的朋友，等您回到欧洲，您会发现我即便被囚于此，也依然决定了谁是荣誉授予对象。"不论他们先前是否认识我、见过我，这些人都向我表达了敬佩、同情和友爱。世上还有比这更纯洁、更温柔的情感吗？哪个权倾天下的人享受过类似的待遇？无论在旅店、大道还是其他地方，我都被这份柔情包裹。马车夫、宪兵和其他许多我在路上遇到的人，都带着骄傲、喜悦的口吻向我致敬。有人对我说"我来自帝国护卫军"，有人说"我曾是法国宪兵"，还有人说"我曾是拿破仑手下的一个士兵"。所有人，无论从前是什么军衔、什么身份，都向我表达了浓浓的善意和对往昔的追忆之情。在比利时的时候，两次有人主动提议把我劫走，而且他们已经做好了一切安排，就如同当初好望角那个美国船长一样想要出手救我。后来，还有几个英国人提过类似的建议，而我根本就不认识他们。他们打算从伦敦出发，把我从法兰克福带走，因为他们觉得留在那里对我有百害而无一利。[541]对此，我一贯的回答是："何苦呢？此举有损大义，那我为什么要去做呢？"

最后，连当局官员都开始同情和关注起了我。其中一个官员尽管必须监视，却表示如果我相信他，我想寄任何信件，都可将其委托给他。因为觉得此举不会引发任何麻烦（这位官员表面装出一副非常厌恶我的样子），我便欣然接受了他的好意，给英国一个身份尊贵的人写了一封短信。全信只有六行字，痛述了这一年来英国内阁对我加诸的种种暴行，请求对方将这封信公之于众——如果此举不会给他带来任何不便的话。出于类似的原因，我还随信寄出了我先前抄下来的皇帝一封书信的部分内容。我在信中说，要不是各大报纸颠倒黑白、以讹传讹，让我觉得自己有义务把实情披露出来，我才不愿失去保管这个秘密的快乐呢。不过我也反复叮嘱了，让他一定要谨慎行事、保护自己。

第二天，我就在比利时报纸上读到了这封信。当时我是多么吃惊，又是多么感动啊！其实，我并不是一个做事喜欢大张旗鼓的人。我更为那个收到我信件的英国人感到万分抱歉，他其实并不认识我，他之所以收到我的信，只不过因为我引起了公众的注意而已——这其实也不是我的办事风格。当时，我根本不知道这件事是怎么干成的。后来我才得知，那个替我传信的官员找到了另外三四个十分同情我遭遇的人，他们私下碰头商量后，决定不再浪费时间把这封信寄到英国，而且说不定寄过去只会石沉大海——更好的办法，就是立刻在当地发表此信。的确，这封信立刻引发了极大的轰动。虽然我为此遇到了一些麻烦，但从结果来看，这对我而言依然是利大于弊。

如果讲述当时我在起居、金钱等方面得到的种种帮助，那我说上三天三夜也说不完。连普通百姓都争相为我捐献钱财物品。有个人强行冲破宪兵的阻拦，闯进我的房间，⁵⁴²对我高喊：他只有两套衣服，根据我的身材，我只能穿其中一套；他就打算把另一套卖了，把卖得的钱通过窗户丢给我。这种行为在我心中激起了无数道暖流，无论我受了什么苦难和折磨，那一刻我都觉得值了！

到了科隆后，由于我身体实在不行了，当局只好同意我休息一天后再走。此次病痛加剧，我却因祸得福。当时我已经躺在床上睡着了，突然，临时被安排过来服侍我的仆人一脸兴奋地冲进我的房间，一看就是有好消息告诉我。他说，拉斯卡斯夫人来了。起初我以为自己在做梦，之后又以为自己听错了，因为我当时根本不知道妻子身在何处、是何情况。这时候门打开了，果然是她！我可怜的妻子在天气如此严酷的季节，在雨雪中长途跋涉，却总是追不上我！她从报纸上读到我返回欧洲、在奥斯坦德下船的消息后，立刻上路，赶赴奥斯坦德，可她刚赶到该城大门口，就得知我已经离开。之后，她一直追在我的后面，走过了我那条迫害之路，从一路遇到的每个人——甚至路人——那里打听我的消息，从每天早上的报纸上读我的最新情况。无论走到哪里，无论遇到谁，她都能体会到人们对我浓浓的善意、关心和殷勤。这么多天里，她一直品尝着离我咫尺之遥却无法相逢的痛苦，如今我们终于在科隆意外重逢了！①

---

① 请看上卷第410页拉斯卡斯的注释。

第十四章
暂留德意志

暂留法兰克福—我为缓解朗伍德的艰难处境而做的努力—写给玛丽-路易丝和联盟各国君主的信—写给巴瑟斯特的信—写给英国议会的抗议信—我和皇帝一些家人的接触—为满足朗伍德物资需求而采取的措施及相关细节—巴登之旅—暂留曼海姆—选择此地的原因—艾克斯拉沙佩勒议会—我所做的努力—写给皇太后的信—给各国君主的短信—来自朗伍德、写给各国君主的最新文件—拉斯卡斯伯爵写给贝特朗伯爵及殖民地秘书长古尔本的信—新的努力—舆论情况—穆斯基托号抵达欧洲—再遇麻烦—巴登内阁让我离开曼海姆—相关细节—折回奥芬巴赫

[543]经历了15天的迫害后，我们这群阶下囚终于抵

达法兰克福。在天下太平的年代，文明国家居然还有这等事发生，实在匪夷所思。一个把我送到法兰克福的普鲁士军官彬彬有礼地说，他的任务不是看住我，而是好好照顾我。然而他不允许我自由地和别人通信，更不允许我离开，除非他那边得到了关于我的最终指示。

先前在荷兰境内期间，我曾写信向法国大使求助。一到达法兰克福，我就立刻派人去找我们的大使①，给他送过去一封类似的信。

"伯爵大人：

"我初到这座城市，就满怀敬意地给您写了这封信，以控诉我长期遭到的人身折磨，并请求得到您的公开保护。

"人们抓住了我，不顾我的意愿，像处理囚犯一样把我从一座城市押往另一座城市。执行命令的人坦率承认，^{544}他们之所以如此对我，是因为先前人们就是这么把我带过来的。此外，他们并没给出任何具体理由和指令来解释自己为何这么做。穿过低地国家期间，我已就此给法国驻海牙大使写了一封信。然而这些人逼我快快赶路，我根本没时间等到大使的回信。我在此冒昧地把那封信的副本加进信中，好请阁下获悉此事的相关细节。

"伯爵大人，今天是我饱受舟车之苦的第130天，我已筋疲力尽、疲乏不堪、百病缠身、羸弱不堪。我觉得自己被卷进了狂风骇浪之中，如果还是寻不到可停靠的港口的话，我真的会殒身海底。请看在正义和人道的分儿上，让我休息片刻吧。我在路上还发现了一个问题。那些看管我的人通过沟通后惊讶地发现，法国根本没有颁布任何或公共或特殊的法令来限制我的人身自由。我也没有做任何事，值得他们如此兴师动

---

① 即查理-弗雷德里克·莱因哈特伯爵。（请看《人名表》）

众地对付我。伯爵大人，我请求您大发善心帮助我，动用您的力量，阻止任何不利因素的介入，以免它们对我这件事的最终决定产生负面影响。我请求您在您的职权范围内，对我予以保护。

"致敬

"附注：也许我应该提前告知阁下另一件事：几天前，由于我被逼到极点了，便给奥地利皇帝陛下写了一封信，请求他允许我在人身自由受限的情况下在他的国土上寻个庇身之所。可奥地利终究距离遥远，习俗民风和我们的大不相同，语言也不通，所以我只有在万不得已的情况下才会做此选择。我想待在一个尽可能离法国近的地方，好和家人重逢并打理家中事务——毕竟我已经离开三年了。考虑到诸多原因，布鲁塞尔是最理想不过的选择，它和法国语言相通，能让我找到办法让我的孩子继续接受教育。我在海牙的时候曾请求过拉图尔·杜宾先生让我留在那里，这里我想大胆恳请您在职权范围内予以我实现这一愿望的条件。"①

545 和在比利时一样，我照例没有收到大使的回答。然而，他也不是什么都没做。根据我得到的确切消息，大使当即就去找了主权独立的法兰克福市的市议会，要求在24小时之内把我引渡回国。负责陪我抵达法兰克福的那个普鲁士军官觉得此事尚未结束，也派了他的人到市议会那里，要求把我扣留在此。人们为了我吵成一片。一开始我还打算以不变应万变，可后来在别人的建议下，我给奥地利大使魏森伯格男爵写信，告诉他：我已给他的君王写信，请求奥地利的庇护，如果他能向我透露皇帝的决定，我会万分感激。这几句话足以说动一个高尚忠诚的人，我的麻烦终于结束了。他当即介入此事，宣布在他的宫廷发布第一消息之

---

① 1840年版本中没有这封信。

前，我将暂时受到奥地利皇帝的保护。

就这样，事情终于告一段落。在遥远的英国酝酿的这场风暴，长久以来把我的生活冲击得支离破碎，如今它终于消停了。独立的法兰克福市元老院允许我暂留城中，普鲁士军官告辞离开。风浪过去之后，人们纷纷向我示好。我在莱茵地区曾给哈登贝格亲王写信，抗议自己受到的迫害，现在我收到了他的回信。他对我的遭遇表示愤怒，热心邀请我前往维也纳接受保护。我自由了，并终于获得了渴求已久的安宁。据说，法国驻法兰克福大使给外交部部长黎世留公爵写信汇报了我的事，公爵的回答是"别再去打扰他的生活"。

黎世留公爵做事从来不受他人的影响，定是因为他为人宽厚，方才做出这个决定。法国驻法兰克福大使曾被拿破仑派到热罗姆国王身边担任外交使臣，在这种情况下，他大抵是为了向新政府示忠，所以才没那么热心地帮忙吧。从他的角度来看，这个选择无可厚非；但他为此牺牲了我，我心有不满也是合情合理的。

[546]我获得自由后要做的第一件事，就是告诉公众我为何被迫离开了圣赫勒拿岛，返回欧洲。我本打算在伦敦澄清真相，然而这座城市拒绝了我；即便如此，我依然没有放弃，咬紧牙关继续走接下来的路。

起初，我给玛丽-路易丝写了一封信——这也是我最要紧的义务。我把这封信打开寄走，将它交给奥地利首相梅特涅亲王处理。之后，我又给三个盟国君王写了信。几封信的内容分别如下：

在好望角落笔、在欧洲寄出的一封写给玛丽-路易丝的信

皇后殿下，我一离开圣赫勒拿岛，就觉得自己有义务立刻向殿下告知您那位尊贵的丈夫的近况。人们在毫无预兆的情况下，突然把我从他身边带走。他完全没料到此事发生，眼睁睁地看着自己

身边的人遭此重创。因此，我没能荣幸地从他那里得到指示，无法向殿下您转达特别的口信。但在这18个月里，我每天都和他朝夕相处，从他的言谈中获取了一些消息，冒昧转达给殿下。

不再过问世事之后，拿破仑皇帝经常沉浸在对家人的回忆和思念中。虽然他曾正式向看守提出要求，想知道他最在乎的人的近况，然而他再没收到任何相关消息。我被迫和他分离后，曾荣幸收到他写给我的一封信，他在信中表达了对家人强烈的思念。殿下如果看了您的丈夫的亲笔信，定能读出他的痛苦。我冒昧地把这封信的副本放在信末，供殿下您过目。①

我离开时，皇帝健康严重受损，病得十分厉害；由于缺乏必要的生活物资，娱乐享受一概没有，他的日子就更加难挨了。547 幸好皇帝用意志战胜了一切，其灵魂保持着一贯的泰然和从容。

他每个月都必须变卖一部分银器，以维持必要的生活开支，这是我亲眼所见。一个忠实的仆人在离开他时，把自己存在英国的一小笔钱留给他，他在迫不得已之下接受了。皇帝的生活已经落魄到了这个地步。

殿下，我怀着满腔热忱和真挚，抱着最美好的希望，以一个忠实仆人的身份，斗胆把您尊贵夫君的一缕被我视为圣物、珍藏已久的头发献给您。我还冒昧地把一张朗伍德平面草图夹在信中供您过目，它本来是犬子画给他母亲看的。殿下扫一眼这幅图，对这片遥远的荒漠就有大概印象了。

殿下，如能抵达欧洲，我想做的第一件事就是拜倒在殿下脚

---

① 请看拿破仑皇帝写给我的信。——辑录者注

下。然而因为一个神圣的义务，我得留在英国，我余生将通过英国法律允许的合法途径，努力为那块荒岩——那个将被我终生热切遥望的地方带去几分慰藉。英国内阁大抵不会拒绝我神圣的效力；我会积极为此奔走，忠诚地完成我的使命。此刻如此，余生亦然。

拉斯卡斯伯爵拜上

附注：殿下，我抵达欧洲后被英国拒之门外，后抵达大陆，拖着我的病躯一路前行，最后留在了法兰克福。眼下我已从您尊贵的父亲那里得到庇护，即将前往贵国。我获得自由后，在第一时间把我先前在离欧洲有三千里之遥的非洲边陲写给殿下的这几行话寄给殿下。我请求殿下屈尊垂怜，收下这封信。只要殿下收到了我的信，我受的一切磨难便得到了一定的补偿。

写给梅特涅亲王的一封信，随上一封信一道寄出

[548]亲王大人，请允许我迫不及待地向您表达我的满腔谢意，感谢您施予援手，让我从贵国皇帝那里得到了庇护。

与此同时，我还冒昧地把自己写给玛丽-路易丝殿下的一封信交予亲王。我这么做，不仅是因为久仰亲王的公德，还是因为我信任亲王的私德。也许我应该事先问问您的意见，但我更愿意直接采取行动。我已离开欧洲许久，如果我的行为有失得体，还请亲王谅解我的无心之失。我写的这些都发自肺腑，绝无半分虚与委蛇。

亲王大人，我正是抱着这种情感，凭着对您审慎、明智的个人品德的信任，才把那封信打开随信寄给您。正是抱着这种情感，

我才要向您描述拿破仑皇帝在那块荒岩上，在与世隔绝的状态中遭到他的私敌怎样的迫害。我的余生只有一件事可做，那就是为他奔走，为他带去几分慰藉。通过18个月的朝夕相处，我很清楚他的生活习惯，知道他最喜欢什么东西。我甚至敢说，我能那么了解他，是因为自己见过他偶尔的情感失控和宣泄。谁能如我那样了解他呢？拿破仑回想他的往昔生涯，觉得一切如同发生在几百年前一样遥远。只有一种东西叫他难以放手，那就是他对家人的眷恋。不论政坛如何世事变迁，他都从未怀疑过亲情。我该怎么做、通过什么渠道和方式，才能在符合社交礼仪、遵守法律规定、尊重个人意愿的前提下，获得他最亲近的家人、他的妻子、他的儿子的最直接的消息呢？亲王大人，我斗胆向您重申，我写的这封信，是一个男人和另一个男人、一个心灵和另一个心灵的对话。

我留在圣赫勒拿岛期间，我们没有也无法和奥地利特派员取得联系。亲王大人大概读过一份公开文件①，那是我们给总督的回信。里面说，"奥地利和俄国特派员理应是为了留意、观察拿破仑是否得到了他应有的待遇和尊重，方才被派到这里。他们的行为让人想起其君王的伟大人格。然而总督宣称特派员们没有权力、没有授权、更无干涉力，不能介入其中。他这番话，就是在说这些特派员是不受接见的了"。拿破仑还同时公开表示，他非常乐意以个人身份接待这些特派员。然而，我们从来没见过他们。也许是因为相关指令不许他们接近朗伍德，也许是因为总督要求他们屈服于一个禁令吧——哪怕该禁令会损害特派员们的公共名声。我有理由相信，真实原因是第二个。

---

① 蒙托隆伯爵写给哈德森·洛韦的回信。——辑录者注

亲王大人会在信封中读到一封我誊抄给玛丽-路易丝殿下看的信的副本，您从里面可以知道，一个奥地利植物学家要给皇帝传递和其家人有关的消息，都是多么困难，拿破仑皇帝为此感到多么痛苦。我想再次向亲王大人表达我发自心底的敬意和真挚感情。

拉斯卡斯伯爵拜上

附注：如果大人不能把我写给玛丽-路易丝的信交给她，我恳请大人在万忙中吩咐手下把我随信寄给她的一个带有一缕头发的小包裹寄回给我。

写给俄国沙皇的一封信

陛下，我为着一个严肃的使命，出于一份神圣的情感，拜倒在陛下脚下。

在您顺风顺水、国运昌盛的时刻，您的一个政敌、一个王权受害者的忠实仆人发出呐喊，这声音一直传到了您的皇位附近。您愿意屈尊听一听他的话吗？

我遭遇人生致命的一击，被人突然从拿破仑身边带走，之后我仿佛飘荡在另一个世界一般，可我走到哪里，都无法忘记自己亲眼见证、今后再无法分担的拿破仑承受的那些苦难。

陛下，我跪在您的脚边，[550]是因为我的心建议我寻求您的帮助，求您缓解我的痛苦，让我的誓愿获得些许希望的曙光。

您在1815年8月2日和联盟国签订的条约中声称拿破仑是您的战俘，并把他的人身控制、照料、扣留等所有工作都交给了英国。

陛下，我绝不是在反对这份条约，哪怕英国内阁在您托付给他们的工作上添加了其他条件，我都毫无怨言。

政治、上层利益和由此带来的严重损失，虽然它们沉沉地压在我的心上，但此刻我并不关心这些事。我现在唯一牵挂的，不过是一些平常的生活琐事罢了。

我已恳求过其他联盟国君主①，这里我也恳求陛下，求您纡尊出面支持我向英国政府提出的请求。我请求英国政府允许我回到伦敦，在遵守法律规定的前提下，给那位著名的囚徒寄去一些东西，让他获得些许精神上的慰藉，为他略微缓解肉体上的苦痛，而且这些物资绝对不会让其他任何人掏钱。

陛下，我这个请求自然、无害且简单，在情理上不会惹来任何反对。我绝不是贸然来恳请陛下，陛下也绝非和此事毫无关系。

陛下的确把看守囚徒的工作交给了别国，但您并未放弃监视权，以确保这位囚徒不容侵犯的人身得到应有的尊重和照顾。您的确在政治上放弃了中间干预工作，但并没被禁止向他提供宽慰，这在私人情感上也是无碍的，而且并未背离政治目的。

陛下，有人一直在圣赫勒拿岛打着您的旗号，用镣铐把这位囚徒锁了起来。您能允许您的名字被人滥用，成为卑鄙无耻、令人无法容忍的严酷行径的理由吗？

陛下，这些行径的施加对象，551是很久以来一直被您称作"兄弟"的那个人。您高贵的灵魂定没有把他遗忘，您的心灵定不会对他的悲惨无动于衷。所以我在这里央求您，求您略施援手，求您给出一点点同情心，看在从前的分儿上，看在您尊贵地位的分儿上。

---

① 我的其他几封信分别写给了奥地利皇帝和普鲁士国王，内容根据几位君王的个人情况而略有改变。——辑录者注

陛下，您宽厚的品格向来都是公共道德的维护者，在许多方面多次向我们展现了它的慷慨和高尚。正因为如此，我才没彻底绝望。

另外，我恳请陛下予以我什么特权呢？是只身承受联络和运输两大使命的特权，即在最恰当的时间，在最适合行动的情况下，根据当局要求的流程和规定，继续在远方尽到照顾他的义务——哪怕我再也不能在监狱中陪伴他了。仅此而已。

陛下，无论如何，我恳求且期盼着您在百忙中费神考虑此事。如果陛下能纡尊垂怜我这个低贱之人，把这件纯属私人且合乎道德的事交由我处理，我将感到幸福至极。而且陛下插手此事，此举绝不会对您产生任何妨碍或麻烦。此外，陛下，除了我，还有谁更懂如何办成此事呢？还有谁更能尽心尽力地投入其中呢？我把自己流放出祖国，就是为了在不受任何打扰、不引来任何麻烦的前提下，用自己的余生履行这个义务。我恳求陛下理解我，满足我的心愿吧。除了陛下，我的这些想法又能向谁汇报呢？我又是为了谁，才在此恳求您允许我尽到义务呢？是为了那个被您称作朋友的人啊。

啊！陛下！您在统治期间获取的无数荣耀和威名，这些都已被写入历史。除此之外，您身上还展现出罕见的一种品质，那就是重情重义！历史会怎么评价您呢？它会说，在前所未有的重大政治冲突中，您展现出比取得胜利更加可贵的一面，那就是念旧，是对从前友谊的尊重和缅怀！！！

陛下，当初我们被囚在荒岩上的时候，拿破仑皇帝在提到和他有关系的那些人事时，总感慨它们遥远得如同发生在好几个世纪以前似的。他曾说："我和亚历山大沙皇之间只有政治上的战争，它和私人情感毫无关系。[552]我不会把他视为自己的私敌。"陛下，还有一件事更加确定了他的这种想法，我觉得应该让您知晓。有一次，处在监禁之中的我们收到一个消息，说陛下您派到圣赫勒拿岛上的特派员根据您的指令和亲笔信，直接要求英方对拿破仑皇帝要如同对您一样，要予以同等的尊重和待遇。陛下，我们为此向拿破仑皇帝说了许多颂扬您的话，他听了心花怒放。我们说，世人皆知陛下您生性仁厚；所以，虽然我们被断了和外界的一切联络，哪怕我们和陛下您的特派员不能有任何接触（至少我在岛期间如此），无法查证这个消息是否确凿，但我们都相信它是真的。也许陛下已经知道了一件事：圣赫勒拿岛总督曾要求拿破仑接见陛下和奥地利皇帝派来的特派员，拿破仑派人传话，说："如果这些特派员是奉其国君之命，来到大洋中一个与世隔绝的小岛上，以确保人们对我尽到了应有的礼数和尊重，那我能从此举中看出他们君主的品行和为人。但总督先前说，他们在这块礁岩上没有任何可看的东西，没有任何可介入的事务。在我看来，他们从那一刻起就已没有任何事可做了。"不过拿破仑还补充说，他很乐意以个人身份接待这些特派员。然而此事却没了下文，或许是因为特派员们从来不知道他说了这番话，或许是因为他们有指令在身、不能前来拜访，又或许是因为他们人在屋檐下不得不低头、只能遵照英国总督的话吧。

陛下，我冒昧行事，把人微言轻的我的声音传到高高在上的您的身边，我因为胸中对那位主宰了我的主人抱着一腔深沉、汹涌、不变的忠诚，才做出这一冒失之举……请陛下看在我一片赤诚忠心的分儿上，原谅我的莽撞。

致敬

拉斯卡斯伯爵拜上

我并没忘记自己先前在英国内阁那边遭到的无数恶待，认为哪怕出于责任和公共义务，我也应该向巴瑟斯特表达自己的不满。[553]于是我给他写了下面这封信。在之后的10多个月里，这封信一直处在绝密状态。直到巴瑟斯特的直系属下——副秘书长古尔本后来在下议院中对我进行各种歪曲和抹黑，我才在不得已之下公开了这封信。此信能让读者进一步相信，我在上文中说的事情字字属实，绝无半句假话。

拉斯卡斯伯爵写给巴瑟斯特大人的一封信

勋爵大人，面对专制暴虐、违反法律的行为，面对无视程序、践踏理念的现象，我若隐忍不发，人们定会把我的沉默视为默许，那我不仅对不起自己，也会成为您和整个社会的罪人。我会对不起自己，是因为我应该为自己提出恢复名誉的要求；我会对不起您，是因为也许您并不知道这些事，只是仓促地签了同意书而已；我会对不起整个社会，是因为这关乎社会利益，因为面对偏离正道的权力，社会中任何一个好人都应该表现出刚正不阿的品质，以捍卫法律的荣誉，保护其他和他一样的人的安全。

勋爵大人，虽然我过了这么久才向您表达我的抗议，但您承认吧，承认我在贵国河上遭到的恶待，承认您催使邻近国家对我发起的迫害。这么说吧，你们简直为我特意发明了一种新的酷刑：大道流放之刑。我被人吆喝着，从一座城市辗转到另一座城市，哪怕当时我百病缠身。人们不给我任何解释，也不允许我有片刻歇息。您对此会有什么回应呢？

我之所以以个人身份向阁下讲述这一切与我有关的事，是因为引发我这番控诉的行为都是发自您的部门、以您的名义进行的。您部门里的人打着您的旗号迫害我，后来还动用其他手段压迫我。是您把我丢到他们的手中,让我受尽折磨;他们是因为您的授意,才如此待我。

[554] 勋爵大人,当初在普利茅斯,本来有一大群人想追随那位中了热情的柏勒洛丰号的致死迷药的受害人,以此为自己毕生的荣耀和幸福。可您一声令下,把随从人数限制为四人,我就是这四人中的一个。我尽自己所能,在朗伍德完成了我肩负的神圣使命;我拼尽自己所有的能力和心血,以缓解有史以来最可怕的囚禁之苦。可就在那时,我突然被圣赫勒拿岛总督带走。也许他是在履行自己的职责,我也的确触犯了他的规定。但说到底,我唯一的罪,就是行使了每个囚徒都有的一个权利:肆无忌惮地挫败狱卒的看管工作,毕竟我们之间不存在任何体谅、信任和荣誉。我当时根本没有为自己遭到的这种暴行而心存怨愤,唯一让我难受的,就是总督竟然毫无顾忌地冲撞我被迫与其分离的那个人:总督几乎是从那个人的身边,在他的眼皮子底下把我带走的。那个人后来写信说(您可能已经读过这封信了),看到我从他窗前被人推搡着带走,周围一大群戴着羽翎帽的人骑着马在我身边跳来跳去,他恍惚觉得眼前是南海的一群残暴的蛮人,围着马上要被他们吃掉的俘虏狂舞。

勋爵大人,我不无道理地怀疑,这一切之所以发生在我身上,我那个仆人之所以百般邀请我把那些秘密文件托付给他,其实这都是一个为我铺开的陷阱罢了。一切迹象都符合我的这个猜想,总督本人也认为我这么想没有错。不过他用自己的名誉向我发誓(此举实在不是他的风格),我便信了他的话。此外,这些秘密文件也毫不意外地落入了他的手中。总督在事发前不久曾派人给我传话,说我如果再这么我行我素下去,他就要让我离开那个我誓死效忠的人。如果他没有如此威胁我，其实我是可以把这些信直接交给他的。这些文件本身并不重要，后来总督也从来没有在这个问题上过多纠缠。虽然它们导致后来一系列事情的发生，可它们本身和这些事并无关系。①

^{555}勋爵大人，我是自愿被囚于圣赫勒拿岛的。您在您颁布的规定中声称，我可随时依照自己的意愿结束这种状态。所以我才向哈德森·洛韦先生指出，从我被带离朗伍德的那一刻起，我就不再受他的约束，而是重新处在法律的保护之下；如果我犯下过错，我就要求他把我交给法官审判；至于我的文稿，我已给了他足够的时间从头翻看到尾，如果他认为这些文稿必须交给内阁处置，我也要求自己和文稿一并离开。为了让他尽快做出决定，我还告诉他自己当前身体状况极为糟糕、我儿子更是性命堪忧，请他放我们两人离开，好接受最佳的医疗救治。此外，我还补充说，如果大人您觉得有必要在我抵达英国后对我实施人身管控，我会提前表态，自愿且非常乐意接受一切人身限制措施，即便它们是非法的。哈德森·洛韦不确定自己能否做主，经过漫长的犹豫，把我秘密关押在岛上长达五六周时间后，他终于发出一封指示信，把我放逐到了好望角。这位总督同时还把我的所有手稿扣了下来，且不允许我在手稿封面盖上自己的私人火印——除非我愿意出具一封非常可笑的同意书：我不在期间，只要总督觉得合适，就可以拆开我的火印。

---

① 至少，1818年5月4日英国内阁的一个部长是这么暗示的。在辩解自己为何针对我发起迫害时，他说：有人竟然企图利用英国为跳板，和欧洲取得联系，这让他感到非常惊讶。但这位大人只语气激动地一再重复这件事，却拒绝拿出任何官方文件来证明。通过这件事，大家可有自己的判断。——辑录者注

哈德森·洛韦总督以同样精明的手段，声称能否回朗伍德只取决于我的意愿。的确，因为我一再陈述道理，并考虑到他在我这件事中的尴尬处境，[556]总督的确提议过让我回朗伍德。如此一来，他就可摆脱麻烦了。可他一边做出如此提议，一边又把我回去这件事变得不可实现。我对他说："您当着拿破仑的面把我带走，让我受到羞辱，被打上耻辱的烙印。从此，我再不能给他带来慰藉了，只会让他想起这段屈辱、沉痛的历史。我再不能重回朗伍德了，除非拿破仑明确要求我回去。"我要求给朗伍德写信，甚至已经拟好了一封信，以知晓拿破仑的想法。但哈德森·洛韦声称此信必须在他口述下写成，或者我要修改自己的措辞，我只能拒绝。我们这两个秘密囚徒被他分开，总督想怎么做就怎么做，一切都被他拿捏在手上。此外，即便我回去了，他也不会归还我的手稿。之后，他可继续对我和我不幸的同伴施加羞辱，以彰显他的权威。如果我开了这个口子，我定会感到万分痛苦；我回去了，只会让他从此更加肆无忌惮。所以，我只能肝肠寸断地做出离开的决定。

勋爵阁下，我想，这就是圣赫勒拿岛上和我有关的这件事的始末。在我和哈德森·洛韦的通信中，此事已被讲得清清楚楚了。这些信已在泰晤士河上被您扣留下来，如今都在您的手上，您可在里面找到所有资料，它们都被我细心编号整理好了。

勋爵阁下，我到达好望角后，原以为自己可以得到贵国法律的更好保护。当初在圣赫勒拿岛上发生不合规定的行为，人们还可以说是因为兹事体大；如今，我离圣赫勒拿岛有500古里，待在一个风平浪静的殖民地，理应受到英国人引以为傲的健全的法律体系的保护了吧？然而事情大大出乎我的预料！哈德森·洛韦在圣赫勒拿岛上都不敢囚禁我，可查理·萨默赛特总督竟然随随便便就把我关了起来。我无论怎么向他解释和理论，把当初说给哈德森·洛韦听的那套道理搬出来，想说服他把我送回欧洲，然而都是白费唇舌。无论我说什么，他仍把我扣在了好望角。他这种行为，就是反复无常、专断行事！要知道，哈德森·洛韦并不是他的上司，无权给他发布命令。查理·萨默赛特总督是这里的最高长官，有相当大的决策权，可以也应该扮演法官一样的角色，[557]快速处理我这件事。然而他一再拒绝聆听我的解释，驳回了我的一切澄清，无视我的激烈抗议，只把一切冷冰冰地汇报给了3000古里之外的英国内阁。虽然英国内阁是最合适的审判官，但他至少也该把我送到内阁那里。就这样，从那时起，他向我施加了任何法庭都从未让我承受过的可怕监禁：在离我的家人、祖国、亲人、朋友和一切挚爱有3000古里之遥的地方，让我忍受了长达七个月的监禁和流放。

勋爵阁下，根据贵国法律，根据你们从父辈那里继承来的思想理念，查理·萨默赛特对我实施了最重的犯罪行为：在正直人士和我的家人眼里，根据我所承受的折磨，他的犯罪比杀人还要可怕。我要向您告发他，要求此事得到公正的处理。那么珍视个人宝贵权利的英国人，根本无法想象我受到了怎样的折磨。查理·萨默赛特根本不算英国人！即便有人解释说，好望角只是一块军事统治下的殖民地，在某些地方还遗留有荷兰法律，可这些解释都是行不通的。勋爵阁下，大不列颠的名字在哪里回荡，哪里就应该成为正义的庇护所、英国法律的保护地。发生在泰晤士河上的某桩罪行，不能因为换了个地方、发生在欧洲舰队所在的非洲的一个岬角，就成了一件无关紧要的小事。

我根本不是战俘，也不是司法囚犯。在未经审判的前提下把我囚禁八个月，这是在公然忤逆你们的正义，这在任何英国人眼里都是一件骇人听闻的事。不经审判和判决就惩罚我，这样的专制行为是在挑衅贵国的立法体制。我向查理·萨默赛特要求什么了呢？自由？不是，是把我以囚徒的身份送到您身边，接受审判（如果有审判的话）。被理性视为最神圣、被心灵视为最珍贵、被人视为无价珍宝的东西，到了我身上就成了他眼里的一个笑话。他这么做的理由是什么呢？他有什么借口呢？勋爵阁下，我在这里请您理解一点：我并没有被愤怒和悲伤冲昏头脑，查理·萨默赛特私底下为了减缓我被囚的痛苦而对我予以诸多照顾，这些我都铭记于心。但伴着这份私下的尊重而来的，[558]却是他在公开场合对我的厌恶。在囚禁后期，我激烈的言辞、强硬的态度也的确刺激到了他，使得他无视我紧急的身体状况，把我囚在乡下，让我得不到医生的日常照顾，连去城里拿药都成了天大的麻烦事。

勋爵阁下，经过七个月的囚禁，您的命令终于传到了好望角。总督却告诉我，眼下只有一艘船能把我送回英国。我百般央求，请他体恤我和儿子堪忧的身体状况，替我们换一艘船。然而不知因为什么原因，总督拒绝让我乘坐条件更好的舰船离开。我无从选择，只好登上了总督指定的唯一一艘即将离开的船。我必须以囚徒的身份登船，却要自己付船费，这着实让人感到匪夷所思。我坐的是一艘吃水230吨的双桅横帆船，船上有12个船员，没有医生，物资匮乏，生活环境极不便利。总之，它集合了小型船只的所有缺点。我们就在这样一艘船上度过了近百天。

勋爵阁下，这就是我在好望角的个人经历。我和查理·萨默赛特的通信中还有更多细节和证据。因为您的命令，这些信在泰晤士河上被扣留，如今就在您的手上。

抵达泰晤士河后，我还以为自己的苦难终于结束了。在抵达好望角的时候，我曾有幸给摄政王储殿下写了一封信，请求得到王室的保护。我当时为此也给您写了一封信。我想，后来好望角收到允许我回去的命令，大概和这些信不无关系。到了英国后，我一扫忧愁，心中升起巨大的幸福感，以为时隔三年之久我终于可以见到我在伦敦的朋友、打理我的家事了。可我再次美梦落空！一进入泰晤士河，我立刻就被秘密隔离，我的手稿也被查封了。几个小时后，您的一个信使在深夜把我一把抓起，要把我立刻押往多佛尔，逐回大陆。[559]由于行程被拖了三天，这个信使就打算利用这三天的时间窥视我的想法。他把我的所有手稿都交还给我，还给我提供了书写的所有条件，极力唆使我写点什么。然后，他在出发前的最后一刻仔细翻看我的包裹，连一根头发丝都不放过，想翻出我最近几天写的东西。勋爵阁下，这就是他故意布下的一个陷阱，我只能用"下作"这个词来形容他的这种行为。

圣赫勒拿岛上也发生过类似的事。哈德森·洛韦把我秘密看管起来的五周时间里，也给我提供了各种书写条件，好在临近出发的时候再度翻查我的手稿。但我几句话就让他明白，他如此反常地给我提供种种便利，反而让我心生戒备，不会把我心底的想法写到纸上，所以他立刻放弃了这个想法。在这件事上，我必须还哈德森·洛韦一个公道。

当时还发生了一件更让人难以置信的事。您的这位信使不顾我的抗议，把我的所有手稿打包，把它们直接带走，还不给我留物品清点单，也不办理在司法程序中必不可少的任何手续。我当时认为这种违背了一切原则的行为肯定是下层官员的疏忽，而非内阁授意。为了勋爵阁下的利益着想，我赶紧在包裹上盖了我的私人印章；如此一来，您也可以及时采取措施，使您手下犯下的错误合乎法规。我希望勋爵阁下能理解我的这种做法，相信您也能从我的文稿中发现我别无恶意。我给您讲这些事，是为了让您知道我的为人，也是为了证明我的温和性格。当时我荣幸地立刻给西德默斯爵士写了一封信，在信中向他阐释了自己的看法，并告诉他：由于检查文稿的时候我必须在场，如今我在英国，把我叫去只需一句话，是件很简单的事；但我若不在英国，许多事就说不清楚了。大概是贵人多忙，西德默斯爵士没有回复我的信。

勋爵阁下，您的手下根本没有贵国人民稳重得体、宽宏大度的风格，在执行任务时说话尖刻粗鲁到让人无法想象的地步。[560]一开始，他就用最粗俗的话辱骂我在世上最尊重的那个人，让我大吃一惊；之后，仅因为我不想和他说话，他就用各种恶毒的诽谤话语攻击我。您只是命令他来看管我，但他似乎觉得得到了您的天大的授权，甚至可以强迫我和他交往。这个人还有一个助手，我对后者却无可抱怨。虽然他也做过类似的错事，但至少他时而会流露出一丝谨慎，有时甚至会对前者的所作所为大皱眉头。

勋爵阁下，您的信使告诉我，我被当夜逐出英国，只能在加来或奥斯坦德下船。我才得知这个消息，他就逼着我立刻做出决定。一两个小时后，我思考了一番，问我能否前往美国或大陆其他地方。他给出否定的回答，告诉我先前选好下船点后，他就已经写信告诉政府了。我再三坚持，但他劝我别再做徒劳的挣扎。阁下，他的话是真的吗？我不大相信。但总之，我后来的命运已被敲定了。

摄政王储要求我立刻离开英国的那道命令，他们只给我亮了亮，不让我细读。这道命令只是走个法律过场，还是一个预防措施？这道王室命令牵涉什么责任问题吗？还是说，人们是害怕我以此为荣？我想，既然我没犯任何罪行，人们会不会只想借此惩罚一个难能可贵的忠仆呢？只因为他牺牲自我，追随了他那个被命运抛弃的主人。

勋爵阁下，虽然我思乡心切，但因为一些敏感原因，面对您给出的不多的目的地，我选了奥斯坦德，而不是加来。我不愿我的同胞因为我的缘故而背上迫害者的罪名，因为我做了一件符合道德的事而迫害我。可即便他们迫害我，这也可以理解；然而勋爵阁下，我被逐出英国，这个专断的暴行是毫无理由的。

不管怎样，我终于抵达大陆，我是违心地被您丢到那里去的。[561]勋爵阁下，请允许我在这里岔开话题。我一生走南闯北，但不管在欧洲的哪个角落，我的心都是安定的，神情都是放松的，步伐都是坚定的。勋爵阁下，要不是因为我在政治动荡中踏上一条充满危险的道路，您根本就没有时间、没有意愿，也没有办法来关注我这个小人物。何况我犯了什么罪呢？我只是个牺牲品罢了。阁下您又能以什么名义来迫害我呢？您难道不怕人们这么说您吗："英国法律为自己在美洲废除了黑奴贸易而感到骄傲，可英国大臣却在欧洲大陆上干着白人交易这种事！"

勋爵阁下，您搅乱了我的命运后，我立刻就被人抓住，被带离荷兰。一路上，我受尽冷眼、虐待甚至折磨。我发出痛苦的呐喊。勋爵阁下，我怎么敢把其中令人不愉快的细节一一告诉您？可为什么我不能告诉您？您的所有国人都有权无视英国内阁的脸色，听到事实真相。更重要的是，这个外国人有权陈述事实真相，有十足正当的理由发出痛苦的呻吟。每当我抗议自己遭受专制权力的迫害时，总有人问我："您难道是从另一个世界过来的吗？这些事有什么好惊讶的？"还有人对我说："我们国王人很好，不要把错误归结到他头上；他只是人们用来打击您的一个武器而已，拿着这把武器的专制之手来自更远的地方。"还有人说："英国人民为了做贸易，很久以前就在印度设了自己的商行；英国内阁为了他们的专制统治，如今也在大陆设了自己的商行。即便他们在英国失去了权力，也可以在大陆继续统治。他们已经把自己的刽子手、酷刑工具引入我们中间。您逃不掉他们的调查，更逃不掉他们的折磨。"就这样，无数谩骂和诅咒如雨点般落在英国和英国人民头上。勋爵阁下，有智慧、有见识、不带成见的人当然不会被这些言论蒙蔽，知道谁才是此事的罪魁祸首，能把优秀的法律和违背法律、滥用权力的行为区别开来。[562]他们知道英国人厌恶国内外的一切暴政、不断与其斗争，他们是岛国伟大真理的最狂热、最积极的捍卫者，我们大陆人也把自己的希望和心愿寄托在这些真理上。但大部分普通人只看得见他们能看到的东西，简单粗暴地把一切罪过归结到一个民族头上，对它进行各种诅咒痛骂。

勋爵阁下，我还想问一个问题：我到底犯了什么罪？我为何要受到如此残酷的迫害？不仅是我在大胆向您提出这个问题，在您的干预下被迫参与了这场迫害的国家也同我一道在发问。每个动用司法手段对付我的地方政府，都想方设法地躲着我。我拥有的正当权利让它们感到尴尬，它们无法为自己的行为辩驳，甚至都不知道迫害我的缘由。从好望角到我现在所处的地方，只要我问自己得到了什么审判、判决和罪名，人们的回答通通都是：他们只是奉命行事而已。如果我苦苦追问缘由，对方便沉默以对。

　　勋爵阁下，我在好望角时有幸给您写过一封信。这里，我想大胆把信中的问题重复一遍：您出于什么合理的理由才驳回了我的心愿，拒绝让我留在你们的土地上、您的身边呢？难道是害怕我就政治问题表达什么意见吗？但我若在你们的岛国这么做，能造成什么麻烦呢？难道是担心我对您统治国家的政策发表不当言论？但难道大陆就能堵住我的呐喊？而且我在那里能找到更多听得进我话的人呢！勋爵阁下，只有在您自己的地盘上，您才能对我施加最直接的手段和威力，不是吗？如果我有罪，您不是还有普通法吗？如果我惹您讨厌，您不是还有特殊法和《外国人法案》吗？不止如此，您还有我的保证：我性格温和保守，自愿留在您身边。勋爵阁下，我这个愿望是炽烈的，我将向您解释其中的原因。我想在英国完成自己的夙愿，走完自己的余生。我要在那里把自己剩下的生命奉献给那个我为之痛哭的人，在那里竭尽全力满足他的需求、缓解他的痛苦（当然了，我会完全遵守您的规定，走您接受的合法程序做成这件事）。[563]勋爵阁下，我想，在这种情况下，您和您的同僚会本着高贵的情操，抛弃个人仇怨，只履行自己在政治上的职责，不会多作干预。您已经控制了这位囚徒，肯定不会拒绝让他过得轻松一点，何况您不用承担任何相关开支。相反，您应该促进此事才是。所以，我才请求您允许我履行这项神圣的使命，我的心渴望这么做，我会如忠诚的信徒一样，用自己的余生完成这项使命。勋爵阁下，如果我能向您当面陈述理由，一定能够说服您。我依然没有绝望，即便您这次不答应，我还会再来求您的。

勋爵阁下，说老实话，我还打算在得到您的接见后，趁机向您告知事实真相。我想，阁下身份尊贵、为人高尚，一定会相信我的话。您就是那位高贵的法官，听取双方截然不同的辩词和证据，从中获得真相，不是吗？我可以坦诚、不带偏见地回答您的一切问题；如果您愿意，我还可以悄悄告诉日理万机、要做出许多重要决策的您，在对我们采取的措施上犯了哪些错误。我在《泰晤士报》《新时代》和《伦敦纪事报》上读到了您就霍兰德勋爵提出的圣赫勒拿岛提案做出的回答，我敢向您保证，里面的每一行字都是错的。

勋爵阁下，我向上帝保证，我对您说的话没有任何质疑！但您的手下向您汇报了错误情报。阁下说，除了约瑟夫，拿破仑皇帝的其他亲人从没跟他写过信；但单单我就把皇太后、博盖塞王妃和吕西安亲王写的、由您寄过来的、经由哈德森·洛韦得到的三四封信转交给了皇帝。这件事本身并不重要，但足以让您意识到您在其他更多事情上得到的情报是何其错误，继而相信我接下来要说的话。例如，您说了一些和我有关的话，它们全都错得离谱；虽然我对哈德森·洛韦存有偏见，但我想，连他都会站出来指出里面的不实之处。勋爵阁下，我们双方可以展开唇枪舌剑的辩论，各自都有各自的真相。我拿出的真相，也正是您手头有的事实。[564]公众知道这点，人们也可以在官方文件中发现事实。您可以拒绝提供官方文件，但您难道能左右公众的想法吗？

勋爵阁下，我说得太多了，但总之，我的要求如下：

1. 查理·萨默赛特长期剥夺我的自由，侵犯了贵国法律，我要求此事得到公正的处置，要求您整肃他滥用权力、专断任意的行为。

2. 我的所有文稿在泰晤士河上被人收缴，人们还无视我提出的清点要求，把我的文稿统统带走。我要求给一个公道，要求您整治这一违反规定的行为。

3. 我以囚徒身份被赶到大陆，还因为后来的一系列指令和要求，被迫抱病离开比利时和周边国度。我要求给一个公道，要求您整治这种践踏一切理念的行为。

4. 我要求立刻拿回我在泰晤士河上被收走的手稿和文件。其中大部分手稿已经被哈德森·洛韦检查过了，另外一些文件涉及我的家产事宜，我在料理家事时必须用到它们；没有这些文件，我相当于失去了一切。

5. 我要求拿回我在圣赫勒拿岛的所有手稿，其清单已经得到哈德森·洛韦的认可和签字，清单就在泰晤士河上被收缴的那批文件中。我在圣赫勒拿岛的文稿只是一份草稿罢了，我在里面记录了我在那里18个月的每日经历，内容混乱，完全没有定稿，记的不过是那位曾经的欧洲命运主宰者的谈话、言论，甚至一些动作而已。

这份手稿在性质和目的上有着重大意义，但没有一个人知道里面的内容，过去如此，以后也如此。我只让哈德森·洛韦读了其中一部分内容，好让他相信这份手稿在政治上是无害的。抵达好望角后，我曾有幸通过内阁给摄政王储写了一封信，也给内阁写了信，好让这份手稿得到他们的特殊保护。我以正义、历史为名，恳请他们保护这份手稿。无论依照哪个国家的法律，[565]它们都是我神圣的私有财产，属于我的孩子，属于未来。

6. 最重要的是，我要求拿回我被秘密囚禁在圣赫勒拿岛期间，拿破仑皇帝纡尊写给我的那封亲笔信。这封信和政治毫无关系，圣赫勒拿岛总督已经读过它了。里面没有用任何密码，没有任何可被解读为密文的文字，但它依然被人从它的所有者手里夺走了。这份珍贵、神圣的纪念品是我一生的慰藉，是我孩子的羊皮卷，更是我家族的纪念碑。

勋爵阁下，我作为一切规矩和温和立场的拥护者，首先写信给您，陈述我的种种不满。我只向您一人安静地提出这些要求。①但如果勋爵阁下认为自己不方便回信，我只能被迫向贵国正义的法庭递交诉状，之后就是公众舆论的法庭。之后，这个最高法庭会公平地听取暴君和受害人的陈词，在永恒的国度中维护所有权利必将赢得的胜利，对所有不公行径进行终极处罚。

致敬

拉斯卡斯拜上

最后，就是我写给英国议会的抗议信。我在泰格尔贝格的荒漠中写完这封信，把它寄到伦敦。但不知是因为没有寄到，还是因为寄信途中遇到了麻烦，这封信最后石沉大海。我回来后才知道内情。这封抗议信被公开后引发了骚动，吸引了下议院一个议员的关注，他便主动请缨，要在议会中宣读这封信。为此，他还从英国给我寄来一封文件，我在上面签了字。但单有这个程序还不够，因为其他一些可能的因素，这封信最终没被送到议会。[566]我把它抄在这里。这封抗议信的内容并没有偏离本书主题，相信读者定会谅解我的啰唆。此外，这封信和我誊抄在这里的其他信件在被人翻译成法语时都遭到了删减和歪曲，所以我有必要把

---

① 这封信一年后才被公开，读者可在前文和下文中发现我公布该信的理由。——辑录者注

原文完整地呈现给读者。如果读者在这本书里没有看到其他书给出的我的一些信件，那就说明它们是伪作，这也正是我想极力避免的。

写给英国议会的一封抗议信

一个普通人，一个势单力薄的外国人，大胆地把他的声音传到你们英国人民代表中间，以人道、正义和你们的荣誉的名义，向你们发出恳求。他是不是在白费唇舌？有谁会听他的话吗？

被赶出圣赫勒拿岛、被人带离那座历经沉浮的最伟大的纪念碑的我，艰难地爬向你们，向你们描绘我的悲惨遭遇。

在谁都没有预料到的情况下，我突然被人从他身边带走；我被切断了一切联系，只有我的声音、我的思想还属于我，它们唯一的源头，就是我的心灵。我所在意的那个人有着高傲的灵魂，看到我此刻的行为，他也许会生气，认为人间再不能为他做什么，他只能求上帝聆听他的痛苦。那个曾允许我去照顾他、关心他的人，也许会要求我收手。但我不管！我对他的爱就是我的软肋。我觉得自己离他太远了，已经感受不到他的英雄之气了；但让我见证了他的苦难后隐忍不发，我做不到！这些苦难从我内心喷涌而出，让我不得不把它们通通说出来。

那个怀着最纯洁的信任之情、自由自愿地来到这里、想生活在你们中间、接受你们法律保护的人，被你们放逐到荒漠中。你们做出这个决定，也许只因为你们觉得这么做是有效的；你们并未说过这是正义的。否则人们会问你们："谁赋予你们这么做的权力？谁给了你们审判他的权力？你们凭什么做出裁决？你们听过他的辩护吗？"但你们已经颁布了法令，这是事实，我尊重这些法令。我自认自己没有质疑法律原则的资质。[567]我只能嘟囔几句，把不满放在心里。你们在这里听到的，是你们做出这个决定之后，有人违背你们的意愿对他实施的恶行。

大不列颠代表啊，你们说过，你们只想控制拿破仑皇帝的人身、确保他处在囚禁状态，宣称达到这个目的后就会竭力减缓与缓和你们出于政治原因而被迫做出的那个决定带来的后果。这在你们的法令上写得清清楚楚，也是你们在议会辩论中的原话，更是你们国民的心愿，是他们荣耀的表达。可后来呢？这位威震四海的囚徒在那块可怕的礁岩上只体验到你们意愿中可怕的一面。如果你们还没有施展所有的恶意，那真是谢天谢地呢！小岛上笼罩在他头上的雾霭再浓厚，也浓厚不过有人为了让他身心遭到折磨而在他头上堆起的阴霾。

他们打着臆想的"害怕逃跑"这个借口，一日日地加重对他的约束。他骄傲的灵魂每天都遭到新的冒犯。他什么锻炼都做不了，一切拜访、一切聊天几乎都被禁止了。就这样，他被剥夺了一切，遭到全方面的限制，还要禁受有害健康的恶劣环境，生活在这个潮湿而又炎热的天气中，这个没有四季变换、气候单调的天空下。每过一刻，他们就把他的生活圈子缩减一寸！他只能待在自己的房间里。人们是要把他逼死！

你们希望这些事情发生吗？肯定不是！可你们又怎么解释这些做法呢？害怕他逃跑？但你们可以把步兵、海军、法官全都请到那里去，去问问他们的意见，听听他们的建议，不要再把这件事交给一个人去单独处置！此人以恐怖统治为行事原则，每天杯弓蛇影，只想着怎么打败他臆想出来的幽灵，却没想过只有死亡才能杜绝一切机会和可能。在朗伍德，逃跑根本是不可能的事，也没有人想过这事。当然了，那里的每个人都渴望以自己的生命为代价做成这件事，[568]如果能达成这个光荣的成果，死亡都是甜美的。可我们怎么骗过一直监视我们的军官呢？又能逃到哪里去呢？去找悬崖边上的英国士兵，还是爬下悬崖、跳进无边无际的大海？然后穿过第一道海岸封锁线和第二道军舰封锁线？我们站在峰顶，无论什么时候，无论往哪个方向望去，都能看到海上的军舰。我们又能在哪里冒险登船呢？岛边全是悬崖。哪艘船又会是我们的藏身之所呢？无论多远的地方，但凡是外国人的船只（甚至你们自己国家的船），只要接近这座被诅咒的岛屿，不管出于多么紧急的原因，都会立刻被你们的舰队拦住。

在这样严密的预防措施下，在这种环境中，整座岛屿不就是一所巨大的监狱吗？难道还有必要另外圈出一块地方，在监狱中再打造一个监狱吗？即便我们干成了不可能的事，克服了重重困难，逃到另一座岛上，可无垠的大海和岛屿不就是另一座监狱吗？

此外，谁会疯狂到干出这么荒唐的事来？朗伍德中谁敢生出这么绝望的想法？而且拿破仑皇帝依然抱着和从前自由、自愿地投奔你们时一样的想法和渴望，那就是"在英国或美国的法律保护下过着隐退的安定生活"。这就是他在过去和今天想要的生活，这就是他一直以来不变的心愿。

如果圣赫勒拿岛本身不适合关押囚徒，如果它没有那些能让人放心地放宽约束的优势条件，那你们当初在选择初衷上就被人骗了。把我们送到一个和欧洲气候大为不同的地方，让我们凄惨地死在那里，这么做对你们有什么好处呢？你们额外弄出这些开支，有什么好处呢？你们派来大量驻军和一整个参谋团，这有什么好处呢？你们在海上安排军队，这有什么好处呢？如此限制这个可怜的小岛的贸易，这又有什么好处呢？我们欧洲的土地上有那么多地方，[569]你们可以不花一分钱就把我们看管起来，我们也不用遭这么大的罪！但相反，如果这座小岛本身就能起到我在上文提到的那些极佳的防范作用，如果它本身就满足了人们出于谨慎、明智而提出的必需的要求，这一切人为的加强措施、这一切违背了你们原先意愿的野蛮残暴的行为，它们不就是无用的吗？你们肯定不希望看到拿破仑受到折磨，看到他被钝刀子一刀刀地摧残致死。可事实上，他每一天、每一刻都不断遭到新的伤害。

如果你们只把他视为一个普通的囚徒，而不是被诸国国王放逐的一国君王；如果你们只打算把他简单地囚禁起来，而不是为他选择一个能减少流亡之苦的地方；如果你们只想把他交给一个狱卒，而不是把他交给一个深谙政治艺术、懂得如何在确保囚徒安全待在监狱中的前提下尊重、礼貌地对待他的高级官员；如果你们只想被仇恨和报复心主宰，只肯听取狭隘、庸俗的成见的声音；如果你们只想利用糟糕的气候来杀死这个大名鼎鼎的敌人，让自然做成你们不敢做的事，如果这些才是你们心底想做的，那我闭嘴，我不会再说什么，我已说得太多了。

但如果你们只想在一个伟大、高贵、荣耀的民族的意图上加一条你们自己的政治法令，就像你们在法案中说的那样，那我可以继续往下讲。在这种情况下，你们愿意在条件允许的情况下做到一切善行，并禁止没有必要的一切恶行。你们不会愿意看到囚徒被剥夺一切锻炼的机会，给他强加一大堆无意义的程序和规定，把锻炼这件快乐的事变成一种折磨。

你们不会愿意看到他被规定要怎么说话，该说多长时间的话；你们不会愿意看到人们把他原本的生活圈子一再压缩，理由是他并非每天都会走那么远的地方；你们不会愿意看到他被迫待在自己的房间里，只为了看不到人们莫名其妙在他的花园里立下的围栏和院墙。

⁵⁷⁰可这一切迫害都是真实存在的，而且日复一日地加诸在他头上，哪怕它们都是无用的举措，哪怕你们的许多国民同胞都在批判它们并为此感到羞愧。

你们定然不愿意以损害他的身体、剥夺他的舒适生活为代价，让他住在一间寒碜、狭小、极不舒适的屋子里，而岛上的当权者住在城里或乡下的漂亮大宅子中，生活条件比他的茅屋好上一万倍。他若住在那里，还能给你们省下一大笔建造宫殿的钱呢。老实说，你们运来的大量木材现在全都堆在岸边，都快腐烂了，因为依照设计，修好这座宫殿需要七八年。你们定然不愿意看到自己花费巨资，朗伍德每天拿到的生活必需品却都是最劣等的东西，岛上其他人却能享受最优质的货物。你们肯定不愿意看到人们一再冒犯拿破仑，甚至企图逼他和自己商量生活开支这些最琐碎的事，还催他补上根本不存在的超额的生活开支，如果他不掏这些钱，就威胁要大幅度减少生活品的补给量。他退无可退，发出愤怒的呐喊："给我个清净吧，我没有其他任何要求。如果我饿了，那我就坐到远处帐篷里那群勇敢的士兵中间，他们肯定不会拒绝我这个欧洲最老的老兵。"你们定然不愿意看到拿破仑被迫让下人变卖自己的银器碎片的场景，只有这样，他才能补齐每个月生活费的超额部分；他甚至落魄到不得不接受他忠实的仆人求着他收下的一笔钱。

啊，英国人啊！你们真的愿意让一些人打着你们的名号，如此虐待那个曾统治欧洲、决定了无数王位候选人、立了无数国王的人吗？你们难道不惧怕历史的声音吗？想象一下后人会怎么说你们："他们为了控制他而欺骗了他，然后拿他的性命做交易。"你们能够容忍有人如此损害你们的情操、品格和荣誉吗？这就是你们的法令想达到的目的吗？这就是你们的意图吗？这些造成如此不便的措施，真的和预防目的有什么关系吗？

[571] 你们定然不愿意看到权力者研究出一套幼稚野蛮的说辞、规定和法令，拿一些我们根本不愿提及的敏感话题一再骚扰我们；你们定然不愿意看到他每天提醒我们要知道自己是什么身份，不要多提要求；你们定然不愿意看到他在每个细枝末节对我们进行严格的约束，就连有人出于习惯、一不小心用了某个敬语或称呼都会遭到惩罚；你们定然不愿意看到他只给我们提供最令我们讨厌的报纸，乐此不疲地把诽谤小册子带过来给我们看，却把对我们抱有好意的书籍报纸通通扣留下来。更可怕的是，他还强迫我们依照一种格式、一字不差地把一张近似于卖身契约的声明念一遍，只有这样做，我们才能有幸继续侍奉那位令人尊敬的伟人；他还强迫我们接受一个违背了我们的习惯和法律的称呼，企图通过我们去羞辱那位尊贵的大人物；我们不得不这么做，因为我们全体拒绝后，他威胁要把我们所有人都赶走，立刻把我们丢到一艘船上，送往好望角。这些残暴、专制的行为，和确保安全有什么关系吗？

人们大概很难相信，拿破仑问当权者自己能否给摄政王储写信时，对方竟然回答：这封信必须以开启状态被送出，否则他不能知道里面是什么内容。任何有理性的人都会拒绝这等做法，因为它同时羞辱了两位尊贵的大人物。

我们当初得到的消息是，人们挑中圣赫勒拿岛，是为了让我们在那里享受一定程度的自由和宽松的囚禁环境。但我们根本不能和任何人交谈，还被禁止给别人写信，我们被限制在小小的房间里，什么都做不了。我们住处周围到处是壕沟、围墙，当权者肆无忌惮地统治着我们……人们不是说选中圣赫勒拿岛是为了让我们享受一定的自由吗？可英国本土哪座监狱还能比我们这里更加糟糕呢？和这里相比，其他任何一座监狱在我们看来都是乐土。至少在那些监狱中，我们能生活在基督教的土地上，能呼吸到欧洲的空气；因为高层权力机关的介入，我们也不用成为昏庸专断的个别官员的私仇、[572]愤怒的受害者了。

他暗示甚至明令禁止你们国家的军官去见他们负责看管的那个人；岛上的英国人，无论他们是什么身份地位，如果没有走相关程序，都被严厉禁止和我们接触与谈话。而这个所谓的程序其实和禁令无异。他这么做，就是害怕英国人发现我们遭到怎样的虐待。这就是他为了确保安全而采用的无用的预防措施，它们只证明此人在想方设法阻止别人发现真相。我们若想说出事实，都被视为犯罪；仿佛把这个关乎你们的荣誉和品格的真相传递到你们跟前，是在害你们似的。

你们肯定不愿意看到有人对我们的思想和情感施加暴政，不愿意看到他明里暗里告诉我们：我们若继续自由地和我们的朋友家人写信，就会从拿破仑身边被赶走并逐出圣赫勒拿岛。我就是因为这个原因，因为偷偷请人把我本打算交给总督的信传出去，才被赶出了圣赫勒拿岛。可先前正因为他的各种刁难，我才没把信交给他。

人们规定这些信必须以开启状态交过去，如有必要，还必须附上地方机关的短信；如果里面有不合适的内容，英国内阁就会把信扣下来；如果有违反法律的内容，那就移交立法机构。我遵守了这些规定，可他依然蛮不讲理地扣了我的信。要知道，这些信可是英国内阁获得事实真相的一大途径啊。

你们肯定不愿看到那些有幸侍奉拿破仑左右的人遭到严厉的惩罚机制的限制，却得不到任何恩惠。这就是我们现在的处境。你们肯定不愿看到有人扣下了我最隐私、最珍贵的手稿，哪怕我让他大致翻看了手稿内容，他依然把它从我身边抢走，且拒绝让我在手稿包裹外面盖上我的印章。你们肯定不愿看到有人玷污了你们最神圣、最圣洁的信条，对我犯下野蛮暴行；[573]他还无视我的一再抗议，不肯还我自由，也不肯让我接受法庭的审判；尽管我再三表示我愿意在英国接受一切专制的预防措施，他依然把我关在圣赫勒拿岛，再把我从圣赫勒拿岛押往好望角，还怀着过段时间再把我从好望角押回去的目的，把我变成浩瀚大海上一艘破船上的囚徒，根本不考虑我儿子危险万分的急症、不容乐观的健康状况，无视我每况愈下的身体。由于一路风餐露宿，我积劳成疾，患上了疾病。即便这些病痛不会加速我的死亡，也会陪伴我走进坟墓。

你们肯定不愿看到，我一到好望角，当权者就不由分说把我关了起来，不对我做任何检查，不给我任何解释，让我在希望和绝望中忍受痛苦和焦虑的噬咬。他的理由是：他要向2000古里之外的英国内阁汇报情况，看对方是否同意我的请求、把我送到英国。只因这个原因，他就让我遭受了比任何法官做出的任何审判还要可怕千倍的裁决：在好几个月里剥夺了我的自由，一直把我关押在偏僻的地方，让我远离家人朋友，失去了兴趣和情感的寄托，在时日不多的余生于荒漠中苦苦挣扎。在法律的国度，恐怕没人会如此残暴地践踏个人的自由、生命和幸福吧？

啊！英国人啊！如果这种行为得不到惩治，你们可贵的法律将成为一纸空文。你们在地球尽头推行恐怖统治，那你们的国度也再没有自由、正义可言了。

这就是我要告诉你们的悲惨遭遇。我还附上了另外一封信①，你们可以在里面看到更多详情。这封信是我在离开圣赫勒拿岛时写给那个当权者的，但愿它能修正他的一些行为吧。

⁵⁷⁴其中许多控诉，也许我们不应把它们放在心里，可我还是把它们呈到你们眼前：再琐碎的小事都关乎你们的荣誉。

他采取这些措施，是出于什么原因呢？这不断升级的攻击、不断加重的处罚源于什么理由呢？人们该怎么替这等行径辩护呢？我们不知道。

就连圣赫勒拿岛的当权者也不否认，那位囚徒的健康每况愈下，他的身体状况不容乐观，以及他为何身体状况会加速恶化。也许他会冷冰冰地说："这是他自找的，都是他自己的错。"但他敢毫无顾忌地把这话说出来吗？承认拿破仑在求死，这不就承认了他过着难以忍受的生活吗？也许当权者还会说："另外，他为什么要拒绝出门锻炼呢？仅因为一个军官跟着他？这种做法就那么可恨、那么让他难受吗？为什么他要这么在乎这件事呢？"但谁敢宣称自己有权对那位大名鼎鼎的被害人的感受乱加点评？拿破仑已经放弃

---

① 读者可在前文读到我在朗伍德写给哈德森·洛韦的控诉信。——辑录者注

一切，保持沉默，人们还想怎么样呢？此外，如我一再强调的那样，制造仇恨的不是我们不同的服装、不同的国籍，而是事情本身，是它们不可避免地引发的后果。如果外出锻炼给精神带来的痛苦多过给身体带来的好处，那锻炼还有什么意义呢？

人们也许还会说（毕竟每个人都有不同的尺度和感受）："为什么我们要对他格外尊重，对他予以特殊照顾呢？毕竟他只是个囚徒，哪怕身份尊贵，但他不仍是个囚徒吗？他凭什么？"

他凭什么？我现在就细细道来。

拿破仑的一生，是最波澜壮阔、前无古人的一段历史。他是几个世纪中最伟大的英雄，威名远扬，名震天下。他的名字被所有人颂扬，他的事迹超越了人们的一切想象，他创下的伟业无人能及。恺撒打算统治他的国家时，有着一流的出身和家境；亚历山大意欲征服亚洲时，是一个国王的儿子，父亲奠定了他成功的基础；可平民出身的拿破仑单枪匹马地展开征服世界的大业，唯一凭借的就是他的才华。他奇迹般闯进我们的视野，很快就披满了不朽的桂冠；从那一刻起，他就征服了所有人——他是士兵的偶像，最普通的士兵都因为他而荣誉傍身；他是祖国的希望，它在内忧外患中选中他为自己的拯救者，而且他从未辜负国家对他的希望。听到祖国快断气的呻吟声后，拿破仑从神秘的命运帷帐后走了出来，从尼罗河畔迅速起航穿过大洋，冒着失去自由和名誉的危险抵达法国海岸。人们看到他回来，激动得浑身发抖。公众一片欢呼，他在胜利的号角声中来到首都。一看到他，所有党派都放下了纠纷，团结成一个整体。他开始了统治，给狂暴的大革命套上了锁链。

他仅靠舆论的分量、靠他一个人的影响，就做成了这一切。他根本没有动用武力，事变全程一滴血都没有流。在他的人生中，这还不是唯一一个奇迹。

听到他的声音后，所有破坏性的思想烟消云散，所有伤口都愈合如初，所有污点都被擦抹干净。仿佛上帝创世一样，一切在瞬间脱离了混沌。

所有狂热的革命分子都各自散去，唯有伟大、崇高的真理存在于人间。拿破仑并不结交任何党派，在行政管理中不带有任何派系成见。他身边集合了所有派别、所有思想、所有有才之人：一种新的秩序被塑造出来了。

重获新生的法国为他祝祷，人民敬仰他，各国国王尊敬他。每个人都是那么幸福，为自己是法国人而感到骄傲。

很快，他就被人抬上皇位，当上了皇帝。每个人也都知道，他为自己的皇位赢得了多少光辉和权力。这位君王同时得到人民的认可与宗教领袖的祝圣，被胜利女神亲手戴上桂冠。试问哪个朝代的君主同时得到过这么多个如此强大、崇高、纯洁的头衔？你们找找看吧。

各国君主或者通过婚姻、或者通过协约，和他结成盟友；各国人民都认可了他。哪怕只有你们英国人例外，但你们也只因为自己的政策路线而反对他，你们的反对只是形式上的反对罢了。[576] 此外，拿破仑最神圣、最不容置喙的头衔，也依然得到了你们的认可。其他国家也许是出于必要才承认了他的头衔。而你们——你们只相信自己的信仰、真理和理念。拿破仑四次通过一个大国民族的普选，这完全符合你们的信条。哪怕你们公开诋毁他，但你们在内心深处已经接受了他的君王身份。你们摸着自己的心，问问自己！

现在，拿破仑失去的只有皇位而已。一场失败夺走了他的皇位，但无数场胜利会把他永远定格在这个位置上。他看着百万大军朝他杀过来，里面的将领、君王到处宣称他们唯一的目标就是他本人。多么离奇的命运啊！他倒下了，但他只失去了权力，他身上伟大的品格没有减少半分，它们依然为他赢得了所有人的尊敬。人们想到他，只会记得无数场胜利。不幸把他加冕为圣人。他深陷厄运之中，真正有良知的人反而会认为：站在荒岩上的他，比从前统领天下、威风凛凛的那个他更令人尊敬。

这就是他的所有头衔。

那些心胸狭隘、居心叵测的人拿出一贯的手段，把他说成是一切灾难的源头、我们现在经历的一切不幸的始作俑者，但他们是在白费唇舌。小册子的时代已经过去了，真相总会大白于天下。谎言的乌云一遇到阳光，立刻就会消散殆尽。总有一天，人们会还他一个公道。成见会随这一代人一道死去，只有事实长存。到时候，人们会说伟大的事迹和功绩都属于他，邪恶的是命运和那个时代。

今天，人们不是已经开始发现一个事实了吗？全能强大如拿破仑，也从来不能选择自己的命运和道路。他为了自卫而不断拿起武器，通过创造一系列新的奇迹，延缓了自己的毁灭。最后，他是为了保住和拯救国家大业才被迫屈服。你们英国人中，谁能否认这个事实？你们不是天天喊着战斗到底吗？[577]你们的秘密盟友内心深处，不也抱着这个被你们大声喊出来的念头吗？你们不是还吹嘘说，如果他果真抵抗到底，你们就要奉陪到底吗？所以，每次他向你们议和，不管他是否真的想要获得和平，你们都不在乎，因为你们早就打定主意要和他打仗。这么一来，他还能怎么办呢？你们还抨击他是战争制造者，可你们呢？今天，谁还能拿"野心勃勃"这个人们耳朵都听出茧子的罪名去抨击他呢？除了这个，他们还能想出什么匪夷所思的、唯他一人独有的新罪名呢？

他曾对大名鼎鼎的福克斯说，未来欧洲将拥有同一套法律、习俗，变成一个流着相同血液的大家庭，那里除了内战，将再不会有其他任何战争。我们难道能说，那个时候他的情感被野心所扼杀了吗？

他为了阻止《亚眠条约》被撕毁而付出无数努力，最后依然失败，然后得出一个结论：虽然英国今天得了便宜，但它若接受《亚眠条约》，将获得更多的好处，整个欧洲也会从中谋得利益；也许只有他一人名声受损，丧失荣耀。我们难道能说，那个时候的他被不可抑制的野心所主宰？

他在沙蒂永宁可冒着失去皇位的危险，也不肯以损害国家独立和荣誉为前提来稳妥保住自己的位置。我们难道能说，他是因为贪婪、庸俗的野心才这么做的？

他对别人说："我从厄尔巴岛回来后，完全变成了另一个人。人们不相信这一点，他们错了。我不是一个做表面文章的人，也不喜欢做事只做一半，我是一个彻底拥护宪法与和平的君王。"我们难道能说，他的野心是不可改变的吗？

他以为自己在滑铁卢能稳稳地取胜了，打算对战败者说的第一句话，就是提出《巴黎条约》的条件，好建立真诚稳固的联盟关系，让两国人民在利益上成为一个整体，保障英国的海上霸主地位，同时强迫大陆重获和平。我们难道能说，他的野心是不得餍足的吗？

他遭遇惨败后，一想到已被自己预料到的政治后果，[578]一想到未来极有可能发生的事，他就会发抖，就会高喊："有一天，也许连英国人都会为自己在滑铁卢上取得的胜利而哭泣！"我们难道能说，他的野心是盲目且毫无根由的吗？

所以，今后谁还会再拿"野心"这项罪名去攻击他呢？肯定不会是各国人民，因为他们看到推翻他的那些人的行径后，已经惊得傻了眼。会不会是各国君王呢？可那些在开战前满嘴正义的人，他们取胜后又是怎么做的呢？就让他们反复唠叨这些可笑的罪名吧。这的确是个很好但也很可怜的借口。就让他们在胜利中沾沾自喜去吧！

我过于激动了，赤裸的真相、炽烈的情感、波动的内心让我有些失态了！我继续说刚才的主题。

大不列颠的人民代表，请再想想我说的话吧。正义、人道、你们的名誉和荣耀在向你们发出这个请求。圣赫勒拿岛不是人能待的地方，他住在那里，肯定会提前走向死亡。你们肯定不想为此成为后人眼里的罪人。拿破仑是你们20年的死敌，他让你们想起了汉尼拔这类人……你们肯定不愿意让你们现在美丽动人的历史篇章染上污血。救救你们的政府吧，别让它背负上拿囚徒的鲜血做交易这个可怕、可憎的罪名。历史已经给出了无数类似的例子，让人看了触目惊心。这种事也只会大幅提升拿破仑的人格魅力：暴行发生后，他将成为人民心中的圣人，人们只会把他视为各国君王的受害者和殉难者。事情再这么发展下去，势必会走向这种结果，人们心中的情感天平定会偏向他这一侧。请你们不要让我们的现代历史记录这种惨剧，记录它所引发的可怕后果！

请把王权从它的盲目中拯救出来吧！请叫停以君主之名对受害人展开的迫害，维护伟大君主们最神圣的利益吧！请维护君王陛下最圣洁的第一特征——它的神圣不可侵犯性吧！如果诸国君王都敢抽打上帝在人间的代表，[579]他们在违背人民意图的时候还会有所顾忌吗？人世间的任何幸运都逃不过时间或命运的操纵，所有王朝都有沉沉浮浮的时候。维护他的利益，就是维护今天和未来的诸国国王的利益。一个敷过圣油的君主被废黜、被贬低、被折磨、被残杀，这件事定然会引发滔天怒火，成为历史中的一个恐怖事件，让任何国王想来就瑟瑟发抖！

把拿破仑叫到你们中间来，让他在你们法律的保护下找到属于他的一份平静吧！你们的法律会因此获得无上的荣光。不要让它失去这份最珍贵的胜利！而且，什么因素会阻拦你们这么做呢？

是你们最初做出的决议吗？你们可以撤销这份决议，让所有人都知道你们当时只是迫于形势和法律才这么做的。

是对你们国内安定的考虑吗？你们若这么想，那就太傻了。你们的体制、风俗乃至全部国民都遭到冒犯和伤害，这难道不是更加可怕的事吗？

是顾虑到欧洲的安宁吗？可此一时彼一时，只有庸人才会在某个环境因素已经消失后，仍继续强调和坚持在原先那种环境中的做法。拿破仑在权势滔天的时候，可以是欧洲的心腹之患；可他变成普通人了，只能在欧洲引发人们的诧异和思考。哪怕他今天依然掌控着权力，去惊扰俄国、奥地利、普鲁士和你们国家的安宁，这么做又能给他带来什么好处呢？

难道你们担心他有什么秘密打算？可拿破仑今天只有一个心

愿，那就是安安静静地了却余生。他亲口说过，在他眼里，往昔的辉煌已经遥远得像几个世纪前的事了。他觉得自己根本不属于今天这个世界，已经走完自己的人生了。像他这么一个卓然不凡的人，权势对他而言，除了能带来名望和荣誉，再没有其他任何价值。可论名望和荣誉，他比任何凡人得到的都要多。他得到的荣耀和名气，已经远远超出了人们的想象。哪怕他最后吃了败仗，可这不依然给他带来了无数荣耀吗？哪件事能和他从厄尔巴岛重回法国一事相提并论呢？后来，一个伟大民族缅怀他，把他几乎神化了。[580]你们中的许多人曾去过我们的各个省，进过我们人民的家，你们很清楚我们的秘密和情感。如果祖国在他心中还不如荣耀来得珍贵，那他大可血战到底，为什么要在放弃一切后再追求东山再起呢？他年纪大了，身体也不好了，看破了人世间的兴衰沉浮，甚至对人也起了厌倦之心，对人们追逐的凡俗之物已经彻底腻烦，如今他只渴求一种新的东西：一个安宁的庇身之所，一段幸福宁静的岁月。英国人啊，他请你们给予他这种东西，你们也亏欠他，因为他当初抱着霁月光风的英雄坦荡之气，在众多敌人中选中了你们。想想吧，努力公正地想想吧！把他召回来吧！你们当前只差一个荣誉，他的到来将让你们的荣耀走向完满。钦佩你们的自由和法律的人，等着你们把他召回来，要求你们把他召回来。那些喜欢吹嘘你们的制度多么优越的人，看到你们今天的行为都说不出话来了。他们的敌人以胜利者的嘲讽语气对他们说："你们向我们吹嘘这个在某种程度上比君主更有权力的自由民族，说他们有着慷慨、高贵的品格，有着不可更改的原则，有着公共道德精神和舆论力量，它们都在哪儿呢？这个自由制度的土壤结出来的、被你们引以为傲的果实在哪儿呢？因为一个人遭遇的危险，更准确地说，因为他蒙受的仇恨和报复，这一切伟大的脚手架都轰然倒地，一切瑰丽的幻想烟消云散。我们所捍卫、你们所贬损的那个绝对权力者，他能再做什么呢？他也许做得还不够，但再也做不了什么了。若是他的敌人对他抱有崇高的信任，他定然不会无动于衷。哪怕他从功利角度出发，做出某些不正义的决定，可至少他更有魄力、更加坦诚、更加高尚。他不会在人民面前掩饰自己的错误，不会自甘堕落到和邻国勾结的地步。他还竭尽全力，不让自己被困在这个可怕的僵局中。而你们呢，当你们立下极不公正的放逐协议时，你们的受害人还不在你们的控制之下；然而你们为了抓住他，卑鄙地伸出手佯装欢迎他的样子。你们终于把他控制在自己手中了，但你们也牺牲了自己的荣耀、你们国家的名声、[581]你们法律的神圣和威严。"

英国人啊，为了回答这些质疑，你们的朋友不得不转过头看着你们，等着你们采取行动。

虽然经历了两年的可怕折磨，但我依然信任你们的理念，相信你们会公平行事。我敢摸着自己的良心，当着你们的面说出这些话，深信你们中间定会走出有才干的人，他们会捍卫这个伟大崇高的事业。而且，无论你们的决定是什么，我的人生已经被写定了。

无论那个受害者被关在哪里，我都渴望追随他、扑倒在他的脚下，用不多的余生去侍奉他。①我这么做，也只是为了自己。我最开始跟随他，只是遵循了荣誉的呼声，我追随的是荣耀。可今天，我

---

① 我的请求通通被英国内阁拒绝了。虽然我一再要求追随皇帝，但这个请求也没有下文，所以也算是被拒了。读者就此可以看看我写的一封信。——辑录者注

在离他千里之遥的地方为他痛哭,纯粹是发自人和人之间的真挚情感。你们多少英国人接触过他啊!他们对你们说的东西,会和我的一模一样。去问问他们吧!英国人!看看他们描述的那个男人和我口中的他是不是一样的?看看你们对他的命运做出宣判时,是否真的了解了前因后果吧!

拉斯卡斯伯爵

我的吁请并不局限于上面那些写给各国君主、大臣的信,我还在自己能想到的所有事情上做出了不懈的努力。我一获得自由,就立刻把流亡到法兰克福的一些法国人聚集起来。这些和我一样对皇帝忠心耿耿的人,他们的真心让我看了都感动不已。有些人手头只剩最后一个德尼耶,可他们依然把自己拥有的微薄钱财都交给我,好让我渡过眼下暂时的难关,也希望我能把它们转交给我满心牵挂的那个人。[582]我还在那里有幸见到了心地善良、道德高尚的苏尔韦耶伯爵夫人。①法兰克福的许多身份尊贵的商人万分同情我的遭遇,慷慨解囊,给我提供了许多帮助。当时法兰克福城里有许多外交家,其中一些人听说我决心把我的所有时间和精力都放在减轻远方那个人的痛苦这件事上,承诺给我提供最方便的渠道,如果我有需要,可以立刻和他们取得联系。

另外,我也给自己立下了一个规矩:在每个月固定的一天向大元帅寄一封信过去,根据从他那里获得的必要指示,在这里尽我所能地帮上忙。我的信都以开启状态寄给殖民地副秘书长,并借此和他有了公开的书信来往;如此一来,我也能以最稳妥、最合乎规定的方式完成我的使命。在我的央求下,他承诺会定期把新的报纸、杂志、书籍和其他文章

---

① 即前文朱莉皇后克拉里。(请看《人名表》)

送到朗伍德；这些纸制品或者是我指定的，或者是我请他代为挑选的，相关的开支也由我寄给他。

皇帝的所有家人，包括他的母亲、兄弟姐妹，立刻予以我最积极的回复，信中的内容让人看得热泪盈眶。除了吕西安亲王外，我先前从未见过他们中的任何人。这几乎是他们真正第一次收到那个世人皆知的受害者的消息，于是他们纷纷来信，为终于有个中间人替他们转达他们对他的关心、忠诚和祝福而开心不已。他们只有一个问题：自己能为他做什么。他们立刻组织起了一个基金会，每年从里面拿出15万法郎，这是我认为维持朗伍德基本生活的必不可少的一笔钱。他们分摊这笔钱，一些人还迫不及待地把分摊到自己头上的那笔钱寄给了我。[583] 我只能万分感激地把这些钱退回去，请他们先把这些钱放在自己身边，等我需要的时候再来表达他们的善意。本来，除非发生意想不到的事，否则我在未来两三年都用不到这笔钱：人们发现了一笔皇帝名下的存款，有几十万法郎。于是我开心地把皇帝家人送来的钱早早寄回去，也想趁机让他们知道我谨慎、多思、有条不紊的做事风格。然而我高兴得太早了，不知是因为有人从中作梗，还是因为麻烦的银行手续，或者是因为办事人的疏忽，最后，人们说好的这笔钱只能按月分批拿出来，要拖到一年多以后才能付清。这给我带来巨大的麻烦，弄得我心力交瘁。我离开圣赫勒拿岛时给大元帅留了13张票据，它们被立刻兑现；他继续从我或其他人在伦敦的个人担保账户提钱，但因为这些账户上已没有钱了，它们被拒绝支付。这导致朗伍德那边欠了一大笔钱，还成了英国内阁报纸的笑柄。

我得知这个意外后，立刻给伦敦写信，说我愿意为朗伍德的一切汇票作个人担保，法兰克福这边会发来付款指令，补上这些钱。我尽量以最稳妥的方式办成这件事，动用了皇太后送来、我还没退回去的一笔钱，并往里面添了些我从几个朋友那里得到的钱。至于我，我那时是一分钱都没有了。但后来，我以一种非常奇特的方式拿回了自己的4000路易。当时，一个身份非常敏感的人保管着皇帝的一笔钱。他并不认识我，但猜到我可能遇到一点儿麻烦，给我汇来10万法郎。我不能对这笔钱提出任何所有权上的要求。[1]这个人这么做，无疑是考虑到自己身份的敏感性，必须谨慎行事。就这样，我没有出具任何债券书或收据，就这么拿回了我的钱；我也并不知道皇帝账户上是否还有欠款。[2]

六个月过去了，天气转暖。[584]因为长时间处在失望和愤怒中，我的身体大不如前，于是我打算去巴登泡一下温泉。但我可以自由前往那里吗？当前形势特殊，践踏法国人权利的事情在各地时有发生。我身边的人担心我不能自由离开，我自己也满心忧虑，因为我已经经历了太多冒犯我的非正义事件。大家都知道，我之所以能待在法兰克福，是因为受到奥地利大使的特殊保护。我的确是在有条件的情况下寻求奥地利的庇护；但它提供

---

[1] 此人是欧仁·德·博阿尔内，他为继父保管了80万法郎。（请看第九章第181页脚注1）除了在1818年给拉斯卡斯汇去10万法郎，每次拉斯卡斯以皇帝的名义向他提出请求时，欧仁·德·博阿尔内都会满足他的要求。他陆续汇出的钱，具体如下：1819年，从法兰克福给马修兄弟银行汇了37万法郎，向古尔戈汇去6000法郎，向奥米拉汇去2.8万法郎；1820年，给古尔戈汇去6000法郎，给马修兄弟银行汇去4万法郎，给伦敦福尔摩斯银行汇去7.2万法郎；1821年，给古尔戈汇去6000法郎，给伦敦巴灵银行汇去8万法郎。换言之，在托他保管的80万法郎中，欧仁汇过去了70.8万法郎。具体请看亚瑟-勒韦的《拿破仑和欧仁·德·博阿尔内》（Arthur-Lévy, *Napoléon et Eugène de Beauharnais*）第328页内容。

[2] 拉斯卡斯完全没有提约瑟夫·波拿巴从美国给他寄来的一大笔钱。他刚到法兰克福，就和约瑟夫取得了联系，给他写了一封催人泪下、辞藻华丽的长信，在里面说："殿下，在我被带离他身边的时候，您那位尊贵的弟弟的生活在各方面都糟到了极点。他身体受损，只有灵魂依然如从前那般沉着泰然。他看淡了自己遭遇的厄运，面对别人对他的一切虐待都淡然处之。他连基本的生活条件都保障不了，不得不打碎自己的银器，把它拿去换钱，好略微填补每个月生活费的不足。我在离开的时候，我通过总督，幸运地把我放在英国的（转下页）

给我庇护的同时，也默认了它对我的人身拥有一定的控制权。不管怎样，我还是想试一试。先前魏森伯格男爵非常热心地帮助过我，我心怀感激，觉得有必要在出发前登门致谢，顺便问问我是否处在监视之下。但他带着一贯的坦率和亲善，一句话就打消了我的顾虑和担心。他说，他们要做的是接待我，而不是囚禁我。

于是，我去了巴登，并有幸得到了大公爵夫妇的接待。虽然他们只是私底下招待了我，但我从拿破仑领养的这两个孩子身上依然真实感受到了他们的热忱。不仅如此，他们还非常牵挂皇帝的遭际。看到他们身边某些深得他们信任的人都在竭力反对我要做的事，声称我对拿破仑的一片热忱会引发政治骚动，再看看亲王夫妇，我更觉得他们对他的关心

10万法郎存款献给他，这是我在法国境外的所有钱财。他接受了这笔钱，这对于我而言简直是三生有幸的事。亲王殿下，我回到欧洲后遭到各种虐待，您可在英国报纸上看到他们是怎么待我的。眼下，暴风雨似乎暂时平息下来了，奥地利给我提供了庇护；我平静地生在法兰克福，在这里调养身体。可从此，我的生命只属于皇帝。无论是在他的身边还是远方，我都只有一个念头：我要尽自己的最大努力减轻他承受的可怕折磨，给他带来一丝安慰。正因为这个原因，我当初才强烈请求留在英国；正是这个原因，我才通过各种途径，日复一日地哀求英方放我回去。等待回复期间，我每个月都会通过英国内阁这个合法途径给朗伍德写信，行事规矩谨慎。如果亲王殿下想通过王后把您希望转达的东西交给皇帝陛下，我会非常乐于代劳。"约瑟夫·波拿巴立刻给拉斯卡斯送去1000英镑作为感谢，还一口气汇过去10万法郎，把他离开圣赫勒拿岛时留给拿破仑的钱还给了他。拉斯卡斯收到这笔钱后，给约瑟夫·波拿巴写信，说："我非常高兴能拿到这笔钱，在合适的机会下，我将把它送过去，就像我当初为了同一个目的而把金额相等的一笔钱留在那里那样。"他没告诉约瑟夫的是，他已经通过欧仁·德·博阿尔内得到了这10万法郎……拉斯卡斯在回忆录中绝口不提他写给约瑟夫的那两封信，后它们被收进《约瑟夫国王回忆录》第十卷第248～253页中。后来，约瑟夫·波拿巴读了拉斯卡斯的回忆录，在1824年8月1日给他写了一封信，说："我已收到您的八卷大作，并读了其中一部分内容。我很遗憾没有看到这本书的手稿……里面许多和皇帝有关的文章只会给他树立更多敌人；即便它们忠实记录了他的言论，但皇帝向来说话又快又急，这些言论并没有那些自尊心受伤或居心叵测的人赋予它们的意思。"读者可在《约瑟夫回忆录》第一卷第117～118页中看到此信完整内容。另请参考拉马克将军在1824年3月27日写给约瑟夫的关于《拿破仑圣赫勒拿岛回忆录》的一封信，它被收进《约瑟夫回忆录》第十卷第276页中。

是多么珍贵。但我也并没有滥用他们的好心。在这次温泉之旅中，考虑到自己身份的特殊性，我完全离群索居，独自住在一个僻静的地方，几乎从不露面，本着谨慎行事的原则，按下了自己的好奇心，从未去过那些享乐的地方。

我的克制、小心和自我约束，让我有幸得到了几次正式接见。在这几次接见中，我万分欣喜地看到人们对我为之奉献终身的那个人依然抱有一片忠诚和真心。[585]尤其是某一次见面，从见面的地点、方式和性质来看，简直像小说情节一样跌宕起伏。不过出于诸多考虑，我就不给出细节了。我只略微提一提这些事，之后就要转换话题，讲述其他事情了。这不仅是因为口述回忆录对我已是一件费力的事，还因为我不想消耗读者的耐心。

离开大公爵的时候，我请求他允许我搬到他的属国来，并挑中了曼海姆这个地方。我之所以相中这里，是因为这里和法兰克福一样通信便利，还没有法兰克福的种种不便。这些不便给我带来了一些麻烦，所以我才想离开法兰克福。

我在法兰克福期间很少出门，从不滥用我的自由——除了普鲁士特派员到来时。但我觉得我有权在自己家里接待宾客吧。我非常清楚自己很可能碰到假装成朋友的敌人，但我也知道许多来自不同阶级的人抱着最真诚的情感，千里迢迢地来到这里只为看我一眼！我怎么可以为了避免见到一个叛徒而伤害那么多善良人士的心，让他们活在悲伤和遗憾中呢？他们只想从我这里获得只言片语的安慰和快乐罢了。人们很难想象，我敞开大门后听到了多少人的心声、问题、建议，甚至各种各样的暗示。有人毛遂自荐，让我把最秘密、最有风险、最遥远的任务交给他去办；有人自告奋勇，要为我当中间人，把我介绍给一些引人注目、炙手可热的人物；还有人想乔装前往巴马，把我的所有文稿交给玛丽-路易丝皇后本人。总之，我根本不知道人们还会提什么建议。我在好几次接待来自不同国家的人的时候，听到对方提议帮助拿破仑逃跑。有的人是出于一时冲动，有的人是出于深思熟虑，还有一些人说不定是设了陷阱等我跳进去。那段时间，应对挑衅已经成了我生活中最平常的一件事！[586]幸好我行事坦荡，从不遮遮掩掩，没有任何秘密，只把自己的心愿和渴求表达出来，以应对无数人的提议。当然了，我做事光明磊落，即便有人把我的话报告上去，人们也不能从里面发现任何新的东西。所以，没有人来找我的麻烦。选择住在曼海姆这座边陲小城后，我深居简出，再也不见任何人，远离了各种各样的煽动分子和阴谋家，以免再被卷入我在法兰克福碰到的那些烦心事中。我用实际行动告诉那些关注我的一举一动的人：我不愿被卷进任何拿不上台面的阴谋中。

离亚琛会议的日子越来越近，我对这场大会抱有巨大的期待，每个善良的人也都和我一样期盼着。大家觉得，欧洲各国君主听到拿破仑遭受的折磨后定然不会无动于衷！要知道，他们每个人都曾被他视为自己的朋友、兄弟、儿子啊！更何况他们还会得到一份翔实、确凿的报告，从中了解到他现在的惨状。我做好了一切准备，决心等他们到了后就缠着他们、求着他们，把各种事实告诉他们。我给玛丽-路易丝写了信，还奉命把皇太后的一封信带给各国君主。皇帝其他家人也都积极参与进来。我细心为每个君主收集了一切真实确凿的资料，把它们附在我写给各国君主的一封短信后面。我甚至连英方代表卡斯尔雷都没漏过。下文就是我交给他们的所有文件。如果读者发现里面有重复甚至一模一样的句子，还请你们原谅我。我只奔着一个主题而去，范围有限，所以不可避免地会绕着一个地方打转。

写给玛丽-路易丝皇后的一封信

[587]皇后殿下：

我从有人企图让您的丈夫死在那里的那个地方回来后，有多少可怕的不幸要讲给您听啊！您是他的妻子，是他的儿子的母亲，还有什么比这两种情感更能在您心中激起万丈波澜呢？

我想我有必要让皇后殿下知道，我要利用各国君王亲临亚琛的机会，用虚弱的声音恳请他们减轻那可怕的命运，减缓有人借着他们的名义让他遭受的残酷折磨。除了我这个曾贴身服侍过他的仆人或者您这位和他有亲缘关系的亲人，还有谁是替他发声的更合适的人选呢？

然而，和尊贵、神圣、有权有势、得到世上所有人尊敬的皇后殿下相比，我的声音是多么无力啊！

皇后殿下，请行使您那神圣的权力吧！历史和后人会给您加冕桂冠，为您戴上一顶永恒不朽的皇冠！您的圣洁将征服所有人，您的美德将让所有灵魂充盈着快乐。[①]

拉斯卡斯伯爵拜上

皇太后写给亚琛各国君王的信

诸位陛下：

一个悲伤得难以言表的母亲，很久以来一直盼望各位皇帝国王在这场大会中聚在一起，以减轻一丝她的绝望。

你们此次会晤，不可能不讨论延长拿破仑皇帝囚禁这件事；你

[①] 这封信被寄到维也纳后，不知是否被送到皇后手中，但很可能没有。——辑录者注

们出于宽厚的灵魂、强大的权力，因为往昔的历史，定然会关心一个曾和你们共享利益甚至友谊的国君的释放问题。

⁵⁸⁸你们果真要让一个满心信任地投向敌人怀抱的君主饱受流放之苦，让他客死他乡吗？我的儿子大可以恳请他的皇帝岳父提供庇护，大可以相信曾是他朋友的亚历山大沙皇的崇高品格，也大可以去投靠尊贵的普鲁士国王陛下——后者听到他的央求，定只会记得他是自己从前的盟友。可英国能够因为他向它展现的这份信赖而去惩罚他吗？

拿破仑皇帝再也不是什么可怕的角色，他已经衰弱了。哪怕他身体健康，哪怕上帝曾给了他后路，他也对内战深恶痛绝。

诸位陛下，我是一个母亲，把儿子的性命看得比自己的还要重要。请原谅我因为悲痛而口不择言，向国王和皇帝陛下写了这封信。

这位母亲请求人们结束她的儿子遭到的长期残酷的虐待，求你们不要让她的努力化为泡影。

看在全善的上帝的分儿上，看在你们是上帝在人间的化身的分儿上，我恳求你们结束我儿子的苦难，还他自由吧。我祈求上帝、祈求你们，因为你们就是他在人间的权力掌管者。

国家的政治大道理有它的局限之处，后人会让有着宽厚慷慨的灵魂的胜利者变得不朽、流芳百世。

皇太后

附注：这封信没有得到任何回复。拿破仑的家人为了他还做了其他许多努力，但因为我不知道其中的详情，为了避免误导读者，在这里就不提了。

呈给亚琛各国君王的一封短信

1818年10月

诸位陛下：

凡间没有审判君王的法官。可既然诸位君王剥夺了王权最神圣的特征，把它提到你们的法庭前，[589]我抱着万分的敬重，前来恳请你们照拂一下曾长期得到你们认可、如今已被你们废黜、以你们的名义被囚禁起来、亲历了人世间的兴衰沉浮和大起大落的那位君王吧！如果君王的神圣不可侵犯性遭到侵害，谁还敢说自己是高枕无忧的呢？

在乎尊严、不惧苦难的他，只盼着让死亡来结束一切折磨。可我，曾悉心侍奉在他身边、却突然被人从那个可怕的孤岛上逐走的我，渴望把余生都奉献给他，拼尽自己这副衰弱之躯，好略微减轻我再不能为他分摊的那份痛苦。

我此刻大胆包揽下来的这个神圣使命，是我自己主动要去做的。我的一切行动，都源自我对他的耿耿忠心，源自我对这个是我主人的人的一片赤诚。

我出现在这里，和任何政治没有丝毫关系。我只被一股力量指引到这里来，那就是上至君王、下至平民都要受其约束的神圣道德。这就是我的力量、权利和理由。

拿破仑在那块礁岩上饱受折磨，缺衣少食，遭到自然和人为的虐待。如今这已是公认的事实，还有从该岛流出来的真实资料为证。我大胆把其中一些证据放在这里，请各位陛下过目。

有人说过，哪怕人们为了世界和平而不得不违背战争的律法和各国的法令，可至少也不能忽略人道的法令。

三年以来，和平在各个地方接替了战争，崇武的热潮退去了；各个民族、各个普通人重修旧好，政府和各党各派卸下了武器，各个民族的普世法律捡回了它的权杖。但只有一个人被隔离在这些好处之外，只有他尚未受到法律的保护。他被丢在一座孤岛上，忍受着可怕的气候，在恐惧中等着死亡缓缓到来，每日还要遭受各种仇恨和冒犯。这个可怕的刑罚什么时候才是尽头呢？如果他被判活刑，这样非同寻常的折磨未免也太残酷了！[590]当然，如果他被判死刑，那更是可怕的一件事。可他犯了什么罪？是谁审了他？法庭在哪里？判决结果是什么？法官是谁？他们有什么权力审判他？或许有人会说，对付他的唯一手段就是监禁、镣铐和死亡；或许有人会说，他的行为、承诺和誓言都是不可信的；或许他们还会说，他从厄尔巴岛回来一事就证明此人不足为信。可他是厄尔巴岛的岛主，人们还为他签署了协议，但他们遵守承诺了吗？这一次，他远离大陆，放弃了所有权力，宣布终结自己的政治生涯。这种情况就再不同于从前了。如果要取了他的性命才能平息仇恨、安抚众人的心，那为什么不直截了当地杀了他呢（这是他的原话）？速死虽不是件多么正义的事，但至少更加人道、不那么可憎。让他速死，这是在积德行善。这是他自己一再重申的原话。谁敢在这上面撒谎呢？

人们得拿出多么强有力的理由，才能为这件令人发指的事辩护呢？

人们是想惩罚他过去侵犯他国的行为？可人民的仇恨已在胜利中烟消云散，他们如今沉默了。

人们是想展开报复行动？可拿破仑身为征服者，可曾干过征服者会干的事？想想他在奥斯特里茨、摩拉维亚、维也纳、提尔西特的行为，想想他在德累斯顿会议中做了什么吧！把他放在历史最难替他辩护的场景中，去看看他吧！查理四世落到他的手上后，可以在贡比涅、马赛和罗马中自由选择他喜欢的居住地，还能维持一个国王的尊严。斐迪南在瓦朗赛的时候，一直受到各方面的悉心照顾和尊重，这是他自己亲口承认的。一个和皇帝争夺王位的君主落到他的手上后，拿破仑是怎么对待他的呢？他立刻宽宏大量地释放了这个囚徒。看看他的这些行为，再看看人们是怎么卑劣地对待他的，历史自有其公论。

人们觉得应该为他恢复古代的贝壳放逐制？可古人即便要赶走让他们感到畏惧的有才之人，至少不会杀了这个受害人，不会把他带到另外一个世界，不会把他丢到一个寸草不生的悬崖上，不会把他放在烈日下看他苦苦挣扎。[591]他们至少不会把罪恶转嫁到大自然的头上，让它替自己完成他们不敢做到的事。

人们害怕他的名字在欧洲产生巨大的影响力？可如今这种做法不是反而达到了这个目的吗？迫害向来能引起人们的关注，让善良的广大人民对受害人心生恻隐。如果想替某人造出更多的信徒，把他打造成烈士就够了！那么，人们还有必要采取这样特殊、破例的措施吗？为什么要同时侵犯国家、君主和个人的律法呢？

一个文明的民族看到敌人放下武器，它心中的怒火也就消散了；一个野蛮的民族看到敌人投诚，甚至会把他尊为贵宾呢。

既然如此，为何还要如此固执地和人道、正义、宗教、道德、政治以及所有文明律法背道而驰呢？为什么不向宽宏、荣耀和真正的利益让步呢？国王遭到恶待和虐杀这种事，向来都会遭到历史的谴责；每次想到这些事，臣民都会感到恐怖，君主都会感到惧怕。

我被人从圣赫勒拿岛赶走后，再不知道拿破仑之后遭遇了什么迫害。可在我离开之前，无论从他的个人尊严、精神状况还是身体情况来看，他的处境都极不乐观。也许在他的仆人的一再要求下，人们为此做了一些聊胜于无的改变；可他们改变不了严重危害身体健康的天气，更改变不了糟糕的生存环境。单单恶劣到了极点的环境，就足以毒害一切生命的水源。欧洲的任何单人囚室都好过那个地方；任何人，无论他有多么强大的身体和灵魂，都不可能在这么恶劣的监狱坚持多久。

此外，受害人还患有一个病症，它迟早会慢慢把他引向死亡。医学权威人士会毫不犹豫地予以证明。忧心忡忡的我就大胆把这件事告诉各位尊敬的君主陛下，[592]求你们听一听你们仁慈、善良、睿智的内心吧。

各位陛下，肯定有人会指责我对君权缺乏忠诚和敬畏。但我的一生可以替我向诸位陛下做担保。你们的利益、尊严和荣耀，一直都是我的希望和心愿的保护线。

拉斯卡斯伯爵

写给奥地利皇帝陛下的信

（上封短信随此信呈上）

陛下：

我在2月10日曾大胆跪拜在陛下的脚边，以一个忠仆的身份，为了我的主人向您苦苦哀求。

请陛下原谅我的一再骚扰。现在，为了曾是您的兄弟，又是您的女婿的那个人，我斗胆又给您写了一封信。我还擅自做主，把一些真实资料放在信末，一道送给了您。

陛下，我的希望和辩护全都仰仗您出尘的品格和私德。欧洲上下都认为您是最真诚、最仁慈、最善良、最虔诚的一个人；然而有人借着您的名义，折磨着您曾把您心爱的女儿嫁给他、被您挑为贵婿、被宗教承认为您的儿子的那个人，一心要把他弄死。

啊！陛下！我若把他带血的长衣带到您面前，您一定会惊得浑身发抖！……当最终审判的那一日到来，当人间的最高法官做出可怕的判决，问："你对你的儿子做了什么？他变得怎么样了？为什么你要让丈夫离开他的妻子？你怎能拆散在我的祝福下结合的那对人？我可以把胜利赏给任何人，但谁都不可能利用那个胜利触犯我的神圣法律，还不经受我的雷霆之怒的惩罚。"

陛下，我不多说了。如果我说得太多，恳请陛下原谅。那是因为我内心混乱的情绪、尖利的喊叫已经掩不住了，因为我眼睁睁地看着有人在杀害我的主人。[593]陛下，我向您跪下，失态地恳求您介入这件事，阻止这桩谋杀。啊！请不要对我的苦苦哀求无动于衷！[①]

拉斯卡斯伯爵拜上

写给卡斯尔雷勋爵的一封信

（附上我写给各国君王的短信）

勋爵大人：

我荣幸地把自己大胆写给联盟君王的一封短信的副本随此信呈送给您。

[①] 我还把一封类似的信写给了亚历山大沙皇和普鲁士国王，里面只略微做了些改动。——辑录者注

勋爵大人，出于我对您所代表的那位尊贵人物的深深的尊敬，也出于我对大人的才华的深深仰慕，我才觉得有必要把这封短信送给您。

勋爵大人，您对这封信有何感想呢？也许您会反对里面的内容吧。但我依然坚信，大人宅心仁厚，肯定不会公然、不加掩饰地抨击一个忠仆为了宽慰和安慰他的主人而做的一切努力。只要我还有一口气，就要拼尽全力去做这件事。

勋爵大人，您对那位君主的命运产生了多么重大的影响啊！过去如此，今天依然如此！为什么我不能把自己的声音传达到大人的耳中呢？在漫长、痛苦的孤独中，我反复地思考着，思考您做出那些可怕、残忍的决定背后的重大原因。我能想到的是，您是考虑到了自己祖国的利益而严格遵守法律，又忌惮您打击目标的为人和禀赋，更重要的是，您想维护贵国政府的荣誉、履行对它的责任。可是勋爵大人，您能一举达成这么多相互矛盾的目的吗？您当真了解一切事实和内情吗？为什么不给我机会去拜见勋爵大人呢？不过我身体羸弱、才智有限，恐怕不能准确地表达自己的感受和想法！[594]勋爵大人，也许您看了这封信会大为惊讶，也许我陈述的事实会激起您的震惊和思考。

祝好

拉斯卡斯伯爵

亚琛会议期间，我去了法兰克福，还凑巧和沙皇亚历山大在同一天进城。这无疑是个得到他接见的大好机会。沙皇亚历山大的平易近人是公认的，人们很容易就能接近他。在这样天时、地利、人和的环境下，想必我应该很容易见到他吧。人们还从各个方面积极地帮助我；每个人都告诉我，这是我实现目标的最稳妥的一条路，我若不尝试一下，那就太可惜了。但我在心底反复权衡了一下这么做的利与弊，对此举可能导致的结果抱有和众人不一样的看法。我问自己：见到沙皇的这个殊荣会给我带来什么呢？我能靠自己的口才打动这位君主的心吗？即便我的话语能触动他的心扉，可它能压倒许多人的反对声音，促使他做出最终决定吗？在时间那么短、那么仓促的见面中，我能像写信那样有条有理、精准无误地把自己想说的话传递给他吗？我应该在合适的机会到来之前，把我只打算交给一众君主的所有真凭实据先拿给他看，仿佛这只是一封平常的陈情信吗？如果沙皇亚历山大在我面前说了一些我必须反驳的话（这种事很有可能发生），到时候我不仅不能如自己希望的那样赢得他的支持，还会激怒他，这岂不是弄巧成拙？最后这点是我最担心的，于是我决定不去请求沙皇接见。去见沙皇会带来许多弊端，好处却只有一个，而且只是一个对我而言可有可无的好处：见一位数一数二的君王，和拿破仑曾在孤岛上如此评价过的那个人说上几句话："我若死在这里，他就是我在欧洲的继承者。"

此外，这位君主也知道我在城里。有人告诉我，有一次，他曾当着众人的面提过这件事；[595]我敢说，肯定是有人跟他提过我。我之所以如此笃定，是因为当时发生了一件奇特的事，我一定要把它写下来。当时我住在一家旅馆里，我旁边恰好住着一个俄国将军（乌瓦洛夫）。①此人深得沙皇的信任，随时都能觐见他。我到了后的第二天还是第三天晚上，旅馆老板来到我的房间，说这位将军答应了我的请求，愿意见我。我十分惊讶，差点儿下意识地说：请老板转告，他可能弄错了。可我转念一想，觉得这也许是天赐良机，于是立刻跟着负责传话的旅店老板走

---

① 1830年版本此处没有给出具体人名。

了。到了将军房间门口，我才说：这里面也许有什么误会，因为我并没有请求得到将军接待的这等荣幸。听到这话，将军立刻走过来，把我留下，让他的副官全部离开。他亲切、彬彬有礼地说，不管是因为误会，还是因为其他什么原因，他都非常高兴有机会认识我，高兴和我交谈。我们俩聊了很久，大家也不难想到，说的都是和圣赫勒拿岛有关的事。

我为了把自己整理出来的所有文件交给各国使团，才来到法兰克福。做完这件事后，我会立刻返回曼海姆，好躲过法兰克福的阴谋行动。要知道，我若再留在那里，许多人肯定会在亚琛会议后找到我，给我出谋划策，为我提供他们认为非常重要的帮助，毛遂自荐地热心替我奔走。理性告诉我，我定然会为这些帮助出一大笔钱；大家也知道，我当时因为拿不出钱去支付朗伍德大笔汇款产生的高额利息，差点儿让朗伍德断了粮。在亚琛会议期间，我一边等着从各国君王那里收到好消息，一边继续希望能收到关于哈德森·洛韦不断迫害、虐待他的受害者的更多证据。哪怕在曼海姆独处的生活中，我依然没放弃这一努力。这时，东印度公司一艘船上的一个不幸的炮手掘地三尺，总算在曼海姆找到了我。与此同时，我还收到了贝特朗将军寄来的一个大大的包裹。

[596]读者可在奥米拉的回忆录中看到这个炮手的故事。他带了一尊拿破仑年轻时候的半身雕像，想把它送给朗伍德，以期从中获得一点儿好处。这尊雕像被发现后，他被总督和他的耳目各种针对。总督一开始想把这尊雕像丢进海里，后来又借口他可以亲自把这尊雕像送到朗伍德，想把它收缴上去。最后，此事引起公众一片哗然和声讨，总督骑虎难下，只好把它送到了朗伍德。为了弥补这个炮手遭到的恶待和蒙受的损失，贝特朗伯爵借口要为这尊雕像付钱，从我离开时留给他的十几张汇票中抽出一张交给这个炮手。这张汇票价值300路易。贝特朗把它交

给炮手时，还请他留一张签收凭证当收据。但这个可怜的家伙根本就不知道汇票是什么东西，更听不懂贝特朗的话。把雕像送到朗伍德后，哈德森·洛韦说了下面这番话："朗伍德的人已经给了他一笔赏钱，过段时间他就知道是怎么回事了。"这个炮手之后去了印度。从印度回来的路上，他的船经过朗伍德；船只靠港期间，这个炮手被禁止登岛。人们只告诉他，他回到伦敦后可以去找海军部，拿到先前总督说的那笔钱。抵达英国后，他一番琢磨，才明白自己手头的这张汇票价值300路易。然而此时离他拿到汇票的时间已过了18个月，汇票上的付方账户里已经没有钱了。他只好万分失望地离开伦敦，觉得自己既丢了雕像，又没拿到钱。他是达尔马提亚人，要走的里雅斯特这条路返回家乡。他万念俱灰地穿过德意志地区，却在法兰克福无意中得知他汇票上的签字人如今正在曼海姆。他万分欣喜地找到了我，把哈德森·洛韦一顿痛骂，然后拿到了那笔钱。他说，这对他而言是很大一笔资产，他这辈子都有指望了。

至于我收到的大元帅送来的那个大包裹，[597]里面有一封他奉皇帝之令写给我的长信，还有一些无法通过官方渠道看到的文件。令我大为震惊的是，就在我收到包裹的当天，我已在比利时的报纸上读到了这封信，里面的内容是人们从英国报纸摘抄和翻译过来的。我一边猜测这是不是朗伍德故意为之，一边立刻把那封信抄了一份，寄给了利物浦勋爵。读者可在下文读到这封信。我还把这些文件①以及贝特朗伯爵的信都放在这里，因为伯爵在信中又给出了一些细节，讲述了皇帝在我离开之后的遭遇。读者可从中知道这18个月里朗伍德又发生了什么。此外，里

---

① 1823年和1824年版本此处是"所有这些文件"。

面一些文件上还有拿破仑珍贵的亲笔附注，我无论如何也不能让它们湮灭于沉默中。

拉斯卡斯伯爵写给利物浦勋爵的信

勋爵大人：

不久前，我收到了贝特朗伯爵的一封长信，让我大为震惊的是，在我收到信之前，信中的内容已被刊登在布鲁塞尔的《真自由党人报》和伦敦的《纪事晨报》上了。

我根本无法告诉勋爵大人这到底是怎么回事。我唯一能说的是，我并未参与此事，并为它的发生感到万分遗憾。

我只能这么解释这件事：贵国在圣赫勒拿岛上的一个人要求朗伍德必须打开包裹，才肯把它带出去，他觉得这关系到他的国家的荣誉。这个人到达伦敦后，立刻把信中的内容透露给公众，同时把包裹寄给了我。

勋爵大人，要是贵国政府同意了我之前的再三央求，允许我留在英国，这种事根本不会发生。有人日复一日地在朗伍德展开残酷的迫害，但贵国政府并不知道其中的细节。我相信这点，贝特朗伯爵似乎也是这么猜想的。勋爵大人，您作为这届政府的领导人，我才在一开始就把这个闻所未闻的错误报告给您，也只报告给了您，顺便给您提一些建议，[598]请您就此事予以纠正。

请勋爵大人相信，我在遵守程序、礼仪和等级制度的前提下，已经尝试了各种途径，却屡屡碰壁。只有到了迫不得已的最后时刻，再没有其他办法了，我才会求助舆论。

勋爵大人，我可以用一件事来证明。当初我给巴瑟斯特勋爵写了一封信，向他陈述了自己的悲惨遭遇，恳请他动手整顿国内的弊病，但18个月过去了，他对我的信一直不理不睬。我大可把这封信公之于众，可我并没这么做；直到您的下议院里的一位议员发表了不当言论，我才被迫站出来发声。

勋爵大人，我还可以用另一件事来证明。在亚琛会议期间，无论我内心是多么渴望把一切抖出来，我依然小心地把自己毕恭毕敬写给各国君王的、满是哀求和抗议的信原原本本地抄下来，交给了卡斯尔雷勋爵。

为了让您更加相信我的真诚，我还可以拿最新发生的一件事证明。您看，我刚收到贝特朗伯爵的信，就赶紧把它抄给了您，好让您了解事情真相，把它汇报给摄政王储殿下。

勋爵大人，我的身体已被蛮风瘴雨的圣赫勒拿岛彻底损坏了，又因为被迫离开而抑郁成疾，我的身体状况堪忧，再不能做任何需要思考的工作了，所以只能把我收到的信原封不动地誊抄给您。此外，信中赤裸裸的事实不是最有力的陈述吗？

请允许我向您献上诚挚的问候。

附注：勋爵大人，我为这件无比重要和严肃的事给您写了这封信，也请您允许我借此机会向您多说几句，请您屈尊聆听一些纯属私人的事。

也许我不应当期待您对我遭遇的诸多不幸予以纠正或答复吧？[599]也许我就应该接受自己失去了两年前就被扣在圣赫勒拿岛的文稿的事实吧？哪怕我给哈德森·洛韦提出无数抗议，哪怕我就此荣幸地在好望角给王储殿下写了信，哪怕我还在好望角时就给您的一位同僚写信表达诉求，哪怕我在法兰克福给巴瑟斯特勋爵写了信。

贵方对我一再提出的正当要求，只予以不断的、彻底的沉默，这就是正式表态拒绝了吧？我不愿相信这点，勋爵大人。我曾经目睹过你们法律的威力和优越性，知道每个英国人——无论他是什么阶层、什么身份——对它都持毕恭毕敬的态度。所以我更愿意相信错误在我，是我不知道如何行事，在某些地方违反了现有的规定和程序。可即便如此，勋爵大人，难道你们不应该告诉我，我到底违反了哪些规定吗？勋爵大人，我恳求您发发善心。我被迫留给哈德森·洛韦的那些手稿根本和您关心的事之间没有任何关系：从这点看，它们对您而言根本就无足轻重；可它们对于我的珍贵性，是用任何文字都无法描述的。

贝特朗伯爵写给拉斯卡斯伯爵的信

亲爱的拉斯卡斯：

我在6月7日收到了您在1月15日写给我的信；当月13日，我又收到了您2月15日、3月15日和4月15日写的信。[①]我把它们都念给了皇帝听，皇帝因此让我给您写信。四个月前，我从古尔本那里收到了一箱书，后来古尔本还非常殷勤地送来一张曾挂在圣克鲁官中的画，画上是拿破仑小时候受洗礼的样子。[600]亨利·古尔本把这幅画的价格砍了一半，从画的主人那里把它买了过来。我们对此没做任何表示，因为它和发生在这里的事情过于违和。我们就把它当成议会讨论后采取的一个行动，就和当初英国决定给我们造木头房子是一个性质。读了您最近写来的信，听说英方对您开诚布公、以礼相待，我大为震惊！……我们遭受无数可怕的折磨，皇帝将死在总督

---

① 读者可在下文看到这些信的副本。——辑录者注

的私仇下，这些行为难道并没得到英国政府的同意？不过各国政府和君主被人欺骗，这也是可能的事。正因存有这种怀疑，我才给您写了这封信。

您在1817年离开后，1818年，我们这里发生了巨大的变化。人们对皇帝的折磨升级了，他们就是铁了心要夺取他的性命。我告诉您一些事，您可以自己判断一下。您肯定在3月的报纸上读到一些和巴瑟斯特发表的言论有关的评论文章。可在这之后，我们的境况越来越糟糕，总督对我们是越来越肆无忌惮了。

您离开后，皇帝不愿落入别人给他布下的圈套，不愿接受他们为了羞辱他而特地设置重重哨兵的这等做法，便再不骑马了。后来，为了避免同样的麻烦，他不得不放弃了散步这个消遣活动。3月和4月，皇帝有时候会出门来我内人的家里坐坐，有时候在离房间50步远的一个凳子上坐一坐（您知道那个地方），而且最多坐一个小时就回屋。可人们依然找到了阻止他出门散步的办法，逼得他再也不愿离开房间一步。他们把第66团的一个士兵安排在花园里，还在我的家里设了个下士。这个办法非常奏效。他们的理由听上去很合理：花园里有些毒草，会往空气中释放毒气，[601]让花园寸草不生；我家需要修缮，它已经摇摇欲坠，还总漏雨。可总督还给了这两个士兵一个权力：他们可拦住任何一个他们看不顺眼的人，甚至在皇帝的窗户前和大门口都如此嚣张！从那一刻起，皇帝再没离开过屋子；100天过去了，他连头都没探出过窗户。

糟糕的天气、运动的缺乏、恶劣的生活条件严重损害了他的健康，您看了他后，保准都认不出他来。从1817年9月末起，他出现了慢性肝病的主要症状——您知道，肝病是这里的一大致死疾病。

好心的奥米拉给他治疗，您知道，皇帝很信任他。4月，就在他最需要这位医生的时候，哈德森·洛韦把奥米拉赶走，强行把您认识的巴克斯特医生塞进来。于是，皇帝拒绝让任何医生给他看病。从4月10日到5月10日，他一直未得到任何医生的照料。最后还是岛上的俄国及奥地利特派员看不下去了，气愤地告诉总督：如果皇帝在这个时候死去，他们不能保证欧洲舆论不会认为他是被人谋杀的。这似乎说服了总督，他又把奥米拉请了回来，可仍然对医生做出许多无礼的事。他企图把医生从第66团士兵的餐桌上赶走，可这些勇敢的军人不愿和他狼狈为奸，不肯干出这么专断无礼的事。他还通过上校给奥米拉医生发布命令，禁止他继续和这些军官一起吃饭。他给伦敦写了信，人们很可能会把医生赶出小岛。如此一来，皇帝就再也得不到任何治疗了。要是摄政王储或利物浦勋爵不知道此事的详情，皇帝会失去医生的帮助，贫病交加地死在这里。皇帝已经病得非常严重了；这两个月来，他上午十一点钟起床，凌晨两点钟上床睡觉。几天前，他还患了一次非常严重的急症——奥米拉给他用的水银引起剧烈肝痛。奥米拉吓坏了，害怕自己负不起这么大的责任，建议我把巴克斯特和征服者号上的外科医生①请过来看看——他们是当地最好的医生。*602* 您也知道皇帝有多讨厌巴克斯特，因为此人曾是哈德森·洛韦指挥下的意大利营的军医。后来，巴克斯特从1817年10月到1818年3月编写了几份满是谬论的通报，欺瞒了英国政府和欧洲，皇帝对他更加反感了。斯多基在当天下午三点来到了朗伍德。虽然皇帝也不太喜欢这个人，但并不介意他给自己看病。

---

① 即斯多基。（请看《人名表》）

然而斯多基不肯进皇帝的房间，担心给他看病会危害前程，失去自己通过40年的奋斗才坐上的那个位置。这个理由在我看来太荒谬、太让人难以置信了。后来我和他聊了一次，他也后悔自己没有为我们帮忙。斯多基其实是个很值得尊重的人，但他拒绝给皇帝问诊的做法也情有可原：有人暗示他别多管闲事。此人先前也是这么警告银行家科尔的。您认识这个人，我有一点儿钱放在他那里，便把他请到自己家里。可他到了后，说他在没有军官陪同的情况下不能和我说话，否则他就完蛋了。几天后，相同的事还发生在从英国过来的福勒身上：我交给他几百英镑，想让他替我在伦敦买点衣物。实际上，您根本想不到我们今天过着怎样的生活，一切和您在的时候完全不同，虽然那时候的日子也难熬。您也了解皇帝的性子，他会反对他的任何家人来到这里，绝对不会接受自己的母亲或兄弟前来分担他遭受的羞辱、冒犯、仇恨。哪怕是我和蒙托隆伯爵（如今只有我们俩陪在他身边了），他也多次要求我们离开，想让我们免去这样的虐待，留他一个人独自承受。看到我们不再遭受迫害，他心中的悲伤就会减少几分。您也知道，很久以前军官就再不踏足朗伍德了；但在路上碰到我们时，他们还是会和我的妻子聊几句。[603] 可如今，他们都被禁止和我们说话了。总督并没明文禁止他们在朗伍德外和我们聊天，却拐弯抹角地暗示他们不能这么做。所以，他们在路上看到我们后，只好远远地避开。

我们遭遇的迫害越发严重，就连我们的脏内衣都要放上好几天，等当值的军官或参谋检查后才能拿去清洗。这对于他们而言也是一件极其耻辱、极其失礼的事；他们这么做，就是为了羞辱和冒犯我们。

1816年6月，一艘货船把拿破仑年轻时候的一尊大理石半身塑像送了过来。哈德森·洛韦要求人们把这尊塑像丢进海里；后来他矢口否认自己曾想这么做，但我们有司法文件为证。这等下作手段激怒了仍在岛上的马尔科姆夫人，岛上的所有船长也为此倍感愤怒。

后来，在2月末，货船剑桥号带来了两幅版画，画上是年轻时的拿破仑。人们在伦敦买来这两幅画。哈德森·洛韦借口要把它们送给神父，将其买了下来。两个月后，军官们才得知事情真相：总督根本不是拿去送人，就是想找个借口把画收上去而已。他们义愤填膺，简直不敢相信一个英国人能卑鄙到这种地步。

英国政府不可能不知道总督在这里的行径。如果皇帝在这里和阿美士德勋爵的聊天内容被传到伦敦，如果人们去问问在这里当值两年的波普尔顿上尉（您是认识他的），去问问第66团的尼克尔军官，去问问第53团的费尔泽上校，去问问来过这里的许多人，他们自然会知道这里发生了多少令人发指的恶行。

如果当初英国政府在柏勒洛丰号上公开、公然地杀了皇帝，皇帝在欧洲的一部分敌人会支持这种做法；但他们中任何一个人都不会支持他被人用这等卑鄙手段杀死，定会诅咒和斥责这等下作行为。

怎么解释我们的经历和您向我讲述的事情之间的出入呢？① 也许是有人狡猾地写了封假信，在里面编织了无数谎言？我们这两年多次公开、大声地表达了自己的不满，604 按理说，伦敦应该知道这里发生的犯罪行为才对。

---

① 在1840年版本中，拉斯卡斯在此处加了一个脚注："大元帅从另一个角度解释了这个出入。他怀疑我因为心善而被人愚弄了。"

我若对您说岛上法国、俄国和奥地利特派员的事，您肯定会大为惊讶。您还在这里的时候，我们从未接待过这群人。直到今天，他们也没觐见过皇帝，更没来过朗伍德。但我们在院墙外面的路上多次遇到他们，这种见面方式真有些奇怪。皇帝并不把他们看作特派员，只把他们当成陌生人一样打招呼。

至于总督，皇帝从1816年4月开始就再没见过他了。此人干出这么多冒犯人的事情，您也知道皇帝不再见他的原因。如果总督因此展开报复，虽然这非君子所为，但也说得过去。但政府怎么可能在两年里都这么信任这个不断滥用其信任的人呢？这太奇怪了。

我以皇帝的名义，迫切地请您把他当前的境况告诉他的家人；更重要的是，一定不要让他们中任何一个人来这里分担他的苦难，这只会让他更加痛苦。

您对我们说，英国政府给我们订了《纪事晨报》。但和先前我们收到的《泰晤士报》一样，它把不愿让我们看到的期刊藏起来，只把愿意给我们看的报纸寄过来。所以，我们收到2月和3月的部分报纸，但其他报纸全被收走。我们从来收不到完整的、刊号连贯的报纸，这还不如一份报纸都不给我们呢。

我们又是怎么得到书籍的呢？每次有货船靠岸，总督做的第一件事就是把船上所有书都买下来，尤其是法语书，好让我们一本都买不到。

至于您对我们说的那些报纸、期刊，我们3月12日只收到一柜子读物，您可在信末看看我整理出来的清单。这不由得让我们生出怀疑：人们把剩下的读物都藏起来了。

我把自己写的这封信读给皇帝听，他对里面的内容没有任何意见，只觉得我在讲述人们对他施展的那些阴险、下作的手段时，语气还是有些绵软。[605]他要求我添加两份他亲自写下的附注，好让您知道他对这个国家派过来的官员是何看法。到目前为止，皇帝接受的甘汞治疗并未缓解他的肝病，反而让他更加难受。

亲爱的拉斯卡斯，请接受我最真挚的问候。

贝特朗伯爵
1818年1月18日于朗伍德①

附注：我写好这封信的几天后，又发生了好几件事。您看了后就会明白，我们这段时间的境况不仅没有如您以为的那样有所好转，还越来越糟。您认识麦凯上尉，他是第53团的一个军官，接替同一团的波普尔顿上尉在这里当值，波普尔顿的前任则是在第66团声誉极佳的军官布拉克内。麦凯刚到朗伍德，就意识到总督要求他做的事是多么下作、多么为正人君子所不齿。由于总督的行为越来越过分，麦凯迫切渴望结束这一年的执勤，离开这个可鄙的位置，再不和它有任何关系。据说他在私底下对部队里的战友说，一个在乎名誉的人若继续在这个位置上干下去，会连自己都瞧不起自己。似乎哈德森·洛韦对这个军官的表现也不是很满意。不管因为什么原因，这个月20日，另一个军官当上了圣赫勒拿岛的指挥官，您知道这个人，他和哈德森·洛韦是旧相识，在总督手下众军官中，只有他被皇帝拒之门外。如今，他代替麦凯来到朗伍德执勤，还搬出各种理由，把另一个军官一道带了过来。所以如今，我们这里有两

---

① 杜南第一个指出了《拿破仑圣赫勒拿岛回忆录》所有版本都存在的一个印刷错误。这封信并非写于1月18日，而是1818年7月18日。

个军官了。先前，有些归政府所有的房间和物资都是军官和奥米拉医生共享的，这两个军官如今为如何分配物资发生了好几次激烈的争吵。

22日，我把抗议信A交给总督，后者通过那个军官给我来了个下马威。[606]凭我的性格和处境，我不会干出挑衅哈德森·洛韦这种事；可这件事让我忍无可忍，便写了抗议信B交给他。

24日，他让奥米拉离开朗伍德，理由是巴瑟斯特勋爵下了命令。文件C就是总督写给蒙托隆伯爵的信，信件D是我们的回复。

您也知道，当初奥米拉医生代替皇帝的医生来到我们身边，是我向基斯上将写信求助后英国议会自己做出的决定。要把他从皇帝身边赶走，就必须拿出议会的命令书出来。如果这道命令书真的存在，为什么总督不拿给我们看呢？毫无疑问，议会和巴瑟斯特勋爵不会把皇帝自己挑中的医生赶走，他们知道这么做的后果——除非他们能再找一个皇帝信得过的人过来顶替奥米拉。

可即便有议会的命令，这也不能证明总督的做法是正义的。不应在皇帝病重时执行这道命令，这是人之常情。在他得了这么可怕的疾病，性命堪忧、急需治疗的节骨眼儿上赶走他的医生，这是任何人都无法想象的事。我们早在4月就问过，他们是否要赶走奥米拉医生，从欧洲派一个皇帝信得过的医生过来给他治疗。所以，我们至少该在三个月前就收到回复才对。

亲爱的拉斯卡斯，我必须搁笔了，我的心已经彻底碎了。

贝特朗

[607] 1818年3月12日收到的第一批报纸书籍清单

《当代人物传记》	3册
《隐士肖塞·德·昂坦》	2册
《法国演讲报》	2册
《圭亚那的隐士》	3册
《1789年后的文坛年代表》	1册
《1817年的法国和法国人》	1册
《樊尚城堡和第戎史》	3册
《1815年巴黎公报》	1册
《论义务》	1册
《1815年秘密社团史》	1册
《假太子》	2册
《人民的呼喊》	1册
《趣味逸事集》	1册
《1817年军队结构》	1册
总计	23册
《诺曼及香槟通讯报》	15期

附注：这并非您要求送来的那些书，而是我们写给我妻子的侄女——拉图尔侯爵的女儿利德凯尔克伯爵夫人的一封信中要求采购的书籍，这封信被投往伦敦。我们在这封信中请伯爵夫人每个月固定给我们寄来一些书籍、报纸，古尔本就想把这件事包揽到自己头上。虽然有好几艘军舰和货船抵达圣赫勒拿岛，但我们在3月28日后就再没收到任何东西了。

1818年3月28日收到的第二批报纸书籍清单

《1814—1815年战争史》（作者阿尔冯斯·博尚）	4册
《从厄尔巴岛返回法国的路线图》	2册
《奥特朗特公爵的一生》	1册
总计①	7册

[608] 附注一：皇帝写在总督哈德森·洛韦1817年11月18日送来的信的背后

这封信，以及先前于7月24日、10月26日写来的信，全都是一派胡言。我这18个月里一直都待在自己房间里，以免遭到这个官员的冒犯。今天，我的身体极其衰弱，再也读不下去这封令人恶心的信了。以后不要再把这些信拿给我了。

这个官员做的事，是得到了他的政府内阁的口头秘密指令也好（他是这么对我们说的），是出于他自己的意志也罢（根据他百般掩饰的行为来看，这也是可能的），无论哪种情况，我都只能把他视为杀人犯。

如果人们把一个正直的官员派到这里，我仍会遭受一定的折磨，但他们至少可以免去来自历史和欧洲的无数批评。这个心思狡诈的恶人再怎么指鹿为马，也瞒不过历史和后世如炬的目光。

拿破仑

1817年11月23日写于朗伍德

---

① 最后送去的这批图书简直是个天大的玩笑。可鉴于当地的特殊情况，发生这种事也不足为奇。——辑录者注

附注二：皇帝写在托马斯·里德1818年4月25日写给贝特朗伯爵的信的边上

1. 昨天您把这封信给我看的时候，我说过，我不愿意知道里面的内容，别把它翻译给我听，因为它没有遵循过去三年得以沿用的形式。

2. 在这新发生的冒犯行为中，丢脸的只有那个妄自尊大的人。只有英国国王才有资格跟我平起平坐。

3. 这种鬼蜮伎俩只有一个目的：不让您把这两年来人们对我施展的阴谋犯罪泄露出去。

4. 所以，他们看似为我们提供了一条抗议途径，实则堵住了我们的嘴。

5. 他们宣称三年以来一直在给我造房子，以解决我的住房问题，可实际上我一直住在这个不卫生的茅房中，人们根本没有为我修建什么住宅。

6. 他们说允许我骑马，却通过迂回的手段阻止我骑马锻炼，这是我生病的一大原因。

7. 他们还通过相同的手段阻止我接见任何外人，要把这里变成一个坟墓。

8. 他们先是企图谋杀我的医生，之后又强迫他离职，只因后者不愿成为一个丧心病狂的人的迫害工具。他被人关在朗伍德，理由是让我随时得到医疗照顾。可我们都很清楚，我根本就见不到他，我已经两周没见到他了。只要他没有重获自由，不能脱离被压迫的现状，不能独立地行使职责，我就不可能再见到他。

9. 在这种情况下，一个我从来都没见过、不了解我的身体状况、连我得了什么病都不知道的医生，还写了几封每字每句都是谎言的通报，不过这倒是蒙骗王储、英国及欧洲人民的一个好办法。

10. 他们还以残忍的玩笑态度，冷笑着看我因为长期得不到医生的治疗而饱受疾病的折磨。

11. 把这份附注寄给利物浦，并把您在昨天、4月13日和14日写的信一并寄过去，让摄政王储认识一下这个杀人犯，让此人接受公众的惩罚。

12. 如果他不这么做，我就把我屈辱的死亡算在英国王室头上。

拿破仑

1818年4月27日写于朗伍德

文件A：1818年7月22日写给总督的抗议信

我代表拿破仑皇帝，提出以下抗议：

1. 抗议您打着公共权利的旗号，往朗伍德偷塞仆人、工人等，以此侵犯朗伍德地盘的行为；

2. 抗议您为了强迫奥米拉医生离开朗伍德而对他施加的羞辱，抗议您或公开或私下地阻挠拿破仑得到这个获得其信任和贵国政府的认可、能在岛上公开行医的医生的医学治疗。

3. 抗议军官海斯特给出的一切证明、报告和文书，此人纯粹是个被安插到朗伍德的复仇工具。

贝特朗伯爵

文件B：1818年7月25日写给总督哈德森·洛韦的抗议信

总督阁下：

请允许我把我收到的一封信交给您。

那个老头在我看来已经失去神志了。他不承认我的正式信函，只认您的命令。我没有给他回信，也不会给他回信。他就是一个办事的低级军官而已，如果他的上司希望从我这里得到答复，我可以这么做。

祝好

贝特朗伯爵

文件C：1818年7月25日总督从种植庄园写给蒙托隆的回信

阁下：

请允许我就拿破仑·波拿巴一事向您告知，我于1818年5月16日从巴瑟斯特勋爵那里收到指令，后者要求我让奥米拉离开拿破仑，所以我发布命令，让他立刻离开朗伍德。

普郎平准将也同时收到海军上将的指令，即将离开本岛。

此外，根据巴瑟斯特勋爵的指令，奥米拉医生离开后，我会把巴克斯特医生派去照顾拿破仑，[611]在他需要的时候提供帮助。我告诉巴克斯特，让他把照顾拿破仑·波拿巴视为当前的第一要务。做这种安排的同时，我必须明言：在严格遵守当前已经生效的规定的前提下，如果拿破仑·波拿巴因为任何原因而不满意巴克斯特医生的服务，或者他更希望得到岛上其他医生的治疗，我可以满足他这方面的要求，允许他挑中的医生去朗伍德看病。

我已命令奥米拉医生离开，并把相关命令发给了巴克斯特。只要病人提出要求，他可立刻前往朗伍德。与此同时，了解拿破仑·波拿巴在这方面的要求后，我也会在朗伍德安排一个卫生官，以应对紧急情况。

祝好

哈德森·洛韦

文件D：蒙托隆伯爵写给总督的信

总督大人：

奥米拉医生已在昨天离开了朗伍德，被迫在正展开治疗的时候抛下了他的病人。今天早上，治疗中断，一个巨大的罪恶行动开始了！！！贝特朗伯爵在4月13日、24日、26日和27日的信里已经讲得清清楚楚，我就不多复述了。除了奥米拉这个自己人，皇帝不会接受其他任何医生，除非是从欧洲过来的。这点贝特朗伯爵已在4月13日的信里讲得很清楚了。

我把昨天您写给我的信的内容转达给了皇帝。现在我给您写的这封信，便是我负责传达的回复。

祝好

蒙托隆伯爵

612 贝特朗伯爵写给红衣主教费施大人的信[①]

红衣主教大人：

皇帝的管家西普里亚尼在今年2月27日下午四点于朗伍德去世了，被葬在岛上一个新教徒公墓里。教会牧师如同对待他们的信徒一样，为他举办了最后的葬礼仪式。但有人出于某些目的，声称他被葬在了罗马天主教会的墓地里。我会把死亡登记簿寄给您，不过您马上就会知道他们为什么要费尽心思这么做了。这个地方的教堂牧师很乐意帮助死者，但死者渴望由一个天主教神父为自己做圣事。因为我们找不到天主教神父，他便再不关心是哪个宗教的牧师给自己做临终礼了。如果您能告诉我们，我们在这方面应该遵循哪些天主教会仪式、天主教徒临死前能否由英国圣公会牧师给他举办殡葬礼，那就再好不过了。不过，岛上牧师在那个时候表现出来的热忱和关心还是很令人感动的。西普里亚尼死于下腹的炎症。他是在星期五去世的；就在上个星期天，他干活的时候尚没觉得身体有任何不适。几天前，蒙托隆伯爵一个仆人的孩子夭折了；不久前，一个女仆也死于同一种疾病。这都是这里恶劣的天气造成的，没有人能在这里以高龄寿终正寝。许多本地人都死于肝病、痢疾和下腹炎症，因为这些疾病而丧命的欧洲人更是数目惊人。我们对此深有体会，每天都觉得需要请一个天主教神父过来给病人送终。您是我们的主教，我们希望您能派一个法国神父或意大利神父过来。如果可以，请选一个40岁以上有学识且未被英国圣公会那套信条荼毒（这点尤为重要）的性格温和的神父。

[①] 我觉得有必要把这封信插到这里来，是因为它详细讲述了许多发生在朗伍德的事，还添加了许多足以说明那里的生活条件的细节。——辑录者注

^{613}皮尔龙先生如今成了我们的管家，但他本来就在生病，还在康复阶段，身体很不好。厨师也是相同的情况。请您、欧仁亲王或皇后送一个管家、一个法国或意大利厨师过来，只要他们从前为皇帝或他的家人效过力就行。

大人可在信末发现如下物品：（1）我们在西普里亚尼的文件柜中找到的一些文件。（2）他平时常戴的一枚胸针，我觉得应该把此物交给他的妻子。（3）他的存款余额清单，共计8287法郎或345英镑5先令10生丁。（4）一张汇票，好把他的存款转交给他的财产继承人。皇帝知道他的儿子受着您的照顾、女儿在皇太后身边，本打算给两个孩子一笔年金，后来得知西普里亚尼在热那亚有很大一笔存款，足以保障孩子未来的生活，因此作罢。

我不愿加剧您的伤悲，但皇帝的健康状况实在令人担心。其实在天气转热之前，他的身体还没那么糟糕。请您不要把这些事告诉皇太后，不要相信在欧洲广为流传的错误消息。我只告诉您一件百分百真实的事：在过去22个月里，皇帝只在极少的情况下才离开房间，去拜访我的妻子。除了岛上的两三个法国人和英国驻中国大使外，他再没见过其他任何人。

我请求主教大人把我充满敬意的问候转达给皇太后和她的家人，也请您接受我最真挚的敬意。

贝特朗伯爵[①]

[①] 这封信在1840年版本中被删。

^{614}拉斯卡斯伯爵写给贝特朗伯爵的第一封信①

我在能写信的第一时间就给您写了这封信。我离开朗伍德后，一年时间过去了。在这段时间里，我是多么痛苦和悲伤啊！！！我把报纸寄给您，您可以得知详情。我在信里就不多说什么了，否则像我在为自己没给您写信找理由似的。我会用我能找到的所有办法，做到我暗下决心一定要做的事，向你们证明我余生的每一天都忠于你们、关心你们。我和你们在一起的时候，通过回忆欧洲的点点滴滴来获得安慰和快乐；现在我回到欧洲了，怎能不尽全力让你们也得到一丝安慰呢？啊！我亲爱的同伴们，你们永远都是我的牵挂！所以我刚摆脱监视状态，获得自由，就立刻给您写了信。^{615}我至少一个月写一封，在每个月固定的一天，以表达我对你们从未停止的关心。也许我的信会遇到阻碍，不能到达您的身边；但我定是要给您写信的，除非死亡把我带离人间。在这里，我也请求所有负责审核我的信件、想从里面找到扣信不发理由的人，请你们发发善心吧。我求求你们让我知道自己在无意中犯了什么你们觉得应受惩罚

---

① 我认为有必要把我写给贝特朗伯爵的一系列信件放到这里，原因如下：贝特朗伯爵在上面那封信中提过它们，读者看了自能更加明白他的意思；它们展现我在给朗伍德写信时是多么天真和乐观；读者看了后可对古尔本前后矛盾的话做出评价：他明明收到了那些信，还礼貌地予以回复，后来却在下议院声称这些信的作者自己说话含混不清、让人解读出两个不同的意思。一个正直的人，怎么可能在收到下面这些写给他的信，还把它们报告给了巴瑟斯特勋爵后，坦然说出作者语意不清、让人解读出不同意思的这种话来？就算古尔本是个很难伺候的收信人，只听得懂清楚、明示的意思好了，就算他读不懂法语好了。可是他真的读了这些信吗？他真的误读了里面的意思吗？还是说，他是希望误读里面的意思？当初他那个高尚的同胞巴瑟斯特在上议院发表惊人的言论，对霍兰德勋爵的指控矢口否认。他是否意欲效仿此人，不以事实为根据，只挑对自己有利的话来讲？把这些信公之于众，让大家对古尔本的话做出判断吧。读者看了我信中随意、不拘细节的文风，自会知道我原来根本没打算把这些信公开出来。——辑录者注

的违规做法，好下次避免再犯：毕竟公共道德并不禁止人们私下提供情感需求和慰藉。这也是我渴望给您写信的唯一理由。

不久前，我觉得自由无望，发出绝望的请求。之后，奥地利给了我一个庇护地。我的身体大不如从前，但只要稍微恢复一点儿体力，我就要立刻赶到林茨。我在好望角患上的头痛病现在越来越厉害，情况不容乐观。我会利用当局允许的联络方式，以取得你们在乎的所有人的详细近况。但今天，我只能说些自己拐弯抹角打听到的消息。

谢天谢地，在我离开圣赫勒拿岛前不久，我的妻子提出的登岛请求被拒绝了。在我如一个包裹一样被人带来带去的时候，我的妻子走大路和我会合了。眼下她返回了巴黎，好把我们的孩子接过来。她打听到消息后，我会立刻写信把您、蒙托隆及古尔戈家人的消息告诉你们。

我能确定的是，玛丽-路易丝皇后在巴马过得很好；她的儿子在美泉宫，身体很健康，长得也很可爱。苏尔韦耶伯爵夫人和我在一座城市里，她的身体时好时坏；她时不时会得到远在美国的丈夫的消息。她的两个女儿很好，大女儿长得酷似她的父亲。博盖塞王妃、皇太后、卡尼诺亲王、红衣主教费施、路易亲王都在罗马，身体都很好。埃莉萨公主、蒙特福尔伯爵和缪拉王妃[616]分散在奥地利各地。希望将来我能给您提供更准确、更直接的消息。让我最感遗憾的是，我没能在英国下船，留在那里。我本想买些东西从英国直接寄给你们，让孤岛上的你们获得一些娱乐消遣，可如今这条路断了。为了履行这个神圣使命，我一再央求英国内阁；我还会继续求他们的。只要我坚持下去，总有一天能打动他们。但不管我离英国有多远，都会通过一些中间人完成这项崇高的义务。只不过，你们要更晚才能收到我的一部分努力和关心的结果了。

请你们保重身体，为了关心、爱着你们的所有人的幸福和心愿着想，为他们付出的真情和慰藉而好好活着。

到了多佛尔后，我收到了您在7月22日、哈德森·洛韦在29日写的信。我从中得知我在好望角从朗伍德寄过去的东西，你们只拿到了很少一部分，先前我根本不知道这件事。为了我在离开之前送到皇帝脚下、因他终于接受而倍感高兴的那笔钱，当初您交给我了一些文件，如今您已经收到这些文件了。哈德森·洛韦告诉我，我留给您的那些汇票已得转兑。它们若能派上用场，那就太好了。我尚不知道自己的账户是何状态，因为我还不能给我在伦敦的经纪人写信，也不能从他那里收到任何消息。

不能保住对意之战这部分回忆录手稿，把它们留在我的身边，我对此深感遗憾。这段遥远的与我们今天的政治再无关系的历史，定会载入史册。人们无比缅怀它，科学和当代人都在呼唤它。如果我能得到这份手稿，这将是我天大的荣幸。如果您愿意予以我这等殊荣①，我会立刻抓住各种机会和渠道，⁶¹⁷在伦敦打听消息，好知道我应当遵循哪些程序才能收到这份手稿。我会请求英方把我得到的回复转达给哈德森·洛韦，这样您这边也能知道当前是否是寄出手稿的好时机。

我亲爱的将军，多给我写信吧，把您能想到的所有要委托我做的事都告诉我，严肃的也好、琐碎的也罢，困难的也好、简单的也

---

① 贝特朗伯爵的回答是：等情况允许了，他会把这部分手稿寄给我。——辑录者注

罢，请都告诉我。我要一再告诉您：我只为你们而活着，离开那座孤岛的只是我的肉体而已。

拉斯卡斯伯爵

拉斯卡斯伯爵写给古尔本的信，随上封信一道寄出

阁下：

我从内人那里得知，您曾在许多时候代表巴瑟斯特勋爵，好心地把我和我儿子的消息传到巴黎，转达给她。请允许我就此向您表达我的谢意和感激。

如果我没理解错的话，您在巴瑟斯特手下做事，是圣赫勒拿岛大小事务的第一负责人。故我大胆请求您好心点拨我一下，让我知道和圣赫勒拿岛通信的相关注意事项。

如您这样仁慈、感性的人，心中存有所有美好的情感。所以我大胆请求您在不违背你们规定的前提下，帮我实现我虔诚的心愿，让我为正痛苦地活在圣赫勒拿岛上的那些人带去一丝慰藉。

请允许我请求您替我问问巴瑟斯特勋爵，他是否允许我把书籍、报纸、公开刊物和其他我觉得好看的读物寄到朗伍德。如果可以，我请求阁下替我在伦敦搜寻和采办您觉得合适的读物，我这边会直接给您汇款。

618 我还要大胆请求您，如果我写给圣赫勒拿岛的、打开呈给您的信里有任何会引起您担心或疑问的话，您可以把它们删了，以免信件被延误寄出；也请您好心把其中的原因告诉我，以免我下次因为一不小心而犯下相同的错误。

阁下，今天我把一封写给朗伍德的信寄给您，您可在信中发现

我提出的希望得到一份手稿（《对意之战》）的请求。这份手稿和当今的政治没有任何关系，却是科学和历史的一份珍贵资料。如果朗伍德愿意把它交托给我，在它走完哈德森·洛韦大人那边要求的所有程序后，您能否愿意帮我把它迅速寄出，好让我拿到它呢？

阁下，我知道您处境敏感，我大胆向您提出的这些要求也许会增加您的负担。然而我是出于神圣的理由才向您提出这些请求的，相信您一定会答应我。如果您答应，我定会感激不尽，一辈子铭记您的恩德。我也希望尽少遇到麻烦，尽量简单直接地达到目的，所以才想着给您写信，而不是去找巴瑟斯特勋爵。希望我并没给您造成任何不便；如果给您带来麻烦，也请您相信我是无心的，这完全不是我的意愿。

请接受我诚挚的敬意。

拉斯卡斯伯爵

拉斯卡斯伯爵写给贝特朗伯爵的第二封信

我恪守承诺，在一个月后的同一天里给您写信。我把写信日期定在每月固定的一天，这样您就知道您肯定会收到信了。不过我还没从妻子那里收到消息，所以信里面的一些内容可能是落款后再加的。[619]我每天都盼着从巴黎传来消息，但一无所获。我的妻子大概在一个月前离开了，估计她已经见过您、古尔戈和蒙托隆的家人了。我理应收到详尽的消息，可事实并非如此，这让我万分惊讶。因为不愿把给您写信的时间往后拖延，所以我只能下个月再把妻子打听到的所有详情告诉你们。她定然会替我热心周到地办妥此事。

得知我的第一封信已被寄了过去，我很高兴。除了这封信，我还给古尔本写了信，和它们一道寄往伦敦，并在不久前收到了他的回复。看到这封信得到对方的重视、尊敬，看到他将各方面打理得妥妥当当的，我着实感到开心，觉得先前一切都是彼此的误会。

他向我打包票，说他随时乐意把我的信转交给您，只要它们和上一封信是一个性质，不会惹来任何纠纷。他说，他会根据我的要求，把我指定的书籍刊物寄给你们。他还自告奋勇，愿意替我去买这些读物、跟踪它们的邮寄情况，然后时不时把采购金额发给我，从我这里拿到钱就行。他还告诉我，如果皇帝愿意把《对意之战》的手稿交给我，且哈德森·洛韦收到了可以把它寄往英国的指令，他可以将其从英国转寄给我；如有必要，他甚至可以根据朗伍德提出的要求提供邮寄服务。最后他还告诉我，我很快就会收到自己在泰晤士河上被收走的文件，而且英方并没打开过包裹；如果它们还没送达，那就是在邮寄的路上被耽搁了。

希望您看到这封信的时候已经收到一些书籍刊物了。令人遗憾的是，我所在的地方离英国太远，我做什么事都不方便，故不能亲自挑选、保证它们的时事性。但我会给伦敦写信，好解决这个弊端。趁着这个机会，我还能给您寄去一些或者在朗伍德是稀缺物，或者能让你们的生活变得更有滋味，或者对皇帝的健康大有裨益的东西。

620 玛丽-路易丝皇后身体很好，一直都在巴马。根据不久前的消息，有人在一次儿童舞会上见到了她的儿子；他如同爱神一样可爱，深得维也纳人的喜欢。这是见过他的那个人的原话。他的舞跳得棒极了，看上去他很喜欢这项娱乐。

我得到了皇帝所有家人最暖心、最温柔的关怀，收到了他们无数的善意和给予。我非常乐意每个月都把他们的消息告诉你们。

热罗姆亲王转告我说，我尽管放心给他提要求，除了他无法做到的事，其他要求他都能满足。他把善良正直的普拉纳接到自己身边。后者自从在柏勒洛丰号和我们分别后，历尽坎坷、受尽折磨，差点儿死在海边。奥坦斯王妃写信说她也遭到了许多迫害，但她为此感到骄傲和幸福，因为这些迫害证明了她满心温柔、可贵的忠诚。

只要身体允许，我就会去拜访约瑟夫王妃。由于体弱多病，她一直深居简出，大多时候都卧床不起。①谈起圣赫勒拿岛的时候，我们的思绪就会飘过大洋，仿佛看到了你们似的。那一刻，我们感到多么幸福啊。她的女儿都是出类拔萃的好姑娘。根据最近的消息，她的丈夫身体很好。拿破仑皇帝的两个仆人被英国政府赶出朗伍德后，去了美国投奔他。②

吕西安亲王把住在罗马的皇帝家人的消息告诉了我。皇太后、红衣主教费施、博盖塞王妃和路易亲王都很好，他们为自己那位尊贵的家人祈祷，祝福他身体健康。吕西安亲王说自己在罗马过得很开心，不久前还为他的三个女儿安了家。不过他一直牵挂着圣赫勒拿岛，无法接受自己的哥哥将老死在这个流放之地的可能。他催促我对他说实话：如果他前往圣赫勒拿岛，皇帝愿不愿意见他。*621*他还让我去问英国政府，他能否去圣赫勒拿岛住两年，如果他的哥哥不赶他走，他能否带着妻子孩子永远住在那里。我把这个问题同我的信一道寄给了英国政府。他的妻子愿意陪他前往圣赫勒拿岛。吕西安亲王还说，他可以自掏腰包负责他和随从的吃住，绝不会增加朗伍德的开销；他愿意接受他的哥哥遭受的限制，如果英方认为

---

① 即约瑟夫·波拿巴的妻子朱莉·克拉里。
② 即阿尔尚博特和鲁索。请看下卷第201页。

必须在他出发或回来前对他个人采取一些预防措施，他通通都可以接受。

亲爱的将军，我忍不住再次恳请您告诉我，皇帝是否真的愿意把《对意之战》的手稿交给我。接下来，您还可以把和埃及有关的篇章也寄给我。它们是学术界和历史界的两大瑰宝，和当今政治没有丝毫关系，所以寄出来应该不会遇到什么麻烦。我已把贝特朗伯爵夫人的所有感谢转达给了她在伦敦的朋友，为他们对她和她的孩子的诚挚关怀和慰问而表示感激。如果我能住在英国，肯定会挑些这些夫人喜欢的礼物登门致谢。可惜我人在远方，唯有用祝福来表达这份情感。我真诚地祝福她们，也真诚地祝福你们，我的所有同伴。我的心并未离开那座孤岛。

我的健康状况依然非常糟糕，头痛一日比一日厉害，医生对此也束手无策。但愿上帝让我免去这个折磨，就算是为了我的使命、为了我心灵的平静！我想温柔地拥抱您。你们所有人都要保重身体，好好地过日子。你们身体健康，便是我以及如我一样爱着你们的朋友们的最大心愿。

拉斯卡斯伯爵

1818年2月15日写于法兰克福

拉斯卡斯伯爵写给古尔本的信，随上一封信一道寄出

阁下：

我收到了您的信，得到了非常满意的回复。您在里面回答了我提出的所有问题，[622]展现了您乐于助人的崇高品格。我深为感动，对您感激涕零。

我把写给朗伍德的第二封信寄给您。在《对意之战》的文稿方面，您的提醒是正确的。请代我向巴瑟斯特勋爵表达感谢，谢谢他为了方便这批手稿寄出而给哈德森·洛韦下达指令——只要拿破仑皇帝愿意把这份手稿交给我。

阁下，我会给伦敦写信，让人把我请您好心替我寄到朗伍德的出版物清单转交给您。我离伦敦太远了，不能挑到最新出版的读物。如果这张清单很晚才送到您手上，您没有时间去采购，可以把普腊德、费艾维、本雅明·贡斯当、夏多布里昂以及研究政教协议的相关著作寄过去吗？您能根据您的选择，把在您看来贵国出版物中最好、最新、最值得推荐的书籍刊物加进书单吗？您能否好心地替朗伍德订购《商报》呢？自我离开后，朗伍德只收到一期法语报纸，那里的人很想订购这份报纸。您还可以为朗伍德订购你们反对派的一份报纸。朗伍德能收到《通讯报》和《泰晤士报》，这两份报纸在岛上非常常见，所以就不用订它们了。您把这方面的单子寄给我后，我会立刻给您汇款。我只求您不要在某些方面列出的开销金额太大，让我猛地一看触目惊心。我手头根本没有钱，有幸得到或即将得到的钱也尚不足以让我付清账单。① 我已经落魄到靠他人接济的地步：我就是乞讨的贝利萨留。

因为您的正式回答让我心生希望，也因为渴望从您这里得到更多善意，我才大胆地"得寸进尺"，再提一些请求。我认为有些东西可为朗伍德的囚徒提供消遣，或者对其身体大有好处，所以想让它们随同这批书籍一道寄过去。[623] 如果劳烦您尽可能在伦敦买几斤

---

① 拉斯卡斯写这封信的时候，尚未拿到约瑟夫·波拿巴和欧仁·德·博阿尔内寄来的那笔钱。

最好的咖啡、波尔多最好的一批葡萄酒，不知这是否会惹您烦心？根据我喝葡萄酒的经验，知道某些地方、某些酒庄生产的葡萄酒每瓶价格六七法郎，却比市面上贩卖的所有葡萄酒都要好。我向您提这些酒，是因为觉得它们物有所值。阁下，我敢摸着我的良心，抛去一切反感情绪拍着胸脯对您说，人们给拿破仑提供的葡萄酒大多时候难以下咽，他得到的大部分生活物资也都低劣无比。这也许能让您理解他，思考我们在朗伍德的处境：我们在朗伍德不是在生活，而是在生存。当然贵国政府也提供了生活费，但您了解岛上的情况，自然知道那里有哪些弊病，是否存在侵吞物资的行为。这不是我第一次说这种话了，我只是忍不住想一吐为快。在好望角的时候，我给朗伍德寄了一批贡斯坦斯红酒，这种酒质量非常好，能给人带来一种享受。如果您愿意的话，可以采购第二批贡斯坦斯红酒寄过去，钱由我出。还有一件我非常在意的事：我想拜托您寄一批普罗旺斯橄榄油到圣赫勒拿岛，这是最好的橄榄油。我们在那里吃到的橄榄油的味道简直令人作呕。朗伍德还急需科隆水，我们出于习惯和健康，对科隆水的需求量很大。

  阁下，我知道自己在这里大胆提出了很多超过您能力范围的要求，我甚至都不能想象您需要抱着多大的善意才能稳妥地做成这些事。只因为我知道您的仁慈，对您抱着极大的敬意，才斗胆向您提出这些要求。正因为我想采取最直接的办法来满足朗伍德的一切需要，所以我才那么迫切地一再恳求贵国政府允许我留在海峡对岸。我在这里大胆向您提出的一切要求，是我一直以来惦记的东西。我本可以在不麻烦任何人的前提下完成这些心愿，把所有事都扛在自己肩上，尽心尽力地完成我的承诺。如果人们允许我去做这些无害且合情合理的照顾工作，那会给他们造成什么不便呢？可他们残忍地拒绝了我的要求，但凭什么呢？[624]为什么他们依然不肯让我去英国呢？我一直都在请求、恳求他们予以我方便，这也是予以大家方便啊。我现在住在法兰克福，尚未脱离监视，几乎不能离开自己的房间一步。如果是在伦敦，我不是也过着这样的生活吗？

阁下，我这封信已经写得太长，我就不再啰唆了，以免耽搁您的时间。我再求您一件事：我受吕西安·波拿巴亲王的委托，想替他问问贵国政府是否允许他去圣赫勒拿岛住两年，他会负责他和同行者的全部开销，绝不会增加你们的负担，而且他愿意接受和他哥哥一样的约束条件；如果贵方认为有必要在他出发和离开的时候对他采取一些预防措施，他也没有任何意见。您能否把这个愿望转达给贵国内阁呢？

谢谢您好心地把我在泰晤士河上被收走的文件手稿的相关决定告诉了我，这是我失去手稿后第一次听到积极的答复。我不久前求过这里的英国大使，请他在柏林为我这批被人遗忘的手稿发声。我想对您说，我已经失去了太多，而且每天仍在继续遭受重大的损失。

阁下，请接受我诚挚的敬意。

拉斯卡斯伯爵

1818年3月4日写于法兰克福①

---

① 从此处开始到816页*的第12行（尤其是拉斯卡斯的那6封信），在1840年版本中被删。作者直到那个时候才意识到他这本书的最后一章是多么冗余，便写了一条附注："通信说得够多了。我把其他许多信件都删了，因为它们说的都是同一件事，会让读者觉得无聊。"

* 此处法文版存在印刷错误，页码有误，由于资料有限，具体页码无法核实。——译者注

拉斯卡斯伯爵写给贝特朗伯爵的第三封信

亲爱的将军，一想到我写给您的第一封信就快到您身边了，我给您写这第三封信时心中就充满了愉悦。希望我的第二封信已在路上，虽然我对此并不确定。人们应该还会给您寄来一大批书籍、报刊，我写这封信的时候，又送去了一张清单，请人再买一批书籍。

我的妻子前一天离开巴黎，带着孩子过来和我团聚。我从她那里收到了一些消息。[625]她说她已经见过古尔戈的家人，并把她从我这里得到的和你们有关的消息全都告诉了他们。他母亲和姐姐一切都好，就是非常想念他。大元帅，您的家人已去了外省，人们很久都没听到他们的消息了。至于蒙托隆的家人，我的妻子也并没见到他们。希望我能在下封信中让您知道您家人的消息，虽然他们如今已经不在首都了。

皇帝的所有家人都很好。给您写了上封信后，我又得到了关于他们每个人的一些消息，所以我每个月就能对您讲讲他们的事了。所有人都非常关心他，只为了他才继续活着。到目前为止，他们中大部分人没有收到他的任何消息。我向他们转达的不多的信息，对他们而言如同沙漠里的甘霖一般珍贵。为了满足他们这份非常合情合理的情感需求，我打算请求英国政府将来收到从圣赫勒拿岛传来的信息后，能让我知道皇帝的身体状况。我是代表皇帝的一大家子人，请英国政府发发善心。希望它不会拒绝我们发乎真情的这个请求。

我受宠若惊地受到热罗姆亲王的委托，替他转告：因为通信条件限制，再加上他对自己哥哥抱有深深的尊敬（皇帝对他就如同第二个父亲一样），所以他才没有给哥哥写信，但他无时无刻不挂念着对方。如果皇帝的境况在明年没有转好，他就要请求英国政府让他带着妻儿前往圣赫勒拿岛；他认为，那时人们应该找不到合理的理由阻止他前往该岛。他的妻子也支持他这等高尚的英雄行为，抱着相同的情感和愿望，要和他一起上路。

红衣主教费施大人给我写了信，代表皇太后和他本人告诉我，只有他们俩没有小家庭的牵绊，不用担心因为什么事而给家人带来麻烦，[626]所以但凡我有什么办法能从任何方面改善皇帝的可怕处境，都要优先给他们写信。

我有幸经常拜访苏尔韦耶伯爵夫人，她非常关心圣赫勒拿岛，但眼下她的身体状况非常糟糕。她备受疾病的折磨，让人非常担心。她的女儿们都很好。

不久前，我拿到了在泰晤士河上被收走的手稿和文件。它们在外面盲目地漂泊了四个月后，终于回到了我的手中。虽然一些意外导致包裹延迟到达，但我收到它的时候，包裹上的印章都还在，没人打开过它。

我迟迟收不到你们的消息和信件。我们之间隔得太远了，通信又时断时续，恐怕我还得等上很久才能收到你们的信息了。但凡你们有什么要求，尽管向我提；到目前为止，我只能猜测你们需要什么。不久后，你们就会收到你们缺少的那部分《总汇通报》了。今天我特地为此事给古尔本写了信。

我刚从我在伦敦的经纪人那里得到消息，说他已经承兑了我的汇票，这是一件让人高兴的事。但他还告诉我，他最近又收到了您那边的两张汇票，由于它们没有得到我的授权，所以他拒绝了承兑。我对此感到万分抱歉。离开圣赫勒拿岛后，我很长时间都不能和他取得联系。我立刻给他回了信,让他在他职权范围内尽快弥补这个错误。他还没告诉我要怎么处理这两张汇票。

我的身体状况没有恶化,也没有转好。我对它已经绝望了,眼下已经进入暖春,可宜人的气候并没让我身体变得好一点儿。我是为了恢复健康才留在法兰克福,医生建议我住在这里,因为这里有许多温泉。

大元帅,请您和其他亲爱的伙伴接受我的所有祝福和情感。那个孤岛就是我的生命之所在。请你们所有人好好保重,这是所有爱你们的人的共同心愿。每一天,我都收到对你们的无数祝福。[627]这里和附近地区有一些被流放者,其中一些还和你们很熟。他们都很爱你们,都很敬重你们。

拉斯卡斯伯爵

1818年3月15日写于法兰克福

拉斯卡斯伯爵写给古尔本的信,随上一封信一道寄出

阁下:

我非常荣幸把我写给圣赫勒拿岛的第三封信寄给您。我已经收到了在多佛尔被缴走的手稿和文件,它们原封不动地回到了我的手中。劳您费心,我万分感谢。我在这件事上从来都是秉承积极沟通的态度,我写给西德默斯勋爵、后来在我不知情且违背我个人意愿的情况下被公之于众的那封信,可以证明我这番话的真诚。我气恼的是,因为一个固执、傲慢的底层官员的原因,这批文件离开我四个月之久,给我造成极大的痛苦和不便。

阁下,我想立刻告诉您一件在我看来不可思议、也许您还不知

道的事。您在2月12日屈尊给我写了一封信；同月28日，同城的贵国大使把这封信转交给我；3月2日，《泰晤士报》发表了一篇文章，在里面提到了您的信。有人也许会说，是我把这封信的内容泄露出去的。可是，我不可能在24小时之内就把这封信传到伦敦，我也没必要做这么一件冒失的事。我不是要替自己辩解，只想把这件事告诉您，由您自己去想是怎么回事。① 我向您保证，[628]我非常重视您好心传达给我的消息，绝不会向外界透露半分。哪怕出于对您善意的热心帮助的尊重，我都不会这么做。

阁下，我请您为朗伍德订阅《法兰西密涅瓦报》，并继续往那里邮寄新的出版物，法语、英语的都可以，只要您觉得它们有意思就行。

红衣主教费施大人从罗马给我写信，说他曾两次给朗伍德寄了《总汇通报》合集。朗伍德已经有了1807年之前的《总汇通报》，

---

① 这件事虽不重要，但因为实在匪夷所思，所以我在这里提了提。

秘书长这封信写于2月12日；同月28日，同在法兰克福的英国大使把它转交给了我；3月2日，也就是一天之后，《泰晤士报》刊登了下面这篇文章：“一封从法兰克福过来的信，透露说拉斯卡斯在那里得到极大的关注，还受到了奥地利和英国大使的特别保护。伯爵还亮出一封副秘书长写给他的信，后者在信中做出了许多慷慨的承诺，还允许他通过殖民部把波拿巴将军可能想看的所有书籍、小册子、报纸寄往圣赫勒拿岛。这不由得让人提出一个问题：英国政府是否认为拉斯卡斯伯爵是拿破仑在欧洲的办事人？”

这篇文章中提到的和副秘书长有关的事都是真的，有些地方的用词甚至和原信一模一样。我当然不用为此在副秘书长面前替自己辩护，因为我根本不可能在24小时内把信从法兰克福传到伦敦。要解释这篇文章为何如此清楚内情，我们只能说，也许是副秘书长的信使在从伦敦到法兰克福的路上，甚至在伦敦的时候就打开了这封信；又或者是他的部门里有人泄露了消息。对此，副秘书长没有任何回复。是谁做了这件事呢？他怎么做到的呢？又为什么要这么做呢？《泰晤士报》的这篇文章到底有何目的呢？

此外，这不是唯一一次朗伍德的个人信件被泄露到报纸上了。我们可以找到大量类似的文章，里面披露的内容都确凿无疑地来自朗伍德的通信。——辑录者注

从1808年到今年的刊号却再没有了。如果您对红衣主教大人的这些邮寄品存有意见,那您能否挑选一些可以代替《总汇通报》的期刊,把它们寄过去呢?出于必要的经济原因,我才斗胆向您提出这个建议。

阁下,因为拿破仑皇帝的所有家人都迫切渴望得到亲人的消息,所以我请求您能否体谅他们这份最自然、最温柔的情感,[629]在您每次收到官方消息的时候,把他们那位尊贵的亲人的身体状况好心告知我呢?这对我们而言会是一种巨大的安慰,希望好心肠的您不要拒绝我们的期盼,我们会对您感恩不尽的。我知道,阁下,我每次给您写信都会给您带来新的烦扰。但我从心底向您保证,我也实在不愿如此麻烦您,也万分希望自己能亲自操劳,让您免去这些辛苦。为了大家的便利,我才恳请您以私人而非官员的身份老实告诉我,我是不是应该放弃有朝一日能够前往贵国、用我余生的所有精力完成那项神圣使命的希望?如果我能看到一丝渺茫的希望,明天我就再度去请求巴瑟斯特大人;如果我不应该再惦记这件事,那我也可以想想接下来该怎么办,而不是天天发出苦涩的抱怨,这么做也不是我的性格。

祝好

拉斯卡斯伯爵

1818年3月27日写于法兰克福

拉斯卡斯伯爵写给贝特朗伯爵的第四封信

我的妻子仍在打探您和其他人的家人的消息。我也亲自写信去打听消息,收到的回信由仆人直接交给我。我听说您的家人很好,过着平静的生活。古尔戈将军的姐姐给我来了一封信,信中充满了她对自己弟弟的牵挂。至于蒙托隆伯爵的家人,我一再写信,可所有信都石沉大海了。大元帅,所以您会发现我得到的消息少得可怜。可这并不是我的错,我向您保证,我已做到了我能做的一切。如果您因为我收获甚少而觉得我没有用心打听,[630]那就是没看到我坚持不懈的努力。

我不断收到关于皇帝家人的消息。他们身体都很好。他的儿子依然是那么可爱。人们告诉我,皇后瘦了很多。最近我见了在缪拉王妃身边做事的一个人,他特别向我讲述了王妃多么想念、多么关心自己这位尊贵的哥哥,对他是多么忠诚。我还从埃莉萨公主那里收到一封信,信的字里行间全是她对哥哥的思念。所有人每时每刻都在想念那个远在天边、为他们付出许多的亲人,他成了他们今天唯一的牵挂。埃莉萨公主住在的里雅斯特。她告诉我,她给圣赫勒拿岛写了五封信。红衣主教费施大人写信对我说,皇帝在罗马的亲人也经常给他写信。为了吕西安亲王能否去岛上探望他那位尊贵的哥哥这件事,我之前询问了英国内阁。伦敦给了我回复,但我觉得回答不是很清楚,所以我要彻底弄清他们的意思后再写信告诉您他们的决定。热罗姆亲王本想明年前往圣赫勒拿岛,但他已经等不及了。如果英国允许他去,不知他会高兴成什么样子。他要亲自给摄政王储写信,请对方允许他带着妻子、儿子立刻上路。

红衣主教大人非常详细地给我讲述了住在罗马的皇帝家人的情况。奥坦斯王妃在奥格斯堡过着平静的生活,她的哥哥会定期前去看望她。现在她把所有心思都放在二儿子的抚养上;她的大儿子陪她生活了几个月,其间他展现出了令人骄傲、惹人喜欢、引人注目的所有特质。之后，他返回罗马，回到了他的父亲身边。

希望我下一封信能够快点被送到您的身边。我数着日子，盼望得到您的回信，这样我就可以知道自己能为你们每个人具体做些什么了。我活着就为了这件事，我和我的家人都是如此。只有死亡才能终止我的努力。可即便如此，我也会找一个接班人继续替我干下去。[631]所以，请把你们的所有需求都告诉我。凭着我的一腔热忱，以及许多帮助我的人的忠诚和情感，没有什么事是做不到的。

伦敦给我回信了，让我非常高兴的是，他们允许我向你们邮寄我在信中提到的那些物品。他们肯定地说，他们会把我指定的那些报刊读物寄给你们。他们还给你们订购了《纪事晨报》和巴黎的《商务日报》，据说这份商报是最好的。除了上面这些报刊外，请告诉我你们还需要什么读物，把所有能给朗伍德带来快乐的东西都告诉我吧。

我在信里也提到了红酒、咖啡、油等生活用品；对方回复说，他们刚给你们运去了一大批生活物资，全都是质量最好的东西。他给了我一份运输物资详单。他还说，根据博盖塞王妃的请求，霍兰德勋爵也往岛上运了一批东西；他会把这份运输品的单子一起寄给我。

可惜我的身体还是那么糟糕，看不到任何好转的迹象。医生禁止我做任何工作，让我接受水疗。看样子，我给您写下一封信的时候就在另一个地方了。我在这里拜访了好些被流放者，他们暂时住在这里或附近的地区。每天人们都安慰他们很快就会被召回国了，还说这是舆论的作用；人们觉得到今年年末，所有法国人都有权重返法国了。我似乎完全没有体会到他们遭受的严酷对待。我的妻子回到巴黎后，她的一些旧友给她提了许多关于我的建议。他们非常热情地帮忙,利用他们的身份地位为我上下奔走。而我妻子的回答只有一个:严格来说,谁都帮不了我,我也无意去考验他们任何人的友谊;我是自愿为一个崇高神圣的使命而自我流放出来的。实际上,大元帅,只要你们还在那座孤岛上,我就没有祖国可言。我只有一个选择,那就是通过我的努力、忠诚和热忱,为你略微发挥一点儿作用,让你们生活得好一点儿,[632]直到我死的那一刻。在死亡到来之前,我只能游荡在世界各地,带着我的痛苦和一片炽热四处漂泊。你们要记得我,略微给我一点儿安慰,让我觉得我们的心灵仍能交融在一起。坚韧和无畏是英雄的品格,谁能比我更清楚你们身上的这两种品质呢?再见了,让我紧紧地拥抱你们吧。

拉斯卡斯伯爵

1818年4月15日写于法兰克福

附注:我写了一封信,好让你们收到《法国密涅瓦报》这份广受好评和热议的新出刊物,其发行量仅在《墨丘利报》和《历史图书馆报》之后。

我每天都在等待妻子的到来。她一回来,我就立刻让我儿子出游。他已经长大了,不用继续接受学校教育了。希望他能好好享受人生刚刚开启的这段幸福时光。他让我向您和贝特朗夫人表达感谢,谢谢你们一直以来对他的关怀。

拉斯卡斯伯爵写给古尔本的信,随上一封信一道寄出

阁下:

我真心感谢您在百忙中抽出时间回了我的信,还给我提供了那么多您了解到的详情。

希望您向我提到的那些读物能够准时启程，被送往圣赫勒拿岛。我请您在这批书中再加上市面上已有的和即将问世的《密涅瓦报》所有刊号，《历史图书馆报》也是如此。还有，我请求您联系您的图书馆或报社记者。这样一来，不用我给您列清单，您就知道法国和英国有哪些值得关注的报刊，人们对它们是什么评价了。

我万分感谢您给我提供了已被寄往朗伍德的物资信息，[633]还给我好心送来了两张清单（编号1和2）。我斗胆请您留意马提尼克岛产的一些利口酒，因为人们经常在这方面弄错。请原谅我在这种小事上如此唠叨，您也知道我非常希望自己能亲自干这些事，不愿这么烦扰您。说到这里，我又想提醒您我在上一封信最后提到的那件事，我是多么急切地等着您的答复啊。

阁下，您告诉我，如果吕西安·波拿巴亲王想离开意大利，他应该给巴黎政府的大使写信。我想恳请您告诉我，如果他得到了巴黎政府的同意，这是否就意味着贵国政府同意了我向您转达的他的那个请求，允许他前往圣赫勒拿岛呢？

阁下，请接受我最真挚的敬意。

拉斯卡斯伯爵

1818年4月26日写于法兰克福

拉斯卡斯伯爵写给贝特朗伯爵的第四封信

亲爱的贝特朗，我今天给您写信，是因为我给自己下了规定：每个月都要在同一天雷打不动地给您写信，好让您知道这边的情况。我还是老样子，所以就不把我在上封信里说过的话再重复一遍了。我本以为这次写信的时候我已在另一个地方了，但因为我突然眼疾严重了，给我的生活造成了许多不便，所以现在我不能上路、前往德意志南部地区泡温泉，哪怕我只需短短几天就能抵达那里。

我很高兴地知道我先前写给您的几封信已被寄走了，一同被寄走的还有我为你们买的许多期刊读物。希望你们能靠它们打发时间。可惜我不在英国，只能随便挑些东西寄给你们，[634]这让我觉得太不方便了！我要采购合适的读物，就必须住在首都。人们不允许我留在伦敦，我又不能去巴黎完成这些事。因为身处的地方离伦敦太远，我只能断了再给你们送些我能想到的小东西的心思。我本想给你们寄一套化学设备工具，但得知这对你们派不上任何用场后，我就放弃了这个想法。

皇帝的所有家人都很好，迫不及待地等着你们的来信。他们相信，只要您收到了我的第一封信，知道我每个月都会给您写信后，肯定也会定期寄信过来。我的妻子几天后就回来了，希望之后我们再也不用分开。

再见，我亲爱的将军，我深深地祝福你们。

拉斯卡斯伯爵

1818年5月15日写于法兰克福

拉斯卡斯伯爵写给古尔本的信，随上一封信一道寄出

阁下：

我非常感谢您的热心帮忙，让我知道我的信以及您费心采购的相关刊物已被寄往圣赫勒拿岛。

您对我在上封信里提到的一些事避而不答，让我有些生气。我出于谨慎，只能率先打破沉默。到目前为止，您对我都非常热心，想必您在这些事上也不会继续保持缄默。

根据您的一封信里的内容，我给红衣主教费施大人写了信，告诉他：他可以走他认为最稳妥的邮寄渠道，把从1808年起的《总汇通报》寄往巴瑟斯特大人在伦敦的办公室，后者会替他将这批刊物转寄圣赫勒拿岛。

阁下，我曾写信恳请您定期告知我拿破仑的身体状况，[635]就算是看在他翘首以盼的家人的分儿上。请您替我告诉巴瑟斯特大人，拿破仑皇帝的家人并非都在罗马：他的一个妹妹一家住在法兰克福，一个弟弟和他的家人生活在奥地利，另外两个妹妹和各自的家人生活在维也纳附近和的里雅斯特，还有一部分家人住在其他地方。所有人都全心期盼着。巴瑟斯特大人看他们对亲人思念心切，便定期把消息带到罗马，让那里的皇帝家人能收到亲人的信息。不知道这个善举给博盖塞王妃带来了多少快乐。然而，由于道路曲折、通信不便，这份快乐并不能从罗马传到皇帝在德意志的其他家人身边。所以，我才大胆给您提出这个请求。但凡我可凭借自己的一些头衔或权利让自己知晓贵国通报中的部分消息，我都不会来麻烦您，而是自己去想办法了。我是为皇帝的一些家人才来央求您的，如果他们能通过巴瑟斯特大人，而非我之手得到皇帝的消息，定会感激您的这份恩情。我还要为同住在法兰克福的苏尔韦耶伯爵夫人（也就是约瑟夫·波拿巴的王妃）写信，请求巴瑟斯特在给罗马的博盖塞王妃传信告知皇帝近况的同时，能好心顺便告知伯爵夫人一声。苏尔韦耶伯爵夫人可以把它转告给住在德意志的其他家人。

　　阁下，我不久前在报纸上得知古尔戈突然回来了。这就意味着拿破仑身边的随从人数大大减少，他又失去了一个仆人。这让我倍感揪心，所以才决定请求您替我去问问巴瑟斯特大人，他能否允许我在家人的陪伴下返回圣赫勒拿岛。我从来都没放弃回去的希望，阁下可以去看看我在离开圣赫勒拿岛的时候写给哈德森·洛韦的信，从而明了我的心意。我觉得没有必要就此事去问拿破仑皇帝的想法，因为我可以大胆猜中他的回答。不过，如果巴瑟斯特认为必须过问拿破仑皇帝的意见，[636]我恳请阁下亲自写信去询问他。阁下也知道，我在写给朗伍德的信中并没有提到这件事。我之所以没有说，是考虑到阁下的这层关系。虽然我身体状况不佳，但这不会成为我启程的阻碍。我的所有心愿，就是能在那个我仰慕的人的脚边寻到一块墓地，让我侍奉他到他人生最后一刻，然后幸福地离开人世。

　　阁下，请允许我向您献上最真挚的问候。

拉斯卡斯伯爵

1818年5月19日写于法兰克福

　　一收到贝特朗伯爵送来的信，我立刻把它的副本寄给正在亚琛的各国君王，再次恳求他们救救那位声震寰宇的囚徒。我对他们说："再过几天，一切就太晚了。"被人从他身边赶走的那个英国医生在伦敦公开说，皇帝再待在那座不利于健康的荒岩上，将必死无疑。我大胆指出，各国君主也许会碍于官方立场，不能展现他们的仁慈和真情实感，可他们心中的正义会在这个问题上失声吗？我恳求他们接见我，给我一个机会向他们陈述利弊。我说："如果我不能保证送上来的文件的真实性，出于羞耻心和家族荣辱感，我也不会把它们呈到各国君王眼前。"

那个时候，但凡有任何增大此事成功率的机会，我都会去尝试，不会错过任何时机、浪费一刻时间。但凡我认识某个在君主面前有点分量的人，我都会给他写信。沙皇亚历山大的老师拉阿尔普更是我的重点尝试对象，这个人很有知名度，深得沙皇尊敬。人们对我说他此刻就在亚琛，陪在沙皇身边。

我写信对他说："大人，人们信誓旦旦地对我说，您在百忙中屈尊关注了我的遭遇，了解到我在过去和当前的处境下的坚持和努力。[637]得知您对我的关心，我其实并不惊讶。因为我抱有的任何伟大、人道、博爱的情感，在拉阿尔普大人那里是只多不少。这从您教导且亲身践行的理念中就可以看出来。

"大人，正因为坚信我的努力感动了您的心扉，我才满心信任地给您写了这封信。人们向我保证，您已经把我写给各国君主的信交给了沙皇，我在里面解释了自己为何要为那个神圣使命奉献终生。我想大胆在这里补充几句，好让您更加了解我这么做的意图，也许您好心为我奔走的时候就能拿出更有力的理由了。

"我手上握有一份控诉书，它出自那座孤岛，是那位著名受害人的口述。此外，我还详细叙述了从我们离开巴黎到我最后被逐出那座孤岛这段时间的所见所闻。大人，您可以把这两份文件转交到亚琛。您会在里面读到最详细的内情，它们能证明：岛上受害者遭到的虐待、冒犯和野蛮折磨不仅没有减少，反而变本加厉。我敢肯定，您读了后肯定会心生恻隐；如果您可以和某人谈谈岛上的事，肯定会让对方深受触动。世上谁听了这些事还能无动于衷呢？我还要补充一句：那位受害者已经得了肝病，在岛上那种恶劣气候下，谁若得了这种恶疾，就时日无多了。大人，如您这样高尚的人，定能打动您培养出来的有着美德的那个人。曾得到您灌溉的那颗心，绝不会对您关上大门。您播种了无数关于美好、正义、崇高的理念，有着那些光荣品质的那个人定不会拒绝做出同样光荣、受人称赞的善举。这难道不是展现美德最崇高、最可贵、最伟大的一面的契机吗？我所祈求的那个尊贵的大人物，在任何情况下，无论他是什么心境、有什么想法，都会在万丈光芒中屈尊俯就，展现自己的仁慈。如果他还记得一个旧友，如果他还爱着这个人，这将会是多么感人的一幕啊，这会是人民见证过的最合乎道德的一种行为！如果他恨这个人，却依然慷慨施以援手，这不依然是最伟大、最崇高的一种精神吗？

"沙皇若在这件事上大发善心，他那座不朽的宝座就完美了。[638]一段动人的故事在等着他，在央求他把它变为现实。可您需要我跳出来向您指出这一点吗？我又怎敢觉得您不知道什么行为是慷慨的？又怎敢觉得那位被公认拥有崇高的品德、做人行事坦荡公正、眼界已经超越了我等燕雀的人，不知伟大为何物呢？

"我为此事直接给沙皇陛下写了信，这对我而言是天大的荣幸。可我即便敢大胆给他写信，我的信能被送到这位尊贵的大人物身边吗？我把写给他的那封信的副本一道寄给您，如果沙皇没收到我的信，我能否请您为我再递送一次呢？它会比现在慌不择路的我更好地向您说明我的一切努力、心愿和希望。您会在信中发现，我做的这一切都和政治毫无关系，只受道德、人道精神和个人感情的激励，这些才是我要追求的东西，这些才是我一切努力的根由。这份感情肯定能够得到您的包容，也定能得到那个我渴望跪求得到其帮助的人的理解。我壮着胆子，把希望寄托在您的身上，求您能把我引到那个我朝思暮想渴望见到的人的身边，如果您觉得合适，也可以点拨一下我，告诉我如何能让他听到我的心声。我出于对他的尊敬，才没有利用先前的大好机会去接近他。如果我能被引荐到这位尊贵的大人物跟前，我会满心欢喜地拖着自己孱弱的身躯，爬也要爬过去。如今我已做不了任何工作，严重的头痛再不允许我过多操劳，这成了我最痛苦的折磨。我的心却充满真情，可以努力做到别人觉得我做不到的任何事。

"大人，请您接受我最高的敬意。

"拉斯卡斯伯爵"

最后我甚至去找有才华的外国人帮忙，对此我并不打算掩饰。当时许多人为此事发声；德意志地区一个著名记者写了一本小册子，吸引了许多上层人士的注意。后者还以此事为借口，企图限制出版自由。

不管怎样，亚琛会议结束了，会中没有任何人为拿破仑说话。不管在会议中还是会议后，我都没收到任何回复。我身边还发生了一些莫名其妙的事，[639]让我怀疑有人布下了陷阱。他们或者是要对付我（那还不算什么），或者是想阻挠我的行动（这可是我余生的意义之所在）。

就这样，我的所有努力都落空了，所有希望都破灭了，所有心血都付诸东流了……他们竟然任他这么死去！……实际上，如果不采用灵活的手段、通过利益找到盟友，如果不和邪恶之人的阴谋诡计做斗争，不让这些因为政治狂热主义、私人仇恨或对未来的担忧的人有从中作梗的机会，哪怕我把赤裸裸的事实呈现给各国君王，这又有什么用呢？那帮小人上蹿下跳，导致害怕情绪在各国国王的内心占了上风。他们声称此事关系到全世界的和平，把受害人说得如洪水猛兽一般可怕。说老实话，最有宽宏大量的胸怀的当数各国人民。各地舆论都以极大的热情关注着这件事，不仅德意志地区如此，其他地方也是如此。可也许这样的舆论阵势被那些大人物看到眼里后，反而让他们更加坚信拿破仑的危险性。舆论这个工具不仅没为拿破仑帮上忙，还害了他。当初拿破仑权倾天下的时候，仇恨他的德意志给予他致命一击；如今他落魄了，关心他的德意志依然为他带来了可怕的后果。也许，德意志就是拿破仑命里的灾星吧。为了继续加强对拿破仑的人身控制，人们做了许多荒谬的事，甚至还向英国内阁提出了一个卑鄙的阴谋手段，企图瞒天过海。为了巩固摇摇欲坠的王权，他们炮制出了一个拿破仑逃跑事件。为了泼脏水，他们选了一个很好的时间，在穆斯基托号抵达欧洲后肆无忌惮地制造谣言，说拿破仑逃跑了。达到了他们想要的效果、打消了公众对拿破仑的同情心后，这件事就突然没了下文。他们没有提供任何内情、细节、后续，也拿不出任何确凿的消息来源，纯粹在那里捕风捉影。在这件事上，英国内阁很有可能只犯了一个过错：给这个谣言的滋生提供了温床。人们会猜想，他们先前自毁名节，对拿破仑做了那么多过分的事，如今他逃跑也是可能的。

  我越来越担心，也越来越害怕，害怕新的迫害又会向我扑过来，让我失去现在平静孤寂的生活。1819年春，可敬的巴登大公爵去世了。[640] 他的去世让本就不待见我们的人变得更加猖獗，在新大公爵也许并不知情的情况下，这些人暗示我最好离开巴登公国。我收到一条让我离开的口头命令，对方还狷狂地说我别指望能拿到书面文件。他们说，他们之所以让我离开，是为了和法国交好，担心我的出现会让法国心生不悦。这个理由简直让人哭笑不得。我只能争辩说，连法国大使都同意我安心住在这里。他们见这个理由不行，又搬出舆论环境这个荒谬的借口，说公众容不下我。负责执行这道命令的人给我几天时间准备上路，但我就

第十四章　暂留德意志

像一个希腊哲学家一样，我的身体就是唯一的行囊。要不是我的妻子胸上长了个肿块，情况危险，我得到通知后立刻就能走。我一再保证，请对方多给我点时间，让我看到妻子脱离危险后再离开。当时有人好心建议我去求政府让我留下，但我不屑这么做。几天后，我踏上了前往奥芬巴赫的路。妻子身体转好可以上路后，再来和我会合。

这次突如其来的迫害之所以让我倍感受伤，是因为我已经忘了英国权力机关对我的两次施暴。这一年多里，我一直住在德意志，再没受到来自英国权力机关的迫害。相反，我无论走到哪里，都能得到许多人的支持、关心和尊重，甚至和我立场相反的人对我也是这种态度。我已经被这种友善的环境惯坏了。离开曼海姆的时候，我根本没为自己接下来该去哪儿发愁。有些朋友出于对我的关心，有时会打探邻国政府的动静。我很肯定，许多地方都乐意接纳我。有个亲王收到人们为此写给他的信后，甚至爽朗地回答道："没问题，他肯定能在这里得到欢迎和善待。一个深知自己利益何在的君王不仅不会把有如此品德的人赶走，还会拿他当疫苗，给自己的廷臣打一剂预防针。"然而，我再怎么吹嘘自己广受欢迎，也不能掩饰自己的失落。无论走到哪里，我总会遭受一些小小的屈辱：生活中并非处处都是玫瑰。[641]且不说我被赶出曼海姆这件事，另一个地方的一些人见我在他们那里备受尊重，就不依不饶，说当初在瓦伦拦下法国国王的那群恶魔中就有我，还说我后来说不定干过更坏的事。另一个地方有个男爵在举办盛大晚宴的时候，对他的客人说，他很清楚这个一到城里就引起骚动的所谓的伯爵、所谓的拿破仑的参政员是什么货色。他对他们说，这人就是拿破仑在圣赫勒拿岛上的一个厨子；他离开小岛的时候，拿破仑没钱给他付工资了，作为补偿，就封了他当伯爵和参政员。如果男爵真相信他亲口说的这些话，那他是多么天真、多么容易轻信别人啊！如果他只想让自己的宾客接受这套说辞，那他就把他们当成了傻瓜。有意思的是，几天前朗伍德的厨子的确经过了这个地方，这就是沙龙津津乐道的这个传闻的由来。哪怕魔鬼出手，都无法拔除他们的这个臆想。

面对愚人或恶人的羞辱，我可以一笑了之，他们的一言一行都是荒唐可笑的，我根本没必要站出来反驳什么。然而当时发生了一件极其要紧、让我倍感痛苦的事：想不到谬误传到君王身边后，竟然能影响他们的公正判断。有人对我说，某人在亚琛会议结束后向沙皇亚历山大描述了拿破仑当前的可怕境况，还提到了我给出的一些真凭实据。这个君主回答道："不要再相信那个人说的一切，他就是个想在欧洲兴风作浪的阴谋家。"人们竟能把君王蒙骗到这种地步！如果连慧眼如炬的那个君主都被蒙在鼓里，那其他人呢①，他们岂不是被蒙蔽得更惨？我只能这么安慰自己：沙皇亚历山大和拿破仑是一个性子，后者有时候也会说些气话，但他实际上并不是那个意思，也绝没有要羞辱别人的意图。②尽管如此，这句话还是给我造成了很难修复的伤害。幸好，我有时间这个大熔炉：许多年过去后，我希望那些认识我、追随过我的人对此事抱有一致观点，*642*能让我洗掉这个罪名。阴谋家？我？我在那座孤岛上，已经看淡了世间的一切浮华；在朗伍德缺衣少食的那段时间里，我站在悬崖高处往下看世间万物，它们在我眼里是多么渺小啊！无论这个世界变成什么样子，都再激不起我的任何欲望了！我甚至觉得自己一只脚已经踏进坟墓，再不属于这个世界了，我哪还有什么野心？我只抱着第欧根尼的愿望：请人们不要来烦我，让我晒自己的太阳去吧。

---

① 接下来这句话并未出现在1830年版本中。
② 后面这句话是1830年版本后加的。

暂住奥芬巴赫—蒙托隆夫人回到欧洲—布鲁塞尔之旅—暂留列日、热泉、索汉、安特卫普、梅赫伦—返回法国—总结

奥芬巴赫是一座美丽的小城市，属于达姆施塔特大公国所有，坐落在美茵河边上，离法兰克福有2古里远。我根据自己的习惯，找了一个僻静的地方住下。这里离城里只有数步之遥，坐落在一条小河边上。

我的头病表现出好几种症状，从此再没离开过我。在曼海姆的时候，我头痛得好像大脑要裂开了一样。在奥芬巴赫住了一段时间后，这个顽疾突然又添了一个让人难以忍受、叫人担心不已的新症状。我总是觉得难受，身体越来越衰弱，再也做不了任何需要用脑的工作，最后我心灰意冷了，对生命再没什么期盼。从那时起，我的双腿甚至整个身体总会突然发抖。这些突然冒出来的身体衰弱的症状，让我觉得自己时日无多。不知多少次，我独自躺下后，心里的念头是：真希望自己再不要醒过来！我的妻子焦虑不已，想让我停止一切工作。实际上，我的确也做不了什么事。她不准我写信了，⁶⁴³替我给皇帝的家人写信，好让他们知道我的真实情况，恳请他们选一个接班人，替我完成我心心念念的那些事。很久以前，为了以防万一，我就请求他们派一个人过来。此人不仅要把这个使命视为自己的幸福之所在，还要得到皇帝的喜欢才行。[①]这个人一直待在皇帝一个家人身边。但不知什么原因，此事最后没能成。由于人手不足，没有得到帮助，我只好暂停了工作。

我尝试了各种医学手段。家人的悉心呵护、各方朋友的无尽关怀在一定程度上缓解了我的病痛，看到自己身边充盈着爱和温暖，我甚至觉

[①] 他便是曾陪我们一直走到普利茅斯的普拉纳上校，后来他还得到了前往圣赫勒拿岛的许可。——辑录者注

得这些病痛也是一种幸福。人们总喜欢细细讲述美好的回忆，我也是如此。我根本不知道怎么把人们对我的关怀、我所感受到的情感弥补、我为战胜疾病而做的努力一五一十、毫无遗漏地讲出来。我就讲这么一件事吧。在此期间，有三位王后来过我的小小寒舍，让这里蓬荜增辉——而且是在同一天来的。虽然其中两位王后的确都被废黜了，可她们高贵的灵魂、爽直的做派以及其他出众的品格为她们赢得的天下人的敬重，绝不亚于她们声势显赫的时候得到的尊敬。

我在奥芬巴赫的时候，红衣主教费施大人往圣赫勒拿岛派了一群人，他们在赶路途中见了我一面。这群人中有一个神父、一个外科医生、一个医生、一个仆人，所有人都是红衣主教亲自选出来的。我回到欧洲的时候，曾给他写信说圣赫勒拿岛的确需要一个神父：此人可以记录皇帝的口述，在他的工作中略微帮点忙。身边有这么一个人，皇帝肯定会很开心。我曾通过红衣主教恳求教皇关注此事。教皇实际上向英国内阁提过派遣神父的这个要求，可后者要么一口拒绝，要么提出一些让人难以接受的苛刻条件。我还从奥芬巴赫往朗伍德寄了两张可爱的肖像画：[644]其中一幅画的是拿破仑小时候的肖像，是热罗姆国王寄来的；还有一幅是约瑟芬皇后的画像，是奥坦斯王后送来的。第二张画像被绘在一个特别精美的水晶茶叶罐上。王后经过仔细周到的考虑，才选择了水晶。这种质地的茶叶罐既可起到托架的作用，又不会让人怀疑里面藏了什么字条。第一幅画被送进了朗伍德。皇帝的仆人后来对我说，拿破仑一看到这幅画，就贪婪地把它抱在怀里，亲吻着画中的儿子。皇帝其实不是一个感情外露的人，可见他当时是多么开心、多么激动。至于约瑟芬皇后的那幅画像，朗伍德从来没有收到过它；可奇怪的是，根据后来的几篇回忆录来看，这幅画像的确进了英国，人们还为它付了关税。画像最后去了哪里,这就没人知道了。

夏末,我的妻子根据医生的嘱咐,把我带到了施瓦尔巴赫接受水浴治疗。我到那里后,见到我的人无不对我心生同情。回来后,我的身体依然没有任何好转。可这时发生了一件事,让我一下子恢复了体力,决定离开德意志。

我通过报纸,突然得知蒙托隆夫人返回欧洲的消息。和我一样,她也被英国拒之门外,只能在奥斯坦德下船。我无法抑制激动的心情,立刻要去找她,好从她那里知道我一直以来都收不到的真实详情。我要赶紧过去找她:或许她会被允许暂留在那里;又或许她会像我那样被强迫走大路立刻离开,如果是这样的话,我还可以给她提供一点儿建议,毕竟我在这方面太有经验了。

这真是一次神奇的旅行,我一路都清楚地记得自己当初在低地国家受到的所有虐待。我在布鲁塞尔见到了蒙托隆伯爵夫人。她不仅可以住在那里,还得到人们毕恭毕敬的接待。当地有份报纸说伯爵夫人被迫继续赶路,但一份半官方的文章立刻被刊登出来,反驳了这个报道,还格外强调低地国家是个"热情好客的地方"。到了比利时后,我就不想再往前走了,因为这里对我而言几乎就是法国了。[645]来到比利时人中间,我就仿佛回到了同胞身边。我给妻子写信告诉她这等天大的好运,让她赶紧过来和我会合。但和当初离开法兰克福一样,我没有留在布鲁塞尔,选中列日为暂住地。18个月前我曾路过列日,对这里存有不好的记忆;此次选择住在这里,自己心里不是不害怕,担心又一次厄运缠身。但我想错了,我必须老实、充满感激地说,住在比利时的两年半时间里,我可以自由前往比利时境内的任何地方,且不用提出请求或申请,甚至都不用向政府报备。这个地方曾是我的地狱,后来却一直对我那么热情友好，让我再没感受到来自任何权力机关的倾轧或恶意。我一直过着平静安宁的日子，安心地生活在它的庇护下。

在此期间，我的儿子为了自己的事想返回朗伍德。我得到了巴瑟斯特勋爵的回复：他一口拒绝了我儿子的请求。后来，保琳公主成功拿到了前往朗伍德的许可令，写信问我能否让我的儿子陪她前去。唉！多么遗憾啊！那时已经太晚了！

我在列日度过的那个冬天，深受朋友的照顾和关心；我在热泉度过了春天，享受着那里的宜人春光；我在热情、正直、善良的儒斯特朗维尔主人的一再坚持下，接受了他的好意，在这个美丽迷人的地方度过了夏天；还有离此地有数步之遥的索汉、斯帕、韦尔维耶，这些地方都是那么宜居，这里的人都是那么善良。尽管如此，我的身体依然没有好转，我也没有定居在任何一个地方。然而这些在帝国期间走向富裕、繁荣、昌盛，且为此对帝国心存感激的地区，这里的人民是多么热情、善良、淳朴啊！这一切给我留下的温暖记忆，是什么都抹消不了的。不知多少次，我独自散步的时候遇到乡民，他们和我打完招呼后往前走，还会回头对我高呼："愿善良、忠诚的朋友长命百岁！"这些温暖的话在我心中激起无数涟漪。不知多少次，我们缺了水果蔬菜，就去最穷苦的农家买他们种出来的东西，[646]因为他们坚持不肯收钱，我们只能拜托邻居帮我们去买。这样的事我还能说出成千上万件来！但我只能用寥寥数语匆匆概括这段回忆：如果我在书里单讲自己的事，这也太让人难为情了。但我不愿对此绝口不提，所以就用这种方式让读者了解我的这段经历吧。

我在安特卫普度过了第二个冬天，在那里见到了我的一些至交好友，他们都是我十年前在弗利辛恩战役中认识的。春天，我去了梅赫伦，没有其他原因，只因为我不想在同一个地方住太久罢了。我需要时不时换个地方，我就是一个一会儿起床、一会儿回床上躺着的病人，总是动来动去，徒劳地渴望甜蜜睡眠的降临。我们住在比利时的两年里，妻子两次想让我去南方养病，可两次我们都在临走前被一些意外情况绊住脚，却也因祸得福。第一次意外把我们拦下来，否则我们已经进入境内了，而当时正是那件流血的恐怖事件发生的时候；如果没有第二次意外，我们就抵达尼斯了，而那时皮埃蒙特刚好发生了立宪派爆炸事件。如果我们被卷进这两件事情，哪怕别人只把我们当成普通旅客，我们也免不了许多麻烦。

这时，莱巴赫会议召开，我忍不住想再尝试一次，又给三大强国的君主写了一封信。下面这封信，便是我写给沙皇亚历山大的。

"陛下：

"另一场庄严的大会召开了，让我有了尊敬、谦卑地向您发声的机会，所以我迫不及待地抓住了它。

"我不害怕给您留下缠人的负面印象，您高尚的灵魂肯定会理解我、原谅我的行为。

"陛下，在这个时候勾起您的回忆，让您想起那个曾在很长时间里被您视为自己兄弟和朋友的尊贵的囚徒，把您的注意力转移到那个直到目前为止仍遭到残酷虐待的受害人，我知道自己这么做，相当于在欢乐的庆典中不合时宜地敲响死亡的丧钟。可是陛下，我深信，[647]您会认为我是在履行一个光荣、神圣的使命。如果我能完成这个使命，哪怕冒着巨大的生命危险，我也余生无憾了！

"陛下，我如今百病缠身、羸弱不堪，很难把自己的想法连贯地陈述出来。可即便我的头脑不灵活了，我依然要遵从自己的本能，把我上次在亚琛斗胆写给陛下的那封信原封不动地再复述一遍。一切没有任何改变，依然是从前那个样子，除了把同一个事实、真相、道理翻来覆去地向陛下念叨，我又能做什么呢？

"唯一要变的是我在上一封信中的一句断言：那位有名的受害人还有一丝呼吸，这出乎我先前的预料。然而，即便他还没有去世，我也要斗胆告诉陛下：这种毫无希望的生命的延续，只是在延长他的折磨而已；但这也许是上苍在向陛下示好，给了您一个留名青史的大好机会……啊！陛下，现在还有机会！！！可每过一刻，机会都可能从陛下手中溜走！到时候，您会多么后悔啊！可迟到、于事无补的悔恨无法安抚陛下的心灵，也无法让您再有机会去做出这么崇高、宽大的行为，无法为您赢得最能彰显道德、最能让后人铭记的美名。还有什么比它更能让您光辉灿烂的一生走向完满呢？我想说的是，求您尽释前嫌、放弃报复、念及旧情吧，求您尊重一下一个敷过圣油的君王吧！！！

"陛下，我回到欧洲后再没有和社交圈往来，过着离群索居的生活，每天一想到圣赫勒拿岛，就体会到一种剜心之痛。我时日不多，几乎已是另一个世界的人了。我每一天都在向上苍狂热地祈祷，恳求他能打动陛下的心扉，让您看清这件从本质上关乎您的利益和荣誉的事。

"拉斯卡斯伯爵拜上"

这几行字就如同预言一般！唉！[648]它才被呈到几位君王面前，他就离开了人世！他停止了呼吸，也停止了折磨！……打开《总汇通报》后，我看到了这个可怕的消息……虽然我对此事已有心理准备，尽管我长期以来已从理性上接受了它的发生，然而我依然如被天雷击中了一般，仿佛听说了某个意料之外、绝不应该发生的消息一样，整个人都呆住了……

第二天，我收到了来自伦敦的一封信，它让我了解到了详情，证实了已被传开了的许多猜想。这封信的结尾是这样的："5月5日，晚上六点，就在人们鸣炮宣告日落的时候，他伟大的灵魂离开了人间……"有时候事情就是这么凑巧！待在拿破仑身边的时候，在他的鼓励下，我养成了每天写日记的习惯。他经常对我说，他最后悔的就是没有养成这个习惯，说："哪怕一行字，哪怕象征性地写几个字，都行。"后来我一直在苦苦思考，绞尽脑汁地回想，疯狂地翻动大脑里的记忆，想知道自己在5月5日那天在哪里、做了什么、他离开的那一刻发生了什么、自己有什么异样的感受？——暴雨突至，我在一个谷仓避雨，天空响起惊雷。——当时快到晚上了，我骑马走在梅赫伦的乡间，天气好极了；这时一场暴雨突然袭来，我不得不骑马到一个谷仓避雨，这时一道惊雷突然响起，仿佛直接打在我头上一般。唉！就在那个时候，在那个遥远的地方，那一切发生了！……这事听起来也许十分奇怪，但梅赫伦和附近地区的气象学家记录了那一天的天气，他们可以支持或反驳我的这番陈述。

听到拿破仑去世的消息后，大街上、商店里、公共广场上的所有人都发出了一声惊呼，都只有一种情绪，就连沙龙也和往常不大一样了。只有各国内阁对此麻木不仁。没错，我说它们麻木不仁！但这也很自然：它们终于可以松一口气了！……

649他还活着时，手握大权的他遭到无数诽谤小册子的攻击；死后，对他的歌颂之词如洪水一样突然冲刷各处。这前后鲜明的反差，在一定程度上凸显了人心的险恶和卑鄙。每个地方都有人写诗赞美他，制作他的画像、雕塑、石版画及其他无数小纪念品。人们真心、大范围地悼念他，因为他的离开而捶胸顿足、深感哀戚，这是任何国王去世时的盛大葬礼都比不了的。

莱茵河边的一座曾得到皇帝特殊照顾的城市里，一个神父把堂区信徒组织起来，让他们为从前的恩人祈祷。

在比利时的一座大城市里，无数市民签名请求举办一场庄重的葬礼；没有签字的人也不是因为上层禁止的缘故，而是因为他们想以自己的方式悼念皇帝。我经常听皇帝说一句话，如今终于得到了验证："过段时间，还我公道会成为最受公众关注、最要紧的一件事……每天都有更多人的心灵被我攻陷……我的名字将成为他们彰显权力的一颗星星；他们怀念我时，就会念起我的名字。"

所有国家、所有地区都如此。不久后，英国一个贵族议员在议会中说："哪怕讨厌这个大人物的人也不得不承认，这两个世纪以来，世间还从未涌现出一个比他更非同寻常的人。整个欧洲都在哀悼英雄；参与了这桩重大罪行的人，将受到当今和后世无数代人的鄙视。"[①]

两个德意志教授或许一直以来都了解拿破仑的品格，又或许是岁月纠正了他们历来就有的民族偏见，他俩为拿破仑立了一座纪念碑，上面刻着这么一段铭文：他走了，民族权利和文明进程也被罩上了一层黑纱。

[650]我们的作家捍卫着他的荣誉，我们的诗人歌颂着他的事迹，我们的演讲家在讲台上高声宣扬人们对他的缅怀之情、为自己曾得到他的赏识而感到骄傲。

这还只是我知道的，不知还发生了多少我不知晓的类似事件。

如今我再无别的牵挂，于是返回了祖国。穿过边境的时候，想想自己的第二次流亡经历，我忍不住想起了我第一次回来时的情景，顿时有种沧海桑田之感！当时的我以为自己走向一个仇恨的民族，而如今我只有回家的感觉。

很快，我就再次见到了朗伍德的所有同伴，紧紧拥抱他们的时候，

[①] 请看1822年8月3日被发表在《先驱报》上的霍兰德勋爵的演讲。——辑录者注

我忍不住又难过起来。我们所有人又都见面了，可我们为了他才前往那座孤岛的那个人永远留在了那里。我记得他曾向我们预言过这件事，还记得他说过的许多类似的话！

从这些证人口中，我得知了他在我离开后遭到的日益严重的虐待中的种种细节。我方才明白，我所经历的还不是最糟糕的时刻。

我看了他的遗嘱，发现他在里面亲笔写下了三四次我的名字！那一刻，我悲痛得难以自抑！我当然不需要这份回报，因为很久以前我就已经得到了补偿。然而它对我依然是一份多么宝贵、多么温暖的礼物啊！这比金山银山都要价值连城！除此之外，他还让和他血缘关系最近、最亲爱的人给我很大一笔钱。如果他们愿意掏钱，那当然更好；此事和他们更有关系，我却不甚在意……此外，在某种程度上，我只把自己视为这笔钱的保管人。我本打算提前拿出这笔钱，后来觉得不妥：我应当用这笔钱来做好事才是。我可以拿它给一些退伍老兵发放退休金。在漫漫长夜里，我们可以一起回忆他参与过的战斗，讲述他的点点滴滴……

最后，因为英国贵族院中一个品格无比高尚的议员的斡旋，[651]我终于拿到了被扣在圣赫勒拿岛的手稿。我本来对此事不抱任何希望了，虽然法律站在我这边。在内心情感的驱使下，再加上自己当时的处境已经好了许多，有了发声的渠道，我觉得自己有义务让世人了解那位一直遭到误解的大人物真正的样子。所以，我不顾自己羸弱的身躯，开始整理回忆录。老天保佑，我总算勉强把这本书写完了，此刻我心里充满了幸福感。如果我能成功说服正直的人，如果我能摧毁人们对他的偏见、打消他遭受的误解，我就达到了最重要的目标。我的使命也就完成了。[①]

---

① 原版最后还有"1823年8月15日写于帕西"这句落款。

拿破仑遗嘱

655[①]拿破仑，1821年4月15日写于圣赫勒拿岛。下面是我的遗嘱，交代我最后的心愿，立此为证。

一

1. 我要死在罗马基督教的怀里，就像我50年前出生时那样。

2. 我要求自己的遗骸葬在塞纳河边，回到我深爱的法兰西人民的中间。

3. 我对我最亲爱的配偶玛丽-路易丝一直都非常满意，直到最后一刻都对她抱着最真挚的爱。我请她好好照顾我的儿子，让他躲过从他童年起就密布在他身边的阴谋圈套。

4. 我嘱咐我的儿子千万别忘了他生为法兰西皇太子的这个身份，绝不能成为压迫欧洲人民的统治者手中的工具，也永远不要以任何方式对抗和损害法国。他必须牢记我的座右铭：一切为了法兰西人民。

5. 我早早地死去，被英国寡头政治及它的刽子手谋杀；英国人民迟早会为我报仇。

6. 法国之所以在还有无数机会的情况下遭到入侵，有两大原因，且是马尔蒙、奥热罗、塔列朗和拉法耶特背叛所致。我原谅了他们，但愿

[①] 原稿652页、653页、654页为白页。

法兰西的后代子孙能如我一样宽恕他们！

7. 我感谢我那善良伟大的母亲、红衣主教、约瑟夫、吕西安、热罗姆、保琳、卡洛琳、朱莉、奥坦斯、凯瑟琳、欧仁，谢谢他们对我的关怀；我原谅了吕西安1820年写的小册子，^{656}里面全是错误的论断和虚假的文书。

8. 我不承认这六年以来人们出版的《圣赫勒拿岛手稿》和其他关于我的箴言、谈话录，里面的文字根本不是我的人生准则。我曾让人逮捕和审判昂吉安公爵，但为了法兰西人民的安全、利益和荣誉，我不得不这么做……当时***①在巴黎豢养了60个杀手，这是他亲口承认的。再遇到类似的事，我依然会这么做。

二

1. 我把箱子、勋章、银器、行军床、武器、印章、马刺、我的祭台花瓶、书籍、日常穿戴的内衣手帕等零碎物件留给我的儿子，详见附属文件中的清单A。希望他能喜欢这份寒碜的遗物，希望它们能为他勾勒出一个父亲的形象，虽然天下人都会向他说起我。

2. 我把教皇庇护六世在托伦蒂诺赠给我的古董浮雕玉石留给霍兰德夫人。

3. 我把200万法郎留给蒙托隆伯爵，以感谢他近六年对我的忠心，弥补他因来到圣赫勒拿岛而蒙受的损失。

4. 我把50万法郎留给贝特朗伯爵。

5. 我把40万法郎留给我的第一贴身仆人马尔尚。他如朋友一样悉心照顾我。我希望他能娶到我从前护卫军里某个军官或士兵的遗孀、姐妹

---

① 拿破仑点明是阿图瓦伯爵，拉斯卡斯将名字删了。

或女儿。

6. 留10万法郎给圣德尼。

7. 留10万法郎给诺韦拉。

8. 留10万法郎给皮尔龙。

9. 留5万法郎给阿尔尚博特。

10. 留2.5万法郎给库索。

11. 留2.5万法郎给尚戴里耶。

12. 留10万法郎给维尼亚利神父，希望他能在罗斯蒂诺的新桥附近建起他的修道院。

13. 留10万法郎给拉斯卡斯伯爵。

14. 留10万法郎给拉瓦莱特伯爵。

15. 留10万法郎给外科医生拉雷，这是我见过的道德最高尚的人。

16. 留10万法郎给布拉耶尔将军。

[657]17. 留10万法郎给勒菲弗-德努斯埃特将军。

18. 留10万法郎给德鲁奥将军。

19. 留10万法郎给康布罗纳将军。

20. 留10万法郎给穆顿-杜维尔内将军的孩子。

21. 留10万法郎给拉贝杜瓦耶将军的孩子。

22. 留10万法郎给战死在利尼的吉拉尔将军的孩子。

23. 留10万法郎给沙特朗将军。

24. 留10万法郎给道德高尚的特拉沃将军的孩子。

25. 留10万法郎给大拉勒芒将军。

26. 留10万法郎给雷亚尔伯爵。

27. 留10万法郎给科西嘉岛的科斯特·德·巴斯特利卡。

28. 留10万法郎给克洛泽尔将军。

29. 留10万法郎给梅讷瓦尔男爵。

30. 留10万法郎给《明图恩的马利》的作者阿尔诺。

31. 留10万法郎给马尔博上校。我请他继续书写，以捍卫法国军队的光荣，让造谣者和叛徒无处藏身。

32. 留10万法郎给比尼翁男爵。我请他继续书写法国1792—1815年的外交历史。

33. 留10万法郎给波奇·德·塔拉沃。

34. 留10万法郎给外科医生埃梅里。

35. 这笔馈赠将从我1815年离开巴黎时留下的600万法郎以及每年5%的利息中出（利息从1815年7月起计）。蒙托隆伯爵、贝特朗伯爵及马尔尚将和银行家一起商定遗产馈赠细节。

36. 刨除上述总计560万法郎的遗产馈赠，剩下的钱将用来奖励滑铁卢战役中的伤员以及厄尔巴岛军营里的军官士兵，具体金额由蒙托隆、贝特朗、德鲁奥、康布罗纳和拉雷医生定夺。

37. 如果受赠人去世，这些馈赠就转交给他们的妻子或孩子；如果找不到他们的家人，那就还之于民。

三

[658]1. 我的私人财产仍归我所有，据我所知，法国的任何法律都没将其剥夺。具体情况请问财务官拉布耶里，它的价值应该超过了2亿法郎。具体为：

1. 存款票据，这是我14年里担任行政官的年俸，如果我没记错的话，我一年年俸有1200多万法郎。

2. 这笔存款产生的收益。

3. 我1814年留在皇宫、罗马宫、佛罗伦萨宫、都灵宫里的家具，它们都是我用自己的元首年俸购买的。

4. 我在意大利王国的房屋中的收益，如现金、银器、珠宝、家具、马厩等，账目应该在欧仁亲王和皇室总管坎帕尼奥尼手里。

拿破仑

（第二页）

2. 我把我的一半私人财产赠给曾在1792年至1815年间为祖国的荣耀和独立奋战过的法国军队里的军官和士兵；具体分配将根据他们的行动职位的份额而定；另一半赠给可能会遭到入侵的阿尔萨斯、洛林、弗朗什-孔泰、勃艮第、法兰西岛、香槟、福雷、多菲内各省的军团和城市驻军。布里埃纳和梅里两座城市将各得100万法郎。

我指定蒙托隆、贝特朗和马尔尚为我的遗嘱执行人。

这份遗嘱由我亲笔写成，签字并盖章。

拿破仑

（盖章）

我的遗嘱附属文件

1821年4月15日作于圣赫勒拿岛朗伍德

一

[659] 1. 我在朗伍德的小教堂里的祭台花瓶。

2. 我请维尼亚利神父保管它们，等我的儿子16岁后转交给他。

二

1. 我的武器：我在奥斯特里茨佩戴的一把佩剑，索别斯基的一把军刀、一把匕首、一把双刃剑、一把猎刀、两对凡尔赛手枪。

2. 我的金质洗漱箱，我曾在乌尔姆、奥斯特里茨、耶拿、埃劳、弗里德兰、洛博岛、莫斯科河、蒙米拉伊的早晨用过它。因此，我希望它能作为珍贵的纪念品，传给我的儿子（这个箱子从1814年起被保存在贝特朗伯爵那里）。

3. 我请贝特朗伯爵保管这些物件，等我的儿子16岁后转交给他。

三

1. 三个桃心木匣，第一个匣子里有33个鼻烟盒和糖果盒；第二个匣子里有12个装有帝国武器的盒子，两个小型望远镜，四个1815年3月20日在杜伊勒里宫路易十八的书桌上发现的四个箱子；第三个匣子里有三个皇帝常用、饰有银质奖章的鼻烟盒，一些洗漱用品。它们上面各有一、二、三的标号。

2. 我的行军床，我在每场战役中都睡在上面。

3. 我的军用望远镜。

4. 我的衣物箱，其中一个装着我的所有军装、12件衬衣，另一个装着我所有的日常衣服以及其他配饰。

5. 我的洗漱架。

6. 我在朗伍德的卧室里的一个小挂钟。

7. 我的两块手表，上面有皇后的一束头发。

8. 我委托我的第一贴身仆人马尔尚保管这些物件，等我的儿子16岁后转交给他。

四

1. 我的勋章。

2. 我在圣赫勒拿岛使用的银器和塞夫勒瓷器。

3. 我请蒙托隆伯爵保管这些物件，等我的儿子16岁后转交给他。

五

1. 我在圣赫勒拿岛用过的三套马鞍、缰绳和马刺。

2. 我的五把猎枪。

3. 我请我的狩猎仆人诺韦拉保管这些物件，等我的儿子16岁后转交给他。

六

1. 从我的图书馆里选出我读得最多的400册图书。

2. 我请圣德尼保管这些物件，等我的儿子16岁后转交给他。

拿破仑

清单A

1. 我用过的任何物件都不得卖出，遗嘱以外的物品分给我的遗嘱执行人和兄弟。

2. 马尔尚保管我的头发，把它做成小环，上面挂上一个金质小挂锁，分别寄给玛丽-路易丝皇后、我的母亲、我的每个兄弟姐妹、侄子侄女、红衣主教，把最大的留给我的儿子。

3. 马尔尚将把我的一对金质鞋扣交给约瑟夫亲王。

4. 把我的一对金质袜扣交给吕西安亲王。

5. 把我的金质领扣交给热罗姆亲王。

清单A

由马尔尚保管、日后转交给我的儿子的我的个人物品清单。

1. 我桌子上的银质洗漱箱，里面有一整套洗漱用品、刮胡刀等。

2. 我的闹钟，它是我在波茨坦得到的腓特烈二世用过的闹钟（在三号匣子里）。

3. 我的两块手表，其中一个的表链上有皇后的一束头发，另一个的表链将用我的一束头发编成（马尔尚会在巴黎让人做好它）。

4. 我的两个印章（其中一个是法兰西国印，装在三号匣子里）。

5. 现在装饰在我的卧室里的一个小挂钟。

6. 我的洗漱架和洗漱盆。

7. 我的床头桌（这是我在法国的旧物），我的镀金坐浴盆。

8. 我的两张铁床、床垫和床罩（如果它们能被保留的话）。

9. 我的三个银质小瓶，用来装我在打猎时喝的烧酒。

10. 我的法国望远镜。

11. 我的两对马刺。

12. 我的三个桃心木匣（编号一、二、三），里面有我的鼻烟壶及其他物件。

13. 我的一个镀金香匣。

内衣及其他织品

六件衬衣、六条手巾、六条领带、六条毛巾、六双丝质长筒袜、四个黑色衣领、六双短筒袜、两套细亚麻床单、两个枕套、[662]两件晨衣、两条睡裤、一双背带、四条白色开司米短裤、六件法兰绒背心、四条衬裤、六双护腿套、一个装满烟草的小箱子、一个金质领扣（放在三号匣子中）、一对金质袜扣（放在三号匣子中）、一对金质鞋扣（放在三号匣子中）。

衣物

一套猎骑兵军装、一套掷弹兵军装、一套国民自卫军军装、两顶帽子、一件灰绿色军大衣、一件蓝色大衣（我在马伦哥战役中穿过）、一件绿色貂皮皮袄、两双皮鞋、两双靴子、一双拖鞋、六根腰带。

拿破仑

清单B

我放在蒂雷纳伯爵那里的杂物清单。

索别斯基的一把军刀（我出于疏忽，把它放到了清单A中；这是我在阿布吉尔海战中佩戴过的军刀，由贝特朗伯爵保管）、一条荣誉勋章大衣领、一把镀金佩剑、一把执政官双刃剑、一把铁剑，[663]一条天鹅绒腰带、一条金羊毛衣领、一个铁质小梳洗箱、一盏银质夜灯、一把古军刀的把手、亨利四世的一顶帽子、一顶窄边软毛、皇帝的项链、一个纪念章存放小柜、两张土耳其地毯、两件镶边深红色天鹅绒大衣，以及背心和短裤。

1. 我把索别斯基的军刀、荣誉勋章大衣领、镀金佩剑、执政官双刃剑、铁剑、金羊毛衣领、亨利四世的帽子、窄边软毛、放在牙医那里的金质刷牙洗漱箱留给我的儿子。

2. 我把我的项链留给玛丽-路易丝皇后；把铁质小梳洗箱留给红衣主教；把镀金烛台留给欧仁亲王；把纪念章存放小柜留给保琳公主；把一张小土耳其地毯留给那不勒斯王后；把一张小土耳其地毯留给奥坦斯王后；把古军刀把手留给热罗姆亲王；把一件绲边大衣、一件上衣和一条短裤留给约瑟夫亲王；把一件绲边大衣、一件上衣和一条短裤留给吕西安亲王。

拿破仑

1821年4月24日于朗伍德，我立下追加遗嘱，或是我的最后遗嘱。

我1814年在奥尔良，把一批黄金放在我最亲爱的配偶玛丽-路易丝皇后那里，价值200万法郎。^{664}在这道追加遗嘱中，我想动用这笔钱去弥补我最忠诚的仆人，并请我亲爱的玛丽-路易丝对他们予以保护。

1. 我请皇后把贝特朗在巴马公国、米兰的拿破仑基金中拥有的3万法郎年金和其他到期应得的拖欠金还给他。

2. 我请皇后补偿伊斯特利亚公爵、杜洛克的女儿及我的其他忠诚的、亲爱的仆人，她都认识他们。

3. 在上述200万法郎中，我把其中的30万法郎遗赠给贝特朗伯爵。根据我的安排，他要将其中的10万法郎放在财政官那里，作为帮助政治受牵连者的款项。

4. 我把其中的20万法郎遗赠给蒙托隆伯爵，他也要为了上述目的放10万法郎在财政官那里。

5. 我把其中的20万法郎遗赠给拉斯卡斯伯爵，他也要为了上述目的放10万法郎在财政官那里。

6. 我把其中的10万法郎遗赠给马尔尚，他也要为了上述目的放5万法郎在财政官那里。

7. 给大革命之初的阿雅克肖市长让·热罗姆·莱维或他的遗孀、孩子、孙子10万法郎。

8. 给杜洛克的女儿10万法郎。

9. 给伊斯特利亚公爵贝西埃尔的儿子10万法郎。

10. 给德罗奥将军10万法郎。

11. 给拉瓦莱特伯爵10万法郎。

12. 还有10万法郎做如下安排：2.5万法郎给我的管家皮尔龙；2.5万法郎给我的狩猎仆人诺韦拉；2.5万法郎给我的书籍管理员圣德尼；2.5

万法郎给我的前传达员桑蒂尼。

13. 另外10万法郎做如下安排：4万法郎给我的传令官普拉纳；2万法郎给从前我在朗布依埃的守门人埃贝尔，此人曾是我在埃及的仆人；2万法郎给我从前的马厩门房、我在埃及的马匹饲养员拉韦涅；2万法郎给从前在埃及服侍过我的马厩饲养员让内-戴维尔。

14. 20万法郎作为救济金分给布里埃纳-勒沙托的遭到严重蹂躏的居民。

15. 剩下的30万法郎分给我在厄尔巴岛时的近卫军军官和士兵中的健在者，以及亡者的遗孀及孩子。其分配按各自的职位而定，且应由我的遗嘱执行人定夺：那些被截肢或曾受重伤的人应获得两倍份额。评估工作就交给拉雷和埃梅里。

这份遗嘱由我亲笔写成，签字并盖章。

拿破仑

（盖章）

1821年4月24日于朗伍德，我立下追加遗嘱，或是我的最后遗嘱。

我的行政官年俸清算中的财产，如现金、珠宝、银器、亚麻织品、家具、马厩等物，现保存在副王那里，仍归我所有。我将里面的200万遗赠给我最忠心的侍从。我希望，我的儿子欧仁·拿破仑忠实地把钱付给他们，不要以任何理由反驳。他应该记得我在意大利时给了他40万，还从他母亲的遗产中分到了财产。

1. 在这200万之中，我遗赠30万法郎给贝特朗伯爵。他将会遵照我的安排，存10万法郎到财政官那里，作为帮助政治受牵连者的款项。

2. 给蒙托隆伯爵20万法郎，他也会出于上述目的存10万法郎在财政官那里。

3. 给拉斯卡斯伯爵20万法郎，他也会出于上述目的存10万法郎在财政官那里。

4. 给马尔尚10万法郎，[666]他也会出于上述目的存5万法郎在财政官那里。

5. 给拉瓦莱特伯爵10万法郎。

6. 给已隐退到巴西的我的副官——荷兰人荷登杜普将军10万法郎。

7. 给我的副官科尔比诺5万法郎。

8. 给我的副官卡法雷利将军5万法郎。

9. 给我的副官德让5万法郎。

10. 给滑铁卢的首席军医佩尔西5万法郎。

11. 留5万法郎做如下安排：

其中1万给我的管家皮尔龙，1万给我的第一猎仆圣德尼，1万给诺维拉，1万给我的膳食总管屈索，1万给我的马匹饲养员阿尔尚博特。

12. 给梅讷瓦尔男爵5万法郎。

13. 给伊斯特利亚公爵贝西埃尔的儿子5万法郎。

14. 给杜洛克的女儿5万法郎。

15. 给拉贝杜瓦耶的孩子5万法郎。

16. 给穆顿·杜维尔内的孩子5万法郎。

17. 给勇敢正直的特拉沃将军的孩子5万法郎。

18. 给沙特朗的孩子5万法郎。

19. 给康布罗纳将军5万法郎。

20. 给勒菲弗-德努斯埃特将军5万法郎。

21. 由我的遗嘱执行人将10万法郎分给被放逐到外国的被通缉者，无论他们是法国人、意大利人、比利时人、荷兰人、西班牙人，还是莱茵地区的人。

22. 将20万法郎分给曾在利尼或滑铁卢被截肢或受重伤的幸存者，其名单应由我的遗嘱执行人及康布罗纳、拉雷、佩尔西和埃梅里列出。护卫军应得双份，曾在厄尔巴岛服役的领四份。

[667]这份遗嘱由我亲笔写成，签字并盖章。

拿破仑

（盖章）

1821年4月24日于朗伍德，我立下第三份追加遗嘱。

1. 在1814年上缴的皇冠钻石，有些价值五六十万法郎的钻石是我的个人财产，应被取回，作为我的遗产进行分配。

2. 罗马银行家托洛尼亚手上有我的汇票，总额为二三十万法郎，是我1815年以来在厄尔巴岛的收入产出。拉佩鲁斯先生不再是我的财务官，也不再从事投资，但仍持有这笔钱。他应退还。

3. 我把其中30万留给伊斯特利亚公爵，如果在执行遗嘱的时候公爵已经去世，就给他的遗孀10万法郎。如果不会遭遇什么阻碍，我希望公爵迎娶杜洛克的女儿。

4. 把其中30万法郎留给杜洛克的女儿弗留利公爵夫人；如果她在遗嘱执行前已经去世，就不用再给她母亲钱了。

5. 把其中10万法郎留给遭到流放的里高将军。

6. 把其中10万法郎留给拨款审核官布瓦诺将军。

7. 把其中10万法郎留给在1815年战争中牺牲的勒托尔将军的孩子。

8.这80万法郎的遗嘱馈赠将被视为我的遗嘱第36条的后续内容，故我所分配的遗产总额将达到640万法郎，且不包括我在第二份追加遗嘱中的遗赠。

这份遗嘱由我亲笔写成、签字并盖章。

拿破仑

（盖章）

[668]（写在背面）

这是我的第三份追加遗嘱，由我亲笔写成、签字并盖章；人们开封我的遗嘱后的同一天，要立刻打开它。

1821年4月24日于朗伍德，我立下第四份追加遗嘱。

在我做出上述安排后，由于我还没还清恩情，故需要写第四份追加遗嘱。

1.我留10万法郎给炮兵中将兼前圣安德烈领主、曾在大革命之前担任欧索讷军校校长杜蒂耶男爵的儿子或孙子，以感谢这位勇敢的将军在我仍在他手下担任中尉和上尉时给予我的关怀。

2.留10万法郎给土伦之战的法军司令迪戈米耶将军的儿子或孙子。我在他的领导下统领炮兵、指挥包围战。这笔钱是为了纪念这位勇敢无畏的将军对我的尊敬、喜爱与友谊。

3.留10万法郎给国民公会代表兼土伦军人民特使代表加斯帕林，他利用自己的权势，顶住公安委员会派来的人的反对声，保护并通过了我制订的夺取土伦的作战计划。在我的朋友迪戈米耶到来之前，因为加斯帕林的保护，我才免遭无知的前任司令参谋团的压迫。

4.留10万法郎给在阿尔科为掩护我而死的副官缪伦的遗孀、儿子或孙子。

5. 留10万法郎给士官康蒂勇，他曾因试图刺杀惠灵顿而被审判，[669]被宣判无罪。既然惠灵顿有权把我送到圣赫勒拿岛上等死，那康蒂勇也有权刺杀这个寡头政治家。惠灵顿对我干出这等暴行，还企图用维护英国利益这个借口为自己辩护。如果康蒂勇真的杀死了惠灵顿，他也可以用相同的理由——为了法国的利益——为自己的行为辩护，逃脱罪责。惠灵顿还违背了巴黎投降协议，要为内伊、拉贝杜瓦耶的死负责，更要为触犯条约文本、洗劫博物馆的行为负责。

6. 这41万法郎加上已经安排好的640万法郎，总计681万法郎。这笔钱应被视为遗嘱第35条的一部分，要和其他遗产在各方面得到同等的处置。

7. 我给了蒙托隆夫妇9000英镑，如果这笔钱已经落实，就从我在遗嘱中给他们安排的馈赠中扣除相应金额；如果这笔钱没有支付，则我的汇票作废。

8. 考虑到已经分给蒙托隆伯爵的遗产馈赠，我取消给他妻子的2万法郎的年金，由蒙托隆自己掏这笔钱。

9. 在最后清算之前，为了管理这笔遗产而产生的办公、旅途、出差、咨询、辩护方面的费用，希望遗嘱执行人能把它控制在遗产金额，即680万法郎、追加遗嘱和200万法郎的私人财产的3%的范围内。

10. 遗产的相关开支要由财务官记账，遗嘱执行人用汇票支付。

11. 如果上述遗产不足以支付馈赠的款项，应当从三位遗嘱执行人和财务官从遗嘱和追加遗嘱中分得的遗产中[670]按照各自所得比例进行抽取，来填补空缺。

12. 如果上述遗产扣除馈赠款项后还有剩余，就由三位遗嘱执行人和财务官按照各自所得的遗产比例来平分。

13.我指定拉斯卡斯伯爵担任财务官，如果他不在，则由他的儿子担任；如果他的儿子也不在，则由德鲁奥将军担任。

这份遗嘱由我亲笔写成、签字并盖章。

拿破仑

（盖章）

第一封信——写给拉菲特[①]

拉菲特先生：

我在1815年离开巴黎的时候，把一笔近600万法郎的钱交给您，您也给了我一张一式两份的收据。我废弃了其中一张收据，把另一张交给了蒙托隆伯爵，他会出示给您看。我死后，请您扣除我名下的汇票钱款后，把剩下的钱以及从1815年7月1日起产生的每年5%的利息一并交给他。

我希望您、蒙托隆伯爵、贝特朗伯爵、马尔尚先生能在这笔账的清算工作上达成一致；完成清算后，他们会当场给您出具清偿文件，证明上述款项已被全部清算。

我还曾把一个装着我的勋章纪念柜的箱子交给了您，请您将它转交给蒙托隆伯爵。

拉菲特先生，我通过这封信请求上帝保佑您。

拿破仑

4月25日写于圣赫勒拿岛朗伍德

---

① 从1823年版本开始就有下面这两封信。

第二封信——写给拉布耶里男爵

我的私人财政官拉布耶里男爵先生：

请您在我死后把我的钱转交给蒙托隆伯爵，由他执行我的遗嘱。

拿破仑

1821年4月25日于圣赫勒拿岛朗伍德

拿破仑

圣赫勒拿岛回忆录

Ⅴ

[法] 拉斯卡斯 辑录

李筱希 译

Napoléon

LE MÉMORIAL DE
SAINTE-HÉLÈNE

吉林出版集团股份有限公司

目 录

人名表 / 001
   Ⅰ. 神话及古代人名表 / 001
   Ⅱ. 中世纪至大革命之前的现代时期人名表 / 026
   Ⅲ. 大革命及帝国时期人名表 / 057

地名表 / 861

出版后记 / 961

人名表[1]

Ⅰ. 神话及古代人名表

A

阿基米德（Archimède，前287—前212）

他之所以扬名于世，是因为他的发现对当时的科学起到了革新作用，还因为他的一句惊呼——"Euréka（我发现了）"。马塞卢斯占领叙拉古之后，阿基米德被一个罗马士兵所杀。

阿拉里克（Alarich）

西哥特王国的奠定者，勃勃人的第一个伟大征服者。他本可以成为罗马帝国的主人，甚至能成为世界之主。然而410年洗劫罗马城后不久，在意欲攻占西西里之际，阿拉里克暴毙。

参考资料：C.西蒙尼斯于1858年出版的《论阿拉里克的历史》（C. Simonis, *Versuch einer Geschichte des Alarich*）、N.里格尔于1871年出版的《波罗的海人阿拉里克》（N. Riegel, *Alarich der Balthe*）、艾肯于1876年出版的《阿拉里克一世时期西哥特人和罗马人的斗争》（Eicken, *Der Kampf der Westgothen und Römer unter Alarich I*）、阿梅代·梯叶

---

[1]《人名表》《地名表》按照汉语拼音字母先后排序，为方便查阅，"查理一世""查理五世"等名字相同的君主头衔，则按名字后面的数字顺序排序。——译者注

里于1880年出版的《阿拉里克》（Amédée Thierry, *Alaric*），以及马塞尔·布里翁于1930年出版的《阿拉里克的一生》（Marcel Brion, *La vie d'Alaric*）。

阿里斯提得斯（Aristides，前540？—前468？）

希腊政治家、军事将领。他是地米斯托克利的政敌，被同时代人称为"公正的阿里斯提得斯"，被后世视作正直政治家的象征。

阿斯卡尼尔斯（Ascagne）

一个传说中的英雄，是埃涅阿斯的儿子。特洛伊沦陷后，他前往意大利定居。恺撒声称自己是他的直系后代。

阿提拉（Attila）

绰号是"上帝之鞭"。也许从他孩提时候起，"阿提拉"这个名字就已传开了。445年，阿提拉成为匈人头领，但他的野心并不局限于当个西哥特国王，实际上他也做到了。欧洲在他的铁蹄下瑟瑟发抖，人们都觉得自己命不久矣。451年阿提拉的战败被视为西方文明世界对蛮族的胜利。之后，历史学家想方设法抹黑阿提拉，直到今天，他的名声才算被洗清。他曾出现在拉斐尔的画笔下，还是高乃依的一幕悲剧的主人公。在弗朗茨二世统治期间，奥地利军中一个军官还把阿提拉和拿破仑相提并论。

参考资料：阿梅代·梯叶里1856年的《阿提拉和拿破仑的故事》（Amédée Thierry, *Histoire d'Attila et Napoléon*）、海纳·科玛特穆勒1888年的《阿提拉和拿破仑一世在历史上的比较》（Heinr Kematmüller, *Historischer Vergleich zwischen Attila und Napoleon I*）、马塞尔·布里翁1928年的《阿提拉的一生》（Marcel Brion, *La vie d'Attila*）、海伦娜·霍梅耶1951年的《当时人们眼中的匈人王阿提拉》（Helene Homeyer, *Attila, der Hunnenkönig von seinen Zeitgenossen dargestellt*），以及弗朗茨·阿尔泰姆1952年被翻译成法语的《阿提拉和匈人》（Franz Altheim, *Attila et les Huns*）。

埃拉伽巴路斯（本名为瓦里乌斯·阿维图斯·巴西安努斯，Varius Avitus Bassanus, dit Héliogabale, 201? —222）

一个叙利亚年轻人，曾担任太阳神埃拉伽巴路斯的祭司，故在十六七岁当上罗马皇帝后给自己取了这个名字，统治了罗马五年。人们很奇怪，为何罗马人会在最后大厦将倾的时候还拥护他当了那么久的皇帝。希望那些一提到尼禄或卡利古拉的名字就无不反感的人能去读一读埃利乌斯·朗普利丢斯的合集《奥古斯都的历史》中的《埃拉伽巴路斯之生平》（Aelius Lampridius, *La vie d'Héliogabale, Histoire Auguste*）。

埃涅阿斯（Énée）

古代神话故事中妇孺皆知的一个人物，是安喀塞斯和阿芙洛狄忒的儿子。恺撒认为自己是埃涅阿斯的后代，如此一来，他的身体里既流着神灵的血脉，又透着爱情故事的动人色彩。荷马写了埃涅阿斯的故事，但他在《伊利亚特》中只是个次要角色。大约在公元前650年至前545年，斯特西克鲁斯描写了埃涅阿斯在特洛伊陷落后的远途历险故事，似乎他也是历史上第一个写这个冒险故事的人。

参考资料：雅克·佩莱1942年的《罗马的特洛伊传说故事的起源》（Jacques Perret, *Les origines de la légende troyenne de Rome*），以及弗朗茨·巴默1951年的《罗马和特洛伊》（Franz Bömer, *Rom und Troia*）。

埃斯库罗斯（Eschyle，前525—前456）

古希腊三大悲剧诗人之一。1770年，勒弗朗科·德·蓬比尼昂（Lefranc de Pompignan）把他的作品翻译成法语。拿破仑手上的这个拙劣版本的译者是布吕穆瓦（Brumoy）神父。

安泰俄斯（Antée）

古希腊神话中的巨人，是波塞冬和他的诸多情妇之一——大地女神盖亚的儿子。流传最广的与其相关的故事便是他和赫拉克勒斯之间的战斗。作为盖亚的儿子，安泰俄斯可以通过触碰大地重获力量。赫拉克勒斯发现了这一点，便将其举到空中，使其无法再获得力量。欧夫罗尼奥斯创作的陶瓶《赫拉克勒斯与安泰俄斯搏斗》现藏在卢浮宫中。

奥古斯都（Auguste，前63—前14）

罗马帝国的奠基者。恺撒之所以没能成功建立帝国，是因为他想直截了当地达成目的；而奥古斯都则通过走"小门"，秘而不宣地将帝国制引入罗马。

参考资料：莱昂·霍莫1935年的《奥古斯都》（Léon Homo, *Auguste*）、金特·比肯菲尔德1943年影射希特勒的《奥古斯都的生与死》（Günther Birkenfeld, *Leben und Taten des Caesar Augustus*）、马赫金1949年用俄语写成的《奥古斯都的元首制》（N. Machkine, *Le Principat d'Auguste*）。

奥吉亚斯（Augias）

古希腊神话中的厄里斯国王，其牛圈奇脏无比，赫拉克勒斯的12件苦差事之一就是清扫他的牛圈。

B

庇西特拉图（Pisistrate，约前600—前528）

雅典僭主，是专制者的典型代表。他对雅典城展开修缮，支持艺术发展，令人修订了《荷马史诗》，为雅典公民建造了一座藏书丰富的图书馆。后来，薛西斯将这座图书馆搬到了波斯。

柏拉图（Platon）

人类史上最伟大的智者。在拿破仑看来，以下三个人象征了希腊的辉煌：柏拉图、荷马和伊巴密浓达。

布鲁图（马库斯·尤尼乌斯，Marcus Junius Brutus，前85—前42）

杀死恺撒的凶手。拿破仑担任第一执政官期间，在和蒂博多谈话时经常提到此人的名字。他对后者说："人们经常说布鲁图是暴君的敌人。唉！布鲁图不过是个贵族罢了，他刺杀恺撒，纯粹因为恺撒想要削减元老院的势力、提升人民的地位。"［详情请看蒂博多的《忆执政府》（Thibaudeau, *Mémoires sur le Consulat*）第82页］拿破仑在圣赫勒拿岛上撰写的《恺撒战争概要》（*Précis des guerres de César*）中，对布鲁图刺杀这位罗马独裁者一事的态度则要严厉许多。他说："刺杀恺撒一事，让布鲁图屈服于他在希腊派中获取的教育偏见；他把恺撒等同于伯罗奔尼撒半岛上的那些寂寂无闻的城邦暴君，通过某些阴谋诡计篡夺了城邦的权力。他却不愿去想一件事：恺撒的权力是合法的，因为它起到了必要的防护作用。"

参考资料：杰拉德·沃尔特1938年的《布鲁图》（Gérard Walter, *Brutus*）。

布鲁图斯（卢修斯·朱尼厄斯，Lucius Junius Brutus）

也称"大布鲁图斯"，是古罗马共和国的创建者。现代人把他看成一个神话传说人物，但我认为人们对他应进行更多考察工作才是。

参考资料：李维的《罗马史》（Tite-Live, *Historiens romains*）第一卷最后几章。

C

查士丁尼一世（Justinien，483—565）

最伟大的一个拜占庭皇帝。他野心勃勃、耐心十足、狡猾多计、生性残暴，身边还有一个才智过人的女士辅助。

D

大流士（Darius，前550？—前486）

波斯国王中有三个人叫大流士，其中的大流士一世企图征服希腊，在马拉松战败，五个月后死去。

狄多（Didon）

传说中的一位公主，因为维吉尔而在西方文化中广为人知。不过早在维吉尔写《埃涅阿斯记》之前，她的浪漫故事就已经传开了。在腓尼基人的故事中，狄多是苏尔国的公主，因为从丈夫那里继承了巨额财产而遭到其哥哥的迫害，不得不逃往国外寻求庇护。在海上漂流了许久后，狄多抵达非洲海岸，建立了迦太基。这个故事可以解释为何迦太基人一直将狄多奉为神明。迦太基被毁后，罗马人把狄多的名字也纳入自己的文化。诗人奈维乌斯写了一部史诗，说埃涅阿斯在离开特洛伊后于迦太基靠岸，与狄多公主相遇；维吉尔也采纳了相同的故事梗概；但到了奥维德的笔下，故事就大为不同了：狄多公主离开故国，来到意大利。编者在自己的拙作《迦太基的毁灭》中试图在狄多公主传奇的杜撰故事中寻求史实。

地米斯托克利（Thémistocle，前525？—前460？）

古希腊最伟大的政治家。在波斯入侵时，他成了雅典的保护者；之后，他又在萨拉米斯岛上拯救了他的祖国。然而因性情残暴，地米斯托克利声望受损，最后被迫流亡，躲到了阿尔戈斯。斯巴达国王保萨尼阿斯提议帮助他和波斯勾结。地米斯托克利拒绝了他的提议，但觉得自己应当保护对方的秘密。保萨尼阿斯勾结波斯的事迹败露后，他写的那些于地米斯托克利不利的信落到了拉科尼亚人手中。地米斯托克利企图为自己辩解，但没人相信他。雅典人颁令，要逮捕他并把他送上近邻同盟法庭，以叛国罪处之。得知这个消息后，地米斯托克利逃了出去，决定接受波斯国王的庇护。波斯国王接纳了这个曾打败自己父辈的人，并请求神灵"让他的敌人都持类似想法，好把他们最伟大的人都流放出来"（普鲁塔克）。地米斯托克利得到国王的慷慨馈赠——亚细亚的三座城邦，但条件是要帮他的恩人出谋划策。剧作家拉尔那克（Larnac）写了一部以地米斯托克利为主角的悲剧，该剧于1804年在巴黎上演。

F

弗拉米尼乌斯（Flaminius）

拉斯卡斯在书中延续了译者阿米奥特在翻译普鲁塔克的《名人传》时犯下的错误，把这个人的名字写成了塔图斯·昆塔斯·弗拉米尼乌斯。弗拉米尼乌斯在公元前198年担任执政官，在公元前175年去世，因为以他个人的方式和希腊"谈和"而遗臭万年。

G

盖伦（Galien，131—201）

一个住在罗马的希腊医生，他的《论药剂的构成》（*Sur la composition des médicaments*）于1549年被翻译成法语。1566年，他的

《论人体各部分的用途》（*De l'usage des parties du corps humain*）也被引进法国。

盖萨里克（Genséric，400？—477）

汪达尔人的领袖。阿拉里克、阿提拉、盖萨里克相隔半个世纪，他们给整个欧洲带来死亡，人们听了他们的名字就吓得魂飞魄散。而在这三人中，盖萨里克无疑是最有头脑的一个，也只有他知道应在攻城略地的同时站稳脚跟。他在427年当上汪达尔国王，之后便开始筹备北非入侵行动，并圆满达成计划。他于429年打下北非后，又于439年攻下迦太基，将它设为自己的首都。他以铁血手腕统治北非长达40年。其继任者一直占据王位，直到533年迦太基被查士丁尼一世手下大将贝利萨留攻打下来。

参考资料：埃米尔·菲利克斯·戈蒂埃1932年的《盖萨里克》（Emille Félix Gauthier, *Genséric*）。

格拉克兄弟（Gracques）

大格拉克提比略于公元前133年去世，小格拉克卡修斯于公元前121年被仇恨他们的统治阶级所杀。普鲁塔克以格外动人的笔触描写了他们的悲剧故事。拿破仑对他们的评价有着罕见的洞察力。

参考资料：杰拉德·沃尔特1932年的《格拉克兄弟传奇故事》（Gérard Walter, *Le Roman des Gracques*）。

H

汉尼拔（Annibal，前247—前183）

对于这个名字，如今人们普遍接受的拼法和拉斯卡斯那个时代的有所不同，今天大家普遍写成"Hannibal"。汉尼拔的军事才能在当时是前无古人、无人能及的。他对罗马人发起的诸多战斗跟亚历山大进击毫无纪律的柏柏尔人、波斯人的战役一样令人惊叹不已。汉尼拔穿越阿尔卑斯山在世界历史上是绝无仅有的壮举，并引来拿破仑的效仿。

参考资料：李维的《罗马史》第二十一卷和第二十二卷，艾伯哈德·策勒1947年的《汉尼拔》（Eberhard Zeller, *Hannibal*），杰拉德·沃尔特1947年的《迦太基的毁灭》（Gérard Walter, *La Destruction de Carthage*）。

赫拉克勒斯（Hercule）

《拿破仑圣赫勒拿岛回忆录》中提到的神话人物中妇孺皆知的一位。

荷马（Homère）

如果说希罗多德是历史之父，那荷马就是史诗之父。1530年，他的《伊利亚特》被首次翻译成法语。《奥德赛》则在1604年才被翻译成法语。法兰西帝国时期，市面上有三个版本的《伊利亚特》，它们分别是首版出版于1711年的达西埃夫人（Mme Dacier）版、首版出版于1764年的毕多贝（Bitaubé）版以及首版出版于1776年的勒布伦（Lebrun）版。大革命时期的狂热雅各宾党人、帝国时期拿破仑身边的无耻谄媚者、波旁复辟后又效忠王室的埃蒂安·艾尼昂（Etien Aignan），出了新版《伊利亚特》，并在1812年再版。帝国时期，《奥德赛》并无新的法语译版。读者可挑选达西埃夫人或毕多贝的版本。

J

加图（马库斯·波尔基乌斯，Marcus Porcius Caton，前95—前46）

庞贝派的领导人物之一，因在乌提卡自杀而名垂青史。

参考资料：普鲁塔克《名人传》中的《加图之生平》（Plutarque, *La Vie de Caton*）。

君士坦丁大帝（Constantin，274—337）

罗马帝国的掘墓人，差点儿被天主教会封圣，但他本人应该更喜欢"大帝"这个称号。

参考资料：爱德华·施瓦兹1913年的《君士坦丁皇帝和基督教》（Eduard Schwartz, *Kaiser Constantin und die christliche Kirche*），以及安德烈·皮加尼奥1932年的《君士坦丁皇帝》（Andre Piganiol, *L'Empereur Constantin*）。

K

卡米卢斯（马库斯·弗里乌斯，Marcus Furius Camille）

罗马共和国历史中非常有代表性的人物之一，他打败了伊特鲁里亚人和希腊人，被视为罗马的第二位建造者。

参考资料：普鲁塔克《名人传》中的《卡米卢斯之生平》（Plutarque, *La Vie de Camille*）。

喀提林（Catilina，前109？—前62）

一个失败的政变者，被那个时代的正直人士视作"人类的耻辱"，在世人的唾骂中死去。拿破仑似乎既不知道萨卢斯特的著作，也没读过西塞罗的《明告喀提林》。他没有了解事情的全貌，却似乎发现了喀提林叛乱的真正动机。他甚至觉得要是他在雾月十八日中事败，会落得跟喀提林一样的下场。

参考资料：萨卢斯特的《喀提林叛乱记》（Salluste, *La Conspiration de Catilina*），以及加斯东·博西哀1905年的《喀提林的谋反》（Gaston Bossier, *La Conjuration de Catilina*）。

恺撒（盖乌斯·尤利乌斯，Caius Julius César，前100？—前44）

在拿破仑心中，恺撒和亚历山大是伟人中最杰出的代表。从少年时代开始，他就把他们视为自己走向荣耀不朽之路的两位同伴。但那时，更令他心醉神迷的是来自马其顿的那位征服者的耀眼功绩和伟大征程。长大后，拿破仑觉得自己越来越被恺撒所吸引。他年轻时还写了一部悲剧草稿，主人公便是恺撒。拿破仑还是奥克松的一个小小中尉时，便整夜地读恺撒写的《高卢战记》（*Commentaires sur la Guerre des Gaules*），激烈地颂扬和捍卫自己心中的这位英雄。他断言，论热爱祖国，恺撒胜于庞贝、比肩加图。正是为了挽救祖国于危亡，他才篡夺了权力。他毫无疑问是一位杰出的大将，但更是罗马数一数二的公民。当恺撒被迫向自己的同胞发动战争以挽救他们的时候，"他的心都碎了"，这足以证明他的一腔赤诚。但拿破仑去了埃及后，似乎又被亚历山大奇幻的人生色彩所吸引，恺撒反而退居第二了。有一次拿破仑和他的秘书布里安聊天，宣称他认为这位马其顿人的功绩要高于那位罗马人的功勋。雾月十八日以后，拿破仑对恺撒的人生产生了极大的兴趣，努力想在这位伟人的命运中寻到自己未来命运的预兆和相似之处。在登基称帝的前夕，身为第一执政官的拿破仑在心底自问：恺撒是否果真想要称王？他向娄德雷尔透露自己"要写五六章古代史"的打算时，说："我要证明恺撒从来都不想称王，他之所以遭到刺杀，不是因为他觊觎王位，而是因为他想集合各方势力、恢复国家秩序。"这个计划之后并无下文，但恺撒的名字依然一直萦绕在拿破仑的脑海里。他在自己的办公室里立了一个恺撒的半身塑像，还向歌德提议为这位伟人写一部悲剧，这部悲剧要比伏尔泰的那部剧更加深刻地揭示布鲁图犯下的可怕罪行，展现这位名不虚传的主宰者为人类带来的无限裨益。卡诺瓦

（Canova）只认可共和制的罗马，拿破仑便斩钉截铁地向对方宣称："恺撒！恺撒是个伟人！"法兰西学院想为皇帝选一个称号，向他呈上两个选择：一个是"奥古斯都"，另一个是"格马尼库斯"。拿破仑派人传话，说他认为"唯有恺撒的称号能给他带来荣耀，但哈布斯堡王朝的人已经让这个名字大大失色"。1812年，法国进军莫斯科，此时拿破仑心中的天平再度倒向了亚历山大，恺撒谨慎明智的作风在他看来已经成为懦弱的象征。亚历山大的辉煌战绩把他的帝国版图扩展到世界各地，这无疑再度吸引了拿破仑的想象力。后来，他因为恺撒的冷静头脑而偏好于他，但这个觉悟是通过惨痛的代价换来的。拿破仑在圣赫勒拿岛上历数恺撒的桩桩功绩时，总把3月15日和失败的阴云联系在一起。①他开始撰写《恺撒战争概要》，并认真重读了他还是个贫穷无名的小伙子时就读过的《高卢战记》。

参考资料：杰拉德·沃尔特1947年的《恺撒》（Gérard Walter, *César*）。

科里奥兰纳斯（盖尤斯·马修斯，Caius Marcius Coriolanus）

罗马共和国早期的一个伟人，被今人视为一个神话传奇人物。在拿破仑看来，此人就是"罗马的杜穆里埃"。

科妮莉亚（Cornélie）

西庇阿的女儿、格拉古兄弟的母亲，因为这层身份而留名青史。在法国大革命时，她更是被奉上神坛。

---

① 恺撒在公元前44年3月15日遇刺身亡。——译者注

L

利维娅(杜路莎·奥古斯塔,Livia Drusilla Augusta,前56—29)

其父李维·杜路苏斯是布鲁图的追随者,在腓立比战役失败后自杀。随后,她嫁给了提贝里·克劳狄·尼禄,而尼禄也有参与反对恺撒的行动。反恺撒党派遭到肃清后,夫妇俩流亡希腊。奥古斯都遵循宽待政敌的原则,允许他们回到罗马。之后,奥古斯都疯狂爱上了利维娅,决意和原配离婚,迎娶利维娅。尼禄被做了一番工作后,利维娅成为罗马帝国之主的妻子。她当时20岁,已经诞下一子,另还有六个月的身孕,奥古斯都把他们收为养子。利维娅深得其丈夫的信任,并多次参与政事。奥古斯都死后,利维娅退居幕后,和长子提庇留不和,于86岁高龄时去世。利古里拉皇帝在她的葬礼上称赞她为"穿裙子的尤利西斯"。

M

马略(Marius,前157—前86)

罗马共和国非常伟大的军事领袖之一。身为农民的儿子,他一直都以"人民"自居。马略,拥有自然的威力,性格粗暴,大字不识一个。他小小年纪就参军,完全是靠打仗过活。在公元前135年的努曼西亚包围战中,马略如拿破仑在土伦包围战中一样崭露头角。根据普鲁塔克所言,马略的上司西庇阿曾当着众将士的面,搭着马略的肩膀说:"我在罗马只发现一个人能取代我的位置,就是这个小伙子。"被选为保民官后,马略成为罗马平民的偶像。他击败了可怕的朱古达,解除了罗马共和国的心腹之患;他在韦尔切利平原上赶走了入侵意大利的日耳曼人,挽救了罗马。但和霞飞元帅(Joffre)在第一次世界大战中取得的马恩河战役胜利一样，有人对马略这场大捷存有疑虑，认为胜利应当归功于他那个灵活作战的副长官卡图卢斯，但罗马人民完全视马略为他们的拯救者，称他是"罗马的第三位奠定者"。之后，马略迎来人生的巅峰，荣誉加身，却也产生了践踏共和国政体的野心。此时他遇到了一个比他更聪明、更有头脑的人：同样野心勃勃的苏拉。在爆发了几次流血冲突后，马略流亡在外，过着颠沛流离的生活，后来夺回权力，但不久之后便因病去世。

参考资料：普鲁塔克的《马略传》。

米特拉达梯（Mithridate，前132—前63）

本都王国国王，奠定了这个小亚细亚国家的强国地位。在汉尼拔之后，罗马共和国从未遭遇比米特拉达梯更危险、更难缠的对手。他统治国家57年，也和罗马打了57年。后来由于被爱子法尔纳科斯背叛，米特拉达梯自杀身亡，法尔纳科斯还亲自把他的尸首送给庞贝过目。

摩西（Moïse，前1571—前1451，存疑）

犹太先知和立法者。

N

拿伯（Naboth）

《圣经》中的一个葡萄园园主，拒绝把自己的葡萄园让给国王。后来拿伯和这个贪得无厌的国王是何下场，大家也都知道了。

尼布甲尼撒（Nabuchodonosor，前？—前580）

巴比伦国王，也许是人类有史以来众多征服者中最伟大也最可怕的一位。他把疆土一直扩大到了西班牙的地中海地区，满载荣誉和财宝回到巴比伦。但他死后，他的伟大帝国迅速崩塌。

尼禄（Néron）

罗马帝国第五任国王，也是朱里亚·克劳狄王朝的最后一位皇帝。12世纪一个德意志编年史作家将其形容为"有史以来最邪恶的一个人"。他之所以有此恶名，很大程度上是因为塔西佗、苏埃托尼乌斯留下的史书记载。和尼禄有过直接接触的犹太历史学家弗拉乌斯·约瑟夫（Flavius Josèphe）在他去世六年后写书说："毫无疑问，在众多讲述其事迹的历史学家中，有的因为他曾优待自己而为其辩护，有的则因为对他心存私愤而肆意抹黑他；他们和第一类历史学家一样，都在歪曲事实。"约瑟夫说的那些为尼禄辩言的历史学家，其著作未能留存于世。往后的历史学家得到的尼禄的生平材料，要么出自无比仇恨他的人之手，要么出自荒诞不经的传闻编排。伏尔泰拒不相信安在尼禄头上的那些罪名的真实性，觉得它们都太过荒谬了。拿破仑应该读过伏尔泰的手稿《论历史中的皮浪主义》（*Du Pyrrhonisme dans l'Histoire*），作者在里面对尼禄做了长篇的讨论。1791年，拿破仑在他的读书笔记中写道："尼禄迫害基督教徒，这并非事实。他们从来只会因为国家利益而遭受迫害。"此话出自拿破仑手稿第二十卷，马松在《扬名前的拿破仑》（Masson, *Napoléon inconnu*）第二卷第273页中引用了这句话。根据拉斯卡斯的记录，拿破仑在圣赫勒拿岛上对尼禄只有一些简短的影射。可在贝特朗和古尔戈的回忆录中，他曾就尼禄发表了长篇感想。在古尔戈的日记中，拿破仑宣称："尼禄可能跟历史学家记载的那个人完全不同。为了一时之乐而将罗马付之一炬？这事完全无法理解！特地造艘大船来溺死其母？此事毫无可信之处！唯一真实可信的，就是让采石工拉船这件事，其他的完全是荒诞之谈。"（古尔戈1817年5月28日日记）但拿破仑最关注的是塔西佗对尼禄其人的批评态度。在一次和贝特朗的谈话中，拿破仑就此畅所欲言，对大元帅说："我觉得塔西佗是个画家，而不是历史学家。一个历史学家应该把事情及其原因告知世人，并就此做出解释。尼禄想烧掉罗马？为什么？他杀了阿格丽品娜？为什么？历史学家应该说个清楚才是。一个人无论好坏，总不会无缘无故就这么做。[①]罗马人民爱戴尼禄，哪怕他人已经不在了，他们仍对他敬爱有加。这背后也有原因，但塔西佗并未说明。[②]他只谈尼禄的罪恶，并对此津津乐道，由此我们可知他对尼禄是有成见的，其话也就失去了可信度。我倾向于相信塔西佗在夸大事实。要是他只纯粹地叙事，我反而能更信他。可他不做解释，光在那里侃侃而谈，力求营造出画面感。"

[语出贝特朗的《圣赫勒拿岛录事》（*Cahiers de Sainte-Héléne*）第二卷第144~145页，1816年11月10日谈话记录]1817年9月，皇帝开始读苏埃托尼乌斯。他对贝特朗说："这就是一个诽谤家，我不信他的话。他记录的历史充斥了不经之谈。我们完全不能理解……尼禄为什么要焚毁罗马首都？身为一国之君，他能从中获得什么乐趣？为什么尼禄后来被人民缅怀不已？"[③]（语出贝特朗的《圣赫勒拿岛录事》第二卷第276页）

参考资料：杰拉德·沃尔特1955年出版的《尼禄传》（Gérard Walter, *Néron*）。

尼普顿（Neptune）

罗马人的海神，希腊名是波塞冬。

[①] 我们得承认，皇帝对这位罗马历史学家的评价有失公允。实际上，塔西佗以他自己的方式对尼禄为何干出这两件事做了解释。

[②] 拿破仑此言不假，但他忘了塔西佗存世的《编年史》只写到了尼禄死前，所以我们并不知道塔西佗是否就此做出过解释。

[③] 拿破仑此处的思考很有道理：苏埃托尼乌斯在《尼禄传》的最后也明确提到了他死后人民对他的哀悼。

O

欧里庇得斯（Euripide，前480—前404）

古希腊三大悲剧作家中的最后一个，创造了戏剧有史以来最可怕的两个女性人物：淮德拉和美狄亚。不过我们应该把伊菲革涅亚也算进去。欧里庇得斯最后是被狗咬死的。拿破仑读的版本和埃斯库罗斯的译本是同一个译者。

P

皮洛士（Pyrrhus，前315？—前272）

古希腊伊庇鲁斯国王。在亚历山大大帝之后，皮洛士成了古人眼中名气最大的一位统帅。西塞罗在他的信件中对皮洛士做的军史著作赞颂不已，皮洛士也因此成为一位鼎鼎大名的古代军事理论家。普鲁塔克几乎把当时他能找到的和皮洛士有关的所有事迹都收录进《皮洛士传》一书，但其内容有真有假。

普林尼（Pline，23—79）

回忆录中提到的普林尼是老普林尼，即《自然史》的作者，死于维苏威火山爆发。

普鲁塔克（Plutarque，46？—126？）

根据波拿巴孩提时的朋友纳西卡神父所言，这是少年波拿巴最喜欢的一个古代作者。拿破仑读的普鲁塔克的作品应该是达西埃（Dacier）所译，但这个译版并不出彩。直到波拿巴准备远征埃及之前，里卡尔（Ricard）神父的译版才得以问世。拿破仑应该是受卢梭的影响才喜欢上普鲁塔克，因为在18世纪的伟大思想家中，只有卢梭对这位《名人传》的作者推崇有加，伏尔泰对普鲁塔克则是难以掩饰的鄙夷。卢梭在晚年写道："在我一读再读的一小部分书中，普鲁塔克的作品是最吸引我也让我获益最深的。我儿时读的第一本书是他的，我晚年读的最后一本书也会是他的。唯有他让我每次重读都会有所收获。"法国大革命时期，人们对普鲁塔克并无太多兴趣，更受欢迎的是塔西佗和撒路斯提乌斯。只有罗兰夫人公开表达了对普鲁塔克的敬佩，虽然这份敬佩如她一贯的行事风格一样略显夸张。据她说，她是"因为他才成为共和党人"。因为拿破仑本人的关系，因为这个人生如罗马人一般传奇的人（拿破仑就是这么评价自己的），法兰西帝国的年轻人才拾起了普鲁塔克。1819年，就在他的生命之光在圣赫勒拿岛上慢慢熄灭之际，巴黎一个寂寂无闻的年轻文人向索邦大学提交了他的博士论文，文中探讨的正是普鲁塔克的《名人传》。这个年轻人便是儒勒·米什莱。

参考资料：编者在《名人传》中所作的序言。

普鲁西阿斯（Prusias）

回忆录中提到的这个普鲁西阿斯是比提尼亚王国的国王普鲁西阿斯二世，人称"猎人"，统治时期是公元前188年至前149年。请勿将他和其父普鲁西阿斯一世（绰号"跛脚者"）相混淆。庇护汉尼拔的是普鲁西阿斯一世，将其交给罗马人的则是普鲁西阿斯二世。

普罗米修斯（Prométhée）

古希腊神话中为人类盗取天火的英雄，因此被锁在一座悬崖上。人们常把这位遭到朱庇特残酷迫害的英雄和拿破仑联系起来。

S

塞涅卡（鲁西乌斯·安内乌斯，Lucius Annaeus Sénèque，2—65）

罗马哲学家，斯多葛主义的忠实信徒，但这丝毫不妨碍他流连于灯红酒绿的脂粉世界，和名声不佳的投资分子来往密切。尼禄被他的母亲扶上皇位后，他成了尼禄的老师。一年后，尼禄开始掌管政事。没过多久，他就摆脱了这位老师的影响。因忌惮塞涅卡在元老院反对派中的影响力，尼禄命令其自杀。

参考资料：杰拉德·沃尔特1909年出版的《塞涅卡的政治生涯》（Gérard Walter, *La Vie Politique de Sénèque*）。

斯特拉本（Strabon，前60？—25？）

祖上是加帕多西亚一个贵族大家。年少时，斯特拉本就渴望云游四海。后人主要是通过下面这段话了解他的："在从前的地理学家中，也许他是游历得最远的一个。"这话无疑有所夸张。不过在基督教出现之前的古代世界里，他的著作就如一座取之不尽的知识宝矿。拿破仑在圣赫勒拿岛上读到的斯特拉本的著作，是他当初指派人修订而成的。

苏拉（卢基乌斯·科尔内利乌斯，Lucius Cornelius Sylla，前138—前78）

出身于一个家道中落的贵族家庭。他的一个祖先曾在萨莫奈战争期间两次当选为执政官。这位执政官的孙子是个祭司，名叫P.科尔内利乌斯·鲁菲努斯，是家族中第一个叫苏拉的人（苏拉的家族血统在他身上其实并不明显，只能从他的红头发或肤色中看出一二）。年轻时的苏拉并不算一个道德模范人物。虽然家境清贫，但他的生计并不成问题。结婚后，他仍被一个富有的名妓所包养，后者临死时还把自己所有家产都留给了他。没过多久，他又从岳母那里继承了一笔遗产。从此，苏拉跃进最有钱的骑士阶层，开始了他的飞黄腾达之路。公元前107年被任命为财务官后，苏拉追随马略前往非洲。从那时开始，这两个人便开始了无休无止的斗争，给罗马造成无数死伤。把自己的所有政敌打压下去后，苏拉想当合法统治者，于公元前82年成为独裁官。在先前120年里，罗马从未有过这个头衔。而苏拉不仅当上了独裁者，还不像先前的独裁官那样只有六个月任期，任期时长待定。在接下来的三年里，苏拉大权在握，还被法律授予决定所有公民生死这个绝对大权。所以，苏拉即便不是专制君主，其地位也和君主差不多了。之后，由于厌倦了权力和功名，苏拉于公元前79年主动辞去了独裁官的职位，几个月后在他的豪华海滨别墅中去世。罗马为他举办了隆重的葬礼；意大利所有城市都派去代表使团，送上金冠，以表悼念。人们将其在战神广场风光下葬，墓碑上刻着几行字："从来没有人比他给朋友们带来更多好处，也从来没有人比他给敌人们造成更多伤害。"30年后，恺撒重拾苏拉的大业。然而时过境迁，数把匕首向他刺来，阻止了他继续前进。

参考资料：热罗姆·卡科皮诺1935年发表的《苏拉——错过的君主国》（Jérome Carcopino, *Sylla, ou la Monarchie manquée*）。

索福克勒斯（Sophocle，前495—前405）

古希腊最伟大的悲剧家。他比埃斯库罗斯年轻30余岁，比欧里庇得斯年长六七十岁。有的人说他是因为听闻自己的剧本大获成功喜极而死，还有的人认为他是因为吃了太多葡萄消化不良而死。拿破仑非常欣赏索福克勒斯，不过他读的译版非常一般，译者是布吕穆瓦神父（同他读的埃斯库罗斯是同一个译者）。

T

提比略（Tibère，前42—37）

罗马第二个国王，他在59岁时继承了奥古斯都的皇位。由于从小被奥古斯都悉心栽培，在执政前12年里，提比略坚定执行奥古斯都的政策方针。之后，也许是因为不断在罗马遭受阴谋暗杀的威胁，提比略独自搬到了卡普里岛上居住。在之后的11年里，人们听到的有关他的消息全都在说他是多么骄奢淫逸、残暴冷血。这一切都发生在塞让（Séjan）阴谋事件之后。塔西佗和苏埃托尼乌斯可能过于抹黑了提比略的形象；不过我们可以确信的是，因为他的隐退，罗马得到了解放的自由。

参考资料：格雷戈里奥·马拉尼翁1937年发表的《提比略》（Gregorio Maranon, *Tibère*）。

图拉真（Trajan，53—117）

生于西班牙，是当上罗马皇帝的第一个外国人，被认为是继奥古斯都之后最伟大的罗马皇帝。他开创了罗马帝国的黄金盛世。尽管如此，他的统治生涯中仍存有诸多疑点。我们现在看到的有关他的颂词都出自小普林尼之手，但这份史记作于图拉真统治的第二年，而他的统治时间长达20年。此外，我们只能参考希菲利努斯作品中的卡西乌斯·狄奥的残稿，以及后面一些史学家的只言片语。我们只能从勋章、铭文中依稀看到一个战争频起的时代，这让人很难对"黄金盛世"的赞誉完全信服。

X

西庇阿（普布利乌斯·科涅利乌斯，绰号"大西庇阿"，Publius Cornelius Scipion，前234—前183）

其父是个生逢不幸的将军。西庇阿17岁就拿起武器，参加了那场罗马人惨败于汉尼拔之手的战争。15年后，即公元前202年，西庇阿在扎马击败汉尼拔，为结束第二次布匿战争发挥了至关重要的作用。让拿破仑心驰神往的"禁欲的西庇阿"的传奇故事，以及拉斯卡斯在回忆录里记录的他对此发表的言论，很大程度上是因为拿破仑受了历史学家瓦莱尔·马克西姆（Valère Maxime）的影响。这位历史学家讲述了西庇阿攻占迦太基期间的一个故事。当时他大约24岁，以好女色而著称。他的部下为了讨好他，把俘获的一个美貌无双的西班牙女子送进营中。西庇阿得知此女是当地一个极有势力的部落领袖的未婚妻后，原封不动地将其送了回去。他对这位部落领袖说："如果您真想报答这份恩情，就成为罗马人民的朋友吧。"这个西班牙人听懂了他话中的意思，为表感激，在当地招募了1400名战士供西庇阿调遣。

参考资料：杰拉德·沃尔特1947年的《迦太基的毁灭》（Gérard Walter, *La Destruction de Carthage*）。

希波克拉底（Hippocrate，前460？—前？）

被视为古代最伟大的医生。1811年，医生弗朗索瓦-克里斯多夫·德·梅西（François-Christophe de Mercy）开始把皇家图书馆中收藏的希波克拉底的医学手稿翻译成法语，这项工作一直持续到1832年中止时仍未完成。拿破仑在1815年离开法国的时候，把其中已经出版的第三卷放进行李箱。

希罗多德（Hérodote，前484—前425？）

拿破仑有一天对贝特朗说："我觉得希罗多德就是一个长舌妇，可此人是历史之父。"（语出贝特朗的《圣赫勒拿岛录事》第二卷第121页）学者皮埃尔·萨利亚（Pierre Saliat）于1556年第一个把希罗多德的作品翻译成法语。在一个半世纪里，该译版再版了至少15次。1786年，拉尔谢（Larcher）出了新译版。1802年该版再版后，拿破仑在圣赫勒拿岛的书架上就有这么一本。

西西弗斯（Sisyphe）

一个神话人物，因为荷马而妇孺皆知。

薛西斯（Xercès，前？—前465？）

波斯国王，是古希腊人的心腹大患。他曾横渡地中海，被地米斯托克利打败。

Y

雅各（Jacob）

《圣经》中非常著名的人物之一，有12个儿子，其中一个是以色列的祖先。

亚历山大大帝（Alexandre le Grand，前356—前323）

马其顿国王，天赋卓绝，被同代人视为神明，后人对其更是倾慕无比。在拿破仑少年时期崇拜的几个古代英雄中，亚历山大是他最敬佩的一个，其次是恺撒。

参考资料：德罗伊森1877年的《亚历山大大帝史》（Droysen, *Geschichite des Hellenismus*）；近代与其有关的众多作品，编者推荐沙克麦尔（Schachermeyer, 1949）、拉代（Radet, 1950）（写得极好）、

塔恩（Tarn, 1951）以及罗宾森（Ch.-A. Robinson）的作品。

耶稣（Jésus）

小时候在科西嘉岛时，拿破仑有一个无意识的动作：每次他得知某个格外令他震惊的事情时，他都会一边画十字，一边喊道："耶稣啊！耶稣！"但这只是他的习惯罢了，并无其他意思。拿破仑似乎对基督教完全持无所谓的态度，甚至略带蔑视。拉斯卡斯在回忆录中关于拿破仑在宗教方面的记叙，则和古尔戈日记中的略有出入。拿破仑有一天对古尔戈说："我更喜欢伊斯兰教，它不像我们的那么可笑。"（语出《古尔戈日记》第二卷第226页）至于耶稣，他虽没表示怀疑，但也有所疑惑："他声称自己是神子，实际却是大卫的儿子。"（出处同上）另外，耶稣是否真实存在过呢？拿破仑似乎对此并不信服。有一天（1816年6月12日），他对贝特朗说："宗教信誓旦旦地跟我们说耶稣基督绝对存在，却给不出任何历史证据。只有约瑟福斯谈过这个，但他说的也不过是些细枝末节罢了，有些人还认为这些是后加的呢。"（语出贝特朗的《圣赫勒拿岛录事》第二卷第64~65页）那拿破仑是什么时候、从何得知约瑟福斯的手稿的呢？有一天，他向古尔戈告知了事情原委："我在米兰曾得到一本约瑟福斯的《犹太史》原稿，里面有四五行后加的关于耶稣的话，而约瑟福斯从没说过这个。为了拿到这本手稿，我在教皇那里磨了很久呢。"（语出《古尔戈日记》第二卷第225页）这份手稿最后还是回到了庇护七世的手上。罗伯特·埃斯莱（Robert Eisler）曾写了厚厚的两卷书来解释约瑟福斯的手稿里插入部分的问题，但似乎也没能说服皇帝。

伊巴密浓达（Épaminondas，前415？—前362）

古希腊历史上非常耀眼的人物之一，是一位智慧的政治家、演讲家和卓越的将领，最后战死沙场。

伊索（Esope，前620？—前560？）

被世人视为寓言题材的创造者，而且他的人生比任何寓言中最惊心动魄的冒险都要精彩。吉耶·科洛塞第一个将其作品翻译成法语，该书于1542年出版，即《古人伊索的寓言故事》（Gilles Corrozet, *Les Fables du très-ancien Esope*）。拿破仑手上的译版出自贝勒加尔德之手（Bellegarde），出版于1752年，1810年再版。

犹大（Judas）

几乎是人类历史上最臭名昭著的一个人。拿破仑对犹大的评价也很犀利。不过我们也知道，拿破仑在位的最后几年里，有人曾试图洗白犹大。最近替犹大辩护的是帕诺尔（Pagnol），不过他依然没能扭转犹大的形象。

犹滴（Judith）

爱国小说《犹滴传》的犹太人主人公。原版小说已经遗失，我们现在看到的是希腊版本，由七十士译本的译者收进《圣经》。今天在以色列，人们坚信此人是真实存在的。

约瑟（Joseph）

雅各的儿子，其事迹被写进《创世记》。

约书亚（Josué）

摩西的副手，接受摩西指派的任务，代替他带领以色列人前往应许之地。《约书亚记》可被看作《摩西五经》的补充，讲述他是如何完成这个任务的。

Ⅱ. 中世纪至大革命之前的现代时期人名表

A

老阿杜安（让，Jean Hardouin，1646—1729）

一个耶稣会学者，路易大帝学院的图书馆管理员。在他的《纪念勋章中的旧约年表》（*Chronologie de l'ancien Testament expliquée par les métailles*）中，老阿杜安对圣书的真实性提出疑问，因此遭到猛烈攻击，1708年他被迫收回这一言论。然而他依然坚持自己的观点，并在之后的著作中将其一再重申。

阿尔布克尔克（阿方索，Afonso d'Albuquerque，1453—1515）

著名的印度征服者，是葡萄牙非常伟大的人物之一。他留下了一本回忆录，其儿子在他死后将其发表，我们可以从中读到和他的伟大征途有关的相关记录。

阿里（Aly，602—661）

阿拉伯第四代哈里发。作为穆罕默德的嫡亲兄弟，他被后者提拔起来，成为他最忠实的追随者。655年，阿里成为哈里发，在任期间必须和四周的强国相抗。在执政第三年时，阿里得到启示，在争议中传位给叛军中一个一流的将领。

阿里奥斯托（Arioste，1474—1533）

意大利著名诗人，其诗篇常被引用，却少有人读。

艾诺（查理-让-弗朗索瓦，Charles-Jean-François Hénault，1685—1770）

因撰写《法国年代简史》（*Abrégé chronologique de l'histoire de France*）而著名，该书被反复重印。

奥地利的安妮（Anne d'Autriche，1602—1666）

法国王后，西班牙国王菲利浦三世的女儿，路易十四的母亲。

奥尔良公爵（菲利普，Philippe d'Orléans，1640—1701）

路易十三的儿子，路易十四的弟弟，摄政王的父亲。他最开始迎娶了英国的亨莉艾特公主，这位公主离奇死亡后，他又娶了巴伐利亚选帝侯的女儿。他追随他的哥哥路易十四参加了荷兰之征。路易十四认为法军于1677年4月11日在卡塞勒战胜奥兰治亲王、4月11日在围攻圣奥梅尔时获胜，奥尔良公爵功不可没。

奥尔良公爵（菲利普，Philippe d'Orléans，1674—1723）

路易十四的侄子，1715年至1723年担任法国摄政王，在幼王亲政十个月后死亡。

奥尔良公爵（路易-菲利普，Louis-Philippe d'Orléans，1725—1785）

摄政王的孙子，路易平等的父亲，迎娶了路易丝-亨莉艾特·德·波旁-孔代。1759年丧偶，直到1773年他才和他的情妇蒙特松夫人结婚。

奥玛尔（Omar，1068—1142）

伊斯兰教哈乃斐派的著名神学家，被人称作纳迪姆-爱迪恩，意思是"信仰之星"。

B

巴里永（保罗·德，Paul de Baarillon）

1677年至1689年法国驻英国宫廷的使臣，在路易十四的授意下拉拢英国最有势力的政治家。在送给巴黎的急件中，巴里永详细交代了大量贿赂官员的细节。

巴亚尔（皮埃尔·德·泰拉伊，Pierre du Terrail de Bayard，1473—1524）

贵族骑士的完美典范。他为了保护法军撤退，曾在加里利亚诺桥单枪匹马对抗200个西班牙人。拿破仑在意大利之征中曾去过那座桥。我们从拉斯卡斯那里得知，一个化名"忠诚侍者"的人写的《巴亚尔之生平》，是拿破仑在流亡期间最喜欢的读物之一。

贝尔·伊赛尔（夏尔·富凯·德，Charles Fouquet de Belle-Isle，1684—1751）

法国元帅，祖父是总督富凯。1741年他被召至军中，和奥地利作战。他指挥10万军队，"要在三个月之内在维也纳的城墙下和敌军谈和"。贝尔·伊赛尔做到了，但不是在维也纳的城墙下，而是在布拉格城中被迫和奥地利将领议和。不过他拒绝了皇后玛丽娅-特蕾莎提出的无条件投降，带领1.4万法军离开布拉格，在皑皑白雪下，在洛布科维茨骑兵的骚扰下撤军。这个消息迅速传开，人们还在巴黎唱起了与他有关的歌谣。

贝里克公爵（雅克·菲兹-詹姆斯，Jacques Fitz-James de Berwick，1670—1734）

英国国王詹姆士二世的私生子，法国国籍，后来成为法国元帅，最后战死沙场。

彼得大帝（Pierre le Grand，1672—1725）

10岁登基，1689年摆脱了姐姐索菲亚的摄政干预，开始亲政，把姐姐送进修道院了此一生。他继承了沙皇俄国开朝者的大业，花了36年把俄国变成一个强国。

彼得三世（Pierre III，1728—1762）

父亲是德意志一个名不见经传的亲王，母亲是彼得大帝的姐姐。

他的姑母在他14岁时将其送到俄国，给他找了一个纯正的德意志人当妻子，并宣布他是王位继承人。1762年，彼得三世登上皇位。几个月后，他被他的妻子叶卡捷琳娜二世废黜并关进监狱，六天后死在狱中。之后，叶卡捷琳娜二世直接坐上了皇位。

波恩巴（Bonpart）

圣玛格丽特群岛总督，在铁面人被转移至巴士底狱之前负责其看守工作。1703年，铁面人死于巴士底狱。

波拿巴①（博纳旺蒂尔，Bonaventure Buonaparte）

据说是拿破仑16世纪的一个祖先。

波拿巴（尼古拉，Nicolo Buonaparte）

圣米尼亚托的一个贵族，生于16世纪。1568年，他在佛罗伦萨出版了一本轻喜剧，即《拉维多瓦》（*La Vedova*）。他也被视为拿破仑的祖先之一。1803年，尼古拉的这本戏剧在巴黎再版。人们将其翻译成法语，供波拿巴在宫廷中观赏。

波拿巴（雅各布，Jacopo Buonaparte）

托斯卡纳的一个贵族，于16世纪初出生于圣米尼亚托。他留下一份史料，讲述了罗马被波旁军队洗劫的细节。虽然他声称自己亲历了这件事，但人们在书中任何一处地方都没看到他作为亲历者讲述的内容。皇帝的家谱修订者把他列为拿破仑的祖先之一。

波拿巴（约瑟夫，Joseph Buonaparte，1713—1763）

拿破仑的祖父，担任律师及阿雅克肖元老院议员。他的出身家庭被

---

① 在大革命之前，这个家族的姓氏中会加个字母u。不过在科西嘉岛上，人们通常用"Bonaparte"来代替"Buonaparte"，而意大利人更喜欢说"Buonaparte"。在对意之战期间，拿破仑就自称"Buonaparte"，以"拉近和意大利人的距离"。

称作"dei citadini",意思是"科西嘉岛最大城邦的占据者"。他的妻子玛利亚·萨维利亚(Maria Saveria)出生于帕拉维奇尼,两人育有两子:格特鲁德和卡洛-马里亚。

伯纳德(皮埃尔-约瑟夫,Pierre-Joseph Bernard,1710—1775)

伯纳德年轻时曾在耶稣会神学院受教,成为一个神职人员。后来,他成了一个情爱诗人,专门给蓬巴杜夫人写诗,后者在舒瓦西图书馆给他寻了一个保管纪念章的职位。伯纳德还写了一些歌剧,其中《卡斯托耳和波吕克斯》曾大受欢迎,而给他谋得最多名利、让他在上流社会和沙龙中备受追捧的,当数《爱的艺术》。不过他一直避免让人知道自己是本书作者,只有在某些场合下,被了解内情的人问起来,他才会承认。他还因为写这种柔情缱绻的情色诗歌而被伏尔泰戏称为"温柔的伯纳德"。伯纳德在60岁时失忆,没过多久就发疯了。

卜尼法斯八世(Boniface VIII,1228?—1303)

意大利教皇,因为买卖圣职被但丁放在了《神曲》的地狱篇里。他企图对抗法王腓力四世,却被腓力四世派来的特使赏了一巴掌。

第九代波旁公爵(夏尔,Charles de Bourbon,1490—1527)

在历史上以"波旁军事统帅"的名号著称。由于父亲和哥哥英年早逝,再加上后来波旁嫡系家族最后一个亲王——路易十一的女儿安娜的丈夫皮埃尔·德·博热去世,夏尔才开始冒头。路易十二把皮埃尔·德·博热的女儿嫁给他,他因此成了法国王室最有势力的一个亲王。弗朗索瓦一世和波旁公爵素来不和,更因此事对他各种冷嘲热讽,有一天,波旁公爵实在忍无可忍,对其反唇相讥。国王便对他说:"哎呀,我的表弟!您遇到什么事都怒气冲冲,实在太没耐性了。""没耐性的亲王"这个名号就伴随了这位军事统帅一生。两人之间的罅隙很快就变成了公开的仇恨和忌妒。事情发展到最后，波旁公爵甚至拿起武器反抗国王。在下令攻打罗马城后不久，波旁公爵被火枪击杀。爱戴他的将士们很快就为他报仇雪恨：1527年，罗马城遭到洗劫，财产损失比410年和455年的还要惨重。

波旁，红衣主教（夏尔，Charles de Bourbon，1523—1590）

亨利四世的叔叔，被吉斯派扶上法国王位，封号是查理十世。

波舒哀（雅克-贝尼涅，Jacques-Bénigne Bossuet，1627—1704）

近几个世纪中被封圣的最伟大的演讲家。在路易十四时期，被称为"圣人安布鲁瓦兹"。

布冯伯爵（乔治-路易·勒克莱尔，Georges-Louis Leclerc de Buffon，1707—1788）

伟大的自然历史学家，继伏尔泰之后18世纪最伟大的一个人。拿破仑认为"布冯的话写得着实精彩"，"但他陶醉于自己风格的魅力，没能成为一位教授"。（语出贝特朗《圣赫勒拿岛录事》第二卷第273页，1817年9月16日谈话内容）

布兰维耶尔侯爵夫人（玛丽-玛格丽特·德·奥布雷，Marie-Marguerite d'Aubray de Brinvilliers，1707—1788）

传说7岁时被魔鬼附身，后来纵火并对父亲投毒。塞维尼夫人说："她的死如她的生一般，决绝不已。"可以断定，她非常美丽。

布朗歇·德·卡斯提尔（Blanche de Castille，1188—1252）

西班牙国王阿方索九世的女儿。1200年她被送至法国，嫁给路易八世。正是在这一年里，拉斯卡斯的祖先随她去了法国。

C

查理大帝（Charlemagne，742—814）

法国国王，800年被加冕为"罗马人的皇帝"。拿破仑在他那道将教皇属国归入法国的1809年4月17日法令中称其为"我们令人敬畏的前辈"。梅特涅在1820年写的《拿破仑·波拿巴其人》（*Portrait de Napoléon Bonaparte*）中说："他的英雄有亚历山大、恺撒，更有查理大帝。他满心都是继承此人的权力和事业。他曾无休止地和我辩论，并沉迷其中，企图用最站不住脚的论证来支撑这个让人无法理解的奇论。"（梅特涅法语版回忆录第一卷第282~283页）

查理一世（Charles Ier，1600—1649）

英国国王詹姆士一世的儿子，1625年继承王位。有一天，拿破仑对古尔戈说："我毫不惊讶他被砍了脑袋，因为他不去砍别人的脑袋。"（语出《古尔戈日记》1817年4月30日内容）

查理五世（Charles Quint，1500—1558）

1516年继承西班牙王位，1519年被选为德意志皇帝，1555年退位后隐居于西班牙的尤斯特。他的兄弟斐迪南继承皇位，儿子腓力则继承了西班牙王位。从他退位到去世，查理五世一直都在监督和指导他们的政治举动。

查理八世（Charles Ⅷ，1470—1498）

1483年当上法国国王，在征战意大利这件事上是拿破仑的先驱。至于他的悲惨下场，这是世人皆知的事。

查理十二（Charles Ⅻ，1682—1718）

瑞典国王，曾试图对抗彼得大帝，但1709年惨败于后者之手。

成吉思汗（Gengis-Khan，1154—1227）

蒙古帝国奠基人，似乎被阿提拉的灵魂附体一般。但在接下来的数世纪里，他的庞大帝国慢慢倾塌，其后人直到1783年还统治着克里米亚半岛。

D

道恩伯爵（莱奥波德-约瑟夫，Léopold-Joseph de Daun，1705—1766）

陆军元帅。玛丽娅-特蕾莎执政期间奥地利用兵最为灵活的一位将军，曾多次打败腓特烈大帝。他于1758年10月14日在霍赫基尔希对普鲁士取得胜利，一举震惊了整个欧洲。1760年11月3日，腓特烈大帝在托尔高对道恩发起报复。1763年议和之后，道恩成为宫廷枢密院议长，直到死前都是皇后的左膀右臂。

德蒂雷纳子爵（亨利·德·拉图尔·德·奥弗涅，Henri de la Tour d'Auvergne de Turenne，1611—1675）

拿破仑曾对古尔戈说，"他是法国最伟大的将领"。（语出《古尔戈日记》1817年4月15日内容）皇帝认为他之所以伟大，是因为"从不犯错"。他还对古尔戈说："这是一员良将，只有他即便到了暮年也不失勇猛之气。当我发现我若是他也会做出相同选择时，就更加喜欢他了。"他还若有所思地补充说："我打仗时要是有德蒂雷纳相助，就能成为世界之主了。可惜我没有。"（语出《古尔戈日记》第二卷第143页）

狄德罗（德尼，Denis Diderot，1713—1784）

大革命的真正先驱，但皇帝谈起这位"百科全书派和哲学家中的巨擘"时，总是带有鄙视。

多利亚（安德烈，André Doria，1468—1560）

热那亚海军上将，地中海的一代霸主。他把热那亚从法国的统治中解救出来，故被其同胞敬为"国父"。

F

法拉蒙（Pharamond，？—420？）

一个神秘人物，也许根本就是世人杜撰的。世人把他视为克洛维的先驱。

腓力二世（Philippe Ⅱ，1527—1598）

查理五世的儿子，1556年登上西班牙王位。他缔造了这个国家的光荣，也一手促成了它的毁灭。

菲利浦四世（绰号"美男子"，Philippe Ⅳ，1268—1314）

1285年成为法国国王。

腓特烈二世（Frédéric Ⅱ，1712—1786）

普鲁士国王。拿破仑在圣赫勒拿岛时，曾后悔自己当初没有向巴黎综合工科学校和军校陈述腓特烈二世的作战思想。他非常欣赏这位国王果断坚毅的性情，曾对古尔戈说："腓特烈之所以卓越不凡，不是因为他战术灵活，而是因为他作战勇猛。他做到了我从来不敢尝试的事……而且经常表现出一副似乎从不了解战术的样子。"（语出《古尔戈日记》1817年4月26日内容）在拿破仑1788年的一些读书笔记上记有《腓特烈二世历史读书笔记》（*Notes tirées de l'histoire du roi Frédéric II*），该文被马松收进《扬名前的拿破仑》第一卷第420～427页。在圣赫勒拿岛上时，拿破仑口述了《腓特烈二世战争概述》（*Précis des guerres de Frédéric II*），该文被收进《拿破仑一世书信集》（*Correspondance de Napoléon Ier*）第32卷。

芬乃伦（弗朗索瓦·德·萨里尼亚克·德·拉莫特，François de Salignac de La Mothe-Fénelon，1651—1715）

康布雷红衣主教，法兰西学院院士，路易十四的孙子勃艮第公爵的老师。

福尔班伯爵（克劳德，Claude de Forbin，1656—1733）

一个著名的海上冒险家。

伏尔泰（Voltaire，1694—1778）

法国大革命前夕的法国文坛泰斗，在戏剧上超越了高乃依和拉辛。拿破仑称赞他"唤醒了"法国公众，让每个人都回归各自的位置。

富凯（尼古拉，Nicolas Fouquet，1615—1680）

法国财政总监，因为下台失宠才为世人所知。下台后，他经历了三年的审判，最后被罚没收全部家产、流亡国外。路易十四将判决结果改成终身监禁。

弗朗索瓦一世（François Ier，1494—1547）

法国国王，拿破仑认为他平平无奇。

G

高乃依（皮埃尔，Pierre Corneille，1606—1684）

法国诗人，描写战争和政治。拿破仑和高乃依两人若活在同一个时期，应该会有惺惺相惜之情。

格拉斯伯爵（弗朗索瓦-约瑟夫，François-Joseph de Grasse，1725—1788）

法国海军中将，对回忆录中提到的那场发生于1782年4月12日的法军海上惨败负有责任。当时，格拉斯奉命将法军一支舰队开往圣多明哥，路上碰到英国军舰。两军交火后没多久，法军就被击败，格拉斯中将在他那艘有100门大炮的"巴黎之城"舰船上被俘。

格雷古瓦七世（Grégoire Ⅶ，1013？—1085）

于1073年当上教皇。此人精力充沛、能力过人，具有钢铁般的意志，在和当时的德意志皇帝的对抗过程中让对方颜面扫地。后来，天主教会将他封为圣人。

哥伦布（克里斯多夫，Christophe Colomb，1451—1506）

美洲发现者。

古斯塔夫·阿道夫（Gustave-Adolphe，1594—1632）

瑞典国王。一代霸主、战士、历史学家、诗人，在节节获胜之际死在战场上。整个欧洲都对他敬畏有加，但拿破仑认为他名不副实。他对古尔戈说："这位古斯塔夫大帝干的事情是这样的：在18个月里赢得一场胜利，接下来输了第二场，在第三场战役中死去。当然了，以这样的代价获得如此盛名，实在划算。"（语出《古尔戈日记》第二卷第135页）

瓜蒂莫辛（Guatimozin，？—1522）

墨西哥最后一个阿兹台克皇帝。西班牙征服者埃尔南·科尔特斯抓捕他后，对其施加酷刑，以逼迫他说出其帝国宝藏的埋藏之处。后来，西班牙人用油浇遍他全身上下，将其活活烧死。

H

哈布斯堡伯爵（鲁道夫，Rodolphe de Habsbourg，1218—1291）

奥地利王朝建立人，1273年被日耳曼帝国选帝侯选为罗马皇帝。

黑森（威廉五世，Guillaume Ⅴ de Hesse）

黑森领主，但头衔并非如拉斯卡斯所称的那样是亲王。其父亲退位后，他于1627年至1650年统治着那块弹丸之地，绰号是"恒者（Constant）"。

亨利·德·勃艮第（Henri de Bourgogne，1057—1112）

勃艮第公爵的儿子，葡萄牙王朝的开朝者。

亨利三世（Henri Ⅲ，1551—1589）

1574年成为法国国王。

亨利四世（Henri Ⅳ，1553—1610）

1589年登上法国王位。古尔戈在日记里记录了许多拿破仑对这个"风流子"不留情面的评论："他是个好人，但没干出任何大事。这个在巴黎大街上追在娼妇屁股后面的老头儿，不过是个疯子罢了。"（语出《古尔戈日记》1817年4月11日内容）

亨利八世（Henri Ⅷ，1491—1547）

1509年登上英国王位，是英国圣公会的建立人，因为数段风流关系而为人所知。拿破仑读了休谟写的亨利八世史后大为愤慨，怒喊道："头天砍了安妮·博林的脑袋，第二天就娶了另一个女人，这简直残暴至极。"在他看来，"古代历史中没有一个类似的人物，哪怕尼禄和其他人都不至于此"。（语出贝特朗《圣赫勒拿岛录事》第二卷第301页，1817年11月21日内容）

J

吉斯公爵（亨利·德·洛林，绰号"带疤人"，Henri de Lorraine，1550—1588）

天主教同盟领袖，是圣巴托洛缪之夜大屠杀的主要策划人。

加尔文（约翰，Jean Calvin，1509—1564）

法国加尔文宗的建造者。

杰弗里斯（乔治，George Jeffreys，1648—1689）

英国高等法官，任职期间以叛国罪将不幸的阿尔杰农·西德尼定罪，并在血腥的巡回裁判中判了近200人死刑。

K

卡蒂纳（尼古拉·德，Nicolas de Catinat，1637—1712）

战胜萨瓦公爵后被封为法国元帅。

卡拉斯（Calas，1698—1762）

图卢兹的一个新教徒商人，被控杀死了自己想要改宗的儿子，被判处车轮刑。由于伏尔泰的努力，卡拉斯死后三年终于沉冤得雪。

卡佩洛（比安卡，Bianca Capello，1542—1587）

一个美丽的威尼斯女人，后来和弗朗索瓦·美第奇结婚，成为托斯卡纳公爵夫人。

克勒维耶（让-巴普蒂斯特，Jean-Baptiste Crevier，1693—1765）

洛兰的《罗马史》的续写者，写完了该书最后八卷内容。继这项工作之后，他又写了六卷的《皇帝史——至君士坦丁大帝》（*Histoire des Empereurs jusqu'à Constantin*）。

克雷比永（普罗斯佩·乔尔约·德，Prosper Jolyot de Crébillon，1674—1762）

最开始是个普通的教士，后来成了更加平庸的剧作家，主攻悲剧。法兰西学院却仍旧把这个乏善可陈的高乃依模仿者纳入门中。在法兰西学院入院演讲中，他发表了一篇诗体演说。

克伦威尔（奥利弗，Olivier Cromwell，1599—1658）

1649年处死查理一世后，克伦威尔就成了英国的"护国公"。人们经常讨论一个问题：虽说是议会颁给他的这个头衔，但克伦威尔是否曾生出获得头衔的野心？他似乎对此做过回答。当众将士前来庆贺他获得"护国公"这一头衔时，他宣称自己有此身份就已心满意足了："是我的宝剑让我拥有现在的地位；我若想升得更高，就须持剑维护当前的位置。"死神阻止了他的上位之路。我们都知道帕斯卡的这句话："要不是他尿道里那颗小小的结石，克伦威尔将扫平整个基督教世界——王室一家已经覆灭，他的家族势力日益庞大。""那颗小小的结石"是帕斯卡的杜撰：克伦威尔并非死于肾结石，而是死于一次寻常的发烧。波拿巴在雾月十八日政变后，常被人拿来和克伦威尔相比。他离开法国、第二次征战意大利时（共和八年花月），一本匿名小册子在巴黎流传开来，标题就是"波拿巴再次诀别"。作者在里面列举了克伦威尔用过的手段，将其拿来和拿破仑巩固法兰西共和国的行为作对比。作者认为，克伦威尔无须抵御外敌，波拿巴却面临着一支由欧洲各大强国组成的反法联军。波拿巴最好的选择便是把皇位送给"波旁家族的长子"，即普罗旺斯伯爵，这是他摆脱当前困境、让欧洲重获和平的最好方法。建立帝国后没多久，一篇"从英文翻译过来的"匿名文章激烈地反对将两人相提并论："把克伦威尔和波拿巴相提并论？我们读到前者的历史时，会深感震惊和惊恐；而读到后者的故事时，人们只会心生敬佩和希冀。前者在毁灭，后者在修复；前者掀起内战，为了达到自己的目的而不惜撕开祖国的胸膛，后者战胜外敌、平息内乱，因此才走上帝位。克伦威尔在前40年里寂寂无闻，波拿巴年纪轻轻就已是一代英雄。克伦威尔欺骗了他的时代，波拿巴却光耀了他的世纪。克伦威尔践踏知识，波拿巴却尊重学者。他们一个靠谬误统治国家，另一个用光明照亮国家。克伦威尔打下了几座城池，波拿巴却征服了几大帝国。克伦威尔杀了他的国王，波拿巴却立刻废除了弑君者成立的可笑庆典。'护国公'这个名号被永远写在暴政者的名册上，第一执政官却堪比古代最伟大的英雄人物。"我们一眼就认出了这本小册子的作者，那就是小拉克雷泰勒（Lacretelle le Jeune）。随后，他被拿破仑任命为帝国审查官。

克洛维一世（Clovis，465—511）

法国国王，496年12月25日改信基督教。1791年，拿破仑读了杜洛尔的《贵族阶级的批判史》（Dulaure, *Histoire critique de la noblesse*）后，在读书笔记上写道："克洛维让人杀了20个亲王，其中九个还是他的亲戚。"

孔代亲王（路易二世，史称"大孔代"，Condé，1621—1686）

一个勇猛的战士和投石党，在罗克鲁瓦、弗里堡、朗斯、讷德林根获得胜利。拿破仑认为他是"一位良将"。（请看《古尔戈日记》1817年4月15日内容）

L

拉彼鲁兹伯爵（让-弗朗索瓦·德·加洛普，Jean-François de Galaup, comte de La Pérouse，1741—1788）

海军军官，在美国独立战争中表现出众。1785年，他率领一支远征队去探索未知海域，从此再没回来。直到1828年，人们才得知他和他的同伴死在野人的手中。

拉布吕耶尔（让·德，Jean de La Bruyère，1645—1696）

平生因为一本书而留名青史。他一生谨小慎微，曾是一个亲王幼时的历史老师，进入法兰西学院后不到一年就去世了。

拉封丹（让·德，Jean de La Fontaine，1621—1695）

法国寓言界的莫里哀。

拉斯卡萨（巴泰勒米·德，Barthélemy de Las Casas，1474—1566）

意大利神职人员，向印第安人宣扬基督教。官方历史几乎把他说成一个圣人，《拿破仑圣赫勒拿岛回忆录》作者认为他也许是自己的祖先之一。

拉辛（让，Jean Racine，1639—1699）

拿破仑很喜欢读拉辛的作品，但也批评他"文笔甜腻"，"平淡乏味，言必称爱情"。不过，皇帝还是把这些归为大环境的原因，说："这完全不是他的错，当时和之后很长时间，所有人心里想的都是情情爱爱的事。"

莱布尼茨（戈特弗里德·威廉，Gottfried Wilhelm Leibniz，1646—1716）

继康德和歌德之后德意志最伟大的天才。

勒萨日（阿兰-勒内，Alain-René Lesage，1668—1747）

《吉尔·布拉斯》的作者，小说主人公反而比创造他的作者更有知名度。

理查一世（Richard Ier，1157—1199）

1189年登上英国王位。他英勇善战，因此赢得"狮心王"的绰号，在人民中威望甚高。然而他在统治期间，只得了人民四个月的爱戴，之后就因为骄横贪暴而大失人心。因为他被奥地利公爵囚禁了一年时间，所以常被人拿来和拿破仑的遭遇相比。

隆热皮埃尔男爵（希莱尔-贝尔纳德·德·雷克利尼，Hilaire-Bernard de Requeleyne de Longepierre，1659—1721）

高乃依的一个蹩脚模仿者。

鲁布鲁克（纪尧姆·德·鲁易斯布鲁克，Guillaume de Rubruquis，1220？—1295？）

法国方济各会教士，在圣路易的派遣下于1253年出使蒙古帝国。1255年他想返回法国，但国王让他住在阿克修道院。在前往阿克之前，他给国王送去一封信，信中讲述了自己一路的经历。1629年，他的信被翻译成法语。

卢福瓦侯爵（弗朗索瓦·米歇尔·勒泰利埃，François Michel Le Tellier de Louvois，1641—1691）

路易十四的陆军国务大臣，由于太阳王性情阴沉多疑，他最后没能完成自己的构想。

卢梭（让-雅克，Jean-Jacque Rousseau，1712—1778）

法国大革命的精神之父。年轻时的波拿巴乃至年轻时的罗伯斯庇尔，都对卢梭无比崇拜。17岁时，拿破仑读了新教牧师鲁斯坦的《献给神坛和祖国的祭品》（A.-J. Roustan, *Offrande aux autels et à la patrie*），书中有一章抨击了《社会契约论》。拿破仑读后大感愤怒，甚至对此写了一篇长长的反驳文章。虽然此文写得乱七八糟，但文笔充满激情，咄咄逼人。文章一开头，拿破仑就向卢梭呼唤："你的一个同胞，你的一个朋友，一个要把所有宣称你是从政治角度看待宗教的观点通通歼灭的人……"最后，这位年轻的卢梭捍卫者不容置辩地向他的敌人宣说："尽管您自称是卢梭的朋友，但您根本读不懂他的作品。"（完整文稿请看马松的《扬名前的拿破仑》第一卷第147~159页）1791年，他写了另一篇类似的文章。拿破仑在同年写的手稿中，有许多关于《论不平等的起源》的评注，他在其中直截了当地表示对卢梭的观点不能苟同。卢梭认为人在世间体验的唯一幸福就是"食物、女色和休息",唯一的不幸就是痛苦和饥饿。拿破仑将此话画出来,在一旁写道:"恕难苟同。"对于卢梭对自然的赞颂,拿破仑也写道:"并不赞同。"即便如此,他仍在提交给里昂学院的论文中表达了对卢梭的敬佩,叹道:"啊!卢梭!你为何只活了短短60年!为了道德,您应长命不朽!"我们还在埃尔芒翁维尔城堡主人斯塔尼斯拉斯·德·吉拉尔丁(Stanislas de Girardin)的回忆录中读到这段写于十年后的奇怪的话:"第一执政官当时在他的哥哥约瑟夫的死泉庄园中;这天早晨,他来到埃尔芒翁维尔吃早餐(当时是共和九年果月)……他只吃了点儿沙拉,喝了一杯波尔多葡萄酒。之后他起身出去参观从没去过的花园,在里面兴致盎然地散着步。走到波普利埃岛上后,他来到让-雅克的坟前,说:'为了法国的太平,此人最好没来过这个世界。'我问:'执政官公民何出此言?''是他酝酿了法国大革命。''执政官公民,我还以为您对大革命并无不满。'他说:'算了吧,未来会告诉我们:为了这片土地的安宁,无论卢梭还是我都是别生下来为好。'然后,他又一脸沉思的样子继续散步了。"(请看《吉拉尔丁回忆录》1829年版第一卷第189~190页内容)虽然人们认为第一执政官这番思考是吉拉尔丁杜撰出来的,但在我看来,他不可能编造出一段完整的对话。帝国期间,吉拉尔丁伯爵上下奔走,想把1794年被葬进先贤祠的卢梭的遗骸迁回埃尔芒翁维尔。1806年2月26日,拿破仑命令内务部部长把"卢梭明说了想葬在埃尔芒翁维尔的那份遗嘱呈上来",并令他"让仪式极尽体面,以纪念让-雅克·卢梭"。(出自《书信集》第十二卷)因为卢梭并未写过这份遗嘱,侯爵拿不出来,于是斯塔尼斯拉斯·德·吉拉尔丁的这个要求没了下文,卢梭的遗骸继续留在先贤祠。拿破仑对晚年时的卢梭是何看法呢?在他和大元帅贝特朗于1817年9月7日的谈话中,拿破仑就卢梭谈了许久，话中透出万念俱灰之感："卢梭的理念基本上都是荒谬的，虽然其中一些目的是好的。"他承认"这是一个伟大的天才""影响了整个欧洲"。拿破仑还说："他和伏尔泰一道在极大程度上奠定了大革命。"为何卢梭拒绝英国提供的抚恤金呢？他认为："这一切行为和让-雅克其人一样都是离奇荒谬的。他想获得独立。而这不就是得到独立最好的途径吗？这不比在吉拉尔丁那里寄人篱下、抄写乐谱更好吗？伏尔泰就理性得多，他施展才能，让自己一年能拿到15万里弗的收入。"（语出贝特朗《圣赫勒拿岛录事》第二卷第270页）

参考资料：伊波利特·比弗努瓦尔1922年发表在《拿破仑研究杂志》（*Revue des études napoléoniennes*）第91~100页上的《拿破仑和让-雅克·卢梭》（Hippolyte Buffenoir, *Napoléon et Jean-Jacques Rousseau*）。

路易九世（Louis Ⅸ，被尊为"圣路易"，1215—1270）

1226年当上法国国王，1297年被封圣。但在拿破仑看来，他是"一个蹩脚的将军"（语出贝特朗《圣赫勒拿岛录事》第二卷第139页，1816年10月23日谈话记录）。

路易十二（Louis Ⅻ，别号"人民之父"，1462—1515）

1498年登上法国王位。

路易十三（Louis ⅩⅢ，别号"正义者"，1601—1643）

1610年起统治法国。

路易十四（Louis ⅩⅣ，史称"路易大帝"，1638—1715）

1643年起统治法国。拿破仑对古尔戈说："路易十四是法国有史以来最伟大的君主。他有40万大军，一个法国国王能聚集这么多人，肯定不是个普通人，只有他和我能召集到这么多人。"（语出《古尔戈日记》1817年4月11日内容）拿破仑总体上只对路易十四的一个行为有意见，那就是"公开有一大堆情妇，把宫廷塞得满满的"。在拿破仑看来，路易十四可以有情妇，"但他应该别这么招摇"（语出贝特朗《圣赫勒拿岛录事》第二卷第229页，1817年6月2日谈话内容）。

路易十五（Louis XV，别号"被爱者"，1710—1774）

从1715年起统治法国。拿破仑承认他有些头脑。（语出《古尔戈日记》1817年1月11日内容）有一天，他对蒙托隆说："路易十五在晚期统治中败坏了自己的声誉，但早期倒有不赖的时候。"（语出蒙托隆的《拿破仑皇帝被囚记》第一卷第349页）

洛兰（夏尔，Charles Rollin，1661—1741）

三次当上巴黎大学校长，把毕生时间都花在教授修辞学、撰写历史及道德书籍上。他的未竟之作《从罗马建立到亚克兴战役期间的罗马史》（*Histoire romaine depuis la foundation de Rome jusqu'à la bataille d'Actium*），让他成为当时最优秀的历史学家。直到拿破仑时期，人们都是通过他的著作来了解罗马历史的。

罗文达尔伯爵（于尔里克·德，Ulrich de Lowendal，1700—1755）

德意志炮兵军官。他本来效忠俄国，军衔是炮兵将军，但在他儿时好友萨克森元帅的劝说下接受了路易十五的提议，成为法军指挥官，负责带领阿尔萨斯军抵御奥地利帝国。在一次载入史册的包围战中，罗文达尔攻下贝亨奥普佐姆，并放任其手下将这座城市洗劫一空。路易十五询问萨克森元帅应当如何处理罗文达尔，元帅回答："陛下只有两个选择——要么把他吊死，要么把他封为法国元帅。"路易十五选择了后者。

M

丹麦王后玛蒂尔德（Mathilde，1751—1775）

英王乔治三世的妹妹，15岁时嫁给丹麦国王克里斯蒂安七世，后来成为大臣施特林泽的情妇。1772年，玛蒂尔德被人以通奸罪告发，克里斯蒂安七世和她离婚，她被允回到汉诺威。

马丁·盖尔（Martin Guerre）

巴斯克地区一个离奇故事的主人公，一生经历了诸多不幸。这位生于昂代伊的贵族有个朋友，和他长相酷似。马丁·盖尔舍弃家庭、前往西班牙作战之际，这个朋友冒充他的身份和他的妻子同住同寝，他的妻子却毫无察觉。三年后，真正的马丁回来了，这个朋友才身份败露，被判处绞刑。

马尔伯夫伯爵（路易-查理·德，Louis-Charles de Marbeuf，1712—1786）

1772年到1786年的科西嘉岛法军统领，是波拿巴家庭的保护人，和拿破仑的父母交情很好，多次和这位未来的皇帝有过交谈。夏普塔尔在他的回忆录第175页中记载："有一天，马尔伯夫说起自己打算采取哪些措施来平定科西嘉，当时才十岁出头的拿破仑突然说：'呵！要说平定科西嘉，一个只能统治科西嘉岛十天的帕夏都比您这个已经统治十年的政府要干得好。'然后他就回自己屋里去了。"

玛格丽特·德·瓦卢瓦（玛戈王后，Margerite de Valois，1552—1615）

亨利二世的女儿，亨利四世的妻子（1572年嫁给亨利四世，1599年因为行为不端而被遣回娘家）。

马可·波罗（Marco Polo，1254—1323）

史上最著名的周游世界者。

马耶纳公爵（夏尔·德·洛林，Charles de Lorraine，duc de Mayenne，1554—1611）

"带疤人吉斯"的次子，和亨利四世争夺王位，在伊弗里被后者打败。

曼特农侯爵夫人（弗朗索瓦·德·奥比涅，François d'Aubigné de Maintenon，1635—1719）

一开始嫁给了一个作家，后来秘密和法国最伟大的国王结婚。她在圣西尔的坟墓于大革命期间被毁。1802年在第一执政官的命令下，人们将其重修。

美第奇（斐迪南，Ferdinand Médicis，1551—1609）

托斯卡纳大公柯西莫一世·美第奇的次子，11岁成为红衣主教，在哥哥弗朗索瓦死后登上王位。

孟德斯鸠男爵（夏尔·路易·德·塞孔达，也是拉布雷德男爵，Charles Louis de Secondat de La Brède et de Montesquieu，1689—1755）

法国启蒙时期最著名的思想家。拿破仑似乎只读过他的《波斯人信札》。

蒙特斯潘侯爵夫人（弗朗索瓦丝-阿黛奈·德·罗什舒阿尔·德·蒙特玛尔，Françoise-Athénaïs de Rochechouart de Mortemart de Montespan，1641—1707）

路易十四的情妇，一个令人神魂颠倒的女人。拉封丹、莫里哀、基诺都受过她的保护，让·拉辛、布瓦洛也靠她才得到资助金。

小蒙特苏马（Montézuma，1476—1520）

墨西哥君王，西班牙人征服了他的国家后对他百般折磨。拿破仑在1791年的笔记中写道："蒙特苏马，墨西哥皇帝，死于科尔特斯之手。"

弥尔顿（约翰，John Milton，1608—1674）

一个讨人喜欢的诗人，仅此而已。他积极拥护革命，在英国革命前夕就是一个天才的抨击小册子作者。1660年查理二世回国，弥尔顿以"弑君者同谋"的罪名被监禁，但没过多久就被释放了，释放条件是不得再参与政事。弥尔顿履行承诺，之后潜心写出了他的不朽巨作《失乐园》。

莫尔伯勒公爵（约翰·丘吉尔，John Churchill de Marlborough，1650—1722）

祖上是库西尔·杜·普瓦图，后者曾参加"征服者威廉"的远征。父亲温斯顿·丘吉尔被克伦威尔没收家产，之后又因为效忠查理一世而被迫逃往国外。小丘吉尔被一个牧师在乡村养大，小小年纪就生出投身军旅的想法。他在法国时效忠德蒂雷纳元帅，被后者称为"漂亮的英国小伙"。后来，他拼尽全力对抗法军。这个人无论在战场上还是在牌桌上都是一副轻松愉快的样子。切斯特菲尔德勋爵对他的评价是："他非常无知，甚至连英语都不会正确读写。"

莫里哀（本名让-巴普蒂斯特·卜克林，Jean-Baptiste Poquelin，1622—1673）

拿破仑评价他是"一个无法被模仿的人"。他在圣赫勒拿岛上读到的莫里哀作品是1799年的费尔曼-狄多版，共有八卷。

穆罕默德（Mahomet，570？—632）

伊斯兰教创立者。我们从《拿破仑圣赫勒拿岛回忆录》中看不出拿破仑对穆罕默德的功绩有何看法，也不知道他有多欣赏后者。我们只知道他认为穆罕默德比不上耶稣，觉得他太过胆怯、缺乏气魄。在《古尔戈日记》第二卷第251～267页的内容中，我们可发现他对穆罕默德的详细陈述，并把他拿来和耶稣做对比："耶稣基督就是一个纯粹的预言家，在人世并无权力。他说：'我的国不在地上。'他在神殿中向他的信徒布讲他的国，向他们宣讲箴言、展现神迹。他从不反抗现有统治阶层，最后死在十字架上，死在两个强盗中间……穆罕默德不同于耶稣基督，他就是国王！他宣布天下都要臣服于他的统治，命令臣民拿起刺刀，镇压不信教者。"1817年5月18日晚（那时拉斯卡斯已不在圣赫勒拿岛上了），吃过晚饭后，拿破仑在他的"小宫廷"中读起了伏尔泰的悲剧《穆罕默德》。之后，他对其发表了大段的感想。拿破仑一开始批评了这部剧，之后对比了穆罕默德和耶稣。皇帝说："穆罕默德之所以高出一筹，是因为他在十年时间里征服了一半的世界，而基督教花了300年才站稳脚跟。"（语出《古尔戈日记》第二卷第107页）不仅如此，拿破仑还写了《论悲剧〈穆罕默德〉》（*Observations sur la tragédie de Mahomet*），该文被收在他的《书信集》第三十一卷第487～490页中。编者在此仅摘录出其中一二，供读者了解拿破仑对穆罕默德的评价："他摧毁了众多伪神，在半个世界中推翻了偶像的神庙，大力宣传世界一神论……穆罕默德是一个伟人和猛士……作为伟大的统帅、演讲家、政治家，他复兴了他的国家，在阿拉伯沙漠中创立了一个新的民族、新的权力。"

穆尼赫伯爵（伯查德-克里斯多夫·德·穆尼赫，Burchard-Christophe de Munnich，1683—1767）

一个工兵军官，出身德意志，1717年开始效忠俄国，成为彼得大帝的亲信，并在彼得大帝去世后的新朝中有着举足轻重的政治和军事地位。由于宫廷政变，伊丽莎白公主被扶上皇位，他遭到重大打击，被判处磔刑，但在送上刑场后被赦免，之后被发配到西伯利亚，在那里度过了20年，直到伊丽莎白死后才重获自由。

N

纳迪尔沙（Schah-Nadir，1688—1747）

沙漠里一群盗匪的头领，1736年建立了阿夫沙尔王朝。

牛顿（艾萨克，Isaac Newton，1642—1727）

英国最伟大的科学家。和莱布尼茨一样，他最后也研究起了宗教问题。在他留下来的神学手稿中，最有名的当数《圣经手稿的两个著名版本的历史论文》，全文对圣让和圣保罗的两篇使徒书信进行批评探索，主题和三位一体有关。牛顿认为这两篇使徒书信被抄写人篡改了。拉斯卡斯在回忆录里提到的拿破仑对牛顿的谈话，就和这篇文章有关。

O

欧仁·德·萨瓦亲王（Eugène de Savoie，1663—1736）

他本要当神职人员，最后却成为当代最伟大的军事家。路易十四不想重用他，他就效忠奥地利，数次重创太阳王的军队。

P

帕拉维奇尼（玛利亚-格特鲁德，Maria-Gertrude Paravicini，1741—1788）

拿破仑的姑妈和教母，是卡洛·波拿巴的姐姐，嫁给了她的表哥尼古拉·帕拉维奇尼。马松说："她对她弟弟的孩子们视如己出，就如同他们的第二个母亲似的，陪约瑟夫骑马，和他跑遍乡野，激发他对土地的兴趣。"（语出《扬名前的拿破仑》第一卷第25页）拿破仑经常在信里提到她，我们可在他于1784年9月写给父亲的信、1785年3月29日写给母亲的信中读到"代我向格特鲁德姑妈问好"之类的话。

蓬巴杜侯爵夫人（珍妮-安托瓦内特·普瓦松，Jeanne-Antoinette Poisson de Pampadour，1721—1764）

路易十五的情妇，得宠长达20年。

Q

屈内奥（弗朗索瓦，François Cunéo）

阿雅克肖省的王室法官。

R

茹安维尔爵士（让，Jean de Joinville，1224—1317）

路易九世的资政顾问，写了著名的《圣路易史》。

S

萨克森伯爵（莫里斯，Maurice de Saxe，1696—1750）

萨克森选帝侯，波兰国王奥古斯都二世和奥萝尔·德·柯尼希斯马克伯爵夫人的私生子。从孩童时期开始，他就盼望征战沙场。在拿破仑看来，"他不是雄鹰，但性格刚毅，懂得让别人服从自己"。

萨拉丁（Saladin，1137—1193）

埃及和叙利亚的苏丹，中世纪穆斯林中最受人爱戴、最有骑士风范的一个英雄。

塞维尼侯爵夫人（玛丽·德·拉布丹-尚塔尔，Marie de Rabutin-Chantal de Sévigné，1626—1696）

伏尔泰对她的评价是："她是她那个时代的书信体写作第一人，在琐碎小事上文笔之精巧，更是无人能出其右。"

圣雷亚尔（恺撒·维查德，César Vichard de Saint-Réal，1639—1692）

传记作者。马布里说起他的伪历史作品时，评价道："他每纸每页都在告诉我们，这个作者就是个小说家。"

圣皮埃尔神父（夏尔-伊雷内·德·卡斯泰尔，Charles-Irénée de Castel, abbé de Saint-Pierre，1658—1743）

哲学家、伦理学家，是他那个时代非常著名的智者之一，于1713年发表了被今人"重新发现"的《永久和平的构想》（*Un Projet de paix perpétuelle*）。他在1695年进入法兰西学院，1718年因为发表《论多元会议制》（*Discours sur la polysynodie*），在里面严厉批评路易十四的专制政治而被法兰西学院除名。

斯特恩（劳伦斯，Laurence Sterne，1713—1768）

他的《情感之旅》（*Voyage sentimental*）让他扬名于世，但沃尔特·司各特对他做了如下评价："这是英国有史以来最大的抄袭者，但也是最独特的天才作家。"

苏利公爵（马克西米利安·德·贝蒂讷，Maximilien de Béthune de Sully，1560—1641）

亨利四世的大臣。

索别斯基（约翰三世，John Ⅲ Sobieski，1629—1696）

波兰最伟大的军事首领，1669年被选为国王，之后继续征战四方，重心是对抗土耳其人。征战沙场40年后，在他61岁时，索别斯基被迫交出统率权。他的军刀被波兰人视为国宝，后来被赠给拿破仑，以感谢这位波兰的解放者。

T

塔索（托尔卡托，Torquato Tasso，1544—1595）

其父亲贝尔纳多·塔索是十六七世纪意大利一位声誉卓著的伟大诗人，写出著名史诗《高卢的阿玛迪斯》（未完成）。托尔卡托则青出于蓝而胜于蓝，成为骑士诗歌最耀眼的代表人。他的杰作《被解放的耶路撒冷》堪称鸿篇巨制。

坦克雷德（Tancrède，?—1112）

西西里游牧民族首领，是首次十字军东征队伍里的阿喀琉斯。塔索以他为原型塑造了《被解放的耶路撒冷》中的一个英雄人物。

帖木尔（Timour，1336—1404）

穆斯林世界遭遇的最可怕的征服者，同时也是伟大的政治家，被视为东方的查理大帝或拿破仑。

图维尔伯爵（安-希拉里翁·德·科堂坦，Anne-Hilarion de Cotentin de Tourville，1642—1701）

出身于古老贵族世家，14岁就加入了马耳他骑士团，在海上与勃勃人作战。他眼睛湛蓝，头发金黄，英俊潇洒，绰号"美男子"。被派到海上作战后，用当时的人的话来说，这个美男子在战斗时就如赫拉克勒斯再世一般。1693年，图维尔被封为法国元帅。

W

旺多姆公爵（路易-约瑟夫，Louis-Joseph de Vendôme，1654—1712）

亨利四世的私生子的后人，一个非常平庸的将军，因为放荡粗暴而为人所知。

韦尔热纳伯爵（夏尔·格拉维尔，Charles Gravier de Vergennes，1717—1787）

担任了24年的法国大使和13年的外交部部长。路易十六格外信任他，认为韦尔热纳要是再活几年，定能阻止大革命的爆发。

韦尔托（热内-奥博尔·德，René-Aubert de Vertot，1655—1735）

一个诺曼底贵族的二儿子，进入教会担任神职。当上科尔伯特神父的助手后，他接管了茹瓦耶纳尔修道院。这份非同寻常的恩宠给他惹来许多闲言碎语，这位年轻神父便决定辞去修道院院长的职务，请求去乡村当个普通神父，获允后全身心地投入历史文学的研究工作。他的第一本著作《葡萄牙暴乱史》（*Histoire de la conjuration du Portugal*）于1689年问世。之后，他因为《罗马共和国革命史》（*Histoire des révolutions de la république romaine*）而扬名。

维拉尔公爵（路易-艾克托尔，Louis-Hector Villars，1653—1754）

法国元帅，法兰西学院院士，拿破仑对他十分欣赏。

维拉雷（克劳德，Claude Villaret，？—1766）

父母让他去学法律，但他沉溺于赌博和女人。和家人断绝关系后，维拉雷靠琐碎的文字工作谋生。后来他成了喜剧演员，又拾起笔头。他编纂的一部作品集《伏尔泰之精神》（*L'Ésprit de M. de Voltaire*）给他带来一点儿收入。他又在审计法院那里谋到一个薪水菲薄的职位，负责整理被一场大火损毁的档案资料。就在那时，他发现自己对历史学产生了兴趣。韦利去世后不久，他就毛遂自荐，成为韦利作品的编辑，以完成他未竟的作品。得到允许后，维拉雷开始投入到工作之中，在七年内出版了九卷作品，作品时间横跨140余年（1320—1469年，即路易十一统治的第九年）。在他编辑到第十二卷第348页时，死神迫使他停笔。后来，加尼尔继续他的工作，完成了整套书的编写。

维勒鲁瓦公爵（弗朗索瓦·德·讷弗维尔，François de Neufville de Villeroi，1643—1730）

一个一无是处的将军、心思狡猾的廷臣，被授予教育路易十五的责任。圣西蒙评价他："此人完全是为主持舞会、操持竞演而生。他要是有副好嗓子，就会到歌剧院去扮演王侯将相的角色了。他很适合引领潮流，除此之外一无是处。"

韦利（保罗-弗朗索瓦，Paul-François Velly，1709—1759）

路易大帝学院里的老师，1755年开始发表《法国史》，写到第七卷美男子菲利普摄政时期结束。

威廉三世，奥兰治亲王（Guillaume Ⅲ，1650—1702）

1672年起担任荷兰总督，娶了英国国王詹姆士二世的女儿，之后篡夺了岳父的王位，于1689年登基为王。

沃邦侯爵（塞巴斯蒂安·乐普雷斯特，Sébastien Le Prestre de Vauban，1633—1707）

法国最著名的工兵军官，也是他那个时代的主要经济学家之一。

X

希尔佩里克一世（Chilpéric，539—584）

法国国王，其妻子弗蕾德贡德对其不忠，指使人将他暗杀。

休谟（大卫，David Hume，1711—1776）

英国哲学家、历史学家。1763年休谟以英国大使秘书的身份来到法国，和达朗贝尔等哲学家来往密切，但他和卢梭不和，两人彼此仇恨。

叙弗朗（皮埃尔-安德烈·德，Pierre-André de Suffren，1726—1788）

法国最伟大的海军将领。

Y

易卜拉欣（Ibrahim）

非洲和西西里的阿格拉布王朝奠定人，和查理大帝属于同一个时代，曾试图和后者结盟。

伊丽莎白·德·瓦卢瓦（Élisabeth de Valois，1545—1568）

亨利二世和凯瑟琳·德·美第奇的女儿，最开始被指婚给西班牙王储唐·卡洛斯，最后却不得不嫁给他可怕的父亲腓力二世。那位不幸王子的悲惨一生已是妇孺皆知，而伊丽莎白也未能幸免。在这个差点儿成为自己丈夫的继子死后几个月，伊丽莎白也一命呜呼。

英国的伊丽莎白（Élisabeth d'Angleterre，1533—1603）

亨利八世的女儿，25岁时登上王位。

于格·卡佩（Hugue Capet）

卡佩王朝创立人，987年至996年为法国国王。

Z

詹姆士一世（Jacques Ier，1567—1625）

1603年成为英国国王。

詹姆士二世（Jacques II，1633—1701）

1685年成为英国国王，1688年二次革命爆发，他被赶出英国，逃到法国，最后在圣日耳曼昂莱城堡中去世。

Ⅲ. 大革命及帝国时期人名表

A

阿贝格伯爵（夏尔-菲利普，Charles-Philippe，comte d'Arberg）

拿破仑的一个侍从，在西班牙王室暂住瓦朗赛期间负责"保护西班牙众亲王的安全"。

阿伯丁伯爵（乔治·戈登，lord Aberdeen，George Gordon，1784—1860）

苏格兰一个贵族家庭的后代，11岁成为孤儿后，皮特和邓达斯（Dundas）成为他的监护人，此二人对他未来的仕途助力不少。1801年祖父去世后，阿伯丁成为英国上议院议员。25岁，他以临时大使的身份被派到维也纳。1813年，阿伯丁签署了《托普利兹条约》，继续留在大陆，在《巴黎条约》的签署工作中扮演积极角色。之后阿伯丁回到英国，隐退政坛。1822年，他发表了《论希腊建筑的美》。1828年，他重回政坛，在惠灵顿公爵的内阁中担任外交大臣，并在策划克里米亚战争中出力不少。1855年，阿伯丁退休。

参考资料：斯坦莫勋爵的《阿伯丁伯爵》（Lord Stanmore, *The Earl of Aberdeen*）。

阿布朗泰斯公爵（duc d'Abrantès）

请看词条"朱诺（让-安多歇）"。

阿布朗泰斯公爵夫人（duchesse d'Abrantès）

请看词条"朱诺（劳拉）"。

阿丁顿（亨利，西德默思子爵，Henry Addington，vicomte Sidmouth，1757—1844）

名医之子。在皮特的赞助下在牛津完成学业，1784年成为选区议员。

由于首相的全力支持，他进入了下议院，并在皮特辞职后负责政府行政工作。由于签署了《亚眠条约》，阿丁顿在本国声名大振。1803年以后，英国和法国开战，此前一直支持他的皮特开始站在他的对立阵营。英国的公共舆论也认为阿丁顿没有能力抵抗帝国，他不得不辞职。皮特随后再度出山，并得到阿丁顿的忠心支持。1805年，他晋升为西德默思子爵。年老体衰的乔治三世对他非常信任，看到曾被自己保护的这个人逐渐得到君主欢心，皮特开始心生忌妒，因为这份宠信可能会导致自己下台。六个月以后，奥斯特里茨战役爆发。皮特大受打击，不久后去世，主和派重新获得政权。1806年2月，福克斯和格伦维尔成为政府领导人。在国王的要求下，阿丁顿担任掌玺大臣，但他觉得负荷太重，没过多久就辞职了，之后一直不问政事，直到1812年担任内务部部长，在这个岗位上做了十年。拿破仑战败后，英国政府在国内陷入严重的困境，工人阶层暴动。阿丁顿作为内务部部长，稳定社会责无旁贷。他知道自己责任重大，毫不犹豫地命令军队朝曼彻斯特的示威者开枪（1819）。

参考资料：G.佩鲁的《西德默思的一生》（G. Pellew, *Life of Sidmouth*）。

阿尔蒂尼（安托尼奥，Antonio Aldini，1755—1826）

1780年开始在博洛尼亚大学担任法学律师、教授，在那里一直从事教学工作。1796年，法军入侵博洛尼亚。波拿巴发现此人是自己的狂热追随者，故给了他相应的补偿。奇萨尔皮尼共和国建立之后，阿尔蒂尼被任命为共和国驻法国大使。他在巴黎没待多久，其同胞就把他推到了年轻共和国的元老院主席这个位置上。1801年，阿尔蒂尼以意大利议会成员的身份来到里昂。他对波拿巴一直忠心耿耿、爱戴有加。意大利王国建立以后，阿尔蒂尼成为意大利参政院主席，并被封为伯爵，荣获荣誉军团勋章和铁冠勋章。然而他和同是拿破仑宠臣的参政院副主席梅尔齐难以共事。此人工于心计、善弄权术，成功把阿尔蒂尼逼走。阿尔蒂尼大失所望，来到法国定居，买下蒙特莫朗西城堡后，把心思都扑在城堡翻新的工作上，并为此耗资巨大（由于他的亲法立场，阿尔蒂尼身家大涨）。1814年，帝国覆灭，他毫不犹豫地倒戈到再度成为自己主子的奥地利皇帝那边，弗朗茨二世好心收留了他。奥地利军攻占伦巴第以后，阿尔蒂尼住进米兰。1815年，他的蒙特莫朗西城堡遭到洗劫，于是他将这处家产卖给了建筑拆毁者。拿破仑对他印象一直很好，在去世前还向他致以问候。

参考资料：A.扎诺里尼的《安托尼奥·阿尔蒂尼和他的时代（1864—1868）》[A. Zanolini, *Aldini ed I suoi tempi*（1864-1868）]。

阿尔多布朗蒂尼亲王（弗朗索瓦，François Aldobrandini）

请看词条"博盖塞（弗朗索瓦）"。

阿尔让多（欧仁-纪尧姆，梅尔西伯爵，Eugène-Guillaume Argenteau, comte de Mercy，1741—1819）

一个列日贵族家族的后代，其叔叔是皇后玛丽娅-特蕾莎的资政顾问，还当过她的女儿，也就是后来的法国王后的老师。欧仁-纪尧姆则选择了战场，为奥地利效劳，在意大利的多次战斗中和法军对战。1795年11月23日，他在洛阿诺惨败在马塞纳的手下。被移交到军事审判所后，阿尔让多被洗脱罪名，不久之后还荣获陆军司令的头衔。1796年，阿尔让多再次率领军队作战，这次他被派到了亚平宁山脉的蒙特诺特山口。他从总司令博利厄那里收到命令，负责穿越山口袭击法军。阿尔让多等了四天时间，最后却发现出现在蒙特诺特山口的法军还不到1200人，而且打了没多久对方就撤退了。第二天，阿尔让多遭遇拿破仑的袭击。后者操纵马塞纳、奥热罗和拉哈尔普的军队，从四面八方把他围死了。奥地利军最后成功脱围，但付出的代价是2000人被俘、几百人阵亡。鉴于蒙特诺特战役的失败是法军占领意大利的主要原因，博利厄一声令下逮捕了阿尔让多，把他送到帕维亚接受军事审判所的审判。他遭到刑事预审，然而没过多久，维也纳宫廷就下令免除其罪责。不过，从此他不再活跃于政治和军事领域。虽然他在1808年晋升为炮兵将军，不过之后他就挂印归田了。

阿尔尚博特（阿基里斯-托马斯，Achille-Thomas Archambault，？—1856）

阿尔尚博特两兄弟中的哥哥，素有"法国最好的马车夫之一"的名声，在1805年进入皇家马厩。他追随皇帝来到厄尔巴岛，陪他一起返回法国，还陪他前往圣赫勒拿岛，在弟弟的协助下担任拿破仑的马车夫。直到人生的最后一刻，他都是皇帝忠实的仆人。拿破仑去世后，他回到法国，1822年5月结婚成家，在萨努瓦度过余生，深受周围居民的喜爱和尊重。他收藏了许多从圣赫勒拿岛带回来的拿破仑的旧物，但后人在1924年将其全部拍卖，拍得15万法郎。拍卖竞得者是个匿名人士，将它们都捐给了马尔梅松国家博物馆。《拿破仑研究杂志》在1931年1月的刊号中发表了他的朋友提姆贝尔夫人（Mme Timbert）的回忆录。

阿尔尚博特（约瑟夫-奥利维尔，Joseph-Olivier Archambault）

前者的弟弟和助手。1816年10月从圣赫勒拿岛回来后，效力于约瑟夫·波拿巴。

阿克索（尼古拉斯，Nicolas Haxo，1749—1794）

最开始是个士兵，在军队里待了九年后，于1777年被赶出军营。1791年，他当上孚日省第三营的中校，因为在美因茨包围战中表现出众而在1793年被提拔为将军。旺代战争时期，他担任著名的美因茨军预备师师长。在追击沙雷特的过程中，他着急追捕敌军，一不小心中了埋伏，负了伤，不得不选择投降，最后被击毙。

阿里（Aly）

请看词条"圣德尼（路易-埃吉安）"。

阿里帕夏（也称阿里·塔帕雷奈，Aly Pacha, or Aly Tepelini，1741？—1820？）

巴尔干半岛的"拿破仑"。他野心勃勃、聪慧狡诈，擅长左右逢源，一会儿亲法，一会儿亲英，在英法两大强国之间摇摆了足足15年。他通过篡位当上亚尼纳帕夏国的统治者。那时，奥斯曼帝国已经辉煌不再，对阿里做的事睁一只眼闭一只眼，所以阿里在1788年成为合法的帕夏。他意欲摆脱在软弱的塞利姆三世统治下已经日落西山的奥斯曼帝国，在伊庇鲁斯地区建立一个独立国。就在这时，法军占领了爱奥尼亚群岛及其周围的附属地，准备把他们的铁骑踏进达尔马提亚。阿里帕夏深感不安，转头寻求英国的支持，英国政府也立即给他派去大使。拿破仑闻讯后，将这块土地并入亚尼纳。拿破仑曾下令对他展开调查，这份报告是这么说的："阿里大约55岁了，但我们在他身上看不到任何早衰的迹象。他的脸高贵坦然，却表现出他心中翻滚的激情。如果他愿意，他可以是情绪的主人；但当他惩罚别人时，又控制不住自己的怒火……他博学多识，对发生在欧洲的大小诸事都无比关注……阿里不满足只当几天皇帝，把眼光瞄准了未来……人们估计他每年收入1000万法郎或1200万法郎，军中有0.8~1万个阿尔巴尼亚士兵可随时应战，然而他不得不继续扩大军队，而且用的是自己的钱。他的军事力量以可见的速度得到增强。"报告最后提议法国在亚尼纳设一个省议会。奥斯特里茨战役后，伊利里亚和达尔马提亚并为一体，法军彻底占领那不勒斯王国，伊庇鲁斯处在三重危险中，阿里于是转头向拿破仑倒戈。拿破仑也非常高兴地接受了他的投诚，给他送去许多礼物，还承诺让他当伊庇鲁斯的王。1806年，法国在亚尼纳设立了一个省议会。从那时起，阿里和两大强国同时保持外交关系，而两国都觉得他还有利用价值。拿破仑帮助阿里当上了土耳其苏丹、勒庞特和摩尔两地的帕夏，阿里则帮助法国驻君士坦丁堡大使在土耳其和俄国两国之间制造不和。《蒂尔西特条约》的签署进一步巩固了法国对爱奥尼亚群岛的控制，于是阿里向拿破仑提议：他的国家可以成为法国的附庸国，但前提是把爱奥尼亚群岛并入伊庇鲁斯（伊庇鲁斯可以成为公国，而阿里就是这个公国的头领）。拿破仑高傲地拒绝了他。阿里怀恨在心，但觉得当前应该把自己的恨意掩藏起来。他转头又倒向了英国，和它暗中勾结，反对拿破仑。拿破仑最后得知了这件事，决心杀死阿里帕夏。他打算让奥斯曼帝国的军队去攻打阿里，把一支法国远征军从科孚岛抽出来派往伊庇鲁斯，并把达尔马提亚的军队煽动起来作乱。然而由于西班牙内乱爆发，同时俄国远征准备工作开始，拿破仑分身乏术，该计划搁浅。当时的外交部部长马雷决定动用外交手段，继续拿破仑先前的设想。法国驻君士坦丁堡大使安德烈奥西收到指令，在奥斯曼政府跟前给阿里帕夏制造各种麻烦，把他描述成一个乱臣。阿里帕夏不久后得知消息，决定发起残忍的报复。不过法国征战俄国失败的消息传来，让阿里帕夏的愤怒有所平缓。他意识到英国即将征服法国，于是转头效忠英国政府。1814年后，他将领事从法国召回到亚尼纳。

参考资料：博尚1822年的《亚尼纳的维齐尔——阿里帕夏的一生》（Beauchamp, *Vie d'Ali Pacha, vizir de Janina*）。

阿列格侯爵（艾吉安-让，Étienne-Jean d'Aligre，1770—1847）

巴黎最高法院首席法官之子，先随父亲一道流亡国外，在雾月十八日政变后回到法国。1803年，他接受了拿破仑的任命，成为塞纳省议会议员，并当上那不勒斯王后卡洛琳·缪拉的侍卫。1814年，阿列格作为特使之一，将路易十八迎回巴黎。国王让他进了贵族院。他的第一任妻子是他在流亡期间迎娶的，1793年就去世了，给他留下一女。《拿破仑圣赫勒拿岛回忆录》提到他的女儿后来嫁给了珀梅洛侯爵，为了保留阿列格的姓氏，国王在1825年下令他们生出的儿子必须姓阿列格。

阿伦贝尔公爵（路易-普罗斯佩，Louis-Prosper，duc d'Arenberg，1784—？）

其父是阿伦贝尔亲王，统治着神圣罗马帝国下面的一块弹丸之地（面积4000平方米，有1万人口、3个市镇、46个村子），后来加入莱茵河同盟。1806年，年轻公爵根据莱茵河同盟的规定，领着702名士兵来到巴黎。这700多人组成一支骑兵队，他则担任骑兵上校。这位年轻上校得到宫廷的接待，给皇帝留下很好的印象。后者当时正在给约瑟芬的侄女斯蒂芬妮·塔谢尔·德·拉帕热里物色丈夫，便选中了阿伦贝尔亲王的这个儿子。1808年2月1日，两人在皇帝和皇后的见证下完成婚礼。该年年末，年轻的公爵离开法国，率领他的队伍奔赴西班牙，在那里光荣战斗了三年。因为一支敌军突袭，公爵被俘，随后被带到英国，被囚禁了两年。直到联军占领比利时后，他才重回故乡。

参考资料：A.克兰施密特1912年的《阿伦贝尔史，1789—1815》（A. Kleinschmidt, *Geschichte von Arenberg, 1789-1815*），P.马蒙坦1931年发表在《拿破仑研究杂志》第二版上的《阿伦贝尔与塔谢尔·德·拉帕热里的婚姻》（P. Marmottan, *Le mariage d'Arenberg-Tascher de la Pagerie*）。

阿美士德伯爵（威廉·皮特，William Pitt Amherst，1773—1857）

1816年被英国政府派往中国，第二年回国，回来路上在圣赫勒拿岛上停留了一段时间，见到了拿破仑。1823年，他成为东印度总督。

阿斯克尔汗（Asker Khan）

法兰西第一帝国时期波斯驻法国大使。

阿图瓦伯爵（查理-菲利普，Charles-Philippe，comte d'Artois，1757—1836）

路易十六最小的弟弟，为人轻浮、虚荣、愚蠢，做事草率、冒失，又爱强逞能，给王室惹来许多麻烦。他狂妄地称三级会议的人都是"贱民"，要求惩治"乱党"，结果一发现风向不对，就立刻逃往国外。接着，他和欧洲各国宫廷暗中勾结、玩弄阴谋，却多次贻笑大方。他做事不考虑前因后果，导致路易十六的处境雪上加霜，最后走上了绞刑架。后来联军入侵法国，他就跟着回国。联军里的一个奥地利将军似乎很瞧不起这个人，问他要通行证。这位"皇家中将"（这是他的哥哥普罗旺斯伯爵颁给他的一个头衔）最后好不容易才被允留下，但条件是他不得携带武器、不准身着军装，也不准佩戴白色绶带。结果神奇的事发生了。联军听从了塔列朗的建议，决定认真对待波旁家族的人。所以1814年4月12日，阿图瓦伯爵继国王之后进入巴黎，入城时身骑一匹高大的白色骏马，这匹马还是他的姐姐伊丽莎白夫人的原侍从武官提供的（王室马厩当时已经全空了）。塔列朗以元老院的名义为他举办了一场欢迎典礼，阿图瓦伯爵在典礼上激动得声音发抖："塔列朗先生以及在场的诸位先生，我感谢你们。我太幸福了，走，我们一起走，我太幸福了。"塔列朗什么也没说，弯腰行礼，然后偷偷给阿图瓦伯爵的秘书博尼奥（Beugnot）使了个眼色，要他准备一篇讲话稿子发给新闻界。他的建议是："写得简单、通畅、精短点儿就行。"博尼奥把稿子写了出来。于是第二天，巴黎人读到了大亲王当时因为太过激动而没能说出来的话："法国什么都没改变，只是多了一个法国人而已。"这个法国人运气很好，活了很久，熬到67岁高龄的时候登上王位，然而此次继位彻底毁了波旁王朝的未来。

参考资料：让·卢卡斯-杜布勒顿的《阿图瓦伯爵查理十世》（Jean Lucas-Dubreton, *Le comte d'Artois, Charles X*）。

阿瓦莱伯爵/公爵（安托万·路易·德·贝西亚德，Antoine-Louis de Bésiade，comte puis duc d'Avaray，1759—1811）

大亲王锦衣库主管的长子，很年轻的时候就在普罗旺斯伯爵手下效劳，成为他的心腹，为他效力不少，还在1791年6月安排大亲王成功出逃。随后，他为"王国摄政王"在各地卖命。后来因为肺病，他不得不去马德拉群岛调养身体，到达此地没多久就病逝了。

阿万齐男爵（尼克拉斯-约瑟夫，Nicolas-Joseph d'Alvinzi，1735—1810）

奥地利的一位将军，15岁从军，在七年战争中晋升为掷弹队上尉。1796年9月8日的巴萨诺战役后，被打败的武尔姆泽尔退守曼图亚，他被召去重整军队。我们都知道历史上发生了什么：阿万齐以里沃利战役和阿尔科战役中的败者身份被记入历史。他被批无能，甚至被指控叛国。后来阿万齐成功洗脱了叛国罪名。他曾给君主弗朗茨二世教授军事，故后者把匈牙利一个很光鲜的职位赐给他，并在1808年将他封为陆军元帅。据夏普塔尔所说，拿破仑认为他是"他遇到过的最好的上尉"（语出《夏普塔尔回忆录》第301页），"因此阿万齐才从来没在公报上对拿破仑说过任何坏话或好话"。

埃贝尔（Hébert）

拿破仑身边跟得最久的一个仆人，在共和四年就成了他的小马夫，先后随他去了意大利和埃及，后来在朗布依埃城堡当守门人，还成了皇帝办公处的传达员。

埃贝尔（雅克-热雷，Jacques-René Hébert，1757—1794）

直到现在，法国大革命的审判仍在继续。在那群被带到历史审判席上的断头幽灵中，只有一个人一直受着世人的唾骂和鄙夷，他就是埃贝尔，也就是"杜歇老爹"。几年前，编者曾试图在我写的一本关于埃贝尔的书中研究一下这个奇怪现象：为什么埃贝尔死后依然遭到千夫所指。结果，我反而收到了一个优秀批评家满带嘲讽的庆贺，他写了一篇文章，题为《死后一百五十年，埃贝尔终于有个辩护者了》（*Enfin, cent cinquante ans après sa mort, Hébert trouve un défenseur*）。不！我不是在替他辩护，而是想去理解他。但我也承认，这很难。不过无论如何，我们应该区别对待两个埃贝尔：一个埃贝尔，是那个"有血有肉"的埃贝尔，是市政府官员、俱乐部演讲家，他只是一个平平无奇的好战分子而已，当时这种人为数不少；另一个埃贝尔，就是"杜歇老爹"，他忠实地反映了人民的愤怒，表达了他们的希冀和失望。这第二个埃贝尔，应该被列入最伟大的革命推动者的行列才是。在三年时间里，埃贝尔一直扮演着双重角色。当他的第二重身份现形后，埃贝尔渐渐与其融为一体，最后他真正的自我被那个虚幻的角色抹消了，而后者才是这一切的始作俑者。对于这个结果，我们只能说是因为他入戏太深。他作为作家，不去写自己最擅长的东西，反而去强迫自己写些完全不是自己风格的东西。可他为什么要这么做呢？有一天，埃贝尔对听众说："其实，我也会说拉丁文的。"然而，他宁愿"被人视为一个文笔拙劣的家伙"。人们批评他满口脏话，他解释说："对那些说脏话的人，就该跟他们一起骂脏话。"他说得没错。读他文字的人，每说一句话都在骂骂咧咧，尤其是士兵——我们别忘了，《杜歇老爹》很大一部分订阅者都是军队中人。著名历史学家费迪南·布鲁诺（Ferdinand Brunot）曾评价他是"肚里装满垃圾的荷马"，这话表面看来前后矛盾，却比许多长篇大论更能帮助我们理解此人在法国大革命时期新闻界中的地位和角色。埃贝尔为了把自己组装成荷马而用到的那些"垃圾"，我们绝不能只从语言的角度去考量它们，因为它们是人们在整整四年连续不断的政治、社会和精神危机中积攒起来的污泥，埃贝尔只是把这摊污泥搅到明面上来罢了。所有龌龊的行为、卑鄙的欲望，所有抹黑法国大革命的妥协和背叛，都被他毫不留情地曝光出来。我们乍一看，觉得他在报纸上说的都是污言秽语。但我们错了！因为虽然"话还没变"，可听众的耳朵变了。如今，他报上的许多词都被收进了《法兰西学院词典》（Dictionnaire de l'Académie française），还有许多词甚至出现在年轻一代中最才华横溢的小说家的作品里。

参考资料：杰拉德·沃尔特的《"杜歇老爹"埃贝尔》（Gérard Walter, Hébert, le "Père Duchesne"）。

埃杜维尔（尼古拉斯-让-夏尔，Nicolas-Jean-Charles Hédouville, 1767—1846）

参加过旺代战争的埃杜维尔将军是他的哥哥。小埃杜维尔是拿破仑在布里埃纳军校的同学，由于这份同窗情谊，他被派到莱茵河同盟首席君主身边，担任法国全权特使代表，在这个岗位上从1805年一直干到1813年同盟解散。

埃尔班-德索（让-巴普斯特，Jean-Baptiste Herbin-Dessaux, 1755—1832）

法国大革命爆发前是一个步兵团中尉，1792年被提拔为上尉。1792年到1797年，埃尔班-德索先后被派到阿尔卑斯军和意大利军。在1794年

5月13日攻打塞尼山口的战役中，他表现得非常英勇，于是第二天就被任命为他那个旅的参谋上校。1800年，埃尔班-德索被提拔为将军，之后继续在意大利效力，直到1809年退伍。

埃尔博尔（Herbault）

理发师，后来在巴黎当服饰商。

埃尔欣根公爵（duc d'Elchingen）

请看词条"内伊"。

埃克缪尔亲王（prince d'Eckmühl）

请看词条"达武"。

埃克塞尔曼斯（莱米-约瑟夫-伊西多莱，Rémy-Joseph-Isidore Exelmans，1775—1852）

出生于巴勒迪克。一离开大学，他就在1791年加入了默兹的一支志愿军。等了七年，埃克塞尔曼斯才被提拔为少尉。后来，他成为缪拉的副官，陪同后者参加了奥地利、普鲁士、波兰等地的战斗，一直冲在军队最前面，因此有了"无畏猛将"的称号。1807年，他当上将军。缪拉成为那不勒斯王以后，把他任命为自己的大元帅。在1812年的征俄之战和1813年的法国本土之战中，埃克塞尔曼斯依然表现十分英勇。路易十八回国后，保留了埃克塞尔曼斯的职位，并封他为伯爵。没过多久，埃克塞尔曼斯写给缪拉的一封信被警察截获，他在信中恭喜主上保住了王位。法国当局当即命令埃克塞尔曼斯在24小时内离开巴黎，把他流放到距巴黎60古里外的地方。由于埃克塞尔曼斯拒不听令，警察局就发了逮捕令。将军只好逃跑，逃亡路上听说陆军审判所对他进行了缺席审判，但宣布他无罪。听闻拿破仑回来的消息后，埃克塞尔曼斯非常兴奋。没过多久，他就得知皇帝已经抵达巴黎，于是跑到杜伊勒里宫，竖起了三色旗。然后，他从杜伊勒里宫一路来到樊尚，占领了这座碉堡。拿破仑任命他为一个骑兵师的师长。埃克塞尔曼斯参加了弗勒吕斯战役和利尼战役。滑铁卢战役后，他集合起自己的骑兵队，守在首都城下。拿破仑退位以后，他失去了军队指挥权。在路易十八颁布的7月24日通缉令中，埃克塞尔曼斯的名字赫然在列，他只好逃亡国外。1819年，埃克塞尔曼斯受允回到法国。后来，路易-菲利普让他进了贵族院，并在发动政变后没多久就封他为元帅。他当了一辈子的骑兵，最后死于坠马。

艾略特（Elliot）

波拿巴的副官，克拉尔克的侄子，在阿尔科战役中战死。

埃罗·德·赛谢尔（马利-让，Marie-Jean Hérault de Séchelles，1759—1794）

出身于诺曼底的一个古老贵族家族，长大后继承了祖辈的职业，披上法官长袍。埃罗的履历开篇就非常引人瞩目：18岁时，他就成了沙特莱法庭的王室律师。世人——尤其是那些夫人、太太纷纷涌进法庭，想一睹这个年轻英俊的法官的真容。玛丽-安托瓦内特曾公开说过想认识他。由于埃罗是勃利夫人的近亲，后者就把他介绍给了王后。于是，王后成了埃罗的保护人。正因为如此，埃罗·德·赛谢尔年纪轻轻就坐到了最高法院大法官的位置上。此时，法国大革命爆发了。一开始，埃罗被任命为最高上诉法院的国王专员，后来又被选进了立法议会和国民公会。他先后进入过斐扬派、吉伦特派和山岳派，最后选定立场，成为山岳派中的丹东派。进入公安委员会后，埃罗和圣茹斯特一道准备宪法草案（没过多久，圣茹斯特就成了他的死敌），还要负责外交事宜。1793年9月，埃罗·德·赛谢尔为了执行任务而离开公安委员会。之后，圣茹斯特写了一篇告发丹东党的报告，在里面控诉他私通敌国、泄露委员会决议，并把委员会的文件资料透露给报纸杂志。埃罗·德·赛谢尔在辩护中没有拿出多少令人信服的证据，这个"声音温柔的美男子"（米什莱语）似乎已经明白：春风得意的年代已是过去，如今他一败涂地。他那短暂而如梦幻般美好的青春，只把现实照得更加残酷和血腥。

参考资料：艾米丽·达尔德的《恐怖统治时期的伊比鸠鲁主义者埃罗·德·赛谢尔》（Émilie Dard, *Un épicurien sous la Terreur, Hérqult de Séchelles*）。

埃梅里（爱德华-菲利克斯，Édouard-Félix Emmery，1785—？）

帝国护卫军里的一位军医，复辟时期进入圣路易医院，当上医生，并在美术学校中担任解剖学教授。

埃梅里奥·德·博威格尔（马克西姆-朱利安，Maxime-Julien Émeriaud de Beauverger，1762—1845）

法国大革命初期的一个海军中尉，1790年至1793年在圣多明哥服役。1793年，他升为上尉。参加了美国海岸上的战斗后，他回到法国，参加了远征爱尔兰的行动。1802年，他被任命为海军准将，成为土伦海军军区司令，并在这个位置上一直干到1811年。之后，他在地中海上担任了三个月的海军总指挥官，并在1813年成功拦住英军，没让他们进入土伦。1814年，埃梅里奥很快就投靠了路易十八。拿破仑回国后不计前嫌，让他进了贵族院。路易十八二次回国后，没有再起用他。

埃南（弗朗索瓦-夏尔·德，François-Charles d'Hénin，1771—1847）

1789年加入家乡里尔的国民自卫军，1791年当上少尉，1796年当上上尉。1801年，埃南被派到圣多明哥，1802年升为将军，次年被英军俘虏，后被保释回国。1812年，他去了俄国，后在莱比锡被德意志人抓住，但再次毫发无伤地回来了。他回国后，法国的主人已从拿破仑换成了路易十八。当局把他派到柏林督查法国战俘的遣返情况。之后，他又担任了一些不大不小的指挥官职位。1829年，国王封他为子爵，让他退伍回家。

埃斯科基茨（胡安·德，Juan de Escoiquiz，1762—1820）

托莱多主教代理。一开始他只是家庭教师，后来成为斐迪南七世的老师，对后者影响深刻，更是那场以除掉国王和首相戈多伊为目的的政变的背后主谋。

埃斯曼纳（约瑟夫-阿尔冯斯，Joseph-Alphonse Esmenard，1769—1811）

1791年的一个反大革命记者，8月10日事件后被迫躲到国外。在欧洲各地流亡了一段时间后，他在威尼斯暂时落脚，为当时也在那里的普罗旺斯伯爵效力。普罗旺斯伯爵让他替自己关注巴黎的公众舆论，于是埃斯曼纳偷偷潜回法国，但回国没多久就被逮捕入狱。督政府对他没有从严处置，只是把他赶出了共和国。雾月政变后，埃斯曼纳回到法国，找到一个差事，当上了勒克莱尔将军的秘书，并陪同后者去了圣多明哥。随后，他又转而效力于维拉莱-茹瓦约斯（Villaret-Joyeuse），和他一道去了马提尼克岛。在这次航行中，大海的景致勾起了他的无限想象，于是他在海上写出了《拿破仑圣赫勒拿岛回忆录》中提到的那首《航歌》（*Navigation*）。回国后，埃斯曼纳和富歇攀上关系，后者让他进了警务部。埃斯曼纳负责审查书籍和戏剧作品，同时向法国的主人大唱赞歌。他凭靠一本蹩脚的诗体研究和一本戏剧，于1810年进了法兰西学院。第二年在那不勒斯，由于旅途中的一个意外，埃斯曼纳去世。

埃斯泰公爵（duc d'Este）

请看词条"赫居勒三世"。

安贝尔-科洛梅（雅克，Jacques Imbert-Colomès，1729—1808）

法国大革命爆发前在里昂城担任第一助理法官。1790年全城暴乱时，他依然是市政厅数一数二的领导人物。由于安贝尔-科洛梅是个人尽皆知的保皇党，他的住宅遭到进攻、生命受到威胁，于是逃往国外，成了波旁家族的眼线。1797年，为了执行普罗旺斯伯爵的一个秘密任务，他回到法国。虽然他的名字上了流亡贵族名单，但安贝尔-科洛梅依然成功进入了五百人院。果月十八日政变后，他上了流放名单，再次逃往国外。安贝尔-科洛梅是少数被第一执政官禁止回国的人员之一。1801年，他被牵连进拜罗伊特的一桩流亡贵族阴谋事件。后来，他陪同路易十八去了英国，并在那里老死。

安德烈奥西（安托万-弗朗索瓦，Antoine-François Andréossy，1773—1828）

其祖父是一个意大利工程师，为朗格多克运河工程来到法国。安德烈奥西在梅济耶尔工程学院完成军事学习，在大革命前夕晋升为炮兵队上尉，后被派进摩泽尔驻军。1794年，安德烈奥西成为意大利方面军先锋军的炮兵指挥官，由于战术奇特，还曾在战场上拼死找到拿破仑，因而迅速引起了后者的关注。在曼图亚包围战中，他布置了5艘小艇，佯攻敌军阵地，把敌军火力吸引到自己这边，使缪拉有机会从另一侧攻击敌人。大约三个月后，波拿巴主动提出攻打伊松佐河，下令让安德烈奥西去探测此河是否可涉水而过。安德烈奥西亲自跳进河中，跋涉过河。在攻打格拉迪斯卡时，他又勇猛地冲锋陷阵，毫不畏惧。1797年11月16日，拿破仑单方面将他晋升为将军，五个月后督政府批准了这道任命。安德烈奥西曾追随拿破仑远征埃及，并陪他一起返回法国。他作为波拿巴参谋团中的一员，参与策划了雾月十八日政变。《亚眠条约》签署后，第一执政官让这员炮兵猛将去从事外交工作，将他以大使身份派到了伦敦。1806年，安德烈奥西被任命为法国在维也纳的全权代表。1813

年，他担任法国驻君士坦丁堡大使。波旁家族回到法国后，他被召回国。百日王朝里，拿破仑把他弄进贵族院，滑铁卢战役后还委托他和惠灵顿谈判。波旁复辟期间，安德烈奥西不加掩饰地表达出想远离朝堂的意愿。在去世前几个月，他还曾担任奥德省议员。

安德琉（Andrieux）

意大利方面军骠骑兵上校，以抢劫维罗纳城中当铺的罪名被陆军审判所逮捕和起诉。

安东涅尔侯爵（皮埃尔-安托，Pierre-Antoine d'Antonelle，1747—1817）

旧制度时期的一个大贵族，在普罗旺斯的封地上过着奢侈的生活。制宪议会颁布组建市政府的法令传来后，他被选为阿尔勒市长。安东涅尔没有做任何准备，就在这个骚动的乱世里坐在了一个敏感的位置上。这位从前的侯爵和革命派坚定地站在一起，和家庭、过去的贵族圈子决裂，因此为众人所称道，作为罗讷河口省议员代表进入立法议会。在巴黎期间，安东涅尔表现得非常活跃，和政坛中许多人建立了关系。他不怎么出现在议会中，却经常去雅各宾俱乐部。然而，他没被选入公会。他要是安心待在一个平凡甚至不讨人喜欢的岗位——革命法院陪审员这个位置上就好了，但他想再往上爬，却没有成功。被解职后，安东涅尔被打入监狱，直到热月九日才被放出来。督政府期间，他在政坛上遭人排挤，于是创立报纸，和巴贝夫关系密切，成为平等会的领袖之一，后遭到逮捕和审判。在庭审的时候，安东涅尔从一个非常聪明的切入点出发，发表了一篇很有说服力的辩词，连公诉方都放弃了对其执行刑罚的请求。从那时起，他过上了隐居生活，只时不时策划些宣传革命的行动，但警察一直在监视他。雾月十八日之后，他收到警察署的流亡命令，要他必须住在离巴黎40古里之外的地方。安东涅尔选择前往意大利。几年后，他得到政府允许，回到家乡阿尔勒。晚年的安东涅尔否定了自己的革命生涯，为波旁家族的回归而欢呼。

安冈·德·圣莫尔（Hingant de Saint-Maur）

保皇党成员，是布尔蒙的副官。

安娜·帕夫诺娃（Anna Paulowna）

亚历山大一世的小妹妹。

安特莱格伯爵（伊曼努尔-路易-亨利·德·劳内，Emmanuel-Louis-Henri de Launay，comte d'Antraigues，1753—1812）

他宣称自己祖上是维瓦莱的一个古老氏族，家族起源可追溯到1300年，但此事存疑。我们可以肯定的是，他是那个时代最典型、最玩世不恭的犬儒主义者。在旧制度时期，安特莱格曾是骑兵队的军官，却放弃军旅事业（原因不为人所知），开始周游世界。人们几乎在欧洲各地都见到过他的身影，其足迹远至叙利亚、埃及，甚至埃塞俄比亚。1789年，安特莱格被选入三级会议（人们当时在国民代表上的选择并不多）。后来，他流亡国外，当过外交家、记者、情报员——当然还有间谍。最终他选择效劳马德里宫廷，从那里领取津贴。由于安特莱格会说多国语言，看上去又认识欧洲所有政府要员，西班牙政府就给他派了一些或多或少不太光鲜的任务。普罗旺斯伯爵表态要回土伦时（土伦当时被保皇党攻下，交给英国人控制），安特莱格从马德里内阁处收到命令，被任命为查理四世在"法国摄政王"身边的"内阁全权代表"。安特莱格并不受英国政府的待见，却找到另外的办法联系到了王储，向后者提议设立一个宣传信息部，专门向国外宫廷提供国内消息。当时，普罗旺斯伯爵在巴黎和外省设有很多眼线，然而他们都在单打独斗，缺少凝聚力。安特莱格的建议迅速被采纳，他本人开始亲自负责具体执行。

很快，西班牙和英国政府（尤其是英国政府）收到许多密信，信中全是各种耸人听闻的消息。令人震惊的是，那些小心谨慎的政治家和外交家竟然相信了。更让人觉得不可思议的是，直到今天，仍有一些历史学家认为它们是真实的！波拿巴不轻信传言，对这些把戏了解得一清二楚。在攻占米兰后曾和安特莱格握过手的他，直接将其逮捕。然而这个囚犯出示文书，说他是俄国公民，说他对这种侵犯他国公民权利的行为表示正式抗议。由于抗议没有起到想象中的作用，安特莱格又做出下一步打算——在著名女歌唱家圣霍贝尔蒂（他俩已秘密结婚）的帮助下越狱。他先来到德意志，随后前往俄国并在那里信奉了东正教；后来又来到英国，带着各种或真或假的秘密资料满世界乱窜，一路传唱那些或者声名扫地，或者威望卓著的大人物的歌谣。最后，他在伦敦附近的一个镇子里遭人谋害而死，但其死因直到现在仍是个谜。

参考资料：莱奥斯·品高1893年的《大革命及帝国时期的一个密探》（Léonce Pingaud, *Un agent secret sous la Révolution et sous l'Empire*）第二卷第178、179页。

昂古莱姆公爵（路易-安托万·德·波旁，Louis-Antoine de Bourbon, duc d'Angoulême，1775—1844）

阿图瓦伯爵的长子，当初随父亲一道逃离法国。随便接受了一点儿军事培训之后，他就被任命为一支流亡贵族军队的领袖。但这位年轻亲王在指挥官的位置上没坐多久，军队就被解散了，他又随父亲来到爱丁堡。他的叔叔普罗旺斯伯爵当时在米多，希望自己的家族继承王位，意欲亲手培养未来的王储。于是，昂古莱姆来到米多。一到那里，他就在旁人的安排下迎娶了自己的公主堂妹。随后，他跟随叔叔来到英国，隐姓埋名地住在哈特韦尔城堡里静观其变。1813年12月21日，由俄国、普鲁士、奥地利、瑞典、巴伐利亚、符腾堡、巴登等国家及地区组成的反法联盟，从多方大举进攻法国。也许是不能，也许是不敢，普罗旺斯伯爵当时没有回国，只把自己的这个侄子派了回去。1814年2月2日，昂古莱姆公爵在圣让德吕兹登陆，从那里进入波尔多，得到衷心希望拿破仑下台的当地富商的热情招待。5月27日，他抵达巴黎。三周以前就进了首都的路易十八在5月18日就任命他为法国大元帅。拿破仑在戛纳登陆时，昂古莱姆公爵和其妻子正在波尔多。巴黎做出决定，让阿图瓦伯爵前往里昂，在那里统领军队，贝利公爵临危受命，前去贝桑松领兵，波旁公爵前去旺代。昂古莱姆公爵则收到命令，要在加尔省统率一支1.2万人的军队。法国大元帅赶往尼姆。4月3日，他抵达瓦朗斯，带领一支临时凑起来的乱七八糟的军队对抗拿破仑。然而他毫无作为，手上的军队先后被击溃。四天后，听天由命的亲王决定带着手上的残兵向蓬圣埃斯普里撤退。一到达那里，他就发现自己的处境岌岌可危：格鲁希将军正率领军队朝该地逼近。亲王身边的军官都提议他马上坐撒丁岛大臣的马车离开，或者率领一队忠诚的手下躲进山里。亲王拒绝了这些建议，把他的副参谋官达马斯（Damas）男爵派到帝国军队指挥官身边，提出投降。被带到塞特港后，昂古莱姆公爵登船前往西班牙。滑铁卢战役后，他重回法国。路易十八死后，他被立为王储，但后来被迫向波尔多公爵让位，和父亲查理十世一道流亡国外，先后去了荷里路德、布拉格、科里齐亚，在科里齐亚去世。他是最后一个昂古莱姆公爵。

昂古莱姆公爵夫人（玛丽-特雷西娅，Marie-Thérèse, duchesse d'Angoulême，1778—1851）

路易十六和玛丽-安托瓦内特的女儿，1792年8月10日和父母一道被囚狱中，1795年12月19日获释。她逃往奥地利后，其叔叔普罗旺斯伯爵让她和昂古莱姆公爵结婚。维也纳宫廷想把这个年轻公主封为女大公，百般抵触这桩婚事，但没能阻止。婚前，双方对某些尚未达成协议的财产问题做出规定。公主（她是国王长女，故在旧制度时期有此称号）作为路易十六和玛丽-安托瓦内特的唯一后裔，在父母死后继承了一笔巨额财产，但遗产大部分都攥在奥地利皇室的手中。例如，玛丽-安托瓦内特出逃瓦伦之前，在梅尔西-阿尔让多伯爵的斡旋下，把她的珠宝首饰和54.9万枚弗罗林金币交给她的哥哥利奥波德代为保管。这笔财产被兑换成当时最可靠的荷兰证券，每年可收到4%的利率。人们应该从维也纳宫廷收到这笔财产的那一天开始计算利息，还是从王后被处死的那天，即1793年10月16日开始计算利息，这完全取决于弗朗茨二世。中间隔着28个月的时间差。很会盘算的普罗旺斯伯爵知道其中的利害，宣称奥地利国库还欠着玛丽-安托瓦内特一笔总数20万金埃居的嫁妆，包括该笔嫁妆从1770年起计算的利息，现在需一并还给公主。维也纳宫廷坚称上述嫁妆已经付清，并有法国皇家财库发放的正规收据做证。对此，普罗旺斯伯爵反驳说收据是伪造的，而且法国之所以发放这个收据，是为了让当时无力拿出这份嫁妆的奥地利皇室免除财政困境。在长期的撕扯拉皮、讨价还价后，双方达成一致：公主离开时将得到她应得的一部分利息，首笔付款就算作她的路费。公主在1799年6月4日到达米多。普罗旺斯伯爵在昂古莱姆公爵的陪伴下来到城门迎接侄女。公主远远地看到了叔叔的马车，下车向他行礼。普罗旺斯伯爵给她介绍了站在一旁一言不发的未婚夫，昂古莱姆公爵弯腰吻了吻他堂妹的手。六天后，两人举办婚礼。成为昂古莱姆公爵夫人后，她再没离开过自己的叔叔。1814年5月3日，路易十八正式入主巴黎，她当时也在王室的马车里。当时站在路边的蒙加亚尔写道："她脸色倨傲，甚至充满不屑，看上去情绪不佳。

这副样子很难勾起人们的兴趣；但很明显，她也无心成为众人关注的焦点，甚至从她的神色来看，她想逃避这种关注。"1815年2月27日，她和丈夫一道正式访问波尔多。波尔多是个极端保皇主义的城市，当初第一个站出来宣布拥护波旁家族。亲王夫妇受到热烈的接待，然而公众高兴了没多久：3月9日，昂古莱姆公爵得到拿破仑登陆的急报，必须立刻赶往指定地统领军队。公爵夫人可以留在波尔多，事态平稳后再回去。她也身负任务，要在身边几个参谋的辅佐下，亲身激励波尔多人民中的保皇党人去抵抗拿破仑。对于公主的号召，资产阶级踊跃响应。她号召众人捐款，为前去迎战的国民自卫军提供必要的武器和军装。第一天，人们就筹到了近100万法郎。然而，她在兵营里受到了天差地别的待遇。公爵夫人想向士兵们发表讲话，却遭到冷待，她能做的就是离开。百日王朝后，她从国外回来，却在1830年8月5日不得不和王室一家再度离开法国。这次离开后，她再没能回来。

昂吉安公爵（路易-安托万-亨利·德·波旁-孔代，Louis-Antoine-Henri de Bourbon-Condé d'Enghien，1772—1804）

  波旁公爵的儿子，孔代亲王的孙子。巴士底狱被攻占后没多久，他就跟随父亲、祖父一道逃往国外。建立流亡贵族大军的时候，其父亲接收了一支来自萨克森-特申亲王麾下的5000人的军队，昂吉安公爵则听从父亲的指挥。当时年轻的昂吉安公爵声称："我们若想打到巴黎，这轻松得就像一次散步，而不是打仗。"然而"这次散步"的时间远比他预估的要长。1793年12月，昂吉安公爵身染疾病，被带到了埃腾海姆（这是巴登大公的属地）。当时，项链事件的主人公——红衣主教罗阿讷的侄女夏绿蒂·德·罗阿讷-罗什福尔跟随父亲逃难于此，无微不至地照顾昂吉安公爵。1796年春，昂吉安公爵重拾武器，然而由于1797年4月

18日《莱奥本停战协议》中的预备条约签署，他无法再奔赴战场，于是跟随父亲前往俄国。1801年，孔代军被解散之后，昂吉安公爵回到埃腾海姆，每年拿着英国政府发的一笔补助金，过着相当滋润的生活。1803年2月，红衣主教罗阿讷去世，把巨额遗产交给了他的侄女夏绿蒂。罗阿讷-罗什福尔亲王投靠了共和国，夏绿蒂则继续待在埃腾海姆，和昂吉安公爵过上了夫妻生活，然而昂吉安公爵的家庭反对这桩婚事，觉得拉低了他们的门楣。《亚眠条约》被撕毁后，英国邀请它的那些"被补助者"前往莱茵河聚集。昂吉安公爵积极地响应号召，和流亡贵族密切接触起来。人们计划组织一支军队，在他的指挥下先下手为强，冲破莱茵河防线。塔列朗把他们的这个计划告诉了拿破仑，于是拿破仑下令逮捕昂吉安公爵（哪怕后者当时正在外国领土上），将其押往巴黎并移交军事审判所审判。3月14—15日夜里，逮捕行动展开了。公爵被转移到斯特拉斯堡后起草了一份《信仰宣言书》，要求将它交给第一执政官。他在里面说："家族蒙难后，沙场从此成为唯一一个能够让我不辱家门的地方。我立下神圣誓言，从来没有其他原因，而是为了报效第一个发起战争的国家。哪怕这个国家不是英国，哪怕它并不对这个国家宣战，我也会同样积极地申请加入军队，以期在沙场上争得荣誉。我希望这封《信仰宣言书》能附同其他文书一道交过去，以免他对我的真正目的产生任何怀疑。自和约签署之后，我的一切诉求、行动和通信都是为了这个目的：尽早回归战场。"从这封宣言书来看，昂吉安公爵完全不在乎自己是为了法兰西共和国还是为了反对法兰西共和国而战，他唯一关心的就是"尽早回归战场"。换言之，如果换作拿破仑第一个发动战争，那昂吉安公爵就会否定自己的过去、出身和他曾为之奋战的理念，甚至否定自我、父亲、祖父和所有亲人，为了"科西嘉岛的篡位者"而挥动

人名表

自己饰有百合花徽的宝剑。当人们要把他带到巴黎时，他宣称："很好，我对此很高兴。只要和第一执政官谈上15分钟，一切就会搞定。"我们也不知道昂吉安公爵是怎么想的，居然认为自己能在几分钟里"搞定一切"。后来，拿破仑多次责备塔列朗没有及时把昂吉安公爵的宣言传达给自己，让自己失去了体会手下有个孔代亲王的孙子为他效力的乐趣。我们也曾想过塔列朗阻止波拿巴获悉这份宣言书的存在，也许是导致公爵直接走上死路的原因。有的人说，他想借此让第一执政官和波旁家族之间隔着一条无法跨越的沟壑。但难道他就没想过，连波拿巴本人也没想过迈过这条沟壑呢？还是说，他想通过谋杀昂吉安公爵一事来抹黑波拿巴在世人面前的形象？但他也很清楚，那几千个王党分子并不需要某个刺激因素去反波拿巴，他们只在那里空喊口号，完全不能动摇波拿巴在国内的地位。其实，拿破仑本人曾告诉古尔戈："塔列朗让我觉得，任由一个身为一派之首的亲王活动在离我们边境只有3古里远的地方，而且这一派人还在巴黎兴风作浪，此人会是个心腹大患。他还说，波旁家族的人已经开始对内发动阴谋了，所以我们大有把昂吉安公爵绑过来审判他的理由。"（语出古尔戈1816年4月30日日记）我觉得这番解释倒值得考虑。审判？当时，一直驻守在圣赫勒拿岛上的海军司令马尔科姆也问过拿破仑："昂吉安公爵是因何罪而遭到审判并被处死的呢？"他的回答是："审判？我根本就没审判他，直接把他枪决了。他阴谋反对我，这已得到了证明。"（请看奥地利特派员斯图尔默1816年12月31日报告）枪决后第二天，第一执政官就摆明态度，毫无遮掩地让天下人明白了他的想法。3月22日，在接见海军司令特鲁盖的时候，他说："好极了，又少了一个波旁人。我为了让他免去死亡的恐惧，直接当场枪决了他。"［具体请看米奥·德·梅利托（Miot de Mélito）的回忆录第二卷第157页注释1〕24日，拿破仑向参政院发表讲话。米奥在回忆录第二卷153~158页长文收录了这篇演讲稿。拿破仑竭力为自己的这一行为辩解，呼喊道："希望法国不要在这个问题上犯下错误。在波旁家族没有死绝之前，法国没有什么和平安宁可言。我在埃腾海姆抓住了波旁家族的一个人。根据我的要求，当地德意志总督已经同意我控制此地；而且实际上，人们有什么权利为那些筹划、部署和实施谋杀的杀人犯请愿呢？单单因为谋杀这件事，他们就不该受到任何欧洲国家的保护……他（昂吉安公爵）曾拿起武器对付法国，给我们制造了许多战祸。他通过自己的死亡偿清了在这场战争中丧命的200万法国公民的血债。"

参考资料：亨利·威尔申格的《昂吉安公爵》（Henri Welschinger, *Le Duc d'Enghien*）以及他的《昂吉安公爵及樊尚处刑之始末》（*Le Duc d'Enghien et l'exécution de Vincennes*），布莱·德·拉莫尔特的《昂吉安公爵书信集》以及《昂吉安公爵被绑架和处死的文件资料》（Boulay de la Meurthe, *La Correspondance du duc d'Enghien, Documents sur son enlèvement et sa mort*）。《昂吉安公爵被绑架和处死的文件资料》一书第一卷里有公爵的许多书信，他在里面说的话完全是和他的《信仰宣言书》的内容相矛盾的。例如，在一封写给他的父亲波旁公爵的信中，他说："我可以肯定地说，我已为这个春天的征战做好准备，要把刺刀刺向我们共同的敌人……我的心愿是，英国政府能够知道我心中急迫的渴求，那就是在那里和他们一起有死共赴、有荣共享。"此信写于1804年2月17日，也就是他被绑架前一个月。此外，我也很难理解，为何他笃定自己通过和第一执政官的一次"15分钟"的谈话就能"搞定一切"，而且他言语之中还如此高高在上："我太过骄傲，不可能低下自己的头颅；第一执政官也许可以把我挫骨扬灰，但是他不能侮辱我半分。"

（语出1803年7月18日写给孔代亲王的信）

奥布里（弗朗索瓦，François Aubry，1747—1798）

旧制度时期炮兵部队的一个军官。在大革命初期，他积极拥护新理念，当上尼姆市市长，还被选为加尔省国民自卫军上尉，后来进入国民公会。在公会中，他和大部分南部议员一道支持吉伦特派，后被打入监狱。热月九日，奥布里出狱，一时间春风得意，接替卡诺进了新建的公安委员会。很有可能因为想证明自己能比前任干得更好，奥布里表现得异常积极，在重建参谋部、创立治安部队（这是今天共和国保安部队的原型）、改良工事、组建陆军审判所、增加军官及士兵军饷等工作中出力不少。与此同时，他开始肃清军队、清除"恐怖政策主张者"的余孽。大批军官（其中就有马塞纳）被他解职。也就是在这个时候，他开始和波拿巴划清界限，认为后者是一个"潜在的罗伯斯庇尔分子"。（在拉斯卡斯的回忆录中，拿破仑多次详细地提到他和奥布里的一次会面，贝特朗在他的《圣赫勒拿岛录事》第二卷中也记录了这次谈话。不过我们要注意的是，拿破仑坚称他不是被奥布里解职的，而是自己主动辞职的，不过如我们上文说过的那样，这看上去不符合事实）奥布里的思想越来越右，最后和普罗旺斯伯爵的专员有了联系，并参与了牧月暴乱。共和三年热月十四日议会中，他被控告为暴乱主使人，于是离开公安委员会，和克利希城的君主派俱乐部走得越来越近。葡月十三日，他公开支持暴乱区。政府颁发了对他的逮捕令，但未得执行。后来在克利希人的支持下，奥布里进入五百人院，但又开始积极策划阴谋企图颠覆督政府。果月十八日，他行径暴露，被发配到圭亚那的辛那马利，但和皮什格吕等人一道成功从流放地逃走，来到荷属圭亚那后身染疾病，三周后去世。

奥尔登堡公爵（皮埃尔-弗雷德里克-路易斯，Pierre-Frédéric-Louis d'Oldenbourg）

沙皇亚历山大的叔叔，拒绝了拿破仑提出的把他的公国拿来和爱尔福特交换的提议。之后，他退居俄国。莱比锡战役后，他回到自己的属国。维也纳会议把他封为大公爵。

奥尔良公爵（路易-菲利普，Louis-Philippe d'Orléans，1773—1850）

菲利普·德·奥尔良公爵——也就是大革命时期的路易平等的长子。受父亲的鼓励，他加入了革命运动。他参加了1792年战争，因为在瓦尔密战斗中表现英勇而脱颖而出。后来，他成了杜穆里埃的副官，被卷入后者的叛国事件。帝国灭亡后，他回到法国，耐心等待，终于等到自己当上法国国王的时候。

奥尔良众亲王（les princes d'Orléans）

菲利普·德·奥尔良公爵的三个儿子，分别是沙尔特公爵路易-菲利普（见上一词条）、蒙特庞谢公爵安托万-菲利普（1775—1807）和博若莱伯爵阿尔冯斯-莱奥德加（1775—1808）。

奥尔洛夫家族（les Orlov）

一个历史并不算悠久的俄国贵族家族，许多家庭成员都在宫廷中担任要职。其中的格雷古瓦·奥尔洛夫是叶卡捷琳娜二世的情夫，也是杀害彼得三世的凶手。据说，他这么做是想自己登基称皇。尽管有这个弑君前科，但和拿破仑在回忆录中说的相反，其后人并未参与保罗一世的刺杀行动。

奥古斯塔·德·巴伐利亚（Augusta de Bavière，1788—1851）

巴伐利亚国王的长女，巴登亲王的未婚妻，在拿破仑的安排下被迫嫁给了欧仁·德·博阿尔内，但这段婚姻非常美满。

奥古斯塔·德·萨克森（Augusta de Saxe）

萨克森选帝侯腓特烈·奥古斯特一世的女儿。

奥古斯特·德·普鲁士（Auguste de Prusse）

斐迪南-奥古斯特·德·普鲁士亲王的小儿子。

奥兰治亲王（腓特烈-乔治-路易，Frédéric-Georges-Louis d'Orange，1792—1849）

威廉·德·奥兰治亲王的儿子，被拿破仑剥夺了所有领地。他在英国读书，后加入军队，成为惠灵顿的副官。他的父亲成为低地国家国王后，他奉命指挥这个国家的军队加入滑铁卢战役。1816年，他娶了亚历山大的妹妹安娜女大公，1840年继承了父亲的王位。

奥米拉（巴里-爱德华，Barry-Edward O'Meara，1782—1836）

生于爱尔兰，是英国海军的一个军医。拿破仑登上柏勒洛丰号时，他正在船上工作。由于曼戈医生拒绝前往圣赫勒拿岛，奥米拉便代替曼戈，陪同皇帝一直待到1818年7月25日。在哈德森·洛韦的命令下回到欧洲后，奥米拉第一个向公众披露了他在圣赫勒拿岛的所见所闻，并把他和拿破仑的许多谈话公之于众。由于他向英国海军最高指挥部抗议洛韦采取的一些手段（据说，总督让他想办法加速拿破仑的死亡），奥米拉遭到严重责罚，被剥夺职位。1822年，他出了第二本书《流放中的拿破仑》（*Napoléon en exil*），在书中对洛韦各种讨伐。洛韦把他告上法庭，但洛韦给出的对方抹黑自己的证据并不充分，所以根据英国法律的规定，奥米拉没有被捕。奥米拉退休后，在伦敦附近度过了自己的晚年。

奥讷（莱昂，Léon Aune）

意大利军的一个中士，波拿巴总司令曾为军中最英勇的战士赐刀，以示嘉奖，他就是获得者之一。在洛迪，他第一个冲了出去，为战友打开堡垒大门。在博尔盖托,又是他第一个冲过浮桥,受伤被捕。在写给拿破仑的信中,他说:"我在医院里杀了敌军统领。在我的这个行为的鼓励下,400个和我一样被俘虏的战士团结起来,又变成了一支令人闻风丧胆的队伍。"

奥热罗(皮埃尔-弗朗索瓦,卡斯蒂廖内公爵,Pierre-François Augereau,duc de Castiglione,1757—1816)

父亲是个仆人,母亲是德意志人,在穆费塔尔街上做小生意,未来的卡斯蒂廖内公爵在巴黎这条最熙熙攘攘的街上度过了他的青少年时期,导致他一辈子说话做事都带着市井气息。17岁时,奥热罗加入步兵,但在第三年时逃离军队,来到德意志。从此,奥热罗开始了一段颠沛流离的生活,其间也干了一些多少值得称道的事。后来,他在德累斯顿成为剑术教习。由于王储诞生,路易十六大赦天下,因此他得以返回法国,并在1783年再次从军。但三年后他跑到那不勒斯,又当起了剑术教习。不知道因何缘故,他被那不勒斯政府赶出此地(在一些关于他的传记中,人们宣称他是因为革命言论而被赶了出来,但这不足为信)。奥热罗回到巴黎,投身大革命。国民自卫军刚成立,奥热罗就加入了一支志愿军。1792年在日耳曼军团培训期间,也许是因为会说德语,奥热罗被提拔为营附。第二年,他成为罗西尼奥在旺代的副官;然而才过了15天,奥热罗就离开了罗西尼奥,跑到法国另一端的东比利牛斯军效力去了。随后,他获得先锋军的指挥权,并被提拔为将军。奥热罗在战场上一马当先、作战勇猛,因此表现得格外出色。(共和二年热月二十八日,东比利牛斯军的人民代表特派员给公安委员会写信汇报说:"奥热罗将军上下奔波,冷静地发布命令,颇有大将风范,而且身具共和党人的勇气,置身险境也毫无惧色。"果月五日,巴雷尔在公会的讲台上念了这封信）奥热罗体格健壮，性格开朗直爽，在士兵中很受欢迎，很快就和下级打成一片。所以没过多久，他就得到军中上下一片赞誉。1795年，在法国和西班牙缔结和平期间，他和他所在的师被派到意大利，以支援谢勒的军队。第二年，波拿巴取得了意大利方面军的指挥权。他没过多久就注意到了奥热罗，并把他任命为意大利方面军第一师师长。也就是说，奥热罗及其军队在战斗中要一直冲在最前面。奥热罗幸不辱命，五个月内没有让奥地利军得到片刻休息。1796年4月13日，他奉命强攻米里希摩峡谷，为波拿巴第二天夺下此地，取得辉煌战绩奠定了基础。随后，他又负责了一次报复性出征作战，去讨伐当时胆敢反抗法军的一个叫卢戈的小镇子。奥热罗没辜负拿破仑的期望，且表现得残忍无情：该城被夷为平地，所有居民都被屠杀。之后，奥热罗令人在费拉拉全省贴出如下告示："你们将受到严重的警告。卢戈镇的鲜血仍在热腾腾地流着……希望你们能从这次骇人听闻的惨案中吸取教训，学会尊重法国人的友谊。法国就是一座火山，如果愤怒起来，将把一切阻拦它爆发的东西通通掀翻和吞噬。相反，它却会保护和呵护任何向它求助的人。不过为了获得它的信任，求助者首先得做出点儿表示，保证自己绝不会背叛它……保险起见，法国现向你们提出以下几点要求，我将其特地发布出来：所有集体组织将一切明火类武器通通上缴；在公告发出后24小时，若有谁没有将明火类武器上缴，杀无赦；任何城镇中若发生法国人遇害事件，该城将被烧成焦土；若有居民向法国人开枪，他将被枪决，其住宅将被烧毁；任何城镇若持有武器，将被烧毁；禁止一切聚集行为，无论聚集人员是否持武，所有暴乱头目或聚集领导人将被处以死刑。"波拿巴觉得这份通告无论是语气还是风格都深得他的真传，深感满意。从那时起，奥热罗成了拿破仑的手下爱将。波拿巴在武尔姆泽尔的猛烈进攻下产生后撤的念头时，众将领中只有奥热罗站出来反对，要求采取反攻的手段。拿破仑采纳了他的建议。然后，奥热罗带着他的军队往前奋勇推进，三天后在卡斯蒂廖内打败了奥地利军。第二天，拿破仑进入卡斯蒂廖内，紧紧拥抱着奥热罗，高喊："您说得没错，昨天我终于发现了自己真正的朋友。"之后就是著名的阿尔科会战。战斗中，奥热罗发现自己的人快顶不住奥地利军的火炮了，就抓起一面军旗，站起身来，一边挥舞军旗一边朝敌人冲去。波拿巴见他如此奋不顾身，也效仿此举，冲向敌军。在众将士的支持下，他终于取得了胜利。（波拿巴在共和五年雾月二十九日写给督政府的信中想略微淡化一点儿奥热罗的表现，好突出自己的英勇："奥热罗抄起一面旗帜，一直坚守在桥头，不过几分钟过去了，此举并没收到什么效果……于是我也拿起我的旗帜……我的出现大大振奋了军心，让我一举夺下要塞。"）曼图亚城投降后，奥热罗负责把从奥地利军那里缴获的60面军旗送往巴黎。波拿巴在落款时间为共和五年雨月三十日的给督政官的一封信中说："您将看到，这位为共和国做出巨大贡献的英勇的将军是个实打实的积极拥护政府和宪法的公民……我恳求你们，等他一完成自己的任务并且在战况不那么紧张的时候处理好一些家务事之后，就立刻把他遣回军中，不要有半点儿延误。"卡斯蒂廖内的胜利者即将到达巴黎的消息迅速传开。督政府的一个办公职员发现奥热罗的父亲还健在，在做卖水果蔬菜的小本生意；奥热罗的母亲前些日子已经去世了。人们就把这位老人（奥热罗的父亲当时已经75岁了）邀请到为欢庆曼图亚投降而组织的一场宴会中。第二天，《巴黎报》如实汇报了这场庆典，说："他被请到桌子的上席，人们代表社会为他献上一顶桂冠。"在这场"友好的宴会"中，大家杯盏交错，直到很晚才罢席，一个代表团将这位老实本分的老人送回他的家中。《巴黎报》上明确写道："当时正是晚上十点，他兴高采烈、精神饱满地回到家门口，头上还戴着一顶桂冠。左邻右舍都轰动了，大家围了上来，争着要和他拥抱，人们又继续喝酒，为勇敢的意大利方面军和共和国干杯。"共和五年风月十日（1797年2月28日），大家正在开会时，奥热罗带着60面军旗出现在督政府面前，并汇报了前线战况。巴黎人热烈地欢迎这位英雄，他一日之内就成了众人的偶像，无论走到哪里都有鲜花和掌声相迎。有一天，奥热罗心血来潮，想去看看五百人院的议政会议，就坐在记者专属的位置上旁听。《巴黎报》在共和五年风月二十七日的报纸上说："波拿巴部队的这位勇敢的同袍一出现，他轻快的神情、飒爽的军姿立刻吸引了所有人的目光，议院成员凝神看了他许久，才继续议事。"当时巴黎内防军司令奥什正遭督政府的怀疑，被遣出巴黎城，于是奥热罗就顶替了他的位置。在果月十八日政变中，奥热罗扮演了相当重要的角色。这还是波拿巴本人亲自向督政官推荐，让奥热罗承担这份差事。在被问到他有何企图时，奥热罗说："我是来自巴黎的一个孩子，巴黎完全无须害怕我什么。"在这场政变中，企图颠覆共和国的那些政客武官被严肃追究。奥热罗带军闯入立法院，当着部下的面撕下拉梅尔将军的肩章。这位将军统领的卫队专门负责国民代表团的警备工作，然而他本人成了阴谋主事人之一，意图对国民代表不利。奥热罗将皮什格吕、韦洛等将军和大批议员通通逮捕，将其关在圣殿监狱。第二天，已被降服和肃清的立法院称他为"祖国的救星"。但奥热罗想要的不止这个。人们承诺说让他当督政官，然而这明显是个圈套。虽然奥热罗上了督政官候选名单，最后却只得到了一票。对此，他非常客气地发表了一通讲话，但言语中分明透着不满。新任督政官觉得最好让他离开巴黎，于是把他任命为桑布尔-默兹军团司令——奥什不久前才死在这个位置上。奥热罗做了让步。他不是不知道波拿巴支持新政府，如果他和新政府硬碰硬，就是在和自己从前的上司作对。可以说，奥热罗对拿破仑的仇恨和忌妒，就是从这时开始慢慢滋长出来的。他在自己的军区里策划了好几次地方暴动，企图废掉《坎波福尔米奥条约》，只因这是他的对手的心血。波拿巴通过奥地利内阁得知了他的这些举动，便向督政府表达了自己的不满。于是，督政府放弃了奥热罗。奥热罗被召回，被督政府派往佩皮尼昂。第二年，他又回到巴黎，代表佩皮尼昂进入五百人院。当时波拿巴刚从埃及回来，正在准备政变。奥热罗对其行为是听之任之的态度。第二天在圣克鲁，奥热罗"一脸殷勤关切"（这是在场的约瑟夫·波拿巴说的）地来拜访他的新主子，警告拿破仑说：五百人院的同僚准备让拿破仑接受法律制裁，他们已从元老院那里收到一份有违宪法的委托书；奥热罗为了自保，不得不接受众议员的决定。后来约瑟夫在回忆录第一卷第79页《历史的碎片》中写道，"拿破仑低声告诉我：'这就是奥热罗，他来是想摸我的底。'然后他转头跟奥热罗说：'奥热罗，我们已经认识很久了；请回去告诉你的朋友们——酒已经倒好，是痛快畅饮的时候了。'然后把奥热罗留在那里，起身前往元老院"。政变之后，波拿巴认为最好让奥热罗离开巴黎，于是把他派到荷兰，把法国-巴达维亚联军交给他统领。1801年，奥热罗回到法国，住在新获得的一块叫何塞的美丽封地上。这几年里，他没有担任任何职位（只在1803年在巴约讷当了短短三个月的司令，1804年在布勒斯特又当了四个月的司令）。他参加了拿破仑的加冕礼，以表自己归附帝国的决心，随后被封为元帅，并担任大军团第七军军长。在埃劳会战中，奥热罗的部队几乎被全歼，他本人也身受重伤。回到法国后，奥热罗被封为卡斯蒂廖内公爵。养了一年伤后，奥热罗又回到战场，整整五年奔波在西班牙和德意志的各个战场上。莱比锡战役后，奥热罗发现皇帝厄星照命，但很谨慎地没有说出来。皇帝一直对他信任有加，让他负责里昂的防御工作。但在执行这个无比重要的任务时，奥热罗明显在消极怠工。他任由联军在帝国的这个核心地方积攒大批军力，象征性地抵抗了一下就退回里昂。当时里昂城完全没有做好任何应对措施，这个要城既没有足够的粮草供应，又没办法将城中居民大量武装起来，甚至都不能利用工事抵抗日渐逼近的敌军。市政厅告知元帅，它坚决反对将城内变作战场。卡斯蒂廖内公爵又装模作样地反对了一下，然后交出里昂城，撤到了伊泽尔。得知拿破仑退位后，他向部队发表了解除誓言的声明，说："皇帝为了自己勃勃的野心，已让数百万人做出了无谓的牺牲，如今他却不愿像战士一样死去。"路易十八把他招安了，将他封为贵族，让他进入陆军审判所。拿破仑在茹昂海湾下船时，知道了这个消息。他在那天（1815年3月1日）亲手写下传单，说："我们中一个人背弃了我们，背叛了我们的荣誉，背叛了他的国家，背叛了他的君王和恩人。因为卡斯蒂廖内公爵叛国，我们的敌人才不费一兵一卒就得到了里昂城。"而奥热罗又突然倒戈，呼吁他的热血部下重回"拿破仑不朽的雄鹰大军中，因为只有它才会走向荣耀、走向胜利"。拿破仑拒绝了他的投诚，路易十八亦再容不下他，奥热罗被人遗忘。后来在圣赫勒拿岛，皇帝回忆到他的时候很平静，没有说太过尖锐的话。他告诉古尔戈："奥热罗曾是一个非常勇猛的战士，我永远不会忘记他在卡斯蒂廖内的表现。"如今尚未出现一本真正的奥热罗传记作品，虽然热内·勒曼在1945年写了《皮埃尔·奥热罗的非凡一生》（René Lehmann, *La Vie extraordinaire de Pierre Augereau*），但这本书算不得历史著作。

奥什（路易-拉扎尔，Louis-Lazare Hoche，1768—1797）

15岁时成为国王马厩的马夫助手。1784年，奥什进入法兰西警卫队，1789年8月该队伍被解散。之后，他成了巴黎国民自卫军的小小中士，1792年升为中尉，次年升为将军。奥什取得了怎样的赫赫战绩，这点我们已经无须多讲。在登陆爱尔兰的行动中，奥什名气大涨。他无视毫不乐观的天气兆示，于1796年12月15日和远征队一道踏上征途。奥什成功麻痹了英军，然而由于暴风雨，他和队伍被冲散了，所以当他抵达爱尔兰海岸的时候，那里一个法国士兵都没有。奥什内心充满绝望，不得不重返法国。回到巴黎后，他奉命担任桑布尔-默兹军总司令。从成年开始，奥什一直就有胸痛这个疾病。1797年8月，他身体状况恶化；9月19日，奥什在科布伦茨附近的韦茨拉尔军营里去世。

参考资料：爱德华·贝尔古尼奥的《论拉扎尔·奥什的一生》（Édouard Bergounioux, *Essai sur la vie de Lazare Hoche*），克劳德·德斯普雷兹的《书信和笔记中的拉扎尔·奥什》（Claude Desprez, *Lazare Hoche d'après sa correspondence et ses notes*）。

奥斯塔公爵（duc d'Aoste）

撒丁国王的儿子，第一次意大利之征期间担任撒丁岛军队统帅。

奥特朗特公爵（duc d'Otrante）

请看词条"富歇"。

奥特里夫伯爵（亚历山大-莫里斯·博朗·德·拉瑙特，Alexandre-Maurice Blanc de Lanautte, comte d'Hauterive，1754—1830）

原是图尔市奥拉托利教会学校的一个哲学教授。后来舒瓦瑟尔公爵被流放到他在尚特鲁的封地，有一天他心血来潮，想去参观一下图尔的学校，里面一个年轻教授引起了他的注意，此人就是奥特里夫。于是，在舒瓦瑟尔公爵的帮助下，奥特里夫进入了外交界。1792年8月10日事件以后，奥特里夫被任命为法国驻纽约领事，但一年后被解职，他也不敢再回法国。当时，塔列朗也在美国，于是奥特里夫前去投奔他，最后两人一起回到巴黎。之后，奥特里夫在外交部的欧洲及美国联络部当领导。他拟定了和英国的谈判文件，最后促成《亚眠条约》的问世。他还参加了政教协议的谈判工作。塔列朗不在期间，他就代其行使职权，因此和拿破仑常有接触，以泰山崩于前而面不改色的平和心态去面对拿破仑的怒火。后来，塔列朗被迫离开内阁，奥特里夫毫无意外地接替了他的职位。帝国覆灭后，奥特里夫前往外省居住。百日王朝时期，他再次担任部长一职，在这个岗位上一直干到路易十八回来。

奥拓（路易-威廉，Louis-Guillaume Otto，1754—1817）

德意志外交家，卢泽恩担任驻美国全权代表大使期间，成为其私人秘书。他在那里娶了一个美国女人，和华盛顿成为好友。回到法国后，奥拓被任命为外交部政治关系第一司的负责人。由于被怀疑是吉伦特派分子，其同僚被通缉后，奥拓也被打入监狱。热月九日后，奥拓重获自由，隐退乡野。当时担任柏林大使的西哀士请他担任自己的秘书。雾月十八日后，奥拓被任命为法国驻伦敦全权代表大使。奥拓在这个职位上表现出很强的外交手腕，推动英法两国落成《亚眠条约》的预备条约。然而，法方签字人并不是奥拓。（请看词条"约瑟夫·波拿巴"）后来，他不得不把全权代表大使这个职位让给安德烈奥西将军，回到法国。据说，奥拓此次失势和塔列朗脱不开关系。奥拓瞧不起塔列朗，不支持后者提出的针对英国政权的投机方案。回国后，奥拓于1803年被派到慕尼黑的巴伐利亚选帝侯身边。当时大家都认为这是个无关紧要的职位，但奥拓在任上扮演了优秀的外交瞭望台的角色。他本身就是德意志人，会说德语，成功说服马克西米利安-约瑟夫和法国缔结协议。1809年战争结束后，奥拓被派到维也纳，并被拿破仑封为莫斯洛瓦伯爵。因为举止高雅、性格随和，奥拓得到了哈布斯王朝上下的喜欢。1813年3月，他被召回国。当时奥地利在政策上摇摆不定，让拿破仑担心不已，觉得只有派纳博讷这样的前朝贵族过去才能有效维持两国的同盟关系。于是，奥拓回国，成为国务大臣。该年年末，他以特使身份被派到美因茨，以振作公共情绪。这一次，他没能达成目的……波旁王朝复辟后，他被遗忘了。拿破仑回来后，任命奥拓为外交部副国务秘书。滑铁卢一战后，奥拓隐姓埋名地住在巴黎。

B

巴贝夫（弗朗索瓦-诺埃尔，François-Noël Babeuf，1760—1797）

米什莱曾说："是巴贝夫的恐怖统治造就了波拿巴。"这句话的意思是："恐怖统治引发的恐慌情绪催生了社会主义，社会主义又引发了军国主义。"直到现在，无论是为这个平等主义的奠基者而写的传记作品也好，还是反对平等主义的历史学家写的著作也罢，它们一直都在夸大事实、曲解真相。在我写的关于巴贝夫的一本书中，我尽量摒弃伪说，在阐述社会主义早期历史时把重点放在巴贝夫个人身上。此处，我只大致说一说这个狂热的革命派、平均主义的忠实信徒的坎坷一生。法国大革命所有领导人都是中层资产阶级出身，家境小康，甚至出身优渥，只有巴贝夫是个例外。他来自人民阶级，由于生活所困，父亲不能把他送去学校，小巴贝夫只能通过在大街上捡报纸来识字。长大后，他最开始去当仆人。主人让他娶自己一个怀孕八个月的女仆，回报就是让他进一家土地测量所。巴贝夫既聪明又肯吃苦，很快就适应了这份工作，还当上了土地测量员。当时正是大革命爆发前夕，巴贝夫热切地渴望为祖国效力，于是来到巴黎，提出一个改革税务和土地法的大致方案，然而没有引起任何人的注意。后来，他终于找到一个肯发表这部作品的资助人，然而书出版后依然不受关注。大革命前三年里，他和妻子、孩子过着穷困潦倒的生活。他终于抓住一个机会时，却不得不和从前的同事决裂，还被卷入一桩造假案，被判20年的铁窗生活，于是他躲到了巴黎。当时巴黎城一片混乱，所以这个苦役犯才能在这里找到一份行政工作，担任物资委员会的秘书。最后巴贝夫还是被抓了，但这是因为他自己不小心。他被送进监狱，热月九日后和"政治家们"一起出狱，投身报纸事业。他在被囚期间结识了几个"民主主义者"（这个词是新冒出来的，代替了先前人们口中的"革命派"），出狱后和他们组建了一个"公安会"，通过发放传单、张贴海报向人民宣传革命理念。督政府为了让共和国陷入流血和动乱、为君主复辟创造机会，就趁机编织出一个谋反罪。巴贝夫和50多名所谓的阴谋分子被逮捕并移送高等法庭审理。法院虽然认为巴贝夫不会策划阴谋、意图颠覆共和，但认为他罪在通过言语和文字去煽动众人，企图恢复《1793年宪法》，于是巴贝夫被判处死刑。当时只有一个叫达尔泰（Darthé）的无名活动分子对审判结果极为不满，要求和巴贝夫共同赴死。

参考资料：热拉尔·沃尔特的《巴贝夫》（Gérard Walter, *Babeuf*）。

巴比尔（安托万，Antoine Barbier，1765—1825）

法国大革命前夕在巴黎圣菲尔曼神学院担任教授，不过在新制度下，他表现得非常顺从听话，成为拉费泰苏茹瓦尔镇的神父，宣誓拥护宪法，并结了婚。作为丈夫，他性格温和淡然，却把自己所有的热情都投入书中。他是一个天生的图书管理员，或者更准确地说，他是一个天生的活字典。热月九日之后，巴比尔加入了公共教育委员会，以保障图书库的良好运转。随后，他又负责起了组建督政府图书馆的工作。雾月十八日以后，督政府图书馆就成了参政院图书馆，巴比尔担任图书馆馆长。1807年，拿破仑把这个图书馆改为自己的私人图书馆，于是巴比尔有了和皇帝直接接触的许多机会。皇帝通常会在晚餐中或晚餐后把巴比尔叫过来，看了后者向自己展示的新近出版的书籍作品以后，再决定其中哪些能有幸进入他的藏书库。皇帝在欧洲四处攻城略地时，巴比尔也要一路跟着，助他从阅读中汲取营养。在莫斯科时，拿破仑还催促巴比尔给他找些"写得好的小说"，根据梅纳瓦尔的说法，因为"我们那时很是空闲，不知道怎么在这里打发时间"。后来，酷爱收藏善本的路易十八也频频在书籍方面咨询巴比尔的意见。他将巴比尔任命为国王私藏图书主管官，让他起草书目名单。除此之外，巴比尔余生还在致力于撰写图书汇编。

巴尔巴鲁（夏尔，Charles Barbaroux，1767—1794）

马赛富商之子，善于辞令，相貌堂堂，因此迅速取得马赛人的支持，以近乎全票的优势（在776票中获得了775票）被选入公会。一来到巴黎，他就完全为罗兰夫人所倾倒。据说罗兰夫人成了他的情人，这可能是真的，虽然吉伦特派的这位爱捷丽当时另有所爱。但无论两人是否是情人关系，巴尔巴鲁直到生命的最后一刻都是罗兰夫人的一头忠犬，女主人手指向哪里，他就扑向哪里。1793年6月2日，吉伦特派领导人遭到通缉，巴尔巴鲁躲到了诺曼底。圣茹斯特称他是国家的叛徒，要把他抓来接受法律制裁。巴尔巴鲁一直逃到卡尔瓦多斯省，和比佐、佩蒂翁一起在圣埃米利翁躲了八个月。之后这三个通缉犯觉得自己被人发现了，于是离开此地，想另找藏身之所，结果在路上碰到一队士兵。巴尔巴鲁开枪自杀，但只打伤了自己的下颚。他被押送到波尔多，当局确定了他的身份后，立刻将其处死。

巴尔巴奈格（约瑟夫，Joseph Barbanègre，1772—1830）

他本打算当海军，却在大革命中当了步兵上尉。雾月十八日之后，当局组建执政府护卫军，巴尔巴奈格以上尉军衔加入。他参加过奥斯特里茨、奥尔施泰特、埃劳战役，但直到1809年才晋升为将军。1812年在喀拉什诺伊的一场战役中，巴尔巴奈格表现突出，身中两弹。1813年1月，他被指派去统领什切青这个地方，1813年12月5日交城投降，遭敌军俘虏，获释回到法国后，他发现王位上坐着的已不是拿破仑一世，而是路易十八了。路易十八想拉拢他，封他为圣路易骑士，同时让他担任步兵参谋上校，然而拿破仑一回来，巴尔巴奈格就投奔他而去。拿破仑派他守住于南盖，然而他手上驻军总共只有133人。大军围困之下，巴尔巴奈格只好投降。胜者胡安大公接受了他的荣誉投降，但巴尔巴奈格的军旅生涯也就此结束。

巴尔贝-马尔布瓦（弗朗索瓦，François Barbé-Marbois，1745—1837）

梅斯一个香料商的儿子，受卡斯特里元帅的保护，担任他家孩子的家庭教师。美国独立战争时期，巴尔贝-马尔布瓦负责法国在美国那边的外交工作。1786年，又是因为卡斯特里元帅的关系，他当上了迎风岛总督。大革命期间，巴尔贝-马尔布瓦回到法国，继续从事外交工作，平安无事地度过了恐怖统治时期。热月九日之后，他当上梅斯市市长，进了元老院，在议院中被视为一个积极的王党分子。后来人们无意中抓到了亲王的一个手下，在他家中搜出了复辟后的内阁大臣计划名单，巴尔贝-马尔布瓦的名字赫然在列，于是大家更认为他是王党分子了。巴尔贝-马尔布瓦极力想洗掉这个印象。的里雅斯特大捷后，共和五年芽月十一日，他登上议会讲台，发表了颂扬意大利军和"它那位声震寰宇的领导人"的赞歌。一个月后，得知督政府预备和谈的消息，巴尔贝-马尔布瓦又开始赞颂政府英明审慎、波拿巴节制有度，俨然把波拿巴当作自己未来的主子了。然而，后来督政府和议院保皇党之间发生争斗时，他却毫不犹豫地站在了反对政府的阵营里，因此上了果月十八日的流放名单，被送到了圭亚那。雾月十八日后，巴尔贝-马尔布瓦回到法国，没过多久就又进了政坛。当时他和勒布伦来往甚密，两人是元老院同僚。勒布伦把他推荐给了波拿巴，于是巴尔贝-马尔布瓦成为参政院议员，后又在1801年当上了国库主管。后来执政府颁布法令，将这个位置设为部级，巴尔贝-马尔布瓦就成了部长。1803年，拿破仑让他负责路易斯安那购地案，打算以5000万法郎的价格将这块地卖给美国。巴尔贝-马尔布瓦谈到了3100万法郎，美国人借口法国须对美国商人在战争中的损失进行赔偿，故从中扣去了2000万法郎。拿破仑对这个结果很是满意，为了表彰巴尔贝-马尔布瓦这次漂亮的谈判，就赏了他19.2万法郎。帝国成立之初，由于普罗旺斯伯爵的手下四处传播谣言，引得人心惶惶，拿破仑面临着严重的财政危机。巴尔贝-马尔布瓦认为应该采取武力措施，以打击公众的这种恐慌情绪。我们也许会想，他到底有没有什么不可告人的想法？然而此时，奥斯特里茨大捷的消息传了过来，把所有问题都解决了。拿破仑回到巴黎后，把巴尔贝-马尔布瓦狠狠地批评了一顿。巴尔贝-马尔布瓦只会在那里说："我只希望陛下不要把我当成骗子。"皇帝反驳说："我倒宁愿您是骗子呢，因为至少骗子知道什么不可为，但笨蛋不知道。"不过拿破仑并没有严厉处置他，还在1808年将他任命为审计法院院长。从那时起，巴尔贝-马尔布瓦就成了他的主子的忠实拥护者。从1808年到1814年，他发表了无数篇老掉牙的演讲，一个劲地在那里谄媚和逢迎拿破仑。然而当命运抛弃拿破仑时，他立刻就甩掉了自己的旧主。1814年4月10日，元老院选出四名专员去准备退位书、设立临时政府，其中一个专员就是他。五天后，他建议审计法院表态效忠波旁王朝。路易十八进入巴黎城的那一天，他带着自己的同僚前去迎接。他的投诚也得到了回报：国王设立了一个委员会来筹备宪法大章，巴尔贝-马尔布瓦便是委员会成员之一，他还进了贵族院。几个月后，拿破仑再次入主杜伊勒里宫。得知他回来的消息后，巴尔贝-马尔布瓦让自己的朋友勒布伦的儿子去当中间人打探消息，想摸清皇帝对他是何态度。拿破仑对巴尔贝-马尔布瓦的主动示好甚感厌恶，对他派来的这个年轻特使说："我愤怒的是，这个男人从我这里得到了一切，却迫不及待地背弃旧主，而且并不是迫不得已而为之。"拿破仑下令，要巴尔贝-马尔布瓦立马离开巴黎。后来，巴尔贝-马尔布瓦又和波旁家族一起回来了，担任了审计法院院长，直到1834年89岁高龄时才离职。

巴尔比伯爵夫人（安妮·德·科蒙·拉弗尔斯，Anne de Caumont La Force，comtesse de Balbi，1753—1842）

她先把自己的疯子丈夫关起来，之后深得普罗旺斯伯爵宠爱，让大亲王狠狠出了一次血。这个可怜的男人对他的这个"情妇"有求必应，还只谈了个柏拉图式的恋爱，后来知道自己被她"耍了"后，才不再给她掏钱。之后，巴尔比伯爵夫人通过各种手段来维持原来的生活，不过她到底施展了什么手段，我们无须深挖。尽管如此，还有一个叫莱赛子爵（Reiset）的人为她写了足有600多页的一本个人传记。

巴尔科姆（威廉，William Balcombe，1779—1829）

一个英国商人，从1807年起定居于圣赫勒拿岛，担任东印度公司采购货物的账目监察员。除这层身份之外，巴尔科姆还和负责向圣赫勒拿岛运送生活物资的福勒家族关系甚密。拿破仑住在朗伍德后，巴尔科姆就负责向皇帝住处供应物资，似乎从中获利丰厚。拿破仑还说过这话："我觉得巴尔科姆想从我身上狠狠揩层油下来。"（奥地利特派员斯图尔默男爵在他1817年7月4日的报告中引用了这句话，还说："根据我掌握的情况来看，这个猜测并非毫无依据。"）不过，巴尔科姆也帮了拿破仑很大的忙，他秘密充当起了皇帝的中间人，把欧洲各大银行、皇帝资金保管者的收益转过来，把有皇帝签字的汇票转出去。由于和朗伍德来往密切，巴尔科姆遭到英国政府的怀疑，于是他在1818年3月被迫离开了圣赫勒拿岛。之后他回到英国，在那里一直待到1823年。后来，英国政府将他任命为澳大利亚新南威尔士州殖民地的国库部部长，于是他携带家人去了那里。外界传说巴尔科姆是比他大16岁的摄政王储的私生子（可查看斯图尔默的报告）。拿破仑给他取绰号"安菲特律翁"。

巴尔科姆（伊丽莎白，乳名贝琪，Elisabeth Balcombe，1802—1871）

巴尔科姆和妻子所育的两个女儿中年纪最小的一个，拿破仑爱到巴尔科姆家做客，对这个小女儿甚是喜欢。这个活泼可爱、无忧无虑的小女孩当时只有14岁，因为深受拿破仑喜爱，在岛上居民中也有了一定的声望。（请看斯图尔默1817年1月10日的报告）消息传到欧洲后，人们很快就谣传她是皇帝的新情妇。蒙特谢尼侯爵（Montchenu）被法国政府派到圣赫勒拿岛"监视"这个囚犯，他一到岛上就想认识伊丽莎白。他来到巴尔科姆家中，后者把自己的两个女儿介绍给了他。1816年6月28日，蒙特谢尼侯爵给黎世留公爵写了一份汇报此次行程的报告书，在里面说："两个女儿都会说法语。小女儿名叫贝琪，她不太普通，脑子里想到什么就说什么。根据我们欧洲的传闻，拿破仑追求的就是她。"然后，他又觉得自己有必要把他和贝琪的对话一五一十地写进去。我把报告中这部分内容原封不动地抄了下来：

蒙特谢尼：小姐，我对您说着一口流利法语的事并不感到吃惊，是波拿巴教您的吧？

贝琪：对，没错，他对这件事很上心。

蒙特谢尼：我觉得是您那双美丽的眼睛把他驯服了。

贝琪：您不了解他吧，我讨厌他。

蒙特谢尼：他是不是让您感到害怕？

贝琪：才没有呢！我？害怕？我让他感到害怕才差不多。

蒙特谢尼：为什么呢？

贝琪：我发现他房间里有一把佩剑，于是拔出来朝他刺过去；他缩在一个角落里，大喊救命。然后拉斯卡斯来了，把剑夺了回去。

蒙特谢尼：您想把他杀了？

贝琪：不是的，不过稍稍刺伤他一点儿会让我觉得高兴。

接下来是蒙特谢尼的个人感想："她有杀死他的能力，因为她觉得把针刺进小腿肚子里或者稍稍擦出点儿血，是件有趣的事。"这份从理论上讲完全私密的报告，后来被《曼海姆通讯报》的一个撰稿人知道了，他便以此为题材写了一篇报道，在里面不仅一五一十地叙述了报告内容，为了让文章更有料，还加了一些"辛辣的"细节：贝琪成了"一个公证员的女儿，自从波拿巴来到圣赫勒拿岛后，他和这个公证员就有所往来"，"这个从前的世界霸主"看到自己有人身危险，"开始大喊大叫，让哨兵过来救自己"。这篇文章登在了1816年11月1日的报纸上。这份报纸被带到了圣赫勒拿岛，巴尔科姆读后觉得受到羞辱，要去告记者造谣诽谤。奥地利政府特派员斯图尔默从中调停，才把事情解决了。至于蒙特谢尼汇报的那件意外，斯图尔默在他写给维也纳的报告中则给出了另一个版本："有一天，他们俩（皇帝和贝琪）和贝琪的姐姐珍妮待在一起。贝琪发现屋子角落里放着一把剑，就将剑抓起来，拔开剑鞘，装作向皇帝刺过去的样子，一边大笑一边喊道：'拿出您的本事来，否则我杀了您。'波拿巴也开起了玩笑，装模作样地大喊救命。珍妮连忙把剑拿了过来。这一切都不过是在嬉笑打闹罢了，完全不是世人谣传的那回事。拉斯卡斯先生没有介入其中，波拿巴也没有被吓破胆，更没有叫哨兵来救自己。"（1817年7月4日报告）没过多久，皇帝就失去了他的这个小伙伴。贝琪跟随父母回到欧洲，随后又去了澳大利亚。1832年，她嫁为人妻，成为阿贝尔夫人。1844年，她写了回忆录，讲述自己和拿破仑的点点滴滴。这本书写得引人入胜，因此大获成功，分别在1845年、1853年和1873年翻印了三次。

巴尔科姆夫人（詹妮，Jane Balcombe）

巴尔科姆的妻子，拿破仑觉得她长相酷似约瑟芬。

巴尔曼伯爵（Balmain）

圣赫勒拿岛上的俄国政府特使。

巴尔特（菲利克斯，Félix Barthe，1795—1863）

在图卢兹攻读法律专业后，巴尔特在巴黎从事律师行业，加入了烧炭党。他的辩护案大多是政治案件，并积极参与了1830年革命。后来他进入议院，曾两次担任司法部部长（1831—1834年以及1837—1839年）。

巴格拉基昂（亲王，Bagration）

俄国的一个将军，在亚历山大统治时期率领军队参加了1812年战斗。

巴克尔（Baker）

一个德意志批发商，1791年前后住在科布伦茨，后来在1816年去了好望角定居，是拉斯卡斯的房东。

巴克斯特（亚历山大，Alexandre Baxter，1777—1841）

圣赫勒拿岛医院监察员，祖籍苏格兰。1806年受哈德森·洛韦委派，在科西嘉岛上工作了一段时间，后来又被洛韦任命为圣赫勒拿岛监察员。他和洛韦同时抵达该岛，在那里一直待到1819年。由于拿破仑禁止奥米拉向总督提供健康报告，巴克斯特就在皇帝身边的医生的口述下将其健康状况记录下来。这份报告被保存在《洛韦文档》（*Lowe Papers*）第二十卷中。

巴拉尔（路易-马蒂亚斯，Louis-Mathias Barral，1746—1816）

法国大革命前夕担任特鲁瓦主教，1791年流亡国外，雾月十八日后回国，效忠新政府，并鼓励自己教区里的教士也这么做。为了推动政教协议，巴拉尔主动辞去了主教职位。波拿巴很快就把他派到了普瓦蒂埃教区，让他在那里展开调停工作。巴拉尔很有分寸地完成了这项任务，随后被任命为图尔大主教。拿破仑称帝后，三番两次委派巴拉尔去和教皇进行各种棘手的谈判工作。巴拉尔多次不辱使命，最后皇帝让他进入元老院，将其封为伯爵。帝国灭亡后，巴拉尔依然忠于拿破仑，并在1814年6月2日路易十八登基之时发表了对约瑟芬的悼词。国王没有对巴拉尔这等异样举止进行严惩，两天后还让他进了贵族院。在百日王朝时期，拿破仑对他依然宠信有加。在战神广场集会中，负责做弥撒的就是巴拉尔主教大人。路易十八再次回到巴黎后，巴拉尔宣布辞职。

巴拉杰·蒂里埃（路易，Louis Baraguey d'Hilliers，1764—1813）

旧制度时期一个小小的步兵少尉，大革命时期在两年内被升为上校。一开始，他担任屈斯蒂纳的副官，没过多久就晋升为参谋长，接着又被提拔为将军。屈斯蒂纳被枪决后，巴拉杰受到牵连，差点儿丧命。他被解除军职，关进大牢，被人遗忘了。在恐怖统治的最后时期，他又被怀疑是监狱阴谋分子中的一员，被移交革命法庭审判，结果法庭判他无罪，然而法庭依然认定他是屈斯蒂纳同党，于是巴拉杰又被带回原来的监狱，热月九日之后才得以出狱。恢复军衔后，巴拉杰·蒂里埃在1796年5月8日加入了意大利军。第二年12月，波拿巴派他攻占当时敌军的老巢——贝尔加莫要塞。拿破仑给督政府写信说："巴拉杰·蒂里埃将军在这场战争中表现完美。我打算把一个旅交给他带领，并希望他在战场开局中证明自己不负将军的头衔。"巴拉杰不负所望，充分证明了自己的能力。在第二天的里沃利之战中，巴拉杰负责追击阿万齐，之后代替达勒马涅担任该师师长。巴拉杰还跟随上司前往埃及，之后奉命将缴获的敌军军旗押送给督政府。然而在回国途中，他乘坐的护卫舰遭到英军攻击，他把军旗丢入海中，然后被俘虏。英军听信了他的话，将其释放，巴拉杰回到法国。之后，他主动来到陆军审判所负荆请罪，后者迅速判他无罪。后来他参加了帝国大大小小的无数场战役，在1808年被封为伯爵。1812年10月9日，他的部队在俄国叶利尼亚大败，拿破仑为此大怒，命令巴拉杰主动回法国并且在调查结束之前不得获释。然而才走到柏林，巴拉杰就因病去世了，也许他是想提前结束自己的生命吧。

巴拉斯子爵（保罗-弗朗索瓦，Paul-François, vicomte de Barras, 1755—1829）

巴拉斯的祖上是普罗旺斯非常古老的贵族世家之一。他在军队中待了几个月后就晋升为上尉。但他辞去军职，来到巴黎，短短的时间里就把自己本就不多的家产挥霍一空。大革命爆发之时，巴拉斯近乎潦倒，一贫如洗地回到家乡。然而由于他的家族姓氏余威犹在，巴拉斯得以投身政界，后来进入国民公会。不过他在议会里很少登台演讲。1793年4月，在各方举荐国民特使代表的时候，巴拉斯被派去视察意大利军。他和弗雷龙一道启程，两人一路上形影不离。就是在这次出访中，巴拉斯认识了波拿巴。巴拉斯后来在回忆录中写道："他穿得破破烂烂的，但是即便如此，依然尤为亮眼。我觉得他在军事方面有着过人的天赋，便跟他说：'上尉，来和特使代表一起吃个饭吧。'波拿巴表示感谢，然后给我看了看他已被磨破了的衣服肘部，觉得自己的衣着有失体面，无法和我们一起就餐。虽然当时大家都不怎么在意穿着打扮的事儿，但我还是很难想象一个上尉居然无力给自己置办一套像样的衣服。我跟他说：'你去军需处换一身衣服，我会给陆军所下发命令的。'一切依令得到照办。波拿巴很快就穿着一套从头到脚都无比崭新的衣服出现在我面前，他对国民特使代表格外尊重，帽子一直低低地拿在手上。"他们就是从那时起有了来往，而且很明显，波拿巴的升迁离不开巴拉斯的帮助。为巴拉斯的生平研究做出重大贡献的博尚在米肖的新版《古今名人全传》（*Biographie universelle ancienne et modern de Michaud*）中曾说过这番话："在《拿破仑圣赫勒拿岛回忆录》中（博尚当时已经看了拉斯卡斯的第一版《拿破仑圣赫勒拿岛回忆录》），作者说，当时是另一个叫加斯帕林的国民特使代表让人给他换了一套衣服，然而现在大家都认为是巴拉斯。当时加斯帕林是个毫无威信和影响力的人，所有证词和文件记载都是这么说的；然而巴拉斯则不同，他在议会中地位甚高，在军务方面更是一把手。"无论如何，是巴拉斯不顾科西嘉代表议员萨利切蒂的强烈反对，把主要进攻部队的指挥权交给了波拿巴。萨利切蒂是这么评价自己这位年轻同乡的："他虚伪至极。"巴拉斯回答："这有可能，然而他很聪明，他为歼灭第一炮兵队而想出来的点子简直令我大开眼界。"（语出博尚的《古今名人全传》）在攻下土伦后，也许是因为听了弗雷龙的建议，巴拉斯在处置当地百姓时表现得非常凶残和贪婪，引发众怒。罗伯斯庇尔对他这次失职非常不满，在他回来后态度极为冷淡。巴拉斯觉得自己地位甚至性命不保，于是和一些也觉得自己处境堪忧的议员联手密谋。由于巴拉斯的军队背景，热月九日夜里，他被任命为巴黎内防军司令。在这次政变中，巴拉斯下手迅速，罗伯斯庇尔和他的拥护者却优柔寡断。他让巴黎各区人民来到议会，表示要声援公会，镇压"罗伯斯庇尔党人"的暴乱。政变结束后，巴拉斯被称为"共和国的拯救者"，一跃成为热月党的领袖。不过，与其说这是一个党，还不如说是一群乌合之众，里面全是些狡猾诡诈的政客、意图可疑的搅弄是非者，所有人都只想用各种办法大捞一笔。在这场共同的抢劫中，巴拉斯个人其实并没参与太多。拿破仑在圣赫勒拿岛上时是这么说巴拉斯这个人的："他就像一个大领主一样犯了许多错误，但不是因为他偷抢，而是因为他放任自己手下的人对商人大肆洗劫。"（语出《古尔戈日记》第二卷第175页）葡月十三日前夕，王党分子紧锣密鼓地策划阴谋，企图颠覆共和，公会再次求助于巴拉斯，将他任命为内防军总司令，负责保卫公会、镇压叛乱分子。巴拉斯把波拿巴抽上来辅助自己。雷厉风行的波拿巴迅速采取措施，用武力手段镇压叛乱，打消了他的顾虑。波拿巴后来对古尔戈说："当时我强行让巴拉斯下令朝叛乱分子开火，实际上是在冒天下之大不韪。"（语出《古尔戈日记》1817年2月10日日记）最后，波拿巴还是拿到了命令，轻轻松松地歼灭了王党分子，把暴乱镇压了下去。巴拉斯再次被称赞是祖国的救星，几乎成了共和国的王。"巴拉斯王"再次被选入五百人院，很快就被任命为督政官。然后，他在自己的格罗斯布瓦城堡里过着骄奢淫逸的生活。那里网罗了一大批贪婪鼠辈，大家美人在怀、夜夜笙歌。在众多美人中，博阿尔内夫人和塔利安夫人是巴拉斯最宠爱的情妇。果月十八日，巴拉斯终于甩掉了他在督政府里最可怕的竞争对手卡诺，然而他没料到的是，自己此举也为日后另一个敌人扫清了升迁的障碍。巴拉斯通过果月政变让保皇党元气大伤，使自己在热月九日和葡月十三日之后更加权重望崇。然而他没有足够的耐心和毅力继续斗争下去，反而迫不及待地沉溺于个人享乐。即便如此，他也没有失去洞察力，似乎早早就猜到了波拿巴心底的想法。为了让此人尽可能地远离政治舞台，巴拉斯和塔列朗联手把他赶到埃及去了。波拿巴愿意在那里历练一番，因为按人们的话来说，"那时梨子还不够熟"。可他一旦成熟了，就再没有什么能够阻拦他出现在他应该出现的地方。雾月十八日第二天，巴拉斯别无他法，只能装出一副和和气气的认命样，庆贺曾受自己保护的这个人的胜利。他写信说自己"很幸运能为他打开这条荣誉之路"，还说"我怀着喜悦的心情，回归普通公民的身份"。波拿巴为了摆脱他，任命他为美国大使和圣多明哥军队指挥官。巴拉斯委婉却坚决地拒绝了这两份差事，带着价值200万金币法郎的财产回到格罗斯布瓦，然而波拿巴是不会放过他的。在共和九年穑月，巴拉斯收到命令，不得踏进距巴黎40古里之内的地方。巴拉斯料到后面还有其他迫害，决定前往国外。他把自己在格罗斯布瓦的家产卖给认识已久的莫罗，去了布鲁塞尔。没过多久，莫罗也被流放了。波拿巴接手格罗斯布瓦，把它转赠给了贝尔蒂埃。1805年，巴拉斯得到命令，被允许住在普罗旺斯。他在那里一直从事阴谋活动，向波旁家族暗中传递各种消息。他的行为被帝国警察得知后，他只好前去罗马。波旁复辟后，巴拉斯被允回到他心心念念的巴黎。他在夏约住了下来，又过上了奢侈糜烂的生活，还撰写了一本回忆录（该书在1895年出版）。

参考资料：亨利·达尔梅拉斯的《巴拉斯和他那个时代》（Henri d'Alméras, *Barras et son temps*）。

巴雷尔（贝特朗，Bertrand de Barère，1755—1841）

大革命之前，他名叫巴雷尔·德·维奥扎克（Barère de Vieuzac），父亲是比格尔司法大法官下面的检察官，在维奥扎克有一小块封地，这个地名就成了这个家族的姓氏。巴雷尔20岁时担任图卢兹最高法院律师，以口才见长，因此被选入三级会议。这个很会蛊惑人心的年轻人到了巴黎后，很快就成了德让丽夫人沙龙里的座上宾。奥尔良公爵的这个情妇对他印象深刻，评价道："他是我唯一见过的一个来自偏远省份、在宫廷上流社会中却不改乡音和原来的行事风格的人。"巴雷尔在制宪议会中虽然经常登台演讲，却并不算是里面有头脸的人物。然而随着大革命的发展，巴雷尔还是以大胆激进的思想引起了人们的关注。在公会期间，巴雷尔猛烈抨击马拉，因此名声大振。在他担任议会主席期间，人们开始审判路易十六。当时公会决定成立公共安全委员会，巴雷尔第一个入选，并负责向议会汇报军政事务，他在讲台上操着南方口音，高声"吹嘘前线的赫赫战功"。在整个恐怖统治时期，巴雷尔既保护了许多嫌疑人，又和罗伯斯庇尔保持着很好的关系。罗伯斯庇尔欣赏他的热情、敬业和随和，把许多本不该公共安全委员会管的琐碎小事都堆到巴雷尔的头上，可他照样兢兢业业地完成了。这么一号人当然逃不过热月党人的注意。热月政变后，巴雷尔被捕入狱，当局要把他发配到马达加斯加。巴雷尔预料到这个结局，于是越狱，躲在波尔多，在那里过着东躲西藏的生活。雾月十八日以后，他宣布支持波拿巴政变，于是后者把每周向政府汇报公共舆论动态的差事交给了他。他在各大报纸上发表文章、吹捧新政府，还在第一执政官的授意下把被通缉发配的人员名单广而告之。按照巴雷尔的说法，他这么做纯属报恩。他在回忆录里说："人们若看了我的历史资料文件，会发现我在拿破仑的要求下写了无数政治性的文章，但他们也应想想，拿破仑对我可谓恩情不浅。当初，反革命公会突然给我下了流亡令，是他撤销了这道可耻的法令……他还我自由，于我有大恩，我无以为报，只能拿起笔去攻击我恩人的仇敌。我为皇帝写下的所有文章都是出于此心。"（语出《巴雷尔回忆录》第四卷第105页）后来，巴雷尔在政府的赞助下写下了《反英檄文》（*Le Mémorial anti-britannique*），一跃成为第一执政官的发言人。但拿破仑登基称帝后，两人关系转冷。巴雷尔在他的回忆录中说："在他被加冕为皇帝的那一天，我只做了一件事——把孟德斯鸠在《论法的精神》中描写查理大帝、把他称赞得举世无双的一句颂词借了过来，当作《反英檄文》的题词，以此自慰。我很清楚这句话会引来当局不满，我也意识到自己的记者生涯该结束了……"（《巴雷尔回忆录》第四卷第136页）从那时开始，巴雷尔渐渐远离了新政府，一心扑在文学创作上。1814年2月，在拿破仑帝国气息已浅、时日不多的时候，巴雷尔要求从巴黎国民自卫军中除名、回到家乡去，因为法国"已不再是他的祖国，成了欧洲的大客栈"。波旁复辟后，巴雷尔回到巴黎。但他没有投奔新政府，只想过默默无闻的小日子。百日王朝时期，上比利牛斯省选他为本省代表议员，不过他在这个短命的议院中并没干出多少引人注目的事来，只受召参与了宪法起草工作。拿破仑退位后，巴雷尔提议向军队求援，但该动议未得采纳。不过他参与草拟了对反法联军的宣言书，这也是百日王朝议院颁布的最后一道法令。波旁王朝二次复辟之后，巴雷尔作为弑君者，不得不流亡他国，在布鲁塞尔定居。他也是在这里听闻了圣赫勒拿岛囚犯的死讯。巴雷尔在回忆录中说："这是值得哀悼的一日。我们惋惜的是，这位不朽的将军立下万世流芳的伟业，却没有将他惊人的天赋和绝佳的运气用来捍卫大革命和自由事业，为了一己之私而耗尽国力，让无数人为了他征服四海的野心而丧命。"（《巴雷尔回忆录》第四卷第261页）1830年革命之后，他才得以重回法国。

参考资料：罗伯特·劳内的《巴雷尔·德·维奥扎克》（Robert Launay, *Barère de Vieuzac*）。

巴里（詹姆斯，James Barry，1795—1865）

一个英国女人，女扮男装进入军队，在英军军医部担任了许多重要职位。直到她临死前，人们才知道她的真正性别。

巴奇尔（克劳德，Claude Basire/Bazire，1764—1794）

出身于第戎一个体面的资产阶级家庭，在法国大革命前夕成为勃艮第书记官。年轻的巴奇尔一开始就表现出非常积极的革命热情，后被选入立法议会。他当时刚满27岁，就有了"立法者中的本杰明"之称，在议会中和他的两个大学同学——修道士沙博、律师梅尔林·德·蒂永维尔（Merlin de Thionville）——来往甚密，三人组成了赫赫有名的议会"三大无政府主义者"，常为人津津乐道。后来他又进了国民公会，还担任总安全委员会委员。在东印度公司事件中，沙博被逮捕，巴奇尔想救自己的好友，自己反而也被牵连进去，被送上了断头台。

巴萨诺公爵（duc de Bassano）

请看词条"马雷（于格）"。

巴瑟斯特（亨利，Henry Bathurst，1762—1834）

拿破仑被囚于圣赫勒拿岛期间的一个英国政府官员，担任殖民地秘书长。

巴斯维尔（尼古拉斯-让·于贡，Nicols-Jean Hugon de Basseville，1753—1793）

在大革命前期担任记者，依附于吉伦特派。吉伦特派掌权后，他也得到任用。由于他年轻时经常游历各国，人们觉得他能是一个好外交官，就让他担任那不勒斯公使团秘书。后来为了共和国的外交事宜，他从那不勒斯来到罗马。然而巴斯维尔并没有多少外交头脑。他在罗马时公然和罗马反对派交往甚密，还数次和国务秘书、红衣主教泽拉塔发生激烈争执。于是，泽拉塔在首都煽动人民对巴斯维尔的仇恨情绪，使巴斯维尔在散步时被人打死，当时他来到罗马还不到两个月。

巴塔格里亚（Bataglia）

威尼斯高级官员。

巴泰勒米（弗朗索瓦，François Barthélemy，1747—1830）

早在舒瓦瑟尔执政时期，极其年轻的巴泰勒米就进入了外交界。1791年，他被任命为法国在伯尔尼的全权特使。由于其外交能力特别强，故在革命时期依然担任原职，哪怕他一直都是一个狂热的王党分子。克利希党利用他们的影响力让他顶替勒图尔纳担任督政官。就在那个时候，巴泰勒米很不明智地公然表露自己的真实立场，这也许是因为他觉得大局已定吧，可实际上根本不是如此。从果月十八日开始，巴泰勒米就一直品尝着自己这个失误带来的苦果，他被发配到了圭亚那。五个月后，他暂住于辛那马利，后逃到了美国，又从美国辗转来到英国。雾月十八日以后，巴泰勒米返回法国，没过多久就被拿破仑任命为元老院议员。1814年主持元老院会议宣布废黜皇帝并殷勤迎接亚历山大一世到来的人，也正是巴泰勒米。随后，路易十八让他进了贵族院。百日王朝时期，巴泰勒米低调行事，尽量不引起任何人的关注。波旁二次复辟后，他又进入了贵族院。拿破仑曾封他为伯爵，后来路易十八封他为侯爵。

巴伊（让-西尔万，Jean-Sylvain Bailly，1736—1793）

一个杰出的学者，以一本《天文学史》而声名大振。1784年，巴伊进入法兰西学院，并得到宫廷的青睐，许多贵族沙龙都向他打开大门。他的偶像是富兰克林。也许就是因为隐隐希望自己能够成为法国的富兰克林，巴伊才走上了最后让他丧命的革命道路。在三级会议选举期间，他参与竞选，在第一轮大选中当选为第一个巴黎议员。由于一开始就被视为议员中的元老级人物，议会创立后，巴伊自然而然地当上了议会主席。三天后，他主持了网球场会议。他的名字也在这天被载入青史。攻占巴士底狱的第二天，巴伊被任命为巴黎市长，第三天在市政厅接待了不得不现身于首都的路易十六。1789年6月到7月这段时间，巴伊的政治生涯到达了顶峰，从此一路走低。尤其是在1791年7月17日练兵场惨案之后，巴伊的政治地位更是跌至谷底。巴伊也意识到自己身处险境，就辞去了市长一职。佩蒂翁一当选为下任巴黎市长，他就立刻离开首都，过了近两年的通缉犯的日子。1793年9月6日，巴伊被捕入狱，三个月后被移交革命法庭。法庭以向人民开枪的罪名判他死刑，且要在练兵场惨案发生地——战神广场上执行。巴伊平静地接受了自己的命运，只说："我曾执行过法律，知道你们便是法律的喉舌，故定会遵从安排。"在一个阴雨绵绵的下午，巴伊人头落地。临死前，巴伊还遭受了看客的羞辱。他没有戴帽子，挺身站在雨中，面不改色地忍受了众人的打骂。有人说，巴伊死前还被迫扛着搭建断头台的木板，从革命广场到战神广场游街示众，不过这都是后人编造的。

参考资料：弗朗索瓦·阿拉格的《让-西尔万·巴伊传记》（François Arago, *Biographie de Jean-Sylvain Bailly*），路易·奥迪亚1879年发表在杂志《历史疑谈》（*Revue des questions historiques*）上的《巴伊在断头台上的遗言》（Louis Audiat, *Le mot de Bailly allant à l'échafaud*），以及努利松（Nourrisson）对阿拉格的那本书的反驳。

拜伦（乔治·戈登，George Gordon Byron，1788—1824）

继莎士比亚之后英国最伟大的一个诗人，曾写诗把拿破仑比作西哥特国王阿拉里克。1816年，拜伦离开祖国，去游历四方，第一站就是去滑铁卢战场吊唁。（请看他的《拿破仑颂》）

班伯里（亨利勋爵，Bunbury，sir Henry，1778—1860）

著名英国漫画家之子，1809年至1816年战争期间担任副国务秘书。他和哈德森·洛韦勋爵的通信被保存在英国博物馆中。另外，他的家人还在1868年非公开地发表了他的部分回忆录。

鲍尔（Bauer）

巴黎军事学院的一名德文教授。

保利（帕斯卡，Pascal Paoli，1726—1807）

保利的父亲是科西嘉岛爱国运动的领袖，1739年战败后被通缉。出生在流亡路上的小帕斯卡于1755年拾起父亲未竟的事业，登陆科西嘉岛，成功把日内瓦人从岛上赶走。日内瓦人眼看自己无力保住该岛，便把他们对科西嘉岛的统治权让给了法国。保利表示抗议，向欧洲上下呼吁，但没人听他的话。之后，保利在科西嘉岛发布全员征募令，武装反抗法国，但最后在蓬特-纽厄沃败在了沃克斯伯爵手上，被迫坐上一艘英军舰船离开科西嘉岛。到了伦敦后，保利享有极高的声望。1789年，制宪议会宣布科西嘉岛是法国不可分割的一部分。科西嘉岛人万分热烈地欢迎保利回来，并选他为该岛行政领导人。1793年，由于被怀疑和英国人勾结，保利被国民公会起诉。1793年4月，一些特使被派去盯住他。保利不仅不乖乖听命，还宣布他不再是法国的一分子，呼吁科西嘉人民拿起武器反抗法国。1793年7月17日，保利遭到通缉，向纳尔逊求援。纳尔逊给他派来2000人，还把自己手下的一部分军舰开到科西嘉岛来。在英军的支持下，保利占领了巴斯蒂亚和卡尔维。法军后撤后，他把科西嘉岛的统治权献给了乔治三世。英国派了一个副王过来掌管科西嘉岛。但很快，英国政府就觉得抛弃科西嘉岛和保利于自己更有好处，于是给他发了一封带有英国国王签字的信，信中说："您（在科西嘉岛上）的存在让您的敌人大为不安，让您的支持者躁动不已。来伦敦吧，我们将在这里表彰您的忠诚，让您成为我们家庭的一员。"保利接受了这个"建议"。他向朋友们告了别，登船前往英国，至死都没再回到故乡。

（俄国沙皇）保罗一世（Paul Ier，1754—1801）

为母亲叶卡捷琳娜二世所不喜，因为后者突然去世，他才有机会继承王位。1796年11月17日，他成了俄国沙皇。保罗一世登基后做的第一件事就是为被杀后一直没有得到正式下葬的父亲举办了一个隆重的葬礼。当初调查彼得三世谋杀案的人全都被发配。保罗一世在位初期做了许多卓有成效的改革。1797年他颁布法令，规定农奴从此每周只需为主人干三天的活。这道法令引来许多大地主的强烈反对。自叶卡捷琳娜二世之后地位逐渐下降的贵族阶级也对他心怀仇恨。由于长期不得母亲的宠爱，保罗一世性格极其多疑，觉得周围处处都暗藏杀机，哪里都是阴谋重重（他猜对了）。有一天，他来到儿子亚历山大的房中，在桌上发现了一本摊开的书，是伏尔泰的《恺撒之死》。他立刻回到自己宫里，找到《彼得大帝史》，把它翻到皇太子亚力克西死的那一页，传话让皇太子好好读读这一页的内容。与此同时，他盲目宠信宠臣，对帕伦伯爵格外厚待。任命他为圣彼得堡军事总长后，保罗一世还让他担任警务部领导人和帝国卫军统领。这导致伯爵有机会仔细规划他要做的那件大事。保罗一世在对外政策上摇摆不定，做事常凭一时的心血来潮。1800年年末，巴黎城中有人画了一幅保罗一世的讽刺画：画中他一手拿着一张纸,上面写着"令函"二字;另一只手也拿着一张纸,上面写着"反令函",标题是"乱七八糟"。据雷亚尔所说,波拿巴曾如此评价过保罗一世这种前后不一的做法:"谁知道呢?他也许是一个困惑的伟大人物呢!"〔语出《内情外泄》(*Indiscrétions*)第一卷第20~21页〕仇恨大革命的叶卡捷琳娜二世支持对法开战,但她本人并未主动发起战争。保罗一世采取了相同的策略:他一边加入奥地利、与英国联盟,一边宣布只有子民的幸福才能决定他的行动。不过,他也害怕革命思想渗透到自己的国家,一开始他还只是禁止法国书籍,最后连所有外文书籍都被禁了。保罗一世还设置重重关卡,审查来俄旅客,命令所有住在国外的俄国人都赶紧回国。俄法两国后来爆发战争,保罗一世任性而为便是原因之一。他接受了马耳他骑士军团的效力,成为这个岛的保护人。该岛被法军拿下后,他觉得法国是在借此羞辱自己。于是俄国军舰和土耳其海军会合,强迫法国放弃了爱奥尼亚群岛。苏沃洛夫被派到意大利作战,大败法军,直到马塞纳出现才把军队撤回俄国。这使保罗一世觉得自己被反法联盟耍了,一怒之下退出联盟。波拿巴趁着沙皇余怒未消,把他的怒火引到英国人头上(英国当时占领了马耳他,且拒绝撤军)。随着保罗一世的敌意越来越重,英国政府也越来越担心。沙皇先是对英国舰船下了封锁令,和瑞典、丹麦结成军事中立协议,还组织了一支哥萨克军队,准备发动远征。他虎视眈眈,大有准备拿下英国在印度的地盘的架势。他还采取了许多令人不快的措施,意在阻止英国商品出口俄国。最后,英国驻圣彼得堡大使惠特沃斯收到政府指令,要采取行动除掉保罗一世。当然了,英国当时还没想过谋杀这一招,觉得逼沙皇退位就行了。帕伦伯爵讨厌做事只做一半,决定要么不做,要么就做绝。惠特沃斯对他放手不管。3月23—24日夜里,帕伦让护卫军包围了王宫,把谋反分子放进宫中，他们分别是祖博夫三兄弟、贝尼格森将军和数十个军衔不一的军官。沙皇寝宫大门被强行打开，身着衬衣的保罗一世想藏在一个屏风后面。他一边做困兽之斗，一边高呼来人。体格健壮的尼古拉斯·祖博夫伯爵当即就让他闭了口。他的弟弟瓦莱里安说："我们以祖国的名义，恳请陛下退位，因为您有时丧失心智。您的儿子和国家一定会保障您的人身安全，让您安享余年。"然后他拿出了退位书。保罗激烈地反抗，大喊："不！休想！我绝不在上面签字！"尼古拉斯·祖博夫失去耐心，吼道："诸位，我们是不可能让他听明白道理的。我们是在浪费时间，我们因为犹豫而处在巨大的危险中。像他这种人，说出这种话也不足为奇。"然后，他拿着一个大大的金质鼻烟壶，朝保罗一世的太阳穴猛砸下去，后者当即倒地。另外两个军官拿一条围巾绕住他的脖子，把他勒死。一切结束后，帕伦来到皇太子亚历山大宫中，后者正穿戴整齐地等着他（毫无疑问，他料到了当晚会发生什么，一直没有睡觉）。帕伦扶着亚历山大的手，陪他走到满是军队的王宫中，宣布："孩子们，我们的皇帝死了，这就是你们的新皇。"士兵依照礼仪，高呼"万岁"。

参考资料：希尔德1901年的《沙皇保罗一世》（Schilder, *L'Empéreur Paul Ier*）（这是一位官方历史学家写的不朽著作，但即便是他，也不敢说自己知道一切内情），夏多基隆1820年的《保罗一世死亡概述》（Chateaugiron, *Notice sur la mort de Paul Ier*），乔治·德·坦嫩贝格1804年的《保罗一世的一生》（Georg de Tannenberg, *Leben Pauls I des ersten*），以及1801年的《3月11日刺杀事件》（*L'Assassinat du 11 Mars*）（最后这本书是当时许多人的回忆录及证词合集，1905年革命后在圣彼得堡出版）。

贝尔蒂埃（亚历山大，讷沙泰尔亲王，Alexandre Berthier, prince de Neuchâtel，1753—1815）

  其父亲是军队地质工程兵团的指挥官，曾被路易十五委派去设计陆军部、海军部、外交部办公厅。路易十五对他的工作非常满意，于是赐他封爵书。就这样，后来成为波拿巴将军的"左膀右臂"的贝尔蒂埃成了一个新晋"贵族"。年轻的贝尔蒂埃在17岁时就进入了皇家参谋部，随后还参加了美国战争，并以上校身份回国。大革命初期，凡尔赛市政府听从国王的意见，把贝尔蒂埃封为国民自卫军少将。担任此职的贝尔蒂埃为宫廷做出了不少贡献。他是第一批流亡国外的贵族，我们甚至可以说，没有贝尔蒂埃，阿图瓦伯爵和波利尼亚克家族不可能如此轻松地离开凡尔赛。然而，在10月5日那天，贝尔蒂埃无法挡住汹涌而至的人民如狂浪一般向凡尔赛宫拍打过来。国王一家搬到巴黎后，贝尔蒂埃能做的就更有限了。然而在1791年2月19日的骚乱中，他依然保持冷静，采取了正确措施。多亏贝尔蒂埃想出办法，本来待在贝勒维城堡里的国王的两个姑姑才能成功辗转去国外。巴黎听闻她们将要出走，便有大批群众涌到贝勒维，要求城堡里的人把公主交出来，不过他们到得太晚，公主们已经离开了。无计可施之下，愤怒的抗议者把城堡洗劫一空。贝尔蒂埃立刻率领一支国民自卫军支队来到现场维持秩序，还殴打了一些巴黎人。此举深得保皇党的赞许，却也引来了革命派的仇恨。有人高呼要贝尔蒂埃辞职，贝尔蒂埃不理会这些声音，坚持在国民自卫军里待了几周，然而最后还是被迫离开，去了军队。一开始，他为罗尚博效力，没过多久，被迫放弃巴黎国民自卫军统帅权的拉法耶特就让他担任自己的总参谋长。后来，他又离开了拉法耶特，去了卢克纳（Luckner）麾下。一个月后，君主国覆灭，贝尔蒂埃又被解职了。直到1793年5月，他才再次进入军队。当时旺代战争形势急转直下，法国政府急需大批军官，于是负责协调军务的国民特使代表就地成立了一个中央委员会，贝尔蒂埃受召担任新总司令——前朝贵族比隆公爵的参谋长。可他在这个位置上也只干了三周时间：陆军部长认为不能让一个曾遭解职如今又官复原职的高级军官来担任一个如此重要的职位，于是贝尔蒂埃又被赶走了。直到热月九日以后，贝尔蒂埃才再度得到任用。1796年3月2日，就是波拿巴当上意大利军总司令的那一天，贝尔蒂埃收到委任书，担任意大利军参谋长。当时，波拿巴这个年轻司令正好需要像他这样的人。贝尔蒂埃擅长在地图上谋划行军，可以把上司大胆的想法转化为具体的行动。无论从兴趣还是从脾气上看，论办公能力，没人赶得上贝尔蒂埃。所以没过多久，他就被波拿巴收入营中。贝尔蒂埃具有舍身忘我的精神，还是一个老实本分的属下，长期深得拿破仑的宠信。他服从命令、谦逊审慎，而且没被问到就绝不贸然发表自己的观点，这些品质很得拿破仑的喜欢。他就像一个行走的记事本一样待在拿破仑的身边，脑子里准确地记录着拿破仑需要的一切信息，只要上司一问起，贝尔蒂埃就能立刻给出准确的数据、日期和出处；然而一旦涉及写宣传标语去迷惑攻占地区的人民，贝尔蒂埃就没辙了。此外，他还不擅长应对突发性的变动，不知怎么把它们加进工作日程和军务公报。波拿巴试图教会他这点，但最后也没能成功，遇到这类事情就只好亲自操刀。1797年10月末，贝尔蒂埃陪着蒙日来到巴黎，当众将《坎波福尔米奥条约》递交给督政府。据说贝尔蒂埃还从上司那里收到命令，要在此期间和巴黎一些有影响力的政治家建立联系，为政变做好相应准备。贝尔蒂埃回到意大利后，波拿巴为了拉施塔特双边会议需要暂时离开军队，就让他临时负责指挥军队。这个任务让贝尔蒂埃极为伤神。几周后，满心忧愁的他给上司写了一封信："将军，您托付给我的这个指挥任务把我弄得实在太累太苦了……求求您行行好，别再让我做这件我并不喜欢的统领任务了，我当初之所以接受，完全是因为您把我推了上去，我还以为自己最多干一个月就可以了。我需要休息，更希望回到原来一个普通将军的生活……我不想卷入革命政治。"后来他收到命令，要去占领罗马，控制圣昂热城堡，贝尔蒂埃只好认命，继续率领军队。同时，他作为总司令，还要亲自撰写罗马共和国宣言。可惜这篇宣言完全没能改变罗马人民对侵略者的情感。不过法军对此并不在意。此外，一大批想从战败者身上赚钱的生意人、掮客和投机分子像蝗虫一样被吸引到了意大利，涌进罗马。他们清查财产，将其封存，拿出来拍卖，四处掠夺财产。督政府官员和将军住在最富丽堂皇的官邸中，并把房子里的东西搜刮一空。贝尔蒂埃也任由他们这么做，把心思完全放在了别的地方：他爱上了一个意大利美人，这美人虽然有些年纪了，却依然风采不减、魅力非凡，把这个快50岁的将军勾引得五迷三道。最后民怨沸腾，贝尔蒂埃却无计可施，根本无法填补手下众人以法兰西共和国的名义惹出来的大娄子，只能将指挥权交给马塞纳，之后急急忙忙地回到米兰，好和他魂牵梦萦的那个女子会面。波拿巴对此大为不满，但当时他正在准备埃及之征，需要贝尔蒂埃这个人物，所以"原谅"了他，好说服他摆正心态随自己出征。贝尔蒂埃再次担任参谋长，来到埃及，为波拿巴立下汗马功劳。和波拿巴一道回到法国后，贝尔蒂埃利用自己审慎冷静的头脑在雾月期间成为上司的得力助手。所以，雾月政变之后，贝尔蒂埃立即就被任命为陆军部长。拿破仑称帝后，贝尔蒂埃名利双收，走上了人生巅峰。1806年3月31日，拿破仑把不久前普鲁士割让给法国的讷沙泰尔公国赏给了贝尔蒂埃，跟他说："您的公国从前每年能给普鲁士创造5万埃居的收入，到了您手上后，这收入可以再翻一倍。"而且，为了表示对贝尔蒂埃的感激之情，皇帝还打算安排他的婚事。不过这一次，贝尔蒂埃不愿意了，他坚持要忠于自己所爱。拿破仑想方设法地把情妇对他不忠的证据摆了出来（搜集证据不算什么难事），贝尔蒂埃万念俱灰，接受了皇帝替他挑选的女子——先前为了封地被劫的赔偿问题而来到巴黎的巴伐利亚-比肯菲尔德（Bavière-Birkenfeld）的女儿。拿破仑开门见山地直接跟巴伐利亚-比肯菲尔德说："我要把你的女儿嫁给贝尔蒂埃。"亲王自身难保，不敢有任何异议，于是两人在1808年3月9日成婚。第二年，皇帝又把对抗奥地利的军队指挥权交给了贝尔蒂埃，以示自己对他的信任，但贝尔蒂埃在这个重要位置上连连失策，犯了许多错误。拿破仑说："您实际做的和您应该做的完全是两个方向。"于是拿破仑就让他去负责案宗文献工作，贝尔蒂埃对此非常高兴。他住在离皇帝不远的舍恩布伦城堡里，根据皇帝的命令，准备"瓦格拉姆行动"。此外，皇帝还以补偿为名，把瓦格拉姆也给了贝尔蒂埃。之后，就到了1812年。贝尔蒂埃当时非常反对征俄之战，然而他不得不遵从命令。到了斯摩棱斯克，在缪拉的支持下，贝尔蒂埃首次不再唯唯诺诺，大胆恳请皇帝就此罢手，拿破仑无动于衷，大军进了莫斯科。贝尔蒂埃觉得自己筋疲力尽，再没有工作能力。他记东西时也开始频频出错，陷入严重的绝望情绪。有一天，他泪流满面地向梅纳瓦尔说："我拿着150万里弗的年收入，住在巴黎的豪宅里，拥有一大块土地，可有什么用？结果还不是要跑到这个鸟不拉屎的地方来受罪，说不定还得死在这里。"在撤兵过程中，拿破仑决定离开军队，宣布由贝尔蒂埃和达吕一道负责监督军队状况和组织工作。贝尔蒂埃慌了手脚，恳请皇帝把他一道带走。拿破仑大吼："你这个浑蛋、懒虫！我要当着全军的面把你给毙了！"贝尔蒂埃只好让步。1813

年3月，他回到法国，但立刻又不得不加入法国本土之战。然而，他已经再不是过去的那个贝尔蒂埃了，变得忧伤、低迷，几乎只是机械性地完成他的任务。在1814年2月29日的布里埃纳战役中，贝尔蒂埃的脑袋被长矛击中，但幸好戴的帽子减缓了打击力度。不过贝尔蒂埃还是得了脑震荡，并落下病根。他在养病期间，拿破仑也走到了穷途末路。在签署4月11日协议的那天，贝尔蒂埃就在枫丹白露。和办公厅里的手下达成一致后，他给元老院写了一封信："军队坚守誓言，将忠于在国民千呼万唤之下登上王位的君主。我在此代表自己和我的参谋部，拥护临时政府的决议。"然后他没等皇帝离开，就离开了枫丹白露。在和皇帝辞别时，贝尔蒂埃信誓旦旦地说，自己得回巴黎处理一些家务事，完事后就立刻回来，再不离开他。拿破仑就让他走了，看他离开后，才对身边的人说："您看，他走了，哪怕我曾如此厚待于他。算了，他离开是在自毁清誉，不管他说了什么，他是再不会回来了。"路易十八非常优待贝尔蒂埃，他从前在凡尔赛时就认识贝尔蒂埃，也清楚地记得贝尔蒂埃帮了公主多大的忙。他将贝尔蒂埃任命为王室护卫队队长，还让他进了贵族院。贝尔蒂埃以为自己从此终于能过上平平静静的生活了，然而拿破仑回来了，他的生活又被打乱了。为了消解拿破仑的仇恨，他给对方写了一封信，表示愿意回来为他效劳。路易十八得知这件事后，等着贝尔蒂埃本人亲自告诉他信里的内容，但贝尔蒂埃缄口不言。于是，国王觉得此人靠不住了。然而他依然忠于国王，并陪他前往根特。可惜国王从此待他非常冷淡，对他信任全失。贝尔蒂埃想隐退德意志，回到自己岳父那里，不过他在那里也没得到什么好脸色。满心愁苦的贝尔蒂埃一个人孤孤单单地活着，终日以泪洗面，悔不当初。有一天，他神经衰弱得厉害，跳窗自尽。一个月后，他从前的主子在滑铁卢战败，第二次退位。皇帝在圣赫勒拿岛上时是这么评价贝尔蒂埃的："他就是一只麻雀，我却把他当成了雄鹰。"然而他说起这个人时依然饱含感情，不过也没有解释自己为何有这种心态。他曾对塔列朗说："其实，我无法理解为什么贝尔蒂埃和我之间会建立某种浅层的友谊。我几乎不会浪费心思在无用的情感上，何况贝尔蒂埃如此平庸，我也不知道自己为什么仍然爱他。然而即便下定决心要疏远他，我仍然不知道自己是否对他再无感情了。"

参考资料：德雷加盖将军的《贝尔蒂埃元帅》（Derrécagaix, *Le Maréchal Berthier*），G.拉德布赫的《贝尔蒂埃元帅之死》（G. Radbruch, *La Mort du maréchal Berthier*）［这篇文章是根据一个目击证人、法学家安塞姆·冯·费尔巴哈（Anselm von Feuerbach）的叙述写成的］。

贝尔纳，萨克森-魏玛亲王（Bernard，1792—1862）

查理·奥古斯特大公的二儿子。14岁时参加了耶拿战役，对阵拿破仑。后来由于父亲加入莱茵河同盟，他就进入帝国军队，负责指挥一支军队。1814年，贝尔纳加入联军。

贝尔纳（让，Jean Bernard）

最初在里昂当公证员，后来在巴黎担任财政官。雾月十八日后，贝尔纳被任命为预算管理员，暗中分发了大量保皇主义思想的传单。其女儿嫁给了银行家雷加米埃。

参考资料：爱德华·赫里欧的《雷加米埃夫人和他的朋友们》（Edouard Herriot, *Madame Récamier et ses amis*）第一卷第94~96页内容。

贝尔纳（西蒙，Simon Bernard，1779—1839）

帝国军队中最优秀的工程兵军官，生在多勒的一个贫穷家庭，因为一个教士的帮忙才能免费就读教会学校。这个教士发现贝尔纳突出的数学天赋，于是建议他去巴黎深造，并为他向大名鼎鼎、当时正在巴黎综合工科学校担任教授的拉格朗日写了一封推荐信。这个才15岁的小男孩儿就这样启程上路了。当时正是严冬，贝尔纳却徒步走到了巴黎。当时的他饥寒交迫、疲惫不堪，在各个码头上游荡，完全不知道自己在哪里。一个好心人同情他，就给了他点儿吃的，把他带到了学校。在1799年工程兵推荐中，贝尔纳以第二名的成绩脱颖而出，进了军队。他一开始被派到德意志，随后去了伊利里亚。1809年，贝尔纳回到法国，负责指挥安特卫普工程的实施。在此期间，贝尔纳深得拿破仑青睐，被他选为自己的副官。皇帝非常欣赏他在技术方面的见解。不幸的是，贝尔纳不仅谈技术，还会说其他东西。拿破仑想让他闭嘴，就告诉他："亲爱的贝尔纳，绝不要去谈政治，你对它一无所知。你是一个优秀的建筑工，千万别踏出这个领域。"贝尔纳非常谦虚，不知或者是不愿强提要求，所以直到1814年3月23日才被封为将军。路易十八回到巴黎后，对他委以重任，让他负责罗什福尔广场的修建工程。百日王朝时期，贝尔纳投奔拿破仑麾下，再次成了他的副官。后来他本想陪皇帝流亡国外，但未被应允。路易十八回来后，不能原谅他的倒戈。贝尔纳收到离开巴黎的命令，而且处在警察的监视之下。他无法容忍自己被当成嫌犯，于是去了美国，凭自己在工程学上的造诣为美国政府服务。1830年革命发生之后，贝尔纳回到法国，路易-菲利普将他任命为防御工事总委员会委员。1836年，贝尔纳还担任了陆军部长，在这个职位上一直干到人生尽头。

贝格大公爵（grand-duc de Berg）

请看词条"缪拉"。

贝克尔（尼古拉斯-雷昂纳德，Nicolas-Léonard Beker，1770—1840）

法国大革命初期只是朗格多克龙骑兵团里的一个小小士兵，1793年被提拔为少尉，1801年被提拔为将军，先后在瓦尔密、旺代、圣多明哥、意大利、奥地利、德意志战斗过，1808年被封为帝国伯爵。但第二年，他的军旅梦就破碎了：在牺牲巨大却无所获益的埃斯林战役爆发之前，贝克尔说了些关于皇帝的"不当言论"，于是上司以他"身体状况出现问题"为由，立刻将其遣回法国。之后，贝克尔被迫退役。百日王朝时期，贝克尔在多姆山省获得大量选票，进入议院。在1815年6月那至关重要的几天里，贝克尔受召参与了巴黎保卫战，负责指挥帝国护卫军保护议院。6月25日，当时的陆军部长达武元帅给他发了如下一条简讯："将军，我现将临时政府的一道法令副本转达给您，里面要求您陪在皇帝拿破仑身边。您众所周知的品行就是您的保证，让您在这位君王落难之时仍给予他尊重和敬意。每个军政机构、每个公民的灵魂就是您最大的支柱，祝您护陛下周全。"我们可从《拿破仑圣赫勒拿岛回忆录》中得知，贝克尔完成了这项使命。路易十八回到巴黎后，一开始觉得贝克尔很不可靠，派人监视了他足足三年后才让他进入贵族院。

参考资料：贝克尔将军本人的叙述，由马耳他-贝克尔（Martha-Beker）在1841年发表。

贝朗（马夏尔，Martial Beyrand，1768—1796）

法国大革命前只是一个普通士兵，后被选为上维埃纳省志愿军第二营营长，听从奥热罗的指挥，由于作战英勇、懂得先发制人而引起后者的注意。在一年时间里，他从营长升为将军。1796年4月，奥热罗让他顶替维克多指挥自己的第一旅。在洛迪之战中，贝朗身先士卒，拔出刺刀冲向敌人。然而不到两个月，他在带领士兵进攻卡斯蒂廖内高地时战死沙场。

贝勒加尔德伯爵（亨利，Henri de Bellegarde，1758—1831）

萨瓦省最古老的贵族世家出身，父亲是将军，效力于萨克森王国，贝勒加尔德后来却效忠于奥地利。从1793年开始，他参与了法国大革命战争。查理大公让他担任上尉，在埃斯林和瓦格拉姆指挥一支军队。1813年，贝勒加尔德被任命为奥地利的意大利方面军总司令。他不仅有军事才能，还能出色地完成外交任务。正因为他的游说，缪拉才加入联军阵营。战争结束后，贝勒加尔德进入陆军审判所，后来还成为委员长。

贝雷斯福德子爵（威廉·卡尔，William Carr, vicomte Beresford，1768—1854）

英国派往葡萄牙的远征军的统帅，在拉尔武埃拉打败了苏尔特。

贝利公爵（查理-斐迪南·德·波旁，Charles-Ferdinand de Bourbon, duc de Berry，1779—1820）

阿图瓦伯爵的二儿子，14岁时就跟随父亲流亡国外，参加了外国军队对抗法国的战争。《莱奥本停战协议》签订后，他前往俄国效力，之后又回到伦敦，娶了一个英国女人。然而这场婚姻并没得到路易十八的赞同，于是贝利公爵抛弃了妻子和他的两个孩子。年轻时的贝利公爵不同于他那个懒散萎靡的哥哥，他精力充沛，参与了其父亲和叔叔为对付拿破仑而布下的阴谋诡计。1814年4月13日，贝利公爵在瑟堡下船回国。百日王朝时期，担任皇家军队司令员的他从巴黎逃到了根特，迎娶卡洛琳·德·那不勒斯公主，后来回到法国。结婚四年后，贝利公爵被卢韦尔刺杀身亡。

贝利埃（泰奥菲尔，Théophile Berlier，1761—1844）

第戎的一个律师，成功进入国民公会后，谨慎地待在左派阵营里。

在吉伦特派遭到通缉的第二天，他就顶替辞职的布雷亚尔（Bréard）进了公安委员会。在公安委员会里，贝利埃参与了新宪法草案的起草工作。1793年7月，公安委员会换届，贝利埃没能连任。随后，他以国民特使代表的身份去了外省。回来后，贝利埃埋头忙于立法委员会的工作，并见证了罗伯斯庇尔的倒台。之后，贝利埃负责核查和揭发山岳派的案子，但由于反感热月党人的行为，他反对立法委员会采取迫害手段，毫不犹豫地为被揭发的昔日同僚挡住了许多危险。后来，贝利埃进入五百人院，在雾月政变中拥护拿破仑，在后者的推动下进了参政院。在《民法》的编写过程中，贝利埃出力不少。拿破仑为了感谢他的卖命工作，赏了他一笔6万法郎的奖金，并从瑞典的波美拉尼亚每年的赋金中拨出1万法郎作为年金发给他，而且这笔财产可传给长子。此外，他还可从伊利里亚获得4000法郎的年金，并拥有朗格多克运河的四只股份。1808年，贝利埃被封为伯爵。即便如此，在第一批要求废黜皇帝的人中，我们看到了贝利埃的名字，他因此被任命为临时政府秘书。1816年，贝利埃作为"弑君者"，不得不流亡他国，直到1830年才回国，最后几年在第戎度过。有一天，有人问贝利埃当初为何要从拿破仑那里接受伯爵头衔。贝利埃答道："这一切都是皇帝办公厅安排好了的，我不知道具体是谁提出了这件事；我对当不当伯爵没有太大兴趣，直到收到封爵书时才知道自己被封为伯爵……难道我能拒绝这个头衔，把文书退回去？也许我可以这么做，但我能拒绝进入参政院和国务秘书部吗？这些身份能让我和我那一大家子人过上体面舒适的生活，那我又何乐而不为呢？"

参考资料：埃吉安·梅特曼的《贝利埃和〈拿破仑法典〉》（Étienne Metman, *Berlier et le code Napoléon*）。

贝利亚尔（奥古斯特-丹尼尔，Auguste-Daniel Belliard，1769—1832）

丰特奈一个检察官的儿子。1791年，贝利亚尔被选为一个旺代志愿军队的上尉，投身战争，从此在战场上度过了25年。他从瓦尔密转战热马普，又从热马普转战内尔温登，1796年又开始在意大利打仗，先后参加了卡斯蒂廖内、维罗纳、卡尔迪耶罗战役。在阿尔科战役中，贝利亚尔在战场上被升为将军。后来他陪同波拿巴征战埃及，成为开罗统帅。拿破仑离开埃及后，贝利亚尔被土耳其军和英军重重包围，荣誉投降后回到法国，而且由敌人出资，把伤员、辎重、埃及学院里的专家和艺术家都带了回来。

在西班牙战争期间，拿破仑欣赏贝利亚尔的管理才干，在马德里投降后让他担任首都总督。贝利亚尔是一个严格忠实的执令者，他动用铁血手腕，想让当地百姓归顺。路易十八回归后，贝利亚尔进入法国贵族院，如他从前效忠皇帝一样效忠现在的国王。拿破仑逼近巴黎的时候，他被任命为王国军大司令，在名义上接受贝利公爵的派遣，实际上全由他一人负责军队调遣。但他没过多久就抛弃了波旁家族，投奔拿破仑。拿破仑也没有严惩他的变节行为，还友善地欢迎"白军大司令阁下"的到来，让他指挥摩泽尔省的军队。滑铁卢战役后，他再次倒戈，投奔了路易十八。国王对他很不满，将他从贵族院中除名。由于受内伊牵连，贝利亚尔被捕，不过并未受审。1819年，他又回到了贵族院，但只是旁听而已。1830年革命后，贝利亚尔迫不及待地向路易-菲利普表示忠心，被新国王任命为法国驻比利时大使，这也是他人生中最后一次担职。

参考资料：《贝利亚尔回忆录》及加尔松（J. Garson）于1953年发表的关于他的著作。

贝鲁瓦（让-巴普蒂斯特，Jean-Baptiste de Belloy，1709—1808）

大革命初期担任马赛主教，但1791年其职位被取缔，于是贝鲁瓦回到自己家族的封地上。在整个大革命期间，他一直过着平静的生活。由于再没担任任何教职，贝鲁瓦自然也无须宣誓服从《教士民事基本法》，所以服从和反抗宪法的两批教士都和他没有关系。雾月十八日以后，贝鲁瓦表示支持执政府，但于1801年主动辞职。几个月后，费施参选巴黎大主教无望，于是波拿巴不顾贝鲁瓦年事已高，将其任命为巴黎大主教。

贝卢诺公爵（Bellune）

请看词条"维克多"。

贝吕耶（让-弗朗索瓦，Jean-François Berruyer，1738—1804）

13岁就从军，在大革命中被提拔为将军。1792年12月，贝吕耶担任内防军总司令。路易十六被处死的时候，是他（而非桑泰尔）下令击鼓，好用鼓声盖住国王的声音。随后，他被派往旺代，但两个月后就被撤职，回到巴黎，以普通人的身份生活了一段时间。1795年，他又活跃起来，再次进入内防军任职。葡月十三日，他指挥过89年爱国者军，该营负责保卫国民公会，几个月后担任骑兵队监察员，最后一次任职是荣军院司令。

贝纳多特（奥斯卡，Oscar Bernadotte，1799—1859）

瑞典国王贝纳多特的儿子，父亲死后继承王位，妻子是欧仁·德·博阿尔内的女儿。

贝纳多特（让-巴蒂斯特，Jean-Baptiste Bernadotte，1764—1844）

拿破仑手下诸多元帅中最有头脑和"政治眼光"的人。他的父亲是波城的一个检察官，想让他从事法律职业。然而这个中等资产阶级家庭出身的孩子从小就喜欢冒险，一心想当一个战士。他知道自己并非来自显贵家族，在军中很难有大好前程。不过这不重要！因为吸引他的不是什么前程，而是军队制服（贝纳多特是个英俊、身材健美的男子，军装能凸显他在外貌上的长处）、未知的命运、四处奔波的军旅生活。这个年轻人虽然一腔热血，却很懂规划：他成年后没多久，就懂得控制自己的欲望。他没有为了实现抱负而和父亲闹僵，只等父亲去世之后再去参军（当时他17岁）。大革命期间，这个绰号"美腿"（他在军队中以这个绰号而为人所知，由此我们也可以猜到贝纳多特是多么风度翩翩）的年轻人在马赛当上中士，1791年成为中尉，仅过了三年时间就成了将军。不过这个升迁速度倒也符合当时革命政府的发展节奏。1796年，贝纳多特被派往意大利，听从波拿巴的指挥。这个上司比他还小五岁，却和他在同一年被封为将军。波拿巴对他非常尊重。1797年7月，波拿巴让他把缴获的敌军军旗押往巴黎，送给督政府。在写给现任政府的信中，波拿巴是这么说贝纳多特的："这是共和国最可靠的一个朋友，无论是为了自己的原则还是出于自己的性格，他都不会向自由的敌人投降。"这封信尤其强调贝纳多特的"共和主义"，我们要记住写信时间：共和五年热月二十二日。要知道，几天前奥热罗也为了相同的任务回到巴黎。波拿巴大可以将押送军旗这个光荣差事交给他手下一个将军去办，他之所以认为应当派两个人一前一后地回到巴黎，是因为当时的形势要求他必须如此：奥热罗负责此次政变的实际准备，贝纳多特则负责意大利总司令和准备政变的主要负责人之间的联络工作。波拿巴的这两个联络人都指望从中谋到巨大的个人利益，为人鲁莽、笨头笨脑的奥热罗非常直接地表现出自己想有所获益的迫切心情，后来却大失所望；更有心眼和头脑的贝纳多特则知道自己应该耐心等待收获巨丰的时刻的到来，故克服了一时的急躁，让新一届督政府先站稳脚跟再说。之后，他利用自己先前结下来的关系网，小心地谋到一个令人艳羡的职位：法国驻维也纳大使。当时，法国要把一个和维也纳宫廷毫无关系的外交官派过去，于是政府选择了这个此前一直忙碌于军营和战场上的军人。贝纳多特借此一举甩掉了自己在意大利军里低人一等的地位，成了自己命运的主人。在大革命中，任何人都有实现一切的可能。贝纳多特也有自己的野心，而且它越长越壮。从前，"美腿"中士当上中尉的时候，他就觉得这是自己的事业巅峰了。如今，贝纳多特将军虽然身为一师之首，却因为凡事都要听从那个叫波拿巴的人的命令，心中倍感屈辱和不服。波拿巴也放他离开了，当时他并没为此感到多么后悔。过不了多久，波拿巴就会猜到贝纳多特有多大的贪欲。不过在发现此人意图之前，波拿巴依然认为他得好好盯住这个人，并隐隐预感到他会成为自己上升之路上的一个绊脚石。贝纳多特的外交事业一开始并不顺利。他只是一个新手，却要在国外和一帮老油条打交道，因此犯下了一个战略性错误：他打出"共和党人"的名头，以为自己在国内用得烂熟的这一招在维也纳也会管用。他到了那里后做的第一件事就是在大使府邸门口升起三色旗，旗杆顶部放着一顶红色弗里吉亚帽，下面还刻有"自由、平等、博爱"的铭文。奥地利政府趁机煽动暴民和共和国大使作对（1798年4月13日），众人烧了三色旗，贝纳多特不得不离开维也纳。督政府对此大感恼火，而波拿巴挺高兴的，他觉得如此一来，督政官就不会看好贝纳多特了。然而，几位督政官对这个倒霉的外交官宽和以待，说他们非常欣赏他的军事才华，让他去担任下莱茵省侦探军司令，贝纳多特欣然领命。可是两个月后，他的这支部队就被编为左翼军，直接听从马塞纳将军的指挥。所以贝纳多特和从前一样，又成了别人的下属，这对他来说是不可忍受的。就在这时，他的军队在德意志吃了一场大败仗，他也被剥夺了指挥权。贝纳多特意欲趁机回到巴黎，向督政府"好好控诉一番"。他给政府递交了一份言辞激烈的诉状，指责他们没有远见、无所作为。政府不仅没有批评他狂傲无礼，反而害怕了，几周后居然任命他为陆军部长！所以，贝纳多特的地位不降反升。当时，波拿巴在埃及，危险重重。巴黎传闻四起，大家都在说这支法国远征军已到了生死关头，估计一个人都活不下来。新的陆军部长一上任，就要求立即、彻底地了结这场在他看来愚蠢而又罪恶的"冒险"。他认为应当立刻让法军撤出埃及并且召回波拿巴，以"无端让共和国卷入战争导致无数人白白牺牲"的罪名把他移送至陆军审判所。然而贝纳多特碰到了来自巴拉斯和塔列朗的阻力，波拿巴暂时是安全的。既然动不了他，贝纳多特就利用这个竞争对手不在的时期，用尽各种手段争取民心。巴拉斯说："他的宣言能点燃所有人的激情，大家再也看不到我们其他人了，眼里只有陆军部长。"在此期间，贝纳多特迎娶了马赛商人之女、拿破仑的前未婚妻德茜蕾·克拉里。德茜蕾的姐姐朱莉正是约瑟夫·波拿巴的妻子。就这样，两人成了亲戚。没过多久，波拿巴就现身巴黎。文官、武将、外交家、记者，所有人都知道这意味着什么。巴拉斯在回忆录中复述了贝纳多特和莫罗在雾月六日说过的一段奇怪的对话："莫罗说，那个对共和国祸害甚大，危险远超奥地利人、俄国人和英国人的人回来了。贝纳多特说，这次他还准备制造一场比先前大得多的乱子呢。莫罗说，我们都在这里，可以不让他得逞。"（语出《巴拉斯回忆录》第四卷第78页）波拿巴试图拉拢贝纳多特，但贝纳多特不愿和他携手，仅保持中立。波拿巴对布里安说："贝纳多特无法为我所用，他只会是一个障碍。如果他变得野心勃勃，就会觉得自己什么都敢抢。"（语出《布里安回忆录》第三卷第43页）两人碰面后，波拿巴只得到这么一句承诺：

贝纳多特作为一个普通公民，不会有任何行动；但如果政府向他求助，他肯定要捍卫政府。事后为了表示感谢，波拿巴让他进了参政院，还让他统率东部军。如此一来，贝纳多特就得一辈子待在雷恩了。至少，波拿巴是这么认为的。然而贝纳多特可不这么想。他在雷恩和巴黎的将军府中苦心孤诣地筹划军变，企图推翻第一执政官。他知道军队有何不满，而且利用这种不满情绪将麦克唐纳、德尔玛、莱科布等高级军官秘密集结起来，意欲在波拿巴阅兵时让他落马，被马匹踩死。在秘密会议中，富尼埃军官建议趁第一执政官和他的参谋团在一起的时候直接一枪将其击毙。波拿巴得知了这些人的计划，但他没有将事情扩散出去，只通过约瑟夫警告贝纳多特，"如果他胆敢继续，自己就要在卡鲁索广场上立刻枪毙他"。于是，贝纳多特没敢行动。富尼埃和另外一些低级军官被捕，这件事就算过去了。从前波拿巴还会和贝纳多特维持表面的和气，然而此事之后，他再也不掩饰自己对贝纳多特的仇恨，决定把他远远地打发出法国，于是让他担任法国驻美国大使。贝纳多特无法拒绝，只能收拾行李上路。到达拉罗歇尔后，贝纳多特待了六周时间，等待送他前往美国的护卫舰的到来。然而护卫舰一直没来，却等到英法两国交战的消息，于是贝纳多特回到巴黎，"要用自己的宝剑为第一执政官效力"。拿破仑无论如何也不想看到此人出现在自己眼皮子底下，就把他派去指挥北方德意志境内的一支军队。然而拿破仑没有料到，他这个决定为贝纳多特打开了大展宏图的大门。共和七年花月二十九日，政府颁布法令，将一批将士封为元帅，贝纳多特也在元帅名册中。在宣誓忠于皇帝时，他说："我会是您最忠实的朋友。"为了把贝纳多特牢牢拴在自己的皇位下面，拿破仑封他为蓬特-科沃亲王（在同一天，塔列朗被封为贝内文托亲王，缪拉和贝尔蒂埃最早被封爵，在三个月前就分别成了贝格大公爵和讷沙泰尔亲王）。贝纳多特装出一副感激不尽的样子，接受册封，但从没去过他那个小得可怜的封国，因为他还在等着更好的回报。几个月后，他被召入伍，和达武一道在德意志战场上指挥军队，直接听从波拿巴的最高指挥。贝纳多特讨厌深得皇帝信任的达武，根本不愿自己辛苦打下来的胜仗为他人做嫁衣裳。有人告他企图"暗中破坏"奥尔施泰特的胜利。实际上，贝纳多特当时什么也没做，只严格遵照命令，让他的部队待在场下。然而战场形势瞬息万变，哪怕出于职业道德，他也应该去增援达武的军队，可他没这么做。尽管如此，达武依然大胜。拿破仑得知贝纳多特按兵不动后大为愤怒，命令贝尔蒂埃立即颁令，把贝纳多特送至陆军审判所接受调查，可他又立刻改变了主意。根据蒙托隆的回忆录所述（第一卷第215页），"考虑到蓬特-科沃王妃，皇帝在给讷沙泰尔亲王传令时把这道命令给撕了"。三个月后，在埃劳战役中，贝纳多特故技重施，在战斗结束两天后才赶至战场。这次他依然有借口：他收到的命令并不包括让他及时赶到。这一次，拿破仑又饶过了他。只是从此，他再也不掩饰自己对贝纳多特的憎恶。贝纳多特也知道这点，却无动于衷，因为他心中另有盘算。不同于拿破仑手下那些在占领区统率军队的将领，贝纳多特很懂得装出一副宽和待人、尊重民意的样子。他优待战俘，在吕贝克的时候释放了1600名被俘的瑞典士兵，而且尤为照顾手下不同国家的士兵的自尊心。在瓦格拉姆战役最开始的时候，贝纳多特发现自己手下的萨克森士兵在敌军炮火的攻击下节节败退，于是他勇敢地站了出来，不过没能有效地鼓舞士兵再次投入战斗。第二天，为了重振士气，贝纳多特打算对一蹶不振的众将士说些鼓励性的话。他把这话写成一份日程事令，内容虽然很浮夸和荒谬，但在风格上和帝国参谋部写的类似传单非常贴近。他是这么说的："萨克森士兵们，在敌人炮火的轰炸下，你们中还活着的勇士依然如青铜一样屹立不倒。伟大的拿破仑看到了你们的忠诚，会说你们就是他的勇士。"拿破仑再次勃然大怒，派人转告贝纳多特，说他日程事令里的言论"荒谬而又不当"。所有军队统帅都收到了一份秘密传单，上面说："陛下认为大军胜利的功劳当归于法国军队，而不是什么外国军队。蓬特-科沃亲王在事令中错误地宣称功劳归给那些表现相对平庸的军队，违背了事实、政策和民族荣誉。"（语出《拿破仑一世书信集》第十九卷第361~362页）此事过去大约三周后，拿破仑给当时的陆军部长克拉尔克写了一封信，信中他是这么说贝纳多特的："他已经精力衰退，一心只想着金钱、享乐、功名，却不愿在战场上用自己的汗水和性命来争取这些东西。"（1809年7月29日信件）尽管如此，他还是让这个"精力衰退"的人担任了罗马总督，每年可拿到200万年金，而且这个重中之重的职位本身就能让人捞到不少油水。贝纳多特正准备起身赶赴米兰，这时斯德哥尔摩信使传来快报，称他被选为瑞典国王了。我们当然清楚，这对蓬特-科沃亲王来说根本不算一件意外之喜。他在德意志北部期间就一直在为实现此事而打根基，只不过也许他没料到此事会来得如此之快。当时，南曼兰老公爵的叔叔古斯塔夫四世被驱逐出国，老公爵被立为瑞典国王，名号是查理十三。后来，本应继承王位的荷尔斯泰因亲王离奇死亡。当时是挪威统治者的丹麦国王腓特烈理应继承王位，可这样一来，他就成了整个斯堪的纳维亚的主人了。于是瑞典议会想另立一个国王。在各个附庸国国君中，腓特烈对拿破仑最是忠诚，也深得后者支持。瑞典人不想因为赶走一个深受拿破仑喜爱的王位继承人而惹得皇帝大怒，于是觉得如果自己选了皇帝手下的一个元帅当王储他就不会生气了。贝纳多特从瑞典信使那里提前得知了他们的想法，于是表现出一副诚心实意、完全接纳瑞典的样子，甚至愿意发誓弃绝天主教信仰。至于拿破仑，他得知这个消息后大吃一惊，并没有多开心。在此之前，王位人选全由他一人说了算，可是如今瑞典绕过了他，甚至都不问问他的意见，就直接选了他的一个手下当王位继承人。不过他也没有表示反对，希望能从中攫取些利益。据说拿破仑慷慨地赏了贝纳多特200万法郎，好让他体面地去瑞典继承王位（拿破仑在圣赫勒拿岛时也想使人相信这个传闻），但这个说法是错误的。贝纳多特当时已经家财万贯，这些财富都是他在汉堡证券交易所那里做投机活动赚来的（拿破仑承认"蓬特-科沃亲王在汉堡狠狠赚了一大笔钱"，请看他1809年9月12日写给富歇的信），他完全可以毫无负担地承担登基费用。他的确从皇帝那里得到了100万法郎，然而这笔钱来自他的封地年收入，由于贝纳多特要放弃这块土地和相关的法国特权，所以拿破仑给了这100万法郎，权作补偿。不管怎么说，拿破仑至少要做做表面功夫，亲自为未来的王位继承人举办一场风风光光的受职仪式。离开之前，贝纳多特参加了皇帝的一场"家宴"。这也是拿破仑最后一次以高高在上的皇帝身份给他发来邀请。只有宴席结束后，他才能被称为瑞典王储。贝纳多特敏锐地察觉到这里面的玄机，身穿瑞典正装赴宴，以此表明他根本就没打算接受皇帝的"投资"。到达瑞典后，贝纳多特庄严宣誓要不计一切地捍卫新祖国的利益。由于拿破仑的大陆封锁政策损害了瑞典的商业利益，贝纳多特很快就和自己从前的主子起了冲突，瑞典也不可避免地和法国的敌方阵营越走越近。斯塔尔夫人为逃避拿破仑的怒火而来到斯德哥尔摩后，由于和贝纳多特是旧相识，曾登门拜访他。后来她又受到亚历山大一世的接待，觉得后者就像一个"抵抗黑天使的白天使"。"白天使"想接触瑞典新王储，英国全权代表也笃定对方有良好的合作意愿。于是两人在芬兰边境的奥尔波会面。贝纳多特为了讨好俄国沙皇，施展出浑身解数，在那里高谈阔论，说上苍选中了亚历山大，要他把欧洲从暴君的镣铐中解放出来，说自己会陪着他、守着他，一直到他抵达巴黎的时候。亚历山大很喜欢这个新盟友，高高兴兴地回去了。吕岑战役后，贝纳多特拿出3万兵力，加入了正在柏林墙下的联军。得知这个消息后，笃定自己肯定能赢的拿破仑耸耸肩膀，说："瑞典注定会被一群蠢货统治。"贝纳多特掌管总指挥权，负责调遣一切军事行动，成了联军的总指挥官。他制订的作战方案深受拿破仑思想的启发，正因为如此，他才能先后打败乌迪诺和内伊。在莱比锡战役中，是他决定了此战的走向。亚历山大一世和普鲁士国王当着无数人的面热烈拥抱他，称他是他们的拯救者。一时间，贝纳多特出尽风头，觉得自己能被推为法国国王。他给亚历山大一世的副官罗什舒瓦尔将军写信说："法国再不应该有什么皇帝了，这个头衔一点儿都不适合法国。法国应该有自己的国王，但这个国王最好是军队出身。波旁家族从根上就已经烂透了，再不可能被扶起来。除了我，还有谁更适合法国呢？"有了这个野心，有斯塔尔夫人的鼓舞，再加上那些很愿意看到和自己信奉一个宗教的新教徒的支持，贝纳多特觉得法国王位马上就会归自己所有。非常在乎民望的他想说服亚历山大，以期阻止法国遭受外军侵略，然而亚历山大一口回绝了他。贝纳多特不愿以侵略者的身份回到故土，于是到了科隆后就止步不前。反法联盟各君主进入巴黎后，他才来到法国，发表了一封热情洋溢的宣言，表达自己对祖国的热爱，表示愿意为它奋战不止、至死方休。由于塔列朗的反对，贝纳多特没能实现当上法国之主的愿望。他回到瑞典，从此再不关心法国之事。1818年，他继承了查理十三的王位，统治瑞典26年，其间瑞典国泰民安，他也深得子民的爱戴和拥护。

参考资料：皮埃尔·德·普雷萨克的《贝纳多特，一个来自法国的瑞典国王》（Pierre de Pressac, *Bernadotte, un roi de Suède française*），霍哲的《法国元帅贝纳多特》（Höjer, *Bernadotte, maréchal de France*），厄尔努弗的《维也纳大使贝纳多特》（Ernouf, *Bernadotte, ambassadeur à Vienne*），卡萨蒂的《维也纳大使及陆军部长贝纳多特》（Casati, *Bernadotte, ambassadeur à Vienne et ministre de la Guerre*），柯盖尔的《选定贝纳多特》（Coquelle, *L'élection de Bernadotte*），品高的《贝纳多特和拿破仑》（Pingaud, *Bernadotte et Napoléon*）。

贝内文托亲王（Bénévent）

请看词条"塔列朗"。

贝尼格森伯爵（奥古斯特，Auguste de Bennigsen，1745—1826）

一个效忠俄国的德意志将军，深得叶卡捷琳娜二世的信任，于是在保罗一世即位之后就失宠了。由于和新君关系不好，贝尼格森决定回到故乡。可在离开前夕，他阴差阳错地涉入了阴谋推翻现任沙皇的计划。计划成功后，亚历山大一世即位。登上王位后的亚历山大一世为了表示感谢，将他任命为立陶宛总督。第二年又将他提拔为总司令，这已是军中最高头衔了。1805年，贝尼格森率领军队和法军作战，在普乌图斯克和埃劳指挥作战。埃劳战役被认为是拿破仑的一场大败。亚历山大给贝尼格森写了一封热情洋溢的庆贺信，甚至在里面说："是您打败了那个从未败过的人，此等光荣归您所有。"随这封信一起来的，还有一年1.2万卢布的年金和一枚圣安德烈勋章。《蒂尔西特条约》签署后，贝尼格森回到了立陶宛。1812年，他重回军队。在博罗季诺战役中，贝尼格森负责指挥中军。由于强烈反对放弃莫斯科，他和库图佐夫发生冲突，一怒之下离开军队。1813年，库图佐夫逝世，贝尼格森指挥俄军在德意志和法军大战一场，并为联军的莱比锡之胜做出巨大贡献。莱比锡战役之后，他负责追击准备退守汉堡的达武，然而巴黎的消息传了过来，两军息战。回到俄国后，贝尼格森又为亚历山大效力了几年，直到1818年退休。

贝桑瓦男爵（皮埃尔-约瑟夫，Pierre-Joseph Besenval，1721—1794）

一个效力于法国的瑞士将军。在玛丽-安托瓦内特还是太子妃的时候，他是她的密友之一。虽然当时他已经50岁，但依然在情爱世界里很受欢迎。据说他甚至是这个未来法国王后最开始的情人之一。他很讨人喜欢，举止优雅，但又有一定的直觉。1805—1807年，塞居尔子爵（Ségur）出版了《贝桑瓦回忆录》，但此书内容遭到其家人的否认。不过里面依然包含了一些珍贵史料，可助人了解旧制度最后时期和大革命开始时的那段历史。

贝松（让-维克多，Jean-Victor Besson，1781—1837）

海军上尉，罗什福尔参谋官，娶了丹麦船商库尔·道盆多夫的女儿。他给的逃跑方案是：把拿破仑带到他的岳父停在罗什福尔的一艘等着运输白兰地的货船上，让他在一个小木柜里躲几个小时，以防这艘中立船只被英国巡航舰突然搜查。1816年，贝松被开除军职，随后他离开法国，担任了埃及海军统领。

参考资料：R.加洛的《一个昂古穆瓦海兵》（R.Garreau, *Un Angoumoisin homme de mer*）。

贝特朗（奥坦斯，Hortense Bertrand，1811—1889）

贝特朗夫妇的女儿。

贝特朗（弗朗索瓦丝-伊丽莎白，也称法妮，Françoise-Élisabeth Bertrand，Fanny）

1794年被处死的狄龙将军（Dillon）的小女儿。父亲是英国人，母亲是克里奥尔人。约瑟芬身边有个由年轻女孩儿组成的圈子，里面的人做派优雅却思想浅薄，法妮就是其中一员，大家都叫她"大个子法妮"。一开始她深得拿破仑的喜欢，据传她在1807年成了后者的情妇。当时，法妮·狄龙从皇帝那里拿到了3万法郎来"添加首饰"。这是她的姐姐拉图尔·杜潘侯爵夫人在日记里说的。一些风言风语传起来了。1808年，拿破仑给她找了一个丈夫，他就是贝特朗。法妮非常勉强地接受了这桩婚姻。她的一个姐姐嫁给了菲特雅梅公爵，另一个嫁给了拉图尔·杜潘侯爵，而她只能被人叫一声贝特朗夫人！后来皇帝也把她的丈夫封为伯爵，好讨得她的欢心，不过法妮没有表现得有多开心。从那时开始，她和拿破仑的关系逐渐冷淡。在贝特朗这个出身寒微的平民眼里，法妮异常美貌亮眼。他完全被自己的妻子打压着，一直耐心承受着妻子的尖刻指责。拿破仑在圣赫勒拿岛时说："这个克里奥尔坏女人天天折磨自己的丈夫。"（《古尔戈日记》第139页）

贝特朗（亨利-格拉蒂安，Henri-Gratien Bertrand，1773—1844）

拿破仑落难后，"圣赫勒拿岛的大元帅"已成了忠诚的代名词，他的名字和那个大名鼎鼎的囚徒永远连在了一起。贝特朗出身寒微，大革命爆发时进了梅西埃工程学校，在热月政变之后成了中尉。之后，贝特朗加入了意大利军，并陪同拿破仑远征埃及。拿破仑到达埃及没多久，就派他去掌管阿布吉尔要塞。当时要塞落到了土耳其人手里，而善用谋略的贝特朗仅仅用了15天就把它再次攻打下来。之后，他被提拔为上校。波拿巴离开埃及后，已是将军头衔的贝特朗负责掌控亚历山大城。埃及之征结束后，他回到法国，被波拿巴任命为工程兵总督察长，并深得后者信任。贝特朗有很强的工事建造技术能力，对波拿巴非常有用，后者认为他就是专业化的贝尔蒂埃。1808年，贝特朗被封为伯爵。1811

年3月，拿破仑让他代替马尔蒙担任伊利里亚省的总督。他在这个位置上干了接近一年时间，然后回到法国。那时，皇帝处境堪忧。贝特朗回到战场，为法国做出巨大贡献，并保护了莱比锡的撤退行动。杜洛克死后，1813年11月18日，拿破仑把他封为皇宫大元帅。他陪同皇帝去了厄尔巴岛，并积极帮助他回到法国。拿破仑第二次退位后，他负责安排拿破仑离国。在圣赫勒拿岛期间，根据他和当地英国政府的关系，贝特朗应该时时刻刻都会遇到不少麻烦。他尽心尽力地完成自己的使命，而且尽其所能地维护主上的利益，然而他没能得到皇帝的喜欢。拿破仑不是不知道大元帅为他做过的种种事，但他觉得贝特朗太过敏感、刻板，不会巴结讨好，不能接受别人的粗暴对待，与拉斯卡斯和古尔戈完全是不同的人。连蒙托隆都是拿破仑遗产馈赠人之一，并拿到了200万法郎，拿破仑还在遗嘱中说："为了表示我对他近六年来悉心照顾的满意，并为了弥补他因为留在圣赫勒拿岛而蒙受的损失。"然而贝特朗只得到了50万法郎，而且拿破仑完全没提到他为自己做了怎样的贡献。拿破仑下葬后，贝特朗回到法国。他还在圣赫勒拿岛的时候，路易十八为了惩罚他对那个被流放者的忠诚，就让陆军审判所判他死刑。（请看蒙托隆1816年5月7日的记录）幸好三年后处罚撤销，贝特朗才能恢复原来的军衔。1830年革命爆发后，贝特朗进入议院。1840年，他陪同茹安维尔亲王去了圣赫勒拿岛，并主持了把拿破仑遗骸迁到荣军院的工作。死后，他被葬在拿破仑墓的旁边。

参考资料：雅克·德·瓦松的《圣赫勒拿岛的大元帅——贝特朗》（Jacques de Vasson, *Bertrand, le grand-maréchal de Sainte-Hélène*）。

贝特朗上尉（Capitaine Bertrand）。

拿破仑从厄尔巴岛回来时身边的一个军官。

贝特朗·德·莫勒韦尔（安托万-弗朗索瓦，Antoine-François Bertrand de Molleville，1744—1818）

旧制度时期布列塔尼总督，因为一场地方暴乱被迫离职。他一开始就非常敌视大革命。当上路易十六的私人资政顾问后，他在1791年3月被任命为海军部长，然而1792年3月又被迫辞职。对他信任有加的国王就让他负责掌管密探工作。波旁王朝覆灭后，他逃到了英国，直到波旁复辟后才回国。拉斯卡斯在伦敦流亡的时候和他有过几面之缘。

贝托莱（克劳德-路易，Claude-Louis Berthollet，1748—1822）

一个祖籍并非法国的著名化学家，原是撒丁岛人，后在都灵学习。1778年，他加入法国国籍，成为奥尔良公爵的私人医生，并在1780年进入法兰西科学院。1794年巴黎综合工科学校建立，他在学校教授化学。1796年，督政府把他派往意大利，负责挑选艺术作品，把它们运往巴黎。就是在那时，贝托莱和当时的意大利军总司令建立了密切的关系。波拿巴对科学格外感兴趣，想通过这位老师了解其中的奥秘。波拿巴打算征战埃及时，只把这个秘密告诉了贝托莱一人，且由贝托莱负责挑选随行学者。贝托莱唯一能告诉这些学者的，就是波拿巴会和他们在一起。雾月十八日以后，贝托莱被任命为农业部长和元老院议员，并被授予荣誉军团勋章。然而，他后来依然投票支持皇帝退位。路易十八后来也起用了他，让他进了贵族院。

贝西埃尔（玛丽-珍妮，Marie-Jeanne Bessières，1782—1840）

1801年嫁给贝西埃尔为妻，是一位非常虔诚的天主教信徒，结婚时坚决要求由一个没有宣过誓的教士来主持婚礼。阿布朗泰斯公爵夫人觉得她就像一尊创作于文艺复兴时期的圣母像。拿破仑告诉她的丈夫的死讯时，为了宽慰她，谎称元帅并没遭受多大痛苦，登时就去了。然而她当时的想法是：" 唉！要是我的丈夫死得慢些，有时间向上帝做最后的忏悔，那我才更感宽慰。"贝西埃尔丢下她一个人在世上，过着无比贫穷的生活（他似乎把皇帝慷慨赏给自己的所有家产都拿去养歌剧院的一个舞女了）。拿破仑尽量资助她，好让她过上以其身份该过的生活。在圣赫勒拿岛时，拿破仑还回忆起了她，并把贝西埃尔的儿子写进了自己的遗嘱。

参考资料：阿贝尔·贝西埃尔的《贝西埃尔元帅》（Albert Bessières, *Le Maréchal Bessières*）。

贝西埃尔（让-巴蒂斯特，伊斯特利亚公爵，Jean-Baptiste Bessières，duc d'Istrie，1768—1813）

缪拉和拉纳的同乡。父亲通过博彩赢得了一小笔财产。大革命爆发时，他刚在医学院完成学业，然后在国民自卫军里当了个军官；后受他所在的省的指派，进入国王宪法护卫队效力。护卫队被解散后，贝西埃尔进入比利牛斯军，引起了奥热罗的注意。1796年，贝西埃尔加入意大利军。在克雷莫纳战役后，贝西埃尔担任开路军指挥官，负责保卫总司令的人身安全。这支军队就是未来执政官护卫军的雏形，而后者日后成了大名鼎鼎的帝国护卫军。贝西埃尔忘我地投入到这支军队的工作中。1804年，他被提拔为元帅，1809年被封为伊斯特利亚公爵。1813年5月1日，在魏森费尔斯，一枚炮弹击中贝西埃尔的胸膛，他当场死亡。拿破仑在圣赫勒拿岛时曾这么评价他："这是一个优秀的骑兵队军官，不过有些冷血；他太冷淡了，而缪拉又太热血了。"（语出《古尔戈日记》1816年12月8日内容）

参考资料：阿贝尔·贝西埃尔的《贝西埃尔元帅》（Albert Bessières, *Le Maréchal Bessières*）。

庇护六世（让-安吉·布拉西，Jean-Ange Braschi，Pie Ⅵ，1717—1799）

教廷总财务官，1773年成为红衣主教。两年后的1775年2月15日，他被选为教皇。庇护六世在1791年3月10日的敕书中直接表态反对法国大革命，意在抨击国王在去年12月26日通过的《教士民事基本法》。从那时起，圣座和新生的法国便开始了你死我活的斗争。革命运动之所以迅速蜕变为宗教战争，和庇护六世有莫大的关系。由于他的固执，1792年9月，100多个教士被屠杀；由于他在背后煽动骚乱，巴斯维尔和杜佛失去性命。杜佛遇害后，法军进入罗马，庇护六世被带到了瓦朗斯。1799年7月14日他到达此地，六周后死去。

参考资料：弗朗西斯科·贝卡蒂尼1841年的《庇护六世的故事》（Francesco Beccatini, *Storia di Pio Ⅵ*），儒勒·让德理1907年的两卷本《教宗庇护六世的一生》（Jules Gendry, *Pie Ⅵ, sa vie, son pontificat*），塞佩1922年发表在《历史疑谈》第150～158页上的《波拿巴和庇护六世》（Sepet, *Bonaparte et Pie Ⅵ*）。

庇护七世（格雷古瓦·基亚拉蒙蒂，Grégoire Chiaramonti，Pie Ⅶ，1742—1823）

庇护六世的接班人，西比翁·基亚拉蒙蒂伯爵的儿子。16岁时，他更名为格雷古瓦，披上圣衣。1775年，他成为罗马一家修道院中的二品修士。他的亲戚庇护六世先后把他升为神父、主教（1782）和红衣主教（1785）。在15年时间里，基亚拉蒙蒂主教大人平静地生活在伊莫拉教区。1796年，这个地区从教皇属国中脱离，被并入新生的奇萨尔皮尼共和国。基亚拉蒙蒂主教大人表现出和新政权合作的意向，在1797年12月25日对他的教徒布道说："福音书并不排斥我们采纳民主政府这一形式；相反，新政府提出的崇高品格只能在耶稣基督的门派中才能看到……让我们所有人都当基督徒吧，你们将会是优秀的民主人。"庇护六世死后，红衣主教齐聚威尼斯。经过104天的教皇选举会，在极有影响力的选举会秘书康萨尔维的支持下，红衣主教基亚拉蒙蒂于1800年3月14日被选为教皇，名号是庇护七世，以表达他对既是恩人又是朋友的前任教皇的感激。之后，庇护七世来到当时正被奥地利军和拿破仑军占领的罗马城。康萨尔维很快就因当初的鼎力相助得到了回报，被任命为教皇属国秘书。马伦哥战役后，法军再度控制了意大利，波拿巴派人告诉教皇：他打算在法国重建天主教。庇护七世说"这是个再好不过的消息"。为了让谈判工作在教廷内部人员的引导下进行，庇护七世封康萨尔维为红衣主教。当时，罗马城四处流传着这句讽刺谚语："庇护六世为了保护信仰而失去宗座，庇护七世为了保护宗座而失去信仰。"和一些红衣主教反复讨论后，庇护七世同意前往巴黎为皇帝加冕。通过此举，他意在争取拿破仑的支持，让他和圣座的关系变得更加紧密。但教皇和皇帝的蜜月期并没延续多久。由于庇护七世拒绝在米兰加冕他为意大利王，拿破仑非常恼火。当时拿破仑并没采取任何行动，但登基几个月后，他让法军占领了归属圣座的港口城市安科纳。庇护七世于1805年11月13日写信抗议，皇帝于1806年1月7日回信说：他是以教会的"保护者和长子"的身份做下这件事的。随后，他要求把所有英国人、俄国人、瑞典人和萨尔丁人从教皇属国中驱逐出去。庇护七世拒绝了。于是，拿破仑占领了贝内文托和蓬特-科沃这两个公国，把其中一个送给了塔列朗，另一个送给了贝纳多特。1808年2月2日，米奥利斯将军占领罗马，庇护七世只拥有临时行政权。这个"临时"便是15个月。1809年5月17日，拿破仑在美泉宫主营中发布了一道法令，宣布教皇属国通通归法兰西帝国所有，且一个议会将从1810年1月1日起着手控制教皇属国，执行宪法体制。合并法令被公之于众，罗马人对此议论纷纷。庇护七世觉得他应该向欧洲天主教揭发这种抢劫行为，把强盗逐出教会。早在1806年，他就让封塔纳神父准备好了开除教籍的敕书，只等往上面填革除教籍的原因了。1809年6月10日，圣安吉城堡礼炮响起，教皇旗落下，法国国旗高高飘扬。在号角声中，法国向该城所有街区发布了教皇属地被并进法兰西帝国的法令。这份法令同时被带给了庇护七世，他读完后，在一封用意大利文写成的抗议信上签下名字，令人当夜将其贴到城中各处。继康萨尔维后担任教皇属国秘书的红衣主教帕卡，问他是否要发布命令，将开除教籍的敕书公告天下。教皇犹豫了，问他的属下："您若在我的位置上，会怎么做？"帕卡回答："尊敬的圣父，请抬头看看天空，给我们下令吧。"庇护七世听从了红衣主教的意见。他沉默了一阵子，然后宣布："就这样吧，把敕书传给各个宫廷。"当夜，各大教堂的墙上贴满了除教敕书。一个罗马人在城中闲逛时看到敕书，把其中一份撕下来带给了米奥利斯将军。将军把它拿给议会主席萨利切蒂看，后者立刻派信使将其呈给拿破仑。但直到7月4日，意大利的法国宪兵队统领拉代将军才收到逮捕教皇的命令。我们完全有理由相信，在此期间，拿破仑也在反复权衡，最后才做此决定。后来，他在圣赫勒拿岛上对此矢口否认。可如果这位军官果真是私自做主或误读了皇帝的命令才干出逮捕教皇这种事，那他为什么几个月后却被封为男爵，还得到了4000法郎的赏金呢？5日当夜，拉代来到梵蒂冈。教皇被一个高级教士唤醒，来到他平常接见别人的大厅中。拉代宣布，他代表皇帝，奉命要求教皇放弃对罗马的世俗统治权；如果教皇拒绝，他将奉令把他带到米奥利斯将军那里。我们都知道庇护七世做了怎样的回答："我们不能、不应，也不愿放弃或让出不属于我们的东西。世俗统治权属于教会，我们只是它的管理者罢了。皇帝可以把我们大卸八块，但他不可能获得我们的允许。"于是，拉代请他准备上路。被允陪伴教皇一同出发的帕卡抓紧时间写了一封宣言，庇护七世在里面向罗马居民做了告别，宣布做出这件事的那些人"会在上帝面前对这次加害行为背负责任"。教皇被软禁在萨沃内，但拿破仑对他并无太多骚扰。在前往俄国发动战争之前，他把教皇转移到了枫丹白露。换言之，皇帝刚离开枫丹白露，庇护七世就抵达此处。拿破仑回来后，让他又签署了一份政教协议，教皇在里面宣布放弃他的所有世俗权力、一部分宗教统治权，同意住在法国。据说这位老人是被暴力强迫才签了字，拿破仑在盛怒之下抓住教皇的头发，把他摁在地上，但这个说法并不可信。不过我们可以想见，拿破仑当时肯定如他一贯的那样，陷入狂怒情绪，对对方各种痛骂威胁，说了些亵渎神明的话。总之，拿破仑和圣座达成和约了，至少他心底是这么想的。他令人立刻把这份新的协议交给立法院（1813年2月13日），为了表达自己的善意，还把因为拒绝参加他和玛丽-路易丝的婚礼而被流放在外的红衣主教召了回来。忠心耿耿的红衣主教帕卡终于离开了他长期被囚之地——费内斯特雷莱，和教皇重聚。被关在樊尚的红衣主教彼得罗、加夫列里和奥比佐尼也都去了枫丹白露。在他们的影响下，庇护七世开始反抗拿破仑，宣布他之前签署的政教协议只是为将来的协商工作做铺垫工作的草稿文件，实际并不具备官方效力。他当时仍在枫丹白露。1814年1月11日，缪拉背叛了拿破仑，在联军的同意下占领了教皇属国。这件事大大缩短了庇护七世的被囚时间：拿破仑决定把他放回教皇属国，因为他宁愿把这些地盘交给教皇，也不愿意它们落到一个叛徒的手上。1月23日，教皇离开枫丹白露。他在一支宪兵队的保护下穿过法国，经过萨沃内，3月23日抵达普莱桑斯附近的菲伦佐拉，发现周围都是联军。他待在自己从前的主教辖区伊莫拉，等到法国的事情都了结，他的红衣主教和高级教士都被放回来了，才在他们的陪伴下返回罗马。

参考资料：阿尔陶·德·梅讷高1837年的三卷本《庇护七世的一生》（Artaud de Ménegaud, *Vie de Pie Ⅶ*），亨利·威尔辛格1904年的《教皇和皇帝》（Henri Welschinger, *Le Pape et l'Empereur*）。

比洛（弗雷德里克-纪尧姆·德，Frédéric-Guillaume de Bülow，1775—1816）

普鲁士军人世家出身，14岁就进入部队。1792年，比洛当上上尉，在攻打法国期间听从布伦瑞克公爵的号令；之后，他还听从布吕歇尔的指挥，参加过埃劳战役和弗里德兰战役。《蒂尔西特条约》签署后，他被封为将军。不过比洛实际上在1813年之后才开始崭露头角、屡建奇功。他指挥了什切青围攻战，接下来又在默克尔恩取胜，一直打到马格德堡。之后，他在卢考又战胜法军，解了柏林的燃眉之急。接下来，他在格罗贝伦大胜，第二次救下普鲁士首都。1813年9月6日，比洛在登纳维茨彻底打败内伊，第三次解救了柏林。因为这次大捷，比洛被封为登纳维茨伯爵，还在柏林大学获得荣誉博士学位。莱比锡战役之后，他"解放"了比利时和荷兰，从北部边境进入法国。他丢下无数要地，直接占领了拉费尔和苏瓦松，之后指挥大军直扑巴黎。法国和联军签署和约后，比洛被任命为东普鲁士总督。1815年5月，布吕歇尔让他指挥一支军队。比洛执行上司的命令，在滑铁卢战场上神出鬼没，让法军防不胜防，为联军取胜做出不可磨灭的贡献。巴黎投降后，比洛回到哥尼斯堡，六个月后在此地去世。人们在柏林的菩提树大道上为他竖立了一座大理石雕像，并把它和布吕歇尔、沙恩霍斯特（Scharnhorst）的塑像放在一起。比洛被德意志人视为他们最有学问的一个将军，同时是音乐作曲家（他写过一首弥撒曲,还着手改编了《圣经》第五十一、第一百诗篇)。

参考资料:朱尔斯·塞莱斯坦·泽维尔·奥古斯特·杜瓦尔的《拿破仑、比洛和贝纳多特》(Jules Célestin Xavier Auguste Duval, *Napoléon, Bülow et Bernadotte*)。

比尼翁(巴龙,Baron Bignon)

外交官和历史学家。拿破仑从厄尔巴岛回来后,委派他去分析塔列朗留下的文件,把其中"当受批判的内容摘录"公布出来。

比西(大卫-维克多-贝利·德,David-Victor Belly de Bussy)

一个王室军官,1792年流亡在外,1797年回国。

俾约-瓦伦(雅克-尼古拉斯,Jacques-Nicolas Billaud-Varenne,1756—1819)

他最开始是拉罗歇尔的一个律师,随后在瑞伊的奥拉托利教会学校做学监,法国大革命爆发前夕去了巴黎碰运气。他才进入政界时只是一个无名小卒,虽然频频出入雅各宾社团,但由于他神色阴郁、举止笨拙、不善社交,所以长期以来都是社团里的边缘人物。瓦伦出逃事件发生后,他大胆地站在讲台上,向社团提议说:"今天君主制几乎是被推翻了。所以大家应该把这个问题提上日程:哪种体制更适合法国,是君主制还是共和制?"此话一出,众人哗然。听了他这番言论,雅各宾派大怒,把俾约-瓦伦赶出了议事大厅,还将他从俱乐部会员名单中除名。但由于雅各宾派在练兵场惨案后内部产生分裂,三周后,他又重新加入了社团。1791年12月5日,俾约-瓦伦又发表讲话,反对鼓吹宣战的吉伦特派。吉伦特派中有许多口齿伶俐的演讲家,而俾约-瓦伦既没有丹东那样绝妙的口才,又不能像罗伯斯庇尔那样有理有据,可是他那充满阴郁和野性气息的脸把众人吓到了,他说的那些严峻的事实也终于取得了效果。8月10日后，俾约-瓦伦代替丹东担任部长。他在九月屠杀中扮演的角色应该得到人们更多的重视才对。这一"国民复仇事件"一结束，俾约-瓦伦就被选为巴黎代表，进了国民公会。1793年9月5日，也就是恐怖统治掀开帷幕的那一天，俾约-瓦伦进入了公安委员会。罗伯斯庇尔没有，或者是不愿意和他交好。之后，委员会内部掀起了残酷的斗争，最后俾约-瓦伦终于满意地看到这个"偶像"被人推翻。但热月政变之后，他也遭到了公会同僚的批判，被发配到了圭亚那，在那里有一小块自己的地，远离世人，生活了近20年。在这段时间里，他心中一直充满悔恨，恨自己先后把丹东和罗伯斯庇尔送上了断头台，因此"杀死了自由"。

参考资料：阿尔弗雷德·贝吉思的《俾约-瓦伦未出版的回忆录和书信集》（Alfred Bégis, *Billaud-Varenne…Mémoires inédits et correspondance*）。

比扎内（纪兰-劳朗，Guilin-Laurent Bizanet，1755—1836）

法国大革命爆发前夕曾是炮兵队的中士，但被赶出了部队。1791年，他被伊泽尔省第二营志愿军选为中校，1793年被提拔为将军，担任过摩纳哥、土伦、马赛、科隆、贝亨奥普佐姆等地的指挥官。在荷兰的贝亨奥普佐姆时，他表现优异，在1814年3月9日击退了企图登陆的英军。后来，路易十八给他颁布了圣路易骑士勋章，但也让他退休了。百日王朝时期，拿破仑任命他为土伦总督。路易十八回来后，他又隐退了。后来路易-菲利普恢复了他的中将军衔（这是拿破仑从厄尔巴岛回来后颁给他的），于是比扎内一直干到1833年78岁高龄的时候才退休。

宾汉（乔治爵士，Sir George Bingham，1776—1833）

步兵第53团总指挥官，也是圣赫勒拿岛卫戍部队指挥官。根据奥地利特派员斯图尔默的叙述，从1815年到1820年，他在岛上"普遍受人尊重和爱戴"。1818年，他被任命为岛上民事议会的首席议员。由此可见，他当时已被视为哈德森·洛韦的接班人。

博阿尔内（艾米丽·德，Émilie de Beauharnais）

请看词条"拉瓦莱特夫人"。

博阿尔内（奥坦斯·德，Hortense de Beauharnais，1783—1837）

欧仁的妹妹。1785年约瑟芬和她的第一任丈夫分居后，小奥坦斯跟着母亲，并在1788年随母亲去了马提尼克岛。根据公会法令，前朝贵族子女也要过人民大众的生活，于是奥坦斯被送到一家裁缝店学习。热月九日后，约瑟芬在巴黎社交圈恢复地位，把女儿的教育托付给了刚邦夫人。去了刚邦夫人那里后，奥坦斯遇到了拿破仑最小的妹妹卡洛琳，后者最后成了她最可怕的敌人。雾月十八日后，奥坦斯和母亲一道住在卢森堡公馆。她很喜欢拿破仑，拿破仑对这个继女的殷勤态度也引发了各方人士的恶意猜测，甚至拿破仑自己的妹妹（尤其是卡洛琳）都到处散播谣言说奥坦斯是拿破仑的情妇。后来，博阿尔内听从继父的安排，嫁给了路易·波拿巴，哪怕自己对此人没有任何感情；路易也违心地接受了这桩婚姻。旁人觉得，他不过是个遮掩哥哥和继女乱伦关系的幌子罢了。卡洛琳在路易耳边一个劲嚼舌根，最后终于说服他相信奥坦斯生下来的第一个孩子不是他的，而是拿破仑的种。拿破仑有意领养这个孩子，路易拒绝了。他们的第二个孩子诞生于1804年，第三个也就是后来的拿破仑三世诞生于1808年（有人说这个孩子的父亲是一个荷兰富裕贵族）。奥坦斯的丈夫厌恶了统治国家，宣布退位后，夫妇俩离婚。之后，奥坦斯成为塔列朗的私生子、哥哥欧仁的同僚弗拉奥伯爵（Flahaut）的情妇（1811年出生的莫尔尼公爵被认为是他俩的孩子）。

拿破仑第一次退位后，联军对奥坦斯格外尊敬，亚历山大一世还在路易十八那里给她争取到了圣洛女大公的头衔。百日王朝期间，她带着自己的几个孩子住进了杜伊勒里宫，拿破仑把玛丽-路易丝和罗马王的宫殿交由她使用。滑铁卢战役之后，她随拿破仑去了马尔梅松，因此惹来更多非议。之后的15年里，奥坦斯一直在异国他乡过着居无定所的生活，后来在路易-菲利普的允许下回到法国。梅特涅在回忆录中谈到她时，说："奥坦斯一直在拿破仑的人生中扮演着某个角色。拿破仑爱她，但他对她百依百顺的态度引起了妹妹们的忌妒。拿破仑的家事甚至许多国事，都应归咎于此。"

参考资料：让·哈诺多的《奥坦斯王后回忆录》（Jean Hanoteau, *Les Mémoires de la reine Hortense*）。

博阿尔内伯爵（克劳德，Claude de Beauharnais，1756—1819）

法国大革命初期在法兰西警卫队担任上尉，后被巴黎贵族阶层选入三级会议，接替了辞职的拉利-托朗达尔。由于不爱表现，博阿尔内伯爵平安度过了腥风血雨的大革命时期。拿破仑后来让他进了元老院，并将他封为伯爵和皇后的荣誉骑士（他是皇后的堂兄），赐他忠诚荣誉大勋章。波旁复辟后，他进入了贵族院。

博阿尔内（欧仁，Eugène de Beauharnais，1781—1824）

约瑟芬皇后在第一次婚姻中和博阿尔内将军生的一个儿子。根据公会针对前朝贵族子女颁布的法令，将军把自己的这个孩子送到一个细木匠那里当学徒。不过欧仁在那里待了没多久，父亲的朋友奥什就把他带去了旺代。当时欧仁才13岁，没有特定职位，被人叫去做各种细碎的小活，一会儿当司书，一会儿是总司令的传信人。后来他在回忆录中说："老师非常严格，学校的日子不算难熬，但也不太好过。"几个月后，热月政变，约瑟芬恢复社会地位，把她的儿子叫了回来，让他回学校完成学业。葡月十三日的第二天，还是学生的欧仁被引荐到波拿巴将军家中。拿破仑对两人这次见面的回忆（拉斯卡斯回忆录里的相关内容），与欧仁本人在回忆录里的讲述大为不同。欧仁是这么说的："葡月十三日的第二天，当局颁布法令，禁止巴黎市民保存任何武器，违者一律处死。我想把父亲佩戴过的一把宝剑留下来……于是我去请求波拿巴将军。我善于察言观色，有些回答勾起了将军的兴趣，让他想去看看我家是何状况。第二天他派人传令，说我可以留下这把我无比渴望拥有的剑。"根据他的话，是拿破仑先去了约瑟芬家中，而不是约瑟芬先去拿破仑那里表示谢意。不过不管怎么说，博阿尔内夫人成了波拿巴夫人。后来欧仁跟随继父前往意大利，头衔是临时少尉，成了拿破仑的副官。由于当时他只有15岁，陆军部长受人所托，在督政府那边"为一个年轻，其年纪和才华无不引人注意的公民美言几句，此人就是会永远被祖国缅怀的已故的博阿尔内将军的儿子"。后来，欧仁陪着波拿巴前往埃及，又和他一道回到法国。雾月十八日以后，他和第一执政官的其他副官一道住在小卢森堡公馆中。欧仁在回忆录中说："我们那几天和一个执达员待在一起，我们的任务和他的差不多。我不太喜欢这里，一心想着出去。没过多久，当局创立了执政官护卫队，于是我有了机会。我找到了波拿巴将军，请求加入护卫队，并老实解释了相关原因……他一点儿都没生气，反而拍手赞同我的这个决定。"之后，欧仁在军队中迅速升迁：1802年被提拔为上校，1804年被提拔为将军（那时他才23岁），一年后又在意大利共和国转型为王国期间被封为意大利副王，住在米兰，迎娶巴伐利亚国王的女儿为妻。他是一个严肃认真、做事勤恳的小伙子，不过并没有过人的天赋。他之所以升迁得如此之快，纯粹是因为他的母亲希望他继承帝位。欧仁在工作中老实本分地执行继父颁布的命令，后者也挑选了许多能干人士来当他的左膀右臂。欧仁知道自己在治理国家方面纯粹是个新手，于是放手让自己的大臣去积极地把他的王国"法国化"。拿破仑对他很满意，后来对古尔戈说："他（欧仁）把意大利治理得井井有条，让我挑不出任何错来。"（《古尔戈日记》1817年5月25日内容）然而，欧仁不懂如何取得子民的爱戴，拿破仑说是"因为他太吝啬"。也许还有一个皇帝不可能不知道的原因：谁都无法强迫一个民族去爱戴外国征服者强加给他们的一个主人。1809年，拿破仑被西班牙绊住手脚，奥地利趁机再次发起进攻。欧仁接到命令，要在伊松佐河拦住敌军，但被约翰大公打败，不得不后撤。麦克唐纳领兵前来支援，欧仁和大军团会师，参加了瓦格拉姆战役。后来，他负责准备母亲的离婚事宜，向元老院宣布皇后退位。拿破仑为此大大嘉奖了欧仁，不仅把法兰克福赐予他，还将此地封为大公国，于是欧仁就成了大公（不过这个头衔他并没持有多久）。后来，欧仁跟随皇帝征战俄国。缪拉宣布要回自己封国之后，拿破仑派他接管缪拉的职位。这一次，欧仁优秀地完成了肩上的任务。他一路带领残兵撤离俄国，带着他们穿过波兰，一直回到萨克森王国腹地，为拿破仑夺取吕岑战役的胜利创造了有利条件。然而由于奥地利人计划侵略意大利，欧仁不得不迅速离开德意志、组织军队抵抗敌军。没过多久，联军入驻巴黎、皇帝退位，欧仁的努力都白费了。他带着3000万财产和米兰的所有银器（这是古尔戈1817年5月25日日记中拿破仑所述）回到巴伐利亚。他的岳父马克西米利安把洛伊希滕贝格公国和因戈尔施塔特公国封给了他。欧仁在人生最后几年一直致力于拿破仑退伍老兵的福利工作。拿破仑在圣赫勒拿岛上时，评价说："欧仁为人正直，我知道他有判断力、品德过硬，却缺少一种能让他脱颖

而出、成为一代伟人的天赋和果敢。"(《古尔戈日记》1815年12月1日内容)

参考资料：阿达贝尔·德·巴伐利亚亲王的《拿破仑的继子》（prince Adalbert de Bavière, *Le Beau-fils de Napoléon*）。

博阿尔内（斯蒂芬妮，Stéphanie de Beauharnais，1789—1860）

克劳德·德·博阿尔内的女儿。母亲死后，她无人问津，后被她母亲的好友、一个富裕的英国女人收养，进了修道院。拿破仑从约瑟芬口中听到她的事以后，下令把她带到巴黎，将其收为养女，并把她送进刚邦夫人的学校。17岁时，斯蒂芬妮嫁给了巴伐利亚公主的前未婚夫巴登亲王。1806年4月7日，两人在杜伊勒里宫举办了盛大的婚礼。新娘的亲生父亲也有出席，不过是躲在前来朝贺的大臣中间。斯蒂芬妮最开始似乎很害怕她的丈夫，后来也就习惯了，而且巴登亲王待她一片真心，哪怕拿破仑退位了也拒绝和她离婚。

参考资料：罗格·里吉斯的《波拿巴的野孩子——斯蒂芬妮》（Roger Régis, *Stéphanie, la sauvageonne de Bonaparte*）。

博阿尔内子爵（亚历山大，Alexandre de Beauharnais，1766—1794）

克劳德·德·博阿尔内的弟弟，旧制度时期一个步兵军官，也是第一批宣布效忠新政府的军官之一。后来他被选入三级会议，还曾担任过半个月的议会主席。在他担任主席期间，路易十六逃跑。制宪议会解散后，他担任莱茵河方面军总参谋长，在1793年被升为总司令，然而由于"在战斗中，15天里毫无作为，导致美因茨失守"，他立刻被解职，之后上了断头台。随后波拿巴坐上他的位置，从此青云直上。

博阿尔内（约瑟芬，Joséphine de Beauharnais）

请看词条"约瑟芬"。

波茨措·迪·博尔哥伯爵（夏尔-安德烈，Charles-André de Pozzo di Borgo，1764—1842）

科西嘉岛的一个贵族，家境贫寒但野心勃勃。在比萨大学完成学业后，他回到科西嘉岛，和波拿巴兄弟走得很近。不过保利回来后，波拿巴兄弟因为在一定程度上偏向于保利，所以成了波茨措·迪·博尔哥的死敌。在此期间，波茨措·迪·博尔哥在科西嘉岛人中声望颇高。1791年，他们把他选进了立法议会。来到巴黎后，波茨措·迪·博尔哥被国王特使收买。8月10日后，人们在国王的一个铁匣子中发现了一些文书，发现波茨措·迪·博尔哥和宫廷相勾结。他当即逃回了科西嘉岛。没过多久，英国人来了。波茨措·迪·博尔哥同意替他们卖力，并成了科西嘉岛新统治者成立的"参政院"的主席。英国人被赶走后，波茨措·迪·博尔哥的财产被悉数充公，他逃到伦敦避难。1798年，他前往维也纳，又从那里去了圣彼得堡。亚历山大一世很看重他，让他当自己的巡游特使。从那时起，所有为对付法国而设计的外交阴谋活动都和这个科西嘉岛的通缉犯脱不了关系。《提尔西特和约》签订后，拿破仑要求引渡波茨措·迪·博尔哥。他听闻风声后立刻逃回伦敦。之后，他受雇于英国政府，负责和俄国重新展开谈判工作，并成功完成任务。拿破仑退位后，联军君主把他派到英国，把路易十八请回法国。之后，他成了俄国外交界数一数二的要人。尼古拉一世先后任命他为驻法大使和驻英大使。1839年，波茨措·迪·博尔哥退休，在巴黎度过晚年。

参考资料：阿德里安·马焦洛1890年的《波茨措·迪·博尔哥》（Adrien Maggiolo, *Pozzo di Borgo*）。

博多（弗朗索瓦-马利，François-Marie Bottot，1795—1862）

旧制度时期的一个牙医，大革命时期担任治安法官，热月九日以后成为安全总委员会的领导人物。巴拉斯让他当自己的私人秘书，并让他跟在意大利方面军总司令身边当联络员，但博多和波拿巴的关系很不好。回到法国后，他在蒙德比杰担任行政官员，同时继续帮巴拉斯干些私人事务。雾月十八日那天，博多被巴拉斯派到圣克鲁看看那边是何情形。他正要离开元老院议事大厅，就落到波拿巴的手里，还被他打骂了一番。一个月后，博多入狱，不过只在里面待了六周时间，之后被逐出法国。1805年，博多被允许留在约讷省，一直处在警察的监视下，在那里一直住到帝国灭亡。

伯顿（乔治，George Burton）

英国海军上将，东印度军驻地指挥官，1815年去世。

博尔达（让-查理，Jean-Charles Borda，1733—1799）

数学家、海军军官。在拉夫莱什军校完成学业后，他进了工程兵团。23岁时，博尔达写了一篇关于抛物线的论文，因此名扬天下，并被选入法兰西科学院。1767年，博尔达进入海军效力，参加了多次科学考察活动。1781年，他指挥一艘战舰将军队送往马提尼克岛。完成任务后，他的船被英军截获，但他被释放了。大革命期间，博尔达接受委任，和德朗布尔（Delambre）、梅尚（Méchain）一道改革计重和刻度法，还为物理学做出了重大贡献。

博盖塞（弗朗索瓦，阿尔多布朗蒂尼亲王，François Borghèse, le prince Aldobrandini，1776—1839）

20岁时当上罗马国民自卫军的军官，在法国军队中军功卓越，先后担任麦克唐纳将军的传令官、帝国护卫军辎重队队长，还是第四重骑兵团上校。他在瓦格拉姆战役中右手受伤，六个月后成了皇后玛丽-路易丝的侍从武官，并在1812年成为一个旅的将军。路易十八封他为圣路易骑士，把他留在法国军队中。六月革命后，他被升为中将，然后退休。没过多久，他的哥哥卡米尔去世，死后无裔，他便继承了哥哥的巨额遗产。

博盖塞（卡米尔亲王，Borghèse, le prince Camille, 1775—1832）

阿尔多布朗蒂尼亲王的哥哥，出身于罗马最著名、最富裕的贵族家庭，父亲马克-安托万亲王是教皇保罗五世的侄子。法军进入意大利后，他被迫缴纳巨额赋金，只好变卖了自己的大部分家产和许多银器。当时，年轻的卡米尔亲王是意大利第一批接受法国大革命理念的贵族。有人恶毒地揣测：他这么做是为了保住自己家族缴纳赋金后剩下的依然庞大的家产（这"剩下的"可不是一丁点儿财产，缴纳赋金后，卡米尔依然有200万年收入）。他的弟弟弗朗索瓦则站在教皇阵营那边，这样即便哥哥失势了，家族依然地位不倒。1798年7月14日，罗马举办大型庆祝活动，卡米尔在庆典中把他的家族徽章扔进正在焚烧红衣主教帽子和圣殿文献的火堆里，带领众人围着火堆跳起了法兰多拉舞。1803年春，他来到巴黎，被引荐给了第一执政官。曾在巴黎负责托斯卡纳政府公务的安吉奥里尼骑士（Angiolini）当时得到任务，带领年轻亲王拜访首都各大沙龙（据说安吉奥里尼当时纯粹是听了红衣主教卡普拉拉的建议）。安吉奥里尼认为卡米尔可以成为第一执政官的妹妹保琳的良人（当时刚刚丧夫的保琳才回法国没多久），于是经常跟约瑟夫和莱蒂齐娅提到他。莱蒂齐娅很快就赞同了这桩婚事。于是，卡米尔受邀来到约瑟夫的死泉庄园。巧合的是，当时保琳也在那里。知道这位亲王每年有200多万的收入，在意大利各处还有许多宫殿后，保琳对他产生了莫大的兴趣。几天后，红衣主教卡普拉拉也去试探了一下第一执政官的想法，后者说"他当然非常愿意自己的妹妹再婚给罗马人，只要对方的社会地位能够和她稍稍匹配就行"。当时安吉奥里尼正在"做卡米尔的工作",因为他看上去似乎有些犹豫。安吉奥里尼给约瑟夫写信说:"博盖塞对这件事更多的是怕,而不是惊。我们谈了很久,但他依然没有拿定主意。"不过两天后,安吉奥里尼写信说:"事成了。"第一执政官掏了50万法郎当嫁妆,保琳又从拿破仑不久前私自赏给她的一笔款项中掏了30万法郎加在上面。这80万法郎是给博盖塞的,但从今以后所有财产都归夫妇共有。此外,卡米尔亲王每年还要掏2万法郎给妻子买首饰;要是他先于保琳去世,保琳可拿回放在他那里的嫁妆,还可得到50万法郎的年收入,同时获得博盖塞名下的宫殿、地产。1803年8月28日,两人举办婚礼(勒克莱尔死于1802年11月2日,根据波拿巴才颁布的《葬礼习俗法》,她应该过了一年零六周的服丧期后才能再嫁,然而保琳不顾哥哥的反对,坚持在这个时候举行婚礼)。之后,夫妇俩定居罗马。三个月后,安吉奥里尼从他的亲王朋友那里收到这么一封信:"亲爱的朋友,首先我请您原谅我之后再没给您写过信……其中原因很多,最主要的是我一直都对保琳不满。她愚蠢地被我抓了个现行,要不是我拿到了她的一封信,也许我一辈子都发现不了这件事。我觉得,要是她无法给出让我满意的解释,我们的婚约誓言就一笔勾销得了。她向我坦白,结果完全是在跟我鬼扯,不过我也不想听什么解释了。我只提出了一个要求,把我们从法国带来的人全部打发回去。我这么做不是在任性赌气,而是经过了仔细的考虑。他们中没有一个人值得我尊敬,还会破坏我和保琳今后的平静生活……我努力不让别人发现我心情恶劣,然而我自己独处的时候忍不住情绪失控,不仅因为我因另一个男人而被牺牲了,还因为我实在做不到不去想这件事……不知这件事会如何结束。"安吉奥里尼以哲学家的口吻安慰道:"朋友,女人啊,尤其是那些还没到某个年纪的女人，只想着她们想得到的东西，而且我们还不能靠蛮力或权势把她们留在身边。"骑士说，他应该心胸宽大点儿，必要时也要表现出坚毅的一面，因为女人"最喜欢看到男人这个样子"。信的最后，他还给卡米尔提了一个明智的建议："给保琳一个儿子，您和她的生活就幸福得多了。"然而对这个不幸的亲王来说，这件事虽不是不可能，但也很难办到。此外，保琳看卡米尔也越来越不顺眼，没过多久，她就找到一个极好的借口，摆脱了自己的丈夫：她请求拿破仑把卡米尔派到军队里去。皇帝觉得这个大个子年轻人性情温和、缺乏阳刚之气，实在不是行军打仗的好料子，于是让他这个妹夫担任骑兵方队队长，跟在被派到布洛涅的投弹部队后面，并令他立即和自己的部队会合。卡米尔看上去很高兴，从布洛涅给他的朋友安吉奥里尼写信说："我从没这么开心过。"拿破仑也很高兴这个随和的妹夫对行军打仗之事如此积极，第二年就升他为上校，之后又升他为将军，还在1808年让他担任才被皇帝分为五个省的"外阿尔卑斯山总督"，年俸为100万法郎。不过这么一来，卡米尔亲王就得和保琳一起生活了，这也是皇帝的意思。两人并没有过多久的夫妇生活。保琳从她的哥哥那里求到了讷伊城堡这个礼物，于是跟丈夫说她必须住在那里，以维持城堡原貌。保琳走后，再没回来。卡米尔觉得这不失为一个解决问题的好办法，巴不得一个人待在都灵，过着奢侈浪费、夜夜笙歌的生活。1814年拿破仑退位时，卡米尔仍在都灵。他干脆地把自己的"总督府"交给了奥地利人，回到佛罗伦萨。1814年8月9日，卡米尔宣布辞去法国职位。教皇多次叫他去罗马，但他对此充耳不闻：他不想和当时得允住在博盖塞家族宫殿里的保琳相遇。他一直待在佛罗伦萨，潜心收集传世名画和雕塑，过着纸醉金迷的生活，最后老死于此。

伯克（埃德蒙，Edmond Burke，1729—1797）

出生于爱尔兰，1765年进入下议院，是法国大革命最凶恶的敌人之一。伯克觉得他有义务让自己的同胞免受新的"法国恶疾"的荼毒，因此写了《反思法国大革命》一书，激起了英国人对大革命的厌恶，成功为大革命树立了无数敌人。伯克还积极支持欧洲国家组织十字军去讨伐大革命。看到高高在上的英国制度被衣衫褴褛的激进共和党打败之后，伯克郁愤不已，1794年离开政坛。

波拉斯特龙（玛丽-路易丝·德，Marie-Louise de Polastron，1764—1804）

生于埃斯帕贝斯，1780年嫁给波拉斯特龙子爵，后来成为阿图瓦伯爵的情妇，并陪同他流亡国外。

博莱尔（Borel）

请看词条"弗什-博莱尔"。

波利埃尔（茹安·迪亚兹，Juan Diaz Porlier，1783—1815）

西班牙一支骁勇的游击队的领导人。被法国人判处死刑后，他在卡斯蒂利亚各地东躲西藏，让法军抓不到人，还在各地建立抵抗组织、安排囚徒越狱。莱昂、帕伦西亚、巴利亚多利德各省都是他的势力范围。他还抢劫了许多军事物资运输车队，阻止敌军及时获得供给。波利埃尔在战场上更是狡猾，给拿破仑的军队造成很大损失。民族解放战争结束后，波利埃尔没能和斐迪南七世建立的教廷机构达成一致，想阴谋颠覆政府，失败后被判处死刑。靠他登上王位的斐迪南，亲手把自己的恩人送入黄泉。

博利厄男爵（让-皮埃尔，Jean-Pierre de Beaulieu，1725—1819）

奥地利的一个将军，出生于比利时，1793年进入军队，在七年战争期间是道恩元帅的副官。1768年，他进入奥地利的低地国家军事政府，1789年负责镇压布拉班特革命。1792年，法国革命政府宣战前夕，博利厄率领为数不少的一支军队驻扎在低地国家边境。遭到比隆（Biron）的进攻后，他坚守阵线，第二天大败法军。1793年和1794年，博利厄还取得了其他几次胜利。然而到了1796年，他开始万事不顺。被任命为意大利方面军总司令后，博利厄在蒙特诺特和波拿巴一决胜负。由于阿尔让多配合不好，博利厄战败。他又想在洛迪桥拖住敌人，也没能成功。6月21日，当上总司令还不到三个月的博利厄只好把军队指挥权交给武尔姆泽尔，之后隐退到自己在林茨附近的城堡里，于94岁高龄在那里去世。

波利尼亚克公爵（阿尔芒，Armand de Polignac，1771—1847）

父亲是玛丽-安托瓦内特的一个臭名昭著的宠臣。大革命期间，他跟随父亲逃往国外，一开始住在俄国。1800年，他来到伦敦，和他的弟弟（见下一词条）接触了皮什格吕，参与了卡杜达尔阴谋活动。阴谋破败后，他被判处死刑，但被波拿巴宽赦，死刑减成了监禁。他最初被关在哈姆城堡，之后先后被转移到圣殿监狱和樊尚监狱。玛丽-路易丝和皇帝大婚期间，他离开监狱，在疗养室疗养身体，因此认识了马莱将军，但他在后者的阴谋中并没有扮演积极角色。回到樊尚监狱后，他趁联军入侵之际成功越狱，和阿图瓦伯爵会合。后者让他当自己的副官，对他恩宠有加。1817年，他承袭父职，进了贵族院。

波利尼亚克亲王（儒勒，Jules de Polignac，1780—1847）

前者的弟弟，两人的命运被紧紧绑在一起。被卷进皮什格吕-卡杜达尔阴谋事件后，儒勒本来两年后就可出狱，但他要和哥哥同生共死，在接下来的十年里一直陪在哥哥身边。出狱后，他们一起去见了阿图瓦伯爵。1820年，儒勒·德·波利尼亚克虽然极不受欢迎，却仍被查理十世任命为外交大臣，三个月后当上参政院主席，其错误和愚蠢加速了波旁王朝的覆灭。

博马舍（皮埃尔-奥古斯坦·卡隆，Pierre-Augustin Caron de Beaumarchais，1732—1799）

旧制度时期的伟大作家，革命时期的卑鄙骗子。作为武器供应商，他和陆军部签署合同，负责从荷兰运来6万支枪交货。博马舍拿到了50万里弗的预付款，却什么也没交出来。于是他被关进了亚伯叶监狱。检察官马努埃尔在当初贫困潦倒的时候曾受过博马舍的帮助，故在九月屠杀发生前把他及时放了出来。博马舍趁机逃到伦敦避难，据说他还是公安委员会在英国的密探。但无论如何，他在罗伯斯庇尔倒台之后才回到法国。

参考资料：路易·德·洛梅尼的《博马舍和他那个时代》（Louis de Loménie, *Beaumarchais et son temps*）。

波拿巴（埃莉萨，Élisa Bonaparte，1777—1820）

拿破仑三个妹妹中最大的一个，在三姐妹中最聪明却也最不漂亮（按照现代人的眼光来看）。她本名玛利亚娜（Marianne），但觉得这个名字不够出挑，于是改名为埃莉萨。8岁时，她拿着奖学金进入圣西尔皇家学院读书，君主制被废后，立法议会在1792年8月16日撤销了这个机构，埃莉萨只好回到阿雅克肖。八个月后，她又不得不和全家人一起离开科西嘉岛。她在马赛期间无事可谈。1797年，埃莉萨和一个来自科西嘉岛的寂寂无闻的军官结婚，此人名叫菲利克斯·巴克肖齐（Félix Bacciochi），比她年长15岁，人非常随和。埃莉萨不同于她的几个妹妹，在巴黎沙龙中没有多大名气。此外，她对许多东西都看得很淡。阿布朗泰斯公爵夫人说："很少有女人像她那样不注重自己的女性魅力。"（语出《巴黎沙龙史》（*Histoire des salons de Paris*）第二卷第

461页）埃莉萨受过良好的教育，对文化艺术非常感兴趣，最喜欢悲剧。她的哥哥吕西安特地为她在讷伊的府邸中建了一座剧院。有一天，剧院上映《阿尔琦》（*Alzire*），埃莉萨扮演阿尔琦，吕西安扮演扎莫尔。埃莉萨登场时身穿一件暴露的长裙，不过里面穿了肉色紧身衣来遮掩暴露出来的胳膊。拿破仑很不满地跟吕西安说："有没有弄错！我一心一意要重树良好风气，结果我妹妹却几乎赤身裸体地登上舞台！"吕西安在回忆录中说埃莉萨"是个优秀的悲剧演员，尤其是她的《希梅娜》，堪称一绝"。拿破仑虽然觉得这些演出有伤风化，却依然非常疼爱这个妹妹。拿破仑称帝后，埃莉萨是他的妹妹中第一个拥有自己的公国的。1805年3月18日，她被封为皮翁比诺女大公，但据说她仍觉得这顶王冠对自己的头来说太小了，拿破仑承诺扩大她的封地。三个月后，他把卢卡给了埃莉萨。1808年，他又把托斯卡纳大公国送给了她。如此一来，她就是一个真正的女王了。埃莉萨以威严治国，负责军队统率的她的丈夫也要听从她的命令。她效仿拿破仑，在佛罗伦萨建立了一个宫廷，并制定了严格的宫廷礼仪规矩。1814年，英国人在里窝那登陆。英国告诉埃莉萨，他们不会承认她的政权，从今以后托斯卡纳必须听从英国号令，直到其命运得到裁决为止，埃莉萨只得离开。从那时起，她化名康皮尼奥诺伯爵夫人，先后住在博洛尼亚、威尼斯和的里雅斯特。埃莉萨死后，巴克肖齐买下一座教堂，耗费巨资将其重新修缮一番，将埃莉萨的遗骸葬于此处。

波拿巴（保琳，Pauline Bonaparte，1780—1825）

拿破仑的第二个妹妹，据阅女无数的梅特涅所说，她堪称"姿容艳绝"。保琳以丰富的情史而为人所知，然而她只爱自己。保琳对拿破仑有着"近乎崇拜的尊敬之情"，这也是梅特涅说的。据说她对自己这个哥哥有着特别的感情,不过我们还是把这个敏感问题留给那些喜欢挖掘床帏秘事的历史学家吧(这类历史学家还为数不少)。保琳15岁时,想娶她的人已经踏破了门槛。她的第一个认真的恋爱对象是下流卑鄙的斯塔尼斯拉斯·弗雷龙,此人比她大40岁。保琳似乎爱他成痴,在给他的信中写道:"永永远远地爱我吧,我的灵魂、我的心肝、我亲爱的朋友,我只因你而呼吸,我爱你……""我一直爱你,疯狂地爱你,永远地爱你,我爱你,我的偶像,我的朋友,你就是我的心肝。我爱你,我爱你,我爱你,我爱你,我这个被如此温柔地爱着的爱人……"由于拿破仑反对这桩婚姻,保琳接受了他的安排,嫁给了更加年轻(当时才28岁)、前程万里的勒克莱尔将军,并随他去往圣多明哥。很会蛊惑人心的斯塔尼斯拉斯也和夫妇俩一道前往,身份是将军秘书。到达圣多明哥后,勒克莱尔和斯塔尼斯拉斯先后死于黄热病,保琳孤身回到法国。一年后,她嫁给了富有的罗马亲王卡米尔·博盖塞,后者年收入为200万法郎(勒克莱尔死后,保琳得到了一笔价值1700万法郎的财产,不过这个数字可能有所夸大)。拿破仑提到她时,总说她和其他家人有所不同。他经常跟梅特涅说:"保琳从不给我提什么要求。"这是因为她基本上没有必要主动去提,皇帝会主动问她需要什么。从圣多明哥回来后,拿破仑给了她30万法郎的安家费,还从自己的小金库里另外给了她一笔6万法郎的年金,把她打造成一个摄政女公爵。梅特涅在他的笔记中说,保琳经常说:"我不喜欢王位;如果我愿意,我可以拥有王位;不过还是把这等爱好留给我的亲戚吧。"不过,当她的姐姐埃莉萨被封为摄政女王时,保琳愤怒地叫道:"我的哥哥只喜欢埃莉萨,把我们全忘了!"一年后,拿破仑封她为瓜斯塔拉女公爵(这是一块很小的公国,和巴马公国、普莱桑克公国一道被割给法国)。保琳发现这块地方只有芝麻那么大后，再看到她的妹妹卡洛琳已是女大公和真正的女王了，心中更是火冒三丈。阿布朗泰斯公爵夫人在她的回忆录中说，保琳流下愤怒的泪水，大喊道："拿破仑，如果我没有得到更好的待遇，我就要挖掉你的眼睛！"皇帝耐着性子，什么也没说，把瓜斯塔拉以600万法郎的价格卖给了意大利王国，再把这笔钱交给保琳，在她的同意下将钱放入国库，让她每年收利息。保琳保留女公爵的头衔，手握这笔钱，每年有15万法郎的进账。当然，这点儿钱对保琳而言只是毛毛雨而已。她的哥哥轻轻松松就能找到办法增加她的财产。他让人从贝格大公国收来的赋金中抽出30万法郎作为瓜斯塔拉"公国"的收入，又从西弗里西亚抽取15万法郎、从哈瑙伯爵领地抽取20万法郎、从威斯特伐利亚抽取15万法郎交给了保琳。也就是说，保琳总共有80万法郎的年收入，再加上卖掉公国的资金每年带来的15万法郎的利息、公债产生的20万法郎的收入，以及巴特克罗伊茨纳赫盐矿要直接交给她的3万法郎（这也是拿破仑送她的礼物之一），瓜斯塔拉女公爵年收入多达180万法郎。这么一来，拿破仑觉得，他应该把保琳在皇帝私人金库中享有的48万法郎年金降到15万法郎。尽管这项收入被切断了，保琳每年依然可以拿到130多万法郎。与此同时，拿破仑还将讷伊封地和城堡送给了她。在帝国最后几年里，她一直和丈夫分居，一个人住在那里，成日举办宴会、大肆娱乐、肆无忌惮地更换情人。她在意大利旅游期间听闻拿破仑遭到废黜，放弃了自己的豪宅，陪拿破仑来到厄尔巴岛。拿破仑准备回到法国时，她也出力不少。在百日王朝期间，发现哥哥在金钱上捉襟见肘后，她又把自己的珠宝首饰和最贵重的东西全拿了出来（保琳的珠宝在滑铁卢战役后落到普鲁士人的手里，他们在战场上发现了一辆被丢弃的皇帝马车，里面全是金银细软）。她比兄弟姐妹更早预料到拿破仑会被厄运击倒，事后还想陪同哥哥前往圣赫勒拿岛，然而英国政府不放她走。于是她来到罗马，住在丈夫的宫殿里，她的丈夫则继续住在佛罗伦萨。保琳比皇帝多活了四年。听闻拿破仑死讯后不久，她和丈夫和解。

参考资料：约阿希姆·昆恩的《保琳·波拿巴》（Joachim Kuhn, *Pauline Bonaparte*）（这是大量关于保琳的"文学作品"中唯一一本有参考价值的书），亨利·帕尔朗日的《对保琳·波拿巴的心理医学研究》（Henrie Parlange, *Étude médico-psychologique sur Pauline Bonaparte*）。

波拿巴（菲利普，Philippe Buonaparte）

托斯卡纳的圣米尼亚托地区议事司铎。当初波拿巴家族从萨尔扎纳来到阿雅克肖，另一个分支则去了圣米尼亚托，菲利普就是这个分支的最后一人。1764年拿破仑的父亲来到比萨参加法律考试期间，曾留宿于菲利普家中。

波拿巴（卡洛-马里亚，Carlo-Maria di Buonaparte，1746—1785）

拿破仑的父亲，在他的儿子飞黄腾达之前就已去世，没有留下太多生平事迹。他生于阿雅克肖一个小贵族家庭，在耶稣派教会学院中读过书，18岁时未得父母允许就私自和14岁的莱蒂齐娅结婚。1768年热那亚共和国将科西嘉岛让给法国后，他站在保利这边，成为民族抵抗运动的推动者之一。据说爱国派政府的宣言皆由他起草，甚至保利的许多演讲都出自他之手。在蓬泰—诺沃战役中惨败后，科西嘉岛的独立运动陷入低迷，但卡洛·波拿巴依然坚持了一段时间的游击作战。之后，他的一个叔叔接受了法国政府的任命，在新成立的高等议会中担任官职，于是卡洛停止抵抗，转而效忠新政府。他改换阵营几个月后，路易十五出了一道法令：任何能够证明自己家族有两百年以上贵族历史的科西嘉人都可被承认是法国贵族。卡洛·波拿巴立刻展开必要的手续工作，使得高等议会在1771年9月13日承认了他的贵族家世，从而当上了法国贵族。1774年，卡洛被任命为参事和阿雅克肖陪审官，三年后当上科西嘉贵族代表议员。在首都参加议会期间，卡洛为他的孩子谋到三份奖学金。回到阿雅克肖后，卡洛由于家族遗产管理不善而出现了许多财政困难，家道中落，没过多久就病逝了，留下妻子和一堆孩子过着拮据的生活。《拿破仑圣赫勒拿岛回忆录》提供了卡洛生病和英年早逝的详细细节。拿破仑说："要是我的父亲还活着，他很可能会阻止我参军。他会当上制宪议会的议员，拥护拉梅特、诺阿伊这些阴谋家，让我小小年纪就过早接触到政坛里钩心斗角的事，我就不能取得那番成绩了。我的父亲是个革命派，却坚持贵族精神。"（贝特朗在1817年1月9日的备忘录中记录了这段话；类似内容也出现在拉斯卡斯1816年5月6日的日记中，不过里面拿破仑的话和贝特朗的记录有轻微差别）

参考资料：纳西卡神父1852年写的《拿破仑一世的青少年时期回忆录》（Abbé Nasica, *Mémoires sur l'enfance et la jeunesse de Napoléon Ier*）中的相关记载。

波拿巴（卡洛琳，Caroline Bonaparte，1782—1839）

拿破仑的小妹妹，原来叫阿努琦娅塔（Annunziata），后来觉得这个名字太普通、太有科西嘉岛的气息，所以她效仿姐姐埃莉萨，想改一个更高雅的名字。由于怎么也找不到一个满意的名字，她征求哥哥拿破仑的意见，拿破仑就选了"卡洛琳"这个名字（人们普遍猜测他取这个名字是为了纪念卡洛琳·杜·科伦比尔，他对这位女子一直保留着温馨的回忆）。卡洛琳的教育归刚邦夫人负责，但后者并没教她太多东西。由于母亲为了让将军儿子高兴而频频外出旅游，卡洛琳就一直陪在母亲身边，小小年纪就看遍了世间万物。她朝气蓬勃、俏丽俊逸，一头金色秀发，在沙龙中很难不引起别人的注意。由于羡慕姐姐们先后都找到了乘龙快婿，才15岁的她也想找个人托付终身，于是选中了缪拉。这个男人傲慢而又愚蠢，但打扮得仪表堂堂，举手投足很有骑士风范，非常擅长撩动女人的心。卡洛琳爱他爱得如痴如狂，拒绝了哥哥给自己物色的其他人选，一心只想嫁给他。拿破仑把缪拉带到埃及去，以为卡洛琳能在这期间把他给忘了，结果弄巧成拙，此举反而加深了卡洛琳对缪拉的感情。拿破仑后来在圣赫勒拿岛上说："我尽全力反对卡洛琳和缪拉结婚，跟她说她会后悔的。"（出自贝特朗的《圣赫勒拿岛录事》1817年2月1日内容）最后拿破仑只好放弃，也许他也想趁机回报缪拉在雾月十八日的功劳。1800年1月18日，两人成婚。新婚不久，缪拉就得前去意大利，怀孕的卡洛琳则留在巴黎。1802年，她和丈夫在米兰重逢。第二年，对妹妹疼爱不已的拿破仑听了她的话（卡洛琳很清楚哥哥对自己的感情，因此不知餍足地利用他），将缪拉任命为巴黎地方长官。卡洛琳成功了，除了她又羡慕又憎恨的约瑟芬，她就是巴黎最有权势的女人。然而接下来，拿破仑成了皇帝，约瑟芬成了皇后，而卡洛琳的丈夫是元帅，所以她只是"元帅夫人"而已。这对骄傲的她来说是多大的羞辱啊！可这还没完，在1804年5月18日的一场豪华晚宴中，听到众人竟叫约瑟芬的女儿奥坦斯为公主，卡洛琳号啕大哭。随后，皇帝和他的妹妹们爆发了一场激烈的争执。卡洛琳为了自己和姐姐们，逼得最紧，吵着要皇帝赐予她们相同的头衔。十个月后，皇帝宣布将皮翁比诺公国赐给埃莉萨，如此一来她就成了真正的女王。这让卡洛琳极为不满。她尖刻地说："埃莉萨现在当真是发达了，进出还有四个仆人、一个下士跟着。这日子真舒心啊！"就是在这时，她开始计划离间哥哥和约瑟芬，通过她的丈夫给拿破仑送去一大堆情妇，好剥夺奥坦斯的孩子继承皇位的权利。我相信缪拉的确给他的主子送了一些女人（当时许多人都在这么做），但我并不认为他参与了自己妻子想出来的那个"恶毒"计划，那就是让拿破仑相信：自己并非如约瑟芬告诉他的那样不能生育，是他的妻子失去了生育能力，所以他得抛弃原配重新再娶一个。我们可以想想，如此一来，卡洛琳能得到什么好处。1806年，缪拉被封为贝格大公爵，卡洛琳就成了女大公。她自言自语道："这也不错……我们再等等更好的。"这里说的就是她为了让自己当上皇后的另一个"恶毒"计划。皇帝离开法国，前去英国征战，说不定会死在那里。可缪拉凭什么继承帝位呢？只需得到首都兵力的支持就够了；换言之，只要把当时的巴黎地方长官朱诺拉拢过来，缪拉肯定就能登上帝位。为了拉拢朱诺，卡洛琳甚至不惜献身于他！然而计划失败，因为皇帝平安无事地回来了。回到巴黎后，皇帝得知了卡洛琳的私情，但他按捺不发，只把朱诺派出去攻打西班牙。这件事他处理得十分谨慎。毫无疑问，朱诺只是卡洛琳为了实现自己的白日梦而接受的众多情夫之一。我们也不无道理地认为，拿破仑和其他人一样，都知道这件事的内情。然而我们很难想象，在知晓了卡洛琳的意图后，拿破仑还依然宠爱她，没过多久又给她送去了一份大礼。当时拿破仑手上有两个空缺的王位：一个是西班牙王位，一个是那不勒斯王位。他把西班牙王位送给了约瑟夫，把那不勒斯王位送给了缪拉，换言之就是给了卡洛琳。据说，即便如此，卡洛琳仍说："那不勒斯的这顶王冠对我的头来说太小了。"埃莉萨成为皮翁比诺女大公后，也说过同样的话。不过不管怎样，卡洛琳还是尽情地享受自己新的宫廷生活。她的生活无比奢靡，什么东西的规格都不得低于她那个皇后嫂子。在自己的大臣和外国外交官面前，卡洛琳则很懂得展现出自己殷勤亲切的一面，甚至对他们有求必应，缪拉也由着她乱来。在她统治那不勒斯的五年里，这个国家被意大利和法国这群唯利是图者搞得元气大伤，他们还经常为了争夺卡洛琳的宠爱而内斗。卡洛琳当时年近三十，一心只想着满足自己的欲望，增长自己的财富。征俄之战失败后，卡洛琳竭力想和皇帝划清界限，甚至逼迫丈夫背叛他。1814年1月11日，缪拉和英国、奥地利签署协议，加入反法联军，去攻打自己的国家，把那不勒斯交给卡洛琳统治，当时她已经是摄政女王了。她卑鄙无耻地背弃了自己的哥哥，企图在梅特涅的帮助下保住王位（她不久之前和他睡了）。然而，这个大名鼎鼎的外交家并不是个长情之人。卡洛琳只好离开那不勒斯，回到的里雅斯特，身上带着价值好几百万的财产，包括价值300多万法郎的珠宝以及120多担银器。在的里雅斯特，她听到了丈夫惨死的消息。卡洛琳又活了很长一段时间，化名里博纳伯爵夫人，从一个城市流亡到另一个城市，在各地花钱找男人求欢（她至死都没改掉这个毛病）。我们在梅特涅的文件中发现一条写于1820年前后的关于拿破仑家人的笔记，里面是这么说卡洛琳的："她摸透了她哥哥的性子，对他的一切缺点都不抱任何幻想，也从不拿自己的财产来冒险，因为这是她费尽心思、凭野心和统治欲得来的……她的野心就是，尽可能地让自己和她身边的人活在另一个远离拿破仑的权力甚至是财富的地方。"

参考资料：约瑟夫·图尔干1899年的《卡洛琳·缪拉》（Joseph Turquan, *Caroline Murat*），马尔塞·杜蓬1938年的《卡洛琳·波拿巴》（Marcel Dupont, *Caroline Bonaparte*）。

波拿巴（莱蒂齐娅，Letizia Bonaparte，1750—1836）

拿破仑的母亲，出身拉莫利诺家族，该家族在科西嘉岛上有很多分支（贝特朗在回忆录中说，根据拿破仑的讲述，他父母结婚那天，母亲这边出了50个堂兄陪她在教堂完婚）。她5岁时，父亲让-热罗姆·拉莫利诺（Jean-Jérôme Ramolino）就去世了。没过多久，母亲改嫁给了一个瑞士军官。莱蒂齐娅年纪轻轻就结婚了，给丈夫生了13个孩子，其中五个夭折。在圣赫勒拿岛上时，拿破仑告诉古尔戈："如果我的父亲还活着，母亲能生20个孩子。"（出自《古尔戈日记》1817年5月14日内容）1785年成为寡妇后，她带着五个孩子生活（另外三个在丈夫生前的安排下进了学校），处境非常艰难。丈夫的叔叔——主教代理吕西安·波拿巴对他们孤儿寡母非常照顾。在1793年的科西嘉反法暴动风潮中，由于该家族先前支持法国，全家人不得不离开科西嘉岛。虽然卡洛曾是保利的秘书，但保利依然派人将他的遗孀家里洗劫一空。拿破仑在圣赫勒拿岛上说过这番话："母亲想错了，她原以为爱国派会支持自己，结果他们的头儿反先一步被挂在科西嘉岛上，为了以防万一，她只好逃离科西嘉。"（语出贝特朗《圣赫勒拿岛录事》第二卷第111页）就这样，她带着三个女儿、三个小儿子登上了一艘商船。这艘船幸运地穿过了英国的封锁线，波拿巴一家在土伦下船。和人们的料想有所不同，莱蒂齐娅来到法国后生活得并不潦倒。她走时身上带了些钱，两个儿子约瑟夫和拿破仑也会定期从自己的薪水中省出一笔数额不小的钱寄给她。此外，法国政府当时为了援助科西嘉难民，还特地开设了救助处。莱蒂齐娅在里面登记后，她和她的孩子每个月能拿到315里弗的补助金（每人45里弗），还可免费住在已被征用为科西嘉难民所的流亡国外的前马赛市长奇皮尔侯爵的府邸中。拿破仑不顾母亲反对，和"老女人约瑟芬"结婚后，母子俩关系就不太好了。1798年，莱蒂齐娅回到阿雅克肖，重修了被毁故居，然后回到巴黎，住在她更疼爱的吕西安家中。在雾月政变期间和之后的时间里，莱蒂齐娅一直过着远避世人、清心寡欲的生活，只偶尔接待几个家乡同胞，其他人等一律不见。没过多久，拿破仑和吕西安发生冲突，她无条件地支持吕西安，反对第一执政官充满野心的计划。她无意参与儿子称帝的事，得知吕西安因为和社会地位低上一等的女子结婚而无缘继承皇位后更是勃然大怒。但后来在1805年3月，她还是和皇帝和解了。拿破仑试图让母亲过上一国之母的尊贵生活，然而他并不清楚法国旧日王室家族严格的头衔规定，把自己的母亲封为"夫人"，而这个头衔只应封给国王的姐姐及嫂子才对。于是，莱蒂齐娅的称号变成"夫人及皇帝陛下的母亲"，人们简称她为"皇太后"。她住在一座豪华府邸中，吃穿用度都和其他家族成员一个规格，身边的女官、梳洗侍女、贴身侍女、朗读侍女、内侍、侍从武官、秘书等服侍之人一应俱全，一切都原原本本地沿用了旧制度时期的贵族制度。然而，莱蒂齐娅非常反感这种全新的生活方式。她不了解世俗礼仪，几乎不会读书写字，法语说得很费劲，所以宁愿继续过着避世的生活。她生性简朴，对物质生活毫无贪欲。得知养活自己府中的人是多大一笔开销后，她甚感心疼，于是极力在各个地方减少开支，好尽量地"多存点儿钱"。梅特涅在他的回忆录中说："她有一笔巨额年收入，但如果她的儿子不明说怎么用，她就把钱存起来。她的孩子都嘲笑母亲太过节俭，她则对他们说：'你们不知道你们在做什么；世事无常，如果有一天你们又全得靠我养，那时你们就能理解我今天的做法了。'"她把钱藏在亡夫画像后面的一个密匣子里。后来人们发现了这个小金库，把它告诉了拿破仑。他来到母亲房中，拿走了所有钱。1814年拿破仑遭遇惨败，然而莱蒂齐娅毫不吃惊：很久以前她就料到会有灾难降临，所以事先做了许多预防措施。由于先前她在合适的时候恳求过教皇，于是教皇派人告诉莱蒂齐娅，眼下她最好待在罗马。得知联军穿过奥布省后，莱蒂齐娅收拾行李离开巴黎。随后，她去了厄尔巴岛，百日王朝时期又回到了巴黎。滑铁卢战役后，她在马尔梅松见了拿破仑最后一面，然后回到罗马。1814年4月11日，巴黎签署《枫丹白露条约》，保证莱蒂齐娅一年能拿到30万法郎的抚恤金（价值约等于1956年的2300万法郎），还不包括她小心存下来的一大笔钱带来的收入。然而莱蒂齐娅在人生最后几年里满心伤悲、病痛缠身，双眼几乎失明，最后在孤独中离世。

参考资料：拉雷男爵的《皇太后》（baron Larrey, *Madame Mère*）（此书分上下两卷，于1892年出版，是唯一一部关于莱蒂齐娅的有价值的著作）。

波拿巴（路易，Louis Bonaparte，1778—1846）

1791年1月，还是中尉的拿破仑离开阿雅克肖回到军队，把当时只有12岁的弟弟路易一道带走了。拿破仑很心疼自己这个身体孱弱、眼神温和、喜好幻想的弟弟：母亲偏爱擅长讨人喜欢的吕西安，又把注意力都放在最小的儿子热罗姆身上，忽视了路易这个儿子。拿破仑供路易上学，负责其吃穿住宿。"路易大亲王"（这是拿破仑给他取的绰号）是一个非常用功勤奋的学生。拿破仑给约瑟夫写信说："他非常刻苦地学习法语，我给他讲数学和地理，他还自己读历史……他很喜欢历史这个学科，读起来格外用功，简直是废寝忘食。""路易大亲王"把拿破仑看作自己的父亲，也知道要有所回报。他负责干家务、采购食品，还替拿破仑抄写。八个月后，当拿破仑把路易带回阿雅克肖时，他简直像变了一个人似的，再也不是当初那个沉默寡言的科西嘉野孩子了。他能用法语交谈，还能出口成章。但很快，他就被迫和全家人一道离开科西嘉。拿破仑忙着土伦之战时，路易和母亲、兄弟姐妹们住在马赛，沉浸在博纳尔丁·德·圣皮埃尔的小说中，最爱《保尔与维吉妮》这本书。这本小说似乎颠覆了路易的思想，他还给小说作者写信，想知道里面的情节是否为真。圣皮埃尔回信说，他的小说真假混杂。但路易渴望知道是真是假，他说："这样做能宽慰我痛苦的心。"其实拿破仑并没忘记他。攻占土伦后，拿破仑要视察普罗旺斯海岸线，就把自己这个弟弟叫了过去，让他临时担任炮兵部队的副职军官，好在执行任务的过程中把他拴在自己身边。当时拿破仑给约瑟夫写信说："我对路易非常满意，他热情、聪明、健康、善良，有才华，待人接物十分妥当，简直集所有优点于一身。"1796年3月，拿破仑将他晋升为中尉，让他正式担任意大利军总司令的副官。从那时开始，路易就陪着哥哥走南闯北。他是拿破仑的心腹、个人秘书，出色地执行拿破仑委托给他的任务。拿破仑派他回巴黎向督政府呈交意大利军战况，这足见他对路易是多么满意。他给卡诺写信说："我向您推荐我的弟弟，同时也是我的副官；这个勇敢的年轻人值得让您青眼相看。"这封信起到了作用：路易被晋升为上尉。他及时赶回意大利，参与了阿尔科会战。几周后，战事缓和，路易趁此机会来到米兰。然而在那里，他不小心感染上了一种性病，而且由于治疗不当，此病给他的精神和身体造成终身残疾。拿破仑得知弟弟这个"意外"后并没表现得太过震惊，因为当时这种事在军中非常常见。为了让路易"重振精神"，拿破仑借着让他向督政府汇报新的和谈进展让他去巴黎散心。于是，沮丧、忧郁、消沉的路易来到巴黎。他的马车在路上翻了，导致胳膊脱臼。从此，花花世界再也引不起他的兴趣。他把自己关在家中，再次沉浸在阅读中。（读的依然是《保尔与维吉妮》……拿破仑后来对蒙托隆说："博纳尔丁·德·圣皮埃尔毁了他。"）有一天，他去拜访妹妹卡洛琳，认识了其中一个叫艾米丽·德·博阿尔内的女伴，两人一见钟情，路易想娶她为妻。拿破仑知道了这件事。当时拿破仑正在准备埃及之征，他认为这桩婚姻并不合适，于是毫不犹豫地准备用他惯常的手法消灭掉这段感情。路易接到命令，要立即赶赴土伦，在那里等着和拿破仑会合。至于艾米丽，拿破仑立刻让她嫁给了他的副官拉瓦莱特。这个消息如晴天霹雳般击垮了路易。他本以为通过迎娶艾米丽，自己能一扫当前消极的情绪，能从这一结合中、在自己爱的女人身上获得平静且神圣的幸福。然而，他最爱戴、最尊敬的哥哥剥夺了他获得救赎的唯一机会！从那时起，他心中慢慢滋长了一股沉默却难以扑灭的恨意，低人一等、备受约束的现状更是煽起了他的愤怒，而且这怒火越烧越旺。他变得阴郁、暴躁、易怒，离群索居。拿破仑发现了路易的这个变化，然而他既没有时间也没有心情去当弟弟灵魂的医师，于是下了这个诊断结果："是天气把他变成这个样子的。"然后他又派自己的弟弟向督政府送加急军报去了。路易离开埃及的时候，正是法军处境最为艰险的一段时光。路易虽恨拿破仑，却依然想在巴黎为他做点儿什么。他告诉督政官和陆军部长，当前必须立刻向埃及增派援军，否则法军会陷入苦战，甚至全军覆灭，然而没人听他的话。路易万分愁苦，在去比利牛斯泡温泉的路上给哥哥约瑟夫写信说："从这个世界存在以来，我还不曾见过政府对2万法国人的死活不管不问或很少上心的事。"他请求约瑟夫"积极跟督政官谈一谈""吕西安和您应该一刻不停地上下奔走，直到政府承诺会管这支军队、会热心地关怀它为止"，然而他的希望落空了。约瑟夫、吕西安甚至约瑟芬，他们都觉得拿破仑这次完了，会命丧埃及，心里只想着怎么保住自己的前程，如何摆脱干系。拿破仑一回到巴黎，路易就又成了他的副官。雾月十八日以后，他被任命为警队头领，奉命指挥一个旅去镇压保皇党暴乱。后来他受召主持陆军审判所，要将路易·德·弗罗泰上校及其同党处死，但路易愤怒地拒绝了这个差事。1800年，路易回到巴黎。此时的他已经很少考虑部队的事，一心一意沉浸在书籍和新的爱情中：他一直以来都认为唯有女子的柔情才能拯救他。这段爱情发生在杜伊勒里花园中，他在那里散步时遇到了一位陌生女子，可是这段爱情依然无疾而终。拿破仑总认为，要让路易摆脱现在这种身心消沉的状态，就应该让他接触新的人、新的生活环境。于是他向路易提议以大使身份前去俄国，到保罗一世身边做事。路易接受任命，启程离开。他在柏林停留了一段时间，受到普鲁士国王的热情接待。当他重新上路时，却听到保罗一世遇刺身亡的消息，于是路易回到法国。几个月后，他听说拿破仑给自己找了一个未婚妻，那就是他的继女奥坦斯。所有家人都不喜欢这桩婚姻，尤其是他的母亲。莱蒂齐娅·波拿巴觉得，他俩的结合意味着一个外来的家族赢过了她。吕西安还让人在巴黎传播一个居心叵测的传闻：拿破仑让奥坦斯怀孕了，她的身形很快就要瞒不住了，所以他才匆匆忙忙地给奥坦斯安排了这桩婚姻。路易只小小地反对了一下：他的哥哥意志坚决，而路易根本不敢违背他。50天后，奥坦斯宣布怀孕，路易暴怒，离开夫妇俩的住宅，自己在巴永的领地闭门不出，随后又去了他率领的卫戍部队所在地茹瓦尼。奥坦斯则回到母亲家中。巴黎沙龙流言纷纷，众人好奇而又不怀好意地看着奥坦斯一天天大起来的肚子。日子一天天过去，"波拿巴的私生子"却一直没有出现在世人眼前。于是谣言又传开了，说奥坦斯已经秘密分娩，要等月份到了才会把孩子抱出来。实际上，直到10月13日，《巴黎通报》才公布了孩子在十天前出生这个消息。也就是说，两人成婚九个月零四天后，奥坦斯诞下一子。路易收到命令，必须立刻回到巴黎。他听了哥哥的话，亲自为拿破仑-夏尔·波拿巴写下出生证明，拿破仑和约瑟芬作为见证人在上面签了字。由于被哥哥彻底掌控，路易只能被迫和旁人硬塞给他的奥坦斯过着貌合神离的生活。他同意和妻子住在一栋房子里，但两人必须分房睡，而且他要求尽可能地不去看孩子。没过多久，路易借口风湿病发作，离开巴黎去南部养身体去了。走到蒙彼利埃的时候，他在那里找到父亲的遗骸，把遗体装在一个像摆钟一样的小盒子里密封起来，寄往巴黎。为了弥补这个听话的弟弟，拿破仑将其晋升为将军。在准备称帝期间，第一执政官决定领养奥坦斯的儿子，将其扶为自己的王位继承人，并让约瑟夫和另外两个执政官在幼王时期共同摄政。针对拿破仑对自己的揣测，约瑟夫回答说：他作为家中长子，不应被剥夺皇位继承权。拿破仑通过约瑟芬之口告诉路易：即将颁布的继承法规定，只有年纪至少比皇帝小16岁的家族成员才有皇位继承权。换言之，路易的儿子是符合条件的唯一人选，皇位继承权将被转移到他的头上，毕竟约瑟芬已经不可能为她的丈夫生下继承人了。路易不敢公开拒绝，然而第二天他来到约瑟夫家中，把拿破仑准备采用的手段告诉了对方。约瑟夫和吕西安一唱一和，把路易的儿子出生时巴黎城中的谣言告诉了他，说他绝不应该为了一个流着一半博阿尔内血脉的孩子而牺牲自己的利益。两人成功说服了路易，他来到杜伊勒里宫，鼓起勇气去质问他又敬又怕的哥哥："为什么我要因为自己的孩子而放弃继承权？凭什么我该被剥夺这个权利？这个孩子若成了您的太子，他的地位将远高于我，他将和我再无关系、紧紧跟在您的身边，那时我又该是何种态度？"他甚至还对拿破仑这么说："我宁愿离开法国，把他一道带走，也不愿在自己儿子面前卑躬屈膝。我们倒要看看，您到底敢不敢把儿子从父亲身边强行夺走。"第一执政官大怒，却无计可施。路易为自己终于能在拿破仑面前挺直腰杆儿说话而倍感自豪。拿破仑按捺住自己的怒火，想通过示好来安抚路易。路易被封为法兰西一等亲王和帝国军事统帅，也就是说，他只听命于拿破仑一人，可调动帝国护卫军、巴黎国民自卫军和巴黎及周边地区的所有军队，同时在元老院、参政院中都有席位。1806年4月，拿破仑还将其封为荷兰国王。也就是说，奥坦斯成了王后。这个新君主享有150万盾的年金，同时拥有一处有着三座城堡、价值50万盾不动产的王室地产。路易如果去世，奥坦斯可在儿子幼王时期掌握摄政权，并享有25万盾的亡夫遗产。路易对此非常满意。他以为成为一国之君后，自己就能摆脱哥哥意志的束缚了。得到这个国家后，路易关心的头等大事就是如何说服荷兰民族相信自己从里到外都变成了荷兰人，从此这个国家就是自己的祖国。他学习他们的语言，还公开表示自己有多喜欢荷兰的一切。与此同时，为了让自己更有地位，他想效仿皇帝哥哥打造出自己的宫廷。路易着手任命王国大臣，设立了荷兰元帅军阶，还创建了两种骑士勋章，这让拿破仑感到很不舒服。1807年1月2日，他给路易写信说："您信吗，法国一个师的将军竟要听从一个荷兰元帅的号令？您笨拙地模仿法国军队体制组建军队，然而如今形势已经大不相同了。我觉得您还是先征兵，有了一支军队，再说别的。"路易读这封信时，应该是一脸苦笑吧。荷兰当时被卷进大陆封锁计划，商业凋敝、经济衰退，哪还有钱去组建军队？拿破仑强硬地要求荷兰全境立刻严格执行他的《拿破仑法典》，路易却更希望分阶段地执行这部法典，先采纳其中的部分内容：毕竟荷兰和法国很不相同，应当采取因地制宜的手段才是。拿破仑回答："如果您只采纳部分《拿破仑法典》，那它就再不是《拿破仑法典》了。"路易没有重视拿破仑的意见，让自己的参政院（他也模仿帝国建立了自己的参政院）着手修改法国立法者制定的这部法律。同时，拿破仑加给荷兰的各种各样的赋金税收也成了兄弟俩不断争论的焦点问题。拿破仑大发雷霆，然而路易采用迂回手段，在那里讨价还价、拍胸脯保证，实际上根本就不打算履行自己的诺言。到1809年，事情甚至发展成了这个样子：拿破仑要求荷兰在具有重要战略意义的南贝兰半岛上设立一支1.3万人的正规军，然而该岛气候极其恶劣，在有些季节里，驻扎士兵的死亡率甚至高达70%。拿破仑还要求荷兰战舰完全听从法国将军的命令，而且在荷兰海域上犯事的科西嘉人必须经过帝国法院的审判。尤其是最后这个条件，它相当于要求荷兰把自己的海上领土权拱手让给别人。路易一口拒绝了。他向皇帝宣布："如果陛下执意不肯就地审理关于领土的这个争端问题，我就只能把马车套好，离开这个国家。我的一切都完了，这个国家和我既丧失了独立，也失去了政治生命。"拿破仑的回答是："荷兰不可能保留国王希望的那种独立。"于是路易亲自来到巴黎，希望皇帝把要求放宽点儿。皇帝明确地把自己吞并荷兰的想法告诉了他。他给路易提议，他要么以亲王的身份住在法国，要么就接受德意志的另一个国家，以做补偿。他说："对法国来说，荷兰是一个比英国更强大的敌人，我要把它一口吞掉。"三天后，拿破仑让人把他的决定告诉了路易：他要路易自己退位；4万法国士兵收到命令，马上就要进入荷兰，将其并入法国。目瞪口呆的路易什么都没说，离开了皇帝的书房。回到家中后，他给自己的大臣写信："一切还没定下来，但基本无望了。我对此不想多说，我被压制得太狠了。为您的国家哀泣吧，但也请同情一下我这可笑而又可怜的命运吧。"不过拿破仑又改变了主意。当时他正在筹备和奥地利公主的婚礼，故不能大张旗鼓地表露自己的吞并野心，以免引发他未来岳父的担忧。正因如此，他没有采用自己惯用的武力手段，只强迫路易签署了一个简单的协议，不过协议内容极其苛刻，实际上把荷兰变成了一个受他奴役的国家。拿破仑在1810年3月13日给弟弟写信说："从任何政治角度来看，我都有理由将荷兰并入法国……然而我发现这让您万分难过，所以我第一次为了让您高兴而中止了自己的政治安排……但愿您能从中吸取教训。"三天后，海军元帅沃胡尔以荷兰国王的名义签署了法荷两国友好互助条约，主要内容为：禁止荷兰和英国有任何贸易往来；组建一支由6000法国士兵和1.2万荷兰士兵构成的、直接听从法国海关人员命令的军队，专门监督这道禁令的执行；海上军舰的任何抓捕行动都具有法律效力；布拉班特、泽兰和古尔德的部分地区将由法国接手；一支由9艘战列舰、6艘护卫舰和100艘炮舰组成的舰队要整装待发，听取法国的命令。路易回到自己的国家，沿途避开了被割让出去的地方，打定主意不执行他被迫签署的这道协约。从一开始，他就在那里制造麻烦，导致协议难以展开。要求严格执行签署条约的拿破仑大为愤怒，严厉地指责弟弟拖拖拉拉的行为。就是在这个时候，拿破仑给路易写了这封措辞极其严厉的信（我们很容易就能把它和拉斯卡斯回忆录中那封真实性存疑的信区分开来）："如果您还想走在正确的政治道路上，那就去爱法国、爱我的荣耀，这才是荷兰国王效忠法国的唯一方式……您首先是法国人、是皇帝的弟弟，您得确保您真的是在为荷兰的利益着想。可您为什么要这么做呢？机会已经错过，您犯了无法弥补的大错。"就在这时，负责送信的法国马车夫和一个当地人起了冲突，在防卫过程中不小心让信件受损，而受损的恰恰就是皇帝发布指令的那封信。接下来一系列的事撞在了一起：先是荷兰外交部部长收到一封恐吓信，要他就侮辱帝国的行为做出弥补，说这事关法国的威信；而且为了避免日后发生类似的侮辱事件，法国军队将用武力手段占领阿姆斯特丹。拿破仑给路易写了下面这封信："弟弟，就在您给我做出各种好听的保证时，我得知我的大使在阿姆斯特丹被苛待。我希望所有犯事人员能被立刻交到我的手中，我要拿他们杀鸡儆猴、以儆效尤……现在我再也不想听您的什么承诺和保证了，我必须知道您是否想让荷兰遭难、用自己愚蠢的行为毁灭这个国家……别用您那老一套的话来应付我，这三年您一直都在这么对我，然而每次的结果都证明您在撒谎。这是我此生写给您的最后一封信。"（此信写于1810年5月23日，但在《拿破仑一世书信集》中被删，我们在路易·波拿巴的《历史资料和反思》第三卷第267页找到了完整原信）路易回信说："我尊重皇帝陛下的决定，但我还是要说：我非常遗憾陛下意欲如此待我，而在这个可怕的不幸事件中，我唯一感到宽慰的是：我不应遭此横祸。"然而路易依然没放弃希望，力图采取措施去稍微减轻拿破仑对荷兰人民的压迫。由于皇帝毫无预兆地说自己以后再不想和他有任何书信来往，路易只好采取间接行动。他把银行家瓦克纳尔派往巴黎，让他去做外交部部长尚帕尼的工作。他准备承认自己这个荷兰国王在法兰西皇帝面前的附属地位，还准备以额外赋金为名义向他缴纳一大笔现银和债券。尚帕尼接待了荷兰银行家后，向拿破仑请示。拿破仑的回答干脆直接且出人意料："他本就附属于皇帝。至于赋税，皇帝一年有8亿法郎进账和6亿法郎储备资金，他不需什么现银、债券或纸币。何况他向荷兰要求的并不是钱，而是协约规定的舰船和士兵。"拿破仑心意已决，他要已经收买了荷兰的精锐军队并正在荷兰统率军队的乌迪诺，以阻止"英国人施展阴谋将荷兰人武装起来对付法军"为借口，占领阿姆斯特丹。6月28日，路易收到消息：几天后的7月4日，法国军队将进入阿姆斯特丹，地方政府必须在那天组织一场盛大的欢迎仪式，向天下人证明两国之间的良好关系。路易回答，他会下发命令，让法国军队进入阿姆斯特丹时不遭遇任何抵抗。但他说："我不会参加庆典，我放弃王位。"然而他仍然希望荷兰最高统帅和他的内阁大臣能拒绝这个有辱国家颜面的要求，号召全国上下拿起武器，反抗侵略者。然而，他手下的文官武将都是现实主义者，他们毕恭毕敬地告诉国王，任何企图反抗法国这个超级大国的行为都必将以失败告终，还建议国王亲自前去迎接法军，参加欢庆他们到来的那场庆典。这简直欺人太甚，路易对此断然拒绝。他说，即便是死，他也要带着国王的尊严去死。于是路易只有两条路可以走：要么为了儿子退位，要么带领荷兰人民抗争、为荷兰自由而死。为了让群臣能畅所欲言地讨论该选哪条路，路易离开议事厅。群臣商量了很久之后，路易回来，众人告诉他：他们倾向于让他退位。路易又悲又惊，然而他没有进行任何抗议。接下来一切都按部就班地进行着：起草退位文件，准备向全国发表宣言。7月1日深夜，路易·波拿巴离开了哈勒姆城堡。国王离开的第二天，法军进入阿姆斯特丹。7月9日法国政府颁布合并法令，虽然实际上从3日开始荷兰就已被并入法兰西帝国了。那时路易刚刚到达奥地利的托普利兹听闻了这个消息。没过多久（1810年8月1日），他就发表了一封正式抗议信，在里面说："我宣布，我的哥哥皇帝陛下颁布的荷兰并入法国的法令，在上帝和世人眼中都是无效、违法、不公、专制的，且侵犯了所有权利。""如果情况允许"，他将保留自己的所有权利。弗朗茨二世允许他住在格拉茨，他就暂住在此，全心调养自己每况愈下的身体，投入文学和爱情诗的世界（虽然情路坎坷，然而路易依然在追求完美的爱情和理想的恋人）。1813年8月，奥地利对法宣战，路易不顾弗朗茨二世的恳请，离开了这个和自己祖国对战的国家，隐居在瑞士。联军进入瑞士的第二天，他就离开瑞士回到巴黎。路易说，没有人有权阻止自己留在祖国，而且他拒绝离开。拿破仑没再坚持，让他住了下来。其实拿破仑也无暇他顾，要忙着处理军政上一大堆令他大为头疼的事。联军入城的前一天，路易离开巴黎，又回到瑞士。《枫丹白露条约》保证他能拿到一笔年金，但路易拒绝了战胜方的一切示好（他是波拿巴家族中唯一一个拒绝物质补偿的人）。1814年9月，路易来到罗马，得到教皇的热情接待。他从那里又去了佛罗伦萨。1820年，路易·波拿巴的回忆录问世，即《关于荷兰政府的历史资料和反思》（*Documents historiques et réflexions sur le gouvernement de la Hollande*）。弗雷德里克·马松在他那本意义重大的书——《拿破仑及其家人》（Frédéric Masson, *Napoléon et sa famille*）里面用了很大篇幅去描写路易·波拿巴，对路易本人和他写的这本书大加嘲讽，把他写成一个愚昧病患者和有先天缺陷的病人。拿破仑更是在他的遗嘱中直接说这本书"全是荒谬的言论、伪造的文件"。菲利克斯·洛干在1875年发表的《拿破仑一世和路易王》（Félix Rocquain, *Napoléon Ier et le roi Louis*）中写道："一个如此严重的指控却没有任何证明。作者的《历史资料和反思》中的论点基本正确，至于书中加进去的文件资料，仅就我们能够核实的文件来看，它们忠实于原件内容。当初寄往圣赫勒拿岛的书籍全被拦截下来，所以我们有理由相信：拿破仑并没读过原书，只根据他了解到的不完整的引用内容就说出那番话。"路易还发表了其他许多作品：1819年的《献给法兰西学术院的诗学论文》（*Mémoire sur la versification adressé et dédié à l'Académie française*），1820年的《英国议会史》（*Histoire du Parlement anglais*），1828年的《就沃尔特·斯科特先生的〈拿破仑史〉的回应》（*Réponse à sir Walter Scott, sur son « Histoire de Napoléon »*），1834年的《论德·诺尔维先生的〈拿破仑史〉》（*Observations sur l' « Histoire de Napoléon » par M. de Norvins*）。另外他还写了两本小说，分别是1802年的《阿尔贝特的故事，一个年轻人的回忆录》（*Histoire d'Albert, ou les Souvenirs d'un jeune homme*），以及1812年的《玛丽：爱之伤》，还在1831年在佛罗伦萨出版了一本诗集。路易·波拿巴育有三子：拿破仑-夏尔（Napoléon-Charles，1802—1807）、拿破仑-路易（Napoléon-Louis，1804—1831）以及后来的法兰西皇帝夏尔-路易-拿破仑（Charles-Louis-Napoléon，1808—1873），但只有后面两个儿子能肯定是他的血脉。

波拿巴（吕西安，Lucien Bonaparte，1775—1840）

卡洛·波拿巴的第三个儿子。这个具有先见之明的父亲在1781年，也就是吕西安才6岁的时候，就为他争取到了布里埃纳军校里的一份奖学金。但根据规定，军校只接受9岁以上的孩子。故在此之前，吕西安暂时在奥坦读书（他的哥哥约瑟夫·拿破仑也在这里读过书）。吕西安刚满9岁，卡洛就立刻向陆军部长写了一封信，恳请让吕西安入学。后者回答：卡洛已经把他的儿子拿破仑以奖学金获得者的身份安排进了布里埃纳，如果要再安排进第二个儿子，就必须缴纳膳宿费。卡洛只好接受了这个安排，省吃俭用地把吕西安送了进去。1784年7月22日，吕西安到达布里埃纳，在里面遇到了哥哥拿破仑。后者在1783年9月就已通过考试，只等录取文书下来就要去巴黎皇家军官学校了。吕西安在回忆录中说，哥哥看到自己后"没有表现出任何兄弟情深的样子"。三个月后，拿破仑离开布里埃纳，前往巴黎，留下吕西安一个人在布里埃纳军校过了两年。由于身体羸弱，吕西安很难适应军校生活。卡洛去世后，吕西安的教父——主教代理吕西安就成为这一大家子人的保护人。他成功说服了莱蒂齐娅，让吕西安进入神学院，还说总有一天他会接替富有的议事司铎菲利普·波拿巴的位置，在这个位置上大捞一笔。于是吕西安离开了布里埃纳军校，以见习修士的身份进入艾克斯神学院（他的叔叔约瑟夫·费施也曾在这里求学），等着拿到教会发放的奖学金，然而奖学金没有发放。由于没有钱，莱蒂齐娅只好让这个儿子离开神学院，回到阿雅克肖。后来，政府颁发1789年11月30日法令，保利回到科西嘉，把他从前同僚兼旧友的儿子吕西安雇为自己的私人秘书。于是，才满16岁的吕西安一下子成了阿雅克肖一个炙手可热的人物。那时，莱蒂齐娅很以这个儿子为傲，对他言听计从，连行将就木的教父吕西安也很重视他的意见。但教父去世之后，拿破仑就成了一家之主，吕西安明显说话小心了许多。两兄弟彼此不和，都想"出人头地"，都有着很强的公民意识，也都喜欢在聚会中高谈阔论。吕西安觉得自己被超越了，不再是家庭的中心，因此心有不满。他给约瑟夫写信说："我发现拿破仑身上有一种极度以自我为中心的野心……我认为他有暴君的潜质，如果他能当上国王，肯定会成为这种人，而且我觉得总有一天他的名字会让后代和敏感之人谈之色变。"1792年年末，赛蒙维尔被任命为法国驻君士坦丁堡大使，途经阿雅克肖，吕西安作为岛上唯一一个能说一口流利法语的人，成了大使停留在科西嘉岛期间的翻译。这个深受旧制度熏陶的聪明的外交家从8月10日新成立的共和政府那里收到命令，要消除保利在科西嘉岛上的影响力，让他在家乡人那里"声望大跌"。为了出色地完成这项棘手的任务，这个诡计多端的"旧朝贵族"选中了科西嘉大革命家的这个年轻秘书。懵懂无知的吕西安上了当，陪着"这个叫赛蒙维尔的无赖"（拿破仑语，出自贝特朗的《圣赫勒拿岛录事》第二卷第192页）来到土伦，对当地俱乐部发表了一大通激烈的言论，要揭发父亲的朋友、自己的恩人。结果保利收到命令，要在公会面前自辩。弗朗索瓦·皮特里在《吕西安·波拿巴》一书中说，人们都说吕西安"背叛恩人"，其实这是他的敌人为了中伤他而特地编造出来的。然而，拿破仑本人在贝特朗的《圣赫勒拿岛录事》中也肯定了这件事。住在土伦期间，吕西安天天待在俱乐部中，独占讲坛，积极发表演讲。后来，被英国人煽动起来的土伦爆发了反国民公会的暴动事件，吕西安不得不离开该城。因为卡尔多将军的帮助，吕西安被任命为圣马克西曼的粮草库管理员。但他不改往昔作风，一到那里就立刻加入了当地的人民社团，并成为社团主席。1794年5月4日，吕西安和他所住的那家旅店的老板的妹妹结了婚。由于当时他还没到19岁的法定结婚年龄，就借用了拿破仑的出生证明。他对拿破仑说了这番话："我发现了一个贫穷而贞洁的女孩儿（凯瑟琳），而且我已经娶了她了。"然而幸福的日子没有持续多久，圣马克西曼粮草库被取缔了，吕西安没了工作。此外他又被人告发，说他到了征兵年龄，却没有服从征兵法令。幸好这时发生了热月九日政变，他才从这堆麻烦事中安然脱身。在马赛过了一段无所事事的日子后，因为拿破仑的关系，吕西安被任命为北方军陆军审判所委员。干了一个月后，吕西安心生腻烦，没有请假就直接离职，来到了巴黎。一到那里，他就跟卡诺诉苦，说自己不喜欢那份工作，那个地方配不上他的身份，希望政府能把他召回巴黎。卡诺把他的意思转达给了拿破仑，后者从意大利回信说："您从我弟弟的信中就可看出这个年轻人是多么冲动莽撞……他待在马赛不仅会给自己惹出一大堆麻烦事，还不利于公共事业。"然后拿破仑请求政府将他的弟弟遣回科西嘉。拿破仑没想到的是，这反而帮助吕西安展开了他辉煌的政治生涯。当时正是五百人院的选举前期，吕西安虽然实际才30岁，但是他拿出结婚证明，说自己生于1768年，有资格参加竞选。他在阿雅克肖的许多朋友为他选举出力不少，再加上金钱的作用（吕西安当时已经非常富裕了，我们稍后就会看到他是怎么富起来的），吕西安被选为议员。他在新岗位上摩拳擦掌，准备大干一番时，拿破仑正陷入埃及的流沙，难以脱身。吕西安性格坚毅果敢、善于言辞、颇有名气，因此一跃站在议会的最高阵营里。他坚决反对督政府，毫不留情地批判政府无能力、无作为。督政官巴拉斯说："他不停地在提议。"很明显，吕西安是在为第二次果月政变积蓄实力，好趁此让自己当上督政官。雾月十八日前夕，他当上了五百人院主席。正在筹划政变的拿破仑知道：若想取得成功，他不仅要依靠西哀士的支持，还必须取得吕西安的帮助。"吕西安主席"也非常热心地应承下这个差事。当然，他打的算盘是：如果一举成功，他就可以和哥哥分享权力了。我们也必须承认，没有狡猾的吕西安的倾力相助，雾月政变是不会成功的。一切结束后，元老院议员和40多名五百人院议员回到议事大厅，向歼灭了人民代表议会的将军表示感谢，吕西安激情饱满地发表演讲，说：当初自由诞生在了凡尔赛城的网球场上，如今又在圣克鲁的橘园里得到巩固；若说1789年的制宪议会议员是大革命之父，那共和八年的立法者则是祖国的和平缔结者。为了回报他的出策出力，拿破仑将吕西安任命为内务部部长。当然，吕西安心里对这个安排是不太满意的。雾月二十日举办的执政府就职委员会，吕西安也没被叫去参加。拿破仑明显在刻意提防吕西安，防止让他接触行政权，他自己则在共和八年霜月二十二日位列三大执政官之首。吕西安一走马上任，就开始密谋造反。他知道贝纳多特忌妒拿破仑军功显赫，一直想对其不利，于是和他有了往来。我们不知道两人计划到了何种地步，皮特里猜测吕西安的目标是建立两头政治：他掌控行政大权，贝纳多特掌握军权。吕西安身边一些人也开始对他有所不满，抨击他的小册子一时间在暗地里广为流传。富歇听到风声，把弟弟的可疑行为告诉了第一执政官。吕西安收到警告，终止了计划。吕西安担任内务部部长没多久就遭到严厉的弹劾：有人控告他参与了侵吞巴黎巨额入市税的案件，还做了一些投机倒把的事。毫无疑问，吕西安一心想通过不法手段获取巨额财产，但他没料到自己会因此丢了部长一职。当初来到巴黎进入五百人院后，吕西安立刻在普莱西购买了一座巨大的豪宅，单花园就有16公顷。凭他一年8000里弗的议员工资，吕西安是不可能买得起这栋房子的。有人说，他回到阿雅克肖后，插足了科西嘉岛的"沉船投机分子"的生意（这些人都是些名声不佳的投机分子，通常以船主或保险人的身份，通过故意制造船难而获得巨额赔偿）。选举期间，他还作为诈骗案的食利者而遭到正式起诉，还是常年在科西嘉岛和大陆之间巡航的海将撒佩（Sapey）出具陈情信，他才被保了出来。然而这一次，吕西安不能如此轻易地脱身了。拿破仑得知他的这些行为，心中大为不满，陷入双重麻烦：他才大义凛然地宣布对任何渎职的大臣都不会心慈手软，如今自己的亲弟弟却闹了这么一出！不过拿破仑并没有对其进行严厉的处罚，仅仅任命了一个调查委员会。该委员会还收到消息，在此事上不能查得太严，所以一番调查后，只说吕西安担任部长期间缺乏经验。即便如此，吕西安的内务部部长也当到头了。他很不明智地树立了一个可怕的私敌，那就是警务部部长富歇。富歇成功说服了拿破仑，让他觉得自己这个弟弟留在巴黎会引发公共骚乱。吕西安极力辩解，最后还是不得不递交辞呈。为了把他远远地打发出法国，拿破仑将其任命为法国驻马德里大使。哪怕吕西安完全不适合这个当时极为重要的职位，拿破仑也毫不在意。在他看来，只要能甩掉这个麻烦的弟弟，其他一切都无关紧要。就这样，吕西安以大使身份来到了西班牙宫廷。他被叫去领导巴达霍斯双边会谈，并在1801年9月

20日签署了法国和葡萄牙之间的和平协议，两天后他又签署了《圣伊尔德冯斯协议》。这两个协议都损害了法国的利益，给西班牙带来极大的好处。吕西安个人却非常满意这个结果，按他的话来说，这么一来就再不会打仗了。实际上，他完全被戈多伊操纵着，成了这个西班牙大臣的傀儡。拿破仑震怒，给吕西安写信说："凭您的脑子和对人性的了解，您怎么能任由自己被宫廷的甜言蜜语给糊弄过去？"吕西安沉着地回答道："您在信中向我点出所有在您看来完全错误的谈判做法……我欠缺许多东西，这点我绝不否认。很久以前我就知道自己太年轻，做不了这些事；所以我想回来，好在自己尚有不足的地方多加学习。"1802年11月7日，吕西安离开马德里，四天后回到巴黎，身边还带着一个异常美貌的西班牙女人，即桑塔-科鲁兹侯爵夫人（他的妻子凯瑟琳18个月前死于难产）。他从马德里带回了一笔巨额财产（据说有5000万之多）。由于在西班牙签署了那两个协议，吕西安从马德里宫廷那里得到了20幅来自乐迪罗画廊主人捐赠的名画、价值20万埃居的许多珠宝，这都是吕西安自己承认的。作为临行赠别，西班牙国王还送了他一幅有一人那么高的巨型肖像画，画被装裱在一个由丝质软衬保护起来的画框中，画框里面藏有价值500万的珠宝首饰。一回到巴黎，吕西安就想把这些珠宝首饰变现，于是令人把它们在阿姆斯特丹都卖掉，从中收获了一大笔钱。他得找地方把这笔钱藏起来，但不能放在法国！因为他的哥哥牢牢监控着他的私人生活，吕西安不放心把钱放在这里，于是他把大部分本金放在了美国、英国和罗马。他在法国布里埃纳的圣多明哥街上购买了一座奢华府邸，并在普莱西挥霍巨资修建住宅，准备来年春天带着他的宫廷中人住进去。没错，他的确在巴黎建了一个真正的宫廷，把全巴黎最漂亮的女人都网罗了进去，他的那位西班牙女友和埃莉萨也频频出入其中。文人、政客、艺术家纷沓而至，参加他家的沙龙。人们在那里上演喜剧甚至悲剧，举办音乐会、化装舞会等娱乐活动，把第一执政官夫人在圣克鲁举办的沙龙衬托得黯淡无光。拿破仑对他也是放任不管的态度：在第一执政官独政专权的路上，反对派这块绊脚石越来越硬，拿破仑需要"共和派吕西安"来减缓来自反对派的压力。所以，他似乎忘记了这个蹩脚大使犯下的错误，只谨慎地提醒他要小心处理通过变卖珠宝首饰得来的钱财，还让他进入保民院，负责汇报重要的政教协议法律草案。吕西安接受了这个安排。他还以为哥哥终于意识到自己的价值，肯让他接触政权了。不过他心底应该很清楚，拿破仑只是把他视作一个工具而已，一旦自己表现出一丝一毫的自主意识，哥哥就会像先前处理其他工具一样毁了他。吕西安和一个货币交易商的寡妇亚历山德里娜·茹贝东再婚，导致他和拿破仑最终决裂。拿破仑本打算让吕西安迎娶巴马公爵的遗孀——伊特鲁里亚这个短命王国的王后玛利亚-路易丝，然而吕西安毅然决然地拒绝了这桩婚事，至少他在他的回忆录里是这么写的。可根据拿破仑的说法，实际情况完全相反。他在圣赫勒拿岛上和贝特朗交谈时，说："吕西安跟我说他想迎娶伊特鲁里亚王后，这不可能，像他这样的人怎么可能迎娶一个王后呢？我不想听他多说，直接让他吃了个闭门羹。15天后，吕西安遇到了这个女人（茹贝东夫人），便把她娶了过来。"（语出贝特朗的《圣赫勒拿岛录事》第二卷第192页）另外，《古尔戈日记》里也有相同的笔记。皮特里只读过古尔戈的日记，就在他的《吕西安·波拿巴》一书中断然声称："一切都证明这话是假的。"就我个人而言，我找不到什么理由去质疑皇帝的这番话。拿破仑照旧认为这桩婚姻"怎么看都很不登对，也很不道德"（语出贝特朗的《录事》）。他和弟弟再次爆发了一场激烈的争吵。吕西安拒绝让步，去了意大利，得到教皇的热情接待。他定居罗马后，以90万法郎的价格把他花了最多30万法郎、用了三年时间去布置的布里埃纳住宅卖给了他的母亲（由于实际修缮工程费、家具翻新费和200多幅画的费用，这个数据会有所浮动）。吕西安住的努涅斯宫也只花了他15万法郎。他从当时很缺钱的教皇那里以50万法郎的价格买下卡尼诺领地，此地后来被设为公国，他就成了亲王。从那时起，他再也不去羡慕兄弟姐妹什么了，虽然他们都得到了新近称帝的拿破仑的慷慨馈赠，也获得了类似的头衔。

约瑟夫由于性子温和，又出于长兄的责任感，就想当拿破仑和吕西安之间的和事佬。他安排两个弟弟见了一次面，然而这只进一步加深了他们之间的裂缝。事已至此，吕西安就决定前往美国定居。1810年8月，他在奇维塔韦基亚登船，但被一艘英国人的巡航舰俘虏，然后被带到了英国。他住在什罗浦郡附近的一个叫勒德洛的小镇子里，一直处在英国警察的监视之下。就是在那里，吕西安写完了他构思已久的史诗《查理大帝》。1813年，得知奥地利向拿破仑宣战的消息后，吕西安向维也纳宫廷申请住在施蒂利亚。他到达该地时，弟弟路易才刚刚离开。他就以责备的口吻给路易写了一封信："你觉得一个人安安静静地住在格拉茨这个安静的地方，就相当于和法国的敌人待在一起吗？不是的，我的弟弟！那些为了虚假的荣耀而延长战争的人，那些完全不理会100万承受着丧子丧夫之痛的家庭的悲泣的人，我觉得他们才是法国唯一的敌人。"

拿破仑退位后，吕西安重获自由，回到罗马。拿破仑从厄尔巴岛回来后，他接受了庇护七世的任命，来到巴黎恳请缪拉从教皇国撤军。拿破仑当时想将帝国政体"共和化"（至少表面上打算如此）。在这个新形势下，"共和派吕西安"对他来说又成了个极为有用的人物。再加上约瑟夫的游说，拿破仑向吕西安承诺"放下过去"。吕西安被游说了一些时间，最后还是接受了，但也提出了自己的条件，尤其强调了自己在新朝中该在什么位置。拿破仑没有讨价还价，于是吕西安成了"法兰西亲王"，将罗亚尔宫当作自己的住处和宫廷所在地。皇帝的侍从拉斯卡斯伯爵对他这个人很有好感。从那时开始，吕西安就以皇帝的左膀右臂自居。他本来的构想是在战神广场召开一个盛大集会，皇帝在盛典中正式宣告放弃帝位、建立共和。至于退位嘛……拿破仑咬牙切齿地憋出一句话："别这么糊涂！"然后再没人提这个事了。拿破仑奔赴战场的前一天，任命吕西安为内阁议会成员。吕西安直接接受约瑟夫的领导，在拿破仑不在巴黎期间代为掌权。滑铁卢战役之后，吕西安觉得自己的机会终于来了，表现得极为激动。在他看来，拿破仑应该守到最后解散议院（如果议会拒绝抵抗、坚持独裁的话），但拿破仑没有听从他的建议，于是他又在议院那边发挥自己的三寸不烂之舌，想说服众人扶持拿破仑二世上位，再设立一个摄政王。他呐喊道："至于我，我愿意以身作则，现在就向他宣誓效忠。"最后他是这么结束演讲的："从政治角度看，皇帝已经死了！皇帝万岁！"然而他踢到了杜尔塞-彭特库朗这块冷冰冰的石头："我想问问亲王，他是以什么身份在跟我们说话？他还是法国人吗？我根本都认不出他来了……他是罗马的亲王，而罗马已经不再是我们国家领土的一部分了。"就在拿破仑离开爱丽舍宫的那天，吕西安要求拿到一张前往外国的通行证，通行证上他化名为安德烈·博耶（André Boyer）。路上他被奥地利人逮捕，然后被拘禁在都灵。两个月后，他得允返回罗马。吕西安住在罗马期间，一直被警察严密监视着。他再次拾起了自己的文学创作和科学探索（他对天文学无比痴迷）。在人生最后几年里，吕西安打算前往圣赫勒拿岛，于是给拉斯卡斯写信，"督促"他告诉自己皇帝是否"愿意看到自己"。如果得到肯定的答复，他就带着妻子、孩子到圣赫勒拿岛上住两年，"或者终身居于岛上，如果他的哥哥不赶他走的话"。拉斯卡斯给吕西安回了一封长长的信，在信中非常直白地回答了他的那个问题。无论如何，这个计划是实现不了的。1817年，吕西安又有了一个想法：前往美国，等拿破仑获释后，和他、约瑟夫一道去征服墨西哥。当然，这个念头和之前的计划一样没有下文，然而由此产生的结果是：反法联盟认为吕西安在策划帮助拿破仑从圣赫勒拿岛逃跑。教皇不得不禁止吕西安继续待在罗马，于是他回到了自己的卡尼诺。从1821年开始，由于拿破仑已死，反法联盟就没再打扰他平静的生活。1830年革命爆发，吕西安从倦怠麻木的现状中被唤醒。他起草了一部在总体思路上延续了《共和八年宪法》精神的"执政府"宪法草案，让人在法国四处分发。他无比热心地参与其中，但大家对他这部草案兴趣不大。他给自己的侄子——未来的拿破仑三世让道，然后一心一意地写回忆录，书未写完便去世了。吕西安在第一次婚姻中育有两女，她们分别是：夏绿蒂（Charlotte，1796—1865），1815年嫁给帕布里艾利亲王；克里斯汀-埃吉普塔（Christine-Égypta，1798—1847），先在1818年嫁给了瑞典人阿尔韦德·珀斯（Arved Posse），后在1824年改嫁给了杜德利勋爵（Dudley）。吕西安在第二次婚姻中和妻子生了十个孩子：夏尔-吕西安（Charles-Lucien，1803—1857），1822年迎娶了约瑟夫·波拿巴的女儿泽娜伊德（Zénaïde）；莱蒂齐娅（Letizia，1804—1870），1831年嫁给了英国人托马斯·维斯（Thomas Vyse）；约瑟夫，幼年夭折；保罗（Paul，1806—1826），在一艘英国战舰上意外身亡；珍妮（Jeanne，1810—1838），和奥诺拉迪侯爵结婚（Honorati）；路易-吕西安（Louis-Lucien，1813—1891），著名语言学家，十二月二日政变事件后进入议会；安托万（Antoine），也是议员，后来成为意大利香槟酒生产商；玛丽（Marie，1818—1874），嫁给瓦伦提尼伯爵（Valentini）；贡丝珰斯（Constance，1823—1876），罗马修女。

参考资料：泰奥多尔·荣格的《吕西安·波拿巴和他的回忆录》（Théodore Jung, *Lucien Bonaparte et ses Mémoires*）（此书分为三卷，第一卷完全收入了1836年吕西安的回忆录，但内容只截至雾月十八日，第二、三卷是吕西安1800—1823年的重要通信稿件），弗朗索瓦·皮特里的《吕西安·波拿巴》（François Pietri, *Lucien Bonaparte*）。

波拿巴（吕西安，主教代理，Lucien Bonaparte，1711—1791）

卡洛·波拿巴的叔叔，拿破仑的叔公。他1737年进入教会，成为阿雅克肖大教堂的主教代理。30岁时他得了痛风病，人生最后几年都卧床不起。1763年，他的哥哥、卡洛的父亲去世，之后他就成了一家之主及卡洛·波拿巴的监护人；卡洛1785年死后，他又负责监护其子女的成长。拿破仑在童年时期接受的基督教教义都来自他这个叔公的教诲。

波拿巴（热罗姆，Jérôme Bonaparte，1784—1860）

拿破仑家中最小的孩子。素来沉着、很少发表过激言论的夏普塔尔说："我们很难再找到一个比他更狂傲、更没教养、更无知、更野心勃勃的年轻人了。"（语出《夏普塔尔回忆录》第345页）梅特涅也说："他道德败坏、虚荣心十足，在什么事上都要模仿自己的哥哥，却显得很可笑。"在他1岁时，父亲去世。一家人在马赛安顿下来后，母亲把他送进学校。他想当海兵，拿破仑就让他指挥艾佩维尔号护卫舰，在多巴哥岛海域上巡航。热罗姆当时才16岁，趁此机会来到纽约，和一个富有却很瞧不起第一执政官的美国女人结了婚。后来他想回国，只好把这件事告诉拿破仑，于是这桩婚姻宣告破裂。当时女方已经怀孕，但热罗姆还是接受了哥哥的安排，和对方离婚，不过他对此没有任何不满。拿破仑将他提拔为海军准将，第二年又将他提拔为将军，把符腾堡国王的女儿凯瑟琳公主嫁给了他。结婚六天后，热罗姆成为威斯特伐利亚国王，这是一个才被拿破仑建起来的国家。由此可见，拿破仑大多时候对于自己攻打下来的地区都是随意处置了事。他之所以如此喜欢自己这个小弟弟，是因为他不像约瑟夫、吕西安、路易那样能干。在攻打俄国期间，拿破仑将有4支军队的右翼军的指挥权交给热罗姆。不过这也不会带来太大风险，因为这4支军队的统帅都是久经沙场的老将。自己身为国王却要听这些人的命令，热罗姆倍感屈辱，于是丢下军队不管，直接回了卡塞尔。1813年10月26日，他不得不放弃自己的首都，退到的里雅斯特。到了那里，他听说了拿破仑从厄尔巴岛回到法国而且已经秘密登陆。在滑铁卢战役中，他站在哥哥身边，而且表现非常英勇。兵败后，热罗姆回到巴黎，但富歇请他离开。他回到自己岳父那里，岳父给他安排了一座城堡，封他为蒙特佛尔伯爵。热罗姆从此在那里过着平静、衣食无忧的生活，再不卷入政事。1836年，他的妻子去世，之后他的日子就开始困难起来。他再也不能住在城堡里了，只能靠嫁给一个俄国富裕亲王的女儿的抚恤金过活。1845年，女儿离婚，热罗姆断了生活来源，于是他请求路易-菲利普同意自己回到法国。1847年，国王友善地接纳了他，甚至愿意给他一年10万法郎的抚恤金。然而1848年2月，革命爆发，这个计划被打乱。当时热罗姆打算担任共和国总统，但败给了自己的侄子，后者将他任命为荣军院司令和法国元帅。十二月二日政变后，拿破仑三世让他担任元老院主席，宣布他拥有"一等亲王的血脉"，享有所有荣华富贵。热罗姆在70岁时迎来第三次婚姻，这次女方是一个意大利人。热罗姆在第一次婚姻中生下的儿子名叫热罗姆-拿破仑（Jérôme-Napoléon），酷似叔叔拿破仑一世，后来他和母亲一道回了美国；他在第二次婚姻中和德意志公主育有三子，分别是夏尔-拿破仑（Charles-Napoléon，幼年夭折）、玛蒂尔德（Mathilde，1820—1904，曾和俄国亲王阿纳托尔·德米多夫结婚）以及拿破仑-约瑟夫-夏尔（Napoléon-Joseph-Charles，即后来的拿破仑亲王，1822—1891）。

参考资料：杜卡斯的《拿破仑和热罗姆国王》（Du Casse, *Napoléon et le roi Jérôme*）。

波拿巴（约瑟夫，Joseph Bonaparte，1768—1844）

波拿巴家族的长子。因为父亲在路易十六那里为自己三个孩子争取到了奖学金，他才能在法国完成学业。父亲原打算让大儿子进入教会，但大革命爆发后，约瑟夫成了军需处的一个小职员。1794年，他和马赛富商的女儿朱莉·克拉里结婚，从此衣食无忧。因为弟弟的政治影响力，1798年约瑟夫担任法国驻巴马宫廷公使，之后又担任过意大利军战争特派员。雾月政变中，他小心支持拿破仑，担任他的秘密参谋。约瑟夫性子冷静稳重、办事井井有条，是一个优秀的谈判人。被派去罗马担任法国大使后，约瑟夫和梵蒂冈的阴谋家发生冲突，后者将首都大批流氓煽动起来对付他，他只能秘密离开，以免和同行的杜佛将军一样命丧罗马。在奥斯特里茨战役期间，他奉命组建当地政府。在担任临时政府首脑期间，约瑟夫表现得和蔼可亲、简单直率，因此引起拿破仑的不满。拿破仑责备他企图通过"蛊惑人心"去笼络本应属于他的人心。不过拿破仑正因为考虑到约瑟夫深得人心，后来才把意大利王的位置交给他。所以，当听说这个一贯老实听话的哥哥颁布了一系列法令好让意大利取得政治经济上的独立时，拿破仑大为吃惊，约瑟夫的这些法令也随即被废。不过没过多久，约瑟夫又接受了那不勒斯的王位，这依然引来了弟弟的不满。1806年6月3日，也就是他即位刚两个月的时候，拿破仑给他写了一封信，明确地对这位新君主说："我认为您发表的一些言论很不正确，我这么讲，请您切莫见怪：您竟把法国人民对我的热爱和那不勒斯人民对您的拥护拿来相提并论，这好像在挖苦什么。一个您为他们什么都没做过的民族，您觉得他们能对您拥护到什么程度？何况您是带着四五万异族人，以武力为手段才得到这个地方的。总而言之，如果您能尽量少在言语中提到我和法国（不管是直接还是间接），这就再好不过了。"一个月后（1806年7月5日），拿破仑给约瑟夫写信说："哥哥，您的政府不够强硬，组织也不够得当。您太善良了，太害怕做出让别人感到不舒服的事。"然而西班牙的波旁家族退位之后，拿破仑虽然不愿意，还是把王位交给了约瑟夫，因为他别无选择。这次，约瑟夫平和可亲的性子没有起到任何作用：他的新臣民让他的日子很难过。他多次被赶出首都，每次只能靠弟弟刺刀的帮助才能回来。1813年，约瑟夫离开西班牙，回到法国。1814年1月28日，他被拿破仑任命为帝国摄政官。3月30日，授意马尔蒙签署停战协议后，约瑟夫放弃首都。拿破仑被流放到厄尔巴岛期间，约瑟夫住在瑞士。百日王朝时期，约瑟夫回到法国，于皇帝不在法国期间担任内阁理事会主席。滑铁卢战役后，他登船去了美国，根据拿破仑的估计，当时他身上携带了价值2000多万法郎的财产。他化名为苏尔韦耶伯爵（Survillers）（这是他在死泉庄园附近曾经拥有的一块地产的名字），在费城附近定居下来，并在那里修建了一座非常宜人的住宅，房屋修筑、室内装潢都经过他的精心安排，连家具都是他费了好大功夫特地从欧洲运过来的，其中还藏有他尽力保存下来、靠其手下合理协助才带出来的艺术珍品。拿破仑在圣赫勒拿岛时，有一天谈到了他这个哥哥，说："要是我处在他那个位置上，我会在一年前，以美国那些全归西班牙所有的地区为基础，建立一个庞大帝国。

可您看，他把自己完全变成了一个美国资产阶级，把钱都花在修花园上了。"（语出蒙托隆的《拿破仑皇帝被囚记》第一卷第210~222页）1830年革命爆发后，约瑟夫返回欧洲，但无法回到法国，于是在英国定居。他最后在佛罗伦萨去世，留下两个女儿：一个名叫泽娜伊德，后嫁给吕西安·波拿巴的长子夏尔为妻；另一个叫夏绿蒂（Charlotte），其丈夫是路易·波拿巴的二儿子拿破仑-路易。

参考资料：《约瑟夫回忆录》，贝尔纳德·拿博讷的《豁达的国王约瑟夫·波拿巴》（Bernard Nabonne, *Joseph Bonaparte, le roi philosophe*）、杜卡斯的《拿破仑和约瑟夫国王》（Du Casse, *Napoléon et le roi Joseph*）、乔治·博尔丹的《约瑟夫·波拿巴在美国》（Georges Bertin, *Joseph Bonaparte en Amérique*）。

波拿巴（约瑟芬，Joséphine）

请看词条"约瑟芬"。

波拿巴（朱莉，Julie）

请看词条"克拉里（朱莉）"。

博纳尔丁·德·圣皮埃尔（雅克-亨利，Jacques-Henri Bernardin de Saint-Pierre，1737—1814）

他宣称自己出身于一个古老的贵族家庭，还有骑士头衔和家族纹章。由于崇拜卢梭，博纳尔丁也过着四处漂泊、冒险十足的生活，并在1784年写了《自然研究》（*Études de la nature*）一书，从此以大作家自居。1788年，他出版了《保尔与维吉妮》，因此一炮而红。此书销售得极好，博纳尔丁用稿酬在圣马索街区买下一栋小房子，法国大革命前三年一直住在那里。在此期间，博纳尔丁不理世事，只在大革命最开始时向路易十六写了一篇《一个离群索居之人的心愿》（*Voeux d'un solitaire*）。1792年，他被任命为植物园总管，不过没当多久就离职了。共和三年，博纳尔丁受召在刚成立的师范学院中向学生教授思想道德，深受当时年幼的路易·波拿巴的崇拜。在对意之战期间，路易·波拿巴一直把博纳尔丁·德·圣皮埃尔的书放在枕边，以便时时阅读。《保尔与维吉妮》这本书更是路易的心头好，在战场上还手不释卷，反复读了好多遍。他给作者写信说："您的笔就像一支画刷，让人看到您所勾勒的一切。您的作品令人着迷，也给人慰藉。我回了巴黎后，一定会满心欣喜地经常来拜访您。"路易掌控权力后，立刻给博纳尔丁颁发了一笔年金，在卢浮宫给他安排了一个住所，并让他进了法兰西学院。（请看贝特朗《圣赫勒拿岛录事》1817年11月10日和1821年2月8日内容）

博内尔（皮埃尔，Pierre Bonel，1766—1796）

法国大革命前夕步兵团的一个中士，在攻占巴士底狱前离开了军队，回到家乡莱克图尔。1792年他当上了热尔省志愿军第二营的营附，1793年进了东比利牛斯军。由于在攻打西班牙时表现出众，很快他就被国民特使代表提拔为将军。随后，他加入了意大利军，从1795年11月5日开始指挥奥热罗师下面的一个旅。11月23日在洛阿诺，博内尔在率领部队发动攻击时受伤。不到四个月，在1796年4月13日的米莱西莫，他战死在敌军的阵地上。

波尼亚托夫斯基（约瑟夫，Joseph Poniatowski，1763—1815）

一个波兰人，生在维也纳，当上法国元帅，最后死在德意志。他的父亲是个奥地利将军。由于他的叔叔斯塔尼斯拉斯-奥古斯特·波尼亚托夫斯基被选为波兰国王，整个波尼亚托夫斯基家族都被抬为波兰王孙贵胄，小约瑟夫也因此成了亲王。他一开始在维也纳读书，之后去了布拉格，从1780年起进了奥地利军队。他的军事生涯一开始就亮眼至极：一来就是轻骑兵上校，1788年成为皇帝约瑟夫二世的副官。约瑟夫相貌俊美，很有上流社会的风范，但为人轻浮，天天只想着如何俘获女人的芳心，因此有了"穿军服的波兰唐璜"之称。1789年，约瑟夫离开奥地利军队，回到波兰。他的叔叔波兰国王突发奇想，让他指挥护卫军，还让他进了一个负责起草军队新规章制度的委员会。这位亲王虽然有副好皮囊，在军事理论方面却一无所知，他也坦率地承认自己完全缺乏相关的专业知识。1790年，他给一个朋友写信说："也许我能靠勇气和毅力勉强指挥一支部队打仗，但我完全没有时间掌握带领军队必需的知识，也没有能力证明自己是因为足够的才干才坐上这个如此重要的位置的。我对此不抱丝毫幻想。"1791年5月3日波兰国会颁布宪法，引来叶卡捷琳娜二世的干预，俄国军队渡过德涅斯特河。波尼亚托夫斯基来到乌克兰，把主营设在塔尔金。此战开局就很不理想，他的士兵根本不想投入战斗。波尼亚托夫斯基费了好一番唇舌，告诉他们必须保护祖国和民族独立。有个士兵代表战友向他宣布他们拒绝为了国王和领主白白送命，波尼亚托夫斯基直接一剑刺进他的胸膛。然而，他的这些努力没有起到任何作用。此时，亲俄派又成立了塔戈维查联盟，宣布五三宪法无效，鼓吹和叶卡捷琳娜二世签订协议，更是弄得人心浮动。波尼亚托夫斯基本人也收到了联盟派的命令，要他交出军权，他愤怒地拒绝了。然而这时他得知：面对俄国女皇的最后通牒，国王本人都屈服了，加入了所谓的塔戈维查联盟。波尼亚托夫斯基来到华沙，提出激烈的抗议，并递交辞呈。国王令他离开波兰，许诺给他1.2万杜卡托的年金，并替他偿还欠下的19500杜卡托的债务。波尼亚托夫斯基便住到了维也纳。波兰第二次被瓜分后，奥地利政府不想被人怀疑偏袒波兰贵族，请他搬去别处，波尼亚托夫斯基就去了布鲁塞尔。在那里得知柯斯丘什科起义后，他火速回到波兰。起义者冷淡地接纳了他，觉得他是那个抛弃祖国的国王的侄子，怀疑他和"宫廷分子"相互勾结。此外，这个贵族在生活上太过讲究，和起义者推崇的民主风气格格不入。他很不喜欢别人称他为"将军公民"，也不喜欢所有起义领袖都穿的那套土农民一样的粗布外套，怀念从前轻骑兵的精致军服。1794年11月，他辞去指挥官的职位，回到维也纳。这一次，奥地利当局倒允许他安安静静地住在那里了。1798年，斯塔尼斯拉斯-奥古斯特国王死在圣彼得堡，波尼亚托夫斯基回到已归普鲁士所有的华沙。保罗一世登上皇位后，把从前被叶卡捷琳娜二世征收的他的所有家产都还给了他。波尼亚托夫斯基又回到他金碧辉煌的宫殿中，回到美丽的封地亚波罗纳。从那时起，他过上了悠闲自得、挥金如土的生活，在宠臣、情妇的簇拥下天天打猎、喝酒、做爱、游乐。当时，他每年年金已提高到了35万盾，但他一年得花70万盾才能维持这种花天酒地的生活，于是波尼亚托夫斯基不得不向放高利贷者和朋友借钱。根据他的传记作家阿斯克纳齐教授的说法，他所谓的朋友也不过都是群职业高利贷商人罢了。慢慢地，他变得越来越反共和主义，身边围着一群法国流亡贵族。当时普罗旺斯伯爵得到普鲁士国王的许可，住在华沙，从波尼亚托夫斯基那里得到大量金钱资助。在此期间，他从前的战友——加入了法军的东布罗夫斯基和扎亚茨，跟随波拿巴奔赴战场。1806年11月，腓特烈-威廉三世在法军的追赶下在一座又一座城市之间流亡，让波尼亚托夫斯基抵抗入侵者，保护华沙。波尼亚托夫斯基接受了这个任务。人们组建了一支爱国民兵队，号召所有正值壮年的公民拿起武器保卫祖国。由于只有500人加入民兵队，而且他们只能拿长矛当武器，所以这支军队派不上多大用处。一周后，法军进入华沙。得知法军统领是大名鼎鼎的缪拉将军后,波尼亚托夫斯基披上他最漂亮的战袍,戴上他的所有勋章去找缪拉,两人在城门口见面。缪拉很喜欢波兰骑士亮眼的打扮,更为这个斯拉夫人的魅力所折服,两人立刻成为好友。然而第二天,为人刻板、一脸阴沉的达武来了,他正为"皇帝的街头卖艺人"先于自己一步进入华沙城而生了一肚子气,觉得波尼亚托夫斯基完全就是个绣花枕头。波尼亚托夫斯基立刻转头去找缪拉。他以其战友发言人自居,想向他的新朋友证明:如果拿破仑不能保证让波兰重获独立,他们就不要指望波兰人会真心拥护法国。缪拉拍着胸脯给他保证,还给拿破仑写了一封言辞热情的报告,大力支持波尼亚托夫斯基的宣言,说这是个"卓尔不凡的人,曾遭到不公的怀疑,被人以为支持普鲁士或俄国,总之一句话,这是个有良心的波兰人"。拿破仑先前还以为只要自己来了,所有波兰人都会揭竿而起,拿下普鲁士在华沙的驻军,绝对不会让这群德意志人毫发无伤地离开。现在,他们居然要求得到担保?这话出自谁人之口?是一个姓波尼亚托夫斯基的人,是王党分子、波旁家族的朋友、腓特烈-威廉三世的仆人,曾帮助普鲁士驻军离开!他回答缪拉:"波兰人是群自私鬼,根本不被爱国热情所感染。我太清楚这群人了,我的伟大功绩不能靠一些波兰民兵的帮助。他们迫不及待地想从当前局势中得利,踏出第一步的人不应该是我。我比您更了解波尼亚托夫斯基,因为我十年前就开始关注波兰事态了。此人比其他波兰人更加冒失轻率,言尽于此。"当天,他把"真正的爱国者"东布罗夫斯基派到华沙,让他负责组建新的波兰军。此人深得拿破仑的信任,向他说了不少波尼亚托夫斯基于1794年做过的事。波尼亚托夫斯基赶紧采取先手,于1806年12月6日派人告诉缪拉:只要东布罗夫斯基让步,他可以带领波兰人作战。缪拉乐得做个老好人,代表皇帝把波兰武装军队的指挥权委托给波尼亚托夫斯基。东布罗夫斯基权力有限,很难根据皇帝的指令组织大规模征兵。拿破仑要求武装4万人马,但他得先找到4万人才行。波尼亚托夫斯基这边则开始忙活起来。所以从一开始,这事就在往错误的方向发展。大部分领主自掏荷包把农民武装起来,建成了自由军团,在各自的领地上"待命"。正规军的招募工作也举步维艰。东布罗夫斯基这边尽力培养各种类型的军官和指挥官,波尼亚托夫斯基则从一开始就把人事任命、晋升、职务分派等工作搞成一团乱麻。三周时间就这么过去了。在此期间,"波兰战争"局势每况愈下。拿破仑发起的进攻总在俄军的顽强抵抗下化为泡沫,埃劳战役更被认为是法军的一次惨败。这时,亚当·恰尔托雷斯基亲王带领下的亲俄派冒出头来;另外又有安东·拉齐维尔亲王领导下的亲德派企图和腓特烈-威廉三世修复关系:谈判取得了很大的进展,人们甚至都写好了一部临时政府宪法。波尼亚托夫斯基毛遂自荐,打算担任陆军部长,军衔是普鲁士骑兵中将,腓特烈-威廉三世在写给他的一封极其友好的信中确认了这个任命。拿破仑知道了这件事,他很不满缪拉这个被保护者为完成任务采用的方式。当然了,波尼亚托夫斯基忙活的结果也很可笑:他组建的军队糟糕得令人无法直视,他们没有武器,也没有军官名册;骑兵在他们瘦骨嶙峋的坐骑上几乎坐都坐不稳。多亏他的姐姐——正被塔列朗追求的美丽的蒂斯基维奇伯爵夫人,波尼亚托夫斯基才没被剥夺职务。《提尔西特和约》签署后,他的境况好了许多,当上了陆军部长,成为新成立的华沙公国的陆军总指挥官。波尼亚托夫斯基有此厚待,还得感谢亚历山大一世。1812年对俄战争期间,拿破仑成立了一支特别军队,即大军团第五军。该军由三个波兰师组成,共计3.6万人,其中有6000骑兵,由波尼亚托夫斯基指挥。在斯摩棱斯克战役前夕,皇帝一声令下,分走了他一个师。此战过后，他总共只剩13500人了。到达莫斯科后，他的军队只剩4500人和1000匹战马。撤退期间，波尼亚托夫斯基坠下战马，膝盖扭伤，不能再骑马了，就坐马车从维亚济马来到斯摩棱斯克。但就算坐马车，他也要走在军队最前头。到了斯摩棱斯克后，他要求解散军队。当时，他的部队只剩600个步兵、30个骑兵。1812年12月13日，波尼亚托夫斯基可怜兮兮地回到华沙。不到两个月后的1813年2月5日，他带领一支新的军队出发了，这一次他领导在拿破仑命令下招募的第八军，负责在奥军前面掩护波西米亚残部突破萨克森，然后一边后退一边拦住敌军前进。莱比锡战役爆发前夕，人们把他安排在了右翼。他背后是普莱斯河和埃尔斯特河，河上只有几座摇摇欲坠的窄桥，能否撤退都是未知数。与此同时，他还得从波西米亚军的边上朝俄军和奥军发起正面攻击。10月15日，拿破仑到来，宣布封波尼亚托夫斯基为法国元帅。波尼亚托夫斯基很清楚这个预先许下的好处意味着什么。第二天，他遭到猛烈的炮火攻击。下午，他再也支撑不住了，请求拿破仑给他增派援军。他说："我只剩800多人了。"皇帝立刻做了回复："800个波兰人顶得上8000个士兵。坚持到底！"波尼亚托夫斯基成功守住了阵地。第二天，也就是17日，敌军给了他一点儿喘气的时间。但18日，随着普鲁士军的到来和萨克森军的惨败，波尼亚托夫斯基意识到自己和自己的军队已被放弃。最后，他在黄昏时分命令全军后撤。军队乱成一片地往后跑。波尼亚托夫斯基在几个波兰军官的陪同下等了一整晚，盯着军队、辎重和伤员撤退。黎明时，终于轮到他踏上桥，这时一声巨响，法军工兵炸毁了普莱斯河上的桥梁。波尼亚托夫斯基只好泅水渡河，几个军官陪着他一起跳进河中。游到对岸后，他们站到了埃尔斯特河岸边，发现这里已被敌军狙击兵占领。波尼亚托夫斯基在行军途中受了伤，勉强爬到一匹马上，用马刺猛踢坐骑，冲进河中。这时，一枚子弹击中他的胸膛。他掉下坐骑，消失在水流中。几天后，他的尸体被冲到华沙，被人发现。

参考资料：西蒙·阿什肯纳兹1921年被翻译成法语的《约瑟夫·波尼亚托夫斯基亲王》（Szymon Askenazy, *Le Prince Joseph Poniatowski*）。

伯农韦尔（皮埃尔·德·里尔·德，Pierre de Riel de Beurnonville，1741—1821）

旧制度时期阿图瓦伯爵属下瑞士军一个连的中校。大革命时期，政府组建新型军队，伯农韦尔成为卢克纳的副官。1792年8月10日后，他被提拔为将军，负责指挥杜穆里埃的先锋军，在瓦尔密战役和热马普战役中表现出众。1793年2月4日，伯农韦尔担任陆军部长，在追捕旧主阿图瓦伯爵的过程中被奥地利人逮捕，直到1795年11月才得以回国。雾月十八日以后，他投奔波拿巴阵营，并走上外交道路，先后担任法国驻柏林和马德里大使。帝国时期，伯农韦尔被封为伯爵。然而这个老兵的野心并不在此。在帝国覆灭之际，他受召加入临时政府，极力摒弃摄政制，给路易十八继位扫清了障碍。路易十八封他为元帅（这是他在拿破仑时期未曾得到的殊荣），随后又封他为侯爵，并赐他圣灵骑士勋章。

参考资料：卢西安·格罗的《伯农韦尔元帅》（Lucien Graux, *Le Maréchal de Beurnonville*）。

波旁公爵（路易-亨利-约瑟夫，Louis-Henri-Joseph de Bourbon，1756—1830）

孔代亲王的儿子，昂吉安公爵的父亲。15岁时，他爱上了比他年长六岁的奥尔良亲王的女儿路易丝-玛丽，娶她为妻。1780年，他和阿图瓦伯爵发生决斗，原因是阿图瓦伯爵在一次化装舞会上轻薄了波旁公爵夫人。波旁公爵作为丈夫，觉得尊严受辱，要求赔偿。在路易十六的干预下，决斗中断。事发后，波旁公爵夫妇离婚。1789年，波旁公爵逃往国外，参与了奥地利对法战争。他父亲的军队被遣散后，他去了英国，1814年回到法国。拿破仑从厄尔巴岛回来后，波旁公爵试图在旺代组织起义。他出现在博雷佩尔，发表了一通激昂的讲话，煽起某些闹事者的激情，然而民众普遍对此毫无反应。由于无法和保皇党会合，波旁亲王来到南特，从那里登船前往西班牙。路易公爵再度回到巴黎后，没有立刻回国，带着自己在英国认识的情妇苏菲·道斯夫人过着远离朝政的生活。有一天，他被人发现用手帕吊死在窗户的插销上。这到底是自杀还是他杀？我们永远也无法得知实情。有些人说，这个60多岁的情人一番风流后趴在他情妇的怀里，结果趴的时间太久，因此窒息而亡。

参考资料：埃米尔·勒萨埃尔的《波旁亲王路易-亨利-约瑟夫》（Emile Lesueur, *Louis-Henri-Joseph*, *duc de Bourbon*）。

波普尔顿（托马斯·威廉，Thomas William Poppleton，1775—1827）

圣赫勒拿岛英军驻军步兵第53团上尉，1815年12月10日—1817年7月24日是朗伍德第一勤务官。他非常爱戴拿破仑，甚至在任务结束后仍恳请留任。总督没有同意他的请求，波普尔顿只好回到第53团。在众多勤务官中，只有他得到皇帝的认可，和他在一张桌子上吃过饭。

博赛（路易-弗朗索瓦，Louis-François de Beausset，1748—1824）

法国大革命前夕担任阿莱主教，大革命时期由于拒绝宣誓而遭逮捕，热月九日后恢复自由。在人生最后几年里，博赛又穿上了主教的紫色长袍，还进了法兰西学院。

泊桑日（赫克托，Hector Bossange，1795—1862）

四海为家的书商马丁·泊桑日之子，开始时负责掌管蒙特利尔分店，后在1837年接管了巴黎出版业。

博尚（阿尔冯斯，Alphonse de Beauchamps，1767—1832）

总安全委员会委员，热月九日后又进了警务部，负责监督各大报纸。也就是从那时起，他发现自己对历史极感兴趣，并写了多部历史著作，其中两部是《旺代战争史》（*Histoire de la guerre de Vendée*）和《1814年战争及法国君主制复辟史》（*Histoire de la campagne de 1814 et de la restauration de la monarchie française*），并为米肖的《古今名人全传》添加了许多注释（其中一些相当有历史参考价值）。

波塔利斯（让-埃蒂安-马利，Jean-Étienne-Marie Portalis，1745—1807）

旧制度时期艾克斯最高法院的一个律师，整个大革命时期在政坛上都无比活跃。热月九日后，他重操旧业，之后被选进元老院，成了反革命派在元老院的核心人物之一。果月十八日后，波塔利斯逃到国外，雾月十八日后才回到法国。当初，勒布伦和他同在元老院，与他既是同僚又是政治朋友，便把他推荐给了波拿巴。波拿巴让他参与了民事法典的草拟工作，并让他进了参政院。波塔利斯在法典草拟中主要负责宗教部分，并积极地参与了政教协议的起草工作。不过他人生中最大的荣誉还是民事法典，《婚姻法》《财产法》《风险协议法》这些法案的预备性方案和立法陈述都是他撰写的。后来他的双目突然彻底失明，不得不中止了一切活动。

参考资料：立迪·阿多尔夫1936年的《波塔利斯和他所在的时代》（Lydie Adolphe, *Portalis et son temps*）。波塔利斯就民事法典和政教协议所做的报告和规划被他的孙子弗雷德里克·波塔利斯（Frédéric Portalis）于1844—1845年发表出来。

波塔利斯（约瑟夫-马利，Joseph-Marie Portalis，1778—1858）

前者的儿子，很小就对政治产生兴趣，最开始投身报纸行业。果月十八日后,他和父亲一道离开法国,又和他在雾月十八日后回国。第一执政官让他参与了《亚眠条约》的谈判工作,之后又交给他几个无足轻重的外交任务。宗教部成立后,波塔利斯成为里面的总秘书。没过多久,他又当上了参政院议员。父亲死后,波塔利斯在宗教部主持了几个月的工作。拿破仑觉得他太年轻,无力领导部门工作,波塔利斯对此大感失望。虽然他后来成了出版业总负责人,但仍然对皇帝怀恨在心。他在新岗位上主要扮演类似警察的角色,在一大堆信件中寻找各种颠覆政府的秘密行动的痕迹。波塔利斯在这个岗位上没做多久,就被流放到巴黎城外40古里远的地方。1813年年末,在莫雷的再三恳请下,拿破仑任命他为昂热皇家法院主席。后来路易十八把他召回参政院,还让他进了贵族院。从那时起,他就成了积极的王党分子,但这依然不妨碍他在1852年欢庆帝国的复辟。被拿破仑三世任命为元老院议员后,波塔利斯抓住各种机会给他的主子大表忠心——尽管,这已是他的第八个主子。

博文(约翰,John Bowen)

拉萨尔赛特号船长,1816年5月12日在圣赫勒拿岛得到拿破仑的接见。

博沃亲王(马克-埃吉安,Marc-Etienne de Beauvau,1773—1849)

1809年被选进侍从队,1810年被封为帝国伯爵,百日王朝时期进入贵族院。波旁复辟后,博沃隐退,直到1830年革命后才再次进入贵族院。

博沃王妃(娜塔莉·德·罗什舒瓦尔·德·摩尔特玛·德,Nathalie de Rochechouart de Mortemat de Beauvau)

1789年嫁给博沃,后成为皇后玛丽-路易丝的女官。

布岱(让,Jean Boudet,1769—1809)

14岁就进入庞蒂埃夫勒军团,在里面待了两年后,由于没有揭发战友逃队的事而被打了50军棍,赶出军营。于是,布岱回到家乡波尔多。

几个月后，大革命爆发，他加入国民自卫军。1792年，他被选为吉伦特省志愿军第七营中尉，被召进比利牛斯军。从此，布岱开始了横枪跃马的沙场生涯，直到16年后去世。他参加过1793年12月的攻打土伦的战役，第二年先在旺代打仗，后又把英军赶出了瓜德罗普岛。受伤后，布岱回到法国，被封为将军。他才恢复健康，就立刻被派到荷兰，又从荷兰去了意大利，再度负伤。养好伤后，他又收拾行装去了圣多明哥，接着又挂了彩。这次，他得到了一年的休整期。随后，他奔赴奥地利、意大利、普鲁士，围攻过施特拉尔松德，攻打过维也纳，守卫过埃斯林，保卫过多瑙河通道。然而在阿斯佩恩，他丢了几门大炮，拿破仑震怒。当时布岱浑身是伤，又被痛骂了一顿，再无法忍受此等羞辱，没过多久就去世了。有人称他是自杀的。

布尔多瓦·德·拉莫特（艾德姆–约阿希姆，Edme-Joachim Bourdois de la Motte，1754—1835）

旧制度时期是普罗旺斯伯爵和国王的姑姑维克托瓦尔夫人的私人医生，恐怖统治下被视为嫌疑人，当局承诺，如果他为军队效力就让他重获自由。就这样，他从沙龙的医神变成了阿尔卑斯军的军医，因此结识了波拿巴。布尔多瓦觉得在医院里照顾伤员病号有损尊严，于是想方设法回到巴黎，在塔列朗的举荐下成为执政官的私人医生，后来又因为塔列朗的关系当上了外交部医生，连许多外国大使都曾是他的病人。罗马王诞生后，布尔多瓦又成了他的私人医生。帝国灭亡后，布尔多瓦重新为波旁家族效力，先后当过路易十八和查理十世的问诊医师。

布尔蒙伯爵（路易-奥古斯特-维克多·德·盖斯讷，Louis-Auguste-Victor de Gaisne, comte de Bourmont，1773—1846）

人称"滑铁卢的叛徒"或"阿尔及尔的征服者"：凭布尔蒙的所

作所为，他被人这么叫绝不冤枉。此人出身于佛拉芒一个古老贵族家庭，其家族从16世纪开始定居曼恩。布尔蒙家族的封地和城堡坐落于南特和昂热的正中间，是1697年通过家族联姻得来的。布尔蒙15岁时以编外掌旗官的身份进入法兰西警卫队，在军中本有着万里前程，然而他的人生计划被大革命撕碎了。他所在的警卫队被解散，他也跟随当时正担任阿图瓦伯爵副官的父亲流亡国外，在亲王军队中效力。这支军队被解散后，他辗转去了安茹，参加了旺代起义。不过他在起义中并非参战人员，而是煽动家和联络员。于是布尔蒙有了一个绰号，叫"反革命派的流动办事员"。他的确经常粗陋地乔装打扮一番，在法国四处流动。不过警察很少围堵他，因为当时警察队伍是保皇党的主要渗透组织。雾月十八日以后，布尔蒙在巴黎被委派为代表，和第一执政官缔结和约。和约签署后，布尔蒙觉得自己没有任何道理放弃他的阴谋事业，于是又在执政官时期策划了许多阴谋。他效仿四处流亡的元老院议员克莱蒙·德·里斯的做法，尽可能地通过中间人行动。波拿巴知道他的一切行径后，决定做个了结，就把他囚禁在圣殿监狱中。布尔蒙通过上下打点，让狱卒把自己转移到了贝桑松，因为这座要塞的看管人员比巴黎监狱的更好说话，不会成为他逃跑计划的巨大障碍（布尔蒙在监狱中有大把的时间，于是凿穿了他所在囚室的一面墙；看看贝桑松要塞的墙的厚度，我们就能理解看管他的狱卒有多好心，尽量不去打扰监狱里这个泥水匠的工程）。之后，布尔蒙逃到了葡萄牙。法军和英军进入后，这个国家成为两军对阵的舞台，布尔蒙于是找到朱诺，毛遂自荐，请求成为他的参谋官。这位后来的主降派好心收留了他，让他当自己的传令官。这个越狱的朱安党人在新环境里如鱼得水，后来还和葡萄牙方面军一道回到法国，想方设法地加入了那不勒斯军。当时，这支军队奉命去围剿卡拉布里亚地区的流寇和被通缉的乱党分子。布尔蒙觉得这个差事不对自己的胃口,想找一个更光鲜亮丽的活。陆军部长克拉尔克对他善意以待,向拿破仑推荐,让他担任亚平宁和热那亚两省的军区司令。在克拉尔克建议书的空白边上,拿破仑提笔答道:"我们不能任用这个军官,即便要用,也必须派人监视他。您觉得让这样一个将领去统率军队会有什么结果!"此事再无下文。拿破仑是不是为了避免布尔蒙和军队有任何直接接触,才在第二年的征俄之战中让他担任欧仁·德·博阿尔内的参谋官?这有可能。无论如何,布尔蒙总算摆脱了身边那堆粗人了。回国路上,布尔蒙在一座小城(西里西亚)暂时落脚休息,偶遇另一个在1812年死里逃生的人——格里瓦将军(Griois)。这个将军在他的回忆录里说:"我们只闲谈了一番,说的不外乎是女人那些事……他(布尔蒙)反复提到他的房东太太这个风韵犹存的女人,说她是多么无微不至地照顾他,对他有求必应,而且她这么做都是心甘情愿的;另外他还提到一些年轻轻佻的女子,信誓旦旦地跟我说她们是多么柔情似水。"布尔蒙在帝国军队中得到正常升迁:先以参谋官的身份加入麦克唐纳的军队,参加了萨克森战役,然后被提拔为将军(拿破仑似乎希望通过拉拢这个从前的叛党,让他之后在西部省份中发挥作用,因为此地很快就又成了他的心腹之患),有了自己的一个旅。1814年2月,联军朝巴黎前进,他听令于维克多元帅,负责守卫诺让。11日早晨10点,敌军出现在诺让城下;下午,布尔蒙膝盖受伤,将军队指挥权交给了瓦罗尔上校,后者率领残部继续抵抗了三天(11日、12日、13日)。至于布尔蒙,他趁着两军11日当晚停战期间,坐上马车往普罗万"后撤"了。这,就是布尔蒙伯爵在诺让城"英勇抵抗"的实情。最近写出布尔蒙传记的作家亨利·戴斯特勒(Henri d'Estre)应该很容易就调查出其中的内情才是,却依然在那里以讹传讹。13日,拿破仑得知诺让城还在抵抗敌人的消息,不知道布尔蒙早就跑到普罗万去了,当即就把他封为一个师的师长。两个月后,"诺让守卫者"沐浴天恩,向路易十八宣誓效忠,被他任命为第六师指挥官,负责驻守十年前曾囚禁过他的贝桑松军事要塞。拿破仑登陆的消息传来,布尔蒙负责集合军队,内伊负责率领军队出战。然而布尔蒙莫名其妙就说内伊变节投敌了(请看审判元帅的过程中,内伊和布尔蒙的对质),而且立刻跑到巴黎,向当时的陆军部长德索勒汇报内伊叛变一事。19日深夜他到达巴黎。当他忙着在陆军部办公室里写如何打败"篡位者"的报告时,这个"篡位者"已经进入杜伊勒里宫。在接下来的五天里,布尔蒙小心翼翼地躲在家里闭门不出。第六天,他再次找到陆军部,不过此时陆军部长已经换人了。得知布尔蒙"登门接受皇帝处置"的消息后,达武直接把他晾在了门口。布尔蒙毫不气馁,又去敲热拉尔将军的大门。他于1813年曾在这个将军麾下效力,故和他也算相识。热拉尔倒挺同情他,愿意为他的忠心做担保。于是,布尔蒙被任命为热拉尔的第四军下的第三师的师长。他的这个师是先锋军,准备在滑铁卢战场上率先向敌军发起进攻。布尔蒙招募了一群保皇主义的军官,这些人全都恨不得看着拿破仑倒台。他和他们一道,在大战前夕就打探到了总体行军计划。这件事发生在1815年6月15日。第二天下午三点钟,滑铁卢战役的序曲——弗勒吕斯战役打响了。师长布尔蒙伯爵带着他的那帮叛徒——参谋长克鲁埃上校、骑兵队中尉维鲁特雷斯、安第聂(Andigné)上尉、特雷兰(Trélan)上尉、苏尔岱(Sourdet)上尉——一道佩戴着白色绶带,一大早就来到普鲁士军大营门口。在德意志士兵惊讶的眼神下,他们立刻被引到桑布尔河先锋军指挥官冯·舒腾将军(von Schutten)的帐中。布尔蒙应该经过了对方一番仔细而又带侮辱性的盘查，然而他依然毫不犹豫地把法国的重要军事情报告诉了敌国将领，还透露说法军准备在下午攻打沙勒罗瓦。随后，他被带到旅长冯·亨克尔（von Henckel）将军那里，经过此人的一顿询问后，又被带到军长冯·齐腾（von Zieten）营中。冯·齐腾拒绝见他，只让自己的一个副官去盘问这个法国将军。布尔蒙把帝国军队的兵力详细告诉了对方，然后得到允许去往根特。路上，他碰到了被大批军官簇拥着的布吕歇尔元帅。布尔蒙觉得自己应该去跟他套套近乎、说说话，可这个老兵听说他是一个背叛军队的法国将领后，一脸鄙夷地把头扭到了一边。布吕歇尔身边一个军官毕恭毕敬地提醒元帅，说布尔蒙将军戴着白色绶带，是保皇党，可老元帅依然用德语大声地说："那又如何！垃圾照样是垃圾！"完全不在乎布尔蒙是否听得懂他的话。到了根特后，这个变节者的待遇才好了一些。后来，布尔蒙和路易十八一道回到法国，奉命担任王室近卫军下的一个师的师长，一时间春风得意，成为法国军队中的大红人。没过多久，他被叫去出席内伊元帅的审判案。布尔蒙向被告大泼脏水，甚至把伯奈尔将军的罪行都推到他的头上。1823年，布尔蒙进入贵族院，但在里面并不受重视。1829年，负责组建内阁的波利尼亚克打算让布尔蒙担任陆军部长，引来众人反对，许多将军和高级军官甚至辞职，以示抗议。当时本要担任海军部长的利尼元帅说，他绝不会和布尔蒙在内阁共事。《论报》还写了一篇题为"滑铁卢的叛徒"的头条文章，对布尔蒙冷嘲热讽。布尔蒙本人也知道自己不可能坐上这个位置，但他到底是否听从了波利尼亚克的建议（波利尼亚克这时也意识到自己失策了），才做了个顺水人情，婉拒陆军部长一职，以摆脱目前的尴尬局面呢？这我就无从知晓了。后来法军攻打阿尔及利亚，汲汲于私利的布尔蒙觉得有利可图，立刻主动请缨，担任阿尔及利亚远征军总司令。1830年6月15日,那天离他背叛拿破仑正好过了15周年,布尔蒙随军队登陆阿尔及利亚。29日,他轻轻松松就打败了两支临时拼凑起来的阿尔及利亚军队,向阿尔及尔挺进。7月4日,阿尔及尔城下枪声密集、炮火震天;第二天,阿尔及尔投降,台伊的首都上空升起了白旗。查理十世立刻将布尔蒙封为元帅,不过15天后他就被赶出了法国。得知这个消息后,布尔蒙急忙将白旗替换成三色旗,但也不得不辞职了事。布尔蒙不敢再回法国,就随着查理十世去了英国。然而他在那里还没安生多久,贝利公爵夫人就做了一件蠢事。布尔蒙一看就觉得自己可以趁机重新点燃旺代的内战之火,可惜他的计划失败了。于是,布尔蒙又打算给一个从自己亲侄子手中夺来王位的葡萄牙国王效力,但他并未拿到通行证。为了进入葡萄牙,布尔蒙放弃了法国国籍。1840年政府大赦,布尔蒙才得以回到法国。不过他也只能回到自己的家族城堡中,在万人的唾骂中羞愧度日了。他回来的时候,那个被他背叛了的皇帝的遗骸也正好被人迎回法国。

参考资料:亨利·戴斯特勒的《布尔蒙》(Henri d'Estre, *Bourmont*)。一个反动历史学家写了一本书——《一个行得正坐得端的贵族》(*Un gentilhomme de grands chemins*),企图把"滑铁卢的叛徒"洗白,在书中各种歪曲历史、抹黑事实。

布谷安(玛丽-特蕾莎,Marie-Thérèse Bourgoin,1781—1833)

圣絮尔比斯区一个鞋匠的女儿。6岁时,她师从歌剧院的一个舞者,学习舞蹈。之后,列肯(Lekain)的一个朋友建议她放弃舞蹈改学喜剧。1799年9月13日,她首次登上法兰西剧院的舞台。布谷安明艳动人,灿烂的微笑下藏着一颗叛逆的心,因此很快就引起了当时已快50岁的内务部部长夏普塔尔的注意。在他的运作下,布谷安21岁就进了歌舞团,一年可拿到7000法郎。夏普塔尔被自己这个年轻情妇迷得神魂颠倒，一不小心在波拿巴面前说漏了嘴，提到了她的名字。波拿巴当晚就把她叫了过去。第一执政官正在和夏普塔尔办公时，布谷安到了。第二天，她就把自己和波拿巴的私密话四处告诉别人，引得波拿巴大为恼火。波拿巴称帝后，也没怎么太记恨这个大嘴巴的女人，还把她从法兰西剧院带到了爱尔福特，也许他这么做也是有自己的一番想法。亚历山大当时完全被这个迷人优雅的演员迷住了，通过正式的外交渠道请她去自己在圣彼得堡的剧院演出。布谷安小姐在圣彼得堡待了接近一年半的时间，最后带着沙皇送给她的一大堆礼物回到法国。1810年9月29日，她回到黎世留街，此事成了巴黎当日最大的新闻。第二天，报纸《正厅公论》（*Opinion du parterre*）说：一大群人涌进法兰西剧院，要看她演出，演出开始前一小时街上就挤满了人，人们根本就没办法挤进剧院。从那天起，布谷安小姐在演艺界的地位稳如泰山，堪称喜剧女王。联军进入巴黎后，她在自己家里先后接待过俄国沙皇、他的哥哥康斯坦丁大公、普鲁士国王等要人。波旁复辟时期，她衷心拥护君主制，40岁时依然登台表演天真少女的角色。一个专栏作家在1821年说："她天真、羞怯、无邪，每晚都是7岁到11岁的少女。"1829年，布谷安退出舞台。

参考资料：亨利·利奥内的《喜剧演员词典》第一卷第219~223页（Henry Lyonnet, *Dictionnaire des comédiens*）。

布凯（Bouquet）

热月九日后以特派员的身份进入西部军。1794年10月1日，他愤怒地给"得到再生"的公安委员会写了一封告发信，揭发列斐伏尔参谋上校"残暴冷血地杀死了女人和还在吃奶的孩子"。此信在公会中被当众念了出来，众人听了无不哗然，议会也颁布法令，将"吃人者列斐伏尔"逮捕。至于这位告发者，他第二年又去了意大利军，在攻占维罗纳期间因为个人作风问题而引人侧目，后遭逮捕。戈德肖在他的《督政府时期的军队特派员》（Godechot, *Les Commissaires aux armées sous le Directoire*）中，甚至都不愿费笔墨去写这个人。

布拉卡（皮埃尔-路易·德，Pierre-Louis de Blacas，1771—1839）

出身于普罗旺斯的一个古老贵族家庭，大革命开始时担任骑兵队军官。1790年，他逃往国外，在孔代亲王的军队效力，旺代战争中他也有登场，之后随普罗旺斯伯爵去了意大利。布拉卡性格顺从，懂得讨主人的欢心。阿瓦莱病逝之后，他就成了普罗旺斯伯爵的宠臣和心腹。1814年回到法国后，路易十八让他荣誉加身，任命他为国王宫廷大臣、国务秘书、宫廷总管、锦衣库总管。因为得到路易十八的宠信，布拉卡可进入国王办公厅讨论国家大事，之后再将决议告诉其他大臣，让他们批准就行了。国王对他信任到了盲目的地步。布里安说："哪怕和国王关系再近的大臣有事想和国王直接沟通，都必须先跟布拉卡说一声。而布拉卡呢，只要谁给他提了些有益的劝告，他就立刻摆出一副拒人千里的自负表情，说：'这个人是谁？嗬！是个阴谋家、空想家、煽动家、作乱者。我不想听到他的名字。'"拿破仑特使在谋划回国一事时，布拉卡却闭目塞听，还以为自己可以高枕无忧了，甚至在得知这个消息后，布拉卡也只说"政府会盯着这桩阴谋的"。当富歇和布里安先后警告他拿破仑策划回国一事时，布拉卡拿此类的说辞打发走了前者，对后者干脆就不作回应。3月5日，拿破仑在戛纳登陆的消息传到巴黎，布拉卡依然认为这算不得什么大事。还是路易十八向他指出："拿破仑回归一事远比您想的要严重，布拉卡先生。这绝不是如您所想的那样是件蠢事，里面还有更多内幕，这是桩阴谋。"然而，布拉卡坚信拿破仑是在以卵击石。之后，他还发表了一道著名的命令，要大家都去抓捕波拿巴，将其扭送到陆军审判所，之后立即把他交给行刑队。他还说，公众大可放心，拿破仑此举无异于一个已被其团伙抛弃只能躲进深山老林的强盗头子的孤注一掷，当地宪兵队肯定能执行正义。几天后，布拉卡又站出来拍胸脯保证万事太平，而此时波拿巴离巴黎已越来越近了。所以直到3月20日，波旁家族才匆匆逃走。在根特的时候，路易十八对布拉卡的宠信明显少了许多。他的许多敌人既对他先前的迅速升迁耿耿于怀，又无法原谅他因为目光短浅、行事不周而导致大家如此辛苦地逃出巴黎。路易十八任由众人的怨气发酵，回到巴黎后，把布拉卡派到那不勒斯去协商贝利公爵的婚事，之后又把他派到了米兰。布拉卡远离巴黎期间，德卡兹迅速成为路易十八的宠臣，且在1821年被封为公爵。1830年革命爆发后，布拉卡去往国外，在布拉格去世。

布拉克内（亨利·皮特，Henry Peter Blackeney，1782—1822）

英国步兵第66团团长，1817年7月到1818年9月被派到朗伍德。

布拉耶尔（米歇尔-西尔维斯特，Michel-Silvestre Brayer，1769—1840）

旧制度时期的一个军官，1792年在多姆山省志愿军的一个营当营附。他参与了帝国时期大大小小的所有战斗，1809年被提拔为将军。后来，路易十八让他担任里昂地区的军区司令。拿破仑从厄尔巴岛回来后，他投奔其麾下，带领自己的所有部下朝巴黎挺进。路易十八再度回国后，1816年，布拉耶尔在缺席的情况下被判死刑。他一直在国外避难，1821年被赦。

布莱·德·拉莫尔特（安托万-约瑟夫，Antoine-Joseph Boulay de la Meurthe，1761—1840）

孚日地区一个富裕农场主的儿子，在南锡成为律师。由于在恐怖统治时期被视为可疑人士,他一直躲躲藏藏,直到热月九日之后才出来。随后,布莱·德·拉莫尔特被选入五百人院,因此开始了他的政治生涯。在果月十八日政变中,他表现得非常积极,为此事大唱赞歌,并提议将阴谋分子判处终身流放。此外,他还是共和七年牧月三十日事件(1799年6月18日)的推手之一,并发表了一篇文章,将英国革命和法国大革命互做对比,预言法国大革命会以武力方式结束。之后,他迅速站在波拿巴那一边,支持他的"雾月十八日革命"。随后,波拿巴组建了过渡性质的立法委员会,布莱·德·拉莫尔特担任主席,并在起草《共和八年宪法》中起到了重要作用。之后他进入参政院,成为法律部主席,并在《民法》的起草中做出不可磨灭的贡献。1802年,布莱·德·拉莫尔特被任命为国家资产诉讼委员会主席。据统计,他宣判有效的国家资产拍卖案件多达2万件。法国有多少国民资产购得者的后人因为他的原因才拿回家产?据我所知,没人提出过这个问题。1813年,布莱·德·拉莫尔特坚决建议拿破仑要忠实于国民代表的司法上诉案件,却没被采纳。然而他依然对皇帝一腔忠诚。在百日王朝中,他被选入议会。在1815年6月22日的那场载入史册的会议中,虽然帝国大势已去,然而布莱·德·拉莫尔特依然坚定地捍卫皇帝的利益。路易十八颁布1815年6月24日法令,布莱·德·拉莫尔特由于"阴谋支持拿破仑回国"而被流放出法国,1820年得允回国。

布勒特伊男爵(路易-奥古斯特·德·通内利耶,Louis-Auguste de Tonnelier, baron de Breteuil,1733—1807)

1783年开始担任王室大臣,性情粗暴刚毅。在1789年6月至7月期间,布勒特伊采取严厉手段,镇压新生的大革命。路易十六虽然不听他的谏言,但布勒特伊流亡国外后,国王仍让他负责和外国宫廷接触,好帮助法国王室重树威信。但布勒特伊和普罗旺斯伯爵就此发生了一场激烈的争执，于是他被人遗忘、无所事事地待在德意志。1802年，贫困潦倒的布勒特伊回到法国，向拿破仑毛遂自荐，希望得到任用。拿破仑对贝特朗说："我对布勒特伊男爵这个人很满意。他一直对圣日耳曼区的人说：你们都被打败了，皇帝还能让你们回来，把家产还给你们，这已是无上的幸运，你们应该感激他才是。"（请看贝特朗的《圣赫勒拿岛录事》1817年3月15日内容）皇帝让他担任了各种官职，并给了他3万法郎的年金。

布雷西厄夫人（Mme de Bressieux）

请看词条"杜科隆比耶（卡洛琳）"。

布里埃纳（埃吉安-夏尔·洛梅尼·德，Étienne-Charles Loménie de Brienne，1727—1794）

曾先后担任图卢兹大主教和桑斯大主教，1787年5月到1788年为财政总监。被撤职后，路易十六为了安慰他，就替他争取到了红衣主教的头衔。制宪议会颁布《教士民事基本法》后，他向基本法宣誓，成为约讷省主教。共和二年雾月，布里埃纳被逮捕，之后被囚禁在家，三个月后死于中风（脑卒中）。

布里安（路易-安托万·佛维莱·德，Louis-Antine Fauvelet de Bourrienne，1769—1834）

拿破仑在布里埃纳军校时的同窗，由于无法证明自己祖上是四大贵族氏族之一，因此不能在军中担任高级军职，布里安就离开军校去了国外。1792年，他回到法国。由于他曾在德意志待了一段时间，于是当时的外交部部长勒布伦-童杜任命他为斯图加特公使团秘书。1793年3月，布里安受召回国，但表示自己更喜欢待在德意志，于是在莱比锡定居和成婚。（据拉斯卡斯所说，拿破仑似乎说过布里安在大革命初期逃往了国外，不过这并非事实，布里安是因为在受召时没有回到法国，才上了流亡贵族名单）没过多久，萨克森政府就以"勾结敌国"的罪名将他驱逐出去，这倒让人有了猜测空间：难道布里安和第一任公安委员会（也就是丹东派）的间谍组织有所往来？他回到法国，成功从流亡贵族名单上除名。不过，如果他在国外期间不曾为革命政府办过什么事，其名字不可能如此轻易就下了流亡贵族名单。回国后，布里安一直过着默默无闻的生活，直到曾和他有过同窗友谊的波拿巴在1797年让他担任自己的秘书。雾月十八日以后，布里安跟着波拿巴一道进了杜伊勒里宫。为了感谢他做出的贡献，拿破仑让他担任国务秘书。布里安赚得很少，花钱又大手大脚，所以他对金钱很痴迷，不放过任何一个捞钱机会。坐在这个新位置上后，他可以经手许多事，故趁机赚了一大笔钱。但没过多久，银行家古隆（Coulon）破产，和他有生意往来的布里安也被卷入其中。据说，古隆之所以破产（其破产金额高达300万法郎），还是布里安一手惹出来的。古隆自尽后，众人都指责布里安把这个银行家逼上死路而成了这场骗局中唯一的获益者，债主们打算把他告上刑事法庭。然而富歇听从波拿巴的命令，把这件事压了下去，让布里安再没什么害怕的了。不久之后，素来对旧日同僚心慈手软的拿破仑把他派到汉堡去处理法国在下萨克森的一些事务。布里安要做的，一是监视英国人和保皇党的动静，二是控制住来自英国的所有货物和资金。布里安格外积极地开干了，肆无忌惮地勒索地方市政府和大地主，根本不管此举是否会引得民怨沸腾。此外，汉堡元老院还被迫缴纳了75万金马克的赋金，梅克伦堡公爵（Mecklembourg）也交了8万金弗雷。梅克伦堡公爵是俄国沙皇的叔叔，就给侄子抱怨了这件事。亚历山大要拿破仑就此给出解释，拿破仑当时也听到了不少关于布里安的抱怨，就把奥吉埃·德·拉索扎耶特使（Augier de la Sauzaye）派到汉堡调查此事。根据拉索扎耶的报告，布里安通过非法手段从他负责的属国和地区中至少搜刮了200万。拿破仑大致认可了这份报告的结论，不过把最后的搜刮金额砍了一半，让布里安把这100万吐出来——不是还给被他敲诈的那些人，而是交给帝国国库。可问题是，这个没有投资目光的"被告"已经把钱全都放到债券所里搞投机活动去了，手里基本上没剩多少。这次拿破仑也怒了，解除了布里安的一切职位。不过布里安还没回到巴黎，帝国就亡了。在得知皇帝退位后，他连忙找到了塔列朗。塔列朗让他担任邮政总管，还替他在临时政府中打点了一番，让他不用再把拿破仑曾下令要他交出的100万法郎上缴给国库。路易十八不赞同让布里安担职，但觉得让他进入参政院也并无不可，还给他颁发了荣誉军团勋章。布里安大喜过望，写道："国王对我可比波拿巴对我好多了。不过受他厚待的这个人并非忘恩负义之徒，因为即便当初我和皇帝有联系，心里也无时无刻不盼着这位圣贤的君主和他那个高贵的家族能回到法国。"1815年3月12日，布里安到达幸福的顶点：他被任命为巴黎警察局局长。他正准备签署命令，逮捕自己从前的恩人富歇，拿破仑回来的这个消息就如惊雷一般传来。布里安惊恐不安，立刻离开办公室，直接逃到根特去了。路易十八回来后，布里安进入议院。众人似乎很看重他的金融才干，任命他为财政委员会委员，让他负责汇报预算安排。然而经过几次失败的投机活动后，布里安遇到了严重的个人财政问题。这次，他栽在了巴黎证券所里。为了甩掉紧追其后的债主，布里安被迫逃往国外。布朗卡公爵夫人（Brancas）把他安置在自己在比利时的一处庄园里。在此期间，在企图抹黑拿破仑形象的公爵夫人和保皇党的煽动下，布里安在1829年得到一笔"荣誉"资金，开始撰写回忆录，和拉斯卡斯的《拿破仑圣赫勒拿岛回忆录》唱对台戏。他在前言里说："虽然我对别人写的拿破仑在圣赫勒拿岛上的谈话和口述持观望态度，但我绝不认为公众和拿破仑之间的中间人没说实话。我觉得，任何一个写圣赫勒拿岛的作家都绝不该被人指责是在欺骗读者：他们忠诚、高贵的品格就是最好的担保。我确信，他们出版的作品的确经过了拿破仑的口述、讲解和修正，这点毋庸置疑。我们可以相信，他们只是把自己听到的东西老实记下来而已，然而我们不能因此就认定拿破仑说的全是事实。他经常把他脑子里的'臆想'说成'事实'。所以，他在圣赫勒拿岛上时生出了'臆想'这个苦难的孩子，完全靠想象去回顾当初自己辉煌时期在欧洲的那些事。"不得不说，布里安的这番话很有道理，但只有一点——"经常把他脑子里的'臆想'说成'事实'"，这完全是恶意诋毁拿破仑的布里安的无端揣测。他的回忆录出版后引起社会各界的怀疑，许多人纷纷写书反驳。1830年有人出版了上下两卷的《布里安和他故意犯下的错误》（*Bourrienne et ses Erreurs volontaires*），这本书很值得关注。七月革命爆发后，布里安返回法国，继续在证券所里玩水，结果又把他写回忆录赚来的所有钱都弄没了。这次，政府当局不得不把他囚禁起来。最后，布里安在疯癫中死亡。拿破仑在圣赫勒拿岛和古尔戈交谈时，对布里安下了这番评语："这个人有些手腕，说一口流利的德语，既是阴谋家，又是强盗，连别人藏在壁炉里的珠宝匣都要抢。2000万是填不满他的胃口的。当我向他口述命令，提到几百万的金额时，他整个人脸色都变了，简直兴奋到高潮。不幸的是，我需要这个人。"（语出《古尔戈日记》1817年3月26日内容）

布里索（雅克-皮埃尔，Jacques-Pierre Brissot，1754—1793）

沙特尔城一个富裕旅馆老板的儿子，19岁时为了实现父亲的心愿而当了律师，因此来了巴黎。不过他很少出现在法院，常去文人出没的咖啡馆等地方。布里索不想受父亲的束缚，认为可以靠自己的本事闯出条路来，先后尝试了各种各样琐碎、薪水微薄的工作。大革命爆发后，他抓住了自己的机会。布里索深知，积极投身政坛的法国人此时无比渴望读到一份政治性的报纸，于是他创办了一家报纸。同时，他还参与竞选三级会议议员，但没被选上。另外，他还加入了雅各宾俱乐部。1791年7月练兵场惨案发生后，布里索在雅各宾派中地位上升。后来布里索想方设法，终于进了立法议会，并站在左派阵营。布里索私下性情平和，甚至有些内向，站在演讲台时的他却格外咄咄逼人。是他在1792年4月20日把战争的主要责任归到了德意志头上。公会时期，他和吉伦特派掌权了几个月。然而战争爆发，布里索以叛国罪被起诉，1793年6月2日和他的朋友们一道被通缉，10月30日被处死。

布鲁克（托马斯-亨利，Thomas-Henry Brooke，1774—1849）

拿破仑被囚圣赫勒拿岛时，该岛的一个法院秘书。这个法官的笔录被收入《洛韦文档》，现陈于英国博物馆中。哈德森·洛韦离开圣赫勒拿岛后，他成为该岛的临时总督，直到沃克将军到达。

布鲁斯（詹姆斯·布鲁斯，James Bruce，1730—1794）

母系家族祖上是苏格兰国王的后裔。布鲁斯最开始住在城堡里，过着闲散自由的生活，后来他迎娶了一个伦敦富商的女儿为妻，于是进入错综复杂的政商界，赚取了巨额财产。妻子早逝后，布鲁斯为了忘记亡妻之痛，就出门旅游去了。他游历了整个非洲，一直探索到尼罗河源头，并在埃塞俄比亚待了四年时间，还受尼格斯（埃塞俄比亚国王）之托指挥过该国骑兵队。回到英国后，布鲁斯发现家中亲戚全住在自己的庄园里，还占了他的家产：大家都以为他已经死了。他恶心这群亲戚，于是隐居乡下，开始撰写游记。1790年，他的四卷长的游记在爱丁堡出版，即《1768—1772年尼罗河源头考察之旅》（*Travels to discover the sources of the Nile in the years 1768-1772*）。

布伦瑞克公爵（查理-纪尧姆-斐迪南，Charles-Guillaume-Ferdinand de Brunswick，1735—1806）

曾从其叔叔腓特烈大帝那里学习行军作战的技法，在七年战争时期表现踊跃。1780年，他继承父亲的公国。米拉波在1786年去过布伦瑞克公国，不遗余力地赞颂这个公爵，对外交部部长说："看他的神态就知道他是个思想深刻敏锐的人。他说话简洁、措辞雅致，其人非常勤勉，又学识渊博，极有洞察力……虽然他取得赫赫战功，被世人认为是首屈一指的军事奇才，他却衷心追求和平，似乎并不愿意卷进战事。"布伦瑞克公爵很有教养，热爱文学艺术，对音乐更是造诣匪浅。他在巴黎驻留期间（当时他化名布兰肯堡伯爵在那里生活了一段时间），以渊博的知识震惊了整个上流交际圈。法国大革命初期，人们想剥夺波旁家族的王位继承资格，于是资产阶级中的许多爱国者频频提到他的名字。1792年年初，法国决定向德意志皇帝宣战。此时吉伦特派的领导人异想天开，想把他推为大革命的带头人，让他去统率法国军队。当时的陆军部长纳博讷让屈斯蒂纳将军的儿子去游说公爵，后者犹豫一番后婉拒了这个请求。几个月后，普鲁士和奥地利两国签署了《皮尔尼茨条约》，组成反法联军，朝巴黎进军，以"解放无政府主义者控制之下的路易十六"，布伦瑞克公爵当然也在队伍中。联军发表了一封著名的宣言书，威胁要把巴黎变成第二个耶路撒冷，布伦瑞克公爵也在上面签了字。[根据法王在德意志的密探马雷·杜潘的说法，这份宣言是卡洛纳的傀儡利蒙侯爵（Limon）一手起草的]布伦瑞克签字当天，吉伦特派成员卡拉（Carra）在《爱国纪年报》（*Annales patriotiques*）里说："布伦瑞克公爵是欧洲最伟大的战士和政治家，现在他也许只差一顶王冠了（在卡拉看来，他想要的正是法国的这顶王冠，当时正是8月10日的前夕）。我的意思是，他想的不是当上欧洲最大的国王，而是成为欧洲自由的复兴者。如果他来到巴黎，我敢打赌，他做的第一件事就是戴上红色弗里吉亚帽加入雅各宾派。"8月1日，布伦瑞克公爵率领部队进入法国，经过48小时的修整后，不费一枪一炮就攻下了隆维城。三天后，凡尔登投降。之后，布伦瑞克公爵却莫名其妙地变得消极怠战起来。他在瓦尔密会战中故意放水，让自己战败，然后恳请普鲁士国王和法国谈判，于是奥地利-普鲁士联军撤军了。杜南（Dunan）在他编辑的《圣赫勒拿岛回忆录》中添了个编者注，说公爵发现"自己的士兵得了痢疾，大批死亡，再无战斗能力"，所以同意休战；而米肖在关于杜穆里埃的传记文章《古今名人全传》第十一卷第553页中说"整个德意志都知道，布伦瑞克名下的几个小国长期处于财政赤字中；可1792年的这场征战结束后，他一下子就还了800万的债"。读者可根据心中布伦瑞克公爵的形象自行选择其中一个说法。1793年战争期间，布伦瑞克公爵没有出兵，但由于和奥地利将军武尔姆泽尔存在理念冲突，他在1794年1月辞职。1806年，眼看法国对德意志的威胁越来越大（连他自己的属国周围都全是法军），布伦瑞克公爵出任普鲁士军总司令。10月14日，他带领投弹部队在奥尔施泰特附近抵抗达武的进攻。战斗刚开始，他就被炸瞎双眼，11月10日在极度的痛苦中死去。他的公国被法军占领，拿破仑颁布法令，宣告"布伦瑞克家族不再拥有该地的统治权"。

布罗格里公爵（维克多-弗朗索瓦·德，Victor-François de Broglie，1718—1804）

1759年被封为法国元帅。当时的政府没发现他已老朽昏庸，1789年7月还把这个已经71岁的老头子叫来保护自己，然而布罗格里并不是另一个布吕歇尔。他只当了48个小时的陆军部长（从7月13日到15日）就离开了法国，最后死在异乡。在他生命的最后一段时间里，布罗格里还想回到法国，为拿破仑效力。

布律讷（纪尧姆-夏尔-马利，Guillaume-Charles-Marie Brune，1763—1815）

父亲是布里夫-拉加亚尔德的一个律师，把他送到巴黎学习法律。年轻的布律讷对法律没有太多兴趣，却疯狂喜欢上了文学，于是他荒废学业，终日写书。然而布律讷的父亲不支持他从事文学，断了他的生活费。布律讷为了维持生计，就到印刷厂做工。1788年，他的书《法国西部多省的田园游记》（*Voyage pittoresque dans plusieurs provinces occidentales de la France*）问世。巴士底狱被攻占之后，布律讷办了一家"爱国"报社。有人说，他当时还拥有一家小印刷厂。不过这不太可能，因为他的报纸都是其他印刷商负责的，要是他有自己的印刷厂，又何必让别人去做这件事呢？布律讷独力承办报纸，既是编辑，又是社长，还是唯一的撰稿人。然而报社运营不善，存在严重的财政问题。布律讷大可以给自己找一个合伙人将报纸转型，走上极端保皇路线，借此获得大笔赞助金，但他拒绝了。从一开始，他就全身心地投入革命事业，和丹东来往甚密，并成了科尔德利俱乐部中最狂热好战的一个人。1791年，布律讷参加了塞纳-瓦兹省志愿军，被选为营附。后来，他进了杜穆里埃的军队，还参加过比利时的瓦尔密战役。法军在内尔温登战败后，布律讷把被打散了的残军聚集起来，因此得到上司的注意。随后，他被派去歼灭卡尔瓦多斯的联盟派，并顺利完成任务。回到巴黎后，布律讷请求担任陆军部长，然而议会只把他提拔为将军，这还离不开丹东的帮助。丹东倒台后，布律讷再度变得寂寂无闻，直到热月九日以后才再度走到聚光灯下。他进入内防军，在葡月十三日那天听从波拿巴的命令，让军队用机枪扫射维维安街和黎世留街周边地区，将暴乱者全歼。之后，布律讷成为意大利军一个旅的旅长。1797年1月14日，在维罗纳附近的圣米歇尔战役中，布律讷的外套上有7个子弹孔。波拿巴给督政府写信说："他简直是大难不死。"1798年年初，布律讷去瑞士控制局势，之后担任意大利军总司令。他不费一兵一炮就占领了都灵，塔列朗写信表示庆贺。然后，他从意大利去了荷兰，在卑尔根打败英俄联军，立下赫赫战功。督政府颁布法令，大加颂扬了布律讷和他的军队。布律讷看似温和，实际上并不接受波拿巴的政变一事。波拿巴为了把他打发出巴黎，也许也是为了让他打个败仗，杀杀他的锐气，就派他去平定旺代，然而布律讷成功说服保皇党头领，让他们弃武投降。拿破仑在封元帅的时候，无法无视布律讷的这等奇功，只好把他也封为元帅。1806年，布律讷受召率领一支部队和普鲁士军作战。他一路势如破竹，一直打到了波罗的海，占领了瑞典的波美拉尼亚。瑞典国王请求停战，于是布律讷在1807年9月7日签署了休战协议，法国借此把吕根及其附属岛屿收入囊中。然而在签署协议的时候，布律讷没注意到协议中写的是"法国军队"，而不是"尊贵的皇帝陛下和国王的军队"。拿破仑看了协议，愤怒到极点，觉得个人尊严受到羞辱。贝尔蒂埃得到皇帝的明确命令，给布律讷写信说："在法国有历史记载以来，还未曾出现如此令人气愤的事。"随后，布律讷被剥夺了军权，直到帝国末期都未得到任用。拿破仑从厄尔巴岛回来后，让他担任瓦尔省军区司令。布律讷毫不犹豫地再次为拿破仑效力，大力追捕当时正在南部地区闹事的保皇乱党。拿破仑再次退位后，布律讷遭到保皇党的报复，在阿维尼翁被捕并遇害，尸首被丢进了罗讷河。后来人们在他被丢下河的那座桥上刻下一行字：布律讷元帅在此安息。然而，杀害他的罪犯一直逍遥法外。

布吕内（让-约瑟夫·米拉，Jean-Joseph Mira，Brunet，1766—1853）

巴黎一个面包商的儿子，小丑之王，按照亨利·利奥内在《喜剧演员词典》第262页的说法，他"在装傻卖蠢上可谓登峰造极"。他的表演庸俗至极，尤其喜欢表演那些"完全不要求有任何表情、台词、智慧、审美"的角色，然而他擅长通过在表演中耍文字游戏来惹人发笑，说的许多话还成为巴黎人的口头金句。1807年，布吕内和他的戏班子搬进蒙马特大街的杂技剧院。他在法国很受欢迎。拿破仑虽然不怎么喜欢这类喜剧，却很爱看布吕内的表演。

布吕歇尔（格布哈德·列博莱希特·冯，Gebhard Leberecht von Blücher，1742—1824）

打败过他的拿破仑在圣赫勒拿岛上时，说他是个"骠骑兵队的酒鬼，天天只想着打仗"。（请看奥地利特派员斯图尔默1816年12月31日的报告）皇帝的这番话只浅显地概括了这个德意志民族英雄的性格特征。布吕歇尔曾以中尉的身份加入著名的黑骑兵团，参加过七年战争，后来在和平时期闲得浑身骨头发痒，只能靠和人决斗来打发无聊生活。他的所有爱好不外乎吃酒、赌博、女人。总而言之，年轻时的布吕歇尔是个典型的普鲁士中尉形象。部队里的士兵觉得他是一个"糟糕的领导"，上司也不怎么喜欢他。自然而然，布吕歇尔的名字没有出现在接下来的晋升名单中。他大怒，直接向陆军部长投诉，并递交辞呈。部长对他的牢骚没做出任何回应，于是布吕歇尔又给国王写信。腓特烈二世把他关进监狱，说"等他脑子更清醒点儿后"再把他放出来。布吕歇尔是不可能脑子清醒的，继续纠缠他的上司。最后国王烦透了，在1773年宣布"准他假期，让他见鬼去吧"。布吕歇尔没有严格听从国王的劝告。他娶了一个有钱地主的女儿，把岳父的一块地拿来出租，借此赚了一大笔钱。之后，他自己又成了地主，在接下来的14年里一门心思地想着扩大土地、租地赚钱的事儿，似乎完全放弃军旅事业了。然而，他一听说腓特烈二世驾崩的消息，就立刻抛弃了自己平静的生活。虽然当时他已经44岁，有了七个孩子，依然回到军中，高高兴兴地继续征战沙场去了。让他倍感幸福的是，在普鲁士和其他国家组成同盟对抗法国革命政府期间，他担任了普鲁士军队中的先锋军指挥官，而且夺得了好几场胜利。奥地利人撤军后，普鲁士也不能再得到什么好处了。《巴塞尔和约》签署后，对法战争慢慢有了消停的趋势，布吕歇尔被派去守卫德意志边境。《吕内维尔条约》签署后，他成了明斯特总督。然而布吕歇尔对政治一窍不通，也没有多少从政的兴趣。他只满足于当君主政体的拥护者，支持政府强权专制。布吕歇尔瞧不起法国人，说他们砍下了自己国王的脑袋，也处理不好家务事。然而，波拿巴登基一事引起了他的关注。他觉得，德意志应该会成为这个法国征服者称帝路上的一块绊脚石，普鲁士肯定要和他打一仗。所以，他坚决反对德意志"观望派"的想法。"观望派"虽然承认有必要遏制法国的扩张，但仍期盼国际形势能逐渐转好，还觉得拿破仑才坐上皇位没多久，不敢贸然发动一场胜负未定的战争。事实证明布吕歇尔是对的。奥地利付出惨痛的代价，在十周时间里从乌尔姆败到了奥斯特里茨，遭到拿破仑的绝对碾压。布吕歇尔等人促使摇摆不定的腓特烈-威廉三世发布最后通牒，要求拿破仑的军队撤离德意志。两周后，布吕歇尔率领一支骑兵队，上了奥尔施泰特战场。他率先发动攻击，带着25个人组成的骑兵中队向达武的军队发动攻击，然而这次进攻以失败告终。当他打算带着另一支军队再次发动攻击时，总司令吕歇尔身负重伤，军中大乱，于是高层下发撤兵令。布吕歇尔骑马一路狂退，带着手下1万骑兵逃脱了拿破仑的追捕，沿路收了一些普鲁士残军，还组织了一场爱国战争，拖住正朝奥得河进发的法军后头部队。最后，贝纳多特、苏尔特、缪拉率领的帝国三支精锐部队联手，才让布吕歇尔没对法军造成进一步的损害。布吕歇尔被四处围堵，眼看自己无望逃出敌军的包围，却依然背水一战。当时他已落入四面楚歌之境，就退到还没被攻陷的吕贝克城，准备打一场防御战。法军很快就出现在吕贝克城下，不费吹灰之力就炸毁城墙，进入城中。然而入城后，他们还得和布吕歇尔的军队打巷战，一条条街、一间间房地清除敌军。第二天，布吕歇尔终于走出城来，带着手下1.7万名士兵投降。不幸的吕贝克城为这个普鲁士将军的英勇奋战付出了巨大的代价：接下来三天里，法军在城中大肆洗劫，达武任由士兵们掠夺无辜平民的财产。德意志人被打败了，被逼到了无路可退的绝境。然而听闻布吕歇尔的英勇事迹后，他们又恢复了勇气，他的名字一下子成为民族抵抗运动的象征。没过多久，维克多元帅被俘，拿破仑同意用布吕歇尔把他换回来。不过布吕歇尔一获得自由，战争就结束了。《蒂尔西特条约》签署后，布吕歇尔被任命为科沃布热格统帅。他认为虽然眼下两国签署了和约，但也只是暂时休战而已，于是他积极修筑城墙工事，为战争做好准备。拿破仑对此很不满意，于是普鲁士政府不得不急匆匆地解了这个将军的职，让他不再负责军务。布吕歇尔回到家里，又过起了从前的田园生活。布吕歇尔绝望地看着该死的拿破仑和法国军队蹂躏自己的祖国，然而他一直抱着一个坚定的信念：总有一天，这个人憎鬼恶的暴君会被打败的。有一天，"道德联盟（Tugendbund）"的一个特使去拜访他。他先前已经听过这个抵抗组织的大名。这个组织为了两个目的而建立：把德意志从外国人的铁骑下解放出来和复兴国民道德。布吕歇尔不赞同这个组织的理念，但既然它要抵抗法军，他便欣然地接受了特使的提议，和他们联手抗敌。1812年春，他们又升起了新的希望。6月27日，得知大军团取道涅曼河后，布吕歇尔欣喜若狂。大局已定，这个暴君在奔向末路！从此，布吕歇尔天天数着日子，等着品尝复仇的滋味。五个月后，这一天终于到来了：法军在后撤时渡过了别列津纳河。布吕歇尔终于等来了这一刻。腓特烈-威廉三世不喜欢他，觉得他"性格糟糕"，怕他会"鲁莽行事"。然而强大的民意站在布吕歇尔这边，国王只能让步。不过，他只把一支附属军队的指挥权交给了布吕歇尔，让他去指挥联军的右翼军。布吕歇尔当时已经71岁高龄。他和拿破仑的第一次交手是在吕岑，联军被打败，被迫后撤。拿破仑进入西里西亚，认为现在最好和敌军签订停战协议，觉得普鲁士不会愿意去打一场艰苦卓绝的战争。实际上，普鲁士国王身边的确有些人倾向于议和，但布吕歇尔对此强烈反对。他给朋友——掌玺大臣哈登贝格写信说："看在上帝的分儿上，别求和！"并提议奥地利最好趁着战胜方提议暂缓的空当，为战争做好万全的准备。最后，奥地利采纳了布吕歇尔的提议。6月29日（停战协议是在4日签署的），布吕歇尔当上奥地利军总司令。如此一来，奥地利方的意图就很明显了。然而拿破仑忽略了这个危险信号（他脑子里记得的仍是当初那个在耶拿和奥尔施泰特被他打得屁滚尿流的"骠骑兵队的醉鬼"），再加上狡猾的梅特涅的甜言蜜语，拿破仑将停战协议延长到8月10日，给了布吕歇尔更多的准备时间。之后，拿破仑应允的休战时间到了,停战协议作废,两军再次对峙。18日,布吕歇尔在鲍勃和卡茨巴赫河中间向法军发起进攻。他当时面临4支敌军和4位元帅的围攻,他们分别是麦克唐纳、内伊、马尔蒙和莫蒂埃。当天大雨如注,战争终于爆发,最后布吕歇尔得胜。此外,俄国军队在库尔姆打败了旺达姆;更令奥地利吃惊的是,连皮托将军也吃了败仗,被迫放下武器,西里西亚被解放了。首战告捷后,布吕歇尔高歌猛进,拿破仑不得不亲自指挥军队来对付他,但也无力阻拦布吕歇尔的逼近。法军面临绝境,而布吕歇尔这边则越战越勇。他先后渡过易北河、穆尔德河、萨勒河,一路势如破竹。每天,他都避免和法军展开大战,只打些局部的小仗去挫败法军的士气,给他们造成无可挽回的损失。他对他的妻子(这是他的第二任妻子。他的第一任妻子在他53岁时去世,于是他又娶了一个23岁的年轻女子)写信说:"拿破仑阁下将被迫放弃抵抗,感谢上帝,他让我夙愿得偿,证明我当初没有看走眼。"布吕歇尔的目标是莱比锡,预计两军会在萨克森这座首都的周围决战。根据被迫站在拿破仑阵营的萨克森官员提供的准确情报,布吕歇尔对敌方的一切了如指掌,清楚他们现在已经深陷绝境。在他的悉心策划下,萨克森军队之前就已经变节了。战斗打响后,布吕歇尔更加肯定自己的判断。10月7日,也就是战斗发生十天后,布吕歇尔给妻子写信说:"我离莱比锡只有3里了(德意志的1里等于7000米),过不了多久,你就会收到捷报。"然而他没料到拿破仑会提前发起进攻,而他不得不和沙皇亚历山大空降过来的"最高统帅"贝纳多特拖拉、犹豫的行事作风做斗争。在渡过易北河前夕,布吕歇尔就和这个瑞典王储发生了一场激烈的冲突。当时贝纳多特的军队没有如期抵达,布吕歇尔就派人告知后者:无论他来不来,自己都是要渡河的。贝纳多特随他怎么做,只跟在布吕歇尔后面,和他保持几天行程的距离，似乎根本不急着赶到莱比锡，不愿和自己的同胞刀剑相向。布吕歇尔觉得贝纳多特的态度极其可疑，也很看不起后者，觉得他就是三姓家奴。他让英国政府特使斯图尔特（Stewart）去活络一下，后者和贝纳多特进行了一场"友好"协商，取得了可喜的成果："北方军"的3万瑞典军第二天就齐整地出现在战场上。此外，还有变节的萨克森军队。我们看看布吕歇尔自己是怎么回顾这场胜利的："下午两点，我朝莱比锡发起突然袭击……拿破仑得以逃脱，但法国军队完蛋了。俄国沙皇在莱比锡城热情地拥抱了我，说我是德意志的救星；奥地利皇帝对我一顿赞扬，我的国王也哭着对我表示感谢。"接受了官方庆贺之后，布吕歇尔却不无吃惊地发现当地居民纷纷恳请他结束战争。布吕歇尔雷霆大怒，咆哮道："Vorwärts（前进）！"于是他立马就有了一个绰号：前进元帅（他当天被封为元帅）。他坚持挺进，大家对此行为众说纷纭：有的人说在汉尼拔之后还从未见过这等人物，有的人则说"布吕歇尔老头子"已经完全昏了头，当局最好收回他的军权。"前进元帅"不理会旁人的声音，披星戴月地骑马飞奔，一路上不让部下歇一口气，还边追边骂，嫌弃众人走得太慢。10月30日，他给妻子写信说："我每天都追在拿破仑的屁股后面……每个晚上，我赶到扎营的地方，可拿破仑刚从这里离开，于是我就睡在他曾经睡过的地方……七天后，我将到达法兰克福。"不过他算错了。5日，他就进了法兰克福，法军三天前才从这里撤出。最后他终于赶到了莱茵河，于是议和的声音又起来了。布吕歇尔不容置辩地宣布他打算"把自己的旗帜插在拿破仑的皇位上"，不顾贝纳多特的反对，入侵法国。1814年1月1日，布吕歇尔渡过了"骄傲的莱茵河"。当晚他告诉妻子："莱茵河两岸响彻我们胜利的欢呼声。"马尔蒙挡在布吕歇尔前面，被他打败后只好逃跑。拿破仑企图在拉罗蒂埃将其拦下（此地离特鲁瓦只有11里的距离），但他败在了布吕歇尔带的那支赫赫有名的骑兵队下，只好撤退。布吕歇尔觉得，此战胜利后，自己无须其他军队的援助，单枪匹马就能打败拿破仑。他急着第一个进入巴黎，于是离开了施瓦岑贝格的奥地利大军。把拿破仑逼得从特鲁瓦向诺让后撤后，布吕歇尔被满腔激情冲昏了头，一直追到了沃尚，却在那里吃了败仗。布吕歇尔在埃纳省陷入生死一线的危险处境，于是在拉昂高地驻扎下来。拿破仑又朝这里发动攻击。布吕歇尔几天前右腿被击伤（3月7日在克拉奥讷），现在眼睛又痛得厉害，不得不躺在行军床上被人抬着走。可拿破仑此次攻击又以失败告终，布吕歇尔被胜利所鼓舞，命令部下再次发动进攻。由于他需要佩戴脸甲来保护眼睛，人们一时间找不到更合适的东西，只好让他戴着一顶有绿色绢网的女士帽子。布吕歇尔就穿着这身滑稽的衣服，不顾自己的右腿还被绑带包扎着，就去追击敌军了。他勉强赶了15天的路，终于到达巴黎城下。然而巴黎已经宣布投降，布吕歇尔大怒，对"外交官们"一顿痛骂。在他看来，联军就应该强攻下巴黎，让"这座索多姆、巴比伦"城里的居民为达武军队在吕贝克犯下的滔天罪恶付出巨大代价。为了表达自己的失望，3月31日，布吕歇尔拒绝跟随反法联盟各国君主进入巴黎，守在蒙马特高地。直到第二天，他才住进富歇的府邸。之后，还在赌气的布吕歇尔以生病为由，辞去了指挥官的职位，以普通人的身份住在巴黎。他时常一身市井人士的打扮，在城里散步，去饭馆吃饭，频频出入赌场（他一生都难戒赌瘾）。和约签订之后，英国摄政王储邀请布吕歇尔前往伦敦，他欣然接受，启程赶往伦敦，从布洛涅开始就得到热情的接待。他给妻子写信说："100来号英国人来拜访我，我得一个接一个地握手，还有夫人公然向我献殷勤，这简直是我见过的最疯狂的民族。"他一到达多佛尔海峡，一大群人就向他涌了过来，争先恐后地和他握手，陪他一直走到港口。女人们更是热情，一个个都想抱抱他，都想得到他的一缕头发。可布吕歇尔当时已经开始秃顶，只好通过翻译转告诸位太太：他的头发已不够她们分了。到达伦敦后，他依然获得殷勤接待。到了伦敦的第二天，他给妻子写信："我都不知道自己是怎么活过来的，这个民族差点儿把我扯成碎片；大家涌上来替我的马卸套，欢呼雀跃地迎接我。"摄政王储给他送了一大堆礼物，剑桥大学授予他荣誉博士学位，首都各大贵族俱乐部以他能成为自己的会员为荣。和他一起来到伦敦的普鲁士国王封他为布吕歇尔·冯·瓦斯达亲王（瓦斯达位于当时刚被设为公国的西里西亚境内）。布吕歇尔对此大感惊讶，给妻子写信说："我面对这一切竟还没有疯掉，这也是个奇迹了。"他回到德意志后，更是荣誉加身。柏林大学不愿落在剑桥大学后面，授予布吕歇尔哲学博士学位。11月3日，维也纳会议召开。正在柏林的布吕歇尔非常关注会议动向，并对会议结果表示非常失望。在他看来，人们实在太轻饶法国了：各国就应该把法国肢解，好让它从今以后再无法惊扰欧洲的和平。他认为，人们已经忘了当初拿破仑是怎么镇压沦陷国的，忘了这些国家遭遇了多么巨大的损失，为欧洲的共同事业做出了多么巨大的牺牲。得知拿破仑回来后，布吕歇尔再次扛起了三军大旗。不过这一次他打定主意，绝不会再在半路上停下来了：他要亲手抓住拿破仑，把他送上黄泉。6月16日，两人再次在利尼对阵。拿破仑发起进攻，布吕歇尔则反进攻，身先士卒地战斗在最前线。他的阵地七次被夺下，又七次被抢了回来。这个73岁的老人就像一个年轻骑兵一样奋战着。在战场上，英国摄政王储送给他的白马身中一弹，一时发疯狂奔，把他摔下马来。这时一支法国重骑兵中队经过他身边，不过他们并没把这个敌方元帅认出来。在忠心耿耿的副官诺斯蒂茨（Nostitz）的帮助下，这位老人又站了起来，骑上另一匹马继续作战。战斗在恐怖的炮火声中断断续续，一直持续到深夜。然而法军没取得多大成果，只把普鲁士军队和英国军队割裂开来。第二天，布吕歇尔集结军力，成功地绕过格鲁希，最后和焦急不安的惠灵顿会合。此时，同样焦急不安的拿破仑还在等着格鲁希部队的到来，然而他没有来……据说，皇帝在很长一段时间里都不顾周围人的谏言，坚持认为正朝他扑来的布吕歇尔军队其实是格鲁希的部队。取得滑铁卢战役的胜利后，布吕歇尔给妻子写信说，"我实现了自己的承诺：16日在利尼，我不得不放弃进攻；18日，在我的朋友惠灵顿的陪伴下，我把拿破仑打压到谁都不知多惨的地步；他的军队已经彻底完蛋了，炮兵队已落到我们手上，人们刚刚把从他马车里缴获的勋章装饰送到我的帐中……他的马车被拦下时，他人就在车里，他爬下马车，没有佩剑就跳到一匹马上，连帽子都掉到了地上"。于是，拿破仑的佩剑和帽子也被交给了布吕歇尔，他戴着帽子，得意扬扬地走来走去。当时他手下一个军官过来汇报军务，布吕歇尔问："我这个样子像不像他？"不到十天，他就赶到了巴黎城门处。6月22日，他给妻子写信："要是在我进入巴黎城之前，巴黎人还没有推翻他们的暴君，我就要让他们吃吃苦头，这个民族总是背弃誓言。"26日，他向妻子宣布："我要求议会处死波拿巴，或者把他交出来。"27日，说："三天之内，我会进入巴黎。拿破仑很有可能会被交到我和惠灵顿大人的手上。要是能把他枪决，那就是最让我感到舒畅的一件事了：这是为了全人类的利益。"他甚至想动用手段把拿破仑强抢过来。得知拿破仑离开爱丽舍宫去了马尔梅松后，他让自己的小舅子冯·科隆少校趁着夜色的掩护把对方绑架过来。可惜当时沙图桥被毁，少校无法赶到城堡，计划失败。这一次，亚历山大一世再次让布吕歇尔希望落空。虽然元帅坚决反对，法军和英军、普鲁士军依然签订了休战协议，而且临时政府在当日（1815年7月3日）还和联军签署了一道公约。塞纳省被割裂成两个地区，巴黎城由英国人控制，首都周围地区和塞纳省其他地区则由普鲁士军掌管。布吕歇尔住在他在巴黎城中的军营里，他的私宅则在圣克鲁。他告诉妻子，"这是我住过的最漂亮的一座城堡"，不过他依然在抱怨："我觉得很难受。法国人虽然摆出一副奴才样，路易十八也在巴黎，但是我敢肯定：我们一走，不到三天，他们就会把他再度赶走的。"作为"粗鄙的巴黎总司令"，布吕歇尔没有给被统治者留下什么好印象。他颁布法令，将那些他认为是"战争犯"的人的家产通通查封，要求法国政府把法军在德意志抢来（他在命令中用的是"偷来"这个词）的所有艺术品全都还回去。他还想炸毁耶拿桥，因为这个名字让普鲁士人民感到很不舒服。法国当局给惠灵顿写信，后者回复说："我是巴黎城里的主人，布吕歇尔元帅是巴黎城外的主人，耶拿桥在城外，所以这事我管不了。"也在为此事奔走告求的塔列朗想让布吕歇尔从前的副官戈尔兹伯爵当中间人，恳求元帅收回成命。布吕歇尔向戈尔兹宣布："我已决定炸毁此桥，不论塔列朗先生愿不愿意，它肯定是保不住了。我请阁下将这话转告给他。"然后就催促手下执行命令。当时，他的部下已和负责爆除工程的技术人员着手安排此事了。此时有消息传来，说布吕歇尔即将被要求转移到朗布依埃。一个月后，布吕歇尔离开巴黎，耶拿桥得以保全。据说，布吕歇尔对此事并非一无所知。有人说，塞纳省议会承诺给他献上30万法郎，布吕歇尔接受了这笔钱，立刻叫停了炸桥工程，但这不太可能是真的。三个月后，布吕歇尔继普鲁士国王之后回到德意志，给妻子写信说，"我像约伯一样两手空空地离开了法国，因为我给自己定了一个原则：在那里不取一物，吃穿用度一律自己出钱。不过国王也赏了我不少财产"。我们没有道理去质疑布吕歇尔这番话的真实性，因为这是一封家书，他无须撒谎。他对战败者一副严厉无情的样子，无所不用其极地压榨他们，然而他并没有借此为自己谋取私利，这点是毋庸置疑的。布吕歇尔晚年生活凄惨。虽然到达荣誉的巅峰，然而他觉得自己的身体已被掏空，对生活完全麻木、倦怠了。他失去了耐力和健康，为这场战争轰轰烈烈地燃烧了自己以后，布吕歇尔已经彻底衰弱了。一想到自己的军人身份，他心中只剩厌倦之情。他在法国写给妻子的最后几封信里有这么一句话："等我回到故乡，什么都不能再叫我重披战甲。"他只想回归家庭，养好自己的身体，再不关心自己享得怎样无上的尊荣。在他去世前15天，正值卡茨巴赫战役周年纪念日，人们在罗斯托克为他打造的一尊青铜像就在那天揭幕。1826年，柏林也竖了一座他的青铜塑像。当然，他的雕像更是遍布德意志。

参考资料：路易·穆勒巴赫的《拿破仑和布吕歇尔》（Louis Mühlbach, *Napoleon und Blücher*），埃米尔·克诺尔的《1793年及1794年布吕歇尔战斗日记》（Emil Cnorr, *Blüchers Campagne Journal 1793 und 1794*），冯·科隆将军的《1813—1815战争期间布吕歇尔书信集》（von Clombe, *Blüchers in Briefen aus den Feldzügen 1813-1815*）（我在上文多次引用了里面的内容），1877年在法国出版的贡夏尔-维尔梅上尉的《书信中的布吕歇尔》（Conchard-Vermeil, *Blücher d'après sa correspondance*）（它为世人呈现了布吕歇尔军人的一面），卡尔·布拉森多夫的《格布哈德·列博莱希特·冯·布吕歇尔》（Carl Blasendorff, *Gebhard Leberecht von Blücher*）（此书分上下两卷，是研究布吕歇尔的主要资料），沃尔夫冈·冯·翁格尔的《布吕歇尔》

（Wolfgang von Unger, *Blücher*），鲁多夫·达姆斯的《前进元帅》（Rudolf Dahms, *Der Marschall Vorwärts*）。

布泰（乌尔斯-雅克，Ours-Jacques Boutet，1768—1849）

帝国时期陆军部的一个职员，后被拉斯卡斯请来当自己儿子的家庭教师。

布泰（艾尔芒斯-凯瑟琳，Ermance-Catherine Boutet）

乌尔斯-雅克·布泰的女儿，1814年嫁给了奥地利外交官斯图尔默。

布瓦热兰·德·库塞（让-德-迪欧，Jean-de-Dieu Boisgelin de Cucé，1732—1804）

从1770年起担任艾克斯大主教，1776年进入法兰西学院，后被选入三级会议，是仇视大革命和制宪议会的教士集团的主要领头人。后来，一个宣誓效忠宪法的神职人员担任艾克斯大主教，他便隐居到了英国，但在法国签署政教协议的时候回到法国，并担任了图尔大主教。

参考资料：拉瓦克里的《红衣主教布瓦热兰》（Lavaquery, *Le Cardinal de Boisgelin*）。

布耶侯爵（弗朗索瓦-克劳德-阿莫尔·德，François-Claude-Amour de Bouillé，1739—1800）

一个精力充沛、脾气暴躁的奥弗涅人。大革命初期，他担任三主教区、阿尔萨斯区和弗朗什-孔泰区的总督，1790年用严厉手段镇压了南锡军队哗变事件。1791年6月，布耶想尽办法帮助国王一家逃跑。得知事败后，他离开法国为孔代亲王效命，后来还加入约克公爵的队伍，去攻打自己的国家，最后老死于英国。

参考资料：热内·德·布耶的《关于布耶侯爵的一生》（René de Bouillé, *Essai sur la vie du marquis de Bouillé*）。

C

查理大公（archiduc Charles，1771—1847）

神圣罗马帝国皇帝利奥波德二世的小儿子，皇帝弗朗茨二世的弟弟，玛丽-安托瓦内特的侄子。1793年第一次反法联盟中，他担任科堡亲王的先锋军指挥官，次年成为低地国家总督。1796年，查理大公被封为元帅，带领奥地利军队抗击法国。他多次取得胜利，但1799年由于和俄国将士不和而被剥夺了指挥权。1807年到1809年，查理大公竭尽所能，想力挽狂澜，避免奥地利一败再败，却败在了他麾下那些治军无能、心怀恶意的军队领袖手上。他万念俱灰，递交辞呈，从此隐退。拿破仑和玛丽-路易丝结婚时，选了他作为奥地利宾客代表出席婚礼。后来到了圣赫勒拿岛，拿破仑说："能和这个卓尔不凡的大公打交道是一件幸事，我通过手下的间谍提前知晓了他的许多计划。"

参考资料：海因里希·冯·泽斯伯格的《卡尔·冯·奥地利大公传》（Heinrich von Zeissberg, *Erzherzog Carl Von Oesterreich: Ein Lebensbild*），莫里兹·冯·安热利的《将军及军队组织者——卡尔·冯·奥地利大公》（Moriz von Angeli, *Erzherzog Carl Von Oesterreich als Feldherr und Heeresorganisator*）。

查理-路易-弗雷德里克·德·巴登（Charles-Louis-Frédéric de Bade，1786—1816）

先是继承了亲王头衔，后又成为巴登大公。1806年迎娶了拿破仑的养女斯蒂芬妮·德·博阿尔内。

查理四世，西班牙国王（Charles Ⅳ，1748—1819）

他资质平常、天赋平庸，完全被妻子的情人戈多伊掌控在手中。1788

年，查理四世登基为王，对法国革命政府持敌对态度。1793年3月7日，法国对西班牙宣战。1795年7月22日，两国在巴塞尔签署和约，结束战争。后来，欧洲两大皇帝为瓜分欧洲而在提尔西特举行会谈，西班牙完全沦为拿破仑的棋子。1807年10月，法军入侵西班牙，西班牙波旁王朝的覆灭已成定局。在缪拉的指挥下，8.6万法国士兵进入西班牙。查理四世不仅不表示抗议，还要求自己的臣民好生招待法国人，要把他们视为盟军、朋友。他给拿破仑写信说（当然，是在缪拉的口述下），他"愿意和这个永远是自己朋友的伟人热烈拥抱"。皇帝要和他在巴约讷见面，查理四世就带着自己一家人去了那里。在巴约讷，查理四世接受一年800万的年俸，放弃了西班牙王位。之后，他在法军的护送下去了枫丹白露，从那里辗转来到贡比涅城堡，待了几个月后又去了马赛，并在那里一直住到了1811年。之后，他被允来到已是拿破仑帝国首都之一的罗马。拿破仑把罗马一座金碧辉煌的宫殿赏给了他。已到老朽之年的查理四世对自己的命运倒是安之若素，说："我在这里可比在埃斯科里亚尔修道院开心多了。"他余生不管其他，一心沉醉在音乐和名画收集中。

查理–伊曼纽尔四世，撒丁国王（Charles-Emmanuel Ⅳ，1751—1819）

一生下来就获得皮埃蒙特亲王的封号，1775年和路易十六的妹妹克洛蒂尔德（Clotilde）公主结婚，1796年登上王位。当时，他的国家情况极不乐观，已经先后丢了萨瓦和尼斯。此外，他还不得不把国内最坚固的几座堡垒拱手让给法国，并将其他堡垒通通拆除。波拿巴依然步步紧逼，一次又一次地要他拿钱消灾。最后，这个可怜的国王把大使派到巴黎，诚恳地告诉督政府，"他并非不知道自己的命运依附于法兰西共和国；如果这就是他的命，那他愿意退位"。曾指挥过意大利军的茹贝尔决定"结束这个名存实亡的国王之位"（他在一份快报里是这么说的），给了查理-伊曼纽尔一份写好了的退位书，他只需在上面签字即可。1798年12月9日深夜，国王离开都灵。他人生的最后阶段是在罗马度过的，再不过问世事，只想着自己灵魂的救赎，经常去苏比亚科、卡森山的修道院以及奎里纳勒山的耶稣会初修院中静修。法国政府每年给他18万法郎的补贴，他虽然收下了，但都将其记为"借款"。最后，查理-伊曼纽尔在米兰去世。

查塔姆伯爵（约翰·皮特，John Pitt, comte de Chatham, 1756—1835）

大革命和拿破仑的敌人——英国首相皮特的哥哥，1809年指挥英军登陆安特卫普。

D

达尔贝格（查理-泰奥多尔·德，Charles-Théodore de Dalberg, 1744—1817）

美因茨大主教和选帝侯。因为表示出和法军合作的意向，故成为莱茵同盟主席，头衔变成德意志宗主教。此外，拿破仑还封他为法兰克福大公。帝国灭亡后，他也失去了自己的公国。

达尔曼尼（克劳德，Claude Dallemagne, 1754—1813）

法国大革命爆发前的一个军士长，1791年成为少尉，1792年成为上尉，1793年在土伦围攻战中担任投弹部队指挥官，1794年2月被派到意大利军中，同年被提拔为将军。达尔曼尼由于在洛迪战役和曼图亚包围战中表现出众，被授予荣誉军刀。之后，他负责指挥罗马军，并在罗马共和国成立后进入国会大厦，在罗马元老院中享有席位。由于健康问题，达尔曼尼被迫离开军队，放弃了军旅事业上的大好前程。回到法国后，达尔曼尼被选入立法会，但在里面表现并不出众。

达吕（皮埃尔-安托万，Pierre-Antoine Daru，1767—1829）

朗格多克地方总督秘书的儿子，由于父亲的关系，他16岁就进入军需处，1785年成为战争特派员。1796年，达吕被任命为陆军部下面一个部门的领导，在接下来的几年里多次执行重要军队行政任务，如视察美因茨军队、检查瑞典军物资账目、主持多瑙河军肃清委员会等。波拿巴进入陆军部后认识了达吕，手握大权后，他立刻让达吕以副监察官的身份前往阿尔卑斯军，并在马伦哥战役后派他和贝尔蒂埃、德让一道去和敌军谈和。达吕结束谈判回来后，没过多久就被任命为陆军部总秘书，地位仅次于贝尔蒂埃。贝尔蒂埃很懂得充分发挥达吕的才能，把呈递给第一执政官的报告都交给他去做。有一天，第一执政官对某一提议表示反对，贝尔蒂埃说这都是他的总秘书的想法。波拿巴马上说："把他给我叫过来。"就这样，达吕和波拿巴开始了长期的合作。他们之间当然也会爆发冲突，但达吕很懂变通，也很有耐心，明白低头忍让的道理，知道如何表现出一副尽忠职守、全心全意为上司考虑的样子，因此深得拿破仑的信任。拿破仑称帝后，达吕进入参政院，同时兼任皇家大总管的职位。几个月后，奥地利战败，拿破仑让他担任沦陷地军需总长，负责执行《普莱斯堡和约》内容，向沦陷地人民征收重税。最后这项工作尤其棘手，达吕收到的指令非常直接：要求对方履行合约的所有条款，且不得做出任何让步。不过，达吕还是竭尽所能地减轻已遭惨败的沦陷地的负担。第二年，他被拿破仑任命为特使代表，去执行和普鲁士缔结的公约内容，并有权对新成立的威斯特伐利亚王国的赋税摊派问题进行协商。当时，皇帝的胃口已经越来越大。达吕别无选择，只能摆出冷酷无情的样子，对这些已遭蹂躏、元气大伤的地区施加压力。之后，他又被任命为大军团军需总长，负责满足军队需求、保障军队供给。达吕在各地征收重税、对反抗者处以高额罚款、逮捕"乱党",总算解决了大军团的资金空缺问题。正因为达吕在1806年到1807年冬夜以继日地操劳,拿破仑才能养活一支军队去对抗敌国。《提尔西特和约》签署后,达吕依然不能有片刻的休息:他得马不停蹄地履行条约。之后,又是第二次入侵他国。这次和四年前一样,以法国得胜而告终,于是达吕又被叫去治理沦陷区。1811年,达吕被皇帝任命为国务大臣,同时担任皇室钱库主管。钱库里的财产多达好几百万,都是拿破仑通过掠夺沦陷区或和沦陷区签订秘密条约得来的。由此可见,拿破仑对达吕信任到了何种地步(两年前他就把达吕封为伯爵了)。在征俄之战中,达吕的角色就更加重要了。达吕和许多手下一样并不支持此次出征,然而和别人不同的是,皇帝至少听了他的意见。由于大军征战俄国开支巨大,为了弥补空缺,达吕被迫采用了许多权宜之计。他好像变戏法似的,采用各种手段,多次神奇地满足了军队的物资需求,皇帝虽然对他称赞不已,但已司空见惯,觉得"本应如此"。由于这种"本应如此"的想法,他离开军队,丢下达吕一人去面对一支在波兰平原苦苦挣扎的庞大军队,去解决他们的生计问题。1812年12月5日在斯莫格尼,拿破仑坐上一辆舒适的轿式马车返回法国,把他的手下将士丢在绝境中。然而,达吕再也想不出任何办法来完成这个几乎要把他压垮的任务了。1813年1月20日,马修·杜马斯将军来到波兹南,找到正在那里的达吕,传令让他回到法国,焦头烂额的达吕因此才从俄国征战的大麻烦中跳了出来。他一回国,又得面临一支20万大军的军需任务,而且要为美因茨、法兰克福、斯特拉斯堡提供补给,以应付下一场战争。该年11月,拿破仑让他担任陆军部长,达吕在这个位置上一直干到了联军进入巴黎那天。之后,他向波旁家族投诚,但在百日王朝时期再次为拿破仑效力。拿破仑二次退位后，达吕再没担任任何职位，潜心研究历史和文学（他在1806年就进入了法兰西学院）。

达尼康（奥古斯丁·戴维内，Augustin Thévenet Danican，1764—1848）

从前是王后身边的近卫骑兵，在巴士底狱被攻占后的第二天加入了巴黎国民自卫军。三年后，他被提拔为中尉。1793年，达尼康奉命指挥一支军队在旺代作战，叛变投靠了保皇党，对昂特拉姆战役的失败负有不可推卸的责任。旺代军队包围昂热期间，他过着谨小慎微的日子。达尼康擅长掩人耳目，表面异常积极地宣传共和思想，故谁也发现不了他的真正想法。直到葡月十三日当上保皇党领袖后，达尼康才揭下了自己的面具。之后，达尼康逃往国外，被法庭缺席判处死刑。他在国外过着颠沛流离、朝不保夕的生活，后成为保皇党的密探，最后留在英国，接受了英国政府的豢养。

达维多维奇（保罗，Paul Davidowich，1750？—1820？）

奥地利将军，祖籍塞尔维亚。他第一次参加战斗是在波斯尼亚和土耳其的那场对战，之后又前往比利时镇压暴动，并被派到佛兰德军，以应对法兰西共和国的军队。1796年，达维多维奇领兵前往意大利，在那里取得数次胜利，逼得波拿巴在第一次曼图亚包围战中撤离阵地。之后，他还夺取了特伦托，在卡斯特拉-诺沃俘虏了菲奥雷拉将军。在诺维和之后的卡尔迪耶罗战役中，达维多维奇依旧表现出色。多亏他英勇奋战，查理大公才能在1805年摆脱危险。1808年，达维多维奇从军队中退了下来，成为科马罗姆总督，最后在该城去世。

达武（路易-尼古拉斯，Louis-Nicolas d'Avout, dit Davout，1770—1823）

出身于勃艮第一个赫赫有名的家族，家族历史可追溯到13世纪。1785年，达武作为家中次子，进入巴黎军校（那时波拿巴刚刚离校），并在1788年当上王室香槟骑兵团少尉（他的父亲、叔叔和祖父都曾在这支军队中担过军职）。当时正是三级会议召开前夕，达武一开始就是大革命的热情拥护者，因此引起军队上司的不满。他以"煽动所在军团士兵叛乱"的罪名遭到起诉，并被关进监狱。虽然没过多久就被释放，但达武出狱后就辞去军职，加入了一支志愿军，并被选为上尉，接受杜穆里埃的指挥。杜穆里埃投靠敌军时，达武想阻止他，还让自己的手下朝其开枪，但未能击中。三个月后，达武被提拔为将军，然而由于其母亲被控和流亡贵族有书信往来，他被迫辞职。热月九日以后，达武又回到军队中，被派到莱茵军和摩泽尔军，听从德赛的调遣。德赛和他一样也是前朝贵族出身，年龄相近，所以两人很快就亲近起来。在德赛的推荐下，波拿巴才同意带着达武一道征战埃及。在埃及，达武负责指挥德赛师下的一个旅。他看上去笨拙不堪，总沉着一张脸，回话时也总慢一拍，故很不得波拿巴的喜欢。据布里安所说，波拿巴觉得他就是一个"该死的笨蛋"。但因为他是德赛最亲近的战友，后者一直都在替他说好话。签署《埃尔阿里什条约》后，两人一起回到法国。但回来后没过几周，德赛就战死沙场。那时，第一执政官已经扭转了对达武的印象，把执政府护卫军投弹队的指挥权交给了他。达武和勒克莱尔将军的妹妹结婚，由于勒克莱尔迎娶了保琳·波拿巴，所以达武也勉强和第一执政官攀上了亲戚。正因为这段婚姻的关系，他才在1804年被晋升为元帅。还有人说，拿破仑之所以封达武为元帅，是为了报答他"私底下给自己帮的一些忙"（塞居尔伯爵在回忆录里也是这么说的）。什么忙才会大到让他当上元帅呢？蒂埃博将军（Thiebault）在回忆录中暗示，达武因为揭发了一些对新政府心存怨愤的将军才讨得了他的主子的欢心。第二年，达武奉命指挥大军团下的第三军，带着这支军队在奥尔施泰特夺得胜利。就在同一日，在离奥尔施泰特一里远的战场上，拿破仑也取得了胜利。在他看来，奥尔施泰特就是一场小胜，对整场战争并无太大作用，至少开始时是如此。所以，当达武的副官来到耶拿，向皇帝汇报他们让敌军蒙受的惨痛损失时，拿破仑嘲笑说："您的那位元帅眼力不好（达武视力很不好，一直都戴着眼镜），估计把敌军损失多算了一倍。"甚至在10月15日从耶拿发出的第五份大军团公报中，他提都没提奥尔施泰特之胜。虽然人们称赞达武及其手下作战英勇，但这纯粹是因为拿破仑打了胜仗的关系。大家都觉得奥尔施泰特只是耶拿大捷的插曲而已。直到18个月后，皇帝才同意把奥尔施泰特的名字写进法军的光荣榜，并将达武封为奥尔施泰特公爵。他对约瑟芬说："对于达武这个人，我可以毫无忌惮地赐他种种荣誉，因为他根本就没有承受这些荣誉的能力。"拿破仑看得没错，达武的确不知如何"承受这些荣誉"。人们甚至认为他没有任何军事才干，觉得他取得的胜利都是手下将士打拼出来的，和他没有半分关系。在拿破仑封的一群元帅中，就数他最招人讨厌。此外，达武也的确干了一些事，让他成了人们眼中的讨厌鬼。他遭人蔑视至极，甚至被调去从事间谍工作。一旦踏入这个行业，一般都再不可能抽身而出了。达武在工作上极为严苛专制，和他共事的人都叫苦不迭。我们来听听他们是怎么说的吧。戈蒂尔（Gauthier）将军说："无论我们做什么，哪怕颂扬他，他都能找到由头，指责我们做得不够。所以只要他不说话，哪怕依然阴沉着一张脸，我们都会觉得如释重负；而且虽然他无所期盼，也无所畏惧，但论本质和心性，他就是一个奸细和告密者。他没有任何作战才能，只有一腔愚勇。他那些家产全是他通过背后告密得来的；他能取得胜利，也全因手下奋勇杀敌。"莫朗（Morand）将军说："他无法取得众人的爱戴和尊敬，只好走令人惧怕的路线。他信奉一个理念：只有靠畏惧才能驾驭别人。"拉马克将军说："他审判别人时格外严厉和武断……只要谁有一丁点儿像间谍的样子，他就把对方给处理了。正因为如此，人们传着这么一句话：许多大街上的潜伏者都成了达武军营里的吊死鬼。"蒂埃博将军说他"非常多疑，害得跟着他的人天天胆战心惊、如履薄冰"，又"要求极为苛刻，永远能挑出毛病，再发一通脾气"，还"言行粗暴，他的每一句批评，哪怕自己认为在理，别人听来都极其刺耳"。不过，我们最该留意拉维尔（Laville）将军的这番话："和他共事是件恼火事。任何一件激情使然的事，到了他那里就成了冰冷的义务。你的一丁点儿错误、失策、疏漏或大意，在他眼里都等同犯罪。他总是轻易地得出论断，却从不修正论断。理性、形势等诸多能影响别人判断的因素，到了他那里却成了毫无用处的摆设。他的行为透不出一丝人情味儿。例如，他是一个好丈夫、好爸爸，可他几乎没有要当好丈夫、好爸爸的那颗心，哪怕他深爱着自己的妻子和孩子，但为了义务，他也可以毫不犹豫地牺牲他们。"我们可以看看达武抨击阿夏尔（Achard）上校时是怎么说的："您心中没有燃着神圣的火焰……我们应该彻彻底底地忠于陛下，在这点上，我可以给您做个榜样。要是我的父亲还活着，哪怕皇帝要我将他逮捕和枪决，我也会老实照做，绝无二话。"（语出《蒂埃博回忆录》第五卷第139页）所以，连达武的死敌也不得不承认，达武虽在许多地方无法博人好感，但他从不矫心饰貌。蒂埃博认为他有三个性格特征：第一，视金钱为粪土；第二，关心手下将士；第三，恪守义务。拉维尔将军也承认："他对待士兵如同慈父，对待下级军官和蔼可亲，对待高级将领却冷面冷心。"我们可以顺着这话再补充一句：对待高级行政人员更是无比冷酷，甚至故作粗鲁之态。例如，布勒特伊曾以"易北河口省省长"

的身份来到汉堡，有一天，在一场官方会议中，达武当众说："布勒特伊先生，您说您没事儿跑这里来干吗呢？……您在这里的作用还赶不上我的一面鼓呢。您根本就是在白吃士兵的口粮。"奥尔施泰特战役后，拿破仑没管达武，让他在1806年10月25日第一个进入柏林城。1807年7月15日，他将达武封为华沙大公国军政总督，并赏了他两笔年俸，他可拿到910840法郎的年金。达武驻守华沙期间，和根据《提尔西特和约》组建起来的傀儡政府冲突不断。1808年9月6日，他离开华沙，带着军队在西里西亚扎营。10月12日，大军团被解散，下面的莱茵军从此归达武指挥。1809年5月4日，拿破仑让达武担任林茨总督，并给他发了如下一道指令："请在各地打击奥地利王室的军队，向全民颁布命令，让他们把武器都交上来。另外，把银行、仓库通通查封掉。"11日，达武的军队开始行动了。由于多瑙河上的桥梁被炸毁，他们无法参加埃斯林战役。但在接下来的瓦格拉姆战役中，达武带领军队杀回战场，围住奥军，决定了这场战役的走向。8月15日，也就是圣拿破仑日，皇帝在埃克缪尔将达武封为埃克缪尔亲王。1810年1月1日，拿破仑令他担任德意志军统领。达武还有一个很重要的任务，那就是监视北部地区，盯死已成拿破仑心腹之患的海军港口。拿破仑给他发布的指令很能说明问题："我请您给我提供确切信息，让我知道汉堡发生的事，另外还要替我留意布里安阁下的举动，我怀疑他违背我的命令赚取钱财……从原则上讲，所有殖民地的货物，不管它们是在美国、丹麦、瑞典还是在俄国船只上，也不管它们是否有官方正式发放的许可证，只要是开往什切青、科斯琴、格洛的殖民地商船，一艘都不许放行，执意要通行的就直接查封船上货物……鉴于丹齐格如今在您的统领下，请派一个军官过去，并把一封信带给拉普将军。您要建议他提高警惕，不要被人贿赂了过去，因为所有人都没法拒绝金钱的诱惑。您要告诉他，在那里拿钱，就相当于从敌人那里受贿，就同背叛我无异。"看了他的这番叮嘱（拿破仑之后还发来许多语气更加坚决的命令），我们就能理解达武为何在他的岗位上如此冷酷和不近人情了。与此同时，拿破仑还在加紧军事部署，打算在俄国的茫茫平原上将英军彻底击溃（他对此很有把握），达武和他的部下成了皇帝打造出来的"欧洲"大军团的先锋军。1812年1月10日，这场部署终于完成。达武担任四大法军中的第一军军长，手下有5个步兵师、2个骑兵旅，总计6.7万人。6月23日，达武的骑兵率先越过了涅曼河，征俄之战掀开帷幕。7月16日，达武的军队进入莫希列夫。他的军队纪律严明，给塞居尔伯爵留下了极其深刻的印象："他手下的士兵衣着整齐，物资供应看上去也非常充足，正因为衣食得到充分保障，他们才没像那些缺衣少食的部队一样喜欢到处烧杀抢掠。也正因为纪律严明，他的部队在大军里显得格外突出。"在莫斯科战役前夕，达武想起自己先前在瓦格拉姆战役中采用的迂回战术，提议这次也用类似的策略。拿破仑粗暴地拒绝了他的建议，说："您总想着对敌人杀个回马枪，但这个做法太冒险了。"所以，此事再无下文。达武的任务是夺取谢苗诺夫斯基，他付出惨痛代价才占领该地，自己和手下许多大将还负了伤，但他依然一刻都没离开战场。9月15日，达武领军进入莫斯科。一个月后，他又离开这里，还要负责保护大军撤退。12月5日，皇帝抛下军队独自离开。之后，达武率领军队步履维艰地朝法国前进。12月23日，他到达托伦城，给妻子写了一封信，说："从莫斯科到这里五分之四的路程，我都是自己一步步走过来的。"达武纵然身体强健，能够承受这样艰苦卓绝的环境，但他的精神已快撑不住了。俄国大战带给他的只有无尽的麻烦甚至羞辱。拿破仑越来越不重视他的意见，当达武和以缪拉为首的战友起了冲突时，他再也不支持达武的做法了。例如，在朝莫斯科挺进的过程中，达武手下的一个炮兵连拒绝开火，不愿支援缪拉的骑兵。战斗结束后，缪拉前来向达武讨要说法，在争执中说了一点儿重话，说达武为了私人恩怨而不顾将士的生命。达武反驳说，自己并无义务为了帮某个将领争得盛名，就动用军队去打一些并无意义的仗。当时也在现场的拿破仑站在了缪拉这边。还有一次是在维亚济马，达武出于相同的理由，再次拒绝出兵。缪拉气到极点，要和他决斗。拿破仑进行调停，把达武下面的一个师给了缪拉，才平息了这场争端。之后，只要有皇帝在的场合，达武就尽量不出场，避免和皇帝见面。直到拿破仑离开那天，所有元帅都被叫到了斯莫格尼，拿破仑和达武才再次碰面。拿破仑问达武为何先前一直都没看到他，元帅的回答是：他觉得自己露面会引得皇帝不悦。皇帝尽力安抚了他，但达武心中依然郁愤难消。四个月后到达德意志，达武得知皇帝让他担任第三十二师师长的这个消息，心中略感宽慰。这支军队其实就是达武1810年带领过的汉萨同盟的军队，不久前被法国重组。5月中旬，达武收到贝尔蒂埃的一封信，后者在信中传达了皇帝的一道指令，"您接下来得这么做：把所有担任过汉堡元老院议员的大臣通通逮捕，把他们的家产通通查封和充公……并对汉堡和吕贝克两城征收5000万的赋金"。信末是这句话："亲王，皇帝希望您能严格执行上述命令，不能有丝毫懈怠。"达武老实照做。他一到达汉堡，就开始执行信中的指令。没过多久，他又收到更多命令。拿破仑料到一场大战即将打响，于是让达武尽快地修缮汉堡的防御工事。6月7日，他给达武写信说："现在您得加强汉堡的防御工作，一刻都不能浪费；我的传令官到达汉堡24小时后，必须组织1万工人来修缮工事。"当时汉堡总人口也不过8万人，其中还包括妇女和孩子；而且修缮费必须由汉堡市政府独力承担。当天,皇帝的第二封信又来了:"请解除所有居民的武装,把所有火枪、刺刀、大炮和火药通通收上来,如有必要,就挨家挨户地搜索。请利用一切资源来守卫汉堡城。您得加紧海军的征募工作,并将三四千水兵派到法国。此事有多重要,我无须跟您多说……把城里的四五千人清除掉,并采取司法手段去收拾下层人。"达武立马照做。当天,他就把下面这篇公告贴在了汉堡城中:"我,埃克缪尔亲王、第三十二师师长,现颁令如下:向汉堡城征收4800万法郎附加税,以示惩罚(其中2000万法郎的缺口后来由吕贝克市给补上了)。从6月12日起算,这笔税收必须在一个月之内交上来……我们会委派赋税摊派员上门催收。那些在1813年2月24日前后或主动或被动地参与了暴乱的人,则是此次税收的重点征收对象。不缴纳者,其家产、住宅以及其他一切财务将被查封,以充当赋税,他们还会遭到通缉。工人和零工可免掉此次纳税;另外,营业税不到24法郎的手工业者和工坊主,只要没有偷税漏税,也可不用缴纳附加税。"这么看来,达武对那些"没有经济能力的人"还是有所照顾的。我们可以看看,达武采取了怎样的措施才完成了皇帝交代的这个任务:为了征得税金,他采用铁血手段,挨家挨户地搜寻漏税者,把他们打入大牢,家产充公。当然,从一开始他就遭遇了全民的抵抗。达武在6月13日写给皇帝的信中也说:"我现在只听得到众人的抗议声,诉说自己根本无力交上这么大一笔钱。我只听从内心义务的声音,并采取一切手段去征收税金,除非陛下愿意倾听一下他们的呐喊,同意减轻税收。"之后,他还添了一句话,这句话说得很朴素,很有一个大革命出身的士兵的风格,但话中透出了他的一番思考:"下层人也被上层社会煽动过。"十天后,达武告知拿破仑:"陛下,截至目前,汉堡只缴纳了3,278,500.03法郎的附加税(其中只有1,456,038法郎的现金，剩下的银行股价不定）。"这与要求的总数相比明显是杯水车薪，然而他再也压榨不出更多的东西了。所有按照规定必须纳税的有钱人都逃了，留下来的只有他们带不走的地产。达武下令将地产通通拍卖掉，可根本就没人来买。于是，达武又打算把"逃跑者"吸引回汉堡，承诺绝不追究他们的责任，还会保障他们的家产和人身安全。他把这个想法汇报给拿破仑，后者答复说："只要您觉得赦免他们于我有利，那大可放手去做……惩罚商人的最好手段，就是让他们掏钱。"不过，皇帝更在意另一件更加重要的事，他在同一封信里说："您最应该重视的，是打垮曾参与暴乱、其危险性超乎您想象的那群下层人；您可采取任何手段，只要能达到目的。"然而达武发布公告后，回来的有钱人寥寥可数，不过，他还是成功地从听话回来的富人身上又刮出了几百万，总算征到了1000万的钱款。拿破仑停留在德累斯顿期间，汉堡显贵代表团前来拜访，恳请皇帝考虑到他们的艰难处境，放他们一马。7月9日，拿破仑给达武写信说："我拒绝接见他们，除非汉堡城能筹齐那4800万赋金。我传令让他们当天就离开德累斯顿。"他还向元帅透露了自己的另一个想法："我希望这4800万能如数交来，一个子儿都不能少。这些先生在递上来的陈情信中说他们只有4000万，我的回答是：无论这4000万有没有交上来，汉堡城所有仓库都将被查封。我想，您大概已经查封了各大仓库和商店（达武似乎只查封了部分仓库和商店，而且负责查封的人员也没有多么严格地执行他的命令）。不过，您得把范围扩大到所有商用房，也不要漏掉那些租用建筑。所有房屋建筑，包括里面的货物，全都归我所有。把它们通通运到法国或德意志其他地方变卖，这样汉堡肯定能筹齐4800万了。"拿破仑在信末还说："您也别漏掉下层人（拿破仑似乎很喜欢用这个词），对他们征收双倍甚至四倍的个人税、门窗税，同时提高入市税、小酒馆的零售税等其他税收金额，虽然这也只能带来两三百万法郎的进账。所以，您最好也向下层人施加重税，给他们一点儿颜色瞧瞧，让他们知道我们可不怕他们。尽可能地对他们施以重压，尽量从他们那里多拉些壮丁送到法国来，把所有煽风点火的人都送去做苦役或送到法国参军。"（这封信没有出现在《拿破仑一世书信集》中，但被收进了《达武元帅书信集》第四卷第220~221页）这一次，达武依然只能从命。他开始追捕"下层人"，也就是汉堡那些在1813年2月到3月拿起武器反抗法军的工厂工人和码头工。至于达武是如何具体执行皇帝命令的，我们无须多讲，毕竟这种事在过去屡见不鲜，如今在法国和其他一些国家仍时有发生。另外，达武还得为接下来的保卫战做准备。当时，汉堡城所有的男性全被征去挖壕沟，每人的日薪只有一法郎。当地大部分壮年男子都想方设法地逃离汉堡，留下自己的妻子、孩子去顶替他们做工。至于代替他们的"替补工"，负责监督工程进展的法国军官根本不会多加体恤，毫不心慈手软地逼他们日日赶工。更糟糕的是，汉堡城周围郊区居民通通都得撤出，他们的住宅全被拆毁，因为敌军会将它们作为掩护体，向汉堡逼近。郊区所有居民不得不离开家园，逃到周边城市，附近城市的收容所一时间人满为患。此外，达武还得腾出精力去收拾那些动摇军心、鼓吹法军必败的人。他如同疯魔了一般，全心全意地投入到工作中。达武在汉堡的处境变得极其艰险，他也知道自己多遭德意志人民的仇恨。他们觉得他是造成这一切苦难的始作俑者：富人们诅咒这个把他们叫回汉堡的骗子，称他是"埃克缪尔的雅各宾分子""汉堡的罗伯斯庇尔"；穷苦百姓也憎恨他，说他是"德意志的吸血鬼"。此外，汉堡城中还有许多数年前就在此定居的法国流亡贵族。他们成了新的不安分因子，在城里到处分发蛊惑人心的报纸传单。达武每天都在抓捕这些传播外国报纸的流亡贵族，被抓者每人会吃上50军棍，因此压住了他们。可是，他仍然无法解决钱这个难题。1813年11月2日，汉堡财政总管沙邦（Chaban）伯爵告诉达武："当前钱库中只有5000法郎了，而且未来再无任何拨款。"在伯爵看来，眼下唯一的办法就是自己去筹钱。换言之，就是把银行里存着的金锭全都抢来，将其变现。达武觉得这个办法可行，下令将各大银行里的金锭全都征收过来。11月16日，他给拿破仑汇报说："我从汉堡银行那里得到一笔钱款，金额大约是1500万。"德意志历史学家认为，达武在汉堡曾下令枪决了一大批人。据达武手下的司法官所说，当时的确有许多人被判死刑，但最后只枪决了六七个人，其他人都在监狱里被人遗忘了。蒂埃博将军说过一件很有代表性的事：当时，桑布洛尼（Sanbronni）男爵勾结敌军，遭到通缉。有个人当时凑巧在男爵家中，因此遭到逮捕。负责行动的宪兵队队长告诉达武，被逮捕者并非他们要找的那个人。怎么办呢？达武大怒，喊道："无论毙不毙他，此事都会成为别人的笑柄。滚！爱干吗干吗去！"（语出《蒂埃博回忆录》第五卷第31页）1814年4月14日，一个丹麦上校代表俄军统帅贝尼格森告诉达武拿破仑已经退位，劝他停止抵抗。达武不信，回答说："一个正直之人不会因为主上败北，就认为自己可以免除效忠于他的义务。"几天后，发现敌军军营上空飘起了法国王室的白旗后，他还朝王室白旗开炮射击。28日，他收到妻子寄来的巴黎报纸（陆军部长似乎完全把他给忘了），才确信帝国覆灭，大势已去。第二天，他将法国发生的一系列大事告知全军，下令竖起白旗，停止抵抗，向敌军投降。5月5日，弗歇尔（Foucher）将军来到汉堡。弗歇尔从前曾是帝国军队里的高级将领，立下赫赫战功，但这并不妨碍他立刻投诚波旁家族，并接受路易十八的委托，前来帮助联军攻下汉堡。另外他还有一个任务，那就是向达武宣布：热拉尔将军马上会从巴黎赶到汉堡，接管达武的军队。达武听闻弗歇尔到来的消息后无动于衷，当晚还去了剧院看戏。可看到路易十八的这个特使迈着轻快的步伐踏进他的府邸时，达武又惊又怒。他站起身来，正色说道："将军，您在此现身，要么是为了烦扰我，要么是为了羞辱我。如果是为了羞辱我，请别忘了，我和您一样都是将军；如果是为了烦扰我，那如果您不立刻离开，我就把您丢出门去。"弗歇尔立马消失得无影无踪。11日，热拉尔到了，达武把军权交接给了他。该月末，法军离开汉堡。法军一上路，达武元帅就出现了。他走在队伍最前面，和众将士一道离开了汉堡城。回到巴黎后，他前去拜访了新任陆军部长杜蓬。杜蓬告诉他，国王禁止他留在巴黎，并要求他交上一份辩护报告，以解释自己驻守汉堡期间的行为。达武面临三项控告：第一，在得知拿破仑被废黜、路易十八登基后，仍朝王室白旗开炮；第二，抢劫汉堡银行资产；第三，在汉堡横征暴敛，抹黑法国名声。这些罪名很有可能都是布里安强加给他的，这个汉堡前总督和投机分子觉得是达武害得自己失宠。达武住进自己在萨维尼的庄园，给国王写信解释自己遭到的指控，同时等着文书回复，好根据回复再交上一份更加详细的报告，然而路易十八没做任何回复。之后，达武写了一封陈情信交给陆军部长，依然毫无下文。达武无计可施，只好又给国王写了一封信，诉说道："陛下，我是唯一一个仍然未能入宫觐见陛下以示敬仰的法国将领。"此信依然石沉大海。他只好给麦克唐纳写信，以他为中间人，恳请所有元帅替自己说情。乌迪诺被众元帅推出来，代表他们恳请国王对达武网开一面，路易十八完全不听。即便如此，达武还是没有气馁，又给刚刚接替杜蓬担任陆军部长的苏尔特写信，可对方也沉默以对。达武终于死了心，隐退到了萨维尼。1815年3月，他积极地关注事态进展。3月20日，他来到巴黎，于晚上九点钟去了杜伊勒里宫。拿破仑当时就在那里，见到达武后，异常激动地拥抱着他，这是两人在斯莫格尼分别后的首次重逢。拿破仑对大厅里所有人说："大家都退下，您留下，我有话和您说。"在维吉尔（Vigier）伯爵出版的《达武回忆录》里，达武完整地再述了此次谈话。拿破仑向他许以陆军部长一职，达武拒绝了。他对皇帝说："我的效忠方式和所有人都不一样。正因如此，我才被人诟病说生性粗暴……要是当上部长，我就得面对所有人的阻拦，还是让另一个性格活络的人来干这件事吧……战场才是我向陛下效忠的最好的地方。"拿破仑也推心置腹地跟他说："我故意让别人以为我和我的岳父奥地利皇帝同心协力……可实际并非如此，我已是孤家寡人，单枪匹马和欧洲对战。这就是我目前的实际处境。听了这话，您还想留下来吗？"达武毫不犹豫地给出了肯定的答复。来到新的工作岗位上后，达武几乎是夙兴夜寐、殚精竭虑地工作着，并表现出极强的组织力。他料到后事发展，把全部心血都放在恢复破烂不堪的军事装备这项工作上，征集到一大批重要物资和弹药。达武带出来的这支部队和他从前率领的军队一样纪律严明，并得到格外悉心周到的照顾。拿破仑离开巴黎去打他人生中最后一仗之前，将达武任命为巴黎军区总司令兼巴黎地方长官。6月21日早晨，达武正在视察首都各大城门的防御工作，一个军官传上军报，把布鲁塞尔附近发生的这场惨败告诉了他。达武立刻赶至内阁，从约瑟夫·波拿巴那里得到了确切消息。他和其他内阁大臣一道被召进爱丽舍宫，等待皇帝归来。拿破仑回来后泡了一个澡，把达武叫了过来。他沉重地伸出双臂抱住达武，一碰到对方后，胳膊就像灌了铅一样垂了下去，只望着达武不断流泪。元帅惊愕而又心痛地看着他的主子。拿破仑一脸颓丧，反复说："只能这样了，达武，只能这样了……"仿佛希望得到对方的宽慰和鼓励似的。元帅只简短、生硬地回了一句："好了，陛下，我还以为您把我招来，是要告诉我军队残部在哪儿，此时要给他们颁布什么命令……"令他出乎意料的是，拿破仑只问了一个问题："您觉得接下来会怎样？"达武直截了当地说："陛下，我觉得没指望了。哪怕能召集到4000士兵，陛下都会带领他们再战一番。"拿破仑说，等泡好澡后他要去议会那里一趟。于是达武回到同僚身边，和他们一起等待皇帝的到来。时间一分一秒地过去了，皇帝却一直都没现身。达武再去找他，发现他正在进食，以恢复体力。拿破仑说，既然约瑟夫在，即便他本人不在场，内阁也可议事。达武没有拐弯抹角，直接告诉皇帝：当前形势严峻，他的哥哥不足以掌控局面。拿破仑没再说话，跟着元帅来到议会厅，大家开始议事。达武提议临时关闭议院两三周的时间，以免遭到它的约束。会议还没结束，议院代表团就到了，宣布自己永久有效，任何企图解散议院的行为都将等同于叛国。拿破仑盛怒之下，开始口不择言。尚没糊涂到认不清当前形势的达武暗示拿破仑现在的情形和雾月政变时已大为不同，内阁结束议事。皇帝退位后，爱丽舍宫周围集结起了一大群示威人群。先前一直东躲西藏的军人、民兵，一时间起了破釜沉舟的决心，要誓死保卫拿破仑的大业，吵吵嚷嚷地聚在皇帝所在寝宫的窗户下面。临时政府委员会倍感不安，于是达武奉命恳请拿破仑搬到马尔梅松。他不愿亲自把这个诉求传达给皇帝，把自己的副官弗拉奥伯爵打发了过去。但弗拉奥根本不是一个尽职尽责的传话人，话传着传着就走了样，慢慢失了表面的客套。最后达武声称，如果拿破仑拒绝离开爱丽舍宫，自己就要把他强行带走。（根据蒂埃博在回忆录第五卷第370页的叙述，达武说的是：如果拿破仑不走，达武本人就要亲手杀了他。皇帝听了这话,回答:"让他放马过来,我等着。")弗拉奥不愿再承担这个任务,达武就请求觐见皇帝。他们之间最后一场对话充满火药味,离别时两人更是冷淡至极。巴黎投降后,达武负责将驻军带至卢瓦尔河。他领兵离开三天后,麦克唐纳就接受了新政府的委任,接替了他的职位,于是达武再次隐退到了萨维尼。审判内伊期间,达武也被召到庭上,就1815年7月3日他在投降公约上签字一事做证。达武说,当初要不是因为所有参与了1815年3月到6月一系列大事件的当事人都已在投降公约上签了字,他是决计不会签字的。路易十八听了这话大为不满,于是剥夺了达武的元帅待遇,把他软禁在了卢维埃城。18个月后,软禁令被解除。1817年8月27日,达武收到陆军部长的通知,说"下周日国王做完弥撒后,会把元帅权杖再次授予他,他要再次发下忠于法国的元帅誓言"。那一天,达武来到杜伊勒里宫。身材臃肿、一脸肃穆的路易十八做完弥撒后,漫不经心地听了"汉堡的罗伯斯庇尔"的宣誓誓词,把满是百合花装饰的元帅权杖授给了他。按理说,达武元帅性格刚烈,应该很受传记作家的青睐才对,可当今居然一部写他的传记作品都没有。达武的后人出版了许多关于他的著作,但里面明显对他进行了各种美化(他的曾孙维吉尔出版的回忆录更是如此)。蒂埃博将军在回忆录第五卷中虽然提到了达武,但言辞充满恶意,不足为信。德国人仔细研究了汉堡时期的达武,但我们依然等着某位法国历史学家能够基于不偏不倚、客观公正的研究和调查,对这个令人生畏、英勇无惧但绝非清白无垢的战士做出如实的评判。

戴尔马(安托万-纪约姆·戴尔马·德·拉科斯特,Antoine-Guillaume Delmas de la Coste,1769—1813)

原是步兵团的一个中尉,法国大革命爆发之前由于违抗命令而被解除军衔。1791年，他被再度召进科雷兹省志愿军第一营担任中校，并在1793年被封为将军。后来，戴尔马被派到莱茵军中，负责保卫兰多。解除敌军的封锁后，他被任命为一个师的师长。1794年5月29日，在贺于的战场上，戴尔马正在浴血奋战，此时一个宪兵队军官到来，以旧朝贵族的罪名将其逮捕。戴尔马想否认自己的贵族出身，宣称他是部队的孩子，祖上都是平民，可依然被打入监狱。三周后，戴尔马出狱，不计前嫌，先后在北方军、意大利军中英勇作战。他刚硬易怒、不惧危险，有时甚至故意追求危险，在战场上表现得格外亮眼。然而由于性格问题，戴尔马平时很难与人和平共处。有一天，他手下几个士兵抱怨军饷延发的事，戴尔马竟因此让他们吃了好几军棍。他还曾和自己的战友德斯坦（Destaing）将军决斗。政教协议签署的时候，戴尔马和其他所有正在巴黎的军官出席了在巴黎圣母院中举办的签字仪式。当时第一执政官问他对仪式有何感想，他回答："我的天哪，这全是假把戏。"因为这句话，戴尔马被迫赋闲在家。从那时起，他开始阴谋反对波拿巴。后来他被卷进莫罗案，虽然免去一死，却不得不离开巴黎。直到1813年，他才再度回归沙场。戴尔马在莱比锡战役中表现得近乎神勇，在城墙下面被一颗子弹击中，12天后去世。

参考资料：约翰内斯·普朗塔迪斯的《安托万-纪约姆·戴尔马，共和国第一先锋》（Johannès Plantadis, *Antoine-Guillaume Delmas, premier général d'avant-garde de la République*）。

黛丝博（小姐，Mlle Despeaux）

一个服饰商，因为约瑟芬的关系而在帝国时期一炮而红。

丹东（乔治-雅克，Georges-Jacques Danton，1759—1794）

人们对丹东这个人已做了许多研究，然而并非所有结论都是正确的。丹东死后，世人对他毁誉参半，直到今天依然如此。一直以来，阿贝尔·马蒂厄（Albert Mathiez）都在拼命攻击丹东是多么唯利是图，而奥拉尔（Aulard）则坚称丹东是多么清正廉洁。对于这两个截然不同的说法，我选择谁都不信。我唯一相信的是，这场争论从一开始就跑偏了，大家在一条曲折的小路上迷了路，继续下去只会走进一条死胡同。说到底，丹东到底是怎样的人？我们想从他那里问到什么？我们讨论他的身后名声是想寻找什么？是想知道他在从政期间贪了多少钱，又是怎么贪的？还是想知道他为大革命的胜利做出了怎样的贡献？如果我们要从最后这个方面去评价丹东，那我们该列出的不是他的家产清单，而是他的行为清单。如果从他的行为上来看，丹东确实为大革命的胜利做出了贡献，即便他从宫廷或其他地方收了3万、30万甚至300万里弗，那又有什么关系？相反，即便我们发现丹东没有任何污点，但在德意志和流亡贵族正往巴黎逼近的时候，他却毫无作为，根本不是法国大革命的拯救者，那即便他再"清正廉洁"又如何？我们依然要把他从伟大革命者的名单上摘除掉。拿破仑对丹东又是什么想法呢？从《拿破仑圣赫勒拿岛回忆录》来看，丹东完全没有引起拿破仑的任何兴趣。但如果我们再去看看贝特朗和古尔戈的记叙，会发现这些意味深长的字眼："丹东有许多朋友，其中包括塔列朗和赛蒙维尔。"（《古尔戈日记》1816年12月16日内容）拿破仑应该知道塔列朗和丹东是何关系，但很可惜，我们再无法知道其中的详细内情了。拿破仑清楚丹东在比利时有200万财产，但他对此并无苛责（拿破仑本人从攻占地区不是谋取了更多利益吗？），只感叹这笔钱"扭曲了他本来的面目"。在拿破仑看来，无论怎么说，丹东还算是"一个很了不起的人物"。

丹多罗（文森佐，Vincenzo Dandolo，1758—1819）

威尼斯的一个化学教授，而非回忆录所说的那样是个律师。丹多罗深受大革命思想的熏陶，为扳倒威尼斯的贵族共和派而不遗余力。和波拿巴有所往来后，他起草了威尼斯新宪法的草案，将其送给威尼斯总督和大法院。总督和大法院众法官在威逼之下不敢提出任何异议，采纳了他的宪法草案。几天后，革命派夺取政权，丹多罗当上新政府总统。然而没过多久，《坎波福尔米奥条约》签署，威尼斯被割让给了奥地利，丹多罗被迫离开家乡，到奇萨尔皮尼共和国定居。1799年，奥俄联军入侵奇萨尔皮尼共和国，丹多罗逃到法国。后来拿破仑成为意大利王，委任丹多罗为总督察官，把他派到了达尔马提亚。丹多罗在那里兢兢业业地工作，积极对抗奥地利军的掠夺，捍卫当地百姓的利益，但由于他和许多法国将领发生冲突，拿破仑被迫将他召回巴黎，为了安抚他，让他进了意大利元老院，并封他为伯爵。帝国覆亡后，丹多罗遁世遗荣，再不过问政事。

德费尔蒙（雅克·德费尔蒙·德·夏佩里耶，Jacques Defermont des Chaplières，1752—1831）

旧制度时期雷恩省最高法院检察官，是反对派里的一个积极分子，在三级会议召开前夕煽起了布列塔尼民众的革命精神，并被选为三级会议代表。他在制宪议会各委员会（宪法委员会、海军委员会、财政委员会）中都待过，做过许多工作。后来，德费尔蒙再次被选入国民公会，成为一个颇有威信的吉伦特派成员，但他并没参与同僚和山岳派的斗争，所以躲过了1793年6月2日的大迫害。同年10月3日，由于德费尔蒙在一封抗议书上签了字，公会下令将其逮捕。他躲到了布列塔尼，直到热月九日之后才再度现身。之后，德费尔蒙进入五百人院。雾月政变之后，波拿巴把他召进参政院，让他主理财政事务。1808年，德费尔蒙被任命为财政总长，并被封为伯爵。波旁家族第一次复辟后，他退隐政坛。百日王朝期间，他重新出山，被选入议院。拿破仑二次退位后，德费尔蒙率先表态承认拿破仑二世为继承人。1816年路易十八颁布法令，德费尔蒙被流放出国，1822年得以回国。之后，他再没担任任何官职。

德卡兹（艾力，Élie Decazes，1780—1860）

最开始是利布尔讷的一个律师，父亲是诉讼代理人。后来德卡兹进入司法部，担任了一个副职，是个八面玲珑的人物。他家境贫寒、职位卑微，却通过追求到米雷尔的女儿而进入塞纳法庭，成为一名法官。婚后一年，妻子去世，他讨得奥坦斯·波拿巴甚至其丈夫的欢心，成为路易·波拿巴最青睐的一个谋臣，曾极力怂恿后者对抗皇帝。之后，他又得到了皇太后的厚爱，被任命为她的秘书。不过，最吃他这一套的人还是路易十八。路易十八简直像慈父一样关怀着他，给了他一大堆头衔和赏赐。然而，他从来都没讨得拿破仑的喜欢，后者一眼就发现他是个"藏得很深的王党分子"，并猜到了德卡兹对自己的弟弟路易做了什么。

德克莱斯（德尼斯，Denis Decrès，1761—1820）

海军中尉，一直在印度洋和美洲海域作战，直到1794年2月才回到法国，被提拔为上尉，然而一年后就因为贵族身份而被解职。热月九日后他恢复军衔，加入了爱尔兰之征，1798年被任命为海军准将。后来他跟随拿破仑出征埃及，1801年10月1日成为海军部长，并在这个位置上一直干到了1814年4月3日。德克莱斯接手海军时，法国海军只有54艘军舰、41艘护卫舰，武器库中空空如也。德克莱斯恢复军队秩序，修建工事，组建巡海队，封死了流亡贵族的回国之路。他施展计谋，成功筹备和组建了登陆英国的船队（虽然法国没有登陆英国，但这并不是他的错）与圣多明哥远征队。1814年德克莱斯离职时，法国有103艘军舰、

51艘护卫舰。从他和下属的关系来看，德克莱斯是一个要求严格、极难相处的人。共和十一年芽月，德克莱斯得知他的一个手下可以直接给第一执政官通信，就给波拿巴写了这么一封信："一个小小官员竟有权直接和您通信，我觉得此举甚为不妥。我认为，为了您的个人威严，为了您奋力才为法国重新建起的秩序，也从行政管理的角度考虑，您可让我向我部门的所有手下暗示：他们虽然有这个自由，但直接向国家元首写信的做法仍有失妥当……换作路易十四时期，他们敢这么做吗？"拿破仑接受了他的建议。德克莱斯担任部长期间，他对主子的所有意志都绝对服从。不过除此之外，他又能做什么呢？拿破仑还是会听他的意见，也非常尊重他。退位前不久，拿破仑对科兰古说："人们普遍讨厌德克莱斯，然而他们错了；他为海军做出了巨大的贡献。他很有能力，也很有头脑，容不得自己军队里有任何流弊。他力图整改军队，这是个费力不讨好的工作，所以不受人喜欢。"百日王朝期间，德克莱斯又被任命为海军部长，同时担任贵族院议员。拿破仑第二次退位几天后，德克莱斯就和布莱·德·拉莫尔特一起来到马尔梅松，请求皇帝离开法国。1815年6月29日，他向议会汇报了自己的工作。波旁二次复辟后，德克莱斯卸甲隐退。后来，他家中仆人在他床下放了几包炸药，想制造一起意外，乘机打劫财产，德克莱斯在爆炸中身亡。目前没人撰写过关于德克莱斯的传记作品，这着实是件憾事。

德莱古耶（让，Jean Delesguille，1741—1823）

巴黎军事学院的一个历史教授，1788年退休，恐怖统治时期进入公安委员会，并在帝国时期进入陆军部担任副职。

德里尔（雅克神父，Jacques Delille，1738—1813）

一个还俗的神父、流行诗人、法兰西学院院士，和玛丽-安托瓦内特私交甚密。大革命时期，德里尔被解除了一切职务和俸禄，但在恐怖统治时期无罪出狱（罗伯斯庇尔似乎非常尊重他），热月九日后离开法国。1802年，德里尔回国，但双目已近乎失明。

德鲁埃·戴隆（让-巴蒂斯特，Jean-Baptiste Drouet d'Erlon，1765—1844）

当初拦下路易十八的那个驿站老板也叫让-巴蒂斯特，但我们这个德鲁埃和前者并无任何亲戚关系，德鲁埃·戴隆本人也一直在澄清这一点。1792年8月的时候，他还只是兰斯一个追击队的小小下士，1793年4月被提拔为追击营上尉并担任列斐伏尔的副官，之后还成为他的参谋总长。1799年，德鲁埃·戴隆被提拔为将军，并在1809年被封为伯爵。波旁复辟后，他深得路易十八的青睐（贝利公爵曾亲自把荣誉军团大勋章颁给他），还被叫去主持了那场审判埃克塞尔曼斯的陆军部会议，会中后者被判无罪。拿破仑回到巴黎后，把一支军队交给他。在滑铁卢战场上，由于军令前后矛盾，德鲁埃·戴隆在战场边上率领的2万大军只能按兵不动。路易十八从根特回来后，把他的名字加进了1815年7月24日的通缉令。德鲁埃·戴隆只好定居在拜罗伊特，并在那里开了一家啤酒厂。查理十世加冕礼后，法国大赦，德鲁埃·戴隆得以回国。后来，路易-菲利普任命他为法国驻北非军队总负责人，并在1843年封他为元帅。拿破仑在圣赫勒拿岛上时对古尔戈说："戴隆是一个很优秀的参谋长，治军有方，不过也没其他过人之处了。"（出自1816年4月8日谈话录）

德鲁奥（安托万，Antoine Drouot，1774—1847）

南锡一个面包商的儿子，法国大革命时期在沙隆马恩炮兵学校学习，曾在各地有过战斗经历，先担任武器制造督察员，后担任帝国护卫军炮兵场管事。直到1813年，德鲁奥才终于被提拔为将军。莱比锡战役后，他被封为伯爵。后来，德鲁奥跟随拿破仑来到厄尔巴岛，并担任厄尔巴岛总督。他不赞同拿破仑重回法国的计划，但仍和后者一道离开了厄尔巴岛，并率先进入巴黎城。在1815年7月24日的法令中，德鲁奥是第一批被通缉的人员。他没有逃走，坐等警察的逮捕，之后被转移到陆军审判所接受审判，以四票对三票的结果被判无罪，理由是：德鲁奥追随拿破仑来到厄尔巴岛时已非法国国籍，无须保持对王室政府的忠诚（康布罗纳也以同样的理由被免罪）。之后，德鲁奥拒绝了路易十八许以的官职，回到了在南锡当药剂师的哥哥家中。拿破仑临死前在文件中留下一张纸条，里面说："我在阿雅克肖有一个堂妹，据我所知，她有30万法郎的土地收入。她名叫帕拉维西妮（Palavicini）。如果她尚未嫁人，且德鲁奥有心，她可以嫁给德鲁奥。她的母亲若知道这是我的想法，不会多加干涉。"但德鲁奥没有考虑这个提议，在南锡农业协会中担任主席，最后老死于此。

德穆兰（卡米尔，Camille Desmoulins，1760—1794）

他和马拉、埃贝尔一道，被称为法国大革命三大记者。德穆兰虽然行事冲动、我行我素，但由于其文笔考究、风格雅致，所以论才华，他比后两人技高一筹。不过要说眼光毒辣，德穆兰比不上马拉；要说独辟蹊径，他也比不上埃贝尔。他心底其实是想讨好读者的，所以我们也别想从他的文字里得到什么深刻的见解和个人观点。总而言之，德穆兰是一个典型的当代记者，他声音听起来很大，但其实言之无物、思想肤浅，他只想着快点儿发稿，只关心如何博人眼球、如何迎合公众趣味。恐怖统治时期，德穆兰挺身而出，支持宽恕委员会，那是他唯一一次展现勇气的时刻。不过我们也很难说清，他这次高尚之举到底受了丹东几分影响。

参考资料：儒勒·克拉雷蒂的《卡米尔·丹东》（Jules Claretie, *Camille Desmoulins*）。

德牧索（安托万-弗朗索瓦，Antoine-François Desmousseau，1757—1830）

　　法国大革命爆发前在巴黎最高法院担任律师。1789年11月，他被选入巴黎市政厅，成为市长代理人。1791年，德牧索又被选为市镇检察官代理人，成为丹东的得力助手。虽然他在恐怖统治时期历经艰难，但也从中赚取了不少好处。热月九日后，德牧索负责起了首都行政管理工作，并在共和七年成为塞纳省行政长官。波拿巴把他召进保民院后，把他打造成了一个省长典范（德牧索先后在乌尔特、上加龙、索姆、埃斯科等省担任过省长）。波旁复辟后，他再没担任过任何官职。

德南（Dhenin）

　　请看词条"埃南（弗朗索瓦-夏尔·德）"。

德农（多米尼克-维文，Dominique-Vivant Denon，1747—1825）

　　画家、雕塑家，受弗金斯（Vergennes）的保护，1787年进入法兰西美术院。法国大革命爆发时，德农正在意大利。他在法国的家产全被查封，且被列入流亡贵族名单。尽管如此，德农还是回到了巴黎。当时的他没有任何生活来源，过着朝不保夕的日子，只好向画家大卫求助。大卫想方设法帮他从流亡名单中除名，并给他找到一个差事。德农收到命令，迅速赶出一系列具有共和国特色的服装设计，以迎合当前的国民审美。督政府期间，德农迎来了事业的第二春。他被约瑟芬·德·博阿尔内举荐给了波拿巴，并向这位年轻的将军表达了自己的无尽敬仰之情。波拿巴远征埃及的时候，把他也带了过去。德农从埃及带回许多素材和草稿，回国后写了《波拿巴将军征战期间下埃及及上埃及之旅》（*Voyage dans la Basse et Haute Égypte pendant les campagnes du général Bonaparte*）。后来拿破仑去圣赫勒拿岛时，还把这本书装进他的行囊里。雾月政变后，德农被任命为博物馆总长。他几乎参与了所有和拿破仑有关的纪念建筑的建造工程，并从沦陷区的博物馆和私人收藏家那里大肆洗劫藏品，以丰富帝国的艺术珍藏。他的主子被命运女神抛弃后，德农非常痛心地看着许多被抢来的艺术品又被献给战胜者当礼物。当布吕歇尔下令将卡诺瓦的《裸身的拿破仑》这幅画送往柏林时，德农发出了这番看破世事的感慨："皇帝打败了英国人，然而他仍被打败了，就因为一个普鲁士人在大步流星地前进时，一个法国人却睡着了。"复辟政府剥夺了他的一切职位，于是他建了一座自己的博物馆。

德努埃尔·德·拉普莱尼（艾蕾奥诺尔，Éléonore Denuelle de la Plaigne，1787—？）

出身优渥，在刚邦夫人的学校中接受过教育，并在那里认识了卡洛琳·波拿巴。17岁时，她嫁给了一个品行恶劣、曾以诈骗罪遭到起诉的军官，后来与其离婚。为了谋生，她找到了旧日好友卡洛琳。卡洛琳让她当自己的伴读侍女，可没过多久，艾蕾奥诺尔就成了缪拉的情妇。缪拉把她推荐给了拿破仑，后者专门给她买下一座豪宅，并和她育有一子。（请看词条"莱昂"）艾蕾奥诺尔一年可拿到1100个拿破仑金币（价值等同于1956年的1500万法郎）。让·萨文曾这么评价她："这个女人吸着国家的血，其穷奢极欲的程度简直可以媲美甚至赶超帝国时期许多大人。"［详情请看萨文的《拿破仑的秘密资金》（Jean Savant, *Les fonds secrets de Napoléon*）第133页］

德让丽伯爵夫人（斯蒂芬妮-费利西泰·杜克莱，Stéphanie-Félicité Ducrest，comtesse de Genlis，1746—1830）

16岁时嫁给了法国投弹队上校德让丽伯爵。（我们都知道塔列朗的这句话："她当时年轻、美丽而又孤僻，早晨随便拜访了几个男士，就找到了一个丈夫。"语出其回忆录第一卷第162页）结婚后，她成了蒙特松夫人的侄女，并通过后者结识了沙特尔（Chartres）夫人，成了她府中的女官和孩子的家庭教师。沙特尔公爵，也就是后来的"路易平等"，觉得她很对自己的胃口。于是，她轻而易举就成了对方的情妇，并从这层关系中尽可能地谋取利益。（塔列朗还说："德让丽夫人为了避免引起花边丑闻，待人接物都无比随和。"语出回忆录第一卷第163页）法国大革命初期，德让丽夫人非常拥护革命理念，引起公爵夫人的极大不满。公爵夫人决定流亡国外，并强迫她跟自己一起离开。执政府时期，德让丽夫人回到法国，开始创作小说。此外，她还秘密替波拿巴做事，每年从中拿到6000法郎。她的工作是什么呢？这个问题有些棘手。我们看看德让丽夫人自己是怎么说的吧："他（波拿巴）承诺给我6000法郎，并把阿森纳的一套公寓让给我住……我问他，我要做什么才能得到这一切。对于这个问题，波拿巴的回答是：'只要德让丽夫人肯为我写点儿东西，而且一次就好。'看他的表情，仿佛这并非什么要紧事似的。由于对方并没明确指示内容，我就选择了文学。我对政治从没发表过任何言论。"梅纳瓦尔在他的回忆录里基本肯定了德让丽夫人的这个说法，另外还指出：拿破仑之所以给她这笔年金，是为了让她摆脱流亡回国后的拮据生活。梅纳瓦尔说："皇帝体恤她的难处，就派人告诉她，他希望她能每15天给自己写一篇和文学或道德有关的文章。"（请看《梅纳瓦尔回忆录》第二卷第494页；夏普塔尔在他的《忆拿破仑》中的第349页也谈到了德让丽夫人负责为皇帝编写的文学新作汇总）然而根据塔列朗的说法，德让丽交给拿破仑的书信内容基本大同小异。最开始的时候，里面还有些新鲜的东西，德让丽夫人的"报告"都放在"秘密文件夹"里，被送到皇帝手上。这个文件夹里除了有她的信，还有在拉瓦莱特看来有一定重要性的被截获的私人信件，以及涉及法国上下的警务报告。现在，我们再去听听奥斯特里茨战役当晚陪在拿破仑身边的塔列朗是怎么说的："一个信使走进园中（当时皇帝住在考尼茨亲王的府邸），把巴黎送来的信件和秘密文件夹呈了上来……皇帝当时对我非常信任，就让我给他念书信的内容。我拿起几封一看就是外国驻巴黎大使写来的信，读了起来，内容乏善可陈……之后，我们一起看了警务报告。有几份报告说，由于国库部长马尔布瓦的失策，银行面临困境。他格外重视的是德让丽夫人的报告——这份报告写得很长，而且是德让丽夫人亲笔所书。她在里面说到了巴黎当前的风气，转述了一些有点儿冒犯君威的话，据她所说，这些话都出自当时被人称作圣日耳曼区的那些家族。她指名道姓地点出了五六个家族，说它们绝不会归附帝国政府。德让丽夫人报告里那些有些伤人的话激怒了拿破仑，他狠狠咒骂着那个圣日耳曼区。"（出自《塔列朗回忆录》第一卷第299～300页，同时我们也可参考一下《雷谬撒夫人回忆录》第二卷第402页的内容）罗马王诞生后，德让丽夫人写了一首由她亲自作词作曲的童谣，乐谱上的音符被她精心画成了一朵朵小玫瑰的式样。（请看《梅纳瓦尔回忆录》第二卷第445～446页）然而，帝国后来崩溃了。德让丽夫人看上去很高兴的样子。1814年4月6日，她给塔列朗写信说："我们终于看到了这幕漫长悲剧的结尾！这一幕盛大的、血腥的、剧本先天不足的、被蹩脚地排演出来的、里面的一出出场景假得不能再假的戏，终于结束了。"4月12日，她站在大街上，欢呼着阿图瓦伯爵的归来。从今以后，她的一切都有指望了（至少德让丽夫人是这么想的）。奥尔良家族众亲王也回来了：这位从前的家庭教师对他们的恩德，他们定是要报答。德让丽夫人被人"恭恭敬敬"地迎进罗亚尔宫，享受着宾至如归的待遇。但路易-菲利普给了她点儿钱，就把她给忘了。7月10日，她给塔列朗写了一封信，在信中满心愁苦地说："我的处境很恶劣……国王既然给一部分文人发放了抚恤金，那我应该比许多人都更配拿到它才是。尽管这笔钱不多，但至少够我用了，哪怕只有1200法郎也行……请您想想我的处境，而且我已经69岁了……我还没有任何收入来源。"为了求得路易十八的怜悯，她开始全力撰写《亨利大帝史》（*Histoire de Henri le Grand*）。就在拿破仑从厄尔巴岛回来再次入主杜伊勒里宫那天，这本书问世了。德让丽夫人居然一点儿都不尴尬，觍着脸请求这位曾经的救济者念及过去的交情，话中极尽逢迎。后来她在回忆录里说："这是我这辈子唯一一次卑躬屈膝地写的一封信。"好吧，暂且算是这样吧……然而，拿破仑没有回复她，因为他当时并不需要一个再无利用价值的老婆子了。

参考资料：让·哈尔芒的《德让丽夫人的私人及公众生活》（Jean Harmand, *Mme de Genlis，sa vie intime et politique*）。

德赛（路易-夏尔-安托万，亦称维古骑士，Louis-Charles-Antoine Desaix, chevalier de Vergoux，1768—1800）

出身于一个对国王忠心耿耿的贵族家庭，他拒绝跟随哥哥流亡国外，因此和父母决裂。1791年，德赛成为斯特拉斯堡卫戍部队的少尉，1793年被提拔为将军。晋升15天后，由于父母是流亡贵族，德赛被解除军衔，然而他依然异常积极地坚守岗位，在莱茵军、莱茵-摩泽尔军中待了近五年。1797年4月20日，德赛在领兵作战时身负重伤。身体康复后，他不顾医生叮嘱的术后休养，坚持要在闲暇"去驻扎在附近的军队曾战斗过的战场上看一看"（语出他1797年5月26日写给古维翁-圣西尔的信）。这"附近的"军队就是那支在波拿巴的指挥下征战意大利的队伍。他对这个"谦逊有礼的常胜将军"是久仰大名，想要认识对方。那时的德赛还没意识到，此人很快就会成为自己争取功名路上的有力竞争者。波拿巴得知德赛来到米兰,给他的军队发布命令:"总司令现告知各军,德赛将军已从莱茵军来到米兰,他将见识到法军的不朽战绩。"两人见面了。在德赛的《出游日志》(*Journal de voyage*)中,我们可以看看他对波拿巴的第一印象是怎样的。他惊讶地发现此人具有很强的政治手腕,很懂得包装自己和他的军队,不过他在总体上仍不太喜欢波拿巴。他在日志里是这么写的:"他(波拿巴)心气极高、城府很深、睚眦必报,宽恕从不是他的风格。他可以把他的敌人追到天涯海角。他还善弄权术。他富得流油,不过这也自然,因为一个国家的所有收入都要经过他的手。他从不呈交账本,不过每六个月他就可拿到29万里弗。但人们对此也无从指摘,因为他做什么事都是那么滴水不漏。"尽管如此,两人仍然产生了惺惺相惜之情。德赛回来后,奉命临时掌管英国军。远征埃及的方案确定下来没多久,波拿巴就指派他去指挥军队在奇维塔韦基亚登船,波拿马本人则负责带领土伦舰队起航。1798年,德赛率领他的第一师在埃及登陆。波拿巴离开大军前去追击易卜拉欣·贝伊的时候,是他控制着开罗省。德赛是一位很有头脑的统治者,行事稳重,被称为"公正的苏丹"。1799年10月,接替波拿巴掌控开罗的克莱贝尔把德赛叫回开罗。之后,是他一手负责法军撤出埃及。他回到法国时,已经是第一执政官的波拿巴正在攻打圣伯纳德。6月11日,在波河河谷的斯特拉德拉总军营里,两人再度重逢。三天后,德赛赶至马伦哥战场。当时奥军气势汹汹,法军连连后撤。他亲自带领部下向敌军发起进攻,被一颗子弹击中胸口。

参考资料:阿尔芒·索泽的《"公正的苏丹"德赛》(Armand Sauzet, *Desaix le "Sultan juste"*),以及他1934年发表在《拿破仑研究杂志》上的《马伦哥德赛之死》(*La mort de Desaix à Marengo*)。

德斯马济（Desmazis）

拿破仑在布里埃纳军校时的同学，帝国时期担任王室动产看管员。有人出版了一本他的回忆录，但真伪存疑。

德斯蒙（Desmont）

请看词条"邓曼"。

德斯皮诺伊（伊阿新特-弗朗索瓦，Hyacinthe-François Despinoy，1764—1848）

法国大革命初期还只是一个小小的步兵中尉，但在土伦战役中成为迪戈米耶的参谋官，并在攻占这座叛乱城市后被提拔为将军。1796年3月，德斯皮诺伊转而进入意大利军。四个月后，他在洛纳托未与敌军交战就直接撤军，之后被波拿巴派去担任闲职。直到帝国毁灭，德斯皮诺伊最多只担任行政岗位的助理职位。波旁复辟后，他的好日子到来了，被派去驻守斯特拉斯堡。拿破仑回来后，他不得不递交辞呈。波旁家族再度复辟后，他官复原职，随后又在佩里格、图卢兹、南特等地任职（1830年7月他在南特向群众开枪），并在1831年退休。

德索勒（让-约瑟夫，Jean-Joseph Dessolles，1767—1828）

他曾听从波拿巴的号令在意大利战场上担任指挥官，并在1797年被提拔为将军。雾月十八日以后，拿破仑把他派到各个地方执行任务，其中最重要的一项任务就是让他前往西班牙担任科尔多瓦总督。然而德索勒表现得不够专制铁血，引得拿破仑不悦。在帝国末期，他依然如此。1814年，临时政府认为必须将首都军队指挥权交给一个受到反法联盟认可的人手上，于是选中了德索勒。有人声称，在4月5日、6日由沙皇亚历山大主持的会议中，当人们正在针对玛丽-路易丝摄政的前提条件展开讨论时（条件是皇帝必须退位），德索勒提出：由于拿破仑对他的妻子及众摄政大臣很有影响，他很快就会篡夺权力，到时一切就不好说了。他的意见引起重视，于是拿破仑提出的条件被拒绝了。阿图瓦伯爵一到巴黎，德索勒就被任命为临时参政院议员。路易十八更是让他荣誉加身，让他担任全法国所有国民自卫军的总参谋长。拿破仑登陆戛纳的消息传来后，德索勒动用各省所有精锐部队想拦住拿破仑，然而最终也没能阻止他前进的步伐。黎世留公爵辞职后，德索勒主持了大约一年的内阁会议。1819年11月10日，德索勒作为外交部部长，签署协议，接受了阿尔及尔台伊提出的700万债券。先前20年里，历届法国政府都拒绝了这部分债券。协议签署八天后，德索勒不得不辞去外交部部长的职位，老老实实地待在贵族院里。

邓曼（埃德蒙，Edmond Denman）

红极号的舰长，巴尔科姆的朋友，曾被后者引荐给拿破仑。拉斯卡斯将他的名字错写成了德斯蒙。

蒂博（艾梅，Aimée Thibault，1775—1862）

一个细密画家，1804年开始举办展览，其作品获得许多宫廷人士的追捧。

蒂波-撒西卜（Tippoo-Sahib，1749—1799）

英属印度迈索尔城最后一个总督，1782年即位。他向英国人宣战后，曾向法国人寻求援助，但没有下文。波拿巴到了埃及后，曾给蒂波写了两封信。英国人拦截了这两封信，决意对蒂波下手。一支人数众多的军队朝蒂波发动进攻，他战斗六周后死亡。

迪弗雷纳（贝特朗，Bertrand Dufresne，1736—1801）

旧制度时期在波尔多一家商行里当一个小职员，后来他来到凡尔赛，成功进入国库局。内克尔发现了他的过人之处，1788年把他提拔为国库主管。恐怖统治时期，迪弗雷纳被当成可疑分子关进监狱。后来他进入五百人院，因为发表了一份严厉地抨击武器供给商，揭露各将领在敌国征收苛捐杂税的报告而引起众人的关注。这份报告主要针对的是奥什，并引起了波拿巴的注意。雾月政变后，迪弗雷纳被召进参政院，还担任起国库总长的职位。他在国库局里大刀阔斧地树立新规，让该部门恢复了内克尔在职期间井井有条的秩序。金融领域的人对他的工作非常满意，公债资金一度从19%上升到了60%。波拿巴对他也很欣赏。迪弗雷纳去世之后，他还让人在国库局大厅里竖立了一座迪弗雷纳的半身雕像，以示纪念。

迪戈米耶（大名是雅克·柯基耶，Jacques Coquille，dit Dugommier，1738—1794）

生于瓜德罗普岛的巴斯特尔，12岁时就加入了罗什福尔殖民地童子军。在殖民地的军队里效力25年后，迪戈米耶退伍，回到瓜德罗普岛种地。1789年，他成了自由、博爱的狂热信徒，被选进了殖民地议会，还成为瓜德罗普岛国民自卫军指挥官。1792年，他的同胞把他选进了国民公会。来到巴黎后，迪戈米耶立刻请求在军队任职，后在马拉的推荐下当上将军，并进入意大利军。随后，他代替多佩指挥土伦战役。在一份官方报告中，迪戈米耶首次称赞了"一个叫波拿-巴特的公民"。有人称，迪戈米耶向国民特使代表团介绍波拿巴时，说："他是一个极其优秀的军官。即便你们不提拔他，他也会靠自己出人头地的。"但迪戈米耶究竟有没有说过这话并不确定。攻下土伦后，迪戈米耶奉命去指挥东比利牛斯军，在这个岗位上不幸去世。国民公会把他的名字刻在了先贤祠的一根柱子上，以纪念他对祖国做出的贡献。《拿破仑圣赫勒拿岛回忆录》说他"英勇却为人慈软"。他从前的副官雷昂·达尔梅达（Leone d'Almeyda）对此则说："为了歪曲事实、迎合偶像，拉斯卡斯先生才对这个名字做此评价；又或者，他是在圣赫勒拿岛上的那个囚犯的口述或授意下写下的这句话，不过他自己肯定有所添加。他褒扬迪戈米耶，说他'英勇却为人慈软'，但这话不可能出自拿破仑之口。皇帝对迪戈米耶心存爱戴，他要是这么说他，那未免有些忘恩负义了。"（此话出自雷昂·达尔梅达于1834年11月4日写的一封信，后被收入阿布朗泰斯公爵夫人的回忆录，具体在第二卷第376页）

参考资料：保罗·皮诺的《迪戈米耶将军》（Paul Pineau, *Le Général Dugommier*）。

迪加（夏尔-弗朗索瓦-约瑟夫，Charles-François-Joseph Dugua，1744—1802）

曾是步兵上尉，1776年退休。法国大革命初期，迪加来到图卢兹，在宪兵队担任中尉。1792年11月，他成为第二宪兵团的指挥官，升至上校，并被派到东比利牛斯军中。三个月后，公会的国民代表特使来到这里，将他封为将军。没过多久，他又成为土伦战役中的参谋总长，并在叛乱城市被攻占后率先进入该城。1796年，迪加转而去了意大利军。波拿巴让他指挥骑兵预备军，之后把他带到了埃及。在埃及，迪加多次出生入死，立下赫赫战功。他刚登陆埃及就夺下了罗塞塔。在金字塔战役中，由于克莱贝尔负伤，他便扛起了克莱贝尔那个师的指挥权。在克莱贝尔远征叙利亚期间，他负责留守开罗，维护该城的秩序和安全，可手上只有800人可用。当时开罗民怨沸腾，但迪加对他们采取的手段似乎过于怀柔，至少克莱贝尔的总参谋长达马斯将军是这么认为的。他给克莱贝尔写信说："请速速归来，指挥官太过宽容了。"迪加回到法国后，波拿巴已经是第一执政官了。他被任命为圣多明哥军总参谋长，但到达圣多明哥后没多久就死于黄热病。米肖在《古今名人全传》中对他有这么一句评语："他有无数财运亨通的机会，去世时却两袖清风。"

迪科（罗歇，Roger Ducos，1747—1816）

法国大革命爆发前是达克斯的一个律师。1791年，迪科当上了朗德省刑事法庭主席，并代表该省进入国民公会。虽然他站在平原派阵营里，却支持处死国王，并说了这番话："鉴于路易十六企图玩弄阴谋，将法兰西民族束缚在奴役中，我打开《法典》，想看看里面对此等罪行处以何种刑罚，然后看到了'死刑'二字。有的人对此表示反对，说路易十六是这桩阴谋的同党而非主谋；于是我又打开《法典》，发现里面规定同谋与主谋都当处以死刑。所以，我投票支持立刻执行死刑。"在1793年5月31日的那场政治危机中，迪科站出来反对吉伦特派。后来，在罗伯斯庇尔与丹东、罗伯斯庇尔与公安委员会的冲突中，他一直保持中立。从共和二年热月到共和五年果月，除非是某些无关紧要的小问题，而且一切已经提前安排好了，否则迪科从不登台演讲。所以，他博得了"可靠的共和党人"的名声，不过也几乎没有什么政治影响力。很明显，他当时不想让自己风头太盛。正因为行事谨慎，懂得韬光养晦，迪科才平平安安地活了下来。牧月三十日事件之后，巴拉斯甩掉了特雷哈德（Treihard）、梅尔林和拉雷维耶尔（La Révellière），想提拔一些身份普通的人上来，于是选中了迪科、戈伊尔和穆兰（Moulins），可是他前面还横着一个西哀士呢。此人当时正在密谋反对巴拉斯，决定和迪科联手，并取得了后者的信任。波拿巴从埃及回来后，生性谨慎的西哀士还把后来政变的主要参与人召集到迪科家里密谋大事。巴拉斯对迪科毫无戒备，觉得他不过是个无名小卒罢了。迪科也借着自己的身份，把三个督政官在西哀士不在场的情况下说的什么话都一五一十地汇报给了西哀士和波拿巴。事后为了嘉奖他的功劳，波拿巴让迪科当上了临时第三执政官，不过他在这个位置上并没坐多久。新宪法起草出台后，由于迪科和西哀士再无利用价值，他们被迫递交辞呈。波拿巴为了弥补迪科，让他当上了元老院副主席，后来他还被封为伯爵。波旁复辟后，迪科登上了弑君者通缉名单，被迫逃离法国。他来到了德意志，但被赶出了斯图加特，最后在赶路途中意外身亡。拿破仑在《写于圣赫勒拿岛的回忆录》（*Mémoires écrits à Sainte-Hélène*）第一卷第58页中是这么评价他的："此人目光短浅、性子随和。"

迪莫拉尔（雅克-维克多，Jacques-Victor Dumolard，1766—1819）

格勒诺布尔的一个律师，代表伊泽尔省进入立法议会，是君主立宪制的拥护者。8月10日法令之前，他因为替拉法耶特说话，差点儿在议事大厅门口死在愤怒的群众手中。恐怖统治时期，他躲进了多菲内山区，但最后仍被逮捕入狱。热月九日后，迪莫拉尔出狱，进了五百人院。在议院中，他以冗长的演讲而为人所知。同事马利-约瑟夫·谢尼耶还因此在诗中提到了他的名字："迪莫拉尔，在昏沉杂乱的人群中……在长篇大论中倾倒着愚蠢无聊的言语。"果月十八日，迪莫拉尔遭到通缉。雾月政变后，波拿巴宽厚相待，收回了通缉他的法令，允许他在格勒诺布尔定居，不过仍让他处在警察的监视下。尽管如此，1805年，迪莫拉尔仍被元老院推为立法院议员，不过他在任期间一直谨言慎行。1813年开始，迪莫拉尔料到帝国将倾，于是加入了不久前以莱涅（Lainé）为中心成立的反对党。路易十八登基后，他一扫帝国时期谨言慎行的作风，成为政坛里的一个积极人物。拿破仑从厄尔巴岛回来后，摆出广纳贤士的态度，任命迪莫拉尔为帝国驻贝桑松特使。很明显，他这么做是为了假惺惺地向这个多嘴多舌的傀儡展示自己的信任。由于约讷省选民想把迪莫拉尔送进百日王朝的议院，于是拿破仑就顺水推舟，让他进了议院。迪莫拉尔在议院的那段短暂时期，表现得对拿破仑极为忠诚。滑铁卢战役后，他又狂热地捍卫国民代表议院的权利。在6月23日到7月7日这段混乱的过渡期里，迪莫拉尔牢牢占据了议院讲台，发表各种演讲，但并没取得太大的效用。在7月6日的会议中，他还多次登台发言，而且是会议的最后发言者。第二天，议院被解散。于是，迪莫拉尔就成了百日王朝时期议院的最后演讲人。在强烈抗议封锁港口之后，他回到家中，之后去了约讷省定居。

东布罗夫斯基（让-亨利，Jean-Henri Dombrowski，1755—1818）

一个波兰军官，曾和俄国人交战，后来到法国生活。1796年，他奉命组建了一支波兰军团。第二年被提拔为将军后，东布罗夫斯基负责指挥意大利军中的波兰军团作战。1802年，他转而效力于奇萨尔皮尼共和国，也就是后来的意大利王国。1806年，他加入了大军团。在征战俄国期间，他担任了波兰军队中一个步兵师的师长，听从波尼亚托夫斯基的指挥，并在莱比锡战役后顶替了后者的职位。1814年2月，拿破仑让他守卫贡比涅。该年5月，他率领余下的部队回到波兰。沙皇亚历山大任命他为波兰骑兵部队总司令及波兰元老院议员。

杜巴丽夫人（让娜·贝库，Jeanne Bécu du Barry，1743—1793）

生于沃库勒尔，是安妮·贝库的私生女，父亲身份不明。1768年，她嫁给了杜巴丽伯爵，并在同年成为路易十五的情妇。路易十五死后，杜巴丽夫人住进了路弗西安城堡。恐怖统治时期，她因为和保皇党有经济往来而被处死。拿破仑对杜巴丽夫人的评价非常宽容。有一天，他对古尔戈说："论美貌，她和蓬巴杜夫人、格拉蒙夫人不相上下。人们对她百般诟病，只因她不是贵族出身罢了。"（1817年1月11日谈话录）

杜博瓦（安托万，Antoine Dubois，1756—1837）

医学院的一个教授，皇帝的会诊外科医生，还是皇后的第一助产医师。

杜登斯（路易，Louis Dutens，1730—1813）

文献学家、考古学家和历史学家。由于在法国戏剧圈子里没有闯出名堂来，他便定居英国，在那里名气大涨、身价剧增。他的身份是大不列颠国王官方历史编纂作者。莱布尼兹的第一版作品全集得以出版，杜登斯功劳不小。

杜佛（莱纳德，Léonard Duphot，1769—1797）

法国大革命爆发前是一个下士，1792年被升为中士。之后，他被编进东比利牛斯军，当上康塔勒志愿军第一营营附，在费卡洛斯战役中表现得十分勇猛，第一个冲进敌营，杀死了一个西班牙将军。之后，他神勇无比的威名就传开了。1796年9月，杜佛加入意大利军。波拿巴让他指挥奥热罗那个师的先锋军，该师本身就是意大利军的前锋。没过多久，在皮亚韦战役中，杜佛的大腿中了一弹。三周后，他恢复如常，又投入到战斗中，带领军队游泳渡过塔格利亚门图河。波拿巴把他封为将军，让他指挥利古里亚的军队。暂留热那亚期间，在法国大使费普尔特（Faypoult）的沙龙中，杜佛认识了德茜蕾·克拉里。当时德茜蕾被姐姐朱莉带着一道来到西班牙。他立即向德茜蕾求婚，后者答允。当时杜佛收到任务，要陪同刚刚当上法国驻圣座大使的约瑟夫·波拿巴前往罗马。法兰西共和国代表到达罗马后，当地民众爆发大规模暴动，法国借此将教皇国变成了共和制。大使府邸（科尔西尼宫）成为罗马共和国的中心。约瑟夫·波拿巴生性谨慎，很清楚身为大使的自己背负何种使命，于是向罗马民众各种示好，极力避免自己身陷险境。杜佛行事更加大胆，也甚少受官方身份的约束，所以对民众未免冲撞了些。1797年12月27日，法国决定发动大政变，入侵梵蒂冈，控制教皇的人身自由。杜佛带领一队示威游行者离开大使府邸，朝台伯河前进。这一小队人一边前进，一边高喊"自由万岁！罗马共和国万岁！打倒教皇！"等口号。走了几百米后，在塞蒂马纳大门口，这群人遇到了一支由一个下士长带领的教皇军。下士长收到命令，不能让任何聚集群众通过此门，如有违者，格杀勿论。于是，下士长朝杜佛开枪。杜佛身负重伤，一小时后咽下最后一口气。几天后，约瑟夫·波拿巴将杜佛遇害一事告知佛罗伦萨，并汇报给了督政府。（《巴黎通报》1798年1月12日对此事做了报道）但这份叙述在各个地方和当时的证人证词几乎完全相反，它的唯一目的就是展现约瑟夫的"仁慈"，把过错全部甩到教皇政府身上。1798年2月23日（也就是罗马共和国发表声明十天后），圣皮埃尔广场举办了追悼仪式，以纪念杜佛将军。三个月后，他的未婚妻嫁给了另一个将军——贝纳多特。

参考资料：马丁·巴斯的《莱纳德·杜佛将军》（Martin Basse, *Le général Léonard Duphot*），乔治·布罗的《杜佛将军》（Georges Boulot, *Le général Duphot*）。

杜佛辛（让-巴蒂斯特，Jean-Baptiste Duvoisin，1744—1813）

一位杰出的神学家，大革命时期流亡国外，雾月十八日政变后才返回法国。1802年，杜佛辛被任命为南特主教，并在1804年成为皇帝的布道神父。在1811年的主教会议上，杜佛辛扮演了非常重要的角色。拿破仑还把他派到玛丽-路易丝身边，当她的忏悔神父。他对古尔戈说："这是我见过的最优秀、最有学识的神职人员。"（语出《古尔戈日记》

1817年2月3日的内容）

参考资料：艾米丽·嘉柏俪的《一位被遗忘的伟大主教：杜佛辛阁下》（Émile Gabory, *Un grand évêque oublié: Mgr Duvoisin*）。

杜科隆比耶（安妮，Anne du Colombier，1731—1793）

波拿巴中尉在瓦朗斯曾受到她的保护。

杜科隆比耶（卡洛琳，Caroline du Colombier）

安妮·杜科隆比耶的女儿，是拿破仑·波拿巴的初恋。1802年，她嫁给了辞去军职的布雷西厄上尉，1805年成为皇太后的侍女。

参考资料：J.德·吕巴克的《波拿巴中尉和杜科隆比耶小姐》（J. de Lubac, *Le lieutenant Bonaparte et Mademoiselle du Colombier*），发表于1894年《维瓦莱历史杂志》（*Revue historique du Vivarais*）第二卷第373~375页上。

杜拉斯公爵（埃梅代-贝特朗-马洛·德·杜福尔，Amédée-Bertrand-Malo de Durfort, duc de Duras，1771—1838）

出身法国最大的贵族家庭，1791年和父亲一道流亡国外，1800年成为路易十八下面的王室成员中第一批贵族。同年，杜拉斯公爵回到法国，帝国期间一直远离政事。路易十八回来后，他回到国王身边，恢复旧职。拿破仑似乎把他和他的父亲弄混了，把他说成路易十六和路易十八宫廷的第一贵族。

杜劳（敦，Dom Dulau）

索雷兹天恩学院的教授，是1792年死于九月屠杀的阿尔勒大主教杜劳的侄子。他拒绝宣誓效忠宪法，于是离开法国，流亡国外，在伦敦以卖书为生。

杜鲁特（皮埃尔-弗朗索瓦-约瑟夫，Pierre- François-Joseph Durutte，1767—1827）

北方志愿军的一名战士，在热马普战役中表现出众，当天就被提拔为中尉。1799年，他被封为将军，进入莱茵军中，和上司莫罗结成了深厚的友谊。之后，他又加入了德意志战争和征俄之战。在莱比锡战役中，萨克森军投靠敌军，转而朝他麾下的那个师发起进攻。1814年1月，杜鲁特成为梅斯总督。他在那里遭遇了4万俄军，只好带着一个师的兵力撤出，但没能成功和拿破仑的部队会合。路易十八回国后让他再度担任梅斯总督。百日王朝期间，杜鲁特投奔拿破仑，在滑铁卢战役中，他的脸被军刀划伤，右胸膛也中了一剑。波旁再度复辟后，他隐退归田，在比利时度过余生。

杜洛克（热罗-克里斯托夫·德·米歇尔，Géraud-Christophe de Michel du Roc，dit Duroc，1772—1813）

杜洛克骑士的儿子，是布里翁（Brion）家族的次子，在热沃当有许多封地，却在蓬阿穆松过着低调的生活。他在蓬阿穆松完成学业后，于1792年3月10日以见习少尉的身份进入沙隆马恩炮兵学校。同年7月22日，他因为向陆军部长"尊敬地指出"他"待在那里是浪费时间"（语出德拉图尔指挥官写的那本关于杜洛克的书第13页），得以离开学校。六个月后，他又改变主意，向部长递交了一封请求信，恳请对方让自己完成学业。杜洛克在里面说："由于先前家有急事，我必须赶赴家中，而身为军人，我不能在祖国危难之际请假，所以一时意气，选择退伍。"现在"我希望能为炮兵部队发挥更大的用处"，故请求归队。事情到底是怎样的呢？大部分杜洛克传记作家都声称，他当时其实已经流亡国外，但因为在科布伦茨过得不开心，所以才回到法国。这很有可能是真的。但德拉图尔指挥官在书中对此表示怀疑,并拿出了蓬阿穆松国民自卫军指挥官出具的一份证明,证明杜洛克"过去和现在都在国民自卫军中效力,且做事认真负责,对军队忠心耿耿,备受他人尊敬"。不过这份证明的落款时间是1793年2月15日,没说杜洛克是什么时候进入国民自卫军的。杜洛克大可以流亡回国后加入自卫军,当时这种事并不少见,杜洛克要拿到这份替他说好话的证明也并不算什么难事。总而言之,1793年3月1日,杜洛克得允重回沙隆马恩军校。这多亏他父亲的一个在拉巴洛里耶军营担任元帅的朋友的帮助,后者为他在部长面前说了很多好话。三个月后,年轻的杜洛克当上中尉,离开军校,被编入格勒诺布尔卫戍部队第四炮兵团。一开始,他负责桥梁工程,一年后加入了意大利军,上司是意大利军炮兵指挥官安德烈奥西。当时,意大利军总司令还是舍雷尔。所以,拉斯卡斯在书中说拿破仑在土伦战役中就注意到了杜洛克,他分明搞错了(这个错误出现在《拿破仑圣赫勒拿岛回忆录》第一版第100页,后来布里安在他的回忆录里做了修正)。波拿巴取得意大利军的指挥权后,打算挑选一部分军官放在自己身边,于是杜洛克成了他的副官。在伊松佐河战役中,杜洛克表现得格外出色,跟着安德烈奥西跳进河水中,渡过此河。波拿巴在写给督政府的报告中特地提到了杜洛克:"我的副官杜洛克上尉在战场上表现得格外勇猛,堪称意大利军众将士的表率。"(请看1797年3月31日的《巴黎通报》)后来杜洛克来到埃及,在阿克包围战中受伤,之后和波拿巴一道回到法国。他非常积极地参与了雾月政变事件,和缪拉一道带领投弹部队闯进五百人院在圣克鲁的议政大厅。三天后,杜洛克被提拔为旅长(等同于上校头衔),并成为第一执政官的第一副官。由于他对波拿巴忠心耿耿,对他交付给自己做的许多任务都能做到守口如瓶,所以深得波拿巴的欣赏。正因为如此，波拿巴掌权后，把杜洛克派到腓特烈-威廉三世身边，由他向对方解释自己为何要对督政府展开肃清。杜洛克在那里受到格外热情的招待（也许这是因为柏林人没有忘记他的贵族身份）。之后，他去了圣彼得堡。当时，亚历山大一世刚刚接替了保罗一世登基为王。杜洛克在俄国的任务是维护甚至进一步巩固法兰西共和国和沙皇俄国之间的关系。很快，他就赢得了这个年轻沙皇的好感（亚历山大曾和他有过多次长谈，杜洛克将谈话内容一五一十地写进信中，将其汇报给第一执政官。这些信件全被收进了德拉图尔的书）。亚历山大给俄国驻巴黎大使卡里茨谢夫（Calitchev）写信说："您可以找机会告诉第一执政官，我对杜洛克先生非常满意。他品行高贵、谦逊有礼，我的大臣（当时的外交部部长帕尼讷伯爵）还告诉我，他和杜洛克交往时，对对方正直善良的品行也是称赞不已。"（在阿布朗泰斯公爵夫人的回忆录中，我们可以读到这段话："沙皇亚历山大登门拜访我的时候，跟我说起了曾被拿破仑派往俄国的许多宫廷人士。当时已是1814年，可他对杜洛克的看法依然和1802年时一样。"）回国后，杜洛克被提拔为将军，并担任杜伊勒里宫总管。大约两个月后，杜洛克发现自己被安排迎娶奥坦斯·德·博阿尔内。当时，拿破仑急着把自己这个继女嫁出去。布里安在回忆录中写道："1802年1月2日，第一执政官晚饭后破天荒地来到了他的办公室。他问：'杜洛克在哪儿？'下人回答道：'他出去了，应该去了歌剧院。'拿破仑叮嘱道：'等他一回来就告诉他，我已经跟奥坦斯提过他，他可以娶她了。但我希望此事最迟在两天后办成。我会给他50万法郎，并把他封为第十八师的师长。结婚后第二天，他就得带着妻子前往土伦，和我们分开生活。我可不希望女婿待在自己家里……'杜洛克晚上八点半回来，听人说起执政官的这番打算后，说：'事实就是这样，我的朋友，他不过想保护自己的女儿罢了！'之后，他一脸与己无关的样子，说了自己内心的真实想法，然后戴上帽子离开了。"几周后，杜洛克娶了一个西班牙富裕银行家的女儿，因此得到一大笔嫁妆。皇帝登基后，杜洛克被封为皇家大元帅，手下要管四个助理、两个宫廷长、一个宫廷主管、一个副主管、一个副主管助理。皇帝的登基大典上，杜洛克穿着绿色天鹅绒外套、白色丝绸短裤和上衣，戴着一顶饰有白色羽翎的黑帽，披着一件白丝绳边的绿色大衣，手持一根手杖，手杖通体裹着一层纹以蜜蜂图案的天鹅绒，顶部饰有一座金冠（他为这身装束花了1.5万法郎）。杜洛克的这个岗位绝非清闲差事，他在工作中也非常尽职尽责。宫殿的翻新、整修及扩建，全都归他管。他不仅本分地执行主上的一切心血来潮的想法，还在工程实施过程中力求节约。若有要人来访，皇帝又没时间亲自接待，杜洛克还得布置盛大晚宴去招待那些达官贵人、大使将军。他负责安排皇帝的接见工作，同时要承担宫廷的治安监管。此外，杜洛克还得执行皇帝交给自己的一些秘密任务，甚至拿破仑拈花惹草这类事都得靠杜洛克去安排。当皇帝躺在杜莎泰尔的膝上享受着她的无尽温存时，杜洛克正在两人约会的亭台附近巡逻。当约瑟芬开销巨大时，是杜洛克去调查她的开支问题。在西班牙国王签署退位协议之前，又是杜洛克去展开前期的秘密会谈。为了报答他（拿破仑本人当时说过这话："从某个角度来看，我在这里的所作所为并不是什么光明正大的好事。"），拿破仑封他为弗留利公爵（这是为了表彰杜洛克在对意之战期间在弗留利地区立下的赫赫战功），并赐他20.5万里弗的年金（其中8500里弗来自汉诺威，5万里弗来自威斯特伐利亚，5万里弗来自富尔达，2万里弗来自加利西亚）。在一切场合，杜洛克都陪在皇帝左右。1813年4月15日，他跟随拿破仑来到德意志，指挥军队作战。5月1日,他亲眼看着贝西埃尔身中子弹,倒在了战场上。当天晚上,皇帝正在办公室和奥地利大使洽谈的时候,杜洛克在旁边的大厅里和科兰古闲聊,他突然发出这番感慨:"朋友,这种日子过得太久了。我们所有人都得在这样的生活里熬到最后一刻,而他呢,之后就轮到他了。"三周后,杜洛克迎来人生最后一劫。5月23日早晨,拿破仑在杜洛克、科兰古、莫蒂埃、军工将军基尔杰奈尔的陪同下爬到一座高地上去观察列斐伏尔的枪骑兵离开阵地攻打米罗拉多维奇率领的俄国军队的场景。拿破仑走得要快一些,把众人甩下了几米距离。这时,俄军的三枚炮弹意外打中了这一小群人。两枚炮弹打偏了,但第三枚击中了皇帝附近的一棵树,树干砸到了基尔杰奈尔和杜洛克的身上。基尔杰奈尔当场死亡,杜洛克下腹肠子撒了一地。众人连忙把他抬到一座农场里,拉雷也立刻赶了过来。后来他说:"我立刻就意识到,一切医术也不能把他从死神的手中抢回来了,死神就站在他身边,等着他断气。"拿破仑直到晚上才来。《巴黎通报》在1813年5月30日的报纸上以非常浪漫的笔法描写了皇帝和这位大元帅的最后谈话。阿布朗泰斯公爵夫人在回忆录里的讲述则更贴合当时的事实,她说:"杜洛克认出了皇帝,恳请他给自己一剂鸦片,好让自己死得快些,因为他实在是受不了了。皇帝当时坐在床边上。杜洛克恳请他离开,请求他照顾自己的女儿。拿破仑坚持不走,杜洛克说:'上帝啊!难道我就不能平平静静地死去吗?'皇帝掩面离开,杜洛克当晚去世。"继贝尔蒂埃之后,杜洛克是拿破仑最信任的人。在拉斯卡斯的笔下,皇帝经常说他是多么深爱杜洛克。布里安在回忆录中说:"这点我信,但是我很肯定杜洛克并没有向他回以同等的爱。"但拿破仑似乎更清楚杜洛克对自己是何情感。1810年他对梅特涅说:"他爱我,就像一条狗爱着他的主人一样。"(语出《梅特涅回忆录》第一卷第284页)

1847年5月5日,杜洛克大元帅和贝特朗大元帅被同时葬进了荣军院,就靠在皇帝坟墓的边上。

参考资料:让·德拉图尔的《杜洛克》(Jean de La Tour, *Duroc*)。

杜洛克(玛利亚-多米妮克,Maria-Dominique Duroc)

杜洛克的妻子,父亲是西班牙银行家荷西·马蒂内(José Martinez),后来的阿尔梅纳拉侯爵和西班牙驻君士坦丁堡大使。贡斯当·怀里(Constant Wairy)在回忆录中说:"她算不上优雅迷人,脾气非常坏,很是高高在上、盛气凌人。"她丈夫去世后,拿破仑从大元帅的岁入中拨出5000法郎给她当每年的抚恤金。但在圣赫勒拿岛上时,他对这个女人似乎不抱好感。杜洛克夫人和女儿一道回到蓬阿穆松,住进了附近的克莱梅里城堡。1831年,她改嫁给了法布维尔(Fabvier)将军,并于1871年去世。

杜洛克(奥坦斯-欧仁妮,Hortense-Eugénie Duroc,1812—1829)

杜洛克的女儿,曾深得拿破仑的关心。1813年6月5日,拿破仑颁布了一道法令:"弗留利公爵封地将转至其女儿奥坦斯-欧仁妮-尼爱菲丝·杜洛克名下,她今后的丈夫也将承袭弗留利公爵的名号……她结婚或成年后,将获得从公爵领地上得来的10万法郎年金,并且每年可拿到5%的债券收入。"拿破仑还在遗嘱中表示,希望让杜洛克的女儿嫁给贝西埃尔的儿子,然而这场婚姻未能发生。

杜马斯(亚历山大·达维·德·拉帕耶特里,Alexandre Davy de La Pailleterie Dumas,1762—1806)

拉帕耶特里侯爵和一个黑人的儿子。他生在圣多明哥,后来到法国,于1786年加入了王后军团,当了龙骑兵,因体格魁梧、力大无穷而在军中甚有威名。法国大革命时期,他成为美洲及南部自由军团中校,于1793年被提拔为将军。1794年,他当了六个月的阿尔卑斯军总指挥官,之后又担任了许多副职，但干的时间都不长。1797年3月23日，杜马斯孤身一人在布里克森桥上和奥地利一支骑兵中队激战了好几分钟，给了己方部队充足的登桥时间，因此一下子威名远扬，还有了"蒂罗尔的贺雷修斯·柯勒斯"的绰号。后来他追随波拿巴来到埃及，指挥骑兵部队。在镇压开罗叛乱时，杜马斯表现得铁面无情。1799年1月，杜马斯因为健康问题而被允许离开东方军。回到法国后，他在1802年享受到了军队改革后的待遇。《三个火枪手》的作者以杜马斯为原型创作了小说主人公。

杜麦龙（路易，Louis Dumairon，1745—1807）

最小兄弟会的一个修士，也是波拿巴在布里埃纳军校时的一个老师。拿破仑当上第一执政官后，想请他来担任自己刚刚创立的科研总督察员一职。夏普塔尔在《忆拿破仑》一书中说："这个杜麦龙先生的名字曾出现在几本经典学术著作里，可他在大革命的风浪中消失得无影无踪，我都不知道去哪里找这么一号人……经过八个月徒劳无果的找寻后，第一执政官准备巡视诺曼底，我一路作陪，在迪耶普暂时落脚。当地一个寄宿学校的校长向我介绍他的一些学生，一番客气的恭维后，我请教了他的大名。他告诉我，他叫杜麦龙。我又问了好几个问题，确认眼前这个人就是如假包换的那个人。我把第一执政官的想法转告给他，并把他带到波拿巴那里，以感谢当初他对波拿巴的赏识。第一执政官热情地接待了他，跟他谈了许多在布里埃纳的事，请他离开现在的学校、前往巴黎施展才能。杜麦龙提醒我，他现在一穷二白，还在迪耶普欠了些债，于是我向他提前支付了8000法郎的薪水，帮他摆脱困境。"杜麦龙最后是何下场，人们一无所知。

杜梅比翁（皮埃尔·雅达尔，Pierre Jadart Dumerbion，1737—1794）

一个军官的儿子，15岁时进入军队。法国大革命初期，他是上尉军衔，1792年被提拔为上校，一年后当上将军。1794年1月，杜梅比翁奉命负责指挥意大利军，和波拿巴、马塞纳一起治军。有人称，当时小罗伯斯庇尔本想把未来的法国皇帝带到巴黎，因为杜梅比翁的建议，波拿巴才能继续留在军中。杜梅比翁由于痛风而不得不经常卧病在床，于1794年11月被迫放弃军权。

杜梅克（让-皮埃尔，Jean-Pierre Doumerc，1767—1847）

16岁时加入一个龙骑兵团，在里面当志愿兵。法国大革命爆发前，他请假回家。1791年，杜梅克在一个骑兵追击队里当少尉；1800年，他成了一个骑兵团的上校；1806年，他被升为将军，担任一个骑兵旅的旅长；1811年，他担任一个骑兵师的师长。后来，路易十八把杜梅克任命为骑兵总督察长。拿破仑回到巴黎后，他投奔其麾下，所以1815年9月不得不辞职隐退。1830年，路易-菲利普把他召回军中。两年后，杜梅克主动辞去了一切职务。

杜穆里埃（夏尔-弗朗索瓦·杜佩里尔，Charles-François Duperrier, dit Dumouriez，1739—1823）

一个无耻的投机分子，被旧制度洗白了身份。1792年，他声望卓著，但第二年就立刻从高处重重跌下，成为众人鄙夷的对象。此人似乎很喜欢背叛收买他的人。他的父亲是陆军审判所的一个成员，据说还是诗人和剧作家。小时候，杜穆里埃就跟随父亲踏遍法国各地。19岁时，他当上了骑兵，两年后成为上尉，1763年被迫离开军队，但个中原因不明。由于在法国找不到活计，他就投靠了领导科西嘉岛和热那亚造反的保利；后来抛弃保利，转而投靠了热那亚；再后来由于不满热那亚开出的条件，他又回到法国。他在巴黎时流连赌场，结识了杜巴丽夫人的小叔子，并通过此人的关系为舒瓦瑟尔干成了一件"秘密"任务，从后者手上拿到了一笔1.8万里弗的"赏金"。有人说，这个秘密任务就是在马德里宫廷和里斯本宫廷中从事间谍工作。之后他被派到波兰煽动暴乱，并动用金钱去支持波兰独立党。有人称，这笔钱中的很大一部分其实并没被用在该用的地方，而是落到了杜穆里埃的手里。回到法国后，杜穆里埃又接到一个新任务：这一次，他得去瑞典。之后，杜穆里埃在监狱里待了一段时间，直到路易十六登基后才得以出狱。由于他先前迎娶了自己一个在宫廷很受欢迎的表妹，在妻子的安排下，杜穆里埃被成功任命为特使，负责出访拉芒什海峡的一个港口。他一眼挑中了瑟堡，并负责起了那里的工程修建领导工作。从那时起，他开始接触大革命思想。在接下来的四年时间里，杜穆里埃费尽心机，最后终于当上部长（他一开始是外交部部长，之后又是陆军部长），还成了共和国军队总司令。他通过和布伦瑞克公爵展开谈判，成功让普鲁士在瓦尔密战役后撤军。后来杜穆里埃叛国，并先后投靠过德意志和俄国，最后还是皮特收留了他。从那时起，杜穆里埃就成为英国政府的技术顾问，为英国的一切反法军事行动提供支持。波拿巴登基称帝后，杜穆里埃辗转回到大陆，为了和"篡位者"作斗争而出现在各个地方，然而奥斯特里茨战役粉碎了他的所有计划。拿破仑取得的一系列胜利和《蒂尔西特条约》的签署逼得他不得不回到英国。1808年，杜穆里埃被英国政府派到西班牙，为西班牙的游击队提供军事帮助。他的作战计划被翻译成西班牙文，计划名叫"游击队的伙伴（Partidas de guerillas）"。这份计划书在国民解放军中得到广泛传播，这支军队在和法军的斗争中能取得胜利，它可谓功不可没。在1812年到1814年这决定时局走向的关键几年中，尽管杜穆里埃年事已高，他依然积极地活跃在反法第一线，撰写和分发了许多小册子、宣传书、作战方案。我们几乎可以这么说：他是在竭尽全力协助英国取得胜利，加速拿破仑的倒台。路易十八登上王位后，杜穆里埃仍愿留在英国，英国政府也因他做出的贡献而对他格外厚待。拿破仑认为杜穆里埃"很有头脑和智慧"（语出1816年12月16日的《古尔戈日记》）。

参考资料：亚瑟·舒盖的《杜穆里埃》（Arthur Chuquet, *Dumouriez*），奥兰·罗西和布罗德利的《杜穆里埃和英国抵抗拿破仑之举》（Holland Rose, Broadley, *Dumouriez and the defence of England against Napoleon*）。

杜帕斯（皮埃尔-路易，Pierre-Louis Dupas，1761—1823）

一个萨瓦人，旧制度时期在夏多维耶瑞士军团中为法国效力。他参加了攻占巴士底狱的行动，并在1792年当上一个宪兵团的中校。在土伦战役中，他成为卡尔多的副官。之后，波拿巴把他招进了意大利军。杜帕斯曾追随波拿巴征战埃及，并于1801年9月回到法国。第一执政官任命他为马穆鲁克军上校，封他为将军。帝国时期，杜帕斯主要以师长身份在德意志作战。1813年9月，由于"身有残疾"，他被允许回到法国。

杜蓬（皮埃尔，Pierre Dupont，1765—1840）

炮兵部队的一个军官，曾效力于荷兰。1791年，他转而效力法国，并在1793年被提拔为将军。由于受到卡诺的保护，杜蓬于1797年被召担任战时供给站站长。后来，他积极地参与了雾月政变，于是被波拿巴任命为预备军总参谋长。自此到1808年，杜蓬肩负重责，指挥过多场战役，立下赫赫战功，然而被派到西班牙后，他不得不在拜伦投降。拿破仑指控他犯下叛国重罪，把他移交到一个军事审判所。审判所解除了杜蓬的所有军衔和职务，把他从荣誉军团中除名，禁止他再入军队，把皇帝赏赐给他的所有财产通通查封，将他打入监狱。帝国覆灭后，杜蓬重获自由，很快就迎来了事业的第二春：路易十八将他任命为陆军部长，然而他在任期间很不得人心。他以肃清军队里的波拿巴党人为借口，解除了许多人的职位，选拔人选时全凭个人喜好，且非常大方地把荣誉军团勋章颁给许多没有任何头衔的人，行事反复无常，引发众怒。路易十八最后不得不解除了他陆军部长一职，把他派到第二十二师当师长。拿破仑登陆戛纳后，路易十八把卢瓦尔省的军队交给他去指挥，但他从奥尔良逃跑了。波旁王朝二次复辟后，杜蓬被任命为国务大臣和国王私人议政顾问。他的家乡夏朗德把他选为本省代表议员，于是杜蓬进入议院，在那里一直待到1830年革命爆发。

附注：杜蓬还有一个哥哥，而且也是将军，名叫皮埃尔-安托万·杜蓬-肖蒙（Pierre-Antoine Dupont-Chaumont），但《拿破仑圣赫勒拿岛回忆录》中提到的杜蓬并非此人。

参考资料：马克·勒普鲁的《一个伟大的夏朗德人——杜蓬将军》（Marc Leproux, *Un grand Charentais, le général Dupont*）。

杜桑-卢维杜尔（弗朗索瓦·多米尼哥，François Dominique Toussaint-Louverture，1743—1803）

母亲是圣多明哥的一个奴隶。1795年7月22日的《巴塞尔和约》让法国获得了西班牙在圣多明哥的部分殖民地，而杜桑-卢维杜尔就出生于这个殖民地的一块属于诺艾伯爵的领地。杜桑-卢维杜尔刚到干活的年纪，就被派去看管牲畜。之后，他当过马车夫，看管过种植庄园，一直干到了法国大革命爆发之际。1791年，圣多明哥奴隶爆发起义，由于把法国殖民地和他尚不知其自由改革理念的新法国视为一体，杜桑-卢维杜尔极度仇视法国，加入了西班牙人的军队，并招募了一支黑人部队为西班牙作战。1794年5月，公会宣布黑人在政治上是平等的，杜桑-卢维杜尔便转而效力法国，帮助拉沃将军赶走西班牙人和英国人。共和国政府为了表彰他的贡献，封他为将军。杜桑-卢维杜尔被督政府任命为该岛驻军总司令。他积极致力于岛上治安与和平的重建工作，广受人民的拥护爱戴，展现了极佳的行政管理才能。1801年5月9日，杜桑-卢维杜尔组建了一个中央议会，投票通过一部宪法，被选为终身总督。他还试图和白人修好关系，然而岛上的白人油盐不进，丝毫不接受他的好意，还利用约瑟芬说服拿破仑重新控制圣多明哥（此事对约瑟芬也有利害关系）。波拿巴宣布准备满足岛上白人的请求，向圣多明哥派了一支远征军，指挥官是他的妹夫勒克莱尔。杜桑-卢维杜尔当时毫无准备，只好把沿海地区让给法国人，退守内陆，准备发动农民战争。他组织的农民军给远征军造成了很大的麻烦。由于不能用武力打败他，勒克莱尔就设计抓住了杜桑-卢维杜尔，将其押往法国。登船时，杜桑-卢维杜尔对布吕内将军说："你们抓住了我，打败圣多明哥，但你们只砍掉了黑人的自由之树，它会从根部重新发芽的，因为它的无数树根已深深扎进大地。"他在法国郎代诺下船。人们将其押到巴黎，关在圣殿监狱里。波拿巴多次把副官卡法雷利派过去，想知道杜桑-卢维杜尔把圣多明哥国库里的钱放哪儿了，但后者只说了一句话："我已经失去了其他一切东西，唯独没失去国库。"第一执政官恼羞成怒，令人将他转移到茹城监狱中秘密关押。在监狱里受了十个月的苦后，杜桑-卢维杜尔死在了那里。此事引发了许多令人嗟叹的后果：种植庄园主得知其死讯后，更加坚定了恢复奴隶制的决心。黑人奋起反抗，斗争变得越来越血腥。1803年11月30日，法国远征军残部撤退，回到欧洲。次年1月1日，圣多明哥在戈纳伊夫召开国民会议，正式宣布独立，并恢复了自己从前的名字：海地。

杜莎泰尔（玛丽-安托瓦内特，Marie-Antoinette Duchatel，1782—1860）

出嫁前姓帕潘（Papin），嫁给了一个比她年长30岁的高级政府官员，并成为皇后的侍女。缪拉把她送给了拿破仑，但为了避免引起约瑟芬的怀疑，她表面装作是缪拉的情妇。她和拿破仑在缪拉在维利耶的别墅中幽会时，拿破仑总是胆战心惊，有一次他还以为被人发现了，吓得一头撞在墙上，差点儿受伤。最后约瑟芬终于知道了两人的私情，对这件事做了了断。杜莎泰尔夫人性格温顺，很少提什么要求。拿破仑曾把自己一幅镶满钻石的小画送给她，她留下画像，把钻石还了回去。滑铁卢战役后，她来到马尔梅松和皇帝永别。

杜泰伊（让-皮埃尔，Jean-Pierre du Teil，1722—1794）

出身于多菲内省的一个贵族家庭，9岁就进了军队。1779年，正担任拉费尔炮兵部队上校的他被任命为欧索讷炮兵学院的指挥官。1791年，杜泰伊当上炮兵部队总督察长。作为众所周知的保皇党，杜泰伊把他的四个儿子都送到国外，在亲王军中效力。然而，他自己仍继续待在共和国军队里。1793年10月，杜泰伊在格勒诺布尔以"联盟派嫌疑人"的罪名被捕。由于儿子都在国外，他的罪名更是重了一等（其中一个儿子秘密回到法国，参与了里昂叛乱）。杜泰伊被移送到里昂，并被军事审判所判处死刑。

参考资料：杜泰伊的《拿破仑·波拿巴和杜泰伊将军》（Du Teil, *Napoléon Bonaparte et le général Du Teil*）。

杜谢努瓦（凯瑟琳·拉芬，Catherine Rafin Duchesnois，1777—1835）

一个马贩子的女儿，父亲在瓦朗谢纳到蒙斯之间的大道上开了一家小旅店。她来巴黎投奔姐姐，以缝纫为生，之后开始了自己的舞台事业。一开始，她受蒙特松夫人的保护。1802年8月3日，杜谢努瓦登台参演了拉辛的《菲德尔》。今天，热弗洛伊（Geoffroy）评价道："她那张脸需要被激情点燃,她不美,但在舞台上倒也能看。"杜谢努瓦虽然外貌丑陋,却是一个天生的悲剧演员,成为漂亮的乔治小姐的有力竞争者。当时,乔治小姐的保护人是第一执政官,杜谢努瓦的保护人则是约瑟芬。1808年4月30日,乔治小姐和一个舞蹈演员私奔到俄国,杜谢努瓦终于出人头地。1832年,她告别了舞台。

多尔戈鲁基王妃(princesse Dolgorouki,1769—1849)

在叶卡捷琳娜二世统治时期,她是宫中最美丽的女子。保罗一世登基后把她送到难挨的圣彼得堡去了,后来她去了巴黎定居。

多麦隆(Domairon)

请看词条"杜麦龙(路易)"。

多梅尼尔(皮埃尔,Pierre Daumesnil,1777—1832)

17岁时加入东比利牛斯军志愿军,1795年进入意大利军,1797年又被编入拿破仑麾下的开路军。之后,他追随上司来到埃及,两次救下他的性命,并陪他回到法国。但直到1800年,多梅尼尔才被升为少尉,又等了五年才当上骑兵队中尉。后来他在埃克缪尔受伤,又在瓦格拉姆战役中失去左腿。1812年,多梅尼尔当上将军,负责统率樊尚要塞的军队,并拒绝向布吕歇尔投降。路易十八回来后,直接让他退休。七月革命后,多梅尼尔才再次出任樊尚要塞的统领,两年后死于霍乱。

多明戈(约瑟夫,人称"赫拉克勒斯",Joseph Domingue)

一个黑人,旧制度时期在一个步兵团里当兵,直到1795年才当上中士。然而第二年,他就被提拔为意大利军总司令护卫队里的少尉。过了一年,他又当上上尉。他在阿尔科会战中表现优异,因此获得荣誉军刀。雾月十八日之后,多明戈加入执政府护卫军,头衔是骑兵队中尉。1805年,多明戈退伍。

多佩（弗朗索瓦-阿梅代，François-Amédée Doppet，1753—1800）

格勒诺布尔的一个医生，在大革命初期展现出极大的革命热情，表现很引人注目。后来他加入格勒诺布尔的宪法之友社团，在里面非常踊跃，经常摇唇鼓舌、夸夸其谈。来到巴黎后，多佩成功加入一支名叫"阿罗布罗日军团"的志愿军，并成为该军指挥官，军衔为中校。他率领这支军队攻打过南部地区的王党分子，天天东窜西跑地忙活着，最后终于成功挤掉了克勒曼，当上将军，并负责起了里昂驻地的领导工作。这个从前的医生在军务方面却是个糊涂鬼，人们最多能夸他一句办事勤快。即便如此，公安委员会依然对他的表现很满意，还让他代替卡尔多指挥土伦战役的作战军队。可五天后，多佩就因为"言行粗鲁"而不得不离职。作为一个很引人注意的罗伯斯庇尔党人，多佩在热月九日后差点儿被投入监狱，然而他辞去职位，借此避过了牢狱之灾。之后，百病缠身的他回到家乡疗养身体，在雾月政变后没多久离开人世。

F

法布勒·戴格朗蒂纳（菲利普-弗朗索瓦-纳泽尔，Philippe-François-Nazaire Fabre d'Églantine，1750—1794）

卡尔卡松一个布商的儿子，后来成了一个流动卖艺的喜剧演员。法布勒一边扮演着别人戏剧里的人物，一边自己构思剧本，他的一些作品还在外省得到了公开演出的机会。1787年，法布勒想在首都闯出名堂来。一开始，他遭遇挫败，但1790年，法布勒带着他的《莫里哀的费兰特》（*Philinte de Molière*）卷土重来。当时法国大革命已经爆发，法布勒也响应号召，加入了大革命运动，并站在了丹东这边。丹东文笔拙劣，觉得可以让法布勒暂时顶替当时已是大人物的卡米尔·德穆兰，替自己写东西。掌权后，丹东把法布勒也提拔了上来，法布勒借机赚得盆满钵盈。后来，罗伯斯庇尔向革命法庭揭发他是丹东同党。在众多罪名中，法布勒在东印度公司里的欺诈行为根本就不足挂齿。

法尔格伯爵（comte de Fargues）

百日王朝时期的里昂市长。

法弗拉侯爵（托马斯·马伊·德，Thomas Mahy de Favras，1744—1791）

出生于布卢瓦尔附近一个叫法弗拉的小镇。蒂埃博将军在他的回忆录中说："他当上侯爵的途径跟里瓦罗尔（Rivarol）当上伯爵的途径如出一辙。当时，许多从前根本没有任何头衔的人摇身一变成了贵族，这没什么稀奇的。"后来普罗旺斯伯爵组建军队，他加入了伯爵的护卫队，两年后离开，过着居无定所、四处流浪的日子。法国大革命爆发后，他立刻现身凡尔赛。当时他回到法国，其实冒着很大的风险。为了赚取财产，法弗拉想出了许多看上去很不着调的点子。当然了，没有谁看重他。然而，普罗旺斯伯爵把"劫走"路易十六的方案交给他去实施。此事若能成功，巴黎必定大乱，到时普罗旺斯伯爵就能当摄政王了，然而计划失败了。法弗拉在接受审判时从普罗旺斯伯爵那里听到风声，以为他能帮助自己全身而退，所以没有把普罗旺斯伯爵供出来，最后被绞死。（读者可以在编者的《普罗旺斯伯爵》一书中发现此事的更多细节）

法兰克尼（安托万，Antoine Franconi，1738—1836）

意大利的一个侍从武官，20岁时来到法国。他和英国侍从武官阿斯特里（Astley）来往密切，两人在圣殿街郊区建了一座马场。从1791年开始，法兰克尼成了这座马场的唯一所有者。1801年，法兰克尼和孩子一道搬到如今的和平街上的新公寓里。从那时开始，他的马术表演得到众人追捧，法兰克尼立马走红。1808年，他的两个儿子在圣奥诺雷街和蒙塔博尔街的交叉处开了个流动马戏音乐团，取名为"法兰克尼兄弟的奥林匹克马术团"，在巴黎大获成功。

费艾维（约瑟夫，Joseph Fiévée，1767—1839）

原是一个印刷厂的工人，在大革命时期成为一名记者。由于没有明确的政治信仰，他看上去偏向于反革命派，但实际上，谁给他的价高，他就在思想上亲近谁。波拿巴当上第一执政官后，让他监督舆论思想动向。由于对费艾维的工作很满意，波拿巴就让他出任《论报》的主编。然而在这个新岗位上，费艾维没能达到拿破仑的要求，很快就被解雇了。后来，费艾维对波旁家族大唱赞歌，然而他在复辟期间再也没得到重用。

菲奥雷拉（帕斯卡-安托万，Pascal-Antoine Fiorella，1752—1818）

阿雅克肖人，法国大革命爆发前是科西嘉岛追击队上尉。1792年至1793年，他在阿尔卑斯军中效力，后来去了意大利军。1794年，菲奥雷拉被封为将军，并代替生病的塞律里埃指挥他那个师作战。几天后，他成为该师的正式师长。意大利成立共和国后，菲奥雷拉驻守在意大利，共和国被改建为王国后他依然在那里。后来，路易十八承认了他法国将军的身份。

费茨-赫尔伯（玛利亚，Maria Fitz-Herbert，1756—1837）

嫁给威尔士亲王的一个庶民。

斐迪南（托斯卡纳大公，Ferdinand，1769—1824）

利奥波德二世的儿子，奥地利皇帝弗朗茨二世的弟弟，玛丽-路易丝的叔叔。1791年，他的父亲继承奥地利皇位，他就成了托斯卡纳大公。在意大利众亲王中，他是第一个承认法兰西共和国的人（1793年2月）。尽管如此，波拿巴还是攻占了他的属国，把它变作"伊特鲁里亚王国"，不过该国在历史上存在的时间很短。大公失去封地，只好回到维也纳。1805年，他成为符腾堡亲王及选帝侯。第二年，他得到拿破仑的承认，加入了莱茵河同盟，于是其头衔改成了符腾堡大公。拿破仑退位后，他又拿回了自己的托斯卡纳封国。

斐迪南四世，那不勒斯及西西里王（Ferdinand Ⅳ，1751—1825）

那不勒斯王查理，也就是后来的西班牙国王查理三世的第三个儿子。1759年，他继承了父亲的王位。由于当时他太过年幼，无法亲政，于是就由几个大臣摄政。1768年，他在别人的安排下迎娶了玛丽娅-特蕾莎的一个女儿，即玛丽-安托瓦内特的姐姐玛丽亚-卡罗莱纳。这两姐妹在许多地方都很像。玛丽亚-卡罗莱纳性格专断跋扈，斐迪南完全成了妻子的玩偶，最后甚至把那不勒斯的统治权拱手让给了她的宠臣——英国政府官员、爱尔兰人阿克顿。后来，由于法军在德意志和意大利取得了无数胜利，斐迪南被迫和第一执政官议和，从此那不勒斯接受法国的控制。奥斯特里茨战役之后，拿破仑让马塞纳指挥一支军队朝那不勒斯挺进。斐迪南逃至西西里，约瑟夫·波拿巴在他的王位上坐了一段时间。在英国海军的保护下，西西里岛逃脱了拿破仑的控制。1815年6月17日，斐迪南回到那不勒斯。1817年，西西里和那不勒斯并为一国，斐迪南成了西西里国王斐迪南一世。

斐迪南七世，西班牙国王（Ferdinand Ⅶ，1784—1833）

西班牙国王查理四世的儿子，老师是埃斯科基茨。由于埃斯科基茨不喜欢戈多伊，斐迪南七世在他的影响下也对戈多伊极度不喜，决定对付这个权势熏天的宠臣。戈多伊亲英，斐迪南就亲法，并找到了拿破仑。皇帝当时已经生出了占领西班牙的想法，于是迅速抓住了这个可在西班牙王室内部制造分裂及不和的大好机会，语焉不详地表示自己会支持斐迪南实现他的野心计划。查理四世得知了斐迪南的阴谋，派人将其逮捕，并向拿破仑抱怨自己这个儿子"品行卑劣"，制造了"一个恐怖阴谋"企图把他赶下王位。老国王还说:"他如此大逆不道,就当遭到惩罚,以向世人做出警示。我想迫不及待地把此事告知陛下,并请您提点一二,让我聆听您有何高见。"斐迪南被移交法庭,但被判无罪。拿破仑认为,现在是时候把手伸向伊比利亚半岛了。法军占领西班牙后,他自然会让查理四世这个眼中钉退位。在一大群追随者的狂热支持下,斐迪南于万众欢庆之中现身马德里。他开始寻求拿破仑的支持,而皇帝也有自己的政治打算。查理四世退位了?很好!然而他根本就不想让斐迪南坐上王位,计划在西班牙建立自己的王朝。缪拉不久前已带领一支军队进入马德里,对老国王各种威逼利诱,告诉他:退位一事已经容不得他考虑,如果不退位,就休怪法军采取强制手段了。大概是因为背后有主子的撑腰吧,缪拉轻而易举就说服了老国王。在他的授意下,查理四世向拿破仑写了一封宣誓书,在里面表达了恳请他亲自裁决纠纷的心愿。于是,这对父子被邀请去了巴约讷,当着皇帝的面分别阐述各自的行事缘由,后者直接宣布波旁家族终止对西班牙的统治权,以解决两边的争执。斐迪南表示抗议,可是完全没用。在旁人的点拨下,他终于明白,现在他只有两个选择:要么让位,要么死亡。1808年5月6日,斐迪南发表声明,表示放弃西班牙王位。他和弟弟卡洛斯、叔叔安东尼一道从巴约讷来到瓦朗赛城堡,在里面度过了整整六年,其间不能踏出城堡大门一步。拿破仑在莫斯科和莱比锡遭遇惨败后,约瑟夫·波拿巴不得不第三次,也就是最后一次离开马德里。拿破仑打算把西班牙王位还给斐迪南,以避免英国控制住西班牙。1813年12月11日,两国签署了一道协议。瓦朗赛的囚徒发誓会让英军撤离半岛,每年支付父亲900万年金,并保证让所有曾效忠于约瑟夫的西班牙官员继续留任。但之后发生的一系列事件把帝国推向了覆灭之路,斐迪南回国的计划也被耽搁了。1814

年5月4日,他抵达瓦朗斯后,立刻发布了一道法令:"作为背信弃义、狼子野心的波拿巴的牺牲品,我蒙受了文明民族有史以来从未有过的遭遇,被这个残暴的刽子手剥夺了自由,当了整整五年的阶下囚;西班牙议会召开会议,以闻所未闻的手段盗取了我的权力,趁我被囚而攫取种种好处,把我的民族禁锢在最专制的法律枷锁中,还根据法国大革命的民主信条颁布了一部煽动人心的无政府主义的宪法,用它去奴役人民。这部宪法名义上说要摒弃一切和国王有关的东西,实际上不过是把长期以来以名字中有'王室'二字为荣的军队及机构冠以'国民'二字罢了,鉴于西班牙人民对它憎恶至深,我现在宣布:从前、现在和今后,这部宪法,以及所有那些新成立的政治机构,都没有任何法律效应。谁若胆敢在言语或文字上对上述针对宪法及组织发表的评论和制裁手段表示不满,皆以大不敬罪论处,并被判以死刑。"回到马德里后,斐迪南恢复了宗教裁判所,1万名亲法分子被没收家产,流放国外。西班牙经历混乱和内战后,又陷入一段黑暗反动统治。这段黑暗统治持续了30多年。

斐迪南-奥古斯特·德·普鲁士(Ferdinand-Auguste de Prusse)

腓特烈大帝的第四个儿子。

斐迪南·德·埃斯泰(奥地利大公,Ferdinand d'Este,1781—1850)

约瑟夫二世、利奥波德二世的兄弟斐迪南-查理大公和玛丽亚·比阿特丽斯·冯·埃斯特的二儿子。1805年,他率领奥地利第三军,和法国对战,但军队实际上掌握在马克(Mack)将军的手中。尽管如此,1805年10月9日,该军在埃尔欣根依然被法军打败。然而,这只是这个可怜亲王的漫长战败之路的开端罢了。拿破仑战争结束后,他担任了一些荣誉职位,1830年成为加利西亚总督,1848年当地发生暴乱,他旋即隐退到了意大利。

斐迪南·德·奥地利（斐迪南大公，Ferdinand d'Autriche，1793—1875）

奥地利皇帝弗朗茨一世的儿子，有过一段悲惨的童年。随着年岁增长，他的身体状况越来越不乐观，然而他的身体有多羸弱，他的思想就有多强大。1835年，斐迪南大公继承了父亲的王位，但由于1848年10月维也纳爆发骚乱而不得不退位。

费恩（阿加顿-让-弗朗索瓦，Agathon-Jean-François Fain，1778—1837）

王家建筑承包商的儿子，17岁就进了国民公会军事审判所。热月九日后，人们从这个审判所抽出部分人员成立了一个办事处，费恩就成了这个办事处的秘书，另外还负责指挥巴黎国民自卫军和主营设在巴黎的第一师的军队。葡月十三日那天，年轻的费恩就在自己的岗位上。波拿巴在那天传达总指挥官的命令时，传达对象正是费恩。没过多久，巴拉斯就把他调进督政府办公部。费恩在里面负责处理一些机密文件，因此了解了许多内情。雾月政变后，督政府总秘书处变成了国务秘书处，办公部设在杜伊勒里宫。马雷让他去管理档案室。1806年，费恩一边负责档案室工作，一边兼职当皇帝工作室的档案员及秘书。他为人谨慎、做事认真、工作努力，深得拿破仑的信任，和后者关系非常亲密，然而他依然甘心待在这个不起眼的岗位上。卡斯泰朗（Castellane）侯爵在他的日记第三卷第77页中是这么评价费恩的："此人很有学识，仪容举止无懈可击。他想努力掩饰自己深得拿破仑信任的事实，却越来越受后者待见。"1814年拿破仑退位后，费恩隐居乡下，开始编写他所亲历的那段历史的回忆录。1815年3月20日晚，他又以皇帝办公室第一秘书的身份再次走进杜伊勒里宫。之后，他还陪同拿破仑前往滑铁卢。皇帝二次退位后，他被任命为国务秘书部长，在临时政府工作。路易十八回来后，费恩再次退隐田园，重拾笔杆。后来，路易-菲利普找到费恩，请他出任办公室第一秘书。与此同时，他还被蒙塔日选进了议院。费恩留下的许多文字是我们研究帝国倾塌史的重要文献来源。保皇党人米肖对其作品做出如下评判："我们不能否认，他的作品中充满了对拿破仑的敬仰之情。然而，他的文笔和思想在总体上是相当谨慎的。虽然作者没有把自己知道的、看到的全说出来，但我们至少可以猜到他想说什么。读者如果有心，自然能猜到文字背后的意思。"（请看《古今名人全传》中的词条"费恩"）1908年，费恩的曾孙出版了他的回忆录，此书对我们研究拿破仑很有价值。

费尔蒙（Fermont）

请看词条"德费尔蒙"。

菲尔逊伯爵（阿克塞尔·德，Axel de Fersen，1755—1810）

其父亲来自苏格兰的一个古老家族，在法国军队中当过上校，后在1750年定居瑞典。年轻的菲尔逊19岁时被送到巴黎完成学业。作为瑞典驻巴黎大使的私交，他参加了王太子妃举办的一场舞会，并被介绍给了玛丽-安托瓦内特。后面的事我们也都知道了。瓦伦事件后，菲尔逊来到比利时，开始效力于反法联盟。他想尽办法去保全王后的性命，却在维也纳宫廷遇冷。1797年，年轻的瑞典国王古斯塔夫四世一时失策，让他担任特使代表，参加拉施塔特会议。督政府对此大为震动。菲尔逊向来以从事保皇党间谍活动而为人所知，这是毋庸置疑的事；谁都知道他和弗什-博莱尔、安特莱格等名声不佳的人素有往来；更重要的是，他还是玛丽-安托瓦内特的情人（当时，连路易十六的兄弟都知道他和王后是何关系）。塔列朗给法国全权代表写信说："瑞典选择此人，着实令人震惊和反感。"一时间，此事成了所有欧洲媒体疯狂报道的一大主题。菲尔逊比波拿巴提前十天到了拉施塔特。得知波拿巴到来后，他决定礼貌性地拜访一下这位法兰西共和国代表。波拿巴当着贝尔蒂埃和另外两个副官的面接待了他：很明显，他希望此次谈话有人旁观做证。共和六年霜月十日（1797年11月30日，而两人的谈话则发生在前天晚上九点到十点），拿破仑给塔列朗写了一封信。我们都知道他在信中写了什么。拿破仑的副官、当时就在现场的拉瓦莱特在回忆录中写道："他（菲尔逊）迫切地希望见到将军。他来到这里后，将军问他：'怎么，先生，您真以为自己能为瑞典做点儿有用的事？要知道，大家眼中的您，在情感上倾向于一个在法国已被法律废止的政府，且白白耗尽心血，想要将其重建。'菲尔逊先生含混不清地答了几句话，但我们没听清他说的是什么。当时也在场的贝尔蒂埃将军为了打圆场，就过来跟他谈起他们一起参加美国战争的事（菲尔逊先生曾是罗尚博的副官，而贝尔蒂埃则当过后者的参谋）。两人简短的回忆才稍稍打消了大使的尴尬情绪。"菲尔逊觉得这次谈话让自己颜面大伤，心中甚是恼火。第二天，他向巴登使者埃德施姆（Edelsheim）男爵抱怨起了这件事。当天埃德施姆男爵正好前来拜访波拿巴，请他就此做出解释，说菲尔逊早在1791年就不是法国国籍了，所以算不得流亡贵族。波拿巴的回答是，男爵并不清楚事情的全部，菲尔逊都跟王后睡过觉了（这是拿破仑的原话，埃德施姆把这话转达给了菲尔逊，菲尔逊将其记在他的日记里，但对此没做任何评价）。埃德施姆对此没做回答，只哈哈地笑了几声，说他还以为这些前尘往事已被人遗忘了。波拿巴把他跟菲尔逊说的那番话又重复说给埃德施姆听，告知对方：此人一直企图不利于法国共和国，法国不能和这种人展开谈判工作。在督政府的施压下，菲尔逊回到瑞典，从此更加积极地破坏瑞典和法国的关系。在十多年里，他向优柔寡断的古斯塔夫四世呈递了不少居心叵测的谏言。1810年，古斯塔夫四世遭到废黜（菲尔逊对此负有不可推卸的责任），老公爵苏德马尼（Sudermanie）即位。菲尔逊因毒杀王位继承人查理-奥古斯特王储遭到起诉。在王储的下葬仪式中，人群包围了菲尔逊乘坐的马车，把他拖出车来活活打死，还在他的尸体上跳舞。

参考资料：克林考斯特罗姆的《菲尔逊伯爵和法国宫廷》（Klinckowstrom, *Le Comte de Fersen et la cour de France*），阿尔玛·索德杰姆的《菲尔逊和玛丽-安托瓦内特的通信和私密日记》（Alma Söderhjelm, *Fersen et Marie-Antoinette: correspondence et journal intime*），埃米尔·达尔德于1938年2月1日发表在《两个世界》（*Revue des Deux-Mondes*）杂志上的《波拿巴和菲尔逊》（Emile Dard, *Bonaparte et Fersen*）。市面上虽然有许多和菲尔逊有关的浪漫故事，但它们没有任何历史参考价值。

费尔特雷公爵（duc de Feltre）

请看词条"克拉尔克"。

费尔泽少校（Fehrzen）

圣赫勒拿岛英军卫戍部队第53团的临时指挥官。拉斯卡斯在书中把他的头衔误写成了上校。

菲利波（安托万·勒皮卡尔·德，Antoinne Le Picard de Phélippeaux，1768—1799）

拿破仑在巴黎军校的一个同学，1789年成为上尉，1791年流亡国外，加入孔代军队。1795年，他偷偷潜回法国，意图煽动贝利造反、支持波旁家族。在果月十八日之前，他一直过着东躲西藏的生活。之后，他回到孔代亲王身边，但拒绝陪同他前往俄国。之后他回到巴黎，策划行动，成功帮助西德尼-史密斯从圣殿监狱中逃了出来。然后，菲利波转而效力英国。西德尼-史密斯让他当了上校，把他派到埃及。菲利波负责组织军队保护阿克城，不准该城投降，最后让拿破仑无功而返。包围战结束几天后，阿克城中发生瘟疫，菲利波死亡。

费纳迪（Fenardi）

1796年布雷西亚地区人民党的领导。

费施（弗朗茨，Franz Fesch，1711—1770）

来自巴塞尔一个不算富裕但也算衣食无忧的家庭，后来加入了一个瑞士军团，离开家乡，来到热那亚，再从热那亚来到科西嘉，当时科西嘉岛人摆脱热那亚奴役的意向已越来越强烈。在科西嘉岛期间，费施奔走在各座城市之间，执行军事任务。所以，他才有机会在阿雅克肖碰到了安吉拉-玛利亚·拉莫利诺夫人。这位夫人孀居多年，膝下有一个小女儿，也就是后来的皇太后。为了迎娶安吉拉-玛利亚·拉莫利诺，费施必须放弃新教，改信天主教。两人成婚后育有两个孩子：一个儿子（也就是下面的费施），一个女儿（幼年夭折）。费施辞去军职后一直住在科西嘉岛，并老死于此。

费施（约瑟夫，Joseph Fesch，1763—1839）

弗朗茨·费施的儿子，13岁时进入普罗旺斯的艾克斯神学院，之后进入教会。1786年，代理主教吕西安·波拿巴年事已高，再无力胜任职位，费施就顶替了他的位置。就这样，才24岁的费施成了阿雅克肖教会中数一数二的重要人物。大革命爆发后，费施在教会内部的正常升迁之路被打断，于是他向新体制宣誓效忠，接受了《教士民事基本法》。但费施是被动地卷入革命浪潮中的，并无能力对抗时代风暴的袭来，于是他放弃神职身份，通过为军队补给物资来谋得生计，不过这也不算一条坏出路。他的侄子当上意大利军总司令后，他借着侄子和军需处的关系发了一大笔横财。然而，费施有亏空军队物资的嫌疑，在"生意上"和特派员科洛里应外合、狼狈为奸。科洛是波拿巴参谋团中最卑鄙的一个人，他负责向沦陷区征收总司令摊派下来的赋税，在查封米兰城中所有当铺的抵押物资时，表现得格外财迷心窍。费施在米兰也没少捞油水。在这段时间，他的家产得到迅猛增长。1797年，他花1万里弗在阿雅克肖买下一处地产。两个月后，他又花了1.5万里弗购置了另一套房产。这番大肆购买后，他银行里依然还有75万里弗的存款。此外，他还建了一座高规格的画廊，这又是一桩非常赚钱的生意。部队军官从沦陷区的博物馆和私人收藏家手上抢来名画后，经常以极低的价格将画作卖出，费施借此得到了许多名家真迹。雾月政变后，他料到国内不久会再次推崇天主教信仰，于是摆出一副遵守教规的样子，去了米兰的一座修道院隐修，再次披上了教士的衣袍。在政教协议的筹备过程中，费施起到了重要的牵头作用。没过多久，他就当上了里昂大主教（1802），并在第二年当上红衣主教。波拿巴觉得自己这个叔叔会是一位优秀的驻教皇国大使，于是他毫不犹豫地召回了一年前才被任命为法国驻罗马全权代表大使的卡考特（Cacault），把新的代表大使派到梵蒂冈。庇护七世满心不安和疑虑地接待了费施。从一开始，两人就因为礼仪问题而生出龃龉。根据罗马教会等级制度的规定，全权代表大使不能兼任红衣主教。不过这个问题也好解决：费施可以只担任全权代表大使。第一执政官想让自己的叔叔风风光光地走进大使馆，于是授予他大大小小许多十字勋章。旧制度时期最有名望的一位神职人员，也就是曾是路易十六的布道教士、朗巴勒王妃的指导神父的吉隆（Guillon），被任命为"教会推事"；不久前发表了《基督教真谛》的夏多布里昂被任命为首席秘书。费施觉得自己是个聪明、很善钻营的外交官，他固执地不听取"技术顾问团"的意见（吉隆神父后来曾不带一丝仇恨情绪地说，他从来没被叫去磋商事务，每天无比闲暇，把罗马和周边地区都逛遍了），总算成功地甩掉了他那个讨人厌的秘书（当然，他为此也没少费心思），而且成功扭转了他过去那个"宪法宣誓效忠者"的身份给梵蒂冈社交圈留下的负面形象。费施最大的成功就是说服教皇来到法国给皇帝波拿巴加冕祝圣。他陪伴庇护七世来到巴黎。在登基仪式的前天晚上，费施根据教皇的明确要求，代表后者于晚上十一点钟来到约瑟芬的私人公寓，为她和拿破仑完成宗教结婚仪式。加冕典礼一结束，费施就当上了皇帝的宫廷大神父。这个职位听上去名头很大，其实只是个空架子，其职责不外乎是在重大场合主持神圣庆典，为皇帝皇后进行布施，向皇帝举荐新的大主教和主教人选。1806年，把德意志狠狠压榨了一顿后，拿破仑封费施为达尔贝格大主教、雷根斯堡选帝侯，把他培养成教皇助理和未来的教皇候选人。与此同时，费施还享有年金15万盾（约等于30万金法郎），可收取莱茵河地区的入市税，被尊称为"殿下"。由于拿破仑和圣座发生分歧，他这个红衣主教叔叔的处境就有些微妙了。费施料到了未来走向，想趁现在多捞点儿钱、尽量取得梵蒂冈的信任，于是当贝鲁瓦去世、拿破仑想让他继任巴黎大主教的时候，费施推掉了这份差事。于是，他被剥夺了宫廷大神父的职位（不过三年后他又官复原职），被勒令离开他在巴黎的奢侈府邸，马上回到自己的里昂教区。1814年，反法联军日渐逼近，费施隐居到一所修道院中，以保全性命。然而，他觉得那里也不安全，于是来到奥尔良，和莱蒂齐娅·波拿巴会合，两人一起去了罗马。教皇还记得前些年他对拿破仑的抵触态度，于是待他十分客气。费施听闻拿破仑离开厄尔巴岛的消息后，惊呼："我这个侄子已经疯了！"然而，他依然回到了自己的大主教府。百日王朝期间，皇帝把他召进贵族院。滑铁卢战役后，费施再次来到罗马，但在复辟时期依然坚持不肯辞去自己的大主教头衔。梅特涅在回忆录第一卷第312页评价此人时，说："这是一个装得无比虔诚的野心家。"

参考资料：安德烈·拉特雷耶的《红衣主教费施在罗马的大使生涯》（André Latreille, *L'ambassade du cardinal Fesch à Rome*）（这是一本非常优秀的著作，作者在叙述中力求客观公正，但对于研究费施的一生来说并不完整，因为本书只写到费施人生最辉煌的时候）。目前，除了神父利奥内（Lyonnet）写的那本关于费施的书（而且还写于一个世纪前），还没有任何关于费施的完整的专题研究，因为很少有人想去写一本令人受益匪浅的作品，毫无历史价值的书却到处都是。至于里科尔（Ricord）出版于1862年的那本小书，我们不提也罢。

腓特烈六世，丹麦国王（Frédéric Ⅵ，1768—1839）

父亲是有精神疾病的丹麦国王克里斯蒂安七世。1784年，腓特烈宣布成年，和当时已经完全发疯的父亲一起治理国家。在1808年腓特烈继承王位之前，虽然有些王室法令仍是以克里斯蒂安七世的名义发出的，但腓特烈已经完全掌控了政权。虽然英国政府督促他加入反法联盟，但他仍在1807年8月31日和拿破仑签订了共同防卫和进攻的盟国条约。丹麦因此一下子变得处境艰难，其首都遭到轰炸，驶向英国的丹麦舰队被迫返航。丹麦大部分商船要么被英军炸毁，要么被占领。一时之间，丹麦海上运输几乎全面中断，国家商业和工业遭遇重创。可腓特烈六世依然坚定地站在拿破仑这边，甚至在征俄之战后依然如此。1813年，丹麦军队联合法军，想把俄国人从汉堡赶走。根据1813年7月10日条约，丹麦皇帝向俄国、瑞典和普鲁士宣战。腓特烈坚守协约，在9月派出一支9000人的军队，然而他这么做只是螳臂当车罢了。当时，法军大部分人员已经撤到了莱茵河外。腓特烈在石勒苏益格和荷尔斯泰因与俄国、瑞典小小地交战了几次后，与两国议和。俄国和瑞典同意议和，但腓特烈必须将挪威割让给瑞典，同时要提供1.5万人，从海上去攻打他的联盟国。1815年，这支丹麦军队和反法联盟大军一道进入法国，被安置在法国北境地区。滑铁卢战役后，丹麦军回到祖国。从那时起，丹麦和它的国王才享受到了和平。在拿破仑的众多卫星国中，除了萨克森国王，腓特烈六世是最忠诚于拿破仑的一个君主。他对拿破仑无比爱戴，仰慕他的赫赫威名，觉得他是不可战胜的。腓特烈希望借助拿破仑的势力，让欧洲北国效仿莱茵河同盟，在拿破仑的神盾的保护下成立斯堪的纳维亚联盟，由自己去当联盟首领。由于他把自己的命运与拿破仑紧紧绑在了一起，所以再也无法及时脱身止损，尤其是当他不得不向贝纳多特俯首称臣的时候——哪怕此人从他手里抢走了瑞典王位。

腓特烈-奥古斯特三世，萨克森国王（Frédéric-Auguste Ⅲ, de Saxe, 1750—1827）

13岁就被封为选帝侯，1768年获得了选帝封地的统治权。在接下来的整整20年里，萨克森国泰民安，没有发生任何动荡（只有过一次战争，但时间很短，让人几乎闻不到硝烟的味道）。后来，法国大革命爆发，第一批法国流亡贵族跑到了德累斯顿，其中包括腓特烈-奥古斯特的堂弟阿图瓦伯爵。腓特烈·奥古斯特友好地接待了路易十六的这个弟弟，给他提供金钱资助，但没把他留在宫廷。1792年，腓特烈-奥古斯特拒绝向反法联盟派兵增援，理由是这场战争完全和萨克森王国无关。然而在1793年的时候，法国军队越过莱茵河，腓特烈-奥古斯特不得不采取军事行动。《巴塞尔和约》签署之后，腓特烈-奥古斯特为了表示自己的中立态度，只派遣了少量兵力驻守在萨克森王国的边境上。他的中立立场一直保持到了拿破仑宣布解散神圣罗马帝国、组建莱茵河同盟为止。腓特烈-奥古斯特当时和普鲁士国王联手，并向对方派去了2000士兵。耶拿会战后，萨克森对法国打开门户，腓特烈-奥古斯特准备离开王国。这时拿破仑派人传话，说他可以安心待在萨克森，自己并不是要向他宣战。两国在德累斯顿签订了一项公约。这项公约承认了萨克森的中立地位，但条件是法军必须驻扎在萨克森国境内，而且萨克森王国要掏出2500万的战争赔款，对占领国得有求必应。1806年12月11日，也就是《波兹南协议》签订的那一天，萨克森选帝侯的头衔改为国王，名号为腓特烈-奥古斯特一世，进入了莱茵河同盟。从第二年起，萨克森士兵被陆续不断地送进法国军队，不过总人数一直没有超过6000人。不过到了1809年，当奥地利再次对法宣战的时候，贝纳多特来到萨克森王国，征调了2万士兵，其中大部分人永远倒在了瓦格拉姆的战场上。然而，他们的国王此时格外春风得意。他应邀拜访巴黎，参加了帝国建国五周年的纪念活动。拿破仑对他格外尊重，给他展示了自己规划的大好蓝图，但条件是：腓特烈-奥古斯特得出力。萨克森军队必须在法国军官的指导下进行重组和训练，而且萨克森要在托尔高这个兵家必争之地建立一座碉堡。此外，萨克森必须加大每年的招兵数目，给沦陷区里越来越多的士兵提供更多的住所和物资。腓特烈-奥古斯特没有表示任何异议，全盘接受了（不过他还有其他选择吗？）。就这样，萨克森国库赤字，商业毁于一旦，全国经济陷入萧条。萨克森人民对法国的仇恨越来越深，他们的怒火一点一滴积攒起来，直到1813年烧成了燎原之势。尽管如此，萨克森国王对拿破仑依然忠心耿耿，而拿破仑对他也越来越信任（他离开斯莫格尼后，第一站就停在了德累斯顿）。萨克森成为两大集团的争夺之地，被反复沦陷、夺回，成了一片焦土。哪怕这个国家白白地流尽了鲜血、耗尽了最后一点儿物资，哪怕拿破仑的卫星国一个接一个地宣告脱离拿破仑，哪怕萨克森士兵拿起武器对准法军，腓特烈-奥古斯特依然对拿破仑忠心不移。他被迫离开首都，逃亡在一座又一座城市之间。到了莱比锡后，满心伤痛、疲惫不堪的萨克森国王见证了自己军队的大溃败。莱比锡失守后，拿破仑提议带他前往魏森费尔斯，到了那里再与战胜国谈判。这一次，腓特烈-奥古斯特拒绝了。几个小时后，他接待了贝纳多特。亚历山大一世通过贝纳多特向他传话，说他现在必须以战争犯的身份离开此地，前往一个指定之地。在哥萨克骑兵的看押下，腓特烈-奥古斯特启程前往柏林。帝国覆灭后，萨克森的命运被操纵在了反法联盟手中。腓特烈-奥古斯特被废黜，他的国家也被普鲁士吞并。他发表声明，控诉这场赤裸裸的掠夺；他的堂弟路易十八也出声表示支持。于是在维也纳会议中，各国只把腓特烈-奥古斯特2/5的国土割了出去，割让面积为373平方千米，人口84.5万人。腓特烈-奥古斯特表面上做了抗议，但最后只能接受现实，回到萨克森，继续统治他这个已满目疮痍的国家。

腓特烈–威廉二世，普鲁士国王（Frédéric-Guillaume Ⅱ，1744—1797）

腓特烈大帝的侄子，1786年继承王位。由于长期处在叔叔的严厉管束之下，所以一摆脱束缚，腓特烈-威廉就表现出对女人和金钱的贪恋。他生性软弱，任由自己的宠臣和情妇把国家弄得乌烟瘴气。就这样一个领导人，却在1792年提出各国联盟共同扶持路易十六重登王位。他宽宏大量地接受了布伦瑞克和杜穆里埃之间的交易，退回莱茵河以外，表面却装出一副继续抵抗的样子，以此从英国政府那里拿了整整两年的援助金。后来他退出反法联盟，签订了《巴塞尔和约》，将莱茵河左岸的地区割让给了法国。

腓特烈–威廉三世，普鲁士国王（Frédéric-Guillaume Ⅲ，1770—1840）

腓特烈-威廉二世的儿子，1797年即位后，立刻将父亲的情妇利希特瑙伯爵夫人（Lichtenau）逮捕入狱；一时之间，朝内文官武将对其无不唯命是从，各银行家都处在其严厉的监视之下。曾经莺歌燕舞的普鲁士宫廷一下子变得朴素峻厉起来。腓特烈-威廉三世一登基，就决定在法国与欧洲的冲突之间坚定地保持中立，和所有国家保持和平关系。其他君王都将法国大革命视为洪水猛兽，他却没有丝毫惧怕。登基后，他在递给督政府的国书中写道："我伟大而又亲爱的朋友们，我一直都在悉心培养和巩固我觉得我们两国人民之间应当建立的友好关系。"所以，当时柏林和巴黎的关系一度非常亲近。西哀士被任命为法兰西共和国驻柏林大使后，两国关系更是密切不少。腓特烈-威廉三世多次表达了自己对法国的良好意向，甚至对逃到自己国家的法国流亡贵族都无比严苛。雾月政变后，波拿巴非常重视两国的关系，想借着这层关系，尽量把普鲁士拉到法国的阵营。他派人向腓特烈-威廉三世透露了他构思的美好愿景，向对方信誓旦旦地保证自己是多么渴望看到欧洲和平；而创造和平的最好办法，就是在普鲁士的支持下，在德意志北方建立一个中立国家带；如此一来，孤立无援的奥地利就只能放弃穷兵黩武的军事政策，战争的阴云自然也就被刮走了。普鲁士国王就这样陷入波拿巴编织的网里，宣布准备协助他的奥地利"灭绝"计划。然而1803年，法普两国美好友谊的蓝天上飘来第一朵乌云。当初，拿破仑跟腓特烈-威廉三世说要对付的是奥地利，其实他心里实际打算对付的却是英国。他在布洛涅布局，对英国海岸线虎视眈眈，从荷兰朝汉诺威（这是英国的地盘）派去一支2.5万人的军队，该军在很短时间里就把汉诺威军队拿下了。法国控制了威悉河河口以及易北河的源头，目的是把英国海商锁死在这两个河口上。可是，此举给普鲁士的商业带来致命一击，其中被波及最惨的当数西里西亚的富商。该省的富人就让人在柏林制造混乱。由于王后露易丝一直把波拿巴视为法国大革命这个童年噩梦的象征，于是他们得到了王后的支持。亲法的首相豪格维茨（Haugwitz）被迫辞职（此时昂吉安公爵绑架事件也被人利用起来，好煽动民众对法国的仇恨；他们说，此举践踏了人权的最基本规则），亲英的汉诺威人哈登贝格开始掌权。1805年，驻守汉诺威的贝纳多特想指挥法军从普鲁士借道，好包抄奥地利军在乌尔姆的阵地。普鲁士政府拒绝后，贝纳多特强行穿过了普鲁士国土。柏林人厉声抗议，说这等违反中立国立场的行为是不能容忍的；普鲁士国王不是巴登大公，不会如后者那样乖乖地把昂吉安公爵交到杀人犯手中。亚历山大一世抓住这个机会向普鲁士示好，并突然拜访了波茨坦。在王后露易丝和哈登贝格的支持下，沙皇和腓特烈-威廉三世结为盟友。一个月后，奥斯特里茨战役爆发。普鲁士国王立即召回豪格维茨，派他去迎合战胜国。拿破仑出言挖苦说："是胜利改写了这番恭维里的说辞。"然后，他语气有了180度的大转弯，满口非难和指责，最后提出和普鲁士签署进攻及防御联盟协约，而普鲁士的代价就是割让汉诺威（当时人们都觉得汉诺威已不再属于英国了）。拿破仑以强硬的手段逼迫豪格维茨当即签署协约，腓特烈-威廉三世别无他法，只好批准。英国对此反应强烈，宣布对普鲁士开战，并在第一时间控制了海上的所有普鲁士商船。另外，已经顶替皮特当上首相的福克斯又在着手和拿破仑议和。于是，占领汉诺威就成了推进议和的最大阻碍。拿破仑派人给福克斯传话说，如果两国最后能够议和，他可以把汉诺威还给英国。腓特烈-威廉三世听到这个消息后，觉得自己被拿破仑戏耍了，全国上下闻讯也是一片愤然。以王后和年轻军官打头的主战派最后说服了犹豫不决的国王（他预感自己的国家会成为战争的牺牲品），普鲁士国王发表了全国进入战争状态的宣言。我们也都知道接下来发生了什么：耶拿变成一片焦土，魏玛被毁于一旦，8000普鲁士人被杀，1.5万人入狱，普鲁士遭到入侵、蹂躏和践踏。腓特烈-威廉三世离开柏林，来到哥尼斯堡，低声下气地请求议和。拿破仑的回答是：谈和是不可能的，只能休战。而且他开出了如下条件：将西里西亚的军事要塞和维斯瓦河的战线悉数交出，因为拿破仑想为接下来的行动打好基础。腓特烈-威廉三世拒绝了，转而向俄国沙皇求援，于是俄军进入普鲁士。然而，俄国的插手只让腓特烈-威廉三世更感痛苦和屈辱。弗里德兰战役后，俄军被迫议和。拿破仑要求普鲁士国王不得参与会谈：他想通过牺牲普鲁士国王和亚历山大达成一致，但亚历山大没有应允。于是，在妻子的陪伴下，腓特烈-威廉来到了提尔西特。由于拿破仑坚决不让步，腓特烈-威廉只好签署条约，普鲁士失去了近乎一半的国土，包括汉诺威。柏林和各大战略要地都被法军占领，而且普鲁士要向法国赔偿2亿的战争赔款，此外还不算占领军队征收的日常赋税。回到哥尼斯堡后，普鲁士国王眼睁睁地看着自己的国家被人敲骨吸髓，却无能为力。爱尔福特会谈后，他回到柏林。那时，法军刚刚在全城人的唾弃和咒骂声中撤离该城。普鲁士遭遇前所未有的重大危机，国库已空空荡荡。人们对法国恨得无以复加，展开了声势浩大的抵抗运动。许多军队在军官的带领下直接离开普鲁士军，来到奥地利攻打法国人。腓特烈-威廉三世的境况越发艰难，他害怕自己在臣民那里不得人心，又担心战胜方提出什么新的苛刻要求，于是竭力而又艰难地维持着各方平衡。征俄之战爆发之前，拿破仑要他出2万人，腓特烈-威廉给了。在撤退路上，普鲁士军指挥官向麦克唐纳宣布自己再没有服从麦克唐纳命令的义务。这个宣告意味着民族解放战争的开始，从此普鲁士越战越勇，把腓特烈-威廉三世直接送进了巴黎城。他当时是和亚历山大一道入城的。1814年5月30日《巴黎条约》签署之后，普鲁士国王得到了巨额赔偿。他和亚历山大一道拜访英国，得到英国人的夹道欢迎。维也纳会议期间，他得知拿破仑回来了。这一次，腓特烈-威廉三世表现得比从前有气魄得多。他向全国人民发表宣言，激励他们拿起武器保卫国家。普鲁士人狂热地响应了他的号召，"西里西亚军"就这样组织起来了。该军在布吕歇尔的带领下，在惠灵顿的军队陷入绝境时解救了他们，并最终决定了拿破仑的败局。滑铁卢战役后，腓特烈-威廉三世对法国提出了无比苛刻、无比羞辱的条件，意图抢走阿尔萨斯，占领默兹河、摩泽尔河和萨尔河的所有要塞。不过得到洛林和萨尔的部分地区后，他放弃了先前提出的大部分要求。此外，他还得到了3亿战争赔款。法国得出钱豢养一支3万人的普鲁士军队，萨克森的一半国土也被并入普鲁士。1815年11月20日的《巴黎条约》让普鲁士一下子成为一个有1300万人口的国家，而且这还没加上从前就有的500万人口。获得巨大好处后，腓特烈-威廉三世又想恢复从前的中立和平立场，不再和俄国结盟，觉得这才是让欧洲恢复和平的最好办法。拿破仑对腓特烈-威廉三世很是不屑，他曾对贝特朗说："普鲁士国王从来不知道怎么处理问题。他来（提尔西特）拜访我，想跟我说件事，却没敢说出口。我就跟他谈了谈骑兵的军帽、衣着和军队规章，他就离开了，提都没提自己想说什么。"（语出《圣赫勒拿岛录事》1817年11月30日的内容）

参考资料：特奥多尔·戈特利布·冯·希佩尔的《谈腓特烈-威廉三世的性格特征》（Theodor Gottlieb von Hippel, *Beiträge zur Charakteristik Friedrich Wilhelms III*），维尔纳·哈恩的《腓特烈-威廉三世和露易丝》（Werner Hahn, *Friedrich Wilhelm III und Luise*），弗朗茨·鲁尔的《腓特烈-威廉三世统治时期普鲁士历史档案及信件》（Franz Rühl, *Briefe Und Aktenstücke Zur Geschichte Preussens Unter*

Friedrich Wilhelm III），保维里茨季的《腓特烈-威廉三世以及1813年1月17日的法军威胁》（Pawelitzki, *König Friedrich Wilhelm III. und seine Bedrohung durch die Franzosen am 17. Januar 1813*）。

封塔纳（路易，Louis Fontanes，1757—1821）

出生于尼奥尔，父亲是新教徒，母亲是天主教徒。封塔纳在天主教的熏陶下长大，并在1778年进入文坛。1789年8月25日，他的《阐述非天主教信徒保护敕令的诗体书简》（*Épitre sur l'édit en faveur des non catholiques*）得到法兰西学院的褒扬。封塔纳在作品中表达了自己对温和派的支持，然而没过多久，这个派别就被卷入风波。1792年8月10日后，封塔纳逃到里昂避难。他在那里本来并未遭遇什么厄难，然而他莽撞地起草了一封陈情信，里昂人将此信呈给了国民公会，恳请公会召回科洛·德布瓦。最后，此事的主要发声者被逮捕，公会也知道了陈情信的作者是谁。封塔纳及时逃走了，之后一直过着东躲西藏的日子，直到热月九日事变后才敢再度现身。在督政府时期，封塔纳想再次进入新闻界，但在果月十八日后又被判处流亡国外。他逃到了英国，在那里遇到了夏多布里昂。早在大革命爆发时，两人就在巴黎相识，结下了深厚的友谊，推心置腹、肝胆相照。雾月十八日政变后，封塔纳和夏多布里昂一起回到法国，并合办了《墨丘利报》。封塔纳比夏多布里昂更懂变通、更通世故，所以当拿破仑这个法国的新主子向知识分子抛来橄榄枝的时候，他抓住了这个机会。第一执政官下令在华盛顿去世的第二年举办一场纪念礼。典礼中，封塔纳在战神圣殿——也就是荣军院教堂旧址发表颂歌。他有此殊荣，得归功于吕西安·波拿巴。当时，吕西安想把一群文人集结到自己的沙龙里，于是他成了封塔纳的保护人。封塔纳在吕西安家里被引荐给了埃莉萨·巴克肖齐，并成了后者的情人。拿破仑的这个妹妹才新婚三年，却对他痴迷不已。当时封塔纳虽然已有50多岁，但由于保养得当，看上去依然风度翩翩。封塔纳借着这层关系，一下子青云直上。当时夏多布里昂想尽办法，想得到罗马大使秘书这个职位。他给封塔纳写信说："我也见过一些大人物（埃莉萨和吕西安），所以我亲爱的孩子（封塔纳比他年长12岁），请站出来勇敢地保护我吧。您肯定有办法把我派到罗马去。"（请看《夏多布里昂书信集》第一卷第60页）得到任命后，夏多布里昂需要钱，于是又写信向封塔纳求助："请想办法给慷慨大方的塔列朗1000埃居的路费和2000埃居的预付款。也就是说，您得替我弄到9000里弗。"封塔纳没有多说，给了他这笔钱。《亚眠条约》被撕毁后，波拿巴让封塔纳写一首爱国赞歌。此文于共和六年稽月六日发表在《墨丘利报》上，根据当时的反响来看，他写得很感人。法兰西剧院演员在圣克鲁宫举办的一场盛会中当着各国大使、部长等政府要人的面朗诵了这首赞歌。1804年，封塔纳成为立法院主席。从此他摇身一变，成了一个政治家。他觉得自己已是个政治家了，可是拿破仑依然想让他当个诗人。他身为议院主席，任务就是代表同僚恳请皇帝开院和闭院，然而封塔纳在这个岗位上表现得太过谄媚，让拿破仑都看不下去了，于是他禁止将封塔纳在议院中的讲话发表出来。1808年，封塔纳成了法国大学校长，这时的他满心想的却是如何讨好教会、关照它的利益。1808年3月17日，法令要求教会学校的每个神职人员都必须发下誓言、写下忠誓书。封塔纳就让学校神职人员统一写了一份忠誓书，交上去了事。他要求每个前来学校求职的人都必须有神父出具的品格保证书。此外，他还请求主教发布命令，要求各自教区的所有神职人员对世俗教职人员进行密切监督，把他们的所有行为都汇报给主教。当时，拿破仑打算把神学院和教会中学都交给大学去管理。封塔纳只做出规定，偶尔派一些督察员，在主教的邀请下去这些学校展开视察工作。封塔纳去世后，夏多布里昂不无道理地写下了这段话："他（封塔纳）按着我们父辈的思想理念，去培养那些本该摆脱过去、颠覆未来的孩子。"（此文发表在1821年4月10日的《论报》上）我们也能料到，封塔纳是多么欢欣鼓舞地欢迎路易十八回来。他发表了一篇演讲，觍着脸对路易十八各种卑躬屈膝，就像当初他讨好拿破仑一样。于是，路易十八让他进了贵族院。百日王朝时期，封塔纳缺席贵族院。路易十八再度进入杜伊勒里宫后，把他封为侯爵。而1808年，他就已被皇帝封为伯爵。

参考资料：艾琳·威尔逊的《封塔纳》（Aileen Wilson, *Fontanes*）。

佛维莱（维尔蒙·德，Villemont de Fauvelet）

布里安的哥哥。人们对此人了解很少，只知道他在大革命期间靠转卖落魄贵族的二手家具和其他物件为生。

福克斯（查理-詹姆斯，Charles-James Fox，1749—1806）

英国内阁外交部的国务秘书，他先前支持反法策略，但在巴士底狱被攻占后改变立场，因此只好离职。他支持8月10日的法国议会行为，并将瓦尔密会战视为人类历史上非常让人高兴的事件之一。在英法敌对期间，福克斯疯狂地攻击皮特。《亚眠条约》签订时，福克斯高兴到了极点。他趁此来到巴黎，暂留了一段时间。波拿巴在杜伊勒里宫接待了他，并向他发表了这段明显是事先准备好的讲话："啊，福克斯先生！我怀着万分欣喜的心情迎接您的到来。我无比期盼能看到您。很久以前，我就视您为一位伟大的演讲家和法国的朋友，是您一直在呼吁和平，是您在为自己的祖国、整个欧洲以及人类的真正利益考虑。欧洲两大强国都渴望和平，它们无须惧怕什么，理应相互理解、彼此尊重才是……"在和福克斯的第二次谈话中，拿破仑说："世上归根结底只有两个民族，一个住在东方，另一个住在西方。英国人、法国人、德意志人，其实都是一个民族。他们之间的任何交战都是内战。"回到英国后，福克斯发现英国政府计划再次掀起战争。他竭尽所能，想说服皮特不和反法联盟对话。然而，他的努力付诸东流了。皮特死后，福克斯掌权。他很快就和法国展开直接对话，最后两国达成和约，然而六个月后，他就去世了。

弗朗茨一世，奥地利皇帝（François Ⅰ，1768—1835）

　　托斯卡纳大公利奥波德的儿子，父亲继承帝国皇位后，他就继承了父亲原来的头衔。一年后，他自己也成了皇帝。登基后，弗朗茨宣布要执行和父亲一样的政治路线。但老实讲，他的政治路线和老皇帝的完全不同。至少，他在政坛上那个软脚虾的样子让人无论如何也和政治家联系不到一起。他就是个三姓家奴，先后对英国、俄国、法国言听计从。他所做的一切不过就是从一个主子的怀抱投入另一个主子的怀抱，从各个主子那里或多或少得到一点儿赏赐罢了。在这个倒霉皇帝的统治下，哈布斯堡王朝遭受了无尽的挫败和屈辱。然而，这个皇帝也因为他那众所周知的懦弱无能获得了许多的补偿。在1814年11月23日的《巴黎条约》中，奥地利获得了巨额赔偿，占领了托斯卡纳、巴马和威尼斯，而且在德意志和波兰的边界划分上占尽便宜。他以弗朗茨二世的名号当上德意志神圣罗马帝国皇帝（其祖父，也就是玛丽娅-特蕾莎的丈夫，称号是弗朗茨一世），并在1806年继承了奥地利皇帝的头衔，名号为弗朗茨一世。当初，拿破仑逼迫他放弃德意志神圣罗马皇帝的头衔，让他和他的家族蒙受了许多屈辱，而奥地利皇帝的头衔则有力地保障了他和家族的头衔及尊严。弗朗茨有四个妻子，第一个是符腾堡公主，1790年去世，没有留下任何子嗣；第二个是那不勒斯公主，1807年去世，育有三子；第三个是摩德纳公主，1816年去世，无子嗣；第四个是巴伐利亚公主，曾嫁给符腾堡国王弗雷德里希一世，后与其离婚，改嫁给弗朗茨。

参考资料：维克多·拜博尔的《拿破仑的岳父：弗朗茨二世》（Viktor Bibl, *François II : le beau-père de Napoléon*）。

福勒（威廉，William Fowler）

巴尔科姆参股的那家商行的合伙股东之一。

弗勒里·德·夏布隆（皮埃尔-亚历山大-爱德华，Pierre-Alexandre-Édouard Fleury de Chaboulon，1779—1835）

最开始在财政部工作，后来在参政院旁听，并成为沙托萨兰专区区长。在法国本土之战期间，他一直担任此职位。拿破仑从厄尔巴岛回来后，弗勒里来到里昂投奔他，于是成了皇帝身边的秘书。路易十八回来后，弗勒里被迫离开法国，1820年才被允许回国，开了一家保险公司。1834年，弗勒里想尽办法进了议院，但一年后就去世了。在流亡英国期间，弗勒里·德·夏布隆开始撰写《1815年拿破仑再度称帝之秘史回忆录》（*Mémoires pour servir à l'histoire de la vie privée, du retour et du règne de Napoléon en 1815*）。这本书勾起了大众的猎奇心理，因此大获成功，被多次加印出版。后来，这本书被传到了圣赫勒拿岛。拿破仑读后，非常用心地在上面添加了注解，指出许多不符事实的地方。至于弗勒里·德·夏布隆，皇帝在给《1815年拿破仑再度称帝之秘史回忆录》添加的一条注释里对他做了如下评价："作者对1815年的帝国一无所知；3月13日，他以副职身份进入里昂市政厅；3月20日，他在巴黎政府里也只是第四号人物，是最末等的角色。5月1日，他被派往巴塞尔执行任务，在政府部门待了40天。当时，行政部门只有第一秘书（费恩）在干活。弗勒里这个年轻人满腔斗志，也有许多长处，可是他还不够成熟老练，在岗位上显得太过轻浮。他经常跑到前厅，和那里的传令官及其他年轻人打成一片，而梅纳瓦尔、费恩则在各自的办公室里忙个不停，他们二人已经在皇宫里待了四年，却从来没空和这些人打照面。这番对比，可谓鲜明至极。书中那些拿破仑语录全都是作者自己编造的。里面所谓的拿破仑的言辞和想法，要么是作者自己的主观臆测，要么是他从前厅那些年轻人口中听来的无稽之谈。"1901年，L.科尔内（L. Cornet）出版了弗勒里·德·夏布隆的这本回忆录，并把拿破仑的批注收录了进去。在各版本的弗勒里回忆录中，只有这一版本具有参考价值。

弗雷龙（斯塔尼斯拉斯-路易-马利，Stanislas-Louis-Marie Fréron，1754—1802）

一个以抨击伏尔泰而为人所知的著名批评家的儿子。父亲死后，年轻的斯塔尼斯拉斯继承了《文学年报》（*Année littéraire*），既当记者，又当出版人，赚了一大笔钱。于是，他坐在万贯家产上，生活得颇为滋润。大革命爆发后，他和许多人一样，想在这里面掺和一脚。不过要想踏进去，最好的办法就是有一家报纸。就这样，《人民演讲家报》（*Orateur du peuple*）诞生了。一开始，这家报纸就以大胆出格的语言脱颖而出。弗雷龙在1791年的练兵场惨案的现场煽风点火，1792年8月攻击杜伊勒里宫的行动中也有他的身影。之后，他觉得自己赚够了竞选议员的名气，于是想进入国民公会。他同时得到了丹东和罗伯斯庇尔的支持，于是成为15个巴黎议员中的一员。可能斯塔尼斯拉斯也知道自己是个政坛新手，于是他从不登台演讲。直到巴拉斯让他辅助自己"平定"南部地区，弗雷龙才打响名号，成为"恐怖统治特派员"中最残暴的一个。罗伯斯庇尔觉得他在破坏革命事业，把他列入断头台的名单；

而弗雷龙也在想尽办法，力图加速敌人的灭绝。罗伯斯庇尔倒台后，弗雷龙再次从事起了在恐怖统治时期中断了的报纸事业，宣称自己是公众舆论的牵头人，并且培养了一群年轻的狂热者。这些人骄傲的以"年轻时候的弗雷龙"自居，拿着揍人的棍子在城里到处晃荡，对任何路人只要这些人觉得看上去像"雅各宾分子"，就抓住对方，将其痛殴一顿。国民公会闭幕后，弗雷龙的议会生涯也结束了。督政府时期，因为把自己到处敲诈来的财产挥霍一空，弗雷龙过得格外拮据。雾月政变后，弗雷龙向他在土伦认识的波拿巴毛遂自荐，波拿巴怨恨他曾勾引自己的妹妹保琳，只让他在收容所管理处当一个低级职员。我们在上面已经讲过弗雷龙是如何陪同自己从前的情人、那时已是勒克莱尔夫人的保琳前往圣多明哥的，但他到达此地没多久就生病去世了。

参考资料：拉乌尔·阿尔诺的《弗雷龙之子》（Raoul Arnaud, *Le fils de Fréron*）。

弗里昂（路易，Louis Friant，1758—1829）

法国大革命初期是巴黎国民自卫军的一名下士，1791年被选为巴黎志愿军第九营中尉，1794年被提拔为将军。被派到东部军以后，弗里昂负责指挥德赛师下的一个旅，德赛去世后，他先后成为上埃及和亚历山大城的总督。后来，弗里昂和埃及军的残部一道回到法国。大军团成立后，他被派去听从达武的指挥，成为后者手下最得力的干将。在征俄之战中，弗里昂三次负伤，并在皇帝回国途中担任他身边的侍官。六个月后，弗里昂再次被召上战场，成为老护卫军这个师的师长，在法国各地作战。拿破仑从厄尔巴岛回来后，将他任命为老护卫军投弹部队的上校。弗里昂在滑铁卢战场上受伤，因此结束了军旅事业。皇帝一提起老护卫军，就会说起他的名字。

弗里德里希-威廉-查理，符腾堡国王（Frédéric-Guillaume-Charles, de Wurtemberg, 1754—1816）

1797年，他继承父亲弗里德里希-欧仁的头衔，成为符腾堡公爵。一年后，符腾堡被法军占领，他就来到维也纳，直到1799年共和军撤出公国才回去。1800年，莫罗再次占领符腾堡，弗里德里希-威廉-查理只好又跑到维也纳避难。当时，他的封国有被肢解的危险，一部分并入巴登公国，一部分并入巴伐利亚。弗里德里希-威廉-查理向他的岳父保罗一世哭诉，可后者根本不管他的死活。奥地利和普鲁士也先后表态，无力保护他。于是，他只好投向法国的怀抱。《吕内维尔条约》签订后，他可保留自己属国在莱茵河以东的国土，而法国则占领左岸有大约4万人的地区。不过，他也获得了物质上的一定补偿，在1803年2月25日得到了9座城市和5座修道院。所以，他虽损失了4万人，却又得到了11万新臣民。这么算来，弗里德里希也算赚到了。拿破仑想借此向德意志众王表态：他们若支持自己的事业，就可获得很大的利益。1805年，法奥第三次战争初期，在拿破仑的支持下，弗里德里希-威廉-查理成了选帝侯，但代价是要为拿破仑征募8000士兵。不过这桩买卖非常合算。《普莱斯堡和约》签订后，他得到了7座奥地利的城市、一座布赖施高的港口以及霍亨贝格、涅朗堡、阿尔特多夫等地区。1805年12月12日签署的《布隆公约》将符腾堡升为选帝国，并将巴伐利亚升为王国。1806年1月1日，弗里德里希-威廉-查理正式将头衔改为符腾堡国王弗里德里希一世。他和巴伐利亚国王、巴登大公一道，成为莱茵河同盟的三巨头。弗里德里希采用聪明的政治手段，把自己的封地从原来的弹丸之地变成今天的样子。拿破仑也很清楚自己能从这番交易中得到什么。和普鲁士再度开战后，他要求自己的卫星国出1.2万士兵，弗里德里希应允。然而1808年，他想方设法地免掉了出兵西班牙，借口是奥地利当时正准备再次开战，他得"盯紧"莱茵河。他和莱茵河同盟众王一起前来巴黎参加了皇帝与玛丽-路易丝的婚礼，其大腹便便、肥硕无比的身材引得众人为之侧目。今天市政厅宴会厅里仍有一张宴席桌，很久以前上面有一个很大的缺口，这是为了让"大象"（这是当时巴黎人给符腾堡国王起的绰号）就座而特地凿出来的。1812年，弗里德里希再无法故技重施，只好给拿破仑提供了1.5万人。1813年，他相信皇帝气数未尽，依然忠于对方，然而符腾堡的2个骑兵团在莱比锡战役中抛弃了法国军队。得知联军得胜的消息后，弗里德里希立刻安排和联军各国接触。由于有个当俄国沙皇的侄子，他轻轻松松就得到了反法联盟的认可。1813年11月6日，双方签订了《富尔达公约》，公约保障了他领土的完整性（那时他封地上的人口已达30万人）。当时，弗里德里希已搬至联军主营，其儿子负责指挥1.2万名符腾堡士兵和法军作战。在维也纳会议上，弗里德里希坚决要求进入联盟五大君主的席位，和另外四人一道决定德意志的未来走向。1816年9月15日，他正式表态加入神圣联盟，六周后去世。

参考资料：阿尔伯特·冯·普菲斯特的《符腾堡国王弗里德里希以及他那个年代》（Albert von Pfister, *König Friedrich von Württemberg und seine Zeit*）。

弗留利公爵（duc de Frioul）

请看词条"杜洛克"。

弗洛莱恩（让-皮埃尔·克拉里·德，Jean-Pierre Claris de Florian，1755—1794）

一个寓言作家，曾是彭提维里公爵的宠臣，受他豢养。彭提维里公爵让他在自己的封地索城负责慈善赈济工作，弗洛莱恩因此深受当地民众的爱戴。也因为这个原因，1789年，弗洛莱恩被索城市政厅任命为前不久成立的民兵队队长。弗洛莱恩性子平和、与人为善，在其保护人1793年3月4日去世之前，他一直都是索城民兵队队长。彭提维里公爵去世后，他不再担任任何职位，于是来到巴黎定居，在那里过了一年多的平静生活。共和二年芽月二十七日法令颁布后，身为前朝贵族手下的弗洛莱恩被迫离开巴黎。于是他又回到索城，在那里备受尊重。索城有一个当上警察署副署长的贵族，听闻弗洛莱恩在人民俱乐部大厅里歌唱爱国歌曲，于是揭发他是个擅长伪装、极其危险的阴谋分子。弗洛莱恩被逮捕，六周后出狱，然而此事对弗洛莱恩的情绪造成极大影响，出狱才一个月，他就抑郁身亡。

弗洛肖（尼古拉斯，Nicolas Frochot，1761—1828）

法国大革命爆发之前在勃艮第最高法院担任律师。之后，他进入三级会议，成为塞纳河畔的沙蒂永市的第三等级代表议员，还是米拉波的密友和遗嘱执行人。制宪议会闭幕后，他在艾涅莱迪克法院担任治安法官，虽然薪酬微薄，他却毫不在意，只想安心度日。恐怖统治时期，弗洛肖因可疑分子的罪名被逮捕，热月九日后才得出狱。没过多久，也就是1795年10月20日，弗洛肖就被任命为科多尔省行政官。由于被第戎市议会控诉说他保护王党分子，弗洛肖只好辞职，回到了艾涅莱迪克。果月十八日后，弗洛肖官复原职，但他在这个位置上也并没干太久。马雷和卡巴尼斯（Cabanis）一直告诉波拿巴，弗洛肖的人生是多么跌宕起伏、他和米拉波的友谊是多么感人，于是在此二人的建议下，波拿巴将他任命为塞纳省省长。1800年3月5日，波拿巴接见了新任省长代表团，对第一个被引荐上来的弗洛肖说："我知道您是谁，我也能想见您以后会是怎样的人。但是，在诸多促使我决定任用您为巴黎省长（其实波拿巴想说的是塞纳省长)的原因中,我现在最想说的一个是:虽然您在大革命中受尽苦楚,却依然坚持了自己的原则;而且您即便遭到长期的迫害,在成为您所在省的行政官员后,也不曾加害过任何人。"弗洛肖在这个岗位上干了12年。后来,马莱阴谋败露,他也因受到牵连而失去饭碗。拿破仑从俄国回来后,曾命令参政院立刻对塞纳省长的行为进行汇报。参政院议员一个接一个接受了盘问,大家基本都说弗洛肖有罪;有些议员想尽办法,想减轻他的罪名。内政部的雷尼奥·德·圣让·德·昂热里甚至说:"弗洛肖先生中风了。"倒是财政部的德费尔蒙、陆军部的克拉尔克表现得格外冷酷无情,克拉尔克反复建议皇帝对"塞纳省长的胆小怕事"做出惩处。得知众人的想法后,拿破仑将弗洛肖停职。后来,他对雷尼奥·德·圣让·德·昂热里说:"我不得不杀鸡儆猴,现在我后悔了。我宁愿收回当初打向某个人的那双手。"于是,弗洛肖回到艾涅莱迪克。拿破仑从厄尔巴岛回来后,将他任命为罗讷河口省长。滑铁卢战役后,弗洛肖在上马恩和科多尔交界的地方买下一座景色迷人的庄园,在那里度过了人生最后几年。1814年,塞纳省议会通过投票,对他发放年金。路易十八回来后,也默许了他的这个待遇。

参考资料:路易·帕西的《塞纳省长弗洛肖》(Louis Passy, *Frochot: préfet de la Seine*)。

弗什-博莱尔(路易,Fauche-Borel,1762—1829)

祖上是法国人,《南特赦令》被废后逃到了瑞士。弗什-博莱尔在他的家乡讷沙泰尔靠搞印刷发家,后来成为普罗旺斯伯爵的一个得力干将,在后者的授意下去收买皮什格吕。弗什-博莱尔成功制订了一个反革命计划,但由于果月十八日政变,他的计划全盘落空。政变第二天,他就忙着筹划另一场阴谋,开始放长线钓大鱼,在巴拉斯身上做起了工作。可雾月十八日政变又让他的一番心血付诸东流。在执政府时期，弗什-博莱尔再次展开阴谋部署，被波拿巴打入大牢。在牢里待了18个月后，在普鲁士国王的求情下，弗什-博莱尔被释放出狱、送出法国。整个帝国时期，弗什-博莱尔一直在为波旁家族工作。波旁家族复辟后，他成了路易十八的眼线，然而由于不受布拉卡的待见，他转而效力于普鲁士国王。之后，他得到英国政府的豢养，但因为出现经济困难和其他生活问题，弗什-博莱尔跳出窗外，结束了自己一事无成的一生。

弗斯卡雷里（Foscarelli）

维罗纳的威尼斯监督官。

富歇（约瑟夫，奥特朗特公爵，Joseph Fouché，duc d'Otrante，1759—1820）

南特一个海军船长的儿子，就读于南特的奥拉托利教会学校，听从父亲的心愿，专攻数学，好为以后的航海事业做准备。富歇即将离开学校的时候，学监舍不得他离开，便告诉他的父亲：这个孩子身体羸弱，无法胜任航海工作。于是富歇留在了教会学校，开始从事教学工作，先后在阿拉斯、尼奥尔、旺多姆等地教授自然科学。大革命爆发前夕，他回到南特，在奥拉托利教会学校担任中学校长。1791年，富歇脱下了教士长袍（但我们并不知道他是否曾被授予圣职），结了婚，第二年被选入国民公会，就这样来到了巴黎。富歇极不擅长演讲，很少登台。公安委员会成员科洛·德布瓦以国民特使代表的身份前往里昂调查兵变事件时，让富歇担任自己的助理。德布瓦做幕前工作，富歇则在后面出谋划策，这样也能避免引起同僚的注意。埃贝尔派被处决十天后，当局把富歇召回巴黎，有些历史学家认为，这是因为当时公安委员会希望通过他去打击"外国阴谋集团"的残余分子。后来富歇来到里昂，为了迅速处理涉嫌叛乱的里昂人，他采用了大炮霰弹处死法，大批杀害叛乱分子，因此得了"里昂人民屠杀者"的绰号。事情过去后,他却把这些激进做法都归到德布瓦的头上。后来罗伯斯庇尔不在期间,富歇于1794年6月4日被选为雅各宾俱乐部主席,但12日就被罗伯斯庇尔赶出了俱乐部。富歇觉得刀在颈上,就和那些同样觉得朝不保夕的人结成了一个小集团,开始施展阴谋。富歇主要负责"趴门缝",也就是提供委员会里的录事、委员等人的信息。塔利安在共和三年热月二十二日的会议上非常准确地描述了富歇当时起到的作用。他说:"富歇每天都会给我们汇报公安委员会里发生的事。热月九日前一晚,他对我们说:公安委员会内部已经完全分裂了,明天就可采取措施。"不过,第二天发动政变的人并不是他。直到政变后第二天,他才在公会中露脸。由于不满热月政变者没有回报他当初立下的功劳,富歇便利用别人展开报复打击(巴贝夫当时陷入绝境,急于活命的他就成了富歇的"吠犬")。后来,富歇由于参与了芽月十二日暴动而被打入大牢,但在共和四年雾月四日得赦出狱。由于不能再待在巴黎,他就在督政府的允许下住在了蒙特莫朗西。从那时起,巴拉斯派他执行各种警察工作。由于在破获巴贝夫案中有功,富歇在1799年7月20日被巴拉斯任命为警务部部长(这个决定也得到了西哀士的支持)。警务部部长一职设于1796年1月2日,三年半里换了九个人,所以坐在这个位置上的人如走钢丝,步步都得小心为上。富歇上任后发布命令,把手下人员几乎全换了,起用了大量"临时工"和"暂时合作者",里面不仅有惯犯,还有真正的贵族、身份体面的神职人员,甚至上流社会的夫人。富歇似乎很享受这种鱼龙混杂的环境。他上任才三个月,波拿巴就从埃及回来、现身巴黎。十几天后,波拿巴的手下雷亚尔登门拜访了富歇。对于此次拜访,富歇并非毫无预料。先前他一直都在打探这群密谋者的目的和手段,好尽可能地从中攫取利益。

他没对雷亚尔做出明确答复，要求和波拿巴面谈。11月3日，两人碰面并达成一致。实际上，富歇当时和两边都交好，好给自己留一条后路。他在自己的回忆录中说："要是我做出相反的选择，圣克鲁革命根本不会成功。"这是事实。当时的陆军部长杜布瓦-克朗塞（Dubois-Crancé）收到密谋的消息，向督政府提议逮捕波拿巴。督政官询问警务部部长富歇的意见，富歇告诉他们完全不用担心。拿破仑在圣克鲁起事时，富歇给督政府在塞纳省中央行政部的特派员发了一道措辞强硬但并不合法的命令："根据我不久前收到的命令（什么命令？谁发的？他完全没说），你们必须立刻停止在巴黎市政厅的一切行政工作，并告知所有市政官员不得再集合。"这道命令得到遵从，于是巴黎只能任由圣克鲁的胜利者处置。当然，富歇并未出现在"战场第一线"。他在回忆录中说："我当时待在巴黎，坐在我的办公室里……我朝圣克鲁派出一批办事机灵的密使。"拿破仑上台后，富歇依然担任警务部部长一职（也许是因为他希望获得一些更实际的回报），但在工作上没有采取任何预警措施。他没有（或是不愿）预料到几次差点儿取了第一执政官性命的保皇党的阴谋，在监视流亡贵族的工作上完全松懈下来，导致波旁家族的眼线能随意进出法国。他靠在任时收取赌场、卖淫场所等交来的份子钱而家产大增。不过与此同时，富歇也为秘密搜集政府和军方要员的个人信息掏了一大笔钱。他的信息库里有部长、将军、外交官、银行家、文人，不一而足。波拿巴对他的一切行为并非毫不知情，先后多次收到揭发富歇的举报信。警务督察员多松维尔（Dossonville）在1802年7月2日递上一封密报，内容如下："将军，此信内容关乎警务部部长，也许会让您大为动怒。但如果您愿意，我可提供证据，证明此信所言不虚；我甚至敢说，您读了后自己都会觉得这一切都是事实……我给您写的这封信只敢给您一人看到，里面的话都是各方乱党或因大胆、或因冒失而讲出来的事实，我觉得必须告知您……"这封告发信现存于国家档案馆里，于1929年发表在《法国大革命历史纪年》（Annales historiques de la Révolution française）中。然而，波拿巴依然放过了富歇，觉得犯不着为信中之事而大张旗鼓地解除富歇的职位。他想到一个权宜之计，只取缔了富歇警务部部长一职，将其职权和工作分到内务部部长身上。富歇被任命为元老院议员（年金为3.6万法郎），同时在艾克斯省享有元老院议员土地所有权（年收入为3万法郎）。除此之外，他还在警务部资金中拿到了120万法郎。虽然从警务部部长的职位上退了下来，但富歇依然从事着警务工作，并定期向第一执政官打报告，负责告发及各类调查工作。他还故意向波拿巴暗示：警务部少了他的英明领导，出了多少岔子和纰漏。之后富歇又进了元老院委员会，负责起草元老院法令，好把波拿巴的头衔由将军升为皇帝。于是，富歇又欲向新皇帝表现自己的忠心。在第一时间拿到普罗旺斯伯爵发表的抗议信后，富歇意识到他可趁此证明自己的情报掌控能力。果不其然，两个月后，警务部重新设立，富歇官复原职，恢复了一度中断的情报网，而且没让它有丝毫改变，然而他再没有以前那么大的活动空间了。富歇很快就意识到，如今他几乎是担了个虚职，拿破仑本人才是真正的警务部部长，富歇只是他的命令执行人罢了。皇帝凡事都要插手，在各处都布有眼线。每天早晨他收到警务公报，细读一番后给富歇发布行动指令；而且拿破仑并非只在大方向上发布命令，而是涉及具体措施，部长唯一要做的就是按部就班地执行命令。此外，富歇的一切行动都处在皇帝的监视和控制之下。在处死昂吉安公爵这一事件中，雷亚尔和萨瓦里两人配合默契，因而得到拿破仑的大加赞赏。二人不遗余力地想让富歇失宠。拿破仑因为他们的关系，提前就知道了富歇迟一步才揭发出来的东西。看了拿破仑和警务部部长之间的通信，我们自会了解他们的真正关系（拿破仑的通信并未正式出版，但市面上仍有不少他的通信合集）。例如，在1805年8月视察布洛涅军营期间，拿破仑从他的密探那里得到消息：曾和昂吉安公爵共同指挥莱茵河边上的一支流亡贵族军队的孔代亲王手下一员大将——维奥梅尼将军现身巴黎，如入无人之境，仿佛那里的警务人员是个摆设似的。拿破仑大惊，给富歇写信说："我不知道您为什么没有逮捕维奥梅尼……您的管理工作存在我无法理解的漏洞。"（1805年8月24日信）没过几天，拿破仑又听说应被流放到布尔日的勒古布将军居然还优哉游哉地在巴黎散步，又给富歇写了一封信："请允许我这么说，我完全无法理解您的行为。要么您对人事一无所知，要么您想让我去做根本不归我管的事。勒古布还在巴黎，可他根本不应出现在那里……让他12小时之内离开巴黎，永远不许再回来。"（1805年8月29日信）然后他又开始抱怨自己离开期间不能定期收到警务公报。1808年6月11日，拿破仑在巴约讷给富歇写信说："请保证我每天都能收到公报。"13日，他又写信说："我已经烦透了，我居然今天才拿到7号的公报。请用心点儿，让我能像在巴黎时那样按时收到公报。我必须在第二天收到头天的公报，这非常重要。"然而，到手的公报也完全不能让波拿巴满意。他于1807年5月4日在芬肯斯坦写信跟富歇说："您跟我说的那些所谓的揭秘是一派胡言。"富歇完全没有把国内的事告诉他的主子（这事本身就足够令人惊讶的了），在警务报告上光写一些从某些报纸上得来的国外新闻。拿破仑对此当然很有意见，说："我请您把政治放到一边，多给我讲讲国内的事儿。"（1809年1月27日信）从1808年开始，拿破仑的言辞越来越严厉了。"您根本没有带着该有的热情和积极性去从事警务活动。"（1808年2月16日信）"您根本就没管巴黎的警务……您应该让我知道巴黎的一切言论和行动，然而我只能通过别人才知道这些消息。"（1809年1月27日信）"您在巴黎警务工作方面应当拿出更加严格坚决的铁血手腕，这才是我希望看到的，可事实根本不是如此。"（1809年7月16日信）"报纸杂志都传疯了……人们说警务部没有一个人会读书写字，什么消息都不能提供。"（1809年7月26日信）如此被动地抚平一个要求苛刻的主子的怒火，富歇肯定心有不悦，然而他是一个喜怒不形于色的人。此外，他非常擅长不显山露水，反让别人觉得他无所不能。人们觉得他知道一切，任何国家秘密都逃不过他的眼睛。大家都在疯传一个谣言，说他有每扇门、每个抽屉的钥匙，知道最高机密的信中都写了什么，见证了最私密的谈话。不得不承认，拿破仑也在无形中助长了富歇无所不知的这个名号。我们可以看看皇帝在对待他的这位警务部部长时态度是何其矛盾。例如，他于1808年2月16日才严厉地抨击富歇，说他没有该有的热情和积极性，可又在接下来的4月24日将他封为伯爵。富歇在1809年7月26日才因为警务工作问题被一番痛骂，8月15日却被封为公爵。在此期间，拿破仑还将内务部部长的临时工作交给富歇负责（当时的内务部部长克莱岱因为身体原因而辞职）。这一切就发生在拿破仑不在法国期间。英国人计划在比利时登陆时，安特卫普受到直接威胁。富歇不顾康巴塞雷斯和克拉尔克的反对，动用职权发布全国国民自卫军征兵令，要和英国对战。他还发出一封通报，在通报中说："我们要向欧洲证明，拿破仑的精神能为法国赢得胜利，哪怕他不在法国，也能击退敌人。"皇帝对富歇的这番恭维反应平淡，回国后还严厉地斥骂了他一顿，但对此事并不看重。六个月后（1810年5月），拿破仑惊愕地得知富歇私自派了一个特使前去英国。富歇的想法是，如果两国要谈判，他就先去探探底。然而皇帝不久前才向圣詹姆斯宫秘密提议展开谈判。英国政府觉得自己被耍了，撵走了拿破仑派来的特使。我们不知道富歇这么做到底是因为他办事太过积极，还是因为他料到了后来发生的事，故想先和英国内阁打好交道，建立个人关系。拿破仑对此又大发了一顿脾气。科兰古在他的回忆录里原原本本地再现了拿破仑当时当着所有大臣的面对富歇一顿痛斥的场景："您背叛了我，奥特朗特公爵先生，您背叛了我，我知道，我有证据！（然后他从桌子上抓住一把象牙小刀）您还不如拿着这把刀朝我胸口刺过来，这都比不上您干出来的事那么卑鄙。我现在只想把您给毙了，而且所有人都会为我这个正确决定拍手欢呼。您也许会问，为什么我不这么做呢？因为我看不上您。您就像我的天平上的一粒沙子，根本就无足轻重。"科兰古还简短地补充说："他这么严厉地训斥了富歇这么长时间，而且就当着一群尴尬的大臣的面，大家还以为此事会有个戏剧性的收尾呢。然而富歇只断断续续地嘟囔着这几句话：'啊，陛下！您怎么就不信呢？有人在您面前刻意中伤我。'"令众人大吃一惊的是，拿破仑宣泄完情绪后，就继续平静地议政了。富歇迫不及待地要向皇帝证明自己的清白。第二天，他从拿破仑那里收到如下回复："奥特朗特公爵先生，我已收到您6月2日的信。我知道您为我做出的一切，我也相信您对我的忠诚、对工作的热忱，然而我不可能再让您担任原职了。警务部部长的位置要求绝对、毫无保留的信任，然而这份信任已经不再存在……我曾想过让您知道是什么促使我决定剥夺您警务部部长的位置，不过我对您已经不抱希望了。那么多年了，我那么多次地反复表达自己的不满，都没让您有丝毫改变。"接下来，萨瓦里被任命为警务部部长，拿破仑要求他立即就职。在萨瓦里的回忆录中，我们看到了这么一段话："富歇请求在办公室再待几天，等整理好一些文件资料与日常用品后再和我交接工作。我没有多想，给了他三周的时间。"由于富歇没有表现出丝毫要搬走的意愿，萨瓦里只能求助于皇帝。于是皇帝给富歇写了下面这封短笺："奥特朗特公爵先生，您的工作已经再不能令我满意了。您最好在24小时内离开，待在自己的元老院办公室里。"就这样，富歇才离开了警务部。萨瓦里在回忆录中说："他离开那天交给我的所有资料，就是一份不利于波旁家族的账单，而且这至少是两年前的事了。其他资料全被他烧了，至少我在办公室里没发现任何剩余文件。"萨瓦里弄错了，富歇并没把所有东西都付之一炬，他把大量拿破仑写给他的信件都保存了下来。因为不为人知的原因，拿破仑要求将信全都收回。富歇非常警惕，没有将其悉数归还。在写给雷亚尔的一封信中，他说："这一年以来，我一直身处风暴之中，如今终于成为它的受害者……我把自己和皇帝的通信都烧了，但这只会损害我的个人利益。"拿破仑应该很满意他的这个做法。他没有重罚富歇，还将他任命为罗马总督。尽管这个位置很有分量，富歇却不愿离开法国。到达意大利后，他以拿破仑的信件作为交换条件（这些信"神奇地"从灰烬中复原了），让自己回到法国，住在他身为元老院议员在省会艾克斯城中享有的府邸。征俄之战后，拿破仑为了把富歇打发出国，将他任命为伊利里亚省总督。富歇启程来到伊利里亚。他刚到没多久，奥地利就占领了这个地方。回到法国后，他定居在阿维尼翁，并在那里得知反法联军入驻巴黎的消息。他立刻投奔波旁家族，但没有得到对方的信任。从那时起，富歇就谨慎过活，全心全意地投入微小的警务工作，"权当自娱"。然而王室警务部依然一直监视着他，怀疑他和共和派有来往。拿破仑朝巴黎挺进时，布里安被任命为警察局局长。他根据博拉卡斯的命令，派了一些警察来到富歇家中，要将其逮捕。此时富歇的表现十分可笑，那场景被布里安一五一十写进他的回忆录。"富歇看到逮捕令后，说：'怎么可能！这道命令是无效的，没有任何效力。它出自巴黎警察局局长之手，可现在根本就没有巴黎警察局了……'由于富歇拒绝跟我的手下走，一些警察就来到国民自卫军参谋部那里，请求德索勒将军采取强硬措施。德索勒去了杜伊勒里宫，想从国王那里拿到命令。在此期间，富歇表现得非常冷静，还跟我留在他身边的几个手下聊天。然后，他假装要去旁边房间拿东西。打开门后，前面是一条长长的走廊，他立刻把我的手下关在黑暗的房子里，自己连忙跑到泰布特街上，登上马车逃之夭夭。"拿破仑进了杜伊勒里宫后，从忠于他的达武、雷亚尔和马雷口中听到的第一个名字就是富歇。听了富歇蒙骗警察的把戏后，拿破仑哈哈大笑，说："他肯定比他们所有人都狡猾多了。"由于没人愿意担任警务部部长这个职位，拿破仑就又找来了富歇。半夜里，富歇离开杜伊勒里宫。一个小时以后，人们就发现他进了自己的部长办公室。在拿破仑点头后，富歇设立了两个警察总监察官的职位，其中一个由与他合作过的一个寂寂无闻的人担任，此人名叫帕斯科，是富歇的忠实追随者；另一个则由密探福德拉斯担任，此人不久前还负责逮捕富歇，并被他反锁在了屋子里。富歇把警务方面的小事交给此二人来做，他自己则重点关注国家问题。当时全国乱成一片，富歇认为自己是唯一能拉住法国缰绳的那个人。他在3月25日写给帕斯基耶的信中是这么说拿破仑的："他挺不过四个月的时间。"（出自《帕斯基耶回忆录》）从一开始，富歇对待依然在位的路易十八效忠者的态度就十分谨慎。拿破仑强烈要求将他们解职、逮捕和驱逐，富歇表面承诺自己一定会严格执行他的命令，实际上根本不去照做。在选拔议院成员的时候，富歇特地没有把他的朋友，也就是他的同伙选进去，而选了大批对帝国从来没有好感的共和党人，以及表面效忠帝国、实际忠于波旁家族的王党分子。百日王朝的议院，说白了就是富歇的天下。从5月3日开始，他就已经把形势看得十分明白了。那天，他跟帕斯基耶说："他（拿破仑）在这个月月底肯定会离开，去前线率领军队作战。他一走，我们就成了这里的主人。我希望他能打赢第一、二场战役，但在第三场战败，那时我们就可以大有作为了。相信我，我们能够带来一个完美的结局。"（出自《帕斯基耶回忆录》）富歇本以为还要等50天，但也许他自己都没料到事情会进展得如此神速。6月22日，富歇给帕斯基耶写信说（我认为这位证人的话很有价值，然而研究富歇的历史学家不太重视他）："我们居然在那么短时间里就被打败了。他垮得如此迅速，我们甚至都没有时间做好相应安排……要是没有这一出，我本可以弄出更好的计划。"（出自《帕斯基耶回忆录》）富歇的第一目标是组建一个临时政府，当然了，得由他担任政府首领。出于谨慎，人们没有明说组建"政府"，以防激怒某些敏感人士。他们说的是组建一个五人委员会：三名众议院议员，两个贵族院议员。当然，富歇把自己的人安排了进去。然而"他的"议院背叛了他：议院任命卡诺为委员会首领，后者取得的票数远高于富歇的票数。波拿巴党派的格勒尼耶也被选了进去。当一名议员前来告知投票结果时，帕斯基耶正和富歇在一起聊天。他在回忆录里说："虽然富歇脸上没有任何表情，但我很容易就发现入选者并非他先前跟我说的自己心中的人选。"富歇在贵族院那边运气好点儿，因为科兰古和吉内特都和他有往来，吉内特更是他在公会时的旧友，对他几乎言听计从。富歇如能控制委员会，就能依照自己的想法重建局面。取得大部分票数的卡诺认为自己在某种意义上才是委员会主席，便给四位委员写了一份通告，请他们在第二天下午到内政部集合。富歇不把这份通告放在眼里，又另起了一封，让委员会成员在23日早晨在杜伊勒里宫集合，"以展开任命工作"。卡诺和其他三人老老实实地去了。他问富歇："您把我们叫过来任命工作？"富歇说："我们得首先选出主席才行。"然后又假惺惺地说："我投您一票。"卡诺只好回答："我的票投给您。"科兰古和另外两人也是同样的回答。富歇马上应承下来，当上了委员会主席。他就职后做的第一件事就是释放维特罗勒男爵，此人是阿图瓦伯爵的手下，在樊尚被捕。由于此人的牵线搭桥，富歇和根特宫廷展开了积极的联系。与此同时，他还把下面这封信交给了惠灵顿："法国民族希望在一位君王的统治下生活，还希望这位君王能以法治国……法国人都很关注英国宪法，我们不能说自己比你们更加自由，也不认为自己没你们那么自由……根据欧洲现状，人类最大的苦难就是英法两国分歧不断。让我们为了世界的幸福而联手吧。阁下，此时此刻只有您才有能力让全人类在精神上焕发新貌、在物质上过上更好的生活。"惠灵顿公爵对这番呼唤并非无动于衷。他向维特罗勒男爵透露，联军认为由富歇担任警务部部长是路易十八进入巴黎城的保障前提之一。他还亲自恳请国王让富歇进入他的内阁。塔列朗向帕斯基耶透露了这个消息，并说："这还没完呢。圣日耳曼区都对富歇抱着盲目的迷信。这15天来，每个从国王、亲王的特使及书信中打听到内情的人，张口闭口都在议论富歇，说他为王党事业做出了多大的贡献。女人谈得更是厉害，尤其是沃德蒙王妃、屈斯蒂纳夫人和杜拉斯夫人。"事情发展到了最后，阿图瓦伯爵得知是富歇上下斡旋，释放了他的朋友维特罗勒，就在路易十八面前极力为这个曾经的弑君者说话，最后把国王说动了。在把塔列朗和维特罗勒派到临时委员会主席家中之前，路易十八私下里说了这句话："我知道一旦接受富歇，就相当于交出了自己的童贞。"就这样，1815年7月9日，富歇第四次当上了警务部部长。上任15天后，他着手实施1815年7月24日法令。根据该法令，拿破仑手下大部分将军（里面有富歇的旧敌萨瓦里）将被逮捕并移交陆军审判所，卡诺、巴雷尔、梅尔林和其他曾是富歇旧日同僚的人将被驱逐出巴黎并处在警察的监视之下。富歇毫无异议地接受了这个任务，何况他认为此举能巩固自己在新政府里的地位。然而这次和他打交道的主子比他还要狡猾。诡计多端的路易十八一开始把得罪人的活都交给富歇去做，让自己的手干干净净的，甚至好心到关心起了富歇的续弦问题（富歇的妻子在1812年去世）。国王把他利用完后就把他丢到了一边，在9月15日将他任命为法国驻萨克森王国全权特使，让他在因为效忠拿破仑而付出昂贵代价的倒霉的萨克森国王身边工作。富歇在德累斯顿时才得知1816年1月12日法令的内容，其中第七条宣布："所有弑君者……或在篡位者手下效力或工作过的人，都被视为法国和法国合法政府的不共戴天的敌人，将被永远驱逐出国。"这段话明显就是在说富歇。这么一来，富歇的外交生涯被断送，也再没办法回到法国。他接受了梅特涅的好意，来到奥地利定居，先后在布拉格和林茨住了一段时间。1820年2月，富歇受允住在的里雅斯特，同年12月在此地去世。

参考资料：路易·马德林的《富歇》（Louis Madelin, *Fouché*）（本书分两卷，第一卷出版于1900年，第二卷出版和修订于1903年，1954年出版了此书的精装版；这本书对研究富歇的一生有着极其重要的参考价值），斯蒂芬·茨威格的《约瑟夫·富歇》（Stefan Zweig, *Joseph Fouché*）（这是一篇优秀的心理学论文，但没有太多历史价值），莱奥斯·品高的《富歇和拿破仑》（Léonce Pingaud, *Fouché et Napoléon*）。富歇的回忆录于1824年问世，之后被多次重新出版；1945

年，路易·马德林编了一个校注版，被视为《富歇回忆录》的最终版本。此外，我们还可以在巴雷尔的回忆录中找到上文一些事的详细出处。巴雷尔曾大略描述了一下富歇，在我看来，这段文字最能反映这个"面目多变的恶棍"的性格（上面的话是拿破仑的评语，出自蒙托隆的回忆录）："富歇神情阴沉，让人觉得他是个思想家；一脸冰冷，让人觉得他是个中庸主义者；拉长着脸，让人觉得他深不可测；话少言简，让人觉得他是一个政治家。"

富瓦（马克西米利安-塞巴斯蒂安，Maximilien-Sébastien Foy，1775—1825）

哈姆邮局局长的儿子。1790年，富瓦进入拉费尔炮兵学校，第二年离校，军衔为中尉。之后，他被派到了北方军。由于是吉伦特派成员，他被投入监狱，在里面待了整整一年。出狱后，他跟着莫罗到处打仗。后来他被德赛推荐给了波拿巴，但由于不想离开莫罗，所以富瓦没有跟随波拿巴。雾月政变后，富瓦对第一执政官的勃勃野心很反感，于是被卷入了莫罗的事情。事变走漏风声后，当局发布对富瓦的逮捕令。波拿巴撤销了逮捕令，放富瓦离开。富瓦进入荷兰军，然而直到六年后才被提拔为将军。在西班牙战争期间，富瓦立下赫赫战功。帝国覆灭时，他战斗在奥塔斯的战场上，哪怕身受重伤也不下火线。路易十八回来后，将他任命为步兵总督察长。富瓦在南特执行军务时，拿破仑回到法国。然而直到3月24日，皇帝才在南特召见了富瓦。几周后，皇帝封他为伯爵，让他指挥一个师的步兵。富瓦在四臂村战役中表现英勇，在滑铁卢战场上受伤。波旁家族二次复辟后，富瓦变成了一介平民。在接下来的四年里，富瓦笔耕不辍，撰写出了《西班牙战争史》（*Histoire de la guerre d'Espagne*）（此书不曾完结）。1819年，埃纳省将他选入议员。

他第一次站上议院的演讲台就是为了替伤残老兵争取权利。台上的富瓦舌若莲花、气势十足，一下子在议院打出了名气。富瓦是议院中的温和反对党。之后的七届议院里，富瓦皆有席位。后来由于心脏病发作，富瓦去世，巴黎为他举办了一场盛大的葬礼。

G

甘多姆（安托万-奥诺雷-约瑟夫，Antoine-Honoré-Joseph anteaume/Ganthaume，1755—1818）

　　一个海上商船船长的儿子，14岁时就跟随父亲一道航海。1779年，甘多姆进入皇家海军。法国大革命初期，他已是海军上尉，后被东印度公司雇用。1793年，甘多姆回到海军军队。海军上将布吕耶（Bruyes）（此人后来在阿布吉尔海战中战死）当时负责指挥海军远征埃及，便让甘多姆当自己的参谋长。在穿越地中海的时候，甘多姆在一次爆炸中差点儿丧命。登陆埃及后，他参加了阿克包围战和阿布吉尔战役。他在战场上的表现为他争来了海军准将的头衔。在所有海军将领中，只有甘多姆得到了波拿巴的高度信任，后者甚至把自己回国的事都交给他去安排。布里安说到甘多姆的时候频出恶言，据他所说，在横渡地中海的时候，甘多姆的职位还在他之下呢。不过我们可以确定的是，是甘多姆在最困难的环境中冒着被英国人俘虏的危险，把波拿巴及其随从平平安安地送回了法国。雾月政变后没多久，波拿巴将他召进海军委员部，之后又迅速让他进了参政院。但即便如此，第一执政官仍无法回报甘多姆在那个紧要关头给他提供的帮助。共和十年，足智多谋的甘多姆组织了圣多明哥远征行动。回国后，他被提拔为海军准将。从1808年开始，由于身患痛风，甘多姆再无法参加海上行动，但他依然积极地参与了参政院里的各项海军工作。后来，对海军事务了解甚少的皇帝提出某些大胆的海上计划时，是甘多姆大胆站出来表示反对。这似乎引起了拿破仑的怨恨。不过看在甘多姆立下的大大小小的功劳的分儿上，他还是在1810年将其封为伯爵，并在1812年让他担任侍官。波旁家族复辟后，甘多姆第一批投靠路易十八，他在写给元老院的拥护书中说："因为这个古老的王朝缔造了法国八百年的荣耀和幸福。"

刚邦（珍妮-路易丝，Jeanne-Louise Campan，1752—1822）

外交部官员热内斯特（Genest）的女儿。由于父亲找人说情，她才得以跟着路易十五的女儿，也就是公主，当她的伴读侍女。后来，她嫁给王后办公厅秘书的儿子。玛丽-安托瓦内特很喜欢她，让她一边继续服侍公主，一边兼任自己的侍女。几年后，刚邦夫人被提拔为宫中大侍女，虽然俸禄没有涨多少，只有1.2万里弗，然而这个位置本身就极有油水可拿，单单每天在蜡烛这一项上就可拿到50里弗。另外，她还负责保存王后的珠宝首饰，还可拿到额外的奖金和补贴。她之所以能获得这一切，多多少少离不开王后对她的信任。在15年里，刚邦夫人一直是玛丽-安托瓦内特的心腹侍女。王后的信函、首饰、出入行程都由她负责打理，而盥洗室、寝宫里的许多蛛丝马迹更是逃不过她的眼睛。她知道无数足以让王后身败名裂的小秘密。正因为如此，无论王后在革命时期变得如何多疑和猜忌，她都不敢动刚邦夫人，怕她把一些事给"抖出来"。刚邦夫人没有跟着国王一家被关进圣殿监狱，8月10日之后也没像王后身边其他侍女那样被逮捕。帝国时期，有人指责刚邦夫人，说她当初是因为把路易十六托付给她保管的一些秘密信函交了出去才幸免于难。不管怎么说，恐怖统治时期，刚邦夫人在什弗留兹山谷的庄园里过着平平安安的日子。督政府时期，刚邦夫人在圣日耳曼昂莱伊开了一所女子私立寄宿学校，没过多久就得到众人的追捧。新政府里的暴发户觉得把自己的女儿送到她那里接受曾经的王后第一侍女的培养，是一件很有面子的事。博阿尔内夫人把她的女儿奥坦斯和侄女艾米丽托付给刚邦夫人后，这所寄宿学校就更受欢迎了。她的丈夫波拿巴将军对自己这个继女的进步感到很高兴，就邀请刚邦夫人来马尔梅松共进晚餐，还亲自去圣日耳曼观看刚邦夫人的学生表演的《埃斯特》（*Estre*），并把自己的妹妹卡洛琳也送进这所学校。称帝之后，拿破仑意欲效仿路易十四和曼特农夫人，建立一所学校，专门接收荣誉军团骑士的子女。他把刚邦夫人找了过来。也许刚邦夫人也有此想法，于是两人一拍即合，创办了一所学校。这所学校坐落于埃库昂，里面的章程都是由她一手制定的。她以学校总监的身份管理学校，从此她的头衔成了刚邦男爵夫人。在整个帝国时期，任何一个从埃库昂走出来的学生在社会上都很有地位。波旁家族回来后，刚邦夫人风头不再。埃库昂学校被取缔，她也隐居到了芒特，住在从前一个女学生家附近，并老死在那儿。

戈班（Gobain）

执政府护卫军中的一个掷弹兵，因为情场失意而自杀。

戈丹（马丁-米歇尔-夏尔，加埃塔公爵，Martin-Michel-Charles Gaudin, duc de Gaëte，1756—1841）

旧制度时期税务总行政部门主管，1791年国家国库局设立后担任国库局专员。他虽多次遭人告发，却依然在这个位置上一直干到了共和三年，这可谓是个奇迹。督政府时期，戈丹隐退于世。后来西哀士把他推荐给了波拿巴，于是他就成了波拿巴的终身财政部部长。1814年3月30日，戈丹离开财政部办公室，1815年3月21日又回来。7月8日，路易十八的大臣路易男爵顶替了他的位置。但几周后，戈丹被选进议院，在里面一直干到了1820年，也就是他担任法兰西银行行长的时候（这家银行当初还是他一手建成的）。1834年，在财政界工作了50多年后，戈丹终于退休了。拿破仑非常欣赏"他的直截了当和清正廉洁"。（此话出自科兰古回忆录第三卷第355页，我们可以将它拿来和古尔戈1817年6月2日日记中略有差别的评价来做个对比："论办事能力，戈丹是首屈一指；但他有时候并不专心，要过24小时后才给答复。"）戈丹在政府工作了几十年（在这点上，也只有科尔伯特才能和他相提并论），见证了执政府和帝国的整个财政史。他秉承兢兢业业、毫不懈怠的工作态度，完成了一项又一项艰巨的任务。他提出建立公共税务系统，为林林总总的各种税收建立了基础体系，还能让政府以各种方式了解到纳税人的财政情况。他担任部长期间还建立了税务法庭，不过在这件事上，戈丹只是拿破仑想法的执行者而已。波旁复辟期间，戈丹被一个极端保皇党人以贪污公款的罪名起诉，理由是拿破仑曾从分期偿还公债基金中挪用了360万法郎的公债。国王派人成立调查委员会，委员会最后得出结论：挪用款项完全是拿破仑的个人行为，财政部部长以及其国库同僚（莫利安）对此事不负任何责任，他们只是奉命行事而已。

参考资料：现在还没有任何人对戈丹15年的部长生涯进行过完整的研究；波塔利斯发表于1842年的《谈加埃塔公爵的行政及个人生涯》（Portalis, *Essai sur la vie et l'administration du duc de Gaëte*）只粗浅地介绍了一下戈丹其人罢了。所以，我们等待有人能对戈丹进行专门的研究。在等待这本书问世期间，我们可参考一下马塞尔·马里恩的《法国财政史》（Marcel Marion, *Histoire financière de la France*）第四卷内容。此外，戈丹于1826年出版了他的回忆录，并在1834年做了增补。这本书集回忆录、议会观点和其他各种内容于一体，里面有一篇自传体的《概述》（*Précis*），此文为我们研究热月九日事件提供了一份尤其独到的证词；也有一篇《法国财政历史概述》（*Notice historique sur les finances de France*），它能帮我们对戈丹在那段时间做成的事有一个概括性的了解；还有一篇《逸事注释》（*Note anecdotique*），就在戈丹回忆录的第一卷第328~332页，这算是戈丹对拉斯卡斯转述的拿破仑对自己的评价的一个回应吧（拉斯卡斯在书中说，戈丹对财政界的有钱人有所偏袒）。当然，我们也不能漏掉增补部分中的《B先生回忆录之评述》（*Note sur les Mémoires de M. de B****）（B先生即指布里安），以及反驳《拿破仑圣赫勒拿岛回忆录》的《参政院附记》（*Note sur le Conseil d'État*）。

戈登史密斯（刘易斯，Lewis Goldsmith，1763？—1846）

拿破仑时期的一个犹太裔的间谍。我们对他的早年经历所知甚少，貌似他最开始是在伦敦的一家诉讼代理机构当书记员。法国大革命爆发后，他成了一个积极的革命拥护分子。1792年，戈登史密斯来到德意志。由于英国大使要求德意志政府将其驱逐出去，他只好转去波兰，并成为柯斯丘什科的秘书。波兰起义被镇压下去后，戈登史密斯逃到了荷兰。1801年，他在那里出版了一本书——《欧洲各国列强为扼杀法国自由、肢解法国国土而酝酿的敌对行动及计划概述或罪行书》（*Les Crimes des cabinets ou Tableau des plans et des actes d'hostilité formés par les diverses puissances de l'Europe pour anéantir la libertéde la France et démembrer son territoire*）。此书出版后，戈登史密斯来到法国，以逃避英国政府的迫害（至少他觉得它在迫害自己），得到了法国的热情接待。塔列朗曾把他带到波拿巴家中，法国政府还给他提供资金去创立一家反英宣传报社。这家报社的报纸都用英语写成，打算在英国秘密发行，报纸为《百眼巨人》（*Argus*）。戈登史密斯还和巴雷尔联手撰写了《反英檄文》。第一执政官对他非常满意，给他安排了一些秘密任务。戈登史密斯拿到200万法郎，去贿赂德意志的政治人员。我不知道他是怎么完成任务的，也不知道这些钱都花在了谁的头上。但我们知道，在1808年以前，他一直深得拿破仑的信任。不过后来不知道为什么，他失宠了。1809年，戈登史密斯拿到了一张前往美国的通行证，但他所乘的那艘船的船长把他放在了多佛尔。英国政府开始时把他关进监狱，不过很快他就得以释放。戈登史密斯没有浪费一刻时间，立刻以文献资料和笔记为参考（不过这些资料多少都有些不可信），撰写了《拿破仑·波拿巴政府秘史》（*Histoire secrete du cabinet de Napoléon Bonaparte*），此书一经出版就大获成功。为了彰显自己的爱国思想，戈登史密斯还在全国筹集资金，用来悬赏任何能把拿破仑的头颅带给英国国王的人。很可惜，我无法就此事提供更多细节。我们只知道，此事被提交到上议院后就被枪毙了。根据戈登史密斯自己的说辞，拿破仑给了他20万英镑，好买下他那张嘴，让他别再攻击自己，然而这个"不受腐蚀的爱国分子"严词拒绝了对方的收买。帝国覆灭后，戈登史密斯在英国明显名气大跌。于是他又来到法国，在商务诉讼法庭里当翻译，并在英国大使那里谋了个小差事来做。有人说，路易十八还时不时地利用他去干一些见不得光的事。

戈多伊（曼努埃尔·德，名号有拉佩亲王、阿尔库迪亚公爵等，Manuel de Godoy，prince de la Paix，duc d'Alcudia...，1767—1851）

西班牙一个小贵族的儿子，长大后进了哥哥所在的近卫军。当时戈多伊17岁，相貌英俊、声音柔和，很擅长边弹吉他边唱一些爱情歌曲。单单这两点就足以让他讨得西班牙王后——比他年长13岁，又胖又丑的玛利亚-路易莎的欢心。王后把戈多伊举荐给她的丈夫查理四世，查理四世对他也是喜欢不已，就让他当自己的首相。戈多伊没有任何学识和政治经验，脑子也谈不上聪明，而且有些不切实际。一当上首相，他就面临一个相当严峻的问题：新生的法国和古老的英国之间硝烟十足，战火一触即发，西班牙对此应该保持什么立场呢？戈多伊对法国人没有任何好感，但他也不喜欢英国人。所以，他就想和两边同时保持距离，执行一套如今一会儿被称为"中立主义"，一会儿被称为"孤立主义"的政策。然而，他后来不得不放弃这条路线。路易十六死后，查理四世为了表达愤怒，决定在法国和西班牙之间的边界上搞点儿军事动作。公会认为此事性质严重，便向西班牙宣战。一开始对法国很有敌意的戈多伊一看大事不妙，想方设法地解除这场危机。最后，两国签署了《巴塞尔和约》。戈多伊因此被封为拉佩亲王（"和平"之意），不过当时他拿这个头衔也算实至名归。然而，他发现自己不由自主地被拉到法国这边。1796年，戈多伊不得不和法兰西共和国签署了共同防御及进攻的盟国条约。作为法国的盟友，西班牙只好对英国发起战争，并为此遭受了一点儿损失（割让特立尼泰岛）。1800年，波拿巴决定远征葡萄牙。戈多伊不得不走上战场，亲自指挥一支西班牙军队作战。丢了几个要塞后，葡萄牙宣布停战谈判。结果，葡萄牙把自己的一部分领土割让给了西班牙。吕西安·波拿巴身为法兰西共和国的官方代表，却对西班牙首相的一切手腕都纵容不已（当时戈多伊已经是个非常狡猾老练的外交家了）。通过《吕内维尔条约》，戈多伊进一步巩固了西班牙和法国执政府的关系，然而两国交好的局面被西班牙王位继承人和那不勒斯公主的联姻所打破。当时，那不勒斯的波旁家族已经投靠英国，此桩婚姻意味着西班牙宫廷里会出现一个狂热亲英的王妃，拿破仑因此心中警铃大作。《亚眠条约》破裂后，马德里政府被督促着履行承诺。戈多伊到处打点，总算成功避免了一场战争，代价就是每年得掏1800万的违约金。然而英国认为西班牙对它的敌国进行金钱援助，此举充满敌意。于是，4艘从墨西哥返航、满船都是金子的货船被英军截获。戈多伊不得不向英国宣战。他本只想表达一下宣战意向，但拿破仑要求他采取切实的军事行动，西班牙只好派出一支舰队。1805年10月21日，法国和西班牙的舰队在特拉法尔加海岬遭到攻击，全军溃败。拿破仑的敌人拿这次惨败大做文章。在组织第四次反法联盟期间，俄国驻马德里大使斯特罗加诺夫（Stroganov）成功说服戈多伊加入联盟，两国秘密达成协议，西班牙等着拿破仑被卷入欧洲北部的战争无暇分身后伺机行动。1806年10月6日，戈多伊向西班牙人民宣布全国进入战时状态，却不告诉国人作战的敌人是谁。拿破仑在柏林得知了他的这篇宣言，那时他刚刚在耶拿打败了普鲁士。他假装什么都不知道的样子，但已决心要彻底解决西班牙的波旁家族和这个戈多伊。戈多伊听到拿破仑取得大捷的消息后怕得要死，连忙派了一群大使去表示祝贺，同时拍着胸脯保证西班牙会是法国的忠实盟友。皇帝接受了道贺，却要求西班牙立刻出兵1.4万人，并派出一部分西班牙军舰作战。他还跟戈多伊说，希望两国合作，打下那个不敢在明面上反对英国的葡萄牙。不过这一次，他打算让一个法国将领来主导行动。作为回报，西班牙可以和法国平分葡萄牙，戈多伊个人也能得到一块封地（如有40万人口的阿尔加维）。朱诺迅速打下了葡萄牙，布拉干萨家族被迫逃往国外。然而，拿破仑没有履行他给戈多伊许下的承诺。相反，他在比利牛斯边境布置了大量法国兵力，其中一个团甚至未经允许就进入西班牙境内。西班牙全国上下焦虑不安，开始骚动起来。戈多伊的政敌趁此对他发起各种攻击。贵族和教士组成了最强大的一个派系，站出来反对他。谁都没有忘记王后的这个情人当初是怎样迅速上位的。教会，尤其是圣职部，对他先前不尊重教会的行为大感恼火；人民认为他应该为当前的所有灾祸负责，更愤怒于他在国难当头的时候还过着骄奢淫逸的生活。王位继承人，也就是未来的斐迪南七世，迫不及待地想坐上王位，也觉得戈多伊是实现自己野心的最大障碍，于是带头行动起来。戈多伊想把国王夫妇带到加的斯，再从那里前往墨西哥。此时，一场暴乱发生了。民众闯进他的宫殿，把他关进监狱。不久之后，缪拉率领3万士兵进入马德里，把他从死神手上救了回来。之后，戈多伊为了执行拿破仑的一道命令而来到巴约讷，在那里起草了查理四世退位书，然后跟随自己的主子先后去了贡比涅和罗马，和国王夫妇住在一起。查理四世死后，他来到巴黎。由于失去一切经济来源（他完全不懂得防患于未然的道理），戈多伊向路易-菲利普求助，从后者那里拿到一笔5000法郎的年金。他在巴黎贫困潦倒，住在米肖狄爱尔街二十号的一座小公寓里，给他的流亡同伴——一个西班牙教士——口述了他的回忆录，为自己的政治行动向后人辩解。

格拉西妮（朱塞平娜，Guiseppina Grassini，1773—1850）

意大利歌唱家，曾和拿破仑有过一夜春宵。两个学者因此特地为她写了传记，它们分别是亚瑟·蒲根的《拿破仑的一个歌唱家"女友"：朱塞平娜·格拉西妮》（Arthur Pougin, *Une cantatrice «amie» de Napoléon: Guiseppina Grassini*），以及安德烈·加沃蒂的《格拉西妮》（André Gavoty, *La Grassini*）。第二本书中有一份批评书单，名目非常详细（几乎和一篇博士论文差不多了），并附有许多附录。

格兰特夫人（也称格兰德夫人，Mme Grant/Grand）

一个克里奥尔美人，在汉堡落脚后认识了塔列朗。之后，她来到巴黎，卷进一些非法投机活动，最后被打入大牢。塔列朗对她倾心不已，他给巴拉斯写信说："督政官公民，政府不久前以阴谋分子的罪名逮捕了格兰特夫人，但这位夫人最是不谙世事，不可能干出这种事来。她是个印第安人，长得很美，也很闲散，是我遇到的女性中最少事的一个。我恳请您对她网开一面……我爱她，并以男人的身份肯定地跟您说：她一辈子都不可能，也没有手段卷进任何阴谋。她是一个真真正正的印第安女人，您也知道这类女性和阴谋诡计是完全沾不上边的。"于是格兰特夫人被释放出狱。之后，塔列朗把她安置在自己的府邸，单独给了她一个房间居住。在政教协议洽谈期间，教皇批准塔列朗还俗，之后他迅速迎娶了格兰特夫人。就这样，格兰特夫人变成了塔列朗公民。然而庇护七世从来都不认为她是塔列朗的合法妻子，只以"那个女人"来称呼她。当时格兰特夫人非常出名，当然是因为她的美貌，也是因为她的愚蠢。

格雷（查理，豪伊克勋爵，后来封为伯爵，Charles Grey, lord/comte Howick, 1764—1845）

福克斯的主要助理之一，从1789年开始就支持法国大革命。1792年，格雷和劳德代尔、谢里丹以及其他几个自由派议员一道建立了人民之友俱乐部。没过多久，由于这个俱乐部想改革选举体制，伦敦人就把它称为"雅各宾革命俱乐部"。福克斯去世后，格雷成为外交部国务秘书，力图和法国交好。然而后来普鲁士战争爆发，他的这个路线再难执行。1807年3月，格雷递交辞呈。同年年末，其父亲去世，他继承了父亲在上议院中的席位，继续扮演反对党的角色，就像他20多年来在下议院中做的那样。

格雷古瓦（神父亨利，Grégoire, abbé Henri, 1750—1831）

出生在吕内维尔附近一个叫维奥的小村子里，从小家境贫穷，父亲是个裁缝。长大后，格雷古瓦当了教士。1788年，他凭《论犹太人在身体、精神及政治上的再生》(*Essai sur la régénération physique, morale et politique des Juifs*)一书而得到嘉奖，进入梅斯学院。第二年年初，该书出版，受到公众广泛的欢迎，尤其是当人们得知这本宣传宗教宽容的书是个天主教教士所写时。南锡管辖区的低级神职人员后来之所以把格雷古瓦选进三级会议，很有可能就是因为受了他这本书的影响。格雷古瓦是制宪议会中最常出席，也最勤勉的一个议员。此外，他还是黑人之友俱乐部的组织者之一。格雷古瓦比同时代的任何人都更加关心人民和被迫害种族的利益，然而他最关注的还是美洲法国殖民地上的黑人，为了给他们呐喊、发声而给制宪议会写了不少报告书。他要求议会让黑人完全融入白人社会，要给予他们政治权和公民权，要尊重他们的人格尊严。很明显，对于当时的"殖民主义者"来说，这些要求太过分了。1791年1月，格雷古瓦被同时选上萨尔特省和卢瓦尔-谢尔省主教，他选择了卢瓦尔-谢尔省，并在1792年9月被该省选进国民公会。在公会开幕之前，格雷古瓦向他的好几个同僚宣布他要提议废除王权、建立共和。虽然科洛·德布瓦先他一步提出这个口号，但格雷古瓦紧接其后，立即要求颁布"正式法律"来保障这条法令。巴奇尔说，当前大家情绪太过激动，此时对如此严肃的一件事展开投票，实在太过危险。格雷古瓦表示抗议，高喊："啊！既然大家都同意了，那还何须再多讨论？国王之于人世，就如同怪胎之于人体。那宫廷就是罪恶的温床、暴君的巢穴！君王的历史，就是各民族的苦难史。"最后这句话引起了巨大反响，被许多爱国作家放到作品前面当题词。于是国民公会令格雷古瓦着手起草这道法令。萨瓦省被"解放"后，格雷古瓦和埃罗·德·赛谢尔、西蒙、杰戈特一道被派去组织勃朗峰省新政府。因为这个原因，审判路易十六期间，格雷古瓦人不在巴黎。他和三个同事商量好后，便给尚贝里写了一封致国民公会的信，在里面说："我们认为所有议员都有义务公开表达自己的意见。如果我们只因为身在远处就觉得自己可以免去这个责任，那未免有怠惰因循之嫌。所以我们宣布，我们四人支持公会无须过问人民意见就直接处决路易·卡佩。"但这封信写得不清不楚。人们该怎么处决国王呢？是处死，还是囚禁"至和平到来为止"，还是流放出国？这封信对此只字不提。后来格雷古瓦声称，他想的是"路易死罪可免，活罪难逃"。其实，格雷古瓦在这里玩了一个不太光明磊落的文字游戏。之后，他从国民公会进入五百人院。雾月政变后，在康巴塞雷斯的授意下，格雷古瓦以卢瓦尔-谢尔省代表议员的身份被元老院送进立法院，并被选为主席。1801年年末，他进入元老院。波拿巴在构思政教协议的方案时，曾想咨询他的意见。在他的邀请下，格雷古瓦多次前往马尔梅松，然而两人在谈话中并没得出什么实质性的东西。格雷古瓦对圣座执行的政治路线不抱好感，大力主张由人民和教区低级神职人员投票，选出主教人选。波拿巴觉得如果采用这个做法就永远也不可能和罗马交好了，于是没有听格雷古瓦的意见。之后，格雷古瓦和其他被选出来的主教一道收到教皇发来的传单，请他们各自辞职。格雷古瓦写了辞职信，但也告诉教皇：他一直都坚决认为自己被选为主教的事是合法且合理的。庇护七世来到巴黎期间，陪他一起前来的教皇秘书戴佛提主教（Devoti）给格雷古瓦写了一封信，表达了和他见面的意愿，信的收件人是"元老院议员格雷古瓦"。格雷古瓦回答说，没有什么"元老院议员"，自己只保有主教头衔。戴佛提还是来拜访了他，并再三邀请他觐见教皇。格雷古瓦表示自己愿意去见教皇，但要以主教的身份得到接见，而且强调他坚持效忠《教士民事基本法》的誓言。于是，那位罗马主教没有再坚持。政教协议签署后，格雷古瓦的主教生涯也结束了。他明确反对波拿巴的勃勃野心，继续扮演着一定的政治角色。元老院里只有他和另外两人投票反对拿破仑称帝，之后又只有他反对恢复贵族头衔制。尽管如此，他在1808年依然从拿破仑那里领取了封爵书，拿破仑在文书中宣布封"他亲爱的格雷古瓦"为伯爵。接下来的几年里，格雷古瓦就象征性地反对了一下帝国体制。有一次议会讨论征兵一事，格雷古瓦注意到元老院稍稍有些犹豫，于是给一个住在巴黎附近的议会朋友写信说："皇帝又要征兵2万，元老院似乎有些犹豫不决；要是我们能够直截了当地拒绝就好了！快点儿过来，哪怕只多一票，说不定我们都能让这2万可怜的年轻人逃掉远离亲友的命运！"这位同僚回信说，他现在正忙于翻新家里的花园，不能前来元老院。格雷古瓦没再多说什么。但在皇帝离婚这件很敏感的事情中，格雷古瓦铁了心要求登台演讲。他的同僚都知道他已准备好了一份演讲稿，在里面表态坚决反对离婚，于是大家纷纷拦在他身边，不让他说话。格雷古瓦只好通过投票来表明立场（当时元老院87票支持，7票反对，4票弃权），并拒绝参加玛丽-路易丝的婚礼现场。格雷古瓦也知道自己反对无效，于是把所有心思都扑在了文学创作上，然而他在文坛上也没闯出什么名堂来。他在新版《波尔罗亚尔修道院的毁灭》（*Ruines du Port-Royal*）中讨论路易十四的专制统治和宗教不宽容政策引来了哪些毁灭性的后果，结果引起拿破仑的不悦，他被禁止随群臣在新年里觐见皇帝。格雷古瓦写了一封信，指天发誓自己是多么忠君报国。然而第二年，他的《宗教教派史》（*Histoire des sects religieuses*）出版一事依然泡汤了：书中一部分内容引起了帝国警务部的注意，于是当局禁止此书售卖。富歇给他写信说："我请您协助我们的行动，不要帮助任何人流传此书。这本书虽然有着不俗的见解，但有的地方的观点和细节实在让我无法批准通过。我更在意的是您的平静生活，而不是您的文学造诣。"

从1812年起，格雷古瓦预料到帝国必然覆灭的结局，开始和几个朋友秘密聚集在一起，讨论他们应该采取哪些行动来加速帝国的灭亡。每个参与者都参与起草了一份退位书草案，大家决定：只要时机成熟，取得了众人一致的支持，就立刻把退位书公之于众。在格雷古瓦留下的文件资料中，我们可以发现一张草稿，边上的空白处写着一句话："我的计划就是退位。"这份草稿应该写于1814年2月至3月，但它只不过是格雷古瓦1812年写的那份草案的扩增版罢了。（格雷古瓦于1814年写的一则笔记说得很明白："从两年前开始，我就在准备退位书了。"）这份草稿言辞激烈，人们很诧异如他这样性情平和的人竟也能写出这样的话来。看看他是怎么说的吧："有这么一个外国人，他很擅长攫取同胞用刺枪拼来的桂冠，把一个慷慨大度的民族为争取自由而积攒了12年的努力转化为自己名下的巨大财产……他视人命如草芥，下定决心要在焦土和白骨上展开自己的统治；他不得餍足，口口声声说着和平，却不断发起战争，使得人间血流漂杵，犯下了比所有阿提拉加起来还要多的杀孽。坟墓深处那1200万命丧战场的人发出了反对他的怒吼。在欧洲，尤其是法国，母亲们再不生育了，因为她们不愿自己的孩子成为他残暴统治的牺牲品……一道道征兵令成了一张张催命符，让所有家庭闻之色变，把成千上万才刚成年的法国人赶出家园、拖到战场上……在每一个遭受拿破仑践踏、烧杀、抢掠的国家眼中，法国民族就是面目可憎的恶人。在欧洲，哪个地方不曾回荡反抗拿破仑暴行的枪声？哪个家庭不曾遭到他的折磨？……"（《格雷古瓦回忆录》第一卷第166～178页完整收录了这篇手稿）格雷古瓦签署了1814年4月6日法令，支持"路易·斯坦尼斯瓦夫·塞维尔·德·法兰西"登基。他在法令开篇本来加了一段掷地有声的话："法国民族选择前朝一个王室成员担任国家领袖，且他事先必须接受自由宪法的基本准则。"但这句话未得保留。格雷古瓦没有办法，只好在1814年5月3日身着元老院议员官服，参加了路易十八在巴黎圣母院的加冕仪式。后来国王成立了贵族院，但格雷古瓦并不在贵族院议员名单中，只拿到了元老院议员的2.4万法郎年金（而且貌似这还得感谢亚历山大一世的干预）。百日王朝时期，虽然卡诺再三提议起用格雷古瓦，但拿破仑依然没有召他出山。波旁二次复辟后，政府撤销了他享受的年金。于是格雷古瓦卖掉藏书，隐退到了奥特伊。1819年，伊泽尔省将他选为本省的议院代表，结果引起王党分子的强烈抗议。虽然格雷古瓦心底不想辞职，可他还是在"国王万岁"的呼声中被驱逐出议院。甚至在他死后，巴黎大主教都不让他的遗骸葬进教会墓地。不过，格雷古瓦的葬礼最后还是在圣日耳曼-德普雷举行，那时七月革命刚刚结束不久。在他的葬礼上，众人跟着灵车缓缓地走向蒙帕纳斯墓地。送殡队伍中有一群满脸肃穆和忧郁，仿佛是从过去爬出来的老者，他们就是从前的公会成员和"弑君者"，他们刚刚结束流亡，回到国内。其中叫蒂博多的人代表同僚发表致辞，向他们这位"朋友和可敬的同党"做了最后的告别。

参考资料：古斯塔夫·克鲁格的《海因里希·格雷古瓦》（Gustav Krüger, *Heinrich Grégoire*），路易·马吉奥罗的《神父格雷古瓦的生平及作品》（Louis Maggiolo, *La vie et l'œuvre de l'abbé Grégoire*），保罗·格林纳鲍姆-巴林的《所有有色人种的朋友——亨利·格雷古瓦》（Paul Grunebaum-Ballin, *Henri Grégoire, l'ami des hommes de toutes les couleurs*）。

格雷特里（安德烈-欧内斯特-莫德斯特，André-Ernest-Modeste Grétry，1741—1813）

法国喜剧歌剧创始人之一，其音乐轻灵优雅，但在大革命时期不再受人欢迎。督政府时期，他的作品再度受到追捧，于是格雷特里在接下来的执政府和帝国时期又恢复了昔日的地位，还从拿破仑那里领到一笔4000法郎的年金。

格里马尔迪（夏尔-巴尔塔萨·德，Charles-Balthasar de Grimaldi，1747—1831）

海军军官，大革命初期流亡国外，后被路易十八提拔为海军准将。

格里特利（托马斯，Thomas Greatly）

圣赫勒拿岛上的一个英国军官，负责监视拿破仑。

格鲁希侯爵（艾玛努尔·德，Emmanuel de Grouchy，1766—1847）

出身于诺曼底一个古老贵族家庭，是孔多塞的妹夫，旧制度时期担任骑兵队军官，1793年因为贵族身份被赶出军队。热月九日政变后，格鲁希恢复军衔，在1795年被晋升为将军，成为奥什的主参谋长，随后者远征爱尔兰。由于海上天气恶劣，法军舰队被冲散而奥什所在的那艘军舰又没有抵达，于是格鲁希下令自己的军舰朝法国返航。他的副将谢兰将军非常希望登陆英国，给奥什写信说：他打算在甲板上抓住格鲁希，将其扔到海里，然后由他负责指挥军舰朝英国驶去。不过这个计划未实施。得知波拿巴准备远征埃及的消息后，格鲁希自告奋勇，请求当波拿巴的主参谋长，但其提议未得采纳。被任命为意大利军总司令的茹贝尔起用了他。在诺维战役中，他率领的那一个师被迫后撤，导致格鲁希遭敌军俘虏，在敌营中被囚了一年。听闻雾月政变的消息后，他给督政府写了一封抗议信。第一督政官收到了这封信，却并未因此就对格鲁希怀恨在心，而是用一个英国将军把他换了回来，并在战场上多次让他指挥骑兵队。在1812年的战斗中，格鲁希的队伍几乎被全歼。后来他指挥了负责保卫皇帝人身安全的著名的"神圣精锐之队"，但皇帝离开军队后，该军队被解散。回到法国后，格鲁希请求指挥一支军队，但遭拒，所以没能参加1813年的战斗。反法联军入侵法国后，他再次自荐，这次拿破仑接受了他的请求，让他指挥骑兵。格鲁希尽心尽力，在沃尚和蒙米拉伊的战场上表现得非常英勇。然而他在关键时刻犹豫不决，没能及时增援情况危急的马尔蒙。在克拉奥讷受伤后，他下了前线。养伤期间，帝国陨灭，他也被路易十八剥夺了军衔。拿破仑回来后，他满心欢喜地投奔其麾下，拿破仑将南部军交由他指挥，让其和昂古莱姆公爵对战。格鲁希轻轻松松就抓住了公爵，因此在1815年4月15日被授予元帅的职位。在比利时的最后决战中，拿破仑让他指挥骑兵预备军。他在滑铁卢战役中扮演了何种角色，一直以来都是人们热烈讨论的话题。大家一致认为，在那个决定了拿破仑命运的关键时刻，他缺乏战场上的决断能力。波旁二次复辟之后，格鲁希遭到通缉，逃到美国，1819年得赦后返回法国。

格伦维尔勋爵（威廉·温德姆，William Wyndham，lord Grenville，1759—1834）

英国内阁国务秘书，1789年开始在内政部工作，1791年去了外交部。作为法国的敌人，他是皮特的忠实支持者，1801年和他一道辞职。

格罗斯特公爵（duc de Glocester，1743—1805）

英王乔治三世的弟弟。

格罗韦尔（J.R. Glover）

海军上将科伯恩的秘书。

贡斯当（本杰明·贡斯当·德·雷贝克，Benjamin Constant de Rebecque，1767—1830）

祖上是一个信奉新教的法国家庭，在17世纪初被赶出法国。贡斯当出生于洛桑，最开始在父亲的安排下在布伦瑞克公爵的府邸里做事。之后，他发现自己爱好政治，于是离开家乡来到巴黎。那时，督政府才刚成立。贡斯当一开始热烈地赞颂这个新政府，极力恭维巴拉斯，想借此寻求下次选举的靠山，然而巴拉斯把他给忘了，贡斯当没能入选。雾月十八日以后，贡斯当又转而去拍波拿巴的马屁。波拿巴发现了他的长处，让他进了保民院。之后，贡斯当深受斯塔尔夫人的影响，成为保民院中最积极的反对派，故在1802年被赶出议院。第二年，他和他的情妇（斯塔尔夫人）收到命令，不得不离开巴黎。1807年，斯塔尔夫人丧夫，贡斯当向她求婚，但没被接受，因为斯塔尔夫人觉得自己更改夫姓会"让欧洲迷失方向"。于是贡斯当来到德意志，在那里娶了另一个寡妇——哈登贝格亲王的堂妹。波旁家族复辟后，他回到法国，并把自己不久前在汉诺威发表的《论征服篡位思想和欧洲文明的关系》（*De l'esprit de conquête et de l'usurpation, dans leurs rapports avec la civilisation européenne*）带了回去。由于他的妻子留在德意志，贡斯当可以继续在巴黎毫无顾忌地拈花惹草了（这次雷加米埃夫人成了他罗曼史里的女主角）。当然，他也没忘记进军政界的事。然而路易十八并没急着接受这个新冒出来的君主制捍卫者的投诚，于是贡斯当在1815年3月2日的私人日记中写道："虽然我不被接受，但不会忘记冥冥之志。哪怕万人反对，我也矢志不渝。"拿破仑登陆的消息传到巴黎后，贡斯当又惊又怒。斯塔尔夫人慌慌忙忙地离开了，而贡斯当拒绝跟她一起走：他的"朱丽叶"还在这里呢，他怎能离开？17日，贡斯当在日记中说：

"我已是刀在颈上,可还满心只想着她,真是愚蠢至极啊。"不过,他还试图预料后事发展。贡斯当写了一篇能引发舆论哗然的文章,准备在《论报》上发表,他还在日记中说:"要是这个科西嘉人被打败,我的处境就会好很多了。"这篇文章登报了,贡斯当在里面写道:"这个浑身上下染着我们国人鲜血的人,他又出现了;这个不久之前还被口诛笔伐的恶人,他又出现了……他就是阿提拉、成吉思汗,但更加可怕和可憎。他可以颠倒黑白,把一切屠杀和掠夺行为说成合法的事。"在文章最后,贡斯当写下了这段大胆的话:"我绝不会去当可耻的叛徒,抛弃一个政府,转而投靠另一个权力机关;我绝不会为了苟延残喘,在那里巧言令色,为卑鄙之徒诡辩。"第二天,"这个科西嘉人"不仅没被打败,还进入巴黎。贡斯当的所有盘算都落空了。他惊恐万分,躲到美国使馆中,之后拿到美国通行证,打算从南特登船前往美国。赶路途中,贡斯当听闻南特卫戍部队倒戈拿破仑的消息,又回到巴黎。他变得谨小慎微,藏在那些重新得势的人背后察言观色,想借此讨得"阿提拉"的欢心。他经常出入斯塔尔夫人家中,只为了和约瑟夫·波拿巴有所接触。很快,他就见到了约瑟夫。在3月30日的日记中,贡斯当写道:"拜访约瑟夫,有希望了。"也就是说,他为了表示忠心,愿意发表一篇文章,直截了当地替拿破仑说话。贡斯当迅速办成了这件事。第二天,也就是3月31日,他把文章写好并交给了约瑟夫。文章标题是《对维也纳会议宣言的一点儿感想》(*Observations sur une déclaration du congrès de Vienne*),内容和他12天前写的东西大相径庭。先前他多么积极地捍卫王权,现在他就多么狠命地打击波旁家族。他在里面说:"波旁家族已经完蛋了,因为他们无所依靠,他们那个短命政府完全就是无根之木……有人想让欧洲再度烽火四起,而这一切就为了一个家族。人们看在血缘传承关系的分儿上已把这个家族扶起了一次，然而它一年时间都没挺过去。各个民族可以仔细想想，我们是否应该牺牲所有欧洲人民的命运，打破他们的安宁生活，不顾他们的工业、财产、生命遭受的威胁，只为给一个昙花一现的家族寻个庇护所——哪怕它在那里被一再驱逐，只为了让一个短寿促命的家族回归原位——哪怕它自己都已经放弃了这个位置。"之后，贡斯当等了足足两周时间仍没得到传召和嘉奖。这并非拿破仑在犹豫不决的缘故，恰恰相反，他当时正在竭力把尽可能多的人拉拢到自己身边，根本不管这些人是否真心诚意地支持自己。问题是，他到底该让这个善辩的变色龙担任什么职务呢。最后，4月14日，贡斯当总算被召进杜伊勒里宫，得到皇帝的私下接见。离开杜伊勒里宫的时候，他已是内政部附属部门的一个国家参谋了（我们可以从贡斯当的《百日王朝回忆录》中看看他是怎么记叙此次谈话内容的，当然了，贡斯当完全是在替自己辩解），还进入了议院。可没过多久，滑铁卢战役爆发。战败的消息如雷贯耳，打得贡斯当魂飞魄散。他接到任务，负责代表议院去向外国君主求情。贡斯当局促不安地从议院回来，匆匆忙忙地收拾包裹逃到英国。即便如此，他还是腾出时间，给塔列朗写了一封信，说他"真心实意地忠于国王政府"。这一次，这个国王政府可比当初的"阿提拉"难糊弄得多。1816年9月，贡斯当回到法国，1819年被选为议员，成为温和反对党的代表人物。1830年7月，已经被时代抛到后面的贡斯当没能搭上七月革命的顺风车。不过，路易-菲利普依然让他进了参政院，给了他20万法郎的年金。但没过多久，贡斯当就离开了人世。

参考资料：古斯塔夫·拉德勒在1930年12月15日发表于《巴黎杂志》上的《本杰明·贡斯当归顺帝国的行为》（Gustave Rudler, *Benjamin Constant, son ralliement à l'Empire*）。

古尔本（亨利，Henry Goulburn，1784—1856）

一个英国政治家，1812年到1821年担任陆军及殖民部的副秘书长。

古尔戈（加斯帕尔，Gaspard Gourgaud，1783—1852）

父亲是一个音乐家（在国王教堂里拉小提琴），祖父和叔叔亨利·古尔戈（Henri Gourgaud）都是喜剧演员，叔叔的艺名是杜加戎（Dugazon）；他的姑姑在法兰西剧院工作，嫁给了维斯特里斯（Vestris）。一开始，古尔戈想当画家，但后来改变主意，参军去了。当时杜加戎和波拿巴关系密切，应该是他动用关系让古尔戈在1799年进了巴黎综合理工学校。（请看蒙特谢尼侯爵于1818年5月5日发出的公函）1801年，古尔戈离开学校，转学去了沙隆军校，那时他已取得中尉军衔。之后，他顶着防御工事副教授的头衔去了梅斯军校教课。由此可见，古尔戈在校期间成绩优异，在军事科学领域打下了坚固的知识基础。梅斯军校指挥官弗歇尔对他很器重，当时他正要离开这里，前往布洛涅驻地的炮兵队当指挥官，就让古尔戈当自己的副官，把他一道带走了。1805年，古尔戈参加了奥地利战争，在奥斯特里茨战役中受伤，但事后并未得到升迁。直到1807年的弗里德兰战役之后，他才被提拔为上尉。1808年，他去了西班牙，第二年又回到德意志，在那里打了十多场仗，取得了更多军功。和平时期，他被派到巴黎军工坊工作。古尔戈想出许多办法来改善步枪和长矛的制造，于是多次得到陆军部长克拉尔克的召见。克拉尔克觉得这个年轻军官很有头脑，渴望出人头地，就让他去丹齐格执行一项任务。古尔戈要在这个地方部署兵力并清点物资，好为法国和俄国开战做好准备。古尔戈出色地完成了部长托付给他的这项任务，回来后被推荐担任皇帝的传令官。克拉尔克写的推荐词是这样的："此人很有学识和才华，曾多次参加战斗，擅长观察，懂得把自己看到的汇报上去，会绘图，会讲西班牙语和德语。"来到这个新岗位上后，古尔戈有了直接接触皇帝的机会，故表现得非常积极。他费尽心思想要引起拿破仑的注意，经常主动请缨，执行各种最复杂的任务。在征俄之战期间，古尔戈在皇帝眼前来回奔波，忙个不停，到处传达命令。进入莫斯科的时候，他走在军队前面，以军事谈判代表的身份直接来到克里姆林宫，身边没带任何随从，只跟了一个翻译。然而到了那里后，他连一个可以传话的人都没遇到。后来有人编造了一段故事，说当时古尔戈表现得多么神勇：当时，克里姆林宫的一座建筑里堆了足足40万斤重的火药。已经蔓延开来的大火马上就要点燃这座火药库，要把拿破仑、他的参谋部和那里的所有将士通通埋葬在克里姆林宫的废墟里。古尔戈发现了这个地方，想办法没让它发生爆炸。我倒觉得，我们只需本本分分地讲述古尔戈的功绩就可以了。1825年塞居尔伯爵出版了一本以描写1812年征战俄国为主题的书，名为《批评研究》（*Examen critique*）。在这本书中，古尔戈本人是这么说的："克里姆林宫的火药库大敞其门。走进军火库后，我只看到一片狼藉，可见俄国人撤离得何等仓促。庭院里堆满了废麻线、子弹和木箱。走进大厅后，我们找到了4万支步枪、100多门大炮，无数长矛、军刀，还有他们从土耳其人那里抢来的许多战利品。然而我们找不到大炮火药，克里姆林宫里一点儿火药末都没有。我们占领下来的大部分物资又全都堆在城外。"（1827年版第一卷第316页）在探索莫斯科郊区期间，古尔戈发现一座仓库，里面有30万公斤的火药。（请看他的日记第一卷第235页）拿破仑为了表示感谢，把这个小小的上尉封为男爵。11月25日，皇帝去视察贝尔齐纳河上桥梁的通行情况，古尔戈当着他的面跳进河中，涉水穿过满是浮冰的河流。这一壮举被记载进了当天的军报。回到巴黎后，他被提拔为骑兵队中尉,被封为"第一传令官"。这个头衔是拿破仑特地为他而设的:在此之前,皇帝的所有传令官都地位相同。古尔戈的薪水定为1.2万法郎,这还不包括他在部队里的军饷。此外,他在皇宫里还有了自己的一座住宅。在1813年战争期间,古尔戈依然负责为皇帝提供情报。由于他提供的消息,拿破仑决定杀往柯尼希施泰因,再从那里去德累斯顿。结果全军打了一场胜仗。古尔戈由于提供了有价值的情报,得到了6000法郎的奖励和荣誉军团勋章。莱比锡战役期间,他收到命令,驻守在弗莱伯格桥的入口处,负责在当天最后时刻炸毁此桥,以防敌军溃败后通过此桥逃到河对岸去。然而,后来出现在桥头的不是溃败的敌军,而是争先恐后地涌到这座桥上的帝国军队的伤兵败将。古尔戈推迟执行命令,乌迪诺的残余部队才能在当夜全都逃到河对岸。回到巴黎后,古尔戈竭尽全力辅助1814年战争的准备工作,并于1月25日陪同皇帝随大军出发。四天后在布里埃纳附近,拿破仑差点儿被敌人的一支巡逻军俘虏。我们并不清楚对方是骠骑兵还是哥萨克骑兵(古尔戈在日记第二卷第27页和第28页里一会儿说是骠骑兵,一会儿说是哥萨克骑兵)。多亏古尔戈在身边,他才能逃过一劫。当时骑兵朝他们直接扑过来,古尔戈立刻开枪将其击毙。3月8日夜里,古尔戈带领老护卫军的两个营和三支骑兵中队向敌人发起突袭,把对方一直驱逐到了拉昂。六天后,在夺取兰斯的过程中,古尔戈攻破了俄军修建的战壕,第一个闯进城中。第二天,他被提拔为上校。古尔戈后来并未陪同皇帝来到厄尔巴岛。他在枫丹白露宫得到一笔5万里弗的嘉奖和一封信,拿破仑在信中对他说:"我对您的表现和效力非常满意。您可以像曾经忠于我一样去效劳法国的新主,我对此不会有任何怨言。"皇帝离开后,古尔戈凭借自己母亲曾是贝利公爵的乳母这层关系,想方设法找到了贝利公爵。贝利公爵没有忘记旧情，愿意当他的保护人。所以古尔戈不仅保住了自己的上校军衔，得到了圣路易勋章，还被任命为巴黎军区第一师炮兵队的总参谋长。拿破仑回到杜伊勒里宫两三天后，他投奔旧主麾下。之后他再次跟随皇帝出征，并在滑铁卢战役前不久当上将军（其晋升时间存疑，根据蒙特谢尼的说法，古尔戈在马尔梅松被当时已遭废黜的皇帝封为将军；但达武说此事发生在马尔梅松之前）。战败后，拿破仑似乎并不打算把他带到圣赫勒拿岛，是古尔戈自己非要跟去，于是他代替了皇帝本来定好了的普拉纳，陪同皇帝去圣赫勒拿岛，皇帝也只好由他去了。临近出发的时候，古尔戈以为自己能成为皇帝身边最亲近、最受重视的随员，然而他很快就发现自己是痴心妄想。在横渡大洋期间，他就意识到了这点，并在1815年10月3日的日记中写道："我身边充斥着阴谋和谎言。"他还伤心地补了一句："可怜的古尔戈啊，你在这艘苦役船上又能做什么呢？"在圣赫勒拿岛期间，他不得不一直屈居在贝特朗、蒙托隆、拉斯卡斯之后。在这三人中，古尔戈一开始最讨厌的就是拉斯卡斯，频频和这个一直独占皇帝的"可恶的仆人"发生争吵。拉斯卡斯离开后，蒙托隆又成为他的记恨对象：他诅咒他和他的妻子，对他恨之入骨。拿破仑把这一切都忍了下来，然而他越来越不想看到古尔戈那郁郁寡欢的脸，于是对古尔戈也没有好脸色。古尔戈则反过来指责主上忘恩负义。有一天，他甚至提醒皇帝别忘了自己当初在布里埃纳是怎么把他救下的。拿破仑回答："我没有忘记。"（出自《古尔戈日记》第二卷第27页）军医亨利在他的《军旅札记》（W. Henry, *Events of a military life*）第二卷第46页中说："自从到了圣赫勒拿岛以后，他们的关系越来越不好了。"在俄国特派员巴尔曼于1818年2月27日写给涅谢尔罗德伯爵的报告中，我们可以看到这段话："波拿巴已经很长时间对古尔戈没有好脸色了,还疏远了他。他不喜欢这个军官阴郁焦虑的情绪,对他几乎到了厌恶的地步,甚至以激怒他为乐,反反复复地折磨他,把他逼上绝路。"20个月之后,古尔戈决定离开。根据哈德森·洛韦的说法,他是因为忌妒蒙托隆伯爵才决意离开的,因为后者"对波拿巴将军很有影响力,还一直在对方面前说他的坏话"。(出自哈德森·洛韦在1817年8月5日写给巴瑟斯特的报告)法国特派员蒙特谢尼在1818年5月5日写给黎世留公爵的报告中也肯定了这个说法,并补充了一些细节:"蒙托隆夫人施展魅力,替丈夫争来宠信。古尔戈对此反感至极,再也忍不下去了,于是找到贝特朗,说他打算离开。贝特朗回答说:'您也知道皇帝这个人有些反复无常。他曾宠信于您,现在又亲近蒙托隆。等着吧,他会再度信任您的。'几天后,他又跟贝特朗说起这件事,表示自己已经下定决心。贝特朗回答说,他是走是留都随自己。"拿破仑通过贝特朗给了他500英镑,但古尔戈拒绝了。巴尔曼在1818年3月16日的报告中说:"我劝他接受这笔钱,以免到了英国后生活拮据,可他当时完全被愤怒和仇恨给操纵了,跟我说:'要说应付生活,这500英镑完全够了;但从我的荣誉来看,这笔钱给得远远不够。连回家的仆人都从皇帝这里领了许多钱,拉斯卡斯还得到了20万法郎。我可以卖掉自己的手表、外套,但绝不能受此侮辱。'""他请巴尔曼转告贝特朗,让大元帅把欠他的20里弗还给他就好。古尔戈还说:'我不会问他多要的,也请您提醒他,我现在可以无所忌惮地愚弄皇帝了,我可以把他的秘密都泄露出去,我在朗伍德写的日记可以在伦敦卖到1.5万英镑呢,他们最好不要把我逼急了。'"(出自巴尔曼1818年3月18日报告)看了这番话,我们大概知道古尔戈将军是何性格了。不过,我们也可以说他当时是气愤至极,在做好决定后内心紧张到了极点,意识到他的主子甚至不会假装客气地挽留他一下。出发前三天，古尔戈掏不出钱来支付仆人费用和船票，他只好缓和语气，给大元帅写了一封信："我陷入极度窘迫的处境，所以才决定再给您写信。您先前客气地表示要给我一笔钱，麻烦给我吧……麻烦借我点儿钱，因为老实讲，我真的不知道该怎么办了。"由于没收到对方的答复，他就请监视他的杰克森中尉代他去找贝特朗。杰克森同意了，在写给哈德森·洛韦的报告中说："我问他（贝特朗）是否收到了古尔戈将军的信，他回答，'是的，但我不知道他想要什么。他跟我提到钱的事，难道他没从巴尔科姆那里拿到钱吗？'我说没有。'怎么可能呢？我已经跟他说过四次了，皇帝给了他1.2万法郎，他只需找巴尔科姆拿就行了。这笔钱一个月前就已经到了巴尔科姆手中，为什么他还没拿到呢？他跟我说他需要钱，那就去拿皇帝好心给他的那1.2万法郎不就完了吗？要是这笔钱不够，直接跟我讲就好了，我很乐意为他效劳。但他不能让我不考虑皇帝就擅自行事，因为我是皇帝的人，皇帝的敌人就是我的敌人。我尊重古尔戈，很久以前我就告诉他，他是在做蠢事。我不太清楚他和陛下之间发生了什么，但是我知道他做了错事……'"古尔戈没有办法，只好接受拿破仑给他的500英镑。他跑到巴尔科姆家中，对方却不在办公室。他跑遍全城也没找到巴尔科姆，只好带着仅有的17里弗离开了圣赫勒拿岛。第二天，皇帝让伦敦的一个银行家把自己承诺的那笔钱交给古尔戈，并对贝特朗说："以后再别跟我提这个人。他简直就是个疯子！他爱我，吃我的醋。真是活见鬼！我又不是他老婆，又不能跟他上床。"通过奥地利特派员斯图尔默于1818年3月31日写给梅特涅的报告，我们知道了古尔戈离开一事是如何收场的："波拿巴看上去很高兴。先前古尔戈一直试图阻挠他和蒙托隆夫人的事，想把这桩情事变成笑话。现在，他可以毫无顾忌地表达自己对蒙托隆夫人的倾心了。蒙托隆夫人对这个废皇帝玩弄了一段时间欲迎还拒的把戏，勾起了对方的兴趣，因此成功除掉了她的对手，爬到了皇帝的床上。据说，她的丈夫对此事还骄傲得很呢。"由于他被禁止回到法国，古尔戈就住在英国。他在那里发表了一份和滑铁卢战役有关的小册子，在里面对惠灵顿很不敬，于是没过多久就被赶出了英国。他的随身手稿被扣留，人被带到了库尔斯港（这是易北河河口的一座小城）。1821年，古尔戈被允回国。皇帝去世后，蒙托隆从圣赫勒拿岛回来，两人言归于好，一起出版了《写于圣赫勒拿岛上的回忆录》（*Mémoires écrits à Sainte-Hélène*）。1825年，古尔戈和塞居尔伯爵决斗，因为他认为塞居尔的《1812年战争及大军团史》（*Histoire de la grand armée et de la campagne de 1812*）完全是一派胡言。1827年，他又和沃尔特·斯科特（Walter Scott）笔战了一番，因为后者荒唐地抨击他是英国派到拿破仑身边的间谍。1830年革命爆发后，他恢复军衔，担任巴黎炮兵队指挥官，当过路易-菲利普的副官。1840年，他和茹安维尔亲王一道前往圣赫勒拿岛，迎回皇帝的遗骸。

参考资料：被收于《圣赫勒拿岛相关人事》（*Autour de Sainte-Hélène*）第一卷中的弗雷德里克·马松的《古尔戈将军其人》（Frédéric Masson, *Le Cas du général Gourgaud*）（这本书收录了许多证明资料），菲利普·高纳德的《拿破仑传奇之源》（Philippe Gonnard, *Les Origines de la légende napoléonienne*）第二十章，以及古尔戈的日记。

古斯塔夫三世，瑞典国王（Gustave Ⅲ，1746—1792）

普罗旺斯伯爵的密友。他正准备组建一个强大的欧洲反法联盟，镇压法国革命，就被手下一个臣子刺死了，但其之死和他打算征讨法国的计划并无关系。

古斯塔夫四世，瑞典国王（Gustave Ⅳ，1778—1837）

前者的儿子，14岁登上王位后由叔叔苏德马尼公爵摄政。1796年，古斯塔夫四世成年，一执掌政权就把摄政王先前任命的所有大臣都赶回家去了。然后，他召回了父亲的宠臣——正在流亡的阿穆菲尔特（Armfeldt）将军，并对菲尔逊伯爵委以重任（菲尔逊一直对他影响巨大）。古斯塔夫四世性格狂暴易怒、反复无常，没过多久就失去了家族和臣民的支持，成了孤家寡人。他早早地和欧洲各大君主决裂。他仇恨法国，但也讨厌贪得无厌的英国。《亚眠条约》签署后，他开始狂热地鼓吹对法宣战。在菲尔逊的唆使下，古斯塔夫四世想不计一切代价帮助波旁家族夺回王位。瑞典、俄国和英国三国签署了盟国协约，三大盟国出兵，古斯塔夫四世负责指挥联军朝巴达维亚共和国进军。俄国军队出现在易北河边的时候，古斯塔夫四世却因为不信任普鲁士而拒绝领兵作战，于是在整场远征中一次脸都没露过。《提尔西特和约》签署后，为了继续获得英国政府的资助，他和英国仍保持盟友关系。后来法军入侵波美拉尼亚，把这个省从瑞典手里夺了过去。根据《提尔西特和约》的规定，俄国得把瑞典拖进大陆体系；但由于古斯塔夫四世坚决不肯加入，亚历山大一世就抢走了芬兰。瑞典国王不满腓特烈六世对法国忠贞不贰的样子，宣布对丹麦开战。没过多久，他又因为英国拒绝了他增加补助的请求而和英国断交。当时，瑞典人民告诉国王：他的所作所为正在把瑞典拖进深渊。古斯塔夫四世不为所动，于是军队哗变，要求他退位。之后，古斯塔夫四世离开瑞典，在欧洲各地过着居无定所的生活。拿破仑退位后，他向维也纳会议提交了一份陈情书，要求拿回瑞典王位。反法联盟各君主希望由贝纳多特继续统治瑞典，于是拒绝了他的要求。之后，古斯塔夫四世化名古斯塔夫森上校，定居汉诺威。

《拿破仑圣赫勒拿岛回忆录》出版后,他怒气冲冲地给拉斯卡斯写了一封信,在信中强烈抗议拉斯卡斯说他有意去当皇帝副官这个说法。他说:"这完全是无稽之谈,我都不知道拿破仑怎么能在没掌握任何信息的情况下就跟你说这种话。"拉斯卡斯为了回应他,就干了一件蠢事,向公众暗示古斯塔夫四世是他母亲偷情生出来的孽种。"古斯塔夫森上校"回答:"您吹嘘自己曾有幸得到我的父亲、已故的古斯塔夫三世的照顾。我对此深信不疑,但我无法理解的是,您离开他的照拂之后,却跟在一个怪物和叛徒的身边,听他那张肮脏的嘴巴吐露污言秽语,并用这些话来激怒一个儿子的自尊心。但凡您稍稍有点儿良心,都应该拒绝将其公布出来。"此信写于1823年12月6日,和他另外三封写给拉斯卡斯的信一道被收进《古斯塔夫森上校回忆录》(*Mémorial du colonel Gustafsson*),1829年,这位被废黜的瑞典国王在莱比锡出版了这本书。因为拉斯卡斯承诺会在下一版中就此处进行修正,便与这位"上校"言归于好。1829年,这位"古斯塔夫森上校"还把他的回忆录手稿寄给拉斯卡斯,请他帮忙出版。但拉斯卡斯拒绝了,将手稿交还与他。

古维翁–圣西尔(又名劳朗·古维翁,Gouvion-Saint-Cyr/ Laurent Gouvion,1764—1830)

出身于图勒城的一个资产阶级家庭,那里有许多军人。古维翁的父亲只是一个皮革商,但想让儿子披上戎装。当时,年轻的古维翁志不在此,对绘画非常感兴趣,于是学习画画,并在这个行业里积攒了一些人脉,开始教授绘画。22岁时,古维翁靠着自己微薄的积蓄徒步去了罗马,在那里学习意大利名家画作,饱一餐饥一餐地过了两年。后来很可能是因为断了生计,古维翁才被迫回到法国,来到巴黎,进了画家布伦内特(Brenet)的画室。在此期间,他结识了几个年轻喜剧演员,其中有塔尔马和巴蒂斯特。之后，古维翁以业余爱好者的身份登台表演，还成了专业演员。古维翁虽然声音响亮、身体修长、相貌英俊，但他不能克服在公众面前的羞怯心理，最后还是放弃了舞台事业。他在绘画上也毫无成就，一度生活窘迫，最后只好去拜访了一个远房亲戚——古维翁上尉。当时巴士底狱才被攻占，这个亲戚在拉法耶特的举荐下刚刚当上巴黎国民自卫军少将。就这样，我们这位失败的画家成了拉法耶特参谋部里的一个写字员。1792年8月10日，敌军入侵法国，古维翁加入巴黎志愿军。生性谨慎的他为了不让众人把自己和当时已经被爱国分子视为过街老鼠的同姓亲戚弄混，就在名字后面加上了母亲的姓氏圣西尔。从此，他就叫古维翁-圣西尔。被选为上尉后，他和所在军队一道听从屈斯蒂纳的命令。这个将军有自己一套管理士兵的方式，很不喜欢古维翁-圣西尔所在的那个营的行事作风，又找不到更好的措辞来批评他们，只能大骂他们"全都是流氓地痞"。当时，人群中响起一个不容置辩的声音："不是所有人都是。"此人就是古维翁-圣西尔。屈斯蒂纳让他上来介绍一下自己，就这样，古维翁-圣西尔给屈斯蒂纳留下了良好的第一印象，进了参谋部的防御及方案制订处。由于擅长绘图，他在阵地方案草图绘制中派上了很大用处。之后，他被任命为参谋上校助理。古维翁-圣西尔就是在这个不起眼的岗位上，在1793年见证了大批高级将士是怎样被杀害的。所以，他经常担任临时指挥官，但总是想尽办法避免正式入职。当年轻的国民特使代表亨茨想强迫他接受将军头衔时，古维翁-圣西尔就说他有个叫古维翁的亲戚，是拉法耶特的朋友，以为可以借此免去将军这个危险的累活，但亨茨这个国民公会中最年轻的议员回答道："不要紧，家族里的一个害群之马不应成为其他家人为祖国效力的障碍。"从那时起，古维翁-圣西尔成了莱茵军所有军事行动中相当重要的一员。《坎波福尔米奥条约》签署后，法国决定攻打英国，于是古维翁-圣西尔被指派参加这次远征。经过巴黎奔赴前线的路上，他顺道拜访了督政官勒贝尔。勒贝尔问他是否会说意大利语，古维翁正好会。就这样，第二天他收到命令：他不用再赶赴海战，而是被任命为罗马指挥官，要立即前往意大利。来到米兰后，贝尔蒂埃把古维翁-圣西尔要做的具体事项告诉了他。先前担任指挥官的马塞纳不久前遭到手下军官的排斥，不得不离职。罗马城的法国驻军一下子群龙无首，陷入混乱。古维翁-圣西尔的任务就是恢复军纪，逮捕带头闹事者，重新掌控局势。他铁血而又急缓有度地展开行动，成功安抚住了军中的不安情绪。他觉得，如果自己大张旗鼓地演一出戏，肯定能震慑住部下。于是，罗马的法国驻军收到命令，午夜时拿着武器在卡比托利欧山集合。在众将领、督政府特派员和主要行政官员的陪伴下，古维翁-圣西尔在部队面前现身，在火光的照耀下声音洪亮地念起了一份特地为此次集合而写的宣言："将士们！在你们驻守的这座罗马城中，在自由的时代里，任何违抗军令的行为都必将遭到惩处。要是胜利者是靠乱打一气而得胜的，他们就别想让这里的人对自己服气。只有公共集会才会引发骚乱，而公民对军队只有服从和克制。法兰西的勇士们！现在轮到你们为罗马人重树他们祖辈的榜样了！忠于宪法！唾弃煽动军中作乱的闹事者！摒弃那些侵吞公共财产的人！这就是我和你们要发下的誓言！"全军将士高呼："我发誓！"然后众人回到了部队营地，古维翁-圣西尔则留在罗马。这里曾是他年轻时候的梦想，他在这里度过了贫穷却又勤奋作画的青春岁月，如今他依然对这座城市魂牵梦萦。在罗马待了七个月后（1798年3月23日—10月15日），新成立的罗马共和国的执政官秘书及顾问——前神父巴萨尔（Bassal）策划了一桩阴谋，古维翁-圣西尔因此不得不离开了罗马。当时，多利亚家族（Doria）收藏有一座镶满钻石的圣体显供台，它被放置在圣埃格尼斯大教堂中，接受信徒的朝拜。执政官们认为这就是一个祭祀物件而已，看上去没有任何不妥之处。不知怎么回事，在古维翁-圣西尔参加的一次晚会上，两个执政官的太太竟戴着这座圣体显供台上的钻石出场。古维翁-圣西尔命令她们立刻物归原主。没过多久，古维翁-圣西尔就被人告发到督政府那里去，说他和罗马贵族暗中勾结。他遭到解职，并被勒令在12天之内回到法国，否则当局就以法国流亡贵族的罪名来处置他。古维翁-圣西尔遵守命令，但没过多久他又回到了意大利。在茹贝尔大意轻敌而遭遇惨败后，古维翁-圣西尔采取果断措施，让军队摆脱了困境。1799年12月15日，也就是《执政府宪法》颁布的那一天，古维翁-圣西尔在阿尔巴罗大获全胜，法国的新主人赐他荣誉军刀，以示嘉奖。之后，莫罗叫他转至莱茵军中，古维翁-圣西尔从命。但从一开始，他和这个上司的关系就不太融洽，觉得莫罗制订的作战方案简直令人无法接受。古维翁-圣西尔直接把自己的想法告诉莫罗，引得后者极其不悦。所以在写给政府的报告中，莫罗毫不犹豫地把作战失败的责任全都推到古维翁-圣西尔的头上。两人的关系变得非常紧张，古维翁-圣西尔甚至恳请政府召回自己。但正因和莫罗不和，他才得到了波拿巴的欢心。他被召进参政院，还差点儿接替吕西安担任西班牙大使。之后，古维翁-圣西尔收到任务，去那不勒斯宫廷谈判，协商缪拉率领的法国军队的法规问题。他的任务归结起来就一件事：为赶走统治那不勒斯的波旁家族做好准备。古维翁-圣西尔不急不缓、有条不紊地展开了行动，然而他此时做了一件失策之事：没有在第一执政官称帝的时候发信表示庆贺。拿破仑很不悦，把古维翁-圣西尔的名字从即将公布的元帅名单上拿下来，把马塞纳放了上去。之后古维翁-圣西尔在海岸线上担任了一个无关紧要的职位，一直干到了1809年，也就是法军在西班牙败北的时候。这时人们想到了古维翁，请他想想办法。他被派到了加泰罗尼亚，解救了正被困在巴塞罗那的迪埃姆（Duhesme）。实现解困的目标后，古维翁-圣西尔就采取了防御措施。拿破仑对此很不满，就把他的指挥权交给了奥热罗。奥热罗也知道这个差事是多么难办，于是拖拖拉拉不去上任，以养病为由留在佩皮尼昂不走。古维翁-圣西尔忍无可忍，直接离开军队，并把自己离开一事告诉了奥热罗。他一走，法军就在他的那个防御区吃了一个大大的败仗。古维翁-圣西尔对此事有不可推脱的责任，被当局逮捕和剥夺俸禄。之后的两年时间里，古维翁-圣西尔一直都坐在冷板凳上。1812年，由于要把所有将军都动员起来，拿破仑就把他的名字列入侵略俄国的将士名单，并把拖延未付的俸禄发给了他。古维翁-圣西尔加入了第六军军长乌迪诺麾下。没过多久，乌迪诺负伤，把指挥权交给了他。后撤期间，古维翁-圣西尔的确在波洛茨克九死一生，侥幸生还。今天人们说他在那一日里取得了多么辉煌的胜利，其实这有所夸大。不过，古维翁-圣西尔在波洛茨克成功击退了俄军的进攻，还渡过一条河流，穿过一座已经着火的城市，成功完成了后撤任务。他在战役开始的时候就负了伤，只能乘坐马车后撤。在绕弯路撤退的路上，古维翁-圣西尔的马车遇到了一支哥萨克骑兵。他连忙丢弃马车，爬到附近的一道沟里，在那里藏了一段时间。最后，他的残余部队和维克多元帅的军队成功会合。这次，拿破仑总算授予了他元帅权杖，而他等这一天已经等了八年了。1813年，古维翁-圣西尔担任第十四军军长，可这支部队几乎完全是由新兵蛋子临时组成的。他得带领这群人"坚守"在德累斯顿，等拿破仑在莱比锡战役之后来给他解围。11月2日，从10月19日就开始撤退的法国军队穿过了莱茵河。古维翁-圣西尔又等了十天，最后于11月11日交城投降。他被囚禁在卡尔斯巴德，直到拿破仑退位才和其他战俘一道重获自由。回到法国后，古维翁-圣西尔隐居田园，像当初接受波拿巴的帝国、丹东和罗伯斯庇尔的共和国一样，坦然接受了波旁家族的王朝。其实，古维翁-圣西尔并不在乎国家是什么体制，他想做的只是"效力国家"而已。拿破仑回到法国后，古维翁-圣西尔从波旁政府那里收到命令，前去指挥里昂的王室军队作战。他于3月21日抵达里昂，可那时拿破仑已经在巴黎了。里昂的士兵竖起了三色旗，古维翁-圣西尔要求他们重新竖起白色王旗，但他也只控制了军队五天时间，之后去了布尔日。拿破仑召他去杜伊勒里宫，他从命了。可去了那里后，他们只谈了农业的事，之后古维翁-圣西尔又回到自己家里去了。滑铁卢战役后，他回到巴黎，想竭力劝说国人抵抗联军入侵，然而他的呐喊没被任何人听进去。之后，路易十八两次请他担任陆军部长（任职时间分别是1815年7月8日—9月25日、1817年9月12日—1819年11月12日）。古维翁-圣西尔在任期间尽职尽责，且离开的时候对高官厚禄毫无眷恋之心。最后一次离任的时候，他铁了心要归隐田园，从此再不过问世事，一心扑在回忆录的撰写上。在拿破仑众多将领中，这个"最后才被封上的元帅"的地位很是特殊。说到底，这个失败的画家是迫不得已才参军的，是因形势所逼才选择了战场。他有着很高的军事素养，却厌恶战争，并竭尽全力想将战争造成的损失降到最低。拿破仑虽然心中别扭，但也容下了他，并理解他。他曾对古尔戈说："我的错误就是起用了圣西尔。他做事不带激情，不察下情，任由自己的战友去厮杀。在他手下效力的人倒是很喜欢他，因为他很少打仗，很爱惜将士的性命。"（请看《古尔戈日记》1817年5月14日内容）

　　参考资料：盖伊·德·维尔农的《古维翁-圣西尔元帅的一生》（Gay de Vernon, *Vie du maréchal Gouvion-Saint-Cyr*），此书出版于1856年，但只简述了一下这位元帅的军事生涯。

H

哈德菲尔德（Hadfield）

一个英国工人，由于在一次疯病发作中企图杀害英王乔治三世而被判处无期徒刑。

哈登贝格亲王（卡尔-奥古斯特·冯，Karl-August von Hardenberg，1750—1822）

德意志外交家，歌德的朋友，从1804年开始担任腓特烈-威廉三世的外交部部长。奥斯特里茨战役后，他成了两国博弈的政治牺牲品。耶拿惨败后，哈登贝格亲王怀着对战胜国的满腔仇恨，追随普鲁士军队来到东普鲁士，暗中继续帮助国王，替他出谋划策。1807年，在亚历山大一世的斡旋下，哈登贝格亲王公开进入内阁，弗里德兰战役后他再度离任。1810年6月，拿破仑觉得自己可以一举征服普鲁士了，便表示愿意接受哈登贝格担任掌玺大臣一职。当时普鲁士已到快要亡国的危急关头，哈登贝格觉得此时应当韬光养晦、静待时机，于是说服国王在法国入侵俄国之前接受拿破仑蛮横提出的联盟协约，甚至还建议腓特烈-威廉三世为王储向波拿巴家族提亲。不过，这次似乎是拿破仑不愿意缔结这门亲事。当皇帝在俄国的泥潭里越陷越深的时候，哈登贝格开始鼓舞国人士气，鼓励道德联盟等遍布全国的秘密爱国社团做好抗敌准备。因为他孜孜不倦地秘密鼓动人民反抗法军，从1813年开始，德意志境内的法军占领区变节、暴乱、破坏行动此起彼伏。莱比锡战役后，哈登贝格跟随联军君主来到巴黎，于1814年5月30日签署了《巴黎条约》，终结了这场战争。滑铁卢战役后，他再次来到巴黎，于1815年11月20日签署了那份亡国灭种的《巴黎条约》，可哈登贝格还是觉得法国遭受的惩罚太轻了，想把它最富裕的省份瓜分干净。

哈尔将军（Hall）

好望角临时总督。

哈雷（马库斯·泰奥多尔，Marcus Théodore Hare）

英国海军军官，出生在博洛尼亚，当时法军正占领该城。

哈雷尔上尉（Harel）

赛拉奇阴谋事件的告发人。

哈钦森（约翰·希利，John Hely Hutchinson，1757—1832）

英国的一位将军，1794年，他和哥哥一道以雇佣兵的身份进入军队，和法军对战。在埃及战斗期间，他成了英军总司令劳尔夫·阿贝克隆布（Ralph Abercrombe）的二把手。劳尔夫死后，他就成了英军总司令，指挥军队把法军围困在亚历山大城中，1801年7月逼得他们不得不交城投降。之后，他进入上议院，并取得了哈钦森·亚历山大男爵的头衔。

哈特菲尔德伯爵/亲王（弗朗兹·冯，Franz von Hatzfeld，1756—1827）

普鲁士将军，法军占领期间的柏林总督。

哈特菲尔德伯爵夫人/王妃（苏菲-弗蕾德丽克·冯，Sophie-Frédéricque von Hatzfeld）

哈特菲尔德伯爵的妻子。

哈特利（雅克-莫里斯，Jacques-Maurice Hatry，1742—1802）

法国大革命爆发前担任猎兵队队长，1793年被升为将军，在桑布尔-默兹军中是茹尔丹的副手，并在1796年3月代替波拿巴担任内防军总司令。1797年12月，他被任命为美因茨军总司令，负责围困该城。雾月政变后，哈特利进了元老院，不再担任军职。

海德·阿里（Hyder-Aly）

印度迈索尔城的总督。

海斯特（Hyster）

请看词条"吕斯特"。

汉密尔顿（高恩-威廉，Gawen-William Hamilton，1784—1834）

英国海军军官，他的舰船曾负责护送诺森伯兰号，陪伴拿破仑前往圣赫勒拿岛。

荷登杜普（蒂埃里·范，Thierry Van Hogendorp，1762—1822）

荷兰军官，从1794年开始担任东爪哇岛总督，1799年回到欧洲，1802年被任命为巴达维亚共和国驻俄国大使。后来，荷登杜普回到荷兰，在国王路易的政府里担任陆军部长。这个王国灭亡后，他和众多荷兰将军一起为法国效力，还当上了拿破仑的副官。1814年，他来到达武治理的汉堡城，担任汉堡总督。百日王朝后，他前往巴西，在那里的一块殖民地上务农。

赫居勒三世·德·埃斯泰（Hercule Ⅲ d'Este，1727—1803）

最后一位摩德纳公爵、瑞吉欧公爵和米兰多拉公爵。1780年，他承袭了父亲弗朗茨三世·德·埃斯泰的爵位。赫居勒三世非常富裕，爱好艺术作品，是一位狂热的收藏者。1796年5月，法军逼近，他把自己所有家产都转移到了威尼斯，他也逃到那里，放弃了自己的属国。之后，摩德纳公国、瑞吉欧公国和另外几个地区一道组成了奇萨尔皮尼共和国。最后，根据《坎波福尔米奥条约》的规定，埃斯泰家族被剥夺封地统治权，于是赫居勒三世隐退到了奥地利，最后死在了的里雅斯特。

洪佩施（费迪南·德，Ferdinand de Hompesch，1744—1803）

曾是马耳他叱咤风云的耶路撒冷圣约翰骑士团的最后一任大团长，也是坐上这个位置的第一个德意志人。马耳他岛被占领后，波拿巴给了洪佩施10万埃居，权当征用他的财产的补偿费，将其赶到了的里雅斯特。拿破仑还承诺他每年可再拿到10万埃居的养老金，而且第一笔养老金将以汇票形式在的里雅斯特发给他。洪佩施不想把这笔钱存在银行里每年拿年金，更不愿接受拿破仑的施舍，于是签署了于保罗一世有利的退位书，拿到了一笔补偿金。我不知其具体数目是多少，但想来应该很少吧，因为没过多久，洪佩施就变得穷困潦倒了。在债主的逼迫下，他请求法国政府给他发放自己先前拒不接受的养老金。他估计这笔钱应该有200万法郎左右，但波拿巴只给了他1.5万。

华盛顿（乔治，George Washington，1732—1799）

美国国父。得知他的死讯后，波拿巴命令法兰西共和国所有官员身着丧服，以示哀悼。

惠灵顿公爵（阿瑟·韦尔斯利，Arthur Wellesley，duc de Wellington，1769—1852）

来自爱尔兰古老贵族家庭。其祖父理查德·科里（Richard Colley）是第一个惠宁顿男爵，他继承了堂兄加莱特·韦斯利（Garrett Wesley）的财产，所以也承袭了后者的姓氏。未来的惠灵顿公爵的哥哥把"韦斯利"改成"韦尔斯利"。阿瑟·韦斯利也效仿他改了姓。

他在18岁时参军，以掌旗官的身份进入一个炮兵团。由于家族威望甚高，再加上运气使然，参军不到六年时间，阿瑟·韦尔斯利就在1793年9月晋升为中校。他最开始在比利时作战，后来被派到印度，成功镇压了马拉塔人起义后，于1805年返回欧洲。回来时恰逢英法开战，韦尔斯利就参加了哥本哈根远征行动，担任一个师的指挥官。面临几乎全由新兵组成的丹麦军队，他不费吹灰之力就获得了胜利。1808年，韦尔斯利率领英国远征军帮助葡萄牙爱国者反抗法军。带领1.5万人在蒙蒂哥登陆后，他把朱诺赶出了葡萄牙。随后，他领兵对抗苏尔特。这一次，他的对手非常清楚他的招数，由于先前得胜而被封为惠灵顿勋爵的韦尔斯利不得不火速朝巴达霍斯撤退。此次失利影响了后续的一切远征行动，英国政府便让惠灵顿自行决定撤出半岛或继续作战。惠灵顿虽然物资不足，却很有耐力，他回答说："我认为，出于祖国的利益和荣誉，我们留在这个国家的时间越长越好。所以，如果上帝愿意，我要留下。"他成功抗住了马塞纳的不断进攻。很快，拿破仑被迫把他在西班牙的精锐部队召回，以应对东欧的作战。惠灵顿趁机发起反攻，毫不费力地就在1812年7月22日于萨拉曼卡击败了马尔蒙。马德里向他大敞其门，他长驱直入，直取首都。1813年5月，法军在俄国溃败后，惠灵顿开始全面追击士气涣散、匆忙离开西班牙的法国军队，轻轻松松就在1813年6月21日取得了著名的维多利亚战役的胜利。进入法国后，惠灵顿一直杀到了图卢兹。拿破仑退位后，他对法国的敌意也消减了许多。惠灵顿回国后，得到全国上下的一致称颂，并收到两院的感谢信。摄政王储在维多利亚战役之后赐他元帅权杖和勋章，封他为杜罗侯爵和惠灵顿公爵。他每年从议会那里可得到1万英镑的年金。之后，惠灵顿以特别大使的身份被派到巴黎，但法国人待他十分冷淡。五个月后，他代替卡斯尔雷子爵参加了维也纳会议的谈判工作。他在维也纳得知拿破仑在戛纳登陆的消息，便立刻返回英国，领导一支仓促组织起来的英荷联军作战。4月5日，惠灵顿抵达布鲁塞尔并视察了军队，觉得他们"糟糕透顶"。毫无疑问，他亟须整顿队伍。由于没有招募到足够多的志愿军，英国政府只好到教化所和监狱中拉壮丁。然而荷兰军和比利时军完全不愿意为了一个与己无关的事业去拼命。在接下来的两个月里，惠灵顿住在布鲁塞尔，静观时局变化。他站在拿破仑的立场上去想对方会如何行动，认为法军会偏重防御。所以，得知内伊朝四臂村发起进攻时，他大吃一惊，匆忙把所有援军调集过来奔赴战场。经过一天的努力，惠灵顿手上有4万兵力，而对方有6万。惠灵顿虽然到达了四臂村，但在内伊的猛烈进攻下，他无法增援布吕歇尔，于是拿破仑取得了弗勒吕斯战役的胜利。得知普军战败后，惠灵顿并没有慌乱。他采取静观其变的策略，把军队撤到了蒙特圣让，这个做法也很符合这位将军的性格。他留给布吕歇尔充足的时间去修整，之后才抵达战场。普军就位后，他转而发动进攻。由于在人数上具有压倒性的优势，他最后取得了胜利。第二天，惠灵顿给一个友人写信说："但愿上帝叫我别再打仗了。"巴黎投降后，他得到20万英镑的嘉奖。之后，惠灵顿进入议会和内阁，在任时间很长，但仕途并非一直顺风顺水。

参考资料：雅克·夏斯特内1943年出版的《惠灵顿》（Jacques Chastenet, *Wellington*）。

惠特沃斯（查理，Charles Whithworth，1752—1825）

1786年以特派员的身份被英国政府派到葡萄牙国王身边，1788年去了圣彼得堡。他最要紧的任务就是在叶卡捷琳娜二世的宫廷中极力打压法国的影响力，把英俄两国紧密联系在一起。由于大革命，惠特沃斯轻松地完成了任务。保罗一世即位后，他的工作变得棘手了。惠特沃斯动用各种手段，想阻止沙皇亲近波拿巴。保罗一世无视惠特沃斯的行动，并很清楚后者心里在打什么算盘。英国拒绝从马耳他撤军后，保罗一世态度大变，命令惠特沃斯再不得出现在俄国宫廷中。这位英国外交官不得不离开俄国，但他事先就已在煽动刺杀沙皇的行动了。《亚眠条约》签署后，惠特沃斯返回英国，余生备受他人的敬重。

霍布豪斯（约翰·卡姆，John Cam Hobhouse，1786—1869）

英国一个杰出政治家的儿子，少年时曾游历各国。1814年4月路易十八回来以及1815年3月拿破仑回来的时候，他都在巴黎。第二年，他出版了《拿破仑圣赫勒拿岛回忆录》中提到的那本书，之后长期闯荡政坛，因为和拜伦的友谊而为人所知。

霍德森（查理-罗伯特，Charles-Robert Hodson）

圣赫勒拿岛步兵团的副指挥官。拿破仑被囚圣赫勒拿岛期间，他一直驻守在岛上。

霍亨索伦–黑兴根亲王（弗雷德里克-弗朗索瓦-泽维尔·德，Frédéric-François-Xavier de Hohenzollern-Hechingen，1757—1844）

奥地利的一名将军，在曼图亚和卡尔迪耶罗战役中表现英勇，引起世人注意。1799年，他在特雷比亚对阵麦克唐纳，此战为他赢得了中将军衔。在乌尔姆的时候，哪怕遭遇法军封锁，他依然带领自己的炮兵部队成功突围。在阿斯佩恩，他和席勒一道负责指挥主力进攻法军。在瓦格拉姆，他又扛起了一个更加艰巨的任务：指挥中军作战。虽然战败，但霍亨索伦-黑兴根将军已经拼尽全力。不过，在1813年和1814年的战争中，他再没机会参加任何重大军事行动。

霍克斯伯里勋爵（Hawkesbury）

请看词条"利物浦勋爵"。

霍兰德勋爵（亨利·理查德，Henry Richard，lord Holland，1773—1840）

福克斯的侄子。在牛津大学结束学业后，霍兰德开始去各地旅行。1791年的时候，他本人就在巴黎。他游遍了西班牙和意大利，1796年回到英国。1798年春，他继承父亲的职位，进了上议院，从此开始了他的政治生涯。霍兰德勋爵狂热支持福克斯的政治路线，十分反感英国和法国开战的行为。《亚眠条约》签署后，他和叔叔一起来到巴黎，得到了第一执政官的接见。虽然他非常敬仰拿破仑，却觉得自己有义务支持西班牙民族反抗侵略者，于是前往西班牙帮助西班牙的民族独立运动。1816年，上议院里只有他一人反对议会通过将拿破仑以战争犯的身份关押起来的法令。1817年3月18日，他发表了一篇著名的演讲，语气激烈地抨击欧洲限制拿破仑以及其随行人员的自由的行为。他的演讲引起了极大的反响，但没带来任何实际效果。

霍兰德夫人（伊丽莎白，Élisabeth Holland）

曾是著名地质学家托马斯·韦伯斯特（Thomas Webster）的妻子，与其离婚后在1790年嫁给了霍兰德勋爵。她和她的第二任丈夫一样，非常崇拜拿破仑，和圣赫勒拿岛上的这个囚徒一直有书信来往，还给他寄去许多书籍。

霍内曼（弗雷德里克·康拉德，Frédéric Conrad Hornemann，1772—1800）

一个年轻的德意志牧师，担任了很久的圣职，最后决定前往非洲大陆传教。他得到了伦敦非洲协会的补助，计划前往埃及。霍内曼到了开罗后，在那里学习阿拉伯语，这时法军来了。波拿巴知道了他的计划后，给他提供了通行证以及传教路上必需的其他一切东西。1798年9月5日，霍内曼乔装成埃及商人，和来自费赞的一支沙漠商队从开罗出发了。他穿过利比亚沙漠，又经过74天的艰苦跋涉后，到达费赞首都穆祖库。1800年，霍内曼由于患上热病，死于该地。他死前一直定期把自己的旅行日记备忘录寄到伦敦。1802年，伦敦非洲协会出版了他的旅行日记。

霍瑟姆（亨利，Henry Hotham，1777—1833）

英国海军上将，16岁时就参加了英国对抗法国革命政府的战争，曾跟随海军上将霍德（Hood）的战舰参加土伦战役，之后又去了科西嘉岛。之后20年里，他一直都在法国海岸线上进行军事演习，一发现敌国舰船，就将其抓捕或击沉。1814年，霍瑟姆升为海军准将，负责指挥芒什舰队。

J

吉贝卡（劳朗，Laurent Giubeca，1733—1793）

国王在卡尔维的代理人，科西嘉岛的总书记官，被卡洛·波拿巴选为其儿子拿破仑的教父。

吉贝尔（弗朗索瓦-弗蒂纳·普吕维埃，François-Fortuné Pluvié/Guibert）

吉贝尔伯爵的侄子，波拿巴的副官，在阿布吉尔海战中受伤去世。在共和二年热月十日写给督政府的报告中，波拿巴说："我和他有着深厚的友谊。"

吉贝尔伯爵（雅克-安托万-希波吕特·德，Jacques-Antoine-Hippolyte de Guibert，1743—1790）

法国军事科学的权威专家之一，因为在1773年发表《战术总论》（*Essai general de tactique*）而名气大增。1789年，吉贝尔伯爵想进入三级会议，但其政敌放出流言，说他狂热支持军官对士兵采取体罚措施。因此，他在布尔日的选举大会中被人赶了出去。他无法忍下这口气，没过多久就抑郁身亡。

吉尔伯特小姐（Guillebault）

父亲是法国人，母亲是爱尔兰人，被约瑟芬请来做伴读侍女，差点儿成为拿破仑的情妇。

基尔杰奈尔（弗朗索瓦-约瑟夫，François-Joseph Kirgener，1766—1813）

法国大革命初期是一个数学教授，后进入蓬-肖赛军事学院，离校时已是工程兵中尉。1798年，他在第二次爱尔兰远征军中担任工程兵首长，被英军俘虏，保释后回到法国，在贝桑松担任堡垒修筑总负责人。之后他加入了意大利军，被升为将军，负责指挥大军团工程兵作战。在黑色的1813年5月22日，他就在杜洛克身边。一枚炮弹穿过他的身体，射中杜洛克，他当即死亡。

吉拉尔（让-巴蒂斯特，Jean-Baptiste Girard，1775—1815）

1793年在瓦尔省的巴尔若尔区志愿军的一个营里当兵，1794年他所在的队伍被编进了意大利军。1797年，波拿巴封他为上尉，又在1806年封他为将军。吉拉尔参加过执政府和帝国时期的所有战争，1815年6月16日在攻打圣阿芒镇的时候受伤。后来他被送到巴黎，在拿破仑被废、永远离开首都那一天咽气。

吉什公爵夫人（阿格蕾伊·德·波利尼亚克，Aglaé de Polignac, duchesse de Guiche，1766—1813）

母亲是深受玛丽-安托瓦内特宠信的勃利夫人。她嫁给了吉什公爵，1789年7月16日和母亲、丈夫一道于深夜逃离法国。1801年，她收到阿图瓦伯爵的"任务"，回到法国。

基斯子爵（乔治·基斯·埃尔芬斯通，George Keith Elphinstone，1746—1823）

英国19世纪上半叶非常优秀的海军将领之一，在土伦战役中表现出众。1795年当上海军准将，1812年担任拉芒什海峡英军舰队总司令。1815年，基斯子爵奉命对法国海岸线进行全面封锁和警备，导致拿破仑不得不放弃前往美国的计划。

参考资料：凯里伯爵的《拿破仑一世——博伍德文件中一些不曾公开的资料》（comte Kerry, *The First Napoléon, some unpublished documents from the Bowood papers*）。

基廷（亨利，Henry Keating）

英国上校，留尼汪岛总督，1816年7月27日经过圣赫勒拿岛的时候得到了拿破仑的接见。贝特朗记载："他有36岁，相貌英俊，说着一口流利的法语。"并补充道："这是第一个称皇帝为'陛下''我的皇帝'的英国人。"（语出贝特朗的《圣赫勒拿岛录事》第二卷第89页）

吉特里伯爵（查尔斯·德，Charles de Quitry）

拉斯卡斯的一个亲戚，1787年时两人都在马提尼克岛上。督政府时期，他是一艘军舰上的中尉，雾月十八日后成为军舰舰长，1810年退休。

基亚拉蒙蒂（Chiaramonti）

请看词条"庇护七世"。

纪尧姆·德·沃东库尔（弗雷德里克-弗朗索瓦，Frédéric-François Guillaume de Vaudoncourt，1772—1845）

父亲是摩泽尔军的自治卫队指挥官。纪尧姆1792年就进入军营，听从父亲的指挥，并在第二年拿到了这支军队的指挥权。1796年，他来到意大利军，成为佩斯基耶拉要塞的炮兵队指挥官。1801年，纪尧姆被任命为奇萨尔皮尼军的军队物资总负责人。在接下来六年的时间里，他一直在意大利积极工作，建立过军火库、铸铁厂、武器制造厂，负责过米兰的战争储备工作，指挥过军队的战场转移，管理过帕维亚炮兵学院，此类工作不一而足。之后他去了奥地利，后来又去了俄国。1812年撤退期间，纪尧姆被敌军俘虏，直到1814年6月才返回法国。路易十八的政府授予他元帅军衔，但让他赋闲在家。所以拿破仑一回来，他就立刻赶至杜伊勒里宫。拿破仑对他说："看到您和我们在一起，我就安心了（他先前听说纪尧姆留在俄国，为俄国卖命），也很高兴。您在意大利当过炮兵总督察长，现在就继续担任这个职位吧。"不过，纪尧姆的实际任务是组建梅斯国民自卫军。他到了那里后，重建了他父亲原来的自治卫队。拿破仑也知晓了此事。有人提醒拿破仑这支自治卫队很危险，因为它很可能会滥用自己的自由。拿破仑回答说："他们想按照自己的方式去战斗，那就放手让他们去做吧。"这支从整个摩泽尔省征召来的军队组成了一个联盟，纪尧姆是联盟会长。波旁家族复辟后觉得这个组织很难叫人放心，于是控诉纪尧姆意图分裂国家。实际上，纪尧姆的确想过把洛林恢复为曾经的公国，把王位交给玛丽-路易丝的儿子，因为玛丽-路易丝是从前洛林公爵的后人。所以他面临两项重罪：分裂国家、拥护波拿巴。纪尧姆逃到国外，摩泽尔省重罪法庭对他做了缺席审判，罪名是意图玩弄阴谋手段控制梅斯，被判死刑。1825年5月28日，法国王室大赦天下，他回到法国。1830年7月28日那天，这位从前的洛林自由军老兵站在巴黎的街垒上。老城区、圣安托万区、圣马丁城门口、城市中心，到处都有他的身影。第二天，纪尧姆获得了他那个街区——也就是鲁勒区和杜伊勒里区的指挥权。在那光荣的三日里，他是唯一一个和革命者站在一起的将军。路易-菲利普政府不愿让这么一号人物留在巴黎，就让他去布列塔尼指挥军队。1832年1月1日，纪尧姆离职。

参考资料：纪尧姆自己的回忆录——《十五年通缉生涯》（*Quinze années d'un proscrit*）。

加埃塔公爵（duc de Gaëte）

请看词条"戈丹"。

加尔（弗朗索瓦-约瑟夫，François-Joseph Gall，1758—1828）

一个德意志医生，由于在人的颅骨解剖研究上造诣很深而为人所知。其不仅家学渊源，而且门风正派。1807年，他来到巴黎，举办了多场公开课，听众如云。他在法国居住了很久，于1819年拿到了入籍书。

加尔西（Garchi）

巴黎一家咖啡馆的老板。

加洛侯爵（马尔齐奥·马斯特里伊·德，Marzio Mastrilli de Gallo，1753—1833）

一个意大利贵族，被认为是19世纪初非常优秀的外交家之一，在那不勒斯宫廷走进外交界。当时，那不勒斯国王斐迪南四世让他陪同自己的女儿——弗朗茨皇帝后来的妻子——前往维也纳。之后，他以那不勒斯大使的身份留在奥地利，而且深得新皇后的欢心，在政界很有影响力。他还陪同科本茨尔参加乌迪内会议。后来，正是在加洛侯爵的大力推动下，《坎波福尔米奥条约》才得以签署。波旁家族在那不勒斯被赶下王位后，他一心追随拿破仑扶持起来的新王，被约瑟夫任命为外交部部长。后来缪拉接替了那不勒斯的王位，对加洛侯爵更是厚待和青睐。他把加洛封为公爵，还给了他一大堆赏赐。于是，这位新封的公爵就一直安心地管理着那不勒斯的大小政务，直到缪拉倒台。1815年5月，加洛差点儿死在愤怒的民众手上，幸亏有奥地利人的保护才能脱险。斐迪南四世重新登基后，一开始拒绝这个旧臣的效劳，后来又改变主意，让他继续担任部长。

加尼尔（让-雅克，Jean-Jacques Garnier，1729—1805）

自学成才，开始的时候当家庭教师，后来在阿尔库尔大学当学监，1781年进入法兰西铭文与美文学院。1765年至1785年，他一直在续写韦利的《法国史》。大革命时期，加尼尔一直过着寂寂无闻、穷困潦倒的生活。1803年，他被召去参加法兰西学院会议。

加森迪（让-雅克，Jean-Jacques Gassendi，1748—1828）

1779年开始在炮兵队担任上尉，曾是拉费尔炮兵部队的指挥官，波拿巴当时便是里面的一个中尉。1793年，加森迪升为营长，又在1799年当上将军。但从那时开始，他的事业就渐渐不再以战场为主了。后来拿破仑让他进了参政院，还在1809年封他为伯爵。路易十八回来后，让加森迪进了贵族院。波拿巴从厄尔巴岛回来后对他格外重用，所以国王从根特回来后，剥夺了加森迪的贵族头衔。根据蒙托隆所述，拿破仑认为加森迪是"一个很有知识、思想和才华的人"。（请看《蒙托隆回忆录》第一卷第212页）但到了古尔戈那里，皇帝对他的评价就稍有不同了："我一眼就看出此人（加森迪）不是行军打仗的料，他就是个懦夫和白痴。"（请看《古尔戈日记》1817年4月27日内容）我们还可以读一读波拿巴于1793年9月18日从奥利乌勒写给加森迪的一封信，信件内容和卡尔多军队的行动有关。此信于1896年发表在《新闻回顾周刊》（*Nouvelle Revue rétrospective*）第四卷第290~291页上。

加斯帕林（托马斯-奥古斯丁·德，Thomas-Augustin de Gasparin，1754—1793）

出身于科西嘉岛一个姓加斯帕里（Gaspari）的家庭，旧制度时期是步兵部队的一个军官。法国大革命爆发后，加斯帕林先后代表罗讷河口省进入立法议会和国民公会。之后，他以第一批会员的身份进入公安委员会，但以健康为由辞职，罗伯斯庇尔因此才能接替他的位置，在不久后进入公安委员会。觉得自己身体康复之后，加斯帕林接受任务，来到当时正驻扎在土伦的阿尔卑斯军。可到达土伦没几天，他又病倒了，被紧急转送到奥朗日,并于1793年11月11日(也就是土伦被攻破六周后)在该地去世。即便如此,他依然给他的同乡波拿巴帮了一些忙,保护后者躲开了卡尔多的迫害。拿破仑在遗嘱中提到过加斯帕林的名字。他还在里面说,当时是加斯帕林力压众人,支持自己提出的进攻方案。但就最后这件事,并非所有人都是一个说法。当然,我们也可以大胆地揣测,波拿巴刻意掩盖了一件事:当时其实是巴拉斯在这件事情上帮了他的忙,好还自己欠拿破仑的一个人情。

加香(约瑟夫-马利,Joseph-Marie Cachin,1757—1825)

大革命时期卡尔瓦多斯省的一个工程师,雾月政变后,他负责瑟堡港口的修缮工作,并在1813年完工。后来,路易十八把他封为男爵。法兰西科学院正准备向他打开大门,他就去世了。

居阿代(马特利特-艾力,Marguerite-Élie Guadet,1755—1794)

这个性急的加斯科尼人是吉伦特派中最优秀的演讲家,虽然他为人轻浮、喜好招蜂引蝶,却是吉伦特派的智囊袋,在讲台上演讲时光芒万丈,然而他最擅长的还是个人讨论。罗伯斯庇尔对其是又嫉又恨。依照历史年代的划分,他的人生分为三个阶段:旧制度时期的律师;大革命初期的地方行政官员,后被选为议员;最后,他登上了断头台。

居尤(克劳德-艾迪安,Claude-Étienne Guyot,1768—1837)

法国大革命初期是骑兵追击队的一名士兵,1793年升为少尉,1799年升为上尉。1802年,居尤当上了执政府护卫军一个猎兵连的连长。1807年,居尤当上上校,1809年升为将军,还被封为男爵。拿破仑对他大肆嘉奖,1808年从威斯特伐利亚交上的岁入中拨出1万法郎赏给他,1809年从瑞典波美拉尼亚交上的岁入中拨出2万法郎给他,1810年从加利西亚交上的岁入中拨出1万法郎给他。在1812年征俄之战期间,居尤担任帝国护卫军骑猎兵队队长,并在整个法国本土之战期间担任这支精锐部队的指挥官。之后,居尤被路易十八任用,担任法国皇家重骑兵上校。百日王朝时期,居尤再次担任卫军骑兵指挥官,在滑铁卢战场上受伤,第二年隐退回家。

居约(让-约瑟夫,Jean-Joseph Guieu,1758—1817)

一个士兵,在军队待了七年后,于1780年被解雇。1791年,他当上志愿军上尉。1793年,他临时被封为将军,但18个月后才得到正式任命。他是奥热罗手下最得力的干将。雾月十八日后,居约赋闲在家,1803年退休。

K

卡波·德·伊斯特利亚(让·德,Jean de Capo d'Istria,1780—1831)

父亲是科孚岛上一个屠夫,从俄国人手上买了一个伯爵头衔。卡波在意大利学医,曾在法国军队里当军医。后来他去了俄国,开启了自己的外交事业,1816年至1822年期间担任外交特使。在希腊人民争取国家独立的斗争中,他做出了巨大贡献,并在希腊获得自由后成为第一届政府首脑;然而,希腊的革命派控诉他想让一个外国亲王来当希腊国王,将其杀死。

卡杜达尔(乔治,Georges Cadoudal,1771—1804)

朱安党叛乱中的谋士,比旺代叛军领导人有智慧、有谋略得多。在凯尔特语中,"卡杜达尔"就是"杀红眼的战士"的意思。卡杜达尔生在奥雷附近一个叫凯尔雷阿诺的小村子里,他的父亲是一个富裕的农场主,在那里有一座小庄园。长大后,卡杜达尔被送到瓦讷城的圣伊夫学校读书。1790年,卡杜达尔的老师被驱逐出校,他也离开了学校(这不由得让我们猜测,也许他最初是想从事神职),20岁时进了一家公证所当办事员。1793年2月20日，公会颁布法令，征召30万新兵。卡杜达尔对此无比抵抗，和一群决定夺下奥雷的农民一起抗议政府的行为。虽然卡杜达尔也上了征兵名单，但他早早就加入了旺代人的阵营。经历了萨沃内溃败后，卡杜达尔回到凯尔雷阿诺，组织了一场保皇党谋反运动。遭人揭发后，他被关进布勒斯特监狱，之后越狱，再度回到凯尔雷阿诺，从此过着东躲西藏、不得见人的日子。

在拒不宣誓的神职人员的帮助下，他成立了一支秘密军队。这支军队发展迅速，很快就有了3万人，并控制了从维莱讷到布勒斯特的地区。他把自己掌控的地区分为17个区，还设立了一个"议会"，由神父吉耶维克担任议会主席。这是一个神秘却极其有效的行政机构，把所有人都武装起来。卡杜达尔十分仇恨富裕的资产阶级。英国政府觉得他是个难得的合作伙伴，就大力支持他的活动，向他提供大量武器、弹药和金钱。督政府想尽办法想抓住他，甚至愿意悬赏50万法郎给任何能交出卡杜达尔的人，却总是拿他没有任何办法。他的同党遍布各地，甚至市政府和省议会里都有他的人，所以每次政府展开军事围剿的时候，卡杜达尔都能及时逃脱。1800年1月23日，在布尔蒙投降后，他给布律讷传话，说他愿意接受布律讷向保皇党领袖提出的包括放下武器的诸多条件。和这个西部军总司令会晤之后，卡杜达尔接受第一执政官的要求，来到巴黎。波拿巴和卡杜达尔在巴黎有过一次谈话，不过布里安、海德·德·纳维尔（Hyde de Neuville）和萨瓦里在讲述此次谈话时互有出入。根据萨瓦里的叙述，第一执政官打出爱国精神这张牌，劝告卡杜达尔"不要让这个看着他出生的地方继续在苦难中挣扎"。卡杜达尔要求得到通行证，波拿巴立刻就给了他一张，并说他可以马上离开巴黎。于是卡杜达尔回到家乡，并从那里辗转去了英国，受到亲王贵胄的热烈欢迎，然而由于他建议阿图瓦伯爵和贝利公爵回到布列塔尼领导一次新的王党起义，渐渐被他们冷落了。卡杜达尔在英国政府中更受重视。皮特采取了他的方案，"在法国王党分子的恳请下"打算夺取加来；一个月后，一支英国军队在莫尔比昂省边上的乌阿岛登陆，以支持起义。卡杜达尔因此获得了一大笔钱。回到布列塔尼后，他开始毫无节制地挥霍英国给自己的金币。马伦哥大捷、奥地利战败之后，他被迫结束反法行动。英国内阁派人告诉"乔治将军"，"目前它只能让他保持不动"。回到巴黎后，波拿巴下令在24小时内逮捕并枪决"这个该死的乔治"。卡杜达尔再次逃往英国避难，化名勒格罗斯（Legros），住在伦敦。1803年年初，《亚眠条约》的破裂已成定局，卡杜达尔又给英国政府提供了一个新方案：由自己带着20个同伙回到法国；他可以通过皮什格吕回到法国，而且能得到莫罗的帮助；这两位将军一结成同盟，阿图瓦伯爵或者贝利公爵就来到法国，秘密进入巴黎；卡杜达尔及其同伙会在马尔梅松或圣克鲁的路上袭击波拿巴，把他的嘴堵上，然后将他绑架到英国；之后，皮什格吕和莫罗立刻在贝纳多特、麦克唐纳和布律讷的协助下执掌政权；然后，亲王现身法国，被众将军扶上王位，成为路易十八。1803年8月20日，卡杜达尔在布列塔尼登陆。十天后，他抵达巴黎。在许多同党的帮助下，他频频更换住所，在巴黎待了六个月，着手布置这个比他料想中复杂得多的计划。1804年3月9日，乔装出现在哈雷要塞的卡杜达尔被捕，并被转移到一个秘密之地看管起来。法庭把他的案子审了13天，定了他46项罪名。1804年6月25日，卡杜达尔被送上了断头台。

参考资料：目前我们没有更好的参考资料，只能查阅G.勒诺特勒的《乔治·卡杜达尔》（G. Lenotre, *Georges Cadoudal*）。

卡多雷公爵（Cadore）

请看词条"尚帕尼（让-巴蒂斯特）"。

卡尔博纳（卡米拉，Camilla Carbone）

拿破仑的乳母。

卡尔多（让-弗朗索瓦，Jean-François Carteaux，1751—1813）

父亲是一个驻守在沃苏勒城的龙骑士，由于一次坠马事故，左手被截肢，故前往巴黎，被安置在荣军院中，年幼的卡尔多跟随父亲来到了巴黎。几个月后，他以"童子军"的身份加入了父亲曾经待过的军队。16岁时，卡尔多成了一名正式战士。很小的时候，他就酷爱画画。著名绘画家杜瓦杨（Doyen）对他很感兴趣，鼓励他走上绘画道路。因此，卡尔多一边待在军队，一边学习绘画。他最感兴趣的是珐琅画，把大部分时间都花在这上面，在绘画领域开始小有名气。他画过一幅长18寸、宽15寸半的路易十六骑马图，画中国王英姿飒爽，很有威仪。国王很喜欢这幅画，将其收藏进自己的私人画廊，卡尔多也因此成了国王画师。受这次成功的激励，卡尔多开始创作另一幅画。这次，他想画王后分娩图（玛丽-安托瓦内特不久前诞下一女，也就是后来的昂古莱姆公爵夫人）。两年后，卡尔多向国王申请一笔赞助金。他给路易十六写信说："作为一个年轻而身无分文的艺术家，我谦卑地恳请陛下能赏赐我一小笔赞助金，让我能心无旁骛地完成此画的创作。"国王给他付了4800里弗的预付款，然而卡尔多把这笔钱用在了其他地方。他当时爱上了一个叫巴奇尔的小姐，她是王后乐团里的一位歌唱家。然后卡尔多放弃了王后分娩图的创作，抛下了自己的妻子，带着情妇私奔他国。1788年，他被允许回到法国，积极投入革命事业。在巴黎民兵队成立之初，他请求效力于民兵队指挥官拉萨勒侯爵，此人曾是他父亲的上司。侯爵还记得卡尔多龙骑兵，就让他的儿子当自己的副官。1789年11月6日，民兵队被国民自卫军取代，卡尔多成为巴黎国民自卫军骑兵队中尉，听从拉法耶特的号令。他觉得可以给这个新上司画一幅像，以此来讨好他。画像完成后，卡尔多将其献给巴黎区，受到众人感谢。在大革命前三年时间里，卡尔多表现并不出众。1792年7月，他恳请路易十六赐予自己圣路易勋章。15天后，路易十六被带至圣殿监狱。卡尔多把这枚勋章摘下来，以免惹祸上身。此外，他不久前还干了一件事，并因此一夜成名。此事虽没造成多大反响，但也在很大程度上影响了时局走向。当时，国民自卫军指挥官芒达（Mandat）下令前去营救国王，命令传到了卡尔多所在的宪兵团。卡尔多把所有军官召集起来，说服他们拒不执行命令。如此一来，王宫就失去了一道重要的保护屏障，事情也走向了另一个结局。事后，卡尔多得到嘉奖，当上额外编制的中校，但不享有任何俸禄。不过，这也算是他飞黄腾达的吉兆。果真，几个月后，卡尔多当上参谋上校和一个正规军的营长，被派到了阿尔卑斯军中。国民特使代表杜布瓦-克朗塞被派到这支军队里，负责率领军队镇压里昂。他给了卡尔多一个任务，让他阻止当时也在反抗公会的马赛人前来援助里昂。一支炮兵队和卡尔多的分遣队一道出发，执行这个任务，而炮兵队的指挥官正是波拿巴。我们都知道，当时因为这个年轻军官的巧妙布阵，马赛人才被迫撤出阿维尼翁，溃不成军。"征服者"卡尔多就以胜利者的姿态，进入了这座属于教皇的城市。他在那里待了几天后朝艾克斯进军，一路毫无阻碍。六天后，他没费一枪一炮就进了马赛城。公会闻讯大喜，夸奖卡尔多对祖国功不可没。得知土伦向英国人打开港口的消息后，公会立即给卡尔多写信，让他夺下这座叛乱之城。但这次的事很是棘手：土伦人有英国人帮忙，顽强地抵抗着共和国军队。奥利乌勒峡谷成了两军反复争夺之地。炮兵指挥官多玛尔坦（Dommartin）将军受伤，必须有人顶替他的位置。按理说，被公认为"军队之首"的波拿巴理应代他指挥炮兵队作战才是，但波拿巴一开始就和卡尔多的关系不好，因为卡尔多完全把他当成一个毛头小子。不过波拿巴有国民特使代表以及巴拉斯撑腰，卡尔多只好放弃军队统领权。他的继任者多佩只在这个位置上待了15天，于是公安委员会又把卡尔多叫了回来。卡尔多抵达格勒诺布尔后，和军事审判所主席产生了激烈争执。主席怒到极点，觉得不把卡尔多拉下马就咽不下这口恶气。当地政府一直备受卡尔多的欺压，也趁机向公安委员会告了一状。于是，公安委员会下令逮捕卡尔多，把他"安全押送"到巴黎，交给革命法庭处理。然而，卡尔多进了监狱后，当局却忘了这回事。于是，热月九日以后，卡尔多毫发未伤地出狱了。他连连喊冤，说自己是罗伯斯庇尔及其信徒的受害者，于是轻轻松松恢复了军衔。然而没过多久，奥布里着手肃清军队，卡尔多从参谋团中被剔除，只好退休。葡月十二日深夜，巴拉斯把多位被奥布里除职的将军召集起来，其中一位就是卡尔多。他接到保护新桥和周边地区的命令。卡尔多到达新桥后，有3050名士兵、两门大炮供他指挥。然而，成千上万的暴乱分子如潮水一样涌了过来。卡尔多宣布他"手下的勇士"无法向"他们的兄弟"率先开炮，于是退守到河的右岸，驻守在罗亚尔宫。此时，波拿巴正在圣奥诺雷街上轰击王党分子。当晚，王党分子结局已定，卡尔多不费吹灰之力就夺回了新桥。此次虽胜之不武，卡尔多却借此再度回到军队。雾月十八日以后，波拿巴放下自己和卡尔多的宿怨（或许他是念着卡尔多妻子的恩情），任命他为国家博彩处总管（1801年）。1803年，卡尔多以行政官兼指挥官的身份被拿破仑派到了皮翁比诺公国（当时该公国已被送给了埃莉萨），任务是清点公国资产。估计卡尔多从中侵吞了许多财产,但又没做好善后工作。没过多久,皮翁比诺的当地居民就把他们的怨言反映到了巴黎。法国当局下令彻查此事,但不了了之。不过一个月后,他就离开皮翁比诺,去了米兰。然而一道命令发了下来,要求"前皮翁比诺指挥官"回到巴黎。从此,他的事业算是彻底完蛋了。卡尔多变成一介平民,从此,除了他像牛皮糖一样不断缠着帝国政府,恳请获得补助金这件事,人们再没提过这个人。

参考资料:塞莱斯坦·泽维尔·奥古斯特·福尔的《卡尔多将军》(Célestin Xavier Auguste Four, *Général Carteaux*)。

卡尔多夫人(凯瑟琳-乌苏拉·巴奇尔,Catherine-Ursule Bazire,1761—?)

16岁时成为王后合唱团的歌唱家,后成为当时还只是个珐琅画家的卡尔多的情妇,并和他一道私奔到国外。她一直忠贞于对方,并在1793年3月16日成为他的合法妻子(当时卡尔多已婚,在3月8日才离婚)。卡尔多把她带到阿尔卑斯军中,她在那里认识了波拿巴。据说波拿巴曾是她的情人,此事未必不可能……不论如何,在《拿破仑圣赫勒拿岛回忆录》中,拿破仑提到她时总是充满感激之情。

卡法雷利·杜·法尔加(路易-马利-约瑟夫-马克西米利安·德,Louis-Marie-Joseph-Maximilien de Caffarelli du Falga,1756—1799)

祖上是意大利人,12世纪开始定居在蒙彼利埃。法国大革命初期,卡法雷利·杜·法尔加当上上尉。君主制覆灭后,他拒绝宣誓效忠新政府,于是被立法议会派到军队的国民特使代表解除军职。恐怖统治期间,卡法雷利·杜·法尔加遭到怀疑,被关进监狱。热月九日后,他重获自由,被马索邀请加入军队。在1795年12月8日的一次撤退中,敌军的一枚炮弹炸掉了他的左腿。之后,他被封为将军,几周后装着木肢回到军队。拿破仑任命他为东部军工程团总指挥官。他还积极参与了阿克包围战。1799年4月9日，他在检查一条战壕的修筑工程时，被一颗子弹击中右手肘部，由于没得到良好的治疗，27日死于伤口感染。

卡法雷利·杜·法尔加（路易-马利-约瑟夫·德，Louis-Marie-Joseph de Caffarelli du Falga，1760—1845）

前者的弟弟。法国大革命前夕，已是海军上尉的他因为健康问题离开军队。1793年，他以工程军官的身份进入东比利牛斯军。拿破仑想到他那个战死的哥哥，便让他进入参政院，同时让他担任布勒斯特军区海军司令。1810年，他被封为伯爵。1814年，拿破仑让他带领军队在图卢兹抵抗敌军。此次防御战注定会以失败结束，因为卡法雷利根本无法阻止惠灵顿夺下图卢兹。巴黎投降后，他向路易十八投诚，被封为元帅和参政院议员。拿破仑回来后没有责怪他，还让他进了贵族院。滑铁卢战役后，卡法雷利彻底隐退。

卡拉·圣西尔（让-弗朗索瓦，Jean-François Carra Saint-Cyr，1760—1834）

人们经常把他和古维翁-圣西尔将军弄混。实际上，卡拉·圣西尔是一个侍从武官的儿子，法国大革命前夕曾和后来的将军兼外交官奥贝尔-杜贝耶（Aubert-Dubayet）在同一个军营里共事，两人结下了深厚的友谊。美国独立战争爆发时，他参加了法国远征军，前往美国作战。回到法国后，卡拉·圣西尔在陆军审判所里捐了个官职，不过1792年因为健康问题离职。第二年，他成了自己旧日战友奥贝尔-杜贝耶的副官，当时后者正担任瑟堡海岸沿线军队总司令。1796年，奥贝尔-杜贝耶成了法国驻君士坦丁堡大使，卡拉·圣西尔就以第一秘书的身份随他去了奥斯曼帝国（几个月后，由于这个朋友和上司的关系，他被升为将军）。奥贝尔-杜贝耶因黄热病去世之后，他带着旧友的遗孀回到法国，与其成婚。没过多久，执政府把他派到了莱茵军。1803年，他越过德意志，来到意大利，先后担任过马格德堡总督（1806年）、德累斯顿总督（1809年）、汉堡总督（1810年）。1813年，他在汉堡的日子变得相当艰难。一听到法军在俄国惨败而归的消息，当地人民就开始骚乱起来。很快，爱国战争的烽火又烧起来了。卡拉·圣西尔虽然成功"平定"了几个地区，然而到了1813年3月，俄军开始逼近汉堡，汉堡城及周边地区全都乱了起来。卡拉·圣西尔觉得应当采取严厉手段镇压乱党，将七个持武作乱的爱国者当众处死，然而此举不仅没有起到震慑作用，还激起了民愤。此外，俄军离汉堡也越来越近。当时卡拉·圣西尔身边只有3000士兵，只好放弃汉堡，退守易北河左岸。俄军紧追在后，迅速发动进攻。卡拉·圣西尔的军队遭受严重折损，战场几乎成了俄军屠杀法国人的修罗场，拿破仑对此大为不满。更让拿破仑愤怒的是，他觉得卡拉·圣西尔没有采取最严厉的手段去镇压汉堡暴乱。卡拉·圣西尔被解职，然而15天后皇帝收回成命，因为他需要有人替他打仗。卡拉奉命统率大军团的一个师。1814年2月，他先后在孔代和瓦朗谢讷指挥军队作战，主要负责把国民自卫军组织起来，同时迫不及待地等待波旁家族的到来。他是第一批投奔路易十八的将领之一，路易十八把他封为伯爵，授予他圣路易勋章。复辟时期，卡拉·圣西尔当了两年的圭亚那总督，并于1820年退休。

卡廖斯特罗（约瑟夫·巴尔萨莫，人称亚历山大·德·卡廖斯特罗伯爵，Joseph Balsamo，comte Alexandre de Cagliostro，1743—1795）

一生四处漂荡，靠配药、诈骗，甚至让自己美丽的妻子洛伦扎·菲丽西雅尼通过卖淫来谋取生计。人们在欧洲什么地方都能看到他的身影。1789年，他去了罗马，和妻子一道在那里被捕，然后被关进圣昂热监狱，最后被判处死刑，后改判无期徒刑；洛伦扎则在一家修道院里度过余生。

卡洛琳·德·布伦瑞克（威尔士王妃，Caroline de Brunswick, princesse de Galles，1768—1821）

布伦瑞克亲王的女儿，1795年嫁给了威尔士亲王，也就是后来的乔治四世。婚后夫妻感情不好，此事人尽皆知。1814年，她借着英国和大陆重修旧好的机会，搬到意大利居住，和自己的管家成了情人关系。威尔士亲王登上王位后受卡斯尔雷的唆使，以通奸的罪名起诉王妃。卡洛琳被判有罪，不久后辞世。

卡洛纳（查理-亚历山大·德，Charles-Alexandre de Calonne，1734—1802）

1783—1787年的法国财政部部长，由于公众把先前财政部部长犯下的错误都算到他头上，他成了替罪羊，被内克尔的支持者和布里埃纳主教的势力团伙赶了下去。之后，他离开法国，去了英国。阿图瓦伯爵流亡出国后，把他叫到自己身边效力。于是卡洛纳成了他的政治谋士，在亲王和外国宫廷之间的谈判中扮演重要角色。1795年，他在政坛上消失，最后老死于英国。

卡洛斯（卡洛斯-马里亚-伊西德罗·德·波旁，Carlos-Maria-Isidro de Bourbon，1788—1855）

斐迪南七世的弟弟，众人认为他最有机会继承王位，因为国王虽然结了三次婚，膝下却无子嗣。然而斐迪南七世没有严格遵守西班牙波旁家族的《萨利克法典》，另立法律，让自己的女儿继承王位，剥夺了他的王位继承权。西班牙因此被卷进长达七年的内战，卡洛斯也死在流亡他国的路上。

卡尼诺亲王（Canino）

请看词条"波拿巴（吕西安）"。

卡尼茜（阿德里安娜·德，Adrienne de Canisy）

请看词条"科兰古夫人"。

卡诺（拉扎尔-尼古拉，Lazare-Nicolas Carnot，1753—1823）

诺莱城一个公证员的儿子，法国人革命初期还是个工程兵上尉。1789年，他给国民议会递了一封陈情信，建议利用教会财产改善国家财政。后来，他以省议员代表的身份被加来海峡省（卡诺当时正在阿拉斯的卫成部队里）选入立法议会，并在议会军事审判所担任要职。之后，他又被选入国民公会。公会建立之初，卡诺就被派去组织西班牙前线的防御阵线。准确地说，他是这届议会派出去的第一个国民特使代表。之后，他还被派到北方军中，参与了逮捕杜穆里埃的任务。但阴差阳错，卡诺没有认出这个将军，杜穆里埃因此逃走。15天后，尽管罗伯斯庇尔反对（两人在阿拉斯相识），卡诺依然继他之后进了公安委员会，负责军事工作，在工作中格外积极负责。他救了许多旧制度时期的军官和前朝贵族，把他们放在自己身边。这些人受其保护，为了报答其恩情，都非常积极地协助他的工作。与此同时，卡诺还在暗中支持各种推翻罗伯斯庇尔的阴谋。他异常兴奋地欢迎热月九日那场"革命"的到来。然而没过多久，他本人也上了通缉名单。由于一个不知名的议员帮助，卡诺才没被逮捕。有人说这个议员是布尔东·德·卢瓦兹（Bourdon de L'Oise），不过这个说法不太可信。当时人们正打算投票逮捕卡诺，是这个议员站起来疾呼："你们怎么敢将手伸向那个组织共和国军队取得胜利的人？"公会当然"不敢"，从此卡诺有了"胜利组织者"的名号。他后来又进入督政府，成为元老院的一员。在督政府，巴拉斯觉得自己也有主持军务的能力，在军事问题上和卡诺多次发生争执，然而卡诺总能说服别人接受自己的想法。人们正是根据他的方案才在1795年和1796年于莱茵河发起战争。然而法军在莱茵河铩羽而归后，人们开始质疑卡诺的军事才能。后来，波拿巴根据自己制订的作战方案取得胜利，卡诺的威信更是一落千丈。于是，卡诺做出一个乍看令人大跌眼镜的决定，转而走上政坛。一开始，他和督政府同僚巴泰勒米一道准备为复辟君主制扫清障碍。然而，果月十八日政变事件使他的计划流产。巴泰勒米被逮捕，卡诺则逃到了德意志，并在德意志猛烈抨击将他驱逐出国的那些人。他在奥格斯堡发行了一本小册子——《驳巴约勒报告书》（*Réponse au rapport de Bailleul*），控诉巴拉斯、勒贝尔和拉雷维耶尔三个督政官以及他们的外交部部长塔列朗。普罗旺斯伯爵觉得这是一个宣传王党事业的良好机会，就出资翻印他这本小册子，并在巴黎大肆分发。雾月十八日以后，卡诺回到法国。波拿巴让他代替贝尔蒂埃出任陆军部长，然而由于和波拿巴关系不好，卡诺几个月之后就辞职了。他再度隐退，着手开展科学研究。1802年3月21日，卡诺的田园隐居生活结束，被元老院召进保民院。卡诺之所以能进入保民院，也许要归功于康巴塞雷斯，因为后者当时竭力想把声名显赫的公会旧人拉进新政府为其效力。卡诺接受任命，然而他从一开始就表明态度，反对第一执政官一系列野心勃勃的计划。这个曾经的保皇党保护者、果月十八日的被放逐者，如今成了共和理念的积极拥护者。他反对成立荣誉军团，因为在他看来，这个组织只会成为某个人的荣誉象征。他还反对终身执政官的这个方案。根据他的儿子伊波利特·卡诺在《追忆卡诺》（Hippolyte Carnot, *Mémoires sur Carnot*）第二卷第236~237页中的叙述，卡诺当时在投票登记簿上写道："也许我签下的是一道自己的驱逐令，但什么也不能强迫我违背本意，什么也不能。"然后，他离开了议院。众议员惊得瞠目结舌，把和他私交甚密的西梅翁（Siméon）派去游说他。西梅翁轻松地说服了卡诺，让他收回了这番会给他惹来祸事的话。人们烧了登记簿，重新记名。要不是伊波利特·卡诺在《追忆卡诺》中的记载，人们根本不知道还有这等事。不过人们揣测，被烧的第一本登记簿里应该还有一些被认为"大逆不道"的话。共和十二年花月十一日，元老院讨论推举第一执政官为皇帝的动议，我们可以看看卡诺此时是怎么说的："不管一个公民为祖国做出何等贡献，出于情理和荣誉，国家也只能对他表示有限的感激。"他还宣布自己会坚决投票"反对重建君主制"，就如他从前坚决反对设立终身执政官一职一样。然而卡诺又很小心地加了一句话："虽然我反对当前的动议，但如果议会另有决议且它得到全体公民赞同，我会第一个积极遵守它，将其奉为圭臬，恪守合乎宪法的一切继承制规定……"正因为他明智地说了这句话，才没引起拿破仑的怀疑。拿破仑觉得卡诺这个敌人构不成任何威胁，其反对之声也不足为惧，于是继续把他留在议会里。他倒也没有想错：卡诺在保民院里一直谨小慎微。1807年保民院被解散后，他再次赋闲在家，重新研究起了数学。由于极度缺钱，他的生活很窘迫。他把自己的所有家产都投到殖民地搞商业投机活动去了，为此还借了一大笔钱。然而英军击沉了载着他的货物的船只，卡诺为此损失了8万法郎。于是，他通过当时的陆军部长克拉尔克向拿破仑求助。当时正在美泉宫的皇帝立刻回信，说："作为前陆军部长，他（卡诺）有权得到一笔退休金。请给我列一个方案，在里面定下数额。此举可谓一石多鸟，从此我可以毫不困难地起用这个人了。不过您得让我知道，他为何会陷入此等窘迫境地，又该怎么让他摆脱困境。"随后，拿破仑在1809年8月23日颁布法令，赐给卡诺1万法郎的退休金，而且是从他离开陆军部那天算起。就这样，他马上就拿到了9万法郎。卡诺对此事非常感激。他给朋友科（Caux）将军写信说："多亏他（拿破仑）出手相助，他此举实在是慷慨大度。"拿破仑从德意志回来后，把卡诺召来杜伊勒里宫，两人展开了一场友好的交谈。卡诺在退下的时候，拿破仑说："再会，卡诺先生。您若有什么需要，随时可以告诉我。"与此同时，为了让他有事可做，拿破仑让他撰写一份关于要塞防卫工作的专论。卡诺非常高兴，无比积极地开始工作。不到三个月，他就写出一篇论文，并在1810年2月将样稿呈给拿破仑，同时附上一封信。卡诺在信中大拍马屁，说："我抱着对您的满腔感激之情完成了这份工作，但愿我幸不辱命，实现了您的构想。您卑微的仆人、忠诚的臣子卡诺敬上。"拿破仑没做任何回复。他读了这篇论文，觉得它写得很蹩脚。这个曾经的"胜利组织者"似乎完全不了解军事部署领域的现状，都不知道，或者说是不愿根据帝国最近取得的战报来制订计划。后来在圣赫勒拿岛，拿破仑对古尔戈说："他在这篇军事防御部署里简直是在胡说八道。"（语出《古尔戈日记》第一卷第322页）他还在《蒙托隆回忆录》第二卷第124页中说："卡诺没有任何作战经验，他对军事技术的所有想法都是错误的，甚至在阵地进攻和防御部署、防御工事修筑思想上也错误连连，虽然他一辈子都在研究这个。他把这些东西都刊印成书，可只有从没上过战场的人才会觉得他说得有道理。"卡诺的书曾是军事学校的必读物，如今却被束之高阁。第二年，卡诺自费出了新版本。没过多久，科多尔选区（这是他的家乡）选他为元老院候选人。卡诺给拿破仑写了一封信，想让他念念旧恩，让自己入选。当然，信中语气还是那么谦卑顺从。然而卡诺没能进入元老院，他因此万念俱灰。1814年1月外敌入侵之时，卡诺给皇帝写了一封后来广泛流传的信。此信内容虽然稍稍违背了事实，却写得很有风骨（长期以来，我看您一路取得无数胜利,便没有向陛下主动请缨为您效力,因为我认为您不需要……),提出"愿以60岁的老朽之身"为拿破仑略尽绵薄之力。大敌当前,拿破仑很快就应允了。正如卡诺在信中表示的那样,"在这个士气大跌、人心低迷的时候",他的加入"能够把许多本持观望态度的人拉拢在帝国雄鹰的翅羽之下"。拿破仑让他去防守安特卫普。4月1日,一个英国议员把联军已经进入巴黎的消息透露给卡诺,建议他停止抵抗。次日,另一个议员、贝纳多特的参谋官告诉他:元老院已经支持路易十八为王,路易十八也准备颁布一部完全合乎卡诺理念的宪法,而且他在随联军进入巴黎之前许下的承诺依然有效。卡诺回答说:"我是奉法国政府之令驻守安特卫普……如果这个政府在新的基础上最终被稳固地建起来,我立刻就执行它的命令。"就这样,他非常聪明地迅速投诚。4月16日,他同意签署停战协议。次日,法国发布一道宣言,昭告天下:拿破仑"抛弃了自己的军队",放弃了"被他长期僭越霸占"的权力。路易十八登上王位之时,卫戍部队鸣炮,"以示庆祝"。卡诺让手下将士悬起白旗。5月3日,他离开了拿破仑叮嘱他防守的阵地,回到法国投奔路易十八。卡诺先前进入公会后曾支持判处路易十六死刑,还说:"我认为,正义希望路易死,政治也希望路易死……暴君必须被打倒才是。"如今,他却戴着路易十六赏给他的圣路易勋章觐见国王。然而,路易十八对他十分冷淡。富歇巧妙地利用了卡诺破灭的希望,把卡诺在拿破仑称帝时写的那本小册子出版出来。在等书印好期间,他说服卡诺把本书精华部分摘录出来,将其立刻出版。小册子一被印好,就被警察缴获了。于是富歇又印了一次,以"卡诺1814年7月写给国王的陈情信"为名,将其秘密传播出去。不到两个月时间,这本小册子就卖出了2万多本。与此同时,印刷厂又在加班加点地刊印另外2万册书。政府无力控制此书的扩散,只好让夏多布里昂站出来写篇反驳文章,即《关于当前几个问题和事关所有法国人利益的一点儿政治思考》(*Réflexions politiques sur quelques questions du jour et sur les intérêts de tous les Français*)。后来拿破仑回来,在进入杜伊勒里宫的当天晚上,就封卡诺为帝国伯爵,让他担任内务部部长。6月2日,卡诺进入贵族院。卡诺作为部长,其工作效率大大降低。他颁布了一则法令,即在巴黎建起一所培养小学教师的试验性学校,并发布通知,禁止警察拆看私人信件,简直是在帮助当时已经抬头的保皇党做宣传工作。此外,他还把当初波旁家族任命的人全都放进自己的部门。拿破仑给卡诺写了一封短信:"卡诺伯爵先生,我知道您起用了许多对我和我的政府无比仇恨的人;明天请您给我呈交一份名单,把该被赶走的人登记在上面。"后来,皇帝在圣赫勒拿岛上对贝特朗说:"卡诺完全不适合当内务部部长。"(1817年10月28日谈话)卡诺只将十多个非常年轻、谁都知道他们是王党分子的人赶出内政部,还给他们支付了三个月的薪水。没过多久,他向贵族院宣布了滑铁卢惨败的消息。当时,卡诺的神情是不可思议的冷静,和当晚内伊火山爆发一样的激烈言辞形成鲜明对照。在拿破仑召开的内阁会议中,卡诺提出即刻让全国处于防御状态,并把所有国民自卫军召至军中,仿佛现在还是1793年那个时候似的!吕西安更是激进,要求实行独裁。拿破仑任由他们争来争去。内阁还在起草方案时就得知议院宣布永不散会的消息,一切都没戏了。(拿破仑在圣赫勒拿岛上时,曾有些天真地说:如果他没有任命卡诺为部长,后者就可以成为议院主席,结局也许就完全不同了。请看他和贝特朗1817年7月14日的谈话)皇帝离开爱丽舍宫,前往马尔梅松。梅纳瓦尔说,在送别皇帝时,卡诺在众目睽睽下紧紧抱着拿破仑,"把他的头靠在皇帝的肩膀上,以遮掩自己满脸的泪水"。第二天，他同意了议院提出的临时委员会方案，在路易十八回来前由它暂时代理政事。卡诺还以为自己能当上这个委员会的主席，最后却是富歇上任，这让他倍感失望。巡视了巴黎周边地区，掌握了可以调来保卫首都的军队情况之后，卡诺觉得巴黎守城无望，提议投降。大家赞同了他的意见。他负责起草做此决定的理由陈述书。这一次，卡诺没有在路易十八回国后主动去找他。然而路易十八并没忘记他，把他弄上了通缉名单。根据1815年7月24日法令，卡诺不得不离开巴黎，在警察的监视下生活，冷眼旁观其他议员的命运裁决。他隐居到了塞尔尼，开始写辩护书来自辩（这封辩护书发表于9月末，也就是他重回议院的前夕）。亚历山大一世为他在法国王室跟前说好话，想让他重新得宠，遭到法王委婉而坚定的拒绝。于是亚历山大给了卡诺一张通行证，让他愿意的时候前来俄国投奔自己。卡诺去了华沙，受到康斯坦丁大公的热情接待。此外，波兰革命派对他也非常关照。俄国政府觉得大家对他拥护太过，请他另寻住处。普鲁士政府拒绝让他接近莱茵河地区，但同意他住在马格德堡，最后卡诺在这里去世。除了《拿破仑圣赫勒拿岛回忆录》中拿破仑对卡诺的评价，我们还可看看古尔戈在1816年12月3日的日记中记录的皇帝对他下的评语："这人很固执。他既不是一个好的工程兵军官，又不是一个深谙行军布阵的将军。不过，他是一个正直、勤勉的人。他的名声也是这么积累起来的。"此外，拿破仑还曾对梅特涅说："这是一个勤劳本分的人，可容易被阴谋蛊惑，极易上当受骗。"（语出《梅特涅回忆录》第一卷第179页）

参考资料：马塞尔·雷纳尔的《名人卡诺》（Marcel Reinhard, *Le Grand Carnot*），这是我们研究卡诺的主要参考作品，可惜缺少详尽的生平历史。

卡普拉拉（让-巴蒂斯特，红衣主教，Jean-Baptiste Caprara，1733—1810）

先后在科隆、卢塞恩、维也纳担任全权教廷大使。1801年，他被派至巴黎，负责政教协议的谈判工作。被任命为米兰大主教后，他在米兰将拿破仑加冕为意大利王。

喀斯（让-雅克，Jean-Jacques Causse，1751—1796）

法国大革命爆发之前是步兵团里的一个中士，1792年被升为少尉，1793年担任勃朗峰志愿军第一营营长。被派至东比利牛斯军中后，他被国民特使代表临时封为将军，一年半以后才获得正式的将军军衔。十个月后，他在迭戈阵亡。

卡斯蒂廖内公爵（duc de Castiglione）

请看词条"奥热罗（皮埃尔-弗朗索瓦）"。

卡斯尔雷侯爵（罗伯特·斯图尔特，Robert Stewart, vicomte de Castlereagh，1769—1822）

祖籍苏格兰，詹姆士一世时期家族搬至爱尔兰。20岁时，罗伯特想进入政界。没过多久，他进入爱尔兰议会，并为此掏了6万英镑。1797年，已是卡斯尔雷子爵的罗伯特成为爱尔兰掌玺大臣。1798年，他以严厉手段镇压了地方叛乱。在推动爱尔兰并入英国的方案中，卡斯尔雷子爵不顾同胞的唾弃，背叛了爱尔兰政府。1805年，他以陆军部长和殖民地大臣的身份进入皮特的内阁，并于1810年担任外交部部长。从此，他在国际政坛中越来越有分量。1814年，卡斯尔雷子爵参与了沙蒂永会谈，成为拿破仑最可怕的政治敌手。正因为他的提议，联军才坚持绝不和谈，除非拿破仑同意将法国版图恢复到1789年时的大小。外交家们准备在《枫丹白露条约》上签字时，卡斯尔雷子爵站出来极力反对把厄尔巴岛领土交由这位废帝去统治。亚历山大做了许多工作才说服他放弃自己的主张。回到英国后,卡斯尔雷子爵被授予雅莱蒂尔勋章。次年年初,他来到维也纳,代表英国参加维也纳会议。得知拿破仑登陆的消息后,他连忙回到英国。根据他的提议,英国议员通过投票,拨款1000万英镑作为战争开支,这还不包括支援联军的额外开销。同样因为他的上下斡旋,惠灵顿才得到了5万士兵。把拿破仑送到圣赫勒拿岛后,已是伦敦德里侯爵的卡斯尔雷布下重重防线,以阻止拿破仑再度逃跑。哈德森·洛韦的一切行动都听从卡斯尔雷的指令。1821年,卡斯尔雷以极其严酷的手段镇压了爱尔兰白衣会起义。不久之后,他出现了精神问题,而且症状越来越严重。有一天,他觐见乔治四世,请求准假,并说了些颠三倒四的话。乔治四世十分关心他,让他去看医生。第二天,卡斯尔雷在家中用一把小折刀割喉自杀。

参考资料:阿切博尔德·艾利森的《卡斯尔雷的一生》(Archibald Alison, *The life of Castlereagh*),查理·金斯雷·韦伯斯特的《卡斯尔雷的外交政策》(Charles Kingsley Webster, *The Foreign Policy of Castlereagh*)。

卡斯卡特伯爵(威廉·肖,William Shaw, comte Cathcart,1755—1843)

英国的一个将军,1806年跟着亚历山大一世执行任务。1807年他指挥英军攻打哥本哈根,1812年到1820年担任英国驻俄国宫廷的大使。

卡斯特里公爵(阿尔芒-查理·德·拉克卢瓦,Armand-Charles de la Croix, duc de Castries,1756—1842)

旧制度时期的一个骑兵军官,以巴黎贵族代表的身份进入三级会议。由于他是激进保皇主义者,1790年其府邸被暴民大肆洗劫,卡斯特里流亡国外。开始的时候,他在流亡亲王军中效力。1794年,他得到英国资助,有了自己的流亡军。然而这支军队还没有机会在战场上崭露头角，一年后英国就停止出资，军队被解散。波旁复辟时期，公爵回到法国，进入贵族院，担任默东城堡总督。

卡扎莱斯（雅克-安托万-马利·德，Jacques-Antoine-Marie de Cazalès，1758—1805）

旧制度时期的一个龙骑兵军官，1789年被里维埃-凡尔登辖区选为贵族代表，进入三级会议。他在议会中积极捍卫和宣传君主制，反使得保皇党的政治路线饱受众人批评。瓦伦出逃事件后，他逃往国外。后来英国派海军前往土伦，帮助土伦人反抗革命政府，他就在英国军舰上担任国王特使。果月十八日以后，卡扎莱斯成为普罗旺斯伯爵的手下，去笼络正遭通缉的议员。雾月政变后，他回到法国，隐秘地生活在加斯科尼一座被他买下的小庄园里。

凯尔曼尼（夏尔-爱德华-詹宁斯·德，Charles-Édouard Jennings de Kilmaine，1751—1799）

祖籍爱尔兰，1774年进入法国军队，在法国大革命爆发前是骠骑兵队上尉。1792年，他被升为中校，1793年当上将军，从1796年4月开始在意大利军炮兵队中担任指挥官。1798年5月，他代替波拿巴指挥军队入侵英国，同年12月由于身体原因不得不辞职。

凯拉里奥骑士（阿加东·德·基勒芒·德，Agathon de Guynement de Kéralio，1723—1788）

1773年在巴黎军事学院担任副督学。

恺撒（日耳曼，"恺撒"是其绰号，Germain, dit César）

波拿巴的马车夫。根据《孔斯当回忆录》，波拿巴在埃及时，听说有一次日耳曼在公众场合和人打斗，杀死了一个阿拉伯人，因此给他取了这个大气的绰号。

凯瑟琳，符腾堡公主（Catherine, princesse de Wurtemberg, 1783—1835）

父亲是选帝侯弗雷德里希，被拿破仑封为符腾堡国王。1807年，凯瑟琳公主嫁给了热罗姆·波拿巴。

参考资料：阿维德·巴丽娜的《拿破仑一世的弟媳：威斯特伐利亚王后》（Arvède Barine, *Une belle-sœur de Napoéon Ier: la reine de Westphalie*），施洛斯贝格尔的《凯瑟琳王后和热罗姆·冯·威斯特伐利亚国王的通信》（Schlossberger, *Briefwechsel der Königin Katharine und des Konigs Jérôme von Westphalen*）。

坎伯兰公爵（亨利，Henri, duc de Cumberland, 1745—1790）

英王乔治三世的三弟。

坎伯兰公爵夫人（安妮，Anne, duchesse de Cumberland）

霍顿爵士的遗孀，1772年嫁给坎伯兰公爵为妻。

康巴塞雷斯（让-雅克-里吉斯·德，Jean-Jacques-Régis de Cambacérès, 1753—1824）

旧制度时期蒙彼利埃税务法院推事。大革命时期，他成了埃罗省刑事法庭法官，随后被选入国民公会。由于他很懂得待人接物，于是躲在立法委员会里（他还是委员会主席）平安无事地度过了恐怖统治时期。热月九日以后，康巴塞雷斯一反从前小心谨慎的做派，变得非常高调。他的同僚将他推为公安委员会委员，他上下运作，想当公安委员会主席（当时委员会并未设立这个职位）。后来，他进了五百人院。共和七年牧月三十日，康巴塞雷斯当上了司法部部长。此次他能得升迁，得感谢正在为后来的政变布局的西哀士。康巴塞雷斯对政变一事表示大力支持。波拿巴从埃及回来后接见的第一批政治家中就有他。雾月十七日，他去波拿巴家中参加晚宴，敲定了第二天行事的最后几个细节。之后，拿破仑在第二执政官人选上毫不犹豫地选择了康巴塞雷斯，后来还在他的提议下选择了勒布伦。波拿巴最欣赏康巴塞雷斯的仪容形象。康巴塞雷斯几乎可以说是政治家的典范：他一脸庄重冷静的样子，说话柔和，然而语调严肃、嗓音深沉。此外，他是公会的旧人，还加入过许多委员会，所以他的存在可以平抚一些冥顽不灵的共和党人的担忧情绪（至少波拿巴是这么认为的）。根据新宪法的规定，只有第一执政官才有执政权。康巴塞雷斯发现自己受制于人，只能按波拿巴的意思行事。波拿巴也完全把他当成万金油，经常把各种看上去很重要但很费心思的工作交给他去做，如修改剧院剧本、制作元老院议员服装等。康巴塞雷斯擅长变通，又冷静稳重，很懂得如何平息波拿巴和保民院、立法院之间的冲突。每次波拿巴因为在这两个院里遇到阻挠而大发雷霆，打算把它们直接解散了事的时候，康巴塞雷斯总能安抚住他，说让元老院把它们清洗一下就好了。实际上，他也是这么做的（有20个保民院议员和60个立法院议员被除名）。当富歇和塔列朗极力反对和教皇有任何接触的时候，是他努力推进，让法国和圣座之间达成协议。康巴塞雷斯还在《民法》的讨论中起到了举足轻重的作用。为了制定这个法律，人们开了120多场讨论会，他主持了其中50场会议。波拿巴亲自主持会议时，康巴塞雷斯会来帮忙，事先替他把议事日程中提出的问题的资料准备好。执政官要住进杜伊勒里宫时，康巴塞雷斯拒绝一道迁入。他对勒布伦说："我们住进杜伊勒里宫是个错误，这个地方不适合我们，我不去。波拿巴将军很快就会想一个人住里面了，那时我们还得再搬出来，那干脆就别住进去了。"于是他由国家出资，住在圣尼凯斯街的埃博夫公馆。他把那里好好布置了一番，家具都是国家家具保管部提供的。（下面参考资料中的维亚尔的那本书提供了详细记录，在第222~227页中列出了康巴塞雷

人名表

斯公寓家具的清单，里面每件家具、每个配件都有记录）另外，康巴塞雷斯除了有几个秘书，还有两名内侍，其中一个内侍是前朝贵族艾格雷弗伊尔（Aigrefeuille）侯爵，此人是康巴塞雷斯的同乡和密友，还是一个美学家，康巴塞雷斯能成功举办多场豪华晚宴款待名流贵族，完全离不开他的帮助。共和十二年花月二十六日，康巴塞雷斯在主持元老院会议时洋洋洒洒地发表了一篇演讲，讨论权力继承制。第三天，他最后一次穿上自己的红色执政官制服，随元老院、众议院一道向波拿巴递交了拥护他当法兰西皇帝的元老院决议。同一天，拿破仑任命康巴塞雷斯为帝国国务大臣。他给康巴塞雷斯写了封任命信，说："执政官公民，您的头衔即将改变，但您的职位不变，我对您的信任也依然不变。"他在一道法令上最后一次写下"波拿巴"的签名，将四个人封为帝国的第一批勋爵，他们分别是他的兄弟约瑟夫和路易以及康巴塞雷斯和勒布伦。表面看来，康巴塞雷斯的职位一人之下、万人之上，然而不过是看上去光鲜罢了。我们可以看看共和十二年花月二十八日元老院决议第40条内容里对他职务的明确解释：推动法律、主持帝国高等法庭工作、主持保民院和参政院联合工作、主持皇家成员婚礼和孩子诞辰礼、在帝国贵族向皇帝宣誓效忠时通报他们的头衔等。除了国务大臣，康巴塞雷斯还是元老院终身议员、参政院议员、皇帝大法院法官和皇帝私人顾问，享得333,333法郎的年俸。拿破仑把奥尔良公爵从前的封地蒙索赏给了他，但康巴塞雷斯觉得维护这块地的费用过于高昂，又把它还了回去。1808年3月1日法令，康巴塞雷斯被封为亲王，拿破仑从此在信里称他为"我的堂兄"。3月19日，他被封为巴马公爵，享得40万法郎的年俸。1808年4月22日的《柏林条约》让拿破仑获得了威斯特伐利亚王国的国家资产，它们每年可带来100万法郎的收入。拿破仑把它分成17份，其中一份给了康巴塞雷斯，所以他每年又有5万法郎的进账。1813年8月14日，康巴塞雷斯从罗马和特拉西梅诺各省获利5万法郎。然而六个月后，法军从意大利撤出，康巴塞雷斯再也拿不到这笔钱了。他把自己大部分钱都投资到不动产上，在诺曼底有大片土地（在大革命拍卖国家资产时，他就买下了蒙彼利埃附近的一座城堡和厄尔省的一块土地），在巴黎也有一座漂亮的公馆（它坐落在圣日耳曼大街246号，如今是公共工程部的办公厅）。康巴塞雷斯花了35万法郎买下这座公馆，又花了20万法郎来修缮。拿破仑私底下帮了点儿忙，给了他40万法郎。康巴塞雷斯让人在公馆大门上用镀金青铜写了一行字：巴马公爵、帝国亲王之府邸，他就是在这里度过了人生中最灿烂、最得意的一段日子。他和皇帝的关系一直都很好。早在1800年，他就知道改善第一执政官和吕西安的关系，还力图安抚皇帝几个妹妹的忌妒心，负责向皇帝转达她们的抱怨，照顾她们舒舒服服地出行，还非常关心她们的健康。当约瑟夫被他的西班牙臣民赶回来时，拿破仑让康巴塞雷斯去保护他。康巴塞雷斯主动提出由自己去告知路易不得留在巴黎，也是他阻止了热罗姆想要逾越皇家规矩买下一块地的行为。在处理拿破仑和约瑟芬离婚这件敏感事上，康巴塞雷斯更是起到了重要作用。离婚后，他还是两人之间的传信人。在拿破仑和玛丽-路易丝的婚姻中，康巴塞雷斯扮演了民政官的角色，但他明确表示反对这场婚姻。在1810年1月28日的议院会议中，他是唯一一个支持拿破仑和亚历山大一世的妹妹安娜·帕夫诺娃结婚的人。后来的掌玺大臣帕斯基耶在他的回忆录里记下了康巴塞雷斯当时跟他说的一段话："我觉得这两个国家中，谁的女儿没有嫁给皇帝，要不了两年时间，我们多半就会和这个国家发生战争。我倒不担心和奥地利开战，然而一想到要和俄国打仗，我就怕得发抖，因为它会给我们带来不可估量的损失。"他比执政府时期更加频繁地代替皇帝主持元老院会议，充当它的监视者，负责元老院候选人的把关工作，新议员进入元老院后，他也一直盯着他们。他对元老院的控制取得了让拿破仑非常满意的效果。如人所料，元老院变得奴性十足、老实顺从。不过康巴塞雷斯本人只能参与极少的元老院议事工作。他很少登台发言，站上去也完全是为了替士兵说话。这个工作他一干就是九年。后人经常批评康巴塞雷斯的种种行为，然而他只是在执行拿破仑的命令而已。1814年1月24日，拿破仑设立了一个摄政理事会，康巴塞雷斯是第一个进入的成员，而且担任理事会主席。然而担任帝国摄政官的是约瑟夫。康巴塞雷斯一直是摄政皇后身边的第一谋臣，尽心尽力地辅佐她，直到皇帝退位为止。不过，他也准备好了自己的后路。他和玛丽-路易丝一起去了布卢瓦尔后，4月7日，他率先向塔列朗表态支持元老院组建临时政府和废黜拿破仑的法令。把玛丽-路易丝送到奥地利边境后，康巴塞雷斯返回巴黎，在自己金碧辉煌的宫殿中等着被人遗忘。他不再款待宾客、宴请四方。据说他曾请求路易十八的接见，后者应允了。国王向他保证，他可以安安心心地继续待在巴黎。1815年1月21日，众人把路易十六和玛丽-安托瓦内特的遗骸迁至圣但尼修道院，康巴塞雷斯也去了那里，非常虔诚地参加了安葬仪式。当初是康巴塞雷斯负责处死国王后的遗体下葬工作；审判国王的第三次记名投票中，不管众人如何处置路易·卡佩，那34名支持缓期死刑的公会成员中就有康巴塞雷斯。最后一次投票之后，在会议即将结束的时候，他登上讲台，请众人允许国王自由选择一个牧师为他送行，不过他言辞十分小心，一开始就赞扬公会，说公会处死法国最后一任国王这等行为将被"写进民族青史之中"。在安葬仪式中，昂古莱姆公爵夫人注意到了他，向他表示感谢。拿破仑再次入主杜伊勒里宫后，康巴塞雷斯并未前来庆贺。拿破仑也发觉他没有到场，问："这可怜的国务大臣是生病了吗？跟他说，我让他临时负责司法部。"第二天，康巴塞雷斯再次被任命为帝国国务大臣。由于他一直不露面，拿破仑就派人把他找了过来。他推说自己年事已高，恳请皇帝另寻他人来当国务大臣。拿破仑说："先别急着隐退，我得用你15天，因为你的名字分量不轻。"由于康巴塞雷斯不愿管事，布莱·德·拉莫尔特就负责起了他的工作。然而路易十八回来后，康巴塞雷斯依然上了"弑君者"名单，并被剥夺了所有俸禄。他只好把自己的豪华公馆卖给奥尔良公爵夫人，离开法国，在布鲁塞尔定居。1818年，国王把他的一部分家产还给他，允许他回到法国。他在大学路21号买下一座不起眼的小房子，小心谨慎地在那里度过了余生最后几年时光。

参考资料：皮埃尔·维亚尔的《国务大臣康巴塞雷斯》（Pierre Vialles, L'archichancelier Cambacérès），让·蒂里的《帝国国务大臣康巴塞雷斯》（Jean Thiery, Cambacérès archichancelier de l'Empire）。1837年，历史回忆录的造假专家拉莫特-朗贡发表了《康巴塞雷斯的午后之谈》（Lamonthe-Langon, Les Après-dîners de Cambacérès）这本访谈录，但里面的内容并不可信。我们在1902年出版的《法国大革命》第四十三卷中发现P.毛图歇（P. Mautouchet）的两篇文章：《波拿巴的替身康巴塞雷斯》（Cambacérès, son rôle comme remplaçant de Bonaparte）、《康巴塞雷斯回忆录及文献资料》（Les Mémoires et les papiers de Cambacérès）。1923年，保罗·杜维维耶根据未被公开的资料，出版了厚厚的一本巨著——《康巴塞雷斯的布鲁塞尔流亡之旅》（Paul Duvivier, L'Exil de Cambacérès à Bruxelles）。对于康巴塞雷斯和拿破仑的关系，夏普塔尔和梅特涅在各自的回忆录里都有提及，梯也尔在他的《执政府史和帝国史》（Thiers, *Histoire du Consulat et de l'Empire*）中也讲过，不过我们对其中的评语最好持谨慎态度。

康布罗纳（皮埃尔-雅克-埃吉安，Pierre-Jacques-Etienne Cambronne，1770—1842）

　　南特商人的儿子，父亲去世后，康布罗纳没有子承父业，继续经商，而是加入下卢瓦尔省志愿军第一营，前往旺代作战。从进入军队开始，康布罗纳就满口脏话。其他士兵向盖朗德的国民特使抱怨，说他曾"用无比粗鲁的话去侮辱国民特使，其话之粗鄙，让人不敢复述"。直到1794年，康布罗纳才当上中士。同年10月，他以低级军官的身份进入法兰克军团这支临时拼凑起来的杂牌军。随后，他四处征战，先后加入过莱茵-摩泽尔军、英国军、多瑙河军、赫尔维提军，还参加了帝国时期的所有战斗，但直到1813年才被升为将军。康布罗纳年纪越是增长，人就越是勇敢无畏。1814年3月6日，在克拉奥讷的时候，他四次受伤都没离开火线。3月30日，他在巴黎城下再度负伤。他的无畏、好斗和对帝国事业的忠诚，终于引起了拿破仑的注意。拿破仑便让他率领一小支部队跟自己前往厄尔巴岛。一到自己这个新"国家"，拿破仑就封他为"首都"费拉约港的司令官。拿破仑在戛纳登陆时，康布罗纳就在他身边。康布罗纳带着40个人就夺下了西斯特龙桥和堡垒。在离开巴黎、进行最后一场战役之前，拿破仑把他封为伯爵，让他进了贵族院。人们经常谈起当时左边眉毛都被炮火烧焦了的康布罗纳是怎样被英军俘虏的，然而对于他投降之前说过什么，众说纷纭。不过我们都知道，康布罗纳被押往英国后给路易十八写了一封信，请求返回法国。国王的回答，就是在1815年6月24日颁布一道命令，下令将"背叛国王""带领军队攻打法国和法国政府"的18个将军和军官通通逮捕，移交陆军审判所。即便如此，康布罗纳还是回去了，站在陆军审判所面前接受审判。小贝里耶（Berryer）亲自为他辩护，他得以脱罪，回到南特。1823年，康布罗纳拿到了政府的退休金。

康姆尼讷（德米特里，Démétrios Comnène，1749—1821）

一个四处流浪的冒险家，宣称自己是拜占庭皇帝的后代。大革命时期，他在国外替保皇党做事，在孔代亲王身边效力，得到后者的信任。之后，他去了意大利。当时也在那里的普罗旺斯伯爵把他推荐给了那不勒斯国王。那不勒斯的实际操纵者——英国将军阿克顿让他执行了许多所谓的"秘密"任务。同时，康姆尼讷还替西班牙国王、巴马公爵做事。之后，他又跑到了巴伐利亚，继续从事类似工作。离开巴伐利亚后，为了替普罗旺斯伯爵效力，他来到巴黎。这个保皇党的间谍在巴黎享用着一笔帝国政府发放的抚恤金（当然，这离不开他的侄女阿布朗泰斯公爵夫人的帮助），并在路易十八回国后继续接受政府的豢养。

康沃利斯侯爵（查理·德，Charles de Cornwallis，1738—1805）

美国独立战争期间英国军队的一位指挥官。1781年，他在约克城投降被俘。第二年被英国政府换回来后，康沃利斯当上印度总督，1797年成为爱尔兰副王。1801年，康沃利斯来到大陆和波拿巴谈和，在外交谈判中表现得非常蹩脚。回到英国后，康沃利斯离开政坛，归隐田园。

参考资料：请看亨利·莫斯·斯蒂芬斯在他的《国家档案词典》（Henry Morse Stephens, *Dictionary of National Biography*）中对康沃利斯侯爵的概述。

考克（弗朗茨-克里斯蒂安，Franz-Chiristien Kœckh）

梅特涅派到巴黎的一个特使，意图和富歇展开协商。他抵达巴黎后没多久，皇帝就去了滑铁卢。

考罗瓦特－克拉克沃斯基伯爵（让-夏尔，Jean-Charles Kolowrat-Krakowsky，1748—1816）

奥地利将军，法国大革命早期一位著名炮兵军官。1801年他受召加入了宫廷军事枢密院，1803年代替梅纳斯担任波西米亚军统帅。1809年，伯爵离开波西米亚，奔赴多瑙河战线，在瓦格拉姆战役后因在掩护奥军撤退的过程中表现出众而被晋升为军帅。但由于身体原因，考罗瓦特没有参加1813年、1814年、1815年的战争。

科本茨尔（路易·德·科本茨尔伯爵，comte Louis de Cobenzl，1755—1808）

父亲是一个优秀的奥地利外交官，曾为玛丽娅-特蕾莎出力不少。路易·德·科本茨尔很早就继承了父亲的衣钵，进入外交界，27岁时就成为奥地利驻俄国大使。1797年，他以奥地利代表的身份来到乌迪内，签署了《坎波福尔米奥条约》。1798年，科本茨尔当上了外交部部长。1801年，他和法国签署《吕内维尔条约》，并被任命为国务大臣和副掌玺大臣。1805年，他递交辞呈，挂印隐退。

科伯恩（乔治爵士，Sir George Cockburn，1772—1853）

9岁就进入海军，1793年当上中尉，1812年当上海军准将，1837年当上海军上将，并在1841年到1846年间担任海军最高司令部的第一要员。他刚刚结束了美洲巡航任务就接到命令，要将拿破仑送到圣赫勒拿岛。之后为了监视拿破仑，他在岛上又待了一段时间，直到哈德森·洛韦到来。拿破仑是这样评价科伯恩的："他眼神坦率，有时里面跳动着一团火。他已习惯了严格地待人律己，作为一个正直人士和优秀将领，他无法容忍身边出现毫无廉耻、纪律松懈、懒懒散散的人。"（语出蒙托隆的《拿破仑皇帝被囚记》第一卷第123页）

科尔（Cole）

圣赫勒拿岛的一位银行家，巴尔科姆的合伙人。

科尔比诺（贡斯当，Constant Corbineau，1772—1807）

图尔财政区种马场的总督察官的儿子，法国大革命初期是龙骑兵少尉，1793年成为上尉，在瓦蒂尼、博蒙、霍恩林登、奥斯特里茨战役中都受过伤。1806年9月12日，科尔比诺被封为将军，但五个月后在埃劳被一枚炮弹夺去了生命。拿破仑将一艘护卫舰取名为"科尔比诺"，以此来纪念他，船长室里还有一块大理石板，讲述他是如何战死沙场的。

科尔比诺（让-巴蒂斯特，Jean-Baptiste Corbineau，1776—1848）

贡斯当·科尔比诺的弟弟。17岁时，他当上一个骑兵团的少尉，其军旅生涯和哥哥非常相似，都参加过大小无数战役，多次负伤，不过侥幸留得性命。1808年，拿破仑封他为男爵，一年可拿到威斯特伐利亚送上的1万法郎。1811年，他被封为将军，并当上皇帝的副官，还在布里埃纳战役期间，于1814年1月30日晚救了皇帝一命。3月12日和13日的兰斯战役后，科尔比诺被封为伯爵，享有1.4万法郎年俸。路易十八回来后，给了他一块圣路易十字章，让他赋闲在家。1815年3月20日，科尔比诺再次成为拿破仑的副官，煽动里昂国民自卫军反抗昂古莱姆公爵，并陪同拿破仑参加了滑铁卢战役。路易十八再度回国后，依然没有起用他，还剥夺了他的军衔。后来，路易-菲利普把他召回军队。1848年二月革命爆发后，科尔比诺退休，几个月后去世。

科尔伯特–赛格尼雷（Colbert-Seignelay，1736—1813）

来自苏格兰一个古老贵族世家，出生于苏格兰城堡山的一座城堡里，很小时就被送到法国。后来他进入教会，成为图卢兹教区副本堂神父后，在1781年接替尚皮翁·德·西塞成为罗德兹主教。之后，他作为教会代表进入三级会议，支持三个等级合并，并和其他六个神职人员一道参加了1789年6月22日的会议，为国民议会放弃了自己的教会权力。人们像欢迎英雄一样抬着他走在凡尔赛城的街上，接受公众致敬。然而《教士民事基本法》把他划进旧制度追随者的阵营。他拒绝宣誓，在制宪议会解散后流亡他国，直到1802年才回国。回国后他表态反对政教协议，并拒绝执行教皇为了和法国政府谈判而让各主教自己辞职的要求。

科尔维沙（让-尼古拉斯，Jean-Nicolas Corvisart，1755—1821）

出生于阿登省的一个小城市，被担任神父的叔父抚养成人。12岁时，科尔维沙来到巴黎，进入圣巴尔布学校读书，之后师从在医学系教解剖学的安托万-裴迪（Antoine-Petit）教授。科尔维沙1782年获得博士学位，1786年成为爱德收容所的医生，1795年在刚刚成立的医学院中担任教职，1797年在法兰西大学中兼任教授。1801年7月，波拿巴得了疥疮，用了许多药都不见好转，于是把科尔维沙请了过来。科尔维沙检查仔细、诊断准确，给第一执政官留下了很好的印象。后来拿破仑说："他第一次给我问诊的时候就弄清了我的病理。这个医生真的很对我的胃口。"几天后，即1801年7月10日，执政府颁布一道命令，任命科尔维沙、巴特兹（Barthez）、蒙彼利埃（Montpellier）三位教授为政府特聘医生，"专门负责在出现公共健康问题的时候给政府提供意见"。在1802年到1803年的那个冬天，一场传染性极强的感冒袭向巴黎。科尔维沙负责照顾波拿巴家族的一些成员，尤其是约瑟芬的身体，这也是他第一次给约瑟芬问诊。从那时起，科尔维沙就成为波拿巴家族的专用医生。拿破仑称帝两个月后，他被任命为皇帝的第一御医。科尔维沙亲自写了一本非常详细的手册，并得到拿破仑的批准。他在手册中非常明确地规定了自己所任职务的工作内容：他必须每周给皇帝、皇后请脉两次，本次请脉结束后，在下次请脉之前不得再进入宫廷，除非得到皇帝或皇后的明确传召。第一御医和宫廷总管、国库总管、司仪总管平起平坐，有权进出宫廷；在面见皇帝时，他必须身穿特地为他量身打造的官服，上穿绿色上装和白绸衬里的天鹅绒外套，下穿白色丝质短裤，头戴饰有白翎的毡帽，腰上佩剑。第一御医的待遇是每年3万法郎，此外一年还有4500法郎的办公补贴费。此外，政府还给他配了官邸和出行车马（科尔维沙一直不愿住在杜伊勒里宫）。之后，科尔维沙开始效仿从前波旁王朝的组织，着手建立皇家御医部。御医部设有一个常任御医（地位类似于第一御医的助手，待遇为一年1.5万法郎），两个每季轮换的医师（每人8000法郎），四个会诊医师（每人3000法郎）；一个第一御用外科医师（1.5万法郎），一个常任外科医生（1.2万法郎），两个每季轮换的外科医生（每人6000法郎），四个会诊外科医生（每人3000法郎）；另还有第一御用药剂师（8000法郎），两个常任药剂师（每人5000法郎），一个"常驻圣克鲁和周边地区"的外科医生（4500法郎），一个牙医（6000法郎），一个绷带师，一个眼科医生，一个足医。1805年，御医部总共有22人。到了1813年，御医部人数增长到37人，预算也从21.9万法郎涨到了33.2万法郎。当上第一御医后，科尔维沙辞去了他在爱德收容所、医学院和法兰西大学中的职务，过上了相当舒适的生活。他要做的就是每周三和周六的早晨前往宫中问诊，其实不过也就聊聊天罢了，因为拿破仑在位时期从未生过什么重病。科尔维沙一身才华无处施展，只能为一些小病小症提些意见。直到帝国覆灭，科尔维沙都对拿破仑忠贞不贰。他陪同玛丽-路易丝来到维也纳，但不愿在那里长住，后来回到了巴黎。第二年的百日王朝时期，科尔维沙又成了第一御医。滑铁卢战役后，拿破仑意欲前往美国，让科尔维沙给自己准备一瓶功效不明的药。6月28日，在马尔梅松，皇帝从这位御医手中接过一个小瓶子，转手交给马尔尚，叮嘱说："下去安排一下，让我随身带着这个药。"马尔尚在拿破仑穿的吊带裤的左边缝了一个贴身小袋子，把这个小药瓶装了进去。之后，人们再没听到关于这个药瓶的任何事情。皇帝离开后，科尔维沙患上风湿病，在床上躺了两个月。他这个病刚好了一点点，又中了风。科尔维沙人生最后几年过得非常痛苦，在皇帝去世五个月后也离开了人世。

参考资料：保罗·加尼尔的《拿破仑的医生——科尔维沙》（Paul Ganière, *Corvisart, médecin de Napoléon*）。

克拉尔克（亨利-雅克，费尔特雷公爵，Henri-Jacques Clarke，duc de Feltre，1765—1818）

朗德勒西一个库房老板的儿子，祖籍爱尔兰。旧制度时期，他的军衔是骑兵队军官，还在奥尔良公爵指挥部担任秘书。1792年，克拉尔克被升为中校，第二年又被升为将军。由于他和奥尔良家族曾有来往，于是克拉尔克在恐怖统治时期遭到怀疑，被撤销军职、关进监狱，不过很快就被释放了。热月九日以后，多亏卡诺的关系，克拉尔克恢复了军衔，被召进了战争地图绘制局。1796年，他被派进意大利军，负责在维琴察和奥地利人进行交涉，让他们释放当时正被关押在乌尔莫乌茨的拉法耶特及其家人。与此同时，他还要监视波拿巴的一切行动，却在不知不觉中和对方成为好友。于是，克拉尔克被召回法国，被解除了一切职务。他找到银行家佩雷高（Pérrégaux），想利用自己的外语优势找份工作（他会英语和德语）。克拉尔克在信中说："我还想过帮银行家或一家商行管理账目，我得在巴黎找份工作。"雾月十八日以后，他官复原职。波拿巴记得克拉尔克对自己的恩情，把他视作自己最亲的战友之一。克拉尔克进入参政院，并在1805年担任皇帝办公室秘书，1807年接任了贝尔蒂埃的陆军部长一职，并在这个位置上一直干到了帝国覆灭，老实本分地执行着上司颁布的命令。1809年，拿破仑将他封为费尔特雷公爵。法国在俄国和德意志遭遇惨败后，他对拿破仑的忠心也淡了许多。据说，他曾经和波旁家族的手下夏邦涅（Chabannes）伯爵有所联系，在敌军逼近的时候放弃了巴黎的防守。然而，我们并未找到切实证据证明此事为真。我们知道的是，1815年3月，路易十八认为苏尔特靠不住，想让克拉尔克代替后者担任陆军部长。后来，克拉尔克还陪同路易十八来到根特。回到法国后，国王任命他为陆军部长，并把他封为法国元帅。克拉尔克倒也没有辜负路易十八对他的期望，建立重罪法庭，毫不手软地处置了许多旧时战友。

克拉尔克夫人（玛丽-弗朗索瓦丝，Marie François Clarke）

出生于乍浦菲尔，1799年嫁给克拉尔克为妻。

克拉弗林（克莱尔女士，Clavering, lady Claire, 1776？—1854）

据说她是安如万家族一个伯爵的女儿，但有流言称她的父亲是个蜡烛商。托马斯·克拉弗林爵士（Thomas Clavering）来到法国，在昂热逗留期间，"为了学习法语"而住在她母亲家中。他爱上了这个法国姑娘，并在1791年和她结婚。夫妇俩一共生了三个孩子。

克拉里（德茜蕾，Désirée Clary, 1777—1860）

一个马赛富商的小女儿，她的姐姐嫁给了约瑟夫·波拿巴。拿破仑爱上了她，向她求婚，但她没答应。德茜蕾的爸爸弗朗索瓦·克拉里说："家里有一个姓波拿巴的人就够了。"但这句话是后人杜撰的，因为弗朗索瓦当时已经去世了。德茜蕾虽然爱着拿破仑，但之后还是接受家里的安排，嫁给了贝纳多特。然而她从来没能忘记自己的初恋情人，一直都对约瑟芬"这个老女人"忌妒不已。至于拿破仑，他1821年1月10日在圣赫勒拿岛上曾对贝特朗说，他考虑到自己"心……的"德茜蕾，才把贝纳多特封为元帅。丈夫被选为瑞典王储后，德茜蕾还拒绝随同他前往斯德哥尔摩，直到拿破仑恳求，她才同意离开。1810年到1811年冬，德茜蕾一直住在瑞典，后得到丈夫的允许，回到法国。有人说，贝纳多特不仅没有表现出什么醋意，还想借此达到自己的目的，完全把德茜蕾当成了他放在皇帝身边的一个政治工具，但这个说法不太站得住脚：要达到这个政治目的，年轻的德茜蕾得很有头脑和智慧才行，然而无论怎么看，她都没有这样的手腕。回到巴黎后，德茜蕾搬回她在安茹街的官邸，在那里呼朋唤友，整日寻欢作乐。然而没过多久，她就感到厌烦了。此时瑞典加入反法联盟，巴黎再没有她的容身之所。然而德茜蕾采取各种手段，就是不愿离开。这一次，拿破仑没有心软。他警告说，如果德茜蕾不自己走，他就要采取强制手段把她送到边境。德茜蕾似乎从命了，住到艾克斯城的姐姐家中，但她又一步步靠近巴黎，最后又回到了安茹街自己家里。联军到达巴黎时，德茜蕾看上去非常高兴，似乎心中旧爱已逝。至少我们知道的是，1816年，她又狂热地爱上了路易十八的内阁大臣黎世留公爵，对他痴缠不已，仿佛走火入魔了似的。1818年，瑞典老国王去世，贝纳多特登基为王，她成了王后。这次，德茜蕾必须回斯德哥尔摩了，然而她依然一拖再拖。后来她回到斯德哥尔摩的王宫，过着百无聊赖的生活，她的丈夫和儿子奥斯卡这两任瑞典国王去世后，她又活了一段时间才离开人世。

参考资料：霍赫希尔德男爵的《瑞典及挪威王后德茜蕾》（Baron Hochschild, *Désirée, reine de Suède et de Norvège*），玛丽·塞勒

斯汀·阿梅丽·达尔玛耶的《拿破仑的未婚妻——德茜蕾·克拉里》（Marie Célestine Amélie d'Armaillé, *Une fiancée de Napoléon, Désirée Clary*），热内·韦里耶的《弗朗索瓦·克拉里和他的女儿们》（René Verrier, *François Clary et ses filles*）。

克拉里（朱莉，Julie Clary，1771—1844）

德茜蕾的姐姐。她似乎比德茜蕾更有头脑，但没有她那么美貌。弗雷德里克·马松在《拿破仑及其家人》的第一卷第94页是这么描述朱莉的长相的："她个子矮小，身材不佳，腰肢粗壮，长着一张短脸，脸色似有病态。"1794年，她嫁给了约瑟夫·波拿巴。据德茜蕾·克拉里所说，这桩婚事能成，拿破仑也起到了一定作用。他对自己的哥哥说："在一桩好的婚姻里，夫妻双方中得有一个人懂得让步才行。约瑟夫，你和德茜蕾一样优柔寡断，而朱莉和我都知道自己想要什么。所以，你最好娶朱莉。至于德茜蕾，我会跪下求婚，让她成为我的妻子（这是德茜蕾的原话）。"朱莉当了两次王后：1806年到1808年，她是那不勒斯王后；1808年到1813年，她是西班牙王后。她曾对梅纳瓦尔说："走下王位的人也许比走上王位的人更加幸福。"后来似乎由于健康原因，她没有陪同丈夫前往美国，化名为苏尔韦耶伯爵夫人（约瑟夫·波拿巴在美国也用的这个名字），在佛罗伦萨终此一生。

克拉里-阿尔德林格（查理·德·克拉里-阿尔德林格伯爵，comte Charles de Clary-Aldringen，1777—1831）

奥地利皇帝的一个侍从，在玛丽-路易丝成婚时以特使身份被派到巴黎，他根据这次经历写了一本很有意思的书——《巴黎三月记——写在拿破仑皇帝大婚期间》（*Trois mois à Paris, lors du mariage de l'empereur Napoléon*）。

克莱贝尔（让-巴蒂斯特，Jean-Baptiste Kléber，1753—1800）

祖籍阿尔萨斯，很小就加入了奥地利军，但因为他身材魁梧、长相英俊，所以在年龄问题上糊弄了过去。甚至有人声称，当时连皇后玛丽娅-特蕾莎都被仪表堂堂的克莱贝尔吸引了，对他颇为厚爱。不过我们可以确定的是，经过八年军旅生涯的洗礼，克莱贝尔回到了家乡，打算在那里当个建筑师，从此安生度日。法国大革命爆发前，他当过阿尔萨斯公共建筑监察员。1789年，克莱贝尔加入了贝尔福国民自卫军；1791年，他当上了上莱茵志愿军第四营的中校。后来，他加入了屈斯蒂纳的军队，负责美因茨城外的工事防御工作。美因茨投降后，根据先前提出的投降条件，该城卫戍部队必须留在国内效力，于是大军被调到了旺代。已是将军的克莱贝尔得到命令，担任这支"美因茨卫戍部队"的先锋军指挥官。叛乱分子一听说这支军队的到来，都吓得瑟瑟发抖。但他在托尔富遭遇惨败，他这支厉害的军队也被保皇党戏谑为"珐琅军"。尽管如此，克莱贝尔的威名没受丝毫损毁，仍和国民特使代表保持着极好的关系。他深谙落井下石、推卸责任的手段，最后终于成为旺代大军统帅（不过这并不算个好差事，详情请看编者的《旺代战争》），并对势力减退的保皇党军持宽容态度。正因如此，他取得了旺代战争的胜利，在军中威望极高。但克莱贝尔并没有坚定拥护共和的信念，他之所以效忠革命政府，纯粹是因为后者当时看上去更强大罢了。督政府成立后，他动了改变政体的心思。拿破仑在圣赫勒拿岛上曾对贝特朗说，他去埃及后没多久，克莱贝尔就向他提议，由他和莫罗一道建立一个类似古罗马三头政治的政体，好"把这些流氓通通赶走"（语出贝特朗的《圣赫勒拿岛录事》第二卷第115页）。由于拿破仑没有接受他的提议，克莱贝尔便把发动政变的计划憋在心里。不过没过多久，克莱贝尔就被邀参加埃及之征，他接受了。在离开前一天，克莱贝尔给他的一位女性朋友写了一封信，在信中陈述了他答应出征的缘由："我加入了这场我认为是轻举妄动的远征，因为那里跟其他许多环境一样，可以用勇猛填补轻率。"毫无疑问，他想对波拿巴采取他曾在旺代战场上用过的招数。但结果令他大失所望，波拿巴待他就如待其他平级同龄的人一样（克莱贝尔比他年长16岁）；相反，波拿巴对德赛青睐有加。他在圣赫勒拿岛上曾对古尔戈说："克莱贝尔追求荣誉就跟追求享乐一样，而德赛是为了荣誉而追求荣誉。"（详情请看《古尔戈日记》第二卷第173页）由于自尊心受挫，两人之间起了一些冲突。克莱贝尔不止一次要求回国，但拿破仑完全没有让他回去的意思，因为一旦克莱贝尔离开埃及，他俩在法国很难成为同道中人。拿破仑还曾对贝特朗说过："要是克莱贝尔回到法国，他也许会给我造成麻烦。"（语出贝特朗的《圣赫勒拿岛录事》第二卷第115页）拿破仑回国的消息令克莱贝尔大为惊讶。默默给他写来一封信，在信中宣布由克莱贝尔继任埃及军总指挥，那时他才知晓此事。尽管非常愤怒和不满，克莱贝尔还是接受了这个差事。他大张旗鼓地进入开罗，意图震慑当地人。500个土耳其近卫兵走在他前面，手持军棍一边敲打地面，一边大喊："总指挥官到来！穆斯林教徒速来参拜！"克莱贝尔一脸严肃尊贵的样子，在副官的簇拥下，在开罗要塞鸣放的大炮声中徐徐前行，后面跟着一支骑兵队，全体骑兵持刀而行。法军占领埃及期间曾是开罗大国会成员的智者阿布杜拉曼·加巴提（Abdourrahman Gabarti），他在日记中说："各个酋长和城中要人都前来迎接新总指挥，但他们未得接见，人们告诉他们第二天再来。第二天，他们面前的新总指挥并非像波拿巴那样总是笑呵呵的，言行也和后者大为不同。"说到管理当地事务，克莱贝尔从一开始就打算采取和波拿巴截然不同的做法。波拿巴留给他一个烂摊子：当时军队财务官手上一分钱都没有了，到处借着外债，军官和行政人员都拿不到薪饷，士兵的军饷更是连影子都没有，地方赔款也再没有下文。在写给督政府的一份报告中，克莱贝尔说："我们到了埃及的前几个月里，波拿巴将军简直是竭泽而渔。他把战争赔款提高到当地能够承受的极限。在如今四面皆敌的环境下再采取这些手段①，虽然暂时可解燃眉之急，但定会引发暴乱。波拿巴离开时一个里弗都没留给军队财务官，其他物资更是一应全无，反拖欠了近1000万法郎的薪水，单单被拖欠的士兵军饷总额就高达400万法郎。"我们可以在弗朗索瓦·鲁索的《克莱贝尔和默努在埃及》（François Rousseauu, *Kléber et Menou en Égypte*）第76~78页中发现这份报告的全文。拿破仑曾对这些数据提出疑问，声称只拖欠军饷15万里弗，且征收的赔款理应有1700万里弗。然而经过军队总拨款审核官的清点，实际上拖欠军饷总额为11,315,252里弗。换言之，比克莱贝尔说的还要多100多万。军队抢劫事件层出不穷。克莱贝尔很快就意识到这个弊病是多么难以根除，于是他做出一个决定。上任大约一个月以后，克莱贝尔给默努写信说，"当前我们能做的最明智的事便是效仿普鲁士国王的做法：他不能阻止手下抢劫，便对人们可抢劫数约莫做了限定"。（语出鲁索的《克莱贝尔和默努在埃及》第63页）他想尽量减少开销，省出点儿钱来。海军拨款审核官向他请求每月给海军部拨款10万法郎，克莱贝尔的回答是："我只能给您5万法郎，剩下的您自己安排。"他取缔了波拿巴当初提出的修建灯塔的工程，对海军拨款审核官

---

① 波拿巴只需和马穆鲁克骑兵作战，而克莱贝尔必须同时应对三大强敌——土耳其、英国和俄国。

说：" 士兵没衣服穿，十个月都没拿到军饷了，眼下还搞这些奢侈玩意儿，实在荒唐。"他还反对过度征调地方人力、财力的行为，将其视为"灾难性的举动"。在写给默努的那封信中，克莱贝尔说，"除非万不得已"，否则不应采取这个措施。然而很快克莱贝尔就意识到，在当前举步维艰的环境下，他的军队若想活下去，就只能征调地方资源。上述那封急件写于10月8日，第二天克莱贝尔就让人告知正在亚历山大城指挥军队的默努："我们在开罗急需粮食……十万火急，请尽快在罗赛特省征调一千担粮食。"默努回答："这个省已被榨干，我不知道怎么筹到这些粮食，但我们可以想个办法出来。"实际上，他做到了。1800年1月22日，克莱贝尔给迪加写信说："亲爱的将军，当前我们只能像挤柠檬一样压榨埃及，无论是金钱还是物资，我们只有尽量压榨，才能勉强在这个条件下得到我们必需的东西。"可法国行政官员再怎么"挤柠檬"也挤不出一滴汁水了。克莱贝尔便把目光投在埃及人数最多的基督教派——科普特派身上。许多科普特信徒都和钱打交道，从事个人财产经营、地方税务及佃租征收的工作，因此敛到巨额财产。克莱贝尔命令他们掏出80万里弗，作为回报，他会把1798年拖欠的税款转让给他们。这于科普特信徒而言当然是个亏本生意，因为那一年的税款大部分都以战争赔款的名义被抽走了。可这是一道必须遵守的命令。他们只能一拖再拖，想方设法地把账目做成坏账，把资产一小笔一小笔地转移走。科普特人和其他心存不满的纳税人一样，都预料法国快要撤军了。其实，克莱贝尔毫不掩饰自己打算清算这场在他看来纯属失败的灾难性远征行动的决心。法国军舰在海上吃了败仗后，他认为在埃及苦苦挣扎已是徒劳，坚持要把军队送回法国，以应对法国面临的侵略危机。波拿巴离开时向他做出指示：若要和土耳其政府谈判，他应当在哪些地方展开协商。波拿巴那时就已经意识到自己发动的远征已经失败，便经由一个被俘的土耳其官员向土耳其一个大臣递了一封信，以投石问路。波拿巴大体上是这么跟克莱贝尔说的：这个大臣若是回信了，他只需展开谈判即可，把谈判工作拖长；如果从那时起到1800年5月，克莱贝尔都没得到援助，要是当时正在军中肆虐的瘟疫造成了1500人以上的死亡，那克莱贝尔就被授权"和奥斯曼帝国谈和，虽然那时从埃及撤军会成为议和的主要条件"。然而克莱贝尔忘了波拿巴指示的时间限制，也没去管瘟疫的"先决条件"，直接和土耳其人谈判。可土耳其人要看英国人的脸色，所以他只能在英国人的调停下谈和。谈判进展到最后，双方签订了《埃尔阿里什条约》：法军要从埃及完全撤军，返回法国。就在这时，英国政府截获了克莱贝尔写给督政府的信，从中获悉法军在埃及已经弹尽粮绝，于是拒绝承认已经签字的条约。基斯上将派人告知克莱贝尔，他的政府禁止他接受任何让步，除非法军以战俘身份投降。这个条件是不可接受的，法军只能重拾武器。克莱贝尔有两个选择：在开罗等土耳其军队杀过来，或者主动发起进攻。他选择了后者，在夜色的掩护下朝敌军发起突袭。随后，开罗及附近地区的人民揭竿而起，反抗法军。法军在赫利奥波利斯取胜后，被迫派遣大军夺回首都。克莱贝尔命令军队残酷镇压起义，允许手下无条件地抢劫财产珍宝。面临死亡威胁的埃及富人迫不得已之下，几乎把他们财产的隐藏地点全都告知了法军。（详情请看阿布杜拉曼·加巴提的日记）法军搜刮到的财产全被用来改善军队生活条件，法军士气因此再度高涨，克莱贝尔本人对未来也开始信心满满起来。他构思出新的方案：土耳其人由于遭遇挫败，全军萎靡不振，那干脆甩开英国人，直接和土耳其议和。就在这时，一个年轻的叙利亚人来到开罗，决意要杀死"异教徒"的首领，认为此人是让阿拉伯世界遭受入侵、蒙受不幸的罪魁祸首。这个年轻人叫苏莱曼，是阿勒颇的一个商人的儿子。他的名字取自阿拉伯人敬重的一位圣人，曾研究过神学，准备当解读《古兰经》的伊玛目。阿扎里清真寺的乌里玛曾接待过他，很可能是这个乌里玛唆使他刺杀克莱贝尔，并给他提供了各种条件。苏莱曼潜到克莱贝尔住所的花园中，当时克莱贝尔正在一个属下的陪伴下散步，苏莱曼持刀直接走上前去。我们还是看看阿布杜拉曼·加巴提的叙述吧："将军示意他后退，苏莱曼只说'Mafch'（乞丐请求施舍时说的话）。人们两三次让他退下，但他执意不从。将军觉得这个人要跟自己说些什么，就让他过来。他把左手伸向将军，将军也伸出手来。就在那时，苏莱曼右手把匕首从怀里掏出，朝将军刺了四刀。将军一声惨叫，倒了下去（由于那天天气炎热，克莱贝尔脱了外套，只着衬衣在外散步，这极有利于刺客展开行动）。他的属下开始惊呼，苏莱曼朝他也刺了几刀，然后逃脱。士兵听到这个属下的呼声，匆忙跑进花园，发现将军奄奄一息地躺在地上。"人们搜查花园，在园中一堵坍塌的墙后面发现了苏莱曼。在询问中，他一开始矢口否认。人们把园中找到的匕首拿出来，从样式上看只有当地人才用这种匕首。看到凶器后，苏莱曼承认了自己的罪行，但坚称没有任何同伙。尽管如此，人们还是从他口中逼出了四个曾见过他的乌里玛的名字。其中三人被捕，第四个人成功逃走。他们三人和苏莱曼同时被审判和斩首示众。凶手右臂被灼烧，随后被处以桩刑，暴尸荒野。亲眼看到处刑经过的德维尔努瓦（Desvernois）将军在回忆录中说："处刑人走到三个乌里玛身边，在他们耳边说了句话，摸了摸他们后背，让他们把头埋低一点儿。之后，他抽出弯形大刀，寒光一闪，三颗脑袋依次掉到地上……苏莱曼眉头都没皱一下。刽子手向他走去，用一把铁钳抓住他的右掌，把他的手掌放在滚烫的火盆上，烧得骨头都焦了。虽然万分痛苦，他却一声不吭。由于他的衬衣一角落到火盆上，苏莱曼一副假充好汉的样子，说：'劳烦把这个袖子拿起来，它并不是我的行动同谋；让它受罚，这不公平。'他时不时呼唤真主阿拉的保佑，因为他杀了异教徒的头领。由于苏莱曼侮辱执刑者、助手和法国军队，他的整个手臂都被烧焦了。之后，他被放倒在地，背部朝上。执刑者割开他的肛门，用尖木桩捅进伤口，把腿、臀、腹部、手臂都绑在立起来的木桩上。他只呻吟了一声。"被叫来参与处刑的军队在他面前鱼贯而过，再度踏上开罗之路。被捆在木桩上的苏莱曼看着他们经过，口中满是诅咒和痛骂。他大概活了五个多小时。四个月后德维尔努瓦回来，发现苏莱曼的尸体仍被挂在木桩上。他回忆说："木桩已经刺穿了他的肺腑，从左肩上刺出，冒出来的尖端大约有一寸长。他的尸体并没腐烂，已经风干了，完全没遭到猛禽的噬咬。"（详见《德维尔努瓦回忆录》第251~253页）法军从埃及撤军后，克莱贝尔的遗体被隆重地带到马赛，被放置在当时还是国家监狱的伊芙城堡中。整个帝国期间，他都被人遗忘了。前国民公会议员蒂博多在1810年至1813年期间担任罗讷河口省省长，他在回忆录中说："我的同僚科尔韦托（参政员，奉拿破仑之命视察监狱）前来视察监狱，我作陪。结束视察后，我对他说：'我要给您看一个讲述法国和历史的荣耀却不会说话的囚犯。'我把他带到教堂中，把一个棺椁指给他看：'就是这个。'他惊讶地问：'这是谁？''克莱贝尔将军。''怎么可能！''就是他，他在这里躺了十年了。''谢谢您，我会向皇帝陛下禀报此事。这是个耻辱。'"（出自《蒂博多回忆录》第288页）科尔韦托伯爵是个归入法国国籍的意大利人，在拿破仑那里很受待见，有许多和他面谈的机会。他是否跟向蒂博多承诺的那样，跟皇帝提了这件事？

我们不知道。我们只知道，直到帝国覆灭，克莱贝尔都一直被搁在那里无人问津。还是他从前在埃及的战友、后来当上第八师师长的杜穆伊（Du Muy），在路易十八回到巴黎后没多久，就呼吁保皇政府关注克莱贝尔遗骸的可怜处境。陆军部长立刻给杜穆伊写信说："您呼唤人们把克莱贝尔总指挥官的遗骸给予他，作为一个报效祖国的将领应享有的身后荣誉，我为此衷心感到高兴。"他还邀请杜穆伊"让人把绝不应被搁在伊芙城堡中的克莱贝尔将军的遗骸请出来，把他带到马赛，在盛大的宗教典礼和符合军规的军队仪式下入土为安"。然而，杜穆伊没有立刻着手办理此事。1814年9月9日，陆军部的一道公文让他"迅速下达必要的命令"。这一次，杜穆伊依然什么都没做。三个月后，杜穆伊告老还乡，这件事再度不了了之。又过了四年，在克莱贝尔的前参谋长达马斯将军的催促下，在伊芙城堡里待了19年之久的克莱贝尔的遗骸终于被葬在了斯特拉斯堡一座大教堂的地下墓穴中。20年后，他的棺椁被迁至阿尔穆广场，该广场随后更名为克莱贝尔广场。1840年6月14日，广场中间竖起了他的一座铜像。1870年至1918年期间，阿尔萨斯的学生一直有一个传统：在每年的7月13日至14日向克莱贝尔的铜像敬献鲜花。德国人入侵后，这个传统被迫中止。1940年9月30日，斯特拉斯堡被划归到莱茵河那边。克莱贝尔的铜像被拆除后送到铸铁厂，充当铸铁原材料。斯特拉斯堡建筑部偷偷将其藏了起来。同年11月5日，克莱贝尔的棺椁被人偷偷移出地下墓穴，之后被秘密葬在克罗讷堡军人墓地中。克莱贝尔广场更名为卡尔·洛克广场，以纪念1939年10月被枪杀的阿尔萨斯自治主义者领袖卡尔·洛克。1945年9月16日，广场复名为克莱贝尔广场，克莱贝尔的遗体被带回这里下葬。同年11月23日，幸免于难的铜像在庆典中回归原位，典礼主持者是后来成为元帅的勒克莱尔。

参考资料：卢卡斯-杜布勒顿1937年发表的《克莱贝尔》（Lucas-Dubreton, *Kléber*），以及阿尔萨斯学院在1953年为纪念克莱贝尔诞辰两百周年而编写的合集《阿尔萨斯之子克莱贝尔》（*Kléber, fils d'Alsace*）。

科莱尔（Querelle）

一个军医和王党分子。

克莱蒙–旺塞斯拉斯（Clément-Venceslas，1739—1812）

萨克森选帝侯奥古斯特三世的儿子，路易十六的叔叔。当上将军后，他在1768年被封为特里尔选帝侯及大主教。

参考资料：弗朗茨·列森菲尔德的《最后的特里尔选帝侯——克莱蒙-旺塞斯拉斯》（Franz Liesenfeld，*Klemens-Wenzeslaus, der letzte kurfürst von Trier*）。

科兰古（阿尔芒-奥古斯丁-路易·德，维琴察公爵，Armand-Augustin-Louis de Caulaincourt，1773—1827）

出身于庇卡迪一个著名的贵族家庭，其祖先曾在1554年对抗查理五世，守住了圣康坦。他的父亲科兰古侯爵是一位将军，1792年因为贵族身份而被解职。科兰古15岁时就参军，并迅速得到晋升。1791年，18岁的科兰古已是上尉，担任父亲的副官。父亲被解职后，小科兰古就成为奥贝尔-杜贝耶将军的副官，并跟随他去了君士坦丁堡，然而科兰古一直不得奥贝尔-杜贝耶的赏识。奥贝尔-杜贝耶为了甩掉他，就让他以秘书兼翻译的身份护送一个奥斯曼外交官前去法国，之后科兰古没有再回君士坦丁堡。他的叔叔哈维尔将军当时担任莱茵军骑兵队督察长，就把他叫来当自己的副官，并在1799年7月为他争取到旅长的职位，让他指挥一个步兵团。1801年10月，科兰古奉命将第一执政官的一封私人信函带给新继位的俄国沙皇。他的叔叔曾是博阿尔内将军的近友，和这位将军的遗孀，也就是现在的波拿巴夫人保持着良好的关系。正因如此，科兰古才有幸执行这个特殊任务。他在圣彼得堡待了六个月，但没有展现多少外交才华。在塔列朗看来，科兰古在俄国宫廷待了那么长时间，应当为两国建立密切关系奠定良好基础才是，然而科兰古当时实在人微言轻，发挥不了太大的作用。1802年4月8日，科兰古将工作移交给共和国驻俄国大使赫杜维尔将军，启程返回巴黎。回来后，他被任命为第一执政官的副官，并当上了执政官马厩总管。与此同时，他还执行了许多特殊任务，甚至参与了逮捕昂吉安公爵这一事件。有人称他曾现身埃腾海姆，并亲自指挥了整个事件，但这个说法明显是假的，因为当时科兰古人在斯特拉斯堡，忙着逮捕在该地秘密为英国做事的密探。他在斯特拉斯堡附近的奥芬堡的一次突然的大搜捕行动中，通过奥德内尔将军才得知了抓获昂吉安公爵这件事。回到斯特拉斯堡后，科兰古从雷亚尔那里收到一封信，信中后者以第一执政官的名义命令他在昂吉安公爵被逮捕后将其即刻押往巴黎。科兰古照做了。执行命令后回到斯特拉斯堡，他才听说公爵被处死的消息。我们须知道，他在这件事中什么都没做；可即便科兰古再三否认，还拿出了许多证据，他还是一辈子都背负着杀害年轻亲王这个罪名。昂吉安公爵被处死两个月后，拿破仑称帝，科兰古随后被任命为皇帝大侍从。实际上，他依然干着马厩总管的活，不过权限明显大了许多，从此要负责皇帝出行的一应工作，而且皇帝每次外出时他都要陪伴左右。尽管如此，拿破仑仍会派他去干一些超出其职权范围的事。科兰古做事认真谨慎、服从命令，因而深得皇帝欣赏。皇帝外出时，车马总是干干净净，而且科兰古从不乱花钱。因为"表现很好"，所以皇帝把科兰古任命为法国驻俄国大使。

1807年，科兰古来到俄国。第二年，拿破仑封他为维琴察公爵，觉得这个头衔能提升他在俄国宫廷的威信，还让他每年在威斯特伐利亚获得5万法郎、在汉诺威获得6万法郎、在贝格大公国获得1.9万法郎的收入。科兰古在俄国一直待到了1811年，和亚历山大大帝关系匪浅，却也因此失去了拿破仑的信任。从1809年8月开始，拿破仑私下就不再给他写信了，所有官方急报也直接从尚帕尼手中发出。尚帕尼甚至试图越过科兰古直接行动，和法国领事乐塞普直接联系。科兰古不得不"因为身体原因"而请求回国，满心悲伤地离开了圣彼得堡，虽然他已和俄国上流社会中的许多人建立了深厚的友谊。看着科兰古离开的约瑟夫·德·麦斯特说："他当时在维泽姆斯基亲王家里哭了，在美丽的娜丽喀茨基家里也哭了，后者拼命地安慰他。这个哭泣者多么迷人啊！……他在这里花了120万法郎，是第一个一直让宫廷深感满意的人，他待在这里肯定比回去给拿破仑牵马更有价值。"科兰古回到巴黎。他和拿破仑的第一次谈话却不太愉快，皇帝不太喜欢他提出的对亚历山大宽和以待的建议，觉得他太过怀柔，把他打发回去做马厩主管，科兰古就又变成了拿破仑的马车看管人。一年后，他再次踏上俄国土地，然而这次是以敌人的身份。在1812年的所有战斗中，他一直陪在皇帝身边。在后撤期间，科兰古一直步行跟在皇帝的马车边上。有一天，天气奇寒无比，皇帝的马车夫从马上摔了下来，科兰古就亲自为皇帝驾车。杜洛克死后，科兰古暂时顶替了他的大元帅位置，然而拿破仑明显更赏识贝特朗。后来，他又暂时代替马雷担任外交部部长，并参加了1813年5月的德累斯顿谈判工作。之后，拿破仑全权委托他参加普莱斯维茨的双边会谈，很明显，他希望借助科兰古和俄国人的交情来取得更好的外交成果。他的希望得到了部分实现。在科兰古的斡旋下，舒瓦洛夫降低了一些要求，双方签署休战协议，布雷斯劳保持中立。拿破仑接受了奥地利的调停，各国在布拉格召开会议，这次他又把科兰古派了过去。没过多久，他任命科兰古为外交部部长，把他派到沙蒂永展开会谈。科兰古不得不继续两边讨好，然而这次收效甚微。谈判结束后他回到巴黎，见证了帝国的倾塌，签署了《枫丹白露条约》，之后科兰古表态效忠路易十八的政府。阿图瓦伯爵在杜伊勒里宫接见他时态度很强硬，说："科兰古先生，您被控参与了一桩可怕的犯罪行动，我希望您能自证清白。在这之前，我不能再接见您。"科兰古向亚历山大求助，通过后者的说情，阿图瓦伯爵的态度才软了一点儿。这次面斥让科兰古倍感受伤。他在1814年4月26日的《论报》上登出了俄国沙皇在1808年写给他的信，沙皇在信中说他坚信科兰古和处死昂吉安公爵一事没有任何关系，然而有些人依然不相信他，大肆对他进行言论攻击。科兰古被赶出了贵族院，失去了他享有的一年13.9万法郎的收入。拿破仑在戛纳登陆时，科兰古料到自己会遭到逮捕，于是藏了起来，直到3月20日早晨才走出藏身之地，和从前的手下一起去见了拿破仑。当天晚上，科兰古又当上了杜伊勒里宫的马厩总管，第二天再次被任命为外交部部长。他能再次出任这个职位，貌似是因为奥坦斯的建议。后者对她的继父说，让科兰古负责外交，能向欧洲证明拿破仑这次是真心希望缔结和平。科兰古马上就给梅特涅写了一封信，在信中说："我们希望和平。"然而这个心愿已不可能实现了。6月12日，他看着拿破仑离开，八天后又看着他在滑铁卢之战后狼狈地回到爱丽舍宫。皇帝跟他说："行了，科兰古，这算是件大事吧！我吃了一场败仗！"第二天，他和萨瓦里、瓦勒泰一道说服拿破仑放弃政权。同日，贵族院指派他加入临时委员会。科兰古马上去见拿破仑，恳请他离开，给了他一张日期往前填了些的美国通行证，并开出能让他到达港口的条件。拿破仑说："看来您是急着要我走啊？"科兰古大力陈述外国势力会给拿破仑带来怎样的危险，拿破仑却说"法国会保护我"，又说自己会考虑他的建议，然后把科兰古打发走了。第二天皇帝跟他说，自己计划"接受英国民族的保护"，科兰古没多坚持。他在自己家中举办了一场盛大的晚宴，宾客中有要和敌国进行谈判的全权代表、临时委员会会员、部长、外交官。现场气氛十分热烈，最后才到的蒂博多吃惊地发现"众人一个个喜气洋洋、把酒言欢"。科兰古没去马尔梅松送别退位皇帝，只让自己的妻子去送了送。在路易十八政府中继续担任警务部部长的富歇给了他一张"内外通用"的通行证，这相当于变相地逼迫科兰古离开法国，然而科兰古没有接受富歇的提议，继续留在巴黎，他以为亚历山大可以保护自己。俄国沙皇到达巴黎后，他立刻请求觐见，然而亚历山大让人给他传话，说"他在波拿巴回来后的一系列行为"使得他们再不可能恢复往日的关系了，不过亚历山大仍然说服路易十八把科兰古的名字从1815年7月24日的通缉名单上划掉了。"侍从武官—将军—公爵—大使"（这是约瑟夫·德·麦斯特给科兰古取的绰号）从此深居简出，有时住在巴黎，有时住在他祖辈庇卡迪的城堡里。拉斯卡斯在准备出版他的回忆录时肯定见过科兰古，所以才借拿破仑之口说了些讨好科兰古的话。然而，古尔戈日记里，皇帝对科兰古的评价略有不同："他（科兰古）不太聪明，不会写字……他是一个优秀的侍从武官，仅此而已。"（语出《古尔戈日记》1817年5月20日内容）

参考资料：科兰古的回忆录一直未发表，直到1933—1935年才被哈诺多分三卷出版。哈诺多在回忆录中写了一篇多达234页的序言，这是一份非常值得研读的科兰古生平传记，上文许多内容都出自其中。

科兰古夫人（阿德里安娜·德，Adrienne de Caulaincourt，1785—1876）

卡尼西侯爵的女儿。母亲来自洛梅尼·德·布里埃纳家族，和伊丽莎白公主在同一天被处死。之后，阿德里安娜和她的姐姐被帕特罗神父收养。13岁时，她被迫嫁给了比自己年长许多的叔叔路易-埃马纽尔·德·卡尼西（Louis-Emmanuel de Canisy）。几年后，她和两个孩子惨遭抛弃。1805年，阿德里安娜成为皇后约瑟芬的侍女，被公认为是皇后宫中最美的女子，后来她还服侍过玛丽-路易丝。拿破仑曾想把阿列格侯爵的女儿嫁给科兰古，但后者拒绝了：他爱上了卡尼西夫人，她也愿意成为他的妻子。阿德里安娜恳请拿破仑让自己离婚，但皇帝迁怒于她，直到1813年7月才同意她结束这段婚姻，阿德里安娜也因此被迫离开宫廷。皇帝的理由是，他不希望身边有离了婚的女人（此时他倒忘了自己也是离过婚的），还不允许科兰古娶她。1814年4月，皇帝在退位之前勉强解除了这道禁令。1814年5月24日，科兰古和阿德里安娜成婚，当时拿破仑已经在厄尔巴岛待了三周了。丈夫死后，阿德里安娜孀居多年，最后高龄去世。

科勒男爵（弗朗索瓦·德，François de Koller，1785—1876）

奥地利将军，18岁投身军营，1805年当上上校，在麦克大军中指挥一个步兵团作战。因为他及时带领自己的队伍离开乌尔姆，科勒免去了投降的羞辱。他边打边退，和大军在波西米亚会合。在阿斯珀恩时，他被12个法国重骑兵团重重包围，得不到炮兵和骑兵的支援。尽管法军勒令他投降，他仍发起反攻，冲出包围。《维也纳条约》签署之后，他转去执行外交任务，以奥地利特派员的身份陪同拿破仑前往厄尔巴岛。科勒在厄尔巴岛只待了十天，但和皇帝的关系似乎十分融洽。他退休之前最后一个身份是那不勒斯军总军需官。

克勒曼（弗朗索瓦-克里斯多夫，François-Christophe Kellermann，1735—1820）

阿尔萨斯人，生在斯特拉斯堡，15岁当兵，参加过七年战争，于1785年当上陆军元帅。法国大革命初期，他在阿尔萨斯担任军队指挥官，1792年在瓦尔密获得胜利。今天我们都知道这场胜利是怎么取得的，但当时此战的确大大鼓舞了法军的士气。第二年，他担任阿尔卑斯军统帅，奉命围攻里昂，但因为有私通敌军的嫌疑而被关进监狱，并被移交革命法庭审判，后被无罪释放。1795年3月，克勒曼官复原职，在这个位置上一直干到了1797年春。后来，他的军队和意大利军合并，听从波拿巴的命令。之后，克勒曼不再上场杀敌了。雾月政变期间，他在督政府军务部任职，波拿巴似乎对他非常尊重。1801年克勒曼进入元老院，1804年被封为元帅，1807年被封为瓦尔密公爵，并得到了一块肥沃的封地——坐落在莱茵河右岸的约翰内斯堡。虽然他年事已高，却依然活跃在政坛中，然而拿破仑只让他做一些后勤工作。1813年，"法国军队的这位元老"（这是拿破仑给他取的绰号）接到任务，负责从新近征募来的新兵中抽调人员，组织行军特遣队。百日王朝时期，他没有担任任何职位，后被路易十八任命为斯特拉斯堡军区司令官。

克勒瑙伯爵（让·德，Jean de Klenau，1758—1819）

奥地利将军，从1793年起参加反法战争，最开始在莱茵河战线上听从武尔姆泽尔的调遣，之后听命于克莱尔法特（Clairfayt）。1796年，他转去率领一个骠骑兵团对抗意大利军。他在那里遇到了自己的老上司武尔姆泽尔，在后者艰难抉择是否应该交出曼图亚城的时候，克勒瑙一直陪伴左右，和他一道被困在城中。后来，他被派去和波拿巴谈投降一事，被迫接受了许多非常苛刻的条件。两年后克勒瑙大败麦克唐纳，一雪前耻。之后，他阻断了于林将军的撤退之路，朝佛罗伦萨前进，初战告捷。1805年又是愁云惨淡的时候。克勒瑙的军队作为麦克大军的一部分，在乌尔姆投降。这支败军还要在他们将军的带领下在拿破仑面前列队接受检阅。拿破仑认出了克勒瑙，说了几句安慰他的话。这一次，克勒瑙的复仇花了更长的时间：他一直等到了1813年。在那一年，克勒瑙率领军队入侵由古维翁-圣西尔驻守的德累斯顿，逼得这位法国元帅议和投降。有人抨击克勒瑙入城后撕毁条约、背弃诺言，把法军扣为战俘，不过他只是在执行施瓦岑贝格的命令罢了。施瓦岑贝格虽然知道克勒瑙和法军订立有投降协议，但并不批准。在世人的指责声中，克勒瑙被任命为摩拉维亚军区指挥官，在那里了此一生。

克雷申蒂尼（吉罗拉莫，Girolamo Crescentini，1760—1846）

一个嗓音极其优美的阉人歌手，深受拿破仑喜爱，1806—1812年待在法国宫廷，每年待遇为3.6万法郎，这还不包括其他无数赏赐。

科里男爵（Colli，1760—1812）

撒丁岛军总指挥官，1793年坚守尼斯、抵抗法军，并在6月8日和12日取得两次胜利，让他一跃成为同胞心中的救国英雄。然而他的军队和奥地利军联合抵抗波拿巴后，科里就没那么走运了。他在蒙多维附近战败，被迫放下武器，之后为奥地利卖命。1797年，教皇把保护教皇国的任务托付给他，然而科里在安科纳战败，导致庇护六世被迫签署《托伦蒂诺条约》。之后，他被解除军权。有人说科里和波拿巴串通一气，故意打了败仗，后来还成为波拿巴一个很有用的谋士。不过有件事是真的：拿破仑的确给了科里一笔不菲的年金，一直养着他，直到他去世。

柯利男爵（路易·柯利尼翁，Louis Collignon，1778—1825）

别名"弗朗索瓦·柯歇"，人称"柯利男爵"，父亲是一个军乐队鼓手长，在土伦驻军富瓦军团中任职。这个冒牌男爵便生在那里，从小过着东奔西走的随军生活。他的父亲当上军乐队队长没多久，就于1793年在康布雷遭人杀害。他的儿子在1798年成为一个骑兵团的士兵，此人先前的经历则无人能知。1800年，柯利尼翁成了逃兵，直到1803年才再度在巴勒迪克露面。周围人都以为他是军队参谋团下一个营的营长，他因此拿着年金退役了，之后柯利尼翁再度没了踪影。这次失踪的原因很简单：他认为自己最好渡过拉芒什海峡，躲到英国避难。英国警察把他收为线人，给了他一个假身份和一大笔钱，把他派到大陆执行任务。读者可在莱昂斯·格拉西耶的《柯利男爵》（Léonce Grasilier, *Le Baron de Kolli*）中看到相关细节。柯利男爵在1815年11月向军事警务署交代时说："我在英国干事，因此谋得了一笔1200法郎的年金。"1815年3月，他转而效力于当时正在波尔多的昂格莱姆公爵夫人，深得后者欣赏。公主甚至允许他陪同自己前往西班牙，让他担任自己亲手组织的"王党志愿军"的领导人。由于得到公主的宠信，柯利男爵被西班牙国王颁以中校军衔。和波旁家族回到法国后，柯利男爵一心想要获得荣誉勋章。1816年11月25日，陆军部长暗示他最好停止一切行动。"男爵"听懂了他话中的意思，之后人们再没听过此人的名字。1823年，柯利男爵的回忆录问世，没过多久他便死了。

克林格兰男爵（让-雅克·德，Jean-Jacques de Klinglin）

军衔为军帅，1791年担任斯特拉斯堡要塞指挥官。他想帮助路易十六逃到瓦伦，结果却帮了倒忙。之后，他作为布耶的同伙遭到通缉，但成功逃过追捕，前往德意志效力奥地利。他秘密效忠孔代亲王，负责拉拢法国共和国将领。莫罗截到了一辆载有克林格兰获得的情报的货车，因此才获得了能证明皮什格吕叛国的证据。

克鲁埃上校（Clouet）

布尔蒙的参谋长，后来和他一道在滑铁卢战役前夕投奔敌军。

克鲁森施滕（亚当-让·德，Krusenstern，1770—1846）

一个俄国航海家，来自波罗的海地区。他在1803年奉亚历山大一世之令，带领一支科学探险队前去探索北美海岸和亚洲北部地区。他于1803年8月7日从科朗施塔德出发，1806年8月19日回到此地，全队仅损失了一人。

科洛·德布瓦（让-马利，Jean-Marie Collot d'Herbois，1749—1796）

旧制度时期的一个剧作家和剧院主管。他跑遍全国，最后在1789年来到巴黎。联盟节激发了他无限的创作激情，让他一举写出一部"国民之剧"——《革命一家亲联盟》（*la Famille patriote ou la Fédération*）。这部戏剧大获成功，让德布瓦名利双收。他加入了雅各宾社团，在里面表现得异常踊跃。德布瓦非常关注军队里的不公对待，在夏多维耶瑞士军团事件中，是他为瑞士士兵争取到了特赦，因此赢得了人心；而他生平最大的成功还是他出版的《杰拉德神父的年历》（*Almanach du père Gérard*），此书赢得了雅各宾派出资赞助的年度最佳作品奖。从那时起，德布瓦在革命派中声望日隆，连罗伯斯庇尔本人当时都觉得"这个公民的言辞无不发自肺腑，堪称祖国和自由事业的卫兵"。8月10日之后，德布瓦主持了巴黎选举议会，自己也被选为国民公会议员，其票数仅低于罗伯斯庇尔和丹东的票数，这足以证明他当时在政坛上的重要地位。在国民公会开幕会议上，当大会接近尾声、众议员正要离开议事厅的时候，他登上讲台，高声宣布："我要提一件不能被拖到明天，也不能被拖到今晚再议的事，如果你们真的每时每刻都忠诚于国民，对我的这个提议断然不会有任何不同意见。这件事就是：废除君主制。"格雷古瓦神父表示支持科洛·德布瓦的这则动议，它得到全票通过。在此期间，德布瓦和俾约-瓦伦一起被选入公安委员会。1793年10月12日，议会颁布法令，意欲一举捣毁里昂，库东由于拒不执行命令被召回。于是，科洛·德布瓦和富歇被派去镇压里昂。德布瓦对里昂人发起冷血无情的打击，最后连公安委员会都有些看不过去了，它采纳罗伯斯庇尔的提议，以尊敬的语气写了一封令函，请德布瓦回到巴黎。德布瓦因此对罗伯斯庇尔耿耿于怀、心生恨意，他从那时起和俾约-瓦伦来往密切，准备把罗伯斯庇尔拉下台。在德布瓦看来，此人成了阻挠大革命前进的一个障碍。我觉得，罗伯斯庇尔之所以倒台，德布瓦和俾约-瓦伦是背后的主要推手，而且德布瓦起到的作用最大。因为说到底，富歇、塔利安、布尔东这些人是不可能齐心谋事的；罗伯斯庇尔有整个公安委员会撑腰，国民公会更是不敢站起来反对他。所以，实际上，这件事只能靠科洛·德布瓦和俾约-瓦伦。至于其他议员，甚至卡诺，他们不过是顺势而动罢了。然而热月党人还是没有饶过他，德布瓦在里昂犯下的残暴行径足以让他死上十次。虽然他成功逃脱死刑，但被发配到圭亚那。德布瓦到那里没多久就病死了。

克洛泽尔（贝特朗，Bertrand Clausel，1772—1842）

米雷普瓦市一个毛呢制造商的儿子。17岁时他参加了家乡的国民自卫军，之后加入比利牛斯军。1795年3月，克洛泽尔奉命把部队在西班牙缴获的军旗交给国民公会。1798年，他转到意大利军，收到让撒丁国王退位的命令。克洛泽尔聪明地完成了这个任务：国王退位后，甚至还送了他一幅非常精美的名画以示感谢（这幅画便是杰拉尔·道的《得水肿病的女人》）。不过这个军官似乎不太喜欢这幅画，把它转赠给了卢浮宫。1801年，克洛泽尔被派到了圣多明哥，没过多久，由于和圣多明哥总司令罗尚博发生争执，他回到法国。之后，克洛泽尔指挥过许多场战斗，在葡萄牙战场上更是表现出众。1813年，克洛泽尔被任命为西班牙方面军总司令，虽然后来被苏尔特顶替，但他依然协助继任者拖住了英军前进的步伐。惠灵顿把拿破仑退位的消息昭告天下后，克洛泽尔接受现实，向路易十八投诚，并获得圣路易十字章和荣誉军团勋章，并在拿破仑回来前不久当上步兵总监察长，但一得知皇帝回归的消息，他就立刻投奔其麾下，并奉命夺取波尔多。当时昂古莱姆公爵夫人就在波尔多，然而克洛泽尔没有遇到任何抵抗，直接占领此地。驻守波尔多期间，他得知了滑铁卢惨败、路易十八重回巴黎的消息。克洛泽尔打算继续抵抗，宣布纪龙德省进入防御状态，然而当地民众迫不及待地投奔保皇党，使得他这个方案寸步难行。7月22日，克洛泽尔收到新任陆军部长古维翁·圣西尔的命令，要他举白旗投降。克洛泽尔只能认命，离开波尔多。1815年7月24日，克洛泽尔遭到通缉，但他躲过逮捕，坐船去了美国，买下一小块地，在那里过了五年时间。他曾数次试图把拿破仑从圣赫勒拿岛抢出来，然而每个方案都未得实践。由于生活困顿、思念故土，他越来越想回到法国，可王室法庭已在1816年9月11日他不在场的情况下判他死罪。1820年4月20日，克洛泽尔得到赦免，没有什么能再阻止他回国。之后，他在图卢兹过了几年避世绝俗的日子。七月革命后不久，克洛泽尔受召代替布尔蒙指挥北非军队。几个月后，他被封为法国元帅，并在1835年担任阿尔及利亚总督，但在远征君士坦丁堡遭遇惨败后，克洛泽尔被解除了一切职务。

科什（让-巴普蒂斯特-弗雷德里克，Jean-Baptiste-Frédéric Koch，1782—1862？）

1800年进入军营，先后效力于那不勒斯和西班牙。1813年被派到萨克森后，他意外认识了若米尼，被后者提为副官，在若米尼转而效力俄国期间仍然担任该职。这段经历影响了科什的升迁。路易十八曾把他从军官册中除名，但1817年又恢复了他的军衔。由于他深耕军事领域，故在1820年进入军校教授军史及战术，为军队参谋团培养人才。但没过多久，由于被怀疑是亲波旁派，他被取消教职。直到1830年七月革命之后，科什才被任命为中校。他一生都忠于若米尼，帮助他出版了他的《大革命战争史》（*Histoire des guerres de la Révolution*）。马塞纳的回忆录能够出版，也离不开他的帮忙。

科坦（苏菲，Sophie Cottin，1773—1807）

17岁时嫁给了巴黎最有钱的一个银行家，婚后第三年丧夫。也就是在那个时候，苏菲开始写当时非常流行的情感教育小说，大获成功，她死后其小说还被多次再版。波旁复辟时期，出版社出版了她的十二卷作品全集。

孔代亲王（路易-约瑟夫·德·波旁，Louis-Joseph de Bourbon, prince de Condé，1736—1818）

波旁家族的血亲，内务府大臣。他曾是一介武官，离开军队后，一心扑在治理勃艮第、美化尚蒂伊城、修建波旁宫这些事情上。法国大革命时期，他是最早逃出国的贵族，成为科布伦茨军最高统帅，但没参加1792年的战斗。1793年，他听从一个奥地利将军的号令，1794年到1795年驻守在莱茵河边。他的军队先后由英国、奥地利和德意志出资豢养；但1801年赞助中断，军队被迫解散。后来他住在英国，并在路易十八之后回到法国。

参考资料：克劳德·安托万·尚贝朗的《路易-约瑟夫·德·波旁-孔代的一生》（Claude Antoine Chambelland, *Vie de Louis-Joseph de Bourbon-Condé*），雷昂斯·德·皮埃帕普的《十八世纪孔代亲王们的故事》（Léonce de Piépape, *Histoire des princes de Condé au XVIIIe siècle*）。

孔多塞伯爵（让-安托万-尼古拉斯·卡里塔，Jean-Antoine-Nicolas Caritat, marquis de Condorcet，1743—1794）

自由人士眼中的贵族，是一位学识广博的智者和哲学家，只可惜他活得太久。如果孔多塞早死五年，他就可以和孟德斯鸠、狄德罗、达朗贝尔等人齐名，还可以得到后来成为他死敌的那些人的尊重。他理应被视为大革命的先驱者，而不是革命者。然而孔多塞离开了抽象的理念世界，走进现实世界，陷入无穷无尽的政治斗争。可在这场斗争中，他的思想武器派不上任何用处，他也因此殒命。

参考资料：弗朗索瓦·阿朗格里的《法国大革命的领路人——孔多塞》（François Allengry, *Condorcet guide de la Révolution française*），伊莲娜·德尔索的《记者孔多塞》（Hélène Delsaux, *Condorcet journaliste*）。

孔泽耶（路易-弗朗索瓦-马克-希莱尔·德，Louis-François-Marc-Hilaire de Conzié，1736—1804）

12岁时接受剃发礼，1755年来到巴黎大学学习神学。孔泽耶在1759年成为桑利的副本堂神父，1766年当上圣奥梅尔主教，1769年成为地位更加重要的阿拉斯主教。在手下一个神职人员的游说下，他给了小罗伯斯庇尔一笔奖学金，让他进了路易大帝学校学习。由于和阿图瓦伯爵关系密切，孔泽耶在法国大革命初期就逃离了法国，陪同亲王四处流亡，最后还跟着他来到英国。他得到阿图瓦伯爵的高度信任，执政府时期一手策划了许多保皇党的阴谋。1801年，法国和教皇签署政教协议，他拒绝辞职，对这桩买卖反感至极。

库东（乔治-奥古斯特，绰号"阿里斯蒂德"，Georges-Auguste Couthon, dit Aristide, 1755—1794）

一提到罗伯斯庇尔，必定绕不开"库东"和"圣茹斯特"这两个名字。罗伯斯庇尔和库东年龄相近，出身相似（库东是一个公证员的儿子，后来成为克莱蒙-费朗城里的律师），对政治和社会问题的看法也十分接近（罗伯斯庇尔是个思辨家，库东则在命运的安排下成了实干家），所以两人很是惺惺相惜。库东很清楚当前是何形势，自己又身有残疾（他本就身体羸弱，1791年开始下肢就完全瘫痪了），所以很愿意在革命舞台上扮演一个次要角色。当然，库东也知道怎么吸人眼球。后来，库东和罗伯斯庇尔一道进入公安委员会，在委员会里很有分量。他接受了一件非常棘手、很不讨好的任务：镇压里昂乱党，让该城恢复秩序。虽然库东在镇压持武作乱的反革命派时毫不手软，然而他反对毫无意义的严酷手段，拒绝执行公会发布的彻底摧毁里昂城的命令。热月政变发生三周前，库东得到命令，要去南部执行新的任务。他本打算立刻启程，然而听到一些风声，嗅到了巴黎城暴风雨的气息，于是留了下来。在热月八日、九日，库东依然坚定不移地站在罗伯斯庇尔这边，和他同进同退。政变后，库东躺在市政厅门口的台阶上，完全失去知觉。负责搬运他的人犯懒，竟直接把他拖到医院里。进了医院后，他的伤口得到处理。库东恢复意识后，只说了简单几句话。笔录记载内容是："他说，人们控诉他是阴谋分子，人们可以剖开他的灵魂，看看他到底是不是这种人。"之后，罗伯斯庇尔及其同党被马车拉向革命广场，库东就坐在第三辆马车上，第一个走向断头台。据我所知，现在还没人为他写过生平传记。

库拉金亲王（亚历山大，Alexandre Kourakine, 1752—1820）

沙皇保罗一世的密友和儿时伙伴。这位亲王登基后，库拉金被任命为副掌玺大臣，负责外交事务，倾向于和法兰西共和国结盟。保罗一世被刺杀后，库拉金依然当了一年的外交大臣。之后，俄国外交界经历了大换血，他被派去治理乌克兰。1807年，库拉金被任命为俄国驻维也纳大使。亚历山大一世在提尔西特的时候想到了以亲法立场而著称的库拉金，觉得他的出现有利于推进谈判工作，便立刻把他叫到了提尔西特。库拉金也的确发挥了很大的作用。拿破仑邀请他以俄国大使的身份前往巴黎，库拉金在这个职位上一直干到了1812年。他1817年至1818年还在巴黎过冬，但只以普通人的身份待在那里。

库索（Coursot）

拿破仑在圣赫勒拿岛上的管家，西普里亚尼在他死后接任了这个职位。

库塔伊索夫（Koutaïsov）

保罗一世的理发师，还负责帮这位沙皇打理风流韵事。因为很受宠信，他被保罗一世封为伯爵和马耳他骑士团大骑士。

库图佐夫（麦凯尔，Mikhaïl Koutouzov，1745—1813）

"库图佐夫"这个名字可能起源于鞑靼人或阿拉伯人（1259年，一个叫库图兹的人成了埃及苏丹），但人们普遍认为它起源于一个德意志骑士。当初亚历山大·内夫斯基（Alexandre Nevski）亲王重挫条顿骑士团时，这个德意志骑士从"死亡冰雪之战"中死里逃生。不管其名字起源于哪里，库图佐夫的父亲都是个优秀的军官，在彼得大帝统治晚期为俄国军队效力。库图佐夫17岁就投身军旅，一年后当上少尉，并迅速被晋升为上尉和中校。他和土耳其人打了15年多的仗。1774年在克里米亚的一座叫朱玛的不起眼的要塞前，一枚子弹夺走了库图佐夫的右眼。1788年在奥恰基夫的城墙下，他的右脸再度受伤，完全毁容。

正因如此，他之后所有的肖像画都是侧脸或半侧脸。苏沃洛夫认为他是自己手下最优秀的军官，曾说："对某些人，你得发出明确指令；对另外一些人，你得好生解释；但对库图佐夫，你不用多说，他就能弄清你的想法。"库图佐夫负责指挥苏沃洛夫的左翼军时，苏沃洛夫说："他就是我的左膀右臂。"俄军攻打被守军认为是铜墙铁壁的伊兹梅尔要塞时，负责发动进攻的正是库图佐夫。在形势险峻、伤亡惨重的情况下，他向上司苏沃洛夫请求援助，并告知他：俄军攻下伊兹梅尔的消息已被传往圣彼得堡，消息还称苏沃洛夫因此把他任命为要塞驻军统领。苏沃洛夫别无他法，只好再度发动进攻。1790年12月22日，要塞终于被攻打下来。事后，库图佐夫问苏沃洛夫：当初他在形势尚不明朗的情况下假传消息，声称伊兹梅尔已被攻下，此举是否操之过急。这位老人的回答是："Nitchevo（绝对不是）。" 苏沃洛夫有多了解库图佐夫，库图佐夫就有多了解苏沃洛夫。要是没拿下伊兹梅尔，苏沃洛夫就要死在城墙下，库图佐夫也是。次年，库图佐夫为默钦大捷立下汗马功劳，之后土耳其被迫签署了《雅西和约》。叶卡捷琳娜二世对他极其宠信，保罗一世也对他青睐有加。也许正因如此，亚历山大一世才对库图佐夫有些冷淡。自动隐退三年后，库图佐夫回归军营，负责指挥军队援助奥地利，在奥斯特里茨对抗拿破仑。我们都知道，库图佐夫当时并不想在和贝尼格森及查理大公的部队会合之前就贸然投入战斗，这样他就有充足的时间把拿破仑军包围起来了（至少他是这么认为的）。看了库图佐夫的战略图后，亚历山大一世对此计划表示反对。人们召开了一个紧急军事会论，会中奥地利将军魏罗特（Weiroter）坚持立即作战。库图佐夫的孙子托尔斯泰将军后来透露，当时库图佐夫在整个会议上都一言不发。他不该选择沉默，因为凭借库图佐夫当时的威望和地位，他也许可以说服众人摒弃这个错误的决议。后来人们问亚历山大,当初他为何无视库图佐夫陈述的立刻开战的危险之处,沙皇回答:"因为他没有坚持到底。"我们是否可以从中得出结论:在决定战争胜负乃至一个国家未来数年命运的关键时刻,库图佐夫还是不够坚毅果敢呢?我们想,在那个悬而未决的时候断然辞职,他是否想让局势倒向自己这边呢?苏联历史学家塔尔莱(Tarlé)对此做出的解释是:"亚历山大想不计一切代价地自毁长城:很好!他做到了。"令人灰心的是,在此事上想"自毁长城"的远不止亚历山大一个人。但总之,奥斯特里茨惨败一事完全没有影响库图佐夫在军中的威望。相反,他的同僚都说:"唉!要是人们听了他的话就好了!"毫无疑问,不是只有他们这么想。1808年被召回军中后,库图佐夫在摩尔多瓦指挥俄军作战,又遇到了他的老对手土耳其人,并再度击败对手。此战后,两国于1812年5月16日签订了对俄国极其有利的《布加勒斯特协议》。同年6月24日,拿破仑大军渡过涅曼河。后来直到斯摩棱斯克失守、情况大为不妙了,亚历山大才迫不得已地请库图佐夫出山。其实亚历山大并不想起用库图佐夫,觉得他年岁已高、精力不济了。他更青睐于贝尼格森,然而后者和巴克莱·德·托里(Barclay de Tolly)一样都是外国人:当时公众把俄军连连战败归为外国籍将领勾结敌方,亚历山大不敢再违背公众意愿行事。拿破仑则认为"是那些波雅尔硬把库图佐夫塞给了亚历山大"(语出《科兰古回忆录》第三卷第220页)。皇帝想得没错:正是因为莫斯科富商贵族的强烈要求,亚历山大最后才不得不做出让步。他给他最喜欢的妹妹凯瑟琳女大公写信说:"圣彼得堡所有人都支持起用年老的库图佐夫。罗斯托普金告诉我,莫斯科所有人都支持这个人,我只能让步于大众意愿。"沙皇这么说,相当于承认他是被迫任用库图佐夫的。8月20日在皇宫觐见沙皇时，库图佐夫得知自己被任命为俄军总统帅，便请亚历山大告知他接下来的行动方案，沙皇的回答是："请您尽力而为吧。"得知库图佐夫被任命的消息后，拿破仑非常高兴。科兰古在回忆录中说："他闻讯当即大喜，觉得库图佐夫就是为撤军才走马上任的……，他最多打一场仗给贵族一个交代罢了，亚历山大皇帝的首都和军队都会保不住的……，那时沙皇就可以议和了，还不用遭受当初选中库图佐夫的那群贵族的指责。"（语出《科兰古回忆录》第一卷第416~417页）奔赴前线之前，库图佐夫向军务大臣提了两个问题：第一，预备军招募情况如何，其中有多少人能立刻行军打仗？第二，军队被调到前线前的情况如何，实际作战人员有多少？他得到了非常确切的回答：军务大臣声称，只要库图佐夫愿意，他可立即向他提供8~10万人。库图佐夫说，靠这些兵力还能支撑一下。他给负责卡鲁加段战线的米罗拉多维奇将军写信说："当前目标是阻止敌军朝莫斯科前进。"之后，他准备出发。当时在俄国的斯塔尔夫人冒昧前去打扰，以表关心。她在《十年流亡记》中说："这是一位风度翩翩的老人，依然保持着勃勃的生命力。看到他的时候，我害怕他没有强大到去对抗那些从欧洲四面围困俄国的年轻将士……离开这位赫赫有名的库图佐夫元帅时，我已激动不已，不知道自己正在拥抱的人会是一位败者还是殉国之士。"库图佐夫想庄严地离开。他来到喀山圣母院，身后跟着无数人。这位元帅走出圣母院时，所有人都高喊："救救我们，救救我们的孩子！"库图佐夫当即泪流满面。来到格扎兹克后，库图佐夫先和一群为检查莫斯科沿线防御阵地部署工作而来的参谋官碰头，向他们提出要求："别继续在军队后方设阵了，我们都一股脑扎进撤退部署中去了。"库图佐夫到特扎莱沃-查伊米希特后没多久，看到守军毫无纪律的样子，大喊："我们怎么可能靠这群黄毛小子来打后撤仗！"此话一出，立刻引发巨大的反响。人们产生了一个信念："库图佐夫来了——是为打败法国人而来的。"了解到地方具体情况后，库图佐夫发现情况远没当初他想的那么乐观：武器破旧，军火不足，物资短缺，运输混乱，军务大臣承诺的实际参战正规军毫无下文。库图佐夫给萨尔特科夫伯爵写信说："看在上帝的分儿上，派支预备军来做这些工作吧。上帝可以做证，只要有了人马，我什么都不怕。"终于，人们给他派来一支7000人的陆军，士兵拿着棍棒当刺刀。军务大臣曾承诺会派8~10万人马过来，而眼下这个数目离先前的预想差了十万八千里。库图佐夫满心疑虑、担忧不已，给他住在卡鲁加附近的女儿吉特罗沃夫人写信说："亲爱的，带着孩子们走吧，不计一切代价地离开。但绝不要把我对你说的话透露给任何人，一个字都不可以。这个消息若被传了出去，会给我造成巨大的危害。"所以，库图佐夫在那时才开始考虑大撤退的可能性，换言之，便是放弃莫斯科。当然了，他不会把这个想法告诉任何人。他决心投入战争，忠心护国。只要这份义务尽到了——不论以怎样的代价！——他便可以挂印归田、逍遥度日了。经过博罗季诺一战，库图佐夫摸清了他的军队的战斗水平。从战后第二天发给全军上下的军报来看，他通过战场观察得出的结论并不多么乐观。库图佐夫在军报中说："我在战斗中注意到，这场仗刚打起来，大量士兵就抛下了他们各自的小分队，撤到后方去了，借口要么是得陪伴伤员，要么是子弹用光了。我要求各个小分队队长向全军宣布：伤员只能由预备役人员陪伴后撤，且只能撤到后方的第一线。没有子弹的士兵用刺刀拼搏之后方能离开战场。"（出自苏维埃国防部编辑出版的《库图佐夫资料集》第四卷第182页）人们组织了一个战时委员会，在菲力村的一座小木屋里召开会议。会议记录很有可能由库图佐夫的总参谋长托尔上校负责，记录中说："元帅要求每个与会人员对下列问题给出意见：我们是应该等待敌军并与其对战，还是不战而退，放弃首都。巴克莱·德·托里将军的回答是：根据军队目前的情况，我军不可能投入战斗，故他更偏向于朝下诺夫哥罗德，也就是俄军北中部联络中心方向撤军。贝尼格森将军建议在莫斯科前面布阵，认为那里易守难攻，俄军可在此处静等敌军到来，然后开战。多克托洛夫将军持相同观点。科诺维尼钦纳将军认为莫斯科前面的阵地不利于俄军守城，提议朝敌人进军，碰到后直接开打。奥斯特曼将军和叶尔莫洛夫将军赞成这个想法。托尔上校①认为守在贝尼格森说的那块阵地上，该方案绝无实现可能，因为一旦开战，俄军炮兵定会损失殆尽；没了炮兵，俄军会被全歼，跟它的炮军一起完蛋，之后就轮到莫斯科了。然后他提议在迫不得已的情况下让大军做好准备，走卡鲁加那条路撤退，因为俄军可在这条路上获得物资补给。于是元帅向委员会发表讲话，说放弃莫斯科并不意味着放弃俄国，认为自己当前的首要义务是保住军队、获得援助，觉得放弃莫斯科一举甚至能为敌军的失败做好铺垫，故他提议继续撤军。于是相关命令被发布下去，让部队做好行军准备。"（语出《库图佐夫资料集》第四卷第220~221页）拿破仑放库图佐夫大军离开，认为战争已经结束，亚历山大一世迟早会送信过来提议谈和，可库图佐夫认为战争才刚刚开始。在塔卢迪诺军营中的时候，面对敌人的炮火进攻，库图佐夫就已在构思日后的战术策略了。在一个月时间里，他做成了一件大事：重组军队，重燃军队士气。他料到拿破仑会离开莫斯科打反进攻战（有人也许会问，库图佐夫在莫斯科被烧一事中应背负多少责任，因为毕竟是他让

---

① 他当时只是库图佐夫的喉舌罢了。

人把所有灭火水泵通通搬走),于是带领8.5万人(其中1.5万人是持棍作战的陆军,7700人是新兵)来到塔卢迪诺后,库图佐夫在11月21日得到了12万兵力,另有10万预备军供其调遣。在热情高涨的爱国团体的支持下,他的任务变得容易许多。当然,俄国人民在爱国热情的驱使下成立的各个爱国团体和库图佐夫并无关系,但库图佐夫懂得如何协调各个组织、安插人员领导它们的行动。法军在这些爱国团体身上没少吃苦头。早在10月20日,贝尔蒂埃就奉拿破仑之令给库图佐夫写了一封信,请他让战争变得更人道一些。库图佐夫回信说:"虽然我们也想采取措施,但拦不住一个300年来从未在国内经历过一场战争[①]、时刻准备为国捐躯、绝不信普通战争中有什么军民之别的民族有所行动。"解放祖国后,在接下来的五个月时间里,库图佐夫一直前进,1813年3月26日到了莱布尼茨,六周后死在西西里的一个小镇上。命运没能让他如长他三岁的布吕歇尔那样看到自己的对手倒台。他给女儿写信说:"我是把不可一世的拿破仑赶走的第一个将军。"而在科兰古的叙述中,拿破仑是这么评价这个胜利者的:"这个库图佐夫做了什么呢?他在莫斯科河战役中连累了俄军,还导致莫斯科被付之一炬。在撤退中,和他打仗的不过是些毫无生命力的会走路的幽灵罢了,而他干了什么呢?所有俄国将领发挥的作用,都要比这个库图佐夫老太婆的大。"(语出《科兰古回忆录》第221页)

俄国人民把库图佐夫视为他们的民族英雄、祖国拯救者和敌基督(拿破仑)的战胜者,对他尊崇至极。甚至在1941—1945年,他的威望仍有增无减。官方历史则在极力矮化他的形象,同时夸大亚历山大发挥

[①] 送这封信的费恩男爵在他的《1812年手稿》中错把200年写成了300年,但库图佐夫肯定不会忘记他的国家在1612年被波兰和瑞典入侵的那段历史。

的作用（西欧军事理论家也普遍持此态度），声称库图佐夫不过是这位沙皇的天才军事决策的执行人罢了。直到1941年希特勒入侵俄国，矮化库图佐夫的风气才有所改变。人们认为这和斯大林不无关系。德军逼近莫斯科的时候，斯大林对俄国人民发出紧急号召令，在里面回忆了俄国拯救者的历史事迹，除了亚历山大·涅夫斯基、特米特里·顿斯科伊、库兹马·米宁和博扎尔斯基，他还提到了库图佐夫的名字。在1942年7月的重大转折点上，斯大林设立了库图佐夫勋章。这是红军最高军事表彰之一，被颁给深谙灵活作战策略的将领。1943年打响的反攻战常被人拿来和1812年的俄国反攻互作对比，斯大林也自恃为拿破仑战胜者的追随者。毫无疑问，他成了第二个库图佐夫后，又成了第二个亚历山大。1945年正值库图佐夫诞辰两百周年，这位元帅成为官方极力歌颂的对象。军事理论研究小组收到任务，把库图佐夫的反攻理论总结成书，把他奉为"现代最伟大的军事将领"。

参考资料：米歇尔·布拉金1944年的《库图佐夫》（Michel Braguine, *Koutouzov*）是一本平庸之作，这位苏联作者并不怎么了解法兰西帝国战争历史。该书于1947年被翻译成法语。在苏维埃社科院的赞助和贝斯克洛维尼（Beskrovny）的主持下，苏维埃国防部于1950年至1954年编辑出版了《库图佐夫资料集》（*Recueil des actes de Koutouzov*），本书有四册，3000多页，是了解库图佐夫的主要作品。1945年苏联共产党宣传部出版了一本合集，但历史跨度不够长；《库图佐夫资料集》一出，就再没人读它了。苏共宣传部在1947年又出了一本《库图佐夫集》，收录了军事学院为庆祝库图佐夫诞辰两百周年而举办的盛大会议中的所有报告文献。其他资料，有基林讷上校1950年的《1812年库图佐夫反攻战》（Jiline, *La Contre-offensive de*

Koutouzov en 1812），本书写得非常纪实，虽然作者倾向于斯大林到近乎奉承讨好的地步；另外还有戈托夫采夫将军写的《库图佐夫的战略路线》（Gotovtsev, *La Voie stratégique de Koutouzov*）、加罗斯拉夫采夫的《库托佐夫1812年的战略》（Jaroslavtsev, *La Stratégie de Koutouzov en 1812*）、林德赞斯基1945年的《库图佐夫在塔卢迪诺营地》（Ryndzunski, *Koutouzov au camp de Taroutino*）。此外，还有斯大林1947年发表在《布尔什维克》杂志第三期上的一封信、塔尔莱1943年的《1812年战争》（Tarlé, *La Campagne de 1812*）（由于在书中花了太长篇幅讨论库图佐夫，作者还因此遭到其苏联同僚的严厉批评）、科茹科霍夫1951年发表在《布尔什维克》杂志第15期上的《论库图佐夫在1812年战争中的角色评价问题》（Kojoukhov, *À propos de la question de l'appréciation du role joué par Koutouzov dans la guerre de 1812*），以及塔尔莱的《谈〈布尔什维克〉杂志的方向》（*Lettre à la direction de la revue Bolchevik*）（发表在该杂志第19期上，同样遭到批评）。

L

拉阿尔普（弗雷德里克-恺撒，Frédéric-César La Harpe）

瑞士律师，被叶卡捷琳娜二世聘用为她的孙子亚历山大公爵和康斯坦丁的老师。拉阿尔普深谙如何讨得学生和女皇的欢心。法国大革命爆发时，他积极地拥护大革命理念。叶卡捷琳娜当时并不觉得这有何不妥。1792年，她在写给拉阿尔普的一封信中说："雅各宾党也好，共和党也罢，您想怎样都可以，我知道您为人正派，这就够了。"拉阿尔普虽然身在俄国宫廷，却想回去建设祖国的民主大业。于是他给伯尔尼政府写了一封请求信，提议召开瑞士三级会议。同时，他还给沃州同胞发出激情洋溢的呼喊，鼓励他们挣脱伯尔尼的"专制"桎梏，呼吁所有人拿起武器，争取独立。他在沃州一些地方煽起暴乱，虽然这些运动很快就被镇压下去了。伯尔尼政府向叶卡捷琳娜告状，后者当时正好想寻个机会让她的孙子订婚，摆脱拉阿尔普的影响，于是拉阿尔普不得不告别了亚历山大。由于不能回到瑞士，他便在巴黎定居。1798年，瑞士宣布建立共和国，他被召回国，为瑞士新政府服务。雾月十八日政变后，拉阿尔普向他的两个同僚提议采取预防措施，以防此类事件在自己国家发生。他的建议没被接受。相反，人们委婉地表示，当前大家都不再希望看到他出现在政府中。拉阿尔普便远离政坛，投身于科学和文学研究，频频前往巴黎拜访许多属于自由党的友人。1802年，拉阿尔普在亚历山大登基之际去了一趟俄国。1814年，沙皇进入巴黎的时候，拉阿尔普也在巴黎。于是他频频接触自己从前的学生，竭力想让后者和波旁家族保持对立，然而他的心血都白费了：他在亚历山大那里的威望已经大不如前。尽管如此，他还是陪同沙皇参加了维也纳会议，尽量为瑞士争取利益，最后在洛桑度过晚年。

拉阿尔普（让-弗朗索瓦，Jean-François La Harpe，1739—1803）

出身于沃州一个贵族家族，也许和上面这位拉阿尔普有亲戚关系。他的父亲是个炮兵上尉，在法国服役。拉阿尔普9岁时成了孤儿，之后在阿尔库尔学院完成学业，1759年凭借两本诗集闯进文坛。这两本诗集是当时非常受追捧的史诗题材，作者在里面对教士发起攻击。之后，拉阿尔普又发表了一系列颂歌，题材依旧是当时最流行的，这些成就在1776年为他打开了法兰西学院的大门。法国大革命前夕，他开了一门公开的文学课程，备受公众欢迎。之后，拉阿尔普宣布拥护新政体，成为当政者的一个马屁精。人们在罗伯斯庇尔的文件夹里发现了一封拉阿尔普写给他的信，信中通篇都是溜须拍马之词。人们好心把这封信还给了拉阿尔普。之后，他依然对当权者大拍马屁，甚至不惜诋毁自己先前奉为神明的大革命人物。

拉阿普（阿梅代-艾玛努尔，Amédée-Emmanuel Laharpe，1754—1796）

生于瑞士，在一个受雇于荷兰的瑞士军团中效力。回到故土后，他参加了一场意在让沃州摆脱伯尔尼统治的密谋活动。计划泄露后，拉阿普被缺席判处死刑。之后他逃到法国，于1791年加入了塞纳-瓦兹志愿军，被选为一个营的中尉。土伦包围战后，他被巴拉斯封为将军，之后随马塞纳一师前往意大利。波拿巴和他因土伦一战而相识，很尊敬这个"极好的掷弹手"。拉阿普身经百战，在横渡波河时在夜幕中遭遇奥军一个队的进攻，最后他击退了敌人，但他追击敌人回来后走了一条他的属下没有料到他会走的路，于是属下把他当成敌人，朝他开枪。一枚子弹正中拉阿普的胸膛，他当场殒命。当上第一执政官后，波拿巴给巴塞尔共和国大使巴泰勒米写信说："在大革命早期，伯尔尼州把已故的拉阿普将军的家产充了公，我请您着手处理此事，将它还给他的儿子。"

拉奥斯（又名拉奥兹·德·奥尔提兹，Lahoz d'Oriz，Lahosse）

一个西班牙（？）将军，1797年为奇萨尔皮尼共和国效力。

拉贝杜瓦耶伯爵（夏尔-昂热里克·于歇·德，Charles-Angélique Huchet de La Bédoyère，1786—1815）

出身于勃艮第地区一个古老贵族家庭，性格坚毅好战，加入治安宪兵队后，表现很好，被拉纳元帅选为自己的副官。两人都是英勇无畏的战士，论勇猛不分上下。拉纳死后，拉贝杜瓦耶成了欧仁·德·博阿尔内的副官，在1812年战争中多次表现得英勇过人。在博罗季诺战役中，敌人数小时里不停地疯狂轰炸法军阵地,每寸土地的地皮都被炮弹削掉了;拉贝杜瓦耶和一小撮军官带领处于下风的步兵冲向敌军,成功夺取了一座对此战胜利至关重要的棱堡(负责这座城堡守卫工作的是一位享有盛誉的俄军将领,拿破仑将此堡称作"火山")。法军渡过别列津纳河后,博阿尔内担起一个艰难任务:指挥大军团的残余部队穿过疯狂暴乱中的德意志地区,摆脱敌军的追堵。此时,拉贝杜瓦耶于欧仁而言非常重要,成了他最忠诚的左膀右臂。回到法国后,拉贝杜瓦耶爱上了一个保皇党年轻女子,娶她为妻。拿破仑在枫丹白露退位一事被拉贝杜瓦耶视为法国的国祸,但他没能抵住妻子的再三央求,同意为路易十八做事,负责指挥驻扎在格勒诺布尔附近地区的步兵团。拿破仑离开厄尔巴岛登陆法国后,拉贝杜瓦耶立刻率领军队投奔皇帝,在惊天动地的欢呼声中陪伴皇帝进入格勒诺布尔城。他陪同皇帝前往比利时,在滑铁卢战役中一直抵抗到最后。重回巴黎以后,拉贝杜瓦耶在贵族院中重获席位,于6月22日议会中发表了一篇著名演讲,强烈反对拿破仑退位,坚定支持被废的拿破仑。他提议召集全体国民反抗外军入侵,宣称任何一个法国人若抛弃国旗,定会落到家园被毁、家人流亡的下场。拉贝杜瓦耶在演讲中越说越愤怒,最后叹道:"叛徒越多,导致最近这些灾难发生的阴谋诡计也就越多,也许某些诡计谋划者眼下就坐在这里呢。"巴黎投降后,拉贝杜瓦耶搬到了里永,在那里收到被移交军事审判所接受审判的消息。他很清楚自己被捕后会落得什么下场,便想逃到瑞士。富歇当时为了救他,给了他一张通行证,但他不该经过巴黎前往瑞士(其中的缘由众说纷纭,有的人认为他想再见到妻子和孩子,有的人则认为他企图推翻波旁政府)。在巴黎被人认出后,拉贝杜瓦耶被关进了亚伯叶监狱。在一个狱卒的帮助下,他企图逃跑,但计划失败。他的妻子及妻子的家人为其上下奔走，仍然没能挽救他的性命。路易十八受了昂古莱姆公爵夫人的挑拨，坚决不肯从轻发落拉贝杜瓦耶。有人称，反法联军禁止他放过拉贝杜瓦耶，但这不太可能，因为亚历山大一世肯定会对拉贝杜瓦耶夫人的央求做出让步。实际上，拉贝杜瓦耶是因为6月22日在贵族院的那场演讲而难逃死刑。他本人也意识到这一点，因为他在演讲的最后说："要是议院抛弃了皇帝，我的命运就很明朗了——我会被第一个枪决。"最后他的确是这个下场。

参考资料：1924年出版的拉贝杜瓦耶伯爵和马里古合著的《乔金娜·德·沙特吕和夏尔·德·拉贝杜瓦耶》（La Bédoyère et Maricourt, *Georgine de Chastellux et Charles de La Bédoyère*）。

拉贝杜瓦耶夫人（乔金娜·德，Georgine de La Bédoyère）

生于沙特吕，是拉罗什雅克兰的亲戚，1813年嫁给了拉贝杜瓦耶。

拉博–圣埃吉安（让-保罗，Jean-Paul Rabaut-Saint-Etienne，1743—1793）

新教荒漠派[①]著名牧师保罗·拉博的长子。之后他也成为牧师，在尼姆从事神职工作。被选进三级会议后，人们称他为"新教中的格雷古瓦"。之后他被选进国民公会，加入了吉伦特派，7月2日遭到通缉，躲了几个月。1793年12月6日，拉博被捕，之后被处死。

拉波特（塞巴斯蒂安，Sébastien Laporte，1760—1823）

一开始在他的故乡贝尔福的法院做事，后被选进立法议会和国民公会。他本在里昂任职，共和二年花月三日法令下来，拉波特被派到了阿尔卑斯军。他来到尼斯，想在那里找到几支炮兵部队，在此期间和波拿

[①] 1760—1789年法国政府默许的一个新教流派，活跃于法国南部，允许已婚牧师从事神职工作。——译者注

巴发生一次严重的口角。罗伯斯庇尔一倒台，他就被共和二年热月十六日法令派到了里昂。拉波特先后进了立法院和百日王朝的参政院，但他辞去议员职位，当了军队物资供应商，和鼎鼎大名的弗拉尚合作。后者因大发战争财而为人所知，被波拿巴称作"欧洲最大的骗子"。（请看波拿巴在共和五年雪月七日写给督政府的信）根据报纸《法律之友》的说法，拉波特在六个月里赚了足足200万法郎。（还不算弗拉尚的那一份）之后，这两个同伙宣称他们不再向军队提供服务，抽身而出。波拿巴连续给督政府写了好几封言辞激烈的信，在共和五年雨月十五日写信说："要是我们不采取措施对付这些显而易见的诈骗行为，那就意味着我们放弃了维系秩序、改善财政、赡养意大利大军的想法。"督政府想平息拿破仑的怒火，但由于那时政府没抓住拉波特和弗拉尚，只好于共和六年霜月二十九日在被告缺席的情况下由陆军审判所宣布两人有罪。第二年，拉波特在米兰现身。富歇把自己这位旧日同僚带到了里昂，拉波特再度"起家"，而这次的联手伙伴变成了富歇。雾月十八日以后，他似乎停止了投机活动。帝国末期，人们还在贝尔福见过他，他在那里靠提供法律咨询谋生，没人知道他从意大利军偷来的几百万法郎到底去了哪儿。

拉布耶里（弗朗索瓦-马利·鲁莱·德，François-Marie Roullet de La Bouillerie，1764—1833）

旧制度时期担任战争审核财务官，大革命时期担任军队拨款官，帝国时期担任大军团战争赔款总接收官和特别物资总财务官，深得拿破仑的信任。1814年，联军朝巴黎挺进，他带着皇室托付给他的所有财产（包括皇冠上的钻石）跟随玛丽-路易丝来到布卢瓦尔。在临时政府的要求下，财产中的珠宝被收了回去。至于钱财，人们并不清楚拉布耶里到底保管了多少钱财。但无论如何，拿破仑的私人财产（600万金币）被保管了下来。

路易十八非常欣赏拉布耶里,任命他为王室总财政官和贵族院议员。拿破仑被囚圣赫勒拿岛期间,拉布耶里一直保管着他的私人财产。

拉法耶特侯爵(马利-约瑟夫-保罗-吉贝尔·莫蒂埃·德,Marie-Joseph-Paul-Gilbert Motier de La Fayette,1757—1834)

他如艾皮纳尔的版画一样,给人留下难以消除的印象。我们且不说他早年在美国的经历(1781年以前是他人生最辉煌的时候),仅从法国大革命开始讲述他的故事。拉法耶特因为拥护自由理念,被奥弗涅贵族选为三级会议代表。他作为议员,一开始就让三级会议接受了一个理念:当国民遭到镇压时,反抗是最神圣的义务。他当时是否想过这道法令会引发怎样的后果呢?1789年7月17日,拉法耶特在市政厅主持会议、构思三色徽章的样式时,说:"我给你们带来一枚将传遍世界的徽章。"在大革命前几周,拉法耶特威望甚高。不过我们也注意到,他格外注重如何保持自己高人一等的姿态。他曾组织了几个"鼓掌"队,这些人在他经过的时候混在人群中,根据群众的情绪热烈程度而鼓掌(他当时的每日行程都是提前公开的)。他的宣传队做事非常到位,但也许干得更好的还是他的密探:到处都有"拉法耶特的探子"(这话是一开始就看清了拉法耶特真面目的马拉说的)的踪影。当上巴黎国防军统领后,拉法耶特在各个部门中塞满了他的人,他们一个个唯他马首是瞻。他真正想做什么呢?有人说:"他想当法国的华盛顿。"也许吧,但这话说得并不完全正确。他很可能更愿意当立宪君主制国家的首相。当拉法耶特发现法国人想简单粗暴地推翻君主制时,他彻底慌了神。1792年8月10日事件后,他想煽动手下把国王救出来,但他向士兵发表的演讲没有起到任何作用。于是他离开法国,投奔敌营。让拉法耶特大失所望的是,对方竟然把他当战俘处置。波拿巴在莱奥本的时候,坚持要求奥地利释放拉法耶特，让他重获自由。波拿巴在巴黎首次见到拉法耶特时，问他："您大抵发现法国人已经对自由失去热情了吧？"拉法耶特的回答是："是的，但他们也许比从前任何时候都更有迎接自由的准备。"不过他补充说："可是给予自由的人应当是您，人们期盼从您这里获得自由。"至少拉法耶特本人在他的回忆录中是这么写的，可惜这回答并不巧妙。人们也许会说，他是想借此证明自己仍像从前一样蠢头蠢脑。他在拒绝进入元老院的时候是这么说的："要是波拿巴能服务于我曾为之献身的自由就好了。但我既不愿支持一个专制政府，也不愿附庸于它。"也许他仍然认为，自己身为"两个世界的英雄"和"法国自由之父"，应该获得一个比元老院席位更好的位置。他和波拿巴保持书信往来，还频频拜访后者。在众人投票通过终身执政官的决议后，两人来往中断。拿破仑登基称帝后，拉法耶特停止了一切公共活动，他等待着。毫无疑问，在帝国时期，这是一个最优秀、最耐心的"等待者"。但拿破仑猜到了他的意图，没有让他淡出公共视野。1812年的一天，他跟参政院提到拉法耶特时是这么说的："你们别看他现在安静本分的样子，我告诉你们，他是准备东山再起呢。"1814年2月，拉法耶特"东山再起"了，毛遂自荐要担任国民自卫军统领，人们没有理睬他的提议。阿图瓦伯爵回来后，拉法耶特激动难抑，甚至跑到街上，在伯爵经过的时候对他说了这番话："阁下，我一生从来没有如今日这样幸福。见您回来，我觉得公众的幸福和自由实现有望了。我深深融入全国上下的一片喜庆之中，并渴望向您表达我对阁下的爱戴和尊重。"阿图瓦伯爵当时倍感尴尬，以为这事就算完了，并派了他的副官，同时是拉法耶特亲戚的阿列克谢·德·诺阿伊伯爵前去转达他的"谢意"，而头脑简单到不可救药的拉法耶特以为这是对方邀请他前去杜伊勒里宫的邀请函，便穿上他旧制度时期的军帅服、胸佩白色徽章，以这身甚有君主时期风范的行头出现在路易十八面前。路易十八记性不好，觉得此人可能可用，便彬彬有礼地接待了"10月5日的这个人"。然而当时也在场的昂古莱姆公爵夫人怒不可遏，一气之下差点儿做出过激的事。要不是拉法耶特觉得自己最好提前告退，那天他就要倒大霉了。据说他克制下来，从此再没在杜伊勒里宫现身。得知拿破仑登陆戛纳以后，拉法耶特赶紧派人向国王传信，说他愿为国王"贡献一切不与自由相冲突的力量"。路易十八不予理睬。国王离开后，拉法耶特在巴黎留了三天，以示自己并无人身安全问题，随后回到他的城堡里。在约瑟夫的斡旋下，拿破仑给了拉法耶特一个贵族院席位。拉法耶特拒绝了，高声说："我觉得波拿巴只是一个进了杜伊勒里宫的卫兵罢了。"在此期间，他的密使积极地做着塞纳-马恩省选民的工作，说服他们把他选为代表议员。所以时隔23年，拉法耶特再次当上了"国民代表"。这次他还赢得了大部分的选票（毕竟他的名字余威犹存），成了议会副主席。然而议会开院仅仅15天，拿破仑就在滑铁卢战败了。拉法耶特觉得自己彻底完了。这时他听人说，拿破仑在内阁会议中宣布："我要重掌大权，实行专政。"拉法耶特一下子冲昏头脑，赶紧跑到议院，向当时担任议院主席的朗热内说，他有一则十分要紧的紧急动议，必须马上召开会议。朗热内从命。会议一召开，拉法耶特就走到讲台上，用他那充满鼻音和颤音的嗓音努力想达到动人心弦的效果，说了这番著名的话："现在是时候重新团结在古老的三色旗下了……只有它能让我们抵住国外的诡计和国内的阴谋。"他还以"这一神圣事业的老兵"的身份自居，要求议院宣布永不闭会，并说："一切瓦解这一事业的企图都是最高叛国罪，任何一个阴谋罪人都应当立即以叛国罪处之。"拉法耶特的提案完美谢幕：议院里惊慌失措的大资本家巴不得和拿破仑撇清关系，以保住自己的财产，于是他的提案被迅速通过。拉法耶特的朋友杜蓬·德·勒厄尔想劝众人谨慎行事：毕竟，法国并没有强大到可以同时对外抵御敌国、对内控制保皇党的地步。拉法耶特笃定地答道："什么都别怕，我们先甩掉这个人，其他一切自有安排。"我们后来也知道了，其他一切都是谁"安排"的。

参考资料：目前尚无任何研究拉法耶特政治生涯和个人生平的重要文献资料。因为并无更好的选择，我们便参考了阿热诺·巴尔杜1892年的《拉法耶特1757—1792年的前半生》（Agénor Bardoux, *La Jeunesse de La Fayette, 1757–1792*），该作者1893年的《拉法耶特1792—1834的后半生》（*Les Dernières Années de La Fayette, 1792-1834*），以及安德烈亚斯·拉兹古的《拉法耶特将军》（Andreas Latzko, *Le Général Lafayette*）（这本书写得很好，但历史证据不足）。

拉菲特（雅克，Jacques Laffitte，1767—1844）

1788年起在佩雷戈银行以及之后的联合银行工作。他娶了佩雷戈的一个女儿，马尔蒙娶了佩雷戈的另一个女儿，于是他成了这位元帅的襟弟。佩雷戈死后，拉菲特很快就成为欧洲数一数二的银行家。他对帝国政府并无感情，1813年3月，利用他对马尔蒙的影响说服后者从巴黎撤兵。尽管如此，拿破仑后来还是把钱财交由拉菲特打理。皇帝退位后，拉菲特继续在财政界呼风唤雨，还投身政治，并写了一本回忆录（但请读者不要把它和某个元帅于1844年出版的《拉菲特回忆录》相混淆）。

拉丰−苏雷（让-雅克，Jean-Jacques Lafond-Soulé）

前王室近卫军，大革命期间流亡国外，后偷偷返回法国，成为共和四年葡月十三日保皇党暴乱事件的主导人之一。之后他被军事审判所判处死刑，于次年葡月二十一日在沙滩广场上被处死。

拉弗尔斯（托马斯·斯坦福，Thomas Stamford Raffles，1781—1826）

爪哇岛总督，新加坡建立者。

拉格朗日侯爵（阿尔芒-夏尔-路易·勒列弗乐·德，Armand-Charles-Louis Lelièvre de Lagrange，1783—1864）

18岁加入波拿巴的骠骑兵团志愿军，1803年成为贝尔蒂埃的副官，军衔是中尉。得益于上司的保护，拉格朗日一路青云直上。他在26岁时被提名将军，但皇帝拒绝赐予他这个军衔，在他的名字下写了一句话："太年轻了。"拉格朗日又等了三年，终于坐上了将军的位置，当上一个重骑兵旅的指挥官。从莫斯科撤回的路上，他这个旅几乎全军覆灭。之后，拉格朗日被编进皇帝的"神圣之营"，成为一个只有巴掌大的军区的司令。1814年拿破仑退位后，拉格朗日得到当时正是陆军部长的杜蓬将军的命令，来到路易十八跟前。路易十八封他为副将和圣路易骑士，在一个火枪手连中担任副指挥官。1848年革命期间，拉格朗日从军中退休。拿破仑三世没有忘记他，让他进了元老院。

拉格朗日（约瑟夫-路易，Joseph-Louis Lagrange，1736—1813）

著名数学家。革命政府对他非常尊敬，拿破仑让他进了元老院。人们曾问过他，为何他会投票支持皇帝一再要求的征兵令，拉格朗日的回答是："因为它不会对道德和法律产生丝毫影响。"1808年，拉格朗日被封为伯爵。

拉古耶（杰拉德，Gérard Lacuée，1774—1805）

拉古耶将军的侄子。毫无疑问，他是因为叔叔的关系才小小年纪就能陪伴波拿巴前往埃及。雾月十八日之后，第一执政官把他选进他的副官团。

拉古耶（让-杰拉德，Jean-Gérard Lacuée，1752—1841）

旧制度时期的一个步兵军官，因为在1786年发表的《军官战场指南》（*Guide de l'officier en campagne*）而为人所知，也因此被邀编写《百科全书》的军事科学部分。这项工作为他谋得了军事理论家的盛誉，不过他依然安于在梅斯当一个普通的军事教官。从1784年起，拉古耶开始编写一系列文稿，抨击陈腐的军队编制，呼吁进行改革（制宪议会后来的确对军队进行了改革）。三级会议期间，人们经常向他请教军事问题，还让他进了国民公会成立的军事技术委员会。从1791年起，拉古耶担任议员，因为反对杜穆里埃、抨击此人能力不足而惹人注目（他是第一个看清杜穆里埃真面目的人）。1792年9月，拉古耶奉命在西班牙前线组织防御工作，次年被升为将军。热月九日后，新成立的公安委员会邀请他主持军务。公会要他领导军队镇压葡月十三日的叛军，但拉古耶拒绝了。之后，他被选入元老院。波拿巴对他十分尊敬，但很难容忍他的独立思考和严厉批评。当上皇帝后，拿破仑把拉古耶封为塞萨克伯爵，以示宠信，却不让他担任要职。1810年，拉古耶还是替代德让将军担任陆军部长，在该职位上一直干到了1813年11月。路易十八后来把他任命为昂热步兵总监察官。1815年，拉古耶退休。

参考资料：让·安贝尔1939年出版的《塞萨克伯爵拉古耶》（Jean Humbert, *Lacuée, comte de Cessac*）。

小拉克雷泰勒（夏尔-让·德，Charles-Jean de Lacretelle，1766—1855）

曾是拉罗什富科-连库尔公爵的秘书，大革命期间靠笔墨为生，同时小心谨慎地参与了所有保皇党阴谋和破坏活动。波旁家族利用这些活动，在法国内外为新政府制造了不少障碍。葡月十三日，在以拉佩尔蒂埃为代表的保皇党中，拉克雷泰勒是最活跃的。即便如此，他还是懂得如何全身而退。但在果月十八日，拉克雷泰勒就没那么好运了：他在拉佛斯监狱中被关了23个月。不过在这段时间里，他并不是无所事事：他和特勒泰尔这家大出版社签订合同，全心投入历史文学的研究编写工作，过着平静的生活。波拿巴对他很有好感，1800年让他进了出版处，1810年任命他为帝国审查官，1812年为巴黎文学系的历史教授。拉克雷泰勒在这个职位上一直干到了1848年。

拉克鲁瓦（让-弗朗索瓦·德·拉克鲁瓦，Jean-François De Lacroix，1753—1794）

旧制度时期的一个律师，大革命期间先后被选入立法议会和国民公会，是丹东最忠诚的伙伴。拉克鲁瓦和丹东一样，有一副魁梧的身躯和洪亮的嗓音。他在比利时执行的任务成为他毁灭的第一根导火索，最后把他和丹东一道送上了绞刑架。

拉科斯特（约瑟夫-亨利·科斯塔·德·博热加尔，Joseph-Henry Costa de Beauregard，Lacoste，1752—1824）

撒丁国王维克多·阿梅迪奥三世宫廷中的一个贵族。大革命期间，他以志愿军的身份（他年轻时曾参过军，还得到了上尉军衔），于1792年加入反大革命队伍，1799年被任命为摄政枢密院成员，尽全力帮助奥俄两国把法国人赶出皮埃蒙特。马伦哥战役后，他再不参与政治。

拉勒曼德（Lallemand）

海军军舰舰长，在武尔姆泽尔防御战期间负责指挥军舰保护加尔达湖。

拉勒曼德（夏尔-弗朗索瓦-安托万，Charles-François-Antoine Lallemand，1774—1839）

梅斯一个假发商的儿子。1792年参加志愿军，在瓦尔密战役中开始了他的军旅生涯。葡月十三日暴乱事件发生时，拉勒曼德正在巴黎，便被召去保护公会，以副官身份听从波拿巴的指挥。他参加了埃及之征，并随上司返回法国。之后，他几乎参加了所有帝国战役。1806年，拉勒曼德被升为上校，1811年被升为将军。1814年，他和一些丹麦部队一道被困在汉堡。拉勒曼德回到法国后，路易十八政府任命他为埃纳省军队统领。得知拿破仑登陆后，他带领部下赶往拉费尔，但半路上被宪兵队拦了下来。之后他被押至苏瓦松，关在狱中。六天后，拿破仑将他放了出来。随后，拉勒曼德成为一个骑兵旅的旅长，进入贵族院。他参加了滑铁卢战役，率领残部回到巴黎。拿破仑准许他陪同自己抵达罗什福尔，让他前去和梅特兰谈判，并愿意带他一起流亡，然而拉勒曼德没能陪同皇帝前往圣赫勒拿岛——他以战俘身份被英国人扣了下来，被押至马耳他，关入大牢。法国一个军事审判所还在缺席的情况下判他死刑。几个月后，人们奉令将其释放，命令他速速离开马耳他。拉勒曼德想去君士坦丁堡，但土耳其政府拒绝了他的请求。他又想去波斯和埃及，但希望通通落空，最后他前往美国。来到宾夕法尼亚州后，拉勒曼德和许多拿破仑的旧部重逢，被安置在约瑟夫·波拿巴在那里的一座豪宅中。一开始，拉勒曼德想为约瑟夫这位前西班牙国王攻下墨西哥，但很快就放弃了这个计划，转而在美国和欧洲寻求援手，以期把拿破仑从圣赫勒拿岛救出来。为了招募到足够多的正规军人来执行这个计划，拉勒曼德想在得克萨斯州的加尔维斯顿港口开辟一块农用殖民地，在那里和一个很有势力的海盗团伙挂上关系。这个海盗团伙的头子叫让·拉菲特，是个法国人，为了发财而来到美国。他至少拥有90艘船，对外宣称自己是波拿巴主义者。1818年年初，这块殖民地成立，名叫"尚德阿西勒"（意为"庇护之地"）。但那里的移民根本没想前去解救那位圣赫勒拿岛囚徒，他们天天醉心于打猎、钓鱼、喝酒。拉勒曼德非常厌恶这一切，最后心灰意冷，放弃了尚德阿西勒。有一天，他借口要带一批生活物资回来，从此一去不返。他来到新奥尔良附近定居，有了自己的一小块牧场。尽管如此，他依然心心念念解救拿破仑的计划。他一直和圣赫勒拿岛保持书信往来，在岛上的几个银行家那里都有借款。在此期间，拉勒曼德在牧场开垦不顺，只好回到欧洲，但仍然不能进入法国。最后一笔积蓄花光后，拉勒曼德在布鲁塞尔给巴黎警察署署长写信，告知对方自己已经回到欧洲。拉勒曼德说，在饿死和如内伊那样英勇赴死之间，没什么好犹豫的。保皇党警察对他睁一只眼闭一只眼，不理会他的任何举动。筹到一小笔钱后，拉勒曼德经由伦敦重返美国。这一次，他在纽约落脚，当了一个寄宿学校的教官，靠微薄的薪水勉强度日。1830年革命发生后，他重获将军军衔，进入贵族院。由于他拥护拿破仑，所以在科西嘉岛民望很高，路易-菲利普便把这座岛的军事统领权交给他。他在那里备受众人爱戴，阿雅克肖城为了欢迎他，特地在波拿巴的旧宅中举办了一场宴会。

拉勒曼德还有个叫亨利-多米尼克的弟弟，同样也是将军，先前追随他来到美国，1823年在那里去世。

参考资料：拉勒曼德的日记残篇，1949年4月由吉尔伯特·西纳尔（Gilbert Chinard）发表在《法美评述报》（*French-American Review*）上。

拉雷（让-多米尼克，Jean-Dominique Larrey，1766—1842）

1787年担任海军外科医生，1792年成为莱茵军医院外科军医。第二年，他提议成立"流动野战医院"，建议野战医院不再如从前那样设在后方，而是在战场上流动作业、寻找伤员。波拿巴让他着手全面重组了意大利军卫生服务部。从那时起，他就再没离开过拉雷。无论是在埃及还是在萨克森、普鲁士、奥地利、波兰、西班牙、俄国，到处都有拉雷带领下的流动野战医院的身影。他日复一日地拯救伤员，做了无数截肢手术。许多时候手术都是在夜里进行的，旁边只有一个人举着火把给他照亮。从1805年到1814年的十年时间里，拉雷做出了绝非常人能为的巨大贡献，但只从拿破仑那里得到了微薄的回报：被封为男爵，享有5000法郎的年金。他的三个同僚——德斯热奈特、佩尔西和厄尔特鲁，贡献远不足以和他的相提并论，却享有同等待遇。1813年，拿破仑想弥补自己对拉雷的唐突，便送给他一幅他的肖像画、6000法郎现金以及3000法郎年金。他在圣赫勒拿岛上还提起过拉雷，在他的遗嘱里给拉雷留了一笔丰厚的钱财。截至帝国覆亡，拉雷总计参加了25场战役的野战作业，负责了60场战斗的战后及后方伤员照顾工作，三次受伤。波旁复辟时期，拉雷再没有从事过野战军医这个工作，只在粗石军医院中担任首席外科医生，以这个身份照顾过在1830年七月革命中受伤的王室近卫军士兵。当人民冲进医院想攻击这些君主制保卫者时，拉雷对他们大呼："你们想干什么？想要我的病人？他们是我的，请你们离开这里！"群众闻言，撤出医院。

参考资料：保罗·特里埃尔1902年的《多米尼克·拉雷和大革命及帝国时期的战役》（Paul Triaire, *Dominique Larrey et les campagnes de la Révolution et de l'Empire*）、让-埃德蒙·如拉尔1946年的《军医多米尼克·拉雷》（Jean-Edmond Juillard, *Dominique Larrey, chirurgien de guerre*）以及最重要的一本书——由拉雷本人所写的，于1812—1817年分四卷出版的《拉雷回忆录》。

拉雷维耶尔-勒博（路易-马利·德，Louis-Marie de La Révellière-Lépeaux，1753—1824）

安茹省的一个大地主，被安茹省辖区第三等级选入三级会议。后来他进了国民公会，在里面立场温和，曾反对过山岳派。1793年6月2日逃过一劫后不久，拉雷维耶尔宣布自己再不能待在一个连言论自由的权利都得不到保障的议会，之后躲在暗处保命。热月九日后，他重出政坛，再度进入国民公会，还成为公安委员会委员，虽然他认为这个委员会不过是对共和二年的拙劣模仿罢了（这是他在自己的回忆录第一卷第245~263页中亲口所说的）。进入五百人院后，拉雷维耶尔宣布狂热支持共和政体，还当上了督政官，和巴拉斯一道促成了果月十八日政变。因为遭到议院右派和自己这一派人的联合攻击，拉雷维耶尔于共和七年牧月三十日辞去了督政官一职。五个月后，波拿巴夺得政权，拉雷维耶尔-勒博的政治生涯宣告结束。早在督政府讨论远征埃及计划时，他和波拿巴的关系就非常紧张了。拉雷维耶尔坚决反对这次远征，后来他在回忆录里说："波拿巴知道我一直都在议院中反对出征埃及一事。有一天，他激动地恳请督政府另请一位将军负责此事。我当即反驳说：'如果您愿意，可以递交辞呈。我认为人们也应该接受您的辞呈。大家都知道，我根本不愿远征。但如果人们坚持此事，那就应该由那个构思此事、推动此事，同时应该仔细权衡行动计划和它所引发的后果的人来实施这次远征。享受胜利也好，事败后遭到责备也罢，都应由他来承受。'"（语出《拉雷维耶尔回忆录》第二卷第345~346页）波拿巴当上第一执政官以后，拉雷维耶尔没再担任任何公共职位。丹麦大使德维尔在拉雷维耶尔还是督政官的时候就认识他，便向第一执政官表达了自己的震惊。后者的回答是："没错，这是一个相当正直的人，但他没有多少做事的能力。"

参考资料：阿贝尔·梅尼耶1905年的《路易-马利·德·拉雷维耶尔-勒博》（Albert Meynier, *Louis-Marie de La Révellière-Lépeaux*），以及格林1911年发表在《历史采撷》（*Feuilles d'histoire*）第六卷第155~164页上的《拉雷维耶尔-勒博和拿破仑》（Grün, *La Révellière-Lépeaux et Napoléon*）。

拉里布瓦西埃（让-安布瓦兹·巴斯顿·德，Jean-Ambroise Baston de Laribosière，1759—1812）

1781年在拉费尔炮兵部队的一个团里当中尉，因此和波拿巴相识。1792年，他去了屈斯蒂纳的军队效力。他在美因茨防御战中发挥了重要的作用，先后担任过莱茵军、瑞士军、多瑙河军炮兵后勤部负责人。1803年，拉里布瓦西埃被升为将军，成为大军团炮兵后勤部的总负责人。1812年战争中，是他负责组织炮兵物资的转移工作。他曾就此和拿破仑有过多次讨论，竭力想让后者明白他没有足够的人手和物资来完成这项任务，但后者不予理会。拉里布瓦西埃还曾在克里姆林宫装上炸药，准备把这座宫殿炸掉。在撤回路上，由于战马要么被冻死、要么被士兵杀了充饥，拉里布瓦西埃只成功带回了20门大炮。在博罗季诺，他的儿子在带领一支先锋队发动攻击时战死沙场。不幸接踵而至，彻底击垮了他：一到达威尔纳，拉里布瓦西埃就得了重病；人们把他转移到哥尼斯堡，他在那里去世。拿破仑在圣赫勒拿岛上对他的评价是，"有学识，积极踊跃，勇猛过人"。（请看蒙托隆的《拿破仑皇帝被囚记》第一卷第212页，以及《古尔戈日记》1816年1月20日内容）

拉罗什富科（阿黛尔-玛丽·德，Adèle-Marie de La Rochefoucauld，1793—1877）

亚历山大·德·拉罗什富科公爵的女儿，1809年嫁给了弗朗索瓦·阿尔多布朗蒂尼-博盖塞。

拿破仑
圣赫勒拿岛回忆录
VI

[法] 拉斯卡斯 辑录
李筱希 译

Napoléon

LE MÉMORIAL DE
SAINTE-HÉLÈNE

吉林出版集团股份有限公司

拉罗什富科-利安古公爵（弗朗索瓦-亚历山大·德，François-Alexandre de La Rochefoucauld，1747—1827）

弗朗索瓦·德·拉罗什富科和亚历山大·德·拉罗什富科的父亲，旧制度时期的一个大贵族。大革命时期，他被克莱蒙辖区选为三级会议贵族代表，在议会中是立宪君主制的支持者。8月10日事件后，他把自己的巨额家产献给路易十六，然后流亡国外。他的头衔之前是利安古公爵，但他的堂弟路易-亚历山大作为拉罗什富科公爵头衔的持有者，在巴黎省行政部门担任官职期间被暴民所杀，利安古公爵便继承了他的爵位。利安古公爵于雾月十八日政变后回到法国，但没有担任任何官职，一心扑在慈善事业上。

参考资料：斐迪南-德雷福斯1903年的《从前的一个慈善家：拉罗什富科-利安古》（Ferdinand-Dreyfus, *Un philanthrope d'autrefois: La Rochefoucauld-Liancourt*）。

拉罗什富科-利安古公爵（弗朗索瓦·德，François de La Rochefoucauld，1765—1848）

亚历山大·德·拉罗什富科的哥哥，旧制度时期是个骑兵军官，和弟弟一样曾流亡国外，雾月政变后回到法国。直到1809年，他才进入政坛，被选为瓦兹省议员代表，在这个职位上干到1813年。1827年他子承父职，进了贵族院。

拉罗什富科-利安古伯爵（亚历山大·德，Alexandre de La Rochefoucauld，1767—1841）

拉罗什富科-利安古公爵的二儿子。1792年，他在拉法耶特军中担任军官，8月10日事件发生后逃出法国，雾月十八日后回国。也许是他妻子再三央求的缘故（她和约瑟芬是朋友，且有亲戚关系），拉罗什富科投奔了波拿巴，1800年被任命为塞纳-马恩省省长。从1802年开始，拿破仑派他执行了好几个外交任务：1802年他负责萨克森外交事务，1805年他代替尚帕尼担任法国驻维也纳大使，1808年他担任法国驻荷兰大使。荷兰被并入法国后，他回到巴黎，再未担任任何职务。波旁复辟期间，他进了议会，后被路易-菲利普召进贵族院。

拉罗什富科伯爵夫人（comtesse de La Rochefoucauld）

亚历山大·德·拉罗什富科伯爵的妻子，生于沙图莱，曾是约瑟芬身边的女官。

拉罗什富科公爵夫人（亚历山德琳-夏绿蒂-苏菲·德，Alexandrine-Charlotte-Sophie de La Rochefoucauld）

生于洛汗-查伯特，是拉罗什富科-利安古公爵的堂弟拉罗什富科公爵的遗孀。1810年嫁给了卡斯特拉内侯爵，他1791年进入制宪议会、1802年担任下比利牛斯省省长，是民主派贵族。

拉罗什富科-贝耶尔男爵（让·德，Jean de La Rochefoucauld-Bayers，1757—1834）

拉罗什富科伯爵的堂哥，旧制度时期的一个骑兵军官。法国大革命之初，他逃到国外，成了孔代亲王军队的参谋总长。这支部队解体后，他被普罗旺斯伯爵派到执政府内部策划阴谋，因此在监狱中被关了十个月。最后，他在堂弟的斡旋下出狱。拿破仑登基后任命他为一个师的师长，但他辞而不受。后来，路易十八让他进了贵族院。

拉罗什富科-杜多维尔公爵（索斯戴纳·德，Sosthène de La Rochefoucauld，1785—1864）

他的父亲是杜多维尔公爵安布瓦兹·德·拉罗什富科（Ambroise de La Rochefoucauld），雾月十八日以后以流亡贵族的身份回到法国，整个帝国时期都是隐退状态。这位公爵的儿子索斯戴纳和父亲一样是狂热的保皇党分子。联军进入巴黎后没多久，索斯戴纳就成了德索勒将军的副官，因为拆毁旺多姆广场上的拿破仑雕像而在上流社会有了点儿名声。波旁王朝二次复辟后，他于1824年成为博雅艺术和皇家剧院部部长。不同于他在1814年的"伟绩"，索斯戴纳这次因为对剧院舞女的裙子长度做出规定而为人所知。

拉马克（让-马克西米利安，Jean-Maximilien Lamarque，1770—1832）

父亲是制宪会议里一个寂寂无闻的议员。1791年拉马克加入朗德志愿军，在西班牙前线作战。他在1793年成为上尉，在1801年当上将军。1807年，拉马克奉命从英军手中夺回卡普里岛，逼迫该岛总督投降。这个总督就是哈德森·洛韦。在瓦格拉姆战役中，拉马克骑的四匹战马都被炸死了。拿破仑承诺封他为伯爵，之后拉马克被派到西班牙作战，拿破仑就把封爵这件事给忘了。1810年，拉马克因为在战场上表现过人，给自己挣得男爵头衔。他给贝尔蒂埃写了一封信，对此满腔怨言，恳请贝尔蒂埃提醒皇帝履行承诺。但此事没有下文，男爵依然是男爵。最后还是查理十世于1829年撤销了对他长达16年的通缉（因为拉马克在百日王朝时期接受了拿破仑的任命，负责镇压旺代暴乱），把他封为伯爵。1830年革命爆发后，拉马克在政坛中表现踊跃，因为言辞激烈、积极拥护共和理念而在贵族院中很惹人注目。拉马克去世后，他的葬礼变成一场大型民众示威运动。

拉莫利诺（安德烈，André Ramolino，1767—1831）

波拿巴家的亲戚。拿破仑让他担任直接税主管，路易十八后来将其解职，但科西嘉岛依然把他选进了议院，1819—1824年他在里面享有一个席位。

拉纳，蒙特贝洛公爵（让，Jean Lannes，1769—1809）

原是莱克图尔的一个染料工，1792年他加入热尔志愿军第二营，第二年被升为上尉。1795年，拉纳加入意大利军，在洛阿诺、迭戈、洛迪战役中表现勇猛过人。在镇压阿夸尔塔起义时，拉纳以残酷无情而为人所知（是他下令烧了这座村子），但他不过是遵命行事罢了。因为这些表现，1796年9月拉纳当上将军。雾月十八日前夕，拉纳和当时在巴黎的贝尔蒂埃、缪拉、马尔蒙一道参与了政变策划工作。拉纳负责做步兵的"工作"，为政变争取到大批追随者。之后，他被任命为杜伊勒里宫军区司令，但完全没参与圣克鲁事件，反而在事变发生两天后就离开了巴黎，去担任第9、10军区（图卢兹和佩皮尼昂）司令，同时负责镇压一切针对新政府的反抗活动。六周后，拉纳回到巴黎，取代缪拉担任执政官护卫军统领。1800年，他在蒙特贝洛和马伦哥战役中立下赫赫战功。难道因为拉纳在战场上英勇无双，所以拿破仑才派他去执行棘手的外交活动？这说不通。人们怎么看都觉得拿破仑此举意在让拉纳离开巴黎，省得看见他烦心。我们可以用两句话就说清发生了什么：拉纳身为执政官护卫军统领，平白开销了一笔多达30万法郎的巨款。据说他是得了波拿巴本人的口头允许，但波拿巴不仅断然否认自己曾同意此事，还在公众舆论界放言要严厉追究此事，勒令拉纳必须在三周内将这笔钱还给国库，否则就将他移交陆军审判所处置。拉纳虽然参加了意大利之征，但他并没借机敛财，过着清贫的生活。他想方设法地四处凑钱，但怎么也凑不齐30万法郎的巨款。在意大利大发横财的奥热罗借给他这笔钱，才解了他的燃眉之急。然而波拿巴并不想就此罢休，剥夺了他的执政官护卫军统领的职位，把他派到里斯本担任执政府全权代表。拉纳无可奈何，只能从命。他在里斯本倍感无聊：从一开始他就和英国代表菲兹-

杰拉德不和；他指控葡萄牙政府和英国内阁沆瀣一气，所以和后者的关系十分紧张。由于在里斯本干了一件蠢事，拉纳在那里的处境就更加艰难了。拉纳为了筹钱去还欠奥热罗的30万法郎，做了一件看上去有利可图的事。当时外交界有个不成文的潜规则：船只如有葡萄牙政府颁给大使的外交执照，无须海关检查就可出入里斯本港口。自然而然，这给走私活动提供了契机。拉纳为了30万法郎，把他的外交执照借给了一个商人，而这个商人在边境被抓，其船上运载的货物本应缴纳高额关税，葡萄牙政府向巴黎表示不满。塔列朗平素就不喜欢拉纳刚烈的性格，想趁机让他垮台，便坚持要把这个败事有余的大使召回。波拿巴最后让步。后来，拉纳被封为元帅，总算获得了这个他理应得到的头衔。1805年8月，拉纳被任命为大军团第五军军长。在奥斯特里茨战役中，他负责指挥左路军。战斗当天晚上，他给妻子写信说："我们彻底击溃了敌军，所有人要么被杀，要么被俘。我从未见过这样惨烈的杀戮。"五天后，他离开军队。人们一直没弄明白他和拿破仑之间到底发生了什么。可以肯定，他们撕破了脸，而且撕得很难看，但其中缘由无人知晓。不过我们可以猜测，也许是因为拿破仑责备拉纳没有对吃了败仗、狼狈撤军的俄国人穷追猛打，敌人因此得以脱身。之后，列斐伏尔代替他指挥第五军。在普鲁士战争初期，拿破仑把军权还给了他。拉纳在萨尔菲尔德战役中重出江湖，在此战中击杀了普鲁士的路易-斐迪南亲王。弗里德兰战役后，拉纳在帝国中再度奠定了自己的地位。拿破仑嘉奖了他一笔15万法郎的年金，该年金从威斯特伐利亚和汉诺威两地的赋税中抽取。1808年6月15日，拉纳被封为蒙特贝洛公爵，同年10月被派往西班牙。他在那里的任务非常艰巨：攻下萨拉戈萨。他给妻子写信说："我们在这里的任务算不了什么，萨拉戈萨很快就会是一片废墟了。"这座城市经过英勇顽强的抵抗后开城投降，但全城人民抵御敌人的场景给拉纳留下深刻的印象，让他慢慢对自己这20年来为之献身的事业产生了抵触之心。他也发现自己内心升起了一股仇恨，仇恨那个把他束缚在这个看似荣耀的修罗场上要他为此付出生命的人。拉纳从西班牙回国后，在波尔多遇到了他的旧日同窗——呢绒商吉尤，对他说："您信不信我跟您说的？这该死的波拿巴会让我们所有人都死在那里。"拉纳在家里休息了不到一个月，就再度奔赴前线。离开时，他把儿子紧紧抱在怀里。这个小孩子大感诧异，对他说："爸爸，你只能不停地打仗，直到被杀。"4月20日，拉纳抵达多瑙河畔。美泉宫帝国主营的人看到他阴郁的样子，个个都吓了一跳。他似乎被不祥的预感苦苦纠缠着。拉纳对他的私人医生和朋友朗弗朗克医生说："我害怕战争，我已经告诉过皇帝了，我一听到战场的炮火声就怕得发抖，但只要我迈出第一步，就只把它视为一个职业了。"这时，一支军乐队走过他的住宅，乐声飘进窗来。他对医生说："您听这音乐，它要把人变得昏头昏脑，让他们毫无惧怕地走向死亡。"在前往埃伯斯多夫参加那场最后要了他性命的埃斯灵战役时，拉纳穿上元帅服，把所有勋章都佩在胸前。他苦涩地对朗弗朗克说："所有军官都得在士兵的眼皮子底下，像参加婚礼一样奔向战场。"战斗了足足一天后，精疲力竭的拉纳在挚友鲁泽（Rouzet）将军的陪伴下，准备去附近一个山谷中转一圈。一颗子弹击中鲁泽，他在元帅的眼皮子底下一命呜呼。拉纳惊恐万分，立即抽身回跑，狂奔了100多米后，他猛地停下，瘫在一个战壕边上想喘口气。他在那里坐了大约一刻钟时间，看着四个士兵扛着一个军官的尸体从他身边经过。拉纳看到这一幕，惊呼："天哪！这可怕的场景要永远跟着我了！"说罢，他转而坐到另一个战壕边上，双手捂住眼睛。就在这时，一枚炮弹射中他的膝盖。拉纳倒在地上，大脑一片混乱。拉雷在他的回忆录中说："我迅速赶到元帅受伤的地方，把他抬到担架上。他当时面无血色，嘴唇惨白，眼含泪水，目光无神，声音几不可闻，我几乎都摸不到他的脉搏。他的精神已经完全垮了，甚至意识不到自己有什么危险。"拉纳被迅速抬到埃伯斯多夫村一个酿酒商的家里。这户人家房间狭小昏暗，散发着腐臭的味道。当天狂风暴雨。直到傍晚，拉雷才赶到拉纳身边。他后来回忆道："公爵极度虚弱，神色凄惶，脸色如将死之人一样惨白。他思绪涣散，说话断断续续，觉得大脑滞重。他惊惧不安，觉得喘不过气来，频频发出叹息。"在接下来的六天里，拉纳伤势稳定。但在第六天夜里，他突然发起了高烧，开始说胡话。就在他昏迷之际，拿破仑来看望了他。对于皇帝和元帅的最后两次见面，人们有好几个版本的说法，但它们都不符合事实。拉纳从病危到去世，只挣扎了24个小时。在咽下最后一口气之前，守在旁边的人清楚地听到他在呼唤拿破仑的名字。拿破仑得知拉纳去世后，下令在当天的军报中附上一篇悼文，文中伪造了元帅临死前的遗言。后来，他对梅特涅说："您应该看过我让拉纳说的那句话了吧，别信它！当元帅呼喊我的名字时，人们把他说了什么告诉我，我当即宣布他已死亡。拉纳恨我入骨，他呼喊我，就跟不信神的人在死前呼喊上帝一样。"（语出《梅特涅回忆录》第一卷第284页）

参考资料：夏尔·杜马斯1891年的《拉纳元帅》（Charles Thoumas, *Le maréchal Lannes*），该著作最后插入的证明文件非常珍贵。

拉纳（路易丝-安托瓦内特，蒙特贝洛公爵夫人，Louise-Antoinette Lannes，1782—1856）

父亲在盖埃诺陆军审判所工作，在拿破仑帝国时期成为元老会议员和森林主管官。1800年，路易丝嫁给了拉纳。通过奥坦斯·德·博阿尔内、阿布朗泰斯公爵夫人、雷米萨夫人等同时代人的描述，我们可以知道路易丝美貌出众、才华过人。拿破仑让她当玛丽-路易丝的陪同女官。年轻的皇后很喜欢她，两人几乎形影不离。很快就有谣言传开，说玛丽-路易丝被拉纳夫人玩弄于股掌之间。拿破仑听到风声，不止一次表示不满。此外，他觉得元帅夫人表现得不够卑躬屈膝、顺从听话。他觉得这个女人的眼神是对自己无言的责备，称她为"冷冰冰的公爵夫人"。人们会想，拿破仑在圣赫勒拿岛上和古尔戈的一次对话中，为何会称她是***？他还对科兰古抱怨过："我若靠蒙特贝洛夫人，那别指望能知道什么。"拿破仑向贝特朗透露了他对公爵夫人的更多不满，说："皇后不喜欢半夜为一点儿小事就起床，要求睡着时边上不能有一丝亮光，连我半夜都只能摸黑起床。也许是因为这个原因，我许多时间都不在皇后寝殿过夜。蒙特贝洛公爵夫人身为陪同女官，应该对这种事格外留心才是……但她干得很糟，一点儿用场都派不上。我应该选蒙泰斯鸠夫人或博沃夫人才对。"（语出《圣赫勒拿岛录事》第二卷第48页）皇帝退位后，拉纳夫人回归私人生活，从此再没人提起她。

拉努塞（弗朗索瓦，François Lanusse，1772—1801）

17岁加入阿让国民自卫军，1792年3月成为利摩日掷弹兵一个连的中尉。一年后，作为上维埃纳省第五营志愿军的一员，拉努塞参加了旺代战争。之后他辗转去东比利牛斯前线，又去了意大利。波拿巴在迭戈战役中注意到拉努塞，把他提拔为将军。在洛迪战役中，拉努塞冒着敌军炮火第一个冲过大桥。之后，他担任帕维亚驻军指挥官，以铁血手段镇压当地人民起义。后来，拉努塞追随波拿巴去了埃及。在一开始，因为阿尔奎村有一些人反抗法军，他就把这个村子付之一炬。之后，他又收到命令，做了好几件类似的事。当地人都称他是"阿布拉德"（意为

"引雷者")。波拿巴离开后，克莱贝尔想让拉努塞代替默努掌管亚历山大城，默努想煽动军队造反，但拉努塞压住了军队，空降亚历山大。克莱贝尔死后，默努展开了报复。他让弗里昂代替了拉努塞的职位，派后者和登陆阿布吉尔的英军作战。在卡诺普战役中，在拉努塞试图让一支想后撤的队伍回到前线时，一个比斯开人朝他开枪，击碎了他的左膝盖。人们立刻在战场上给他做了截肢手术；两小时后，拉努塞死亡。他最后一句遗言是："我完了，埃及也是。"当时，拉努塞才28岁。

拉普（让，Jean Rapp，1771—1821）

一个阿尔萨斯人，父亲是个看门人。17岁时，拉普加入了一个骑兵追击队，后来随军进入莱茵军和摩泽尔军，1793年被升为中尉，成为德赛的副官。1795年，德赛替他写了一封证明信："公民拉普……在各种各样的考验中展现出少有的机智、惊人的冷静和令人钦佩的勇敢。他受过三次重伤，尤其是在共和二年牧月九日的莱兹卡姆，他带领一个连追击敌兵，身先士卒，英勇无畏地朝兵力五倍于自己的敌军骠骑兵纵队冲过去，满载荣誉而归。"拉普在埃及的表现更是出色。在他的回忆录里，拉普谦虚但不无骄傲地说："我在赛迪曼连续带领骑兵队作战，曾有幸带着两百勇士除掉了土耳其的残余炮兵部队；在底比斯的废墟上，我当上了陆军上校。我在这场战斗中受伤严重，自己的名字却也因此荣幸地跟总司令联系到了一起。"德赛死后，波拿巴把他放进自己的副官团。波拿巴很喜欢这个脸蛋圆乎乎、性格平和的壮小伙儿，他操着阿尔萨斯口音说话时虽然有些随意，但充满道理，听上去格外舒坦。政教协议签订后，波拿巴不容置喙地跟他说："你现在可以去做弥撒了。"拉普回答："不行，将军。"他细细解释了自己为何拒绝，补充说："这是为了您着想。此外，只要您没有任命这些人（教士），我才不管自己是当您的副官还是厨子呢。"（语出蒂博多的《忆执政府》第164页）乌迪诺在元帅中受伤频率最高，拉普在将军中也是如此。在波兰战争中，拉普再度负伤，被送到华沙。拿破仑前去看他，说："怎么？拉普，你又受伤了？运气老是这么不好。"拉普郑重地回答："陛下，打仗时发生这事也不奇怪。"拿破仑结束谈话，转身离开。普鲁士战争期间，拉普担负多项任务，而且许多任务都费力不讨好。拿破仑当时没打算放过战败的敌军，拉普则尽量避免某些事后的报复行为。布吕歇尔投降后本应被转移到第戎，拉普却着手安排，把他留在了德意志。他收到命令，要立刻把哈特菲尔德亲王交给军事审判所接受审判。拉普把亲王关在宫中，派人告诉王妃，让她跪在皇帝面前恳请他饶恕自己的丈夫。王妃采纳了他的建议，亲王得救了。丹齐格被打下来后，拿破仑任命他为这座富裕城邦的总督，暗示他多从这个地方榨点儿钱出来。一开始，拉普就要向该城征收3000万法郎的战争赔款。拉普答应采取必要手段，但实际上没什么大的动作，还非常体恤当地商人。得知此事后，拿破仑让贝特朗转告他，自己对此很不满意。贝特朗给拉普写信说："皇帝只知道你在普鲁士和丹齐格私底下干的事。我想提醒你，他对你很不满意。"拉普后来在他的回忆录中说："他喊，我就让他喊。"他收到烧毁货物的命令，但依然没有从命。朱诺在西班牙也是如此，没有执行这道荒唐且灾难性的命令，只象征性地烧了价值大约300马克的微不足道的一批货物。但拉普不同于阿布朗泰斯公爵的地方在于，他根本没有把没烧的货物据为己有，德意志商业因此得到保全。此外，拉普还把科西嘉岛被法国人收缴的充公物品都还了回去。1812年战争前夕，拿破仑问拉普要一份德意志现状陈述报告，想知道如果远征行动失败，德意志人会做何反应。拉普回答："如果陛下败北，俄国和德意志所有人肯定会揭竿而起,以摆脱樊笼,这会是另一次十字军之征,您的盟友都会离您而去。您无比信任的巴伐利亚国王会加入反法联盟。我不能排除萨克森国王,也许他会继续忠诚于您,但他的国民会强迫他为了公共利益而成为您的敌人。"这份报告让拿破仑大为不快。他命令达武给拉普写信,说:他很震惊自己从前的副官竟然给他写了这么一封信,信中内容和德意志境内散播的诽谤小册子并无不同,看来拉普是看了太多这种小册子。此外,德意志人不是,也永远不会是西班牙人。行军途中,拿破仑路过丹齐格,和拉普进行了一次远远谈不上愉快的谈话。拿破仑一走进总督府邸大厅,就看到一尊刚刚去世的路易丝王后的半身雕像,那时他就不太高兴了,指着雕像用挪揄的语气对拉普说:"哎呀!您府邸上居然有美丽的王后雕像!这个女人一点儿都不喜欢我。"拉普开玩笑地说:"陛下,您得允许别人家里有尊美女像啊。"这事儿就算过去了。之后,两人的对话变得严肃起来。拿破仑开门见山地说:"我很明白,您再不想打仗了。"拉普回答:"陛下,我对此表示赞同。"即便如此,他还是陪拿破仑去了俄国。在莫斯科河战役中,拉普第22次受伤。撤退路上,他不得不和内伊一起为法军护住第聂伯河通路。战后第三天,拉普抵达斯摩棱斯克。拿破仑对他说:"现在你可以放心了,你在这里是绝对不会受伤的。"骨子里喜欢跟人斗嘴的拉普反驳说:"但我可能会被冻死。" 拉普一开始完全不知道皇帝即将离开军队的消息。到了斯莫尔贡后,凌晨两点,拿破仑派人把他叫过来,告诉他自己就要离开了,并对他说:"至于你,你去丹齐格。"拉普抵达丹齐格时冻得半死,但好歹还有一口气。几天后,俄军包围了过来,长达一年的丹齐格包围战开始了。拉普1814年1月1日投降,之后被关在乌克兰的基辅。1814年7月,他回到法国,面见国王。拉普在回忆录中讲述道:"我在杜伊勒里宫见到的第一个人，是以前曾接受过我帮忙和保护的一个营长，如今他已是中将，根本没认出我来。另外一个人曾跟我在丹齐格待了好长时间，先前对我各种阿谀奉承，如今也不记得我这号人了……我遇到的第三个人更是让人心里不好受。他从前效忠约瑟芬的时候是个很有先见之明的人物，在如今的乱世里，为了避免突遭祸患，他总是随身带着一个镀金小壶。一遇到什么情况，他就把小壶从兜里掏出来，把它展示给众人看，再把它拿回来仔细擦拭，最后把盖子紧紧盖上。"路易十八赐予拉普荣誉十字勋章，给了他一支军队，在理论上服从贝利公爵的指挥。1815年3月，他奉命拦住拿破仑。由于部下拒绝作战，3月21日，拉普把军权交还给陆军部。拿破仑把他叫了过去，两人有了一次很长的对话。拉普极力为自己辩驳。拿破仑最后说："你从埃及回来时还只是一个士兵，是我把你打造成一个男人。"拉普只说了这句话："即便我还活着，这也不是我的错。"两人和好，拉普担任莱茵军指挥官。他前往斯特拉斯堡检阅军队，发现手上只有一些伤病兵将和莫利托的一支国民自卫军。尽管如此，他还是部署了防御方针，兢兢业业地工作，直到滑铁卢战役的结果传了过来。之后，他回到斯特拉斯堡，投奔波旁王朝。路易十八封他为自己的大侍从和锦衣库总管。

参考资料：路易·斯帕什1856年发表在《阿尔萨斯杂志》（*Revue d'Alsace*）上的《拉普将军》（Louis Spach, *Le général Rapp*）。1823年，拉普的家人出版了他的回忆录。

拉普拉斯（皮埃尔-西蒙，Pierre-Simon Laplace，1749—1827）

旧制度时期在军事学院担任数学教授。1790年宣布支持君主立宪，1792年8月10日后宣布支持共和，雾月十八日又声称自己是波拿巴主义者。他当了几天的内务部部长，但随后让位于吕西安·波拿巴。在《拿破仑圣赫勒拿岛回忆录》中，拿破仑只提了几次他的名字，但在《写于圣赫勒拿岛的回忆录》中，拿破仑说："拉普拉斯是一流的数学家，也是个平庸的官员。他才上任，我们就意识到我们看错了他。拉普拉斯从来不真正站在自己角度上去思考问题，做事八面玲珑，想事却不清不楚，在行政管理上实在是才智平平。"即便如此，他还是把拉普拉斯封为伯爵。路易十八时期，拉普拉斯还被封为侯爵。

拉萨勒（安东万-夏尔，Antoine-Charles Lasalle，1775—1809）

父亲是陆军部拨款审核官。1793年9月被动员入伍后，拉萨勒被编入皮克军区，奔赴前线。1796年5月，他转而去了意大利军，在维琴察附近的一场骑兵战斗中引起波拿巴的注意，被他提拔为骑兵队临时队长。在里沃利战役中，这位骠骑兵不要命般地冲击敌军阵营，把奥地利军的一个营全部拿下。督政府只好承认了他的战绩。拉萨勒在埃及期间也立下了赫赫战功，被波拿巴封为一个旅的临时旅长。波拿巴当上第一执政官后，亲自把他提拔为正式旅长。1805年，拉萨勒被升为将军。在奥地利战争和德意志战争期间，拉萨勒以骁勇善战而著称，其勇猛的名气不亚于缪拉。在瓦格拉姆战役前夕，他给皇帝写信，请求他别忘了自己的妻子。第二天，在跨上马鞍之前，他把这封信交给了马雷。就在马雷给皇帝读这封信的时候，一个消息传来：拉萨勒在带领骑兵冲击敌营时被一颗子弹击中额头，当场殒命。

拉塞佩德伯爵（贝纳尔-吉尔曼-埃吉安·德·拉维尔·德，Bernard-Germaaian-Étienne de La Ville de Lacépède，1756—1825）

物理学家、自然学家和作曲家。作为一个富裕的贵族，他拥护大革命，在继续担任国王办公处侍卫的同时（一说是植物园标本管理员），还在他所在的辖区担任国民自卫军指挥官，之后被选入立法议会。拉塞佩德不同于其他许多被迫卷入革命暴力的学者，他立场温和，议会任期结束后甘心退出政坛，回归乡野，直到热月九日之后才回归巴黎。之后，拉塞佩德担任自然史教授，进入法兰西学院。1798年，他出版了《鱼的故事》，因此名气大振。波拿巴任命他为参政院议员，他对此心怀感激。在参政院的时候，拉塞佩德主持出具了一份报告，恳请第一执政官担任法兰西皇帝。此举为他谋到了意想不到的好处：他坐上了最有油水的巴黎参政员的位置。同样是拉塞佩德，于1805年撰写了提议皇帝和约瑟芬婚约无效的报告。他多次担任一年一选的参政院院长（1801年、1807—1808年、1811—1814年）。从他以参政院院长的身份向拿破仑做的多次冗长的致辞来看，拉塞佩德完全就是一个亦步亦趋跟着皇帝的谄媚者。拿破仑在枫丹白露退位后，拉塞佩德连忙和他的参政院同僚一道赶往圣旺，迎接路易十八的到来。国王对他十分友好。几天后，拉塞佩德进入贵族院，之后虽然风云变幻，但他的地位未被动摇分毫。他在宣扬自己的政治信仰时是这么评价自己的："我得到上帝的庇护，从未违背过既存的法律和政府。"

拉斯卡里斯（约瑟芬，Joséphine Lascaris）

生于卡伦，1803年嫁给了撒丁国王维克多-阿梅迪奥的前副官拉斯卡里斯侯爵，给他带去一笔丰厚的嫁妆。1810年，拿破仑让她担任皇后玛丽-路易丝的女官。

拉斯卡斯伯爵（埃马纽埃尔-迪厄多内·德，Emmanuel-Dieudonné de Las Cases，1800—1854）

《拿破仑圣赫勒拿岛回忆录》作者的儿子，被父亲带到圣赫勒拿岛上，并和他同时离开。哈德森·洛韦回到伦敦后，小拉斯卡斯曾来到伦敦，当众控诉这位前圣赫勒拿岛总督。他逃过了英国警察的追捕，但几年后的1825年，他和父亲一起住在帕西时差点儿遭人暗杀。人们猜测是当时正在巴黎的哈德森·洛韦指使别人干了这件凶杀案。1830年7月，小拉斯卡斯成为一名律师，被选为议员，1840年陪伴茹安维尔亲王来到圣赫勒拿岛，迎回皇帝遗骸。之后，他把这一路的见闻写成了一本书——《写于美姬号上的日记》。

拉斯卡斯（亨莉艾特·德，Henriette de Las Cases）

生于科尔加琉斯-柯哀提连，1799年，在《拿破仑圣赫勒拿岛回忆录》的作者潜藏英国期间嫁给了他。1808年，他们的婚姻得到法律的认可。

拉斯卡斯–博瓦尔侯爵夫人（Las Cases-Beauvoir）

朗巴勒王妃身边的女官，和拉斯卡斯有亲戚关系。

拉索斯（大卫·阿尔巴，David Alba Lasource，1763—1793）

新教牧师，被塔恩省选入立法议会，之后进了国民公会。后来，他上了二十二人通缉令，和他的伙伴一起走上绞刑架。

拉图尔男爵（La Tour）

皮埃蒙特的一个将军，是撒丁国王的全权代表大使。《拿破仑圣赫勒拿岛回忆录》错把他的头衔写成了伯爵。

拉图尔·杜潘侯爵（弗雷德里克-塞拉芬·德，Frédéric-Séraphin de La Tour du Pin，1759—1837）

1792年8月10日之前在海牙担任法国全权代表大使。之后他辞职，前往美国，帝国时期重回法国。拿破仑任命他为迪莱省省长，封他为男爵。路易十八授予他侯爵爵位，让他以塔列朗秘书的身份参加维也纳会议。1817年，拉图尔·杜潘侯爵成为法国驻低地国家大使。

拉图尔·杜潘侯爵夫人（亨莉艾特-露西·狄龙·德，Henriette-Lucie Dillon de La Tour du Pin）

贝特朗伯爵夫人的姐姐，嫁给了拉图尔·杜潘侯爵。

拉图尔–富瓦萨克（弗朗索瓦-菲利普·德，François-Philippe de Latour-Foissac，1750—1804）

工兵军官，参加了美国战争，直到1791年才被授予圣路易十字勋章。1793年他被提拔为将军，两年时间里三次被革命政府除名和起用。他主动请缨，于1797年去了意大利军，担任曼图亚统帅。1799年7月30日，他开城投降。这一次，罢免他职位的人是波拿巴。1800年7月24日，三名执政官来信，将拉图尔-富瓦萨克从军官名册中除名。

拉图什–特莱维尔伯爵（路易-热内·德，Louis-René de Latouche-Tréville，1745—1804）

海军军官，1787年成为奥尔良公爵的掌玺大臣，被蒙塔基辖区的贵族阶层选入三级会议。1793年1月，他被任命为海军准将，但同年9月以可疑分子的身份被打入大牢、剥夺军衔。1795年12月恢复军衔后，他成了海军一个师的统帅。1801年12月，他在圣多明哥指挥军舰作战，1803年10月夺下太子港后返回法国。之后，他被晋升为海军少将，担任地中海军舰队指挥官，几个月后在土伦的一个锚地中，在他的一艘军舰上去世。

拉瓦莱特伯爵（安东万-马利·沙芒·德，Antoine-Marie Chamand de Lavalette，1769—1830）

巴黎一个名气很大的商人的儿子，他刚刚当上神职人员，法国大革命就爆发了。巴士底狱被攻陷一事极大地激起了拉瓦莱特的革命热情，于是他进了国民自卫军。但看到十月事件的发生，他的一腔热血冷了下来。因为修道院被取缔，担任王室图书馆馆长的修道院院长奥梅松便让他把修道院的书籍整理成册。8月10日事件发生时，他收到所在自卫军的召集令，保护杜伊勒里宫免遭人民攻击。拉瓦莱特应召归队后，和一名瑞士士兵一道负责在庭院中站岗。宫门被强行打开后，瑞士士兵后撤，拉瓦莱特随他一道离开。（请看《拉瓦莱特回忆录》第一卷第80页）后来，拉瓦莱特作为君主制捍卫者，因为曾在一道支持国王的公共请愿书上签了字而遭到牵连，再加上他有参军资格，便加入了阿尔卑斯军，以逃避迫害。在阿尔卑斯军中，拉瓦莱特成了巴拉盖·狄利埃（Baraguey d'Hilliers）将军的副官，并追随后者去了意大利军。后来波拿巴的副官缪伦牺牲，拉瓦莱特便被调去做了他的副官。波拿巴对他非常信任，委托他执行了许多机密任务和秘密谈判工作。拉瓦莱特因为办事活络，很快就成为波拿巴的心腹。为了表示信任，也为了斩断弟弟路易的恋情，波拿巴把他的侄女艾米丽·德·博阿尔内嫁给了他。之后，他把拉瓦莱特带去埃及。拉瓦莱特负责给他读书看信，陪他四处征战。波拿巴返回法国时，拉瓦莱特就陪在其左右，并在雾月十八日政变前夕出力不少。波拿巴当上第一执政官后论功行赏，让他管理国库，随后还将他任命为邮政部总长：对于一个南征北战的军官而言，这实在是个清闲的好差事。在担任邮政总长期间，拉瓦莱特为拿破仑提供了极其周到的服务，甚至把写给外国驻法外交人士以及立场可疑的政治人物的私人信件拆开，拿给拿破仑过目。他还亲自负责起了皇帝的机密信件的传达任务。正因如此，拉瓦莱特知晓了皇帝的许多秘密商谈内容。因为是皇帝的狂热追随者，拉瓦莱特进入参政院，被封为伯爵，还被授予荣誉勋章。路易十八回到巴黎后，立刻解除了他的职位。拉瓦莱特虽然再不担任任何公职，但对拿破仑准备回国一事心知肚明。3月20日，得知国王离开的消息后，拉瓦莱特立刻出现在卢浮宫街上，向取代他担任邮政总长的费兰德伯爵说："我以皇帝的名义接管邮政部的行政管理工作。"费兰德伯爵一声不吭地离开了岗位。和同僚恢复联系后，拉瓦莱特来到杜伊勒里宫，等待皇帝抵达。后来拿破仑任命他为内务部部长，但他拒绝了，因为他更喜欢邮政部的工作，拿破仑就遂了他的心愿。路易十八回来后，拉瓦莱特被捕，并被移交到塞纳审判所接受审判，以最高叛国罪的罪名被判处死刑。他的妻子多方奔走，挽救了他的性命，并帮助他逃往国外。拉瓦莱特先在巴黎藏了三周，之后在英国将军罗伯特·威尔逊的帮助下穿过比利时边境，然后和欧仁·德·博阿尔内一道住在巴伐利亚，在那里撰写回忆录。1822年得赦后，拉瓦莱特回到巴黎，自此直到死都过着隐居的生活。拿破仑在遗嘱里给他留了30万法郎，但他只从拉菲特手上拿到了60,235法郎。1855年，拿破仑三世把剩下的204,055法郎以遗产的方式交给了拉瓦莱特的继承人。

参考资料：让·卢卡斯-杜布勒顿1931年的《拉瓦莱特逃亡之路》（Jean Lucas-Dubreton, L'Évision de Lavallette）。

拉瓦莱特夫人（艾米丽，Émilie Lavallette，1781—1855）

拉瓦莱特的妻子，是约瑟芬第一任丈夫的哥哥博阿尔内侯爵的女儿，在拿破仑的命令下嫁给了拉瓦莱特。这场因外力而勉强结成的婚姻最后却无比美满。世人都知道，为了拯救自己的丈夫，拉瓦莱特夫人显示了多么大无畏的精神，哪怕倾家荡产也要保全他的性命。

参考资料：让·洛尔当1929年的《博阿尔内家的拉瓦莱特夫人》（Jean Lorédan, Mme de Lavallette, née Beauharnais）。

拉瓦特尔（让-加斯帕尔，Jean-Gaspard Lavater，1741—1801）

苏黎世圣皮埃尔教堂的一个新教牧师。他发表了许多以教化世人为目的的作品，但反响平平。1772年他出版了《相面术摘录》，因此走红。拉瓦特尔在书中说，此书是为了"宣扬和人有关的知识，促进世人产生博爱精神"，宣称自己意在把人的灵魂如书一般打开，诠释人的潜意识。此书出版后，四面八方的读者找到拉瓦特尔，希望他解读自己的人格秘密和命运安排。由于拉瓦特尔富有智慧和洞见，他总能给出非常贴切的回答，大有预言未来的样子。马塞纳军攻打黎世留期间，拉瓦特尔中了一枪，三个月后因伤去世。

拉韦勒努瓦（夏尔-亨利·德，Charles-Henri de Lavilleurnois，1750—1799）

旧制度时期的一个法院审查官，大革命期间是普罗旺斯伯爵身边最积极的一个耳目。果月十八日之后，他被发配到圭亚那并死于此地。

拉韦涅（Lavigné）

波拿巴在埃及的马匹饲养员，帝国时期成为皇帝的一个侍从武官。

拉西伯爵（约瑟夫-弗朗索瓦·德，Joseph-François de Lascy，1725—1801）

继道恩后玛丽娅-特蕾莎手下最得力的一员大将。1760年，他带领1.5万人一直杀到了柏林。1762年，他被封为军帅。和平期间，他进了宫廷枢密院，因为全面改革军队体制而闻名。

拉约雷（弗雷德里克-米歇尔·德，Frédéric-Michel de Lajolais，1765—1808）

1792年是克勒曼的副官，1793年被升为将军。1794年拉约雷在斯特拉斯堡担任指挥官时，遇到了皮什格吕，并参与了后者的复辟活动。人们根据在克林格兰被截获的货车中搜寻到的文件资料将他逮捕，并将他移交斯特拉斯堡军事审判所。之后拉约雷被无罪开释。雾月十八日之后，拉约雷又参与了阴谋活动，这一次他针对的是第一执政官。在卡杜达尔阴谋事件中，拉约雷被捕，随后被判处死刑。当时已是皇帝的波拿巴把死刑减为四年监禁。拉约雷最开始被关在贝勒加尔德要塞，随后被转移到伊芙城堡，在离被释放仅有几天的时候死亡。

莱昂（德·拉普莱尼，Léon Dénuelle de la Plaigne，1806—1881）

拿破仑和德努埃尔夫人露水情缘后生的私生子，长得格外像他的父亲。费恩男爵在他的回忆录第307页中写道："1822年，我第一次在梅讷瓦尔家见到他（梅讷瓦尔夫人是拿破仑秘书的岳父，也是这个孩子的监护人）。他十四五岁，我看到年轻时候的拿破仑的面貌在他脸上重现，心中大为震动。他几乎和我1796年第一次见到的拿破仑的样子一模一样。"

参考资料：艾克托尔·弗雷希曼1924年的《皇帝的私生子》（Hector Fleischmann, *Bâtard D'empereur*）。

莱昂中士（Léon）

请看词条"奥讷（莱昂）"。

莱昂纳德（本名莱昂纳德-阿列克西·安迪耶，Léonard-Alexis Antié）

玛丽-安托瓦内特的发型师，大革命期间成为她的经济代理人。国王夫妇逃至瓦伦时被抓，和他脱不了关系。

莱德亲王（查理-菲利普·德，Charles-Philippe de Wrede，1767—1838）

德意志一个高级官员的儿子。1793年，他作为巴拉丁的公民特派员，跟随德意志军奔赴战场，见证了许多战争场面，经常直接参与到军事行动中。由于在军中表现出色，莱德亲王于1800年被提拔为将军。和约签署后，莱德亲王开始重组巴伐利亚军队，很快就成为拿破仑最得力的协作者。拿破仑将巴伐利亚从奥地利联盟国中抽离出来，把它变作自己最忠实的盟友。然而1813年，莱德让巴伐利亚国王签署协议，加入反法联盟。之后他加入联军，参与了反法战争。莱德亲王的效力带来回报，很快他就位居元帅。

莱基（约瑟夫，Joseph Lecchi，1767—1836）

出身于布雷西亚的一个贵族大家，最开始在奥地利军中效力。1796年，他领导聚集在布雷西亚的国民派，组织了一个志愿军兵团。波拿巴把他封为奇萨尔皮尼旅的将军。1799年，莱基奉命在热那亚招募军人，之后在土伦训练一个意大利军团。雾月十八日政变后，莱基进了法国军队。他先被派到了意大利，从1807年起又在西班牙作战。1810年，莱基被召回巴黎，以滥用职权、贪污公款等罪名被捕。被监禁三周后，莱基被逐出法国。他前去投奔缪拉，被后者收留。1814年，他参加了反法战争。

莱尼奥·德·蒙特（安托万，Antoine Reynaud de Monts，1738—？）

梅斯骑兵学校的指挥官，龙骑兵上校，接替凯拉里奥骑士担任皇家军校的督学。

赖特（约翰·卫斯理，John Wesley Wright）

英国海军军官，曾负责带船把刺杀波拿巴的卡杜达尔、皮什格吕及其同谋带到法国。1804年5月8日，赖特被俘。1805年10月27日夜，他在狱中割喉自杀。

赖特船长（Wright）

格里芬号的船长，把拉斯卡斯从圣赫勒拿岛带到了好望角。

莱维（让-热罗姆，Jean-Jérôme Lévi，？—1803）

大革命时期担任阿雅克肖市市长。1793年5月波拿巴遭到同乡的攻击时，得到了他的保护。后来，第一执政官任命他为科西嘉岛森林保管员。1810年，莱维得到一笔1万法郎的奖金。

参考资料：萨旺（Savant）所著的《拿破仑遗嘱》评注版中和莱维有关的注释。

莱欣（Leisching）

好望角的一个医生。

莱因哈特伯爵（查理-弗雷德里克·德，Charles-Frédéric de Reinhart，1761—1837）

在蒂宾根完成学业后，这个年轻的德意志人在一个波尔多商人家里当家庭教师，因此认识了未来的吉伦特派众议员。他追随他们去了巴黎，并在他们的保护下进入外交界。后来，他在塔列朗的保护下加入波拿巴的阵营，被任命为法国驻瑞士全权特使代表，在拥护拿破仑的好几个德意志君主身边当过大使。从1808年到帝国覆灭，他待在威斯特伐利亚，在热罗姆·波拿巴心中很有威信。后来又是在塔列朗的推荐下，路易十八任命他为外交部掌玺大臣。百日王朝时期，他没有在朝中担任任何职位。国王对此大为满意，派他到日耳曼联邦的法兰克福担任法国大使。莱因哈特在这个岗位上工作了15年。

兰蓬（安托万-纪尧姆，Anntoine-Guillaume Rampon，1759—1824）

旧制度时期的一名士兵，在军中效力20年后被遣返。1791年，兰蓬加入了阿尔代什志愿军的一个营，在里面当上中尉。他一开始在比利牛斯军，1796年去了意大利军。他曾以一个团的兵力对抗1万奥地利军，守住了列吉诺山棱堡，故被提拔为将军。埃及战争期间，他率领掷弹兵在金字塔战役中击败了马穆鲁克，并在叙利亚远征初期打下了叙兹。1801年9月2日法军投降后，兰蓬回到法国，宣布支持雾月政变，进了元老院。波拿巴送给他一把荣誉军剑，把他派到北方监督征兵工作。1808

年，兰蓬被封为伯爵。帝国覆灭时，他正在荷兰带领一支军队作战。得知拿破仑退位的消息后，他投奔路易十八，被后者任命为贵族院议员，但之后再没担任过任何实职。

朗巴勒王妃（玛丽-泰勒莎·德·萨瓦-卡利尼昂·德，Marie-Thérèse de Savoie-Carignan de Lamballe，1749—1792）

17岁时嫁给一个年轻的浪荡子——庞蒂埃夫勒公爵的儿子。过了一年悲惨的婚姻生活后，她18岁就成了寡妇。之后，她被父亲收留。玛丽-莱克辛斯卡死后，庞蒂埃夫勒公爵曾想把她嫁给路易十五。舒瓦瑟尔似乎很反对这桩婚事，因为当时杜巴丽夫人刚被送到国王身边。玛丽-安托瓦内特嫁到法国后，朗巴勒王妃一改从前死气沉沉的样子。她的悲剧人生成了许多作家和历史学家的描写素材，但质量参差不齐。

参考资料：吕西安·朗博1902年出版的《论朗巴勒王妃之死》（Lucien Lambeau, *Essai sur la mort de Mme la princesse de Lamballe*），只有这本著作值得参考。

朗西瓦尔（让-夏尔-于利安·卢斯·德，Jean-Charles-Julien Luce de Lancival，1764—1810）

旧制度时期在纳瓦尔学院担任修辞学教授，同时是莱丝卡尔主教的副本堂神父。他在大革命中摒弃了神职人员身份，小心谨慎地度过了那段岁月，一心扑在当下流行的悲剧创作工作中。拿破仑让他在路易大帝学院的后身——帝国中学担任美文教授。

劳德代尔伯爵（雅克·梅特兰·德，Jacques Maitland de Lauderdale，1759—1839）

1790年和其他15个贵族议员代表苏格兰在上议院占据席位。他是法国大革命的狂热拥护者，支持废除蓄奴制和黑奴贸易。1796年议会解体，皮特把他从上议院议员中除名。劳德代尔便去经商，同时参选郡长，但没能拉到足够多的选票。皮特死后，福克斯让他重回上议院、进入内阁。1806年，劳德代尔以特别大使的身份来到法国，和拿破仑展开和谈，但没有达成任何谈判结果。福克斯在同一年年末去世，之后劳德代尔便离开了内阁，但继续待在上议院的反对派中。后来拿破仑退位，劳德代尔反对将他监禁在圣赫勒拿岛上，并发起一则动议，想还拿破仑自由。巴瑟斯特驳回了这项动议。

劳登女士（Loudon）

请看词条"莫伊拉夫人（弗洛拉）"。

劳顿（亚勒柯西，Alexis Laudon，1762—1822）

他的叔叔是个鼎鼎大名的将军，在奥地利军队中享有极高的声誉。劳顿在俄国展开自己的军旅生涯，之后去了奥地利军，听从他叔叔的指挥。他从1793年开始参加反法战争，1796年被升为将军，负责率领一个旅的兵力（大约2000人）守住蒂罗尔阵线。1797年，茹贝尔军一路凯歌，劳顿被迫退到了梅拉诺。之后，他有条不紊地夺回了蒂罗尔，因此得到了军队最高嘉奖——玛丽娅-特蕾莎十字勋章。劳顿在埃尔欣根的表现也格外出众，两次击退了内伊的进攻，虽然最后没能抵住第三次。美泉宫和谈后，劳顿因为健康恶化，不得已离开了军队。

劳里斯顿（雅克-亚历山大·劳·德，Jacques-Alexandre Law de Lauriston，1768—1828）

臭名昭著的德劳纸币系统的始作俑者的侄孙。他的父亲在印度担任法军军官，劳里斯顿就出生在本地治里。回到法国后，小劳里斯顿进入军事学院，在那里结识了波拿巴。1785年，他以炮兵中尉的身份离开军校，1792—1795年参加战争，之后离开了军队。波拿巴当上第一执政官后想起了这个老同学，请他当自己的副官。劳里斯顿曾前往伦敦签署《亚眠条约》，在那里得到热情的接待。回国后，他被升为将军，很快就成为波拿巴的心腹。波拿巴欣赏他的忠诚，更喜欢他的服从精神。不过，劳里斯顿执行的任务一般都无关紧要。例如，荷兰王国被合并后，他负责把路易·波拿巴的孩子带回法国；拿破仑还曾委托他陪伴玛丽-路易丝从维也纳来到巴黎；他也曾在1812年俄国战争前夕担任法国驻俄大使。战争爆发后，劳里斯顿在斯摩棱斯克和大军团会合，捡起了旧职，继续当拿破仑的副官。莫斯科被攻下后，劳里斯顿负责向亚历山大谈和，但他还没走过前哨就被迫返回。1813年战争期间，劳里斯顿指挥一支军队在萨克森作战，并参加了莱比锡战役。被俘后，他被带到柏林。和约签署后，劳里斯顿重获自由，回到法国，成了阿图瓦伯爵的副官。路易十八对他宠信有加，把他封为侯爵和元帅。

劳奈（让-马利·奥莱，Jean-Marie Aulay Launay，1765—1841）

起初在商船上任职，1793年成为一个自由军的队长。一年后，劳奈升为将军，恐怖统治时期被解除军衔，1795年6月恢复军衔。1796年8月，劳奈去了意大利军，但仅仅过了三个月，他就在卡尔迪耶罗被俘。1797年3月两军谈判，他被换了回来。1800年2月，劳奈回归军队。不过他的军旅事业总是磕磕绊绊，要么再度赋闲在家，要么再度被俘。路易十八把他提为荣誉少将后不久，劳奈正式退休，给他的军旅生涯画上了句号。

劳瑟（威廉，兰斯代尔伯爵，William Lowther，1787—1872）

英国议会议员，一个富有的艺术收藏家，1807年被封为兰斯代尔伯爵，1809年成为阿米劳特伯爵，1813—1826年在国库部工作。

勒布伦（夏尔-弗朗索瓦，Charles-François Lebrun，1739—1824）

旧制度时期担任年金发放官和王家地产总督察官。作为掌玺大臣莫普的秘书和左膀右臂，勒布伦被视为王室政府中表现最为亮眼的一位官员。普罗旺斯伯爵特别赏识他，因为他曾帮助伯爵侵占了卢森堡这块地产。后来，勒布伦轻轻松松当选为三级会议的议员。作为财政界的泰斗人物，他极大地推动了指券的发行。1790年9月5日，勒布伦在议会中发表讲话，对未来的路易十八赞誉有加。普罗旺斯伯爵给他的一个支持者写信说："这是我在这方面读过的最有见识、写得最好的一篇文章。"制宪议会闭幕后，勒布伦进入塞纳-瓦兹省的政府行政部门，艰险地度过了恐怖统治时期。在此期间，他被人揭发为"省政府中最大的贵族分子"，两度锒铛入狱。共和四年，他在选举中翻身，被选进了元老院。在议会中，勒布伦组织起了一小撮反革命议员，意图和"流亡贵族"的国王相勾结。这一群人中除了勒布伦，还有波塔利斯、巴尔贝-马尔布瓦、特龙松·杜库德雷、杜邦·德·内穆尔等人，总计12位议员，他们在主席、秘书、委员会的人选问题上有很大的发言权。保皇党分子巴泰勒米进入督政府，卡诺被卷入他的行动中，勒布伦在背后出力不少。波拿巴在意大利连连取胜后，引起了他的注意。他以国库局的名义给元老院提交了一份报告，在报告中对拿破仑管理沦陷国的手段称赞不已。对于勒布伦的主动亲近，拿破仑当然不会无动于衷。雾月十八日之后，康巴塞雷斯提议由勒布伦担任第三执政官，拿破仑立刻应允。他大概觉得，将来自己若和波旁家族那边的人打交道，勒布伦会是一个很好的中间人。斯塔尔夫人在《论法国大革命》（*Considérations sur la Révolution française*）第二卷第254页一针见血地说："康巴塞雷斯是他在革命者那边的代言人，而勒布伦就是他在保皇党那边的传话者——这两人把同一句话翻译成了两个不同的意思。"

波拿巴搬到杜伊勒里宫后，勒布伦不顾康巴塞雷斯的反对，住进了花神楼。也许，他没有料到此举会给自己带来怎样的结果。三个执政官基本上都在晚上会晤，经常谈到深夜。有时勒布伦回到住处，正准备睡下，波拿巴就穿着寝衣走进来，大大咧咧地坐在床头，继续和他谈论政事，把自己新的想法告诉了他。在执政府初期，勒布伦和波拿巴关系很亲密。普罗旺斯伯爵的手下很快就把此事报告给了他们的主子。普罗旺斯伯爵在巴黎最大的耳目、勒布伦在制宪议会中的旧日同僚——蒙泰斯鸠神父，对此进行了谨慎的试探。勒布伦把普罗旺斯伯爵的一封信转交给第一执政官，波拿巴对此信作何回答，此处不消多说。从此，波拿巴和勒布伦的关系大不如从前。第一执政官开始不信任他，在许多决策上都自己拿主意，很少征求勒布伦的意见。1804年5月，勒布伦换了职位，从共和国执政官变成了帝国财务官。这份工作看似光鲜，实际上不能参与政事。他要做的，就是在财政部和国库部交给皇帝的年度账簿、公债持有者的登记簿、公民抚恤金公证书上签字，接收财务官员的誓忠书并将其交给皇帝。1805年5月，皇帝封他为利古里亚总督，把他派到那里，负责把新并进来的意大利地区建成三个新省。勒布伦由于性格使然，做事十分温和，极力想和当地居民打成一片，在收缴有产者家产时网开一面。拿破仑对此非常不满，给勒布伦写信说："这也许是获取民心的一个好办法，却损害了公共事业的利益……软弱行事的人绝不可能统治人民，反会给他们带去不幸。"一年后，勒布伦回到巴黎。人们找他组建审计法院，他借此把自己的朋友——保皇党分子巴尔贝-马布尔瓦推上了法院领导位置。自勒布伦从热那亚回来后，拿破仑对他一直是一脸冷色，交给他的工作越来越少。勒布伦也没有什么怨言，毕竟他马上就要70岁了，只想着颐养天年。1810年7月8日，他收到前往荷兰的命令。当时由于路易·波拿巴退位，荷兰陷入混乱之中，让拿破仑担心不已。勒布伦不愿接受这个任务，对皇帝说："当初我在热那亚都未能让陛下满意，故我担心自己换个地方也不能做好。"拿破仑打断了他的话："您就是我在荷兰需要的那个人。"勒布伦便启程前往荷兰。他在那里秉承自己的做事理念，用惯有的谨慎的调解手段，成功安抚了荷兰人的不安情绪，让他们至少在表面上表现出臣服于征服者的样子。1811年，拿破仑视察阿姆斯特丹时，向前来觐见他的政府人士说："我做的一切都是为了让你们高兴和舒服。我不是把一个适合你们的人派过来统治你们吗？你们哭，他也哭；他哭，你们也哭，你们哭作一团。我做得够好了吧？"两年后的1813年12月，荷兰人向拿破仑证明，他们除了哭，还可以做其他的事。阿姆斯特丹爆发动乱，动乱领导人向勒布伦派去一个使团，请他离开城市。人们害怕群众会对他做出过激之事，向他保证：只要他辞去总督一职，一定不会遭遇人身危险。但勒布伦更愿意离开荷兰。回到法国不久，他就见证了帝国的覆灭。路易十八即位后，勒布伦并没得到他理应享受的厚待，仅仅进了贵族院。百日王朝时期，勒布伦无法拒绝拿破仑的迫切召唤，接受其任命，担任大学校长。虽然他在这个职位上只干了几周时间，但路易十八从根特回来后，立刻把他赶出了贵族院。勒布伦等了五年时间，才再度进入贵族院。

参考资料：马利·杜梅尼尔1828年的《忆勒布伦亲王》（Marie Dumesnil, *Mémoires sur le prince Lebrun*）。

勒格朗夫人（Mme Legrand）

克劳德-亚历山大·勒格朗将军的遗孀，这位将军在对俄之战中顶替古维翁-圣西尔指挥第二军作战，在横渡别列津纳河时严重受伤，1815年1月去世。

勒克莱尔（维克多·埃马纽埃尔，Victor Emmanuel Leclerc，1772—1802）

父亲是蓬图瓦兹的一个面粉商。1791年，勒克莱尔加入塞纳-瓦兹省志愿军，因为才干出众而引起上司的注意。第二年，他以少尉身份去了一个炮兵团，没过多久就成了参谋上校，加入了意大利军。勒克莱尔那时才21岁，却被众人视为大将之才，成了意大利军一个师的总参谋长，参加了土伦围攻战。在此期间，勒克莱尔是个狂热的共和党人。他和雅各宾派来往密切，还在雪月八日会议中发表讲话，讲述将士们不久前夺下叛军之城的赫赫战绩。不过当时的报纸上没有全文收录他的讲话，只截取了其中一个片段，里面并没提到波拿巴的名字，但勒克莱尔在演讲中很可能并没忘记凸显波拿巴的功劳。1796年，勒克莱尔在意大利和波拿巴重逢，被后者授命负责政治联络工作。他接到命令，把莱奥本预备谈判的内容以及缴获的敌军军旗带回巴黎（军旗数目很多，故波拿巴非常细心地把它们分批运往首都）。回来后，勒克莱尔被升为将军，还娶了他上司的妹妹为妻，当时他才25岁。勒克莱尔是在1793年在马赛和保琳相识的，当时正是土伦围攻战打得最为激烈的时候。据说他当时对保琳一见倾心，然而保琳那时深恋弗雷龙，并没把这个寂寂无闻、相貌平平的军官放在眼中。现在勒克莱尔成了波拿巴的左膀右臂，有了追求保琳的底气。波拿巴也觉得保琳需要一个丈夫（保琳当时放荡轻浮，会败坏她哥哥的名声），便极力促成此事。保琳对结婚并没有太多抵触情绪，认为婚姻非但不会阻止她继续寻欢作乐，反而能成为她玩乐的幌子。《坎波福尔米奥条约》签订后，勒克莱尔成为意大利军贝尔蒂埃师的总参谋长。组织入侵英国期间，波拿巴再度让他担任总参谋长一职。波拿巴去了埃及后，勒克莱尔奉命在里昂重组被俄奥联军打败的意大利军残部。他在那里遇到了约瑟夫和吕西安，得知两人正要去和他们的兄弟——已在圣拉斐尔登陆的拿破仑会合，勒克莱尔连忙加入了他们的队伍。在雾月政变中，因为指挥一个掷弹兵队在圣克鲁对抗聚集起来的国民代表，勒克莱尔为政变做出了不可磨灭的贡献。他当时闯进会议大厅，指着橘园的窗户，对惊慌失措的议员大呼："以波拿巴将军的名义，立法院就地解散，好公民请即刻离开。投弹手，上！"之后发生了什么事，大家都知道了。令人始料不及的是，波拿巴并未对勒克莱尔的协助表示感激。波拿马把他派去指挥西线军，之后又让他去带领莱茵军的一个预备师。对于一个渴望建功立业的年轻将军来说，这都是些琐碎的杂事。也许是因为保琳的央求（保琳觉得有个"寂寂无闻的军人"当丈夫是种羞辱），波拿巴让勒克莱尔去指挥圣多明哥远征军（这还是个被贝纳多特拒绝了的差事），这样他就有机会发一笔巨财，"平定"此地后，他就形同这个美洲大岛的副王了。勒克莱尔万分欣喜地接受了任命，但提出了一个要求：他的妻子必须随行。波拿巴觉得这个要求很合理，保琳不得不和她的丈夫一道离开巴黎。勒克莱尔手下的远征军有3.5万人、83艘战舰，但花了很长时间都没能登陆圣多明哥。当地的黑人有充足的准备抵御法军，一场死战在岛上展开。经过四个月的苦战，勒克莱尔总算成功镇压了主要城镇。但因为勒克莱尔授意属下在岛上四处烧杀劫掠，陷入绝境的黑人很快就在杜桑·卢维杜尔的领导下再度揭竿而起。勒克莱尔的处境非常危险：一种烈性传染病席卷法军，他手上只剩不到1万战斗人员了。于是他撤到了托尔蒂岛。他得了黄热病，经过种种折磨后，死在了圣多明哥。保琳一直陪伴他到最后一刻。她把丈夫的心脏保存在一个黄金打造的骨灰瓮中，上面刻着一行字：保琳·波拿巴，共和五年牧月二十六日嫁给勒克莱尔将军，和她的丈夫福祸相依，把他的心脏随她的爱情一道封于此瓮。1802年11月8日，保琳带着勒克莱尔的遗骸回到法国。过了不到十个月，她就嫁给了卡米尔·博盖塞亲王。

勒库尔布（克劳德-雅克，Claude-Jacques Lecourbe，1758—1815）

原来是一个下士，法国大革命前夕被赶出军队。1789年，他成为汝拉省鲁斐国民自卫军指挥官，1791年成为汝拉志愿军第七营的中校，1794年被升为将军。勒库尔布很快就得到了莫罗的赏识，听从后者的指挥。莫罗被审判期间，勒库尔布仍站在老上司这边，因此不被波拿巴所喜。他回到鲁斐，在那里盖了座城堡。莫罗加入联军后，勒库尔布被叫到布尔日，一举一动都处在警察的监视下。阿图瓦伯爵一回到巴黎，就立刻让他官复原职。路易十八把他封为伯爵，让他担任步兵总督察官。

勒鲁瓦（Leroi）

一名服装商，是约瑟芬最大的服装供应商。1803年，拿破仑给了妻子65万法郎来还清她拖欠供应商的钱款，其中单单勒鲁瓦的欠款就有146,846法郎。〔详情请看罗沙尔公布的《约瑟芬账目簿》第30～31页（Rochard, *Livres des comptes de Joséphine*）〕拿破仑说："有一天，他竟然来缠着我，而我这个人软硬不吃。他做了换了别人试都不敢试的事，厚着脸皮告诉我，我没有给皇后约瑟芬足够多的钱，以现在这个价格，他不能再给皇后做衣服了。我一个眼神就让他把一肚子的话吞了进去。他只能沮丧地站在那里。"但这并没能阻止勒鲁瓦继续提价。皇帝再怎么削减约瑟芬的开销也没用，她自己贴钱来补差价。

勒马鲁瓦（让-雷奥诺，Jean-Léonor Lemarrois，1776—1836）

1793年进入芒什省贝里克贝克国民自卫军担任炮兵中尉，从此开始了他的军旅生涯。1795年6月勒马鲁瓦转入第17军区，进了内防军参谋部，在葡月十三日那天听从波拿巴命令镇压保皇党。几天后，他成了波拿巴的副官，在这个位置上一直干到波拿巴称帝为止。1803年他被升为将军，1808年被封为伯爵，得到荣誉勋章，享有8万年金。波旁王朝复辟后，他被解除了一切职务。

勒诺贝尔（皮埃尔，Pierre Le Noble，1772—1824）

帝国时期陆军部的一个拨款审核官，写了许多本军事管理著作。他在1821年出版了《1809年法军在加利西亚、葡萄牙和塔霍河谷地区的军事行动回忆录》（*Mémoires sur les opérations militaires des Français en Galice, en Portugal et dans la vallée du Tage en 1809*）。拉斯卡斯在回忆录中提到他写的那本回忆录，正是这本书。首版封面上并没有作者姓名，有些人还以为此书是苏尔特元帅所作。苏尔特在他的回忆录中表示不满，勒诺贝尔被迫在第二版上留下自己的名字。

勒诺尔芒（玛利亚西娜，Mariasine Lenormand，1772—1843）

帝国时期的一个手相家，复辟时期进入文坛。因为约瑟芬的缘故，她在宫廷中很受追捧，如鱼得水。

勒帕热（Le Page）

约瑟夫·波拿巴的厨子，之后随拿破仑去了圣赫勒拿岛。

勒让德尔（路易，Louis Legendre，1752—1797）

巴黎的一个屠夫，许多政治人物都光临过他的肉铺。丹东和他建立了深厚的友谊，马拉曾在他家中避难，但罗伯斯庇尔并不怎么理睬他。勒让德尔被选入国民公会后，因为在辩论中喜欢吵闹，有时甚至行为怪诞而引人注目，但他在政坛上并没有任何地位。热月九日后，他依附了掌权派。

勒萨日（Le Sage）

拉斯卡斯出版他的《地理学图鉴》时用的一个化名。（详情请看前面的导论）

勒图尔纳（弗朗索瓦-塞巴斯蒂安，François-Sébastien Letourneux，1752—1814）

法国大革命爆发前是一个律师，被选为下卢瓦尔省行会总理事会代理人。共和五年果月，他被任命为内务部部长。消息传开后，众人大惊。他在这个位置上干了大约六个月，之后毫无异议地接受了土地登记行政部的一个无关紧要的小职位。1799年3月，勒图尔纳被选为他所在省的议员代表，进入元老院。因为反对雾月政变，勒图尔纳未能进入新成立的立法院，直到帝国末年都只能在伊勒-维莱讷省的上诉法院担任法官。拉斯卡斯讲的"长颈鹿"这则趣闻的确发生在勒图尔纳身上。当时，督政府部长邀请勒图尔纳来家中赴宴，其间问他是否见过当时担任植物园管理员的拉塞佩德。《当代人物新传》（*Biographie nouvelle des contemporains*）中勒图尔纳的回答，其实是一些作者和学者的杜撰：他们无法原谅勒图尔纳对科学和文学的无动于衷。

勒图纳尔（埃蒂安-弗朗索瓦，Étienne-François Letourneur，1751—1817）

工兵军官，大革命初期被派到瑟堡负责军事工程建设。之后，他以芒什省议员代表身份先后进入立法议会、国民公会和元老院，还担任过督政官。勒图纳尔为海军组织做出了贡献，但在督政官会议中基本上唯卡诺马首是瞻。共和五年牧月一日，他离开督政府，被任命为将军。果月十八日事件后，他因为和卡诺关系密切，赋闲在家。1800年，波拿巴任命他为下卢瓦尔省省长，他还在帝国时期成为审计法院法官。拿破仑在圣赫勒拿岛提到他时，对古尔戈说："他就是个蠢货。"（语出《古尔戈日记》第一卷第322页）

勒托尔（路易-米歇尔，Louis-Michel Letort，1773—1815）

1791年厄尔-卢瓦尔省第一营里的一个志愿军，没过多久就被战友们选为中尉。在大革命和帝国时期，他一直都是骑兵军官。1813年，勒托尔被升为将军。滑铁卢战役前夕，他在沙勒罗瓦堤道上朝普鲁士后卫队发起攻击时，下腹中弹而亡。

雷卡米耶（雅克-罗斯，Jacques-Rose Récamier，1751—1830）

里昂一个粗俗的皮帽商的儿子，起初在父亲的店铺当伙计，因为聪明伶俐，在几家巴黎银行中积累了一些人脉，于是自己也当了银行家。因为擅长投资，雷卡米耶的事业很快就蒸蒸日上。他在大革命期间通过"投机活动"和给军队供应物资，让自己的家产翻了数倍。有巴雷尔当保护人，雷卡米耶没有后顾之忧。对于雾月十八日事件，起初他态度游移不定，并没立刻向新政府递交投名状，因此引来波拿巴的不满。此时雷卡米耶又因为操作不慎，导致自己的银行在1805年处境艰难。他请求当时的国库部长巴尔贝-马尔布瓦给他贷款一两百万法郎，被后者拒绝了。1806年2月，雷卡米耶宣布破产。1809年，他东山再起，十年后又再度破产。这一次，雷卡米耶在银行界被彻底断了后路。

雷卡米耶（朱丽叶特，Juliette Récamier，1777—1849）

财务官贝尔纳的女儿，15岁时嫁给了比她大27岁的银行家雷卡米耶。过了一年粗茶淡饭的生活后（当时正是恐怖统治时期，富人们必须夹着尾巴过活，不能向外人展现一丝有钱的迹象），雷卡米耶夫人疯狂挥霍，以弥补先前在清贫日子里受的苦。督政府时期，她成了巴黎最招摇、生活最糜烂的一个女人。1798年，她的丈夫买下了内克尔的官邸，她因此认识了斯塔尔夫人，在这段一强一弱的友谊中几乎成了后者的奴隶。她被公众传为"美人中的美人"，因此引来波拿巴的注意，想和她春风一度。由于雷卡米耶夫人给自己标价过高，最后这桩生意没有做成。她的沙龙里除了斯塔尔夫人、莫罗的岳母于洛夫人（这是她父母的朋友）外，还有某些回国的流亡贵族。在沙龙里的蒙特莫朗西兄弟的影响下，她变得极为仇视执政府。然而当时她的丈夫处境困难，雷卡米耶夫人不能太过直白地表露自己的敌意。尽管如此，在马修·德·蒙特莫朗西的熏陶下（此人既是她的求爱者，又是她的心智操纵者），她开始"策划阴谋"了。雷卡米耶夫人的计划是，让贝纳多特拜倒在她的石榴裙下，给他许以某些好处，让他深度参与莫罗的阴谋行动。莫罗意外被捕后，她的计划也泡汤了。昂吉安公爵被处死一事把雷卡米耶夫人吓得惶惶不可终日，她亲爱的女友斯塔尔夫人被流放更是让她痛苦不已。此外，她还把丈夫破产这件事算在拿破仑头上。过惯了奢侈生活的雷卡米耶夫人眼看自己要过上节衣缩食的日子，大感不平。她无法接受新的处境，觉得这简直是在羞辱自己。满心只有享乐的她冷血地把丈夫抛下，让他独自面对一大堆麻烦，跑到斯塔尔夫人家中和她同住。然后，她在科佩遇到了普鲁士的奥古斯丁亲王。这位亲王生得仪表堂堂，充满幻想，对雷卡米耶夫人一见钟情，想娶她为妻。面对亲王的苦苦追求，雷卡米耶夫人让步了，给丈夫写信要求离婚。雷卡米耶绝不考虑离婚一事，此事就没了下文。为了挥刀斩断"情缘"，雷卡米耶夫人离开科佩，回到了巴黎。她频频参加歌剧院的化装舞会，和奥地利大使梅特涅、有钱的俄国大使托尔斯泰伯爵调情，以忘记情伤。1810年，被拿破仑禁止进入任何离巴黎40古里远的地方的斯塔尔夫人搬进了布洛瓦附近的一座城堡，好监督她的新书《论德意志》的出版。雷卡米耶夫人连忙赶过去和她会合。这本书刚一问世就被当局扣押，此事让雷卡米耶夫人无比愤怒，说了一些对皇帝大不敬的话。皇帝得知后，令她不得再留在巴黎。雷卡米耶夫人前往里昂，住在她丈夫的家中，之后去了意大利。后来她和波旁家族一道返回法国。没过多久，死神就带走了斯塔尔夫人。在她的葬礼上，雷卡米耶夫人遇到了夏多布里昂，后者成了她的情人。当时，雷卡米耶夫人40岁，夏多布里昂50岁。

参考资料：雷卡米耶夫人有个忠实的捍卫者给她写传记，他就是爱德华·埃利奥，他的《雷卡米耶夫人和她的朋友们》（Edouard Herriot, *Madame Récamier et ses amis*）在1904年出版。博学的勒瓦扬（Levaillant）耗费数年时间，潜心研究她的生平，他要是把这份耐心用在其他地方，定会取得更加可喜的成果。约瑟夫·涂尔干（Joseph Turquan）写了一本对她不太友好的书，但里面的评价非常中肯。

雷鲁神父（Lélue）

拿破仑在布里埃纳军校学习期间的学校修道会会长。

雷纳尔（纪尧姆-托马斯-弗朗索瓦，Guillaume-Thomas-François Raynal，1713—1796）

耶稣会教士，当过《墨丘利报》的编辑。1770年雷纳尔神父出版了著名的《哲学史》，该书被最高法院焚毁。由于当局发了逮捕令，他离开法国，在1787年回国。三级会议召开后，他被选为马赛第三等级代表。因为年事已高，雷纳尔无法胜任这个角色。退休后，雷纳尔给国民议会写了一封措辞严厉的批评信，因此遭到革命派报纸的猛烈攻击。但暴风雨平息后，人们就把他遗忘了。

雷尼奥·德·圣让·德·昂热里（米歇尔-路易-埃蒂安，Michel-Louis-Etiennne Regnaud de Saint-Jean-d'Angély，1761—1819）

旧制度时期罗什福尔海军区的一个中尉，大革命初期被圣让-德·昂热里辖区的第三等级选入三级会议。他在议会中扮演着调停者的角色，试图调和君主制理念和新生的革命思想。三级会议闭幕后，因为他和一些温和派的报纸接受了宫廷的资助，故雷尼奥在8月10日事件后被迫藏了起来，直到热月九日之前一直都不敢露面。督政府时期，他担任意大利军野战医院管理员，因此认识了波拿巴。虽然他有其他多个正式职位，但一直都管理着一家在米兰的报纸——《意大利军的法国视角》。该报存在时间为共和五年热月十六日到共和六年雾月十六日，积极捍卫波拿巴的利益。雷尼奥后来追随波拿巴去了马耳他，头衔是督政府特派员。波拿巴离开马耳他后，他留在岛上，负责将该岛财产全都控制起来。他在那里又创办了一家报纸，宣传法军的善行，鼓吹埃及解放者的功绩。回到巴黎后，雷尼奥抱着更大的热忱继续服务他的主子。雾月十八日政变之前，他利用自己在政界和新闻界的人脉关系给波拿巴帮了大忙。波拿巴为表感谢，事后任命他为参政院内务部主席，享有薪水3.6万法郎。雷尼奥以私人参谋的身份，和第一执政官的内阁有着千丝万缕的联系。每办成一件事，他都会额外得到一笔赏金，最后赏金总额已不可计数。夏普塔尔在他的回忆录第335页说："我知道他非常偏爱雷尼奥·德·圣让·德·昂热里，因为此人对他提出的所有问题都能给出答案。哪怕他问欧洲境内8月有多少只苍蝇，雷尼奥都能给个数字出来。"帝国时期，雷尼奥在1808年被封为伯爵，成为炙手可热的政治人物之一。拿破仑专门为他设立了皇家国务秘书这个职位，对他的建议一一采纳，还经常让他带话给元老院和立法院，好督促议员"积极"投票通过他急需的举国征兵工作（负责这项工作的还有康巴塞雷斯）。俄国之战刚打起来，雷尼奥就意识到他的主子被卷入一场巨大的灾难中。莱比锡战役后，他断言拿破仑已经完蛋。就在那时，一个叫毕肖普的英国女人出现了。她在法国为波旁家族做事，曾受过雷尼奥的保护，逃过了严酷的皇家警察之手。如今她找到雷尼奥，代表波旁家族给他许了些好处。雷尼奥回答：如果局势当真发展到眼下的政府隐患变成滔天大难的地步，他便不再受任何誓言的约束，可以效力于路易十八。1814年1月，他被任命为巴黎国民自卫军第2军团的指挥官。3月30日，他领着部队冲出战壕，准备投入战斗。这就是雷尼奥做的全部。之后，他找了一个荒唐的借口，交出指挥权，火速回到巴黎。这一"战略性撤退"让他在首都民众中留下恶名，大家都骂他是"懦夫"和"逃兵"。他来到布洛瓦，但没有得到重用。舒瓦洛夫伯爵到了布洛瓦后，雷尼奥去了克莱蒙-费朗，胸佩巨大的白色勋章，来到地方政府那里，责备他们不佩戴代表王室的胸章。与此同时，他还告知相关官员，他听从国王的调遣。人们告诉他，他的效忠来得有点晚，已是可有可无了。此次遇冷清楚地解释了一件事：为何拿破仑从厄尔巴岛回来后，雷尼奥会如此着急地投奔他。他再度成为波拿巴新政权的狂热效忠者，以更大的热忱支持拿破仑为巩固政权而采取的一切措施。然而滑铁卢战役后，他也是请求皇帝退位的最积极的那批人中的一员。德克莱斯说："我们必须战斗，但这个该死的雷尼奥实在是能言善辩，让所有人都听了他的话。"他负责向议院宣布拿破仑的决定：为了儿子，皇帝可以退位。几个议员当即提议向天下宣布皇位空缺；雷尼奥坚决反对，称这种做法会导致法国陷入混乱。随后他提议由议院向拿破仑表达法国人民对他放弃权力这一牺牲的感激之情，该提议被采纳。这也是雷尼奥政治生涯中通过的最后一个提议。1815年7月24日波旁王朝颁布法令，他被迫流亡国外，去了美国。1819年大赦，雷尼奥回到法国，没过多久就死了。

参考资料：达尔尼斯1857年的《论雷尼奥·德·圣让·德·昂热

里伯爵的一生》（Darnis, *Essai sur la vie du comte Regnaud de Saint-Jean-d'Angély*）。

雷尼奥·德·圣让·德·昂热里（劳拉，Laure Regnaud de Saint Jean d'Angély）

雷尼奥的妻子，父亲是普罗旺斯伯爵——也就是未来的路易十八府中的贵族博讷伊（Bonneuil）。

雷尼埃（让-路易，Jean-Louis Reynier，1771—1814）

生于瑞士，1790年进入巴黎桥梁道路学校，以志愿军身份加入法兰西剧院区划的一个营。进入北方军后，他在23岁时——也就是1794年——当上了将军。从1796年3月到1797年12月，他担任莫罗的总参谋长。之后，波拿巴任命他为东方军一个师的师长。雷尼埃参加了埃及战争的所有战斗。克莱贝尔被刺身亡后，虽然他清楚地认识到莫罗完全不适合带领军队在埃及作战，和他时常意见相左，但雷尼埃仍不得不服从后者的命令。法军在卡诺普战役中战败后，莫罗把所有责任都推到雷尼埃身上。他命令德斯坦将军将雷尼埃逮捕，把他送上一艘回法国的船上。之后，雷尼埃很不受第一执政官的待见。他出版了一本书，在里面严厉批评默努的一些做法。这本书的书名是《论赫利奥波利斯战役后的埃及，以及该国的地理及政治结构》（*De l'Égypte après la bataille d'Héliopolis et considérations générales sur l'organisation physique et politique de ce pays*）。第一执政官下令立刻查禁该书。在这本书中也遭到批判的德斯坦将军回到法国后要求和雷尼埃决斗，在决斗中被杀。波拿巴令人把雷尼埃流放出去，但五个月后又把他召回让他指挥意大利军。雷尼埃在意大利一直待到1808年。之后，他参加了西班牙战争、俄国战争和萨克森战争。由于在莱比锡被他的萨克森军抛弃，雷尼埃被捕。两军交换战俘后,雷尼埃于1814年2月12日回到法国,五天后死于痛风。他被他的战友若米尼视为帝国军队中最有学识的一个将军。留在埃及期间,他主要负责科学研究。上面提到的他的那本书,直到今天依然被人奉为圭臬。

雷尼埃夫人(Mme Reynier)

厄尔省省长罗兰·德·尚博杜因(Rolland de Chambeaudouin)的女儿,雷尼埃将军的妻子。丈夫死后,她改嫁骠骑兵军官圣马尔斯侯爵。

雷努阿尔(弗朗索瓦-茹斯特-马利,François-Juste-Marie Raynouard,1761—1836)

艾克斯最高法院律师,1791年被选为立法议会替补议员。他来到巴黎,因为宣扬吉伦特派的观点而惹祸上身,被关进监狱。正是在铁窗中,雷努阿尔写出了他的第一部悲剧《小加图》。热月九日后他获得自由,回到家乡。执政府时期,他又来到巴黎。他的诗歌《苏格拉底在阿伽劳洛斯神庙》(Socrate au temple d'Aglaure)得到法兰西学院的赞赏,悲剧《圣殿骑士》(Les Templiers)也成为法兰西剧院中的保留剧目。拿破仑得知法兰西剧院把这部讲述圣殿骑士的酷刑的悲剧保留在节目单上时(他对这个主题很感兴趣),下令立刻演出这部剧。该剧大获成功。不过今天已经没人演它了。1807年,雷努阿尔进入法兰西学院。他继续从历史中借鉴题材,写了许多悲剧。

雷韦尔,普拉罗格伯爵(伊尼亚斯·塔翁·德,Ignace Thaon de Revel)

撒丁国王派去和督政府谈判的全权代表。

雷西尼(伊夫·德,Yves de Résigny,1768—1857)

百日王朝时期拿破仑的一个传令官,被英国俘虏,但很快就被释放。直到路易-菲利普统治时期,他才回归军队。

雷希施塔特（拿破仑-弗朗索瓦-查理-约瑟夫，Napoléon-François-Charles-Joseph Reichstadt，1811—1832）

拿破仑和玛丽-路易丝的儿子，出生后就被封为罗马王。3岁时，他被带到维也纳，在那里获得了雷希施塔特公爵的封号，在波西米亚一个小公国中有一小块封地，因此被迫放弃了他生下来就拥有的法国帝位继承人的资格。滑铁卢战役后，拿破仑为了自己的儿子而宣布退位。1815年6月23日，议院宣布他的儿子为皇帝，封号是拿破仑二世。五天后，法国政府全权代表大使来到惠灵顿面前，说拿破仑的儿子之所以被扶上帝位，纯粹是为了满足军队的呼声，避免引发内战。他们想知道，联军是否支持以拿破仑二世的名义成立的摄政王朝。惠灵顿拒绝了。第二天，他又接见了法国代表，说他个人认为只有路易十八才会得到认可，其他所有人都是篡位者；如果路易十八不能重登王位，他就要说服联军君主"采取严厉措施"。众人听了惠灵顿的话，拿破仑二世的短暂统治宣告结束。由于身体羸弱，他一直没参与任何政事。料到自己大限将至后，他一直重复着这句话："愿他们能让我平静地死去。"活着的时候，他是拿破仑传奇中的一部分；死后，他终于做回了自己。

参考资料：亨利·威尔辛格1897年的《罗马王》（Henri Welschinger, *Le Roi de Rome*）、弗雷德里克·马松1904年的《拿破仑和他的儿子》（Frédéric Masson, *Napoléon et son fils*），以及让·德·布尔古安1950年的《拿破仑之子》（Jean de Bourgoing, *Le Fils de Napoléon*）。

雷亚尔（皮埃尔-弗朗索瓦，Pierre-François Réal，1757—1849）

沙图一个狩猎看护人的儿子，旧制度时期在夏特莱担任检察官。法国大革命早期，他进了巴黎城办公署物资委员会，1792年被任命为巴黎市代理监察长。他经常在雅各宾俱乐部发表讲话，在里面很有影响力。君主制覆灭后，他以公诉人的身份站到8月17日的法庭上，不过在革命法庭中只扮演小角色而已。恐怖统治时期，雷亚尔一直担任代理检察官。丹东倒台后，他和丹东一道被捕入狱，但不同于丹东命运的是，人们后来把他忘在监狱里了。热月九日后，雷亚尔出狱，言辞激烈地抨击"罗伯斯庇尔的恐怖暴政政权"。这一次，他的声音总算被人听到了。从那时起，他一直活跃在公众面前。他先后负责过卡里尔和南特革命委员会的辩护工作，也曾为巴贝夫在旺多姆高等法院辩护。与此同时，他还投身报纸行业，并成了督政府的共和国官方历史编纂者。果月十八日后，政府从莫罗手中得到他从克林格兰的马车上截获的文件。先前得到雷亚尔无罪辩护的几个"南特人"，其中一人便是现在的警务部部长索丁，他把截获文件一事透露给了雷亚尔。就这样，雷亚尔开始了他的政治事业。1799年9月，他被任命为塞纳中心行政部门的政府特使。这是一个很重要的职位，他借此掌控了该省警务部门。雷亚尔被任命后没多久，波拿巴就回来了。早在第一次对意之战后，雷亚尔就认识了这位年轻的将军。他是雾月政变的主要策划者之一，在其中出力很大。波拿巴为表感谢，让他进了参政院。雷亚尔还是立法部门的一员，除了参与民事法的讨论，还做了其他琐碎的工作。他一直和警务部来往密切，是这个部门的临时协作者。他的朋友富歇很欣赏雷亚尔从夏特莱到共和二年在司法领域积累的经验，经常向他请教问题。圣尼凯斯大街爆炸案发生后，是雷亚尔通过检查一匹被炸死的马匹的包蹄，才锁定了爆炸制造者的身份。这让许多人很不高兴。人们本来认定此事是雅各宾分子所为，想趁机收拾共和国反对派的残余势力。雷亚尔的发现把怀疑重点转移到了保皇党那边，于是他和参政院的同僚之间发生了激烈的争论。其他参政院议员出于政治原因，坚持认为凶手是雅各宾派，波拿巴也支持后一派的观点。人们便对共和党人展开了大流放。富歇1802年失宠后，政府的警务工作和司法工作暴露出许多漏洞，雷亚尔在此期间引起了第一执政官的注意。多亏他，卡杜达尔阴谋事件才遭败露。共和七年雨月十一日，波拿巴正式把警务部门交给了雷亚尔。当天发布的一道法令说，雷亚尔的头衔是"专门负责关乎共和国内部治安安全的预审工作及后续所有事务的参政院议员"。他的年薪是1.5万法郎，这还不包括参政院的薪水。雷亚尔在这个岗位上审讯了皮什格吕。后来皮什格吕死于狱中，也许和他有间接关系。听了他和皮什格吕的首次谈话报告后，打算利用皮什格吕绊倒莫罗的波拿巴对雷亚尔说："放了皮什格吕吧……我不需要取他的性命。但他不能再留在法国。和他谈谈圭亚那的卡宴这个地方，反正我们拿着这块殖民地又有什么用呢？我相信他，他肯定会在那里站稳脚跟的。但什么都不要承诺，不要保证任何东西。"在执政府时期还俗并当上秘密警察部部长的德斯马雷教士，后来在他的书《高级警察的十五年》（Desmarets, *Quinze ans de haute police*）中写道："雷亚尔伯爵[①]很愿意执行这项任务，当天就去了圣殿监狱。根据官方审问文件，他在和皮什格吕的谈话中拐弯抹角地把要传达的信息告诉了对方。我当时也在场，老实说，我没料到皮什格吕这样的人会接受这种安排。他不仅接受，还非常顺从，甚至可以说是认命地接受了，虽然他同时宣称自己知道前景不如别人暗示的那样理想。他泛泛地谈到卡宴这个地方的情况，还对我们说他研究过这个地方的未来。把他的思想概括起来就是，只要有3万人和3000万法郎，卡宴就会成为世界

---

① 他在1808年被封为伯爵。

上第一个殖民建设地,人们绝对不会再怀念圣多明哥了。"雷亚尔是否把皮什格吕的这些话传达给了波拿巴呢?第一执政官是否改变主意了呢?谁都不知道。皮什格吕等了许久都没再见到雷亚尔,万分失望,对狱卒说:"我算是知道了,雷亚尔以为那天和我说说卡宴的事就能把我骗过去。"几天后,皮什格吕死了。之后,又是雷亚尔让波拿巴注意到昂吉安公爵现身法国边界附近这件事。不过,也许他并没料到第一执政官会真的杀了昂吉安公爵。他收到命令,前往樊尚,在亲王接受军事审判所审判之前展开问询工作。雷亚尔没有去,或者更准确地说,他去得太晚了。至少,萨瓦里在他的回忆录中给出的版本是这样:"我快到城门口的时候,遇到身着参政院议员服的雷亚尔正往圣殿监狱走。我叫住他,问他去哪儿。他回答:'去樊尚。我昨天晚上接到命令,去审问昂吉安公爵。'我给他讲了刚发生的事,他听了我的话,和我刚听到他说要去审问昂吉安时一样一脸震惊。然后雷亚尔折身回到巴黎,我则去马尔梅松向第一执政官复命。"20年后,雷亚尔在《日报》上读到萨瓦里在回忆录中这段叙述的节选,激烈地抗议道:"罗维戈公爵(萨瓦里被拿破仑封为罗维戈公爵)大概是魔鬼附身了,才会说出这种话。我是在清晨五点得知行刑一事的,而且是在自己家里,告知我的人是樊尚监狱狱长。我既然得知亲王不久前已被正式枪决和下葬,肯定不会想着去樊尚向他问话。我当即去了马尔梅松,我记得当天我根本没见过萨瓦里。"(此话出自1823年12月25日他写给约瑟夫·波拿巴的信,后被比佳收进他写雷亚尔的一本书中)但雷亚尔的辟谣和梅纳瓦尔的叙述完全相反。梅纳瓦尔当天早晨也在马尔梅松,他在回忆录第二卷第121页中说:"当时,萨瓦里正谈到刚刚死去(毋宁说是刚被逮捕)的昂吉安公爵写的一封请求接见的书信,第一执政官打断他的话,说:'雷亚尔在做什么？为什么不等他来就把亲王给判了？'他凝神看着自己的副官，面有忧色，双手背在背后，在屋里绕来绕去地走了好一会儿，直到人们通报雷亚尔到来。之后，他听着这个官员的蹩脚解释，插了几句话后，又沉浸在自己的冥想里，最后说：'就这样吧。'话中不带任何批评或责备的语气。之后，他把自己关在另外一个房间里，留下雷亚尔和萨瓦里两人面面相觑。"有的人看到雷亚尔如此克制，觉得他有心参与塔列朗构思的不择手段的计划，但这不太可能。最直接的原因是，他肯定也想免去这个苦差事。某些高级军官也是同样的想法，他们料到自己要参加处死公爵的军事任务，便找各种借口不待在家里，以免被召去参与行刑。（请看词条"缪拉"）重设警务部后，雷亚尔负责管理从前部分属于参政院职责范围的"三区"中的一个，这"三区"将代替三个行政警务署执行任务。雷亚尔的区划包括北方、中部和西部诸省。这些新工作要求极高的工作能力和勤勉的工作态度，而这些都超过了雷亚尔的能力。在之后和富歇的日常接触中，雷亚尔的表现也显得僵直死板。富歇把他从一堆又一堆无足轻重的文件中拉了出来。在回忆录里提到雷亚尔时，富歇说："他是个聪明的勘探家，也是个好领导，但没有能力和手腕让这个机器运转。"1810年富歇被撤职后，拿破仑在考虑接任人选时并没考虑过雷亚尔。几个月后，杜博瓦省长要走了，这次仍不是雷亚尔接替他的职位。我们可以从中得出一个结论：皇帝在富歇的提醒下，对雷亚尔有着清楚的认识。但在马莱阴谋事件中，在众多负责维护首都安全的高级官员中，只有雷亚尔保持着清醒的头脑。他一得知萨瓦里被捕的消息，就跑到康巴塞雷斯家里，向帝国护卫军指挥官哀求许久，才从他手上硬拿到几支军队，赶到警察署，逮捕了已经进驻进去的拉奥利。在此期间，拉博德将马莱逮捕归案。可拿破仑回来后痛斥了雷亚尔一番。帝国覆灭后，雷亚尔恳请路易十八让自己回到"清洗后"的参政院，说："我一直都在维护秩序，反对一切暴行，是任何遭到不公迫害的人的辩护者。我不应被怀疑倾向于任何政府，我应该在政府中找到保护人。我要向他贡献我的经验、热情和忠诚……"考虑到他是"波拿巴行政制度的肱骨之臣"，路易十八拒绝了雷亚尔。百日王朝时期，雷亚尔担任警察署署长。拿破仑责备他干活缺少激情，没有堵住正在抬头的反对派的嘴，说："雷亚尔，您太懦弱了。"雷亚尔的回答是："我们不再是被您丢弃时的那个人了。"当帝国覆灭，人们即将签署投降协议时，雷亚尔递交辞呈，说："我拒绝如人们在1814年做的那样，向外国打开巴黎城门。给我指派一个人来接替工作吧。"富歇对这种做法则毫无尴尬之情，亲手打开首都大门。他在亲手列出通缉名单时，并没忘记把这位旧友和同僚的名字放上去。面对流放法令的打击，雷亚尔前往加拿大，在那里买了一块地。1819年，在依然留在法国的妻子和女儿的恳求下（许多当初因为雷亚尔的缘故才保全性命或重获自由的保皇党人士也在为他上下奔走），雷亚尔被允许回国，但他宁愿继续待在加拿大。直到1827年，因为在农场开发上年年亏损，雷亚尔才返回法国。他晚年忙于整理资料，撰写回忆录。然而他的回忆录并未问世。雷亚尔去世后不久，米尼耶-德斯克罗佐出版了一本书，书名为《内情：根据一位帝国官员文件整理的逸事及政治回忆录》（Musnier-Desclozeaux, *Indiscrétion: Souvenir anecdotiques et politiques tirés du portefeuille d'un fonctionnaire de l'Empire*），宣称是在雷亚尔的启发下才写了这本书。但这本书不过是二手资料的蹩脚堆砌罢了，里面充满谬误。

参考资料：路易·比佳1937年的《前雅各宾党人雷亚尔伯爵》（Louis Bigard, *Le Comte Réal ancien Jacobin*）。

雷伊（加布里埃尔-韦南斯，Gabriel-Venance Rey，1763—1836）

旧制度时期骑兵团的一个士兵。1792年，雷伊成为卡尔瓦多斯志愿军第五营的参谋上尉。旺代战争期间，他办事能力强、作战英勇，1793年7月17日被国民代表斐利博任命为希农军队的总司令。次年9月14日，他在图阿尔打败旺代军，这场大捷奠定了旺代战争的胜利基础。1796年，他打败朱安党人。同年7月，他被派去援助意大利军。后来，雷伊宣布反对雾月政变。在执政府期间，他一直站在反对派阵营。1803年，雷伊退伍。后来路易十八把他请了回来，封他为男爵，授予圣路易勋章。

利奥波德，托斯卡纳大公（Léopold，1747—1792）

约瑟夫二世的弟弟，1790年继承了他的皇位。

利奥波德·德·萨克森–科堡（Léopold de Saxe-Cobourg）

奥兰治一系的亲王头衔继承者，1831年成为比利时第一位国王。

里德（托马斯，Thomas Reade，1785—1849）

英国军官，主要执行外交任务。1815年他升为中校，成为哈德森·洛韦在圣赫勒拿岛的参谋团一员。之后他随上司来到圣赫勒拿岛，负责监视他们的囚徒。夏普林研究了大英博物馆收藏的里德的通信后，得出一个结论：里德比哈德森·洛韦还要冷血无情，他甚至认为洛韦太过软弱和宽容了。1821年7月12日，里德离开圣赫勒拿岛。拿破仑曾见过他三次，时间分别是1816年4月17日、5月27日和10月4日。

利德凯尔克（夏绿蒂，Charlotte Liedekerke）

拉图尔·杜潘侯爵的女儿，1813年嫁给奥古斯特·德·利德凯尔克伯爵。

里尔伯爵（Lille）

请看词条"路易十八"。

里莫埃朗（Limoëlan）

请看词条"皮科·德·里莫埃朗"。

黎世留公爵（阿尔芒-埃马努艾尔·威尼洛-杜普莱希斯·德，Armand-Emmanuel Vignerot-Duplessis de Richelieu，1766—1822）

旧制度时期国王宫廷中数一数二的贵族。1790年，他被派到维也纳宫廷执行任务，但之后他没有返回法国，而是去效忠俄国。后来，他和波旁家族一道返回法国，并陪同路易十八逃到根特，又陪他再度返回法国。拒绝加入富歇的政府后，黎世留公爵同意组建一个新内阁，负责外交部事务。1815年11月20日，他以外交部部长的身份签署协议，接受了联军提出的要求。因为和亚历山大私交甚深，他在1818年成功让外国军队撤兵，之后没过多久他就辞职了。

里斯（多米尼克-克莱蒙·德，Dominique-Clément de Ris，1750—1827）

旧制度时期王后宫中的膳食主管，大革命初期回到自己在图莱讷的封地，并成为安德尔-卢瓦尔省的官员。由于在恐怖统治时期遭到怀疑，他被打入监狱。雾月十八日后，里斯进入元老院。当上议员后没多久，他就被六个闯到家中的持武人员"绑架"了，丢失了大批金银细软，还被迫和绑匪乘上他自己的马车，被带到一个叫拉克鲁瓦夫人的家中，在那里被监禁了19天，期间下落不明。萨瓦里等侦探被富歇召集起来破案，最后成功发现里斯被囚于何处，让他重获自由。三名绑匪被逮捕和判处死刑，拉克鲁瓦夫人被关了几年后出狱。有人说，这次发生在光天化日之下的绑架案实际上出自几个王党分子的手笔，他们想扣押这个元老院议员做人质，好保障他们某个生命遭到威胁的领导人的安全。但这更像是一桩普通绑架案件。绑匪逼迫里斯给妻子写信，让她把5万法郎放在指定地点。里斯夫人筹好钱，还没来得及将它交给绑匪，里斯就被救了出来。帝国时期，里斯在政府里并没有太大影响力，所以后来他才会如此义无反顾地投奔路易十八，并被后者任命为贵族院议员。

里特列顿（威廉·亨利，William Henry Lyttelton，1782—1837）

1807—1820年，担任英国议会议员，属于反对派，是科伯恩上将的亲戚和朋友。

里维埃公爵（查理-弗朗索瓦·里法尔多·德，Charles-François Riffardeau de Rivière，1763—1828）

旧制度时期法国近卫军中的一个军官，大革命初期流亡国外，成为阿图瓦伯爵的副官。他奉命在几个旺代领袖身边执行各种任务，多次成功地潜入法国。卡杜达尔阴谋败露后，警察成功将里维埃逮捕归案。他和皮什格吕一道接受审判，被判处死刑。但因为约瑟芬和缪拉的介入，里维埃保住了性命。波拿巴把死刑减为监禁和流放，把他在茹堡中囚禁四年后发配海外。后来，里维埃和波旁家族一同返回了法国。1815年8月，他成为科西嘉岛指挥官。到达该岛后没多久，里维埃得知四处逃亡的缪拉想在阿雅克肖附近求得一个藏身之地。这位绅士不顾缪拉当初的救命之恩，任由他被警察四处搜捕，让这个可怜的人命丧异乡。次年5月，里维埃以大使身份被派到君士坦丁堡。他的一个秘书奉命拜访利凡得，途经迈洛时发现了维纳斯·维克特里克斯雕塑。里维埃正好准备在1820年返回法国，就把维纳斯雕塑带走，将其献给了国王。这尊女神像如今被存放在卢浮宫中。

利物浦勋爵（罗伯特·霍克斯伯里，Robert Hawkesbury，lord Liverpool，1770—1828）

皮特的心腹，因为他的关系，霍克斯伯里才在1790年作为"黑土地"雷伊的代表进入议会。他是法国大革命的死敌,在下议院大力支持自己上司的政策。1808年,他的父亲去世,霍克斯伯里承袭了利物浦勋爵的头衔。虽然他不是首相,却在英国内阁的外交政策制定上很有影响力,不遗余力地想削弱拿破仑的势力。1814年拿破仑战败后,霍克斯伯里在上议院发表演讲,说:"挺进巴黎是个可行且理性的计划,唯有在巴黎我们才能缔结和平,还欧洲安全。"他还说:"把法国赶回它本来的国界后面,欧洲才能重建平衡局势。我们的目的从来都不是波旁王朝复辟,实际上,我们不可能和法国达成令人满意的和平,除非把王族交予它。"

利希滕斯坦公爵(让-约瑟夫·德,Jean-Joseph de Lichtenstein,1760—1836)

父亲是玛丽娅-特蕾莎手下的一个著名元帅。父亲死后,他继承了利希滕斯坦这块巴掌大小的封地。1793年,利希滕斯坦公爵参加了反法战争。在奥斯特里茨战役后,他负责起草停战协议,因此和拿破仑有过一次时长好几个小时的谈话。当时拿破仑给弗朗茨皇帝写了一封信,在信中说他"惊讶地发现自己从未见过行事如此周到细心的人,完全不像英国人那样糊里糊涂"。瓦格拉姆战役后,他被再度派到拿破仑身边议和,当天两人就达成了一致。后来有人责备利希滕斯坦公爵,说他太过草率地接受了对奥地利而言过于苛刻的条约(主要是因为他答应了拿破仑一笔8000万的战争赔偿款,然而他得到的授权是最多只能答应5000万)。但利希滕斯坦公爵别无选择,因为战胜方毫不让步。1812年奥地利加入了拿破仑的对俄之战,公爵就在奥军队伍里。他在战争初期受了伤,便撤到华沙,没过多久就回到奥地利,余生再未参与任何政治军事活动。

列斐伏尔，丹齐格公爵（弗朗索瓦-约瑟夫，François-Joseph Lefebvre，1755—1820）

父亲是阿尔萨斯省鲁法克市的看门人，叫约瑟夫·斐伯（Joseph Feber）。列斐伏尔这位未来的帝国元帅为了让自己的姓氏更有法国味道，便改为列斐伏尔。他8岁时父母双亡，被一个叔叔抚养成人。他的叔叔是个很有学识的神父，想把他送进神学院学习。而年轻的列斐伏尔对从事神职并无兴趣，渴望投军从戎。最后叔叔放弃了，让他进了法国自卫军。他在法国大革命爆发之前的军衔是中士，政府组建国民自卫军期间，他成为菲尔-圣托马斯军营的训练军官。因为这层身份，列斐伏尔要指导一些银行家和商人如何走正步和上枪。1792年，他以上尉身份进入一支正规军，随后这支军队被编入摩泽尔军和莱茵军。1793年，列斐伏尔被升为将军，听从奥什指挥，负责指导法国志愿军的训练工作。奥什失势后，他先后在茹尔丹和克莱贝尔的军队中待过一段时间。1799年3月，因为在普富伦多夫战役中受重伤，他只能离开军队。伤势痊愈后，督政府让他担任以巴黎为主营的第17军区统帅。因为和贝纳多特、茹尔丹关系密切，列斐伏尔起初积极支持共和。在拿破仑准备发动雾月政变期间，他表示要尽到自己的义务，听从督政府的命令。波拿巴深知如何逢迎列斐伏尔，把他拉到自己这边来。雾月十八日前夕，他邀请列斐伏尔来家中赴宴，对他说："列斐伏尔，您作为共和党的顶梁柱，难道愿意看着它在这些政客的手中烂掉吗？和我一道拯救共和国吧。这是我在金字塔战役中佩过的军刀，请您拿着。我把它交给您，以见证我对您的信任和尊敬。"拿着这份礼物，列斐伏尔大为动容，泪水一下涌了出来，发誓"要把那些政客丢进河里"。值得注意的是，列斐伏尔之所以憎恨那些"政客"，其中也有个人原因。他回巴黎养伤期间，五百人院为了向这位勇士表示感激，选他为督政官备选人，以替代正要离职的特雷亚尔，然而元老院并没给他投票。他大概因此对这群脑满肠肥的议员心有怨恨吧。波拿巴成功拉拢列斐伏尔后，如虎添翼。事变中，列斐伏尔向巴黎军区部队发表讲话，告知他们新的秩序即将建立，波拿巴将军将"拯救共和国"。督政府大为震惊，把他叫来，要求他停止"煽动暴乱"。这位将军的回答是："太晚了，无论您还是我，我们已经什么都不是了。"政变后第二天，即十九日，列斐伏尔在他的参谋团的跟随下，一大早就骑马站在被波拿巴召集到圣克鲁宫的部队的最前面。他陪波拿巴一直来到元老院，在波拿巴向议员发表演讲时，和贝尔蒂埃一道站在他的边上。之后，他又陪波拿巴去了五百人院所在的橘园，并参与了那场差点儿要了后者性命的群殴。但就如官方资料中宣称的那样，"拯救波拿巴性命"的人并不是列斐伏尔。而是两个掷弹兵把波拿巴从混战中拉了出来，把他安置在外面，当时他几乎半条性命都没了。不过是列斐伏尔命令勒克莱尔带领一队掷弹兵把议员从厅中驱逐出去的，所以他也算是用武力对抗国民代表机构、实现政变的执行人之一。拿破仑很清楚列斐伏尔帮了自己多大的忙。正因为如此，七年后封列斐伏尔为丹齐格公爵时，他在写给元老院的公文中说："是他在我们执政的第一日提供了莫大的帮助。"雾月十八日政变之后，列斐伏尔的职位暂时不变。雨月十五日，一道法令被颁布下来："波拿巴，共和国第一执政官，从公民弗朗索瓦-约瑟夫·列斐伏尔将军担任总司令波拿巴的参谋上校起，便在大小事件中见证了他是何其经验丰厚、恪守道德、昼警夕惕、行为端正、积极热忱地拥护人民利益和共和宪法。"两个月后，列斐伏尔进入元老院。他当时已被视作"老人"，大家都觉得他应该让位给"年轻人"。

1804年，列斐伏尔进入元帅名单，但封帅的帝国法令有细微区别。法令内容如下："下列将军（总计14人，都是妇孺皆知的大人物）被封为帝国元帅。……元老院议员克勒曼、列斐伏尔、佩里尼翁和塞律里埃被颁以帝国元帅头衔。"梯也尔在评价这道法令时，说："当时有四个荣誉元帅位置，颁给那些在元老院赋闲养老的将军，另外14个颁给年富力强、在长时间里仍能成为我军将士代表的将军。"〔详情请看他的《督政府及帝国史》（Thiers, *Histoire du Consulat et de l'Empire*）第五卷第120页〕我们并无冒犯梯也尔之意，但在这14个"年富力强"的将军中间，不乏比列斐伏尔更年长的人，如贝尔蒂埃和蒙塞。这让人不由得猜测拿破仑并非真心相信列斐伏尔的军事才干，觉得他是一个优秀的教官，适合培养新兵，但不太适合担任一军统帅。不过在1806年到1807年的战争中，他还是让列斐伏尔担任了大军团第十军军长，负责围攻丹齐格。列斐伏尔身负重任，有些慌乱。拿破仑便和颜悦色地安慰他说："勇敢点，我们回到法国时，您在元老院中就有谈资了。"为了更好地完成任务，列斐伏尔得到了以下几人的协助：德鲁埃·戴隆担任该军总参谋长，沙瑟鲁-劳巴担任围攻战军事工程指挥官，拉里布瓦西埃担任炮兵指挥官。守方统帅是卡尔克罗伊特元帅，得到一个法国军官的协助。这个军官叫布斯纳尔，在凡尔登投降后去了奥地利军。列斐伏尔手下有五个师的兵力，其中两个师是法军，其他三个师是外国军队。这支由法国人、巴登人、萨克森人、波兰人组成的队伍并不容易带，列斐伏尔花了很大功夫才让军队保持住战斗状态，阻止了日益严重的逃兵现象。当时尚是王储的巴登大公负责指挥从他的公国招募同年新兵，他随后在日记中写道："元帅无时无刻不在部队里，极度的危险对他已是家常便饭。虽然他51岁，身体抱恙（列斐伏尔患有痛风），但依然精力旺盛。他谈吐优雅，很有主将风范，并为自己懂得依据1792年条例领兵打仗而感到自豪。当他检阅德意志军时，军规中的任何不足都逃不过他的眼睛。他说话铿锵有力，带着阿尔萨斯口音。"列斐伏尔经常与"技术人员"沙瑟鲁和拉里布瓦西埃发生争执，因为后两人更倾向于依据严格的军事科学制定章程、带领队伍。5月21日（2月1日围攻战打响），莫蒂埃带领他的队伍前来支援列斐伏尔（他因为和瑞典人订了停战协议，故能抽出身来），三天后丹齐格被攻下。列斐伏尔的确成功地维持了他那支杂牌军的纪律，为军队做出了切实的贡献，但法军之所以赢得了最后的胜利，是因为有负责具体军事行动的基尔格纳和拉里布瓦西埃，再加上前来支援的莫蒂埃的关系。但无论如何，列斐伏尔还是因此被授予丹齐格公爵的头衔，而且是第一批被拿破仑封为公爵的人，后来拿破仑又陆续封了30多个公爵（以及4个亲王、388个伯爵和1090个男爵）。次年，列斐伏尔被派往西班牙，但很快就被召回去，指挥几支巴伐利亚军入侵奥地利（皇帝很清楚，这个老阿尔萨斯人懂得如何降服德意志人，取得他们的尊重）。列斐伏尔这一次的任务格外艰难：当时蒂罗尔人民在爱国者安德列阿斯·霍弗的领导下揭竿而起，列斐伏尔必须镇压这场大起义。1809年8月11日在施泰纳赫被蒂罗尔人打败后，列斐伏尔只好退回巴伐利亚。拿破仑当时分身乏术，无法拿下蒂罗尔，便命令他和叛军谈判。霍弗说，只要他的国家一日未得独立，他就绝不谈判。《维也纳条约》签订后，拿破仑终于有时间了结蒂罗尔的事了。不过，这次他挑中了巴拉杰·蒂里埃来完成这项任务，列斐伏尔则回了法国。直到1812年，他才被再度起用，指挥老护卫军参加战斗。当时，帝国护卫军直接听从拿破仑指挥，它下面有三个师：两个师组成老护卫军，由列斐伏尔负责指挥；剩下一个师名为青年护卫军，统帅是贝西埃尔。这支由皇帝组建的军队并没有太多作战经验。在撤退期间，人们看到列斐伏尔和战士们一道步行，手里拄着一根棍子，脸上的胡子好几周都没刮了。当时他已是60岁高龄。皇帝侍从孔斯当在回忆录中说："我当时经常走在勇敢无畏的列斐伏尔元帅后面，他待我极好。有一次说到皇帝时，他带着浓浓的阿尔萨斯口音对我说："他身边都是一群不告诉他事实的家伙，叫他分不清忠臣和奸贼。"当时，丹齐格被指定为卫军的会合地，于是老元帅抵达他的"公国"。经历60天的寒冬行军后，他已是身心俱疲。他给贝尔蒂埃写信，想让拿破仑允许他立刻返回法国。这个要求获允，列斐伏尔回到了巴黎。当时他几乎都没办法行走了。1814年，他不得不再度带领老护卫军作战。这一次，拿破仑把能用上的人马通通推上了战场。但这一仗只打了24天：列斐伏尔1月26日离开巴黎，来到位于沙隆的法军主营；2月18日，他在蒙特罗打响了生命中最后一场战斗。4月4日，麦克唐纳来到枫丹白露宫要求拿破仑退位时，列斐伏尔就在皇帝办公室。4月24日，他和另外八个元帅（贝尔蒂埃、布律讷、麦克唐纳、马尔蒙、蒙塞、莫蒂埃、内伊和苏尔特）出现在路易十八的欢迎仪式中。路易十八和列斐伏尔一样患有痛风，对他的疾病深表同情，让他进了贵族院。

参考资料：约瑟夫·维尔特1904年的《列斐伏尔元帅》（Joseph Writh, *Le Maréchal Lefebvre*）。

列斐伏尔夫人，丹齐格公爵夫人（凯瑟琳，Catherine Lefebvre，1753—1835）

生于霍布舍尔，是巴黎的一个洗衣女工。1783年，她嫁给了中士列斐伏尔。我们可在维尔特的传记中读到一些阿布朗蒂斯公爵夫人、雷米萨夫人等人说的一些和她有关的私人逸事，以及维尔特的相关分析批评。

娄德雷尔（皮埃尔-路易，Pierre-Louis Roederer，1754—1835）

旧制度时期梅斯最高法院法官，法国大革命初期被选进了三级会议，主要负责财政工作，但也经常在讲台上就其他事务发表意见。娄德雷尔是雅各宾俱乐部中最有影响力的人员之一，因为担任省代表检察官而在俱乐部中受到热烈欢迎。1792年6月20日，因为不支持当天的民众抗议活动，他在雅各宾俱乐部声望大跌。8月10日事件后，由于被剥夺了一切公职，娄德雷尔就把精力放在创办报纸上。因为他和一些所谓的"温和派"报纸站在一个立场，遭到政府怀疑，所以娄德雷尔觉得自己最好是秘密从事报纸行业。热月九日后，由公会旧友圣让·德·昂热里牵线，娄德雷尔认识了波拿巴，在他和西哀士之间当中间人。雾月十八日后，他差点儿被选为第三执政官（这也是波拿巴的意思）。但娄德雷尔作为西哀士的朋友，为了勒布伦而被牺牲了。作为弥补（当然了，这是非常微薄的弥补），他被任命为国务内务部主席。1803年娄德雷尔进入了元老院，1805年被封为伯爵，1810年被拿破仑任命为贝格大公国部长。帝国覆灭后，娄德雷尔再未担任任何职务。

鲁贝尔（让-弗朗索瓦，Jean-François Rewbell，1747—1807）

旧制度时期阿尔萨斯终审法院里的一个律师，被科尔马城的第三等级选进三级会议，在议会中宣布拥护新理念。在国民公会中，鲁贝尔表现得比以前谨慎了许多，不参加任何党派之争。但热月九日后，他的立场越来越右倾。进了五百人院后，鲁贝尔在法学上的见地常常得到众人的欣赏。他成为行政督政府中的一员，共和七年退出。雾月十八日后，鲁贝尔回归私人生活，隐退到了科尔马。

鲁斯坦（Roustan，1782—1845）

格鲁吉亚的一个奴隶，拿破仑远征埃及期间被当地的一个酋长送给他当礼物。鲁斯坦长相秀丽别致，名声很快在巴黎传开了。在皇帝加冕典礼上，人们为他定制了两套由伊萨贝设计的服装，价值8000法郎。他以"皇帝火枪保管者"的身份享有2400法郎的薪水，另有2400法郎年金，以及大大小小无数赏赐。1813年年末，鲁斯坦还额外获得了5万法郎的新年奖赏，不过这也是他得到的最后一笔赏钱。在枫丹白露危机中，他抛弃了自己的主人。

鲁索（泰奥多尔，Théodore Rousseau）

拿破仑在圣赫勒拿岛上的一个仆人，负责保管银器。

鲁瓦耶（Royer）

埃及军药剂师。

路韦（让-巴普斯特，Jean-Baptiste Louvet，1760—1797）

巴黎一个小纸商的儿子，在一个私卖禁书的出版社当小文员。在读这些书的时候，路韦生起了作家梦，写了六卷本的《佛布拉斯历险记》（*Aventures de Faublas*）。据他说，这书让他得了"一笔小钱"。野心勃勃、躁动不安的路韦，在大革命中发现了能让自己出人头地的机会。他被介绍给了罗兰夫人，成了她的人，在她的指示下在国民公会发表演讲。罗兰夫妇指使他和罗伯斯庇尔作对时，就像主人命令自己的一条狗去咬人一样。后来，路韦总算成功摆脱了这个形象，成为吉伦特派的一个大人物。1793年6月2日上了逮捕令后，他成功逃到了瑞士，在罗伯斯庇尔倒台以后回到了巴黎，再度进入公会。之后，他被选入五百人院，但没过多久就死了。

路易十六（Louis XVI，1754—1793）

1774年登基。由于先前统治者的原因，他刚当上国王就不得不面对动荡纷乱的社会局势，却没有足够的手段去挽救摇摇欲坠的君主制大厦。路易十六资质平庸，但正直善良。如果得到能人良臣的辅佐，他也许会是一个好的君主立宪制统治者。可路易十六不仅没有可依靠的左膀右臂，他的兄弟还包藏祸心，想把他赶下王位，他的妻子又在一边拖后腿。我们可在古尔戈1816年12月16日的日记中读到拿破仑针对路易十六的简单直接的评价："他事后很有勇气，但在行动之际缺乏魄力……他应该如路易十三那样选个好首相，把什么事都交给他做。"[①]1817年4月30日，古尔戈记录下了拿破仑这番话："（1791年6月）路易十六逃走，之后的事完全是他咎由自取！他让我们宣誓忠于宪法，之后又抛弃了我们。人们把他处死，这事干得好。"

参考资料：约瑟夫·德洛兹1839年至1842年出版的三卷本《路易十六史》（Joseph Droz, *Histoire de Louis XVI*）。近期出版的路易十六传记都乏善可陈，不值一提。

路易十八（路易-斯塔尼斯拉斯-塞维尔，普罗旺斯伯爵，Louis XVIII，1755—1824）

巴雷尔曾说："他是波旁家族中最聪明也最邪恶的一个人。"1765年，他的父亲——王太子路易去世。普罗旺斯伯爵的哥哥贝利公爵是王位第一继承人，却英年早逝，且未留下子嗣，他便有了登基为王的可能。在之后的15年里，普罗旺斯伯爵都被视为王位第一继承人。然而，玛丽-安托瓦内特的第一个儿子出生后，他的国王梦破灭了。普罗旺斯伯爵本人在写给他的朋友——瑞典国王古斯塔夫三世的一封信中，直言不讳地说这对他而言不亚于晴天霹雳。他表面看起来一如往常，对此事毫不挂心，从此醉心于艺术和文学。他向他的国王哥哥苦苦哀求，

---

① 这样当然可行，但玛丽-安托瓦内特绝不会允许他这么做。

得到了卢森堡宫，在里面过着醉生梦死的生活，似乎对王位和宫廷再无野心了。可实际上，普罗旺斯伯爵一直在暗地里策划阴谋，企图夺回王位。（请看编者的《普罗旺斯伯爵》）法国大革命对他而言无疑是个机会：他假装承认建立在巴士底狱废墟上的新政权，以借此争取民心、赶走路易十六，好让自己坐上皇位。然而他演技拙劣，差点儿偷鸡不成蚀把米，只好惨淡收场。普罗旺斯伯爵明白了一个道理：大革命并不需要他。于是他离开法国，企图煽动外国列强组织联军来对付他的祖国，导致路易十六在国内的处境越发艰难。得知国王被处死的消息后不久，普罗旺斯伯爵就以"王国摄政王"的身份自居。两年后，年幼的王太子死于狱中，普罗旺斯伯爵便自称路易十八，并在他当时居住的维罗纳以"里尔伯爵"的头衔向所有国家宣布，他登上了"那座被我的家人的鲜血染红了的国王宝座，希望能在上帝和我的强大盟友的帮助下复兴王室"。英国政府对他很感兴趣，把一个"身负职责"的耳目派到了维罗纳。督政府知晓此事后，派刚刚当上意大利军统帅的波拿巴告知维罗纳所在的威尼斯共和国，它若继续对法兰西共和国的一个敌人热情相待，那就是与共和国为敌。威尼斯人害怕法军再度入侵，赶紧采取行动。维罗纳最高行政官收到命令，告知"里尔伯爵"：尊贵的威尼斯共和国不再容忍他存在于此。路易十八便去投奔孔代亲王的队伍。因为莫罗大军渡过了莱茵河，流亡贵族军队仓皇后撤，路易十八被迫另寻庇护。后来，布伦瑞克公爵允许他留在哈茨山中的一座叫布兰肯堡的小城市。定居于此后，路易十八组建了一个渗透进法国上下的庞大情报网，负责在国内搜集情报、宣传保皇思想。可惜果月十八日事件让他功亏一篑，他勤勤恳恳结成的蛛网覆灭于一朝。路易十八又从头再来。1797年12月9日，刚刚抵达巴黎的波拿巴将军从新的督政府手中收到一份盛大的礼物：普罗旺斯伯爵以前风流快活时所住的卢森堡宫。参与馈赠典礼的政府官员中有刚刚上任的外交部部长塔列朗。仪式结束后不到40个小时，塔列朗派卡哈尔向普鲁士外交部部长递送了一封急报，告诉后者：待在布兰肯堡的那个王位继承者"是让欧洲乃至法国国内怀有旧制度在法国复辟这个幻想的一大原因"，请求普鲁士国王介入此事，让布伦瑞克公爵"把迟早会变成祸患的一些人请出他的封地"。路易十八再度面临"该去哪儿"这个难题。他给保罗一世写信，后者让他借住在米陶的一座城堡中。雾月十八日之后，第一执政官在外交上做的第一件事，就是和俄国沙皇修好关系。保罗一世收下了他抛来的橄榄枝，并告知这位客人：他不能再住在米陶了。可路易十八能去哪儿呢？他走投无路，只好再度求助普鲁士国王腓特烈-威廉三世。普鲁士国王向波拿巴请示，波拿巴让塔列朗传话，说"落难亲王想在普鲁士寻一个栖息之地，他对此并不反对，但前提是波旁家族的族长必须宣布放弃一个虚幻的头衔"。路易十八因此被允住在华沙（波兰被瓜分后，这座城市被分给了普鲁士）。1802年年末，波拿巴开始准备登基称帝。然而他有个麻烦：欧洲某个地方还住着某个人，其祖上在数个世纪里都是法国国王，他本人也坚持不肯放弃自己的国王头衔。波拿巴并不害怕这人能掀起什么风浪来，但他不能容忍自己的敌人继续拿这个头衔来做文章。如果能从王位持有者那里得到一份放弃王位的正式宣言书，那国内的保皇党就不足为惧，英国再也不能披着白旗来打自己的算盘了。塔列朗通过普鲁士国王向"流亡贵族的国王"透露了这个意思，但路易十八干脆地回绝了。他在1803年2月28日的宣言书中说："我没有把波拿巴轻看成在他之前冒出来的人物；我尊重他的才能和军事才干，并对他的某些治国手段表示感谢：只要有谁为我的人民谋得福祉，他就能得到我的尊敬。但如果他想让我在我的权利上做出让步,那他就想错了。不仅如此,他现在还动用一些手段,企图让自己获得这些权利,哪怕这会惹来争端。"1804年5月末,路易十八得知第一执政官于不久前称帝,立刻给欧洲所有君主发了一封正式抗议书,反对"这一渎圣行为"。他还想把自己家族的所有成员联合起来表示抗议。但路易十八不敢把他们叫到华沙来,只能让他的旧友——瑞典国王古斯塔夫四世的近臣菲尔逊伯爵出面,在卡尔马召开这次集会。菲尔逊伯爵答应了这件事,但最后只有阿图瓦伯爵来了。孔代家族和奥尔良家族没有来——英国政府觉得自己不能从路易十八这件事中谋到什么政治利益,故阻止他们参加集会。普罗旺斯伯爵和阿图瓦伯爵这对十多年没见的兄弟为共同宣言列了大致纲领。在此期间,普鲁士驻斯德哥尔摩大使把一封政府公文交给了路易十八。信中说,普鲁士认为卡尔马会晤是仇法行为,里尔伯爵若留在国内,就违背了普鲁士国王陛下想要保持的中立立场。路易十八只能拿"他并不要求对方回复此信"这个理由来搪塞。那他又该去哪儿呢?昂吉安公爵遇害之后,亚历山大一世和波拿巴的关系变得十分紧张,于是路易十八再度敲响了俄国的大门,被允许住回米陶。他在那里过了三年贫病交加的艰苦生活,但依然没有丧失信心。1807年3月,路易十八得知亚历山大一世要路过米陶前往边境,便强烈希望和对方见上一面。亚历山大去赴约。路易十八那天痛风加重,几乎连路都走不了。在谈话时,这个老人表达了想和亚历山大一世一道前往军队的心愿,觉得"我的出现应该能起到巩固胜利、影响大众舆论、鼓舞士气的作用,因为士兵们看到我手里的白旗,会觉得他们除了追随国人痛恨的那个暴君外,还能追随其他东西"。他还希望亚历山大一世能替他在英国政府跟前说话,让他前往英国。亚历山大听了他的话后不置可否,只说他会派一个特使和国王碰面。离开城堡的时候，沙皇自言自语道："这是全欧洲最无用处、最无关紧要的人，他不可能登上王位。"沙皇在提尔西特把自己对这个王位继承人的想法告诉了他的新盟友，拿破仑表示完全赞同。这一次，路易十八没被请出米陶，他是得到古斯塔夫四世的邀请后自行离开的。古斯塔夫四世当时和法国断交，打算组织一支十字军去讨伐拿破仑这个"敌基督"。他把一群流亡贵族集合编队，打算让路易十八率领这支远征军作战。军舰奉命抵达卡尔斯克隆来接国王的时候，路易十八听闻古斯塔夫四世的"军队"在施特拉尔松德战败，法军已经占领该城。之后，古斯塔夫四世本人现身，要路易十八立刻前往英国，亲自和英国内阁接洽，"让这个政府把拳头使在更好的地方"。实际上，他是想立刻甩掉这个烫手山芋。他的大臣告诉他，拿破仑的敌人在卡尔斯克隆现身，这会对他们国家产生极大的危害。路易十八离开了，并得到英国政府的接待。反正对英国政府而言，横竖不过又多了一个波旁人罢了……路易十八在哈特维尔组建了自己的"宫廷"，这个宫廷成分混乱，有法国流亡贵族，还有来自华沙的波兰人、来自米陶的波罗的海人，这群老弱病残在国王周围抱团生存下来。路易十八慢慢在那里扎下根来，过上了略有烦心事、搞点小阴谋、有点小消遣的日子。1814年，路易十八和他的跟班重燃希望，觉得亚历山大简直就是拯救了欧洲命运的救世主。他给沙皇派去两位使者，想要联军承认自己的权力。亚历山大的回复是，拥护他为法国国王并不是联军的事。换言之，这件事应该让法国人自己开口。沙皇一进入巴黎就找到了塔列朗，后者直截了当地说：法国人能接受的只有波旁家族，其他办法都不可行；唯有波旁家族才能代表一种理念——那就是权力。亚历山大听着他的话，嘴角扬起讽刺的微笑。这个"全欧洲最无用处、最无关紧要的人"，居然要统治世界上最美丽的一块土地！但亚历山大既没有魄力,也无意反驳这种令他吃惊的说法,默然接受了。1814年5月3日,路易十八回到巴黎。在进入杜伊勒里宫的前厅时,他跪倒在地,假模假式地痛苦高喊:"啊!我的哥哥!真希望你能看到这一天啊!"可语气中是藏不住的得意和快活。当晚,路易十八站在大时钟的阳台上,向王宫平台上的人群挥手致意。他面带微笑,眼中似乎闪着激动的泪花,挥手回应良民的飞吻,时不时地低声念着:"恶棍,雅各宾党,怪物。"〔详情请看蒙加亚尔(Montgaillard)的回忆录第276页〕5月30日签署《巴黎条约》时,路易十八大笔一挥,放弃了大革命和法兰西帝国打下来的所有地盘,把法国版图变回了1792年之前的样子。派塔列朗参加维也纳会议的时候,路易十八叮嘱他牢记下面三个条件,其他通通都要排在后面:让拿破仑远离欧洲(被废皇帝待在厄尔巴岛,让他不能高枕无忧);把缪拉从那不勒斯王国赶出去,呼吁波旁家族其他成员继承王位;维护萨克森王国(从母系家族来看,他是萨克森国王的表兄弟)。在对内统治上,路易十八任由布拉卡胡作非为,干了许多大失人心的事。他威胁要把国家财产获得者的资产充公,因此得罪了起初站在他这边的资产阶级。没过多久,法国民怨沸腾。拿破仑趁机重获皇位,但没能从路易十八身上吸取教训,保住自己的宝座。滑铁卢战役后,路易十八做出近乎屈辱的让步,方才重获王位。再度为王的路易十八要让当初背弃自己、效忠百日王朝的人付出巨大代价,于是施行恐怖统治,打击早就该被流放出去的1793年弑君者。由于路易十八十分狡猾,他把恐怖统治的责任都推到弟弟阿图瓦伯爵身上,还让自己的侄女——报复心重的昂古莱姆公爵夫人背负骂名,自己却依然保持着宽宏善良的君主形象。只可惜,他时不时会在行动中露馅。我们都记得他亲口说过的一句话:"我得演一辈子的戏",以及拿破仑的那句"伪善如此君"。

参考资料：让·卢卡斯-杜布勒顿1925年的《路易十八》（Jean Lucas-Dubreton, *Louis XVIII*）；杰拉德·沃尔特1950年的《普罗旺斯伯爵》（Gérard Walter, *Le Comte de Provence*）。

路易（约瑟夫-多米尼克，Joseph-Dominique Louis，1755—1837）

一个律师的儿子，进了修会，1779年买下了巴黎最高法院的书记官位置。1790年7月14日，路易以奥顿红衣主教塔列朗副祭的身份，在战神广场的爱国祭坛上做弥撒。8月10日事件发生后，路易逃往国外，雾月十八日后回到法国。执政府期间，他成了陆军部办公室的主任。因为得到塔列朗的保护，路易以审查官的身份进入参政院，并兼任国库部门的诉状师。1809年，路易被封为男爵。帝国覆灭后，他的旧友塔列朗把财政部部长一职给了他。1815年8月，他进入议会，做了十年的议员，其间三次当上财政部部长。路易-菲利普执政期间，路易又坐上了这个位置。在波旁复辟期间，路易男爵博得了收税能手的"美名"，谁都不像他那么有手段，给国库进了那么多钱。

普鲁士王后露易丝（Louise de Prusse，1776—1810）

父亲查理·德·梅克伦堡-斯特雷利茨是梅克伦堡公爵一族的旁系，哥哥是摄政王公爵阿道夫-腓特烈四世。查理·德·梅克伦堡-斯特雷利茨迎娶了黑森-达姆施塔特的一个公主，妻子去世后，他开始周游各地，让他的岳母代他抚养孩子。露易丝便在孀居的达姆施塔特王妃府邸中度过了她的青少年时期。1792年10月，法军逼近，老王妃带着她的孙女来到希尔德堡豪森避祸。1793年春，法军撤出法兰克福，露易丝和祖母及姐姐弗蕾黛里克返回了达姆施塔特。在去法兰克福的路上，她遇到了当时的普鲁士国王腓特烈-威廉二世和他的两个儿子。国王正好想让儿子成婚，便看中了露易丝和她的姐姐。婚事似乎进展得非常顺利，这两对年轻人去看了三次戏剧，吃了一次晚饭。之后，国王正式向两姐妹提亲。1793年12月24日举办婚礼。露易丝以夸张的举止，在进入王室之初就引得旁人的注意。在婚礼之后的一场盛大舞会上，她竟然跳起了华尔兹舞。当时，这种舞在柏林宫廷中是被禁止的。王后弗蕾黛里克见此情形大感震惊，但国王看上去非常高兴。当时露易丝看上去还是一个热情似火、精力充沛的女子，相貌生得极好（同代人回忆起她的时候尤为强调这点），一副无忧无虑的样子，和她那个沉默寡言、行事粗笨、不善社交、不喜娱乐的王太子丈夫形成了巨大的反差。年轻的众亲王因她的美貌而对她大献殷勤，露易丝对此并非不为所动。因为她和英俊潇洒的路易-斐迪南打情骂俏，王室对此高度警惕，宫廷内外也因此对露易丝议论纷纷。王太子有所察觉，把他的妻子送到了波茨坦，才了结了这桩风流韵事。远离花花世界后，露易丝变得稳重了许多。没过多久，她就怀孕了；生下儿子后，她把所有精力都放在了孩子和丈夫的身上。1797年，露易丝当上了普鲁士王后。但没过多久，时局就变得艰难起来。露易丝把拿破仑·波拿巴视为大革命恐怖分子的后继人、一个该被地狱吞噬的怪物，认为人们绝不应当和一个魔鬼谈和。然而她的丈夫性子温和、不爱结仇，准备和这个"魔鬼"议和，这让露易丝倍感愤怒。她积极地和朝中的主战派站在一起，煽起路易-斐迪南亲王和大臣哈登贝格的勇气，利用各方势力想让她的丈夫投入反法战争。她把亚历山大一世视作上帝派来的拯救天使。当俄国沙皇表达了想亲自来柏林和腓特烈-威廉三世会晤的意愿后，普鲁士国王非常不安，甚至想佯装生病以躲避对方。但露易丝坚决反对此举。亚历山大来了以后，柏林歌舞达旦、鼓乐齐鸣，露易丝变得前所未有的迷人。这个关乎她王位能否保住的年轻君王竟如此风度翩翩，在她内心激起了无数涟漪。没过多久，她就对他心生爱意。亚历山大虽然除正妻之外还有两个讨他欢心的情妇，但面对露易丝依然觉得欲火焚身，定然不会放过这个送上门来的妙人。虽然露易丝深陷爱河，却仍没忘记王后的本分。我们有足够的理由相信，腓特烈-威廉和亚历山大在腓特烈大帝墓前立下誓言，还在这件事发生前后反复造势，这肯定是露易丝的主意。12门大炮鸣放之后，王后、国王和沙皇在闪烁的烛光照耀下走进阴暗的波茨坦大教堂地下墓室。亚历山大第一个走向石棺，在上面留下一吻。露易丝站在他和她的丈夫中间。亚历山大和国王在石棺上握手立誓，要结成永远的盟友。第二天，以这幕场景为主题的一幅版画传了开来。拿破仑在1805年的第17份军报中提起此事，不无讽刺地说："我们可以看到画中有英俊的沙皇，旁边是王后，再边上是国王……王后就像伦敦版画里的汉密尔顿夫人一样（这可不是在赞扬露易丝），一只手放在胸口上，望着俄国皇帝。我们不知道柏林那边是出于什么原因，竟然任由这幅拙劣的讽刺画传了开来。"他干脆利落地做了回应：没过多久，奥斯特里茨战役大捷，俄军从德意志撤走。但这并没有打消露易丝的斗志。她和她的丈夫爆发了激烈的争吵，她使出一哭二闹三上吊的手段，让腓特烈-威廉头疼不已。露易丝离开柏林去皮尔蒙特疗养，他才松了一口气。但莱茵河同盟建立后，露易丝回来了。在风云突变之下，她终于打响了自己的战斗。露易丝狂喜，想再见到亚历山大这个让她每时每刻都魂牵梦萦的独一无二的男人（原文如此）。她迫切地渴望他的出现，给他写信说："我应该向您承认我的软弱，我幻想这些战争准备工作也许能给予我和您重遇的幸福，一份我曾不敢再希冀的幸福。我可以肯定地告诉您，在步入30岁以后，我已变成一个非常理性的女人。您肯定会对我满意的。"这封信没有得到回复，亚历山大没有来。他对自己和露易丝的那次简短会面只存有模糊的记忆，也许是因为他身边有个异常美貌的纳希赫金王妃吧，有此等美人相陪，他自然把露易丝抛到脑后了。在王后的再三坚持下，普鲁士国王终于让她随自己前往军中。她的出现极大地鼓舞了士气，让军中上下——尤其是年轻军官——激动不已。拿破仑在1806年的第一份军报中说："普鲁士王后人在军中，打扮得像亚马孙女战士一样，穿着龙骑营军装，每天要写20多封信，以达到在各个地方煽风点火的目的。她简直就像精神错乱的亚尔米达，把火都放到自己宫殿上方了。"在耶拿战役发生的三天前，露易丝差点儿被一支法军先锋队生擒。国王要求她返回魏玛。到了魏玛，人们又建议她离开，回到柏林。回去的路上，她遥遥地听到耶拿战场上"隆隆"的大炮声。抵达柏林后的第二天，露易丝被迫逃到屈斯特林，又从那里去了哥尼斯堡。在耶拿大捷后立刻出具的第九份军报中，拿破仑又一次提到了普鲁士王后："她跑到这里来，纯粹是为了把战火的余灰引过来。这个女人脸蛋俏丽，见识却着实有限，没法预料她的行动会有何后果。人们与其对她口诛笔伐，还不如可怜可怜她，因为她大概正因当初自己曾左右丈夫的想法、给国家带来祸患而在那里悔恨交加呢。她的丈夫在所有人眼里都是一个无比值得尊重的人，一心只想着自己人民的和平与幸福。"在10月27日的军报中，他说："人们对挑动战争者的愤怒达到了高潮。所有人都认为王后是让普鲁士人民陷入水深火热的罪魁祸首。我们所到之处都能听到人们的抱怨：'她一年前还是那么善良温和！可自从和那个该死的亚历山大皇帝见面后，她变得判若两人！'在王后住的波茨坦行宫，人们还发现了一幅沙皇送给她的肖像画。"（拿破仑进入王后寝殿后，曾亲自翻看过露易丝的书桌和她的衣橱）为了断绝普鲁士和俄国的盟友关系，拿破仑给腓特烈-威廉提了几个有利条件。露易丝竭力想让国王拒绝谈判，甚至在埃劳战役之后依然如此。当时拿破仑让贝特朗传话，提出了新的条件，但依然没有下文。露易丝后来写信说："当时国王可以以更有利的条件取得和平，但如果这么做，他就势必要和那个恶灵达成一致，成为他的同谋。"换言之，就是抛弃"一个忠诚无比的盟友"（亚历山大），"这是他（其实是王后）无论如何也不愿做的"。没过多久，丹齐格开城投降。露易丝情绪失控，朝没能及时派兵援助被包围的丹齐格的贝尼格森大发雷霆，说他是叛徒，说亚历山大要枪决他、亲自领兵上阵！（请看她写给哥哥乔治·德·梅克伦堡-斯特雷利茨公爵的信）弗里德兰战役敲响了普鲁士毁灭的最后一钟。露易丝不得不离开哥尼斯堡，退到了梅梅尔。1807年6月16日，苏尔特进入曾经的普鲁士首都。十天后，亚历山大和拿破仑在提尔西特会面。腓特烈-威廉被邀见证了两大皇帝在涅曼河边的这一历史性会晤。可为什么露易丝也去了提尔西特呢？是有人叫她去的吗？没人知道其中内情。无论如何，绝对不会是她的丈夫让她去的。不过根据他的近臣透露的风声，性格怯懦谨慎的腓特烈-威廉对拿破仑是束手无策的，也许只有王后才能让后者有所让步。亚历山大不愿因过于维护普鲁士的利益而惹得自己的新盟友不快，也希望由露易丝出面，从拿破仑手中抢点东西回来。但另一种说法是，此事和缪拉有关。因为露易丝艳名在外，缪拉很想一睹其风采。他曾对贝尔蒂埃说了这个想法，后者觉得这并无不妥。人们向老元帅卡尔克罗伊特透露了这个意思，老元帅请示国王，后者让露易丝自己拿主意，露易丝同意了。国王应该告诉过她，这份邀请是缪拉发来的。因为在她的回信中，露易丝说："也许缪拉只希望看我出现，好来追求我。"而拿破仑呢，当贝尔蒂埃告知他普鲁士王后即将到来的消息时，他只说了一句："很好。"就转而谈其他事了。露易丝来到提尔西特，深信她肩负着重要的历史使命，但她也知道自己能在这里见到亚历山大了。拿破仑后来在圣赫勒拿岛时，津津乐道地谈起了这次会面的个中细节（除了拉斯卡斯的记叙外，我们还可在贝特朗1817年11月30日的记叙中看到更多详情）。据说，他最后想卖亚历山大这个朋友的人情。亚历山大似乎想和王后共度几个小时的时光，然而他们不知怎么甩掉她的丈夫。拿破仑听闻此事，在他离开的前一晚对腓特烈-威廉说，他希望能和国王聊一些很要紧的事情，请国王来他的主营一趟。拿破仑后来回忆说："于是我就让国王等着。国王着急离开，派他的侍卫不停前来问话，想知道我到底什么时候回来。我让人回答：皇帝很忙，马上就来。于是，亚历山大在没有国王打扰的情况下，和露易丝待了十四五个小时。"（贝特朗备忘录第二卷第307页）露易丝近乎绝望地回到了梅梅尔。法军从哥尼斯堡撤出后，国王夫妇于1808年1月15日住进了城中。在这一年的年末，露易丝和丈夫去了圣彼得堡。在俄国首都停留的三周时间里，亚历山大一直避免和她单独见面。露易丝给她的心腹和贴身女官贝格夫人写信，说她即将回来，还说，"这次出行让我从幻想中清醒过来，我要送给您一个礼物，是个指环，上面嵌着一颗星星，下面写着：它熄灭了"。满心失望、一身病痛的露易丝又活了一年半，见证了奥地利大厦倾塌，看着玛丽娅-特蕾莎的小孙女嫁给了那个"从堕落中走出来的恶魔"。（语出她1807年6月29日写给丈夫的信）

参考资料：埃尔伯特-埃米尔·索莱尔1937年的《普鲁士的露易丝》（Albert-Emile, *Louise de Prusse*）、格特鲁德·阿雷茨1939年的《普鲁士王后露易丝的痛苦一生》（Gertrude Aretz, *La Vie douloureuse de la reine Louise de Prusse*）。有大量德语传记作家描写露易丝的生平，如1814年问世的贝格夫人的《普鲁士王后露易丝》（Mme Berg, *Die Königin Luise*）就大量披露了露易丝人生最后几年的生活细节；我们还可参考巴约1908年的《露易丝王后》（P. Bailleu, *Königin Luise*），以及极有参考价值的格里瓦克1943年出版的《王后露易丝的文字生活》（K. Griewank, *Königin Luise, ein Leben in Briefen*）。

路易-斐迪南亲王（Louis-Ferdinand，1772—1810）

斐迪南-奥古斯特·德·普鲁士亲王的长子，1789年投身军队，以上校身份参加了1793年的美因茨战役。虽然路易-斐迪南作战英勇，但不服从纪律，后来不得不离开军队，回到柏林，从此醉心于脂粉丛中。据说没有一个女人能抵住他的魅力，他的表妹露易丝——年轻的王太子妃差点儿就陷入其中。人们只好又把他送回军队。战后，他回到了柏林。这一次他回来是为了当上国内主战派的领导人，逼迫腓特烈-威廉三世作战。王后成为他强大的盟友。他们联手努力，终于打消了向生性软弱的腓特烈-威廉求和的想法。开战后，路易-斐迪南成为霍恩洛厄亲王军的先锋军指挥官。战争刚刚打响，他就在萨尔费尔德战役中战死了。

略伦特（茹安-安东尼奥，Juan-Antonio Llorente，1756—1823）

卡斯提尔高等法院法官，1789年成为圣职部总秘书长。1798年，略伦特被解除所有职务，被人攻击是冉森教徒。因为常年失势，略伦特就把所有精力都放在著书立学上。法国入侵他国后，略伦特再度进入政坛，打算投奔新主。因为宗教裁判所已被废除，略伦特便奉命整理它的档案资料。他一直为约瑟夫·波拿巴效力，陪伴他奔走各地。略伦特最后定居巴黎，利用他整理出的档案资料，出版了他的著作《宗教裁判所历史》（*Histoire de l'Inquisition*）。

罗昂亲王（斐迪南-马克西米利安，Ferdinand-Maximilien de Rohan，1740？—1813）

"项链红衣主教"的弟弟，旧制度时期是康布雷大主教，1805年担任皇后的宫廷大神父。在罗昂家族中，只有他为波拿巴效力。

罗宾森（玛丽·安娜，绰号"林泽仙女"，Mary Ann Robinson）

圣赫勒拿岛"繁茂峡谷"中一个农场主的女儿，拿破仑给她取了"林泽仙女"这个绰号。皇帝第一次碰到她的时候，她已爱上一艘海上商船的船长，一年后嫁给了对方。随丈夫前往欧洲之前，她想把丈夫引荐给拿破仑。1817年7月26日，夫妇俩在朗伍德受到拿破仑接见。

参考资料：威廉·沃登1816年首次出版的《圣赫勒拿岛书信》（William Warden, *Lettres de Sainte-Hélène*）、阿尔诺德·夏普林的《圣赫勒拿岛人名志》（Arnold Chaplin, *A St.Helena who's who*）第101页。

洛博伯爵（Lobau）

请看词条"穆顿"。

罗伯斯庇尔（奥古斯丁-本-约瑟夫，Augustin-Bon-Joseph Robespierre，1763—1794）

阿拉斯的一个律师，因为无限忠于他的哥哥（见下词条）而为人所知。马克西米利安·罗伯斯庇尔对自己这个弟弟无比信任，经常让他去执行检查任务。因为1793年7月19日法令，奥古斯丁被派去巡查意大利军。起初他待在尼斯，着手军队组织工作。之后他去了土伦，见证了法军是如何把这座城市从英国人手中夺回的。他在那时注意到了波拿巴，并和他结下了深厚的友谊。12月22日，他颁布决议，将波拿巴升为将军（但这道决议直到次年2月6日才被政府通过），并在当天离开了土伦，回到巴黎。他抵达巴黎时，正是埃贝尔和卡米尔·德穆兰冲突白热化的时候。没过多久，对派系内斗心生厌倦的奥古斯丁回到南方，在那里和他的朋友波拿巴重逢。芽月十六日，他从尼斯给哥哥写信说："我要在爱国者的名单上加入一个先前向您提过的人：将军、炮兵指挥——公民波拿巴。他才干出类拔萃，是科西嘉人，在这个民族中，唯有此人能让我万分放心。保利曾向他示好，但被他拒绝了，因此这个叛徒抢走了他的家产以示报复。"（原信全文缺佚）7月初他回到了巴黎，和他的哥哥一道在热月九日魂归黄泉。

罗伯斯庇尔（马克西米利安-马利-伊西多，Maximilien-Marie-Isidore Robespierre，1758—1794）

单从《拿破仑圣赫勒拿岛回忆录》中的叙述来看，拿破仑对罗伯斯庇尔的看法似乎非常含糊和矛盾。这很可能是拉斯卡斯自己的原因。不难想见，拉斯卡斯和当时的许多贵族一样无比仇恨罗伯斯庇尔，故会用自己的方式篡改皇帝的话。回忆录和古尔戈的日记多有出入，尤其是1816年12月16日及1817年1月6日、10日、11日的内容。奥古斯丁·罗伯斯庇尔应该给拿破仑讲了许多关于他哥哥的事，拿破仑本人也承认曾读过罗伯斯庇尔写给弟弟的好几封信，并在信中表达了"遏制革命势头"的意愿（古尔戈），可见罗伯斯庇尔本身也不支持当时大革命的发展倾向。不过，当小罗伯斯庇尔请求他接受巴黎的一个职位、辅助他的哥哥完成这个值得称道的事业时，拿破仑却找借口拒绝了，说自己更愿意待在尼斯。要是热月九日罗伯斯庇尔有拿破仑在身边，也许他就能以胜者的身份化解这场危机了。波拿巴在共和二年的袖手旁观，给大革命造成了致命打击；他在共和八年的侵略行为，更是彻底毁灭了共和国在法国留下的遗产。其中的前因后果值得我们细细思考。

罗伯特（让-吉尔-安德烈，Jean-Gilles-André Robert，1755—1797）

法国大革命前夕在法兰西近卫军中当中士，参与了攻占巴士底狱运动，六周后和他所在的军队一起被重组。以志愿军身份进入比利牛斯军团后，1793年罗伯特被升为中尉，次年被提拔为将军。1796年1月，罗伯特转去了意大利军，在阿尔科战役中立下汗马功劳。他一马当先，向敌人发起进攻，一口气冲到了阿尔科桥头，身中数弹，被送至费拉拉医院，两个月后因为伤势过重去世。

洛尔塞（让-巴普蒂斯特，Jean-Baptiste Lorcet，1768—1822）

阿登志愿军一个营的中尉，起初在莱茵军，后来随克莱贝尔去了旺代作战。1795年8月洛尔被塞进了意大利军，1799年被升为将军。他没有参加埃及远征，也没参加对俄之战，帝国晚期主要在比利时成立的行政部门工作。

洛基耶（Laugier）

海军中尉，意大利拯救者号军舰舰长，该船1797年在威尼斯港口沉没。

罗克弗伊（卡米尔·德，Camille de Roquefeuil）

海军军官，1816—1819年环游世界，在美洲西北海岸探险。

洛克劳尔（让-阿尔芒·贝修茹尔·德，Jean-Armand Bessuejouls de Roquelaure，1721—1818）

路易十五的宫廷大神父，旧制度时期担任桑利主教。1802年当上了梅赫伦大主教，1808年把大主教位置让给了普腊德神父。

洛克雷（让-纪尧姆，Jean-Guillaume Locré，1758—1840）

法国大革命之前在巴黎从事律师职业。1791年，他被选为邦迪辖区的治安法官。1792年6月20日，洛克雷接受了一个危险差事：和他的同僚布奥布、拉里维埃、博斯基永、拉耶尔一道审讯这场人民游行活动的煽动者。君主制覆灭后，他躲到了约讷省。热月九日后，洛克雷重返巴黎，在康巴塞雷斯的帮助下先后当上了国民公会立法委员会的秘书和元老院秘书兼书记官。1800年，洛克雷成为参政院总秘书长。波旁第一次复辟期间，他依然担任该职。路易十八第二次回来后，洛克雷因为在宣布波旁家族退位的1815年3月24日参政院宣言中签了字，因而被解除了职务。波拿巴1813年将其封为男爵。

罗库尔（Raucourt，1753—1815）

农村一个剃头匠的女儿，15岁的时候和情人私奔。她的情人是索塞洛特，以前是驿站老板，后来成了一个四处流浪的喜剧演员，艺名罗库尔，后来把自己这个年轻的情妇收为女儿。18岁时，罗库尔小姐登上法兰西剧院的舞台，在路易十五面前扮演狄多这个角色。令人惊讶的是，本来并不喜欢悲剧的路易十五竟然一直看到了最后，还赏了50路易给这个初出茅庐的女演员。之后，罗库尔一炮而红。她是个美丽的女子，性格如火般热辣，在舞台上和私人生活中都是如此。罗库尔不仅是个优秀的悲剧演员，她的风流罗曼史更是为人们提供了不少茶余饭后的谈资。拿破仑认识她的时候，她已年老色衰，前者请她去意大利带动法国戏剧的发展。帝国晚期，罗库尔回到了法国。

罗兰（让-马利，Jean-Marie Roland，1734—1793）

法国大革命前夕在里昂争取到制造业总监察官这个职位。制宪议会颁布法令取消该职后，他来到巴黎定居。罗兰一脸肃穆、满头银发、举止高雅，给人留下了很好的印象。因为他的妻子的缘故，罗兰和众多政界要人有往来，在政府官员中很有威望。后人认为他只是被妻子操纵的一个傀儡，但这个评价失之偏颇。罗兰其人深沉老练，深谙如何玩这场政治游戏，喜欢站在幕后制造熠熠生辉的政治明星。许多人的升迁，其实都和他有关系。

罗兰（玛侬-珍妮，Manon-Jeanne Roland，1754—1793）

雕刻工弗里蓬的女儿，17岁时嫁给了年纪是自己两倍多但家境富裕、担任要职的罗兰。对于罗兰而言，她虽然算不上一个忠诚的妻子，但也是个不可或缺的伙伴。爱慕罗兰夫人的人不计其数，我们不敢说他们都在她那里吃了闭门羹，但事情的重点并不在这里。重要的是，她成功把一群狂热的精英年轻人吸引到自己的"沙龙"中，在那里制造不和，只听取自己内心野心和仇恨的声音，在长达两年的时间里煽动分裂和冲突。这些因素最终毁了共和国。

罗兰·德·维拉索（让-安德烈-路易，Jean-André-Louis Rolland de Villarceaux，1764—？）

瓦朗斯拉费尔炮兵团的一个军官，1792年辞职，1795年成为波拿巴的副官，1796年不再效力于他。帝国时期，拿破仑让他当了省长。

洛朗森小姐（Laurencin）

瓦朗斯城的一个年轻女子，波拿巴还是中尉的时候似乎曾倾心于她。

洛伦索（Lorenzo）

安特莱格伯爵的一个家仆。

罗森堡亲王（弗朗索瓦-塞拉芬，François-Séraphin de Rosenberg，1761？—1832）

为奥地利效力的一个将军。

罗斯（查理·拜恩·霍奇森，Charles Bayne Hodgson Ross，1778—1849）

诺森伯兰号指挥官，上将科伯恩的妻弟。拿破仑对他很有好感，谈起他时，曾对奥米拉说："这是个好孩子。"蒙托隆也在《拿破仑皇帝被囚记》第一卷第121页中说:"他对我们所有人都关怀有加……其言行举止从来没让我们觉得我们是他船上的囚徒。"

罗斯托普金(费多尔伯爵,Rostopchine, comte Fédor, 1765—1826)

保罗一世的宠臣和心腹,1799年11月担任外交部部长。杜穆里埃1800年向保罗一世提议和英国联手对付法兰西共和国,因为罗斯托普金的关系,这个计划破产。后来,罗斯托普金说服保罗一世亲近波拿巴。亚历山大一世登基后,罗斯托普金辞去职务,搬至莫斯科,成为城中上流社会的代表人物。1812年,亚历山大为了满足莫斯科的公众舆论,任命他为莫斯科总督。有人认为是他提议烧毁莫斯科。所有证据都表明,这是他和库图佐夫撤离首都时一道做出的决定。不过,如果没有广大民众的帮忙,大火也不会蔓延到全城,更不会烧那么久。罗斯托普金在莫斯科总督这个位置上一直干到1814年。1817年,他定居巴黎,1823年发表了一本小册子——《莫斯科大火的真相》(*Vérité sur l'incendie de Moscou*),力证自己在这次事件中并没做什么。但这迟来的自我辩护并没说服世人。没过多久,他回到俄国,在莫斯科去世。

参考资料:阿纳托尔·德·塞居尔1871年的《罗斯托普金的一生》(Anatole de Ségur, *Vie du comte Rostopchine*)、毛里斯·德·拉弗耶1937年的《罗斯托普金,欧洲人还是斯拉夫人?》(Maurice de La Fuye, *Rostopchine, européen ou slave?*)。

洛韦(哈德森,Hudson Lowe, 1769—1844)

看管皇帝的狱卒、圣赫勒拿岛的酷刑者、拿破仑的刽子手……纵观拿破仑的传奇人生,我们总能发现这些评价如同标签一样贴在这个在英国海军同僚眼中不好不坏的英国军官头上。因为他负责的那些不讨好的差事,洛韦被死死钉在了耻辱柱上,被后人唾弃。他之于拿破仑,就如红衣主教科雄之于圣女贞德：人们在歌颂后者的同时，总不忘骂一句前者。后人眼中的哈德森·洛韦在圣赫勒拿岛上那出悲剧中扮演的反面角色，其实不应和他的为人挂钩。后来，圣赫勒拿岛英国驻军的一个军官来到巴黎，蒙托隆伯爵对他说："亲爱的朋友，当初哪怕是天堂的天使来当圣赫勒拿岛的总督，他都不会招人喜欢的。"拉斯卡斯在他的日记里也说过（这段话在回忆录中被删去了）："我们手上只剩道德这个武器了。我们必须一步步地把自己的精神、言语、情感乃至贫穷浓缩提炼出来，好让无数欧洲人民对我们升起同情之心，在英国激起反对的浪潮，抗议内阁对我们施加的暴行。"编者无意对这个在人们脑中已经根深蒂固的脸谱形象多做评价，加重他的神话色彩。编者想做的，是从他为了满足世人的同情心而被迫戴上的面具中寻到一些真实的气息。

哈德森·洛韦是一个军医的儿子，从小在军营长大。1793年，他所在的团被派到起义的科西嘉岛上对抗法军，那时洛韦的军衔是中尉。英军从科西嘉岛撤兵后，他进了梅诺卡驻军，把逃来的科西嘉岛人编成一支自由追击队，担任这支队伍的指挥官，并带领它参加了埃及战争。之后，这支队伍被解散。《亚眠条约》被撕毁后，哈德森·洛韦奉命另组建了一支类似的队伍。1806年5月，卡普里岛向英军投降，哈德森带领他的科西嘉队来到岛上。1808年，拉马克率领3000人登上了小岛，哈德森投降。他的上司并未因此而苛责他：英军高级指挥层已经对这类意外情况习以为常了。1812年被升为上校后，洛韦在次年年初被派到奥俄联军中，担任里面一个军团的监察官。先前亚历山大一世让人在撤退路上把德意志军的残部组织起来，才编成了这个军团。洛韦经过斯德哥尔摩时，受邀来到斯塔尔夫人家中共进晚餐。晚餐后，斯塔尔夫人还兴致勃勃地和她的女儿一道给客人演了《伊菲革涅亚》中的一幕戏。结束监察工作后,洛韦去了前线,见证了包岑战役。他便是在那里第一次见到了自己未来的囚徒。包岑战役第二天,洛韦给巴瑟斯特写信,说:"在包岑城和联军阵地之间有一大块高地……早晨,人们发现敌军的一支队伍出现在这个高地上。没过多久,这支队伍前面冒出了一小队人马。我们借助望远镜,发现里面都是法国军队数一数二的重要人物,并一眼就认出了队伍里的拿破仑。他冲在最前面,离其他人有四五十米的距离,身边只有一个元帅陪着……他的姿态神情和我们见过的肖像画中的他简直一模一样,谁都能一眼认出他来。他似乎在和身边的人聊一些无关紧要的事,几乎没往我们这边看一下,哪怕他正待在一片极其开阔的地方。"这封信后来被威廉·福赛斯收入到他的《拿破仑被囚史》第一卷第134~135页中。10月,洛韦加入布吕歇尔将军的麾下,见证了莱比锡战役的前后。因为布吕歇尔军队已经渡过了莱茵河,洛韦收到命令,要立刻与其会合。他以英军高层代表的身份陪同元帅一直到了巴黎。从后来布吕歇尔及其总参谋长格奈泽瑙写给他的信件来看(时间分别是1815年1月8日和1815年4月6日),洛韦当时深得他们的信任和尊重。洛韦在作战上完全赞同德意志总司令的想法,认为一定要杀到最后,在巴黎签署和约。1814年2月17日,他在沙隆给查理·斯图尔特将军写信,说:"我一直都赞成挺进巴黎的计划。我一直认为,摧毁现有政府才是此次入侵最实际、最正确的目的。法国人民没有足够的决心去亲手摧毁它……我们可以和拿破仑谈和,但他的政府在原则和政策中埋着太多会在未来引发不和的种子。我觉得,为了让他倒台,我们付出再大的代价都是值得的。"(此信后来被福赛斯发表出来)联军进入巴黎后,是他把拿破仑退位的消息带到伦敦的。被升为将军后,洛韦担任英军驻低地国家的军需总监。1815年4月,欧洲再度进入战争状态,他奉命指挥一支从热那亚过来的军队，入侵法国中部地区。滑铁卢战役后，洛韦占领了马赛。他在那里接到任务，要去圣赫勒拿岛看守拿破仑。人们向他承诺，他只需以总督身份在岛上待够三年就能得到晋升，其间每年年金为1.2万英镑。洛韦接受了这个命令，离开马赛，来到伦敦。他收到的指令如下："英王陛下政府的要求是，您可以在看住波拿巴将军的前提下让他享有一定的人身自由。您须得毫不松懈地看住他，以防他逃跑，他必须通过您才能和别人往来联络。只要这点得到严格执行，他可获得其他任何物资供应、娱乐消遣，以打发囚禁时光。"但哈德森·洛韦觉得这些指示不够详细，便请亨利·班伯里勋爵给出具体指示。例如，究竟应该如何安顿拿破仑·波拿巴？到底应该把他看作战俘，还是自愿向另一个政府投降、甘心听从其处置的外国人？他问："拿破仑到底应被视作战俘，还是国家犯？他是否不受法律保护，还是享有其他权利？这点在我看来至关重要，因为它关乎看守他的守军规格。如果我们一边要对他的人身进行绝对控制，一边又要对他表达好意，甚至给予一定的人身自由，这事就太难办了。要想控制他的人身，单单靠囚禁是不够的，因为我们没有严格的法律来对付那些帮助或参与囚徒逃跑行动的人。如果有条法律宣布，任何企图助他逃跑、为此和他及其手下取得联系的人，英方无须获得总督的预先授权，便可以以叛国罪处之……这在我看来是一条极其必要的法律，能及时约束看守者，防止叛国行为的发生，还能防范个别人因为觉得无相关法律约束而生出自由散漫之心……我们面对的是拿破仑·波拿巴这等人物，看守他的人定会因为怯懦、无知乃至同情而有所行动，所以我们需要以法律为铜墙铁壁，禁止这种事的发生。"根据他的提议，同年4月28日，英国议会投票通过了一条类似的法律。巴瑟斯特勋爵于1816年1月18日给洛韦回信，信中只说了一句话："重读了您写来的关于关押拿破仑·波拿巴的提议，我认为只有一点需要补充，即请您继续把拿破仑·波拿巴视为战俘，直到新的命令发放下来为止。"同年1月29日，洛韦带着他新娶的妻子和两个继女前往圣赫勒拿岛，随行带了好几箱法语书，总计2000册，供他的囚徒阅读。4月14日，他抵达圣赫勒拿岛。拿破仑以为新来的总督会比前任总督科伯恩海军上将更加随和，听闻他到达的消息，心中一阵欣喜。在写给哈德森·洛韦的一封信中，宾汉将军说："看到新总督所在的舰船抵达港口后打出的信号旗，我来到朗伍德传达这个消息。当时比拿破仑平时接待客人的时间略早，但人们还是把我带到他的洗漱间（那时他尚未梳洗）。我告诉他您已到来的消息，他回答：'我对此感到非常高兴。我已经厌烦了上将。我和哈德森·洛韦有很多话题可聊。他是军人，曾在部队中待过，和布吕歇尔共过事，还曾是科西嘉岛军队的指挥官，应该认识我的一些朋友。'"（详情请看福赛斯《拿破仑被囚史》第一卷第170～171页，以及拉斯卡斯在第一卷第462页的记叙）洛韦和拿破仑的第一次谈话发生在17日，拉斯卡斯在《拿破仑圣赫勒拿岛回忆录》中只略微提到了这场值得铭记的见面。（请看本书上卷第484页）所以，我们还是通过洛韦本人的讲述来重现当时的场景吧："当时波拿巴站着，他手里拿着帽子。由于我进来的时候他一言不发，似乎在等我先说话，于是我打破了沉默，说：'阁下，我是为了向您陈述我的任务而来。''先生，我知道您会说法语，也会意大利语，曾指挥过一支科西嘉军队。'我回答，我说什么语言都可以。他说：'那我们说意大利语吧。'于是他当即用意大利语和我交谈了半个小时，他最开始问我曾在哪里服役，是否喜欢科西嘉岛人。'Portano stiletti, non sono cattivi?（他们佩着细剑，人还不坏吧）'然后他意味深长地看着我，等着我的回答。我说：'Non portano stiletto, banno perduto quella usanza al nostro servizio, si conducevano sempre molto bene. Era molto contento di loro.（他们没有佩细剑，因为我们的缘故，他们放弃了这个习惯。他们整理能力很强，我和他们在一起很开心）'他问我是否和他们一起去了埃及，得到肯定回答后，他开始长篇大论地讲述这个国家。他说：'默努性子软弱；要是克莱贝尔还在，你们会被一网打尽。'之后，他又说起了我们在这个国家的行动，其了解之详细，仿佛他亲自参与过似的……他还问了我一些个人问题，如我是否结婚了、觉得圣赫勒拿岛怎么样。我说，我才到不久，对此给不出任何看法。他也对我说：'Ah! Avete la vostra moglie, state bene!（啊呀！您有妻子，那日子就好过些了）'他顿了顿，问我在军队里待了多久。我回答：'28年了。'他说：'那我的军龄比您还稍稍长一点儿。'我接着说：'不过里面的故事则大为不同。'他笑了笑，没有再说话。于是我向他道别离开。"（详情请看福赛斯《拿破仑被囚史》第一卷第176～179页，以及贝特朗的《圣赫勒拿岛录事》第二卷第15页内容）不过在贝特朗的版本里，洛韦最后一句回答和上文有出入："在历史的篇章里，您的几十年军龄长如几个世纪。"无论怎么看，他们的第一次谈话都是和谐的。看到拿破仑寒碜的居住环境、紧缺的生活物资，哈德森·洛韦似乎非常惊讶。他在4月21日写给巴瑟斯特勋爵的第一份急报中说："在总体环境和家具布置上，一个有将军头衔的人住在这里是委屈了。"但他最在意的还是囚徒的监视问题。他才到第一天，就细细地勘察了周围的环境，盘问了在拿破仑外出时负责监视的军官一些问题，从中得出确切的结论：如果没有围墙，囚徒在夜色中走小路逃走并不是件难事。正因为如此，他才在同一封急报中说："无论我们把波拿巴将军安置在什么住所，我都要求在住所外面安装大批铁栏,请在从英国发出的第一批货船中加上这批物资。要增加铁栏,增加隔离措施,还需要1200米的薄麻布料来做工作服,布料需织得紧一些,方便操作。"由此可见,虽然哈德森·洛韦认为有必要改善拿破仑在圣赫勒拿岛的生活条件,但他一上任就加大了看管力度,以防囚徒逃跑。4月30日,他第二次拜访了拿破仑。同日,他从负责直接监视拿破仑、每日须向他两次复命的波普尔顿上尉那里得到一份报告,里面说:"我昨天一整天都没见到波拿巴将军……我从蒙托隆夫人那里得知,波拿巴将军因为昨天和她吃了一点儿鱼肉,不舒服了一整夜。蒙托隆伯爵对此也给出了相同的说法。由于将军没有露面,我便以关心皇帝身体为由,把奥米拉医生请了过来,以确保将军的确在房里。奥米拉医生在将军卧室门口听到了他的说话声,但将军的贴身仆人马尔尚告诉医生:将军的身体并无任何不适,昨晚还一直写字到凌晨一点。"由于天性使然,再加上职责所在,哈德森便生出疑心。之后,他一直担心这个囚徒在策划逃跑。几天后,也就是25日,他请求拜访拿破仑,得到的回答是:皇帝因为身体不适、卧病在床,故不能见他。可他前脚刚走,拿破仑就现身朗伍德。洛韦便借口想知道拿破仑的身体状况,向他建议请个医生前来,好亲自确认拿破仑仍在朗伍德。拿破仑同意见他。两人第二次见面时,拉斯卡斯并不在场,但他依据拿破仑的回忆,在回忆录中记录了这次见面(请看本书上卷第520~524页),不过内容和哈德森·洛韦的回忆存有偏差。洛韦是这么说的:"波拿巴当时半睡半醒,只披了一件寝衣,没穿拖鞋。我进来时他略微起身,把沙发边上的一张椅子指给我,请我坐在那里。我坐下后开始聊天,说我对于他身体抱恙的消息感到万分抱歉,想向他推荐我从英国带来的一个医术高明的医生(巴克斯特)。这样一来,如果他愿意,除了奥米拉医生之外，他还可选择其他医生前来问诊。他对此回答：'我不想看医生。'我又问了另外几个无关紧要的小问题，我们沉默了一阵子。他躺在沙发上，眼睛半闭，明显一副很难受的样子（他身体难受到谈话都时断时续的地步）。他看上去脸色苍白，略显浮肿。过了一会儿，他觉得好了一点儿，便问我在离开欧洲时法国是何情况。我说，据我所知，法国一切井井有条。他身后的地上放着博尚的《1814年战争史》。他问，该书作者在后面的补录部分提到的给他写信的那个人是否就是我。我回答：'是的。'他说：'我记得布吕歇尔元帅去过吕贝克。他是不是很老了？'我回答：'他65岁了，但老当益壮；如果需要，每天还能骑16小时的马呢。'他思索了一会儿，没有说话。过了会儿，他又说：'联军发布了一则公约，把我称作他们的俘虏（请看回忆录第一卷第488~489页内容），这是怎么回事？他们无论在法律上还是事实上都不能这么说。我请您给您的政府写封信，说我对此表示抗议。我把自己交给英国，而不是交给其他国家。只有英国议会颁布法令，人们对我的这种行为才是合法有效的。我遭到恶劣的对待，我错看了英国人民的精神；我应该向我曾经的朋友俄国皇帝或者向我的岳父奥地利皇帝投降才对。把人痛快地杀了，这倒不失勇气；但把人囚禁在一个糟糕透顶、气候恶劣的岛上，长期折磨他，这是懦夫之举。'我对他说，圣赫勒拿岛的气候也没有他说的这么糟糕，而且只要不涉及人身看管的预防措施，英国政府非常乐意尽量改善他的生活条件；从他的房屋家具可以看出，我们非常尊敬他，这也是我们选择将此地作为他的居住地的主要原因。他说：'你们应该给我备一副棺材，朝我脑袋开两枪！我根本不在乎自己是睡在天鹅绒上还是麻布上！我是一个士兵，什么环境都待得下去。你们像对待苦役犯一样把我弄到这里来，还明令岛上的居民不得和我说话。'

他把大部分原因都归到科伯恩上将头上，但在最后也说："上将并不是个恶人。"他一再抱怨的朗伍德便成了之后我们的谈话主题……他希望岛上的居民能前来拜访他，并反复强调我们禁止他和他们有任何交谈的这个举措是多么无情。他的这个要求微不足道，但也暗藏祸心。我没有同意……离开时，我再次建议请医生过来问诊。他的回答是："我不想看医生。"这是他对我说的最后一句话。"

根据哈德森·洛韦所述，两人第三次见面发生在5月17日（拉斯卡斯、蒙托隆和奥米拉的记叙都是16日）。然而洛韦在一件事情上办得蠢笨，深深伤害了拿破仑。当时印度总督莫伊拉的夫人在回英国的路上停留圣赫勒拿岛，想拜访拿破仑。洛韦便想出了一个办法，邀请拿破仑来他家共进晚餐。他在邀请函里是这么写的："如果波拿巴将军日程允许，哈德森爵士夫妇荣幸邀请他前来种植庄园，和莫伊拉伯爵夫人一道在下周一六点共进晚餐。"他让贝特朗把这封邀请函送给"波拿巴将军"，请他告知其回复。没过多久，哈德森就收到了回复："贝特朗伯爵已把哈德森爵士的信函送给了皇帝，皇帝未做任何答复。"（详情请看《拿破仑圣赫勒拿岛回忆录》第一卷第592页内容）当时，洛韦还没意识到自己行事出了差错，他来到拿破仑的住处，告知对方：英国政府根据洛韦的建议，特地为拿破仑的新住所采购了一批建筑材料和家具。这一次，我觉得仍有必要把他的记叙和拉斯卡斯的记载（第一卷第620～623页）之间的出入之处指出来。拉斯卡斯根据拿破仑的转述写下了这篇日记，而哈德森·洛韦在回忆录中则披露了许多被拉斯卡斯忽略了的细节（两人谈话时，拉斯卡斯在旁边的等候间里，故只能听到拿破仑的大喊大叫）。哈德森·洛韦是这么说的："我从饭厅进入客厅。他（拿破仑）一个人站在那里，帽子搭在手上，一言不发，等着我先说话。我看他没有先开口的意思，便说：'阁下，您也许通过英国报纸或其他途径得知了这条消息：英国政府运输了一批房屋建筑材料和一套很漂亮的家具过来，供您使用。其中大部分已经到达……我收到指令，要好好利用这套看起来质地极其优良的木材，要么用它建一栋新住宅，要么用它来改善您现在的住所条件。在采取相关措施之前，我想知道您是否有什么个人想法要告诉我。'他一动不动，也没有应答。看他继续沉默的样子，我又捡起话头，继续说：'阁下，我认为也许可以另外搭两三个客厅，再把您现在的房间装修一下，如此一来，您不用等着建好一个新住宅，就可享受更好的生活环境了。'他总算开口了，但语速极快，语气极其激烈，我很难把他说的所有话都复述出来。他似乎根本没听我先前说了什么，说：'我完全不能理解贵国政府对我的所作所为。你们是不是想杀了我？您是为了当我的刽子手和狱卒才来这里的？你们待我的手段，后人自有判断。我所遭遇的不幸会降临到你们国家头上……我听到您来到这座岛上的消息时，还以为您作为一个陆军军人，会比上将更加正直，毕竟上将是海军军官，做事要冷酷些。我对他的为人并无任何指摘。但您是怎么对我的呢？邀请我去赴宴，把我称作波拿巴将军，这简直是在羞辱我。我是拿破仑皇帝。您到这里来，是不是就是要当我的刽子手和狱卒？'在说这些话的时候，他不断挥舞着手臂，人却杵在那里，从他的眼神和表情来看，这个人是在有意吓唬你或激怒你。我努力想让他冷静下来，但他激动得都喘不过气了，我只好让他在那里大说特说。直到他停止抱怨后，我才说：'阁下，我不是为了受您折辱，而是为了和您商量一件和您有关系的事，才到这里来的。如果您不能控制自己的言语，我立刻就走。''我不想侮辱您，阁下，但您是怎么待我的呢？这是军人的做法吗？''阁下，我是军人，但这只于自己的国家而言，我只对它而非其他国家存有义务。此外，如果您想向我抱怨，只需写信就可以了。我会在第一时间把您的陈述寄到英国。''告诉您的政府又有什么用？我的话根本传不出这座岛。''如果您愿意的话，我可以把它发表在大陆的每家报纸上。我在尽自己的义务，其他事情我并不关心。'听到这里，他才略微提了提我为之前来的那件事：'贵政府完全没有正式告诉我这批建筑材料已到了。这栋房子是建在我挑中的地方呢，还是您指定的地方？''阁下，我今天就是特地前来告诉您这件事的。对于您的第二个问题，答案很简单。如果您有格外青睐的地方，我们可以把房屋建在那里。但我要先查验一下，再把方案报上去，看是否会遭到反对。如果上面反对，我会另外替您找块地方……'他并没对此做出明确回答，在客厅里转了几圈，明显准备对我说点他认为会震住我或者吓住我的话。然后他说：'您想让我告诉您实情吗？实情是，我觉得您是奉命来杀我的！没错，来杀我！是的，阁下，这就是您的所有任务，所有！'他看着我，似乎在等我回答。我说：'阁下，您在我们上一次会面时说您错看了英国人民的精神，其实您是错看了英国军人的精神。'我们的谈话到此结束。"向巴瑟斯特提交这次谈话报告时，洛韦还补充说："我很难理解他（拿破仑）为何对我们对他的日常人身监视措施怀有如此明显的反感。"我们可以不无道理地把这句话翻译成：他"很难理解"拿破仑怀疑英国政府的言行。不过我们很了解这两个人，知道他们都有心结：洛韦认为拿破仑一心想着逃跑，拿破仑则认为洛韦只想着怎么杀了自己。两人的第四次谈话发生在7月20日（比拉斯卡斯记录的19日晚一天）。洛韦说马尔科姆海军上将到达圣赫勒拿岛，觉得有必要亲自把他引荐给拿破仑。第二天，他把谈话一五一十地告诉了巴瑟斯特，并补充说："波拿巴和上将说了几句话后,礼节性地问我和我夫人最近如何。这些话无关紧要,但可以看出,我和他上次会面之后,他的态度明显发生了转变。也许是因为普尔特尼·马尔科姆上将在场的缘故,他对上将格外友好。但想到他先前对我无缘无故、明显是装出来的刻薄态度(他今天的友好态度可能也是装出来的),我觉得他前后态度变化既不算突兀,也不算出人意料。"7月17日,哈德森·洛韦和拿破仑有了第五次交谈(拉斯卡斯记录的是16日)。29日,他给亨利·班伯里写信说:"我把上次和拿破仑的谈话写成备忘录,寄给了巴瑟斯特勋爵。拿破仑痛骂了我一顿,但态度远没有之前那么粗鲁。他说个没完,有很多重复,偶尔有一两次停顿。当他又开始攻击我的时候,我总不自觉地往后面退。他几乎一直在我和客厅门之间急急地走来走去,似乎想阻止我逃走似的。他几乎没给我一个正眼,不过这让我有机会在这两个小时里仔细地观察他。"拿破仑主要有以下几个抱怨:第一,他骑马散心时若没有英国军官的陪伴,就不能走太远;第二,他只能通过总督和岛上其他人联系;第三,他向欧洲寄去的信件都被打开;第四,他的随从也遭到了同样的限制;第五,他在朗伍德居住期间,身体因为环境大大恶化。他对洛韦说:"您在我们背后放冷箭,我完全没有办法和您沟通。您是中将,您不应该像执行指令一样履行您的义务。您应该考虑一下自己的名声,您这么待我们,名声肯定会受损的。"洛韦回答,他并没想过名声问题,对现在自己坐的这个位置也并不留恋;他之所以在这里,是为了尽到自己的义务,他认为义务高于荣誉。他还回答,他会把拿破仑的所有申诉转达给政府。拿破仑高喊:"啊!您一边把镣铐套在我的腿上,一边在我面前惺惺作态,翻来覆去说的都是老一套。我和您之间完全就是狼和羊那则寓言的翻版,根本没道理可言。"8月18日,两人又见了一面,但这也是他们最后一次见面。这次谈话火药味十足，让我们先解释一下其中的缘由。英国政府推翻先前的承诺，借口拿破仑身边一些人即将离开圣赫勒拿岛，打算大幅度削减拿破仑及其随从的生活费用，把原来的每年1.8万英镑减为8000英镑。巴瑟斯特对总督说："他们在朗伍德的开销太大了。要是8000英镑不够，波拿巴可以自己补齐缺口。欧仁·德·博阿尔内有4000多万法郎的家产呢。他的一切都是拿破仑给的。只要给欧仁捎句话，他定会补齐必需的资金。"哈德森·洛韦在给内阁的报告中小心翼翼地说这种做法显得吝啬、有失礼仪，并把英国政府的决定透露给了蒙托隆伯爵。蒙托隆说他会将此事告知皇帝，并请总督整理出一张开销预算表，他的主人要过目此事，并将这张单子交给贝特朗。拿破仑知道这件事后，对大元帅说："我们得确定你该怎么回复他……你可以说，我从我的钱财管理人那里得不到任何消息，也不能给他们写信，所以我没法补齐缺口；虽然我在法国和意大利的朋友们若得知我的需求，肯定不会让我有任何短缺。"（语出贝特朗的《圣赫勒拿岛录事》第二卷第102页）开支预算被敲定下来后，洛韦拿着它去找贝特朗。贝特朗把拿破仑的话原原本本地告诉了他，并补充说："任何信件都要被人打开过目，这对皇帝而言就是禁止他再写信。"哈德森·洛韦说，他不想讨论这个问题。因为蒙托隆伯爵先前问他要预算表，洛韦便把它带过来交给了贝特朗。当时，平素一直脾气温和的贝特朗突然发起火来（由于前不久总督禁止岛上住民继续自由出入朗伍德，英国军官夫人们再不能到贝特朗夫人家做客了，故贝特朗和总督之间爆发了一场激烈的口角）。贝特朗说："您可以自己把这张纸交给蒙托隆伯爵。至于我，总督阁下，我于公于私都只想尽量减少和您的接触。"颜面大伤的哈德森反驳说："我向您保证，先生，您的这个要求完全会得到满足。"然后，哈德森扬长而去。第二天,哈德森·洛韦和马尔科姆上将来到朗伍德。总督后来在报告中说:"波拿巴将军当时正在花园里散步,一看到我们掉头就走。我们请蒙托隆伯爵代为传话,说我们想和他谈谈。波拿巴回到花园,我和上将朝他走去。但他只和上将说话,我没打断他。不过,在两人没有说话的空隙,我抓住机会对他说:我必须对他说一些会让他恼怒的事,虽然我自己不愿如此;因为贝特朗将军对我的言行举止,我的处境颇为敏感……所以,我想知道以后在和他有关的事情上应该和谁交涉。波拿巴将军沉默了很长时间,我都以为他不打算对此做出回复了。最后,他仿佛没听见我的话似的,突然语气激烈地对上将说:'贝特朗将军是一个带过军队的人,可这人待他如待一个下士一样。全欧洲都知道贝特朗的名号,这人无权如此羞辱他。贝特朗对禁止寄信一事提出抗议、表示愤怒,他占理。这个人完全把我们当成科西嘉岛罗亚尔军队或某个意大利部队的逃兵一样对待。他侮辱了贝特朗元帅,元帅对他说的话根本不算过分……为政府办事的人分两种:值得尊重的,以及遭人鄙夷的。这个人就是后者。他做事的手段和刽子手毫无差别。'"另外,读者也可参看贝特朗记录的拿破仑对洛韦的这番痛骂。只不过在他的《圣赫勒拿岛录事》里,拿破仑是直接冲着洛韦说话的:"大元帅带过军队,曾率领部队和那支后来您以上校身份进去的参谋团的军队打过仗。①而您给他写信交谈时的口气还比不上您对一个威武之师的下士说话时来得尊重,对他就像对您自己军队的一个逃离军队、背叛国家的下士似的。他觉得受到冒犯,不想再和您接触。其他人也不愿意见您,大家都躲着您。这些先生(当时站在一边的贝特朗、蒙托隆、拉斯卡斯和古尔戈)宁愿连续四

---

① 布吕歇尔的队伍。

天都待在自己房里，也不愿出来和您说话。"在洛韦的记叙中，拿破仑最后是这么说的："我还以为我是在和一群英国人打交道；但您根本就不是英国人！"对此，总督反驳说："阁下，您这话让我觉得好笑。"在贝特朗的版本里，拿破仑说："五百年后，拿破仑的名字还会回荡在欧洲上空，而人们之所以还记得卡斯尔雷和您的名字，纯粹是因为你们羞辱我、待我不公。"洛韦则说："您让我成了欧洲人眼里的过街老鼠，可我根本不该遭此对待。"直到五年后，这个囚徒临死之际，哈德森·洛韦才和他再次见面。洛韦当时一边往外走，一边对身边的英国军官说："诸位，此人是英国最大的敌人，也是我的死敌。但这么一个伟大的人死了，人们只会感到深深的悲痛和缅怀。"其实，他当时保持沉默反而是更明智的选择……1821年7月25日，洛韦离开圣赫勒拿岛。在回英国的途中，他发现舆论对自己极其不利。奥米拉写了一份匿名小册子，在里面对他大肆抨击，洛韦无法为自己辩驳。拉斯卡斯的儿子还曾去伦敦故意挑衅他。据说，拉斯卡斯的儿子在街上碰到他时，直接给了他一鞭子。洛韦在伦敦处境不妙，政府就把他派到锡兰当副总督。于是，洛韦于1825年去了锡兰。1830年，英国反对派掌权。以前支持和拿破仑谈和的人并没忘记他的这个狱卒，于是洛韦不得不离职。回到英国后，洛韦连应得的年金都未拿到，只能在政府那边苦苦哀求，但一直都遭到拒绝。最后，洛韦在贫穷和众人的冷眼中死去。

参考资料：威廉·福赛斯1853年被翻译成法语四卷本的《拿破仑被囚史》（William Forsyth, *Histoire de la captivité de Napoléon*），路易·德·维埃尔·卡斯泰尔1855年1月15日发表在《两个世界》杂志上的《哈德森·洛韦爵士和圣赫勒拿岛囚禁史》（Louis de Vieil-Castel, *Sir Hudson Lowe et la captivité de Sainte-Hélène*）。1850年市面上出

现了一本所谓的《哈德森·洛韦回忆录》，该书于1949年被再版，但实际上它是伪作。1910年，保罗·弗雷莫出版了《在拿破仑临死所待的屋子里——根据哈德森·洛韦未出版的日记所著》（Paul Frémeaux, *Dans la chambre de Napoléon mourant. Journal inédit de Hudson Lowe*），把收藏于英国博物馆中的一部分关于洛韦的资料翻译成了法语。另外，我们也可看看罗伯特·库特·西顿1898年写的《哈德森·洛韦爵士和拿破仑》（Robert Cooper Seaton, *Sir Hudson Lowe and Napoleon*）。

洛韦夫人（苏珊，Susan Lowe，1770—1832）

威廉·约翰逊上校的遗孀，1815年12月16日在伦敦嫁给了哈德森·洛韦，并随他去了圣赫勒拿岛。

罗维戈公爵（duc de Rovigo）

请看词条"萨瓦里"。

罗西里（弗朗索瓦-埃蒂安·德，François-Etienne de Rosily，1748—1832）

14岁就进入海军，1788年6月—1791年11月是美杜莎舰指挥官，1793年3月被升为海军准将，担任罗什福尔海军指挥官。热月九日后，他当上了海军兵站指挥官，奉命在特拉法尔加海战结束后收集法军在海上的舰艇残骸。1811年，拿破仑任命他为海事建造委员会主席。路易十八对他非常尊重。

吕赛伯爵夫人（Luçay）

玛丽-路易丝皇后的梳洗女官。

吕斯特（托马斯，Thomas Lyster，？—1845）

一个英军中校，以督察官的身份被派到圣赫勒拿岛。他先前曾待在科西嘉岛军队中，听从洛韦的命令。因为这层缘故，他才被紧急派到圣赫勒拿岛，以协助洛韦的工作。

吕西尼昂侯爵（Lusignan）

出身于一个显赫的贵族大家，其姓氏可追溯到十字军东征之前。吕西尼昂起初在法国军队效力，随后去了奥地利，在那里娶了一个富有的财产继承人为妻。1792年，吕西尼昂当上了上校，被派到意大利的奥地利军中。在里沃利战役中，吕西尼昂奉命带领一小支队伍绕过法军阵地行动，结果被大批法军包围，被迫投降。后来两军交换战俘，他因此得以回到奥地利。

M

马比勒（米歇尔·德，Michel de Mabille，1761—？）

1785年在拉费尔部队驻瓦朗斯驻军里担任中尉，1791年被升为上尉。8月10日事件后，马比勒逃往国外，雾月十八日后回国，在帝国时期担任巴黎警察局督察官。

马戛尔尼（乔治，George Macartney，1737—1806）

加勒比群岛英国总督，1792年被派往中国，以保护英国人在那里的利益。

马尔博（让-巴普蒂斯特-马尔策兰·德，Jean-Baaptiste-Marcelin de Marbot，1782—1844）

父亲是一个将军，在督政府时期因为他的共和思想而为人瞩目，反对雾月政变，政变后不久就去世了。儿子马尔博子承父业，进了意大利军，听从尚皮奥内的指挥，并于1800年被升为少尉。1804年，马尔博成为奥热罗的副官，1807年为拉纳的副官。拉纳被敌军炮弹击中，受了致命伤的时候，马尔博就在他身边。拉纳死后，马尔博继续以副官身份听从马塞纳的命令。直到1812年，他才被升为上校（拿破仑并不喜欢马塞纳，所以也连带不喜欢马塞纳的副官）。拿破仑从厄尔巴岛回来时，马尔博和他的部队正在瓦朗谢讷。当时部队统领准备投靠英国人，马尔博拒绝，竖起了三色旗，带领军队投奔拿破仑。后来他被波旁家族通缉，躲到了德意志。1818年，他获允回到法国，从军中退役。拿破仑把他写进了自己的遗嘱。1891年，马尔博写的厚厚的回忆录出版。

马尔伯夫（伊夫-亚历山大·德，Yves-Alexandre de Marbeuf，1734—1799）

马尔伯夫伯爵的侄子，旧制度时期担任奥顿红衣主教及有俸圣职名单决定人。法国大革命初期，马尔伯夫逃往国外，最后死在德意志。

马尔科姆，普尔特尼勋爵（Malcolm，1768—1838）

10岁就进入海军，1783年成为中尉，最擅长抓捕敌军，参加过土伦海战和特拉法加尔海战。1813年，他被升为海军上将。1816年6月，马尔科姆来到圣赫勒拿岛，替代科伯恩上将指挥驻守在圣赫勒拿岛的海军，尽量封锁住该岛周围海域。一年后，他离开了这个岗位。在此期间，他似乎和哈德森·洛韦及联军特派员相处得并不融洽。其中的奥地利特派员斯图尔默在1817年7月4日的报告中说："他（马尔科姆）对特派员总是抱着极大的敌意。虽然他对我们彬彬有礼，非常客气，但他总在各种场合发表激烈言论，导致周围人看我们也不顺眼。他让其他人觉得我们就是一群应该被监视起来的间谍，我们一出现，大家就束手束脚的，人们不能对我们掉以轻心。"相反，他却得到了拿破仑的友谊。施蒂默尔在1816年12月31日的报告中写道："这个英国人得到了波拿巴的极大信任。"蒙托隆在《拿破仑皇帝被囚记》第一卷第312页也记下了拿破仑对马尔科姆的这句评价："从他的外表我们就知道，这是一个善良正直的人。"

马尔科姆夫人（克莱蒙蒂娜，Clementine Malcolm）

父亲是东印度公司的经理，叔叔是海军上将基斯。1809年，她嫁给了马尔科姆，陪同后者去了圣赫勒拿岛。根据施蒂默尔在1817年1月10日报告中的说法，她"个子矮小，驼背，长得极丑，却很有见识，打扮别致，这足以弥补岁月对她的摧毁"。

马尔蒙，拉古萨公爵（奥古斯特-路易丝-弗雷德里克·维耶斯·德，Auguste-Louis-Frédéric Viesse de Marmont，1774—1852）

前朝贵族出身的法国四大元帅之一，另外三位是达武、麦克唐纳和佩里尼翁。他是家中独子，在勃艮第的家族城堡中度过了童年，备受父母疼爱。他的父亲是个退休军官，想让儿子进入法院工作。小马尔蒙在塞纳边上的沙蒂永学院学习，并在那里认识了大他三岁的朱诺，因为后者出色的格斗术而对其钦佩不已。勇猛好斗的马尔蒙不愿披上父亲期望的长袍，一心想要参军，最后强迫父母接受了这个决定。18岁时，他进入沙隆炮兵学院，六个月后以中尉军衔离开，进入第一炮兵队，也就是从前的拉费尔炮兵队——六年前，拿破仑就待在这支队伍里。他所在的部队参加了土伦包围战，波拿巴便在那时注意到了马尔蒙。被任命为内防军司令后，拿破仑任命他为自己的副官，头衔仍是军官。马尔蒙工作积极，尽心尽责。为了表示嘉奖，波拿巴派他把缴获的22面敌军军旗送至巴黎。马尔蒙带着两把手枪回来，那是督政府送给他的礼物；此外，他还被任命为一个旅的旅长。作战期间，拿破仑从来不吝于夸赞他这位年轻有为的副手。最让他感到惊讶的是，这个年轻人完全不像他的其他同僚，从不抢劫地方百姓、贪污公款，这让拿破仑印象深刻。马尔蒙对自己的上司也是赞不绝口，他在共和五年热月四日从米兰写给母亲的信中说："每过一天，我对波拿巴司令的敬佩都会增加一分。我不相信世上还有其他人能和他相提并论。"1798年4月回到巴黎后，马尔蒙和银行家佩雷戈的女儿结了婚，波拿巴送上50万法郎作为贺礼。在家族城堡中度过了短暂的蜜月后，马尔蒙追随上司去了埃及。在马耳他包围战中，他夺下了骑士团团旗。之后无聊的谣言传开，说这是他花五个金币从一个中士那里买来的。但不管怎样，因为他立下了这个功劳，波拿巴当即将他升为将军，并把一个旅的步兵交给他指挥。马尔蒙带着这支队伍勇猛作战，直到他的上司让他随自己返回法国为止。之后在巴黎，他和波拿巴一直保持着密切往来。巴拉斯在他的回忆录第四卷第31页中说："从埃及回来后，波拿巴曾在马尔蒙的陪同下来到我的家中，后者似乎在他身边扮演不同的角色，包括仆人……马尔蒙扶着他的主子下车，后者上楼梯时在一边帮忙，进屋后替他脱掉外套，出门时又替他穿上外套。"雾月十八日政变后，波拿巴给了马尔蒙两个职位供他选择：要么当执政府护卫军炮兵部总指挥官，要么进入参政院。马尔蒙后来在他的回忆录第二卷第104页中说："我觉得，这是为了让我不受当时担任护卫军总司令的拉纳的指挥。"没过多久，第一执政官急需钱款来准备接下来的战争，就把马尔蒙派到荷兰，和该国政府就一笔1200万借款的事宜展开协商。马尔蒙能给荷兰人的抵押品不过是一堆木材和摄政王王冠上的钻石。毫无疑问，荷兰人断然拒绝了他的提议。他在回忆录第108页中说："我得承认，我当时的做事手段有些不合常理。要是我以佩雷戈的女婿这层身份，凭借他的关系来干事，也许会更有胜算。"由于荷兰人拒绝帮忙，第一执政官一直对他们记恨于心。马尔蒙回到巴黎后又再度离开，以预备军炮兵统帅的身份参加了对意之战。1804年，他被提拔为乌得勒支阵地统帅，换言之，就是负责占领荷兰的法军统帅。就在此时，他得知拿破仑称帝，并看到了元帅名单，然而他的名字并不在上面。他对此感到"万分难过"（语出《马尔蒙回忆录》第二卷第226页）。不过他又安慰自己："最好再等等，让别人去说'为什么他不是元帅'，总好过像贝西埃尔不断被人诟病'为什么他是元帅'。"（语出《马尔蒙回忆录》第二卷第227页）不过他这次不在元帅名单上，并不代表拿破仑不看好他：马尔蒙资历尚浅，几个星期前刚当上一军主帅，从来没有真正以统帅的身份对抗敌军。可马尔蒙没有考虑到这些，觉得自己遭遇不公，连生了好几天的气。拿破仑没太把此事放在心上，于是马尔蒙又改变了策略。他参加了加冕仪式，积极地彰显自己是多么忠心耿耿。没过多久，他的这番表现就得到了回报：马尔蒙被提拔为骠骑兵上将。欧仁·德·博阿尔内被尊为亲王，对帝国军衔做出调整后，这个位置正好空了出来。1805年，马尔蒙带领队伍奔赴战场，9月25日渡过莱茵河，11月12日占领莱奥本，之后就再没参加过任何作战行动。奥斯特里茨战役后的停战期间，他占领了格拉茨。三个月后，他进入弗留利。占城期间，马尔蒙没能抵住诱惑，趁机大饱私囊，并卷入好几件性质可疑的事件。伊德里亚水银矿矿产以32.5万法郎的价格被售出，水银市场价格跌到令人难以置信的地步，矿产购得者借此迅速赚回本金，这些事都和马尔蒙有很大关系。欧仁·德·博阿尔内当时担任意大利副王，负责视察驻扎在新沦陷各省的法军各部，便把此事汇报给了拿破仑。后者不想把此事公之于众，只打算追回损失。他给欧仁·德·博阿尔内写信说："你私底下告诉马尔蒙，说这边在仔细查账，里面若有任何问题，他就完了……叫他保住自己的清白名声，他还是我在帕维亚认识的那个小伙子。"拿破仑不仅没有因此对他心生不满，还在1806年7月7日把他任命为达尔马提亚军务总长，以消除罅隙。可马尔蒙在这个位置上又做了几件让拿破仑大失所望的事，过着奢靡享乐的生活。后来他在回忆录中解释说："我总想表现出大方的样子。"马尔蒙为了一己私欲，觉得自己有权掏空军队钱库，把预备支付军饷的钱款据为己有。将士们没拿到军饷，一个个吵上了天。马尔蒙命令意大利军财务官把意大利军军饷中的47.3万法郎拨过来应付达尔马提亚军队的开销，才平息了众人的不满。此事再次传到了拿破仑的耳中。当时皇帝正为查理四世的西班牙王位之事去了巴约讷。5月22日，马尔蒙从欧仁·德·博阿尔内那里收到一封信："总司令马尔蒙阁下，陛下命令我给您写信，要求就您转移意大利军及海军军饷一事给出详细报告。无论法国还是意大利的财政规定，都不允许军款在未经内阁同意的情况下被转作他用。"皇帝觉得有必要给马尔蒙再写一封措辞严厉的信："达尔马提亚法军管理过于混乱。你准许众人亏空钱库……达尔马提亚让我损失巨大……"马尔蒙为自己百般辩解，最后这笔钱被摊在了意大利王国头上。一个月后，也就是1808年6月29日，拿破仑封马尔蒙为拉古萨公爵，以表彰他治理有方。奥地利和法国再度转为敌对关系后，马尔蒙收到命令，跟着意大利军行动。但他行军缓慢，几乎不把欧仁放在眼里。6月27日，拿破仑给他写信说："行动快点，积极点，尽心尽力地去打仗。"他没参加瓦格拉姆战役，只在战斗结束后收到追击敌军残部的命令。可马尔蒙在这件事上也做得不尽如人意，半路就鸣金收兵，折回兹诺伊莫，结果在那里遇到了集结后正准备投入战斗的敌军。马尔蒙撤到一处高地上，一边艰难地打着防御战，一边等着皇帝、达武或马塞纳前来支援。拿破仑到来，奥军再无继续作战的心情，列支敦士登亲王提议休战。1809年7月11日，停战协议达成。第二天，"兹诺伊莫的英雄"成为元帅，得到2.5万法郎的年金（由汉诺威捐献）。马尔蒙后来在回忆录中说："我很满意，但并不狂喜。"他忌妒被封为亲王、享有更多年金的贝尔蒂埃、达武和马塞纳。几天后，拿破仑和这位新晋元帅聊天，向他提到了自己有意让奥地利割出几个省；他打算把这几个省建成一个大公国，享有一定的自治权，让这些地方如中世纪的边区那样发挥帝国边界前线的功能。拿破仑边笑边对马尔蒙说："您将是边区总督。"1809年12月25日的一道法令把伊利里亚各省都归到了这个未来的"边区"中。从1810年年初起，人们一直在讨论他们的政治行政机构问题，当时告假回到巴黎的马尔蒙也参与了讨论。1811年4月15日，政府颁布了一道法令，把伊利里亚划分为九个省，并空降了一个大总督，其权限几乎比省长还大。但这完全不是皇帝先前向他的旧友承诺的样子。马尔蒙心生不满，觉得它配不上自己的爵位，央求带兵。于是他替代马塞纳指挥葡萄牙军和西班牙军，贝特朗将军前去管理伊利里亚各省。马尔蒙在西班牙待了一年多，多次惨败。1812年7月22日，他在萨拉曼卡附近输掉了重要的阿拉皮亚战役，负伤并离开了西班牙。几天后，英军进入马德里。拿破仑责备了他几句，但对他依然宠信有加。1813年1月9日起，马尔蒙奉命指挥莱茵侦察军第一军。莱比锡战役第三天，他在舍恩菲尔德处境不妙，内伊替他解了围。拿破仑把功劳都算在了内伊头上。马尔蒙到处非议内伊，说："除了遭受听从莫斯科瓦亲王指挥这等侮辱和危险，我不认为还有比在如此情形中被人彻底遗忘更加糟糕的事。"在法国本土战争中，他和莫尔捷一道奉命制衡布吕歇尔。马尔蒙被击败，自然而然，他又把此事归咎于这位同僚的不合作。被赶回巴黎后，他奉命保护首都，守住从马恩河到贝尔维尔高地和罗曼维尔高地的阵线。马尔蒙当时有7500人、1500匹战马。在夏朗东过了一夜后，他根据错误情报，以为敌军不在罗曼维尔，打算占领该城。然而敌军在城中严阵以待，马尔蒙被迫仓促后撤，在贝尔维尔布阵。中午，约瑟夫·波拿巴的一封急件到来，说："如果元帅拉古萨公爵阁下不能再守，他可和前方的施瓦岑贝格亲王及俄国沙皇展开谈判，然后撤到卢瓦尔河。"莫尔捷当时被击退到维莱特，和马尔蒙达成一致意见，两人来到维莱特的一个葡萄酒商家里。联军代表也在那里，巴黎投降已成定局。莫尔捷的军队立刻行军；马尔蒙的部队当夜经过香榭丽舍街，第二天抵达埃松。临时政府给他发来命令，宣布拿破仑退位。在伯农维尔和德索勒将军的苦苦哀求下，再加上赶至巴黎的保皇党特使的劝说，4月3—4日夜，马尔蒙同意带着军队撤到诺曼底。施瓦岑贝格亲王立刻赶来迎接他。得知马尔蒙军队离开的消息后，拿破仑目瞪口呆："马尔蒙给了我最后一击。"他天真地以为，凭借赶到埃松的几千人（不知道路上还有多少逃兵呢），他能在绝地发起反攻，把联军赶出巴黎。拿破仑大概一直都觉得自己不是战败，而是遭人背叛了，并把账算在了马尔蒙头上。后来，路易十八让马尔蒙进入贵族院，封他为圣路易骑士，任命他为近卫军的连长（这个职位还是特地为他而设的呢）。国王离开巴黎、逃往根特时，马尔蒙就以军队指挥官的身份陪在他身边，并收到了45万法郎的迁徙费。再度回到巴黎后，马尔蒙毫不手软地把自己从前的战友内伊送上了黄泉。1830年七月革命爆发前夕，马尔蒙担任王室近卫军参谋总长兼第一军区司令，奉命镇压暴民。拉菲特恳请他停止杀戮，马尔蒙的回答是："军队以服从为荣耀。"之后他和波旁家族离开法国，再没回来。马尔蒙死后，他的回忆录于1856年出版，其内容遭到无数人的反驳。

马尔尚（路易-约瑟夫，Louis-Joseph Marchand，1791—1876）

罗马王第一任保姆的儿子，因为母亲的缘故，年轻的马尔尚以侍仆身份进入皇宫。皇帝在枫丹白露退位后，他的第一侍仆孔斯当离职，马尔尚便被大元帅选中，替代孔斯当照顾皇帝。马尔尚陪同拿破仑去了厄尔巴岛，又陪他回到巴黎，之后又陪他流放到圣赫勒拿岛，直到拿破仑最后一刻都一直伴在左右。拿破仑把马尔尚、贝特朗和蒙托隆指定为自己的遗嘱执行人，临终前还把马尔尚封为伯爵。回到法国后，马尔尚于1823年和拿破仑在圣赫勒拿岛上指定的女子——布拉耶尔将军的女儿结婚。1830年，他定居斯特拉斯堡，当时他的岳父正在那里担任第五师指挥官。拿破仑曾委托马尔尚在罗马王，也就是后来的雷希施塔特公爵成年后，把许多物件交给后者。马尔尚为此联络了维也纳宫廷，然而他的努力都付诸东流，没能完成拿破仑的委托。雷希施塔特公爵死后，这些物件都被交给了莱蒂齐娅·波拿巴。1840年，马尔尚参加了远征。拿破仑三世称帝后，马尔尚来到杜伊勒里宫，向他转达了他叔叔的最高旨意："如果命运峰回路转，我的后人登上皇位，遗嘱执行人有义务当着众人的面，向他陈述我对我的老战士和忠诚侍仆的所有亏欠。"当初拿破仑死后，遗嘱受赠人并没拿到所有的遗嘱馈赠，追加遗嘱的受赠人更是一无所得。在马尔尚的请求下，拿破仑三世于1855年5月6日颁布法令，实现了拿破仑一世的最后心愿。

马克西米利安大公（Maximilien）

奥地利皇后玛利亚-露朵薇卡的兄弟，1809年5月对抗法军、保护维也纳。

马克西米利安–约瑟夫一世，巴伐利亚国王（Maximilien-Joseph Ier，1756—1825）

最开始的头衔是两桥公爵，其家族分支（莱茵选帝侯家族的旁系，姓氏为苏尔茨巴赫）并不富有，于是马克西米利安便加入了法国的军队。法国大革命爆发前夕，他在阿尔萨斯团，军衔是上校。他完全不依赖军饷过活，一年可从国王财库里拿到4万里弗的年金。但这仍不够他挥霍，1788年路易十六还被迫替他偿清了94.5万法郎的债务。没过多久，大革命爆发，但马克西米利安未受牵连，在1790年安然无恙地回到了两桥公爵封地。当时封地的统治者是他的哥哥查理-奥古斯特。哥哥在1795年死后，马克西米利安继承了爵位。1799年，年老的巴伐利亚选帝侯查理-泰奥多尔行将就木，除了两桥公爵这支旁系外，再无其他继承者。就这样，马克西米利安有了继承巴伐利亚选帝侯的权利。不过他一开始的处境并不太好。由于查理-泰奥多尔加入了反法联盟，其继承人不得不履行联盟义务，导致巴伐利亚失去了莱茵河右岸的所有领地。《吕内维尔和约》签署后，马克西米利安一心忙着重建巴伐利亚，看上去对可能再度爆发的战争并无任何兴趣。然而，他还是被卷入了战火。1805年，马克西米利安不得不让自己的军队依附在拿破仑麾下。《普雷斯堡和约》签订后，他获得了丰厚的回报：巴伐利亚的领土增加了50万平方千米，人口增加了100万。马克西米利安和符腾堡选帝侯同时被授予国王称号，他的一个女儿嫁给了欧仁·德·博阿尔内。拿破仑在圣赫勒拿岛时，曾对贝特朗说："是国王自己想把他的女儿嫁过来。他说，欧仁亲王是继子，我不知道他这话是什么意思……我对巴伐利亚国王说：这事今晚就得定下来，否则我就让欧仁娶个奥地利女人。"（语出贝特朗的《圣赫勒拿岛录事》第二卷第305页）就这样，这桩婚事成了。第二年，马克西米利安签署了第一道莱茵河同盟法令，给拿破仑提供了3万兵力。就这样，他加入了1809年的反奥战争以及之后的对俄之战。在1812年的大撤退中，巴伐利亚军死伤惨重，没有一个士兵安然无恙地回到故土，普鲁士人则全身而退。第二年，马克西米利安发表了一份宣言，在里面说："由3万正规军、后增的8000援兵组成的整支巴伐利亚军元气大伤，几乎每个家庭都因为这件惨事而以泪洗面。最让国王陛下心痛不已的是，我们流了这么多鲜血，却不是为了自己的国家而流。"然而在萨克森战役中，马克西米利安还是不敢拒绝拿破仑的派兵要求。不过在手下大将弗雷德的协助下，他采取了各种手段，以避免自己的军队遭受战争之苦。在此期间，马克西米利安觉得有必要和奥地利军方高层展开秘密接触。10月8日，就在莱比锡战役的前一周，马克西米利安发表了一份正式宣言，宣称退出莱茵河同盟、投靠反法同盟。宣言说："国王陛下今后将在利益和精神上同时和他辉煌强大的盟友站在一起，不忽略一切能够把他和他们联系得更紧密的纽带，以赢得那场最正义、最崇高的事业的胜利。"得知此事后，拿破仑说："国王第二年会再见到我的。愿他记得今天的话！我可以让一个小小君王变得强大，也可以把一个强大的君王变得渺小。"然而第二年，拿破仑没能踏上巴伐利亚的国土，巴伐利亚人却进了法国境内。拿破仑退位后，马克西米利安毫无顾忌地争夺利益。他深得反法联盟诸王的认同，第二年还把自己的一个女儿嫁给了三度丧偶的弗朗茨皇帝。

参考资料：古斯塔夫·冯·来兴菲尔德1854年的《马克西米利安·约瑟夫统治下的巴伐利亚史》（Gustave von Lerchenfeld, *Geschichte Bayerns von den Maximilien-Joseph*），以及施泰因贝尔格1906年的《巴伐利亚首任国王马克西米利安》（Steinberger, *Vater Max, der erste bayernkonig*）。

马拉（让-保罗，Jean-Paul Marat，1743—1793）

这个性格冲动、脾气古怪、内心炙热的人成了一些毫无学识的伪历史学家的研究对象，他们以为，从马拉的手稿中扒拉出他随意写出来的几句粗暴嗜血的话，就足以表现马拉真实的一面了。当他对法国大革命领导人发起冷酷无情的批评时，当他目睹革命进程后对其展开入木三分的分析时，当他痛斥首鼠两端的人民领导人、写出示众罪状书时，当他把八九俱乐部罩在大革命残忍面容上的那层柔纱一把扯下来时，那才是马拉真正的样子。拿破仑直到去了圣赫勒拿岛后，读了法国大革命的历史，才理解了马拉在大革命中扮演了何种角色。但在《拿破仑圣赫勒拿岛回忆录》中，马拉的名字只偶尔被提及，所以我们无从得知拿破仑对他到底是何评价。要知道他对马拉的看法，我们得读《古尔戈日记》才行。根据日记的时间记录，拿破仑是在1816年12月时偶然读到了关于马拉的史书（那时拉斯卡斯已经离开了圣赫勒拿岛，这也解释了为何《拿破仑圣赫勒拿岛回忆录》没有讲述马拉其人）。12月16日，古尔戈在日记中记录了皇帝的这番话："马拉很有头脑，但略有些疯狂。他之所以民望甚高，是因为他在1790年预言了1792年将会发生的事。他孤身与众人对战。这个人实在太特殊了，这种人才应被载入历史。无论别人怎么说，他这种人绝非可鄙之徒。少有人能如他那样令人印象深刻。"我们还可看看贝特朗于22日的记叙："最让我感兴趣的人是马拉。他没有发表过任何演讲，但依然干脆直接地发表了自己既有的不变观点，当然也很可怕的观点。"十天后，拿破仑斩钉截铁地说："我喜欢马拉，因为他很真诚，常把自己的想法说出来，他性格就是如此。"12月30日，他还说："马拉这人很独特，若是别人在演讲台上说了他的那些话，早就成为众矢之的了。"从这些言论中，我们很难读出抨击马拉的意思。尽管如此，他还说了这话："夏绿蒂·科黛干了一件保护社会的漂亮事。"两周后（1817年1月26日），拿破仑又说："马拉？他就是个疯子，一头愚蠢的野兽！"不过拿破仑在评价某人时前后态度截然不同，这也不是一两回了。他对另一个最遭诋毁的同时代人（罗伯斯庇尔）的评价更是出奇的冒昧，对此我们持保留意见。

参考资料：杰拉德·沃尔特1933年的《马拉》（Gérald Walter, *Marat*）。有些人认为这个"人民之友"就是个"浸泡在鲜血里的疯子"，但我想建议他们去读一读左派历史学家加斯东-马丁（Gaston-Martin），以及走温和自由路线、曾揭露马拉"有违人伦的残暴性"的卡斯泰尔诺（Castelnau）的作品。

马莱（克劳德-弗朗索瓦·德，Claude-François de Malet，1754—1812）

多勒一个小贵族的儿子。由于体格健壮，他在16岁就进了大名鼎鼎的灰火枪手队。1775年，这支队伍被解散，他便回到了家乡，过着闲散无事、寻花问柳的日子。1789年，马莱狂热地支持法国大革命，成为多勒国民自卫军指挥官。后来他还奉命教导志愿军第一营，1791年以上尉身份进入莱茵军。因为头脑冷静，马莱在军中格外显眼，但他的前贵族身份也给他引来了一些麻烦。尽管如此，他依然得到了尚皮奥内的赏识。尚皮奥内为了当上将军，很清楚自己应该和哪些人合作。不过有个事实和一些人的说法相反：马莱并没反对雾月十八日政变事件。相反，波拿巴上台后，他还恳请得到第一执政官的接见。第一执政官念在马莱弟弟曾是自己旧日同僚的分儿上，任命他为纪龙德省军区指挥官。马莱自知无能，婉拒了这份差事。后来，他被派到夏朗德担任指挥官。因为马莱在夏朗德和省长多次发生冲突，人们只好又把他派到了旺代。由于与圣尼凯斯刺杀事件中被逮捕、后被关押在奥莱龙岛的囚犯"称兄道弟"，马莱遭受牵连。拿破仑终于忍无可忍，让他赋闲在家。拿破仑并没把他放在心上，觉得这人"因为无用，所以无害"。后来马莱苦苦哀求，再三保证自己多么忠心耿耿、多么忠诚于拿破仑皇帝，才在八个月后被派到意大利军中。这次的差事更好：这块朽木成了罗马总督。马莱和当时意大利军中的许多人一样，想趁机牟取私利、大发横财。然而，他连贪污都干不好。一开始，马莱允许那不勒斯赌场老板在教皇城开赌场分店，并规定每两周的租金为700罗马埃居。但两周过去后，租金突然大涨，马莱还要求从收入中提成。赌场老板为了赚回租金，只好耍老千，因此引来警察的注意，其中一个赌场老板被逐出了教皇城。马莱把这个人任命为自己参谋部的"不可或缺的专家人才"，这样谁都不能拿他怎样了。之后，马莱的胆子越来越大，最后对海上船商下手，在教皇属国的各大港口向所有法国货船收税。这一次，马莱栽了个大跟头。众船长向法国大使阿尔基耶告状，后者展开调查，一下子把好多事都查了出来。最后马莱不仅被罢职，还被皇帝视为强盗，让他回国接受裁决。即便如此，马莱依然全身而退，每年还能拿到2万法郎的年金。不过皇帝在巴约讷向巴黎发了一封和马莱有关的令函，把他的保护人打入了监狱。之后，马莱被剥夺了权力。他忍受不了无事可做的日子，觉得自己的一切不幸都是帝国体制造成的，于是开始酝酿阴谋。一个叫勒马尔的保皇党神父注意到了他，邀请他加入自己的阴谋行动，但只给了他可怜巴巴的一点儿酬劳。马莱的计划非常幼稚荒诞，即便如此，他也没放过任何机会在政府内部制造麻烦，扰乱人心的保皇党仍然借助他宣传保皇思想。趁拿破仑被困在巴约讷之际，人们于早晨四点聚集在卡鲁索广场。临时代理国事的康巴塞雷斯和其他大臣遭到逮捕，两个阴谋分子伪造了一份元老院决议，宣布波拿巴不受任何法律保护，并组建了一个由九人组成的独裁政府。毫无疑问，这九人中就有在这件事中出了主要力量的马莱。他们的"阴谋"很快就败露了，警察不费吹灰之力就控制了闹事人。被关进拉佛斯监狱后，马莱没有招出其他同党。他编造了一些名字，以达到混淆视听的目的。埃斯林战役的结果传来后，公众大感不安，马莱又从中看到了机会。这一次，他打算趁大家在圣母院唱感恩赞的那一天逃出监狱，然后一身正装，持剑闯到教堂广场，一边挥旗，一边敲鼓，向民众大喊："波拿巴死了！打倒警察！自由万岁！"他会再安排几支军队把守住教堂的所有出口，把正在那里参加宗教仪式的政府成员称作巫术仪式参与者。一开始，他的阴谋进展得颇为顺利。马莱的妻子把他的将军服和佩剑放在拉佛斯附近的一栋房子里，让他逃出来后穿戴整齐。然而之后的事情就不那么好办了。马莱的一个知晓内情的同伙遭到逮捕，向警察透露了他的计划。拿破仑知道了这件事，但丝毫没把它放在心上。人们仍把马莱关在监狱里，任他在那里发霉。拿破仑卷入对俄之战后，马莱的心思又活络起来。他得到狱卒允许，去一家诊所看病，在那里认识了一个叫拉丰的人。拉丰是个保皇党神父，后被帝国警察抓捕。马莱经常想办法去诊所，以打发难熬的监狱生活。拉丰不是勒马尔，他同时兼任波旁家族和圣座的眼线，参加了罗马反对法兰西帝国的庞大策划行动，在保皇党和教会内部有不少人脉资源。马莱觉得此人待人热忱、值得信任，便把他的计划透露给了拉丰（他一贯如此）。神父给马莱的计划提供了一些建议：他要么假称拿破仑死在了俄国，要么伪造一份废除帝制的元老院法令。拉丰要做的便是寻找得力执行人，提供辅助。他从罗马教廷圣部找了两个听他命令的人，让他俩帮助马莱。其中一个人是西班牙神父，曾策划了一系列阴谋事件。这一次，马莱的计划进展得十分顺利。在计划规定的时间里（1812年12月22—23日夜），马莱和拉丰顺利离开了杜布松医生的诊所，来到西班牙神父事先安排好的地方，拿到了马莱的将军服和剑。神父还给他找来两个"副官"，每个人都是一身军服。之后，马莱来到附近的伯潘库尔军营，国民自卫军第十大队当时就在那里。他让人叫醒大队指挥官，告诉他皇帝已死，他被升为将军。这个军官完全相信了马莱的话，把1200人交给他指挥。相同的一幕还发生在巴黎驻军步兵团里，那里的士兵和军官都对马莱的说辞深信不疑。令人难以置信的是，这里面居然没有任何人有足够清醒的头脑，所有人就这样相信了这番荒谬之词。掌控兵力后，马莱让军队控制国库、邮政局和市政厅，他本人亲自去了拉佛斯，拿着自己手写的传令信，让人释放被关押在那里的两个将军：莫罗同党拉奥利，以及涉嫌参与英国间谍事件的吉达尔。守卫对他的传令信的真伪心存怀疑，但不敢多做阻拦，让他自己去找那两个早就盼着被放出来的囚犯。这两个人负责扣住巴黎警察署署长帕斯基耶和警务部部长萨瓦里。帕斯基耶和萨瓦里的家就在去拉佛斯的路上，但他们恰巧都不在家。塞纳省长弗洛肖得知皇帝驾崩的消息。马莱还说，临时政府将在省政府开会，要弗洛肖准备一个大厅来接待临时政府成员。弗洛肖说他会吩咐手下做好相关准备。马莱还想逮捕巴黎军区司令于林，便去了旺多姆广场。于林被捕，但军警首领拉博德走出军区司令办公部的时候撞见了马莱，大吃一惊，毫不犹豫地抓住了他的衣领子。马莱被推到外面，挨了几脚，被人塞进开往拉佛斯的马车里。拉奥利、吉达尔也和马莱一样，在他们打算攻占塞纳省政厅和警察署时被捕。这两人还没来得及呼吸几口新鲜空气，就再次被关进了拉佛斯监狱。就这样，没过多久，马莱的"大冒险"就以失败告终，唯一的后果就是让部队中一些军官成为笑柄。政府因为在这桩荒唐事件中尽显无能，事后迅速对犯人发起审判。第二天，人们就成立了一个军事审判所；五天后，24个被告在谢尔什-米迪街上受审，公众从早晨七点就开始旁听，直到半夜案子都没审完。凌晨四点，审判所主席宣读审判结果：14人被判死刑，12人无罪。24小时后，马莱、拉奥利、吉达尔等人被枪决。直到一切结束后，拿破仑才收到相关文件。他当时刚刚经过维亚济马，在暴风雪中后撤。后来塞居尔伯爵在回忆录中写道："在震惊、屈辱、愤怒的情绪交织下，他雷霆大怒。"让他大感惊心的是，人们竟然在那么短的时间里就那么轻易地相信了他已经撒手人寰的消息，甚至忘了他还有个儿子，无论发生什么情况，他的儿子都应该被视为他的继承人才对。后来，他带着讥讽的愤怒语气谈起了这桩"耻辱的不幸事"，但不知道，或者说是不愿意从中吸取教训。拉丰神父全身而退，并在1814年发表了《马莱将军密谋记》（Lafon, *Histoire de la conspiration du général Malet*）。

参考资料：吉贡1913年的《马莱将军》（Gigon, *Le Général Malet*），以及路易·加洛斯1936年的《阴谋家马莱将军》（Louis Garros, *Le Général Malet conspirateur*）。

马莱（克劳德-约瑟夫·德，Claude-Joseph de Malet，1759—1833）

马莱将军的弟弟，旧制度时期在拉费尔炮兵部队担任军官，大革命时期成为保皇党成员。

马雷，巴萨诺公爵（于格-贝纳尔，Hugues-Bernard Maret，1763—1839）

旧制度晚期第戎的一个小律师，在法国大革命前夕定居巴黎。召开三级会议期间，马雷突发奇想，打算凭借自己出众的记忆力，采用他自创的速记法来记录会议辩论内容。就这样，他把议员在演讲台上的发言一一记了下来。一个叫庞库克的编辑对他的工作很感兴趣，因此创办了让人大发横财的《京汇通报》。8月10日事件发生后，马雷成了外交部一个下属机关的领导人。1793年7月，他被任命为法国驻那不勒斯大使。在前往那不勒斯的路上被奥地利军俘虏后，马雷一直被囚，直到1795年年末两国进行人质交换，他和路易十六的女儿互换，才回到了法国。督政府时期，马雷的日子并不好过。果月十八日以后，他成了政府眼里的可疑分子，只好隐退到乡下，一心扑在文字工作上。雾月政变期间，西哀士把他推荐给了波拿巴。雾月十九日，马雷被任命为执政府总秘书。从这个时候到1802年，马雷和布里安一样深得拿破仑的信任，后者非常欣赏他广博的学识、谨慎的性格。最让拿破仑惊讶的是马雷的工作能力——此人竟能每天工作15个小时。布里安失宠后，马雷兼任国务秘书处处长及第一执政官办公部秘书长。根据波拿巴的工作指令，众部长每周都要把他们的工作报告上交给秘书处，换言之，就是交给马雷。马雷知晓报告内容后，和波拿巴会面（会面中并无第三人在场），把内容一五一十地陈述给对方。波拿巴的法令签字原件也都存在马雷那里，众部长会从他那里得到具体指示，以执行后续工作。他还要旁听所有议政会议。于是，马雷成了连接第一执政官和众部长的中间人。此外，他还要负责政府警务部门的正常运转。警务部部长要把所有高级警务报告送到他那里；无论白天还是晚上，每过一小时，警务部就会送来一份汇报书，把巴黎发生的要事汇报上去。收到报告后，马雷即刻对其进行快速分析，并迅速把分析报告送到拿破仑办公部。这份工作是昼夜不停的，晚上会有人轮班，但只有马雷一个人雷打不动地待在办公室。哪怕他人不在，他也会在办公桌上留下一张便条，告诉人们能在何处寻到他。拿破仑称帝后，马雷的工作并无任何变化，他依然兢兢业业地效忠于拿破仑。他陪同拿破仑辗转各地，无论在战场还是在沦陷首都都有他的身影。他是皇帝阵营中不可或缺的一员。此外，马雷还执行了许多重要任务。例如，1805年，他参加了和奥地利的条约谈判工作；1806年，他奉命组建波兰政府；1808年，他负责牵头巴约讷政务会的组建工作，鼓励皇帝继续陷入有百害而无一利的西班牙征服计划。拿破仑颁给葡萄牙、荷兰、威斯特伐利亚的宪法，都是由马雷起草的。1809年8月15日，他被封为巴萨诺公爵。马雷还在拿破仑和玛丽-路易丝的婚事中扮演了极其重要的角色。早在1805年，当时的奥地利首相图古特男爵就向他透露说，拿破仑只有和某个奥地利女大公结婚，才能打消奥地利的疑虑。马雷高估了奥地利的疑心，在1809年极力推动这桩婚事。这桩婚事就是他提出来的，这在马雷自己的笔记中也有记录（他的笔记后被厄尔努弗发表）。在皇帝安排的一次秘密会议中，马雷极力主张这个计划。他在笔记中写道："我之所以有此考虑，是为了国内国外的和平。对内，这桩婚事能抹消一段痛苦的记忆；对外，奥地利先前一直对我们不放心，容易被我们的敌人煽动，而联姻能为它提供最大的保障，打消它的疑虑。这桩婚姻将为大陆的和平背书。最后这个理由得到了议会大多数人的支持。我做的第一件事就是游说在座的多数人，尤其是坐在我边上的富歇，他附在我耳边说他表示同意。之后我发表讲话，没有任何人站出来表示反对。皇帝表态支持和奥地利联姻。"（厄尔努弗作品第297页）1812年冬，法国陷入苦战，马雷也未能逃过该劫。虽然他于1811年4月17日代替尚帕尼担任外交部部长，但依然必须陪同拿破仑参加对俄之战。留在威尔纳期间，虽然外交部都搬到了这里，马雷还要负责新成立的立陶宛大公国的行政管理工作，但他还是在1813年年初直接回了巴黎。是他签署了一系列众人皆知的国民自卫军调集令和35万新兵招募令。也许正因为这个原因，一个传言才在公众中传开，说这场拿破仑强力为之的战争的始作俑者其实是马雷。谣言越传越烈，最后甚至有人传出这个小道消息：拿破仑本来准备在德累斯顿签署和约，可那时马雷对他说了一句话："这一次，人们不会再说是您决定一切了。"听闻此言，拿破仑当即折断羽笔，没有签字。这场反马雷的争斗实际上是由富歇和塔列朗煽动起来的，此二人视马雷为拿破仑身边最卑鄙的奉承者，认为是他唆使后者发动战争。人们成功说服拿破仑，让他觉得：既然马雷被所有人视为和欧洲和谈的最大障碍，让他继续担任外交部部长定会引发风险，牺牲他就能平息众怒。尽管如此，拿破仑还是把马雷留在身边，让他担任国务秘书。拿破仑在枫丹白露宣布退位后，马雷一直陪在他身边，直到他去了厄尔巴岛后才离开。拿破仑回国后，马雷恢复旧职。1815年7月24日法令颁布后，马雷流亡国外，1820年才回到了法国，1834年才复出，在路易-菲利普的命令下组建内阁，可惜这个内阁只存活了三天。拿破仑对他非常感激。他在回忆录中说："此人非常聪明，性格柔顺，举止得体，为人正直高尚，禁得起一切考验。"

参考资料：厄尔努弗男爵1879年的《巴萨诺公爵马雷》（Ernouf, *Maret, duc de Bassano*）。

马雷，巴萨诺公爵夫人（玛丽-玛德琳娜，Marie-Madelaine Maret）

马雷的夫人，父亲是第戎市长勒杰阿斯。拿破仑让她进了皇宫，成了约瑟芬的女官。后来她还和她的妹妹卡洛琳娜一道被拿破仑派去迎接玛丽-路易丝，并成为后者的女官。

马蕾/穆蕾（露丝，Rose Muret ou Maret）

一个酒商的妻子，拿破仑还是中尉的时候似乎对她颇为上心。

马雷斯卡尔基（费尔南多，Fernando Marescalchi，1764—1816）

博洛尼亚高级官员。法军进入意大利后，他成为亲法派领袖，极得波拿巴的宠信。奇萨尔皮尼共和国督政府成立后，马雷斯卡尔基受召进入督政府。后来奥俄联军打过来，他被迫逃到法国避难。马伦哥战役后，马雷斯卡尔基回到了意大利，担任意大利共和国的外交部部长。意大利由共和制转为君主制以后，马雷斯卡尔基被派到巴黎担任全权代表，在这个职位上一直干到拿破仑退位。玛丽-路易丝还把自己的巴马大公国交给他管理。

玛丽-安托瓦内特，法国王后（Marie-Antooinette，1755—1793）

玛丽娅-特蕾莎最小的女儿。她16岁嫁给法国王太子（路易十六），19岁当上王后。玛丽-安托瓦内特性格骄纵霸道，把自己的丈夫变成了一个俯首帖耳的仆人。在一个野心勃勃的阴谋小团体的煽动下，她丧失了判断能力，对一群卑鄙小人信任有加，甚至把自己的性命托付给他们。而这些人只知道溜须拍马，对拒绝向王后低头求饶的硬骨头一律大肆迫害。项链事件后，玛丽-安托瓦内特名声扫地、丑闻缠身，但路易十六像聋人和盲人一样没有任何反应，因此他在臣民心中也随之威信大跌，成了一个可笑的傻瓜。我们如想理解民众对玛丽-安托瓦内特的仇恨起源，就必须把这些事件考虑进去。拿破仑在谈到她和她丈夫的关系时，不无道理地说："王后就是路易十六的女主人。"（语出古尔戈1817年1月11日日记内容）（详情请看1817年1月4日—5月20日日记）

参考资料：杰拉德·沃尔特1948年的《玛丽-安托瓦内特》（Gérard Walter, *Marie-Antoinette*）。论业余的历史传记作品，我格外推荐洛史特力（Rocheterie）伯爵和皮埃尔·德·诺雅克（Pierre de Nolhac）的书，以及茨威格那本激情四射的历史小说。

玛丽-路易丝，埃特鲁里亚王后（Marie-Louise，1782—1824）

西班牙国王查理四世的第三个女儿。1795年，她嫁给了巴马公爵的长子。1801年，《吕内维尔条约》签订后，她的丈夫被叫去统治托斯卡纳，也就是埃特鲁里亚王国。1803年，她的丈夫去世，王位落到了年幼的王储头上，玛丽-路易丝成为摄政王后。虽然她的一部分国土仍被法军占领着，但她依然把这块弹丸之地治理得井井有条。1807年11月23日，玛丽-路易丝接见了法国大使，后者宣布她的王国即将被并入法兰西帝国版图，她不再是统治者了。15天后，埃特鲁里亚王后离开首都佛罗伦萨，回到了西班牙。她在马德里目睹了父亲的惨败，陪他流亡到了法国。帝国覆灭后，她在维也纳会议中要求收回自己对巴马的统治权。由于1801年她的丈夫就已不再拥有此地了，各国对她的要求不予考虑，另一个玛丽-路易丝得到了巴马。为了弥补这位前埃特鲁里亚王后，联军把卢卡公国给了她。她用意大利语写的回忆录于1814年出版，后被翻译成法语。

参考资料：希克斯特·德·波旁1928年的《埃特鲁里亚王后》（Sixte de Bourbon, *La Reine d'Etrurie*）。

玛丽-路易丝，法兰西皇后（Marie-Louise，1791—1847）

奥地利国王弗朗茨一世和他的第二任妻子玛丽-泰蕾莎生的长女。她在仇法的环境中长大，小小年纪就知道了"波拿巴"这个名字。她14岁时，奥军在乌尔姆惨败，她和哥哥姐姐仓促离开了维也纳，前往匈牙利避难。当时，她给抚养她长大的姆妈——亲爱的科洛勒多伯爵夫人写信说："仁慈的上帝肯定对我们很生气，才如此严厉地惩罚我们。此时此刻，我们在美泉宫的寝宫说不定正被一个像猫一样虚伪的将军占着。我们的家被毁了……这是多么凄惨的命运啊。"之后，她从匈牙利去了加利西亚。后来两国和谈，玛丽-路易丝回到了维也纳。然而平静的生活转瞬即逝。1808年夏，乌云再次涌现在地平线尽头。经过一个动荡不安、阴气沉沉的夏天后，玛丽-路易丝看着战火再度燃起，那时她对拿破仑的仇恨达到了顶点。她给科洛勒多伯爵夫人写信说："有人声称他1809年会死的，我衷心希望这个预言能实现。"埃克缪尔战役爆发后，奥地利军方高层声称奥方大获全胜，玛丽-路易丝万分激动地说："我们无比欣喜地得知拿破仑出现在这场他丢了胜利的战役中。他还会丢了脑袋的！"写信时间是4月24日。十天后，玛丽-路易丝就被迫逃出维也纳，和她的兄弟姐妹再度去了匈牙利。有人说，玛丽-路易丝当时身体抱恙，不得不暂留维也纳养病；拿破仑得知这个消息后，命令手下转移大炮方向，以免殃及女大公所在的宫殿。这完全是不经之谈：法军5月10日朝维也纳城开火，而玛丽-路易丝5日就已经离开了。就这样，拿破仑在美泉宫舒舒服服地度过了五个月，而此时去家离国的玛丽-路易丝正在比德备受煎熬地等待着。11月27日，她随父亲回到了维也纳。刚到达，她就得知一个噩耗：她要嫁给拿破仑。12月末，这桩婚事定了下来。当时梅特涅在维也纳举办了一场私宴，赴宴的有梅特涅、利涅亲王、拉马克伯爵、纳博讷伯爵。纳博讷是拿破仑的远亲，他在向奥地利掌玺大臣致辞的时候说了一句话，我们可将其解读为其主子拿破仑的内心想法："法兰西只能和贵国或俄国走在一起。皇帝应该为他的王朝考虑，所以在一个女大公和一个公主之间做出选择。这个选择决定了奥地利的未来乃至存亡。"［详情请看朗比托（Rambuteau）的回忆录第41页］第二天，纳博讷就被召到皇宫。弗朗茨皇帝应该是听了梅特涅的劝告，表示赞同纳博讷的看法，并请他将此言转告巴黎。后来在圣赫勒拿岛，拿破仑声称是维也纳宫廷第一个发起联姻的提议。他对贝特朗说："我和玛丽-路易丝的婚姻是纳博讷在维也纳提出来的，维也纳的寡头政治家之所以赞同这桩婚事，原因如下：……看着我军在埃克缪尔战役之后取得的一系列显赫胜利……发现君主国已被置于火盆之上……他们觉得继续集结军队反对我，这无异于以卵击石。在他们看来，我和一个女大公成婚，会是他们和我结盟、保存他们残余实力的最佳手段。"（出自《圣赫勒拿岛录事》贝特朗1817年10月28日日记）考虑到玛丽-路易丝对梅特涅向来都言听计从，皇室便让他向玛丽-路易丝传达了这个消息。几个月前玛丽-路易丝还对拿破仑恨之入骨，一心盼着他去死，如今她却不得不面对要和他同床共枕的事实。1810年3月11日，维也纳举办了出嫁礼，玛丽-路易丝在那天第一次见到拿破仑，并在同月27日和他共宿于贡比涅。婚后的回国路上，拿破仑在比利时和荷兰为她举办了两场巡游，把玛丽-路易丝弄得筋疲力尽。在正式接见仪式上，玛丽-路易丝表现得笨手笨脚、郁郁寡欢。回到圣克鲁后，她更被自己丈夫的各种殷勤之举弄得烦得要死。她极力掩饰自己的不耐烦，把自己对此人的真实情感压抑下去。人们对她照顾有加，然而什么都勾不起她的兴趣。拿破仑听说她喜欢绘画，就把普鲁东派给她当老师，向她教授绘画技术。过了一段时间，人们问普鲁东，他这位尊贵的学生是否有进步，他回答："啊！我倒希望她能有所进步。皇后觉得颜料会弄脏她的手，根本不碰画笔。"人们又问："那她在您课上都干吗呢？"这位大画家回答："睡觉。"〔详情请看格莱特1879年10月1日发表在《艺术报》上的《梅耶小姐和普鲁东》（Gueulette, *Mlle Mayer et Prud'hon*）〕最后，玛丽-路易丝借口不喜欢颜料味道而放弃了绘画。（出自《梅纳瓦尔回忆录》第一卷第329页）拿破仑给她建造了一座比原先约瑟芬的寝宫豪华许多的宫殿，把一大群前朝贵族妇女塞到里面，并小心翼翼地避开了任何和大革命有关的东西，在女官人选问题上也做出了妥协。他把拉纳元帅的遗孀任命为女官，想借此安抚军队情绪……可惜，这是个糟糕的决定。元帅夫人认为自己丈夫是因他而死，觉得女官一职是个苦差事（她得整天待在宫中，无法陪伴自己的五个孩子），故在玛丽-路易丝面前说了许多关于他的坏话。当然，这也解释了为何皇后会对这个女官信任有加，两人没过多久就亲密起来。除了四个女官外，拿破仑还从刚邦夫人的寄宿学生中挑了两个"副官"去服侍玛丽-路易丝。这些人寸步不离地守在皇后身边，秘密监视她的一举一动。晚上，其中一个女官睡在玛丽-路易丝寝宫边上的一个房间里。女官不能让任何男子进入皇后的房间，并负责在她的口述下写信，再将信改得符合礼仪和身份。玛丽-路易丝婚姻生活中发生的唯一一件大事就是分娩。她在1811年3月20日生下了罗马王，但分娩过程非常痛苦。1812年5月9日，她陪同拿破仑来到德累斯顿，几天后见到了自己的父亲和继母。29日，皇帝奔赴那块命运之神让他大败的土地，玛丽-路易丝回到了法国。12月18日，她再次见到了自己的丈夫。他被俄国之战大伤元气，狼狈地回到了法国。四个月后的1813年4月15日，拿破仑再次离开了她，她成了帝国摄政者。当然了，这纯粹是个虚职。玛丽-路易丝只听她丈夫的指示行动，对一切都毫不知情，康巴塞雷斯只有在依据法律规定需要她签字的时候才会来找她。11月9日，一脸愁容的拿破仑风尘仆仆地回来了。十周后，他再度离开，从此玛丽-路易丝再没见过自己的丈夫。1814年1月24日，玛丽-路易丝第二次被封为摄政皇后，但仍和上次一样只是傀儡罢了。人们传给她的文书不过是拿破仑写给她的信，在信中或者问候她的身体，或者给她一点儿渺茫的希望。然而，她还是意识到情况已是每况愈下。2月22日，在拿破仑的指使下，人们让她给她的父亲奥地利皇帝弗朗茨写了一封信，她在信中说："强迫我们达成一个耻辱性的、不光彩的和约，这并不是一步好棋……我们宁死也不愿接受这些条件。"玛丽-路易丝这么做了。3月23日，她又得写一封信。这一次，她告诉自己的父亲："您的军队会被打败，因为皇帝（拿破仑）的大军是前所未有的兵强马壮……您是在牺牲自己国家的利益以及您自己的幸福。"五天后她得到消息，法军将从巴黎撤出，她必须离开首都，前往布卢瓦。玛丽-路易丝从命，于4月2日抵达布卢瓦。当时陪她前往此地的梅纳瓦尔在回忆录第三卷第264页中说："皇后在布卢瓦期间忧心忡忡，又怀抱希望……由于谁都无法预料到第二天会发生什么,各位大臣来觐见皇后的时候穿的都是旅行便装。此时,布卢瓦收到一份政府颁发的法令以及一篇宣言,就是那篇让所有法国人都始料不及的宣言。"圣奥莱尔来到布卢瓦,捎来了那封退位书。奥松维尔伯爵在他的回忆录中说:"当时还是大清早,她(玛丽-路易丝)还没睡醒,就听到圣奥莱尔请求觐见。皇后当时坐在床边,未着鞋袜的脚从被子里露了出来。圣奥莱尔目睹如此凄惨的情景,倍感尴尬……他垂下眼角,装作不知道这封不幸的信会给皇后造成何种冲击。她却说:'啊!您看到我的脚了。人们总对我说,我的脚生得很好看。'"[详情请看圣奥莱尔的《我的青年时光》(Saint-Aulaire, *a Jeunesse*)第81~82页] 8日,约瑟夫和热罗姆来到了布卢瓦,建议玛丽-路易丝从那里前往卢瓦尔,把政府也顺带转移到那里。这一次,她断然拒绝离开。热罗姆软硬兼施,玛丽-路易丝依然不肯让步:她有自己的打算。这两人前脚刚走,舒瓦洛夫后脚就出现了:他奉亚历山大之命,前来查看自己盟友的女儿是否安好。舒瓦洛夫告知玛丽-路易丝,她第二天早晨就要前往奥尔良。玛丽-路易丝不仅没有反对,还立刻答应了这个要求。她当时最在意的不过是如何避免自己王冠上的珠宝被人抢走。她把所有贵重首饰都藏在身上,以为别人肯定不敢来搜她的身。(出自《梅特瓦尔回忆录》第三卷第266页的记叙;几天后,在临时政府委员会的要求下,她被迫归还了这批珠宝)到了奥尔良,她收到了拿破仑前往厄尔巴岛的消息。没过多久,她就给父亲写信说:"皇帝去了厄尔巴岛。我已向他宣布,我没有见到您、没有从您这里得到建议,就绝不离开这里。"16日,弗朗茨皇帝在朗布依埃见了他的女儿。他的"建议"很简单:玛丽-路易丝完全没必要留在法国,应该尽快回到维也纳。对此,玛丽-路易丝求之不得。25日,她带着儿子离开了法国,在自己的大公国里见到了家人。弗朗茨皇帝对她说："你若想当我的女儿，我的一切都是你的……你若想当皇后，那我不会认你。"（语出《梅纳瓦尔回忆录》第三卷第319~320页）从那时起，她极力遗忘自己在法国的过去，接受了自己的新身份——巴马女大公。她能有此头衔，还得感谢其父亲的盟友的慷慨馈赠。拿破仑在厄尔巴岛期间经常给她写信，她的回信则像外交辞令一样冷漠。尽管如此，弗朗茨皇帝还是觉得太过了，要她和拿破仑彻底断绝关系。玛丽-路易丝也并没觉得此举有何不妥：她当时正和奈佩格（Neipperg）伯爵坠入情网。拿破仑登陆戛纳的消息传来后，玛丽-路易丝大惊失色，连忙给梅特涅写信，表示自己和拿破仑的计划毫无关系，说她把自己完全置于联军的保护下。拿破仑一抵达巴黎，就要求玛丽-路易丝带着儿子前来和自己会合，她对此不予理会。1816年4月20日，她把儿子留在维也纳，在情人的陪伴下来到她的公国。1821年7月，玛丽-路易丝在《皮埃蒙特报》上得知拿破仑在圣赫勒拿岛去世的消息。19日，她给自己的女友——科洛勒多伯爵夫人的女儿薇克托瓦写信说："老实说，我当时极度震惊。虽然我对他从无任何强烈的情感，但我仍不能忘记他是我孩子的父亲这个事实。而且，他不仅没有如世人认为的那样对我百般恶待，还对我一直尊重有加，这份尊重正是我在政治婚姻中唯一期待的东西。所以，我听到这个消息后深感难过。虽然我应该为他终于以基督教徒的方式结束了这悲惨的一生而感到高兴，但我仍然希望他能幸福安康地活着，尽管是在一个离我很远的地方。"就这样，她成了遗孀。但麻烦来了，她是谁的遗孀呢？这个情况很棘手，因为宫廷礼仪有其不可让步的规矩。这时，殷勤的奈佩格出手帮忙了。1821年7月24日，《皮埃蒙特报》上登出一则消息："我们崇高女王那位尊贵的丈夫于5月5日在圣赫勒拿岛去世，女王陛下、负责宫廷内务的骑士及女官，以及大公府上的仆人、随从将吊唁三个月，以示哀悼。"把"尊贵（sérénissime）"这个词用在曾经的世界霸主身上，奈佩格此举的确别出心裁。不过他觉得还是有必要向梅特涅做出解释，当天就给对方写信说："我私以为应当采取委婉辞令，初衷是避免提及'皇帝''前皇帝''波拿巴''拿破仑'等在任何情况下都不应得到承认的名号，尽管此举未征得阁下的同意。'sérénissime'一词在意大利语中比在其他语言里更普及，可被广泛应用在任何王孙贵胄身上。"其主上和善地回信说："此函写得极为妥帖。"7月30日，人们在宫中教堂举办了葬礼，典礼中没有任何会让人联想到法兰西帝国的头衔、装饰或皇家仪式。玛丽-路易丝站在台上，身披长纱，好勉强遮住其隆起的腹部。十天后，她的第二个孩子诞生了。1829年奈佩格死后，她嫁给了自己的管家邦贝尔（Bombelles），后者是法国流亡贵族的后代。由于爆发革命，她被迫离开自己的属国，死在了维也纳。在哈布斯王朝，玛丽-路易丝被尊为烈士，为了挽救祖国而甘愿牺牲自己。但在法国，人们无法原谅她在厄难中抛弃了自己的丈夫，没有尽到妻子和母亲的义务。

参考资料：弗赖赫尔·冯·黑尔弗特1873年的《玛丽-路易丝》（Freiherr von Helfert, *Maria Louise*）、弗雷德里克·马松1902年的《玛丽-路易丝皇后》（Frédéric Masson, *L'Impératrice Marie-Louise*）、马克思·比亚尔1908年的《玛丽-路易丝的丈夫们》（Max Brillard, *Les Maris de Marie-Louise*）、欧克塔夫·奥布里1933年的《玛丽-路易丝的背叛》（Octave Aubry, *La Trahison de Marie-Louise*），以及让·德·布尔古安1938年的《玛丽-路易丝的心迹》（Jean de Bourgoing, *Le Cœur de Marie-Louise*）。

玛丽-路易丝，西班牙王后（Marie-Louise，1751—1819）

她的父亲是巴马公爵菲利普，外公是路易十五。11岁时，玛丽-路易丝嫁给了阿斯图里亚斯亲王，也就是后来的查理四世，1788年当上王后。她的丈夫性格软弱，把国家完全交给她打理。然而玛丽-路易丝只想以权谋私，为了过上奢靡的生活把国库掏空也在所不惜。后来她爱上了当时尚还年轻的戈多伊，让后者当了首相，以为他肯定会乖乖听自己的话。可情况恰恰相反：玛丽-路易丝几乎成了她那个骄傲的情人的奴隶。当拿破仑想插手西班牙王位一事时，玛丽-路易丝表示支持他的决定，因此害了自己的亲生儿子。之后，她陪同丈夫去了枫丹白露，然后去了罗马，在那里终老。

玛丽-泰蕾莎·德·波旁-西西里（Marie-Thérèse de Bourbon-Sicile，1772—1807）

那不勒斯国王斐迪南四世和玛丽-卡洛琳·德·奥地利的女儿，所以她是玛丽-安托瓦内特的外甥女。1790年，她嫁给刚刚丧偶的堂兄，即未来的弗朗茨皇帝，并给他生了13个孩子（还不包括流产的），其中最大的便是后来嫁给拿破仑的玛丽-路易丝。玛丽-泰蕾莎是狂热的天主教徒，仇恨法国革命派及其"继承人"波拿巴。

玛丽-伊丽莎白，巴伐利亚-比肯菲尔德公主（Marie-Elisabeth）

1808年嫁给了贝尔蒂埃。

玛丽亚·比阿特丽斯·冯·埃斯特（Marie-Béatrix von Este，1750—1829）

摩德纳公国继承人，1771年嫁给了奥地利的斐迪南大公。

玛丽娅-菲奥多罗夫娜，俄国皇太后（Maria-Fedorovna，1759—1828）

出嫁前的名字是符腾堡公主苏菲-多罗黛，1776年她和俄国沙皇继承人——未来的保罗一世结婚，故改换名字，信了东正教。她一生都没忘记自己丈夫当初如何惨遭杀害,和儿子亚历山大的关系非常紧张,完全过着隐居的生活,除了操心年轻贵族妇女的教育问题和慈善事业外,不问世事。

玛利亚-露朵薇卡,奥地利皇后(Maria-Ludovica,1787—1816)

斐迪南大公的女儿,玛丽娅-特蕾莎皇后的孙女,1808年嫁给了九个月前丧偶的表兄弗朗茨皇帝。因为这段婚姻的关系,她成了几乎和她同岁的玛丽-路易丝的继母。玛利亚-露朵薇卡身体羸弱,耳朵几乎全聋,和弗朗茨成婚后近乎是个废人。根据梅纳瓦尔的叙述,她婚后虚弱到都不能在寝宫中走路的地步,终日坐在轮椅上。1812年5月,玛利亚-露朵薇卡被迫跟随丈夫来到德累斯顿,在萨克森国王举办的一次晚宴上认识了拿破仑。第二天,她给母亲(玛丽-贝阿特丽克丝·德·埃斯泰)写信说:"我当时坐在拿破仑边上,由于我听不见,您可以想象这场被所有人都看在眼里的交流对我而言是多大的折磨。"她对皇帝的印象是:"他话很多,喜欢提问。我注意到他这个特点,就直截了当地打断了他的话,以免谈话继续下去。"

马鲁埃(皮埃尔-维克多,Pierre-Victor Malouet,1740—1814)

旧制度时期担任土伦海军军需官,大革命时期被选入三级会议,之后担任保皇党领袖,成为国王枢密院议员。8月10日事件后,马鲁埃流亡国外,雾月十八日后回国,被波拿巴派去治理海军。1803年,法国正在安特卫普建设大型海事工程,马鲁埃奉命负责这个港口的行政工作,在安特卫普待了六年。1810年,拿破仑让他进了参政院。从俄国回来后,拿破仑把马鲁埃流放到离巴黎40古里之外的地方。根据马鲁埃自己的说法,他是因为在参政院不留情面地批评国事、为人骨头太硬,才不被皇帝喜欢。不过,还有另一种可能:他和他的儿时伙伴及同窗富歇往来太过密切，而后者当时在拿破仑面前已经失了宠信。路易十八后来起用了马鲁埃，让他担任海军部长。

马蒙泰尔（让-弗朗索瓦，Jean-François Marmontel，1723—1799）

1763年进入法兰西学院，从1783年起担任法兰西学院终身秘书。恐怖统治期间，他过着东躲西藏的日子。督政府期间，他得到政府颁发给文人的津贴，被选为元老院议员。后来，他和保皇党勾结，因此在果月十八日后失去了职位。

马塞纳（安德烈，André Masséna，1758—1817）

生于尼斯，年幼就父母双亡，在无人管束的情况长大，性格荒淫放荡。17岁时他进了效力法国的意大利罗亚尔军。过了14年，他也不过得了个士官的军衔，并因为年纪大而在1789年8月被遣。之后他住在昂蒂布，一边从事走私活动，一边担任该城国民自卫军参谋上尉一职。1791年，马塞纳被选为瓦尔志愿军第二营中尉。在入侵尼斯爵地的过程中，因为了解当地地形，他为安塞尔姆将军出了不少力。1793年8月，马塞纳被升为将军。刚刚当上意大利军总司令的谢雷让他起草作战方案，马塞纳拿出了一套非常亮眼的计划，法军因此在1795年11月23日在洛阿诺战役中取胜，一举打开了通往意大利的要道。然而，带领法军打到那里的人并不是马塞纳。在一个比他小12岁、资历更浅的年轻人面前（马塞纳1793年8月22日被升为将军，波拿巴则是次年12月22日得到晋升），马塞纳的光芒瞬间黯然失色。他奉命指挥先锋军的一个掷弹队作战，并带领这支队伍屡立奇功。是他冲破了洛迪桥的封锁，第一个进入米兰。十个月后，马塞纳一直打到离维也纳只有25里的克拉根福；该城弃械投降，才拦下了这个"求胜心切的孩子"（这是波拿巴当时给他起的绰号）。他一路杀来，所经之处的百姓遭了大殃。

虽然他所向披靡，却贪污公款、抢劫百姓，其狠厉程度在意大利军将士中少有人及，所以没有留下美名。尽管如此，他依然凯旋，回到巴黎，把缴获的敌军军旗献给督政府，并请后者通过《莱奥本预备谈判条约》。归队后，马塞纳代替状态不好的贝尔蒂埃担任占领罗马的法军指挥官。他刚上任就在地方巧取豪夺，做了好几次令人侧目的非法买卖。以前贝尔蒂埃管不住部下，如今马塞纳则贪污公款。由于没有进账，法军钱库空空如也，士兵军饷发不出来，军需品采购商则赚得盆满钵满。于是，一件闻所未闻的事发生了：全体军官团结起来，宣布他们不再认可马塞纳是自己的上司，拒绝听其调遣。马塞纳不得不灰头土脸地离开罗马。他万念俱灰，给波拿巴写信说："我的将军，接下来我该怎么办呢？我完全没有主意。我恳请您发发善心，我就指望您了。大使馆免去了我的尴尬，我在短时间里不用回到法国。我不能再从事军职了。我问心无愧，可这舆论……我只能投奔您了。"波拿巴当时正在筹备埃及之征，任他自生自灭，马塞纳只好赋闲在家。1799年，法奥再度开战，急需将领，马塞纳再度出山，和其他将军一道随同波拿巴奔赴前线。1799年2月，马塞纳被任命为瑞士军统领。3月6日，他渡过莱茵河。23日，由于被奥地利将军霍兹打败，他再渡莱茵河，把兵力后撤到瑞士境内。在此期间，茹尔丹和贝纳多特抛弃了他们的队伍，跑到巴黎为自己的战败辩护。督政府便把瑞士军、多瑙河军和莱茵军三支部队都交给了马塞纳，换言之，从杜塞尔多夫到圣哥达总计3万人的法军此刻都听其调遣。如此一来，马塞纳就能和10万奥军抗衡了。他静等时机，终于等到了一个机会。奥军高层指挥团决定让苏沃洛夫驻扎在意大利的军队代替查理大公的军队作战，奥军离开，而俄军当时又没及时赶到。马塞纳收到消息后由守转攻，在1799年9月23日取得了利马特战役的胜利，继而夺下了苏黎世。苏沃洛夫到达后，惊讶地发现他的联军溃不成军、处境堪忧。他被迫投入战斗，战败后撤退。俄军收到回国命令，反法联盟解体。1799年7月28日曼图亚失守、8月15日诺维战役惨败后，法军因为马塞纳此仗告捷而士气大振。马塞纳被称为祖国的拯救者。他完全有机会趁机发动政变，可马塞纳毫无这种念头。首先，他是真心拥护共和；更重要的是，他并没有这么大的野心，觉得有钱、有女人就此生足矣。两个月后，波拿巴夺权。他收回了马塞纳的军权，让他去带领人数锐降到4.4万人、在诺维战役之后元气大伤的意大利军。拿破仑后来声称，他之所以做此决定，是因为马塞纳"比任何人都更适合在里维埃拉到热那亚这一段带兵，他对那里的每条路都了如指掌"（语出蒙托隆的《拿破仑皇帝被囚记》第一卷第43页），还因为他知道"雅各宾党人正在瑞士军中寻求支援"（语出《古尔戈日记》第一卷第42页），而马塞纳"或多或少对跑马场雅各宾党人的观点持赞同态度"（语出《古尔戈日记》第一卷第155页注释1）。1800年2月18日，马塞纳抵达热那亚。法国政府承诺给他增派援军，并在纸面上说得清清楚楚，会派来8个辅助营，总计10,250人。在渡过瓦尔河时，法军只有310人，其他都逃跑了。（请看马塞纳在共和八年雨月二十八日写给波拿巴的信）从一开始，梅纳斯手下的9.7万奥军就成功把马塞纳的军队横腰斩成两截，把絮歇赶到了瓦尔河上，迫使马塞纳在1800年4月退守热那亚。有了英军军舰的帮忙，奥军的防线可谓固若金汤。花月三日（4月22日），马塞纳给波拿巴写信说："我军情况万分紧急，已到生死关头，我恳请执政官前来援助。"波拿巴没有来。6月5日，马塞纳只好弃城投降，但投降条件是带领军队回到瓦尔河。有人说，正是因为他把奥地利大军吸引到了热那亚附近，法军才赢得了马伦哥战役。不过，就在马伦哥战役十天后，法军回到了热那亚。回到巴黎后，波拿巴再度解除了马塞纳的军权。之后，塞纳省选民把他推荐给了元老院，想把他选入立法院。虽然马塞纳贪污公款、中饱私囊，但他共和将军的名号依然屹立不倒，和贝纳多特、莫罗、麦克唐纳、茹尔丹齐名。警察奉命监视他，但没发现任何对他不利的事。1804年，拿破仑觉得应当把马塞纳放到元帅名单上。次年，两人的关系再度降到冰点，但拿破仑还是把他派去指挥意大利军，并下达了明确的任务：阻止查理大公增援维也纳，拿破仑本人要亲自朝维也纳前进。马塞纳如往常一样完美完成了任务。查理大公在仓促撤退中把许多物资原封不动地留在营地，里面全是生活物资和弹药。马塞纳将其交给"可靠的"人保管，这些保管者迫不及待地以极低的价格卖出物资，把自己的荷包填得满满的。当然了，马塞纳也从中大饱私囊，而这只是开始。当地政府要拿出真金白银"满足占领军的需求"，被法军压得喘不过气来，然而法军将士得到的军饷是成色不足的劣币。最后，当地一群商人大着胆子给欧仁·德·博阿尔内递了一封陈情信，而后者负责管理即将被划入意大利王国的各省的事务。欧仁把这封信交给当时人在维也纳的继父，拿破仑很快做出决定。根据他的估计，马塞纳抢劫了本应交给国库的441.8万法郎。拿破仑优秀的线人发现马塞纳在比尼亚米银行里放了250万法郎，这笔钱当被追回，剩下的也要不惜一切手段拿回来。几周后，一直关注此事的拿破仑给欧仁写信说："儿子，您应该已经从马塞纳元帅那里收到441.8万法郎了吧。"（写信日期是1806年4月26日）实际上，可怜的欧仁追回的钱离这个数字还差得老远呢。尽管发生了这些事，但因为拿破仑打算让约瑟夫当那不勒斯王，他就把攻打这个王国的任务交给了马塞纳。事后，约瑟夫想让马塞纳当自己的行政议员，皇帝公开表示反对。他在1806年6月3日给哥哥写信说："马塞纳根本不适合从事行政工作，他是个好战士，但沉迷于金钱、爱情。这是他行动的唯一动力，他完全靠这两样东西走路，哪怕当着我的面都如此。从前他还只是拿点小钱，但如今已是巨贪了。"1807年2月初，马塞纳现身大军团主营。拿破仑当时需要一个将领替代生病的拉纳，去带领一支侦察部队掩护华沙。马塞纳应该很满意"侦察者"的角色，在这个位置上悠闲地待了四个月。之后，得知两军已在提尔西特缔结停战协议，马塞纳领军来到大军团位于纳雷夫河边的临时宿营地。之后，他发现自己并不被拿破仑信任，就"以健康为由"告假回到吕埃。1808年3月19日，马塞纳在吕埃得知皇帝封他为里沃利公爵。他在回忆录中说："这是我第一次从拿破仑那里感受到好意。考虑到无常的命运，就凭我在这场战争中扮演的无足轻重的角色，我几乎肯定这是拿破仑在向我表示敬意和感谢。"（语出《马塞纳回忆录》第五卷第337页）在接下来的一年里，马塞纳在自己的封地上过着花天酒地的生活。1809年3月，拿破仑派他去斯特拉斯堡组建军队，以支援已被召上前线、在即将爆发的新的战争中充当先锋军的达武的部队。这是一件苦差事，马塞纳得把法军和结盟国提供的部队集结起来，里面有巴登人、黑森人、萨克森人和拿骚人。他还得安排好领兵事宜：德意志个别君主坚持让自己的将领带兵，抱怨担任主帅的法军将领会让他们的战士"去民族化"，因此造成恶劣后果。马塞纳尽量做出让步，带着4万人奔向战场。这4万人被分成了9个旅，其中5个旅是法国兵，4个旅是德意志兵。根据拿破仑的意思，这支部队只负责向作战兵力提供补充，担任次要角色。然而如我们一直说的那样，命运自有其安排。维也纳投降后，为了一举摧毁奥军，拿破仑在5月21日让3.5万兵力从左岸渡过多瑙河，并让这支队伍听从拉纳和马塞纳的指挥，其他部队第二天再跟上。然而由于连接右岸和洛博岛的大桥被毁,渡河计划被搁置。拉纳在当天受到致命伤,拿破仑觉得自己必须去多瑙河右岸,就把左岸的军队交给马塞纳指挥。马塞纳不得不孤身和正往左岸压过来的、兵力数倍于己的奥军作战。马塞纳成功阻止了奥军企图炸毁河上一座小桥的计划,让法军趁夜撤退。第二天清晨,把伤员和炮兵都撤走后,马塞纳回到洛博岛上。经过两天的血战,埃斯林战役结束。此战几乎改写了战争的走向。六周后,不久前才从马上摔下来的马塞纳再度跨上战马,带领他的部队来到多瑙河左岸。在瓦格拉姆战役中,马塞纳再度陷入艰险处境,几乎是回天乏术。拿破仑觉得有必要鼓励他一下。元帅在他的回忆录中说:"皇帝来一个地方,通常都有掌声相迎。而这一次,他来时几乎没有引起军中任何人的注意。情况看来已是无力回天,然而拿破仑如往常一般从容,登上我的马车,对我说:'怎么?有人在这里打群架吗?'我回答:'正如陛下所见,但这不是我的错。'"(语出《马塞纳回忆录》第六卷第315页)拿破仑表示理解,离开马塞纳时,让他平心静气地等待自己即将发起的"沉重打击"。之后,麦克唐纳力挽狂澜,挽救大军于绝境之中。拿破仑为了表彰马塞纳,在里沃利公爵的头衔上又加了个埃斯林亲王,外加丰厚的赏金。然而,马塞纳只过了不到两个月的逍遥日子。1810年4月,拿破仑把他派到了葡萄牙,以弥补内伊和朱诺犯下的错误。他发现那里的军队状况不妙,而内伊和朱诺又觉得马塞纳的空降是对自己的侮辱,拒绝执行其命令。起初他获得了几场胜利,成功在特茹河上击退了英国人和葡萄牙人。马塞纳苦苦作战五个月,事先承诺的援军连影子都没有(本应前来援助他的苏尔特当时一动不动),全军几乎弹尽粮绝,马塞纳被惠灵顿追击,只好边打边退,1811年3月回到了西班牙境内。拿破仑大为不满,剥夺了他的军权。

1812—1813年，失势的马塞纳再没参加任何战斗，只当了一个小小的马赛第八营营长。面对如此大的羞辱，马塞纳顺从地接受了。后来，路易十八保留了他的职位。拿破仑从厄尔巴岛回来后，给他写信说："亲王，在土伦城墙上竖起埃斯林的旗帜，追随我吧。"马塞纳等了三周，才听从了他的劝告。滑铁卢战役后，他归附富歇，后者让他做了巴黎国民自卫军总统领。马塞纳在这个位置上做出了巨大贡献，在暴乱时期维持住了首都的治安。路易十八二度回国后，罗讷河口省部分居民控告他在拿破仑登陆后无所作为，马塞纳不得不站到庭上为自己辩护。政府体谅这个老兵年事已高，让他安静地度过了自己人生最后的岁月。

参考资料：由于没有更好的选择，我们参考了奥古斯丁·梯叶里1847年那本内容浅显的《被胜利宠坏的孩子马塞纳》（Augustin Thierry, *Masséna, l'enfant gâté de la Victoire*），以及马塞纳自己的回忆录：这本回忆录纯粹是军事作品，科什根据马塞纳留下来的资料，在1849—1850年将其出版。

马松（勃利，Polly Mason）

圣赫勒拿岛一栋别墅的女主人，哈德森·洛韦曾提议把这里租下来供拿破仑居住，马松夫人拒绝了。这位老夫人每天都习惯跨岛走一圈，体格如牛一样健壮，因此在岛上甚有名气。

马索（弗朗索瓦，François Marceau，1769—1797）

旧制度时期是个普通士兵，1790年7月14日以后进入巴黎国民自卫军，1792年被选为厄尔-卢瓦尔志愿军第一营中尉。后来他自告奋勇，以上尉身份进入日耳曼军团，前往旺代作战。几个月后，他被升为将军，担任共和军总司令。后来，马索在克莱贝尔的协助下指挥勒芒战役，结束了旺代"大战"。

马泰（亚历山大，Alexandre Mattei，1744—1820）

从1777年起担任费拉拉大主教，1782年成为红衣主教。许多教士因为法国大革命而逃到了西班牙，红衣主教马泰为他们提供了许多帮助。1809年，他被迫和他的同僚来到法国。由于没有出席拿破仑和玛丽-路易丝的婚礼，他被流放到了勒泰勒。帝国覆灭后，马泰才回到了法国，成为奥斯提亚红衣主教及神圣院长老。

马耶尔·冯·亨尔登菲尔德（安顿，Anton Mayer von Heldenfeld，1764—1842）

奥地利军中最杰出的将领之一。这位查理大公的左膀右臂于1783年进入军队，1805年成为将军。1809年，马耶尔拟订了作战方案，但因为和其他同僚意见不一，故愤而辞职，被派到加利西亚视察军队。1813年，马耶尔指挥一个师作战，参加了莱比锡战役。1836年，马耶尔退伍。

麦凯（唐纳德·休，Donald Hugh Mackay）

一个英国海军，1815年是明登号的指挥官，1838年升为海军准将。

麦凯（J. R. Mackay）

英国军官，圣赫勒拿岛驻军第53步兵团上尉。

麦克唐纳，塔兰托公爵（雅克-埃蒂安-约瑟夫-亚历山大，Jacques-Étienne-Joseph-Alexandre Macdonald，1765—1840）

苏格兰人，父亲是雅各宾党人，因为被通缉而逃到法国定居。他的家人想让他当工程师，故让他去学数学，但他在这方面并无才能。因为其家庭得到一些有势力的人的庇护，故麦克唐纳在1785年成为一支队伍的中尉。当时这支队伍正好被马勒布瓦伯爵招募过去，在法国支持一群荷兰人和他们的强大邻国——实际控制比利时的奥地利作战。还没等到签署和约，这支军队就被打败了。麦克唐纳无事可做，被编入狄龙的爱尔兰军。没过多久，法国大革命爆发，法国进入战时状态。杜穆里埃很快就注意到这个年轻的苏格兰小伙子，让他当了自己的副官，提拔他为上校。尽管麦克唐纳承受了他这份恩情，但并没和他一块背叛祖国。1793年4月危机事件发生后，麦克唐纳果断站在了反对其上司的阵营里，并奉令逮捕了被杜穆里埃派到里尔、煽动那里的驻军造反的军帅德沃。事后不久，麦克唐纳便被升为将军，负责指挥北方军。1798年4月，麦克唐纳进了意大利军，替代古维翁-圣西尔指挥守在罗马共和国境内的法国军队。十个月后，他被任命为那不勒斯军总司令。然而他没能执行好这个任务。由于在特雷比亚河战败，又在摩德纳负伤，麦克唐纳被迫离开那不勒斯王国，请假回到巴黎静心养伤。麦克唐纳在他的回忆录第113页写道："当时督政府待我十分冷淡，但还好公共舆论是偏向我的。"当然了，他没有说当时"雅各宾党人"的报纸把他和在意大利败北的谢雷、莫罗的名字放在一块大加批判（详情请看共和七年果月三日的《民主报》），那时正是雾月十八日前夕。麦克唐纳在回忆录第114页上言之凿凿地说："波拿巴急着要见我。"也许情形恰恰相反，是他急着见波拿巴才对。麦克唐纳还说："我和他的夫人及几个兄弟姐妹有往来。"这也许更好地说明了在政变发生后，麦克唐纳是如何、又为什么积极地站在未来的法兰西皇帝的阵营里。雾月十九日，麦克唐纳被任命为凡尔赛指挥官。他上任后做的第一件事，就是把当地的雅各宾俱乐部关了。几天后，麦克唐纳被派到莱茵军中，协助莫雷在瑞士艰难地打了一场苦战，把奥地利军击退到格里松。回到巴黎后，他加入了一小群将军的队伍，在贝纳多特的手下密谋反对波拿巴。但他行事非常谨慎，一边反对第一执政官，一边又摆出独立的态度，以免自己被牵连进去。巴黎警察局在1800年12月6日的一份报告中说："麦克唐纳很讨奥尔良党的喜欢，但他似乎被其他党派视为叛徒。"波拿巴觉得他在巴黎碍手碍脚，就让他当了法国驻丹麦的全权特使。就这样，又一个将军摇身变成了外交官。似乎因为私人原因而记恨麦克唐纳的塔列朗，几个月后把他召回巴黎。麦克唐纳回来后，波拿巴并没给他任何军权。很快，麦克唐纳就意识到自己的地位岌岌可危。执政府警察部已经控制了保皇党的眼线戴维神父，这个神父正准备离开巴黎，前往伦敦，结果被人发现和皮什格吕相互勾结，人们还在他的家中发现了一封他写给麦克唐纳的信，从信的内容来看，麦克唐纳明显知道他要离开的消息。随后，当局展开对莫罗的审判。麦克唐纳毫不犹豫地公开支持莫罗，虽然他这么做时心中并非毫无担忧。波拿巴只派警察把他严格监视起来，但也让他知道了一件事：他的军事生涯算是完了。在接下来的五年时间里，麦克唐纳都过着隐退的生活。1809年，拿破仑急需领军将才，决定起用麦克唐纳：他需要一个得力干将辅佐正在领兵打仗的欧仁·德·博阿尔内。麦克唐纳因为作战经验丰富，很适合担任这个"技术参谋"。他接受了这个任务。当然了，作为一个以总司令身份指挥过无数场战斗的将军，他还是略感羞辱。但多亏有他在，一开始战果寥寥的欧仁才能成功把奥军赶出格里茨，领军逼到维也纳城下，和拿破仑亲自率领的大军团会师。在瓦格拉姆战役前一天，皇帝骑马经过其继子指挥军队所在的战壕。麦克唐纳在回忆录第151页说："他走进战壕的时候，我正站在稍微靠前的位置上。他没和任何人说话，只挥手致意。"第二天，战斗爆发。在马塞纳后撤、贝纳多特行为反常的情况下，麦克唐纳陷入苦战之中。但他发出明确指令，要求部下拼死朝敌军中路发起进攻，使得对方阵脚大乱，最后法军冲进敌方阵营，摆脱了困境。我们可以在麦克唐纳的回忆录第151~162页看到他对此次作战计划的细节安排，可惜由于参战人员不足，该计划未能充分发挥作用。第二天早上，拿破仑到来，他抱着麦克唐纳说："以后我们就是朋友了。"麦克唐纳激动得语无伦次，说："没错，生生死死都是朋友！"拿破仑接着说："昨天我应该给您派一大队人马过来才是，我要把您封为法国元帅。"除此之外，他还得到了其他嘉奖：1809年12月9日被封为塔兰托公爵，享有8万法郎的年金，年金抽提自那不勒斯和加利西亚的赋税。拿破仑似乎想借此弥补自己对麦克唐纳的长期冷淡。麦克唐纳成为格拉茨总督后，以极其严厉的军规来约束自己的队伍。地方政府对此感激涕零，送上20万法郎以表谢意，但麦克唐纳没有收下这笔钱。奥地利人觉得也许是自己行事鲁莽，便想用另一个更加审慎的方式把礼物送出去。当时，麦克唐纳的一个女儿即将成婚，奥地利人请他收下一个价值不菲的首饰盒当作婚礼贺礼，麦克唐纳又拒绝了。后来他顶替奥热罗将军的职位，被任命为加泰罗尼亚总督。1810年4月24日，拿破仑给克拉尔克写信说："让麦克唐纳将军立刻启程，不得延误。"后来，麦克唐纳在他的回忆录里说："我非常抵触西班牙那边的战争。究其根源，是因为我心底并不忠于入侵这个国家的计划——从更高层面上来说，就是政治上的不忠。然而那里的人民英勇不屈的反抗，打败了我们的军队，让我们的努力付诸东流。"他厌恶拿破仑强迫他去干这份差事，但又不得不去。他和西班牙这个国家、听从其命令的行政人员及军人首次接触后，心中大感失望。奥热罗任由其手下抢劫和蹂躏这块不幸的土地，对迪埃姆、莱基这些军官毫不约束，任由他们大肆洗劫加泰罗尼亚、贪污法军军款，其他同僚也好不到哪里去。麦克唐纳5月29日写信告诉克拉尔克："一群水蛭在军中吸血，敲诈勒索，无恶不作……层层剥皮……有的人在窃取公共财产,但没人发现这件事。"在战胜者的铁镣下战战兢兢地活着的人民大众,都想加入在西班牙国内此起彼伏的反抗运动。麦克唐纳天真地以为,只要自己发出和平的信号,就能让加泰罗尼亚人忘记他们曾经遭受的苦难。他刚一上任,便向"善良的加泰罗尼亚人"发表了一次精彩的讲话。他说:"我给你们带来了抚慰,向你们许以建立在一个更加幸福的未来的基础上的和平与希望。""加泰罗尼亚人在压迫中苦苦挣扎的日子快要结束了。""我们还有时间,请放下武器,回到你们的家中,毫无后顾之忧地恢复从前的生活,继续劳动、干活、买东西,你们所有人都将平等地处在军队的保护下。"先前从没有人说过这种话,然而他来得太晚了。由于奥热罗及其属下烧杀抢掠,加泰罗尼亚人已经不再相信什么承诺,一心只想报仇雪恨。麦克唐纳还想和他们联合负责当地的行政经济事务,打造一个由加泰罗尼亚代表组成的执政议会。他选出一批地方贵族,向他们每人送去一封信,信上写着:"诸位先生,为了尽快恢复秩序,重建安宁和平,让这个不幸的省恢复生机;简而言之,为了弥补战争造成的创伤,我认为必须充分了解每个区当前是何种情况。所以我下定决心,求助于德才兼备者,请他们和我站在一起,用你们的学识帮助我实现我的设想目标。我选择了你们,诸位先生,邀请你们进入我决意建立的政务会。"我不知道其中有多少人做了回应,但这个政务会的成员应该都是官方指定的,他们其实并没有太多加入政务会的热情。7月1日,人们在赫罗纳召开会议。不过在4日,从麦克唐纳发布的一道决议中,我们知道"政务会许多成员因为一些不可抗因素,不能前往赫罗纳",其中包括被邀主持此次大会的赫罗纳红衣主教。教区副本堂神父临时代替他主持会议。经过五天的会议,政务会闭幕,选了一个五人委员会,该委员会就是加泰罗尼亚政府委员会,会长是赫罗纳红衣主教（这是加泰罗尼亚历史上一段少有人知的历史空白，西班牙历史学家从没谈过这个话题，麦克唐纳本人也在他的回忆录中对此保持缄默。我们只能从官方通报文件中找到少得可怜的历史资料，里面记录了麦克唐纳在加泰罗尼亚担任总督期间采取的措施。据我所知，现在还没有拿破仑历史研究专家引用过这些文献）。在那里的四个月时间里，麦克唐纳竭力采取温和的合作政策，但几乎没有取得任何良好效果，也没能平息加泰罗尼亚人的愤怒。毕竟，他们的创伤实在太深了。除了极个别人，人民大众全都反对和法国人接触。随着法军日渐逼近，大批城乡居民锁死房门、在外面筑起篱障，然后离开家园，地方政府官员也都消失不见了。在民众聚集地，杀死法军的事情在光天化日之下频频发生，民众见了毫不阻拦，甚至在凶案发生后还将其颂为"民族的报复"。单单在贝尔皮伊，9月4日至17日就有12名法国士兵遇害。1810年9月22日，麦克唐纳发表宣言："该城神父、治安法官、警察长和警察出于职责和义务，本应采取措施制止这类暴行的发生，却在听闻消息后拍手称快，还为凶手在贝尔皮伊城中的游街惩罚而心生同情，哪怕这些人手上沾着受害人的鲜血，且对犯罪毫无悔改之意。"麦克唐纳别无他法，只能采取严厉的惩罚措施。当时法军军心不稳，军官已经无法控制满腔怒火的士兵了。大家吼着要报仇，惩办杀人犯，以儆效尤。麦克唐纳尽到了一军统领的职责，采取铁血手段惩处罪犯，毫不姑息。在处置贝尔皮伊杀人案期间，治安法官被枪决，警察长和警察被吊死，15个居民被当作人质关在军中，如果杀人犯不在8日之内自首，这些人就要被处死（但据我所知，杀人犯后来并没自首）。此外，凶杀案发生地的市乡需要交1万皮阿斯特、2000担谷物的高额罚金。麦克唐纳还采取了其他措施来维持治安。9月10日，他签署了下面这道法令："以后若有人在法军到来之际离开各自所在的城、镇、乡、村、庄,这些地方将被洗劫。如果居民抵抗,他们的田地房屋将被烧毁;如果他们持武抵抗,将被就地吊死。"9月22日,另一道法令被签署:"若某一市乡发生针对法军及其盟友的杀人案,该市乡居民将遭连坐。若有一个法国人或其盟军士兵在某个市乡被杀害,且杀人犯未被逮捕或到军中自首,该市乡会有十个居民被抓,无须审判就可被处以绞刑,以报复杀人犯的罪恶。他们的财产将被充公,房屋将被洗劫或摧毁。如果居民抵抗,他们将遭到武力镇压,所在市乡将被洗劫和烧毁。"与此同时,麦克唐纳还采取了一系列军事行动。他没有采取简单的地方平定手段,而是和一支英勇无畏的爱国民族军队展开了一场真正的战斗。然而他手下的士兵满腔怒气和怨恨,在西班牙又水土不服,还每时每刻都担心背后有人给自己来一枪或捅一刀子,只想着离开这个"虎狼之穴"。麦克唐纳也因健康恶化,厌倦了流血之事。他只觉得恶心、满心失望,没了统领军队的心思,甚至要靠拐杖才能走路,便要求法国政府派人过来接手他的工作,他自己则在1811年10月初回到了巴黎。他在首都没待多久,又不得不在1812年4月再度离开,指挥大军团第十军作战。在对俄之战中,他负责拿下里加。占领这座城市后,麦克唐纳要等候拿破仑的进一步命令,在大军夺下莫斯科后和他在圣彼得堡会师。然而他再没收到任何命令,其中原因不言自明。麦克唐纳的队伍由日耳曼人和波兰人组成,他们按兵不动,留在里加,靠搜刮当地居民过着衣食无忧的日子。大军后撤期间,前来代替拿破仑指挥大军团的缪拉发布命令,让麦克唐纳的军队回到提尔西特。到了那里后,军中大批士兵逃跑,甚至还有部分军官。1813年8月,麦克唐纳奉命指挥另一支军队。而这次,他的敌人是他在里加指挥过的那些普鲁士军及其将领。随后,他亲自和布吕歇尔对战,1813年8月26日在卡恰瓦河上惨败。在莱比锡战役期间，麦克唐纳负责守住城外的一处郊区。然而他面对的敌军人数更占优势，且作战凶猛。在苦战中，他收到皇帝的命令，带领一个师前去援助皇帝的军队。大军出发、抵达目的地后，却发现那里一个人影都没有。在这段时间，麦克唐纳疲于奔命，再也支撑不住了。他的军队也是人困马乏，几乎再难战斗，他便下令撤军。为了躲避敌军，他必须横渡厄尔斯特河。到达河岸后，麦克唐纳发现那里什么都没有，更别说任何保护部队渡河的工事建筑了。然而拿破仑和他的主营就在附近，也就是河对岸。后来（1826年），麦克唐纳在回忆录第218页说："我不知道怎么描述这种罪恶的无谓感——他们到底是因为愚蠢、怯懦还是毫无人性，竟然让那么多人白白死去，而且对此毫无悔意！"人们砍了两棵树权当渡桥，麦克唐纳只身渡河。大批士兵堵在河岸，痛苦的哀号响彻云霄，几乎要把麦克唐纳的耳朵震聋了。他听到他们在呼喊："元帅大人！救救您的士兵！救救您的孩子！"（请看《麦克唐纳回忆录》第222页）他刚踏上木桥，桥梁就断成了两截，他掉入河中，但成功游到了对岸。浑身湿透的他走进皇帝主营所在的城堡。一群副官涌上来，欢喜之情溢于言表："您真幸运啊！我们还以为您像那个可怜的波尼亚托斯基一样被淹死了呢！"麦克唐纳正在晾干衣服，有人传信说拿破仑要见他。他在回忆录中说："我当时心中实在愤怒，拒绝前去。"人们告诉他，他必须去，为了军队的利益，他得"避免新的蠢事再度发生"。他便去了。现在，我们让麦克唐纳自己来讲述当时的情景。"皇帝房中有许多人。他坐在一张桌子边上，桌子上展着一张地图，他把头靠在一条胳膊上。我一边痛哭，一边向他诉说刚才发生的事……皇帝没有打断我的话，其他人听了大为震动，一脸悲痛。我最后总结说，此次军队人员物资损失极其惨重，若想弥补损失、夺回莱茵河，就一刻都不能再耽误了。我浑身湿透地步行了三里过来，当时已是疲乏不堪。皇帝察觉到我的情况，冷淡地说：'您去休息吧。'我对他这无所谓的态度大感愤怒，直接走了。"（请看《麦克唐纳回忆录》第222页）第二天，他见了奥热罗，问他皇帝为何发布这道古怪的命令，把那支正在战斗的队伍撤回来。奥热罗回答："鬼才知道这个懦夫是怎么想的！他抛弃了我们，把我们所有人都牺牲了。您觉得我到底是疯了还是蠢了，才会跑到莱比锡的一个郊区自寻死路？您就跟我学，走吧。"（语出《麦克唐纳回忆录》第224页）几天后，拿破仑再度召见麦克唐纳，命令他前往科隆指挥美因茨-威塞尔军区部队作战。元帅问："军队呢？我拿什么来保卫这么大的莱茵筑垒据点？"拿破仑向他保证："我会给您派军队过去的。人们调集了30万人马，他们正从各方赶来。"他当时肯定以为联军会停在河右岸的冬营，这样他就有时间来重组和整顿队伍了。然而拿破仑的设想落了空。随着战事一步步进展，拿破仑和麦克唐纳在被敌军占领的维特里城前重逢。皇帝命令元帅"攻下城池"，麦克唐纳惊呼："什么？就以军队现在的状态打得下来？您没看到城墙上乌泱泱一大批守军吗？护城河里都是水，军队怎么渡河？"由于拿破仑坚持己见，麦克唐纳便对他说："如果您愿意，那就带着您的护卫军冲过去，我的军队现在毫无作战状态。"说完这话，他直接就走了。几个小时后，拿破仑折回。下面是两人的简短对话："拿：所以，您认为我们不能轻易夺下维特里了？麦：我认为您已被说服了。拿：没错。算了！我们撤！麦：您想撤到哪里？拿：我还没想好，现在只想得到圣迪济耶。"他这么做，是想在枫丹白露落脚。联军进入巴黎的消息传来后，军中上下大为震动；许多士兵都带着各自的盘缠离开了，众将领也陷入悲观之中。得知拿破仑打算朝巴黎挺进后，他们的一个代表团找到麦克唐纳,请求他转告皇帝:他们已经受够了,现在应该停战。麦克唐纳接受了他们的委托,前往枫丹白露宫。一大批本就驻在宫中、军衔各异的将领紧随其后,以支持麦克唐纳元帅。在乌迪诺的陪同下,麦克唐纳进入皇帝所在的办公厅,当时马雷、科兰古、内伊、列斐伏尔等人都在那里。拿破仑一眼就注意到窗外聚集的一大批将领,一脸冷静和坚决的麦克唐纳看上去也是来者不善。他想活跃一下气氛,便一边说"您好,塔兰托公爵,最近如何?"一边伸手向他走去。麦克唐纳没再管什么社交礼仪,直接回答:"很惨。"他代表他的部队语气坚定地说,他们果断拒绝向首都进军,并以这番话作为结尾:"而我想告诉您的是,我的佩剑绝不会刺向法国人,更不会染上法国人的鲜血。我们已经下定决心:这场不幸的战争已经打得太长,不要再掀起内战了!"拿破仑尚能控制自己,没有表示反对。后来,麦克唐纳在回忆录第266页写道:"我曾以为他会大发脾气;可相反,他的回答十分冷静,也十分温和。""皇帝说:不是的,我们根本没打算向巴黎进军。"之后,他认命地转头看着身边人,说:"算了,诸位,既然情况如此,那我退位吧。"麦克唐纳和内伊、科兰古一道把退位令带到了巴黎。在和亚历山大皇帝、塔列朗谈判的过程中,他发挥了至关重要的作用。毫无疑问,是他在极力争取签署停战协议、划界而治。阿图瓦伯爵来到巴黎后,曾在荷兰的麦勒布瓦军中听从麦克唐纳指挥的杜蓬将军以亲王的名义找到他,请他表态支持君主复辟。这位在帝国期间经历了各种不幸的共和国老兵没有同意;但在百日王朝期间,他和拿破仑也没有过任何接触。

参考资料:麦克唐纳本人的回忆录,但现在尚无历史学家研究其生平和军事生涯。

麦科伊（Macoy）

路过圣赫勒拿岛的一个英国军官。

麦荣（尼古拉-约瑟夫，Nicolas-Joseph Maison，1771—1840）

生于巴黎市郊的埃皮奈镇，父母身份不明。1791年，麦荣加入了巴黎志愿军第三营，被选为上尉。由于作战勇猛，他身上多处负伤（其中以刀伤居多），在1794年7月1日的蒙斯战役中还被当成死人留在战场上。两个月后，他再度因为敌军的一枚炮弹而受伤（这次是烧伤）。直到奥斯特里茨战役后，他才被升为将军。1808年，拿破仑封麦荣为男爵，每年享有4000法郎的年金。但依照功劳和多次受伤的经历，他应该得到更好的安置才是。拿破仑长期疏远麦荣，直到1813年年末才再度起用他。然后麦荣奉命守住比利时，并在科特赖克城墙下赢得一场胜利。而他胜利的那一天，正是联军进入巴黎的日子。拿破仑在枫丹白露退位的消息传来，麦荣被迫放下武器。路易十八任命他为巴黎第一军区的指挥官。后来麦荣陪同国王逃到了根特，被拿破仑从军官册中除名。路易十八再度回到巴黎，麦荣立刻恢复军衔和职位，1821年离职。八年后，他奉命担任远征军指挥官，在摩里亚和土耳其人对战。由于打下了纳瓦林堡，麦荣被法国国王封为元帅，终于得到了他在帝国期间苦求不得的这个军衔。

曼弗雷迪尼（弗雷德里克，Frédéric Manfredini，1743—1829）

托斯卡纳大公斐迪南·德·奥地利的首相。1801年，拿破仑把托斯卡纳改建成伊特鲁里亚王国，曼弗雷迪尼被任命为这个新国的执政大臣，年金是5600盾金币。没过多久，他就因为坠马受伤而告别政坛。拿破仑对他评价不错，说："这个人见多识广，其思想接近大革命的哲学理念，但没有里面的极端思想。"

曼宁（托马斯，Thomas Manning，1772—1840）

数学家、汉学家和旅行家，去过中国西藏，在拉萨待了一段时间。之后他本打算前往南圻，但在实现计划之前回了欧洲。虽然当时他的国家正和法国交战，但曼宁依然想去巴黎。由于他的英国人身份被人发现，曼宁遭到逮捕。知道曼宁数学成就的卡诺在塔列朗的帮助下，成功把他从警察局救了出来，但他必须在警察监视的情况下住在一栋指定的房屋中。拿破仑得知此事，蛮横地要求将这个英国人再度抓捕入狱。塔列朗努力说服拿破仑，说曼宁没想过回英国，一心只想再去中国，因此才打消了拿破仑的怒气。拿破仑最后给他发了张前往荷兰的通行证。曼宁来到荷兰，从那里辗转回到了英国。不过回到国内后，他的汉学家身份很快就派上了用场——陪同阿美士德勋爵前往中国。回来的路上，船只停靠在圣赫勒拿岛，曼宁趁机恳请得到拿破仑的接见。他向拿破仑讲述了自己在巴黎被囚的事，以及他是怎么拿到通行证的。拿破仑暴躁地问："您的通行证是谁签的字？"曼宁回答："是您本人，皇帝陛下。"拿破仑听到一个英国人称自己为"皇帝陛下"，神色一下子舒展开来，谈话气氛融洽许多。回到英国后，曼宁离群寡居，一心扑在中国游记撰写和数学研究上。

曼泽尔（约翰，John Mansel，1778—1863）

一个中校，担任圣赫勒拿岛英国驻军第53步兵团第二营的指挥官，他的姐夫是宾汉将军。1816年5月曼泽尔到达圣赫勒拿岛，1817年1月离开。拿破仑见过他两次，分别是在1816年5月28日和8月3日。

梅尔林（菲利普-安托万，Philippe-Antoine Merlin，1754—1838）

杜埃的一个律师，旧制度时期在司法界名气很大。被选入三级会议后，梅尔林主要在各委员会中工作。闭会后，他被任命为北省刑事法院院长。之后他回到巴黎，进入国民公会。1793年1月至8月，他几乎一直都在外执行公务。之后，梅尔林一心扑在立法委员会的工作上。1793年9月17日法令，也就是人们所说的可疑分子法令，几乎成了他的代名词。他在热月事变中置身事外，但罗伯斯庇尔倒台后，他依然投靠了胜利一方，进入了公安委员会。1795年9月30日，政府在他的建议下通过了一道法令，规定国民议会完全掌握军权，任何人若未得国民议会授权就让军队行动，将被处以死刑。这其实为保皇党反抗国民公会提供了机会。梅尔林之后进入五人委员会，负责给国民代表提供保护措施。正是在他的建议下，巴拉斯才获得了负责保卫国民公会的军队的指挥权；同样因为他的关系，波拿巴才能成为巴拉斯的副手。作为果月十八日事件的主要推手，梅尔林事后顶替了被流放的巴泰勒米，当上了督政官。共和七年牧月三十日事件后，他退出政坛。梅尔林和雾月政变没有一点儿关系。政变后，起初波拿巴并没有起用他。对于这位知名的前制宪议会议员、前国民公会立法者、督政府要员和前督政官，波拿巴只给了他一个小官职，让他在最高法院当临时政府特派员。梅尔林接受了。但这种"奇耻大辱"并未延续多长时间。1801年，他成为正式的政府特派员，换言之，就是最高法院总检察官。拿破仑需要梅尔林，1806年让他进了参政院。梅尔林在那里发挥了重要作用。后来，路易十八让他做了总检察官。拿破仑回国后没多久，梅尔林就官复原职，并被皇帝任命为国务大臣。他签署决议，将波拿巴家族永远流放出法国。六周后，梅尔林和其他37个被通缉者一道上了1815年7月24日流放法令。再加上波旁政府颁布的流放弑君者的法令，梅尔林不得不逃往国外，在流亡期间写下了他的皇皇巨作《法学汇编》（*Répertoire de jurisprudence*）。七月革命后，梅尔林回到了法国。

参考资料：路易·葛鲁菲1934年的《梅尔林·德·杜埃的生平及司法工作》（Gruffy, *La vie et l'oeuvre juridique de Merlin de Douai*）。

梅尔维尔勋爵（罗伯特·桑德斯·邓达尔德，Robert Saunders Dundard，1771—1851）

英国政客，1812年至1827年担任海军司令部部长。

梅格里尼（阿德里安-查理·德，Adrien-Charles de Mesgrigny，1778—1849）

13岁从军，在一个步兵团里当编外少尉。执政府期间离军后，他娶了内侍朗比托的一个女儿，因此进了皇帝宫中，身份是侍从武官，几乎陪同拿破仑跑遍了各个地方。1810年，梅格里尼负责前往维也纳宣布玛丽-路易丝怀孕的消息。百日王朝期间，他继续在拿破仑身边当侍从武官。波旁复辟期间，他被警察监视了几个月；七月革命后，他被选进了议会。

梅格里尼夫人（Mme de Mesgrigny）

朗比托侯爵的女儿，1802年嫁给了梅格里尼，被拿破仑任命为罗马王的看护人。

梅克（詹姆斯，James Meek）

基斯上将的一个秘书。

梅里（Merry）

英国外交官，《亚眠条约》签署后立刻被派到巴黎执行外交任务。

梅纳尔（菲利普-罗曼，Philippe-Romain Ménard，1750—1810）

旧制度时期是个普通士兵，1794年当上了将军。1806年他得了疯病，只好退休。

梅纳瓦尔男爵（克劳德-弗朗索瓦，Claude-François Méneval，1778—1850）

在《吕内维尔条约》、政教协议和《亚眠条约》谈判期间曾是约瑟夫·波拿巴的秘书，布里安失宠后以"公文秘书"的身份为第一执政官效劳。帝国时期，他继续担任该职（负责拆封信件、呈递陈情信等）。梅纳瓦尔工作尽职尽责，为表态忠于拿破仑的文人学者帮了很多忙。不过和拉斯卡斯所说的相反的是，拿破仑似乎对他评价平平。他曾对古尔戈说："他就是个只会写字的文员而已。"（语出《古尔戈日记》1816年3月26日内容）梅纳瓦尔追随主上去了俄国，回来后健康恶化，退为玛丽-路易丝的文书秘书，并在帝国覆亡后陪同后者去往维也纳。1815年年末回到法国后，梅纳瓦尔没有在路易十八的政府担任任何职务。他的回忆录在1844—1845年出版，1893—1895年被重编。

梅斯麦（安托万，Antoine Mesmer，1733—1815）

一个德意志医生，提出了动物磁力学学说。

梅特兰（弗雷德里克·路易斯，Frederick Lewis Maitland，1779—1839）

英国海军军官，因为作战勇猛而于1795年被提拔为海军中尉，参加了英国的埃及远征，在《亚眠条约》签署之前一直在地中海上巡游。帝国时期，梅特兰多次被俘。拿破仑从厄尔巴岛回来后，梅特兰立刻被任命为柏勒洛丰号船长。1815年5月24日，他从普利茅斯出发，前去与军舰正停在基伯龙的霍瑟姆海军上校会合，听从后者的指挥。7月6日，他从上司那里得知退位的拿破仑皇帝马上到达罗什福尔。8月7日，他接到任务，要把拿破仑送到诺森伯兰号上。梅特兰于1804年和凯瑟琳·康纳结婚，他的妻子是个漂亮的爱尔兰人，其画像吸引了拿破仑的注意。梅特兰于1818年离开柏勒洛丰号，后被派到印度和南美洲，最后在孟买死在了惠灵顿号上。

梅特涅亲王（克莱蒙-洛泰尔-文策斯劳斯，Clément-Lotaire-Wenceslas de Metternich，1773—1859）

奥地利君主国一个高级官员的儿子，生于科布伦茨，在斯特拉斯堡大学完成了学业。1790年，他的父亲把他叫到法兰克福，参加利奥波德皇帝的登基典礼。年轻的梅特涅便是在那里认识了未来的皇帝——当时还是大公的弗朗茨。两年后，两人在法兰克福重逢，这一次是为了弗朗茨的登基大典。几个月后，梅特涅放弃了自己的大学学业（时局让他被迫从斯特拉斯堡去了美因茨），随父亲去了布鲁塞尔（他的父亲从1790年起在低地国家担任奥地利全权代表大使）。梅特涅在那里从事了许多工作，其中最主要的就是接待国民公会派到奥地利的特派员。从一开始，梅特涅对法国大革命就很抵触和反感，兴高采烈地欢迎自己国家向法国革命政府宣战。玛丽-安托瓦内特被处死后，他认为有必要写封信表达自己的想法，便写了《写给军队的呼吁书》（*Appel à l'armée*），呼吁奥地利士兵"大大增强自己的决心和信念，以惩罚最可怕的那桩罪行，为玛丽娅-特蕾莎后人的鲜血报仇"。这封信当时似乎并未发表，但梅特涅在第二年依然匿名发表了一本小册子，即《论在法国边境武装全体人民的必要性——一个渴盼天下安宁者所作》（*Sur la nécessité d'armer tout le people sur les frontiers françaises, par un ami du repos général*）。在这本小册子里，他主张在全国上下全面征兵，但"那个一直以来对国家都万分危险，属于懒汉、无产者，随时准备暴动的阶级"除外。当时法国人在他眼里无异于洪水猛兽，就如5世纪时的勃勃人一样凶残可怕。梅特涅解释说，从前的这些勃勃人还"从来都没想过颠覆道德秩序，推翻最神圣的义务，把革命的恐怖之火引入外国人中间。而如今的勃勃人的目的，是切断所有社会纽带，毁灭所有信条，征收所有财产"。之后，他迫切地呼吁"有产者家庭的父亲们"站到国家守卫者这边，英勇地捍卫祖国，保护财产和亲王，让"盗匪之流"滚蛋。这本小册子的完整原文被收入了法文版的《梅特涅回忆录》中的《资料合集》部分，在第一册第336～342页中。然而，梅特涅个人无意拿起武器保卫遭到威胁的社会和祖国。出于父亲的意愿，他准备和一个门当户对的女子结婚。1795年9月，他娶了其祖父从前是玛丽娅-特蕾莎的掌玺大臣的艾蕾奥萝尔·考尼茨。之后，梅特涅定居维也纳，过着安宁舒适的日子，醉心于科学和艺术，并时不时出现在宫廷中。和他有着深厚友谊的弗朗茨皇帝，曾叹着气对他说："您活得真幸福，我要过着您的日子就好了。"（语出《梅特涅回忆录》第一卷第25页）尽管如此，他还是陪同父亲参加了拉施塔特会议，但波拿巴在他抵达之前就走了，故两人不曾见面。梅特涅在拉施塔特并没待多久，就和代表法兰西共和国的"九月屠杀参与者和刽子手"无意中相会，和他们一起参加了一场外交宴席后，他就回到了维也纳，"任凭大革命在那里低声嗥叫"。（语出《梅特涅回忆录》第22页）《吕内维尔条约》签署后，年近三十的梅特涅才决定走上仕途。据说，这还是弗朗茨皇帝私下请求他的缘故。他有好几个职位可选，而梅特涅选择了萨克森，以全权代表的身份被派到了那里。他在回忆录第一卷第33页中说："德累斯顿宫廷一派平静，和外界普遍的不安感形成了强烈对比，可以说是沙漠里的一片绿洲。"1803年，梅特涅从德累斯顿去了柏林。1805年，在奥斯特里茨战役之后，他被派往圣彼得堡活动。但因为前不久被任命为驻法大使的柯本兹伯爵不被拿破仑所喜，法国政府就请求奥地利把梅特涅派过来，认为此人是修复法奥两国关系的最佳人选。梅特涅本人对此给出了如下解释，但很明显，他本人对法国政府的这个选择也深感诧异："因为我习惯公事和私事两两分明，所以在柏林的时候就努力和我的法国同僚维持表面上的礼貌关系。这被塔列朗看在眼里……柯本兹伯爵在巴黎失去了威信，人们希望派个新人到这座首都来，于是选中了我。"梅特涅于1806年8月4日抵达巴黎，来到圣克鲁宫递交国书。这是他第一次见到拿破仑。"我看到他时，他正和外交部部长（塔列朗）及其他六个宫廷人士一道站在一个会客厅里。他身着卫军步兵军服，头戴军帽。这身打扮无论怎么看都不合时宜，因为此次接见并非在公开场合。这份突兀的自负和暴发户的模样让我大感惊讶，我甚至犹豫了一下，不知道自己的穿戴是否合适。尽管如此，我还是走上前去，说了番简短的致辞……在我看来，他有些局促，甚至有些尴尬。他长着一张方方正正的短脸，衣着随便，但刻意想营造一副迫人的姿态，反而打消了我对这个被世人认为能让世界颤抖的男人的伟人感。"（语出《梅特涅回忆录》第一卷第278页）梅特涅在巴黎待了三年，1809年4月15日拿到回国文牒。他回到维也纳时，这座城市已被法军占领。眼看首都不能住了，梅特涅就去了离美泉宫很近的一座乡间别墅。有一天，萨瓦里来到他的家中，给他留了这番话："您为什么不借着和皇帝的亲密关系去看看他，和他说说话呢？你们两人住的地方只有数步之遥，花园都是接壤的。别光在您的花园里呼吸新鲜空气，去美泉宫走走吧。皇帝肯定很高兴见到您……您和他的谈话会取得可贵的成果……我不相信您会把皇帝的某些发言看成他的真实想法，这些都不过是虚话罢了。"梅特涅回答："我和您的主上没什么可说的，实际上，我就是个囚徒，如果那些和我一样的囚徒知道了自己的使命，会认为自己已是个死人了。"（语出《梅特涅回忆录》第一卷年表第76页）两国签订和约后，梅特涅一手促成了玛丽-路易丝的婚约，但他在回忆录中坚称是拿破仑第一个提出联姻的想法。（请看《梅特涅回忆录》第一卷第95～96页）不过他也承认此事对奥地利极其有利。听闻这桩婚事，维也纳人欢欣鼓舞，觉得和平从此有保障了。梅特涅在回忆录第一卷第100页中说："皇帝和我没有多高的期望，只盼能得到喘气的机会，让我们重振旗鼓，在极有可能发生的情况下再次捍卫帝国的利益。"为了了解情况，从1809年7月8日起担任外交部部长的梅特涅和玛丽-路易丝一起来到了巴黎，但两人走的不是一条路。他再次见到拿破仑时，后者和他大谈特谈忘记过去、缔造幸福和平的未来。在比利时的"蜜月"期间，皇帝请求梅特涅陪在他身边。在圣康坦时，他更是强烈要求梅特涅参加城市政要接见典礼。他对梅特涅说："我希望向您展现我是怎么和这些人说话的。"回到巴黎后，梅特涅和拿破仑关系亲密，经常去拜访后者，和他频频长谈。拿破仑对他可谓推心置腹（至少看上去如此），和他谈起自己的计划。甚至在和玛丽-路易丝的感情遇到某些小问题时，他都向梅特涅求助。梅特涅在巴黎待了六个月。1810年10月15日，他回到维也纳。通过和拿破仑接触，梅特涅得出以下结论：第一，1811年拿破仑不会惊扰欧洲大陆的和平；第二，在同一年里，拿破仑会集结军队进攻俄国；第三，战争将在1812年春爆发；第四，奥地利得利用1811年加强财政、组建军队；第五，奥地利应当在1812年保持军事中立。这些话被写进一份报告，于1811年1月17日被交给了弗朗茨一世，成为奥地利接下来的政策基准。对俄之战后，他曾想在拿破仑那里充当调停者，熟知内情的他把时间选在他的国家必须和法兰西帝国开战的时候。拿破仑倒台后，起初梅特涅拒绝签署把退位皇帝送去厄尔巴岛的协议，并就此和亚历山大展开了激烈的讨论。最后他放弃了，但放言说："我会在这道协议下面签字，但用不了两年，这道协议会把我们再度带往战场。"后来的维也纳会议正是在他的主持下进行的。梅特涅继续从事欧洲事务的主持工作，在塔列朗的阴谋权术中扮演着操纵者的角色。他是神圣联盟中最有威信的谋臣，但他并不仅仅满足于把欧洲版图恢复到1789年之前的样子，而是复兴从前的政治社会制度。1830年七月革命，标志着梅特涅的欧洲政治体系彻底失败。1848年5月13日，维也纳起义者要求他辞职。

参考资料：康斯坦汀·德·格伦瓦尔德1946年的《梅特涅》（Constantin de Grunwald, *Metternich*）、比布尔1936年被翻译成法语的《梅特涅》（Bibl, *Metternich*），以及最重要的梅特涅本人的回忆录（法语译本为五卷本）。

蒙日（加斯帕尔，Gaspard Monge，1746—1818）

著名数学家，但他在政治上似乎并没有在数学界那么卓有建树，只是一旦踏了进去，他一辈子就只能待在里面了。君主制覆灭后没多久，蒙日就被请去担任海军部长。为了重建海军舰队和兵工厂，他做了许多事。1793年4月13日离职后，蒙日开办了一所学堂，收了一些学生，培养军事工程人才，同时教授他们数学、地理和物理。共和三年葡月七日，这所学校更名为公共工程中央学校，即后来的巴黎综合工科学校。之后，他进入了一个委员会，该委员会的职责是挑选法军从意大利夺来的艺术科学纪念物。有人曾听到他对波拿巴说："请允许我向您表示感谢，感谢1792年时一个年轻炮兵军官受到当时的海军部长的接见。"（蒙日1792年8月12日被任命为海军部长，波拿巴同年5月28日—9月9日待在巴黎，我们可以根据这段时间大致推测出两人第一次见面的时间。虽然他们个性迥异、教育经历大为不同，但这并不妨碍两人成为朋友）蒙日在委员会里待了一年多的时间，他抱着极大的热情，在一大堆从前或是公有、或是私藏的战利品中兢兢业业地忙碌着。洛雷特圣母院那座价值连城的雕像就是由他负责搬至巴黎的，此事让意大利天主教徒惊愕不已，大大地激起了他们对侵略者的仇恨。波拿巴想奖励蒙日这种不知疲倦地收藏珍品的劲头，便派他和贝托莱把《坎波福尔米奥条约》带给督政府。没过多久，他又催促蒙日加入自己新的征战。蒙日和贝托莱、卡法雷利是埃及之征的第一批知情者。当时他的职责是协助德赛把设备齐全的舰队集合在意大利港口。蒙日带了41个巴黎综合工科学校的学生来到埃及。起初他在埃及负责列出开罗贝伊宫殿保护物清单，接下来，波拿巴占领该城后，清单上的建筑可免遭洗劫。埃及学院成立时，蒙日担任科学院院长，波拿巴为副院长。在一次陪同波拿巴游览苏伊士时，蒙日发现了一条连通红海到地中海的运河遗迹。他拜访了佩吕斯遗址和传说中的摩西喷泉，探寻了犹太人前往西奈山走过的道路。阿布吉尔海战后，法军和欧洲大陆的一切联络都被切断了，蒙日和他带来的学者又必须完成他们先前在共和二年时做过的事。士兵们恼火地看着"这头老驴子"天天跟在他们总司令身后，认为他是这场被他们诅咒的远征行动的罪魁祸首。回到法国后，蒙日继续在巴黎综合工科学校教书，进了参政院，被皇帝封为佩吕斯伯爵，以示对他在苏伊士海峡所做工作的嘉奖。快退休时，蒙日从拿破仑那里拿到了20万法郎的奖金。帝国覆灭让蒙日心灰意冷，巴黎综合工科学校被路易十八拆散的消息更是让他万念俱灰。被人从法兰西学院除名后，蒙日没过多久就去世了。

参考资料：路易·德·洛奈1933年的《法国伟人蒙日》（Louis de Launay, *Un grand Français, Monge*）、艾德姆·弗朗索瓦·若马尔1853年的《忆加斯帕尔·蒙日以及他和拿破仑的关系》（Edme François Jomard, *Souvenirs sur Gaspard Monge et ses rapports avec Napoléon*）。

蒙塞，科内利亚诺公爵（本-安德里安-雅诺，Bon-Adrien Jannot de Moncey，1754—1842）

贝桑松最高法院里一个律师的儿子，家在蒙塞村附近。我们未来的元帅1789年从谢拉尔侯爵手里买下这个村子后，就以蒙塞这个地方为自己的姓氏，因为他觉得自己原来的名字太有资产阶级气息了。少年时期的蒙塞似乎十分淘气和不安分，但15岁进入学校后，他一改从前的性子，慢慢有了战士的模样。他的父亲捐钱把他从兵役名单上除名，但他再度入伍。之后，蒙塞又主动放弃了。在他所在部队的新兵招募花名册上，我们可以读到关于蒙塞的这句评语："已轻率草莽地离开；说话漂亮，但离开不足为惜。再不复用。"第三次入伍后，蒙塞进了吕内维尔宪兵队。这一次，他留了下来。1791年，37岁的蒙塞进入一支志愿军，被选为上尉。之后，他被派到西比利牛斯军中，1794年2月18日被国民代表皮内、卡维尼亚克和蒙内斯蒂埃升为将军。他们做此决定的理由如下："公民蒙塞表现出了真正的共和国人的样子，让士兵爱戴祖国的法律，督促他们服从上下军纪，尊重国民公会……这位可敬的军官在危险中行事果敢，行为用言辞难以歌颂其一二，维护了法兰西的荣誉。"六个月后，这三个人又任命他为西比利牛斯军总司令。蒙塞对此大感不快，因为他没准备好承担一份如此沉重的责任。他给国民公会议员写信说："我应该向你们彻底敞开心扉才是，我大胆猜想自己这份坦诚不会让你们不悦。大自然在造我的时候，赋予我一份让我永远不得安息的敏感性。这份敏感让我的灵魂深受困扰，把它变得愚钝不堪……我努力想要扼杀这粒种子，但还是白费力气！我的努力只会让它更加强大。"公安委员会不接受这份辩言，于是这位过于感性的将军只能担负起一军之首的重任。后来他赢得了一系列胜利，把西班牙人赶到了埃布罗河下面,并在1795年7月19日夺下了毕尔巴鄂,从总司令这个位置上全身而退。果月十八日事件后,蒙塞被人揭发是王党分子,是卡诺和皮什格吕的同伙。他在一份辩护书里说:"大革命把我从低等士兵的位置上提拔出来,让我坐到军中数一数二的位置上。已和共和国融为一体的我,在战场上给君主们造成一些麻烦,是不会引来他们的喜欢的。"尽管如此,他还是被迫承认自己曾给同僚皮什格吕写了几封"友谊的书信",但写信时期是皮什格吕还被视为共和国的顶梁柱的时候。政府不考虑他的辩解,1797年10月26日让蒙塞退役。在接下来的两年时间里,蒙塞一直赋闲在家。之后,他以军长身份加入意大利军。1801年12月3日,第一执政官任命他为宪兵队首席督察长;就这样,蒙塞再度施展抱负。编者想不通波拿巴为何要把一个如此重要的位置交给蒙塞:要知道,能坐上宪兵队首席督察长这个位置的人必须才干尤其突出、具有格外专业的治安经验才行,而蒙塞大半生几乎都在战场上度过,对警察高层问题根本就不了解。难道是因为蒙塞年轻时曾在宪兵队待过的关系?但大革命时期创立的旧制度宪兵队和后来被波拿巴大刀阔斧地整改的宪兵队是两码事。接受这个职务的蒙塞,背上的担子着实不轻。他领导的那支队伍要负责监督公共治安,要为警察提供重要协助,要负责逮捕阴谋分子和国家重犯、押送囚犯、执行司法决议。他不需通过任何中间人(包括马雷),就可直接和波拿巴对话。所以,蒙塞和第一执政官有了密切联系。有人认为波拿巴这么做是想利用蒙塞去制衡富歇,就像当初他利用莫利安去制衡戈丹一样。蒙塞担任宪兵队负责人期间,正是法国国内阴谋诡计的高发期,从圣尼凯斯街爆炸案到昂吉安公爵被处死,类似事件层出不穷。蒙塞是所有逮捕行动的最高决定者,正是他派人监督自己的旧日战友皮什格吕。1804年,蒙塞被封为元帅,继续担任"法国第一宪兵"。他在这个位置上干了近六年。之后由于和萨瓦里发生冲突，蒙塞辞职。当时萨瓦里是所谓的"精英"宪兵队指挥官，深得皇帝宠信，而且他拒不承认蒙塞在宪兵队的最高权威。接下来，蒙塞指挥军队入侵西班牙，取得了几场胜利，在1808年7月25日被封为科内利亚诺公爵。1809—1813年，他是好几支后备军的指挥官。1814年，担任巴黎国民自卫军总参谋长的蒙塞听从总指挥蒙特莫朗西公爵的命令，负责抵抗俄军、保护克利希。交城投降后，因为和上司起了争执，蒙塞就把大约3000人的军队残部组织起来，带领他们前往枫丹白露。后来，路易十八让他进了贵族院。百日王朝期间，拿破仑也把他请进了贵族院，这件事让国王大为恼火，因此剥夺了蒙塞的贵族院议员头衔。由于他的元帅资历最深，蒙塞被任命为审判内伊的陆军审判所主席。但他拒绝了，给国王写了一封被后人频频引用的信，信中内容读来令人敬佩不已。路易十八就剥夺了他的所有军衔，令人把这个老兵关在汉姆堡垒中长达三个月。蒙塞的传记作家声称驻守这座堡垒的普鲁士指挥官拒绝接受这位囚徒，说："我不是为了当法国之光的狱卒而来到法国的。"堡垒指挥官之所以拒绝，似乎是因为堡垒内部挤满了守军，已经无地可腾了。蒙塞不得不自己在附近旅店里租了一套房间。还有人说，根据普鲁士指挥官的命令，人们每到晚餐时就会在蒙塞窗前演奏军乐。十个月后的1816年7月，路易十八恢复了蒙塞应有的待遇。1823年，蒙塞再度前往西班牙作战。茹尔丹死后，他成了荣军院院长，后来拿破仑遗骸被迎回法国、葬于荣军院时，他是典礼组织者之一。

蒙塔朗贝尔侯爵（路易-弗朗索瓦-约瑟夫，特赖恩·德，Louis-François-Joseph de Tryon de Montalembert，1758—1846）

曾受普罗旺斯伯爵的保护，1775年进入军队，法国大革命期间流亡国外，但并未加入流亡贵族组织的军队。他在执政府期间回到了法国，后成为皇帝侍从。

蒙塔朗贝特侯爵（马科-热内·德，Marc-René de Montalembert，1714—1800）

18世纪法国军事理论领域最知名的一个学者，著有《优于进攻的防御术》（*L'Art défensif supérieur à l'offensif*）。该书于1776年开始出版，直到1795年才完结，全书总共8册，还有许多补编论文。1747年蒙塔朗贝特进了法兰西科学院；1797年，他申请进入法兰西学院，但最后入选的是波拿巴。

蒙塔利韦伯爵（让-皮埃尔·巴沙松，Jean-Pierre Bachasson de Montalivet，1766—1823）

多菲内一个古老贵族的后人，18岁时进入格勒诺布尔最高法院。1790年，因为国民议会取缔了最高法院，蒙塔利韦被剥夺职位，于是隐退去了瓦朗斯，在母亲举办的沙龙中认识了波拿巴。为了保护自己的生命安全，蒙塔利韦加入了一支志愿军，因此安然无恙地度过了恐怖统治时期。热月九日事变后，他当上了瓦朗斯市长。波拿巴出任第一执政官后想起了他，起初让他做芒什省省长，之后又是塞纳-瓦兹省省长。1805年，蒙塔利韦进了参政院，1807年成为桥梁道路局局长。他能在1809年10月当上内务部部长，和拿破仑对他的妻子格外关切照顾脱不了关系。蒙塔利韦没有辜负皇帝的信任。虽然手上握有巨额公款，但他把钱花在合理的地方，用来发展工业和改善公共建筑。就这样，蒙塔利韦成了施工者的庇护神。奥斯坦德港、把天堑变成通途的阿尔卑斯山道，这些都得归功于蒙塔利韦。他还在巴黎大量修建建筑工程，如港口、喷泉、凯旋门、住所、市场、货栈等。在蒙塔利韦进行公共建设的三年时间，他花了1.1亿法郎；已经开动的工程若要完工，还另需2.2亿法郎。达吕在1823年说："也许当代任何一个部长都没有此等运气，能在离职后留下比蒙塔利韦更多的纪念物。"作为内务部部长的蒙塔利韦，是拿破仑最忠心、最听话的仆人，后来有人甚至批评他顺从得如同奴隶一般。哪怕法军在莫斯科惨败而归，哪怕经过1813年的战争，蒙塔利韦依然无比积极地抗争到底。他希望玛丽-路易丝和政府能留在巴黎，但没人听他的话。他只好和同僚一道去了布洛瓦，一路发表慷慨激昂的演讲，希望驱逐大家的低迷情绪。然而他面对大局也是无计可施，最后回到了巴黎。拿破仑从厄尔巴岛回来之前，蒙塔利韦一直过着隐退的生活。百日王朝时期，拿破仑让他担任皇室总务长一职，把内务部部长的职位交给了卡诺。波旁王朝二次复辟后，蒙塔利韦彻底回归私人生活。

蒙塔利韦夫人（路易丝-阿黛拉伊德·德，Louis-Adélaïde de Montalivet）

圣日耳曼侯爵的女儿，父亲在恐怖统治时期被处死。她后来被拿破仑任命为约瑟芬皇后宫中的女官。

蒙泰斯鸠－费赞萨克侯爵（安纳-皮埃尔，Anne-Pierre de Montesquiou-Fézensac，1739—1798）

1777年因为路易十六的诏书而被封为侯爵，成为普罗旺斯伯爵的第一侍从武官，1784年进入法兰西学院，法国大革命初期被巴黎贵族阶级选入三级会议，和第三等级合作。制宪议会结束后，蒙泰斯鸠当上了巴黎省行政官员，但很快就被升为将军，离开首都进入部队。他拿下了萨瓦，但未经允许就和日内瓦政府签署瑞士退兵协议，把本应成为战俘的瑞士兵放走了，因此被撤职。他躲到瑞士，热月九日以后才返回法国。

蒙泰斯鸠-费赞萨克伯爵（伊利沙贝-皮埃尔，Élisabeth-Pierre de Montesquiou-Fézensac，1764—1834）

蒙泰斯鸠侯爵的儿子，旧制度时期是个骑兵军官。1781年，他继承父亲的职位，成为普罗旺斯伯爵的第一侍从武官。大革命期间，蒙泰斯鸠伯爵一直隐居乡野，未遭任何折磨。1805年，他进入立法院，随后进入元老院，1810年顶替塔列朗担任大侍卫一职。虽然被路易十八任命为贵族院议员，但蒙泰斯鸠还是在百日王朝时期效力于拿破仑。路易十八回来后，他对自己的将来也毫不在意。国王发现他没出现在宫廷中，就把这位从前的第一侍从武官叫了过来，友善地责备他"太过骄傲，不肯示于人前"，又让他做了贵族院议员。

蒙泰斯鸠-费赞萨克伯爵夫人（comtesse de Montesquiou-Fézensac）

勒泰利埃·德·库尔坦沃侯爵的孙女，卢瓦尔侯爵的后人。1780年，她嫁给蒙泰斯鸠-费赞萨克伯爵，玛丽-路易丝怀孕的消息被公之于众后，她被请进宫担任孩子的教习女官。1814年，她陪同罗马王来到维也纳，但自己没过多久就回了法国。

蒙泰斯鸠-费赞萨克神父（弗朗索瓦-克萨维尔，François-Xavier de Montesquiou-Fézensac，1757—1832）

其家族和前面几个蒙泰斯鸠-费赞萨克不是一个分支，而属于马尔桑分支。1782年和1786年，他在两个富裕的修道院任职，每年年金1.3万里弗；此外，他还是教会会长，换言之，他就是圣职俸禄的决定人。被巴黎教士阶层选进三级会议后，直到国王发布明确命令，蒙泰斯鸠-费赞萨克神父才同第三等级合作。在制宪议会中的神父演讲家中，除了莫里外，就数蒙泰斯鸠-费赞萨克口才最好。君主制灭亡后，他逃往国外，热月九日后回到法国，成为路易十八在帝国内部最活跃的眼线之一。针对第一执政官的第一次阴谋以失败告终后，他依然没有死心，准备伺机行动。波拿巴大为恼火，把他送到阿尔卑斯滨海省，起居都处在监视之下。神父住在芒通镇，在帝国覆灭之前一直都过着安分的日子。路易十八回来后，和蒙泰斯鸠-费赞萨克曾是同事又私交甚好的塔列朗请他加入临时政府，于是他被国王任命为内务大臣。之后，蒙泰斯鸠-费赞萨克没有陪同国王逃往根特，因为他想前往英国。波旁家族二次复辟后，他出任国务大臣，年金2万法郎。

蒙特贝洛公爵、公爵夫人（Duc et duchesse de Montebello）

请看词条"拉纳"。

蒙特玛尔侯爵（维克多-路易·德·罗什舒阿尔，Victor-Louis de Rochechouart de Mortemart，1780—1834）

蒙特玛尔公爵的儿子，被选进了制宪议会，但辞而不受。他跟随父亲流亡国外，雾月十八日后回国。1808年，拿破仑任命他为朗布依埃宫主管。1806年，他的妻子成为约瑟芬皇后的宫女。他的堂兄蒙特玛尔公爵卡西米尔-路易也在雾月十八日后返回了法国，1810年成为皇帝的传令官，1813年被封为帝国男爵。

蒙特莫朗西公爵（安尼-查理-弗朗索瓦，Anne-Charles-François de Montmorency，1768—1846）

法国最显赫的贵族大家出身，旧制度时期是一个骑兵军官。1790年逃往国外后，蒙特莫朗西公爵在督政府时期回国，住在自己的库塔兰-杜诺瓦城堡中。1810年，他被封为伯爵，负责指挥巴黎国民自卫军，以副手身份和蒙塞元帅一起工作。巴黎投降后，他和蒙塞发生争执，但成功安抚了站在他这边、准备动手的国民自卫军将士。后来，路易十八任命他为贵族院议员。

蒙特莫朗西公爵夫人（安妮-路易丝-卡洛琳娜，Anne-Louise-Caroline de Montmorency）

生于戈永-马蒂尼翁，1788年嫁给了蒙特莫朗西公爵，1804年成为约瑟芬皇后的女官。

蒙特松侯爵夫人（夏绿蒂-珍妮·贝劳·德·拉埃·德·里乌，Charlotte-Jeanne Béraud de la Haie de Riou de Montesson，1737—1806）

17岁时嫁给了蒙特松老侯爵，过了15年的婚姻生活后守寡。在她丈夫还没去世时，她就成了奥尔良公爵（后来的路易平等的父亲）的情妇。两人似乎在1773年秘密结婚。列维公爵对此曾说："从来没有哪桩婚事比这次秘密结婚更张扬显赫。"1792年，路易十六签署了一道法令，在里面公开承认蒙特松夫人为1785年去世的奥尔良公爵的遗孀。大革命爆发后，蒙特松夫人幸免于难，只在恐怖统治时期坐了几天牢。热月九日后，她重获自由。因为和约瑟芬·德·博阿尔内是旧相识，拿破仑远征埃及时，她和后者恢复了联系。拿破仑回国后翻看约瑟芬的文件，发现里面有封蒙特松夫人的信，信上写着："您在任何时候都决不能忘记，您是一位伟人的妻子。"从那时起，波拿巴对蒙特松夫人就尊敬了许多。成为一国元首后，他还把其亡夫遗产还给了她。

蒙特维朗（图尔纳松·德，Tournachon de Montvéran）

作家，著作范围涵盖历史学、法学和政治经济学。

蒙特谢尼（克劳德-马利-亨利·德，Claude-Marie-Henri de Montchenu，1757—1831）

法国政府派到圣赫勒拿岛的一个特派员。他生于多菲内的家族城堡中，之后进入军队，1788年退休。法国大革命前期，蒙特谢尼流亡国外，加入了波旁家族组织的军队。三个月后，军队解散，蒙特谢尼回归普通生活，再没和敌人交过手，一直住在威斯特伐利亚。雾月十八日后，蒙特谢尼立刻回到法国。但他在巴黎依然过着低调的生活，和同时代的"正直人士"一道在暗地里"反对暴政"。正因为如此，他才四处传播小册子和讽刺漫画、玩弄文字游戏来讽刺当局、散布所谓的秘密信息。人们经常听他说这句话："等这个人倒台了，我要请求我的国王主子让我去当此人的狱卒。"警察局觉得他说话颠三倒四，没把他放在心上。波旁家族第一次复辟后，他自封为伯爵。维也纳会议期间，他来到会上，要求得到赔偿。这一次，他自称为侯爵。塔列朗当时需要一个跑腿者，我们的"侯爵"就去毛遂自荐，为对方效力。他的主子是个很幽默的人，便生出想法，把这个奇怪、一无是处的人派到圣赫勒拿岛。奥地利特派员斯图尔默在1816年9月2日写给政府的报告中，对这件事做了这番解读："要是塔列朗真的在心底想让波旁家族从前的奴才变成笑柄，那让蒙特谢尼来担任这个职务再正确不过了。黎世留公爵①似乎知道这点，所以他才多次劝说蒙特谢尼另选一个职位，向他反复宣扬这份工作是多么辛苦。然而，待在离欧洲2000古里远的一个地方，这是逃避债主的最佳办法。另外，蒙特谢尼还觉得，这份工作能让他在法国扬名。"现在，我们来看看奥地利特派员是怎么评价这位法国特派员的："蒙特谢尼先生完全没有完成托付给他的这份工作的能力……他才智平庸，毫无学识，完全不知轻重……他口风不紧，饶舌，和严肃的英国人形成了鲜明对比，人们对他根本不敢有任何信任之心……他很喜欢在各种场合都穿着那身将军服出来显摆，然而这身军服只给他惹来诟病，因为所有人都知道他连枪都没摸过。"所以听到拿破仑对路易十八这位特

---

① 当时的法国外交大臣。

派员下列不容置辩的评价，我们也就不足为奇了。他说："我认识这个蒙特谢尼，这是个老**。"1821年回到法国后，蒙特谢尼觍着脸讨要奖金。1828年，政府让他退休。

参考资料：弗雷德里克·马松收录在《圣赫勒拿岛相关人事》（Frédéric Masson, *Autour de Sainte-Hélène*）第二卷里的《蒙特谢尼侯爵》。

蒙托隆伯爵（沙尔-特里斯唐，Charles-Tristan de Montholon，1787—1853）

其父亲是普罗旺斯伯爵的猎犬队队长，他5岁时承袭了父亲的爵位，母亲改嫁赛蒙维尔。赛蒙维尔先前是最高法院推事，后在新政府中担任要职。1792年，蒙托隆跟随担任大使的继父来到了君士坦丁堡。父子俩路上暂留科西嘉岛期间，当时请假回家的拿破仑给蒙托隆上了几节数学课。16岁时，没有任何头衔军阶的蒙托隆成了他的姐夫茹贝尔的参谋，在诺维战役中亲眼看着后者死在自己眼前。之后，他被晋升为中尉，其上司是尚皮奥内。1807年，蒙托隆担任骑兵队中尉，1811年11月被晋升为将军，担任维尔茨堡大公国全权特使，躲掉了出征俄国的苦差事。后来，他和瓦萨尔夫人结婚。1812年10月8日，根据皇帝从莫斯科发来的命令，外交部部长给蒙托隆写信："陛下令我告诉您，他要您立刻停止在维尔茨堡大公国的工作。陛下认为您既然选择了这场婚姻，就再也不可继续从事他托付给您的光荣任务了。"于是蒙托隆返回了法国，远离政坛，直到帝国灭亡。路易十八回到法国后，让他继续担任自己的猎犬队队长。此时在波旁宫廷中依然有权有势的继父赛蒙维尔告诉蒙托隆，只要他愿意效忠复辟王朝，就可有大好前程。但蒙托隆拒绝了继父的邀请。拿破仑回到法国后，他立刻回到皇帝身边，担任他的副官，从滑铁卢战役到返回巴黎都没离开过他。有人怀疑蒙托隆对拿破仑的忠心，宣称他是为了躲债才陪着拿破仑来到圣赫勒拿岛。（出自俄国官员巴尔曼1816年9月8日的报告）的确，在蒙托隆决定追随拿破仑的时候，他个人的财政状况一塌糊涂。然而我们必须承认，在圣赫勒拿岛上时，蒙托隆充分地证明了自己对皇帝的一片忠心。一开始，服侍皇帝的工作由流亡同伴一起分担。但随着拉斯卡斯和古尔戈的离开，所有工作重担都压在了贝特朗和蒙托隆两人身上，而且皇帝的贴身工作基本上都由蒙托隆负责。他每天大多数时间都陪着皇帝，或者记录其口述，或者给他阅读资料、陪他聊天（蒙托隆很会说话）。在1820年11月6日蒙托隆写给妻子的信中，我们可以看到他的主要日常工作。"每天的工作基本差不多：早晨八点半或九点，皇帝把我叫过去；如果他要用午餐，我一般都会相陪；中午十一点半，皇帝午睡。一点，皇帝接见贝特朗，时间或长或短，但通常不超过两点，然后贝特朗来我房里。三点，皇帝出门散步，如果贝特朗夫人没有登上马车一起出去（近两个月里这种情况发生了三四次），我就穿戴整齐，陪他出门。五点钟，我一人陪皇帝用膳，之后再和他待到八点到十点。十点四十五，皇帝在床上就餐。要是我在九点半之前离开皇帝寝室，就会去贝特朗夫人家里喝喝茶，十点半再回来陪皇帝；如果九点半之前没走，我就一直陪到十点，夜里还要等着皇帝传唤。" 拿破仑去世前40天里一直卧病在床，蒙托隆就日日夜夜守在床边。在皇帝的明确叮嘱下，是蒙托隆在他去世后合上了他的双眼。1821年5月27日，蒙托隆离开了圣赫勒拿岛。拿破仑在遗嘱中给他留了250万法郎，并委托他为遗嘱执行人之一。然而在执行遗嘱的过程中，蒙托隆遇到重重困难，最后只拿到了很少一笔钱。蒙托隆拿着这笔钱进行投机活动，遭遇失败，差点儿欠债入狱，于1828年不得不逃到了比利时。

1830年革命之后，他请求重回军队，但由于有过破产历史而被拒绝，直到1838年才恢复名誉。1840年，蒙托隆秘密支持路易-拿破仑在布洛涅发动政变，失败后两人都被关进了监狱。六年后，在古尔戈的斡旋下，蒙托隆被释放出狱。随后他前往英国，在1847年出版了《拿破仑皇帝被囚记》（*Récits de la captivité de l'empereur Napoléon*）。1849年，蒙托隆被选入立法议会，但政治立场十分审慎。

参考资料：贡纳德1906年发表的博士论文《拿破仑传奇的源头》（Gonnard, *Les Origines de la légende napoléonienne*）中关于蒙托隆的章节，以及他同年发表的《蒙托隆伯爵和伯爵夫人的通信》（*Les lettres du comte et de la comtesse de Montholon*）。

蒙托隆伯爵夫人（阿尔宾娜-爱莲娜·德·瓦萨尔，Albine-Hélène de Vassal，comtesse de Montholon，1780—1848）

先和一个声称自己是伯爵的银行家结婚，离婚后在1812年嫁给了蒙托隆伯爵，给他生了两儿两女，两个女儿都生于圣赫勒拿岛。1819年7月2日，她带着孩子离开圣赫勒拿岛，拿破仑对此极为伤感。当日，蒙托隆给妻子写信说："皇帝非常遗憾你要离开，为此流下了滚滚热泪，他人生中也许是第一次如此失态！"五天后他又写信说："昨天皇帝心情非常糟糕，对我说话时开口闭口都是你和孩子。"（1819年7月7日信）1820年11月，拿破仑对蒙托隆说："您的妻子在我的坟上撒下花的种子；自她离开后，上面只长出了荆棘。"（出自1820年12月5日蒙托隆伯爵写给伯爵夫人的信）她在圣赫勒拿岛上是否成了拿破仑的情妇？古尔戈和贝特朗夫人做出了肯定的回答。弗雷德里克·马松对他的《拿破仑和他的女人们》（Frédéric Masson, *Napoléon et ses femmes*）做了非常仔细的研究，在这个敏感问题上得出和上面相同的结论。贡纳德在他的博士论文中却不相信这种说法，倡议："我们要摒弃历史学家不应回应的这种流言蜚语。"然而，没有什么是绝不可能的。蒙托隆夫人也许无法拒绝向皇帝献上自己的肉体，就像蒙托隆无法拒绝向皇帝献上自己的忠心一样。

参考资料：上一词条的所有资料，以及古尔戈日记中关于拿破仑的部分。

蒙托隆（特里斯坦·德，Tristan de Montholon）

蒙托隆夫妇的儿子，1813年生在巴黎，随父母一起去了圣赫勒拿岛，1819年7月离开了该岛。

米奥利（塞克修斯-亚历山大-弗朗索瓦·德，Sextius-Alexandre-François de Miollis，1759—1828）

贵族出身，曾以步兵团少尉身份陪同罗尚博前往美国参加独立战争。1791年，他被选为罗讷河口省志愿军一个营的中尉，又在1794年被升为将军。1805年成为曼图亚总督后，他令人在那里竖立了一座维吉尔方尖碑。在费拉拉，他又令人建造了一座阿里奥斯托纪念柱。1808年，米奥利奉命在梵蒂冈逮捕教皇，之后成为罗马政府副长官，每月享有1.5万法郎薪水。波旁首次复辟后，他担任马赛区的指挥官，拿破仑登陆戛纳后负责斩断其后路，但他带着两个团来到加普和拿破仑会合。波旁二次复辟后，米奥利不再担任任何职务。

米拉波伯爵（奥诺雷-加布里埃·里盖蒂，Honor-Gabriel Riquetti, comte de Mirabeau，1749—1791）

和丹东一样，米拉波的受贿问题一直被后人津津乐道。事情看上去非常简单，米拉波认为自己就是拿着宫廷的钱去办事的。但编者想说的是，我们也应秉承和看待丹东的贪财一样的视角来对待米拉波的受贿问题。如果有人问米拉波对大革命到底有没有用，我的回答是：有用，而且在开始时起到了很大的作用。在抽象理念还没转化成具体行动的时候，必须有人用洪亮、震耳的声音把它们解释给尚不能理解它们的大众听。米拉波讲话时犹如惊雷贯耳，所以最适合这个角色，而他也非常尽职地完成了任务。但这只是一项临时工作。学生一旦学会了怎么说话，就不再需要老师了。读者可以在编者的《法国大革命历史汇编》（*Répertoire de l'Histoire de la Révolution Française*）第一卷第382~390页中找到关于米拉波的生平介绍。

米雷尔（奥诺雷，Honoré Muraire，1750—1837）

旧制度时期德拉吉尼昂的一个律师，法国大革命爆发后，他被选进了立法议会，站在右派，支持拉法耶特。恐怖统治时期，米雷尔以可疑分子的身份被捕入狱，热月九日后出狱。后来他进入了元老院，在里面表现出强烈的反动倾向。上了果月通缉名单后，米雷尔被关在奥莱龙岛上。之后，很可能是因为他的朋友约瑟夫·波拿巴的斡旋，第一执政官宽赦了他。1804年，米雷尔成为最高上诉法院首席法官，1808年被封为伯爵。她的女儿嫁给了德卡兹伯爵。

参考资料：马塞尔·杜南在《圣赫勒拿岛回忆录》批注版第一卷第194页注释1中，猜测拿破仑回到杜伊勒里宫后（请看本书卷一第164页内容），在国王办公室里找到的那份陈情书的作者就是米雷尔。

米肖（约瑟夫-弗朗索瓦，Joseph-François Michaud，1767—1839）

极其多产的历史学家、诗人和记者。1795年他成为《日报》合伙人（报纸创立人1794年上了绞刑架），从此名声大噪。米肖把这份报纸变作保皇党的最大喉舌。果月十八日后遭到通缉，他逃往国外。雾月十八日后，米肖回到法国，开始为波旁家族效力，暗地里发表了许多反波拿巴的小册子。1806年，他创建了《古今名人全传》，被世人认为是后来无数类似人物传记杂志的第一家。米肖一直野心勃勃地想进军文坛，更想在法兰西学院谋求一个位置，因此成为拿破仑的平庸吹捧者。1810年皇帝和玛丽-路易丝成婚时，他还想借用维吉尔的一首诗来宣告这桩婚事。波旁家族回来后，他又成为狂热的王党分子，并被选入议院。

缪拉（约阿希姆，Joachim Murat，1767—1815）

洛特省拉巴斯蒂德镇一个旅店老板的儿子。他的父亲在旧制度时期过着相当舒适的生活（一些贵族家族——尤其是塔列朗家族——把他们在凯尔西的地产都委托给他打理），因为不愿意失去享有的教会俸禄（约阿希姆的一个叔叔是教会人士），就想让自己的儿子也进入教会，便把他送到了图卢兹的遣使会神学院。当上副助祭后，年轻的缪拉开始出没于赌场和花柳地，很快就被赶出了神学院。他的家人对他万分失望，没给他好脸色看。于是缪拉在1787年2月加入了骑兵追击队。但他在军队名声不佳，两年后也被遣退了。之后，他的父亲拒不承认这个儿子。于是，缪拉在圣塞莱的一个香料铺中当伙计。多亏本省政客的极力推荐和再三请求，缪拉最后才回到军中，进了图勒市的驻军部队。1791年7月5日，他给哥哥皮埃尔写信说："告诉父母亲和所有人，让他们好好看看我。我在为升迁努力，我会成功的，我就要当上先行官了。"当时，后来进了国民公会的卡维雅克（Cavaignac）正是洛特省的行政官员，在他帮助下，缪拉进入了刚刚成立的国王拥宪护卫军。三周后，他递交辞呈，理由是：一个真正的爱国者不应待在这个由叛徒和贵族组成的巢穴里。在一封写给洛特省行政机构的检举书中，缪拉声称他的上司戴斯库尔中校（Descours）曾建议他逃往国外，加入报酬丰厚的亲王军队。缪拉的检举书被交给立法议会监督委员会，巴奇尔借此要求取得国王拥宪护卫军的指挥权。如果没有这一出，这支军队本能在8月10日事件中更加有效地保护路易十六的人身安全。总之，之后缪拉被升为中尉，进了北境军。1792年11月10日，他给哥哥写信说："我已经是中尉了，要是上校成了将军（这是毫无疑问的事），我就是他的副官，当上上尉。以我的年纪，凭我的胆识和军事才干，我会走得更远的。"在此期间，缪拉从已被选为议员的同乡阿尔布伊（Albouys）那里得知，只要达到法定年纪，他就能进入国民公会。1793年2月25日，他给弟弟安德烈写信说："以我的本事和胆识，我会比公会里的人干得更好。"他的预料都成为现实：缪拉的上司于尔（Urre）上校被任命为艾丹镇的指挥官，选了缪拉当副官。好事还在后面。他当上副官后才三周，先前是"偷猎者"骠骑兵队的追击队第21团指挥官提拔他为骑兵队队长。这支队伍负责在亚眠和阿布维尔地区之间展开搜查围捕行动。艾丹镇有一个兵站，专门负责把军队运往前线，训练新兵的麻烦任务就落在了缪拉头上。他接受了任命，同时也盼着将来有更好的差事，毕竟现在还不是挑肥拣瘦的时候。陆军部中有人认为缪拉属于"前朝人"，出自缪拉·德·奥弗涅贵族家庭。他被迫把各种证明文件收集起来，让具有政治威望的人在上面签字，以表明自己是"真真正正的无套裤汉"。就在这时，缪拉得到一个证明自己的"共和信仰"的意外机会。他的上司兰德里欧（Landrieux）曾在旧制度时期被普罗旺斯伯爵任命为驿站督察官。得知这段往事后，缪拉立刻给陆军部写了一封告发信，说一个从前效力于暴君兄弟的人不应该担任共和国军队领导人。兰德里欧当时正忙着在地方追捕嫌疑犯，得知自己被部下告发的消息后，立刻给巴黎写了一封反告发书。缪拉拿出兰德里欧贪污公款的各种证据回击，并在上面署名"马拉"。最后，兰德里欧被打入监狱，"缪拉-马拉"成了胜方。

掌控局势后，他决定把自己的部队"雅各宾化"。他把军官集合在一起召开大会，并第一个发表了致辞："国民监督人民社团靠雪亮的眼睛揪出了自称是人民之友的叛徒，他们罪恶的脑袋已被弑君者的报复铡刀给砍了下来。啊！希望今天这场大肃清能把所有人都清扫一遍！我们必须撕开在这支军队里混淆善恶的遮羞布；在我们分离之前，共和国应当知道谁才是它真正的守护者。我们应该把每个军官从1789年起的行为捋一遍，战友应该成为那些不配成为其战友的人的揭发人。让坦诚和公正来说话吧！但我们不能夹杂私恨！让我们在镇定、冷静和公正精神的引领下，展开这项敏感的活动！共和国在看着我们。它将审判我们，期盼我们做出对它有益的表率。毫无疑问，共和国所有军队都会效仿这种行为。"①全体军官同时站起来，热烈要求审查大会成员，"共和国的马拉"几乎全票当选为大会主席。我们可在莱昂斯·格拉西里埃的《参谋上校兰德里欧》（Léonce Grasilier, *L'adjudant général Landrieux*）第98~106页中看到这次大会的会议纪要全文。缪拉本以为自己可以代替兰德里欧成为一军之首，但结果让他大失所望：他不仅没有被提拔，还被认为在兰德里欧贪污案中也负有一定责任，因为正是缪拉本人在兰德里欧不在期间负责管理军队钱库。此外，虽然陆军部对他发起的这场军队肃清运动表示赞同，但无法接受缪拉把自己和人民之友的名字绑在一起这个别出心裁的想法。最后，缪拉和他的仇敌兰德里欧在监狱中相会。热月九日后，缪拉出狱。当时他已被解除军衔，不再担任任何职务，过着朝不保夕的日子。共和三年牧月一日，巴黎暴乱。缪拉把一群骑兵集合起来，出现在国民公会身边，为保护国民代表、对抗郊区暴民立下了

---

① 后来也的确如此。

功劳。从那天起到葡月十三日,他一直听从波拿巴调遣,奉后者之命把萨布隆的大炮搬到巴黎来。缪拉尽心尽责地完成了任务,他运来的大炮也派上了用场。但危机一过,他又被人遗忘了。1795年11月,他多方奔走,想获得督政府护卫军骑兵指挥官这个位置。虽然他的几个议员朋友为他说好话,但缪拉还是没有得到这个职位。1796年4月4日,缪拉和他的上司抵达意大利军主营。这是一个不容错过的机会,缪拉成功抓住了。在4月15日的迭戈战役和4月21日的蒙多维战役中,缪拉勇猛作战,得到了波拿巴的注意。之后,他得到一个荣誉差事:和朱诺一道把缴获的敌军军旗押至巴黎。之后,他立刻被提拔为将军。此外,缪拉还得到另外一项任务:护送波拿巴将军夫人和丈夫在军中会合。缪拉一路对约瑟芬殷勤相待,把她照顾得极为妥帖,成功得到后者的喜爱。当上将军后,缪拉被派去占领里窝那,主要任务是搜查英国人,没收其财产。执行任务期间,缪拉表现得格外卖力且不失头脑。例如,控制了英国参赞在里窝那的马车后,他想出一个妙招,把这辆马车变作自己的坐骑,供他在城中和城郊出行时使用。也被命运带到里窝那、已经和旧日对手冰释前嫌的兰德里欧,后来在回忆录中写道:"他(缪拉)请我替他保管这辆马车几天,说他在寻找买主。因为担心波拿巴会将其占为己有,他根本没想过把它送到米兰。"(出自格拉西里埃的《兰德里欧》第198页)但美好的生活只持续了15天,之后他必须返回军队,等着新的任务。这一次,缪拉要担任一支海军远征队的统领,指挥一群小船占领位于沼泽中间的棱堡米格里亚莱托。缪拉成功让他的"舰队"接近要塞,但由于水位下降,小船陷于泥泞之中,进退不得,缪拉只好带领船上人员步行,狼狈后撤。不过他的苦劳还是得到了回报:波拿巴让他在布雷西亚准备一处住所,以迎接约瑟芬的到来,让这里成为"最温柔的爱人"和他那位伴侣的爱巢。缪拉完美地完成了任务,并趁机替自己盘算。当时,缪拉疯狂地爱上了一个叫吕佳的女子。她是布雷西亚城一个令人尊敬的公证员的妻子,也乐于给予这位法军高级官员他所希望的东西。缪拉被爱情冲昏了头脑,完全忘了他还要带兵打仗的事,在布雷西亚玩得乐不思蜀。波拿巴觉得有必要提醒他肩上的义务,就给他写了一封信。缪拉在回信中怒气冲冲地说:他不应该被如此对待,考虑到他做出的贡献和身份,人们应该对他多点尊重才是。波拿巴安抚他说:"我知道您的军事才干、勇气和激情,我对此从来没有任何轻慢之心,但我认为,您的那个师比您在布雷西亚的情妇更需要您,尤其是在最初的时期过了之后。"(该信落款时间为1797年6月21日)归队后没多久,缪拉接到一个不怎么有军人气派的任务:前往罗马,把约瑟芬订购的各种家居用品从采购商那里提出来。在接下来的一个月里,缪拉如同旅客一样过着逍遥的日子。但回来后,他立刻面临一个艰难的考验:在十天里打四场战役(9月5日的拉维斯战役、8日的巴萨诺战役、12日的塞雷亚战役以及15日的圣乔治战役)。缪拉想证明享乐的生活并没让自己丧失分毫斗志,在战场上勇猛作战,表现得非常亮眼。科尔伯特将军在报告中讲了他一件很有个人特色的事:他一直都是随便找张行军床过夜。当时担任其副官的科尔伯特问他:"如果您突然落入敌手怎么办?"缪拉回答:"没事,我可以直接穿着衬衣跳到马上;人们会更清楚地认识我的。"[详情请看《科尔伯特回忆录》(*Les Souvenirs de Colbert*)第一册第93页]在9月15日的圣乔治战役中,缪拉首次负伤。虽然伤势并不严重,但说到底还是负伤嘛。当时他的弟弟安德烈正在父亲的旅店里招呼顾客,对他有所忽视,缪拉尖刻地抱怨说:"什么?六个月过去了,你的哥哥冒着极大的生命危险,他受伤了,公共报纸对他一片赞颂,而你一脸淡然的样子，对我取得的荣誉无动于衷，就像从前父母放弃我的时候一样。"（此信落款日期为1797年9月18日）十天后，缪拉彻底康复，奉波拿巴之命来到瓦尔泰利纳"谈和"。10月4日，他的上司给他写信说："我对您在瓦尔泰利纳的工作很满意。"放弃意大利军的总指挥权后，波拿巴把缪拉留在自己身边，但很快就对他厌倦了，把他打发回了意大利。贝尔蒂埃从波拿巴那里得到这么一句话："请您接纳我从前的副官，但不要对他有所优待。"起初，缪拉和他的新上司常起冲突，向波拿巴抱怨说贝尔蒂埃一无是处，根本不能担任这么重要的职位。回到巴黎后，缪拉成功迷住了年轻的卡洛琳。当时，卡洛琳17岁，他32岁。波拿巴不看好这桩婚事，觉得自己有把握斩断两人的情愫，就把缪拉带到了埃及。缪拉对此大为不满；更让他大感不快的是，贝尔蒂埃这个自己横竖都看不顺眼的"蠢货"居然也出现在波拿巴身边。他一路寻找借口回国。到达马耳他后，缪拉立刻装病，给波拿巴写信恳请返回法国，并表达了"不能陪伴他攻城夺地的遗憾"。当天，他给巴拉斯写信，抱怨他和波拿巴的友谊"日渐淡薄"。他在信里说："我认为贝尔蒂埃从来就没有原谅我从前说的那些关于他的'大实话'，我也有理由相信是他找准了机会在波拿巴将军面前诋毁我。在这种情况下，我觉得我应该尽量远离我的敌人才是……我勇敢的巴拉斯，我的背后支撑，请让我冒昧恳请您发布命令，把我派到其他地方。"但人们没有让他走。缪拉也没什么可后悔的。一进入开罗城，波拿巴就任命他为科里欧布省指挥官。这可是座能让缪拉好生挖掘一番的大金矿。他把分摊到其"辖区"的所有赔款都典当给了一个科普特大财主，让这人预先付给他一大笔钱，让这个大财主肆无忌惮地大捞各种好处。9月4日，缪拉给当时担任邻省指挥官的迪加写信说："我在这里过着无比安宁的生活……我的政府井井有条，强加的征用物资都拿到了手。"波拿巴一道命令下来，扰乱了他"无比安宁的生活"：缪拉要指挥一个骑兵旅参加叙利亚之征。在这场战斗中，缪拉拿出了他的全身本事（2月25日的加沙战役、3月6日的雅法战役、4月2日的扎菲战役以及4月15日的亚库布战役）。在艰难的阿克要塞围攻战中，他的骠骑兵队和龙骑兵队做出了不可估量的巨大贡献。他作为后备军指挥官，还得转头应对阿布吉尔海战。就是在这场战役中，缪拉二度负伤：一颗子弹击穿了他的脸颊，幸好当时他嘴张着，没有伤及舌头。波拿巴得知此事后，说："这是他第一次在恰当的时候张开了嘴。"缪拉给最终与其和解的父亲写信说："人们向我保证说我绝不会因此毁容。所以，请告诉那些漂亮女人（如果真有的话）：虽然缪拉没有以前那么俊美，但在爱情上一如从前一样勇敢。"这就是男人。缪拉的伤口还没愈合，就要收拾行李准备回国。在给迪加写信、把那个科普特大财主推荐给后者时（此时这个财主意识到自己做了亏本生意），他说："他们几乎都不给我时间写两封短信，就让人把我的行李带到了船上。"当然了，缪拉对回国一事还是很高兴的。他在雾月十九日带领60个掷弹兵立下的"功劳"得到了充分认可，获得的回报就是和卡洛琳的婚事，以及执政府护卫军指挥官这个职位。他的新婚蜜月很短：一个月后，波拿巴就把他派去亚眠组建一支掷弹队。缪拉认真地完成了波拿巴托付给他的任务，并觉得应该把自己的"几点想法"反映给第一执政官：第一，每个营都应该有自己的军旗，"因为这能激发疲于战斗的战士的战斗力"；第二，"军乐在我看来也必不可少，它能改善将士的闲暇，让他们在乐声中忘记疲劳，在战斗中起到震慑敌人的效果"；第三，最重要的是，应该给战士提供带绒毛的帽子。缪拉在他的报告书中说："当一大群掷弹士兵朝敌军压过来，高高的帽子让人看上去更有军人气派，还有什么比这更能动摇敌人的士气呢？"4月，缪拉不再执着于毛帽子的事，再度指挥骑兵队。这一次，他又接连立下战功（5月27日的维尔塞勒战役以及5月31日的图尔比戈战役），为波拿巴打开了从奥斯塔到米兰的通路。但因为留在帕维亚收取4万法郎的战争赔款，耽搁了他的行程，他差点儿没能参加马伦哥战役。波拿巴不得不派一个传令官提醒缪拉出战一事。不过波拿巴没有深究此事，战后还授予他一把荣誉军剑。根据马伦哥战役后签订的停战条约，法国人可穿过教皇属地、追随拿破仑大军。于是人们看到缪拉带着他的1.2万人马，在通往罗马的大道上横冲直撞。这个举动自然引起了各地人民对拿破仑支持者的厌弃。1801年2月6日，缪拉和那不勒斯国王签订了停战条约，后者被迫赔偿150万法郎；与此同时，缪拉还担任了法军在那不勒斯的占领军统领。教皇请他从属于圣座的各省撤兵，缪拉要求拿到10万埃居，教皇应允了。在里窝那（他已是这里的熟客），他编造理由，拿到了100万里拉的补偿。中部军接替后，缪拉于1802年6月1日"腰缠万贯"地回到巴黎（这是约瑟夫·波拿巴的原话）。卡洛琳替他在哥哥那里谋到了从前由朱诺担任的巴黎地方长官一职。缪拉在这个岗位上待了一年。任命七人组成军事审判所去审理昂吉安公爵一案，这件事就是他做的。据说因为塔列朗和富歇的教唆，他催促第一执政官牺牲一个波旁人，以起到杀鸡儆猴的作用。第一执政官其实也没被他"催促"，因为一直都是他催促别人。1804年5月19日，缪拉被封为元帅（作为皇帝的妹夫，他觉得这个头衔太轻了）；几个月后，他又被升为海军上将，毫无疑问，这是为了表彰他那件著名的米格里亚莱托"海上"远征一事。贪得无厌、一心想当王妃的卡洛琳缠着她的哥哥，让他把自己的丈夫封为亲王。在接下来的三年，缪拉在巴黎过着挥金如土的生活，在外寻花问柳，还为他的大舅子搜寻美色。（请看词条"杜莎泰尔"和"德努埃尔"）1805年9月，他被任命为大军团骑兵后卫军统领，跨上马鞍，25日渡过莱茵河。六周后，他拿到了维也纳城门的钥匙，先于拿破仑，第一个进入哈布斯王朝的首都。皇帝趁法军得胜之际，派他追击俄军。已在马背上待久了的缪拉没有追得太远，在半路上和敌军达成停火协议，鸣金收兵，俄军因此才没有被大批俘虏。随后，缪拉察觉到不妥，转头继续追击，但敌人已经跑远了。几天后，在奥斯特里茨，他再度犯下错误，放走了一大批由他负责追击的俄国军队。在这两件事上，拿破仑的反应完全一模一样：斥责、大骂、发怒、威胁。缪拉对这种事已经习以为常了，他知道卡洛琳会摆平一切，自己迟早会再度获得皇帝的宠信。事实也的确如此。1806年3月15日，缪拉成为由前克莱夫公国和贝格公国组成的新王国的君主，首都是美丽的杜塞尔多夫。从那时起，缪拉就再不是从前的缪拉了——他已是约阿希姆·德·贝格大公爵。这位新君想把国家行政管理工作托付给律师阿加尔。此人曾在卡奥尔过着默默无闻的生活，后来在缪拉的保护下成为托斯卡纳临时政府的一个官员。缪拉很信任他，把他任命为国务秘书和大公国财政部部长。扯旗放炮地进入杜塞尔多夫城后，没过多久缪拉就回到了巴黎，把公国的管理工作交给了阿加尔，包括征收佃租、赋税和其他各种税款的工作。他应该为自己的这个决定感到庆幸：阿加尔深谙细水长流的道理，避免彻底榨干公国百姓。他在自己的权力范围内，一边帮助主子充盈钱库，一边避免让民众彻底破产。普鲁士战争爆发后，缪拉再度奔赴战场。这一次，他打的第一场战斗是耶拿战役（10月15日）。战斗中，乌泱泱一大群人嘶喊着，被如乌云般的马群裹挟着往前冲，追击溃败的敌军。战后第二天，他去了爱尔福特稍事休息。直到26日，他才再度踏上征途，28日在普伦茨劳俘虏了霍亨洛厄。直到11月7日，缪拉才抵达吕贝克城前，接受布吕歇尔的投降，随后在城中展开了自法兰西帝国创建以来最残酷的一场大屠杀。我们来看看缪拉在这段时间都做了什么。他的确立下了功劳，但这些功劳被缪拉夸大得近乎传奇。我们都知道，他一直不放过任何把自己打造成偶像角色的机会，无比渴盼在同僚和部下面前大展雄风。当然了，他还没荒唐到真的编造军功的地步，但他的确乐于并深谙如何大肆宣传自己。缪拉虽然谈不上愚蠢，可也没有多少头脑，但他很清楚自己作为军事将领有几斤几两。为了展现自己，他连四处炫耀这种事都做得出来，让人大跌眼镜，又让人浮想联翩。他的长处就是在同类型将领中没有竞争对手。虽然拿破仑大军中不乏英勇善战的骑兵将士，但缪拉只有一个。其他人把战场看成要么杀人，要么被杀的修罗场，缪拉却觉得这是表现自己英雄气概的大好机会，危险越大，他就越是狂热（编者觉得他的表演型人格已经严重到视死亡为无物的地步）。但他炫耀和卖弄的机会并没有人们以为的那么多。我们拿数据说话。缪拉在战场上做出的贡献全都被记录在陆军部档案中，上面记载了他在1796—1813年参加的58场战斗。这18年被分成三个阶段：第一阶段为1796—1800年，26场战斗；第二阶段为1805—1807年，24场战斗；第三阶段为1812—1813年，8场战斗。1805—1807年可被视为缪拉战功最为显赫的时期。1807年2月8日在埃劳战役中发起的冲锋，是缪拉人生的高光时刻。1807年年末，他的军事成就达到了顶点，皇室和各国君主的礼物如雨水一样落在了他头上，勋章如潮水般将其湮没，多得让缪拉都找不到地方挂了——当然，他还是想尽办法把它们全都佩在身上。在签署《提尔西特和约》时，拿破仑把缪拉带在身边，好让对其好奇不已的各国君主一睹其真容。缪拉回到巴黎后，过上了百无聊赖的生活，不过他有一件"关乎荣誉"的事要处理：

他的妻子背着他和朱诺发展婚外情。从个人情感上讲，缪拉并不在乎这种事。但他不在首都期间，这对奸夫淫妇实在太过招摇，让他不得不采取经典的处理方式：和朱诺决斗。拿破仑从中协调，把卡洛琳的情夫派去了葡萄牙。缪拉这边也收到一些简单直接的指令：当前西班牙人对拿破仑对待他们王室的粗暴方式极为不满（请看词条"查理四世"），缪拉得把这些人"打倒在地"。满心想表现自己的缪拉觉得自己完成这个任务后，就离下一个王冠不远了，于是干得格外卖力。西班牙政务会拒绝让依然留在马德里的王室剩余人员离开，缪拉就说：政务会是否同意并不重要，5月2日早上，弗朗西斯科和他的姐姐伊特鲁里亚王后必须踏上前往法国的道路。那一天是周一。前天晚上，大批农民如往常一样抵达马德里周围，参加一周一次的主日集市。集市结束后，他们在门廊下、教堂台阶上找地方过夜。清晨，大批农民拥向皇宫。皇宫大门外，人们正在准备车马。玛丽-路易丝出现在众人眼前，一个法国军官走上前来，扶她登上了马车。人群朝他猛冲过去，在附近值岗的掷弹兵连忙跑过来，想把这个军官从农民手中抢回来，但遭到乱石的攻击。掷弹兵后撤，斗殴事件进一步升级。缪拉得知此事后，觉得是时候展现自己的铁血手腕来对付这帮暴民了。他也想来一场"葡月十三日事件"。于是，缪拉向波兰轻骑兵和多美尼马穆鲁克骑兵团发布命令，让他们拿着刺刀冲向群众。大炮也被拉了过来：连续发了几枚炮弹，就足以清理局面了。然而，这一切并未结束。群众四处逃散，让整个城市都知道了自己刚才九死一生的经历。塞戈威亚郊区（我们可以将它视为马德里的圣安托万区）揭竿而起，人们喊着共同的口号——"Venganza（复仇）"，攻击落单的法军。每个街角、每座拱廊、每个门口后面都藏着死神，城中各处响起了枪声。法军到处乱放枪，以作回击。下午，西班牙各部长来到了缪拉家中，请求停止这场屠杀。缪拉同意向法军发布命令，只在暴民动武的前提下才持武器反击。于是陆军部长奥法里尔和财政部部长阿赞扎在一个法国将军的陪同下跑遍了首都的大街，一边挥舞白手绢，一边高喊："和平！和平！公民们，一切都结束了！"暴民同意让步，交出了俘虏。之后，缪拉立刻在位于马德里城中心的太阳门公馆中成立了一个军事审判所，把在街上抓捕的一些人带到那里，理由是他们持有武器（且不论是真是假），并迅速将他们处决。一整晚，处决的枪声就没断过。我们不知道遇害者的具体数目。缪拉第二天在写给皇帝的一封信中，夸耀自己枪决了200个暴民，总共杀害了600个西班牙人（法军死亡31人）。根据1900年一个西班牙军官唐璜·佩雷公布的报告《5月2日死伤者人名录》（don Juan Perez, *Catalogue alphabétique des morts et blessés dans la journée du 2 mai*），此次屠杀共造成406人死亡、172人受伤。所以缪拉并没怎么夸大数字，也许他是想趁机向皇帝表达自己的一腔热忱。不过他的确成功干成了一件事：从此，缪拉这个名字成了西班牙人憎恨的对象。拿破仑在5月3日的回信中说："我很满意您采取的铁腕手段。"在屠杀、枪决西班牙人民后，缪拉在一封宣言中说他"用一张布遮盖了过去"。他组织了一系列盛大的接见典礼，所有教会、军队和政府的重要人士都"受邀"参加，以向法兰西皇帝的中将表达敬意。但29日，一个消息传了过来：拿破仑把他的哥哥约瑟夫安在了西班牙王位上。缪拉大病一场。是因为失望吧？反正他突然发了一场高烧，情况不妙。西班牙人民觉得这是上天的惩罚，是5月2日杀戮的报应。缪拉当然知道这些，心情因此不佳。得知塞戈威亚暴乱的消息后，他说："让人把塞戈威亚一把火烧了。"军队和反抗民众之间爆发了冲突。他下令："把那些人都吊死。"6月29日，缪拉离开了马德里，踏上回国的道路。向拿破仑展开一番激烈的陈述后，他拿到了那不勒斯的王位，被封为王，封号是"约阿希姆-拿破仑"。缪拉很喜欢国王这个角色，在那不勒斯组织了大大小小无数宴会和庆典，深得人们的喜欢。但他很快就厌倦了这种无忧无虑、声色犬马的日子，追随自己的大舅子去了俄国。在莫斯科河战役后的一段时间里，缪拉扮演了非常重要的角色。是他第一个进入莫斯科城，和俄军高层就撤出首都的条件进行谈判。在后撤期间，拿破仑离开军队，是缪拉代他担任总司令一职。但缪拉并不愿意扛起这个重任，给皇帝写信说觉得自己能力不足，不能担此重任，且"那不勒斯需要它的君王"。皇帝不愿多听他废话，令他不得离开大军，但缪拉并没把这话放在心上。1813年1月8日，他把军队指挥权交给了欧仁·德·博阿尔内，迅速回到了那不勒斯。在萨克森战役期间，他领兵和拿破仑会合；但莱比锡战役爆发后没多久，他就抛弃军队，回到了自己国家，坚决不踏足法国境内。当时警察部长已经收到命令，要将缪拉逮捕并关押在樊尚。回到那不勒斯后，缪拉开始接触奥地利和英国特使，和两国签署了一份协议，出兵3万加入联军。他以为这么一来，自己就得到了这两个国家的支持。但路易十八坐上王位后拒不承认缪拉的身份，并表示要派一支军队把"那不勒斯的僭越者"赶走。这一举动促使缪拉在得知拿破仑从厄尔巴岛回来后向他投诚。1815年3月30日，缪拉号召所有意大利人揭竿而起，获得独立。一个月后，他在托伦蒂诺遭人殴打，逃到法国避难。在戛纳下船后，他派人告知拿破仑，自己愿意为其效力。但他只得到一个回复：不得踏进巴黎一步。之后，缪拉在土伦得知滑铁卢惨败的消息，迅速给惠灵顿写了一封巴结讨好的信，但信被寄出后就石沉大海了。由于遭到警察围捕，缪拉被迫藏到树林中，最后成功逃到了科西嘉岛。当时已经重登王位的斐迪南四世在那里布置的耳目说服了缪拉，说他定会以胜利者的姿态、在其忠实臣民的簇拥下再度让世人侧目。他和他在科西嘉岛招募的200多个追随者登上一艘舰船，船在海上遭到暴风雨的袭击，被迫在卡拉布里亚登陆。早就守在那里的宪兵队将其逮捕，把他带到一个军事审判所接受审判，并被判处死刑。决议中说："被告只允许有半个小时接受宗教救赎。"

参考资料：让·卢卡斯-杜布勒顿1944年的《缪拉》（Jean Lucas-Dubreton, *Murat*）。

缪伦（让-巴普蒂斯特·德，Jean-Baptiste de Muiron，1774—1796）

一个农场主的儿子，1792年成为炮兵中尉，在波拿巴的指挥下参加了土伦包围战，因为第一个冲进小直布罗陀要塞受了重伤。父亲在恐怖统治时期被捕后，缪伦来到巴黎，一则为父亲争取无罪开释，二则为了让自己的炮兵指挥官的职位得到正式批准——虽然他在土伦战役中就已从国民代表那里得到任命。之后，缪伦便留在了巴黎，加入了内防军。葡月十三日，波拿巴让他担任炮兵团指挥官，负责保护国民公会。后来拿破仑说："我当时问他，政府是否能信任他。他回答：'能，我发誓支持共和；我是军队的一员，我会遵从上司命令。从个人角度来看，我是所有革命党人的敌人，也是所有那些看似信奉共和理念、实际上只是为了恢复君主制的人的敌人。'"根据波拿巴所说，缪伦是一个"勇士"，在那一天给他派上了很大用场。波拿巴当上意大利军总司令后，1796年4月让缪伦前来报到。但直到10月26日，波拿巴才选中他、杜洛克和波兰人苏尔科夫斯基（此人是拉瓦莱特的一个朋友）担任自己的副官。缪伦立刻赶赴法军主营。15天后，他在阿尔科桥上用身体护住波拿巴，当即死亡。波拿巴在此战后给缪伦的遗孀写了一封信，但信中并没说他是因自己而死，只说了一句话描述当时的场景："缪伦死在了我身边。"后来在遗嘱里，拿破仑说得更直白一些。缪伦的遗体没被找回。人们推测，他被子弹击中后，当即跌入河中，尸体被湍急的河流卷走了。

参考资料：乔治·莫干1935年发表在《拿破仑研究杂志》第XLI期第257～264页上的《悼缪伦》（Georges Mauguin, À la mémoire de Muiron）。

莫布勒伊，奥尔沃特侯爵（阿尔芒·盖里·德，Armand Guerri de Maubreuil，1782—1869）

勃艮第一个古老贵族的后代，拥护君主制。莫布勒伊生性懒惰放荡，经历了几次不甚出彩的冒险后，在家族朋友科兰古的帮助下进了刚刚当上威斯特伐利亚国王的热罗姆·波拿巴的宫中。起初，他的身份是侍从武官和狩猎队长，从年轻的国王那里得到上尉头衔，成为威斯特伐利亚骑兵队上尉，并带领这支队伍参加了西班牙战争。我们不知道他在那里做了什么，但没过多久，莫布勒伊就赚得荷包满满，胸前还挂着荣誉勋章。不过很快，人们发现他在部队里是多余的。他受邀回到卡塞勒；没过多久，就有人请他缩短待在威斯特伐利亚宫廷的时间，莫布勒伊只好回到巴黎。到了首都后，他想靠钱生钱，便在军需供应上玩投机。他包揽了一个肥活——向巴塞罗那供货。当时陆军行政部部长都已经签下协议了，此事若成，莫布勒伊能狠狠赚上一大笔。但事情坏在了最后一刻：皇帝得知了这份协议，直接将其否决。正因为如此，莫布勒伊对拿破仑产生了刻骨的仇恨，声称他把自己毁了。他带着恨意回到了热罗姆的宫中。不过直到1814年联军进入巴黎之后，莫布勒伊才有机会报一箭之仇。他在大街小巷上蹿下跳，痛骂拿破仑及其家人，把荣誉勋章挂在马屁股上。他还拿出有陆军行政部部长和警务总署署长签名的

"高级令函"（但真伪我们就不知道了）、俄国和奥地利军方的"委托书"，虽然其文书真实性存疑，但上面的内容是：所有法国和外国军队都要听其命令，请他提供帮助。之后，看到不少人信了自己的话，莫布勒伊极为严肃地说，塔列朗曾恳请他加入刺杀拿破仑的活动，他答应了这个请求。手握大权的他往枫丹白露出发（至少他自己是这么说的），但路上改变了主意。（据他本人的说辞，是因为他后悔了。后来他对法官说："皇帝待我不公，但我绝不会杀他。"）这时一辆马车经过，车上坐的是热罗姆·波拿巴的妻子威斯特伐利亚王后，她是莫布勒伊的死敌。这次相遇难道是巧合吗？莫布勒伊知道王后把她的所有珠宝都带在身上，这些珠宝价值连城，可既然如此，她为什么还要走这条路呢？其中的原因无人知晓。这位"任务委托者"挥舞着手上的委托书，命令马车夫停车。由于威斯特伐利亚王后拒绝让人搜查自己的马车，莫布勒伊就把她丢下车，夺走了王后装满珠宝钻石的匣子。之后，他放王后继续上路。王后向亚历山大一世哭诉，后者要求立刻逮捕莫布勒伊。他被打入监狱，在拿破仑抵达巴黎前夜才重获自由。五天后，他被皇家警察逮捕，又被扭送到监狱中，但他成功越狱，之后在各地冒险，于1827年重返巴黎。不久后，莫布勒伊公开扇了塔列朗一巴掌，觉得他是自己一切不幸的始作俑者。他也因此被送到轻罪警察局，被判五年监禁和500法郎罚款。他打点好关系，在普瓦西监狱的医疗所里待了几个月，在波利尼亚克内阁组建期间得到释放。出狱后，莫布勒伊陷入贫困之中，靠到处乞讨津贴为生。人们（尤其是马松）把他看成波旁政府的一个工具和线人。在我看来，他更像是一个堕落者和骗子。

参考资料：弗雷德里克·马松1907年的《莫布勒伊事件》（Frédéric Masson, *L'Affaire Maubreuil*）。

摩德纳公爵（duc de Modène）

请看词条"赫居勒三世·德·埃斯泰"。

莫蒂埃（爱德华-阿多尔夫-卡西米尔，Etouard-Adolphe-Casimir Mortier，1768—1835）

卡托城一个被选进制宪议会的帆布商的儿子。小莫蒂埃没有像父亲期望的那样去经商，而是加入了国民自卫军，1791年被选为北部志愿军第一营的上尉。他先后在比利时和莱茵河作战，因为表现优异而闻名军中。但莫蒂埃直到1799年才被提拔为将军。那时他被派到瑞士军中，在对抗奥俄大军的时候给马塞纳立下汗马功劳。他无条件地支持雾月政变，之后被任命为第17军区司令，而该军区的首府便是巴黎。他在这个重要岗位上待了三年，受到波拿巴的器重。莫蒂埃性格冷静，做事有条不紊，勤恳努力，从不追求出个人风头，只勤勤勉勉地执行命令，这种人恰好就是第一执政官需要的。《亚眠条约》被撕毁后，莫蒂埃奉命打下汉诺威选帝国。他用了十天时间控制住整个国家，着手把它往"法国化"的方向建设。他发布了一系列用词稳重的命令，表达了自己不愿对民众进行无益骚扰的愿望。但莫蒂埃只在那里待了几个月。回到巴黎后，他被任命为执政护卫军四大指挥将领之一，并在帝国成立之初被封为元帅。1805年，他奉命指挥一支军队入侵奥地利。11月11日，莫蒂埃的军队在莱奥本遭受重挫，但他仍在第二天拿下了这座城市。13日，拿破仑进入了维也纳。1806年，莫蒂埃奉命再度占领前一年被普鲁士占领的汉诺威。不过这一次，他没有耗费一兵一卒：法军城前喊话后，汉诺威立刻开城投降。之后，莫蒂埃来到了惨遭布里安蹂躏的汉堡。到了那里，他被迫执行拿破仑规定的严厉措施，逮捕当地所有的英国人，收缴他们的全部财产。但他拒绝让汉堡银行强行征收存在银行的8 000万法郎（这部分资金后来应该被取出来了，因为达武在1813年侵入这座银行时，里面只剩1500万法郎）。《提尔西特和约》签署之后，莫蒂埃被任命为西里西亚总督。他非常积极地退回这块富裕之地应缴的战争赔款，并在不久之后被封为特雷维兹公爵，享有年金10万法郎，年金从他先前治理过的汉诺威中抽取。莫蒂埃在西里西亚待了一年就去了西班牙，又从西班牙辗转去了俄国。当上克里姆林宫主管后，他收到命令，要在拿破仑离开后炸毁沙皇宫殿。撤退期间，莫蒂埃负责指挥后备军。返回法国后，他参加了1813年的所有战役，一路败到了巴黎城墙前。之后，他和马尔蒙一道守卫首都。眼看自己的队伍被击溃到了维莱特，莫蒂埃只好和战友一道展开"停火"谈判。《巴黎投降协议》签订后，他随军队回到科尔贝附近。到了那里后，莫蒂埃不再过问世事，过着平静的生活，所以没有如马尔蒙那样因为轻率而惹祸上身。4月8日，他表示支持拿破仑退位，拥护临时政府的决议。之后，他心安理得地转而拥护路易十八的统治，被后者任命为里尔地方长官。拿破仑从厄尔巴岛杀回来后，路易十八本想逃到里尔，但莫蒂埃请他尽快前往别处，说国王如果留在里尔，会有丧命于暴乱驻军之手的危险。路易十八没有多说，准备离开。护送国王离开后，莫蒂埃立刻来到巴黎，表态效忠拿破仑，并被任命为帝国卫军统领。6月8日，他带领这支队伍参加战斗。一周后，就在布尔蒙变节后的第二天、滑铁卢战役法军大败的两天前，莫蒂埃抛弃了自己的军队。国王回来后，他成为鲁昂军事地方长官，还被任命为审判内伊元帅的陆军审判所委员。但他推说自己能力不足，被免去了这个残酷的考验。1816年，莫蒂埃被选为北部省代表议员，但进入议会后他并没发表太多观点。路易-菲利普治国期间，由于他年轻时在北方军中就和前者相识，莫蒂埃被任命为俄国大使，从1830年12月到1831年9月在任。之后，他还当了四个月的陆军部长（1834年11月—1835年3月）。在一次陪同国王检阅国民自卫军时，他被费耶斯基（Fieschi）刺杀。莫蒂埃性格温和正直，但缺少魄力，只是在敏感时期懂得站队罢了。

默费尔特伯爵（马克西米利安，Maximilien de Merveldt，1764—1815）

奥地利将军，从1793年起参加反法战争。1805年，默费尔特听从库图佐夫的指挥，费尽心力把这位俄国将军拖进战斗，俄军和奥军双方伤亡惨重。第二年，他以大使身份被派到圣彼得堡，在那里待了两年。回国后，他被派到加利西亚指挥军队。在1813年战争期间，默费尔特负责打头阵。在莱比锡战役中，他不小心迷了路，由于视力不好，误打误撞闯进了法军军营。他的战马被击毙，人也被俘。第二天被释放后，他再没参加过军事行动。

莫雷（马修-路易，Mathieu-Louis Molé，1781—1855）

巴黎最高法院院长的儿子，其父亲在恐怖统治时期被绞死。1806年，他以作家身份发表了《论道德及政治》（*Essais de morale et de politique*），封塔纳读了他的作品后，在《帝国日报》上对它赞扬不已，并将其呈给了拿破仑。拿破仑便任命他为参政院审查官，两年后还封他做了伯爵。在此期间，莫雷表现出对帝国的高度忠诚。1813年11月，他接替雷尼耶担任大法官一职，换言之，他成了司法大臣。莫雷在这个职位上一直干到了1814年4月2日。波旁家族首次复辟期间，莫雷没有担任任何职务。拿破仑从厄尔巴岛回来后，把他叫回了参政院，但莫雷拒绝签署5月25日的一项要将波旁家族所有人永久性流放出法国的决议。皇帝对此大为不满，莫雷的解释是，他并不认为"这种政治冒犯之举"能起到什么实际作用，何况"拿破仑是在人民的誓愿和呼唤中登上法兰西皇位的"。之后，他离开首都，去了普隆比埃温泉静观局势变化。路易十八回来后，莫雷保证自己对国王"忠心不变"，因此保住了他在参政院里的位置。他在政坛又活跃了很长时间，表现极其亮眼，最后退休回家。退休期间公开反对1851年12月2日政变事件。

莫里（让-西弗莱恩，Jean-Siffrein Maury，1746—1817）

沃克吕兹一个修鞋匠的儿子，进入神学院，善于言辞，醉心于圣事演讲。一开始，莫里只有两个人生目标：找个油水肥厚的圣职、进入法兰西学院。他在37岁时实现了这两大目标。当时正值三级会议召开之际，莫里被选为议员，在议会中疯狂捍卫君主制。三级会议闭幕后，莫里流亡国外。教皇让他荣誉加身，并让他做了尼斯大主教。这依然没能阻止莫里在拿破仑登基后向他投诚，成为法国红衣主教。帝国覆灭后，他不被路易十八所喜，回到教皇身边，被后者打入监狱，撤销其主教职位。但几个月后教皇还是原谅了他。

莫利安（尼古拉斯-弗朗索瓦，Nicolas-François Mollien，1758—1850）

鲁昂一个富裕加工厂厂主的儿子，在黎世留公爵的保护下进入财政部，很快就成了里面的一等官员，负责监督税务。在旧制度时期，这是个非常棘手但又极其重要的工作。莫利安在卡洛纳面前大力推崇拉瓦锡写的一封关于消费类产品逃税现象的报告，该份报告通过后导致的直接后果是：巴黎入市税征收处建起了城墙，但该城墙在大革命爆发前几天就被人民烧毁了。在恐怖统治时期，莫利安的名字被频频提及。他被怀疑和30个税务官相勾结，和他们一道被打入了大牢，但逃过了被屠杀的命运，在热月九日后重获自由。他在财政部的旧日同僚戈丹当时成为财政部部长，就请莫利安担任刚刚成立的偿还公债基金会主席。第二年，第一执政官对投机分子在证券交易所为所欲为的现象大感恼火，打算通过颁布宏观政策控制期货交易，以终结这种乱象，于是他把莫利安叫过去。莫利安成功说服了波拿巴，让他意识到维持交易自由关乎国家利益，并提议颁布合同普通法以约束投机分子。他广博的学识让波拿巴大感惊讶。波拿巴觉得此人对自己大有用处，就让他担任"财政部合同起草者"。这样一来，波拿巴让莫利安和戈丹相互制衡，借此控制了财政部。从1801年起，莫利安和波拿巴来往密切。他每天负责把当天在财政部及交易所发生的事列成报告，提交给波拿巴。波拿巴的宠信给莫利安招来忌恨，但塔列朗并不是忌恨者中的一员。他说："第一执政官还很年轻，给自己请了个财务老师。"1806年1月，证券交易所爆发了一场差点儿变成燎原大火的严重危机，莫利安便顶替了巴尔贝-马尔布瓦担任国库部部长。根据他的前任估计，国库亏空金额为7300万法郎，而莫利安用了几天时间就算出亏空金额实际上高达1.42亿法郎。同时他还发现，许多大金额票据到了国库部后都被转换成了可偿还协议，以墨西哥银币进行偿还，包括由总财政官签发、得到税务征收款担保的债券。莫利安通过不懈的努力，采取了许多措施，请了一些外国银行前来投资（有意思的是，伦敦霸菱银行也有投资，虽然英法当时正处在战争状态），一点点地把流出去的钱款收回国库。1807年，莫利安得到一笔30万法郎的赏金，用它在埃唐普斯附近置办了一处房产。1808年，他被封为伯爵，享有的年金从威斯特伐利亚、伊利里亚和汉诺威等地税款中抽取。1810年，他的财务官的位置变成了一个烫手山芋：拿破仑越来越需要钱了。他天天缠着莫利安，一看到他拨款时谨慎的样子就大发雷霆。莫利安对许多太过冒险的措施持不赞成的态度，对拿破仑提出的一些财政上的权宜之计也迟疑不决。每天皇帝都会给他发来急件，里面的命令常常难以执行。莫利安在他的回忆录第一卷第36页中说："皇帝每次抱怨自己的命令执行不下去的时候，我都拿着他的命令跑过去找他，简单直接地拿出数据事实来反驳他。我避开讨论，只谈数字问题。这是他第一次遇到有人如此强硬地反对他，而不像其他人那样迎合他。这件事让他震惊，却没能让他清醒。"1814年联军进入巴黎之前，莫利安陪同玛丽-路易丝去了布洛瓦。波旁王朝第一次复辟后，他隐退归家。1815年3月20日，拿破仑刚踏进杜伊勒里宫，就派人把莫利安请来。他一边拥抱莫利安，一边说："在这个紧要关头，您一定不能拒绝我请您再度出任财政部长的要求。"莫利安接受了他的请求，并对命运峰回路转、他再度入主杜伊勒里宫这桩惊天大事表示万分欣喜。据说，拿破仑是这么回应他的庆祝的："亲爱的朋友，他们怎么让他们离开，就怎么让我回来。"百日王朝期间，莫利安给拿破仑帮了许多大忙。资本家因为信任莫利安才再次投资，保障了法国财政的运转。要是换作别人，国家经济就危险了。滑铁卢战役后，莫利安再度隐退乡下。1819年，他进了贵族院。1837年，他的回忆录问世（1845年和1898年再版）。在他临死前，当时担任法兰西共和国总统的拿破仑的侄子曾前来拜访。

莫利托（加布里尔-让-约瑟夫，Gabriel-Jean-Joseph Molitor，1770—1849）

摩泽尔省阿扬日一个商人的儿子，1791年加入摩泽尔志愿军，被战友选为上尉，在莱茵河上战斗到1800年后，他被提拔为将军。《亚眠条约》签署后，莫利托成为第七军区（格勒诺布尔）统领。1805年，他指挥一个师的兵力，在马塞纳的调动下占领了达尔马提亚。《普雷斯堡和约》签署后，莫利托奉命负责波美拉尼亚的军事行政管理工作，其间奉公廉洁。1808年，他被封为伯爵，享有3万法郎年金。在1809年战争期间，他在瓦格拉姆的表现极其亮眼。1810年，莫利托成了荷兰地区占领军统领，在那里一直干到了1813年，他一边费心费力镇压荷兰爱国者的起义运动，一边又要拦住联军前进的步伐。之后，他成为麦克唐纳的副手，在后者的指挥下作战。再后来，是他和其他将士一起来到枫丹白露请愿，导致皇帝退位。路易十八任命莫利为梅斯地区步兵监察长；拿破仑回来后，把他派到阿尔萨斯组建国民自卫军，并任命他为斯特拉斯堡总督，让他进了贵族院。路易十八再度回到法国后，撤除了他的所有职务，然而当时的陆军部长古维翁-圣西尔又把他召回军队。1823年，莫利托参加了西班牙战争，多次取胜，在攻下马拉加和加塔赫纳后被封为元帅。拿破仑对他印象很好，在圣赫勒拿岛时曾说："莫利托是个勇士。"（语出1817年3月29日与古尔戈的对话）

莫罗（让-维克多，Jean-Victor Moreau，1763—1813）

雷恩一个律师的儿子，法国大革命爆发之前在法学院读书。1788年，他和同学们一起拿着武器抵抗最高法院。第二年，他组织了雷恩国民自卫军炮兵队，并当上了上尉。1790年，莫罗在蓬蒂维组建了布列塔尼-昂热青年联盟，并担任联盟主席。1791年，莫罗成为伊勒-维莱讷省志愿军第一营的中尉，该志愿军后来被并入了杜穆里埃的军队。1793年12月20日，莫罗被升为将军（两天后波拿巴也成了将军），并听命于指挥北方军的皮什格吕，1795年3月3日顶替后者指挥该军。1796年4月，他代替德赛成为莱茵-摩泽尔军总司令。和查理大公对战时，莫罗开局十分顺利。渡过莱茵河后，他一直打到了慕尼黑。茹尔丹惨败后，莫罗被迫后撤。在此期间，他从前的上司兼朋友皮什格吕投靠了波旁家族，弃武从政。莫罗截获了流亡贵族克林格兰、孔代亲王的通信，从中得知皮什格吕的叛国详情，但他直到果月十九日才将其告知督政府。毫无疑问，他是预感到了即将发生的政变，或者从电报中截获了这个信息，才把此事上报。但他没有及时上报的举动却让督政府生出疑虑，将他叫回巴黎，并收回了他的兵权。在接下来的一年里，莫罗一直赋闲在家。之后的一年里，他担任了意大利军临时总指挥官。诺维一仗遭遇惨败后，他回到巴黎，在那里认识了波拿巴。两人是在10月22日督政官戈伊尔的府邸相遇的。我们可以在戈伊尔的回忆录里看看当时是何情景。据说，当时旁观者对两人的见面都非常好奇。所有人止住谈话，全都注视着两位将军。波拿巴对莫罗说："将军，我的埃及军队里有许多将士从前曾是您的部下，他们都是优秀的军人。"莫罗回答："您以胜利者的身份从埃及回来，而我则从意大利惨败而归。"两人就开始聊行军打仗的事，小谈之后相互告别。蒂博多在《执政府及帝国史》（Thibaudeau, Le Consulat et l'Empire）第一卷第8页中说他们"相互表达了敬意"。而波拿巴和莫罗是在什么时候、什么情况下达成雾月"协议"的呢？同代人对此众说纷纭。根据巴拉斯的回忆录，莫罗一直到最后都对雾月政变一事存有敌意。而根据约瑟夫·波拿巴的说法，他是雾月十五日自己来到波拿巴家中，并对他说："我对毁了共和国的那帮律师设下的桎梏已经厌烦了，为了救共和国，我来向您提供支持……勒克莱尔和您的哥哥也在这里，他们应该已经和您谈过我想和您共同努力挽救国家的心愿；我确信只有您才有能力做成这件事；我手下的副官和军官都供您调遣，他们现在都在巴黎。"要是这些证词为真（它们很可能是真的，毕竟约瑟夫·波拿巴的话值得相信），这就意味着说话人抱负不小。实际上，在果月十八日政变前，莫罗在军中威望甚高。但因为他在皮什格吕叛国一事中态度暧昧，声望才一落千丈。诺维一役后，人们或多或少将此仗失败归因于他优柔寡断、没能及时纠正茹贝尔的错误，将士对他的信任更是低了几分。莫罗无法确保自己从前的部下会广泛参与政变，波拿巴当然也知道这个事实。但也许他认为，与其给自己多树立个敌人、让未来的对手势力更强大，不如把莫罗拉过来当盟友。波拿巴在雾月十八日分配给莫罗的角色不仅不光彩，还会给他惹来祸害：他让莫罗带领300人去卢森堡公园，把拒绝辞职的戈伊尔和穆兰这两个督政官监禁起来。拿破仑在圣赫勒拿岛上时说："临近出发关头，这300人拒绝遵循命令。他们说，他们不相信莫罗这个人，认为他不是爱国者。"拿破仑对他们好说歹说，表示莫罗一定会这么做，将士们才肯前去执行任务。皇帝补充了一句："他在果月事件后声誉就已是如此了。"（请看古尔戈的《拿破仑回忆录》第一卷第79页，以及蒙托隆的《拿破仑皇帝被囚记》第一卷第42页）所以，实际上莫罗是以狱卒的身份参加了"雾月革命"。他一脸尴尬地来到穆兰家中，想给自己的行动找点借口；穆兰鄙夷地看了他一眼，然后转过身，挥手让他待到前厅里去。这个欢迎典礼让莫罗失去了前往戈伊尔家里的心情，何况后者还是他的好朋友（语出《戈伊尔回忆录》第一卷第268页）。巴拉斯宣称，这一天快过去的时候，莫罗意识到自己负责的这件差事是多么可笑，觉得"羞愧难当"，已经想要抛弃波拿巴了。（语出《巴拉斯回忆录》第四卷第84~85页）但无论莫罗内心是何感想，实际上，他依然没有背叛波拿巴，坚持站在后者这边。之后，莫罗毫不费劲地从战胜者那里获得了回报：担任瑞士军和莱茵军合并后的军队总司令。这个安排可谓既谨慎又巧妙。莫罗是一个良将，但没有政治头脑，他对此也心知肚明。这个位置能让他战胜敌人、恢复名誉，洗刷果月事件给自己造成的污点。实际上，在马塞纳取得系列胜利之后，敌军已经实力大减，强大的俄军已撤退，莫罗要获胜并不太难。1800年4月25日，莫罗军队（总计15.1万人，其中10.8万人是正规军）渡过莱茵河，朝查理大公指挥的10万敌军挺进。从一开始，莫罗就和他的副将古维翁-圣西尔不和。古维翁-圣西尔是莫罗从执政府那里要来的，但才过了六周，他就要求返回巴黎。在这六周里，古维翁-圣西尔取得了两次胜利（比伯拉赫战役和埃尔巴赫战役），勒库尔布也带领2.5万人打败了驻守施托卡赫的9000奥军。莫罗充分利用开局后取得的胜利，全面压制了守在因河上的可怜的克莱将军，并占领了慕尼黑。在此期间，马伦哥战役迫使奥地利议和，两次修订停战条约，最后把再度开战的时间推到了11月。莫罗借着这四个月的休整期回到了巴黎。波拿巴非常友善地接见了他，但因为某些原因，他依然不信任莫罗。他布在莱茵军里的"眼睛"勒克莱尔，当时在军中指挥一个师作战。6月3日，勒克莱尔给他写信说："您的赫赫军功让莫罗黯然无光；他经常说意大利军打仗就像孩童打架一样，还说他以前打的那些仗才叫战术精巧。"五天后，勒克莱尔给姐夫写信说，人们计划在波拿巴进入米兰城时鸣炮致敬，但莫罗不让人把大炮搬出来。他还补充说："他每字每句都透着忌妒……我敢肯定，莫罗并不喜欢您；他恨您恨到从来不肯给我表现的机会的地步。"（此信写于共和八年牧月二十日）这还不是全部。波拿巴离开巴黎、指挥第二次对意之战后没多久，1800年5月6日，就有人准备阴谋颠覆他的权力了。密谋分子认为，他们应当利用波拿巴不在国内这个机会找个顶替他的人。在必要时，一个无用的敌人会起到极好的作用，茹贝尔就是最好的例子。于是，莫罗成了他们顶替第一执政官的第一人选。雾月十八日后，莫罗的追随者越来越多，其中有的人觉得自己被波拿巴遗忘了，有的人觉得政变后获得的回报配不上自己立下的功劳，还有一些人是隐形的王党分子，觉得莫罗在态度上是倾向于皮什格吕的。他们赞颂莫罗的军事才干，称赞他为人谦逊、毫不利己。莫罗的哥哥从巴黎写信告诉他："这里所有人都在称赞你，简直把你捧上了天。忌妒你的人都闭嘴了。我敢肯定地告诉你，你已创造了无上的荣耀。"对于这一切，波拿巴并非一无所知。但他觉得与其怀疑莫罗，不如进一步向他表示好感，把他纳进自己的家庭里。当时，他正在给自己的继女奥坦斯物色丈夫。莫罗有所预感，宣称他不愿结婚，说婚姻会给一军领袖带来不幸，还引用茹贝尔的事迹做佐证。〔详情请看莫罗亲自写给近友德康将军的一封信，该信被收进《德康回忆录》(*Mémoires de Decaen*)，就在第二卷第214～215页〕然而，他在几天后就娶了一个迷人的19岁的克里奥尔女人——法兰西岛总财务官的女儿于洛小姐。波拿巴非常愤怒，但明面上还是很客气。莫罗在巴黎休整期间，波拿巴对他各种嘘寒问暖。之后莫罗归队，笃定地认为波拿巴对自己存有深厚的友谊。11月28日，法奥两国再度交战。12月1日，奥军对莫罗左翼军发起疯狂的正面进攻。后来拿破仑在圣赫勒拿岛上说："法军内部焦虑不安，总司令也是惊慌失措。大批敌人发动进攻，他手下各支队伍土崩瓦解。"（语出《古尔戈日记》第二卷第30～31页）莫罗只能边打边撤。后来莫罗的支持者辩解说，莫罗佯败，其实他制订了精妙的战术，请君入瓮，把敌军吸引到他事先选定的战场上。而莫罗"选定"的主战场是两片树林之间的一块开阔地，绵延7000米长，位于霍恩林登和哈尔多芬两座村庄之间。如果莫罗真的选这里当战场，为什么他没有事先把军队集结过来呢？古尔戈日记中拿破仑说："法军半数都不在作战场地上。在紧要关头，你若没有办法利用手上的兵力，那手握大军又有什么用呢？"莫罗的"独特想法"，就是把六个师中的两个师派出去。而这两个师本应守在那里，在奥军冲进树林的时候向他们的左翼发起进攻、将其击退。莫罗此举风险巨大，因为如此一来，他就只剩四个师来对抗奥军进攻了。如果当时奥军谨慎从事，以避免碰到被派出去盯住敌军的这两个师，那莫罗就大难临头了。然而这一次，命运女神站在了他这一边。由于奥军情报工作差强人意，约翰大公走了一条完全被莫罗料中的路线，并落入了陷阱中。因为年轻勇猛的里什庞斯（Richepanse）将军迅速向敌军后方发起进攻，法军才锁定胜局。可就在里什庞斯破釜沉舟、誓要血战到底的时候，莫罗仍在观望。［个中详情请看里什庞斯战后写给莫罗的报告书，该报告被皮卡尔收进了他的《波拿巴和莫罗》（E. Picard, *Bonaparte et Moreau*）第318页中］快到下午两点钟时（里什庞斯上午十点钟就开战了），得知敌军纵队开始支撑不住，莫罗才让自己的几个师出战。奥军没有恋战，迅速后撤。下午四点钟，法军取得霍恩林登的全线胜利。莫罗收揽了此战所有荣誉，而里什庞斯将军在15个月后死去了。在接下来的三周，莫罗追击敌军残部，在快打到维也纳城门口的时候签订了停战协议。此战引起巨大反响，甚至把奥斯特里茨战役的光辉都映衬得暗淡了几分。人们一直在传颂莫罗战后说的这句话："朋友们，我们刚刚斩获了和平。"实际上，人们很快就看到和平的降临：1801年2月9日的《吕内维尔条约》，让人们升起对和平的最美好的幻想。莫罗一下子和第一执政官齐名了。但在此期间，一些含沙射影的言论开始在新闻杂志和公众中发酵。共和九年芽月十二日的《总汇通报》发表了一篇文章（它很可能是出自波拿巴的授意），宣称莱茵军七八个月没有拿到军饷了。莫罗给陆军部写了一封抗议信（但他在六周后才写此信，落款时间为花月二十九日），在里面阐述了他的军队的财政现状。此事的结果，就是莫罗从国库拿到了大约1800万法郎来维持军队开销，并从德意志地区征收4400万法郎的战争赔款。靠着战败地区掏的这些钱，法国才征收到2500万法郎的刚性资金来支付军队13个月的军饷。换言之，在整个战争期间，共和国不仅没有掏一个苏，还获得了极其可观的一笔进账。莫罗扣留了700万法郎，以奖赏将士、支付谈判费用。做好这样安排后，莫罗还把他写给陆军部的那封信发给了所有报纸杂志，但警察出面禁止了该信的刊登。在此期间，谣言传开，说莫罗中饱私囊，侵吞了1/8的战争赔款。当然了，这些都是恶意中伤。但不知是否是巧合，没过多久，莫罗的岳母就买下了金碧辉煌的奥赛城堡……1801年5月5日莱茵军解体后，莫罗搬到了奥赛城堡，在那里过着奢靡的生活。曾去拜访他的德康，后来在回忆录第二卷第244页中说："我难以置信地发现，这位将军如此轻易就被他的妻子和岳母所左右[①]，另外一些人应该对他也产生了巨大的影响。"莫罗在家中大肆接待朋友和仰慕者，却几乎不在杜伊勒里宫中现身。每个周日正是第一执政官检阅军队和接见众人的时候，德康每次都会去杜伊勒里宫。有一次，德康问莫罗为何不肯前往宫中。莫罗回答："我老了，腰弯不下来了。"德康反驳说："谁是第一个弯腰的人来着？"并提醒莫罗，他可是雾月政变的第一参与者。德康在回忆录中说："莫罗将军只回答了一句话，说波拿巴身边都是小人（说话语气轻蔑十足），说事情没有朝应该的方向发展。"（语出《德康回忆录》第二卷第246页）在表露了对波拿巴的敌对态度后，莫罗就成了所有盼着执政府倒台的人拉拢的对象：前有贝纳多特集团催促他加入共和党派，后有普罗旺斯伯爵的耳目请他加入保皇党阵营。后者明显表现得更加狡猾，更有笼络手段。他们唆使皮什格吕叛乱，让他前往巴黎。皮什格吕和莫罗见了几次面，最后达成一致，莫罗被拉拢进了波旁家族的阵营。莫罗表示，如果保皇党成功推翻政府，他就利用自己在军中的威望提供支持，并愿意加入临时政府。没过多久，波拿巴就知道了他的所作所为，令人逮捕了莫罗。莫罗在审问中否认自己曾见过皮

[①] 于洛夫人很讨厌约瑟芬和波拿巴，说后者抢了本属于自己女婿的位置。

什格吕,但在后来写给波拿巴的一封信中,他承认自己不小心做了几件"不慎之举",但依然坚称自己和阴谋活动毫无关系。他和卡杜达尔及其同党一道出庭接受审判,法庭没有陪审团。法官很清楚,即便莫罗被判处死刑,他也会被当时已经当上皇帝的拿破仑赦免。但他们依然不敢冒这个风险,就判了莫罗两年监禁。在莫罗的要求下,监禁被改成流放美国。莫罗搬到新泽西的特伦敦附近,买下了莫里斯维尔镇一栋乡下别墅,在那里住了八年时间,一边忍受着死水一般的无聊生活,一边品尝着拿破仑的成功给他带来的无力的愤怒感。法国的失败方——其中既有共和派,也有保皇党——一直都关注着他。有人觉得单靠莫罗就可对抗拿破仑,想把他卷入各种政治阴谋活动。莫罗对这一切并非毫不知情,它们激起了他的幻想,让他以为自己只要现身法国,就能带领大多数人起来反抗拿破仑。1812年法军惨败后,莫罗觉得自己的时机终于到来,决定返回欧洲。他的计划是:从亚历山大一世那里拿到一支由5万法军组成的队伍,这5万人可从以战俘身份留在俄国的大军团中征集;军队组建好后,将由英国海军舰队运出,在诺曼底登陆,朝巴黎挺进,推翻帝国政府,扶持波旁家族登上王位。他把自己的想法告诉了支持他的俄国大使。1813年6月21日,莫罗在一个俄国使馆参赞的陪同下登上了美国的一艘军舰。一个月后,他来到贝纳多特家中,在后者的引领下去了亚历山大在布拉格的主营。4月17日,莫罗抵达俄军主营,当时正是联军准备和拿破仑再度开战的时候。亚历山大无比殷勤地接待了他,对他礼遇有加。他告诉莫罗,组织法军战俘、用英国舰船将其运到法国的这个计划很难实行,还请莫罗暂时待在自己身边。莫罗同意了,成了沙皇最信任的一个谋臣。亚历山大甚至想把联军的行动计划透露给他,他把这个想法告诉了梅特涅,让他考虑一下任命莫罗会给法军造成何种对联军有利的影响。梅特涅彬彬有礼地反驳说，他很清楚法国人的脾气，可以肯定地说，这个行动不仅不会达到他们预料的后果，还会大大激发法国人的斗志。于是，亚历山大说容他再想想。第二天，一枚从法国护卫军发来的炮弹击中了俄军主营（似乎还是拿破仑亲手开炮），把莫罗的双腿炸成了两截。那天日落的时候，亚历山大对梅特涅说了一句话："这是上帝的诅咒。"

参考资料：欧内斯特·皮卡尔1906年的《波拿巴和莫罗》（Ernest Picard, *Bonaparte et Moreau*）。

摩纳哥亲王（奥诺雷-加布里埃尔·格里马尔迪，Honoré-Gabriel Grimaldi de Monago，1778—1841）

摩纳哥亲王头衔继承者，法国大革命早期和家人逃离法国，执政府期间回国。他拥护帝国，成为缪拉的副官，后来成了约瑟芬皇后的首席侍从武官，为皇后效力到她离婚为止。1814年《巴黎条约》签订后，他拿回了自己的亲王封地。

摩纳哥王妃（玛丽-克里斯汀娜，Marie-Christine de Monaco）

布里尼奥勒侯爵的独女，年纪轻轻就嫁给了摩纳哥亲王，1760年成为丧偶一年的孔代亲王的情妇。她的丈夫对自己被戴绿帽子一事表示不满，于是她离开了丈夫，躲到巴黎的一座修道院中。1772年，最高法院宣布夫妇离婚，裁决结果偏向于妻子，让她拿回了自己的嫁妆。摩纳哥亲王恼羞成怒，宣布夺去妻子的头衔和身份，禁止家人和她再有任何联系。之后，摩纳哥夫人和孔代亲王同居，还追随他流亡国外，变卖自己的珠宝首饰以支持亲王的事业。她在都灵小住了一段时间后，撒丁岛宫廷不愿她出现在那里，于是摩纳哥夫人又搬去了沃尔姆斯。那时的她已经53岁了，不再年轻，但见过她的歌德仍觉得她魅力不减。他在《法国之战》中写道："人们再找不到比这位窈窕、年轻、快乐、调皮的金发女子更优雅的人了，没有一个男人能抵抗她的魅力。"她的合法丈夫去世后，摩纳哥夫人终于在1801年以60岁的年纪嫁给了孔代亲王，并于1813年去世。

默努（让-弗朗索瓦·德，Jean-François de Menou，1750—1810）

默努的家族是都兰最富有、最显赫的贵族大家之一。他出生在安德尔-卢瓦尔省的豪华的布赛城堡中，今天这座城堡的所有者是贝克德里埃夫勒家族。他的父亲默努侯爵曾是国王护卫队成员，1748年以元帅军衔退伍，1765年去世。在他父亲去逝的第二年，年轻的让-弗朗索瓦男爵加入了普罗旺斯伯爵的骑兵团。法国大革命发生之前，他在国王掷弹队，军衔是上校，被人赞誉为"哲思的贵族，启蒙的朋友"。在被都兰管辖区的贵族阶级选进三级会议后，默努的主要工作是招募军人、组建军队。在政治问题上，默努则走温和路线。制宪议会闭会后，默努奉命指挥一个骑兵团。8月10日事件发生后，政府觉得默努立场可疑，让他赋闲在家好几个月。1793年2月，落魄到要向人哀求一官半职的默努给陆军部长写了一封抗议信，在里面说："为自由牺牲了亲人、朋友、家产后，我似乎只剩一条性命了，我要把它献给我的祖国。"于是他被派到了旺代，败在了年轻的拉罗什雅克兰的手中。他把此次战败归罪于巴雷尔，认为他没有给革命委员会传递军情。热月九日后，默努被提拔为将军，成为巴黎军区第17师——也就是后来的内防军的师长。葡月十三日，担任此职的默努负责保护国民公会，对抗保皇党的暴乱分子。他没有调集军队，而是和乱党进行谈判，因此被人视为怯懦之举。但当他听说共和党人跑到郊区援助正遭受威胁的国民代表后，默努来到五人委员会那里，以相当傲慢的语气宣布："我得知有人把所有盗匪都武装起来；现在我正式告诉你们，我绝不愿我的军队在我的命令下，和一群伪装成爱国者的乌合之众和杀人犯一起前进。"（语出《总汇通报》XXVI第278页）默努当即就被解职，顶替他的巴拉斯没过多久就把这个职位让给了波拿巴。随后，默努遭到起诉，被移交到陆军审判所，但因为波拿巴对他心存感激，所以他被无罪释放。果月十八日后，默努再度成为可疑分子，但由于性情温和、乐观豁达，他对此并不在意，过着逍遥快活的日子。当时已50多岁的他爱上了一个剧院戏子，天天和她形影不离，甚至想娶她为妻。就在那时，波拿巴请他陪同自己前往埃及。默努对这个精力充沛的矮壮小伙子心有好感，哪怕他的飞升和自己的落魄有着间接关系。默努在埃及的开局十分亮眼。他是第一个在亚历山大附近登陆，第一个进入城中，并把三色旗插在一座塔楼上。但在受了一次非常严重的伤后，默努把军队指挥权交给了他的副手维亚尔（Vial），后者在他手下担任一个师的师长。第二天，波拿巴任命他为罗赛特总督。就在那时，一场让默努几乎变成全军上下笑柄的闹剧发生了。新总督不满足于仅仅享受伊斯兰世界的声色犬马，还想从内到外都变成穆斯林，便象征性地做了割礼（默努年事已高，身体扛不住这个外科手术），全身心拥抱伊斯兰教，还改名为"阿卜杜拉"，娶了罗赛特一个澡堂老板的女儿为妻。他给波拿巴写信说："我的妻子从她父母那里继承了穆罕默德的血脉。"他向马尔蒙宣布："虽然穆罕默德许可，但我不会娶四房太太、养一堆姘妇。"各种风言风语传了开来，说他没过多久就改变心意，犯了古兰经里的好多禁忌。由于要享受蜜月，默努在共和七年风月被任命为巴勒斯坦总督后，完全没想着要立刻前往此地。三个月后，波拿巴来到卡蒂齐，在边境碰到总督正不紧不慢地前去巴勒斯坦就职。他没有责备对方半句，但也没有让他继续赶路，而是把他派去视察罗赛特境内的阵地。默努在纳特兰湖度过一个愉快的假期后才返回了罗赛特。在阿布吉尔海战期间，波拿巴让他驻守要塞；默努只守了四天，就想把工作都交给贝特朗，最后要塞失守。从担任罗赛特公爵到1801年，这就是默努唯一的打仗经历了。总司令离开后，默努作为"波拿巴的眼睛"留在了埃及，但很不受其同僚待见。克莱贝尔遇刺之后，根据资历排辈，默努成了远征军总司令。当时是1800年6月14日。1801年3月21日，默努把战场拱手让给英军，战败后撤到了亚历山大（当时听其命令的法军将领在打败仗这件事上也没少出力）。五个月后，他签署了投降协议，回到了法国。抵达巴黎后，默努摆出一副懊悔的样子去见第一执政官，被后者好生安慰了一番。波拿巴给他写信说："战场充满变数，您做了您能做的一切……您的不幸无疑是巨大的，但它绝不会减少我对您的半分尊重……"（请看共和十年花月十八日的《总汇通报》）没过多久，默努就进了保民院。共和十一年霜月十日（1802年12月1日），他以第十二军区（皮埃蒙特）六省行政官的身份被派到了意大利。凭借这个身份，再加上阿尔卑斯山北各省总指挥官的头衔，默努开始了对皮埃蒙特长达五年半的统治。他在都灵期间做尽荒唐事：搬进撒丁国王宫殿，把宫中所有人都赶了出去，连共济会在里面的聚会场所都被他占了。他把整座宫殿装饰一新，花费132,569法郎——掏钱的却是国库。根据特派员博西的记叙（此人当时以意大利共和国公民的身份住在都灵），默努在那里过着"绝非非洲式的、完全是亚洲式的"奢靡生活，连他的仆人都穿金戴银。在狂欢节上，他举办了一场三天三夜的舞会，在舞会中纵情狂欢、挥金如土，宾客如潮水般来了又去、去了又来。默努的薪水当然不够他维持这种生活，他便四处借债，但借了钱后，债主就休想从他那里拿回半毛钱。他曾对一个商人处以火刑，只因后者要他还钱。放贷者联名向陆军部表示抗议，但抗议信总是石沉大海。1809年9月28日，默努成了威尼斯总督，爱上了那里的一个剧院歌唱家。马尔蒙在他的回忆录中说："他追着这位女子跑遍意大利，对方前脚刚离开一座城市，他后脚就跟了过来。"与此同时，他继续在都灵借款。拿破仑终于失去了耐心。1810年7月15日，他给欧仁·德·博阿尔内写信说："默努在威尼斯不得人心，叫他回巴黎来，我已准备了5万法郎给他还钱。你替他把一笔3万法郎的钱款交给意大利国库，好让他的所有钱款都能还清。"（也就是说总计8万法郎；根据陆军部1810年就默努一事提交的《抗议信总览书》，借款人的金额高达15.3万法郎）失势几天后，默努突发高烧。和他关系密切的马尔蒙在回忆录中说："他就是个疯子，虽然精神失常，但还有几分意识，不过对于仰赖他而活的人而言，他就是个祸害。虽然他再小的事都干不好，但因为波拿巴喜欢他，从离开埃及到后来一直坚持要起用他，所以他对波拿巴忠心耿耿，也算是后者的朋友了。波拿巴从来没忘记他对自己的情谊，这就是他对默努如此垂青的原因。"

参考资料：乔治·里果1911年的《阿卜杜拉·默努将军》（Georges Rigault, *Le général Abdallah Menou*），以及保罗·马尔莫坦1903年发表的《默努将军在托斯卡纳》（Paul Marmottan, *Le général Menou en Toscane*）。

莫塞尼戈（Mocenigo）

威尼斯监督官，在第一次意大利之战中负责布雷西亚的行政工作。

莫斯科瓦亲王（prince de Moskowa）

请看词条"内伊"。

莫伊拉勋爵（弗朗西斯·劳顿，Francis Rawdon，lord Moira，1754—1826）。

祖上曾是征服者威廉的武伴。美国独立战争期间，他指挥一支从美国军队叛逃出来的祖籍爱尔兰的志愿军作战，后来再度倒戈到美国人那边。由于疾病原因，他不得不返回英国。1793年，弗朗西斯在他父亲死后继承了莫伊拉伯爵的头衔。该年年末，他负责指挥一支远征军增援旺代，远征军中大部分人都是流亡贵族。由于保皇党在格兰维尔的计划失败，他的登陆计划就此搁浅。1795年，莫伊拉又负责支持基伯龙登陆之战，而此仗以保皇党惨败收场。1803年，他被任命为英军在苏格兰的总指挥官。1814年，他当上东印度总督。就职期间，莫伊拉表现得十分冷酷铁血，多次镇压当地人民的起义运动。1822年，阿默斯特顶替了他的位置，莫伊拉便返回了英国。

莫伊拉夫人（弗洛拉，Flora Moira，1780—1840）

劳登伯爵的独女（所以拉斯卡斯叫她"劳登女士"），莫伊拉在苏格兰担任指挥官期间嫁给了他。因为她的缘故，拿破仑才和哈德森·洛韦闹僵。

穆顿，洛博伯爵（乔治，Georges Mouton，1770—1838）

默尔特省法尔斯堡一个小商人的儿子，1792年加入了本省志愿军，几个星期后升为上尉，带领他的志愿军加入了北方军。1793年10月，穆顿被选为默尼耶将军的副官。1797年，他进入意大利军，成为茹贝尔的副官。茹贝尔死后，他转而效力马塞纳，在热那亚包围战中立下了奇功。热那亚投降后，穆顿被派到布洛涅阵地。1805年，他被提拔为将军，成为皇帝的副官。在1809年战争期间，穆顿表现尤为突出，尤其是在5月21日至25日的法军艰难时刻。他在埃斯林战役中的亮眼表现以及他为保卫洛博岛做出的贡献，为他赢得了洛博伯爵这个称号。穆顿陪同皇帝前往俄国，又陪他回国。莱比锡战役后，他前往德累斯顿北部作战。当他回来后，发现坐在拿破仑位置上的人成了路易十八。路易十八任命他为步兵总督察长，但没过多久，他就迎回了旧主，并继续待在他身边效力。穆顿在滑铁卢战役中和敌军展开血战，最后被俘，并被押到英国。虽然他被囚国外，其名字依然上了1815年7月24日通缉令。直到1819年，他才获允返回法国。1830年七月革命后，穆顿代替拉法耶特指挥巴黎国民自卫军。1831年5月10日，他奉命镇压旺多姆广场暴民，拿消防水管驱散了聚集群众。这件事情成了穆顿人生中一个耻辱的标记，人们甚至因此忘了他在帝国时期立下的赫赫军功。三个月后，穆顿被国王授予元帅头衔。

穆顿-杜维尔内（雷吉斯-巴泰勒米，Régis-Barthélemy Mouton-Duvernet，1770—1816）

大革命爆发前，穆顿-杜维尔内是瓜德罗普驻军的一个下士。1791年他休假回国，回国后没多久就加入了根特志愿军，该部队后来被编入了阿尔卑斯军。穆顿-杜维尔内参加了土伦包围战以及后来的对意之战。虽然他参加了帝国时期几乎所有的战争，但直到1811年才被提拔为将军。在德累斯顿投降后，他成了战俘，1814年6月才得以回国。之后，穆顿-杜维尔内担任瓦朗斯二等指挥官，在拿破仑回来后投奔其麾下。百日王朝时期，他被所在的上卢瓦尔省选进议会。滑铁卢惨败后，他和一些将领表态拥护拿破仑二世坐上皇位。路易十八回国后，以"背叛国王、持武攻击法国及法国政府"的罪名，把穆顿-杜维尔内交给军事法庭接受审判。他过了一年东躲西藏的生活之后，厌倦了这种漂泊的日子，向当局自首，并被陆军审判所判处死刑。他的妻子向阿图瓦伯爵和贝利公爵求助，但两人都袖手旁观。穆顿-杜维尔内夫人带着女儿，跪在路易十八的脚下苦苦哀求，后者冷冷地回答："我不能满足您的要求。"1816年7月27日，穆顿-杜维尔内在里昂被枪决。旁观行刑的保皇党年轻女子在穆顿-杜维尔内倒下的地方载歌载舞，以表欣喜之情。几天后，她们的父母还举办了一场宴会，宾客要求主人上一道菜——羊肝（穆顿的名字和法语的"绵羊"一模一样）。菜刚上桌，就被无数刀叉割得粉碎。

参考资料：布歇的《穆顿-杜维尔内记》（Bouchet, *Notice sur Mouton-Duvernet*）。

穆拉德-贝伊（Mourad Bey，1750？—1801）

波拿巴入侵埃及期间的马穆鲁克骑兵领袖，在金字塔战役中被打败后逃到了上埃及避难。1798年10月7日，德赛再度将其击败。穆拉德-贝伊想和克莱贝尔谈判，但默努拒绝帮忙。虽然在英国人的要求下，穆拉德坚守了自己的职责，但没过多久就死于瘟疫。

穆斯塔法·帕夏（Mustapha Pacha）

1798年土耳其军在埃及的指挥官。

穆伊卜-阿凡提（Mouhib-Effendi）

法兰西帝国时期土耳其驻法大使。

N

纳博讷公爵（路易-马利-雅克，Louis-Marie-Jacques de Narbonne，1755—1813）

外形酷似路易十五，深得老国王的宠信。有传言称，这位年轻的廷臣其实是路易十五的私生子。至于谁是他的母亲，人们有两种猜测：一种是纳博讷夫人，她是阿德莱德公主的女官，因为路易十五和她发生婚外情并使其怀孕，公主不得不代替父亲接纳了她。第二种猜测对象就是阿德莱德公主。纳博讷在大革命发生前是军官身份，狂热拥护革命，因此在贵族阶级中格外引人注目。他深谙如何在政坛积攒人脉，1791年12月被路易十六任命为陆军部长。但纳博讷在这个位置上只坐了三个月，8月10日事件发生后，他逃离法国，雾月十八日后才回国。曾在茹伊学院当过他教授的富歇，把他从流亡贵族名单上除名。过了三年东躲西藏的日子后，纳博讷决定投靠第一执政官。他给拿破仑写了一封长信，在里面表达了自己对新政府如何忠心耿耿，从前又为法国做过多少贡献。但波拿巴没有回信。1806年，旧友塔列朗推荐他执行一个次要的外交任务，但这次试水仍以失败告终，塔列朗也不敢再公开维护"路易十五的杂种"，以免惹祸上身。1809年2月28日，拿破仑和塔列朗爆发严重冲突，纳博讷因此才得到起用。在拿破仑和玛丽-路易丝的婚事中，他发挥了一个优秀的探路石的作用。1810年1月，纳博讷被任命为法国驻慕尼黑全权代表大使，在那里待了六个月。回国后，拿破仑打算把他派到俄国顶替科兰古的工作。当时，由于皇帝和沙皇妹妹的婚事告吹，两国关系降到了冰点。也许因为他的"王室血统"，亚历山大一世并不喜欢纳博讷。于是，拿破仑又想让他担任新皇后宫中的大总管或总监。后来他对古尔戈说："他在这个位置上可以干得很好的，他会把什么事都转告给我。"但玛丽-路易丝坚决反对此事。有人声称，她是受了自己女官蒙特贝洛夫人的影响才做此决定的。蒙特贝洛夫人和塔列朗很亲近，而塔列朗对自己这位旧友的飞黄腾达眼红不已。还有的人认为此事和纳博讷的"神秘出身"有关系。但不管事实如何，玛丽-路易丝哭着哀求皇帝，最后后者让步了。之后，他叫来纳博讷，对他说："既然皇后不要您，我就把您留在我身边吧。我们俩谁都不会觉得这是更加糟糕的安排。她不懂欣赏您，那是她的损失。"皇帝打算给他一个要职，在此之前，他提议让纳博讷担任自己的副官。他问对方："您有什么家产吗？"纳博讷回答："陛下，我只有负债。"皇帝说："行吧，那我给您20万法郎还债。"此事就这么敲定了。之后，纳博讷陪同皇帝去了俄国。拿破仑很喜欢和他聊天，认为他是一个优秀的交谈者：他知道当时所有的名人，对沙龙里大大小小的事情一清二楚。这个比塔列朗更懂得随机应变、讨好人，且人畜无害的人说起话来，总是让拿破仑听得津津有味。1813年年初，纳博讷被任命为维也纳大使，并参与了布拉格谈判工作，但在这次外交活动中表现极为平庸。没过多久，他就去世了。

参考资料：埃米尔·达尔德1943年的《皇帝心腹：纳博讷伯爵》（Emile Dard, *Un confident de l'Empereur: le comte de Narbonne*）。

纳博讷–佩莱公爵（duc de Narbonne-Pelet）

1774—1775年的科西嘉岛总督。

纳尔逊（霍拉肖，Horatio Nelson，1758—1805）

英国最有名的海军将领，在特拉法尔加海战中战死，此战让他的祖国一跃成为海上霸主。

拿破仑二世（Napoléon Ⅱ）

请看词条"雷希施塔特公爵"。

讷沙泰尔亲王（prince de Neuchâtel）

请看词条"贝尔蒂埃"。

内珀–坦迪（詹姆斯，James Napper-Tandy，1740—1803）

一个爱尔兰爱国者，是法国大革命的狂热支持者。被自己的国家通缉后，他不得不逃到美国避难。在督政府的怂恿下，他来到法国，于

1798年4月21日参加了爱尔兰远征行动，并被封为将军。从敦刻尔克出发后，内珀-坦迪登陆爱尔兰，但最后行动以失败告终，他逃到汉堡。在英国政府的要求下，他被汉堡引渡，并被判处死刑，但《亚眠条约》救了他的性命。之后，内珀-坦迪来到法国，得到了6000法郎的奖金。因为执政府一道法令，他又得到了3000法郎的退休年金。

内克尔（雅克，Jacques Necker，1732—1804）

日内瓦一个著名法学家的儿子，法国银行家。他在20岁就积累了大量财产，成为头脑灵活的著名金融家，名气传得很开。1776年，在莫尔帕伯爵的推荐下，内克尔被任命为法国财政总管。他出任该职，但拒绝了政府发放的薪水。由于其财政政策太过大胆，内克尔于1781年辞职。1788年，他在民众强烈的呼声下再度出任财长一职。但1789年7月11日，路易十六在周围人的施压下将其解职。7月29日，内克尔又被请回政坛，成为所有人的希望。但因为他在政策上优柔寡断，其影响力慢慢式微。1790年9月4日，内克尔请辞，离开了法国，回到科佩开始著书立说。拿破仑讲述过自己在1800年和内克尔的相逢，但拉斯卡斯只简单粗略地提了提此事。《圣赫勒拿岛回忆录》则披露了更多细节："第一执政官于1800年5月8日来到日内瓦，住在这里的大名鼎鼎的内克尔想得到法兰西共和国第一执政官的接见。两人谈了一个小时，内容大部分和公共债券、财政部部长必须拥有的品质有关。在整场谈话中，内克尔表达了渴望回到法国财政界的心情和希望，但他几乎都不清楚以怎样的方式和国库协作。第一执政官对这场谈话勉强满意。"两年后，内克尔出版了他的《对政治及财政的最新看法》（*Dernières vues de politique et de finances*）。这本书在欧洲各国引发了巨大反响，但也引来了波拿巴的不满，因为作者在书中严厉批判了他的治国手段。

参考资料：爱德华·沙丕萨1938年的《内克尔》（Edouard Chapuisat, *Necker*）。

内勒家族（Nesle）

大名鼎鼎的克莱蒙家族的一个旁系。

内伊（米歇尔，Michel Ney，1769—1815）

他的父亲是七年战争的老兵，退伍后定居萨尔路易，成了一个箍桶匠，艰难地把内伊拉扯成人，并把他送进学校读书。但内伊在学校里只待了几个月。在多个地方讨生活、找不到一个安身之处后，年轻的内伊进入梅斯驻军的骠骑兵队。法国大革命爆发时，他的军衔是下士；1792年，他成了莱茵军的一个中尉，两年后被升为上尉。1796年，他因为攻下了存有大批军用物资的福希海姆而被升为将军。1799年9月，内伊被召去担任莱茵军临时统帅，保护军队撤兵到莱茵河左岸。马塞纳在和苏沃洛夫打仗的时候，他把查理大公牵制在莱茵河边，阻止后者前去增援俄军。《吕内维尔条约》签订后，内伊来到巴黎。他当时并不认识波拿巴，也完全不赞同雾月政变，但第一执政官对他表现出的好意慢慢改变了内伊的看法。为了更好地拉拢他，波拿巴把刚邦夫人的侄女、奥坦斯的好友阿佳拉·奥古耶嫁给了他。结婚后没多久，内伊就接到一项在外交和军事上都十分重要的任务：前往瑞士。瑞士当时被两派割据，其中一派希望保留州制、维持封建统治，另一派希望建立一个统一的国家。内伊奉命支持第二派势力，建立统一制，如有必要，还可采取武力手段达到目的。手下有1.2万兵力的内伊逮捕了国会封建派中最有影响力的一群人，一举扫平了阻碍。瑞士国会收到消息，不得不听从第一执政官的命令，就地解散。之后，内伊释放了被捕议员，回到了法国。回国后不久，他就掌握了蒙特勒伊的兵权。蒙特勒伊是布洛涅军区下的三大分区之一，未来的大军团就出自那里。内伊在蒙特勒伊得知莫罗和皮什格吕被捕的消息后，代表他的军队给波拿巴写了一封陈情信，请第一执政官"结束"共和国的"焦虑状态"。他在信中说："现在正是用强大的制度保障国家持续繁荣、让我等国民安心的时候。法国上上下下都发出共同的呼声，请不要对国民的呼声置若罔闻。执政官将军，请接受3000万人给予您的帝国王冠吧。"该信的落款日期是1804年3月15日。同年5月19日，内伊被封为元帅。在1805年的战斗中，他于10月14日拿下埃尔欣根，以亮眼的表现杀进战场。此仗决定了乌尔姆战役的走向，为六周后的奥斯特里茨战役打好了基础。弗里德兰战役也归功于内伊，此仗使得拿破仑三周后签订了《提尔西特和约》。1808年6月6日，内伊被封为埃尔欣根公爵，另享有60万法郎的赏金（其中一半是现金，另一半是国库颁发的年金）。两个月后，他来到西班牙。这一次，他的运气就没那么好了。内伊性格暴躁易怒、专横独裁，而且见不得别人成功，所以没少和同僚发生争吵。他和他的总参谋长若米尼更是关系恶劣，因此造成致命后果。在地方上取得几场胜利后，内伊还没来得及送出捷报，就遭受了严重的失败。最后身为总司令的马塞纳不得不收回内伊的指挥权。尽管如此，拿破仑还是善待了他。他知道内伊虽有诸多不足，但仍能替他发挥巨大的作用。在对俄之战中，内伊充分证明了拿破仑没有看走眼。如果没有内伊坚持不懈地进攻，法军根本无法取得莫斯科河战役的胜利。但法军从莫斯科撤兵期间，内伊已是回天乏术。他负责牵制俄军、保护法军后防线，同时还要抗住俄军的不断进攻。坚忍不拔、毅力过人的内伊咬牙完成了这项艰巨任务。多亏有内伊在，拿破仑的大军团才没全军覆没。但历经艰难险阻后，内伊的精神已经彻底垮了。1813年，内伊再不是往日的那个他了：他再无拼劲和激情，变得束手束脚、优柔寡断起来。9月6日的茹特尔伯克战役，是法军在1813年中打的最艰难的一场战斗，内伊惨败，还想把责任推到听其命令的部下身上。身心俱乏的内伊请求总参谋长同意自己"离开这座人间地狱……宁愿以普通掷弹兵的身份效力"（9月10日）。莱比锡战役后，内伊万念俱灰地回到了法国，觉得一切都完了。在枫丹白露，内伊是第一批支持拿破仑退位的将领中的一员，并被任命为拿破仑的三个特使之一，负责把后者的退位协议带给巴黎。但因为他手段笨拙、言辞激烈，最后搞砸了谈判工作。（相关细节请看《麦克唐纳回忆录》）也许，他认为自己在这一幕戏中的戏份才刚刚开始。但无论如何，他表现出了归顺波旁家族的强烈愿望。当阿图瓦伯爵刚刚到达巴黎，内伊就来到他面前，代表军队高层欢迎他的到来。他说："亲王大殿下和国王陛下将会看到我们是多么忠诚地效力于我们的合法君主。"4月29日，他和其他元帅一道来到贡比涅面见路易十八。在贝尔蒂埃的引领下，他们依次走到国王面前，后者给每个人都说了一句客套话。面见仪式结束后，国王站起身来，拒绝了旁边一个军官的帮忙，和蔼可亲地把内伊和贝尔蒂埃拉到自己身边，在两人的搀扶下围着大厅慢慢走了一圈，在场者看着法国国王被皇帝的元帅搀扶的场景，无不惊讶。从那时起，内伊就被攻陷了、臣服了。他需要一个主子，觉得这个代表了统治法国长达八个世纪的卡佩王朝的虚弱老人就是他要找的那个人。之后，内伊进入贵族院，被授予圣路易十字勋章，担任离巴黎最远的贝桑松一师的师长。路易十八觉得这样足以回报内伊的忠心了。之后内伊每次来到杜伊勒里宫，总被冷冷地接待。他觉得自尊心受伤，便退休回到自己位于沙托丹附近的一座城堡里。他在那里得知拿破仑在普罗旺斯海岸登陆的消息后，立刻跑到巴黎，来到国王面前。路易十八见他如同见到救世主一般，和他紧紧拥抱，并让他指挥所在军区的正规军作战。内伊万分激动，承诺会让波拿巴见识自己的厉害，把他关进铁牢、押进杜伊勒里宫。（有人提供了不同的版本，说他当即大呼："波拿巴是个疯子，一个彻底的疯子，他应该被关在夏朗东，被人用铁链套着押到那里。"在审判内伊时，人们采用了第一个版本）抵达贝桑松后，他震惊地发现有人趁其不在，把他那个师都带到里昂去了。他手上只剩一个团的骠骑兵和几个营的驻军。内伊当即给在里昂的阿图瓦伯爵发了一封急报，并在信里面说他在贝桑松已经派不上多大用处，恳请伯爵同意自己前往里昂，加入先锋军。第二天内伊就收到回复：里昂将被放弃，阿图瓦伯爵准备撤到罗阿讷。于是，内伊决定用自己的方式履行义务。在副手布尔蒙和勒库尔布的陪同下，他去了隆斯-勒索尼耶。他手上已经集结起来的军队将从那里出发，发动进攻。他命令驻守第戎的赫德莱将军带领所有兵力赶赴索恩河畔的沙隆城，把大炮给他运来。赫德莱回复说：他即将离开第戎，沙隆的指挥官和索恩-卢瓦尔省省长都只能迅速采取自救手段；至于内伊需要的大炮，人民已经在"皇帝万岁"的呼声中将其沉入了运河。随后，安省省长到来，他应该也是仓促逃出的。他告知内伊，那里的军队已经逮捕了将领，连宪兵队都不再抵抗了，拿破仑的特使在地方畅通无阻，所有人都举着三色旗。当夜，帝国护卫军的几个军官乔装打扮后来到内伊所在的主营，把贝特朗的一封信给了他。贝特朗在信中督促他投诚拿破仑，他若稍有犹豫，人们就把国人白白流出的鲜血算到他的头上。人们认为，内伊给他的部队发表了如下讲话："波旁王朝已经完了，法国民族选择的合法王朝即将上位。我们的君主拿破仑皇帝，只有他才适合统治我们美丽的国家……将士们，我从前经常带领你们走向胜利；现在，我想把你们引向在拿破仑皇帝带领下前往巴黎的那支不朽的威武之师。要不了几天，他就会进入巴黎了。在那里，我们的希望和幸福将永远得到实现。皇帝万岁！"［演讲全文请看亨利·威尔辛格的《内伊元帅》（Henri Welschinger, *Le Maréchal Ney*）］有人说，这篇演讲是内伊亲手写的，但这不太可能。当时内伊无比惊慌，觉得自己被全世界抛弃了，不知道接下来该如何是好。他求助于勒库尔布和布尔蒙，勒库尔布没有其他办法，认为当前继续抵抗已经于事无补；胆子更大的布尔蒙唆使他抛弃国王，向军队发表宣言，支持拿破仑。内伊采纳了他的建议。他的讲话在军中引发剧烈反响，也完全顺应了将士们的情感倾向。所有人齐声高喊："皇帝万岁！"城中到处发生毁坏国王碑文的现象。3月18日，在欧塞尔省省长家中，内伊和皇帝重逢。他为自己当初在枫丹白露的行为准备了一封辩护信，但拿破仑摆手不看。他拥抱了内伊，两人和解。内伊被任命为北方边境督察官；1815年6月2日新贵族院成立后，他成为其中的议员。11日，内伊奉命前往皇帝所在的主营。15日，内伊抵达沙勒罗瓦，第二天就投入了战斗。在6月16日利尼战役的联合行动中，内伊负责把惠灵顿带领的英军从四臂村赶走，随后朝布吕歇尔的奥军后方发动进攻。这是拿破仑的计划。但英军顽强守住了这块阵地，而内伊的士兵毫无斗志。内伊强迫他们投入战斗，然而结果并不理想。最后内伊只好动用预备军，可人们告诉他，皇帝已经把这支军队调到圣阿芒支援旺达姆去了。内伊军队因此大乱，最后狼狈后撤。之后便是滑铁卢战役，而这一次更惨。内伊朝守在圣让山的苏格兰军发动死战，但由于没有步兵支持冒死进攻的骑兵队，内伊只能把全部希望都寄托在格鲁希身上，然后他没有来。陪他经历了这场战斗的人事后回忆说，内伊当时不要命似的，追在撤退的士兵后面，大喊着想把他们拉回战场："去看看一个法国元帅是怎么战死的！"可士兵们任他大喊大叫，纷纷往后跑。内伊最后也成了溃逃大军中的一员，他的战马已经没了，只能在一个下士的搀扶下艰难地离开战场。凌晨四点抵达玛尔西埃纳后，他花了一整天时间四处寻找皇帝，但怎么也找不到，只好回到巴黎。内伊认为大势已去，现在只能保全自己，于是决定离开法国、前往瑞士。富歇给他发了一个假的通行证，陆军部的达武也给他批了假。内伊必须走，但他无法下定决心离开妻子。22日，他来到贵族院。当时，卡诺在台上念了一封达武写的公文，里面引用了两个不知名军官发来的信，说当前前线一切良好。听闻此信，内伊发言说："内务部部长刚给你们读的这封信里的消息是假的，从各方面来看都假得一塌糊涂……有人居然敢对我们说他们刚刚在18日击败了敌军，说如今前线还有6万兵力！这根本不符合事实！除非格鲁希元帅能集合2～2.5万人马，除非我军在大败的前提下仍能保持士气，那还能抵御敌军……当前的真实情况是这样的：8万敌军已在尼韦勒。如果有人告诉我们奥军已被击溃，这绝不是事实；该军大部分兵力没被打败；六七天后，敌人就要兵临城下了。我们只有一个拯救民众的办法，那就是向敌人议和。"我们可以在弗朗索瓦·托马斯·戴勒巴尔的《波拿巴两院历史》（Francois Thomas Delbare, *Histoire des deux chambres de Bonaparte*）中看到他的发言全文。他说的都是事实，但没人愿意听。贵族院议员听了他的话，满腔怒火。当时人们还不知道"失败主义"这个词，便用了类似的话去攻击内伊。内伊想为自己辩解："诸位，我是为了我们的国家才说这些话！难道我不知道，如果路易十八回来了，我定会被枪决吗？"但没人再听他说了。在第二天的会议中，头天缺席的德鲁奥表示"坚决拥护国家荣誉"，反对内伊的言辞。他说一切情况良好，贵族院发布的大征兵令"很快"就能给前线提供充足的兵力，现有的物资损失"轻易就可被补齐"。德鲁奥的发言得到贵族院的一阵喝彩，公众情绪也得到安抚。当天各大报纸的报道都是：比利时的一场战败决定不了战争全局，我们英勇的军队只要奔赴战场，敌人就会溃不成军，全体人民都会站出来把侵略者赶出去。在此期间，人们却开始和敌军谈判了……7月3日，当局签订了巴黎投降协议书。为了照顾国民自尊，人们将它称作"协议"。协议第12条的内容是："所有留在首都的人都将得到尊重，他们可在那里继续享受自己的权利和自由，无须担心因为自己担任的角色、曾经的行为或政治观点而被追责。"联军进入巴黎的那一天，内伊离开首都。但他没去瑞士，而是住到了圣阿尔邦。为什么呢？人们猜测他是担心被驻守在边境的奥地利人逮捕。但这个猜测不太站得住脚，因为内伊有通行证，而且很容易找到出行的马车和马匹。也许他是相信了7月3日协议的第12条内容，不愿和自己的妻子和孩子分开。麦克唐纳在他的回忆录第406页中说，元帅夫人曾跪着哀求丈夫前往国外，内伊冷冰冰地反驳说："夫人，您现在想摆脱我，太迟了。"7月24日，王室发布了一张可怕的名单："背叛过国王的将军和军官……"内伊的名字赫然在列。王室似乎完全忘了第12条款的存在，现在它不能再保障什么了。内伊打算躲在一个朋友在欧利亚克附近的一座城堡中，但因有人告密，警察找到了这个藏身所。内伊被捕，旋即被押往巴黎。内伊抵达巴黎的那天，同在名单上的拉贝杜瓦耶在格勒内勒被捕。人们很快成立了一个审判内伊的陆军审判所，审判所中有四个元帅：担任审判所主席的蒙塞、马塞纳、莫蒂埃和奥热罗。另外还有三个将军，他们是麦荣、克拉帕雷德和维拉特。蒙塞拒绝加入后，茹尔丹代替他进入了审判所。经过讨论，审判所宣布无法达成决议（投票结果为5票对2票）。内伊闻此消息，高兴地喊道："这些家伙本可以像宰一只兔子一样把我杀了。"他的律师和朋友也是万分欣喜。但政府那边也没浪费时间。就在第二天，也就是11月11日，路易十八发布了一道法令，让贵族院"立刻着手对内伊元帅以最高叛国罪的罪名展开审判"。21日，审判开始。经过五次会议（11月21日、23日，12月4日、5日和6日），最后投票结果是139票对161票，内伊要"按照军事程序"被判处极刑。另外有13票支持流放，5票支持请国王开恩，还有4人弃权。元帅克勒曼、马尔蒙、佩里尼翁、塞律里埃和维克多投下死刑票；由于陆军审判所已经做出了裁决，奥热罗无须投票；古维翁-圣西尔投票支持流放；麦克唐纳弃权；担任国民自卫军统领的乌迪诺当时正负责维持卢森堡宫的治安，故没有参加投票。快到午夜时，审判结果出来了，行刑时间是第二天早上九点钟。人们在深夜把内伊叫醒，告诉他准备行刑。内伊要求见他妻子一面。早晨六点半，元帅夫人到了，两人做了简单的告别。元帅夫人抱着最后的希望奔到杜伊勒里宫，人们告知她：国王在这么早的时候不见任何人。元帅夫人就在那里等着。大约九点半，内伊被处死的消息传了过来，杜拉斯公爵告诉夫人她可以离开了，因为现在她即便得到接见也没有意义了。

除了缪拉外，内伊曾经一直是拿破仑手下最受欢迎的元帅，但他并不算一个伟大的作战领袖。拿破仑在圣赫勒拿岛上时曾说："他（内伊）带1万人没问题，但超过这个人数，他就完全是个蠢货了。"（语出《古尔戈日记》1817年4月3日内容）他的军事才能有限，对科学战术嗤之以鼻，和他的总参谋长若米尼一直都关系不好。虽然他有自己的一套行兵打仗的想法，但这些都太过简单粗暴。他的逻辑不过是：要么打别人，要么被别人打，这些不需要什么战术安排，只要将士有足够的体力就行。正因为如此，内伊对自己的士兵才表现得如此冷血无情。为了拿下敌军阵地或者不丢失地盘，他可以把自己的部下牺牲得一个不剩。内伊和缪拉作战时都勇猛无比，故通常被人拿来相互对比，但前者并不像后者那样夸张做作。内伊英勇无畏，如同牛一样固执，什么也不能使他让步。帝国覆灭后，他表现笨拙，有失尊严。要知道，在拿破仑的诸多元帅中，他不是唯一一个转而投靠路易十八的人。然而也许除了贝尔蒂埃外，我们再也找不到谁比他在路易十八面前表现得更加奴颜婢膝（马尔蒙不算）。后来他行事古怪，因为吹牛夸口而不招人喜欢，但这些并不能证明他所遭受的可怕下场就是合理的。内伊的审判者和刽子手将永远被钉在耻辱柱上。内伊被处决十几年后，麦克唐纳在回忆录第405页中说："处理政治轻罪——这是战胜方自己给的说法——最明智的做法，就是避免当前就发起报复。"

参考资料：亨利·博纳尔1910—1914年出版的三卷本《内伊元帅的军事生涯》（Henri Bonnal, *La vie militaire du maréchal Ney*），热内·弗洛里奥1954年的《内伊元帅的判决》（René Floriot, *La Condamnation du maréchal Ney*）。

内伊元帅夫人（Ney）

内伊的妻子。

尼克尔（查理，Charles Nicol）

1817年7月—1818年3月的圣赫勒拿岛第66步兵团第一营的中校指挥官。

尼维尔内公爵（路易-于勒·芒西尼-马扎里尼，Louis-Jules Mancini-Mazarini de Nivernais，1715—1798）

旧制度时期的一个大贵族，法国大革命期间成为"公民芒西尼"，恐怖统治时期曾被打入监狱，热月九日后出狱，从此忙于著书，其作品于1796年得以发表。

涅谢尔罗德伯爵（查理-罗伯特，Charles-Robert de Nesselrode，1780—1862）

定居俄国的一个德意志家族的后人，生于里斯本，其父亲当时在那里担任沙皇大使。他在柏林长大，之后进入俄国驻柏林大使馆工作，由此开始了自己的外交生涯。1807年，他被任命为俄国驻巴黎大使馆参赞。从1812年开始，涅谢尔罗德成为亚历山大一世制定外交政策的谋臣。是他缔结了俄国和英国的联盟谈判，并担任谈判签字人。这一联盟对拿破仑造成致命打击。联军进入巴黎后，涅谢尔罗德因为是亚历山大的心腹大臣，故被保皇党各种围追堵截，而他对他们几乎也是百依百顺的态度，在沙皇面前大力支持塔列朗提出的有利于波旁家族的举措。人们含沙射影地讥讽他，说这位俄国大臣因为给复辟王朝帮了大忙而得到了巨额财产回报。

诺阿伊家族（Noailles）

法国最著名的贵族家族之一，来自利木赞，家族历史可追溯到11世纪。诺阿伊子爵是个开明贵族，其名字在8月4日的制宪议会中为人所知。他有三个儿子，其中两个（茹斯特和阿尔福莱德）为拿破仑效力，另一个（阿莱克西）则是拿破仑的死敌。

诺阿伊夫人，普瓦公爵夫人（Mme de Noailles，duchesse de Poix）

塔列朗的侄女，嫁给了后来成为拿破仑侍从的茹斯特·德·诺阿伊公爵。

诺韦拉（让-亚伯拉罕，Jean-Abraham Noverraz，1790—1849）

瑞士人，来自沃洲，18岁时以仆人身份进入皇帝宫中。他陪同拿破仑去了圣赫勒拿岛，在那里娶了蒙托隆夫人的一个侍女，拿破仑去世后回到了瑞士。

P

帕尔图诺（路易，Louis Partounaud，1770—1835）

在加入巴黎志愿军第一营后，1793年被升为上尉。后来在土伦之战中，帕尔图诺冒着英军的枪林弹雨冲到前面，造成膝盖受伤，留下终身残疾。在这一仗中，他引起了波拿巴的注意。1799年，帕尔图诺被提拔为将军。他在诺维战役中被俘，之后被换了回来。从1806年到1810年，他一直待在那不勒斯军中。俄国之战期间，帕尔图诺奉命在别列津纳河掩护法军撤退，最后被迫投降，直到波旁王朝复辟后才回到法国。1816年，他被封为伯爵，进了议院。

帕伦伯爵（皮埃尔-路易，Pierre-Louis de Pahlen，1744—1826）

利沃尼亚一个贵族家族的后人，领地在库尔兰。1801年，他担任圣彼得堡的地方总长，是刺杀保罗一世的主犯之一。

帕斯基耶公爵（埃蒂安-德尼斯，Étienne-Denis de Pasquier，1767—1862）

父亲是巴黎最高法院法官，于是他子承父职，在1787年进了最高法院。1787—1793年，年轻的帕斯基耶在大革命的风浪中没有受到一点儿牵连，过着平静的生活。在恐怖统治气氛最深重的时候，他娶了罗什福尔伯爵的美丽遗孀。婚后没多久，即1794年4月21日，他的父亲命丧绞刑台。三个月后，帕斯基耶本人也被逮捕。仅仅过了几周时间就到了热月九日，他因此重获自由。雾月政变发生时，帕斯基耶在站队前想再观望一下。待形势稳定下来后，他投奔胜方，在康巴塞雷斯的保护下进入参政院，被任命为审查官。1808年，拿破仑封他做了男爵，1810年10月让他代替杜博瓦担任巴黎警察局局长。我们都知道他在马莱阴谋事件中的表现是何其蹩脚，但事后他依然在职。1814年，联军进入巴黎，他开始和涅谢尔罗德往来，试图在新时局中站稳脚跟。阿图瓦伯爵回来后，他辞去了警察局局长的职务，转而开始了自己漫长而又辉煌的政治生涯。

帕斯托雷侯爵（克劳德-埃马努艾尔，Claude-Emmanuel de Pastoret，1755—1840）

旧制度时期税务法庭的审查官，闲暇时喜欢钻研学问。起初他对大革命挺感兴趣，但没过多久激情就退却了。之后，帕斯托雷被巴黎选民选进了立法议会，成为保皇党的领袖人物。躲躲藏藏地活过了恐怖统治后，他被选进了五百人院，但因为和克利希俱乐部关系密切而遭到牵连，果月十八日后被判流亡，被迫逃到国外。雾月十八日后，帕斯托雷回到法国，决定远离政坛，去了法兰西公学院担任教授。拿破仑很清楚此人是波旁家族的狂热支持者，但在1809年帕斯托雷被选进元老院后，他还是采取了睁一只眼闭一只眼的态度。帕斯托雷对此心存感激，在帝国时期从没站出来反对过他。路易十八回来不久，就让帕斯托雷进了贵族院，在位期间一直都对他礼遇有加。

帕特罗（让-巴普蒂斯特神父，Jean-Baptiste Patrault，1751—1837）

17岁进入教会，在布里埃纳军校担任辅导老师，在那里一直干到1791年小兄弟会被驱逐为止。

佩蒂翁（热罗姆，Jérôme Pétion，1756—1794）

沙特尔的一个律师（旧制度时期，他的姓氏是佩蒂翁·德·维勒讷沃），被所在辖区的第三等级选入三级会议。他支持罗伯斯庇尔，整个制宪议会都和对方形影不离。之后，他被选为巴黎市长。佩蒂翁被这个巨大的荣誉冲昏了头脑，在潮水般的赞誉声中以为自己一跃成了大革命的第一领导人。从那时起，他和吉伦特派越走越近。佩蒂翁深受罗兰夫人的影响，被她的朋友比佐灌输了各种思想，开始反对罗伯斯庇尔，成了他的一个劲敌。他登上了1793年6月2日的通缉法令，但成功逃走，在接下来一年多时间里逃过了革命当局的各种追捕。后来，佩蒂翁和比佐一起在圣埃米利翁附近的一个树林里自杀，其尸体被野兽啃食得难以辨认。

佩尔蒙（Permon）

旧制度时期一个粮店伙计，娶了一个姓科穆宁的希腊女人，发现韦尔热纳的妻子也姓科穆宁。韦尔热纳给了他一份差事，让他负责罗尚博远征军的物资供给，佩尔蒙因此大发横财。他的一个女儿嫁给了朱诺。后来在大革命中，他的下场十分凄惨。〔详情请看词条"朱诺（苏拉）"〕

佩里尼翁（多米尼克·德，Dominique de Pérignon，1754—1818）

出身于朗格多克的一个体面家庭，其姓氏被写进了贵族家谱中。旧制度时期，佩里尼翁在凯尔西的一个王室掷弹部队服役。由于没有得到任何晋升，在朝中也无人脉关系，他就放弃了军旅事业，退伍去了蒙泰什，娶了一个退休军官的女儿为妻，和她生了11个孩子。1789年，佩里尼翁被同乡推为治安法官。这是一个新设的职位，当时具有很大的威望。由于佩里尼翁在任期间尽职尽责，在地方上民望甚高，便被上加龙省的选民选进了立法议会。战争爆发后，他递交辞呈，前去担任东比利牛斯军一个军团的指挥官，军衔是中校。1793年，他被提拔为将军，代替刚刚牺牲的迪戈米耶指挥东比利牛斯军。在担任该军统领的六个月里，佩里尼翁在西班牙斩获了多场胜利。《巴尔和约》签订后，他被选进五百人院。四个月后，也许是因为指挥过东比利牛斯军的关系，佩里尼翁被任命为法国驻西班牙大使。他最要紧的任务，便是力求两国在政治上达成联合、保证西班牙参加法军的每场战斗。在马德里，无数个敌人等着这位新大使的到来。他在那里遇到了一个劲敌——代表"法国国王"待在马德里宫廷的阿弗雷公爵。所有人都对共和国派来的这位大使一阵奚落。1796年6月1日，佩里尼翁写信给督政府，说："我每走一步，都被蝰蛇的毒气绊住自由的步伐。"当然，他也有自己的伙伴。佩里尼翁身边有三个副官、三个参谋上校，他称其为"他的军人之家"。这些军官的军衔都很高，担任秘书等大使馆文员要职。由于他们的原因，使馆内部大家相互忌妒、争吵不断、彼此揭发，政府收到许多投诉信，人们因为佩里尼翁对这几个同袍太过偏爱而在信中大表不满。但佩里尼翁个人似乎给马德里宫廷留下了不错的印象。宫廷本以为来的是一个无套裤汉出身的大老粗，举止不当、言语粗俗；可佩里尼翁彬彬有礼，举手投足之间充满旧制度时期的贵族气息，因此很受国王夫妇和首相的喜欢。于是，协商工作有条不紊地进行着。经过几次会谈，两国在三个月后就达成了一个联盟协议，即1796年8月19日的《圣伊尔德冯斯协议》。要是佩里尼翁在协议签订后立刻申请回国述职，那就好了。由于成功完成了任务，金钱名利纷纷向他涌来。出于一些私人目的，佩里尼翁继续待在马德里——他坠入了爱河。当然了，虽然他已经结婚，是好多个孩子的父亲，但这种事发生在一个大使身上也并不奇怪。然而，他的情妇给他戴了绿帽子。佩里尼翁本可以看开此事，但作为法国大使，他无法接受自己的情妇是因为"法国国王"特使才背叛了自己。欧内斯特·多岱在他的《大革命时期新闻记》（Ernest Daudet, *Nouveaux Récits des temps révolutionnaires*）第103~159页中详细讲述了丽芙隆这位女子当上伯爵夫人后，是如何施展魅力，把法国、西班牙、俄国、荷兰等外交大使牵着鼻子走的。有一天，佩里尼翁在办公室里遇到这位有事央求自己的女子，便对她一见倾心，耗费巨资把她安置在大使馆公馆中。他和这位"伯爵夫人"成双成对出入公共场所，引来许多人的非议。自然而然，他是最后一个得知自己被人绿了的，而且自己掏心掏肺对心上人说的所有机密消息都被她原封不动地转述给了对手阿弗雷公爵。盛怒之下，佩里尼翁把这个蛇蝎女人踢出了大门，随即给巴黎写了一封信，并在信中痛骂保皇党采用卑鄙手段布下阴谋、企图勾引一个正直的共和国人，但以失败告终。屋漏偏逢连阴雨，这时又发生了另一件倒霉事：大使馆中有人在佩里尼翁的庇护下从事走私的事泄露了。依照王室惯例，驻外大使在进入西班牙后因为安家所需，在购买生活物资时享有六个月的关税豁免。佩里尼翁就趁此大捞油水，把140个货箱——其中40箱是波尔多酒——记在自己名下，运进了西班牙。他的三个参谋上校、私人秘书、翻译、大使馆秘书，甚至仆人，都从中获了不少利。商人们更是顶着大使的名字进了西班牙，一件惊天走私案由此形成。西班牙政府向巴黎提出抗议。督政府大为恼火，给佩里尼翁写了严厉的斥责信，觉得共和国颜面无存（拿破仑在这方面倒看得很开）。各大报社也掺和进来，大肆报道此事。佩里尼翁被召回法国。1798年1月，他回到了法国，没有在巴黎露面，就直接回了蒙泰什。政府也没再给他提供新职位。但同年10月，他被派到意大利军指挥两个师的兵力，毕竟三年前他曾带过5万人的部队。佩里尼翁由于健康原因迟迟没出发，直到1799年才走马上任。三个月后，他和他的部下在诺维战役中几乎被敌军一锅端，之后一直被囚禁在敌军军营，直到1800年9月才得以返回法国。第一执政官非常热情地接待了他，但没再提领兵打仗的事。之后，佩里尼翁进了元老院，成为上加龙省选举团主席，享有波尔多元老院议员年俸；换言之，他拥有一栋宅子和2.5万法郎的年收入。1804年5月5日，他带领一个选民代表团来到第一执政官面前，做了如下发言："啊！拿破仑！世界听了您的名号都沉默了，对您仰慕无比。3500万法国人为什么不把连上苍都表示支持的头衔献给您，让您成为万人之上的君主呢？他们应把您带到这个高位上，这无愧于您的功名，也无愧于他们的荣耀。与此同时，您的家人都会是那个不可解除的协议的继承者。"15天后，佩里尼翁为这次的"识时务"而获得回报：他被封为元帅。但我们注意到一点儿细微的差别。在共和十二年花月二十九日法令中，拿破仑把14个将军封为帝国元帅；但在这道法令中，他单独立了一个条款，把元老院中四个议员封为元帅。这四个人便是佩里尼翁、克勒曼、列斐伏尔和塞律里埃，他们的级别是"元帅-元老院议员"。1806年，佩里尼翁担任巴马总督，享有年薪10万法郎，而且是份清闲差事。两年后，他被封为帝国伯爵，享有两笔年金，每笔均为2万法郎（由汉诺威和威斯特伐利亚支付），并被派到那不勒斯替下了茹尔丹。佩里尼翁很喜欢这份新差事。他在国王缪拉手下做事，担任那不勒斯总督和法军占领军统领，这些岗位都不用他操太多心。他小心翼翼地向王后献殷勤，卡洛琳觉得此人也挺招人喜欢的。没过多久，佩里尼翁"快乐陪伴者"的名号就传开了。拉马克将军在他的回忆录第二卷第三章中说："他性格活泼，外表看上去和善敦厚，因而格外招人喜欢，这很好地掩盖了他身上加斯科尼人的狡黠。"1814年1月，得知那不勒斯国王决定和奥地利结盟后，佩里尼翁来到王宫，斥责缪拉忘恩负义。卡洛琳当时也在场。看到国王没做任何回答，他就转头对卡洛琳说："您呢，夫人，您是拿破仑的妹妹，如果真的达成这份可怕的协议，我毫不怀疑，哪怕您不愿意，您肯定也要和法军一道离开的；拿破仑的妹妹肯定不能和他的敌人待在一起……"卡洛琳身体侧向她的丈夫，微笑着说："元帅阁下，您忘了吗？一个妻子的本分就是遵从丈夫。"然后，她暗示佩里尼翁此次谈话结束了。回到法国后，由于没有收到新的任命书，佩里尼翁就回了蒙泰什，并在路易十八进入巴黎后迅速投奔其麾下。拿破仑回来后，被国王派到图卢兹组织抵抗的维特罗勒想利用佩里尼翁，以达到为波旁家族争取地方民众支持的目的。可实际上，面对这个已经昏聩无能的老头子，谁都没把他放在眼里。之后，维特罗勒被送进了监狱，佩里尼翁回到家里继续过着安宁平静的日子。拿破仑放过了他，只把他的名字从元帅名单上划去了。两个月后，便是滑铁卢战役。佩里尼翁火速奔往巴黎，和他同一时间到达的还有路易十八。国王对他说："我很高兴见到您。"然后把他封为侯爵和巴黎地方长官。进入贵族院后，佩里尼翁投票支持处死内伊。

参考资料：德里1906年的《督政府时期的大使兼战士》（A. Dry, *Soldats ambassadeurs sous le directoire*）第一册里的《佩里尼翁》。

佩扎罗（Pezzaro）

威尼斯政治家，对意之战期间是亲奥派的领袖。

皮尔龙（Pierron）

1807年进入皇帝宫中，在配膳室跑腿。配膳室和御膳房并不同，负责餐后甜点、冰激凌、汤、冷盘和某些在传统烹饪中不归厨师准备的菜肴，里面有1个主厨、2个副厨、1个配送师、3个配送师助手、1个摆盘师、1个摆盘师助手、6个学徒，而皮尔龙就是这6个学徒中的一员。1814年，留在枫丹白露的6个学徒只剩他一个了。他忠心耿耿地侍奉拿破仑，陪他去了厄尔巴岛，被升为配膳室主管。在圣赫勒拿岛期间，皮尔龙负责布置餐桌，在西普里亚尼死后转做了御膳主管。

皮戈-勒布伦（Pigault-Legrun）

帝国时期最多产的一个小说家。

皮科·德·里莫埃朗（约瑟夫-皮埃尔，Joseph-Pierre Picot de Limoëlan，1768—1828）

父亲是布列塔尼的一个贵族，1793年因为卷入鲁艾黎阴谋事件而被处死。皮科在雷恩学院完成了学业，同学中有夏多布里昂。之后，他成了拉鲁艾黎侯爵的副官，从一开始就参与了后者的阴谋活动。阴谋失败后，皮科过上了保皇党阴谋分子那种典型的隐姓埋名、朝不保夕的生活。他在卡尔邦、圣莱让的帮助下，谋划了共和九年雪月三日的圣尼凯斯大街爆炸案，意在刺杀第一执政官。行动失败后，皮科的两个同伙被捕，他则在圣罗朗教堂的地窖中藏了四个月，成功逃脱了警察的追捕。之后，他去了布列坦尼，乘船前往美国，在那里靠画肖像画为生。之后，皮科觉得受到神召，进了巴尔的摩的圣叙尔皮斯修道会。1812年，皮科成为牧师，在查尔斯顿当神父。得知拿破仑倒台后，皮科想返回法国，但教会把他留了下来，并让他管理乔治敦的圣母往见会的修女。皮科同意了。

皮戎（让-约瑟夫，Jean-Joseph Pijon，1758—1799）

旧制度时期孔代步兵团的一个中士，1792年被晋升为上加龙省志愿军第一营的中尉，转而去了意大利军，1793年被提拔为将军。皮戎在马伦戈战役中受了致命伤，当天就去世了。

皮什格吕（让-夏尔，Jean-Charles Pichegru，1761—1804）

曾是布里埃纳军校的数学老师，但和一些人的说法相反的是，他和波拿巴并没有过师生关系。1780年，皮什格吕以士兵身份加入一支炮兵队，1789年被升为军士长。当时的他积极拥护大革命，频繁出入贝桑松的雅各宾俱乐部，还是该俱乐部的主席。1792年10月，他从贝桑松转而去了加尔，当上加尔志愿军第三营的中校。十个月后，皮什格吕被提拔为将军。两个月后，也就是1793年10月27日，他成了莱茵军总司令。1794年年初，皮什格吕用了六周时间拿下了荷兰。共和三年芽月十二日事件发生时，皮什格吕正在回巴黎的路上。国民公会把军权交给他，让他镇压巴黎人民暴乱运动。回到莱茵军后，皮什格吕大胆地迈过莱茵河，拿下了坚不可摧的曼海姆碉堡。从那时起，孔代亲王不断派人"以法国国王的名义"游说他，请他加入流亡贵族阵营、朝巴黎进军、拥立路易十八。皮什格吕说此事可谈，但开出了自己的条件：他要当阿尔萨斯总督，拥有香波城堡，拿到100万现金、20万里弗年金，获得阿尔布瓦封地，封地更名为皮什格吕，另要12门大炮，获得圣路易勋带、圣灵勋带和元帅头衔。皮特政府在孔代军队的"钱柜"掌管人威廉·维克汉姆勋爵同意了这些条件。拿到必需的资金后，孔代亲王给皮什格吕汇了900个金路易，并展开了协商工作。但皮什格吕把协商时间线拉长，得寸进尺，不断提出新的要求。在此期间，督政府起了疑心，用莫罗把他换了下来。政府提议让他担任法国驻瑞典大使，皮什格吕一口拒绝，隐退去了阿尔布瓦，在那里住了一年。1797年3月，在保皇党大量资金的推动下，皮什格吕被选为五百人院代表，没过多久又当上了五百人院主席。保皇党传话说出手的机会来了，给他送来巨额现金，还给了其他许多承诺。皮什格吕口头表示会做他该做的事，但其实什么都没干。果月十八日，他没有进行任何抵抗，直接束手就擒。督政府把他发配到了圭亚那。他逃了出来，辗转抵达伦敦，在那里受到英国政府的热情接待。之后，他同意英国的提议，主持由卡杜达尔策划的阴谋。在英国海军的悉心安排下，皮什格吕和其同党——其中有波利尼亚克兄弟——被放到了布列塔尼一个荒芜的海滩上，在夜色的掩护下溜进巴黎。莫罗同意和他见面，因此也被卷进这桩阴谋中。拿破仑亲口告诉拉斯卡斯当时逮捕皮什格吕的场景，这些内容都被写进了回忆录中。拿破仑的叙述基本是真实的，也得到了许多当事人的证明。皮什格吕被关进圣殿监狱后，人们着手他的审判工作。1804年4月6日，皮什格吕被人掐死在监狱里。波拿巴的敌人趁机散播谣言，说是第一执政官下令杀了他，但这基本不可能。

参考资料：古斯塔夫·考德里耶1908年的《皮什格吕的背叛》（Gustaaf Caudrillier, *La Trahison de Pichegru*），以及编者的《法国大革命历史汇编》（*Répertoire de l'Histoire de la Révolution Française*）第一卷中的皮什格吕生平概述。

皮特（威廉，William Pitt，1759—1806）

26岁当上首相，以性格冷静、坚韧、执着而著称，让议会里其他议员黯然失色。在他之前，从来没有人在政府中享有如此威望。他对于自己的政治对手从来都持轻蔑态度，觉得他们软弱无能、一盘散沙。皮特一开始并不怎么关注法国大革命。直到8月10日以后，因为担心大革命思想会蔓延到自己国家，他才开始打击刚刚成立的共和国。皮特动用各种办法，尤其是阴谋手段，向法国宣战。与此同时，他还慷慨援助法国流亡贵族和法国国内的保皇党。他对波拿巴的仇恨不亚于他对法兰西共和国的敌意。1801年3月，因为国王没有接受他的想法（而且这是国王唯一一次拒绝了他的提议），皮特辞去首相一职。继承他位置的是阿丁顿。然而，当英国日渐遭到法国的侵犯，面临越来越大的威胁时，忧心忡忡的皮特于1804年4月30日重掌政权，并成功说服奥地利和俄国站出来反对拿破仑。当然，他并没料到这两个国家会在奥斯特里茨战役中惨败。两个月后，皮特去世。一个英国议会议员说了这番话来赞颂他：

"他知道如何让欧洲大陆耗资维持一场必要的战争,让英国直接坐收渔翁之利,不管谁败北,英国几乎都不会受到影响。"

参考资料:雅克·夏斯特内1945年的《威廉·皮特》(Jacques Chastenet, *William Pitt*),约翰·斯多克1935年被翻译成法语的《威廉·皮特和法国大革命》(John Stoker, *William Pitt et la Révolution Française*)。另外,还有一个皮特在英国议会的讲话合集,被让弗里(Janvry)和茹修(Jussieu)翻译成法语后于1819—1820年出版,全书十二卷。

皮维尔侯爵(贝纳尔-埃马努艾尔,Bernard-Emmanuel de Puyvert,1755—1832)

旧制度时期的一个步兵军官。1790年他逃往国外,成为阿图瓦伯爵的副官。执政府时期,他为了执行一项间谍任务而秘密潜进法国,1804年在巴黎附近被捕,之后被关在樊尚监狱。1814年,波旁家族回到法国,皮维尔被释放,成了樊尚地方长官。

皮翁科维斯基(查理-弗雷德里克,Charles-Frédéric Piontkowski,1786—1849?)

祖籍波兰,宣称自己曾在萨克森国王的军中当过中尉,参加了多次战斗(如瓦格拉姆战役、斯摩棱斯克战役、德累斯顿战役等)。但马松就此人做过漫长细致的调查研究,对他说的这些事深表怀疑。1814年9月,皮翁科维斯基来到厄尔巴岛,宣称自己是刚获自由的囚徒,表示自己虽是军官,但愿意以普通士兵的身份待在拿破仑的近卫军投弹部队。拿破仑接受了他,还让他陪同自己回巴黎,将他升为中尉。皇帝退位后准备离开枫丹白露,前往罗什福尔,皮翁科维斯基溜到贝特朗夫人的一辆马车上,一同去了罗什福尔。拿破仑向英国人投降时,皮翁科维斯基苦苦哀求英国政府让他和皇帝一同前往圣赫勒拿岛，哪怕以仆人的身份也行，英方没有同意。不过过了15天，皮翁科维斯基拿到了去圣赫勒拿岛的许可令，此事在马松看来极其可疑。我们无法理解英国政府在此事上的态度为何突然来了个一百八十度的大转弯，只能说，也许它想把一个"情报人员"安插到拿破仑身边，而皮翁科维斯基表示愿意干这份工作。不过到了圣赫勒拿岛后，他在朗伍德期间并没得到众人的信任，但他也根本没有做他的观察任务（我们就不说这是"间谍任务"了）。由于拿破仑只把他看作一个跳梁小丑，皮翁科维斯基也没法取得前者的喜欢。巴瑟斯特勋爵意识到这个波兰人在愚弄自己，便让哈德森·洛韦把他送回欧洲。他在圣赫勒拿岛上总共待了九个月。

参考资料：弗雷德里克·马松的《圣赫勒拿岛上的阴谋家：皮翁科维斯基伯爵上校》（Frédéric Masson, *Un aventurier à Sainte-Hélène, le colonel comte Piontkowski*），此文被收于1909年的《圣赫勒拿岛相关人事》（*Autour de Sainte-Hélène*）第二卷中。

皮伊塞居侯爵（阿尔芒-马利-雅克·德·查斯特内，Armand-Marie-Jacques de Chastenet de Puységur，1751—1825）

旧制度时期拉费尔炮兵学院的上校和指挥官，1792年辞职回到了家乡。因为和流亡在外的兄弟有通信往来，皮伊塞居在恐怖统治时期被捕。雾月十八日后，他当上了苏瓦松市长。1805年，皮伊塞居辞去了市长职务，全心全意地投入催眠学的研究中，并成为梅斯麦学说的狂热支持者。在此期间，他还写了几部戏剧。拿破仑觉得他就是个"江湖术士"。查理十世在兰斯加冕时，他在一条公共大道上搭了一个帐篷，在国王加冕礼期间一直睡在里面，还在旁边写了一行字，邀请公众进帐篷体验一下，并说自己的父亲在丰特努瓦战役中就睡在这顶帐篷里。由于当地气候极其潮湿，皮伊塞居在帐篷中受凉，最后进了坟墓。

珀莱（让-雅克-热尔曼，Jean-Jacques-Germain Pelet，1777—1858）

1801年当上地质工程兵少尉，1805年成了马塞纳的副官。1812年在克拉斯诺亚尔斯克，珀莱断了两条腿、一条胳膊，之后被提拔为将军。虽然身体高度残疾，他依然积极参加了1813年和1814年的战斗。波旁复辟后，珀莱的日子不太好过。但七月革命后，他被任命为陆军兵站主管，进了议院。

珀谢（雅克，Jacques Peuchet，1758—1830）

一开始读的是医学专业，后来当了律师，但由于找不到客人，珀谢只能靠从事文学工作勉强为生。大革命初期，因为他是当时的外交大臣蒙莫兰的朋友，便从事《墨丘利报》的政治编辑工作，捍卫卡佩王朝君主制的神圣理念，生活开始宽裕起来。君主制覆灭后，珀谢大部分时间都在监狱中度过，并差点儿丢了性命。重获自由后，他回到埃库昂，在那里变成了一个狂热的爱国者，在整个恐怖统治时期担任戈内斯辖区的行政官员。后来他说："与狼同号、和他们比谁的嗓门大，这并不意味着参与了他们的罪行。"热月九日后，珀谢进入警务部，在不连累自身的前提下尽量照顾流亡贵族和反抗教士。执政府时期，他成功攀上了商业艺术理事会。这个机构不复存在后，他被引入法律行政机构的档案处。这是一份非常清闲的差事，珀谢在帝国期间都过着怡然自得的日子。波旁复辟后，他在巴黎警察局担任档案保管员，日子如以前一样逍遥自在。从1810年起，他着手撰写一本历史性的合集《法国地形及统计说明书》（*Description topographique et statistique de la France*）。这本书的每一章都值得人们写本书单独研究。直到珀谢52岁时，这本书才得以问世。在《圣赫勒拿岛回忆录》中提到的就是这本书。那个时代的人似乎很欣赏这本著作，认为它描述精准、全面、有条理。

普弗菲尔（克里斯汀-弗雷德里克，Christian-Frédéric Pfeffel，1726—1807）

阿尔萨斯一个历史学家和政论家，1754年发表了大名鼎鼎的《德意志公共权力和历史编年简述》（*Abrégé chronnologique de l'histoire et du droit public d'Allemagne*）。两桥公爵把他请来，让他在1763年代表自己前往慕尼黑。1768年，普弗菲尔被召到凡尔赛，以法学家的身份进入了外交部。大革命时期，他回到两桥。后来拿破仑在塔列朗的请求下把他叫了回来，给了他6000法郎年金。

普腊德（多米尼克-乔治-弗雷德里克·多福尔·德，Dominique-Georges-Frédéric Dufour de Pradt，1759—1837）

生于康塔尔省的阿朗克，祖上是奥弗涅的贵族大家。普腊德聪明、机智、狡猾，没有道德感，塔列朗在他面前都得甘拜下风。他进入教会，觉得靠他那个既是拉罗什富科红衣主教又是鲁昂大主教的亲戚的荫庇，自己肯定能飞黄腾达。这个亲戚让他给自己当副本堂神父。之后，诺曼底教会把他选进了三级会议。普腊德神父是三级会议中最反动的议员之一，但他尽量避免到台上发言，更喜欢在背后搞小动作。制宪议会闭会后，他连忙逃到国外，定居汉堡。他在汉堡期间匿名出版了好几本书，在里面疯狂攻击法兰西共和国。雾月十八日后，因为杜洛克的担保（这是他的另一个亲戚），普腊德才返回法国。回国后，波拿巴想见他。普腊德神父在他面前各种卑躬屈膝，让第一执政官觉得此人是自己忠实的仆人。当时，法国的新主人迫切希望有一群温顺听话的教会人士待在自己身边，于是普腊德成了他的第一布道神父。皇帝加冕礼结束后，他被封为男爵，拿到一笔4万法郎的赏金，掌管普瓦捷主教区。为了让自己的第一布道神父高兴，拿破仑还请教皇把他封为主教。庇护七世同意了。拿破仑前往米兰、被加冕为意大利王期间，由于教皇不愿亲自操劳此事，普腊德便成了加冕仪式的教会官方代表人。1808年，他追随他的主子去了巴约讷，在查理四世退位一事上帮了大忙。拿破仑对此深表满意，又给了他一笔5万法郎的赏金，并让他做了梅赫伦大主教。1811年，普腊德来到萨沃内，就主教会议开幕一事同教皇协商，并成功把他骗了过去。之后，他去了自己的新教区。因为普腊德拿不出授职书，当地议事司铎拒不承认他。教皇掌玺部被督促赶紧把授职书送过去，但这件事进展得十分缓慢。在此期间，普腊德奉命跟随皇帝前往德累斯顿。当时拿破仑刚刚决定对俄开战，需要普腊德跑腿（自塔列朗失宠后，拿破仑更加重视普腊德了），把他任命为华沙大使。按照皇帝的安排，如果亚历山大被打败、向法国求和，普腊德将会是个有用的中间斡旋人。还没等到敌人开口，普腊德就主动"斡旋"起来（当然了，他是为了自己的算盘），很快就得知了皇帝败北的消息。拿破仑通过他派到普腊德身边的协作者才得知此事，从莫斯科撤出后，他经过华沙，对普腊德一顿痛斥。普腊德的大使职位不保，巴黎也再不能回去了。但拿破仑退位后，他立马就出现在首都。塔列朗向他抛来橄榄枝，邀请他进入法国代表团，和正在巴黎的联军君主展开谈判。这两条变色龙彼此勾搭，代表法国发声。消息传开后，舆论一片哗然。当亚历山大一世表示法国人可自由选择他们想要的体制时，普腊德高呼："我们所有人都是保皇党，国民也是一样！"并表示要立刻迎回波旁家族。亚历山大一世让步了。塔列朗为了表示感激，让普腊德做了掌玺大臣，并授予他荣誉军团勋章。路易十八对此表示认可。公众觉得这么一个卑鄙小人辱没了这些荣誉，觉得他完全是个笑话。普腊德对此也倍感尴尬，从来没进过掌玺大臣办公室，回到奥弗涅老家。他的大主教位置则被他拿去和低地国家的新国王做了一笔生意：他放弃大主教一职以及相关的权利，得到1.2万法郎的终身年金。普腊德的书文笔尖酸激烈、含沙射影，但颇受人欢迎。不过到了今天，只有历史学家才对这个人感兴趣。

普拉纳·德·拉法耶（路易，Louis Planat de La Faye，1784—1864）

父亲是法国种马场和驿站第一负责人，受到波利尼亚克家族的保护。普拉纳的父亲陪伴其保护人流亡国外后返回法国，成功在陆军行政部中谋到一个职位。由于过去是"波利尼亚克家族的走狗"，路易·普拉纳的父亲遭遇了许多磨难，只能让儿子以二等助理的身份进了工程兵队。路易·普拉纳当时才15岁。1805年，他被提拔为军官；1812年，他成了德鲁奥的副官。1813年萨克森战争期间，他在魏森费尔斯第一次见到拿破仑。皇帝当时正和一个旅店老板说话，但老板一句法语都不会说，皇帝便恼火地问："这里有会说德语的军官吗？"普拉纳走了出来，担任了翻译。拿破仑问他是从哪里学的德语，普拉纳回答："陛下，在1807年战争期间的柏林。"后来普拉纳在他的回忆录中说："皇帝点了点头，让我离开，脸上带着亲切的微笑，我一下成了世上最幸福的人。"他还补充说，"在对俄战争之前，我一直都不太喜欢皇帝……我在青少年时期一直把他看成一个僭越者和暴君。但从那一刻起，我抱着无止无尽的忠诚，把整个人都献给了他。这有点像塞维尼夫人，只因为路易十四和她跳了一支舞，她就把他奉为世上最伟大的君主。"在法国本土战争的最后阶段，他因为在蒂耶里堡的一次侦察任务中受伤，不能陪伴拿破仑去厄尔巴岛。皇帝回到巴黎后，普拉纳继续在德鲁奥身边效力。4月末，拿破仑忙于制订军事方案，普拉纳被人推荐担任传令官。他来到皇帝面前，皇帝说："啊！是他啊！我认识他，他在萨克森当过我的翻译。"滑铁卢战败、拿破仑退位的消息传来时，普拉纳正在图卢兹执行任务。他闻讯火速赶往巴黎。拿破仑想在流亡路上把他带在身边，而普拉纳之所以没能前往圣赫勒拿岛，是因为在皇帝登上柏勒洛丰号的十天前，普拉纳就被转移到了欧若塔斯号上。梅特兰在他的叙述中报告了发生在8月7日早晨——也就是拿破仑转去诺森伯兰号的前不久——的一个插曲："贝特朗伯爵着手列了一张清单，单子上写了哪些人应该陪同波拿巴前往圣赫勒拿岛。古尔戈将军的名字被划去了，普拉纳上校成了拿破仑的秘书。古尔戈觉得受到冒犯，用非常尖刻的语言攻击贝特朗将军。经过一番争辩，人们又把古尔戈的名字加了上去（我觉得这是波拿巴本人的意思）。"就这样，皇帝离开了，普拉纳则以战俘的身份被押到马耳他岛，在那里待了几个月。获得自由后，他成为热罗姆·波拿巴的秘书，同时在英国政府那边上下奔走，恳请前往圣赫勒拿岛。最后人们终于同意了他的请求，可那时已经太迟了：拿破仑马上就要死了。

参考资料：1895年出版的《普拉纳·德·拉法耶的一生——其遗孀整理、编辑和注释的回忆录和信件集》（*Vie de Planat de la Faye... Souvenirs, lettres et dictées, recueillis et annotés par sa veuve*）。

普拉伊（Pourailly）

上校，在洛纳托战役中阵亡。

普莱桑斯公爵（duc de Plaisance）

请看词条"夏尔-弗朗索瓦·勒布伦"。

普郎平（罗伯特，Robert Plampin，1762—1834）

英国海军上将，13岁时进入军队，1793年成为胡德的副官，陪他参加了土伦战役。1814年，他被升为海军准将，1817年至1820年7月担任圣赫勒拿岛和好望角海军驻地总指挥官。他和拿破仑有过两次谈话，时间分别是1817年7月3日和9月5日。

参考资料：阿尔诺德·夏普林的《圣赫勒拿岛人名志》（Arnold Chaplin, A St.Helena who's who）中第95～96页内容。

普里乌利（Prioli）

威尼斯到维罗纳之间的监督官。

普隆尼（加斯帕尔-克莱尔·里什·德，Gaspard-Clair Riche de Prony，1755—1839）

旧制度时期桥梁道路质量监督官，1787年主持了路易十六桥——也就是后来的协和桥的建设工程。1798年，他成为道路桥梁学校校长，在拿破仑的要求下监督了波河通路工程、热那亚桥建设和彭坦斯沼泽疏水工程。

普罗旺斯伯爵夫人（玛丽-约瑟芬-露易丝·德·萨瓦，Marie-Joséphine-Louise de Savoie de Provence，1756—1810）

撒丁国王维克多-阿梅代三世的长女，1771年嫁给了普罗旺斯伯爵，也就是后来的路易十八。

普罗韦拉侯爵（Provera，1740？—1804？）

效力于奥地利的一支古老伦巴第贵族家族的后人，1790年获得中将军衔，1796年指挥一个师在意大利作战。在米莱西莫战役中，普罗韦拉在奥热罗的追击下躲进了科塞里亚城堡，在那里据守了三天，最后被迫投降。后来他又带领一支军队援助武尔姆泽尔，被法军重重包围，只好带着6000人和20门大炮再次投降。此次败北后，他的军事生涯也画上了句号。

普西耶尔格（J.-B，1764—1845，J.-B. Poussielgue）

费普尔特担任法兰西共和国驻意大利代表期间，普西耶尔格是他的秘书。波拿巴好几次见识了普西耶尔格在公共资金行政工作上展现出的高明手段，就把他带到埃及，让他管理军队钱库。由于不满波拿巴回国时没捎上自己，他给督政府写了封陈情信，在里面大肆批评总司令。回到法国后，他再没担任过任何职位。

Q

奇恰戈夫（帕维尔·瓦西列维奇，Pavel Vassiliévitch Tchitchagov，1765—1849）

俄国海军上将。其父亲也是海军上将，是大名鼎鼎的波罗的海海军舰队司令。奇恰戈夫在英国长大，思想开明，故在保罗一世统治时期曾短暂入狱。亚历山大登基后做的第一件事，就是把他任命为海军部长，让他进了参政院，并兼任自己的副官。奇恰戈夫便成了沙皇身边的一个谋臣。他积极鼓励沙皇废除农奴制度，但该方案遭到大地主阶级的强烈反对，因此未得实施。在1812年战争中，这位海军军官先做了更有政治意义的工作，之后被赋予重兵，但这完全超过了他的能力。他要阻断法军从莫斯科撤兵的退路，却无法阻止拿破仑渡过别列津纳河。有人甚至因此控告他犯下叛国罪（沙皇宫廷中的反对派视此事为扳倒这个自由派人士的绝佳借口）。亚历山大只好顺从舆论，剥夺了奇恰戈夫的兵权，让他"无限休假"。奇恰戈夫前往国外，再没回过俄国。1858年，他的回忆录在巴黎出版，曾一度引起轰动。

乔治三世，英国国王（George Ⅲ，1738—1820）

1760年登上王位。从1764年开始，他一直患有精神疾病，并被折磨致死。1788年，乔治三世的精神病加重，福克斯就提出摄政的问题。然而由于国王病情转好，此事就不了了之。1804年2月，乔治三世再次发病，之后勉强康复。1810年，英国欢庆国王统治50周年。就在这一年，国王的病再次发作，而且这次来势汹汹、极不乐观。医生宣布国王再也无法恢复健康，议会就提出让威尔士亲王摄政。乔治三世是英国史上统治时间最长、经历了最多动荡的国王之一，在他统治期间，英国丧失了美洲殖民地，且先后和法国革命政府、帝国政府作战。他虽智力平庸，又有精神疾病，却依然或多或少地意识到自己国家当前面临着如何严峻的局势。他父母都是德意志人，他也是汉诺威家族继承英国皇位的第一人。

乔治四世，英国国王（George Ⅳ，1762—1830）

出生后第五天就被封为威尔士亲王。1781年1月1日成年后，他成了艺术和时尚的保护人。有人说，是他的叔叔坎伯兰公爵让乔治走上了拈花惹草之路。当时的著名女演员罗宾森（Robinson）夫人就是起初得到乔治的欢心的女人之一。后来，越来越多的美女如流水般在乔治身边来来去去，直到费茨-赫尔伯夫人出现。亲王形容她"美丽、丰腴、40多岁"。费茨-赫尔伯要求结婚。乔治被她迷得神魂颠倒，无法抵挡这个寡妇的风韵，于是不顾父亲的反对，也不管这桩王位继承人和一个天主教徒的婚姻在议会那里会引发怎样的震荡，把她娶了过来。据说威尔士亲王婚后不久就陷入破产危机中。下议院进行干预，想压住这桩丑闻。于是议院通过投票，给了他一笔16.1万英镑的额外津贴，又给了他2万英镑以维持他在卡尔顿府邸的生活。多亏有这两笔钱，乔治才把大债主的钱还了。之后他继续过着骄奢淫逸的生活，又欠下新债。债主们又来追债了（这次他欠了6.43万英镑）。乔治没有办法，只好接受和布伦瑞克公主卡洛琳的婚约，条件是政府要替他还清债务、增加他的个人收入。1795年4月5日，两人成婚。第二年，夏绿蒂公主诞生不久，夫妇俩就闹翻分居了。威尔士亲王又过上了原来那种花天酒地的生活，天天赛马、赌拳、饮酒作乐。1811年2月7日，乔治开始摄政，然而他的生活依然没有任何改变。1820年，乔治登基为王。在他去世前几年，由于往日放荡不羁的生活，乔治三世一身疾病，几乎再没出现在世人眼前。

乔治（Georges）

请看词条"卡杜达尔"。

切萨里（Cesari）

波拿巴家族谱系的作者。

屈斯蒂纳伯爵（亚当-菲利普，Adam-Philippe de Custine，1740—1793）

旧制度时期一个龙骑兵团的上校，被梅斯辖区选为贵族代表，进入三级会议。会议结束后，他代替年迈的卢克纳将军担任莱茵军司令。一开始，屈斯蒂纳取得了几次大胜，把阵线一直推进到了法兰克福，但之后遭遇一场惨败，被迫后撤，不得不放弃了自己大部分炮兵部队。屈斯蒂纳把战败原因归结为陆军部长的不作为、克勒曼的忌妒作祟，一怒之下递交辞呈。国民公会相信了他的话，让他继续统领北方军。然而陆军部长拿出证据，说屈斯蒂纳在战斗期间和奥地利、普鲁士军方高层有往来。马拉站出来揭发他，马拉遇刺后，他又遭到埃贝尔的攻击。于是屈斯蒂纳被移交革命法庭，被判处死刑。

R

让蒂里（安托万，Antoine Gentili，1743—1798）

一个科西嘉人，曾在保利的领导下为科西嘉岛独立而战。1790年11月，他和波佐·迪·博尔戈一道被派到国民议会，向议会表达科西嘉岛的心声，说服它相信科西嘉岛拥护大革命理念的决心。1793年，英军在科西嘉岛登陆，让蒂里和英军作战时受伤，事后被提拔为将军。1794年，他被编进意大利军。1796年8月，让蒂里负责准备征讨科西嘉岛的军事行动。10月19日，他在科西嘉岛登陆，先后占领了巴斯蒂亚和阿雅克肖，并在1797年3月离开了该岛。第二年5月，让蒂里被召至维也纳，得到攻占科孚岛的任务，成功完成了使命。四个月后，让蒂里病倒，不得不回到故乡，但到达后没多久就病逝了。

让蒂里尼（Gentilini）

拿破仑在厄尔巴岛和圣赫勒拿岛时身边的一个仆人。

让内-戴维尔（Jeannet-Dervieux）

皇家马厩里的一个驯马师。

让索内（阿尔芒，Armand Gensonné，1758—1793）

吉伦特派的智囊，和朋友韦尼奥、居阿代一道成为吉伦特派三巨头，被同时代的人和后辈视为吉伦特派的代表人物。1792年8月10日——也就是法国政界发生巨变那一日之前，让索内和同僚商量好，要和宫廷展开谈判。他用心写下一份陈情书，交给路易十六。这件事后来成了他的政敌攻击他的主要理由。

热拉尔（埃吉安-莫里斯，Étienne-Maurice Gérard，1773—1852）

父亲是维莱尔管辖区的一个执达员。19岁时，热拉尔以志愿兵的身份加入了默兹省志愿军第二营，在杜穆里埃的指挥下在阿贡讷作战。1793年，热拉尔当上了中尉，被贝纳多特提拔成了自己的参谋官，1799年6月成了贝纳多特的正式副官。在奥斯特里茨，他被炮弹碎片击中，身负重伤。第二年，他被晋升为将军。热拉尔一直跟随贝纳多特，所以后者失宠后，他也境况堪忧。不过，热拉尔在俄国征战中表现英勇，尤其是在1813年1月率领他那个师掩护大军团撤退的时候更是无比亮眼。所以，热拉尔又获得了皇帝的器重。后来，热拉尔毫不犹豫地支持拿破仑退位，不过这可能是出自他原来的上司贝纳多特的授意。之后，他受阿图瓦伯爵指派，去汉堡顶替达武的职位。然而皇帝一回来，他又立刻投诚倒戈。拿破仑依然重用他，把一支军队交给他指挥。但热拉尔辜负了主上的信任：他把布尔蒙推荐给拿破仑，信誓旦旦地说布尔蒙是多么忠心耿耿。当时正担任陆军部长的达武想阻止拿破仑任用布尔蒙，却拿固执的拿破仑没有任何办法——皇帝已经向热拉尔做出承诺，觉得自己必须信守诺言。之后发生了什么事，我们也都知道了。波旁二次复辟后，热拉尔赋闲在家，未得任用。七月革命之后，他又东山再起，被封为元帅，还进了陆军部。拿破仑三世后来还让他进了元老院。

热拉尔德（弗朗索瓦，François Gérard，1770—1836）

生于罗马，父亲是法国人，母亲是意大利人。10岁时，他和家人一起来到法国定居，开始学习绘画。作为大卫的弟子，热拉尔德于1789年拿到了罗马绘画比赛二等奖。1793年，他上了征兵册，但老师把他的名字列入革命法庭陪审员名单，让他逃过一劫。督政府时期，热拉尔德靠绘画为生。雾月政变后，他成了波拿巴及其家人的专用画师。1810年，他创作了一幅巨大的《奥斯特里茨战役》油画。拿破仑对此画非常满意，甚至把那些没有参加奥斯特里茨战役的军官叫去观摩，对他们说："看看当时我们是怎样的，这画画得太棒了。"在远征俄国之前，拿破仑让热拉尔德创作了一幅罗马王的肖像画。后来他在斯摩棱斯克拿到这幅画后，把它展示给参谋团看。拿破仑退位后，热拉尔德作为拿破仑专属肖像画家，已经有了名气，其顾客不乏亲王贵胄。他画过亚历山大、腓特烈-威廉三世、惠灵顿、施瓦岑贝格等。路易十八也曾身着王服，摆好姿势站在他面前。复辟时期，热拉尔德的名气不降反升。他创作了一幅《圣赫勒拿岛之墓》，以纪念自己曾经的保护人。1830年后，他的绘画事业又有了质的飞跃。热拉尔德的画作有的以历史事件或神话为主题，除此之外，他至少画了300多幅肖像画，还不包括无数不那么出名的画作。

茹贝东（亚历山德里娜，Alexandrine Jouberthon，1778—1855）

父亲是夏尔·雅各布·德·布莱尚普（Charles Jacob de Bleschamp），作为"最高法院律师"，曾在加来烟草集散地当税务员。被凡尔赛的奥古斯蒂娜夫人抚养长大的亚历山德里娜，1798年嫁给货币交易商茹贝东。三年后，茹贝东破产，抛弃了妻子和几个月大的小女儿，去了圣多明哥，到了那里没多久就死了（疑似死于1802年）。1802年年初，亚历山德里娜认识了吕西安·波拿巴。1803年5月24日，两人的孩子来到人世，于是他俩在10月26日正式结婚。拿破仑一直无法原谅自己弟弟这桩"门不当户不对的婚姻"。弗雷德里克·马松很讨厌茹贝东，认为她是一个野心勃勃的阴谋家，唆使吕西安和自己的哥哥作对。弗洛里奥·德·朗格勒（Fleurio de Langle）于1839年为她写了一本足有400多页厚的书——《亚历山德里娜·吕西安-波拿巴》（*Alexandrine Lucien-Bonaparte*），可她根本就不值得被如此大书特书。

茹贝尔（巴泰勒米，Barthélemy Joubert，1769—1799）

父亲是一个性子平和的法官，茹贝尔却从小就想着打打杀杀的事。父亲把他送进学校，他逃了出来，15岁时加入了炮兵队。被家人从部队里"赎身"回来后，年轻的茹贝尔被送到第戎学习法律。1789年大革命爆发，这个法律系的学生参加了国民自卫军，成为大革命最狂热的信徒。志愿军刚成立，他就迫不及待地加入其中，渴望上阵杀敌。童年时期的军人梦化为一个炽烈的热望：保护祖国，捍卫自由！1792年，茹贝尔被升为中尉，又用了三年的时间当上了将军。后来，他的名字和意大利战场上一场场辉煌的胜利连在一起。他在里沃利大放异彩，又用短短15天时间攻下了蒂罗尔（1797年3月19日—4月4日）。他给同样深受大革命理念熏陶的父亲写信说："我的步伐简直快如闪电；不过跟着波拿巴打仗，我们还能做其他什么事呢？"（1797年4月10日信件）1798年10月，茹贝尔担任意大利军总司令。他相当于掉进了一个马蜂窝：这支军队的参谋团几乎成了接待中心，所有在"意大利这座美丽的后花园"里大肆洗劫的人都蜂拥而上。参谋总长絮歇默认了这种行为。当时富歇在巴黎不受待见，于是想办法让政府把自己派到意大利，在那里大肆敛财。唯巴拉斯一家独大的督政府想制止这种丢人现眼的事，于是打算把部队财政管理工作交给文官特派员去做，以阻止众将领及其背后的参谋团贪污抢掠的行为。茹贝尔（他当时上任才不到一个月）觉得这件事情非常难办。他派人告诉督政府，如果当局不撤回特派员和让他们负责财务的命令，他就递交辞呈。督政府代表拉雷维耶尔-勒博在他的回忆录第二卷第312~313页里声称，茹贝尔是受到絮歇和其同僚的蛊惑才说这种话的。他还说："茹贝尔错在被阿谀奉承和无耻的谎言给蒙蔽了。"督政府试图和他讲道理，拉雷维耶尔写信劝告他说："现在共和国正号召所有爱国人士为国效力，身为一个天赋过人、多次表现出自己的公民责任心的将军，您选择在这时辞去指派给自己的这个光荣岗位，共和政府选择在这时接受您的辞呈，这着实不太合适。"（1798年12月14日信）拉雷维耶尔的同僚梅尔林在同一日写给茹贝尔的信中，语气就没这么客气了："将军公民，您做了一个多么奇怪的决定啊：您竟然在共和国最需要您、您也干得无懈可击的时候离开这个光荣的岗位！难道您那些真心待您的朋友希望您干出这种事来？难道祖国对您的呼唤，竟然还盖不过您心中某个我所不知的自尊心的嘀咕声？"茹贝尔受到教训，让步了。然而15天后，他又萌生了辞职的念头。这一次，一是为了抗议督政府的一个决定：为了不惊扰奥地利，政府打算推迟进军托斯卡纳的计划（意大利军里的那些秃鹫已经对这块肥沃之地觊觎已久）；二是为了抗议政府弃用絮歇的做法：督政官对絮歇终于失去了耐心，令他三日之内回到法国。这一次，谁也无法说服茹贝尔回心转意。他回到巴黎后，发现那里的政坛正是云谲波诡之势。巴拉斯和西哀士筹谋已久，意欲一举消灭拉雷维耶尔-勒博和梅尔林·德·杜埃的势力。所以，他们需要一个老实听话、愿意帮助他们实现目标的将军来带领巴黎军队。茹贝尔揣测到了两人的动机，出任巴黎第十七师的师长，完成了牧月三十日的行动。新的督政府内部马上产生了两种倾向：以西哀士为代表的一方提倡对国家进行广泛的改革，以最终重建君主制，但先以一个临时体制为过渡。具体来说，就是把权力交到两个政治巨头那里，他们一个扮演"头"，一个扮演"手"。毫无疑问，"头"非西哀士莫属。然而西哀士还得找到一只"手"，此人就是富歇。当时富歇已经嗅到了一场即将袭来的政变的气息，于是建议西哀士寻求和茹贝尔的合作。（路易·马德林在他那本写得极其出彩的《富歇》一书中，曾猜测富歇和茹贝尔有关系，所以把他推了出来；请看该书第一卷第227～228页）富歇在回忆录中说："我当时向他提到了茹贝尔这个人，说他是一个纯洁、无私的将军，我在意大利的时候和他很熟（非常奇怪的是，茹贝尔曾保护过富歇，帮他逃过了一次逮捕），在必要时刻，人们大可放心地让他手握重权，无须害怕他存有野心、兴兵作乱，因为他绝对不会干出对自由和祖国不利的事。"（请看马德林版的《富歇》第73页）西哀士认真听取了富歇的建议，摆出一副深不可测的样子，回答说："很好。"富歇在回忆录中补充说："我在他那张讳莫如深的脸上读不出其他意思。"西哀士和茹贝尔有过一次谈话，但没有取得什么结果。几天后，茹贝尔对新任督政官戈伊尔（Gohier）说："公民西哀士和我谈起了我们的宪法，说话时语气有些奇怪，我觉得他听不懂我说的话。"（请看《戈伊尔回忆录》第一卷第52页）此外，在脱胎于法国大革命的共和制命悬一线的那个时候，有人仍在力求保全某些宪法制度。这些人打着已经老掉牙的雅各宾派的旗号，复现出1793年山岳派和吉伦特派的气势（当前的危难已经让人把过去的仇恨都遗忘了）——他们也在找一只"手"——一把能够保护自由不受侵害的剑。于是，他们觉得茹贝尔就是那个能拯救共和国的人。戈伊尔一进入督政府就想表现自己的共和信仰，便开始接近茹贝尔。这一次，两人达成了一致。当时正担任意大利军师长的古维翁-圣西尔，在他的回忆录中是这么说的："有风声传来，说督政府内部又产生了分裂，一部分人想除掉另一部分人。为了达成目的，他们想延续果月十八日的做法，让一个将军动手，于是选中了茹贝尔。提议任用茹贝尔的那一方知道他为人正直，说人们对他不用有任何忌惮，他绝不会在野心的驱使下变成一个麻烦人物，只当个总司令就心满意足了；为了让他在舆论中更有分量，人们才事先把他派去意大利积攒战功，好让他一头桂冠地回到巴黎。"（语出《古维翁-圣西尔回忆录》第一卷第223页）就这样，茹贝尔顶替了刚刚上任才几周时间、满心欢喜、一心只想留下来的莫罗，再度当上了意大利军总司令。（古维翁-圣西尔说："军中将士无不对总司令人选的突然变更而感到措手不及。"）在向戈伊尔辞行的时候，茹贝尔说："督政官公民，请您要更加信任我的为人，而不是我的军事才华。只要我还没有死在打击共和国敌人的战场上，就请您放一百个心，我一定会死死守护住它。"（语出《戈伊尔回忆录》第一卷第52页）于是，他离开了。然而他没有马上抵达岗位。在取得那场决定共和国命运的战斗的胜利之前，茹贝尔想先结婚。这就是"另一个故事"了。它纯属私事，看上去似乎和任何政治上的算计毫无关系；可实际恰恰相反，在这桩婚姻的背后，实则藏着一个由老奸巨猾的赛蒙维尔侯爵想出来的阴谋。这个恶贯满盈之徒为了"路易十八陛下"，在共和国使劲兴风作浪。当时，他也觉得法兰西共和国需要一只"手"，这只手得足够有力，能在"拯救"共和国之后把它五花大绑地交给流亡贵族的国王。于是他觉得，如果能把茹贝尔推进他的继女泽菲丽娜·德·蒙托隆的怀中，那他就能和茹贝尔产生密切关系。泽菲丽娜生得十分美貌，而且据阿布朗泰斯公爵夫人所说，她还拥有为爱痴狂的勇气。就这样，茹贝尔完全把自己身为总司令的义务忘到了九霄云外，在1799年7月9日给父亲写信说："我向政府隐瞒了自己的行程，去了格兰德-普雷，将在下一个休息日在此迎娶赛蒙维尔小姐。"接下来，茹贝尔过了整整三周的蜜月。直到8月5日，莫罗才向他移交了军权。然后，他得弥补先前浪费的时间，履行对戈伊尔的承诺才是。6日，茹贝尔把古维翁-圣西尔叫了过去，宣告他打算在第二天发起进攻。古维翁-圣西尔听得目瞪口呆，因为当时部队根本没做好准备，军中大部分士兵离敌军主力还有很远的距离。人们勉强凑齐了3.5万人，去攻打苏沃洛夫的8万军队。大家请求总司令进行事先侦察，茹贝尔答应了。他从一处高地上观察了敌军部署，意识到在诺维的平原上发起攻击实在太过危险。于是，茹贝尔放弃了自己的计划。可是第三天，他又改变了主意。他召开了一次作战会议，参会人员有茹贝尔、莫罗、絮歇（在茹贝尔的要求下，他官复原职）和古维翁-圣西尔。茹贝尔要在两套方案中进行选择：要么进攻苏沃洛夫，要么撤到亚平宁山。如果选择第一套方案，那完全是在自寻死路；而第二套方案不会带来任何不便之处。古维翁-圣西尔竭力想说服茹贝尔："我们完全可以在十日之内发起战斗。尚皮奥内的军队在阿尔卑斯山，可以带着3.5万人和您会合。我们最好回到我们熟悉的山区。"可莫罗和絮歇似乎并不赞同他的观点。最后大家没有做出任何决定，各自散会。接下来的几天，茹贝尔一直被他身边的人洗脑，其中不消多说就有絮歇。絮歇鼓励他发起进攻，说服他相信敌人没有打算和他死扛。茹贝尔还在犹豫，一会儿说可以，一会儿又说不行。古维翁-圣西尔在回忆录中说："谁也没办法打消他的顾虑。那时的他一副纠结样，连他自己都深感羞耻。"好几天过去了。14日晚，茹贝尔仍然没有拿出明确的作战计划。于是，苏沃洛夫利用了茹贝尔的这种心态。那时他刚刚接收了2万大军，他们都来自曼图亚投降后被释放出城的部队。15日，黎明的曙光刚刚洒在大地上，苏沃洛夫就命令部队发起进攻。率先遭到攻击的是茹贝尔的左翼军，而且敌人的攻势非常猛烈。左翼军不得不往后退，其指挥官佩里尼翁遭到苏沃洛夫的迂回包抄，下面格鲁希的那个师被打得溃不成军、慌不择路地逃跑。茹贝尔当时站在高地指挥作战，注意到格鲁希这边的情况，想阻止军队溃退，然而他的命令传不下去。于是，茹贝尔调转马头，回到古维翁-圣西尔负责的中军大营，幸好这支军队抵住了敌人的冲击。此时，右边射来一颗子弹，茹贝尔立刻坠马。倒在地上后，他只来得及对副官说这么一句话："把我拖去埋了，把我的刀带走。"然后就咽了气。

富歇写道："茹贝尔之死这件事一直都没有得到明确的解释。我曾问过当时的目击证人，他们似乎认为要了他命的那颗子弹是从埋伏在一边的某个隐蔽体里射出来的，因为当时敌人虽然火力全开，但茹贝尔正和参谋团在一起，去给正在撤退的先锋军打气，他那个位置并不在敌人的射程范围内。有人甚至说，是我们轻骑兵队里某个科西嘉轻骑兵开的枪。"（请看马德林版《富歇》第87页）这话似乎在暗示，杀死茹贝尔的凶手是波拿巴的同乡。不过这话从富歇嘴里说出来也并不奇怪。马德林认为，奥特朗特公爵只是在重复"当时已经传开的一个流言罢了，但令人觉得这种说法毫无根据"。这是显而易见的事。我们这么说吧：战场本就是个子弹横飞的地方，那些子弹可不长眼睛，谁也说不清楚它们到底是从哪里射过来的。茹贝尔的猝死以令人震惊的方式断送了众人对他的期望。他结婚三周就离开了自己的娇妻，有人想从他的婚姻中找出其死亡的缘由。阿布朗泰斯公爵夫人说："她（茹贝尔的妻子）是那么美丽，让我觉得茹贝尔耽误三周是情有可原的事。"但莫罗可不这么想。波拿巴回国后立刻登门拜访了戈伊尔，就大革命有史以来遭遇的最大惨败仔细询问了对方。戈伊尔回答："要是茹贝尔能够下定决心，趁自己初到军中、全军上下士气高涨的时候发起进攻，要是他刚被任命为总司令就立刻奔赴军营，俄国和奥地利在那里的那点军队根本就不足为惧，完全无力抵抗茹贝尔的雷霆之击。"（请看《戈伊尔回忆录》第一卷第203页）戈伊尔本人的证词也很意味深长："哪怕茹贝尔后来没有奔赴岗位，也比这个结果要好得多，虽然他当时立下誓言，虽然他想在那里干出一番事业来！这样的话，诺维一仗我们就不会败了。然而，儿女私情让他忘记了自己的初心——我在这里甚至都不想说'义务'二字。"要是死神没有这么突然地把他带走，茹贝尔之后会怎样呢？拿破仑在圣赫勒拿岛时说，茹贝尔当时想发动雾月政变，"但他要和雅各宾分子一起干"。即便茹贝尔成功了，他也只是戈伊尔或赛蒙维尔手中一个老实听话的工具而已，这就不可避免地导致第二次"雾月政变"的发生，而波拿巴才是有能力发动政变的。至于茹贝尔的军事才华，我们可以听一听权威人士古维翁-圣西尔的意见："茹贝尔曾在波拿巴麾下参加过对意之战，当时他表现得非常惹眼；然而执行一个聪明上司的命令和自己当总司令，这完全是两码事。虽然茹贝尔在战场上生杀决断、号令三军，可一坐上总司令的位置，他似乎就失去了判断力。"如果他没死，最多也不过是拿破仑麾下众多杰出将领中的一员吧。

参考资料：埃德蒙·谢维里耶的《茹贝尔将军》（Edmond Chevrier, *Le Général Joubert*）。

茹尔丹（让-巴蒂斯特，Jean-Baptiste Jourdan，1762—1833）

曾是绸缎铺里的一个小伙计，后来和当时许多小市民出身的年轻人一样被冒险精神所蛊惑，于1778年加入奥塞尔部队，参加了美国战争。回到法国后，他想重新过上原来那种平静安定的生活，于是在利摩日当服饰用品商。之后是1784年，大革命的钟声已经敲响，茹尔丹又坐不住了。而这一次，只在当地国民自卫军里有个体面的军衔，已不能让他满足了。他把店铺丢给自己的妻子，离开利摩日，加入了北方军，进入了维也纳志愿军第九营。1793年，茹尔丹当上了将军，在接下来的三年里战功显赫（人们一说起弗勒吕斯战役，就必定会提到他的名字）。热月九日之后，他一下子失去了往日的意气风发，整个人消沉了许多，之后吃败仗的频率也越来越高。1796年对茹尔丹而言是格外惨痛的一年。他穿越莱茵河，进入巴伐利亚，却因突然病倒而被迫交出军权。十天后，茹尔丹身体好了一点儿，还没等到彻底康复，他就上了战场，但明显无力再带领军队作战了。9月3日在维尔茨堡，他惨败在查理大公的手下，不得不退回莱茵河。后来古维翁-圣西尔说："这场战役的失败让奥地利军队恢复了他们战前那不可攻克的名声；这不仅意味着桑布尔-默兹军在上帕拉蒂纳和弗兰肯吃了败仗，还意味着莱茵军在施瓦本和巴伐利亚大败而归。此战之后，莱茵军不得不退到莱茵河后面，以整顿军队、恢复士气。"〔详情请看《莱茵军和莱茵-摩泽尔军战争回忆录》（*Mémoires sur les campagnes des armées du Rhin et de Rhin-et-Moselle*）第三卷第245页〕茹尔丹把惨败的责任归咎到督政府头上，说政府没有及时给他提供必需物资来维持军队战斗力，然后愤而辞职。他回到利摩日，再次做起了小生意，而且一身戎装坐在柜台后面收钱，看上去格外显眼。巴黎人给他取了个绰号，叫"记账将军"，对他冷嘲热讽。然而利摩日人对他格外尊重，还把他选进了五百人院。茹尔丹在议会里和反对党来往密切，并积极把雅各宾派的残余分子重新联合起来。他已经意识到政坛上再次乌云密布，另一场专制统治即将伸出魔爪。为了制止这一切，1799年9月13日，茹尔丹提议五百人院向国人发出呼吁，提醒他们祖国面临危险，然而没有人听他的话。大家都不敢，因为他们害怕触及共和二年那段可怕的记忆，惊动公众舆论。雾月政变前不久，他和波拿巴有过一次交谈。波拿巴向他大力陈述推翻督政府的必要性，虽然茹尔丹也不喜欢这个政府，却觉得它并没有多大的流弊。他问波拿巴，如果推翻了督政府，那拿什么来代替它呢？波拿巴回答得相当含糊。后来，茹尔丹给古尔戈写了一封信（此信写于1823年2月12日，那时古尔戈的回忆录第一卷才出版不久，里面说茹尔丹是第一批建议波拿巴成立军事独裁政府的人员之一），说："我表态不愿支持他，除非他能明确保证维护公共自由，而不是说些语焉不详的话。"就这样，两人成了政敌。但茹尔丹并没多么坚定地反对波拿巴的行为，只想以非常谨慎的方式来稍稍表达一下自己抵抗政变的态度而已。在雾月十九日的圣克鲁，人们看见他先波拿巴一步走进议会大厅。没过多久，他出来了一下，但很快又进去了。波拿巴在里面差点儿被人刺伤，之后被他的投弹士兵带了出来。

就这样，茹尔丹及其同僚被赶出五百人院议事大厅。之后，人们发现他在一个副官的搀扶下，在圣克鲁宫的院子里散步。（出自共和三年雾月二十三日的《巴黎通报》）"由于言行过激、攻击他人"，他和另外60名议员一道被解除了国民代表的职务。且不说别人，至少对茹尔丹而言，这个理由实在有些夸大。接下来，茹尔丹的名字出现在了"通缉名单"上。换言之，他要被迫流亡国外了。列斐伏尔将军为他上下周旋，茹尔丹才免去一劫。其实，波拿巴似乎还挺看重这个"民主将军"，任命他为炮兵及步兵总督察长。没过多久，茹尔丹就被派去皮埃蒙特担任总督。1802年，他进入元老院，1804年由于战功显赫、言行正派而获得元帅权杖。接下来那一年，茹尔丹奉命担任伦巴第军队指挥官。要不是几个月后法奥两国爆发战争，他还会在那里继续干下去。战争爆发后，拿破仑立刻让马塞纳顶替了他的职位。他给欧仁·德·博阿尔内写信说："茹尔丹元帅处在一个非常重要的位置上，但他不了解那个地方，做事不够强硬，而且很容易泄气，所以我无法让他去统领一支至关重要的军队。"（注意，拉雷维耶尔-勒博在他的回忆录第二卷第373页也给出了类似的评价："他性格优柔寡断，一遇到失败就慌了阵脚，遭遇挫折时只想逃避，说得更明白点，只想着慌不择路地逃跑。"）1805年战争期间，茹尔丹一直赋闲在家。后来，约瑟夫·波拿巴得到命令，要去那不勒斯当国王。因为他很喜欢茹尔丹温润平和的性子，便请求拿破仑让茹尔丹和自己同行。就这样，茹尔丹成了那不勒斯总督。当上西班牙王之后，约瑟夫又把茹尔丹带到了马德里，让他担任自己"军队"的参谋长。拿破仑的那帮将士都把茹尔丹当作他们的出气对象，约瑟夫却和他关系很好。当然了，这是因为两人性格很像的缘故。后来法军在西班牙遭遇惨败，他们一起回到了法国。再后来，茹尔丹甚至和路易十八都相处得非常融洽，后者还封他为伯爵；路易-菲利普执政后，他还担任过荣军院司令。

若古尔侯爵（夏尔-利奥波德，Charles-Léopold de Jaucourt，1736—？）

来自古老贵族世家阿瓦隆许多分支中的一支，其家族不断向历代勃艮第公爵和法国国王输送军官。若古尔9岁就进入了王后步兵团，并在1756年担任精骑兵团的旗手。虽然他只是个寂寂无闻的小人物，却引起了古尔盖市长夫人的注意。根据德让丽夫人所说，市长夫人对他生起了一股"纯洁而又无望的情愫"。后来若古尔跟随普罗旺斯伯爵流亡国外，从此一直在他身边效劳。我们并不清楚若古尔是何时去世的。

若米尼（安托万-亨利，Antoine-Henri Jomini，1779—1869）

一个瑞士年轻人，曾在巴塞尔银行工作，后来来到巴黎，成为外币兑换员。当时正是督政府时期，赚钱是件非常容易的事。若米尼一下子富得流油，然而他的大部分钱财都是通过贩卖军火赚来的。回到家乡后，他当上了新成立的海尔维第共和国陆军部总秘书。就这样，这位未来的将军走上了军人之路。1802年，他回到法国，写了一篇战术指南性的文章——《论重大行动》（*Traité des grandes opérations*），然后自告奋勇当上了内伊的副官。内伊接受了若米尼，把"这位瑞士先生"视为自己最亲近的战略伙伴。有后人说，内伊之所以取得如此显赫的功劳，和若米尼制订的战术不无关系。1806年，若米尼写了一篇论文，在里面为法国当前对抗普鲁士军队制订了详细周密的行动方案。拿破仑读后，把若米尼叫来为自己效力。耶拿战役期间，若米尼一直伴随他左右。发现内伊的部队陷入困境后，若米尼恳请皇帝允许他回到元帅身边，给他出谋划策，帮助内伊再次掌握了战场的主动权。《提尔西特和约》签订后，已是上校的若米尼被任命为内伊的主参谋长。之后，他陪同内伊去了西班牙。正是在若米尼的再三建议之下，内伊才决定前去支援约瑟夫国王和苏尔特的军队。事后，若米尼被派到维也纳，向当时正在那里的皇帝解释他为何要采取这个行动。在此期间，有人告诉内伊，他的总参谋长向人吹嘘，说他取得的一切战果都是自己的功劳。内伊闻言暴怒，派人给若米尼传话说自己再用不着他了。若米尼一时气急，告假回到了瑞士，之后递上了辞职信。与此同时，他给亚历山大一世写信，说愿意为他效劳。后者立马接受了他的好意。拿破仑得知若米尼转而效劳俄国沙皇后，立刻从中斡旋，许诺封他为将军，才把若米尼拉了回来。于是若米尼继续为法国服务，并担任了大军团总参谋团纪事部部长。就是在这个时候，他开始撰写《大革命各场战役的军事考证史》（*Histoire critique et militaire des campagnes de la Révolution*）。此书从1819年开始出版，内容不下十五卷（最后一卷在1824年才得问世）。他陪同拿破仑前往各国，但不再参与任何军事行动，只先后担任过维尔纳和斯摩棱斯克总督的职位。大军团撤离俄国期间，拿破仑想走明斯克撤退，可这条路已经被切断。若米尼站出来，大力主张走莫洛杰奇诺这条更难走、但路程更近的路。拿破仑采取了他的方案，正因为如此，拿破仑大军才能走到贝尔齐纳河，而不是被困死在俄国、向沙皇投降。回到法国后，若米尼再次回到内伊身边和他共事。这是拿破仑的强硬要求，他对若米尼说："去吧，参谋长，就算是为了我。"在包岑战役中，他和内伊发生激烈争吵。当时若米尼提议包抄布吕歇尔的后方军队，这样布吕歇尔就成了瓮中之鳖。但内伊不这么认为，说："别想我会听您提出的那些该死的战术，我只知道一件事：我绝对不会跑到大炮的后面去。"于是，法军朝大炮正面前进。之后，法军勉强取得胜利。拿破仑收到消息后非常失望，反复问道："一门大炮都没缴获？一个俘虏都没抓到?"不过战斗结束后的第二天,内伊在给大军总部递交军报、阐述正面进攻的方案时,还是把他的总参谋长的名字写了进去。若米尼以为自己这次可以成为一个师的师长,可他得到的不是任命书,而是贝尔蒂埃的一封信:"将军阁下,我代表皇帝向您发来一封临时急报,您的任命书待定。请您将已被皇帝勒令原地待命的第三军的现状汇报过来。皇帝陛下令我整顿此军,并表达了对您玩忽职守的不满。"随信附有一份帝国军报,军报上对若米尼做出禁闭惩罚。当时,若米尼迟迟没有向拿破仑汇报第三军的编制人数,没对伤兵、战俘和失踪士兵(包括逃兵、迷路者和掉队者等)等方面的情况进行解释。皇帝只知道这支军队战后还有1.6万多人,但对下面各分队的具体人数一概不知。其实,这个疏忽是完全可以理解的,而且几乎无损战争全局。有人说,是贝尔蒂埃趁机对若米尼发起报复(先前若米尼多次对他的战术进行批评,因此激化了两人的矛盾),在拿破仑心情恶劣的时候煽风点火,让皇帝对他进行了如此的处置。这极大地伤害了若米尼的自尊心。六周后,拿破仑拿到了晋升名单,若米尼的名字赫然在列,看字迹还是贝尔蒂埃写上去的。然而,拿破仑依然不想让他官复原职。得知这个消息后,若米尼决定离开法军,投奔俄国。他给拿破仑写了一封信,告知对方自己去意已决。在当天(8月13日)写给一个好友的信中,若米尼说:"明天,我就要抛弃这支忘恩负义、只给我带来无尽耻辱的军队,抛弃这个根本就不是我的祖国的国家。"若米尼投奔敌军(8月14日)前没多久,停战协议就被撕毁了(8月11日)。这难道只是巧合吗?在首版《拿破仑圣赫勒拿岛回忆录》中,拿破仑说若米尼是个逃兵和叛徒。但在之后的版本中,拉斯卡斯觉得自己得把影射若米尼的内容全都删去。在阐述1813年前后事件的章节中,拉斯卡斯提及"联军军官的腐化"时加了一条注释,解释自己为什么要删除这些内容。他说："本章此处以及其他多个地方都和若米尼将军有关，其用词如毫不留情的历史学家一样格外严厉。将军对此反应激烈，把加在他头上的那些事否认了。他说，我在这些地方被官方资料给糊弄了，因为这些资料都本分却错误地借鉴了拿破仑的话，并参考了最近蒙托隆先生出版的著作。我既没有资格，也没有义务去当审判官。考虑到这位令人尊敬的先生的抗议之声，再加上我内心是倾向于相信他的，所以我觉得应当将一些内容删掉，最后也这么做了。"在若米尼这件事上，蒙托隆笔下的拿破仑则给出了截然不同的评价。1817年，奥德勒本男爵出版了《谈1813年发生在萨克森的那场战争》（baron d'Odeleben, *Relation de la campagne de 1813 en Saxe*）。读完此书后，皇帝在读书笔记中写道："本书作者说若米尼将军将内伊军队的现状和作战计划全都泄露给了联军，这完全是错的。当时总的行动安排直接发给各军元帅，他根本不可能知道内情。而且即便知道了，皇帝也不会让他扛上泄露军情的罪名。他并没有像皮什格吕、奥热罗、莫罗、布尔蒙那些人一样背叛自己的国旗：他可以说自己遭遇不公，被一种崇高的理念给蒙蔽了。他不是法国人，不受爱国之情的约束。"［详情请看《为拿破仑时期的法国历史而作的回忆录》（*Mémoires pour servir à l'histoire de France sous Napoléon*）第一卷第1～2页中的注释a］在评价若米尼的《论重大行动》时，拿破仑说，"此书是同类型书中写得最好的一本"。亚历山大一世让若米尼担任自己的副官，并请他为许多重大军事行动提供意见。下任沙皇尼古拉一世请若米尼担任自己的军事老师，对他宠信至极，还让他教育自己的儿子。在19世纪上半叶，若米尼的著作成了权威教材。他第一个提出要在制订战术时采用辩证法。可以说，他就是军事领域里的黑格尔。

参考资料：泽维尔·德·库维尔的《拿破仑的预言家——若米尼》（Xavier de Courville, *Jomini ou le Devin de Napoléon*）。

S

萨德（多纳蒂安-阿尔冯斯-弗朗索瓦·德，Donatien-Alphonse-François de Sade，1740—1814）

出身于阿维尼翁的萨德家族，家族历史可追溯到12世纪。他的父亲继承伯爵头衔，是萨德侯爵的儿子。多纳蒂安-阿尔冯斯-弗朗索瓦在父亲还在世的时候，就以离奇的人生经历而著称。他一直被他的仰慕者尊为"侯爵"，当然了，其中也有戏谑成分。萨德侯爵因为"放荡无度"而被多次监禁，法国大革命初期出狱。当时他试图在全新的政治形势中打拼一下，就表现出非常革命的样子，成功当上了他所在辖区，即皮克辖区的委员会秘书。而这正好也是罗伯斯庇尔的辖区。萨德利用这个位置为前朝贵族效力，包括他的岳母——曾无情加害于他的蒙特勒伊夫人。萨德侯爵忙活到最后，却把自己送进了监狱。热月九日出狱后，他又被波拿巴打入大牢。这位法国新主力图向公众展示自己肃清道德风气的决心，便让警察把萨德的所有作品都查封了（萨德侯爵当时刚刚写完一本惊世骇俗的书，虽然用了化名，但明眼人一眼就能看出他在影射约瑟芬和她的丈夫）。1801年3月5日，萨德侯爵被关进圣佩拉吉监狱。之后，他又被转移到从前待过、13年前从里面出来的夏朗东监狱，并在75岁时死在了那里。他一生中的29年都在不同监狱中度过。其传记作家吉尔伯特·莱利（Gilbert Lély）斩钉截铁地说："萨德侯爵即便不是现代性学的天才开创者，不是个人自主权的坚定捍卫者（他反抗各种形式的宗教奴役或社会约束），但他依然是法国文学史上独一无二的诗学宇宙的开山鼻祖，迄今为止唯有莎士比亚能与其相提并论。"

拉斯卡斯篡改了拿破仑的话，说萨德"在国民公会期间"因为写"淫秽小说"引起舆论界一片哗然而被打入大牢。这根本是一派胡言。萨德是因为作为前朝贵族而遭到怀疑，才被当局逮捕的。

萨尔马多里斯伯爵（comte de Salmatoris）

撒丁国王宫廷仪式主事。波拿巴当上第一执政官后，把他请来为自己服务。

萨尔特龙（安托万-雷热尔，Antoine-Léger Sartelon，1770—1825）

执政府和帝国时期的陆军财务审核官，1813年进入立法院，后来支持拿破仑退位。拿破仑从厄尔巴岛回来后，萨尔特龙拒绝出任莱茵军的财务审核官。波旁二次复辟后，路易十八任命他为国王军事学院的总审核官。

萨克森–科堡亲王（prince de Saxe-Cobourg）

请看词条"利奥波德·德·萨克森-科堡"。

萨拉辛[①]（让，Jean Sarrazin，1770—1848）

旧制度时期龙骑兵团的一个士兵。1792年，他成为一个自由军团的中尉，并随军加入了北方军，先后听从过马索、克莱贝尔的指挥。1796年，贝纳多特让他担任自己一师的总参谋长。萨拉辛参加了爱尔兰远征行动，不费一兵一炮就拿下了基拉拉，很快就被他的直接上司安贝尔提拔为将军。但直到两年后，他的军衔才得到正式确认。在圣多明哥远征行动中，萨拉辛的表现成为他军事生涯的耻辱：他放弃太子港，逃到古巴，从那里回到了法国。之后，他被派到比利时，因为掠夺成性而成为

[①] 编者把法文上卷第637页中的《沙漠客栈》作者阿德里安·德·萨拉辛（Adrien de Sarrazin）与第1054页、1055页中背叛了拿破仑的让·萨拉辛混淆了。——译者注

当地一害。但拿破仑不仅没有把他赶出军队、交给军事审判所审判，还把他派去指挥布洛涅的一个师。萨拉辛趁机从参谋团中盗取了作战图，于1810年6月将它卖给英国。他开价6万英镑，要求每年3万英镑的待遇和将军军衔。之后，萨拉辛在法国被缺席判处死刑，不过他对此毫不在乎（更何况路易十八后来把他的死刑撤销了）。拿破仑从厄尔巴岛回来后把萨拉辛打入监狱。后来他在圣赫勒拿岛时说："我没在1815年将其吊死，简直大错特错。"（语出《古尔戈日记》1817年5月14日内容）路易十八重回杜伊勒里宫后，将萨拉辛释放。萨拉辛出狱后结婚，可他先前已经结了两次婚，犯有重婚罪。他的三婚引起公众不满，于是萨拉辛遭到法庭审判，被判处做十年苦工。两年后他就被赦免，回了比利时。

参考资料：费茨-帕特里克1892年的《皮特的秘密机构》（Fitz-Patrick, *Secret service under Pitt*）297～360页，以及1848年在布鲁塞尔出版的萨拉辛的回忆录。

萨利切蒂（安托万-克里斯多夫，Antoine-Christophe Saliceti，1757—1809）

法国大革命爆发前科西嘉岛高等法院里的一个律师，被岛上的第三等级选进三级会议。萨利切蒂是议会里最狂热的改革支持者，并积极拥护科西嘉岛是法国不可分割的一部分。他还是第一批要求召回保利的人，但由于两人的政治立场完全相反，萨利切蒂和保利很快就成为不共戴天的死敌。制宪议会闭会后，萨利切蒂成为科西嘉岛总检察官；次年他回到巴黎，代表该省进入国民公会。1793年5月，他和同僚拉孔布-圣米歇尔一道被派到科西嘉岛，以打击受英国政府支持的独立派。由于和大多数岛上同胞的意见发生强烈冲突，萨利切蒂差点儿被杀。之后，他迅速离开科西嘉岛，来到普罗旺斯，积极参与了反对马赛和土伦的军事行动，在这两个城市投降后加入了"国民复仇"的热潮。热月九日后，他因此事被人以"恐怖分子"的罪名告发，上了逮捕令。没过多久，萨利切蒂得到赦免，并在1796年2月以督政府特使代表的身份来到意大利军中。由于和教皇达成协议，他给波拿巴立下很大的功劳。没过多久，萨利切蒂又恢复了议员身份，这一次他进的是五百人院。他并不支持雾月政变，但波拿巴对此也未作苛责，仍派他执行了许多宣传和谈判工作。约瑟夫·波拿巴当上那不勒斯王后，萨利切蒂成了他的警务大臣。后来缪拉接替约瑟夫坐上那不勒斯的王位，打算颁令让所有未入籍的法国人离开公职。萨利切蒂对此表示反对，但因为缪拉执意坚持，他便回了巴黎。拿破仑当时才把教皇放逐出罗马城，就派萨利切蒂去掌管罗马。他在罗马期间，英国人登陆卡拉布里亚。没过多久，萨利切蒂就回到那不勒斯，止住了国内总体的混乱局面，积极推动那不勒斯的防御工作。有一天，他接受其接任者——下一任警务部部长热努瓦·马盖拉的邀请，到对方家里用餐。第二天，萨利切蒂暴毙身亡。有谣言称他是被人投了毒。

萨默赛特（查理，Charles Sommerset，1767—1831）

好望角总督。

萨瓦里（安-让-马利，Anne-Jean-Marie Savary，1774—1833）

他的父亲是个骑兵军官，由于是平民出身，最多只能拿到少校军衔。萨瓦里年轻时在梅斯学院读书，1790年离校，进入父亲所在的军队——罗亚尔-诺曼底军团。萨瓦里进入部队时，正好赶上布耶将军集结军队，准备进军南锡，镇压当地的叛乱驻军的时候，萨瓦里参加了这次镇压行动。之后，他去了莱茵军，先后担任过皮什格吕、莫罗和德赛的传令官。他陪伴德赛一直到后者在马伦哥战役中牺牲为止。不过和一个四处流传的说法不同的是，德赛被敌军子弹击中的时候，萨瓦里并不在他身边。当时他被派去向第一执政官报告德赛一军的情况是如何危急，走到半路，从一个军官口中得知德赛已经战死。萨瓦里当即跑回上司身边，看到他的尸体躺在地上。萨瓦里后来在回忆录第一卷第283~284页中说："我看到他躺在一大堆血肉模糊的尸体中，浑身上下一块净肉都没有。虽然尸体已经面目全非，但我还是凭借那一头茂密的头发认出他来，他头上还挂着没被敌军摘走的绶带呢。我一直以来都对他无比爱戴，不能把他就这么留在那里，任他和一大堆尸体一道被寂寂无闻地埋在那里。我在数步之外发现一辆马车，马已经死了，马背上还挂着一件外套。我把德赛将军放到马车上，把外套披在他的身上。战场上有个被冲散了的骠骑兵，他跑来帮我，我们一道为我的将军尽到这点可怜的义务。他答应把将军放到自己的马上，牵着马将他送到加罗波洛，我则跑去把这个不幸的消息告诉第一执政官。"就这样，萨瓦里把德赛的尸体送到波拿巴的帐中。得到米兰城的迎接后，马伦哥的胜利者回到了巴黎。他派杜洛克转告萨瓦里，说自己会记住他的。拿破仑履行了自己的承诺：萨瓦里很快就成了第一执政官的副官，负责执行特殊任务。元老院议员克莱蒙·德·里斯被绑架后，萨瓦里成功发现绑匪关押他的地点。因为富歇的介入，他没办法采用灵活的手段结束此事，故此事的主要功劳也没落到他的头上。之后，萨瓦里去了旺代，多次乔装打扮，成功拿到了卡杜达尔正在策划的那桩阴谋的情报。波拿巴懂得充分利用自己这位副官出众的警探能力。萨瓦里被升为上校，担任一支精锐宪兵队的指挥官。这支宪兵队重点负责第一执政官的人身安全，并执行他的许多秘密指令。与此同时，萨瓦里还是军事反警察署的领导人，负责监督和控制其他所有人。因此，萨瓦里和富歇、蒙塞多次发生冲突，形成了相持局面。这却一点儿没让波拿巴感到不快。是萨瓦里负责执行军事审判所的裁决结果，处死了昂吉安公爵。此次行刑就发生在他的眼皮子底下。但萨瓦里是否如人所说的那样，提了一盏灯照在公爵胸前，好让士兵瞄得更准，这就不好说了。亲王是在早上六点被处死的，当时是3月21日，那个时节天都亮得很早，按理讲根本不需照明才对……另外还有一个传闻，说萨瓦里因为此事被提拔为将军。然而他在1803年8月29日就当上将军了。1805年，萨瓦里离开警务部，奔赴战场，在战斗中表现得非常英勇。尤其是在迅速夺下哈默尔恩堡垒的这场包围战中，他的表现极为亮眼。1807年2月16日，萨瓦里在奥斯特洛文卡打败俄军，获得大捷。《提尔西特和约》签订后，拿破仑把他派到俄国宫廷，监督条约中的秘密协议的执行情况。圣彼得堡上流社会并不喜欢这个"樊尚的刽子手"，所有社交圈都对他关上了大门。萨瓦里在他的回忆录第三卷第156页说："除了有幸到沙皇宫中就餐的日子，在公共场所散步成了我唯一的消遣。"1808年1月，他回到巴黎。三个月后，拿破仑把他派到了西班牙。缪拉当时在那里的所作所为完全是在帮倒忙，让本就混乱的局势变得一团乱麻。萨瓦里的任务，就是"快刀斩乱麻"（语出萨瓦里写给拿破仑的报告）。查理四世和他的儿子必须被带到巴约讷，以防止他们破坏皇帝的计划。这个棘手的工作就落到了萨瓦里的头上。他不仅圆满完成了任务，还说服国王相信他此次出行绝无任何危险。就这样，萨瓦里亲自把国王父子带到了巴约讷。查理四世签字同意让出王位后，萨瓦里回到了马德里。当时缪拉身体抱恙，他便接过军队指挥权，在某种程度上成了这个国家的主人。新王约瑟夫·波拿巴到来后，萨瓦里离开了西班牙。他通过乔装打扮（这对他而言已是家常便饭了），才安然无恙地穿过这个暴乱四起的国家，躲过起义者，平安抵达边境。拿破仑为了嘉奖他，封他做了罗维戈公爵。之后，萨瓦里又操起了监视的老本行。他得势时正是富歇和塔列朗式微之时。萨瓦里那时深得皇帝的信任，后者每次出行都把他带在身边。马雷和萨瓦里两人成了皇帝跟前最得宠的人物，而且他们关系似乎很好。有一次，马雷举办家宴，皇帝马厩的一个驯马师牵着一匹二等马来找萨瓦里，传话让他立刻前往圣克鲁。萨瓦里在回忆录第三卷第227页中说："我当时穿着丝袜，浑身上下的打扮怎么也和骑马联系不到一起。然而这个驯马师一直催促我，我便打算把皮鞋放在衣兜里，把巴萨诺先生的靴子套在我的丝袜上。"骑马赶到圣克鲁后，萨瓦里在前厅穿好皮鞋，来到皇帝跟前。拿破仑向他宣布："啊呀！萨瓦里，我有件大事告诉您。我打算让您当警务部部长。您觉得自己有能力坐在这个位置上吗？"萨瓦里回答，他对这个工作完全没有任何头脑。皇帝安抚他说，一切都可以学。（萨瓦里回忆录第三卷第228页）就这样，1810年6月3日，萨瓦里代替富歇当上了警务部部长。这次任命在巴黎城中引起了巨大恐慌。对此，萨瓦里在回忆录中说："我引起了所有人的恐惧，每个人都在收拾包裹，大家张口闭口就在说什么流放、监禁以及更糟糕的事。事情发展到最后，我觉得哪怕瘟疫的消息都不会让他们那么惊恐。"新警务部部长入职后，本就遇到了无数困难。富歇更是在里面制造障碍，拒绝把他的密探名单交出来。萨瓦里不得不另起炉灶，打造自己的密探组织。很快，新的机构就运作起来。新的警务部门在做事方法上和从前的别无二致，但手段更加严酷。从前富歇当警务部部长的时候，人们只要靠人脉和金钱就能从中脱身。但萨瓦里表现得毫不留情，根本不通融。他冷酷地告诉斯塔尔夫人"法国的空气不适合她"，对待公然反对帝国政府的雷卡米耶夫人和谢夫勒斯公爵夫人也毫无怜香惜玉之情。遇到指责政府的高等教士，他更是动用了各种严酷手段。他一声令下，四个高级教士就被关进樊尚的监狱中。换作富歇，最多只让他们待在家中不得外出而已。他在任期间，警务部发布的逮捕令明显多了许多。不过，虽然萨瓦里在执行指令时雷厉风行、说一不二，但在阴谋活动中缺乏手腕和洞察力。正因为如此，他才在马莱事件中完全乱了阵脚，没有做出任何抵抗，任由他们把自己关进监狱，因此成为众人的笑柄。但拿破仑对这个疏忽没有深究。萨瓦里也证明了自己没辜负主子的信任：直到最后一刻，他都是忠于拿破仑的。拿破仑退位后，萨瓦里和许多以前拿破仑的狂热支持者不同，没有做出任何向波旁王朝献忠的举动，在波旁家族第一次复辟期间一直隐居乡下。有一天，他的警务部继任者——已经转变为保皇派的当德雷（Dandré）找到他，建议他去拜访一下路易十八。萨瓦里拒绝了，说他"对红尘之事毫不关心"。但拿破仑回到杜伊勒里宫后没多久，他就立刻回到皇帝身边。不过他不愿继续担任警务部部长，觉得自己再在警务部露脸会引起舆论的巨大反响。当个宪兵队总督察官，他就已经知足了，何况这个新岗位也能让他为拿破仑继续提供密探服务。不过他在这个位置上也没能坐太久。陪同拿破仑流亡的要求被拒后，萨瓦里被囚禁在马耳他。七个月后，他成功越狱，登陆伊兹密尔，在那里经商。1816年，他在巴黎被缺席判处死刑。等到1819年的大赦后，萨瓦里回到法国，打算投案自首。陆军审判所在第一次会议中经过短暂的讨论，判他无罪。萨瓦里恢复了军衔，但依然未得起用。1830年七月革命后，他回归军队，担任阿尔及尔占领军总司令。他的前任贝尔特泽纳只打算保住阿尔及尔，至于到已经正式宣布投降的周围地区冒一下险，这是他想都不敢想的事。萨瓦里却打算"安定"整个地区。1832年4月7日，离阿尔及尔几里地的埃尔乌菲亚部落遭到屠杀，此事和萨瓦里有莫大的关系。后来由于身体抱恙，他回到法国，两个月后去世。

现在尚无人著书写萨瓦里的人生传记，但此人大有可写的价值。在他的传记作品问世之前，我们只能参考他在1828年出版的八卷本回忆录，后面四卷（萨瓦里当上警务部部长以后的内容）尤其精彩。这本书的优点是史料真实，忠实反映了作者的思想。拿破仑有一天对萨瓦里说："人们觉得您冷血而又歹毒。"他的确也是如此。但拿破仑的任何一个仆人——包括马雷——都做不到像他那样盲目地尽忠、执着地坚贞。

萨于盖（让-约瑟夫-弗朗索瓦·达马尔奇·德·拉罗什，Jean-Joseph-François Damarqit de Laroche-Sahuguet，1756—1802）

法国大革命前夕的一个骑兵军官，1792年当上了上校，1793年因为贵族身份而被取缔军衔。热月九日后，萨于盖恢复原职，军衔为将军。他先从西比利牛斯军转去了莱茵军，又从莱茵军去了意大利军。雾月十八日后，他担任菲尼斯泰尔省的指挥官。1802年6月，他被任命为安的列斯群岛的多巴哥岛总指挥官，抵达岛上几个月后死于黄热病。

塞尔旺（约瑟夫，Joseph Servan，1741—1808）

路易十六宫里的年轻侍从副主管，法国大革命前夕被解职。1790年，他成为马赛的圣让碉堡的少校。次年，他当上了一个步兵团的中校。塞尔旺在旧制度时期就已为《百科全书》写了好几个军事词条，因此为人所知。他还在1781年出版了一本小书，书名是《士兵公民》（*Le Soldat citoyen*）。吉伦特派掌权后，他做了陆军部长。1792年9月30日，塞尔旺离开陆军部，担任比利牛斯军总司令。1793年7月4日，他以"吉伦特派分子"的罪名被捕，进了监狱，整个恐怖统治时期是在里面度过的。直到共和三年雨月，国民公会才想起了他，把他放了出来。之后，塞尔旺在陆军部先后担任了许多职位，1807年退休。退休前，他出版了五卷本的《从路易十二到亚眠条约期间高卢人和法国人的战争史》（Histoire des guerres des Gaulois et des Français...depuis Louis XII jusqu'au traité d'Amiens）。

塞甘（阿尔芒，Armand Séguin，1765—1835）

商人、银行家和军资供货商，是拿破仑时代最大的银币制造商之一。

塞居尔伯爵（路易-菲利普，Louis-Philippe de Ségur，1753—1830）

父亲是曾在路易十六朝中担任陆军部长的塞居尔元帅。塞居尔伯爵在回忆录中是这么做自我介绍的："我生来就有天马行空的想象力。在我出生时的那个宫廷和时代，人们只关心事物带来的享乐，只看重政治领域的文学，大家疯狂追捧诗歌和新生的哲学，似乎它们才能保障理性的胜利。"30岁时，塞居尔伯爵被派到圣彼得堡担任驻法大使。没过多久，他和叶卡捷琳娜二世的关系就变得密切起来，女皇对他格外宠信。大革命爆发后，塞居尔伯爵被迫回到法国。1791年3月，他被指派到罗马，代替红衣主教贝尼斯的职位。由于庇护六世拒绝接见"拥宪制"法国派来的大使，于是他又被派到柏林，任务是说服普鲁士离开皮尔尼茨联盟，身上带着300万法郎来收买德意志大臣。塞居尔来到皇宫呈递国书时，腓特烈-威廉二世直接背对着他。之后，他要求政府把自己召回。8月10日事件后，塞居尔回到索城附近自己家族的城堡中，过着与世无争的生活，在恐怖统治时期未遭任何牵连，一心扑在娱乐消遣和历史研究工作中。热月九日后，塞居尔的生活并没发生任何变化，不过他还是会时不时在报上发表针对当前政治时事的文章，表态自己拥护革命理念。雾月十八日政变后，他坚决拥护波拿巴，积极接受了后者抛来的橄榄枝，进入立法院。1804年，立法院通过了承认第一执政官为皇帝的法令，而且是塞居尔本人提议通过了投票调查，把它当作议员的心声，派代表团把它传达给波拿巴。塞居尔没过多久就得到回报：进入参政院，成为典礼大主管。拿破仑还把宫廷任命工作交给他，但没给他机会从事政治活动。这么一位接受过传统政治培训、比皇帝心血来潮指派的代表更有能力的优秀外交家，只能看着法国在全世界日渐丧失威信。直到帝国晚期，塞居尔才被召去担任一个有点实权的职务。他作为临时特派员，被派到各省巡查，振奋公共情绪。但临时特派员这个职位虽然有很大的权力，却没有手段去实施权力。塞居尔去了第戎，干得不比被派到其他地方的临时特派员差，但也无亮眼之处。他发表了几次讲话，给警务部发布了几道命令。反法联军侵入勃艮第后，他安然无恙地回到了首都，开始悉心打点杜伊勒里宫，以迎接路易十八的到来。之后，他前往贡比涅迎接国王，宣布他作为典礼大主管，愿竭尽所能让陛下在他的住所里住得舒心。路易十八令人传话告诉他："您曾是皇帝的典礼大主管；我本来选定的典礼大主管是德勒布雷泽先生，也不知道他是去世了，还是放弃了这个职位。"总之，塞居尔保留原职。作为元老院议员，根据规定，该议院议员可转而进入贵族院。于是塞居尔成为贵族院中的反对派议员。1815年拿破仑回来后，他是第一个跑去服务的人。滑铁卢战役后，他想陪同皇帝流放，但要求被拒：大家觉得他太老了。

赛拉奇（约瑟夫，Joseph Céracchi，1751—1802）

父亲是罗马的一个金银匠。赛拉奇先在圣卢克学院学习雕塑，获得奖学金之后，前往英国，为当地一些贵族府邸做室内装饰。1776—1779年，赛拉奇参加了皇家艺术展览会，以自己一个女学生为原型创作的雕像《安娜·赛摩尔夫人》获得一致好评（这座雕像1828年被收入英国博物馆）。1780年，赛拉奇来到维也纳，受玛丽娅-特蕾莎委托，创作考尼茨亲王的半身雕像；另外，他还创作了约瑟夫二世的雕像。1789年前夕，赛拉奇成为深受欧洲宫廷欢迎的大雕塑家，并因此赚得巨额家产。然而法国大革命爆发后，这个为上流社会服务的艺术家和廷臣一下子变成了追求自由的勇士。从此，他再不愿意为亲王贵胄服务了。他来到美国，向国会提议在国会大厦顶部竖立一座自由像。由于没拿到资金，他雕刻了一些华盛顿像与富兰克林像后便回到了欧洲。波拿巴来到意大利后，赛拉奇欣喜万分地迎接了他。他主动来到波拿巴的军营，恳请为拿破仑献上一尊雕像。拿破仑同意了。在建立罗马共和国新政府的过程中，赛拉奇表现得非常踊跃。1799年，法军撤出罗马，赛拉奇就来到了法国。他先后创作了马索像、贝纳多特像、马塞纳像。然而，雾月十八日政变让他改变了想法，波拿巴在他心中成了一个彻头彻尾的暴君。为了人类自由事业，他必须打倒波拿巴。从此，赛拉奇满脑子只想着如何刺杀第一执政官。他再次恳请波拿巴，要为他创作一尊塑像，打算在雕像奠基典礼上刺杀他。然而，越来越多疑的第一执政官拒绝了他的请求。于是，赛拉奇想在歌剧院的一次表演中接近他。计划失败后，他和同党阿莱纳、托比诺-勒布伦、德梅维尔被捕，几人全被处死。

参考资料：古斯塔夫·胡的《赛拉奇和阿莱纳之阴谋事件》（Gustave Hue, *La Conspiration de Céracchi et Aréna*）。

赛朗伯爵夫人（comtesse de Serrant）

生于沃德勒伊，先是嫁给了国民公会议员瓦拉迪侯爵。丈夫被绞死后，她去了国外，遇到了第二任丈夫——陆军元帅沃什·德·赛朗。执政府时期，她回到法国，成为约瑟芬皇后宫中的女官。

塞里吉（让-托马斯·里切·德，Jean-Thomas Richer de Sérizy，1764—1803）

生于卡昂，少年时就去了巴黎学习税务。法国大革命初期，他投身报纸行业，同时给保皇派的《使徒行传报》和卡米尔·德穆兰的报纸供稿。自然而然地，他在恐怖统治时期成了可疑分子；罗伯斯庇尔倒台后，他更成为反革命运动的主要头目之一，非常积极地参与了葡月十三日事件。此事过去后，政府没能抓住他，就对其进行缺席审判。巴黎陪审团投票免了他的罪，督政府就撕毁了陪审团的审判结果。有些法官发表意见，支持督政府的做法。原本那道可以让塞里吉免遭控告的敕令被当时的司法部部长梅尔林·德·杜埃披露到了上诉法院，法院认为该法令形式上存有漏洞，故将其撤销。这个案子被打回凡尔赛刑事法庭，但塞里吉二度脱罪。等待判决期间，塞里吉一直躲在圣西尔，忙着撰写新的保皇党宣言书和推广信。果月十八日事件发生后，法国当局终于成功逮捕了塞里吉，把他发配到圭亚那。保皇党人买通了狱卒，把他救了出来。之后塞里吉去了西班牙，作为情报分子替阿图瓦伯爵做事。

塞利姆三世（Selim Ⅲ，1761—1808）

奥斯曼帝国苏丹，1789年登上皇位，本是亲法立场，但随着大革命的爆发，他渐渐疏远了法国。波拿巴远征埃及后，他倒向英国。但奥斯特里茨战役后，他成了拿破仑的忠实盟友。

塞律里埃（让-马修-菲力贝尔，Jean-Mathieu-Philibert Sérurier，1742—1819）

生于拉昂，来自一个外省小贵族家庭。他的父亲吹嘘自己是国王宫中的军官，实际上，他只在王室种马场里担任过一个小官罢了。12岁时，这位未来的拿破仑帝国元帅拿到了拉昂民兵营中尉的军衔证书，于是有了佩剑和穿军装的权利。1758年，他的那个营被并入下莱茵军，塞律里埃也受召参加了七年战争。就这样，塞律里埃开始了他的军事生涯。在人生第一场战斗中，他受了相当严重的伤。塞律里埃回家后，1762年12月10日政府发布了一张解散众多军队的公文，他所在部队也在其中。由于其军衔被撤销，他只好去当新兵教官。之后，塞律里埃吃尽苦头，依然升迁缓慢。他等了20年才升为上尉；之后他上下奔走、放下尊严、反复央求，才在1789年当上少校，当时他已经在军队里待了34年。因为升迁无望，塞律里埃准备退伍，结束自己暗淡的部队生涯。可突然，大革命给他打开了一扇大门。不过，万事总是开头难。1791年升为中校后，塞律里埃成为一个团的指挥官。这个团的士兵宣称自己无比爱国，给他们的上司制造了许多麻烦。许多军官都流亡国外了。信奉陈旧军事理念的塞律里埃根本没办法适应当前的局势，他坚持以非常严苛的方法训练士兵，被手下怀疑是"保皇党人"。根据拉斯卡斯从拿破仑那里听到的话，当时塞律里埃也想逃到国外去，但一次意外迫使他改变了原定计划。这次失败的尝试导致他被革职。之后，塞律里埃宣布愿意以普通士兵的身份为国效力。没过多久，巴拉斯叫停了当局对他的惩罚。几个月后，也就是1793年8月，塞律里埃被提拔为将军。1794年12月，他奉命代替病倒的马塞纳指挥意大利右翼军作战。在接下来的三年里，塞律里埃当过先锋，攀登过阿尔卑斯山的高峰，和他的士兵患难与共。他们物资奇缺，日子极其凄惨，塞律里埃每日的面包份额都减了半，战士们更是怨气冲天。不久前被任命为意大利军总司令的波拿巴到来后，安抚了士兵的情绪。塞律里埃是第一批面见总司令的人。波拿巴给他打气，让他看到了走向伦巴第平原的希望。那里气候宜人，他可以好好休整，把自己这副病躯养好。等待期间，塞律里埃奉命在蒙多维斩断敌军退路。塞律里埃挥军前进，踏过圣米歇尔桥，占领了桥头的村庄，把军队驻扎在那里。他的部下一门心思想着怎么抢劫当地百姓，塞律里埃费尽唇舌，想把他们集合起来攻打当时占据高地的皮埃蒙特军，可士兵们根本就不听他的话。塞律里埃只好退到桥的另一侧。波拿巴大为不满，命令他再度发动进攻。塞律里埃很聪明，这一次他亲自领着自己那个师，手拿刺刀，走在队伍最前面，朝敌人发动进攻。马尔蒙在他的回忆录中说："在那个九死一生的时刻，我就站在他身边，心中对他只剩无尽的钦佩。"当天，蒙多维城向塞律里埃打开了大门。（正因为如此，拿破仑后来才想把他封为蒙多维公爵。这个头衔清清楚楚地出现在皇帝手写的一张公文上，但封爵一事为何最后没有成，我们就不知道了）之后，塞律里埃负责围攻曼图亚。当地湖泊的死水发出恶臭，污染了空气，导致围城方士兵出现发烧症状。一个月后，塞律里埃的1.4万人打得只剩下了7.9万个人还有战斗能力，连他本人都生了病。这时奥地利军又开始蠢蠢欲动，准备替曼图亚解围。波拿巴直到最后一刻才给塞律里埃发布命令，让他把大炮、座驾、弹药通通丢进湖里，趁守城方不备之际连夜开拔撤兵。塞律里埃急匆匆地捣毁了180个炮筒和只要稍加准备就可被轻易带走的大炮附件，照着波拿巴的命令撤军。拔营几个小时后，武尔姆泽尔在钟声中走进了曼图亚城，全城百姓和驻军一派欢欣鼓舞。武尔姆泽尔来到了被塞律里埃抛弃的营地。蒙托隆在回忆录第一卷第457页中说："周围的一切场景都让他觉得这是仓促撤兵，而非精心布局的结果。"两个月后，武尔姆泽尔自己却被困在曼图亚城中。1797年2月2日，塞律里埃接受了他的投降。4月17日，法奥两国签署了《莱奥本停战协议》，结束了敌对状态，开启了和约预备性条约。波拿巴把向巴黎报捷的这个荣誉差事交给了塞律里埃，让他押送在战场上缴获的敌军军旗回到首都，并将一封信转达给督政府，还在信中大力称赞了这位信使。拿破仑在信里是这么说的："塞律里埃将军严于律己，有时候对别人也是如此。他是军纪、秩序和道德的坚定维护者，这些都是维护社会运转所必需的东西。塞律里埃厌恶权术，憎恨阴谋家，这种性格让他树敌不少。他的敌人总喜欢批评那些希望部下遵纪守法、听从上司命令的人，说他们缺乏爱国之心。"《坎波福尔米奥条约》签订后，威尼斯共和国的大部分国土都被奥地利控制着。塞律里埃被派到威尼斯安排撤兵事宜。在把这座富裕的城市交给奥地利之前，波拿巴想把城中所有的珍贵物资都转移出去。从前存有大批军火和各类物资的仓库必须彻底清空。塞律里埃收到命令，不仅要把战船、带炮小艇转移到安科纳，还要把令威尼斯人引以为豪的华丽镀金小舟也一并带走。至于不配有武器装备的船只以及还停在船坞中未完工的船只，它们要么被砸碎，要么被锯成碎片，使其再无使用价值。各大仓库里的所有大炮和军需物资通通都得带走。贝尔蒂埃向塞律里埃传达上司命令时，补充说："总之，把所有对我们有用的东西都带走。"在应当被带到法国的无数"有用"的东西中，还有威尼斯人在1204年十字军东征时，拜占庭从君士坦丁堡人手中抢来后安在圣马可大门上的四个青铜马雕像、皮亚泽塔飞狮像以及其他许多珍贵文物。博物馆和教堂中最美丽的画作，被保存在十人委员会大厅里具有历史纪念价值的武器，圣马可圣骨盒里的奇珍异石通通都被掠走了。惊愕的威尼斯人看着自己的城市惨遭洗劫，感到无比愤怒却又无能为力。为了表达对法军的仇恨，他们就戴上代表奥地利的饰结，塞律里埃明令禁止此举。之后，夫人小姐们又在帽子上缝上白色翎饰，塞律里埃又发了禁止令。然而，他无法禁止不断发生的法军遇害事件，也抓不到凶手。在这座城市无物可拿后，法军开始破坏军火库，里面的东西被带走或卖掉了。不能带走或卖掉的，法军就将其销毁。著名的布森陶尔号就是在那时被凿沉的。波拿巴的命令很明确：所有东西都必须在十日之内被处理干净。我们可以这么说，洗劫和破坏行动都是在奥地利人眼皮子底下发生的。他们就驻扎在威尼斯城前，等着法军离开。他们的将军觉得这个撤退行动违背了协约精神，把他的不满转达给塞律里埃。后者拿出官方辟谣书，以作反驳。他说，哪怕真的造成了什么损坏，法军对此也毫无责任，这都出自那些闹事者、作恶者的手笔。奥地利将军提议提供军队，帮助法军维持城中秩序、保护军火库。对此，塞律里埃傲慢地说："不，先生，您只能在我离开后才能进入城中。"奥地利人就没再坚持。1798年1月18日，法军完成了"撤兵"。塞律里埃在全城人的诅咒中离开了威尼斯。该年年末，卢卡共和国在英国人的阴谋怂恿下宣布反对法国。塞律里埃奉命占领这个弹丸小国，要给它点教训。12月31日，眼看法军逼近，卢卡政府向居民发布了一则通告，说它从占领军总司令那里得到官方保证，法军绝不会对他们的宗教、安全和财产造成分毫损害。之后，法军在一片死寂中进入卢卡。塞律里埃很快就忙活起来：他着手从意大利各大礌堡中征调大炮，把公共财库里价值80万法郎的钱财悉数查封，权作卢卡政府应当赔偿给法军的200万战争赔款的第一笔保证金。这些钱全都被加诸于这座只有2万居民、几户富裕人家的城市头上。卢卡地方政府捉襟见肘，向当时的意大利军总司令茹贝尔求救。茹贝尔——更准确地说，是他的总参谋长絮歇——没有丝毫通融。卢卡政府别无他法，只好央求当地百姓把他们的首饰和其他值钱家当都掏出来，塞律里埃也同意部分战争赔款以物资形式偿付。不过絮歇觉得赔偿时间拖得太久了，1月15日，他让茹贝尔给塞律里埃写了一封公文，在里面说：要是卢卡政府不能在八天内凑足200万法郎，就要把城中最尊贵、最富裕的四个公民当作人质送到曼图亚。这个威胁起到了效果。拿到钱后，塞律里埃根据总司令的命令，宣布卢卡为"民主共和国"，让人模仿意大利共和国的宪法起草了一部新宪法，而前者正是参照《共和三年宪法》写出来的。塞律里埃完满地完成了任务，离开了卢卡。后来有人说，卢卡居民为了表达他们对塞律里埃的"尊敬"和"仰慕"，给他取了"意大利的圣母"这个绰号。活跃于19世纪下半叶的学者路易·图埃蒂写了一本关于塞律里埃的著作，声称自己询问了卢卡城中"最了解地方历史志的几个人"，他们都说自己并不知道这个绰号的出处，有的甚至毫无耳闻。也许这是军队里某些人的恶意玩笑，他们觉得把温柔的圣母和这个讨人厌的老兵联系起来很有趣。之后，塞律里埃在所谓的英国军中（主营在雷恩）待了很短一段时间，然后回到了意大利军队中。1799年3月，法奥两国再度进入敌对状态。他被安排到了伦巴第，担任该地驻军指挥官。舍雷尔构思的作战方案是，法军先渡过阿迪杰河，之后打进攻战，把奥军赶到布伦塔。塞律里埃遵循计划，渡过阿迪杰河，朝敌军进发。很快，敌人就出现了。对方有1.5万人，而塞律里埃只有6000人。他想边打边撒，但奥军打到阿迪杰河边上，杀到了法军跟前。塞律里埃费了好大一番功夫才杀出重围，其部下800人被俘、700人死伤。之后，又是总司令安排的"战略性后撤"。塞律里埃冒着瓢泼大雨，连续行军20天。当时，他的军队陷入了极度的混乱中，士兵频频向军官发难，好几个军官被杀。塞律里埃在军中完全丧失了威信。1799年4月15日，他给莫罗写信说："现在，杀戮已成了我这个师的主题。我身边再无人手可用，两个得力的旅长都遭到士兵刺刀的威胁……这种做事风格实在不适合我这个年纪的人。"于是他要求退休。这时，俄奥联军占领了布雷西亚，威胁到了法军在奥廖河的阵线。舍雷尔命令法军火速撤到新阵地上。塞律里埃和其他军队的联系被切断了，只好带着2400人投降，和他的参谋长一道被押到米兰。他的出现让米兰人万分激动。群众挤在大街上，讥笑和痛骂他。塞律里埃被带到苏沃洛夫那里，当天正好是复活节，这位俄国将军根据他的国家风俗，拥抱了塞律里埃，高声喊道："基督的确复活了！"他允许塞律里埃回到法国，但要他发誓以后在战争期间不再和联军作对。塞律里埃回到法国后，督政府对他非常痛恨，再不起用他了。塞律里埃对此大为不满，也许正是因为这个原因，他才在波拿巴回国后迅速加入了后者的阵营。但在政变事件中，塞律里埃并没起到太大的作用：他要做的，就是指挥一个预备军守在黎明城门处而已。政变后，塞律里埃进了元老院，1803年起担任荣军院院长，1804年被封为元帅。1814年3月30日夜，得知巴黎投降后，塞律里埃令人在荣军院大厅中点亮一把巨大的火炬，当着所有军官和战士的面，把他保管的1500面军旗投入火中，把旗杆丢到塞纳河，1806年被放进荣军院的腓特烈大帝的军刀也被丢进了河里。拿破仑从厄尔巴岛回来后，塞律里埃代表荣军院向拿破仑表达了忠心。路易十八二次回国后，让他从院长的位置上退下来，封他当了夸尼公爵。

参考资料：路易·图埃蒂1899年的《塞律里埃》（Louis Tuetey, *Sérurier*）。

赛蒙维尔侯爵（查理-路易·于盖，Charles-Louis Huguet Sémonville，1750—1839）

18岁成为巴黎最高法院法官，1788年因为在最高法院一次会议中发表讲话，认为召开三级会议是挽救国家的唯一手段，因此引起公众的注意。之后，他以补充议员的身份进入三级会议。外交部部长蒙莫兰委派他做各种谈判工作，这些工作多少还算得上光鲜。1791年8月，赛蒙维尔奉命在热那亚共和国执行任务。1792年，他负责对科西嘉岛"做工作"。被任命为君士坦丁堡大臣后，他在半路上被奥地利政府拦下，在蒂罗尔的一座碉堡中被监禁了30个月。法奥两国互换人质时，法方交出了路易十六的女儿，奥方则释放了赛蒙维尔和其他被囚特使。回到法国后，赛蒙维尔完全没有参加波拿巴的雾月政变，整个帝国时期都退居二线。他时不时被派去执行一些棘手的任务，它们需要经办人要么有灵活的手腕，要么在政治道德（我们且不说道德）上懂得变通。大家都知道，谁给价最高，赛蒙维尔就把自己卖给谁。因为他善施手段策划或解决阴谋，所以赛蒙维尔依然是有用的。正因为这个特点，赛蒙维尔在每个朝代都有事可做。我们可以举个例子，以证明他在政治生涯中采用的手段是何其不堪：他的第二次婚姻，迎娶了蒙托隆伯爵的遗孀，有了两个继子；其中一个在他的授意下效忠拿破仑，另一个则被他挑唆着替路易十八卖命。

赛托（安托万·德·赛托，Antoine de Cetto）

巴伐利亚国王马克西米利安一世的全权代表大臣，在建立莱茵河同盟中发挥了重要作用。

参考资料：马塞尔·杜南的《拿破仑和德意志：巴伐利亚王国建国初期始时期》（Marcel Dunan, *Napoléon et l'Allemagne: les débuts du royaume de Bavière*）。

塞瓦罗（佩德罗，Pedro Cevallos，1764—1838）

西班牙国王查理四世的大臣，曾陪国王去巴约讷。他一直反对戈多伊的绥靖政策，并在马德里多次组织起义、反抗法军。

参考资料：塞瓦罗1808年发表的《揭露某人为窃取西班牙王位而策划的阴谋诡计》（*Exposicion de los hechos y maquinaciones que han preparado la usurpacion de la corona de Espana*）。

塞沃尼（让-巴蒂斯特，Jean-Baptiste Cervoni，1765—1809）

科西嘉人，18岁时参军。在部队期间，他请了三年的假，考上了律师。1790年塞沃尼成为萨弗里亚区国民自卫军指挥官，1792年担任骑兵队少尉，1793年以军队随员身份跟随国民特使代表加斯帕林、萨利切蒂巡视军队。在土伦围攻战中，塞沃尼表现出众，两次受伤，战役结束后被提拔为将军。之后，他被派往意大利，在那里打仗、谈判、维持攻占地秩序。1809年4月，塞沃尼被任命为大军团第二军总参谋长。上任十天后，在埃克缪尔，一枚炮弹打中了塞沃尼的头部，他当场死亡。

桑蒂尼（让-诺艾尔，Jean-Noël Santini，1790—1862）

科西嘉岛的一个山里人，14岁以鼓手身份进入狙击营。在对俄之战初期，他以传信员的身份进入法军主营。后来，桑蒂尼再三恳请追随拿破仑去厄尔巴岛，拿破仑应允。但因为当时人们再也用不到传信员了，他便成了"文件管理员"，换言之，就是办公室的小跟班，负责打扫拿破仑的书房和整理抽屉。拿破仑在诺森伯兰号上让桑蒂尼给自己剪了一次头发后，就把他带去了圣赫勒拿岛当自己的理发师。因为桑蒂尼会针线活，他还要负责皇帝衣物的缝改。桑蒂尼在圣赫勒拿岛上待了12个月（1815年10月17日—1816年10月19日）。被迫离开小岛后（详情请看《拿破仑圣赫勒拿岛回忆录》），他奉命把拿破仑写给欧洲公众的正式抗议信带到伦敦。为了防止桑蒂尼记漏内容，人们把这份文件誊写到一张白绸上，把它和拿破仑写给家人的好几封信一道藏在桑蒂尼的行李箱中。来到伦敦后，他找到了曾帮助拉瓦莱特逃跑的罗伯特·威尔逊将军。在他的帮助下，桑蒂尼联系到了一个出版商，后者根据桑蒂尼提供的东西，写了一本题为《呼吁英国民众关注拿破仑皇帝在圣赫勒拿岛的遭遇》（*Appel à la nation anglaise sur le traitement éprouvé par* l'Empereur Napoléon dans l'île de Saint-Hélène）的小册子。这本小册子出版之际，拿破仑的抗议信正好也在各大反对派的报纸上刊登了出来，故它引发了巨大反响，且很快被传到了圣赫勒拿岛。拿破仑很清楚这本书出自一个英国人的手笔，他对奥米拉说："桑蒂尼本人绝没有写出一本小册子的文采。"（语出奥米拉《流放中的拿破仑》第二卷第102页）根据马尔尚的说法，拿破仑对这本小册子的评价颇为负面。他说："它的初衷是好的，但书里有太多可笑的蠢话和谎言。"（语出《马尔尚回忆录》第二卷第157页）没过多久，桑蒂尼就成为伦敦警察的重点关注对象，认为"拿破仑的这个心腹是他在欧洲最危险的眼线"。之后，桑蒂尼四处流浪，生活颇为艰难。有人说他还去过美国，想为约瑟夫·波拿巴效劳，但这纯属虚构。拿破仑在遗嘱里让玛丽-路易丝成为桑蒂尼的保护人，请他"最亲爱的妻子"从他1814年托付给她的200万法郎中掏出2.5万法郎赠给桑蒂尼。急需金钱的桑蒂尼来到巴黎，向遗嘱执行人请求拿到遗赠。他找了蒙托隆、贝特朗、马尔尚，从他们口中得知玛丽-路易丝拒绝归还200万中这笔微乎其微的小钱。桑蒂尼为了拿到这笔钱，一直等到了1855年。从那时起，他在荣军院给皇帝守墓。这个职位还是人们在拿破仑三世的授意下特地为他而设的。

参考资料：阿尔贝里克·卡约的《皇帝死后》（Alberic Cahuet, Après la mort de l'Empereur）第125～198页的《诺艾尔·桑蒂尼——神圣联盟中的"黑兽"》（Noël Santini, la bête noire de la Sainte-Alliance）。

森福特-皮尔萨赫伯爵（弗雷德里克-克里斯汀·德，Frédéric-Christian de Senfft-Pilsach，1774—1853）

1806年萨克森驻巴黎大使。在拿破仑的强烈建议下，他当上了萨克森的外交部部长。森福特-皮尔萨赫伯爵并不是皇帝的狂热支持者,但他非常仇恨普鲁士,所以在许多方面和拿破仑立场一致。

沙博(弗朗索瓦,François Chabot,1756—1794)

法国大革命爆发前夕罗德兹嘉布遣会修道院院长,率先宣誓效忠《教士民事基本法》。当时被选为布卢瓦主教的格雷古瓦神父让他担任自己的副本堂神父。在卢瓦尔-歇尔省选民的支持下,沙博先后进入了立法议会和国民公会。在公会中,沙博在言行上很有"激进共和主义"倾向。后来,他进入了公安委员会。当时许多人都被定为可疑分子,甚至一些温和派都拜他所赐,遭到逮捕。然而还是有不少人靠给他送钱,让他出面协调而躲过一劫。沙博喜欢美食、美女,然而即便在革命时期,这两项开销也不是小数目,所以他很需要钱。他手里通过不正当渠道获得的钱越来越多,为了洗白这部分财产,沙博便想出了一个办法:迎娶奥地利银行家朱尼厄斯·弗雷(Junius Frey)的妹妹,这样他就可以得到70万里弗的"嫁妆"了。最后,他在东印度公司的行径被人揭发,沙博被送上了断头台。

参考资料:伯纳尔德子爵的《公会成员弗朗索瓦·沙博》(Vicomte de Bonald, *François Chabot, membre de la Convention*)。

沙波(路易-弗朗索瓦,Louis-François Chabot,1757—1837)

法国大革命爆发之前是投弹部队的少尉。1792年他被升为上尉,1793年提拔为将军。沙波参加过旺代战争,之后又被派到意大利,先后顶替过撒于盖(Sahuguet)、亚历山大·杜马斯、塞律里埃的职位。1797年11月,沙波代替让蒂里担任爱奥尼亚群岛总督。1799年,他在科孚岛被土耳其-俄国联军包围,被迫签署了停战协议,发誓在18个月内绝不和反法联盟作对,因此才得以回到法国。由于不能拿起武器对抗外国，沙波请求政府把自己派到布列塔尼去收拾卡杜达尔的朱安党人。科孚岛协议期满后，沙波立即加入了驻奇萨尔皮尼共和国的法军军队。之后，他又转战西班牙。1809年5月22日，沙波在一次冲锋陷阵中受伤，被迫后撤。离开卫戍部队后，他接管了蒙彼利埃第九师的指挥权，担任该师师长一直到拿破仑退位。路易十八回来后，让沙波退休（当时沙波从军已经有44年了），并授予他圣路易勋章。百日王朝时期，拿破仑让沙波担任佩皮尼昂阵地的高级指挥官。路易十八再度回国18天后，沙波给陆军部长递交了一份报告，称法国各地全都竖起了白旗、军民全都戴上了白色绶带，同时恳请政府让自己继续负责军务。沙波如愿了，却只在军队里待了一个月。之后，他不得不主动申请退休，回归田园生活。他的传记作家路易·贝松说，沙波只是"大军团中最渺小的一个军官"，不过论对时局的敏锐嗅觉，也只有西哈诺·德·贝拉热克能和他相提并论。

参考资料：路易·贝松的《骑兵册子里的科孚岛守将——沙波将军》（Louis Besson, *Le Général Chabot, défenseur de Corfou, dans Carnet de la Sabretache*）。

沙博−拉图尔（安托万-乔治，Antoine-Georges Chabaud-Latour，1769—1832）

法国大革命初期是个工程兵中尉，1791年当上了尼姆国民自卫军一支部队的指挥官，曾带着一支志愿军支援联盟运动，因此遭到逮捕，被判处死刑。在执行死刑的前一天，沙博的妻子去狱中探望他，他换上妻子的衣服逃往国外。热月九日后，沙博回到了法国，被加尔省选入五百人院。他参与了雾月十八日政变，并在第二天被任命为新宪法制定委员会的委员。随后，沙博进入保民院，直到该院最后被解散。1814年，沙博加入了路易十八的政府，再度进入新宪章制定委员会。百日王朝时期，他隐退于世，1818年回到了议院，在里面一直活跃到最后去世。

沙雷特（弗朗索瓦-阿塔纳斯·沙雷特·德·拉孔蒂，François-Athanase Charrette de la Contie，1763—1796）

大革命时期一个无名海军军官。他既是一个悍匪，又是一位英雄。在所有旺代军官中，沙雷特无疑最有能力，但也最残暴冷血、最无军纪观念，曾屡次重挫共和军队。后来沙雷特被困在布安的沼泽里，他直接丢下大炮、马匹，成功逃脱追捕，但从此只能领着一群散兵游勇四处作战。不过，他也因此吸收了一大群农民，带着他们到处打家劫舍。热月政府想终止他的此等行为，于是通过谈判，在1795年2月17日，双方签订了《拉若尔内条约》，沙雷特正式宣布不再持武反对共和国。但五个月后，英国人承诺登陆幽岛，于是沙雷特再度点燃战火。然而英军并未如约而至，他的部队士气大跌、溃不成军。共和国军队像围捕一头凶猛的野兽一样追捕沙雷特，最后将其擒获，带至南特枪决了。

参考资料：比塔尔·德·波尔特的《沙雷特和旺代战争》（Bittard des Portes, *Charrette et la guerre de Vendée*）（作者是个保皇主义历史学家，故在书中非常偏袒沙雷特）、G.勒诺特勒的《旺代王者沙雷特》（G. Lenotre, *Monsieur de Charrette, le roi de Vendée*）（勒诺特勒和波尔特是同一立场），以及编者杰拉尔·沃尔特的《旺代战争》（Gérard Walter, *La Guerre de Vendée*）。

沙特朗（让-亚森特，Jean-Hyacinthe Chartrand，1779—1816）

1793年加入志愿军，1807年被升为中尉，1813年当上将军。沙特朗是拿破仑的狂热追随者，拿破仑从厄尔巴岛回来后，他在南部起义，追随皇帝。1816年5月22日，沙特朗在里尔城堡的壕沟中被枪决。他的名字并没出现在《拿破仑圣赫勒拿岛回忆录》中，拿破仑只在遗嘱中提到了他。

沙瓦尼亚克（Chavagnac）

工程军官，曾负责修筑瑟堡港口的工事。

尚布勒（奥古斯特·勒佩莱蒂耶·德，Auguste Lepelletier de Chambure，1789—1832）

1807年当上了中尉，1812年升为上尉，在丹齐格包围战中指挥一个连作战，百日王朝时期担任科多尔省一支军队的指挥官。

尚戴里耶（Chandellier）

拿破仑在圣赫勒拿岛上的厨师。

尚帕尼伯爵（让-巴蒂斯特·农佩勒，Jean-Baptiste Nompère，comte de Champagny，1756—1834）

旧制度时期的一个海军军官，1789年被福雷地区贵族阶级选入三级会议，未经王室号召就率先和第三等级合并的47个"贵族"议员中就有他。之后，尚帕尼在议会中走温和政治路线，很少登台发表演讲，但在海军委员会中很有影响力。议会期满后，尚帕尼回到了家乡罗阿讷。恐怖统治时期，由于尚帕尼是制宪议会的旧人，所以被当成可疑分子关进了监狱。热月九日后，尚帕尼出狱，赋闲在家。波拿巴执掌政权后让他进入参政院和海军部。没过多久，尚帕尼接到任务，负责监督法国各省行政工作。后来尚帕尼在他的回忆录中说："我觉得自己在干一件造福国民的大事。此事做完后，我还要回来处理一大堆后续工作。我就去了负责法国行政工作的第三执政官勒布伦家中……勒布伦把我带到马尔梅松第一执政官家里，在去的路上他告诉我：我被指派了另一项不同于先前工作的任务，第一执政官要我担任法国驻维也纳大使。一想到这个位置何其重要，我的腿就在打战，想拒绝这份差事。可是勒布伦建议我先别说话，看看第一执政官的态度再做打算；如果第一执政官心意已决，此事就再无回旋余地。我只好听从他的建议。见了第一执政官后，我简短地向他汇报了自己的工作，他也勉强理解了。然后，他和我谈起了交代给我的任务。"尚帕尼在维也纳的工作之一，就是消除前任贝纳多特留下的不好影响。他在奥地利政府面前恭顺到近乎谦卑的地步，才完成了这个使命。尚帕尼在回忆录第86页中说："我不得不收起战胜者的骄傲姿态，我们的战士取得多大的胜利，我在那里就有多谨小慎微。"由于他谦卑恭顺，尚帕尼取得了皇帝弗朗茨二世的宠信，后者甚至还请他当自己刚在维也纳出生的儿子的教父。由于奥地利拒绝承认拿破仑的皇帝头衔，拿破仑就把尚帕尼召回了巴黎，让他接替夏普塔尔担任内务部部长一职。尚帕尼在这方面经验丰富，所以毫无怨言地接手该职。1804年，法国歌舞升平、国泰民安。然而第二年，战争的阴影又出现了，拿破仑需要军队和士兵。于是，尚帕尼收到几道言简意赅的指令：加快征兵工作，监管各省行政管理工作，督促各省省长尽快完成任务。尚帕尼四处分发传单、张贴公告，总算激起了犹豫不决的地方政府的一些热情。然而，尚帕尼并不甘心只当拿破仑手下一个小小的征兵官，他构想了一幅宏观的巴黎公共工程施工图，准备着手里沃利街的修建工作。他令人修缮了圣但尼大教堂，让它恢复旧用，还费尽心血，准备于1808年在这里筹办一届工业产品展览会。然而，由于拿破仑厌烦了塔列朗，无法容忍身边有这么一个比自己更有政治经验和外交手腕的人存在，于是打算把外交部交给一个老实听话的人来管理。正直、中庸的尚帕尼成了最合适的人选，于是他不得不放弃自己原先的工作，代替塔列朗走进了外交部。如此一来，拿破仑在外交部就能为所欲为了。在回到爱尔福特的前一天，他将尚帕尼封为卡多雷公爵，好让这个外交官在他国眼里更有威望和地位。后来在《维也纳条约》的问题上，尚帕尼的谈判工作进展缓慢、陷入胶着状态，拿破仑给他说了这番话："尚帕尼先生，我们应当签署和约才是，别为几千万的赔偿问题和奥地利代表争执不休了；我允许您稍做让步，如果不能争取到更多的赔偿，那只要7500万赔偿即可。"尚帕尼最后成功把赔款提到了8500万。当他把这个结果告诉皇帝时，皇帝大喜过望，高呼："真是太了不起了！此事若是塔列朗办，他只会给我7500万，把另外1000万留在自己腰包里。"（语出《尚帕尼回忆录》第117页）回到法国后，拿破仑先让尚帕尼处理自己的离婚事宜，又在第二年让他准备合并荷兰的文书。1811年4月，这个老实本分的仆人被打发回家。根据尚帕尼在回忆录第130页里的讲述，此事之所以发生，是因为他得罪了拿破仑："在一次行政会议中，他因为我写给丹齐格城的一封信而把我责骂了一番。我对他说，我完全是根据他的命令才写的这封信。此时我一股执拗劲上来了，加了一句不该说的话。我说：我犯下的唯一错误，就是过于本分地执行他的命令。他脸色阴沉，抑制着怒火说了一句话：'那我可真是万分感激。'此话一出，我就知道自己的仕途到头了。"拿破仑以补偿为名，让尚帕尼担任宫廷总管。这个职位本身没有多重要的事要做，尚帕尼也在回忆录第141页中说："我做的不过是些琐碎小事，虽令人恼火，但我倒也能应付得过来。"1813年，法国内外交困，皇帝和他的这个大臣又亲近起来。尚帕尼进入了摄政理事会，并陪同玛丽-路易丝来到布卢瓦。拿破仑退位后，玛丽-路易丝把尚帕尼派到维也纳和自己的父亲谈判拿破仑二世的安置问题。奥地利皇帝像对待老友一样接待了尚帕尼，但绝口不提拿破仑二世的事。尚帕尼无奈，只得回到法国，却发现路易十八已经成了杜伊勒里宫的主人。尚帕尼向新政府投诚，轻轻松松就被对方接纳了，并进入贵族院，当上了海军准将。百日王朝时期，尚帕尼接受了拿破仑抛来的橄榄枝，再次担任宫廷总管。因此，路易十八从根特回来后，就把他冷落到了一边，剥夺了他在贵族院的席位。尚帕尼给国王递了一封辩护书，恳请官复原职。四年后，尚帕尼终于得到了"原谅"。

参考资料：《尚帕尼回忆录》(Les Souvenirs de Champagny)，以及他和科兰古的来往书信。

舍雷尔（巴泰勒米-路易-约瑟夫，Barthélemy-Louis-Joseph Scherer，1747—1804）

阿尔萨斯一个屠夫的儿子，前往奥地利军当兵，11年后被升为准校。由于不满升迁缓慢，舍雷尔逃离奥地利，来到法军效力。1780年，他在斯特拉斯堡已是炮兵上尉了，在大革命时期更是青云直上，1793年就当上了将军。在被派到桑布尔-默兹军后，舍雷尔从皮什格吕手中接过军队指挥权。1794年夏，他连传捷报，陆续取得朗德勒西战役、勒凯努瓦战役、孔代战役和瓦朗谢讷战役的胜利，被视为得力大将。政府又把他派到了东比利牛斯军当总司令。到了那里后，舍雷尔发现军队现状堪忧，生活和医疗物资极度匮乏。他尽量维持纪律，勉强向同样没表现出多少斗志的敌军发动进攻。在此期间，法国和西班牙签订和约，舍雷尔便去了意大利当指挥官。那里的情形和西班牙几乎一模一样：战士们没有衣服、没有鞋子，也没有面包。为了获得必要物资，舍雷尔就必须恢复和热那亚的联系，因为只有这里才能给军队提供生活必需品。可5万奥军在一旁虎视眈眈，把他困在洛阿诺高地。舍雷尔带领他那3万饥肠辘辘的将士朝敌军挺进，于1795年11月24日取得了辉煌胜利。但为什么舍雷尔没有乘胜追击溃败的敌军呢？我们谁也想不通这个问题。舆论分为好几派：少数人认为舍雷尔此次行事古怪，是因为他担心贸然追击会坏了大局；但大多数人都在批评他懦弱、愚蠢，甚至说他是叛徒。督政府被迫把他召回巴黎。尽管如此，人们对舍雷尔还是尊敬有加，让他在家里歇息了几个月。过了很短的一个观察期后，督政府把陆军部交给了舍雷尔。他在部长位置上干了一年半，让陆军部陷入一片混乱。有的人对他发起严厉的斥责，说他谎报正规军数目，在国家形势极其不利的时候和军需品供货商相勾结，用极高的价格采购战略物资。为了避免攻击，舍雷尔请求回到阔别三年的意大利军中继续指挥作战。当时，谁都不愿意碰这个烂摊子。舍雷尔接手意大利军，结果军队在马尼亚诺损失惨重，他不得不把总司令的位置让给了莫罗。这一次，舍雷尔的军事生涯正式宣告结束。雾月十八日后，他给第一执政官写信，要求公开审查他担任将军和部长期间的行为。波拿巴的回答是：现在没人关心这件事了。

圣艾尼昂伯爵（尼古拉-奥古斯特·卢梭，Nicolas-Auguste Rousseau de Saint-Aignan，1770—1858）

　　法国大革命前夕是一个炮兵中尉，1792年被解职和逮捕，直到罗伯斯庇尔倒台后才出狱，并在执政府时期回归军队。拿破仑让他做了自己的总参谋长，还把许多军事政治任务交给他处理。1809年，圣艾尼昂伯爵被封为皇帝的侍从武官，拥有男爵头衔。对俄之战发生前，他以全权代表大使的身份来到萨克森，负责监视德意志各君主亲王的动静。莱比锡战役后，拿破仑把他放到自己身边，还把他从枫丹白露派到布洛瓦陪伴玛丽-路易丝。圣艾尼昂护送皇后去了维也纳后，回到法国，因为拒绝效忠路易十八而被解除军衔。1820年，他进入贵族院，但属于反对派。

圣德尼（路易-埃吉安，也称阿里，Louis-Étienne Saint-Denis，1788—1856）

父亲是王室骑士侍卫队的猎犬管理员。圣德尼年轻时曾在公证处当过跑腿的童仆，1806年以见习猎犬管理员的身份进了后来的皇家骑士侍卫队。1811年，圣德尼离开骑士侍卫队，转去服侍皇帝，身份是马穆鲁克骑兵鲁斯坦身边的跟班，因此他改名为"阿里"，还穿上了具有东方特色的服饰。皇帝出征时，他可以睡在皇帝榻下。他随身背着皇帝需要的望远镜；如果皇帝需要观察战况，就踩在他的肩膀上。1814年，鲁斯坦背叛主人，阿里-圣德尼就取代了他的位置。在厄尔巴岛时，他成了拿破仑的狩猎第一跟班，并负责保管他的武器。在圣赫勒拿岛，他将拉斯卡斯根据皇帝的口述记下来的文字誊抄出来，还要对不断增多的书籍进行分类管理。他是一个服从度极高的小伙子，给拿破仑的图书做了个书目清单，还拿了一个本子去记载书籍的借出和还回情况。就这样，他成了图书管理员。1819年，他和贝特朗夫人雇来照顾孩子的一个英国女子结了婚。拿破仑去世后，圣德尼才离开了圣赫勒拿岛。1840年他正式回到该岛，和其他人一道将拿破仑的遗骸迎回法国。他的回忆录（抑或有人顶着他的名字写的回忆录）并没有太多阅读价值。

圣狄迪尔男爵夫人（阿梅，Amé de Saint-Didier）

马修·杜马斯将军的女儿，拿破仑让她的丈夫做了皇宫长官。

圣马桑伯爵（安托万-马利-菲利普·阿西纳里，Antoinne-Marie-Philippe Asinari Saint-Marsan，1761—1828）

生于都灵，是皮埃蒙特总督的儿子。圣马桑伯爵年纪轻轻就进了外交界，在撒丁岛和法国开战之初被派到维也纳，负责和奥地利政府商议作战方案。由于对方对此事并不积极，圣马桑伯爵就去了法国。波拿巴在督政府面前力挺他，表态支持法国和撒丁国王结盟，但他的建议未被采纳。1798年，圣马桑当上撒丁王国的陆军部长和海军部长。1809年皮埃蒙特被并入法国，他被任命为驻柏林全权代表大使。1813年圣马桑伯爵动用一切手段，力图把普鲁士国王留在法国联盟中，但依然没能阻止事态的发展。联军进入法国后，圣马桑负责在都灵组建临时政府，等待撒丁国王回来。之后，国王让他当了部长。1821年维克多-埃马努艾尔退位后，他也递交了辞呈。

圣莫里斯侯爵（查理-埃马努艾尔·德，Charles-Emmanuel de Saint-Mauris，1753—1839）

古老贵族世家弗朗什-孔泰的后人，法国大革命发生前在龙骑兵队当上校。大革命爆发后，他逃往国外，加入孔代军队，但和战友关系不睦。雾月十八日后，圣莫里斯回到法国，在拿破仑倒台前一直过着隐居的生活。路易十八似乎对他也不太器重。阿图瓦伯爵登上王位后，把他请进了贵族院。

圣日耳曼小姐（Mlle de Saint-Germain）

请看词条"蒙塔利韦夫人"。

圣茹斯特（路易-安托万·德，Louis-Antoine de Saint-Just，1767—1794）

圣茹斯特抱着为人类带来幸福、让世界改头换面的抱负进入大革命，却在里面只看到脚下的罪恶和背叛。他梦想看到少女和老人头戴花冠，却只能看着他们身染鲜血地倒在地上。他在人生短短二十几年里只给世人留下一个印象：他那俊美却阴郁的脸上透着死亡的气息。有人认为他犯下大罪，另外一些人则认为他是大德之人。总之，他行事已超过了一般人类的标准。拿破仑似乎并不太了解他。

圣万桑伯爵（约翰·杰维斯·德，John Jervis de Saint-Vincent，1734—1824）

英国海军上将，1797年在圣万桑岬角附近打败了西班牙舰队，因此获得了圣万桑伯爵这个头衔。

圣西尔（Saint-Cyr）

请看词条"古维翁-圣西尔"。

圣希莱尔伯爵（路易-万森-约瑟夫·勒布隆，Louis-Vincent-Joseph Le Blond de Saint-Hilaire，1766—1809）

法国大革命发生前是一个步兵团的中尉，1792年被升为上尉，参加了土伦之战，之后去了意大利作战。因为出色地守住了博尔盖托阵线，圣希莱尔于1795年12月被提拔为将军。占领萨洛和洛卡-安福后，圣希莱尔是第一批进入巴萨诺城的人员。在圣乔治战役中，他负责指挥马塞纳的先锋军发动冲锋，双腿在战场上受伤。养好伤后，他被派去指挥马赛和鲁昂的军队。1805年，圣希莱尔重回战场，参加了奥斯特里茨战役，在第一次冲锋时就受了重伤。不过在接下来的耶拿战役、埃劳战役和埃克缪尔战役中，他倒是毫发无损。然而在埃斯林战役中，他左脚被一颗炮弹击得粉碎，12天后因为伤势严重去世。他的尸体被带回巴黎，葬进了先贤祠。

圣于贝尔蒂（安妮-安托瓦内特·克拉维尔，Anne-Antoinette Clavel Saint-Huberty，1756—1812）

一个音乐家的女儿，陪同父亲四处迁徙、走遍欧洲。她在华沙有幸得到了作曲家勒莫因的欣赏，师从后者学习戏剧。18岁时，圣于贝尔蒂在斯特拉斯堡歌剧院登台演出。1777年，她第一次来到巴黎，但直到1783年才因为扮演狄多一角而在首都一炮走红。波拿巴当时在首都，曾在歌剧院看她扮演这个角色，给她献了一首诗：

> 吹嘘自己显赫出身的古罗马人啊，
>
> 看看你们新生的帝国依赖了什么吧：
>
> 狄多没有动人心魄的魅力，
>
> 以阻止她的情郎执意出逃；
>
> 但眼前这位照亮了此处的狄多，
>
> 如果她是迦太基王后，
>
> 他定会为了她抛弃自己的神灵，
>
> 你们美丽的土地将依然一片荒芜。

圣于贝尔蒂小姐本来就是个狂热的保皇主义者。大革命爆发不久，她辞而不演，前往国外，和同意娶她的情人安特莱格伯爵会合。她成了丈夫的忠实伙伴，和他一道在伦敦被暗杀。有人说，路易十八曾赐予她圣米歇尔绶带，以表彰她为保皇事业做出的贡献。

施瓦岑贝格亲王（查理-菲利普，Charles-Philippe de Schwarzenberg，1771—1820）

奥地利将军，参与了大革命期间的所有战争。1801年亚历山大一世登基，他被派到圣彼得堡，以恢复被保罗一世中断了的俄国和奥地利之间的良好关系。施瓦岑贝格亲王不辱使命，让两国破冰复交。他参与了1805年战争方案的制订，把他的祖国从浩劫中拯救出来。《维也纳条约》签署后，他积极撮合拿破仑和玛丽-路易丝的婚事，并被任命为奥地利驻巴黎大使。1812年，他奉命指挥奥军参加了对俄之战。当时，拿破仑听了他的岳父弗朗茨皇帝的话，让他当了陆军元帅，但施瓦岑贝格亲王在和俄军作战时一直尽量减少敌军伤亡。1813年，他被任命为反法联军最高统帅。但他能坐上这个位置，绝非因为他那平平无奇的军事才华。人们只是需要一个名头响亮的人担个虚职罢了,军队实际行动负责人其实是莫罗。莫罗被除掉后,布吕歇尔在他的总参谋长格内塞瑙的协助下成了军队的实际领导人。1815年,施瓦岑贝格亲王领导奥地利军作战。滑铁卢战役后,他朝巴黎挺进,轻松得就如同散步一样。之后回到维也纳,施瓦岑贝格亲王成为陆军最高委员会主席。

舒瓦瑟尔(克劳德-安托万-加布里尔,舒瓦瑟尔-斯坦维尔公爵,Claude-Antoine-Gabriel Choiseul,duc de Choiseul-Stainville,1760—1838)

路易十五的首相舒瓦瑟尔的侄子,法国大革命初期在龙骑兵队担任上校。参与瓦伦出逃失败后,他在凡尔登被捕,理应移交给奥尔良最高法庭审判才是,然而路易十六接受宪法、天下大赦,他因此重获自由。之后,舒瓦瑟尔逃往国外,过着颠沛流离的生活,直到1802年才回到法国。波拿巴开始时将他打入监牢,但后来把他从流亡贵族名单上除名,给了他1.2万法郎的年金。波旁复辟时期,舒瓦瑟尔当上了将军,并进了贵族院。

斯宾塞–史密斯(约翰,John Spencer-Smith,1769—1845)

西德尼-史密斯的弟弟,曾被英国政府派到德意志南部从事间谍活动。

斯多基(让,Jean Stokoe,1775—1852)

征服者号上的一个外科医生。1819年1月17日清晨,他被贝特朗叫到皇帝的病榻前给后者看病。

斯甘齐(Sganzin)

帝国时期桥梁道路总监察官。

斯凯尔顿(约翰,John Skelton,1763—1841)

印度一个土著步兵团的中校,1813年被任命为圣赫勒拿岛副总督,1816年5月离职。

斯科特（沃尔特，Walter Scott，1771—1832）

英国著名小说家，文学作品尤其多产。到达事业的顶峰后，他着手写了足足九卷厚的《拿破仑的一生》。为了写这本书，他在伦敦阅读了各部门的大量档案，之后又去了巴黎，采访了许多拿破仑时代的健在者。这本书内容繁杂，缺乏批判思想。尽管作者立场失之偏颇，但该书一直都备受研究拿破仑的历史学家的重视。

斯科特（Scott）

圣赫勒拿岛上的一个年轻混血儿，被拉斯卡斯雇为仆人。[①]

斯密（亚当，Adam Smith，1723—1790）

一个著名英国经济学家，他的著作《国富论》1776年出版，1778年被翻译成了法语。

斯普朗珀滕男爵（约兰-马格纳斯，Joram-Magnus Sprengporten，1750？—1815？）

一个瑞典军官，祖籍芬兰。他很年轻的时候开始在瑞典军中效力，得到古斯塔夫三世的格外赏识。斯普朗珀滕参加了对抗古斯塔夫三世的阴谋活动，计划败露后，他逃到俄国，在那里积极煽动芬兰反抗瑞典。保罗一世欣赏他的谈判才能，把他派到巴黎。保罗一世和波拿巴之间能达成一致，斯普朗珀滕起到了很大的作用。然而保罗一世之死把他的一切努力化为泡影。芬兰被并入俄国后，他成为芬兰总督。

斯塔尔夫人（安妮-路易丝，Anne-Louise de Staël-Holstein）

日内瓦银行家、路易十六的财政大臣内克尔的女儿，生于巴黎，1786年嫁给了瑞典驻法国大使斯塔尔男爵。起初斯塔尔夫人狂热地欢庆

[①] 拉斯卡斯在书中把他称为"我的仆人"，并未直点其名。

大革命的到来，但很快，她就被革命的暴力吓住了，1792年9月逃离法国。热月九日后不久，她回到法国，六个月后返回瑞士，雾月十八日后再度回法。斯塔尔夫人非常笨拙地向波拿巴推销自己。波拿巴曾对梅特涅讲了一件事："有一天，她强行闯进我家，未经通报就走到我面前。我当时还住在尚特雷纳街的那栋小房子里，穿着衬衣，正在洗漱。我为此向她表示抱歉。她却说：'没事！天才都是没有性别的。'"（语出《梅特涅回忆录》第二卷第21页）遭到拒绝后，斯塔尔夫人终身没有原谅波拿巴对自己的冒犯。一些吹捧斯塔尔夫人的传记作品（这类作品为数不少）声称，拿破仑获得权力后，不择手段地想拉拢斯塔尔夫人为自己做事，还承诺要把她父亲1788年为王室垫付的200万法郎还给她。但根据皇帝的说法，事实完全相反。他对古尔戈说："1805年，她（斯塔尔夫人）请人给我传话，问我是否要把被她说成是我主动赠予的那200万家产还给她。我把她打发走了。"（语出《古尔戈日记》第二卷第141页）斯塔尔夫人素爱记仇、睚眦必报，便动用一切手段给"马背上的罗伯斯庇尔"制造麻烦（这个称谓还是斯塔尔夫人自己发明的，这足以说明她既不了解拿破仑，也不了解罗伯斯庇尔）。在她的授意下，她的众多追求者之一——本杰明·贡斯当在保民院发表讲话，毫不忌讳地说新暴政诞生了。波拿巴闻言大怒，但只是通过富歇警告了斯塔尔夫人，劝她最好安静一点儿。斯塔尔夫人没有把这话放在心上。之后，当局命令她离开巴黎，禁止待在离首都40古里的任何地方。斯塔尔夫人大感受辱，去了国外。她在德意志待了一阵子，企图在普鲁士宫廷施展阴谋，勾引席勒和歌德。后来，她不顾波拿巴的禁令，搬回法国，住在朋友卡斯泰朗夫人的一座离巴黎12古里远的城堡中。富歇装作对此事毫不知情。斯塔尔夫人胆战心惊地在那里住了一段时间，创作她的小说《柯丽娜在意大利》。该书出版后得到舆论的大力支持，成为文坛的一件大事。斯塔尔夫人觉得波拿巴不敢做出违背舆论的事。所以，当她收到令她立刻离开法国的命令后，斯塔尔夫人大惊失色，但不得不走。她在科佩住了两年，几乎在那里创立了一个属于她自己的小宫廷。但因为远离巴黎沙龙，斯塔尔夫人感到万分无聊，就请拿破仑当时的好友梅特涅代她求情，让她留在巴黎。梅特涅对拿破仑说了这件事。皇帝对他说："我不希望斯塔尔夫人待在巴黎，而且我有很好的理由。"梅特涅在回忆录中说："我告诉他，如果他执意如此，那人们可以肯定一件事：他这么对待一个女人，只会更加凸显她的重要性；若不这么做，她本来也许什么都不是。拿破仑回答：'如果斯塔尔夫人想当保皇党人或共和党人，我绝不会针对她；但她就是一个在沙龙里煽风点火的行动机器。法国只有这么一种女人令人忌惮，我本人并不仇恨她。'"（语出《梅特涅回忆录》第一卷第287~288页）即便如此，斯塔尔夫人还是搬了回来，住在一个朋友的城堡中（她在法国内外到处都有朋友），引得大批人前来拜访。她还请雷卡米耶夫人把她们所有"不害怕孤独和流放"的朋友都邀请过来。所以，她根本没有本分地隐居起来，把精力都放在新书《论德意志》的校对工作上，反而如同一个接受群臣朝拜的女王一样，以此挑战权威。1810年10月初，她的《论德意志》出版了。当时所有人都在讨论这本书；有人在背后说风凉话，说皇帝要被好生羞辱一番了。拿破仑也知道这些。他令人把审查官（佩朗科和拉萨勒）写的关于此书的报告交上来。佩朗科在里面说："此书集合了许多令人担忧的言论，她（斯塔尔夫人）企图利用这些言论，把法国描述成在一个意图不让国民接触时代思想的政府下苦苦呻吟的形象；她还一再诬蔑，企图在外国人面前掩盖陛下领导的政府中体现出的自由思想。"这份报告被亨利·威尔辛格全文收进了他的《第一帝国审查制》（Henri Welschinger, *La Censure sous le premier Empire*）第350~353页中。之后，拿破仑发布命令，将《论德意志》的所有印刷成品通通销毁（当时总计有1万册准备投入市场）。新上任的警务部部长萨瓦里给斯塔尔夫人写信，让她立刻离开法国。他还说："我觉得，这个国家的空气并不适合您。您的上一本书一点儿也不法国……我对出版商遭受的损失感到遗憾，但我不能让此书问世。"斯塔尔夫人只好回到科佩，在监视中生活。不过当局对她的监视力度并不大，所以她才能轻轻松松地抵达维也纳。之后，她从维也纳去了圣彼得堡，又去了斯德哥尔摩，成为贝纳多特和亚历山大的牵线人。她还做了许多努力，呼吁"自由世界"组织十字军东征、讨伐"人类的公敌"。拿破仑退位后，她回到了法国。

参考资料：保罗·高迪埃1903年的《斯塔尔夫人和拿破仑》（Paul Gautier, *Madame de Staël et Napoléon*）。

斯塔普斯（弗雷德里克，Frédéric Staps，1792—1809）

一个新教牧师的儿子，在爱尔福特的一家商行做实习生，一直过着有条不紊、规规矩矩的生活，每天晚上读席勒，每个礼拜日和女友出门游玩。1809年9月25日，他给父母写信说："我将去履行上帝令我做的事，我已向他立下必践的誓言。"29日，斯塔普斯从爱尔福特消失了。10月4日，有人在维也纳看到了他。他揣着一把大大的厨刀，去了美泉宫。那天正值美泉宫举办阅兵式，皇帝也出席了。斯塔普斯打算借口向拿破仑呈递陈情信，直接闯到他跟前，一刀刺进他的胸膛。但斯塔普斯到的时候，阅兵式已经结束了。他得到信息，知道八天后这里又会举办一场阅兵典礼。他耐住性子，又等了一个星期。10月12日，斯塔普斯又去了美泉宫。这一次他到得很准时。他看到拿破仑站在两个将军中间

（他们是内伊和拉普），正在看军队游行。他往前走时被贝尔蒂埃注意到了，后者也把他当成了一个诉愿人，就让他把陈情信交给自己，但斯塔普斯坚持要和皇帝本人谈。这时，拉普走了过来。后来他在回忆录第148页中说："当时他看了我一眼，那眼神把我惊住了。那一脸决绝的样子让我生出疑虑。我把一个正好在场的宪兵队军官叫了过来，让他把这个人逮捕了送到城堡里去。当时所有人都把注意力放在阅兵典礼中，没人注意到这一幕。"斯塔普斯后来被枪决。人们在他身上找到了一把刀、一个年轻女子的画像和一点儿钱。在审问时，斯塔普斯宣称自己就是为杀拿破仑而来的。人们问他为什么，他回答："我只能对他一个人说。"拿破仑得知此事，让人把斯塔普斯带到他的办公室。拉普当时也在场。他在回忆录中说："他（斯塔普斯）很冷静，连拿破仑的出现都没让他产生任何情绪变化。不过，他还是有礼貌地向后者问好。拿破仑问他是否会说法语，斯塔普斯坦然地说：'只会一点儿。'之后，问话在翻译的帮助下进行。"就如拉斯卡斯在回忆录里概括的那样，斯塔普斯看上去是个十分不切实际的怪人。读者可以读一读拉普的回忆录，里面有大量翔实得近乎速写的细节。皇帝问斯塔普斯："您想拿这把刀做什么？"他平静地回答："杀了您。""您疯了，年轻人；您是光阴异端派吧。""我没有疯，我也不知道什么是光阴异端派。""那您生病了？""我没生病，我身体很好。""为什么您想杀了我呢？""因为您给我的国家带来不幸。""我给您造成不幸了吗？""您给所有德意志人造成了不幸。""您是谁派来的？谁让您干出这件罪行？""没有人。是我内心抱有的信仰，只要杀了您，我就能为我的国家和欧洲做出巨大贡献；所以我才拿起了武器。"拿破仑坚持认为他是在和一个疯子说话，就让人把科尔维沙叫来。医生来了后，给斯塔普斯把了把脉。斯塔普斯平静地配合，还对科尔维沙说："我根本没生病，是吧？"后者对拿破仑说："这位先生身体很好。"斯塔普斯满意地说："我都对您说过了。"两人谈话继续。拿破仑说："您头脑狂热，会害了您的家人。如果您请求我原谅您意欲实施的、您应为其感到后悔的罪行，我就饶了您。""我不想获得饶恕。我最后悔的是没能干成这件事。""见鬼！似乎在您看来犯罪算不上什么！""杀您不是犯罪，是义务。""人们在您身上发现的这张小像是谁？""是一个我爱的人。""她会为您的冒失而心碎。""她会为我的失败而心碎，她同我一样恨您入骨。""但如果我赦免了您，您会放下这个念头吗？""我会再来杀您。"谈话到这里就结束了。当晚，拿破仑给富歇写信说："我让人把他带了过来。这个在我看来受过教育的、可怜的年轻人对我说，他要杀了我，把奥地利从法国人手中拯救出来。我在他身上没发现任何宗教狂热思想，也没有什么政治狂热倾向。他似乎连布鲁图是谁都不知道。他的狂热情绪让人很难对其有进一步的了解。等他冷静后，我们再去审问他……我想让您知道此事，以避免有人把它看得比实际情况更严重。我希望别再深究此事。如果可以，就把这个人说成疯子。如果没人谈论此事，您就把它深藏起来。"10月17日，斯塔普斯被枪决。他临死前高喊："自由万岁！德意志万岁！暴君去死！"

斯塔萨尔男爵（葛斯文-约瑟夫，Goswin-Joseph de Stassart，1780—1854）

出身于比利时的一个古老贵族家庭，1804年被任命为参政院助理稽查。1805年，斯塔萨尔以蒂罗尔和福拉尔贝格总督的身份被拿破仑派到因斯布鲁克。之后，他又陆续去了华沙、埃尔宾和提尔西特。他每到一个地方，都留下廉洁清正的美名。德意志人给他20万法郎以作感谢，但被斯塔萨尔婉拒了。奥地利皇帝对他在因斯布鲁克对自己的帮助铭记于心，封他做了皇室侍从。

斯唐热尔男爵（亨利-克里斯蒂安，Henri-Christian de Stengel，1744—1796）

旧制度时期法国军队里的一个德意志军官，法国大革命前夕是一个骠骑兵团的少校。他在瓦尔密战役中担任杜穆里埃的先锋军指挥官，之后夺下了亚琛，但又被符腾堡亲王赶走了。因为这次战败，1793年5月28日斯唐热尔被移交到了革命委员会，但被无罪释放。1795年6月，他成为意大利军骑兵总指挥官。在蒙多维战役中，斯唐热尔发起冲锋，锁定胜局，但也在此仗中受了好几处刀伤和一处枪伤。几天后，他因为伤势过重而去世。

斯特朗日（Strange）

一个英国旅客，曾途经圣赫勒拿岛。

斯图尔默男爵（巴泰勒米，Barthélemy de Stürmer，1787—1853）

圣赫勒拿岛上的奥地利特派员。1816年6月18日，他和妻子一道抵达该岛，1818年7月3日离开。之后，他先后被派到了里约热内卢、伦敦、里斯本和巴黎。

斯图尔默夫人（Stürmer）

请看词条"布泰（艾尔芒斯-凯瑟琳）"。

斯图亚特夫人（Stuart）

一个路过圣赫勒拿岛的英国女人。

苏尔特，达尔马提亚公爵（尼古拉-让-德-迪厄，Nicolas-Jean-de-Dieu Soult，1769—1851）

生于塔恩省圣阿芒-拉巴斯蒂德市，父亲是一个收入微薄的普通公证员。父亲去世后，苏尔特因为厌恶学习税务，于1785年以普通士兵的身份加入了一个步兵团，当了下士，但直到大革命之前再无升迁。不过当时苏尔特因为严守军纪、工作热情，在士兵面前很有威望，已经引起了部队里一部分军官的注意。之后，苏尔特被升为中士，成为一个营的志愿军的教导员。几个月后，即1792年7月，他成为少尉；又过了一年，即1793年3月，他当上了上尉，转而去了军队的参谋部。进入参谋部后，苏尔特因为对战术规则了如指掌（他闲暇时就喜欢看书），因此得到上层的欣赏。奥什把他派去组建一个步兵师，苏尔特完美地完成了这项任务，因此被国民代表提拔为参谋上校。为了拿到正式提拔书，苏尔特得让陆军部知道自己做了什么贡献。他是这么说的："我的政治立场一直都是，也永远都是无套裤汉的立场，我一直渴望让公民听到大革命的福音，享受到挣脱牢笼、消灭暴君和独裁者的人民应有的幸福。"他的提拔书很快就被发了下来。在弗勒吕斯战役中，苏尔特把马索四下溃败的军队重新集结起来，支援列斐伏尔，为战斗胜利做出了巨大贡献，他也因此在1794年10月被提拔为将军。苏沃洛夫从阿尔卑斯山撤退期间，苏尔特奉命追击敌军，但没能成功追上。之后，他听从马塞纳的指挥，参加了热那亚保卫战，并在1800年当上了皮埃蒙特军区指挥官。也就是说，他得负责平定这个暴乱四起的地区。在担任该区指挥官期间，苏尔特生出一个天才想法：把阿尔卑斯山谷里的起义者组织成宪兵队。这些起义者也很满意这种安排，因为他们的身份地位不仅会因此提高，还能得到物质回报。所以，至少从官方层面来看，这个地方被平定下来，而且所有功劳都归苏尔特。之后，他被派去守卫亚得里亚海的那不勒斯港口。他把主营设在塔兰托后，得知英法签署了《亚眠条约》。当时苏尔特还不认识波拿巴。雾月政变期间，苏尔特不在巴黎，故没有参与此事。不过，他先前就在密切关注波拿巴的崛起，看着他如何一步步地巩固自己的地位。政变后，苏尔特承认了这股新势力，尽其所能地狂热歌颂波拿巴政府。他还在塔兰托组织了一场隆重的典礼，歌颂波拿巴为法国带来和平。在苏尔特的全体参谋团的参与下，塔兰托大教堂唱起了《感恩颂》。之后，他还在自己的府邸里举办了一场盛大的晚宴。晚宴中有一幅波拿巴头戴桂冠的肖像画，上方悬挂着一条写有"献给英雄与和平之父"大字的条幅。第一执政官得知此事后，觉得应该大力表彰苏尔特的这番热忱，也想拉近和他的关系。他询问马塞纳对此人是何意见，后者说："我认为他既有头脑，又有良心；我还没见过谁比他更有才干。"于是，苏尔特被任命为执政府护卫军统领（不过这个位置荣誉性高过实干性），很快就被派到圣奥梅尔指挥军营训练。苏尔特把那里几乎变成了苦役监狱，强迫将士们从事最艰苦、最繁重的工作，其训练手法严酷至极，连波拿巴都看不下去了。波拿巴在各地巡查期间来到了这里，见此情景，心中生出担忧。苏尔特的回答是："我只会给士兵们必要的休息时间，之后继续操练和工作。那些劳苦我都能承受，如果他们接受不了，那就被清退，去仓库工作。被我留下来的人将经历各种考验，挑起征服世界的大业。"这番话彻底说服了波拿巴，让苏尔特继续按照他的想法训练士兵。卡杜达尔-皮什格吕阴谋败露后，苏尔特借机给军队发布了一道命令，痛斥英国政府"暗地里的阴谋勾当"。他补充说："但他们的阴谋惨遭挫败，法国将完成它的崇高使命，波拿巴就是为了这些使命而活的。"与此同时，苏尔特还给第一执政官写了一封私人信函，在里面说："全体军队聚在一起，为您能得保全而欢呼庆祝。但愿这个感人的场景不会使您做出危险的宽恕之举。"没过多久，不知道苏尔特从哪里听到了风声，给波拿巴写信劝告他，把他的崇高教诲先封起来，让他亲爱的家人位居极品，好把良善公民的视线都吸引过去。得知拿破仑宣布建立帝国后，他激情澎湃地向军队发表讲话，宣布"法国的福祉有保障了"。他都做了这么多事了，难道还当不上元帅吗？这已是板上钉钉的事了。之后，苏尔特迫不及待地向皇帝表达了自己的感激之情。他打算在军营中竖起一座拿破仑的青铜像。军队上下经过"自由"投票后，迅速通过该决定。从上到下所有军官还"自愿"从他们的军饷中捐出一部分钱，以实施这个计划。可问题是人们没有青铜。就在那时，拿破仑为荣誉勋章一事而停留军营，苏尔特趁机向他说了这番令人难忘的话："陛下，给我块青铜吧，我将拿它换来第一场战斗。"苏尔特最终没拿到青铜，其中的原因我们就不得而知了。但他拿到了大军团一个军的指挥权，并当上了帝国护卫军上将。正因为如此，苏尔特受召参加了奥斯特里茨战役，迎来了自己军事生涯的辉煌顶点。据说，拿破仑在战斗结束后给元帅发布最新指令时，对苏尔特说："至于您嘛，元帅，我对您没什么命令，只要您一如既往就行。"（不过我们很难核实此话的真伪）在发动进攻时，苏尔特突破了敌军阵线，成功把敌军一个师的兵力赶到一片冰湖上。因为他用兵大胆，被拿破仑称为"欧洲第一善做决断者"。把敌军逼入绝境后，苏尔特立刻令人全力朝湖中发射炮弹。湖上的冰层裂开，敌军的人马、大炮、设备全都落入水中。前来和苏尔特会合的拿破仑狂喜不已，喊道："元帅先生，您今天可谓是满载荣誉。您已经超越了我对您的期待。"过了一会儿，一支部队前来请求指令，拿破仑对传令官说："去找苏尔特元帅获取指令，今天由他主导战斗。"和谈期间，苏尔特奉命掌管维也纳，有权以个人名义向全城收取100万法郎的战争赔款。在耶拿战役和埃劳战役中，苏尔特依然发挥出色。《提尔西特和约》签署后，他当上了柏林军事地方长官，并被封为公爵。皇帝在他亲手写的第一份封爵书中，一开始把苏尔特封为奥斯特里茨公爵。其实这非常合理。但他再三考虑后，打算独占这份荣耀，所以苏尔特就变成了达尔马提亚公爵。无数赏赐源源不断地落到苏尔特头上，其中当然不乏战败国献上的赔款：威斯特伐利亚每年上供5万法郎，汉诺威每年5.3万千法郎，波美拉尼亚每年4万法郎，蒙德米兰每年10万法郎。另外，他在总账上还有1.76万法郎。在普鲁士应缴纳的巨额战争赔款中，苏尔特拿到了60万法郎。1808年11月，苏尔特代替贝西埃尔担任西班牙远征军总司令。他不费吹灰之力就打败了惠灵顿，却无力阻止英军再度登陆。之后，苏尔特入侵葡萄牙。四个月后，他败在惠灵顿手上，被迫撤离波尔图，回到西班牙境内。当时一个谣言传了开来，说他在葡萄牙期间起过当葡萄牙国王的心思，头衔是尼古拉一世。实际上，当时的确有几个葡萄牙人在推动这件事。他们发表了一份宣言，在里面对国人说："布拉干萨王室已不复存在，掌管命运的苍天把一个只为荣誉而生、只渴望利用拿破仑授予他的权力帮我们摆脱对我们构成威胁的混乱现状的人派到我们中间来。我们何不设想一下，我们团结在他周围，把他奉为祖国的解救者？法兰西皇帝会支持我们的，他会乐于看到他的一个部下成为我们的君主。"演讲全文请看罗伯特·绍西的《半岛战争史》（Robert Southey, *History of the peninsular war*）。拿破仑得知这一切后，觉得现在还不是挑明此事的最佳时机。他只给苏尔特写了一封信，说他"只记得奥斯特里茨这段回忆"。之后，各大报纸上刊登了一份公告："今日针对达尔马提亚公爵的一个侮辱性谣言四处流传。我们宣布，这些谣言纯属编造，绝不属实。"1810年，苏尔特代替茹尔丹成为西班牙军少将，入侵安达卢西亚，占领了格勒纳德和塞维利亚。在塞维利亚城，法军大肆抢劫公共及私人财产，贪婪到令人发指的地步。我们若一一陈述这场苏尔特也有参与的抢劫掠夺的暴行，那讲上三天三夜也说不完。总而言之，他干了一件他的大部分同僚都干过的暴行。不过值得注意的是，这位元帅更青睐艺术作品。他收集了大量艺术精品，其中有15幅牟利罗、20幅苏巴郎、7幅里贝拉、7幅阿隆索·卡诺的画（苏尔特死后，这些藏品都被拍卖了，拍卖总金额高达146.7万金法郎；卢浮宫收了牟利罗的《圣母像》，价值58.6万法郎）。阿拉皮莱斯战役失利后，苏尔特于1812年8月27日撤出了安达卢西亚，和絮歇的军队在瓦朗斯会合。1813年5月2日，在拿破仑的召唤下，他来到萨克森，代替贝西埃尔指挥帝国护卫军。两个月后，苏尔特不得不仓促赶回西班牙，以解那里的燃眉之急。然而他回天乏术，只好朝图卢兹撤退。1814年4月10日，苏尔特再次战败，只剩一条路可走：投奔路易十八。4月19日，他就是这么做的。从那时起，苏尔特就果断抛弃了他的共和立场和波拿巴主义，为路易十八大唱赞歌，狂热程度不减当年。他要求人们为死在基伯龙的流亡贵族竖立一座赎罪纪念像。之后，他手捧大蜡烛，走在哀悼游行队伍中，纪念路易十六之死。苏尔特也得到了该有的回报：被封为圣路易骑士，成为陆军部长。从那时起，他开始针对自己曾经的战友，大力提拔军队里的流亡贵族。在他的提议下，波拿巴家族的财产被交由第三方保管。尽管他做了这些事，拿破仑从厄尔巴岛回来后依然任命他为总参谋长。但在滑铁卢战役中，因为他决策缓慢、错误百出，导致法军陷入混乱和无序之中。不过滑铁卢战败是必然的事儿——如果我们把战败结果全都推到苏尔特头上，未免有失公允。因为上了7月24日通缉令，苏尔特被迫离开了法国。1819年，路易十八允许他回国，并把元帅杖亲自交还给他，还给了他20万法郎的赏金。1830年七月革命之前，苏尔特没担任任何职务，一直赋闲在家。七月革命后，他以六十高龄重新登上了政治舞台。路易-菲利普觉得可以利用苏尔特的威望，就让他当了部长和委员会主席，并把一系列不是苏尔特干的事都推到这个老兵头上。十二月二日政变前不久，苏尔特去世。

参考资料：亚历山大·撒雷1834年的《苏尔特元帅的政治生涯》（Alexandre Sallé, *Vie politique du maréchal Soult*）、孔布1854年的《苏尔特元帅的逸事回忆录》（P. Combes, *Souvenirs anecdotiques sur le maréchal Soult*）。

苏尔特（亨丽艾特）

苏尔特的妻子是德意志人，祖籍贝格公国，对自己的公爵夫人头衔非常骄傲。有一天，她给邻居——法兰西剧院的演员布尔古安小姐写了一封措辞非常严厉的信，责备对方家的猫到处流浪，落款是"亨丽艾特·德·达尔马提亚"。女演员回信说："从未听过或见过此人。落款人：陶里斯·德·伊菲革涅亚。"苏尔特去世几个月后，她也离开了人世。

苏沃洛夫（亚历山大·瓦西里耶维奇，Alexandre Vassilievitch Souvorov, 1730—1800）

沙皇俄国最著名的将领。他的父亲是个老军官，曾为彼得大帝效力，是他军事生涯的第一位老师。苏沃洛夫的第一场战斗是七年战争，在1770年当上了将军。1790年12月，他攻下了固若金汤的土耳其要塞伊斯梅尔，一下子荣誉加身。1794年，他镇压了波兰起义，被授予元帅杖。苏沃洛夫和保罗一世关系很僵，被后者流放到他的封地上。但1799年他又被召回，指挥军队在意大利作战。苏沃洛夫悉心研究了法军将领的新型战术，肯定了其中的长处，指出其不足。他反对先前俄军采用的集结大军和敌人的分散兵力作战的战术，在1799年夏取得辉煌战果。

但马塞纳利用有利环境，以压倒性的兵力优势（8万法军对阵2.2万俄军），打得苏沃洛夫毫无喘息的机会。他率领军队走阿尔卑斯山撤退，这一举动可以和汉尼拔翻越阿尔卑斯山的壮举相提并论，并为他赢得了无数美名。然而美名无法掩盖战场的失利。苏沃洛夫满身病痛地回到了俄国，几周后就去世了。但他的名字永远被俄国人民铭记于心。

苏雄（Souchon）

埃及军的一个战士，在阿克战役中用身体保护了波拿巴。

索丹（皮埃尔-让-马利，Pierre-Jean-Marie Sotin，1764—1810）

法国大革命期间南特的一个律师。督政府时期，索丹成为塞纳省的中央特派员，在梅尔林·德·杜埃的帮助下，于果月十八日事件发生前不久进入警务部。他积极镇压此次政变，五个月后递交辞呈。之后，他先后担任过法国驻热那亚和纽约的领事。

索尔比埃（让-巴泰勒莫，Jean-Barthélemot Sorbier，1762—1827）

王室军医的儿子，1783年在拉费尔炮兵团担任中尉，1797年在新维德战役中被奥什提拔为将军。雾月十八日政变时，他在莱茵军中。因为支持政变，索尔比埃青云直上，最后成为大军团炮兵队总司令。路易十八回来后让他退休了。

索拉诺（弗朗西斯科，Francisco Solano，1770—1808）

一个西班牙将军，安达卢西亚省的总督。

索雷（皮埃尔·弗朗科宁，Pierre Franconin Soret，1742—1818）

法国大革命前期是掷弹部队的一个中尉，1792年被升为上校，1793年当上了将军。1795年10月，他从东比利牛斯军转去了意大利军。被他所在的省选为议员，进入立法院后，索雷退伍。1806年，他离开了立法院，1813年被封为男爵。

索洛曼（热代翁，Soloman Gédéon）

圣赫勒拿岛上的一个金银匠。

T

塔尔贝（让-贝纳尔德，Jean-Bernard Tarbé，1767—1842）

大革命期间的一个道路桥梁建筑工程师，帝国时期担任了工程总检察长。

塔尔迪翁神父（Tardivon）

圣鲁夫修会的一个高级神父。[①]

塔尔马（弗朗索瓦-约瑟夫，François-Joseph Talma，1763—1826）

1787年进入法兰西剧院，1789年成为剧院的常驻团员。他在演出上获得的第一场成功，是马利-约瑟夫·谢尼耶的《查理十世》。在大革命期间，塔尔马一直在台上演戏。热月反动时期，他的对手想用阴谋陷害他，但计谋失败。就在那时，他认识了波拿巴。后来塔尔马说："一个荒谬的谣言流传开来，说我曾给他上过表演课，教他怎么扮演皇帝这个角色。没有我，他也演得很好。"这位悲剧演员经常拜访杜伊勒里宫（至少一周一次，而且都是在皇帝用早餐的时候）。1808年9月，他还和皇帝一起去了爱尔福特。拿破仑对他说："我要把那里的一块美丽的国王领地送给您。"塔尔马是拿破仑慷慨馈赠的众多受益人之一。正因为如此，当他得知枫丹白露退位一事后，立刻给这位被废皇帝写了一封让后者感动不已、铭记终生的信。后来百日王朝时期，皇帝在一次接见典礼中对他说："我收到您的来信，一点儿都不感到惊讶；您给我写信，

---

① 拉斯卡斯在文中称他为"圣鲁夫神父"。

会给自己惹来祸事的；但命运峰回路转，我本人如今亲自把回信给您带来了。"路易十八在接见塔尔马时表现得十分和气，但复辟后的"上流社会"每遇到塔尔马登台演出的时候，都会去法兰西剧院喝倒彩。

塔兰托公爵（duc de Tarente）

请看词条"麦克唐纳"。

塔利安（让-朗贝尔，Jean-Lambert Tallien，1767—1820）

他刚当上教会公证员，大革命就爆发了。塔利安立刻以旺盛的精力积极行动起来，成为一个议员的秘书，以工头身份进入《总汇通报》印刷厂，并在圣安托万区创立了一个兄弟会，借此结识了许多革命党人。1791年，塔利安成功进入报界，在马拉报纸标题的启发下创建了《公民之友》。塔利安是个平庸的记者，但他擅长煽动人心、多方钻营。尽管年纪轻轻，他已深谙出人头地的技巧，在瓦伦事件中强烈主张废黜国王，因此引来众人的注意。之后，成为他所在区划的主要领导人，并在8月10日被选进巴黎革命公社。成为该机构的书记官秘书后，塔利安的名字时常和该公社的革命手段连在一起。有人抨击他是九月屠杀的煽动者之一，但这并非完全正确：塔利安和其他公社成员一样被动地接受了这件事，而且害怕得要死。因为他在革命公社的位置，再加上马拉的推荐，塔利安进了国民公会，成为吉伦特派的死敌。热月九日那天，他向罗伯斯庇尔发起猛烈的进攻。但他这么做并非出于什么政治原因，而是要把他的一个情妇（请看下一词条）从绞刑台上救下来。罗伯斯庇尔被击败，塔利安登上成功顶点。塔利安本可以成为一个政治家，但由于他只满足于公报私仇，所以加入国民公会后，他的声望也越发下降。之后，塔利安又被选进了五百人院，但他在议会里再无任何影响力。右派认为他是"九月屠杀者"，左派觉得他投靠了保皇派，因此他没有再担任任何职务。波拿巴帮了他一把，把埃及远征军中的一个小职位给了他。塔利安一开始是军中记者，打点由波拿巴建立的《埃及十日报》（*Décade égyptienne*），之后他担任多个职位，也暴露了自己能力不足的弱点。波拿巴可怜他，故没有开除他。然而默努接手埃及军后立刻将他送回了法国。回国后，塔利安生活艰难。他被妻子抛弃了（他在督政府时期娶了丰特奈夫人），一无所有，靠塔列朗的关系才当了阿里坎特参事。他在那里得了黄热病，一只眼睛失明。回到法国后，塔利安靠领取政府薪水为生。帝国覆灭后，多亏路易十八政府延缓执行流放令，他才没有在1816年被流放国外。他过着近乎赤贫的生活，没过几年就死了。

没有任何人为塔利安写书立传，但他妻子则有许多人研究，我们可从中找出和塔利安有关的事迹。

塔利安夫人/丰特奈侯爵夫人/卡拉曼伯爵夫人/西迈王妃（珍妮-玛丽-泰勒莎·卡巴鲁斯，Jeanne-Marie-Thérèse Cabarrus Tallien，1775—1835）

西班牙银行家卡巴鲁斯的女儿，15岁时嫁给了一个侯爵（当时还是旧制度时期）；18岁时，她成为一个革命党人的情妇（当时正是恐怖统治时期），一年后嫁给了对方；30岁时，她找了个当伯爵的丈夫（当时是帝国时期）；40岁时，她当上王妃（当时是波旁复辟时期）。她和众多丈夫生了七个孩子，死后这些孩子为了抢夺家产而闹得不可开交，一时成为丑闻。

塔列朗–佩里戈尔，贝内文托亲王（查理-莫里斯·德，Charles-Maurice de Talleyrand-Périgord，1754—1838）

21岁成为教士，1780年当上教会总代理人，1788年成为奥顿主教。

之后，他被所在教区的教士选进三级会议，在1789年10月10日提议动用教会财产应对国家需要，亲手开启了一项其范围和后果也许超过了他当时设想的运动。塔列朗向旧制度发起的第二个挑战，便是他1790年7月14日在战神广场上以主教身份主持的那场弥撒。在做弥撒时，他宣誓效忠《教士民事基本法》，为拥宪主教举办受任大典。制宪议会闭会后，塔列朗辞去了主教职务。1792年1月，他前往伦敦执行外交任务。8月10日事件后，由于谈判彻底失败，塔列朗只能返回法国。回国后，他得适应共和新体制，但很快就意识到自己做不到，开始寻求如何离开法国而又不会被打成流亡贵族的办法。最后，他成功骗过了当时在公安委员会中最有权力的丹东，被后者再度派到伦敦执行外交任务。塔列朗去伦敦三个月后，拉波特在国民公会中读了一封写给路易十八的信，说塔列朗曾向国王毛遂自荐、充当他在议会的喉舌。很快，塔列朗就遭到起诉，上了流亡贵族名单。他试图自贬，把一封长长的巴结信辗转送到议会主席手上。主席不为所动，起诉令继续有效。塔列朗只好躲到拉芒什海峡，静等风浪平息。他在伦敦过了一年多的悠闲日子，身边有许多漂亮女人安慰他、呵护他。1794年1月，他收到一道令他离开英国的命令。谁也不知道他被驱逐的真正原因。在写给斯塔尔夫人的一封信中，塔列朗认为这事背后有普鲁士国王插手。后来他在回忆录中说，他是因为流亡贵族的阴谋诡计才被赶出英国的。不管事实如何，塔列朗必须另寻避身之处了。这次，他去了美国。在大洋对岸住了一年后，他闲得浑身不适，决定返回法国。当时的掌权者已经不再是罗伯斯庇尔了。塔列朗写了一封澄清信，申诉自己遭遇的流放之刑，不久前在鲜花和掌声中回到巴黎的斯塔尔夫人也派人替他在马利-约瑟夫-谢尼耶那里说情。马利-约瑟夫-谢尼耶在国民公会中极有影响，成功把"一个具有稀世之才、在任何情况下都高度证明了其爱国热情的公民"召回法国。1796年3月，塔列朗回到了巴黎。当时督政府才成立不久。塔列朗知道自己必须迅速适应新局势，便在斯塔尔夫人身上下功夫。多亏后者的介绍，他才进入了拥宪圈，重新打造自己在政坛的人脉。1797年7月15日，虽然卡诺反对，但在和他惺惺相惜的巴拉斯的保护下，塔列朗被任命为外交部部长。塔列朗起初就看出拿破仑绝非池中之鱼，明白自己的未来直接掌握在他的手上，便让自己身边的人尽量投靠此人。拿破仑后来青云直上，证明塔列朗慧眼识人。塔列朗坐上外交部部长的位置后，有了大把的发财机会。他也没有浪费为自己谋取利益的一切机会，有时甚至有过度滥用职权、以公谋私之嫌。共和七年牧月三十日政变一事，让雅各宾派暂时夺回了权力，塔列朗被迫辞职。就在那时，他惊闻拿破仑突然回国的消息。塔列朗迅速投奔其麾下，为他出谋划策，为雾月政变的成功立下了功劳。11月22日，塔列朗坐回外交部部长的位置，还向波拿巴献忠，说他希望和后者单独工作。两人联手后，取得了很好的成果。塔列朗在波拿巴的支持下成功恢复了法国和俄国的良好关系，两国正准备缔结盟友协约，保罗一世就死了。这个联盟计划本可以严重威胁英国，让它丧失殖民地，可如今全被打乱了。塔列朗之后参与了政教协议的签署，并趁机让庇护七世收回了1791年发出的将他革除教门的敕令。不过，说到执政府和外国签订的无数协议，我们也不能夸大塔列朗在起草工作中起到的个人作用。他缺少决断和魄力，只因为为人精明、手段灵活才得重用。他生来就具有勾引人的独特天赋，撒起谎来面不改色，故成了波拿巴一枚有用的棋子。波拿巴称帝后，塔列朗意识到一口源源不绝的财富之泉被打开了。在接受德意志众多亲王君主的归顺时，他利用职务之便，拿到了数目可观的佣金。塔列朗在外交界和财政界玩弄权术的杰作便是莱茵河同盟。该同盟成立后，他的主子用大炮逼迫德意志诸国出血出肉，填补自己空荡荡的国库。塔列朗得到的回报就是一块所谓的帝国封地——贝内文托公国。该公国原是教皇属国的一部分，1814年和约签订后，教皇花了大几百万把它买了回来。《提尔西特和约》签订后，塔列朗不得不辞去部长职务。拿破仑在圣赫勒拿岛上说，当时他实在是厌烦透了塔列朗的"投机倒把及其他龌龊手段"。因为塔列朗拿到了公国，拿破仑还为他设了副选帝侯这个名利双收的身份，封他做了大侍从。可塔列朗做了些见不得光的交易，最后惹得拿破仑在众人面前对他一顿痛骂，之后彻底失宠。从那时起，他便过着隐退的生活，等待"结束的开始"。法国从俄国撤军后，塔列朗觉得是时候采取行动了。于是从1813年年初开始，他就和路易十八联系不断。但说老实话，从美国回来后，他和这个王位继承者的联系就从来没中断过。与此同时，他还联系亚历山大一世。拿破仑对此毫无察觉，还让他进了摄政理事会。当众人决定让玛丽-路易丝前往布洛瓦时，塔列朗毛遂自荐，表示要陪伴皇后前去。然而联军参谋团提前料到此事，派奥地利的几个骑兵在巴黎城门口把他拦了下来，带回了城中。之后，他把所有心思都放在翻修他在圣弗洛郎坦大街的一座府邸上，以迎接俄国皇帝的到来。他心情十分愉悦，轻松地斩断了把他和陈年旧事连起来的最后一座桥。路易十八回来后，任命他为外交部部长，让他代表法国参加维也纳会议。塔列朗在那里获得了巨大的成功，但他的话在谈判中并没多大分量，主导会议和做决定的人是梅特涅。亚历山大对塔列朗非常反感，无法原谅他动用手段、强迫自己召回波旁家族的行为。在俄国沙皇的要求下，路易十八从根特回来后，不得不将塔列朗解职。塔列朗被封为大侍从，年金为10万法郎。从那时起，他过上了逍遥自得的生活，但依然等着"结束的开始"。料到时局即将巨变后，他和奥尔良公爵走得尤其近。后者登上王位后，塔列朗又重获他在外交界的辉煌。他被任命为法国驻伦敦大使，为推动新王的第一目标——英法两国结为联盟——而奔走。1834年，他再次退休，但这次是自愿的。其同代人基佐是这么评价他的："这是个醉心于享乐的廷臣，对自己用什么手段，甚至什么目的都漠不关心，只要他能借此获得个人成功。"后世对塔列朗则宽容许多，觉得他很有智慧，且知道怎么利用自己的智慧。

参考资料：埃米尔·达尔1935年的《拿破仑与塔列朗》（Emile Dard, *Napoléon et Talleyrand*）。

塔列朗夫人（Mme Talleyrand）

请看词条"格兰特夫人"。

塔谢尔·德·拉帕热里（斯蒂芬妮，Stéphanie Tascher de la Pagerie，1788—1832）

约瑟芬的嫡亲堂妹，1808年嫁给阿伦贝尔公爵，帝国覆灭后改嫁。

参考资料：P.马蒙坦1931年发表在《拿破仑研究杂志》第二版上的《阿伦贝尔与塔谢尔·德·拉帕热里的婚姻》。

泰勒（查理，Charles Tyler，1760—1816）

英国海军上将，1816年是好望角舰队的指挥官。

泰勒（乔治，George Tyler，1792—1862）

英国海军军官，父亲是泰勒上将。不过，他并非如拉斯卡斯文中所说的那样在特拉法尔加海战中失去了一条胳膊，而是在1811年攻打基伯龙的时候受伤截肢的。

泰斯特（弗朗索瓦-安托万，François-Antoine Teste，1775—1862）

一个律师的儿子，17岁时加入加尔省的国民自卫军，次年被选为圣灵桥辖区征用兵第一营的中校。泰斯特先后被派到东比利牛斯军、多瑙河军、瑞士军中，最后去了意大利军，于1805年被提拔为将军。在对俄战争期间，泰斯特在莫斯科河战役中表现得尤为出色。1813年8月30日，他在库尔姆被俘，1814年6月被送回法国。路易十八让他担任下加来省指挥官。百日王朝时期，拿破仑把他叫到巴黎来。离开巴黎、前往滑铁卢后，拿破仑让泰斯特听从格鲁希的指挥。1815年6月20日，泰斯特把普鲁士军拖在那慕尔，掩护格鲁希撤退。达武随后让他守住卢瓦尔河左岸。但他在那里做不了什么，最多只能制止军队中的私逃行为。路易十八回来后让他赋闲在家。

特龙谢（弗朗索瓦-德尼斯，François-Denis Tronchet，1726—1806）

旧制度时期在巴黎担任律师，被第三等级选进三级会议后，是第三等级代表的温和派议员。闭会后，特龙谢被选为塞纳第一陪审员，之后隐退乡村。路易十六被起诉时想请特龙谢当自己的辩护人，于是特龙谢承担了这项困难的工作，并赢得了众人的尊敬。特龙谢在恐怖统治时期未遭牵连，在督政府时期进了元老院。他积极支持雾月政变，在政变后担任民法筹备委员会主席。波拿巴并不喜欢此人，但依然对他尊敬有加，让他进了元老院，称他是法国第一法学家。

图罗（路易，Louis Turreau，1761—1797）

埃夫勒一个存货接收人的儿子，年轻时有许多风流韵事。他娶了一个非常富裕的寡妇，似乎得到后者的一些熏陶，变得聪明起来。之后，他当上了荣纳省行政官，被选进国民公会，还被频频派到军中执行任务。但图罗做事糊涂、急躁易怒，在部队里名声很差。1794年8月21日至1795年3月18日，他先后去了阿尔卑斯军和意大利军。后来，图罗没被连选进立法议会，成了军队草料监督官。没过多久他就死了，但死因不明。有人说他得知妻子给自己戴了绿帽子，怒火攻心而死；还有人说他是被一个忌妒的丈夫杀死的。

图罗（路易丝-菲丽西黛，Louise-Félicité Turreau，1770—1814）

外科医生高蒂尔的女儿，嫁给了图罗（后者恰好在热月九日那天和他的第一任妻子离婚）。

托贝特（理查德，Richard Torbett）

拿破仑被囚圣赫勒拿岛期间，住在岛上的一个英国商人。

托比（Tobie）

祖籍马莱的印度人，是圣赫勒拿岛上的一个奴隶。

托尔斯托伊，皮季里姆·亚历山德罗维奇伯爵（Tolstoy，1761—1844）

俄国将军，1807年10月—1808年10月担任俄国驻巴黎大使。爱尔福特会晤后，因为拿破仑觉得他太有洞察力、对自己的计划过于仇视，故托尔斯托伊被召回了俄国。1812年战争期间，托尔斯托伊被派到伏尔加河地区作战，但并没参加任何战斗。1813年，他奉命入侵德累斯顿，围困古维翁-圣西尔。

托斯卡纳大公（grand-duc de Toscane）

请看词条"斐迪南"。

托特男爵（弗朗索瓦，François de Tott，1733—1793）

父亲是一个匈牙利贵族，随同贝尔谢尼元帅一道来到法国。托特曾陪伴韦尔热纳前往君士坦丁堡，为这位大使服务，替他在奥斯曼内阁做了许多秘密差事，以收买内阁成员。过了几年，他因为无法适应穆斯林习俗，就在1776年回到法国，1781年被升为陆军元帅，在杜埃指挥军队，大革命期间遭到部分士兵的粗暴对待。受此事刺激，托特离开了法国，在匈牙利了此一生。

W

瓦尔蒙·德·博马尔（雅克-克里斯多夫，Jacques-Christophe Valmont de Bomare，1731—1807）

旧制度时期巴黎的一个药剂师，从大臣达尔让森那里得到一份"政府自然旅行家"的执照，凭此执照游历各国。回到巴黎后，他开了一门讲自然历史的公开课。大革命爆发后，瓦尔蒙被迫在1792年中断课程。1795年，他再度开课，直到1806年才停课。

瓦拉迪侯爵（雅克-戈德罗伊-格扎维埃·德·伊扎恩，Jacques-Godefroy-Xavier d'Yzarn de Valady，1766—1793）

法国大革命前夕是法兰西警卫队的一个少尉，积极投入大革命怀中，在军营里积极宣传革命理念。他的妻子和他观点不合，便离开了他，流亡国外。之后，瓦拉迪被选进国民公会，因为支持吉伦特派而被处死。

瓦莱夫斯卡伯爵夫人（玛丽）

拿破仑的情妇之一。在圣赫勒拿岛上时，拿破仑曾对古尔戈说："瓦莱夫斯卡夫人是被塔列朗带来的，她自己未有过任何抵抗。"（请看古尔戈1816年2月8日的日记）她平淡乏味的为人性格和她因拿破仑而获得的历史地位不相配。

瓦莱夫斯卡伯爵（亚历山大，Alexandre Walewski，1810—1868）

拿破仑和玛丽·瓦莱夫斯卡的私生子。他起初参军，在1840年进入了外交界。他的堂兄以拿破仑三世的头衔登基称帝时，他在其中扮演了重要角色。

瓦莱特（安托万-约瑟夫-马利·德，Antoine-Joseph-Marie de Valette，1748—1823）

法国大革命前是一个骑兵部队的上尉，他用了18年才升到这个军衔。1793年里昂包围战后，瓦莱特当上了将军。1796年，他从阿尔卑斯军去了意大利军。三个月后，因为从应当防守的阵地卡斯蒂廖内撤退，瓦莱特被波拿巴解职。之后，督政府在波拿巴的要求下发布命令，将他移送军事审判所。回到意大利后，瓦莱特又得到一个费力不讨好的任务：安抚群起反对马塞纳的军官。由于他没完成任务，被勒令退休。之后他又在军队中活跃了几周时间，从事次要的指挥工作。

瓦朗斯子爵（让-巴普蒂斯特-西卢斯·德·但布鲁内，Jean-Baptiste-Cyrus de Thimbrune de Valence，1757—1822）

奥尔良公爵的第一侍从武官，法国大革命发生前在沙特尔龙骑兵团担任上校。加入杜穆里埃的军队后，他在执政府期间抛弃了自己的上司，回到法国。拿破仑1805年让他做了元老院议员，1808年封他为伯爵。在1812年战争期间，他还派瓦朗斯去指挥大军团预备军的骑兵部队。滑铁卢战役前，瓦朗斯负责留在巴黎、守住塞纳河右岸。路易十八回国后让其退伍。

瓦恰（弗朗索瓦，François Vaccha，1732—1812）

比萨大学医科教授。

万森特（弗朗索瓦-尼古拉斯，François-Nicolas Vincent，1767—1794）

法国大革命之前的职业是税务书记员，由于胸怀一腔革命激情，很快就脱颖而出，成为科尔德利俱乐部的主要领导人之一。1792年，万森特成功当上了陆军办公部头领，次年成为陆军部总秘书。从那时起，他的虚荣心不断膨胀，甚至想将罗伯斯庇尔取而代之，最后被后者推上了断头台。

万森特上校（Vincent）

一个工兵军官，1799年负责在圣多明哥执行任务。

旺达姆（多米尼克-约瑟夫-热内，Dominique-Joseph-René Vandamme，1770—1830）

卡塞勒一个外科医生的儿子，1788年7月加入马提尼克岛驻军，两年后自愿回到法国。休假后，他在自己家乡组建了一支自由军，带领它加入北方军，并成为里面的一个指挥官。在北方军的两年里，旺达姆在比利时打过仗，得到将军头衔，因为对平民无比残暴而为人所知。之后政府让他退役了，理由是"出言无状、在攻占地烧杀抢掠"。四个月后，旺达姆被召回军队，继续从前的做派。在担任一个师的师长、奉命在符腾堡展开军事行动时，旺达姆以为自己仍能向当地征收巨额战争赔款、从中谋取私利。督政府不喜欢这套做法，把他召回巴黎，移交陆军委员会。人们还批评他"煽动军中贪污公款的现象，对其视而不见"。旺达姆回到巴黎，等待审判结果。由于陆军委员会没有召开会议，他便回到了部队。这一次，他要在荷兰施展自己的"才干"了。但仅仅过了六周，不知为何，政府就让他回老家卡塞勒休假。休整了差不多四个月后，旺达姆奉命回归莱茵军，于1800年3月30日归队。次年5月23日，他因为"管理军队不善"而再度被召回法国。关于旺达姆的生平，我们就讲到这里，接下来，我想概括一下。从个人来看，旺达姆是个非常英勇的战士；但作为将军，他无能、贪污公款、抢劫地方百姓、粗俗无礼。不幸的是，他的这种性格是他所在的环境和时代造成的。旺达姆在库尔姆被俘后，被召到亚历山大一世跟前，因为这句铿锵有力的回答而为人所知："我从不曾以弑父罪而遭世人诟病。"1814年7月，他回到法国，要求面见国王，被路易十八拒绝。

韦迪亚克，拉布鲁斯侯爵（弗朗索瓦-加布里埃·蒂波，François-Gabriel Thibault Vertillac，1763—1854）

旧制度时期的一个骑兵军官，1813年被拿破仑任命为宫廷侍从。百日王朝时期，他进入议会，之后淡出政坛。

韦迪耶（让-安托万，Jean-Antoine Verdier，1767—1839）

大革命前夕是一个步兵部队里的下士。之后他进入上加龙省志愿军第二营，职位是参谋上尉，1792年开始在东比利牛斯军效力。1794年，韦迪耶当上了奥热罗的副官，1795年成为他的总参谋长。次年，因为在卡斯蒂廖内战役中表现出众，他被提拔为将军。之后，韦迪耶随同波拿巴去了埃及，回国后几乎参加了所有欧洲战争。虽然他从来只有一个师可指挥，但哪里情况紧急，他就被派到哪里灭火。韦迪耶自始至终都忠于拿破仑，后被路易十八勒令退伍。1830年七月革命发生后，他成为里昂国民自卫军指挥官。

威尔上校（Ware）

住在好望角的一个英国军官。

威尔克斯（劳拉，Laura Wilks，1798？—1888）

威尔克斯的女儿，是圣赫勒拿岛上最美的女人。古尔戈曾疯狂迷恋她，但他的一腔痴心并未得到回应。

威尔克斯（马克，Mark Wilks，1760—1831）

1813年6月—1816年4月担任圣赫勒拿岛总督。他和拿破仑有过多次交谈，其谈话内容被发表在1901年的《月刊》（*Monthly Magazine*）上，标题是《威尔克斯上校和拿破仑》（*Colonel Wilks and Napoleon*）。

维尔纳夫（皮埃尔-查理·德，Pierre-Charles de Villeneuve，1763—1806）

法国大革命前夕是海军中尉，1796年被升为海军准将。在特拉法尔加海战中，他损失了17艘战舰，败在纳尔逊手上，被囚在特拉法尔加，后被释放。回到法国后，他不再得势，胸口被刺六剑而死。

威尔士亲王（prince de Galles）

请看词条"乔治四世"。

威尔逊爵士（罗伯特，Robert Wilson，1777—1849）

英国将军，对拿破仑无比仇恨，认为后者是欧洲的压迫者。英国决意干预法军入侵葡萄牙的行动后，威尔逊在1808年组织了一个军团，里面全是逃亡国外的葡萄牙人。之后，他被任命为旅长，听从惠灵顿将军的指挥。从1812年到1814年，他作为英军代表，和俄军、普鲁士军进行接洽，因此威望大增。和联军进入巴黎后，威尔逊发现保皇党成员在巴黎大肆迫害拿破仑的支持者，因此倍感气愤。他尝试拯救自己从前在西班牙的死敌内伊，但没能成功。但他依然成功协助拉瓦莱特逃离。之后，他以"帮助罪人逃脱起诉、企图摧毁国王政府"的阴谋者的罪名遭到起诉，受到重罪法院的审判，被判处三个月的监禁（黎世留公爵曾向英国内阁承诺，会对威尔逊进行宽大处理）。之后，威尔逊返回祖国。

维克多，贝卢诺公爵（克劳德-维克多·佩兰，Claude-Victor Perrin Victor，1764—1841）

旧制度时期炮兵部队的一个鼓手。大革命期间，他加入了瓦朗斯国民自卫军，并在1792年当上了德龙省志愿军一个营的士官。土伦战役期间，维克多表现得格外勇猛，下腹严重受伤，被国民代表特使提拔为将军。但直到1795年6月，公安委员会才正式批准了他的晋升书。该年8

月，他转去了意大利军，参加了大大小小多场战役，直到1800年才离开该军。之后，他在荷兰指挥军队作战。普鲁士战争期间，维克多负责指挥一支军队在什切青展开军事行动。他乘坐马车抵达该地后，立刻被席尔指挥的25个普鲁士农民抓获，并被囚禁了六周时间。最后，席尔同意将其释放，以换回布吕歇尔，拿破仑接受了这个条件。在弗里德兰战役中，维克多指挥一个军的兵力作战，锁定胜局。他因此战而被晋升为元帅，享有年金3.6万法郎，年金从波兰征税中抽取。《提尔西特和约》签署后，维克多负责普鲁士和柏林的治安工作，又得到了另外三笔总额6.1万法郎的年俸，由德意志人掏钱。15天后，他又拿到一笔年俸：由蒙德米兰缴付的6万法郎年金。为了报答这个随时准备四处出征的战士，拿破仑才如此慷慨。1808年，他把这个从前的鼓手封为公爵，把他派到西班牙。1812年，他又让维克多前往俄国作战。为了攻下维帖布斯克附近一个难攻的据点，拿破仑派维克多去支援乌迪诺。大军团残余部队渡过别列津纳河时，他又让维克多拖住俄军，保住法军后方。回到法国后，这个什么都干的元帅又得指挥一支部队参加1813年战争。在蒙特罗，由于维克多想让自己的将士多休息一会儿，于是来迟了。拿破仑火冒三丈，对他一阵痛骂，剥夺了他的指挥权。维克多无法原谅拿破仑的这个举动，一怒之下投奔了波旁家族，于是路易十八把梅齐尔一师交给他指挥。拿破仑从厄尔巴岛回来后，维克多给军队发布了一道语气非常强硬的命令："如有必要，所有法国人都将准备抵御敌人，因为这个人曾残暴地统治法国，把它足足蹂躏和背叛了12年。"他的讲话遭到部下一阵嘲骂。维克多只好抛下军队，追随路易十八去了根特。波旁家族二次复辟后，他进了贵族院，成为王室近卫军总参谋长。之后，他还担任过陆军部长，筹备了1823年的西班牙战争。

维莱尔（让-巴普蒂斯特-纪尧姆·德，Jean-Baptiste-Guillaume de Villèle，1773—1854）

一个海军军官，大革命期间人在印度。恐怖统治时期，他以可疑分子的身份在法兰西岛上被抓，热月九日后被释放。1796年，维莱尔前往波旁岛，在那里的一个种植庄园里担任总管。1807年，他返回法国，在图卢兹定居。拿破仑立刻把他任命为上加龙省的参议长。1814年，维莱尔热烈地拥抱波旁家族，在复辟政治活动中扮演了重要角色。1830年革命后，他退休回到了图卢兹。

威廉（艾莲娜-玛丽，Hélène-Marie，1762—1827）

一个英国女作家，1788年定居法国。因为是罗兰夫人的好友，她在恐怖统治时期入狱。当时无数书籍和报纸上都有她的名字，但其事迹真假需要认真甄别。

维鲁特雷斯（Villoutreys）

布尔蒙统领的那个师的参谋官。在滑铁卢战役中，他和他的上司一道临阵脱逃、投靠敌军。

韦尼奥（皮埃尔-维克托尼安，Pierre-Victurnien Vergniaud，1753—1793）

生于利摩日，在波尔多学习法学，毕业后当上了律师。大革命爆发前，他在波尔多就已小有名气。被选进立法议会后，韦尼奥成为吉伦特派中最亮眼的一个演讲家，其演讲常常引起轰动。韦尼奥激烈地抨击宫廷和内阁，却又不愿彻底抛弃王权。他因为犹豫和摇摆，渐渐失去人民大众的信任，最后走上了断头台。

韦尼奥勒（马丁，Martin Vignolle，1763—1824）

法国大革命前夕在一个步兵团担任少尉（当时他在军中已经待了

20年）。1791年被升为中尉，1792年被升为上尉，1796年当上了将军（拿破仑在卡斯蒂廖内战役后第二天亲自将其提拔上来）。他主要在参谋团中工作，负责物资管理，担任沦陷地区的军务长。1809年，拿破仑封他为伯爵。

魏森伯格男爵（让·德，Jean de Wessenberg，1773—1858）

奥地利外交官，梅特涅的助手。拿破仑对科兰古是这么说他的："这个人没有梅特涅那么热情，但比他更有信仰。"（见《科兰古回忆录》第三卷第460页）

维斯孔蒂夫人（Visconti）

一个美丽的女子，嫁给了一个意大利大贵族为妻，1808年守寡。由于她激起了贝尔蒂埃的无限激情，故在回忆录好几个地方都被提及。

维斯孔蒂上尉（Visconti）

维斯孔蒂夫人的儿子。

维特根斯坦（路易-阿多尔夫，赛恩亲王，Louis-Adolphe Wittgenstein, prince de Sayn，1769—1843）

他的父亲效力于腓特烈大帝，被带到俄国当人质后，和一个俄国公主结了婚。维特根斯坦年轻时进入军队，30岁当上了将军。1812年6月，他负责保卫圣彼得堡。因为维特根斯坦在科里亚斯济茨打败乌迪诺，俄国首都的商人特地筹集了15万卢布献给他以表感谢。法军撤退期间，他多次骚扰法军行动。库图佐夫死后，他被视为唯一能取代库图佐夫担任总指挥的人。但由于维也纳的宫廷阴谋，他被迫向施瓦岑贝格让步，后者成为联军最高统帅。1814年3月13日，维特根斯坦在巴尔附近受伤，被迫退伍。

维维耶斯（纪尧姆-雷蒙，Guillaume-Raymond Viviès，1763—1813）

起初以财务官的身份进入军队，在奥德志愿军第八营服役，1805年被提拔为将军。俄国之战期间，他在撤退途中被俘，三周后因为高烧死于威尔纳。

温德姆（威廉，William Windham，1750—1810）

出身于英国一个古老的贵族世家，先前是社会上流人士、文学艺术爱好者，1794年成为一个不可小觑的政治家。同年，温德姆进入皮特的内阁，成为陆军部部长，被法国革命政府视作死敌。温德姆把法国对自己的仇恨反射到波拿巴身上，严厉抨击《亚眠条约》。

温普芬男爵（路易-菲利克斯，Louis-Félix de Wimpfen，1744—1814）

一个军官，在大革命之前退伍，被卡昂管辖区的贵族选进三级会议。任期结束后，他返回军队，成为蒂永维尔的指挥官。后来，他宣称自己拒绝了布伦瑞克公爵为了诱降他而许诺的100万法郎，虽然最后他还是交城投降了。担任纪龙德军指挥官后，他在韦尔农被打败，前往英国避难。执政府期间温普芬回到了法国，被任命为种马场监察官。

文森特男爵（尼古拉斯-查理，Nicolas-Charles de Vincent，1757—1834）

生于洛林，加入奥地利军后，成为弗朗茨二世的副官。他多次奉命在拿破仑身边执行重要的外交任务，并在1814—1826年担任奥地利驻法大使。

温特尔（让-纪尧姆·德，Jean-Guillaum de Winter，1750—1812）

荷兰海军军官。由于支持反对西班牙统治的革命派，革命行动失败后，他躲到法国，加入了陆军。因为作战英勇，温特尔被晋升为将军。1795年，一直效忠法兰西共和国的温特尔跟随皮什格吕的军队回到了荷兰，以胜利者的身份得到故国的热情接待。三级会议任命他为荷兰舰队统帅，军衔为副帅。路易·波拿巴成为荷兰国王后，把他升为元帅和海军陆军总统帅。

温亚德上校（Wynyard）

哈德森·洛韦爵士的军务秘书。

沃博瓦，贝尔格朗伯爵（查理-亨利，Charles-Henri Vaubois，1748—1839）

法国大革命爆发前，在斯特拉斯堡军火库下的炮兵队当上尉。1791年，沃博瓦当上了德龙省志愿军一个营的中校，1793年被提拔为将军。在阿尔卑斯军待了三年后，沃博瓦于1796年去了意大利军。之后，他随同波拿巴前往埃及，但半路留在了马耳他岛，担任岛上指挥官。沃博瓦被足足围困了两年，损失了一半驻军（约4000人）。他想尽办法向法国传信，以告知自己的惨状，但以失败告终。最后沃博瓦别无他法，只好投降。后来波拿巴让他退伍，在元老院中担任议员。

沃布朗伯爵（万桑-马利·韦耶诺，Vincent-Marie Viennot de Vaublanc）

海外殖民军的一个中校，1782年回到法国。1790年，他当上了塞纳-马恩省的行政主席，次年被选为立法议员，在里面因为积极拥护君主制而为人所知。恐怖统治时期，沃布朗隐姓埋名生活，热月九日以后被召去领导保皇立场极其强烈的普瓦松尼耶辖区（该区在葡月十三日事件中表现得格外激进）。督政府期间，沃布朗参加了许多保皇党的阴谋，果月十八日后不得不逃往国外避难，执政府建立后才回到法国。之后，拿破仑任命他为摩泽尔省省长。路易十八回国后，他依然担任该职。从根特第二次回国后，国王任命他为内务部部长，但沃布朗在这个职位上并没干多久。1820—1827年，他在议会中占有席位，1830年七月革命后退出了政坛。

沃德勒伊伯爵（约瑟夫-弗朗索瓦·德·里高，Joseph-François de Rigaud de Vaudreuil，1740—1817）

玛丽-安托瓦内特的一个宠臣，同时也是阿图瓦伯爵的密友，1789年7月17日随同后者流亡国外，1814年回国。

沃德蒙王妃（princesse de Vaudemont）①

沃登（威廉，William Warden，1777—1849）

诺森伯兰号上的一个医生，在圣赫勒拿岛上一直住到了1816年6月19日。他的《圣赫勒拿岛书信》发表后，沃登被政府从海军医生名单中除名。

沃蒂埃（查理，Charles Vauthier）

帝国时期陆军部的一个办事员。

沃尔内伯爵（贡斯当-弗朗索瓦·夏斯伯夫，Constant-François Chasseboeuf de Volney，1753—1820）

一个伟大的旅行家，因为在法国大革命之前发表的一些手稿而为人所知。旧制度时期，沃尔内在科西嘉岛的农业部和贸易部中先后担任过职务。他便是在那时认识了波拿巴，而且据说当时他就发现此人绝非池中之物。沃尔内安然无虞地度过了大革命，欣喜万分地拥护波拿巴登基称帝。但担任元老院议员后，走温和自由派路线的沃尔内很快就发现自己的政治构想和这个体制完全不同。他在痛苦和失望中再不过问政事，一心扑在写作上。

沃胡尔（查理-亨利，Charles-Henri Verhuel，1764—1845）

荷兰海军军官。1795年荷兰省督被推翻后，沃胡尔递交辞呈，隐退

---

① 全书词条中无内容的，都是法文版如此。——译者注

回家。1803年，他回归军队，头衔是海军准将。后来，他同意加入代表团，带领他们"自愿"向拿破仑请愿，让他的弟弟路易坐上荷兰王位。之后，沃胡尔成为荷兰驻法大使。他在这个位置上干了两年，深得拿破仑的信任。1809年，拿破仑让他守住荷兰海岸，制止英军登陆。1814年帝国晚期，沃胡尔在登海尔德港口被包围，但他一直坚持到拿破仑退位后才投降。

乌迪诺，雷焦公爵（尼古拉-查理，Nicolas-Charles Oudinot，duc de Reggio，1767—1847）

巴勒迪克一个啤酒商的儿子，在图勒学院读书。他的父亲想让他继承自己的啤酒酿造厂，但年轻的乌迪诺更愿意加入佩皮尼昂驻军的一个步兵团。但他在里面没待多久，他的父亲就花钱让他休假，强迫他回家。没过多久，大革命爆发。乌迪诺借此放弃了父亲的啤酒厂，加入当地的国民自卫军。1791年，他被选为默兹志愿军一个营的中校，之后参加了战争，先后被派到莱茵军和摩泽尔军中。1793年12月17日，乌迪诺在阿格诺首次受伤，被人送回家。他当时的样子看上去十分可怜，后来乌迪诺在回忆录中说："当时我头部开了花，只用绷带简单包扎了一下，整张脸被绑得几乎什么都看不到了。"四个月后，他再度赶赴军中。1794年5月23日，乌迪诺在凯撒斯劳滕用刺刀在敌军中开出一条道路来。被提拔为将军后，乌迪诺于1794年8月8日在特里尔再度负伤，这一次是断了一条腿，一动不动地躺了几个月，养伤期间担任特里尔指挥官一职。痊愈后，乌迪诺回归战场。1795年10月18日，他在内克劳身中五刀一枪，并被俘虏。三个月后，两军交换战俘，乌迪诺被换了回来。1796年9月初，他奉命指挥一个旅的骑兵。同月11日在因戈尔施塔特桥上，他身中四刀，一颗子弹打穿了他的大腿。六周后，乌迪诺伤愈，继续在军中效力。那时，乌迪诺的名气已经传开了。只要他出现在战场上，要么就是挨子弹，要么就是挨刀砍，这样的生活一直持续到帝国覆灭。在拿破仑的元帅中，他受伤次数最多，他在80岁高龄去世。1799年，乌迪诺转至瑞士军中，听从马塞纳的命令，其间三次负伤，分别是在6月4日、8月14日和9月25日。之后，他以总参谋官的身份陪同上司前往意大利。在组建大军团期间，掷弹兵被单独组成一个师，乌迪诺便是这个师的统帅。这个师在帝国时期成为光荣之军，乌迪诺的名字也永远和它连在了一起。一开仗，乌迪诺的大腿就被一颗子弹击中，只好把指挥权交给了杜洛克。第二年，他奉命攻下了讷沙泰尔公国。这一次乌迪诺没被伤到一根毫毛，因为讷沙泰尔根本没等到法军出动就投降了。然而一年以后，担任丹齐格指挥官的乌迪诺在巡回检查的时候从马上摔了下来，一条腿被摔断了。养好伤后，他和他的掷弹兵作为先锋军，朝弗里德兰前进。这场战斗下来，乌迪诺浑身上下几乎没有一块好肉。其间他派人向皇帝请求援军，后者只给传令官说了一句话："请告诉乌迪诺，援军就在某个地方，他照顾好自己就行了。我允许他自由行动。"（后来拿破仑送给乌迪诺一个烟斗，乌迪诺把这句话刻在了上面）乌迪诺尽力做到了最好。因为他的部下坚忍不拔地战斗着，其他法军才有机会取胜。乌迪诺因为这场战斗而得到了三笔赏金，一年可拿到6.5万法郎（年金分别从波兰和德意志的捐税中抽提）。《提尔西特和约》签订后，乌迪诺陪同皇帝来到爱尔福特，在那里当了几个星期的总督。之后，他率领部队在普鲁士扎营（该部队经过不断组建，当时已经有了36个营、3个师）。1809年3月，乌迪诺奉命穿过巴伐利亚，奥地利战争再度打响。5月4日，他在埃伯斯贝格遭遇一场苦战；9日，他杀到维也纳城门口。走玛利亚-希尔夫区进入维也纳城后，迎接乌迪诺的是城中居民从窗户丢下来的石块和脏水。21—22日夜，他渡过多瑙河，在埃斯林受了一处刀伤，无法再骑马。当时被一颗炮弹击中负伤的拉纳不得不咬牙代替他指挥军队。养好伤后，哪里需要他，他就迅速奔向哪里。7月6日在瓦格拉姆，达武取得大捷，乌迪诺趁敌军大乱之际杀进奥军中路，突破瓦格拉姆村。毫无意外，他在村中被一枚子弹击中大腿。三天后，乌迪诺被升为元帅，年金6万法郎（这次是拿破仑自己掏钱）。1810年4月14日，乌迪诺被封为雷焦公爵，年金3.6万法郎，由荷兰掏钱。当时，拿破仑准备把低地国家的王位交给他的弟弟路易。荷兰人民非常不安，意识到自己的国家即将丧失独立，各地起义运动此起彼伏。乌迪诺奉命控制这个国家，他告诉当地百姓：他们即将进入新的幸福时代了。1810年7月4日，乌迪诺来到阿姆斯特丹，接受了政府官员的拜访。首相康比埃发表讲话，对这位前来奴役自己祖国的人表示欢迎，讲得泪流满面。乌迪诺大感尴尬，想安慰对方。便对首相说："康比埃，别哭成这样，否则我也会哭的，那我们俩看上去就太可笑了。"元帅难道觉得一想到自己祖国遭到蹂躏和侮辱就不能控制眼泪的人很可笑？几天后，勒布伦到了，负责组建新的法兰西帝国省份。从那时起，乌迪诺就只扮演宪兵这个角色。非常现实的荷兰人觉得所有抵抗都是无用的，变得安守本分。但乌迪诺还是有功劳的：他成功维持了占领军的军纪，没让当地百姓遭受太多苦难。帝国覆灭后，成为低地国家国王的奥兰治亲王对乌迪诺在任期间采取的温和手段感激不已。1811年11月，乌迪诺元帅火速奔赴巴勒迪克，向一个18岁的年轻女子求婚。他对他的心上人库西小姐说："我有六个孩子（乌迪诺两年前丧偶），44岁，有50万法郎年金。"库西小姐接受了他的求婚。而元帅给他的小娇妻的蜜月之旅，就是俄国战争。当然了，这次乌迪诺依然没能免于受伤。虽然他只负伤两次（一次是在8月18日的斯摩棱斯克，另一次是在11月28日撤退期间的别列津纳河右岸），但每次伤势都很严重，让他不得不离开指挥岗位。在1813年的战争中，乌迪诺的运气就更差了。由于8月23日在大贝伦败在了贝纳多特的手上，他被皇帝剥夺了兵权。几周后，乌迪诺患了伤寒，命悬一线的他被带回巴勒迪克。但还没等到他彻底康复，拿破仑又把他叫了回去。这一次，乌迪诺得在法国境内作战了。没过多久，也就是1814年1月29日，乌迪诺在布里埃纳被敌军炮弹擦伤大腿；3月20日，一枚子弹打在他的胸部，差点儿要了他的命，幸好乌迪诺佩戴的大鹰勋章替他挡了一下。这也是乌迪诺最后一次受伤。之后在枫丹白露，一辈子都在打仗、尝尽战争苦果的乌迪诺坚定地站在麦克唐纳这边，恳请拿破仑退位。阿图瓦伯爵抵达巴黎后，他听从其调遣。后来路易十八让他进了贵族院，并把梅斯第三师的兵力交给他指挥。拿破仑从厄尔巴岛回来后，乌迪诺想带领军队反对拿破仑，但来到特鲁瓦城后，将士们告诉乌迪诺：他们决定为皇帝而战，如果元帅不能接受，他只能离开。于是，乌迪诺走了。百日王朝时期，乌迪诺隐退到巴勒迪克附近自己的土地上，没有担任任何公职。路易十八回来后，恢复了他所有的职务，还把巴黎国民自卫军交给他指挥。1823年，在昂古莱姆公爵的指挥下，他带领远征军去了西班牙。1830年七月革命后，乌迪诺赋闲在家。1842年，他被任命为荣军院院长，成为皇帝的守墓人。

参考资料：儒勒·诺莱-法贝尔1850年的《尼古拉-查理·乌迪诺的历史》（Jules Nollet-Fabert, *Histoire de Nicolas-Charles Oudinot*），以及加斯东·施蒂格勒1894年的《乌迪诺元帅——根据元帅夫人未出版的回忆录而作》（Gaston Stiegler, *Le Maréchal Oudinot: D'après les souvenirs inédits de la Maréchale*）。

武尔姆泽尔（达戈贝尔特-济格蒙德，Dagobert-Sigismond Wurmser，1724—1797）

阿尔萨斯人，从1745年起为奥地利军效力。1793年，他指挥奥地利军掩护美因茨围城战，差点儿夺下斯特拉斯堡。幸亏皮什格吕发起迅猛进攻，才逼得武尔姆泽尔撤军。1796年，武尔姆泽尔替代博利厄担任意大利军的总指挥，被波拿巴多次打败。在曼图亚投降后，武尔姆泽尔回到维也纳，没过多久就去世了。

乌格斯（Hugues）

一个马赛商人，在恐怖统治时期被处死了。

X

西哀士（埃马努艾尔-约瑟夫，Emmanuel-Joseph Sieyès，1748—1836）

旧制度时期沙特尔主教的副本堂神父。1787年，因为西哀士是法国教会高院的法官，有资格在省议会中占有席位，便进了奥尔良省议会，在里面表现突出。1789年年初，他的小册子《什么是第三等级》出版，引发巨大反响，西哀士的名字顿时传遍法国。进入三级会议后，西哀士成了一个雄辩家，在好几周时间里统治着议会演讲台。如果人们发现他没出现在讲台上，就会觉得不安。米拉波有一天喊道："西哀士的沉默是公众的灾难。"但西哀士讲话枯燥无味、语速很快、吐字不清，他付出了巨大努力，才被平庸之辈推崇到和踔厉骏发的米拉波、舌灿莲花的巴纳夫相同的高度上。因为效忠过奥尔良公爵，西哀士在10月一系列事件发生后处境不妙。当时他除了委员会的工作外，其他事情一概不理，把主要精力放在制定宪法上。然而，最后出台的宪法和他原来的构想大相径庭。三级会议闭会后，西哀士回归乡野，在立法议会期间完全被人遗忘。国民公会期间，西哀士再度出现在人们眼前，在一段时间提心吊胆，唯一想的就是如何保住性命。不过西哀士心里确信这段时间不会持续太久。他耐心等到了热月九日，随即由守转攻，对罗伯斯庇尔一派发动攻击，呼吁召回被通缉的吉伦特派，接着进入新一届公安委员会。此外，他还进了为"制定国民公会组织法"而成立的委员会中。换言之，就是要制定热月派的新宪法以代替1793年的山岳派宪法。西哀士在这个委员会里只待了15天，就借口按照法律规定一人不能兼任多个职务回到公安委员会。他很清楚，当前仍不是实践自己的宪法理论的时候。国民公会闭会后，西哀士进了五百人院，谨慎地履行自己的工作职责。当时担任外交部部长的塔列朗在果月政变之后想拉近西哀士和波拿巴两人的关系，其直接原因是：在拿破仑的赫赫战功中新建立的奇萨尔皮尼共和国需要一部宪法。毫无疑问，没人比西哀士更能胜任这项工作。波拿巴立刻接受了塔列朗的提议。他在1797年9月19日给塔列朗写信说："如果您能派一个才华被我欣赏，又和我有个人友谊的人来意大利，那我就再高兴不过了。"（出自《拿破仑书信集》第三卷编号2223文档）但这个计划没能实现。人们普遍认为，这是因为西哀士对《坎波福尔米奥条约》不满意，不愿和该条约发起人合作。但真实原因也许非常简单：西哀士之所以拒绝这个任务，是因为他觉得这是个无关紧要的工作，不足以把他推上台。我们且不管是哪种情况，几周后，波拿巴回到巴黎，参加了一场东道主是塔列朗的晚宴，宴席期间就坐在西哀士边上，两人相谈甚欢。这是他们的第一次接触，之后两人似乎在短时间里并无联系。巴拉斯察觉到了其中的不妥，对这个从前受过自己保护的人说："你想推翻宪法，但这不会成功的……西哀士可以给出一些阴险的计策，促使你做出这种事来，但他绝不会把核心秘密透露给你，你也绝对不会向他交心。最后两人都草草应付了事。"（语出《巴拉斯回忆录》第三卷第273页）1798年5月，西哀士以全权代表大使的身份来到柏林，想说服普鲁士和法国结盟；即便不能结盟，也要说服它保持中立。如果巴拉斯的话可信的话，这一次是西哀士本人主动请缨参加谈判。他认为，既然果月政变后的局势不利于实现自己的抱负，离开巴黎反而比待在那里更好。督政府那边正愁找不到理由请西哀士离开首都，立刻答应了他的请求。于是西哀士在柏林待了一年时间，在谈判工作中展现了极其灵活的做事风格。回到巴黎后，他代替鲁贝尔担任督政官，协助议院除掉了督政官梅尔林·德·杜埃和拉雷维耶尔-勒博。之后，西哀士身边只剩一群软弱无能的人，他则成了督政府的实际领导人，终于有机会实施自己构思已久的计划了。由于人们将在7月14日、热月九日和8月10日举办庆典，西哀士作为督政府代表要发表讲话，这对他而言是个大好机会。在8月10日纪念活动中向人民致辞时，西哀士振臂高呼："督政府了解所有阴谋反对共和国的敌人；它向你们宣布，它对待所有敌人绝不手软。它绝不因危险而屈服，在狂暴中也将保持冷静，会毫不留情、毫不松懈地和他们战斗。"通过这篇官方致辞，西哀士觉得自己打消了公众的疑虑和担忧。虽然他还没达到目的，却装出一副毫不在乎的样子。实际上，西哀士是在给自己寻找一条"胳膊"。茹贝尔是富歇推荐过来的，此人绝不可用；贝纳多特太过"雅各宾派"了；剩下可选的就只有波拿巴了……但这个野心勃勃的科西嘉人很难让西哀士放心。还是波拿巴的兄弟约瑟夫和吕西安成功打消了西哀士的担心，说服他召回将军。一个希腊人同意前往埃及，给波拿巴带信，但没成功。不过人们也不需要他传信了：波拿巴率先抛出橄榄枝，站到了西哀士跟前。得知波拿巴回国后，西哀士用外省方言对罗歇·迪科说："督政府完蛋了，它的掘墓人到了。"在督政府会议中，西哀士用了一句不如前面那么形象的话来评价拿破仑回国一事："算了，他只是个将军。话虽如此，这个将军从政府那里拿到回国许可令了吗？"一些别有用心的人把这话添油加醋地转达给了波拿巴，说西哀士把他视为"该被枪决的叛逃士兵"。波拿巴说，他把西哀士看成一个"卖身给普鲁士的教士"。尽管如此，他还是去了这个"卖身的教士"家里。此次拜访后，他立刻对蒙日和贝托莱说："我见了西哀士和他的两个心腹。是我主动接近他们的；在政治上，我们不能太挑剔。"（语出《巴拉斯回忆录》第四卷第37页）他对西哀士说："我们根本没有什么政府，因为我们根本就没有宪法，至少没有一部我们应有的宪法。唯靠您的才干，我们才能有自己的宪法。这件事若成了，治理国家是件再简单不过的事。"最后，他还说，"您是头，我最多是您的胳膊。"西哀士相信了这些动听的话，至少装出一副相信了的样子。他大概是在想：要是自己拒绝了这条恭恭敬敬（这是他的原话）献上来的"胳膊"，这所谓的"胳膊"就要变成西哀士的"头"，去找另一个比他更配合的人了。于是，两人达成一致。西哀士和塔列朗、娄德雷尔、吕西安·波拿巴（他当时是他哥哥的代言人）敲定了具体执行方案，并得到了波拿巴将军的支持。雾月十五日夜，在圣苏尔比斯大教堂附近的胜利神殿中，西哀士和波拿巴又有了一次谈话，两人确定了最终方案。19日，西哀士待在圣克鲁橘园二楼中的一个房间里，波拿巴则在楼下展开行动。过了一段时间，脸色苍白、神情憔悴、衣衫不整的波拿巴踉踉跄跄地走进了房间，几乎站都站不稳了。这位阿尔科的英雄喊道："敲响紧急集合鼓！他们想把我逐出法律的保护地盘！"西哀士的回答很简单："那就把他们逐出大厅！"波拿巴采纳了他的建议。午夜，他和西哀士、罗歇·迪科一道被任命为临时执政官。

凌晨两点，三个人准备宣誓效忠共和国。但效忠哪个共和国呢？西哀士想说的是：糟糕的《共和三年宪法》已经死去；他要效忠的是新的、属于自己的好宪法！实际上，他已经开始这么做了。一开始，西哀士就遇到了很大的困难。那条"胳膊"冒出来后反客为主，变成了"头"。两颗"头"凑到一块后，爆发了激烈的争吵。这个人冷嘲热讽，那个人出语威胁。塔列朗从中斡旋，才勉强避免两人决裂。在一次长达六个小时的讨论后，他说："我必须承认，波拿巴在这场争论中更占上风，其辩驳让对手很难回答上来。"慢慢地，西哀士不再那么坚持己见，即便波拿巴对他的宪法草案大肆删改，他也是一副息事宁人的态度。但他依然坚持自己的核心观点：新政府应该实行双头政治，即有两个领导，一个拥有行政权，另一个拥有军事权，然后用一个"大选民"代替纯粹象征性的国家领导代表权。波拿巴很快就看穿了西哀士构思的这套混合体制，深知它最终会走向君主复辟，让西哀士变成第二个黎世留。猜出西哀士的意图后，他便各种阻挠、从中作梗。到了最后，负责起草新宪法最终草案的人变成了多努。西哀士得知这个消息后，无比沮丧地说："这再不是一部宪法了。"他对波拿巴说："我现在只想退休……我不愿当您的副官。"波拿巴没有多做挽留，只通过五百人院委员会给西哀士颁布了一个荣誉称号，"以表示对一个用文字开化了人民、光耀了大革命的人的感激"（落款人是波拿巴和罗歇·迪科）。共和八年雪月一日法令让西哀士以"国家补贴"为名义，获得了塞纳-瓦兹省一块价值48万法郎的土地。因为这块土地所有权存有争议，故西哀士转而获得凡尔赛附近的动物园农场、舒瓦瑟尔街上的海关府邸以及圣多米尼克街上的摩纳哥公馆。他欣然接受了这份大礼。就在那时，谣言四起，说波拿巴进入执政府后，在一个抽屉里发现了美国商人用来贿赂督政府的一笔钱，金额总计70万法郎，他将这笔钱让给了西哀士和迪科。巴拉斯在他的回忆录第四卷第171页中给出了许多细节；拉雷维耶尔-勒博在他的回忆录第二卷第429～431页中也没有否认督政府手上的确有些钱的事实，但他认为只有30万法郎。他还补充说："70万法郎在我看来是不太可能的。"在康巴塞雷斯、勒布伦、罗歇·迪科的协助下，西哀士选出了第一批29位元老院议员，再由这批议员去任命其他元老院议员。他同时还要选定立法院和保民院的人选。波拿巴似乎对这件事并不太上心，西哀士便趁机把未来的反对派安插在里面，以便有朝一日利用他们达成自己的目的。西哀士的确很擅长在背地里玩把戏，在此之前，他也的确靠这些手腕获得了"完美政治操纵家"的名声。可这一次，他的招数失灵了。之后，他只能以看破世事的旁观者的身份看着国民代表议会如何沦为傀儡。帝国覆灭后，西哀士上了1816年1月12日的王室通缉名单，被迫逃到布鲁塞尔。1830年，西哀士回国，在默默无闻中死去。

参考资料：保罗·巴斯蒂德1939年的《西哀士及其思想》（Paul Bastid, *Sieyès et sa pensée*）。

西德默思子爵（vicomte Sidmouth）

请看词条"阿丁顿"。

西德尼-史密斯（威廉，William Sidney-Smith，1764—1840）

英国海军军官，1792年起为土耳其效力。1793年，法英两国爆发战争，他把好多留在土耳其、没有工作的英国海兵组织起来，给一艘小船备上武器，准备前往土伦，加入霍德上将的舰队。法军攻下这座城市后，他提议把留在港口的法国舰船和大批物资通通烧毁。1793年12月17日夜，西德尼-史密斯亲手完成了这项任务。回到英国后，他被派到法国执行了多个危险的间谍任务，最后被抓，进了圣殿监狱，但被保皇党人菲利波救了出来。回到英国后，西德尼-史密斯被派到君士坦丁堡，以说服土耳其和英国结盟。波拿巴刚到埃及，西德尼-史密斯这边就开始部署计划，阻挠他的行动。这是一个非常危险且难缠的对手；波拿巴离开后，他活动得更加频繁，为达目的不择手段，背叛、行贿、阴谋对他而言就是家常便饭。直到1801年8月25日，亚历山大城投降，法军开始撤兵，西德尼-史密斯才回到了英国，受到同胞的热烈欢迎。英法再度交恶后，他指挥一支舰队加入战斗，如从前一样坚持不懈地反抗拿破仑。帝国覆灭的那天，正好也是西德尼-史密斯退伍的时候。从1815年起，他再没担任任何职务，一心扑在慈善事业上。

参考资料：约翰·巴罗1848年的《威廉·西德尼-史密斯上将的一生及通信集》（John Barrow, *The Life and correspondence of admiral Sir William Sidney-Smith*）。市面上所谓的他的回忆录，其实是英国小说家马里亚特（Marryat）的作品。

席尔（斐迪南，Ferdinand de Schill，1776—1809）

拿破仑占领德意志期间一个坚定抵抗拿破仑军队的游击队长。1806年，他成为龙骑兵中尉。在奥尔施泰特战役中受重伤后，席尔成功逃脱法军的追捕，逃到波美拉尼亚。当时他几乎是奄奄一息了。养好伤后，席尔打算成立一个独立狙击团，组织人民起义，反抗法军强加给该省的沉重的战争赔款。他和从前部队里的两个龙骑兵成了这个狙击团的核心成员。很快，志愿军就分布全省各地。几周后，席尔成为一支有大约300名爱国者的游击队队长。因为他英勇无畏、头脑灵活、深谙如何设计埋伏，很快就成为一个让占领军闻风丧胆的人物。在当地居民的帮助下，席尔动用各种手段，向法军纵队、没有护送的辎重队和落单的马车发起进攻，还成功俘虏了维克多元帅。席尔把自己的大本营设在科尔贝格。该地指挥官是他的上司,看不惯他的这些非正规军的招数,觉得违背了作战原则。于是席尔接到命令,在原地待命不动。席尔不服气,到普鲁士国王跟前提出抗议。腓特烈-威廉三世不仅允许他继续从事爱国活动,还把一支大约有1000人、带3门大炮的军队交给他指挥。席尔和他的军队占据了奥得河口上的一个小岛,不断骚扰法军后方。《提尔西特和约》签订后,他被迫撤到条约划定的界限后面。之后,在普鲁士国王的邀请下,席尔来到柏林,受到首都民众的热烈欢迎。可对于席尔而言,战争远没有结束。对法国人怀有刻骨仇恨的他决定出其不意潜伏到威斯特伐利亚王国,号召德意志起来反抗法军。奥地利向拿破仑宣战后,他的大好机会来了。1809年4月28日,席尔借口进行军事训练,带领他的骠骑兵离开了柏林。到了第一处休息地后,他立刻把自己的作战方案告诉部下,得到众人的热烈拥护。实际上,和席尔待了这么长时间,军官们对他的想法绝非毫无察觉。柏林指挥官大惊失色,命令席尔立刻归队。席尔置若罔闻,直往前冲。一支从马格德堡过来的法军纵队拦住他,使其伤亡惨重,只能边打边撤。热罗姆国王放言,谁能把席尔的头颅给他带过来,就赏1万法郎。可惜没人能拿到这笔赏钱。当时,帝国军队中有个将军叫格拉迪安,此人是军中有名的大老粗和卑鄙小人,他奉命组建一支由荷兰士兵组成的军队去追击席尔。席尔和他的部队被困在施特拉尔松德。丹麦将军埃瓦尔德和格拉迪安会合后,格拉迪安手上就有了5000人马。席尔英勇顽强地抵抗法军,但仍以失败告终。战斗打到后来变成了巷战,最后席尔头部被人砍了一刀,脖子被一颗子弹击穿,当场死亡。格拉迪安割下了他的头颅,把它带给热罗姆·波拿巴(当然是为了拿到那笔赏钱)。热罗姆将其交给荷兰名自然学家布鲁格曼斯,后者将其悉心保管了几十年后,在死前将它捐给了莱登大学解剖博物馆。席尔部下大约有150个骑兵、军官和战士逃过一劫，去了普鲁士。普鲁士为了讨好战胜国，把他们交给德意志陆军审判所接受审判，他们或者被降职，或者被打入大牢。另外12名军官在施特拉尔松德被俘后，被法军就地枪决了。

参考资料：乔治·巴尔施1901年再版的《斐迪南·冯·席尔的生与死》（Georg Bärsch, *Ferdinand von Schill's Zug und Tod*）、奥托·齐默尔曼1909年的《斐迪南·冯·席尔》（Zimmermann, *Ferdinand von Schill*）。

希克斯（R.L. Hicks）

英国海军，纽卡斯尔号的主人。

席勒男爵（约翰，Johann von Hiller, 1754—1819）

奥地利最有头脑的将军之一，1805年因为死守蒂罗尔而为人所知。由于在德意志遭遇惨败，奥地利军不得不撤退，席勒在撤退期间负责保护要塞布雷萨诺内，此仗得失与否关系到奥地利军的撤退计划。他事无巨细地做好了周密部署，帮助大军撤退。在1809年战争中，席勒在诺伊马克特对阵贝西埃尔率领的法国-巴伐利亚联军。在阿斯佩恩战役中，他指挥奥地利军的右翼作战，为战斗走向发挥了至关重要的作用。1813年，他被派到意大利去对付欧仁·德·博阿尔内。两国签订和约后，他先后统率过特兰西瓦尼亚和加利西亚的军队。奥地利人都称他为"当代的拉德茨基"。

西普里亚尼（Cipriani）

拿破仑在圣赫勒拿岛时的管家。他在波拿巴的母亲家中长大，后在萨利切蒂身边为其效力，并成为他家的管家。他的朋友马尔尚在回忆录中说："他（西普里亚尼）很快就掺和进了警察内部的秘密事件中，只等他的保护人一死，他登上高位指日可待。"后来西普里亚尼攒了一些钱（但我们不知道他是怎么得来这笔钱的），摇身一变，成了一个船商，去海上做生意去了。1815年他放弃了这个职业，来到厄尔巴岛，成为拿破仑的管家。后来，他又以这个身份跟随拿破仑去了圣赫勒拿岛，于1818年2月26日暴病而死。马尔尚在回忆录里还为他写下这么一段话："西普里亚尼是自学成才的。他读了许多书，记忆力很好，说话时总能侃侃而谈、言之有物。他还是个有一定商业手腕的人，在情感上是个共和党人，敬仰吉伦特派（他本人还认识一些吉伦特党人）。"奥地利特派员斯图尔默也在1818年3月4日的报告里说："他为人落落大方，说话俏皮风趣，常引得他的主人哈哈大笑。"西普里亚尼离开厄尔巴岛后，他的妻子和孩子都被托付给了莱蒂齐娅·波拿巴照顾。

夏布里朗侯爵（伊波利特-恺撒·德·莫勒东，Hippolyte-César de Moreton, marquis de Chabrillant, 1767—1835）

出身于多菲内省最大的贵族世家，1794年12月在逃往英国的路上被捕，进了土伦一所监狱。1795年3月，暴民攻破监狱、杀死大量囚徒。多亏波拿巴和比扎内出手相救，夏布里朗才逃得一劫。1797年夏布里朗获得人身自由，雾月十八日后政府将其部分家产归还给了他。帝国时期，夏布里朗对帝国政府持友善的中立态度，后来在波旁复辟时期进入了贵族院。

夏多布里昂子爵（弗朗索瓦-热内，François-René, vicomte de Chateaubriand, 1768—1848）

17岁时在纳瓦拉军团担任少尉，法国大革命前夕来到巴黎，开始写诗。由于无法接受《公民及人权宣言》中新的人权观，夏多布里昂在1791年春离开了法国，加入奥地利-普鲁士军队，想与那些同是贵族出身的人一道夺回特权。在蒂永维尔时，夏多布里昂被一枚炮弹击中。他觉得自己作为臣子，已用鲜血尽到了对国王的义务，于是来到英国，靠写作为生。雾月十八日后，夏多布里昂秘密回到法国，一年后恳请政府将自己从流亡贵族名单上除名。他给法国当局写了一封请求书，说他只是"恐怖统治时期的一介小小文人"。这明显是在说谎，因为他在君主制灭亡一年前就已离开法国。他还信誓旦旦地说，自己从不曾拿起武器对准法国革命政府。这是他撒的第二个谎。不管怎么说，夏多布里昂开始青云直上了。封塔纳把他举荐给了当时的内务部部长——保护和支持文学艺术发展的吕西安·波拿巴。他在吕西安家中读了自己的作品《阿达拉》，听众中有埃莉萨·巴克肖齐。波拿巴的这个妹妹听后激动不已，表示要把这本书念给哥哥听。她实现了一部分承诺。有一天，埃莉萨走进第一执政官批改公文的办公室，把这本小书放在他的桌子上，不过波拿巴漫不经心地翻了翻就放下了。直到有一次在吕西安家中举办的晚宴上，夏多布里昂才第一次见到波拿巴。后来他在《墓畔回忆录》中说："我正站在走廊里，这时拿破仑走了进来。他给我留下了极好的第一印象，虽然我只是远远地看了看他而已。他脸上带着温和美好的微笑，额头饱满，眉毛浓密，一双眼睛熠熠生辉。你在他眼中看不到一丝欺骗、做作或演戏的成分……他没有先称赞我一番，而是直接坦率地和我交谈起来，还向我说起了他在埃及和阿拉伯的经历，言谈里不说任何赘言，仿佛我是他某个密友，我们只是在继续上次没说完的某个话题似的。"从那时起，夏多布里昂向第一执政官各种献好。他的第二版《基督教真谛》的献词就是："谨献给第一执政官、天才波拿巴"，想借此让此作品"受到那个被上苍远远地挑中、要他去完成自己的宏伟设想的人的保护"。埃莉萨对这个贵族作家迷恋不已，因为她的再三说情，波拿巴才决定让夏多布里昂加入法国驻圣座外交公使团，在里面担任秘书一职。然而夏多布里昂和上司不和，而这位上司不是别人，正是波拿巴的叔叔——红衣主教费施。由于素来不喜受人指使，夏多布里昂每天都越权行事，以为自己才是法国政府以及法国天主教的真正代言人，而费施这边又绝对不能容忍有人触犯自己的威严。于是，两人之间争执不断、冲突不断。埃莉萨知道了这些事，就请哥哥召回夏多布里昂。波拿巴没有反对，又派夏多布里昂去做另一件理应可以满足其虚荣心的差事：让他担任法国驻瓦莱共和国的全权特使代表。这个共和国才建不久，其首都锡永完全就是个小破镇子。听说夏多布里昂在那里现身几次后，就任性地周游各国去了。在为游历各国做准备期间，夏多布里昂前去杜伊勒里宫向第一执政官告假。我们再来看看《墓畔回忆录》里的叙述："自从上次在吕西安家中和他交谈之后，我就再没见过他。他慢慢向我走近，我看清他的脸后，为这张面孔发生的重大变化而惊讶不已：他的脸颊苍白、毫无血色，眼神凛冽，面色晦暗无光，一副阴沉肃杀的样子。曾让我心生亲切的那层魅力已经在他身上消失了。我没敢再待在他正要经过的过道上，赶紧往后退了一步，以免遇到他。他向我投来一瞥，似乎想问我是何人，朝我走了几步，但旋即转身走远。"波拿巴当时举止为何如此怪异？因为那天早晨在马尔梅松，他刚刚签署了一道将昂吉安公爵送进军事审判所的决议。第二天，在离开杜伊勒里花园的时候，夏多布里昂听到卖报人高喊"一个叫路易-安托万-亨利·德·波旁的人"被判处死刑的消息。他在《墓畔回忆录》中写道："这声呼喊犹如一道惊雷打在了我的身上，它改变了我的人生，也改变了拿破仑的人生。我回到家中，对夏多布里昂夫人说：'昂吉安公爵刚被枪杀了。'我坐在书桌前，开始写辞职信。夫人对此没有丝毫反对，以鼓励的眼神看着我动笔。但她并不掩饰对我所面临的危险的担心：眼下人们还在审判莫罗将军和乔治·卡杜达尔，狮子已经尝到了鲜血的味道，最好先不要去惹怒它。"夏多布里昂满腔义愤，颤抖着提笔写下了"怒号的句子"。这时一个朋友突然造访，读了他这封"激情而就、一挥而成的浩然篇章"。不过，最后他送上去的并不是这封信。我将外交部部长收到的夏多布里昂的辞职信全文抄在这里："部长公民，医生不久前告诉我，夏多布里昂夫人身体欠佳、健康堪忧。在如此情景之下，我实难弃妻子于不顾，也不能让她承受舟车劳顿之苦。故我恳请阁下容我交还从前交于我的瓦莱国书和指令，并烦请阁下转告第一执政官，我实有苦衷，无法再为其效力，有负其殷殷期待，想来心中着实惭愧。由于我不知辞职是否还需其他手续，还盼阁下能如平常那样殷殷叮嘱，好心给我一些明示。部长公民，从前您对我照顾有加，我对此万分感激；今天若能得您宽怀体谅，此等恩情，我定铭记于心。"波拿巴从塔列朗那里知道了夏多布里昂辞职的消息，只说了句"知道了"，就说其他事了。之后的两年里，夏多布里昂过得很悠闲自在：去好客的朋友家度假，和友人闲谈，时不时在报纸上发表一篇文章，得到仰慕者的追捧。姐姐露西尔的死给他造成了巨大打击。他想通过游历各地来忘记这种痛苦，于是去了伯利恒。不过老实说，此次出游完全不像一个被流放之人的逃难之旅。他每到一地，就受到法国驻当地的外交及领事官员的热烈接待，仿佛他是一个国家要员似的。此次朝圣让夏多布里昂又为法国文坛带来了一本杰作。回来后，他回归了先前的简单生活。当初写下辞职信后，他也许害怕了几日，担心自己被捕入狱、被驱赶出国……人们也许会问，那他是从什么时候开始不害怕的呢？当他发现当局并没打扰他的清净日子、连第一执政官在国外的外交官员都对他礼遇有加的时候［他回来后在《墨丘利报》上说："我要是忘记了塞巴斯蒂亚诺将军（波拿巴的堂弟）在君士坦丁堡对我的盛大恩情，那就太忘恩负义了。"］，他开始觉得波拿巴不敢动自己了。也许，他开始后悔自己当初在交上去的信里不该这么谦卑恭敬；也许，他还告诉自己，如果下次发生类似的事，他再不会那么说了，只要有下一次。夏多布里昂给自己创造了"下一次"的机会。没过多久，他就成了《墨丘利报》的持有者。他有一个叫拉博德（Laborde）伯爵的有钱朋友，其父亲是个银行家，在恐怖统治时期上了断头台。拉博德曾追随吕西安·波拿巴大使前往西班牙，不久前出版了一本装帧精美的书，书名是《西班牙风光及历史一览》（*Voyage pittoresque et historique de l'Espagne*）。夏多布里昂亲自操刀，在1807年7月4日的《墨丘利报》上介绍这本书。文章开头，他对文学体裁进行了分类。在夏多布里昂看来，如果说诗歌"更适合一个还在童年的民族"，那历史就更适合一个已到老年的民族；如果说"淳朴的田园风俗"应该用荷马的诗来吟唱，那"文明民族的理性和堕落"就该用修昔底德的笔去描述。夏多布里昂也许一时写得兴起，突然笔锋一转，写了下面这段笔墨酣畅的话。我依然将其一字不改地呈给读者："在卑鄙者的沉默中，我们再也听不到其他声音，四处只回荡着镣铐的拖地声、告密者的"嘶嘶"声。当所有人都在暴君面前瑟瑟发抖时，当每个人都陷入今天当红、明天又失宠的恐惧中时，历史学家出现了，肩负起各民族的复仇重任。尼禄一时得意又能如何？塔西佗已在他的帝国诞生了……公平的上苍已经赋予某个无名幼童一项光荣任务，要让他成为世界的主人。要不了多久，所有伪善的面具都将被这个历史书写者揭穿；要不了多久，人们就会发现那个被奉若神明的暴君只是个小丑、煽动家和弑君者。"之后，他开始分析拉博德的这本书。很久以后，夏多布里昂写了这句话来评价自己这篇文章:"只有在这个时代活过的人,才知道一个声音突然在安静的世界中响起会起到怎样的作用。"实际上,听到这个声音后吓得发抖的只有这个大师的仰慕者组成的小团体而已。对于这篇文章,公众舆论完全无动于衷。当时,人们都在讨论提尔西特会谈,拿破仑的声望一时之间达到了顶点。7月27日,皇帝回国了(此时距夏多布里昂发表那篇"可怕"的文章已过了三周)。他一回来,就得处理一件让人头大的私事:缪拉和朱诺失和。他得阻止两人决斗才行。当事人卡洛琳被叫到圣克鲁,被拿破仑狠狠训斥了一番。此事完了后没多久,他又得操心热罗姆的婚事。拿破仑几乎没工夫去留意夏多布里昂的事。到底是素爱记仇的费施还是履行职责的富歇,让他注意到了《墨丘利报》上这篇"颠覆性的"文章呢?我们无从得知。但我们需要指出的是,"罪人"并未遭受任何人身伤害。有些人云亦云的回忆录作者宣称,拿破仑当时大怒,喊着要把夏多布里昂"砍死在他的宫殿台阶前面"。这话本身令人印象深刻,可实际上拿破仑真的这么说过吗?大家普遍接受的一种说法是,皇帝取缔了《墨丘利报》以示"惩戒"。这的确是事实。然而这只是行政处罚罢了,完全谈不上刑事惩处。帝国政府之前就打算驯服法国文人,取缔报社完全就在它的行动规划之内;何况夏多布里昂还为此得到了一大笔补偿:他的报社值2万法郎,他却拿到了3万法郎的补偿金。他用这笔钱买下了狼谷的一座庄园,用《殉道者》的预付款把这个地方好生修缮了一番,之后又积极地开始文学创作了。但没过多久,一件不幸的事发生了。夏多布里昂的堂兄阿尔芒·德·夏多布里昂(Armand de Chateaubriand)是流亡亲王的密使,他乘坐的船由于风暴原因在诺曼底海滩上搁浅,人被抓获。人们在阿尔芒身上搜出几封危害国家的快报,把他押往巴黎;接受军事审判所的审判后,他被判处死刑。夏多布里昂本可以救下他，然而他不愿到波拿巴那里张嘴求情、"自取其辱"。约瑟芬宫里的侍女雷谬撒夫人在她的回忆录第二卷第392页中说："我说，我可以帮他向皇帝递一封信；他拒绝了，而且对我表现出极其抵触的神情。"他想给约瑟芬写一封信。雷谬撒夫人对他说："您是马勒歇布的亲戚，这个名字能引起人们的一些敬重。那就尽力利用这个姓氏，靠它给皇后写封信。"夏多布里昂也拒绝了这个提议。雷谬撒夫人明白了其中的意思：如果不能凭自己达到目的，他的自尊心就会受到伤害。所以，夏多布里昂只愿意给约瑟芬写一封信，恳请她主持公道。约瑟芬很快就把信交给了拿破仑，拿破仑却觉得这信写得惹人不快。他说："夏多布里昂问我讨要公道？去吧！他会得到公道的！"雷谬撒夫人前来说情的时候，拿破仑直接说："夏多布里昂的这个亲戚只是略有薄名罢了。我很确定，他的堂弟几乎并不关心他的死活；而且从他让您所做的事来看，我更加肯定自己的判断。他在耍孩子气，所以不给我写信，连写给皇后的信的语气都是干巴巴的，还略带些高傲。他想用自己的才华来逼我，那我就要用我的政治地位来回应他。而且凭良心说，这根本不是在羞辱他。我需要在布列塔尼杀鸡儆猴，以避免发生小范围的政治迫害事件。夏多布里昂先生正好也可以借此写些哀婉动人的诗篇，供他念给圣日耳曼区的要人听。那里的贵妇人会听得泪流满面，然后他也就得到慰藉了。"于是，这个王党分子被枪决了。之后，夏多布里昂在《墓畔回忆录》中承认自己的失策："我信中有些地方刺伤了拿破仑。我忘了，人的骄傲只应展示给自己看才对。"他想旁观堂兄的处决，然而出门晚了，只能追赶正载着尸体驶向墓地的马车。回来后，他觉得体内有一股不可遏制的写作冲动，挥笔写下一篇文章，将其中一份交给自己的一个仰慕者，另一份交给雷谬撒夫人，对她说他"浑身哆嗦"地看着狗舔舐着自己兄弟的血。（出自《雷谬撒夫人回忆录》第二卷第394页）夏多布里昂后来在《墓畔回忆录》中把这个场景描绘得更有渲染力，说"一条屠夫的狗舔着他的血和脑浆"。雷谬撒夫人不太喜欢这种描写，说："没过几天，夏多布里昂先生一身丧服，但脸上更多的不是悲痛，而是对皇帝越来越深的愤怒。"（出处同上）夏多布里昂当时被其他烦心事缠着。他的《殉道者》一问世就引发了一番激烈的笔战。足足六周时间里，《帝国报》（也就是从前的《论报》）都在攻击他这本书。1809年4月7日—5月18日，它登出八篇文章，讨伐《殉道者》。夏多布里昂发现，不只自己的死敌伏尔泰派（或者按照当时的叫法，也称"哲学派"）在攻击他的《殉道者》，一部分天主教徒也觉得他这本书隐隐透出了异端思想。他觉得，众人对自己如此口诛笔伐，背后肯定得到了帝国警察的授意。这么想的不止他一人。不过，夏多布里昂应该很享受这种以笔为剑、舌战群儒的感觉。拿破仑也很乐于看到这场文学笔战的发生，因为它和其他争论一样吸引了社会的注意力，让拿破仑坐收渔翁之利。1810年年末，正值十年一次的文学奖的颁发。根据写夏多布里昂的传记作家们的看法，这个奖肯定"花落夏多布里昂家中"。拿破仑当然知道正遭排挤的夏多布里昂多么想得到这份荣誉，于是他提议今年的文学奖要采用新的评奖模式。一旦他提出这个想法，自然会得到评委会的积极拥护，拿破仑便可将奖项的颁奖时间无限期地拖延下去了。大家也开始觉得事情有些不对劲。评委会的提名在年中公布后，引发社会一片哗然。人们惊愕地发现，拉阿普的《文学发展史》（La Harpe, *Le cours de littérature*）、谢尼多勒（Chênedollé）的一本诗集、圣昂热（Saint-Ange）翻译的奥维德的一本译作、克勒策（Creutzer）的一部歌剧、皮卡尔（Picard）的一部喜剧等作品均未上榜，而《基督教真谛》等至少20部作品也遭到了不公对待。一时之间，质疑评委会存在黑幕的声音不绝于耳。评委会委员被这阵势给吓到了，甚至都没去回应报纸、小册子以及讽刺漫画对他们好几个月的攻击。拿破仑推迟颁奖，看似是为了安抚沸腾的公众舆论；在安置夏多布里昂的时候，拿破仑借口说法兰西学院认为此人不应入选得奖名单，就任命他为所有法国图书馆的总负责人以示鼓励，并让他享有和一等大使相同的年俸。拿破仑想出这么一个计划，似乎是想把夏多布里昂拉拢过去。而此事似乎也在夏多布里昂的预料之中，他本来就抱负不凡，如果接受这个职位，他差不多就算是文坛上的独裁者了。然而这份任命书迟迟没有发下来，图书馆和出版业的行政管理工作却被整合到了一起（按照萨瓦里的说法，夏多布里昂本人曾说过希望"帝国能建立一个和平的图书部"，或者出资500万"以重建耶路撒冷圣殿"）。这时，拿破仑对梅特涅说了这么一句话："世界上有些人觉得自己什么都能做，就因为他们有点才华或资质。而且这种人在法国还为数不少。夏多布里昂就是这种人，他反对我，纯粹是因为我没有起用他。这个人满口空话，却能说会道。要是他能把自己的才华用在正道上，那倒还算是有用之人。然而他不走正道，成了一根废木。人要么得明白如何为人处世，要么得懂得服从命令。可是夏多布里昂这两件事都不会做，那我为何要起用他？他多次向我毛遂自荐，可他这么做不是为了听我号令，而是为了让我向他的空想让步（他就是空想太多，才走上歧路），那我自然要拒绝他的效力，何况这哪是效力于我，分明是我效力于他。"（语出《梅特涅回忆录》第一卷第309页）1811年1月10日，马利-约瑟夫·谢尼耶去世，他在法兰西学院中的院士之位空缺下来。很快人们得到消息，夏多布里昂进入了这个席位的候选名单。据说，夏多布里昂被人暗示放弃竞选，还收到皇帝的一道简令，要他在院士和监狱之间做出选择，夏多布里昂才被迫放弃了院士席位。这种说法得到了夏多布里昂传记作家的普遍认可，夏多布里昂本人更是乐于看到它被广为流传。然而，此事并无确切的证据。塞居尔伯爵的父亲当时担任法兰西学院院长，伯爵在回忆录第三卷第457页中忠实记下了父亲的原话。后者说，"夏多布里昂先生似乎格外想得到这个位置"。法兰西学院席位是由选票多少决定的，选票多少则和参选人员拉选票的能力很有关系。夏多布里昂从不错过任何机会，不遗余力地为自己拉选票。由于塞居尔院士在法兰西学院中很有地位，他便频频出入塞居尔家中，恳请塞居尔投自己一票，并带动其他院士支持自己。塞居尔伯爵说："家父坦率地回答说，他来得太迟了，自己已经把票给了《伊利亚特》的译者艾尼昂……然而夏多布里昂依然仍不死心，苦苦哀求，搬出许多有分量的头衔，甚至承诺如果自己得选，他和他的朋友一定会在下次院士选举中把票全都投给艾尼昂。父亲相信了《基督教真谛》作者的为人，于是艾尼昂快到手的院士没了（他又等了三年才得入院）。"1811年2月20日，夏多布里昂在第二轮选举中以13票对12票的结果险胜，赢得了院士席位（这就是拉斯卡斯在第一卷第728页所说的"近乎全票通过"）。几天后，《巴黎到耶路撒冷纪行》一书问世。在这本书中，我们发现一句影射法军登上金字塔的话："我觉得，只有祖国的辉煌历史才配得上这片壮丽的平原……我还记得，我们骑士的长矛、勇士的刺刀曾两次映射出灼灼的日光，然而这两次征战有所不同，因为在上一次十字军东征中，在曼索拉城的不幸事件发生后，我们的骑士在金字塔之战中遭到了无情的报复。"马尔特-布伦（Malte-Brun）在1811年3月11日和13日在《帝国报》上发表文章，暗含讽意地说："这不是夏多布里昂先生第一次提笔大大方方地歌颂法国和法国君主了。"与此同时，这位新晋院士开始为入院典礼做准备，构思起了自己的就职演讲。法兰西学院中的"反夏多布里昂派"都是"1789年的老人"，一个个很擅长见风使舵，天天在那里歌颂帝国万寿无疆。对于这个新人，他们虽谈不上仇视，却也有几分轻蔑。就在夏多布里昂入选后，法兰西学院在一次会议中决定：新晋院士须将就职演讲交给专门的委员会审查，且提交时间截至就职典礼的十天前。很明显，这个决定就是在针对夏多布里昂的。他老实照做了。然而，夏多布里昂的处境极其尴尬。他素来以狂热的保皇主义立场而为人所知，如今却要歌颂谢尼耶这个革命者、军事雅各宾分子、曾投票支持处死国王的公会左派分子。对于一个君主制的忠仆而言，此事是断不可接受的。夏多布里昂觉得：如果自己转而极力恭维拿破仑，颂扬玛丽-路易丝的美德，把她吹捧为一位无人能比的伟大母亲，再赞美一下把票投给自己的法兰西院士，就解决麻烦了；之后，他可以笔锋一转讨伐谢尼耶这个弑君者，再扩展话题，谈谈一个国王的悲剧命运（至少他觉得这么做是没问题的）。夏多布里昂的演讲稿交给委员会后，引发激烈讨论。由于不能达成一致，委员会就接受提议，在院士会议中念了这篇演讲稿。人们又开始了新的讨论。我们读一读塞居尔伯爵的回忆录，会发现院士们对此也是众说纷纭：6人支持，6人反对（当时共有12人出席会议）。达吕作为支持夏多布里昂的院士之一，看到正反意见持平，就提议让拿破仑来做裁决。他找到当时正在隔壁房间里等待裁决的夏多布里昂，提议由自己把他的这篇演讲稿送到圣克鲁去。夏多布里昂同意了。第二天一早，达吕对拿破仑说起这件事。拿破仑翻了一下稿子，把它还给达吕。根据维尔曼（Villemain）的记叙，拿破仑当时是这么说的："如果该文作者此刻就在我面前，我会对他说：先生，您不属于这个国家，您所仰慕的、您所追求的东西在别处；您既不能明白我的意图，也无法理解我的行为。算了，如果您在法国过得如此不快乐，那就离开法国，离开吧，先生，因为我们合不来。我才是这里的主人；您不欣赏我的做法，如果我对您放任不管，您会损害我的大业。离开吧，先生，迈过法国的边境，让法国保持自己的和平与统一吧，让法国接受一个它所需要的权力的统治吧。"当天，投票反对夏多布里昂的沃尔内（Volney）来到圣克鲁。继他之后，雷尼奥·德·圣让·德·昂热里（Regnaud de Saint-Jean d'Angély）也跑到拿破仑这里，对他说这篇演讲稿引发了如何激烈的争执，并揭发了封塔纳和塞居尔，说他们是夏多布里昂的主要辩护者。封塔纳收到雷尼奥的警告，整整一周没敢去宫中请安。塞居尔伯爵也得到风声，决定快刀斩乱麻、结束这场纷争。皇帝讥讽夏多布里昂的这番话在《拿破仑圣赫勒拿岛回忆录》一书中也有记录（请看第二卷第728~730页），但拉斯卡斯明显夸张了。当时也在场的朗布多（Rambuteau）的讲述和拉斯卡斯的版本大相径庭。在我看来，朗布多的话可信度更高，所以我将其抄录如下："拿破仑对塞居尔说，文学界的诸位先生啊，你们做什么事都追求戏剧效果，完全不关心此事是否会扰乱国家安宁、煽起不和，只顾着自己的成功和一点儿虚名！可我身负重责，得去熄灭仇恨、劝人抛下过去，得任用贤能、让他们为国效力；我没有为他们已经做下的事去追责，只要求他们对自己准备做的事负责。我把他们放在两堵厚墙中间，让他们跑；对于往前奔跑的人，我就重赏，对于后退的人，我就用鞭子伺候。你们觉得我会放任你们毁掉我的大业，任由你们制造不和、再次掀起内战，就为了制造一点儿文学效果？你们错了。你们在那里大谈特谈路易十六之死，可除了皇后外，还有谁和此事更有关系？被杀的可是她的亲姑姑啊！我克服了自己的抵触心理，为了她，让当初那些杀人犯闭嘴；又让她为了我，接受了富歇、康巴塞雷斯这些人。我付出巨大的努力，才让国家重得和平。可你们呢，你们竟想旧事重提、让我的一番心血付诸东流！塞居尔先生，您应当提前将此事告知我才是，我该知道一切。要是这篇演讲被念出来，别怪我铁面无情。你们只有两个选择：要么把稿子改了，要么不接受夏多布里昂进院。"当时有7人在场，见证了这一幕场景。其中一个是皇帝第一侍官雷谬撒，他将此事告诉了自己的妻子。雷谬撒夫人连忙把消息传给夏多布里昂。当然，此事在当晚就成了巴黎所有沙龙的谈论主题。拿破仑对此并无不满。相反，第二天看到以为自己事业已经完蛋、一脸沮丧的塞居尔时，拿破仑还对他说："我并未因此责怪您，这是我的一种手段。昨天我对您说的那些话，就是要它被传出去。整件事其实就是一个党争问题。如果是别人而非夏多布里昂发表这篇演讲，我不会多说什么。作为政治家，您应该想到这一层才是。"他笑了笑，又说，"另外，您得明白，文人追求的永远是艺术效果，动辄大谈特谈什么是激情。您得承认，作为一个有文采、有审美的人，夏多布里昂的做法并无不妥；因为说到底，人若要赞颂一个独眼的女人，可以仔细描述她的其他五官线条，但就是不能提那个空洞洞的眼眶。"（语出《塞居尔回忆录》第三卷第462页）达吕拿回夏多布里昂的演讲稿，把拿破仑的意见加在上面（《墓畔回忆录》把这些旁注称为"狮子留下的爪印"），把它还给作者。第二周的周四，法兰西学院召开会议，讨论"夏多布里昂这件事"。大家做出决定，让夏多布里昂删除文中所有涉及国王之死的文字。我们再看看塞居尔在回忆录中的讲述："夏多布里昂在隔壁厅中等待。我的父亲告诉他会议结果，新晋院士听了后说的第一句话是，他不能进行任何删改……父亲回答，他就当夏多布里昂没说过这句话，让他冷静下来后再做回答。第三天，夏多布里昂来到父亲家中，由于当时父亲不在家，他就在办公桌上留了一张纸条，说如今他倍感不适，无法继续工作，只能等身体稍有起色之后再另写一篇就职演讲交给法兰西学院。"根据夏多布里昂的说法，此事之后，他从萨瓦里那里得到离开巴黎的命令；多亏一些上流贵妇的斡旋，他才免掉一劫。此事的结果是，从此夏多布里昂心无他念，除了创作文学就是流连情场。后来，联军逼近巴黎。此事大大出乎夏多布里昂的意料，他便狂热而又仓促地准备"重返"政坛。1814年3月31日，联军进入巴黎。当天巴黎城墙上出现了一张海报，上面醒目地写着一行大字：论波拿巴和波旁家族。下面是几行小字：为了法国和欧洲的幸福，就必须重新归附于我们的合法君主旗下。落款：《基督教真谛》作者，弗朗索瓦·德·夏多布里昂。之后又是一句话：这部作品将在明天、最迟后天问世。虽然（这张海报现存于国家图书馆中）夏多布里昂的这本小册子内容乏善可陈、文字极尽谄媚，作者在里面狂热地讴歌外国"解放者"，但我们可以从中还原夏多布里昂当时对拿破仑的看法："一个伪装的巨人……他和他的家乡人一样变化无常，具有喜剧演员和小丑才有的一些特质……作为大革命的孩子，他和他的母亲在一些地方惊人的相似，都说话粗鄙，有着低级的文学审美，热衷于在报纸上写东西。他顶着恺撒和亚历山大的面具，可面具下是一个出身卑微的穷鬼。"夏多布里昂在《墓畔回忆录》中更是骄傲地宣称："为了像盾一样保护新生的自由免遭专制政府的荼毒，我挺身而出、投身乱战之中，哪怕那时专制政府稳稳地站立着，并借助人们的绝望而变得数倍强大。"很明显，这个大作家又一次习惯性地夸大了事实。这个"专制政府"当时根本不算"稳稳地站立着"，身居枫丹白露宫的它已是千疮百孔、行将就木。路易十八看到这张海报后大悦,后来还说,夏多布里昂的这本小册子比一支10万人的部队还管用。夏多布里昂天真地把这番客气之词当成了事实,在各个场合多次发表保皇主义的言论。掌玺大臣帕斯基耶却泼了他一盆凉水,说他的这些过激言论只会害了国王大业。我觉得,朗扎克·德·拉博里倒是一针见血地说明了这本小册子的内核:"作者写这本小册子的真正用意绝非重建王权,而是让人从思想上亲近王权,毕竟波旁家族在人们的记忆中已经淡去。"夏多布里昂还等着凭此得到嘉奖,进入内阁,然而后来路易十八甚至都没让他进入贵族院。他去哀求塔列朗,这个素爱拿人开玩笑的人就让他进了法国驻瑞典使者团。夏多布里昂反应激烈,可最后还是默默接受了。于是他来到斯德哥尔摩,将国书呈交给贝纳多特,之后就可回到巴黎。他不在斯德哥尔摩期间,使者团里的一个秘书会代他管理大小事务。当夏多布里昂准备离开斯德哥尔摩时,拿破仑就从厄尔巴岛回来了。听到这个消息后,夏多布里昂比任何一个王党分子都要激动。在莱纳家中的一次聚会上,他提议"所有人都团结在国王身边,做好玉碎的思想准备"。由于无人响应他的号召,他就以部长大臣的身份跟从路易十八来到根特。国王回到巴黎后,他继续保留这个头衔,但拒绝进入内阁和富歇共事。德卡兹失势后,夏多布里昂先后担任过法国驻柏林和驻伦敦大使,最后进入了维莱尔(Villèle)的内阁(他终于得偿所愿了)。然而由于和维莱尔不和,1824年4月19日他向国王递交辞呈。之后,夏多布里昂登上《论报》,向维莱尔发起口诛笔伐,终于在三年后把他拉下了台。在路易-菲利普统治期间,夏多布里昂以"精神上的波旁人"自居,却不能摆脱拿破仑的那段记忆。晚年时,他在《墓畔回忆录》中承认:"他人在的时候,把我们禁锢在专制统治中;他人死了,仍在精神上对我们施加专制统治,而且后者的威力更甚于前者。因为拿破仑在位的时候，我们尚可以去反抗他；可他死了，所有人都心甘情愿地走进他为我们设下的囚笼……任何正统政府都再无法把这个篡位的幽灵从人们的思想中驱逐出去：无论士兵还是平民，无论共和党还是君主派，无论富人还是穷人，无论他们住的是宫殿还是茅房，都在家里摆着拿破仑的雕塑和画像。原来的败者摇身一变，倒成了胜利者。在意大利，我每走一步，都会看到他的面孔；在德意志，无论我走到哪里，他都如影随形。"这个1814年还被称作"伪装的巨人""小丑""穷鬼"的人，死后却得到如此殊荣。除了拿破仑外，世上还有谁有如此待遇？到目前为止，还没有谁客观、完整地研究过夏多布里昂和拿破仑的关系，希望有人能填补这个空白。

参考资料：阿贝尔·卡萨尼的《弗朗索瓦·德·夏多布里昂的政治生涯》（Albert Cassagne, *La Vie politique de François de Chateaubriand*）。此外，还有其他小的研究论文作补充，如弗雷米伯爵1893年10月发表于《应和》（*Correspondant*）上的《夏多布里昂外交生涯的开始》（Frémy, *Les débuts diplomatiques de Chateaubriand*）、H.布芬努瓦1888年8月20日发表在《蔚蓝杂志》（*Revue bleue*）上的《拿破仑一世和夏多布里昂》（H. Buffenoir, *Napoléon Ier et Chateaubriand*）、P.德·维西尔1901年发表在《历史研究杂志》第七卷（*Revue des Études historiques*）上的《夏多布里昂流亡归国之途》（P. de Vaissière, *Chateaubriand et son retour d'émigration*）、V.皮埃尔1903年3月10日发表在《应和》上的《夏多布里昂写给第一执政官的一封请愿书》（V. Pierre, *Une pétition de Chateaubriand au Premier consule*）、P.戈蒂耶1908年5月23日发表在《周刊》（*Revue hebdomadaire*）上的《夏多布里昂的法兰西学院参选记》（P. Gautier, *L'élection de*

Chateaubriand à l'Académie française）、朗扎克·德·拉博里1912年3月发表在《应和》上的《拿破仑和夏多布里昂》（Lanzac de Laborie, *Napoléon et Chateaubriand*）、P.马默坦1927年6月15日发表在《巴黎杂志》（*Revue de Paris*）上的《夏多布里昂、巴克肖齐夫人和拿破仑》（P. Marmottan, *Chateaubriand, Mme Bacciochi et Napoléon*），以及L.马丁-肖飞尔在1930年8月至10月发表在《周刊》上的《大革命及帝国时期的夏多布里昂》（L. Martin-Chauffier, *Chateaubriand sous la Révolution et sous l'Empire*）。

夏绿蒂·奥古斯塔，威尔士公主（Charlotte Augusta de Galles，1796—1818）

英国摄政王储、后来的乔治四世和卡洛琳·德·布伦瑞克唯一的女儿，本来可以成为英国女王。1816年，她嫁给利奥波德-弗雷德里克·德·萨克森-科堡亲王（Léopold-Frédéric de Saxe-Cobourg），18个月后难产而死。

夏绿蒂-苏菲，英国王后（Charlotte-Sophie，1744—1818）

梅克伦堡-斯特雷利茨（Mecklembourg-Strelitz）公爵的女儿，1761年嫁给英王乔治三世。1788年，乔治三世精神开始出现问题，从此她的生活变得格外艰辛。有谣言说她和骑士埃翁（Éon）有不正当的关系。

夏普塔尔（让-安托万，Jean-Antoine Chaptal，1756—1832）

法国大革命爆发之前在蒙彼利埃医学院担任化学教授。大革命发生后，夏普塔尔狂热地拥护新理念，追随吉伦特派的思想路线。1793年6月2日之后，夏普塔尔加入联盟派，成为蒙彼利埃中央委员会主席，当上了三十二省代表。但是，在1793年温普芬将军（Georges Félix de Wimpfen）起事失败，夏普塔尔被捕。十天后他重获自由，但夏普塔尔也因此心灰意冷、赋闲在家。不过没过多久，公安委员会又起用了他，让他担任南部地区的弹药制造总监督官。一个月后，也就是共和二年霜月二十八日，这个"市民监督官"收到公安委员会的一封信，要他速去巴黎。此信末尾的签署人是卡诺和普里厄，里面的内容是："化学作为一门技术，是共和国最强大的自卫武器……请您收到来信后即刻上路，速来巴黎……请速速赶来，人们望眼欲穿地等着您。我们以祖国的名义邀请甚至命令您来到巴黎。"夏普塔尔婉拒邀请，表示自己更愿意待在南方。贝托莱试图从中斡旋，但卡诺什么都不想听，直接说：要是夏普塔尔不自己来，当局就发令将他强行征调过来。夏普塔尔无奈，只得来到巴黎，担任格勒纳火药制造厂厂长。这家火药厂每天生产8000多桶火药，不过政府下令，要它将生产率提高一倍。夏普塔尔着手整顿，终于达到了日产1.6万桶。委员会又下发命令，要他日产3.2万桶。夏普塔尔照做了。火药爆炸事件发生后，夏普塔尔接到任务，去重建蒙彼利埃医学院。雾月十八日政变后，夏普塔尔又被叫回巴黎，进了参政院。吕西安从内务部部长这个位置下来后，夏普塔尔接到任命书，顶替吕西安负责内政部事务。他在内政部干了四年，主要负责振兴商业、工业和农业，改善医院和监狱制度，并积极致力于巴黎美化工程。可四年后，夏普塔尔立刻辞职，而且其辞呈被迅速接受。此事实在匪夷所思。按照夏普塔尔家族流传下来的说法，以及夏普塔尔的曾孙夏普塔尔子爵的说辞，情况是这样的："拿破仑有天晚上和夏普塔尔部长正在工作，此时仆人通报布谷安小姐到达（她是夏普塔尔的情妇），皇帝让她在一旁等着。皇帝特地安排了这戏剧性的一幕。于是，夏普塔尔把文书放进文件夹里，直接离开了，当晚就写了辞职信。"（请看夏普塔尔子爵出版的《忆拿破仑》第106页）辞去内务部部长一职后，夏普塔尔又被任命为元老院议员。从此，他重新潜心研究科学，"为了礼节才偶尔现身元老院"（请看《忆拿破仑》第115页夏普塔尔写给儿子的信），一年中大半时间他都待在尚特鲁，他的封地上。这里曾归舒瓦瑟尔公爵所有，夏普塔尔1802年将其买下，拿破仑1810年将其定为世袭封地。1814年，夏普塔尔和绝大多数人一样支持皇帝退位。波旁家族第一次复辟期间，他并没有入朝为官。拿破仑回来后，夏普塔尔再度登上公共舞台，进了贵族院。路易十八从根特回来后，把他从贵族院中赶走了，四年后才再次将他召回。

参考资料：夏普塔尔子爵1893年出版的夏普塔尔的《忆拿破仑》（*Souvenirs sur Napoléon*）（里面还有夏普塔尔自己写的个人回忆录，讲述的是1756—1804年的事；他的曾孙夏普塔尔子爵添加注释，将其补充到了1832年），以及让·佩古瓦尔的《夏普塔尔的生平及作品》（Jean Pergoire, *La vie et l'oeuvre de Chaptal*）。

肖麦特（皮埃尔-加斯帕尔，绰号"阿那克萨哥拉"，Pierre-Gaspard Chaumette，1763—1794）

纳韦尔一个修鞋师傅的儿子，1792年12月当上巴黎检察官。一年以后，他以"破坏社会风气"和"向皮特出卖信息"的罪名被解职，1794年4月13日走上断头台。和他一道被处死的还有露希尔·德穆兰、埃贝尔的遗孀以及主教戈贝尔（Gobel）。

谢夫勒斯夫人（艾梅馨德·德，Ermesinde de Chevreuse，1785—1813）

出生于纳博讷-佩雷-弗里茨拉尔，1802年嫁给了当时毫无名气的谢夫勒斯。奥斯特里茨战役期间，法国当局颁布了一份"鼓吹失败者"名单，要把15个人赶出巴黎，其中就有艾梅馨德。拿破仑把她的名字从"黑名单"上拿了下来，还在1806年让她担任约瑟芬的侍女。然而，艾梅馨德不仅不感恩戴德，还在拿破仑面前表现得格外高傲。有一天，她戴着一条非常漂亮的项链进宫。拿破仑的目光被项链吸引，问："多美的宝石啊！这全是真金白银做成的吗？"谢夫勒斯夫人答道："上帝啊，我也不确定它是不是真的，不过到了这里，它自然成了真的。"后来，宫廷需要谢夫勒斯夫人陪同西班牙王后前往贡比涅，她却说自己生来不是要当狱卒的，拒绝了这份差事。拿破仑大怒，把她流放到离巴黎40古里外的地方。因此，谢夫勒斯夫人定居在里昂。她的朋友们甚至约瑟芬都替她求情，然而拿破仑不为所动，说："我不想自己身边有这么一个无理之人。"于是谢夫勒斯夫人离开了巴黎社交圈，没过多久就去世了。

谢里丹（理查德·布林斯利，Richard Brinsley Sheridan，1751—1816）

英国最有名的政治演讲家和作家之一。

谢尼耶（马利-约瑟夫，Marie-Joseph Chénier，1767—1811）

记者安德烈·谢尼耶的弟弟。大革命时期，人们口中的"诗人谢尼耶"实际上指的是他，而不是安德烈。1789年11月4日，他的《查理九世》成功上映，谢尼耶也随即走红。在之后的三年里，画家大卫成为共和国的艺术代表，他则成为共和国的诗人代表。由于谢尼耶的作家身份太过响亮，他轻轻松松就被选进了国民公会。在公会里，他加入了公共预审委员会。从共和二年开始，谢尼耶落后了，再也无法跟上革命的步伐。不过，他还是写出了恢宏大气的《别离歌》，歌颂恐怖统治。罗伯斯庇尔掌权后，谢尼耶如履薄冰。所以他无比兴奋地歌颂其倒台，在热月时期和督政府时期异常活跃。不过在此期间，他也遭到了保皇党报纸的不断攻击，被说成是自己哥哥死亡的始作俑者。他通过写剧本赚了许多钱，连法兰西学院都向他敞开了大门。雾月十八日政变后，形势发生了变化。谢尼耶一开始支持政变（他因此进了保民院），然而之后公开反对第一执政官的勃勃野心。1802年，谢尼耶被赶出了保民院，其政治生涯宣告终结。由于得到政府命令，各大剧院再也不敢演他的戏，谢尼耶只好靠给人上课来谋生。后来，拿破仑给了他一笔8000法郎的年金，可谢尼耶还没怎么享受这种特殊待遇就去世了。

参考资料：阿多尔夫·里艾比的《马利-约瑟夫·谢尼耶戏剧研究》（Adolphe Liéby, *Étude sur le théâtre de Marie-Joseph Chénier*）。

絮歇，阿尔武费拉公爵（路易须，Louis Suchet，1767—1811）

里昂人，父亲是个大绸缎商。法国大革命爆发时，絮歇正在一家商行实习。得知消息后，他立刻丢下账本，加入了国民自卫军。1792年，他进了阿尔代什志愿军的一个营。这个出身于资产阶级、家境富裕的年轻人满腔热情地拥抱共和，被战友们选为上尉。之后，絮歇所在的那个营参加了土伦包围战。有人说是他俘虏了英国将军奥哈拉（O'Hara），但这纯属虚构。当时，他那个营的几个士兵被派去清点伤员。有个英国军官在他们走近时企图装死蒙骗他们，被人识破，临时担架员把他的佩剑夺下来，把他强行带走了。回到军营后，人们才发现这个英国军官的真实身份，把他带到迪戈米耶将军那里，带他过去的那个人正是絮歇。这就是事情真相。1794年5月，因为沃克吕兹省的贝都因犯了砍倒自由之树的过错，国民代表迈涅下令摧毁该镇。絮歇得知这个消息后，给迈涅写信说："平等，亮刃的刺刀，自由。我亲爱的国民代表，您不久前就贝都因犯下的那桩公共罪恶做出了开利除害的决定，您不知道我有多么欣赏您的这种行为……（中间字迹难以辨认）我们正准备骑马出发，打算向您建议就地枪决罪犯，就收到了您的公文。您的革命精神远胜过我们一时的激情。您体现了您所代表的人民的毅力，您通过这些铁血手腕拯救了沃克吕兹。"镇压了沃克吕兹的保皇党骚乱事件后，絮歇去了意大利，参加了首次对意之战的所有战斗。1797年10月，即果月十八日"革命"刚刚过去不久的时候，絮歇奉命把缴获的敌军军旗押往巴黎。他在首都得到"荣誉之师"的嘉奖，被提拔为将军。回到意大利后，他顶替勒克莱尔担任意大利军总参谋长。当时的意大利军总司令茹贝尔完全被絮歇控制，对他言听计从。因为絮歇抢劫地方百姓、勾结军需品供货商，其猖狂程度超过了督政府的容忍极限，故督政府勒令他立刻返回巴黎做自我陈述。他回来后，在前厅里略等了一下，哭诉自己是保皇派阴谋的受害者，最后全身而退，继续当茹贝尔的总参谋长。茹贝尔死后，他又成了马塞纳的副手。人们四处宣传，说絮歇被奥地利人赶到瓦尔河以外后是如何守住这条阵线的。他重组军队，开始反攻，朝马塞纳被困的热那亚前进。得知马塞纳投降的消息时，絮歇离该地只剩两个宿营地的距离了。很快，絮歇就见到了风尘仆仆、一脸沮丧的马塞纳。后者当时一心只想返回法国好好休整一番，絮歇却坚持要和刚刚抵达马伦哥的第一执政官会合。马塞纳否决了他的想法，絮歇就毫不犹豫地把他告发给了第一执政官。但是，他这次卑鄙的告发没有实现。他派出报信的军官在路上得知马伦哥大捷的消息后，立刻折回。不过，当时马塞纳也已经听到了风声。所以，共和八年穑月，当絮歇来到米兰的法军主营时，马塞纳告诉絮歇：第一执政官打算把他派到卡尔瓦多斯指挥一个师。这明显就是一场残酷的打压，絮歇就去找波拿巴抗议。他给对方写信说："我从不知道某些人会忌妒甚至忘恩负义到何种地步……我的将军，我还年轻，您的榜样和您在我心中激起的敬仰叫我学会了珍惜荣耀；我完全没准备好这么快就离开战场。"很快，絮歇就得到了满意的答复：波拿巴把他留在了意大利。《吕内维尔条约》签订后，他返回法国，想方设法引起波拿巴的注意，向他大献殷勤。在里昂时，他未经传召，就自作主张，一身正式打扮出现在第一执政官接见意大利公众代表、检阅回到欧洲的埃及军残部的过道上。波拿巴漫不经心地对他说："今天天气不错。"絮歇这个马屁精回答："您能左右天气变化，这已是惯常。"波拿巴只笑了笑。当天絮歇给弟弟加布里埃写信，说了这件事，并补充说："旁边的人会得出我和他关系很好的结论，这个消息肯定已经传在路上了。"当时陪在丈夫身边的约瑟芬还从絮歇那里得到保证，说人们从佛罗伦萨为她订购了一条精美绝伦的珍珠项链，负责此事的便是他的弟弟。絮歇如此巴结讨好，却在帝国建立时并未捞到太多好处。在众人的印象里，拿破仑对他并没有多少好感，对他那超乎忠诚的谄媚颇有点瞧不上。絮歇大感受伤，在写给约瑟夫·波拿巴的一封信里抱怨自己在仕途上不升反降。1808年9月，驻守西里西亚的莫蒂埃一军得到返回西班牙的命令，絮歇那个师也属于其中一部分。行军到一半路程，絮歇突然折向巴黎：他要回去结婚。他娶了一个靠在乌克兰和利凡得做生意而发家的军需品供应商的女儿，对方才18岁。絮歇从没见过这个女人，但他很清楚她有多少嫁妆，还知道她是朱莉·波拿巴（约瑟夫的妻子）的侄女。这样，他也算和皇家沾亲带故了。莫蒂埃在这场新战争中安排给絮歇的任务并不讨喜：法军不久前包围了萨拉戈萨城，絮歇要做的就是驱逐集合在萨拉戈萨西面的军队。不过命运这次垂青于他：不久之后，朱诺不再指挥他那个军，波拿巴得赶紧找个人替代他，这个职位就落到了絮歇头上。他的目标是占领阿拉贡。克拉尔克于1810年2月22日给他写信说："您要动用这个国家的所有资源筹到军饷，让您的军队吃饱穿暖。"这是要他响应拿破仑"以战养战"这句著名格言。这个里昂商人的儿子已经在意大利充分实践过这句格言了，他深谙如何动用高压手段和统治权达到"以战养战"的目的，其手段之狠辣，让其他同僚自叹不如。絮歇打仗时不像一个将领，更像一个精明的生意人。

法军入侵之前，阿拉贡要缴纳45万法郎的赔款，每年还有65万法郎的间接税。絮歇代替朱诺当上军长后，得拿出70万法郎才能应对军队的巨额开销。此外，他还得征收拿破仑强加给该省的每月高达80万法郎的额外赔款。该地区对法军极其不满，各个指挥官只能想尽办法催收赔款，而且他们还中饱私囊，把从人民手中压榨出来的一部分钱财占为己有。为了叫停过度征收现象，拿破仑于1810年5月29日发布法令，规定西班牙各省拖欠的所有赔款今后全由西班牙国库部任命的征收官负责。得知这个消息后，法军众军官怨声载道，因为如此一来，他们嘴里的肥肉就没了。更让他们感到糟心的是，絮歇还自认为有权过问他们的账目。三个军官因为拒绝交出账簿而被移交军事审判所。其他人不敢继续顽抗不从，交出了账簿。当时阿拉贡大部分财产都成了所谓的"国家财产"，包括从前的教会财产和贵族逃往国外后丢下的家产。絮歇下令将其通通拍卖。为了防止拍卖中有人浑水摸鱼，他成立了一个监察机构。由于流拍（来的拍卖人本来就没几个），絮歇就采用强制出租的办法，各市镇机构就成了这些地皮的承租人。他根据先前的地租对这些地产进行估价，让当地政府把估价后的金额以3/4的比例上缴给国库，钱则分摊到了所有居民身上。絮歇认为这个公共担保体系非常管用，还建议将其推广到其他税务上（如盐税、烟草税、印花税等）。城市和农村地区都必须支付指派到他们头上的相应份额的产品征税，而原先他们的大部分征税都是以票据形式支付的。絮歇不满足于征收钱款，还想对当地百姓进行思想管制。阿拉贡的教会必须被彻底肃清——至少，絮歇是这么认为的。所有对此决议存有异议的教会人士要么被捕、囚禁到阴森的雅卡监狱中，要么被流放出国。离开家园的人被剥夺教会品阶。在韦斯卡主教桑坦德的建议下，絮歇选拔教会人士填补空缺职位。他在1810

年3月22日写给贝尔蒂埃的信中称,桑坦德"是法国人忠实的朋友"。该省所有本堂区的教士人数大减,为国库节省了大笔开销。警务工作是絮歇工作的重中之重,他却将其托付给从前担任军需官的多明格斯(Dominguez)。此人是个卑鄙小人,从前为英国人效力,现在又投奔法国。多明格斯被提拔为警务总长,兼任负责审判暴乱轻罪的特殊法庭庭长。告密人和警务人员的雇用费则从罚金和入市税中抽取。为了更好地惩罚没被判处死刑的人,絮歇让犯人佩戴脚镣游街示众,以示羞辱。然而公众对犯人的态度极其恭敬,对他们致以沉默的敬意。年轻的絮歇夫人来到西班牙陪同丈夫,经常去西班牙人居住区做弥撒或散步。上流社会的夫人必须每周来一次总督府邸,接受絮歇夫人的接见。在她生日的前一天,"她可爱的路易"给她举办了一场盛大的晚会。絮歇夫人在写给加布里埃的一封信中说:"那是一场精彩纷呈的舞会,其间还有美丽的烟花在夜空绽放,悠扬的歌声此起彼伏。午夜,人们端上精致的夜宵,好让大家有体力继续跳舞,我们一直舞到凌晨三点。"1811年3月9日,拿破仑把麦克唐纳攻下来的加泰罗尼亚部分地区划入阿拉贡。絮歇收到命令,要带领6万士兵拿下叛军所在的塔拉戈纳,之后还要攻下瓦朗斯。当地的叛军只有2.5万人、1500匹战马(这是絮歇在1811年4月1日写给弟弟的信中提供的数据)。塔拉戈纳抵抗了一个月,许多守军都没有枪,只能拿斧枪或石头当武器。城破后,他们便用西班牙式的办法抵抗法军,那就是打巷战。絮歇的士兵挨家挨户地搜查,只要发现屋里有人,就通通杀掉。幸存的6000人投降了。第二天,躲在医院或教堂、侥幸活命的人被集合在一起清点人数,共有4000人。该城指挥官赛能·德·孔特雷拉斯腰部中了一剑,被人抬到絮歇跟前。絮歇指责他负隅顽抗,孔特雷拉斯回答:"我不知道哪条法律禁止人不得抵抗敌人的进攻……我的人身安全应该是不可侵犯的，法军将领应该保证我的人身安全，否则他是在抹黑自己，为我增添荣光。"因为拒绝为约瑟夫效力，孔特雷拉斯被押往低地国家，监禁在布永堡垒中。絮歇头顶华盖，在仪仗队的簇拥下走到该城大教堂中，感谢上帝帮他夺下了塔拉戈纳。拿破仑为了嘉奖其功劳，封他为元帅。七个月后，瓦朗斯包围战爆发。该城遭到法军密集的炮火攻击：1000多枚炮弹打到城中，高层建筑成了最大的攻击目标，但地窖鲜被波及，当地百姓和士兵一道挤在狭窄的街道避难。十天后，瓦朗斯投降，絮歇大张旗鼓地进入城中。反抗得最激烈的僧侣被逮捕和发配；其中有148个教士因年事已高，无法承受舟车劳顿之苦，便被集中关到城外的一个修道院里。有5个人在公开场合挥舞教旗，呼吁瓦朗斯人誓死反抗，因此被枪决。500个持武反抗的农民被捕，其头领被絮歇下令枪毙，其他人被发配到了法国。350名学生因为帮助炮手、参加抵抗，也被判处流刑。絮歇又得到了嘉奖：他被封为阿尔布费拉公爵（阿尔布费拉是瓦朗斯附近的一座湖泊的名字，其渔业每年可带来几十万法郎的收益）。在絮歇治理过的所有省份中，瓦朗斯是最富裕的一个。当地居民数百年来只需交一个叫"等价税"的东西，但投降后第二天，他们惊愕地得知：拿破仑不仅要求他们缴纳普通课税，还要交2亿雷亚尔，也就是5000万法郎的巨额战争赔款。无数代表团前去面见絮歇，恳请他允许他们派代表去觐见拿破仑，向他陈述这笔钱远远超过当地人民的承受能力。絮歇掩耳不听，开始执行他收到的命令。他以原先的等价税为基础，把税务金额翻了14倍。当地有许多免税地产，但如今要么被视为皇帝所有，要么被分给了效忠法国的法国人或西班牙人。絮歇决定对这些地产也要全部征税，觉得自己之后会有时间一一核查和退税。许多人被当作人质扣留起来，没有交税的当地居民要么被发配法国，要么被剥夺家产。他还采取了其他措施，好让大家意识到他在陆军部也是有贡献的。他给克拉尔克写信说："因为军队的需要和皇帝的意志，我被迫发布法令，承受了许多难以言说的事。"与此同时，他也没忘了谋划自己的利益。1813年3月4日，他给拿破仑写信说："我在巴黎只有一座小小的住宅，它完全不符合陛下恩赐给我的位置。我能否恳请陛下开恩发布一道命令，让我可以在瓦朗斯和阿拉贡的税款中划一笔钱出来，好让我买得起一座更符合帝国高阶军官身份的宅子呢？"他的要求被答应了。但很快，絮歇的苦日子来了。维多利亚战役惨败后，絮歇被迫放弃瓦朗斯，穿越比利牛斯山，朝巴塞罗那后撤。波旁家族回国后，路易十八立刻接受了絮歇的投诚。他给他的弟弟加布里埃写信说："我得到保证，会在我们国王的统治下得到重用。我会加倍努力向伟大的亨利王的后人证明，我配得上自己靠能力打下来的高位。"在向他的军队宣布昂古莱姆公爵到来时，絮歇在当天的军报中说："亲王来临时，全军要高呼'国王万岁'。我们要在军乐声中列好仪仗队，乐队要演奏这首曲子：《亨利四世万岁！这位骁勇的国王万岁！》。"经过这番效忠之举，絮歇进了巴黎贵族院。拿破仑回来后，絮歇人正在斯特拉斯堡，奉路易十八之命指挥第五师作战。他没表态支持哪方，打算等形势明朗了再做打算。没过多久，他收到一封来自杜伊勒里宫的信，信中拿破仑热烈邀请他赶回巴黎。这时，絮歇没再犹豫。拿破仑让他保卫萨瓦，走阿尔卑斯山狭道抵抗已经进入法国的奥军的进攻。但他手上都是残兵弱将，没办法在辛普朗山口和塞尼山道上对抗弗朗茨皇帝的军队，只好撤到里昂。6月22日，陆军部一封急报发来，絮歇知道了滑铁卢惨败的消息。他当时便给路易十八写了封归顺书。这一次国王没再信他，把他赶出了贵族院，解除了他的兵权。

参考资料：弗朗索瓦·鲁索的《元帅絮歇的生涯》（François Rousseau, *La Carrière du maréchal Suchet*）。

Y

亚历山大（亨利，Henry Alexander）

1816年好望角殖民地秘书。

亚历山大一世（Alexander Ier，1777—1825）

当时欧洲各国群雄并起，亚历山大因此被推到历史舞台的最前面，在欧洲命运的转折点上一跃成为大陆主宰者。然而，他的私人生活几乎是莎士比亚笔下最悲惨角色的写照。亚历山大的一生充满传奇。童年时，他就见证并参与了一幕残忍的家庭悲剧。叶卡捷琳娜二世意欲把她的孙子亚历山大立为直接继承者，剥夺了亚历山大父亲的继承权，然而她还没能实施这个计划就暴毙。于是，保罗继承王位。从此，这个国家陷入父子争斗中，两人反目。保罗毫不掩饰对儿子的憎恶；亚历山大则更加隐忍，把仇恨都藏在心里。谁先死于非命呢？是保罗。据传，当乱党首领帕伦伯爵向亚历山大禀报一切搞定时，后者号啕大哭。当时帕伦对他说："行了，别那么孩子气，登基去吧！"新沙皇当时正值22岁。他的瑞士老师拉阿普是卢梭思想的狂热信徒，深深影响了亚历山大，把热爱自由、追求平等、尊重人权和人格尊严等理念灌输给了这个学生。亚历山大青少年时期，法国大革命正如火如荼地进行着。得知法国建立共和国后，他激动不已地读起了据说是"罗伯斯庇尔主义"的、在1793年8月被法兰西民族所接受的法国新宪法。然而在亚历山大看来，受自己的国家和所处时代的客观条件约束，他虽心怀民主思想，却不能在本国推行；只有在非常遥远的未来，俄国才能拥有自己的民主体制。在等待期间，他唯一能做的就是构思美好的梦想，好在每天必须面对的凄风苦雨的现实中得到一点儿来自理想的温柔宽慰。在追随理想的过程中，亚历山大还有相互理解的同道中人的陪伴，而且法国正在探索民主的路上走得越来越好。然而，法国在摸索中渐渐变得陌生，甚至让人担心。它步子迈得太大，不可避免地走向了极权政治。波拿巴视亚历山大为不共戴天的死敌，而亚历山大也憎恶波拿巴的专制和征服欲。据说两人龃龉多年，后来关系稍有缓和；尤其是在1807年，亚历山大已经成了拿破仑的近友。总之，这一时期俄国沙皇在多个场合的确频频表达了他对这位法国同僚的情谊。然而，这份友谊有几分真诚，我们得仔细掂量一下。没有谁比亚历山大更会虚与委蛇（他小小年纪就学会了这套可悲的把戏），也没有谁比他更懂"演戏"（叶卡捷琳娜二世曾评价她的小孙子，说"他很有模仿天赋，很会有样学样"）。所以为了达到政治目的，他可以轻松地说服自己，做到表里不一。我们看看他和拿破仑在爱尔福特的第一次碰面，就能更深刻地理解他的这个特征。当时，科西嘉人走到俄国人的前面。比他高一个头的亚历山大很自然地弯下高大的身体，脸上带着微笑（他长有一口漂亮的牙齿），无声无息地握住了对方伸来的手（据说他当时说了一句著名的话："我和您一样恨英国人。"拿破仑对此回了句同样广为人知的话："如此一来，和平达成。"其实，这两句话都是人们事后杜撰的）。拿破仑和他一样，也是一等一的演员，对亚历山大恭维不已。亚历山大不仅演技卓越，身上还带着一股谦逊的魅力，听了拿破仑的赞美后还会脸红。两人就这样展开了谈话。当晚，拿破仑给约瑟芬写信说："我非常喜欢他，这是一个非常漂亮、善良而又年轻的皇帝（亚历山大比他小12岁），比人们想象中的那个皇帝要智慧得多。"礼节性的恭维后，两位君主开始外交谈判了。拿破仑在谈判中喜欢用演员的那套方式，如嘟嘟囔囔地斥骂、捶桌子、摔帽子、捶胸顿足等。而亚历山大也有自己的一套表演方式：他很懂得如何细润人心，以一副冷静温和的样子，反衬出对方的狂怒；他懂得在正确的时间以不容置辩的语气向对方说："您暴躁，我却执拗；在我面前，愤怒是起不到任何作用的。我们理性地谈一谈吧，否则我就走了。"这话虽短，却非常管用：拿破仑开始"谈"了，以更加和缓的态度重新待他。1812年，亚历山大和俄国人民同仇敌忾，顽强地抵抗侵略者。或者说，他先前由于国情使然而不得不隐藏起来的想法，如今终于能得到痛快的释放了。看到拿破仑最后兵败，亚历山大陷入了宗教神秘主义。他觉得，现在自己再次背起了一个神圣使命：拼全力去重建被法国大革命冲击得摇摇欲坠的君主制理念。他经常说："别人怎么说我都行；但我生是共和人，死也是共和鬼。"但他又宣称要以最严厉的手段打击一切宣传共和理念的行为，说只有依靠君主父亲一样的呵护，人类才能幸福。在他统治末期，亚历山大在俄国国内推行的制度遭到保守派的抵制，然而透过笼罩在俄国大地上的浓浓黑雾，他可以看到他的帝国的广袤疆土上依然闪烁着法国熊熊燃烧后留下的点点火星。那时亚历山大开始后悔，看着它们微弱的光芒，他那颗一直受着折磨的灵魂倍感痛苦。他的意志越发消沉。48岁时，亚历山大看破红尘、厌弃人世，神秘地从世界上消失了。他的离开成为一个千古谜团。在同时代人眼里，亚历山大是一个令人困惑的谜。认识他的人对他从来褒贬不一、毁誉参半，这说明大家对他的看法也是矛盾的。拿破仑对梅特涅说过一句话，一针见血地指出了这个矛盾："我们很难找到比亚历山大皇帝更有头脑的人，但我觉得他的头脑中缺个零件，只是不知道是哪一个。"此话出自沃伊诺奇茨于1911年发表在《外交史报》上的《一份不曾发表的梅特涅的公函》（Voinovitch, *Une dépêche inédite de Metternich*）。

参考资料：阿尔贝·万达尔的《拿破仑和亚历山大》（Albert, *Napoléon et Alexandre*），以及S. 塔蒂彻谢夫的《拿破仑一世和亚历山大一世》（S.Tatichtcheve, *Napoléon Ier et Alexandre Ier*）。

叶卡捷琳娜二世（Catherine Ⅱ，1729—1796）

德意志一个弹丸小国的君主安哈尔特-查尔布斯特亲王（Anhalt-Zerbst）之女，1744年被俄国伊丽莎白女皇挑中，嫁给其养子和王位继承人荷尔斯泰因-戈托普亲王。后者于1762年继承皇位，成为彼得三世。六个月后，叶卡捷琳娜杀害亲夫，自己当了女皇。她非常欣赏法国文化艺术，自称是伏尔泰和孟德斯鸠的学生，还保护过狄德罗。然而，大革命改变了叶卡捷琳娜对法国的态度。她一反从前支持自由事业的思想，在国内外实施极端反动政策，积极接纳法国流亡贵族，支持他们对抗法国革命政府。虽然叶卡捷琳娜竭力想煽起奥地利和普鲁士的反法激情，却小心翼翼地不让自己的国家卷入这场战争。

伊丽莎白公主（Madame Elisabeth，1764—1794）

路易十六的妹妹，和玛丽-安托瓦内特不和，后者经常指责她损害国王利益、为流亡国外的兄弟提供帮助。8月10日以后，人们在杜伊勒里宫发现她和阿图瓦伯爵的通信，这也成为她在共和二年花月被判死刑的原因之一。拿破仑对古尔戈谈起她时，说："我和拉斯卡斯都认为她和今天的昂古莱姆公爵夫人很像，两人都是魔鬼一样的人。"（请看古尔戈1817年1月4日日记）

伊萨贝（让-巴蒂斯特，Jean-Baptiste Isabey，1767—1855）

一个很有魅力的画家，在君主制思想的熏陶下长大，从小就沉浸在凡尔赛宫灯红酒绿的生活中。新制度建立后，他勉强适应了新的生活，平平安安地度过了恐怖统治时期，最后在督政府时期总算迎来了好日子。刚邦夫人把他请到自己的学校,让他教授年轻女学生绘画。他的学生中有奥坦斯·德·博阿尔内。就这样,这位画家通过她和波拿巴将军有了交集,成了马尔梅松的熟人。伊萨贝创作了《马尔梅松花园中的波拿巴将军》,此画深得拿破仑的喜爱。共和三年,伊萨贝以第一执政官在卡鲁索广场阅兵为主题,创作了《阅兵仪式》这幅画。在同一时代人看来,伊萨贝比任何画家都更能准确抓住拿破仑的神韵、脸部的神色,以及时光在他脸上留下的印记,但是他很懂得怎样巧妙地淡化岁月的烙印。在拿破仑准备加冕典礼期间,伊萨贝奉命对这场盛事进行彩排和部署。后来,他总津津乐道地讲述自己当初在枫丹白露是怎样用小人偶排练整场典礼的。当然,这一切都是在庇护七世、拿破仑以及所有要参加加冕典礼的人的关注下进行的。当时伊萨贝已被聘为皇帝办公厅的设计师和画师。拿破仑想叫人创作出一幅气势恢宏的艺术作品出来,好让后人永远能看到他是怎样风光称帝的,于是他把这项任务交给了伊萨贝。然而画还没有完成,帝国就覆灭了。于是伊萨贝来到枫丹白露,向他的主人告别,转而效劳路易十八。国王对伊萨贝格外厚待,令他终止《拿破仑加冕图》的创作,去画他的肖像画。画完路易十八的画像后,伊萨贝去了维也纳。当时正在召开的维也纳会议为他提供了宝贵的素材。得知拿破仑离开厄尔巴岛后,伊萨贝返回巴黎,投奔旧主。波旁二次复辟后,他没有因此遭到多大的惩罚。查理十世继位后,伊萨贝又去投奔自己这位最开始的保护人(他就是因为给阿图瓦伯爵的两个儿子画画而进入凡尔赛宫的);与此同时,他和1804年一样,又开始在兰斯创作国王加冕图了。后来,路易-菲利普把他任命为皇家博物馆副馆长。再后来,伊萨贝又见证了帝国的起死回生。拿破仑三世给了他6万法郎的年金,并赐予他荣誉军团勋章。

伊斯特利亚公爵（duc d'Istrie）

请看词条"贝西埃尔"。

于尔图比子爵（路易-让-查理，Louis-Jean-Charles Urtubie，1730—1808）

1783年在拉费尔炮兵团担任中校，大革命期间成为炮兵学院指挥官，1793年被提拔为将军。但没过多久，他就被视作可疑分子，遭到逮捕。重获自由后，他在1795年5月退伍。

约翰，奥地利大公（Johann von Autriche，1782—1859）

奥地利皇帝利奥波德二世的第九个儿子。18岁时，他顶替刚被莫罗打败的克莱（Kray）将军，指挥奥地利军作战。人们把老将劳尔（Lauer）放在年轻的约翰大公身边当参谋，然而他还是在霍恩林登被莫罗打败了。遭遇惨败之后，约翰被叫回去当维也纳工程学院院长。奥斯特里茨战役之后，约翰大公一心扑在军事学和民俗学的研究上。尽管如此，他还是参加了蒂罗尔暴乱的组织行动，并鼓励安德烈·豪夫（André Hofer）组织抗法运动。1809年，他奉命担任内防军指挥官，关注意大利和蒂罗尔的动向。幸运的是，这一次他的对手是欧仁·德·博阿尔内。约翰大公一直打到了阿迪杰河，却因为奥地利军在埃克缪尔惨败而不得不后撤。《维也纳条约》签署后，约翰大公离开了军队，回到了格雷茨，又去搞学术研究了。1827年，他和一个普通驿站老板的女儿结婚，之后继续过着勤奋钻研、避不见人的生活。有一次，他在一场公开典礼中发表演讲，宣布："如今再没有奥地利、普鲁士，世上只有一个统一的德意志。"从此，他那民主大公的名号就传遍了四方。1848年，在法兰克福议会上，人们将他推为摄政王。德意志宪法通过投票后，普鲁士国王被选为德意志皇帝，约翰大公就辞去职位，回到了格雷茨。

约克公爵（duc d'York）

英国国王乔治三世的弟弟。

约瑟芬（玛丽-约瑟芙-罗丝·塔谢尔·德·帕热利，博阿尔内子爵夫人，法兰西皇后，Marie-Joséphine-Rose Taschet de la Pagerie, vicomtesse de Beauharnais，1763—1814）

父亲是布卢瓦一个寂寂无闻的小贵族，由于家境清贫，就去了马提尼克岛，在一座农场当管事。约瑟芬14岁就结了婚，由于嫁得不好，婚后吃了许多苦头，生活得很拮据。恐怖统治时期，这个肤浅的小妇人的日子更是难过。热月九日后，她一度入狱。当时的约瑟芬32岁，还带着两个孩子，没有任何经济来源。为谋生计，她和当时许多稍有姿色、欲望缠身、觉得可以靠美貌来满足欲望的女人一样，靠那张脸来谋出路。然而"上位"之后，约瑟芬性子大变，把心思都用来搞婚外情了。她似乎并不爱拿破仑；两人才成婚的时候，拿破仑非常迷恋约瑟芬娇媚可人的样子。但不管怎样，我们可以肯定的是，在雾月政变发生之前，他们的婚姻主要是靠两人的共同利益维持。政变之后，夫妻俩住进了卢森堡公馆。拿破仑巧妙地利用约瑟芬和一些贵族的旧交情，把一部分保皇党成员拉到了自己这边。后来他对拉斯卡斯说："没有我的妻子，我绝不可能和这个派别的人牵上任何关系。"正是在卢森堡公馆的约瑟芬的客厅里，"夫人"这个被废弃的词又出现在人们口中。在杜伊勒里宫的时候，约瑟芬就住在玛丽-安托瓦内特从前住过的那座正对花园的建筑里。乔迁新居几天后，第一执政官在约瑟芬的宫殿里首次接见了外交使团。大使、元老院议员、内阁部长、将军以及他们的配偶按顺序等待接见，所有人站得整整齐齐的，一个身着绿色和金色号衣的仆人在一旁高呼："夫人、第一执政官之妻到来。"然后约瑟芬出现在众人眼前，身后是莱蒂齐娅和她的三个女儿。约瑟芬就像往日凡尔赛宫的玛丽-安托瓦内特一样，由当时担任外交部部长的塔列朗扶着手，在他的引领下环行一圈，听后者给她介绍外交使团的成员。从那时起，任何大使或外交使团参见了三位执政官后，都会来到波拿巴夫人的住处（也就是从前王后的宫殿）再做拜访。于是，共和党人就开始有意见了。卡诺对第一执政官进谏，对方的回答是：此事和他并无关系。于是，旧朝礼制在执政府宫中复兴，而且造成了一些意义重大的结果。保皇党分裂成了几派，其中一部分成员和第一执政官越走越近。约瑟芬也不忘鼓励这些新冒出来的野心家。她热情地接待贵族大家出身的夫人小姐，因为她们的身份能满足自己的虚荣心；这些夫人也觉得拜访她不是件自降身份的事。约瑟芬俨然一副新女主人的模样，不断把旧朝礼仪制度搬进杜伊勒里宫。拿破仑建立帝国后设立了皇后院，将拉罗什富科伯爵夫人选为约瑟芬的女官，给她每年4万法郎的俸禄。他对伯爵夫人说："您得清楚玛丽-安托瓦内特宫廷里的一切章程、礼制、人们遵守的一切章法，还得适应新的习俗；不过，您大可放心地搬用旧日传统。"为了服侍约瑟芬，越来越多的宫女被带进宫中，其中包括1个梳洗宫女（年俸3万法郎）、24个宫女（每人年俸1.2万法郎）、2个贴身大侍女（每人年俸6000法郎）、2个伴读侍女（年俸同上）、2个传召宫女（每人年俸3600法郎）、1个负责保管首饰的侍女（年俸2200法郎）、3个负责保管衣物的侍女（每人年俸1200法郎）、2个衣帽官（每人年俸700法郎）。6个侍从和5个骑兵侍从负责贴身保护约瑟芬，此外她还有自己的宫廷神父、荣誉骑士、私人秘书。就这样，约瑟芬以皇后的身份过了五年悠闲自得、高居云端的生活。当然，论享乐，约瑟芬还是比不过她的前任。毕竟玛丽娅-特蕾莎的女儿生来就是王后，可博阿尔内子爵的这位遗孀只是无数普通女人中的一员。有些人——尤其是弗雷德里克·马松——批评她生活奢靡,野史逸事的讲述者把她这些事翻来覆去地讲,都说腻了,所以这里我们对此就不再多做叙述。不过,编者还是希望未来能有人认认真真地研究这方面。毕竟,我们只需把约瑟芬的开销拿来和玛丽-安托瓦内特的花销做个比较,就会发现约瑟芬花钱还是相当节制的。拿破仑的这位妻子的确买了很多衣服,论数量,她赢了路易十六的妻子;但玛丽-安托瓦内特做一件衣裳的费用,足够让约瑟芬做十几套衣服了。我们更别忘了玛丽-安托瓦内特在她信任的女官和宠臣身上花了多少钱!约瑟芬可没有这么做,她发出去的抚恤金都是有记录可查的(记录簿存于格雷城的图书馆中)。我们不敢说约瑟芬赏赐的获得者有资格得到她如此恩赏,但我们得注意一件事:她每年发给别人的年金从144~3600法郎不等;要知道,单单波利尼亚克家族就从玛丽-安托瓦内特那里赚了70万里弗的年金。不过,即便不和前朝王后相比,我们也可将约瑟夫和保琳的开销来做个对比。虽然这两个女人身份有所差别,一个是法兰西皇后,另一个只是一个芝麻大点儿的公国"女王",可她们的开销竟然持平。人们谈起约瑟芬的时候,总义愤填膺地说她是怎么被商人敲竹杠的。虽然在这件事上,我们手里只有布里安提供的一点儿可信度极低的历史资料(我们都知道布里安是怎样的人),但这件事的确可以说是确凿无疑,原因很简单:如果说约瑟芬没被敲竹杠,那才叫天大的奇事呢。要知道,拿破仑手下的许多部长大臣都曾贪污公款。拿破仑自己都逃不过被敲诈;对于这个流弊,他没有,也的确找不到任何办法去制裁。这种事情是杜绝不了的,无论皇帝怎么跺脚怒吼都不管用,想贪的人照贪不误。所以,和某个军队物资供应商、某个公共工程承建人被披露出来的贪污账单相比,约瑟芬的一个服饰商利用她的弱点骗走几千法郎又算得了什么呢？后者的金额还不到前者的百分之一呢！根据拉斯卡斯的记叙，拿破仑曾说：根据约瑟芬从他那里得到的钱财来看，她应该花了五六千万法郎。约瑟芬的家人对此大感震惊。拉瓦莱特伯爵代表他们，要求前皇后钱库的负责人巴鲁埃（Ballouhey）根据他保存下来的账册，把皇后经手的账目明细整理出来。根据巴鲁埃提供的资料，皇后在七年时间里（1803—1809）的开销为5,354,435法郎。[详情请看罗沙尔的《皇后约瑟芬和玛丽-路易丝的账目簿》（Rochard, Les livres de comptes des Impératrices Joséphine et Marie-Louise），书中完整收录了巴鲁埃提供的所有资料]总之，拉瓦莱特立刻把这个结果告诉了拉斯卡斯。于是，拉斯卡斯在1840年版本的回忆录中把"五六千万"这话删了，拿破仑的话变成"皇后应该花了几百万"。博阿尔内家族对这个结果很满意，写信感谢拉斯卡斯"为维护约瑟芬皇后的身后名声而采取的体贴措施"。拉斯卡斯本人还把新版回忆录寄给从前的皇后钱库负责人，在书的扉页上题词："献给善良、可敬的巴鲁埃先生，拉斯卡斯伯爵敬上，1840年11月29日于帕西。"这5,354,435法郎中还包括约瑟芬那几年发出去的年金，总额为923,800法郎。（根据巴鲁埃的登记金额来看，我们注意到玛丽-路易丝发放的年金基本和这个数字持平，这不由得让我们猜想：发放年金的负责人大概是从皇帝那里收到命令，得把金额控制在一定的数目之内）扣除这部分钱以后，皇后的开销是4,430,635法郎，即每年开销63万法郎。1803—1806年，拿破仑曾四次为妻子偿还债务，总额大概为400万。（这是弗雷德里克·马松的估计数字）1809年年末，和约瑟芬离婚之前，他为皇后从1806年起的债务再次拟出一张清单，金额为189.8万法郎。也就是说，从1803年到1809年，皇后欠款总额为589.8万法郎。所以，皇后七年总开支为10,328,635法郎，每年为147.6万法郎，摊到每个月就是10万多法郎。被迫和丈夫离婚后，约瑟芬生活得格外优渥。拿破仑承诺每年会给她300万法郎。就是在这一时期，约瑟芬开始大肆挥霍财产，身边的人从上到下也开始骗她的钱。皇后马厩主管摩纳哥亲王在约瑟芬的马厩中狠命贪钱，拿破仑最后没有办法，只好把他的马厩主管科兰古派去整顿。科兰古仔细查了账以后，在写给皇帝的报告中说，马厩账目上全都是假账。"人们打着引进良马宝驹的幌子，其实买的都是些往年留下来的马种……他们还以相同的借口，每年更换马车……马厩第一管理员承认，他实际上就是草料供应商……"（出自马松的《被抛弃的约瑟芬》第243～244页）约瑟芬让蒙特利沃（Montlivault）担任她府邸的大管家，这是一个很迷人的小伙子，在圣日耳曼区的沙龙里很受欢迎，然而他在内务管理方面完全是个新手，管起账来更是一塌糊涂。这么糊里糊涂地过了一年，约瑟芬就又没钱了，而且完全没有能力偿还供应商的债务。这简直令人难以置信！拿破仑只好再次出手干预。他给约瑟芬写信说："你得管好自己的家务事，对他人不要有求必应……想想看，我知道你年收入300万竟然还负债累累，对你是何想法。"后来，他又给了约瑟芬100万法郎，并让莫利安把约瑟芬的预备费用明明白白地列出来。可是，她照旧欠了一屁股账！而且没有任何原因！皇帝对莫利安说："您派人偷偷找到约瑟芬皇后的管家，告诉他：今后除非有证据证明皇后府邸再无欠债，否则他别想拿到一分钱的薪水。我在这个问题上容不得半点糊弄，这个管家要用他自己的个人利益给我作担保。"莫利安拜访了皇后的管家，偿还了债务（金额为1,158,493法郎）。蒙特利沃郑重其事地保证，以后他不仅不会再出现欠款问题，而且要严格管理府内，并且在第二年，也就是1813年，省出120万法郎。1813年过去了。1814年5月29日，约瑟芬去世。人们核算一番后，发现她留下了2,484,813法郎的欠款。我们可以从中得出什么结论呢？约瑟芬花起钱来大手大脚，而且心中没有数，完全不知道各个东西的具体价格。反正钱会哗啦啦地流过来，她什么也不用做，只需低头捡钱就行。在雾月政变之前，波拿巴给了她各种各样的珍珠、钻石、首饰，这些都是他从意大利大领主和贵族夫人的首饰箱里抢过来的。（详情请看《雷谬撒夫人回忆录》第一卷第146页；雷萨缪夫人在书中说，有一次她去拜访波拿巴夫人，对方把她的所有首饰摆出来给自己看）教皇、意大利亲王贵胄又送给她不计其数的礼物，以讨取令他们惧怕不已的那个征服者的妻子的欢心。之后，德意志的王孙巨头又登门拜访，给这位皇后送了无数奇珍异宝。约瑟芬坐拥金山银山，开始一掷千金、挥霍无度。然而，不管人们怎么批评她大肆挥霍轻而易举就得到的财富，无论什么时候，国家预算都没有因此受到丝毫影响。被法国人民冠以"赤字夫人"这个绰号的人，也并不是约瑟芬。

参考资料：最重要的就是弗雷德里克·马松的三部著作：《约瑟芬·德·博阿尔内》（*Joséphine de Beauharnais*），《约瑟芬皇后和王后》（*Josephine, imperatrice et reine*），《被抛弃的约瑟芬》（*Joséphine épudiée*）。至于约瑟夫·奥贝纳的《约瑟芬皇后史》（Joseph Aubenas, *Histoire de l'impératrice Joséphine*），里面的资料已经过时了。弗雷德里克·马松发表了他的一系列作品后，因贝尔·德·圣阿芒（Imbert de Saint-Amand）的书也没了参考价值。虽然约瑟夫·图尔奎（Joseph Turquan）的上下两册书出版在马松之后，可里面只有一些博人眼球的野史逸事。至于最近出现的许多关于约瑟芬的书籍，我甚至都懒得提它们的名字。

约瑟夫二世，神圣罗马帝国皇帝（Joseph Ⅱ，1741—1790）

弗朗茨一世和玛丽娅-特蕾莎的儿子，玛丽-安托瓦内特的哥哥，1765年父亲死后，他登上皇位。然而由于玛丽娅-特蕾莎依然健在，他只是名义上的皇帝罢了。1780年11月29日，玛丽娅-特蕾莎去世。之后，约瑟夫二世掌握了奥地利的绝对君主大权。他抱负不小，却没有时间和能力实现自己的雄心。

Z

泽西（弗朗西斯小姐）（Jersey，lady Frances，1753—1821）

威尔士亲王（乔治四世）的情妇。

朱诺（劳拉，阿布朗泰斯公爵夫人，Laure zo，duchesse d'Abrantès，1784—1838）

朱诺的妻子，其父亲佩尔蒙曾担任粮食供应办事员，在美国战争期间通过供应军需品而一举发家。恐怖统治时期，佩尔蒙逃离家乡，藏在波尔多，没过多久就死了。宣称自己祖上是康姆尼讷家族的佩尔蒙夫人成了寡妇，来到巴黎，凭自己当时才刚刚12岁的女儿劳拉打进了社交圈。许多军官经常出入佩尔蒙夫人的沙龙，半真半假地追求劳拉，让她虚荣心大增。当时，朱诺和波拿巴也是她家的常客。朱诺从埃及回来后，向劳拉求婚。波拿巴给了朱诺10万法郎的彩礼，给了劳拉4万法郎的嫁妆。于是，这个16岁的女孩在巴黎社交界就更加耀眼了，成了巴黎军区司令夫人。劳拉和她的丈夫一样追求奢靡生活，天天只想着漂亮的衣服、美丽的帽子，和约瑟芬与第一执政官的妹妹们互相攀比。由于劳拉风趣动人，她频频被波拿巴叫过去，因此成为众人的诽谤对象，不过她并不为谣言所困。在帝国的最后几年，她开始在家里公然招待不受皇帝喜欢的人。皇帝1813年签署了一道命令，让她离开巴黎，她却置若罔闻。联军进入巴黎后，她的沙龙风靡一时，许多俄国和德意志的著名人物都出入其中。

参考资料：约瑟夫·塔奎因的《朱诺将军夫人，阿布朗泰斯公爵夫人》（Joseph Turquan, *La Générale Junot, duchesse d'Abrantès*）。

朱诺（让-安多歇，阿布朗泰斯公爵，Jean-Andoche Junot, duc d'Abrantès，1771—1813）

大比西一个法官的儿子（大比西是勃艮第下面的一个小教区，位于沙蒂永附近）。他进了大比西学院学习，成绩优异，然而生性懒惰、素爱闹事。据说，他的作业都是让同学写的，同学们对他也是又敬又怕（怕被他揍）。后来，朱诺去了第戎学法律。此时，大革命爆发。起初，他是瑟米尔区行政部的一个小职员，然而志愿军成立后，朱诺穿上军装、弃笔从戎。他跟着部队去过北部和南部，到过瑞士边境，也到过阿尔卑斯山边界。在此期间，他脑袋上曾被剑刺伤，肩膀也中过一弹。1793年9月，朱诺参加了土伦战役，成为炮兵中士，被同伴取绰号"暴风雨"，他的表现也的确配得上这个称号。和朱诺一家是旧识的蒂埃博将军在他的回忆录中说："他当时和几个战友一道在离大炮很近的地方，待在公用帐篷里吃饭，这时敌军一枚炮弹打了过来，就落在帐篷上面，一下子将吃饭的桌子炸得粉碎，连下面的土都被翻起来了。每个人都站起来连忙逃命，朱诺却抓起一个酒杯，喊着：'这杯敬给我们中间那些即将丧命的人。'听了这话，所有人都停了下来，拿起自己的杯子，一动不动地站在原地，不管外面炮声轰隆。他们中的一个人被炸死后，其他人把酒杯倒满，高喊：'这一杯敬给那个勇士！'"（语出《蒂埃博回忆录》第四卷第116～117页）波拿巴听说被他召来统率攻打土伦的炮兵部队中还有这么一号人物，就让人把这个中士找了过来。波拿巴发现这个看似平庸的酒鬼居然是个颇有学识的小伙子，而且还擅长表达，满腔热血和激情，很是吃惊。于是，他把这个中士的名字记了下来。几天后，他布下了一个非常危险的侦察行动，并在朱诺面前提到了这件事，朱诺当即主动请缨。波拿巴叮嘱他："穿一件平民百姓的衣服，您的军装会暴露您的身份。"朱诺回答："我面对大炮从不后退，但我也绝不允许自己以间谍的身份被抓住和绞死。"朱诺胜利完成任务，平安归队。为了汇报敌情，他去找拿破仑。后者当时正在最前面的战壕里观察敌情，就让他把侦察到的情况汇总成一份报告交给自己。朱诺当即遵令，从口袋里掏出一张纸，以护墙为书桌，开始撰写报告，他甚至都没意识到自己这么做相当于给前方的敌人提供了一个活靶子。一颗子弹射到护墙上，差点儿击中他，然而他依然写完了报告。波拿巴发现这份报告写得非常好，于是就升朱诺为少尉，让他担任自己的秘书。然而直到攻破土伦后的1794年1月，朱诺才正式成为波拿巴将军的"临时副官"。他完全服从上司，对他忠心耿耿。热月九日之后，昂蒂布要塞贴出了波拿巴逮捕令，他想帮助波拿巴逃跑，但波拿巴对他说："什么都别做，否则你会把我害了的。"1795年7—8月，波拿巴在休"病假"，朱诺则一直陪在他身边。后来朱诺说，那时他不仅把自己的上尉军饷拿来和波拿巴共用（四个月前他就已经是上尉了），还把家里寄给自己的生活费分一半给他。更令人敬佩的是，据说朱诺当时从父亲那里得到了一笔家族遗产，他将其卖掉，好接济这个失宠的将军。这一切已经很难核实，然而可以肯定的是，波拿巴和朱诺就是从这时起建立了深厚的友谊。所以，波拿巴一当上意大利军总司令，就把朱诺任命为自己的第一副官。把第一批缴获的军旗献给督政府、陪同约瑟芬从巴黎来到米兰，这些事都是朱诺做的。然而他一回到部队，就在1796年8月3日的德藏扎诺战役中身中六剑，过了好几周才痊愈。在埃及时，朱诺在1799年4月8日的拿撒勒战役中表现尤为突出。后来，格罗（Gros）以此为题材画了一幅引人入胜的画，以展现朱诺在战场上的神勇。不过朱诺大大夸张了事实，把敌军人数说多、把法军人数说少了。他说当时敌众我寡，自己血战14个小时，创造了以300法国骑兵战胜1万土耳其军队的奇迹。实际上，虽然朱诺当时奋勇杀敌，却战得非常辛苦，幸亏克莱贝尔及时赶到才解了他的围。后来，他没有和上司一道回法国：出发前夕他因为和人决斗而负伤，无法登船。离开时，波拿巴还记挂着朱诺，给他写了一封信，说："我很遗憾不能带你一起走……我已向克莱贝尔下令，让你在10月中旬离开。无论何时何地，我都会把我们的友谊珍藏于心。"（1799年8月22日信）1800年6月4日，朱诺在马赛下船。同一日，他的上司取得了马伦哥大捷。回到巴黎后，波拿巴正式封朱诺为将军，并让他担任巴黎军区司令。这是一个非常重要的位置，然而第一执政官也希望利用朱诺对自己的忠诚和感恩，帮他去做一些政治上的琐事。后来，朱诺和萨瓦里、雷亚尔一道成为波拿巴的私人密探，以控制甚至阻挠富歇的行动。朱诺的这个新角色给他在战友那里招来不少骂名，也让富歇成为他可怕的私敌。根据阿布朗泰斯公爵夫人的回忆录所述，人们觉得是他发现了赛拉奇策划的阴谋，并设计了抓捕赛拉奇的埋伏方案。阴谋败露五天后，波拿巴签了婚书，让朱诺和劳拉·佩尔蒙结婚。朱诺觉得自己深得第一执政官的信任，可以为所欲为了。人们经常看见他醉醺醺地出现在公众场合，还频频和警察、哨兵甚至普通路人发生争执。〔详情请看奥拉尔在他的《执政府下的巴黎》（Aulard, *Paris sous le Consulat*）中第450～451页收录的共和四年热月十六日以后的巴黎警察局档案〕最后，波拿巴为了制止丑闻进一步发酵，就在1803年12月把朱诺派去阿拉斯，指挥当时正集结在那里的预备投弹部队。朱诺给巴黎十二区区长写了一封荡气回肠的告别信，后者则集体给他送了一把精心打造的宝剑。拿破仑称帝后依然没有忘记自己的这位旧友，把他升为轻骑兵队上将，且享有5万法郎的年俸。不过，拿破仑仍没想过把他封为元帅，这让朱诺难以释怀。他开始变本加厉地酗酒，人们经常看到他喝得烂醉如泥、在地上打滚吵闹，场面着实难看。他不可能再回巴黎了；拿破仑无计可施，只能让他担任法国驻葡萄牙大使。朱诺最开始非常惊讶，对康巴塞雷斯说："我对外交事务完全一窍不通。"然而他还是去了。五个月后，得知拿破仑离开巴黎，攻打奥地利人，朱诺擅自离职，来到皇帝身边，请求在他身边担任副官。然而皇帝不仅没有应允他的请求，反而在战役结束后把他任命为巴马和普莱桑克的总督，六个月后还让他当上了巴黎地方长官，享有50万法郎的年俸，另外还有30万法郎的赌场抽提费。1806年7月19日，朱诺走马上任。拿破仑不在巴黎的十个月里（1806年9月25日的耶拿战役到1807年7月27日签署《蒂尔西特条约》的这段时间），朱诺就是帝国军务的第一负责人。他也乐得逍遥。人们曾看到他在香榭丽舍大街的一家咖啡馆里玩桌球赌钱，和旁人起了争执，就拿起球杆去揍人，结果反被别人狠狠打了一顿。（出自《蒂埃博回忆录》第四卷第119页）他还经常和自己的债主发生冲突。虽然朱诺收入巨丰，然而债台高筑。他把自己在兰西的一大块地押了出去，却不想还钱。直到后来皇帝直接下令，朱诺才卖掉这块地还债。同时，他还耽于声色，身边女人成群，却依然不放过任何一个征服更多女人的机会。当然，朱诺的妻子对他这等行为也表现得满不在乎。然而，后来他和皇帝的妹妹卡洛琳私通，这件事就特别严重了。当时已被封为贝格女大公的卡洛琳趁自己丈夫随同拿破仑出征，给自己找了个情夫。这件事被炒得人尽皆知，大家都从里面闻到了一丝阴谋的味道。卡洛琳的另一个秘密情夫萨瓦里视朱诺为自己的竞争对手，想尽办法要除掉他，于是向拿破仑告知了他妹妹的这个行为。同时，缪拉也知道了这件事。作为一个被戴绿帽的丈夫，缪拉只能要求和朱诺决斗。我们都知道拿破仑回到巴黎后是如何处理这件事的：朱诺被任命为吉伦特省军区司令，要去攻打葡萄牙。他听到这件事后欣喜若狂，因为他已经厌烦了和女人、债主打交道的日子，一心渴求重回战场。此外，拿破仑还让他继续担任总督和第一副官，并赐予他荣誉军团勋章和大鹰勋章。如此看来，拿破仑是格外厚待他的。就这样，朱诺来到了巴约讷，此地是他的部队的联络点。他一到达巴约讷，就把听从自己号令的所有将军、上校和高级军官召集起来，向他们发表了一篇又臭又长的演讲，强调所有人必须严格遵守军纪、善待攻占区平民。随后，他又回顾了自己立下的赫赫战功、与皇帝的深厚友谊，最后用下面这句话结束了冗长的演讲："不过，先生们，拿破仑让我带领你们，并不是因为我和他之间的友谊，也并不是因为我脑袋上的头衔。你们要听令于我，只有一个原因，那就是我比你们更优秀。"（语出《蒂埃博回忆录》第四卷第130页）就这样，朱诺和众将一起指挥军队作战。然而，他们对他的那番话耿耿于怀。朱诺从阿尔坎塔拉打到阿布朗泰斯，一路推进得极其困难，付出了2500人死亡的惨痛代价，其中1800人来自卡拉弗将军带来增援法军的西班牙师。然而这2500人并不是战死的，他们要么被饿死、累死，要么掉入激流、坠入深渊。（请看《蒂埃博回忆录》第四卷第139页）在阿布朗泰斯，队伍征用马匹粮草，抢劫当地平民以获得衣鞋，然后坐着马车、骑着骡子，以一两百人为一组，继续朝目的地里斯本前进。朱诺攻下了里斯本，而且"没动用一兵一卒、一枪一炮"就控制了当地军队。(语出《蒂埃博回忆录》第四卷第145页)为了奖励朱诺打下里斯本,拿破仑将他封为阿布朗泰斯公爵(朱诺的妻子格外喜欢这个封号,觉得阿布朗泰斯是"最好听的军队名字";据说,拿破仑本来打算封他为拿撒勒公爵,以纪念朱诺在埃及的英勇表现,他解释说:"不过这样的话,大家就会叫他朱诺·德·拿撒勒,听上去就像耶稣·德·拿撒勒似的,所以我打消了这个念头。"),此外,拿破仑还把他封为葡萄牙总督,每年享有60万法郎的年俸,每天还有3000法郎的办公费,而且从前各种职位的俸禄照发。新总督立刻开始工作了。一开始,朱诺就把葡萄牙王室离开时忘记带走的王冠钻石占为己有,之后又从海关那里侵吞了一大笔钱财,还把手伸向了英国商人的巨额存货上(当时英国商人和大陆做生意时,基本上把商行设在里斯本),哪怕皇帝下令将其通通焚毁。在这种情况下,"蠢货朱诺"表现得可比"智者拿破仑"现实得多。他只焚毁了一小部分并无太大价值的货品,目的是用大火和烟雾来掩盖军队在城中四处抢劫的行为。然而,在统治该城期间,朱诺最大的赚钱手段是发放许可证。一张张带着朱诺签名的许可证使得无数商船得以偷偷离开里斯本,而且有的还是前往英国。朱诺对每张许可证的开价从6~8万法郎不等,有时甚至是12万法郎。以参谋长的身份待在他身边的蒂埃博将军,非常详细地记下了一件很有意思的事。离开巴约讷之前,朱诺对他说:"我们的任务就是发财,我向您承诺,您会拿到30万法郎。但我要您发誓不得参与任何交易,如果有人向您行贿,您得立刻告诉我。"(语出《蒂埃博回忆录》第四卷第133页)于是,蒂埃博照着他的话去做,巴巴地等着自己的30万法郎。然而,朱诺并没有立刻履行诺言。有一天,有人对蒂埃博说,有个葡萄牙船主想拿到离开里斯本的许可证,并愿意为此掏6万法郎。蒂埃博把这件事告诉了朱诺，并说："这就算是那30万法郎的预付款吧。"朱诺说："把这件事先搁着，晚上来我家吃饭，我再告诉您这件事可不可行？"晚饭结束后，朱诺告诉蒂埃博："我看了看您对我说的许可证申请一事，于情于理我们都不能同意。"然而当天夜里，这艘船就拿到了许可证，扬帆起航。与此同时，朱诺还让当事人把本来承诺给蒂埃博的6万法郎打到自己的私人秘书的账上。自然而然地，总督身边的人开始有意见了。大家倒不是认为这些私底下的勾当见不得光、有失体面，而是觉得朱诺不和属下瓜分自己得到的赃款，这么做不厚道。朱诺以为自己可以平息众人的不满。他给第一师指挥官德拉波尔德将军、第二师指挥官卢瓦松、总财务官赫尔曼各分了10万法郎。至于蒂埃博，虽然朱诺曾承诺要给他一大笔钱让他闭嘴，然而蒂埃博一分钱都没拿到。远在巴黎的萨瓦里把这一切都看在眼里，告诉皇帝朱诺在葡萄牙大肆敛财，引得民怨沸腾。拿破仑相信了他的话，给朱诺写了一封信，要他选择到底是继续当巴黎地方长官，还是皇帝的第一副官。朱诺选择了第二条路，然而没过多久，副官这个职位就被取缔了，于是葡萄牙总督的年俸成了朱诺的唯一收入。其实，拿破仑是想弥补他的。朱诺得到命令，负责起草一份财务清单，将逃离里斯本的葡萄牙富商留下来的货物盘点一番，取了自己该得的那一份后，将剩下的财产平分给手下众将士。朱诺得到了价值3600万的财产。这一次，蒂埃博总算没被忘记了：他得到了一块封地，每年可借此进账6万法郎。虽然要和众人分赃，可作为一个国家的绝对统治者，朱诺变得富可敌国。尽管如此，他依然不放过任何一个赚钱的机会。据说，他每天都可得到3000法郎的办公费。当时，一个葡萄牙大贵族坎特拉（Quintella）男爵为了保住自己的性命，对朱诺百般献媚，于是朱诺就住在他的府邸里，让他负责自己的吃穿住行。朱诺花钱甚是大手大脚，他从法国带来的厨子单单从餐后甜点上就赚了30万法郎。得知自己第一个儿子出生的消息后，朱诺强迫里斯本的商行给他的妻子献上一条价值35万法郎的钻石项链做贺礼。不过朱诺也乐于看到妻子不在身边，这样他就能在里斯本左拥右抱了。他在那里有三个情妇：一个叫埃戈（Égo）伯爵夫人的葡萄牙女人，以及两个法国女人，她们是上校夫人富瓦（Foy）和军需官夫人特鲁赛（Trousset）。然而英军登陆，朱诺花天酒地的生活结束了。他回到军中，率领这支骄兵去阻拦英国人，却一败涂地，一直被打到海边。最后两军对阵，朱诺惨败，被敌军俘虏。他遇到了阿瑟·韦尔斯利，也就是未来的惠灵顿公爵，后者宽待他，让他带着残部回到了法国。英军委员会接收了朱诺抢夺的财产，要求他将抢来的一本极其珍贵的《圣经》善本、撤退时带在身边的100万金币交出来。100万金币被吐出来了，然而《圣经》善本不见踪影。两军完成撤军协议后，负责向拿破仑汇报撤军协议的军官就立刻登船，身上只带着一个小箱子，里面就是那本《圣经》。朱诺带着他的"后宫"回到法国。拿破仑没有严惩他，还在攻打俄国的时候让他指挥被热罗姆抛下的威斯特伐利亚军队。当时正是斯摩棱斯克战役的前夕。根据拿破仑制订的方案，内伊要在达武和波尼亚托夫斯基的辅助下攻打和占领斯摩棱斯克，而正在围困该城的朱诺则负责疏通前往莫斯科的大道，斩断俄军的撤退之路，以防他们杀个回马枪，再次撤回莫斯科。8月16日，大战打响了，17日清晨，两军又是一番苦战。在此期间，朱诺却迷了路，带着德意志人像无头苍蝇一样乱闯，直到下午五点钟才到达战斗现场。当时他几乎都站不稳了，前往皇帝营中自行请罪。然而拿破仑并不在那里。当时在场的费恩男爵在他的《1812年手稿》（*Manuscrit de 1812*）第一卷第369～370页中说："将军筋疲力尽地坐在地上,诉苦自己在行军时迷路了,说当时头上一缕阳光都没有。他要喝口酒,人们给了他一个大肚酒瓶,他拿起来一饮而尽……很明显,他的眼睛再也看不清战场情况了。"第二天一大早,朱诺得去执行交代给他的迂回行动,他的军队却一动不动,而且持续了很长一段时间,让人摸不着头脑。于是,人们把这个情况汇报给了皇帝。皇帝派古尔戈传达一道简短的命令,要朱诺立即行军。在缪拉的陪同下,古尔戈来到朱诺军中,把皇帝的命令告诉了他。虽然缪拉曾被朱诺戴过绿帽子,然而事情过去了那么久,他已经不再介怀,试图以战友的身份接近朱诺,友善地对他说:"你是为自己没当上元帅而恼火吗?眼下正是大好机会,别浪费了,你肯定能拿到自己的元帅指挥棒。"朱诺没说话,一副阴郁的样子。古尔戈问:"我该如何向皇帝回话?"1823年,古尔戈出版了《拿破仑和大军团在俄国》(*Napoléon et la Grande Armée en Russie*),在第172～173页中,他是这么说当时的情形的:"阿布朗泰斯公爵被自己的参谋部团团围着,一脸沮丧的样子。他恼火地回答:'先生,您就说我要守在阵地上,因为天快黑了。'"但当时才刚刚下午四点钟,而且那时还是8月啊……古尔戈反驳说四个小时后太阳才下山,并苦口婆心地说,他若不出兵,内伊将军就危险了,可是朱诺完全不听他的话。天黑以后,他才派出了一支分遣队。这支军队穿过沼泽,辛辛苦苦地开辟出一条道路,最终好不容易才扫清了前往莫斯科的道路,而敌军早就不在那里了。拿破仑大感恼火,对科兰古说:"朱诺放跑了俄国人,害我打了一场败仗。"(语出《科兰古回忆录》第一卷第398页)他还对古尔戈说:"因为朱诺,我们的伤亡如此惨重……我再不想让他指挥威斯特伐利亚军了。"(语出《拿破仑和大军团在俄国》第173页)然而,拿破仑很快又改变心意,继续让朱诺指挥军队,只在

1812年8月23日的军报里简单地批评了他一顿。当时形势无比危急，拿破仑仍宽容至此地步，这只有一个原因：他知道朱诺对自己忠心耿耿，无法狠下心来让他为这一行为负责。然而让人想不通的是，他居然继续让朱诺统领威斯特伐利亚军，要知道这支军队里都是外国人，拿破仑应该找一个格外聪明也格外果敢的人来指挥他们才是。俄国放弃莫斯科之后的几个星期，这支军队也证明了拿破仑的失策。1812年11月25日，朱诺身边只剩下100多匹马和一个步兵了，他甚至连一门大炮都没有。（请看他在这天写给拿破仑的信）朱诺似乎还没意识到自己已经失宠。否则，在得知皇帝正在组建那支大名鼎鼎、由骑兵军官组成、负责保护皇帝个人安全的"神圣精锐之队"时，他不会提出担任这支队伍的指挥官的请求。他给拿破仑写信说（前面那封信）："还有哪个将军跟您的时间比我还长，比我更有资格保护陛下呢？所以，陛下，今天我请您看在过去20年您善待我的分儿上，答应我吧。"拿破仑对此没做任何表示。此外，这支军队没过多久就被解散了。拿破仑回到法国后，依然把伊利里亚省的总督职位交给了这个精神已经有点失常、应该待在收容所的人。当然，朱诺也充分证明了拿破仑对他的信任。为了提高帝国的威望和自己的威信，他在拉古萨的政府官邸里举办了一次盛大的舞会。当地名流、美女、贵妇聚集一堂，足足有400多人参加了这场宴会。这里我倾向于相信蒂埃博将军的这段话："众人好奇地等了一会儿，此时大厅的大门打开了，你猜人们看到了什么？阿布朗泰斯公爵脚上穿着一双锃锃发亮的皮鞋，腰上佩着一把宝剑，脖子上挂着绶带，两边的肩膀上别着大勋章，头发梳得一丝不乱，手上拿着一顶羽翎帽，戴着白手套，然而除此之外，他像一条肉虫子一样赤裸全身。厅中响起众人的尖叫声，所有女士掩面逃出，许多男人跟在夫人后面慌不迭地跑了出去。台阶上一下子挤满了人，大厅瞬间就变得空荡荡的。"（语出《蒂埃博回忆录》第五卷第248～249页）欧仁·德·博阿尔内立刻派人给朱诺下令，要他前去米兰。蒂埃博说："他坐着套着六匹马的豪华马车，穿着光鲜亮丽的军服，上面别着他获得的所有勋章，身旁佩着剑，戴着帽子，刚进米兰城，就坐着马车在城里乱窜，把碰到的妓女都拉上马车，让她们当自己的马车夫。"拿破仑下令朱诺不得进入巴黎，人们把他带到了他在蒙巴尔的父亲家中。到家后过了两个小时，朱诺就从窗户一跃而出，五天后死亡。朱诺之所以如此，是因为他得了精神病。但我们可以去看看因为深得拿破仑宠信而毫无约束、借着军队大肆敛财的那些人，如在威斯特伐利亚的热罗姆、在汉堡的布里安、在里斯本的朱诺，也许会想得更多……难道战败者就该被视为牛马、任人欺凌吗？

参考资料：目前出版的关于朱诺的法语书籍没有一本具有引用价值。让·卢卡斯-杜布勒顿1913年出版的《"暴风雨"朱诺》（Jean Lucas-Dubreton, *Junot dit La Tempête*）研究得非常浅显，完全没有任何历史价值。葡萄牙历史学家倒写了无数史著，挖掘他们国家的这段悲惨历史，让我们知道了一些事。我们非常期待洛卡·马丁的《和朱诺在葡萄牙的日子》（Rocha Martins, *À côté de Junot en Portugal*）被翻译成法语。

祖博夫三兄弟（尼古拉斯、普拉东及瓦莱里安，Nicolas, Platon et Valérien Zoubov）

俄国大贵族。三兄弟中名气最大的是普拉东，他是叶卡捷琳娜二世最后一个情人；尼古拉斯在俄国元老院中担任议员；瓦莱里安则是将军。他们的妹妹是惠特沃斯的情妇。兄弟三人都积极参与了保罗一世的刺杀行动。

地名表[1]

A

阿本斯贝格（Abensberg）

巴伐利亚的一座城市，离雷根斯堡有6古里。1809年4月20日爆发阿本斯贝格战役，法军和德意志联军（巴伐利亚军和符腾堡军）一道投入战斗，拿破仑亲自上阵指挥，战斗持续了一小时。奥军战败后撤，法军缴获8面军旗、12门大炮，抓获1.8万名战俘。

阿本斯河（Abens）

巴伐利亚境内的一条小河。

阿布吉尔（Aboukir）

埃及的一座村庄，坐落在阿布吉尔半岛的最远处，离亚历山大城17千米。它的名字来源于一位叫吉尔的圣人（埃及人口中的阿布），因为两场战役而闻名于世。第一场发生在1798年8月1—2日，法军舰队在那里惨败在纳尔逊手上；第二场发生于1799年7月25日，拉纳和缪拉在波拿巴的指挥下，在此地击败了1.8万名在西德尼-史密斯的带领下登陆的土耳其近卫军。1801年3月8日，艾伯克龙比将军带领1.2万人把这座要塞从弗里昂手中夺了过来。

---

[1] 本表译自1956年法文批注版，词条中有的地名称谓、范围和归属会与今天略有差异。——译者注

阿达河（Abens）

意大利北部（伦巴第地区）的一条河，起源于奥特拉峰和斯泰尔维奥山口，在普莱桑斯和克雷莫纳两地间注入波河。拿破仑建立意大利王国后，把其中一个省命名为阿达省。

阿德克拉（Aderklaa）

下奥地利地区的一个村庄，坐落在瓦格拉姆要道上。

阿迪杰河（Adige）

流经奥地利和意大利的一条河流，是继波河后意大利境内最重要的一条河流。它起源于阿尔卑斯山脉，蜿蜒流下，最后经过里沃利高地，在威尼斯的潟湖和波河三角洲之间注入亚得里亚海。

阿恩霍芬（Arnhofen）

下巴伐利亚地区的一个村子。

阿尔巴（Alba）

意大利皮埃蒙特地区的一座城市，查理五世曾和弗朗索瓦一世争夺过此地。1631年，阿尔巴被划入萨瓦公国。1796—1799年，它被法军占领。

阿尔巴雷多（Albaredo）

皮埃蒙特地区奥斯塔河谷中的一处悬崖。

阿尔巴尼亚（Albanie）

巴尔干半岛上一个小小的山地国家，坐落在南斯拉夫和希腊之间。索古一世统治期间，它成了索古一世治下一个不起眼的小国。后来，阿尔巴尼亚成了意大利法西斯党口中的猎物。1946年，阿尔巴尼亚宣布成立民主共和国。

阿尔卑斯山脉（Alpes）

欧洲一大山脉，分成三段：西阿尔卑斯山脉、中阿尔卑斯山脉和东阿尔卑斯山脉。

阿尔卑斯山脉蒂罗尔山段（Alpes Tyroliennes）

阿尔卑斯山脉诺里库姆山段（Alpes Noriques）

东阿尔卑斯山脉经过奥地利的山脉段。

阿尔卑斯山脉朱利安山段（Alpes Juliennes）

东阿尔卑斯山脉经过奥地利的山脉段。

阿尔本加（Albenga）

地中海沿岸的一座海边城市，离热那亚15古里。1796年4月4—9日，波拿巴把法军主营设在这里。

阿尔高（Argovie）

从前是哈布斯堡王朝的领土，1415年被瑞士夺了过来。1798年，法军把该地改建成赫尔维西亚共和国的两个州，后来在1803年的调停法令中，将两州合并为一州。

阿尔及尔（Alger）

16世纪初，两个土耳其海盗队在这里建立柏柏尔国，法军攻占该城之前，它是君士坦丁堡苏丹的保护国。

阿尔科（Arcole）

阿迪杰河上的一个村庄，离维罗纳5古里。1796年11月15日、16日、17日，在这里发生了一场战役。1808年12月5日，为了纪念拿破仑的光辉战绩，人们在阿尔科桥头开建纪念碑。

阿尔克（Arques）

下塞纳省的一座城市。1802年11月10日，波拿巴在城中待了几个小时，参观了一片原野：1589年，亨利四世在这片原野上打败了马耶纳公爵。

阿尔勒运河（Arles）

人们根据拿破仑的设想造出来的一条水路，从阿尔勒走到了布克港，直到1834年才得以完工。

阿尔蓬河（Alpon）

阿迪杰河的一条支流。

阿尔萨斯（Alsace）

法国的一个行省，在18世纪末约有65.5万人口。阿尔萨斯有65座城市、9座要塞、25座乡镇、大约1000个村庄。该省乡下地区的通用语是德语，城市居民则使用法语。相关资料请看列维的《阿尔萨斯及洛林地区的语言史》（P. Lévy, *Histoire linguistique d'Alsace et de Lorraine*）第二卷——《从大革命时期至1918年》。另可参考彼斯勒1931年发表的《法国大革命对法国阿尔萨斯的意义》（A. Biessle, *Die Bedeutung der französischen Revolution für die Französierung des Elsass*）。

阿尔特米尔（Altmühl）

德意志的一座城市。

阿基坦（Aquitaine）

法国前行省，13世纪的省名是吉耶讷。

阿克（Saint-Jean-d'Acre）

叙利亚的一座要塞，1799年3月至5月波拿巴攻打了此地。

阿奎（Acqui）

意大利亚历山德里亚省的一座城市，坐落在博尔米达河右岸。波拿巴在该城附近击败了奥军和皮埃蒙特军。（请看词条"米勒西莫"）

阿奎莱亚（Aquilée）

建立于公元前181年的一块罗马殖民地，坐落在伊利里亚通向意大利的商业要道上，距离的里雅斯特湾仅8千米。

阿拉（Ala）

奥地利蒂罗尔地区的一座城市，位于阿迪杰河左岸，离罗韦雷多2.5古里。1796年8月15日，阿拉城被法军占领。随后，马塞纳率领军队在阿拉城附近继续展开战斗。9月4日，杜布瓦战死在了这里。1801年1月4日，蒙塞在这里击败了奥军。

阿勒颇（Alep）

叙利亚的一座城市。

阿姆斯特丹（Amsterdam）

低地国家首都。1795年1月19日，皮什格吕进入首都，赶走了威廉五世。1808年，它成了新的荷兰王国的首都。1810年，它变成了须得利省的省会。1811年10月9—14日、17—23日，拿破仑在此逗留。1813年11月22日，俄军进入了阿姆斯特丹。

阿森松岛（Ascension）

1501年被葡萄牙人发现，那天正好是耶稣升天日（jour de l'Ascension），故得此名。它坐落在大西洋上，300年来无人居住。1815年英国正式占领该岛，为了进一步监视圣赫勒拿岛上的那个囚犯。

阿斯珀恩（Aspern）

一座离维也纳很近的奥地利小镇。1809年5月22日，此地发生战斗，该战成为埃斯林战役的一部分。

阿滕豪森（Attenhausen）

下巴伐利亚地区的一个村子。

阿韦讷（Avesnes）

诺德省的一座城市，1815年6月13日是拿破仑的主营所在地。

阿维尼翁（Avignon）

阿维尼翁教皇国的首都，1791年9月14日被并入法国。1793年8月，波拿巴在城中暂留。从埃及回来后，1799年10月11日他在城中过夜。后来拿破仑从厄尔巴岛返回法国，1814年4月25日在城中差点儿遇刺。

阿雅克肖（Ajaccio）

1790年法国政府颁布政令，将行省制改为省份制时，科西嘉岛成了一个省，其省会便是阿雅克肖。1793年，它成为利亚莫讷省的省会，并在1811年再度成为省会。阿雅克肖是拿破仑的故乡，其出生住宅于1793年遭到保罗支持者的洗劫，后来成为英军的兵营。

阿赞库尔（Attenhausen）

加来海峡省的一个村子。1415年10月25日，英国人在此地击败了法军。

阿佐拉（Azolo）

意大利乌迪内省的一个镇子。

爱奥尼亚海（Ionie）

地中海的一部分，位于意大利、阿尔巴尼亚和希腊之间。

爱奥尼亚群岛（Ioniennes）

爱奥尼亚海上的七座岛屿，其中最重要的是科孚岛。1797年之前，爱奥尼亚群岛归威尼斯所有，随后归属法国。1799年，俄军在土耳其人的协助下占领了群岛，保罗一世建立了七岛自由国，该国受奥斯曼帝国的保护。1807年《提尔西特和约》签署后，爱奥尼亚群岛被还给了法国。1809年，群岛落入英国手中。拿破仑退位后，这几座岛屿的命运一直被操纵在别国手里。英国人出于自己的利益考虑，重启保罗一世的设想，唯一的区别是这个七岛国的保护国不再是土耳其，而是英国。

参考资料：罗多卡纳基1899年出版的《拿破仑与爱奥尼亚群岛》（E. Rodocanachi, *Napoléon et les îles Ioniennes*）。

埃伯斯多夫（Ebersdorf）

奥地利的一个小镇，离维也纳4古里。拉纳元帅在这里去世。1806年10月9日、1809年5月19日、5月23日—6月5日，拿破仑暂住于此。

埃尔阿里什（El Arish）

叙利亚的一座城市。1800年1月6日，法国在那里签署了从埃及撤军的条约。同年2月21日，该条约被撕毁。

埃尔宾（Elbing）

普鲁士的一座城市，离丹齐格12古里。1807年5月8日，拿破仑在那里视察了1.8万人的骑兵队伍。

爱尔福特（Erfurt）

普鲁士的一座城市，离柏林200千米。中世纪时期，该城近乎是自治状态，1483年它成为萨克森的保护地。1802年，爱尔福特被并入奥地利。1806年10月16日，法军占领了爱尔福特；1814年1月，奥军收回了该城。1808年9月27日—10月14日，拿破仑暂住于此，和亚历山大会晤；1812年12月15日，拿破仑从俄国回来后在城中待了一个小时；1813年4月25—27日、10月23—24日，拿破仑又暂住于此。

爱尔兰（Irlande）

是欧洲西北部的一座岛屿，1171年被英国人占领，1921年成为一个自由国。1796年，在爱尔兰爱国者的召唤下，督政府向那里派了一支远征队，但该军队没有登陆。（请看词条"奥什"和"格鲁希"）1798

年，法军再次尝试登陆爱尔兰。8月22日，安贝尔将军率领1100人成功登陆。9月8日，安贝尔向英军投降。此后，法国再未尝试远征爱尔兰。

埃尔斯特河（Elster）

萨克森境内的一条河流，流经莱比锡，注入萨尔河。德意志人把它称为白埃尔斯特河，以区分注入易北河的黑埃尔斯特河。

埃克缪尔（Eckmühl）

下巴伐利亚地区的一个村庄，离雷根斯堡6古里。此地因为埃克缪尔战役而闻名，法军通过此仗打开了前往维也纳的通路，达武因此荣誉加身，弗里昂、莫朗这两位将军也因此仗而扬名。

艾克斯岛（Aix）

大西洋上的一座小岛，离法国海岸有6000米。1808年8月5日，拿破仑参观了这座岛屿。1815年7月9日，拿破仑检阅岛上军队，视察了岛上已建工程。向英国投降之前，拿破仑于13日夜里在岛上给英国摄政王储写信。

参考资料：茹尔丹的《拿破仑登陆艾克斯岛》（L. Jourdan, *Embarquement de Napoléon à l'île d'Aix*），该文被收入了《地理协会公报》（*Bulletin de la Société géographique*）第36卷中；另外请参考《拿破仑研究杂志》第34卷第298页内容。

埃库昂（Écouen）

塞纳-瓦兹省的一座城市。1809年3月29日，拿破仑在那里给荣誉勋章获得者的子女建了一座女子寄宿学校。1811年8月5日，他和玛丽-路易丝一道视察了这所学校。

埃劳（Eylau）

德意志的一座小城，离哥尼斯堡8古里。德意志人称它为普鲁士-埃劳，好把它和马林韦尔德地区的另一座城市——德意志-埃劳区分开来。1807年2月8日，这里爆发了著名的埃劳战役，这也是法兰西帝国时期伤亡最为惨重的战役之一。但作战双方都认为自己是战胜方。1807年2月7—16日，拿破仑暂住于此。

埃纳河（Aisne）

法国境内的一条小河。

埃斯考河（Escaut）

流经法国、比利时、荷兰的一条河，注入北海。拿破仑统治时期，它成了两个新省的名字：埃斯考省和埃斯考河口省。

埃斯林（Essling）

奥地利境内多瑙河畔的一个村子，离维也纳2古里。1809年8月15日，它成了埃斯林公国，被赐给了马塞纳。

埃斯坦（Estain）。

默兹省的一座小城市。

埃塔普勒（Etaples）

下加来省的一座海滨小城。1804年8月21—23日，拿破仑暂住于此。

埃特茨豪森（Etterzhausen）

巴伐利亚的一个村庄。

安贝格（Amberg）

一座巴伐利亚城市，距离雷根斯堡11古里。1796年8月24日和1809年4月14日，在此地发生了战斗。

安的列斯群岛（Antilles）

大西洋上北美洲和南美洲之间的一个群岛。

869

安河省（Ain）

对于法兰西帝国时期该省的情况，读者可在省长博西1808年的官方汇编资料集中发现许多有用信息，该文集名为《法国总体统计表》（*Statistique générale de la France*）。读者也可查看编者的《法国大革命历史目录》（*Répertoire de l'Histoire de la Révolution française*）第二卷（地名表）第5～7页。

安吉亚里（Anghiari）

意大利维罗纳省的一个村庄，位于阿迪杰河边。1797年1月15日，阿万齐在这里被波拿巴打败。

安科纳（Ancône）

亚得里亚海上的一座港口和要塞，原是教皇国属地，离罗马有42古里。1797年该城被法军攻占，帝国时期变成梅陶罗省的省会，1815年被还给教皇。1797年2月9—13日，这里是波拿巴的主营。同月20日，签署《托伦蒂诺和约》之后，拿破仑又回到了这里。

安施帕赫（Anspach）

普鲁士境内的一座德意志城。

安特卫普（Anvers）

比利时在埃斯考河上的一座港口城市。法兰西帝国时期，它成为德塞内特省的省会。1803年7月18—21日、1810年4月30日—5月6日、1811年9月30日—10月3日，拿破仑在该城逗留。

昂布勒特斯（Ambleteuse）

下加来省的一座小城，距离布洛涅3古里。1803年7月1日和1804年8月4日，拿破仑来到这座城市，向布洛涅驻地的法军发号施令。1805年8月27日，他又来到这里检阅达武的军队。

昂蒂布（Antibes）

下普罗旺斯地区的一座城市，1642年被路易十三赐给摩纳哥的格里马尔迪家族。大革命后，它成了格拉斯地区的一个州的首府。

奥布河边的阿尔西（Arcis-sur-Aubee）

奥布省省会，1814年3月20日一场战役在此打响。拿破仑说："我做好了死在阿尔西的准备，但子弹并不想取我性命。"（语出《科兰古回忆录》第三卷第453页）

奥得河（Oder）

德意志的一条河流。

奥尔良（Orléans）

卢瓦雷省省会。

奥尔施泰特（Auerstaedt）

请看词条"耶拿"。

奥芬巴赫（Offenbach）

一座德意志城市，离法兰克福2古里。

奥格斯堡（Augsbourg）

巴伐利亚境内的一座城市，离慕尼黑13古里。1805年10月9日，苏尔特尔攻下了此城。10日、11日、22日、23日，该城成了拿破仑的主营。1806年1月17日、1809年10月11日和22日，拿破仑住在城中。

奥莱龙（Oléron）

大西洋上的一个法属岛屿。

奥里诺科河（Orénoque）

美洲的一条河流。

奥廖河（Oglio）

意大利境内的一条河流，是波河的支流。

奥洛穆茨（Olmutz）

摩拉维亚地区的一座要塞，离维也纳40古里。

澳门（Macao）

位于中国东南沿海，曾被葡萄牙占领。

奥内伊（Oneille）

意大利热那亚省的一座城市。

奥斯蒂亚（Ostie）

台伯河河口处的一座意大利城市。

奥斯佩达莱托（Ospedaletto）

意大利皮亚韦河边上的一个小地方。

奥斯坦德（Ostende）

比利时的一座要塞。1803年7月9—10日、1804年8月11—15日、1810年5月20日、1811年9月22—24日，拿破仑暂留于此。

奥斯特里茨（Austerlitz）

摩拉维亚境内的一座小城，离布伦8古里。该城之所以著名，是因为拿破仑最辉煌的一次战斗就在此发生（1805年12月2日）。这是他有史以来获得的最大胜利，其中苏尔特居功至伟。在此仗中，9万奥俄大军对阵6.5万法军。两军各自的损失情况是：奥俄大军1.5万人死伤，2万人被俘；法军8000人死伤。

奥索普（Osopo）

意大利乌迪内省的一座小城。

B

巴比伦（Babylone）

下埃及地区的一座小城，为关押运至埃及的巴比伦战俘而特地建造。

巴达霍斯（Badajoz）

一座西班牙城市，是埃斯特雷马杜拉地区的省会，距离马德里70古里。1801年，西班牙和葡萄牙在此签订和平条约。1808年5月30日，城中居民爆发起义。1811年3月10日，经过六周的围城战，苏尔特攻下了该城。1812年3月，守城法军遭到惠灵顿的围攻，最后弃城投降。

巴登（Bade）

拿破仑登基称帝时，巴登这个位于瑞士南边的德意志诸侯国面积3500平方千米，有19万人口。拿破仑把它变成了一个国家后，人口多达100万。

巴尔多山（Montebaldo）

意大利北部的一座山脉，坐落在阿尔卑斯山和加尔达湖、阿迪杰河之间。巴尔多山俯瞰里沃利、科罗纳、因卡纳尔三大平原，所以成了拿破仑打响对意之战后的首要目标之一。

巴伐利亚（Bavière）

18世纪末德意志诸侯国中的第三大国（前面是普鲁士和萨克森），其领土面积有5.9万平方千米，人口约有220万。1812年，由于拿破仑的关系，巴伐利亚领土扩大至9.6万平方千米，人口约有380万。法兰西帝国覆灭后，经过几次重组和分割，巴伐利亚最后领土面积为7.4万平方千米，人口340万。

巴拉丁（Palatinat）

前日耳曼帝国的一个诸侯国。

巴雷姆（Barrême）

下阿尔卑斯省的一个镇子，1815年3月3—4日，拿破仑在此过夜。

巴利阿多利德（Valladolid）

西班牙的一座城市，离马德里40古里，1808年6月11日被法军占领。1809年1月6—17日，拿破仑暂留于此。

巴马（Parme）

从意大利分裂出来的一个公国。

巴萨诺（Bassano）

意大利的一座城市，离威尼斯15古里。1796年9月8日，这里发生战斗；次日，拿破仑经过该城。同年11月4日，法军从城中撤走。1797年1月24日，马塞纳再度夺下巴萨诺。1797年9月9—11日，拿破仑将主营设在这里。1806年3月30日，巴萨诺成为法兰西帝国的一个大公国。（请看词条"马雷"）

巴塞尔（Bale）

瑞士的一座城市，是巴塞尔州的首府。

巴塞里亚诺（Passeriano）

意大利的一个镇子，离乌迪内5古里。1797年8月27日—10月25日，拿破仑住在此地一个从前属于威尼斯总督马尼尼的城堡里。

巴约讷（Bayonne）

下比利牛斯省的一座要塞。1808年4月14日—6月21日，拿破仑逗留此地。1808年11月3日，他在前往西班牙的路上途经该城；1809年1月18日返回巴黎时又再度经过。

班贝格（Bamberg）

巴伐利亚的一座城市，是法兰克尼亚区的省会。1806年10月6—7日，拿破仑暂居城中。

包岑（Bautzen）

萨克森的一座城市，距离德累斯顿11古里。1807年7月16日，这里是拿破仑的主营。皇帝对俄国和普鲁士取得的最后几次重大胜利，其中一次就发生在这座城市附近（1813年5月20—21日）。1813年6月9日及8月16日、24日，皇帝暂住城中。

贝阿恩（Béarn）

法国旧行省，在旧制度时期是一个公国。

贝格公国（Berg）

巴伐利亚的一块地方，因为1805年12月16日在美泉宫签署的一份条约，它被割让给了拿破仑。1806年3月8日，拿破仑给哥哥约瑟夫写信说："我也许要让路易当荷兰王；更确定的事情是，我要把克莱沃公国和贝格公国赏给缪拉亲王，这已经决定了。"3月15日，拿破仑签署了封地法令，把这两个地方赏给缪拉，且他的后代也有继承权。1809年3月3日法令后，贝格公国归荷兰王的儿子——拿破仑-路易亲王所有。1813年11月11日，反法联军进入公国首都杜塞尔多夫。临时政府执政几个月后，《维也纳条约》把从前的贝格公国割给了普鲁士。

参考资料：施密特1905年出版的《贝格大公国》（重要）（Ch. Schmidt, *Le Grand-Duché de Berg*）。

贝亨奥普佐姆（Berg-op-Zoom）

布拉班特的一个要塞，离安特卫普6古里。

贝加莫（Bergame）

意大利的一座城市，离米兰10古里，先前归威尼斯所有。1797年3月15日，该城起义反抗威尼斯共和国，并在同年4月25日宣布独立。

贝维拉夸（Bevilacqua）

意大利博洛尼亚省的一座小城。

比利牛斯（Pyrénées）

法国和西班牙之间的一条山脉。

比利时（Belgique）

先前是低地国家的一部分，归奥地利所有。1792年热马普战役后，它先被法国吞并；后来杜穆里埃在尼尔温登战败，奥地利夺回了比利时。1794年法军在弗勒吕斯战役中获胜，夺回了比利时。1801年《吕内维尔条约》签署后，比利时被并入法国。它被分成了九个省份，完全成了法国的一部分。拿破仑退位后，《维也纳条约》决定把比利时和荷兰并为一国。1830年，比利时宣布独立。

比萨（Pise）

意大利比萨省的一座城市，离里窝那5古里，1807—1814年被并入法兰西帝国。

比斯特罗（Biestro）

一座建在高地的村子，离热那亚9古里。1796年4月14日，波拿巴在这里布置阵地对抗奥地利军。

比提尼亚（Bithynie）

小亚细亚的一个国家，坐落在黑海沿海，实力雄厚，罗马人对其垂涎已久，后来被尼科梅德三世割让给了罗马。

别列津纳河（Bérézina）

俄国境内的一条河流，法军在这里有着噩梦一般的回忆。它是第聂伯河的一条支流，总长600千米。1812年11月26—29日，法军冒着-26℃的极寒天气在此渡河，有5万人死于此地。

博贝尔河（Bober）

西里西亚省的一条河。

波茨坦（Potsdam）

普鲁士的一座城市，也是国王行宫所在地。1806年10月24—25日，拿破仑暂留于此。

波尔多（Bordeaux）

吉伦特省省会。1808年4月4—13日、7月31日—8月3日，拿破仑暂住该城。1814年3月12日，英军进入波尔多城，14日昂古莱姆公爵进城。

博尔盖托（Borghetto）

曼图亚城附近的一座意大利小城。1796年3月12日，这里是博利厄的主营。1796年5月30日，经过一场激烈的战斗，该城被拿破仑攻下。

博尔米达河（Bormida）

意大利境内的一条河，是塔纳罗河的支流，全长152千米。

伯尔尼（Berne）

瑞士伯尔尼州的首府。1797年11月23日，拿破仑经过该地。

波尔特蒂诺沃（Porte Di Nuovo）

科西嘉岛上的一个小镇。

波尔图（Porto）

继里斯本之后葡萄牙的第二大城市。

博尔扎诺（Bolzano）

意大利贝卢诺省的一座城市。

博戈福泰（Borgoforte）

意大利曼图亚省的一座城市。

勃艮第（Bourgogne）

法国旧制度时期最大的行省之一。

波河（Pô）

意大利境内最大的一条河流。它发源于阿尔卑斯山，在离威尼斯12古里的地方注入亚得里亚海。

博凯塔山口（Bocchetta）

亚平宁山脉利古里亚段的一个山口。

波莱西（Polésine）

位于意大利北部，差不多是后来的罗维戈省。

波兰（Pologne）

在拿破仑战争时期，波兰并非以国家形式存在。1795年年末，它第三次被普鲁士、奥地利和俄国分割；1806年，拿破仑把它改设为华沙大公国，并把普鲁士的部分国土划入其治下。1809年，华沙大公国又从奥地利那里得到了大量国土。1815年，该公国不复存在。

勃利索瓦（Borisow）

别列津纳河岸边的一座俄国小城，归明斯克管辖。1812年11月25日，此地是拿破仑的主营。

柏林（Berlin）

普鲁士首都。1806年10月27日—11月24日，拿破仑逗留城中。1808年11月20日，腓特烈-威廉三世回到柏林。同年12月3日，法军从柏林撤出。

1812年3月28日，乌迪诺率兵杀到城下；同年4月20日，维克多到达柏林。1813年2月22日，惨败的大军团经过柏林；3月4日，俄军进入了柏林。

伯罗奔尼撒（Péloponnèse）

希腊的一座半岛，经科林斯海峡和希腊相连。

博洛尼亚（Bologne）

教皇国的一座城市，离米兰44古里。1796年6月19日博洛尼亚被法军占领，并在21日宣告脱离教皇统治。1796年9月17日，博洛尼亚被并入奇斯帕达纳共和国，成为共和国的首都。1796年6月23—25日、7月2日、10月19日，1797年1月8—10日、1月31日、2月1日、2月4日、3月1日及1805年6月21—25日，拿破仑逗留城中。

博蒙（Beaumont）

低地国家的一座小城市，离布鲁塞尔15古里。1815年6月14日，拿破仑把主营设在此地。

波旁岛（Bourbon）

印度洋上的一个法属岛。

柏岑（Botzen）

蒂罗尔地区的一座城市，离特伦托10古里。1797年3月22日，该城被茹贝尔攻下。

波斯（Perse）

一个古国，现属伊朗。

博特尼湾（Botany-Bay）

英国人1788年在澳大利亚一个半岛上建立的殖民地。

波西米亚（Bohème）

1545年之前是个独立王国，后来被并入奥地利。在法兰西帝国时期，这里发生了一场极其惨烈的战斗。和斯洛伐克合并后，曾是捷克斯洛伐克共和国的一部分。

波兹南（Posen）

波兰的一座城市。1806年11月4日，法军占领波兹南。1806年11月27日—12月16日、1807年7月14日、1812年5月31日，拿破仑暂留于此。

布尔戈斯（Burgos）

一座西班牙城市，是布尔戈斯省省会，离马德里40古里。1808年11月10日，该城被法军占领，1812年9月又落到英军手上。1808年11月10—22日、1809年1月17日，拿破仑在城中暂住。

布谷安（Bourgoin）

伊泽尔省的一座城市。1805年4月16日，拿破仑经过该城；1815年3月9—10日，拿破仑在城中过夜。

布拉（Bra）

意大利库内奥省的一座城市。

布拉格（Prague）

奥匈帝国时期是波西米亚首都，同时也是一座要塞。曾是捷克斯洛伐克的首都。1813年7月29日—8月10日，布拉格会议在此召开。

不莱梅（Brème）

德意志境内的一座自由城邦，1806年11月21日法军占领该城时，它还是不莱梅公国的首都。

布朗德堡（Brandebourg）

普鲁士的一个省，曾被查理大帝设为德意志边境省，1417年成为霍亨索伦王朝的领地。1618年，该地和普鲁士公国一道被并入布朗德堡，1700年成为普鲁士王国的一部分。

布雷斯（Bresse）

旧制度时期勃艮第省的一部分。

布雷斯劳（Breslau）

西里西亚省的省会，离威尼斯67古里。1807年1月5日，它向法军投降。1813年3月1日，普鲁士和俄国在那里签订了反法联盟条约。

布雷斯特（Brest）

菲尼斯泰尔省省会。

布雷西亚（Brescia）。

一座意大利城市，离威尼斯38古里。1796年5月27日，法军占领了该城。1796年5月27—28日、6月5日、7月26—28日，1805年6月11—12日，1807年11月27日，拿破仑逗留城中。

布里埃纳（Brienne）

奥布省的一座小城市，因为拿破仑少年时在此度过而闻名于世。当时，布里埃纳是一个伯爵的领地，归洛梅尼家族所有，城中大约有1200名居民。1805年4月3日，皇帝经过该城。1814年1月30日和2月2日，他在城中过夜。在布里埃纳战役中，法军在1月29日取胜，但在2月1日以失败告终。

布里克森（Brixen）

奥地利蒂罗尔地区的一座城市。

布里亚尔（Briare）

卢瓦雷省的一座城市。1814年4月20日，拿破仑在城中过夜。

布列塔尼（Bretagne）

法国旧制度时期最大的行政管辖区之一，是一个公国。

布鲁塞尔（Bruxelles）

奥地利治下低地国家的首都，后来低地国家被并入法国后，它成了迪勒省省会。1803年7月21—30日、1804年9月1日、1810年5月14—16日（拿破仑和玛丽-路易丝一起），拿破仑暂住城中。1814年1月1日，法军撤出了布鲁塞尔。

布卢瓦（Blois）

卢瓦尔-谢尔省省会。

布洛涅（Boulogne）

下加来省省会。1801年7月12日，第一执政官下令在这里组织舰队，为登陆英国做准备。人们在该城附近修建了一个大型军队训练营。（请看词条"苏尔特"）1803年6月29—30日、11月4—16日，1804年7月19—8月1日、8月15—27日，1805年8月3日，1810年5月25日，1811年9月19—22日，拿破仑逗留此地。1814年4月26日，路易十八进入了布洛涅。

参考资料：尼克莱1907年出版的《拿破仑一世在布洛涅驻地》（F. Nicolay, *Napoléon Ier au camp de Boulogne*），该著作是这方面写得最好的一本书。

布伦纳山口（Brenner）

阿尔卑斯山脉蒂罗尔段的一个山口，坐落在布伦纳山的山脚。

布伦塔河（Brenta）

意大利境内的一条河流，起源于蒂罗尔，注入威尼斯潟湖，总长174千米。

布索伦哥（Bussolengo）

意大利维罗纳省的一座小城。

C

查尔蒙特（Charlemont）

阿登省的一座城市，1803年8月5日拿破仑暂住于此。

D

达尔马提亚（Dalmatie）

亚得里亚海岸边一个狭窄长条形的地带。威尼斯覆灭后（1797），作为威尼斯的一块土地，它被划给了奥地利。由于《普雷斯堡和约》，奥地利把达尔马提亚让给了拿破仑，后者于1809年将其并入伊利里亚王国。1815年，奥地利收回了达尔马提亚。

参考资料：皮萨尼1893年出版的《1797—1815年的达尔马提亚》（P. Pisani, *La Dalmatie de 1797 à 1815*）。

达勒姆（Durham）

英国的一座城市。

大马士革（Damas）

叙利亚首都，拿破仑帝国时期是奥斯曼帝国一个省的省会。

达斯沃格（Dasswang）

巴伐利亚的一个村子。

代尔夫宰尔（Delfzijl）

荷兰格罗宁根省的一座城市。

丹麦（Danemark）

斯堪的纳维亚三国中最小的国家，也最"欧洲"的一个国家。

丹齐格（Dantzig）

先前是一座德意志城市，1919年《凡尔赛条约》签订后，成为国际联盟的一个保护国。1807年3月12日，丹齐格被列斐伏尔元帅包围，3月24日开城投降。拿破仑让丹齐格掏了2000万法郎的战争赔款。《提尔西特和约》签订后，丹齐格成为一个受法国、普鲁士和萨克森保护的自由城，城中有法军驻守。1814年2月3日，普鲁士军进入丹齐格，占领该城。1807年6月1—2日、1814年6月7—11日，拿破仑暂住于此。

德拉瓦河（Drave）

多瑙河的一条支流。

德累斯顿（Dresde）

萨克森的首都。1807年7月16—23日，1812年5月16—29日，拿破仑暂住于此。拿破仑从俄国回来后，1812年12月14日经过该城。1813年3月6日，俄军抵达德累斯顿城下，17日法军从城中撤出，22日俄军进城；5月8日，俄军离开了德累斯顿；当晚，拿破仑进城，在德累斯顿一直住到18日，并在同年的6月10日—7月9日、7月15—24日、8月4—14日、8月26日—9月3日、9月6日—10月6日住在这里。11月11日，德累斯顿的法国驻军向联军投降。

德让扎诺（Dezenzano）

意大利的一座城市，离布雷西亚5古里。

德绍（Dessau）

德意志的一座城市，拿破仑时期是安哈尔特-德绍公国的首都。1813年7月11—12日，拿破仑把主营设在这里。

德斯蒙特（Desmont）

意大利皮埃蒙特的一处要塞。

德维纳河（Dwina）

俄国境内的一条河流，注入里加海湾。1812年7月24日，拿破仑渡过该河。

德意志（Allemagne）

拿破仑·波拿巴登上世界舞台时，德意志皇帝统治着大约3000万人口，占领了大约66万平方千米的土地。从政治上看，德意志是一个由各个成分不一的诸侯国构成的联邦国家。后来，拿破仑彻底颠覆了它的构成。

低地国家（Pays-Bas）

尼德兰国（Nederlanden）的荷兰语名翻译成法语后的名字。

迪朗斯河（Durance）

法国境内一条河流，在阿维尼翁附近注入了罗讷河。

的里雅斯特（Trieste）

拿破仑战争时期奥匈帝国的一座海滨城市和重要港口。1797年3月23日，法军夺下了该城。法兰西帝国时期，的里雅斯特被并入伊利里亚省。后来，虽然意大利和南斯拉夫都觊觎这个地方，最终它成了一个自由国。1797年4月29日，拿破仑暂住于此。

蒂罗尔（Tyrol）

哈布斯王朝中被阿尔卑斯山造出来的最美的几个省之一。奥地利皇帝还有一个头衔，那便是蒂罗尔伯爵亲王。在拿破仑的主张下，这个地区被并入了巴伐利亚。但蒂罗尔在小旅店店主安德烈亚斯·霍费尔的带领下掀起了反抗热潮，让法军遭遇了惨重的损失。拿破仑曾郑重承诺不追捕蒂罗尔起义军，霍费尔因此才投降。然而，他还是遭到逮捕，被押往曼图亚，被一个陆军审判所判处枪决。霍费尔毅然赴死。然而整个奥地利都在传颂他的名字，把他视为自由殉难者。《维也纳条约》将蒂罗尔还给了奥地利。

迪涅（Digne）

下阿尔卑斯省省会。1815年3月4日，拿破仑暂住于此。

蒂耶里堡（Château-Thierry）

埃纳省的一座城市。1814年2月12日，这里发生过战斗；1814年2月13—22日，拿破仑暂住于此。

迪耶普（Dieppe）

下塞纳省的一座城市。1802年11月9—12日、1810年3月26日，拿破仑暂住于此。

蒂永维尔（Thionville）

摩泽尔省的一座城市。

迭戈（Dégo）

意大利热那亚省的一个村子。

杜河（Doubs）

一条法国河流。

杜勒樊（Doulevant）

上马恩省的一座城市。

都灵（Turin）

拿破仑战争时期撒丁岛国家的首都。1798年12月7日被法军占领后，它在1802年和皮埃蒙特一道被并入法国，并成为波省省会。1800年6月26日，1805年4月24—25日、28日，1805年7月8日，1807年12月26—28日，拿破仑暂住于此。

杜瓦尔河（Doire）

波河的一个支流。

敦刻尔克（Dunkerque）

诺德省的一座城市，1803年7月2—6日、1804年8月7—11日、1810年5月21日，拿破仑暂住于此。

多菲内（Dauphiné）

法国一个行省，由多个小地方构成，旧制度时期是勃艮第的一部分。

多雷亚-巴尔特雅河（Doréa-Baltea）

波河的一个支流。

多瑙河（Danube）

继伏尔加河之后欧洲最长最大的一条河。它发源于巴登，最后注入黑海。从历史地位来看，与莱茵河不相上下。1805年10月16日，拿破仑来到讷德林根看多瑙河。第二天，法军在他的注视下渡河，奥斯特里茨战役爆发。

多瑙沃特（Donauwerth）

多瑙河畔一座巴伐利亚城市，离乌尔姆15古里。1800年6月15日和1805年10月6日，该城先后两次被法军占领。1801年4月17日，拿破仑暂住于此。

E

厄伯斯贝格（Ebelsberg）

上奥地利地区的一座城市，1809年5月3日拿破仑在这里战胜了奥军。得胜后第二天，法军在城中大肆洗劫。

厄尔巴岛（Elbe）

地中海西部的一个岛，坐落在科西嘉岛和欧洲大陆之间。1803年，该岛被并入法国，起初它是单独的一个省，后来被合并到托斯卡纳大公国。拿破仑第一次退位后成为岛上的君主。

厄尔巴省（Elbe）

拿破仑建立的一个省，存在时间很短，其中包括汉堡地区。

恩策斯多夫（Enzersdorf）

奥地利恩斯河上的一个村子，就在洛博岛对面，离维也纳5千米。

恩斯河（Ems）

奥地利境内的一条河流，注入多瑙河，把该国分为上奥地利和下奥地利。

F

法尔茅斯（Falmouth）

英国的一座小城。

法费诺芬（Pfaffenhoffen）

上巴伐利亚的一个城镇。

法兰克福（Francfort）

莱茵河畔最重要的一座城市。拿破仑将它变作一个公国。1813年11月2日法军从该地撤出，标志着法国放弃了对德意志的统治。

法兰克尼亚（Franconie）

巴伐利亚的一个地区。

法兰西岛（Ile de France）

毛里求斯岛的曾用名。

法沃里塔（Favorite）

曼图亚附近的一个意大利村庄。1796年9月14日和1797年1月16日，该地发生战斗。

凡尔登（Verdun）

默兹省的一座城市。

凡尔赛（Versailles）

塞纳-瓦兹省省会。

樊尚（Vincennes）

塞纳省的一座城市。

菲拉赫（Villach）

奥地利的一座城市，坐落在多布拉奇山脚下，离的里雅斯特26古里。

费拉拉（Ferrare）

意大利的一座城市，坐落在从威尼斯到博洛尼亚要道的边上，离罗马67古里。1796年6月19日，法军占领了该城。1796年10月19—21日，波拿巴暂住于此。

费罗尔（Férol）

意大利的一座海滨城市，也是大西洋海岸的一个军事基地。

菲纳莱（Fenale）

意大利热那亚省的一个村子。

费内斯特雷莱（Fenestrelle）

意大利都灵省的一座小城。

菲尼斯泰尔角（Finisterre）

欧洲最靠西的一个岬角，在西班牙加利西亚的大西洋海岸上。

芬兰（Finlande）

一个北欧国家，先后归瑞典和俄国所有，1917年取得独立。

封塔纳-博纳（Fontana-Bona）

意大利热那亚省的一个河谷。

丰特努瓦（Fontenoy）

比利时的一座城市，因为奥地利王位继承战争期间在此发生的丰特努瓦战役（1745年）而著名。

佛兰德（Flandre）

旧制度时期法国的一个行政大省。

佛罗伦萨（Florence）

托斯卡纳大公国首都。1796年6月30日—7月1日，波拿巴把主营设在这里。

符尔茨堡（Wurtzbourg）

巴伐利亚的一座城市。1805年，为了给托斯卡纳公爵安排一个头衔（他的国家被法军推翻了），拿破仑创立了符尔茨堡公国，把它当作礼物送给奥地利。维也纳会议把托斯卡纳还给了托斯卡纳公爵，把符尔茨堡还给了巴伐利亚。

福拉尔贝格（Vorarlberg）

奥地利一个山地地区，1782年被约瑟夫二世划给了蒂罗尔管辖。

弗拉讷（Frasne）

比利时埃诺省的一座城市。

弗拉斯（Fourras）

夏朗德河河口处的一座沿海小城，离罗什福尔10千米。

弗莱辛根（Freysingen）

上巴伐利亚地区的一座城市，实际名字是弗莱辛。

弗朗什-孔泰（Franche-Comté）

路易十四在1668年攻占的一个省。

弗勒吕斯（Fleurus）

比利时埃诺省的一座小城，离沙勒罗瓦3古里，坐落在桑布尔河左岸一处高地上。该城附近多次发生战斗，如1794年6月26日的弗勒吕斯战役，这是法国大革命时期法军对奥军取得的最辉煌的胜利之一；另外1815年6月16日，此地的战役更被视为滑铁卢战役的序曲，世人称此仗为利尼战役。

弗雷瑞斯（Fréjus）

瓦尔省的一座城市，1814年4月27—28日拿破仑暂住于此（就在他登船前往厄尔巴岛之前）。

弗里堡（Fribourg）

瑞士的一座城市。

弗里德兰（Friedland）

东普鲁士的一座城市，德语名是"东普鲁士的弗里德兰"，以便和另一个同名城市相区别。1807年6月14日（马伦哥战役纪念日），该地发生战斗，时间从凌晨三点到晚上十点半。但五点半左右内伊和维克托抵达后，战斗才算真正打响。而缪拉到的时候，战斗已经结束。双方损失是：俄军损失2.5万人，法军损失8000人。拿破仑对古尔戈说过："直到耶拿战役之后，军队才进入良好状态。"（引自卷二第128~129页）

弗里德里克斯哈姆（Frederiksham）

芬兰的一座城市。

弗利辛恩（Flessingue）

低地国家在埃斯考河河口上的一座要塞城市。1808年1月22日元老院法令，将其并入法兰西帝国。1809年12月18日，英军进入弗利辛恩，并在25日出城。1803年6月13日、1810年5月9—11日、1811年9月27日，拿破仑暂住于此。

弗留利（Frioul）

这个地区坐落在意大利和奥地利之间，在18世纪被分成两个省：威尼斯弗留利省和奥地利弗留利省。1797年，威尼斯弗留利省和威尼斯一道被并入奥地利。后来，拿破仑把它和一部分奥地利弗留利省合并，归意大利王国所有，成为帕斯利亚诺省的一部分。奥地利弗留利省剩下的地区于1809年被并入法国，成为伊利里亚省的一部分。1815年，奥地利把弗留利全部收回。

阜姆（Fiume）

亚得里亚海上的一座城市，从前属于奥地利，后属于意大利。

福萨诺（Fossano）

意大利库内奥省的一座城市。

符腾堡（Wurtemberg）

瑞士边上的一个德意志地区，1495年成为一个公国。拿破仑将它扶持为一个王国。

G

戛纳（Cannes）

阿尔卑斯滨海省的一座城市。拿破仑从厄尔巴岛回来后在这里登陆；1815年3月1日，他在戛纳海边扎营。

哥本哈根（Copenhague）

丹麦首都。

哥德堡（Gothembourg）

瑞典的一座城市，离斯德哥尔摩90古里。

格尔利茨（Gorlitz）

西里西亚的一座要塞城市，离德累斯顿20古里。如今该城归波兰所有，改名为兹戈热莱茨。1813年5月23—24日，6月8日、18日，8月23日及9月5日，拿破仑将主营设在此地。

格拉茨（Gratz）

奥地利的一座城市。

格拉迪斯卡（Gradisca）

从前是哈布斯堡王朝的一座城市，如今归意大利所有，坐落在伊松佐河右岸。1797年3月16日，法军占领了该城。1797年3月19—20日，波拿巴将法军主营设在此处。

格拉斯（Grasse）

阿尔卑斯海滨省的一座城市。1815年3月2日，拿破仑路过此地。

格拉沃利讷（Gravelines）

诺德省的一座城市。

格勒诺布尔（Grenoble）

伊泽尔省的省会。1815年3月7—8日，拿破仑暂住于此。

格里茨（Goritz）

伊利里亚的一座城市，离莱巴赫18古里。1797年3月20—25日，拿破仑暂住于此。

格罗德诺（Grodno）

坐落在涅曼河边，拿破仑时期归俄国所有，曾属波兰。

格洛高（Glogau）

奥得河边上的一座要塞，离布雷斯劳25古里，属波兰，现名为格沃古夫。1807年7月15日和1812年5月30日，拿破仑路过该地。

哥尼斯堡（Koenigsberg）

前普鲁士王国中最"普鲁士"的一座城市，离丹齐格30古里。后更名为加里宁格勒。1807年6月16日，法军占领该城。1807年7月10—11日、1812年6月12—16日，拿破仑暂住于此。1812年12月20日，九死一生的法军在缪拉的带领下撤到了这里。1813年1月1日，缪拉从该城撤兵。

格特鲁伊根堡（Gertruidemberg）

低地国家的一座小城，离布雷达3古里。1810年5月8日，拿破仑逗留此地。

戈维诺罗（Governolo）

意大利曼图亚省的一座城市。

根特（Gand）

一座比利时城市，离布鲁塞尔11古里。1803年7月14—17日、1810年5月17日，拿破仑在此歇脚。

贡比涅（Compiègne）

瓦兹省的一座城市。1803年6月25日，拿破仑路过贡比涅，参观了四个月前刚成立的艺术职业学院。1810年3月20—30日、4月5—26日，1811年8月29日—9月19日，拿破仑暂住城中。1814年4月28日，路易十八抵达贡比涅。

瓜斯塔拉（Guastalla）

巴马大公国的一座城市，离巴马9古里，是个公国。1802年10月

9日，该公国被法军占领。1806年3月31日，拿破仑将它送给自己的妹妹保琳。5月24日，这个公国被并入意大利王国。

广州（Canton）

中国的一座城市。

H

哈尔（Hal）

萨勒河边上的一座德意志城市，离莱布尼茨10古里。1806年10月17日，法军占领该城。1806年10月19—20日，拿破仑暂留于此。

哈瑙（Hanau）

德意志的一座城市，离法兰克福5古里。1813年10月30日、31日，在该地发生了战斗。

哈特韦尔（Hartwell）

英国北安普顿的一座小城。

海地（Haïti）

安的列斯群岛中的一座岛屿，1492年12月6日被哥伦布发现。1665年，该岛北面被法国殖民者占领。1795年7月22日的《巴塞尔条约》后，岛上的西班牙占领地归法国所有。1804年1月1日，海地宣告独立。

海尔德（Helder）

低地国家的一座城市，位于荷兰最南端。拿破仑想把它变成"北方的直布罗陀"，故在那里建了两座堡垒，其中一座叫拉萨勒堡，另一座叫罗马王堡。1811年10月15—16日，拿破仑暂住于此。

海牙（La Haye）

滑铁卢附近的一个比利时村庄。

汉堡（Hambourg）

德意志北部的一座自由城市，在拿破仑统治时期是日耳曼帝国最繁荣、商业最发达的一座城市。法国大革命时期，由于荷兰被法军占领，许多荷兰人便把商业活动转移到这里，该城就更加富裕了。1806年11月19日法军占领该地，之后英国人封锁了易北河，汉堡走向衰落。1810年12月13日，汉堡被并入法兰西帝国，成为易北河口省的省会。1813年3月12日，法军从汉堡撤出，5月31日再度占领该城。之后，汉堡被俄军围攻。1814年5月，这场围城战结束。1815年6月8日的联盟法，使汉堡成为一个主权国家。

汉诺威（Hanovre）

从前的汉诺威王国的首都，该王国现在是德国的一部分。1714年，汉诺威国国王继承英国王位，从此汉诺威和英国私底下关系密切。1803年，法军占领汉诺威；1813年11月4日，英国人重返该城。

好望角（Cap de Bonne-Espérance）

非洲的一个岬角，1497年首次有船绕过这里。

赫德森马克（Hundsmarck）

蒂罗尔地区的一个小地方。

赫库兰尼姆（Herculanum）

一座罗马城市，毁于公元79年的维苏威火山爆发。

荷兰（Hollande）

当初丹麦人从莱茵河口下船，在这里建立了荷兰国。1432年，荷兰被腓力三世、勃艮第伯爵吞并。之后，它和低地国家的命运交织到了一起。1798年，荷兰更名为巴塔维亚共和国。1806年，拿破仑将它建成王国。1810年7月9日，荷兰被并入法国。1813年12月24日，法军从荷兰撤出。

黑尔戈兰（Helgoland）

北海上的一个德意志岛屿。

黑茅（Hemau）

巴伐利亚的一座小城。

黑森（Hesse）

德意志东部的一座城市，在拿破仑统治时期由三个小国组成：黑森-卡塞尔选侯国、黑森-洪堡诸侯国和黑森-达姆斯塔特公国。

恒河（Gange）

印度的一条河流。

红海（Mer Rouge）

把非洲和阿拉伯分隔开来的一片汪洋。

华沙（Varsovie）

波兰首都，1806年11月28日被法军占领。1806年12月18—23日、1807年1月2—29日、1812年12月10日，拿破仑暂留于此。1813年2月7日，俄军进入华沙。

滑铁卢（Waterloo）

比利时的一个村子，离布鲁塞尔4古里，因为一场决定了拿破仑命运的至关重要的战役而闻名于世。战斗发生在森讷和迪莱之间。《巴马修道院》的主人公在那里看到运河、栎树林和一排排柳树，但这些场景当时并不存在。[详情请看路易·纳维1908年的著作《1815年和今天的滑铁卢村庄及战场》（Louis Navet, *Le Champ de bataille et le pays de Waterloo en 1815 et actuellement*）]当时，法军有8.9万人，联军有8.6万人。由于顶替了贝尔蒂埃位置的苏尔特的原因，军队组织混乱，2万法军没有投入战斗。我们都很清楚这场战争中突起的波折，但惨败的责任到底该归在谁头上,这仍是个莫衷一是的问题。不过,即便拿破仑能在1815年6月18日获胜,他也不可能躲过接下来的命运。再过三个月、六个月,待他无计可施的时候,必然会陷入失败之中。历史即便没有选择滑铁卢这个寂寂无闻的小村子来终结拿破仑的命运,也会选中法国或德意志的某个村庄予以他最后一击。在众多记录这场战役的著作中,编者选出一些个人觉得重要的作品,它们是韦南·阿斯1908年出版的《滑铁卢:1815年,从利尼战役到普鲁士军进入法国,比利时战斗中下莱茵普鲁士军的行动》(Winand Aerts, *Waterloo: opérations de l'armée prussienne du bas-Rhin pendant la campagne de Belgique en 1815, depuis la bataille de Ligny jusqu'à l'entrée en France des troupes prussiennes*)、莱昂·维尔梅1904年出版的《1815年6月18日的滑铁卢:帝国卫军的进攻,最后的方阵和溃败》(Léon Wilmet, *18 juin 1815: Waterloo: l'attaque de la Garde, les derniers carrés, la déroute*)、詹姆斯·安德生1907年出版的《滑铁卢战役》(James H. Anderson, *The Waterloo Campaign*)、乔治·巴拉尔1895年出版的《滑铁卢史诗,根据未出版的资料和我的两位祖父的回忆而作》(Georges Barral, *L'Épopée de Waterloo composée d'après les documents inédits et les souvenirs de mes deux grands-pères*)、阿希巴尔德·贝克1914年出版的两卷本的《拿破仑和滑铁卢》(Archibald F. Becke, *Napoléon and Waterloo*)、亨利·豪塞耶1898年出版的《1815》(Henry Houssaye, *1815*)、亨利·拉舒克将军1952年出版的《滑铁卢的秘密》(Commandant Henry Lachouque, *Le Secret de Waterloo*)、阿尔贝托·博利奥1908年出版的有极大参考价值的《滑铁卢》(Alberto Pollio, *Waterloo*),以及阿西尔·德·沃拉贝尔1845年出版的《滑铁卢战役及战事,根据最新信息和补充资料而作》(Achille de Vaulabelle, *Campagne et bataille de Waterloo, d'après de nouveaux renseignements et des documents complémentaires*)。

霍恩林登(Hohenlinden)

巴伐利亚的一个村子，离慕尼黑7古里。1800年12月3日，这里爆发了一场战争。

霍格(Hogue)

拉芒什海峡的一座港口和堡垒，离瓦罗涅18千米。1692年，英荷海军在此地展开激烈对战。图维尔在军舰上向众将士征询作战意见，在场军官都建议避免开战。当他搬出国王的命令时，所有人便闭嘴了。

J

基瓦索(Chivasso)

意大利的一座城市，离都灵5古里，1800年5月28日被法军攻破。

基乌撒(Chiusa)

意大利库内奥省的一座小城市。

济韦(Givet)

阿登省的一座要塞城市。1803年8月5日，波拿巴路过该地。

基西拉(Cerigo)

伊奥尼亚群岛中的一座岛屿。

基亚里(Chiari)

意大利布雷西亚省的一座城市。

加尔达湖(Garda)

意大利境内坐落在伦巴第和威尼斯之间的一座湖，在蒂罗尔边上。

加尔各答（Calcutta）

印度的一座城市。

加来（Calais）

下加来省的一个海军基地城市。1798年1月11日、1804年8月5—6日、1810年5月24日，拿破仑住在城中。1814年4月24日，路易十八在此下船。

加雷西奥（Garessio）

库内奥省的一座意大利城市。

加利西亚（Galicie）

前奥匈帝国的一个省，今天分属波兰和乌克兰。

加龙河（Garonne）

法国的一条河流。

加那利群岛（Canaries）

大西洋上的一个群岛。

加普（Gap）

上阿尔卑斯省的省会。1815年3月5日，拿破仑在此歇脚。

加斯科涅湾（Gascogne）

迦太基（Carthage）

北非一个重要的贸易强国，曾经极大地震慑了罗马，但最后被后者摧毁。

加瓦尔多（Gavardo）

意大利布雷西亚省的一座城市。

加维（Gavi）

意大利亚历山德里亚省的一座城市。

K

卡波雷托(Caporetto)

伊利里亚地区的一个小镇,离的里雅斯特15古里。1797年3月27日,波拿巴把主营设在这里。

卡迪波纳(Cadibona)

意大利热那亚省的一座小城市。

卡多雷(Cadore)

意大利皮亚韦河边的一片山地地区。

卡尔迪耶罗(Caldiero)

意大利维罗纳省的一座小城,离维罗纳3古里。1796年11月10—12日,波拿巴在此宿营;12日,此地爆发战斗。

卡尔卡雷(Carcare)

意大利热那亚省的一个小镇。

卡拉布里亚(Calabre)

意大利西南地区。

卡利希(Kalich)

从前归俄国所有的一座城市,现属波兰,更名为卡利什,坐落在德意志和波兰的交界处。

卡鲁加(Kalouga)

俄国的一座城市,是卡鲁加省的省会,坐落在俄国腹地。

卡尼奥拉(Carniole)

曾经是奥地利帝国的一个行省,后为南斯拉夫联邦共和国的一部分。1809—1813年曾被并入法国。

卡普阿（Capoue）

被汉尼拔攻下的古意大利国中最富庶的城邦之一。

卡萨尔（Casal）

意大利亚历山德里亚省的一个小镇。

卡萨尔-马焦雷（Casal-Maggiore）

意大利克雷莫纳省的一座城市。

卡萨索拉（Casasola）

克恩滕的一个村庄。

卡斯蒂廖内（Castiglione）

一座城市兼要塞，离曼图亚8古里，是意大利一个小公国的首都。对意之战爆发时，它归奥地利统治。这座城市因1796年8月4日的卡斯蒂廖内战役而为世人所知，第二天它开城投降，该战以奥军的全面惨败而告终。这是波拿巴早期取得的重大胜利之一，其中奥热罗、马塞纳、塞律里埃功劳最大，基尔迈纳和韦迪耶也表现得非常积极。

卡斯特拉-弗朗科（Castel-Franco）

意大利特雷维兹省的一座城市。

卡斯特拉-诺沃（Castel-Novo）

一座意大利城市，离曼图亚3古里。1796年7月29—30日，这里是波拿巴的主营。

卡伊罗（Cairo）

意大利热那亚省的一座小城，离蒙多维10古里。1796年4月16日，波拿巴将主营迁至该城。

凯法利尼亚（Céphalonie）

伊奥尼亚群岛中最大的岛屿。

开罗（Caire）

埃及的首都，1798年7月25日被迪皮伊将军攻破。1801年6月27日，贝利亚尔将军签署投降书，从城中撤出。

坎波福尔米奥（Campo-Formio）

乌迪内附近的一个村子，因为法国1797年10月17日和奥地利在此地签订和约而著名。

康布雷（Cambrai）

诺德省的一座城市，1810年4月28日拿破仑暂留城中。

康城（Caen）

卡拉瓦多斯省省会，1811年5月22—25日，拿破仑暂留此地。

科布伦茨（Coblentz）

莱茵河左岸的一座德国城市，离科隆19古里，在大革命时期是流亡贵族的聚集中心。1794年10月23日，该城被法军攻下。1804年9月17—19日，拿破仑暂住于此。

克恩滕（Carinthie）

奥地利南部的一个山区，1809—1814年归伊利里亚王国所有。

科尔尼什（Corniche）

从尼斯到热那亚的一条通路。

科尔普（Corps）

伊泽尔省的一座小镇，1815年3月6—7日，拿破仑在这里的小旅馆杜马斯过了一夜。

科孚岛（Corfou）

伊奥尼亚群岛中的一座岛。

科夫勒（Kowno）

拿破仑战争时期俄国的一座城市，如今归属立陶宛，更名为考纳斯。

克拉奥讷（Craonne）

埃纳省的一个小镇。1814年3月6—7日，在该地发生一场战斗后，拿破仑得以进入苏瓦松。

克拉根福（Klagenfurt）

克恩滕的首府，离的里雅斯特20古里。1797年3月29—31日，拿破仑暂留于此。

克雷马（Créma）

意大利克雷莫纳省的一座城市。

克雷西（Crécy）

索姆省的一个小镇，因为1346年法军的一场败仗而得名。

科利乌尔（Collioure）

东比利牛斯省的一座城市。

科隆（Cologne）

莱茵河边的一座德意志城市。1794年10月7日，法军占领该城；1797年9月10日，科隆宣布建立莱茵公民共和国。1804年9月14—16日、11月5—6日，拿破仑暂留于此。

克罗地亚（Croatie）

哈布斯堡统治时期被并入匈牙利，后曾属于南斯拉夫共和国。克罗地亚的居民是在7世纪迁至此地的一个斯拉夫部落的后裔（是霍瓦特人或克罗巴特人）。1809—1813年，克罗地亚被拿破仑并入伊利里亚王国。

科罗纳（Corona）

意大利威尼斯省的一个小镇，离维罗纳7古里。此地被攻下后，法军打开了从特伦托到曼图亚的通路。

克洛斯特罗河（Crostollo）

波河的一条支流。

科莫湖（Côme）

意大利境内的一个湖，离米兰8古里。

科内利亚诺（Conegliano）

意大利的一座小城市，离特雷维兹4古里。1806年3月30日，它成为法兰西帝国属下的一个大公国，1808年7月2日被封给蒙塞元帅。1797年3月12日，拿破仑暂住于此。

科尼（Coni）

意大利的一座要塞，1796年4月28日被法军占领，引发《切拉斯科停战条约》的签订。

科涅克（Cognac）

夏朗德省的一座城市，1815年7月3日拉斯卡斯经过此地。

科佩（Coppet）

瑞士境内日内瓦湖边上的一个小村子，位于沃洲。

科塞里亚（Cosseria）

意大利热那亚省的一个小镇。

科西嘉岛（Corse）

地中海的一座岛，因为1768年5月15日的一道条约被并入法国。1793年6月，英军攻占该岛，1796年10月撤出。

库夫施泰因（Kufstein）

因河边上蒂罗尔地区的一座城市。

库萨格利亚河（Cursaglia）

塔纳罗河的一条支流。

库塔吉耶（Cutakié）

埃及的一个村庄。

L

拉昂（Laon）

埃纳省的省会。

拉伯河（Laber）

多瑙河的一条支流。

拉布（Raab）

奥地利的一座城市，多瑙河的一条支流也叫拉布河。

拉布伦奈特（Labrunette）

皮埃蒙特的一个要塞。

拉登贝格（Rattemberg）

蒂罗尔地区的一座小城。

拉古萨（Raguse）

拿破仑战争时期，拉古萨是奥地利达尔马提亚省的一座要塞。该城曾归南斯拉夫所有。1806年5月27日，法军占领拉古萨，该城宣布拥护共和。1808年1月31日的一道法令结束了拉古萨的共和制；1809年10月31日，拉古萨被并入意大利王国。1814年1月19日，奥地利收回了该城。

拉罗什富科（La Rochefoucauld）

夏朗德省的一座城市。

拉罗歇尔（La Rochelle）

海滨夏朗德省的一座城市。

拉芒什海峡（Manche）

法国和英国之间的一个海峡，又名英吉利海峡。

拉施塔特（Rastadt）

德意志的一座城市，位于巴登公国境内。1797年11月25日—12月2日，拿破仑暂住于此；1809年10月24日，拿破仑路过该城。

拉斯佩齐亚（La Spezia）

意大利热那亚省的一座城市，位于拉斯佩齐亚海港。

拉维斯河（Lavis）

蒂罗尔地区的一条河。

莱奥本（Leoben）

奥地利的一座城市，离维也纳33古里，1797年4月7日被法军占领。1797年4月13—20日，拿破仑暂住城中。15日，法奥全权代表在这里进行了第一次会晤。18日深夜，双方在和约预备条款上签字。

莱巴赫（Laybach）

卡尼奥拉省的省会，离的里雅斯特11古里。该城从前归属奥地利，曾归南斯拉夫所有。1797年4月1日和1809年5月22日，法军两次占领莱巴赫。1813年10月5日，奥地利夺回此地。1797年4月29日，拿破仑暂留于此。

莱比锡（Leipzig）

一座萨克森城市，是德意志出版业的龙头。拿破仑战争期间，该城被多次占领。1806年被法军占领后，1809年被奥军夺回，又在1813年3月31日、5月2日和10月20日依次落入俄军、法军、联军之手。

莱恩（Rain）

巴伐利亚的一座城市。

莱尼亚戈（Legnago）

意大利境内阿迪杰河上的一座要塞，离曼图亚城8古里。拉斯卡斯在写回忆录的时候，把它和莱尼亚诺弄混了。

莱塞尼奥（Lezegno）

意大利的一个城镇，离蒙多维4古里。1796年4月19—23日，拿破仑暂留于此，期间接受了科里男爵的停战建议。

莱希河（Lech）

巴伐利亚的一条河流，起源于蒂罗尔，注入多瑙河，离多瑙沃特2古里。

赖兴巴赫（Reichenbach）

普鲁士西里西亚地区的一座城市，离布雷斯劳12古里。杜洛克在该城附近发生的一场战斗中身亡。

莱茵河（Rhin）

西欧的一条大河。

兰茨贝格（Landsberg）

上巴伐利亚的一座城市。

兰茨胡特（Landshut）

下巴伐利亚的一座城市。

兰斯河（Rance）

布列塔尼的一条河。

朗布依埃（Rambouillet）

塞纳-瓦兹省的一座城市。1806年5月2—3日、8月16—21日，1807年9月10日，1809年3月14日，1810年2月21—22日、3月21—23日、7月9—18日，1815年5月16—21日、8月8—15日，1815年6月29日，拿破仑暂留于此。

朗代诺河（Landerneau）

一条河流，其河口港湾便是布雷斯特的锚地。

朗格多克（Languedoc）

法国旧制度时期一个大行政区，由上朗格多克、下朗格多克和赛文区组成。该省在1361年被并入法国。

勒阿弗尔（Le Havre）

塞纳海滨省的一座城市，由弗朗索瓦一世所建，被后者赐名为弗朗西斯科-勃利。恐怖统治时期，它更名为勒阿弗尔-马拉。1802年11月5—8日、1810年5月27—29日，拿破仑暂住于此。

勒吕克（Le Luc）

瓦尔省的一座城市。

勒讷堡（Neubourg）

巴伐利亚的一座城市，离因戈尔施塔特3古里。1809年4月18日，拿破仑路过此地。

雷恩（Rennes）

伊勒-维莱讷省的省会。

雷根河（Regen）

巴伐利亚的一条河流。

雷根斯堡（Ratisbonne）

巴伐利亚的一座城市，离慕尼黑25古里。1809年4月23日，法军攻下了该城。

雷焦（Reggio）

意大利的一座城市，离摩德纳5古里。被法军占领后，1796年8月29日雷焦宣布独立。1805年，雷焦成为意大利王国克罗斯特洛省的省会。1797年1月7日、1805年6月26日，拿破仑暂留于此。

雷诺（Réno）

意大利的一条河流，是波河的一条支流。

里昂（Lyon）

罗讷省的省会。1800年6月28—30日、1802年1月11—27日、1805年4月10—15日，拿破仑暂留此地。4月23日，拿破仑经过里昂，前往厄尔巴岛。1815年3月11日在回巴黎的路上，他在里昂城停留。

里登堡（Riedenbourg）

巴伐利亚的一座城市。

里尔（Lille）

诺德省省会。1803年7月6—9日、1810年5月22—23日，拿破仑暂住于此。

利古里亚（Ligurie）

意大利的一个地区，靠近地中海，和法国在斯培西亚湾接壤。1805年6月4日，该地被并入法国。

利摩日（Limoges）

上维也纳省省会。

利尼（Ligny）

比利时那慕尔省的一个城镇。拿破仑正是在利尼的平原上展开了他人生中最后一场战斗。

里瓦（Riva）

蒂罗尔的一座城市，位于加尔达湖最边上。

里沃利（Rivoli）

意大利维罗纳省的一个村庄，位于阿迪杰河右岸的一处高地。1797年1月14日，马塞纳在此地击败了阿万齐，此仗决定了对意之战的走向。

里窝那（Livourne）

意大利的一座滨海城市，离佛罗伦萨10古里。1796年6月28—29日，波拿巴暂留于此地。

列吉诺山（Montelegino）

意大利的一座山峰，在蒙特诺特附近。

列日（Liège）

一座比利时城市，离布鲁塞尔21古里。1803年8月1—3日，波拿巴暂留于此。

林茨（Lintz）

奥地利的一座城市，离维也纳50古里。1805年11月1日，法军占领利摩日。1805年11月5—9日，拿破仑暂住于此。

流放堡（Exil）

皮埃蒙特地区的一座要塞，坐落在叙兹要塞的南面。

龙科（Ronco）

意大利的一个镇子，离曼图亚11古里，1796年9月9日被法军占领。

隆勒索涅（Lons-Le-Saunier）

汝拉省的省会。

鲁昂（Rouen）

塞纳滨海省的省会。1802年10月30日—11月5日、1810年5月30—31日，拿破仑暂留于此。

鲁比孔河（Rubicon）

把内高卢和意大利分开的一条小河，已是历史旧名，如今人们并不知道该河的准确地点。

卢卡（Lucques）

意大利的一座城市，坐落在埃特鲁里亚和利古里亚之间，1797年被法军占领。1805年，卢卡被并入埃特鲁里亚国，之后成为皮翁比诺大公国的一部分，被拿破仑拿来送给了他的妹妹埃莉萨。维也纳会议后，盟国为了补偿前埃特鲁里亚王后，建立了卢卡公国。

鲁佩尔河（Rupel）

比利时的一条河流，是埃斯考河的支流。

卢萨蒂亚（Lusace）

德意志东南部地区，坐落在萨克森和普鲁士之间，由上卢萨蒂亚和下卢萨蒂亚组成，本书中提到的便是上卢萨蒂亚。

卢瓦尔河（Loire）

法国的一条河流。

伦巴第（Lombardie）

意大利北部的一个地区，由8个省组成。

罗阿讷（Roanne）

卢瓦尔省的一座城市。1814年4月22日，拿破仑在前往厄尔巴岛的途中经过此地。

洛阿诺（Loano）

意大利热那亚省的一座城市。

洛本斯坦（Lobenstein）

一座德意志城市，离耶拿很近。

洛博（Lobau）

维也纳北面多瑙河上的一座小岛。1809年7月1—4日，拿破仑将法军主营搬至此地。

洛德罗纳（Lodrone）

蒂罗尔地区的一座城市。

洛迪（Lodi）

意大利的一座城市，离米兰6古里，因为1796年5月10日的洛迪战役而为人所知。波拿巴对洛迪主教巴雷塔说：此战不值一提。但在第二天写给卡诺的信中，他说："洛迪战役把整个意大利献给了共和国。"1796年5月10—15日，拿破仑暂住城中。

洛里昂（Lorient）

莫尔比昂省的一座城市。

洛林（Lorraine）

旧制度时期，该省是一个属国的一部分。该国由洛林公国和巴尔公国构成，此外，还拥有许多在不同时期被并入的地区。后来洛林属国被分割成洛林省、德意志洛林地区和孚日地区。在大革命时期，它又被分成了四个省。

罗马（Rome）

永恒之城，1798年2月15日被法军占领。后来，拿破仑宣布它为法兰西帝国的第二大都市；1810年3月20日，罗马成了台伯省省会。维也纳会议后，罗马重归教皇所有。

罗马涅（Romagne）

拿破仑战争时期一个教皇属国，首府是拉维纳。

洛纳托（Lonato）

意大利的一座城市，离布雷西亚5古里。洛纳托战役即指发生在从萨洛到卡斯蒂廖内段的全部战斗，战役期间波拿巴就待在洛纳托城中。

罗讷河（Rhône）

法国的一条河流。

罗什福尔（Rochefort）

夏朗德滨海省的一座城市。1808年8月4—5日、1815年7月3—7日，拿破仑暂留于此。

罗斯巴赫（Rosbach）

普鲁士的一个村庄，离吕岑4古里。

洛特（Lot）

即旧制度时期吉延区的凯尔西。

罗韦尔贝拉（Roverbello）

意大利的一个小镇，离曼图亚5古里。1796年6月4日、7月3—7日，1797年1月15—17日，拿破仑暂留于此。

罗韦雷多（Roveredo）

蒂罗尔地区的一座城市，离特伦托5古里。1796年9月4日，波拿巴在此地击败了奥军。

罗亚河（Roya）

意大利热那亚省的一条河流。

吕贝克（Lubeck）

从前德意志帝国汉萨联盟下的一座自由城市，坐落在特拉沃河边，离波罗的海16千米。由于汉堡在封锁易北河一事中元气大伤，吕贝克便发展起来，并保持中立。然而布吕歇尔改写了它的命运。1810年，吕贝克被并入法国。拿破仑退位后，它重获自由。

吕岑（Lützen）

萨克森的一座城市，离莱比锡5古里。1813年5月2日拿破仑在此地获得胜利，为帝国续命五个月。

吕内维尔（Lunéville）

默尔特省的一座城市，一个短暂实行过的和约就以这座城市为名。

M

马格德堡（Magdebourg）

易北河边上的一座德意志城市，离柏林30古里。1806年11月8日，该城向法军投降。1813年7月12日，拿破仑暂留此地。

马德拉群岛（Madère）

大西洋上的一座群岛，靠近非洲西海岸。

马德里（Madrid）

西班牙的首都，1808年12月4日被法军占领，1813年6月7日法军撤兵。

马提尼克岛（Martinique）

法属安的列斯群岛中的一座岛屿。

马多纳（Madone）

意大利热那亚省的一座山谷。

马恩河（Marne）

法国的一条河。

马尔利（Marly）

塞纳-瓦兹省的区首府。

马尔梅松（Malmaison）

不知本书中说的到底是马尔梅松还是拉马尔梅松（la Malmaison）。前者是指拿破仑和约瑟芬的住地。这栋乡间别墅坐落在吕埃尔附近，在大革命前属巴郎坦家族所有，后被金融家勒库特尔科斯购下。1798年9月，波拿巴以16万法郎的价格将其买了过来。

马耳他（Malte）

地中海一个英属岛屿。

马尔卡里亚（Marcaria）

意大利曼图亚省的一座城市。

马尔克斯多夫（Markersdorf）

西里西亚的一个镇。

马贡山（Montemagone）

意大利的一座山，位于阿迪杰河右岸，在里沃利高地边上。

马焦雷湖（Majeur）

瑞士和意大利之间的一个湖。

马利热（Malijai）

下阿尔卑斯省的一个城镇，离省会迪涅5古里。

马利–雅罗斯拉维兹（Maly-Iaroslavetz）

俄国的一座城市，离莫斯科20古里。1812年10月24日，该城发生战斗。法军指挥将领戴乐荣头部中弹，死在了这里。

马林韦尔德（Marienwerder）

普鲁士的一座小城市，离维斯图拉河1古里。1807年2月12日，列斐伏尔占领了该城。1813年1月13日，法军从城中撤兵。1807年4月4日，拿破仑路过该地。

马伦哥（Marengo）

意大利的一个城镇，离亚历山德里亚2古里。1800年6月14日的马伦哥战役便发生在亚历山德里亚东面的一片平原上。两军分别是：由德赛、拉纳、维克多、小克勒曼带领的2.8万法军，总指挥是波拿巴；由艾尔斯尼茨、哈迪克、凯姆和奥莱利指挥的2.85万奥军，总指挥是梅拉斯。以拉纳和维克多打头，战斗在早晨八点打响。下午一点，众人都觉得法军取胜无望了。到了四点，法军再度占得上风。这次冲锋的是德赛，后有克勒曼的炮兵助阵。等到了六点，德赛受了致命伤。至晚上八点，奥军溃不成军，朝亚历山德里亚后撤。

附注：历史学家在马伦哥战役的时间细节上存有不同看法，编者力求在若米尼的《大革命战争军事批评史》（Antoine de Jomini, *Histoire critique et Militqire des Guerres de la Révolution*）、马修·杜马斯的《军事事件概要》（Mathieu Dumas, *Précis des événements militaires*）和维克多的回忆录之间尽量达成一致。

马其顿（Macédoine）

希腊北部的一个国家，拿破仑战争时期归属奥斯曼帝国，目前分属希腊和南斯拉夫。

马赛（Marseille）

罗讷河口省的省会。1795年1月4—9日，拿破仑暂留于此。

麦加（Mecque）

阿拉伯的首都和圣城。

迈索尔（Mysore）

一个印度帝国。

曼恩（Maine）

法国旧制度时期的一个省。

曼海姆（Mannheim）

德意志的一座城市，是巴登公国的副都。

曼图亚（Mantoue）

意大利北部的一座城市，是曼图亚省的省会。1785年曼图亚省和米兰一道组成了奥地利的伦巴第省。1796年，曼图亚城大约有3万人口。作为意大利北部的一座要塞，曼图亚在首次对意之战中扮演了举足轻重的角色。该城坐落在明乔河的一座河心岛上，有四条堤道与河岸相连，堤道由泥水砌成，边上被大门封死。由于截断了出岛的四条堤道，法军用少于城中守军的兵力便封锁了曼图亚城。但由于该城的构造，守军能轻松抵挡法军的进攻。武尔姆泽尔在城中守了八个月后，1797年2月2日，曼图亚向法军开城投降。波拿巴将它并入奇萨尔皮尼共和国。1799年5月，奥军占领曼图亚。守城将军拉图尔-富瓦萨克被大炮轰炸四天后向敌军投降。《吕内维尔条约》签署后，曼图亚被再度并入奇萨尔皮尼共和国，后来又被并入意大利王国。1797年2月23—28日、5月4日，1805年6月17—20日，1807年12月13—14日，拿破仑暂留城中。

梅克伦堡（Mecklembourg）

波罗的海边上的一座德意志城市，由从前日耳曼帝国的两大属国——梅克伦堡-什未林大公国和梅克伦堡-斯特雷利茨大公国组成。

美泉宫（Schoenbrunn）

哈布斯堡王朝的一座皇宫，离维也纳1古里。1805年11月14—15日、12月12—29日，1809年5月9—18日、6月5日—7月1日、7月13日—10月16日，拿破仑暂住于此。1809年10月14日，斯塔普斯在此行刺拿破仑，奥地利签署协约。

梅斯（Metz）

摩泽尔省省会。1806年9月26日、1808年9月23日、1812年5月10日、1813年4月16日，拿破仑路过该地。

美因茨（Mayence）

莱茵河右岸的一处德意志要塞，也是美因茨选帝侯大公国的首都。1797年12月30日，该城被法军攻下；《吕内维尔条约》签署后，它被并入法国，成为蒙特-托内尔省省会。1804年9月20日—10月3日，1806年9月28日—10月1日，1807年7月25日，1808年9月25日，1812年5月11—12日及同年12月16日，1813年4月16—24日、7月26日—8月2日、11月2—8日，拿破仑暂住城中。

美茵河（Mein）

德意志的一条河流，是莱茵河的支流。

蒙彼利埃（Montpellier）

埃罗省的省会，旧制度时期是下朗格多克的省会。

蒙多维（Mondovi）

皮埃蒙特的一座要塞，离都灵18古里。1796年4月2日，波拿巴在蒙多维城前获得了他首次对意之战的第四场胜利。

蒙费拉托（Montferrat）

皮埃蒙特境内的一个地区，囊括了亚历山德里亚省和库内奥省的部分土地。

孟加拉（Bengale）

印度的一座大城市。

蒙米拉伊（Montmirail）

马恩省的一座城市。1814年2月11日和14日，该地发生战斗。14—15日，拿破仑在城中过夜。

蒙热内夫尔山口（Montgenèvre）

阿尔卑斯山在意大利边境的一个山口。

蒙塔尼亚纳（Montagnana）

意大利帕多瓦省的一座小城。

蒙泰基亚罗（Montechiaro）

意大利布雷西亚省的一座村庄。

蒙特贝洛-卡斯泰焦（Montebello-di-Casteggio）

意大利帕维亚省的一个小镇。1800年6月9日，拉纳在此地击败了奥军。

蒙特贝洛-维琴蒂诺（Montebello-di-Vicentino）

意大利维琴察省的一个小镇。1796年11月12日，阿万齐在这里对战波拿巴，逼他退到维罗纳。1805年11月2日，马塞纳在此击败了查理大公。

蒙特利马尔（Montélimar）

德龙省的一座城市。1814年4月24日，拿破仑在城中暂留了几个小时。

蒙特罗（Montereau）

塞纳-马恩省的一座城市。1814年2月18日，拿破仑在此地赢得胜利。

蒙特诺特（Moontenotte）

意大利热那亚省的一个村庄。1796年4月12日，波拿巴在这里取得对意之战的首场胜利（该仗被本书写成发生于4月11日）。

蒙特圣让（Mont-Saint-Jean）

比利时境内滑铁卢南面的一个地方。

蒙特泽莫托（Montezemoto）

意大利北部的一座山峰，位于皮埃蒙特平原的入口处。

米兰（Milan）

米兰公国的首都，坐落在伦巴第中心，先后经历了西班牙人（1535—1713）、奥地利（1713—1796）的统治，之后被法军占领。在之后的18年里，米兰遭遇了四次入侵。首先是波拿巴，在他的压力下，米兰被迫主动提议归入奇萨尔皮尼共和国，补偿便是它成了首都。之后苏沃洛夫入侵米兰，米兰人经历了13个月的俄国"白色恐怖"统治。随后法军杀回，米兰开始了"美好时代"：它成了意大利王国的首都，王公贵族和战争获利者都聚集于此。拿破仑退位后，该城花团锦簇的时代也走向终结，满心仇恨、睚眦必报、爱找麻烦的奥地利人回来了。1859年，奥地利人败在拿破仑的侄子手上，被迫离开。1796年5月15—24日、6月7—11日、7月13—14日、8月25—29日、9月18—26日、10月1—15日，1797年1月7日、5月5—18日、7月7日、8月31日、10月21—25日、11月1—15日，1800年6月2—8日、17—25日，1807年11月21—26日、12月15—23日，拿破仑暂住于此。

米勒西莫（Millesimo）

意大利的一座小城市，离热那亚12古里。1796年4月13—14日，奥热罗和波拿巴在这里战胜了奥地利。

米塔瓦（Mittau）

拿破仑统治时期的一座俄国城市。如今它更名为叶尔加瓦，是拉脱维亚的一部分，是并入苏联的三个波罗的海国家中的一个。

明乔河（Mincio）

意大利境内波河的一条支流。

明斯克（Minsk）

从前是俄国的一座城市，如今是白俄罗斯首都。1812年7月8日，达武占领明斯克；同年11月21日，法军从城中撤军。

莫博日（Maubeuge）

诺德省的一座城市。

莫达讷（Modane）

萨瓦省的一个小城镇，离圣让-德莫里耶讷6古里。

莫德兰（Modelin）

波兰的一个要塞。

摩德纳（Modène）

摩德纳公国首都。1796年6月19日、10月16—18日，1805年10月25—26日，拿破仑暂留于此。

默东（Meudon）

塞纳-瓦兹省的一个城镇，大革命期间名为"拉博莱"。1813年1月5日，拿破仑在该地打猎。

莫尔比昂（Morbihan）

由从前的瓦讷组成，该地曾是布列塔尼省的一部分。

默尔特（Meurthe）

从前的洛林省被分成四个省后，其中的一个省份（另外三个是默兹、摩泽尔和孚日)。

摩拉维亚（Moravie）

前哈布斯堡帝国的一个省，如今是捷克东部的一个地区。

莫利内拉（Molinella）

意大利曼图亚城附近的一个镇。

默伦（Melun）

塞纳-马恩省的省会。1804年6月29日，拿破仑路过该地。

摩纳哥（Monaco）

原是被圈进阿尔卑斯海滨省内的一个公国，1793年2月14日被并入法国。1814年《巴黎条约》签署后，它被归还给了原公国亲王的儿子。

莫斯科（Moscou）

俄国首都，在彼得大帝时期成为废都，但列宁再次定都于此。拿破仑抵达莫斯科之前，城中大约有40万居民、9000多栋建筑，其中石材建筑约有1500座。法军入城后，城中只有1.5万人。9月14日上午十点，拿破仑大军出现在莫斯科城前，驻扎在麻雀山山谷中。下午三点半，由于没有等到城中"波雅尔"的出现，拿破仑决定进城；当夜，他在城郊度过；次日早晨六点起床，拿破仑直接来到克林姆林宫。占城40天后，法军撤离，最后和后卫队离开莫斯科的是迫击炮队，后撤过程中法军不断朝克林姆林宫开炮（1812年10月23日）。

莫斯科河（Moscowa）

俄国境内的一条河流，穿过莫斯科城。因为1812年9月7日拿破仑在河上发生战斗，该河为人所知。而俄国人则称此战为博罗季诺战役（博罗季诺是一个位于莫扎伊斯克附近的小村庄）。战斗从早晨六点持续到下午三点，之后两小时里还有零星交火。内伊和达武负责作战事宜，身体不适的拿破仑在一旁观战。欧仁·德·博阿尔内、缪拉和莫朗表现极其英勇，让敌军敬佩不已。俄军在此仗中折损了一员大将——巴格拉吉翁，这位将军被埋在了这个战场上。不过最后的赢家仍是库图佐夫。

莫托邦（Mautauban）

洛特省的一座城市。

莫扎伊斯克（Mojaïsk）

俄国的一座城市。博罗季诺战役打响之前，为了拦住拿破仑，库图佐夫在莫扎伊斯克城前布阵。1812年9月9—11日，拿破仑暂住城中。

默兹河（Meuse）

发源于法国境内的一条河，经荷兰流入北海。

穆尔（Mure）

伊泽尔省的一座城市。1815年3月7日，拿破仑暂留于此。

穆拉河（Mur）

奥地利境内的一条河流。

慕尼黑（Monich）

巴伐利亚的首都。1800年6月28日和1805年10月12日，法军两次占领该城。1805年10月24—27日、12月31日，1806年1月17日，1809年10月20—22日，拿破仑暂住于此。

N

那不勒斯（Naples）

意大利境内的一个王国，首都是那不勒斯。1806年1月11日法军入侵那不勒斯，同年3月30日约瑟夫·波拿巴成为那不勒斯国王。1808年7月15日，缪拉成了王位所有人，但他在1815年5月19日被迫离开。

那慕尔（Namur）

比利时的一座城市，离布鲁塞尔13古里。1805年6月20日，在该城下发生战斗。1803年8月3—4日，波拿巴暂留于此。

拿破仑城（Napoléonville）

原名为蓬蒂维，1805年以拿破仑为名，坐落在莫尔比昂省。1814年，该城恢复旧名，1848年至1871年又改名为拿破仑城。1805年在拿破仑主持下展开的旧城重建工作，直到1830年才完工。

楠日（Nangis）

塞纳-马恩省的一座城市。1814年2月17日，拿破仑把主营设在此地。

南特（Nantes）

卢瓦尔海滨省省会。1808年8月9—11日，拿破仑暂留此地。

南锡（Nancy）

默尔特省省会。

讷韦尔（Nevers）

涅夫勒省省会。1814年4月21日，拿破仑在前往厄尔巴岛途中经过该地。

尼奥尔（Niort）

德塞夫勒省省会。1808年8月7日、1815年7月1—2日，拿破仑路过此地。

尼罗河（Nil）

埃及的一条河流。

涅曼河（Niémen）

该河穿过俄国、立陶宛、德意志，最后注入波罗的海。

尼斯（Nice）

坐落在地中海边上，法国大革命前是撒丁岛国的一部分。1792年9月28日，法军占领该城，未遭任何抵抗。1793年1月31日，法国宪法宣布尼斯为法兰西共和国不可分割的一部分。但一直到1800年，尼斯才被纳入法国的省份制度。1814年，尼斯省省长杜布夏日企图支持路易十八，而尼斯人民宣布维克多-艾玛努尔（Victor-Emmanuel）才是他们的合法君主。维也纳会议满足了人民的心声。1794年3月27日—4月4日、1796年3月26日—4月2日，拿破仑暂住于此。

尼万迪普（Nievendip）

荷兰的一个港口。

尼韦勒（Nivelles）

比利时的一座城市，离布鲁塞尔8古里。

尼伊（Nuits）

默尔特省的省会。

纽伦堡（Nuremberg）

巴伐利亚的一座城市。

纽马克特（Newmarkt）

蒂罗尔地区的一座小城，坐落在阿迪杰河边，离特伦托8古里。1797年4月1日和1809年4月24日，该地发生战斗。

纽兰兹（Newlands）

好望角的一个地方。

诺曼底（Normandie）

法国旧制度时期的一个行省，大革命期间被分成了五个省。

诺特达姆–德维科（Notre-Dame de Vico）

意大利的一个小镇，离蒙多维很近。

挪威（Norvège）

斯堪的纳维亚三国之一，最初被并入丹麦，后被并入瑞典（1814）。1906年，挪威宣布独立。

诺维（Novi）

意大利的一座城市，离热那亚9古里。法军在这里有一段惨痛的历史。

诺伊施塔特（Neustadt）

下奥地利地区的一座小城。

O

欧里基（Ourique）

葡萄牙王国开国国王阿方斯一世在这里击败了五个摩尔国王。

欧索讷（Auxonne）

科多尔省的一座城市，离第戎7古里。拿破仑两次在此暂住，时间分别是1788年6月至1789年9月，以及1791年2月至6月。1800年5月8日，他重回该城。

P

帕多瓦（Padoue）

意大利的一座城市，离威尼斯8古里。1805年11月5日，法军攻占了该城；1806年3月30日，帕多瓦成为帝国属下的一个公国。

帕尔马–诺瓦（Palma-Nova）

意大利的一座城市，离乌迪内4古里。1797年3月17—18日、4月

30日、5月1—2日，1807年12月9日，拿破仑暂留于此。

帕绍（Passau）

巴伐利亚的一座要塞，位于多瑙河上。

帕维亚（Pavie）

意大利的一座城市，离米兰7古里。1796年5月13日，法军攻下了帕维亚。1796年6月12日、1805年5月7—8日、1807年12月24日，拿破仑暂留于此。

佩鲁吉亚（Pérrugia）

意大利佩鲁吉亚省的一座城市。

佩罗讷（Péronne）

索姆省的一座城市。

佩斯基耶拉（Peschiera）

意大利的一座要塞城市，离维罗纳6古里，是兵家必争之地。1796年6月1日法军占领该城（洛迪战役后，奥军就从城中撤出了）。1805年6月15日、1807年11月27日，拿破仑路过此地。

佩思卡尔（Pescaire）

意大利明乔河边上的一座城市。

佩辛格（Peissing）

下巴伐利亚地区的一个村子。

蓬泰巴（Pontebba）

意大利费拉拉省的一个小镇。

蓬特-迪纳瓦（Ponte Di Nava）

库内奥省蒙多维附近的一个村庄。

蓬特−圣马科（Ponte Saint-Marco）

布雷西亚附近的一个村庄。

蓬汀斯（Pontins）

意大利平原，位于第勒尼安海边。

皮埃蒙特（Piémont）

意大利的一个地区，坐落在阿尔卑斯山脚下。1797—1814年，皮埃蒙特并入法国，并在1802年被分成五个省，分别是杜瓦尔省、波省、斯图拉省、马伦哥省、塞西亚省。

皮尔尼茨（Pilnitz）

萨克森的一座小城，离德累斯顿2古里，附近的一座城堡是萨克森国王的夏季行宫。

皮卡第（Picardie）

法国君主制时期的一个行省，大革命期间变成了索姆省，另有一些地方成为瓦兹省、埃纳省和下加来省的一部分。

皮亚韦河（Piave）

意大利威尼斯地区的一条河。

朴茨茅斯（Portsmouth）

英国的一个重要港口，同时也是英国海军基地。

普拉（Pola）

拿破仑战争时期是奥匈帝国的一个重要军事港口。

普莱桑斯（Pescaire）

意大利的一座城市，离米兰14古里。1796年5月7—9日、1805年6月27—29日，拿破仑暂留于此。

普莱斯维茨（Pleiswitz）

西里西亚的一座城市，离布雷斯劳很近。

普莱斯堡（Presbourg）

拿破仑战争时期，奥匈帝国的一座城市。1805年11月16日，法军占领该城。

普利茅斯（Plymouth）

英国的一个军事港口。1815年7月26日，拿破仑乘坐柏勒洛丰号抵达港口；同年8月4日，该船驶出港口。

普鲁士（Prusse）

经历了一场历时七天的战斗后，战败方普鲁士只能听凭胜者的处理。《提尔西特和约》签署后，它的一半国土都被割让出去。三天后（1807年7月12日），普鲁士签署了《哥尼斯堡协议》，确立了法军占领普鲁士的期限。1808年9月8日，该协议在《巴黎条约》中得到补充。拿破仑让战败方遭受了惨重的经济损失。德意志历史学家估计，普鲁士的损失总额高达12亿法郎。拿破仑本人也说过："我从普鲁士人身上抠了10多亿法郎。"大军团在俄国遭遇惨败后，民众开始起义反抗法军，其中领头的便是普鲁士。1813年2月3日，腓特烈-威廉三世呼吁他的臣民组成游击队；3月10日，普鲁士政府成立了"铁勋章"颁勋会；同月17日，德意志人民受召组织大规模起义运动。为了反抗法国，普鲁士建立了12.8万人的正规军以及15万人的后备军。在1813年及1815年战争中，普鲁士都为对抗法国做出了最大的努力和牺牲。

普罗旺斯（Provence）

法国旧制度时期的一个行省，后来被分成罗讷河口省、瓦尔省、下阿尔卑斯省、沃克吕兹省、阿尔卑斯海滨省。

普斯帖尔塔尔（Pusthersthal）

蒂罗尔的一个山谷，全长大约100千米。

葡萄牙（Portugal）

1801年，该国掏出2000万法郎向波拿巴求和。《巴达霍斯条约》。1803年，葡萄牙每月还要掏100万法郎的献纳金。尽管如此，1807年它仍没能逃掉被占领的命运。从那时起，英国便决意向葡萄牙派出军队。葡萄牙国家临时政府在波尔图成立，号召民众起义反抗。1808年8月6—8日，英军登陆葡萄牙，朝里斯本前进。法军战败后，于30日撤出了葡萄牙。苏尔特奉命夺回葡萄牙，于1809年2月24日进入葡萄牙。3月29日，他在波尔图城前击败了葡萄牙人，进入城中。由于缺乏物资，苏尔特无法再往前推进。5月12日，惠灵顿把苏尔特赶出了葡萄牙。1810年年初，拿破仑决意将英国人赶出里斯本，便选中马塞纳出征。这场远征始于1810年6月15日；11月13日，由于没能从拿破仑那里得到援军，马塞纳撤到了西班牙边境。1811年4月8日，法军全都返回西班牙。法军在葡萄牙只剩一座战略要地阿尔梅达，还被英军重重围困。1811年5月10日，阿尔梅达失守，葡萄牙之征彻底结束。

普沃茨克（Plozk）

一座波兰城市，位于维斯图拉河边。

Q

奇维达莱（Cividale）

意大利乌迪内省的一座城市。

齐陶（Zittau）

萨克森的一座城市，离德累斯顿19古里。1813年8月18日夜至19日，拿破仑从城中经过。

切拉斯科（Chérasque）

意大利的一座城市，距离都灵9古里。1796年4月25日，该城被法军攻下。1796年4月26—28日，拿破仑暂住于此。

切萨河（Chiesa）

意大利的一条河流，从蒂罗尔流出，注入伦巴第的奥廖河，全长141千米。

切瓦（Ceva）

意大利的一座城市，离都灵19古里。1796年4月20日，这里是波拿巴的主营。

屈斯特林（Custrin）

普鲁士的一个要塞，离柏林19古里。1806年11月1日，该要塞被法军攻下。1806年11月25日，拿破仑暂留于此。

R

让布卢（Gembloux）

比利时那慕尔省的一座城市。

热那亚（Gênes）

意大利的一座海滨城市。法军进入意大利之前，该地被资产阶级寡头政治集团统治。1797年6月6日，热那亚建立民主政府。15日，热那亚更名为利古里亚共和国。1805年6月30日—7月6日，拿破仑暂留此地。1800年4月21日，马塞纳在此地遭遇围城战。

日内瓦（Genève）

瑞士的一座城市，1798年4月26日被并入法国。1813年12月31日，奥军进入日内瓦。1797年11月19—21日、1800年5月8—12日，拿破仑暂留此地。

瑞典（Suède）

斯堪的纳维亚三国中最重要的一个国家。17世纪曾和欧洲各国竞争，以期跃入欧洲强国之列，但由于查理七世在军事上的一系列惨败，瑞典最后只好放弃角逐。古斯塔夫三世被富丽堂皇的凡尔赛吸引，想把自己的国家也卷入旨在打击法国大革命的战争。其继承者古斯塔夫四世备受国民痛恨，最后丧失王位。之后，贝纳多特被选为国王。作为一个优秀的政治家，他把瑞典从巨大的危机中挽救了出来，并通过灵活的政策巩固了它的地位。

瑞士（Suisse）

1648年的《威斯特伐利亚条约》被签署后，瑞士共和国得到承认，成为独立国家。该国由22个州组成。在法国旧制度时期，越来越倾向于支持贵族制的城市州与农业州之间的仇恨越来越深。1798年2月，法军进入瑞士。伯尔尼被攻占，掏了4000万法郎的赔款供埃及之征使用。3月22日，瑞士宣布建立共和国，把州制换为省制。经过五年的不懈斗争，一个瑞士议会团被召到巴黎，之后瑞士恢复了从前的州制。

茹昂（Juan）

阿尔卑斯滨海省普罗旺斯的一个海湾。1815年3月1日，拿破仑的船只从厄尔巴岛出来，在这里入港。

S

撒丁岛（Sardaigne）

从1720年开始，萨丁是萨瓦家族的属国，其中包括皮埃蒙特、萨瓦、奥斯塔公国、蒙费拉托公国、尼斯和撒丁岛。

萨尔茨堡（Salzbourg）

奥地利的一座城市，位于阿尔卑斯山萨尔茨堡地带，今天仍属奥地利所有。

萨尔扎纳（Sarzane）

意大利热那亚省的一座城市。

萨克森（Saxe）

德意志诸侯国中最繁华的一个国家。1806年起，它在拿破仑的支持下变成了一个王国。

萨拉米斯（Salamine）

爱琴海上的一座岛屿，因为地米斯托克利在此击败了波斯人而为人所知。

萨勒河（Saale）

萨克森的一条河流。

萨洛（Salo）

意大利布雷西亚省的一个小城。

萨奇莱（Sacile）

意大利乌迪内省的一个镇。

萨塞洛（Sassello）

意大利热那亚省的一个城市。

萨瓦（Savoie）

撒丁岛国中的一部分，因为1796年5月15日的一份协议被割给了法国。

萨瓦河（Save）

多瑙河的一条支流。

萨沃内（Savone）

意大利的一座城市，离热那亚10古里。1796年4月10日，拿破仑暂留于此。

塞尔茨（Seltz）

阿尔萨斯地区下莱茵省的一座小城，就在拉施塔特的对面，位于莱茵河左岸。由于贝纳多特在维也纳挂起三色旗引发骚乱，法国和奥地利便同意召开特别会议对此事做出解释。督政府本来让波拿巴参加会议，但他借故躲开，最后弗朗索瓦·德·纳夫夏托于1798年5月9日代替他参加会议。纳夫夏托来到塞尔茨，在那里遇到了奥地利政府代表科本茨尔，最后给出了令对方满意的解释。1798年7月7日，会议结束。

塞尔维亚（Serbie）

在拿破仑战争时期处在土耳其人的控制下。

塞基亚河（Secchia）

意大利波河的一条支流。

塞拉格里奥（Séraglio）

意大利罗维戈省的一个小地方。

塞纳河（Seine）

法国的一条河流。

塞纳河畔沙蒂永（Châtillon-sur-Seine）

科多尔省的一座城市。1814年2月3日—3月19日，法国和反法联盟诸国在这里聚集召开会议。

塞尼山（Mont-Cenis）

阿尔卑斯山的一座山峰。

塞维利亚（Séville）

西班牙的一座城市，是安达卢西亚的首府。

赛西亚河（Sesia）

意大利波河的一条支流。

桑布尔河（Sambre）

比利时和法国境内的一条河流。

桑特（Saintes）

夏朗德滨海省的一座城市。1808年8月4日，拿破仑路过该城。

桑威治群岛（Sandwich）

夏威夷群岛中被英国人命名的几座岛屿。

瑟堡（Cherbourg）

芒什省的一座城市。1811年5月26—30日，拿破仑暂住于此。后来皇帝的遗体从圣赫勒拿岛被送回法国，1840年11月30日在瑟堡停留了一日。

沙勒罗瓦（Charleroi）

比利时那慕尔地区的一座城市，1815年6月15日此地发生战斗。

沙塔姆（Chatam）

英国的一个军港。

沙泰勒罗（Châtellerault）

维埃纳省的一座城市。

尚波贝尔（Champaubert）

马恩省的一座城市。1814年2月10日，一场战斗在此发生。

圣阿芒（Saint-Amand）

低地国家在佛兰德地区的一座城市，被路易十四并入了法国。

圣奥赛托（Saint-Osetto）

意大利切萨河附近的一处高地。

圣贝内德托（Saint-Benedetto）

意大利热那亚省的一个村庄。

圣彼得堡（Saint-Pétersbourg）

俄国的首都，彼得大帝建都于此，后来列宁迁都至莫斯科。

（大）圣伯纳德山（Saint-Bernard）

阿尔卑斯的一座山峰，位于瑞士和意大利之间。

圣丹尼尔（Saint-Danièle）

意大利乌迪内省的一座城市。

圣德尼（Saint-Denis）

塞纳省的一座城市。大革命时期，它更名为弗朗西亚德。

圣迪济耶（Saint-Dizier）

上马恩省的一座城市。1814年1月24日，该城爆发战斗。1814年3月23—27日，拿破仑暂留于此。

圣多明哥（Saint-Domingue）

旧制度时期海地的名字。

圣哥达（Saint-Gothard）

阿尔卑斯山的一个山口，莱茵河和罗讷河发源于此。

圣格拉迪安（Saint-Gratien）

塞纳-瓦兹省的一座城市。

圣赫勒拿岛（Sainte-Hélène）

大西洋上的一座大岛，离非洲海岸有1863千米，离巴西海岸有3562千米，全岛面积123平方千米。由于高山耸立，岛上几乎全年都笼罩着密云，三天里只有一天能见到太阳。岛上常年多雨，一天里好几个小时都阴雨连绵。1502年5月21日，一个葡萄牙航海家发现了这座岛屿，当天正好是君士坦丁大帝的母亲圣赫勒拿的诞辰纪念日，该岛因此得名。三年后，达·伽马首次绕过了非洲的最南端。1513年，一个抛弃祖国、放弃宗教信仰的葡萄牙贵族被一个印度战败小国国王丢弃在阿尔伯克基，他带着几个黑奴登上了圣赫勒拿岛。他们便是岛上的第一批住民。1620年，葡萄牙人把该岛让给了荷兰。1651年，英国人控制了圣赫勒拿岛。东印度公司很快就意识到该岛在航海路上会是一个重要的中间补给站。1661年，查理二世颁布了一道法令，把圣赫勒拿岛的控制权交给了东印度公司，让后者负责该岛的维护和防御工作。东印度公司派了一个总督守在岛上，负责岛上的行政司法工作，总督手下还有一支军队。1815年，英国政府和东印度公司之间达成一份特别协议，之后岛上的行政工作被临时交由政府负责。哈德森·洛韦一离开，东印度公司就可立刻接管总督的权力。1833年，东印度公司在岛上的特权协议到期，圣赫勒拿岛重归王室所有。1815年，岛上有776个白人居民、1353个黑人奴隶、447个黑人自由民、280个中国人、15个马来人，总计为2871人。此外，还有一支卫戍部队，大约有2000人。奥地利特使斯特尔默在1817年1月10日写道："在纯朴的当地人中，男人愚昧，女人又蠢又丑，孩子甚是可爱，富人贪婪得如同莫里哀戏剧里的人物一样。"

圣克鲁（Saint-Cloud）

塞纳-瓦兹省的一座城市和行宫。1814年3月30日，行宫被俄军占领；1815年7月2日，行宫被德意志人洗劫一空。

圣勒（Saint-Leu）

塞纳-瓦兹省的一座小城。奥坦斯·德·博阿尔内和丈夫路易·波拿巴分居后，成了圣勒公爵夫人。

圣洛朗河（Saint-Laurent）

北美的一条河流，其中一半归属美国，另一半归属加拿大。

圣马洛（Saint-Malo）

伊勒-维莱讷省的一座城市，大革命期间三次更名，先后叫马洛港、维克托瓦尔和马梅港。

圣马科（Saint-Marco）

巴尔多山附近高地上的一座小教堂。

圣米尼亚托（San-Miniato）

意大利佛罗伦萨省的一座城市。

圣米歇尔（Saint-Michel）

意大利的一座小城，在维罗纳附近。意大利有许多地方都叫这个名字。

圣米歇尔山（Mont-Saint-Michel）

法国西北部圣米歇尔湾的一座岩石小岛，属于芒什省。

圣皮埃尔（Saint-Pierre）

瑞士瓦莱州的一个小镇，1800年5月20日拿破仑暂留于此。

圣康坦（Saint-Quentin）

埃纳省的一座城市，大革命期间更名为"索姆河边的公平市"，以及"索姆-自由市"。

圣乔治（Saint-Georges）

曼图亚附近的一座要塞。1796年9月14—15日，该地发生战斗。1797年1月16日，普罗韦拉在圣乔治城前签下了投降书。

圣让（Saint-Jean）

阿尔卑斯山脉中的一座山峰。

圣日耳曼昂莱（Saint-Germain-en-Laye）

塞纳-瓦兹省的一座城市，大革命期间名叫贝莱尔山。拿破仑多次在圣日耳曼的森林里打猎。

圣萨尔瓦多（Saint-Salvador）

由哥伦布命名的第一个地方。

圣特罗佩（Saint-Tropez）

瓦尔省的一座城市。

圣瓦莱里（Saint-Valéry）

塞纳滨海省的一座城市。

圣文森特角（Saint-Vincent）

葡萄牙的一个海角。

圣雅克山（Saint-Jacques）

阿尔卑斯山脉中的一座山。

施塔达摩夫（Stadtamhof）

巴伐利亚的一座城市。

施泰尔马克（Styrie）

奥地利的一个州，是奥地利的一个公国，大部分住民是斯洛文尼亚人。下施泰尔马克于1919年归南斯拉夫所有。

士瓦本（Souabe）

德意志一个历史地区。拿破仑即位后，士瓦本被拆散到好几个公国中，如巴登、符腾堡、巴伐利亚、黑森、达姆施塔特等。

施韦德尼茨（Schweidnitz）

西里西亚的一座城市，从前归德意志所有，如今属于波兰。

狮子湾（Lion）

斯德丁（Stettin）

拿破仑战争期间是普鲁士奥得河上的一座城市，如今归波兰所有。1806年10月20日法军占领该城，1813年12月5日撤军。

斯克里维亚河（Scrivia）

意大利境内的一条河流，是波河的支流。

斯摩棱斯克（Smolensk）

俄国的一座城市，在1812年战争中几乎完全被毁于战火。4月17—18日发生在斯摩棱斯克城前的战斗，是莫斯科河战役后死伤最为惨重的一场战斗。炮弹和大火造成的损失高达650万卢比。1812年8月19—24日、11月9—13日，拿破仑暂留于此。

斯皮尼奥峡口（Spigno）

意大利亚历山德里亚省的一个山谷。

四臂村（Les Quatre-Bras）

比利时的一个小村子，离利尼3古里。1815年6月16日，内伊在这里对抗英军。滑铁卢战役的第二天，即19日，拿破仑路过此地。

斯塔特角（Start-Point）

英国德文郡东南面的一个海角。

斯塔特湾（Start-Bay）

英国德文郡的一个海湾。

斯特拉斯堡（Strasbourg）

下莱茵省省会。1805年9月26—27日、1806年1月22—24日、1809年4月15日和10月24日，拿破仑暂留于此。

斯特劳宾（Straubing）

下巴伐利亚的一座城市，位于多瑙河边。

斯图加特（Stuttgart）

符腾堡的首都。1806年1月18—19日、1809年4月16日及10月23日，拿破仑暂留于此。

斯图拉河（Stura）

皮埃蒙特的一条河流，是塔纳罗河的支流。

苏瓦涅（Soignes）

比利时布拉班特省的一个森林。

苏瓦松（Soissons）

埃纳省的一座城市。1803年8月14日、1814年3月11—12日、1815年6月12日，拿破仑暂留于此。

苏伊士（Suez）

埃及的一座城市，坐落在苏伊士海峡。1798年3月10日，法军攻下了该城。1798年12月27日，拿破仑路过此地。

索恩河（Saône）

法国的一条河流。

索尔日（Saorge）

阿尔卑斯滨海省的一座城市。

索洛图恩（Soleure）

瑞士的一座城市，离伯尔尼8古里，1798年3月2日被法军占领。1797年11月23日，拿破仑暂留于此。

索姆河（Somme）

法国的一条河流。

T

塔恩（Thann）

上莱茵省的一座城市。

塔尔维斯（Tarvis）

克恩滕的一座城市，离的里雅斯特19古里。塔尔维斯山口锁住了从塔尔维斯到蓬泰巴的通路。1797年3月，波拿巴强攻下了该地。

塔利亚门托河（Tagliamento）

意大利乌迪内省的一条河流。

塔罗河（Taro）

意大利波河的一条支流。

塔纳罗河（Tanaro）

意大利波河的一条支流。

泰尔讷普（Terneuse）

比利时的一座城市，离根特2古里。1811年9月28—29日，拿破仑暂留于此。

泰格尔贝格（Tygerberg）

好望角的一座山。

泰瑟尔岛（Texel）

荷兰的一座岛屿，位于北海和须德海之间。1811年10月16日，拿破仑暂留岛上。

泰晤士河（Tamise）

英国的一条河流。

特拉岑贝格（Trachenberg）

西里西亚的一座城市。

特拉法尔加（Trafalgar）

西班牙在直布罗陀海峡的一个海角。这个地方因为法军在历史上的一次海上惨败而闻名。

特拉曼（Tramin）

蒂罗尔的一座小城。

特雷比亚河（Trébia）

意大利境内波河的一条支流。

特雷维兹（Trévise）

意大利特雷维索省的省会，1806年3月30日被设为法兰西帝国的一个大公国。1797年10月25日、1807年12月8日，拿破仑暂留于此。

特里尔（Trèves）

德意志的一座城市，坐落在摩泽尔河右岸。1804年10月6—8日，拿破仑暂留于此。

特里亚农（Trianon）

凡尔赛宫花园里的一座城堡，为玛丽-安托瓦内特而建。1805年7月21日、1809年12月16—25日、1810年8月3—11日、1811年7月9—22日及8月25—28日、1813年3月7—23日，拿破仑暂住于此。1814年4月16日，玛丽-路易丝在这里和她的父亲相会。

特鲁瓦（Troyes）

奥布省省会。1805年4月2日—5日、1814年2月24—26日，拿破仑暂留于此。1814年3月4日，法军从城中撤出。

特伦托（Trente）

奥地利的一座城市，南蒂罗尔的省会，离威尼斯28古里，1919年归意大利所有。法军在1797年1月30日、1801年1月6日、1805年11月14日、1809年9月30日4次占领该城。1796年9月5—6日，拿破仑暂留于此。

特内里费峰（Ténérifee）

加那利群岛上的一座山峰。

滕达山口（Tente）

意大利境内阿尔卑斯滨海山脉段的一个山口。

提尔西特（Tilsitt）

涅曼河上的一座城市，拿破仑战争时期属于普鲁士，今天叫苏维埃茨克，在加里宁格勒州，从1945年起归苏联所有。1807年6月19日—7月9日，拿破仑暂住于此。

提契诺河（Tessin）

瑞士和意大利的一条河，发源于圣哥达山，最后流入波河。

图尔（Tours）

安德尔-卢瓦尔省省会。

土耳其（Turquie）

以前是小亚细亚的奥斯曼帝国，拜占庭覆亡后想在欧洲崛起。

图拉（Toula）

俄国城市，在莫斯科和库尔斯克之间。

图林根（Thuringe）

德意志的一个地区，地势起伏不平，茂林密布，构成萨克森大部分国土。

土伦（Toulon）

瓦尔省的一座城市，1793年9月27日被英军占领，同年12月19日法军将其夺回。1798年5月9—19日，拿破仑暂留于此。1840年7月7日，美姬号离开土伦，前往圣赫勒拿岛迎回皇帝遗骸。

突尼斯（Tunise）

罗马人在迦太基的废墟上建起来的一个国家，后来成了西罗马帝国的粮仓。648—698年，突尼斯被阿拉伯人占领。1881—1954年，突尼斯一直处在法国的统治下。

托贝（Torbay）

英国德文郡的一个海湾。

托恩（Torn）

普鲁士在维斯图拉河右岸的一座城市，1806年12月6日被法军占领。今天，该城属于波兰，更名为托伦。1812年6月2—6日，拿破仑暂留于此。

托尔高（Torgau）

普鲁士在易北河左岸的一座城市，离柏林26古里。拿破仑将它建成一座要塞。1814年1月14日，普鲁士夺回了该城。1945年4月30日，美国人在这里和同盟国军队会合。

托尔托纳（Tortone）

意大利亚历山德里亚省的一座城市。

托伦蒂诺（Tolentino）

意大利的一座城市，离罗马38古里，在拿破仑战争时期是教皇属国。由于教皇在此签署协议，把阿维尼翁让给法国、罗曼涅让给奇萨尔皮尼共和国，这座城市因此著名。

托斯卡纳（Toscane）

意大利的一个地区，在地域上和从前的伊特鲁里亚比较接近。托斯卡纳由阿雷佐省、佛罗伦萨省、格罗塞托省、里窝那省、卢卡省、马萨省、卡拉雷省、比萨省、谢讷省组成。1807年被并入法兰西帝国后，它被分成了三个省，成了一个大公国，拿破仑将它送给了他的妹妹埃莉萨。

W

瓦尔河（Var）

法国的一条河流。

瓦尔瓦索内（Valvasone）

意大利乌迪内省的一个镇，位于塔利亚门托河右岸。

瓦夫雷斯（Wavres）

比利时布拉班特省的一座城市，离布鲁塞尔6古里，是重要的战略要地。

瓦格拉姆（Wagram）

奥地利城市，离维也纳2古里，坐落在马希费尔德平原上。1809年7月6日，拿破仑在此地赢得胜利。这场战役十分激烈，从此瓦格拉姆这个名字就和最惨重血腥的场景联系起来。这场胜利是达武、麦克唐纳、马塞纳、乌迪诺相互配合的结果，但另一个重要因素也是不容忽视的，那便是拿破仑的情报部门。正因为情报部门的出色配合，拿破仑才能知道其对手查理大公计划集重兵攻击法军左翼。由于查理大公想不惜一切代价战胜敌人，他的中路几乎是无人防守的状态。拿破仑打算利用敌军这个失误，攻其不备。指挥左翼的马塞纳，要"保持"局面持平，达武绕弯奔向瓦格拉姆，麦克唐纳则朝敌军中路发起进攻。在洛里斯顿的猛烈炮火配合下，麦克唐纳一路向前，发起冲击。上午十点，这天的战斗胜负已定。在乌迪诺的配合下，达武夺下了瓦格拉姆平原，锁定了最终的胜利。但奥地利仍然在绝境中坚持战斗。战役持续了12个多小时。维也纳居民站在屋顶、钟楼、塔楼上，见证了战斗过程。双方参战人数为40万人，伤亡5万余人。埃德蒙·罗斯丹在他的一部戏剧中描写了瓦格拉姆战役的残酷杀戮场景。但当时一个参战者——帝国卫军上尉布莱耶（Blaye）给我们提供了另一个版本。他说："平原上到处都是野兔，我们每走十步就会碰到好几只。由于我们的大炮和枪声让它们无比惊惶，它们便四处乱窜，想找个藏身之所。然而跑了不远，它们便撞见了奥地利人，于是又掉头朝我们跑来。所以，野兔就成群结队地在两支军队之间奔来奔去。一支骑兵队没有看见野兔，在奔袭中把它们驱散了。于是野兔窜进阵营里，在我们脚边跑来跑去。我们用刺刀、佩剑将它们杀死。那天，我们成了一群屠夫，又杀人，又杀兔子。每有一只兔子被杀，就有一个战死的战友被忘记……本应射向敌人的子弹却瞄向了这些可怜的兔子！"［详情请看布莱耶1840年出版的《猎兵讲述者》（*Le Chasseur conteur*）］

瓦莱焦（Valeggio）

意大利的一个村庄，离维罗纳5古里。

瓦朗赛（Valençay）

安德尔省的一座小城。

瓦朗谢讷（Valenciennes）

诺德省的一座要塞。1804年8月31日，拿破仑路过此地。

瓦伦（Varennes）

默兹省的一个村庄，1791年6月22日路易十六逃至此地被抓。

瓦伦扎（Valenza）

意大利亚历山德里亚省的一座城市。

瓦讷（Vannes）

莫尔比昂省的省会。

旺德尔港（Port-Vendres）

东比利牛斯省的一座海滨城市。

维多利亚（Vittoria）

西班牙阿拉瓦省的一座城市，离马德里62古里。1813年6月21日，法军在该地战败。1808年11月5—7日，拿破仑暂留于此。

威尔纳（Wilna）

拿破仑战争时期俄国的一座城市。如今，它成为立陶宛的首都，更名为维尔纽斯。1812年6月28日—7月16日，拿破仑暂留于此。对俄之战开始时，拿破仑在威尔纳长时间滞留，此举遭到一些历史学家的大力抨击。的确，皇帝在这三周表现出奇怪的怠惰感。也许他是在等亚历山大派来的使者、某个博雅尔的出现。但结果一个人都没来。

威尔士（Galles）

位于英国西部，内有布里斯托尔运河和爱尔兰海。

韦尔斯（Wels）

上奥地利的一座小城市。

维济耶（Vizille）

伊泽尔省的一座小城，是法国大革命的摇篮。

维拉诺瓦（Villanova）

意大利的一个村子，在阿尔科附近。

维莱讷河（Vilaine）

法国的一条河。

维罗纳（Vérone）

意大利北部最古老的城市之一。1387年，维罗纳丧失独立。在被米兰人统治了八年后，它又于1405年落入威尼斯的手中。1797年，维罗纳被并入奇萨尔皮尼共和国。1814年3月12日，奥地利夺下了维罗纳，直到1866年之前它都处在奥地利的控制中。1796年6月3日、7月9—12日、8月7—10日、10月24日—11月4日、11月8—14日、18—24日，1797年1月12—13日、18—30日、4月17日，1805年6月15—17日，1807年11月27日、12月13日，拿破仑暂留于此。

维姆勒（Wimereux）

下加来省的一座城市。

威尼斯（Venise）

威尼斯共和国首都，1797年5月15日被法军占领。《坎波福尔米奥条约》签署后，威尼斯失去独立地位，其国土被奥地利和奇萨尔皮尼共和国瓜分。1805年12月26日的《普莱斯堡和约》，将奥地利占领的威尼斯部分再度归入意大利王国。1814年4月20日，威尼斯被奥地利占领。一直到1866年，它都在奥地利的控制之下。1807年11月29日—12月8日，拿破仑暂留于此。

维琴察（Vicence）

意大利的城市，离威尼斯15古里。1387年，它和维罗纳一样丧失了独立国地位，后也被威尼斯人控制，之后又跟随威尼斯被并入奇萨尔皮尼共和国。法兰西帝国时期，维琴察是巴基廖内省的省会。1806年，维琴察被设为公国。1814—1866年，维琴察被奥地利控制。1796年10月5—6日、1807年11月28日，拿破仑暂留此地。

韦桑（Ouessant）

大西洋上的一座法国岛屿。

维斯巴登（Wiesbaden）

普鲁士莱茵河沿岸的一座城市。1806年法军占领该城时，它是拿骚公爵国的首都。

威斯特伐利亚（Westphalie）

德意志的一个地区，和低地国家接壤。它先前是一个公国，属于黑森-达姆施塔特。1807年，拿破仑想建立威斯特伐利亚王国，王国由易北河以西的普鲁士几个省、黑森、一部分汉诺威、一部分布伦瑞克组成，总计有200万人。热罗姆·波拿巴被任命为这个王国的国王，国家被分成了8个省。维也纳会议后，威斯特伐利亚王国不复存在。

维斯图拉河（Vistule）

波兰的一条河。

维索山（Viso）

阿尔卑斯山皮埃蒙特段的一座山，在意大利境内。

维滕贝格（Wittermberg）

上萨克森的一座城市，离德累斯顿28古里，1806年10月20日被法军占领。1813年7月10日，拿破仑暂留于此。

威悉河（Weser）

德意志的一条河流，注入北海。

维也纳（Vienne）

奥地利的首都，1805年11月13日—1806年1月12日、1809年5月13日—10月14日被法军控制。拿破仑当时住在美泉宫，在维也纳只露了几次脸。

沃尔姆斯（Worms）

莱茵河左岸的一个德意志城市，1801—1815年归属法国。

沃尔特里（Voltri）

意大利热那亚的一座城市。

沃尚（Vauchamp）

马恩省的一个村子，1814年2月14日拿破仑将主营设在这里，此地于当日发生战斗。

沃州（Vaud）

瑞士的一个州。

乌迪内（Udine）

意大利城市，离威尼斯22古里。1797年10月16日，和谈会议在此召开。1807年12月10—11日，拿破仑暂留于此。

武尔岑（Wurzen）

萨克森的一座城市，离莱比锡6古里。1813年5月21日，拿破仑在此地对抗联军，取得胜利。

乌尔克河（Ourcq）

法国境内的一条河流。1802年5月18日由于河水泛滥，该河被截断，1802年9月23日开凿运河后恢复通行。

乌尔姆（Ulm）

符腾堡的一座要塞，坐落在多瑙河左岸。1805年10月17日，奥地利将军麦克率领2.6万人投降。同月20日，投降军队在拿破仑面前列阵接受检阅。但第二天便发生了特拉法尔加海战。

X

西伯利亚（Sibérie）

俄国的远东地区。

希腊（Grèce）

拿破仑战争时期，希腊处在奥斯曼帝国的控制下。直到1828年，希腊才获得独立。

参考资料：拉多斯1921年出版的《拿破仑一世和希腊》（C. Rados, *Napoléon Ier et la Grèce*）。

锡拉巨岩（Scylla）

意大利墨西拿海峡上的一座巨岩，在著名的卡律布狄斯大漩涡的正对面。

锡兰（Ceylan）

印度洋上的一座岛屿。

西里西亚（Silésie）

波兰的一个地区，1335年被并入波西米亚，后来落入哈布斯堡王朝手中。1742年，腓特烈二世夺走了西里西亚大部分地区，将其并入奥地利。从此便有了两个西里西亚：普鲁士的西里西亚和奥地利的西里西亚。"二战"后，整个西里西亚都归波兰所有。

西梅林（Simmering）

奥地利的一个村子，离维也纳1古里。

锡纳马里（Sinnamary）

圭亚那的一个镇子，位于锡纳马里河的右岸。果月十八日政变后，约有600个政治犯被发配到这里。

西奈山（Sinaï）

阿拉伯半岛上的一座山。

西西里（Sicile）

曾被并入那不勒斯王国，从1735年开始成为一个独立王国。1799年被法军占领后，在短暂的几个月里变成了帕尔泰诺普共和国。1806年，国王斐迪南四世退到西西里岛上，并在1814年收回了自己的全部国土。

香槟（Champagne）

法国旧制度时期最大的行政辖区之一。

肖蒙（Chaumont）

上马恩省省会。1814年3月1日，俄国、奥地利、普鲁士和英国在这里签署了防御进攻联盟条约。

辛普朗（Simplon）

阿尔卑斯山的一条路，从瑞士瓦莱州通往伦巴第。

匈牙利（Hongrie）

拿破仑统治时期，匈牙利和邻国（克罗地亚、斯拉沃尼亚、阜姆）一道，占了奥匈君主国的一半国土。革命信条在匈牙利并未掀起多大的波澜，整个拿破仑战争期间，它都坚定不移地忠于自己不幸的盟国。1809年，拿破仑发表宣言，号召匈牙利获得独立，它仍然不为所动。

须德海（Zuyderzee）

低地国家的一个海湾。

叙利亚（Syrie）

一个阿拉伯国家，先后经历多个外族的统治。1918年，英法联军入侵该国。直到1941年叙利亚才获得独立。

叙兹（Suze）

皮埃蒙特地区都灵省的一个要塞，坐落在蒙热内夫尔山口和塞尼山口通路的交会处，故在对意之战中具有重要的战略意义。

Y

亚琛（Aachen）

德意志的一座城市，以温泉而著名，法兰西帝国时期是鲁尔省省会。1792年12月7日，法军占领了该城。1797年9月10日，该城政府宣布共和。1804年9月2—11日，拿破仑在此地逗留。1814年1月23日，俄军进入亚琛城。1818年9月29日，俄国沙皇、奥地利皇帝、普鲁士国王在亚琛召开会议，法国、俄国、普鲁士、奥地利、英国的全权代表出席大会。会议目标是：外国军队从法国领土撤出，确定法国的战争赔偿款。10月9日，《亚琛协约》得到签字。1818年11月末，亚琛会议闭幕。

雅典（Athènes）

该回忆录中提到的雅典，便是不朽的雅典共和国的首都。

亚得里亚海（Adriatique）

坐落在意大利和南斯拉夫之间。阿迪杰河、布伦塔河和皮亚韦河在威尼斯湾注入海中，塔利亚门托河和伊松佐河在的里雅斯特海湾注入海中。拿破仑把意大利王国中的一个省命名为亚德里亚，其省会为威尼斯（1807年12月7日法令）。

雅法（Jaffa）

巴勒斯坦的一座城市，离耶路撒冷16古里。1799年3月3日，波拿巴入侵此地；7日，该城投降，被法军洗劫。1799年3月8—13日、5月24—28日，波拿巴暂留此地。

亚克兴（Actium）

昂布拉西亚湾（今称阿尔塔湾）的一个岬角。公元前30年9月2日，屋大维在该地击败了安东尼。

亚历山大岛（Alexandre）

多瑙河上的一座小岛。

亚历山大城（Alexandrie）

埃及的一座城市，距离开罗50古里。1798年7月3日，法军攻下该城。1798年7月3—9日，1799年7月24日、7月26—8月4日、8月21—22日，拿破仑逗留城中。1801年8月31日，亚历山大城向英军投降。

亚历山德里亚（Alexandrie）

皮埃蒙特省的省会及要塞，离米兰16古里。1796年5月5日，法军占领该城；帝国时期，亚历山德里亚成为马伦哥省的省会。1805年5月1—6日、1807年12月24—25日，拿破仑逗留该城。

牙买加（Jamaïque）

安的列斯海上的一座岛屿，拿破仑战争时期属英国。

亚眠（Amiens）

皮卡第地区的首都，在旧制度时期是亚眠诺瓦伯爵领地，1790年成为索姆省的省会。1801年7月6日，亚眠成立了一家证券交易所。1802年3月25日，《亚眠条约》被签署。1803年5月6日，亚眠有了第一所中学。1803年6月26—28日，拿破仑暂留该城。

参考资料：卡洛纳的《亚眠历史》（A. Calonne, *Histoire de la ville d'Amiens*）。该书从1898年讲至1906年，全书分三卷，重点请看第二卷第405～584页和第三卷的第一篇。

雅纳克（Jarnac）

夏朗德省的一座城市。

亚平宁山脉（Apennins）

该山脉横穿意大利半岛，分为三段：亚平宁北段（或利古里亚段）及托斯卡纳段、亚平宁中段（或罗曼段）、亚平宁南段（或那不勒斯段）。

易北河（Elbe）

德意志境内的一条河流，注入北海。1812年5月29日，拿破仑渡过易北河，朝俄国进军。

伊德里亚（Idria）

从前是奥地利卡尼奥拉省的一座城市。1794年，人们在该城附近发现了水银矿。拿破仑手下许多将军在这里大发横财。

伊德罗湖（Idro）

意大利北部布雷西亚省的一个湖。

伊夫里（Ivry）

厄尔省的一个镇。1802年10月29日，波拿巴来到厄尔省省会埃夫勒后，在亨利四世当初战斗过的遗址上停留了许久。

伊利里亚（Illyrie）

在古代，"伊利里亚"指的是亚得里亚海和多瑙河之间的地区。威尼斯共和国解体后，奥地利接管该地，将其更名为达尔马提亚。1809，拿破仑把他从奥地利手中夺来的地区（卡尼奥拉、克罗地亚、伊斯特利亚、的里雅斯特、阜姆等）组合成伊利里亚省。1811年，他又把拉古萨并入其中，并将伊利里亚省改为国。拿破仑帝国覆亡后，这个国家也不复存在。

参考资料：卡西1930年发表在《拿破仑研究杂志》上的《拿破仑统治期间的伊利里亚人口》（G. Cassi, *Les populations juliennes illyriennes pendant la domination naapoléonienne*），以及皮维克-斯泰雷1931年发表的《1809—1813年伊利里亚各省的经济情况》（M. Pivec-Stellé, *La Vie économique des Provinces illyriennes, 1809-1813*）。

伊塞奥湖（Iseo）

阿尔卑斯山脚下意大利境内的一个湖泊，位于布雷西亚省和贝加莫省的交界处。

伊斯特利亚（Istrie）

1919年前奥地利的一个省，之后归意大利所有，最后于1947年被并入南斯拉夫。

伊松佐河（Isonzo）

意大利的一条河流，在的里雅斯特海湾注入亚得里亚海，全长130千米。意大利人有时称它为里松佐河。

伊泽拉河（Iser）

波西米亚的一条河，是易北河的支流。

伊泽尔河（Isère）

法国境内的一条河流。

耶拿（Iéna）

德意志的一座城市，离魏玛5古里。1806年10月14日于此地爆发的一场战役，让世人都知道了耶拿。内伊、苏尔特、奥热罗、拉纳、絮歇的胜利，使得普鲁士君主制走向崩溃。这场战斗从早晨六点打到下午三点。在此期间，达武在往北4古里的奥尔施泰特对战，此仗成了他人生最大的辉煌。

参考资料：亨利·乌塞1911年8月1日和15日发表在《两大陆评论》（*Rev. Des Deux-Mondes*）上的《耶拿之日》（Henri Houssaye, *La journée d'Iéna*）。

因戈尔施塔特（Ingolstadt）

巴伐利亚的一座城市，离慕尼黑17古里。1809年4月18—19日，拿破仑暂留于此。

因河（Inn）

多瑙河的一条支流。它全长510千米，发源于瑞士，在帕绍注入多瑙河。

因斯布鲁克（Innsbruck）

蒂罗尔的省会，坐落在因河边。1805年11月7日，法军占领该城。1809年，蒂罗尔起义者占领因斯布鲁克，占领时间长达六周。

尤登堡（Judembourg）

奥地利施泰尔马克州的一座城市。

幼发拉底河（Euphrate）

西亚的一条大河。

于南格（Huningue）

上莱茵省的一个要塞，1815年被反法联军围攻。

Z

赞特（Zante）

爱奥尼亚群岛最南端的一座岛屿。

扎玛（Zama）

北非的一座古城，汉尼拔在这里被西庇阿打败。

詹姆斯镇（James-Town）

圣赫勒拿岛的"首都"。

爪哇（Java）

马拉埃西亚的一座岛，1942年之前是荷兰的殖民地。

直布罗陀（Gibraltar）

西班牙境内的一座要塞和城市，归英国所有。

兹奈姆（Znaïm）

摩拉维亚的一座城市，离维也纳18古里。1805年11月17日，法军占领该城。拿破仑战争时期，兹奈姆属奥地利所有。1805年11月17—18日、1809年7月11—12日，拿破仑暂留于此。

出版后记

"两句三年得，一吟双泪流。"编辑之路，恰似贾岛苦吟，满是对文字的精雕细琢与执着坚守。

《拿破仑圣赫勒拿岛回忆录》乃拿破仑滑铁卢铩羽后，流放圣赫勒拿岛之际，口述而成，由随从拉斯卡斯伯爵悉心辑录整理。此书于法兰西甫一问世，便如巨石击水，激起千层浪，一版再版，且被译为多国文字，于寰宇之间广为流传。

此次我司推出的中文简体本，甄选最为权威的法文版本，由法国著名历史学家杰拉德·沃尔特批注编辑，仿若为读者驱散迷雾，铺就顺畅阅读之路。译者李筱希为译此书，遍览百万字资料，于尊重原著精髓的同时，使译文生动流畅、典雅考究，为原著增色不少。

本书中译本凡六卷，卷帙浩繁。拿破仑寄意于此书，欲借此为己正名，留存其治国理念与军事韬略。书中部分内容因特定文化背景与个人立场，今观之，其观点或有偏颇，然于读者探究拿破仑思想，仍具重要价值。特此说明，此皆原著观点，非我司立场，冀望广大读者阅读之时，秉持理性，明辨是非，从中采撷有益养分。

书海浩瀚，开卷有益。未来我们将继续努力，为读者带来更多优质的出版产品，让大家通过阅读，真切感受历史的多面性与复杂性。